Vol.1／黎明篇

银河英雄传说

〔日〕田中芳树 著　蔡美娟 译

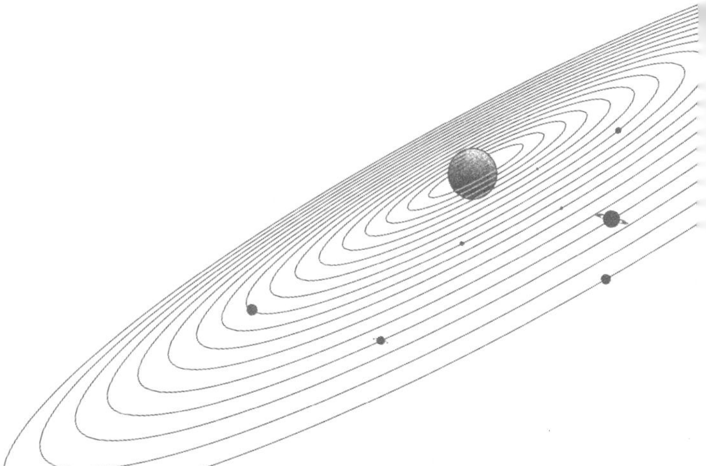

南海出版公司

新经典文化股份有限公司
www.readinglife.com
出　品

目录

Prologue

银河系史概略

公元二八〇一年，政治统一中枢由太阳系第三行星地球迁至毕宿五（金牛座 α）系第二行星德奥里亚。发表银河联邦创立宣言的人类将这一年改元为宇宙历元年，开始向银河系的深处及边境无止境地拓展开去。公元二十八世纪最显著的特征是战乱迭起和秩序荡然无存，导致人类的对外发展出现停滞，所以此时人类迸发出的能量更具有爆发性。

使人类得以在恒星间飞行的“三美神”——亚空间跳跃航行技术、重力控制技术及惯性控制技术的发展日新月异，不断进步。人类为了探索未知的地表世界，驾驶着太空船驶向星海的彼端。

“前进！再前进！”

这是那个时代的口号。

全体人类正处于昂扬风发的生命活动周期。他们全神贯注，意志坚定，热情洋溢。即使面对困难，也不会沉溺于自怜自艾的病态情绪，而是开朗豁达地将其克服。当时的人或许可以说是无可救药的乐天主义者。

这真是洋溢着清新活力与进取气息的黄金时代！

当然，几个时代性的小疮疤仍在所难免。首先是宇宙海盗的存在。公元二十八世纪，地球和天狼星为争夺人类社会的霸权，经常运用私掠船（战时特许攻击敌人商船的武装民船）战术，海盗便是这种战术产生的畸形儿。其中当然也有讴歌自由的侠盗，他们与负责捉拿海盗的联邦军的对决常常是立体电视电影的题材。

但现实并非那么富有诗意。大部分海盗团伙不过是与无德而腐化的政治家或企业家相勾结、牟取非法利益的犯罪集团。尤其对住在新开辟星球上的人们而言，他们就像瘟神一般可怕。在海盗出没的边境航路上，飞行的太空船减少了，不但物资补给困难，就连到手的物资的价格也一涨千里。因为除了原本的经费，还得加上一笔安全保障费用。这个问题的严重性不可低估，否则受害者的不满和不安会日益加深，转而不信任联邦政府的统治能力，最后严重削弱人们开发边境的意愿。

宇宙历一〇六年，银河联邦倾力出击，扫荡宇宙海盗。任务由M.休夫朗和C.伍德等提督负责执行，两年后基本清扫完毕。这项任务非常辛苦，以说话刻薄闻名的伍德提督在回忆录中写道："……我前面是聪明的敌人，后面是无能的同伴，必须同时与这两者搏斗。而且，就连我自己也难孚众望。"

伍德提督转入政界后一直扮演着"冥顽不灵的糟老头"的角色，和渎职的政治家及企业家陷入无奈的苦战。

诸如此类的社会病变接连发生，从未间断。但如果把全人类比作一个人，这些病变就类似轻度的皮肤病，像我们无法彻底隔绝尘埃一样，这些病变也不可能完全根除。只要给予适当的治疗，便不会病情恶化或导致死亡。就这样，人类并没有上手术台，便度过了两个多世纪的健康岁月。

只有一个地方被排除在这繁荣发展的局面之外，就是以前的宗主国——地球。这个行星的所有资源渐渐消耗殆尽，政治、经济实力及潜力也一落千丈，人口锐减，最后成了一个只能借着昔日陈旧的传统维系的老弱国家，勉强守护着因为自身还算无害才好不容易争取到的自治权。

当地球仍是银河系的统治者时，它从天狼星等恒星殖民地掠取囤积的巨额财富，如今似乎也下落不明。

不久，癌细胞开始增殖，人类社会笼罩在“中世的停滞”的阴影中。

人们的心中，疲劳和倦怠压倒了希望和野心，消极取代了积极，悲观取代了乐观，畏缩取代了进取。科学技术方面的新发现与新发明后继无人。民主共和政治也丧失了自律能力，堕落为争权夺利的愚民政治。

周围星域的开发计划半途而废，无数可住行星上丰富的可用资源与正在建设的诸多设施都被弃置不顾。社会生活和文化跌入颓废的深渊，人们失去了应有的价值观，沉溺于迷幻药、酒精、滥交和神秘主义。犯罪率节节激增，破案率却日渐降低。人们不再重视生命，道德观念竟沦落为众人讥嘲的笑柄。

当然也有很多人对种种现象忧心忡忡。他们不愿坐视人类深陷颓废，最终像恐龙一样惨遭灭绝。

他们认为，人类社会的病情已经到了非根治不可的阶段。这种想法并没有错，只是其中大部分人为了尽快治疗，并没有选择需要耐性和毅力的长期疗法，却选择了伴随着副作用的特效药，这帖猛药就叫“独裁”。

这造就了日后鲁道夫·冯·高登巴姆上台的温床。

鲁道夫·冯·高登巴姆于宇宙历二六八年生于军人家庭，长大后顺理成章地入了军籍。

他在宇宙军士官学校中名列前茅，身高一米九五，体重九十九公斤，体形壮硕，人们看他时犹如仰望一座钢铁巨塔。那庞大的身躯上没有一块松垮的赘肉。

他二十岁时成为少尉，被任命为猎户座β航路警备部队的法务军官。上任之初，他便锐意整肃部队纲纪，彻底清除酒精、赌博、迷幻药和同性恋这“四恶”。即使案子牵涉上司，他也满口宣扬正义和原则，处理起来毫不留情。上司们对他无可奈何，只好把他升为中尉，远远地打发到猎户座α，以除心头大患。

猎户座α是被喻为“宇宙海盗的大马路”的危险地带。乘兴而来的鲁道夫被公认为“伍德提督二世”，展现出强硬的铁腕作风。他机智而毫不留情地发动猛烈攻击，大举歼灭海盗团伙，连投降和等待审判的人也毫无例外地与太空船一起烧光。这种残酷无情、赶尽杀绝的做法自然引起了批评，但颂扬的声浪更加高涨，如滔滔洪水般吞没了一切。

银河联邦的公民们长久以来身处闭塞的时代，沉闷封闭的状况几乎让人窒息，所以当这位风华正茂、锐不可当的新英雄出现时，他们莫不额手称庆、夹道欢迎。鲁道夫就在这混沌未明的时刻粉墨登场，一跃成为世界级的超级巨星。

宇宙历二九六年，二十八岁的鲁道夫已经是少将了。他在此时退出军界，转入政界，在议会取得一席之地后，登上了“国家革新同盟”领袖的宝座。由于他的声望和名誉，很多年轻政治家也集结到他的幕僚队伍中。

经过几次选举，鲁道夫迅速扩张势力范围，在民众狂热的支持、不安、反对及颓废的漠不关心等复杂情绪中，他成功地奠定了强有力的政治基础。

他凭借国民投票成为首相，进而利用宪法中没有明文禁止兼任的漏洞，通过议会选举当选为国家元首。根据不成文的规定，这两项职务不得兼任，只能各自行使职责范围内的权力，一旦被纳入同一个人手中，就会引发可怕的化学反应——事到如今，已经没有人能牵制鲁道夫的政治权力了。

“民众喜欢的并非自主思考以及随之产生的责任，而是命令、服从及随之产生的免责。鲁道夫上台就是一大历史见证。在民主政治中，应该为政治的弊端负责的是选择不合格的执政者的民众；专制政治则不然，民众不愿自我反省，只喜欢轻松且不必负责地大肆抨击执政者。”

后世的历史学家D.辛克莱写下这样一段话。暂且不论他的评论正确与否，当时的人们的确死心塌地拥护鲁道夫。

“我们要强大的政府！我们要有力的领导者！我们要社会的秩序和活力！”

这个万众拥戴的“有力的领导者”，曾几何时摇身一变，成了不容许批评势力存在的绝对独裁者。他自称“终身执政官”，宇宙历三一〇年，他彻底成为“神圣不可侵犯的银河帝国皇帝”。直到此时，才有不少人开始反省没有从历史中吸取教训的愚蠢无知。那些一向对鲁道夫大加挞伐的人此时更是愤恨到了极点。但是大呼快哉的人仍占大多数席位。

当时有一位叫哈桑·艾尔赛德的共和派政治家，在鲁道夫加冕登基之日，在日记里这样写道：“我在房间里都可以听到民众高呼‘鲁道夫皇帝万岁’的声音，什么时候他们才能觉悟，这个被拥戴的‘万岁’其实是个刽子手呢？”

这本日记后来被帝国当局查禁，而那一天也正是废除宇宙历、改元帝国历元年的日子。至此，银河联邦彻底崩溃，银河帝国——高登巴姆王朝诞生了！

银河帝国皇帝鲁道夫一世成为第一位统治人类统一政体的独裁君主，他具有非凡的才干是毋庸置疑的。他以强悍的政治领导能力和刚毅的意志实行统治，肃正纲纪，提高行政效率，将贪官污吏一扫而光。

依据鲁道夫设立的标准，帝国取缔了“效率低下、颓废糜烂、腐化堕落”的生活方式和娱乐方式，严苛残酷的司法手段使犯罪行为和未成年人的违法行为急剧减少。总之，笼罩着人类社会的坏习气被彻底清除。

然而人称“钢铁巨人”的鲁道夫皇帝并未满足。他的理想是建立一个由强大的领导者管理统御、严整而高度统一的社会。

对自命不凡、认为自己是替天行道的鲁道夫而言，批判者和反对者无疑是破坏社会统一和社会秩序的异端分子。他终于对反对势力展开了残酷的镇压行动。

帝国历九年颁布的《劣等基因排除法》成为这次行动的导火索。

“宇宙的天则原本就是弱肉强食，适者生存，优胜劣汰！”

鲁道夫向“臣民”们灌输自己的观念。

“人类社会也不例外。劣等基因携带者增加到一定数目，社会就会失去活力，逐渐衰退。我热切希望人类社会永远繁荣，因此排除残弱人种，是我身为人类统治者应当恪尽的神圣义务！”

具体而言，就是要对身体残障、贫困无依和“非优秀”的人进行强制绝育，对精神病人实行安乐死，并废除救济贫弱的社会政策。对鲁道夫而言，贫弱是难以宽恕的罪恶，“以贫弱为挡箭牌，心安理得地要求保护”的弱者更是应该憎恶的对象。

这项法案公之于众后，连一向对鲁道夫崇拜有加、盲从到底的民众也感到不寒而栗。自信是优秀人类的人并不多，每个人都私下里想：这样做会不会太过分？

议会中有一部分苟延残喘的共和派政治家，站在民意的立场上批评皇帝的过失。为了对付他们，鲁道夫决意发动彻底的反击。他下令永久解散议会。

第二年，帝国内政部设立了社会秩序维持局，大力整肃政治犯。鲁道夫的心腹——内政大臣亚伦斯特·法斯特隆亲自兼任局长，在“法律无效，主观判断至上”的前提下，展开了逮捕、拘禁、监禁及惩治行动。

这一举动无疑是权力与暴力不被祝福的结合。它们诞下了一个名为“恐怖统治”的婴儿。在短短的时间内，这个婴儿成长为巨大的恶魔，开始吞噬人类社会。

当时，社会上悄悄流传着一个黑色笑话。

“不想被判死刑，就别被警察逮到，还是被社会秩序维持局逮住好些，因为那样绝对不会被判死刑……”

事实也是这样，被社会秩序维持局逮捕的政治犯和思想犯，没有一位被正式判处死刑。但未经审判便被射杀的人、被严刑拷打致死的人、被放逐到不毛之地断绝音讯的人、接受额叶切除手术或被迫服用迷幻药形同废物的人、在狱中病死或因意外致死的人总计达四十亿以上。这个数目在帝国三千亿人口中所占的比例也不过百分之一点三，因此社会秩序维持局的负责人才能大言不惭地辩称：

“为谋求社会上绝大多数人的安宁与福祉，必须打击并消灭一小撮危险分子！”

当然，他所谓的“绝大多数”并不包含慑于四十亿人的悲惨命运，愤懑压抑、敢怒不敢言的广大民众。

除了镇压反对派，鲁道夫也选出所谓的“优秀人才”并赋予特权，制造出支持帝室的贵族阶层。然而贵族阶层都是白人，还被加封了古日耳曼风格的姓氏，这些是否可以看作鲁道夫智慧衰竭的表现?

法斯特隆也因功受封伯爵称号，但在回家途中却被活动于地下的共和派恐怖分子暗算,身中中子弹惨死。鲁道夫大为惋惜，将多达两万名嫌疑人全部处死，以慰藉功臣在天之灵。

帝国历四十二年，鲁道夫大帝结束了长达八十三年的生命。他巨大的身躯依然强壮，但据说是精神上的痛苦使心脏负担过重，因而导致死亡。

皇帝去世的时候并非毫无遗憾。他和皇后伊丽莎白所生的四个孩子全是女儿，没有可以继承皇位的男孩。到了晚年，宠妃玛德雷娜为他生了一个儿子，但据传是个先天性痴呆儿。

这件事并没有记入帝国的官方文档，但后来不仅是玛德雷娜，连她的双亲、兄弟、助产的医师和护士也全被处死。由此可以推测，街头巷尾流传的谣言可能确有其事。

这件事对颁布《劣等基因排除法》、希望发展优良人种的鲁道夫来说，无疑是一个沉重的打击。

为了维护鲁道夫“基因决定一切”的信念，玛德雷娜非死不可。因为鲁道夫大帝绝对不可能生下白痴，全部责任都在玛德雷娜身上。

鲁道夫死后，他的长女卡妲娜莉的儿子——吉斯穆特戴上了第二代银河帝国皇帝的皇冠。年方二十五的皇帝在父亲尤希·诺耶·舒达菲公爵的辅佐下，君临银河系。

鲁道夫一世死后，共和主义者相继在帝国各地发动叛变。很多人都认为，随着鲁道夫领导力和影响力的消失，帝国很快就会崩溃，不过他们似乎高兴得太早了。鲁道夫在长达四十年的统治岁月里，将心腹编为贵族、军队、官僚三位一体的体制，这一集团比共和主义者想象的要坚固得多。

统治这个三角体制的人是新皇帝的父亲，也就是帝国宰相尤希·诺耶·舒达菲公爵。他是鲁道夫精挑细选的女婿，此时发挥了沉着冷静的指挥能力，把原本就居于劣势的叛军如蛋壳般踏得粉碎。

参加叛乱的五亿多人全部被杀害，他们的家人及亲戚共一百多亿人被剥夺公民权，降为奴隶。公爵忠实地守护着帝国的传统，对反对势力一律格杀勿论。

共和主义者的处境再次陷入严冬。

在强大的专制政治下，严寒的冬天会永远持续吗？这是大家最担心的问题。尤希死后，吉斯穆特亲政；他死后，长子利夏尔继位；利夏尔之后，由他的长子欧佛瑞执政。最高权力只能落在鲁道夫的子孙后代手中，代代世袭。

但是在厚厚的冰层下面，水悄无声息地对流着。

帝国历一六四年，被降为奴隶的叛军家属们，也就是被流放至牛郎星（天鹰座 α）从事严酷劳动的共和主义者，用自己建造的太空船成功地完成了逃亡行动。

他们的计划并不是经过几代人缜密演练才成功的。精心策划的计划反而全部宣告失败。共和主义者的墓碑与日俱增，挽歌被社会秩序维持局的嘲笑取代。这样的悲剧永无止境地重复着。但他们终究还是成功了。计划从提议到实施才用了标准历三个月的时间。

一切开始于孩子们的游戏。在酷寒的牛郎星第七行星上，从事钼矿和锑矿开采的奴隶们的孩子偷偷溜出监视官的视线，把冰块削成小船放在水面上玩耍。一位叫亚雷·海尼森的青年无意中撞见了这一幕，脑中闪过一道亮光。这个被弃置的行星原来蕴藏着无穷无尽的太空船材料！

水量很少的第七行星有丰富的天然干冰。海尼森选择了埋在峡谷底下的巨大干冰，长一百二十二公里，宽四十公里，高三十公里。凿开干冰的中心部分，设计成动力部和居住部，就能做出一艘可以飞行的太空船。此前计划的困难之处在于无法获得太空船材料。根本不可能非法取得资材，一旦被社会秩序维持局查到蛛丝马迹，势必将引发残酷无情的镇压与杀戮风暴。

不过，这里却有当局没有注意到的天然材料。

在绝对零度的宇宙空间中，不必担心干冰气化，如果能设法阻挡动力部和居住部传出的热气，便可能进行长久的飞行。然后利用飞行间隙，继续收集星际物质或无人行星上可制作在星际间飞行的太空船的材料，这艘原来的太空船就不必一直飞行下去。

这艘洁白晶莹的干冰太空船被命名为“伊欧·法洁卡斯”，是制作干冰船的少年的名字。四十万名男女乘着这艘船逃离了牛郎星。他们踏出了后世历史学家所说的“一万光年长征”的第一步。

为了躲避穷追不舍的银河帝国军，他们隐身于一处无名行星的地下，在那里建造了八十艘星际太空船，然后一步一步驶向银河系的最深处。那是一个充满巨星、矮星和变光星等种种危险的巨大空间。造物主一次次无情地操纵逃难者的命运。

在苦难的旅程中，由于一次事故，他们失去了领导人海尼森。好友古恩·基姆·霍尔接替了他的位置。当霍尔渐渐衰老、双目失明时，他们终于脱离危险地带，进入了稳定的壮年期恒星群。而自牛郎星出发至今，已过了半个多世纪。

新天地里的星群以古代腓尼基诸神的称呼为名，如巴拉特、亚斯提、梅卡特、哈达德等。他们以巴拉特第四行星为根据地，并用故去的领导者海尼森之名命名，以缅怀他的不朽功绩。

“一万光年长征”在帝国历二一八年结束，摆脱专制政治桎梏的人们决定废除帝国历，恢复宇宙历。这一举动蕴含着他们认为自己才是银河联邦正统继承人的自豪感，而鲁道夫只不过是民主制度卑鄙无耻的叛徒罢了。

就这样，自由行星同盟郑重宣布成立！时值宇宙历五二七年。早期的公民仅有十六万余人，过半的志同道合者都在长途跋涉中丧生了。

此时要说人类社会已经一分为二，还为时尚早，但自由行星同盟的建国者表现出的勤奋与热情史上罕见，在努力耕耘之下，他们的势力急速扩充，快速稳固。政府推行多产奖励政策，人口大大增加，国家体制已臻完善，工农业的生产力也大幅提升。

银河联邦的黄金时代再次来临！

宇宙历六四〇年，银河帝国与自由行星同盟以双方战舰交锋的形式，实现了第一次正面接触。

与早有心理准备的同盟军相比，这次战斗对帝国军来说无异于晴天霹雳，战斗的胜利果实自然由同盟军摘得。帝国军的战舰被中子光束炮击中，在化为火球消失前，不断对帝国本星发出紧急联络信号。

银河帝国的官员从电脑中调出陈旧的记录，才愕然发现那些至少在一个世纪前逃离牛郎星的奴隶竟然还活着。

于是帝国组织了一支浩大的讨伐军，直指“叛徒的根据地”，然而全军覆没，彻底败北。

帝国舰队兵员数量占优势，却惨败而归，原因是被迫长途远征的官兵身心俱疲、补给不足、对地理环境不熟悉，又低估了敌军的实力和战斗意志，战略构想过于粗疏。当然还有一点不容忽视，就是同盟军有一位英明的指挥官。

同盟军的总指挥官林帕欧不仅贪杯好色，还是位老饕，常常遭受遵奉古代清教徒朴素寡欲精神的同盟执政者的白眼，但他在用兵方面却是个罕见的天才。辅佐他的参谋长尤斯夫·托波洛一向有“唠叨的尤斯夫”之称，每当碰到需要艰苦操劳的事情，总会发出不平之鸣，声名因此不胫而走。话虽如此，他却是一位精密细致的战术高手，用“会呼吸的战术电脑”形容一点也不为过。

他们两人都才三十多岁，却以这样的组合在达贡星域外缘一带，指挥了一场史上屈指可数的包围歼灭战，成为同盟成立以来最伟大的英雄人物。

这次胜利成为自由行星同盟膨胀扩张的契机。帝国内的民主人士得知有一股独立的势力在对抗帝国，为求安身立命之所纷纷逃亡，蜂拥流入自由行星同盟。鲁道夫大帝死后，经过了三个世纪，帝国曾经无比坚固的体制金箍开始松动，因为镇压行动横行一时的社会秩序维持局也失去了昔日的威严与光彩。帝国内部民怨沸腾，不满情绪汹涌而至。

自由行星同盟以“来者不拒”的精神接纳陆续涌入的男男女女。这些人中除了共和主义者，还包括在宫廷内部权力斗争中失败的皇族和贵族。接纳他们之后，在体量的膨胀之中，自由行星同盟也自然而然地发生了质变。

自最早的冲突发生以来，银河帝国和自由行星同盟一直处于漫长却并不激烈的战争状态，偶尔也会出现表面上的和平，它的产物就是“费沙自治领”——一个夹在两大势力之间的都市国家，属于费沙恒星的星系。自治领主权隶属银河帝国皇帝，需要对帝国纳贡，但在内政上几乎拥有完全的自治权，其中甚至包括与自由行星同盟的外交和通商。

银河帝国以人类社会唯一的统治者自居，不承认其他国家的存在。他们不称呼自由行星同盟的正式名字，在公文中称之为“叛乱势力”，而同盟军是“叛军”，同盟的元首暨最高评议会议长则是“叛乱势力的头目”。

既然帝国的国策如此，双方之间就根本谈不上外交和通商了。但是出身于地球的大商人雷欧波特·拉普却对这个具有特殊意义的自治领的成立表现出异乎寻常的热情。他通过请愿、游说和巨额的贿赂，在幕后操控了一切。

代表自治领的自治领主作为皇帝的臣下，统治自治领土，负责监督与同盟之间的贸易，有时也身兼外交官的职务。由于费沙独揽贸易大权，财富不断积累扩充，因此统辖的领域虽小，实力却丝毫轻忽不得。

帝国与同盟之间并非完全无意修好。帝国历三九八年（宇宙历七〇七年）即位的皇帝曼夫瑞二世，是先帝赫穆特众多的庶子之一。他从暗杀者的手中捡回一条命后，逃往自由行星同盟，从此浸润在自由的空气中，在那里度过了少年时期。

因此，他即位后便致力于实现两大势力间的和平，建立对等的外交关系，并力图在帝国内部进行政治改革。但肩负众望的年轻皇帝即位不到一年便惨遭暗杀，两大势力间的关系急速冷却，和平的希望也化为泡影。据说暗杀曼夫瑞二世的凶手是反动派的贵族，但在暗中操纵的却是希望独占贸易权的费沙，这种说法颇为可信。

就这样，到了宇宙历八世纪末、帝国历五世纪末，帝国空有偌大的疆土，却毫无纪律和体制可言，同盟也丧失了成立之初的理想，两国中间相隔费沙，持续着习惯性的对抗状态。经济学者曾就三国的国力做了一个数值统计，结果是银河帝国占百分之四十八，自由行星同盟占百分之四十，费沙自治领占百分之十二，形成三足鼎立的僵局。

银河联邦的总人口在全盛时期曾达三千亿，经过长期的战乱，现在只剩四百亿。三个国家在人口方面的分布是：帝国两百五十亿，同盟一百三十亿，费沙二十亿。

这种“求变而不可得”的僵局得以打破，是在瓦尔哈拉星系第三行星奥丁（鲁道夫迁都后，这颗以古代日耳曼神话中的主神为名的星球便成了银河帝国的首都星）出现一位年轻人之后。这位容颜如冰一般秀美、神情英武大胆的年轻人，便是莱因哈特·冯·罗严克拉姆伯爵。

莱因哈特原姓缪杰，生在一个徒有贵族虚名却一贫如洗的家庭里，时值帝国历四六七年（宇宙历七七六年）。十岁的时候，年长他五岁的姐姐安妮罗杰被皇帝佛瑞德李希四世纳入后宫，从此改变了他的命运。这位金发碧眼的美少年十五岁就成了近卫师团的少尉。皇帝对安妮罗杰的宠爱加上他本身的才干，加速了他的晋升。

二十岁时，他受封为罗严克拉姆伯爵，从此舍弃原姓，膺任帝国军一级上将，这是专制国家才会有的人事任命。但随着地位的提高，莱因哈特的责任也加重了。如果他出身于权贵之家倒还罢了，可他的身份仅仅是“皇帝宠妃的弟弟”，必须展现出与地位相称的才干。

与此同时，自由行星同盟手中也握有一张王牌，就是生于宇宙历七六七年、二十岁加入军籍的用兵专家杨威利。

他原本志不在军事，若非几次偶然的机缘推动，他将不会是历史的创造者，而是个寻常的旁观者，终此一生默默无闻。

“有做得到的事，也有做不到的事。”

这是杨一贯的论调。在命运方面，他比莱因哈特更被动，更富有包容性。他总是觉得难以融入战争和进行战争的军人职业，因为他渴望舍弃军阶与地位，过终生退隐的生活，但始终无法如愿。

宇宙历七九六年（帝国历四八七年）年初，莱因哈特率领一支由两万艘军舰组成的舰队踏上远征之路。他要让僭称“自由行星同盟”的叛军跪在自己的脚下，借机立功，以巩固地位。

同盟军组织了一支四万艘军舰的舰队迎击，杨威利即为当时参谋中的一员。

此时，莱因哈特·冯·罗严克拉姆伯爵二十岁，杨威利二十九岁……

Chapter 1
永恒的夜

1

银河帝国军上校齐格弗里德·吉尔菲艾斯在踏进舰桥的瞬间，不禁停住了脚步。镶嵌着无数光点的宇宙深渊，以压倒性的存在感包围了他。

“……”

整个人仿佛漂浮在无垠的黑暗里，但这种错觉瞬间就消失了。伯伦希尔的舰桥呈巨大的半球形，吉尔菲艾斯想起，舰桥的上半部分是由显示屏构成的。

吉尔菲艾斯将注意力从宇宙空间拉回地面，重新环视四周。广阔的室内，灯光亮度被控制在最低，房间笼罩在薄薄的幽暗中。无数个大大小小的屏幕、操纵台、计量器、电脑及通信装置呈几何状排列，人们在其间来回走动。他们的头部和手脚的动作，使人联想到乘着水流游移的鱼群。

一种若有似无的臭气隐隐刺激着吉尔菲艾斯的鼻孔。面临战斗神经紧绷的人类分泌的肾上腺素的味道、机械散发的电子气味混合在还原氧气中，产生了这种军人最熟悉的味道。

这位红发年轻人大步走向舰桥中央。虽然官拜上校，但吉尔菲艾斯还不到二十一岁。褪去军服的他还是后勤女兵眼中那个“英俊的红发高个儿”。有时他也因为自己的年龄与军阶不相称感到无所适从，没办法像上司那样若无其事地接受这个事实。

莱因哈特·冯·罗严克拉姆伯爵移动指挥椅，凝视着屏幕上那片无垠的星海。吉尔菲艾斯走近他，隐隐感觉到一股温和的气流状阻力。这是遮音力场打开的缘故，以莱因哈特为中心，半径五米内的对话，外围的人完全听不到。

“在看星星吗，阁下？”

吉尔菲艾斯向他致意。莱因哈特把视线转过来，将椅子的角度恢复水平。他虽然坐着，但以黑色为基调、各处缀以银色的军服仍然熨帖地裹在那修长匀称的肢体上，益发显露出精悍干练的阳刚之气。

这是一位翩翩美少年，形貌之美，世上无人能出其右。金色的头发衬着白皙的鹅蛋脸，端正俊秀的鼻梁和双唇，宛若古代名匠手下雕刻的艺术品。

一双冰蓝色的眼眸锐利有神，绽放出寒剑般的光芒。宫廷里的侍女都说这是“美丽而野心勃勃的眼睛”，男仆们则说是“危险的野心家的眼睛”。不管是哪一种，都可以确定，他的眼睛之美绝非那种毫无生命感的雕刻能比拟。

“嗯，星星好美啊。”

莱因哈特应道，抬头望着与自己同龄的心腹部下。

“好像又长高了？”

“和两个月前一样，还是一百九十厘米啊，阁下。我现在已经长不高了。”

“比我还高七厘米，实在也够高了。”

莱因哈特的声音里有几分少年的争强好胜，吉尔菲艾斯微微一笑。六年前，两人的身高差不多。当吉尔菲艾斯开始长高，和金发少年的身高拉开差距时，莱因哈特还很认真地向他抗议：“不顾朋友，自己一个劲儿长高，像什么话？”这是莱因哈特孩子气的一面，了解这一点的，世上只有吉尔菲艾斯和另外一个人。

“对了，你有什么事吗？”

“是有关叛军的布阵问题。根据三艘侦察艇传来的报告，敌方正以同一速度从三个方向向我军逼近！我可以用指挥台上的投影机吗？”

年轻的金发上将点点头，吉尔菲艾斯的手熟练地动起来。占据指挥台左半部分的投影画面上，浮现出四个箭头符号，由上下左右四个方向向画面中央移动。下方的箭头是红色的，其他的都是绿色。

“红色箭头是我方舰队，绿色箭头是敌军。我军的正前方是敌军的第四舰队，据判断，第四舰队有舰艇一万两千艘，距离是两千两百光秒。按照目前的速度推算，大约六个小时后两军遭遇。”

吉尔菲艾斯的手指继续在画面上移动。左方是敌军的第二舰队，兵力为舰艇一万五千艘，距离两千四百光秒。右方是敌军第六舰队，兵力为舰艇一万三千艘，距离两千零五十光秒。

反动力磁场系统等各种雷达穿透装置与干扰电波技术日益

发达，后来甚至出现了可以使雷达失灵的材料，所以几个世纪以来，雷达的侦察功能已渐渐瘫痪，只能依赖有人侦察机或监视卫星等传统方式进行侦察。根据多方收集的情报，再综合时差和距离等因素，便能推算出敌人的位置。如果再加上热量和质量的测定，结果虽然不是百分之百精确，侦察也基本可以顺利进行。

“敌军共计四万艘？是我军的两倍呀。”

“他们似乎打算从三个方向包围我军。”

“咱们的老将们脸色大概要发青了……哦，不，是发红吧。”

莱因哈特白皙的脸上闪过一抹不怀好意的微笑。他知道己方正被两倍的敌人从三面包围上来，却不见半分紧张的神色。

“他们的确是脸色发青了。五位提督紧急求见阁下。”

“哦？他们不是宣称不想再看到我了吗？”

“您不见他们吗？”

“不，我要见。哪怕是给那些家伙指点指点迷津也好。”

出现在莱因哈特面前的是梅尔卡兹上将、斯特汀中将、佛格中将、法伦海特少将和艾尔拉赫少将一众五人，也就是莱因哈特方才所说的“老将们”。这个称呼似乎有点过分，因为最年长的梅尔卡兹上将还不到六十岁，最年轻的法伦海特少将只有三十一岁。但对他们而言，莱因哈特等人的确太年轻了点。

“司令官阁下，感谢您允许我们说出自己的意见。”

梅尔卡兹上将代表大家说道。他早在莱因哈特出生前便加入军籍，不论在实际作战还是军事行政事务方面，都有丰富的知识和经验。除去中等身材、结实的骨架和总显得睡意蒙眬的双眼，他只是一位毫无特征的中年男子，但实绩和声誉却远在莱因哈特之上。

“我知道诸位要说什么。”

莱因哈特漫不经心地回应了梅尔卡兹的致礼，抢先说道：

“我军正处于不利状况，各位无非是想叫我注意这件事吧？”

“是的，阁下！”

斯特汀中将向前跨出半步，答道。他身材细瘦，年纪有四十多岁，擅长战术理论和辩论，属于参谋型军人，给人一种锐利的印象。

“敌军是我军的两倍，而且从三个方向包抄过来。这意味着一旦交战，敌军将占尽优势。”

莱因哈特冰蓝色的眼睛闪过一道清辉，冷冷地直视中将。

“你言下之意是我军必败？”

“我并没有这么说，阁下。现在我军处于不利态势是事实，看看屏幕您就明白了……”

七双眼睛集中在指挥席的投影画面上。

那里显示着刚才吉尔菲艾斯指给莱因哈特看的两军兵力部署图。遮音力场外，几名士兵好奇地注视着长官们，斯特汀中将瞪了他们一眼，他们才慌忙移开视线。中将干咳两声，再次开口：

“这次的阵形和当年相同，彼时帝国引以为荣的宇宙舰队去平定僭称自由行星同盟的叛军，却在这种阵形下饮恨败北。”

“是达贡歼灭战吧。”

“是的。那真是一场惨败。”

中将发出一声沉重的喟叹。

“那场战争中，正义完全在人类真正的统治者——银河帝国皇帝陛下，及其忠实的臣下帝国军这一边，但是狡猾的叛军却使出阴险的伎俩，使我忠勇的百万精锐大军悉数葬身于宇宙的虚空中。这次的战争应该避免重蹈覆辙，伤及皇帝陛下的圣名。所以依属下的愚见，我军不宜贪功冒进，应尽速光荣撤退以保名誉。”

的确是愚见！好个无能的饶舌坯子！莱因哈特在心里暗骂，嘴里却这样说道：“你真是能言善道。但我不赞同你的主张，我根本没想过撤退。”

“……为什么？能听听您的理由吗？”

“孺子不可教”的表情写在斯特汀的脸上。莱因哈特若无其事地答道：“因为对敌军来说，我方具有压倒性的优势。”

“怎么说？”

斯特汀扬扬双眉。梅尔卡兹神色黯然，佛格和艾尔拉赫愕然地望着年轻俊美的指挥官。

五人之中，只有最年轻的法伦海特水色的双眸中闪现出饶有兴味的神情。他出身下级贵族，自称为了混口饭吃才当军人。他用兵灵活，擅长快攻，但遇到反击战时略为欠缺耐性和韧性。

“敝人不才，仍不明白阁下之意，能否再说明一番，感激不尽……”

斯特汀中将的声音十分刺耳。莱因哈特暗想，以后要拔了他那条可恶的舌头，但眼下还是回答了他的问题。

“我所说的优势有如下两点：其一，敌人将兵力分散到三个方向，而我军只集中于一处。即使敌军在整体上占了优势，但集中火力对付敌军中的一支时，取得优势的是我军。”

“……”

“其二，由一处战场移师下一处战场时，我军位于中央，路程较近。当两军没有交战时，敌军要转赴其他战场，势必绕道迂回，多费一番工夫。如此一来，时间与距离都是我军的利器。”

“……”

“我军占尽兵力集中与调度灵活两大优势，这不是胜利的条件，又是什么？”

铿锵有力，一语中的。吉尔菲艾斯觉得五位提督仿佛在这一瞬间全都石化了。比起这些身经百战、阅历丰富的年长军人，莱因哈特思维更灵活，更能通权达变。

莱因哈特嘲讽的视线扫过呆立一旁的斯特汀中将，接着说道：“我们并没有陷入被围困的危机，此时反而是将敌人各个击破的大好时机。你却要放弃这千载难逢的机会，白白撤退，这样做不啻是消极之至！我们军人的任务是什么？就是讨伐叛军，歼灭敌人！你说为保全名誉应全身而退，但是皇帝陛下授予的任务没有完成，有何名誉可言？你该不是在为自己的胆小怕事强词夺理吧？”

一提到皇帝，除了法伦海特，其余四位提督如坐针毡，无不战战兢兢。看到他们无聊的举动，莱因哈特漠然地嗤之以鼻。

“虽然司令官阁下这么说，可是……”斯特汀勉强抗辩道，“所谓的大好良机只不过是阁下一个人的看法，就用兵的常识来判断，委实令人难以信服。对于尚未显示出实际战绩的事……”

莱因哈特断定，这家伙不仅仅是无能，根本就是低能。没有先例的作战自然没有实绩可言，但实绩可以在今后的战斗中创造出来。

“明天你就可以亲眼目睹这份实绩了，还有什么不清楚的？”

“您有把握吗？”

“有，只要诸位能忠实地遵从我的作战计划！”

“什么样的作战计划？”

斯特汀问道，满腹猜疑显露无遗。莱因哈特瞄了吉尔菲艾斯一眼，开始说明。

两分钟后，遮音力场内部响起斯特汀的叫嚣。

“纸上谈兵！根本行不通啊！阁下，这样的……”

莱因哈特重重地挥掌拍向指挥台。

“好了，什么都不用说了！皇帝陛下任命我担任叛军征讨司令官，诸位应该听从我的指挥，证明对陛下的忠诚！这才是帝国军人的职责吧？别忘了，我是诸位的上司！”

“……”

“诸位的生杀大权全操在我手里！倘若胆敢固执己见，背弃陛下的旨意，我会立刻解除你们的职务，以抗命之罪严惩！明白了吗？”

莱因哈特怒目而视，五人悄然无声。

2

五位提督离开了。他们既非领会，亦非信服，只是慑于皇帝的圣威不敢拂逆。似乎只有法伦海特颇为赞同莱因哈特的作战构想，其他四人或多或少都认为莱因哈特是个假借皇帝圣威的无知孺子。

吉尔菲艾斯觉得不能再坐视一切，否则莱因哈特年纪轻轻便一步登天，必将招惹闲言碎语。在老练的诸将眼中，莱因哈特只是凭着姐姐安妮罗杰的关系，借着皇帝的威光发亮的贫弱小行星而已。

这并不是莱因哈特的第一仗，加入军籍五年来，莱因哈特已经立下数次战功。但是每一次将军们都会说“他运气好”或“敌人太弱”，再加上莱因哈特从不愿奴颜奉承或做出违心之论，因此他们愈加讨厌他，现在甚至私下称他为“狂妄自大的金发小子”。

“这样好吗？”

红发年轻人问莱因哈特，蓝色的眼眸中浮现出忧虑的神色。

“别管那么多了。”

司令官显得神态自若。

“这些混账能做什么？说得难听点，他们只是胆小鬼罢了，根本没有违逆皇帝权威的胆量。”

“但是，他们或许会怀恨在心。”

莱因哈特看看副官，低低地发出愉快的笑声。

“你老爱杞人忧天，别放在心上。现在他们会喋喋不休地大发牢骚，过一天，情况就改变了。我会让斯特汀那个低能儿看看他口口声声说的实绩是什么。现在别再提这件事了。”

莱因哈特起身，要吉尔菲艾斯一起去司令官室休息。

“吉尔菲艾斯，去喝一杯吧。我有很棒的葡萄酒，是四一〇年份的。”

“好哇。”

“那咱们走吧。对了，吉尔菲艾斯……”

“是，阁下。”

“又是阁下！没有旁人的时候，就不要叫阁下。以前不是跟你说过吗？”

“我知道……”

“知道就要做呀。这次会战结束后，回到帝国首都，你自己也是阁下了。”

“……”

“你会被晋升为准将的，拭目以待吧。”

将剩下的事交代给舰长罗舒纳上校后，莱因哈特走向司令官室。吉尔菲艾斯跟随在后，脑海里不断重复着长官刚才的话。

会战结束、还师首都、晋升准将……金发的年轻提督似乎想都没想过败北的可能。换作别人，一定会认为莱因哈特太自大了。但吉尔菲艾斯明白，莱因哈特是出于对朋友的一番好意才这样说的。

吉尔菲艾斯蓦然想起，和莱因哈特已经相识十年了……与莱因哈特和他的姐姐安妮罗杰结识，是他一生命运的转折点。

齐格弗里德·吉尔菲艾斯的父亲是司法部的下级官员，每日在上司、文件和电脑间来回奔忙，为的只是四万帝国马克的年俸。工作之余，他在不太宽敞的院子里侍弄一种巴尔德星系特有的兰花，饭后总喜欢来一瓶黑啤酒，是个善良而平凡的人。

他那红发的小儿子在学校向来是优等生圈子里的翘楚，运动也样样精通，是双亲的骄傲。

有一天，四壁萧然的邻家搬来贫困的一家人。

得知隔壁那位虚弱无力的中年男子竟是贵族，吉尔菲艾斯大吃一惊。不过看到那对金发姐弟后，他相信这家人确实是贵族。那是多美的姐弟俩啊。

这家人搬来的第一天，他和那个男孩成了好朋友。那个男孩就是莱因哈特，与吉尔菲艾斯同年，以标准历来算，只比吉尔菲艾斯小两个月。当红发少年报上姓名的时候，金发少年扬起秀挺的双眉，喊道：

“齐格弗里德，好俗的名字啊！”

受到这样没头没脑的批评，红发少年吃了一惊，一时竟无言以对。莱因哈特接着又说：

“不过，吉尔菲艾斯这个姓倒蛮好听的，颇有诗意。就这样吧，以后我都用姓叫你好了。”

安妮罗杰则叫他“齐格”。她的容貌和弟弟像同一个模子里印出来的，但身姿更纤细，朦胧的微笑无比优雅温柔。莱因哈特介绍后，两人相向而视，她的神韵宛若树梢间轻轻流泻的阳光。

“齐格，要和弟弟做好朋友哦。”

直到今天，吉尔菲艾斯仍在忠诚地履行安妮罗杰的嘱托。

但世事千变万化，难以预料。一天，一辆从未见过的豪华轿车停在邻家门前，一位衣着华美的中年男子下了车。

整个晚上，只听到莱因哈特一边哭一边责问父亲：

“爸爸把姐姐卖掉了！”

次日早晨，吉尔菲艾斯借口叫莱因哈特一起上学，来到邻居家里。安妮罗杰温柔地对他微笑，笑容里却带着寂寞。她说："我弟弟以后不能和你一起上学了。我们认识的时间虽然不长，但多谢你了。"

美丽的少女在他额上轻轻吻了一下，送给他一个亲手做的巧克力蛋糕。

这一天，红发少年没去学校，他小心翼翼地抱着蛋糕来到自然公园。怕被巡逻机器人发现，他躲到一棵叫火星松的针叶树下，好久好久才把蛋糕吃完。和这对姐弟离别的哀伤让他泪珠涟涟，他擦去眼泪，小脸上满是茶色的巧克力道道。

天色暗了，他回到家，心想一定会被骂，可是父母却默默无语。隔壁的灯火熄了。

过了一个月，身穿帝国军幼年学校制服的莱因哈特忽然来访。金发少年用一副老气横秋的口吻，对惊喜万分的吉尔菲艾斯说：

"来做军人吧。做军人可以让你早一点成为男子汉大丈夫。要赶快独立，去把姐姐解救出来，吉尔菲艾斯。你一定要和我上同一所学校，幼年学校里都是些惹人厌的小鬼！"

吉尔菲艾斯的父母没有反对，或许是望子成龙心切，或许是能体会儿子与邻家姐弟的深厚感情。不管怎样，吉尔菲艾斯和莱因哈特一样，在年少时便当机立断做出了抉择。

幼年学校的学生大半是贵族子弟，其余的则出身上流市民家庭。吉尔菲艾斯能跻身这所学校，显然是由于莱因哈特的热切期望和安妮罗杰的鼎力相助。

莱因哈特的成绩经常是第一名，吉尔菲艾斯也总是名列前茅。不论是为了这对姐弟，还是为了自己，他都要争取好成绩。

有时，学生的家长会来学校拜访。虽然他们的身份地位高高在上，却不能让人产生敬意。他们身上只有特权阶级骄横傲慢的腐朽气息。

“看看那群家伙，吉尔菲艾斯。”

每次看到这种贵族，莱因哈特只会感到强烈的厌烦与不屑。

“他们并不是凭借自己的努力获得今天的地位……而是凭着血缘关系继承权力和财产，一代传一代。一群不知廉耻的家伙！难道宇宙生来就是要给这些家伙统治的吗？”

“莱因哈特……”

“不错，吉尔菲艾斯，我和你都没有理由要屈居于这些家伙之下！”

两人时常谈到这类话题，有时红发少年会从莱因哈特的谈吐中感受到强烈的冲击和震撼。

鲁道夫大帝的塑像在首都各处傲然耸立，向塑像敬礼是帝国臣民的神圣义务。内政部为严密监视藐视帝威的危险分子，在大帝塑像的双眼内装了精密的监视器。向塑像敬完礼后，莱因哈特用激昂的语气说道：

“吉尔菲艾斯，你想过吗？高登巴姆王朝并不是自有人类以来就存在的。王朝始祖是那位桀骜不驯的鲁道夫，既然他是所谓的‘始祖’，那么他在成为始祖前并非出自帝室，只是一介无足轻重的市井小民。鲁道夫仅仅是个一步登天的野心家，他只是顺应了时势，借机自封为神圣不可侵犯的皇帝。”

这个人到底想说什么呢？吉尔菲艾斯心间一阵剧烈的悸动。莱因哈特接着说道：

“鲁道夫能做到的，我会做不到？”

莱因哈特如冰蓝色宝石般的双眸深深凝视着吉尔菲艾斯，红发少年脑海里思绪翻腾，几乎透不过气。他也望着莱因哈特。这件事发生在一个冬天，不久后，两人就加入了军队。

3

“……从公元二十世纪到二十一世纪，科学技术杂沓纷乱的发展危及人类自身的例子历历可数。尤其是基因工程的一大成果——生命复制，尽管只是一种理论上的可能性，但人们竟误认为这就是永生的保障。当这种科学与社会达尔文主义结合时，轻视生命的可怕思想便横扫地球这颗行星。具有劣等基因的人没有繁衍下一代的资格，淘汰劣等人种、提升人类资质的声势与日俱增。事实上，这种声势的壮大，便是日后鲁道夫的主张成立的远因……”

这段映现在操作台小屏幕上的文章很快消失了，杨的手指还没碰到调节按钮，下一段文章便迅速浮现。

“杨准将，司令官传见，请立刻到指挥席！”

看书看到一半被打断，杨威利准将拿起贝雷军帽，拨拨杂乱的黑发。

他是自由行星同盟军第二舰队的次席参谋，座位位于旗舰波罗库斯舰桥的一角。他私下将书籍 VTR 输入战术电脑的操作台里，工作间隙偷偷享受读书的乐趣，没有道理不开心。

杨的姓名标记方式是E式，这是根据银河联邦成立前便存在的传统，将姓氏放在名字前的形式。E是“东方”（EASTERN）的首字母；相反的，名字放在姓氏前是W式，W是“西方”（WESTERN）的首字母。

这个时代，混血极为普遍，姓名只能大略表示直系祖先的出身。

杨是一位黑发黑眼睛、中等身材的二十九岁青年，他给人的印象不像军人，而像一位冷静的学者。不过这么说也有点夸张，因为在一般人看来，他只是个非常温和的青年。人们得知他的军衔，难免会感到惊诧。

“杨准将到！”

舰队司令官派特中将不甚友好地望向行礼的年轻军官。人至中年的派特中将一脸严肃，一看就知道是位军人。

“我看过你提出的作战方案了。”

他只说了这句话，随后打量着杨。他的表情仿佛在说：这么一个看起来软弱无能的小子，军阶竟然只比自己低两级，真令人纳闷。

“我对你的方案很有兴趣，可是你不觉得太过慎重，不免有些消极吗？”

“是吗？”

杨回答的语气虽然很温和，但仔细想来，这样对长官说话未免失礼。所幸派特中将没有注意到。

“就像你在方案中说的，这个作战方案的确不容易输给对方。

但是，光是不输并没有意义，我们必须要打胜仗。我军从三方包围敌人，兵力又是敌人的两倍，已经具备了大获全胜的条件，为什么还要作不输的打算？”

“话是不错，但我们的包围网不是还没完成吗？”

这次中将察觉到了杨的失礼。他不悦地皱起眉头，眉心一条皱纹笔直而下。

杨却泰然自若。

九年前刚从国防部军官学校毕业时，杨只是一位平凡的新任少尉，在四千八百四十名毕业生中，他的名次是第一千九百零九名。然而现在却不能说他是位平凡的准将，因为全体同盟军中只有十六位将官是二十多岁，他便是其中之一。

派特中将并非全然不知这位年轻准将的战斗经历。九年间，杨参加的战斗达一百次以上，虽然还没参加过像这次一样出动舰艇达五位数的大规模战役，但那一次次生死相搏也不是幼童扮家家酒玩的烟火游戏。尤其在艾尔·法西尔大撤退一役中，他更是锋芒尽露的英雄。

但派特内心仍然无法接受杨是位身经百战的年轻勇士的事实。他总觉得，待在后勤部门计算一下士兵津贴之类的工作似乎更适合杨。

“总之，这份作战方案驳回！”

中将把文件拿给杨。

“我要说明一下，并不是因为你个人的缘故。”

中将这句话无异于画蛇添足。

4

在自由行星同盟众多的贸易商人中，杨威利的父亲杨泰隆一向以手腕灵活享有盛名。他那令人无法抗拒的微笑深处，潜藏着无穷的商业智慧，从一介小商船主起步，迅速地累积财富。

“我很爱钱……”

朋友问起他成功的秘诀，他总是这样回答。

“要用钱生钱，把铜币变银币，银币变金币。就是这个办法而已。”

他大概把这句话当成了一个风趣的玩笑，人家一问便这么回答，从而冠上了“用钱生钱的名人”的称号。虽然言者未必是好意，但杨泰隆似乎醉心其中。

另外，杨泰隆也是古董艺术品收藏家。公元时代的绘画、雕刻、瓷器等在他的宅邸内堆积如山。坐镇办公室指挥恒星间商船队伍的工作一结束，他就待在家里鉴赏或擦拭古董，悠游其间，忙得不亦乐乎。

由于鉴赏眼光太高，听说他选妻子时也像选古董一样。和浪费成性的第一任妻子离婚后，他又娶了一位大家公认的美女，是某位军人的未亡人。后来，他们的儿子——杨威利诞生了。

来人通报生了个男孩的时候，杨泰隆正待在书斋中擦拭古董花瓶。他停下手边的工作，喃喃自语：

“我死后，这些艺术品都是那小子的了。”

说完，又继续擦拭。

杨威利五岁时，急性心脏病夺去了母亲的生命。她一向都是那么健康，因此当她猝逝时，连杨泰隆也难以置信。

他手中的青铜狮子摆饰掉在地上，他一面拾起来一面喃喃说了句话，妻子这边的亲戚听了莫不勃然大怒、血脉偾张——

“还好我擦的不是易碎的古董……”

经历生离死别，失去两位妻子后，杨泰隆已经没有了结婚的念头。他给儿子雇了女佣。女佣休假，他苦于无法应付孩子的时候，就索性让小杨威利坐在身旁，一起擦拭古董。

亡妻的亲戚来家中探访，看到父子两人一语不发地在书房内擦拭古董的光景，无不愕然。他们一致认为，应当把孩子从这个没有责任感的父亲手中拯救出来。当他们问儿子和古董哪个重要时，这位商人答道：

“收集艺术品是要花钱的。”

换句话说，儿子是免费的。

听到这番话，亡妻的亲戚们个个暴跳如雷，并扬言要将他告到法庭。杨泰隆发觉事态不妙，独自抱着儿子搭乘恒星间商船，从首都海尼森销声匿迹。亲戚们无可奈何，总不能去控告父亲诱拐儿子吧。他们只好在无尽的星空里追寻太空船的轨迹。唉，没有办法。不过那个男人还知道抱着儿子一起走，看来似乎还有点良心……

就这样，在十六岁之前，杨威利大半的时间都是在太空船上度过的。

小时候，杨威利第一次遇到瓦普跳跃飞行（超空间跳跃航行）时，身体很不适应，又是呕吐又是发烧，但不久就习惯了，悠然自得地接受了自己的境遇。他对机器的兴趣大致得到满足之后，就渐渐将兴趣转移到了历史方面。

这位少年爱看录像带，爱看再版的老书，也喜欢听从前的故事，对“历史上最狠毒的篡位者”鲁道夫更是兴趣浓厚。自由行星同盟的人一谈到鲁道夫，总是用“邪恶的独裁者”形容他。少年听在耳中，心里不免奇怪：如果鲁道夫果真是万恶不赦的恶魔，为什么人们还会支持他、给他权力呢？

“鲁道夫是个不折不扣的大坏蛋，人民只是被他欺骗了。”

“人民为什么被他欺骗呢？”

“跟你说过啦，因为鲁道夫是个大坏蛋。”

这个答案无法说服少年，倒是父亲的见解和一般人有点不同。他给出的回答是：“因为人们都好逸恶劳。”

“好逸恶劳？”

“这样说好了，一般人碰到问题时，都不愿花精力和心思去解决，只期望出现超人或圣贤为他们承担所有的痛苦和困难。鲁道夫就抓住人性的这个弱点伺机而动，一举成名。你要好好记住，让独裁者有机可乘的人要负更多的责任！虽然沉默的旁观者没有支持他，但沉默地旁观其实与支持同罪……只是，你应该把注意力放在更值得关心的事情上……”

“更值得关心的事情？”

“钱和艺术品啊。金钱可以丰富物质，艺术品可以美化心灵。”

父亲说归说，并没有强迫儿子接受自己的事业和兴趣，杨威利便更加沉醉于历史。

就在他年满十六岁前夕，父亲杨泰隆在太空船的核聚变炉事故中意外丧生。那时，父亲刚刚答应让他报考海尼森纪念大学的历史系。

“嗯……好吧。到目前为止,也不是没有靠历史赚大钱的人。”

在这样轻松的气氛下，父亲答应让儿子选择喜欢的方向。

“金钱是不容忽视的。有了钱，你就不必对讨厌的人低声下气，也不必为五斗米折腰。和政治家一样，只要能善用金钱，就能大权在握。”

杨泰隆结束了四十八年的生命，身后留给儿子的是一家贸易公司和大批的艺术品。

杨威利处理完父亲的后事，继承和税金等琐事接踵而至。而令人意想不到的事发生了——父亲生前孜孜不倦收集的艺术品竟几乎都是赝品。

政府认可的鉴定专家无情地宣布，不论是伊特鲁里亚风格的壶，还是洛可可风格的肖像，抑或是汉代的铜马，全都是一文不值的赝品。

不仅如此，父亲生前在公司拥有的份额也用来偿还债务了。最后，杨和那堆积如山的破铜烂铁一起被丢在路旁。

和幼年时代一样，杨威利在夹杂着叹息的苦笑中接受了自己的境遇。只是他一直觉得奇怪，精明强干的父亲对喜欢的艺术品，为何连一点鉴定的眼光也没有!

不过，也许父亲是故意收集赝品的。那倒像父亲一贯的风格。至于公司那边，杨一开始就没有继承父业的念头，就更不在乎了。

但困难还是存在的。杨连上高级学校的学费也缴不起了。

因为与银河帝国长期持续战争状态，国家面临巨额军费支出的压力，对战争没有直接助益的人文科学等相关教育预算被大笔削减，要获得奖学金难上加难。但仔细想想，总该有可以免费学习历史学的学校吧……啊，有了！国防部军官学校战史研究系就是！

杨赶在报名期限截止前提出了申请。考试的结果，杨以与榜首相差甚远的成绩勉强及格。

5

杨威利进入军官学校就读，是出于权宜之计。他的前途被决定了，和爱国心与好战心全然无关。

父亲遗留下来的赝品，他扔掉了大部分，把剩下的寄放在租的仓库里，然后两手空空地住进军官学校的宿舍。

入学的动机既然是这样，杨自然没有成为优等生。在学校里，杨潜心研读战史背后牵涉的广泛历史，其他科目则马虎带过。尤其是一些他无甚兴趣的课程，比如射击、战斗艇操纵、机械工程等，成绩总是“低空掠过”，差点就不及格，而他也一副不在乎的样子。

如果不及格，就可能被开除学籍，或者浪费时间再考一次，所以杨认为只要及格就好。他的志向并不是成为统合作战本部长、宇宙舰队司令长官或参谋总监，而是做一名战史编纂室的研究员。他压根儿没想过要在军中出人头地。

他的战史研究成绩出类拔萃，实际操作的成绩在及格边缘，两者综合起来是中等水平。但杨在战略战术模拟测验中的表现并不差。测验时，学生们使用电脑进行对战交锋，以此决定成绩。令教官们大跌眼镜的是，有十年难见的将才之称的头号优等生维德伯，竟被杨击败了！

杨集中全部兵力于一点，切断对方的补给线后，便转入防御战。维德伯运用各种战术，长驱直入杨的阵营，但补给中断了，最后只落得黯然退败的下场。不管是电脑的判断还是教官的评分，都显示杨大获全胜。

维德伯自尊受挫，怒气冲冲地嚷道：

“要是照规矩来，从正面开战的话，我一定会赢！不把这家伙打得落花流水四下逃窜才怪！”

杨没有反驳，此刻他觉得很满足，因为他可以用这科的成绩补机械工程的成绩了。

不过这份满足并没有持续多久。二年级学期末，教官要杨转到战略研究系去。

“不是只有你一个要转系。”教官安慰道，“战史研究系被裁撤了，全系学生都得转到其他系。你在模拟测验时曾打败维德伯，为了发挥你的特长，还是转系比较好。”

“我是为了学习战史才进军官学校的，学校招我们进来，却又在我们毕业前夕废除战史研究系，这样不是太不公平了吗？”

“杨同学，你现在虽然尚未服役，但是进入这所学校，你就是军人了，而且是下级军官的待遇。只要是军人，都必须服从命令。”

“……”

“转系对你只有好处没有坏处。战略研究系人才云集，没有考上战略研究系的人才转考其他系。反之，能从别的系转到战略研究系的极其罕见。”

“我受宠若惊，但我天生就不是什么人才。”

“不要跟我耍嘴皮子！当然，如果你不愿意的话可以退学，权利在你自己手上。但你必须退还这两年的学费，只有当军人才能免费就学。”

杨仰望长天，不知不觉想起父亲以前说过的关于金钱的话。的确，生而为人这件事，就决定了人是无法获得自由的。

二十岁时，成绩平平的杨从战略研究系毕业，军衔为少尉。一年后晋升为中尉，这对军官学校的毕业生来说是惯例，并不是因为杨的表现特别优秀。杨被分配到统合作战本部的记录统计室，在这里不可能立下什么战功，不过能接触到过去的记录，这份工作对杨来说倒是令人满意。

在晋升中尉的同时，杨也被任命去前线执行勤务，成为艾尔·法西尔星域部队的参谋。

“一步错，全盘皆错。”

年轻的中尉前往就职地时，这样喃喃自语。

他从来没有认真考虑过要当军人，但现在身上却穿着一袭精心设计的军服——白色的五星徽帜别在黑色贝雷帽上，黑色军服的领口围着一条象牙白的三角巾，下身是与三角巾同色的象牙白军裤，黑短靴……

这一年，即宇宙历七八八年爆发的艾尔·法西尔战役，加快了杨威利中尉的人生进程。

在这场战役中，自由行星同盟可谓颜面尽失。双方各自动员了规模大约为一千艘的舰队，兵力损失各达两成左右，战争暂告一段落。战争进行时，杨什么事也没做，只是坐在旗舰舰桥的位子上观看战斗，也没有人来征询他的意见。

然而，就在同盟军准备班师回朝时，帝国军忽然从背后发动出其不意的攻击。当时帝国军佯装撤退,却冷不防地快速掉头，以迅雷不及掩耳之势袭击毫无戒心的同盟军。

能量光束的长枪撕裂一片黑暗的宇宙空间，细小的恒星瞬间失去光芒。遭受破坏的舰艇放射出能量,剧烈的震波强如飓风，使其他舰艇疯狂地摇摆。同盟军司令官林奇少将乱了阵脚，非但没有安抚混乱的局面，还驾驶旗舰逃向艾尔·法西尔本星。

知道指挥官逃亡，同盟军当然无心恋战，此前与敌舰孤军奋战的诸舰也纷纷见风转舵，掉头逃离战场。其中有一半自行选择了退路，逃出艾尔·法西尔星域，另一半则尾随旗舰逃进艾尔·法西尔本星。来不及逃走的舰队只有两条路可走，或被击沉，或是投降，结果他们几乎都选择了投降。

逃到艾尔·法西尔的同盟军残余部队，仍有舰艇两百艘、官兵五万人。但后面的帝国军兵力增为三倍，正企图一鼓作气，乘机把艾尔·法西尔星域“从叛军的魔掌中解放出来”。艾尔·法西尔的三百万民众眼看情况危急，无不胆战心惊。看来艾尔·法西尔难逃失陷的命运。

民众与军队交涉，希望制订全体平民的撤退计划，并加以实行。此时以负责人姿态出现在他们面前的正是杨威利中尉。

这个人太年轻了吧？级别又那么低！军部是认真的吗？民众疑虑重重。杨搔搔头，一副毫无把握的样子，但该做的还是要做。帝国军的进攻已迫在眉睫，他必须在一片混乱中理出头绪，调度民用船和军用船做好脱逃准备。

杨似乎意在安抚焦躁的民众，并等待适当的时机。

一天，急报传开，人人骇然。林奇司令官和直属部下丢下民众和其他部属，带走军需物资，从艾尔·法西尔本星逃走了。杨终于对躁动不安的民众发出逃亡指示，但逃走的方向与林奇司令官一伙人恰好相反。

“大家不用担心，司令官已引起帝国军的注意了。不必依靠反雷达装置，我们就可以乘着太阳风优哉游哉地逃出去。”

原来，年轻的中尉把司令官当作了掩护逃离的诱饵。

他的预言果然正确。张牙舞爪等待多时的帝国军发现林奇少将一伙的行踪，像狩猎般穷追不舍。最后林奇少将等人只有高高竖起白旗，成为帝国军的阶下囚。

与此同时，杨率领的船队则安然地逃离艾尔·法西尔星域，一溜烟似的驶向后方星域。帝国军的侦测网曾捕捉到他们，但如果是逃脱的太空船，应该装有侦测防御系统，在这个先入为主的观念影响下，帝国军把映现在雷达上的船队影像误认为大规模陨石群，就这样眼睁睁地看着他们逃走了。

举杯欢庆胜利的帝国军事后得悉真相，莫不勃然大怒，捶胸顿足。

而保护三百万民众安全逃回后方星域的杨，则被雷鸣般的疯狂欢呼包围了。

军队首脑对杨的沉着与胆识更是赞不绝口。他们不得不这么做。败北、逃亡，再加上舍弃人民、见死不救，为了洗刷这些污名，必须要树立一位军中英雄。杨威利无疑是自由行星同盟军人的楷模，是发扬正义与人道精神的战士，更是全军一致颂扬的青年英雄。

这一年标准历六月十二日上午九点，杨晋升上尉。同日下午一点接到少校的任职命令。军中规定生还者不得一次跃升两级，所以高层采取了这样一种奇特的任命方式。

杨对周遭又惊又羡的目光视若无睹，只嘟囔了一句“怎么会这样”。随着级别的提升，薪水也提高了，真正令他高兴的是终于有钱买历史方面的旧书了……

正是在这时，杨首次对用兵产生了兴趣。

“简单而言，三四千年以来，战争的本质始终没变。在到达战场之前，左右胜负的是补给；到达之后，左右胜负的则是指挥官的能力。”

他对照战史，如是认为。

“强将手下无弱兵”，“一只狮子领导的一百只羊胜过一只羊领导的一百只狮子”……自古以来，强调指挥官重要性的格言不胜枚举。

二十一岁的少校比谁都清楚自己成功的原因。不单是帝国军，同盟军也是如此，对科学技术的盲信导致了根深蒂固的观念——雷达上显现的不会是人工物体，而是陨石。如此一来，杨的奇招便奏效了。

天底下最危险的莫过于僵化的固定观念。回想过去，在学生时代，杨在模拟测验中击败维德伯不也是靠出奇制胜，把执意从正面对决的对手给打败了吗？

剖析敌人的心理是用兵的第一要点。其次，在战场上要完全发挥实力，补给是不可或缺的一环。说得极端些，不一定要攻击敌人本部，只要切断其补给就够了。如此一来，敌人便不战自败。

杨的父亲再三强调金钱的重要性，将个人替换成军队时，金钱就成了补给。如此想来，父亲的话真是金玉良言。

后来，杨参加了多次战斗，几乎每两次就有一次建立奇功，他也随之晋升为中校、上校，到二十九岁时已是准将。同窗维德伯则被追授为少将，皆因在任职上校时的某次战斗中，由于敌人不采取正面攻击而采取奇袭战术，他阵亡沙场，于是得以破格连升两级。

现在，杨威利驻扎在亚斯提星域。

一声呐喊突如其来，响彻舰桥：有不明物体！侦察艇发出急报！

“帝国军并不在我方推测的宇宙区域，而是向我军急速挺进，即将与第四舰队遭遇！”

“什么，这太不合理了吧？”

派特中将近乎歇斯底里地尖声嚷道。

杨拿起操作台上的文件，是一份印在纸上的文件。自古代中国人发明纸张以来，已经过了近四千年，从那时起人类便一直用纸来记述文字，并没有发明其他的代替物。

这份文件便是杨提出的作战方案。他逐页阅读，经文字处理机处理过的文字清晰可见。

“……敌人如果有意主动进攻，就不会把这种阵势看作身处被包围的危险之中，反而会认为是分散我军各个击破的大好良机。此时敌人攻击的第一个目标是位于正面的第四舰队。第四舰队兵力原就单薄，敌人可以轻取。接下来，攻击目标便锁定为第二或第六舰队，此时选择权还在敌军手中。对付敌军的方法如下：遭受攻击的第四舰队浅战过后，慢慢后退，再以第二、第六舰队从背后合力攻击乘胜追来的敌军。若敌军反攻，则第二、第六舰队一边与敌军浅战，一边撤退，此时第四舰队再从背后攻击敌军。重复这个招数，让敌人疲于奔命，最后再一举包围歼灭。这个战法成功率极高，但要注意集中兵力、保持紧密联络，以及保持前进后退的灵活性……”

杨合上手头的报告，抬头看着天花板上的广角侦测器，数以亿计的繁星冷冷地望着他。

年轻的准将打消了吹口哨的念头，开始在自己的操作台上忙碌起来。

Chapter 2

亚斯提会战

1

当帝国军舰队急速接近的报告传来，同盟军第四舰队司令官培特雷中将大为震惊。

舰队旗舰莱欧达的显示器屏幕上，人工光点群集，转眼间，光点骤然变亮，范围也迅速扩大开来。看到这种光景，大家莫不心惊胆战、口干舌燥。

“这是怎么回事？”

中将从指挥席直起身来，自言自语。

“帝国军企图何在？他们在打什么主意？”

有人觉得他问得莫名其妙，但这样想的人并没有几个。帝国军无非要倾全力攻击第四舰队。看穿这层道理并不难，但同盟军的首脑们万万没想到被三面包抄的敌军竟会采取如此大胆的攻势。

根据他们的推测，处于被包围态势的帝国军面对占据多数的敌人，应当致力于防御，缩小战线组成密集阵形才对。同盟军则从三个方向同时杀到，布下天罗地网，集中火力从容不迫、扎扎实实地消灭敌军的抵御能力。

一百五十六年前，达贡歼灭战的情形也是这样，获胜的两员大将一战成名，至今为人称颂。然而这次敌人没有落入同盟军的圈套。

“搞什么？敌军的司令官根本不会用兵！哪有这种打法？”

中将无意识地说出这些蠢话。他从指挥席上站起来，用手背擦拭着额上的汗珠。舰内恒温十六点五摄氏度，还不至于热得出汗。

“司令官阁下，怎么办？”

参谋请求指示的声音也显得有点浮躁不安。这种声调触怒了中将：当初宣称由三个方向分进合击必定胜利在握的，不正是你们这些参谋吗？那么面临失败的时候，你们理所当然也该负起责任，想出相应的对策。现在竟然还敢问我怎么办！

但眼下不是生气的时候。帝国军舰队有两万艘，同盟军第四舰队只有一万两千艘，这和当初预计的完全不同，整个局面大乱。原本是要以三支舰队的四万艘舰艇包围攻击两万艘的敌军，如今情势一转，势单力孤的第四舰队必须独力与人数占绝对优势的敌军开战。

“紧急联络第二、第六舰队！α 七点四、β 三点九、γ 负零点六的宇宙方位上，与敌军冲突！请全速前来救援！”

中将喝令。旗舰莱欧达的通信长南恩少校答应着，动作和表情却充满了绝望。帝国军发射的干扰电波贪婪地侵蚀着同盟军的通信线路。莱因哈特散布了数以万计的干扰电波发射器，此刻正在宇宙空间中发挥作用。

“派出四艘联络艇，两艘一组，分别前往第二和第六舰队！”

中将使劲儿嚷道，屏幕放射出的闪光霎时染白了他的脸。敌人开始发动攻击了，中子光束炮百发齐射。放射的能量膨胀开来，产生的光芒直穿士兵的眼睑。

同盟军舰队的各个角落溅起彩虹般的火花，这是敌军的光束炮被能量中和磁场拦截，细微的能量粒子高速冲撞引起互蚀现象而产生的。中将用力挥手，喊道：

“前锋部队出击！全舰准备战斗！”

按理说，敌军应当无法收到培特雷中将的命令，但是帝国军总旗舰伯伦希尔的舰桥里，莱因哈特冰蓝色的眼眸里漾着嘲讽之色。他自言自语道：

“无能的笨蛋，反应迟钝。”

“战斗艇发动！准备近距离格斗战！”

法伦海特少将下达了这项命令。他战意激昂，加上一马当先的自信，锐气溢于言表。不管这是否将成为“金发小子”的功绩，现在他只在乎胜利。

X型机翼的单座式战斗艇“王尔古雷”陆陆续续从庞大的母舰发射。母舰正以超高速在宇宙空间疾行，因此在脱离的那一瞬间，只要依靠惯性，便能达到比母舰更快的速度，根本不需要滑行路段或射出装置。王尔古雷机型小巧，火力稍逊但活动性强，最适合近距离格斗战。

相对于王尔古雷，同盟军也有单座式战斗艇，名为“斯巴达尼恩”。

核聚变炉爆炸的火光此起彼落，激射而出的能量乱流掀起惊涛骇浪，摇撼着两军的舰艇。王尔古雷穿梭于撕裂的光束空隙间，仿佛拥有两对银翼的死亡天使。同盟军的斯巴达尼恩战斗能力虽然不逊于王尔古雷，但敌军先发制人，斯巴达尼恩在脱离母舰的一刹那便遭到狙击，连机内的驾驶员都被光束击得粉身碎骨。

战斗展开一小时后，在帝国军法伦海特部队的猛烈攻击下，第四舰队的先头部队已处在溃灭边缘。两千六百艘舰艇中还能继续战斗的已不足两成。有的舰艇因为核聚变炉爆炸灰飞烟灭；有的舰艇虽然万幸没有爆炸，但遭受重创无法继续战斗；有的舰艇舰体轻微受损，但驾驶员身亡，只能漫无目的地漂浮在太空中。局势惨烈至极，同盟军战线的全面崩溃只在旦夕间。

战舰尼斯特的损伤虽然只有舰底一处，但射入舰内的中子弹头爆炸时掀起的狂暴的杀人粒子无情地席卷全舰。一转眼，这艘巨舰便成为六百六十名士兵的坟墓。

全员阵亡的尼斯特仍然遵循着驾驶员最后设定的方向，在无形的轨道上向前冲去，与友舰兰诺斯的舰首擦身而过。这时兰诺斯的前部主炮正瞄准敌舰，刹那间炮弹齐出，疾射而来。尼斯特在短距离内被光子炮击中，悄无声息地爆炸。紧接着，核聚变炉爆炸时散射的能量冲破了中和磁场，直接击中兰诺斯的舰体，不幸的兰诺斯也跟着步上毁灭的命运。

白色闪光像双胞胎似的接连爆发。白光消失后，连一片无机物的残骸都没有留下。兰诺斯舰艇上的士兵们击毁友舰后，自己也付出了生命的代价。

“这是在搞什么！”

培特雷中将的声音响起。

“对方在干什么？”

法伦海特少将也嘟囔着。

他们两人同时望着旗舰上的屏幕，前者的叫声充满绝望和焦虑，后者则是从容不迫地揶揄嘲弄。两者的差异同时也是战局的差异。

2

这时，同盟军的第二、第六舰队得悉事态危急，莫不惶恐至极，但他们并没有改变当初的作战计划，仍然原速向前推进。

第二舰队司令官派特中将坐在旗舰波罗库斯的指挥席上，在四下无人的时候，两脚不住地哆嗦起来，焦虑显露无遗。部属们感受到指挥官的紧张情绪，舰桥内的空气像凝结了一般。

中将察觉到在这些人当中，只有一个人的表情还是镇静如常。踌躇了一会儿，他扬声叫道：

“杨准将！”

“在！”

“你对目前的态势有什么看法？说说你的意见吧。”

杨从座位上站了起来，脱掉军帽，一只手轻轻拨了一下黑色的头发。

“看样子敌人打算各个击破。第四舰队兵员最少，当然成了他们的第一个目标。他们在分散的我军中选择了正前方的敌人。”

“……第四舰队抵挡得住吗？”

“两军正面冲突，就兵员来说对方占了上风，也取得了先机。”

杨的表情和声调都显得十分淡然，派特中将看在眼里，手掌仿佛要抖落一身焦躁似的开合着。

“首先，我方必须立刻赶往战场援救第四舰队，如果赶得上，也许可以突破帝国军的侧翼。这一招对整个战局助益很大。”

“恐怕没有用吧。”

杨的声音还是那么平淡，派特中将差点把他的话当成了耳边风。中将的视线离开屏幕，再次望向年轻的参谋。

“你的意思是……”

“当我们赶到时，战斗已经结束了。敌军必定会撤离战场，并在我舰队和第六舰队会合前攻击其中一方的侧翼。基本可以确定人数较少的第六舰队会先遭到攻击。因此我们必须掌握先机，现在就控制大局。如此一来便不至于上敌军的当了。”

“那么依你之见，我们该怎么做？”

“只要把顺序改变一下就可以。不要在战场上才和第六舰队会合，要提早尽快与第六舰队会合，设定新的宇宙战场。两支舰队会合后有两万八千艘军舰，这样我军便有五成以上的胜算。”

“……你是要我们见死不救，让第四舰队任敌人宰割？”

中将的语气充满责难。他觉得杨的建议未免过于冷酷。

“反正现在赶去也来不及了。”

不知是否看穿了中将的心理，杨的口吻颇为冷淡。

“但是我们不能置友军的安危于不顾！”

中将嚷道，杨轻轻地耸耸肩。

“这样三支舰队都会成为敌人各个击破战法的诱饵，无一得以幸存。”

“不一定！要打败第四舰队不是那么简单的事，如果他们抵挡得住……”

“我刚才说过了，恐怕抵挡不住……”

“杨准将，现实不会只按照你的预测发展。敌人的指挥官是罗严克拉姆伯爵，年纪轻，又没什么作战经验。和他相比，培特雷中将可真是一位身经百战的沙场老将。”

“司令官，您说他经验不多，但是他的战术构想……”

“好了，好了，准将！”

中将不耐烦地打断杨的话，因为对方所说的并不是他想要的答案。他对这个年轻的参谋感到不悦。

中将向杨摆出就座的手势，然后回过头继续看着屏幕。

3

开战四小时后，同盟军第四舰队已经溃不成军，既没有完整的阵形，也没有统一的指挥系统，舰艇被分散拦截在各个地方，处于孤立的境地，只能勉强作最后的抵抗。

旗舰莱欧达化为巨大的金属块飘向虚空，舰内了无生机。舰桥内部被敌人集中的炮火击中，外壳霎时间裂开一条大缝。由于内外压力差的关系，司令官培特雷中将的尸体被吸往真空中，谁都不知道他的尸身会飘到哪里，变成什么模样。

反观帝国军这一方，莱因哈特已得悉在现阶段大获全胜，梅尔卡兹正通过通信屏向他报告。

“有组织的抵抗宣告结束，接下来即将展开扫荡！”

“不用了。”

“咦？”

梅尔卡兹原本细小的眼睛显得更细了。

“战斗只完成了三分之一，就随残敌去吧。我们要保存实力，以备下一场战斗。稍后我会发出指示，在此之前先调整自己的阵形。”

“知道了，司令官阁下。”

梅尔卡兹郑重地点点头，身影消失在通信屏上。

莱因哈特望着红发的高级副官。

“他的态度有点改变了。”

“是啊，他不得不变。”

吉尔菲艾斯觉得头一仗打得真是漂亮。连五位提督也不得不承认莱因哈特的战术构想的确大建奇功，帝国军士气大振。敌方必胜的态势被打破，想必现在一定阵脚大乱。

“接下来应该对左右两侧的哪一支舰队发动攻击呢，吉尔菲艾斯？”

“无论哪一侧，我们都能包抄过去。您的想法呢？”

“嗯……”

“右侧的第六舰队兵力较为薄弱。”

“不错！”

金发的年轻指挥官嘴角浮现出会心的微笑。

“也许敌人会猜到我方的打法，这倒有点令人担心……”

莱因哈特摇摇头。

“不必多虑。就算他们察觉，也没有办法继续使用分进合击法。敌军应该是打算尽早会合，因为会合之后，他们一方就占优势了，可是他们没有，这表示敌军尚未洞察我方的意图。我们如果包抄到敌军第六舰队的右后翼进行攻击，大约需要几个小时？”

“不到四个小时。”

“好家伙，原来你已经计算过了。”

莱因哈特再次笑起来，笑得像个少年。但微笑很快就消失了，因为他发觉有好几道视线投射过来。对吉尔菲艾斯以外的人，莱因哈特不会轻易露出笑容。

“把这项命令传达至全舰，变更方向，顺时针前进，从敌军第六舰队的右后翼开始攻击。”

“遵命！”

吉尔菲艾斯应道，同时欲言又止地望着金发的上司。莱因哈特扬扬眉，不解地望着他。

“有什么异议吗？”

“没有，只是现在时间还很充裕，不如先让士兵们休息一下，您意下如何……”

“啊，对了，我倒没注意到这点。”

莱因哈特于是下令让士兵交替休息各一个半小时，在此期间用餐，进行密舱睡眠。

在轻型塑料制作的密闭水槽内放约三十厘米深的浓盐水，水温保持在三十二摄氏度，这便是密舱床具。躺在里面，与外界的色彩、光热和音响完全隔离，静谧而舒适。据说泡上一个小时就可以去除身心疲劳，效果相当于熟睡八小时。士兵们要在短时间内恢复在战斗中消耗的体力和精力，这无疑是最好的方法。

在小型部队中，如果没有密舱床具设备，会给士兵们服用具有醒脑提神效果的药剂，但这种药可能损害人体，对军队组织也会产生不良影响。药物中毒的士兵就失去了人力资源的价值，所以在最坏的情况下才会使用这个手段。

同时，对负伤士兵也展开了治疗工作。在公元二十世纪末期，电子可以活化人体细胞、大大提高自然治愈能力，这已经广为人知。再加上电子机器人技术的发展，现在凡是送到军医手上的生命都有九成的存活率。当然，完全排除死亡仍是不可能的……

此刻，和平照拂着帝国军的士兵，各舰的餐厅人声鼎沸、喧闹嘈杂，虽然规定不能喝酒，但战斗和胜利带来的酩酊醉意使士兵们无法自已，那种滋味远远胜过佳肴美酒。“我们的年轻司令官很能干嘛。”士兵们窃窃私语，“本来以为他只是个脸蛋长得漂亮的娃娃，没想到竟然是一位了不起的用兵之人。他或许可以算得上伍德提督以来的第一人吧……”

为了谁、为什么要和素昧平生的敌人互相残杀？这样的问题已被士兵们抛到九霄云外去了。他们只是单纯地为存活和胜利欣喜若狂。再过几个小时，此时幸存的他们，不知又有多少会被列入新的死亡名单。

4

“在四点半方位发现舰踪！无法识别！”

后卫部队的驱逐舰传来报告时，同盟军第六舰队司令官慕亚中将正与参谋团一同用餐。

中将把刀子插在小麦蛋白猪排上，厌恶地瞪着从舰桥跑来的联络官。被他这比刀子还锐利的眼神一瞪，联络官怯懦地愣在一旁。大家都知道，慕亚中将是个豪放粗野的人物。

“你说四点半方位？”

中将的声音和他的眼神一样可怕。

“是……是的。四点半方位。目前还无法辨别是敌是友。”

“哦？哪一个四点半方位？上午还是下午？”

慕亚显得极不耐烦，但还是放下刀叉走出军官餐厅。他看到参谋们慌张地跟在自己身后，便晃了晃厚实健壮的肩膀。

“紧张什么！敌人不可能出现在四点半方位，他们正在我们前进的方向上！”

中将扯着喉咙大声说道：

“我们正朝战场全速前进，第二舰队也一定在采取同样的行动。如此一来，我军就可以左右夹击敌军，可说是胜券在握。不，应当说必胜无疑，不论是在数量还是阵势上……”

“可是，阁下……”

一位参谋打断了中将的滔滔雄辩，是拉普少校。少校一边用手帕擦拭着嘴角的油脂，一边说道。

“什么？”

“我认为敌军已经转移了战场……”

“他们不去攻击第四舰队了吗？”

“虽然有些难以启齿，但依下官之见，第四舰队恐怕已经败退了。”

中将的浓眉竖了起来。

“少校，这真是一个大胆又令人不快的假设。你嘴上的油光还真亮。”

拉普少校顿时面红耳赤，连忙用手帕继续擦拭。

众人搭乘舰内的自动走廊来到舰桥，忽然一个踉跄，差点跌倒。这是因为重力控制系统在修正时产生了一瞬间的时差。产生时差的原因是舰艇被迫进行急速的方向转换，舰艇的能量测定装置发现，紧贴着舰体外壳，存在破坏舰艇的指向性能量。

“右后翼敌军来袭！”

第六舰队的通信线路中，惊愕的叫声四起，但很快就被一片嘈杂取代。

军官们个个毛骨悚然。通信系统的混乱是敌人已经逼近的最有力的证据。

“不要慌！”

慕亚中将咆哮着，也是让自己保持镇静。他后悔把事情看得太轻松了，肥厚的双颊无力地松垮下来。

舰队后卫并没有配置最新锐的舰艇，因此当敌人从后方发动奇袭时，他们根本无力抵挡。

帝国军在背后，这么说来，第四舰队已经全军覆灭了吗？还是帝国军早已部署充足的伏兵？

“迎击！打开炮门！”

中将心思大乱，忘了要先整顿混乱的局面，只能下达了最低限度的命令。

老练的梅尔卡兹上将指挥的帝国军列成整齐的进攻队形，从同盟军第六舰队的右后方发动攻击。中子光束炮发射出灿烂的死亡之光，冲破同盟军老舰艇的微弱磁场，射穿了舰体。

梅尔卡兹盯着屏幕，看到光灿耀眼的火球在阴暗的虚空中乍现乍逝。四十年来，此情此景他已司空见惯，但这时心中却涌起一股莫名的感慨。

在梅尔卡兹眼里，莱因哈特不再只是“金发的瓷娃娃”了。第一仗得胜并非侥幸，而是在正确洞察和判断的基础上，采用出其不意的大胆战术获取的结果。本来帝国军被三面包围，但他能在敌军包抄过来以前，采取各个击破的战术，这一招实在高明。

他想，自己是绝不可能想到这个策略的，同辈的老战友们也不可能想到。只有不拘泥于陈规惯例的年轻人才有可能。

或许，我辈的时代已经过去了。他脑海中忽然闪过这个念头。

而且，战争也越来越惨烈。

帝国军势如破竹地击溃同盟军，不论炮战还是格斗战都始终占据优势。全军锐不可当，稳稳地掌握先发制人的有利点。同盟军虽然拼命反击，但由于指挥官慌了阵脚，并没有多大效果。

“全体舰队！掉头！”

慕亚中将在舰桥中央的地板上叉腿站立，喊了一声。他终于下定决心了。此前，他只会对部属们胡乱咆哮。

“阁下，掉头的话，情势只会更乱，我军应该转向顺时针方向全速前进，包抄敌军的背后！”

拉普少校的提案撞在了中将魁梧的身躯上，徒劳地弹回来。

“还没到敌军背后，我方大半的士兵早就死光了！掉转舰头，展开攻势！”

“但是——”

“住嘴！”

慕亚中将全身战栗，发出怒号。少校不再开口，他清楚地认识到眼前的上司已经慌乱到了极点。

第六舰队旗舰佩卡蒙的巨大身躯开始掉头，尾随在后面的各艘舰艇也跟着掉头。但在混战中掉头并非易事，经验老到的梅尔卡兹间不容发地乘虚而入。

帝国军发射的光束炮如流星雨般狂扫而下，能量中和磁场负荷过重，开始破裂，同盟军的舰艇几乎被破坏殆尽。

旧战场上的能量怒涛再次在新战场上出现。慕亚中将和拉普少校同时感到同盟军的舰艇孤独地在汹涌怒涛中翻滚。

“大量小型舰艇朝本舰急速接近！”

通信兵叫起来。其中一块屏幕映现出大群的王尔古雷，不消片刻，更多屏幕的画面也被成群的王尔古雷占据。它们炫耀一般疾驰而至，在极近的距离发动光束攻击。

“格斗战开始，发动斯巴达尼恩！”

这道命令下得太迟了。斯巴达尼恩脱离母舰的瞬间，王尔古雷早已等在那里。残酷的光束齐齐射出，同盟军的战斗艇还来不及应战，便化成火球四散开去。

“司令官，您看。”

通信兵指着其中一块屏幕说道。帝国大军压至，而且它后面、后面的后面，可以看到敌军层层叠叠的舰影。舰桥内充满压抑沉闷的气氛，佩卡蒙已身陷重围。

“有发光信号传来。”

通信兵喃喃自语似的向上司报告。

“解读。”

慕亚中将默不作声，拉普少校只得开口。他的声音也显得嘶哑而低沉。

“解读……贵舰已被完全包围，脱逃无门，赶快投降。我军将从宽处理……”

解读完毕后，无数的视线和无尽的沉默都落到慕亚中将那巨大的身躯上。一切只待司令官下达命令。

“投降？”

中将嘟囔着，脸色铁青。

“不！我再无能，也绝不做贪生怕死的懦夫！”

二十秒后，白色闪光将他们重重包围。

5

不安的情绪沸腾到了顶点。

同盟军第二舰队旗舰波罗库斯的舰桥笼罩在无形的阴霾下。敌军不知何时会袭击至此。长官已发布一级战备的命令，全体人员都穿上了太空装，但是不安的感觉仍然穿透体表，令他们毛骨悚然。

“第四舰队和第六舰队似乎全军覆没了。”

“我方被孤立了，现在敌人的数量比我军还多。”

“给我情报！怎么回事？目前情况如何？”

虽然严禁交头接耳、窃窃私语，但不安使他们心烦意乱。事态的发展超出了预料。如今还能歼灭原来数量仅有己方一半的帝国军，大奏凯歌吗？

“敌方舰队接近！”

忽然，通信兵的声音通过麦克风响彻整个舰桥。

“方位在一点到两点……”杨喃喃道。

仿佛是在回应他的话，通信兵接着报告说：

“方位在一点二十分，俯角十一度，急速接近中！”

波罗库斯的舰桥霎时充满紧张气息。但杨浑然不觉。

果然不出所料。帝国军自同盟军第六舰队的右后方向左前方超进，形成一条自然的曲线，箭头指向最后的第二舰队。由于第二舰队笔直前进，帝国军在一点到两点的方位上出现是理所当然的。

“准备迎战！”

派特中将下令。太迟了，杨暗忖。

正统的战法是在敌人来攻之前即做好应战准备，但以当前的局面而言，这种思考方式就显得有点食古不化。如果能快速移动，攻至敌人背后，当能与第六舰队前后呼应，使帝国军腹背受敌。

战争一旦开打，就不可能没有死伤，而死伤越惨重，战胜的意义就越小。兵法存在的意义便架构于这两种命题上，以最小的牺牲换取最大的战果才是成功。残酷地说，便是如何才能有效率地杀死自己的同类。杨兀自怀疑，司令官根本无法理解这层道理。

已经产生的死伤是无可奈何的，但这并不是用一句“无可奈何”就能轻易敷衍过去的问题，军方首脑们应当为自身拙劣的作战指挥能力感到羞耻。是非功过事后自有公论，眼前的首要事项便是防止错误再次产生或扩大，设法转祸为福。

如果后悔和流泪能让战死的将士们复活，流下几千升的眼泪也可以。可是……那只是无谓的悲痛游戏罢了。

“全体舰队，打开炮门！”

命令发出，但与此同时，一道几乎可以灼伤视网膜的强光冲进舰桥内，舰桥内的人一时间都失明了。

半秒之后，波罗库斯的舰身被炸裂开来的能量冲击得剧烈摇晃。

哀叫和怒号中交杂着跌倒和冲撞的声音，杨也无可避免地跌倒在地，背部受到猛烈冲击，一时无法呼吸。通过盔形帽中的通信装置，他感知到周遭嘈杂的声音和强烈的气流。杨调整呼吸频率，用手掌护住无法看见东西的双眼。

监视屏的入光量竟然没有调整，这是不可原谅的严重过失，谁该为此负责？发生这种失误，想不输也很难了。

“……这里是后部炮塔！舰桥！请回答！请求指示！”

“机械室！这里是机械室！舰桥！请回答！”

杨睁开眼睛，整个视野充满了祖母绿色的云雾。

他坐起身，发现有人躺在身旁，浓稠的深色液体从嘴角流到胸前，沾满了全身……

“总司令官！”

杨喃喃叫着，一面观察中将的脸色，一面两脚重重地踏在地上，站了起来。

舰艇的舱壁被撕开一条大裂缝，空气灌入，气压急速变低。几个没有按下磁力靴开关的人被吸了出去。但自动修复系统的作业枪可以自行喷出黏合雾剂，裂缝很快又闭合起来。

环顾舰桥内，已经没有站着的人了。杨确定太空装的通信装置仍然在正常运作，开始下达指示。

“派特总司令官受伤，军医和医护兵立刻到舰桥来！运作官马上调查舰体损害状况并修复，然后报告，快去！全体舰队已处于战斗状态，后部炮塔不必等指令下来才行动！赶快执行任务！机械室怎么了？”

“我们是担心舰桥的情况，这里没有任何损伤。”

“那就好。”声音里多少含着几分揶揄，“照这种情形看来，舰桥还可以正常运作，大家放心，请专注于自己的任务。”

他再次环顾舰桥。

“有哪位军官没有受伤？”

“我没受伤，准将。”

一个人走过来，步伐有些踉跄。

“你……嗯……”

“参谋小组的拉欧少校。”

透过太空装的防护帽，可以看见少校小小的眼睛和鼻子，他和杨的年纪差不多。还有两名驾驶员和一位通信兵举手站起来。

“没有其他人了吗？”

杨拍拍戴着防护帽的脸颊。这无异于第二舰队的首脑层已全数阵亡。

军医和医护兵赶到，手忙脚乱地为派特中将诊察。他的前胸猛地撞上指挥台的一角，折断的肋骨刺进了肺里。军医和医护兵们画蛇添足地说：“他的运气太坏了。”相反，杨这回无疑运气不错。

“杨准将……”

身心都痛苦难当的派特中将呼唤着年轻的参谋。

“舰队的指挥就交给你了……”

“我？”

“在幸存的军官当中，你的军衔最高啊，你的军事才华也……”

中将声音渐弱，昏迷过去。军医赶紧呼叫急救用的机器人轮车。

“他对您的评价很高呢。”拉欧少校佩服地说。

“是吗？”

拉欧少校对中将和杨之间意见对立一事毫不知情，感到不解。这时杨走向通信台，按下舰外通信的按钮。比起人来，似乎还是机器更安全、更坚固。

“通告全体舰队！我是派特总司令官的次席参谋杨准将！”

杨的声音穿透虚无的宇宙空间。

“旗舰波罗库斯被炮弹击中，派特中将身负重伤。遵照总司令官命令，由我继续指挥全体舰队！”

说到这里，他深吸了一口气，也让士兵们的惊愕有短暂的缓冲时间。

“大家不用担心，遵照我的命令就能得救！想生还的人要处变不惊，并听从我的指示！我们部队目前虽然处于劣势，但最重要的是争取最后一刻的胜利！”

哦，自己也在夸大其词。杨苦笑了一下，但并没有把内心的想法显露出来。自己身为指挥官，即使再怎么灰心消沉，也不能表现出来，只能抬头挺胸，强打精神面对一切。

“绝对不会输！在接到新的指示之前，各舰要专心一意，各个击破，完毕！”

他的声音传到帝国军耳中。总旗舰伯伦希尔的舰桥内，莱因哈特秀美的双眉微微上扬。

“‘不用担心，遵照我的命令就能得救’？叛军中也有这等口出狂言的家伙！”

他的双眼闪耀着冰片般的寒光。

“到了这步田地还想挽回劣势？哼，好吧，吉尔菲艾斯，咱们去瞧瞧他有多大的本领。”

“是！”

“战列重新编排！传达下去，全体舰队成纺锤阵形！你明白为何这么做吗？”

“您想从中央突破？”

“不错，正是如此。”

吉尔菲艾斯将莱因哈特的命令传至帝国军全体舰队。

杨不戴防护帽时，总是握着贝雷帽，习惯性地偶尔搔搔头上的黑发。当兵力差距不大时，比较有利的攻势是中央突破与半包围战法。他猜测敌人大概会采取比较积极的进攻方式，果然被他料中。

“拉欧少校！”

“是，代司令官阁下！”

“敌人采取了纺锤阵形，可能打算来个中央突破。”

“中央突破？”

“消灭第四、第六舰队之后，帝国军士气大振，他们理所当然会采取这种战法。”

拉欧少校担心地忖度着杨的推论。杨心想，同盟军士气之衰竭正如拉欧少校现在这副表情一般，这都是帝国军积极战法的成果。

“您打算怎么应对？”

“目前正在思考对策。”

“可是如何与我方人员联络？电子通信会传到敌人耳中，相当危险，发光信号也一样，而用传令艇又耗时太多。”

“不必担心。可以使用多个通信线路，命令各舰打开战术电脑的 C4 线路，如此传令下去就可以了。就算讯息传到敌人手中，他们也无法判断。”

“这么说，代司令官已将作战计划全盘考虑过了，并将情报输入了电脑？早在战斗开始之前，您就……”

“我本来希望用不着这个计划的。”

杨的语气里也许多少有点辩解的意味。自特洛伊的公主卡珊德拉以来，警示战败的预言者免不了要遭人白眼。

“快点将命令传达下去。”

“是，立刻传令！”

拉欧少校小跑着奔向补充兵员的通信兵处。只有五人在舰桥运作是不够的，因此要从舰内各个部门调大约十个人过来，军舰幸存人员本已不多，只得从这些人力单薄的部门抽调。

帝国军气定神闲地排成纺锤阵形开始前进。同盟军以炮火相迎，帝国军却全不在意。随着双方距离的拉近，密密麻麻的光束交织出数不清的网格。

法伦海特指挥的帝国军前锋部队速度丝毫不减，朝同盟军的阵地挺进。

“敌军全舰冲过来了！”

通信兵的声音高亢尖锐。

杨仰望头顶的显示板，其中装设了二百七十度的广角侦测器。从显像上看，敌人正在加速接近，行动利落。相比之下，同盟军的迎击行动相当缓慢，显得无精打采，毫无斗志。

这可怎么办?

杨在指挥席上抱着双臂，他的内心并不如外表那般平静。目前敌军的行动仍未超出杨的预测范围，问题出在己方的行动上。若能按照他的作战方案来还好，但只要走错一步，就会全军覆没，演变至无可收拾的地步。那时要怎么办?

“搔搔脑袋，再装傻算了。”杨自言自语。

杨无法预测所有的事情，也不能采取鲁莽的行动。事实上，谁也不能为超出自身能力的工作负责任。

6

头顶的显示板布满跳动的光点，此刻战舰波罗库斯正处于爆炸光芒的旋涡中，从四面八方扫射而来的光束粗如棍棒。

波罗库斯也打开炮门，把死亡与破坏的气息吹送到敌阵前。为了胜利，为了生存，人力和物力此刻被理所当然地大量消耗和浪费着。

“敌舰接近！从舰型判断，是王连休坦！”

王连休坦的舰体已残破不堪，正从炮火中突围而来。仅剩一半的主炮正打算从正面攻击波罗库斯，波罗库斯此时的反应则迅速无比。

“主炮齐射！目标极近！”

临时兼任炮长的拉欧少校下了命令。

一时间，波罗库斯的前部主炮一齐发射中子光束，命中王连休坦舰体中央的要害。

帝国军的巨大战舰刹那间四散纷飞。杨从防护帽的通信线路中听到如雷的欢呼，但随后又转为错愕的叫声。原来在核聚变爆炸的白色光芒中，另一艘敌舰盖尔顿赫然出现。杨再次见识到帝国军坚实的阵容和高昂的斗志。

很显然，敌军斗志高昂，是因为他们已经取得了压倒性的优势，胜券在握。杨想，自己或许可以见证名将诞生的那一瞬间。

杨曾在史书中读过这样一段话：世上有智将，也有猛将，如果有人能超越这两者的区别，又足以让部下抱有不败的信心，即可称为名将。莱因哈特·冯·罗严克拉姆虽然还年轻，但已称得上是名将。他对同盟军是一大威胁，大概也令帝国的旧势力又恨又怕。

杨换了个姿势。自己正处于这股历史的洪流之中，他感到一丝自豪。

此时，战场的情势瞬息万变。盖尔顿和波罗库斯的炮火你来我往，但都无法给予对方致命打击，在混战中渐渐拉开距离。

杨看到电脑侦测器上映现出战场的模拟阵势，简单的图形显示出两军的配置情形。

尽管有时会有反方向的小波动夹杂进来，但整体看来，可以发现帝国军在前进，同盟军在后退。而且双方移动的速度不断增加。帝国军向前进一步，同盟军便向后退一步。反方向的小波动也消失了，模拟阵势的影像更加一目了然，谁都看得出来，帝国军胜利在握，而同盟军必败无疑。

“看来是胜利了。”

莱因哈特喃喃说道。中央突破的策略似乎奏效了。

另一方面，杨也对拉欧少校点点头。

“看来进行得很顺利。”

他这话并不能叫人放心。

杨担心的是，同盟军会听从自己的指挥吗？尽管说到自己的作战方案，杨是充满自信的。

战斗进行到这个阶段，胜利已经是不可能，但也并非不能立于不败之地，只是己方军队必须遵从他的作战策略才行。

有的军官自视甚高，不愿听从像杨这等年轻之辈的指挥，只是不能提出其他有效的作战方案，才听命于杨。他们的积极表现与其说是忠诚，不如说是求生的愿望使然，但这对杨来说无关紧要。

莱因哈特的脸上闪过一丝困惑。他从座位上站起来，两手扶着指挥台，望着头顶的屏幕，一种不安的感觉在体内逐渐升腾。

我方前进，敌军后退。在中央突破的攻势下，同盟军正从左右两个方向分开。不论是屏幕上映现的情况、战术电脑侦测器上形成的模拟阵势，还是先头部队传回的战况报告，无不在宣告相同的事态。

莱因哈特胸中，闷雷声声响起，他隐隐觉出一种被愚弄的不快正在侵蚀自己。

他左手握拳举到嘴角，用食指的第二个关节轻轻敲击牙齿。这时他恍然悟出了敌人的意图。

“糟了！”

这声低吟淹没在通信兵的叫嚷声中，没有一个人听到。

“敌人兵分左右两路了。这、这是怎么回事？他们正朝着我军两侧的方向全速逆进！”

“吉尔菲艾斯！”

一片惊愕的嘶吼中，莱因哈特呼叫红发副官。

“中计了……敌人分成两路，似乎要包抄我军背后，中央突破策略被他们将计就计了……混蛋！”

金发年轻人握拳重击指挥台。

“怎么办？要不要掉头迎击？”

吉尔菲艾斯的声音还是那般沉着，使一时间陷入激愤的上司恢复了几分镇静。

“别开玩笑了！难道要叫我做比敌人第四舰队司令官更低能的事？”

“那么，只有继续前进了。”

“没错。”

莱因哈特点点头，传令通信兵。

“全体舰队，全速前进！攻打逆进反击的敌人背后！方向前右。快！”

7

三十分钟后，双方阵形连成环状，构成一幅奇妙的景象：同盟军的前段部队猛攻帝国军的后尾，帝国军的前段部队则袭击分成两股的同盟军其中一方的后尾，仿佛两条光芒交相辉映的巨蟒在吞噬彼此的尾巴。也许在宇宙的另一边都看得见这一幕。

“我生平第一次看到这种阵形。”

拉欧少校凝视着侦测器上的模拟阵势，对杨发出轻轻的感叹。

“是啊……我也是。”

杨应道，但后半句分明是在说谎。人类还生活在地球这个边境行星的地表时，这种阵形就出现过多次了。罗严克拉姆此番运用的卓越战术，也并非破题头一遭。自古以来（不知是幸运还是不幸），在战乱时代，必定会有用兵思想超乎常人的军事天才出现。

“不伦不类的阵形！”

伯伦希尔的舰桥内响起一阵愤慨激昂的叫喊。

“这不是消耗战吗？”

莱因哈特压低声音，恨恨地说道。

高级指挥官战死的报告传来：艾尔拉赫少将的座舰不翼而飞。他无视莱因哈特全速前进的命令，掉头迎击同盟军，就在掉头时被中子光束炮击中而告毁灭。

敌人在背后紧紧追击，他却在他们眼前掉头，真是白痴。自作孽不可活。但不可否认，帝国军大获全胜的美梦已经蒙上一丝阴影。

杨从一开始就知道一定会形成消耗战。帝国军的指挥官罗严克拉姆也不笨，应该不会持续这场只能白白增加流血与破坏的战争。杨采取眼下的战术，就是为了迫使对方做出这样的决断。

“敌人不久就会开始撤退吧？”

杨对拉欧少校说道。

“我们要不要追击呢？”

“……不用追了。”

年轻的指挥官摇摇头。

“配合敌人的节拍，我们这边也撤退。我们已竭尽全力，如果再继续战斗，一定会力不从心。”

伯伦希尔的舰桥内也有这么一段对话。

“吉尔菲艾斯，你认为呢？”

“差不多也该收手了吧。”

回答虽然谨慎，意思却很明确。

“你也这么认为吗？”

“再打下去只会徒增彼此的死伤，毫无战略意义。”

莱因哈特点点头，年轻的双颊上露出无法释然的神色。理智上做出决定，并不代表情感上获得了满足。

“您是否有些遗憾？”

“没有。只是想再小胜一些，遗憾的是欠缺一种画龙点睛的快感。”

还是这个脾气啊。吉尔菲艾斯看着莱因哈特，嘴角不由得露出一抹微笑。

“我军被两倍的敌军三面包围，还能以各个击破法消灭敌军两支舰队，最后敌军从背后包抄时，更与其形成拉锯战，这还不够吗？再奢求就是贪心了。”

“我知道，日后还有好玩的呢。”

战场上两军炮火依然你来我往，但阵形渐渐拉开，彼此形成间隔。随着距离的扩大，炮声乍歇，飞窜的能量光束也急速转为稀薄。

“的确有一套……好家伙。”

莱因哈特的声音里夹杂着懊恼和赞赏。金发的年轻指挥官像忽然想到什么似的，停顿了一会儿，呼叫副官。

“敌军第二舰队的指挥官……中途代理指挥的那个男人，他叫什么名字？”

“杨准将。”

“原来如此……叫杨啊。替我拍一封署名电报给他。”

吉尔菲艾斯微笑着问：“内容写些什么呢？”

“对于阁下英勇的战斗表现，谨致敬意。他日再战，盼您仍健壮如斯……这样好吗？”

“遵命。”

吉尔菲艾斯把莱因哈特的命令传达给通信兵，士兵不解地歪歪头。吉尔菲艾斯脸上绽开亲切的笑容。

“我和你一样……也不想再和这等厉害的对手交战了。与其遇到旗鼓相当的对手，我更愿意轻松地获得胜利。”

“没错。”

通信兵点点头。莱因哈特的新命令传至。

“班师回奥丁！全体舰队，调整队伍行列！”

莱因哈特下令部属中途停泊伊谢尔伦要塞，尽快算出敌我双方的损失并提交报告。随后他将指挥席的椅背放平，面对球形的穹顶平躺，闭目养神。

在潜意识的水面下，疲劳如泡沫般轻轻升起，能小憩片刻也不错。反正如果有什么事，吉尔菲艾斯会叫醒他的。回程路线的设定只要交给惯性航行系统就可以了……

与此相反，战败的将领就不能把部队运作的任务交给下级指挥官，然后径自去睡了。现在最大的任务是收拢战败的残兵，为了寻找第四舰队和第六舰队的生还者，杨必须在战场上四处巡视。无论做什么事，收拾残局都是最棘手的工作。杨脱掉太空装的防护帽，喝了一杯高蛋白质的牛奶，这样思索着。

“次席参谋，噢，不对，代司令官阁下，帝国军有封电报给您……”

拉欧少校来报，脸上的表情极为好奇，仿佛在说，这场奇特的战斗从开始到结束，每件事都是那样不同寻常。

“电报？念来听听。”

“那我就念了。对于阁下英勇的战斗表现，谨致敬意。他日再战，盼您仍健壮如斯。银河帝国一级上将，莱因哈特·冯·罗严克拉姆……完毕。”

“他说我英勇？真是受宠若惊。”

杨心里非常明白，对方言下之意是指下次再交手的话，就要将自己打败。杨觉得他有点幼稚，但并不令人反感。

“怎么办……要不要回电？”拉欧少校问道。

杨漫不经心地应道：“对方大概也不指望我们回电吧。算了，别理他。”

“是……”

“收拢伤残士兵比这件事更重要。快去，能救的尽量救！”

拉欧少校离去后，杨的视线落在操作台上。下方的地板上，掉落着他在战斗开始前提交给派特中将的作战方案。杨的嘴角浮现出一丝苦笑，他绝不希望竟要以这种方式证明自己的方案是正确的。最后的伤亡数字会是多少呢？杨可以想象那些军部首脑会摆出一副怎样的嘴脸。

亚斯提会战就这样宣告落幕。

参加战斗的人员，帝国军二百四十四万八千六百名，同盟军四百零六万五千九百名。舰艇方面，帝国军两万余艘，同盟军四万余艘。战死沙场者，帝国军十五万三千四百余名，同盟军一百五十万八千九百余名。毁灭或损害严重的舰艇，帝国军两千两百余艘，同盟军两万两千六百余艘。同盟军的损失达到帝国军的十至十一倍，而帝国对亚斯提星系的侵略就此告一段落。

→ Chapter 3 ←

帝国的落日余晖

1

特殊玻璃构成的墙壁弯曲成优美的角度，墙壁外林立着钟乳石状的奇岩。黄昏的气氛悄无声息地弥散在作为背景的天幕中，干燥的空气微粒似乎把眼前的一切染成了浩渺的蓝色。

有人两手背在身后，靠墙站着，而后回过头，视线落在一位笔直地站在操作台旁的壮年男人身上。

“这么说……”

靠墙站立的男人开口了，声音洪亮，是那种健壮男人的声音。

“帝国军打赢了，但赢得也不算太过分，是吗，博尔德克？”

“是的，领主。同盟军虽然败了，但还没到全军覆没的地步。”

“整个局势会有所改变吗？”

“或许同盟军未来会扭转局势报这一箭之仇。但目前就整体而言，帝国军的胜利是难以动摇的，不过同盟军也并非全无还手之力……这对我们费沙自治领而言，可以说是一个令人满意的结果。领主您觉得呢？”

靠墙而立的男人——费沙自治领第五代领主安德鲁安·鲁宾斯基，转过身面向室内。

他有一副奇怪的长相。年纪才四十上下，头顶上却已经没有一根头发，肌肤浅黑，眉眼口鼻无一不大，实在称不上是美男子，却令人过目不忘，印象深刻。他身材魁梧，虎背熊腰，让人觉得精力充沛，活力十足。

他就是费沙自治领这个中转贸易国家的终身统治者。在他执政这五年间，帝国和同盟两方都厌恶地称他为“费沙的黑狐”。

“没必要那么满意吧，博尔德克？”

相貌奇特的领主看着这位视为心腹的辅佐官，讽刺地说：

“这次的结果只是偶然，并不是我们的努力所致。下次可能就没有这种好运了。以后应该加强情报的收集和分析，这才是制胜的关键。”

鲁宾斯基慢慢走向操作台。他穿着一件黑色高领衫，外罩淡绿色套装，这身休闲装扮让人丝毫感觉不出是一国元首。

博尔德克按了一下按钮，操作台上出现了一幅图像。

“这是两军的兵力部署，是由天顶向下的俯瞰图，您请看。”

这地图和三天前吉尔菲艾斯给莱因哈特看的一样。红色代表帝国军，绿色代表同盟军。绿色的箭头有三个，正好分布在红箭头的前方、左方及右方。看起来就像绿箭头形成一个三角形，正好将红箭头包围起来。

“帝国军的舰艇有两万，同盟军有四万，所以同盟军占有绝对的优势。”

“军事位置也是同盟军占上风，他们把帝国军团团围住，不过，等一下，这个阵形……”

鲁宾斯基用粗壮的手指按着额头，说：

“这个阵形不就是同盟军一百多年前在达贡歼灭战中使用的阵形吗？真是不求长进的东西。”

“不过这种作战方法倒是合乎用兵学的理论。”

“哼，纸上谈兵当然觉得完美无缺，实际作战时要根据对手的不同而变化。帝国军的总指挥还是那个金发小子吧？”

“没错，是罗严克拉姆伯爵。”

鲁宾斯基纵声大笑。

想到五年前，前一任领主瓦伦戈夫猝死，他接掌政权。但是反对派却认为他才三十六岁，年纪太轻，主张拥护一位五十几岁的老练候选人。罗严克拉姆伯爵比他当年还要小十六岁。对那些只会口口声声遵循先例，却没有任何才能的老兵而言，一个不愉快的时代似乎来临了。

“领主，您知道罗严克拉姆伯爵是如何化解这个危机的吗？”

博尔德克语调兴奋。相貌奇特的领主扫了辅佐官一眼，注视着屏幕，轻描淡写地断言：

“他利用敌兵分散的状态，予以各个击破。就是这么简单。”

辅佐官露出惊讶的表情，直视着效忠的领主。

“您说得对。不，您真是目光敏锐，令人钦佩至极。”

鲁宾斯基微微一笑，泰然自若地接受了属下的赞美。

“专家往往反而比不上外行，因为专家更容易看到短处而非长处，看到危机而非良机。就像这次的战争一样，看到双方的阵形，专家们一定会认为帝国军败局已定，绝无胜算。然而这种并不完善的包围网，对同盟军而言反而显现出兵力不够集中的危机来。”

“如您所言。”

“最主要的一点，是同盟军太小看罗严克拉姆伯爵的作战指挥能力了。但这也难怪。我要再看看具体的战况变化。”

博尔德克再次操作，屏幕上的图像变化起来。红箭头迅猛无比地向一枚绿箭头的方向前进，将之消灭后，转过头再将另一枚绿箭头歼灭，然后，红箭头再次调转方向，与第三枚绿箭头呈现对峙局面。自治领主眯眼看着局势的变化，示意停止操作，注视着屏幕叹息道：

“好厉害的各个击破法。用兵真是神速，太完美了。”

他停住了话头，有些疑惑。

“不过，照这种发展势头看来，帝国军应该大获全胜才对。到了这一步，同盟军要挽回颓势谈何容易，全军崩溃、一败涂地在所难免。为何这第三支部队没有被打败？这支部队是由谁指挥的？”

“最初由派特中将带领，但在开战后，由于旗舰被炸，中将身受重伤，于是授权给次席参谋杨威利准将，由他全权指挥调度。”

“杨威利……这名字好像听过。”

“他就是八年前指挥艾尔·法西尔大撤退的那个人。”

“啊，就是那个时候。”

鲁宾斯基想起来了。

“我当时还想，同盟军中竟然也有这样一位了不起的人物！

这位艾尔·法西尔的英雄在这次战役中又有怎样的表现？”

首席辅佐官操作着投影仪，向他的上司汇报亚斯提会战最后一个阶段的战况。

绿箭头向左右两边分开，红箭头看上去占了先机，向前猛冲，试图从中央击破敌军。似乎被分割为左右两处的绿箭头，却进而包抄红箭头的两侧，在红箭头背后会合，从红箭头的后方展开攻势……

鲁宾斯基低叫一声，实在想不到同盟军中竟然有这样一位用兵如神的指挥官。

面对全军覆没的危机，杨威利还能冷静分析战况，出奇制胜，这种人物绝非等闲之辈，才干恐怕还在罗严克拉姆伯爵之上。

一时间，第五代费沙自治领主的目光停驻在屏幕上。

“好像在看一场饶有趣味的魔术。”

鲁宾斯基挥挥手，示意辅佐官关掉图像。博尔德克照办后，往后退了一步，等待指示。

“杨威利……给海尼森的高等专员事务所发出指令，让他们立即搜集有关这位准将的情报。他上次在艾尔·法西尔的成功不是偶然。”

“遵命。”

“组织再好、兵器再好都没有用，操纵它的人才是最重要的。当权者的才干和气度不同，虎可以变成猫，猫也可以变成虎。就好比虎牙虽利，但它朝哪里发威，却要看驯兽师的指挥。所以我要详细了解一下那个人。”

而且，这些情报还可以有别的用途。鲁宾斯基一面想着，一面打发走了辅佐官。

恒星费沙有四个行星，其中三个行星都是炽热的瓦斯团，只有第二行星的表面有地壳，气体成分和人类故乡——太阳系第三行星几乎一样，含有近百分之八十的氮气和近百分之二十的氧气，但最大的差异是第二行星缺乏二氧化碳，植物无法生存。

这个星球上的水分也很少。人们先是种植蓝藻类，之后渐渐播撒高等植物的种子，绿化这个行星，但无法使全部地表都变为绿色的沃野，只能让星球表面水利良好的区域点缀着绿意。其余红色的部分是岩石沙漠，一片荒野，风蚀的地形蔚为奇观。

恒星的名字是“费沙”，这也是唯一有人居住的第二行星的名字，还是整个星系的名字。所以，在帝国历三七三年，以这个星系为范围成立的自治领就被命名为费沙自治领。人口约二十亿，只拥有少数警备舰队，却控制着同盟与帝国间的贸易通道，热衷于赚取利益。从形式上看，它似乎附属于帝国，但事实上却近乎政治独立的状态，经济实力甚至凌驾于两大国之上。

但费沙发展到今天，道路并不平坦。自雷欧波特建国以来，历代的自治领主为了自身地位的稳固，都在政治上费尽心思。费沙的国策是“不弱小到受欺侮，也不强大到令人恐惧”。费沙、帝国及同盟之间的实力比例是帝国占百分之四十八，同盟占百分之四十，费沙占百分之十二，半个世纪以来都没有变化，由此可以看出费沙执政当局的苦心。

费沙如果和帝国势力结合，会处于比同盟有利的地位，但是想消灭同盟却非常困难。反过来，如果费沙和同盟势力结合，其声势自然凌驾于帝国之上，但也并非占有压倒性的优势。

费沙能够在国际关系中维持如此微妙的平衡，实在是政治与战略上高度的艺术表现。如果费沙太强大，将威胁帝国与同盟，它们很可能联合起来消灭费沙。在这种情况下，两国实力加起来占百分之八十八,只消一场战争就可以让费沙亡国。相反，如果费沙太弱小，在国际间将无足轻重，帝国与同盟都不会尊重它的独立自由。

假如帝国想吞并费沙，费沙就会向同盟示好，甚至联合同盟对抗帝国。假如同盟打费沙的主意，费沙则立刻向帝国靠拢以求自保。因此费沙除了供给两国必需的物资，还分别笼络两国的掌权者，左右逢源，借以生存。

这个具有重要地位的国家的元首，就是第五代领主安德鲁安·鲁宾斯基。

无论帝国和同盟中的哪一方征服另一方，都是很麻烦的事。两大势力最好保持平衡，并存下去，如果要灭亡，就一起灭亡好了。那样就不会把费沙牵扯进去。

费沙控制历史的发展，靠的并不是军事力量，而是它的财富和策略。帝国和同盟拥有大炮巨舰，长期征战，血流成河，导致国力疲弊、社会荒废。这样的蠢事就让两个大国去做吧。不管是实行君主专制的银河帝国，还是实行民主共和制的自由行星同盟，除了杀戮和破坏再也没有方法保卫国家。这不正是陈腐守旧至极的低能之辈吗？就让他们陶醉于自身的正统地位，在费沙的掌心里瞎折腾吧。

可是如今，罗严克拉姆和杨威利的出现，却让费沙预感到一个新的时代即将来临。今后这两人的发展动向将是密切注意的焦点。或许这是高估了他们，但是多一份准备就多一份胜算。

2

行星奥丁的西半球正笼罩在温柔的夜色中。

不论是同盟还是帝国，行星自转、日夜交替的现象是永恒不变的，连控制宇宙森罗万象的鲁道夫大帝也无法改变天体的运行。但各个行星的周期并不相同，有的行星自转周期是十八个半小时，有的是四十个小时，保持着独一无二的个性。

当人类还居住在发祥地太阳系第三行星的时候，体内的生物钟就以一昼夜二十五小时的规律在运转。这其实和地球的自转周期相差一小时。人们各自调节生物钟，按照每天二十四小时生活，在习惯上确立了二十四小时的时间制。人类实现恒星间飞行后，就面临着对昼夜的区别进行心理调节的难题。

在宇宙船、宇宙空间都市以及出于各种理由建造人工环境的行星上，时间并不是问题，可以人为设置二十四小时一昼夜的生活周期。靠人工照明使白天明亮，夜晚昏暗。通过调节温度使黎明前的气温达到最低。夏天和冬天不仅温度不同，连夜晚的长短也有变化。

而有些自转周期很长或很短的行星，为了硬性施行一天二十四小时制，便产生了一些现象和规定，比如今天一整天都是白天，明天一整天则是黑夜，或本行星在一天中可以看两次日落等。

最不便的是那些自转周期接近地球，比如周期为二十一个半小时或二十七个小时的星球。它们有两种时间调节方式：一种是在试行地球时制出现错误之后，将行星的自转周期二十四等分，使用行星地方时；另一种则是忍受些许不便，使用标准的二十四小时制。无论哪种，人们都只能让自己别太敏感，努力去习惯。

因而不论是帝国还是同盟，使用的都是一天二十四小时、一年三百六十五天的标准历，银河帝国的一月一日也就是自由行星同盟的一月一日。

或许有人会问，现在的人类社会早就不以地球为中心了，为什么还要样样沿袭地球的制度？帝国也颁布了一套宇宙历，难道在时间方面就不能发明新的准则吗？

这样质疑的人往往认为旧事物就不好，应该汰旧换新。但要以什么作为新准则的依据？没有一个令所有人都满意的答案。结果，自古以来的习惯获得了最多的支持，尽管这未必是积极的现象。于是，这一制度便沿用下来。

在度量衡方面也沿用了地球的旧制。一克是一立方厘米的水在四摄氏度时，在地球的重力下测得的重量。一厘米则是地球周长的四十亿分之一。这些单位为全人类社会通用。

鲁道夫大帝曾经试图改变这些度量衡单位。他想以自己的身高和体重为标准，另外定出一套度量衡单位，但仅仅是想法，并未付诸实施。

没有实施的原因不是方案太不合理，而是当时接受咨询的财务卿克礼菲恭恭敬敬地向皇帝呈上一份资料。如果改变度量衡，所有人类社会的电脑记忆网络和计算器就要全面更换，所需经费相当高。资料列出了克礼菲计算的经费数目。恰逢当时的货币单位刚从“克莱吉特”变更为“帝国马克”，资料上那一大串“〇”让刚愎自用的鲁道夫皇帝也发怵了。

就这样，“米”和“克”得以保留下来。根据现在的说法，克礼菲的数字明显是夸大的。这位温和的老实人对鲁道夫皇帝不知餍足地神化自己的行为，毅然做出了无言的反抗。

银河帝国的皇宫新无忧宫耸立在夜空下，壮丽辉煌。

这是一栋独立的建筑，四周与大大小小的建筑相连，有无数的喷水池点缀其间，还装点着自然的森林和人造的森林、蔷薇花园、雕塑、花坛、凉亭、草地，美轮美奂。整栋建筑笼罩在一片淡淡的银光下，看起来十分舒适。

这座皇宫是统治一千多个恒星系的政治中枢，附近也有些官邸，但都不是高层建筑，其主体部分都建造在地下。最主要的原因在于臣民的位置不能高于皇帝陛下的宫殿，也不能俯瞰皇宫，这些行为都是大不敬。在天空巡回的卫星也绝不能行经宫殿正上方。

宫殿中的侍从和女仆有五万多人。本来可以由机器完成的工作，却要由人力去完成，在这个时代是地位高贵和权力强大的象征。侍从和女仆们每天负责烹调、清扫、招待客人、管理花园、饲养鹿群等工作。一切都让人亲自动手，这才是帝王应有的奢华。

然而宫殿中没有电梯也没有自动升降机，上下楼一定要走楼梯，连皇帝也不例外。“伟大的鲁道夫”认为，强健的体魄是一个统治者应该具备的素质。试想一个都没办法用自己的脚上下楼的人，又怎么能肩负统治国家的重任？

宫殿中有好几间谒见室。这天晚上，群臣齐聚“黑珍珠室”，为罗严克拉姆伯爵举行帝国元帅的授杖仪式。罗严克拉姆伯爵在亚斯提会战中击败暴戾的叛军，显扬帝威，因而获此殊荣。

帝国元帅的位阶只比一级上将高一级，身份却尊贵许多，终身有两百五十万帝国马克的年薪，除非犯下大逆不道之罪，其他罪行一律可免除刑罚。另外，他还可以设立元帅府，自由任免幕僚。

目前帝国中享有这种特权的帝国元帅共四位，现在再加上罗严克拉姆伯爵，共计五位。罗严克拉姆伯爵同时也是帝国宇宙舰队的副司令官，十八支舰队组成的帝国宇宙舰队约有半数在他的指挥下。

“接下来就该晋升爵位了吧，从伯爵升到侯爵？”

在宽阔的黑珍珠室的角落里，有人在窃窃私语。自古以来，不论身处怎样的情形和时代，也不论是在豪华的宫殿还是穷街陋巷，谣言都和火一起一直伴随着人类。

今晚在这座宫殿中，文武百官与皇亲权贵齐聚一堂，列于宽六米的红地毯（由两百名工人花费二十五年编织而成）两侧，一边是文官，一边是武官。

文官行列中，立典拉德侯爵排在第一位。他是帝国的代理宰相，也是内阁最高首长。他现年七十五岁，鼻子尖耸，头发银白如雪，眼神与其说是锐利，不如说是阴险。宰相下首依次站立着财务尚书凯尔拉赫、内务尚书菲尔格尔、司法尚书伦普、科学尚书威尔赫密、宫内尚书诺伊格伦、内阁书记官齐鲁玛杰克等人。

另一边站着的武官，依序为军务尚书艾伦博克元帅、帝国军统帅本部总长斯坦赫夫元帅、参谋总长克拉杰元帅、宇宙舰队司令长官缪肯贝尔加元帅、装甲掷弹兵总长奥夫雷沙一级上将、近卫兵总长拉姆斯多夫一级上将、宪兵总长克拉玛上将，接着是十八支舰队的司令官等人。

古意盎然的号角响起，大家马上站正，噤声不语，聆听典礼官震天的声音：

“全人类、全宇宙的统治者，天界秩序与法则的保护者，神圣不可侵犯的银河帝国皇帝佛瑞德李希四世陛下驾到！”

话音刚落，帝国国歌庄严的旋律奏起，群臣低下头，深深地鞠躬致敬。

也许有人嘴里在悄悄地数数，当他们慢慢抬起头的时候，皇帝已经端坐在豪华的黄金宝座上了。

银河帝国第三十四代皇帝佛瑞德李希四世，现年六十三岁，是个神情疲惫的男人，模样看起来比实际年龄要老得多。他几乎不关心国事，似乎也没有能力和意志力去积极行使绝对权力。他背负着强大不可一世的先祖鲁道夫的余光，却是一个孱弱之人，与先祖正好形成强烈的对比。

皇后早在十年前就病逝了，只是感冒引起的肺炎，结果却未能治愈。虽然癌症在很多年前就已经被攻克，但想把感冒从疾病的名单中驱逐出去，却是连“鲁道夫大帝的威光”也无法做到的事。

皇后去世后，皇帝没有再立后，封了一位宠妃为格里华德伯爵夫人，事实上这位宠妃已经取代了皇后的地位。但这位伯爵夫人并非大贵族出身，因此始终回避出席正式的国事场合，今晚也是一样，她美丽的身影并未出现在人们眼前。这位格里华德伯爵夫人，本名就是安妮罗杰。

“宣罗严克拉姆伯爵莱因哈特阁下！”

这一回，百官们不必再行最高的敬礼，大家的目光都迎着这位年轻武官。

贵夫人们看见这位年轻人，不禁发出赞叹之声。连反感莱因哈特的人——在场的大部分人，私下也不得不承认他是个无与伦比的美男子。

他的容貌端正秀丽，宛若用最上等的白瓷做的娃娃，但娃娃的目光没有他这般锐利，表情也没有他这般刚毅。要不是皇帝对他的姐姐安妮罗杰宠爱有加，要不是他生得这种表情，他和皇帝的君臣关系必定会变为同性相恋的流言。

众人内心各有所感，纷乱不一。莱因哈特沉稳有力地走来，一派武官的威武气势。他走到御座前，内心满不在乎，却恭敬有礼地单膝跪下。

他以这种姿势等待皇帝的口谕。在正式的场合，臣下不能在皇帝开口之前说话。

“罗严克拉姆伯爵，你这次的功勋可真是了不起。”

平平无奇的发言。

“臣不敢当，皆是仰赖陛下的洪福所赐！”

莱因哈特的回答也没有什么个性，却是暗自算计与自我克制的结果。即使说出什么别致的言辞，对方也不能领会，只能使众人觉得反感。对莱因哈特而言，皇帝轻如鸿毛，真正重要的是典礼官呈上来、由皇帝宣读的那张纸罢了。

“亚斯提星域讨伐叛军一役有功，汝，罗严克拉姆伯爵莱因哈特晋升帝国元帅，并担任帝国宇宙舰队副司令官，半数宇宙舰队归于汝麾下指挥。帝国历四八七年三月十九日，银河帝国皇帝佛瑞德李希四世。”

莱因哈特站起身，踏上台阶，恭恭敬敬地接过任职令，接下来是授予元帅杖。从这一刻起，莱因哈特·冯·罗严克拉姆正式成为帝国元帅。

莱因哈特表面上笑容灿烂，内心却不满足。因为这只是他前进途中小小的第一步。他终于从夺走姐姐的无能之人手中取得权力了。

“哇，二十岁的元帅。”

装甲掷弹兵总长奥夫雷沙一级上将小声嘀咕。他年近五十，身形彪悍，左颊被同盟军射出的激光击中过，伤痕还是令人惊心的紫色。他故意不将伤口治好，以向人夸示自己是身经百战的猛将。

“光荣的帝国宇宙舰队竟然沦为小孩子的玩具。您说呢，阁下？”

他故意煽动那位被莱因哈特抢走一半麾下部队的将领。

宇宙舰队司令长官缪肯贝尔加元帅半白的双眉微微上扬。

“你的话虽不错，但那个金发小子的军事才能的确无可否认。他确实击败了叛军，这等本领，连身经百战的梅尔卡兹都赞叹不已。”

众人望着静静站在武官行列中的梅尔卡兹。奥夫雷沙毫不留情地抨击他：

“看得出他一副牙齿被拔光的样子。”

“虽然我方胜利了，但仅此一次，所以纯属偶然罢了。依在下之见，纯粹是因为敌人太无能。胜败本来就是相对的。”

“你的声音太大了。”

元帅虽然斥责他，但并不是在否定一级上将的发言。大贵族出身或年事甚高的将官很难宽容地接纳莱因哈特的功勋。但在此时的情况下，元帅觉得应该转移话题。

“对了，谈到敌人，那个叫杨的指挥官，你知道吗？”

“这个嘛……没什么印象。他是何方神圣？”

奥夫雷沙记不起艾尔·法西尔事件了。

“就是在这次会战中让叛军免于全面崩溃，并使艾尔拉赫少将战死的那个人。”

“哦。”

“那人好像颇有才干，听说连金发小子也对他甚为折服。”

“这岂不大快人心？”

“如果是莱因哈特个人的事倒罢了。你和敌人作战时，可没法自己选择对手吧？”

元帅的语气十分不悦，奥夫雷沙笨拙地耸了耸敦实的肩膀。

黑珍珠室再次响起音乐，这是为建立功勋的武官播放的颂歌《女武神为勇士喝彩》。令大贵族不快的典礼终于接近尾声了。

齐格弗里德·吉尔菲艾斯上校和其他校官级的军人，在隔着一条宽阔走廊的紫水晶室等候。

吉尔菲艾斯既不是贵族，也没有位列将领，没有资格进入黑珍珠室，但是最近这两天，他将跳过准将直升少将，有了可以被称为“阁下”的地位。从此以后，他就不会被排除在华丽的典礼之外了。

每当莱因哈特更上一层，自己也随之荣升进阶……吉尔菲艾斯的身子轻轻发颤。他并不否认自己的才干，但晋升的速度的确太快了，他不免诚惶诚恐地想，自己能否合乎这个位置的要求。

“您是齐格弗里德·吉尔菲艾斯上校吧。”

身边传来一个沉静的声音。一位三十出头的高级军官站在吉尔菲艾斯面前，徽章军阶是上校。他身躯高大，黑发中掺杂着不少白发，淡褐色的眼睛，皮肤青白。

“是的。您是哪位？”

“巴尔·冯·奥贝斯坦上校，幸会。”

说话时，这位叫奥贝斯坦的男子双眼闪现出异样的光芒，吉尔菲艾斯倒抽一口寒气。

“对不起……”

奥贝斯坦嘟囔着。他大概察觉到了吉尔菲艾斯的表情。

“看来义眼有点故障了，让您受惊，抱歉，明天我就把它换掉。”

“原来是义眼。不，是我失礼了。”

“哪里，请别放在心上。这里面安装了感光电脑，多亏了它，我才能自由自在地活动，只是它的寿命实在太短了……”

“在战场上受的伤吗？”

“不,我生来就这样。如果是鲁道夫大帝时代,可能会因为《劣等基因排除法》被处理掉吧。”

他的声音在空气中振动，声调虽低，却足以使吉尔菲艾斯屏住呼吸。此人对鲁道夫大帝大肆批评，显然已犯下不敬之罪。

“您有一位很好的长官，吉尔菲艾斯上校。”

奥贝斯坦说道，声音略微提高，但仍像在喃喃自语。

“好长官就是能使部下发挥才能的人，放眼现在的帝国军，这种人少之又少。但罗严克拉姆阁下就不同了，他不像年轻人那般轻浮，显得非常老成持重。那些脑袋里只有门阀意识的强权贵族恐怕很难理解他……”

吉尔菲艾斯的脑海里闪过“陷阱”的警告，这个自称奥贝斯坦的人，说不定就是那些盼望莱因哈特垮台的家伙操纵的傀儡之辈。

“您属于哪支部队？”

他若无其事地岔开了话题。

“目前在统帅本部的情报处理科，不过以后奉命担任伊谢尔伦要塞驻留舰队的参谋。”

回答之后，奥贝斯坦浅浅一笑。

“您似乎很有戒心啊。”

吉尔菲艾斯一时间有些尴尬。正要说点什么，这时莱因哈特进来了，典礼好像结束了。

“吉尔菲艾斯，明天……”

他扬声说道，注意到了部下身旁这个脸色青白的男子。

奥贝斯坦行礼并报上姓名，说了几句老套的贺词，转身离开。

莱因哈特和吉尔菲艾斯走出走廊。是夜，他们要住在宫殿一隅的小型客馆中。从庭园步行到那里大约需要十五分钟。

“吉尔菲艾斯，明天我要和姐姐见面，你也来吧。”

走到夜空下，莱因哈特说道。

“我和您一起去，合适吗？”

“到现在还顾虑什么呀？我们是一家人哪。”

莱因哈特绽开少年的笑颜。他收收笑意，压低声音说道：

“对了，刚才那个人是谁？有点令人不安啊。”

吉尔菲艾斯把事情简单地说了一遍。

“真是深不可测的人。”

吉尔菲艾斯说出自己的感想。莱因哈特一面听着，一面轻轻皱起仿佛描画而成的秀美双眉。

“的确深不可测。”

他对吉尔菲艾斯的意见表示赞同。

“尚不清楚他接近你的目的，我们只能小心应付。但这种敌人太多了，我们想小心也小心不过来。”

两人相视而笑。

3

格里华德伯爵夫人的宅邸位于新无忧宫一隅，搭乘华丽的宫廷地上车前往，也得花上十分钟。

吉尔菲艾斯两人宁愿走路，觉得比较快活，可是又不好违拗皇帝的美意，只好搭乘宫廷内部派遣的地上车前往。

宅邸位于长满菩提树的池畔，建筑式样清新优雅，和女主人非常相称。

看到安妮罗杰窈窕秀美的身影出现在门廊上，莱因哈特不等车子停稳就跳了下去，向姐姐跑去。

“姐姐！”

安妮罗杰绽开春阳般的笑颜欢迎他。

“莱因哈特，你来了，还有齐格……”

“……安妮罗杰小姐看起来气色很好。”

“谢谢。来，你们请进。几天前我就开始等你们了。”

唉，这个女子还是和以前一样，一点也没变。吉尔菲艾斯心想。即使在皇帝的权力之下，她的高雅和纯洁也丝毫无损。

“喝杯咖啡吧，再吃点巴旦杏蛋糕。这是我亲手做的，不知道合不合你们的口味，吃吃看。”

“肯定合口味。”

莱因哈特笑嘻嘻地抢着说。顷刻间，大小适中的客厅里充满和煦的气氛，时间仿佛又回到十年前。

咖啡杯与碟子的碰撞声，巴旦杏蛋糕微微逸出的香草的甜蜜味道，干净的桌巾……此刻四周洋溢着一种朴实的幸福。

“我常听人说，贵为伯爵夫人，不用亲自下厨……”

安妮罗杰利落地切着蛋糕，笑了笑，说：

“管别人怎么说呢。没办法，我很喜欢做。我不喜欢依赖机器，喜欢亲手做菜。”

随着咖啡的搅动，奶油匀开了。三人一面尝着蛋糕，一面自在地聊天，一波波的暖流流过心间，时间渐渐过去了。

“莱因哈特总说些任性的话，一定常给你添麻烦吧，齐格？”

“没有……”

“你就说实话好了。”莱因哈特说。

“莱因哈特，别胡闹了。对了，夏豪杰子爵夫人送给我一瓶桃红葡萄酒，很好喝哟，在地下室。帝国元帅，麻烦您去拿一下好吗？”

“姐姐才爱闹呢。拿酒也好，什么事都好，随您吩咐。”

莱因哈特愉快地起身离去。

留下安妮罗杰和吉尔菲艾斯两人。安妮罗杰露出温煦的笑容，对弟弟的好友说：

“齐格，弟弟一向多亏你的照顾。”

“快别这样说，受照顾的是我。我不是贵族，却在这个年龄就当了上校，真是受之有愧。”

“再过不久就升少将了，不是吗？我听人说了。恭喜你。”

“谢谢。”

吉尔菲艾斯觉得耳根发热。

“弟弟嘴里不说，或许自己也没察觉，其实他是很依赖你的。弟弟的事以后就麻烦你了。”

“我只怕力所不及……”

“齐格，你应该对自己更有信心一点。弟弟的确有才能，也许多了一点别人没有的东西，但是弟弟没有你这么成熟。他就像一只放脚狂奔的羚羊，只知道快速向前冲，难保不会从断崖上摔下来。从弟弟出生那天开始，我就有这种预感，所以才对你说这些。”

“安妮罗杰小姐……”

“齐格，我就拜托你了。请你在身旁守护着他，别让他从断崖上摔下去。当你发现有这种预兆时，请叫住他，点醒他。弟弟应该会接受你的忠告。如果他连你的话也不肯听，那么……那时也是弟弟的穷途末路了吧。”

微笑从安妮罗杰美丽的容颜上消失了，宝蓝色的眼眸笼罩着哀伤的阴霾。

吉尔菲艾斯心中如利刃划过般痛楚。不错，现在再也不是十年前了。莱因哈特和自己不再是街上奔跑的少年，而安妮罗杰也不再是邻家的少女。一个是皇帝的宠妃，一个是帝国元帅，一个是帝国元帅的副官。他们三人同时身处权力那芳香与腐臭并存的旋涡中……

“安妮罗杰小姐，只要是我能做到的，一定尽力去做。”

吉尔菲艾斯极力压抑自己的感情，答应了主人的要求。

“请您相信我对莱因哈特的忠诚。我绝不会辜负您的托付。”

“齐格，非常感谢你，真是不好意思，给你添这些麻烦。但除了你，其他人我都信不过，所以请你见谅。”

其实，我多么希望能照顾你们啊。吉尔菲艾斯心想。

十年前，从你对我说“要和弟弟做好朋友哦”开始，我便暗暗下定决心，要好好照顾你们了……

十年前！吉尔菲艾斯的心再一次被刺痛了。

十年前，如果他是现在这样的年龄，绝不会让安妮罗杰落在皇帝手上。他或许会排除万难，带着这对姐弟逃到自由行星同盟，也许现在已经成了同盟军的军官。只是当时没有这个能力，也没有办法看清自己要什么。现在就不一样了。但毕竟十年已经过去，一切都太晚了。为什么当人们想要做事情时，总不在最合适的年龄呢……

“……你应该把它放在比较好找的地方。”

莱因哈特扬声说道。他回来了。

“好的，辛苦你了。不过，辛苦可是有补偿的哟。把杯子拿来吧。”

“相聚的时光虽然短暂，但能够拥有便是幸福。”

吉尔菲艾斯对自己说道，心中不禁对即将到来的下一场战争感到厌恶。

Chapter 4
第十三舰队诞生

1

自由行星同盟军统合作战本部大楼位于行星海尼森北半球的落叶林气候带，是地上五十五层、地下八十层的建筑。周围井井有条地分布着技术科学本部、后勤本部、宇宙防卫管制司令部、军官学校及首都防卫司令部等建筑，在距离首都海尼森波利斯市中心一百公里远的地方，形成了一处军事枢纽地带。

在统合作战本部的地下，一个有四层楼高的会场里，正在举行亚斯提会战殉国者的追悼会。这是个天气晴朗、和风万里的午后，也是同盟军在亚斯提会战中损失了六成兵力、拖着疲惫残败的身躯回到家园后的第三天。

通向会场的走廊被前来参加仪式的人占满了。这些人包括死者的遗属和政府及军方的代表，杨威利的身影也出现在其中。

杨威利一面礼貌地应答着身旁的人的搭讪，一面把视线投向头顶辽阔的蓝天。虽然肉眼无法看到，但他知道，在包裹这个星球的好几层大气层外的空间中，无数军事卫星正无声无息地掠过。

这些军事卫星中，也包括宇宙防卫管制司令部管制下的强大的杀人与破坏系统——由十二颗迎击卫星组成的“处女神的项链”。同盟军将领还曾立下豪言壮语：“有了这十二颗迎击卫星，海尼森行星可谓固若金汤。”每次听到这句话，杨威利都想起许多固若金汤的要塞毁灭在战火中的惨痛历史。大概正是因为军力强大，才会引起自傲，进而落败吧。

杨威利用两手轻轻触碰着双颊，感觉好像还没有完全清醒。他已连续睡了十六个小时，但在此之前，他连续六十个小时未曾合眼。

他没怎么吃饭，胃好像失去了活力，只喝了一碗尤里安煮的青菜汤就吃不下了。一回到官邸便倒头大睡，起床后还不到一个小时，就赶到这里来了。仔细想想，他好像都没和自己监护的少年尤里安说过话。

“唉，这还是监护人吗？太丢脸了……”

杨正这么想着，忽然有人拍了拍他的肩膀。转头望去，原来是军官学校的学长亚列克斯·卡介伦少将，他看着杨，笑吟吟地说：

“看来你还没睡醒吧，亚斯提的英雄？”

“谁是英雄？”

“就是站在我面前的这位人物啊。看来你还没来得及看电子报，媒体上都是这么说的。”

“我不过是个败军之将而已。”

“是的，同盟军是战败了，所以才需要塑造英雄。如果战争大获全胜，反而没有这个必要了。战败了，为了转移民众注目的焦点，当然要塑造英雄博得赞扬，艾尔·法西尔会战时不也是这样吗？”

卡介伦说话的时候就是喜欢用这种讽刺的语气。他是个中等身材、肌肉健硕的三十五岁男子，现任同盟军统合作战本部长西德尼·席特列元帅的次席副官。他处理事务工作的经验远比作战经验丰富，企划整合的能力相当强，各方预测他将在未来登上后勤本部长的宝座。

“您这会儿在这里没关系吗？副官要做的事又多又杂，我想应该挺忙的吧？”

被杨轻轻反击，这位能干的军官只得微笑着说：

“没事的，主办这次追悼会的是仪典局。其实并不是为军人和死者遗属而办，里面兴头最足的是国防委员长阁下。说穿了，不过是国防委员长为了获取下一届连任而举办的一场政治秀罢了。”

两人的脑海中，同时浮现出同盟国防委员长优布·特留尼西特的面孔。

特留尼西特身材高大，五官端正，现年四十一岁，是少壮派政治家。他对帝国持强硬立场，属于激进派。认识他的人有一半把他看成雄辩家，另外一半则当他是令人忌惮的诡辩家。

目前，同盟元首是最高评议会议长罗伊·桑佛德，他是个从政治旋涡中选出来做过渡元首的老政客，凡事墨守成规，不能创新求变，故而少壮派的人物更受人瞩目。

“要被迫聆听特留尼西特拙劣漫长的演说，比熬夜不睡还要痛苦啊。”

卡介伦厌恶地说。在军中，卡介伦属于少数派，比起一味强调扩充军备与打倒帝国的特留尼西特，拥护者少多了，杨威利也是如此。他们都可以说是孤立派。

会场中，卡介伦和杨威利的座位并没有排在一起，卡介伦坐在贵宾席中席特列本部长后面，杨位于演讲台正前方的第一排。

追悼会按部就班地开始，按部就班地进行。评议会议长桑佛德毫无感情地念完了官方预先为他拟的讲词，接着国防委员长特留尼西特英姿飒爽地上台。他的出现使得会场气氛转为热络，人们的掌声比刚才议长出现时还要热烈。

特留尼西特并没有带讲稿，他铿锵有力地向会场中的六万人演说：

“各位亲爱的公民、官兵们，今天，我们参加这场追悼会的目的何在？就是告慰为了保卫亚斯提星域而殉国的一百五十万英灵！他们是为了维护祖国的自由与和平，才牺牲了自己宝贵的生命。”

听到这里，杨已经想把耳朵堵起来了。这些话听来多么可耻，为什么演说者还能坦然地说出这种华丽虚伪的词句？难道这就是自古希腊以来人类的传统？

“我现在说的是宝贵的生命啊！各位，生命诚可贵，但是他们的牺牲却告诉我们，世上还存在比个人的生命更重要的东西。这是什么？就是我们伟大的祖国和自由！他们的死是美好的，因为他们牺牲小我实践大义。他们是真正的勇士！他们都是好丈夫、好父亲、好儿子、好伴侣，本可以过充实幸福的生活，安享天年，但是他们都放弃了这个权利，远赴沙场，誓死报国。各位啊！我在此问一声，为什么这一百五十万官兵会战死？”

“因为领导层的作战指挥能力太差。”

杨威利自言自语。当时众皆默然，这一声显得格外响亮。周围的人都愕然地看向这位年轻的黑发军官。杨迎着其中一人的目光看去，对方吓得惊慌失措，立刻将视线转回讲台上。

国防委员长的演讲仍然滔滔不绝，特留尼西特脸泛潮红，眼中流露出自我陶醉的神情。

“是的，这个答案就是我刚才所说的，他们是为了保卫祖国和自由献出了自己的生命！为了这样崇高的理想，难道不值得一死吗？只为了小我而生、小我而死，是多么渺小啊！战士们用生命有力地教给了我们这个道理。各位一定要明白，有祖国才有个人的存在，这才是比生命更重要的东西。一定要把这个事实铭记在心！所以，我要大声疾呼：祖国和自由是值得用生命作为代价换取的，我们是为正义而战！那些主张与帝国和谈的所谓和平主义者，还有那些幻想与专制极权主义和平共存的所谓理想主义者，你们不要妄想了！你们的行为只会导致一个结果，就是削弱同盟国的力量，事实上帮助了帝国。帝国绝不允许国内有反战和平的主张，但我们是自由的国度，准许有反对国策的声音出现，可是各位却因此过于散漫！用嘴巴说说和平是最轻巧不过的事！”

杨威利心中只想着一件事，就是主战论仍安安稳稳大行其道。一想到群众的狂热又多了几分，他不禁对这演说厌恶起来：

在任何时代，都有人支持煽动者。

“我敢这么说，反对打倒银河帝国专制极权的圣战之人，就是危害国家的害虫。他们没有资格成为光荣的同盟国国民！为了保卫这个自由社会，为了保卫这个自由的国家体制，不怕死伤、奋力战斗的人们才是真正的同盟国国民！如果没有这个认知，就是无耻之徒，对不起死去的伟大英魂！我们的国家是由祖先一手建立起来的，我们都了解历史，大家都知道祖先们曾流血流汗、争取自由。拥有这伟大历史的祖国啊！自由的祖国啊！你是我们唯一要保卫的，我们能不奋起而战斗吗？起来吧！为祖国而战吧！同盟万岁！共和体制万岁！打倒帝国！”

随着国防委员长激昂的叫声，听众们也渐渐失去理性。会场中，汹涌的热血在六万人体内沸腾，大家纷纷起身，跟着特留尼西特高喊：

“同盟万岁！共和体制万岁！打倒帝国！”

无数手臂高举着军帽在空中挥舞。人们热烈鼓掌，欢声雷动。这些人当中，只有杨威利默默地坐着，一双黑眼睛冷冷地盯着台上的演讲者。特留尼西特高举双手接受满场狂热的回应，忽然，他的视线落在第一排听众的位置上。

刹那间，他目光一冷，嘴角不快地动了一下。前排座位上有个年轻军官竟然坐在原处，没有起立欢呼。如果此人坐在后面，可能就看不见了，但他却坐在第一排的位置。在一片热烈的爱国情绪之下，竟然出现了这样一个大逆不道的叛徒。

“军官，为什么不起立？”

一位满脸横肉的中年军官怒道。他和杨威利一样佩戴着准将徽章。杨转眼一看，平静地回答：

“这是个自由的国家，不想起立当然就有不起立的自由。我不过是在行使这种自由罢了。”

“那么，你为什么不想起立？”

“我有不回答的自由。”

杨自己也觉得这样的回答实在不讨人喜欢。卡介伦少将如果听到了，大概会笑自己的抵抗方式太笨拙。但此时杨并不想像一个圆滑的成年人那样行动。他既讨厌起立，也讨厌拍手高喊同盟万岁。如果没有对特留尼西特的演说表示感动就要被指责为不爱国,那他只能做出这样的回应。这就如同《皇帝的新装》中，说出皇帝没穿衣服的都是不懂事的小孩子，而不是大人。

“你到底是什么意思？”

中年准将质问道。讲台上的特留尼西特双手轻摆，做着安抚听众的动作。沸腾的人声低下去，一切又恢复平静，大家坐回原位。

瞪着杨威利的中年准将颤动着脸上的横肉，不满地坐下。

“各位啊……”

演讲台上的国防委员长再次开口。经过长篇大论和高声呼喊，他感到口干舌燥，发出的声音变得沙哑难听。他咳了一声，继续演说：

“我们强大的武器就是全体国民统一的意志。我们是一个自由的国家，以民主共和政体为基础，不管是多么崇高的目标也不能强加于人。个人有反对国家的自由，但有良知的国民内心是雪亮的，为了获得真正的自由，我们应该放弃渺小的自我，团结在一起，为了全民共同的目标努力向前。各位……”

说到这里，特留尼西特忽然闭上嘴，他并不是干渴得发不出声音，而是察觉到有一位女子正通过席间的通道走向讲台。这位年轻女孩头发是浅棕色的，从那些与她擦身而过的男人的注视看来，想必她长得很漂亮。她的脚步已引起周围的人相互询问的声音，不安的情绪正在扩散。

这个人是谁？她要做什么？

杨随着其他听众一起，向女孩看去，他觉得这总比继续盯着特留尼西特的脸强多了。他看清了女孩，眉毛不由得一扬，女孩的模样似曾相识。

“国防委员长——”

女孩面对讲台，声音低沉地说：

“我叫洁西卡·爱德华，是亚斯提会战中战死的第六舰队参谋约翰·罗伯·拉普的未婚妻。不，曾经是他的未婚妻。”

“这个……”

雄辩的“下一届执政者”特留尼西特也哑然了。

“我替你感到难过，小姐。可是……”

国防委员长语无伦次，下意识地看了一眼广大的会场，六万名听众都对他报以沉默。所有人都屏息注视着这位失去未婚夫的女子。

“您没有必要安慰我，委员长，我的未婚夫是为了实践保卫祖国的崇高理想牺牲的。”

洁西卡平静地说。委员长的尴尬缓解了，他毫不掩饰地露出放心的表情。

“是吗？你称得上是后方女性的楷模，我们对你的损失，一定会给予重重的补偿。”

看到他如此恬不知耻，杨威利又想闭上眼睛，眼不见为净。不知羞耻的人什么事都做得出来。

但洁西卡看起来十分冷静。

“多谢您了。我现在只想问委员长一个问题。”

“哦，是什么问题？可得问我答得出来的才好。”

“请问您现在在哪儿？”

特留尼西特眨了一下眼睛，大部分听众也不明白这问题用意何在，都眨了眨眼。

“嗯？你说什么？”

“我的未婚夫为了保卫祖国，远赴疆场，现在已不在人世了。委员长，请问您现在又身在何处呢？歌颂死亡的您到底在哪里？”

“小姐……”

谁都看得出国防委员长畏惧的眼神。

“您的家人又在哪里呢？”

洁西卡毫不留情地追问：

“我的未婚夫已经为国捐躯了，您不是说牺牲是必要的吗？那您的家人又在哪里呢？您的演讲是完全正确的，但为什么您自己不去实践？”

“卫兵！”

特留尼西特东张西望地喊：

“这位小姐是来捣乱的，把她带走。我的演说完毕！军乐队，演奏国歌！”

洁西卡的手腕忽然被人扣住，她一面挣扎一面抬眼望去，发现似乎在哪儿见过对方。

“走吧。”杨威利低声说，“这不是你该来的地方。”

雄壮激昂的音乐此时已飘扬在整个会场中。自由行星同盟的国歌名为《自由之旗，自由之民》。

朋友们，我们总有一日会打倒专政者
解放行星，竖起自由之旗
我们现在的战斗是为了未来的光明
我们现在的战斗是为了明日的果实
朋友们，让我们歌颂自由之灵魂
朋友们，让我们昭示自由之灵魂

听众们配合着音乐开始唱歌。这次和刚才无秩序地高喊口号不同，大家整齐划一地唱着这首雄壮的歌。

用我们的双手，向那黑暗专制的另一边传播自由！

杨和洁西卡背对着讲台，沿着通道向出口走去。

旁边的听众转头注视着并肩而行的两人，但立刻又将视线转回讲台上，继续唱歌。大门在他们面前悄无声息地打开，当大门关闭时，只听见国歌最后一段旋律在耳畔响起。

啊！自由的人民啊，我们永远不会被征服！

2

最后一道余晖消失，美丽的夜晚给大地带来清凉，绚烂的星群开始绽放银色光芒。这个季节正是螺旋状的绢带型星座最闪亮的时候。

首都海尼森波利斯的宇宙港此时十分热闹。大厅中聚集着各色各样的人。有的人刚结束旅途归来，有的人即将踏上旅程。迎来送往的人中，有穿着传统西装的普通公民，有戴着黑色贝雷帽的军人，有穿着制服的技术人员，有站在各处要道面对人潮无可奈何的警备官，有脚步如飞匆匆忙忙的宇宙港职员，还有又蹦又跳的小孩子。人群中还穿梭着搬运行李的机器车。

“杨。”洁西卡叫着身旁年轻人的名字。

“嗯？”

“你会不会觉得我这个女人很讨厌？”

“怎么会呢？”

“大部分死者家属都默然含悲，只有我一个人在大庭广众下大喊大叫，当然让人看了讨厌。”

杨威利心想，默不作声根本无法改变事态，如果没有人站出来弹劾当权者，那就无药可救了。但他只说了一句：

“不会啊，没有这种事。”

此时，两人正并肩坐在宇宙港大厅中的沙发上。

一个小时后，洁西卡就要搭船回海尼森相邻的行星德奴仙了。她在当地一所中学当音乐老师。如果约翰·罗伯·拉普少校仍然健在的话，相信在不久的将来就会退伍，和她结婚。

“你是个杰出的人物，杨。”

洁西卡一面看着经过面前的一家三口，一面说道。杨威利沉默不语。

“你在亚斯提会战中的卓越表现，我都听说了。约翰生前常说起你过去的种种战绩，还夸赞你，说能和你同届是他的荣耀。”

约翰是个好人，洁西卡选择他是明智的。杨这样想着，心下不免有些落寞。洁西卡·爱德华是军官学校事务长的女儿，过去在音乐学校读书，现在则是一位失去未婚夫的音乐老师……

“除了你之外，我看同盟军的提督们都应该感到羞耻。他们在一次会战中竟然让死亡人数达到一百万以上，都是些不顾道义的家伙。”

杨的想法和她略有不同。他认为除了杀害非武装人员，或是破坏停战协定的蛮横行径，没有其他标准可以判定一位将领是否有违道义。因为无论名将还是愚将，杀人无数的记录都是一样。区别仅在于愚将杀害了己方一百万人，名将则杀了敌方一百万人。在宁可被杀也绝不杀人的绝对和平主义者眼中，两者没有什么不一样。

愚将们应当感到羞耻的是缺乏军事才能，这和道义是不同层面的问题。杨心想，要让洁西卡了解这些并不容易，因此并没有开口说明。

宇宙港的广播响起，洁西卡从沙发上站起身来。她要搭乘的船即将出港。

“杨，再见了。多谢你来送我。”

“请保重。”

“祝你前程远大。把约翰·罗伯那一份也算上。”

杨威利一直目送着洁西卡的身影消失在登船口。

前程远大，是吗？这不是也要我多多杀敌？她大概没有觉察到这番话的意思吧？不，她绝对没有觉察到。多多杀敌就意味着让银河帝国的许多女子陷入和她相同的境遇。那时，她们又向谁表达悲哀和愤怒呢？

“请问您是杨威利准将吗？”

一位老妇人的声音响起。杨慢慢转过身去，只见一位神态优雅的老妇人带着一个五六岁的男孩站在眼前。

“是的……”

“啊，果然是您。威尔，这位是亚斯提的英雄呀，快打招呼。”

小男孩却害羞地躲到老妇人身后去了。

“我是梅尔夫人，我的丈夫、儿子——也就是这孩子的父亲，都是军人，他们都在和帝国军的战斗中牺牲了。您的功勋我们在报上都看到了，很感谢您，能在这种地方遇上您，真是令人喜出望外！”

“……”

杨感到手足无措，不知如何是好。

“这孩子说他也想当一名军人，希望能消灭帝国军，为死去的爸爸报仇。杨准将，我有个不情之请，虽然很冒昧，但希望您能和这个孩子握个手，好吗？就算您对他未来的鼓励好了。”

杨一直不敢正视老妇人的面孔。

老妇人想，他没说话，大概就是同意了，于是将孩子拉到年轻提督的面前站定。孩子虽然注视着杨的面孔，但仍然紧抓着祖母的衣服不放。

“怎么搞的，威尔，这种态度像个勇敢的军人吗？”

“梅尔夫人！”

杨叫道，心中感到万分惶恐。

“威尔长大时，世界应该也和平了。您也不需要强迫他去当军人……孩子，多保重。”

杨威利轻轻敬了一礼，立刻加快脚步离开了。其实他只是想逃离这个地方，什么都顾不上了。

3

杨返回银桥街二十四号的官舍时，海尼森标准时间为二十点。这一带居民以单身者或小家庭居多，属于高级军官住宅区，四周浮动着植物的清香。

虽然绿地广阔，但建筑设施称不上新颖奢华，因为经费不足，新建筑和改建工程仍然很少见。

杨走路的速度慢了下来。他穿过一片片疏于照管的公共草坪，打开有识别装置的大门，门开时发出吱吱咯咯的响声，似乎在欢迎这位B栋六号官舍的主人回家。杨心想就算是自掏腰包，也该修修这个门了，去和经理部交涉显然不会有什么结果。

“您回来了，准将。”

少年尤里安·敏兹迎上前来。

“我正在想您晚上是不是不回来了。太好了！我做了您喜欢吃的爱尔兰炖羊肉。”

“这么说来，我空着肚子回来是对的啰。不过你为什么觉得我可能不回家呢？”

“卡介伦少将刚刚来过电话。”

少年一面接过他的贝雷帽一面回答：

“他说追悼会还没结束，你这家伙就和一个美女手拉着手跑了。”

“这个家伙……”

杨站在门口苦笑。

尤里安·敏兹是杨的被监护人，今年十四岁。身高与年龄相称，有一头亚麻色的头发，眼睛棕黑，眉清目秀，卡介伦他们都叫他“杨的侍童”。

尤里安是在两年前根据《军人子女战时福利特别法》成为杨的被监护人的。订立这项法案的人叫托尔巴斯，所以它又被称为《托尔巴斯法》。

自由行星同盟和银河帝国间的战争状态已经持续一个半世纪之久，许多人因战争死亡或伤残。《托尔巴斯法》是为了救济那些失去亲人的孤儿、实现确保人力资源的目的才应运而生的法令。

法案规定，孤儿们交由军人家庭抚养，政府贷给他们一定数额的教养费。孤儿在十五岁以前一律进普通学校，十五岁以后则从个人意愿出发选择自己的道路。但如果参军成为少年兵，或者选择进军官学校、技术学校等军事相关学校，便不必归还向政府借贷的教养费。

对军队来说，女性也是后勤部门不可缺少的人力资源。在补给、管理、运输、通信、管制、信息处理及设施管理等部门，女性都十分重要。

“你可以把它想成中世纪以来的学徒制度。可是它用金钱束缚孤儿们的未来，这一点也许比学徒制度还要恶劣。”

当时任职于后勤本部的卡介伦曾讽刺地对杨说。

“不过话说回来，人生在世，如果没有任何目标，活着也是无味。既然这种领养制度有存在的价值，我看你不妨也领养一个孩子吧。”

“可是我还没有娶妻啊。”

“就是因为这样，才应该尽点社会义务。只是负担一些教养费罢了，嗯，单身贵族？”

“我知道，那么我就领养一个吧。”

“可能的话，领养两个也不错嘛。”

“一个就够了。”

“哦？那我去给你找个饭量有两个人那么大的小家伙来。”

两人这般交谈后，第五天，少年尤里安就出现在了杨的家门口。

当天尤里安就确立了自己在杨家的地位。此前，杨家那位唯一的成员实在称不上勤勉能干的家庭经营者，虽然有家务电脑，但他甚至懒得往电脑中输入指令，结果电脑成了无用的摆设。同时，所有的日用电器上都蒙着尘土。

尤里安发现，就算是为了自己的生活，他也必须整顿一下这个家庭的物质环境了。尤里安来到杨家的第三天，年轻主人出差去了。当一个星期后主人回来，发现家中已经被名为“整顿”和“效率”的联军占领。

“我已将家用电脑的信息整理归纳为六大类。”

十二岁的“占领军司令”向呆若木鸡的主人报告：

“第一类，家庭经营管理；第二类，电器操作；第三类，安全事项；第四类，信息收集；第五类，家庭学习；第六类，娱乐。家庭记账本和每天的菜单属于第一类，空调、清扫机及洗衣机的使用属于第二类，警戒装置和防火设施属于第三类，新闻、天气预报及购物信息属于第四类……上校，请您记住。”

当时杨威利还是上校。他默默走到起居室兼饭厅的沙发边坐下，心想该向这个笑得天真无邪的小侵略者说些什么。

“房间我打扫过了，床单也洗了，家里也整理好了，如果还有什么不满意的，请说出来。您还需要什么？”

“给我一杯红茶好吗？”

杨想喝杯自己最喜欢的红茶，润润喉，然后再说出自己的苦处。少年飞奔进厨房，端来一套干净漂亮、焕然一新的茶具，在杨面前泡上西隆星出产的茶。杨为少年的手法感到震惊。

茶刚入口，他的心立刻被这位少年征服了。这味道是如此香醇！尤里安的父亲是宇宙舰队的上尉，比杨更热衷茶道，他传授给了儿子茶道知识和泡茶方法。

杨的家按照尤里安的方式经营了半个月，卡介伦前来拜访。他看了看四周的环境，评论道：

“我来过你家很多次，发现这是有史以来最干净的一次。看来‘父无能，子有才’这句话所言不虚。”

杨并没有反驳他。

如今已过了两年，尤里安的身高也蹿升了十多厘米，是个真正的大男孩了。功课似乎也不错，从来没有不及格，偶尔还拿些奖章奖状之类的东西回家。照卡介伦的说法，尤里安应该算是“青出于蓝”。

“今天学校问我明年以后的决定。”

尤里安一面吃饭一面说。杨威利拿汤匙的手停在半空中，注视着他。

“不是明年六月才毕业吗？”

“如果修足学分，按规定可以提早半年毕业。”

“哦？”杨觉得自己真是个不负责任的监护人，“你想当军人，对吗？”

“嗯，我是军人的孩子啊。”

“谁说儿子一定要继承父业啊？我爸爸就不是军人，他是个商人。”

杨告诉他，如果想选择其他行业也无妨。他忽然想起今天在宇宙港遇见的小威尔。

“但我如果不选择从军，就必须偿还教养费……”

“我来还。”

“呃？”

“你真是太小看我了，我还有一笔存款。再说，你也没有提早毕业的必要，再多逍遥些日子难道不好吗？”

少年光洁的双颊似乎泛起了红晕。

“我不能给您添这么多麻烦。”

“你一个小孩子家，倒是骄傲得很。小孩子要长大成人，麻烦一下大人是应该的。”

“谢谢您，不过……”

尤里安疑惑地望着杨威利。

“我听说您很讨厌军人，可是……”

“我是讨厌。”

这明确的答复使尤里安倍感困惑。

“那您为什么还要当军人？”

“那当然是因为我没有能力，做不来其他的。”

杨吃完饭，用纸巾擦了擦嘴巴。尤里安收起碗筷，放进洗碗机，打开电源让机器运转。接着他端上茶具，开始泡红茶。

“唉，你多考虑考虑再决定吧，匆忙决定没有好处。”

“是的，我会再考虑一下。准将，新闻曾报道过罗严克拉姆伯爵是十五岁时踏上军旅生涯的吧？”

“大概是吧。”

“您知道吗？新闻中出现了他的脸，是个美男子呢。”

杨威利并未亲眼见过莱因哈特·冯·罗严克拉姆，只是在镭射立体电视中见过几次，他的确是杨见过的最英俊的年轻人。据说在后勤本部的女兵中间，罗严克拉姆比同盟军任何一位军官都受人喜爱。

“不过，我长得也不错嘛。是吧，尤里安？”

“茶里要加牛奶呢，还是白兰地？”

“白兰地……”

就在此时，警铃忽然响起，警戒系统的红灯一明一灭地闪烁起来。尤里安按下监视器的开关，红外线显示屏上出现了许多人影。他们围着白色的头巾，只露出两只眼。

“尤里安。”

“嗯？”

“最近常有这种小丑团体做家庭访问吗？”

“他们是忧国骑士团。”

“没听过这个马戏团。”

“他们是激进派国家主义团体，高喊打倒有反国家和反战言行的人，最近颇受瞩目。不过很奇怪，他们为什么要到咱们家来？准将的言行都值得赞美，没什么好指责的啊。”

“他们有多少人？”

杨若无其事地岔开了话题。尤里安念着画面一角的数字：

“共四十二人，正往里走。啊，是四十三人，不，四十四人！”

“杨准将！”

通过麦克风，这声喊叫听来格外响亮，连装有特殊玻璃的墙壁都微微地震颤。

“哦，哦。”

杨回应着，但屋外是听不到的。

“我们是真正的爱国志士，我们是忧国骑士团，我们要弹劾你！你因战绩而自满，竟然当众反对统一战争。还记得你今天在追悼会上的行为吧？！”

杨觉出尤里安吃了一惊。

“杨准将，你侮辱了神圣的追悼大会。与会者都热烈回应国防委员长、高呼打倒帝国时，只有你不肯起立，这种行为等于嘲讽全体国民的决心！我们要弹劾你这种傲慢的态度！有什么主张，你说出来吧！想报警也没有用，我们会把你的对外联络系统都破坏掉。”

原来如此。杨明白了。忧国骑士团背后一定有“绝世的爱国者”特留尼西特在操纵。他们都有个共同点，就是音量极大，恬不知耻，说出的话虚伪无比。

“准将，您今天真的这么做了？”尤里安问。

“嗯，是啊。”

“为什么？就算您心里反对，起立拍手也没什么损失啊。在别人面前装装样子罢了。”

“你说话的口气倒是和卡介伦少将很像。”

“这种道理别说是卡介伦少将了，连小孩子都明白。”

“……为什么不出来？难道你还有羞耻之心不成？快悔悟吧！今天你非得在我们面前老老实实地解释清楚不可！”

外面的叫嚣骄横至极。杨威利愤而起身，尤里安扯住了他的袖子。

“准将，您不管怎么生气，可不能动武啊。”

“你动作倒快。难道我不能跟这些家伙解决一下吗？”

“也不是。”

“……”

这时传来一声巨响，特制玻璃窗裂开了。这种玻璃不是扔块石头就能砸破的。紧接着，一颗人头大小的金属球飞进来，直撞上壁橱，橱里摆设的瓷器刹那间被砸得粉碎。金属球发出沉闷的声音，滚落到地板上。

“危险！趴下！”杨叫道。

尤里安敏捷地抱起家用电脑躲到沙发底下。瞬间，金属球裂成几块，飞向四面八方。室内各处发出刺耳的噪音，灯具、餐具和椅子靠背都变成了一堆破烂。

杨威利愣住了。忧国骑士团使用了掷弹筒，射入室内的竟然是工兵队在引火危险的情况下使用的非火药性小规模住宅爆破弹。

这种弹药已经将破坏力降到最低程度，否则整个房屋早就化为瓦砾了。为什么他们这种民间团体会有这种军方武器？

杨好像想到什么，打了个响指，声音却不太好听。他问道：

“尤里安，喷水器的开关在哪里？”

“在二号 A 第四个钮。您想对付他们？”

“他们不懂得礼数，应该教教他们……”

“……那好吧。”

“怎么？还不吭声吗？要是这样，我们就再扔一个……”

屋外盛气凌人的声音忽然转为哀号，那些裹着白布的家伙被高压水柱喷得招架不住，仿佛遭遇了一场意想不到的暴雨，浑身湿透，在水帘中四处奔逃。

“让你们知道，惹恼绅士可不是好玩的！你们这些流氓！”

就在杨大骂他们的时候，警笛声渐渐从远方响起。可能是邻居们报警了吧。

其实暴动发生这么久，治安当局才姗姗来迟，似乎让人觉得有人在忧国骑士团背后撑腰。这个人说不定就是特留尼西特。

忧国骑士团早就落荒而逃了，他们没有心思高唱胜利凯歌了吧。但身穿青色制服姗姗来迟的警官们却不住地称赞他们是热情的爱国团体，让杨十分不悦。

“如果真的爱国，他们为什么不去参军，反而三更半夜私闯民宅，骚扰有孩子的人家？难道这就叫爱国？还有，如果他们行事正大光明，为什么把自己的脸包起来不敢见人，根本没道理！”

就在杨反驳时，尤里安关掉了喷水器的开关，开始打扫乱七八糟的房间。

“我来帮你。”

杨赶走那些办事不力的警察后说，尤里安马上摇摇手。

“不行，这样反而碍手碍脚。您就坐在那边的桌子上好了。”

“坐在桌上？你……”

“我马上就打扫好。”

“我坐在桌上做什么呢？”

“呃，喝喝我泡的红茶吧。”

杨嘴里嘟囔着，走到桌前盘腿坐在上面。他看见尤里安正在收拾瓷器的碎片，不禁叹道：

“那可是万历五彩啊，是父亲留给我的遗物中唯一的真品！”

二十二时，卡介伦打来TV电话，此时尤里安已经将室内打扫干净了。

“小家伙，你的监护人在家吗？”

“在那边。”

尤里安指着桌子，这位杨家的主人正盘腿而坐，喝着红茶。卡介伦大概花了五秒钟的时间观察了一下，然后慢慢地说：

“原来阁下在家里习惯坐在桌子上。”

“这要看是星期几。”

杨坐在桌子上回答，卡介伦苦笑了一下。

“好啦，你现在有急事，立刻到统合作战本部去。车马上来接你。”

“现在就去？”

“这是席特列本部长直接下的命令。”

杨把茶杯放回托盘，声音比平时稍微响了一些。

“本部长找我有什么事？”

尤里安呆了一下，随即跑去拿杨的军服。

“他只告诉我有要紧事，一切到作战本部再说。”

电话挂断了。杨抱着双臂，思索了一会儿，回头一看，尤里安已经双手把军服送到面前。正穿戴间，接人的车来了。杨实在想不通到底有什么事这么急，非要三更半夜叫他去不可。

出门的时候，杨看了看尤里安，说：

“我回来时恐怕已经很晚了，你先睡吧。”

“是，准将。”

尤里安虽然答应了，但杨总觉得这孩子似乎不会照他的吩咐做。

“尤里安，今天晚上的事，多半只是一场闹剧。但敌人以后要怎样对付我们就难说了。日子越来越不太平了啊。”

杨自己也不知道为什么在此时说出这番话来。尤里安一直望着他。

“准将，我刚才说了不少废话，请您不要放在心上。只要您行得正就好了，我相信您是最正直的人。”

杨看着这个少年，想说些什么却又说不出口，只是轻轻摸了摸他亚麻色的头发，接着转身走向车子。尤里安一直目送着车离去，直到车灯在黑暗中消失，他依然一动不动地站在门廊上。

4

自由行星同盟军统合作战本部长西德尼·席特列元帅是位身高约两米的壮年黑人。他并非才气纵横，但身为军队管理者和战略家，的确颇有手段，而且为人朴实稳重，颇具威望。尽管不是万众爱戴的明星人物，也有众多的支持者。

统合作战本部长的职位十分崇高，作战时，他就是同盟军的最高代理司令官。最高司令官是同盟元首——最高评议会议长，之下由国防委员长统领军政系统，统合作战本部长统领军令系统。

遗憾的是，在自由行星同盟中，这两者的关系却未必融洽。军政的领导者和军令的负责人本应互相合作，不然军队的组织运作就很难进行。话虽如此，双方个性不合、互相厌恶的事实也令人无奈。特留尼西特和席特列的关系正如上述所说，处于武装中立的状态。

杨来到办公室，席特列元帅亲切地迎接他。杨念军官学校时，元帅是当时的校长。

“请坐，杨‘少’将。”

席特列元帅一说，杨就不客气地坐下了。元帅马上开门见山地说道：

“有件事要告诉你，上面已经决定升你为少将，明天就正式下达任职令。你知道为什么升官吗？”

“大概是因为打了败仗吧。”

杨的回答使刚刚上了年纪的元帅唇边露出笑意。

“你啊，还是和以前一样，一点都没变。从军官学校开始你就是这样，脸上的表情很温和，口中说出的话却锋利无比。”

“是吗？但我想事实就是这样吧，校长……不，本部长阁下。”

“你为什么会如此认为？”

“古代兵书有云，‘败战之军，应予嘉勉’。我们这次败得这么惨，不安抚一下民心和士气怎么行？”

杨若无其事地说。元帅只有苦笑的份，他抱着双臂，看着自己的学生。

“在某种意义上，你说得对。我们这次吃了大败仗，民心和士气也跟着动摇了，此时若不塑造出一位英雄，看来很难安抚民心。这位英雄就是你，杨少将！”

杨微笑着，心里却不怎么高兴。

“被人刻意塑造成英雄形象，我想你也不会高兴，但这也可以说是我们军人的一种任务。你实际上也立了汗马功劳，我们统合作战本部和国防委员会只是论功行赏罢了。”

“关于这件事，国防委员长特留尼西特有什么表示吗？”

“这时候个人的意见已经不重要了，就连委员长也是一样，大家都要多为公事着想。”

这就是所谓的原则吧。但特留尼西特不也曾私下唆使忧国骑士团来骚扰他吗？

“话说回来，如果当初采用你向派特中将提出的作战计划，也许我们就打败敌人了。”

“嗯，或许吧。”

杨尽量小心地回答。席特列元帅摸着下巴，若有所思。

“不过有朝一日，我们还会用到那个作战计划。那时候就可以向罗严克拉姆报一箭之仇。”

“那要看罗严克拉姆怎么做了。如果他对这次的成功得意自满，下一次还抵挡不住以少胜多的诱惑，那个作战方案还有可能发挥作用。可是……”

“可是什么？”

“可是这种事不太可能再发生了。以少胜多乍听上去光彩无比，但并非正常的用兵之道，它并非战术，只能说是一种奇术。罗严克拉姆不可能不知道这种道理，他下次进攻时，一定会率领大军前来。”

“有道理。用兵之道最主要的还是拥有比敌军完备的兵力。但外行人比较喜欢你所说的奇术，甚至当你带的兵少，无法打败数量占优势的敌军时，别人也会认为你是无能之辈，况且这次是败给了兵力只有我们一半的敌军……”

元帅黝黑的脸上露出苦恼的表情。政府和民众对这次的败仗并不谅解。

“杨少将，我想我们同盟军用兵的大前提并没有错。我们在战场上投入了两倍于敌军的兵力，却一败涂地，这是为什么？”

“因为我们的兵力运用失当。”

杨简明扼要地回答：

“我们虽然兵力充足，但军心懈怠，没能充分发挥数量上的优势。因为兵多势众，士兵们都掉以轻心。”

“怎么说？”

“在这个雷达与电子工程发展日新月异的时代，战争已发展成按钮战争。这个事事精密的时代，用兵也有一定的法则，即集中兵力与迅速调动部队这两点。一言以蔽之，就是不能白费力气。罗严克拉姆伯爵就是这个法则的完美实践者。”

“嗯……”

“反观我们的军队，当第四舰队被敌人粉碎时，其他两支舰队仍拘泥于原定计划，一味浪费时间，也未能充分侦察敌情、掌握情报。三支舰队都处于孤立无援的状态，只能孤军奋战。这就是未能集中兵力与迅速调动部队的结果。”

杨闭上了嘴。这是他这些日子以来话说得最多的一次，心情多少有些激动。

“的确如此，你说得很对。”

元帅不住地点头。

“我现在还有一件事要告诉你，这件事还没有公布。我要变更军队组织，将第四、第六舰队剩余兵力合并，再加进一些新兵，组成第十三舰队，任命你为首任司令官。”

杨的脖子忽然僵住了。

“按规定，舰队司令官不是须由中将以上的人出任吗？”

“这个新舰队的规模只有常规舰队的一半，舰艇六千四百艘，士兵七十万人。第十三舰队的首项任务是进攻伊谢尔伦。”

本部长的语气十分平静。

过了一会儿，杨似乎才回过神来，他慢吞吞地开口问：

“半支舰队就想进攻伊谢尔伦？”

“是。”

“您觉得这可能吗？”

“如果是别人，我不敢抱有希望，但换作你，我绝对有信心！”

“换作你，我绝对有信心”，杨认为本部长根本是在拿话激他。自古以来，不知有多少人为了这诱人的名誉舍身去做不可能之事，在一旁吹捧怂恿的人却不用负责任。

杨沉默着。

“你没有信心？”

本部长问杨，杨没有回答。如果他没信心，早就如实回答了。对于进攻伊谢尔伦，杨有自信也有胜算，相信应该能一扫同盟军过去六次进攻屡战屡败、死伤惨重的阴霾。他不回答，是因为厌恶席特列的安排。

“如果你能率领新舰队进攻伊谢尔伦，成就伟大功业……”

席特列意味深长地看着杨威利。

“姑且不论特留尼西特国防委员长对你个人的感想如何，到时他一定会折服于你的才干。”

当然，席特列本部长的地位也会相应提高。看来这不只是战略的应用，更是一场政治斗争。这位本部长真是老奸巨猾。

“我愿尽一己绵薄之力。”

杨考虑许久后回答。

“啊，你终于答应了？”

席特列本部长显得很高兴。

“我会让卡介伦积极筹备新舰队的组织与装备。如果有任何需要，就向他申请，一定尽量如你的意。”

杨心想，何时进攻？本部长的任期还剩七十天，为了寻求连任，他一定希望进攻伊谢尔伦的战争能在任期内结束。如果这场战争需时三十天，那么最迟四十天后，大军就要从海尼森开拔了。

特留尼西特似乎也不反对这次的人事调动与作战计划。他一定在想，以这半支舰队进攻伊谢尔伦绝不可能成功，到时候自己就有理由公然将席特列和杨威利除掉了。说不定他正为了杨威利自掘坟墓而举杯庆祝。

杨心想，可惜有一段时间喝不到尤里安泡的红茶了。

Chapter 5
伊谢尔伦攻略战

1

伊谢尔伦是银河帝国重要的军事据点。在距离帝国首都星六千两百五十光年处，有颗壮年期的恒星亚尔提那，它原本是颗没有行星的孤独恒星。由于地理位置的重要性，银河帝国在这里设置了一颗直径六十公里的人工行星，作为帝国的军事基地。

如果从天顶方向俯瞰银河系，伊谢尔伦位于银河帝国的势力向自由行星同盟方向延伸的三角形边缘地带的顶点附近。这一带是宇宙航行中的难关，是从前自由行星同盟的建国者失去许多同志的“宇宙墓场”。而这个事实也满足了帝国的要人，让他们在这一处宙域建立威吓同盟的军事据点的意图更加坚定。

变光星、红巨星、异常的重力场……在这些星体密集的区域之中，有一条狭窄的安全地带，伊谢尔伦就坐镇中央。同盟想不经此处前往帝国，就只能走另一条经由费沙自治领的路线了，当然那条路线是不能发动军事行动的。

伊谢尔伦回廊和费沙回廊，除了这两者，难道就找不出其他连接同盟和帝国的航路吗？同盟的执政者和军事家都为此费尽心思，但星图不完备，再加上帝国和费沙有形无形的妨碍，让他们的意图一直受挫。而说到费沙，既然它有中转交易地的存在价值，当然不希望同盟发掘出“第三条回廊”。

种种因素下，同盟向帝国领域进攻的意图就演变为伊谢尔伦要塞攻略战。在二十五年间，共进行了六次大规模攻略战，同盟一次次被击退，帝国军甚至留下了“伊谢尔伦回廊是以叛军士兵的尸体铺就”的豪言。

杨威利也两度参加伊谢尔伦攻略战。第五次作战时是少校，第六次作战时是上校。他两次亲眼目睹大量死伤的惨状，明白了依靠蛮力硬攻的做法愚不可及。

从外部攻打伊谢尔伦要塞是行不通的，杨在舰队败走途中如此想。那该如何是好？

除了作为要塞，伊谢尔伦同时还拥有驻留舰队，有舰艇一万五千艘。要塞司令官和舰队司令官是同等级的上将，他们之间是否有嫌隙可乘虚而入？

此次罗严克拉姆伯爵的进攻也是以伊谢尔伦为前线基地。这个对同盟极端不利的帝国军事据点，必须设法攻下来才行。但是杨手中的战力却只有半支舰队。

“说真的，我实在想不到你会接下这个任务。”

统合作战本部大厦的办公室内，卡介伦少将一边翻阅部队编制书一边说：

“委员长和本部长各有用心……你应该知道才是。”

坐在他面前的杨笑而不答。卡介伦用文件用力敲打桌子，饶有兴趣地看着这个军官学校的学弟。

“我军过去尝试了六次伊谢尔伦攻略战，六次都失败了。你想以半支舰队成功完成作战吗？”

“我想，可以试试看。”

听了杨的回答，这位学长的双眼眯得更细了。

“看来好像还有胜算，你想怎么做？”

“这是秘密。”

“对我也是？”

“这种事情总得卖个关子才稀奇啊。”

“说得倒是。有什么要准备的物资，你说吧，我会尽力帮忙。”

“那么我要一艘帝国军的军舰，过去的战争中应该掳获过。另外请准备两百件敌军军服。”

卡介伦眯缝着的眼睛睁大了。

“期限呢？”

“三天之内。”

“……虽然不好叫你出加班费，但至少得请我喝杯高级白兰地吧。”

“请你喝两杯好了。对了，还有一件事要拜托你。”

“那得请我喝三杯喽。什么事？”

“关于那些号称‘忧国骑士团’的激进分子。”

“嗯，我听说了。真是场灾难。”

因为到时候只有尤里安独自在家，杨便托付卡介伦安排宪兵到附近巡逻。杨本来想让少年暂时寄宿在他人家中，但身任“留守司令官”的尤里安却不接受。卡介伦答应马上安排，然后似乎又想到了什么，再次看着杨。

“对了，费沙的高级专员最近忽然想知道你的事情。”

“哦？”

对费沙这个特殊的存在，杨抱着和其他人略为不同的兴趣。建设这个自治领的是地球出身的大商人雷欧波特·拉普，但关于他的经历或资金出处等许多方面的资料都模糊不清。到底是什么人为了何种目的，让拉普建设费沙这个地方的？没能成为历史学家的杨也思考过这个问题，当然他从未对任何人提过。

“费沙的黑狐好像对你有兴趣了，搞不好会来挖墙脚哟。”

“费沙的红茶不知是否美味呢？”

“大概是用毒气来调味的吧。对了，作战计划进展如何？”

“事情是很难按照计划进行的。但话说回来，又不能不做计划。”

说着，杨站起来。还有堆积如山的事务在等着他。

第十三舰队不光是舰艇和官兵的数量只有一般舰队的一半，而且官兵大半是在亚斯提惨败的第四舰队和第六舰队的残兵败将，其余的则是缺乏战斗经验的新兵。司令官虽说是新晋升的少将，但毕竟是个才二十几岁的毛头小子……年长的提督们惊诧无奈又满含嘲讽的议论声，当然也传到了杨的耳朵里。“就好比让一个还不能举物的婴儿空手去搏杀狮子，大概很有看头吧。下命令的人只是下个命令，但做的人可就累了……”

杨并没有生气。大概只有顶级的乐天派才不会怀疑这次战斗获胜的可能性吧，杨自己也这么想。

替杨辩护的人只有第五舰队的司令官比克古中将。这位提督年已七十，有一头令人厌恶的白发，以顽固急躁的个性闻名。杨这样的年轻人向他敬礼，他会带着“哪来的毛头小子”的怀疑眼神，用令人感到无趣的态度答礼。这位可怕的老爹在高级军官俱乐部“白色牡鹿”中，对那些把第十三舰队和杨当笑话的同僚说：“希望以后你们不会自取其辱才好。你们的行为就像看到大树的幼苗，却笑它长得不高一样蠢。”

人们顿时鸦雀无声。他们想起了杨在亚斯提及更早的战斗中展露的才华。老将的一句话消去了他们的从众心理，提督们怀着尴尬和不安，在干杯后各自散去了。

听到这个传闻，杨也没有特意向比克古中将道谢。他知道如果自己去道谢，白发提督一定会嗤之以鼻。

提督们的反感多少是减退了，但总体状况没什么好转。要以残兵加新兵的半支混合舰队去攻打固若金汤的要塞，这个悲观的事实依然残酷地存在。

杨在军官任命上费尽心思。他选择第四舰队善战而老练的费雪准将为副司令官，任命虽然缺乏独创力但头脑缜密、逻辑力强的姆莱准将为首席参谋，任命富有战斗激情的派特里契夫上校为次席参谋。

他让姆莱提出一些常识性的判断，作为制订作战方案和决断的参考。派特里契夫执行激励士兵、振奋军心的工作。费雪调派舰队的稳健扎实，其实正是杨任用他的原因。

这样的部署大致令人满意，但在副官的人事调派上，杨没有找到合适的人选，于是向卡介伦要一位“优秀的年轻军官”。对方传来了副官人选的资料：“七九四年以第二名的成绩毕业于军官学校，远胜于你的优等生。现在服务于统合作战本部的情报分析科。”

出现在杨面前的是位年轻美丽的姑娘，有自然卷曲的金褐色秀发和一双淡褐色的明眸，那以黑色和象牙色为基调、式样简单的军服也因为她显得华丽起来。杨摘下太阳镜，静静地注视着她。

“我是菲列特利加·格林希尔中尉，此次奉命担任杨少将的副官。”

这是她的问候词。

杨重新戴上太阳镜，掩盖了表情。他想卡介伦这家伙的军裤里一定藏着一条黑色的尾巴。这位姑娘是统合作战本部次长德怀特·格林希尔上将的女儿，以惊人的记忆力闻名。

就这样，第十三舰队的人事组建完毕。

2

宇宙历七九六年四月二十七日，自由行星同盟军第十三舰队司令官杨威利少将踏上伊谢尔伦要塞攻略战的征途。

这次行动对外宣称是要在与帝国国境方向相反的边境星域，举行新舰队的第一次大规模演习，因此舰队先以五十倍光速的帕尔斯光速跳跃航行法，从同盟首都出发，朝伊谢尔伦的反方向而去。如此持续三日，又改变航线，连续进行八次长距离光速跳跃和十一次短距离光速跳跃，才好不容易进入伊谢尔伦回廊。

“二十四天航行了四千光年，还算不错。”

杨虽然只说“还算不错”，但这临时编成的舰队能一艘也不掉队地到达目的地，实在是值得称赞。当然，这要归功于在舰队调度上老练娴熟的副司令官费雪准将。

“这是因为第十三舰队有能人在。”

杨这样称赞费雪。在这方面，杨让费雪全权负责，不管费雪说什么都点头同意。

杨的头脑只集中在伊谢尔伦要塞的攻略方案上。最初他向舰队首脑部门的三人——费雪、姆莱、派特里契夫说明这个计划时，得到的回复是“无语”。

须发银白，略显老态的费雪；身材瘦长，似乎有点神经质的中年男人姆莱；身躯壮硕得仿佛会撑破军服，圆脸上留着长长鬓角的派特里契夫——他们三人一时间只是默默注视着这位年轻的司令官。

“如果失败了怎么办？”

过了片刻，姆莱提出了疑问。

“只有夹着尾巴逃了。”

“但是，这未免……”

“别担心。用半支舰队去攻陷伊谢尔伦本来就是强人所难，丢脸的只有席特列本部长和我而已。”

让他们三人退下后，杨叫来副官菲列特利加·格林希尔中尉。

身为杨的副官，菲列特利加比另外三位将领更早知道杨的计划，但是她没有提出异议，也没有表现出一点担心。相反，也许她比杨还要确信此次能成功。

“为什么你那样充满信心？”

杨知道提出这样的问题未免奇怪，但还是忍不住问道。

“八年前，在艾尔·法西尔的时候，提督不就成功了吗？”

“这样的根据未免太牵强了。”

“但在当时，提督就成功地在一个女孩心中种下了绝对的信赖。”

“……”

金褐色头发的美丽女副官对满脸疑惑的长官说道：

“那时我正好和母亲在艾尔·法西尔，母亲的娘家就在那里。我还清楚地记得那位连吃饭的时间也没有、咬着三明治指挥逃脱行动的年轻中尉的模样。但是中尉似乎忘了三明治噎在喉咙里的时候，那个给你端来一杯咖啡的十四岁女孩了吧？”

“……”

“您还记得喝了那杯救命的咖啡之后，说了什么吗？”

“……说了什么？”

“您说，我不喜欢咖啡，拿杯红茶来更好。”

杨差点笑出来，慌忙大声咳了一声，将笑意驱走。

“我说了那么失礼的话？”

“是啊，您不仅说了，还把空纸杯捏坏了……”

“是吗？真是抱歉。但你的记忆力应该用在更有益的方面。”

虽然说得正经，但不过是用来掩饰自己的败势。菲列特利加能在一万四千多张伊谢尔伦要塞的幻灯片中发现前后矛盾的六张，就已经证明她的记忆力是放在有益之处了。

“请先寇布上校过来。”

杨下了命令。

华尔特·冯·先寇布上校三分钟后出现在杨面前。他是同盟军陆战总监部下属的“蔷薇骑士团”的团长，是个三十出头、仪表干练的人，但同性间大都认为他是个“刺眼的家伙”。他原是帝国名门贵族出身，本应穿着帝国的提督服站在战场上。

蔷薇骑士团是以帝国流亡到同盟的贵族子弟为核心建立的，已有半个世纪的历史。其历史中有光辉灿烂的部分，也有被涂污抹黑的部分。历代团长共十二名，四人在同过去的祖国的战斗中死亡，两人出任将官后退役，六人逃回故土——有的是秘密脱逃，有的是在战斗中认敌为友。先寇布是第十三任团长。

“十三”是个不祥的数字，有人认为他一定会成为第七个背叛者。为何十三是个不祥的数字，倒还没有定论。有人说是因为险些把地球上的人类全部毁灭的核战争正好持续了十三天，后来导致全面废止核武器。也有人说是某个已灭亡的古老宗教的始祖曾被第十三个弟子背叛的缘故。

“冯·先寇布报到。”

恭敬的语气和那不谨慎的表情实在是不协调。看着这位比自己年长三四岁的旧帝国人，杨想，此人故意摆出这种态度，也许是一种识人的手段吧？就算是这样，自己也不能一一和他计较。

“有事要和你商量。”

“是重要的事吗？”

“大概吧。有关伊谢尔伦要塞攻略一事。”

先寇布的目光在室内游移了几秒。

“这可是非常重要的事，和下官商量可以吗？”

“只能和你商量，希望你仔细听。”

杨开始说明。

五分钟后，杨说完了。先寇布的褐色眼睛中闪现出奇妙的神色，似乎在努力压抑心中的惊愕。

“我先说明白，上校，这实在说不上是正式的作战。可以说是一种诡计，不，该说是小把戏才是。”

杨摘下黑色的贝雷帽，毫无风度地用指尖转着，说道：

“但是要攻陷固若金汤的伊谢尔伦要塞，除此之外别无他法。如果这个方法还不行，那就不是我力所能及的了。”

“的确，大概也没有其他方法了。”

先寇布抚着那尖尖的下巴。

“身处坚固的要塞，人们难免会大意，成功的可能性也就大了。不过……”

“不过？”

“如果我如传闻所言，成了第七个背叛者，这一切就化为乌有了。那样一来您怎么办？”

“很为难。”

看到杨那认真的表情，先寇布不禁苦笑。

“的确会很为难。但光是为难吗？也该想些应对方法吧？”

“曾经想过。”

“那么……”

"但什么也没想出来。如果你背叛了，我只有举手投降，别无他法。"

贝雷帽飞离杨的手指，掉在地上。这位旧帝国人伸手捡起来，拍了拍那原本就没有沾上灰尘的帽子，交给长官。

"抱歉。"

"哪里。那么您是要完全信任我了？"

"其实我是没什么自信的。"杨很直率地回答，"如果不信任你，这个计划就无法成立，所以相信你是大前提。"

"原来如此。"

虽然这样回应，先寇布并未露出了然于胸的表情。蔷薇骑士团的指挥官用半是试探半是自省的眼神看着年轻的长官。

"我可以问一件事吗，提督？"

"哦。"

"这次交付给您的命令是率领半支舰队，而且是有如乌合之众的弱兵攻陷伊谢尔伦要塞，实在毫无道理。您之所以接受，是在策略上已经胸有成竹的缘故吧？但是我想知道其中还有什么，是为名誉，还是为升官？"

先寇布辛辣的眼神毫不留情。

"我想不是为了升官吧。"

杨的回答轻描淡写，好像事不关己一般。

"在三十岁之前被称为阁下已经足够了。而且这场战役结束后，如果我还活着，就打算退役了。"

"您要退役？"

"嗯，反正可以领到养老金和退休金……足够我和另一个人过简单的生活了，应该没有什么不充裕的。”

“您是说要在这种情势下退役？”

听到先寇布的不解，杨失声笑了出来。

“说到情势，如果这一次占领了伊谢尔伦，就切断了帝国军入侵的唯一路线，只要同盟方面不做出入侵帝国的傻事，两军也就无法发生冲突了。至少不会有大规模的冲突。”

“……”

“而后就看同盟政府的外交手腕了，那时同盟在军事上处于优势，也许可以和帝国缔结令人满意的和平条约吧。那么我就能安心地退役了。”

“但是，这种和平可以永久保持下去吗？”

“人类历史上原本就没有永久的和平，所以我不会如此期望。但确实存在过因长达数十年的和平而丰裕的时期。如果说我们必须为下一代留下些遗产的话，我想最好的遗产还是和平吧。而把前一代留下来的和平维持下去，是下一代的责任。如果每一代都不忘自己对下一代的责任，和平或许就能长久地维持了。如果忘记自己的责任，把先人的遗产坐吃山空，人类就得再从头开始。也好，那也不算是坏事。”

杨把手中把玩的贝雷帽轻轻戴到头上。

“总而言之，我希望的最多是今后几十年间能够和平，但那也比哪怕只有十分之一时间的战乱要好几万倍。我家有个十四岁的男孩，我不想看到这孩子被送上战场。就是这么回事。”

杨闭上嘴。两人沉默了一会儿，但时间并不长。

“说句失礼的话，提督，如果您不是个过于正直的人，就可以说是鲁道夫大帝以来最大的诡辩家。”

先寇布高兴地笑了。

“总之，我已经得到期待的答复了。也让我来恪尽微薄之力吧，为了这不会永久的和平。”

双方都没有那种激动得想握手的兴趣，所以话题立刻转向了实务，开始探讨具体的细节问题。

3

伊谢尔伦要塞有两位帝国军上将，一位是要塞守备司令官托马·冯·修特豪简，另一位是要塞驻留舰队司令官汉斯·迪特里希·冯·杰克特。二者年龄皆为五十岁，个子都很高，但修特豪简的身材比杰克特的要小上一圈。

两人的关系并不亲密，与其说是个人原因，倒不如说是一种传统。在同一职场中有两位同级的司令官，不发生矛盾才是怪事。

司令官感情上的对立当然也会波及旗下的士兵。在要塞守备兵眼中，舰队是厚颜的食客，在外面作战遇到危险时便逃回安全场所，如同败家子一般。而对舰队成员而言，要塞守备兵不过是躲在安全的家中玩战争游戏的宇宙鼹鼠。

支撑固若金汤的伊谢尔伦要塞的那份战士的自豪，以及对“叛军”的斗志，勉强架起两者之间的桥梁。他们虽然彼此轻蔑，但每当同盟军来攻，还是互相争功不让，往往取得相当大的战果。

军政当局多次提出改革方案，试图让一人兼任要塞守备司令官和驻留舰队司令官两职，使指挥系统一体化，但提案每次都被否决。因为对高级军官而言，减少一个司令官的职位是一大问题；另一方面，也是因为两者的对立还未曾导致致命的后果。

宇宙历五月十四日，修特豪简和杰克特两位司令官在会面室会面。本来这是高级军官沙龙的一隅，正好位于两者办公室中间，就进行了改造，做了彻底的隔音处理。两人都不喜欢到对方的办公室去，在同一要塞内也不能只靠TV通信，所以才这样做。

这两天，要塞周边的通信受到了干扰，毫无疑问，叛军接近了，却丝毫没有采取攻击行动。两人会面是为了商量对策，但他们的谈话却没有任何建设性。

“你说既然敌人来攻就应当出战，可是我们还不知道敌人的位置，怎么作战？”

修特豪简如此说。杰克特反驳道：

“所以才要出去看看，找出敌人潜伏的地方。这次叛军来攻，应该会动员更多的兵力吧？”

修特豪简充满自信地点了点头。

“这次他们依然会被击退，叛军六次来攻，六次都被击退。这次再来的话，不过是把六次变成七次罢了。”

“这座要塞真是了不起！”

舰队司令官的话中，暗含着另一层意思：这可不是因为你自己有本事。

“总之敌方接近是事实，还是出动舰队去探察一番为好。”

“但既然不知道敌人在哪里，也就无从探察了，还是等等看吧。”

正当他们互相兜圈子的时候，通信室传来消息：某条线路接收到一组奇怪的信号。

干扰很强烈，通信断断续续的，好不容易才判断出以下情况。

为传达来自帝国首都的重要联络事项，一艘布雷门轻型巡洋舰被派遣到伊谢尔伦，但在回廊内遭到敌人攻击，正在躲避追击，请求伊谢尔伦救援。

两位司令官面面相觑。

“虽然不知道是在回廊的什么位置，但不出击不行了。”

杰克特那肥大的咽喉中吐出沉闷的声音。

“这样好吗？”

“什么意思？我的部下可和那种只顾自己安全的宇宙鼹鼠不一样。”

“这又是什么意思？”

两人带着不愉快的表情出现在共同的作战会议室中。杰克特向自己的参谋下达舰队出击的命令。他说明理由时，修特豪简的目光看着别处。

当杰克特的讲话结束时，他的一位参谋站了起来。

“请等一等，阁下。”

“奥贝斯坦上校……”

杰克特上将说着，但声音中没有一丝好感。他厌恶这位新任的参谋。半白的头发，没有血色的脸，偶尔放出异样光芒的义眼，这一切都让他看不顺眼，他感觉这仿佛是个由阴气描绘而成的男人。

“你有什么意见吗？”

长官轻视的语气，奥贝斯坦上校至少在表面上并没有介意。

“是的。”

“好吧，说来听听。”

杰克特用厌恶的口气催促他。

“那我就说了，我认为这是圈套。”

“圈套？”

“是的，为了把舰队引出伊谢尔伦而设的圈套。我军应暂不出动，看看情况。”

杰克特不快地哼了一声。

“你是说出动的话有敌人在等着，只要一开战我们就会输？”

“我不是这个意思……”

“那又是什么意思？我等身为军人，战斗是我们的本分！比起自身的安全，我们更应当考虑向前进攻敌人，不是吗？更何况置身处险境的友军于不顾，又算什么？”

杰克特一方面是出于对奥贝斯坦的反感，另一方面也是有意做样子给面露讥讽、冷眼旁观的修特豪简看。杰克特本来就是那种见了敌人就非战不可的猛将型军人，待在要塞中等候敌人不符合他的个性。在他看来，等候敌人就等于失去了身为军舰官兵的价值。

“你意下如何，杰克特提督？你参谋的话也有些道理。不管是敌是友，不知道确切的位置，危险可是相当大的。再等一下看看如何？”

修特豪简从旁提出的意见决定了结果。

“不，一小时后率全舰队出击！”

杰克特下了命令。

不久，由一万五千艘大小战舰组成的伊谢尔伦驻留舰队开始出港。

修特豪简从要塞司令室的出入港管制显示仪的画面中看着这一幕。宛如横卧的巨塔一般的战舰与流线型的驱逐舰等舰艇，井然有序地向宇宙空间进发，实在非常壮观。

“哼，最好去吃点苦头再回来。”

修特豪简口中诅咒道。像“去死吧”“吃个败仗吧”这种话，他即使开玩笑也不会说，他在这方面还是有所节制的。

六小时后又传来一组信号。还是那艘布雷门轻型巡洋舰，说他们好不容易到了要塞附近，但仍受到叛军的追击，请求炮火掩护——从杂音中听取到以上内容。

修特豪简一面让炮手做护援准备，一面感到不快：杰克特这低能的家伙，到底在哪里游荡？说大话是可以，但连解救孤独的友军这种小事都办不到吗？

“屏幕上出现舰影！”

部下报告道。司令官下令放大影像。

布雷门轻型巡洋舰像喝醉了似的，摇摇晃晃地接近要塞。它背后能看到许多光点，那应该就是敌人了。

“准备炮击！”

修特豪简下了命令。

但就在快进入要塞主炮射程的关头，同盟军的舰艇一齐停下来，胆怯地飘在那看不见的界线上，确认布雷门轻型巡洋舰接受要塞管制室的引导波渐渐入港，才死了心开始调头。

“那些家伙还算机灵，知道敌不过我们。”

帝国的兵士们一阵哄笑。要塞的力量和自己的力量融为一体，让他们感到心理上的满足。

入港后，由磁场引导停泊的布雷门轻型巡洋舰看起来十分凄惨。

仅从外表就能看到数十处破损。外壳的裂缝中，白色的缓冲材料像动物的肚肠一样突出来，而那细小的龟裂痕迹，一百名士兵手脚并用似乎也数不完。

满载着整备兵的氢动力车开了过去。他们不是要塞守备兵，而是由驻留舰队司令统率，因此看到这惨状就心生同情。

轻型巡洋舰的舱门开启，一位头上扎着白绷带的少壮军官出现了，是位美男子，但那苍白的脸被已经干涸的红黑色血污弄脏了。

“我是舰长冯·拉肯少校。我想晋见要塞司令官。”

这是明确的帝国通用语。

“明白了。要塞外情况究竟怎么样？”

一名整备军官问道。拉肯少校痛苦地喘了口气。

“我们也不太清楚，因为我们是从奥丁来的。但现在看来，你们的舰队似乎被毁灭了。”

拉肯少校瞪着那些惊得直咽口水的人们叫道：

“看来叛军似乎想到了某个令人难以想象的方法，通过了回廊。这不仅关系到伊谢尔伦，还关系着帝国的存亡。快带我去见司令官！”

这要求马上被接纳了。

在司令室内等候的修特豪简上将看到被警备兵簇拥的五位轻型巡洋舰军官，直起了身子。

“我是修特豪简，快说明情况，到底怎么回事？”

要塞司令官大步走过来，一边高声说道。若是果真像方才所说的，叛军想出了通过回廊的方法，那伊谢尔伦要塞的存在意义就有疑问了。必须针对叛军的行动想出对策。

因为伊谢尔伦不能移动，才需要驻留舰队。可是杰克特那个莽撞的家伙……修特豪简的心情无法平静。

“事情是这样的……”

比起司令官高昂的声音，这位拉肯少校的声音显得低沉微弱，焦急的修特豪简把上半身贴近他的脸。

“事情是这样的，修特豪简阁下，你已经成了我们的俘虏！”

警备兵们一愣，随即发出尖利的叫骂声，同时拔出手枪。只是拉肯少校的手臂已勒住修特豪简的脖子，还在他头部一侧顶上了一把对金属探测器不起反应的复合材质手枪。

“你这家伙……”

司令室警备主任雷姆拉中校那赤红的脸红得更加吓人。

“是叛徒的同伙吧，竟敢如此大胆……”

“就让你认识一下，我是蔷薇骑士团的先寇布上校。现在两手都没空，可没办法拆下伪装向你问候了。”

上校从容一笑。

"能够如此顺利，说实在的，连我也没想到。还特地伪造了身份证，竟然也不检查一下……不管多么坚固的系统，也要看人如何去运用。算是给你一个教训。"

"到底是对谁的教训呢？"

伴随着那不祥的声音，雷姆拉中校的手枪瞄准了修特豪简和先寇布。

"你想把他当人质？别把帝国军人看得和你们这些叛徒一样。司令官阁下是重名誉胜于生死的,可不会当你们的挡箭牌！"

"司令官阁下似乎对你们过高的评价感到困惑。"

先寇布边嘲讽，边向固守在周围的四个部下中的一个使眼色。那人从帝国军军服下取出一个手掌大小的圆盘状物体，也是用复合材质制成。

"知道吗？这就是杰服粒子发生装置。"

先寇布此话一出，广阔的室内仿佛传过一道电流。

杰服粒子是以发明者卡尔·杰服的名字命名的一种化学物质。杰服是一位应用化学家，为了在行星上进行大规模的矿物开采和土木工程而发明了这种东西。它其实是一种模拟瓦斯，主要特性是可以在超过一定量的热量或能量中产生反应，在可控的范围内引火爆炸。但不管是何种领域的工业技术，都会被人们用到军事上。

雷姆拉中校的脸一片阴暗。发射能量光束的手枪已无法使用，一开枪大家就会同归于尽。空气中的杰服粒子一旦被光束点燃，室内的所有人都会在瞬间被烧成灰烬。

"中、中校……"

一名警备兵哀叫起来。雷姆拉中校用空虚的目光看着修特豪简上将。先寇布略略松开手臂。两次深呼吸之后，伊谢尔伦要塞的司令官屈服了。

“你们赢了。没办法，我投降了。”

先寇布内心暗暗松了一口气。

“好，各成员照预定计划行动！”

上校的部下们依照指示开始行动。他们先变更控制电脑的程序，使各种防御系统瘫痪，再通过空调系统让催眠瓦斯流散到全要塞。布雷门轻型巡洋舰中潜伏的技术兵一拥而出，成功地进行了以上作业。在只有极少数人发现的情况下，伊谢尔伦就像体细胞被癌细胞侵蚀似的，失去了原有的机能。

五个小时后，帝国军官兵们从混沌的睡眠中醒过来，看到自己被解除武装成了俘虏，不禁目瞪口呆。帝国军共有五十万人之多，负责战斗、通信、补给、医疗、整备、管制与技术等。另外，巨大的粮食工厂等设备和环境设施一应俱全，支撑着包括驻留舰队在内的超过一百万人口的生活。这显示出帝国想把伊谢尔伦当作名副其实的永久要塞的意图。

但是，如今在这里闲庭信步的是同盟军第十三舰队的官兵。

就这样，以往像水泵般将同盟军数百万官兵的鲜血吸去的伊谢尔伦要塞，在不流一滴血的情况下更换了主人。

4

在充满障碍物和危险的回廊中，帝国军伊谢尔伦驻留舰队仍在为了寻找敌人巡回。

通信官们为了和要塞取得联络费尽苦心。不久，通信官脸色大变，呼叫着杰克特司令官。他们排除了顽固的障碍波，好不容易才恢复了通信，但是要塞中传来的通信内容却是：

“有部分士兵发动叛乱，请求救援。”

“要塞内部有叛乱？”

杰克特为之咋舌。

“修特豪简这个无能的家伙，连自己的部下都治理不好吗？”

但是，对方低声下气地来请求救援，让杰克特内心油然生起一股优越感。能送个不小的人情给同僚，实在令人愉快。

“自己脚下的火种还是得先扑灭才行。全体舰队，立即回伊谢尔伦！”

“请等一等。”

阴郁的声音令室内的气氛更为压抑。看见走到面前的军官，杰克特脸上浮现出露骨的厌恶和反感——半白的头发、苍白的脸颊，又是奥贝斯坦上校！

“我记得没征询你的意见吧，上校？”

“属下知道，但有句话要说。”

“你想说些什么？”

“这是圈套。我认为最好不要回要塞。”

“……”

司令官沉默地抬起下巴，厌恶地瞪着这个用令人不愉快的口气说着不愉快的话的不愉快的部下。

“在你的眼中，好像任何事物都是陷阱。”

“阁下，请听我说！”

“不必了！全体舰队掉头，以第二战斗速度向伊谢尔伦前进。这是我们给那些宇宙鼹鼠卖人情的好机会。”

司令官拂袖而去，留给奥贝斯坦一个宽阔的背影。

“只有怒气，没有真正的勇气的小人，没什么好说的了。”

丢下一句充满轻蔑的冷漠的话，奥贝斯坦转身走出舰桥，没有任何人制止他。

他搭乘只对军官的声波产生反应的专用电梯，穿过高达六十层楼的巨舰，直达舰底。

“敌方舰队进入射程！”

“要塞主炮，能量充填完毕。”

“已瞄准，随时都能发射。”

伊谢尔伦要塞的司令室内，紧张而富有活力的声音此起彼伏。

“让他们再接近一些。”

杨坐在修特豪简的指挥桌上。他不是坐在椅子上，而是盘腿坐在桌子上，以这种不雅的姿势注视着那填满广阔屏幕、逐渐接近的光点群。不久，他深呼吸了一下。

“发射！”

杨下令的声音并不大，但通过耳机明确地传达给了炮手们。

按钮被按下。

炮手们看到那充满分量的白色光块向着光点群袭击而去。这情景实在让人震撼。

在帝国军前列，受到伊谢尔伦要塞主炮直击的百余艘战舰瞬间灰飞烟灭。过高的热量和高浓度的能量使它们连爆炸的时间也没有，有机物和无机物都一并蒸发，只余下完完全全的虚无。

发生爆炸的是后方的帝国军第二阵，有些爆炸则发生在没有受到直接袭击的左右舰列中。更外侧的舰艇也受到了膨胀的能量余波的冲击，在胡乱摇晃。

在第一击后幸存的帝国军舰艇上，通信网络中充满惊叫和呼喊。

“为什么攻击自己人？”

“不，不对，一定是那些叛乱的家伙……”

“怎么办？这可对抗不了，怎么也逃不过那主炮！”

而在要塞内部，所有视线都凝聚在屏幕上，同盟军的将士们不禁倒吸一口凉气。他们第一次看到号称“雷神之锤”的伊谢尔伦要塞主炮魔鬼般的破坏力。

帝国军的兵士个个被恐惧侵袭。往日曾是强大无比的守护神的主炮，如今却化为无法对抗的恶灵之剑，刺在他们的咽喉上。

“快应战！全舰主炮齐射！”

杰克特上将的怒吼声响起。这声怒号对混乱的官兵产生了某种安定人心的效果。脸色苍白的炮手们伸手操纵操作台，锁定自动瞄准系统，按下按钮。数百道光束在宇宙空间中描绘出几何线条。

但以舰炮的实力去破坏伊谢尔伦要塞是不可能的。射出的光束都打在要塞的外壁上，弹开后四处飞散。

过去同盟军所尝到的屈辱、失败感以及恐怖滋味，现在帝国军加倍地尝到了。

比舰炮光束庞大十倍以上的光柱再次从伊谢尔伦要塞射出，也再次造成大量的死亡和破坏。帝国军的舰队中产生了难以填补的巨大洞穴，洞穴周围四散着受损的舰体与碎片。

仅仅经过两次炮击，帝国军就变得半身不遂了。得以苟全的人也失去了战意，只是勉强停留在原处罢了。

杨将眼神从屏幕上移开，抚着自己的胃部。他心想，一定要到这种地步才算胜利吗?

依然在杨身边注视着战况的先寇布上校大声咳了一下。

“这已经不能算是战斗了，阁下。这是单方面的屠杀。”

杨回头面向上校，并没有发怒。

“没错，的确如此。我们没有必要学帝国军的坏习惯。上校，试着劝告他们投降。如果讨厌这么做，就逃走吧，我们不予追击。”

“明白。”

先寇布饶有兴趣地看着这个年轻上司。其他军人当然也曾劝告过对方投降，但没有人会对敌人说“逃走吧”。对杨威利这位罕见的军事家而言，这到底算是优点还是缺点?

“司令官，伊谢尔伦传来电文！”

通信官在旗舰舰桥中呼唤。满眼血丝的杰克特瞄了一眼。

“伊谢尔伦果然是被同盟军，不，被叛军占据了。他们以指挥官杨少将的名义传来电文，说如今流再多的血也无益，要我们投降。”

“投降？”

“是的，另外，他们说如果不喜欢投降就逃走吧，不会予以追击……”

一瞬间，舰桥内透出一线生机。是啊，还有逃逸这条路可走。但是这一线生机却被凶猛的怒吼声扑灭了。

“我们怎么能向叛军投降！”

杰克特用军靴踹着地板。伊谢尔伦要塞落入敌手，手下的舰队也失去一半，要以败军之将的身份回去见陛下吗？杰克特做不到这一点。留给他的最后的荣誉，唯有玉石俱焚一途了。

“通信官，回复叛军，内容如下……”

听到杰克特所说的话，周围的官兵脸上都失去了血色。司令官冷酷的目光从他们身上掠过。

“现在开始，全体舰队向伊谢尔伦突进！事到如今，已不能再有贪生怕死之徒！”

没有人应声。

“帝国军传来回复。”

在伊谢尔伦，先寇布向杨报告，杨的脸色也阴沉下来。

“汝等不知何谓军人之心，吾等仅知唯有一死以全名誉，无贪生而自取其辱之道。”

“……”

“此刻开始，全舰突入，以求玉石俱焚，唯有以此回报皇帝陛下恩泽——电文如上。”

“什么军人之心?！”

菲列特利加·格林希尔中尉从杨的声音中感觉到一种苦涩的愤怒。杨的确感到愤怒。以死来弥补战败之罪倒也可以，但为何不独自去死？为何要强迫部下陪着一起走上绝路？就是因为有这种人在，战争才会绵延不断。杨甚至想，他已经受够这样的家伙了。

“敌军全体舰队猛攻上来了！”

是通信兵的声音。

“炮手，能识别出敌方旗舰吗？集中火力向其攻击！”

杨还是第一次下达如此尖锐的命令。菲列特利加和先寇布各自带着不同的表情，注视着司令官。

“这是最后一次炮击。失去旗舰，其余残兵就会逃走吧。”

炮手们慎重地锁定瞄准。从帝国军中放出无数光箭，却没有一道产生效果。

旗舰已经被锁定。

此时，帝国军旗舰的舰尾射出一只逃生太空梭，渐渐缩成银色的小点，消失在黑暗中。也许有人注意到了吧。

在这一瞬间，第三道光柱刺穿黑暗，仿佛以帝国军旗舰为圆心切去了一个圆形空间。杰克特上将的巨大身躯和怒吼与那些不幸的幕僚一起，化为微米大小的尘埃。

残存的帝国军意识到这一事态，纷纷掉转舰首，开始脱离伊谢尔伦要塞主炮的射程。既然呼喊着与敌人玉石俱焚的司令官已经灰飞烟灭，他们就没有理由为了无意义的战斗——准确地说，是单方面的杀戮——牺牲性命。

奥贝斯坦上校乘坐的逃生太空梭也在其中。太空梭以半自动操作模式前进，他将视线投向渐渐远离的巨大的球形要塞。

杰克特上将在临死前一定还高喊着“陛下万岁”吧。真是毫无价值的做法，只有活着才能为复仇打算。

哼，也罢。奥贝斯坦在心中说。以他的机智，再加上杰出的统率力和执行力，伊谢尔伦随时都可以夺回。就算伊谢尔伦一直落在同盟军手中，只要同盟自身灭亡，伊谢尔伦就一点价值也没有了。

要选谁呢？门阀贵族里没有人才。看来还是只有那个金发的年轻人罗严克拉姆伯爵莱因哈特吧？似乎也没有其他人选了……

太空梭穿过被打垮败逃的友军舰艇，向星夜中飞去。

而在伊谢尔伦要塞中，欢喜与兴奋的火山爆发了，毫无乐感可言的笑声和歌声占据了要塞的每一处空间。只有知晓事态后茫然若失的俘虏们和担任导演的杨威利保持静默。

“格林希尔中尉。”

菲列特利加应答后，年轻的黑发提督跳下桌子，站到地上。

“和同盟联络。总算是结束了，假如要我重来一次，我也没有办法了。其他事就交给你了，我要去找个空房间睡觉。我累了。”

“魔术师杨！”

“创造奇迹的杨！”

杨威利回到自由行星同盟的首都海尼森后，迎接他的是疯狂的欢呼声。

先前在亚斯提星域的大败被轻易忘却了，人们竭尽想象，以美丽的词句来赞美杨的智略和任用他的席特列元帅的慧眼。在尽善尽美的典礼和其后的庆祝酒宴中，杨看到自己的虚像在华丽地飞舞，不禁感到十分厌恶。

好不容易解脱了，杨带着厌烦的表情回到家中。他在尤里安泡的红茶中加入了白兰地，但在少年的眼中，那酒的分量实在是太多了。

“他们根本不了解。”

伊谢尔伦的英雄脱下鞋子，盘腿坐在沙发上，一边喝着加了红茶的白兰地，一边嘟哝。

“什么魔术，什么奇迹，都是不知道别人的辛苦才说出这种话。我只是用了古代的用兵术，把敌人的主力和根据地分隔开来各个攻击。不过稍微起了些效果，才不是什么魔术。如果我得意忘形的话，搞不好下次会让我两手空空地去占领帝国的首都！”

他倒是没说出“在这之前要先辞职”的话。

“可是，好不容易才得到大家的称赞。”尤里安一边说着，一边很自然地将白兰地的瓶子挪到杨拿不到的地方，“诚实地表示兴奋也很好嘛。”

“只有在打胜仗时才会被人称赞。”

杨用不诚实的口气回应。

“再一直打下去的话，总有一天会输的，到时候会有怎样的回报呢？如果事不关己的话，我倒有兴趣看看。不过，尤里安，至少也该让我好好喝点白兰地吧。”

Chapter 6

繁星点点

1

伊谢尔伦要塞陷落!

凶讯震撼了银河帝国。

“伊谢尔伦不是固若金汤吗？”

军务尚书艾伦博克元帅脸色苍白地喃喃，僵立在办公桌前。

“真不敢相信，该不会是误报吧？”

帝国军统帅本部总长斯坦赫夫元帅用沙哑的声音说。确认事实后，他陷入沉默。

连对国政漠不关心的皇帝佛瑞德李希四世也派遣宫内尚书诺伊格伦，要求国务尚书立典拉德侯爵说明事态。

“帝国领土对外敌而言必须是神圣不可侵犯的，这是不可变更的事实。但是今日发生如此事态，有扰陛下圣安，完全是臣等不慎所致，实感万分惭愧。”

深感惶恐的侯爵的禀奏流传出来。

“真是奇怪的论调啊，吉尔菲艾斯。”

在元帅府的办公室内，罗严克拉姆伯爵对心腹好友说。

“帝国领土好像连寸土都不可受‘外敌’侵犯吧。叛军何时又成了对等的外部势力了？就是不去面对现实，才导致这样的矛盾。”

建立元帅府，并将半数帝国宇宙舰队纳入指挥下的莱因哈特，每天都在为人事安排费心。

他基本任用下级贵族或平民出身的年轻军官，使一线指挥官的平均年龄大幅下降。渥佛根·米达麦亚、奥斯卡·冯·罗严塔尔、卡尔·古斯塔夫·坎普、弗利兹·由谢夫·毕典菲尔特等少壮精锐的军官们冠上了新任提督的称号，元帅府内充满年轻的活力与锐气。

但是这几天，莱因哈特不禁感到不满。勇敢而富有战术能力的前线指挥官是聚于麾下了，却找不到能担任参谋的人才。

莱因哈特并不对那些在军官学校以优等生成绩毕业的贵族出身的参谋将校抱什么期望。他知道军事能力并非光靠学校教育就能培养出来的。他自己也是如此。天生的军人会成为学校的优等生，但反过来说，学校的优等生却未必是天生的军人。

而吉尔菲艾斯是不能担任参谋的。在代理莱因哈特的位置时，他必须指挥统率数支舰队，而和莱因哈特在一起时则要综观大局，协助决策。这是身为心腹必须尽的职责。

前些日子卡斯特罗普星系发生动乱，莱因哈特让吉尔菲艾斯代自己出征。这是要吉尔菲艾斯建立功绩，好让他在众人心中确立莱因哈特军团副司令官的地位。

莱因哈特请求国务尚书立典拉德侯爵向吉尔菲艾斯颁下敕

令。最初立典拉德侯爵感到不悦。侯爵当时的政务辅佐官怀兹向他提出了建议。

“这样不是很好吗？吉尔菲艾斯少将是罗严克拉姆伯爵心腹中的心腹。如果讨伐成功了，我们给予褒赏，卖个人情，往后总会有好处。倘若失败，就是推举他的罗严克拉姆伯爵的责任了。我们再重新命令伯爵前去讨伐不就得了，而部下既已失败过一次，伯爵也就无从夸耀自己的功劳。”

“如此说来，的确不错。”

侯爵接受了辅佐官的建议，办理了吉尔菲艾斯讨伐卡斯特罗普的敕令手续。至于莱因哈特暗中贿赂怀兹，要他如此进言的内幕，侯爵并不知情。

就这样，吉尔菲艾斯接下了敕令。对帝国军人而言，这代表了某种身价：在莱因哈特的元帅府中，吉尔菲艾斯从官阶相同的同僚中脱颖而出，其第二号人物的地位得到正式承认。但这只不过是形式上的，要让地位实质化，吉尔菲艾斯必须立下战功才行。

卡斯特罗普星系动乱的起因是这样的——

在这一年，卡斯特罗普公爵欧以肯由于私人宇宙船发生事故，意外死亡。

他身为贵族，在领地内有征税权，集财富与权势于一身。作为朝廷重臣，他十五年间一直担任财务尚书一职，其间擅用职权拼命敛财，虽然常常牵涉许多不光彩的冤案，但法律对贵族的犯罪行为原本就比较宽松。无法脱去罪责时，他也巧妙运用权力和财力逃过了应有的处罚。

当时的司法尚书鲁格伯爵以“绝妙的奇术”讽刺他，即使在门阀贵族眼中看来，欧以肯的滥用特权也到了毫无节制的程度。贵族们身为帝政的支柱，如果不遵守些公务员的法则，民众对某个重臣的不满很容易转化为对体制的不信任。

卡斯特罗普公爵的死对帝国的财政和司法两部门而言，实在是值得庆幸的大好消息，甚至可以说是个公然鞭尸的机会。这样可以让民众知道，连大贵族也绝不能免除法律的约束，此外也能抑制贵族中存在的无数“小卡斯特罗普”，显示帝国法律与行政的威严。更何况卡斯特罗普公爵生前中饱私囊的公款与收受的贿赂数目庞大，如果能收归国库，被军费压得苦不堪言的财政也能喘一口气。

曾有财政官僚提议向贵族课税，但这样势必改变鲁道夫大帝以来的国策，也可能引起叛乱或宫廷革命。如果只以卡斯特罗普公爵个人为对象，贵族们就很少会反对了。

于是，财政部把调查官派遣到卡斯特罗普星系。但棘手的事件发生了。

卡斯特罗普公爵有个儿子叫马克西米利安，他通过国务尚书得到皇帝的认可，得以继承亡父的爵位与资产。但因为上述事件，国务尚书立典拉德侯爵将继承手续延期，意在等财政部的调查结束，除去欧以肯不法所得的部分后，再承认马克西米利安的财产继承权。

马克西米利安则针锋相对。这个青年身为重臣及大贵族子弟，同样对特权和财富充满贪念，却没有亡父那份居心恶劣的政治才干。他竟放出猎犬追赶财政部的调查官，这些猎犬是经过 DNA 处理、头上长有圆锥角的凶猛怪兽，不妨说是贵族权力中暴力一面的象征。

这位欠缺想象力的青年似乎没有发觉，自己的行为无疑是给了重视威信的帝国政府一巴掌。帝国可不会平白忍下这份屈辱，善罢甘休。

再次派去的调查官也被粗暴地赶了出来。财务尚书凯尔拉赫子爵请求国务尚书传马克西米利安入宫。

收到措辞严厉的召见状，马克西米利安才知道自己的行为已经惹下麻烦。他缺乏权衡利弊的判断力，陷入极度的恐惧，心想只要去了帝国首都，就再也回不来了。

卡斯特罗普公爵府有许多亲族和姻亲，他们对这一事态深表忧虑，出面尝试调停，反而加重了马克西米利安的猜疑。

他的亲族之一——以个性温和受人称许的玛林道夫伯爵弗兰兹前去劝说，结果被监禁。于是和平解决的希望彻底破灭。陷入狂乱的马克西米利安以公爵领地的警备队为基础，私自招兵买马，帝国政府决定派军讨伐。

修姆德提督指挥的舰队从奥丁出发之际，正值亚斯提星域帝国与同盟两军激战之时，第一次讨伐以失败告终。

马克西米利安在社会适应能力方面虽不及格，在军事方面却有一定的才能。讨伐军过于轻敌，没有制订任何作战计划就展开交战，加之种种原因，最终导致了失败。讨伐军在强行登陆时受到奇袭，修姆德提督战死。

第二次讨伐也失败了，马克西米利安企图乘势吞并邻近的玛林道夫伯爵领地，欲在帝国一角建立半独立的地方王国。领主弗兰兹虽在马克西米利安的监禁下，但玛林道夫伯爵家善战的警备队抵挡了入侵的马克西米利安军，并向奥丁请求救援。

在这种状况下，吉尔菲艾斯被授命前往平乱。仅仅十天，他便成功地平定了这场历时半年的动乱。

吉尔菲艾斯先假装前去救援玛林道夫领地，中途忽然急转，前往卡斯特罗普领地。惊愕的马克西米利安害怕根据地被攻夺，立刻解除对玛林道夫领地的包围，率全军向卡斯特罗普领地急行。就这样，玛林道夫领地的危机解除了。而吉尔菲艾斯攻向卡斯特罗普领地的行动，本来就是一种声东击西的战法。

马克西米利安心急于根据地的危机，疏忽了背后的防备。吉尔菲艾斯率舰队隐藏在小行星带最险要的位置上，先放敌军通过，然后突袭其毫无防备的后方，进行毁灭性的打击。

从战场中逃脱的马克西米利安，被期望减轻罪行的部下所杀，残余者则投降了。

卡斯特罗普的动乱就这样轻松得以解决。虽说平乱共花了十天时间，但其中六天在从帝国首都出发的征途中，两天是在卡斯特罗普做善后处理，实际战斗只用了两天。

莱因哈特对此次动乱中吉尔菲艾斯显现的非凡用兵才能感到满意，元帅府的提督也点头称是，门阀贵族为之惊愕。不仅是莱因哈特，连其心腹都有如此高明的手腕，对他们而言绝不是愉快的事。

但是战功毕竟是战功。吉尔菲艾斯晋升为中将，并被授予金光灿烂的“双头鹫武勋章”。国务尚书立典拉德侯爵以帝国代理宰相的身份为吉尔菲艾斯授勋，并称赞其功勋，嘱咐他要感谢皇帝陛下的恩宠，竭尽忠诚。

吉尔菲艾斯知道事情的内幕，感到被怀兹教唆的立典拉德侯爵的逢迎态度无趣至极。当然，这份心情并没有表现出来。

而且，在吉尔菲艾斯的想法中，对皇帝竭尽忠诚和自己毫不相干。把他真正要竭尽忠诚的对象从面前抢走，一直独占着的人不就是皇帝佛瑞德李希四世吗？他战斗的目的不是为了帝国，不是为了帝室，更不是为了皇帝。

其实，宫中上至公爵家的名媛，下至帮佣的少女，无人不对一头红发、身材高挑的齐格弗里德·吉尔菲艾斯怀有好感。但他似乎一点也没感觉到，果真感觉到的话，大概也只会觉得麻烦。

就这样，当莱因哈特和吉尔菲艾斯渐渐确立各自的地位时，他们面前出现了头发半白的奥贝斯坦上校。

2

希望有个参谋——莱因哈特的愿望此时更加强烈了。

他并非想要全面的军事人才，军事上有自己和吉尔菲艾斯就够了。他需要更具政治策略的人才，今后他要面对盘踞在宫廷中的贵族们。明确地说，就是阴谋和钩心斗角的事件会多起来吧，莱因哈特想。吉尔菲艾斯不适合商讨这方面的事情。这不是能力的问题，而是性格或思考方式的问题。

望着这个男人将手枪交给卫兵，卸除武装后走进办公室，莱因哈特在脑中过了一遍他的履历。但似乎没有任何事情能成为他对这个人抱有好感的理由。

“是奥贝斯坦上校吧，找我有什么事？”

“首先，请不相干的人退下。”

这位不速之客以近乎妄自尊大的态度要求道。

“这里只有三个人。”

“是的，吉尔菲艾斯中将在此，所以才请您清一下场。”

吉尔菲艾斯闻之默然。莱因哈特则用锐利的目光注视着这位客人。

“吉尔菲艾斯中将就如同我本人一样。你难道不知道？”

“这个我知道。”

“那就是你有话不想让他听到？但稍后我再告诉他，结果不是一样吗？”

“那当然是阁下您的自由。但阁下要成就霸业，需要各种不同的人才，有的事适合让 A 去做，有的事适合让 B 去完成，我想应该是如此……”

吉尔菲艾斯看着莱因哈特，略带顾虑地说：“元帅阁下，我还是暂时到邻室等候吧。”

“嗯。”

莱因哈特若有所思地点了点头。吉尔菲艾斯离开后，奥贝斯坦才进入正题。

“阁下，不妨实言相告，我现在的处境有些为难，我想阁下应该知道……”

“伊谢尔伦的逃兵受到弹劾，这不是理所当然的吗？杰克特提督还壮烈殉国了呢。”

莱因哈特的回答十分冷淡，但奥贝斯坦镇定自若，无动于衷。

“对平凡的指挥官来说，我只是一个卑劣的逃兵罢了。但是阁下，我也有自己的理由，希望阁下能听一听。”

“你搞错了吧？你该去对军事法庭说，而不是对我说。”

作为伊谢尔伦驻留舰队旗舰唯一的幸存者，奥贝斯坦面临着接受制裁的境地。他既未尽到辅佐指挥官、纠正其错误的任务，又只顾自己的安全逃走，所以要遭人白眼、受到弹劾。但其实也是因为伊谢尔伦的失陷必须要有个适当的人来承担责任。

听了莱因哈特冷淡的回答，奥贝斯坦忽然把手放到右眼上，不久放下手来，脸上出现了一个异样的小洞。头发半白的他将右掌上那小小的球形结晶体呈到这位年轻元帅面前。

“请看看这个，阁下。”

“……”

“我想吉尔菲艾斯中将大概告诉过您吧，我的双眼是义眼。如果是在鲁道夫大帝统治的时代，我会因为《劣等基因排除法》在幼年就被杀掉。”

奥贝斯坦将拆下的义眼装回眼窝，用挖苦般的眼光直视着莱因哈特。

“您知道吗，我痛恨鲁道夫大帝和他的子孙，以及他创造的一切事物……也就是高登巴姆王朝银河帝国。”

“实在是大胆的言论！”

一瞬间，年轻的元帅感受到了密室恐惧症患者那种窒息感。这人的义眼能压迫他人，或许里面设置了带压迫感的粒子吧？年轻的元帅甚至产生了这种荒唐的怀疑。

在隔音设备完善的室内，奥贝斯坦的声音虽低，却像突如其来的春雷般令人震惊。

“银河帝国，不，高登巴姆王朝必须灭亡。可能的话，最好由我亲手毁灭它。但我并没有那份力量。我只能协助新的王者上台，也就是您，帝国元帅——罗严克拉姆伯爵莱因哈特阁下。”

莱因哈特听到带电的空气的破裂声。

“吉尔菲艾斯！”

莱因哈特从椅子上站起来，呼喊着心腹好友。墙壁悄无声息地开启了，红发年轻人那高大的身躯从中出现。莱因哈特指着奥贝斯坦说：

“吉尔菲艾斯，立即逮捕奥贝斯坦上校。他说了对帝国不敬的叛逆言辞，身为帝国军人，这是不可轻饶的！”

奥贝斯坦的义眼发出激烈的光芒。红发的年轻军官飞速地用右手拔出手枪，瞄准他的胸膛。自幼年学校以来，吉尔菲艾斯在射击技术上便无人能出其右。即使奥贝斯坦拔枪抵抗，也只是徒劳罢了。

“原来，您也不过如此……”

奥贝斯坦幽幽地说着，失望和自嘲的苦闷阴影爬上他那本就缺乏血色的脸庞。

“也好，您就以吉尔菲艾斯中将一个人为心腹，去走您那狭窄的道路吧。”

这番话一半是表演，一半是出自真心。他将视线投向莱因哈特那沉默的身影，又转向吉尔菲艾斯。

“吉尔菲艾斯中将，你能开枪打我吗？我这样手无寸铁，你也能开枪打我吗？”

莱因哈特没有再下命令，吉尔菲艾斯仍在瞄准，但犹豫着要不要在扣扳机的手指上施加力量。

“你无法开枪吧？你就是这样的人，虽然值得尊敬，但要成就霸业还是不够。有光就有影……但年轻的罗严克拉姆伯爵大概还不能理解。”

莱因哈特凝视着奥贝斯坦，暗示吉尔菲艾斯收起手枪。他的表情变得微妙。

“真是直爽敢言。”

“不敢当。”

“杰克特提督大概很厌恶你，对吗？”

“他不是能激励部下效忠的人。”

奥贝斯坦平静地回答，他知道这次赌博，他已经赢了。

莱因哈特点了点头。

“好，我就从贵族那边将你买下来。”

3

军务尚书、统帅本部总长、宇宙舰队司令长官这三者被称为帝国军三长官，由一人同时兼任三职的例子，近一个世纪以来只有当年的皇太子奥特佛利特。

他还兼任帝国宰相。从那以后，就不再正式任命帝国宰相，而由国务尚书代理其职责，这是避免臣下沿循皇帝的先例。

奥特佛利特在皇太子时代有能力也有声望，但即位为皇帝奥特佛利特三世之后，在一次次的宫廷阴谋中，他的猜疑之心日益严重，四次更换皇后，五次更改帝位继承者，最后因害怕被毒杀极少进食，在四十多岁时因身体衰竭驾崩。

帝国军三长官——军务尚书艾伦博克、统帅本部总长斯坦赫夫、宇宙舰队司令长官缪肯贝尔加，纷纷向代理帝国宰相职务的国务尚书立典拉德侯爵提交了辞呈。他们因伊谢尔伦要塞失陷引咎辞职。

“诸位不回避责任也不贪恋地位，这种廉洁实在值得赞赏。但三长官的职位一旦空缺，至少会有一个落入罗严克拉姆伯爵手中吧？诸位没有必要特意帮助他升官。你们在经济上没有困难，就以罚没今后一年的薪俸作为处罚如何？”

听国务尚书说完，斯坦赫夫元帅脸上浮现出苦涩的表情，回答道：“这一点我们也不是没想到，但吾等身为军人，如果被说成是因为贪恋地位，在去留进退上选错方向，就太令人失望了……无论如何请受理此事。”

立典拉德侯爵不得已，只好入宫向皇帝佛瑞德李希四世递上三长官的辞呈。

皇帝仍以那副毫无气力的模样听取了国务尚书的报告，然后命侍从到元帅府传唤莱因哈特。用 TV 电话就能达成的事，还特意派人前去传唤，这是显示皇帝权力的必要形式。

莱因哈特前来觐见。皇帝将三份辞呈递给这位年轻的帝国元帅，问他想要哪个职位，那口气仿佛是让小孩子挑选玩具。莱因哈特扫了一眼怃然站在一旁的国务尚书，答道：

“自己没有立下功绩，却去抢夺他人的地位，这不是臣之所为。伊谢尔伦的失陷是因为杰克特、修特豪简两位提督的疏忽，而杰克特提督已经以死谢罪，另一位则在敌方的狱中。臣想没有其他应担负罪责的人了。无论如何请不要责罚三长官，望陛下三思。”

“哦，你真是毫无私欲。”

皇帝看着因事态发展出乎意料而惊讶的国务尚书，又问：

“伯爵是如此说的，你的看法如何呢？”

“……年轻的伯爵能有此见识，臣深表佩服。臣也希望能宽大处置有功于国家的三长官。”

“既然两人都这么说，朕也不会给他们严酷的处分，但也不能不追究罪责吧……”

“这样好了，陛下，收回他们今年的俸禄，充当战殁官兵遗族的救济基金，如何？”

“也好，细节就交由国务尚书处理。没有其他事了吧？”

“是的。”

“那你们两人退下吧，我得去温室照料蔷薇了。”

两人退出了皇宫。

不到五分钟，有个人悄悄地回来了。因为是小跑着来的，七十五岁的立典拉德侯爵得先调整一下呼吸。他站在皇帝的蔷薇园里时，已经恢复了平静。

在色彩缤纷、芳香四溢的蔷薇丛中，站着仿若朽木的皇帝。老贵族走过去，谨慎地跪倒在地。

“微臣惶恐，陛下……”

“什么事？”

“禀报此事之前，臣自知会引起陛下的不悦……”

“是有关罗严克拉姆伯爵的吗？”

皇帝的声音像是毫无生气的老人发出的，没有一丝尖锐、激动或热烈，令人不禁想起风沙的声响。

“你又要说朕给安妮罗杰的弟弟过度的地位和权力了吧？”

“陛下已经知道了吗？”

皇帝的话意外地明晰，国务尚书不禁一惊。

“你认为他胆大妄为，不会仅仅满足于身为重臣的权力，或许还企图篡夺皇位吧？”

“说起来，臣有所顾虑……”

“这不是很好吗？”

“啊？”

“高登巴姆王朝并不是从人类诞生开始就存在的，就像没有不死的人一样，也没有不灭亡的国家。在朕这一代让银河帝国灭亡，也没有什么不好吧？”

干涸低哑的笑声让国务尚书为之战栗。那深不见底的虚无深渊，让他从魂魄深处感到冰冷。

“反正都是要灭亡的……”

皇帝的声音像彗星那不吉的尾迹一般拖长。

“就让它轰轰烈烈地灭亡吧……”

4

三长官满心不情愿，而且很不高兴，却不得不领莱因哈特这回的人情。于是，第二天莱因哈特请求他们免除巴尔·冯·奥贝斯坦上校对伊谢尔伦失陷的责任，并将上校转至元帅府时，他们就不便拒绝了。他们自认蒙受“皇帝陛下的宽容之恩”，也就不能严厉处分他人。再说，反正不过一个上校的进退，不是什么重要的事。总之，奥贝斯坦获得了满意的安排。

莱因哈特舍弃了晋升帝国军三长官职位的机会，人们对这一举动众说纷纭。

“他毫无私欲嘛。”

有这种好意的评价，但也有否定的评价。

“什么话，不过是做做样子罢了。”

两种观点各占一半。不管是哪种说法，莱因哈特都毫不在意。三长官的地位随时都可以到手，暂时借给那些老将吧。况且这样的地位对他而言，只是人生中过往的一个阶段罢了。

但待他登上至尊之位时，那位很可能会兼任三长官职位的人物此时却感到不适。

“怎么了，吉尔菲艾斯，看你似乎有什么话要说？”

“您应当知道，何必明知故问。”

“别生气，是有关奥贝斯坦的事吧？我也曾怀疑那人会不会是门阀贵族的手下，但他不是那种会受命于贵族的人。头脑虽然聪明，但怪癖太多。”

“那他会受命于莱因哈特大人您吗？”

莱因哈特微微地侧着头，一绺华丽的金发也滑到一边。

“就是如此……我并不期待那个人的友情或忠诚。他只是想利用我，达成自己的目的罢了。”

莱因哈特伸出细长的手指，轻轻拉了拉友人那仿若红玉溶液染成的头发。没有其他人在场时，莱因哈特常常做这种事。在少年时期，和吉尔菲艾斯偶有不和（这种状况并不会长时间持续下去），他就会说“什么嘛，像血一样的红毛”；而在他们和好时，他会说“那像燃烧的火焰一样美丽”。总之都看莱因哈特的心情。

“……所以说，我也要利用他的头脑，他的动机是什么并不重要。如果我连他一个人都无法驾驭，就更别期望什么宇宙的霸权了，不是吗？”

政治不是看过程或制度，而是看结果，莱因哈特想。

他不能原谅鲁道夫大帝，并不是因为鲁道夫吞占银河联邦，也不是因为他自立为帝，而是因为他把好不容易才获得的强大权力用在自我神圣化这种最愚劣的行为上。这就是自诩为英雄的亡者鲁道夫的真面目。如果他能正当地使用强大的权力，也许会给人类文明的进步和建设做出不可估量的贡献。人类便不必为了不同的政见而浪费精力斗争，也许足迹已扩大到全银河系了。而现在即便把帝国和叛乱势力合并起来，也只是支配了这广大恒星世界的五分之一。

说起来，阻碍人类历史前进的责任该归于鲁道夫的偏执。他算是什么神？大概是瘟神吧。

要破坏旧体制、建立新秩序，需要强大的权力和武力。但是自己绝不会重蹈鲁道夫的覆辙。自己会成为皇帝，但绝不会只把帝位传给子孙。

鲁道夫盲信血统和基因，但遗传一事是不能信任的。莱因哈特的父亲不是天才也不是伟人，连独立生活的能力和思想都没有。他将美貌的女儿卖给当权者，沉溺于自甘堕落的安乐生活中。七年前父亲因酗酒和渔色猝死时，莱因哈特一滴眼泪也没有流。当时他看见姐姐白瓷般的脸颊上那透明的泪滴，心中也为之一痛，但那只是对姐姐的情感。

说到遗传不足为信的例证，还可以看看高登巴姆帝室的现状。谁能想象在佛瑞德李希四世腐朽的体内还流着一滴伟大的鲁道夫之血呢？高登巴姆的血统早就混浊了。

佛瑞德李希四世的九个兄弟姐妹都先后亡故了。佛瑞德李希让包括皇后在内的六位女子怀孕二十八次，但其中有六次流产、九次死产；而在出生的十三个孩子中，出生后一年内死亡的有四个，成年之前死亡的有五个，成年后死亡的有两个。现在还活着的只有布朗胥百克公爵夫人安玛莉与立典亥姆侯爵夫人克莉丝汀两个女儿。两人都嫁给了强大的门阀贵族，但在子嗣方面，都只生了一个女儿。另外，成年后死去的皇太子鲁多必希的遗子——帝室现在唯一的男性子嗣艾尔威·由谢夫只有五岁，因此至今仍未册立为皇太孙。

集宫廷颓废于一身的皇帝佛瑞德李希四世，对莱因哈特来说不过是憎恨和轻蔑的对象，但唯有两点他可以容忍。

一点是因为几个宠妃死于难产，皇帝害怕失去安妮罗杰，没有让她怀孕。而且，如果安妮罗杰生下孩子，贵族们会担心帝位继承权之争，从而施加压力。对莱因哈特而言，要是姐姐为那个皇帝生下子嗣，将是无法想象的嫌恶之事。

另一点是如今有资格继承帝位的人少之又少，只有皇帝的三个孙辈。只要把他们排除掉就行了。和皇帝的两个孙女之一结婚也是一策，反正只是一种形式。

不管如何，奥贝斯坦总会派上用场的。此人会以阴暗的热情和执拗的意志对付帝室或贵族，必要时就算要杀害妇孺，他也会在所不辞吧。或许是在无意中察觉到了这一点，吉尔菲艾斯才厌恶他。但对莱因哈特而言，他却是必不可缺的。

自己居然需要奥贝斯坦这种人，这也许会让姐姐安妮罗杰和吉尔菲艾斯感到不快……却是非做不可的事。

5

费沙自治领主鲁宾斯基在官邸内听取辅佐官关于经济战略方面的汇报。

“宇宙金融公司是我自治领政府在自由行星同盟内的挂名公司，此次获得了巴拉特星系第七、第八行星的固体瓦斯采掘权。可开采量合计四千八百万立方公里，预计两年后可收回成本。”

看到鲁宾斯基点头，辅佐官继续报告：

“另外，在同盟最大的恒星间运输企业‘圣诞老人’航空公司中，我们的股份占有率已达百分之四十一点九。因为股东在名义上多达二十人以上，所以还没有人发现我们的行动，但我们所持有的股份已经超过最大股东国营投资公司了。”

“很好。股份过半数之前，绝不能松懈。”

“当然。另外，我们决定投资帝国在第七边境星域的农业开发计划。这个计划是把艾简培兹行星上的水运送二十京吨到八个干燥的行星上，以增产五十亿人的口粮。”

“投资的比例是多少？”

“我们政府的三家挂名公司合计占百分之八十四，可以说是独占股权。其次是有关后方地带镭矿工厂的……”

听完汇报，鲁宾斯基让辅佐官退下，独自看着玻璃墙外那充满荒凉之美的风景。

到现在为止，事情进展顺利。不管是帝国还是同盟，他们的执政者都以为所谓战争是在宇宙空间用战舰发射亚光速飞弹互相攻击。当这些冥顽的教条主义者互相残杀、战场血流成河之际，费沙已将两国社会经济的命脉握在手中。仅仅是现在，两国发行的战时国债将近半数也直接或间接地被费沙购入。

宇宙中人类足迹所到之处，都将由费沙进行经济上的统治。帝国政府和同盟政府不过是为了费沙的经济利益，代行其政策的傀儡。再花些时间吧，离目的地只剩半步之遥了……

但是理所当然，政治或军事状况也绝不能忽视。如果帝国和同盟因为强大的霸权达成政治上的统一，费沙所恃的特权地位将没有任何意义。也许像古代海陆贸易都是向新生统一王朝的武力与政权屈服那样，历史会再次重演。如此一来，成功的道路将永远封闭。必须阻止新银河帝国的诞生。

新银河帝国……

这个想法让鲁宾斯基有了新的紧张感。

现在银河帝国的高登巴姆王朝已经腐朽，要再次恢复活力几乎不可能，即使分裂成几个小王国，从中产生新的秩序也得花上几个世纪的岁月。

另一方面，自由行星同盟也失去了建国时的理想，陷入惰性中。经济建设和社会开发的停滞普遍引发民众不满，构成同盟的各个行星因为经济上的差异时时反目。只要没有强大的领导者出现，再次建立集权体制，这种状况将会持续下去吧。

五个世纪前，年轻的鲁道夫·冯·高登巴姆巨大的身躯里蓄满追求权力的能量，夺取了银河联邦的政权，成为神圣不可侵犯的皇帝，这是以合法手段出现的独裁者。这一幕也许会有再现的一天。如果夺取既有政权，在短期内就可能产生变化，即使是不合法的……

政变对接近权力或武力中枢的人而言，是一种古老却有效的夺权方式，这也是它的魅力所在。

鲁宾斯基按了操作台的按钮，唤来辅佐官。

“您是问两国中发生政变的可能性？”

自治领主的命令让他惊讶。

“既然领主有令，我会尽快去调查，是不是有什么紧急情报显示出这种可能性？”

“倒不是，我刚才只是忽然想到。但不能不考虑各种可能。”

那些头脑和精神都已腐朽至极的人，还要强占着不配拥有的权势，这虽然令人不快，但现在帝国和同盟的体制还有存续的必要。费沙的统治者如此想。至少要等到帝国和同盟都想象不到的、费沙真正的目的达成的那一天……

6

自由行星同盟最高评议会由十一名评议委员构成——议长、

副议长兼国务委员长、书记、国防委员长、财政委员长、法律秩序委员长、天然资源委员长、人力资源委员长、经济开发委员长、地域社会开发委员长和信息交通委员长。他们齐聚于漆着珍珠色外壁的壮丽大厦的一室。

这是一间没有窗户的会议室，四面被厚厚的墙壁和其他房间包围——其中包括对外联络室、资料制作室、信息工作室、机器操作室等，以及更外侧的警备兵待命室，像多纳圈一般。

这能称为公开的政府吗？财政委员长姜·列贝罗坐在直径七米的圆桌旁的座位上想。这并非现在才有的思考，每当他通过充满红外线的走廊进入会议室，心里就会浮现这个疑问。

宇宙历七九六年八月六日这一天，会议议题中有一项是表决由军部提出的出兵方案。以占领的伊谢尔伦要塞为桥头堡进攻帝国的作战方案，是军部年轻的高级军官们直接向评议会提出的。对列贝罗而言，这个方案未免太偏激。

会议一开始，列贝罗便发言反对扩大战争："我这么说也许有点奇怪，不过直到今天为止，银河帝国和同盟都是勉强在财政容许的范围内继续战争。但是……"

仅亚斯提会战一役战死官兵的遗族抚恤金，每年就需要支出一百亿第纳尔。如果再扩大战火，国家财政和经济的破产将无法避免，况且现在的财政早已出现赤字。

富有讽刺意味的是，杨在导致财政困难方面也有一份责任。在伊谢尔伦俘虏的五十万人的粮食就是相当头疼的问题。

"只能从增发国债或增加税收的老办法中选一个了，没有其他的方法。"

“增加纸币的发行量呢？”副议长问道。

“在没有财源支撑的情况下？那几年后就不是凭纸币面额，而是凭纸币重量来买卖商品了。我可不希望给后世留下‘超通货膨胀时代的无能财政家’这种臭名。”

“如果不能在战争中得胜，就没有明年或是明天了。”

“那么，是不是应该停止战争？”

列贝罗的语气十分激烈，室内顿时寂静无声。

“我们借着杨提督的智谋得到了伊谢尔伦，帝国军已失去了对同盟侵略的据点。这不正是以有利的条件缔结和平条约的好机会？”

“但这是反对君主专制的正义之战，我们和他们不共戴天。难道因为经济上的问题就这样停止？”

有几个人开始提出反驳。

正义的战争？自由行星同盟政府的财政委员长姜·列贝罗怃然地抱着双臂。

莫大的流血、国家的破产、国民的穷困……如果要实现正义，就不能缺少这些牺牲，那么正义就像一位贪欲之神，贪得无厌地索要一样接一样的祭品。

“暂且休息一下吧……”

议长的声音毫无生气。

7

午餐后，会议再次开始。

这次展开论战的是人力资源委员长——负责教育、雇用、劳动以及社会保障等行政事务的荷旺·路易。他也是反对出兵的一派。

“我作为人力资源委员长来说……”

荷旺身材瘦小，但声音洪亮，有红润的肌肤和短小敏捷的手脚，给人富有活力的印象。

“本来应当用在经济建设或社会开发上的人才被大量投入军事方面，这种现象令人感到不安。削减教育与职业培训的预算也令人头疼。近六个月间，职场事故比前期增加了三成，这就是劳动者熟练程度降低的证据。在伦比尼星系发生的运输船队事故中，有四百余人丧生，五十吨镭矿尽失，这和民间宇航员训练期的缩短有很大关系。而且由于人员不足，宇航员在超负荷工作。”

人力资源委员长的话清晰明了，义正词严。

“我在此提议，希望军队能让被征用的四百万技术人员、运输或通信方面的相关人员复员。这是最低限度的人数。”

荷旺环视着同桌的评议委员，视线最后停留在国防委员长特留尼西特脸上。对方皱着眉头回答道：

“别说这种话。如果从后勤部门调走这么多人，军队组织就瓦解了。”

“国防委员长说得没错，但这样下去，只怕社会和经济会比军事组织瓦解得更早。你知道现在首都生活物资流通控制中心接线员的平均年龄吗？”

“……不知道。”

“四十二岁。”

“这不是什么特别的数字……”

荷旺重重拍了一下桌子。

“这是数字上的错觉！其中二十岁以下和七十岁以上的人超过总人数的八成，平均起来的确是四十二岁，事实上却没有三四十岁的中坚技术人员。现在社会机构在软件方面越来越脆弱，这到底有多么可怕，我想各位贤明的评议委员都能理解……”

荷旺闭上嘴，再次环视在座人士，只有列贝罗与他四目相对。其他人有的低头，有的有意无意回避他的视线，有的则望着高高的天花板。

列贝罗接替荷旺说下去：

“总之，现在到了休养民力的时候了。伊谢尔伦在我们手中，同盟应当能阻止帝国军入侵，而且足以持续相当长的时间。我们又何必主动进攻？”

列贝罗满怀热忱。

“再要民众牺牲就是违反民主主义原则，是增加民众负担的行为。”

反驳的声音响起，是评议委员中唯一的女性——信息交通委员长格奈莉亚·温莎。她是一周前新上任的。

“我们没必要迎合那些不理解大义的民众的利己主义，况且也没有不需要牺牲就能成就大业的例子吧。”

“民众们开始考虑这个牺牲是不是太大了，温莎夫人。”

列贝罗对她教条式的主张提出劝诫，但一点效果也没有。

“不管牺牲有多大，即使全部市民都死了，我们也有非做不可的事。”

“这、这不是政治上的逻辑。”

无视声音越来越高的列贝罗，温莎夫人用清亮的声音向列席者陈述意见：

“我们有崇高的义务——打倒银河帝国，从其暴政和威胁中解救全人类。陶醉于廉价的人道主义而忘了大义，难道是迈向正义大道应有的态度吗？”

她是位四十出头的女子，看上去优雅而睿智，富有魅力，声音仿佛音乐一般。列贝罗感到了更深一层的危险，她自己难道不是被那廉价的英雄主义俘获了吗？

列贝罗正想再次反驳，这时，一直保持沉默的议长桑佛德第一次开口了。

“嗯，这里有份资料，各位请看终端机的画面。”

人们都有点惊讶，视线集中在被他们无意中忽视的议长身上，照他所说的看向终端机。

“这是普通民众对我们评议会的支持率，不算很好。”

百分之三十一点九这个数值和列席者的预想相去不远。一个原因是温莎夫人的上一任因不光彩的受贿而失势的事件才过去没几天，另一个原因则像列贝罗和荷旺指出的那样，社会经济的停滞已经相当严重。

“还有，这是不支持率。”

他们对百分之五十六点二这个数字发出叹息，虽然并不意外，但还是令人胆寒。

议长看着他们的反应，继续说道：

“这样下去，我们无法在明年即将到来的选举中获胜。可以想见，在和平派和强硬派的夹击之下，我们会被挖去过半的票数，在这里……”

议长的声音放低了，不知他是否有意这么做，但在吸引聆听者的注意力上起了相当不错的效果。

“根据电脑预测，如果一百天内，在对帝国的军事行动中取得划时代的胜利，支持率至少能上升十五个百分点。”

会场上响起一阵轻微的嘈杂声。

“开始对军部提案进行投票吧。”

温莎夫人说完，数秒间响起了好几个人表示赞同的声音。所有的人都在衡量维系权力和因选举败北下野这两种结果，出现了一段时间的沉默。

“等一下！”

列贝罗从座位上欠起身来。在日光灯下，他的脸色像老人般黯淡无光。

“我们没有这种权力。为了维持政权进行无益的出兵，我们没有这种权力……”

他声音颤抖，因为激动变得有些尖厉。

“嗬，说得真好听！”

温莎夫人的冷笑清晰地回响着。列贝罗哑口无言，茫然地看着为政者用自己的手玷污民主主义精神的情景。

隔了几个席位的荷旺看着列贝罗那苦恼的身影。

“拜托各位，别太急躁了。”

说着，他将手伸向投票用的按钮。

赞成六票，反对三票，弃权两票。在有效票数中，赞成票比例大于三分之二，就这样，进攻帝国的提案通过。

但令评议委员们惊愕的不是决定出兵这件事，而是在三张反对票中，有一票竟是国防委员长特留尼西特投的。

另外两票是财政委员长列贝罗和人力资源委员长荷旺所投，这是预料之中的事。但是特留尼西特不是众所公认的强硬主战派吗?

“我是爱国者，但并不意味着我永远都是主战派。希望各位能铭记我此次反对出兵的事。”

对于疑问的声音，他作了以上答复。

同一天，统合作战本部正式驳回杨威利少将提出的退职申请，并向他发出晋升中将的委任状。

8

“你是说你想辞职？”

杨提出辞呈时，席特列元帅的反应并不是特别震惊。但杨也不期待那种一手收辞呈、一手递来退休金和养老金的称心如意的局面。他只是尽量迎合地点点头。

“但是你才三十岁吧？”

“二十九岁。”

杨特别强调“二十”这个数字。

“还不到医学平均寿命的三分之一，要走下人生舞台未免太早点了吧？”

“本部长阁下，不是这样。”

年轻提督提出了异议。他并不是要走下人生舞台，而是要回归人生本来的道路。以往只是迫不得已走上了不符合本意的弯路。比起做历史的创造者，他还是更希望成为历史的观察者。

席特列元帅两手交叉，将那结实的下巴靠在上面。

“我军需要的不是你在历史研究方面的学识，而是在用兵方面的能力和才干。这一点相当重要。”

我不是被你煽动过一次了吗？杨在心中反驳。站在和军方有借贷关系的角度，他怎么看都觉得自己付出得太多了。光是攻陷伊谢尔伦一事，应该就是超额的任务了。

杨如此想着。但席特列本部长的攻击也不简单。

“第十三舰队又该怎么办？”

这轻描淡写却极具效果的一句话，让杨不禁微微张开嘴。

“‘你’的舰队刚刚组建，如果你辞职了，他们如何是好？”

“这个……”

忘记了这一点，只能说是失算。杨不得不承认自己的作战失败了。事情一旦搅成一团，就不容易解决了。

结果，杨在本部长面前留下辞呈后告退，但他明白这件事无法获得批准了。

杨搭乘重力电梯到了楼下。尤里安·敏兹坐在等候室的沙发上，看着身穿制服来来往往的人们。他远远地认出杨的身影，蓦地站起来。是杨让他在放学途中顺道来本部的。有时在外面吃吃东西也不错，而且有些话想谈谈——杨只说了这些，想让尤里安惊讶一下。他打算到时候再告诉尤里安，自己其实已辞去军籍，今后要过轻松的养老生活啦。

然而预想没有实现，甜美的梦想也被现实的一声叹息吹得无影无踪。唉，等会儿该说些什么才好呢？杨无意识地一边移动步伐一边思索，此时身旁有人对他说话。

华尔特·冯·先寇布上校正向杨敬礼。他因为此次的功绩，即将升为准将。

“阁下，您该不是去递交辞呈了吧？”

“是啊，但看来会被驳回也是事实了。”

“大概吧……军部可不会对阁下松手。”

这位旧帝国贵族出身的上校愉快地注视着杨。

“说真的，我也希望提督这样的人留在军中。您很有判断力，运气也好。在您的麾下，即使不能立下功勋，至少生还概率也会高些。”

先寇布很坦然地当面品评这位上司。

“我已经决定自己人生的终章是老死了。大概要活个一百五十年，在年老力衰时，在孙子或曾孙们为了减少一个老麻烦喜极而泣的声音中死去……壮烈战死可不符合我的个性。无论如何，请您让我活到那个时候吧。”

说完要说的话，上校再次敬礼，对目瞪口呆地回礼的杨露出笑容。

“抱歉，耽误了您的时间。看，小家伙都快等不及了。”

不论卡介伦还是先寇布，都是很会挖苦人的人物。但尤里安能让他们如此单纯地产生好感，或许他身上有种特殊的吸引力吧。

看着和自己并肩走着的尤里安，杨心里多多少少感到困惑。很奇妙，他还没结婚，却体验到了身为人父的情感。

“三月兔亭”是一家比店名给人的想象更安逸的料理店，摆设都是仿古式的。杨尤其喜欢那铺着手织桌巾的桌子，桌上还点着蜡烛。但他懒得费事去预约（说费事有点言过其实，实际上只要一个 TV 电话就能约到），所以今晚幸运女神没有眷顾他。

“非常抱歉，今天客满了。”

仪表堂堂、蓄着漂亮胡须的老服务生很客气地说。看看店内并不宽敞的空间，就知道对方并非是想要小费才说谎。昏暗的灯光下,所有的桌子上都有蜡烛的光影在摇曳。如果没有客人，桌上不会点蜡烛。

“没办法，只好去别的地方了……”

杨搔着头。此时墙边一张餐桌旁有人姿态优雅地起身，是位女子。珍珠色的晚礼服映照着烛光，构成的视觉效果如梦似幻。

“提督……”

听到有人叫他，杨不由得停下脚步。他的副官——菲列特利加·格林希尔中尉正带着浅浅的微笑，站在他面前。

“我也有穿便服的时候呢……家父说如果不介意，可以和我们一桌。”

不知何时，她的父亲已站在身后。

“噢，杨中将。”

统合作战本部次长德怀特·格林希尔上将自然地称呼他。杨不喜欢和上司同席，但对方如此邀请，也无从拒绝。

“我是少将，阁下。”

杨一边敬礼，一边纠正，但对方并不介意。

“最晚到下星期你就是中将了。现在先习惯一下新的称呼也无妨。”

“太棒了，您说有话要和我说，就是这件事吗？”

尤里安眼中闪动着光辉。

“这件事我大致也预想到了，但现在听到还是觉得很棒。”

“哈，哈，哈……”

杨用单纯的笑声掩饰了复杂无比的心情，恢复正经的模样，向格林希尔父女介绍自己的被监护人。

“原来你就是优等生尤里安啊……好像是青少年级飞行球的年度金牌得主吧。真是文武双全。”

飞行球是一种在重力控制在零点一五G的球场内进行的球赛。虽然只是一种把球投入沿壁面不规则高速移动的篮筐中的单纯竞技，但在空中夺球和缓慢回转控球的姿态，似乎更像是一场舞蹈，并且依照选手的个性，时而有优美或令人眼前一亮的表现，十分受人喜爱。

“真的吗，尤里安？”

没有责任心的监护人惊讶地看着少年，少年有点脸红地点点头。

“不知道这件事的大概只有杨提督一个人吧？尤里安在这个城市里可是小有名气呢。”

菲列特利加快活地揶揄着，杨羞红了脸。

他们点了菜，用三杯七六〇年产的红酒和一杯鸡尾酒为尤里安荣获金牌干杯。随后餐点送了上来。

桌上放了几个餐盘的时候，格林希尔上将提出一个令人意想不到的问题。

“对了，杨，你好像还没打算结婚吧？”

杨和菲列特利加的餐刀同时在餐盘上敲出很大的声响，身为传统陶艺爱好者的老服务生不由得皱了皱眉头。

“是啊，我想等和平的时候再说。”

菲列特利加什么也没说，低头动着手中的餐刀和叉子，不过动作似乎微微有些粗暴。尤里安饶有兴味地看着自己的监护人。

“我有个留下未婚妻战死的朋友，想到这一点，我就很……”

他说的是在亚斯提战死的拉普少校。格林希尔上将点了点头，转换了话题。

“你认识洁西卡·爱德华吧？她在上星期的增额选举中当选代议员，是由德奴仙行星区选出的。”

和席特列元帅一样，多种多样的奇袭似乎也是格林希尔上将的拿手战术。

“哦，看来是由反战派支持的吧。”

“是的，当然也受到主战派的攻击……”

“例如那个忧国骑士团？”

“忧国骑士团？那不过是些小丑，不值得多加评论……嗯，这个果酱沙拉口味不错。”

“我也有同感。”

杨说的是对果酱沙拉的评语。

他也认为那令人不悦的忧国骑士团的确是小丑，但他们那戏剧化的夸张行动难保不是巧妙设计过的。以前银河联邦的有识之士不是也带着苦笑和怜悯，去对待那些狂热支持鲁道夫·冯·高登巴姆的年轻人吗？

在客席上看不见的某幅厚窗帘的背后，也许正有人因此露出会心的微笑呢……

9

在归途中，杨坐在电脑控制的无人出租车上，想着洁西卡·爱德华的话。

“我常常想问那些握有权力的人，你们现在在哪里？把士兵们送往死地，你们又在哪儿做了些什么……”

这是洁西卡竞选演说的高潮，杨不由得回想起亚斯提战败后举行追悼会时的情景。自认为能言善辩的国防委员长特留尼西特面对她的质问也哑口无言。为此，她一定也招致了主战派的憎恶和敌意吧？她选择了一条比伊谢尔伦回廊更难的路……

无人出租车忽然停止前行，这本来是不可能发生的事，只要控制系统正常运作，这种汽车不会给人体带来不必要的惯性影响。大概此刻发生了什么变故吧。

杨打开车门，走到路上。穿着蓝制服的警官摇晃着魁梧的身躯过来。他认得杨的面孔，先表述了一段能和英雄见面的激动心情，才说明了事态。

事故原因是都市交通控制中心的电脑发生了异常。

“所谓的异常是……”

“不清楚详细情况，似乎是输入资料时单纯的人为过失。最近各个职业场所都有缺乏熟手的情况，并不是什么罕见的事。”

警官笑了，但看到尤里安用并不友好的眼神盯着自己，只好做出一副正经的样子。

“噢，对，这可不是该笑的时候。就因为这个，本地区所有交通系统将停止四个小时。移动路面和磁悬浮路面也不能运行。”

“所有的？”

“是的，所有的。”

警官竟然有些得意，杨感到好笑，实际上这的确不是好笑的事。从这场事故和警官的话推出的事实使他心寒：社会的管理运营系统明显正在衰退。战争的不良影响比恶魔的脚步更悄无声息，但确确实实在侵蚀社会。

身边的尤里安抬头望着他。

“提督，现在怎么办？”

“没办法，走路吧。”杨爽快地决定，“偶尔走一走也不错啊，大概一个小时就到了，是好运动。”

“是啊。”

警官却对这个结论大跌眼镜。

“这怎么行！怎么能让伊谢尔伦的英雄走路呢？我去准备地上车或悬浮车，请搭这个吧。”

“如果只有我这么做，我可是会为难的。”

“请不要客气。”

“不，还是客气一点好。”

不让心里的不快从表情和声音中流露出来，是需要花一番力气的。

“走吧，尤里安。”

“好。”

少年快活地答应着，轻快地迈出步子，却又忽然停下来。杨不解地回过头。

“怎么了，尤里安，不喜欢走路吗？”

句尾透出不快的意味，似乎让他的声音有点尖锐了。

“不，没有。”

“那为什么不跟着走呢？”

“那边方向反了！”

“……”

杨走回来。他倒是没有说“宇宙舰队的指挥官只要不搞错舰队的前进方向就行了”之类不服输的话。其实他有时真的会失去自信，所以才高度评价副司令官费雪正确无比的舰队调度。

无法移动的磁悬浮车的车列构筑成一道长长的墙壁，无计可施的人们在路上徘徊。其间有两个人正悠然前行。

“提督，星星好美啊。”

尤里安望向星空。无数的星星光芒交杂，似乎在证明这行星上有空气存在，不停地闪烁。

每个人都想把手伸向夜空，去捕捉那属于自己的星星，却极少有人正确地知道自己的星星在哪个位置。杨威利自己又如何呢？能明确地看出属于自己的星星吗？不会迷失在种种状况之中吗？又会不会误认呢？

“提督。”尤里安兴奋地叫道。

“什么事？”

“现在提督和我正看着同一颗星星呢。看，那颗大大的蓝色的星星……”

“嗯，那颗星是……”

“叫什么名字？”

“是啊，叫什么呢？”

如果在记忆中抽丝剥茧，应该可以找出答案吧。但杨并不习惯这样做。杨想，身旁这个少年并不需要和他看着同样的星球。

人们应该抓住只属于自己的星星，即使是一颗凶星也无妨……

Chapter 7

中场的滑稽剧

1

在费沙自治领内，代表银河帝国利益的是帝国高等事务官，雷姆夏特伯爵由弗恩担任这一职位。

这位一头银白色头发、眼瞳近乎透明的贵族，是在鲁宾斯基就任自治领主时从帝国首都派遣过来的，背地里被人称为“白狐”。不用说，这是和鲁宾斯基的“黑狐”对应的称呼。

这一晚，他接受鲁宾斯基的私人邀请，地点不在自治领主的办公室，不在官邸，甚至也不在私人宅邸——二十五年前，这里还是含盐量很高的山间小盆地，如今已成了人造湖。在湖畔筑起一座和鲁宾斯基并没有法定关系的山庄，拥有者是鲁宾斯基众多情人中的一位。

“自治领主阁下到底有几位情人呢？”

以前有人问过，鲁宾斯基没有立即答复，而是带着认真的表情思考着，而后摆出近乎厚颜的爽朗笑容，回答道：“不以打为单位的话，恐怕数不完。”

虽然有点夸张，但并非全是吹牛。鲁宾斯基在身心两方面的充沛精力，和他的外表给人的印象如出一辙。

鲁宾斯基的人生是崇尚享乐主义的。芳醇的美酒、似乎能令舌头溶化的美味佳肴、震撼心弦的名曲、婀娜多姿的美人，全是他的心头所爱。

不过这只是次等的娱乐，最有趣的另有其他。把国家与人类的命运当作无形的筹码进行政略和战略游戏，从中得到的兴奋不是醇酒或美女可比的。

鲁宾斯基认为，权谋术数够讲究的话，也可以成为一种艺术。以武力恐吓是最下等的做法，在这一点上，帝国和同盟招牌上的文字不同,但本质是没有区别的。鲁宾斯基不怀好意地想，这大概是鲁道夫这个怪物诞下的一对互相憎恨的双胞胎。

“阁下，今晚特地请我过来，一定有什么事情吧？”

雷姆夏特伯爵把酒杯放在大理石桌上，问道。鲁宾斯基愉快地看着伯爵那警惕的表情，回答说：

“没错。我想这件事您大概会有兴趣……自由行星同盟企图对帝国展开全面的军事攻势。”

这位帝国贵族需要几秒钟的时间，来领会这回答的意义。

“同盟？”吐出这句话，伯爵发觉不对，马上改了口，“阁下是说叛徒们企图对我帝国有不轨行为？”

“攻下帝国引以为傲的伊谢尔伦要塞后，同盟内似乎沸腾着好战的气氛。”

伯爵略略眯起眼。

“占领伊谢尔伦要塞后，叛徒们等于在帝国领域内有了桥头堡。这是事实，但也不一定马上引发全面的侵略行动。”

“但是很明显，同盟军正在准备进行大规模的攻击计划。”

“所谓的大规模……”

“动用超过两千万的兵力，不，也许会超过三千万！”

“三千万！”

帝国贵族近乎无色的眼瞳在灯光下闪着白光。

连帝国也无法在一夕之间动员如此大军，这不仅是数量上的问题，还涉及组织、管理及调度的能力。同盟有这样的能力吗？无论如何，这的确是重要的情报……

“不过，阁下为什么要告诉我这个情报？是不是有别的理由？”

“您真让我有些意外。我们费沙做过不利于帝国的事吗？”

“不，在我记忆中并没有。当然，我们帝国也对费沙的忠诚和信义寄予完全的信赖。”

双方都明知虚伪地交谈着。

不久，雷姆夏特伯爵回去了。在显示屏的画面上看着他搭乘地上车匆忙离去，鲁宾斯基露出阴险的笑容。

高等事务官一回到自己的办公室，就会向帝国本星发出急报吧？这情报可不能置之不理。

失去伊谢尔伦的帝国军，大概会脸色大变地出来迎击吧？出面的大概是罗严克拉姆伯爵莱因哈特？这次只希望帝国军别赢得太过火就行了。不然，可就麻烦了。

上次得到杨将用半支舰队攻击伊谢尔伦的情报时，鲁宾斯基并没有通知帝国。一来是认为不可能成功，二来也是想看看杨的智略。

"原来还有那种策略，真令人佩服。"

连鲁宾斯基也为之惊讶。但光佩服是不行的，必须让倾向同盟一侧的军事天平向帝国一侧回复一些。

"得让他们再次互相残杀才成。"

2

身兼银河帝国代理宰相与国务尚书二职的立典拉德侯爵，这天晚上在宅邸接受了财务尚书凯尔拉赫子爵的拜访。

财务尚书这次来访，是报告卡斯特罗普动乱的善后处理已告一段落。按照帝国的礼仪习惯，下属不能在家里直接用TV通信联络上司。

"卡斯特罗普公爵的领地和财产大致处理完毕，换算为金钱，有五千亿帝国马克之多。"

"可真会攒钱啊。"

"的确，但想到这么费心积蓄，最后竟被收归国库，倒令人觉得可怜……"

财务尚书充分享受了红酒芬芳的气味，然后喝了一口。国务尚书放下酒杯，表情郑重起来。

"对了，有件事想和你商量一下。"

"什么事？"

"刚才费沙的雷姆夏特伯爵紧急联络。叛军似乎要向我帝国领土大举入侵。"

"叛军?！"

国务尚书点点头。财务尚书将酒杯猛地放到桌上，半杯残酒一晃。

“这可是不得了的事！”

“是啊，但也可以说是个好机会。”

国务尚书将双臂抱在胸前。

“此时，我们有胜利的必要。根据内务尚书的报告，民众间似乎已渐渐酿成革命的气氛。他们似乎隐隐察觉到了伊谢尔伦失陷。要扫除这种气氛，就要击败叛徒、恢复帝室的威信。另外也得多少给民众一点甜头，比如给予思想犯特赦、减轻税赋、降低酒价等。”

“如果对他们太好，他们反而会爬到我们头顶上来。我看过那些激进派的地下刊物，写了一大堆什么人先有权利后有义务之类的荒唐言论。如果再给予特赦，不是只会助长这股歪风？”

“话虽如此，但光压制是无法统治好的。”国务尚书劝诫道。

“话是没错，但过分地迎合民众……不，这件事还是另找机会谈吧。叛军要入侵我帝国的情报，出处还是那个鲁宾斯基吧？”

国务尚书点了点头。

“费沙的黑狐！”

财务尚书高声喊了一句。

“比起叛徒们，费沙的守财奴对我帝国来说是否更加危险？近来我一直有这种感觉。不知道他到底有什么企图，真是居心叵测。”

“我也有同感，但眼前我们先得对付叛徒们的威胁。让谁去防御呢？”

“金发小鬼不是很想干吗？让他去不就好了？”

“别感情用事。让那小鬼去，如果他成功了，声望只会更高，也许我们就没有了对抗他的余地；如果失败了，我们将在极端不利的状况下和叛军交战，恐怕要在帝国的中心和乘胜而来的三千万大军作战。”

“阁下太悲观了。”

财务尚书挺了挺身子，开始说明。

叛军和罗严克拉姆伯爵的军队交战后，即使胜了，也不会丝毫无损。伯爵并非无能之人，一定会给叛军造成不小的损伤。而且叛军此次远征远离根据地，在补给上绝对无法随心所欲，更何况他们缺乏地利。

我们可以以逸待劳，迎战疲惫的敌人。不，在这种情况下，甚至不必勉强硬战，只要把敌人拖入持久战，敌人必将受困于物资不足和不安情绪，之后不得不撤退。我们再趁机追击，要得胜也就不难了。这便是财务尚书的观点。

“原来如此，那小鬼败了的话可以这么做。但如果他胜了怎么办？现在他仗着皇帝陛下的恩宠和武勋，我们都无法将他控制于掌中，气势再增长下去，结果是显而易见的。”

“让他继续得势不是很好吗？不过是个一步登天的小子，随时都可以处理他。他也不能时时都和军队一起行动吧？”

“嗯……”

“在叛军灭亡之时，那金发小鬼也会倒下。在我们需要之际，不该好好利用他的才能吗？”

财务尚书语气森然。

3

宇宙历七九六年，标准历八月十二日，自由行星同盟的首都海尼森举行了进攻银河帝国的作战会议。

以本部长席特列元帅为首的三十六名将官在统合作战本部地下会议室集合，其中也包括刚刚晋升为中将的第十三舰队司令官杨威利。

杨神色沮丧。他曾对先寇布上校说过，他一直以为如果攻下伊谢尔伦，就可以远离战争的危机，事实却正好相反。杨现在才明白自己太年轻、太天真了。

话虽如此，杨当然也不认为此时出兵和扩大战争的论调是正确的。

伊谢尔伦的胜利纯属杨个人赛的成功，同盟军本身并没有与此相称的实力。真实状况是军队早已筋疲力尽，支持军队的国力也到了下限。

但是杨知道这个事实，政界和军界的领袖却似乎并不了解。

军事上的胜利就像麻醉药一样。“占领伊谢尔伦”的甘美迷醉似乎使人们血液中潜伏的好战的幻觉一下子爆发了。连理当保持冷静的言论机构也异口同声地呼号“向帝国领域进攻”，政府的舆论控制也巧妙地进行着……

大概是伊谢尔伦攻略战付出的代价太少了吧，杨想。如果是数万人流血才得到这个结果，人们大概就会说“已经受够了”。我们胜利了，但已经筋疲力尽，不是该休息一下，回顾过去寄望未来吗？到底还有什么值得我们去争夺？

但事情却不是这样。人们现在的想法是要取得胜利实在太容易，胜利的果实实在太美好了。具有讽刺意味的是，让他们这样想的却是杨威利自己。对年轻的提督而言，这是完全不合本意的，他的酒量为此在一个劲儿增加。

远征军的阵容还未正式公布，但已经决定下来。

总司令一职由同盟军宇宙舰队司令长官拉萨尔·罗波斯元帅自己担任。他是仅次于统合作战本部长席特列的军界二号人物，和席特列在超过四分之一世纪的漫长时间内一直处于竞争关系。

没有设置副司令官一职，身居总参谋长席位的是德怀特·格林希尔上将，就是菲列特利加的父亲。他之下是作战主任参谋高尼夫中将、情报主任参谋毕罗莱涅少将、后方主任参谋卡介伦少将。对在处理事务方面备受称赞的亚列克斯·卡介伦而言，这是他许久未有的前线勤务。

在作战主任参谋之下，设有作战参谋五名。其中，安德鲁·霍克准将是六年前以第一名的成绩毕业于军官学校的高才生，最初提出此次远征计划的就是这位年轻军官。情报参谋和后方参谋各有三名。

以上十六名将官加上高级副官及通信、警备等成员，构成了总司令部。

实战部队方面，则调用了八个宇宙舰队。

第三舰队，司令官路菲普中将。

第五舰队，司令官比克古中将。

第七舰队，司令官赫伍德中将。

第八舰队，司令官阿普顿中将。

第九舰队，司令官亚尔·沙列姆中将。

第十舰队，司令官伍兰夫中将。

第十二舰队，司令官波罗汀中将。

第十三舰队，司令官杨中将。

杨的第十三舰队以亚斯提星域会战中受到重创的第四舰队与第六舰队为主，此次又把第二舰队的残存战力也编入其中。同盟军宇宙舰队的十个舰队中，留在国内的只剩第一舰队和第十一舰队。

再加上统称为陆战部队的装甲机动步兵、大气圈内空中战队、水陆两用战队、水上部队、骑兵部队及其他独立部队，甚至将国内治安部队中的重武装成员也纳入了编制。

在非战斗人员方面，技术、工兵、补给、通信、控制、整备、电子信息、医疗、生活等各个部门，都调用了最大限度的人数。

总动员人数达三千零二十二万七千四百名，这等于调动了全自由行星同盟的六成兵力。而这个人数是同盟一百三十亿总人口的百分之零点二三。

连身经百战的提督们，也无法对这史无前例的宏大作战计划掉以轻心。放眼一看，他们有的在擦那根本没有流汗的额头，有的不断地喝准备好的冰水，有的则和邻座的同僚窃窃私语。

上午九点四十五分，统合作战本部长席特列元帅带着首席副官马利涅斯克少将来到会议室，会议立即开始。

“此次向帝国领域远征的计划已经由最高评议会决定……”

席特列元帅开口了，表情和声音中并没有昂扬的感觉。出席的诸将都知道他是反对此次出兵的。

“但是远征军的具体行动计划还未确立，今天的会议便是为了决定这一事项。同盟军是自由国家的自由军队，这毋庸赘言，希望各位根据这种精神热烈地提议和讨论。”

也许有人能从欠缺积极性的发言中看出本部长的苦恼，也许有人对那说教式的语调生出轻微的反感。本部长说完后，一时间鸦雀无声，大家似乎各自陷入沉思。

杨头脑中反复想着不久前从卡介伦那里听到的事。

“不久就要进行大选了。前一阵子，国内不断发生有损政府名誉的事件。为了赢得选举，必须将公民的注意力转移到外界，也就是此次的远征。”

杨想，这是统治者掩饰执政失败的惯用伎俩。如果国父海尼森地下有知，一定会为之叹息。他的愿望并不是让人们为他树起那高达五十米的白色纪念像，而是要建立一个没有当权者恣意侵犯公民权利与自由之危险的社会体制。

就像人类会衰老一样，国家或许也会堕落和颓废。但即便如此，为了赢得选举、维持今后四年的政权，就把三千万官兵送上战场，这种想法也超出了杨的理解范围。三千万的人、三千万的人生、三千万的命运、三千万的可能性、三千万的喜怒哀乐——把这些都送入死地，加入牺牲的行列，换来的利益却由身处安全地带的人们独占。

自文明出现以来，从事战争者和教唆战争者之间极不合理的关系经历了诸多时代，却丝毫没有改善。可能古代的霸王那种挺身阵前，和士兵一起迎接危险的行为还更好些。可以说，教唆战争者的道德日渐沦丧……

“我相信此次远征是我同盟建国以来的壮举。能以参谋的身份参加远征，是军人的至高荣誉。”

这是安德鲁·霍克准将的开场白。

准将的语调毫无抑扬顿挫，仿佛在平淡地读发言稿。他是个二十六岁的青年，看起来却比实际年龄要老，让人觉得杨还比他年轻些。缺乏血色的脸颊似乎太单薄，眉目倒还清秀，只是那仿佛想拯救他人的高傲眼神和扭曲的嘴唇使他给人的印象有些灰暗。不过，像杨这种与优等生无缘的人，看到这种高才生，也许会戴上偏见的眼镜……

霍克喋喋不休地将军部的壮举，也就是他自己提议的作战用美丽的词句夸赞了一番。接着发言的是第十舰队司令官伍兰夫中将。

伍兰夫是曾经征服古代地球半壁江山的马背民族的后裔，是个筋骨强健的壮年男子。他肤色微黑，双眼放出锐利的光芒。在同盟军诸提督中，他以勇将之名得到人民众多支持。

“既然我们是军人，只要有了前进的命令，不管去哪里都要勇往直前。更何况我们是要直捣暴虐的高登巴姆王朝的根据地，当然是欣然出征。但是不用我多说，雄图伟业并不等于轻率无谋，周详的准备是不可或缺的。因此我首先想询问一下，此次远征在战略上的目的是什么？

“是攻入帝国境内和敌方打一仗即可，还是要以武力占据帝国的一部分领地？是一时占领还是永远占领？如果是永远占领，是否要将占领地要塞化？或者是在给帝国军致命的打击、让皇帝立下和平誓约之前，同盟军不会班师回国呢？作战本身是短期的还是长期的？

“这些问题扯得远了些，但我还是想问。”

伍兰夫一落座，席特列和罗波斯元帅仿佛在催促回复似的，一同将视线投向霍克准将。

“以大军直捣帝国疆土的纵深处，仅此一点就足以让帝国的家伙们心惊胆战了！”这是霍克准将的回答。

“难道要不战而退吗？”

“我们要保持高度的灵活性，随机应变。”

伍兰夫皱起眉头，表达不满。

“能不能再说得具体一点？这未免太抽象了。”

“简单地讲，就是去了再说，对吧？”

这带有讽刺意味的声音使霍克的嘴唇扭曲得更厉害了。说话的人是第五舰队司令官比克古中将。他和席特列元帅、罗波斯元帅、格林希尔上将同为同盟军屈指可数的老将。他不是军官学校的毕业生，而是由士兵逐级晋升上来的。尽管官阶比较低，但年龄和经验却胜过众人，在用兵方面堪称已至纯熟境界。

霍克对比克古中将颇为忌惮，再说中将的话也不是正式的发言，所以他态度恭敬，权当没听见。

“还有什么问题吗？”霍克问道。

在一阵犹豫之后，杨要求发言。

“请问把进攻帝国的时机定在此时，理由是什么？”

杨心想，总不会说是为了选举的事吧，看他怎么回答。

“作战是要找准时机的。”

霍克转向杨，用得意扬扬的口气开始解释。

“如果错失了时机，就会违背命运的安排。以后再后悔当初没有抓住时机果断行动，就来不及了。”

“那就是说，您认为现在正是对帝国展开攻势的最好机会？”

杨觉得刻意确认实在有些傻，但还是问了。

“是展开‘大’攻势！”

霍克做了订正。杨心想，真是个喜欢夸大其词的家伙。

“因为伊谢尔伦失陷，帝国军大概正狼狈得不知所措。趁此时机，同盟军以空前的大舰队构成长蛇之列，高挂自由与正义之旗前进。如此一来，在前方等着我们的不是胜利又是什么呢？”

霍克指着立体投影屏幕，声音中增添了自我陶醉的色彩。

“但是这次作战过于深入敌境了。队列太长，补给和联络都很不方便。况且，敌人只要从我军冗长的侧面切入，就很容易分割我军的力量。”

杨反驳的口吻还算热切，但内心却未必如此。连战略构想都缺乏正当性，探讨实施方面的细节又有多大意义？但不提这件事也不行。

“您为什么只强调被分割的危险？敌军一旦冲进我舰队中央，我军即可前后夹击，敌军必惨败无疑。这是不值一提的危险。”

霍克的乐观论调令杨感到疲累。杨压抑住想说“随你去吧”的心情，再次反驳道：“帝国军的指挥官可能就是那位罗严克拉姆伯爵。他的军事才能是超乎想象的。我们应该考虑到这一点，研讨更慎重的计划吧？”

霍克还未开口，格林希尔上将回答了。

“中将，我知道你对罗严克拉姆伯爵有很高的评价，但是他还年轻，总有失败和错误吧？”

格林希尔上将的话对杨而言却没有多大意义。

“是的。但胜败终究是相对的……如果我们所犯的错误比他还严重，那么胜的是他，败的是我们。”

杨其实想说，作为大前提的作战构想本身就是错误的。

“不管如何，这只不过是预测。”

霍克下了定论。

“对敌人评价太高，因而心存不必要的畏惧，这是军人最可耻的事。如果因此挫伤我方的士气，使决策和行动变得迟缓，那不管您是否有意为之，结果都近似帮助敌人。请您注意。”

会议桌上响起激烈的声响，是比克古中将在拍打桌子。

“霍克准将，你现在的发言是否失了礼数？”

“哪一方面呢？”

霍克迎着老提督直逼而来的锐利目光，挺了挺胸膛。

“只因为不赞同你的意见，主张慎重行事，就被你说成是助敌行为，这算是有节制的发言吗？”

“我只是泛泛而论，如果被当作对某个人的诽谤，那可就令人苦恼了。”

霍克瘦削的脸颊微微抽动。杨看得很清楚，却连生气的欲望也没有了。

“……毕竟此次远征是为了解放被暴政压迫的银河帝国二百五十亿人民，实现崇高的人类大义。反对远征的结果便是助纣为虐。下官的说法有什么错误吗？”

霍克的声调虽然高亢，回应他的却是满座的沉寂。大家并不是受了感动，而是觉得扫兴至极。

“即使敌方拥有强大的兵力，占尽地势之利，或者拥有超乎想象的新武器，都不能成为我们畏缩的理由。只要我们以解放民众、保护民众的大义来行动，帝国民众就会欢呼着迎接我们，主动帮助我们……”

霍克的演说滔滔不绝。

目前还不存在超乎想象的新武器。互相敌对的两个阵营，一方发明出来应用于实战的武器，另一方几乎同样能制造出来，至少在理论上是可以实现的。战车、潜水艇、核武器、光束武器等都是如此。在武器制造上落后的那一方固然有失败感，但并不是惊诧“怎么可能造出这种东西”，而是感叹“果然造出了这种东西”。人类的想象力在个体间有很大差异，但从整体看来，这种差异就大幅缩小了。况且新武器是在积累技术实力和经济实力的基础上才能出现的，所以在石器时代不可能出现飞机。

从历史来看，以新武器决定胜负的大概只有西班牙人的印加侵略战了，但那也是利用了印加自古以来的传说，诈术色彩十分浓厚。居住在古希腊城邦叙拉古的阿基米德也设计了种种先进兵器，却无法抵挡罗马帝国的进攻。

“超乎想象”这个词越来越多地用来形容军事思想的变化，其中的确有借着新武器的发明或引进来触发新思想的情况。枪炮的大量使用、以航空战力控制海上战力、战车和飞机联合进行的高速机动战术都是如此。但汉尼拔的包围歼灭战法、拿破仑的各个击破法、毛泽东的游击战略、成吉思汗的骑兵集团战术、孙子的心理情报战术，以及伊巴密浓达的重装步兵斜线阵，都是在没有新武器的情况下创造出来的。

杨并非担忧帝国军有什么新武器，他是担忧罗严克拉姆伯爵莱因哈特的军事天才，以及同盟军自身的错误，即认为帝国的人民把空想的自由平等看得比现实中和平与安定的生活重要。这种想法只是期待，不是预测，不能作为制订作战计划的参考因素。

这次远征，不仅提出作战计划的直接原因轻率得令人难以置信，连作战方案的筹划也如此草率。杨这样想着，心头掠过一丝阴影。

远征军的部署决定下来了。先锋是伍兰夫提督的第十舰队，第二阵是杨的第十三舰队。

远征军总司令部设在伊谢尔伦要塞。作战期间，远征军总司令官将兼任伊谢尔伦要塞司令官。

4

对杨而言毫无成果的会议结束了。他正要回家，却被统合作战本部长席特列留下来。

被浪费的能量残渣无声地在虚空中对流。

“我看你大概又想说‘当时还是该辞职’吧？”

席特列的声音很疲惫。

“我也太天真了，以为只要伊谢尔伦到手就可以远离战火。但现实却是这样。”

杨不知道该说些什么，一直沉默。当然，席特列元帅也算计着借由和平的到来稳固自己的地位，强化自己的发言权和影响力，但和主战派那种不负责任的冒险主义或政治式思维比起来，这种心态倒是能谅解。

“结果我反倒像被自己的算计绊倒了。如果当初不攻陷伊谢尔伦，也许今天主战派就不会下这么危险的赌注。我可以说是自作自受，却给你带来了很大的麻烦。”

“……您想辞职吗？”

“现在无法辞职。但此次远征结束后，不管成功还是失败，都不得不辞职了。”

如果远征失败，军界的头号人物席特列元帅当然要被迫引咎辞职。另一方面，如果远征成功，要奖赏远征军总司令罗波斯元帅的功绩，能给的新地位只有统合作战本部长。再加上反对远征这不利的一点，席特列元帅将会以急流勇退的形式被赶下这个位置。所以不管事情进展如何，席特列的未来早已有了定数，他只能干脆地接受。

“此时此刻，我只能说，希望此次远征在最低限度的牺牲下战败。”

“……”

“如果惨败，当然会白白流血。而打胜了又能如何？主战派会得势，不管在理性上还是政略上，很明显将会渐渐不受政府或公民的控制。在不该胜的时候胜利，因而坠入彻底失败的国家，历史上有无数前例。”

“嗯……”

“现在你大概明白驳回你辞呈的理由了吧？当然，我并没有预料到事情会发展到今天的地步，但结果是你的存在对军部更加重要了。”

“……”

“你熟知历史，所以轻蔑权力和武力，这也有你的道理，但任何国家组织都不可能没有这两者存在。既然如此，与其让腐败无能的人掌权，倒不如交给能以理性和良心运用权力的人。我是军人，不谈政治。但是就军部内而言，霍克准将是个恶徒。”

他的语气十分激烈，杨不禁为之惊讶。

席特列稍稍控制了一下自己的情绪。

“他把这个作战计划从私人渠道直接递交给了最高评议会议长的秘书。我也知道他是以维持权力的手段说服了秘书，动机却是使自己扬名。他虽然以军人的最高地位为目标，现在却有个过于强劲的竞争者，所以他想立下比这个人物更高的功绩。这是以军官学校首席毕业生身份发出的‘不能输给庸才’的怪论。”

“原来如此。”

看到杨若无其事地接口，席特列元帅脸上第一次浮现笑容。

“你有时候实在很迟钝。他的竞争者可不是别人，就是你啊！”

“是……我？”

“没错，是你。”

“但是本部长，我……”

“这种情况和你的自我评价没关系。问题的关键在于霍克的想法是什么，为了目的会使用何种手段。说得难听些，这也太政治化了。即便不是这样……”

元帅叹息一声。

“通过今天的会议，你大概也多少了解他的为人了吧。为了表现自己的才能，不以实绩而以辩舌取胜，还会贬低他人来抬高自己。其实他不像自己想象的那样有才能……把其他人的命运交在他手中，实在太危险了。”

“刚才您说我更加重要，是……”

杨一边思考着，开了口：

“是要我和霍克准将对抗吗？”

“不是要你刻意把霍克当成对手。只要你站上军中的最高地位，自然就能制约或淘汰他这种人。我是这样期望的，虽然明知会让你为难。”

沉默像沉重的湿衣服，披在他们身上。为了摆脱这件衣服，杨不得不真的摇了摇头。

“本部长阁下总是派给我过重的任务，就像伊谢尔伦攻略战……”

“但你不是成功了吗？”

“那个时候是……可是……”

说到一半，杨又沉默了，而后接着说道：“我并不是轻蔑权力和武力，不，其实我是在害怕。一旦掌握权力和武力，人几乎都会变得丑恶，这种例子我知道的太多了。我也没有自信绝不会改变。”

“你不是说‘几乎’吗？就是如此，并不是所有人都会变。”

“总之我还是抱持君子作风，不想接近危险的东西。我只是想在力所能及的范围内做点什么，然后悠闲轻松地过日子，这么想是一种怠惰的个性吧？”

“没错，是怠惰的个性。”

席特列元帅看着无话可说的杨，露出奇怪的笑容。

“我也是辛苦过来的人。只有自己辛苦，却看着别人悠闲自在，可不是什么愉快的心情。可如果不让你做和才能相称的苦差事，又不公平。”

“不公平？”

除了苦笑，杨不知还能有什么方法来表达感情。他心想，席特列是自愿去找苦差事做的，自己可不是。总之，他已经错过辞职的时机了，这一点确定无疑。

5

在莱因哈特面前，排列着隶属于元帅府的年轻提督——吉尔菲艾斯、米达麦亚、罗严塔尔、毕典菲尔特、鲁兹、瓦列、坎普，以及奥贝斯坦。

莱因哈特相信这些人是帝国军人中的精华，但还得再提高质和量才行。必须让众人都承认，被元帅府录用，就意味着被评价为有能力的人才。现在已经有这样的趋势了，但他要更明显的进展。

“帝国军情报部传来以下报告。”

莱因哈特环视麾下一周，提督们纷纷抬头挺胸。

“前些时日，僭称为自由行星同盟的边境叛徒们成功地夺取了帝国的前哨基地伊谢尔伦，这是诸位都知道的。之后，叛徒们在伊谢尔伦集结了庞大的兵力。据保守推算，约有舰艇二十万艘，官兵三千万。”

提督们发出惊叹。统率大军是军人的愿望，虽是敌人，其宏大的规模也不能不令人佩服。

“他们的意图已昭然若揭，毫无疑问，叛徒们即将向我帝国的中心全面进攻。”

莱因哈特的两眼仿佛燃烧着火焰。

“根据国务尚书的内部命令，由我来负责此次防御与迎击敌军的任务。大概两天内就会正式下令。这是军人最高的荣誉，期待诸位奋勇作战。”

此前，莱因哈特语气都很严肃，这时却忽然露出笑容。这笑容充满活力与锐气，富有魅力，却不是那种在安妮罗杰和吉尔菲艾斯面前才会展露的天真无邪的单纯笑容。

“总之，其他部队都是装饰皇宫的人偶，根本不能依靠。这是获得晋升和勋章的好机会。”

提督们也笑了，他们对只贪图地位和特权的门阀贵族有相同的反感。莱因哈特录用他们，并非仅仅因为才干。

“那么，我想和众位商议，我们要在什么地方迎击敌人？”

米达麦亚和毕典菲尔特提出相同的意见：叛军要经由伊谢尔伦回廊前来，那在他们出了回廊进入帝国境内时加以攻击如何？如此便可以确定敌人出现的地点，攻击敌人前锋部队的时候，能形成半包围圈，我军易于作战，而且处于有利地位……

“不……”

莱因哈特摇头。在从回廊进入帝国中心的地点进行攻击，敌人应当能预料到这种战术吧。前锋部队部署的应该是精锐兵力，受到攻击时，残存的兵力只要不出回廊，己方就无法展开攻势。

“应该诱敌深入。”

莱因哈特陈述意见。短时间的讨论后，提督们也表示赞同。

把敌人引入帝国境内深处，在其战线与补给线延伸到极限时，再倾全力予以攻击。对迎击方而言，这种战术可说是必胜无疑。

“不过，这很费时间。”

米达麦亚说出自己的感想。他身材有些矮小，体形结实矫健，有乱蓬蓬的蜂蜜色头发和灰色眼眸，是位聪敏俊秀的年轻军官。

叛军这次远征既然号称空前的壮举，那在阵容、装备及补给上一定会力求尽善尽美、万无一失。要耗尽他们的大量物资、使其斗志衰退，需要相当长的时间。米达麦亚的担忧不无道理，但莱因哈特却用充满自信的眼光环视麾下的提督。

“不，也用不了多长时间，大概不出五十天。奥贝斯坦，将基本作战方案说明一下。”

听到自己的名字，头发半白的参谋长迈出一步开始说明，惊愕的气息在提督之间无声地扩散开来。

宇宙历七九六年八月二十二日，自由行星同盟的帝国远征军将总司令部设在伊谢尔伦要塞内。在此前后，由三千万官兵及舰艇排成的舰列连日从首都海尼森及周边星域动身，踏上远征之途。

➛ Chapter 8 ➛

死线

1

最初的一个月，同盟军的宇宙舰队与萦绕着他们的兴奋气氛为友，但这份友情冷淡之后，只剩下扫兴和更严重的不安与焦躁。军官们在没有士兵的地方询问，而士兵们在没有军官的地方询问，大家都怀着同一个疑问：为何不见敌人的踪影？

同盟军以伍兰夫提督的第十舰队为前锋，进入帝国境内五百光年之远。超过两百个恒星系落入同盟军手中，其中有三十个低度开发但有人居住的星系，合计有五千万百姓。原来统治他们的总督、边境伯爵、征税官及军人都逃亡了，各星系几乎是在没有任何抵抗的状况下被占领的。

“我们是同盟军！”

同盟军的宣抚军官对被留弃的农民和矿工说道：

“我们会给你们自由和平等，你们再也不会为专制主义的暴政所苦。我们会给你们种种政治上的权利，你们将以自由公民的身份开始崭新的生活！”

然而使他们失望的是，迎接他们的并不是热烈的欢呼声。农民代表毫无兴趣地听完宣抚军官热情的话，说道：

“在给什么政治权利之前，我希望先给我们生存的权利。没有粮食，连婴儿的牛奶都没有了，都让军队带走了。在自由与平等之前，能不能先给我们面包和牛奶呢？”

“这是当然。”

宣抚军官心里虽然失望，但还是答应了这毫无理想的平凡要求。他们毕竟是同盟军，给从帝政的沉重桎梏下挣脱的可怜民众提供生活保障，是和战斗同等重要的职责。

他们从各舰队的补给部调配粮食，还向伊谢尔伦总司令部提出要求：够五千万人吃一百八十天的粮食、超过两百种可食用植物的种子、四十套人造蛋白制造设备、六十套水耕设备，还有运输以上物资的船舶。

“要把占领地区的居民从饥饿状态中长久地解救出来，最少也需要这么多物资。随着占领地区逐渐扩大，这个数字还将逐渐膨胀吧。”

看到附着以上要求的申请书，远征军后方主任参谋卡介伦少将不禁哀叹一声。

仅仅是五千万人一百八十天所需的粮食，就多达一千万吨谷物，需要二十万吨级的输送船五十艘。这已经大大超出伊谢尔伦的粮食生产和储藏能力。

“就算把伊谢尔伦的仓库全部搬空，也只有七百万吨谷物。即使把人造蛋白制造设备和水耕设备全部开动……”

“我知道不够。”

卡介伦打断部下的报告。他亲手制订了以三千万同盟军官兵为对象的补给计划，对这一计划的运行很有自信。但是再加上接近全军人数两倍的非战斗人员，就另当别论了。必须将计划的规模修改为原来的三倍才行，而且要快。他可以想象各舰队的补给部无法承受负担，为之惨叫的情景。

“难道那些宣抚军官都是低能儿？”

他看到申请书末尾，如此想道。

“随着占领地区逐渐扩大，这个数字还将逐渐膨胀吧”——不就是说补给负担会更大吗？这可不是能天真地为势力范围扩大感到喜悦的情况，而且其中有可怕的暗示……

卡介伦要求会见总司令官罗波斯元帅。总司令官的办公室里，作战参谋霍克准将也在，这是意料之中的事。比起总参谋长格林希尔上将，总司令官更信任他，他常在上司身旁监视一切。甚至有人在背后说：“总司令官不过是作战参谋的麦克风，真正说话的人是霍克准将。”

“听说你要谈有关宣抚军官要求的问题……”

罗波斯元帅抚摸着圆胖的下巴。

“到底是怎么回事？我很忙，请长话短说！”

无能之人不可能成为元帅。罗波斯曾在前线立过战功，在后方也表现出扎实的事务处理能力，足以统率大军、管理参谋团。至少他在四十多岁之前是如此，但如今能力的衰退却非常明显。他对诸事都无精打采，特别是缺乏判断、洞察及决策等方面的能力，也许这才造就了霍克准将的独断专行。

以往的英才为何会落到这种地步？众说纷纭。有人说是因为年轻时过分使用头脑和肉体，引起了类似中风的症状，也有人说是因为慢性心脏病，还有人说是和席特列元帅争夺统合作战本部长之位失败的后遗症……官兵们各自发挥着想象，议论纷纷。

这想象发挥得过火时，甚至还有人说那见了美女就分不清东南西北的罗波斯和女人过夜后，染上了不光彩的疾病，而使元帅染病的却是帝国的工作人员。听到这个传闻，人们往往先是浮现一抹不谨慎的笑容，然后不禁觉得心寒，脖子一缩。

“那我就长话短说了。阁下，我军目前面临重大危机。”

卡介伦迎头一击，等着对方的反应。罗波斯元帅停下抚弄下巴的手，带着疑问的视线投向后方主任参谋。霍克准将刻意扭曲了一下那色泽不佳的嘴唇，这只是一种单纯的怪癖罢了。

“你忽然这么说，是怎么回事？”

元帅的声音中没有惊愕。与其说他沉着，不如说是反应迟钝，卡介伦心想。

“我想，您应该知道宣抚军官的要求吧？”

卡介伦说道。这也许算是无礼的质问，霍克显然就有这样的想法。他的嘴唇更扭曲了，却没有开口，也许是想以后再借题发挥。

“我知道，虽然他们要求的数目过大，但从占领政策考虑，也是迫不得已吧。”

“总司令部并没有这么多物资。”

“向国内发出请求就行了。经济官僚们大概会歇斯底里，但也不能不送来。”

"嗯,的确会送来。但在这些物资送到伊谢尔伦前又如何呢?"

元帅又开始抚弄下巴。卡介伦不禁恶意地想，再怎么摸，你那赘肉也不会掉下来。

"这是什么意思，少将?"

"敌人的策略就是要使我军在补给上不堪重负!"

卡介伦用强硬的语气说道。其实，他本来是想对元帅怒喝一声:你连这个都看不出来吗?

"就是说敌方会攻击运输船队，企图断绝我军的补给线。这就是后方主任参谋的想法吧?"

霍克准将忽然插嘴，虽然令人不快，卡介伦也点了点头。

"但直到最前线的宙域都在我军的占领下，我想不必如此担心。啊，不，为防万一，还是派些护卫。"

"原来如此，是为防万一啊。"

卡介伦顺势挖苦了一番。霍克会怎么想，管他呢。

杨，拜托你一定要活着回来。卡介伦在心中呼唤友人。他不禁想，为这场战争而死未免太傻了。

2

在同盟首都海尼森，针对远征军传来的大规模物资请求，赞成派和反对派展开了激烈的论战。

在赞成派看来，远征的目的本就是解放帝政重压下的帝国民众，从人道主义角度看，解决五千万民众的饥饿是理所当然。另外，民众知道我军将进行救济后，加上对帝政的抗拒，民心必然会倾向同盟。不论出于军事上的理由还是政治上的意义，都该答应远征军的要求，供给占领地居民粮食和其他物资。

也有人提出反对意见：这次远征原本就是鲁莽的举动，当初的预算要两千亿元，是本年度国家预算的百分之五点四，相当于军费预算的一成以上。财政决算大幅超支是肯定的了，如果再为了保住占领地向那里的居民供应粮食，财政显而易见将会崩溃。现在该中止远征，放弃占领地回到伊谢尔伦。只要有伊谢尔伦在手中，就足以防止帝国的侵略。

不同的主义、主张和利益算计以及感情纠缠在一起，激烈的争论似乎会永无休止地持续下去，但事情出现了转机。

“给我军将士战死的机会吧。如此袖手度日，只能面临不体面地饿死的危机。”

从伊谢尔伦来的这份报告（该说是诉苦的惨叫）结束了这一事态。于是，人们按照前方的要求筹齐物资，开始运输。可此时又追加了和上次几乎等量的请求。占领地扩大了，占领地居民的人口超过一亿，当然不得不增加必要的物资。

赞成派也为之胆寒了。反对派说：“看这模样，以后岂不是没完没了？五千万变成一亿，以后大概要从一亿变成两亿吧？帝国就是想破坏我同盟的财政，糊涂中计的政府和军部必须为此负责。如今已别无他法，撤兵吧！”

“帝国以无辜的民众为武器对抗我军的进攻，虽然手段卑鄙，但我军既然挂着解放和救济的名分，就不得不承认这手段是有效的。现在该撤兵了。否则我军将抱着饥饿的民众蹒跚前进，于力尽之时，在敌方的总反攻下遭受围攻。”

财政委员长姜·列贝罗在最高评议会中作了上述发言。

赞成出兵者无话可说，默然呆坐。

信息交通委员长温莎夫人那端正的脸，僵硬地对着电脑终端机没有影像的灰色屏幕。

现在除了撤兵别无他法，温莎夫人非常了解这一点。该支出的也已支出，再有其他支出，财政就无法支持下去了。

但这样毫无战果地撤兵，支持出兵的她可就站不住脚了。不用说最初的反对派，连现在支持她的主战派也会追究她的政治责任，这是毋庸置疑的。她立志成为政治家以来一直努力追求的评议会议长的宝座也将远去。

远征军总司令部那些无能的家伙到底在干什么？令人咬牙切齿的愤怒驱使着温莎夫人，她紧握双手，涂着美丽色彩的指甲几乎要刺入手掌。

撤兵是不得已的，但在此之前只要有一次胜仗就行了，要对帝国军有一次军事上的胜利。这么一来她的面子就保住了，后世也不会指责此次远征是愚蠢和浪费的象征……

她看着那年事已高的评议会议长，一个迟钝且无动于衷地占着最高权力之位的老人。

被戏称为“谁都没投票给他”的国家元首是在政治角力的低级游戏中最后获渔翁之利的政客。就是他提到下次的选举，我们才跟进的——她从内心痛恨使自己陷入这种窘况的议长。

另一方面，国防委员长特留尼西特满足于自己的先见之明。

早就知道会这样。以现在的国力和战力，要向帝国进攻是不可能成功的。在不久的将来，远征军将凄惨地大败，政权将失去人民的支持。但是特留尼西特因为反对鲁莽出兵，将被看作勇敢而富有见识的人物，不但不会有什么损失，反而会提高声誉。虽然还有列贝罗与荷旺这两位竞争对手，但他们没有军队和军备产业的支持，最后特留尼西特将登上评议会议长的宝座。

那样就好了，他在心中笑道。“打倒帝国的同盟历史上最伟大的元首”这样的称号，本就该颁给他。除了他，没有人配得上这种荣誉……

结果，撤兵论被否决了。

“在前线出现任何结果之前，不该对军队的行动加以限制。”

这是主战派以心虚的口气做出的主张。他们所谓的“结果”正是特留尼西特求之不得的，但和他期待的“结果”可以说截然不同。

3

“在本国物资送达之前，由各舰队在当地调度必要的物资。”

这一方针传达下来，同盟军各舰队的指挥官都变了脸色。

“在当地‘调度’？要我们去干掠夺的勾当吗？”

“远征军总司令部到底在想些什么？想当海盗头子？”

“补给计划的失败是战略上败退的第一步，这可是军事上的常识，现在却硬要把这个责任推给前线！”

“总司令部不是说有万全的补给体制吗？当初说的大话如今到哪里去了！”

“本来就没有的东西，如何去调度？”

杨并没有附和这些喧嚣的责难声，但想法是相同的，总司令部不负责任到了极点。但既然此次出兵是由不负责任的动机决定的，在实施运行上不负责任或许也理所当然。真同情卡介伦的辛劳。

即使如此，如今也到了极限。由于不断供给占领地居民，第十三舰队的粮食几乎见底了。担任补给工作的乌诺上校的不安和不满爆发了。

“民众追求的不是理想也不是正义，只是粮食。如果帝国军运来粮食的话，他们大概又会跪倒在地，高喊皇帝陛下万岁。这帮家伙好像只是为了满足本能才生活的，为了让他们吃饱，就非要我们饿着肚子才行吗？”

“这是为了不让我们变成鲁道夫。”

杨回答道，然后叫菲列特利加中尉打开和第十舰队的伍兰夫提督联络的超光速通信线路。

“哦，杨威利，真难得，有什么事吗？”

通信屏幕上，这位古代马背民族的后裔说道。

“伍兰夫中将，看到你健康，真是无比欣慰。”

这是谎话，精悍的伍兰夫显露出了憔悴之色。有勇将之名的他，对那个和勇气及战术无关的问题似乎也束手无策。

杨问到粮食储备状况如何时，伍兰夫的脸色更加苦涩。

“只剩下一个星期的量。如果到时候还没接到补给，只有从占领地强制征收，不，用词句也掩饰不了，只有掠夺一条路了。同盟军听了会目瞪口呆的。不过那也要有东西可掠夺才行。”

“我有个建议……”

杨说完这句话，提出放弃占领地撤军的建议。

“你要撤军？”

伍兰夫轻轻地动了下眉头。

“在未曾交战的情况下？这未免过于消极了吧？”

“就是要在还有余力时撤军。敌人正在等待我军断绝补给、陷入饥饿的时机。你想这是为什么呢？”

“你是说敌人想借机转为攻势？”

“可能是全面的攻势。敌人占有地利，补给线也短。”

“嗯……”

勇敢的伍兰夫似乎也有些毛骨悚然。

“如果撤退不慎，不是反而会引来敌人的攻势？那可就节外生枝了。”

“大前提是要做好充分的反击准备，现在还做得到，等到士兵们饥饿时就太迟了。只能在此之前井然有序地撤退。”

杨热心地说明，伍兰夫默默地倾听。

“敌人应该也在计算我军陷入饥饿的时机。如果他们把我军的撤退看成全面溃败，进而追赶过来，我们有种种反击的方法。而如果他们认为我军撤退得太早，觉得是陷阱的话也好，我们也许就可以毫发无伤地撤退。这种可能性虽然不高，但多拖一日，就会更低一些吧？”

伍兰夫陷入了沉思，但没过多久，他就做出了决定。

“我明白了。你的意见是正确的，我立即做撤退的准备。但要如何和其他舰队联络？”

“我现在马上和比克古提督联络。我想由他向伊谢尔伦提出的话，会比我说有效果……”

“好，那我们就尽快着手。”

和伍兰夫的商谈刚结束，立刻传来急报。

“第七舰队的占领地发生民众暴动，规模相当大，起因是军队停止了粮食供应。”

听完报告，菲列特利加脸上浮现出沉重的表情。

“第七舰队如何处理的？”

“他们用了无力化瓦斯，但只是一时镇压住了，可能会马上再爆发。军方对抗手段的升级也只是时间问题了吧。”

事态变得严重了，杨不禁想。

自称护民军的同盟军却与民为敌。事情到了这个地步，要消除彼此间的不信任感，可以说没有任何方法。帝国分裂同盟军和民众的策略已经完美地成功了。

“实在做得太漂亮了，罗严克拉姆伯爵。”

自己肯定做不了这么彻底。即使明知这样做会胜利也做不到。这就是自己和罗严克拉姆伯爵之间的差别，也是自己对他感到害怕的原因。这个差别也许有一天将招致重大的后果……

同盟军第五舰队司令官比克古中将向伊谢尔伦总司令部传送超光速通信时，通信屏幕的画面上出现了作战参谋霍克准将那张欠缺血色的脸。

“我要求和总司令官面谈，没记得说过想见你。你只是个作战参谋，没叫你就别多嘴！”

老提督的声音十分激烈，不论魄力还是威严都是霍克准将所不及的。

年轻参谋虽在一瞬间为之胆怯，但随即高傲地答道：

“和总司令官阁下面谈的申请等事宜，都得经由我传达。您是出于什么理由要求面谈呢？”

“没有对你说的必要。”

比克古忘了自己的年龄，吵了起来。

“那么我不能替您传达了。”

“什么？”

“不管地位多高，都必须遵守规定。我可以切断通信了吗？”

这不是你这家伙随意定下的规则吗？比克古心想，但此刻他不得不让步。

“前线各舰队司令官希望撤退。关于此事，希望求得总司令官的谅解。”

“想撤退？”

正如老提督预想的，霍克准将的嘴唇扭曲了。

“杨提督就不提了，连有英勇威名的比克古提督都主张不战而退，实在令人意外。”

“别用那种卑劣的说法！”

比克古毫不留情地斥责他。

“如果当初你不提出这种鲁莽的远征计划就没事了。现在应该自己反思一下责任才对！”

“如果是下官，就不会撤退，这正是一举消灭帝国军的好机会，有什么好怕的？”

这句不经考虑便脱口而出的不逊之辞，使老提督双眼中迸射出超新星般的光芒。

“哦？那么我们换一换好了。我回到伊谢尔伦，你到前线来。”

霍克的嘴唇似乎已经不能再扭曲了。

“请不要说这种不可能的事。”

“是你在说不可能的事吧，只会在安全的地方待着不动！”

“……您在侮辱下官？”

“我只是听够了你的大话。你要表现自己的才能，应该用实绩而不是光靠说大话。你能否做到自己对别人所下的命令，来试试看如何？”

老提督好像听到了血液从霍克那张消瘦的脸上抽离的声音。接下来的情景完全超出了他的想象。年轻的参谋官两眼忽然失去焦点，狼狈和恐惧的表情在脸上蔓延开来。他鼻孔鼓起，嘴巴扭曲成四边形，抬起两手捂住脸，隔开了比克古的视线。一秒钟后，响起了不像喘息也不像惨叫的声音。

在比克古目瞪口呆的注视之下，霍克的身影消失在通信屏幕的画面中。取而代之的是来来往往的人影，却没有人说明此时发生了什么。

“他怎么了？”

“这个……”

站在比克古身旁的副官克列门提上尉也无法回答长官的疑问。大约有两分钟之久，老提督一直在屏幕前等候。

不久，一位身穿白色军医制服的壮年男子出现在画面上，他敬了礼。

“我是军医山村少校。现在霍克准将正在医务室接受治疗，关于此事，由我来说明。”

比克古心想，可真能摆架子啊。

“是什么病？”

“转换性歇斯底里引发的神经性失明。”

“歇斯底里？”

“是的，挫折感引起的异常亢奋使视神经一时麻痹了。十五分钟后视力就能恢复，但以后可能会发作无数次。起因是精神上的，如果不除去病根……”

“那该怎么做？”

“不能违背他，不能给他挫折感或失败感。谁都得遵从他，任何事都得照他的想法去做。”

“……你是认真的吗，军医？”

“这是过度娇纵、自我意识异常膨胀的幼儿有时会出现的症状。好坏并不是问题所在，重点是满足他的自我和欲望。因此要提督您向他赔罪，粉身碎骨地去实行他的作战计划，赢得胜利，使他成为人们称赞的对象……这样才能除去他的病根。”

“这可真要谢谢你的好意了。”

比克古倒没有发怒。

“为了治好他的歇斯底里，就要让三千万士兵身处死地吗？这话说得多好啊，他会被感动的泪海淹死。”

军医无力地笑着。

“单从治好霍克准将病症的角度来说，只能这么做。但如果把视野扩展到全军，自然有其他方法。”

“没错，叫他辞职不就得了。”

老提督的语气十分严肃。

“这样或许也是我军的幸事。如果帝国军知道三千万将士的军师是个和得不到巧克力就哭诉的幼儿精神状况一样的家伙，大概会跳起舞来。”

“总之，医学以外的事不在我的权限内。我帮您转接总参谋长……”

以选举胜利为目的的政客和患有幼儿型歇斯底里症的军校高才生的苟合，竟动员了三千万将士。知道此事还能继续认真战斗的人，如果不是受虐狂式的自我陶醉者，就是好战之徒。比克古苦涩地想。

“提督……”

远征军总参谋长格林希尔上将代替军医出现在通信屏幕上。他那端正的绅士般的容貌带着浓重的愁色。

“是总参谋长啊，在忙碌之际劳烦您，真是令我惶恐。”

即使露骨地讽刺对方，也不会令人厌恶，大概就是这位老提督的品德所在。

格林希尔也浮现出和军医相同的笑容。

“让您看到这种丑态才真是令人惶恐。霍克准将大概会立即休养，这件事得请总司令官裁定……”

“那么第十三舰队提出的撤退一事如何处置？我可是完全赞同的。前线士兵已经处于无法作战的状态，不管是心理上还是身体上……”

“请再等一会儿，这也要总司令官裁决才行。希望您能明白，此事不能立即答复。”

听到这种官僚式的回答，比克古中将露出嫌恶的表情。

“我知道这样是失礼的，总参谋长，我想直接与总司令官会面，能代为转达吗？”

“总司令官正在午睡。”

老提督皱了下白色的眉毛，快速地眨动着眼睛，缓缓地反问道：“您说什么，总参谋长？”

格林希尔上将的回答更加庄重了：“总司令官正在午睡。他下令除敌人来袭之外都不得叫醒他，因此您的提议将在总司令官起床后转达。请等到那时候。”

比克古没有回答什么，只是不易察觉地微微耸动双肩。

“……好的，我明白了。”

过了大约一分钟，老提督的口中发出压抑着情感的声音：

“在此之前，我将以前线指挥官的身份履行保护部下生命的义务。有劳您在总司令官醒来时替我转达，就说比克古很挂念他是不是做了个好梦。”

“提督……”

通信是由比克古这边切断的。

格林希尔一脸沉重的表情，注视着那变为灰白色平板的通信屏幕。

4

看了侦察部队送来的报告，莱因哈特点点头，传唤红发的齐格弗里德·吉尔菲艾斯中将，派予他重大的任务。

“敌人从伊谢尔伦向前线派遣了运输部队，那是敌方的生命线。你以全部兵力前去攻击，具体运作由你自行裁量。”

“遵命。”

“情报、组织、物资，只要有必要，你都可以调用。”

吉尔菲艾斯行了一礼转身要走，却被莱因哈特叫住。年轻的元帅对疑惑地转过头的好友说道：

“这是为了胜利，吉尔菲艾斯。”

他知道吉尔菲艾斯反对这种用被占领地民众的饥饿缚住敌人手脚的残酷作战方式。虽然他在言辞与表情上都没有表露出来，但莱因哈特却非常明白，齐格弗里德·吉尔菲艾斯就是这样一个人。

吉尔菲艾斯再次行礼。他离去后，莱因哈特告诉留在原地的诸将。

“在吉尔菲艾斯提督击溃叛军运输舰队的同时，我军转为全面攻击。此时放出假情报，就说运输部队受到攻击，但平安无事，防止叛军断绝最后的希望，有穷鼠啮猫之举，同时也让他们发觉不了我军的攻势——当然他们终究会发觉的，但越迟越好。”

他扫了一眼坐在身旁的人，以前一向是那个高大的红发年轻人，现在却是头发半白的奥贝斯坦。虽是自己的决定，却仍有些轻微的别扭之感。

“我军补给部队在夺回被占领地的同时，供给住民粮食。虽是为了对抗叛军的侵略，但让陛下的臣民忍受饥饿并非我军的本意。另外这也是对边境住民的昭示——只有帝国才有能力统治他们，并负起责任。”

莱因哈特此举真正的用意并非为了“帝国”，而是要让自己获得民心，但不必刻意在这种场合说出来。

格列多温·史考特提督率领的同盟军运输舰队由一百艘十万吨级输送舰、二十六艘护卫舰组成。关于护卫舰的数量，后方主任参谋卡介伦主张“数量不足，至少要有一百艘”，却被驳回了。

驳回的理由一是总司令部认为帝国军不会为了攻击运输舰队动员大军，二是派遣过多的舰艇也将使总司令部的警备变得薄弱。在那远离前线、易守难攻的要塞内，竟然说出这种借口！卡介伦不禁为之愤慨。

史考特提督要比卡介伦乐观得多。在出发前，卡介伦提醒他当心敌人，他却充耳不闻，也不到舰桥去，而是在自己房间内和部下玩立体西洋象棋。

当脸色大变的舰队参谋尼可斯基中校来叫他时，他正要将对方的军。被打扰后，他不悦地问道：

“前线有什么事吗？真是太吵了。”

“前线？”

尼可斯基中校目瞪口呆地望着司令官。

“这里就是前线了。您没看到那个吗，阁下？”

在他手指的前端，连接舰桥主屏幕的小显示板上映出急剧扩大的白色光云。

史考特提督瞬间哑然失声。再怎么说，他也不会认为那是友军。他们被敌方可怕的大部队包围了！

“怎么会有这种事……真不敢相信。”

史考特好不容易挤出了声音。

“不过是对付一支运输舰队，竟派出这样的大军……为什么？”

在尼可斯基开着氢气动力车从走廊前往舰桥的途中，提督一直在问这个愚蠢的问题。尼可斯基反问他“你还不了解自己任务的意义吗”。此时，走廊的扩音器传来通信员的叫声：

“大量敌方飞弹向本舰接近！”

这声音在一瞬间变成了惨叫声。

“无法抵挡！数量太多！”

在帝国军总旗舰伯伦希尔上，通信官从座席上站起来，兴奋得发红的脸转向莱因哈特。

“吉尔菲艾斯提督传来捷报。敌方运输舰队全部被歼灭，二十六艘护卫舰也完全被破坏。我方只有一艘战舰受中度损害，损失十四架王尔古雷……”

欢呼声席卷了整个舰桥。虽说只是战略需要，但从伊谢尔伦沦陷以来，对屡次不战而退的帝国军而言，这可是许久没有过的胜利快感。

“米达麦亚、罗严塔尔、毕典菲尔特、坎普、梅克林格、瓦列、鲁兹等照事先计划，以全部战力对叛军发动总攻。”

莱因哈特向待命的诸将发令。

一声响亮的“遵命”之后，欲奔赴前线的提督们被莱因哈特叫住了。他命令侍从端来美酒，预祝战争胜利。

“我军已经胜券在握，现在必须让它成为完全的胜利。一切条件都已完备，别让那些不知天高地厚的叛军生还。愿大神奥丁的恩宠加诸众位之身。干杯！”

“干杯！”

众提督应和后，喝干了杯中的美酒，依照习俗将玻璃杯掷到地上。无数闪亮的碎片在地板上华丽地飞舞。

诸将离开后，莱因哈特静静看着屏幕。他在其中看到了比散落在地板上的光芒更冰冷、更无机质的光群。但他喜欢那些光芒。自己就是为了将那些光芒尽收手中，才身在此处……

5

标准历十月十日十六时。

伍兰夫提督利用重力倾斜法将舰队部署于行星流肯的卫星轨道上，并在此时察知了敌态。在周围部署的两万颗侦察卫星中，位于两点钟方向的一百颗卫星在映出无数光点后，中断了传送图像。

“来了！”

伍兰夫自言自语。紧张的电流奔向末梢神经。

“操作员，在和敌人遭遇前还有多少时间？”

“大概六七分钟。”

“好，全体舰队准备全力一战。通信官，与总司令部及第十三舰队联络，说我方遭遇敌袭。”

警报鸣叫着，旗舰舰桥内交杂着命令与回答。

伍兰夫对部下说道：“不久后，第十三舰队会前来救援，是那位‘奇迹的杨’。如此一来就可以夹击敌人。我军必胜无疑！”

有时指挥官得让部下相信一些连自己也不相信的事情。伍兰夫心想，杨大概也将同时遭到敌人大军的攻击，根本没有力量前来救援第十舰队。

帝国军的巨大攻势开始了。

菲列特利加·格林希尔中尉那张白净的脸上露出紧张的神色，她抬头望着司令官。

“阁下，伍兰夫提督传来超光速通信。”

“是敌袭吗？”

“是的，十六时七分和敌人进入战斗状态。”

“终于开始了……”

这句话的尾声和警报的鸣叫声重叠在一起。五分钟后，第十三舰队和坎普提督率领的帝国军进入交战状态。

“十一点方向，敌方飞弹群接近！”

操作员叫道。旗舰休伯利安舰长马利诺上校立即做出反应。

“向九点钟方向射出诱饵！”

杨沉默着，埋头于自己的职责——指挥舰队作战。有关舰艇的防御和应战是舰长的职务，如果司令官连这方面也要插手，未免太费精神了。

激光氢爆飞弹如凶猛的猎犬般袭来。这是一种不经核分裂，用激光的超高热量引发核聚变的武器。

反击用的诱饵火箭发射了。这种火箭会发出大量的热能和电波，欺骗飞弹上的探索系统。飞弹群急转弯，回头追向诱饵。

能量与能量、物质与物质互相冲突，在暗黑的虚空中散布着不吉的光芒。

“斯巴达尼恩准备出击！”

命令传达下来，数千位斯巴达尼恩飞行员身心涌动着快意的紧张。他们是军神赐予的孩子，对自己的技术和反应神经有强烈的自信，死亡的恐怖对他们而言只是侮辱的对象。

“好，出发吧！”

有“击坠王”之称的沃连·休兹上尉在旗舰休伯利安上开朗地叫喊。

休伯利安有四位击坠王。除了休兹，还有沙列·亚吉斯·谢克利上尉、奥利比·波布兰中尉、伊旺·高尼夫中尉，他们为了夸示击坠王的称号，各自在爱机上用特殊涂料画了黑桃、红砖、红心、梅花的A字记号。把战争看成一种体育运动，如此坚韧的神经或许就是他们能生存下来的原因之一。

“我会击坠五架敌机归来的，给我准备冰凉的香槟吧！”

跳上爱机的波布兰对整备兵说道，但得到的回答却是冷淡的：“怎么还会有香槟呢？我帮你准备些开水吧。”

“真是不解风情的家伙！”

波布兰嘟哝着，和另外三人一起驶入宇宙空间。斯巴达尼恩的机翼反射着爆炸光，发出七彩的光芒。充满敌意的飞弹杀到，光束炮也袭击过来。

“怎么会被你击中！”

四人异口同声地发出豪言壮语。那是无数次越过鬼门关生存下来的自豪使然。

他们急转弯躲过飞弹，仿佛在夸示那出神入化的技术。想追击的飞弹由于重力的骤变，从细小的弹体中央折成两段。他们嘲笑般挥动着机翼。这时，帝国军的王尔古雷冲到他们面前，挑起格斗战。

休兹、谢克利、高尼夫欣然应战，将一架架敌机化为火球。

只有波布兰一个人因为疑惑和愤怒而满脸通红。一秒可向敌人发射一百四十发的铀二三八弹——富有金属穿透力，一旦命中就会产生超高热爆炸的飞弹，弹列白白被吸入了虚空。除了他以外，其他三人早已击落了七架敌机。

“这是怎么回事？”

帝国军指挥官坎普中将不禁咋舌。

坎普也是一位击坠王。他曾是个开着银翼王尔古雷把数十架敌机送入死神怀抱的勇士。他身材高大，但肩宽背阔，那高度并不让人觉得突兀。茶色的头发修剪得很短。

“那点敌人有什么好费事的？从后方采取半包围态势，把它们赶进舰炮的射程！”

这个指示是正确的。三架王尔古雷在休兹上尉的斯巴达尼恩后方连成半包围网，巧妙地将其赶入战舰的主炮射程。休兹发觉了危险，以一个急转弯将铀二三八弹射入其中一架敌机的操纵席，想趁它脱队的间隙逃逸，但敌舰的副炮却不在他的计算之内。光束闪动间,休兹和他的爱机在一击之下从世间消失了。

谢克利也死在同样的战术下。剩下的两人拼命地摆脱追击，逃进舰炮射程的死角。

打落四架敌机的高尼夫倒还好，只是逃命、连一架敌机也没有击坠的波布兰，自尊心受到了无可挽回的伤害。

当他得知一弹未中的理由时，伤心化为愤怒爆发了。回到母舰后，波布兰从操纵席上跳下，抓住奔来的整备兵的衣领。

“把那个害死自己人的整备主任叫出来！我要杀了他！”

技术上尉托达一来，波布兰就开骂了：

“机枪的准星差了九到十二度！到底有没有好好整备？你这个饭桶！”

托达扬起眉。

“当然整备了。人很容易就能生下来，战斗艇可是很花钱的，我当然很用心地整备了。”

“你这家伙到现在还说这种风凉话！”

战斗头盔被丢向地板，又高高弹起。波布兰那绿色的眼睛里燃起愤怒的火焰。托达的双眼则变得细长而尖锐。

“想打架吗？你这蜻蜓混蛋。”

“啊，是想打架。我在战斗中不知杀了多少比你优秀的帝国人。对付你只要一只手就够了，算是对你的优待！”

“少瞎扯！硬把自己的疏忽推在别人身上。”

虽有人大声制止，但两人早已互殴起来。托达两三次挥拳都被波布兰躲过，不久后被逼成守势，脚步开始不稳。波布兰正想让他饱尝几拳，却被人抓住了手。

“混蛋，适可而止吧。”

先寇布准将苦涩地说。

打架是收场了。没有人敢不给这位攻下伊谢尔伦的勇士一点面子。虽然先寇布觉得，自己只能在这种事上派上用场，实在是违背本意……

攻击伍兰夫第十舰队的帝国指挥官是毕典菲尔特中将。橙色长发、浅褐色眼瞳，精致的脸和雄伟的体格说不上相称。他眉头紧皱、目光炽烈，看得出生性好战。

另外，他麾下的舰艇都涂成了黑色，被称为“黑色枪骑兵”，是支剽悍的部队。伍兰夫给了这支部队不小的损害，但也受到了同样程度的伤害——不是比例上，而是绝对数目上。

毕典菲尔特军比伍兰夫军的数量多，而且也没有让兵士们挨饿。指挥官和部下都活力十足，虽然付出了相当大的牺牲，但终于成功地将同盟军完全包围了。

第十舰队进退不得，无法回避毕典菲尔特军集中的炮火。

“只要打，就能命中！”

帝国军的炮手们让密集的同盟军舰艇沐浴在能量光束和飞弹的暴雨中。

能量中和磁场被打破，舰艇的外壳受到无法抵挡的冲击。冲击进入舰内，引起爆炸，杀人的热风劈倒了将士们。

舰队遭受破坏，失去推动力，受到行星的重力吸引而坠落。有一半的行星居民看到了夜空中无数的流星，孩子们一时忘却了饥饿，注视着这种不祥之美。

6

第十舰队的战斗力已到极限。舰艇失去了四成，残存舰艇也有半数处于无法战斗的惨状。舰队参谋长钱少将苍白的脸转向司令官。

“阁下，如今再继续战斗已不可能了，只能选择投降或逃亡。”

“要在两种不光彩的举措中二选一吗？”伍兰夫中将自嘲道，“投降不合我的个性，逃走好了，向全体舰队传达命令！”

即使逃亡也要杀出一条血路才行。伍兰夫将残存的兵力重新编整为纺锤阵形，一举攻破包围网的一角。他深知集中兵力进攻的战术。

他以这种巧妙果敢的战法成功地让半数部下死里逃生，自己最终却战死了。

他的旗舰直到最后都在包围下与敌人战斗，在想逃离的瞬间，飞弹发射孔被敌人的光束炮击中，旗舰爆炸了。

战线所到之处，同盟军都尝到了失败的苦果。

第十二舰队司令官波罗汀中将受到鲁兹舰队的突袭，一直战斗到旗舰旁只剩八艘炮舰的惨状。在战斗和逃亡都不可能的情况下,他向自己的头开了一枪。接替指挥权的柯那利少将投降。

第五舰队由罗严塔尔主攻，第九舰队由米达麦亚主攻，第七舰队由早已把运输舰队全部歼灭的吉尔菲艾斯主攻，第三舰队由瓦列主攻，第八舰队由梅克林格主攻。各舰队不断后退。

唯一例外的是杨的第十三舰队。他采取了巧妙的半月阵形，躲过了坎普舰队的攻势，并灵活地从左右两翼交互攻击，造成敌人的伤亡。

坎普惊讶于这种意外的损害，决定与其因为出血过多衰竭至死，倒不如做彻底的手术。他令部队后退，重新布阵。

杨看到敌方后退，并不想趁机展开攻势。他认为这场战斗求胜不如求生有意义。即使在此处打赢坎普，最后仍会遭到占尽优势的敌人围攻。趁敌人后退之际，应当尽量远离而去。

“全舰队逃跑！”

杨严肃地下了命令。

第十三舰队出逃了，逃得井然有序。

占尽优势的敌人不但不追击己方，反而开始急速后退，坎普不禁为之一惊。他本来预料到将受到追击，遭受相当大的损害，没想到却事出意外。

“敌人为何不乘胜追击？”

坎普如此自问，并征询参谋的意见。

部下的反应分为两种：一种认为是因同盟军其他部队身处困境赶去救援，一种认为是故意露出破绽引诱我军贸然发动攻势，再彻底打击。

迪奥多·冯·流肯少尉这位刚从军官学校毕业的年轻军官，惶恐地开了口。

“我……不，下官认为敌方并无战意，纯粹只是要逃走。”

这个发言完全被忽视，流肯少尉独自红着脸退下了。他所说的和事实最接近，但包括他本人在内，谁也没有察觉。

富有战术常识的坎普在熟思之后，得出“敌人的退却是陷阱”的结论，放弃了反攻，着手重整舰队。

此时杨威利和他的舰队继续逃遁，到达被帝国军命名为“C战区”的宙域，并在此处被帝国军捕捉到踪影，展开了新的战斗。

另一方面，由亚尔·沙列姆提督指挥的同盟军第九舰队，受到帝国军米达麦亚的猛攻，不断败退。沙列姆提督在拼命避免指挥体系的崩溃。

此时米达麦亚的追击过于迅速，追来的帝国军前锋和被追赶的同盟军后尾混为一团，产生了两军舰艇舷侧并列前进的态势。从视窗看到敌舰标识近在眼前，士兵们大吃一惊。

另外，由于在狭小宙域中产生了高密度物质反应，虽然各舰开启了冲突回避系统的全部功能，但仍有各个方向都被敌我双方遮断、不断打转的战舰，这样无法交战。在高密度状态中，如果放出庞大的能量，将产生无法控制的能量旋涡，让双方同归于尽。

冲突回避系统找不出安全的前进方向，陷入了二律背反的困境。为防止系统产生“发狂”现象，有的舰艇将操作模式切换成手动控制，所以仍然会引起一些接触和冲突。

宇航员们汗流浃背，这和战斗服的温度调节机能无关。他们紧握着操纵盘，眼前便是为回避冲突这个共同目的而努力的敌方。

米达麦亚命令部下减速，和同盟军拉开距离，好不容易才收拾了这场混乱。这对同盟军而言，只是意味着敌人的追击再次组织化而已。他们在安全距离内遭受帝国军的炮火侵袭，舰艇和人命一一折损。

旗舰巴拉米迪斯舰体有七处受损，司令官亚尔·沙列姆中将折断了肋骨，身负重伤。副司令官摩顿少将接替指挥权，勉强统率残兵走上了漫长的败退之路。

当然，遭到惨败之痛的并不是只有他们。

同盟军各舰队无一不笼罩在同样的悲哀中，连杨威利的第十三舰队也不例外。

此时，杨的第十三舰队从最早的战场后退了六光时（约六十五亿公里），不得不独自对抗四倍于己的敌军。而C战区的帝国军指挥官吉尔菲艾斯已经击败第七舰队，持续将兵力与物资投入最前线，要以毫无间断的战斗消耗同盟军的战斗力。

这个战法并非什么奇谋，而是正统的战术，此刻运用起来坚实无比。

“根本无机可乘，连逃走的间隙都没有。”杨叹息道，“罗严克拉姆伯爵有个优秀的部下。这毫不使诈的优秀用兵手段……”

也不能光是佩服。以正攻法作战的话，数量上居于劣势的同盟军明显将走上败北之途。

杨考虑之后，决定了要采取的战法：把原来的宙域让给敌人，整齐后退，将敌人诱入U字阵形之内，趁其队形和补给延伸到最大限度时，集中全力从三个方向加以反击。

“只有这个方法了。这也要敌人会上钩才行，但是……”

如果有积蓄兵力的时间和完全独立的指挥权，杨的战法也许能获得一定的成功，阻止帝国军的前进。但这两者都不具备。杨一边忍受着气势汹汹逼近的帝国军的猛攻，一边费尽辛苦地渐渐将舰队重编成U字形。这时，他接到了伊谢尔伦发来的命令。

“以本月十四日为期限，在亚姆立札恒星系A宇宙点集结，立刻终止战斗，撤退。”

听到这个命令，菲列特利加看到杨脸上掠过痛苦失望的阴影。这阴影在一瞬间消失了，取而代之的是一声叹息。

“说得可真简单啊！”

也只能这样说了，菲列特利加了解在这种状态下从敌阵前撤退的困难。更何况对手并非无能之辈。如果能像面对坎普时一样想退就退，杨早就撤退了。就是因为不行，才一直战斗下去。

杨遵从了命令。但舰队却在此次困难的撤退战中产生了数倍于前的牺牲。

在帝国军总旗舰伯伦希尔的舰桥中，莱因哈特听取了奥贝斯坦的报告。

“敌方虽败逃，却保持着秩序，好像逃往了亚姆立札星系。”

“很接近伊谢尔伦回廊的入口嘛。但我想对方并非只是想逃，你认为如何？”

“大概是打算集结后再发动攻势。虽然已经太迟了，但他们似乎也发觉了分散兵力的愚昧之处。”

“的确是太迟了。”

莱因哈特用纤美的手指拨开垂到眉梢的金发，发出冷冷的笑。

“要如何处理呢，阁下？”

“我军也在亚姆立札集合。既然敌人想以亚姆立札为墓场，我们不该达成他们的愿望吗？”

Chapter 9
亚姆立札

1

恒星亚姆立札不断发出无声的咆哮。在核聚变的超高热度中，无数原子互相冲撞、分裂、再生，永无止境地重复着，膨胀的能量向虚空中散发出去。各种不同的元素让火焰发出不同的色彩，以一万公里为单位跳跃着，或红或黄或紫，把视野染成千变万化的色彩空间。

“真是令人讨厌！”

在通信显示屏上，比克古中蹙起白色的双眉。杨同意地点点头。

“颜色确实不吉利呀。”

“不只是颜色，这个行星的名字也不吉利。我真的很不喜欢。”

“您是说‘亚姆立札’吗？”

“第一个字是‘A’，和亚斯提一样，对我军而言，只会让人联想到鬼门关。”

“我倒没有这种感觉。”

对老提督的担忧，杨并不感到可笑。乘着太空船在宇宙深渊中度过半个世纪的太空人，自然有特殊的感觉与经验法则。与总司令部指定亚姆立札为决战场的判断相比，杨反而觉得这位有点迷信的老提督的话更有道理。

杨的心情一直未曾好转。他虽善战，却失去一成的舰队，反击策略也遭到封杀，无功折返，只觉得一切白费力气。在伊谢尔伦补给物资、将受伤者送到后方、部队重新编列之时，他虽抽空小睡了一会儿，精神却无法再次振作起来。

这样下去可不是办法，他想。失去指挥官及大半兵力的第十舰队现在也置于杨麾下。总司令部非常赞许他处理战后残局的才能，但责任加重却让人吃不消。

责任感也好，才能也好，都是有限度的。不论别人的期望多高或如何强迫，不可能的事情永远也不可能。他并不是想推诿塞责，但为何非得这么辛苦呢？

“不管怎么说，总司令部那些家伙要是能到前线来看看就好了。这样他们或许能稍稍理解官兵们有多辛苦。”

这是比克古切断通信前所说的话。他本来在讲部队部署的调整方法，讲到一半话题忽然一转，变成批评总司令部了。

杨并不觉得他偏题了，他也对总司令部感到不满。

“请用餐，阁下。”

通信显示屏上的影像消失后，杨转过头来，看到菲列特利加·格林希尔中尉端着餐盘站在一旁。餐盘上有包着香肠和蔬菜的小麦蛋白烤肉、蚕豆做的汤、强化钙质的黑麦面包、拌着酸奶的水果沙拉、搀有蜂皇浆的碱性饮料……

“谢谢，不过我一点胃口也没有，不如给我杯白兰地吧。”

副官用眼神拒绝了他的要求。杨不服气地看着她。

“为什么不行？”

“喝太多酒，尤里安会说哦。”

“真是的，你们一个鼻孔出气啦？”

“我们是为您的身体着想。”

“可是你们没有担心的理由呀，我的酒量虽说变大了些，也只是和一般人差不多，离损害健康还有足足一千光年那么远。”

菲列特利加正要搭腔，忽然响起刺耳的警报。

“敌人接近！敌人接近！敌人接近！”

杨向副官轻轻地摆摆手。

“中尉，你听到了吧。如果还能活着，以后我会多注意营养。”

同盟军的兵力已经减少了一半，勇将伍兰夫提督阵亡对同盟军更是沉重的打击，士气也无法提高。满怀自信乘胜追击的帝国军正以正攻法追来，同盟军如何能抵挡得住？

罗严塔尔、米达麦亚、坎普、毕典菲尔特等帝国军的勇将舰首并列，以密集队形挺进。这种战术看上去是无视细节的强攻猛打，但其实是吉尔菲艾斯率领别动队意图包抄同盟军的后背。为了掩饰夹击的意图，他们必须猛攻，让同盟军无从分心。

“好！全体舰队，以最大战速发动攻击！”

杨发布命令。

第十三舰队开始行动！

两军陷入激烈冲突。不计其数的光束和飞弹交错飞射，爆炸的光芒划破黑暗，炸裂的舰体随着能量风暴在空中跳着奇怪的舞蹈飞翔。第十三舰队旁若无人地穿过这个旋涡，迎击前方的敌人。

杨的指令无论是减速还是加速，一切都在费雪的精心计算与指挥下进行。第十三舰队从亚姆立札恒星的巨大火焰的阴影中猛然跳脱出来，由于离心力的作用，看起来仿佛脱离太阳而去的日冕一般。

承受这出人意料的快攻的是帝国军的指挥官米达麦亚。勇敢的他并不否认这快攻令他们大感意外，可以说是被取得了先机。

第十三舰队的首次攻击对米达麦亚舰队而言，是一次真正的“痛击”。

火力实在太密集了。当一艘战舰，而且是舰体的一个地方被六枚激光氢弹击中时，还能有什么防御手段呢？

米达麦亚的旗舰四周被火球团团围住，左舷也被破坏了，不得已只好后退。他一边后退，一边灵活地变化阵形，将损害控制在最低限度，并且伺机反攻，表现出一位非凡军事家的才能。

杨只要给对方造成一定的破坏就满足了，必须避免深入追击敌人。他不禁想，罗严克拉姆麾下竟如此人才济济，如果我方的伍兰夫或波罗汀还在的话，或许还能与帝国军抗衡，然而……

这时，毕典菲尔特的舰队忽然高速挺进，冲向第八和第十三舰队之间的宙域——简称为D4的宙域。他既非大胆，亦非有勇无谋。

“阁下，新的敌人在两点钟方向出现！”

杨的回答似乎不太用心。

“嘿，这可是非同小可啊。”

他马上恢复理智,下达命令。这是杨和莱因哈特共同的优点。

装甲坚厚的巨舰纵向排开，形成一面墙壁抵挡敌人的火力。在舰与舰之间的空隙中，装甲较差但十分灵活，火力也凶猛的炮舰和飞弹舰无情地发动攻势。

毕典菲尔特的舰队间开始出现空隙，但是速度仍然没有放慢，而且反击很激烈，使巨舰形成的壁面损坏了一部分，连杨也不禁为之胆寒。

第十三舰队并无重大损伤，第八舰队却严重受损。它无法应付毕典菲尔特的速度与攻势，侧面的舰列被击溃，无论在物理上还是能量上都渐渐失去抵抗力。

战舰尤里西斯被帝国军的大炮击中，损伤“轻微但严重”。受损的是利用微生物运行的排水处理系统，舰上的战斗人员只得双脚浸在逆流而来的污水中作战。倘若他们得以生还，这件事必定会传为笑柄;倘若战败而死，不但死状悲惨，还十分丢人。

杨眼睁睁地看着友军消逝在宇宙的深渊中，第八舰队仿佛一群待宰的羔羊，而毕典菲尔特的舰队无疑是一群狼。同盟军的舰艇四处逃窜，被敌人的猛烈攻势消灭。

要不要去救第八舰队?

杨犹豫不决。如果出兵救援，从敌人的攻势来看势必形成混战，显然无法进行系统的指挥，无疑是自杀行为。他只能下令发动密集的炮火攻击。

“前进！前进！胜利女神正对着你们掀起内裤！”

毕典菲尔特的号令并不怎么高雅，但对部下的士气却有振奋作用。“黑色枪骑兵”已完全控制 D4 宙域，同盟军被分割开来。

“终于胜利了！”

莱因哈特望着奥贝斯坦，声音微微发颤。

“好像输了啊。”

几乎与此同时，杨这样想，却不能说出口。

自古以来，指挥官的一言一行似乎都具有魔力，可以把心里的念头变为现实。指挥官如果说输，就一定会输，尽管反过来则很少成立。

毕典菲尔特说“终于胜利了”也有异曲同工之妙。同盟军第八舰队已告瓦解，被夹击的疑虑也烟消云散。

“太好了！还差最后一步！现在发动致命一击！”

意气风发的毕典菲尔特想借着格斗战，给依旧保存着较强战斗力的同盟军第十三舰队致命的打击。

“所有拥有母舰机能的舰艇发射王尔古雷战机！其他各舰将长程炮换成短程炮，接近敌人发动攻势！”

然而，杨早已知道他的企图。

杨在顷刻之间悟出，帝国军的火力一时衰弱是转变攻击方法的缘故。换作其他的指挥官，也许要花很长时间才能想通毕典菲尔特的意图。毕典菲尔特太急躁了，而杨就最大限度地去促成他的失败。

“敌人接近，所有炮门准备连续射击！”

数分钟后，D4 宙域的帝国军局面急转直下，已面临败北的命运。

看到这番转变，莱因哈特不禁大声喊道：

“毕典菲尔特失败了！王尔古雷太早发射，刚好成为敌人炮击的靶心！”

奥贝斯坦也失去了冷静，那原本就青白的脸色仿佛被彗星尾巴的余光扫过。

“您本想让他来取得决定性的胜利，可是……”

回答的声音也显得有气无力。

同盟军将毕典菲尔特大军引入零距离的射程范围，无情地进行破坏和杀戮。磁力炮发射的超硬度钢炮弹射穿了战舰的装甲，核聚变榴霰弹和光子弹的爆炸将战斗人员和王尔古雷变成微粒子云雾。

有色和无色的闪光交互映现，一时间鬼门关大开，兵士们一批批地跨了进去。

毕典菲尔特引以为豪的“黑色枪骑兵”的黑色，也变成了尸衣的颜色。

通信官转向莱因哈特，叫道：

“阁下！毕典菲尔特提督发出紧急求救信号，要求援军！”

“援军？”

金发的年轻元帅的语气极为尖锐，通信官连忙退缩到一旁。

“是，阁下，他们要求援军。提督说依目前的战况发展下去，我军会战败。”

莱因哈特的军靴重重地踏下，发出巨响。如果椅子是可移动式的，大概会被他踢倒吧。

“他以为我有能变出舰队来的神灯吗?！”

莱因哈特大发雷霆，但转瞬间又克制了怒火。身为最高司令官，必须时时保持冷静。

“传令毕典菲尔特！总司令部没有多余兵力，若从其他战线抽调兵力，会打破整个战线的平衡，让他保持现有兵力，死守到底，善尽一个军人该尽的责任！”

莱因哈特顿了一顿，再次下令：

“从现在开始，切断毕典菲尔特的通信，以免敌人从旁探知我军的窘境！”

莱因哈特冰蓝色的眼瞳转向屏幕，奥贝斯坦紧紧盯着他。

头发半白的参谋长认为莱因哈特的处置虽然冷酷，但很正确。只是不知他能否对每个人都平等地下这样的命令。一位霸者是不能有禁区存在的……

“敌我双方都打得不错嘛。”莱因哈特看着屏幕喃喃。

虽然总司令部远在后方，对全体的指挥欠缺协调，同盟军却骁勇善战。第十三舰队的行动更是利落无比，舰队司令官便是杨威利。所谓强将手下无弱兵就是这个道理。在自己今后的征途上，这个人大概会站在那里阻拦吧。

莱因哈特不经意地看看奥贝斯坦。

“吉尔菲艾斯还没来吗？”

“还没有。”参谋长简单地回答。不知是有意还是无意，他略带讽刺地问道：“很担心吗，阁下？”

“不是担心，只是想确认一下。”

莱因哈特被说中心事般回应着，随后沉默地瞪着屏幕。

此时，吉尔菲艾斯率领着全军三成兵力绕过亚姆立札的太阳，从同盟军背后包抄过去。

“比预定时间慢了一些，加速前进！”

为了躲避同盟军的监视，吉尔菲艾斯靠近太阳的表面航行。但强烈的磁力和重力却高过他们的估计，导航系统受到影响，驾驶员不得不用原始的笔算计算航路。因此他们的速度落后了，不过最后还是赶到了目的地的宙城。

同盟军的背后，是一大片广阔的宇宙雷区。

即使帝国军从背后包抄过来，四千万枚核聚变雷也会阻挡他们前进的道路。杨虽然无法完全放心，但他认为敌人即使拥有突破雷区的手段，也不可能在短时间内办到，在他们到达战场之前，己方应该能做好迎战的准备。

但帝国军的战法却超出了杨的意料。

“发射指向性杰服粒子！”

吉尔菲艾斯下达了命令。

帝国军早于同盟军成功地开发出具有指向性的杰服粒子，这是第一次运用于实战。

三台圆筒状的发射装置由工作舰引向雷区。

“不快一点，该死的敌人搞不好就溜掉了。”

参谋金兹上校大声说道。吉尔菲艾斯轻轻地苦笑。

浓密的粒子群如星际物质的云柱般划破水雷区，水雷上安装的热量和质量感应系统一点反应也没有。

“杰服粒子到达雷区对面。”

前锋舰传来报告。

“好，点火！”

吉尔菲艾斯叫道。前锋的三门光束炮慎重地设定了三个不同的方向，射出光束。

刹那间，三条巨大的火柱划开雷区。白热的光消失后，雷区被挖开三个大洞，那里的水雷被排除了。

在短短的时间内，雷区的正中央形成了三条直径两百公里、长三十万公里、呈隧道状的安全通道。

“全体舰队突击！以最大战速前进！”

帝国军在红发的年轻提督的号令下万军齐出。浩浩荡荡的三万艘舰艇像流星群一般通过三条隧道，从毫无防备的同盟军背后发动偷袭。

“背后有敌方大军！”

通信兵无法确定发光群的数目，发出绝望的尖声呐喊。此时吉尔菲艾斯的前锋部队已经发动炮击，在同盟军的舰列中制造出一处处空洞。

同盟军的指挥官莫不惊慌失措，这种情绪扩大数倍之后，传染给了士兵。一瞬间，同盟军的战线崩溃了。

舰列崩溃，乱成一团的同盟军陷入帝国军的炮火，遭到无情的攻击！

胜败见分晓了。

杨默默地看着同盟军全军崩溃的情景，他现在才明白，人类是不可能预测所有状况的。

“怎么办，司令官？”

派特里契夫用力地咽下口水，然后问道。

“噢，要逃还早得很呢。”

杨的回答让人觉得似乎事不关己。

此时，帝国军总旗舰伯伦希尔的舰桥内，胜利的欢呼声汹涌而来。

“十万艘战舰的追击战，我还是第一次看到。”

莱因哈特的声音铿锵有力，洋溢着年轻人的活力。头发半白的参谋长毫无诗意地应道：

“要命令旗舰前进吗，阁下？”

“不，不用了。到了现在我再出面，人家岂不是要说我夺取部属的功劳？”

这当然只是莱因哈特开的玩笑，但也显示出此时他的态度从容不迫。

会战已渐渐步入落幕阶段，但是杀戮和破坏仍在激烈地进行。疯狂的攻击和绝望的反击重复上演，在局部地区，帝国军甚至也陷入了劣势。

到了这个地步，战术上的胜利已不再具有任何意义。目前处于胜利一方的人希望能彻底赢得胜利，濒临失败的人为了弥补战败带来的名誉上的损失，在撤退时都希望能多带回一名士兵。

但是在这场疯狂的战斗中，杨威利组织的有序抵抗使获胜的帝国军也死伤惨重。他为了让友军逃到安全地带，自己仍留在战场上。

他使用在局部地区集中火力的战法，分割开帝国军的兵力，扰乱其指挥系统，然后各个击破。

杨无意把自我毁灭或牺牲看作一种悲壮之美，并陶醉其中。他一面掩护逃亡的友军，一面还得确保自己部队的退路，等待撤退机会。

奥贝斯坦参谋长来来回回地看着主屏幕和战术电脑显示屏，对莱因哈特发出警告：

“现在应当派吉尔菲艾斯提督或其他提督前去救援毕典菲尔特提督了。敌方指挥官一定会寻找包围圈中最弱的一环，一举突围。现在我军已有余力，和刚才情况不同，应当派兵救援。”

莱因哈特搔搔金色的头发，视线快速地移动着，忽而望向主屏幕，忽而望向显示屏，忽而又落到参谋长身上。

“就这么办吧。只因毕典菲尔特一个人的失败，就带来无穷后患。”

莱因哈特的命令随着超光速通信在虚空中飞过。接获命令的吉尔菲艾斯命令麾下的战舰排开，在毕典菲尔特舰队的后方又形成一道防线。

一直在等待撤退机会的杨察觉到帝国军这一举动，刹那间感到杀机重重！退路被截断了！太迟了吗？我应该早一点逃走的……

不过，此时幸运是站在杨这一边的。

看见急速行动的吉尔菲艾斯舰队，在其进行方向上的同盟军陷入恐慌，他们不顾航路在质量巨大的舰队附近，仍然进行了亚空间跳跃。

这并不是什么怪事。知道逃走无望，太空船上的人宁愿选择未知的恐怖，也不愿走向确定的死亡。虽然无法计算前进的路线，他们仍然逃进了亚空间。万一无法逃走，还有投降这条路，代表投降的信号也已设好，但那些愤怒的人根本不把它当一回事。迎接逃往亚空间的人们的，将是怎样的命运呢？那就像死后的世界一般，谁也无法预知。

尽管如此，他们仍然自己选择了命运，但这对那些并非心甘情愿的人来说却是飞来横祸。帝国军各舰的通信兵发现前方的敌人消失了，接着发生剧烈的时空力场扭曲，他们撕心裂肺地大叫，告知大家存在危险。叫声还未消失，命令舰队回避的怒吼就已响起。舰队的前半部分被卷入无序的乱流，数艘舰艇在一阵混乱中互相碰撞，接连受损。因此吉尔菲艾斯必须重新编列舰队，从而给了杨一段相当宝贵的时间。

毕典菲尔特为了挽回名声，率领所剩无几的部下勇敢地与敌军缠斗。但他也只能与眼前的敌人一次又一次地对打，无法顾及整个战局。

如果他能注意到吉尔菲艾斯的动向，那么即使莱因哈特切断了和他的联系，他仍然可能发觉杨的意图，斩断杨的退路。然而一旦与友军失去有机的联系，就只能孤军作战了。

杨集中所有残余兵力，一举攻向毕典菲尔特的舰队。

毕典菲尔特一心弥补先前的失败，战意高昂，战力颇强，但起决定作用的兵力此时显出了不足，处理战况的时间也不够充裕。

不消片刻，毕典菲尔特的舰队便被消灭得只剩旗舰和几艘战舰，要不是欧根上校等参谋拼命拦住还在大叫着反击的指挥官，他们真的要全军覆没了。

确保退路之后，杨率领的同盟军第十三舰队陆陆续续逃离战场。井然有序的光点群流向远方，在近处的毕典菲尔特一脸木然，在远处的莱因哈特怒不可遏，失望和愤怒使他全身颤抖。他们就这样眼睁睁地看着同盟军安然离去。

在两者之间，有米达麦亚、罗严塔尔和不得不放弃截断敌人后路的吉尔菲艾斯。三位年轻有为的提督打开通信线路交谈。

“如何？叛军中竟然也有了不起的家伙。”

米达麦亚直率地称赞。罗严塔尔颇有同感。

“是啊，下次再碰上一定很有趣。”

罗严塔尔有一头深褐色的头发，是个罕见的美男子，初次见到他的人一定会被那双颜色不同的眼眸震慑。

右眼黑色，左眼蓝色，是一般人称作“金银妖瞳”的异相。

谁都没有下令追击。他们知道机会已经不在了，追击也无济于事。如果只知道战斗，自己和部下都无法存活下来。

“叛军从帝国领域逃向伊谢尔伦的方向，到目前为止，我们可以说已赢得胜利，何况现在我军已无心战斗，战力也不足了。”

罗严塔尔说道。这次换米达麦亚点头表示同意。

吉尔菲艾斯目送着渐渐远离的光点，心想莱因哈特此刻不知作何感想。亚斯提星域会战时，在最后阶段无法克尽全功，使他要大获全胜的豪情大受打击。这次他还能像上次那样，在事后淡然处之吗？

“总司令部来电：扫荡残余敌军后返回！”

通信官报告。

2

“众位干得很好。”

战舰伯伦希尔的舰桥内，莱因哈特嘉勉返回的提督们。

他依次和罗严塔尔、米达麦亚、坎普、梅克林格、瓦列、鲁兹等人握手，称赞他们的战功，并许诺予以晋升。对吉尔菲艾斯，他只是轻轻拍拍对方的左肩，什么话也没说，两人彼此心照不宣。

奥贝斯坦前来通报毕典菲尔特的舰队归来时，年轻的帝国元帅秀丽的脸庞上顿时涌现出厌恶。

弗利兹·由谢夫·毕典菲尔特的舰队——如果还能称为舰队的话——悄然归来了。在此次会战中，同阵营的罗严塔尔和米达麦亚也自始至终处于激战中，却没有人像他一样失去如此多的部下与舰艇，因此他对于如此之大的损失是责无旁贷的。

战胜的喜悦被尴尬的沉默取代。毕典菲尔特脸色惨白，心知肚明地走到上司面前，深深地垂下头。

“战争胜利了，我想说你也是勇敢善战，却无法说出口。”

莱因哈特的声音让人想到鞭子的呼啸声。诸位敌军当前也面不改色的猛将不禁打了个寒战。

“你急功好进，却不知掌握时机，踏错一步，便让整个战线的平衡被毁。在别动队到达之前，我军很可能就一败涂地了，而且还白白牺牲了皇帝陛下的军队。对于我说的话，你有异议吗？”

“没有……”

回答的声音显得有气无力。莱因哈特喘了口气，继续说道：

“赏罚分明是部队的铁律，等到还师帝国首都后，我再追究你的责任。你的舰队归到吉尔菲艾斯提督旗下。回你自己的休息室，好好反省！”

大家都觉得莱因哈特太严厉了。一片静寂中，他喊了一声“解散”，然后径自大步走向休息室。

周遭的同僚开始安慰不幸的毕典菲尔特，吉尔菲艾斯看了看他们，便追赶莱因哈特而去。奥贝斯坦目不转睛地注视着这一切。

的确是个能干的人，但是……如果把他和罗严克拉姆伯爵的私交当成特权是不行的，霸权者不能有私情。参谋长在内心暗想。

在通往总司令官私人休息室的走廊上，吉尔菲艾斯追上了莱因哈特，叫道：

“阁下，请再考虑一下！”

莱因哈特猛然转过身，冰蓝色的眼眸中燃烧着熊熊火焰，在外人面前极力压抑的怒火终于爆发了。

“为什么不能这样做？毕典菲尔特没有善尽自己的责任，就没有辩解的余地。他受罚是罪有应得！”

“阁下，您生气了吗？”

“我生气有什么不对？”

“我想问的是，您为了什么而生气？”

莱因哈特不解地直视着红发好友，吉尔菲艾斯沉稳地迎着他的目光。

“阁下……”

“别再叫阁下了，你到底想说什么，吉尔菲艾斯？说清楚一点！”

“那么，莱因哈特大人，真正令您生气的是毕典菲尔特的失败吗？”

“这还用问？”

“我不这么认为，莱因哈特大人，您气的是您自己。您恨自己让杨再次扬名，毕典菲尔特只不过是替罪羊罢了。”

莱因哈特欲言又止，紧握的双手神经质地颤抖着。吉尔菲艾斯轻轻叹了一口气，不觉用满是怜惜的眼神注视着金发的年轻人。

“成就杨提督的声名让您那么悔恨难当？”

“那是当然的！我恨呀！”

莱因哈特大叫，两手猛然相击。

“亚斯提会战那一次我还可以忍受，可是接连发生两次，我真是受够了！为什么那家伙总是在我即将大获全胜时出现，使我功败垂成？”

“他一定也有他的不满。为何他不能一开始就和罗严克拉姆伯爵正面交手？”

“……”

“莱因哈特大人，没有一条道路是完全平坦的。为了登上至尊之位，遇到困难不是理所当然的吗？阻挠您成为霸主的不是只有杨提督一人。您认为靠您一个人可以排除所有阻碍？”

"……"

"只因为一次失败就无视所有的功勋，是不能赢得人心的。莱因哈特大人前有杨提督，后有门阀贵族，腹背受敌。在此前提下，您不能在部属间再树立敌人了。"

莱因哈特久久地一动不动，之后长叹一声，感到浑身无力。

"我明白了，是我错了。毕典菲尔特的罪行，我就不追究了。"

吉尔菲艾斯低头致谢。他并不仅仅是为毕典菲尔特一个人的事安心，而是为莱因哈特有察纳直言的度量高兴。

"你帮我传达这个命令下去吧。"

"不，我不能这么做。"

吉尔菲艾斯立刻回绝了他。莱因哈特点点头，明白了他的意思。

"也是，我不亲口说就没有意义了。"

如果由吉尔菲艾斯传达宽恕的命令，被斥责的毕典菲尔特必定对莱因哈特怀恨在心，同时会对吉尔菲艾斯生出感激之情，这是人之常情。那样的话，吉尔菲艾斯请求莱因哈特宽恕毕典菲尔特的意义就不复存在了，所以他拒绝去传达宽恕令。

莱因哈特正要转身离去，又停下来叫着心腹好友："吉尔菲艾斯！"

"是，莱因哈特大人。"

"……你认为我可以将全宇宙握在手中吗？"

齐格弗里德·吉尔菲艾斯直视着好友冰蓝色的眼眸。

"除了莱因哈特大人，还有谁能做得到呢？"

自由行星同盟的残兵败将悄然踏上了通向伊谢尔伦要塞的归途。

战死和失踪的士兵大约有两千万名，电脑统计出的数字让生还者不寒而栗。

从死亡旋涡中挣脱出来的同盟军中，只有第十三舰队还保有半数以上的生还者。

魔术师杨再次创造了奇迹。望着这位黑发的年轻提督，部下们眼中闪现出近乎信仰的光芒。

他们绝对信赖的人如今正在旗舰休伯利安的舰桥内。他双腿毫无风度地跷在指挥台上，双手交叉平放在腹部，闭着眼睛。那生气蓬勃的年轻面容下，疲倦是那样深沉。

“阁下……”

杨微微睁开双眼，看到副官菲列特利加·格林希尔中尉有些踌躇地站在眼前。

杨举起手戴上黑色的贝雷帽。

“在女士面前失礼了。”

“没关系。我本想给您拿杯咖啡什么的，您看呢？”

“红茶比较好。”

“好的。”

“可以的话，多加一点白兰地。”

“好的。”

菲列特利加正要走出去，杨忽然叫住了她。

“中尉……我学过一点历史，所以知道人类社会中有两种思想——一种认为世上有比生命更有价值的东西，另一种则认为世上最宝贵的就是生命。人们要开始战争的时候，就以前者为借口，要结束战争的时候，则以后者为理由。这种情形已经持续了几百年、几千年……”

“……”

“而且，以后的几千年里也还会这样吧？”

“……阁下。”

“哦，不，人类会如何也无所谓。我只是想，我到底怎么做才能对得起那么多流血呢？”

菲列特利加无言以对，只是一直站在一旁。杨仿佛忽然察觉到了，露出困窘的表情。

“抱歉，净说些奇怪的话，请你不要介意。”

“不，没关系。我去泡杯红茶，加一点白兰地，是吗？”

“多一点。”

“好的，多一点。”

她答应给杨喝白兰地，算是对他的奖励吧。杨没有目送菲列特利加离去的身影，他再次闭上眼睛，喃喃自语：

“罗严克拉姆伯爵会不会变成鲁道夫第二呢……”

当然，没有人回答。

菲列特利加把红茶放在托盘里送过来时，杨还保持着刚才的姿势，把贝雷帽盖在脸上睡着了。

Chapter 10

新的序章

1

这一连串的战斗以成为决战战场的星域来命名，被称为“亚姆立札会战”，战役以自由行星同盟全面溃败为结局落下帷幕。在银河帝国进行战略性后退时，同盟将一时占据的两百多个边境恒星系也全部放弃，现在只勉强保住了伊谢尔伦要塞。

同盟军动员兵力超过三千万人，可是从伊谢尔伦回到祖国的还不足一千万，未生还率达七成以上，可谓悲惨至极。

可以想见，此次败北给同盟的政治、经济、社会、军事等各方面都蒙上了巨大的阴影。财政当局计算了一下已经支出的经费和今后将要支出的经费——付给遗属的抚恤金和年金，结果让他们脸色发青。数目之惊人绝不是亚斯提会战的损害可比的。

另一方面，军人遗属和反战派对轻率地强行发动远征的政府和军部大加挞伐。由于卑劣的选举策略和那位歇斯底里的参谋出人头地的欲望，人们痛失了丈夫和儿子，怒火冲天地谴责政府和军部。

“虽然消耗了大量的生命和金钱，但仍有比这些更值得尊重的东西。千万不要陷入冲动的厌战主义。”

主战派当中，仍有人这样强辩，但立刻遭到反驳。

“金钱就不说了，比人命更值得尊重的东西到底是什么？是当权者的身份地位，还是军人的野心？两千万名官兵的血白白流逝，数倍于两千万的遗属泪流成河，这些难道就不值得尊重?！”

被这样一问，大家都默不作声了。除了一小部分丧失天良的人，每个人都为自己还平安活着的事实而羞愧。

同盟的最高评议会委员全体提出辞呈，主战派的声望急转直下。与之相反，反战派的地位大大提升，三位给远征提案投下反对票的评议委员的见识大受赞扬。在第二年选举前，由国防委员长特留尼西特暂时掌握政权。

在自家的书斋中，特留尼西特举杯夸示自己的先见之明，从他的头衔上去除“暂定”二字的日子应该不远了。

军部方面，统合作战本部长席特列元帅和宇宙舰队司令长官罗波斯元帅也双双辞职。有人说，罗波斯终于用自己的失败把竞争对手席特列拉下了台。

两位英勇战死的舰队司令官——伍兰夫中将和波罗汀中将连晋两级，被追授为元帅。同盟军中并没有一级上将的军阶，上将之上就是元帅。

格林希尔上将左迁为国防委员会事务总局的检阅部长，退出了对帝国军事行动的第一线。

卡介伦少将也左迁为国内第十四补给基地司令官，离开了首都海尼森。亚姆立札会战中补给失败一事必须有人出面顶罪，这成为他左迁的原因。他把家人留在首都，远赴五百光年外的边境就职，妻子带着两个年幼的女儿住在娘家。

霍克准将疗养康复后，奉命编入预备役，看得出他已经与野心绝缘了。

于是，同盟军的首脑部门极度缺乏人手，什么人会填补这个空缺呢?

登上统合作战本部长宝座，由中将晋升为上将的，是原第一舰队司令官——库布斯里。

亚斯提会战和亚姆立札会战，他都没有参加，所以不必承担战败的责任。他负责的是首都警备和国内治安，成功地讨伐了由来已久的宇宙海盗组织，保障了航路的安全，取得了不小的成果。

他以优秀的成绩从军官学校毕业，大家都相信他终有一天能登上军人向往的巅峰，只是他万万没有想到自己升迁得竟这样快。

接替库布斯里担任第一舰队司令官的，是在亚斯提会战中负伤疗养至今的派特中将。

比克古则担任了宇宙舰队司令长官一职，当然他也晋升为上将。老将能得到适合老将的地位，这个人事命令博得了军部内外的一致好评。比克古虽然一向声望极高，但由于出身行伍，如果不是出现这样的事态，大概不可能坐上宇宙舰队司令长官的位子。这真是极具讽刺意味，“惨败”这不幸的事件竟然生发出一个好结果。

杨威利的待遇并没有立刻决定。

他指挥的第十三舰队官兵有七成以上生还，生还率之高无与伦比。但没有人会批评他躲在安全之处。第十三舰队是在激战的旋涡中支撑到最后才离开战场的，为掩护友军逃离竭尽全力。

库布斯里希望杨成为统合作战本部的参谋总监，比克古则早就声明要杨担任宇宙舰队参谋长。

另一方面，第十三舰队的官兵并不希望杨以外的人接掌指挥权。诚如先寇布所说，士兵们想要一位能力和运气兼备的指挥官，这无疑是他们生存的一大保障。

在待遇尚未成定局之前，杨请了长假去米特拉行星。在海尼森的官舍里，许多公民争相要求谒见不败的英雄，记者也跟进跟出地穷追不舍，电话更是响个不停，不得片刻安宁。

传真机分秒不停地吐出人们的来信，其中有一封竟是忧国骑士团本部写的“歌颂爱国的名将”。杨看到这篇文章，不禁哑然失笑。但看到第十三舰队战死士兵的母亲送来的一封信——“你和杀人凶手是同伙”，他的情绪又变得阴郁。

事实上不过是五十步与百步之差，名誉和光荣都是建立在无名士兵的累累尸体上……

尤里安不忍看杨日渐消沉、酒量增加，提议他休假去旅行。杨并非酒品不好的人，但如果因为情绪不好酗酒，对身体肯定有害。

因为尤里安的建议，杨多少也意识到了自己的状态，于是答应了。他在绿色的大自然中度过了三个礼拜，完全脱离了酒精的诱惑。回到首都时，新的人事命令已经在等候他。

伊谢尔伦要塞司令官兼伊谢尔伦驻留舰队司令官，兼同盟军最高参谋会议成员。

这就是杨威利最新的身份，军阶也晋升为上将。虽然二十几岁的上将有前例可循，但在担任将官的一年间连升三个军阶则是破天荒头一遭。伊谢尔伦驻留舰队由以前的第十舰队与第十三舰队合并而成，一般通称为“杨舰队”。

同盟军对这位年轻的国家英雄尽力示好。但不管他们对他有多好，都不符合杨的本意。他心中真正想要的不是飞黄腾达，而是从军界引退；不是军人的荣誉，而是平民的和平。

不管怎样，杨即将到伊谢尔伦赴任了，担任国防的第一线总指挥。

当然，在海尼森的生活也即将结束，可是尤里安怎么办？这成了杨的一大心事。他曾想过让尤里安寄住在卡介伦夫人的娘家，但尤里安却不愿离开他。

看到尤里安兴冲冲地准备要随他一起去，杨犹豫良久，终于还是带他一起走了。反正自己身边总得安排一位勤务人员，如果由尤里安来担任，倒乐得轻松。杨不希望尤里安步上自己的后尘，但也不愿撒手不管。尤里安以“享受班长待遇的文职人员”的身份置身军中，并领一份薪水。

当然，跟随杨一同前往的不止尤里安一个。

还有副官菲列特利加·格林希尔、驻留舰队副司令官费雪，以及要塞防御指挥官先寇布。担任参谋的姆莱、派特里契夫，亚斯提战役中辅佐杨的拉欧，要塞第一宇宙作战队队长波布兰，加上从原第十舰队抽调出来的幕僚，“杨舰队”也就阵容完备了。

杨认为可以请卡介伦来负责事务方面的工作，因而打算尽早请他过来。

然而最令他担心的是帝国军的动向，罗严克拉姆伯爵莱因哈特自不必说，那些大贵族出身的提督受莱因哈特的功勋刺激，会不会趁同盟军最脆弱的此时发动攻击?

所幸他的顾虑是多余的，银河帝国内部发生了一件不寻常的大事，已无暇对外征讨。

皇帝佛瑞德李希四世猝逝!

2

从亚姆立札战役中告捷归来的莱因哈特，没有料到欢迎他的竟是淹没帝国首都奥丁的吊丧的旗海。

皇帝驾崩了!

皇帝死于急性心脏病。猝死的原因，除了沉湎酒色和调理不当，似乎与高登巴姆皇室的血统也有很大关系。他死得太突然，仿佛表明皇室血统本身已混浊不堪，作为生命体而言过于低劣衰弱。

“皇帝死了？”

莱因哈特一脸茫然地望着麾下的将军们，内心深处喃喃念道：心脏病……自然死亡吗？未免太便宜他了!

如果他再多活个五年，不，只要再多活两年，莱因哈特会让他为自己犯下的罪恶而死。

他的视线投向吉尔菲艾斯，发现对方的眼眸中也流露出同样的神情，尽管没有莱因哈特那么强烈，但他的感触也许比莱因哈特的还深。十年前将美丽优雅的安妮罗杰从他们身边夺去的人终于死了！逝去的岁月在回忆中放射出令人目眩的光芒，在他们周围纷乱地飞舞……

“阁下。”

一个过于冷静的声音将莱因哈特拉回现实，不用看就知道是奥贝斯坦。

“皇帝还没指定继承人就死了。”

众目睽睽之下，他公然不用敬语，除了莱因哈特和吉尔菲艾斯，诸将莫不惊愕失神。

“有什么好惊讶的？”

头发半白的参谋那带着无机光芒的义眼扫过眼前的同僚。

“我要效忠的人是罗严克拉姆帝国元帅阁下，就算是皇帝，也不配让我用敬语。”

说完，他转向莱因哈特。

“阁下，皇帝还没有指定继承人就死了，将来皇帝的三个孙辈势必会为争夺皇位发生斗争。不论决定由谁继承，都只是暂时的，迟早会以流血收场……”

“你说得没错。”

年轻的帝国元帅露出了冷酷野心家的表情，点头同意。

“三者当中究竟选择哪一个，与我的命运息息相关，其中会向我伸出友好之手的是谁呢？”

“恐怕是立典拉德侯爵。其他两方都拥有武力，只有立典拉德侯爵没有，他一定很渴望拥有阁下的武力。”

“的确！”

莱因哈特秀美的脸上绽放出笑容，不过这和他平时对吉尔菲艾斯展露的笑不同。

“那么，可要用很高的价钱卖给他了。”

人们普遍认为，皇帝突然驾崩会使罗严克拉姆伯爵莱因哈特的地位大为动摇。可是结果却完全相反，因为国务尚书立典拉德侯爵拥立了五岁的皇孙艾尔威·由谢夫继承皇位。

这个孩子是先帝佛瑞德李希四世的直系继承人，因此由他即位并无不妥之处。只是他还太小，又没有强大的门阀贵族背景，处境相当不利。

在这种情形下，布朗胥百克公爵夫妻十六岁的女儿伊丽莎白，或立典亥姆侯爵夫妻十四岁的女儿莎比娜，凭借父亲的财势和权势登基成为女皇也不是不可能的事，此前也有史例可循。果真如此的话，年幼女皇的父亲就会以摄政王的身份佐理朝政。

布朗胥百克公爵和立典亥姆侯爵都是极有自信、野心勃勃的人，他们预估着事态的进展，为了实现心中的企图，活跃地进行着宫廷密谋。

有单身年轻子弟的大贵族成为他们的目标——如果你能支持我的女儿登上女皇之位，你的儿子将来便有希望成为新女皇的夫婿。

如果严格遵守口头约定，皇帝的两个孙女将拥有几十个丈夫。可想而知，即使少女们已有意中人，她们的愿望也将被抹杀。

不过，掌管国玺和诏书的国务尚书立典拉德侯爵无意将帝国拱手让给势力强大的外戚，使之成为他们的囊中物。

他关心帝国的前途，更珍惜自己的地位与权力。他已决定拥立佛瑞德李希四世的嫡孙——艾尔威·由谢夫，但是考虑到强大的反对势力，他必须先巩固自己的阵脚，至少要有个强大而又容易驾驭的走狗才行。

经过深思熟虑，立典拉德决定了一个人选。这个人不见得会听话，反而可能是个危险人物，但是他的强势却无人敢忽视。

因此，罗严克拉姆伯爵莱因哈特便在已经晋升为公爵的立典拉德的提拔下，由伯爵晋升为侯爵，并受命成为帝国宇宙舰队司令长官。

艾尔威·由谢夫继位的消息发布后，以布朗胥百克为首的门阀贵族由惊愕转为失望，最后大发雷霆。

但是立典拉德公爵和罗严克拉姆侯爵在利己的动机下相互勾结并共同建立的中央政权竟出乎意料地坚固而强大。一方需要对方的武力和平民阶层的拥护，另一方则需要对方在国事政务上的权限和在宫廷中的影响力。而且，双方都必须最大限度地利用新皇帝的权威，巩固自己的地位和权力。

在艾尔威·由谢夫二世的登基大典上，两名重臣代表向坐在乳母膝上的小皇帝恭恭敬敬地宣誓忠诚，文官代表是摄政的立典拉德，武官代表是莱因哈特。齐聚一堂的贵族、官员及军人对两人组成的新体制颇感不满，但也无可奈何。

被这个新体制排拒在外的门阀贵族无不恨得牙痒痒。布朗胥百克公爵和立典亥姆侯爵两人出于对新体制的憎恶，转而结成一派。

先帝佛瑞德李希四世逝世后，立典拉德这个老废物也应该结束自己的任务，从国政的位子上退下来。而且，罗严克拉姆是什么东西？虽然是个功勋不少的武官，但只是家贫如洗的挂名贵族出身，他利用皇帝对姐姐的宠爱飞黄腾达，进而做出以下犯上的勾当，好一个不知天高地厚的小子！难道能容忍这种家伙一手遮天、把持朝政吗？——门阀贵族对二人由私人仇恨转为共同敌视，无不希望颠覆新体制。

由于存在共同的强大敌人，因此立典拉德－罗严克拉姆轴心必须固若金汤！

晋升为罗严克拉姆侯爵的莱因哈特，一举将齐格弗里德·吉尔菲艾斯提升为一级上将，任命他为宇宙舰队副司令长官。

立典拉德对这道人事命令大表赞同，他想借此卖个人情给吉尔菲艾斯。

但奥贝斯坦对此感到担忧。他晋升为中将，兼任宇宙舰队总参谋长与罗严克拉姆元帅府事务长。有一天，他在谒见莱因哈特时进言道：

“总角之交的好友也好，才干独具的副将也罢，两者合而为一是很危险的。我认为根本没有必要设置副司令长官这个职位，应该把吉尔菲艾斯提督和其他提督置于同等地位吧？”

“不要多事，奥贝斯坦。我已经决定了！”

年轻的帝国宇宙舰队司令长官用一句不耐烦的回答封住了义眼参谋长的嘴。他对奥贝斯坦的机智颇为赞许，但并不把他当成推心置腹的好友。听到奥贝斯坦进谗言诋毁自己的心腹好友，莱因哈特十分不悦。

皇帝死后，格里华德伯爵夫人安妮罗杰离开宫廷，移居莱因哈特为她和自己准备的史瓦齐别馆。迎接姐姐到来的莱因哈特，用少年般的口吻嚷道：

“我再也不让姐姐吃苦了！从今以后，我要让姐姐过上幸福的生活！”

莱因哈特这句话虽然平常，却出自肺腑。

但是，他也有不愿意让姐姐看到的另一面——冷酷无情的野心家的一面。

他知道布朗胥百克公爵和立典亥姆侯爵秘密结盟的事，不禁暗暗欢喜。

一旦东窗事发，他便能以反叛新帝的罪名将他们处死，并大举扫荡门阀贵族的势力。只要佛瑞德李希四世的两个大贵族女婿一死，其他人就不得不臣服于莱因哈特的霸权了。诸侯们大概会跪在地上宣誓服从，届时再撕毁与立典拉德所订的盟约。老狐狸，趁现在好好庆祝自己位极人臣吧！

与此同时，立典拉德也不打算与莱因哈特维持长远的轴心关系。在期待布朗胥百克公爵和立典亥姆侯爵谋反这一点上，他与莱因哈特的想法是一致的。他可以利用莱因哈特的武力镇压，一旦消灭他们，莱因哈特这头号危险人物也就失去利用价值了。

齐格弗里德·吉尔菲艾斯按照莱因哈特的意思，针对布朗胥百克和立典亥姆随时可能发动的门阀贵族联合武装叛乱，稳步而顺利地进行作战的准备工作。

他知道奥贝斯坦的视线时常冰冷地落在自己的后背上，但并不觉得这会给自己和莱因哈特、安妮罗杰之间的美好情谊带来裂痕，何况自己又没有什么见不得人的地方，不用太在意。

除了认真执行任务，吉尔菲艾斯还能经常见到安妮罗杰，这是从前无法比拟的。他的生活过得充实而幸福，如果能永远这样就好了……

3

帝国与同盟双方的新体制逐渐完备，尽管前进的道路不太平坦，但双方都为迈向未来投注了许多心血。

费沙自治领的领主鲁宾斯基坐在私人宅邸最僻静的房间里。

这是个没有窗户的房间，四壁由厚重的铅围成，形成一个密室，连空间都被极性化了。

他按下操作台上粉红色的按钮，启动了通信装置。很难用肉眼识别，因为房间本身就是一个通信装置，会将鲁宾斯基的思考波变成超光速通信的特殊波调，传送到数千光年外的宇宙空间中去。

“是我，请回答！”

说得这么肯定，可见这是在进行极为隐秘的定期联络。

“你？你是哪一位？”

从宇宙的另一端传来的回答竟无比傲慢。

“我是费沙的自治领主鲁宾斯基。总大主教猊下近来可好？”

鲁宾斯基出人意料地谦卑至极。

“有什么好的？我们地球现在尚未恢复正当地位，除非能回到过去的岁月，广受全人类的尊崇，我的心情才好得起来。”

鲁宾斯基感到对方在思考的同时，深深地吁了口气。

地球。

那颗在三千光年外的虚空中飘浮的行星，在鲁宾斯基的脑海里鲜明地浮现出来。

那是一颗被人类疯狂掠夺和彻底破坏后，又被弃之不顾的边境行星。满目皆是衰败和荒废、凋敝和贫困，只剩下沙漠、岩山、稀疏树林的零星遗迹；只有少数人还依赖着被污染而失去生机的土地生活；处处是光荣的残渣与沉淀的怨念；那颗连鲁道夫都无视的脆弱行星；没有未来、只有过去的太阳系第三行星……

但是这颗被人遗忘的行星正是费沙的秘密统治者。雷欧波特·拉普的资金便是从这举世公认的最为贫困的地球上得到的。

“在长达八百年的时间中，地球一直被误解和轻蔑，可是洗刷屈辱的日子就要来临了！地球才是人类的摇篮，是支配全宇宙的中心！那些舍弃母星而去的忘恩负义的家伙，再过两三年就会醒悟的！”

“有这么快吗？”

“你怀疑吗，费沙的自治领主？”

阴气沉沉的笑声划破寂静的空间，这位被称作总大主教的政教合一的地球统治者，笑得让鲁宾斯基毛骨悚然。

“历史洪流正在以加速度前进，银河帝国和自由行星同盟两大阵营在不断地收敛权力和武力，加上新的民众不断涌入，原本潜伏在两大阵营内的回归地球的精神运动已经公开化。将其组织化与资金调度的事就交给你们费沙人了，你们可别坏了大事。”

“这是当然！”

“我们伟大的先祖正因如此才选择费沙行星，将忠于地球的人送往费沙，并累积财富。在兵力上，地球仍不是帝国和同盟的对手，费沙应当发挥特殊的地理位置优势，以经济实力统治世俗社会，我们地球则以信仰统治精神层面……不需要挑起战火，宇宙便能乖乖回归地球的掌心。实现这个远大的计划要经历数个世纪，先人的睿智到了我们这一代，终于要开花结果了……”

说到这里，对方的思路忽然一变，发出尖锐的喊叫声：

“鲁宾斯基！”

“唔……”

“你可别背叛我们！”

任何一个认识费沙自治领主的人在场，看到他那冷汗直冒的样子，一定会目瞪口呆。

“这种……这种事，我连想也不敢想……”

“你既有才干，又有霸气……我警告你，不要被别人恶意的诱惑收买。曼夫瑞二世，还有你之前的自治领主是怎么死的，你应该记得很清楚吧？”

曼夫瑞二世怀抱着让帝国与同盟和平共存的理想，一直朝着这个方向努力；而鲁宾斯基之前的费沙自治领主瓦伦戈夫不愿听从地球的控制，想按照自己的意愿行动。这两个人都对地球造成了威胁。

“我能当上自治领主全仰赖您的支持，我不会忘恩负义的。”

“不会就好。你要好自为之，保持过去的良好表现。”

定期通信结束后，鲁宾斯基步出房间，站在大理石地板上抬头仰望星空。看不到地球实在太好了。从异次元空间回到现实的安全感，让他恢复了平常傲视群伦的自信表情。

如果费沙只属于费沙自己就好了，他便可以成为银河系宇宙的实质统治者。可悲的是现实往往不尽如人意。

对那些一心想将历史拉回八百年前，再次使地球成为群星首都的偏激分子而言，他不过是一介仆从罢了。

但是未来会永远如此吗？在宇宙中可没有什么亘古不变的道理。

“谁能赢得最后的胜利呢？是帝国、同盟，还是地球？”

鲁宾斯基喃喃自语，嘴角忽然现出诡异的曲线，像极了他的绰号“黑狐”。

“或者，会是我？”

4

“与门阀贵族一决雌雄已无可避免，这或许会演变成使帝国一分为二的战争吧？”

吉尔菲艾斯点点头，对莱因哈特的话表示赞同。

“我与米达麦亚、罗严塔尔等人协商，作战计划正在顺利进行。只是有一件事令我非常担心……”

“你是说担心叛军来攻？”

“正是。”

当帝国国内分裂为“立典拉德－罗严克拉姆轴心”与“布朗胥百克－立典亥姆阵营”两大势力，陷入内乱状态时，同盟军会不会乘隙发动侵略战争？长于确立作战方案并付诸施行的吉尔菲艾斯也不禁感到不安。

金发年轻人轻轻笑着，对红发的好友说：

“别担心，吉尔菲艾斯，我有一个办法。不管杨威利用兵有多厉害，也叫他无法踏出伊谢尔伦半步。”

“什么方法？”

“就是……”

冰蓝色的眼眸热切地闪闪生辉，莱因哈特开始说明……

5

“好诱人哪。”

杨没有碰送上来的红茶，不知在思考什么，忽然自言自语了一句。想过来撤走杯子的尤里安不禁瞪大了眼睛，但他知道这种时候不该多问，于是静静地未发一言。

立典拉德－罗严克拉姆轴心迅速成立，帝国的政局暂时稳定下来，却不能长此以往安定下去。布朗胥百克－立典亥姆阵营拥兵自立，不，该说是被迫拥兵自立，使帝国分裂的内战即将爆发。

这个时候可以巧妙地分析情势，介入其中。比如说，可以先联合布朗胥百克夹击莱因哈特，将其消灭后再回头攻击布朗胥百克，那么银河帝国就会灭亡吧……

还可以先帮布朗胥百克出谋划策，使其与莱因哈特对峙，待两军疲惫不堪时再予以痛击……如果自己去做，大概可以取胜。杨对自己感到嫌恶，因为他在用兵方面竟是如此自负，他刚才喃喃自语时说的“好诱人哪”就是指这件事。

如果他是独裁者，必定会这么做。但他只是民主国家的一介军人，行动难免受到限制。一旦超越了这个界限，他就会变成鲁道夫的后继者……

尤里安把冷了的红茶撤下去，又换了一杯热茶放到桌上，杨这才注意到，对尤里安说了声：“噢，谢谢。”

“您在想什么呢？”

尤里安大着胆子问了一句。同盟军最年轻的上将露出了少年般羞赧的表情。

“在想一些不可告人的事。的确，人类只想追求胜利的时候，就会变得极其卑劣。”

“……”

“对了，先寇布不是教你射击了吗？练到什么程度了？”

“准将说我很有天分。”

“哦？那真是太好了。”

“司令官一点也不练习射击，这样行吗？”

杨笑了起来。

“我好像没有那份才能，也提不起劲来，现在可能是同盟军中最差劲的一个了吧。”

“那么，您怎么保护自己呢？”

“当司令官要拿起手枪保护自己时，就说明已经战败了。我只考虑怎样才能不让自己落到那个地步。”

“嗯，那么……我会保护您的。”

“拜托你了。”

杨笑着端起红茶。

尤里安看着年轻的司令官，忽然想，这个人只比我大十五岁，十五年后，我能达到这种境地吗？

对少年来说，那似乎遥不可及。

宇宙承载着无数的思绪旋转着。

宇宙历七九六年、帝国历四八七年，罗严克拉姆侯爵莱因哈特和杨威利都无法预知自己的未来。

图书在版编目（C I P）数据

银河英雄传说 ：全10册．1，银河英雄传说 ／（日）田中芳树著 ；蔡美娟，陈惠莉，郭淑娟译．-- 海口 ：南海出版公司，2022.1
ISBN 978-7-5442-9441-6

Ⅰ．①银… Ⅱ．①田… ②蔡… ③陈… ④郭… Ⅲ．①幻想小说－日本－现代 Ⅳ．①I313.45

中国版本图书馆CIP数据核字（2021）第231633号

Vol.3／雌伏篇

银河英雄传说

〔日〕田中芳树 著 蔡美娟 译

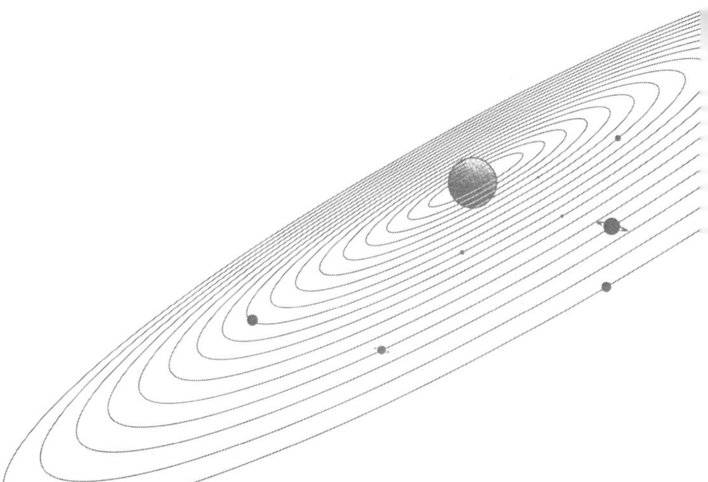

南海出版公司

新经典文化股份有限公司
www.readinglife.com
出　品

目录

Chapter 1
首度出击

1

刚开始，少年并不喜欢宇宙。

在年纪还没大到足以称为少年时，一个冬天的夜晚，他骑在父亲肩上仰望天空。看到点缀着绿意的雪岭上方那片广阔却生硬冰冷的黑暗，他害怕得紧紧抱住父亲的脖颈。在幽深难测的黑暗里，会不会有只无形的手伸出来，把他小小的身躯抓走呢？那种恐怖的感觉让他毛骨悚然。

如今，父亲过世了，他心中对宇宙深渊的恐惧也消失了。现在他只希望自己拥有一双翅膀，能与那个胜似父亲的人一同在星辰闪耀的银河中自在地翱翔。

宇宙历七九八年，帝国历四八九年一月。

尤里安·敏兹转眼快满十六岁了。

自由行星同盟军伊谢尔伦的驻留舰队中，达斯提·亚典波罗少将管辖的有两千两百艘大小舰艇的分舰队离开要塞，从伊谢尔伦回廊往银河帝国领域的方向挺进。尤里安·敏兹也在其中。

分舰队的任务是担任最前线的警戒与巡逻，以及进行大规模的新兵训练。

去年，所谓的“救国军事会议”发动政变，使自由行星同盟深受打击。为了平息政变，同盟军消耗了不少人力资源。在杨威利提督的指挥下，伊谢尔伦要塞驻留舰队获得了丰富的战斗经验。但内战结束后，这些有经验的人大多成了新增部队的核心，纷纷被挖走了。

老兵的位置只好由新兵递补，人数仍然相同，但战斗力当然比以往差了许多。纵使他们有潜在的能力，激发也需要不少时间和经验。

将这些新手训练为成熟的士兵并不容易。想到这一点，负责教育新兵的人常常感到任重而道远。更何况伊谢尔伦要塞地处最前线，一旦银河帝国发动军事行动，伊谢尔伦必然首当其冲。然而，同盟政府却将老兵从这处重要的军事据点撤离，并以新兵充数，真搞不懂政府那班低能之辈在玩什么把戏！

将政府痛骂一顿之后，伊谢尔伦的军官们只得赶紧处理眼前的问题。为了提高胜利的可能性，也为了提高生存下来的几率，至少要将只有一成熟练程度的新兵训练到五成熟练，然后才能让他们参加战斗。

于是，新兵们一被编入伊谢尔伦，就开始在声色俱厉的教官和老兵的指挥下接受严苛的训练。

“混账，来这里混日子是吧！一群没用的东西！”

“想死里逃生，保住小命，就得练出点看家本领！敌人可不会手下留情！”

“明白吗？能取胜的是强者，而不是什么正义者！战败了连命都保不住，还谈什么正义！这点要切记！”

“快速攻击不如正确攻击，抢先发射炮弹也要看准时机，否则等于把自己的位置暴露给敌人！”

“反应迟钝！从头再来一遍！”

“回去重念幼校！这种程度也能毕业？等你们不用尿布了再来！”

教官们语气激烈，声音越拉越高。要是有人听漏了或反应迟钝，少不得要挨一顿臭骂。

像尤里安这种生来就有敏锐理解力和反射神经的少年实在少之又少，即便如此，他也无法逃脱被厉声斥责的命运。成绩优异者一样被骂，甚至骂得更惨，这就是军队这种特殊集团中应该唾弃的弊端。

被殴打的情况倒是没有，但仅限于伊谢尔伦驻留舰队，其他部队中就没有这等好事了。担任司令官的杨对军纪一向要求从宽，但唯独在两点上从严：其一，军人危害百姓，其二，上司对部下使用私刑。触犯这两点时，他会一反常态严厉惩罚。有一次，他将一名久经战阵、屡立战功的军官降职，遣回同盟首都。这名军官曾经不止一次对部下施暴。虽然有人惋惜，但杨置若罔闻。

“一个会殴打毫无抵抗能力的部下的军人，如果还能受到赞赏，军人便是人类的耻辱了。我们不需要这种军人，至少对我而言是如此。”

杨坚持自己的意志时，从不大声叫嚷，无论表情还是声音总是一派温和，这是他的风格。

尤里安说想当军人的时候，身为监护人的杨显得很不高兴。

“职业有千百种，你非要做军人不可吗？”

杨的表情和声音都充满了劝阻的意味。

杨威利自己是军人，而且年纪轻轻就升到上将。在自由行星同盟军中，他一向被视为军人中仅次于统合作战本部长库布斯里上将和宇宙舰队司令长官比克古上将的第三号人物。

以杨所处的位置来说，尤里安如果有志从军，他应该感到高兴，并为尤里安谋求一些便利。但杨从不认为军人是自己的天职，对尤里安的看法也是一样。不过他还不至于顽固到无视少年的意志，所以尽管他满心不情愿，还是默认了。这就是现状。

杨是尤里安的保护人、监护人兼保证人，但在训练场合，这种身份并不见得对尤里安有利。正相反，有些用心不良的下级军官把这一点当作绝好的材料，来责骂和奚落尤里安。

——就算是杨提督的养子，也不能纵容！

——这像什么样子！真是有损提督的英名啊！

——如果以为我们因此会怕你，那可大错特错！

——你大概以为去求求提督就能过关，做梦去吧！

这些话令人恼怒，但并没有超出尤里安忍耐的限度，他知道别人是妒火中烧。伊谢尔伦要塞和驻留舰队的士气，无疑是全体同盟军中最高的。尽管如此,仍旧无法扫除其中的负面情绪。不仅军队如此，这也许是人类群体中固有的一种无奈。

2

分舰队的旗舰特里古拉夫是一艘以古代斯拉夫神话中军神之名命名的战舰。它造型优雅，与杨的旗舰休伯利安相比有过之而无不及。特里古拉夫是最新锐的战舰，它刚分配到伊谢尔伦要塞时，有人窃窃私语，猜测杨司令官大概会把指挥席迁到上面，但这种猜测落空了。于是又有人说:“要不然就是杨司令官认为军舰用不着这么美。”

“为什么不用特里古拉夫？我觉得它的风格很适合做旗舰。”

参谋长姆莱问道。黑发黑眸的年轻司令官的回答却使他无言以对——特里古拉夫的确是一艘外观出众的好军舰，正因如此才不能做旗舰。如果自己坐上去，不就无法欣赏它的美了吗?

杨的回答是真心的吗？尤里安多少有些疑问。他想，或许杨只是嫌把指挥席从坐惯了的军舰上移走太麻烦。或许杨对那些喜欢凭空想象、搬弄是非的部下不胜其烦，所以故意回答得出人意料，好让他们无话可说。但话又说回来，没准杨说的是真心话。总之，想看透杨的心思，对尤里安来说还是太难了些。

在特里古拉夫的舰桥里，监控员们忙成一团，因为侦察系统捕捉到一群来历不明的舰艇，数量超过一千艘。若不是一支大规模逃亡的船队，十有八九是银河帝国军的舰队。这份报告被送到分舰队司令官亚典波罗少将手上，少将遂向各舰舰长下达中止训练、进入二级战备状态的命令。就在此时，通信电波出现紊乱，前哨的各艘战舰真切地感受到了敌人逼近的压力！

警报响起。

发现敌人舰队！

五十分钟后遭遇！

全体人员进入战斗位置！

紧张之感快如光速，充满了全体将士的精神网络。就寝的士兵倏地跳起，餐厅顿时空无一人。新兵比老兵还多了两种感受，就是惊惶失措和对未知的恐惧。他们花了老兵两倍的时间才穿上战斗服，却不知道下一步该做什么，只能在通道上四处乱窜，却被杀气腾腾的老兵们撞得鼻青脸肿，狼狈至极。

“搞什么鬼！我只能指挥这帮童子军跟敌人打仗吗？”

亚典波罗少将在舰内凝视着监视屏，隔着黑色的贝雷军帽揪住铁灰色的头发。二十九岁的他是同盟军中最年轻的将官之一，在军官学校是比杨晚两届的学弟。他极有气度和勇气，杨肯将尤里安交给他，虽说只是暂时之举，也表明了对他的信赖。

分舰队的主任参谋拉欧中校皱着眉说道：

“新兵和实习生也得出动？”

“当然！”

亚典波罗大喝一声。新兵们也是为了参战被分配到舰队，反正迟早得体验一下首次战斗的滋味。对大多数甚至是全部新兵而言，这场战争未免来得太早了点。但到了这步田地，战斗已无可避免，不能仅仅依靠老兵来保护新兵的平安。最重要的是，如果不把新兵配置到各个岗位上，战斗人员的数量将出现致命的不足。

“他们也得参战。不可能让他们坐在特等席上欣赏战争，要他们出动！”

亚典波罗发号施令的同时，内心不禁黯然神伤。有几个新兵能安然无恙地回到伊谢尔伦要塞的宿舍？只能在救援到来之前，尽量使伤亡降到最低程度。年轻的指挥官心中决定了“不求胜，只求不败”的作战方针。除此之外，实在别无选择。

“亚典波罗分舰队在回廊FR方位与帝国军遭遇，进入战斗状态——”

通信官传来这个报告时，同盟军上将杨威利提督并不在要塞的中央指令室。他不是一个在勤务时间之外也坚守工作岗位的勤勉之人，但好在还不算太懒惰，交代过自己要去什么地方，所以不一会儿，副官菲列特利加·格林希尔上尉就在植物园找到了正在长凳上午睡的年轻司令官。

“阁下，请起来。”

杨听到叫声，把盖在脸上的贝雷帽拿开，但仍躺着不动，只用困倦含糊的声音应了一声“什么事”。听完了副官的报告，他才拿起帽子起身。

“边塞无宁日，北地春光晚——啊，真是麻烦，尤里安……”

杨习惯地叫着尤里安的名字，环视一下四周，最后才与菲列特利加的视线相遇。他轻轻地叹了口气，一只手搔了搔黑发，一边戴上贝雷帽，一边怅然若失地喃喃自语：

“我以为那里很安全，才把他送过去的……”

“他一定会平安归来的，他可是个才运兼备的幸运儿啊。”

菲列特利加明知这句话欠缺说服力，但也只能这么说。杨露出了微妙的表情，大概觉出自己说了公私混淆的话。

“新兵那么多，亚典波罗想必很为难。我们还是尽早赶去救援吧。”

他那不悦的表情和声音，怎么看都是在掩饰自己的窘态。

一月二十二日，在被称为伊谢尔伦回廊的细长隧道状宙域中靠近帝国一侧的宙点上，银河帝国和自由行星同盟两军偶遇，从而引发了一场在战略上几乎毫无意义的战争。

这可以说是一场典型的遭遇战。帝国军和同盟军都没有料到对方竟如此深入。

体制互异的两国势力范围相冲突，地点就在边境地带。双方都不承认对方为对等的外交对象，所以并不存在正式的边境。但是这里充满了紧张、不安和敌意，是一个无音无形、危机四伏的旋涡。投向这里的目光不可能是和平的，但人们有时也会有所松懈，因为无论敌我舰队，都没有料到会在执行日常巡逻行动时遭遇敌军。这也可以说是粗心大意，但话说回来，人类并没有完美的注意力，不可能总为发生几率极低的事态做万无一失的准备。

尤里安是单座式战斗艇斯巴达尼恩的飞行员。他柔韧的身体裹在战斗服中，一边聆听舰内的广播，一边在母舰的机库中待命出击。

“敌军兵力推定：战舰两百到两百五十艘，巡航舰四百到五百艘，驱逐舰约一千艘，宇宙母舰三十到四十艘。”

规模不算很大，尤里安心想。即便如此，搭乘的官兵们也该有二十万之众，他们的生命和未来都维系于与宇宙真空一墙之隔的舰艇内。那里面也有人和自己一样，是头一次参加战争吧？尤里安环视身边的飞行员，老兵们个个满不在乎，一副胸有成竹的模样，与新兵们苍白的脸色形成对比。也许老兵们是在虚张声势，但可怜的新兵连虚张声势的能力都没有。

“敏兹中士，迅速搭乘斯巴达尼恩！”

管制官的声音通过耳机敲打着耳膜。在新兵中，尤里安第一个被叫到。

“是！”尤里安应了一声，连忙跑到他那艘刻着三一六号码的专用机上。

将记录着姓名、DNA 形态、血型（ABO 式和 MN 式两种）、指纹、声音、军籍号码和军衔等资料的 ID 卡贴在挡风玻璃的一点上，斯巴达尼恩的电脑会读取这些资料，确认后再打开挡风玻璃让飞行员进入。

在操纵室里坐定后，系紧安全带，戴上头盔，电磁石会使头盔与战斗服紧密贴合。头盔有两根软线与电脑直接相连，用来传送飞行员的脑波，如果脑波类型与电脑存储的飞行员脑波有异，头盔中就会发射低功率的高压电击，立即致人昏迷。和小孩子看的立体电视动作片不同，斯巴达尼恩绝不会被敌人夺去，一架斯巴达尼恩只能由一位飞行员操作。

尤里安戴上头盔，机灵敏捷地检查机器和机内的装备。

氯化钠外包裹一层粉红色糖衣的盐锭剂、装着浓缩维生素液的塑料瓶、装有蜂王浆与小麦蛋白混合物的软管等，这是足以维持一周生命的营养补给品组合的一部分。

还有战斗艇的机身发生龟裂时用的瞬间凝固树脂喷剂、信号弹及手控弹射器，以及补充钙质的注射药品——因为人体在无重力状态下丧失钙质后，无法进食或吃药补充。此外，还有一个包括速效镇痛剂、降低体温的模拟冬眠剂、有机锗剂、压缩式注射器以及其他医疗用品的组合包。

这一切只能在没有当场死亡时才派得上用场。官方曾大力宣称，这说明同盟军并非将士兵看作消费品，而是最大限度地尊重他们的生命。只是这些能与美化为国捐躯的行径并行不悖吗？

尤里安曾听人说过，任何人都能预感到自己的死亡。是真的吗？少年半信半疑，于是询问曾经无数次飞越鬼门关的杨威利。杨的答复是：

“一次也没死过的家伙，还大放厥词地谈论死亡，他的话可信吗，尤里安？”

杨的严厉语气当然并非针对尤里安，但尤里安仍然面红耳赤地怏怏离开了。

“管制官，起飞准备全部完成，请指示！”

尤里安按照规定报告就绪后，立刻传来指示：“好，进入起飞舱门！”

已经有十余架战斗艇脱离母舰，跃入太空。尤里安乘坐的斯巴达尼恩沿着舰壁向舱门滑行。舰壁内有电流产生磁力，牢牢吸附着斯巴达尼恩。

到达舱门口时，电流自动停止，壁面的磁力也消失了。

“起飞！”

斯巴达尼恩脱离母舰。

3

世界在尤里安的四周旋转起来。

尤里安吓了一大跳。然而他知道发生了什么事，这是从有重力状态忽然转移到无重力状态时，空间感失调，辨别不清所在方位的缘故。训练时尤里安经历过几次这种情形，但并非多训练几次就能轻易克服。

呼吸和脉搏加速，血压上升，肾上腺素的分泌也增加了；头盖骨的内部与外侧同时发涨发热；心脏和胃仿佛要朝不同方向跳出去似的；耳朵里的半规管发出撕裂般的鸣叫。当撕裂声渐渐变小、变低，终至消失后，尤里安才慢慢恢复平衡感和稳定感，这已经是二十多秒之后了。

尤里安深深吸了一口气，终于有力气好好观察四周的环境了。

他现在正处于战场正中央。明暗在转瞬间交替，吞食着对方的领域。黑暗以无限的厚重与幽深封闭了光明，光明则以瞬间的绽放去抗衡黑暗。

这时，一幅景象吸引了尤里安的目光。

一艘己方的母舰在即将发送斯巴达尼恩的瞬间被炮火击中，母舰和战斗艇都爆炸了。迅速膨胀开的白色光球消失后，眼前亘古延续的黑暗中只剩下空虚的一隅。

尤里安心头一寒。真险啊，幸好自己没有在起飞的那一瞬间遭到狙击。少年在心中感谢母舰管制官选择了绝妙的时间点让他们起飞。

尤里安的爱机飞翔在充塞着死亡与破坏的空间里。中弹的战舰翻转着爆裂的巨大船体，在死亡边缘挣扎，尚未被破坏的大炮还在向敌人发射能量光束。失去操作员的巡航舰爆炸后的残骸从尤里安的战机旁泅泳而过，残留其上的能量向四周散射着微弱的白光。一道道光束照亮黑暗，飞弹的曳光划破宇宙，舰艇爆炸的光芒化成生命短促的恒星照耀四方。无声的闪电处处交错纵横。假如眼前的世界有声音，充满邪恶的能量发出的惊人咆哮势必震破人们的耳膜，而疯狂也将永远笼罩着所有人。

忽然，一架帝国军的单座式战斗艇王尔古雷赫然跃入视野。尤里安的心脏剧烈地跳动，他定了定神，想仔细看看来机，但它倏地飞移而去，只留下视觉残像。

战斗艇的动作迅捷而剽悍，简直不像没有生命的机器，飞行员必定是位身经百战的强者。尤里安仿佛看到他瞪着初出茅庐的对手，眼中放射出腾腾杀气和胜利的自信。他这样想着，两手却不由自主地动起来。因为过度操作，斯巴达尼恩发出了抗议的震动。加速压的剧烈变动不断刺激着尤里安的呕吐感，而在此时，他看见了在极近距离内掠过机身的高能火箭弹的曳光。

或许该说是受到了幸运之神的眷顾，也只能这样说。尤里安居然避开了远比自己老到的敌人发射的第一枚炮弹。

战斗服里，少年感觉全身的皮肤都在战栗。但他无暇放松心情，必须正视主屏幕上显现的敌况，同时读取左右两边小侦测器上显示的多个数据，以最大的效率削弱敌人的战斗力。这说来好像很简单，其实不然。斯巴达尼恩的设计师和操作手册的作者大概要求舰艇的操纵者具备昆虫般的复眼。所有的驾驶员，包括王尔古雷上的帝国士兵都必须接受这个过分的要求才能生存下去。大家都知道这是无理要求，但只能尽力而为。

致命的一击被尤里安躲过，敌人的杀气更加高涨，再次向尤里安挑战。光束如白热化的利牙般攻击过来，但仍然没有打中！是尤里安躲过了，还是敌人没有瞄准？

无论如何，必须尽量避免让战机直线移动。在宇宙空间的物体，不管是动是静，圆形和球形都是基本形状。

回旋－上升－下降。假设虚空中有个看不见的球面，把速度提高至极限，沿着球面移动。战斗艇的移动未必像计算的那样精确，但反而可以逃过敌人的预测。当双方的机身擦肩而过，在极近距离处交错的那一瞬间，尤里安看着处于下方的敌机，按下了中子光束的发射按钮。

打中了！是真的吗？

是真的！

各种色彩炸裂开来，充满了视野。机身碎片从光球的中心喷射到黑暗的虚空中，化为霓彩，把宇宙的一隅装点成万花筒般的瑰丽世界。

此刻，尤里安·敏兹埋葬了平生第一个敌人！而且这个敌人似乎身经百战，无疑有许多同盟战友命丧此人手中。这个人大概做梦也想不到，自己的人生竟终结在一个初上战场的少年手里！

兴奋从体内传来，全身的每个细胞都像要灼烧起来似的，但这股骄傲的热流里却有一块无法熔化的沉重巨石，冷却了尤里安的部分情绪。

那个被他葬送的敌人究竟是怎样的人？他有妻子或恋人吗？一架王尔古雷载着一个士兵的一生，而这个士兵的一生却牵连着无数的旁支，向社会的各个角落延伸而去。

这并不是无谓的感伤。如果一个人本来没有权利，却斩断了另一个人的人生，那么在遭遇同样的命运之前，他应当将此事铭记在心。

帝国军各舰有人开始纳闷了。以现状而言，他们正处于优势，本应感到高兴，但是奇怪的感觉却油然而生。敌人战力不匀，虽然有人说伊谢尔伦驻留舰队是同盟军中最精锐的部队，但斯巴达尼恩上的敌兵却有很多是以近乎自杀的拙劣方式战斗。

原因何在？

帝国军指挥官艾恩德尔夫少将是坎普上将旗下首屈一指的用兵专家，此时他并不急于追击，而是采取稳扎稳打的做法，谨慎应战以确保优势。他之所以这么做，也是慑于杨威利的威名。这种做法通常会颇受赞扬，但这次却被指责为优柔寡断。

伊谢尔伦要塞的会议室里，将领们齐聚一堂。虽然有人说杨是“爱开会的杨提督”，但他也不能取消会议，否则大概又会被批评为独断专横或独裁作风了吧？从杨的角度来看，他认为听听部属的意见也不错，总比自己闷头思考要好。这次大家异口同声地赞成尽速增派援兵，唯一的问题在于援兵的规模。大致听取将领们的意见后，杨威利征询司令官顾问梅尔卡兹的看法。

“客座提督有何高见？”

此时最紧张的大概不是发问者，也不是回答者，而是周围的其他将领。直到去年，维利伯尔·由希姆·冯·梅尔卡兹仍是帝国军的一级上将，领的是敌人的俸禄。当贵族联合军被帝国的权臣——年轻的莱因哈特·冯·罗严克拉姆击溃时，在副官舒奈德少校的力劝下，他才放弃自杀的念头投身同盟军，成为杨威利的顾问。

“依下官之见，要增援就必须派出最大兵力，并且火速行动，给敌人重重一击，令其无力反击，然后再召集友军，全速撤退。”

梅尔卡兹提到“敌人”二字时，那略显老态的脸上浮现出一抹苦涩之情。即使对方是莱因哈特的麾下，但提到“帝国军”几个字时，他仍然感到莫名的惆怅。

“我赞成客座提督的看法。此时分批投入兵力，反而会减少一举扭转战局的机会，还可能导致战火扩大。全体舰队要急速行动，在敌人援兵到达前全力一击，之后撤退。现在立即准备出发！”

将领们向司令官敬礼回应，就算他们对杨其他方面的表现有所不满，但对杨的用兵能力却绝对信服，一般士兵更是佩服得五体投地。杨看看大家的反应，对梅尔卡兹说：

“我想请梅尔卡兹提督一同搭乘旗舰，可以吗？”

梅尔卡兹在同盟军享有中将待遇，军衔在他之上的杨原本不必如此谦卑，但杨以贵宾之礼待他，对他十分客气。

说得极端些，杨本想不管梅尔卡兹提出的建议有多拙劣，也全盘接受。当梅尔卡兹亡命投诚时，杨自愿做他的保证人，因为梅尔卡兹虽是帝国军人，但杨一向对他怀有敬意。而且，为了使他对同盟军有归属感，杨觉得牺牲一点也值得。

杨这么做，也是因为他颇有自信，不论处在多么恶劣的战况之下，他都有把握争取最大限度的成功。但过去的成绩未必能保证未来的成功，自己或许太自信了。

梅尔卡兹的提案与杨的想法不谋而合，杨再次认识到梅尔卡兹是位稳扎稳打的正统派用兵家，心中感到欣慰，又觉得有点抱歉，因为他方才还在想“不管建议有多拙劣”——对一位经验丰富的军事前辈而言，这种想法实在太无礼。

另一方面，杨也顾虑到梅尔卡兹的心情，不想让梅尔卡兹处于与帝国军直接战斗的立场上。但如果杨率领舰队出击，让梅尔卡兹留守，一定有人担心司令官不在期间会发生危险。杨觉得自己在杞人忧天，但又不能置之不理，因为照顾部属必须公正无私。

梅尔卡兹也很清楚杨与自己的立场。这位亡命的客座将军简短地答道："遵命！"

4

尤里安仍身处激战的旋涡中。

敌我识别侦察系统侦测到一个不明物体，尤里安条件反射般将座机往左下方急速移动。一瞬间，方才他所在的位置被一道银剑般的光束穿过。在这道白白浪费的能量光束消失前，尤里安迅速确定其发射位置，锁定目标，连续发射出两道光束，被击中的王尔古雷机体变成一个白热的光球，轰隆四散。主屏幕的入光量调整系统启动，不断扩大的爆炸光团宛如画家笔下的作品。

"击坠第二架！"

头盔下，尤里安喃喃道，连自己也无法相信这就是所谓的"战果"。许多新兵哪里谈得上消灭敌人，他们的第一次战斗也是最后一次战斗。尤里安的战果是幸运使然吗？不，不可能只因为幸运。比起幸运，他的技术比敌人更胜一筹才是原因。

尤里安暗褐色的眼眸锐利地闪耀着自信的光彩。自己是否算得上独当一面了？初次迎敌就打下两架敌机，杨提督也一定会夸赞吧。

另外一个敌人在面前出现时，尤里安发现自己已经镇定下来。不论出现何种情况，他觉得都能做出最佳应对。

机翼呈X形的王尔古雷中央涌现一道闪光。它还只是极小的光点时，尤里安就已经“跳到”左方去了。电磁炮弹以毫厘之差与斯巴达尼恩擦身而过，在超低温空间中朝无垠的远方飞去。尤里安按下中子光束炮的按钮，王尔古雷也向虚空中一闪而去，光束只穿越了绵延不尽的黑暗。

尤里安咂了咂嘴，空发不中的遗憾想必也令敌人心有戚戚。少年找寻时机准备第二次射击，但此时他们单打独斗的空间里忽然涌来许多敌军的战斗艇，整个视野中光影奔流交错——他把敌人跟丢了。

战况顿时一片混乱。少年看到这些莽撞的闯入者，一时怒气冲天。再多个两三分钟，他应该就能刷新战果。对手运气真不错。尤里安想到这里，忽然间有种被当头棒喝之感。

他心中甚是羞愧，自己竟如此狂妄自大！第一次战斗只打下两架敌机，竟然有了“我是个身经百战的勇士”的错觉。别开玩笑了，就在几个小时前，他还被教官和老兵骂得狗血喷头呢。他还谈不上有实际战斗经验，不过是个沉溺于想象中的生手。

尤里安曾在杨身边近距离见识过大舰队的会战情形。那时判断、观察和作决定的人是杨，不管自己有多热心、多真诚，充其量也只是个旁观者。旁观者无事一身轻，当事人却得负起对自己乃至对敌人的责任。

这个道理，尤里安是跟杨学来的。杨口头上没说过，但身体力行地教给了尤里安应有的态度。尤里安也告诫过自己不要忘记，但刚立了一点战功就骄傲起来。他不禁感到羞愧：有的人甚至可以对上百万部属和上百万敌人负起责任，自己却连对自己一个人的责任都承担不了！究竟哪天才能填补这段差距？那一天真的会到来吗？

沉思的同时，尤里安继续奋力操纵忠诚的爱机，一边闪避敌人的光束，一边躲开友军的机体，飞行轨迹布满虚无的空间。他发射了数十发炮弹，但不知是守护天使睡着了，还是真正的实力也不过尔尔，竟一发也没打中。

这时，操纵盘上的红灯忽隐忽现地闪起来，这是回航的信号，斯巴达尼恩本体和中子光束炮的能量都已所剩无几。十分钟后，尤里安返回母舰。母舰和搭载机之间有一套称为“摇篮曲”的特殊感应系统，拜它所赐，战斗艇才得以返回。尤里安一边看着整备兵向这边跑来，一边向管制官报告：

“敏兹中士返回。”

“知道了。能量补给期间准许休息，按照规定行动……”

休息时间是三十分钟，在这段时间内，要洗澡、吃饭，为下次战斗做好准备。

尤里安用几乎把皮肤烫得通红的热水和冷水交替淋浴，那充满活力的皮肤变得更加紧绷。随后，他穿上衣服走到餐厅。托盘上放着富含蛋白质的牛奶、奶汁烤鸡肉、汤面、混合蔬菜等，但全身的紧张仿佛都集中在胃里了，一点食欲也没有。他只喝了牛奶，起身正要走时，一个也只喝了牛奶的士兵在餐桌对面向他喊道："这样就对了，小家伙，还是不吃为好。撞到肚子的时候，如果胃里有食物，会得腹膜炎的，小心点哪！"

"啊，是吗？我会注意的。"

尤里安只回应了一句。在宇宙空间的战斗中，注意这个有什么用呢？大部分人像他的敌人那样，都在一瞬间被炸得四散纷飞。就算只有腹部受到撞击，还没得腹膜炎，内外的气压差早就让内脏喷出体腔，血液在血管内沸腾，把脑部和心脏的细胞煮熟，从口、耳、鼻孔中喷出来了——想活下来是不可能的。但是，士兵的义务是在生与死之间，为多靠近"生还"一分一毫而付出代价与努力。这位士兵教给尤里安的，毋宁说是这个道理吧。

步出餐厅时，约莫已过了二十五分钟。有五六个士兵坐在去往飞行甲板方向的电动车上，正要发动，尤里安跑过去敏捷地纵身跳上，飞驰三分钟后，在目的地一跃而下。

再次出击的准备已就绪，尤里安一边快步走向爱机，一边戴上手套。装备兵们叫起来：

"小家伙，加油！不要死掉！"

"谢谢！"

尤里安回应着，心里的滋味有点复杂。

在被叫作“小家伙”的年龄，还真是不想死呢。

第二次发动战斗艇顺利多了——相较第一次而言。

即便如此，在失去母舰重力控制系统保护的一刹那，那种上下失调之感再次袭来，十秒钟后才恢复。

黑暗的花园里，爆炸光和光束形成的花朵灿烂怒放。这一切都是人类将热情倾注于杀戮和破坏的证明。被白白浪费的热情的残渣，化为毫无秩序的能量波涛汹涌奔来，翻弄着斯巴达尼恩小小的机身。

尤里安很想知道整体战况，但现在整个战场淹没在电磁波和干扰电波无形的波涛里，通信功能瘫痪了，只好依靠各种信号和有通信舱的联络船进行联系，才勉强维持舰队的有序运作，这说来有些滑稽。如果战场在地面上，还可以用传令联络友军，有时连军犬或信鸽也派得上用场。此刻的战场仿佛穿越了时光隧道，回到两千年前的模样……

不管怎样，尤里安并不认为己方占优势。尽管亚典波罗少将是位能干的指挥官，但在这次战役中，部下却不遵照少将的意思行动。不，应该说是“无法行动”。除了像尤里安这种少数的例子，其他新兵无疑是敌人血腥狂欢节上最好的供品。尤里安现在只能祈祷母舰阿姆塔特平安无事。“阿姆塔特”一词的意思是“不死”，但愿母舰能像名字一样安然无恙。

正在思考的空当，尤里安忽然吃惊地发现，在自己与爱机的面前赫然耸立起一面巨墙！他无暇多想，本能地把机体往上拉升，一旦撞上那面墙，必死无疑。

那是一艘巡航舰。它虽比战舰小，但与斯巴达尼恩一比，简直是一座移动城堡。它是金属、树脂和结晶纤维组合而成的几何体，是以杀人为目的的工业技术的产儿，是可以用手触摸的海市蜃楼。就在刚才，它的火力将同盟军的一艘巡航舰化为了火球，此时正因胜利昂然自得。

尤里安知道现在绝不能轻举妄动，一旦被巡航舰的主炮击中，还来不及感到痛楚便会从这个世上消失。这或许是最理想的死亡方式，但尤里安并不愿如此死去。少年让爱机与巡航舰保持同样的速度，小心翼翼地和巡航舰外壁保持着约三米的距离，几乎要接触到巡航舰发出的能量中和磁场了。

一处设置于外壁的炮塔忽然急速旋转，但炮口并没有固定下来。大概是他一度被敌人的侦察系统发现，但现在潜入了巡航舰内侧死角的缘故。巡航舰与同一量级的敌舰厮杀期间，一架微不足道的小敌机钻进了它的怀里。侦察系统不是凭肉眼追踪的，实在很难判断小巧轻便的敌机到底是附在自己身上还是逃之夭夭了。

尤里安屏息以待，不敢采取任何行动，只有心脏的鼓动相伴，他期盼敌人的判断是令人乐观的。不知过了多久，巨大的敌人后背微微裂开，银灰色的光子飞弹浮现在眼前，那充满恶意的半球形飞弹头正朝向同盟军的驱逐舰。

尤里安屏住了呼吸。就在飞弹射出、由内向外冲破磁场的一瞬间，他从无形的藏身之处一跃而出，朝舰体发射中子光束，然后急速上升。光块在他背后炸裂开来，汹涌的能量怒涛将斯巴达尼恩高高地卷起抛出，再卷起……

5

“巡航舰连巴赫损毁！”

通信兵的报告往往让指挥官感到不快。无论通信兵的态度是冷静得近乎机械，还是充满歇斯底里的危机感，都会使指挥官的神经网络乱成一团。指挥官很想向通信兵怒喝一声“怎么搞的”，但他无法将做出判断和决定的义务推给别人，也许正是这种孤独感让他对不必负责的人心怀不悦。

此时，尤里安的战绩变成了帝国军的损失。通信兵向上级报告巡航舰损毁的消息后，换回的却是司令官“少废话”的蛮横斥责和殴打。可以说，他成了尤里安战绩的受害者。

不仅帝国军如此，同盟军的亚典波罗少将也在烦躁。他具备一名指挥官的卓越素质，但指挥一个“童子军兵团”的困难，让他希望能有个人替他承担责任。

对他而言，帝国军艾恩德尔夫少将过分慎重的态度反而是意想不到的帮助,但同时也使“我方的致命弱点何时会暴露出来”的疑惧缓慢却真实地上升。亚典波罗一直处于令人窒息的压迫感之下，他看到屏幕上悠然晃过一艘己方舰艇，不禁感到诧异，满脸疑惑地问副官：

“那是尤里西斯吧？”

“是的，是战舰尤里西斯。”

听到尤里西斯的名字，少将朝气蓬勃的脸上绽开了笑容。即使在激战的最高潮，没有消失的幽默感依然被激发了出来。

在伊谢尔伦舰队当中，尤里西斯是屈指可数的“斗士舰”，参加战斗的次数与建立的功勋几乎超过所有的友舰。但是一听到它的名字，人人都想笑，因为无人不知尤里西斯是一艘“厕所被打坏的战舰”。这并非事实，但比起毫无诗意的事实来，人们对自己喜闻乐见的虚构要热衷得多，却不管这种虚构会给当事方造成多大的困扰……

“有尤里西斯的运气就好了。各位，不成体统又有何妨？只要能活着就行！”

舰桥内扬起一阵笑声，虽然转瞬即逝，却使舰桥内流过一股安静温和的气流。虽然尤里西斯的全体人员有点没面子，但它的名字的确可以消除将士们的紧张情绪，让他们身心舒畅，效果甚佳。

战斗开始后，九个小时过去了。在此期间，尤里安已从母舰阿姆塔特四度出击。第三度出击毫无战果，未能击下一架敌机。这大概是己方的斯巴达尼恩渐渐成为王尔古雷炮火下的亡魂，双方生存战机数目逐渐拉开的缘故。

两架王尔古雷同时向尤里安发起攻击。快逃！尤里安一开始便放弃无谓的反击，奋力逃命。而两架王尔古雷为争夺猎物各展本领，欠缺相互配合的默契，否则尤里安早就一命呜呼了。他幸运地甩开这两架互相干扰的王尔古雷的追击，千辛万苦地逃回母舰的怀抱后，瘫在操纵席上久久不能言语。

第四次出击，准确地说应该是从中弹的母舰里“脱逃”。阿姆塔特没有像它的名字一样“不死”，成了核弹的炮灰，从中央一断为二，之后四散开来。尤里安从巨大的火球逃到虚空中，抓住转瞬即逝的机会，将一架出现在眼前的王尔古雷打得粉碎。敌人背对着火球，侦察能力明显下降。尤里安虽然获得了胜利，但补给不充足，现在能量已经快用尽了。他暗褐色的眼眸罩上了绝望的阴云，但看了一眼侦测器，忽然屏住呼吸，盯着屏幕发出神经质的笑声——伊谢尔伦要塞方位出现了无数光点，并急速扩大成一片光壁!

“援兵来了，援兵来了！”

战舰特里古拉夫的舰桥内，通信兵们跳着大叫起来。此情此景下，他们那有点夸张的反应反而成了一种义务，鼓舞了同伴的士气。

效果令人惊奇。舰桥内欢声雷动，无数贝雷帽在空中飞舞。为了通知己方战友，同时也为了让敌人知道，明知信号会被监听，电波还是在同盟军的通信线路上窜流不息。

另一方面，帝国军则遭受了巨大的打击。各舰的通信兵面无血色地望着侦测器，叫苦连天的报告让指挥官们呆若木鸡。

“有一万艘以上？那可就难以取胜了。”

他们喃喃自语，脑海中同时闪过撤退的念头。他们并未失去衡量利弊的理性和能屈能伸的弹性。虽然帝国的援兵也快来了，但规模没有敌人的大，结果只能是自己被消灭后，援兵也成为被敌人各个击破的牺牲品。艾恩德尔夫自己先做了榜样，开始撤退。

“敌人丧失斗志逃走，是否追击？”

战舰休伯利安的舰桥内，副官菲列特利加·格林希尔上尉请示黑发司令官。

“不用了，让他们走吧。”

杨答道。令帝国军退却，挽救我军，出兵的目的已经达到。追杀少数没有斗志的敌人，就战略而言是毫无意义的，对一个军事家来说也毫无快感可言。当初动用大规模兵力，有一半原因就是要吓退敌人。

“那么，是否可以聚拢我军，紧急修复被破坏的战舰，然后立即命令全体舰队返回，阁下？”

“当然。啊，对了，为了日后方便防御，在这里加装几个监视卫星和电波中继卫星吧。”

“是，马上去安排！”

梅尔卡兹用赞赏的眼光望着行事利落的菲列特利加，他在漫长的军旅生涯中，很少看到像菲列特利加这样才干出众的副官。

“还有，尤里安·敏兹中士……”

菲列特利加又来报告。在她的注视下，杨的身体似乎显得有些僵硬。

“……平安生还了。”

菲列特利加用柔和的眼神望着如释重负的杨，继续说道：

“他的战果是击落三架王尔古雷，并完全击毁一艘巡航舰，报告完毕。”

“击毁巡航舰？在第一次战斗中……”

说话的人并不是杨，而是自称要来见识新兵训练成果的要塞防御指挥官华尔特·冯·先寇布少将。他是尤里安射击和肉搏战技的老师。菲列特利加点头肯定，他高兴地拍掌叫好。

“这家伙真让人大吃一惊，真是天才！我第一次打仗也没有这样光荣的纪录。将来不知会如何发展，真是令人惊惧……”

“什么啊，不过是把一生的好运集中在这一次上罢了。一战得志对当事人来说不是好事，真正的才干要看今后的表现。”

杨本想以一个严格的指导者兼教育者的态度说这番话，但看看菲列特利加和先寇布的表情，知道自己大概没有成功。因为他们的表情好像在说“不必再装模作样了吧”。

就这样，尤里安·敏兹结束了首次出击，平安归来。

Chapter 2
振翅待飞的秃鹰

1

宇宙历七九八年，帝国历四八九年一月，在伊谢尔伦回廊发生的战争从规模而言虽然很大，但只能算是一场单纯的边境纷争罢了。

同盟军的负责人——伊谢尔伦要塞司令官杨威利提督无意扩大战争，迅速将舰队撤回要塞内。

帝国军方面，负责警备任务的卡尔·古斯塔夫·坎普提督就未能击溃敌军之事，向帝国军最高司令官莱因哈特·冯·罗严克拉姆元帅谢罪，但莱因哈特只用一句话就了结了此事：

“百战百胜是不可能的，不必一一谢罪。”

莱因哈特身为帝国宰相，要将许多时间和精力投注于整饬内政及巩固自身的权力上。姑且不论以国家命运为赌注的大型会战，他不会太在意这场局限一隅、既无战略价值又无外交意义的小规模战争的成败。

已届二十二岁的莱因哈特，近来在那与生俱来的华丽美貌之上，又增添了忧愁的阴霾和统治者的威严，那种风采甚至像是半人半神的结合体。士兵们对他既崇拜又敬畏，原因之一也在于他的生活态度。

自从姐姐安妮罗杰离去后，莱因哈特便迁离史瓦齐别馆，搬到一处官舍中。那是高级军官专用的宿舍，但对统治着二百五十亿人民和数千恒星世界的权力者而言，实在是寒酸了点。书斋、卧房、浴室、客厅、餐厅、厨房和侍从用的房间——这就是全部。在庭院一角还设有警卫兵的宿舍。

当然，周围不免有人要替莱因哈特鸣不平。

“身为帝国宰相，这样太简朴了。虽然没必要豪华奢侈，但也该稍微显示一下威严。”

对于这些，莱因哈特只是冷淡地一笑置之。

在缺少物质欲望这一点上，莱因哈特与杨威利如出一辙。他孜孜以求的是人世间的权力与光荣，这两者都是无形的。当然，权力会带来物质方面的满足。只要莱因哈特愿意，他可以住在大理石宫殿中，坐拥三千佳丽，在齐腰深的黄金和宝石堆中生活。但如此一来，又与鲁道夫大帝出演的丑恶剧目有何区别？鲁道夫其人不将到手的巨大权力化作有形的物质绝不罢休，他独占了世上最好的东西，诸如壮丽无比的新无忧宫、广阔的庄园和猎场、难以计数的侍从和女官、绘画、雕刻、贵金属、宝石、专属乐队、近卫军、出巡用的豪华游艇、肖像画家、酿酒厂……应有尽有。贵族们终日围在他的四周，恭恭敬敬地领取他大方赐予的礼物。就某种意义而言，他们是识时务者。但对历史上第一位统治全人类的专制君主而言，说他们是奴隶，不如说是家畜更恰当。他们没向鲁道夫摇尾巴，只是因为根本没有尾巴可摇。

鲁道夫还不时将后宫的美女赐给朝臣，通常还附有庄园、爵位和宝石等。因此，朝臣们当然是求之不得，并以此向其他贵族炫耀自己深蒙皇帝陛下的恩宠。

目前来说，这种腐蚀精神的生活与莱因哈特绝缘。没有人能论证说，莱因哈特并非一个充满创造性与进取性的执政者，连极为厌恶他的人也做不到。

“要博得民众对体制的信赖，做到两点即可：公正的审判和公平的税制，仅此二者。”

这句话显示，莱因哈特不但是战争天才，也是统治天才。虽然这结论是基于他个人的野心得出的，但民众的期望也的确如此。

莱因哈特大力制定公正的刑法和民法，进行税制改革，同时将旧贵族拥有的广大庄园无偿赐给农民，并解放庄园的农奴。布朗胥百克公爵阵营中的许多贵族败亡后，宅邸被改建成医院或福利设施，开放给平民使用。贵族们珍藏的绘画、雕刻、瓷器、贵金属工艺品等名贵物品，也都转往公共美术馆展览。

美丽的庭园惨遭贱民们的践踏，厚重的地毯上留下泥靴的痕迹；肮脏的野孩子在往昔只容高贵者就寝的华盖床上留下口水的印子。曾经伟大如斯的国家，竟落入不知美感和高贵为何物的半人半兽的家伙手中！但愿这种种丑陋和凄惨只是一场噩梦……

一个被褫夺了特权与财富的贵族充满愤怒和憎恶，在日记上这样写道。这位贵族却从未想过，以往他能过着那么富足的生活，完全是用那些“贱民”的劳动和牺牲换取的，是一种极不公平的社会体制下的产物。正因为他们不懂得反省，才会自掘坟墓，走上穷途末路。

像这样，如果敌人只会怀念逝去的荣光，莱因哈特就没有必要担心了。他们顶多只能发动反社会的阴谋和恐怖行动。除了贵族偏激派以外，他们无法得到支持与援助。

现在民众都站在莱因哈特这一边，充满敌意和复仇心的平民严厉地监视着旧贵族。曾经驾驭他们的统治者如今都被囚禁在无形的牢笼里。

莱因哈特不仅改革财政和法律体系，更大刀阔斧地改革行政组织。一向恶名昭著的内务部社会秩序维持局是统治民众、钳制思想的政策执行机关，莱因哈特为它近五个世纪的漫长历史画上了句号，局长海德里希·朗古被置于奥贝斯坦的监视下。除激进派的共和主义者和恐怖主义者外，所有思想犯和政治犯一律释放。一度被勒令禁止发行的多份报纸和杂志也得以复刊。

他关闭了以贵族为服务对象的特殊金融机关，进而针对被解放的农奴成立“农民银行”，低息贷给他们务农资金。“解放者莱因哈特”“改革者莱因哈特”……民众们赞颂的声浪大作。

“罗严克拉姆公爵不仅擅长战争，博取民心也很有一套呀。”

开明派的重要人物、帮助莱因哈特改革的卡尔·布拉格，对志同道合的欧根·李希特小声说道。

“是啊，他很懂得如何博取民心。但旧体制的贵族们可是连博取民心都不会哟。他们只会一味压榨人民。相比之下，现在真是进步和文明多了。”

“但是，如果不以民众的自主性为出发点前进，就配不上进步这个名头吧？”

“进步就是进步嘛。”

对布拉格的教条式论调，李希特显得有点不耐烦。

“即使进步是依靠高位者的强权来推动的，一旦民众权利得到扩张，就不可能再倒退回去。当前我们的最佳选择就是拥护罗严克拉姆公爵，推动改革计划，不是吗？”

布拉格颔首赞同，但他的表情中除了满足和同意之外，还有一点别的什么……

2

有帝国军科学技术总监之位的安东·希尔曼·冯·胥夫特技术上将五十六岁，拥有工业博士和哲学博士双学位。头顶虽然光秃秃的，但暗红的眉毛和胡须却粗厚浓密，鼻头发红，身形如同营养充足的婴儿一样圆滚滚的，乍看之下颇像个啤酒屋老板。

但他的目光却不像啤酒屋老板。这位技术上将固然具有军事科学家的研究开发能力，但据说能有今天的地位，是因为他有赶走上司、排挤同僚、压制部下的本领和斗志。还有传言说，他的野心不在于舰队指挥官或作战参谋之位，其实他想成为历史上第一位军事科学家出身的帝国元帅。

胥夫特拜访元帅府大厦时，莱因哈特刚好完成上午的公务，正在用午餐。得知来访者的名字,他脸上露出不悦之色。六年来，科学技术总监部在这位领导人的管理下，除了指向性杰服粒子，可以说毫无建树。莱因哈特对这个恶意驱使政治力量巩固地位和特权的“科学匠人”反感至极。

莱因哈特曾不止一次想换掉胥夫特，更新科学技术总监部的阵容，但在这六年中，所有被视为胥夫特竞争者的人都被排挤出了中央政府，总监部的主要职位都被胥夫特派占据。虽说可以直接换掉胥夫特，再整理下面的派系，但这样做势必给目前的组织运作带来不小的障碍。况且胥夫特从未倒向大贵族那边，对莱因哈特也表现出尽力支持的态度。

莱因哈特虽有意裁掉胥夫特，但一时间还找不到适当的理由。他一面暗中物色可以取代胥夫特的人才，一面不露声色地观察胥夫特是否犯下大错或者有假公济私的丑闻。再说，他也不能总挂念着处分胥夫特的事，帝国目前急需他发挥建设性的才能。

这天下午，他将与几位内政方面的高官会面，听取关于旧贵族领地的土地权、行星层面的征税与司法警察的权限规定，以及中央官厅的组织重编等繁杂问题的说明。这些都是帝国宰相分内的职责，所以用完午餐后要离开元帅府赶往宰相府。其实莱因哈特只要吩咐一声，就可以叫高官们来元帅府，但这位年轻人不知是有洁癖还是个性顽固，总是拒绝这种轻松的事情。

“叫他进来，但只有十五分钟。”

但是，莱因哈特这个计划被打乱了，后来高官们只好在宰相府等候年轻的当权者。为了赢得莱因哈特的赏识，胥夫特施展浑身解数，发挥辩才。

“你是说，要在伊谢尔伦要塞前方，设置一处与之对抗的我军要塞？”

“是的，阁下！”

科学技术总监煞有介事地点点头，显然在等着接受赞赏，但他只从帝国宰相年轻俊秀的脸上看到了不悦和失望的神色。莱因哈特的表情好像在说，虽然只有十五分钟，也是在浪费时间。

“构想本身尚可，但若要成功，得具备一个条件。”

“什么条件？”

“在我军建造要塞期间，同盟军的家伙们必须一语不发地静静观看，绝对不能妨碍工程进行。”

科学技术总监对莱因哈特的话报以沉默，看来似乎无言以对。

“哦……总监，这是一个很吸引人的建议，但很难说是个现实的构想。你把该改进的地方改进之后，改日再重新提议吧。”

莱因哈特优雅地站起来。如果继续对着这个妄自尊大、令人不快的人，他只会神经亢奋，产生骂人的冲动。

“请您稍等一下。并不需要那个条件，因为我的想法是……”

科学技术总监发挥精湛的演技，提高声音说道：

“只要把建造好的要塞移到伊谢尔伦回廊那儿就可以了。”

莱因哈特的视线直直投射在胥夫特那张满是自信的脸上，冰蓝色的眼眸中浮现出一丝兴味。他再次坐回沙发上。

“你详细说来。”

科学技术总监红光满面的脸上，又添上了一抹胜利的神采。莱因哈特虽不欣赏他这副模样，但是很有兴趣听听他怎么说。

3

迄今为止，还没有人批评卡尔·古斯塔夫·坎普上将是忌妒成性的人，以后也不会有人这样说。他豪气干云、光明正大，表现出的统率能力和勇气都卓越非凡。

但坎普也有自尊心和竞争意识。去年的利普休达特战役过后，米达麦亚和罗严塔尔凭借功勋，同时晋升为一级上将。而坎普仍停留在上将的级别，即使心中没有不满，也难免有所遗憾。何况坎普今年已经三十六岁了，比他们都年长。

新年伊始，在伊谢尔伦回廊的边境纷争中，他麾下的舰队又传来败绩。坎普的自尊心大受伤害，盼望能有个机会挽回名誉。也就是说，他在期待新的战争。但不可能为了挽救他一人的自尊心就发动战争。现在他除了训练部属和负责边境的防卫工作，只能意气消沉地过日子。

这一天，莱因哈特下达了一道命令，命他立刻回帝都奥丁，到元帅府报到。

坎普在副官鲁比兹上尉的陪同下来到元帅府，受到了流肯中尉的热烈欢迎。流肯曾是坎普的部属，从去年开始直属于元帅府，是个才二十二岁的年轻人。在他的引导下，坎普走进莱因哈特的办公室。除了一头金发、冰蓝眼眸的年轻俊美的元帅，他还看到了另一个人——胥夫特技术上将。

“你来得真早，坎普。奥贝斯坦和缪拉马上就来，你先坐在那里等一下吧。”

坎普遵照莱因哈特的话坐下来，心中不禁感到诧异。他记得年轻的元帅一向讨厌俗不可耐的技术上将。

不久，巴尔·冯·奥贝斯坦一级上将和奈特哈尔·缪拉上将相继赶到。

奥贝斯坦身兼帝国统帅本部代理总长与宇宙舰队总参谋长二职，可以说是后方作战集团的代表人物，出席这次重要会议不足为奇。倒是实战指挥官的代表人物罗严塔尔和米达麦亚两人没有出席。

在有上将军衔的提督中，缪拉的席次在坎普和毕典菲尔特之下，年纪也较小。他有非凡的作战执行能力，又建立了不少功绩，所以年纪轻轻就受封提督称号。但在同僚中，他的声名还不够稳固。

“大致到齐了吧。那么，请胥夫特技术上将跟大家谈谈他的提议。”

在莱因哈特的催促下，胥夫特站起来，样子让人联想到鸡冠直竖、向人夸示胜利的矮公鸡。那副神气活现的样子给人的感觉并不是自信，而是太过自信。

他示意了一下操作室，随后，空间中浮现出立体影像，是一个银光闪闪的球体——乍看之下毫无个性，但帝国和同盟的军人，无人不知它是何物。

“这是什么，你知道吗，坎普提督？”

听起来不像军人的腔调，反而像老师的口吻。两人的年龄相差二十岁之多，大概也是胥夫特使用这种口吻的原因。

“这是伊谢尔伦要塞。”

坎普彬彬有礼地答道。他顾虑到莱因哈特就在身旁，特意压低了声调。大概出于同样的理由，缪拉也毕恭毕敬地端坐一边。胥夫特点点头，挺起厚实的胸膛说道：

“对人类社会而言，我银河帝国是唯一的政体，但有一班罪大恶极的叛徒不承认这一点，在长达一个半世纪里不断在宇宙中制造流血和破坏事件。这群匪类竟还不自量力地自封国号，号称什么自由行星同盟。其实不过是一群很久以前偏离了帝国臣民正道的过激暴徒的后代，演着夜郎自大的荒唐闹剧罢了！”

这个一向不懂得敬重学问的俗人，究竟想说什么？坎普在心底暗暗咒骂。聆听的四人表情和态度各异，但都对这番了无新意的演说毫不动容。胥夫特继续着他的话题。

“为了追求宇宙的和平与人类社会的统一，我们必须消灭自由行星同盟的一干叛徒。有鉴于此，只在敌人进攻时予以反击还不够，我方也应该发动攻击，占领敌人的根据地。但敌人的根据地过于遥远，补给线和通信线都鞭长莫及，更何况双方之间只有一条隧道状的伊谢尔伦回廊。迎击方可以集中战力，比较有利；攻击方则恰恰相反，在战术上明显受到牵制。

“以前，帝国军能长驱直入敌人的势力范围，是利用伊谢尔伦要塞作为桥头堡和补给据点。现在伊谢尔伦要塞落入敌手，帝国军无法通过回廊直捣敌人的根据地。目前，由于亚姆立札会战惨败和去年内战的打击，同盟军元气大伤，一时间还难以恢复，所以只要攻陷伊谢尔伦要塞，帝国军就有可能一举征服整个同盟领土！另外，从人力资源的角度来看，伊谢尔伦有同盟军的第一智将杨威利，只要在攻陷伊谢尔伦的同时将他逮住杀死，就能给同盟军一记致命的打击。

“但是，单说硬件设施，伊谢尔伦是坚不可摧的。直径六十公里的人工球体表面是超硬度钢、结晶纤维和超级陶瓷构成的四重复合装甲，并做了镜面处理以抵御光束炮，连巨型战舰的大功率主炮也伤不了它一根汗毛。这并不只是理论，事实证明了一切，同盟军曾从外侧发动攻击，但始终无法攻下伊谢尔伦。

“如果无法用舰队攻占伊谢尔伦要塞，那怎么办？唯一的方法就是集结与伊谢尔伦旗鼓相当的火力和装甲，与之决一死战！就是以要塞对要塞，把一个足以与之抗衡的要塞移到伊谢尔伦面前，锁定目标，发动攻击！”

胥夫特技术上将停下来，环视着在座的四个人。早已知道内容的莱因哈特不动声色，而奥贝斯坦即使心里惊诧，也不会在表情或动作上显露端倪。另外两人就不同了——坎普深深地吸了口气，强有力的手指不住地敲打椅子扶手；缪拉则一边喃喃自语，一边连连摇头。

胥夫特再次打开话匣子。

“在帝国境内，能与伊谢尔伦对抗的要塞，当推去年内战中贵族联合军的根据地‘秃鹰之城’。这座要塞曾一度被废弃，但只要将其修复，装上空间跳跃和一般航行用的引擎，就可以航行一万光年的距离，直捣伊谢尔伦，进行要塞之间的决战。以现在空间跳跃引擎的功率而言，还无法使巨大的要塞航行起来，必须把十二个引擎排成环形同时发动。在技术上并没有问题，其他就要看指挥官的统率能力和作战执行能力了……”

胥夫特的骄傲之色溢于言表，整个人越来越膨胀，他坐回椅子上。莱因哈特站起来，说道：

“这就是请众位来此的目的。”

他冰蓝的眼眸锐气腾腾地扫视在座的提督，坎普和缪拉挺直了脊背。

“我任命坎普为司令官，缪拉为副司令官，按照科学技术总监的计划，进攻伊谢尔伦！”

在新的作战行动中，卡尔·古斯塔夫·坎普上将担任司令官，奈特哈尔·缪拉上将担任副司令官。这道人事命令在军队内部引起了波澜。人们普遍认为，规模如此庞大的独立作战行动，理应由罗严塔尔或米达麦亚这两位一级上将中的一位来指挥才是。

当然，他们两人在公开场合对此未置一词，但私下里却忍不住流露出失望之意。

“反正是按照奥贝斯坦总参谋长的意思决定的。”

米达麦亚如此断定。这与其说是推理，毋宁说是偏见，但他的想法倒与事实相去不远。

当莱因哈特问到作战指挥官的人选时，奥贝斯坦并没有立刻回答,他询问了参谋团的菲尔纳上校的意见。菲尔纳的回答是：

“如果罗严塔尔和米达麦亚两位提督再次建立功勋，就只能用帝国元帅的地位来酬谢他们了。一旦他们获封帝国元帅，军衔就与罗严克拉姆公爵一样。就人事秩序而言，这样不太妙。倒不如从上将中选择一个适当的人，作战成功就将其升为一级上将。如此一来，还能避免罗严塔尔和米达麦亚因位高权重锋芒太露。万一作战失败，由于不是本军的王牌大将，损害也比较小。”

他这番意见与奥贝斯坦的想法不谋而合。为了维持人事秩序、巩固第一人的权威，绝对不能培养出第二号人物。齐格弗里德·吉尔菲艾斯在世时，奥贝斯坦的用意也是如此。吉尔菲艾斯为了保护莱因哈特身亡，身后受封荣誉不计其数。赠予死者再多荣誉也无妨，但对活着的人就不同了。如果米达麦亚和罗严塔尔代替吉尔菲艾斯占据了那个地位，之前做的一切就没有意义了。应当冻结第二号人物空缺的现状，制造众多的第三号人物，分散他们的权限，才能巩固莱因哈特的独裁体制。

在这种情况下，如果奥贝斯坦将第二号宝座握在自己手中，免不了被人指责为自私自利。但连一向讨厌他的米达麦亚也认为，奥贝斯坦并没有篡夺地位的野心。他希冀的另有其事。

“就选坎普吧。他一心想洗雪先前战败的耻辱，再给他一次机会吧。”

奥贝斯坦提出了从上将级的提督中挑出人选的建议，莱因哈特据此下了决定。副司令官的地位当然必须在坎普之下，于是年轻且经验较浅的缪拉就被选上了。

此时，莱因哈特精神世界的某个角落里，从前那种无比热烈的冲动被隔绝了。他甚至会从遥远的地方漠然地眺望着自己。这该叫作冷却的热情还是干涩的虚无？他自己也不知道。他的脚是为了飞翔在高高的天边而生的，却感觉飞翔的能力似乎已明显下降了。

他明白其中的原因，却不敢正视。

“我是一个坚强的人，不需要他人的帮助或理解。”

莱因哈特宁愿这么想。

从前，他根本不用努力让自己这么想。而现在偶尔回首一看，想确定吉尔菲艾斯就在身后半步之处跟随，但一定神，一切早都化为乌有。啊——只有在共同拥有时，梦才有价值！所以，他更要实现那个并非只属于自己的野心。

把宇宙握在手中！

影子消失了，一侧的羽翼折断了，但还有利牙。一旦连利牙也掉了，那就意味着莱因哈特·冯·罗严克拉姆的生命意义消失了。纵然它终有一天会折断破碎，现在也只有磨砺以待。

4

去年，忠诚、胆识与能力均无人能及的齐格弗里德·吉尔菲艾斯去世，之后渥佛根·米达麦亚和奥斯卡·冯·罗严塔尔就被称为莱因哈特麾下提督中的“双璧”。

两人都是用兵高手，智勇双全。一旦情势需要，不论是中央突破后反方向散开、全面直进攻势还是固守据点，他们都能依照实际状况随机应变，发挥最高水准的用兵技术。米达麦亚作战快如闪电，罗严塔尔则攻守俱佳，二人相当冷静又有耐力，才能都是世所罕见。而在判断战况的准确性、当机立断的果决、随机应变的灵活性和准备的周密程度等方面，二人旗鼓相当、难分轩轾。

渥佛根·米达麦亚一级上将恰好三十岁，有乱蓬蓬的蜂蜜色头发和活力充沛的灰色眼睛。他体格稍小，全身肌肉结实匀称，像一位体操选手，给人俊秀敏捷的感觉。

奥斯卡·冯·罗严塔尔一级上将三十一岁，头发是接近黑色的深棕色，有贵公子般的美貌和修长的身材。但给人印象最强烈的是黑色右眼和蓝色左眼的组合，人称“金银妖瞳”。

他们两人的声名和战绩不相上下，但并没有自拥派系互相对抗。不但如此，他们在战场上多次并肩作战，分享伟大的战绩。在战场之外，他们也是私交甚厚的好友。地位相同、气质互异的两人能保持这样的关系，有人甚感诧异，有人视为理所当然。

米达麦亚出身平民，家族的社会地位和生活水平算是中等。父亲是园艺师，以贵族和富裕的平民为对象，从事诚实守信的生意。

“在这样一个自上而下层次分明的人世中，平民要有一技之长才有生路。”

父亲这样教诲儿子。他无疑希望儿子成为技师或工匠，平平安安地过完一生。儿子的确成了工匠，还达到了高手的境地，只是擅长的领域不是建造庭院，也不是手工艺，而是充满风浪波折的战争……

米达麦亚十六岁那年进入军官学校，罗严塔尔比他高一级，不过求学期间，两人并没有相识相知的机会。在军官学校里，高年级可以对低年级进行各种干涉，施加压力，但罗严塔尔对这种集团活动毫无兴趣。

在米达麦亚升入二年级那年的夏天，他从宿舍回到离别很久的家中，发现家里多了一个人。那是母亲远房亲戚家的女孩，她的父亲在战场罹难，她被带到米达麦亚家来。

这位十二岁的少女叫艾芳瑟琳，有米色的头发、紫罗兰色的眼眸和玫瑰色的双颊，虽然谈不上是国色天香的美女，但举止轻巧灵活，脸上永远带着笑容。当她一路小跑跑开时，仿若燕子在春天的碧空里翻飞一般，给人轻盈欢快的感觉。

“密海儿，密海儿，密海儿——起床喽！天气多么晴朗……”

她的歌声听起来也那么轻快婉转。

“真是个开朗可爱的好孩子啊，渥佛根。”

母亲一说，军校学生装作若无其事地含糊答应着。但自此以后，只要有假期，他一定会老老实实地回来，双亲很快就看穿了他的心意。

不久，米达麦亚从军官学校毕业，官任少尉，在双亲和艾芳瑟琳的目送下奔赴战场。对这位俊秀、聪敏而勇敢的年轻人而言，成为军人显然是他的天职。在短短的时日内，他就建立了大大小小的功勋，军衔也不断提升。但处事果断、速战速决的他却有深深的烦恼——决定向紫罗兰色眼眸的少女求婚前，他足足花了七年的时间。

那一天，他休假来到镇上，环视一下四周，忽然快步跑过被他的举动弄得莫名其妙的人群，生平第一次推开了花店的门。花店的主人看到这位身着军服飞奔而来的青年，吓得差点背过气去，因为脸色怪异的军人慌慌张张飞奔而至，通常都不是什么好事。

“花！花！我要花！只要是花，什么花都可以！哦，不，不！我要那种非常漂亮、女孩子最喜欢的花！”

女主人知道不是强制搜查，也不是镇压行动，这才回过神来，建议他买黄玫瑰。米达麦亚把花店里一半的黄玫瑰都买了下来，让女主人给他做成花束。然后，他走进一家点心店，买了巧克力和添加了朗姆酒的海绵蛋糕。经过珠宝店门前时，他犹豫了一下，要不要买戒指呢？不管怎么说，那未免也太冒昧了，而且钱包快空了，他只好打消这个念头。

米达麦亚捧着花束和蛋糕盒回到家中。少女正在庭院整理草坪，她抬起头，紫罗兰色的眼眸中映现出年轻军官拘谨的身姿，便吃惊地站起身。

“渥佛根——先生？”

“艾芳，请接受我的诚意。”

他的心情之紧张，绝不是上战场时能比的。

“送给我的吗？谢谢。”

那如花的笑靥让米达麦亚感到一阵晕眩。

“艾芳瑟琳——”

“是，渥佛根先生……”

米达麦亚为了这次求爱的壮举，曾多次演练漂亮的台词，但他看到少女紫罗兰色的双眸时，那些文学修辞都飞到一百光年外的地方去了。他只觉得自己是个笨蛋。

“这是干什么？加油！怎么这么胆小！”

米达麦亚的父亲在远处看见这番情景，咂了咂嘴。他并不了解儿子在战场上的表现，只知道他连求个婚都要花上七年，真是优柔寡断，让人忍无可忍。园艺师手里握着园艺剪刀，静静地看着。儿子一面比手画脚，一面吞吞吐吐地说着什么，少女低着头凝神聆听。忽然，园艺师的儿子出人意料地抱起少女，鼓足全身的勇气，笨拙地和少女接吻了。

成功了。父亲满意地嘟囔。

这时，蜂蜜色头发的年轻军官真切地感受到，这世上还有一个比他自己更珍贵的存在，而且这件珍宝此时就在他的臂弯中。

他们举行了简朴的婚礼。当时渥佛根·米达麦亚二十四岁，艾芳瑟琳十九岁。六年后，他们还没有孩子，但这对他们的幸福生活并没有任何影响。

奥斯卡·冯·罗严塔尔不像已故的齐格弗里德·吉尔菲艾斯那样，心中有座圣殿，住着倾慕的女神，也不像好友渥佛根·米达麦亚那样，与一位令人怜爱的少女认真地谈一次恋爱。

他从少年时代起就集女性的关注于一身。他有贵公子般的姿容，深沉幽暗的黑色眼眸和锐利生辉的蓝色眼眸组成金银妖瞳，让人感到神秘莫测。从青春少女到中年贵妇无不为他倾倒。

这位智勇兼备的年轻人后来被称为银河帝国屈指可数的名将。他身为军人，因毫不容情令敌人闻风丧胆，但在此之前，他对女人的冷漠无情在朋友圈中早已名声在外。对于那些一厢情愿的追求者，他在和对方有过关系后，就会将之抛弃。

军官学校毕业后的几年间，他和渥佛根·米达麦亚成为知己，多次在战场上并肩作战。背景与性格迥异的两个人奇妙地对彼此产生了好感，情谊日益深厚。米达麦亚和艾芳瑟琳结为伴侣，拥有一个幸福的家庭，而罗严塔尔仍是单身。在旁人眼中，他性喜渔色、风流成性。

“不要作孽太深啊。”

米达麦亚实在看不过去，不止一两次告诫他。罗严塔尔点点头，并没有接纳忠告，依然故我。不过，米达麦亚得知罗严塔尔内心扭曲的情结后，也不再说他什么了。

那是帝国历四八四年,两人参加卡普兰卡行星战役。在酷寒、高重力、充满水银气体的恶劣环境下，两军展开了惨烈的地上作战。当时还是中校的罗严塔尔和米达麦亚甚至无法确定前线在哪里，就陷入混乱的苦战。在能量弹匣消耗殆尽前，他们用粒子光束枪连连射击;能量用尽后便反手握住枪身，在零下三十摄氏度的泥泞里打得同盟军士兵尸横遍野。战斧划破寒气，喷出的血浆在瞬间凝结，无色的酷寒世界中绽满火红的花朵。

“喂！还活着吗？”

“总算还活着。你干掉几个了？”

“大概十来个吧……”

战斧不见了，沾满血的枪身也弯曲变形不能再用，敌人又团团围上来，他们准备接受那过早来临的死亡。他们战斗得太勇猛、太激烈，给敌人造成了非比寻常的重大损失，即使投降也不会被饶恕。米达麦亚默默在心中向妻子告别。但就在此时，伴随着轰隆隆的声音，帝国军的大气圈内战斗机急速下降，朝同盟军正中央发射了超低频飞弹。凌空飞舞的冰片和沙土遮蔽了原本就微弱的阳光，扰乱了雷达。包围圈的一角被破坏。在混乱与黑暗中，两人终于逃脱出来。

当晚，在基地的酒吧中，两人举杯祝贺生还。他们在洗澡水里放了香料冲洗身上的血渍，而要洗净精神上的血渍，只有酒精才能办到。他们随性地喝了太多的酒。罗严塔尔忽然坐直身子看着朋友，异色的双眼带着醉意和异样的光芒。

“米达麦亚，好好听着，虽然你已经结婚，但请记住，女人这种生物就是为了背叛男人而生的。”

“不要一竿子打翻一船人。”

想到艾芳瑟琳的笑容，米达麦亚克制地反驳了一句。但金银妖瞳的友人激烈地摇头。

“不，我母亲就是个好榜样。说给你听听，我父亲是空有其名的下级贵族，母亲却是从伯爵世家下嫁过来的……”

罗严塔尔的父亲大学毕业后成为财务部的官吏，但他早早对封闭又等级森严的官场死了心，转而投资镍和白金矿山的开采。五年后，他成功了，虽谈不上有数以亿计的财富，但也累积了足够享用三代的资产。

他年近四十仍孑然一身，将资产转化为可靠的债券和房产、生活完全安定后,开始考虑娶个新娘成家。他打算娶个资产相当、家世相称的姑娘。此时，一位朋友却替马尔巴哈伯爵家的三女儿蕾欧娜拉来说媒了。

在银河帝国，名门贵族不论在政治还是经济上都受到妥善的保护，但仍避免不了家道中落的情形。马尔巴哈家接连两代主人都放荡成性，不但将广大的庄园和宅邸悉数变卖，连高登巴姆帝室赐予的可保衣食无忧的高利率债券也卖掉了。

罗严塔尔那一向善于精打细算的父亲看到立体照片上蕾欧娜拉的美貌，一时也目瞪口呆。他一肩挑起马尔巴哈伯爵家的债务，将比自己小二十岁的美丽新娘娶回了新居。

这场婚姻给夫妻双方都带来了莫大的痛苦。随着时间的流逝，两人的摩擦越来越多，丈夫为自己的身份和年龄自卑，尽量用物质弥补这方面的缺憾。这也许是个致命的错误，而助长这个错误的则是妻子。她无休止地缠着丈夫买昂贵的东西，可一旦买给了她，她便立即失去兴趣。

罗严塔尔的母亲有时很像典型的封闭上流社会的女性，宁愿迷信占卜与命运，也不相信科学。她和丈夫的眼睛都是蓝色的，当她生下金银妖瞳的婴儿时，脑海里涌现的不是遗传上的概率，而是黑色眼睛的情夫。

她相信这是神降下的报应，心中充满恐惧。有丈夫财力的支持，她才能极尽奢华，可以与其他男人厮混。她空有美貌，却欠缺生活能力，如果把她和她暗中资助、成日耽于嬉戏的青年一同放逐到社会上，不知道会有什么下场。毫无疑问，不仅在物质上不安定，最后情夫也将弃她而去。

“……所以，我的眼睛一睁开，在见到父亲之前，亲生母亲就想亲手挖出我的右眼。”

罗严塔尔的唇角绽开略显扭曲的微笑，米达麦亚一言不发地注视着好友。

罗严塔尔的脑海中浮现出一幅画面。

年轻优雅的女子从床上坐起来，纤细的脸庞紧绷着，眼中泛着火焰。她把婴儿抱到胸前，拿起水果刀往婴儿的右眼刺去。这时门打开了，给女主人送热牛奶的女仆发出尖锐的哀号，地毯上飞溅着牛奶和杯子碎片。许多人涌进房间，刀子从白皙的手中掉落，婴儿凄厉的哭声划破了凝结的空气……

他应该把这些景象忘掉。然而对金银妖瞳的青年来说，这些景象已经变成可以触摸的实体，炽烈地灼烧着他的视网膜和内心。这些记忆在他的精神世界里落地生根，让他对所有女人都失去信任。

米达麦亚第一次明白了好友贪欢好色背后真正的心结所在。他不知该说什么，只是喝了一口黑啤酒，眼睛看着别处，内心却在同情朋友与为妻子一方的女性辩护之间挣扎。这种时候该采取什么态度，与理性和教养无关。米达麦亚是幸福的，现在却为此感到不安。

“嗯……罗严塔尔，我的看法是……”

米达麦亚回过头来，立刻闭上了嘴。只见金银妖瞳的年轻军官伏在吧台上，任凭睡眠之神轻轻爱抚着全身。

第二天，一夜宿醉的两人在军官餐厅碰面，看起来都没什么食欲。米达麦亚拿起叉子正要插向番茄和腊肉，一脸不悦的朋友开口了：

“昨天晚上借酒装疯，说了很多无聊的话，忘掉吧。”

“你说什么了？我完全不记得了。”

“哦，这样最好。”

罗严塔尔揶揄地笑了。他自己也分不清到底是在为米达麦亚那不高明的谎话苦笑，还是在嘲笑自己借酒装疯、表明轻蔑女性原因的愚蠢。总之，自那天以来，两人绝口不提这个话题了。

他们就是这种好朋友。

5

长期担任莱因哈特副官的齐格弗里德·吉尔菲艾斯成为独立部队的指挥官后，曾有几位军官接替过他的位置，但没有一个人坐得长久，因为再也没有人与莱因哈特心灵相通。而他们也有所顾虑，由于在精神上与莱因哈特欠缺相同的步调，他们的关系仅止于单方面接收或传达命令。

在吉尔菲艾斯生前，莱因哈特想要一位参谋，奥贝斯坦就是这样出现的。现在他需要一位忠实能干的副官，这位副官只要有吉尔菲艾斯万分之一的能力就好。

一天，修特莱前来拜访莱因哈特。

修特莱曾是贵族联合军的盟主布朗胥百克公爵的部下，他因惹怒旧主君被弃置不顾。原因在于他不愿发动大规模内战，使帝国上下卷入战祸之中，便提出暗杀莱因哈特、打开新局面的大胆提案。他落入莱因哈特手中时，态度磊落，颇具堂堂男子气概，莱因哈特反而对他产生了好感，还他自由之身。

莱因哈特对人的行为美丑十分敏感，即使是敌人，他也不吝赞美这样的人。

去年九月，情同手足的齐格弗里德·吉尔菲艾斯离世，带给莱因哈特的打击和悲恸几乎使他的人格崩溃。尽管如此，莱因哈特竟然一点也不憎恶杀害吉尔菲艾斯的安森巴哈。一方面固然是由于自责太深，另一方面也是因为从安森巴哈不顾生命安危、誓为主君复仇的行为中感受到了一种美。

而对于旧敌布朗胥百克公爵，莱因哈特则是轻蔑与愤怒交加。不论安森巴哈还是修特莱，布朗胥百克都未能善用这些有能力的人才，而是在极尽虚荣和骄傲之后悲惨地死去，实在是令人唾弃之辈。

“此人本该灭亡！根本就不是死在我的手中！”

莱因哈特这么认为，在这件事情上，他丝毫没有感到良心的苛责。

修特莱前来拜访是碍于亲族的苦苦哀求。这位亲族曾有恩于他，但此人是贵族，财产势必会被毫不留情地没收，届时全家将流落街头。修特莱不忍置之不理，但如果向莱因哈特低头恳求，即使不能保住全部财产，大概也会留下一部分。所以发誓不再过问世事的修特莱只好强忍着羞愧，在旧敌面前跪下来。

莱因哈特明白了来意，微笑着点点头。

“我知道了，不会为难他。”

“感谢您。”

“不过，有个条件。”

莱因哈特的笑容消失了。

“做我的部下，成为统帅本部的一员。”

“……”

“对于你的胆识和智谋，我颇为欣赏。你赋闲在野已近一年，现在适逢岁月更新，对旧主的忠诚正好也该告一段落了吧？”

低头聆听的修特莱抬起头，眉宇间神色坚决。

“阁下宽容大度，敝人无以言谢。不肖之身承蒙如此厚爱，愿将满腔忠诚敬献给您。”

修特莱受封少将，担任莱因哈特的首席副官。另外，迪奥贝尔·流肯中尉升任次席副官，与新任少将修特莱成为搭档。吉尔菲艾斯的位子不能只由一人接掌的说法自此确立。不论军衔还是年龄，流肯副官都算是修特莱副官的副官。

大家都知道修特莱是莱因哈特的旧敌，因此莱因哈特任命他接掌副官的要职时，人人愕然。

“这个决定太大胆了！”

一向胆大过人的米达麦亚也不禁咋舌。

奥贝斯坦总参谋长会反对吧？有人这样想，但没有猜中。奥贝斯坦接受了长官这项大胆的人事命令，因为他知道修特莱是有才能的人，也考虑到曾是布朗胥百克公爵忠臣的修特莱都向莱因哈特屈膝，会带来相当大的政治效果。但日后如果修特莱获得了超出必要限度的势力，想必奥贝斯坦就会削弱他的力量了。

奥贝斯坦没有家庭，在官舍有随从，在私宅有一对上了年纪的管家夫妇照料身边的琐事。除此以外，他还有一位“同居者”。

“他”并不是一个人，而是一只达尔马提亚犬，一看就知道是只上了年纪的老狗。前年春天，利普休达特战役的战火尚未真正燃起时，一天，奥贝斯坦在外面用完午餐，回到莱因哈特元帅府的大楼。他登上台阶正要走进大门，卫兵举枪致礼，脸上却带着奇怪的表情。他回头一看，一只又瘦又脏的老狗正亲昵地紧跟在脚边。大概是想讨人喜爱吧，老狗有气无力的尾巴慢慢摇摆着。

“这只狗是怎么回事？”

以冷酷无情闻名的总参谋长淡漠地问道。卫兵看到他的义眼投来毫无感情的光芒，表情紧张，狼狈至极。

“是……嗯……这不是阁下的爱犬吗……”

“哦？它看起来像我的狗？”

“不，不是吗？”

“是吗？看起来像我的狗？”

一股莫名的感动涌上心头，奥贝斯坦点点头。于是从那天开始，这只无名的老狗正式成为银河帝国宇宙舰队总参谋长的家庭成员。

这只老狗虽是被捡回来的流浪狗，却很不像话，只吃煮软的鸡肉。因此，连一向严厉可怕的帝国军一级上将，也会在半夜亲自去肉店买鸡肉喂它。奈特哈尔·缪拉结束勤务后看到这一幕，在提督俱乐部中向大家披露了这件事。

当时，米达麦亚和罗严塔尔虽然想说什么，但还是闭上了嘴。

“哼，我们的参谋长阁下不讨人喜欢，倒是讨狗的喜爱，大概是物以类聚吧。”

“黑色枪骑兵”舰队的司令官弗利兹·由谢夫·毕典菲尔特辛辣地挖苦道。

毕典菲尔特是一员声名卓著的猛将，有人给他这样的评价：“如果战斗限定在两个小时内，罗严塔尔和米达麦亚只怕也要逊他一筹。”

但这个评语也说明他用兵急躁，欠缺耐性。他擅长一鼓作气全面攻击，如果最初一击没有成功，便后继无力了。但能挡住他第一击的敌人，世上倒也不多。

“毕典菲尔特的确很厉害。如果我和他在战场上相遇，战斗之初这家伙大概会占上风。但等战斗结束，站着的就是我了。”

罗严塔尔曾充满自信地对米达麦亚说。当然，当时在场的只有他们俩。能让金银妖瞳提督有败北准备的强敌，在这宇宙中一只手就数得完。

在莱因哈特大刀阔斧的改革中没有圣域存在，怒放着浪费与奢靡之花的宫廷也被纳入改革之列。

皇帝居住的新无忧宫并没有拆毁，但超过半数的庭院和壮丽的建筑都关闭了，许多侍从和女官也随之被解雇，留下的多半垂垂老矣。众人盛传罗严克拉姆公爵讨厌华丽的宫廷，莱因哈特其实有他的考虑。高龄的侍从和女官在宫廷内度过了数十个寒暑，现在大部分人已无法适应外面的社会；而年轻一辈体力好，适应力强，社会也需要这样的劳动力，可以从事别的职业，生活上应该不成问题。

莱因哈特在冷酷野心家的面具下，还有这样温和仁厚，或者说是天真的一面。对他这个特点心照不宣的，只有已故的齐格弗里德·吉尔菲艾斯。莱因哈特不会说出去求得别人的理解，他一向顽固地抗拒这种做法。即便别人把他只留下老弱侍从看作对皇帝的恶意，他也不在意，况且他的确对皇帝怀有恶意……

不仅是银河帝国，全宇宙的人都在屏息等待，想看看这位年轻的权臣罗严克拉姆公爵何时会废掉幼帝，自己加冕为王。

自从宇宙历三一〇年，鲁道夫·冯·高登巴姆废除民主共和制、建立银河帝国以来，已经过五个世纪，说到皇帝就意味着高登巴姆家族的家长。一个家族、一支血脉将国家据为私有物品，独占最高权力。五百年过去了，独占成为正统体制，成为神圣不可侵犯的事实。

然而，谁说篡夺一定比世袭差？那只是统治者为了维护既得权力，将自己正当化的理论罢了。为打破权力独占状态，如果在篡夺或武力叛乱之外别无他途，有志于变革的人当然只能选择篡夺这条路。

一天，奥贝斯坦前来拜访莱因哈特，有意无意地问起他对年幼皇帝的处理态度。

“我不会杀皇帝。”

莱因哈特握着水晶杯，杯中鲜红如血的芳醇液体轻轻摇晃，与冰蓝色的眼眸相互辉映，让人有一种异样的感觉。

“让他活着才有利用价值。你不这样认为吗，奥贝斯坦？”

“的确，目前这样比较妥当。”

“啊，目前……”

莱因哈特仰头将酒一饮而尽，炙热的感觉随着液体流入胸腔深处，灼烧着胸膛内部，却仍然无法填满心中的空洞。

➛ Chapter 3 ➛

一根细弦

1

伊谢尔伦要塞的中央指令室是一间长宽各八十米、高约十六米的巨大房间。打开通往走廊的门，就是警卫的休息室；打开更里面的一扇门，迎面的墙壁是一面大屏幕。这面主屏幕纵长八点五米，幅宽十五米，右侧有十二面辅助屏，左侧有十六面战术情报监视器。在主屏幕前，有三排二十四个操纵席座位。操纵席后面的地上有立体投影机，投影机之后就是司令官座席。杨威利总是一副索然无味的表情，坐在那里喝茶。

这张办公桌可以通过热线与首都海尼森的统合作战本部或行动中的驻留舰队通话。司令官座席左右和后方共有二十个座位，由要塞的首脑坐镇。一般说来，杨左边是副官菲列特利加·格林希尔上尉，右边是参谋长姆莱少将，坐在他背后的则是要塞防卫指挥官先寇布少将。此外还有客座提督梅尔卡兹、舰队副司令官费雪及要塞事务监督卡介伦等人的座席。不过，卡介伦大部分时间都在要塞事务管理部的办公室，费雪大多在出入港管制室。

室内的联络、指示、命令、洽谈公事等全都用耳机通话。墙上设有两个监视摄影机，分别将影像送到不同的监视管制室。万一中央指令室被敌人占据，这个监视管制室便成为新的战斗指挥中心。

多年以后，每当回想起伊谢尔伦的种种，尤里安·敏兹脑海里便会浮现出杨威利坐在司令官座席上的身影——杨的举止很不雅，常常是两脚跷在桌子上，要不就是不坐在椅子上，在桌上盘腿而坐，因此有些奉严谨的形式之美为军人第一信条的人对他的评价并不是很好。但他原本就不是按规格制造出来的人，硬要对他刻板严谨地要求，未免太勉强……

尤里安在这里还没有固定位置，通常坐在屏幕对面呈阶梯状倾斜的地板上。杨一叫他，他就像弹簧般站起来，跑到杨眼前。他在指令室中得到一席之地是晋升军官后的事了。

从嗅觉来说，记忆中有些电子气味，还有人手一杯咖啡的袅袅香气。杨喜欢喝红茶，在指令室属于少数派，因此红茶香经常敌不过咖啡香。杨有点讨厌咖啡的味道，但这毕竟是小事一桩，其他各种大大小小的问题才够他烦的。

尤里安首次出击归来，见到杨时，杨带着一种难以形容的表情迎接少年。沉默良久后，他说道：

“不要去做危险的事情，我对你说过多少次了。”

这番话对军人而言，可以说矛盾至极。听在耳里，尤里安和旁边的菲列特利加·格林希尔上尉费了好大劲儿才忍住没笑出来。

尤里安回到官舍，打开家用电脑，开始了和平的日常工作。正当他考虑晚餐的菜单时，TV 电话响起来，菲列特利加出现在画面上。

“好像变成生活战争的战士了，尤里安。”

“因为这件事指望不上长官啊。您有什么事吗？”

少年有点拘谨。如果有人说他正处在仰慕年长女性的年龄，他一定会生气地一口否认。

“有件重要的事要传达。你从明天开始正式晋升为上士了。明天中午到司令官的办公室报到，领取任职令，可以吗？”

“晋升？是我吗？”

“当然喽。你立了不少功劳啊，第一次上阵就表现得那么出色。”

“谢谢。不过，杨提督的意思呢？”

菲列特利加淡褐色的眼眸里，轻轻闪过一丝诧异的神色。

“他当然很高兴啦，只是嘴上不说而已……”

她也只能这样回答吧。通话结束后，少年稍稍思考了一会儿。

杨并不希望尤里安成为军人，尤里安却志在从军，因此杨也不能执意强迫少年遵从自己的意思。但另一方面，杨又希望让尤里安跟在自己身边。同盟军的最高智将在这件事上显得言行不一，前后矛盾。

杨选择自己的职业时，完全没有可当作根据的理想。他想找一所可以免费读历史的学校，就进了军官学校的战史研究系，但该系却在中途废止，他只好转读战略研究系，就这样心不甘情不愿地进入了军队。

相比之下，尤里安是自主地选择了以军人为志向，对职业和自身都堪称诚实，杨应该没理由再多说什么。但尤里安仍然希望自己选择的前途能得到杨的祝福。

尤里安的父亲是军人，但他死后，尤里安若不是被托付给杨抚养，或许少年也未必会以军人为志向。暂且不提其中的利弊得失，杨的人格对尤里安的影响十分深远。但杨对少年的从军志愿说长道短后，也只能对着镜子露出一脸的无奈。

想到杨的表情，尤里安一个人笑起来。总有一天杨会理解自己的，他毫不怀疑这一点。

这一年，杨威利三十一岁。

“并不是我自己要变成三十一岁的。”他极力宣称。

“您还年轻嘛。”尤里安安慰他。

事实上，杨仍然显得年轻，朝气勃发，看起来倒像是二十几岁。

军官学校的学长亚列克斯·卡介伦曾对他说：“你没有家庭之累，所以看起来比较年轻。”

“有你这种丈夫的卡介伦夫人才辛苦呢，也只有圣女才有这样的耐性。碰到这种蛮横粗暴的丈夫，一般的女人只怕一年也忍受不了。”杨反驳道。

尤里安听了不禁哧哧窃笑。其实卡介伦的家庭充满了温馨与幸福，杨和卡介伦是“斗嘴朋友”，不明就里的人大概还以为这是激烈的批评。

以军人而言，杨的射击技术很差，腕力和反应勉强及格，作为战斗人员可以说一无是处。卡介伦甚至毒辣地批评他：

“那家伙脖子以下全是多余的！”

卡介伦虽然精通事务性工作，堪称优秀的军务官僚，但作为军人参战，他的能力也谈不上是一流的。

卡介伦的任务是软硬件双管齐下，管理运营偌大的伊谢尔伦要塞。为使要塞有机运作，在设施、装备、通信、生产、流通等方面，各种不可或缺的机能全仰赖他的指挥。

“卡介伦少将打个喷嚏，整个伊谢尔伦都会感冒。”

士兵们的玩笑其实是百分之百的事实。事实上，在卡介伦因急性胃炎告假的一周内，伊谢尔伦的事务部门就乱了阵脚，只能按照前例处理事情。“无能！没有效率！官僚作风！”士兵们群起攻讦，事务部门被骂得体无完肤。

杨在文字方面能力很强，在数字方面则很弱，因此对他而言，卡介伦和副官菲列特利加·格林希尔都是再重要不过的助手。

杨把日常的琐碎工作交给他们，自己只在制订以大军为对手的作战方案，并在战场上付诸实行时，才会显得神采奕奕。且不管杨的想法如何，他的资质是属于乱世的，适合非常时期。如果生在和平年代，他很可能只是个终生名不见经传的人，最多也不过是没几个人知道的二流历史学家。然而，他却成了宏大的星际间国家的重要人物，原因无他，是时代使他展露了才能。

在人类的所有才能当中，军事才能是非常奇特的。换个时代或环境，它可能对社会而言毫无存在价值。在和平时代，想必有人会怀才不遇、抱憾而终。他们不像学者或艺术家，被埋没的作品还可能在身后重见天日。没有人会称赞“可能性”，只有结果才是一切。而杨年纪轻轻，就绰绰有余地成就了这个“结果”。

2

是夜，杨和尤里安一同造访亚列克斯·卡介伦的官舍。以前他们也时常碰面，自从搬到伊谢尔伦后，他们养成了一个习惯，每个月都聚一两次。卡介伦夫人做一桌家常菜款待他们。吃过饭，宾主经常一边欢饮白兰地，一边不亦乐乎地下立体西洋棋。

这天晚上，他们是特地庆祝尤里安·敏兹上士首次上阵、首次建立战功和晋升，虽然是一次简单的聚餐，却显得很温馨。

两位客人到达时，卡介伦家八岁的长女莎洛特·菲利丝跑出来迎接。

“欢迎，尤里安哥哥。”

“晚上好，莎洛特。”

少年向小淑女还礼。

“欢迎，杨叔叔。”

“……晚上好，莎洛特。”

卡介伦手里抱着五岁的小女儿，看到杨慢吞吞地还礼，故意露出促狭的笑容。

“怎么？好像满脸不情愿哦。”

“我的心灵受伤了，我还是单身汉，应该叫我哥哥就好了呀。”

在私下场合，杨总是用学弟的口吻对卡介伦说话。

“太奢求了吧。三十几岁还是单身汉，你不认为这是一种令人难以接受的反社会行为吗？”

“很多终生独身者对社会也很有贡献啊。要不要我列一张四五百人的名单给你看看？”

“我知道对社会贡献良多的人更多是有家室的。”

尤里安看出来了，不论是下立体西洋棋，还是施展唇枪舌剑的挖苦人的本事，年长六岁的卡介伦都更胜一筹。但杨没有再反击，他的注意力被饭菜的香味吸引过去了。

餐桌上的气氛非常愉悦。卡介伦夫人的拿手菜——奶油焖鱼、蔬菜、苣菜肉蛋卷等都十分可口，但让尤里安印象最深刻的是第一次被劝酒。以前他和莎洛特一样，都是喝苹果汽水。

不过，被劝酒之后，他马上变得面红耳赤，让在座的大人们觉得很有趣……

饭后，宾主如往常一般移往大客厅，开始在立体西洋棋盘上厮杀。一胜一败之后，卡介伦正色道：

“我想说句认真的话，杨。”

杨马马虎虎地点点头，将视线投向卡介伦身后。尤里安正把图画纸摊在地板上，为小女孩们画画。杨心想，其实尤里安自己就是画中的孩子。无论是身裹军服征战沙场，还是置身和平的家庭，他那副模样仿佛已注定要被画进名画里了。这是与生俱来的气质吧。

杨虽未亲眼见过，但他知道还有一个人也具有这样的气质——银河帝国的罗严克拉姆公爵莱因哈特。

“……杨，身为体制中的人，你未免太不关心保身之道了。在这种时候，这并不是优点，而是缺点。”

杨微微移动视线，看着军官学校的学长那严肃的神情。

“你并不是荒野中遗世独立的人，身上还背负着对许多人的责任，为了保护自己，稍微留心一下好吗？”

“话是不错，只是太忙了，要考虑这件事的话……”

“怎么？”

“那可就连睡午觉的时间都没有了。”

杨半开玩笑地说道。卡介伦却不为所动，他把白兰地倒进杨和自己的杯中，换了个姿势盘腿而坐。

“不是没有时间吧？你根本是讨厌去想。你明明知道这件事重要，却不愿考虑，对不对？”

“我不是那么清高的人，只是觉得很麻烦。真的只是这个原因。”

卡介伦握着玻璃杯，叹了一口气。

“我会告诉你这些，是因为担心我们‘敬爱’的国家元首——特留尼西特阁下。”

“特留尼西特议长怎么了？”

“这家伙虽然没有理想，不谙治国之道，却是满腹阴谋算计。

尽管他脸上带笑，但最近我觉得这家伙有点可怕。”

不消说，杨笑不出来了。他回想起去年秋天两人在群众的欢呼声中漠然握手时，自己那种莫名的恐惧感。

“我原以为他只是个会卖弄诡辩、专擅花言巧语的二流政客，但这一阵子却感觉他可能包藏祸心！这家伙很可能表面上不动声色，却在暗地里捣鬼。最近我这种恐惧感越来越强烈，怎么说呢，对了，就是感觉他似乎和魔鬼达成了什么契约。”

令卡介伦惶惶不安的原因有好几个，其中之一是特留尼西特派在军部的影响力与日俱增。军部的头号人物——统合作战本部长库布斯里上将曾遭暗杀未遂，长期住院，又被政变分子拘禁，之后才恢复现职。他知道本部中枢已被以德森上将为代表的特留尼西特派占据，却也只能消极地不服从。二者之间摩擦日深，嫌隙也日益扩大。

“那位精力充沛的比克古老爹在幕僚人事和舰队运用上也备受干扰，心里很厌烦。长此以往，军部上层都快变成特留尼西特一门的分支了。”

“到时候我就递辞呈。”

“你说得倒轻松。你引退了，也许可以好好享受梦想已久的退休生活，但有没有设身处地为下面那些官兵想想？一旦德森之流的鼠辈当上要塞司令官，整个伊谢尔伦岂不变成神学校宿舍了？搞不好哪天他一声令下，调动全体官兵在要塞来个大扫除呢。”

这是玩笑也好，认真的推测也好，两人都笑不出来了。

“所以啊，总而言之，你还是留心一下保身之道吧，哪怕稍微做点准备也好。尤里安已经失去过一次亲人，不管你这个监护人的成绩有多糟糕，再让他失去一次的话，就太可怜了。”

“我真的是个很差劲的监护人吗？”

“你自己觉得好吗？”

“四年前，是谁故意把尤里安硬塞给这个差劲的监护人的？”

“……再喝一杯白兰地吧。”

“干杯。”

不知喝了几杯白兰地，主人和客人不约而同地望向尤里安。两个小淑女都困了，卡介伦夫人和尤里安抱起她们走向卧室。

“和监护人不一样，真是个有教养的孩子。”

“他和监护人不一样的地方，在于监护人交了个坏朋友，而他没有朋友。”

“怎么说？”

“他这个年龄的人都有各种各样的朋友，比如说斗嘴的朋友、作弊的朋友、队友、竞争对手等。但他周围都是大人，而且都是些老气横秋的大人，这是个问题。在同盟首都的时候，当然就不是这样了。”

“然而，他却被教养得如此正直。”

“就是说啊。”

杨用很认真的语气应道，随后又补充了一句——因为监护人太好了，所以他才能得救。就算对方不是卡介伦，也听得出他这句话的目的，不外乎是想给自己找个台阶下。

“那小子曾有一次——就那么一次没有听话。隔壁的人家有事，托他照顾一天夜莺。我让他给夜莺喂食，不料这小子却跑去参加飞行球的练习赛。”

“哦？结果怎样？”

“我只好义正词严地命令他不准吃晚饭了。”

“真是的，阁下也蛮可怜嘛。”

“为什么我也可怜？”

“不准尤里安吃晚饭，你一定也不会让自己吃饱。总之，肯定也陪着他少吃了一顿饭。”

“……第二天早上，食欲大增倒是真的。”

“哦，哦，食欲大增啊。”

杨轻啜一口白兰地，试着扭转局面。

“我知道自己远远谈不上是个完美的家长，可也有苦衷啊。我是独身，又在不完整的家庭中长大成人，所以不太可能成为完美的父亲……”

“小孩子不一定要在完美的父母呵护下长大。不完美的父母反而可以成为反面教材，让孩子培养出独立自主的精神。你懂吗，提督阁下？”

“又被你重重地损了一次。”

“怎么样？不想让我损你，就赶快结婚，组成一个完整的家庭。”

这样突如其来地一说，杨差点噎着。

“战争不是还没结束吗？”

“我就知道你会这么说。不过人类最大的义务何在？是将基因传到后世，使种族得以延续。也就是孕育新的生命，不是吗？”

“嗯，所以人类最大的罪恶就是杀人和让别人去杀人，军人却把这些当成职业。”

“不要这么想嘛。但一个犯罪的人如果有五个孩子，也许其中一个会信奉人道主义，挺身为父亲赎罪。另外，也许有的儿子会继承父亲没有实现的志向呢。”

“继承遗志的未必一定要是亲生骨肉。”

杨说着，将视线投向尤里安，继而转向军官学校的学长。

“当然，这得在父亲有遗志的情况下……”

他像是想到什么似的补充。

趁杨上洗手间时，卡介伦把尤里安叫来，让他在杨先前坐的椅子上坐下来。

“您说有重要的话，是什么呢？”

“你是杨的第一号忠臣，所以我才跟你说这些。你的监护人非常了解昨天已发生的种种，也善于预见明天将要发生的事情。但是，这样的人往往不知道今天吃饭的事。你懂我的意思吗？”

“是，我想我明白。”

“打个极端的比方，假设今天的晚餐被下了毒，如果杨没有察觉，那么不管他对明天和后天的事多么具有洞察力，对他自身来说也没有意义了。这一点你也明白吧？”

这一次，尤里安没有立即回答，暗褐色的眼眸深处闪过一抹深沉的思虑。

“……您的意思是，我该担任‘试毒’的任务。”

“没错。”

卡介伦点点头。尤里安露出狡黠的微笑。

“您挑了一个优秀的人选哦，卡介伦少将。”

“我想，我看人是不会走眼的。”

“只要我能做到，任何事情都在所不辞。但您的意思……杨提督的处境真的有危险吗？”

尤里安压低了嗓门。

“目前还好，只要帝国这个强大的敌人存在一天，就不能一天没有杨。但是情势转变急遽无常，谁也不知道下一步会怎样。我很担心，杨应该也明白这层道理，但这家伙却……”

“学长啊，可别把这个纯真少年给洗脑了。”

杨回到这边，苦笑着扬声说道。他正准备叫尤里安打道回府，看到卡介伦，就耸了耸肩。

“唉，不要担心好吗？我并不是什么都没想过。要我做特留尼西特‘先生’的玩具，怎么可能？况且我还打算安享天年呢。”

3

PHEZZAN——费沙。

这是一个奇妙的国家。正确说来，它算不上国家，只是一个在银河帝国皇帝的宗主权下，被承认具有内政自治与交易自由的特殊地方行政单位。但是，它的名字却给人“活跃的经济活动、集聚的财富、繁荣、成功的机会、享乐、才能的发挥”等印象，可以说是迦太基、巴士拉、科尔多瓦、长安、撒马尔罕、君士坦丁堡、吕贝克、热那亚、上海、纽约、马赛港、冥后星等“冒险家与野心家的天堂”在人类历史上的集中体现。

这个行星原本是不毛之地，许多成功的传说和更多失败的故事在这里流传。费沙处于流通的中心地带，人口、物资、金钱及资讯从几乎所有有人居住的宇宙区域流入这里，并伴随着附加价值再次流出去。

谣言也是资讯中很重要的一部分。以独立商人云集而闻名的朵拉库尔酒馆，据说除了宽阔的酒吧，还有不计其数的“谈话室”和“棋牌室”。在设有防窃听系统和隔音墙的房间内，各种重要资讯川流不息、互通有无。

这些资讯大部分是空穴来风的谣言或无关紧要的笑谈，很容易被人遗忘，但其中也有贵比黄金的情报。大约半个世纪前发生的一段小插曲现在仍被商人们津津乐道，主角是一个叫巴兰泰·卡夫的男人。

卡夫是一个中产阶级商船主的儿子，继承父亲的遗产后不久，便因短视的投机买卖失去了所有财产。他在好友的帮助下买了一艘小型矿石运输船，准备东山再起。不料船因磁爆失事，做保证人的好友也受到连累而破产。走投无路的卡夫最后想以朋友为受益人投保，然后自杀，用保险金偿还向友人所借的部分款项。有一天晚上，他独自到朵拉库尔喝酒，以为这将是一生中最后一次喝酒了。就在这时，他断断续续听到邻桌的交谈。

“因此，侯爵打算拥立皇帝的弟弟……然而，军务尚书……”

“他几乎自暴自弃……走投无路……军队……虽然没获胜，但……换句话说，垂死挣扎的他只不过像一头被引向屠宰场的猪……”

接下来他们大笑起来，但卡夫全然没听见。他把酒钱扔到桌上，奔出朵拉库尔。

过了一个礼拜，内乱爆发，闻讯赶到的商人们发现许多种重要的战略物资都被一个叫卡夫的无名小卒垄断了。卡夫根据上次在酒馆中听到的只言片语，通过研究其中的人物特征，推断出他们的姓名和领地，进而寻找领地生产的矿物。因为他估计一旦内乱爆发，那些矿物将出现短缺。于是他硬是向人借钱周转资金，开始囤积矿产。内乱不到一个月就平息了，但在这段时期内，这些物资都是不可或缺的。卡夫赢得了这场赌注，从通往死刑台的第十二级台阶跃上了宝座。他获得了足以一举买下十二艘商船的暴利，并将一半分给有恩于他的好友。

卡夫此后的经历似乎是要消除以前的坏运气，他三次获得“年度辛巴达奖”，五十多岁猝逝后，留下了六个儿子和万贯家财。但如今卡夫财阀却涓滴不剩，因为他的六个儿子只继承了遗产，父辈的才气和魄力却完全没有遗传下来。巴兰泰·卡夫奇迹般的成功故事虽然只出现在他那一代，但已成为鲜活的历史，不断鼓动着费沙商人的梦想与野心。

“今天你是个名不见经传的新人，但明天你将是卡夫二世！”

这句话是费沙最大的商科大学悬挂的标语，文辞虽不怎么洗练，却是年轻人奉为圭臬的金科玉律。补充说明一下，这所大学是卡夫毕生的忠实好友奥希根斯捐助成立的。从某种意义上来说，奥希根斯对费沙的贡献更甚于卡夫。卡夫的巨额财富犹如海市蜃楼般消失了，奥希根斯设立的大学却屹立至今，培育了一代代独立商人、经济学者及经济官僚，为费沙供应唯一的资源——人才。

有一天，在朵拉库尔酒馆中，一群经商归来的商人围着一张桌子，边喝酒边高谈阔论。话题是情势日渐变化的帝国社会。

“失去特权的贵族急欲将房产、宝石、有价证券等脱手，人家看准这点，狠狠地向他们杀价。他们也想过要申诉，但心里害怕，只好忍气吞声。”

“一旦体制改变，旧体制下贪得无厌的特权阶级往往成为复仇的对象，这是历史的必然规律。”

“祖先作的孽就由子孙血债血还。唉，也怪可怜的，不过……”

“可怜的是五个世纪以来那些被贵族剥削压榨的民众。往后的五个世纪，贵族们的生活再痛苦，我也不会同情他们！”

“这种说法太无情了吧。托这些贵族的福，我们也尝到了不少甜头。”

“不管什么时候，我都是凭真本事来分胜负，也做好了失败的心理准备。但那些家伙不动脑筋，也不肯花一分力气，金钱就源源涌来，这岂能为人所容！”

“我知道，我知道。对了，自治领主府的仆人还告诉我一件奇怪的传闻。”

“哦？什么传闻？”

“在自治领主府上，最近常有一个奇怪的修道士出入。”

“修道士？听起来和黑狐的形象不太符合嘛。”

“没准很符合呢。据说那个修道士穿着有兜帽的黑色长袍。”

安德鲁安·鲁宾斯基办公的自治领主府内，职员们一面望着会客室，一面交头接耳、窃窃私语。

自治领主公私两头奔忙，平常总喜欢把“要是有两个身体就好了，要不然一天有五十个小时也行”挂在嘴边。这几天，他不知被什么迷了心窍，常和一个来历不明的宗教家私下密谈，部属们个个都摸不着头脑。即使是费沙人，也只有处于权力中心的极少数人知道自治领与地球的关系非比寻常。

在人们不怀好意的目光中，黑衣人兀自站着。过了一会儿，秘书出来带他去见自治领主。比他先来却被挤到了后面的访客们，无不面有愠色地目送黑衣人的背影。

这位黑衣人是地球的总大主教为了监视鲁宾斯基特派的主教，名叫德古斯比。

德古斯比走进房间，拉下了兜帽。

露出来的脸庞出人意料地年轻，似乎不到三十岁。瘦削苍白的脸色显示出他严格的禁欲生活和营养不良的饮食习惯。黑色的长发像从来没修剪过似的，蓝眼睛像热带雨林的太阳一般闪闪发光——虽然热烈，却让人感到不舒服，从中流露出理性与信念的矛盾和冲突。

“主教猊下，请上座。”

“猊下”是对高级神职人员的敬称。鲁宾斯基大声说着，姿态显得谦恭有礼。但这只是娴熟的演技罢了，并不是发自内心的表现。德古斯比的态度与其说是傲慢，不如说是不拘礼节。他在预先准备好的椅子上坐下。

“昨天，你说的话是真的吗？”

招呼也不打一声，他就冷冷地盘问起来。

“是真的。我将在经济活动及其他方面加大与帝国的合作和援助力度，但变化不会太急剧。”

“这么说，帝国和同盟之间的势力平衡会打破了？怎么来利用这一点？”

“我们可以等莱因哈特·冯·罗严克拉姆公爵统一整个银河系后，再将他杀死，并将遗产据为己有，您意下如何？”

听了自治领主的话，主教的脸上露出诧异的表情，但这种疑惑接下来悄无声息地消散了。

“想法不错，但这如意算盘打得有点过头了吧？那个金发小子没那么容易上钩，况且还有像奥贝斯坦那样老奸巨猾的人在他身边。事情恐怕没有我们想象的那么简单。”

“您对整个情势的分析真是精辟入微。”

鲁宾斯基和蔼可亲。

“但罗严克拉姆公爵也好，奥贝斯坦也罢，并非全知全能，我们必定有机可乘。就算没有，也可以制造机会。”

如果罗严克拉姆公爵是全能的，去年秋天就不会遭刺杀者暗算，也不会失去心腹吉尔菲艾斯提督了。

“权力和机能越是集中，越可以运用四两拨千斤的道理以小制大。以即将诞生的新王朝而言，只要杀死罗严克拉姆公爵——不，杀死莱因哈特皇帝，控制神经网络的中枢，就等于控制了整个宇宙……”

“不过，自由行星同盟的当权者也在我们的控制之中。利用你们费沙的经济实力掌握其命脉，而元首特留尼西特也在我方信徒的保护下从政变中脱险。支持银河帝国固然好，但不要让同盟这边的棋子白白浪费了。套句你们的话，就是‘不要进行无谓的投资’，对不对？”

主教的分析简洁犀利，他在精神方面是否平衡另当别论，至少在智力上绝非愚钝之辈。

“不，不，不是这样，主教大人。我们可以把同盟的当权者作为腐蚀剂来使用，他们会使同盟自身从内部崩溃。因为几乎没有内部坚实却仅因外敌攻击就灭亡的国家。内部的腐败才会助长外部的威胁。最重要的是，一个国家绝对不会自下而上腐化，而是自上而下，无一例外。”

主教嘲讽地看着极力宣传自身主张的鲁宾斯基。

“费沙虽名为自治领，其实也是一个国家。你不要像同盟一样自上而下开始腐化啊。”

“您说得可真严厉……我会把执政者的责任铭记在心。对了，严肃的话题我们先说这么多，好吗？”

自治领主本想请主教一起用餐，主教却冷漠地谢绝了主人的好意出去了。此后进来一位青年，非常年轻，似乎刚从大学毕业，眼光中却没有一丝天真，端正的容貌给人一种刻板之感。他身材略显瘦削，身高中等偏上，但还谈不上高大。

他是鲁宾斯基去年秋天新任用的辅佐官——鲁伯特·盖塞林格。前任辅佐官博尔德克被调派到银河帝国的首都奥丁担任专员，从事某种工作。

“主教不太好应付吧，阁下？”

“的确。这个狂热的教条主义者比冬眠乍醒的熊还难缠……不知道他活着有什么乐趣。”

自治领主自认是个享乐主义者，对一副清教徒模样的年轻主教嗤之以鼻。

“大约是几千年前的事了吧，基督教利用宗教力量给最高权力者洗脑，成功地攻占了古罗马帝国。后来，基督教以无比毒辣的手段弹压其他宗教，使之一一灭绝，结果不但统治了整个帝国，甚至控制了文明。这种高效率的侵略行动简直空前绝后。虽然我们想再次仿效，却拘泥于当初的计划是要让帝国和同盟同归于尽……”

费沙的黑狐咂了咂嘴。修改原来的计划是有正当理由的。由于出现了罗严克拉姆公爵莱因哈特这位集军事与统治能力于一身的天才，帝国内部正在进行激烈的改革。衰老的高登巴姆王朝必定走上绝路，但在它燃烧的灰烬之中，将会诞生一个年轻强盛的罗严克拉姆王朝。

要同时推翻同盟和这个新王朝并没有那么容易。即使可以推翻，接踵而至的也将是宇宙中全面的政治混乱和治安败坏。必须运用强大的军事力量，花上很长时间收拾残局。也许还未建立起新秩序，费沙的权益就会被众多鼠辈的政治与军事势力蚕食，那就令人担忧了。怎样才能解决这个难题？

鲁宾斯基的结论是——由新银河帝国和费沙来分治宇宙。

“分治”并不是在宇宙空间中画几条边境线就万事大吉了。而是由“新银河帝国”来统一整个人类社会，政治及军事上的统治权以及随之而来的“权威”全由皇帝一人独揽，费沙只是他的臣属，但经济的支配权却在费沙手上。这并不是分割空间，而是分割社会功能方面的统治权。“新银河帝国”和费沙可以借此共存，相互发展。就让颓废闭塞的自由行星同盟成为掩埋在新时代土壤下的肥料吧。

不过，鲁宾斯基并没有把想法一五一十地告诉年轻的地球教主教。地球教的目的并不仅仅在于宗教支配权，而是实现政教合一的神权政治。地球变成全体人类的神殿、朝拜者络绎不绝，这种盛况出现也无妨，因为银河系边境那颗衰弱式微的行星本来就是人类的发祥地。可要将它当作神权政治的殿堂，再次成为人类统治的中心，就令人厌烦至极了。那等于由地球的总大主教取代了“神圣不可侵犯的鲁道夫大帝”，历史便在双重意义上发生了倒退。为了阻止这种情形，实现自己的意图，鲁宾斯基只得对地球教阳奉阴违，等到确立帝国与费沙双重统治体制的时机成熟了，再利用帝国的武力镇压地球教，将其剿灭。不消说，他必须小心谨慎，提高注意力。上一代自治领主才稍稍显露出想脱离地球桎梏的心迹，便死于非命，绝不能重蹈覆辙。只有赢得全面胜利，才能解除地球教咒语的束缚。

4

曾是帝国高级专员的雷姆夏特伯爵现在居于费沙本星一隅，过着亡命生活。

他在旧体制时代曾身居高官要职，一旦回国，只能等待新体制的裁决。如果他能痛改前非，向罗严克拉姆公爵莱因哈特宣誓效忠，或许可以得到赦免。但是向一个“一头金发的暴发户小子”卑躬屈膝，却有悖于自身尊严和名门传统。他离开官邸，搬到距首都有半日行程的伊斯麦尔地区定居下来。

前方的人造海水色湛蓝，背后有玛瑙般的山岩环绕，其间一片平地延展开来，丝柏林和草地相杂交错。用花岗岩和硬质玻璃建造的建筑静静伫立在水光山色之中。

伯爵失去公职，生活孤独无聊，已经很久没有访客了。他将客人迎到接待室，来访者是费沙的年轻辅佐官——鲁伯特·盖塞林格。

客人没有寒暄，先批评了几句莱因哈特推行的新体制，随后立刻进入正题。

“说句失礼的话，雷姆夏特伯爵，阁下现在的处境相当艰难，是吧？”

“……这还用不着你来指摘。”

浅色的眼眸掩藏不了苦涩。雷姆夏特委托费沙的信托公司运作资产，虽然生活上并不匮乏，却无法否认精神上的空虚。对新体制的愤恨与憎恶、对旧体制的依恋、对故土的乡愁——这些都是负面的情绪，但这份热忱却不容置疑。雷姆夏特伯爵那玻璃珠般的双眼中荡漾着渴望复辟的涟漪。比伯爵年轻二十多岁的鲁伯特·盖塞林格用冷静而讥讽的目光观察着伯爵的反应。不久，他彬彬有礼地开口说道：

“老实说，此次拜访，我是以自治领主非正式使者的身份来的。我的上司向阁下提出一个计划，说给您听听好吗？”

十五分钟后，伯爵一脸惊愕中搀杂着疑惑的表情，转向盖塞林格。

“好个大胆的提议！的确很诱人。但这真的不是你自作主张，而是自治领主的意思吗？”

“我只是自治领主阁下的手下。”

年轻的辅佐官只在口头上发挥了谦让的美德，但转瞬之间，两眼深处就透出了精锐之气。

“即便如此，我还是无法理解。哦，不，我个人很感谢你们的好意，但这对费沙又有什么好处？你们还是和金发小子的新体制合作，对今后的经济活动更有益吧？”

盖塞林格温和地微笑着。要解开前高级专员心中的疑窦毫不困难，只要肯定他们固有的观念就行了。

“罗严克拉姆公爵在帝国推动的改革，涵盖政治、社会、经济等层面，极富激进与独断色彩，我们费沙在帝国拥有的许多项权益已经受到侵害。变革固然好，但朝坏的方向变革就令人苦恼了，这就是费沙的立场，非常简单明了吧？”

“……”

“当然，这个计划成功的话，就可以从可恨的篡夺者手中拯救高登巴姆王朝。届时，费沙应该会取得相当丰厚的报酬，而救国伟人的英名当然非您莫属。怎么样，您不认为这是一笔让双方皆大欢喜的买卖吗？”

“买卖？”

雷姆夏特轻轻歪了歪嘴。

“连国家的存亡也成了你们费沙人的买卖，口气真大！如果我们帝国能恢复活力与霸气，另一个安定有序的五百年即将来临……”

盖塞林格若无其事地看向墙上的蜡笔画，忍住大笑的冲动。智者明白何谓困难，愚者却不明白何谓不可能。雷姆夏特伯爵应该不是那么无能的人，但要从自幼被灌输的“帝国不灭”的思想中挣脱出来，却不容易。只要这个幻想存在，不管是逃向费沙的亡命者也好，还是留在帝国的人也好，费沙政府便可以尽情利用旧体制派的人们。

年轻的辅佐官并没有白费时间。出了雷姆夏特的宅邸，他搭便车直抵一个叫汉斯的男人家门前。汉斯是自由行星同盟派遣到费沙的专员，负责同盟对费沙的外交事务，但暗中还有另一个任务：他负责费沙地区同盟对帝国的间谍网。这从同盟的国家战略来看具有举足轻重的地位，只是地位和责任往往未必与能力一致。

近几年，大家都认为同盟外交官的素质一落千丈。政权交替之际会出现高层论功行赏的人事调度，欠缺外交手腕的财阀或候选人想镀上名士的美名，莫不觊觎这个职务和地位。据说汉斯是某位著名企业老板的儿子，虽然是企业的所有者，但经营层嫌他没有能力、难孚众望，所以委婉地把他“流放”到这里来。

汉斯迎接盖塞林格辅佐官时，那肌肉松弛、眉毛粗短的脸上满是掩藏不住的困惑。盖塞林格向他指出，费沙购买的同盟国债已到清偿期。

“总额为五千亿第纳尔。本来应当请你们马上偿还……”

“一时之间实在……这个……”

“是吗？很抱歉，这超过了贵国的财政能力。我们自治领没有行使正当的权利，完全是出于对贵国的友情和信赖的考虑。”

“感激不尽。”

“不过，这也仅限于贵国是个安定的民主国家的情况。”

鲁伯特·盖塞林格的声音和表情，让专员有种不祥的感觉。

“您的意思是，我国的政治状况使费沙感到有些不安，可以这样理解吗？”

“您认为我还有别的意思吗？”

尖锐的反问突如其来，专员心虚地沉默了。盖塞林格表情缓和下来，装出彬彬有礼的口吻说：

“我们费沙真心期望自由行星同盟永远都是安定的民主

国家。”

“是啊，是啊。”

“去年发生政变那样的骚动，实在让人伤脑筋。如果政变成功，我们费沙投下的资本也许会在国家社会主义的名义下被无偿接收。为了使费沙永远存在，我们必须保护企业活动和私有财产，贵国却发生否定这一切的政变，实在让我们很为难。”

“辅佐官说得一点也没错。可是乌合之众的政变阴谋已经失败了，我国如今仍然保持着自由和民主主义的传统。”

“关于这一点，杨威利提督的功劳可是大得很哪。”

言下之意是，这不是你们的功劳。但汉斯并没有听出弦外之音。

“是啊，真是一位了不起的名将。”

“在同盟军当中，杨提督的才能、声望和实力都无人能及，对吧？”

“……的确。”

“只是现在的他，会甘于受目前政权的指使到什么时候呢？您有没有想过这回事，专员阁下？”

专员似乎在慎重地思量年轻辅佐官的话中之意，过了一会儿，惊讶的神色溢于言表。

“难……难道……辅佐官是说……”

鲁伯特·盖塞林格报之一笑，那笑脸令人联想到恶魔梅菲斯特的弟子。

“专员阁下的洞察力果真犀利无比。”

如此称赞对方，着实要费些力气，其实盖塞林格一直在心里暗骂对方迟钝。他当然不会老实地表现出来，此时要用训练记忆力极差的笨犬的耐性，慢慢诱导对方。

“但，但是，去年政变的时候，杨提督站在政府这边，镇压了军国主义者的暴乱。这样的人怎么可能背叛政府……”

“时移事易啊，您想想看，只有杨提督才能在短时间内把政变完全镇压下去。一旦杨提督自己有了野心，发动兵变，有谁可以制得了他？伊谢尔伦要塞也好，‘处女神的项链’也罢，在他面前都毫无分量，不是吗？”

“可是……”

专员本想反驳，却没了下文。他拿出手帕擦擦脸上的汗珠，一种搀杂着恐惧的疑惑在胃里翻腾。这一切都清晰地落入了盖塞林格眼中。现在只要再加点刺激性的香辛料，就能让专员的迷惑转变成坚定的抉择了。

“我这么说难免有诽谤之嫌，但其实是有根据的……”

“怎么说？”

专员双颊僵硬，身体挺直，现在他已变成伴着盖塞林格的笛声起舞的廉价提线木偶了。

“就说那个‘处女神的项链’吧。那是在行星海尼森的静止轨道上排列的十二颗攻击卫星，杨提督已将它们全部摧毁。您想想看，有必要把十二颗全部破坏掉吗？”

“如此说来……”

“杨提督大概是为了去除日后自己攻击海尼森的障碍，才趁早将它们清除吧？我这么说，完全是出于对同盟政府的真诚和友善，但也许想得不对，你们还是去听听杨提督的辩白才好。”

盖塞林格一口气放出不善的攻击。辞别汉斯的宅邸后，他便到自治领主那里报告事情的经过。这时，他的神色有点黯然。

“怎么了，你好像对什么事不满？”

“成功固然好，但那么简单地任我摆布，实在有点不过瘾。我倒是想试试那种火花飞溅的交涉场面。”

“太奢求了吧。总有一天，你会愿意跟容易对付的对手打交道的。你要明白，即使今天的交涉非常轻松，也并非因为你的外交能力有多么优秀。”

“我明白，是专员的立场太弱……于公于私都太弱了……”

鲁伯特·盖塞林格发出低沉的笑声。正是他遵照自治领主的吩咐，给世俗欲望强烈的专员赠送了金钱和美女。收买他国的外交官并不违反费沙人的道德规范。有的东西的确是金钱无法买到的，但可以买到的东西，就应该付出与价值相符的价钱买下，再善加利用。

“对了，阁下，还有件小事向您禀告，是关于一个叫波利斯·高尼夫的男人……”

“我记得这个人，他怎么了？”

“驻自由行星同盟的高级专员事务所虽然心存顾虑，但还是表达了对他的不满。据说这个人欠缺协调性和勤勉精神，最关键的是，他的工作热情存在致命的不足……”

“嗯……”

“以独立商人而言，他的才干还算过得去。但现在把他拴在公务员这个身份上，就好像命令游牧民族去种田似的，不是吗？”

“你是说我没有因材施用？”

“我这些话若是冒犯了您，还望原谅。我想，阁下一定是经过深思熟虑才如此做的……”

鲁宾斯基啜了一口酒。

“不必多虑。的确，波利斯·高尼夫或许是个该放在民间的人。即使现在看来没什么意义，但日后也许会成为大有用途的一步棋。存款也好，债券也好，总是时间越长利润越高，对吧？”

“话虽如此……”

“石油在地层中开始形成后，等到可用的那一天，需要数亿年的时间。相比之下，人类再怎么大器晚成，顶多半个世纪就能看出结果。不必着急。”

“要数亿年吗？”

年轻的辅佐官自言自语，声音中含着奇妙的挫败感。盖塞林格似乎终于发现了才能的差别，再次望向自治领主。

“即便如此，棋局的棋子有一定的移动方向，人却没有。想随心所欲地指挥他们为我们效劳，实在是很困难……

“谈到重点了。没错，人类的心理和行动的确比棋局中的棋子复杂多了。若想使一切按照自己的想法进行，把事情简单化就行。”

“怎么说？”

“把对方逼入某种境地，剥夺他的行动自由，让他的可选项变少。例如同盟军的杨威利……”

杨的立场目前非常微妙，同盟的权力阶层对他是爱恨交加。他们担心杨利用个人声望转入政界，合法地夺取他们的权力。鲁宾斯基利用盖塞林格煽风点火，则是要引起他们对杨凭借强大武力建立非法统治权的恐惧。在这两种可能下，当权者除掉杨似乎是势在必行。但对同盟而言，杨的军事才能又不可或缺、无可取代。一旦失去了杨，同盟军很可能不战自败、迅速瓦解。

说来可笑，银河帝国的独裁者莱因哈特·冯·罗严克拉姆反而成了杨的救星。一旦莱因哈特亡故，同盟的权力阶层必定欣喜若狂，然后就会把已没有利用价值的杨除掉吧？他们并不一定要杀害杨，只要捏造政治或私生活方面的丑闻让他名声大跌，再褫夺其公民权就行了。诸如此类的伎俩，他们干起来一定满不在乎。

一流权力者的目的是利用权力成就事业，二流权力者的目的却在于维持权力本身。目前同盟的当权者，很明显只能算是二流权力者……

“杨威利现在站在一根细细的弦上，弦的一端是同盟军，另一端是帝国。只要两者保持平衡，杨尽管处在不安定的状态下，却能危而不倒。但是——”

“我们费沙需要切断这根弦吗？”

“不切断也可以。只要把这根弦再削细一点即可。如此一来，杨便渐渐失去转圜余地。再过两三年，他就只有两条路可走：其一，被本国的当权者除掉；其二，打倒现在的当权者，自己取而代之。”

“在此之前，他也可能败亡在莱因哈特·冯·罗严克拉姆手上……”

辅佐官执拗地提出问题。

“我可不会让罗严克拉姆那样顺心如意。”

鲁宾斯基的口气一派淡然，其中却暗藏玄机。辅佐官感觉他在敷衍自己。

“不过，杨威利也有可能在战场上打败罗严克拉姆公爵，那时该怎么办？”

“辅佐官……”

自治领主的声音出现了微妙的变化。

“我好像说得太多了，你也问得太多了吧！除了在这里讨论哲学，我们还有很多事该做。首先，在这个计划中，当然要将雷姆夏特伯爵推到盟主之位上。此外，实施部队的领导者尚未找出人选，你要完成这项工作。”

“……对不起。我会在最近几天物色人选，向您报告。”

辅佐官走出房间后，鲁宾斯基壮硕的身体深深埋进椅子中。

这项计划实现后，罗严克拉姆独裁体制下的银河帝国与自由行星同盟，大概会变成不共戴天的仇敌吧？在出现高瞻远瞩、谋求两大势力和平共存的政治家之前，必须将这项计划付诸实施。

费沙的自治领主刚健的下巴上，泛起食肉兽般的微笑。

有一个事实千万不能让他们发现——自由行星同盟的敌人

并不是银河帝国，而是高登巴姆王朝。如果罗严克拉姆新体制和同盟意识到高登巴姆王朝是他们共同的敌人，两者就可能和平共存。绝对不能让他们发现这个事实。目前，仍需要让两大势力继续斗争下去，但不是永远，大概再持续三四年就行。等战火熄灭之时，所有有人存在的行星以及联结它们的空间到底会由谁来统治？缺乏想象力的人大概怎么都想不到……

Chapter 4

逝去的一切

1

费沙自治领主的辅佐官鲁伯特·盖塞林格前往位于首都北方九百公里外的亚西尼波伊亚溪谷，探访雷欧波特·休马哈，这是二月底的事。在以商业立国的费沙国内，该地有大量尚未利用的可耕地，近年来才开始由移民的集团农场开垦。

雷欧波特·休马哈去年还身居帝国军上校之职，在利普休达特战役中隶属贵族联合军，担任最强硬一派的领袖菲列格尔男爵的参谋。但是男爵无视休马哈的进言和意见，最后还气愤地想射杀他，结果遭到比起主将更信赖参谋的士兵反抗，反而被杀。随后休马哈带领部下亡命到费沙，在新的土地上开始了挥别过去的生活。他这一年三十三岁，本应在未来的军旅生涯中颇受期许，但现在厌烦了战争和阴谋，转而追求宁静充实的生活。

因此，捣毁了船上的武器后，休马哈将自己一行带到费沙的战舰卖给了费沙商人，把所得分配给部下，让他们各自寻找出路。但部下并不想解散。战败后，他们舍弃祖国亡命，并没有在费沙这个灵活、狡猾且丝毫不可大意的竞争社会中生存下去的自信。费沙人那一心追求利益的行为在帝国被夸张地传述，淳朴而不谙世事的士兵们觉得，既然自己的才智无法依赖，就只能信赖休马哈的思虑和责任感了。休马哈也无法抛弃从狂乱的菲列格尔男爵的枪口下解救他的士兵们。

士兵们将分得的钱委托给休马哈掌管。才智过人的原参谋也没有信心在以费沙人为对手的商业活动中获胜，所以选择了淳朴却实实在在的农场经营。就算是身为商业国民的费沙人，没了粮食也活不下去，也会为新鲜美味的食物付出更多代价。通过给那些懂得享受生活的商人提供优质的农作物，他们应该能在费沙生存下去。

休马哈利用变卖战舰的所得，在亚西尼波伊亚溪谷买了土地，安置了简单却设施完善的移动式房屋，买了种子和苗木。亡命者们开始了漫长的拓荒战争。关于鲁伯特·盖塞林格这位意外的来访者，休马哈似乎只把他看成令人困扰的不速之客。当辅佐官说“有要事相商，事关您的祖国”的时候，休马哈答道：

“请不要再把我牵扯进去，好吗？”

口气中虽是礼节周全，却隐藏不住忌讳之感。

“银河帝国和高登巴姆王朝会如何，都与我无关。我现在忙着重建自己和伙伴们的新生活，无暇考虑过去的事。”

“您要舍弃过去倒也无妨，但别把您的未来一起葬送了。休马哈上校，您不该是个在泥土和肥料中终其一生的人，难道不想改变历史吗？”

“请您回去。”

“请您冷静下来听听我的话！”

辅佐官拦住了站起身的原上校。

“你们可以在农场培植出作物，对吧？亚西尼波伊亚虽然一直闲置，却依然可能成为丰沃的土地。但是很可悲，作物如果不能在市场上交易，就没有意义了，聪明的您应该听得懂吧？”

令盖塞林格佩服的是，休马哈脸上的肌肉竟然纹丝未动。费沙年轻的辅佐官明白这是个敏锐和坚韧兼备的人。但从一开始，这就是不公平的游戏，休马哈手中只有兵卒，却要去和持有全部棋子的对手交战。

“这就是所谓的费沙作风？”

休马哈的声音中带着轻微的愤怒，但这并非冲着对手，而是针对自己，恼恨自己只能说些毫无用处的讥讽之语，如此软弱无力。盖塞林格大言不惭地承认了自己的胜利。

“没错，这就是费沙的作风，如果有必要就使用权术。您可以表示轻蔑，但我认为世上很少有像败者对胜者的轻蔑这般空洞的事物了。”

“得胜之时都会这么想吧？”

休马哈用若无其事的口吻反击，怃然地注视着比他小十岁的辅佐官。

“那么，就具体说说你要我怎么做吧。是要我去暗杀罗严克拉姆公爵吗？”

盖塞林格一笑。

“费沙并不喜欢流血，因为和平才是通往繁荣的唯一道路。”

很明显，休马哈并不相信这句话。但对年轻的辅佐官而言，重点不是要他相信，而是要他顺从。他又说了一遍前些日子对雷姆夏特伯爵所说的话，看到对方的表情中有掩藏不住的惊愕，他感到非常满足。

兰斯贝尔克伯爵亚佛瑞特也在费沙本星，处于亡命者的不幸境遇中。他只有二十六岁，却经历了比活过四倍年岁的曾祖父更巨大的人生转变。曾祖父在酒宴、狩猎和渔色中终其一生，但这个曾孙在这些方面还没有什么特别的经验，就被卷入将帝国一分为二的大乱，失去了所有的财产，能保住一命已经是幸运了。

亚佛瑞特总算保住性命，脱离战场寄身于费沙。他变卖了先帝佛瑞德李希四世所赐的蓝星钻袖扣，获得了一时的生活费，之后开始撰写一部叫《利普休达特战役史》的著作。在贵族们的沙龙里，他的诗和短篇小说颇受称许。

开头部分刚完成，亚佛瑞特就得意扬扬地拿着原稿去了出版社，却被礼貌地回绝了。

“伯爵阁下的大作，虽有许多优点……”

编辑对着愤然的亚佛瑞特评述道：

“但是太过主观，有失偏颇。以一本纪实作品来说，价值有待商榷……不要只放任自己的热情和浪漫思想，用唯美手法描写，应当收敛笔调，冷静而客观……”

年轻的伯爵从编辑手中抢回原稿，捡拾起被踩碎的自尊心，回到临时居所。想要入睡，大量的葡萄酒是必不可少的。

第二天早上，他的心情转变了。自己不应该是个记录者，应该是个行动者。与其在纸上缅怀过去，倒不如现在行动，用自己的手构筑未来，这才是适合自己的人生。

费沙自治领主的辅佐官此时恰好来探访。比亚佛瑞特更年轻的辅佐官礼貌周全地说：伯爵阁下，您有把忠诚和热情奉献给祖国的想法吗？如果有，请您参加以雷姆夏特伯爵为盟主的计划……

亚佛瑞特闻言又惊又喜，于是立下誓约加入这一计划。他以实施负责人的身份被介绍给休马哈。原上校知道，亚佛瑞特是已故的菲列格尔男爵的朋友，也许会因此心存芥蒂。休马哈做好了心理准备，但亚佛瑞特对只是一介上校的人并没有印象。

“你和我过去好像是战友吧，今后也将成为志同道合的伙伴，请指教。”

伯爵带着并不拘泥、毫无芥蒂的表情和他握手。休马哈一面回应，一面感到安心与不安的气泡交互浮到意识的水面上。

亚佛瑞特气质不俗，也富有行动力和勇气，却有分不清现实和幻想的倾向。考虑到计划实现的可能性，休马哈的心情乐观不起来。

这个计划真的会成功吗？休马哈不禁自问。就算成功了又有什么意义？只会扩大战火，在通向和平与进步的道路上筑起障碍，不是吗？虽然这么想，但以目前的处境，他不得不参加这个计划。

就这样，鲁伯特·盖塞林格一一汇集了计划所需的人才。时间和资金都很充分，他确信会成功。计划付诸实施之时，整个人类社会都会为之震惊吧。他兴致勃勃地期待着比他小一岁的罗严克拉姆公爵莱因哈特的反应。

到那时，费沙自治领主鲁宾斯基也不得不承认他的能力了……

2

希尔德，也就是希尔格尔·冯·玛林道夫，现在正以帝国宰相首席秘书官的身份辅佐着莱因哈特。她在政治、外交及战略上的过人才华对莱因哈特而言相当宝贵，但……

“这不仅仅是才能的问题。”

不分文官武将，这种说法是莱因哈特的部下们观察结果的最大公约数。二十二岁的莱因哈特和二十一岁的希尔德都有稀世的美貌，也有人形容他们两人在一起时，犹如古代罗马神话中的阿波罗和智慧女神密涅瓦。但众人不能公然称道，因为在帝国，所谓的神话是指古代日耳曼神话。

希尔德并不是那种由“伯爵小姐”这个称呼想象出的深闺小姐。她把暗色调的金发剪短了，飒爽的步伐富有弹性和活力，甚至给人一种少年的印象。对于这样一个不拘泥于贵族的传统，有远远超越年龄和身份的思考能力的女儿，父亲玛林道夫伯爵弗兰兹觉得简直是个奇迹，所以从不为没有生下儿子而遗憾。

正因为有了希尔德，伯爵一家才能在利普休达特战役的旋涡中正确地预见未来，从而走上安泰之途。

希尔德没有亲兄弟，但有一位表弟海因里希·冯·邱梅尔男爵。男爵一头银发，脸庞端正但缺乏血色，骨骼和肌肉都十分瘦弱——所有的一切都极为纤细，给人虚弱可怜的感觉。实际上，他是个大半时间都得在床上度过的病人，因此没有参加利普休达特盟约，得以避免走上灭亡之路。

他一出生就患上了名为“先天性代谢异常”的病症。因为体内的酶天生不足，无法分解吸收氨基酸和糖分，从而产生了发育障碍。如果长年饮用特殊的牛乳治疗，这种病是完全可以治愈的，但那种牛乳实在昂贵。

依照鲁道夫大帝制定的《劣等基因排除法》，有先天障碍的小孩没有存活的价值，因此也不该生产特殊牛乳去救护体弱者。但实际上，贵族家庭也会生下有先天障碍的婴儿，于是按需要生产了少量特殊牛乳，并以超出平民购买能力的价格出售。对银河帝国的统治阶级而言，平民的存在意义仅仅是通过劳动和赋税供养统治阶级。勤勉的劳动者当然应该赞赏，但对社会没有任何贡献、只会给他人增加负担的体弱者或残障者就没有生存的权利——这是自鲁道夫大帝以来的帝国理论。

海因里希因出生在中等收入的贵族家庭，才能延续那本应死去的生命。身处所谓的特权中，是不加批判地安于现状，还是以此为主题进行思考，就要看各人的资质和周围环境的影响了。像生来就需要义眼的巴尔·冯·奥贝斯坦就在思考之后，致力于打倒他认为是罪恶的体制。但海因里希并没有付诸行动的体力，他在婴儿时期就被宣布“只能活到三岁”，到了五岁被判断“再活两年就很不错了”，十二岁时则被说成“大概活不过十五岁”。在年长三岁的表姐希尔德看来，这只会激起她无限的保护意识，她在方方面面都照顾着表弟。

另一方面，在海因里希眼中，美丽而充满活力、聪慧过人的希尔德并不仅仅是表姐，还是近乎崇拜的仰慕对象。他幼年就失去双亲，继承了家业，以伯父——希尔德的父亲玛林道夫伯爵弗兰兹为监护人。姑且不论海因里希的智商如何，由于他的年龄、经验和健康等状况，财产都置于玛林道夫伯爵的管理下。如果伯爵有意，横夺邱梅尔家全部财产并非难事。但像玛林道夫伯爵这般诚实的人物，在帝国贵族中算是少之又少了。

海因里希有崇拜英雄的倾向，应该说是理所当然。他仰慕能在有限的一生中立下多方功绩的人，比如列奥纳多·达·芬奇，身为政治改革者、军事家及诗人的曹操，身为革命家、军人、数学家及工程师的拉扎尔·卡诺，身为帝王、天文学家及诗人的图格里勒·贝格。

希尔德曾经请求莱因哈特的部下艾尔尼斯·梅克林格上将，希望他和海因里希见个面。对海因里希而言，梅克林格在某种意义上是个理想人物。

在不情愿地成为军人这一点上，梅克林格和自由行星同盟的杨威利很相似。但和在身世调查书的兴趣栏内写上“午睡”的杨不同，他有丰富的艺术才华。他的散文诗和水彩画获得过帝国艺术学院的年度奖，钢琴演奏也被评论家赞颂为“大胆和纤细的完美融合”。而从军人的角度来看，他在亚姆立札会战和利普休达特战役中发挥了中坚力量，建立了辉煌功勋。他属于以广阔的视野综观战局，根据需要配置和投入必要兵力的战略家，在大舰队的指挥方面成就卓著，身为参谋也有难得的才干。

受希尔德之托，“艺术家提督”带着一幅自己画的水彩画到海因里希的宅邸拜访，和希尔德一起畅谈了一个钟头。兴奋的海因里希有些低烧，传唤了医生，因而结束了畅谈。希尔德送提督到大门口，在致谢的同时提出了一个问题——进入海因里希的病房时，提督的表情中露出了轻微的意外之色，她想知道原因。

“哦，还是表露出来了？”

三十五岁的梅克林格在莱因哈特麾下的提督中算比较年长的，他修剪得很漂亮的褐色髭须下露出稳重的笑容。

“没什么，我也认识两三个这样的病人。但身体不能自由行动的人大多会在身边养个宠物，诸如小鸟或猫之类。邱梅尔男爵的房间里却见不到这一类动物，因此我想，哦，这个人讨厌动物吗？如此而已。”

的确，海因里希身边并没有赏玩用的小动物。自己不能自由活动，就看着小动物来取乐或羡慕，这是一种精神上的补偿行为。海因里希大概是没有这种需要吧。

梅克林格的话让希尔德回想起以前也有的一个疑问，但不一会儿她就忘了这件事。

希尔德和梅克林格都有非凡的知性和感性，所以他们才感到疑惑，但这疑惑的幼芽过于微小，未能长成。担任宰相首席秘书官的伯爵小姐和身为诗人兼画家的帝国军提督再次想起这段小小的对话，已是很久以后的事了，而且那将伴随着痛苦出现在希尔德等人面前……

希尔德并不赞成由胥夫特技术上将提出、坎普和缪拉负责执行的秃鹰之城要塞移动计划。说得更准确一点，她明确地持批判态度。她认为现在宇宙需要莱因哈特身为建设者的能力，而非征服者的能力。希尔德并非绝对的和平论者。应当以武力推翻的改革和统一之敌确实存在，比如已故的布朗胥百克公爵代表的旧贵族联合军。但武力并非万能，有了政治和经济上的实力才有武力，如果其余的都衰退，只有武力突出，就不可能有永远的胜利。极端地说，武力是弥补政治和外交失败的最后手段，其价值就在于不发动之时。

希尔德不能理解为何非得在此时发动对同盟的攻击，只能认为这次出兵明显欠缺必然性。

在坎普提督充满自信的指挥下，秃鹰之城要塞移动计划急速进行。在对要塞自身进行修复的同时，还要在要塞周围安装上环形的十二个瓦普（空间跳跃）引擎和十二个常规引擎，并预定在三月中旬实施第一次瓦普实验。现在已经动员六万四千名工兵从事这项工作，但坎普又要求增加两万五千名人员，莱因哈特也答应了他的请求。

“想不到瓦普这东西可真麻烦。”

一天，在午餐席中，莱因哈特对希尔德说道：

“如果质量太小，达不到瓦普需要的输出功率，质量太大又会超出引擎的输出功率界限。就算使用多个引擎，若不能使其联动，也会失败。秃鹰之城将永远消失于亚空间，还原为原子。胥夫特虽然充满自信，但这计划的困难不在于提案，在于实行。现在还不是他得意的时候。”

“坎普提督做得很好呢。”

“但现在还没有完全成功……”

“我希望成功。若是失败的话，会失去一个有能力的提督。”

“如果就这样死了，坎普也不过如此。就算他活下来也当不起大任。”

此时，莱因哈特的声音中有超乎冷静的刻薄。

如果齐格弗里德·吉尔菲艾斯活着，他会说些什么？希尔德把想说的话留在了心中。能对莱因哈特说这句话的人，世上只有一位。就是那位住在佛洛依丁山庄的女子，她有和弟弟相同的金色头发、宛如秋阳的微笑，还拥有“格里华德伯爵夫人”的称号。

莱因哈特将醇酒送到口中，动作充满了随意的美感。看着他，希尔德想到了这位华丽的年轻人潜在的危险性。

莱因哈特体内栖息着一匹生有羽翼的悍马，他骑着它奔驰。但缰绳却不在他自己手中，大概是在死去的齐格弗里德·吉尔菲艾斯手中吧？这个想法困扰着希尔德，久久不散。

3

“关于移动要塞之事，技术上没有任何问题。要解决的只是质量和引擎输出功率的关系。”

胥夫特技术上将充满自信地断言，但并未减少众人的疑虑。

秃鹰之城要塞的质量约四十兆吨，这样巨大的质量在进行空间进入及空间移出时，会给通常的空间造成多大影响呢？时空力场扭曲不会带来致命伤害吗？要使十二个瓦普引擎同时动作，有实际操作的可能吗？如果发生十分之一秒的动作误差，要塞内部那一百多万官兵是会四散还原为原子，还是将成为亚空间内永远的流浪者呢？

他们重复了多次小规模实验，在要塞跃入点和跃离点的预定宙域附近配备了调查船。实施计划时，莱因哈特要求达到“尽人类所能的完美”。坎普和缪拉都是优秀的执行者，因此会用尽一切手段保证成功。当然，那并不足以成为带来完美结果的保证。

另一方面，莱因哈特也在勤勉地执行帝国宰相的职务。除了星期天，他的日程通常是前半天在元帅府，后半天在宰相府，推迟到下午一点的午餐成了中间的分界线。陪他一起用餐的大多是希尔德，莱因哈特享受和这位美丽女孩的交谈。但他似乎对希尔德的才智比对她的美貌还有兴趣。

一天，话题谈到了去年的利普休达特战役，希尔德说道：

“布朗胥百克公爵有比宰相阁下更强大的兵力，却败亡了，这是因为他欠缺三个条件。”

“我很想听听是哪三个条件。”

“那我就直说了。他内心欠缺平衡，眼睛欠缺洞察力，耳朵则欠缺听取部下意见的雅量。”

“的确如此。”

“反之，宰相阁下完全具备这三个条件，因此在面对大敌时才能取得胜利。”

莱因哈特注意到希尔德使用了过去时，冰蓝色的眼眸中微微泛起光芒。他把薄如纸般的白瓷咖啡杯放到桌上，直视着美丽的秘书官。

“伯爵小姐好像有什么话想对我说吧？”

“不过是茶余的闲聊，您这种眼神可真令人畏惧。”

“你不可能畏惧我的……”

莱因哈特苦笑道，一瞬间化为少年的表情。

“国家、组织、团体——怎么称呼都好，要团结人类集团，有一个绝对必要的条件。”

“哦，是什么？”

“是‘敌人’。”

莱因哈特短促地一笑。

“这倒是真理。伯爵小姐依然如此敏锐。那么，对我和部下们而言，必要的敌人是谁呢？”

希尔德说出了莱因哈特期望中的答案。

“当然是高登巴姆王朝。”

她直视着年轻帝国宰相的脸庞，继续说道：

“皇帝只有七岁，他的年龄、才能和器量此时都不足以构成威胁。但他是高登巴姆王朝的主人，是继承鲁道夫大帝血统的人，会成为旧势力团结与纠合的象征，这是唯一的问题。”

“正是如此。”

莱因哈特点了点头。

七岁的皇帝艾尔威·由谢夫的资质如何尚不清楚，现在除了脾气火暴，只是个很平凡的孩子，看不出有什么英明的潜质。和七岁时的莱因哈特比较起来，容貌和天赋都相形见绌。但也有句话叫大器晚成，他今后会如何成长很难预测。

莱因哈特并没有让皇帝在物质上有所欠缺。和先帝佛瑞德李希四世时期相比，宫廷费用和侍从虽然大幅削减了，但仍有数十个成年人在服侍他，也有专门的教师、厨师、侍从、护士、遛狗的人。在饮食、衣服以及玩具方面，都是平民孩子无法想象的奢侈。不管他要求什么都会得到满足，不管他做什么也没人斥责。或者说，也许这才是摘除将来能成大器的幼芽最好的方法。就算是有英明潜质的人，在这样的环境下也会归于平庸。

“别担心，伯爵小姐，我也不愿成为杀害幼儿的凶手。我不会杀皇帝，因为正如你所说，我需要敌人。以我本身而言，我希望自己比敌人宽大，尽量正当行事……”

“您的确了不起。”

希尔德一点也不同情高登巴姆王朝。自己出生于贵族家庭，为何会怀有共和主义者一般的思想？她也觉得有些奇怪。但她不想让莱因哈特杀害幼儿。篡夺并不可耻，反而可以证实自身有凌驾于权威之上的实力，毋宁说值得自豪。但是杀害幼儿的话，不管有怎样的缘由，都难免成为后世非难的靶子。

4

卡尔·古斯塔夫·坎普上将在瓦普实验前特地回到帝都奥丁，向帝国军最高司令官莱因哈特·冯·罗严克拉姆元帅报告经过情形。

“你认为会成功吗？”

对于莱因哈特的问话，坎普的口气有军人式的坚定。

“一定会成功。”

莱因哈特用冰蓝色的眼眸盯着这位勇猛的部下，点了点头，表情变得柔和起来。他建议坎普回去和家人团聚一晚再动身。

坎普改变了立刻返回秃鹰之城的计划，回官舍过夜。他家中有妻子和两个儿子。他感谢元帅给他这次机会，让他得以和数月不见的家人共享天伦之乐，并且对两个儿子说：

“爸爸这次要去很远的宇宙中打坏人，你们两个都是男孩子，要在家里保护妈妈，做个好孩子。”

其实坎普很清楚，事实并不像他所说的那么简单，不过他相信，对孩子说话还是单纯明朗一些为好。孩子在成长过程中，自然会逐渐了解这个世界复杂和丑陋的一面。或许孩子并不想让父母只告诉他们单纯光明的一面，但他们有朝一日也为人父母时，一定能体会这种心境。

“快啊，你们不向父亲说几句辞别的话吗？”

母亲在一旁催促。于是八岁的大儿子古斯塔夫·伊沙克抱住父亲魁梧健壮的身躯，拼命地踮起脚尖，对父亲说着临别赠言：“爸爸，您就要出远门了，希望您早日回来。”

五岁弟弟的卡尔·弗朗兹抓着哥哥的后背，也踮起了脚尖，说：

“爸爸，请您保重，回来时别忘了带礼物哦。”

哥哥回头责备弟弟：

“真是傻瓜！爸爸是去办公事，哪有时间买礼物！”

温和的父亲用大手抚摩着沮丧的小儿子栗色的头发，笑着说：“礼物等下次再买吧。对了，等我回来，带你们去看好久不见的外婆，好不好？”

“亲爱的，这样许诺好吗？要是说话不算数，他们会生气哦。”

“看你说的，放心吧。如果我这次打了胜仗，一定有好几天假期，还会晋升，到时就可以多给你娘家一些钱补贴生活了。”

“那些都不要紧，重要的是请你一定平安——一定平安回来。我的心愿只有这一个。”

“那当然，我一定回来。”

说完，坎普吻了吻妻子，毫不费力地一手一个抱起儿子，开心地笑了。

“我从参战到现在，哪一次没有活着回来？”

他用幽默的口气和妻子开玩笑。

对这次出兵表示反对的人除了希尔德，还有被称为“帝国军双璧”的渥佛根·米达麦亚和奥斯卡·冯·罗严塔尔。他们起初知道此次出兵并非由自己担任总指挥，还觉得有些遗憾，但知道这个计划由科学技术总监胥夫特提出后，不禁惊愕不已。显而易见，这次出兵完全出于技术总监个人的动机。

这天，他们把咖啡壶带进高级军官俱乐部的房间中，一面玩扑克牌，一面痛贬胥夫特。

“怎么能因为战术上有新理论产生，就主张出兵？真是本末倒置！向主君进言出无名之师，是身为下属的一大耻辱！”

个性刚直的米达麦亚激烈地抨击着。“无名之师”指的是既非正义也无名分、强横粗暴的出兵。在批判战争的词中，这大概是最严厉的了。

不过，坎普被任命为派遣总司令官并开始行动后，米达麦亚就立刻闭口不再抨击了。原因有二：第一，此时已不适合再批评了；第二，避免让人觉得自己有忌妒坎普将建立功勋的嫌疑。

他只对罗严塔尔说：

“虽然自由行星同盟不可不灭，但这次出兵却既无意义也无用处。轻率出兵，耀武扬威，并非一个健康国家应有的举动。”

米达麦亚是一员勇将，其勇猛甚至为他赢得了“疾风之狼”的雅号，但这并不表示他嗜战成性。他坚决反对毫无人性的残忍战争，也不喜欢随便向人夸耀武力。

“齐格弗里德·吉尔菲艾斯如果在世，一定会劝谏罗严克拉姆公爵的。”

米达麦亚叹了一口气。

那个大公无私、令所有人心悦诚服的红发年轻人的死，给了世人很大的打击。随着时间一天天流逝，人们的悲哀和震撼渐渐淡去，但失落感却日益加深。只要是认识他的人，都觉得他在自己心中永远占有一席之地。

连自己都如此，罗严克拉姆公爵该有多么悲痛。想到这些，米达麦亚不禁起了同情之心。

米达麦亚和同僚奥斯卡·冯·罗严塔尔第一次见到莱因哈特是四年前。当时莱因哈特才十八岁，却已官拜准将。米达麦亚那时二十六岁，罗严塔尔二十七岁，两人都是上校。与莱因哈特如影随形的齐格弗里德·吉尔菲艾斯，当时还只是一名少校。

莱因哈特那时还未受封“罗严克拉姆”这个姓氏与爵位，用的仍然是旧姓缪杰。他们见面时，莱因哈特刚刚在凡佛利特星域战中俘虏了同盟军将官，得胜归来。这位年轻准将使他们感到微微的震撼。这是一位俊美得令人难以置信的年轻人，即使他背上生出白色双翼，也毫无不和谐之感。但那冰蓝色的眼眸中却是激烈多于温和，睿智多于纯洁，锐利多于平静。

“关于这个金发小子，你有什么想法？”

“古人说得好，乳虎容易被人视为猫。我想这人多半是一只猛虎。敌人可不会因为他是皇帝宠妃的弟弟，就故意败给他。”

米达麦亚用力点头，表示赞成同僚的见解。众人对莱因哈特·冯·缪杰这个少年的评价并不高，原因之一是他姐姐安妮罗杰是皇帝的宠妃，人们容易认为他只是沾了姐姐的光。另一个原因则有些奇妙，他那出众的美貌反而成了隐藏本质的面纱。人们通常觉得太美貌的人不会聪慧贤能。另外，一些忌妒心强的贵族对莱因哈特凭实力出人头地十分不悦，他们宁可相信他是因为姐姐的荫庇，才得到名不副实的地位。

罗严塔尔和米达麦亚一开始就对莱因哈特的资质有正确评价，所以日后无论这个“金发小子”如何屡建奇功、加官晋爵，他们也不惊讶。只是常常跟在莱因哈特一步之后的齐格弗里德·吉尔菲艾斯，他们经过一段时间才了解其真正的价值。吉尔菲艾斯是个高大的红发青年，虽然不像莱因哈特那样华丽俊美，但在人群中也相当抢眼。罗严塔尔曾经评价说“他是个忠臣”，意味着此人是仅以忠诚之心见长的普通人。比起贵族们的评价，罗严塔尔这句评语要公正得多。贵族们要么根本不将他放在眼里，要么只会冷嘲热讽地说：“如果姐姐是恒星，弟弟可以比作行星，现在连卫星也有了。”吉尔菲艾斯并不善于表现自己，只是跟在莱因哈特身边，默默分担他的工作，帮助并支持着他。直到在卡斯特罗普星系动乱中独立指挥作战行动，他杰出的才能才广为人知……

罗严塔尔对此次出兵的抨击也许比米达麦亚还要激烈。用他的话说，胥夫特的提案根本毫无新意，只不过是古老的大舰巨炮主义旧瓶装新酒而已，不值得一试。

“试问杀一头大象难，还是杀一万只老鼠难？当然是后者更难，连集团作战的意义都不懂的低能之辈，能成什么大事？”

金银妖瞳的青年提督轻蔑地说。

“或许这次会成功，即使将来的演变如你所言……”

“嗯……”

罗严塔尔不太愉快似的拨了拨棕黑色的头发。米达麦亚一口喝干了咖啡。

“姑且不提那个庸俗的胥夫特，我很担心罗严克拉姆公爵。自从吉尔菲艾斯死后，他似乎变了一个人，虽然说不出是哪里不一样……”

“失去自己不应失去的东西，人当然会有所改变。”

米达麦亚点头赞同，想到如果自己失去了艾芳瑟琳会变成什么样子。他慌忙将这不吉利又令人不快的想象从脑海中驱逐出去。他是个刚毅的青年，无论过去还是未来，无论身处战场还是其他场合，他的勇气和支撑勇气的判断力都令人赞赏。但即便是他，也有连想都不愿想的事。

金银妖瞳的青年看着同僚的侧脸，眼神中交织着友善和嘲讽之色。在好友与军人这两种身份上，他对米达麦亚都有很高的评价，但无法理解好友不顾个人魅力和地位，心甘情愿地被一个女人束缚的心思。不，他是希望自己无法理解，或许他根本就不想理解。

5

秃鹰之城要塞举行瓦普实验当天，以技术部门为中心，要塞内共聚集了一万两千四百名官兵。坎普和缪拉两位提督当然也在其中，但科学技术总监胥夫特技术上将的出现就有些令人意外了。有人说，当初胥夫特想待在罗严克拉姆元帅身旁，坐收此次实验的成果，但年轻俊美的元帅却冷冷地对他说：“秃鹰之城要塞的指令室才是你应该待的地方。”然后命令不情愿的胥夫特前往要塞。人们大多相信这个说法，虽然没有真凭实据，但从胥夫特的人品来看，大家可以想象他一定想以贵宾的身份坐在安全的地方，远远地观看危险的实验。其实万一实验失败了，莱因哈特身旁的位置对胥夫特而言，可一点都不安全。

莱因哈特率领米达麦亚、罗严塔尔、奥贝斯坦等最高将领，瓦列、鲁兹、梅克林格、克斯拉、法伦海特以及卡尔·罗伯特·舒坦梅兹、菲尔姆特·雷内肯普、亚伦斯特·冯·艾杰纳等幕僚，坐在元帅府的指令室中，望着巨大的屏幕。若是实验成功，就可以从画面上看到秃鹰之城要塞。届时，无数金银粒子将布满深蓝色的天空，银灰色的球体跃然出现，展现一幕戏剧般的风景。

“但是，终究得先成功才行。”

罗严塔尔对米达麦亚耳语道，声音不是嘲讽，而是冷漠无情。和那些给坎普留几分情面的同僚不同，罗严塔尔对他很不以为然——虽说是奉令而行，但坎普对这件无聊的事未免热心过头了。

威纳·艾特林根、罗夫·欧特·布劳契、迪特利·曹肯三人原在吉尔菲艾斯麾下，吉尔菲艾斯死后，三人转为直属莱因哈特旗下的提督，军衔都是中将。另外，霍斯特·锦兹少将被编入米达麦亚麾下，汉斯·爱德华·贝根格伦少将被编入罗严塔尔麾下。

这几位提督与其他中将和少将级的提督，一同在后面观看屏幕。

元帅府的中央指令室内，帝国军的精英齐聚一堂。只要他们动动手指，数以万计的舰队将同时升空。这时，罗严塔尔突发奇想，只要在这里投下一发光子炸弹，未来的宇宙史将会改写！不，不用全员皆灭，只要一个人——俊美无双、才智兼备的金发年轻人消逝的话，宇宙的命运就会完全改变。这种幻想让罗严塔尔感到一股莫名的恐惧，但其中的深意又颇堪玩味。

他回想起半年前发生的一件事。当时他向莱因哈特报告说，已将帝国宰相立典拉德公爵拿获，莱因哈特曾对他说："如果你们有打倒我的自信和决心，随时可以向我挑战。"他是如此自信！罗严塔尔黑色的右眼和蓝色的左眼略略转动了一下，凝视着年轻的主君。他轻轻发出一声微不可闻的喟叹，视线再次转向屏幕。

"三、二、一……"

耳边响起读秒的声音。

"噢……"

提督们的感叹此起彼落，画面上出现了数分之一秒的干扰，风景全然改观。现在，星之大海化为光板向画面深处延伸，在此背景下，呈环状安装着二十四个巨大引擎的银灰色球体出现了！

"成功了！"

兴奋的低语声在各处响起，人们怀着不同的心情注视着画面。

就这样，瓦普飞行成功了。在瓦尔哈拉星系外缘出现的秃鹰之城要塞，带着一万六千艘船舰和两百万名官兵，正式踏上攻占伊谢尔伦的征途。

时值帝国历四八九年三月十七日。

“我们到秃鹰之城去看看。”

帝国宰相罗严克拉姆公爵忽然说道。第二天，他便在首席秘书官希尔格尔·冯·玛林道夫和首席副官修特莱少将的陪同下，乘着旗舰伯伦希尔出发了。经过半天的常规航行，伯伦希尔到达秃鹰之城，舰长尼梅拉中校以近乎艺术般的熟练手法顺利靠岸。

莱因哈特再次祝贺前来相迎的两位提督坎普和缪拉，并向欢呼的官兵挥手答礼，随后向大厅走去。

坎普和缪拉面面相觑，脸上难掩惊愕之色。

去年，在这个大厅里，莱因哈特曾举行利普休达特战役胜利的庆典。同时，这里也是齐格弗里德·吉尔菲艾斯在无与伦比的忠心之下失去生命的地方。

“我想一个人静一静，任何人都不准进来。”

说着，莱因哈特推门而入，消失了身影。

从厚重大门狭窄的缝隙中，还能看见被手提加农炮击坏、尚未修复的壁面。崇尚实际的坎普认为，内部装饰根本没有修复的必要。这当然是正确做法，谁也没想到会出现这种情况。

莱因哈特只有在面对死去的故友时，才会敞开心胸吧？希尔德心中一阵刺痛。真是如此的话，他实在太寂寞了。莱因哈特要推翻旧帝国、统治全宇宙，又是为了什么？

这样下去不行，希尔德心想。像莱因哈特这样的年轻人，生命应该更多姿多彩才对。她要怎样做，才能让他的生活变得丰富起来呢?

仿佛在拒绝活着的人一般，现在，门扉紧掩。

在门的那一边，莱因哈特坐在数月来弃置如昔的阶梯上，冰蓝色的眼眸里浮现出半年前的情景。那时，躺在血泊中的吉尔菲艾斯说:“莱因哈特大人，您一定要掌握整个宇宙。请您转告安妮罗杰小姐，说齐格信守了以前的誓言……”

你守住了诺言，我也会对你信守诺言。无论怎么做，我都要掌握整个宇宙，然后再去迎接姐姐回来。可是，我觉得好冷啊，吉尔菲艾斯！这个世界失去你和姐姐，就失去了温暖和光明，如果时间能回到十二年前，如果可以重新再来一次，我的世界大概就能多一些光明和温暖吧……

莱因哈特把挂在脖子上的项链捧在手心，项坠和链子都是纯银打造的，用手指轻轻一压，盖子打开了，里面是一缕微微卷曲、宛如用红玉溶液染就的红发。金发年轻人纹丝不动，凝视着那缕红发，许久许久……

行星费沙自治领主府的一个房间里，辅佐官鲁伯特·盖塞林格正在向自治领主安德鲁安·鲁宾斯基报告几件事情。先报告帝国的秃鹰之城要塞成功完成瓦普飞行实验，随后便谈到自由行星同盟的动向。

“自由行星同盟政府好像已经决定，暂时将杨威利提督召回同盟首都，举行审查会。”

“哦，审查会？不是军事法庭吗？”

“如果要上军事法庭，必须有正式的告发。而且要给被告配备辩护人，也必须留下正式的记录。但所谓的审查会并没有法律根据。换句话说，就是可以恣意妄为，在猜忌和臆测下对人施加精神层面的私刑，也许比正式的军事法庭有效得多。”

“果然是目前同盟当权者的作风。他们口口声声说什么民主主义，其实根本就是无视法规，使法律成为一纸空文。他们的做法不但消极，而且危险。当权者目无法纪，社会规范也随之摇摇欲坠，这算是末期症状了。”

“不过，这是他们自己该解决的问题，我们没必要担心吧？”

鲁伯特·盖塞林格口吻颇为尖刻地说道：

“没有能力却继承遗产的人必须承受相应的考验，承受不了就只有灭亡一途，这个道理并不仅仅适用于高登巴姆王朝……”

听了他这番话，自治领主鲁宾斯基默不作答，只是用手指敲着桌面。

Chapter 5
审查会

1

三月九日，自由行星同盟政府传召杨威利回首都的命令到达伊谢尔伦要塞。

通过超光速通信热线接到国防委员长传来的命令后，杨凝视了即时记录的光板足足有五分钟之久。他注意到菲列特利加·格林希尔忧心忡忡的目光，露出笑容，说：

“命令下来了，我必须到海尼森报到。”

“为什么？”

“他们要我出席审查会。在我的印象中，似乎不记得有审查会这个名堂。上尉，你知道吗？”

菲列特利加秀眉微蹙。

“军事法庭是有的，至于审查会……在同盟宪章和同盟基本法中都没有规定。”

“那就是超出法律规定的东西喽。”

“就是他们任意捏造的，根本没有法律根据。”

记忆力顶尖的菲列特利加以谙熟同盟宪章和同盟基本法的所有条文而闻名。

“话虽如此，国防委员长命我回首都报到，这件事却有冠冕堂皇的法律根据啊。看来，非得到那浮华又道德沦丧的首都走一趟不可了。”

杨虽然出生于海尼森，但听到这个地名，不禁觉得它已沦为特留尼西特一派策划阴谋与搜刮利益的根据地，而且已近乎无可救药。这些先不论，目前能委以要塞防守重任的人只有一个。杨请来卡介伦。

得悉事情始末，卡介伦也皱起了眉头，但又不能说“别去”。

“凡事小心，不要落人口实。”

“嗯，我知道。防守工作就劳烦你了。”

要塞防御指挥官先寇布少将似乎也很不放心司令官的首都之行。

“不带着警卫队吗？我来担任指挥……”

“不必这样兴师动众，又不是要去敌阵。给我推荐一个信得过的人选吧。”

“智勇双全的我如何？”

“防御指挥官离开前线不好吧？你就留下帮卡介伦。这次我也不带尤里安，人越少越好。”

杨没有选择战舰休伯利安当座舰，他选择了巡航舰瑞达Ⅱ号。从伊谢尔伦回廊一同出发负责护卫的十艘驱逐舰，也在他的命令下只护送到出口处的宙点便返回了。

拥有强大武力的军人必须避免威慑政府之嫌，站在杨的立场，他不得不顾虑这些烦心事。

先寇布推荐的护卫是路易·马逊准尉。他有富有光泽的巧克力色皮肤、宽厚结实的巨大身躯、与杨的腿一样粗的臂膀，以及和蔼可亲的浅褐色圆眼睛和刚健的下巴，看起来宛如一头心地善良的公牛。一旦他发起怒来，全身的肌肉大概会激起惊天动地的能量风暴。

“对付首都那班老弱残兵,他一只手就可以收拾掉一个小队。”

“那就是比你强喽？”

“若是我的话，能干掉一个中队。”

先寇布说了这句武断而自大的话，露出促狭的表情。

“对了，您会带格林希尔上尉一道去吧？”

“不带副官怎么行？”

“的确。但带上尉不带尤里安，小家伙可会忌妒哟。”

先寇布把想说的话畅快地说完，来到射击训练场看了看尤里安的练习情形，随后问道：

“我知道格林希尔上尉一向非常关心杨提督，但不知提督这边怎么样？”

“嗯……”

尤里安露出微笑。

“不管怎么样，他不喜欢让别人知道自己的心事，也不会乱说话落人口实。”

“不过，有时候他的心事很容易被看穿。他虽然头脑聪明，人却单纯善良，在自己的事上就会变得有些天真。”

“每个人都对别人的事情更了解。”

“喂，什么意思？”

“哦，我得赶快去准备晚餐了，抱歉喽。我要给提督做一份他喜欢的爱尔兰炖肉。”

尤里安敬礼后迅速离去。

“做事勤快的确不错，只是别把难得的才能浪费在炖肉上！”

先寇布冲着少年的背影，扔下一句不讨人喜欢的话。

不能跟随杨去首都，尤里安确实觉得很遗憾。再加上卡介伦以前对他说过那番话，所以他希望能跟在杨的身边。但是，抢在少年表态前，杨便明确地说道：“让你轻松两个月，可以不必做家务了。”但杨说这句话的动机和先寇布方才数落他的动机是否一样，尤里安就不得而知了。杨一直觉得尤里安缺少同龄的朋友，或许他这是在替尤里安制造交朋友的机会。

无论如何，此次的海尼森之行，尤里安大概帮不上杨的忙。这恰巧与菲列特利加不同，没有她的话，杨处理事务的效率将大大降低。

但至少在杨出发之前，自己还有点用。尤里安这样想着，帮杨准备着行装。杨自觉在此时出手帮忙反而会给尤里安添乱，于是在旁边默默观看。忽然，杨想到什么似的问：

“尤里安，你多高了？”

“嗯……一百七十三厘米……”

“哦，明年还会长高吧。第一次看到你时，还不到我的肩膀高呢。”

虽然只是简单的几句话，少年却感到一股暖流流过心头。

2

从伊谢尔伦到首都，视航路的状况大约要花三到四个星期。杨利用这段意外得来的空闲时间，着手进行《历史论》和《国家论》的著述。虽然要完成一部作品是太赶了点，但打个草稿还是做得到的。瑞达Ⅱ号巡航舰一离开伊谢尔伦回廊，杨就马上躲到自己的房间里。

“……巩固国防之途有二：拥有比他国更强大的军备，此为其一；利用和平的手段与他国相安无事，此为其二。前者较为单纯，而且对当权者颇有吸引力。但扩充军备与发展经济互为消长，则是近代社会形成以来的不变法则。己国增强军备，他国势必亦然，最后导致各国偏重于军事扩充，造成经济与社会畸形发展，国家因而崩坏。由此观之，‘国防’也正意味着国家的灭亡，这是历史上普遍存在的讽刺现象。”

杨抬起头，视线离开文字处理机，拍打着脖子。经过几十秒的推敲，他接着撰述：

“……一般认为，自古以来有许多国家因外敌入侵而灭亡。但需注意，事实上有更多国家因反击侵略、财富分配不均、权力机构腐败、国民对控制言论思想不满等种种内部因素而灭亡。

若对社会不公置之不理，一味穷兵黩武，对内镇压国民，对外发动侵略，滥用武力的结果便是将国家送上灭绝之路。历史上的前车之鉴俯拾皆是。近代国家成立以来，不法侵略行为往往并不会造成被侵略方兵败覆没，而是导致侵略方自食灭亡恶果。在从道义立场考虑之前，仅从成功率的角度探讨，也应尽力避免侵略行为……”

措辞似乎有点教条化了？杨一脸严肃地思索着，抱起双臂，然后又放下。

“……具体而言，我辈生于当世，应当采取何种行动？就各个层面的实质效益来考虑，第一种与第二种方法孰优孰劣，其结果不言自明——我国必须与银河帝国的新体制共生并存。大贵族统治下的旧体制不仅是自由行星同盟的大敌，也是银河帝国的被统治阶级——平民的公敌。然而，现阶段已确立的莱因哈特·冯·罗严克拉姆新体制广获平民支持，正在迅速强大。罗严克拉姆新体制及其施政内容亦与鲁道夫·冯·高登巴姆独裁体制形成强烈对比。高登巴姆体制高举民主大旗成立，却成了最反民主的专制政权；罗严克拉姆体制以非民主手段成立，却进行着优异非凡的民主施政。

“这并不是‘一切操之于民众’的政治，但就目前而言，却堪称‘以民众为依托的政治’。若能认清这一点，与新体制的共存关系非但可能，甚且必然……反之，我们应拒绝恶劣的君主专制，避免与日益凋零的旧体制合流。同盟一旦与仅把民众视为压榨对象的旧体制相关联，将不仅成为帝国新体制之敌，还将成为帝国辖下的二百五十亿民众之敌……”

杨舒展两臂，长出了一口气。他看着自己创作的文章，表情略为不悦。他并不是认为所下的结论不对，只是若能再稍稍论证一下自己的观点就好了。另外，这个结论似乎有点操之过急，也许有人会批评他替罗严克拉姆公爵莱因哈特说话。

“罗严克拉姆公爵莱因哈特……”

多么华丽响亮的名字！杨思索着。那个金黄头发、冰蓝眼眸、肤色白皙的年轻人，俊美得近乎半人半神的结合体。他比自己年轻九岁，但不论是才能还是处世方法都有无可抗拒的魅力。现在，莱因哈特在帝国果断施行的激烈改革仿佛是一个实验，实验一个人的存在能在世界上崇高伟大到何种程度。或许有一天他会成为皇帝吧？并非依靠血统，而是凭借实力。届时或许会产生非贵族的帝政——以平民为依托的帝政，即史上称为“自由帝政”的特殊政治体制，说不定其规模将扩及全宇宙。

如此一来，银河帝国也将在新皇帝莱因哈特的统驭之下变成国民国家了。当国民错将皇帝的野心当作自己的理想时，狂热的“国民军”很有可能将攻击的矛头指向自由行星同盟。

杨感到室温骤降。当然，他的预感并非百发百中，但勉强加以区分的话，坏的预感似乎总比好的预感准确得多。亚姆立札会战如此，救国军事会议的政变也是如此。希望预感不会实现，却只能眼睁睁看着事与愿违，并不是令人高兴的事。

杨有时不禁暗忖：若是生在帝国，不就轻松快意多了？他可以效忠莱因哈特，全力协助莱因哈特击破大贵族联合军，推行一连串改革。只是世事难如人愿，现实中他生在同盟，还得满心不情愿地为特留尼西特作战。

结果，杨并没有好好完成著述工作，每天都在读书、午睡和立体西洋棋中消磨时光。

三个星期后，巡航舰瑞达Ⅱ号到达首都海尼森所在的巴拉特星系的外缘地带。船员们开始往娱乐室聚集，因为现在可以毫无限制地收看有数百个频道的海尼森民间电视台了。不论在军舰上还是在民间船只上，总有体育新闻派和音乐派之分，两派争争吵吵在所难免。

杨的私人房间有专用的立体电视，算是小小的特权。他选的第一个频道恰巧碰上特留尼西特派的政治家德梅克在大放厥词："……所以，我们应该保卫历史和传统。为了这个目的，我们不该吝惜一时的花费和个人渺小的生命。一味主张权利而罔顾国家义务的人，只能算卑鄙无耻之辈！"

在当权者眼中，他人的生命轻如鸿毛、贱如粪土，他们高唱的"渺小的生命"，其实是他们内心真正的想法吧。至于所谓"一时的花费"，事实上已经花费了好几个世纪，反正负担这份开销的是一般民众，当权者只是高高在上分配别人的金钱罢了。

杨的心情开始沉重。他转换频道，当权者傲慢的嘴脸消失了，画面上出现了穿着古代服装的少年，似乎是给小孩看的动作剧，其他的出场人物都称这位少年"王子"。

贵种流离谭，也就是"流浪的王子"，这类主题是文学的源头，各民族的神话和建国传说中都流传着这种故事。从中衍生出的通俗故事古今中外不计其数，滋润了许多作家的创作生命，也深受民众的喜爱。

剧情描述的是在某个宇宙王国中，主掌国家大权的宰相夺取了王位，年幼的王子矢志复兴正统王室。这个故事触动了杨的联想。

“格林希尔上尉，这个节目的赞助商是哪家企业？”

他问菲列特利加。

“好像是费沙投资的一家合成食品公司，至于细节就不清楚了。”

“哦，我以为又是银河帝国的旧体制派在搞政治宣传。”

“不会吧。”

菲列利加正要笑出来，但看到杨的表情意外地严肃，也正色道：“莫非其中大有文章？”

这算是对杨表示尊重。换作卡介伦或先寇布，早就不客气地大笑出来了。

费沙这个名字，也是使杨陷入沉思的原因之一。它经常浮现在杨的脑海中。费沙究竟在打什么主意？它会挟财富干出什么勾当？它是希望银河系能够统一，还是愿意银河系分裂与对立？

经济需求促成政治统一的先例，在历史上层出不穷。

成吉思汗统御的蒙古帝国能缔建庞大的统一国家，原因之一便是往来于丝绸之路的商人从中支持。沿着丝路而下，一个个绿洲形同各自独立的小国家，丝路的整体治安难以维持；再加上每个绿洲国家往往恣意征收交易税和通行税，使商人们不堪重负。

他们曾对花剌子模帝国寄予厚望，但那位无能又贪得无厌的皇帝却让他们大失所望。因此，对宗教信仰具有包容性、拥有强大军力，又深知东西贸易重要性的成吉思汗，理所当然成为他们支持的不二人选。

商人们给成吉思汗提供资金、情报、武器及制造技术、粮食、翻译、征税资讯等，协助其征服行动。除了纯军事行动，蒙古帝国的诞生实应归功于商人。在这些商人中，维吾尔人的功劳最值得一提，他们操纵了蒙古帝国的财政和经济，事实上，整个帝国的运作大权几乎都掌握在他们手中。因此有人评断，名为蒙古帝国，实为维吾尔帝国。

莫非费沙想成为统一后的“新银河帝国”中的维吾尔人？所以他们希望人类社会在政治上再次统一，并在大力促成此事？

这种说法似乎比相反的情况更有说服力，也更合理。不过，人类与人类群体并非仅仅在合理范围内采取行动。

虽然并无理论根据，但杨隐约感到费沙的动向笼罩着一层不合常理的阴影。去年，莱因哈特·冯·罗严克拉姆策动同盟政变被杨料中，那是因为莱因哈特的行动合乎理性和常规，杨只要抽丝剥茧、循序渐进，便不难找到莱因哈特的思路。

然而，费沙的动态却常常令人匪夷所思。如果只是行事高深莫测也就罢了，但杨认为费沙行动的背后隐藏着未知因素，其中的玄妙似乎无法依循常理推测。至于这因素是什么，目前仍是未知数……

“真惨啊！”

瑞达Ⅱ号的舰长杰诺中校对沉思的杨说道。他从海尼森的民间频道中得知了一则灾难新闻——运送单座式战斗艇斯巴达尼恩机体和飞行员的运输舰，由于新人在操作上的一个低级错误，导致舰内气压急转直下形成真空状态，造成十多位飞行员死亡。

“您知道培养出一位战斗艇飞行员要花多少钱吗？一个人就要三百万啊！”

“是笔大数目。”

杨心中盘算，自己一整年的薪水也不过这笔钱的二十分之一。他在军官学校时也接受过飞行员训练，在模拟飞行中被击坠的记录共有三十次，而击坠敌机的记录只有两三次，寥寥可数。记得教官摇头嘟囔道：“每年都有一两个不该来的家伙入学。”教官说得一点也没错，杨无从反驳。

“是啊，是一笔大开销。飞行员是资金和技术的集合体，是珍贵的资源。就这样白白失去岂不可惜。如果还想打胜仗，必须加强后方管理……”

杰诺中校一个劲儿地咬牙切齿。

杨心想，他的愤怒和叹息是有道理的，不过……恐怕情况早就错乱了。以杀人和破坏为目的，将巨额资金、知识和技术投注在一个人身上，这种行为和想法原本就不正常吧。杨在军官学校也接受过这些训练，但并不是优等生。

说到国家，或许只是人类为了将自身的疯狂正当化而捏造的托词罢了。一旦国家成为主体，不论多么丑恶、卑劣、残暴的行为都会轻易被接受。所有侵略、屠杀和人体实验的罪孽都可以用一句“这是为了国家”来辩解，有时甚至还会受到赞赏。批判这种行径的人反而被扣上“侮辱祖国”的罪名，遭到攻击。

对国家心存幻想的人，想必也相信国家是由优秀的，或者说是在才智和道德方面都出类拔萃的伟大人物领导的。但事实并非如此。相比之下，处于国家权力核心的人物比一般公民的思维更幼稚、判断力更差、道德水准更低下的例子俯拾皆是。

他们的确胜过一般民众的地方，是追求权力的热情。若将这股热情投注于正面，便可能成为改革政治和社会、创造新时代秩序和繁荣的原动力，但这些方面能否用上全部热情的十分之一就不得而知了。看看历史上的各个王朝，几乎无一不是由一代创建，十几代坐享其成而终。

反过来说，王朝或国家都是非常强韧坚实的生命体，在某个时代出现一个伟人，就能延续好几个世纪的寿命。现在，银河帝国高登巴姆王朝的败势已难挽回，但如果一百年前曼夫瑞二世的改革实现，王朝的生命或许还能维持几个世纪。

至于自由行星同盟，则不能与帝国等量齐观。因为将改革大业寄望于数十年一遇的伟人身上，实在有违民主政治的原则。民主共和制便是消除英雄和伟人存在必要性的制度，但理想何时才能战胜现实？

巡航舰瑞达Ⅱ号在海尼森的军用宇宙港悄然着陆，因为国防委员长命令他们秘密抵达。杨本来打算联络统合作战本部长库布斯里或宇宙舰队司令长官比克古，但这样做不但违反命令，也难免导致军部与政府发生冲突。再者，杨根本没有机会和他们联系，奉国防委员长之命前来迎接的官员早已在此等候，杨一着陆，就立刻被他们接进了地上车。

菲列特利加和马逊正想提出抗议，却被持枪的士兵阻止，杨的身影从宇宙港消失了。杨和菲列特利加都没有料到，政府的高压手段竟到了如此地步。

行驶约二十分钟后，在一处军事设施前，他们让杨下了车。一个壮年军官上前相迎。

“下官贝依少将，是最高评议会议长特留尼西特阁下的警卫长。此次奉命担任杨提督的贴身警卫，愿效绵薄之力。”

“辛苦了。”

杨装糊涂地答应着。连小学生都看得出来者名为护卫，实为监视。贝依随后为杨介绍下榻处的接待人员。那是一位眼神空洞如玻璃珠的下级军官，身形剽悍，眼睛淡蓝。

杨无精打采。为了召开审查会，连接待他的人员也都经过精挑细选，一一排除美丽、可亲、可爱等有亲和力的因素。他们极端重视功能性——毫无疑问，这种功能是指恫吓与阻止逃亡。

但在杨眼中，这些人皆是百无一用的家伙。至此，杨对审查会已了无好感，心中也有所警惕。其实，他也只能准备应战。

杨从宿舍的窗户往外望去，狭窄的中庭对面只能看到一片窗户很少、单调乏味的蓝灰色建筑，欣赏不到风景，更谈不上与外界接触。用混凝土建造的坚固中庭里，约有一个分队的士兵无所事事地站着，肩上都扛着荷电粒子光束来复枪，这是实战装备。杨用手指敲了敲窗玻璃，发现那是厚约六厘米的特殊硬质玻璃，即使被一只正值壮年的大灰熊冲撞，表面大概也只会出现轻微的裂痕。

室内的摆设虽然高级，却毫无个性。床、办公桌、沙发、餐桌……所有家具都欠缺生活气息。杨懒得理会有没有加装窃听器或监视摄影机，因为那是必然存在的，而且一定巧妙地藏了起来。耗费体力去查看不过是愚蠢之举。

“这算是软禁吧。”

接下来该怎么办？杨坐到床上思索。床的弹簧垫很舒适，却无法使人心情开朗。在这空荡荡的床上，拷问、洗脑和谋杀的阴影出现在眼前。不消说，导演这一切的人正是特留尼西特。

说来矛盾，杨肯为同盟军上战场，是因为觉得凡是由人类集体运作的民主主义，至少比悲天悯人的皇帝统御的专制政治更胜一筹，即使那民主主义不切实际，或者反复试验一再失败。然而在本应是民主主义堡垒的海尼森行星上，杨却被关进了散发着腐臭气息的中世纪当权者的鸟笼。

不能着急，杨对自己说。目前，不论最高评议会对杨的敌意有多深，也不可能从肉体上或精神上除掉他。否则，拍手欢庆的就是不费吹灰之力便除去心头大患的银河帝国了。

特留尼西特或最高评议会大概会在以下四种情形下，决意加害杨：

一、同盟军出现能力在杨之上，又效忠当权者的名将时；

二、银河帝国与同盟之间实现了永久和平，而杨被认为是阻碍和平的主要因素时；

三、当他们认为杨背叛同盟、倒向帝国时；

四、最高评议会自身背叛同盟、倒向帝国时。

关于第一点，姑且不论忠诚和服从程度，目前在同盟军中，论能力还无人可与杨并驾齐驱。同盟和银河帝国仍处于半永久性的战争状态，失去杨无异是国家的自杀行为。虽说如同人类会自杀一般，国家也会自杀，但现在似乎还没到那个阶段。

关于第二点，显然有点荒谬。若是帝国与同盟能维持永久和平，抑或相安无事，杨只会满心欢喜地退役归隐，去过向往已久的退休生活。但事实与认知之间本来就存在出入，当权者在误解或曲解的认知下采取行动的可能性也是相当大的。

关于第三点，杨虽然并无此意，但和第二点相同，也许政府会以此作为冠冕堂皇的借口，行使逾越法律的手段。

关于第四点，杨正待进一步思考。这时内线 TV 电话响起，贝依少将的脸占满了狭窄的屏幕。

“阁下，一个小时后审查会即将开始，我会带您去审查室，请您做好准备。”

3

房间大得有些浪费，天花板高高在上。灯光被有意弄得颇为昏暗，空气中令人舒适的气息被压到了最低程度，干冷的感觉沁入肌肤。

为了让来者感受到物理上的压迫感，审查室的一切都在卑劣的热情下经过了精心设计。审查官的座席高高在上，从三个方向包围和俯视着受审者的座位。

倘若杨是个权力与权威至上的人，在踏进室内的那一刻，肉体和精神大概就要萎缩了吧。但杨只觉得这个房间充满了恶意恫吓的矫饰之感，这种虚张声势的作风使他生出了生理上的嫌恶，却了无畏惧之意。

审查官的位子上坐着九名男子。从杨的角度看去，正面和左右两边各坐三人，眼睛习惯了室内的光线后，坐在正中央俯视着他的中年男人的脸便清晰可见。他就是特留尼西特政权中官居国防委员长的尼古拉庞提，身高与杨不相上下，肌肉却厚实得多。这个人竟然是首席审查官？当然，他只是个传声筒，真正的发言者应当是没有出现的同盟元首吧。

杨想到接下来几天都要面对特留尼西特这些党羽，这才觉得郁闷烦躁。菲列特利加和马逊准尉都被支开了，杨只能孤军作战。相比之下，军事法庭要公正得多，被告可以根据自己的意志选择三名辩护律师。而这一次杨必须自己来辩护，自求多福。

尼古拉庞提自报姓名后，坐在他右侧的人也接着自我介绍：

“我是恩里克·马蒂诺·博尔热斯·德·阿兰特斯－奥里贝拉，现任国立中央自治大学校长。”

杨行礼表示敬意。这个男人似乎是副首席，他记得住自己冗长的名字，这一点就值得尊敬。

另外七位审查官也相继自报姓名，其中五人为特留尼西特派的政治家和官僚。对杨来说，他们都是不值一提之辈，但看到唯一身着军服的后方勤务本部长洛克维尔上将那张毫无表情的瘦脸，杨却无法一笑置之了。这表明特留尼西特派的势力已在军部扩张开来。

倒是非特留尼西特派的政治家荷旺·路易似乎对审查会充满好奇而非忠诚，表情与洛克维尔大异其趣，让杨印象深刻。杨心想，或许特留尼西特是为了表面功夫才选他为审查官吧？但在这个充满毒气的假面剧场中，也许只有他能帮自己充当一下换气装置。当然，不能期望过高……

每个人都作了自我介绍后，尼古拉庞提开口说道：

“杨提督，请坐……不，不可以盘腿！背再挺直一点！你现在是受审者，不要忘记这一点。”

又不是我请你们来的——杨聪明地把这句台词咽了下去，尽量装出恭敬的表情，坐直了身子。即使要和他们战上一场，也应当选准时机。

“那么，审查开始……”

主席郑重宣告。但杨无动于衷，只盼望落幕时刻的到来。

审查会的最初两个钟头耗费在确认杨过去的事迹上，从出生年月日、双亲的姓名、父亲的职业，到进入军官学校就读，杨的经历被调查得一清二楚，并逐一加上评注进行介绍。这些资料比杨对自己的认识还详细。

最令杨反感的是，他们竟把他在军校时代的成绩表也投在墙上的屏幕上，战史八十九分、战略论概说九十四分、战术分析演习九十二分……这些科目还好，可射击实技五十八分、战斗艇操纵实技五十九分、机械工学演习五十九分等，则让他十分尴尬。因为其中只要有一科成绩在五十五分以下，就要留级了。

假设他当时因留级被迫退学，他和自由行星同盟后来的发展将会出现多大改变？或许伊谢尔伦仍是帝国军手中固若金汤的堡垒，而同盟军也逃过了亚姆立札会战的惨败。救国军事会议的政变则可能在“处女神的项链”的守护下赢得局部成功，进而与反对派相抗衡，形成内战状态。在此情形下，罗严克拉姆公爵莱因哈特势将利用同盟内战大举入侵，实现称霸宇宙的野心。

就他个人而言，他就不会在逃离艾尔·法西尔之际邂逅少女菲列特利加·格林希尔，后来也不会和卡介伦成为知己，更不可能通过他与尤里安相识，先寇布也不会是他的部属……或许杨被征调到前线作战阵亡，抑或为了躲避征兵过着亡命生涯。

在历史的长河中，个人渺小如沧海一粟，在通往未来的无数歧路上，只能选择其中一条确定为现实，然后相互关联形成无数小小的宇宙，命运之玄妙实在令人惊叹。

“……你现在是同盟军最年轻的上将，担任前线的最高指挥官，这可是令人羡慕的好运啊。”

这几句话字字刺激着杨的神经，让他从幻想的天地跌回现实。审查官的措辞和语气听起来都非常刺耳，要是杨的境遇如此令人艳羡，他宁愿和别人交换。敌舰发射的能量光束来势汹涌，排山倒海，充满视野。在载沉载浮的战舰中，为了更有效地执行杀人和破坏的任务，他必须不断下达命令。战争好不容易告一段落，他还不得不从四千光年之外特意赶到首都，极不痛快地接受审查。杨并不想说“同情我吧”，但这种身份和处境绝非令人羡慕的对象。若是默默无名的士兵和家属这么说还情有可原，但这群躲在远离前线的安全之处、只会绞尽脑汁打击出头者的家伙，有什么资格对他说这种话？！

“……但无论是谁，都不容逾越我民主共和制国家的规范肆意行动。为了澄清这一疑问，故而召开今天的审查会。那么，第一个问题是——”

开始了，杨心想。

“去年镇压救国军事会议的政变时，你将斥巨资建造防卫首都的‘处女神的项链’十二颗卫星全部破坏了，是吧？”

“是。”

“你认为这是战术上不得已的手段，但不觉得这样做过于急躁草率吗？除了尽数破坏国家的贵重财产，难道别无他法？”

“我答复您的问题——正因为别无他法，才出此下策。如果您认为这项判断错误，那么请提出您心目中可行的替代方案，恭候赐教。”

“我们不是军事专家，战术方面的问题是你们的责任。不过，我认为破坏两三颗攻击卫星后即进入大气圈，不也是一个好方法吗？”

“如果用这个方法，我军官兵势必会受到残存卫星的攻击，造成无谓的牺牲。”

这是事实，因此杨不需要大声辩白。

“如果您的意思是无人卫星比官兵的生命更珍贵，那么我承认我的判断错误……”

杨嫌恶自己的这番说辞，但不说到这个分上，对方大概会无动于衷。

“那么，下面这个战法如何？反正政变派全被困在海尼森一星，我们不见得一定要与其短兵相接。若是拖延时间，用消耗战削弱他们的对抗意志，岂不更好？”

“这个方法我也考虑过，但迫于两个因素不得不放弃。”

“你说说看。”

“第一，政变派在心理上被逼入绝境后，为了突破绝境，必定将首都的政要作为人质，若是他们把枪顶在诸位头上，前来胁迫交涉，届时我们只会束手无策。”

“……”

“第二点更危险。当时帝国内部的动乱已渐渐平息，我军若包围海尼森，从容地等待政变派自取灭亡，莱因哈特·冯·罗严克拉姆那个战争天才很可能挟胜利余威大举发兵攻来。而那时的伊谢尔伦除了平民，只有寥寥无几的警备兵和管制人员。”

杨喘了口气，很想喝口水。

“基于以上两点，我必须在短时间内解放海尼森，而且只能采用让政变派在心理上产生挫败感的手段。如果这样做应该受到责难，我甘愿接受指责。但诸位若不能提出更完善的代替方案，姑且不说我的感受，只怕那些在战场上奋勇抗敌、冲锋陷阵的部下也不会谅解吧？”

杨话中带着恫吓的意味，其实这种程度的说话技巧他也会。恫吓似乎奏效了，审查官们交头接耳，还时不时对杨投来厌恨的目光，看来他们似乎已没有辩驳的余地。唯一的例外是荷旺，他转头微微打了个哈欠。

过了一会儿，尼古拉庞提猛地干咳一声，说：

“那么，这件事暂且不提，我们来谈下一件事。在德奥里亚星域与敌军交战前夕，你曾对全体官兵说过，‘国家的兴亡与个人的自由和权利相比，根本不值一提’。听过这番话的人多得是，错不了吧？”

4

“虽然说法不是一模一样，但我曾经说过此类的话。”

杨答道。既然有人证，否认也没有用。最重要的是杨并不认为自己说错了，他不是每次都对，但那句话却是千真万确的事实。

国家灭亡了，只要重建即可，曾经一度灭亡而又复兴的国家比比皆是。当然，有更多的国家一旦灭亡就再无复兴之日，但那是因为该国在历史舞台上扮演的角色已经结束，腐败老朽，已失去存在的价值。

多数情况下，国家的灭亡无疑是一场悲剧。但它成为悲剧的原因在于大量的流血与死伤。更有甚者，人们相信应当把不值得守护的国家从无可避免的灭亡命运中拯救出来，从而断送了许多生命。当这些牺牲完全没有回报的时候，国家的灭亡便变成了深刻的闹剧。失去存在价值的国家嫉恨有生存价值的人，要将他们一同带往地狱。拿那个最高权力者来说，无数战士高喊着他的名字倒在战场上，他却将此情此景抛诸脑后。甚至还有人投身敌国成为贵族，下半生生活优裕。战争的最高责任者战死沙场的，古今才有几人？

杨对官兵们说到过“个人的自由与权利”，似乎应该再加上“生命”。但是，杨想到自己以前的所作所为和今后可能做出的事情，无论如何也难以将这个词说出口。自己究竟在做什么？比起在战场上指挥杀人和破坏，有那么多更有意义的事可以做！

“你不觉得方才所言极没见识吗？”

声音很刺耳。军官学校时代，有的教官看到学生犯错就两眼放光，兴奋不已。此时也是这样。审查官仿佛正中下怀，说话的声音就像喜滋滋舔嘴咂舌的猫。

“哦？怎么说？”

看杨一副毫无愧色的样子，国防委员长大概感到了不快，声音中带上了险恶的味道。

“你身为负有守护国家职责的军人，而且年纪轻轻就受封提督，旗下大军堪比大都市的人口。以你这样的身份，竟然藐视国家，甚至轻忽自身的责任大放厥词，导致官兵士气低落。这种行径不是没见识，又是什么？”

现在，你必须忍耐眼前的虚伪和无聊。杨的理性这样告诉他，但在内心，那声音却越来越微弱。

“我有话要说，委员长阁下。”

尽管心里很不情愿，杨还是极力压抑着声音。

“我认为这句话难得地颇有见识。并不是国家进行细胞分裂才形成了个人，而是具有主体意志的个人集合起来，才形成了国家。既然如此，何者为主，何者为从，在民主社会中是不辩自明的道理。”

“不辩自明的道理？我的看法略有不同。我认为对人类而言，国家具有不可或缺的价值。”

“是吗？没有国家，人仍然可以活下去；但没有了人，国家就不存在了。”

“这句话可真令人惊讶，你很像是过激的无政府主义者啊。”

“不，我是素食主义者，但一看到美味可口的肉类佳肴就会破戒。”

“杨提督，你是在侮辱本审查会吗？”

发问的声音愈发险恶。

“怎么会呢？我毫无此意。”

事实上，杨大有此意，但当然没有老实承认的必要。接下来，杨既没有抗辩，也没有谢罪，一直沉默不语。国防委员长不知该如何追究，只好抿着肥厚的双唇瞪着杨。

“我们休息一下怎么样？”

说话的人是方才自我介绍后便一言不发的荷旺·路易。

“杨提督一定累了吧，我也很无聊。哦，不，我也很疲倦了，能休息一下就好了。”

他的提议大概解救了不少人。

休息九十分钟后，审查再次展开。尼古拉庞提开始发动另一波攻击。

“你任用菲列特利加·格林希尔上尉为副官，是吧？”

“是。这又怎么了？”

“她是去年发动反民主共和制行动的格林希尔上将的女儿，你应该很清楚吧？”

杨微微扬起双眉。

“哦？我们这个自由的国家，原来和古代的专制国家一样，实行父罪子偿的法律？”

“我可没这么说。”

“可我想不出还有别的解释……”

“我的意思是，为避免无谓的误会，在人事安排上应该慎重。”

“您所谓‘无谓的误会’指的是什么？能不能具体说明一下？”

国防委员长默不作声，杨接着说道：

“如果是有证据的重大嫌疑也就算了，但‘无谓的误会’这种莫名其妙的东西，下官认为根本没必要预防。关于副官的人事任免，军队司令官有受到法律保障的任免权。您若是让我将最有能力、最值得信赖的副官解职，有碍军队机能的全面发展，只能让人认为是故意给军队造成损失。可以这样解释吗？”

杨的逻辑咄咄逼人，又先发制人，对方显然阵脚大乱。尼古拉庞提的嘴巴开合了两三次，但苦于找不到说辞进行反驳，只好望着身旁的自治大学校长求救。

这个叫恩里克或奥里贝拉的男人不像学者，浑身充满官僚气息。事实上，国立自治大学本来就是为了培养政府官僚设立的。在人生的每一个阶段，奥里贝拉都在尽情享受天才的美名，连指尖都满溢着自信和优越感。

“杨提督，你再这样说，我们就很难继续问下去了。我们和你并不是敌人，应该拿出良知和理性来，加深彼此的理解。”

奥里贝拉言之无物的论调使杨大倒胃口。相比之下，尼古拉庞提不管是勃然大怒也好，茫然无措也好，还比较像个正常人。

“看你方才的言行举止，似乎对本次审查会有某种先入为主的观念，你误会了。我们并不是为了指责你才叫你来，而是为了改善你的处境，所以需要你的合作。当然，我们也会竭尽所能帮助你。”

“那么，我有个请求。”

“什么？”

“如果有标准答案，请给我看看好吗？我想了解一下各位心目中期待的答案是什么。”

室内霎时一片静寂。但片刻之后，怒气奔腾，满室哗然。

“警告受审者！不可侮辱本会，严禁有损本会权威和精神的言行！”

国防委员长的大叫声在变成无可理喻的咆哮前，勉强停了下来。杨心想，如果这出闹剧还有什么权威和精神，我倒真想瞧瞧。杨保持着沉默，这当然并非出于畏惧或反省。国防委员长的太阳穴上凸现粗大的青筋，自治大学校长奥里贝拉不知在他耳旁说着什么。杨不怀好意地瞪着他们……

第一天的审查会终于结束了，但从审查会解脱出来的杨还是处于被软禁的状态。他离开会场后便被送上地上车，直接驶往宿舍。

杨一见负责招待的下级军官，便立刻以用餐为由要求外出。

“阁下，这里已经准备好了餐点，您不必特意跑到外面去吃。”

“我想去外面吃饭，不想待在这种煞风景的地方。”

“您想跨出这扇门到外面去，必须得到贝依少将的许可。”

“我不想得到什么许可。”

“不想要也得要！”

“那么，你安排我见贝依少将吧。”

“少将到最高评议会议长的办公室办公了。”

“什么时候回来？”

“不一定。您只有这件事吗？”

“啊，只有这件事。”

下级军官敬礼出去后，杨怒气冲冲地瞪了门好一阵子。他明知室内有窃听器，仍然忍不住低声叫起来。

“就这样被困住了？”

杨把贝雷帽丢到地板上，然后又把无辜的帽子捡起来，掸掸灰尘戴回头上，抱着双臂在室内踱来踱去。

不干了！这次发誓真不干了！从前年攻占伊谢尔伦要塞以来，杨就一直怀着这个念头。但是拒绝他的要求，反而将他置于高位、加重他的责任、扩大他的权限的，不正是那些当权者吗？

从审查会解脱出来时，杨的心情多少还是有点愉快的。今天他在战术上大获全胜，彻底粉碎了种种诬陷之辞，让那些厚颜的审查官满脸挂彩。

不过，战术胜利并不代表战略胜利。如果那班高官放弃召开审查会固然很好，但他们变得越发偏执、继续审查的可能性更大。今天已经到了忍耐的极限，从明天开始，不能再忍耐下去了。既然如此，干脆辞职算了！

杨坐到办公桌前，开始构思辞呈的内容。

这期间，菲列特利加·格林希尔并没有对事态的发展袖手旁观。她住进女军官宿舍后，在三个小时内便向十四个地方打了 TV 电话，查出了贝依少将的所在。贝依刚走出特留尼西特办公室，便与同马逊一道来的菲列特利加撞了个正着。

“我是杨提督的副官，要求和上司见面。提督现在在哪里？”

“这是国家的最高机密。我不能允许你们会面，也不能告诉你杨提督在哪里。”

这个答案无法让菲列特利加信服。

“我懂了。那此次审查会是非公开的精神拷问喽？”

“格林希尔上尉，讲话小心一点！”

“如果不像我说的那样，请公开举行审查会，允许辩护人出席，并与受审者会面。”

“我不能答应你的要求！”

“理由何在？”

“我没有回答的必要！”

菲列特利加岂会因对方盛气凌人的态度畏缩。

“那么，部分政要对国民英雄——杨提督恣意施以非法精神私刑一事，让媒体知道也没有什么关系喽？”

少将明显露出狼狈之色。

“你，你敢！你试试看！那样做就触犯了国家机密保护法，连你自己都要接受军法制裁！”

“我还不到接受军法制裁的程度，国家机密保护法中并没有关于审查会的规定，所以即使公开内情也不构成犯罪。你们如果无视杨提督的人权，硬要继续召开秘密审查会，我也会不计后果，采取任何可能的手段。”

“哼，有其父必有其女！”

少将口中冒出这句阴损恶毒的话。

马逊先是一愣，接着愤怒涌上心头。菲列特利加却不动声色，不过那淡褐色的明眸此时被愤怒的火焰映成了祖母绿色。贝依丢下这句卑鄙的话转身而去，她并没有制止。

去年，当知道父亲是政变首谋时，菲列特利加便做好了被解除副官一职的准备，但那时杨却用像个笨拙少年的语气对她说："你不在的话，我会很为难……"

这句话支撑着菲列特利加一直到现在，而且今后也将继续支撑着她。她转头看向那位同行的巨汉。

"马逊准尉，虽然我不想这么做，但这是最后的手段了。我们去拜见比克古提督，听听他的意见吧。"

揉掉几十张信纸后，杨终于写好了辞呈。他觉得无颜面对尤里安、菲列特利加和卡介伦等人，但不可能再与特留尼西特一干人周旋下去了。即使没有自己，只要有伊谢尔伦要塞，帝国军想入侵也不容易——杨这样想着，好不容易才让思绪平静下来。

杨疲倦地钻进了被窝。他当然不可能知道，在数千光年外的黑暗虚空中，有一个叫秃鹰之城的要塞正在航行。不管是上帝也好，恶魔也罢，都没有赋予杨神通广大、无所不知的本事。

Chapter 6

没有武器的战争

1

就在四月十日这天，由战舰希斯帕尼欧拉、巡航舰哥多华等十六艘船舰组成的一支队伍发现了“那个东西”。这支队伍由J. 吉布森上校指挥，离开要塞，在伊谢尔伦回廊内执行巡逻任务。

“即使发现敌人，也不要轻启战端，而是暂且撤退，向要塞报告即可。”

代理司令官卡介伦少将对全体驻留舰队下了这道严格的命令。司令官杨威利不在期间，必须极力避免无谓的战争。

巡航舰哥多华的监控员一面灌下好几杯咖啡，一面盯着计量仪器。现在的情况还算和平，只是很无聊。除了喝咖啡，实在没什么事可以打发时间，但胃也渐渐受不了咖啡因的刺激了……忽然，监控员脸色大变，把杯子粗暴地丢向操作台的角落。

“前方空间发生扭曲！”

监控员报告。

“有不明物体在做空间跃出！距离三百光秒，质量……”

监控员的视线冻结在质量计上，声音哽在喉咙中，隔了几秒才勉强挤出来。

“质量……非常大……”

“报告得准确点！”

舰长咆哮起来。监控员用力咳了两三声，才把哽在喉头的无形的惊愕之刺吐出来。

“质量约四十兆吨！不是战舰！”

这次换舰长陷入沉默了。他用力抖了抖身子，立刻下达命令：

“全速后退！否则会被卷进时空力场扭曲！”

舰队指挥官吉布森上校也命令全体舰队急速后退。十六艘船舰以引擎输出功率允许的最大速度，远离骤生异变的宇宙空域。巨大的时空力场扭曲波动在后紧逼，空间扭曲摇动，有如一只无形的手紧紧捏住他们的心脏。咖啡杯从操作台的一角掉落到地板上，碎片四散。但他们并未疏忽搜索敌人的任务，视线仍紧紧地凝聚在屏幕上。忽然，他们的眼中闪过惊愕的光芒，无声的悲鸣在心中响起……

伊谢尔伦要塞的中央指令室中气氛紧张。监控员们的双手、视线和声带都得不到片刻休息，以卡介伦少将为首的将领看着眼前的状况。

“好像又和敌人遭遇了，巡逻队那些家伙……”

“这阵子敌人也真够勤快，他们莫非要赚加班津贴？”

当然，此时不准交头接耳，但心中的不安却让他们无法遵守规定。不久，主监控员向代理司令官转达了吉布森上校传来的报告。

“形状为球体或类似球体，材质为合金和陶瓷复合材料，质量为——”

“质量多少？”

“质量估计超过四十兆吨！”

“兆？！”

听到这个数值，向来沉着冷静的卡介伦也无法保持平静了。

主监控员接着报告：“从质量和形状判断，可能是直径四十至四十五公里的人工天体。”

“……这么说，是类似伊谢尔伦的要塞喽？”

卡介伦喃喃自语。

要塞防御指挥官先寇布少将讪笑道：

“没想到帝国用这种形式派来友好使节。”

“一月份的遭遇战算是事先的预告吗？”

卡介伦的语调颇为苦涩。本以为敌人也会像己方一样，吸取上次遭遇战的教训，从而小心谨慎。莫非这个想法是错误的？

“也就是说，帝国军这次把舰队连同根据地整个儿搬过来了？”

“真是勤奋。”

先寇布随口夸赞了一句。耿介正直的姆莱少将扫了一眼防御指挥官的脸，目光中多少有点偏见。

“但他们这个想法也真是匪夷所思。居然让要塞进行空间跳跃……看来帝国军开发出了新技术。”

“谈不上什么新技术，只是规模加大而已。话说回来，这个规模也够让人目瞪口呆了。”

先寇布提出了相反的论调，其实这些话还是不说为好。

“令人大为意外的是，敌人的兵力相当庞大，这是千真万确的。”

卡介伦趁隙指出了关键所在。

“再加上杨司令官又不在，我们负责留守，眼下至少得抵挡住敌人。”

卡介伦的话一出口，偌大的中央指令室立刻充满紧张的气氛，人们面面相觑，视线中难掩不安之色。伊谢尔伦要塞易守难攻、固若金汤，他们一向对此深信不疑，但现在这份信心却开始动摇了。伊谢尔伦固然经得起炮击，但那是在对方是舰炮的前提下，若是正在逼近伊谢尔伦的那个要塞以主炮来袭，在等级上则不可同日而语。

“用伊谢尔伦要塞的主炮攻击伊谢尔伦的防御墙，哪个会赢？”

这曾是士兵们的玩笑，但正在逐渐变成现实。结合超硬度钢、结晶纤维和超级陶瓷的四重复合装甲是全宇宙最坚固的装甲，但在这次的战争中，这句话恐怕即将成为过去。

“要塞炮和要塞炮互相射击……”

卡介伦感到仿佛有一只无形而冰冷的手抚过了脖颈和脊背。

前所未见的巨大能量之间爆发冲突，想一想都令人毛骨悚然。据说亲眼目睹过伊谢尔伦要塞主炮齐射的人，眼中将永远燃烧着那爆炸的火焰。

“那烟火一定很壮观吧。”

先寇布说道。这句话此时显得有失一贯的豁达，也没有任何幽默感。对身处前线的军人而言，这种想象并非一句玩笑就能一笔带过的。

“必须请杨提督火速从首都赶回。”

话刚出口，派特里契夫准将便发现说错了，顿时一脸懊丧，因为这句话可能会得罪代理司令官卡介伦。然而，卡介伦非但没有生气，反而极力表示赞同，他很清楚自己只是“平时”的留守司令官。

但是，即便超光速通信一到达海尼森，杨就立即往回赶，距离伊谢尔伦仍然太遥远了。

“初步估计，我们至少要抵挡敌人四周，这个时间只会延长，不会缩短。”

“真是令人心动的未来啊。”

派特里契夫说道，但声音并没有他希望的那样轻松。在司令官——那位非比寻常的司令官，被誉为“魔术师杨”“奇迹的杨”的不败名将——不在的情况下，伊谢尔伦即将面临史无前例的可怕挑战！难怪战栗悄无声息地掠过全身的神经网，令他寒毛直竖，冷汗湿透了衣服。

伊谢尔伦要塞和驻留舰队的官兵共计二百万人，即使其中许多老兵已由新兵接替，这支部队仍是同盟军中最强的部队。其强大的原因就在于坚信司令官会屡战不败。

姆莱少将压低声音说：

“要是伊谢尔伦失守，你猜会怎样？罗严克拉姆公爵将率领帝国大军经由回廊直取同盟领土！同盟将——”

完蛋了——此时这句话已不必说出口了。

过去同盟军曾几度和从回廊入侵的帝国军交战。只是目前局势已经与两年前不同了。以回廊这一边同盟军的兵力而言，除了第一舰队，其余皆是没有战斗经验的新兵部队、欠缺远距离移动能力的各恒星系警备队、火力与装甲不佳的巡防队以及尚在编列的部队。

整个同盟的军事安全可以说系于伊谢尔伦要塞与驻留舰队一身，前方有此屏障，后方才有充裕的时间编列部队、训练新兵。

可在这危急之秋，政府却临时召回前线司令官，开起无足轻重的审查会！

在远离前线的首都海尼森，特留尼西特一派的政客们只需维护自身的安全，整日丰衣足食。他们竟然还不知足，还要把杨威利召回去搞什么秘密审判！一想起这班政客的嘴脸，卡介伦便怒火中烧。

去年政变时和政变前也是如此，前线官兵为了保护这些官僚的权力和特权，必须舍命奔赴沙场。卡介伦不禁怀疑，战争的意义究竟何在？

眼前唯一值得庆幸的，是在海尼森的杨可以因此从和审查会的无聊战斗中解放出来。如果非战不可，杨大概也会选择在广阔的宇宙战场上与敌军一较用兵长短。卡介伦的任务就是在杨归来前维持伊谢尔伦的现状。

考虑到最坏的可能性，卡介伦做了几项准备：战略战术电脑的情报可以随时清除，机密文件可以随时烧毁；另外，让三百多万平民做好撤退准备。机敏而正确地处理这些工作，正是卡介伦的特长。

超光速通信也从伊谢尔伦要塞飞速传到后方。

“四月十日，帝国军以移动式巨大要塞，大举入侵伊谢尔伦回廊！请求火速支援！”

2

同在四月十日这天，在自由行星同盟的首都海尼森，没有武器的战争飞溅出火花。杨威利上将在审查会上与对手周旋，他的副官菲列特利加·格林希尔上尉似乎已与整个特留尼西特政权处于敌对状态。

他们并没有每天都审问杨。以国防委员长尼古拉庞提为首的各位审查会成员都有其他职务在身，无法专心致志地对付杨。因此审查会就这样时断时续，拖拖拉拉不知何时终了。杨的精神受到了相当大的伤害，换作没耐性的人大概早就爆发了。或许审查会的目的并非审问杨以获得某种结论，而是延续审问行为罢了。

杨心想，他们到底打算如何收场？假设审问的目的是查明“杨威利的存在对同盟有害还是无害”，如果结论是无害，他们就不得不放了杨；如果结论是有害，杨势必会遭受某种处分。但目前还存在帝国的军事威胁，不能没有杨。这样看来，根本审问不出个所以然，而审查会又不能如此遥遥无期。想到这里，杨感到不悦和无聊，同时又存了几分看好戏的意思——反正迟早要放了自己，倒要看看他们如何让这出可笑的闹剧收场。

杨把辞呈放在口袋里，需要时随时都可以扔到国防委员长眼前。杨在审查会第一天晚上写好辞呈后，准备第二天递出，不料第二天没有召开审查会，杨的锐气大减，从此便一直将它放在口袋里。后来也不是没有机会递，但杨想到随时都可以递，心情就从容得多。他促狭地想，不如等到出现更戏剧化的场面再提出来。

但审查会一日不结束，杨便一日不得轻松，最痛苦的莫过于整天被软禁在宿舍里，除了吃饭什么事都不能做。从窗口向外望只能看到中庭，连立体电视也没有。他想要本书看，虽然明知可能是徒劳，但还是试着提出了要求，结果不出所料——那些人支吾搪塞一番后还是拒绝了。那么，只好继续他的著述工作了。可上次他写辞呈就用光了几十张纸，现在虽然有笔，却没有纸。杨只好躺在床上，想象自己一个个审问审查会那帮家伙的情景，但很快就厌烦了。

三餐都非常丰盛，却和房间的陈设一样单调乏味，毫无个性可言，不能享受随性变化的乐趣。尤其是早餐，连日来菜式完全相同：黑面包、奶油、原味乳酪、咖啡、蔬果汁、熏肉蛋、法式马铃薯，还有洋葱、青椒和莴苣沙拉。这些食物味道不算差，营养也充足，只是在杨看来欠缺诚意和独创性。尤其是饭后只能喝咖啡，最让杨难以忍受。

要是尤里安在的话，一定会为他泡一杯芳香四溢的西隆红茶。做鸡蛋时也会花样翻新，有时是菜肉蛋卷，有时是牛奶黄油炒蛋。连前一晚吃剩的饭菜,他也能做成奶汁烤菜饭或什锦粥。在杨眼中，尤里安的手艺堪称天下一绝。

与其从事军人这种对文明和人道毫无助益的贱业，不如正式学习烹饪技巧，取得证书，这样岂不对文化和社会有意义得多？这样一来，杨就可以用退休金为尤里安开一家餐馆了。但厨师这个职业肯定不如宇宙战舰的舰长那样能刺激少年的浪漫幻想。

杨就这样在海尼森虚度时日，但是他的处境和菲列特利加的劳苦一比，也许该说是小巫见大巫。就像字面形容的一样，菲列特利加正不眠不休地陷入苦战。

上次被贝依少将刻薄对待之后，菲列特利加便立刻在马逊的陪同下造访宇宙舰队司令部。受理的军官一派官僚作风，把规则、权限与机构当作魔杖挥舞，徒然耗费她的时间。还好，最后有一位叫艾德蒙·梅塞史密斯的年轻少校正要回家时看见她，给了她一些方便。

菲列特利加的父亲德怀特·格林希尔在军官学校担任副总长时，梅塞史密斯是他的学生，德怀特还一度想将菲列特利加许配给他。菲列特利加向他道谢，梅塞史密斯露出令人愉悦的笑容，说道:“不客气。无论什么事，只要你吩咐，我都会尽力去做。请代我向令堂问好。好久不见，你还是这么漂亮，菲列特利加。”

菲列特利加很感谢他，不过宇宙舰队司令长官比克古上将办公室的门一打开，她便将梅塞史密斯抛诸脑后了。

“上尉，你怎么会在这里？”

七十二岁的老提督劈头问道。菲列特利加没有猜错，位居制服组第二号人物的他果然不知道杨已被召回首都。这次审查会到底有多么鬼鬼祟祟，单看老提督这句话就不言自明了。

菲列特利加扼要陈述了事件的经过。比克古白色的双眉微耸，沉默良久。他并不是吃惊，而是厌烦。

“我曾犹豫好久，不知该不该把这件事禀告阁下。如果您能伸出援手，将杨提督救出困境，我真是感激不尽。但如果处理不当，恐怕会造成军部与政府的对立……”

“你的担心是有道理的，但也是不必要的。”

老提督的话让人莫名其妙，语气不像平素那般豁达，而是黯然得近乎阴沉。

“我的意思是，军部已经不可能齐心协力对抗政府了，上尉。”

“您是说……军方内部已分裂为两派了？”

“两派?！哼，的确是两派，如果占绝大多数的那一派愿意与少数派并称的话。当然，我是少数派，虽说没什么好自豪的。”

菲列特利加微微倒吸一口凉气，她犹豫了一会儿，终究还是进一步追问:“事情为何会演变到这个地步？”

面对她的疑问，老提督似乎踌躇不决，不知该如何作答。

但如同菲列特利加不得不追问一样，他也不得不回答：

“说来话长，去年的救国军事会议政变可以说是症结所在。那次政变后，军部声望一落千丈，发言权也跌入谷底。那班政客便利用这个时机，将自己的势力渗透进军部。他们恣意操控军部人事，如今中枢部门已被他们的手下占据。去年政变时，库布斯里本部长和我都无所作为，提出抗议也只能徒然遭人冷笑。”

自己一定脸色苍白，菲列特利加心想。去年的政变，还有政变派的代表——父亲德怀特·格林希尔，又一次挡在了面前。她当然不可能厌恶父亲，然而这样的事情日积月累，任谁也会渐渐感到怨恨。

“因此库布斯里提督和我现在如同大海中孤立的岩石。那班政客将杨提督召回首都的动机现在仍不得而知，但他们一定认为不管做什么，都没有人敢反对，就算有也能很快摆平。”

“我真不知说什么才好……没想到您的处境这么难。”

“哪儿的话。没什么难的，只是觉得很厌恶罢了。别再嘀嘀咕咕啰唆个不停了。事实上，这个房间搞不好都装有窃听器，可能性有九成以上。”

马逊准尉一听，巨大的黑色身躯似乎蹿高了十厘米。老提督咳嗽似的笑了出来，看到菲列特利加的目光，才止住笑说道：

“我明知故犯的原因有二：一来事到如今也不能再掩饰；二来按照法律，窃听记录不能当证据。相反，我们可以控告他们侵害人权，如果政府还把同盟宪章放在眼里的话……”

“政府也不能公然破坏民主主义的原则，一旦有什么情况发生，我们可以将它当作武器。”

“以聪明著称的上尉这么说，真令人欣慰啊。这件关于杨提督的大事，现在既然已经明白原委，我一定会竭尽所能协助你。”

“不会给您惹麻烦吗？”

这次，老提督爽朗地笑起来。

“你既然都来了，就别再顾虑这个了。我很欣赏那个年轻人。哦，不能在他面前夸他，年轻人很容易神气起来。”

“真是太感谢您了。说句放肆的话，我也非常欣赏比克古阁下呢。”

“我一定要说给内人听听。对了，还有一件事……”

老提督的脸色严肃起来。

“刚才你来的时候，没有被人跟踪吧？”

菲列特利加淡褐色的眼眸中闪过一抹惊愕，望向马逊。她一心挂念着杨的事情，一时大意没注意到这一点。

壮硕的马逊挺起背脊，用浑厚的声音应道：

“虽说没有确凿证据，但有不止一辆地上车行踪可疑。如果它们是跟踪我们的，应该是在中途换班了。”

“果然是贝依这群鼠辈干的好事！”

比克古大声嚷道。或许他是故意让贝依通过窃听器听到。好个豪迈的老人家！

“上尉，这就是民主主义大本营的现状。虽然还没下雨，但已经漫天乌云了。情势似乎会加速恶化下去，想挽回并不容易啊。”

“是的，我能体会得到。”

“很好。”

老人浑厚的声音中，包含了一份温馨：

“我们真是好伙伴，虽然在年龄上差了老大一截。”

3

在不知所措的时候，菲列特利加决定求助于比克古上将，这步棋下得很成功，比克古许诺愿助一臂之力。以他的地位和声望，连“绝大多数那一派”也不能无视他的存在。如果他们没把老提督放在眼里，一定早就解除他宇宙舰队司令长官的职务了。

首先，隔离在军用宇宙港一隅的瑞达Ⅱ号被解除了监禁。莫名其妙被禁足舰内的士兵恢复了自由之身，开始协助菲列特利加进行救援行动。

菲列特利加接受比克古的好意，暂时住在他家中。若是一般的宿舍，不仅会被窃听或监视，还可能蒙受伤害。比克古家中有专门的警备兵守护，即使没有警卫，他们也不敢无法无天到侵扰宇宙舰队司令长官的家。

比克古夫人亲切地欢迎菲列特利加。

“你就一直住在这儿吧。啊，不能这么说。我们要早日救杨脱身才对。对了，不要拘束，把这儿当成你自己的家吧。”

“给您添麻烦，真是过意不去。”

“快别这样说，格林希尔小姐。家里有年轻人显得有朝气多了。而且我们家老头子啊，可以跟政府吵吵架，他就很高兴。该感谢的人是我们才对呀。”

夫人温和慈祥的笑容让菲列特利加心羡神往。他们夫妻结缡四十余年，相知相惜的默契在这番话里显露无遗。

即便如此，这个国家也渐渐不配冠上“自由”的头衔了吧？这不仅仅是因为发生在自己身上的一切。菲列特利加不禁感到，整个国家和社会都在急速失去理性和宽容。

她以比克古的家为根据地四处奔走，在这段时间内还发生了一件事。

有一个叫“爱德华委员会”的民间团体，提出了一个关于征兵不公的问题。该组织由反战派人士集结而成，旨在纪念去年广场大屠杀事件中殉难的洁西卡·爱德华女士。

在政界与商界要人的子弟中，已届征兵年龄的共有二十四万六千人。以他们为对象进行了一项调查，结果令人震惊：将子弟送入军队的比例不满百分之十五，而送上前线的还不到百分之一。

“这个数字意味着什么？如果像那班统治阶层所说的，为实现正义，这场长期战争非打不可，他们为什么不让自己的儿子加入战场？为什么要利用特权逃避征兵？这难道不是因为他们认为这场战争并不值得牺牲生命去打？”

爱德华委员会发出质问信，特留尼西特政权却置之不理。兼任政府发言人的信息交通委员长伯尼只说了一句“没必要回答”。令爱德华委员会的成员更加愤怒并悚然的是，几乎没有一家报纸敢披露这条消息。

电子新闻也好，立体电视也罢，都只去报道形形色色的与政治权力无关的犯罪、丑闻和世态人情，对爱德华委员会的活动视而不见。

无奈之下，爱德华委员会的成员只好走上街头，向一般民众公开事情的真相。正当五千位会员要展开示威活动时，警队立刻出动阻止。他们被迫改绕小巷，避开警方的阻拦，不料主战派团体忧国骑士团的成员却手握陶瓷棍棒伺机伏击。包括妇女和儿童在内，爱德华委员会的成员在忧国骑士团成员的棍棒下相继倒地。警队在远处袖手旁观，等到忧国骑士团逃逸无踪后，才赶过去将手铐铐在血泊中的爱德华委员会成员手上，罪名是"参与动乱"。警察发表声明，称会员内讧引发流血事件，报社多半照单全收加以报道，忧国骑士团的名字始终没有现于报端，整个事件就此画上了句号……

比克古的朋友——政治家姜·列贝罗讲述这件事时，菲列特利加起初并不相信。虽然在杨和自己身上发生了许多事情，但她对民主主义体制和媒体仍有根深蒂固的信赖。

然而这份信赖随着时日流转，已在菲列特利加的心中发生动摇。即使有比克古出面相助，列贝罗在暗中协助，她的行动仍然被无形的壁垒和枷锁阻挡。不久，列贝罗从荷旺·路易口中得知召开审查会的地点，那属于同盟军后方勤务本部的用地。比克古前往交涉，对方却以国家机密为由拒绝他入内，面见相关负责人的要求也遭到回绝。比克古在外总是有人尾随，好不容易找到一个证人，但第二次见面时，证人却不知在害怕什么，拒绝作证。

第二次成功地逮到贝依少将时，贝依仍顾左右而言他，毫无回答问题的诚意。菲列特利加无法忍受他的态度，说要将此事公布给媒体。然而，贝依的反应和上一次迥然不同。

“随你的便！但任何一家新闻媒体都不会替你报道的！他们只会坐视不理，要不就是对你嗤之以鼻！”

菲列特利加直视着对方的眼睛，贝依的表情略显后悔和狼狈，因为他说了不该说的话。

菲列特利加心中一片冰冷。从爱德华委员会事件来看，特留尼西特政权似乎对自身控制和支配媒体的能力十分自信。一旦政治权力与新闻媒体勾结，民主主义将丧失批判和自净的能力，招致致命病毒的侵害。难道这个国家的局势已经演变到这步田地了？政府、军部和新闻媒体已被纳入同一个统治者手中？！

第二天发生的事情再次加深了这种感觉。马逊准尉一看见她，便慌慌张张地藏起正在看的电子新闻，当然，这个举动并没有逃过她的眼睛。菲列特利加一问，马逊只得一脸为难地拿给她看。

新闻刊登了有关菲列特利加的报道，用充满恶意的笔调描述她父亲德怀特·格林希尔是“去年政变的首谋”，尽管如此，她仍然保有军籍云云。还引述了一个来历不明的人物的谈话，指称她与上司杨是情侣关系。报道的出处和意图不言自明。

“满纸胡言乱语！无耻下流的报道！”

马逊愤怒不已，菲列特利加却失去了发怒的欲望。也许过度的卑劣无耻反而会削弱人们愤怒的能量。另外一个原因是，目前还没有找到有效的方法帮助杨脱离审查会，菲列特利加正被焦虑和抑郁折磨。

但是，奇迹出现了！这一天，菲列特利加接到比克古的紧急联络，豪迈勇敢的老提督似乎无法保持平静了。

“大新闻哪，上尉。伊谢尔伦要塞受到敌人攻击，帝国军发动侵略了！”

菲列特利加倒抽一口寒气，还来不及从震惊中恢复冷静，脑中便闪过一个念头，随即失声嚷道：

“这么说，杨提督可以从审查会解放出来了？”

“没错，帝国军这时成了救世主，真是一大讽刺。”

讽刺也好，什么都好，菲列特利加生平头一次对帝国军心存感激。

4

这一日的审查会，一开始便有山雨欲来之势。杨本来打算只要别太过分，都会忍受。可是自治大学校长奥里贝拉像得了学术病似的，开始对杨大讲特讲战争的存在意义云云。照他说的，否定战争的意见只是伪善和感伤的产物。

“提督，你是个优秀的男子汉，只不过还年轻，对战争的本质并不理解！”

杨默不作答，但他的态度似乎对奥里贝拉宣讲战争论的锐气毫无杀伤力。

“知道吗？战争是文明的产物，更是解决国际和国内矛盾最聪明的手段。”

有谁会赞同这种说法？想到问了也是白问，杨便不再反驳。奥里贝拉似乎把杨的沉默看成了对自己有利的表示，便更加得意地继续长篇大论。

“人类是种很容易堕落的动物。缺乏紧张气氛的和平和自由最容易使人类堕落。战争产生活力与秩序，唯有战争可促使文明进步、锻炼人类，使人类的精神和肉体都得到提升。”

“您的意见真是高明。”杨回应的语气了无诚意，“不曾在战争中失去生命或至亲的人，或许会相信您这套说辞。”

只要杨愿意，他完全能言语犀利，对政府高官极尽揶揄之能事。以前不这样做是因为没有机会，更重要的是他嫌麻烦。不过这一次，杨全身都充满了斗志。

忍耐和沉默并非在所有情况下都是美德。在不该忍耐的时候忍耐，应该讲话的时候缄默，只会徒然助长对方的威风。对方会得寸进尺，认定自身的利己主义可以所向无敌。如同过分宠爱孩子一样，如果任由当权者骄纵无度，最后势必不得善终。

“何况有些人利用战争，通过牺牲别人谋取利益，对他们而言，这种说法当然有吸引力喽。而对那些并非真心爱国，却满口国家民族大义，借以蒙蔽他人的家伙来说更是如此。”

听了这番话，奥里贝拉脸上涌出了怒气。

“你，你竟敢诬蔑我们对祖国的爱是假的！”

“各位如果像嘴上所说的那样关心祖国的安危，并愿为祖国牺牲的话，那么，在你们下令叫别人做这做那之前，何不率先身体力行？”

杨的语气可以说是从容不迫。

“比方说，主战派的政治家、官僚、文化学者、财政要人等可以组成‘爱国团’，一旦帝国军队来侵，就身先士卒、冲锋陷阵如何？先从安全的首都移到最前线的伊谢尔伦要塞怎样？住的地方还多得很呢。”

回答杨的是一片沉默，其中明显有浓厚的怯意和敌意。他们无法做出有效的反驳，这更加重了那份怯意和敌意。杨对此心知肚明，他步步紧逼道：

“人类的行为中，最卑劣无耻的是什么？就是权力的拥有者和谄媚权贵的人藏身于安全的场所赞美战争，用爱国心和牺牲精神的名义，强行将他人送往战场。为了让宇宙得到和平，与其继续与帝国打这无谓的战争，不如先铲除国内这种低劣无耻的寄生虫吧？”

似乎连空气也变得苍白了。审查会的诸位官僚大概做梦也想不到，年轻的黑发提督嘴巴竟然这样毒辣。连荷旺·路易也一脸意外地注视着杨。

“你所谓的寄生虫是指我们吗？”

尼古拉庞提强作镇静，声音却起伏不定。

“您觉得还会指别人吗？”

杨索性无礼地应道。尼古拉庞提暴跳如雷，样子犹如鼓胀的青蛙，握着议事槌猛敲桌子。

“你无故侮辱本席，无礼至极！我们认为必须重新审核你的品行！审查会必须再次延期！”

“我有异议——”

杨的话音被不断敲打的槌声淹没。

“受审者禁止发言！”

“根据何在？”

“根据审查委员会主席的权限——哦，不，我不认为有必要说明！你必须遵守秩序！”

杨双手叉腰，索性摆出挑战的表情和架势。他早就决定要爆发，现在正是时候！

“您不如下令让我退场好了！说得明白点，我实在看不下去、听不下去了！虽然我并没有付钱来看你们表演，但忍耐也是有限度的……”

国防委员长手中的电话响个不停，打断了杨的话。

“喂喂，是我。什么事？”

尼古拉庞提瞪着杨，声音中充满嫌恶，但对方的一句话似乎让他十分错愕。他脸上的肌肉眼看变得僵硬起来，一连问了好几遍“是真的吗”。不一会儿，他放下听筒，满脸狼狈地向在座的人尖声叫道：

“暂时休息一下！各位审查官到别的房间集合！杨提督暂留

原地！”

显然一定是出了大事。杨漠不关心地看着惊慌离座的审查官们。发生政变了吗？要是特留尼西特议长死了就更好了——心存这种念头的杨似乎称不上是位绅士。

审查官们围着尼古拉庞提，每张脸上都失去了血色。“敌军大举入侵伊谢尔伦回廊”，这个消息像一把无形的巨锤，重重地砸向他们。

“我们该怎么做，应该是不言自明的吧。”

荷旺·路易是其中唯一保持镇静的人。

“立刻停止审查会，让杨提督返回伊谢尔伦击退帝国军——不，应当是‘请求’杨提督为我们击退敌军才对。”

“可如此一来，岂不成了朝令夕改？那也太过分了。我们直到刚才还在审问他啊。”

“难道要贯彻初衷审查下去，直到帝国军杀至这个行星？”

“……”

“反正也别无选择。”

“这不能凭你我一己之见来决定，必须请示特留尼西特议长！”

荷旺·路易用怜悯的目光望着一脸木然的尼古拉庞提。

“那就这样做吧，只要五分钟就可以。”

杨数了将近五百只羊，审查官们才回到审查室。杨觉察到气氛和数分钟前迥然不同，他心里做好迎战的准备。这时国防委员长对他说：

“提督，发生了紧急情况，伊谢尔伦要塞遭到帝国军全面攻击。据报，敌人竟然给要塞安装了推进装置，整个大军和要塞一同向伊谢尔伦挺进！你必须立即赶往救援！”

“……您的意思是要我赶回去？”

十秒钟的沉默之后，杨用温和的表情和声音确认这个消息。尼古拉庞提显然非常泄气，但还是勉强打起精神说道：

“当然。你是伊谢尔伦要塞和驻留舰队的司令官，你的义务和责任就是阻止敌人侵略。”

“但如今我是远离前线的待审查之人，态度又恶劣不堪，本当革职才是。审查会一事究竟该如何处理？”

“审查会必须停止。杨提督，我以国防委员长兼你上司的身份，命令你即刻赶回伊谢尔伦，指挥防卫与反击任务！懂了吗？”

声音虽然很有气势，但话尾的战栗暴露了内心的不安。在人事制度上，尼古拉庞提固然是杨的上司，但假如杨违抗命令、伊谢尔伦沦陷，那么他作为杨上司的法律根据也好，实质权力也罢，都将化为泡影。

尼古拉庞提终于意识到，他们此举无异于在火药库旁玩火。有国家的安全才有其权力，有对方的服从才有其统治。事实上，他们并没有凌驾于宇宙法则之上的不可动摇的力量。

“我知道了。我回伊谢尔伦。”

杨的话让尼古拉庞提如释重负般长出了一口气。

“那里有我的部属和朋友。那么，我的行动自由能得到保障吧？”

“当然，你自由了。”

“那么，我先告退了。”

杨站起身时，一位审查官开口了。他坐在末座，名字杨听过就忘记了。此人的谄媚之色溢于言表。

“如何，杨提督？胜算很大吧？不，绝不会没有胜算，因为你是‘奇迹的杨’啊。相信你一定不会辜负我们的期望。”

“我会尽力而为。”

杨淡然地回应。他无意为了博取审查会官僚的欢心说出什么豪言壮语。就算翻遍自己的每个口袋，也找不出需要对这伙人和蔼可亲的理由。还有一个原因，如何对付敌人，此时杨还没有明确构想。

出现这样的事态，审查会当然难辞其咎。但杨不能否认一个事实，即帝国军的战法太出乎他的意料。如果有人说他太乐观也不无道理，不过人类的想象力毕竟有限。

以要塞对抗要塞，为要塞加装推进装置使之航行，这是大舰巨炮主义的变种，并不像表面看来那样是什么富有冲击性的新战术，但给同盟的权力阶层造成了莫大的心理震撼，并顺便将杨从这场闹剧中解放出来。

如果说有划时代的技术来破坏两国间的军事均衡，那大概是一万光年以上的超长距离跳跃技术吧，杨心想。一旦这种技术发展成熟，帝国军便有可能飞跃伊谢尔伦回廊，直接将大舰队和补给物资送入同盟的核心。如果有一天，首都海尼森的上空突现遮天蔽日的战舰群，不但民众会呆若木鸡，当权者也将被逼入“城下之盟”的绝境。

那时该怎么办？杨并没有想那么远，事态已经超出了他的处理能力。如果连那时的责任都让他来负，让人怎么受得了？自己又没有领到管那么多事的薪水——当差领薪的本性让他这么想。

杨扶正贝雷帽，故意拍拍衣服上的灰尘，大步走向门口。

“对了，我差点忘掉一件重要的事。”

杨在门前停住，表面上毕恭毕敬，实则毫无诚意地向众人说道：“诸位特意选在帝国军入侵的时机，将下官自伊谢尔伦召回，关于这件事，我希望日后能够得到一个负责任的解释。当然，我是指如果伊谢尔伦没有陷落的话……那么，我告辞了！”

杨转身离开了这个房间，在这里，他度过了几天很不愉快又毫无成绩的日子。听了他这番话，审查官脸上的血液流量可能会产生变化吧。杨很想留下来仔细端详一番，但他可不愿在这个让人不愉快的地方多待几分钟。

门打开了，随即又关上。九位审查官呆呆地望着这一幕。有人一脸挫败之色，有人神色不安，有人则怒气冲冲。其中一个人喃喃道：“不知天高地厚的黄毛小子，以为自己是什么东西！”

褪去伪装，小吏嘴脸显露无遗。

“他不是救国英雄吗？”

荷旺答道，声音中透着嘲讽的味道。

“如果没有这个不知天高地厚的黄毛小子，现在我们可能已经投降帝国，被关在政治犯监狱里，也就不会在这里鬼迷心窍地玩什么审判游戏了！他是我们的恩人哪。我们不知感恩也就算了，这些日子还这样折磨他！”

“但是他对上级傲慢无礼、态度恶劣，难道就不过分？”

“上级？政治家有那么伟大吗？我们对社会生产并没有多少贡献，只是接受委托，公正而有效地分配公民缴纳的税金，并因为这项工作领份薪水，如此而已。说起来，我们不过是社会机构的寄生虫，看起来很伟大，只是拜宣传之赐，使人们产生错觉罢了。唉，比起这样的议论来……”

荷旺的双目中，嘲讽的神色更加浓厚。

“战火的距离又拉近了许多吧。在这里担心又能怎样？正如杨提督所言，在敌人大举进攻的前夕，故意将他从前线调开，这个责任谁担得起？看来一份辞呈是必不可少的，当然，那不是杨提督的辞呈。”

十几道视线集中在尼古拉庞提身上，国防委员长肥厚的脸颊在颤动。其实，召杨返回首都并非他的意思，他只是听命行事。但对于这件事，他也绝非态度消极。周围的人们此时已在心中给他的头衔加上了一个“前”字。

5

杨步出室外，明亮的阳光洒了一身，他用力伸展双臂，将阴湿污浊的空气从肺里排出去。

“杨提督！”

微微发颤的声音穿过他的耳膜，直入内心深处。他转身寻找声音的主人。

“格林希尔上尉……”

菲列特利加·格林希尔窈窕的身影伫立在阳光下，她身旁站着比克古提督和马逊准尉。

终于回到“人群”里来了，杨心想，毕竟不是无处可去啊。

“给您添麻烦了。”

杨诚挚地向比克古低头行礼，老提督轻轻地摆摆手。

“要道谢，就去跟格林希尔上尉说吧。我不过帮了点忙。”

杨转身面对菲列特利加。

“谢谢你，上尉。怎么说呢……那个，我不知该怎么表达谢意。”

菲列特利加忍住内心的冲动，微笑着说：

“我只是做了一个副官该做的事，阁下。没想到竟然能帮得上忙，我很高兴……”

老提督的下巴稍稍动了一下，也许在嘟囔：两个拙于表达感情的人。

但是没有人听到他在嘟囔些什么。他说出口的话是这样的：

“对了，回伊谢尔伦可不能空着手，要准备的东西多着呢。大家先去吃个午餐吧。我们吃饭这会儿工夫，伊谢尔伦应该还挺得住。”

这是一个很棒的提议。

在白鹿亭餐馆，姜·列贝罗在等候一行人的到来。身为在野政治家，他一直尽量避免出入军事设施。杨对他的帮助表示感谢，列贝罗也表达了祝贺之意，然后神情严肃地说：

“现在国民已逐渐对政治失去信心，而另一方面，同盟却有一位兼具实力与声望的高级军官，也就是你，杨提督。对民主共和政体而言，这是极为危险的状态。甚至可以说，这是独裁政治萌芽的温室。”

“您的意思是说，我是温室中的花喽，列贝罗阁下？”

杨本想开个玩笑，列贝罗却不为所动。

“只要稍微出点差错，杨提督，在未来的历史中，你难保不会成为鲁道夫·冯·高登巴姆第二——”

“请等一下！”

杨慌忙打断他的话。虽然他经常被人曲解本意，但这次可能是程度最深的了。

“列贝罗阁下，我可不想成为当权者。如果我想，去年政变的时候，机会多得是。”

“我更愿意这样想，不过……”

列贝罗沉闷地停住话头，抑郁的目光望着年轻的黑发提督。

“人是会变的。五百年前，鲁道夫大帝是否一开始就有野心想做专制者？我对此一直很怀疑。在掌握权力前，他或许有点刚愎自用，但也许只是个热衷于理想和信念的改革者。但在获得权力后，一切都改变了。他先是全面肯定自我，继而无止境地放纵于神化自我的迷梦中。”

“您的意思是说，我掌权之后也会变质？”

“不知道。我只是在祈祷你不会为了保护自己，不得不重蹈鲁道夫的覆辙。但愿那一天永远不会来。”

杨沉默了。他想问列贝罗要向谁祈祷，但知道得不到令人满意的回答。列贝罗一向被称为良心派政治家，正因如此，他这番忧心忡忡的话使杨的心情恶劣到了极点。

列贝罗没有和他们一起用餐，他先行离去的时候，杨从心里感到松了一口气。菲列特利加和比克古也有同感。当然，他们对列贝罗心存感激，只是像他这么悲观的人似乎与此时此地格格不入。

杨享用了以烤鹿肉为主菜的大餐，还把附送的香瓜汁冰激凌吃了个精光，才心满意足地起身。正待离去时，一个令人意外的人物出现了，是刚才还在审查会上与他针锋相对的尼古拉庞提。

“杨提督，你身为公职人员，应当站在维护国家名誉的立场上。有关这次审查会的事，请你在对外发言时尽量避免丑化政府的形象。”

杨目不转睛地看着他。人类究竟能厚颜无耻到什么地步？看看衣冠楚楚地站在面前的人，就知道这个问题的答案了。

“您这么说，表示您也承认这次针对我召开的审查会公诸于世的话，会损害国家机构的形象喽？”

这个反击显然让尼古拉庞提招架不住，但他总算勉强撑住了。尼古拉庞提为了改善特留尼西特对他的印象，不得不忍辱前来，要求杨对此事三缄其口。

“我只是尽一个公务员应尽的义务罢了。但正因如此，我相信自己有权要求你也尽到公务员的义务。”

“……信不信是委员长的自由，我不想再提审查会的事了，现在考虑的是如何打赢这场战争。”

丢下这句话，杨转身走出餐馆，方才吃下的大餐开始在胃里翻腾。自然状态下的海尼森行星是如此美丽，但被人类占据地表后，一切便改观了。一味想着他们的事又有何用？还不如研究如何赢得战争胜利实际些。

“若是罗严克拉姆公爵莱因哈特倒也罢了，我可不想输给他的部下……”

杨察觉到自己竟有这种想法，不禁一阵苦笑。他想，这不是自信，而是骄傲吧？

“不管怎么说，同盟政府老喜欢逼着我去打仗，却还要一个劲儿掣肘，真是伤脑筋啊，比克古提督。”

杨觉得这种说法并不过分，自攻占伊谢尔伦要塞以来，他经常被迫在战略选择多方受限的情况下作战，很希望政府能让他在战场上放手一搏。这虽然与他厌恶战争的心性相矛盾，但的确是内心的一大愿望。

“的确如此。但不管那些家伙打算怎样，这次是非战不可了。”

“您说得对。不管怎么说，伊谢尔伦总是我的家。”

杨并没有刻意渲染自己的感性，因为他一直不是生活在陆地上的人。

他生于首都海尼森，但五岁时母亲便去世了，六岁就随着父亲杨泰隆住在自家的恒星间商船上。他快满十六岁时父亲也去世了，便搬进了军官学校的宿舍。十年间，他从未在陆地上连续住过一个月，这也是亚列克斯·卡介伦调侃他“杨这个家伙的双脚从不着地”的原因。尤里安当然也在伊谢尔伦。这世上杨关心的人几乎都齐聚伊谢尔伦了。

“那么，上尉，咱们回家吧。”

他对美丽的副官说道。

Chapter 7
要塞对要塞

1

“四月是最残忍的季节。”古代有位诗人曾这样咏唱。对伊谢尔伦要塞的官兵而言，宇宙历七九八年的四月同样是多灾多难的月份。司令官不在之际，他们面临大敌压境，陷入孤立无援的苦战。

“那时大家人心惶惶，只因为杨提督不在……”

事后，尤里安对菲列特利加说道。

“话又说回来，大家想着只要撑到杨提督回来就得救了，才能挺下来。而且有点奇怪，大家并不怨恨敌人趁司令官不在乘虚而入，政府此时将杨提督召回后方才令人大为愤怒。”

士兵们可以痛快淋漓地大骂政府，高级军官却不行。杨不在期间，亚列克斯·卡介伦少将代理司令官一职，要塞防御指挥官先寇布少将、参谋长姆莱少将、驻留舰队副司令官费雪少将、驻留舰队的亚典波罗少将和阮少将，以及副参谋长派特里契夫准将等人组成指挥小组。由于军衔相同的人较多，必须采取集体领导的形式，担任代理司令官的卡介伦也只是同级者当中“比较级的第一人”。

也就是说，在伊谢尔伦要塞中，司令官杨上将身居最高峰的位置，其他高级军官则在外围形成比他低两级的群峰，没有坐二望一的人。帝国军的总参谋长奥贝斯坦如果知道这种情况，一定会说“组织尚称健全”。

眼前有个微妙的问题，就是被称为客座提督的司令官顾问梅尔卡兹的角色定位。在银河帝国时，他官拜一级上将，内战失败亡命至同盟后，领受中将待遇，降了两级。因为现在的同盟军没有元帅一职，而且本来就没有一级上将这个军衔，连统合作战本部长库布斯里也只是上将，不可能授予亡命者相同的军衔。

但身为中将，他的军衔却在卡介伦等人之上。杨不在的时候，他如果要求与军衔相符的权限，势必造成组织的混乱。但梅尔卡兹十分清楚自身的立场——“新来的客将及亡命者”，行事一向谨慎低调，他人没有征询意见时，绝不多说一句。

梅尔卡兹的副官贝伦哈特·冯·舒奈德在这方面略显不足。他就是劝梅尔卡兹亡命同盟的年轻军官，在帝国时官拜少校，现在是上尉待遇。由于上司被降了两级，他要求自己也要降两级，成为中尉，杨威利却用一句“这个级别如何”来回应他。杨本认为没必要连舒奈德也降级，可是为了向对方的洁癖或者说顽固表达敬意，只得妥协，让他降了一级。

舒奈德劝梅尔卡兹亡命同盟，并不是为了过平凡安稳的生活，而是想做一些对军人有意义的工作，所以他认为梅尔卡兹应当更积极一些。而另一方面，姆莱少将则认为杨司令官过于礼遇亡命的客将，持相同意见者也大有人在。因此杨不在期间，伊谢尔伦的集团领导体制能否顺利运作，令许多人惴惴难安。

“四周！只要熬过四周，司令官就回来了！”

卡介伦强调。他只能这样给自己打气，同时鼓舞士气。他在处理行政事务方面的盛名和实绩有目共睹，令人信赖有加。但危机迫在眉睫时，他作为实战指挥官的能力就另当别论了。

现在，卡介伦再次强调一点：

“不能让敌人探听出杨不在此地。”

敌人若知道杨不在，必定军心大振，加强攻势。更糟的是，敌军还可能使出撒手锏，半路拦截将杨俘虏。

“我们的基本方针是在杨司令官返回前守住伊谢尔伦。在战术上以防御为主，随时应付敌军的攻势。”

会议室中，卡介伦这样说道。参谋们面面相觑，他们虽然对这种有失独创性和积极性的做法不满，但除此之外别无选择。

“全力做好防御工作固然好，但如果过于消极，反而会招致敌军的猜疑吧？”

听年轻的亚典波罗这么说，先寇布回应道：

“不过，这样做也能使敌人误以为杨司令官在故布疑阵。”

“如果敌人不这么想呢？”

“那咱们辛辛苦苦打下的伊谢尔伦，只好再次落入帝国手中喽。”

亚典波罗正想再说点什么，通信官发来报告说，从帝国军要塞传来通信电波。一瞬间，卡介伦皱了皱眉头，接着下令调节电波，对准敌军通信网络，随后和参谋们来到中央指令室。

一面辅助屏接收到了电波，一位身穿帝国军提督制服的男子出现在画面上。那是一位壮年军官，仪表堂堂，给人威武的印象。

“叛军，哦不，同盟军的诸位，下官乃银河帝国秃鹰之城派遣部队总司令官坎普上将。战火即将点燃，我想奉劝诸位两句。可能的话，诸位还是投降为好。但我想你们大概不会这么做。那么祈祷诸位武运长久。”

“作风古板，但也称得上堂堂男子汉。”

尤里安的身旁，先寇布在自言自语。

卡尔·古斯塔夫·坎普花岗岩般的风格令尤里安大为折服。这位勇将身经百战，战绩辉煌，全身散发着英武之气。尤里安心想，杨如果站在他身旁，充其量只像个初出茅庐的副官吧。当然，他丝毫没有轻视杨的意思。

后来，有人问尤里安对监护人杨威利有何看法，尤里安答道：

“嗯……表面看来并没有那么伟大，如果混在众多威风凛凛的军人中，一点也不显眼。但是，如果他离开人群，大家会立刻发现他不在了。他就是这样的人……”

“伊谢尔伦没有回音！”

通信官来报，坎普点点头。

“有点可惜。很想一睹杨威利这个人的真面目，但身为军人就该有军人的作风，也许该以实力和他一较长短。”

伊谢尔伦没有回音，是因为他们不想让帝国军知悉杨不在，坎普当然猜不到这一点。

“要塞主炮充填能量！”

坎普声音发自丹田，下达命令。

秃鹰之城要塞的主炮是硬X射线光束炮，光束波长一百埃，输出功率达七百四十兆瓦，一击便可令巨大的战舰化为乌有。此刻，能量显示盘由白色变为黄色，再变成橙色。炮术军官报告“能量装填完毕”后，坎普用雄浑有力的声音下令：“发射！”

下达命令的同时，许多根手指按下许多个按钮。

十二道白热的光束从秃鹰之城射向伊谢尔伦。光束有充实的质感，看起来犹如固体一般，在短短两秒内跨越六十万公里的距离，刺向同盟军要塞的壁面。

能量中和磁场显得欲振乏力，做过镜面处理的超硬度钢、结晶纤维及超级陶瓷组合而成的四重复合装甲勉强抵抗数秒后，宣告失败。光束刺穿要塞外壁直达内部，周边的空间一瞬间燃烧起来。

爆炸发生了！

震动和轰鸣从内部摇撼着整个伊谢尔伦，中央指令室的人都站了起来，也有人失足摔倒在地。宣告紧急状态的警铃声大作！

“RU77 区破损！”

监控员的声音显得十分凄厉。

“调查损毁状况！救出伤员！快！”

卡介伦站着下达指示。

“RU77 区里没有生命反应！全部罹难！该区共有四千名士兵驻守在炮塔和兵器库中……”

通信兵用手掌拭去额上冒出的汗水。

“现在不可能修复外壁，只能放弃破损区域！”

“没办法，封闭 RU77 区！另外，命令全体战斗人员穿上宇宙服，非战斗人员不得进入面向外壁的区域！快，立刻行动！”

先寇布快步走向卡介伦。

“代理司令官，可以反击了吧？”

“反击？”

“必须反击啊。我们总不能坐等敌人发动第二波攻击。”

“但是，看看现在这一切！”

胆识过人的卡介伦也脸色铁青。

“双方用主炮互相攻击，最后只有同归于尽！”

“是，两边要塞主炮彼此攻击，只有同归于尽一途。但我们要让敌人领教同归于尽的可怕，才能使敌人停止发射啊。一旦双方都无计可施，我们就能拖延时间了。现在绝不能示弱。”

“我知道了，就这么办。”

卡介伦对炮术军官下令：

“雷神之锤！装填能量！”

紧张的气氛仿佛以光速在指令室中奔驰。

“雷神之锤”是伊谢尔伦要塞的主炮，输出功率达九百二十四兆瓦，凌驾于秃鹰之城的主炮之上。这座要塞在帝国军手中时，同盟军前后共六次大举来袭，每一次都损兵折将、毁伤舰艇。帝国军放出豪语：“伊谢尔伦回廊是以叛军士兵尸体铺成的。”

“能量装填完毕！瞄准点固定！”

卡介伦咽了咽口水，举起一只手。

“发射！”

这次，巨大的光柱从伊谢尔伦要塞射向秃鹰之城，将能量中和磁场及复合装甲像纸一般刺破，引发了内部爆炸。伊谢尔伦的人们从屏幕上看到小小的白色光泡迅速涌现。这些光泡就是能量的怒涛，其威力足以匹敌数十艘战舰同时爆炸产生的能量。一瞬间，秃鹰之城也损失了数以千计的生命。

2

这场惨烈的主炮互射是要塞与要塞对战的第一幕。双方死伤惨重，心理上受到的冲击更为严重，都开始畏惧继续使用主炮了。这方攻击，那方反击，最后只有同归于尽。他们的目的在于获胜，而不在于一起自杀，必须寻求同归于尽之外的办法。

“接下来采取什么策略？”

卡介伦一脸疲惫地望着参谋们。

姆莱少将答道："有个办法，就是出动舰队，以舰队战一决胜负。但这种可能性并不大，因为贸然出动舰队，只会徒然成为主炮的炮灰。"

"那么说……"

"现在周边宙域充满电磁波和干扰电波，所以通信和侦察都要依赖光学原理。趁此空隙，可以用小型舰艇将步兵部队送进敌区，潜入要塞或进行破坏工作，这是我的构想。"

"嗯……防御指挥官的意见是……"

被点名的先寇布用指尖转着空咖啡杯。

"参谋长的确高见。但我要补充一点，我们不能坐等敌军出来，可以用同样的手段向敌人挑战。"

"……梅尔卡兹提督的看法呢？"

卡介伦这么一说，舒奈德上尉眼睛一亮，比梅尔卡兹还要有神采。这时，紧急联络的铃声响起。卡介伦拿起听筒，说了两三句后，望向防御指挥官。

"第二十四炮塔传来报告，炮塔附近的要塞外壁上，敌军步兵部队开始降落，落点位于死角，无法攻击。我方也必须动员步兵部队。先寇布少将，有劳你了。"

"敌人的攻击行动竟然如此迅速。"

先寇布感叹地咂了咂嘴，传唤凯斯帕·林兹上校。先寇布晋升将军后,林兹上校便成为威名远播的"蔷薇骑士团"的指挥官。他有褪色麦秸秆般的头发和碧蓝色的眼睛，是个健壮的青年。

“准备肉搏战！越快越好！由我直接指挥！”

在发出命令的同时，先寇布已大步走出去。

“喂，防御指挥官不需要亲自参加肉搏战，待在指令室！”

卡介伦大嚷，先寇布却头也不回。

“我去做点运动，马上就回来。”

虽然和行星的重力圈比起来微不足道，但伊谢尔伦也有重力圈，范围从要塞外壁一直延伸到上空十公里处。在要塞重力控制技术的作用下，外壁上是有重力的世界，同时也是接近绝对零度的真空世界。作为战场，这里的环境相当特殊。

这里现在已成为两军步兵部队激烈冲突的战场。入侵的帝国军是第八四九工兵大队和第九十七装甲掷弹兵联队，前者在要塞外壁装设小型激光氢弹，后者负责掩护。

伊谢尔伦要塞外壁的表面积达一万一千三百平方公里，设有许多侦察系统、炮台、枪座及舱口，虽然互相监视，但不可能全无死角，入侵者便利用死角进行渗透。

帝国军的士兵陆陆续续降落在外壁上，当他们的数量超过一千人时，同盟军开始迎击。

激光来复枪一闪，两个帝国军士兵应声倒下。由先寇布直接指挥的同盟军向措手不及的帝国军发动袭击。他们从舱口跃出，利用炮台的阴影进行移动，不停用激光枪扫射。帝国军极为狼狈，但仍在进行还击。在某些角度上，激光枪未必是有效的武器。如果装甲服经过镜面处理，即使被打中，激光束也只会反弹开。因此十八至二十四毫米口径的无后坐力式自动来复枪反而成了强大的武器。弹道描画出笔直的彩虹，光芒绚丽夺目。彼此间距离越近，原始的肉搏战越激烈，高密度碳结晶体的战斧和长长的超硬陶瓷战刀吮吸着敌人的鲜血。

在战场上，杀人是一种洗练的艺术——有这种错觉的人非常罕见，华尔特·冯·先寇布就是其中之一。他原本单手使用八十五厘米长的战斧，现在则两手纵横挥舞，向前杀出一条血路。单从威力或速度来看，在他之上的敌军比比皆是，但说到把握二者的平衡、招招致命的攻击效率，则无人能出其右。先寇布在混战中流畅地游走，当敌人使出全力挥动战斧劈来，他便以毫厘之差巧妙地躲过攻击，然后冲着敌人露出破绽的喉头和关节毫不留情地挥下利斧。

帝国军第九十七装甲掷弹兵联队陷入不幸而险恶的苦战。如果他们的对手不是“蔷薇骑士团”，或许还有一点还击余地，但现在只是徒然地证明了“在相同兵力下，蔷薇骑士无人能敌”的说法。

帝国军死伤惨重，处于被半包围的状态，被逼入外壁的角落。此时，在送他们前来的登陆舰的保护下，数架单座式战斗艇王尔古雷一齐跃出，紧急下降，向同盟军的头顶袭来。

王尔古雷发射的光束无法穿透要塞外壁，但击穿同盟军士兵的装甲服绰绰有余。与此同时，对人飞弹扫射而下，炫目的闪光如汹涌的旋涡席卷各处，被撕裂的人体在宇宙中飞散。王尔古雷一面大肆杀戮，一面伺机提高速度准备脱逃。此时，要塞外壁的对空枪座忽然发出无声的咆哮，被光子弹击中的机身踉跄着失去速度，撞在外壁上发生爆炸，残骸四散。

一片混乱中，先寇布命令部下发射信号弹。信号弹发出白绿色的光芒，“蔷薇骑士团”成员陆续从舱口撤回要塞内部。已经过了一个半小时，接近身穿装甲服进行战斗的极限。帝国军也是一样，一时无心恋战，召集幸存者进行撤退，但在对空炮火的无情攻击下又增加了许多死伤。

先寇布卸下装甲服淋浴一番，洗掉身上的汗水后回到指令室。

“总算把他们打回去了。刚才我们说的办法怎么样？接下来我们该把工兵和步兵送过去试试了。”

“不行，还是不行！”姆莱参谋长嚷道。

“为什么，参谋长？”

“阁下俘虏了几个敌军工兵，如果相同的情况发生在我军身上该怎么办？要是我军士兵被捕，在服用自白剂或被拷问的情形下抖出杨提督不在的话——”

“的确有这个危险。”

先寇布点点头，不经意地露出犀利的目光。我军捉拿了俘虏，敌军会怎样？宇宙战斗中，有时很难判断士兵是战死还是被俘，尸骨无存是常有的事，在这种情况下只能一并归为未生还之列。

卡介伦歪了歪头。

“我军没有人被俘吧，先寇布少将？”

“但愿没有。即便如此——”

“怎样？”

“以后该怎么做？我们又不能命令士兵一旦被捕就必须去死。战场上有一两个人被俘是很正常的，避免不了。”

“那怎么办？”

“秘密早晚要泄露出去。既然如此，利用这一点设个圈套如何？”

“不，还是观察一下敌人的动向再说。如果贸然耍花招，万一弄巧成拙，后果就不堪设想了！”

卡介伦举动审慎有其道理。先寇布明白他的用意，但看看屏幕上的敌军要塞，他微微耸肩。

“话虽如此，可第一波攻击是大招数，第二波攻击是小伎俩，第三波攻击又会采取什么手段呢？”

没有人回答，先寇布原本也没期待什么回答。他环视室内，走近教过射击的学生，拍拍对方的肩膀。

“尤里安，趁现在好好去睡一觉吧。用不了多久，可能连睡觉的时间都没有了。”

秃鹰之城要塞的中央指令室内，屏幕上映现着六十万公里外的伊谢尔伦要塞。总司令官卡尔·古斯塔夫·坎普与副司令官奈特哈尔·缪拉一边望着屏幕，一边交谈。

“工兵队失败了？唉，有什么办法？如果事态发展都如我们所愿，那就也不必辛苦了。”

“对方毕竟是杨威利啊。连罗严克拉姆公爵都对他另眼相看。”

“杨威利！那可是个逃跑高手。前年亚姆立札会战正待开始，就被他狡猾地溜掉了。那家伙分明赢了，却又逃走，真是个奇怪的人。”

“奇怪的人……所以说，实在难以判断他究竟会运用何种奇策。”

“不能再等了，先下手为强，那件事准备好了吗，缪拉？”

“准备好了，要开始吗？”

坎普点头示意，充满霸气的视线投向伊谢尔伦要塞的影像，刚毅的唇角绽出一抹自信的微笑。

3

紧张与不安渗入人们心中，时间一分一秒地过去。工兵队的行动失败后，帝国军的攻击中断了八十个小时。敌军犹如饱餐后的猛狮，潜藏了行踪。

“敌军没有进一步采取行动，在打什么主意？”

有人发出焦虑的声音，但伊谢尔伦指挥部的方针就是拖延时间，敌人的攻击行动停顿下来，可以说是正中下怀。

“杨提督一分一秒地接近伊谢尔伦，我们也一分一秒地接近胜利。”

派特里契夫准将对士兵们说道。前半句大家深表赞同，至于后半句,却未必能得到全面支持。因为在杨提督赶来救援之前，伊谢尔伦或许就沦陷了。但身处前线的士兵大多喜欢乐观而非悲观，况且降落到外壁上的敌人已被击退，这也是振奋士气的重要原因。

正在这时，事态骤变。没有任何凶兆，就像一闪而过的影片镜头，沉静的局面一瞬间变得动荡。在通信兵确认自己的知觉是否正常时，从秃鹰之城放射出的光柱已刺穿虚空。

“能量波急速接近！”

话音未落，外壁已被硬X射线光束炸裂，要塞产生动摇，内部连续发生数起小爆炸。在中央指令室的人们听来，爆炸声如同雷声在远处轰鸣，人们的心跳急剧加速。

“第七十九炮塔损毁，无人生还——”

“LB29区破损，死伤众多！”

通信兵的叫声近乎悲鸣，此起彼伏。

“放弃第七十九炮塔！立刻救出LB29区的负伤者！”

卡介伦顿了顿，又下令道：

“雷神之锤，准备发射！”

卡介伦咬牙切齿，心中也悔恨万分。他本以为帝国军已放弃炮战，但这个估计太乐观了。如果有人指责他那极为被动的指挥方针是错误的，他也只能默默忍受。

数秒后，伊谢尔伦要塞的主炮开始向秃鹰之城喷吐报复的烈焰。白热的能量獠牙撕裂要塞外壁，五光十色的火焰在空中张牙舞爪。而后，另一波报复的光束又从秃鹰之城袭来，摇动、爆炸、巨大的轰鸣……

“他们莫非打算与我们同归于尽？”

派特里契夫忽而看看屏幕，忽而看看监视器，喘息着说。

卡介伦咬着嘴唇，默不作答。一部分神经网络被搅乱了，一股奇怪的失调感自体内涌现，他总觉得什么地方怪怪的。到底是哪里不对劲？

忽然，地板扭曲起来。耳朵的半规管全速运转，以防卡介伦和先寇布跌倒。随着混乱气流的咆哮，两三个监视器的画面变得一片漆黑，通信兵歇斯底里地惨叫。

“壁面被炸开了！有爆炸！不是光束攻击，是激光氢弹！”

“背后极近距离处出现敌军舰队！”

“什么？怎么会这样？”

卡介伦大惑不解地嚷道，但不消片刻便明白了。这是声东击西。要塞主炮不断轰击，目的在于掩护舰队出动和工兵队活动，炮战本身即是掩护。为什么当初没想到这点？他懊恼地诅咒自己的粗心大意。

另一方面，战舰伦贝克包抄至伊谢尔伦要塞后方。舰桥里，缪拉的嘴角浮现出会心的微笑。

激光氢弹将伊谢尔伦要塞外壁炸开一个巨大的洞，那直径达两公里、边缘呈锯齿状的黑色深渊，令人联想起巨大的食肉兽的血盆大口。

奈特哈尔·缪拉下令出动两千架王尔古雷，掌握伊谢尔伦重力圈内的制空权后，立刻又出动运载五万名装甲掷弹兵的登陆舰，在洞口四周放下士兵。装甲掷弹兵从此处侵入要塞，去内部占领指令室和管制室，与外部的攻击行动相呼应。即使无法占领，也能破坏要塞内的通信设施和运输系统。

“如此一来，要塞和伊谢尔伦回廊就是我们的了。”

警报器和信号器竞相争鸣，声声刺耳。尤里安在传送带上跑起来，向单座式战斗艇斯巴达尼恩的专用港快速前进。他刚才被邀请到卡介伦家与三位女士共进午餐，卡介伦不能离开中央指令室，又担心家人，因此私下托尤里安前去。尤里安尚能接受这种程度的公私混淆，因为卡介伦愿意的话，他大可以把家人迁至首都，或搬到要塞内最安全的地方。午饭吃到一半，尤里安抓起贝雷帽，飞也似的离开卡介伦家。

“尤里安哥哥，小心哦。”

莎洛特·菲利丝的声音萦绕耳际。

多可爱啊，如果能有个妹妹，就要像她那样。尤里安心想。有一次，杨故意逗尤里安：“十年后，你二十六岁，莎洛特十八岁，是不是很配啊？”

尤里安也不甘示弱。“杨提督现在三十一岁，菲列特利加·格林希尔上尉二十四岁，更配呢。”杨一听只得露出苦笑，赶快把话题岔开。尤里安常想，提督要到什么时候才肯说出心里话呢？他也常常幻想，如果自己现在是二十六岁就好了……

“小家伙，现在也要出动吗？”

快活的声音在耳畔响起。这声音中没有丝毫危机感，非常精神。尤里安停下脚步，一转头看见了年轻的击坠王——奥利比·波布兰少校的身影。他是尤里安的斯巴达尼恩空战技术老师。

虽然先寇布和波布兰的私生活经常遭人非议，杨仍然坚持派这两位一流的老师来指导尤里安。他们两人在伊谢尔伦是制造风流韵事的“双璧”，似乎只有这件事，杨不希望尤里安跟他们学。

“少校，慢走啊。”

尤里安说着，闻到一股淡淡的香水味。可能中午的时候，少校又跟某位情人共度甜蜜时光了吧？击坠王注意到少年的表情，短促地笑了笑，把手臂凑到鼻子前嗅了嗅香水的芬芳。

“小家伙，这就是人生的——嗯，不，生命的芳香啊。你很快就会明白……”

尤里安还来不及对他的话发表感想，两人已来到港口。他们在机库乘上斯巴达尼恩，从空气闭锁舱进入跑道区域。全身裹着飞行服的整备兵向他们挥挥手，整备兵比飞行员还要期待他们能够生还。

从高速航行的母舰上起飞可以利用惯性，但从伊谢尔伦要塞起飞就必须先滑行一段。跑道宽五十米，长两千米，门高十七点五米，一出跑道的末端，就可以看见前面远方的光点。飞行员叫它“死神的白眼”。

“二十八号机，进入航道！配合信号起飞！”

管制官的声音从耳机中传来。

“进入外界的那一刻要特别小心。”

这是管制官对新兵的一番好意。

“去吧！”

数十秒后，尤里安的爱机从“死神的白眼”跃向虚空。

“威士忌、伏特加、朗姆、苹果白兰地、雪莉、干邑，各中队集合！”

波布兰在操纵席上指挥部下。

“好了，不要胡思乱想了。别想什么‘要保卫国家’那种无聊的事，要想就想那个你暗恋的美丽姑娘。祈祷自己能活着回来看姑娘的笑容吧。只要想着她，就算被善妒的神嫉恨也无所谓，反正还有善良的恶魔保护我们。明白吗？！”

“明白！”

全体部下齐声应和。遮得严严实实的头盔下，年轻的击坠王一笑。

“好，跟我来！”

该不该出动舰队？卡介伦尚未决定。费雪、阮、亚典波罗等几位提督纷纷来报“出动准备完成”。困坐要塞中对战况束手旁观，对宇宙战舰上的战士们而言大概是最痛苦的事。

而且一旦形成混战，帝国军也不会发射要塞主炮危及己方士兵，可以想见舰队之间进行决战是可行的。但问题是，卡介伦现在仍无法抓住出击的最佳时机。

“九点半方位出现敌军战舰！”

“第二十九炮塔，迎击！”

报告和命令在通信线路中夹杂交错，充塞着官兵们的听觉，令人难以相信一墙之隔的外界是个寂静的世界。室内保持着十六点五度的宜人温度，但人们汗如雨下，衣领和袖子都湿透了。

要塞防御指挥官先寇布少将不是以分钟为单位，而是以秒为单位不断发出新的迎击指令。他向值班士兵招招手，对紧张兮兮地跑过来的士兵说：

“麻烦你给我一杯咖啡。要半匙砂糖，不要牛奶，淡一点。”

十几岁的值班士兵惊讶地张大了嘴巴。先寇布悠然地笑着说：“搞不好这是生命中最后一杯咖啡了。请你用心泡。”

值班士兵从中央指令室飞奔而出。卡介伦已经疲倦得面色黯淡，但还有开玩笑的力气。

“还记得交代咖啡的口味，可见你还不要紧。”

“对啊，凡是女人和咖啡的事，就算死到临头也不能马虎。”

两人相视而笑，这时传来一个声音。

“代理司令官！”

卡介伦循声望去，原来是客座提督梅尔卡兹。亡命的客将上了些年纪的脸上浮现出沉静的决然之色，先寇布饶有兴味地望着这位帝国军的老将。

“请暂时将舰队的指挥权交给我，我想我可以让情况好转一些。”

卡介伦没有立即回答，但他知道，该这么做了。

“那就交给您，拜托了。”

4

浅黑色的皮肤，黑而硬的头发，身高中等但体格魁梧，络腮胡须，棱角分明的脸庞——这是杨的旗舰休伯利安的舰长亚塞道拉·沙其安中校的肖像。他在指挥舰队方面的能力尚属未知数，但至少在领导一艘舰艇方面，不论统率能力还是运营能力都无懈可击。杨在多次危急的战争中专心指挥全体舰队，就是因为可以放心地将旗舰的行动交给沙其安全权负责。

欢迎维利伯尔·由希姆·冯·梅尔卡兹提督和舒奈德上尉登上舰艇时，这位精悍的军舰高手目光炯炯地看着他们，用不失礼数但又毫不客气的口吻说道：

“这艘舰艇上，除了杨提督，其他人我一概不以司令官之礼欢迎。但我自然知道自己的职责所在，请下命令吧。”

对于这种直率的态度，梅尔卡兹并未感到不悦。他对舰队所有高级军官表明了自己的想法。

“代理司令官卡介伦少将秉持的基本方针是采取守势，以待杨提督赶来救援，我对这个方针十分赞同。所以，我的任务就是在战术层面有效地实施这一方针。眼前的当务之急是清除企图登陆要塞的帝国军。请诸位齐心协力……”

“我支持梅尔卡兹提督。”费雪少将说。

“我支持杨提督，而杨提督支持梅尔卡兹提督，所以我也支持梅尔卡兹提督。”亚典波罗少将清晰地说道。

“应该支持梅尔卡兹提督。”阮少将也这样表示。

梅尔卡兹谦逊自持的态度博得了大家普遍的好感。

这时，帝国军的王尔古雷部队虽然保持着优势，但远未取得完全的制空权。同盟军的斯巴达尼恩部队出乎意料地顽强，尤其是击坠王奥利比·波布兰麾下的六个中队，战法玄妙出奇，堪称变化万千的恶魔。

波布兰对自己的空战天分向来信心十足，这也是无可否认的事实。但他也知道并非每个人都能成为自己这样的天才，所以精心训练部下进行三机一体的集团战法。

例如，以一架战机为饵，引敌军的王尔古雷上当，其余二机从背后同时来攻。在追求个人技术的王尔古雷飞行员眼中，这种战法无异于卑鄙胆小，但战果却十分辉煌。而波布兰自己总是单枪匹马，堂堂正正地杀敌无数。

话虽如此，就整体战况而言，帝国军仍处于绝对优势。因此缪拉暂时回到秃鹰之城报告战况时，坎普兴奋地说：

“这个回廊不久就要改名了吧，改叫秃鹰之城回廊，或者改名为坎普－缪拉回廊也不错。”

缪拉双眉微微耸动，他印象中的坎普，即使在开玩笑时也不会轻率地说出这种大话。坎普一向是位懂得分寸、值得尊敬的军人。但现在年轻司令官看到的坎普，并不是精神昂扬，而是一反常态，轻浮又欠缺自制力。除了已故的齐格弗里德·吉尔菲艾斯，莱因哈特·冯·罗严克拉姆元帅是不容许部下如此招摇的……

回到旗舰后，缪拉稍微变更了一下作战计划。他一直在等待王尔古雷部队取得要塞重力圈内的完全制空权，没想到竟如此艰难。他打算封锁主港的出入口，使同盟军舰队无法出击。

如果用六艘无人操纵的驱逐舰大胆突进，在战术上应该能创下佳绩。其实缪拉并不是临时想到这一招，而是已在心中酝酿了许久。但他考虑到如果这样做，在攻陷伊谢尔伦后，己方将有很长一段时间无法使用要塞的港湾设施，决定在作战期间尽量不使用这种战术。

然而，缪拉令六艘驱逐舰排列完毕后，伊谢尔伦要塞的主炮却骤然吐出火舌。主炮的攻击点并不准确，因此只有几艘巡航舰和驱逐舰被膨胀的能量利刃擦过，遭到破坏。但缪拉必须暂时改变密集的队形，令舰队散开，然后伺机在主炮的死角区域再次集中。就在这短暂的间隙中，同盟军的舰艇从主港的出入口一跃而出。

缪拉在千钧一发之际功败垂成。

哪怕同盟军慢一步出动，缪拉都可以成功封锁伊谢尔伦要塞的主港，同盟军舰队也将被关在港口动弹不得。这样的话，伊谢尔伦要塞将丧失一半以上的功能，仅仅成为一个空中炮台，存在价值将大为降低。

年轻的缪拉捶胸顿足，懊恼不已。但回过头一想，这次不成功，只是稍稍拖延大获全胜之日的到来罢了，对己方的优势地位毫无影响。

他正准备从容迎击眼前的同盟军舰队，但理应为了战斗出击的同盟军舰队——而且是驰名天下的杨舰队——却改变了航向，似乎有意避开缪拉的锐锋，沿着要塞的球体表面开始快速移动。缪拉推测出对方的行动曲线，并没有傻乎乎地紧追敌后。

他打算反向而行，忽然出现在敌人的正面，给敌人的先锋部队迎头痛击。然而这正是设计巧妙的陷阱，缪拉的舰队正好在伊谢尔伦要塞完整无缺的对空炮塔群前横穿而过。

缪拉发现不妙，慌忙下令后退——不，他正要下令后退之际，同盟军已经以惊人的速度秩序井然地转为反攻，成功切断了缪拉舰队的退路。

帝国军陷入了伊谢尔伦要塞的对空炮火和梅尔卡兹指挥的驻留舰队的两面夹击中。之前碍于时机和空间不得出战的驻留舰队，此刻将积蓄的满腔战意和复仇之心随着光束和飞弹发泄般轰向帝国军。死亡与破坏交织成能量巨网，进退维谷的帝国军毫无反击能力。灼热的巨网无处不在，一旦触及战舰便立即爆炸，喷出绚丽多彩的火焰。被击垮撕裂的舰体化为火球，宛如装饰在网上的夜明珠般光芒四射。

秃鹰之城的帝国军也能看到这一幕，他们如果向同盟军发射主炮，帝国军舰队也将与之同葬火海，化为乌有。所以秃鹰之城的炮手们只能束手无策。

“缪拉在搞什么？该果断的时候犹豫不决，结果演变成这种局面！”

坎普勃然大怒，咆哮着。但此时他必须做出决定：要不要派出麾下待命的八千艘战舰，前去救援缪拉？

“我不能眼睁睁看他们送死！艾恩德尔夫，派特利肯，立刻出击，把缪拉这小子救回来！”

坎普粗野的言辞让两个部下大为吃惊。但若不赶快遵照命令采取行动，司令官对缪拉的怒气大概会转到他们身上。两位提督赶紧从司令官面前退下，各自指挥分舰队向要塞的主港前进。但在电梯里，两人忍不住窃窃私语：司令官可紧张得很，因为如果此战成功，功勋之巨将无人能比肩；如果战败，被降级不说，搞不好还会被调充闲职。届时，他和米达麦亚、罗严塔尔两位提督的等级差距就如天渊之别了……

受到集中攻击的帝国军舰队损失惨重，痛苦地挣扎着，但最终免于全面崩溃，这要归功于奈特哈尔·缪拉的奋力指挥和统率。他的旗舰在战场全域来回移动，拯救陷于苦战的部下，整顿濒临溃散的舰列，将防御能力差的舰艇移至内侧，巩固周边防御，一心一意地等待救兵赶到。

当他得知艾恩德尔夫和派特利肯已赶来救援时，便用最后的力量集中攻击一点，突破了包围网。

梅尔卡兹也算准了撤退的时机，避免与新的敌人进行无益的战斗，井然有序地返回要塞。他的目的已经达到。

尤里安也归来了。在此次战斗中，他击落了三架王尔古雷，证明他第一次上阵时建立的战绩并非侥幸得来。

5

从四月十四日到十五日，帝国军的攻击成功率达九成以上，但态势却急转直下，功败垂成。事态大出卡尔·古斯塔夫·坎普的意料，他把满腔愤怒发泄在无能（他这样认为）的副将身上。

“你确实努力战斗了，但仅此而已，你竟然一无所获！”

坎普的这番责备让缪拉深感羞愧，他也进行了反省。但听到坎普让他“以后到后方去”的时候，缪拉不禁深感不悦。这位青年二十多岁便得到上将地位，连莱因哈特也称许有加，不是与自信和自尊心无缘的人物。

他压抑着不满，率领麾下的舰队退到了后方。他并不是度量狭小的人，却不免开始怀疑坎普是否有独占战功的居心。这时有位军医带来了一个消息。

“有个俘虏说出了一件奇妙的事。”

“什么事？”

“据说，其实杨司令官不在伊谢尔伦要塞……”

奈特哈尔·缪拉将上半身微微向后一仰，注视着军医。

“真的？”

这句不明所以的话，大概表明了他心中深深的惊愕。

军医十分冷静。

“还不知这话是否可信，但的确是垂死的俘虏在发高烧时说出来的。人已经死了，无法确认真假……”

“但是，可能出现那种情况吗？那个可怕的人居然不在要塞……”缪拉喃喃自语。

更年轻的德雷万茨少校向上司提出疑问。

“杨威利真有这么可怕吗？”

缪拉沉默片刻后，反问道：“你能使我军滴血不流就攻陷那座要塞吗，而且是用谁都无法想象的方法？”

“不，不能。”

“那么，杨威利就是个可怕的人物。对于优秀的敌人，我们应该抱有相当的敬意吧，少校？这样做绝不会有损我们的颜面。”

开导少校之后，缪拉再次陷入沉思。伊谢尔伦可说是要冲中的要冲，身为司令官的杨威利可能随便离开此地吗？尤其此时正处于帝国军随时可能发动全面攻势的动荡时期。缪拉，不，任何一个有责任感和常识的军人都不会轻易相信这种事。

他忽然想起，同盟军舰队从伊谢尔伦要塞出击时，他确信曾经见过其中一艘舰艇。

从舰型来看，那艘战舰是休伯利安，最近两年它作为杨威利的旗舰广为人知。休伯利安也在出击之列，不正意味着杨还在伊谢尔伦要塞吗？或者这是借以掩饰杨不在的诈术？但也可能是敌人设下的精巧计策，让自己误以为杨不在要塞中，诱使己方鲁莽进攻。无论如何，杨威利毕竟是那个不让部下流一滴血便将伊谢尔伦纳入囊中的人！两年前听到这个消息时，自己是何等震惊，当时感到战术的变化多端真可谓无穷无尽。

垂死俘虏说的话真的可信吗？俘虏发高烧意识模糊不清，也许是军医弄错了？也许是俘虏在临死前想用这句话扰乱帝国军？

而且，俘虏也极有可能是遵照杨的指示说的。

缪拉轻轻地摇摇头，不管杨威利这个人在还是不在，都让帝国头疼。“魔术师杨”果然名不虚传……

若是能听到奈特哈尔·缪拉的心声，杨威利一定会耸耸肩，自言自语道：被高估了也真麻烦，我不过是一心向往退休生活的市井小民，没什么大志。要是国人能和帝国军一样看得起我，我就不会被审查会折腾得半死了。

缪拉觉得应该格外小心，谨慎从事。杨的智略自然不消多说，自己如果根据不确定的情报贸然行动，后果将不堪设想。只可惜那个士兵已经死了，在宇宙中，只有整艘战舰投降或在要塞内的肉搏战中负伤，才有可能成为俘虏，偏偏这次战争中战俘少得可怜，又都是意识不清的重伤者，实在难以确认事情的真相。

其中，只有一个俘虏可以接受盘问，他的说法反而令缪拉大感困惑。

“是先寇布少将命令我们说杨提督不在伊谢尔伦的……”

但奈特哈尔·缪拉终于还是下了决心，命令道：

“在整条伊谢尔伦回廊布下侦察和警戒网。在杨威利的归途中伺机将他俘虏。如此一来，伊谢尔伦要塞自不必说，连同盟军自身都会瓦解，最后的胜利非我们莫属。”

遵照他的命令，三千艘舰艇被分派到伊谢尔伦回廊内，发挥最大的侦察能力，布下重重罗网，准备捉拿杨威利。一切部署都经过慎重考虑。

但是，这项决定却使一个人大为光火——总司令官坎普质问缪拉：“没有我的命令，你竟敢擅自调度兵力，理由何在？”

缪拉只得说服他。

“去年，齐格弗里德·吉尔菲艾斯还健在时，为交换俘虏曾亲赴伊谢尔伦。回来后，他私下向我透露，乍看之下，杨威利一点也不像勇猛的军人，但这才是杨的可怕之处——”

“那又怎样？”

坎普的表情和声音都显露出不悦，但缪拉却不能临阵退缩。

“伊谢尔伦的俘虏在临死前说，杨不在要塞。不在的理由我们尚不清楚，但杨得知我军发动攻击后，一定会急忙赶回伊谢尔伦。我们只要在半路拦截，将杨抓住，就等于让同盟军遭受了致命打击！”

听完这番话，坎普不屑地说：

“‘我们不知道杨会用什么奇谋’，这句话不正是你说的吗？伊谢尔伦是同盟的要冲，司令官怎么会离开此地？这一定是杨的计策，想诱使你以为他不在要塞里，分散我军的兵力。立刻命令士兵回归原位！你的部队是预备兵力，相当重要！”

缪拉无奈，只得告退，但心中很不服气。他很想不顾司令官的命令，放手去捕捉猎物，但又非常犹豫，于是和参谋欧拉准将商量。欧拉的回答是：

“阁下并非总司令官，而是副司令官，不宜我行我素，应该遵从总司令官的指示。”

缪拉没有说话，他的沉默似乎是在强烈抗议，表达实在难以放弃捉拿杨的计划。但片刻之后，缪拉微微叹了口气，接受了参谋的进言。

“你是对的。副司令官应该遵从总司令官的意思，我知道了。舍弃自我吧，撤回先前的命令！”

和杨一样，缪拉也并非全知全能，即使才干出众，洞察和预测能力也毕竟有限。

就这样，一度为捕捉杨威利设下的陷阱全部清除了。

就结局来说，缪拉错了。后来帝国的历史学家指责缪拉的决定，并说如果当事人是罗严塔尔或米达麦亚，一定会坚持初衷，成功捕获杨威利。但米达麦亚本人则答称：那些人只是倒果为因，站在缪拉的立场上，我也会像他那样做。

于是，此后的战斗并没有产生决定性的差距，战况处于半胶着状态。时间飞快流逝，四月进入尾声，杨威利的“回家时间”也渐渐接近。

6

正当杨威利的部下在伊谢尔伦要塞陷入苦战之际，在费沙自治领这边，自治领主辅佐官鲁伯特·盖塞林格正以熟练的斗牛士之姿，迎接暴跳如雷的客人。

“啊，别这么激动嘛，专员阁下。”

青年的微笑此时让人联想到飘动的红布，年长的外交专员汉斯血压直线升高。

“辅佐官，话虽如此，可在下无法冷静下来。我们听从你的劝告，将杨提督从伊谢尔伦召回进行审查，但为何帝国军会趁他不在大举侵犯边境？时间上太巧合了吧？关于这件事，无论如何也要请你说个明白！”

“茶快冷了哟。”

“现在不是喝茶的时候，我们听从你的劝告……这件事……”

“那是个不妥当的劝告嘛。”

“你说什么？”

“我说，那是个不妥当的劝告。”

盖塞林格故作优雅地将奶茶送到嘴边。

“本来我们就没有权利说话，因为这是干涉内政。而你们却有正当的权利和理由拒绝，是你们自己放弃了这个权利。我们随口说说，你们竟主动接受。在这种情形下，专员阁下还是一口咬定全部责任都在我们费沙？”

自由行星同盟代表的脸色忽青忽白，年轻的费沙人则悠然地看着他。

“但是……假如当时拒绝，我们自由行星同盟今后将无法得到你们费沙的好处。从你当时的态度来看，我们难免会这么认为，不是吗？”

这是拼命的反击，但辅佐官似乎无动于衷。

“好啦，过去的事再说也没用了，问题现在才开始呢。今后你们究竟打算怎么办，专员阁下？”

“今后？”

“哎呀，你没考虑过？！真让人为难哪，我们费沙可是伤脑筋得很。现在的特留尼西特政权和即将产生的杨政权，我们应该与谁结为盟友？”

冲击如长鞭一般重重地打在专员的脸上，他的表情仿佛刚从窝里爬出，就被猎人用枪口顶住的獾。

“即将产生的杨政权？胡说！哦，不，对不起。但不可能发生那种事！绝对不会！”

“哦，好个充满自信的论断！那么，请问三年前，你们能料到莱因哈特·冯·罗严克拉姆这个年轻人会在不远的未来成为银河帝国的统治者吗？”

“……”

“历史蕴藏着丰富的可能性，命运变化无常，世事本就如此。专员阁下，你该好好考虑考虑了。我的意思是，仅仅效忠于特留尼西特政权，能带给你幸福吗？聪明如你，应该明白我的意思吧？先行投资可是很重要的。人类珍惜现在是天经地义的事，但与其沉湎于已成为过去之结果的现在，不如好好把握即将成为未来之导向的现在啊！”

盖塞林格再次端起奶茶。薄薄的雾气间，能看见汉斯专员在许多个意图之间举棋不定的脸。

Chapter 8
归来

1

在群星与暗夜交织的巨大迷宫中，巡航舰瑞达Ⅱ号向伊谢尔伦要塞疾驶而去。去往首都海尼森的途中，仅有少许护卫舰护送到半路，但在回程的路上却有五千五百位大大小小的骑士层层护卫四周。

“政府大概会让我空手而归吧。”

杨对菲列特利加说道。这实际上并不是推测，而是他的偏见。因为无论特留尼西特政权对杨多么不怀好意，都不得不给他充分的兵力，毕竟得靠他将敌人击退，没有道理让他空手而回。

兵力在数量上虽然差不多，在素质上却另当别论。分派给杨的是一支混合舰队，并且分别由不同的将官带领，其中两千两百艘归雅拉肯少将、两千零四十艘归莫顿少将、六百五十艘归马里涅汀准将、六百一十艘归沙尼亚准将。所有舰队都是并不隶属于军方中央舰队的独立部队，平时负责维护地区警备和治安，好在应有的火力和装甲都不缺。

宇宙舰队司令长官比克古上将原本打算动员第一舰队。眼下，在火力、装甲、编制、训练及战历等方面，这是唯一一支可以和杨的伊谢尔伦驻留舰队相匹敌的同盟军正规舰队。舰艇总数一万四千四百艘，司令官是曾经担任杨威利上司的派特中将。但不仅政府首脑不同意，连军队内部也有反对的声音。反对者的理由是首都的防御该怎么办？一旦第一舰队出征边境，首都岂不空虚？

“说来算是我的耻辱，去年政变的时候，首都驻留了不少舰队。尽管如此，政变不也照样发生了？事实上，如果不动用第一舰队，杨提督还有什么兵力可用？”

虽然比克古这么说，但统合作战本部长库布斯里上将旧伤恶化，再次入院治疗，所以没有人拥护老提督。最后国防委员会命令第一舰队全力守卫首都，统合作战本部则好不容易拼拼凑凑地召集了五千五百艘舰艇的兵力。

“库布斯里现在也完全没有话语权了。加上种种压力，如果住院时间拖长的话，他迟早会提出辞呈。我快要变成孤立无援的老人家了。”

“还有我在啊。”

杨发自肺腑地说。老提督虽然笑着说“那就太好了”，但伊谢尔伦与首都海尼森的距离实在太遥远了，自己实际上能给老提督多大的帮助，杨总是心里没底。

杨不太了解四名指挥官当中的那两名准将，只是在心中暗暗祈祷，那两个人能有一般的军事常识和指挥能力就很好了。

但对于莫顿少将，杨有充分的信赖。莱欧尼尔·莫顿原本担任第九舰队的副司令官，在亚姆立札会战中，曾代替身负重伤的司令官指挥舰队突围，使舰队免遭全军覆没。他被公认为沉着冷静、富有耐力的人物，就功绩而言，被擢升为中将也不奇怪。他现年四十过半，比杨的战斗经历长得多。或许因为他不是军校出身，而且他对这一点也太在意，才难以在组织中生存吧。

问题在于山卓·雅拉肯少将。他的能力并没有多少人有疑问，但在品格上却需要格外留神。杨听过一些关于他的不良传言。他是个病态的军队至上主义者，去年未参加政变，只是因为与救国军事会议的骨干艾凡思上校不和。在思想上他更为极端。杨最忌讳的莫过于雅拉肯不止一次被控有杀害平民和俘虏的嫌疑。他几次在简易军事法庭上因为证据不足或无事实依据被无罪开释，但杨怀疑这可能是令人作呕的“同僚相互包庇”的结果。但提督就是提督，兵力就是兵力，此刻对杨来说，必须要有足够的气度来充分利用这个人。

这回，杨的对手并不是罗严克拉姆公爵莱因哈特，莱因哈特现在必须专心于国政。反过来说，就是这场战役不必劳动他亲自上战场。既然如此，莱因哈特的想法大概是“能获胜算是走运”，并没有把这次出兵看得多么重要。

前年，罗严克拉姆公爵（那时候还是伯爵）进攻亚斯提星域，不仅是因为运用了各个击破的战术，还因为伊谢尔伦要塞在帝国手中。拥有要塞的补给和后方支援功能，莱因哈特才能毫无后顾之忧地攻入敌阵。

此外，在同一年，莱因哈特在亚姆立札会战中大获全胜，就是因为破坏了同盟军的补给能力，并将同盟军的战线拉长到极限的结果。

莱因哈特的战法极其壮大、极其华丽，在别人看来，他仿佛在驱使神秘的魔法。但事实绝非如此。身为战术家的同时，他还是一个战略家——不，应当说他更多地是战略家。他在到达战场以前，已经为获得胜利做好了必要的准备。

莱因哈特过去的战役，无论看起来如何辉煌、如何异想天开，究其根底，都重在贯彻逻辑的整合性，并进一步使其成为战略上的保障。

莱因哈特是一个“轻易获胜”的人，正因如此，连杨也衷心认同他的伟大。所谓“轻易获胜”，指的是将获胜所需的条件准备妥当，将己方可能遭受的损失减至最低，然后轻松获得胜利。大概只有将人命视为源源不断的资源的愚劣的军人和当权者，才不称许莱因哈特。

莱因哈特麾下名将众多，正是因为他有如此过人的才干。杨见过面的仅有齐格弗里德·吉尔菲艾斯一人。获知他已身亡的消息时，杨感到一阵锥心的刺痛，仿佛失去了一位多年的好友。杨心想，如果他还活着，或许可以成为帝国新体制与同盟之间宝贵的桥梁。

菲列特利加仿佛感受到了杨的思绪，问起了有关莱因哈特的事。

"罗严克拉姆公爵会杀掉皇帝吗？"

"不，我想不会。"

"不过，罗严克拉姆公爵篡夺皇位的意图非常明显，皇帝对他来说岂不是障碍？"

"历史上的篡位者不计其数。任何一个王朝的开国皇帝不是侵略者就是篡位者。难道每个人在篡位成功后都将前朝皇帝杀害吗？绝非如此，反倒是将之视为贵族加以礼遇的例子随处可见。而在这种情况下，旧王朝又将新王朝推翻而复兴的例子从古至今还未曾有过。"

有一位古代王朝的创始者，虽是以强迫前朝幼帝让位的形式达到了篡夺皇位的目的，但之后即给予前朝皇帝各种特权，加以礼遇，在自己临终时更是留下遗言，要后代继承者立下誓约，不得怠慢前朝王室的后裔。该王朝世代相传，一直遵守这项誓约。这位创始者是非常贤明的，他洞察到对失败者的宽大可以获得人心，而且权力体制已衰败的前王朝将因为受到贵族礼遇，消除对新王朝的敌对之心，从而变得更加软弱无力。

从罗严克拉姆公爵对门阀贵族势力采取的政略和战略来看，虽然无情严苛，但是并不残忍，当然也绝不愚蠢。如果杀害七岁幼儿，很明显将遭到人道或政治上的批评，他不可能做出这种不利的选择。

幼帝现在七岁，过十年便是十七岁，二十年后便是二十七岁。届时罗严克拉姆公爵或许有不同的想法，但眼下他考虑的大概是保全幼帝的性命，以进行最大限度的利用。说来很讽刺，现在最在意幼帝安全的人应该就是这位年轻的帝国宰相。因为幼帝一旦死去，不管是自然死亡还是遭遇事故，他都会被扣上谋杀的罪名。而幼帝即使活着，也不至于给他推行种种变革带来多大障碍——他并不需要那些支持幼帝的人来支持他。

五百年前，曾有鲁道夫·冯·高登巴姆逆转历史的潮流。他拂去人类早已脱下并丢弃在遥远往昔的旧衣上的尘埃，让国家以专制君主政治和阶级社会的面貌出现在公民面前。专制君主政治和阶级社会是文明从产生到成熟路上必经的过程，但它在历史上的角色已让给近代市民社会，早该退出历史舞台，何况这种体制的施政方式是将多数人为少数统治者牺牲制度化。

罗严克拉姆公爵进行改革，也许只是为了实现个人野心的权宜之计，也许仅仅出于单纯的反高登巴姆情结，但他的步伐却明显与历史进步的方向——自由与公正一致。既然如此，自由行星同盟又有什么必要和他对立？其实应该和他携手，将古代专制的残渣从宇宙中一扫而光，建立起新的历史秩序吧？整个人类社会没有必要是一个单一国家，即使有好几个国家并存又何妨？

问题在于施政的方式。要将历史的进步或历史潮流的恢复委托于罗严克拉姆公爵莱因哈特这样杰出的个人手中，还是要像自由行星同盟那样，由能力与品德极为平凡的人们相互争执、烦恼，彼此妥协，不断地尝试失败，分担着责任，缓缓地向前迈进？到底应该选择哪一种方式？

将专制君主打倒的近代市民社会选择了后者。杨认为这是一个正确的选择。像罗严克拉姆公爵莱因哈特这样兼具野心、理想和能力的人物在人世间出现，与其说是一种奇迹，不如说是历史的反复无常。他现在集银河帝国所有权力于一身，不仅是帝国宰相，也是帝国最高司令官，但这没有什么不好。他确实有足够的能力完成这二者的职责。但他的后继者会如何？

如果将限制百年未必一现的英雄或伟人权力的不利之处，与不使平庸之辈握有过于强大的权力的有益之处放在一起比较，后者远胜于前者，而这正是民主主义的原则。像特留尼西特这样的人如果成了神圣不可侵犯的皇帝，岂不糟糕？

2

警报声响彻四周，监控员像在展示优美的声音一般报告：

“十一点钟方向发现敌人踪迹。将影像扩大，投影在屏幕上。”

是一艘驱逐舰和大约六艘小型护卫舰组成的巡逻小队，它们发现了同盟军的数千艘战舰，正惊慌地要逃走。

“被它们发现了，如此一来就无法采用奇袭了。”

杨有些惊讶似的注视着舰长杰诺中校。

“嗯，奇袭？我本来就没有这种打算。帝国军发现了我们，这样我就放心了……”

这样的话当然出乎参谋的意料，杨不得不详细说明。

“也就是说，帝国军的指挥官发现敌人的援军，也就是我们之后，就不得不做出选择。他一定很伤脑筋，是继续对伊谢尔伦实施进攻，己方腹背受敌？还是掉过头来和我们作战，己方背向伊谢尔伦？或者兵分两路，两边同时正面作战？或者利用时间差，赌一赌是否能各个击破？或者觉得没有胜算干脆收兵……嗯，对方已经进退两难了。光是这一点，就让我们占了上风。”

杨微微耸了耸肩。

“我个人希望他们选择第五项，如此一来就不会有人牺牲了。最重要的是，这样最轻松。”

混合舰队的参谋们看似愉快地笑了，他们大概只是把这些话当作单纯的幽默。他们并不像伊谢尔伦要塞中的将领们那样了解杨的性格。只有菲列特利加一个人没有笑，她知道这是杨的真心话。

卡尔·古斯塔夫·坎普接获巡逻小队的急报后，盯着屏幕极力思索着对策，肌肉厚实的眉间刻出粗而深的皱纹。

正如杨所料，坎普现在被迫要做出决断。前些天他已将战况报告到帝国首都奥丁，斟酌那份报告的措辞颇为辛苦。目前的状况并不算是失败，也确实给同盟军造成了相当大的损失和心理冲击，但是伊谢尔伦要塞虽然受到损伤，却安然如故，也没有一兵一卒侵入要塞内。目前不仅是战事处于僵局，坎普对该如何利用巨大的秃鹰之城要塞也有些不知所措。胥夫特技术上将极尽巧言令色之能事，夸耀自己的功绩，但实际运用者遭遇的困苦却是他这提案者不能比拟的。不过，如果坎普在报告中说“处于困境”，大概会导致人事更迭或撤退，或是由同僚率兵支援，无论哪种结果都会伤害他的自尊心。所以，最后坎普的报告是：

“我军，有利。”

大约在同时，一支超过两万艘战舰的大型舰队正从银河帝国领域攻向伊谢尔伦回廊。舰队分为前后两军，前军由渥佛根·米达麦亚一级上将统率，后军由奥斯卡·冯·罗严塔尔一级上将统率，这两位被誉为帝国军的“双璧”。二人忽然接到莱因哈特的命令，出兵援助坎普。

在接到命令时，米达麦亚微微歪头表示不解。罗严塔尔则将疑问说出了口。

“谨遵阁下之命。但此时由卑职等人出击，是否会令坎普提督误解为前去抢夺功劳？”

罗严塔尔顾及前线军人的心理，所以有此一问。但莱因哈特的回应却是近乎淡漠的低笑。

“你等无须多虑。如果坎普已成功，自当别论，可事实未必如此吧？”

“遵命。”

“勿使战线过于扩大。除此之外，由你们择机行事。”

两位提督从莱因哈特面前退下，并肩走在走廊里。罗严塔尔提出了疑问。

“罗严克拉姆公爵究竟是如何打算的？如果战事现在陷入

胶着状态，那我们前去是有充分理由的。可如果坎普已经获胜，我们根本没有必要去；如果他败了，现在赶去也未免太迟。”

“无论如何，反正我们已经接到了宰相阁下的命令。”

米达麦亚干脆地再次表明立场。

“尽我们的努力做到最好就是了。眼下要考虑的是，如果一到战场就必须马上战斗该怎么办？其他的到时候再说吧。”

“对。”

坎普如果胜了，那就什么问题都没有了。如果战事处于胶着状态，就得在当地和坎普等人重新商议。结果，最后两人仅仅三言两语地讨论了万一坎普落败遭受敌人追击时，己方应该采取的策略。像他们这样配合默契的同级指挥官，无论在帝国还是同盟中都绝无仅有。

下达命令后，莱因哈特开始重新阅读坎普的报告。这时奥贝斯坦一级上将前来求见。

“您似乎对坎普提督的报告有所不满……”

“我本以为坎普能更有作为，现在看来，能让敌军吃到些苦头，已到了他能力的极限。我们的目的是破坏伊谢尔伦的功能，没有必要非得击败敌人或占领要塞。说得极端些，即使用要塞撞击要塞来破坏也无不可。”

奥贝斯坦的义眼闪过一道光芒。

“可是，坎普却想以秃鹰之城为据点，堂堂正正地和敌人正面作战。”

“所以我说已经到了极限。”

莱因哈特粗暴地将报告扔到桌子上。义眼的总参谋长拨了拨半白的头发。

“就此事而言，将坎普选为指挥官的人也难辞其咎。将他推举出来的是我，所以我也要反省这个错误的选择。”

“哦，这倒是相当值得敬佩。”

莱因哈特冷冷地答道。

“但是，最后下决定的人是我。而且追根溯源的话，原因在于胥夫特提出这样一个无益的方案。单纯是无益也就罢了，但如果甚至有害，我就不知该如何对待了。”

“但那种人或许还有什么用处。仅仅依靠武力掌握宇宙是很困难的。属下以为，棋子越多越齐备越好，即使是肮脏的棋子……”

注视着总参谋长的冰蓝色眼眸,此时闪烁着格外冰冷的光芒。

“别搞错了，奥贝斯坦，我不是要偷取宇宙，而是要夺取宇宙！”

“是。”

奥贝斯坦行礼离去后，莱因哈特甩了甩华丽耀眼的金发，白皙的手指抚弄着胸前垂着的坠子。

“所谓的掌握权力就是这么回事吗？我周围剩下的全是些不理解我的人。或许这都是我自己的错……”

冰蓝色的眼眸沉入忧愁的阴影。这并不是他追求的东西，他真心渴望的另有其物。

3

“我们并没有太多的时间。”

杨对菲列特利加说道。既然知道伊谢尔伦回廊尚未被控制，帝国的莱因哈特·冯·罗严克拉姆必定增派舰队前来支援，而且兵力会极为庞大。因为只派少数兵力，就会变成逐次投入兵力的愚蠢行为。如果在敌方的援军赶到前还未收复伊谢尔伦周边的领域，杨的胜算可说接近于零。

菲列特利加问道：“您的意思是在此之前要拖延时间，接下来则正好相反，是吗？如果阁下是敌军指挥官，大概早就攻陷伊谢尔伦了吧？”

“是啊。如果是我，大概会利用要塞来撞击要塞，让它轰的一声相撞，一了百了。在一切都没了之后，再把别的要塞搬过来就好了。如果帝国军使用这个策略，我们绝对无法应付，但帝国军指挥官的脑筋看来好像转不过来。”

“……这个方法太激烈了。”

“却很有效，对不对？”

“那倒是。”

“如果对方一开始就采取这样的策略，我们当然没有对策，但现在他才想到来这一招的话，我们就有办法了。”

杨此时的表情，在菲列特利加看来好像一个少年发现了西洋棋的新招术，和十年前指挥人们从艾尔·法西尔星域撤退的杨相比，真是一点都没变。十年的岁月与其间的荣贵显达，没有使杨染上一丝军人的臭习气。在这段时间里，人们看杨的眼光不一样了。从艾尔·法西尔撤退的时候，菲列特利加还只是一个十四岁的少女，她记得当时大人们有的压低嗓门小声交谈，有的则大声愤然抗议“让那种靠不住的愣头青来指挥怎么行”，此情此景记忆犹新。而现在取而代之的是众人近乎众口一词的赞赏，以及同样深重的恶意中伤，无论哪一边都与杨的愿望相去甚远。

“从外围攻陷伊谢尔伦要塞应该绝无可能，不过……”

“哦，会怎样呢？”

杨的表情似乎有些苦涩。

伊谢尔伦被认为固若金汤，当然是因为要塞有强大的防御能力，但还有一个原因是攻击方并没有完全的自由。攻击目的在于控制伊谢尔伦回廊，确保帝国和同盟之间航路的制宙权，除此之外别无其他。为了掌握制宙权，帝国军建设了伊谢尔伦要塞；为了夺取制宙权，同盟军几度对要塞发动攻击，造成无数死伤——伊谢尔伦要塞就有如此重大的价值。

总之，攻击伊谢尔伦要塞是为了占据，而非破坏。历史上唯一成功占据要塞的人，就是杨威利。

但是这些都已成为过去时。一旦可以在回廊中设置取代伊谢尔伦要塞的战斗补给基地，帝国军便能对伊谢尔伦要塞发动以破坏为目的的攻击行动。在此种情况下发动的攻击，将远比以占据为目的的攻击惨烈，而且毫不留情。

这样一想，的确让人不寒而栗，但事实似乎并非如此。帝国军的指挥官看来只是将移过来的要塞作为据点，进行攻占伊谢尔伦要塞的作战。这对处于弱势的同盟军来说是不幸中的大幸。

同盟军战力会呈现出今日的弱势，除了去年内战的因素外，最重要的原因在于前年亚姆立札一役中遭到的惨败。那场无益的会战使同盟军损失了两千万名官兵，许多有才能的提督也殒命沙场。

仔细想来，在那之后，杨好像一直在做战败的善后处理工作。假如伍兰夫或波罗汀这些在亚姆立札战殁的勇将还有人存活下来，哪怕只有一个，杨的负担也会减轻许多。

但是空想无益，杨也无暇沉溺于空想。死者无论如何也不可能复生，世上的事情只能靠生者解决，尽管这件事令人疲倦、心生烦意，又不情不愿……

另一方面，帝国军在困境中已经决定了作战方针。

坎普采取的方针如下：

首先，从伊谢尔伦要塞前急速撤退。同盟军见状，会认为是援军到来致使帝国军后退，他们必想趁机从要塞中出击，来个前后夹攻。届时，帝国军立即回头打击。如此一来，同盟军又会以为这是帝国军假装援军到来、诱使他们从要塞出击所设下的圈套，所以会再次缩回要塞。这样帝国军便可将他们封锁在要塞内，然后再掉头击破赶来救援的同盟军。也就是说，利用时间差予以各个击破。

坎普提出这个方案时，缪拉一方面觉得方案非常棒，一方面又不禁有些不安。这个作战方法如果成功，坎普大概会被赞扬为用兵的艺术家，但问题是敌人真会如己方所愿那样行动吗？整个作战方案可说极富技巧性，而且时间上极为紧迫，只要踏错一步，帝国军就会受到前后夹攻。各个击破的作战方案本身是正确的，但若是以秃鹰之城要塞来引开伊谢尔伦要塞的注意力，然后全舰队先与敌方援军对抗，这样是否更好些？

缪拉将上述想法禀告给坎普。出于种种原因，此举的确需要勇气，不过坎普显示出了气度，采用了缪拉的部分意见，对自己的作战方案做了些许修正。

“是援军到了……还是陷阱？”

伊谢尔伦要塞的中央指令室内，以亚列克斯·卡介伦少将为首的将领们陷入了迷惑。原本包围着伊谢尔伦、一直顽固地进行波浪式攻击的帝国军舰队，此刻却像退潮似的后退。秃鹰之城要塞依然在六十万公里之外的地方，一副随时准备迎接炮战的架势。

“你怎么想，小家伙？”

先寇布问端着咖啡走过来的尤里安，大概是想开个玩笑。

“或许有两种可能。”

尤里安答道。

“两种可能？”

“是。杨提督的援军确实已经接近，帝国军应该知道了这一情况，所以想借机设下圈套吧？他们可能想在我军舰队从伊谢尔伦出击时，对我们发动全面攻势，让我们误以为是中了圈套，再次退回要塞。如此一来，他们正好可以将我军舰队封锁起来，然后全力迎击我方援军。”

有片刻工夫，将领们沉默不语，只是注视着这个亚麻色头发的少年。不久，卡介伦轻咳一声打破沉默，问道：

“为什么你会这样认为，尤里安？”

“因为帝国军的举动实在太不自然了。”

“这倒是真的，但你的判断依据难道只有这个？”

“嗯，他们如果纯粹是设了一个陷阱，那目的应该是什么？是另有埋伏，还是想趁我军出击之机攻入要塞？到底是哪一个？我军一直秉持防御方针，不会远离要塞出击，敌军也心知肚明。既然如此，他们应该是想利用我军的防御心理来达到封锁我军的目的，必是料想我军小心谨慎、不会轻易出击，这个可能性相当大。”

“说得没错。我现在终于明白了，小家伙在成为我和波布兰的徒弟前，早已是杨提督的得意弟子了。”

先寇布叹息道，将视线转到卡介伦身上。代理司令官征求梅尔卡兹提督关于应对策略的意见。

“既然如此，那就不难决定对策。我们只要假装被他们封锁住即可。待他们掉头之时，忽然攻其背后。如果刚好和援军配合上，就可以进行一场理想的前后夹击战了。”

梅尔卡兹淡淡地说出自己的看法。随后他接受了卡介伦要他指挥出击的请求，并对少年说：

“尤里安，和我一同乘坐休伯利安旗舰吧。到舰桥里去。”

虽然不像两年前发觉莱因哈特的天分时那样惊讶，但这位老练的用兵家内心确实受到了不小的震撼。

4

“如果将战争比作登山……”

在达贡星域会战的时候，曾带领同盟军大获全胜的“唠叨的尤斯夫”，也就是尤斯夫·托波洛元帅曾经说过：

“那么，决定应该登哪座山的是政治；决定应该用什么途径、如何做准备的是战略；最后，如何依照既定的途径有效地攀登上去，就要看战术了……”

对杨而言，应该攀登的途径早都设定好了。杨曾经深切地希望偶尔亲自决定攀登的途径，这与他厌恶战争的心理明显矛盾……

“前方，十一点半方向发现敌舰队！”

监控员的报告使全舰队都紧张起来。己方有五千艘战舰，相比之下，帝国军的兵力足有两倍以上。如果正面作战，毫无获胜的机会，只能等待伊谢尔伦的己方舰队出现在敌军背后支援。

杨默默祈祷伊谢尔伦的参谋们能做出正确判断。如果他们在要塞内袖手旁观，兵力上居于劣势的杨就可能战败，成为敌军各个击破战略的香饵。杨的作战构想要在和伊谢尔伦暗中呼应的前提下才能成立。

幸好有身经百战的梅尔卡兹在，他应该不会辜负自己的信赖。此外,杨想起了尤里安——那个他所监护的少年俊秀的脸庞。过去杨曾对他讲过一些与战略战术相关的话，而且特别强调过，敌人假如在不自然的时间点撤退，就必须多加注意。当时杨也教了他许多应变的方法，他还记得吗？如果能记得——不，等一等，自己不是不希望尤里安成为军人吗？如果还这样期待，如意算盘未免打得过头了……

“敌军已进入射程！”

“好，一切照计划行事。”

杨将纸杯中的红茶一饮而尽。

“后退，与敌军相对速度保持为零！”

命令经莫顿、雅拉肯等传至整个舰队。

帝国军方面，许多带着疑问的眼睛注视着屏幕与各种侦察系统。

“敌军持续后退，从五分钟前开始，相对距离不再缩短。”

帝国军的监控员试图维持一种事务性的声调，但终究无法掩饰因为疑惑而出现的微妙波动。

坎普将巨大的躯体埋进指挥席中，绞尽脑汁地思考，忽然想到什么似的问道：

“敌军是否可能摆下纵深阵，企图将我军拖入其中？”

为了回答司令官的疑问，人脑与电脑全面开动，不久提出了见解——可能性极小。据推测，眼前展开的应该是敌方援军的全部兵力。

“那么，那些家伙是企图拖延时间了。等待伊谢尔伦的舰队出击，好来个前后夹攻。真狡猾，我怎么可能上当！”

此时，坎普的洞察完全正确。他那强有力的手掌往指挥桌上重重一拍，命令所有战舰以最大战速前进，三分钟后开始炮击，尽力在最短时间内将同盟军的增援部队击破，然后中途返回，再次包围伊谢尔伦要塞。不但如此，他还听从缪拉献上的对策，用秃鹰之城来牵制伊谢尔伦要塞，使舰队得以逐渐通过伊谢尔伦回廊，这在以前被认为绝无可能。如此一来，胜利之后不就可以顺势前进，长驱直入同盟领域了吗？

“敌军已进入射程！”

“好，射击！”

数万支光箭自帝国军射出。

一瞬间，狭窄的伊谢尔伦回廊化作一道无形的通道，将能量怒涛由一方运往另一方。绚烂夺目的彩色旋涡翻动着，遭到痛击的同盟军舰艇发出一阵闪光，随后支离破碎。侥幸未被直接击中的舰艇则受到余波的冲击，剧烈地晃动，临时旗舰瑞达Ⅱ号也不例外。

这场晃动让照例坐在桌子上指挥作战的杨来了个漂亮的大翻转，一下子跌进座席。杨忘记了自己乘坐的是比战舰休伯利安小三成，防御能力也较差的瑞达Ⅱ号。

杨被塞在座席中，粗心大意的憨态显露无遗。他羞红了脸，好不容易才站起来。菲列特利加的平衡感似乎比上司发达得多，她步伐平稳地走过来，脸上满是关切。

“采取D阵形……”

杨丝毫没有吸取教训，又重新坐回桌子上下令。菲列特利加将命令传下去。

“全体舰队变换成D阵形！”

通信士官复诵着。由于通信线路已经失去功能，命令要通过信号传达下去。

D阵形是圆筒阵的一种，但它采用颇为极端的形式，几乎呈环状包围住敌军。如此一来，帝国军仿佛在光点闪烁的环形中央穿行，而同盟军对准敌军，从上下左右用炮火猛轰。炮火自然而然地射向中心，集中在一点上，破坏效率因之大增。有些突进的帝国军舰艇甚至被从不同方向袭来的多道能量光束贯穿，像被环形切割般炸成火球。

这个阵形如果在广阔无边的宇宙空间使用，一旦敌军突破环形包围，将队形扩散并且回转，就有可能从外侧包围环形阵。但在这狭窄的回廊当中就不可能了。这是杨利用回廊的特殊地势想出来的战法。于是帝国军在发出第一波攻击后，由攻势一转变为守势。就在此时——

“背后有敌人来袭！”

监控员发出惊叫，坎普壮硕的身躯愕然地从指挥席中站起，此时，梅尔卡兹指挥的伊谢尔伦驻留舰队正以惊人的速度与压力，从天顶方向向帝国军的背后袭来。如果从数光年之外远望，这情景也许像光瀑流泻一般美丽。

帝国军的后备部队当然绝非粗心大意，但也不禁出现动摇，在高密度光束的倾盆大雨中纷纷被击中，不断遭到破坏。杨的舰队在远处眺望着这种景象，立即欢声四起。

“变换E阵形！”

杨又下达指令。原本呈环形阵的混合舰队，虽然步调有些不一致，但也能快速收敛阵形，变化为漏斗形。突进的帝国军如今又遭受来自同一方向的多层光束攻击，在白热的能量浊流中逐渐消失踪影。后方又有亚典波罗、阮等人近乎疯狂的攻击，他们在必胜信念的驱使下，施展出杨舰队炮战的特色，所有火力往局部地区集中，于是帝国军无可奈何地被一步步带入死亡深渊。

在此种情形下，如果是无能的指挥官，可能会命令“舰队前半部与前方敌军作战，后半部与背后敌军作战”。在杂乱无序的混战中，也许反而能杀出重围扭转危机，获得意外的胜利。但坎普却有用兵家的战绩与自负，绝不可能放弃指挥官的责任和权限，发出这样的命令。

副司令官奈特哈尔·缪拉感觉绝望的黑色蛀虫正在逐渐啃噬自己的心，但决意善尽其责。即使有无限的后悔，但此时此刻，防止舰列崩溃、拯救己方部队是当务之急。他从指挥席中站起身，一道又一道地发布敏锐而正确的命令，力争脱离险境。在极为不利的局势之中，他的命令虽没有立竿见影的效果，也减缓了局势恶化的速度。

但这样的努力终于也到了极限。数艘友舰在坎普和缪拉的眼前炸裂,化为火球。战线与司令部之间的距离实际上已等于零,帝国军即将坠入全军大败的无底深渊!

“禁止后退！”

坎普怒吼着，额上汗珠飞溅。

“禁止后退！还剩一步！只要再进一步，银河系宇宙就是我们的！”

5

坎普的话在这种情况下也绝非夸大其词。因为同盟军防线的背后、伊谢尔伦回廊出口的彼端，此时正延展着几乎毫无防备的恒星与行星之海。

防线一旦被突破，坎普与缪拉的舰队大概便能长驱直入同盟领域。到那时，守护伊谢尔伦回廊的同盟军又该如何行动?如果他们追击坎普和缪拉，整个回廊将空空如也，一旦米达麦亚或罗严塔尔这两位在第二线待命的帝国军名将杀到回廊，根本无人能阻挡。回廊将成为帝国军征服银河系宇宙的通道，它在历史上的这个角色或许会受到后世的指责。

另一方面，如果为了迎击势必杀到的敌军第二波舰队，无视坎普与缪拉的入侵继续保卫回廊，结果又会如何？坎普与缪拉也许会随心所欲地破坏同盟领域，进而攻击首都海尼森，更可能占领靠近伊谢尔伦回廊的星系，等待不久后即将到来的时机，也就是待帝国军第二波舰队入侵回廊时与之呼应，掉头前后夹击回廊内的同盟军。这对帝国军来说，几乎是必胜的战法，同盟军只要稍加想象，就不禁感到一股锥心刺骨的剧痛。

对于这股剧痛，杨并未觉得有什么深重的烦恼。因为即使到了那种地步，自己也没有责任。最后就算自由行星同盟这个国家灭亡了，人总还活着——不再是“国民”，而是“人”。国家灭亡后，最难过的莫过于寄生于国家之上的权力机构中枢的那帮家伙。如果只是为了讨好他们，就需要“人”来牺牲，那么即使穷尽整个宇宙也找不到那样做的理由。就算他是杨威利，也没道理独自扛起国家兴亡的责任。

在帝国军之中，坎普直到最后仍不相信败北的事实。尽管他全身充满了不屈不挠的战意，参谋和士兵却已像泄了气的皮球般疲软。

看着屏幕上一艘艘破坏燃烧的己方舰艇，他们脸上的血色越来越少。

“阁下，抵抗已经没有意义了。再这样下去，我们只能等死或被俘虏。虽然很难启齿，但我只能说，我们应该撤退了。”

参谋长费赛尼亚苍白的脸颊颤动着，向坎普进言。

坎普用灼热的眼神瞪着参谋长，但还没有完全失去理性，不至于破口大骂。他重重地叹了一口气，强忍住心中的苦闷，眼睁睁地看着帝国军的数量每分每秒都在减少，战线也不断收缩，在垂死的边缘痛苦挣扎。

“对了，还有那个——”

坎普忽然低语道，脸上好像恢复了生机。费赛尼亚忽然产生一股异样之感。

“还有最后一个方法！利用那个来破坏伊谢尔伦要塞。舰队战是失败了，但还没到全面失败的地步！”

“您所说的‘那个’指的是什么？”

“秃鹰之城要塞。用那个没用的东西去撞击伊谢尔伦要塞！如此一来，伊谢尔伦就会马上完蛋！”

听到这番话，费赛尼亚心中的疑惑变成了确信。连坎普这样富有能力和度量的指挥官在被逼入绝境时，精神状态也会失衡……但坎普冷静而充满自信地发布了撤回秃鹰之城的命令。

伊谢尔伦驻留舰队与救援部队终于会合了！

“梅尔卡兹提督，真是无以言谢。”

杨深深地敬了一个礼。通信屏幕上映出梅尔卡兹稳重的面容。在两人的背后，无数贝雷帽在空中飞舞。

“胜利！胜利！”

单调却热情的叫声持续着。

梅尔卡兹说：“让我为您介绍最大的功臣吧。”说着，将一个人拉上前来。

“杨提督，欢迎您回来。”

是那位亚麻色头发的少年。

“是尤里安啊……”

杨不知该说些什么才好。这一阵子，这位少年给了他的监护人太多的惊讶。就在这时，响起了警报声，将杨从奇妙的窘境当中救出来。

“秃鹰之城要塞开始移动！”

监控员的报告声中隐含着一丝恐惧。

同盟军的欢欣由沸腾急速降至冰点，完全的胜利尚未属于他们。

“朝伊谢尔伦方向前进！难道……难道他们想让两个要塞互相撞击？”

“终于想到了……不过太迟了。”

菲列特利加的视线扫过喃喃自语的杨的侧脸。杨的声音中，竟带着些同情的意味。

杨的确有些同情敌军的司令官。以要塞来撞击要塞这种战法，正统派的用兵家是想不出来的。除了杨和那个无与伦比的作战天才莱因哈特·冯·罗严克拉姆，会考虑这种战法的无疑是个平庸的外行。正统派的用兵家一般认为，要塞的存在和利用价值在于拥有火力和装甲，可以和敌军的要塞对抗。将要塞本身当作一枚巨大的炸弹来利用，根本是异想天开。杨想到那位走投无路、只好采用这种奇特战术的司令官，不禁为他的苦恼感到悲哀。但将他逼进这穷途末路的正是自己。也许有人认为杨这样想是伪善，但爱怎么说就怎么说吧……

秃鹰之城要塞带领着帝国军的残存部队，将十二个常规引擎全力发动，向伊谢尔伦要塞逼近，仿佛一只巨大的秃鹰在黑暗的虚空里无声无息地舞动着双翼。这一幕震撼了同盟军。整个舰队的屏幕前，所有人都惊诧得嘴巴半开，盯着眼前这令人难以置信的景象。

在秃鹰之城里，有坎普和几个参谋，以及航行人员、医务兵等约五万人，其他将士则在缪拉的指挥下分乘各艘舰艇。逃离用的太空梭在随时可发射的状态下伺机待发。随着一分一秒地接近敌军，坎普充满了转败为胜的自信，注视着变得越来越巨大的伊谢尔伦要塞。

就在这时，同盟军舰队的杨威利下达了命令——舰炮对要塞本身并不管用，要瞄准运转中的常规引擎！而且所有炮火只集中在其中一个上，也就是行进方向左侧的那一个！

各舰的炮术士官纷纷飞扑到操作台上，瞄准了狙击点，一齐发出命令。

“射击！”

“射击！”

数百道光束全部集中在一个常规引擎上，威力使引擎的复合装甲外壳产生龟裂。第二次齐射则一举将原有的龟裂扩大，引擎爆裂开来，白色的闪光四处飞散。

下一瞬间，秃鹰之城停止了前进，巨大的要塞扭曲着，开始急速地打转。

宇宙船的引擎推进轴，原则上必须精确地贯通整个船体的重心。这就是宇宙船无论大小，基本都采用球体这种上下左右对称形状的原因。如果不遵守这一原则，宇宙船就会迷失前进的方向，会以重心为中心点不停地打转。虽然此时可以关闭动力，但宇宙船也会因为惯性继续旋转下去，其间所有的管制机能均告瘫痪。

持续打转的秃鹰之城要塞冲进了帝国军的残存部队中，数百艘舰艇霎时被卷入旋涡，遭到破坏，四散纷飞。通信线路中回荡着无数重叠的惨叫声，好像被挥动的刀斩断一般。要塞也因为与舰艇相互撞击受到创伤。雪上加霜的是，正在此时，雷神之锤从伊谢尔伦要塞齐射而出，刺穿了秃鹰之城的外壁，这是最严重的致命伤！

“看到了吗？真是杨提督的魔术啊！”

同盟军士兵异口同声地叫道。菲列特利加·格林希尔上尉也像其他士兵一样，对上司充满赞叹。

如果想出这种战法的是杨之外的人，菲列特利加或许会感到莫名的恐惧。杨一开始就考虑到，为了使敌军要塞失去功能，只有破坏航行中的引擎，使推进轴的位置发生偏离。为了达到这个目的，只能迫使要塞航行，为此不得不将敌人追到穷途末路。最后，杨成功了，像过去在战场上获得的无数次成功一样。

秃鹰之城要塞此时出现了死亡的痉挛。多起爆炸与火灾沿着内部的配电线路同时发生，热气和烟雾超出了空调系统的负荷，弥漫在要塞内。浑身沾满汗水和烟尘的士兵一边不断咳嗽，一边走着。在他们脚下，战友一动不动地倒在血泊中。中央指令室也破损了一大半，但坎普并未离开指挥席。

“全员撤退！”

费赛尼亚参谋长感到喉中一阵干涩，无法传达这道命令。

“阁下您呢？”

坎普苦涩地笑了笑。

“我已经没救了，你看——”

坎普的手压着右边的侧腹，但仍然无法阻止鲜血的涌出，还能看到一段折断穿出的骨头，恐怕内脏也受了重伤。爆炸发生时壁面乱飞的碎片刺中了他庞大的躯体。

费赛尼亚不禁黯然神伤。去年就是在这座要塞上，不败的骁将齐格弗里德·吉尔菲艾斯英年早逝。这座秃鹰之城本是贵族联合军的要塞，难道是以前统治者的阴魂正一步步将莱因哈特麾下的名将拖进死亡的深渊？迷信的恐惧攫住了参谋长，他不禁打了个哆嗦。所幸秃鹰之城现在即将结束不吉的生涯。

片刻后，费赛尼亚踉跄着走出指令室，死者的双眼目送着他。

“全员撤退！撤退——”

警报声持续响起。

满身伤污的幸存者聚集到逃离用的太空梭的专用港。一架太空梭还不到规定乘坐人数的一半就想发射，好几个人紧紧地抓住太空梭的机身。

“急速发射！你们不要碍事！”

“等一等，让我们上去！不要把我们扔在这里！”

“叫你们滚开……”

舱门打开了。士兵们期待登上太空梭，一窝蜂似的挤了上去。

哀号声刺破了室内的空气。先登上太空梭的士兵竟然挥动着激光刀，斩断了后面想登上去的士兵的手。那名士兵顿时失去平衡，从搭乘口跌落到地上。稍后赶过来的士兵一言不发地拔出腰间的光束枪，击中了手持激光刀的士兵的脸……

一场逃亡的大恐慌就此拉开帷幕。求生的欲望和恐惧急速奔腾，理性早已被扔进阴沟冲走。战火纵横，自己人将自己人击倒在地，用军靴践踏。

就在几个士兵紧紧抓住机身的情况下，太空梭强行开始滑行，却被一颗手提加农炮的炮弹击中，轰隆声响起，橘红色的火焰团团包围了操纵席。被炸断的残肢断臂在空中飞舞。太空梭化成一团火，冲进人群中。士兵们像杂草般被砍倒和割断，喷出的血落到灼热的地面上，顿时冒出蒸汽，化作赤黑色的血块牢牢粘在地上。

忽然间，赤红色的景象急剧变化，成了白热的一片——秃鹰之城要塞的核聚变炉在一瞬间爆炸了！

所有幸存者被灼热的暴风卷起，又重重扔在地上，转眼便加入了死者的行列。秃鹰之城要塞的上方，瞬间出现令人头晕目眩的光云。正在急速撤退的同盟军各舰立即启动屏幕入光量调节系统的全部机能，但仍然没有一个人敢直视那强烈的光芒。这道会对人类视线造成威胁的强光持续了一分钟以上。

爆炸引起的余光消失后，宇宙又恢复到原初的黑暗。杨注视着屏幕，仍然保持着坐在桌上的姿势。他摘下贝雷帽，对败亡的敌人黯然俯首。他非常疲倦，胜利总是使他非常疲倦。

6

秃鹰之城要塞爆炸，无疑给了伤痕累累、筋疲力尽的帝国军致命的一击。大概有八成残存兵力被卷入人工行星的爆炸当中，遭遇了与司令官相同的命运。幸存者当中，几乎没有一个人完好无损。

受到爆炸的冲击，奈特哈尔·缪拉被吹出好几米远，撞在露出计量仪器和零件的墙壁上，随后摔落到地板上。缪拉拼命将一瞬间飘远的意识拉回来。他想出声叫军医，但一股令人窒息的痛苦重重压在胸口。

有四根肋骨被撞断，尖端刺到肺部，几乎使他无法呼吸，当然也无法出声。

缪拉强忍着剧痛与近乎窒息的痛苦，平静地把空气深深吸进去。他听到骨头碰撞的声音，胸腔开始膨胀，之后肋骨接合了。肺部从压迫中松弛下来，身受重伤的副司令官终于成功地发出声音。

“痊愈要多长时间？”

缪拉用痛苦但不失沉着的声音，问那个脸上也流着血，却匆忙奔过来抢救他的军医。

“副司令官真是不死之身啊。”

“说得好，就用这句话做我的墓志铭吧。那么，痊愈要多长时间？”

军医数着——四根肋骨骨折、脑震荡、裂伤、跌伤、擦伤，还有外伤出血以及内出血，他保证三个月内可以痊愈。

缪拉拒绝移到医务室，所以将有医疗设备的病床搬到了舰桥里。他一边接受电子治疗，输入极低温保存的血液，注射镇痛剂和解热剂，一边与极为艰难地逃出秃鹰之城的费赛尼亚中将会面。

“坎普司令官怎么样了？”

满身伤痕的费赛尼亚无法立即回答这个问题，但终究还是得回答。

“以身殉国了。”

“殉国……”

“坎普司令官要我转告您——‘代我向缪拉道歉’。”

缪拉陷入一阵似乎带电的、令对方害怕的沉默。片刻后，他紧紧地抓住床单，用微弱的声音痛苦地喊道：

“奥丁大神在上，请您照鉴。我誓为坎普提督复仇，将杨威利的首级提在我这只手上。现在还不行，我没有这个力量，与那个家伙差距太大……但请您看着，有朝一日……”

缪拉咬牙切齿地说完后，多少恢复了一些镇定，将副官叫到床边来。

“准备通信屏幕。不，不要画面，只要能传达声音就好。”

声音还可以控制，但不能让士兵看到自己身受重伤的样子。不管说出何等豪言壮语，士兵看到浑身缠满白色绷带的司令官也会士气不振。

片刻后，凄惨败北的帝国军残部通过通信线路听到了年轻副司令官的声音，虽不是很有力，却非常清晰，而且充满理性和坚强的意志，将他们从绝望的一端引向希望的一端。

“我军虽然战败，但司令部还在，保证将幸存的全体将士安全带回故乡。请诸位保持荣誉和秩序，井然有序地踏上归途……”

离开故乡时拥有一万六千艘舰艇的帝国军，现在只剩二十分之一，凄惨败逃。但即便如此，帝国军并未全面瓦解，还能维持着秩序。这无疑是身负重伤仍竭力指挥的缪拉的功劳。

“前方有舰群接近！”

听到报告后，渥佛根·米达麦亚一级上将注视着屏幕。他的旗舰人狼的位置比先头部队还要靠前，一马当先的举动正说明其英勇名号的由来。

备战状态已部署好，信号也发出了。

“停船！否则将予以攻击！”

紧张的一分钟后，米达麦亚知道了前方的舰群是败退的友军。米达麦亚命令将影像放大，不禁为那惨不忍睹的景象叫出声来。通信屏幕上，全身缠满绷带的同僚缪拉躺在病床上。听取事件的经过后，“疾风之狼”垂下肩膀，叹息道：

“坎普死了，是吗——”

他闭目为同僚祈求冥福，随后猛然睁大眼睛，全身充满了锐不可当的气势。

“你回后方向罗严克拉姆公爵复命吧，为坎普复仇之战就交给我们！”

通信切断，米达麦亚回头面向部下。这位身材略显矮小的司令官，此时像巨人般震撼了所有下属。

“以最大战速前进！”

“疾风之狼”下达了指令。

“对敌军先头部队予以迎头痛击！快速一击后立刻离开。现在这个时刻，恋战没有意义。拜耶尔蓝、布罗、德洛伊杰，照刚才的指示行动，明白吗？”

幕僚们敬礼领命，分头进行部署。整个状况通过通信传给了后面的罗严塔尔。

罗严塔尔的副官艾密尔·冯·瑞肯道夫将米达麦亚的通信带到。金银妖瞳的年轻提督重重点了点头，下达了与同僚相同的命令。

“是吗？坎普已经死了？”

他也同样自言自语，但表情和语气却与米达麦亚有些微妙的差异，竟像是毫不在意。他的看法是，虽说有无缘无故的胜利，却没有无缘无故的失败。坎普之所以失败，是因为他本来就应当失败。罗严塔尔认为坎普并没有值得同情的余地。

此时，伊谢尔伦要塞沉醉在一片喜悦和狂欢中，仿佛同盟建国庆典与达贡星域会战胜利纪念日同时到来一般。仅剩的香槟酒被响亮地开启，非战斗人员回到家中放下行李，为了迎接凯旋的将士，又再次飞奔出家门。卡介伦和先寇布在中央指令室中一边看着主屏幕，一边喝着整瓶的袖珍威士忌。

但杨现在还不能踏进家门。虽然他下令严禁穷追不舍，阮少将和雅拉肯少将的部队——合计五千艘以上的兵力却仍在顽固地追击败走的敌人。他们在通信尚未完全恢复的状态下，咬住败走的敌人不放，急追猛进。杨必须把他们带回来才行。

陶醉在全面胜利中的阮等人，哪里知道罗严塔尔和米达麦亚正在前方等待他们自投罗网。

Chapter 9
决意与野心

1

宇宙历七九八年，帝国历四八九年四月至五月间，在伊谢尔伦回廊发生的攻防战，战术上有许多话题和教训在后世流传，但战略上则被认为没有多少重要意义可言。然而，这场攻防战中若是帝国军获胜，此后的人类历史无疑将改写。更重要的是，像尤里安·敏兹这样原本微不足道的人物能跃上历史舞台，全拜这场战争之赐。历史上没有一场战争可以完全忽略不计。

在这场战争的最后一幕，帝国军挽回了部分名誉。他们巧妙地结合了精巧和大胆，诱使漫无章法穷追猛打的阮和雅拉肯两位少将的舰队进入了预先设好的陷阱。

“敌军从背后来袭！”

监控员惊慌失措的报告，粉碎了同盟军的胜利大梦。阮被震惊得说不出话来，从指挥席中起身。帝国军援军原本潜伏在回廊和不能航行的危险地带的交界处，此时却从天顶方向迅速降下，切断了同盟军的后路。这是渥佛根·米达麦亚亲自指挥的最精锐的部队。阮和雅拉肯方才还以为是战败遁逃的残兵，穷追不舍，但其实那是米达麦亚的一半舰队，为引他们上当故作后退。

“为坎普报仇！一艘不留，尽数歼灭！”

米达麦亚下达命令。更确切地说，他在煽动部下。他在战术上稳操胜券，此时已不需要下达细致的指示，只消鼓舞士气、顺其自然即可。

与此同时，拜耶尔蓝中将指挥的舰队也不再伪装逃走，而是炮门全开，对准无法猝然停下的追击者。

同盟军的舰艇有如自行撞入一面光壁。高密度的能量分子与超合金分子以亚光速的相对速度相撞，刹那间，一方被消灭了。撕裂的舰体和四散的人体在无声的悲鸣中布满空间。同盟军的舰艇或蒸发化为乌有，或爆炸四散纷飞，或在宇宙中撕裂飞舞，在帝国军阵前交织出绚烂夺目的死亡画卷。

目击这一切的人只能屏住呼吸，看着华丽辉煌的光色乱舞，其中大概也不乏有人抱着“美与善本就毫无关联”的心态观赏这景象。

帝国军前后夹击同盟军，几乎是单方面地齐声合唱死者的挽歌：第一小节，负荷过重的能量中和磁场破裂；第二小节，舰体的复合装甲被贯穿；第三小节，舰艇爆炸。于是，一首挽歌戛然而止。

“向天底方向逃！”

雅拉肯大声嘶喊。同盟军的舰艇躲避着从头顶袭来的残酷攻击，且战且逃。为了确保时间和空间，他们朝天底方向狂奔而去。

然而，这只是稍稍移动了墓碑的坐标。在他们的归路上，与米达麦亚并驾齐驱的帝国军名将——奥斯卡·冯·罗严塔尔早已弓张弦满，严阵以待。全舰的主炮能量充足，在指挥官的号令下，磨刀霍霍地等待猎物自投罗网，准备让同盟军葬身火海。他们锐利的目光中杀气腾腾，看着同盟军像自寻死路似的降落下来。

“主炮齐射三阵！”

罗严塔尔一声令下，无情的炮火齐发，摧残着同盟军。光剑将他们劈开击碎，为了某种目的制造的金属和非金属物体化成数以亿计毫无意义的碎片，在虚空中飘散开来。

狼狈已极的同盟军失去统一的指挥系统，变成漫无目的、四处逃窜的乌合之众。帝国军兵力更雄厚、战术更精妙、指挥官更高明，一切都显示着胜券在握。可是面临死亡的人显然没有机会汲取此次的教训作为将来的借鉴了。他们被追赶、被碾碎，只留下一点比萤火更细微无常的光芒，终至烟消云散。

“这些乌合之众真是杨威利的部下？亚姆立札会战的时候并非如此啊。”

“疾风之狼”颇为不悦地自言自语。一旦失去杰出的统帅，军队就如此不堪一击吗？

六道能量光束同时射出，在爆炸光芒的旋涡中，阮邦修少将的旗舰从世上消失了。

山卓·雅拉肯少将比阮多活了些时候，但只有大约五分钟，最多不超过十分钟。光子飞弹直接击中雅拉肯的旗舰，舰艇一折为二，包含舰桥在内的前半部因撞上己方的巡航舰而爆炸。

“又有敌军舰队，这次更多，超过一万艘！”

此时，战场上的生存者几乎只剩下胜利者了。米达麦亚和罗严塔尔通过通信屏幕对话。

“听到了吗，罗严塔尔？”

“可能是杨威利本人出现了，怎么办？你要继续打吗？”

“这个……不过，如今再战已没有意义。”

战况不利的话，杨一定会逃到要塞里去。何况帝国军的战线和补给线几乎已达极限，应该趁敌军主力到达前赶紧撤退——两人达成一致的结论。这点胜利尚不足以弥补坎普和缪拉的惨败，但如果无视战况演变、贪功求胜，最后将难以收场。

米达麦亚微微咂舌。

“动员千万大军甚至移动要塞，辛苦筹谋数千光年的远征，难道换来的竟是一败涂地，单单成就杨威利一个人的威名？唉。”

“不可能百战百胜——正如罗严克拉姆公爵所言。杨威利的首级总有一天会落在你我手中。”

“缪拉也想要。”

“哈，看来今后的竞争更加激烈了。”

两位年轻提督露出无畏的笑容，立即着手准备撤退。他们将舰队以一千艘为单位编队，一队撤退时，下一队在后负责掩护，井然有序地撤出战场。先头部队由米达麦亚率领，控制全体舰队的秩序；后续部队由罗严塔尔指挥，一旦同盟军攻来，即可掉头反攻。他们就这样完美地完成了撤退行动。

转乘旗舰休伯利安的杨威利率梅尔卡兹一行抵达时，放眼望去，只能看到己方的舰艇残骸和远处隐隐的光点群。杨没有下令追击，而是指示救出生还者，返回伊谢尔伦要塞。

“看到了吗，尤里安？”

杨望着亚麻色头发的少年，感叹道：

“这才是名将的手法。抱着明确的目的，达成后就迅速离开，决不恋战。打仗就得这样。”

阮和雅拉肯就是欠缺这一点，杨只是不能在这种场合说出来罢了。

帝国军——应该说“莱因哈特军”竟如此人才济济！如果那位年轻的红发骁将齐格弗里德·吉尔菲艾斯还活着，杨获胜的机会无疑微乎其微。当然，真要那样也无妨……

“格林希尔上尉，命令全体舰队返回！”

“是，阁下。”

“还有，尤里安，好久没喝你泡的红茶了，替我泡一杯好吗？”

“当然，阁下。”

少年飞奔而去。

“尤里安真是了不起。”

梅尔卡兹对杨说道，语气沉稳而恳切。他将尤里安看破帝国军战法之事，转达给少年这位差劲的监护人听。

“尤里安哪……”

杨拿下军帽，搔搔黑发，乱蓬蓬的头发又长了些。审查会期间，有人曾无聊地挖苦他：“一点也不像军人的发型，理个平头怎么样？”

“您知道吗？我不想让那孩子成为军人，其实恨不得命令他不准参军。”

“那样有违民主主义的精神。”

梅尔卡兹开玩笑地说。杨只得礼貌性地笑一笑，其实这正触到了杨的痛处。因为种种迹象都在暗示，杨也不得不承认，这一天——尤里安踏上从军之路的日子——终于来临了。

2

费沙的首都夜色轻笼。夜晚原本是躲避黑暗的休息时刻，但费沙的居民并不是朴素的原始人，即使在夜里，依然热络地进行着各种活动。

自治领主鲁宾斯基的宅邸灯火通明，形形色色的人物进进出出，说明这里是人类社会的另一处中枢。鲁宾斯基并没有像神祇般受到崇拜，也没有像天使一样受到爱戴，但作为一个势力强大的政治家，他还是得到了人们的尊敬。

这天晚上，辅佐官鲁伯特·盖塞林格来到书房向他报告一件事：一个世纪以来，一向保持平衡的三国——帝国、同盟和费沙，势力之比终于改变了！

“准确数值要到明天才能出来，我大略看了一下，比例是这样的：帝国四十八，同盟三十三，而我们费沙变成了十九！”

在帝国，门阀贵族势力几乎被一扫而光，下级贵族和平民阶层的人才受到重用，促进了人事的新陈代谢，人们心理上的闭塞感也逐渐消解。同时，贵族独占的财富被重新分配，投资随之大幅增加，经济也日益活跃。这虽然使旧贵族陷入了穷困的窘境，但受惠的却是绝大多数民众，因此并没有造成社会问题，只是以缺乏生存能力的旧贵族被淘汰拉下帷幕。

而同盟的国力却出现不忍卒睹的低落惨状，前年亚姆立札会战大败和去年的内战是主要原因。在不足两年的时间内，同盟的军事力量急转直下，锐减至原来的三分之一。更令人忧虑的是，社会体系也日渐式微，各行各业的事故发生率上升，民众对政府的信任度一落千丈。

雪上加霜的是，消费物资也承受着巨大的压力：生产量减少、品质低劣、价格昂贵，加快了走向崩溃的速度。

“要不是亚姆立札会战时败得那么凄惨，同盟的国力也不会落到这步田地。占领伊谢尔伦后，他们应该采取和平攻势，将帝国的旧势力和新势力玩弄于股掌之间，这样就可以达成有利的外交成果。但他们却没有这样做，而是贸然发动毫无胜算的军事冒险，最后把自己逼进丑态百出的窘境。他们的愚蠢简直是罪恶！”

此外，由于和帝国长期对立，同盟无法削减军费，也不能缩小军队规模。现在同盟经济的悲惨状况，根源便在这里。即便在如此困境之下，同盟仍然不得不将国民生产总值的百分之三十以上用于军费开支。

一般而言，这个比例在平日里最高不应超过百分之十八。那么战时又如何呢？对拼死一战的交战国而言，有时可超过百分之百。过去的积蓄将被啃蚀殆尽，消费超过了生产，经济只有贫血而死一途。

“但愿同盟能长此以往，当他们的国家经济破产之时，就是我费沙接收同盟之日。然后再使帝国承认我方在同盟的权益，届时宇宙实际上便掌握在费沙手中了。”

听着年轻辅佐官的滔滔雄辩，鲁宾斯基默不作答，只是浏览着资料，隔了半晌才说道：

“总之，多留几个棋子，从中留下最有用的就行了。”

“我明白，该做的都安排好了，请您放心。对了，帝国军的科学技术总监胥夫特该怎么处置？”

“该怎么做，我正想问问你的意见。”

年轻的辅佐官立刻干脆地答道：

“他已经没有利用价值了，况且还不断对我们提出要求，不如趁现在把他甩掉。”

他观察自治领主的表情，而后坚决地放言：

“那些文件已准备妥当，随时能以极为自然的形式落入帝国司法部的相关人员手中。阁下许可后即可付诸实行。”

“好，马上去做。不速速排除废物，污水将堵塞不通。”

“遵命。”

命令者和被命令者似乎都没有把胥夫特当人看，一旦对方失去利用价值便弃若敝屣，其冷酷无情可见一斑。

“这件事就到此为止吧。对了，明天是你母亲的忌日吧，休息一天也可以。”

自治领主冷不防对他说。年轻的辅佐官撇嘴一笑，他并非有意如此，只是习惯了。

“啊呀，阁下连我个人的事都这么关心，我真是受宠若惊。”

“理所当然吧……毕竟，你是我血脉相连的至亲。”

盖塞林格的上半身不禁微微一晃。

“您……都知道了？”

“我对不起你的母亲。”

自治领主与辅佐官——父亲与儿子互相望着对方。父子之间的关爱之情早已干涸，脸上各有各的表情。

“您还记挂在心上吗？”

“啊，一直都——”

“我母亲在另一个世界听到这番话，一定会很高兴。我代她致谢。不过，其实您大可不必放在心上。在三餐不继的穷家女孩和握有全宇宙百分之几财富的豪门千金之间，我也会与阁下……嗯……与阁下做一样的选择。”

鲁宾斯基的儿子目光飘远，神思有些恍惚，但不出两秒便恢复常态。

“我只是个刚从研究所毕业、不知天高地厚的小子，您却将辅佐官的重任交给我，这只是出于父子之情吗？”

“你是这么想的？”

“我希望不是这样。我对自己的能力多少有点自信，也愿意相信您是认可我的能力。”

鲁宾斯基面无表情地望着气势昂然、侃侃而谈的儿子。

“在内心里，你跟我太像了。尽管外表上你像母亲……”

“谢谢。”

“费沙元首的地位并非世袭。想成为我的继承人，不能靠血缘，实力和声望才是最重要的。花点时间培养本钱吧。”

“您的话，我一定铭记在心。”

鲁伯特·盖塞林格躬身行礼，或许他是为了躲避父亲的视线，但如此一来，他也看不到父亲的表情了。

片刻之后，鲁伯特·盖塞林格从父亲——自治领主面前告退。

“实力和声望，哼……”

鲁宾斯基的儿子抬头望着父亲宅邸的灯光，发出了傲慢的低语。

“为了得到这些，你一定煞费苦心吧，自治领主阁下。你自己不想费工夫培养本钱，却叫我这么做，真是矛盾哪。别忘了，我可是你的儿子！”

通过监控电视的画面，鲁宾斯基目送儿子搭乘地上车离去。他没有叫女佣，自己用杜松子酒和番茄汁调了一杯“血腥凯瑟琳”。

“鲁伯特和我太像了……”

野心勃勃，霸气十足，信奉为达成目的可以不择手段，能够冷静地思考算计，必要时会排除一切障碍，毫不犹豫地选择通往目的的最短距离。

这种危险人物不能放在远处任其自由行动，必须放在身边，就近监视。正因如此，鲁宾斯基才任命他为辅佐官。

或许鲁伯特的资质凌驾于父亲之上，但二十余年的人生阅历却并非仅靠才能就可以轻易弥补。为了赶上这段差距，鲁伯特要付出莫大的努力。最终他会得到什么？这仍是无人知晓的未知数……

3

在罗严塔尔和米达麦亚两位提督的保护下，损伤惨重、仅剩七百余艘舰艇的伊谢尔伦回廊派遣军终于回师帝都奥丁。经过这次惨烈的战役，帝国军失去了总司令官坎普上将，失去了移动要塞秃鹰之城，损失了一万五千多艘舰艇和一百八十多万官兵，可谓惨败而归。

以前的帝国军姑且不论，但莱因哈特及部下还从未有过这样一败涂地的纪录。虽然在亚姆立札会战中毕典菲尔特提督曾被打败，但那不过是整体获胜中的小小折损罢了。而这次尽管米达麦亚和罗严塔尔对深入追击的敌军强力反击，显示了战术运用之妙，但并不能挽回全面败退的局势。

许多人都预测，罗严克拉姆公爵那受伤的自尊心一定会化为雷霆之怒，毫不留情地落在生还的副司令官奈特哈尔·缪拉头上。

缪拉头裹带血的绷带赶赴元帅府，跪在莱因哈特面前谢罪。

“下官承蒙阁下赋予重任，却未能完成任务，也未能救出主将坎普提督，损兵折将，大败而归，令敌军得意扬扬夸耀胜利，下官之罪，万死犹轻！如今下官厚颜生还，是为了向阁下禀明事情的来龙去脉，听候阁下裁处。求阁下从宽处置部下，所有战败之罪都由下官一人承担……”

他深深伏首，殷红的血从绷带渗出，流到脸颊上。

有片刻工夫，莱因哈特冷冷地凝视着这位大败而归的提督。良久，他终于在屏声静气的近臣们面前发话：

“你无罪。本次战败，下次可戴罪立功。长途远征，你辛苦了。”

“阁下……”

“我已经失去了坎普提督，不能再失去你。伤势痊愈前，你可安心静养，日后我会命你复归现役。”

缪拉单膝跪地，深深伏首行礼，身体忽然向前一倾，倒在了地板上。他长时间忍受着身心痛苦与紧张的煎熬，此时骤然松弛下来，一下子晕了过去。

“速送医院！追授坎普为一级上将！”

莱因哈特的话音刚落，亲卫队长奇斯里便示意部下将缪拉送往医院。人们安下心来，为年轻主君如此宽宏大量而欣喜。

其实，莱因哈特起初得知部下惨败的消息后极为震怒。即使战况不利必须撤退，他也万万没有料到兵力竟会折损九成。

他将酒杯摔在地板上，在书房中闭门不出，心想一定要严惩缪拉。但看到镜中自己胸前的坠子,他想起了已故的齐格弗里德·吉尔菲艾斯。亚姆立札会战时，吉尔菲艾斯曾经进言，劝他赦免毕典菲尔特的战败之罪。如果吉尔菲艾斯现在还活着，毋庸置疑，也一定会求莱因哈特赦免缪拉。

"……是啊，缪拉这样的人才不可多得。要他为了无益的战争而死,确实愚不可及。就赦免他吧。吉尔菲艾斯,这样行了吧？"

莱因哈特虽然对缪拉宽大，可对科学技术总监胥夫特技术上将，态度就截然相反了。他召来胥夫特，劈头问道：

"你还有何辩解？"

一开始就摆出一副兴师问罪的架势。但胥夫特仍充满自信地答道：

"话虽如此，阁下，但下官的提案并没有错。作战失败的责任应由统率及指挥军队之人来承担。"

他的言下之意是，您不是连缪拉都赦免了吗？

俊美的帝国宰相冷冷地低笑一声。

"你不必狡辩。谁问你败战之罪了？克斯拉，你过来，告诉这家伙他究竟犯了什么罪！"

皮靴声响起，一位将军走过来。他就是今年刚被莱因哈特任命为宪兵总监兼帝都防卫司令官的伍尔利·克斯拉上将。他棱角分明的面孔朝向面露畏缩之色的科学总监，神情严肃地说：

"胥夫特技术上将,你被捕了。罪名是受贿、侵吞公款、逃税、渎职、泄漏军事机密！"

同时，六名强壮的宪兵在胥夫特四周形成一堵充满威压的墙壁。

科学技术总监已面如死灰，这显然不是出于对冤罪的恐惧，而是隐秘的罪行曝光所致。

“有证据吗……”

他强辩着，但只是虚张声势罢了。宪兵们上前扣住他的手腕，他立刻发出含混不明的叫喊，挣扎起来。

“带走！”克斯拉命令道。

“人渣！”

听着他渐去渐远的呼喊声，莱因哈特忍不住厌恶地骂出声来，冰蓝色的瞳孔中没有一星半点同情之色。

克斯拉正要退出，莱因哈特叫住他，命令道：

“从现在起，加强对费沙专员事务所的监视。让他们察觉也无妨，或许反而会让他们收敛些。”

莱因哈特不难看破，费沙意在除掉已无利用价值的胥夫特。他正好可以利用这个契机，换掉科学技术总监部污浊陈朽的血液。但他当然不会对费沙的动向疏忽大意。费沙已然不需要胥夫特了，难道他们已经达成目的，还是说已另辟蹊径？无论如何，他们必然是谋划已定，才会抛弃无价值的废物。

“费沙的拜金主义者究竟在打什么主意……”

他心中并没有不安，但疑惑却拂之不去。让费沙的计划和阴谋轻易得逞，可不是什么令人愉快的事。

4

拜访卡尔·古斯塔夫·坎普“一级上将”的宅邸、将他的死讯告知遗族的苦差事，落到了帝国军统帅本部次长梅克林格上将身上。身为艺术家的梅克林格原本做好了充分的心理准备，可是看到坎普夫人难以抑制地悲伤哭泣，才八岁的长子拼命地安慰悲痛的母亲，他也不禁心酸。

“妈妈，妈妈，不要哭。我一定会替爸爸报仇。我一定要把杨那个家伙干掉。”

“对，把他干掉。”

五岁的弟弟不明其意，但也随声附和。

看到这种情景，梅克林格再也忍耐不了，匆匆告辞离去。坎普已被追授为一级上将，享有帝国军葬，还加授了许多勋章，他的遗族日后绝不会有生计之忧。但无论给予多么丰厚的荣誉和报酬，有的东西仍然无法弥补，这是千真万确的。

希尔格尔·冯·玛林道夫明白，莱因哈特心中有个难以弥合的空洞。即使极其困难，也必须填补这个空洞，否则莱因哈特只怕终有一天会人格崩溃。希尔德对此忧心忡忡。

有一天，这位帝国的年轻金发元帅在午餐桌上说道：

“强取豪夺也好，白手起家也罢，创始者都有资格得到赞赏，这是毋庸置疑的。”

希尔德对这种看法深有同感，由衷地点头赞同。

“但是，若不是凭借自己的实力和努力，仅仅依靠祖荫，垂手继承权力、财富和名誉，这种人有什么资格拥有这些？他们只配去乞求有实力的人的慈悲，以求苟延残喘罢了。他们唯一的选择，就是乖乖消失在历史的波涛中。我认为存在血统嗣继的王朝令人厌恶。权力应该仅止于一代，不能代代相传，应凭实力来争夺。”

“那么，宰相阁下的地位和权力不会传给孩子喽？”

仿佛有谁在背后忽然大叫了一声，年轻的帝国宰相愕然地看着希尔德。毫无疑问，“身为人父”的想象，对这位年轻人而言实在过于突兀。莱因哈特移开视线，若有所思地说道：

“继任我位置的人，能力要和我一样强，或者要比我更强才行。而且，他也不必非得在我死后才能继任……”

说到这里，莱因哈特秀美的脸上闪过一抹苍白的微笑，但转瞬便消逝无踪。他的表情让希尔德联想到在寒光中飞舞的钻石粉末的光彩，虽然美得令人目眩，但只是并不明亮也毫不温暖的细微冰雾。

“如果有人想从背后暗杀我，以为可以借此将一切收入囊中，那不妨试试看。但如果失败了，后果将会如何？他们可以用自己丰富的想象力想一想。”

莱因哈特的声调带着音乐般的回响，但这番话却令听者感到胆战心寒。说完，他将红葡萄酒一饮而尽。自从失去红发挚友，他的酒量明显增加了。

希尔德沉默了。当冷漠的假面出现裂缝后，她似乎窥见了莱因哈特藏匿在假面之下的孤独。如同半个自己的挚友齐格弗里德·吉尔菲艾斯死了，姐姐安妮罗杰也离他而去，如今再也没有与莱因哈特共享往昔岁月、心心相通的人了。尽管有才干出众、忠心耿耿的部下，但莱因哈特总是将内心某处紧紧封闭起来。但也有人认为这样做很好，那就是奥贝斯坦。

奥贝斯坦需要一个像精密机械一样的人物，能正确执行他的构想和权谋，不会因私情妨碍这一切。极端地说，莱因哈特对他而言只是一个工具罢了。当这个“工具”征服宇宙、统一人类社会、立于权势与荣华的顶点之时，奥贝斯坦无疑将心满意足地看着这一幕。他这种满足感应该与用完美技巧完成作品的艺术家的满足别无二致。画家奥贝斯坦挥动着莱因哈特这支无与伦比的画笔，将在时空交织成的画布上绘出一幅壮丽的历史画卷……

莱因哈特对姐姐安妮罗杰和已故的齐格弗里德·吉尔菲艾斯的思念，在奥贝斯坦看来是应该避讳的。映现在奥贝斯坦义眼中的，是霸者不应有的天真和脆弱。

“对臣下而言，君主理应是恐惧和敬畏的对象，而非喜爱的对象……”

希尔德在大学里学过，古代曾有两位思想家有这种主张，一位是韩非子，一位是马基雅维利。超越数千年的时空，奥贝斯坦似乎有意成为这一思想的忠实实践者。他或许会促使银河系诞生一位空前的霸主吧。但另一方面，一位原本多愁善感的年轻人的感性有可能被破坏殆尽。新霸主的出现如果意味着鲁道夫大帝卷土重来，那不仅是莱因哈特个人的不幸，也将是全人类的不幸，是历史的浩劫。

希尔德微微感到头疼，其中还包含着一闪而过的战栗。也许有朝一日，自己将与奥贝斯坦展开斗争，正是这个念头让她一瞬间战栗了一下。

如果这场斗争不可避免，她会勇敢应战，并且一定要击败对方。希尔德心意已决。莱因哈特绝不能变成鲁道夫二世，必须是莱因哈特自己。保留着他的缺点和弱点，永远保持着他的本色，这是多么珍贵的东西。

“你的决心是很棒的，不过，希尔格尔·冯·玛林道夫……”

希尔德回到家中，古色古香的槲木镜框中映出了她微红的脸庞。她望着那充满活力与智慧的青绿色眼眸，郑重地自问：

“你有胜算吗？如果光凭意志就能战胜对方，那都不必辛苦了。对，找个机会去看看他姐姐格里华德伯爵夫人吧。唉，若是吉尔菲艾斯提督还健在，我就不需要这样强出头了。”

希尔德用纤长的手指拢了拢短俏的暗色金发。人们不可能将死者从冥宫中唤回，但这位英年早逝的红发青年今后会令人发出多少类似的叹息呢？

“如果吉尔菲艾斯还活着……”

希尔格尔·冯·玛林道夫的表弟——海因里希·冯·邱梅尔男爵躺在华盖床上养病。他持续发着低烧，汗流如注，仅仅一天，就更换了十几条床单。侍女为了给年轻的主人解闷，特地坐在床边朗诵诗集给他听。

“……吾心安得翼……扶摇逸九重……翻飞翱太虚……母星见弃置……昔日山川绿……今朝鸟声绝……”

“够了，出去。”

听到主人激烈却有气无力的命令，侍女害怕地合上诗集，草草行了一礼，离开了房间。海因里希厌憎地看着这个身体健康的人离去，微感疲累地呼吸。

隔了一会儿，海因里希那烧得湿润的眼睛看向墙边的镜子。他的脸颊带着病态的红晕，不时有汗从咽喉往胸口流去。

自己来日无多了，邱梅尔男爵家的年轻主人想。其实他觉得自己能活到十八岁已经很不可思议了。他还是个小孩子的时候，每当夜幕降临就会陷入恐惧之中，不知道还能不能看到明天早晨的阳光。

他现在对死亡不再那样恐惧了，但还是害怕自己死后，身影会在人们的记忆中变得越来越淡，终至消逝。再过一年左右，宅邸中的用人、亲戚，甚至连他那美丽聪慧的表姐希尔德，都将遗忘这个叫海因里希的病弱年轻人吧？

自己活着究竟是为什么？每天都是茶来伸手，饭来张口，支付着昂贵的医药费，难道要呆望着病床的华盖结束短暂的一生吗？难道就这样无声无息、毫无作为，没有留下一丝一缕活过的痕迹，虚无地离开人世吗？世上有人在同为十八岁时就当上了提督，二十岁升为元帅，二十二岁登上帝国宰相的宝座，而且前途无限光明。为何上帝这么不公平，自己就要在坎坷的命运中凄凉地死去？

海因里希把瘦削苍白的脸颊压在被汗水湿透的枕上。绝不能这样死去，这样死不瞑目！他要做点值得留于史册的事情，然后再心甘情愿地死去……

就在为坎普举行帝国军葬的那天傍晚，渥佛根·米达麦亚带着一瓶白葡萄酒，来到了好友奥斯卡·冯·罗严塔尔独居的官舍。罗严塔尔似乎正若有所思，但他高兴地把米达麦亚请到起居室，摆上了酒杯。客人本想和主人一边喝酒一边聊天，但奇怪的是，主人似乎颇有醉意，竟说出了惊人之语。

“你听我说，米达麦亚。我从前以为打倒贵族，消灭自由行星同盟，将宇宙置于掌中，是罗严克拉姆公爵和我们共同的目标……”

“难道不是吗？”

“这一阵子我有种感觉。也许对那个人而言，部下只是用完便可以丢弃的便利工具！当然，齐格弗里德·吉尔菲艾斯是例外。除了他，部下对公爵而言根本就无关紧要吧？看看坎普，我并不是多么同情他，但他为了一场毫无意义的战争而死，真是用过便丢的真实写照。”

“但是公爵也哀悼了坎普之死，而且尽管坎普打了败仗，公爵还是追授他为一级上将，遗族也得到了可观的年金，不是吗？”

“关于这一点，似乎也能这么理解——坎普已经死了，给予死者泪水和名誉就够了。但对于活着的人，就必须给予更实质的东西，比如权力和财富。公爵真能做到这一点吗？我很怀疑。”

米达麦亚转了转因微醉而发烫的脸庞，反驳道：

“喂，你怎么这样说？去年秋天齐格弗里德·吉尔菲艾斯惨死，公爵曾一度意志消沉，当时不就是你倡议大家设法使他重新振作起来的吗？难道那不是你的心里话？”

“是心里话，当时我的确那么想。”

罗严塔尔的金银妖瞳放出不同的光芒。

“但是，我有生以来的判断和选择并非都正确无误。即使现在还没有什么，但也许有朝一日，我会为这个选择后悔不已。”

罗严塔尔停住了话头。令人窒息的沉闷仿佛无形的牢笼，罩住了两位年轻提督。

“就算我没听见吧。”

米达麦亚终于开口了。

“当心祸从口出。如果传到奥贝斯坦耳中，难保不成为他清除的目标。罗严克拉姆公爵是一代英雄。我们成为他的膀臂，为他效劳，并得到相应的恩赏就行了。我是这么想的。”

过了一会儿，朋友辞别离去。罗严塔尔坐在单人沙发上自言自语道：“嗯，我又这样……”

金银妖瞳中流露出厌恶的光芒。以前他提及母亲时也是这样，酒喝多之后，就对米达麦亚多说了几句。这一次，他将心中尚未成熟的想法夸张地告诉了米达麦亚。自从去年莱因哈特对他说了“若有自信，不妨前来挑战”这句话，这个想法就一直沉淀在心底，可是……

罗严塔尔黑色和蓝色的眼眸望向窗外，薄暮缓缓地降落。大概过不了多久，就会在人们头顶罩上撒满金粉的深蓝华盖。

掌握全宇宙？

他心里试着这么说。就人类现有的能力与实绩而言，这种说法未免夸大其词，但很奇怪，它往往能带给人们一股热血沸腾的冲动。

据说，他年轻的主君莱因哈特·冯·罗严克拉姆曾经对齐格弗里德·吉尔菲艾斯说过这样的话：鲁道夫大帝做得到，我就做不到吗？如果推而广之，他奥斯卡·冯·罗严塔尔应当也有这么说的资格吧？“罗严克拉姆公爵追求的，我就不能追求吗？”罗严塔尔如今只有三十一岁，已是银河帝国军一级上将，元帅之座触手可及。与三十一岁时的鲁道夫大帝相比，他离最高权力的宝座要近得多。

但无论如何，这是极不妥当的言论。虽说米达麦亚绝不会泄漏给他人，但也许明天应该掩饰一番，让他觉得自己在开玩笑。

此时，回家路上的米达麦亚感觉仿佛喝了一杯太酸的咖啡。他一直无法忘记罗严塔尔的话，尽管他一再告诉自己，罗严塔尔是在醉人痴语，但这种借口并不能使自己信服。

所谓的新时代，或许就是会带来新的不和谐的时代。即便如此，没想到偏偏是自己的好友罗严塔尔，对主君产生了如此不满和不信任的想法。虽然未必直接导致君臣反目，但难免会引起奥贝斯坦等人的戒心，这种事还是不做为宜。

米达麦亚扪心自问：自己是否太单纯了？他虽然聪明过人，

但除了在战场上打败敌人，对其余的事懒得动脑筋，对内部的权力斗争更是厌恶至极。忽然，他想到了敌人。敌人也会有烦恼吧？那个杨威利现在不知在做什么？也许正在胜利的宴会上和美人跳舞……

5

米达麦亚的猜想并未命中。

再次将自由行星同盟从存亡危机中拯救出来的英雄，此时竟然病倒在床上，大打喷嚏。因为过于劳累，他患上了永远不可能根除的病症——感冒。但对杨来说，这也算因祸得福，他将胜利庆典的种种事务统统推给卡介伦、菲列特利加·格林希尔、先寇布和梅尔卡兹等人，自己回到官舍，一头钻进了被窝。即将升为准尉的少年尤里安在一旁照料他。尤里安首次上阵后，在一连串战斗中都击坠了敌机，更重要的是他还看破了帝国军的作战计划，因此获得长官的推荐。至于杨，出于高级军官人事方面平衡的考虑，这次并未晋升为元帅，只是获颁勋章而已。

“我给您做点混合热饮吧。在葡萄酒里掺上蜂蜜和柠檬，再加入热水，对付感冒最有用了。”

“不要加蜂蜜、柠檬和热水，好吗？”

“不行。”

“没什么差别啊。”

“那索性把葡萄酒也去掉算了。”

“……你四年前来家里的时候，还很听话哟。”

“嘿，我变成这样，是后天的因素造成的。”

“唉，真是了无生趣……被逼着做烦人的工作，没有恋人，想喝点酒都要被骂……”

“不过是感冒罢了，您哪来这么多牢骚！”

尤里安提高了声音，掩饰自己心软的表情。他们两个多月没有过这样的对话了，现在能拌拌嘴，尤里安感到很快乐。自从来到杨家里，这已经是一种不可缺少的习惯了。

在厨房做好热饮后，他端给感冒患者。

“你真是个好孩子。”

杨喝了一口，立刻推翻了前面的话，全然不管这样有失风度。因为少年为他做的热饮，简直近乎真正的醇酒。杨裹着毛毯坐在床上，很满足地啜饮着“温热的感冒药”。亚麻色头发的少年注视着黑发年轻提督，半晌之后，下定决心似的开口了：

“杨提督……”

“干吗？”

“我想……成为正式的军人。”

“……”

“您可以答应我吗？无论如何都不行的话……我就放弃。”

“无论如何，你都想当军人？”

“对，我想做维护自由和平等的军人。不是侵略或暴政的爪牙，而是保护公民权利的军人。”

“你刚才说放弃……放弃之后，你有什么打算？”

“我不知道。不，到时候提督叫我做什么，我就做什么。”

杨两手搓着还剩下一半热饮的杯子。

“你这小子，一开始就没考虑过我会拒绝吧？”

“才不是呢。”

“不要小看十五年的差距。这一点我还是看得穿的。”

杨骄傲地说道，可惜他身穿睡衣，没达到预期的威严效果。

“……对不起。”

“没办法。看看你那副样子，我能拒绝吗？我明白了。你应该不会成为让人伤脑筋的军人，想做什么就去做吧。”

少年暗褐色的眼眸闪耀着光芒。

“谢谢！谢谢您，提督！”

“奇怪，怎么这么想做军人呢？”

杨只好苦笑。

无论哪种宗教，无论哪种法律，基本规范自古以来便已确定：不得杀人，不得抢夺，不得欺骗。

杨反省自己：杀了多少敌人？抢夺了多少东西？欺骗了敌人多少次？在现世中，上述种种行为之所以无罪，仅仅是因为出于“遵照国家命令行事”的理由。的确，所谓的国家除了不能让死者复活，其他无所不能，可以免除犯罪者的罪过，反之也可以将无辜者投入牢狱，甚至送上断头台。他们连和平生活的民众也不放过，强迫民众拿着武器上战场拼命。而在国家中，军队无疑是有组织的最大的暴力集团。

“哎，尤里安，我本来没有资格说这些话。但如果你想做军人，有一件事希望你不要忘记——军队是暴力机关，暴力有两种……”

“善良的暴力和邪恶的暴力？”

“不是。统治与镇压的暴力，以及作为解放手段的暴力。所谓的国家军队……”

杨一口气将变冷的饮料喝光。

“就本质而言属于前者，很遗憾吧？但历史就是明证。当权者和民众对立时，军队站在民众这一边的例子少之又少。不仅如此，过去在许多国家中，军队即成为权力机构，以暴力统治民众。去年那些政变失败的家伙就是最好的例子。”

“可是，提督虽然是军人，不是也很反对这种事吗？我想成为提督这样的军人，至少这是我的志向。”

“噢，这可让我为难了……我的志向本不在从军，你应该早就知道吧？”

笔绝对胜过剑，杨对此深信不疑。在几乎不存在真理的人类社会中，这一条是极为罕见的例外。

“用剑不能打倒鲁道夫大帝，但我们却知道他对人类社会犯下的罪孽，这就是笔的力量。用笔可以控诉几百年前的独裁者，甚至几千年前的暴君。我们不能带着剑沿着历史的长河溯流而上，用笔却可以做到。”

“嗯。但照这样说，到头来也只能确认过去的事？”

“过去？这样说吧，尤里安，人类的历史能持续下去，所谓的过去便会无限地累积起来。历史并非仅仅是过去的记录，也是文明一直延续至今的证明。现在的文明便是立于过去历史的累积之上，明白吗？”

“明白。”

“……所以，我想成为历史学家。但刚开始时走错一步，便落到了今天的下场啊。”

叹息和牢骚同时从杨的口中发出。

“不过，若是没有人创造历史，写历史的人也没有存在价值了，不是吗？”

听到少年这么说，杨再次苦笑，把杯子还给少年。

“尤里安，刚才的热饮，能不能再给我做一杯？真的很好喝。”

“好，我马上去做。”

杨望着起身跑向厨房的尤里安，随后移开视线，看着天花板。

“唉，世事本就不能尽如人意。自己的人生也好，他人的人生也罢……”

6

决定给以杨为首的伊谢尔伦要塞与驻留舰队的将领颁发勋章后，自由行星同盟政府内部发生了小规模的人事变动。国防委员长尼古拉庞提辞职，由爱朗兹接任。反正他们都是深受特留尼西特议长影响的政治家，不可能由此进行军事政策的变革。

新上任的爱朗兹委员长对引咎辞职的前任尼古拉庞提急流勇退的气度赞不绝口，并表示将全面遵循其在位期间的政策。

尼古拉庞提是否得到了安慰，说起来颇为微妙，但表面上他确实洒脱地辞去了国防委员长的宝座，转任国营氧气能源公司的总裁。

爱朗兹委员长上任后的第一件工作，便是拜访费沙派来的专员布列查理，商谈进口军需物资的佣金问题。商谈顺利结束后，爱朗兹在闲聊中提到了尼古拉庞提对杨威利召开的失败的审查会。他刻意美化，说尼古拉庞提的用意是为了避免军人专横。

“我也听说了很多，总之，只要能找到理由，你们就会罢免杨威利。但是又担心他被罢免后转投政界，威胁到你们权力的根据地，是这样吧？”

布列查理言语间毫不掩饰，坦率地指出爱朗兹的本意。爱朗兹有些尴尬，随即回答说这并非针对杨个人，而是为了阻止军人干政。

“既然如此，那就制定法律好了。掌握权力又是为了什么？自己制定的法律和规则，千千万万的人都必须遵守。正因为存在这种乐趣——金钱买不到的乐趣，才值得投入大量钱财掌握权力，对不对？”

“您说得很有道理……”

爱朗兹掏出手帕擦起脸上那并不存在的汗水，这无非是为了掩饰不悦的表情。对方露骨的口气和一针见血的说法让他觉得很不痛快。

但无论如何，费沙专员的提案十分吸引人，爱朗兹道谢后便马上赶往特留尼西特那儿紧急报告。

在隔壁待命的波利斯·高尼夫想吐口水，但地板擦得太亮了，只好打消念头吞了回去。

这个充满污秽的世界啊！他从前身处独立商人的圈子，虽然免不了尔虞我诈，但以政治权力为手段来打击牵制对手的败类都会成为同行谴责的目标。那个世界真是正大光明得多。可是自从成为专员办公室的一员，他接触的净是这类下流的勾当。他原本就没打算要长期忍受下去，如今或许达到极限了。

五月下旬，费沙自治领主鲁宾斯基决定了一件事。

自治领主一召唤，年轻的辅佐官立刻出现，毕恭毕敬地行了个礼。

“那个计划准备好了吗？”

回应他的是胸有成竹的微笑。

“万无一失，阁下。”

“好。那么，启动计划。将消息传达给执行小组。”

“遵命。对了，阁下，这项计划成功之后，罗严克拉姆公爵和杨威利一旦发生全面冲突，谁将获胜？”

“不知道。但正因如此，才有趣吧？”

“如您所言。那么，我将命令传达给执行小组。”

那个晚上之后，父亲与儿子的关系并未亲密起来。双方在达成共识的基础上，保持着上司与部下的关系。辅佐官退回办公室，打开关闭了影像发送功能的TV电话，确定对方接收之后，开始发布命令。

“这里是狼穴……现在怪狼已放出！重复一遍，怪狼已放出！”

多么幼稚的暗号，鲁伯特·盖塞林格心想。但这种情形下，这和他的语感并没有关系。只需让局外人无从判明其中的玄妙，让接收信息的对方明白即可。

脱开锁链的怪狼张开血盆大口，将把谁吞噬下去？年轻辅佐官的脸上浮现出阴险的笑容。既然不是狗，而是狼，它掉头反咬自己的主人也并非不可能……

原银河帝国上校雷欧波特·休马哈再次确认印有假名的护照。这是费沙自治政府正式发放的护照，不过借用了他人的名字。

事成后，依照约定，他可以得到费沙的永久居留权、公民权，还有一笔可观的报酬。

但休马哈并没有完全相信费沙辅佐官的许诺。无论是对费沙自治政府，还是对盖塞林格辅佐官，他都有强烈的不信任，也无意修正自己的想法。他自己倒罢了，但想到可能加诸部下身上的报复，他只能顺从这项计划。假如费沙有意利用他，他也会利用费沙。即便如此，要再次踏上帝都奥丁的土地，还是……

“走吧，上校。”

同行的兰斯贝尔克伯爵亚佛瑞特用明朗的声音说道。休马哈点点头，徐徐步向费沙宇宙港的办公室。

宇宙历七八九年，帝国历四八九年，这一年刚刚过去一半。使银河帝国和自由行星同盟震惊的事件，还需要一个月的时间才会发生。

图书在版编目（C I P）数据

银河英雄传说 ：全10册．3，银河英雄传说 /（日）田中芳树著 ；蔡美娟，陈惠莉，郭淑娟译．-- 海口 ：南海出版公司，2022.1
ISBN 978-7-5442-9441-6

Ⅰ．①银… Ⅱ．①田… ②蔡… ③陈… ④郭… Ⅲ．①幻想小说－日本－现代 Ⅳ．①I313.45

中国版本图书馆 CIP 数据核字（2021）第 231636 号

Vol.2／野望篇

银河英雄传说

〔日〕田中芳树 著　蔡美娟 译

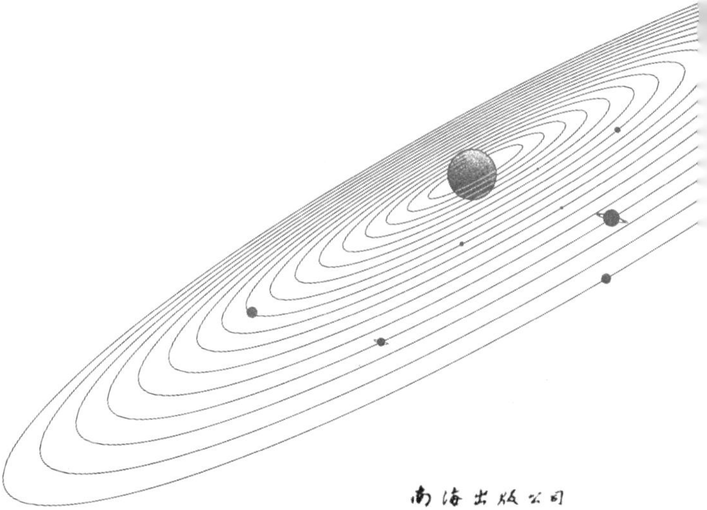

南海出版公司

新经典文化股份有限公司
www.readinglife.com
出　品

目录

Chapter 1

暴风雨前的宁静

1

亿万颗繁星闪耀着亿万道光芒。但这光芒仍显得微弱无力，广阔无垠的宇宙空间大部分依然笼罩在如黑曜石般深沉的黑暗中。

没有尽头的夜晚、无边无际的虚无、超乎想象的寒冷……所有这一切并没有拒绝人类，只是无视人类的存在罢了。宇宙虽然广大，对人类来说却未必如此，因为宇宙只在人类有能力认知并来往自如的范围内才有意义。

人类毫无诗意地划分宇宙，将其分为可居住区域和不可居住区域、可航行区域和不可航行区域。而那些最无可救药的人——职业军人，则将所有的空间和星群划分成敌军支配的区域和我方支配的区域、应该攻占的区域和应该固守的区域，或是适于作战的区域和不适于作战的区域。

这些空间和星群原本并没有名称，渺小的人类为了区别自己认知范围内的宇宙，以自己的语言来称呼它们。

这片宙域叫伊谢尔伦回廊，这条细长而隐蔽的隧道贯穿了银河系的险要之处。

一艘战舰正航行在回廊之中。如果身处GO型光谱的恒星光芒下，流线型的舰体会闪耀出银灰色的光泽，上面刻着的舰名“Ulysses”也会清晰可见。

尤里西斯——这艘以古代传说中的英雄命名的战舰，目前属于自由行星同盟军伊谢尔伦要塞驻留舰队。

直到大约半年前，尤里西斯仍属于同盟军第八舰队。在宇宙史上规模最大的亚姆立札会战中，第八舰队痛失百分之九十以上的官兵和舰艇，于是舰队也随之烟消云散。所剩无几的生还者不是被重新编入其他舰队，就是分配在基地驻守。

不论是战舰，还是战舰中的官兵，都堪称浴火重生的骁勇战士。

然而在现实生活里，战舰尤里西斯并没有成为受尊崇的对象，反而成了大家调侃的话题。

在亚姆立札会战中，尤里西斯所受的损害还算轻微，仅仅是微生物排水系统遭到破坏。但这样一来，官兵们只好双脚泡在四处奔流的污水中继续作战。

然而，迎接归来的尤里西斯的却是“厕所坏掉的战舰”这样令人尴尬的封号。听到别人勉强挤出一句“辛苦了”，舰长尼尔森中校和副舰长亚达少校不约而同地垂下了头。

眼看着出征的三千万士兵竟损失七成以上，这个凄惨的打击似乎让大家不拿尤里西斯开开玩笑，就无法维持心态平衡。话虽如此，生还的官兵们可丝毫不觉得受到了慰藉。

现在尤里西斯正离开伊谢尔伦要塞进行巡逻，顺便也在这项任务中对官兵们进行训练。

在布满变星、红巨星、异常重力场的宇宙区域前方，还有更巨大的人为的危机。自由行星同盟的领域止于伊谢尔伦的边缘，再往前便是银河帝国广阔的边境。过去这里曾发生过多次大规模战斗，有时仍能发现几个世纪前遭受破坏的太空船碎片。

通信兵报告说发现不明战舰，舰长尼尔森中校硕大的身躯从指挥席上站起。尤里西斯的侦察系统和其他战舰一样，雷达、质量计算器、能量计量装置、先遣侦察卫星群等一应俱全。这些侦测装置全都有了反应：来者并非舰队，而是一艘战舰。

“在这个区域里，现在不可能有我方战舰。”

“是的，现在本区域中没有任何我方战舰。”

“显而易见，一定是敌军。全体人员进入一级备战状态！”

警报响起，一百四十名官兵肾上腺素的分泌量急速上升，各部门的报告声此起彼伏——敌我距离三十三光秒，磁力炮无异常，热线炮准备完毕，屏幕入光量调整完毕。舰长高声命令向对方战舰发出通用信号。

“停止前行，否则我军将发动攻击！”

官兵们一个个紧张得微微冒汗。五分钟后回音传来。通信官疑惑地歪了歪脑袋，将磁碟片交给舰长。只见上面记录着：

“本舰无意交战，有事希望与贵军商谈。”

“商谈？”

尼尔森舰长喃喃道。亚达副舰长双臂抱在胸前，说道：

“难道是许久没有出现过的亡命者？”

"算了，以后再研究吧。备战状态还未取消。向对方传达，叫他们停止动力，打开通信屏。"

尼尔森舰长摘下印有白五星的黑色贝雷帽，抬头看去。能避免互相残杀最好不过，否则即使胜利了，牺牲也在所难免。

一面屏幕浮现出影像，舰长一边望着那艘与尤里西斯颇为相似的敌舰，一边思索着，对方是不是也紧张得大汗淋漓呢？

伊谢尔伦是一颗位于银河帝国和自由行星同盟交界处的人工行星，围绕亚尔提那恒星旋转。这颗行星位于伊谢尔伦回廊的中心地带，两国的军队不经过这里，就不能进入对方的领域。

这颗由帝国建造，却被同盟占领的人工行星直径六十公里，内部加以细分，可以分隔成数千层。表面是由四层超硬度钢、结晶纤维以及特制陶瓷组成的复合装甲，进行过可抵御光束炮的镜面处理，坚固异常，牢不可破。

伊谢尔伦作为战略基地，战略机能可以说样样具备，比如攻击、防御、补给、保养、装备、医疗、通信、管制、情报等，不一而足。宇宙港口可以停泊两万艘舰艇，装备工厂能同时修复四百艘战舰，医院共可容纳二十万张床位，兵工厂一小时可以生产七千五百枚激光核飞弹。

要塞和驻留舰队的军人共计两百万。住在这里的平民多达三百万，他们大部分是官兵眷属，此外还有军部请来运营生活及娱乐设施的工作人员。其中也有由女性经营的商铺。

伊谢尔伦既是要塞，也是拥有五百万人口的大都市。在有人类居住的行星中，人口数量比不上伊谢尔伦的还有许多。这里的社会体系堪称完备，各种设施一应俱全，有学校、剧场、音乐厅、高达十五层的运动中心、妇产医院、育儿所，内部一体成型的给排水系统、淡水工厂暨氢气动力炉、可当作供氧系统及森林浴场的广大植物园，以及最重要的水耕农场——这是植物性蛋白质和维生素的供给站。

兼任要塞司令官与驻留舰队司令官，同时身为这个巨大宇宙都市的最高负责人并指挥着全体官兵的人物，就是自由行星同盟军的上将——杨威利提督。

2

乍见杨威利，人们一般都不会认为他是同盟军屈指可数的重要人物。说来也难怪，因为他连穿着军服的时候，也丝毫没有军人的威仪。

他不是举止一板一眼、深谋远虑的老派绅士，也不是肌肉结实、体格魁梧的彪形大汉，更不是冷静俊秀的书生或肌肤白皙的公子哥儿。

他正值而立之年，但外表看起来还要年轻两三岁。黑发，黑眼睛，中等身材，不能说不英俊，但也并非是那种稀世俊美的人物。

他最了不起的地方并不是头盖骨之外的部分，而是其中的大脑。去年——宇宙历七九六年，他一人囊括了自由行星同盟的全部战绩：他没让麾下的士兵流一滴血，便将号称固若金汤的伊谢尔伦要塞从帝国军手中夺了过来；在亚斯提星域和亚姆立札星域，同盟军惨败于莱因哈特·冯·罗严克拉姆提督的手下，杨凭着沉着巧妙的作战指挥能力，将己方舰队从全军覆没的危机中拯救出来。

没有杨威利，宇宙历七九六年，自由行星同盟的战争记录只有“败北”二字。这些大事无人不知无人不晓，因此杨也在不到一年的时间里由准将直升为上将。但这位一战成名、破例晋升的青年提督却没有特别的感动。尽管他俨然已成为无人能出其右的名将，但战争在他眼里却一文不值。

他曾不止一次想从军队引退，做一介默默无闻的平凡公民，但至今未能如愿。

这一天,他在自己的房间下立体西洋棋。下得正起劲的时候,尤里安·敏兹大嚷一声：

“将军！”

杨搔搔头，承认输了。下起西洋棋来，他可称不上是什么名将了。

他毫无愠色地叹了口气。“哎呀，输了十七局。”

“是十八局哦。”尤里安笑着纠正他。

这位少年年龄只有杨的一半，亚麻色的头发有微微的自然卷，配上深棕色的眼眸，是众人公认的俊美少年。

三年前，根据《军人子女战时福利特别法》，战殁官兵的子女可以送到军人家庭中抚养，尤里安便被送到杨这里来了。

尤里安在学校是优等生，还是飞行球项目的年度得分王。成为享受班长待遇的军中工作人员后，他在射击方面又显露了出类拔萃的才能。身为监护人的杨看在眼里,觉得有点不好意思,但也引以为豪。

“尤里安唯一的缺点就是——”

亚列克斯·卡介伦对他稍有微词。卡介伦是杨在军官学校时的学长，嘴巴经常不饶人。

“他太崇拜杨了。这实在是个差劲的兴趣，要是他没有这个缺点，我就把女儿嫁给他。”

顺便一提，三十六岁的卡介伦有两个女儿，大女儿刚满七岁。

“再来一盘！”

杨不甘心，再下战书。

“想连败十九局吗？我倒是无所谓。”

是杨教尤里安下西洋棋的，但不到半年，这个弟子就青出于蓝，两人的实力差距渐渐拉开。不过，尤里安对杨说“我比你厉害”也止于开玩笑而已。不仅在下西洋棋方面是这样，尤里安认为这并非技术层面的问题，而是自己在本质上就远远不及杨。

铃声轻快地响起。

“司令官阁下，我是格林希尔上尉。”

有金褐色头发和淡褐色眼眸的美丽女军官，在TV电话的画面中说道。她从去年开始担任杨的副官。

“我现在忙得很。什么事？”

杨的语气显得漠不关心。

“帝国军派来一艘战舰做使者，说有要事求见司令官。”

“哦。”

杨并没有表现得多么惊讶，但还是放下棋子站起来，向外走去。看见他的枪仍搁在桌上，尤里安连忙叫道：

“您忘了带枪，阁下。”

“不用了，不用了。”

年轻提督怕麻烦似的挥挥手。

“可是空着手去，太……”

“你觉得就算我开了枪，会打中吗？”

“……不会。”

“那么，带着枪也没用。”

杨说完跨步扬长而去，尤里安慌忙追上。

与其说杨大胆，毋宁说他从某个角度看清了人类的能力问题。谁都想不到固若金汤的伊谢尔伦要塞竟然在他的运筹下轻易被攻陷。正因如此，他认识到一个道理：对人类而言，没有完全或绝对的事情。

他原本志不在从军，一心想成为历史学家，也看清了世事的盛衰无常：再强大的国家也终有灭亡的一天；再伟大的英雄一旦权力在握，也会腐化堕落。

生命也是如此。久经沙场的勇士却因为一场感冒断送性命；在血腥的权力斗争中获胜的人物，往往丧命于名不见经传的暗杀者手上；还有银河帝国的皇帝奥特佛利特三世，他唯恐遭到毒杀，很少进食，以致衰弱身亡。

“再怎么小心，不行的时候还是不行。”

杨连护卫也没有。到伊谢尔伦就任之初，曾有十二名卫兵分为四个梯队跟在他身边，连上厕所也如影随形。杨不堪其扰，解散了卫队。

但要塞内警备保安系统的运作，杨却十分注意。他将控制装置分散于三处，彼此监视，只要敌人没有同时控制这三处，要塞的控制机能就不会落入敌手。另外，空调系统也装了大气成分分析装置，防止要塞内部流入瓦斯。

这些构想并非杨的本意，而是为了应付吹毛求疵的军部上层、忧心忡忡的部属、满脑子只关心预算消耗的官僚、整日无所事事专搞视察的政治家，以及制造新闻炒作话题的媒体。为了让这些人觉得要塞的警备体制万无一失，杨不得不设下这些昭示众人。

“显而易见，地位越高的人想法越复杂。”

杨望着少年尤里安，咕哝了一句。

“您既然知道了，就不会随波逐流啦。避免了无谓的麻烦，这样不是挺好吗？”

尤里安用一副大人的口吻回应杨，接着又提出自己的意见：

“这件事还好，我担心的是地位提高了，您的酒量也增加了。请稍稍节制一点。”

“增加了很多吗？”

“现在至少是三年前的五倍！”

“五倍？没那么多吧？”

尤里安把三年来家里的收支记录放到满脸怀疑的杨面前。酒类的支出指标从三年前的一百攀升到目前的四百九十一，这还不包括在外面喝的酒，所以尤里安说的五倍以上是有根据的。

杨无言以对，只得答应节制酒量。但是这个承诺能持续到什么时候呢？不管是提出这项约束的尤里安，还是受到约束的杨，都没有一点信心……

两小时后，杨命令所有军官到会议室集合。

帝国军控制这座要塞时，会议室是要塞司令官和驻留舰队司令官商谈的地方。当时，会谈经常以针锋相对、恶言相向的争吵收场，因此冲突便成了这个会议室的传统。

要塞事务监督——亚列克斯·卡介伦少将。

要塞防御指挥官——华尔特·冯·先寇布准将。

舰队副司令官——费雪少将。

参谋长——姆莱少将。

副参谋长——派特里契夫准将。

参谋——布拉德乔上校、拉欧中校。

高级副官——菲列特利加·格林希尔上尉。

此外还有战舰尤里西斯的舰长尼尔森中校和副舰长亚达少校。

杨照例先扫视一遍齐聚一堂的军官们，接着开口了。郑重严肃的口吻并非他的作风，所以他现在的语气仍像是在与朋友举杯品茗、说闲话唠家常一般。

“各位大概都知道了吧？帝国军派出战舰布洛肯作为特使，送来一个很有趣的消息——他们希望与同盟交换两百多万名俘虏。”

“要养活对方的俘虏可真不容易。”

卡介伦少将调侃道。他体格中等，肌肉健硕，比起当军人，做军政官员更为合适，后方勤务经验也比前线经验丰富。他擅长事务工作，堪称补给、组织运营及设施管理的专家。亚姆立札会战战败后，他承担了补给计划失控的责任（虽然失控的原因在于帝国军罗严克拉姆元帅的巧妙策略），因而一时遭到左迁。后来在杨的要求下，才到伊谢尔伦来任职。

事实上，卡介伦可以说是这个有五百万人口的都市的市长。以他的行政能力，即便是应付比伊谢尔伦更庞大复杂的组织，也绰绰有余。

“这也是原因之一……如此说来，这件事有一半责任在我身上。”

同盟军攻陷伊谢尔伦时，杨俘获了数目直逼大都市人口的俘虏。

先寇布准将抿嘴一笑。现年三十三岁的他相貌干练，是实行杨的作战计划并促使其成功的一大功臣。他出身贵族，幼年随祖父母从帝国亡命至同盟，兼具勇气与才智。有时他那无所畏惧的性格也会给自身带来麻烦，但不论遭人攻讦还是被人怀疑，他都能泰然处之，毫不在意。

“但事情本身并不好笑。‘养活俘虏并不容易’，这句话中隐含重要的暗示，十分值得玩味。大概要发生什么重大事件，所以才顾不上养活俘虏了吧？”

“怎么说？”

“我们可以认为，莱因哈特·冯·罗严克拉姆侯爵已决意和帝国的门阀贵族联合军开战了！”

同盟军的头号大敌——金发年轻人的名字从杨的口中说出，一时间满座寂然。

这几个月来，杨一直在反复思索一个问题——该如何对付那个逐步逼近银河帝国霸权宝座的莱因哈特·冯·罗严克拉姆？

为了将权力完完全全收入囊中，莱因哈特必须打倒与他敌对的强大的门阀贵族集团。看来大规模的内乱即将爆发。杨手中握有的情报不多，但显而易见，莱因哈特已针对这件事着手进行铺路了。

问题是莱因哈特的部署不仅限于帝国境内，甚至扩展到了自由行星同盟。如果贵族联盟与同盟联手，或者当莱因哈特和贵族联合军打得两败俱伤时，同盟军乘隙发动攻击，莱因哈特便会难以招架。虽说同盟军在亚姆立札会战后元气大伤，还无力派兵出征，但莱因哈特必定谨慎从事，以求万无一失。

那么，该怎么办？

杨试着分析莱因哈特的处境。毫无疑问，对莱因哈特而言有一个最低限度的条件，他便是根据这个条件来进行部署的。

杨分析整理的结果如下：

一、莱因哈特的兵力为了对付门阀贵族已倾尽全力，没有剩余兵力。

二、所以他无法同时在两面发动攻势。

三、根据前两个情况来判断，对付同盟，运用谋略比发动武力干预更恰当。

四、谋略之中必定暗藏玄机，那便是使敌人分裂，进而互相残杀。

分析到这一步，杨已经识破莱因哈特的计谋了。

那就是从内部分裂同盟军！

莱因哈特正是此意，而且不得不如此。换成杨站在莱因哈特的角度也会这么做，除此之外别无他途。一旦同盟军内讧四起，帝国军便没有腹背受敌的威胁。除去了后顾之忧，莱因哈特便能全力讨伐门阀贵族。

接下来，莱因哈特具体会采取何种措施呢？杨进一步思考，并得出一个结论。

或许是想得太多了……杨不是没有考虑到这一点，但他的自信可不如别人对他的信心多。

不过，他现在所做的工作并不是追求真理或人道，也不是追求绝对价值，而是胜败，是竞争——它们永远是相对的，你只能比对方抢先一步，才能稳操胜券。这说起来简单，但要比莱因哈特·冯·罗严克拉姆侯爵这样的天才更胜一筹，实在是难于上青天。

杨有点后悔了。去年亚姆立札会战之际，杨创下无可比拟的实战功绩，却没有竭尽心力参与开战前的作战会议。强硬派毫无责任感地高唱主战论调时，即使要和他们扭打起来，他也该加以阻止。

不过，如果和他们扭打，自己大概会输吧。

杨想到这里，不禁苦笑起来。

不管怎样，杨必须将帝国方面提出的交换俘虏的要求，上报到同盟的首都——以国父之名命名的行星海尼森。政府应该会欣然应允。俘虏没有选举权，但交换回来的同盟士兵却有，选票数目会多上两百万票，再加上家属的票数。看来他们势必会为此举行空洞而盛大的庆祝典礼。

“尤里安，咱们大概要走一趟阔别已久的同盟首都喽。”

杨的语气很愉快，尤里安感到有些奇怪。典礼、宴会、演讲……海尼森充斥着这些令杨反感的仪式。

可是，杨还是得走一趟海尼森。

3

交换俘虏并不是由两国政府进行的，因为两国政府都主张自己才是人类社会唯一的正统政权，互不承认对方的存在，也无意建立两国间的外交关系。

这如果是个人层面的问题，大家一定会嘲笑他们的顽固和愚昧。但站在国家的立场上，人们就会以权威或尊严之名容忍这种种恶德。

这一年二月十九日，俘虏交换仪式在伊谢尔伦要塞举行。双方均派军部代表出席，彼此交换名单后，在证明文件上签字。

银河帝国军与自由行星同盟军，基于人道与军规立场，决定释回彼此扣留之官兵，并保证以彼此之名誉确守执行。

帝国历四八八年二月十九日　银河帝国军代表齐格弗里德·吉尔菲艾斯一级上将

宇宙历七九七年二月十九日　自由行星同盟军代表杨威利上将

签字后，吉尔菲艾斯神采奕奕地笑着对杨说：

“形式上的仪式或许是必要的，但也让人觉得有些愚蠢，杨提督。”

“我也有同感。”

杨端详着吉尔菲艾斯。杨算是很年轻了，但吉尔菲艾斯更年轻，才二十一岁。宛如红宝石溶液染成的红发，怡人的碧蓝眼眸，高人一头的身材，这位俊逸出众的年轻人是银河帝国屈指可数的骁将，连伊谢尔伦的女性也对他十分仰慕。在亚姆立札会战中，杨曾直接和他交手，也知道他是莱因哈特的心腹，却很难对这位年轻人产生厌恶之感。

吉尔菲艾斯对杨似乎也有同样的感觉。辞别之际，两人的握手十分有力。

“真是让人心生好感的人啊。”

事后，尤里安也说了自己的感觉。杨点点头，想到竟然对敌军的指挥官比对己方的政治家还有好感，不禁感到有点奇妙。但许多时候，正面相对的敌人远比幕后的操纵者光明正大，这种情形并不稀奇，而且现在的敌人未必是永远的敌人，现在的伙伴也未必是永久的伙伴。

不管怎样，这下杨可以借着参加“遣返官兵欢迎典礼”，大大方方地返回海尼森了。

4

离开伊谢尔伦四个星期后，杨和尤里安终于抵达首都海尼森。两人避开了挤满两百万遣返兵、前来欢迎的家属以及大批记者，变得混乱不堪的中央宇宙港，在本地客运线和货运线专用的第三宇宙港着陆，随后搭乘无人驾驶出租车直奔军官宿舍。途中，在仓库和工人宿舍林立的哈其逊街，他们遇上了禁止通行的号令。警官们挥汗如雨地疏导群众，忙得不可开交，想借人力弥补地上交通中央控制系统的不足，但禁止通行的原因却不得而知。杨下了出租车，走向那对工作还有些生疏的年轻警官。

“怎么了，为什么不能通行？”

“没什么，请不要靠近，危险！”

警官的话前后矛盾，他神色慌张地把杨推回去。杨此时穿着便服，警官看来是没有认出他。一时间，杨有股冲动，想表明自己的身份问个水落石出，但最后还是一语不发地回到了无人驾驶出租车上。杨对行使特权的憎恶远比好奇心强烈。

两人绕了一大圈，好不容易才回到银桥街那所空了四个月的官舍，然后弄明白了到底是怎么回事。

打开立体电视的新闻频道，当时的情景立刻映入眼帘。

“最近，遣返士兵接连犯下罪行，今天哈其逊街再次发生惨案，目前尚未调查清楚，已知至少有三人遇害……”

播报员悲伤的表情和强加压抑的声音显得极不协调。

为摆脱战场上恐怖的死亡阴影，士兵们吸食迷幻药，滥用兴奋剂，成了毒瘾患者，然后又以这副模样重返公民社会。总有一天，恐怖和疯狂会像无形的岩浆般喷发出来，将所经之处化为焦土。

杨灵机一动，让尤里安从资料库调出关于犯罪行为的统计资料。他没有自己动手的原因是不知道如何操作电脑，并非故意支使尤里安。

杨的猜测没有错，和五年前相比，犯罪率增加了百分之六十五，相反，破案率却降低了百分之二十二。不但人心颓废，连警官的素质也日趋低下。

由于战事旷日持久，许多官兵阵亡沙场，军队只能不断补充兵员，结果造成社会上各行各业人力不足。医生、教育从业者、警察、系统管理员、计算机工程师……各行各业的人才大量减少，空缺的位置不是由生手接替，便是任其荒置。于是，支撑军队的社会日渐萎缩。社会衰弱，军队必然随之衰弱，而衰弱的军队又会损兵折将，如此一来又得再向社会要求补充兵员……

这种恶性循环，就是那名为战争的纺车编织出的重重矛盾。杨不禁想，应该让那些高唱“和平产生的腐败远比战争带来的破坏可怕”等论调的战争赞美论者看看眼前的社会景象。他们已经加快了社会崩溃的速度，却还要诡辩说自己是为了保护什么而战。

究竟是为了保护什么而战呢？

杨啪地丢开手中的资料，仰面倒在沙发上。他反复思考着这个问题，不得不扪心自问：自己所做的事情究竟意义何在？一想到自己做的事毫无意义，杨的心情就轻松不起来了。

第二天下午的典礼，照例在华丽空洞的辞藻和歇斯底里的狂热战争气氛中画上了句号。

“我觉得一辈子的耐心都在这两个钟头里耗尽了。”

杨走出会场，对等候他的尤里安大发牢骚。“的确让人受不了。”尤里安颇有同感。以前杨总是毫不隐讳地对这类典礼表现出反感，有一次甚至当全场都起立时，他兀自一人坐着。这次他只是嘴巴上嘟囔了几句“不知所云，无聊透顶”而已。

杨深深地吁了口气，好像要把刚才在会场吸进去的“毒气”都排出来。忽然，他看到前面的街道上，有一伙大约有一百人的群众身穿绲红边的白色长袍，高举“还我圣地”的标语，嘴里不知在吟唱什么，缓缓地向前走去。

“那边是怎么回事？”

杨问身旁的年轻军官。

“噢，他们是地球教的信徒。”

“地球教？”

“您不知道吗？这个团体最近风头正劲，迅猛扩张。至于他们所崇拜的神，便是地球。”

“崇拜地球……”

“人类的故乡是地球，也就是所谓的至上圣地，现在由银河帝国统治。他们希望凭借武力夺回地球，在上面兴建引导全人类灵魂的大圣堂。他们宣称为达成这个目标，不惜付出任何代价也要共赴圣战……”

杨一时目瞪口呆。

“他们不是认真的吧？这种事根本不可能！”

年轻军官正色应道：“我倒不这么想……我们是正义的一方，最重要的是，杨提督，我们拥有像您这样伟大的军人，所以一定能消灭残暴的银河帝国，夺回地球，不是吗？”

“哦，事情没有那么简单。”

杨掩饰着心里的厌恶答道。

不论在哪个时代，总有狂热的信徒。尽管如此，这件事也太荒谬了。

地球的确是全人类的母星，但说得极端些，它不过是感伤主义的对象罢了。八个世纪前,地球便不再是人类社会的中心了。随着文明的范围日益扩大，人类社会的中心也随之转移，这个道理有历史可以证明。

为了夺回边境上一个衰老的行星，牺牲数百万人的生命也无妨——这种念头是从何而生的?

“说到地球教，倒是让我想起一个类似的团体，忧国骑士团现在怎样了？”

“不太清楚，但据说有很多团员加入了地球教。嗯，因为他们的想法非常相似，就一拍即合了吧。”

“背后的靠山也是同一群人吧？”

杨的声音压得很低，军官似乎没有听到。

晚宴时间还没到，杨和尤里安想先回军官宿舍休息。坐上无人驾驶出租车后，杨陷入了沉思。

很久很久以前，地球上有所谓的十字军。他们以夺回圣地为借口，借神的名义侵略他国、破坏都市、掠夺财宝、虐杀住民，非但不以为耻，反而向世人夸示迫害异教徒的功绩。

这个历史的污点，是由无知、狂热崇拜、自我陶醉和心胸狭隘所造成的。事实上，那些毫不怀疑地信奉神与正义的人，往往会做出最残忍、最凶暴的事来，十字军便是对这个道理的惨痛的证明。然而，两千五百年过去了，地球教信徒仍企图在宇宙中再次上演那愚昧荒唐的一幕。

有一句名言如是说："好施善行者喜欢一个人默默耕耘，盲信愚行者希望有同伴并肩。"杨可不愿成为跟随他人做出愚蠢行径的人的同伙。

然而"夺回地球运动"是否只是表面上看到的盲信愚行呢？

在十字军背后操纵一切的是威尼斯、热那亚等地的海上商人，他们的目的不外乎削弱异教徒的势力，独占东西方贸易。支撑狂热信仰的正是这个包藏祸心的企图。这段历史倘若重演……

躲在背后的莫非是第三股势力——费沙？

这个想法闪过脑际，杨不禁愕然。出租车座位本来就不宽，他忽然急促地挪了挪身体。尤里安不禁好奇地瞪大眼睛看着他，问他怎么回事。杨含糊应了几句，又陷入沉思之中。

站在费沙的立场来看，他们应当希望帝国和同盟为争夺地球彼此痛恨、互相残杀，这是可以想见的。不过一旦帝国与同盟垮台，秩序破坏殆尽，对以商业立国的费沙反倒是一大困扰吧？费沙若不能根据自己的意志和计划控制这场运动，他们的煽动就变得毫无意义。但可以肯定，盲目信仰的能量最后势必会突破防线爆发开来，费沙应当明白这个道理。

莫非他们真的志在以武力夺回地球，恢复过去的光荣？

"实在搞不懂，费沙到底在打什么主意……"

杨喃喃自语，想着想着苦笑起来。地球教背后的主谋还未必是费沙呢，自己倒先杞人忧天了，岂不可笑？

回到军官宿舍，杨想喝一杯消除疲劳。他扬声叫尤里安：

“给我倒杯白兰地好吗？”

“有蔬菜汁啊。”

“嗯……你认为蔬菜汁可以消除疲劳吗？”

“您认为它可以，它便可以。”

“咦？这句话是谁教你说的？”

“在伊谢尔伦，周围都是老师。”

卡介伦、先寇布这几位“挖苦专家”的嘴脸浮现在脑际，杨哼了一声。

“还是应该好好选择少年时期的教育环境。”

尤里安放声笑了出来。“只能喝一杯哦。”他一边叮嘱，一边端来白兰地。

5

和先前的典礼比起来，宴会要显得有趣一些。

政治家、资本家和高级官僚继续发表欠缺幽默感的冗长致辞，但内容毕竟不是那种歇斯底里的高谈阔论了。

杨在伊谢尔伦也举办过促进军民交流的派对，但身为最高负责人，他始终都是自成一派的个人作风。大家要求他致辞时，他只说了一句话：“祝大家玩得尽兴。”

军中和民间都不乏热衷演说的名士，但像杨这样位高权重的人，致辞都是一句带过，其他达官贵人也只得长话短说。

“杨提督的两秒致辞”成了伊谢尔伦的一大特色。

这位黑发提督还健在的时候——而且是相当年轻的时候，就成了传说中的主角。在宴会上,他也勾起了名媛淑女的好奇心，于是他的嘴巴只好用来应酬女人们的话题，完全顾不上吃东西。

“杨提督怎么没有佩戴勋章呢？”

“因为勋章太重了，戴着那些东西走路，我的腰就直不起来了。”

“哎呀，是吗？”

“我的被监护人告诉我,走路弯腰驼背,看起来像个老头儿。”

女人们笑得开心，说话的人却不见得多么快活。这只是为自己的薪酬所作的妥协罢了。

广阔的会场一角，尤里安坐在椅子上，无所事事地望着熙来攘往的人群。多达万名的出席者无一不是赫赫有名之士，可谓气派壮观。

同盟元首——最高评议会议长特留尼西特也在其中。他是大家公认的花言巧语能手。杨对他极其厌恶，厌恶到只要这个人出现在电视画面上，就关掉电视。而另一方面，特留尼西特似乎也尽量避免和杨碰面。

过了一会儿，杨敏捷地逃出了女人们的包围圈。

“尤里安，咱们该溜喽。”

“是，提督。”

两人的行动配合得天衣无缝。尤里安到柜台领回背包，杨到洗手间换上不起眼的便服，将礼服塞进背包里。随后两人悄悄步出会场，谁也没有注意到他们。

米海洛夫的店——说它是店未免有点夸张——位于以工人为主的平民区一角、克特威尔公园的入口处，是一处二十四小时营业的小吃店。

那些收入微薄但拥有年轻和希望的情侣经常来这里买食物和饮料，然后坐在夜灯下的长椅上细诉衷情。

店主米海洛夫勤劳能干，曾是军队里的厨师。他忙起来的时候,无法逐一和顾客打招呼。当一列奇特的组合——一位老人、一位青年和一位少年走过来的时候，由于灯光很暗，他也没有注意。

三个人点了炸鱼、法式炸马铃薯、法式乳酪派和奶茶，坐在一张长椅上大吃起来，仿佛是三代人一起郊游野餐，因为他们刚才在派对上都没能好好享用餐点。

“唉，为了避人耳目跑到这种地方说话，真是麻烦。”

“我觉得很有趣。想起在军校的时候，常常为了不遵守宿舍的关门时限绞尽脑汁。”

如果知道眼前这位老人是同盟军宇宙舰队司令长官比克古上将，青年是伊谢尔伦要塞司令杨上将，米海洛夫老板和别的客人必定会哑然失声。这两位将军是从刚才的宴会上溜出来，到这里歇歇脚的。

炸鱼和炸马铃薯之类的便餐勾起了杨的思乡之情。军官学校时代，杨经常和他的狐朋狗友罗伯·拉普一起溜出宿舍，到这种便宜又可口的小吃店来满足青春期的食欲。

以他们的酒量，喝葡萄酒就够了，却点了德国威士忌之类的蒸馏烈酒。大过酒瘾后，他们刚迈出小吃店就一头栽倒在人行道上，一动不动。小吃店老板联系了洁西卡·爱德华，她连忙赶到，把两人移到店内看护，以免被严厉的教官们发现。

“罗伯·拉普，杨威利，睁开眼，振作点！天亮前没赶回宿舍的话，后果不堪设想哦。”

洁西卡给两个大醉的年轻人冲了咖啡。咖啡没有加糖，但喝起来却有种奇妙的甘甜。

罗伯·拉普在去年的亚斯提会战中阵亡了。已经和他订婚的洁西卡·爱德华当选为德奴仙行星区的议员代表，是反战和平派的急先锋，在同盟议会中占有一席之地。

一切都变了，时间的脚步依旧向前推进，小孩子长大成人，成年人渐渐老去，增加的只是无法挽回的遗憾。

老提督的声音打破了杨对往昔的追忆。

“好了，这里谁都不认识我们。你不是有话要告诉我吗？”

“是。”

杨用奶茶把几条炸鱼送进胃里，徐徐开口：

“最近，这个国家可能会发生政变。”

杨的语气显得漫不经心，但正要张嘴吃东西的老提督的手停在了半空中。

“政变？”

“嗯。”

这是杨的结论。他语气淡然，但十分详尽地分析了罗严克拉姆侯爵的意图，并说尚不知发动政变的人是否直接受到侯爵的控制。比克古听罢点头赞同。

“的确相当合理。但罗严克拉姆侯爵真认为政变会成功？”

“对罗严克拉姆侯爵而言，不成功也没关系。从他的角度来看，能使同盟军分裂就达到目的了。”

“原来如此。”

老提督用两手捏扁了空纸杯。

“不过……他既然要唆使发动政变，就得让发动者相信政变会成功。他大概会制订一份缜密的计划，而且看上去成功的几率非常高。”

“嗯……”

“地方性的叛乱即使规模再大，只要其他地方不发生连锁反应,就不可能动摇中央政权。最有效的手段是直入首都控制核心，一旦权力核心成为人质，我们便束手无策了。”

“言之有理。”

“最麻烦的是权力中枢同时也是武力中枢。叛军虽然蜂拥四起，但如果以有组织的强大武力直接镇压，叛军必败无疑，所以即使叛军成功，也不过是昙花一现罢了。”

杨把最后一块炸马铃薯放进嘴里。

“因此，他必须一面在首都夺取权力中枢，一面在地方发动叛乱，将二者有机结合起来。”

随着年轻司令官分析的深入，坐在杨身边的尤里安眼睛益发闪闪生辉。这是杨几个月来深思熟虑的结果。

“也就是说，他们必须分散首都的兵力，而要达到这个目的，得先在边境发动叛乱，届时军队必定出动镇压。等到军队尽出，他们再全力控制首都。进展顺利的话，结果将如我们想象的一样精彩。”

“我刚才也提到，罗严克拉姆侯爵并不一定要使政变成功，只要使同盟分裂混乱，同盟便无暇介入帝国内部的动乱，如此一来，他的目的就达到了。”

“一想起来还真麻烦。”

“做起来才麻烦。但指使人去做，自己倒不用费多少力气。”

杨心想，对那个胆大包天的金发年轻人而言，这件事只是茶余饭后聊作消遣的小游戏罢了。

“连你也不知道谁在支持政变吗？”

“要知道这件事实在太难了。”

“如此说来，我应该防患于未然才行。”

“如果政变发生了，即使能够镇压，也得派出庞大的兵力，耗费相当长的时间，还会造成损伤。但如果能事先防范，到时候只要一个宪兵中队就可以解决。”

“的确，真是责任重大啊。”

“另外，我还有一件事要拜托您。”

“哦？”

杨的声音压得极低，老提督把耳朵凑上去。

坐在近旁的少年尤里安听不到他们的谈话，觉得有点沮丧。但如果对他有益，杨一定会一五一十地告诉他。况且光是刚才的谈话，就足以让他心绪激荡了。

“好，我明白了。”比克古用力地点点头。

“在你离开海尼森前，一定交到你手中。但老实说，那种东西还是别派上用场为妙。”

杨把装炸马铃薯的空纸袋吹胀，然后用手拍破，响亮的爆裂声把周围的客人吓了一大跳。

“对不起，给您添麻烦了。由于事关重大，我不能轻易对别人说，只好麻烦您。”

杨将纸袋揉成一团，向外抛去。这时半球形的机器人清洁车伴着二十年前的流行老歌轻快地走过来，拾起纸团放进自己的身体。比克古也把纸袋扔进机器人清洁车，抚摸着略微凹陷的下巴站起来。

“那么，我们回去吧。你多保重。”

老提督的身影消失在夜晚的街道上，杨和尤里安也起身离去。

尤里安和杨并肩走向无人驾驶出租车的车站时，忽然想到，谋划政变的人现在或许也在某个角落密谈这件事吧。

尤里安说出这种感觉，杨绽开笑容，说道：

“是啊，他们可能带着更严肃的表情，吃着比我们刚才吃的更高级的食物吧。”

6

这是个没有窗户的房间，连显示房主个性的家具也没有，很是无趣。房间里灯光昏暗，会议桌旁围坐着大约十位男子，他们的脸也模糊不清。

“好了，那再确认一次。”

响起的声音十分低沉，却让每个人都转头看向同一个方向。墙壁的一部分做成了显示屏，上面显示着由天顶向下俯瞰的自由行星同盟领域的星图。

“第一场攻击，发动地聂普帝斯行星，标准历四月三日。”

星图的右下方有个闪闪发光的红色小点，在与会者中引起了小小的骚动。

“该行星距离海尼森一千八百八十光年，位于第四边境星区的中心，是宇宙港和物资集散中心，也是恒星间的通信基地。别忘了，四月三日！该地区起义的负责人是哈贝……”

被叫到名字的男人挪挪黑色的身影，缓缓地点点头。

“第二场攻击，发动地卡佛行星，标准历四月五日。距离海尼森两千零九十二光年，地点在第九边境星区……”

第三场攻击的发动地是帕尔梅伦多行星，四月八日。第四场攻击的发动地是香普尔行星，四月十日。从星图上来看，四处发难的地点都在以首都为中心的假想球体表面附近，彼此相隔遥远。政府的镇压部队必须分别派往各个方向。

“如此一来，首都海尼森便成了武力真空地带。届时，我们便有机会以少数兵力控制要害。”

同盟最高评议会、同盟议会、同盟军统合作战本部、军事通信控制中心等各个占据目标被一一列举出来，攻击时间、指挥官及人数等也确认了。至于细节部分，此前讨论了十多次，与会人员对全部的计划和自身负责的任务都了如指掌。

与会者有一个共识，他们认为自由行星同盟按照现有趋势发展下去，必将走向灭亡。一方面是因为去年的亚姆立札会战败北带来的巨大打击，另一方面则是因为政治的腐败、经济及社会的急剧衰退，大大加深了他们的危机感。

现在的政客们实在不值得信任。把权力当扑克牌耍的家伙应该统统被清除。

主席环视着在座的每一个人。

“我们必须亲手净化失去理想、腐败至极的群愚政治。这是一场正义之战，想重建国家，这是一道必经的关口。”

听得出这声音十分冷静，与疯狂信仰者的自我陶醉不同。在座的人都点头赞同，显然此人深孚众望。

“不过，这里有个关键人物。”

男人的声音严肃起来，其他人也稍稍端正了一下坐姿。

“这个人就是伊谢尔伦要塞司令官杨威利提督。他不在首都，所以没有邀请他加入我们，但如果各位有什么意见……”

男人止住声音，众人开始议论纷纷。

“我们要不要邀请他加入？这个人谋略出奇，又是众望所归，对我们大大有利，而且伊谢尔伦的战略价值也不容忽视。”

“如果让他成为我们的同道，我们就可以挟海尼森和伊谢尔伦控制全部领土，发挥四两拨千斤的效果。”

“但没有时间了，在三月末展开行动之前，日程表已经排得满满的，有办法说服他吗？”

“没必要让那种人成为同道吧？”

同座之中，这个声音最年轻，奇怪的是他语气森然，欠缺活力。刚愎强硬的语调和声音的质感存在一种微妙的不协调。其他人的热烈讨论一下子冷却下来。主席用责备的语气说道：

“不要感情用事，但想说服杨成为同道，时间的确不够。我们可以在举事之后再考虑。从地理位置来看，镇压香普尔一地起义的任务，必定是由杨负责……”

从伊谢尔伦到香普尔，以最大的速度——瓦普跳跃航行法来行进，也要五天时间。从这里发送首都发生政变的报告到香普尔，再从该地全速赶回首都，至少要二十五天，合计是三十天。这段时间内完全能将首都控制于掌中。而且只要有那个厉害无比的防空系统——十二颗迎击卫星组成的“处女神的项链”，即使是“奇迹的杨”，要拿下海尼森也没那么容易，只会陷入进退两难的窘境。

“到那时候再找杨商谈，或许就能轻易地说服他加入我们。目前我们应该按照预定计划行动，掌握权力中枢后，便能扩大新体制的实力和权威了。”

“有个提议……”

和先前一样，年轻而阴气沉沉的声音再次吸引了全场的视线。

“我们应该送一位同道者到伊谢尔伦去监视杨，如果他采取任何不利于我们的行动，就立刻杀掉他。”

过了一会儿，有几个人发出赞成的声音，因为要成功就必须排除危险因素。

“有没有人反对？好吧，我们就采用这个建议，尽快找出适当人选。”

话是这样说，主席的声音却显得不太热衷。

一位坐在角落不发一语的男子深深地叹了口气，呼出的气息充满酒味。他手里拿着一瓶已经喝掉一半的罗沙兰威士忌。

这个男人名叫亚瑟·林奇。

充满恶意的咒骂像啤酒的泡沫一般，浮现在林奇的心头。

跳吧，跳吧，让大家在命运的手掌中疯狂地跳吧。有人会在中途失足滚落，有人却要跳到死为止，就看各人的能耐了。

林奇自己也搞不清究竟是希望政变成功还是失败。从九年前开始，他似乎就对自身的未来漠不关心了。

在此之前，林奇的人生并非如此悲观消极。不论在前线执行勤务，还是处理事务工作，他都做出了一些成绩，在四十岁左右晋升为少将，人人以阁下相称。但是他走错了一步。

在艾尔·法西尔星域与帝国军交战时，他被一种莫名的恐怖俘虏，舍弃部属和民众企图逃亡，结果被帝国军俘获，成了阶下囚。他虽然保住了性命，却成了同盟军的耻辱。从此，卑劣鼠辈的污名便如影随形。

那么，事情会如何转变呢?

林奇闭上眼睛。酒精与虚无感交织成厚重的帘幕，帘幕的另一端映出一个行星的模糊轮廓。

在那个行星——一万光年之隔的银河帝国首都奥丁，赋予他这项任务的莱因哈特·冯·罗严克拉姆侯爵锐利而野心勃勃的目光，正穿透辽阔的星海疾射而来。

Chapter 2
起火点

1

林奇被传唤晋见银河帝国军宇宙舰队司令长官莱因哈特·冯·罗严克拉姆侯爵，是去年十一月的事。前不久，莱因哈特刚在亚姆立札星域大破侵犯帝国领域的同盟军。

在艾尔·法西尔星域被捕蒙羞之后，林奇便在边境星域的某个矫正区打发日子。

帝国境内没有所谓的俘虏收容所，叛军官兵一概被归为反对帝政的严重思想犯，为“矫正其思想道德”，便把他们收容在这种地方。

在广大的矫正区里，粮食还算能自给自足。帝国军监视着边界线，每四个星期供应一次医药用品和衣物，并不太干涉这些被收容者。这并非因为帝国军格外宽大，而是碍于预算和人手的不足。帝国虽然实施征兵制，但人力资源毕竟有限，不可能顾及边境星区的每一个角落。如果思想犯之间起内讧互相残杀，帝国反而乐得省事，高兴都来不及。

相对而言，在自由行星同盟这边，刚开始对帝国军的俘虏以礼相待，这是一种心理战术，使他们切身体会到自由社会体制的好处，进而加以教化。但经过一个半世纪连绵不绝的战乱，自由行星同盟也无力再摆排场了。最近俘虏们的待遇处于社会与监狱的中间值。

林奇和他昔日的部属住在其中一个聚居地。后来，新搬进来的士兵们说出了他在艾尔·法西尔的丑行，其他俘虏便对他冷眼相向。

林奇借酒逃避现实，任人责骂，毫无辩解的余地。他也只能这么做。从新来的俘虏口中，他得知妻子已宣布和他脱离关系，带着两个孩子回娘家了。他日渐沉溺于酒精，声誉更是跌落到谷底。现在连昔日的部属看到他，目光中也会充满露骨的轻蔑和嫌恶。

这时，一艘驱逐舰出现了，把他带往帝国首都奥丁。

莱因哈特·冯·罗严克拉姆侯爵和杨威利不同，初见之下，外表气势非凡。

二十岁的他身躯修长匀称，散发着优雅与矫健合而为一的和谐之感，光华四射的金色头发比去年长了许多，看起来像是狮子的鬃毛。洁白无瑕的肌肤和秀丽端正的眉目，仿佛集造化女神的宠爱于一身。只是那天使般的冰蓝眼眸不时放射出锐利而激烈的目光，令人不敢正视。或许该说，那是一双热切渴望凌驾于神之上的堕落天使的眼睛。

“林奇少将？”

卫兵们架着林奇，命令他坐到莱因哈特桌前的椅子上。莱因哈特的声音并不温和，他自己也感觉到了，但无意改变，因为眼前是人人唾弃的无耻之徒。

“你是……”

“莱因哈特·冯·罗严克拉姆。”

林奇睁开了布满血丝的混浊眼睛。

“啊？是你啊……真是年轻啊，太年轻了。知道艾尔·法西尔吗？几年前了……你……那时是个孩子吧……我是少将呢……”

一位年轻的高个儿红发军官站在莱因哈特左侧，碧蓝色的眼睛里流露出嫌恶和怜悯的神色。

“莱因哈特阁下，这种人有用吗？”

“当然有用，吉尔菲艾斯。如果没用，这个人也就没有活命的价值了。”

年轻的金发元帅看了看林奇，视线宛如一道疾射而去的冰冷剑光。

“好好听着，林奇！我不再重复。有个任务要你去完成，事成后会给你帝国少将的地位。”

林奇一时反应不过来，但这却是千真万确的事。他那混浊泛红的眼睛深处，仿佛点燃灯火一般，发出了光芒。林奇猛地甩甩头，像是要甩开盘踞在脑中的酒精毒雾。

“少将……哈哈哈，少将啊……”

他伸出舌头舔了舔嘴唇。

“这倒是不错。那你要我做什么？”

“潜入你的国家，煽动军队内部的不满之人，策动政变。”

过了一会儿，一阵怪异的笑声让空气震荡起来。

“嘿嘿嘿，不要做白日梦了。那怎么可能？你没喝醉吧？”

“可能。这是计划书，遵照执行必定能成功。”

林奇眼中再次泛起迟滞的神色。

“但是，潜入行动失败的话，我会死的。一定会死的，会被杀死的……”

“那时你就死吧！”

莱因哈特的声音像长鞭般撕裂了空气。

“你认为现在的你还有活着的价值吗？你是个懦夫，舍弃了应该保护的百姓，丢下应该指挥的士兵自顾自地逃亡，厚颜无耻！没有人会为你说话！事到如今，你还珍惜生命？”

这些话字字句句都刺激着林奇那被酒精侵蚀的薄弱意识，让他明白双方在意志的强弱上有本质的区别。他全身颤抖，汗流浃背。

“没错，我是懦夫……”

他喃喃自语，声音很微弱，却很清楚。

“事到如今，我已经没有机会洗刷污名了。倒不如索性做个彻头彻尾的懦夫，恬不知耻地活下去……”

他抬起头，眼中的混浊尚未消失，但眼眸深处却燃起熊熊烈焰。

“好，我明白了，我干。真的会给我少将的地位吧？”

他的声音中又现出了十年前的雄劲锐气。

2

“计划如果能成功，杨对国内情势尚且自顾不暇，根本无力插手帝国战场。”

林奇离去后，莱因哈特抬头望着红发好友说道。

“是的，一旦国内和平被打破，叛军也就束手无策了吧？”

“和平？吉尔菲艾斯，所谓的和平，是指那种无能并非最大罪恶的幸福时代。看看那些贵族！”

莱因哈特舌锋辛辣。

帝国在表面上与同盟进行着旷日持久的战争，但在帝国内部，贵族阶级却无忧无虑地享受着“壁垒内的和平”。在相隔数千光年的黑暗虚空中，士兵们负伤倒下，在死亡的恐怖中战栗。与此同时，皇宫的水晶吊灯下却上演着华丽的舞会。上等的香槟、用红酒腌过的烤鹿肉和巧克力点心，还有纯白的波斯猫、蓝珍珠发夹、琥珀壁饰、传承数世纪的白瓷花瓶、黑貂毛皮、镶缀无数宝石的长裙，以及色彩缤纷、光泽夺目的彩色玻璃……

此情此景——这种悲惨而又荒谬的对照，就是现实吗？

是的，这就是现实。

那么，现实必须加以改变。

第一次参加舞会时，冰蓝色眼眸的少年便有这种感慨。

这种感慨立刻转化成坚定的意志。此后舞会和宴会对莱因哈特而言，便成了观察日后的敌人的场所。后来经过多次观察，莱因哈特得出一个结论：衣香鬓影、光彩照人的大贵族们，没有一位值得费尽心机防范。

他只对吉尔菲艾斯说出了自己的看法。

“我也认为贵族并不足惧。”

从那时开始，吉尔菲艾斯对莱因哈特采取了谦顺的态度。

“但是，对‘贵族们’则必须注意。”

莱因哈特听了，惊讶地望着好友。

集团的统一意志不可轻忽——即使没有统一的意志，出于对共同敌人的憎恶和对自身利益的维护结成的集团也不能轻视。和正面的敌人刀剑相交之时，或许有人会从背后捅来匕首。

“知道了，我会小心的。”

莱因哈特回应道。隐藏在他体内的那股如长剑般的锐气，总是在这位好友的遮掩之下趋向缓和。

另外一位能抑制他锋芒的人，便是比他大五岁的姐姐安妮罗杰。

她十五岁时被先帝佛瑞德李希四世纳入后宫，从此便对未来放弃了希望。获赐格里华德伯爵夫人的封号后，她把莱因哈特从几近人格分裂的父亲身边接过去，也成为与莱因哈特亲如兄弟的吉尔菲艾斯的后盾，是两个人最强有力的保护者。

而如今，曾在她保护下的两个人已比她高了许多，挂着提督的头衔，在宇宙战场上纵横驰骋。但每当出现在她面前，两人就会立刻回到那逝去不远的少年时代，重温那段单纯甜美、闪闪生辉的日子。

先帝佛瑞德李希四世因为生活糜烂放荡而猝死。此后，银河帝国的统治阶层便断断续续地掀起动荡的波涛。

首先是五岁的艾尔威·由谢夫登基成为新皇帝。他虽是佛瑞德李希四世的直系嫡孙，但即位后便招致两大贵族的愤恨和嫉妒。

这两大贵族就是欧特·布朗胥百克公爵和威尔罕姆·立典亥姆侯爵。他们分别娶了佛瑞德李希四世的两个女儿，并各自生下了女孩。他们企图让自己的女儿即位为女皇，自己成为摄政王，进而统治整个帝国。

他们的野心破碎之后，便联合起来对付共同的敌人，发誓要报仇。他们的敌人便是小皇帝艾尔威·由谢夫二世，以及在幕后支持他的两大重臣——七十五岁的帝国宰相克劳斯·立典拉德公爵和二十岁的莱因哈特·冯·罗严克拉姆侯爵。

至此，银河帝国的统治阶层分裂为两派。一派是拥护皇帝派，以立典拉德和莱因哈特为枢轴；另一派是反皇帝派，由布朗胥百克与立典亥姆联手主阵。

许多人对帝国的未来忧心忡忡，同时担心自身安危，都希望保持中立，但日益险恶的局势却使他们无法置身事外。

到底该依附哪一方以求生存？哪一方才名正言顺？哪一方握有胜算？这都考验着他们的判断力和洞察力。

在感情上，他们从一开始便倒向布朗胥百克公爵这一方。但是众所周知，莱因哈特是个战争天才，因此他们很难下定决心，不断在感情和私心之间摇摆。

“贵族们忽而偏右忽而偏左，举棋不定，绞尽脑汁也分辨不清究竟该站在哪一边，真是近来最有名的一场喜剧。”

莱因哈特对帝国宇宙舰队总参谋长巴尔·冯·奥贝斯坦中将说过这样的话。

“最后如果不是以快乐的结尾收场，就不能称为喜剧了吧？”

奥贝斯坦并不是轻浮的人，人们都以为他完全没有幽默感。他才三十多岁，但头发已经半白，义眼内装着感光电脑，放出冷峻的光芒，薄唇总是紧紧闭着，表情让人无法生出好感。而且不管别人如何批评，他总是一副毫不在乎的样子。

“无论如何，阁下只管静观其变，等着敌人溃不成军的景象吧。”

“是啊，我会耐心等待。”

当然，莱因哈特并没有坐着空等。他运用各种狠辣的策略，迫使大贵族在毫无胜算的情况下陷入盲目的愤怒。他们歇斯底里地爆发,正中莱因哈特的下怀。他就好像追逐美丽蝴蝶的少年，倾尽满腔热情，全力以赴地运用这些策略。

“不必真的把贵族们逼到死角。”

莱因哈特一面用优雅修长的指尖把玩着好友的红发，一面说：“只要让他们相信自己已经走投无路就行了。”

事实上，所有贵族如果能团结一致，武力和财力绝对远远超过莱因哈特。尽管如此，他们却担心这样下去会坐以待毙，心急火燎地要发动攻击。这种缺乏平衡感的反应让莱因哈特觉得可笑。

莱因哈特的头脑已不再是少年了，但感情上还保留着很多少年心性。他憎恶敌对的人，但如果对方的言行举止颇有个性、值得注目，那么即使谈不上具有美感，他也会在好奇心的驱使下大感兴趣。现在贵族中已找不到这种人了，莱因哈特不免有点怅然。

3

玛林道夫伯爵弗兰兹是一位温和而明智的人物，不仅是贵族，连领地内的人民也对他爱戴有加。

关于目前的情势，他也茫然不知如何自处，每日唯有抱头沉思。如果能保持中立就好了，但有可能吗？

这一天，他的长女希尔德从奥丁的大学回家探亲。

希尔德就是希尔格尔·冯·玛林道夫伯爵小姐，年方二十。

她那一头暗色调的金发俏皮地飞扬，容貌俊美，若不是有一对灵活生动、光华流转的青绿色眼眸，会让人觉得美得不像人类。双眸中散发出灵动的智慧与生气，使她看起来像个富有冒险精神的少年。

“小姐，您看起来精神很好。”

两颊红润的老仆人弓着肥胖的身躯，走到大厅欢迎她。

“你也是啊，汉斯。我爸爸呢？”

“在日光室，要我去通知他吗？”

“不用了，我自己去就行了。哦，请帮我冲杯咖啡好吗？”

除了胸前围着一条粉红色的披肩，伯爵小姐的穿着看起来和男孩子没两样。她踏着轻快的步伐穿过走廊。

宽阔的日光室内，靠窗的地方放着一组沙发，玛林道夫伯爵正在阳光下埋头思考。听到女儿的声音，他抬起头，露出笑脸，向她招招手。

“您在想什么，爸爸？”

“嗯……没有，不是什么要紧事。”

“这可真是令人放心。银河帝国的命运和玛林道夫家族的未来，竟不算什么要紧事。”

玛林道夫伯爵大吃一惊，全身为之一震。他绷起脸望着女儿。

希尔德一脸淘气地望着父亲，但表情似乎还在追问什么。

家仆汉斯用银托盘端来咖啡，在他退出前，室内寂静无声。女儿首先打破了沉默。

“现在您决定怎么做，爸爸？”

“我希望保持中立。但如果非得站在哪一边不可，我会选择布朗胥百克公爵。身为帝国贵族，我……”

“爸爸！”

女儿锐利的声音和神色打断了父亲的话。

父亲诧异地看看女儿。女儿青绿色的眼眸闪耀着强烈的光芒，仿佛火苗在宝石中灼灼起舞，有一种异样的美感。

“有一个所有贵族都不敢正视的事实。人一生下来就注定要死，国家也有灭亡的时候。自从文明在地球这个小小的行星上诞生以来，没有一个国家最后不是归于灭亡。为什么唯独银河帝国——高登巴姆王朝能够成为例外？”

“希尔德……希尔德……”

“高登巴姆王朝延续了将近五百年。”

胆大的女儿使用了过去时。

“在这期间，高登巴姆王朝统治全人类达两百年以上，集权力和财富于一身，为达目的无所不用其极：杀人、强夺人家的女儿、制定对自身有利的法律……”

她气势逼人，只差没拍桌子。

“这个王朝一味为所欲为，就算即将落幕，又怎能怪罪他人？不，应该说它享受了五百年的荣华，已经谢天谢地了！失去这一切也是天经地义的。”

听了这番革命派的激烈言辞，温和的父亲不禁目瞪口呆，过了好一会儿才鼓起反驳的力气。

“可是，照你说来，站在罗严克拉姆侯爵这边就有道理吗，希尔德？”

“有。”

“有什么理由？”

父亲的声音中充满了怀疑，同时也隐含着寻求支持的用意。

“理由有四，您愿意听吗？”

父亲点点头。女儿所说的四个理由如下：

其一，莱因哈特·冯·罗严克拉姆侯爵拥护新皇帝，遵照皇帝的命令讨伐反叛者，可以说名正言顺。与此相反，布朗胥百克公爵和立典亥姆侯爵一方，不过是为了满足个人野心，处心积虑地想挑起私人战争罢了。

其二，布朗胥百克公爵集结了大部分贵族，兵力强大，玛林道夫家族即使加入，也轻如鸿毛。相对的，罗严克拉姆阵营处于劣势，如果加入这一边，不仅能增强他的势力，还具有政治上的效果，他日后对玛林道夫家族必是礼遇有加。

其三，布朗胥百克公爵和立典亥姆侯爵只是暂时联手，毫无同心协力的诚意。对军队而言，指挥系统不统一是最严重的致命伤。相对的，罗严克拉姆阵营则在统一的指挥系统和意志下行动，不管中间过程如何演变，最后的胜利属于何方不言自明。

其四，莱因哈特·冯·罗严克拉姆侯爵不是门阀贵族出身，部属中的重要人物也是如此，自然广受平民阶层爱戴。两边阵营的士兵都是平民，光靠军官是无法作战的。反观布朗胥百克公爵等人的阵营，士兵们越来越厌恨贵族出身的军官，最后甚至会导致暴动或造反，内部很可能完全崩溃……

“怎么样，爸爸？”

希尔德下结论时，玛林道夫伯爵一言不发，只是一个劲儿擦汗。他无法反驳女儿。

“我认为玛林道夫家族应该倒向胜利者罗严克拉姆侯爵这一方，为了表示忠诚，应该献上我们的领地和人质。”

“领地倒没问题，献上也罢，可是人质不行。这种事……”

“要是本人愿意呢？”

玛林道夫伯爵大吃一惊。

“难道……你……”

“嗯，我去。”

“希尔德！”

父亲张口结舌，女儿却若无其事地往咖啡里加了好多奶油和砂糖。她苗条的身躯里蕴藏着无比的自信。

“我要谢谢爸爸，让我生在了这个有趣的时代。”

“……”

“我不能改变历史，却可以体会历史如何演变，历史中的人物如何生活、如何死去。”

希尔德喝了口咖啡，然后站起来，两手轻轻抱着父亲的头，脸颊贴近那缺少光泽的棕色头发。

“爸爸，不要担心。不管发生什么事，不管要我做什么，我都会守护玛林道夫家族。”

“一切就全交给你了。”父亲的声音恢复了平静，“无论结果怎样，我都不后悔。没有必要为了玛林道夫家族牺牲你，反倒该为你设想，以玛林道夫家族为工具，替你铺好未来的路。好吗？”

“爸爸……”

“好好保重自己的身体……”

女儿转过脸吻吻父亲的额头，而后像翩然飞舞的蝴蝶，转身离开日光室。

4

经过六天的旅程，希尔德来到了首都奥丁。其实以她的感觉，说是回到奥丁更恰当些，毕竟她已在奥丁生活了整整四年。

希尔德在宇宙港搭乘无人驾驶智能车，直接前往莱因哈特的元帅府。或许是由于情绪高昂，她一点也不觉得疲累，反正事后要休息多久都可以。

“您预约过会面的时间吗，小姐？”

窗口中，一位年轻军官问道。他身上佩戴着“流肯中尉”的名牌，样子却还像个少年。

“没有。不过这关系到许多人的生命和希望，元帅阁下一定会见我的。麻烦您代为转达，好吗？”

美丽的姑娘一脸严肃，不过其中有三分是演技。看到她的样子，流肯中尉顿时显出了骑士风度。他请希尔德稍等一下，并联络了好几个地方。过了一会儿，他快活地露出笑脸，仿佛自己的事情办成了一样。

“您可以见元帅阁下了。请搭四号电梯上十楼。”

“谢谢，真是麻烦您了。”

希尔德衷心地表达了谢意，走进本身即为武器探测装置的电梯。

这天，莱因哈特正在等一份报告，而那份报告却迟迟没有送过来。正在这时，他听说有位美丽的姑娘前来拜访，不禁很感兴趣。他并不把美丽的女人看在眼里，但看见希尔德那不施脂粉、自然灵动的美貌，还是有点惊讶，她一点也不像贵族人家的女儿。

“很可惜，吉尔菲艾斯不在。”在接待室的沙发上坐定，莱因哈特开口说道，“他和玛林道夫家族也算有点缘分，你知道吗？”

“当然知道。在去年的卡斯特罗普动乱中，他救了家父一命，但我们未曾谋面。”

“对了，你找我有什么事吗？”

一个像小学生般的少年端来咖啡。莱因哈特拿起奶油罐时，希尔德说道：“这次内战中，请让玛林道夫家族与罗严克拉姆侯爵并肩作战。”

一瞬间，莱因哈特的手僵了一下，但立刻恢复了泰然自若，接下去的动作十分自然。

“你说内战？”

“就是您与布朗胥百克公爵之间的战争啊，随时都会发生，不是吗？”

“你真是个相当大胆的人哪。假如真的发生内战，我并不一定会胜利。即便如此，你也要站在我这一方？”

希尔德调整呼吸的频率，向年轻的元帅重复了一遍几天前对父亲说过的话。莱因哈特冰蓝色的眼眸中闪过一道光芒。

“你见解非凡。很好，这种时候我也需要有人支持，我会回报你的盛情。玛林道夫家族自不待言，连你们愿意说情的其他家族，我也保证给予特别的礼遇。”

“罗严克拉姆侯爵如此宽大为怀，有您这些话，我们更容易说服所有的亲友。”

“别这么说，难得你们愿意站在我这一边，我自然不能怠慢。你的辛劳和勇气理应有所回报。如果有我可以效劳之处，请直言，不要客气。”

“既然您这么说，那么我有一事相求。”

“请说。”

“就算是对玛林道夫家族付出忠诚的回报吧，我希望能有一份保证玛林道夫家族及领地安全无虞的公文。”

“哦，公文？”

莱因哈特的语气变得颇为警惕，略显异样的视线转向希尔德。玛林道夫伯爵的女儿却毫无惧色地望着这位年轻的当权者。

莱因哈特沉吟了片刻，然后说道：

“好吧。今天之内，你会收到一份公文。”

“谢谢您。”

希尔德恭恭敬敬地鞠躬。

“玛林道夫家族对阁下誓死效忠，无论何事，只要有利于阁下，我们必定全力以赴。”

“我希望有这么一天。不过，玛林道夫伯爵小姐……”

“是？”

“你要说服的其他贵族也同样会要求保证书吗？”

“主动提出的就给他们吧，其余的我认为没有必要。”

希尔德的语气没有半点迟疑。

“哦……”

莱因哈特笑了起来。

莱因哈特的志向在于风卷残云般把支撑高登巴姆王朝的旧体制一扫而空。他无意让那些霸占特权长达五个世纪的贵族在新体制下苟延残喘。掌握绝对权力之后，除了具有利用价值的人，其余的必须加以肃清，要么便将他们交到欲置其于死地的民众手上。没有生存能力者必将灭亡，他们的祖先们侍奉的鲁道夫便信奉这个信念。真是因果报应！

希尔德就是看透了这一点，才要求莱因哈特下达亲笔公文。公文和口头约定不同，不能出尔反尔。如果不守信用，不但会损伤莱因哈特自身的名誉，还会让人们对权力体制产生不信任感。

希尔德言外之意是说，这是针对自家所打的如意算盘，至于其他贵族，生杀予夺但凭处置。这并不是明哲保身的利己主义，而是为了表明旧贵族间并没有横向联结的企图。

这个女子在政治和外交上的敏感程度实在惊人。

在数千家帝国贵族中，值得赞赏的人才终于出现了，这个人才二十岁，而且是个女子。但话说回来，莱因哈特也不过大她一岁而已。

莱因哈特不禁觉得这是一个象征。旧时代的统治已渐渐没落。不仅帝国如此，自由行星同盟的杨提督也才三十岁，费沙自治领主鲁宾斯基也不过四十多岁。

而这个女子……

莱因哈特再次看向希尔德，正待开口，门外响起一阵脚步声，一位兴奋得满脸通红的高级军官飞奔进来。他那壮硕的身体几乎可以堵住整扇门。

“阁下，心怀不满的贵族们终于开始行动了！”

他声如洪钟，与魁梧的体格极为相称。

卡尔·古斯塔夫·坎普是直属于莱因哈特元帅府的提督之一，以前曾被誉为击坠王，现在是一位勇猛的指挥官，英名远播。

莱因哈特站了起来，他等待的便是这个报告。他的动作是如此优雅柔和，希尔德不由自主地睁大了眼睛。

“玛林道夫伯爵小姐，很高兴能与你见面。找个时间一起用餐吧。”

坎普跟在莱因哈特身后，好奇地瞥了希尔德一眼。

5

反对罗严克拉姆侯爵和立典拉德公爵阵营的贵族们，纷纷前往布朗胥百克公爵在奥丁的别墅所在地利普休达特森林集合。聚集的名义是古代名画拍卖会和游园会。在地下大厅中，反对罗严克拉姆侯爵和立典拉德公爵专横政治的“爱国签名”活动正在进行。

人们通常把这份文件称作《利普休达特盟约》，根据盟约所建立的贵族军事组织，便称为“利普休达特贵族联合军”。参加的贵族有三千七百四十人，正规军及私人部队兵力共计两千五百六十万。

盟主是欧特·布朗胥百克公爵，副盟主是威尔罕姆·立典亥姆侯爵。

署名文件列着近四千位贵族的名字，内容激烈地抨击了立典拉德公爵与罗严克拉姆侯爵，并宣称“天选之民”传统贵族阶级已被赋予守护高登巴姆王朝的神圣使命。

“大神奥丁守护着我们！正义的胜利非我们莫属！”

这便是全文的结尾。

“哦，大神奥丁真的会保护他们？”

听了坎普的报告，莱因哈特讥讽道，然后环视聚集一堂的部属。

在座的有齐格弗里德·吉尔菲艾斯，有奥贝斯坦，其他提督也个个是全军优秀的指挥官。

“一开始就求神保佑，大神一定不胜其扰。”

“如果用美丽的少女做供品，那就另当别论了。但布朗胥百克公爵大概会先横刀夺爱吧。”

米达麦亚、罗严塔尔、毕典菲尔特等人放声大笑。

渥佛根·米达麦亚不算高大，但身材结实匀称，堪称英挺矫健，有蓬乱的蜂蜜色头发和活力四射的灰色眼眸。他用兵神速，无人可与其并驾齐驱。去年的亚姆立札会战中，他在追击逃走的敌舰时速度太快，己方的前锋竟迫进到了敌方舰队的尾部。自此以后，他便得了个荣誉的名号“疾风之狼”。

奥斯卡·冯·罗严塔尔身材高大，头发是接近黑色的深褐，是个罕见的美男子。但他那不同颜色的双眸却令人感到奇妙。由于遗传的作弄，他的右眼是黑色，左眼是蓝色，“金银妖瞳”之名因此不胫而走。在亚姆立札会战等历次战役中，他建立无数功勋，大家对他的作战指挥能力赞誉有加。

弗利兹·由谢夫·毕典菲尔特有一头橙色长发和一双浅褐色眼睛。他脸部轮廓瘦削，和魁梧健壮的体形相映成趣，也许有人会感觉有点不协调。他是一员骁勇的猛将，麾下的“黑色枪骑兵”舰队远近驰名，令敌人闻风丧胆。不过，他用兵稍欠灵活，在亚姆立札会战中，这个缺点给己方带来了麻烦。

其他如克涅利斯·鲁兹、奥古斯特·沙姆艾尔·瓦列、艾尔尼斯·梅克林格、奈特哈尔·缪拉、伍尔利·克斯拉等提督们，都是莱因哈特麾下的得力干将。他们的个性因人而异，但每一位都很年轻，是莱因哈特最珍贵的资产。

在财政方面，经过长年的战争和宫廷的挥霍无度，近来已有人议论财政危机问题，但是莱因哈特却说：

“财政危机可以一举解决。”

他并非不负责任地夸下海口。因为帝国内部除了皇室财产以外，有数亿的财源尚未利用，那便是贵族的财产……

以布朗胥百克公爵和立典亥姆侯爵为首，唯他们马首是瞻的贵族的所有财产都应当没收。对于其他贵族，则可以征收遗产继承税、不动产税、累进所得税等。综合这些收入，估计涌入国库的金额会轻松超过十兆帝国马克。

但对于依附己方的贵族，出于政治上的考虑，应该手下留情。从这个角度来看，与自己为敌的贵族倒是越多越好。

榨取贵族的财产并不仅仅是为了满足财政的需要。对那些坐拥万贯家产却不付税金、生活穷奢极侈的贵族，平民阶层在这五百年来已经积累了极大的愤怒与反感。莱因哈特必须平息他们的愤怒，同时也要对他们加以妥善利用。

莱因哈特的确有改革政治和社会的意图，但对他而言，这只能是推翻高登巴姆王朝的副产品。他绝不愿因为进行政治与社会方面的改革，反倒促使高登巴姆王朝再次焕发活力。

鲁道夫建立的高登巴姆王朝应该在流血和烽火中消失。早在少年时代，当亲爱的姐姐安妮罗杰被老而丑的当权者夺走时，莱因哈特便立下了这个神圣的誓约。这是他和齐格弗里德·吉尔菲艾斯共同的约定。

欧根·李希特和卡尔·布拉格被视为改革派或开明派的领导人物。他们虽然出身贵族，却主动去掉了“冯”的贵族称号，以显示开明的姿态。

进入三月后不久，莱因哈特任命两人起草极为进步的《社会经济重建计划》，这是《利普休达特盟约》缔结后大约一个月的事。

从莱因哈特处退出后，两人不由得面面相觑。

“罗严克拉姆侯爵的心思昭然若揭，他是想打着改革者的旗帜赢得民众的支持，这是对抗门阀贵族的一大利器。”

布拉格点头赞同李希特所言。

“没错，我们只是他用来实现野心的工具罢了。这谈不上是令人愉快的任务，可是我们又不便拒绝，要不胡乱敷衍他一下？”

“不，等一下。我认为此时我们被他利用一下也无妨。只要我们期待已久的改革能付诸实施就行了。至于在谁的名义下实施，都无关紧要，不是吗？”

“话虽如此，但……”

“从另一个角度来看，这也算是我们利用罗严克拉姆侯爵。我们空有理想与政策，却没有付诸实施的权力和武力，罗严克拉姆侯爵则有，至少他比布朗胥百克公爵那种逆潮流而动的家伙好多了。是吧，布拉格？”

“的确。如果布朗胥百克公爵掌握了政权，只会使政治和社会走向历史的反面，这是显而易见的……”

李希特拍拍布拉格的肩膀。

“总之，我们和罗严克拉姆侯爵互相需要。明白了这层道理，大家就应该配合，共同推动社会的前进，哪怕只是向前迈一小步也好。”

布拉格听了李希特这番话，略显犹豫。

“不过，一旦罗严克拉姆侯爵掌握了最高权力，他还会保持开明的作风吗？我们无法保证他不会摇身一变，成为专制的独裁者。”

“是啊，为了预防那一天的到来，我们更要推动改革。在罗严克拉姆侯爵抛却改革者的姿态之前，必须先培养出具备批判和抵抗能力的公民来。”

6

因《利普休达特盟约》而集结的贵族们，当务之急便是将众多杂乱的武力加以组织。为了对抗战争天才莱因哈特，他们要建立统一的司令部、统一的战略构想和统一的管理及补给系统，这些都不可或缺。

从顺序上来说，首先要决定实战部队的总司令官人选，然后再由总司令官决定部队的编制和部署。

起初，布朗胥百克公爵打算亲自担任总指挥官，但立典亥姆侯爵主张应由用兵专家出任总指挥官。

“应由战功卓著、深孚众望的梅尔卡兹提督出任总指挥官。盟主亲自上前线，不太妥当吧？”

立典亥姆侯爵的意图很明显，无非是不想让布朗胥百克公爵建立功勋。但从形式上来说，他的主张是正确的，布朗胥百克也没办法置之不理。

“梅尔卡兹提督的话……”

其他贵族也一致赞成，因此布朗胥百克公爵只得藏起内心的想法，证明自己有容人之量。他礼节周到地宴请梅尔卡兹，恳请对方担任贵族联合军的实战总司令官。

维利伯尔·由希姆·冯·梅尔卡兹一级上将是位五十九岁的老练军人，他战功卓著，用兵之稳健无懈可击。亚斯提会战中，他与莱因哈特并肩奋战，是最先承认莱因哈特军事天才的人物之一。

但梅尔卡兹一口回绝了布朗胥百克公爵的恳请。他本就反对这种毫无意义的战争，倘若冲突无可避免，他宁可严守中立。

虽说梅尔卡兹拒绝了，但布朗胥百克公爵并没有打退堂鼓，因为盟主亲自出马交涉被拒，实在有损威信。

公爵缠住梅尔卡兹不放，以对帝国与皇室的赤胆忠心为借口劝说不休。渐渐地，公爵的言语间带上了威胁的色彩。当谈话内容牵涉家人的安危时，梅尔卡兹终于屈服了。

“那么，不才只好领受重任。但有两件事请诸侯们务必答应。关于实战事务，既已全权委托于我，指挥系统就必须统一。还有，不论身份地位多高的人士，也要遵从我的命令，违令者一概按军法处置。这两点请您务必答应。”

“可以。我答应你。”

布朗胥百克公爵点点头，并大开宴会来款待新上任的总司令官。

身为主宾的梅尔卡兹，在宴会结束后的深夜回到自己的办公室。看他一副心事重重的样子，副官贝伦哈特·冯·舒奈德少校不禁感到奇怪。

“阁下荣任联合军的总司令官，盟主也答应了您提出的两个条件，而且，我认为率领大军与强敌交战是军人平生的志愿，不知您为何心事重重？”

梅尔卡兹黯然苦笑。

“少校，你还是太年轻了。布朗胥百克公爵的确答应了我的条件，但那只是口头应允罢了。不久后，他必定会介入作战。

即便我想依据军法制裁，他们也不会遵从。过不了多长时间，他们就会恨我胜过恨罗严克拉姆侯爵。”

“怎么会……”

“特权是腐蚀人类精神的剧毒。那些大贵族在长达数十代的岁月里，一直沉浸在特权中，一切以自己为中心，只知道要求他人已经成了他们的本能。我虽是下级贵族，但毕竟仍是贵族，因此在军队中接触下级士兵之前并没有察觉到这一点。只希望在罗严克拉姆侯爵举剑砍落贵族们的头颅之前，他们能明白这些……”

忠心耿耿的金发年轻军官告退后，梅尔卡兹来到书桌边，有点笨拙地操作着文书处理机。他在给妻子写信。

这是一封离别信。

7

布朗胥百克公爵麾下的官兵当中，也有人急欲回避莱因哈特派与反莱因哈特派的全面冲突。他们并不是主张绝对的和平主义，而是认为和莱因哈特交战一点胜算也没有。

修特莱准将是这些人的代表，他谒见布朗胥百克公爵，劝他应该忍受一时的污名，暗杀莱因哈特，以避免全面战争。

“不要胡说八道！”

公爵一口回绝。

“可是，阁下……”

“我要率领数百万大军，从正面光明正大地击败那个金发小子。这样才能向立典亥姆侯爵、向帝国全境展现我的正义和实力！什么暗杀？岂不是使我一世英名毁于一旦？”

“阁下，请恕我冒昧。罗严克拉姆侯爵是用兵天才，即使我们战胜了，也必定损失惨重，而且会将整个帝国卷入战火，殃及民众。还望阁下三思。”

修特莱的恳请换来一阵咆哮：什么叫即使战胜了？没有必胜信念的人，留他何用？那么贪生怕死，干脆躲到边境行星上去种菜好了！

修特莱失望地退出后，菲尔纳上校向布朗胥百克公爵陈述自己的意见。他也主张以少数人发动恐怖行动。他舌灿莲花地游说道：“没必要动员数百万大军。只要给我三百名受过破坏工作训练的士兵，就能让罗严克拉姆侯爵一命呜呼。”

“闭嘴！你也认为我赢不了那金发小子？”

“阁下，我的意思是说，一旦帝国一分为二，掀起大战，不但灾祸惨重，胜利的一方也必定元气大伤。从罗严克拉姆侯爵的立场来看，他的目的在于破坏之后再进行重建，阁下的义务却是维护现有的体制，所以并不是只要获胜就万事大吉。”

“别自作聪明！”

遭到一阵怒斥后，菲尔纳退出了，但他并没有放弃自己的想法。他瞧不起顽固而又迂腐的主君，但也不愿像修特莱那样就此退缩。

“既然这样，我就自己干。即使杀不了罗严克拉姆侯爵，也要把他姐姐格里华德伯爵夫人抓来当人质！”

他集合火力及三百名部下，瞒着主君，在一个晚上暗中偷袭莱因哈特的官邸。

但是，行动失败了。原来，吉尔菲艾斯已亲自率领五千名武装士兵，严守莱因哈特和安妮罗杰居住的史瓦齐官邸，根本没有可乘之机。

“罗严克拉姆侯爵和他的心腹果然厉害。我玩的这种小把戏根本不是人家的对手。”

死心的菲尔纳当场解散部队，自己则消失无踪。因为他知道，未得到布朗胥百克公爵的允许随意调动军队，公爵现在必定暴跳如雷。

从无功而返的士兵口中听到这个消息后，布朗胥百克公爵果然怒不可遏，为了对这个多事的部下加以制裁，他下令追查菲尔纳的下落。不过，并没有找到他。

“哼，算了，宇宙虽大，也无他的容身之地。他只能潦倒而死，随他去吧。”

目前事态紧急，无暇追缉菲尔纳，公爵必须先离开奥丁回到自己的领地。有位安森巴哈准将拟定了一个方案，他命人到处宣扬将举办游园会款待皇帝，并四处散发请柬，然后在游园会的前一天夜里，公爵和家人还有少数部属秘密逃离了奥丁。

获悉此事，莱因哈特心中明白，把筹谋已久的计划付诸实施的时机终于到来了。

莱因哈特命令毕典菲尔特率领八千名武装士兵占领了军部大楼，拘禁了军务尚书艾伦博克元帅，同时控制了帝国全军的指挥文书发送功能。

大部分反莱因哈特派的人都已离开首都奥丁，毕典菲尔特几乎没遭到抵抗，只有尚书室的一位上校站在门前阻挡，被毕典菲尔特开枪打成重伤。

看到大步迈进来的毕典菲尔特，戴着旧式单片眼镜的白发元帅却一派泰然自若，神情镇静得近乎傲慢。

“不知天高地厚的黄毛小子！谁允许你擅自闯入？我不知你想要什么，但知道你丝毫不懂得遵守礼节！”

毕典菲尔特眼中泛起冷笑，他收起枪，毕恭毕敬地向元帅敬礼。

“失敬了，元帅阁下。我想要的，是让所有人都知道时代变了！”

两人年龄相差了半个世纪，老人背负着传统的包袱，青年人则属于破坏传统的阵营。

两人短暂对视之后，老元帅垂下肩膀……

接下来，统帅本部被占领，本部总长斯坦赫夫元帅也被囚禁起来。

这时，奥丁行星大气圈外的卫星轨道已经被吉尔菲艾斯的舰队防守得天衣无缝。而在其外围的宙域中，坎普和罗严塔尔的舰队则散开进入临战状态。

得知奥丁被莱因哈特一派控制，贵族中仍有人企图逃走，但是赶往宇宙港的人都被米达麦亚麾下的卫兵拘捕了，乘专用太空船起飞的人也难逃吉尔菲艾斯布下的监视网。吉尔菲艾斯礼节周全地对待这些成为阶下囚的贵族，但仍无法减轻他们的挫败感。

那几位直奔玛林道夫伯爵弗兰兹的宅邸请求保护和说情的

贵族，算是最识时务的人了。出来接待的希尔德以清楚而充满自信的谈吐赢得了他们的信赖。她的态度丝毫没有强加于人的感觉，却又的的确确卖了个大人情给他们，处理得相当漂亮。

修特莱准将也是逃亡失败者之一，他的主君暗中离开奥丁时没有带他一起走。不过在布朗胥百克家的人看来，他们并非有意弃他于不顾，只是忘掉罢了。

修特莱遭到逮捕，手上铐上了电磁石手铐，被押到莱因哈特面前受审。

“听说你曾唆使布朗胥百克暗杀我，可有此事？”

“确有此事。”

修特莱神色自若，也许已经认命了。

“你为何要劝他这么做？”

“让你好好活着，迟早都会发生今日之事。如果我的主君有决断力，现在铐着手铐的人就不是我，而是你了。这对布朗胥百克公爵家和高登巴姆王朝而言，都是一大遗憾。”

莱因哈特并没有动怒。他望着修特莱，似乎十分赞赏对方的勇气。过了片刻，他命令部下打开修特莱的手铐。

修特莱揉着疼痛的手腕，不禁感到意外。

“杀了你未免可惜。给你通行证，回到布朗胥百克身边，去恪尽你的忠诚吧。”

这样宽大的处置，不是单单一句感谢就能报答的。

“我有个不情之请……请允许我留在奥丁。”

“哦？你不回你的主君身边了？”

“是的，因为……”

修特莱的声音充满苦涩——如果我安然无事地离开奥丁，回到布朗胥百克公爵那儿，他不会高兴的。他一定会怀疑我，认为我与莱因哈特串通才被释放。我会受到诘问，甚至还可能被捕入狱或被处以死刑。公爵离开奥丁时，丢下许多部下和家臣不管，就是因为怀疑部下的忠诚。

“他就是这样，虽然绝不是愚昧……”准将叹了口气。

“我知道了，那么索性做我的部下如何？给你少将之职。”

“我非常感激，但不希望今日的主君变成明日的敌人，还望您谅解。”

莱因哈特点点头，赐予修特莱证明书，还他自由之身。

另外，菲尔纳上校也来不及逃走。他潜伏在贫民区，虽然没有被逮捕，但也落得进退两难的境地。思前想后，他决定向宪兵队投案，直接谒见莱因哈特，希望为自己的命运打开一条出路。

他远比修特莱灵活，向莱因哈特表态说：“我背弃了主君布朗胥百克，请让我做您的部下。”

关于自己调兵企图偷袭莱因哈特一事，他也毫无隐瞒地禀明。

“你的忠心做了什么判断，才允许你背弃跟随多年的主君？”

“忠心应当献给能理解其价值的人物。效忠于一个不能知人善任的主君，等于将宝石丢进污泥中，对社会而言岂不是一大损失？”

“好个厚颜的家伙。”

莱因哈特无奈地摇摇头，但认为菲尔纳的言行还算光明磊落，便让他做了参谋。像他这样神经强健的人，在以冷若冰霜闻名的奥贝斯坦面前也不会畏缩吧。

奥贝斯坦并非有意虐待部下，但他过于锐利冷静，因此年轻的参谋们不敢在他面前随便开玩笑。

初来乍到的菲尔纳经常遭人白眼，但他很快便找到立足点。他对自己的立场和角色相当清楚。他要成为一种解毒剂，在必要的时候，就是那种足以变成猛药的人。

莱因哈特担任宇宙舰队司令长官，同时兼任军务尚书和帝国军统帅本部总长，将军事大权独揽于手中。

皇帝艾尔威·由谢夫二世赐予莱因哈特“帝国军最高司令官”的称号，这当然不是六岁孩童的意思，而是接受称号的人的意思。

皇帝同时也对莱因哈特下达圣旨，命他讨伐结党营私、阴谋反叛的布朗胥百克公爵等一干国贼。

四月六日，同盟连续发生动乱的报告也传到莱因哈特耳中。

战斗时机成熟了，莱因哈特与吉尔菲艾斯握手暂别。吉尔菲艾斯率领全军三分之一的兵力，作为别动队展开行动。

“再过不久，吉尔菲艾斯，再过不久，宇宙就是我们的了！”

莱因哈特一脸不知畏惧的表情。他这种表情、这种眼神，是吉尔菲艾斯从少年时代起就无比珍重的瑰宝。

Chapter 3
杨舰队出击

1

三月三十日，自由行星同盟遭受第一次打击。那时，杨威利刚离开首都海尼森没多久。

因此，同盟军宇宙舰队司令长官比克古上将的“叛乱计划调查”也来不及实施。指挥统率大舰队才是这位老提督的看家本领，做宪兵警察的工作只会让他伤脑筋。尽管如此，他还是慎重地挑选出一些人，组成调查小组，在军中明察暗访，进行第一步的调查。

杨向比克古所说的那番话，可以说是理论思考方面的艺术表现，并没有任何明确的物证。杨自己也知道这一点，所以除了比克古，他从未向别人提及此事。

“这个年轻人只相信我不会参加那种愚蠢的行动，既然如此，我也不该辜负他的信赖。”

比克古上将的儿子在旷日持久的战争中阵亡了，并没有留下一男半女，现在老提督只能和夫人相依为命共度余生。他和杨、尤里安一起享用小饮食店的美味，那种朴实的气氛让他感到十分温馨。当然，这种事他绝不会告诉别人。

三月已接近尾声。这一次惨遭不测的是库布斯里上将。

库布斯里上将去年年底才担任自由行星同盟军统合作战本部长。原先担任本部长的是席特列元帅，他在位长达五年，因亚姆立札星域的历史性失败辞职下野。

席特列虽然反对那个鲁莽的出兵计划，但身为军界的头号人物，依然难辞其咎。他现在已经离开首都海尼森，回到故乡卡西那星球去经营果园了。

就在三月三十日这一天，库布斯里本部长刚刚视察完首都附近星域的军事设施，从军用宇宙港搭乘专车回到统合作战本部大厦。当时随侍在侧的是一名高级副官和五名卫兵。

他们一进入大厅，立刻有个人从来宾等待席中站起身，步履有些蹒跚地朝他们走来。卫兵们马上紧张起来。对方是个未满三十岁的男子，毫无血色的脸上堆起了笑容，向本部长搭话：

“库布斯里提督，我是霍克。”

“……哦，你不是待在疗养院吗？”

霍克准将是亚姆立札会战这场错误战争的直接责任者，在开战前由于转换性歇斯底里症发作，一时失明，战后被编入预备役，并被强制送入疗养院。对他这个以军官学校第一名的成绩毕业的年轻精英而言，这无疑是沉重的打击。

“我已经出院了。今天来就是想拜托您让我恢复现役。”

“恢复现役？”

库布斯里歪了歪脑袋。其实像霍克这样在大厅中拦住人说话，是很无礼的行为。可是一来两人相识，二来库布斯里向来以和善的态度对待部属，故而能耐着性子听霍克说话。

“医生是怎么说的？”

“他说我已经痊愈了，恢复现役完全没有问题。”

“是吗？那你就按规定办理手续吧。请向国防委员会人事部提交医生诊断书和保证书，并提出恢复现役的申请。如果得到正式认可，你的愿望应当可以实现。”

“那样太花时间了。我明天就想恢复现役，为国服务。”

“办正式手续本来就要费些时间。”

“所以，我才想拜托阁下您帮忙……”

库布斯里上将的眼神严肃起来。

“霍克预备役准将，我想你搞错了吧？我的权限是维护规定和程序，不是破坏规定和程序。我以前就听说过一些关于你的事情，你似乎有点本位主义倾向，我看，你应该还没有痊愈吧！”

霍克的表情变得僵硬，原本就没有血色的脸看起来更为可怕，几近土色。

“首先你应当遵守规定和程序，这是你必须做的，否则即使回到部队也不会协调。这对你和你周围的人来说都是个不幸。我不多说了，你重新开始吧。”

库布斯里显然不太了解霍克所患的转换性歇斯底里症，这是一种追求完全的自我满足的神经失调症状。不管库布斯里的忠告多么真诚，多么有道理，对霍克而言都毫无意义。霍克的个性就像古代的暴君一样，容不得别人说半个不字。

“阁下！”

高级副官威迪上校感到不妙，高声警告。此时，霍克的手边发射出一道白色闪光，无声无息地射进本部长的右腹。

库布斯里表情茫然，敦实厚重的身体顿时失去平衡，摇晃起来。威迪上校立刻上前扶住他。

霍克准将马上被身强力壮的卫兵摁倒在地，藏在衣袖内的小型光束枪也被夺下来。

“快叫医生！”

威迪气急败坏地对着卫兵们吼叫。

“动作那么慢！为什么没在他出手前就制止？安排你们这些卫兵是干什么用的？一群废物！”

卫兵们惊恐万分，更加用力地推搡着已被制伏的霍克。

霍克蓬乱的头发浸透了汗水，紧贴在额头上，失去焦点的两眼执拗地注视着已经失去的未来。

比克古听到报告，当场从椅子上跳起来。他万万没有料到，本部长竟然会以这种方式遭到袭击！当然，老提督认为这次事件绝非完全独立的个案。

“本部长目前情况如何？”

“性命是保住了，但要痊愈还得三个月，目前需要绝对静养。”

“哎，这一点倒还好。”

比克古低声说道，稍微有点后怕。在亚姆立札会战中，他严厉斥责霍克的无能与不负责任，使得霍克发病。霍克若要报复，也应该找他才对，没想到竟然拿库布斯里当牺牲品。

统合作战本部长库布斯里上将遭预备役准将霍克袭击受伤的消息，在首都海尼森行星引起了轩然大波，并通过超光速通信传遍了同盟领域。

有人认为，这种事情对军部而言是相当不光彩的。“如果是在帝国的话，就有办法禁止报道了。”有人心中生出了这种危险的念头，并感到遗憾。

当务之急是选出一个人接任或代理本部长之职，因为统合作战本部不可一日无主。

如果说统合作战本部长是军界的头号人物，那么第二号人物就是宇宙舰队司令长官了。

国防委员会询问比克古是否有意代理本部长职位，他立刻谢绝了。他认为如果由一个人兼任组织中最高和次高首长的话，便会为独裁权力大开方便之门。这是老提督的正当理由，不过，他内心深处认为应该分散恐怖分子的目标。

比克古并非害怕成为恐怖分子的目标，只是担心权力集中于自己一身时，一旦自己遭到袭击，宇宙舰队司令部和统合作战本部这两大组织就会同时失去首领，无法正常运作。其实，光是其中一方失去运作机能，就可能导致同盟军全体动弹不得。

结果，三名次长中年纪最大的德森上将被选为代理本部长。

比克古知道这个消息时不禁想，早知是他，还不如由自己接任。

德森这个人，与其说个性认真，不如说是小心谨慎又神经质。他曾经担任过国防委员会情报部长及宪兵队司令官。担任第一舰队后方主任参谋的时候，为了劝诫士兵别浪费粮食，他甚至去检查各舰队厨房的垃圾桶，并宣布有几十公斤马铃薯被白白丢弃，惹得士兵们十分厌烦，是个小官吏式的人物。更有人批评他喜欢挟私报复。在军官学校时有个成绩比他好的人，后来因为某个过失被降级，屈居在他之下，据说被虐待得相当惨。

不过，这个人事变动方案到底还是通过了。

人事决定下达后第三天，首都防卫司令部所属的一个地上基地又发生了一桩事故。整备中心检查老化的行星间弹道飞弹时，飞弹忽然爆炸了。

爆炸原因据说是绝缘不良，使推进部分的电流流入了飞弹的导火线。很明显，这暴露出兵器制造系统的弱化。该事件最令人震撼的是，当场死亡的十四名整备兵全都是十几岁的少年兵。人力资源难道已经短缺到要让十几岁的孩子来负责这种工作了吗？

人们心里都明白原因，也感到骇然。这都是长期战争的结果，即便在军队内部，除了前线，成年人的数目都在锐减……

在议会中，反战派代表洁西卡·爱德华首先表达了对死难者的哀悼，旋即严厉抨击军方管理能力的欠缺，并批判了让战争继续下去的社会。

“担负着国家未来的少年却要成为战争的牺牲品。这样的社会有什么前途可言？这还算是一个正常的社会吗？各位如果不从这个可怕的梦魇中醒过来，回归现实，那就真的完了！现在唯有和平二字才能解决问题……”

比克古是在宇宙舰队司令部办公室中看见这一段转播的。一起观看的副官法伊佛尔少校不以为然地说：

“这个女人根本不能体会我们的辛劳就乱说话。等遭到银河帝国侵略的时候，就顾不上什么反战和平、什么言论自由了，她说得倒轻松。”

“不，我觉得这个女人说得很对。”

老提督反驳了副官情绪化的论调。

“人民按照年龄来进行新陈代谢的社会，才是正常的社会。像我们这样老人还在苟延残喘，年轻人却都死光了的社会根本不正常。如果没有人站出来制止，情况会更糟糕，所以社会需要像她这样的人。不过，我可不想娶这种滔滔雄辩的女人为妻。”

老提督最后一句话当然是开玩笑的。他说话就是这样，仿佛不开上一两句玩笑就不舒服。

就在同一天，比克古前去拜访新任的统合作战本部代理部长，但这位比他还小十四岁的德森上将却摆出一副几近滑稽的高傲态度。他对老提督高声说了些毫无必要的话，比如“虽然你久经战阵，资历很老，但希望你遵守组织秩序，服从我的命令”云云。比克古好不容易才忍住没发脾气。如果这时老提督向他提及叛变事件的可能性及相应对策，这位小心过头的代理部长可能会惊讶得口吐白沫吧。

昏暗的密室中，有人在低声交谈。

“霍克准将刺杀库布斯里本部长失败，本部长的一条命算是捡回来了。”

“霍克这个家伙只会说大话。亚姆立札会战时，他不也是这样吗……”

这些话语中，掺杂了一丝冷笑和失望。其余的人也在附和。

“本部长受了重伤，起码达到了削弱统合作战本部机能的基本目标。所以，霍克的行动也可以说是成功的。”

“但是，他应该不会泄漏机密吧。宪兵队大概会违法拷打逼供，说不定还会给他服用自白剂。”

“可能吧。不过，各位放心，我们已经对霍克做了彻底的深层催眠暗示，霍克这次的行为完全是出于个人意志，并没有受到任何人的唆使。”

这件事可以满足霍克唯我独尊的自我意识，使他相信完全是他个人所为非常容易，而且他会深信不疑。除非用那种空想中的机器对人类的深层意识进行探查分析，重新将其具象化，否则绝不会分辨出来。

“霍克大概要以疯子的身份在精神病院终其一生了吧。他也蛮可怜的，但这个世上比他可怜的人多了。我们有义务解救祖国、消灭帝国，为全宇宙伸张正义。伤感是无济于事的。”

说话的人好像是在说给自己听似的，语气很沉重。

“不说这个了，重要的是接下来的行动。库布斯里本部长的性命固然保住了，但在往后的两三个月中，他就像是个死人，对军部没有任何用处。代职的德森上将既没有人望又没有办事能力，这种人能晋升为上将真是怪事。统合作战本部的运作可能要有一阵子呈现混乱局面。也就是说，已经决定的计划没有理由延期执行，只要时间一到，就付诸行动。”

2

这一年，从三月末到四月中旬，自由行星同盟接二连三地发生了许多令一百三十亿国民震惊不安的事件。

三月三十日，有人暗杀统合作战本部长库布斯里，未遂。

四月三日，行星聂普帝斯的部分军人武装叛乱，占领该行星。

四月五日，行星卡佛发生武装叛乱。

四月六日，银河帝国发生大规模内战。

四月八日，行星帕尔梅伦多被叛乱势力占领。

四月十日，行星香普尔也被纳入武装势力的占领之下。

在一个远离首都海尼森的地方，杨威利一直在观察这些事件。

杨虽然没有料到库布斯里本部长遇刺，但接下来的事情都如他所料，一件件接踵而来。这次他大可因为料准了罗严克拉姆侯爵莱因哈特的手法而自豪。

但是，这个计策对莱因哈特而言，不过是一种预防手段罢了。即使失败，也有极大的回旋余地，它的价值仅仅在于“做做也无妨”。

即便如此，整个自由行星同盟已为之动荡不安。罗严克拉姆侯爵是个“用兵天才”吗？杨威利耸了耸肩。这位金发年轻人不是不费一兵一卒，就已经把同盟搞得天下大乱了？

就算看出了莱因哈特的手段也无可奈何，杨没有办法阻止。而事态今后会如何展开，除了首都的政变，他也无法预测。也许担任导演和剧作家的莱因哈特都没有准备此后的剧本吧。

以后的发展就看主角与配角间的相互较量了，杨陷入沉思——进场演戏的主角是谁？实行政变的主谋又到底是谁？虽说过不了多久就会真相大白，他还是忍不住去想。

四月十三日，由海尼森传来超光速通信，带来德森上将的命令。

“请杨提督率领伊谢尔伦驻留舰队，速速平定聂普帝斯、卡佛、帕尔梅伦多及香普尔四地的叛乱。”

“把四个地区的叛乱全部平定？”

连杨也不禁大吃一惊。被命令出兵平定叛乱在他意料之中，但他一直以为只会被派往一个地方，另外三个区域该动员在首都海尼森的舰队才是。

“让伊谢尔伦要塞长时间成为空城，这样行吗？”

杨不放心地问道。

“帝国现在正处于大规模内战状态，伊谢尔伦绝无招致大军攻击的危险。杨司令官，请不要有任何顾虑，放心去执行军令！”

原来如此，杨心中佩服。还可以这样思考问题啊？把原因和结果、作用和反作用完全颠倒。虽说他们并不知晓事件的内情，可……

杨忽然觉得很可笑。人们都说统合作战本部的代理部长德森上将是个平庸的用兵家，但也许正是这一点歪打正着，令莱因哈特始料未及。

首都的大批部队如果不被调去平乱，长期驻留，在首都的叛乱计划就不可能得逞，那些叛乱分子甚至连动都不敢动。敌人或许会因此另作谋划，但眼下已不可能趁着军队外调、首都空虚之机为所欲为。

不过，这一切都只是结果。德森上将本来的意图显然是尽力驱使杨和他的部下。杨看出了这一点，但无论如何也想不通他为何要这么做。素来耳闻德森是个爱记仇的人，可是自己并没有和他直接接触过，应该不至于得罪他啊。

为杨解开这个疑问的是尤里安。这个少年的口风之紧是有名的，所以杨时常故意在他面前自言自语，把自己的想法说给尤里安听。

这一回，听了杨的话，尤里安哧哧地笑起来，说这个问题简单得很。

“请问德森上将现在多大年纪？”

“大概四十多岁吧。”

“提督您今年是三十岁吧？”

“是啊，终于三十岁了。”

“这就是了。你们两个人年龄差这么多，可军阶却同为上将，他又不是比克古提督那样大度的人，当然要嫉妒您了。”

杨搔搔头。

“哎呀，原来如此。我怎么没想到这一层呢？”

杨在战场上洞察敌人心理的能力绝顶优秀，但在人事方面就没有这么敏锐了，尤里安指出的正是杨的盲点。

杨在去年一年的时间内由准将三级跳，晋升为上将，这件事让他觉得心烦，但是在别人——尤其是那些把地位和军阶看得无比重要的人看来，他无疑是羡慕和嫉妒的对象。

总是嫉妒别人的人不会承认世上还存在和自己的认知不同的价值观。如果你告诉他们，杨的愿望是马上从现役退伍，靠养老金过活，并准备穷毕生之年写一本历史书，这些人绝不会相信。

德森一定认为，既然别人叫你“奇迹的杨”，那么你就去平定四个地方的叛变，弄点奇迹给我看。如果成功了，那是应该的；如果失败了，我就有理由处罚你了。

如果失败了，也许就可以顺理成章地退职。杨正在胡思乱想，尤里安又说话了。

“将四个地方的叛乱一一平定，要花很多时间，而且也太麻烦了。”

“我也有同感。”

杨用力地点头表示同意。

“那家伙当然不希望我轻松取胜。如果你是我，会怎么做？”

尤里安向前探了探身。他最近对用兵有浓厚的兴趣。

“这样好不好？把四个地方的敌人集合起来，然后集中火力一网打尽。”

杨摘下黑色贝雷军帽，抬起头说道：

“这个主意不错，但有两个难点。第一，你怎么才能把分散在四处的敌人集合到一处？敌人同时在多处挑起叛乱，目的就在于分散政府军的兵力，怎么可能放弃这个优势集中到一起？他们如果将兵力集中的话，我们不也能将兵力集中起来全力应对吗？”

杨轻轻地把贝雷帽戴回头上。

“还有一个难题。把敌人集中在一处，是有悖于分散对手兵力各个击破这项用兵原则的。”

“行不通吗？”

尤里安看起来很失望。这已经是这位少年全力运转脑细胞的结果了。

杨微微一笑。

“点子不错，想想看如何去应用。嗯，怎样才能把他们乖乖地引出来呢？”

杨思索了一会儿。

“把敌人从据点里引诱出来，这想法不错，但没必要等到他们在一个地方集结完毕。我们可以推算敌人集结的路线，在途中予以各个击破。在此种情况下，如果敌人和我方的总兵力相当，我方可以分成两个集团，一方相继攻击敌人的 A、B 集团，另一方则相继攻击敌人的 C、D 集团。以两倍的兵力打击对方，胜利的几率应该很大。”

尤里安充满兴趣地点点头，听着。

“还有一个方法。整个舰队一起行动，先分别击破敌人的 A、B 集团，再前往敌人的集结地点，和敌人的 C、D 两个集团对战。届时我方可以略施小计，让敌人将己方误认为敌方，或者让舰队分成两方夹击对方，都可以提升战果。这个方法，先以四倍的兵力，再以两倍的兵力和对方作战，胜算应该更高吧。”

尤里安不禁赞叹，同时又自叹弗如。杨提督在军事方面的智谋，真是如泉涌般取之不尽。杨提督十五岁的时候，肯定比自己强太多了。自己真想有所进步，能够帮助他，哪怕帮上一点点也好，可是……

虽然身为杨的被监护人，但尤里安从来没想过以被保护者的身份无忧无虑地过日子。他不敢奢望成为和杨平等的搭档，但希望对杨而言，自己至少是个不可或缺的好帮手。

“不过这两种方法，这次我都不会用。因为对方同为同盟军，就算战胜，伤残和战死的也都是自己的同胞。”

“确实是这样。”

“我看，我们来想个让敌军不战而降的方法好了。那样最轻松不过。”

“士兵们倒是轻松，司令官可就辛苦了。”

“哦，你也这么想？”

杨笑了笑，但随即收敛笑容，说：

“但世上大多数人还是认为，有本事置众多官兵于死地的司令官才是最辛苦的人物。”

此刻杨的耳边似乎响起一句话——“杨威利真是不劳而获就得到了今天的地位。”这种说法的来源似乎不止一个，说不定德森就是散播此种论调的“功臣”。事实上，杨只要稍微留意一下这类不负责任的谣言，就应该能明白德森这道命令背后的用意。

3

杨将幕僚们集合在会议室中，转达德森上将的命令。

“叫我们将四个地方的叛乱全都平定？”

杨的几个幕僚——费雪、卡介伦、先寇布、姆莱、派特里契夫等都大吃一惊。先寇布最先恢复冷静，说道：

“德森是为了保存首都的兵力，才拼命驱使我们吧。”

他和杨一样具有洞察力，对德森的动机也有正确的把握。

接着他又笑着对杨说，看来德森还挺嫉妒你的。杨不知该如何回答。看来与其说尤里安和先寇布观察力敏锐，倒不如说他自己反应迟钝。

“总之，这是统合作战本部的命令，我们也没办法。距伊谢尔伦要塞最近的是香普尔，我看就从那里下手吧。”

姆莱正要伸手按立体显示装置的开关，警报器忽然响了，墙壁的屏幕上出现了一名通信官。

杨注意到这位通信官胸前的三角巾上有块很大的污渍。看来他是在喝咖啡时惊吓过度，不小心把咖啡洒了出来，弄脏了衣服。

“首都出大事了！刚刚传来令人吃惊的情报……”

“出了什么事？”姆莱喝问道。

通信官吞了吞口水，颤声道：

“政……政变！”

在场的人听了，都屏息望着杨威利。派特里契夫甚至摇晃着硕大的身躯站了起来。

接着，画面中的影像切换成首都的超光速通信中心。但上面已经没有往日那位和蔼可亲（也许是装作和蔼可亲）的播报员了，取而代之的是一位壮年军人，他骄傲地坐在播报台的位子上。

“本人在此重申一次宣言。从宇宙历七九七年四月十三日开始，由自由行星同盟救国军事会议接管首都。自即日起中止同盟宪章，救国军事会议的决定和命令优先于一切法律。”

伊谢尔伦的高级军官们面面相觑。之后，大家一齐望着年轻的黑发司令官。

杨默然盯着画面，幕僚们觉得他异常冷静。

看来德森上将的计谋终究还是无力改变叛乱团体的计划。也许该说叛乱者的行动太迅速了？或是德森的反应比他们预期的迟钝得多？大概两者兼而有之。

“救国军事会议……”

杨喃喃自语，语气中没有一丝善意。救国也好，爱国也好，忧国也罢，杨无法从这种夸大其词的说法中感觉出什么美好或诚实。那帮家伙恬不知耻地高喊口号，实际上却躲在安全的地方，舒舒服服地过着安逸的生活，这又算怎么回事？

接着，救国军事会议发表公告，取代目前的同盟宪章。内容如下：

一、为了实现打倒银河帝国这一崇高目标，确立举国一致的体制。

二、禁止一切违反国家利益的政治活动和言论。

三、赋予军人司法警察权。

四、全国实施无限期戒严令。此外禁止所有示威与罢工行为。

五、恒星间的运输与通信系统全面统一管理。所有宇宙港皆由军部直接管理。

六、所有具有反战、反军部思想者均开除公职。

七、停止召开议会。

八、拒服义务兵役者将遭受刑罚。

九、政治家与公务员若有渎职行为，一律予以重罚，情节严重者处以死刑。

十、禁止一切有害的娱乐，重建淳朴健康的风俗。

十一、废止不必要的贫病救济行动，防止社会弱化。

“哎呀，好家伙……”

杨盯着画面，哭笑不得。这个什么救国军事会议所订的规章，根本就是反动的军国主义体制嘛！它和五世纪前鲁道夫·冯·高登巴姆的主张几乎一模一样。

对人类来说，这五百年到底算什么？人们以鲁道夫为反面教材学到了些什么？救国军事会议号称要打倒鲁道夫建立的帝国，却又试图让鲁道夫的僵尸复活。

杨笑了，他不能不笑。这既是一出夸张的喜剧，也是一出丑恶的闹剧。

不过，它虽以喜剧形式展开，却未必能以喜剧收场。

“现在我向各位公民及同盟军将士们，介绍我们救国军事会议的议长——”

画面中的人提到此人的名字时，会议室内的气氛瞬间变得凝重起来。

出现在通信屏幕中的那位中年男人，杨非常熟悉。他有一头夹杂着银丝的褐色头发，面目清瘦端正。他曾和杨交谈过几次，也曾一起吃过饭。他还有个女儿，那个女儿……

杨的身后传来一声低低的惊呼，他回过头去。

副官菲列特利加·格林希尔上尉站在杨的身后，脸色苍白。

她瞪大淡褐色的眼眸，盯着屏幕呆住了。

画面上出现的正是德怀特·格林希尔上将——菲列特利加·格林希尔上尉的父亲。

4

费沙自治领身处银河帝国与自由行星同盟之间，是位于费沙回廊的商业贸易国家。其领土及人工殖民地的总人口约二十亿，财力却接近帝国和同盟。

目前，费沙的情报搜集系统正全力运作，搜集到的情报通过办公厅，送到了元首——自治领主鲁宾斯基手中。因此，这次在同盟发生的叛乱事件，“费沙的黑狐”鲁宾斯基稳坐家中，就了解得一清二楚。

四月十三日，同盟军宇宙舰队司令长官比克古上将在办公室中收到了国防委员会检阅部长格林希尔上将的通信：

“今日首都即将举行一场大规模地上战斗部队演习。这是年初就计划好的，所以各部门的工作不会受影响，仍能照常进行。当下边境局势紧张，演习的意义自然非比寻常……”

这段通信几乎发送给了军队首脑层的每一个人，而且通过广播，也告知了广大公民。

如此一来，民众即使看见士兵全副武装地在街上集体行动，也很少有人觉得奇怪。有人感到不安，打电话向宪兵队等单位报告，得到的回答只是一句简单的“演习”。这是身为最高层官员的检阅部长下达的命令，所有人都很信服。

比克古因为忙于监督进入临战状态的宇宙舰队，应付接连不断的边境叛乱，早已焦头烂额，就没有多想。而且现在宇宙舰队的主力还在首都，谁能想到会发生叛乱呢?

但事实是在这天中午，老提督就被人用枪抵着去见叛乱的首谋们了。

老提督做梦也没有想到叛军中竟然包括这样的高官——检阅部长格林希尔上将，以及情报部长布伦兹中将。

“原来如此。检阅部和情报部早被污染了啊。”

比克古嗤之以鼻。检阅部的任务是在国内对军队进行战争之外的管理和调拨，如训练、救援、调度等。如果检阅部长参与叛乱，调度起军队来自然容易。

老提督忽然在包围自己的几个人中，闻到了其中一个人身上特殊的酒精气味。

“嗯，我认得你。”

白发司令官锐利的目光射向这个人。

“你不就是几年前在艾尔·法西尔星系被帝国军俘虏的林奇少将吗？”

对方笑了一笑，声音沙哑地说：

“您还记得我，真令人惶恐。”

“我倒是想忘记，可怎么能忘得掉？你就是那个只图自己安全，抛弃保护人民的义务、忘记对部下负责的鼎鼎有名之人啊。”

林奇听了这话倒也不以为意。他微笑了一下，拿出一小瓶威士忌，打开瓶盖仰头便喝。旁边一些正派的军官都皱起了眉头。很显然，林奇并不受同伙的敬重，可是他们又为何让他加入这个团体？老提督猜不出其中的缘由。他重新转向格林希尔，说道：

“我一直认为阁下是军部中富有理性和良知的人物。”

“实不敢当。”

“不过，看来我是高估你了。你居然会参加这种轻率的行动，只能让人认为你的理性和良知在睡大觉！”

“我们是经过深思熟虑才行动的。提督，请你想想看，现在的政治如此腐败，国家民不聊生，当局者假借民主主义的美名，实际上却施行群愚政治，专断横行，根本没有一丁点自我净化的能力！除了政变之外，还有什么方法能够整顿时局、进行改革？”

“你说得没错，目前的体制的确是腐败到了极点，所以你说必须用武力打倒它。可是试问，如果你们这些持有武力的人也腐败，又有谁用什么方法才能整治得了？”

比克古的语气相当尖锐，对方明显愣了一下。

“我们绝不会变得腐败。”

另外一个声音斩钉截铁地说道。

“我们都是有理想、有羞耻心的人，绝不会像现在的当权者一样，为了满足一己私欲，顶着民主主义的美名，一切迎合民意以赢得选票，而且和资本家勾结，结果丢弃了打倒帝国的大义！我们只是怀着满腔的救国热情，不得不站出来为民请命。腐败的产生源于人的私欲，我们没有私欲，所以绝不会变得腐败！”

“是吗？什么救国啊、大义啊、热情啊，在这些动听的说辞之下，就可以将非法的军事政变合法化喽！”

老提督辛辣的讽刺狠狠地刺伤了军官们的自尊心。一个粗暴的声音响起来：

“比克古提督，我们本想尽量保持绅士风度，但如果你说话太过分，我们也只好另作考虑了。”

“绅士风度？”

比克古满含挖苦的笑声在室内回荡。

“这是人类活到现在，第一次有人称用暴力破坏规则的人为绅士。如果你们想被称为绅士，那就趁着费尽心机弄到手的权力还没失去，赶紧让人编一本新词典吧。”

军官中间涌动着愤怒的热浪。格林希尔用眼神制止了他们即将爆发的怒气。

“我们的见解似乎不太相同，多说无益。就让历史来为我们作个评判吧。”

“或许历史根本不会为各位作解答，格林希尔上将。”

救国军事会议的主席故意充耳不闻，移开视线，说道：

“将他带到别的房间，不得无礼。”

此时，首都海尼森的各个重要据点都已被政变军队占领。

统合作战本部、技术科学本部、宇宙防卫管制司令部等军事中枢单位，以及最高评议会大楼、恒星通信中心等，都在未曾流血的状态下落入政变军队手中。统合作战本部代理部长德森上将如今也遭到监禁。

不过，叛军们搜查的首要目标——最高评议会议长特留尼西特却不在官邸中。有人猜测他很可能已经从紧急秘密通道潜入地下逃走了……

5

杨最近试图接受一个道理，那就是命运像个老女巫一般恶毒。

可是杨发现,这仅仅是“试图”接受罢了。如果命运也有灵性，它大概会抗议说“我以前从来没有恶毒过”。当然,这是不可能的。命运只是无数个人意志的偶然集合，并不是一种超然的存在。

总而言之，为了维护像特留尼西特这样的人的权力，杨竟然不得不和副官菲列特利加·格林希尔的父亲作战。

杨在自己房间里来回踱步，走了几十遍，脑中却空空荡荡，什么也想不起来。尤里安靠墙站着，默默地望着他，深棕色的眼眸中充满了关切。少年心里感到很难过，因为自己没办法帮上杨的忙。作决断是杨一个人的责任，世上没有任何人能帮他分担。

杨忽然猛地叹了口气，露出泰然自若的笑脸。

“尤里安，给我一杯白兰地。还有，十五分钟后，请所有将领到会议室集合。”

“好，我马上去。”

“等一下，赶快叫格林希尔上尉过来一下。”

少年转身飞奔而去。

如果不想作决定时就可以不作决定，那么人生会像笼罩在玫瑰色的光环中。但这偏偏是不可能的。古人说这就是生命的滋味，可是这一次，佐料似乎放得太多了。

两分钟后，菲列特利加·格林希尔进来了。她表情沉着，但仍然无法掩饰苍白的脸色。

杨也想过放弃自己的立场。他十六岁时，父亲就去世了。为了免费学历史，他进了军官学校的战史研究系。他从来都没想过要当一名军人，看来要为当初糟糕的选择付出代价了。

然而，菲列特利加的情况仿佛更证明了上天会不按常理出牌。和亲生父亲处于敌对的立场，对一个二十三岁的年轻女子来说未免太残酷。

“格林希尔上尉报告。”

“……嗯，你看起来精神不错。”

杨说了一句不该说的话，菲列特利加一定很为难该怎么回答才好。

“请问您有什么吩咐？”

“嗯……待会儿要开一个参谋会议，麻烦你帮我们准备一下会议室，以及操作机器。”

菲列特利加似乎有点意外。

“我……不，下官本来以为要被解除副官之职。我来的时候已经做好心理准备了……”

“你想辞职？”

此刻，杨的口气甚至可以说颇为冷淡。

“不，可是……”

“你不在的话，我会很为难。我记忆力不好，也不擅长操作机器，需要一位能干的副官帮忙。”

“……是！那么我就留下来继续为您效劳，阁下。”

她的表情仍是严肃的，但脸上闪过一抹感动得想哭的神色。

“多谢你。那么，请先到会议室去吧。”

杨其实还可以说些别的，但对他来说，说出这些已经是极限了。

杨走出去，在通道上遇到了先寇布。这位旧帝国人行了军礼，对上司笑着说：“格林希尔小姐好像没有被革职啊。”

“那当然，至少在找到比她更能干的人才之前。”

“说得实在是不老实。”

先寇布无礼地谈论着。

“这话是什么意思？”

“不，也没什么意思……我只是在想，她到底是怎么看阁下您的？当然，是从部下的角度来说。”

“那你是怎么看我的？”

杨笨拙地想换个话题。

“这个嘛，其实我也看不懂您，因为您实在是个充满矛盾的人。”

看到上司露出窘迫的表情，先寇布神色十分愉快，说：

“之所以这么说，首先是因为没有人比您更厌恶战争的愚蠢恶劣，但同时也没有人比您更善于作战，是吧？”

“罗严克拉姆侯爵莱因哈特这个人又如何？”

“较量一下看看，大概会很有趣。”

这位旧帝国人若无其事地说着放肆的话。

“你们两个如果军力相当，打起仗来，我想您的胜算比较大。”

“这种假设没有意义。”

“我知道。”

所谓战术，是指在战场上调度军队以赢得胜利的技术。而战略指的是准备各种条件，让战术发挥最大效力的技术。所以，先寇布刚才的假设忽视了战争中的战略要素，在现实中是没有意义的。

“那么，我们再说第二点。目前自由行星同盟的权力体制已病入膏肓，在位者既无能又无德，您对这一切也有切肤之感。尽管如此，您还是想竭尽全力去拯救它，这不是很矛盾吗？”

“我并不选‘最好的’，只想选‘较好的’。虽然目前同盟的当权者十分腐败，但是那个救国军事会议的宣言，你也看到了，他们实在比现今的当权者还要糟糕。”

“依我看……”

先寇布的眼中忽然绽放出奇妙的光芒。

“我们索性先让救国军事会议的小丑们把目前的当权者推翻好了。把他们完全地、彻底地推翻。反正破绽百出的小丑们之后根本无力收拾残局。到那时您再挺身而出，把替我们扫清道路的小丑赶走。从此由您掌权，恢复民主，这样才是‘较好的’。”

伊谢尔伦要塞的年轻司令官盯着部下，愕然无语。先寇布一改嬉皮笑脸的态度，表情严肃地说：

“您觉得怎样？形式如何并不重要，以独裁者的姿态去守住民主政治的本质也无妨啊。”

“独裁者杨威利？怎么想都不适合我。”

“您不是也不适合成为军人嘛，却干得无人能及。或许当个独裁者也会干得很好。”

“先寇布准将。”

“怎么样？”

“除了我之外，你对别人说过这些话吗？”

“这怎么可能。”

“那就好……”

杨只对他说了这句话，就转身走了。

先寇布微笑着跟在杨身后，相距有五六步远。他想，不知道杨有没有察觉到，没有一个高级军官能像他这样容许部下如此随意地说话。做先寇布的上司真是不容易。

伊谢尔伦居住着很多平民，他们对最近国内发生的叛乱事件及随之而来的内战感到不安。有一次尤里安去平民居住区为杨办事，碰到一个人问他，杨能否打赢这场硬仗？

少年盯着对方的脸，好像要责备他不该如此惊慌失措，昂然答道：“杨威利提督绝不会打没有把握的仗。”

这段话立刻传遍了伊谢尔伦的大街小巷。杨提督不打没有把握的仗！的确，以往胜利总是与他为伴，这次当然也不例外。平民们的不安至少在表面上是平息下来了。

杨事后听说了事情的原委，向尤里安确认后，他半开玩笑地说：“没想到你还有演说家的才能。”

“但我说的是事实，并非虚张声势。不是吗，阁下？”

“嗯，这倒是，起码这次是。”

少年发现，监护人不知不觉皱起了眉头。

“希望以后总是能这样……”

尤里安出去进行单座式战斗艇斯巴达尼恩的操纵练习了。杨叫来先寇布准将。

杨最近决定将麾下的舰队编成由自己直接指挥的高速机动部队，以及以补给和防御为中心机能的后方支援部队，但想来想去，却不知道要把先寇布安置在哪一边才好，所以找他来商量商量。最后决定让他留在自己身边当参谋。

他们谈完后，杨接着问先寇布有关尤里安的事情，因为先寇布曾经担任尤里安的射击和肉搏战老师。

“作为一名战士，尤里安相当优秀，大概要比阁下有用得多。”

先寇布毫无顾忌地说。

“不过，我想阁下对尤里安的期望可能并非如此吧。”

杨的回答一半是自言自语：

“……人类的能力虽然有限，但是也可以尽量发挥潜能，向命运挑战。我希望尤里安在尽可能大的范围内改变命运，就算实际上做不到，有那种可能性也好。”

“那么，您呢？”

“我是不行了。我在自由行星同盟已经陷得太深，总得对付薪水的人尽尽道义。”

先寇布知道这番话并不是开玩笑。

“的确如此，您不让尤里安当正式军人，大概就是这个原因吧。这样他就不用觉得需要对自由行星同盟尽道义了？”

“我倒没有想那么远……”

杨接连摇了两三下头。其实他在行动的时候，并非每一次都基于什么深谋远虑，可别人却不这么想。这究竟是福是祸？杨自己也不知道。

目前，首都海尼森的同盟军统合作战本部已经变成救国军事会议的大本营。现在，在这栋大楼的地下会议室中，救国军事会议的骨干们正在开会。

“杨威利已经拒绝加入救国军事会议。”

格林希尔上将此言一出，在座的人立刻低声议论起来。

“那就只有与他决一死战了！”

“那么让我们看看‘奇迹的杨’的手段吧。不知道他的实力有没有传闻中那般厉害？”

逞强的声音或许是为了掩饰心中的不安。格林希尔上将却没有迎合他们的心情。

他不会去求女儿谅解自己，况且女儿也不可能谅解他，他是在凭着自己的信念做事。如果不由军部来重建国家，这个国家就要腐败下去，终至灭亡。杨威利若不明白这番道理，那就只有一战！要下这样的决定颇为困难，可是一旦决定就绝不会改变。

“鲁格朗休提督。”

上将的话音刚落，一位浅金色短发、下巴颇有棱角的中年人马上站起来。

“请你率领第十一舰队前往伊谢尔伦要塞，与杨威利决战！”

“遵命！不过，令爱那边怎么办？”

大家都知道上将的女儿菲列特利加·格林希尔是杨身边的副官。

“这件事不是问题。”

上将的口气虽硬，但听得出是在强行压抑。

“我定下这个计划时，就对女儿死心了。杨现在大概已经把我女儿解职，软禁在伊谢尔伦要塞，所以你们不必挂虑她。”

“是。我们一定会打败杨威利，不论是生擒还是杀死，总之会给您一个交代！”

第十一舰队是同盟军宇宙舰队中少数没有受过损伤的部队，现在加入政变的行列，即将以强大的兵力封锁杨威利的去路。

四月二十日，杨任命卡介伦为伊谢尔伦要塞的临时代理司令官，下令全体舰队出动。当有人问及目的地为何方时，他的回答是：

“最终目的地在海尼森。”

Chapter 4

流血的宇宙

1

莱因哈特即将登上旗舰伯伦希尔梯口时，军务部的书记官急急忙忙地跑来拜见。

“什么事？”

书记官一边用赞叹的眼神望着身穿黑银相间华丽军服的年轻俊美的司令官，一边结结巴巴地说出来意。原来是敌人的称呼还未确定，所以跑来请示。

“称呼？”

“是、是的。叛军们自称正义派诸侯军，但公文上当然不能这样写。若是称他们为叛军，又和自由行星同盟的叛军名称相同，无法区别，因此特来请教您。”

莱因哈特听后，用修长的手指轻抚着秀美的下颌，思考了不到五秒钟，便移开手说道：“有个适合这帮家伙的名称，就叫他们‘贼军’。公文上就这么写，如何？”

“是，遵命！”

“你把这公文发布给全帝国的人民，也可以让这些贼军知道自己的身份，就说‘你们是贼军’！”

莱因哈特笑了。虽然是不怀好意的笑,但听来仍然清脆动人。

“你只是为了此事而来？我要出发了。方才交代你的话不要忘记。”

他说完立刻转身离开，动作之敏捷像一个没有体重的人似的。他身后跟着奥贝斯坦、米达麦亚、罗严塔尔、坎普及毕典菲尔特等将军。舰队不久便出发了，浩大的声势遮蔽了天空。留守部队的指挥官摩顿中将和副官们在一旁行礼恭送。

莱因哈特在奥丁只留了一点兵力，防守皇帝寝宫新无忧宫、元帅府、军务部以及他与姐姐的宅邸，加起来不过三万人。奉命留守的摩顿中将年纪已经不小了，在用兵方面并不是十分优秀，但他为人忠诚，值得信赖。

书记官回到军务部，马上执行莱因哈特的命令。超光速通信飞向帝国的每一个角落，“贼军”的称号被人频繁提起。

“贼军？竟然叫我们贼军！”

对那些自矜为天选之民的大贵族而言，这个称呼实在是巨大的伤害。他们因为憎恶和屈辱而脸色铁青，摔碎了玻璃杯，对那个金发小子的敌意愈发加深。

根据梅尔卡兹的副官舒奈德的说法，大贵族们也一样说过莱因哈特的坏话，双方不过是彼此彼此。

管中窥豹，可见一斑。不难理解联合军的作战会议也总是被贵族们的情绪左右。

布朗胥百克也有自己的战略构想。他想在帝国首都奥丁到贵族联盟大本营“秃鹰之城”要塞的路上，分别设置九个军事据点，各据点都布上重兵。等莱因哈特逐一进攻这些地方时，其兵力与舰艇一定会渐渐耗损，届时己方军队再从秃鹰之城出击，一举将其消灭。

梅尔卡兹相当怀疑这个战略。如果莱因哈特能照他们的预期，一个接一个地攻打这些据点，那最好不过。可是如果不这样做，而是先将补给线和通信网破坏掉，使各据点失去应有的功能，然后再挥兵直攻秃鹰之城，这个战略就完全无用。而因为在这九处据点驻以重兵，秃鹰之城的兵力当然就不足了。

梅尔卡兹说出自己的想法时，布朗胥百克的脸色马上变了。其变化之明显用慢速摄影也看得出来。

他的随从们无不立刻跪倒在地，请求主人赦免他们惹他生气的罪行。

梅尔卡兹当然不会这样做。

“那该怎么办？”

布朗胥百克终于出声了。梅尔卡兹假装没有注意到他的情绪，陈述了自己的意见。

他认为没有必要放弃那九个据点，但不需要设置强大的兵力。只需在各据点安置侦察机，通过电子情报来监视敌人即可，实战的机能则完全集中在秃鹰之城。

“这么说，等那个金发小子接近秃鹰之城时，在那里和他决一死战，是吗？嗯，敌军长途跋涉而来，必定疲惫不堪，我们以逸待劳，给他们一个迎头痛击。”

布朗胥百克公爵看来也并非完全不懂用兵学。

“正是如此。”

梅尔卡兹简短地应了一句。此时忽然有人出声：

“不，我还有更好的方案！”

这人正是自诩为战略理论专家的斯特汀提督。

在亚斯提战役中，斯特汀曾在莱因哈特麾下任职，但与梅尔卡兹不同，他并不认为莱因哈特有军事上的才能。

“你有什么意见，斯特汀提督？”

“我只是想修改一下梅尔卡兹总司令的方案。”

斯特汀斜眼看着梅尔卡兹。老练的提督神色怃然，他知道斯特汀想说什么。其实他早就想过这个点子，却因某种原因而作罢。

只听斯特汀继续说道：

“我们可以组织一支大规模的特别行动部队，在诱使金发小子接近秃鹰之城后，前往进攻兵力空虚的首都奥丁，那么皇帝陛下就变成我们所拥立了。”

“嗯……”

“如此一来，只要再下道敕命，罗严克拉姆侯爵莱因哈特自然就被视为逆贼，局势就完全逆转了。那金发小子立刻会变成无家可归的宇宙孤儿！”

果然是这条计策！梅尔卡兹的视线落在还未碰过的咖啡上。看来斯特汀只是个理论家，对现实缺乏洞察力。罗严克拉姆侯爵莱因哈特的确没有布下重兵防守首都，可他为何这么做？这是因为他有理由使首都在空虚的情况下仍安如泰山。考虑到这一点，就明白斯特汀的策略根本无法成功。

"这策略太棒了！"

年轻的贵族兰斯贝尔克伯爵亚佛瑞特叫道。他看起来十分兴奋，天真地赞美斯特汀的作战方案，认为这是个积极、伟大、完美无缺的提案。

"不过，谁来指挥这支特别行动部队呢？这个职位不但荣誉极高，要负的责任也相当大。"

室内顿时鸦雀无声。亚佛瑞特的这句话仿佛搅动了泥沼，将藏在底下的浓重瘴气放了出来。

如果谁能成功地攻下首都奥丁，挟持幼帝，就是此次内战的第一号功臣。和这种丰功伟业相比，在秃鹰之城诱使莱因哈特上钩的功劳，就好比恒星光芒之下的小行星一般黯然失色。

在处理战后问题时，功劳最大的人当然拥有最大的发言权。事实上，只要能挟天子以令诸侯，即使只是一个形式，最高的权威也站在了自己这一边。只要宣称"这是敕命"，就可能独占地位和权力。

这就是特别行动部队指挥官，通往最高权力的最佳捷径。

布朗胥百克公爵和立典亥姆侯爵眼中好像浮起了一层油膜，闪闪发光。

问题已经脱离了战略和战术层面，演变到政治层面上。这好比刚看见一片森林，就计算起里面黑貂的毛皮价值几何。

梅尔卡兹知道会出现这种局面，所以尽管从单纯的军事角度来说相当有效，他还是放弃了这个提案。因为这种作战方法只有在意志和组织高度统一的前提下才可能实现。主力部队和特别行动部队的指挥官之间，完全的相互信任是不可或缺的。

然而贵族联合军却做不到这一点。正因如此，罗严克拉姆侯爵莱因哈特才能放心大胆地以薄弱的兵力防守首都。

贵族联盟成立的基石是对莱因哈特以下犯上之行的憎恶。但一旦打倒了莱因哈特，他的地位和权力由谁来取代？关于这一点，贵族们并没有达成共识，要使他们的团结出现裂痕非常容易。

如今，在战斗开始前，斯特汀就制造出了裂痕。这在结果上可以说是相当有利于敌军的行为。现在，虚伪的团结已经让位给了露骨的欲望。在布朗胥百克公爵、立典亥姆侯爵和其他贵族之间，利己主义的热浪如同火山喷发一样涌出，令梅尔卡兹感到窒息。

这样能打得赢莱因哈特吗？

如果赢了的话……究竟是为了谁而胜利？

2

自此以后，对梅尔卡兹来说，在作战上要么妥协，要么只能在明知会被忽视的情况下坚持自己的想法。这其实是毫无成就感的二选一。

以前，他刚上任为作战总指挥官时，年轻好战的贵族们对他颇有欢迎之意，但是这种情形并未持续太久。因为贵族们不习惯听命于人，要他们自我压抑并不是绝无可能，但也极为困难。年长的贵族即使在行动上稍有收敛，私下里也不断煽动血气方刚的年轻人，以达到对自己有利的目的。

梅尔卡兹第一次向别人妥协，是让明显有竞争意识的斯特汀当先锋。年轻的贵族们渴望打仗，主张先与敌军一战，刺探对方的虚实。

让他们吃一次败仗也有必要，梅尔卡兹只能这样想。

这次并未刻意封锁年轻贵族准备作战的消息，因此“贼军”即将出击的情报也传进了莱因哈特耳中。

“传米达麦亚来。”

身材有些矮小却聪敏矫捷的渥佛根·米达麦亚提督不一会儿就出现了。莱因哈特问他：

“听说你在军官学校跟斯特汀学过战术理论，是吗？”

“是，有什么问题？”

“贵族们，不，贼军的第一拨军队据说由斯特汀率领。大概是想先打一仗看看。”

“哦，要开始了？”

大胆的提督毫无惧意。

“如何？能打赢吗？”

米达麦亚的眼眸中浮现出笑意，让人觉得锐不可当。

“斯特汀教官在战略方面的知识相当丰富，可是遇到事实与理论不一致时，他宁可相信理论也不相信事实。我和同学们常说他是个僵守教条的人。”

“好，我现在命你率舰队前往亚尔提那星域，去和你以前的老师对峙。我会在五天内赶到。在这五天之内，你可以和他打一仗，也可以只守不攻，全由你来决定。”

“遵命！”

米达麦亚敬完礼，精神振奋地快步走出旗舰伯伦希尔的舰桥。无论如何，被任命为先锋是军人的荣誉。

帝国历四八八年，宇宙历七九七年四月十九日。

世称“利普休达特战役”的战斗就此拉开帷幕。

斯特汀率领的一万六千艘舰艇和米达麦亚指挥的一万四千五百艘舰艇，都选择了最近的路径行进，逐渐接近对方。战斗是他们的目的，却没有什么战略上的意义。非要说有，应该也只是首战告捷这种心理效果，或是试探一下对方的战术能力。

两军最后在亚尔提那星系附近的恒星间空间对峙。不过，米达麦亚始终按兵不动，只在军队最前方设置了六百万个核聚变水雷防御敌人的攻击,并将整个舰队布成球形阵。一天过去了，两天过去了，米达麦亚还是不动声色。

这样的举动引起了斯特汀的怀疑。人称“疾风之狼”的米达麦亚一向都以敏捷剽悍著称，这次被任命为先锋，却一反常态地固守一地，按兵不动，这是什么原因？只能理解为他有所企图。那他到底在打什么主意？

因为心中存疑，斯特汀也按兵不动。

斯特汀身边的贵族们看他这样裹足不前，都不禁焦躁起来。这些年轻贵族生来就享有无数特权，人生旅途一向平稳顺利，蔑视没有特权的人。对他们而言，愿望是不必努力就能实现的。只要想打胜仗，就一定会打胜仗。有人甚至露骨地嘲笑说斯特汀并非谨慎，而是胆小。他们一方面拥有病态膨胀的自尊心，另一方面又极不懂得体恤别人。

斯特汀一面承受他们无心的诽谤，一面还要忍气吞声地安慰，阻止他们做出鲁莽的事情。这份耐力实在非常人能及。

“看样子差不多了，准备好好报答斯特汀教官旧日的恩情吧。”

米达麦亚想道。他命令部下只守不攻，已经过了三天。

此时，通信官给斯特汀送去一份情报，是从米达麦亚军队的通信中探听到的。对情报进行声音分析，得出以下内容：米达麦亚按兵不动、拖延时日期间，罗严克拉姆侯爵莱因哈特的大部队正在逐渐逼近。等他们两方面的军队会合，就要以压倒性的兵力展开全面攻击了。

斯特汀心想，这个情报会不会是米达麦亚故意散布出来的？如果情报正确，米达麦亚只守不攻的举动就可以理解了。难道他故意把正确的情报泄露出来？

斯特汀不禁感到迷惘。他不明白米达麦亚到底在耍什么花招。但考虑到己方有遭到奇袭的危险，他下令全面警戒。

年轻贵族们的不满已经濒临爆发的边缘。这是多么消极，多么优柔寡断！这次大举进攻亚尔提那星域，不就是为了和敌人打一仗，探探他们的虚实，挫挫他们的锐气吗？既然司令官这么不值得信赖，那就只好靠自己。

年轻贵族们商议已定，胁迫般向斯特汀提出作战要求，如果他不肯答应，就把他监禁起来，自行出战。

斯特汀最终还是屈服了，同意出战。但他拟定了一份作战计划，想尽量控制这些年轻贵族。他的计划是将全军分为左右两翼绕过水雷阵，左翼部队和米达麦亚军正面交战，右翼部队再从敌人后方进攻，袭击敌人的侧面与背面，并将敌人逼入水雷阵。对斯特汀来说，这样的战法颇为粗略草率，但即便他拟定缜密的方案，己方的行动彼此间也难以配合，这显而易见。

斯特汀开始后悔率领了一支这样的军队。事到如今，只能尽快击败米达麦亚军，然后赶在莱因哈特的大部队到来前撤离。他决定由自己率领左翼部队，由一名年轻贵族希德斯哈姆伯爵率领右翼部队，展开军事行动。

希德斯哈姆伯爵率领的舰队行动十分迅速，难掩其好大喜功与好战的本性。由于行进匆忙，八千艘舰艇虽然朝着同一方向前进，却毫无一个集团应有的秩序。

此时，米达麦亚已将军队的位置做了大幅变动，移到水雷阵的最外侧。从天顶鸟瞰，希德斯哈姆军正好被米达麦亚军和水雷阵夹在中间。

“三点钟方向，大量能量波和飞弹正在接近！”

希德斯哈姆军各舰的操作员陷入恐慌，正在这时，第一波核弹已经爆炸，白光闪耀。这阵白光还未消失，第二波、第三波爆炸又接连发生。能量光束、核飞弹、磁力炮的巨弹飞速袭来，令人措手不及，整个世界都被彩虹色光芒笼罩！光芒消失时，一切都化为乌有。人类的躯体被烧毁、被撕碎，还原为原子，混杂到宇宙尘埃中。也许数亿年后，会以这些宇宙尘埃为核诞生出新的恒星。

希德斯哈姆伯爵就这样糊里糊涂地战死了。他恐怕是这场内战中第一个阵亡的大贵族。

米达麦亚粉碎了希德斯哈姆军毫无章法的绝望反击，之后立刻全速前进，以顺时针方向绕过水雷阵，直接从斯特汀军队的背后袭击。此时敌军的力量已经锐减一半，米达麦亚自然是稳操胜券。这样迅捷的身手，除了“疾风之狼”还有谁？

当莱因哈特的大部队到达前线时，亚尔提那会战早就结束了。莱因哈特赞赏米达麦亚用兵神奇，米达麦亚则为没有抓到斯特汀而致歉，另外还开玩笑说：“那些用作小道具的水雷收拾起来还真不容易。”

3

帝国和同盟内部的叛乱与杀戮仍然持续不断地进行。商业国家费沙自治领却充满了活力，国内不但没有战争惨祸发生，反而因邻国的战事发了一大笔战争财。他们向一切阵营出售一切东西，包括兵器、粮食，有时甚至是人口（以雇佣兵的形式），企图独占整个宇宙的财富。

在首都宇宙港附近有家名叫朵拉库尔的酒馆，独立商人时常在这里聚会喝酒。他们大多是凭着一艘船和自己的一点商业才干在宇宙中做买卖。

波利斯·高尼夫是贝流斯卡号商船的船长，今年二十八岁，虽然气概不凡，但眼下一般人还只是把他当作小商人。这一天，他来到酒馆，喝着黑啤酒享受少有的休息时间。一个同为独立商人的朋友来找他聊天。聊了几句之后，朋友说：

“我最近听到一些奇怪的传闻。”

“传闻嘛，一般都是很奇怪的。”

高尼夫喝干了黑啤酒，问起传闻的内容。

“听说自治领主鲁宾斯基阁下好像想做一番大事业。”

“那个秃头？”

高尼夫的脑海里浮现出鲁宾斯基那张远远称不上清雅的脸。听对方讲述的时候，他忍不住揶揄道：

“你是说他想让帝国和同盟两大势力互相倾轧、两败俱伤，由费沙坐收渔翁之利？那他岂不是精神不正常！”

“所以我才说是个奇怪的传闻啊。别笑成那样，又不是我编出来的。”

“是啊，这一定是有人编出来的。”

高尼夫伸手又拿起一杯黑啤酒，嘴巴却不自觉地撇了一下。奇怪的传闻也有可能是真的。鲁宾斯基迄今为止还算是个能干的领导者，但他没准患有夸大妄想症，说不定哪天还会忽然精神错乱呢。

年轻的高尼夫一直觉得费沙是个寄生国家，没有了寄主就无法活下去。如果作为寄主的帝国和同盟灭亡，费沙也会跟着消失吧。什么军事啊、政治啊，费沙都不配染指。

“你最近有没有什么买卖要做？”

高尼夫转移了话题。

“最近要载三万多名地球教信徒去地球，他们好像要举行圣地朝拜之类的活动。”

“圣地？”

“就是地球啊！”

“什么？地球是圣地？”

年轻的船长冷笑道。宗教或神明之类对他来说都只是笑话。如果说神是全能的，那他能创造出一个不肯听话的女人吗？如果他造不出这样的女人，那就并非全能；而如果连他都无法让一个女人听话，那也不是全能，对吧？

话虽如此，最近那个什么地球教的信徒正以惊人的速度增长却是事实。高尼夫也无法判断这是好还是坏。

喝完第二杯啤酒，他和朋友道别，去了宇宙港大楼，走进狭窄的办公室。

“事务长，这回的工作是什么？”

马利涅斯克事务长只比船长大四岁，可看起来却比船长大了十岁之多。他年纪轻轻，头却秃了一半，身上裹着一圈多余的脂肪，神情中也全无豁达之气，给人一种操劳生计、疲惫不堪的印象。但如果没有他那处理事务和经营管理的扎实才干，独立商船贝流斯卡号肯定早就卖给大资本家了。

“这次是运送乘客。”

“是漂亮的富家千金吗？”

这口气不像询问，倒像是期盼。

“是一群要去地球做圣地巡礼的人。”

“……”

高尼夫皱着眉头翻着相关文件，没多久就不高兴地合上了。

“送他们去地球之后，船不就要空空地回来了吗？那可是一颗一丁点资源也没剩下的行星。”

“我们可以再从地球把他们载回来啊，而且已经收了他们的订金。如果不在明天之前把那三处欠款缴上，贝流斯卡号就要被拍卖了！”

年轻的船长咂了咂嘴，心里怀疑所谓的“战争繁荣”是否纯属无稽之谈。他幻想着将自己的船装满金属镭、钻石、原矿石，在星际间飞来飞去，船长室里还摆着本年度辛巴达奖的奖杯……这样的好事，哪怕经历一次也好啊。虽然照扎实稳重的马利涅斯克的说法，只有抛弃了一夜暴富的梦想，才可能成为真正的大商人。

不过话说回来，以高尼夫现在的处境，无法对工作挑三拣四。因为不只是他自己，船上的二十名员工也得混饭吃。

就在贝流斯卡号离开费沙自治领后的第六天，这艘船遇上一支有数万艘军舰的大舰队。宇宙世界虽然广大，可用作航线的空间却很有限，因此船只相遇也并非偶然。高尼夫收到对方“立刻停止前进，否则将予以攻击”的警告时，贝流斯卡号早就被团团围住。他此时只有暗暗祈祷舰队指挥是个明白事理的人，否则若误以为他们是间谍，商船里的人就有被枪杀的危险。

这支舰队由吉尔菲艾斯指挥，它远离莱因哈特的军队，负责管理边境星域。

通信屏幕上出现吉尔菲艾斯沉稳的面孔时，高尼夫心里暗自庆幸，向他解释道：

“船上载的是去朝拜的人，主要是老人、妇女和小孩，并没有士兵。不信的话，您瞧瞧就知道了……”

“不用了，这样就行了。”

吉尔菲艾斯摇了摇头。他看着朝圣者们，蓝色的眼眸中泛起同情之色。他们似乎都很穷，睡在货船的简陋床铺上，身边带着三餐的口粮，光是前往地球就要花费一个月时间。搭乘货船的旅费只是客船的十分之一，可是在法律上，搭乘货船的一律都被视为货物，一旦有事故发生，船主可免除人命赔偿的责任。

“船上的粮食和药品够吗？”

吉尔菲艾斯询问巡礼团的长老。长老说，婴儿奶粉、人造蛋白和洗衣粉都不够用。吉尔菲艾斯点点头，命令部下辛查上校提供给他们部分军用物资。

长老结结巴巴地道谢。吉尔菲艾斯笑着说了句“请保重”，然后关闭了通信画面。马利涅斯克十分感动，摩挲着光秃秃的额头说：“吉尔菲艾斯提督真是个好人啊。”

“可惜啊，可惜。”

“可惜什么？”

“好人不长命啊，尤其是在当前这种局势下。”

高尼夫看了看马利涅斯克，见对方没有回答，便朝自己的座位走去。

事务长看着他的背影摇了摇头，心想：我们的船长如果没有这种忽然蹦出废话的怪癖，该有多好。

此处距离地球，还有一段很长的路要走。

4

连典贝尔克要塞是布朗胥百克公爵设置的第三处据点，位于弗利亚星系的一个小行星上。它虽比不上伊谢尔伦要塞庞大，但也能容纳一百万官兵和超过一万艘舰艇。要塞有战斗、通信、补给、整备及医疗等多方面功能，对贵族联合军而言地位相当重要。

斯特汀被米达麦亚击败，继而被莱因哈特的大军乘胜追击，在残余兵力的保护下拼命逃进连典贝尔克要塞。他身心俱疲，实在需要好好休息一下。

仅仅如此的话，也许莱因哈特根本不会在意连典贝尔克要塞的存在，不过当它是颗路旁的小石头罢了。可是现在他发现这个要塞安装了许多侦察卫星，并设有浮游雷达管制中心、超光速通信中心、通信干扰系统及舰艇整备设施等，而且开战以前就驻有重兵。如果无视它的存在继续前进，搞不好它在背后蠢蠢而动，会让人心烦。不如趁早把这个祸害除掉。

“全力攻陷连典贝尔克要塞！”

莱因哈特做出决定。他把提督们集合到旗舰伯伦希尔的舰桥，用显示屏向他们解说要塞的平面图和剖面图，下了这道命令。

莱因哈特接收奥丁的军务省时，有一大部分机密文件落入手中，其中包括连典贝尔克要塞的平面图和剖面图。因此他对这个要塞的缺点和优点了如指掌，知道敌人此时想补救也太迟了。

作战方案的关键在第六通道上。将小行星挖通建成的要塞中心有一个核聚变炉，是供给全要塞能量的地方。第六通道是从行星外壳通到核聚变炉的最短路径，若从这里夺下核聚变炉，便可置要塞于死地。但若直接集中火力攻打核聚变炉，有引起核爆的危险。看来只有以肉搏战取胜。

三天后，莱因哈特军逼近连典贝尔克要塞，开始总攻。这场战争实际的指挥官是罗严塔尔和米达麦亚。

最初的炮战过后，要塞中的驻留舰队出动，挑起舰队战。莱因哈特军将火力猛烈的战舰群排成一道又长又厚的防线，从正面封住要塞的舰队，再用高速巡航舰从两侧攻击。能量光束和飞弹密集交错，结成一张死亡之网，接连不断的火球在黑暗中闪耀，如同无数宝石。

战斗发生不到一小时，敌军就已伤亡泰半，剩下的则飞快地向要塞内逃窜。罗严塔尔和米达麦亚紧追不舍，要塞的炮手们害怕误伤友军，结果错过了炮击的最好时机，莱因哈特军趁机进入据要塞图推算出的巨炮群射不到的死角。

穿着宇航服的工兵们用激光氢弹炸破要塞的壁面，一艘艘和要塞的旋转速度一致的强攻登陆艇船舷相接，不断送入装甲士兵。米达麦亚和罗严塔尔在其中一艘舰艇内成立了临时指挥所，一面利用监视摄影机观察战况，一面指挥最前线的作战。

第六通道的沦陷只是时间问题，但两位指挥官却显得很紧张，因为把守第六通道的指挥官是装甲掷弹兵总长奥夫雷沙。

奥夫雷沙一级上将是一位四十多岁的大汉，身材粗壮，肌肉坚实，孔武有力，好似一头被斗牛士挑拨得全身是劲的公牛，充满了力量和战意。

他的左颊上有一处吓人的紫色伤疤，这是猛将的象征。以前和自由行星同盟军作战时，他曾经被敌军在近距离内用激光射伤，皮肤、肌肉和一部分骨头被削掉。当然，那位射伤他的士兵也遭到了报应，被奥夫雷沙巨大的战斧一劈，头盖骨被击得粉碎。

奥夫雷沙在肉搏战时使用的战斧，由硬度可与钻石媲美的碳结晶体制成。标准的战斧全长八十五厘米、重六公斤，单手即可使用。可是奥夫雷沙的战斧全长一百五十厘米、重九点五公斤，要双手才抡得动。

使用巨大的战斧，再加上出众的搏击术和腕力，奥夫雷沙产生的破坏力难以想象。也许头盔和装甲服还可以抵挡这致命一击，但包裹在里面的人体非得骨断筋折、五脏俱裂不可，即使侥幸不死，也毫无战斗力可言了。

“如果要你和奥夫雷沙一对一地单打独斗，你会怎样？”

“马上飞也似的逃走！”

“换成我也是。那个人好像是为了殴打和杀戮而生的。”

以上是罗严塔尔和米达麦亚的对话。

论射击和肉搏战的功力，平心而论，他们两人也堪称一流，但是面对毫无人性、面目狰狞的奥夫雷沙，还是心存忌惮。他们一致认为，碰上这样的厉害对手，就算弃甲而逃也不是可耻的事。如果连这个道理都不明白，不是有勇无谋，就一定是白痴。

话虽如此，以他们现在的身份，却不能对部属说：“你们打不过的话，逃走也无妨。”必须在不破坏第六通道的前提下将其占领。装甲服有过滤空气的功能，就算敌人释放瓦斯毒气也没关系。看来攻入第六通道的办法只有肉搏战了。

米达麦亚和罗严塔尔想，为了占领第六通道，莱因哈特的军队可能要血流成河了。这两位指挥官不得不下了一道令他们心情沉重的命令：

“不管付出多大代价，一定要占领第六通道！”

第六通道中，注定将展开一场极其原始而惨烈的战斗。

进攻，然后败退。

在接下来的八个小时中，莱因哈特的装甲掷弹兵九次进攻第六通道，九次都被打退。

帝国军的高级军官中，无论是拥莱因哈特派还是反莱因哈特派，还没有一个像奥夫雷沙这样亲手杀死过那么多人。奥夫雷沙是下级贵族出身，能升到帝国军高级将领的位置，并不是因为政治上的力量，也不是因为有用兵之才，而是靠他勇往直前、流血奋战得来的。他命令将第六通道充满可称为气体炸药的杰服粒子，连轻型火器都不用，只是一味施展自己的腕力和体力，杀死来犯的敌军。

他的战斧似乎也秉承了主人残忍嗜血的本性，不断将莱因哈特的士兵劈碎，让他们变成血淋淋的肉块。

米达麦亚和罗严塔尔都是勇敢的军人，但看见自己的士兵一条腿被齐膝砍断，咬牙忍痛用双肘拼命向前爬行，奥夫雷沙却毫不放松地紧追在后，举起那把沾满血迹的大斧，将受伤士兵的头颅劈得粉碎，他们还是忍不住移开视线。

奥夫雷沙全身裹着盔甲，只露出两只眼睛，眼神中泛起嗜血的狰狞笑意。米达麦亚和罗严塔尔原本颇为佩服他的勇猛，现在却从心底感到厌恶，因为他是如此残忍，已经远远越过了勇猛的界限。

不管他们怎么想，都不可否认是因为这个猛兽般的男人奋勇抵抗，他们才无法夺占第六通道，使整个作战计划陷入停滞。他们对奥夫雷沙的怒气不禁成倍增长。

“一定要杀了这个家伙！”

米达麦亚嘀咕着，虽然眼神和语气十分强硬，却也奈何不了他。若论在广大的宇宙空间中指挥舰队的能力，米达麦亚和罗严塔尔这两位都是全人类中的翘楚，可如今条件和环境都受到极大限制，在原始的斗志和体力面前，他们不禁感到束手无策。

面对莱因哈特军队一波接一波的攻击，奥夫雷沙率领的士兵居然能够死守不败，而且没有其他士兵轮流支援，他们从哪里来的体力和精力？

论常理，士兵穿着装甲服持续作战八个小时很不可思议。装甲服有完全隔热的功能，宇宙空间中的绝对零度也影响不到装甲服中的人。可是同样，人体的热气也无法散发出去，士兵们穿着装甲服时必须忍耐高温的煎熬，非常消耗体力。虽说装有不妨碍战斗的小型温度调节器，但最多也只能使体温降低七八度。

就算这些士兵出于对莱因哈特的憎恶和敌意奋力战斗，可是要忍受高温，还有其他令人不快的因素，比如无法排汗、皮肤发痒、不能排泄、空气不流通……种种不便加起来，一个人顶多只能忍耐两个小时，他们竟然一忍再忍，撑过了八个小时。

“他们是不是服用了什么药物？”

两位指挥官只好得出这个结论。若不是吃了兴奋剂或清醒剂等药物，又怎能像超人般战斗这么久？就在此时，莱因哈特要求他们报告战况，他们只好暂时从前线撤回。

“奥夫雷沙是个勇者。不过，他只是石器时代的勇者。”

莱因哈特听完报告，冷笑着评论。他无意斥责这两位感到脸上无光的提督。

“反正他活着也是多余，况且他根本就不打算活命，那就让他轰轰烈烈地死吧！”

“请等一下！”

忽然有人插嘴，是总参谋长奥贝斯坦。

“我想要生擒他，如此一来，他将对阁下有所帮助。”

“那么顽固的人，恐怕不会效忠于我。”

“您不必担心他的意志问题。”

莱因哈特听到这句话，眉头皱了起来。

“你是说要给他洗脑？”

莱因哈特对用化学或机械的方法洗脑并没有好感。

总参谋长悄无声息地笑了。

“您放心，我不会做那种愚蠢的事，一切请交给我。您就等着看贵族们起内讧吧。”

“好吧，就由你处理。”

莱因哈特刚说完，通信官传来了最新报告。

接着，奥夫雷沙的身影出现在通信屏幕上。他扬扬得意，似乎在夸耀自己的胜利。

“金发小子，你敢通过屏幕正视我的脸吗？”

奥夫雷沙穿着装甲服，戴着头盔，庞大的身躯占据了整个屏幕。装甲服上沾满了人血，颜色已由红转黑，上面甚至还粘着人肉碎片。莱因哈特的四周响起了恐惧和愤怒的叫声。

这个如同猛兽的巨汉就以这种令人作呕的样子，通过装甲服中的通信系统，开始侮辱莱因哈特。

他说莱因哈特是辜负皇室厚恩的叛逆者，是卑劣之徒、无德之辈，是一个交了好运的无知小儿。历数完这些，他又说：

“姐弟俩都只是靠着美色迷惑先帝……”

一瞬间，莱因哈特秀丽的脸上怒气爆发了，方才的冷静和理智已经无影无踪。他冰蓝色的眼眸中雷光闪耀，咬牙切齿的声音从端正的唇间迸了出来：

“罗严塔尔！米达麦亚！”

“是！”

“把那个下流的混蛋抓到我面前！你们一定要活捉他，就算斩断他的手脚，也绝不要将他杀死。我要亲手把他那肮脏的嘴巴撕烂！”

两位提督面面相觑，他们觉得这实在是个难题。不过，现在他们总算看清了一件事，那就是莱因哈特也是凡人，是有感情的动物。

5

莱因哈特的军队进行第十次攻击行动时，在装甲掷弹兵面前，尸体已经筑成一道高墙，奥夫雷沙被流血和药物迷醉的部下们却两眼炯炯有神地盯着敌人。

“来啊！你们这些胆小的老鼠！”

狂暴的笑声轰然响起。

“看来我们可以把这些尸体放进锅里煮，做个白汁烧肉大餐。这些贱民的肉想必很难吃，可是战场上有这种东西吃就不错了！”

“野蛮人！”

罗严塔尔恨恨地说道。

“最高司令官说得对，奥夫雷沙的确是石器时代的勇士。看来他是晚生了两万年。”

“就因为他晚生了两万年，害得我们现在打得这么辛苦。”

米达麦亚很不高兴地回答。接着他传唤副官，命他拿两套装甲服来。

副官问道：“两位提督要亲自披挂上阵？”

“我们不过是诱饵，希望敌人能落入圈套……你那边进行得如何？”

“已经快好了。但两位提督也不必亲自出马啊。”

“我们两个只是上将，奥夫雷沙那个怪物则是一级上将，说起来也算公平。”

如果罗严塔尔和米达麦亚双双出现在奥夫雷沙面前，奥夫雷沙会有怎样的反应？按照他的心理，绝对不肯把这么珍贵的猎物让给别人。很显然，他一定会冲上前来，希望依照自石器时代以来的传统单打独斗。

他们的计策想成功，诱饵是必不可缺的，还必须是相当美味的诱饵。如果莱因哈特本人去充当诱饵，看起来似乎完美无瑕，但反而太惹人注意。由他们两人上阵大概最合适。

他们两个穿上装甲服刚走出来，奥夫雷沙的部下中立刻响起兴奋的议论声。这两人的英勇之名众所周知，他们的命价值连城。奥夫雷沙制止了士兵们的骚动，盯着他们说：

“小子，你们以为两人一起上就能胜得了我吗？你们的伎俩也就这么多了吧。”

“是吗？不打打看可不知道！”

米达麦亚大喊。奥夫雷沙听到他如此出言不逊地挑战，立刻踏着堆积如山的尸体往前冲来。他步伐巨大，杀气腾腾，即使身穿装甲服，那狰狞的气息仍然震慑了周围的人。巨汉两眼中闪动着嗜血的光芒，向两人扑来。

就在这一刹那，奥夫雷沙庞大的身躯忽然缩小了。他原本是个身高两米的大汉，如今站在身高一米八四的罗严塔尔和身高一米七二的米达麦亚面前，却比他们还要矮小。两边的士兵都傻眼了。这是在变魔术吗？

地面陷下去了！奥夫雷沙腰部以下都被埋在了地下，他用两手撑住地面，总算止住了继续下沉。他那把形影不离、需要双手才能挥动的战斧，早已飞到了一米开外的地上。

那是一个陷阱，是在复合结晶纤维地面上挖出的洞。准确地说，米达麦亚他们早已算好位置，在第六通道的地底下用氢和氟对着地层进行了三个小时的粒子数反转照射，使这个位置的地层纤维分子结合力减弱。奥夫雷沙穿着装甲服的庞大身躯一旦在上面用力踩踏，地层承受不了，便裂开下陷了。

米达麦亚看到敌人受困，马上跳到奥夫雷沙身边，把他的战斧一脚踢开。奥夫雷沙被这突如其来的变故惊呆了，他明白发生了什么，头盔中的脸涨成了紫红色。

罗严塔尔大喊:“奥夫雷沙已经被捕，剩下的都是些无用之辈。装甲掷弹兵，全员突击！”

接着他拿起被同僚踢开的战斧，对眼前这头被制伏的猛兽冷笑。

“想捕捉野兽，就应该设陷阱，你果真上当了。换成别人大概不容易中计，这陷阱太简陋了。”

“卑鄙胆小的混蛋！”

“你是在赞美我吗？”

向前冲锋的士兵如潮水般从他们身旁涌过。

奥夫雷沙的部下看到指挥官被捕，而莱因哈特的部队又气势汹汹地冲上来，不禁害怕起来。也许失去那位勇猛得不似人类的指挥官后，他们的斗志就像烈日下的一摊水似的蒸发掉了。

莱因哈特的部下一个个都豁出了性命疯狂复仇，抡着战斧逼近敌人，不断地砍杀。这一波的攻击行动终于成功了。

第六通道总算攻了下来，却染上了一层血红。

奥夫雷沙再次出现在莱因哈特的通信屏幕上时，两只手已被双层手铐铐住，头上戴着实施电刑时用的头盔，身体还被一排步枪牢牢抵住。

面对莱因哈特满脸的愤怒和憎恶，奥夫雷沙知道自己难逃一死，却仍旧傲然地昂着头，一副不可一世的模样。这个人虽然有许多令人讨厌的地方，勇猛的个性却不容怀疑。

但是通信立刻被关闭了。在伯伦希尔的舰桥里，装有义眼的总参谋长劝说上司：

“要杀这家伙很简单，可是他又不怕死。阁下若现在杀了他，他就成了不屈的勇士，成了高登巴姆王朝的殉死忠臣，反而成就了他的美名。这也不是阁下的本意吧？”

“……”

莱因哈特冰蓝色的眼眸中流泻出狂怒的风暴。过了片刻，他紧咬的嘴唇终于开启，简短地问道：

“那要怎么处置他？”

“将奥夫雷沙送回贵族们的大本营去，而且不可伤害他一根汗毛。”

“胡说！”

这次轮到米达麦亚叫了起来。因为愤怒和激动，他年轻的脸涨得通红。

“我们费尽千辛万苦，死伤了多少部下，好不容易才抓住这头猛兽，你却轻松地说要把他放了！不管对他多么宽大，下次在战场上他还是会抡着战斧，杀死我方无数士兵。我可以和你打赌，可是这种事就算我赌赢了又有什么用。没必要让他活下去，应该立刻将他处死！”

“我也有同感。”

罗严塔尔简短而强硬地附和道。所谓放虎容易擒虎难。可是总参谋长不为所动，继续说道：

“如果让奥夫雷沙毫无损伤地回去，你们说，贵族们看了心里会作何感想？他们之间本来就互相猜忌，如果我们把奥夫雷沙的十六名部下全部处死，并用超光速通信告知贵族们，而此时奥夫雷沙若是平安归去……”

“……知道了。”

莱因哈特打断了总参谋长的发言，眼神中的激动也缓和下来。他看着两位心犹不甘的立功者，说：

“你等也明白了吧？这次就听奥贝斯坦的，还有没有异议？”

“没有了，悉听阁下决定。”

米达麦亚和罗严塔尔异口同声地回答。他们也明白总参谋长的用意，之所以神色不悦，大概是因为这种做法不合他们的口味。

就这样，奥夫雷沙被释放了，还得到一艘有跳跃飞行功能的太空梭。他一句道谢的话都没说，但已经没有原先那副趾高气扬的模样了。他满心疑惑地乘上太空梭，离开了要塞。

接着，奥夫雷沙的同僚和部下共计十六人被枪决。斯特汀则是在病床上遭到俘虏的，年轻的元帅连看都不想看这位战俘一眼。

6

奥夫雷沙虽然并不期待英雄式的欢迎场面，但回到贵族联合军的大本营秃鹰之城后，才发现事态超出了他的想象。

他在通信中告知自己生还的消息时，通信官的反应相当惊讶。前来迎接进港的太空梭的，不是捧着鲜花的美女，而是一群武装士兵。

“您是在连典贝尔克要塞中奋战的奥夫雷沙一级上将吗？”

这位刻意询问的人，就是布朗胥百克公爵的心腹——筹划了逃离奥丁行动的安森巴哈准将。

“混账，你认不出来吗？”

“只是确认一下。好了，盟主已经在等您了，这边请。”

连典贝尔克的英雄被领进一间宽阔的殿堂中，早已有许多将士等在那里。看见他走进来，众人都不住地盯着他看，却没有一丝温和的目光。

台阶上摆着一张十分豪华的椅子，高坐其上的正是布朗胥百克公爵。他骄傲地坐在那里，动作有些僵硬，看起来像个还不太习惯的实习皇帝。

“你生还归来，太好了，奥夫雷沙！”

接着，他以露骨的口吻质问道：

“你的十六名重要部下都被敌人当众枪决了，你却得以生还，这到底是为什么？”

“被枪决？”

奥夫雷沙张大了嘴巴。他那满嘴的假牙同样是在肉搏战中奋勇杀敌的证明。布朗胥百克看见他呆滞诧异的表情，半是嘲弄半是愤怒地喊道：

“你这傻瓜，看看这个！”

墙上的显示屏忽然出现了影像，奥夫雷沙低低地呻吟了一声。那些全是熟悉的面孔，他们在连典贝尔克要塞中被莱因哈特的军队当众枪决。他的部下们已经被恐怖和战败的屈辱击溃，在激光光束射穿脑髓的那一瞬间，他们的表情变得一片空白。

“如何？你有什么话要解释吗，奥夫雷沙？”

“……”

“我看，你之所以一个人生还，一定是背叛了我，将自己的良心出卖给那个金发小子了！你这不知羞耻的狗东西！是不是还答应要取我的首级去送给他？”

奥夫雷沙那岩石般的脸庞上，忽然现出愤怒和恍然大悟的神色。

“陷阱！这是陷阱！没看出来吗？你们这些低能者！”

他近乎咆哮地大吼。包围着他的官兵们都被那无形的能量压迫得跳了起来，很多人本能地掏出腰间的佩枪。

“开枪！给我打死他！”

布朗胥百克公爵叫喊着。这道命令一出，大厅中便乱成一团。大家虽然拔出了枪，但都明白在人群中开枪是极为危险的。

忽然，巨大的拳头一闪，奥夫雷沙抓住了一名士兵的下颌，随即传来异样的声音。士兵被捏碎下颌骨，飞出老远。

这个发狂的大汉口中不住地喊着“陷阱”，冲向高坐着的布朗胥百克公爵。此时就算他的目的是希望别人能听他解释，也没有人相信他了。安森巴哈准将一声令下，数十名士兵冲向前去，挡在奥夫雷沙面前。这位手无寸铁的大汉转眼间就因为无数枪托的围殴变得皮开肉绽、满身是血。换成普通人早昏过去了，甚至可能当场毙命，但奥夫雷沙却连向前冲的速度都没有减缓。士兵们被他打飞出去，发出痛苦的叫声跌下台阶。

安森巴哈准将往地板上吐了一口带血的口水，站了起来。他也是被摔出去的。他一只手理着散乱的头发，另一只手拔出手枪。

安森巴哈握着枪调整了一下呼吸，稳稳地踏步走近奥夫雷沙。那位一级上将此时已经变成了巨大的血人，目光呆滞地望着新的敌人，吼叫着挥起粗壮的胳膊。准将轻轻后退一步，避过这一击，忽然以闪电般的速度举起枪，贴着他的耳朵扣下扳机。

奥夫雷沙另一边的耳朵中迸出鲜血和闪光。他那巨大的身躯开始像波浪起伏般抽搐。抽搐停止之后，有几秒钟，这一大块失去生命的肉块直直站着，仿佛被无形的神灵之手扶住了。过了片刻，他终于向前倒去，额头撞在台阶的一角上，发出空洞的声音，为这血腥的疯狂交响曲奏出最后一个乐章。大家围着这具尸体，许久许久没有人出声。

“叛徒！”

布朗胥百克终于高声骂道，脸上仍是惊魂未定的神情。

“这只疯狗，还否认他想加害于我的阴谋，最后不是露出马脚来了？”

安森巴哈准将清了清喉咙说：

“不过，他真的背叛了吗？”

“废话！事到如今还要怀疑？如果他没有背叛我，你为什么杀他？”

安森巴哈摇摇头，又弄乱了刚整理好的头发。

“我是为了保护公爵阁下的安全。但他之所以发狂，是因为没有料到自己会被怀疑。而且正如他所说的，他意识到自己掉进了陷阱。您认为呢？”

“或许这真的是个陷阱，但也不必再提了。人都死了，再也不能拿战斧杀人了，所以是背叛也好，企图害我也罢，事到如今已没有区别。”

“我明白了。不过要如何处理？我是说，如何对外界公布奥夫雷沙一级上将的死因？”

安森巴哈话中的意思是，刚才大厅中一连串惨烈的打斗，对贵族联合军的秩序和形象而言是相当不光彩的，不如说他是病死的。

布朗胥百克公爵站起身，表情和动作都让人觉得他十分恼怒。他处事本来就缺乏灵活性，现在更是气急败坏。

“这种事想瞒也瞒不住！你去向全军传达，就说奥夫雷沙因叛逆罪被处决！”

盟主重重地跺着地板，离开了大厅。安森巴哈耸了耸肩，命令士兵们将这位生前因勇猛备受赞誉、因凶暴令人畏惧的大汉搬走。死者空洞的眼睛瞪着安森巴哈。他疲惫地低语道：

“你别这样瞪着我……我还不知道明天自己会怎么死呢。或许你还会在天上感谢我，能让你今天就死去。”

准将的身子战栗了一下。他也感觉到这句话中含有奇妙的预言意味。

这起事件的后遗症相当大，因为大家都知道，奥夫雷沙是反莱因哈特派的急先锋，像他这样的人尚且会与敌人勾结反叛，那么还有谁能直到最后都坚定不移？贵族们用不信任的目光看着彼此，有人甚至失去了自信。

奥夫雷沙惨死的消息传出后，莱因哈特的心情才稍微好转。那个人不但侮辱了自己，还侮辱了姐姐，理应得到这样的报应。

莱因哈特任命狄克尔中将为连典贝尔克要塞的司令官，并以要塞为根据地，重新筹划进攻秃鹰之城的方案。

莱因哈特军中也产生了一个后遗症。每当罗严塔尔和米达麦亚两位提督看见白汁烧肉料理，就会直犯恶心，因为他们想起了第六通道中堆积如山的尸体。

Chapter 5
德奥里亚星域会战

1

杨最初的作战计划是不理会香普尔星域的动乱，急速赶往首都，一举击溃救国军事会议的主力部队。如此一来，断了根的救国军事会议的枝叶也必定枯萎而死。

不过，杨威利最后还是改变了计划，先行攻击香普尔星域的叛军。他认为这些叛军可能利用游击战术破坏伊谢尔伦要塞与杨舰队之间的补给和联络路线，这相当危险。杨心想，如果自己是香普尔星域的救国军事会议指挥官，被讨伐部队追击时，就立刻逃之夭夭，而一旦讨伐部队离开，自己就从背后偷袭他们，破坏其补给路线。如此反复消耗对方的体力，一定可以打败对方。

万一香普尔星域的指挥官和他的想法一样，那就真的吃不消了。

“可是，敌人的指挥官又不是杨威利。”

尤里安发表自己的意见，认为杨在杞人忧天。黑发的司令官笑着回答说：“也许他就是未来的杨威利啊。”

每个人在成名之前不都是无名小卒吗？在艾尔·法西尔之役以前，又有多少人知道杨威利呢？

“如果我生在太平时代，现在也不会有什么名气。不过是个想当历史学家的年轻人，也许连在历史学方面小有成就都谈不上。”

这也是杨心中的希望。如今他已是个举世皆知的名人，但还是无法舍弃当一介学子的愿望。他被誉为不败的名将，可心中比谁都明白这不过是虚名。

杨对历史上的人物和事件很有兴趣，希望成为一位历史学家，但如今自己倒成了别人感兴趣和研究的对象，真是始料未及。目前，银河帝国、费沙自治领和他面对的敌人——救国军事会议都在研究他的用兵技巧。不仅如此，像《杨威利的领导能力研究》《战略及战术思考：杨威利的四次战争》《现代人才论：杨威利》等一大堆名字轻浮，内容又毫不负责的书和录像带，充斥于海尼森和各个星球。

光芒四射的现代英雄。

“那个叫什么杨威利的家伙，可是相当了不起。人家和你同名同姓，不过差距可就大了。”

每次照镜子的时候，面对丝毫看不出“伟大”模样的自己，杨都要这么调侃一番。

“但是，您真的很伟大啊。”尤里安在一旁热切地说。

“哪里伟大？”

“若是普通人被别人这样称赞，早就变得不可一世、自以为是，失去客观的判断力了，肯定是这样。”

杨微微歪着头听他说话，不禁苦笑。

“你不要这样当面夸人呀，弄不好，我真的会以为自己很伟大。”

接着，杨板起脸对尤里安说教起来。千万不能当面赞美长辈或上司。如果对方生性软弱，可能会自以为是；如果对方个性刚直，还可能以为你在曲意逢迎，会刻意疏远你。这种事千万要注意……

“是，我明白了。”

尤里安这么回答，心里却感到奇怪：杨怎么会说出这种与个性不合的陈词滥调？

杨是个刚满三十岁的未婚男子，但对待尤里安却俨然一副老爸的模样。

香普尔被杨的军队平定的那一天，军事情报部的巴格达胥中校刚好从首都叛乱区逃出，乘坐太空梭到达这里。

杨的军队从四月二十六日开始进攻香普尔，经过三天的战斗就降伏了这里的叛乱部队。

这场仗并没有多少新奇有趣之处。香普尔不像首都海尼森那样拥有大量人口和重武器，攻占这样的行星不是“登陆”，而是“降陆”，有一定的模式，没有多少让指挥官发挥个性的余地。杨的军队先确保自己在卫星轨道上的制空权，再从宇宙发动攻击，破坏对空雷达和防空炮火群。随后，在护卫舰和大气圈内战斗艇的保护下，陆战队的太空梭登陆。宇宙部队和地面部队保持着密切联络，从两个方向共同控制目标地点。

上述作战只用了三天就顺利完成，指挥陆战队的先寇布可说功不可没。如果换成一个平庸之辈，说不定要耗上一个多星期。他的作战方法是先集中火力确保据点，再以横列展开的装甲车阵连成战线，然后推进战线扩大占领面积。

但在这样的攻击持续一整天，敌人开始熟悉并制定应对策略之际，先寇布忽然又改变了攻击方式。他们从已控制的一个据点向着目标直线前进，如闪电般占领了敌人毫无防备的区域。

这种忽横忽纵的急速变化令叛乱部队反应不迭。他们固守着同盟军管区司令部大楼这个大本营，但在损失半数兵力之后，胜败便已决定。经过两小时的枪战和肉搏战，叛乱部队的指挥官马龙上校对着自己的嘴巴扣下了扳机。残存者举起白旗。

“了不起！”

杨赞赏着回到旗舰的先寇布。但令他哭笑不得的是，这位陆战队指挥官的脸、手和衣服上布满了无数吻痕。可以想见，当地的居民从半个多月的恐怖中解放出来，是多么欣喜若狂。

“哦，没想到还有这么多意外收获。”

先寇布莞尔一笑。正在这时，巴格达胥中校出现了。

确认身份之后，他马上被带到旗舰休伯利安的舰桥。大家都渴望知道首都的消息，但首先发问的资格属于官阶最高的杨。

在大家的注视下，杨的问题是，是否有人遇害。

“目前有人被拘禁，但没有人遇害，以后的事可就不知道了。”

“哦……”

“还有一件重要的事要报告。第十一舰队加入政变，正朝这个方向前进。”

大家都倒吸了一口凉气。杨没有作声，用眼神示意他继续说下去。

“司令官鲁格朗休中将希望面对面正大光明地决一死战，他不想要什么花招。”

“这样最好不过了。”杨的语气中并没有讽刺的意思。他低声说完，便将发问的权利让给了部下。

面对费雪和姆莱等人连珠炮般的提问，巴格达胥的视线却好像在搜寻什么人似的，然后他若无其事地问杨：

“副官格林希尔上尉好像不在这儿……”

“由于立场的关系，她现在还留在伊谢尔伦。”

就在杨回答的同时，先寇布忽然“啊”地叫了一声，大家一齐转头望去，只见他的咖啡杯不知何时打翻了，咖啡洒在了胸前。

“哎呀，来之不易的吻痕就这么糟蹋了……对不起，失陪了。”

他一面说，一面看看杨的眼睛，然后离席走出会议室。

尤里安正站在走廊上。虽然没有资格进去，但他总待在杨的声音所及的地方。

“你知道格林希尔上尉在哪里吗？”

“在医务室，她今天早上就开始头疼……真可怜。”

大概是精神疲劳的缘故吧。先寇布点点头，向医务室走去。

小个子护士看着被吻痕和咖啡染得色彩斑斓的野战服，惊诧的目光投向了先寇布。

“格林希尔上尉在吗？”

“在呀，但我们谢绝衣衫不整的人入内。”

这位护士的身高还不及先寇布的肩膀，但态度相当坚定，张开双手挡在他面前。还好有人出了声，将准将从窘境中解救出来。

“没关系。先寇布准将，请进。”

护士好像还不太愿意的样子，但不再作声，让他进去了。

穿着军服的菲列特利加正躺在躺椅上，一见到先寇布，她马上坐了起来。先寇布一边想着希望看看她穿晚礼服的样子，一边简单地把事情说了一遍。

“我觉得杨提督好像也有所怀疑，毕竟那个人逃出的时机未免太巧了。我听到杨提督那么说，就故意弄洒咖啡，叫嚷起来，让巴格达胥看不到在座的人意外的表情。你听说过巴格达胥这个名字吗？”

“我只见过巴格达胥中校一面。那是五年前，他在我父亲的书房中，陈述他对当下政治体制的不满。”

菲列特利加的记忆力之强是有名的。

“原来如此。格林希尔上尉，他在注意你呢。也就是说，他是政变派的间谍。”

政变领袖格林希尔上将信赖的人好像并不多。如果菲列特利加的记忆没错的话，可以推导出他们大概是计划趁早谋杀杨提督。如果和第十一舰队交战时实现这个计划，杨的舰队将全军覆没，政变也就成功了。即便暗杀者被杀，也是十分划算的投资。

如果自由行星同盟灭亡，倒是无关紧要，可是如果杨死了，接下来的历史发展就无趣了。先寇布很快做出了决定。

杨在吃晚餐前问先寇布：“巴格达胥中校现在如何？”

“在睡觉。”

“你做了什么？”

听杨的语气，他似乎对此早有预料。先寇布对他眨了眨一只眼睛。

“我让他吃了特殊安眠药，两周内他的眼睛绝不会睁开。没办法，情报部的家伙即使被监禁，只要还醒着就不能大意，最好的方法就是让他睡到这一仗打完。”

“辛苦你了。”

杨苦笑着感谢他。

2

在紧张的气氛中，日历已经翻到五月。

第十一舰队正渐渐逼近三千光年以外的宇宙空间，在这一点上，巴格达胥的情报是正确的。

杨将舰队移到了德奥里亚星系，每天忙于情报收集和分析工作。五月十日那天，被派至邻近的艾尔刚星系侦察的驱逐舰发现了一支大舰队，它向杨的舰队发出紧急通报后就失去联络，再也没有音讯了。这是会战之前的首次牺牲。杨心里盘算着，即使和敌人正面交锋，他也有打赢的把握，但他正等着侦察艇的情报。他在广大宇宙空间的各个重要位置都埋伏了侦察艇。如果此战不能在短时间内大获全胜，想平定政变就会非常困难。

五月十八日这一天，杨在房间里画圆圈似的来回踱步，这时尤里安给他送来了当天的第二十封侦察报告。此前的十九封报告都被他揉成一团丢在地板上。杨的视线似乎不经意地落在了报告的文字上——

“太好了！我知道了！”

年轻的黑发司令官又叫又跳，把情报抛向空中，抓住目瞪口呆的尤里安的双手，乐得手舞足蹈。尤里安被他摇了几摇，马上明白了是怎么回事，也跟着叫起来。

“阁下，我们能取胜了是不是？能打赢了？”

“没错，我赢定了。杨威利绝不打没有把握的仗，不是吗？”

忽然间，有人故意发出咳嗽声。杨马上停止手舞足蹈转身看去，原来是先寇布、菲列特利加、费雪三人，他们正站在那里呆望着杨。

杨放开尤里安的手，顺势摸了摸头，贝雷帽不知何时已不翼而飞。杨把刚才弄乱的头发抚平。

“高兴一下吧，作战计划决定了！看来这场仗我们赢定了。”

三十分钟后，杨向全体人员宣布了作战计划。得到需要的情报后，能在这么短的时间内就制订出作战计划，真是不可思议。以下便是具体内容，第一项是他刚刚得到的情报：

一、敌人将兵力一分为二，意图应为一支军队趁恒星德奥里亚发生日食之机从左侧攻击我军，另一支军队则绕到我军右后方，左右夹击。

二、鉴于第一项情报，我方应比敌人早六个小时行动，趁敌人分散之机各个击破。我们要先袭击绕到我军右侧的部队，再迎击自左侧而来的敌人。

三、阮邦修提督为本次作战的先锋，于今天二十二时开始行动，先横越第七行星的轨道，在该宙域中背靠德奥里亚恒星布阵。

四、后卫部队由费雪提督指挥，在明日四时以前仍驻扎在现在的宙域，之后横越第六行星的轨道布阵，对付自左侧攻来的敌人。目前的阵地与警戒方法一直到明日四时以前都不变动，注意收集情报，防范敌人的侦察。

五、其他战斗集团在阮邦修提督之后开始行动，根据既定坐标在阮邦修提督所率军队的左右两侧和后方布阵。

六、亚典波罗提督指挥炮舰和飞弹舰部队，驻守在第七行星的轨道上，以保护我军与伊谢尔伦要塞间的联络路线。同时，如果有自其他星系远道而来的攻击，也能较早警戒。此外，若有敌人要逃往其他星系，也能及早阻止。

七、杨司令官为中央战斗集团的总指挥官。

杨司令官传达上述命令之后，舰队的全体人员都紧张和兴奋起来。

“我前一阵子到首都去的时候，曾经请宇宙舰队司令长官比克古阁下颁给我一份命令书，明令如果有叛乱发生，就要我们前去讨伐，以恢复法律秩序。所以我们这次的征讨师出有名，不是于法无据。”

会议室中的参谋们听了杨这一席话，不禁惊讶于他的先见之明，说不出话来。但杨的心情却有点苦涩。虽然他的预测是对的，却无法阻止事情的发生。当时，在海尼森市内公园的长椅上，杨向比克古要的东西就是这张命令书。

会议结束后，杨回到房间，把尤里安叫过来。

“在亚姆立札会战前夕，比克古提督想会见罗波斯元帅，却因为罗波斯元帅在午睡而没见到。你对这件事看法如何？”

“罗波斯元帅太过分了，没有责任感！”

“是啊。不过……尤里安。”

“是。”

“我现在要睡午觉了，从现在起两个小时内我谁也不见，无论提督还是将军都一概回绝。”

第十一舰队的旗舰雷欧达上——

“有没有巴格达胥中校的消息？”

鲁格朗休中将盯着情报主任参谋问道，得到的回答却是“没有”。他皱起眉头，此时通信官抬头对司令官说：

“准备好向全体舰队广播了，请您开始。”

中将点点头，暂时将巴格达胥的事抛在一边，开始念稿子。

“告全体将士：救国军事革命之成败，祖国之存亡全系于此战。望各位恪尽职守，为国献身。世上最可敬者莫过于献身与牺牲，最可耻者莫过于胆小与自私。殷切期待诸位的爱国心与勇气。勤勉努力吧！”

就这样，第十一舰队带着高昂的士气，向虚空挺进。

杨威利轻轻打了个哈欠，从椅背上爬起来。尤里安马上送来热毛巾和冰水。

“我睡了多久？”

“差不多一个半小时。”

“真想再睡半个小时。算了，已经没有时间补觉了……谢谢你，很好喝。”

杨一口气喝完冰水，把杯子还给尤里安，稍微整理了一下领口的三角巾。接下来他必须发表演说。杨并不喜欢做这种事，但这也是指挥官的义务之一。他站起来走到舰桥中，宽阔的房间里，全体人员都带着紧张的表情迎接司令官的到来。

“战争快要开始了。虽不是愉快的战斗，但正因如此，不胜利就更没有意义了。我们已经胜券在握，请各位轻松作战，别太勉强。这场战争最多不过关系到国家的存亡，和个人的自由与权利相比，并不是大不了的事……那么各位，开始准备吧。”

当杨对着麦克风讲完这段话时，主屏幕上忽然出现了一团光云，闪耀着不祥的白光。

那是第十一舰队的大部队——七千艘战舰的侧面图，背景是错综复杂的无垠星空。

“捕捉到敌军舰队！全体人员进入备战状态！”

3

杨威利大概不属于猛将那一类型，可是每次战斗，他总会站在最前线，即使战败时，他也一定在舰阵的最末端掩护友军进行撤退。

杨认为这只是指挥官最起码的义务，否则又有谁愿意把生命交给一个年方三十的年轻小子呢？

在杨的旗舰前方，阮邦修少将指挥的三千艘军舰正在屏息等待攻击的命令。在他左右和背后排开的友军也在等待。

“敌我距离六点四光秒，即一百九十二万公里……”

操作员的声音低如耳语。

“敌人正自右向左移动，方向与我军垂直。速度是零点零一二光速，约每秒三千六百公里，已接近恒星系内速度的极限……”

灯光昏暗的舰桥内，除了操作员的声音，只剩下轻微的呼吸声。杨双眼盯着屏幕，右手举至与肩同高，这是展开全面战斗的手势。

“射击！”

命令下达给了全体舰队的炮手。

下一秒，数万条白热的能量光束穿越黑暗的宇宙空间。这些光束并非平行射出，而是瞄准敌军舰队的中央一点集中射击。

每当进行炮战时，杨的战术有一个明显的特征，即集中火力猛攻一点，使破坏力以几何级数增长。在去年的亚姆立札会战中，帝国军就曾经吃过类似的苦头。只要以己方数艘战舰的炮火攻击敌军的某一艘战舰，就可以轻而易举地打破敌方的防御极限。

“能量波急速接近！”

第十一舰队的操作员发出惊慌的警告。就在这一瞬间，舰队的侧面已遭到巨大的能量团的重击，进而粉碎。

在如同小恒星一般的光热中，数以百计的舰艇灰飞烟灭，并波及周围三四倍的战舰，引发爆炸。核爆发出的白色光芒一瞬间扩散开来，整个屏幕看起来仿佛被漂白过一样阴森可怖。

尤里安坐在杨威利的指挥桌旁，这是少年生平第一次直接目睹宇宙空间的战斗。他感觉背脊在微微战栗，于是不断地安慰自己："这不是恐惧，而是兴奋。现在才刚开始，好戏还在后头！"

"联络阮邦修……"

杨下这道命令时并不是坐在椅子上，而是支着一条腿坐在指挥桌上。这种举止实在不雅至极，可是部下们看到他这个样子，心情却莫名其妙地安定下来。

"命他全速前进，突袭敌人的侧面。"

接到命令后，阮马上抖擞精神，全速前进。

阮邦修属于猛将型，如果配合总司令部冷静周全的计划，一定能发挥出最大的破坏力。他和莱因哈特的部下毕典菲尔特倒是颇为相似。

"突击！"

阮邦修的命令总是明快有力，绝对不会令部下产生误解。

"突击！突击！"

司令官一马当先，阮邦修的舰队以最快的速度从侧面袭击敌舰。炮门大开，能量光束和炮弹倾泻而出，发射和爆炸的闪光照亮了黑暗宇宙的一隅。由于火力相当强大并集中，敌军舰队被炸出一个巨大缺口，阮舰队成功地从缺口处将敌军舰队分割开来。

第十一舰队的参谋们变了脸色。如果阮的军队继续前进，恐怕整个第十一舰队要被从中切断，分成前后两截。从理论上来说，此时他们可以将计就计把舰队一分为二，再夹击对方。但想实现这个方案，需要有相当灵活洗练的战术，比如像杨威利那样的。

但是他们并没有这样的自信，只能采取常规的应对方式。命令传了下来：全方位攻击敌人，将敌人尽数消灭，不留一兵一舰！

不消片刻，阮舰队的上下左右及前方都有敌人杀来。火球炸裂，震动摇晃着舰体。虽然调整了入光量，但屏幕上的闪光仍然灼烧着大家的视网膜。

阮提督在旗舰玛吾里亚的舰桥里朗声大笑。

“太好了！不管哪个方向都是敌人，已经没必要瞄准特定目标了。打啊，要打就打个痛快！”

对于指挥官的态度，有人佩服他的大胆，但也有人认为他的头脑一定有问题。但这些都不重要，目前唯一能确定的事实是，如果不将眼前的敌人杀尽，他们便不会有明天。现在根本没有时间思考战争的意义和杀人的理由。

“十点钟方向飞弹接近，回击！”

“第四炮塔全力发射！”

通信线路中充满凄惨的嘶吼与咆哮，此外又混入了冲击音与干扰电波的杂音，不断地侵蚀将士们的听力。事实上，舰外的宙域仍是一片死寂的真空……

视力也无情地遭到侵蚀，飞弹穿梭的轨迹和能量光束锋利的光芒纵横交错，划破了亘古不变的冰冷星空。将一切全部抹杀的白色光芒，以压倒性的存在感占据着人们的视野。

开战三十分钟后，杨的旗舰休伯利安也将舰首移至第十一舰队的侧面。休伯利安笼罩在一片彩虹色的雾气中，那是能量中和磁场正在防止能量光束破坏舰体。

“没想到会这么棘手。”

杨一面看着屏幕，一面自言自语。他现在才知道第十一舰队的抵抗力相当强，司令官鲁格朗休也不是省油的灯。

“巴格达胥这个没用的东西，派他潜入杨舰队到底是为了什么？”

鲁格朗休一面继续指挥作战，一面忍不住在心中暗暗咒骂。巴格达胥置生死于度外，身负重任潜入伊谢尔伦，为的不就是散布假情报扰乱敌军，若行不通就伺机刺杀杨威利吗？反观现状，却证明这些任务他一项也没完成。更糟糕的是，遭到侧攻奇袭的反而是我军！原来预定的是左右夹击敌军，结果却被杨各个击破。

难道他们早就识破了我的战术？鲁格朗休恨恨地咬牙切齿。或许自己错信了一个不值得信赖的人。不安和悔恨如同一双无形的手，敲击着他厚实的胸口。

操作员请求指示的声音把司令官从思考中拉回现实。

“什么事？”

“中央已被攻破。目前我军被一分为二，敌人正在包围舰队的后半部。”

阮邦修的舰队虽然被猛烈的炮火攻击，受到不少损伤，但终于成功地攻破敌军的中央。接着他们转向右方，将被截断的一支敌军逐渐包围起来。

鲁格朗休一声不吭地瞪着屏幕，他明白了杨的意图。原来如此，他咂了咂嘴。

"'奇迹的杨'果然不可战胜，太厉害了。"

将敌人从战略层面一分为二后，杨选择其中之一，再从战术层面将其一分为二，专心地把这一半完全击垮。

在这种情况下，双方的战力几乎为四比一，身为总指挥官的杨根本不必对战况乍喜乍忧，只要静观下级指挥官各个击破敌军就行了。

在杨威利看来，这种战术根本谈不上什么奇谋，只是遵循了用兵学中很初级的原则"以多胜少"，却被说成是什么魔术或奇迹，真是令人意外。

两军的主力一接触，随着空间中舰艇的密度升高，战斗由炮战演变为近距离格斗战。此时，单座式战斗艇斯巴达尼恩是最活跃的武器，旗舰休伯利安的飞行队队长波布兰少校也率领部下伺机行动。出击命令一宣布，全员便立刻登机，从母舰跃入宇宙的怀抱。

"威士忌、伏特加、朗姆、苹果白兰地各中队，听从中队长指挥。雪莉和干邑紧跟在我后头，保持编队，不可混乱。"

这位飞行队队长用酒给麾下各中队起名字。

"人生的主食就是酒和女人，战争只是下午三点钟的点心。"

既然能说出上述名言，用酒给部下起名字的确很符合他的个性。据说他本来还想拿女性内衣来取名，幸亏没有这么做。

波布兰少校搭乘的斯巴达尼恩一边挺进，一边在宇宙中画出无形的轨迹。雪莉和干邑两个中队跟着击坠王，其余四个中队各自散开寻找敌手。

第十一舰队各舰也相继放出单座式战斗艇。

在交错的炮火中，斯巴达尼恩之间的空战在各个地方进行。这些战斗艇的性能其实不相上下，胜败的关键取决于飞行员的技巧。战斗艇的飞行员很多都是技巧至上主义者，对他们来说，这是求之不得的训练场。此时，当事者们根本没有意识到他们是在自相残杀，只顾陶醉在令人热血沸腾的兴奋中。

波布兰的战斗艇出发不到两分钟就击落了三架敌机。他不仅要躲开敌人的攻击，还要小心友军的炮火，迅猛地在翻滚的能量怒涛中穿行。

波布兰目前处于精神亢奋状态，反射神经也紧张到了极限，全身的每一个细胞都在快速跃动。

战舰尤里西斯也身处这场战乱之中，舰体外部已被能量之剑划破，内部喷出大量缓冲材质，整艘战舰看起来宛如被一团白色云雾裹住。后部炮塔因此无法辨认敌我，识别系统也派不上用场，士兵们只能在谩骂上帝与恶魔之余，对着炮火袭来的方向进行迎击。

这一连串惨烈的战斗持续了八个小时。

杨舰队已彻底突破第十一舰队的中央，将其后半部全数消灭，之后以全部兵力包围鲁格朗休提督所在的前半部舰队，一艘接一艘地将敌舰击沉。由于绝大部分舰艇都拒绝降服，进行疯狂的抵抗，杨不得不出此下策。

这一场令杨心情沉重的歼灭战，最后以鲁格朗休提督自杀宣告结束。他一直顽强地抵抗到旗舰周围只剩数艘军舰为止。

通过旗舰上的通信官，杨得知了鲁格朗休临终前的最后一句话："下官一生最后的战斗能与大名鼎鼎的杨提督交手，实在是一种荣誉。军事革命万岁！"

参谋派特里契夫长叹一声：

"这场战争真惨烈啊！"

尽管如此，胜负仍然很早就决定了。

其实杨舰队的数目本来就比敌人多一倍，再加上由侧面突袭，成功地分隔了敌军，要打赢这场仗真是太容易了。若不是碰上了勇猛的指挥官鲁格朗休，早就轻而易举地打赢了。由此证明第十一舰队的确善战。但对杨而言，这是毫无意义的善战。他们如果早点举起双手投降就好了……

"鲁格朗休提督若是无能，敌我双方的死伤人数就不会这样多了。"

听到先寇布这样说，杨默然点头。战斗告一段落后，他感到非常疲惫。

先寇布心想，这支舰队中难道只有杨威利是人才吗？如果没有这位年轻机智的司令官，杨舰队并不强。它不过是一支由败兵和新兵混合编成的部队，没有什么辉煌之处。可是它在司令官不败的名声之下不断战斗，不断取得胜利，建立了现在的辉煌功勋。可以说，鲁格朗休的事件并非与杨无关。如果杨是位无能的指挥官，这个舰队很可能在自身规模还小的时候就被一战击溃，而高奏凯歌返回故乡的就是敌军了。

这个问题不仅关乎过去，也同样关系着未来。在银河系中，还存在一位常胜不败的名人。

那就是罗严克拉姆侯爵莱因哈特。终有一天，他和杨威利会决一死战。与其说这是命运或宿命，不如说是急速行进的历史脚步决定的结局。那时，杨舰队能打败莱因哈特军吗？或者说，杨的部下能打败莱因哈特的部下吗？

很难啊，先寇布心想。仅就他所知，论能力，吉尔菲艾斯如同莱因哈特的分身一般，其他大将如米达麦亚、罗严塔尔等的作战指挥能力也很强。阮邦修等人根本无法与他们对抗。

可是，看着打了胜仗却神色怃然的杨，再想想他先前得到有利情报就高兴得跳起来的样子，让人觉得不像同一个人。一个勇敢的战争艺术家的资质与一位严谨而有良心的历史学家的资质，时常在杨的内心相互冲撞。这场战斗结束后，后者似乎支配了他。

“杨司令官！”

年轻的黑发司令官回头望去，叫住他的人是副官菲列特利加·格林希尔上尉。

“敌人还有一半尚未剿灭。我们这边如果耽搁，费雪提督的负担就太重了。请您裁示。”

她的话是正确的。杨眨了两下眼睛，伸了个懒腰。

“全体舰队整列！掉转方向，朝第七行星轨道前进！”

此时，向杨舰队原本所在的宙域急袭而来却又落空的第十一舰队的支队正激烈地辩论。一派主张立刻掉头和杨的部队作战，另一派则主张应该放弃正面激战，暂时先到德奥里亚星系的外围，等到杨舰队包围首都海尼森时，再趁机从背后偷袭。有“处女神的项链”防卫,连杨也不可能在短时间内攻下海尼森。如果从背后攻击，或许能打败他们。

两派就这样一直辩论下去，一时间竟然无法做出决定。他们的主事者显然欠缺决断能力。

最后，他们终于决定找寻杨舰队，与之战斗。全体舰队于是掉转方向，开始前进。

此时，一直在旁监视这支部队的费雪提督确认，逆着太阳风而来的敌军舰队排序紊乱，便下令开始攻击。

费雪的炮击方式和杨相似，以集中火力炮击局部目标为特征。能量光束从意想不到的侧面暴雨般袭来，救国军事会议的舰队遭到重创。

费雪在舰队的运用上手腕高超，只要有他在，不论征途有多远多久，他的舰艇绝不会失散，队伍也一定排列得整整齐齐。但另一方面，作为战斗指挥官，其水准却只是差强人意。但他能正确地把握自己的力量，不会盲目自大。

费雪希望在击破第十一舰队本队的杨赶来之前，能在己方最小损害限度内和对方周旋，争取时间。他成功了。

第十一舰队的别动队无法忽视所受的损害，试图与费雪的舰队交战，这时费雪就后退；而他们一旦前进，费雪就自后方攻击。如此反复几次，杨舰队已经赶到新战场，这些残余部队便陷入了前后受敌、进退两难的形势中。

没有了鲁格朗休，也没有了统一的指挥系统，这些有勇无谋的残余部队终于溃灭了。杨避免了近身战，以彻底的集中炮火分隔敌军，再各个击破，在几乎未受损害的情况下获得了胜利。

4

“第十一舰队大败。鲁格朗休提督自杀身亡。”

“杨舰队在补给和整备后，即将进攻首都海尼森。”

“各行星的警备队和义勇兵陆续往杨提督处集结。”

收到上述情报，首都海尼森的救国军事会议笼罩在一片沉重的气氛中。

“真是内忧外患啊！”

有人在感叹。因为首都目前的情势也不太稳定，他们虽然下了戒严令，以军事力量全面控制政治、经济和社会，但仍无法防止混乱的局面。由于有外出禁止令，一般犯罪案件和事故减少了，可是物价却节节攀升，消费物资明显不足。救国军事会议害怕人们的不满和不安情绪高涨，不得不展开调查，同时也试图听取从费沙自治领来的商人的意见。

“你们都是军人，经济是什么，你们是不懂的。”

这名商人说话直接而严厉。

“目前海尼森处于与外界隔绝的状态，是个完全封闭、必须自给自足的经济单位，然而社会上的消费能力却远远超过生产能力，处于畸形状态。在这种情况下，只要还采取市场经济体制，物价当然会居高不下。首先要解除对流通机构的管制，并且放宽新闻尺度，这样才能安定人心，否则整个社会和经济都会不健康。”

受命统制经济的艾凡思上校听了这番话，很不以为然。救国军事会议能以少数人来统治行星海尼森，主要就是因为控制了通信、运输和流通，而经济是否健康根本无关紧要。军人考虑经济政策的时候，多数情况下会采取统制和管理的方法，由此步入国家社会主义。来自费沙的商人明白眼前的上校也不例外。

“经济其实是一种生物，你若要统制它，要它照你的意思作息，那它必然动弹不得。在军中，长官可以殴打部下让他们遵从命令，但以这种感觉谈论经济就令人为难。索性让我们费沙自治领来管理经济吧……”

“不许胡说！”上校怒吼道，“我们的目标是打倒银河帝国的专制主义者，恢复人类社会的自由和正义。你们这种费沙的拜金主义者哪能明白这些道理？不要以为人心和社会都是由金钱支配的！”

“好漂亮的台词。”

商人的眼中闪动着嘲讽之色。

“但最后那句话可以稍稍修改一下。我想，你们大概认为人心和社会都可以用暴力来支配吧。”

艾凡思上校被激怒了，手按着枪，似乎要射杀对方，但最后还是忍了下来，只招手叫士兵把他赶出办公室。商人是赶走了，可物价高涨和消费物资缺乏等问题却怎么也赶不走。最后只好随便抓几个奸商出来，征收他们的物资来补充不足，然而这根本不是解决问题的办法。

接着，一个奇怪又严峻的谣言流传开来，说救国军事会议中有人和特留尼西特政府互通声息。

其实早就有很多人怀疑为何特留尼西特议长能逃走。政变发生后，统合作战本部代理部长和宇宙舰队司令长官都被拘禁起来，为何单单议长成了漏网之鱼？

难道特留尼西特早就得知即将有政变发生？只能认为救国军事会议内部有人向他暗通消息，连政变发生的日期都告诉他了，否则他不可能神机妙算般从官邸消失。宇宙舰队司令长官比克古提督似乎也得到了模糊的情报，但仍然没来得及采取行动。相比之下，可以推知特留尼西特一定得到了相当准确的消息。

格林希尔上将命令贝依上校尽力辟谣。毕竟这种事除了引起相互猜疑外，不会有其他好处。疑问的声音虽然变小了，却没有完全消失，阴冷的气氛仍然萦绕在他们之间。

日子在焦虑和不安中过去，事态仍旧毫无缓和的迹象。

惨案终于还是发生了。那便是被后世称为“广场大屠杀”的事件。

海尼森纪念广场和这颗行星一样以国父之名来命名，国家的各种典礼经常在这儿举行，为了彰扬国家意识，取这种缺乏创意的名字也是没办法的事。

六月二十二日，公民们朝这个可容纳三十万人的大型广场涌来。人潮从早上开始集聚，到正午已有二十万之众。

戒严令中明令禁止群众集会，这种公然无视戒严令的行动使救国军事会议感到震惊。他们得知这次集会的口号竟然是“反对暴力统治，恢复自由与和平的公民集会”，更是震怒不已，认为这是对救国军事会议的狂妄挑战。

谁是主谋？

派人打听之后，他们发出了怒吼：

“是那个女人！”

原来是洁西卡·爱德华，德奴仙行星区选出的议员，也是反战派的急先锋。她曾在公开场合质问过当时的国防委员长特留尼西特，并不断严厉批评战争的愚蠢和军队的劣行。尽管有戒严令，但她迄今为止并未被拘禁，因为军事革命派已将全部精力投入到抓捕政府与军部的最高官员中，无暇顾及议会内的在野党势力。

克里思齐上校受令赶赴广场驱离群众，逮捕爱德华议员。他接到命令后，立刻率领三千名武装士兵前往广场抓人。但事后，救国军事会议的官员们却为选派此人执行任务后悔不已。

克里思齐上校从一开始便没打算对群众晓以大义。

他带着武装士兵冲进广场守住入口，举枪威吓群众，然后命令部下搜寻洁西卡·爱德华。

洁西卡自己出现在上校面前，用毫不妥协的语调质问他，为什么武装士兵要打扰人民的和平集会？

“为了恢复秩序。”

“秩序？用暴力来破坏秩序的不正是你们救国军事会议的人吗？所谓的秩序到底是什么？”

“秩序是什么，是由我们来决定的。”

克里思齐上校骄横地回答。他两眼充满狂傲之气，仿佛手中握有无限的权力和权威。

“我们必须将在群思政治下日渐腐朽的同盟社会恢复正常。你们这些家伙只会高唱不负责任的和平论调，我倒很想瞧瞧有谁冒着生命危险，还能大言不惭！现在给我找十个人出来，排成一排。”

接到命令，士兵从群众中拉出十个人排成一排。被围堵在广场上的群众中虽然有人抗议，上校却置之不理。他炫耀似的拔出腰际的佩枪，站在这一群面色苍白的男人面前。

“拥有崇高理想的公民们……”

上校嘲弄地扫视着众人。

“据说你们的主张是和平的言论胜过暴力，是吗？”

“是的。”

一名青年战栗着回答。上校忽然一翻手，用枪托打碎了这个男人的颊骨。

“下一个！”

上校看都不看那个悄无声息倒下的人，又质问另一个瘦弱的中年男子：

“你跟刚才那人有同样的主张吗？”

上校用枪抵住这个人。枪托上的血渍似乎让此人十分害怕。只见他全身颤抖，豆大的冷汗从毫无血色的面颊上流下，哀求道：

“饶了我吧，家里还有妻小等着我。求求你别杀我……”

克里思齐上校放声大笑，用枪托猛地往这个男人脸上敲下去。男人的上唇顿时裂开，门牙和血一起喷出来。他惨叫一声，快要倒地时，上校又揪住他的衣领，给他补上一枪托，只听见鼻梁碎裂的声音。

“没有必死的准备还敢说大话！听着，你们应该说，和平只能依靠军事力量来维护，没有武器就没有和平！说说看，说！”

“够了！”

洁西卡原本扶着倒在地上的青年，这时轻轻放下他，让他躺好，自己站起来，双眼闪动着愤怒的火焰。

“你是说如果有了必死的准备，那不管多么愚蠢、多么残暴的事都可以去做吗？”

“住口！”

“我现在终于明白了，这世上竟有人利用暴力把自以为是的正义强加于人！上至银河帝国的始祖鲁道夫·冯·高登巴姆，下至上校你，都是这样，你正是鲁道夫的不肖子弟！难道你还不觉悟吗？你根本没有资格站在这里对人民说话！”

“臭女人！”

转瞬间，理性之线悄无声息地断裂开来。那沾满两个人鲜血的枪托向洁西卡脸上砸去。三下，四下，上校疯狂地砸着，眼中失去了常人的理智。转眼间，洁西卡已经皮开肉绽，点点鲜血溅上了上校的军服。

公民和士兵们目瞪口呆地看着狂乱的上校。洁西卡浑身是血地倒在地上，上校还在用军靴猛力踩她的脸。这时人群中终于发出怒吼。一位公民冲出来撞向上校，上校一个踉跄，气得脸颊扭曲，用枪托击打那个男人的背。枪托落下时响起钝重的声响，但立刻被无数怒吼声和愤怒的人们的足音湮没，上校的身影消失在群众脚下。一场真正的冲突展开了！

士兵们手中的来复枪射出光束，将人们击倒。但是有的枪能量用尽，有的枪被民众夺走，士兵们在狂怒的人海前束手无策，终于被打倒在地任人践踏。

救国军事会议得知广场上发生大暴动，大为震惊。他们虽然一度想使事态平息下来，但得知公民们夺走数十把来复枪之后，便认为已无对话余地，开始了武力镇压。

大量的无力化瓦斯弹发射到广场上。瓦斯本身不会杀人，但许多人直接遭到瓦斯弹的重击，倒地身亡。有的人吸入瓦斯后，被救国军事会议以违反戒严令为由拘捕入狱，但也有许多人成功地当场逃走。想追捕他们是不可能的，因为人员不足，再加上治安警察不但不协力抓捕，反而消极怠工。尽管事后已封锁相关消息，这起事件仍像纸包不住火似的传遍全国。善后处理相当棘手。

这次的广场大屠杀造成两万余人死亡，其中有一千五百名士兵，其余全是公民。

“万一全市和全星球的人都起来反抗，会是什么样子？我们怕是对付不了啊。难道要把他们全杀光吗……”

救国军事会议的成员们到现在才明白，原来他们自己是最不受民众支持的少数派。

5

吃了安眠药的巴格达胥睡了几天，终于醒过来了。得知这几天发生的事情，他不禁哑然。但过了一会儿，他不知想到了什么，请求见杨。

杨不情愿地喝完了饭后的果蔬汁。和红茶不一样，果蔬汁中没办法加入白兰地。这时,先寇布带着巴格达胥出现在他面前。巴格达胥坦承自己最终的任务是要刺杀杨，然后说：

“我之所以参加政变，就是自以为能成功。这不能说是荒谬的错误吧？可是你的智谋远非我们能想象，被你打败，我也无话可说。”

杨默默地看着手中的纸杯。

“要是没有你，我们的行动早就成功了。你耽误了我们的大事。”

看着对方由衷地懊恼的样子，杨不禁苦笑起来。

“你求见我，就是为了对我表达不满吗？”

“不是。”

“那是为什么？”

“我要投诚，想在你手下做事……”

杨威利漫不经心地转动着空纸杯。

“你这么快就放弃自己的主义和主张，改变方向了？”

“主义和主张算什么？”

巴格达胥毫无愧色地说下去：

“那只是生存下去的工具。如果有碍生存,随时都可以抛弃。”

就这样，巴格达胥成为一名投降者，被软禁于旗舰休伯利安的一个房间中。但他大模大样，抱怨吃饭时没有葡萄酒喝，还要找女兵送饭给他，并且希望是绝顶的美人。监视他的军官非常生气，向杨控告他的无礼态度。但年轻的黑发司令官却没说“岂有此理”，而是说：

“嗯，好吧。女兵送饭是不行的，送些酒去倒无妨。”

杨威利对这种满不在乎的厚颜之人如此宽大，这一点和莱因哈特倒是很像，也算是一种奇妙的巧合。

过了两三天，巴格达胥又来见杨。杨正在房间中处理会战后的众多事情，并着手重新编组部队应对未来的战争，忙得不可开交。

“说实话，我已经厌倦了光吃饭不做事的生活。我想工作。您能不能派给我些任务？”

“你先别着急，很快就要请你帮忙了。”

杨从书桌的抽屉里拿出一把枪。

“我的枪交给你保管好了，反正我自己带在身边也没什么用。”

杨的射击技术之差是众所周知的。

“真是多谢您……”

巴格达胥低声称谢，接过枪。他确定这把枪已经装入能量匣后，静静地掉转枪口，对准正在低头处理公文的杨。

“杨提督！”

杨威利应声抬起头来，看到枪口指向自己，脸上的表情并没什么变化，又低下头去整理文件，只是说：

“我把枪借给你是个秘密，姆莱少将他们知道了会不高兴的，希望你能明白这一点。等到你的身份确定后再正式授枪吧。”

巴格达胥听了笑一笑，把枪收到胸口里侧的口袋中藏好。接着他向杨敬了礼，朝门走去。忽然，他的表情僵住了。

少年尤里安·敏兹锐利的目光盯着巴格达胥的脸，而他手中的枪对准了巴格达胥的心脏。

巴格达胥大声咳嗽了一下，不住地摇着双手。

“喂，不要做出这么可怕的样子。谁看了都知道我是在开玩笑，我怎么会暗杀杨提督呢？他是我的恩人啊。”

“你敢说你在那一瞬间不是认真的吗？”

“什么？”

“杀死杨提督一定会在历史上留名，即使是恶名。你敢说你没有被这种诱惑驱使吗？”

“喂……”

巴格达胥叫喊着。尤里安的防备完全无隙可乘，他连一根手指都不敢动，只好乖乖地站在那里。

“杨提督，请您解解围吧。”

他向杨求救。杨正想开口说话，尤里安却抢先说：

“提督，我不相信这家伙。就算他现在发誓效忠，谁知道将来会怎么样！”

杨威利放下手中的文件，把两脚跷到桌上，双手抱于胸前。

“你不能拿将来不可知的危险当作现在杀死他的理由啊，尤里安。”

“我知道，但我还有充分的理由杀他。”

“什么理由？”

“他身为俘虏，却胆敢抢夺杨威利提督的枪，企图暗杀提督。凭这一点我就可以杀了他。”

看着尤里安毫不宽赦的表情，巴格达胥的脸上渗出一粒粒汗珠。尤里安所说的理由，谁听了都觉得他死有余辜。巴格达胥发现自己陷入了未曾料到的困境中。

杨笑了起来。

“不要再胡闹啦，饶了他吧。你看巴格达胥都吓呆了，他这么不老实的人都汗流浃背了，多可怜。”

“可是，提督……”

“好了，尤里安。对了，中校，你可以离开了。”

尤里安放下了手枪，但紧盯着巴格达胥的目光仍然严厉而尖锐。

中校耸耸肩说：“哎，真是个和漂亮脸蛋不相称的可怕男孩啊。我永远不会忘记，你那双充满敌意的眼睛随时在监视我。”

巴格达胥说着走了出去。尤里安转向他的监护人，有些不满地抗议：“提督，只要您一声令下，那个家伙根本就不可能活着走出去！”

“这样就够了。巴格达胥是个会打算盘的人，只要我一直胜利下去，他就不会背叛我，眼下能这样就够了。更何况……”

杨把脚从桌子上放下来。

“我也希望尽量不让你去杀人。”

杨知道这是自私的一面，因为他正在让别人家的孩子去杀人。但是，杀人毕竟不是杨的本意。

首都的“广场大屠杀”事件受到新闻封锁的影响，当杨得知时已是七月份了。听到洁西卡·爱德华的死讯，杨一言不发。只是当天他戴着太阳镜，一整天都未曾取下，第二天才恢复了平常的模样。

七月末，杨完全将后方环境安排妥当，开始向巴拉特星系的第四行星海尼森进军。很明显，这次作战很可能给内乱画上句号。除了杨以外，谁都无法隐藏紧张之色。

→ Chapter 6 ←

勇气与忠诚

1

与莱因哈特分开后，指挥别动队治理边境星域的齐格弗里德·吉尔菲艾斯再次接到命令。这大约是七月初的事。

齐格弗里德·吉尔菲艾斯在用兵和占领地的行政管理方面，都得到了充分的授权，因此有人戏称他是“边境星域之王”。当然，并没有人当面这样称呼他。

这位红发年轻人获得帝国元帅的全面信赖后，果然不负所托地平定了边境星域。虽说没有什么大规模战役，但六十余次战斗都大获全胜。而在所占领的行星上，除将该星球交由民众自治外，他还尽心尽力地维护星球间的治安。他严禁掳掠，将这支军队和贵族之间的差异明白地公之于世，获得了不小的政绩。

莱因哈特再次下达命令，是有原因的。

看完命令书，吉尔菲艾斯召见了瓦列和鲁兹两位副司令官。

这两位副司令官都比吉尔菲艾斯年长。其实不管是在帝国军还是同盟军内，还没有哪位提督比莱因哈特或吉尔菲艾斯年轻。

“请问司令官有何吩咐？”

“罗严克拉姆侯爵有令。”

红发年轻人对年长者显得非常客气有礼。

“据报，敌方的副盟主立典亥姆侯爵与盟主布朗胥百克公爵发生争执，之后他带领一支五万艘规模的舰队朝我们这个方向而来。名义上说要夺回边境星域，但事实上可以说是一种派系分裂行动。侯爵希望我们将之击败。”

鲁兹与瓦列听后紧张起来，因为在此次内战中，他们将首次遭遇大军。

经过快速的情报收集，他们不久便得知立典亥姆侯爵的军队已进驻奇霍伊萨星域。该星球上有帝国军的戈米休要塞，成了立典亥姆侯爵的根据地。

“决战将在奇霍伊萨星域进行。届时我将率领八百艘战舰作为本队。”

“只带八百艘？”

瓦列和鲁兹惊讶地瞪大眼睛，吉尔菲艾斯则平静地点了点头。

虽说敌方战舰总数有五万艘之多，但并未依照功能进行部署，只是杂乱无章地摆在一起。高速巡航舰旁边是炮舰，大型战舰隔壁是宙雷艇，在火力和灵活性上都大相径庭的舰艇毫无秩序地交杂一处，意味着敌方的战术构想与指挥系统缺乏统一性。

“简而言之，就是一群乌合之众，没有任何可惧之处。”

吉尔菲艾斯得出结论。

鲁兹与瓦列于敌方的正前方列阵，但并非横向排列，而是由鲁兹突出于左翼，瓦列稍退于右翼，形成斜线阵。敌方如果一齐攻击的话，鲁兹将首先进入战斗状态。吉尔菲艾斯则利用瓦列与敌方遭遇前的时间差，指挥八百艘高速巡航舰包围敌方的右侧，等瓦列进入战斗状态之后，一举攻入敌方中枢予以击破，进而突破敌方的左侧。趁敌方混乱之际，鲁兹与瓦列则全力攻击。

“如此一来，应该就可以获胜了。而后要注意的是‘穷寇莫追’。”

年轻的红发提督脸上泛起微笑，看着两位副司令官。瓦列和鲁兹虽然尽力隐藏内心的惊愕，但终究无法自抑。这位看似温和忠厚的年轻人向他们揭示由司令官带头实行的“一击脱离战法”这种可怕的作战方案时，竟然面露微笑，全无紧张之色。

两人心想，这年轻人不愧是罗严克拉姆侯爵的不二心腹。他们早就知道吉尔菲艾斯受重用，并非仅仅因为他是罗严克拉姆侯爵孩提时的玩伴，而是的确有惊人的才干，现在不禁再次感佩。

事实上，吉尔菲艾斯的作战方案正是将杨威利的战术构想——整个舰队分成高速机动集团与后方支援集团的模式——在战术层面上以最猛烈的方式表现出来。

奇霍伊萨星球会战在立典亥姆军主炮的齐射中拉开帷幕。数万条光束在黑暗的虚空中架起一座光桥，袭向吉尔菲艾斯军队上方笼罩的能量中和磁场，粒子共蚀现象产生的彩虹雾笼罩着吉尔菲艾斯军的战舰。

吉尔菲艾斯军小心谨慎地保持着斜线阵形前进。不久，在左翼突出的鲁兹舰队于距离敌军六百万公里处开始射击。

来势汹汹的能量光束骤雨般落在立典亥姆军队的战舰上。在光线交叉而成的马赛克般的花纹中，爆炸物又描绘出别样的纹路。不久，鲁兹舰队与敌方战线接触，战斗不再是方才单纯的炮战，王尔古雷战斗艇也加入其中，展开了近身格斗战。

此时，瓦列的舰队与敌方距离尚远，尚未进入真正的炮战。

吉尔菲艾斯从旗舰巴伐罗萨的指挥席上站起，对直接率领的这支八百艘战舰的高速舰队下达进攻命令。在持续前进的瓦列舰队的掩护下，高速舰队向前行进，等预计时间一到，便从瓦列舰队的遮蔽下跃出，呈抛物线状突入立典亥姆军的侧面。

立典亥姆舰队此时正忙着与前方一字排开的敌方大舰队交战，意外地受到来路不明的攻击，全军惊慌失措。应战的指令四处纷飞，试图将舰首调向这支突如其来的舰队。但这时来自前方的粒子光束与飞弹的攻击更加猛烈，因为瓦列舰队此时已进入射程范围，展开攻击行动。

立典亥姆全军顿时一片混乱，不知该应对哪个方向的敌人。虽说是暂时的混乱，但对吉尔菲艾斯而言已经足够。

旗舰巴伐罗萨的主炮连续三次齐射，利剑一般的光束将立典亥姆军的舰列拦腰砍断。一连串的爆炸火光消失后，敌方各舰速度参差不齐，舰队中央部分产生了一个空洞，巴伐罗萨随即利用那空洞突入敌方的核心地带，八百艘舰艇立刻跟进。

立典亥姆军的中心地带宛如被一只巨楔凿穿，而且那巨楔正以极高的速度移动。立典亥姆军的提督们也曾试图包围入侵的敌人，无奈敌舰速度奇快，行动变化多端，难以应对，只是徒增损失。吉尔菲艾斯接着从敌方的左侧穿出。至此，“一击脱离战法”已完全成功。随后整个舰队又转换方向再次冲入敌军中，吉尔菲艾斯的八百艘高速舰呈螺旋状在敌方大军的内部搅动。

当内部的混乱逐渐扩大，波及舰队的外缘时，鲁兹与瓦列立即倾全力进攻。内部与外部的混乱结合的瞬间，立典亥姆军立即面临败北的命运。而且，巴伐罗萨在极近的距离内发现了敌方旗舰奥斯托马克。

“那艘就是立典亥姆侯爵的旗舰，立刻急追，将战乱的元凶拿下！”

吉尔菲艾斯用超光速通信下达命令。全体舰队为达成胜利，向敌方旗舰全速前进。

立典亥姆侯爵畏缩了，他从屏幕上看到己方的战舰沐浴在集中炮火下，化成白热的云团消失。知道这一幕幕景象就发生在旗舰身旁，畏缩更是转化成了切身的恐惧。司令官如哀号一般发布命令，奥斯托马克疯狂地扭转方向想逃之夭夭。

在与吉尔菲艾斯交战之前，立典亥姆侯爵曾夸下海口：既然总归要和那些毛头小子作战，还不如直接和那个金发小子交手，只和其部下红发小子打实在不过瘾，但这时也只得将就将就了。

此刻，立典亥姆侯爵早已不知将那番豪言壮语抛到战场的哪个角落。过了片刻，在他的前方出现了无数光点。原来是立典亥姆军的运输舰队，为使己方舰队在长期战役中得到补给，它们一直尾随在舰队后方。但此时对立典亥姆侯爵而言，它们无疑是阻挡退路的障碍。

“炮击！”

听到命令，炮术军官不禁怀疑自己的耳朵。

“但是，阁下，那是我方的运输舰队啊，为何要攻击？”

“既然是我方，为何妨碍我逃……妨碍我转进？别管那么多，立刻给我打！给我打！”

就这样，奇霍伊萨会战中最悲惨的一幕发生了。

因为立典亥姆侯爵要确保逃亡的路线，非武装的运输舰队惨遭己方的炮击。这一幕将战争的无情与混乱诠释得淋漓尽致。

运输舰队其实已获知己方败走，正在缓慢地变更方向。但就在这时，传来驾驶员惊愕的哀叫：

“能量波、飞弹急速接近中！无法回避！”

“是敌人吗？”

军官们也叫起来。这是当然，本来一直以为自己处于远离战场的后方，难道附近竟然有敌军埋伏？

“不，是我方……”

说时迟那时快，话还没说完，闪光已将一切摧毁殆尽。最先牺牲在友军炮火下的是帕塞伍三号，被磁力炮发射出的中子弹头击毁。

狂乱的中子风暴瞬间充满舰内，所有的成员应声而倒。

多数人都当场死亡。只有一位在舰中央的仓库中检查货物保管系统的士官克里昂，因为厚实的内壁与货物的包围多活了几十秒。

克里昂失去了站立能力，跌倒在地板上，他不知道到底发生了什么。前方不是我方的战舰吗？究竟受到了谁的攻击？还是说有其他事故发生?

“无论如何,我一定要站起来,到外头看看究竟发生了什么事。一定要活着回去，妻子和新生的双胞胎孩子还在家里等着我！”

但是，克里昂终究还是没站起来。扶在墙壁上的手，指甲生出了紫色的斑点，并且逐渐扩大至全身，最后皮肤起泡，生命组织被入侵。

运输舰德连八号的副舰长林查上尉，在爆炸发生的瞬间被抛起，撞击在墙壁上，接着右臂感到一股锐利的灼热，整个人失去了意识。

他恢复意识时，发现周围满是烟雾和尸体。他焦虑地想站起来，身体却失去了平衡。他往下打量自己，视线不由得停在右臂上:自肘关节以下的部分已全部消失。

大概是爆炸发生时，飞溅的机器碎片将手臂切断了。只是因为速度太快，肌肉瞬间收缩，出血与疼痛意外地少了许多。

“有没有人在？”

林查上尉跌坐在地板上叫着。叫了三次，终于有了微弱的回音，一个小小的人影踉踉跄跄地走过来。

林查扬起眉头，看到一个一头金色乱发、满脸血污和灰尘的少年，他有一张非常年轻的脸庞。

“你一个小孩子怎么会在这里？”

“……我是幼校学生，是即将分配到戈米休要塞的上等兵。”

“哦，是这样。你多大了？”

“再过五天就十三岁了。”

“真是世界末日到了，连孩子都得上战场。”

上尉长长地叹了口气。但不管是不是世界末日，还是得先治疗自己和少年身上的伤，于是他叫少年到放有急救用品的地方取必需的药物。

先用冷却喷雾剂麻痹痛感神经，然后消毒，再用保护纱网包扎起来。少年身上只有撞伤、擦伤以及轻度的烧伤，命运对他真是庇护有加。少年看着一面没有损坏的屏幕，不禁倒吸一口凉气。

“敌人好像接近了。”

“敌人？”

上尉出声问道。

“敌人指的是谁？应该是让我们陷入这般惨境的人吧。”

林查吃力地平衡身体，站了起来。他启动紧急信号弹发射系统，按下绿色的按钮。

“我们投降了，舰上有负伤者，请基于人道立场给予救助。”

上尉的嘴唇扭曲了。如果将拯救敌人称为人道，那么杀害己方的行为应该称作什么？

“我们要投降吗？”

“很不愿意吧，小家伙？”

“请不要叫我小家伙，我有像样的名字，肯拉特·冯·摩德尔。”

“哦，那真是太巧了。我也叫肯拉特，肯拉特·林查。那么，小肯拉特，如果你不愿意投降，打算怎么做？”

年长的肯拉特逗弄似的一说，少年脸上浮现出困惑的神情。

“我也不知道。虽然我不愿投降，但现在这种情况也没办法打仗。应该怎么做，我真的不知道。”

“这样的话，那就看我的吧。”

林查一面说，一面用左手笨拙地将消毒用的酒精瓶拿起来。

“我可比你多活了十四年，多少也有些智慧，虽然只是连追随的司令官的真面目都无法看穿的智慧。”

年轻的上尉将酒精当酒一般喝了下去。小肯拉特半是惊讶半是担心地注视着他。

“哎呀，不要做出这种表情。这酒精是药用的，对人体不会有坏处。”

上尉的话音刚落，警报器响起来。救援到了。

“敌方”的救援到了。

2

立典亥姆侯爵的舰队逃到球形人工行星戈米休要塞时，几乎已溃不成军。五万艘舰艇中，随着司令官逃到戈米休的还不到三千艘。另有大约五千艘脱离战场后，毫无目的地不知逃窜到什么地方去了。完全遭到破坏的有一万八千艘，其余的则被俘或自愿投降。立典亥姆侯爵为了自己一人逃走而不惜攻击己方的丑行，无疑大大削弱了官兵们的作战意愿。

就在吉尔菲艾斯包围戈米休要塞，接下来准备进攻的时候，有一名俘虏求见。这是一位二十多岁的年轻军官，右边的袖子还未装上义肢，空荡荡地悬着。这个人就是林查上尉。

“我想，我能对阁下有所帮助。”

上尉开门见山地说道。

“怎么帮？”

“想必您也知道，我是立典亥姆侯爵为了逃走而杀害部下的证人。”

“的确如此，当时你是在运输舰队中吧？”

“这只手臂就是遭我方炮轰失去的，让我把这个事实传达给要塞中的伙伴们吧。”

“那你对立典亥姆侯爵的忠心已经不存在了？”

“忠心？”

林查的声音中充满讽刺的意味。

“多么美丽的词啊。可是，这个词儿在为求一己之利的时候被滥用了。这次内战，给了大家一个重新思考忠心的价值究竟何在的好机会。某些人根本没有资格要求部下忠心。这样一个活生生的例子，几万人已亲眼目睹了。”

吉尔菲艾斯认同了上尉这番话。的确，忠心并不是无条件奉献的。接受他人忠心的人，也要有相应的资格才是。

“那就拜托你了，利用超光速通信招降戈米休的官兵们吧。”

“其实……”

上尉眼中交织着复杂的神色。

“如果要塞当中有五个人和我有相同的心情，此刻立典亥姆侯爵早已身首异处了。”

戈米休要塞笼罩在一股令人窒息的气氛当中。司令官立典亥姆侯爵已经被恐惧和失败感打倒，再加上对自己的所作所为产生的羞耻感，以及自觉无颜去见布朗胥百克公爵等因素，他的心理陷入了混乱，只能靠醉酒逃避。

在立典亥姆侯爵逃进要塞大约半天后，一艘从吉尔菲艾斯军的追击中脱逃的战舰好不容易逃进了要塞。一名军官来到侯爵面前。

这名军官头上包扎着浸血的绷带，右肩上扛着一具尸体，不，正确说来应该是半具，因为腰部以下的部分都不见了。

在异样的沉默中，这名身材高大的军官沉着地走过来，站在卫兵面前。

“维杰尔狙击兵大队劳迪兹中校，要求觐见立典亥姆侯爵。”

卫兵长不自然地咽了咽口水。

“如果您有什么事，会替您转达给侯爵，至于这浑身是血的肮脏尸体，是不是请您……”

“肮脏？”

中校的眼中露出两道凶光。他深吸一口气，怒喝道：

“什么叫肮脏？这是侯爵忠臣的遗体！他是我的部下，为了侯爵赔上性命与敌人作战，却因为司令官逃亡而丧失宝贵生命！”

中校大步往前踏进，卫兵们都闪躲到两边。中校的表情，尤其是右肩上所扛的尸体令人战栗。

门打开后，坐在桌子后面的立典亥姆侯爵的身影出现了。

“你来做什么，无礼的家伙……”

桌子上放着酒瓶和玻璃杯。侯爵的皮肤已经失去了一天前的弹性与光泽，呈现出灰黑色，两眼充满血丝，连斥责和怒骂的声音也欠缺生气。

“帕尔斯一等兵……这人就是你拼死守护的立典亥姆侯爵。去跟侯爵要个感谢的亲吻，作为忠诚的奖励吧。”

中校话音刚落，便用力将右肩上扛的士兵尸体抛向司令官。

立典亥姆侯爵来不及避开，条件反射般张开两臂，接住了那飞来的只剩上半身的尸体，那姿势宛如拥抱一般。

“啊！”

立典亥姆侯爵发出连自己都无法理解的惊叫声，和那豪华的座椅一起翻倒在地板上。但即使跌落在地，他还抱着士兵的尸体。侯爵察觉到这一点，又发出了怪异的叫声，一把推开那士兵的尸身。中校放声大笑。

“杀死他！杀死这个无礼放肆的家伙！”

立典亥姆侯爵大叫道。

中校没有试图逃走，只是静静地伫立着，那粘着干涸的血迹与油污的脸上竟泛起一种奇异的微笑。好几把光束枪对准了他……

舰桥里的所有人员，同时将视线集中在主屏幕上。

画面中央浮现出戈米休要塞银灰色的球体。它外壁的一部分发出白色的闪光，之后产生爆炸，红黄交错的光芒缓慢却又极具存在感地在画面上扩散开来。

“……爆炸了。”

监控员正确地报告了事实，但在看到屏幕影像的情况下，这听起来像是废话。

“是在司令官室附近。”

林查上尉不觉压低了声音。

“是吗？好。”

吉尔菲艾斯没有让这个天降的机会跑掉，随即命令全体舰队立刻紧缩包围网，在炮击之后派出登陆舰，将装甲兵送进要塞。

虽然遭遇了些许抵抗，但战意尽失的士兵们无视军官的怒吼，纷纷弃械投降。军官们不久也放弃了毫无意义的抵抗，举起双手。

吉尔菲艾斯占领了要塞。正确说来，应该是占领了要塞幸存下来的四分之三。没有找到立典亥姆侯爵的尸体，据推测可能是在人为的杰服粒子引起的爆炸中被炸得四分五裂了。

贵族联合军失去了副盟主和全军三成的兵力。

3

“贵族联合军的战斗意志极高，但战略却少得可怜。”

生有金银妖瞳的奥斯卡·冯·罗严塔尔曾经这样评论。

他甚至还称他们为“血气旺盛的低能之辈”，虽然极为辛辣刻薄，但迄今为止的各场战役却都像在证实这评论的正确性，频频为他和同僚们带来战功。

但是，罗严塔尔乘胜前进到香陶星域与敌方大军遭遇时，看到了与以前截然不同的现象，迫使他修正了过去的看法。

虽然还是一样血气旺盛，但他不得不承认敌军的组织很有效率，进退之间控制得非常巧妙。尽管敌方的三波攻势均被罗严塔尔击退，但敌军在攻击时表现出的顽强和整齐划一的行动，着实令他大吃一惊。己方的损失也比预料中大得多，他应该好好省思一番了。

罗严塔尔立刻明白了其中缘由，敌军的行动变得有效率，是因为指挥官换了人。此时担任前线指挥的大概是梅尔卡兹。除了他，贵族联合军没有一个人有本事如此调兵遣将。

如此一来，就兵力上的差距而言，罗严塔尔处于不利地位。他毕竟不是幻想家，能对敌方的军力做出适当评估。

“就此撤退吗？”

在应当撤退时果断撤退，也是成为名将必备的资格。

即使放弃香陶星域，对整个战略也无甚影响。香陶星域并不是整个作战计划中不可或缺的地区，只是随着势力的扩大，顺便确保的一个地方。在这个时候，即使让给敌人也无关紧要。罗严塔尔犹豫的是如此一来，可能给敌人带来心理上的鼓舞。

取得香陶星域对开战以来节节败退的贵族联合军而言，是首度胜利的象征，士气可能因此大振，并且乘胜前进。己方士气高昂时，有可能压倒敌军缜密的作战行动取得胜利，这样的例子不胜枚举。

陷入思考中的罗严塔尔那黑与蓝的眼眸中，忽然泛起促狭的微笑。

“好，就此撤退。此地并没有我们付出太大牺牲死守的价值。夺回此地之事，就请罗严克拉姆侯爵亲自处理吧。”

如果上司使部属占领的星域失陷，自然是大失脸面；但如果上司能夺回部属失陷的星域，表明确实有比部属优秀的能力。暂时的失败可能令上司感到不悦，但如果对其表示“以属下之力无法担此大任，请明示用兵真谛”，那么从长远来看，不仅满足了上司的自尊心，也可以改善他对自己的印象。

罗严塔尔如此盘算。如果无法获得绝对的胜利，这不如说是更聪明的方法。这绝不是一个仅有匹夫之勇的军人能想到的。

一旦作了决定，罗严塔尔立即着手准备撤退。但对方是梅尔卡兹这样精明的指挥官，全身而退并不容易，用兵的紧要关头就在此刻。

七月九日，罗严塔尔发动攻势横扫全部战线，并将兵力集中投注在几个重点，所到之处均迎头痛击敌人。

但贵族联合军并没有像以往那样陷入混乱，而是秩序井然地迎战，在罗严塔尔军的战线延伸到极限时，他们还趁机转守为攻。从这一点上就能看出，梅尔卡兹确实是一位优秀而卓越的指挥官。

罗严塔尔并未对敌人的反击进行还击，而是将中央部队撤退；另一方面，左右两翼的部队则巧妙地变换角度横向伸展开来。在进行这些动作的同时，还不断蓄意向敌人挑衅。如果此时从天顶俯瞰，可以看到罗严塔尔舰队全军排成一个凹字阵形，似乎将敌人诱进，然后从三个方向予以痛击。

梅尔卡兹的参谋们确实也都这么认为，故而他们向司令官进言，要求将己方进攻的速度降低，不要中了敌人的圈套。

旗舰的舰桥里，梅尔卡兹抱起了双臂。在他看来，罗严塔尔舰队的动作极为不自然。屈指可数的用兵专家罗严塔尔是不是有什么不按理出牌的诈术？譬如作势攻击，实则脱逃……

不过，梅尔卡兹最后还是采纳了参谋们的意见。己方军队的血气过盛一直是令他最忧心的地方，用兵时不得不以慎重为第一考虑。如果罗严塔尔的目的是逃走，那么不需流血便可轻取香陶星域。对手是莱因哈特另当别论，既然不是莱因哈特，那么这样危险的赌注最好能免则免。

贵族联合军追击的速度放慢了。罗严塔尔确认这一事实之后，并未掉以轻心，而是灵活地调动着凹字阵形，小心翼翼地撤退。不久，罗严塔尔舰队到达了香陶星域的边缘，与敌军拉开了距离，他立即将全军重编成球形阵，以最快的速度逃走。

就这样，香陶星域落入了贵族联合军手中。

“罗严塔尔这家伙，竟然把这个难题推到我头上！”

莱因哈特听到报告，苦笑着说道。罗严塔尔没有死守香陶星域的心理，他其实了如指掌。

当然，比起只能在战术层面上把握事态的简单武夫，莱因哈特更欣赏像罗严塔尔这样思路广阔、视野开阔的人。无法要求这种人有不求回报的忠心，作为他们的上司，也必须时时展现出足够的才干和能力。但莱因哈特并不讨厌这种上下级之间的紧张感。正因如此，像奥贝斯坦这种不讨人喜欢的人才能在他手下做事。

奥贝斯坦说了以下的话：

“梅尔卡兹提督在阁下诞生以前，就是一位赫赫有名的军人。如果他能随心所欲地自由发挥，事情就有些麻烦了。”

“自由发挥？这就是问题所在。我不认为布朗胥百克公爵有让梅尔卡兹尽情发挥的气量。”

“诚如您所言，与其将梅尔卡兹提督当成对手，倒不如将目标转向那些在背后令他烦恼的无用之辈。”

4

贵族们沉浸在胜利的狂喜中，用尽一切美丽的言辞，团团围住回到秃鹰之城要塞的梅尔卡兹。但他脸上却毫无微笑的踪影。

“这星域并非我军战胜所得，而是敌人放弃的。过度相信自己的实力是战争中的大忌。”

连梅尔卡兹都觉得这说教未免太陈腐，但眼看着大贵族们所处的险境，他心想如果不从一开始就稳住阵脚，后面将无法收拾。

“是吗？提督太慎重了。”

布朗胥百克公爵有些扫兴地说道。他心中一定在暗忖“这人真是毫无趣味可言”。但这是事实，梅尔卡兹并没有什么特别的感觉。他自己也不知道这样的性格究竟是好是坏。或许正是因为无趣的性格，他虽然有无数战功，迄今仍无法升为元帅。但在阴谋横行的宫廷中，他也从未遭受过陷害，这大概也是由于性格的缘故。

莱因哈特派人把古典式的决战书递送到秃鹰之城，是在七月底。

决战书借着超光速通信的形式再次出现在贵族联合军将领面前，确实起到了激怒他们的效果。

莱因哈特如此说道：无知又胆小的贵族们，如果你们还有像老鼠尾巴尖那么小的一点勇气，就走出要塞来决一死战吧！如果连这点勇气都没有，何不抛弃有名无实的自尊心投降？不仅能保住性命，我还会准许你们这些无能之辈保有一定财产，不至于三餐不继。前些日子，立典亥姆侯爵终于走上悲惨的绝路，这种下场和他卑劣的人品倒很相称。如果你们不想步其后尘的话，何不动用那点少得可怜的智慧，选择一条好一点的路走……

“混账！乳臭未干的小子，竟敢口出狂言！”

年轻的贵族们愤怒得几乎发狂，正如莱因哈特期望的一般。对于如此容易失去理智的对手，这样的挑拨已经足够了。梅尔卡兹不得不无奈地承认这一点。年轻贵族当中竟然还有人用电鞭痛打士兵来发泄心中的怒气。这位贵族在小时候就经常鞭打父亲领地的农奴当作消遣。

不久，莱因哈特军的先锋米达麦亚舰队开始在秃鹰之城要塞周围出没，明显在进行挑衅。他们故意在要塞主炮射程外的地方徘徊，忽远忽近，若即若离，让对方看见一切举动。

梅尔卡兹严禁出击。米达麦亚看似儿戏的行动中必然藏着可怕的诈术。他虽然竭力对贵族们说明，但他们却不以为然。

到了第三天，贵族们终于无法抑制地爆发了。有一群年轻贵族打破了禁令，开始攻击米达麦亚的舰队。

米达麦亚的舰队也许太大意了，不久即溃不成军。身为司令官的米达麦亚竟放弃了大量军需物资，自顾逃走——至少在那些年轻贵族眼里看来是如此。

“那家伙逃得可真快！‘疾风之狼’的‘疾风’难道就是这个意思？”

“哪有什么诡计，不过如此而已。梅尔卡兹提督真是慎重过头了。”

年轻贵族们夺取了大批舰艇和军需物资，得意扬扬地凯旋。但等待这群炫耀胜利的年轻贵族的，却是一道严肃的命令。

“尔等无视司令官禁止出击之令，擅自与敌军交战，罪行重大，应以军法处置。尔等交出徽章并缴械之后，立即到军事法庭报到候审。”

梅尔卡兹下达这样的命令，是维持军队的组织秩序势在必行的。虽说出战的结果是取得了胜利，但无视司令官命令的行为会给今后的治军带来恶劣影响。

但年轻贵族们心中却充满了愤恨和不满。所有人都陶醉在胜利当中，自以为是不可一世的英雄。拥有少将军衔的菲列格尔男爵扯下自己的徽章用力掷向地板，宛如古典悲剧中的主角般大声喊道：“死，我并不害怕。但倘若不是与敌人交战死在沙场上，而是被不懂勇气与自尊心为何物的司令官处决，我无法忍受这种痛苦。不需要什么军事法庭，我宁可现在就自杀！”

“菲列格尔少将说得没错。”

年轻的贵族们异口同声地表示赞同。

“不能只有他一个人死，我们所有人都要当场自杀，向后世宣示帝国贵族的光荣。”

他们显然达到了自我陶醉的极点。布朗胥百克公爵没有责备他们，反而说道：“这件事已经与战斗无关，身为盟主，我有权利也有义务来做最终判决。”

知道立典亥姆侯爵死去的消息，布朗胥百克公爵的盟主架势更让梅尔卡兹等人觉得难以消受。他站出来走到情绪激昂的年轻贵族面前，用极为响亮的声音演说了一番。

“诸君的勇气与自尊心，不仅将帝国贵族精神的精华昭示于万人面前，更给了那些狂妄自大的平民一记当头棒喝。米达麦亚自不必说，连那个僭称侯爵或元帅的金发小子也不足为惧。我们会获胜！我们的胜利将证明正义的存在！帝国万岁！”

“帝国万岁！”

年轻的贵族们狂热地呼应着、叫喊着。梅尔卡兹见到这一幕，再也没说出一个字来。他由失望转变成绝望，或许就是从这时开始的。

“差不多到时候了吧，奥贝斯坦？”莱因哈特问道。

“到时候了。”装有义眼的总参谋长点点头。

于是所有提督集合到伯伦希尔旗舰。接获详细的指示后，各提督便率领麾下的舰队，出发前往各自所属的战区。

5

“米达麦亚舰队来袭！”

八月十五日，秃鹰之城要塞接获情报。和以前不同，这次米达麦亚采取了利用长距离射程镭射氢爆飞弹进行攻击的积极攻势。

“败军之将竟敢恬不知耻地再来自取其辱。让我们好好教训教训他，让他明白不管打多少回合，他都是个永远无法取胜的废物！”

梅尔卡兹的命令和军规早已被置之不理。年轻贵族纷纷奔上战舰，还未接到管制官的指示，便争先恐后地乘舰出击。

米达麦亚此时真是忍不住要嘲笑一番了。

“这些贵族的笨儿子，乖乖躲在洞穴里还可以活得久一些，却偏偏要出来送死，化为宇宙尘埃。”

在年龄上，米达麦亚与这些“贵族的笨儿子”是同一代人，但在战斗经历与功勋上却不可同日而语。

在米达麦亚看来，跟这些竟然无法识破他上回是诈败的蠢材作战，的确是无聊又毫无价值。

但这一天不一样，确认盟主布朗胥百克公爵也亲自出击后，他背负的责任非常重大，不得不忍耐着连续两三次作势败逃。

双方军队开始激烈战斗。无数火炮吐出无数光舌。指向性的能量射向对方的舰艇，将之击碎，舰艇爆炸时发出的光芒随即又被新的光舌割裂。

但这一幕并未持续太久，米达麦亚军又逐渐开始后退。贵族联合军见状倾全力攻击，但对方并未抵抗便已败走。

“看吧，瞧那副丑态！败逃上瘾之后，已经不把羞耻当回事了。我们就一举送他归西，然后把那金发小子抓来绞死！”

贵族们欢声雷动，争先恐后地驱舰向前突进。

但也有人对米达麦亚的不堪一击抱着怀疑态度，那就是在布朗胥百克公爵与梅尔卡兹之间保持中立的法伦海特中将。他曾与莱因哈特、梅尔卡兹同在一个战场上作战，是一位成熟老练的提督。

他喊道：“不要穷追不舍，可能有陷阱！”试图唤起己方那些急躁年轻人的注意。

意识到陷阱的可能性，贵族们停止了贸然前进，停下脚步整顿阵势。

但贵族联合军的追击一缓和下来，米达麦亚便掉头反击；而只要贵族们再次反击，米达麦亚就边战边退，使贵族联合军继续前进。如此这般反复几轮，米达麦亚对时间点的掌握真是出神入化。

就这样，贵族联合军不知不觉地一步又一步前进，渐渐被诱入莱因哈特和奥贝斯坦精心布置的纵深阵中。当联合军的战线越拉越长，彼此间的通信也出现障碍时，米达麦亚又开始回头反击。

贵族们见他再次回头，以为又是狼来了的把戏，并未重视。但米达麦亚军此时却以难以置信的速度与压力向联合军逼近，第一击便粉碎了敌军的先锋集团。

许多贵族还不知发生了什么事，便和战舰一起化为火球。躲过第一击的各舰操作员大叫“战况出现剧变”，但此时他们周围早已成了破坏和杀戮的展示场。被粒子光束直接攻击的战舰成为碎片，四处纷飞，碎片在新光束的照射下像彩色镶嵌玻璃般闪耀。核聚变爆炸发出的能量波摇动着舰艇。

“看到了吧，笨小子们！真正的战争是这么打的，懂了吗？用你们那还不如猿猴的笨脑袋，能记多少就记多少吧！”

米达麦亚如愿以偿地感受到了复仇的乐趣。与年轻贵族们拙劣的表现比起来，他的战斗指挥真称得上是艺术品。

贵族联合军的舰队此时已是一片混乱，原来统一的指挥系统荡然无存。面对米达麦亚极尽巧妙的战术，他们只能将命运寄托在各舰独立作战，将敌舰各个击破的可能性上。

当然，以这样的方式是无法与米达麦亚对抗的，舰艇一艘接一艘成了血祭的牺牲品。

“撤退，撤退！没时间顾及友军了，快撤退！”

法伦海特看出战况失利，立即开始急速后退，并发出指示。贵族们也纷纷随之逃脱。

但是，在战场上抛弃了友军径自逃走的贵族联合军，却又受到来自两侧的炮火袭击。左方的坎普、右方的梅克林格两位提督以庞大的兵力给予痛击。

贵族联合军的舰艇每一分每一秒都在减少，舰队显得越来越单薄，舰艇的密度也越来越小。

贵族联合军纷纷败逃，他们好不容易摆脱了坎普的猛烈攻击，马上又有毕典菲尔特和缪拉的舰队从两侧杀过来。狼狈逃窜的贵族军舰艇片刻间便化作金属残骸，飘荡在宇宙中。

此时，莱因哈特在旗舰伯伦希尔的舰桥里，脸上泛起会心的微笑。

这是一种极为狠辣的战法，事先推断出敌方脱逃的路线，然后将多数兵力埋伏在那里守株待兔。在这种情况下，逃走路线便是最初进击的路线，非常容易推定。此时如果在逃走的敌人前方加以阻拦，会招致对方誓死反击，所以故意让敌人的先锋部队过去，再从侧面或背后加以攻击。如此一来，不仅在地理上占据有利的位置，也能使敌人将注意力集中在逃走而非战斗上。

“不论是死是活，凡能将布朗胥百克公爵带到我面前之人，即使是无名小卒也一律升为提督，并重重有赏。各位好好把握机会吧！”

莱因哈特如此激励己方的士气。

战斗意志因为欲望加速提升。全然失去斗志逃走的贵族联合军此时无异于狩猎者的猎物，处处遭到追赶和俘虏，在短暂而绝望的反击后相继被消灭。

等布朗胥百克公爵发觉的时候，旗舰周围已经连半艘己方的舰艇都没有了，背后却有米达麦亚和罗严塔尔舰队的无数光点迫近。激烈的冲击使舰艇不断晃动，后部的炮塔被磁力炮击中后也炸毁了。紧接着，能量光束擦过旗舰的舰体，刨削着外壁，金属微尘飞扬起来。死神那双无形的巨掌抓住了旗舰。

此时，前方出现了一面巨大的光壁，原来是在后卫待机而动的梅尔卡兹在近距离内向紧追不舍的敌军齐射主炮。如此猛烈而整齐的炮火让莱因哈特军的先锋部队损伤甚重。

米达麦亚和罗严塔尔等人虽然立即指挥后退，但突进的攻势过于猛烈，多数官兵的战斗意志过高，以致缺乏冷静，后退的命令贯彻得并不彻底。

梅尔卡兹一见敌军陷入混乱，立即给做好出击准备的直属舰队下达命令。这支舰队虽然没有大型战舰，却由轻快又灵活敏捷的驱逐舰、宙雷舰以及王尔古雷战斗艇组成，擅长近距离作战。

这支舰队向混乱的莱因哈特军展开攻击，并不断以准确性极高的狙击破坏被迫处于密集状态的舰艇。现在化为火球炸裂的多数是莱因哈特的先锋部队，他们再也顾不上追击，一门心思地进行自我防御。

罗严塔尔与米达麦亚眼睁睁地看着刚才已走投无路的敌方主将布朗胥百克公爵逃走，同时又目睹己方的丑态，不禁因为懊恼和愤怒咬牙切齿。但他们知道在战场上感情用事是极不明智的行为，故而立即将面临崩溃的舰队斥责唤回，同时使整个舰队向后撤退，重新编队。一个平庸的指挥官是做不到这些的。

如果梅尔卡兹有足够的兵力，或许能将两位勇将彻底击溃。但他兵力单薄，本身也没有如此意愿，所以只是保护着布朗胥百克公爵快速离去。

“梅尔卡兹这老家伙确实没有白活，倒真是老当益壮。”

年轻的元帅对敌将发出了赞美。反正敌军被赶进了秃鹰之城，他根本没必要着急。

6

“为什么没尽早前来救援？”

这是布朗胥百克公爵再次见到梅尔卡兹时说的第一句话。

身经百战的名将脸色一点也没变，甚至可以说，他似乎早已预料到这一幕，只是默默地低下头。旁边的舒奈德少校眼中含着怒气，往前迈了一步，但被上司拉住了手臂。

退到别的房间后，梅尔卡兹教导气得发抖的副官：

“不必生气，布朗胥百克公爵其实是个病人。”

舒奈德微微瞪大了眼睛。

“病人？”

“是精神方面的。”

梅尔卡兹所说的病，是指布朗胥百克公爵那潜意识中极易受伤的自尊心。公爵或许没有察觉到，由于他深信自己是最伟大、最正确的存在，所以无法感谢他人，也无法认可与自己持有不同见解的人。那些人只能被视为叛逆者，忠告只能被当成诽谤。因此，修特莱也好，菲尔纳也罢，尽管是在为他出谋划策，但仍不能见容于他，最后只得离开他的阵营。

当然，这种性格的人，也无法接受社会上存在多种思想与多样的价值观。

“我以前也说过，造成这种病的根源，是长达五百年的贵族特权传统。公爵甚至可以说是个受害者。这在一百年前确实是行得通的，可是……他其实是个不幸之人。”

年纪尚轻的舒奈德却不能像上司这般宽容，或者该说是达观。从梅尔卡兹面前退下后，他乘着电梯来到要塞的瞭望室。在半球体的透明外壁之外，无数相互重叠的恒星群正在遥远的地方闪耀着无机的光芒。

“的确，布朗胥百克公爵也许真是不幸之人。但是，只能将自己的未来托付给他的人们，岂不是更加不幸……”

面对年轻军官怅然若失的疑问，群星依旧沉默。

除了布朗胥百克公爵，逃亡到秃鹰之城要塞的还有来自另一个方向的人。那就是布朗胥百克公爵的侄子——代理伯父负责威斯塔朗特行星的防卫，并对其进行统治的赛德男爵。

威斯塔朗特是个缺乏绿色和水分的干燥行星，住有两百万人，在边境地区算是人口众多的星球。面积不大的土质肥沃的绿洲上，进行着集约农耕和稀土类元素的开采。这里在和平年代从其他行星运来了数兆吨的水，进行开发工作。

赛德男爵其实并不是全然无能的统治者，但或许是年轻的缘故，他在政策的实施上缺乏灵活性。为了在背后援助伯父布朗胥百克公爵，他对民众的压榨愈演愈烈。这种行为在从前是行得通的，但随着莱因哈特的势力急剧增强，大贵族的统治体制逐渐松动，甚至已发展到内战的程度。这些情况，民众也有所耳闻，于是出现了反抗。赛德又惊又怒，将其镇压下去，使对立局面更加紧张。

类似的情况反复发生几次后，终于爆发了大规模暴动，民众开始报复赛德的高压政策。少数警备兵不消片刻便被民众的洪流吞没。赛德只身一人驾着太空梭逃亡，由于身负重伤，到达秃鹰之城后不久便死去了。

“那些贱民……胆敢用肮脏的手杀死我的侄子！”

特权者容易全面否定无特权者的存在价值与人格。布朗胥百克公爵不但认为民众没有反抗暴政的权利，甚至认为没有大贵族的许可，民众是无权活下去的。其中的病人或老人等，凡是无法侍奉贵族的人，比家畜更无用，当然也没有活下去的价值——他对此深信不疑。

可是这样的贱民不仅反抗大贵族，甚至还杀了他的侄子。布朗胥百克公爵已经到了狂怒的地步，他相信自己的愤怒是理所当然的。

“那些忘恩负义的贱民，必须用正义的利刃加以严惩！”

公爵作了这样的决定。

“对威斯塔朗特实施核攻击，那些贱民不得留下一个活口！”

人们实在无法赞同这个决策。所谓核攻击，就是使用热核武器，同时将导致原子灰大量散布。从使地球濒临灭亡的“十三日战争”以来，这种攻击方式已经成了一种禁忌。以深思熟虑闻名的安森巴哈准将试图说服缺乏冷静的盟主。

“阁下愤怒是理所当然的，但威斯塔朗特是阁下的属地，对该地进行核攻击是否妥当？”

“……”

“而且，此刻我军正与罗严克拉姆侯爵对峙，实在没有余力再抽调兵力。况且您说要将所有住民都杀死，毕竟有欠妥当，是否只处罚主谋者就可以了？”

“住嘴！”

公爵大声喝止。

“威斯塔朗特是我的领地，我有权力决定将它和全部贱民一起毁灭。鲁道夫大帝不也是杀戮了数亿名暴徒，才将帝国的根基稳固下来吗？”

安森巴哈放弃劝说，从盟主面前退下，叹息着喃喃自语：

“高登巴姆王朝就要灭亡了。将自己的手脚都斩断，如何还能站得起来？”

有人将他这几句话向上密报，布朗胥百克公爵大为震怒，逮捕了安森巴哈，但顾虑他的功绩和声望，只是将他监禁，并未处死。

梅尔卡兹要求会见公爵，希望公爵能停止对威斯塔朗特施行核攻击的计划，并释放安森巴哈，但公爵拒绝了他的求见。

布朗胥百克公爵的复仇开始了。

7

有一名威斯塔朗特籍的士兵，在核攻击计划即将实施的前一天自秃鹰之城脱逃，来到莱因哈特的阵营。

莱因哈特听完他的话，正要派遣舰队到威斯塔朗特阻止攻击行动，但被奥贝斯坦总参谋长拦住了。

“不如让那发狂的布朗胥百克公爵进行残暴的攻击行动。”

冷酷的总参谋长说道。

“然后将整个情景拍摄下来，作为大贵族们惨无人道的证据。如此一来，他统治下的民众和平民出身的士兵们必然会叛离。比起阻止他的暴行，这样效果更好。”

从不知恐惧为何物的金发青年，此时竟然露出了畏怯的神情。

“难道眼睁睁看着两百万人被杀死吗？其中有多少妇孺啊！”

“这场内战如果长久持续下去，死的人恐怕就不止这个数字了。而且，假如大贵族们获胜，以后还会发生很多这样的事情。因此，应该让帝国全境都知道他们的暴行，同时让大家知道，他们并没有统治宇宙的权力，此为其一……”

“那么，要我装作没看到吗？”

“这是为了帝国两百五十亿的人民，阁下。同时，也是为了尽快确立您的霸权。”

“……知道了。”

莱因哈特点了点头，但表情中缺乏他独有的那种华丽神采。如果吉尔菲艾斯在旁边，绝不会如此进言。

威斯塔朗特行星上散布着五十多个绿洲。在绿洲以外的地方，红褐的岩山、灰黄的沙漠与白色的盐湖一直延伸至地平线，连一个人影都没有。

也就是说，如果用核弹攻击各个绿洲，就可以将行星上的两百万居民杀得一个不剩。

当天，在其中的一个绿洲上正在进行一场集会。人们虽然凭借自己的力量脱离了贵族的统治，但还没有确定未来的计划。以后该如何是好？集会的议题是如何确保居民的和平与幸福。对长期处于贵族统治下、许久未进行自主讨论的人们而言，集会是一项大事业，甚至可以说是值得纪念的庆典。

“罗严克拉姆侯爵不就是和平民同一阵线吗？请他来保护我们吧。”

有人提出这样的建议，立即引发了赞同的声浪。其实除此之外，已经没有其他的选择了。当所有的意见被归纳统一之后——

“妈妈，那是什么东西呀？”

一个在母亲怀抱中的幼童，指着划过天空的一道光线问道。接着，其他人也看到了一条轨迹斜斜横过灰蓝色的天空。

那纯白的闪光，似乎使所有的景象都褪色了一般。紧接着，一个火红的半球浮上地平线，并且加速膨胀，变成一朵高达万米的蘑菇云。

一阵爆炸气浪涌至，秒速七十米、温度超过八百度的热浪席卷而来，烧毁了地表，烧毁了植物，烧毁了建筑，也烧毁了每个人的身躯。人们的头发和衣服都燃烧起来，溃烂的皮肤上布满了水泡。

被活活烧死的幼儿的惨叫声在热风中回荡，片刻后消失了。母亲唤着孩儿的呼声、父亲忧虑家人的叫声，全都听不到了。

大量尘土被热风卷起，在高空中回旋，又像沙瀑似的流泻到地上，埋葬了死者那被烧得体无完肤的躯干。

从监控画面中看到这一幕的年轻军官，脸色苍白地离开座位，蹲在地板上开始呕吐胃液，但是谁也没有指责他。传送来的画面攫住了所有人的视线，没有人发出半点声响。他们现在终于明白了一件事：再也没有任何事物，会像强权者对弱势者施加的暴行一般，玷污宇宙的法则。

“把这个画面传送到帝国的每一个角落。贵族与我方究竟谁才是正义的一方，这下连小孩都能明白了吧。这些贵族无异是在自毁生路。”

奥贝斯坦用冷静的语调解说着，但并没有马上引起回应。

“您认为如何，元帅阁下？”

莱因哈特的表情极为痛苦凝重。

“你要我装作没看到，结果却变成如此惨剧！事已至此，说什么都没用了，难道没有其他方法了吗？”

“或许有，但我的智慧仅止于此，找不到其他方法。如您所言，事到如今说什么都没有用了。只能最大限度地利用目前的状况。”

莱因哈特瞪着总参谋长，冰蓝的瞳孔里浮现出嫌恶的神色，但他分不清这股怨气究竟是针对站在眼前的这个人，还是自己。

威斯塔朗特的惨剧此时通过超光速通信呈现在帝国的各个角落，在各地都引发了巨大的愤怒与动摇。民心从大贵族控制的旧体制中加速脱离，连贵族们也越来越强烈地认为，布朗胥百克公爵已经没有所谓的未来了。

吉尔菲艾斯完全平定边境星域后，为了与莱因哈特会合，率舰队朝秃鹰之城前进。他自然也看到了传送的影像，对大贵族的怒气更是不可抑制。但是有一天，瓦列的舰队捕捉到了一艘太空梭。梭上乘着一名士兵，曾是布朗胥百克公爵的部下，因不愿被迫参加对威斯塔朗特的核攻击而中途逃亡。这倒罢了，但是接下来他说的话中，有让人无法忽略的内容。吉尔菲艾斯不禁怀疑自己的耳朵，出口反问。

“我已经说了好几遍。罗严克拉姆侯爵知道贵族联合军要残害威斯塔朗特行星上两百万居民的消息，但他竟然置之不理，眼睁睁看着居民被杀害，目的是要作为政治上的宣传。”

“会不会是侯爵没有采信那个消息才导致如此下场？你难道有证据证明侯爵袖手旁观，任由威斯塔朗特的居民被残害？”

“证据？”那位士兵冷笑着说，“那影像本身不就是证据吗？那难道能说是偶然拍到的吗？那是在平流层附近对着地面近距离拍摄才得到的。”

吉尔菲艾斯一语不发地遣退了那名士兵，并对部队下达缄口令。这真是一件让人难以相信也不想相信的事情，难道是事实吗？

“快要见到莱因哈特大人了，到时当面确认真伪就行了。”

但是确认之后又该如何是好？如果是谎报也就罢了，但若是事实，该怎么办？

吉尔菲艾斯自问着，没有得出明确的答案。

迄今为止，莱因哈特的正义就是吉尔菲艾斯自己的正义。难道终于到了无法一致的这一天？照理来说，自己和莱因哈特应该不会背道而驰，但是……

Chapter 7

属于何人的胜利

1

年轻的费沙独立商人波利斯·高尼夫满脸不悦。他冒着穿过战场的危险运送地球教信徒朝拜团，但利润却微乎其微。偿还债务、支付部下薪水，再把贝流斯卡号送进船坞后，所剩无几的钱扣除生活费，连买十平方厘米的宇宙船外壳都不够。

“你好像不太高兴？”

桌前的人粗声粗气地问道。高尼夫连忙辩解：

“没有啊，我的脸一直都是如此，不是在阁下面前才这样的。”

后面这句话显然是画蛇添足，说话的人十分后悔，但似乎没有影响自治领主鲁宾斯基的心情。

“是你负责运送地球教信徒到圣地的吧？”

“是的。”

“你觉得他们怎么样？”

“我不太清楚。但就宗教而言，我认为穷人比较相信神的公正，这非常矛盾。不是正因为神不公正，才会有穷人吗？”

“有道理，你不相信神？”

“根本不相信。”

“哦？”

“幻想出‘神’这种东西的人，是历史上最大的骗子。他值得钦佩的地方只有想象力和商业才干。从古到今,不论哪个国家，有钱人不都是贵族、地主和寺院的人吗？”

自治领主鲁宾斯基兴致勃勃地望着年轻的独立商人，让高尼夫有点不舒服。自治领主是个看起来很精悍的男人，才四十出头，但头上一根头发也没有。被这种长相怪异的人盯着，当然和被美女盯着感觉大不相同。

“这个见解相当有趣，是你自己的想法吗？”

“不是……”

高尼夫应道，心中有些遗憾。

“是我自己的想法就好啦。大部分都是现学现卖，在孩提时代听到的。是十六七年前的事了。”

“哦……”

“在成长过程中，我随着父亲在星球间旅行。有一次碰到一个境遇跟我很像的小孩，大我两岁左右，我们成了好朋友。我跟他相处了两三个月，发现他领悟力强，心思又缜密。刚才那些话就是他说的。”

“他叫什么？”

“杨威利。”

高尼夫的表情像个成功表演了新戏法的魔术师。

“听说那家伙现在在做军人这种下等职业，身为自由人的我不禁同情他。”

年轻船长有点失望，因为自治领主看起来并没有吃惊。沉默片刻，鲁宾斯基语气严肃地说：

“波利斯·高尼夫船长，自治领政府有项重大任务要委托你。”

“啊？”

高尼夫眨了眨眼睛，但不是因为惊讶，而是出于提防。这位被帝国和同盟一致称为“费沙的黑狐”的自治领主，宽阔厚实的身躯中填满了像千层派般一层又一层的算计和策略。人人都这么说。高尼夫并没有否定这个传言的证据，他不明白为什么身为一介商人会被自治领主召见。既然不是要听他回忆过往，那么究竟要派给他怎样的任务呢？

不久，走出官厅大楼后，高尼夫使劲儿挥舞着双臂，仿佛要挣脱无形的枷锁。

一位老妇人带着的小狗向他吠叫起来。高尼夫对着小狗挥拳，挨了老妇人一顿责骂后，气冲冲地跨步离去。

回到船上，他看到事务长马利涅斯克那未老先衰的脸上堆满了笑容。因为能源公营机构发出一份通知——今后不必再担心贝流斯卡号的一切燃料问题了。

“你到底施了什么魔法？对我们这种小商船来说，这简直是奇迹！”

“我卖身给政府了。”

“咦？”

“畜生！那只黑狐！”

事务长慌张地环顾四周，说话的人则毫不避讳地高谈阔论。

“他一定在打什么坏主意，竟然把我这个善良公民给拖下水！”

“到底怎么回事？卖身给政府，就是说你成了公务员？”

“公务员？”

听了事务长独特的措辞，高尼夫像斗败了的公鸡，怒气顿消。

“是和公务员没两样！我将变成情报人员，被派到自由行星同盟。”

“哦？”

“高尼夫家族……”

年轻的船长大声咆哮。

“我最自豪的就是在这两百年间，家族中没出过一个罪犯和公务员，都是自由的人民，自由的人民啊！什么东西，竟要我去当间谍，一下子两样都沾到了！”

“你是去做情报人员啊，情报人员。”

“换个名字又有什么用！把癌症称为感冒，癌症就会变成感冒吗？把狮子叫成老鼠，被它咬到就不会死了吗？”

马利涅斯克没有回答，但心里觉得他的比喻太极端。

“他早就把我小时候和杨威利是好朋友的事查清楚了，这可一点也不有趣。我干脆把一切都告诉杨好了。”

“可是，这样不太妥当吧？”

“为什么？”

“为什么？因为你并不是当了情报人员就万事大吉，背后还有监视你的眼睛啊。监视和制裁的眼睛。”

“……”

“唉，你把事情详细地说给我听听吧。”

马利涅斯克搅拌着咖啡，一股强烈的酸味扑鼻而来，不用问也知道是便宜货。他花了两倍于高尼夫的时间品尝咖啡，一面聆听事情的经过。

“原来如此，请恕我直言。船长，你根本不必在自治领主阁下面前提起杨威利的名字。当然，即使你不提，领主那边也一定会提出此事的。”

“我知道。真是祸从口出。以后一定谨言慎行些。”

高尼夫心里颇不是滋味，承认了自己的失策。尽管如此，他还是无法把鲁宾斯基的命令看作正当的并接受下来。虽然眼睛看不见，但枷锁却如影随形，无时不在。被它束缚远比无钱可赚痛苦。

如果说波利斯·高尼夫这种人还有存在的价值，那就是他独立不羁的自由身份。费沙的自治领主鲁宾斯基却将他唯一的自豪之处轻易踩在脚下。更恶劣的是，鲁宾斯基还以为向他施了恩惠。

拥有权力的人似乎认为，将公民置于权力机构当中是自己的特权。看来即使是鲁宾斯基，也无法摆脱这种错觉。

那么，我是不是暂时把这种错觉当成真实比较好？高尼夫露出了浅浅的笑容。

马利涅斯克若有所思地看着年轻的船长，提起平底壶。

“要不要再来一杯咖啡？”

2

进入八月以后，杨威利到达巴拉特星域的外缘地带。他将舰队布好阵形，伺机进攻海尼森。

这里距海尼森六光时，约六十五亿公里，对在星际间航行的宇宙舰队而言，只是咫尺之隔。

杨进入这个区域，不但具有军事意义，更包含了政治意义。

占领海尼森的救国军事会议连巴拉特星域都无法进行有效的统治，其政治势力不过局限在一颗行星上罢了。第十一舰队败北，导致他们丧失了在宇宙空间的战斗能力。出于这些原因，救国军事会议全面败北、政变失败及恢复同盟宪章只是时间问题——这次行动将以上种种昭示在同盟全体军民面前。

效果惊人！当然是杨的声誉（他口中所谓的虚名）使效果大幅提升。此前一直在评议会政府与政变派之间摇摆的人，都陆续举起鲜明的旗帜，投靠到杨这边。此外，从各行星的警备队、驻守地方的巡逻舰队、退役官兵到有志参加义勇队的平民，也都纷纷加入杨的行列。

不过，义勇队的编组工作进行得并不顺利，因为杨不喜欢将平民卷入战争。老实说，他也怀疑那些想参加战争的平民的精神状态，但他无法拒绝平民们自发参战的意愿。他们甚至搬出同盟宪章条文中的“抵抗权”——人民有权以武力抵抗不正当权力——来对付这位不爽快的年轻司令官。

因此，杨下令参加义勇队必须有年龄限制，未满十八岁和超过五十六岁的人不得参加。但是许多怎么看都已经超过八十岁的老人，却坚称自己才五十五岁；另外，有个十七岁的志愿者看到了尤里安，就以“怎么看都不像比自己大”为理由向办理的军官抗辩。

“这种事可不轻松哦。”

菲列特利加·格林希尔上尉看在眼里，为之苦笑。

令杨欣慰的是，引退还乡的前统合作战本部长西德尼·席特列元帅发表声明支持自己。杨在军官学校就读时，他是当时的校长。杨非常尊敬他，但也觉得他是个不好应付的人。不必与他为敌令杨感到很高兴。有个格林希尔上将为敌就已经够受的了。

很多以前同情救国军事会议的人也加入了杨的阵营。广场大屠杀事件传开后，他们大加挞伐政变派，抨击的声浪高入云霄。

耿直不阿的姆莱参谋长等人严厉地指责他们的变节与墙头草作风。杨却另有一番说法：

“只要是人，都会谋求自身的安全。如果我处的位置责任轻一点，或许也会选择支持处于有利地位的一方，何况是别人呢？”

反观历史，动乱时代的人们无一不是如此。不这样做，就没办法活下去，而且这也可以说成有判断形势的能力和灵活性，并没有什么可指责的。反倒是那些一意坚持信念的家伙容易对他人或社会造成伤害。

鲁道夫·冯·高登巴姆废除民主共和制，自封为银河帝国皇帝，屠杀了四十亿反对专制政治的人民，他的信念之强烈无人能及。而现在占据海尼森的政变派一干人等，也是从信念出发采取行动的吧？

在人类历史上，没有所谓的“绝对的善与绝对的恶的战争”，只有主观的善与主观的善之间的争斗、正义的信念与正义的信念彼此的相克罢了。甚至在单方面的侵略战争中，发动侵略的一方也认为自己才是正义的一方，战争因而永无止息。只要人类相信神和正义，世界将永无宁日。

谈到信念，杨一听到“必胜的信念”云云，便全身起鸡皮疙瘩。

“拥有信念就能胜利的话，世上再没有比这更轻松的事了，因为谁都想获得胜利。”

在杨的观念中，信念不过是强烈的愿望而已，毫无客观的根据可言。信念越强，视野越小，也越无法正确地判断或分析。大体说来，信念是一个可耻的名词，只要登在字典上就够了，并不是用嘴来说的。

听杨这么说，尤里安等人觉得很好笑。

“那是阁下的‘信念’。”

虽说嘴上这么回答，少年其实完全理解杨的意思。

尽管如此，历史上首次以武力攻击用国父之名命名的行星海尼森的人，却不是帝国人。

“没想到竟是我杨威利啊！”

杨静静地对尤里安露出笑容，现在他只能笑了。秉持着坚守民主政治的信念，毫不犹豫地忍泪攻击故乡云云——这种悲壮的美感与杨无缘。尤里安没有笨拙地安慰他，而是说：

“请等到我长大成人以后，您再去攻击银河帝国的首都吧。我很快就会长大的。”

“奥丁吗？那儿就交给你了，我对付海尼森就已经够了。我希望能早日引退，过向往已久的退休生活。”

“啊，那么我可以做军人喽？”

杨连忙否定方才说的话。尤里安一直希望成为军人，率领大舰队在宇宙中航行。不过，杨始终没有给出答复。

且不说尤里安的事，杨近来有一个想法：由大舰队之间的决战来争夺霸权，这个形式应该过时了吧？

一言以蔽之，应该在必要的时候确保必要的空间。只要能在一定的时间内使用一定的宇宙空间就好了。总是想着确保永久的宇宙空间，必然会让航路地带和战场受到限制，战争也就无可避免。但其实在没有敌人的时间使用没有敌人的地域就行了，不是吗？

杨暂且将这种战略思想命名为“宙域控制”，将以前那种舰队决战的战略思想称为“宙域统治”。他还想使自己的构想体系化，成为一种富有弹性的合理的战略思想。先寇布会揶揄他也不是没有原因的，杨虽然讨厌战争，但对战略战术这种知性游戏又显得兴致勃勃。

此时，在海尼森行星的地下深处，一名男子正在激励自己的同道者：

“还早得很！我们还有‘处女神的项链’！有了‘处女神的项链’，即使是杨威利也无法闯进海尼森的重力圈！”

格林希尔上将铿锵有力地说道。看到大家脸上微微泛起了光彩，他重复道：“我们还没有输！”

3

“我们还没有赢。”

屏幕上浮现出翡翠色的美丽行星，杨望着它想。

他并没有把“处女神的项链”这回事放在心上，不管威力有多强大，他从来不曾对兵器和要塞等硬件设施感到畏惧。摧毁“处女神的项链”的手段不胜枚举。

用武力占领有人行星本非易事，因为行星本身是一个巨大的补给与生产基地，攻击行星的一方必须有大量的军需物资。

在亚姆立札会战初期，同盟军之所以能占领很多有人行星，是帝国军欲擒故纵，进行战略性后退的结果。也就是在通往陷阱的路上撒下诱饵，让敌人掉以轻心落入陷阱。

海尼森的情况则不然。但海尼森有一个弱点，即对“处女神的项链”这一硬件设施的信仰。如果能粉碎信仰的对象，抵抗的意志必然消弭于无形。

十二颗具有三百六十度全方位攻击能力的军事卫星，镭射炮、荷电粒子光束炮、中子光束炮、热线炮、激光氢弹、磁力炮……武器装备应有尽有，利用太阳能可以半永久地补给动力。十二个准完全镜面装甲的球体以银色为底，闪耀着淡淡的虹光。这是一个美丽得近乎高贵，却可以杀人如麻的系统。

但是，这个系统大概会在尚未立下任何功勋之时，就被杨威利破坏。

令他忧惧的是，海尼森行星上有十亿人口，其中有平民也有军人。对政变派而言，他们是重要的人质。

如果政变派威胁要连同全体居民及海尼森行星自爆，或者用光束枪抵着比克古提督前来要求谈判，杨只能束手无策。

他不愿想象格林希尔上将会这样做。但格林希尔上将是政变派的首谋之一，这件事就已经超乎杨的想象了，不是吗？

为了应付这个局面，杨必须采取一些对策。要怎样做才能粉碎他们的痴心妄想，使他们放弃无益的抵抗呢？

撇开当事者的本意不提，此次政变是银河帝国的罗严克拉姆侯爵莱因哈特一手策划的，这一内幕必须公之于世。

虽然没有物证，但目前帝国发生的大规模内战，可以作为背景证据吧？或者在政变平定之后，也许能找出物证。总之，当务之急在于找出人证来。

杨选定了一个人。

被传唤的巴格达胥中校步伐轻快地来到杨的房间。待副官菲列特利加离开后，杨开口说道：

“有件事想让你去做。”

“什么事？”

巴格达胥一面回答，一面环视室内，确定尤里安不在才放下心来。印象中那位美少年似乎很难对付，连他自己也觉得很荒谬，但一旦被他人取得先机，这种记忆便久久萦绕心头，挥之不去。

“那么，要我做些什么？只要是阁下的命令，即使是要我潜入海尼森也……”

“然后，你就回到格林希尔上将的身边？”

“不，我可没这个意思。”

“开玩笑的。其实，我要你做证人。”

“证人？什么证人？”

“我要你作证，这次救国军事会议发动政变，是受到银河帝国罗严克拉姆侯爵莱因哈特的唆使。”

巴格达胥眨了好几下眼睛，才明白杨的话中之意，不禁张大了嘴巴。他注视着年轻的司令官，仿佛在看着陌生人似的。

“简直就是异想天开嘛……”

这是为了彻底粉碎政变的正当性不得不做的宣传工作，巴格达胥这样认为。当然，事情也的确如此。

“这是事实。现在没有物证，但的确是事实。”

杨说道。惊诧和疑惑的神色并没有从巴格达胥的脸上消失。他还想再说什么，但杨放弃了说服对方的念头。

“算了，你不相信也不是没有道理。”

这令人感觉有些草率。即使换了别人，会相信杨的话吗？恐怕也难说。相信他的人，其实只有政变发生前一直听从他的比克古和尤里安他们吧。先寇布和菲列特利加又会有怎样的反应？

先寇布或许会浮现出挖苦的微笑，说：

“一个很好的故事，但太直白了些。宽松一点打分的话，大概能打个八十分。”

菲列特利加或许会抗议：

“请不要再中伤我的父亲，他还不至于沦为帝国的爪牙。”

杨甩一甩头，甩开了浮现在脑海中的几张面孔。

“总之，我要你出面作证。如果有必要，我还可以给你编纂详细的脚本并制造物证。我知道这么做有点不公正。怎么样，愿意干吗？”

杨的表情和声音并不是特别严肃，巴格达胥却感到一股无可抗拒的力量。

“明白了。我是一个背叛者，只要对您有帮助，我做什么都行。”

至少在眼下，巴格达胥只能把自己的命运交给杨。

巴格达胥退出后，杨对自己的策略感到微微的嫌恶。他传唤了菲列特利加·格林希尔上尉。

“关于攻击‘处女神的项链’的方法，有几个技术上的问题要讨论，叫大家到会议室集合。”

“是。”

想到要破坏十二颗固若金汤的军事卫星，菲列特利加紧张得全身发颤。实在无法想象又要造成多少牺牲。杨好像察觉了她的心理，说道：

“不要担心，格林希尔上尉。我保证在破坏‘处女神的项链’时，绝对不会损失一艘战舰，不会牺牲一条人命。”

杨并不是想借这个说法减轻心头的罪恶感……

巴格达胥中校出现在通信屏幕上，让山穷水尽的救国军事会议成员既惊慌又愤怒。他行刺杨威利的重要任务失败，使己方陷入困境。现在却又出面作证，荒谬无比地说什么政变是由罗严克拉姆侯爵莱因哈特一手策动的，全面否定并粉碎了政变派认定的大义。

“巴格达胥，不知羞耻的叛徒！竟敢在人前出现！”

愤怒的咆哮声中带着阴郁。因为他们心知肚明，已不能再对这个叛徒采取任何报复手段了。他们不得不承认，即使是“处女神的项链”，也只能让最终的败北拖延一些时日。

现在救国军事会议控制的地方，仅限于海尼森行星的地表及地下的一部分。其他立体空间都陆续落入敌人手中。

敌人就是名叫杨威利的年轻小子，是他使得政变失败。他击败了第十一舰队，剥夺了救国军事会议唯一的宇宙战斗能力，使政变的成果仅止于海尼森一星，让那些犹疑不决的人纷纷加入他的行列。威力果然惊人。不过，格林希尔必须要说一件事。

“也许我们太低估了那个杨威利，他竟然会以我们是帝国爪牙来做政治宣传。他又何必如此毁谤我们？”

大家用力点头，格林希尔上将望着他们，接着说：

“政变是我们出于本身的意志发动的，加上林奇少将从帝国返回，为我们带来了一份了不起的作战计划。跟罗严克拉姆侯爵一点关系也没有。是不是，林奇少将？”

林奇醉意浓浊的眼中泛着红光，他一副受宠若惊的表情，说：“您过奖了，敝人深感惶恐，但那个作战计划并不是我拟定的。”

“什么？！”

格林希尔上将的脸上闪过一抹不祥的疑惑，犹豫了几秒，他问：“那么是谁？谁能拟出那样的作战计划？”

问与答之间，是一段长长的沉默。

“银河帝国元帅——莱因哈特·冯·罗严克拉姆侯爵。”

满座霎时悄无声息，沉默中充满了无言的惊叫，每个人脸上都失去了血色。

“你说什么……”

“杨威利是正确的。这次政变的确是罗严克拉姆侯爵——那个金发小子策划的。那家伙为了在内战期间能顺利对付贵族们，借机挑起同盟内讧，你们都被利用了。”

“你让我们在罗严克拉姆侯爵的掌心上像玩偶般跳舞？”

质问的声音嘶哑而干裂。

“是啊，各位，你们都跳得很不错。克里思齐上校那个低能儿是这样，格林希尔上将，您也是啊。”

嘲笑十分恶毒。随着酒精浓烈的气息，无形的小鬼满室飞转，大家的心脏像被长枪一下一下刺入。不知是谁发出一阵呜咽。

“看看这个吧。这就是罗严克拉姆侯爵亲手交给我的作战计划。”

薄薄的小资料夹从林奇的手中掷出，落在桌子上，发出干涩的声响。格林希尔上将一把抓起来，一页一页地翻阅。

在边境行星引起骚乱，不止一处，而是多处同时发生，借以分散首都的兵力，使其呈现真空状态，再趁机占据政治与军事要地……伴随着一阵急促的呼吸，格林希尔丢开了资料夹。

“迄今为止，都是按照剧本进行的，但是接下来却无路可走了，这是因为身为演员的各位没有实力啊。”

“林奇少将，为何你要听从罗严克拉姆侯爵的差遣？是不是因为他开给你优厚的条件？比方说，让你做帝国的提督……”

“是有这么一回事……”

林奇的声音不自觉地忽高忽低，他也懒得控制。

“但不只是因为这个。我并不是听从谁的命令，只是想让那些对自己的正确深信不疑的人们，尝一尝那种无可辩解的耻辱的滋味。至于什么晋升、往后的人生，我都不在乎了。”

林奇红红的眼中闪耀着令人不寒而栗的光芒。

“怎么样，格林希尔上将？冠冕堂皇的救国军事会议不过是帝国野心家的道具罢了。真相大白之后的心情如何？”

话说到末尾，忽然变成了笑声。那种欠缺节奏的异样笑声，像盐酸一般侵蚀着人们的心。艾尔·法西尔的逃亡使他过去的人生坠入了污泥中，九年来没有辩解的余地，只有借酒浇愁。九年间，他无法对人提起满腹的怨悔，只能独自默默承受，让痛楚日复一日灼烧全身。

“议长，敌人开始攻击了！”

传令官发出生硬的声音，满座冻结的气氛瞬间融解。格林希尔转过身，发出恍如从噩梦中惊醒的声音：

“十二颗卫星当中，哪一颗先遭受攻击？”

回答中充满困惑与慌乱。

“是……十二颗同时遭受攻击。”

众人视线交错，表情与其说是惊愕，毋宁说是不知所措。在轨道上自由移动的十二颗卫星，具备相互防御、相互支援的功能。同时对多颗卫星发动攻击是个不错的主意，但那样得承担分散兵力的危险。而同时攻击十二颗卫星就超出一般常识了。杨威利到底在搞什么把戏？

屏幕启动了，捕捉到了在宇宙空间中朝卫星直逼而去的物体。看清那些物体后，室内顿时一阵哗然。

“冰……”

格林希尔上将呻吟道。那是巨大的——远比战舰巨大的冰块。

4

三百年前，银河帝国。

酷寒的牛郎星第七行星上有一位共和主义青年，如同奴隶一般被迫从事矿产开采。他的名字叫亚雷·海尼森。

他有一个心愿，希望逃离这个行星，到遥远星海的彼岸建立一个共和主义者的新国家。问题是他们没有建造太空船的材料。

有一天，海尼森看见一个孩子在玩小船，小船是用干冰做的。青年灵机一动。

他利用牛郎星第七行星上储量丰富的天然干冰制造太空船，开始了一场为期长达五十年、距离一万光年的漫长旅程。

这便是盛传一时的自由行星同盟之父海尼森的传说。

“这次作战是学习建国之父海尼森的故事。”

杨这么说并非在自我夸耀，而是苦涩的幽默。他的作战方案如下：

巴拉特星系第六行星西里纳盖尔是个寒冷的冰之行星。从这里切出十二块冰块，每个冰块体积为一立方公里，质量为十亿吨。

将切下来的冰块运到没有重力的宇宙空间。宇宙空间为绝对零度，即零下二百七十三点一五摄氏度，冰块不会融化。

然后在冰块上加装航行用的引擎。再将冰块削成圆筒形，用激光贯穿中轴，装上冲压式空气喷射引擎。

在引擎前方投射一个巨大的网状磁场，吸收离子化的负电星际物质。当它接近冰块时，会在极短的时间内被压缩、加热，使引擎内达到进行核聚变反应的条件。当这些物质从太空船前方进入时，便会产生巨大的能量，成为向后喷射、推动太空船前进的巨大动能。

就这样，用冰建造的无人太空船便能永无休止地向前航行，速度持续增加。当速度越来越接近光速时，吸收星际物质的能力也越来越强。冰船最终会达到亚光速。

在这里必须探讨一下初步的相对论，其原理如下：随着速度接近光速，物质的实际质量也会增大。

例如，以光速的百分之九十九点九的速度航行，船的质量会增加到原来的二十二倍。若是光速的百分之九十九点九九，则增为七十倍。若是光速的百分之九十九点九九九，则增至二百二十三倍。

当十亿吨的冰块增至二百二十三倍时，其质量便达到两千两百三十亿吨，大约相当于三百万栋六十层的大厦，再以亚光速冲击某个物体，会产生什么后果？连排列成“处女神的项链”的军事卫星也不堪一击。

只是，为了避免这些冰块撞到海尼森本星，发射角度必须小心计算。十二颗卫星上没有人，十二个冰块上也没有人，果然是不流一滴血的战争。

“……各位有什么问题吗？”

先寇布轻轻举起手来。

“十二颗全部破坏也没关系吗？”

为了日后打算，留下几颗比较好吧？他讥讽地问道。

“没关系，全部破坏吧。”

杨干脆地说道。他认为有一部分人妄想政变成功，原因之一便在于“处女神的项链”的存在。

即使其他星系、其他行星全被敌人控制，海尼森也会留存下来——这种可耻想法的来源就是“处女神的项链”。但事实是一旦敌人攻到这里，也就意味着战争已到了败北前夕。若能防止敌人侵犯到这里当然很好，但首选的解决方法还是多作政治与外交上的努力，避免战争。

依靠军事硬件来维持和平，只是脑筋僵化的军国主义者噩梦的产物罢了，就思考水平而言，无异于幼童最喜欢的立体电视动作片。剧情总不外将来有一天，宇宙的彼岸忽然出现丑恶而好战的外星人，无缘无故向我方发动侵略，于是爱好和平与正义的人类不得不奋起抵抗，因此要有强大的兵器和装备。

每当看见这群包围着美丽行星的卫星，杨便联想到缠绕在女神咽喉上的毒蛇，觉得不快。

总而言之，杨一直对“处女神的项链”没有任何好感，再加上他想对人们的“硬件信仰”进行一下休克疗法，便决定趁机将它们全部破坏掉。他曾想出若干个摧毁“处女神的项链”的方法，最后选择了其中规模最大、最为夸张的手法，原因就在这里。

作战展开了。

十二个巨大的冰块瞄准十二颗军事卫星逼近。

那是一种超乎想象的光景，随着速度加快，冰块的质量也在增加，那巨大的体积和重量成了无坚不摧的强大武器。

卫星的雷达、感应器等侦察系统捕捉到了急速接近的冰块。冰块既不是能量波也不是金属体，只是氢氧化合物，本身一点危险性也没有。但冰块的质量和速度构成了危险因素，卫星的电脑因而开始运作。

激光炮瞄准了冰块，喷出超高热的能量柱。

冰块壁面被打出一个直径三米的圆形洞穴，但连输出功率极高的激光炮也无法贯穿冰块。激光特有的彻底指向性反而是一大麻烦，不仅无法扩大破坏的范围，而且冰块的一部分蒸发后产生大量水蒸气，吸收了激光的热能。在绝对零度的真空状态下，水蒸气产生后立刻急速冷却，变成细碎的冰云，在惯性的作用下以亚光速向前推进。飞弹发射出来，爆发光使冰块增色不少，但也没有什么明显效果。

休伯利安的舰桥里，人们默默地注视着眼前的光景，通信兵则目不转睛地盯着质量仪上急剧变化的数字。冰块的速度越接近光速，质量越发增加，变得更加巨大。

发生冲撞！

冰块碎裂开来，卫星同样碎裂开来，碎冰片在空中乱舞，反射着太阳光和行星的光，绚烂夺目的光彩照亮了四周的空间。每一片碎冰都有数百吨的质量，但在屏幕上看来，美丽闪亮的冰片却像一片片飞雪在轻轻飘荡。卫星的残片已经无法辨认了。

5

“全部毁灭……‘处女神的项链’竟然……一颗也不剩……

全部毁灭……”

监控员神思恍惚地重复着“全部毁灭”几个字。救国军事会议的成员们一个个像盐柱般僵立着。

这句话不断在他们的耳中回响。忽然响起重物掉落的声音，原来是格林希尔颓然倒在座椅上。众人的视线集中在他身上，他用力发出嘶哑的声音：“一切都结束了。军事革命失败了。我们输了，承认吧。”

隔了几秒，反对的喊声响起，艾凡思上校声嘶力竭地鼓舞众人的士气：“不，还没有结束。我们还有人质，海尼森的十亿居民都在我们手中！”

上校用手掌拍击桌面，极力主张道：

“而且统合作战本部长和宇宙舰队司令长官也被我们抓住了。以此为条件和敌人交涉，成功的可能性极大。现在放弃还言之过早！”

“放弃吧。再抵抗下去，不但没有益处，还会伤及国家与国民的再统一。已经结束了，何不当机立断就此落幕？”

上校的肩膀无力地垂下，嘴唇泛白，声音渐渐微弱。

“那么，我们今后该怎么办？投降接受审判吗？”

“想投降的人就投降吧。我另有打算，但在此之前我必须先完成一件事。我们崇高的起义是由帝国的野心家策动的，我不能留下能证明这一点的证据和证人。”

格林希尔充满怨恨地望着林奇。

“林奇少将，以前我对你抱着很深的期许。那是在军校时期的事了，你低我两届。九年前的艾尔·法西尔事件，我深感遗憾。

我一直认为这次可以恢复你的名誉，才如此维护你，没想到……”

“这得怪你有眼无珠！”

沉溺在酒精中的少将冷冷地指出事实。格林希尔上将的脸色一沉，愤怒、绝望、挫败感、憎恶……种种思绪混作一团，仿佛在他体内爆炸了。

忽然，两道闪光在室内奔驰，一道直入格林希尔的眉间，另一道则擦过林奇的左耳，切下了部分皮肉。叫声响起，随后许多道光束从各个方向射向林奇，他的身上瞬间出现无数细小而灼热的穿孔。格林希尔倒下后不出几秒，他也倒下了。

“这些傻瓜……”

林奇少将口吐血沫，也吐出了最后的笑声，他扫视着袭击他的军官们。

“我是在挽救格林希尔的名誉，你们不这么认为吗？与其活下去接受审判，他还是死了的好……哼，名誉？毫无意义！”

血沫迸溅，林奇少将的两眼覆上了白膜。艾凡思上校上前往他脸上吐了口口水，怒吼道：

“把这份肮脏的资料烧掉！把林奇的尸体也处理掉！凡是有可能玷污我大义之名的一切证物全部清理掉！”

“杨提督的舰队已在轨道上排开，准备降陆作战了。我们怎么办？”

监控员尖声叫道。艾凡思皱起了眉头，但片刻之后似乎下定了决心，点了点头。

“打开通信线路，我要和杨提督谈话。”

不一会儿，屏幕上出现了一位年轻提督，头上的黑色贝雷军帽稍微有点歪。参谋们齐齐并立在他背后，其中包括格林希尔上将的女儿。看见她，艾凡思轻轻晃了一下。

“救国军事会议代议长——同盟军上校艾凡思有话对你说。不必攻击了，我们知道业已败北，也放弃无益的抵抗。一切都结束了。”

“那很好，可是……”

当然，杨仍持怀疑的态度。

“救国军事会议议长格林希尔上将怎么了？为何没有看见他？”

艾凡思深吸一口气后，答道：

“阁下自杀了，死得非常光荣。”

听到这里，菲列特利加·格林希尔上尉发出低低的尖叫，一只手捂住了嘴，肩膀微微战栗。

“杨提督，我们的目的在于净化民主共和政治，将银河帝国的专制政治从世界上摒除。这个理想没能实现，令人深感遗憾。杨提督，尊驾此举的结果，是为专制的存续助了一臂之力啊。”

“所谓专制是什么？是指执政者并非由人民选出，他们利用权力和暴力剥夺人民的自由，进而还想支配人民。也就是说，诸位现在在海尼森的所作所为，便是专制的最佳榜样。”

“……”

“你们才是专制者，不是吗？”

杨声调缓和，但字字句句毫不容情。

“你错了！”

“哪里错了？”

“我们追求的并不是自身的权力，它只是一时的权宜之计罢了。在推翻腐败的群愚政治、拯救祖国、打倒帝国之前，它只是暂时措施。”

“一时的权宜之计吗……”

杨苦涩地低语。的确，为了使自己的行为正当化，任何借口都可以搬出来。即便如此，为了什么一时的权宜之计，又造成了多么惨重的牺牲！

“那么我倒要问问，我们与帝国抗战一百五十年，仍不能打倒帝国，今后再花上一百五十年也未必能打倒。既然如此，尊驾仍然要稳稳坐在权力的宝座上，继续剥夺人民的自由，并声称这是一时的权宜之计？”

艾凡思无言以对，但转变话锋反驳道：

“现在政治的腐败尽人皆知。要匡正政风，有什么办法吗？”

“政治腐败并不是指政治家收取贿赂之事，那只是个人的腐败。政治家收取贿赂，却没有人能加以批判，这才是政治腐败。诸位公布了控制言论的法规，单就这一项而言，又有什么资格来批评帝国的专制政治和同盟目前的政治状况？”

“我们愿以生命和名誉起誓……”上校的声音显得十分顽强，“关于这一点，不容任何人诽谤。我们并不是欠缺正义，只是运气和实力稍嫌不足，仅此而已。”

“艾凡思上校……”

“军事革命万岁！”

通信屏幕的画面转为灰色。姆莱参谋长叹了一口气。

“到最后了，仍不肯承认自己的错误。”

“人人各有其正义啊。”

杨怅然答道，而后吩咐先寇布准备登陆。

于是，杨舰队滴血不流，安然登陆海尼森。

以当时的地位和立场，杨轻装微服的行为实在是超乎常识。他一个人迅速地在海尼森来往穿梭，部下们个个都为他的安全问题担心，更何况政变派余党躲藏在哪里，目前仍不得而知。

姆莱少将苦口婆心地劝他要小心，杨却当成耳边风，径自走向宇宙舰队司令部，从投降的下级军官口中打听出比克古提督被监禁的地方。杨立即释放了比克古，把他送到医院。

经过四个多月的囚禁生活，老提督身体非常虚弱，但是目光仍然炯炯有神，说话也很清晰，杨这才放下心来。

“真是无颜见人哪，完全没帮上你的忙，更何况事前你就提醒我了。”

“快别这么说，是我不好，这么慢才到，给您添了不少麻烦。您有没有什么需要的东西？”

“对了，最想喝一杯威士忌。”

“马上为您准备。”

“格林希尔上将怎么样了？”

“已经去世了。”

“……唉，结果又是我这老人苟活下来吗？”

格林希尔上将没有选择和成为人质的高官及民众同归于尽，杨心中很感激他这份良知。但释放统合作战本部代理部长时，杨就不这么想了。

摆在杨眼前的，是堆积如山的善后工作。

首先要向全国传达政变失败和恢复宪章秩序的消息，接着还得调查受损状况、逮捕救国军事会议的残余，并完成格林希尔上将和艾凡思上校等死者的验尸报告。后头还有许多事吧，杨想了想，不禁感到头疼。

这种时候，副官菲列特利加·格林希尔的才干令人目瞪口呆。知道父亲去世的消息后，她对杨说：

“请给我一个小时……不，两个小时，好吗？我知道自己一定要振作起来，可是一时间仍然无法做到，所以……”

杨点点头。得知洁西卡·爱德华遇害后，他也不知难过了多久才恢复平静。

杨不相信她父亲是自杀身亡的。枪口对准眉间自杀是不可能的，一定是遭人射杀。只是他认为此事不宜对外宣扬。

菲列特利加正待告退，年轻提督说道：

“嗯……上尉，那个……怎么说呢……请不要难过了。”

杨纵横于宇宙战场，指挥百万千万大军一向从容自若，但有时舌头却不听使唤。

两个小时后，菲列特利加从房间里出来，利落地处理起各项工作。杨手边印着“处理完毕”的公文夹越来越多，他内心十分欣慰。当他翻阅公文时，菲列特利加已经帮他选定胜利游行的时间与路线了，事事处理得有条不紊。也许这些繁忙的工作反而使她从丧亲之痛中得到了解脱。

在市区巡逻的先寇布发来消息，说尤里安发现了此次事件的最高责任者。杨正纳闷到底是谁，对方说：

“一个您不想听到的名字——最高评议会议长特留尼西特。”

的确是一听到就令人厌烦的名字。

政变发生以来一直下落不明的特留尼西特终于现身了。尤里安去医院照料比克古提督，在返回杨的住处途中，经过一栋旧建筑。这时有人拦住了他的地上车。

“你是……”

看到对方，少年马上闭上了嘴。他的监护人在这世界上最讨厌的人，正满面笑容地站在眼前。

“你不应该不认识我吧？我是你们的国家元首啊。”

自由行星同盟最高评议会议长优布·特留尼西特语调柔和。尤里安感到背脊上一阵寒意，少年的感性有一大半是受到杨的影响。

“你是尤里安吧，杨提督的被监护人。对你早有耳闻，将来必定大有可为。”

尤里安并不搭腔，只是点点头。这个人居然知道自己，他不是惊讶，而是心存警惕。

特留尼西特背后有四五个人，个个看来都非善类。

“这几位是收容我藏身的地球教教徒，我潜藏在他们的地下教会。这段时间，我一直致力于推翻残暴的军国主义者的工作。”

致力？你做了什么？躲在安全的地方，等局势平静后才出来，不是吗？尤里安本想这么问他，但考虑到杨的立场，便不再说什么。

“走吧，带我回官邸。让全体公民都知道我平安无事，让大家高兴。”

尤里安只得无奈地载着议长，开着地上车，把议长送到官邸前，交给先寇布及其部下。

“真是的，一场灾难刚过，一场灾难又来。”

清楚了事情的经过，杨耸耸肩。戏称元首为“灾难”，他心中只觉得无奈，但也感到这件事并不能一笑了之。地球教的信徒们救了特留尼西特，长期为他提供藏身之处。和过去的忧国骑士团一样，地球教的教徒们也被特留尼西特利用了吧？还是说……

Chapter 8

黄金树倒下了

1

如果说每个人心中都有一个神圣的约定，那么对齐格弗里德·吉尔菲艾斯而言，便是十一年前一位金发少女带着朦胧的微笑对他说的一句话：

“齐格，要和弟弟做好朋友哦。”

十五岁的安妮罗杰这样要求时，红发少年不知有多么骄傲。这位健康的少年从未失眠过，但是那一天直到半夜还躺在床上翻来覆去无法入睡。他在心里暗暗发誓，要做姐弟俩忠实的骑士。

莱因哈特有一头金色鬈发，肤色白皙，是宛如藏起羽翼的天使般的美少年。如果他举止稳重，同龄的少男少女们一定会把他视为偶像。可他天性桀骜不驯甚至好战，和相貌大异其趣，很快树立了许多敌人。如果不是有实力与人缘兼备的吉尔菲艾斯陪着，恐怕他都无法在街上行走。

有一个少年比莱因哈特和吉尔菲艾斯大一岁，体格和腕力也卓然出众。一对一单挑的话，只有天生的打架高手吉尔菲艾斯能赢他。这位少年想趁吉尔菲艾斯不在，制伏生性高傲的莱因哈特。他或许是想让俊美的金发少年屈服，将其收为手下。

对方放言恐吓，莱因哈特用那宝石般的冰蓝色眼眸望着他，忽然抽腿向他的胯下踢去，当他向前扑倒时，便抓起石头狠狠砸他。即使对方已丧失斗志，血流满面地发出惨叫，莱因哈特仍不肯善罢甘休。吉尔菲艾斯接到其他少年的通知飞奔而至，才好不容易将他拉开。

莱因哈特毫发未伤，神态自若，好像什么也没发生似的。只是吉尔菲艾斯提醒他衣服上沾有血渍时，他才像泄了气的皮球般失去了锐气。姐姐知道的话就不妙了。安妮罗杰不会责骂他，只会用充满忧伤的温柔眼神望着他，再也没有什么比这种眼神更令莱因哈特心痛的了。

两人商量的结果，是穿着衣服跳进公园的喷水池，将莱因哈特衣服上的血渍冲掉。跌进喷水池总比和人打架要妥当多了。

说起来，吉尔菲艾斯不必也弄得全身湿透。但是当半旧的洗衣机器人大声强调它的存在意义时，和莱因哈特裹着同一条毛毯，喝着安妮罗杰泡的热巧克力，可是相当惬意的事。

令人担心的是，不知道被莱因哈特痛打一顿的少年会不会把这件事告诉家长。但那少年平素总喜欢炫耀腕力，大概是面子上挂不住吧，他并没有让父母介入。只是复仇的危险仍然存在，自此以后，吉尔菲艾斯便寸步不离莱因哈特。因为一旦对方成群结队来找麻烦，莱因哈特一个人一定应付不了。还好结果是杞人忧天。若是只对付莱因哈特倒还罢了，但要把吉尔菲艾斯也当成敌人，坏孩子当中还没人敢做这种无谋的傻事。

此后不久，安妮罗杰以少女之身被皇帝佛瑞德李希四世纳入后宫，莱因哈特遂进入幼校就读，把吉尔菲艾斯也一并接去。昔日那段美好的岁月结束了。

后来莱因哈特野心勃勃地力争上游，同时也要求红发好友与自己同步提升。

吉尔菲艾斯做到了，他的一生是和这对金发姐弟共有的，这使他感到生活充满意义与幸福。而除了他，还有谁能紧紧跟上莱因哈特那仿佛凌空飞翔的步伐呢？

"吉尔菲艾斯，辛苦了。"

重逢的时候，莱因哈特绽放出灿烂的笑容。

吉尔菲艾斯指挥别动队转战帝国各地，完美地扮演了莱因哈特的分身，圆满完成各项任务。他让贵族联合军的副盟主立典亥姆侯爵化为宇宙尘埃之后，吸收投降的兵力重新编组，完全平定了边境，然后再与莱因哈特率领的主力部队会合。

"吉尔菲艾斯提督的功绩太大了。"

最近在莱因哈特的司令部中，这种私语到处流传，除了赞赏，也包含了嫉妒和防备的心理。

莱因哈特得以专心对付布朗胥百克公爵率领的贵族联合军主力，一个重要原因得归功于吉尔菲艾斯尽心治理周边，并使其安定下来。此事有目共睹，莱因哈特自己也这么说。他知道不管吉尔菲艾斯立下的战功有多么巨大，都是为了自己。

"累了吧？来来，坐下吧。喝葡萄酒还是咖啡？要是有姐姐做的苹果蛋挞就好了。但身在前线不能要求太多，回去后再好好享受吧。”

“莱因哈特大人，我有话要说。”

吉尔菲艾斯在感谢他的美意的同时，迫不及待地想确认一件事情的真伪。

“什么事？”

“关于威斯塔朗特两百万居民惨遭杀害的事。”

“那件事怎么了？”

一瞬间，莱因哈特秀丽的脸庞上闪过一抹不快之色。这没有逃过吉尔菲艾斯的眼睛，红发年轻人感到有什么冰冷的东西滴进了心中。

“有人说莱因哈特大人知道这项计划的内容，但出于政治上的考虑默认了。”

“……”

“这是事实吗？”

“……是的。”

尽管心中甚是不悦，莱因哈特还是承认了。一直以来，他从不对安妮罗杰和吉尔菲艾斯撒谎。

吉尔菲艾斯的表情十分严肃，显然不是随便问问。他长吁了一口气。

“我认为莱因哈特大人追求霸权的意义，便在于树立起现在的帝国——高登巴姆王朝没有的公正。”

“这个道理不用你多说。”

莱因哈特觉出了自己不利的处境，也许一对一并不好，感觉又回到了少年时代与他平起平坐的日子。莱因哈特的确希望一直保持这种关系，也一直认为这是理所当然的。但此时此刻，他却希望两人之间能变成上下级关系，只要喝令一声，部下便自行退去，因为他对威斯塔朗特的残杀事件深感愧疚。

“大贵族的灭亡是历史演变的必然结果，既然要一一清算五百年来的旧账，流血也就无可避免。但我们绝不能让民众成为牺牲品，新体制必须以得到解放的民众为基石方能稳固。牺牲了民众，无异于自掘坟墓。”

“我已经说过，我明白你的意思了。”

莱因哈特一口气喝下杯中的酒，极为不悦地瞪着红发好友。

“莱因哈特大人。”

红发年轻人声音中带有些微的愤怒和深沉的悲哀。

“假设对方是大贵族那伙人，因为是对等的权力斗争，无论采用什么策略都不必感到羞愧。然而把民众当作牺牲品，双手沾满血腥，那么不管编造何等美丽的词句来掩饰，仍然洗不掉这个污点。莱因哈特大人，像您这样的人，何必为了一时的利益，置自己于不义之地呢？”

金发年轻人顿时脸色苍白。面对正义公理，他不得不承认自己失败了。于是，这份认知变成紊乱的思绪，进而生出强烈的抗拒。他狠狠地瞪着红发好友，目光有如极力反抗的小孩。

“你骂够了没有？！”

莱因哈特咆哮起来。霎时间，他意识到自身行为的可耻。他很想消除这种感觉，结果却变得更加愤怒。

“首先，吉尔菲艾斯，我征求过你关于这件事的意见吗？”

“……”

“我在问你，我征求过你的意见吗？”

“没有，您没有问过我。”

“这不就得了！我问你时，你再发表意见。事情已经结束，不要再提了。”

“但是，莱因哈特大人，贵族们做了不该做的事，您却没有做该做的事，二者之罪哪个更重呢？”

“吉尔菲艾斯！”

“是。”

“你到底是我的什么人？”

苍白的脸色，炽烈的目光，明确地诠释着莱因哈特的愤怒。他被红发好友深深地刺到了痛处，为了不让对方察觉到这一点，他只能更激烈地发怒。

既然莱因哈特这样问，吉尔菲艾斯也必须有所坚持。

“我是阁下忠实的部下，罗严克拉姆侯爵。”

这样的一问一答让两人同时意识到，彼此间那无形而珍贵的东西已悄然出现裂痕。

“你既然知道，那就够了。”

莱因哈特故作轻松地说。

“我为你准备好房间了。没有命令之前，你就好好休息吧。”

吉尔菲艾斯默然地行了一个礼，退了出去。

莱因哈特其实知道自己该怎么做。到吉尔菲艾斯那儿为自己的行为道歉，说“这种事只此一回，绝对下不为例”就行了。不必让他人看见，两人私下谈开即可。只要这样做，所有的芥蒂应该就可以冰释。其实只要这样……

但是，即使只要这样，莱因哈特仍然不可能做到。

吉尔菲艾斯能理解我的感受吧，莱因哈特心中暗忖。这也许是他无意识的骄纵心理。

孩提时代，他不知和吉尔菲艾斯吵过多少次架，问题每次都是出在莱因哈特身上，而以微笑来包容一切的也总是吉尔菲艾斯。

这次也一定是这样吗？很奇怪，莱因哈特失去自信了。

2

人工天体秃鹰之城要塞陷入重重包围，孤立无援。

实在令人难以置信。半年前，数千名贵族和他们的军队还齐聚此地，仿佛银河帝国的首都已经迁到这里一般，洋溢着无限的活力与朝气。而今相继发生民众反抗、士兵叛离、战事败北，这里仿佛化为一座巨大的贵族们的灵柩。

“为何会演变到这种地步？”

贵族们不禁为之愕然。

“接下来我们怎么办，不知盟主作何打算？”

“他什么都不说，谁知道他究竟有没有打算！”

盟主布朗胥百克公爵的威信和声望跌到了谷底，此前没有被发现，或即使发现了也被人忽略的种种缺点，如今已散播开来，昭然于世。判断力低下、洞察力欠缺、统率能力不足……每一项都是再充分不过的可以大加攻讦的理由。

但是，大肆贬低布朗胥百克公爵，其实就等于在贬低贵族自身。因为正是他们把那个人推上了盟主宝座，并在其主导下挑起了内战。最后，贵族们只得停止责怪盟主，转而诅咒自己的愚蠢，并在所剩无几的选择中，试图找出能使不幸降到最低点的出路。

战死、自杀、逃亡、投降，四者之中应该选择哪一个？

选择前两者的人困扰最少，他们虽然勇敢却毫无意义地朝着死亡的路上挺进。选择生存的人，宛如在汪洋大海中飘摇不定的小船，茫然不知所措。

“如果我们投降的话，金发小子，不，罗严克拉姆侯爵会接受吗？此一时彼一时啊。”

“没错，空手而去怕是没有希望，手上有个礼物的话……”

“礼物？”

“盟主的首级！”

他们顿时闭上嘴，环顾四周，对自己的想法感到不安。

自尽的人已经开始行动了。年事已高的和在内战中失去儿子的贵族们，有人放弃一切服毒自尽，有人效仿古罗马人，一面诅咒莱因哈特一面割腕了结自己。

每当有人自尽，活着的人就更加颓丧。

布朗胥百克公爵沉溺于酒精，他正在一步步重蹈立典亥姆侯爵的下场，但或许仍不自知。只是与逝去的竞争者相比，他更胆大妄为。他命令年轻贵族集合起来，饮酒嬉闹，借着酒精振奋神经。还破口大骂一步登天的金发小子，扬言要将他杀死，再把他的头盖骨做成酒杯。有心之人眉头深锁，对将来愈发悲观。

目前，只有以菲列格尔男爵为首的年轻贵族尚未丧失斗志。

他们之中有一部分是异想天开的乐天派。

“一战取下金发小子的首级就行了，那便可以改写历史，弥补过去的败绩。只有最后一战，此外别无他途。”

他们主张战争，并在酒席之间说服盟主布朗胥百克公爵重整残余兵力，准备打一场起死回生的决战。

看着送来旗舰的信件中的第一封，年轻的帝国元帅露出了微笑。

“哦，是玛林道夫伯爵小姐的信？”

莱因哈特的脑海中浮现出希尔德，也就是希尔格尔·冯·玛林道夫那闪耀着智慧和活力的双眸。那是令人愉快的印象。卡带放进机器后，伯爵千金生动的影像开始对他说话。

希尔德信中大半都在描述帝都奥丁的亲莱因哈特派贵族和官僚的动态，内容与报告书接近。不过，引起他注意的是关于帝国宰相立典拉德公爵的部分。

“宰相阁下在揽下全部国政的同时，也热心游走于帝都的贵族之间，似乎在进行某些远大计划。”

希尔德的表情和声音隐含嘲讽，但又透着严肃之感，她提醒莱因哈特注意此事。

“老狐狸，看来是在忙着准备暗中偷袭我吧。”

莱因哈特脑海中浮现出那目光严肃、银发如雪、鼻子尖挺的七十六岁老者的身影，不禁发出一声冷笑。他早已准备好对付这个老奸巨猾的老宰相。但或许不必操之过急，老家伙手中握有皇帝和国玺，只要一张纸便可以合法剥夺莱因哈特的地位。

莱因哈特跳过第二到第六封信不看，拿起第七封，那是姐姐寄来的。

安妮罗杰询问弟弟的健康状况，并陈述种种关切和想念，最后说道："……你一定不能忘记什么是你最重要的东西。有时候，它会令你觉得厌烦，但与其在失去后才后悔，不如在还拥有它的时候，认识到它的珍贵之处。不管发生什么事，记得找齐格商量，听听他的意见。最后，等你凯旋归来。期待重逢。"

莱因哈特柔软的手指托着秀美的下巴，陷入沉思中。他再一次倒带。

也许是敏感吧，他觉得姐姐那美丽优雅的脸庞上笼罩着一层阴影。尽管如此，"要和齐格商量"这句话让此时的莱因哈特相当不满。姐姐认为吉尔菲艾斯的判断能力比我高吧。威斯塔朗特的残杀事件倏地在脑海中闪过，莱因哈特不禁为之怃然。或许的确如此，但他自认并非任性而为，而是有充分的理由。

自从威斯塔朗特事件以来，民心完全背弃了布朗胥百克公爵，内战的结束之日也会比预期大大提前，不是吗？就整体而言，还是这样做对民众有利。吉尔菲艾斯太理想化，落入了形式主义的窠臼。

莱因哈特现在惦记着一件事：姐姐没有提到"问候齐格"，这是否表示姐姐也写信给他了？如果是的话，姐姐会对吉尔菲艾斯说些什么？莱因哈特很想知道，但他现在仍然觉得有心病，所以没有开口询问吉尔菲艾斯。

不过，不管自己和吉尔菲艾斯之间发生什么，当面对奥贝斯坦时，他会永远保护红发挚友的。

“即使全宇宙都与我为敌，吉尔菲艾斯一定还站在我身边。事实上，到目前为止一直如此。我只是论功行赏罢了，这么做到底有何不妥？”

装有义眼的总参谋长冷静地回应莱因哈特的热切。

“阁下，我并没有要您除掉或放逐吉尔菲艾斯提督之意，但奉劝您将他与罗严塔尔、米达麦亚等人置于同列，视他为部属之一即可。组织中不需要有第二号人物。否则，不管他有能力也好，无能力也罢，对组织都有害。部下对第一号人物的忠诚是无可取代的利器。”

“我知道了。好了，不用再啰唆了。”

莱因哈特喝道。令他感到不快的是，奥贝斯坦的话在道理上是对的，为什么自己却无法产生共鸣？

米达麦亚来到罗严塔尔的房间，两人起劲地玩着扑克牌。桌上放着一壶咖啡，看来要有一番长期较量了。

“罗严克拉姆侯爵和吉尔菲艾斯之间，似乎有点别扭。”

米达麦亚说完，罗严塔尔的金银妖瞳放出强烈的光芒。

“这件事是真的吗？”

“这阵子才听说的，是传言。”

“不过，也是危险的传言啊。”

“是非常危险。我们有何对策？”

“实在是麻烦。若不是事实，搞不好就是某人蓄意的阴谋。若是事实，那真是太糟糕了。不管是真是假，我们都不能置之不理……”

“可是，假如插手不当，只怕星星之火会扩大为燎原之势！”

两人看看牌面，各自抽回三张牌。这次罗严塔尔先开口：

“以前我就注意到，咱们的总参谋长对罗严克拉姆侯爵于公于私均重用吉尔菲艾斯之事，似乎很不谅解。就是他那个‘第二有害论’。虽然在理论上也有些道理……”

“奥贝斯坦？”

米达麦亚的声音中并没有善意。

“我承认他是个很有智略的人，但他总是喜欢无事生非，一向顺利进行的事，何必因为和理论不符就强行去改变？更何况是人与人之间的关系。”

米达麦亚看看牌面，紧绷的双颊顿时放松下来。

“我赢了，四张杰克。明天的酒你请。”

“我也有四张。”

金银妖瞳的男子促狭地笑了。

“三张皇后和一张鬼牌。很遗憾啊，疾风之狼。”

张口结舌的米达麦亚把牌丢到桌上时，警报忽然响起。敌人从秃鹰之城要塞来袭了。

促使布朗胥百克公爵下决心鲁莽出击的，便是以菲列格尔男爵为首的激进派年轻贵族。

然而，贵族联合军并没有倾尽全力。梅尔卡兹默不作声，他们之中另一位分量颇重的人物法伦海特也断然拒绝派兵出战。

“我们应善用要塞的优势条件，使战争变成长期消耗战，以静观其变。现在仓促出击有何意义？只是加速失败的到来罢了。”

他斩钉截铁地说道，淡蓝色的眼眸中泛着愤怒与轻蔑之色。

不但如此，法伦海特也将以前的不快宣泄出来：

“从一开始，公爵和下官之间就应是同仁，而非主从关系。虽然身份有所差别，但同为银河帝国的朝臣，目的都在于对抗专横的罗严克拉姆侯爵，保护高登巴姆王朝。我们应以此为前提，团结一心才是。下官身为军事专家，忠告各位，以使事态不致演变到最坏的情况，但是布朗胥百克公爵一味发号施令，将自己的意志强加于人，是不是哪里搞错了？”

法伦海特的言论十分激烈。

布朗胥百克公爵气得脸色发青。以前听到有人如此出言不逊，他绝不会善罢甘休。一发起脾气来，就抓起桌上的酒瓶或杯子，往随从身上摔。行星威斯塔朗特残杀事件就是此种行为的延伸。

但是最近，公爵深切体会到人心的叛离日益加剧，最重要的是他已经失去了大获全胜的自信心。他粗重地喘了口气，仿佛在讥讽自己的怯懦似的，丢下一句“我们不需要懦夫”，不再理睬法伦海特，下令出击。

3

出击的贵族联合军在激烈炮击后，把舰首排成一行转为突进，表露出孤注一掷的决心。

面对敌军的攻势，莱因哈特把配有大输出功率、大口径光线炮的炮舰一字排开，形成三行横队，连续发射炮火，使敌方舰队笼罩在一片弹雨中。

贵族联合军斗志颇强，每受一次损伤就退后重组舰队，然后再发动一波又一波的攻击。虽然屡战屡败，处于挨打的局面，但斗志之高令人佩服。

不久，莱因哈特对小心停留在后方的快速巡航舰群，下达了以最大战速进行反击的指令。

真是绝妙的好时机。此前先后六波攻击被一次接一次地粉碎，贵族联合军已是身心俱疲，更何况这边的指挥官是鼎鼎大名的齐格弗里德·吉尔菲艾斯一级上将。

在这场战斗中，莱因哈特把最重大的任务交给红发好友。只是以往总是由他直接口头传达，这一次则通过奥贝斯坦下达命令，这表现出莱因哈特复杂的心情。

光是听到吉尔菲艾斯的大名，贵族联合军就军心动摇了。一头红发、永远不败的年轻提督的威名已经对敌人产生了威迫之感。

“那红发小子没啥好怕的，这正是我们为立典亥姆侯爵复仇的机会！”

指挥官虽然大声斥责，但并没有实质帮助。吉尔菲艾斯指挥的巡航舰队以压倒性的攻势与速度击毁了联合军的舰艇。米达麦亚、罗严塔尔、坎普、毕典菲尔特也先后加入战斗，莱因哈特军以全面攻势加快了获胜的速度。一瞬间，胜利几乎就在眼前。

一条讯息传至正在追击败逃敌军的罗严塔尔的指挥室。敌将之一菲列格尔男爵出现在通信屏幕上，他虽然承认自己败北，但继续向罗严塔尔挑战，要求以战舰进行单打独斗。

“真是愚蠢至极！别理会。和败兵残将决斗毫无意义，随他叫吧！”

罗严塔尔冷漠地丢下这句话，无视菲列格尔继续前进。

继罗严塔尔之后出现在菲列格尔前方的，是率领“黑色枪骑兵”的毕典菲尔特，但连素有猛将之称的他也不理会疯子般的菲列格尔的挑战。胜负已定，此时跟垂死的敌人作战只会让部属白白送命。

“可以停止了。”

参谋休马哈上校看不下去上司对着屏幕吼叫的狂乱之态，劝阻道：“没有人会和你战斗，因为那毫无意义。事已至此，你应该庆幸还保有性命。现在你该想想往何处落脚，好卷土重来。”

“住口！”

男爵一口否定了部属的忠告。

“应该庆幸还保有性命？这是什么话？我不怕死。我的目标是战到最后一兵一卒，实践充满历史荣光的帝国贵族毁灭美学。”

“毁灭美学？”

冷冷的笑声中有无可奈何的苦涩。

“就因为你老说这些梦话，战斗才会输。总之，你只是在美化自己的无能，沉浸在自我陶醉当中吧？”

“什、什么?！”

“够了！如果你要的是毁灭美学，就自己去贯彻这个理想。我们没有理由陪你自我陶醉，轻易地葬送生命！”

“你这混蛋！”

男爵怒吼着想拔出光束枪，却笨拙地把枪掉到了地上。他捡起枪，再次瞄准参谋的胸口。但从几把手枪中射出的光束却快了一步，贯穿他的身体。

男爵的军服上被打穿几个洞，他摇摇晃晃地走了三四步，圆睁的眼中看不到眼前的部属，仿佛只是凝视着那一去不复返的光荣岁月。男爵倒在地上，几个人看到他的嘴唇在嚅动，但没有一个人听到他说的是“帝国万岁”。休马哈上校跪在他身旁，把他的眼皮合上。射杀了上司的士兵们都集中到休马哈身边。

“参谋大人，今后该怎么做？”

士兵们一向很信赖理智的参谋。

“事到如今，想加入罗严克拉姆侯爵的阵营也太迟了。我暂时到费沙自治领去躲一阵子。以后的事以后再说。”

“我们能不能跟您一起去？”

“无所谓，不想跟我走的人就直说。想投效罗严克拉姆侯爵的、想回故乡的，随各人自由。”

不久后，原本属于菲列格尔男爵的战舰在新指挥官的领导下脱离了战场，拖着一身的疲惫和伤痕消失在宇宙深渊。

其他舰艇中的事态各不相同。一位下级军官带着冷硬的神色，注视着叫嚣要自爆并让全体人员自尽的舰长，一言不发地拔出腰间的光束枪，朝舰长的脸开了枪。

“畜生，你这是叛逆罪！”

副舰长大声斥责并拔枪射击，却反遭射杀，倒在舰长的尸身上。这时舰内已交织着火光。将官和士兵分成两派互相射击。

高级军官和士兵的冲突不止发生在一艘舰艇上。平民出身的下级将校、下级军官和士兵们，在最后关头拒绝成为大贵族们的殉葬品。

有的舰艇中，舰长平时常欺凌士兵，以致被活活丢进核聚变炉。在某艘舰艇上，两个平时最不得人心的高级军官被迫互殴，直至当中有一人死亡，而胜的一方则被通过气阀丢到太空中。而在另一艘舰艇上，一个平时担任舰长的间谍，常常给舰长打小报告的士兵，脖子上被人套了绳子在舰内到处拖行，最后被射杀而死。

五个世纪以来郁积在人们心头的愤怒、不满与怨恨，似乎在战场狂暴的气氛下沸腾了。贵族联合军的各艘舰艇都已变成叛乱、自相残杀及集团私刑的执行场。

许多被士兵控制的舰艇向莱因哈特军发出“我们愿意投降，希望得到宽大处置”的信号，并停止动力表示投降。

但是，也有些舰艇上的士兵太热衷于复仇，忘记发出投降信号，结果被莱因哈特军的炮火击中爆炸。还有些舰艇甚至对着败走的己方开火，以行动表明自己的立场。

一旦胜负见分晓，贵族在不公正的社会制度下历经五百年累积的颓废状态便暴露无遗，落得咎由自取、自作自受的悲惨下场。

“玛林道夫伯爵小姐曾说过，‘平民士兵对贵族军官的反感将是我们获胜的原因之一’，果然被她言中。”

在伯伦希尔旗舰的舰桥里，莱因哈特凝视着屏幕说道。

总参谋长奥贝斯坦中将应道：

“老实说，我原先并不认为战事会在今年结束，没想到结局来得这么快。不过，这是贼军应得的报应。”

“贼军……”

莱因哈特冷冷地自言自语。既然他已获胜，大贵族已失败，那么在帝国的正式记录上，他对贵族联合军的称谓就会被赋予正面价值。审判失败者是胜利者当仁不让的权利，莱因哈特也准备好好行使这个权利。

如果败的是莱因哈特，毫无疑问，他只能得到“贼军”这个污名和不光彩的死法。一想到这里，他就觉得没有理由为行使权利而犹豫。

“前方的敌人已丧失抵抗力。你近日回奥丁，准备对付后方的敌人。”

莱因哈特的命令虽短，但对奥贝斯坦来说已经足够。

“是。”

接下来，战争就要从宇宙移到宫廷，武器则由光束炮变为阴谋了吧。而战况之激烈，应该不亚于大舰队间的大规模会战。

4

梅尔卡兹的旗舰和秃鹰之城要塞之间，横亘着已得胜的敌方舰队和坠入深渊的绝望，他已无路可归。

梅尔卡兹走进私人房间，拔出腰间的光束枪出神地看着。这将是他此生中最后使用的工具。梅尔卡兹重新握紧枪，把枪口对准自己的太阳穴。正要扣下扳机时，门开了，副官飞也似的冲进来。

“请住手，阁下。请千万珍重自己的生命！”

“舒奈德少校……”

“请原谅，阁下。为防万一，刚才我已经把您的能量匣拔掉了。”

少校手中的能量匣泛着无机的光泽。

梅尔卡兹苦笑着把形同废物的光束枪扔到桌子上，少校把它捡了起来。

私人房间里不太大的屏幕上，清楚地映现着贵族联合军溃不成军的凄惨景象。

“我早就想到或许会有这样的结局，事实也果真如此。我能做的，就是尽量把这一天往后推延。”

梅尔卡兹把视线转到副官身上。

“对了，我怎么没注意到，你什么时候把能量匣拔掉的？”

少校默默地把光束枪的枪身拆开给梅尔卡兹看，能量匣好好地放在里面。梅尔卡兹轻轻地张了张嘴。

“我竟然被你骗了。你这样做就是为了要我打消寻死的念头吗，少校？”

“是，是的。”

“可是，你说我活着干什么？我是个败将，对新权力体制来说，是不折不扣的反叛者。帝国内已无我容身之处。如果我投降，罗严克拉姆侯爵或许会饶了我，但我还知道什么是军人之耻。”

“话虽如此，阁下，但罗严克拉姆侯爵尚未支配整个宇宙。银河系虽然不大，但仍有许多地方是他力不能及的。请将军忍辱负重，以图他日卷土重来，再与罗严克拉姆侯爵一较高下！”

“你是说要我逃亡？”

“是，阁下。”

“如果要卷土重来，那么，你所说的逃亡地该不是费沙，而是另一边了？”

“是，阁下。”

“自由行星同盟……”

梅尔卡兹喃喃。很意外，这个名称听来竟有一种新鲜的感觉。仔细想想，长久以来自己总是无视事实，一直称对方“叛军”。

“我和他们持续作战达四十年之久。他们杀了我许多部属，我也杀了他们相当多的人。他们会收留我这样的人吗？”

“您就投靠那赫赫有名的杨威利提督吧。我听说他虽然有些古怪，却是个宽宏大量的人。就算不行，原本也好不到哪里去了，届时属下也会跟您一起做个了断。”

“胡说，你必须活下去。你还不到三十岁，以你的能力，罗严克拉姆侯爵一定会重用你。”

“我不是不喜欢罗严克拉姆侯爵，可是我的长官只有提督您。阁下，请您下决心吧。”

舒奈德静待回答。他的耐心有了回报，梅尔卡兹点点头。

“好吧，我就把命运交给你了。我们去投靠杨威利。”

5

秃鹰之城要塞濒临毁灭。外壁被炮火重创，内部则笼罩在一片混乱、无序和噪音之中。

“安森巴哈准将……安森巴哈在哪里?!”

贵族联合军的盟主布朗胥百克公爵无力地叫着。有几个将官和士兵在他的四周走动，但没有一个人多看这个沮丧的贵族一眼。他们都面临着最后的抉择，谁也没空管别人的死活。

“安森巴哈准将……”

“我在这里，阁下。”

公爵回过头来，忠实的心腹就在眼前，身旁跟了几个部属。

“哦，你在啊。我在监狱里找不到你，还以为你已经逃了。”

“是部属救我出来的。”

准将对盟主深鞠一躬，只字未提自己被打进牢里一事。

“我对目前的情况感到很遗憾，阁下。”

“唔，没想到事情会变成这样，这也是无可奈何。只有讲和一途了。”

“您是说讲和吗?”

准将眨了眨眼。

“我会提出对那家伙相当有利的条件。”

“什么样的条件?”

“承认那小子的霸权，以我为首的贵族会全面支持他。这应该是不错的条件吧。”

“……公爵阁下。”

“对、对了，我把女儿伊丽莎白献给他吧。这样一来，他就是先帝的孙女婿，也就有继承皇统的正当理由了。对他来说，这样总比背着篡位者的污名好吧?”

准将重重地叹了一口气。

“没有用的，阁下。罗严克拉姆侯爵不会接受这样的条件。如果在半年前，或许还有可议之处，然而，现在他已不需要您的支持了。他以实力获得地位，这是谁都阻止不了的。”

准将眼中流露出对垂死挣扎的主君的怜悯之色。公爵全身战栗着，额头上冒出豆大的汗珠。

“我是布朗胥百克公爵，是帝国贵族中无与伦比的名门望族。难道那个乳臭未干的小子敢杀我？”

“啊，您还不明白吗，阁下？正因如此，罗严克拉姆侯爵才不可能让您活下去。”

公爵的血管仿佛被某种浓稠的液体充塞着，血液循环受阻，皮肤在一瞬间变了色。

准将毫不留情地接着说道：“而且您又是人道之敌。”

“什么?！”

“威斯塔朗特的事，难道您忘了吗？”

公爵使尽全身的力气咆哮道：“岂有此理！杀贱民难道就犯了人道之罪？我只是在行使一个贵族、一个统治者具有的当仁不让的权力。”

“平民们可不这么想，罗严克拉姆侯爵大概也支持他们。以前银河帝国是遵照以阁下为首的贵族的理论行动，可是从现在开始，宇宙的一半已经被另一种完全不同的理论支配。为了让大家知道这一点，罗严克拉姆侯爵可能会杀了阁下。应该说他非杀您不可，倘若不杀您，他的大义名分就无法成立。”

长长的叹息从公爵口中发出。

“明白了，我是非死不可了。可是，我不甘心帝位就这样被那金发小子篡夺，他应该陪我一起下地狱。”

“……”

“安森巴哈，你要帮我阻止那个家伙篡夺帝位。如果你能发誓为我做到这件事，我不会吝惜自己的性命。帮我杀了他。”

安森巴哈凝视着两眼燃着熊熊执迷之火的盟主，带着冷静果决的表情点点头。

“我明白。我向您发誓，一定会杀了罗严克拉姆侯爵。不管是谁得到帝位，也绝不会是他。”

“……好。”

银河帝国最大的贵族用舌头舔舔干燥的嘴唇。虽然已下定决心，恐惧的阴影却仿佛挥之不去。

“尽量……尽量让我死得舒服一点。”

“我了解您的心情。用毒药好吗？其实，我已准备好了。”

他们来到公爵的豪华房间。里面虽然被逃亡的士兵弄得凌乱不堪，但架子上还留着葡萄酒和白兰地。

准将从口袋里拿出一个小指甲大小的胶囊。它由两种药剂混合而成，一种能阻止脑细胞吸收氧气，迅速导致脑死亡，另一种则有麻痹痛觉神经的效果。

“吃了药会马上睡过去，没有任何痛苦。请您把它溶到酒里喝下去。”

安森巴哈从架子上拿下葡萄酒，从标签上确认是四一〇年的高级品，然后倒进酒杯，切开胶囊，把里面的颗粒溶进酒里。

布朗胥百克公爵坐进高背椅中，看着酒杯，忽然间全身战栗，喉头发出像被勒紧的声音。他的目光已失去理智。

“安森巴哈，我不要，我不要死！我不要死！我要向他投降。我愿意献出领地和地位，只要能活下去……”

准将重重地叹了口气，向部下使了个眼色。两个高大的男人走上前，按住了公爵的身体。从他们的体格来看，一个就够了。

“你们干什么？不得无礼，放手！”

“身为布朗胥百克公爵家族的最后一位主人，请您勇敢地自裁吧……”

安森巴哈拿起葡萄酒杯，送到一动也不能动的公爵嘴边。公爵紧紧地闭着嘴，坚决不肯喝下毒药。于是安森巴哈左手捏住公爵的鼻子。不能呼吸的公爵涨红了脸，在受不了张开口的那一瞬间，掺了毒的葡萄酒就像一道鲜红的瀑布，深深注入了大贵族的咽喉。

公爵眼中满是惊恐，但也只是几秒钟的事。安森巴哈面无表情地看着。不一会儿，公爵的眼睑垂下，肌肉开始松弛。他的头开始下垂时，准将便命令部属把公爵抬到医务室去。部下们不明就里。

“可是，公爵已经死了啊。”

“所以才这么做。照我的话去做。”

准将的答复显得有些奇怪，部属们虽然百思不解，却也依令行事。准将看着他们行动，口中喃喃道：

“黄金树（高登巴姆王朝）就此倒塌了，接下来当真是绿色森林的天下吗？”

所谓绿色森林，就是格里华德伯爵夫人。这是先帝佛瑞德李希四世赐给莱因哈特的姐姐安妮罗杰的封号……

一个老兵拿着小型计算器无聊地走在通道上。驾驶着氢动力车的士官把车子靠上去吼道："喂！你在这儿干什么？逃走还是竖白旗投降都行，罗严克拉姆侯爵的军队马上就攻进来了！"

老兵转过身来，动也不动。

"你是什么军衔？"

"看徽章不就知道了。我是上士，那又怎么样？"

"是上士？那么应该是两千八百四十帝国马克。"

"喂，老伯……"

"好了，这是帝国银行的存款证明书。只要有这张单子，不论在哪个行星的分行都可以兑换现金。"

上士大吼："老伯，你不知道发生了什么事吗？从今天起，整个世界都不一样了！"

"今天是发薪水的日子，我是负责发薪水的。"老人悠然答道，"不管世界怎么变，都只是上面的人在交替，我们下面的人还是得吃饭哪，要吃饭就得领薪水。在这个意义上，不管谁是统治者都一样。"

"啊，我知道了。你上来吧，我带你去投降者的集合场所。"

载着上士和老兵的车子开走后，一个上校军衔的年轻贵族为了寻找重武器出现在通道上。他还没有完全放弃抵抗的念头。

"这个仓库真的空了。"

上校虽然口中喃喃，还是抱着一丝希望打开了仓库门。顿时，令他难以置信的景象出现在眼前。

军需物资像山一般堆在室内，粮食、医药用品、衣服、毛毡、枪械弹药无一不齐。里面五六个下级军官和士兵被这个突如其来的闯入者吓了一跳，当场呆住了。上校大喝道：

“这是什么？这些堆积如山的物资是什么？”

下级军官被上校的表情吓住了。然而，他们抱着怀里的食品，丝毫没有松手的意思。上校见状更加怒火中烧。

“说不出来？好，那我帮你们说。你们这些家伙不把补给物资往前线送，都藏在这里，打算以市价卖出去，对不对？”

下级军官的表情就是对上校最好的回答。对眼前这些“顽固的平民”产生的怒气，使上校的理性完全瓦解了。

“不知耻的家伙，不许动！我要整顿军纪！”

惨叫和怒吼交织。上校的头被蒙上了毛毯，失去了自由行动能力，之后惨遭射杀，这一切前后不到十秒钟。在此之前，年轻的贵族上校一直坚信士兵绝不会抵抗军官的制裁。

零星的抵抗终告结束。要塞被完全控制后，米达麦亚和罗严塔尔在众多提督当中踏出了第一步。他们看见通往大厅的通道两侧坐满了成为俘虏的贵族。这些人畏于莱因哈特的士兵手上的枪，将伤痕累累、肮脏不堪的身体紧紧贴在地上。

米达麦亚轻轻地摇了摇头。

“没想到会看见大贵族们这种悲惨的样子。难道这就是新时代的开端？”

“至少，旧时代是真的结束了。”罗严塔尔回答。

贵族们抬头看着他们两人，眼中却没有一星半点敌意，只有恐惧和不安，以及对胜利者的谄媚之色。甚至有人在四目相对时刻意挤出一张卑顺的笑脸。米达麦亚和罗严塔尔最初感到诧异，接着便生出厌恶。但想想看，这不正是己方已获得胜利的证明吗？

“他们的时代已经结束，今后是我们的天下了。”

两位年轻提督昂然抬头，穿过群聚的失败者。

Chapter 9

永别了，远去的日子！

1

九月九日，秃鹰之城要塞。

在举行胜利庆典的大厅入口处，卫兵提醒齐格弗里德·吉尔菲艾斯不能带武器进去。红发年轻人取下腰间的光束枪，忽然想问个清楚。

“我是吉尔菲艾斯一级上将，也不能带武器进去吗？”

“即使是吉尔菲艾斯提督也不例外。这是命令，对不起。”

“我明白了。算了，没关系。”

吉尔菲艾斯把光束枪交给卫兵。以往其他提督卸除武装时，莱因哈特也特别允许吉尔菲艾斯携带武器，这是此前的惯例。所以其他将官都知道吉尔菲艾斯是第二号人物。可是习惯似乎已经有所改变。

吉尔菲艾斯加入了先行进入室内的提督的行列，和他们相互点头致意。罗严塔尔和米达麦亚眼中闪现出微妙的光芒，毋庸置疑，他们一定知道了莱因哈特和吉尔菲艾斯之间发生的事。

不能有特权意识。吉尔菲艾斯这样告诫自己，但心中还是免不了有些伤感。

莱因哈特和自己的关系大概仅止于主君和部属了吧，只是如此而已。吉尔菲艾斯试图抖落那紧紧缠绕着自己的寂寞思绪。下级不能要求和上级有平等关系，暂时忍耐一段时间。莱因哈特大人只是一时糊涂或犯错，总有一天他还是会明白的。过去这十一年来，不一直都是这样吗?

过去?吉尔菲艾斯心中有些不安。过去一直是这样没错，而且他也相信那是永远的。可他或许太自以为是了……

司仪像夸示肺活量似的大喊：

“银河帝国最高司令官莱因哈特·冯·罗严克拉姆侯爵阁下驾临！”

莱因哈特踏着火红色的地毯走进来，列于左右的军官们一齐向他敬礼。

这个敬礼在不久后将会成为正式的最高敬礼吧?那是对拥有至尊之冠的银河系宇宙唯一的尊者所行的敬礼。大概再过两三年，这位出生于有名无实的贫穷贵族家的金发年轻人，就可以完全实现自己的野心了。和吉尔菲艾斯视线相遇时，莱因哈特迅速移开了目光。他听从了奥贝斯坦的进言，不给吉尔菲艾斯携带武器的特权。他是霸者，是主君，而吉尔菲艾斯只不过是部属，不该让他有特权意识。以前是太没有界限了。以后也不准他直呼莱因哈特的名字，要像其他提督一样称呼“罗严克拉姆侯爵”或“元帅阁下”。权力和权威只能由主君一人独享。

庆典一开始是接见被俘虏的高级军官。其中有一人是莱因哈特的老相识法伦海特提督。

“法伦海特吗？好久不见。我想是自亚斯提会战之后吧？”

“是的……”

淡蓝色眼眸的提督并无惧意，莱因哈特也无意侮辱善战的败将。

“加入布朗胥百克公爵一伙，真不像是你会做出的失败之举啊。你愿不愿意跟着我继续恪尽军人的天职？”

“我是帝国军人。既然阁下已掌握帝国的军权，谨当跟随您。虽然绕了一大圈远路，但今后就可回归正途了。”

莱因哈特点点头，命人解下法伦海特的手铐，让他加入军官的行列。人才就这样不断集结到他的阵营里。如此一来，他不必什么事都依靠吉尔菲艾斯了。只是梅尔卡兹逃掉了，实在很可惜……

行列的末端发出嘈杂声。

布朗胥百克公爵的遗体被装在特殊玻璃棺里送了进来。每个人都感慨地望着帝国最大的贵族身穿军礼服横躺在棺内的遗体。

安森巴哈准将伴着棺柩进来。这个被称为布朗胥百克公爵心腹的人走到大厅的入口处，面无表情地对着年轻的霸者一鞠躬，然后缓缓迈开步伐。

低沉但清晰的冷笑声从人群中传出。这是军人们对把主君的尸体当礼物呈送，并要求投降的卑劣之辈直截了当的反感。

这些笑声形成一条无形的鞭子，抽打着安森巴哈全身。莱因哈特没有制止，因为他的性格中有年轻人那种不轻易宽恕的洁癖。

安森巴哈来到莱因哈特面前，恭敬地行了一个礼，按下按钮打开了盖子。

他莫非想让胜利者检查败亡主君的遗体？

其实并非如此。

目击者那一瞬间都无法理解眼前的情况。安森巴哈把手伸向主君的遗体，拉开军服，从里面抓起一个像是由圆筒和立方体组合而成的奇怪物体。那是两军短兵相接时所用的强力小型火炮——手提加农炮。

原来安森巴哈将尸体的内脏掏空，把手提加农炮藏在了里面！

身经百战的勇将们被这突如其来的情况吓得目瞪口呆。不止他们，莱因哈特自己也意识到了危险，但身上的肌肉却不听指挥，动弹不得。

炮口对准了金发年轻人。

“罗严克拉姆侯爵，我要为主君布朗胥百克公爵报仇。”

安森巴哈的声音在一片沉默中响起。随即轰然一声，手提加农炮吐出了火舌。

手提加农炮的火力足以一击破坏装甲车和单座式战斗艇。莱因哈特的身体应该早就化为肉片四处飞散了。但准头偏了。莱因哈特左边两米处的壁面被炸成了好几片，在白色的烟雾中崩落，冲击波有力地打在他的脸颊上。

安森巴哈发出懊悔的惨叫声。在所有人都成了活化石、连一根手指都动不了的那一瞬间，只有一个人采取了行动，跳向安森巴哈，扳开了手提加农炮的炮口。他就是齐格弗里德·吉尔菲艾斯。

手提加农炮掉落到地上，发出刺耳的声音。年纪、机敏与体力都胜过对方的红发年轻人抓住大胆的暗杀者的一只手腕，想把他扭倒在地。安森巴哈的脸上闪过极为可怕的表情。他猛烈地挥舞着另外那只可以自由活动的手，把手背强压到吉尔菲艾斯的胸口。

银白色的光条从红发年轻人的背部喷出。安森巴哈甚至准备了伪装成戒指的激光枪。

吉尔菲艾斯的胸口被致命的激光射穿，那股灼热的痛苦仿佛要炸裂他的身体，但他并没有放松暗杀者的手腕。对方的戒指又闪起了不祥的光芒，激光这一次贯穿了他的颈动脉。

异样的声音响起，仿佛竖琴的琴弦齐齐断裂。鲜血从吉尔菲艾斯的脖颈上喷出，骤雨般洒在大理石地板上。

或许是这个声音解除了众人长达十秒之久的惊愕。提督们的军靴声杂沓地响起，他们一拥而上，将安森巴哈摁倒在地。一个低沉的声音响起，安森巴哈的腕骨被折断了。虽然身上有两处致命伤，流失了大量鲜血，吉尔菲艾斯却还紧紧抓着暗杀者的手腕不放。

米达麦亚用手帕压住了两膝跪地的吉尔菲艾斯的脖子，白色的丝绸立刻染成了鲜红色。

“医生！叫医生来！”

“已经……太迟了。”

红发年轻人喘息着说道。他不仅头发一片鲜红，全身也都染上了鲜艳的血色。提督们都说不出话来。根据以往的经验，他们知道已经回天乏术了。

安森巴哈被压倒在吉尔菲艾斯流出的血泊中，坎普和毕典菲尔特紧紧压着他。这时他却发出干涩的笑声，提督们又吓了一跳。

“布朗胥百克公爵，请原谅我。我这个无能之人无法完成对您的誓言，让这个金发小子下地狱可能还需要几年……”

“什么鬼话？这个白痴！”

坎普打了他一耳光。挨揍的安森巴哈在地上不停地晃动，仍在喃喃地说：“是我的力量不够，属下陪您一起去……”

“阻止他！”

罗严塔尔察觉到安森巴哈的意图，大叫出声，朝暗杀者飞扑过去。可是他的双手还未抓到对方，安森巴哈的下巴就微微动了动，咬碎了藏在臼齿里的毒胶囊。罗严塔尔抓住他的咽喉，想阻止他吞下毒药，但安森巴哈死意甚坚。

安森巴哈的两眼大大地睁着，渐渐失去焦点……

莱因哈特陷入了一片黑暗。

他那冰蓝色的瞳孔看不到提督们，也看不到那个想杀他的人。视线中只有救了他的命的红发挚友。

救了他的命——是的，吉尔菲艾斯不论什么时候、什么场合都一直在帮助他。从他们少年时代相逢之日起，这个红发挚友就护卫着有许多敌人的他，做他无话不谈的伙伴，并且包容着他的任性。朋友？不，齐格弗里德·吉尔菲艾斯对他而言，远远超过朋友和兄弟，而他却想把这么一个人和其他提督同等看待！如果吉尔菲艾斯带着枪，暗杀者在拿起手提加农炮的那一瞬间就会被射杀，吉尔菲艾斯自己也不必流一滴血。

是自己害了他。吉尔菲艾斯现在倒在血泊中受苦，都是自己害了他。

“吉尔菲艾斯……”

“莱因哈特大人……您没事吧？”

那个不顾礼服被血溅污，跪在自己身旁、紧握着自己的手的金发年轻人的影像，在吉尔菲艾斯眼中渐渐模糊了。这大概就是临死前的感觉吧？五官能感受到的东西越来越遥远，世界快速地变窄变暗。想看的东西再也看不到，想听的东西再也听不见。不可思议的是，他并没有恐惧之感。他心中恐惧的或许是今后的人生不能再与莱因哈特同行。而在所有的生命力流失之前，他有些话非说不可。

“我无法再为莱因哈特大人做事了……请您原谅。”

“傻瓜！这是什么话？”

莱因哈特原想大叫，可好不容易发出的声音却低哑微弱。这个美得过分的年轻人，天生具有压倒众人的华丽气质，此时却显得那么软弱无力，看起来就像不扶着墙壁就寸步难行的幼儿一般。

“医生马上就到。这种伤很快就会好的。等你康复，我们一起去姐姐那里报告胜利的消息。好不好？就这么说定了。”

“莱因哈特大人……”

“在医生来之前，你就不要再说什么了。”

“您一定要掌握整个宇宙。”

“……会的。”

“请您转告安妮罗杰小姐，齐格信守了以前的誓言……”

“不要！”

金发的年轻人颤动着惨白的嘴唇。

“我不要传达那种事。你亲口去说，自己去说！我不要传达！你听好，过一阵子我们一起到姐姐那里去！”

吉尔菲艾斯似乎微笑了一下。当微笑褪去时，金发年轻人在瞬间的战栗中，知道他已经永远失去了半个自己。

“吉尔菲艾斯……回答我！吉尔菲艾斯，你为什么不说话？！”

米达麦亚不忍地把手放在年轻的帝国元帅肩上，安慰说：

“不行了。他已经走了，就让他安稳地长眠吧……”

他把话咽了下去，因为他看见年轻上司眼中射出前所未见的光芒。

“不要说谎，米达麦亚。你在说谎。吉尔菲艾斯绝不会把我丢下自己先走的。”

2

“罗严克拉姆侯爵的情况怎么样？”

“还是那样。一直坐着，动也不动……”

这一问一答中带着深深的感慨。

提督们聚集在秃鹰之城要塞的高级军官俱乐部里。这是以前大贵族们极尽奢华之能事建造的宽阔豪华的房间，然而胜利者们却一点兴致都没有。

关于胜利庆典上发生的惨烈一幕，提督们下达了严厉的封口令，并依照军规共同管理要塞。但三天过去了，大家都认为已经到了极限，不能一直对首都奥丁那边保持沉默。

吉尔菲艾斯的遗体被放入冷藏棺中，用低温保存。但是饱受悔恨煎熬的莱因哈特仍一直守在旁边，不吃不睡，让所有提督都担心不已。

“但说真的，我没有想到侯爵会这么脆弱。”

“如果死的是我或你，他就不会那么伤心了。齐格弗里德·吉尔菲艾斯是特别的，一直是特别的。说起来，侯爵等于失去了半个自己，何况还是因为他自己的过失。”

米达麦亚这样回答缪拉。他正确的洞察也获得了其他提督的认同，但他们对这样白白浪费时间的焦虑越来越强烈。

罗严塔尔的金银妖瞳闪过锐利的光，他用强有力的语气对同僚们说：“要让罗严克拉姆侯爵振作起来，否则我们将朝着银河的深渊合唱灭亡之歌。”

“可是该怎么做？怎么做才能让他振作起来？”

毕典菲尔特茫然地说道。坎普、瓦列、鲁兹诸将也陷入愁苦的沉默。

在场的提督们举起一只手就能让数万艘战舰启动，让数百万士兵拿起枪来战斗，而这些破坏行星、征服恒星系、在星海中来去自如的勇者们竟然也想不出办法，让那位被悲哀和失落击败的年轻人重新振作起来。

“只有那个人能想出解决之策了，不过……”

沉默了一阵，罗严塔尔终于喃喃道。

米达麦亚疑惑地问："哪个人？"

"你应该知道，不在这里的人啊，就是奥贝斯坦总参谋长。"

提督们不禁面面相觑。

"非得借助那家伙的智慧不可吗……"

米达麦亚的语气中，厌恶之感显露无遗。

"没办法。他应该也知道，有罗严克拉姆侯爵在，才有他在。他到现在都没有采取任何行动，大概是在等我们去拜访吧。"

"那不等于有求于他吗？如果那家伙趁机要求凡事都有优先权，那怎么办？"

"包括奥贝斯坦在内，我们都乘坐在一艘叫'罗严克拉姆'号的太空船上。要救我们自己，就得先救船。如果奥贝斯坦想趁这个危机图谋自己的利益，我们也只有采取相应的报复手段。"

罗严塔尔说完，提督们纷纷点头赞同。这时负责警卫的军官报告奥贝斯坦来访。

"来得正是时候啊。"

米达麦亚的话中明显地不怀好意。

奥贝斯坦进来后，环视了一下众人，便很不客气地批评道：

"各位经过冗长的讨论，好像也没有结论。"

"因为我们军营里目前没有第一号和第二号人物，欠缺统合的人才。"

罗严塔尔回答得也极为犀利，突显了奥贝斯坦倡言"第二人无用论"导致吉尔菲艾斯死亡一事。

"那么，总参谋长是否已经胸有成竹？"

"也不是没有。"

“哦？”

“去请求罗严克拉姆侯爵的姐姐。”

“格里华德伯爵夫人？我们也想过，可是这样事情就能解决了吗？”

虽然罗严塔尔这么说，但事实上没有人愿意承担向安妮罗杰告知此事的任务。

“报告的事由我负责，但是你们也要做一件事，那就是去逮捕杀害吉尔菲艾斯的犯人。”

机敏如罗严塔尔，在这一瞬间也猜测不出奥贝斯坦的意思，他不由得微微瞪大了那双金银妖瞳。

“你这句话可真奇怪，犯人不是安森巴哈吗？”

“他只是个小人物，我们要找出真正的主犯。一个很大的大人物。”

“什么意思？”

奥贝斯坦开始向提督们说明。或许是一种倒错的心理，莱因哈特心中一直在寻找一个主犯。他不能忍受吉尔菲艾斯被只是布朗胥百克公爵部下的安森巴哈所杀，吉尔菲艾斯只能被更大的人物杀害，所以在背后操纵安森巴哈的大人物就必须存在。虽然事实上是不存在的，但捏造一个出来就行了。

“唔，可是要诬赖谁当主谋？大贵族几乎都死光了，还有适当的人选吗？”

“目前不就有一个很好的候补者吗？”

“谁？”米达麦亚怀疑地问。

“帝国宰相立典拉德公爵。”

“什么？！”

米达麦亚仿佛挨了一记重击似的向后仰去。其他提督也惊愕地把视线集中在义眼总参谋长身上。他们都看出了奥贝斯坦的意图，即利用这个危机排除潜在的敌人。

“我真不想和你为敌，因为毫无胜算。”

至少奥贝斯坦表面上没有理会米达麦亚话中对他深深的厌恶。

“除掉立典拉德公爵只是迟早的事，而且他的内心也未必洁净如天使，一定也在策划除掉罗严克拉姆侯爵的阴谋。”

“这么说，不算是冤枉他了？的确，那个老家伙是不折不扣的阴谋家。”

罗严塔尔自言自语道，似乎是想说服自己。

“尽快赶回奥丁，逮捕立典拉德公爵，抢夺国玺。如此一来，罗严克拉姆侯爵的独裁权即得以确立。”

“可是，如果拿到国玺的人自己留在奥丁当起了独裁者，又该怎么办？”

米达麦亚带着嘲讽对奥贝斯坦的策略提出疑问。总参谋长答道：“不必担心。就算有人有此野心，其他同级的提督也会阻止，因为你们每个人都不甘屈居于本与自己同级的人之下。我主张不要有第二号人物，原因就在这里。”

权力的正当化不在于如何获得它，而在于如何行使它。出于这种认同，提督们做出了可怕的决定。

使阴谋或要诈术是不得已的手段。在这个危急存亡的时刻，他们必须将潜伏在宫廷里的罗严克拉姆侯爵的敌人一网打尽，夺取国政的所有权力。所以奥贝斯坦的策略值得一用。如果犹豫不前，只会让敌人抢得先机。

提督们开始行动。只留下奥贝斯坦、梅克林格和鲁兹负责秃鹰之城的警备，其他人率领选出的精锐部队匆匆赶往首都奥丁。

他们要抢在立典拉德公爵早晚会引发的宫廷政变前先下手。这个决定使得他们快马加鞭地从秃鹰之城赶往奥丁，原本二十天的行程，他们只花了十四天就抵达了。

“疾风之狼”米达麦亚如此斥责部属：

“落后的就不要管他们了，随便他们什么时候到奥丁都无所谓。”

从秃鹰之城出发时多达两万艘战舰的高速巡航舰队，在不断跳跃时依次锐减，到达奥丁所在的瓦尔哈拉星域时，只剩下三千艘。

缪拉用八百艘战舰控制住卫星轨道，其他提督则冲破大气层。由于大量舰艇同时下降，超过了宇宙港的管制能力，半数战舰只好降落在湖面上。

新无忧宫一带正值夜半时分。米达麦亚朝着宰相府前进，罗严塔尔则去袭击立典拉德公爵的宅邸。宰相正倚在床上看书，看见破门而入的金银妖瞳的年轻军官，立刻尖声大骂：

“放肆！下贱的人胆敢在这里撒野？！”

“我是来逮捕宰相立典拉德公爵阁下的。”

此时，老迈的权力者心中闪过的不是惊讶，而是失败之感。老人原想从背后给莱因哈特一刀，将他打倒以独占权力，却因为奥贝斯坦的洞察先机与提督们的快速行动被制伏了。

“罪状是什么？”

“你是暗杀罗严克拉姆侯爵莱因哈特阁下未遂事件的主谋。”

老宰相睁大了双眼。他盯着罗严塔尔的脸看了好一会儿，颤动着那枯瘦的身体大声喝道：

“混蛋，你有什么证据讲这些话？我是帝国宰相，地位在你们之上，是辅佐皇帝陛下的重臣！”

“同时也是图谋不轨的阴谋家。”

罗严塔尔冷漠地说完，命令部属：“把他拘禁起来！”

平民出身的士兵们粗暴地抓住原本高贵得都不许靠近的老宰相的手腕。

此时，米达麦亚指挥的队伍闯入宰相府，目的是夺取国玺。

“国玺在哪里？”

米达麦亚逼问值夜班的老官僚。被枪口围绕的老官僚脸色苍白，却坚持不肯透露国玺的所在。

“你凭什么这样问我？这里是宰相府的国玺室，不是闲杂人等可以随便进出的。请立刻出去。”

米达麦亚阻止闻言起了杀意的士兵们。他很佩服老官僚的勇气，但当然不会真的退出去。在他的指示下，士兵们立刻散到室内各处，开始大肆搜索以前连各部尚书和元帅都禁止随意出入的神圣区域。陈列柜和书桌被掀翻，禁止带出的重要文件散落一地，任由军靴践踏。

老人叫喊道：“住手！你们把帝国和帝室的权威摆到哪里去了？你们该为自己背离臣民之道感到羞耻！”

“帝室的权威吗？从前似乎有这种东西。”

米达麦亚振振有词。

“可是，结果是有实力才有权威，不是有权威才有实力。你看到这种情况，应该很清楚了吧？”

这时，一个士兵发出欢呼声，高高举起一个小盒子，盖子和四周镶有古典的葡萄藤蔓花样。

“找到了！就是这个！”

老官僚发出哀叫，扑向那个士兵，却被其他士兵打倒在地。忠于职守的老人额头流出了鲜血，却仍在地上挣扎。

这就是国玺吗？米达麦亚打开盒子，并没有太多感慨，只是凝视着被鲜红的天鹅绒包着的金印。充当国玺把手的双头鹫仿佛活物一般，睨视着米达麦亚。

米达麦亚低沉地笑了笑，俯视着倒在地上的老人，命人叫来了医生。

从内战最初到最后，帝都奥丁均由莱因哈特麾下的提督们完全控制。

玛林道夫伯爵的女儿希尔德原本已经睡下了，得知市内的骚动，便在睡衣外披了一件宽袍，走到房间的阳台上。

她听着夜风中军队起起落落忽高忽低的声音。这时，用人发出惊惧的声音：

“这是哪里的军队，小姐？”

“军队不会平白涌出来。除了罗严克拉姆侯爵的军队，大概没有人有这么多部队了。”

希尔德任凭夜风吹拂着短发，自言自语道：

“充满活力的时代来临了，当然会有些喧闹，不过总比死气沉沉好得多。”

3

是在做梦吗？

莱因哈特环顾四周。室内微微显得昏暗，有些冷意，一片静寂。除了他之外，就只有横躺在特殊玻璃棺中的吉尔菲艾斯和干燥的冷气了。他的红发挚友动也不动，一点声音也没有，连呼吸都停了。

果然是梦。莱因哈特放松了肩膀，拉紧军用斗篷的领子，闭上眼睛。

……安妮罗杰向皇帝请了假，叫莱因哈特和吉尔菲艾斯到佛洛依丁山庄来。这是他们分别一年半以来的首次碰面。金发少年和红发少年穿上学校的礼服，整了整彼此的帽子和衣领，飞奔着离开了管理严格的宿舍。

他们体验了一趟长达六小时的地上车旅程，因为在皇室用地上是不能进行空中飞行的。他们看到了常年被白雪覆盖的山峰和美丽的花田。伴随着隆隆的雷声，暗灰色的雨罩住了纯白和七彩相映成趣的美景。整个假期，三个人都只能待在山庄里，但他们十分快乐。暖炉里燃着柴火，金黄的火焰在眼眸中跳跃，他们尽情地唱着所有会唱的歌……

回忆忽然被打断了。

“阁下，我是奥贝斯坦。有超光速通信从帝都奥丁传来……”

过了一会儿，没有感情和生气的声音问道：

“谁传来的？”

“格里华德伯爵夫人。”

雕像忽然动了。几个小时、几天都不曾动过的金发年轻人踢开椅子站起来，苍凉的火焰仿佛要从两眼中喷射而出。

“你这家伙，是你说的吧?！是你把吉尔菲艾斯的事告诉了我姐姐？”

义眼总参谋长毫不畏惧地接受了上司奔腾而出的怒气。

“是属下报告的，刚才用了超光速通信。”

“多管闲事！”

“可是，您总不能一辈子这样瞒下去。”

“啰唆！”

“您怕您姐姐吗？”

“你说什么……”

“如果不是，就请您见见她。阁下，我还没有放弃您。您一味责备自己而没有怪罪于我，的确很了不起。可是，过去的就让它过去吧，如果您不能从绝望中站起来迎接未来的挑战，那表明您也就仅此而已。宇宙会落入别人的手中。吉尔菲艾斯提督的在天之灵也会感到失望。”

莱因哈特盯着奥贝斯坦，仿佛要用视线将他灼烧而死。然而，他终究还是踩着重重的步伐走过总参谋长身旁，进了通信室。

安妮罗杰清新秀美的身影出现在通信屏幕上。年轻的帝国元帅费了好大劲，才压抑住身体的战栗和心脏的剧烈跳动。

“姐姐……”

只说了这一句，莱因哈特的舌头就无法再转动了。

安妮罗杰凝视着弟弟。她的脸色过于苍白，碧蓝的眼眸中没有泪水，有的只是超乎悲伤的情绪。

“可怜的莱因哈特……”

安妮罗杰喃喃道。低沉的声音刺痛了金发年轻人的胸口。他完全理解姐姐话中的意思。他为了获得权力与权威，把形同半个自己的朋友视为普通部属看待。现在，他正在为自己的贪婪与无知付出代价，接受严苛的责罚。

“你再也没有什么可以失去的了，莱因哈特。”

“……不，我还有姐姐。是不是？姐姐，是这样的吧？”

莱因哈特好不容易挤出了一丝声音。

“是的，我们除了彼此，已经一无所有……”

她的声音让莱因哈特吃了一惊。安妮罗杰似乎也注意到了弟弟表情的变化。

“莱因哈特，我要离开史瓦齐别馆。能不能在别处给我找一栋小屋呢？”

“姐姐……”

“而且，我们暂时别再见面了。”

“姐姐！”

“我最好不要待在你身边，因为我们的生活方式完全不同……我只有过去，而你，还有远大的未来。”

“……”

“如果你累了，就到我这边来吧。可现在还不是你休息的时候。”

是的，莱因哈特失去了缅怀过去的资格，也没有略作休憩的权利。既然吉尔菲艾斯已经实践了他的誓言，那么，莱因哈特也必须完成对他的诺言。

他要掌握整个宇宙。为了达成这个诺言，不管发生什么他都不能罢休。他已经失去了那么多,至少要取回相应的东西才是。

“我知道了。如果姐姐希望这样，我就照你的话做。等我统一了宇宙，再去接你。可是在分开之前，请你告诉我一件事。”

莱因哈特吞了吞口水，调整了一下呼吸。

“姐姐是不是……爱着吉尔菲艾斯？”

然后，他战战兢兢地看着姐姐的脸。

没有回答。可是莱因哈特从来没有见过姐姐的脸如此透明，如此悲伤。他想，这一生他都不会忘记这个表情。

他的想法是正确的。

罗严塔尔负责与秃鹰之城联络的工作，并非他主动愿意去做，而是提督们互相推脱，只好以抽签来决定。结果，金银妖瞳的青年彻底被幸运之神抛弃了。

罗严塔尔在莱因哈特的元帅府汇报情况。莱因哈特立刻出现在画面上。看见莱因哈特那冰蓝色的眼眸中闪着理性和锐气的光芒，罗严塔尔知道年轻的主君已恢复了自我。他的声音明晰有力，却让人感到有些机械。

“详细情形我已经知道。在你们出发那天，奥贝斯坦就告诉我了。”

“是……”

“我会重重酬谢你们的功绩。我要立刻回奥丁，派人来半路上接我吧。”

“是，那么，就派米达麦亚……”

把工作推给同僚后，罗严塔尔继续报告重要的事情。

“立典拉德公爵的所有族人都已被逮捕监禁，等您回来再做裁夺。”

“不用等我回去，执行刑罚由你们负责就可以了，行吗？”

“那么，立典拉德公爵本人该怎么处置？”

“帝国的宰相总不能执行死刑。劝他自尽吧，要以没有痛苦的方式。”

“是。他的族人呢？”

“女人和孩子就放逐边境。”

莱因哈特的声音像冰块在互相撞击。

“十岁以上的男性一律死刑。”

“……是。”

连罗严塔尔听了，都得犹豫一会儿才回话。

“九岁以下就无罪吗？”

他这样问，或许是委婉地为他们求饶，不必要的流血不是这个勇将所喜欢的。

“我是在十岁时进军官幼校的。十岁以前只算是半个人，所以我饶了他们。如果他们长大后要来找我报仇，那也可以。没有实力的霸主被打倒本来就是天经地义。”

莱因哈特发出了笑声。笑声虽然华丽，却和以前有些微妙的不同。

“你们也一样。如果有打倒我的自信和决心，随时都可以向我挑战。”

他那秀丽端正的嘴角泛起灿烂的浅笑。罗严塔尔觉得全身的神经涌过一股战栗的波浪，连回答“您说笑了”的声音都显得很生硬。

莱因哈特仿佛脱胎换骨一般，他失去了半个自己，似乎想另外找回些什么，来补偿无法挽回的过去。罗严塔尔无法判断其中哪些是应该欢迎的，哪些是应该避忌的。

通话结束后，奥贝斯坦出现在莱因哈特面前。他探究似的凝视着年轻的主君。

“阁下，再过一小时，伯伦希尔号即可出港。”

“好，三十分钟后我会上船。”

“阁下，关于立典拉德一族，那样做真的恰当吗？”

“迄今为止，我们已经流了许多血，今后应该也会如此，再加上几滴立典拉德一族的血会有什么不同？”

“如果您这样想就好了。”

“你退下吧，做好你自己的事就行了。”

奥贝斯坦默默地鞠了一躬。当他低下头的时候，义眼中放射出一种难以形容的光芒。

遣走总参谋长后，莱因哈特把修长的身体埋进椅子中，视线转向展望屏，眺望着那片他将要去征服的星海。

他的心中有一种饥渴——在永远地失去吉尔菲艾斯，随之又失去姐姐以后。

消灭高登巴姆王朝，建立新银河帝国，征服自由行星同盟，吞并费沙自治领，成为全人类的统治者，此后，这种心灵的饥渴就能获得满足吗？

那是不可能的，莱因哈特想。没有任何东西能满足这种心灵的饥渴。大概永远不会有了。

然而，莱因哈特已别无选择。他只有借着不断战斗、不断获胜、不断征服，来对抗这种心灵的饥渴感。

因此他需要敌人。或许越是强有力、有才干的敌人，越能让他忘却心灵上的饥渴。目前，他要专心巩固国内的根基，但心中却已开始盘算明年即将和自由行星同盟展开的军事冲突。在同盟之中，就有极为强大并有才干的敌人。

4

莱因哈特在心中描绘出来的强敌，此时却陷入了情绪上的低潮期。

夺回海尼森后，杨威利又收服了聂普帝斯、卡佛、帕尔梅伦多三个行星上的叛乱部队，刚刚回到首都。这时一个自称政府特使的人却跑来告诉他，当局将主办纪念恢复宪章秩序、纪念民主主义战胜军国主义势力的庆典，要求他到场在公众面前和特留尼西特议长握手。

杨听到这个要求，反应简直孩子气十足。

“为什么我要和特留尼西特那个家伙握手？！”

他大声说完，才发现自己的失态，赶紧纠正。

“和特留尼西特议长握手是必须的。”

他看到特留尼西特平安地从地底下冒出来，就知道会有灾难来临，而事情果真被他料中。当然他一点也不高兴。一连串丑陋至极的闹剧才刚要落下令人眼花缭乱的幕布。

不,如果就此落幕还好,但不能保证没有人要求“再来一遍”。

都已经发生武装政变了，特留尼西特却还不反省自己的政治态度，仍企图借着政治手腕与操纵民众来维持权力，想到他的自私自利，杨从心底感到厌恶。对杨而言，和这种人在大众面前握手简直等于出卖贞操。

然而，今后随着胜利的来临、地位的提高，亦即随着政治利用价值的增加，这种事情一定会越来越多。该怎么做才避得过？

如果输了就好了，如果战争惨败就好了，这样一来，杨的声誉就会坠入谷底，赞赏声会立刻转为指责声。人们会交相指责他为“杀人者”。而他因此辞去公职，抛弃社会地位，任谁都觉得是理所当然。就算有人挽留，也一定很少。

如此一来，杨就可以从官场的地狱中解脱了。避开人们的耳目，躲在社会的一隅，安静地过日子也不坏呀。寒夜里在田园里的小家中，一边听着呼呼的风声，一边啜饮着白兰地；下雨的日子里，一边任思绪奔驰，畅想着在大气中畅泳的雨水的雄壮旅程，一边品尝着葡萄酒。这种生活多么舒畅快意啊。

“说着说着，竟然变成一天到晚喝酒的日子了。”

杨苦笑着，把这小小的奢望从脑海里逐出去。或许他可以因此得救，同时却会有几万倍的人遭殃。如果他输了，不但会造成许多人死亡，还会有许多妻子失去丈夫，母亲失去儿子，孩子失去父亲。

有战争就必须要获胜。那么胜利的意义又在哪里？让敌人产生许多伤亡，给敌方社会带来损伤，使敌人的家庭离散，方向虽然不同，结果却一样。

或许，两方面都不是他能选择的。

从军校毕业后当上军人，刚好是第十年。杨到现在仍然无法解决这个问题。这可不是初级算术，即便苦思冥想也无法得出清晰的答案。他知道思索这种问题只会让自己陷入迷宫，却忍不住去想。

尽管如此，不和特留尼西特握手似乎也不可能。

他并不怕拒绝后遭对方报复。但既然有证明政府和军部协同一致的大义名分在，他就不能加以破坏。正因为觉得军部应该依循政府与人民的意志行事，他才和政变派作战。

典礼在郊外举行。

初秋的阳光柔和温暖，让人觉得全身舒泰，树叶罩上了一层金黄的色彩，真是个美好的日子。杨心中却一点都不快乐。

他不是要和特留尼西特握手，而是和国家元首、最高评议会议长握手——这么想着，杨勉强克制住自己的感情。当然，他也知道这种理论自欺欺人，所以更是喘不过气来。

这种事情必须忍耐，但他并非为了出人头地自甘受虐。虽然他成功了，有了地位，有了人人称羡的一切，但这种功名的金字塔越是接近顶端，立足点越窄小，危险也就越大。对杨而言，那些不顾危险一意往上攀爬的人实在很奇怪。

尽管如此，杨坐在贵宾席上，心里仍然很不舒服。去年在亚斯提会战后的追悼会上，杨还坐在普通席。和现在比起来，当时的身份反而让他比较轻松。

特留尼西特正在演说，纯粹是二流煽动家的空泛言论。他赞扬死者，赞美人们为国牺牲，要大家为迎接打倒银河帝国的圣战抛弃个人的自由和权利。这根本是好几年前的陈词滥调。

人会死，星星也有寿命，连宇宙本身也不知何时就会消亡，不可能只有国家永久存在。如果国家一定要有巨大的牺牲才能存活下去，这个国家还是马上灭亡为好，谁会在乎它？

杨陷入沉思。这时，有人叫他。

“杨提督……”

回到座位上的特留尼西特端正的脸上堆满讨人喜欢的微笑，这微笑迷惑了几十亿选民的心。有人说，支持他的人不是针对其政策或思想，而是针对他的笑容投下了宝贵的一票。当然，有投票权以后，杨从来不是那群人中的一员。

“杨提督，您一定有许多话想说，今天是纪念祖国从军国主义下解放出来的可喜日子，虽然政府和军部之间有许多意见不尽相同，但我想还是不该让敌人看见我们之间的分歧才是。”

“……”

“所以今天我们在握有主权的人民面前应该常常挂着笑容，不要让众人说我们不懂礼貌。”

能说出正确言论的人实在是了不起，但能面不改色地说出连自己都不相信的正确言论的人，又该怎么形容呢？每次看到特留尼西特，杨都不禁发出这样的疑问。

“那现在，为了民主主义、为了国家独立、为了人民的自由而战的两位斗士，穿便服的代表特留尼西特先生和穿军服的代表杨先生，就在各位面前握手吧！各位公民，请大家热烈鼓掌！”

司仪亚隆·德梅克高声说道。此人从文学界转到政治评论界，又转到政界，一向待在特留尼西特身边。他攻击老板的政敌，中伤对他持批判态度的言论机构，并从中找到自我存在的价值。

特留尼西特站起来向群众挥手，然后把手伸向杨。杨也站了起来，他好不容易才压抑住头也不回地逃走的冲动。

两人的手交握在一起的那一瞬间，群众的欢呼声格外高亢，鼓掌声响彻云端。杨恨不得尽快抽手，一秒钟都别迟疑，可是，当他好不容易从那没有滴血的拷问中解脱出来时，却想到了一件毫无道理的事。

他不禁怀疑，自己是不是太低估特留尼西特这个人了？

这个想法仿佛从云间射出的阳光，刺进了杨的心里。一瞬间，他大为震撼，几乎窒息，不得不重新审视自己的想法。他也不知道为何忽然想到这些，便再次开始探究过去的事情。

特留尼西特在非法武装政变时什么都没做，靠地球教信徒的庇护躲在地底下。

指挥舰队作战的是杨威利，代表公民利用言论和集会作战的是洁西卡·爱德华。特留尼西特在事态的解决上没有做出一丁点贡献，可是现在活着接受群众欢呼的是他，洁西卡却惨遭杀害，躺在墓场里。

在同盟军引以为耻的亚姆立机会战中，他又有什么建树？原本自始至终高唱主战论的特留尼西特，在投票表决之际却转而反对出兵，不是吗？结果在那次战役中，同盟军彻底败北，主战论者失去了人民的信赖，地位大幅滑落。相反，特留尼西特的声望却因之大幅提高。当时他身为国防委员长，现在则是最高评议会议长兼同盟元首。

然后是这次武装政变。

特留尼西特永远都毫发无伤，因情势受伤倒地的永远是别人。这个人总是引来狂风暴雨，但当狂风暴雨真的来临时，他又躲在安全的地方，等天气放晴后再出来。

这个人不管面临什么危机，总是什么也不做，也绝不让人对他有所不利，最后获胜的就只有他一个人。

杨感到一阵寒意。他从来不怕被暗杀，在人数几倍于己方的敌人面前也从不退缩。但现在，在迎面洒落的阳光下，杨却深深地被恐惧攫获。

特留尼西特又开口叫杨，当然是带着经过完美控制的、毫无诚意的微笑。

“杨提督，群众在对您欢呼呢，您不回应一下吗？”

忽高忽低的欢呼声浪包围着杨，杨对着那些被自己的虚像迷惑的人机械地挥了挥手。

或许自己这次太高估特留尼西特了。杨虽然愿意这样想，却只是一时的逃避。他嗅到了一股腐臭味。这种味道渗入了大气的微粒子中，杨觉得自己快要窒息了。

5

回到官舍，杨飞奔进洗手间，用消毒水把手洗了又洗。他想洗掉被特留尼西特握住时沾染的脏东西。在这一点上，杨的心理和小孩子没两样。

当杨关在洗手间里清洗时，尤里安正在大门口应付一位不速之客。那是一个来自某家出版社的男子，他来劝杨写自传，还说他们预定首印五百万册。如果杨果真是如他所愿的默默无闻的历史学者，恐怕出书后连这个数字的千分之一也卖不出去。

“提督不在官舍接见为私事来访的客人，请回吧。”

尤里安照规定要赶走那个人。但那人更在意的或许是挂在少年腰际的枪，而不是少年毅然决然的态度。他虽然不死心，却也只好打退堂鼓。

尤里安回客厅泡红茶。杨从洗手间出来，往手背上吹气。方才擦洗得太厉害了，现在感到皮肤阵阵刺痛。

杨在红茶里加了白兰地，尤里安加了牛奶。两人很微妙地都没有说话。好一阵子，室内只有堪称古董的老时钟的嘀嗒声。

他们几乎同时喝完了一杯。当尤里安准备泡第二杯时，杨才开口。

“今天好危险啊。”

少年以为是生命有危险，顿时全身充满惊异和紧张，凝视着监护人。

“不，不是那样。”

杨赶忙打消少年的多虑。他一边转着空空的杯子，一边说：

“和特留尼西特会面时，我心里充满了厌恶。可我忽然想到，赋予这个人正当权力的民主主义到底是什么？一直支持这个人的民众到底又是什么？”

他深深地叹了口气。

“当我恢复意识时，不禁打了个寒战。以前的鲁道夫·冯·高登巴姆，以及不久前发动武装政变的那些人，一定也考虑过很多次这个问题，结果他们确信唯有自己能拯救世人。也许完全是反论，但我觉得鲁道夫会变成一个残虐的专制者，便源于他个人对全人类的责任感和使命感。”

杨的话告一段落时，尤里安带着深思的表情问：

“特留尼西特议长有那种责任感和使命感吗？”

“嗯，这个人嘛……”

杨不想把对他那种异样的恐惧说出来，那只会增加少年的忧虑。他想暂时把这件事收藏在脑海中。

或许特留尼西特对整个社会而言就像癌细胞，他不断吞食健康的细胞，使自己增殖强大，最后甚至使宿主的肉体死亡。特留尼西特有时煽动主战派，有时则主张民主主义，他绝不会背负任何责任，目的只是增强自己的权力和影响力。而他越是强大，社会便越衰弱，最后被他吞食殆尽。此外，还有掩护特留尼西特的地球教信徒……

“提督？”

杨回过神来，才发觉尤里安正担心地看着他的脸。

“您怎么了？”

“哦，没什么。”

杨反射性地给了一个任何人都会的毫无意义的回答。这时，邻室响起 TV 电话的呼叫声。

尤里安离开去接电话。杨看着他的背影，将已经凉了的第二杯红茶一饮而尽，然后在茶杯中注满白兰地。

他把瓶子放回桌上的同时，尤里安跑进来。

“不得了！是统合作战本部姆莱少将发来的消息……”

“你慌什么？这世界上没有一件事值得这样大惊小怪。”

杨一边把杯子送到嘴边，一边用哲学家的语气说道。尤里安冒出了一句“可是”，想反驳他，却好像忽然想起了什么。

“您认识梅尔卡兹提督吧，阁下？”

“帝国军的名将。虽然不像罗严克拉姆侯爵那样强大和华丽，但也是老练得让人无机可乘，颇具人望。对了，梅尔卡兹提督怎么了？”

“这位帝国军的名将……”尤里安提高了声音，“卡介伦少将刚才联络说，他逃亡到我们这边来了。他从帝国逃来投靠杨提督您了，现在已到了伊谢尔伦！”

杨立刻推翻了自己方才的哲学论调，慌忙站起来，结果脚用力地踹上了桌腿。

6

迎接梅尔卡兹的伊谢尔伦要塞留守司令官卡介伦，一开始曾要求梅尔卡兹交出所带的武器。

“无礼！你说什么？！”

副官舒奈德怒气冲冲地大叫。

“梅尔卡兹阁下并非俘虏，而是凭自由意志到这里投诚的。你们应该给予客人的礼遇才对。也许自由同盟根本就没有礼仪这种东西？”

卡介伦认同对方的说法并道歉，遂以待客之道招待他们，同时用超光速通信联络在海尼森的杨。

杨召集了所有幕僚，当时直接和卡介伦通话的姆莱少将主张不可轻信对方。

杨问道：“梅尔卡兹提督带家人来了吗？”

“没有，我曾向卡介伦少将问过这一点，回答是他的家人都还在帝国……”

“这样啊，这样就好了。”

“这样不好。家人留在帝国就如同留下了人质。在我看来，梅尔卡兹提督当然是怀有其他目的而来。”

“不，不是。如果他一开始就有意欺骗我，就不会说出家人还留在帝国的事了。帝国大可以找来一些情报人员扮演家人，同时负责监视他。”

杨把视线投向一位参谋。

“如果情报部门想借机活动，这是最好的时机。对不对，巴格达胥？”

“嗯，我想是这样。”

巴格达胥回答，他曾想暗杀杨，结果失败，后来转而投效，莫名其妙地成了杨的部下。

“梅尔卡兹提督是个纯粹的军人，和情报活动及破坏工作无缘，我觉得可以信任他。”

“他是比你值得信任得多。”

“别开这么难听的玩笑，先寇布准将。”

“我不是开玩笑。”

先寇布板着脸说道。巴格达胥露出了厌恶的神情。杨看着两位立场截然不同的部属，得出论断。

“我决定信任梅尔卡兹提督，而且只要力所能及，我会彻底维护他的权利。既然被称为帝国老将的人前来投靠我，我必须有所回报。”

“您无论如何都要这样做？”

姆莱脸上稍有不悦之色。

“我不愿拒人于千里之外。”

说完，杨命人打开直通伊谢尔伦的超光速通信线路。

继卡介伦之后，画面上出现了一位沉稳老成的男人，杨站起来郑重地对他行了一礼。

“您是梅尔卡兹提督吧？我是杨威利，很高兴见到您。”

梅尔卡兹细细的眼睛凝视着完全不像军人的黑发青年。如果他有儿子，应该也有这么大了。

“我将这具残破之躯交予阁下，阁下要怎么处置我都无妨，但是，请您一定要从宽处置我的属下。”

“看来您有个好部下。”

站在画面角落的舒奈德挺直了腰杆，迎着杨的视线。

“不管有什么问题，都由我杨威利承担，请不要担心。”

杨威利话中之意是对梅尔卡兹十足信任。亡命而来的提督现在知道，副官的进言是对的。

当杨和梅尔卡兹第一次碰面交谈时，在海尼森的特留尼西特宅邸里，聚集了几位政治家，比如尼古拉庞提、卡布兰、波尼、多梅克、艾兰兹——都是特留尼西特派的官员。

话题围绕着威胁他们的敌人。这个敌人不是银河帝国，也不是国内的军国主义势力，而是一个叫杨威利的青年。

以前，他们的目的是拥护特留尼西特这个盟主，获取政治权力，而现在，他们的目标是维持已获得的政治权力。因此，排除可能从他们手中夺取权力的异己就成了理所当然的事。以前，他们警惕的对象是反战派代表洁西卡·爱德华，可是她已经被政变派杀害了。也就是说，一个敌人帮他们除掉了另一个敌人。

波尼把掺水酒的杯子放在桌上，说：

“这次战役毕竟是内战，所以颁个勋章给杨提督就可以，但下次如果他再建立功绩，就不能不让他升官了。”

“三十岁就当元帅吗？”

卡布兰歪了歪嘴。

“他如果退伍进入政界，一个不败的名将，年纪轻轻，而且又是单身，毋庸置疑会获得大量选票。”

“虽说他大概会当选，但问题是他的政治才能。战场上的名将未必就是政界的才子。”

“可是为他的名声所惑涌到他身旁的人一定不少。大家都没有什么理想，只是贪图权力。这么一来，且不说质，光是在量上就是不可忽视的势力。”

波尼的话并非反省自身后的有感而发，听的人也并不感到奇怪。对他们而言，正义就是保有自己的特权，他们的一切想法都由此产生。

“在德奥里亚会战之前，他好像曾经对所有的官兵说过‘国家的兴废和个人的自由权利比起来是微不足道的’。这句话真是岂有此理！”

“真是危险的思想。”

多梅克探出身子。

“如果把他的想法说得详细些，岂不成了只要能维护个人的自由和权利，那么即使同盟灭亡、帝国取而代之也无所谓？他对祖国的忠心不得不让人怀疑。”

“我们应当记住这些材料，将来一定还有更多。”

就算杨听到这些话，明确告诉他们自己没有成为政治家的打算，只想靠养老金过日子，还要当个业余的历史学家，相信这些人也只会冷笑，根本不会相信。他们以自己的标准来衡量一切，认为世上不可能存在不想要权力的人。

特留尼西特终于开口了。

“杨提督的才能对同盟来说是必要的，因为我们有帝国这样的敌人。但如果不是致命之事，偶尔的失败对他也有帮助。”

特留尼西特吊起嘴角，露出一个新月形的笑容。

“不管怎么说，我们不需要太着急。勉强是最要不得的。静待时局的变化吧。”

在场的人都点点头，话题便转移到最近在海尼森平分秋色的两位女歌手身上了。

特留尼西特一边左耳进右耳出地听着同伴们的闲谈，一边想着杨威利的事。在他的演说会上，当众人起立致意的时候，唯独这个年轻人依然坐着。在胜利的庆典上握手时，他也并非真心乐意。不论在才能上还是思想上，从各个层面来说，杨都是一个潜藏着危险性的人物。虽说眼下还不必太紧张，但大概终究要面临选择，是让他跟随自己，还是除掉他？希望能选择前者。如此一来，杨就能和帮助自己潜伏的地球教信徒并肩作战，而他也有更强大的帮手了。杨可不是眼前这些像驯服的狗一样的家伙……

为了这个目的，即使要点小手段也无妨。

7

帝国历四八八年十月。

莱因哈特·冯·罗严克拉姆晋升为公爵，登上了帝国宰相的宝座。已经获得的帝国最高司令官的称号仍握在他手中。政治和军事两大权力完全由金发年轻人独占。

罗严克拉姆独裁体制就此诞生。六岁的小皇帝艾尔威·由谢夫二世仍与上一年无异，是掌握国政实权的重臣的傀儡。唯一的不同是，操纵傀儡的线由两条变为一条了。

追随立典拉德公爵的原副宰相凯尔拉赫，因为主动归还了地位并闭门自省，得以保全自己和全族人的性命。

支持莱因哈特的人也都获得了新的地位。

米达麦亚、罗严塔尔和奥贝斯坦三人都晋升为一级上将，坎普、毕典菲尔特、瓦列、鲁兹、梅克林格、缪拉，以及投降的法伦海特都获得了上将之位。

已故的齐格弗里德·吉尔菲艾斯被追授帝国元帅的称号，另外赠予军务尚书、统帅本部总长、宇宙舰队司令长官以及帝国军最高司令官代理、帝国宰相顾问的称号。不管追赠多少世俗的荣誉，莱因哈特都觉得不足报答红发挚友于万一。可是他为吉尔菲艾斯选的墓志铭却极为简洁，只有一句话——“吾友”。

安妮罗杰则移居到她以前和弟弟们共同度假的佛洛依丁山庄。

同盟方面，杨威利仍是上将。如果战胜的对象是银河帝国，而又有其他现役元帅的话，杨无疑可以得到元帅之位。但是，统合作战本部长和宇宙舰队司令长官现在还是上将，隶属其下的实战部队长官在军衔上没有道理凌驾于其上。政府是这样解释的。对杨而言，怎样都无所谓。

杨得到了自由战士一等勋章、共和国荣誉章、海尼森纪念特别功勋大章等几个具有夸张名号的勋章。杨回到家后，把装着勋章的小盒子拿来当肥皂盒，大小刚好合适，勋章则扔在橱柜的一角。尤里安推测他没有丢掉勋章，大概是想日后卖给某家古董店，换钱买历史书和酒。

其实比起那些勋章，让杨感到高兴的是梅尔卡兹能以中将待遇的客座提督身份，待在伊谢尔伦要塞担任司令官顾问。这两种身份都是正式的提督，无论是和前方的敌人作战，还是己方的运筹帷幄，梅尔卡兹的经验和深思熟虑都会助杨一臂之力。尤其是明年，或许还将与帝国的罗严克拉姆公爵有一场大战。

杨的部下也都得到了如山一般高的勋章和感谢信，可是因为杨没有晋升，他们的军衔也都没变。但也有例外，那就是先寇布，他因在解放香普尔行星的战争中功勋卓著，晋升为少将。虽然政府的说辞是“这是源自香普尔居民的强烈要求”，但也有人传言这是统合作战本部代理本部长德森上将的恶劣伎俩，即故意只晋升一人，想在杨舰队的部属之间造成嫌隙。由于库布斯里上将即将出院回归现役，这是代理本部长的最后一项工作。

此外，军中工作人员尤里安由班长待遇升为中士待遇，虽不是高官显职，也算是下级士官了。据说这是特留尼西特议长直接去说情的。无论如何，这意味着尤里安已经有资格搭乘斯巴达尼恩之类的战斗艇了。杨也被迫面对是否要成全少年从军意愿的问题。

贝依上校也晋升为少将，担任特留尼西特的警卫长。据说，最初他也参与了武装政变，但又把计划密报给了评议会议长，帮议长顺利逃脱。为此他不但被赦免，还获得了新的地位。

在此期间，费沙的商人波利斯·高尼夫以高级专员事务所工作人员的身份来到海尼森……

这是一颗距离银河帝国首都奥丁数千光年之远的边境行星。在行星的某个角落里，一栋位于荒凉山岳地带的古老石头建筑中，正在举行集会。

听完黑衣男子们的谈话，同样穿着黑衣的老人用干哑的声音说道：“我不是不了解你们的不满。在此次争斗中，鲁宾斯基的方法未必是最好的，这是事实。”

“不仅如此，总大主教，他这种做法让人觉得毫无诚意，我们都觉得他忘了大义的精神，只为自己着想。他每次都敷衍说，再过两三年，再过两三年……”

一个较为年轻的声音含着怒气答道。

“不要急，我们已经等了八百年，再等个两三年也没什么。再给鲁宾斯基一些时间。如果他决定抛弃母星地球，就得流落到被称为死地的异界去了。”

总大主教隔着窗子凝视西边的地平线。闪着橘色光芒的圆盘染红了地表和天空。太阳还没有衰老的迹象，仍然高唱着生命之歌。然而，为何它的孩子——地球却已垂垂老矣？

树木枯了，土壤的养分流失了，天空中已许久没有鸟儿飞翔，海里也没有鱼儿悠游。人类在污染和破坏之后，丢下了地球母亲，在星系的彼端疯狂地进行愚昧的相残。

然而，这种情况不会持续多久了。人类的故乡即将复苏，而历史也将再次从地球上开始演绎。在此之前，人类必须先毁灭历经八世纪的错误历史，即人类抛弃地球时代的历史。

事情并非没有进展。一股势力的当权者已在他们的操纵之下，其他势力也必将如此。总大主教干瘪的皮肤下蕴含着无比热烈的信念。

宇宙历七九七年，帝国历四八八年，将人类社会一分为二的两大势力集团间没有燃起战火，这是奇特的一年。两国都因内战与善后工作大伤元气，没有能力像上一年那样向敌国发动大规模战争。

双方的内战都产生了胜利者，但胜利者是否感到满足另当别论。因为一方在获得巨大报偿的同时，失去了贵重的珍宝；而另一方在获得新同伴的同时，背后的危险也增加了。

无论如何，在这样的时代，当年的平稳并不能保证来年平安无事。银河帝国和自由行星同盟都觉得这一年没有经过商定的自然休战状态，无疑是来年战火再起的预兆，这让人忧心忡忡。

这一年，莱因哈特·冯·罗严克拉姆二十一岁，杨威利三十岁。两人都正值未来多于过去的年龄。

图书在版编目（C I P）数据

银河英雄传说 ：全10册 . 2，银河英雄传说 ／（日）田中芳树著 ；蔡美娟，陈惠莉，郭淑娟译 . —— 海口 ：南海出版公司，2022.1
ISBN 978-7-5442-9441-6

Ⅰ . ①银… Ⅱ . ①田… ②蔡… ③陈… ④郭… Ⅲ . ①幻想小说－日本－现代 Ⅳ . ① I313.45

中国版本图书馆 CIP 数据核字（2021）第 233391 号

Vol.4／策谋篇

银河英雄传说

〔日〕田中芳树 著　郭淑娟 译

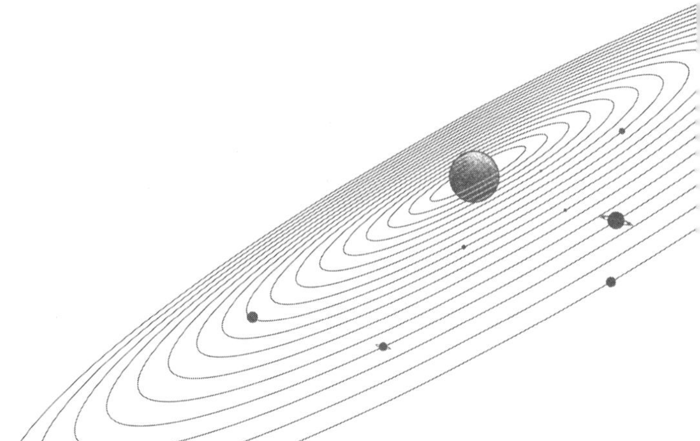

南海出版公司

新经典文化股份有限公司
www.readinglife.com
出　品

目录

➛ Chapter 1 ➛

雷鸣

历史的转变与胜败的结局往往决定于一瞬。但大多数人只能面对遥远的往昔，凝望那一瞬间的背影。很少有人知道此刻就是那一瞬间。能用自己的双手来定夺这一瞬间并影响未来的人，则更为罕见。最遗憾的是，越是居心险恶之辈，似乎越容易以强悍的意志决定未来，此种事例屡见不鲜……

——D. 辛克莱尔

预测未来，体验现在，回想过去，三者都伴随着非比寻常的惊心动魄。有充满喜悦的惊心、充满恐怖的惊心，以及充满愤怒的惊心。其中最值得警惕畏惧的无疑是最后一项，很多人称它为"后悔"……

——E. J. 麦肯锡

1

这一年，帝国历四八九年，寒冬的余威仍然张牙舞爪地盘踞不去，风和日丽的春意迟迟未见踪迹。但时日一到，春意立即滋生，驱走寒冬，帝都奥丁的大街上很快缀满了鲜花。随着季节流逝，花朵开始凋零，浓郁的新绿涂满了人们的视野，微风吹来阵阵初夏的气息，透过薄薄的衣衫，人们的肌肤也跟着活跃起来。

六月中旬，银河帝国首都奥丁所处的北半球中纬度地带，正是温度与湿度适中、最为舒适的季节。但是这一天却异常闷热，云层快速地涌动，放学的孩子们好像受到什么催促似的，从原野向家中飞奔而去。

银河帝国宰相府是一栋灰白色的石造建筑，就建筑而言，象征性的权威感胜于实用功能。当然，这并不是为了现今的主人莱因哈特·冯·罗严克拉姆建造的。在他之前，有好几个皇族和显贵也曾入主这栋建筑，以皇帝代理人的身份对数以千计的恒星世界行使行政权。莱因哈特在这栋建筑的历代主人当中，是年纪最轻却最强大的一位。以前的帝国宰相均由皇帝任命，他却要求皇帝任命自己为宰相。

在庄重、昏暗而封闭的建筑中，一位妙龄女子用有节奏感的步调行走着。她身着男式服装，暗色调的金发剪得很短，乍一看像是一位美少年，但脸上化着淡淡的妆，领口处微微露出橘色领巾，似乎证明着她是一位女子。

帝国宰相首席秘书官希尔德，即希尔格尔·冯·玛林道夫，来到莱因哈特办公室的门前。卫兵对她行礼，恭敬地将门打开。希尔德已经树立起让警卫无条件地对她毕恭毕敬的威严了。

希尔德简单地道谢，进入宽阔的办公室，视线搜寻着建筑的主人莱因哈特。这位身为帝国宰相，同时也是帝国军最高司令官的俊美青年正伫立在窗边向外眺望，此时闻声回过头来，华美的金发也随之飘动。身为军人的他穿着黑色为底、各处缀以银色的华丽军服，衬托着那年轻的身躯。

“是否打扰到您了，宰相阁下？”

“哦，没关系。有什么事吗，玛林道夫小姐？”

“宪兵总监克斯拉上将请求谒见，说是有紧急情况。”

“哦？克斯拉这么着急？”

宪兵总监兼帝都防卫司令官伍尔利·克斯拉当然不是尽善尽美的人物，但帝国宰相和秘书官都知道，他至少不是会表现出不必要的焦虑或狼狈的角色。克斯拉如此焦急，必定有他的理由。

“好，带他进来。”

庞大帝国实质上的独裁者，一边用雕刻家般的纤细手指拨开落到额前的金发，一边对希尔德说道。他从不曾回避伴随着地位产生的责任，这是连他的敌对者也无法否认的事实。

希尔德正要转身，窗外忽然泛起一片微微的亮光。厚厚的云层在低空徘徊，云层中散发出别样的白色光芒。

“要打雷了吗……”

“气象局报告说大气层的状态不稳定，可能有雷雨。”

远方的空气因摩擦产生放电现象，隐隐的雷声传到两人的耳中。那声音逐渐升高，显得更为粗暴。终于，一记光锤打入视野，雨滴开始密集地落在玻璃窗上。

伍尔利·克斯拉比年轻的主君略矮，身材稍为宽大，一副身经百战的军人的精悍相貌。但不知为何，那褐色头发的鬓角竟已泛白，眉毛当中也混杂着一些白丝。对刚刚三十过半的年龄而言，令人感觉不太相称。

“罗严克拉姆公爵，在阁下繁忙之际前来打扰，实感惶恐。属下接到消息，说前些日子有两名大贵族派的余党潜回帝都，故前来报告。”

年轻的主君站在窗边，回头注视着部下。

“你是如何得知此事的，克斯拉？”

“事实上，是有人告密……”

“告密？”

年轻帝国宰相的声音中含着不悦。如果有与“背叛”一样能用腐臭来毒害他的精神花园的害虫，这害虫的名字就是“告密”。他承认告密有时的确有重要价值，但无论如何，他对这种行为无法产生欢迎或鼓励之感。

银白色的闪光在空中蜿蜒穿行，雷声炸响，寂静如易碎的陶器般被击碎，在莱因哈特等人的耳膜中留下不悦的残响。尾音还未消失，莱因哈特好像忽然改变了主意，催促宪兵总监继续讲下去。

于是，克斯拉用指尖操作掌中的一只小盒子，与年轻的帝国宰相视线等高处，浮现出一幅小小的立体影像。那是一名年轻男子，虽称不上美男子，却让人感觉品性与家世良好，眼角和嘴边洋溢的微笑中没有一丝阴影。

“此人是兰斯贝尔克伯爵，名叫亚佛瑞特，现年二十六岁，是去年参加利普休达特盟约的众多贵族中的一员，战败之后亡命费沙。”

莱因哈特默默点头，在他的记忆当中，这个名字和面孔还十分清晰。以前在庆典和宴会中见过他几次，没有什么不好的印象。那是一个虽不见得有用，但也无害的人物。如果他生在高登巴姆王朝的安定期，大概会热衷不入流的诗歌或小说，成为一个有教养的文学爱好者，终其一生也无甚大错。但说到在乱世中挣扎求存必需的才智，他就没有了。他参加反莱因哈特派的盟约，倒未必是由于憎恶，而是受传统价值观的影响，认为只有门阀贵族才是帝政的支柱。

接下来的影像是一名比亚佛瑞特稍微年长一些的男子，像是精明能干的生意人。宪兵总监解释说，这是大贵族联合军中的一位参谋休马哈上校。

雷欧波特·休马哈二十岁毕业于军官学校，十年后晋升为上校。他不是贵族出身，而且在后方服役的时间比在前方负责勤务更长，不像渥佛根·米达麦亚那样幸运，有许多机会缔造辉煌的战功。考虑到这些因素，他的擢升也算是罕有。他富有理性，有优秀的执行能力，而且根据需要既能独自行动，也能指挥集体行动，堪称“极其有用之人”。

这不是应该网罗到麾下的人才吗？莱因哈特想。自己那称得上“贪心”的人才募集网上居然出现漏洞，有了漏网之鱼，让莱因哈特颇为遗憾。他对物质的欲望十分淡薄，但在网罗人才方面却极为执着。特别是去年痛失红发挚友齐格弗里德·吉尔菲艾斯之后，他虽然明知不可能，但也从未吝惜过努力，希望能弥补这个损失。

不过，兰斯贝尔克伯爵亚佛瑞特和休马哈舍弃了费沙这个安全的亡命之处，潜入帝国首都，到底是为了什么？

莱因哈特忽然想起一件事，问道：

“他们应该持有身份证，当然是使用假名。这证件应该是伪造的吧？”

宪兵总监的回答是否定的。他解释说，在入境检查时，并未发现任何可疑之处。如果没有人告密，恐怕根本无法辨别他们的真实身份。他们的身份证是费沙自治政府发的真实证件，看来费沙与这件事显然有某种程度的关联。所以克斯拉前来谒见，请求宰相阁下做出政治上的判断。

莱因哈特说稍后再作指示。吩咐宪兵总监退下后，他将视线投向阴云密布的天空。

“帝国的历史学家将鲁道夫大帝的怒号比作雷鸣，你应该知道吧，玛林道夫伯爵小姐？”

“是的，我知道。”

“这真是个巧妙的比喻。”

希尔德没有回答，只是默默地注视着年轻的帝国宰相凝视窗外的优雅姿态。她感觉莱因哈特的语气与所说的内容并不一致，似乎带着嘲讽。

“打雷这种现象……”

莱因哈特开口了。在雷光闪过时，那俊秀的脸庞闪烁着白色的光辉。那一瞬间，他竟像是一尊用盐块砌成的雕像。

“简单说来只是一种能量的浪费。虽然有强大的光热和声响，但是狂乱粗暴，对别的事物并没有好处，用来形容鲁道夫倒也相称。”

希尔德微微张开那秀美的嘴唇，但一言未发，又合上了。她发现莱因哈特并不需要回答。

“而我不一样，我不会这样。”

希尔德感觉莱因哈特说这些话，一半是对他自己，一半是对着某位并不在场的人。

莱因哈特将视线转回室内，看了看年轻貌美的伯爵小姐，说道：“玛林道夫伯爵小姐，你意下如何？我很想听听你的意见。”

“有关兰斯贝尔克伯爵等人回到帝都的原因吗？”

“是，如果他乖乖待在费沙，作作那不怎么高明的诗文，倒可以平安度日，但他为何甘愿冒险回来呢？你有什么看法？”

“据我所知，兰斯贝尔克伯爵是一个绝对的浪漫主义者。”

这样的回答，似乎微妙地刺激了莱因哈特那并不丰富的幽默感，涟漪般的微笑在他的嘴角荡漾开来。

“我对你的看法并无异议，但我从蹩脚诗人回归故乡这件事中找寻不出什么浪漫。如果过了数十年，上了年纪，有此举动还可以理解，但内乱距今还不足一年时间……”

“如您所言。兰斯贝尔克伯爵回来的理由应该更深刻，而且有值得他冒险的价值。”

“那究竟是什么？”

显而易见，莱因哈特很乐于与聪明的伯爵小姐如此一问一答。这并不是男女之间的对话，而是智力对等者之间私下里的讨论。他希望借此能产生一种刺激思考与活力的强烈的香料。

“如历史所示，最能使一个行动派的浪漫主义者激动振奋的，便是对强者实施恐怖主义行动。兰斯贝尔克伯爵是为了戏剧性地满足他那单纯的忠诚心与使命感，才会铤而走险潜入帝都。”

希尔德优雅地回应。她深知直到去年，这还是齐格弗里德·吉尔菲艾斯无法为他人取代的存在价值的一部分。

“恐怖主义？暗杀我？”

“不，恐怕不是。”

“为什么？”

面对饶有兴味的莱因哈特，希尔德解释道，暗杀虽然可以了结过去，却不能构筑未来。如果莱因哈特遭到暗杀，那么由何人来继承他的地位、接掌他的权力呢？去年，集结于利普休达特盟约之下的贵族败亡，原因之一便是盟主布朗胥百克公爵与副盟主立典亥姆侯爵在打倒莱因哈特后的权力瓜分上存在分歧。正如克斯拉上将的推测，兰斯贝尔克伯爵等人的潜入必定与费沙有关。而至少在现阶段，费沙并不欢迎由于莱因哈特之死导致的统一权力瓦解，以及社会和经济的混乱。

“依我之见，如果是费沙在幕后唆使恐怖行动，那应该不是暗杀，很可能是企图挟持要人。”

“那么，对象是谁？”

“我认为有三个人。”

“其中一个当然就是我了，另外两个呢？”

伯爵小姐直视那冰蓝色的眼眸，答道：

“一位是阁下的姐姐，格里华德伯爵夫人。”

希尔德的话音未落，莱因哈特脸上的从容之色顿时一扫而空，取而代之的是汹涌奔腾的怒气。这急剧的变化甚至令人产生错觉，仿佛有人强行掐掉了中间几秒钟的时间。

“如果那混账的蹩脚诗人胆敢危害姐姐，我会用人类无法想象的残酷手段杀死他！我要叫他后悔带着痛觉来到这个世上！”

希尔德想不出有什么理由能阻止莱因哈特将这个可怕的誓言变成现实。兰斯贝尔克伯爵亚佛瑞特如果真的陷入这不法的诱惑，必定会制造出一个脱离常规的复仇者。

“罗严克拉姆公爵，我刚才所言考虑不周，请您恕罪。阁下，令姐应不至于在此次行动中遭到挟持。”

“为何如此断言？”

“因为挟持一名女子做人质，从根本上违反了兰斯贝尔克伯爵的理念。正如我方才所言，他是一个浪漫主义者。对他来说，挟持一名柔弱的女子必定会遭人指摘，他宁可选择更难实行的途径。”

“的确，兰斯贝尔克伯爵——那个蹩脚诗人或许会这样。但如你所言，这件事费沙也牵扯在内，他们难道不会穷尽权术之能事？费沙人是十足的现实主义者，很可能强迫兰斯贝尔克伯爵采取事半功倍的手段。”

一旦事情涉及姐姐——格里华德伯爵夫人安妮罗杰，莱因哈特的感性总是战胜理性。只要这个心灵上的圣域或者说弱点存在，莱因哈特便始终与鲁道夫大帝这样的“钢铁巨人”有一线之隔。

“罗严克拉姆公爵，在我假设的三位挟持对象中，首先将阁下排除。即使实施行动的兰斯贝尔克伯爵有意为之，在背后操纵的费沙也不会同意。接下来，再将格里华德伯爵夫人排除，因为兰斯贝尔克伯爵不会接受这样的做法。所以，最后能满足计划者与执行者双方条件的，我想只有第三位——”

“谁？”

“现在头戴至尊之冠的人。”

莱因哈特并未表现出多少惊愕，大概他也有相同的推论。但话出口的时候，他强调了自己的意外之感。

“那么，你认为那个蹩脚诗人要挟持皇帝？”

“对兰斯贝尔克伯爵来说，这不是挟持，而是从敌人手中救出幼小的主君，是忠臣的行为。他不但不会有任何排斥，还会欣喜地去执行。”

“对那蹩脚诗人而言，这样的确不错。但是对另一个当事者而言呢？挟持皇帝对费沙有何好处？”

“这一点目前还不清楚，但至少对费沙没有害处，您说呢？”

“……的确如你所言。”

莱因哈特点点头，认同希尔德的推论。她充分把握了费沙的功利思想和兰斯贝尔克伯爵亚佛瑞特的性格，整个推论令人感觉无懈可击。

“又是费沙的黑狐在搞鬼！这家伙绝对不会自己现身，总是躲在幕后吹笛子。这次受指使的瞥脚诗人，倒是个不错的傀儡。”

莱因哈特极为不悦地低语。他对这个傀儡般的蹩脚诗人并不同情，但对于费沙自治领主安德鲁安·鲁宾斯基，也不至于宽宏大量到愿意祝他成功。

“玛林道夫伯爵小姐，我认为来密告蹩脚诗人等人潜入的家伙，应该是费沙的工作人员，你说呢？”

“是的，我认为阁下的看法非常正确。”

那一瞬间，希尔德或许期待着莱因哈特露出微笑，但年轻俊美的帝国宰相那冰蓝色的眼眸却再次转向窗外，神情肃然得近乎严苛，循着思考的轨迹陷入沉思。

2

反常的天气一直持续到第二天。帝都中央墓地从清晨起就笼罩在一片非雾非雨的水幕中。晴天时枝叶间流泻而下的阳光如水晶般闪烁的桧树，此时沉默地伫立在白色的水雾里。

希尔德吩咐地上车等候，然后抱着香气缭绕的山百合花束，独自走上石头铺成的墓园路。到祭拜的墓地需要走三分钟左右。

那并不是一座华丽的坟墓，洁净的白色墓石上雕刻的碑文极为简洁。

吾友齐格弗里德·吉尔菲艾斯于此长眠。

帝国历四六七年一月十四日—四八八年九月九日。

希尔德伫立在墓石前，水滴打湿了她白皙的脸庞。“吾友”这两个字蕴藏的深义，又有多少人能真正理解呢？莱因哈特给这位救了自己性命的红发挚友追赠了无数荣誉作为报答——帝国元帅、军务尚书、统帅本部总长，以及宇宙舰队司令长官。身兼帝国军三长官要职于一身，是多少提督追求一生也难以实现的梦想！莱因哈特将这些封号一并赠予红发挚友，尽管是在他身后追赠。而在墓碑上，他只刻下了寥寥数语，却比那些荣誉的意义要深远万分。

希尔德将山百合花束放在湿冷平坦的墓石上。她不知道湿度会让山百合的香气转浓还是变淡。她从小就对花或娃娃缺乏兴趣，温厚传统的父亲曾对遗传和环境的影响左思右想、困惑不解。

在齐格弗里德·吉尔菲艾斯生前，希尔德没有机会与他相识。前年的卡斯特罗普星系动乱中，如果没有吉尔菲艾斯的胜利，父亲玛林道夫伯爵恐怕有性命之虞。希尔德并不喜欢恩义这个词，但至少是欠了人家一份人情。在利普休达特战役爆发前夕，希尔德说服了父亲，与莱因哈特交涉，玛林道夫伯爵家族因此得以保全。但希尔德并未过高评价自己的功绩，因为若不是吉尔菲艾斯此前将伯爵家族救出灭亡的深渊，恐怕就没有今日的局面。

齐格弗里德·吉尔菲艾斯的能力、见识与忠诚都无人能及。他先以副官的身份辅佐莱因哈特，后来又在卡斯特罗普动乱、亚姆立札会战，以及利普休达特战役中指挥独立的作战行动，建立了辉煌杰出的功勋。如果他还活着，在即将到来的对同盟的军事行动中，不知会建立何等丰功伟绩，会怎样改变历史。

然而，只要是人类，就不可能完美无缺。如果吉尔菲艾斯还活着，或许也会有失败吧？与莱因哈特之间或许也会产生感情的龃龉和理念的对立——不，其实已经开始了。当吉尔菲艾斯奋不顾身地去救莱因哈特时，他的手中并没有武器。此前其他人不许携带武器，只有吉尔菲艾斯例外。就在莱因哈特废除这项惯例，意欲像对待其他部下那样对待相当于半个自己的红发挚友时，悲剧的利爪延伸到极限，撕裂了金发的年轻独裁者。就这样，两人之间因威斯塔朗特大屠杀引发的危机尚未开始就结束了，只留下无可挽回的悔恨和沉甸甸的缺憾。

希尔德甩了甩头，细微的水滴聚集在短俏的金发上，脖颈感受到令人不悦的沉重。她再次凝着墓石上的碑文。山百合花束是她发自内心准备的供品，但不知与齐格弗里德·吉尔菲艾斯是否相称，会不会有什么不吉利的花语。

过了片刻，希尔德离开了。虽然是特地前来，但此时她还没有想出该对死者默祷些什么。

佛洛依丁山岳地带位于帝都中心街市的西方，乘地上车大约六小时车程，巨大的山翼从此处伸展开去。由三个方向延伸出来的山棱往中央集中，相互交错，使大地高低起伏。山脉与水脉交会之处，路径改变，相互遮挡阻断，到处形成深峻的溪谷与边缘曲折的湖泊。随着海拔逐渐上升，植被由混合林变成针叶林，然后变成高山植物群落。阳光照射角度的变换使山顶的万年积雪泛出彩虹般的光芒，仿佛是大地之巅在与天空亲吻。

在森林与岩石之间，点缀着牧场和自然形成的花田。山庄里荡漾着此起彼落的牧歌声，像弥补空隙般伫立在大片浓厚的绿意之前，小心翼翼地诉说着自己的存在。这些山庄几乎都为贵族所有，但大半的所有者已在去年的利普休达特战役中败亡，故而无人管理，默默荒置。它们迟早都将转作公共用途，不过眼下只是静静伫立着。

格里华德伯爵夫人安妮罗杰拥有的山庄，坐落于呈“Y”字形的湖泊中央突出的半岛上。

半岛的底部设有一处橡木正门，大门开着。希尔德在这里走出地上车。此刻已近黄昏，而且从正门到山庄内的建筑还有一段距离，负责驾驶的士官建议乘车前行。

“不用了，正好做做运动。”

希尔德觉得不让肌肤接触一下这几近甜美的凉爽空气，简直是重大的损失。

未经铺设的道路形成和缓的坡道。苍翠欲滴的榛木树荫旁，有一道如透明玻璃的小溪，清澈的溪水潺潺流过。

希尔德带着士官，迈着飒爽的步伐——日后在她的传记中，作者必然会强调这一点。她走着走着，转过几个弯后停下脚步。林立的树木忽然不见了，视野也跟着变得开阔起来。此时眼前出现了一片充满甘甜芳香的青草地，以及伫立在草地深处的一座双层木结构建筑。这是一处雅致的山庄。接着，她看到山庄入口前有一位身姿纤细优美的年轻女子。

希尔德缓步前行，小心地不贸然闯进女主人的视线。

“您就是格里华德伯爵夫人吧？”

“您是……”

“我叫希尔格尔·冯·玛林道夫，现在是罗严克拉姆公爵的秘书官。不知能否有幸占用您一些时间？”

一双深邃的碧眼静静地凝视着希尔德。希尔德虽然没有理由胆怯，体内却不由自主地生出近乎畏缩的紧张。她觉出对方并不是可以与之虚伪或使诈的人，虽说她原本就无意玩弄这些手段。

“肯拉特。”

一名少年应声走出山庄。在傍晚那逐渐微弱的阳光下，他的金发在色调上与安妮罗杰的有些微妙的差异。他看上去顶多只有十四岁。

“您叫我吗，安妮罗杰夫人？”

“有客人来访，要好好招待。请你带这位司机先生去餐厅用晚餐。”

“是，安妮罗杰夫人。”

士官带着惶恐又期待的表情随少年一同走开。然后，安妮罗杰将年轻的客人引入古色古香的客厅，那里设有暖炉，空间虽小，但布置得雅致舒适。

“伯爵夫人，那孩子是不是摩德尔子爵家的……”

“是的，是摩德尔家族的一员。”

希尔德知道那是与莱因哈特敌对的贵族世家。不知在怎样的因缘际会之下，安妮罗杰成了这个少年的担保人。

夏至已近，昼长夜短。此时的窗外，夕阳已经开始西沉。一条从空中落下的亮光，在远处山毛榉树林的斜上方织成金色的光带。随着时间的流逝，那光带逐渐从斜面的边缘下滑，不久消失。原本碧蓝的天空颜色变得越来越浓，令人不由自主生出怯意，最后终于无法分辨天空与黝黑森林的界线。当星星冰冷的光芒开始点缀天空时，人们不禁真实地感到自己和宇宙之间仅仅隔着一层大气的薄膜。希尔德想起某个人说过的一句话——白昼的天空属于大地，夜晚的天空则是宇宙的一部分。而安妮罗杰的弟弟，此时正准备展开一场战争，与星海彼端的敌人交战，将其消灭……

暖炉中的火焰正熊熊燃烧。佛洛依丁山地的春夏两季，据说要比帝都中心街市迟来两个月，而秋冬则早到两个月。随着暮色渐深，凉意一点点转成寒意，燃烧的温暖火焰为人们抵御寒冷，使人类的精神与肉体卸下厚重的外衣。希尔德舒适地坐在沙发上，虽小心注意着避免失礼，仍然不禁轻声发出满足的叹息。但悠闲的生活对她来说，却是一种不被允许的奢侈。

待她说明来意，美丽的女主人从容优雅地侧了侧头。

“弟弟要替我加派护卫吗？”

“是的，罗严克拉姆公爵担心伯爵夫人成为恐怖主义行动的对象。其实公爵真正希望的是您能回去与他同住，但怕您不会同意，所以希望至少能得到夫人的允许，在山庄外围增设警备。”

希尔德说完，静待安妮罗杰的反应。

安妮罗杰沉默着，安静得异乎寻常。希尔德知道不会立即得到回答，并没有愚蠢地催促。

莱因哈特将这件事委托给希尔德的时候，脸上的神情与一个强大独裁者的身份并不相称，而像是一个唯恐令自己优雅的姐姐哀伤的少年。他说：“本想自己去看望姐姐的，可是姐姐恐怕不会见我，所以只好拜托你了。”

创造了今日世界的人，竟然是这位女子！

希尔德不禁被一种不可思议的感情支配。这位严谨有礼、看似初春暖阳的美丽女子，竟是现代历史的起源。从十二年前，先帝佛瑞德李希四世将她纳入后宫开始，历史便不再停滞，而是波涛汹涌地急速变幻。后代的历史学家大概会这么说：高登巴姆王朝决定性的衰亡，全起因于这位美丽的女子。如果没有这位姐姐，可能就没有莱因哈特·冯·罗严克拉姆急遽的出人头地。毕竟人类不可能依照个人的意志来左右历史和世界。风将花粉吹送到荒地，孕育出新生花朵，虽不是有意为之，但事实上的确是风的功劳。

不久，希尔德终于得到一个平静的回答。

“没有必要，也没有资格请护卫来保护我，伯爵小姐。”

这样的回答，也早在希尔德乃至莱因哈特的预料中。受年轻的帝国宰相托付的希尔德只好开始游说。

“伯爵夫人，您既有必要，也有资格这么做，至少罗严克拉姆公爵是这样想的。他们会尽量不妨碍您平静的生活，请您至少允许为山庄增配护卫，可以吗？”

安妮罗杰那线条形状漂亮的嘴角，浮现出一丝带着寂寞阴影的微笑。

“让我来告诉你一些陈年往事吧……十二年前，我和莱因哈特的父亲耗尽了仅有的资产后，终于放弃原有的房产，搬到平民区的一栋小房子里。表面看来，我们似乎失去了一切，但事实上却得到了一些新的东西。莱因哈特生平第一个朋友，是个有燃烧的火焰般的红发和爽朗笑容、身材高挑的少年。我曾对那位少年说：齐格，要和弟弟做好朋友……”

暖炉里燃烧的火焰迸裂开来，发出尖锐的声响。橘色的火苗跳动着，摇曳着诉说者和听者的身影。通过美丽女主人的描述，十二年前帝都平民区一隅的朴实景象仿佛展现在希尔德眼前——那时，这位女子还是个十几岁的少女，她对少年露出和现在一模一样的干净微笑。少年幼小的脸庞，一定像他那火焰般的红发一样灿烂无比。而另一位仿佛隐翼天使般的少年见到这一幕，便牵起红发朋友的手，用满怀信心的声音说道：走吧，你要永远和我一起走……

“红发少年一直都守着这个承诺。不，岂止是这样，他所做的甚至超过了我的期盼，此外任何人都无法做到。是我夺走了齐格弗里德·吉尔菲艾斯的性命、人生和所有的一切。他已经长眠九泉了，我却还活在这人世间。”

“……”

“我是个罪孽深重的女子……”

希尔德无言以对。

这或许是聪明的伯爵小姐有生以来第一次穷于言辞。让她有这种体验的不是精于巧辩的外交官，不是阴险毒辣的谋士，也不是严肃的检察官。尽管她为此困惑，但并不感到狼狈或羞耻，因为这不是输在策略或口才的优劣上。

“格里华德伯爵夫人，请恕我冒昧。万一您真的受害于旧贵族派的恐怖行动，天上的吉尔菲艾斯提督难道会高兴吗？”

若是平时，希尔德大概会认为这种论调过于拙劣，不屑于使用。她不喜欢不靠理性而诉诸感情的做法。但在目前的情况下，这却是通向目标的唯一的路。

“而且，请您不要仅仅考虑逝者，还望您体谅一下活着的人。伯爵夫人，如果您不予理睬，罗严克拉姆公爵恐怕……吉尔菲艾斯提督离开的年纪诚然太早，但如果罗严克拉姆公爵的精神现在就呈现衰亡的话，您不觉得也太早了吗？”

女主人白瓷般的脸庞上，除了映照的火焰之外，仿佛还摇动着什么。

“您是说我抛弃了弟弟吗？”

“罗严克拉姆公爵希望能为您尽些责任。如果您能接受他的请求，他可能会觉得自己的存在对姐姐来说仍然是必要的。这一点不仅对罗严克拉姆公爵个人，对更多的人来说都非常重要。”

安妮罗杰无意间将视线移向了暖炉，但并没有看那跳动的火焰。

“您说的更多的人中，是不是也包含您自己呢，伯爵小姐？”

“是的，我并不否认这一点，但重要的是更大范围内的人们——银河帝国几百亿民众怎能指望一个精神上陷入虚无的统治者？”

“……”

“我再次向您保证，此举绝对不会扰乱您平静的生活。无论如何，请您让罗严克拉姆公爵，不，应该说让莱因哈特大人如愿吧。他能立志，完全是因为姐姐的缘故啊。”

时间一分一秒地静静流过。

“我应该感谢您，伯爵小姐。您为我弟弟设想得如此周到，谢谢。”

女主人将视线移回希尔德身上，露出了微笑。

“玛林道夫伯爵小姐，一切请您斟酌行事。我还是不打算走出这个山庄，至于其他事情，只要您觉得好，就请自便。”

“谢谢您，格里华德伯爵夫人。”

这是希尔德的肺腑之言。安妮罗杰也许只是为了避免麻烦，但比起被冷漠地拒绝，这个结果实在是好多了。

“以后请叫我安妮罗杰吧。”

“好的，那么也请直呼我希尔德。”

就这样，希尔德和士官当晚成了留宿山庄的客人。当希尔德来到楼上的客房时，送茶的少年肯拉特在接受她的道谢后，下定决心似的开口了：

“能不能请教您一个问题？”

“当然，请说。”

“能不能不来打扰安妮罗杰夫人呢？夫人只希望平静地生活……这里除了我，还有好几个人在服侍，绝对可以保证她的安全。”

少年眼中洋溢着正义感、愤怒和疑问，希尔德看着他，不禁心生好感。少年的心还没有受到岁月的侵蚀，从未怀疑过所坚信的理念，勇气中也没有一丝一毫的杂念。

“我可以向你保证，绝不会妨碍安妮罗杰夫人的生活。护卫不会进入山庄，也不会侵犯你的工作领域。所以请你明白，除了你，还有人也希望为安妮罗杰夫人的平安尽力。”

肯拉特默然地行礼退出。希尔德用手指撩动短短的金发，环顾室内的陈设。与楼下的客厅一样，房间的面积并不大，但是布置中处处可见主人的细致用心。手工做的软靠垫和桌巾让人想到女主人那温柔灵巧的手指。希尔德心头袭来一阵复杂的滋味，将窗户打开，眺望夜空。

与其说满天星斗，毋宁说是天空的狭窄使星星相互拥靠，微弱的星光被强大的星光掩盖，怎么也无法投射到地面上。

人的世界和历史也是如此吧，希尔德想。她不禁苦笑起来，也觉得这样的感想太陈腐。但此时此地，有种气氛令人依依不舍，它温暖地将人包围起来，招来和善的睡神的爱抚。希尔德打了个小小的哈欠，关上窗户……

3

比起在佛洛依丁山庄的希尔德，莱因哈特在宰相府进行的工作只能说是毫无乐趣。所谓实务本来就是这样，特别是与“费沙黑狐”——自治领主安德鲁安·鲁宾斯基以及他的代理人进行外交周旋的时候，并没有闲情逸致谈论诗意的抒情或感伤。莱因哈特并未高估费沙首脑人物的政治和道义水平，所以，在以利害与算计为基础制订与费沙交涉的计划时，他从未犹豫过。对待军人有对待军人的方式，对待商人有对待商人的方式，与歹徒谈判自然也有另外一套手段。对付费沙人的狡诈，要有超乎其上的狡猾，甚至要有能从正面粉碎它的震慑力量。

六月二十日下午，莱因哈特的元帅府对博尔德克专员发出传唤令。这道命令是由宪兵负责传递的，当十名全副武装的大汉踏入外交官的办公室时，工作人员都惊慌失色。谁都不觉得会有什么好事，唯有接到命令的人反应不同。此前，博尔德克正在抱怨午餐中的黄油烧小牛肉调味太差劲，一听到宪兵来访的消息，忽然心情大好，甚至改口赞美女秘书套装衣领的样式，这更让悲观者觉得不妙。因为自古以来一直有人相信，人的行为异乎寻常通常是一种不祥的征兆。

他被带向宰相府，每走一步都微妙地抽动脸颊，重新安排肌肉的位置。来到罗严克拉姆公爵莱因哈特的办公室时，他已塑造出一种谨慎正直的表情。这个无名的天才演员没有将这极尽巧妙的艺术成果公之于世，实在是太可惜了。

“我想先确认一件事。”

莱因哈特请博尔德克就座，自己也坐下来，然后便开口了。语气威严，却并不粗暴。

“是，阁下。请问是什么事？”

“你是自治领主鲁宾斯基的全权代表，还是单纯的一介走卒？”

博尔德克带着极为恭谨的表情注视着俊美的帝国宰相，眼神中却流露出观察与盘算的心机。

“是哪一种？”

“形式上……应该算是后者，阁下。”

“形式上？那我倒是孤陋寡闻了，原来费沙人重形式甚于实质啊。”

“我可以把您的话看作夸奖吗？”

“你可以随意理解。”

“是……”

博尔德克似乎有些不适地挪动了一下身体。莱因哈特秀丽的唇边浮现出淡淡的笑意，若无其事地发动第一波攻击。

“费沙有何企图？”

博尔德克精心拿捏着演技，微微瞪大眼睛。

“非常惶恐，阁下，我不明白您的意思。”

“哦，不懂？”

“是，下官愚昧，不知您所指为何……”

“这就麻烦了。想演出一流的戏剧，需要有一流的演员才行。你的演技一旦被看穿，就令人扫兴了。”

“您言重了……”

博尔德克畏怯地笑着。但莱因哈特知道他岂止不肯摘下面具，只怕连手套也不肯脱下。

“那么，该换个什么样的说法？”

莱因哈特必须花些心思，才能隐藏那露骨的轻蔑之意。

“我问的是，挟持皇帝对费沙有何好处？”

“……”

“我认为，兰斯贝尔克伯爵似乎无法胜任此项任务，你觉得呢？”

“太令人惊叹了，阁下真是明察秋毫！”

不知是真情流露还是演技高明，博尔德克用感叹的眼光看着莱因哈特，甘拜下风似的叹息一声。

“既然如此，想必阁下也知道告密者是我们费沙自治政府的人喽？当然，您也明白这是对阁下的暗示。”

莱因哈特认为没有必要回答，只是用冰蓝色的眼眸冷冷地盯着博尔德克，仿佛能看到融化的冰水在他的血管里流动。

“那么，阁下，我向您禀报一下我们全部的考虑。”

博尔德克向前探了探身。

“我费沙自治政府一直希望为罗严克拉姆公爵一统全宇宙的丰功伟业竭尽绵薄之力。”

“这是鲁宾斯基的意思吗？”

"是的。"

"那你们是否需要说明一下，为什么协助我的第一步，是唆使门阀贵族的余党来挟持皇帝？"

博尔德克略微犹豫了一下，但马上意识到此时应该将手上的牌摊开，于是用真诚的口吻说道：

"我等认为，兰斯贝尔克伯爵将艾尔威·由谢夫陛下从逆臣手中救出后——哦，不，这当然是他个人的主观看法——将经由费沙逃到自由行星同盟，然后在那里建立流亡政权。虽然这不是具有实质意义的政治实体，但公爵您应该不会接受这种事态。"

"哦。"

"如此一来，阁下便有名正言顺的理由举兵讨伐自由行星同盟。您说是不是？"

博尔德克笑起来，表面看来似乎在迎合对方，事实上则不然。

就某方面而言，莱因哈特确实很难安顿年仅七岁的皇帝艾尔威·由谢夫。这个少年目前只是暂时坐在莱因哈特迟早会篡夺的宝座上罢了，但无论如何，只要一经加冕便算是公认的皇帝。而且，最大的问题在于七岁这个年龄，如果因篡夺带来流血事件，无论是现在还是未来，都会招来"残杀幼儿"的罪名。

如此看来，皇帝这张牌如果放在莱因哈特手中，根本无法发挥任何效用，但如果交到同盟手中，就会变成一张恶毒的鬼牌，可以从内部对同盟进行损伤和破坏。所以就莱因哈特的立场而言，他绝对希望将这张牌打给对方。

如果同盟保护皇帝，那么正如博尔德克所言，莱因哈特便得到了一个冠冕堂皇的借口攻打同盟。他既能就挟持皇帝之事兴师问罪，也能指责同盟参与门阀贵族派的反动阴谋，企图阻止帝国的社会改革。选择两者中的哪一个，或者另寻其他的理由，都凭莱因哈特的喜好。更重要的是，不管最后结果如何，围绕是否接纳皇帝的问题，同盟内部势必出现巨大分歧，这种事态也有很大的利用价值。无论在军事方面还是政治方面，相对于同盟而言，帝国——不，应该说莱因哈特都将获得绝对的优势。如果他淳朴地相信费沙的说辞，那么似乎应该欢迎费沙的善意。但理所当然，在莱因哈特看待费沙的态度当中，根本没有“淳朴”或“单纯”之类的选项。

“那么，我该怎么做？对于费沙的好意，只要点头道谢就行？”

“阁下这么说就有点讽刺了。”

“你们想要什么，说得干脆些吧。捉迷藏偶尔玩玩还可以，但每次都玩，就有些令人反感了。”

狡猾的博尔德克无法闪避莱因哈特放出的快枪。

“那么，我就开门见山了。政治、军事霸权以及世俗的权威，这一切全由罗严克拉姆公爵一人掌握，我费沙则希望能独占阁下统辖范围内的宇宙的经济权益，特别是恒星间流通与运输方面的所有权益，不知阁下意下如何？”

“听起来还不错，但漏了一点——今后费沙的政治地位呢？”

“希望在阁下的宗主权之下享有自治权。也就是说，除了主君有所变动外，其余维持现状。”

“这倒是可以。但同盟若是不接纳亡命皇帝，再好的戏也无法唱下去。那样一来，又当如何？”

对于这个问题，博尔德克的回答中充满了近乎自恃的自信。

“这一点请阁下信赖我费沙的工作，在必要的时候，我们会采取行动。”

假如同盟有冷静明智的外交家，大概会将从天而降的皇帝当作对帝国进行外交的王牌。他们也许不会理睬人道立场的指责与感伤的批评，将皇帝送还莱因哈特。那么莱因哈特必将没有理由拒绝，只得被迫接受一张无用的鬼牌，变成一个荒唐的小丑。费沙却说会防止这种情况出现。自己纵火之后，又卖个人情，说要替人防止火灾蔓延。如此惺惺作态，莱因哈特觉得真是可笑至极——对方的傲慢也该适可而止了。

“专员，费沙如果要与我缔结盟约，还要替我做一件事。”

“哦，是哪一件？”

“不用说你们也知道，我是指将费沙回廊的自由航行权开放给帝国军。”

费沙专员试图掩饰震惊之色，却失败了。姑且不论未来，现在就被要求到如此地步，让他始料未及。他眼神闪烁，原先在精神网络里奔驰的盘算与判断像重心顿失似的踉跄摇晃。外交官的防护墙受到来自其他方向的意外攻击，暴露出脆弱的一面。

“哈哈，你惊讶什么？为何不回答？”

华丽的冷笑回荡着，从博尔德克的头顶流泻而下。外交官像要扳回劣势似的提高音量。

“这……我难以立刻回答，阁下。”

“你不是说要协助我确立霸权吗？若真如此，就该高兴地答应我的要求！无论进攻同盟的名义多么冠冕堂皇，一旦付诸实行的途径被封锁，岂不是毫无用处？”

“但是……”

“把汗擦掉！莫非你们真正希望的，是让帝国军在伊谢尔伦回廊中堆起如山尸骨？这倒未尝不可。在双方两败俱伤之后，再由费沙坐收渔翁之利，对吗？”

“阁下，您多虑了。”

没有人理会专员微弱的抗辩声。年轻人的笑声像竖琴的琴音，刺痛了博尔德克的鼓膜，感觉竟比针还要锐利。

“这也难怪，费沙自有费沙的利益和主张。就这一点而言，帝国或同盟也是一样。你最好不要以为如果三方势力中有两方联合，其中一方必定是费沙。事实未必如此吧？”

莱因哈特的一番话，在精神上完全压倒了博尔德克。年轻的金发独裁者暗示，帝国与同盟也有携手合作、扫灭费沙的可能性。博尔德克至此打心底认识到，莱因哈特绝不可能将外交与战略的主导权拱手让与他人。

➛ Chapter 2 ➛

迷宫

1

兴高采烈到宰相府谒见的博尔德克专员，垂头丧气地拖着沾满齐膝的晦气泥沼的脚步，回到办公室。

他的部下当中，原先持乐观看法的人觉得季节仿佛倒转，心中再次笼罩一片寒意。而原先就持悲观看法的人，虽然早知道会有这样的结局，也不敢夸耀自己的先见之明，像爬虫似的缩着头，悄悄窥探周围的状况。

博尔德克不是暴君型的上司，但就像通常担任外交职务的人一样，在办公室内外戴的面具截然不同。

一等书记有辅佐专员的责任，不能像普通职员那样如躲避北风般逃之夭夭，他来到了专员的办公室。当问到交涉的过程与结果时，博尔德克粗暴地反问："我像是成功的样子吗？那个金发小子反倒威胁起我来了！"

"您是说……"

“就是这样！那家伙说他们也可以和同盟联合起来，在军事上征服费沙，不要以为只有费沙处于有利的立场——”

专员没有看对方的脸，他知道对方的表情必定极为惊慌。

“但是，但是，应该不会有这种事。罗严克拉姆公爵和同盟联手……这是不可能的，简直是毫无道理的梦话。”

专员立即推翻了属下的常识性推论。如果这种“不可能会有”的想法有用，同盟的领导者肯定无从得知也绝不相信帝国与费沙合演的《皇帝亡命记》正待开幕。莱因哈特如果用某种方法让同盟知道此事，再加以巧妙唆使，不是没有两军共同出兵征服费沙的可能。去年成功唆使同盟军部强硬派发动政变的，不就是这个金发小子吗？

同盟在经济上的权益多被费沙控制，负债又多，可说是日渐陷入费沙半殖民地的状态。如果能将费沙消灭，债务当然随之一笔勾销。同盟领导者在行动上往往欠缺原则，难保不会受到眼前欲望的驱使和诱惑。

或许己方犯下了致命的错误。虽说事已至此，但博尔德克想到会谈的过程和结果完全是在莱因哈特的步调驱使下进行的，仍不禁咬牙切齿。当他意识到错在何处、为何出错时，已是身处棋盘一隅，被逼得走投无路、孤立无援的将军了。最后，那个喊出“将军”的对手冷笑道：如果不想尝到一边倒的败果，就做出相应的承诺！别不自量力地想要什么对等的盟约！

怎么能这样？绝对不该到这种地步！握有交涉主导权，而且卖个人情缔结盟约的应该是费沙一方。是花招耍得太过头了？

利用细作去密告兰斯贝尔克伯爵等人潜入，使莱因哈特陷入不安和猜疑，然后制造交涉的契机，这看来似乎是个好主意，事实上却过于低估了对方。他自认精通外交与谋略，犯下的错误却是何等幼稚！

“那么，接下来该怎么办，专员？”

一等书记鼓起所有的责任感与勇气，提出这个问题。博尔德克不耐烦地看着部下。

“什么叫该怎么办？”

“就是兰斯贝尔克伯爵和休马哈上校。不如将所有计划取消，把他们两个人解决掉，然后假装什么都不知道。”

“……”

“虽然很可惜，但假以时日……”

书记缩了缩脖子，等待上司的怒骂。但博尔德克一言未发地陷入沉思。

他也不得不为自己的地位着想。从自治领主的辅佐官到派驻帝国的专员，这在费沙的权力体制中是一个充分受到敬重的地位。虽说费沙人对官位没有尊敬的概念，对那些没有独立经商的机智与气魄的小官小吏更是十足地鄙视，但到了博尔德克这样的地位，人们便会表现出相应的敬意。但是，如果他在对帝国的重大外交上失败，辜负自治领主的信赖，那不仅会被嘲笑为与地位不相称的无能之辈，还可能被当作尸位素餐之徒遭到贬谪。

那么，如果屈服于罗严克拉姆公爵莱因哈特的恫吓，将费沙回廊奉给帝国，结果又会怎样？这将使费沙不凭借武力、单靠独占贸易路线维持的自立与繁荣全部化为乌有。

费沙并不是一个处于统一控制下的全体主义国家，而是交易商们为求在战乱中守住自身的自由和利益，自发组成的效率共同体。这至少是历史表面上显现的事实。

骄傲的独立商人绝不会答应将费沙回廊让给帝国军，他们势必抗拒这种破坏贸易国家费沙独立性与中立性的暴行。自治领主虽是终身制，但由六十人组成的长老会却可应超过两成的当权者的要求召集，如果会上有三分之二以上的人赞同，便可以将自治领主从政权中驱离。

自第一任自治领主雷欧波特·拉普以来，这个罢免制度还没有真正起过作用。但所谓的传家宝刀，是为了有朝一日拔出的那一刻准备的。假如鲁宾斯基将堪称立国基础的费沙回廊通行权让给帝国军，反对派势必群情激愤，甚至可能动用这一法宝。

如果这一切都成为事实，那么安德鲁安·鲁宾斯基将成为有史以来第一位遭受弹劾、被赶下政权宝座的自治领主，他难道会甘心承受这样的评价？博尔德克并不这么想。不管公开记录的形式如何，鲁宾斯基能成为自治领主，是地球教总大主教授意的结果。长老会议中进行的提名、演说、投票、开票都不过是演给观众看的舞台剧罢了。

博尔德克一边的嘴角翘起，泛起笑意。那些深信自己拥有自由的无拘无束的商人，那些自以为精明、现实且精于计算的商人，是何等容易满足啊！一瞬间，他忽然羡慕起认为唯有自己和财富，以及创造财富的努力才是宇宙中最高价值的单纯的金权主义者来了。

但无论如何，一旦鲁宾斯基下台，他视为心腹的博尔德克自然也无法安稳地坐拥现在的位子。迄今为止，他一直是自治领主身边第一号人物，可以与他竞争的人连个影子都看不到。但在他出任帝国专员后，接替他辅佐官之职的鲁伯特·盖塞林格虽然年纪轻轻，却以一种与年龄不相称的精明能干的手腕，快速强化了自己在自治政府内的影响力。如果稍有差错，在鲁宾斯基与博尔德克被贬谪后，这个不可小觑的年轻小子将可能泰然自若地登上最高权力的宝座。当然，想有这样的结果，还需要一个必不可少的条件，即地球教总大主教的支持——这个人物虽然不为百分之九十九点九的费沙公民所知，却是真正的支配者。

不管鲁伯特·盖塞林格如何用尽心机，企图登上这最高权力的宝座，只要那黑衣老人干瘪的面孔轻轻一摇，他那缺乏自知之明的野心终将像没有做完的美梦一般化为泡影。

等一等！博尔德克忽然感到心脏猛地抽动了一下。要确保在费沙的最高权力，就必须得到那个不讨人喜欢的黑衣老人的支持。但如果反过来想，不也很好吗？如果有了总大主教的支持，他，尼古拉斯·博尔德克也有资格成为自治领主！

这难道是不自量力的妄想？不，连安德鲁安·鲁宾斯基也并非生来就注定是自治领主，在前任领主的时代，他只是勉强跻身于长老会末席的一介小人物。与莱因哈特·冯·罗严克拉姆联手支配宇宙的，换作尼古拉斯·博尔德克又有何不可？

眼下，由于算计连连失败，反被那金发小子将了一军。但不妨先让他觉得自己很好对付，以待日后乘其不备而攻之。费沙回廊的通行权并不是一种口头承诺，而是作为一种交涉工具，有巨大的利用价值。此外，还有一张最后的王牌。那个故作聪明的金发小子并不知道这世上还存在一个奇怪的老人，正张开那黑色的羽翼，由地球遮覆整个宇宙。所以无论是和是战，这都可以当作一种强有力的武器，来巩固专员自身的立场。

总之，原计划应该继续进行下去，博尔德克得出了这样的结论。事到如今，已经不能半途而废。即使他的实施能力被质疑，顶多也只是让鲁宾斯基不悦。只要在实施的过程中努力扳回颓势，并进一步转为得分就可以了。这种程度的才干和能力，尼古拉斯·博尔德克还是有的……

专员从沉思中回过神来，对那位不安地注视着自己的一等书记露出胸有成竹的笑容，让他安心，然后吩咐书记照原定的挟持皇帝的计划行事，并且开香槟预祝成功。

2

阵雨将帝都的街市笼罩在一片毫无色彩的帘幕中。雷欧波特·休马哈望着在窗上攀爬的雨滴，心想今年的气候似乎并不调顺。本来在这个季节，帝都应该被裹在阳光和新绿中，讴歌那洋溢着清新之感的丰裕的大自然。甚至有人说，这样的大自然扮演着缓和平民阶级不满情绪的角色。

“上校，你不吃些东西吗？”

餐桌上摆满了酒菜，兰斯贝尔克伯爵亚佛瑞特眷恋地环视四周，然后朝着上校的背影问道。没等上校回答，他便往深底玻璃杯中注满了黑啤酒，一饮而尽。

帝都黑啤酒的芳醇，到底是费沙那儿的不能比的，这不仅满足了兰斯贝尔克伯爵的生理需求，也满足了他那淳朴的怀乡之情。休马哈回过头无言地看着，他知道那黑啤酒是在费沙投资的工厂中生产出来的，但不必破坏年轻伯爵的兴致。连他们投宿的旅馆，也是费沙出资经营的。他忽然想笨拙地讽刺一句：不久之后，是不是连呼吸的空气都要打上费沙的商标？

尽管如此，自己为什么又来到这样的地方呢？自嘲的阴影悄悄滑过休马哈的脸颊。

休马哈不得不承认，宇宙港等许多地方的警官态度出现了变化，而且是朝好的方向改变。他们这些人一向将权力和权威玩弄于股掌间，对高贵者逢迎谄媚，对平民则盛气凌人，露骨地公然索贿。但是现在，他们却彬彬有礼、勤于职守。这无疑是整肃纲纪的结果，罗严克拉姆公爵的改革确实深入了整个社会体系的角落。而他们从亡命之处重返故地，却是为了斩断这改革与整肃的源头。

年轻的兰斯贝尔克伯爵亚佛瑞特正陶醉在拯救皇帝这种美好的英雄主义情绪中。自称“忠诚派盟主”的雷姆夏特伯爵承诺在流亡政权中赐予他显赫地位，并扩大他将来的领地，作为对他的激励。

“报酬并不是问题，重要的是行为本身的意义。”

亚佛瑞特如此断言，这应该是正确的言论吧。休马哈也得到承诺，说是会被授予提督称号，但这并不是他想要的。亚佛瑞特还好，他相信自己的行为是正义的，休马哈却连这一点也不相信。银河帝国——高登巴姆王朝大概来日无多了。随着罗严克拉姆公爵莱因哈特的崛起，以及利普休达特战役中门阀贵族联合军的败亡，大势已无可逆转。这原本就是历史的潮流，此时仍然妄图建立流亡政权，只是对历史进步的一种反动。况且，如果只有骑士精神的信徒兰斯贝尔克伯爵，或者梦想反动家雷姆夏特伯爵倒也罢了，但编写剧本的却是费沙的一伙现实主义者，这自然令人想到，字里行间还隐含着纸面上看不到的真实剧情。

如果能自由选择，休马哈根本不会参与这种逆转行星自转方向的无益行动。他是屈服于威胁，但并不是他受到了威胁，而是与他一同亡命的部属的新生活受到了威胁，因此他的心情并不轻松。这件事另当别论。整个计划定下来后，他对自己发誓，将尽量在行动中使费沙的利益受到最大的损害。与其说这是报复，不如说是为了避免今后还要为同样的事心不甘情不愿地为费沙卖命。

除此之外，还有些事令休马哈耿耿于怀。本来，从最初开始，他就无法成为一个乐观主义者，虽然这是在满满一大杯悲观的饮料中仅仅加入了新的一滴，但这一滴却破坏了表面张力的微妙平衡，难保不会让酒从杯中溢出。既然做了，他就希望成功，不希望失败，因为这关系到他身为一名战士的自尊。将幼帝从宰相罗严克拉姆公爵手中救出，在自由行星同盟建立流亡政权，将来当然要打倒罗严克拉姆公爵，凯旋帝都奥丁——从费沙自治领主的辅佐官鲁伯特·盖塞林格口中听到这个构想时，休马哈呆住了。整个行动简直是既无成功可能又无理论意义的暴动。在那之后，还有不少令他相当介怀、无法接受的事。身为当地总负责人的费沙驻帝国专员博尔德克的含糊其词，尤其让休马哈耿耿于怀。

休马哈在心中盘算着最糟的结局。费沙说不定会一方面唆使他们去挟持皇帝，另一方面则将这个情报透露给罗严克拉姆公爵，把他们两人当作牺牲的羔羊，卖个人情给罗严克拉姆公爵。或许是这样的小把戏，或许……

无论如何，目前并没有足够的情报推导出正确结论。休马哈感觉流进喉咙的黑啤酒有一股难忍的苦涩。即使是为了达到崇高的目的，像傀儡般被人操纵也不愉快，更何况摆明了不是这么回事……

3

行动的最终决定下达时，休马哈和亚佛瑞特再次商讨潜入新无忧宫的具体计划。

新无忧宫的地形草图并未对外公开，尽管动用了费沙的组织力量，想取得也并非易事。在权威至上的政治体制当中，人们相信可以借由不予公开使普通公民处于无知状态，这种手段对维持权威非常有效，在防范恐怖行动方面也有实质意义。

这座壮丽的宫殿大致分为四个区域：举行谒见与会议的政权中枢东苑，皇帝一家生活起居的南苑，佳丽云集、被称为“后宫”的西苑，以及在广大的森林与草地上放养着许多鹿和狐狸的猎园北苑。除此之外，还有许多难以划分归属的建筑和庭园。宫殿占地总面积达到六十六平方公里。喷泉多达两千处，大理石砌成的回廊总长四百公里，凉亭更多达七百五十二座，还有其他数不胜数的建筑，向人们诉说着这个宫殿的规模。莱因哈特的姐姐安妮罗杰过去就住在西苑中一处靠近北苑的别馆里。

“令人意外的是，新无忧宫并没有防范设备。”

兰斯贝尔克伯爵亚佛瑞特身为贵族，曾多次拜访这座壮丽的宫殿。在使用机械可以解决问题的地方，却特地使用人类的劳力，这是为了夸耀帝国的权力。无须追溯到鲁道夫大帝的全盛期，在过去那段岁月，不管是在庭园还是回廊，几乎每隔二十步就伫立着全副武装的禁卫军。在佛瑞德李希三世统治晚期的“暗红六年”里，阴谋、暗杀和恐怖行动四处横行。为了防范禁卫军叛乱，专门设置了北苑龙骑兵旅和西苑步兵旅。据说这些部队炮口所指，就是禁卫军的司令部。

继佛瑞德李希三世之后即位的马克西米利安·由谢夫二世，解散了可称为皇帝私人卫兵的北苑与西苑的军队，但这些军队转而与皇位继承竞争中的失败者联手，要打倒新皇帝。考虑到这样的危险，侍女出身的皇后齐格琳蒂只好时时身佩枪械，守在丈夫身边，但仍然未能防止不幸事件发生。新任皇帝中毒倒下，虽然保住了性命，视力却极度衰弱，陷入半失明状态。他具有堪称明君的资质，但如果没有皇后齐格琳蒂尽心竭力的辅佐，以及那位实质上的宰相——性格刚直、整肃国政的司法尚书缪札的协助，恐怕难免遭遇挫折。

尽管有半盲的障碍，马克西米利安·由谢夫二世却使帝国免于从内部崩溃，奠定了中兴的基石，被称颂为“中兴之祖”。但从大局来看，在其后的一个半世纪内，帝国和同盟之间的战争仍未终结，这个责任或许可以归结到使帝国中兴的他身上。

之后，以人力取代机械的思想沿袭下来，虽说在人数上有些变动，但卫兵的身影并没有从壮丽的宫殿中消失。

罗严克拉姆公爵莱因哈特大幅削减了宫廷预算，将西苑与北苑完全封闭，东苑和南苑的建筑物也关闭了一半。除了部分形式上的国事行为，所有政务都在莱因哈特的宰相府中进行策划和裁决。毫无意义的宴会和游园会的次数急剧减少，过去被夸耀为“不夜之繁荣”的宫殿失去了原有的华美，逐渐显露出孤独颓废的残像。

“进了新无忧宫里面，就让我来带路吧。现在虽然被封了，但并未改建，只是弃置不用罢了。”

亚佛瑞特说道，并保证他记忆中的那些门扉、回廊和大门现在应该还可以用。接着，他将声音压低，说出一个鲜为人知的秘密——在这座壮丽的宫殿当中，到处设有秘密通道和密室，连罗严克拉姆公爵也不见得全部知晓。这些都应该有效地利用。

休马哈也知道这个秘密，虽然只是听说而已。历代的皇帝都害怕暗杀和暴乱，为了及时避难或脱逃，或是在两层墙壁间建小房间，或是在地下挖掘通道，将出入口设在庭院茂密的灌木丛当中。所以有人偷偷地传说，整个新无忧宫就像是一座迷宫。

这座迷宫也曾多次被实际使用，许多悲剧和闹剧随之产生。皇帝威尔赫姆二世的次子亚伯特大公，十五岁时带领侍从武官到地下迷宫探险，此后过了一个世纪，至今仍行踪不明。有人说整个事件是皇帝宠妃朵罗蒂亚的计划。她受皇帝宠爱，生下了亚伯特，因而招致皇后康斯坦丝强烈的憎恨。当皇帝卧病在床时，朵罗蒂亚害怕皇后会加害自己的儿子，所以委托忠诚的年轻军官带着儿子从地下通道逃走，亡命到遥远的自由行星同盟，去过安稳的平民生活。但还有一种说法认为，皇后康斯坦丝才是整个事件的罪魁祸首，是她故意怂恿亚伯特到地下去探险，然后将少年弃于迷宫中，任其死去。

广为人知的事实是，亚伯特大公和侍从武官在地下消失后不久，威尔赫姆二世病逝，由皇后的亲生子即位，是为寇涅利亚斯二世。新帝即位翌日，朵罗蒂亚在遭受毒杀的征兆中猝然死去。一个月后，先前的皇后康斯坦丝也罹患原因不明的热病发狂而死。诸如此类的事情充分刺激着人们的好奇心和想象力。两个不一样的传说，日后自然形成两种不一样的故事结局。有位贵族坚持说他曾经在费沙的客船内，千真万确地见过已长大成人的亚伯特。又有一名军人声称在事件发生十年后对地下迷宫进行调查，曾经听到从墙壁的另一面传来少年诅咒皇后的声音。

这些的确都是悲剧，但也有闹剧由此衍生出来。事件发生二十年后，寇涅利亚斯二世身无后嗣，重病卧床。谁会成为下一任皇帝呢？贵族们疯狂地奔走，急着物色有资格继承皇位的人选，进行预先的投机。就在此时，一位自称亚伯特的成年男子出现了。他凭着高明的口才与那些看似真实的证明文书和物品，获得了多位贵族的信任。长年怀疑母亲罪行的寇涅利亚斯二世，甚至将“弟弟”叫到病床前，演出了一幕泪流满面的兄弟相认。贵族们期待他成为新帝亚伯特一世，争先恐后地前来博取他的欢心。

这位自称亚伯特的男子，此时已得到某位大贵族无偿提供的别墅。他优雅地对贵族们的好意表示感谢，并慷慨地许诺将来给予他们的地位和领地。他的名望越来越高，但有一天，这个骗局忽然被拆穿了。下任皇帝候补第一号亚伯特大公殿下，竟偕同一位令人怜爱的侍女，带着价值五千万帝国马克的珠宝从帝都奥丁逃亡了。留下一大群被拐走财物、愕然不知所措的贵族，还有十多个怀着他的孩子、梦想着将来能成为皇后的千金小姐。这些小姐有半数生下了不光彩的私生子。几个与亚伯特同名的贵族也难以忍受与这个天才骗子同名，纷纷改名。平民则为有了可以嘲笑这些愚昧贵族的话柄暗自窃喜。

关于这件事，有人认为这个自称亚伯特的人也许就是真正的亚伯特。由于这位胆大包天的骗子没有再次出现在被害者面前，真相如何终究不得而知。

诗情画意也好，平淡无奇也好，自鲁道夫大帝以来经历了五个世纪的新无忧宫被形形色色的传说点缀着。兰斯贝尔克伯爵亚佛瑞特深信不疑地对休马哈说道：“我们的行为在几个世纪以后也会成为灿烂夺目的传奇，让人们津津乐道！”

真是无可救药的行动派诗人啊，休马哈想。但亚佛瑞特为人天真无邪，休马哈对他并没有轻蔑之意，而且觉得自己没有资格去轻视别人。他和亚佛瑞特不同，是为了连自己也不相信的东西赌上性命，如果这不是愚人的愚行，又应该称为什么？

无论如何，休马哈心想，就算是为了让亚佛瑞特高兴，也要努力使这次行动成功。况且让那个金发小子大吃一惊不是挺有趣吗？

4

被贵族视为“残忍地对皇帝施加迫害”的金发青年，此时正召集参谋商谈对策。

听到费沙和门阀贵族的余党共谋挟持皇帝的计划，帝国宇宙舰队总参谋长巴尔·冯·奥贝斯坦一级上将脸上几乎看不到一丝惊愕。他原本就不是情绪丰富的人，此时只是用那副装有感光电脑的义眼严肃地注视着年轻的主君，点了点头，说：

“看来应是费沙的黑狐所为，他们编纂剧本、担任导演，而登上舞台的另有其人。”

若是自己登上舞台，便可能受到来自观众席的袭击，所以由他人来冒险不是坏事。

“那您意下如何？打算顺应费沙的提议，让皇帝被挟持吗？”

俊美的帝国元帅坚毅的唇边浮起一丝嘲讽的微笑。

“或许吧。让他们去试试看也挺有趣。”

“那么，是否要减少宫殿的警卫，让他们下手更容易一些。”

“不必。”

莱因哈特的反应相当冷淡。

“目前的警备状况并非十分森严。宇宙中甚至有人能滴血不流地占领伊谢尔伦要塞，我们难道还要与连一个皇帝都无法挟持的无用之辈打交道吗？”

挟持皇帝——当然对实行者来说是“救出”皇帝的行动如果成功，莱因哈特便与费沙暗地缔结盟约，把和同盟之间的军事对决推到最终一局；若是失败，莱因哈特则可以获得一个冠冕堂皇的理由，指责费沙竟敢挟持帝国皇帝，进而举兵讨伐。无论结果如何，莱因哈特都可以自由组合手中的牌。

那个过于自信的费沙专员博尔德克花招耍得太过头了，他不该故意向人暗示他们知晓其中的一切。如果他若无其事地一直保持旁观者的立场，待事情成功后再来秘密交涉，这一方将不得不做某种程度的让步。但那家伙失败了，他误认为莱因哈特·冯·罗严克拉姆和那个蹩脚诗人一样，甘愿被当作傀儡。博尔德克应该为无知和无礼付出相应的代价。

“这样吧，奥贝斯坦，对那热情洋溢、忠心耿耿的蹩脚诗人一行加以监视。不必干涉他们，但万一费沙改变计划，有可能会杀人灭口，到时候你要帮帮他们。”

“遵命。救下他们，以后应该会派上用场。”

蹩脚诗人等人可以作为费沙存在阴谋的活证据，而且如有必要，今后与费沙交涉时他们也有利用价值。另外，对莱因哈特而言，如果休马哈是个有为的人才，给予他相应的待遇也并无不可。

“对了，前任帝国副宰相凯尔拉赫现在由你的部下监视吧？”

奥贝斯坦做了肯定的答复，两只义眼闪烁着异样的光。

“是否要做好逮捕的准备？”

“先准备好。被视为挟持皇帝，不，拯救皇帝的共谋者，应该是开国以来的朝廷大臣的夙愿。”

“或许还能意外地发现共谋的内幕。”

一瞬间，莱因哈特看了一下对方的脸，但总参谋长不像在开玩笑。

“不，应该不会。”

第一，凯尔拉赫未必有与今日的莱因哈特作对的勇气和力量；第二，如果门阀贵族派的余党将凯尔拉赫牵扯进来，就必须帮助他逃离帝都，还要承诺在流亡政权中给予他相当高的地位。如此一来，彼此间产生权力斗争的可能性也提高了。那个蹩脚诗人倒还罢了，但那些幕后的阴谋家绝对不愿埋下日后令人头疼的种子。

不过，如果计划者与执行者缺乏充分的沟通，像行动派诗人兰斯贝尔克伯爵那样的人为了寻找更多的同伴，或者为了与他人分享完成伟业的喜悦，或许会去拜访凯尔拉赫。

无论如何，目前的可变因素太多了，靠理论推断毕竟有限。莱因哈特自始至终处于应对费沙所设圈套的立场，所以并不打算先发制人，也没那个必要。

“目前只有静观其变。用不了多久，就让蹩脚诗人那帮人为我们表演一下他们的爱国行动吧。”

“这样虽然很好……”

装有义眼的总参谋长轻咳一声。

“只是，一旦皇帝被挟持，负责宫殿警备工作的人自然要被问罪。摩顿中将恐怕不得不用性命来赎罪。”

“要让他死吗？”

莱因哈特的脑海中浮现出那个五十岁左右的诚实敦厚的军人的身影。

“摩顿中将是个思想颇为老式的人，一旦皇帝被挟持，即使阁下赦免他，他应该也不会消受您的好意。”

似乎是在斥责年轻主君一时心软，奥贝斯坦换上了极为冷酷的表情。莱因哈特对敌人尤其是门阀贵族势力从不手软，但对己方未必如此。姑且不论他暴怒的情况，如果是因为谋算必须让无辜的部下牺牲性命，他的精神网络深处总会有两种声音在交互呐喊。

又是一条必须流血的路，莱因哈特在胸中低语。如果红发挚友齐格弗里德·吉尔菲艾斯还活着，不会容许牺牲无辜的摩顿。

莱因哈特利用威斯塔朗特大屠杀作为政治筹码那一次，吉尔菲艾斯劝谏他的时候与其说是愤怒，不如说是满怀悲哀。后来失去坎普那一次，莱因哈特事后回想起来，滋味也很不好受。

“知道了，这也是无奈之举。届时就让摩顿来承担责任吧。不过仅限于摩顿一人，不要再牵涉其他人。”

“摩顿的直属上司是克斯拉……”

“克斯拉是个难得的人才，况且如果连宪兵总监也被处以重罪，会动摇士兵的军心。警告和减俸，这样足矣。”

听到这些话，总参谋长或许在心中叹息。

“阁下，虽然会有污视听，但请允许我进言一句。如果一棵树也不舍得砍，一块石头也不舍得剔除，就无法在密林中开辟出道路。”

莱因哈特用冰蓝色的眼眸瞪着奥贝斯坦。那看似苛烈的眼光中好像欠缺了什么，又好像多了些什么。

“你说的话就像给中学生看的马基雅维利主义教材。难道你认为我连这个都不懂？”

“话虽如此，但卑职认为，阁下有时会忘了最基本的道理。有史以来，人类所有的英雄都是将宝座奠基于敌方甚至己方的万千尸首之上，没有双手洁白的王者。身为部下的人也知晓这一点。卑职希望阁下明白，有时死亡正是一种体现忠诚的方式。”

“那么，你也不惜为了我流血喽？”

“如果有必要……”

回答中充满沉着的义务感，但缺乏那种冲动的热情。

“好好记住你说过的话……没事了，你退下吧。”

年轻人的声音中有着难抑怒气的焦躁。一时之间，奥贝斯坦虽然想说点什么，但还是闭上了嘴，鞠躬后从年轻主君面前退出。

奥贝斯坦回到家后，第一个迎上来的是那条年迈的达尔马提亚狗。它大模大样地摇着尾巴，允许主人走进大门。上前迎接他的管家一面伸手接主人的衣服，一面询问晚餐配什么酒。

“不用了，罗严克拉姆公爵稍后会再召见我一次，酒就不用了，晚饭简单一点就行。”

奥贝斯坦穿着军服吃完没有酒的简便晚餐后，TV 电话的铃声响了，画面上出现了莱因哈特首席副官阿尔兹·冯·修特莱的身影。

“总参谋长大人，罗严克拉姆公爵紧急召见。公爵现在还在元帅府，请您入府晋见。”

修特莱少将礼数周全、一如往常地报告，但奥贝斯坦在自家吃晚餐仍然身着军服的情景给他留下了奇怪的印象。义眼总参谋长当然不认为有必要说明。

“有件事我忘了……”

再次见到总参谋长时，俊美的帝国宰相将所有的寒暄和前言全部省略，立刻切入正题。

“不知是什么事？”

“你应该不意外。如果不是早有预料，你不会这么快就奉命而来。”

“下官惶恐。下官认为阁下必会考虑到继艾尔威·由谢夫陛下之后，新的皇帝人选。”

“是。关于候补人选，说说你的意见吧。”

像这样在他人听来会异常惊愕的重要对话，却在两人之间平淡地进行着。

“先帝路德维希三世第三皇女的一位孙女。其父是贝克尼兹子爵，但是他并未参加去年的内乱，是个除了搜集象牙雕刻品之外别无兴趣的人。其母是博典道夫伯爵夫人的侄女。虽然是个女孩，不过此时立个女皇帝也不违制。”

“年龄呢？”

“刚出生五个月。”

奥贝斯坦的表情和声音中没有一点能激发幽默感的东西。莱因哈特会笑，无疑是源自一种不健康的发笑的冲动。

七岁的小孩从王座逃走，由出生五个月的婴儿继位。不久后，即将诞生一位连一句话都不会说的宇宙支配者、全人类的统治者，乃至所有约束宇宙的法则的拥护者。

如果想表达权力与权威的愚劣，没有什么比这幅活人画像更贴切了。拥有尚书或提督等伟大头衔的成年人，在这个连尿布都不能拿掉的婴儿面前俯首跪拜，还必须恭恭敬敬地将她的哭声当作敕语来聆听。

“不知您意下如何？或者另寻其他的候补人选？”

奥贝斯坦的话其实并非询问，而是在催促对方快下决断。莱因哈特停止了笑声，嫌麻烦似的点点头。

“好吧，就把宝座送给那个婴儿吧。当玩具的确有些无趣，但能拥有这种玩具的小孩，宇宙中只有一个就够了，有两个就嫌太多了。”

“遵命。但听说那个贝克尼兹子爵有部分象牙雕刻的欠款没有还清，正被商人提起民事诉讼，应该如何处理？”

“原告提出的金额是多少？”

“七万五千帝国马克……”

“让他们和解吧。若是新皇帝的父亲因欠债不还入狱，未免太不成体统。用宫内部的预备经费来支付这笔钱。”

“是。”

奥贝斯坦行礼后站起来，从宰相面前退下，这次是为了休息而退下的。

金发的年轻人曾想象过，如果有朝一日，自己能握有足以左右皇帝宝座的权力，届时纵目远眺，心情该是何等快意。然而，如今他已经拥有这样的权力，可以任意行使，他的心却好像收起了羽翼一般蛰伏不动。跨越五个世纪之久，独占了所有权力，处于阶级社会的顶点君临天下，却成为社会一切毒瘤——尤其是财富与政治权力不平等——根源的高登巴姆家族，已经从黄金宫殿跌落到阴沟。莱因哈特心中本该涌起复仇的快感，但是从胃涌向咽喉的，却是一股带着强烈酸味的苦涩。莱因哈特忽然有一种想吐口水的冲动，挣扎着犹豫了五秒钟，他终于这样做了。

5

休马哈的计划中有一个不可或缺的条件，就是声东击西、调虎离山之计。在兰斯贝尔克伯爵亚佛瑞特与休马哈潜入新无忧宫的同时，要在另外几个方向的帝都街市中对军部与警察设施进行大规模破坏，目的是将相关警备人员的注意力吸引过去。

听到这个计划，亚佛瑞特歪了歪头，说道：

“这个方法不错，但罗严克拉姆公爵的头脑非常机敏，说不定会看穿我们的意图。”

他并不像其他大贵族那样，把莱因哈特叫作“金发小子”。这种与生俱来的节制和分寸，或许是休马哈对亚佛瑞特产生好感的原因之一。

“但是不妨一试，对我们并无损失。我打算让费沙的工作人员替我们做这件事。”

“这样无理地要求不好吧，他们一直从侧面帮助我们达成崇高的目的。到目前为止已经足够了吧，上校？”

休马哈的想法则不同。他并不认为他们的行动是崇高的，也知道被利用来达成目的的不是费沙，而是他们自己。但他说出口的只是——

“是啊，或许我们没有理由期望太多。”

“不但如此，上校，这件事只有由我高登巴姆王朝的臣下来完成，才能显出可贵的光芒。”

“没错，确实如此。”

休马哈言不由衷地说道。他的本意是希望由费沙负责直接的破坏工作，把他们从共犯的立场拖进来成为主犯。不管用何种毒辣的手段对付费沙都不过分。如果事态进展不顺利，连费沙人也不敢保证会不会将亚佛瑞特和休马哈出卖给罗严克拉姆公爵。既然如此，我等不也可以先给费沙的秘密定个相应的价码吗？

想到这里，休马哈再次陷入厌烦的思绪。自己本该是在战场上展现智谋的军人，为什么被拖进这场毫无意义的行动？费沙自治领主的辅佐官鲁伯特·盖塞林格对他说，“你不该是个混沌而终的人”。虽说不用让他们来判定自己是什么样的人，但自己或许的确没有资格混混沌沌地过一生。换个角度来说，那个年轻但不可小觑的辅佐官或许道出了他真正的心声……

“先不谈这件事，上校，有关潜入的路线……”

亚佛瑞特的声音中充满难抑的激昂。

“我主张利用这条路线。我们可以经由北苑和西苑，来到南苑吉斯穆特一世铜像的脚下。这些地方现在几乎都封锁了，所以被发现的可能性很小。”

亚佛瑞特的手指在地图上尽情挥舞。这张图是费沙的专员提供的，专员说费尽千辛万苦才拿到手，很明显是在卖人情。

这条从帝国博物学协会大楼的地下仓库开始，总长达十二点七公里的地下通道，由亚佛瑞特的第五代先祖奉当时的皇帝肯奥克二世的敕令而建。亚佛瑞特的祖先因功绩被皇帝下赐一名宠姬，而且受皇帝的托付，其后世子孙负有一项光荣的使命——在皇帝危难之时，利用这条通道护驾脱离险境。

“早在五代以前，我就注定要承担这项神圣的使命，这只能说是一种奇缘。”

“问题在于怎样才能潜入博物学协会，虽说这比潜入宫殿要容易得多。”

兰斯贝尔克伯爵家族这项注定要承担的神圣使命，并不在休马哈关心的范围内，因为还有很多必须解决的实际问题。他注视着地图，不断自问自答。

6

七月六日的夜晚，亚佛瑞特·冯·兰斯贝尔克伯爵和雷欧波特·休马哈来到新无忧宫的地下深处。

当晚，有人告发在帝都南郊发现一处激进派共和主义者的秘密武器工厂，大批宪兵前往处理。宪兵虽然发现了工厂，也没收了武器，却大概没逮捕到一个共和主义者。因为那是应休马哈的强烈要求，由费沙专员博尔德克一手导演的。他改造了废屋的地下室，搬来设备和武器，花了三天把那里布置得像个工厂。如果只制造当晚的混乱，这样就够了，但休马哈还要求爆破这个“工厂”，增加混乱的程度。博尔德克以“恐怕造成人员伤亡”为由拒绝了，但答应向治安当局和新闻机关虚报消息，并且承诺在地下通道的出入口，也就是帝国博物学协会大楼前准备一部地上车，等休马哈等人回来后，立即将他们带入专员办公室保护。博尔德克有此承诺，或许是因为休马哈不顾亚佛瑞特在一旁愁眉苦脸，强调说如果费沙不答应，他会为了确保自身安全采取必要的措施。

无论如何，号称全宇宙统治者的银河帝国皇帝害怕暗杀或叛乱，不得不在一个行星的地下深处挖掘许多逃生隧道，这件事真是滑天下之大稽。然而此时，自己一行却在这条通道里前进，这种行为的确像小丑一般可笑。休马哈毫不怀疑这一点。

在长达十多公里的隧道中，他们两人当然不能步行。姑且不论去的路上，回来时更需要争取时间。休马哈驾驶着一部用太阳能电池驱动的四座轻型地上车。这种车由特殊的有机树脂制成，只要倒上某种酸性物质便会立即溶解，日后再用化学方法除去酸性物质，就可以重新作为材料使用。对休马哈等人来说，这样很容易消除证据，此时它便成了珍贵的宝贝。

密道的目的是实用，内部当然没有高登巴姆王朝建筑过度装饰的通病，半径为两米半的圆形内壁上覆盖着朴素的强化水泥。据说兰斯贝尔克伯爵家族五代前的家主为了让皇帝顺利逃亡，在隧道内部设置了各种阻挡追踪者的机关。不过到了亚佛瑞特这一代，这一切都已经沉入忘却的河底。

不久，前方出现一面灰色的墙壁，两人下了地上车。天花板上有一处圆形的荧光，正微微闪烁。亚佛瑞特将左手食指上的戒指推进那圆形的中心，超低频振动流过。大约十秒钟后，天花板悄无声息地开启了。

五分钟后，两人爬出地下通道，来到南苑的地上，进入目标建筑。前代皇帝佛瑞德李希四世在世时，这一举动必然会遭到禁卫兵盘问。如果说此时是上天相助，大概太讽刺了吧。

二楼一间有宽阔阳台的卧室里，一位少年正坐在华盖床上。他尚未脱离幼年期，穿着极为昂贵的丝绸睡衣，抱着一个几乎有自己一半高的小熊布偶。黄色的头发、褐色的眼珠、凸起的下巴、平滑却缺少光泽的皮肤——这些特征映入潜入者的眼睛。这个小孩也抬头看着突然出现的两个人。

“皇帝陛下……”

年轻伯爵的声音里，荡漾着激动的波浪。

这位少年便是亚佛瑞特忠诚献身的对象，也就是银河帝国皇帝艾尔威·由谢夫二世。

少年皇帝迟钝的目光奇怪地瞪着跪在地板上恭恭敬敬行礼的年轻贵族。或许是半夜颇有睡意的缘故，但看来似乎并非如此，他缺乏一种鲜活灵敏的感受力。当亚佛瑞特又要开口的时候，幼帝抢先说道：

“你为什么不跪下？”

伴随着尖锐的音调，他那谴责般的指尖指向雷欧波特·休马哈。上校一直以冷静而讽刺的旁观者角色自居，站在伯爵背后冷冷地看着这一幕应该为之感动的景象。

“上校，眼前这位就是统治全宇宙的皇帝陛下啊！”

亚佛瑞特回过头说道。这当然不是说明，而是间接的命令。休马哈顺从了伯爵省略的那部分意思，单膝跪下。这并不是因为对皇帝的敬畏，而是出于对年少同行者的体谅。他一面形式化地郑重行礼，一面生出越来越强烈的不平衡感。幸好没有其他旁观者在场，这算是唯一的幸运。

“陛下，小人乃陛下的臣民兰斯贝尔克伯爵亚佛瑞特。为了将陛下从奸臣手中救出，特前来谒见。由于事出非常，请陛下赦免臣等诸多失礼之处……臣等希望能以生命侍奉陛下。”

七岁的皇帝对忠臣热情的申述置若罔闻，只是粗暴地拉扯小熊布偶。他对亚佛瑞特所言没有兴趣，也无法理解。七岁的小孩当然理解不了亚佛瑞特使用的庄重措辞，而爱国的浪漫骑士——年轻的伯爵却期盼幼君是一位英明的天才儿童。一瞬间，亚佛瑞特的双眼浮现出淡淡的失望，但可能立刻提醒了自己：这样的期盼超过了一个臣子应有的本分。于是，他用柔和的声音央求那小孩跟他们一起走，这一回没有使用庄重的措辞。

七岁的皇帝麻木地听着忠臣的热情演讲，只是径自拉扯揉搓布偶的耳朵，最终将小熊的耳朵揪了下来。他先是扔掉耳朵，接着将布偶狠狠扔到地板上，然后从床上慢慢地下来，无视两个大人的惊愕，背对着他们——这个小孩明显有些精神失调。

“啊，皇帝陛下。”

亚佛瑞特的声音里透露出一种失望的狼狈。幼帝的态度完全背离了他的想象。他并未期望会收到赞赏或感谢，但如果幼帝能稍微有点大帝国君主的反应，或者哪怕是正常孩子的反应也好。遗憾的是，艾尔威·由谢夫的言行或容貌中缺乏能称为“天使”的要素。

"怎么办，伯爵？"

休马哈问道，并在亚佛瑞特回答"不得已，没办法了"的同时开始行动。他大步追上神圣不可侵犯的皇帝，从背后一把抱起他。

七岁的皇帝发出金属般的尖叫声。休马哈立即将手上的力道减到最低，并将幼帝的嘴巴捂住。亚佛瑞特对幼帝解释说"臣等失礼了"。这个时候，他竟然还在担心未能谨守臣下应有的礼节。

"陛下，您怎么了？"

隔着一道门，传来女子询问的声音。一刹那，两个人都成了化石。休马哈抱着正在挣扎的幼帝，亚佛瑞特拔出荷电粒子枪，两人立即躲到门后面。

接着出现了一位身穿长睡衣、大约三十岁的瘦削女子，大概是幼帝的个人教师兼看护人。如果不是在目前这种情况下，休马哈几乎想冲动地问问她，到底是用怎样的礼仪和教育方式来教导艾尔威·由谢夫这个孩子的。

这名女子走近华盖床，碰到了那个被扔在地板上的小熊布偶。她拾起布偶，发现有一只耳朵被扯掉了，黯然叹了一口气。她并未显出诧异的样子，大概这已经不是什么稀奇的事了。

"陛下……"

这名女子对着无人的空间呼唤。她忽然转过头来，入侵者的身影进入了视野。她张开下巴，还未发出惨叫，一切就结束了。意识到亚佛瑞特条件反射般将枪口指向自己，她便不省人事地晕倒在地，仿佛廉价的黏土玩偶。这对双方来说都算幸运。两个入侵者听到门外响起纷至沓来的脚步声，对视了一下，悄然离去。

这哪里是拯救，简直是不折不扣的绑架！休马哈苦涩地自我嘲讽。对兰斯贝尔克伯爵这样说太残忍了，但事实上这根本是一场闹剧。他所见到的只是一个毫不可爱的孩子，还有两个将未曾实现的梦寄托在这个孩子身上的成人。如果这就能成为改变历史的要素，那么历史根本算不上什么玩意儿……

宫里的侍女应该是将发生的事通报了宫殿中的警备兵。但士兵们也许过于惊慌，抑或是朝廷的旧臣对莱因哈特一派的反感从中作梗，总之，当士兵们察觉到空气中不寻常的气氛时，竟已过去五分钟之久。

负责皇宫警备的摩顿中将原本在警备总部附属的宿舍就寝，接到发生异变的报告，他立即赶过来。头一件事当然是确认皇帝是否安然无恙，但负责守卫的老侍从实在太惊恐了。

“我只是问你，皇帝陛下人在哪里？”

摩顿中将的声音并非特别尖锐或严厉，却有种沉重的威压感，那哪是柔弱的宫廷内侍能承受的。老侍从好不容易调整好身心，勉强维持住体面，尽量委婉地报告了两名恶贼侵入皇宫、绑架幼帝的经过。

“为何不早说?！”

摩顿斥责老侍从，但并未将时间浪费在追究过失上。他随即召来副官，沉声命令在宫殿内严加搜索。副官脸色一变，领命后立即奔出去指挥士兵。

“严禁走漏风声！”

对于摩顿的命令，侍从唯唯点头。但在摩顿看来，比起幼帝的安危，他们只是担心自己是否会被追究责任。

一般的士兵并不知道皇帝已被挟持，只是察觉到事态非比寻常，因为真相尚未对外公布。士兵们纷纷带着残留热量测定装置和夜视仪，分散在广大庭园的各个角落，像夜行动物一般，在那相当于十万户民宅面积的宫殿内四处搜索。

不久之后，副官带来搜索报告。根据对残留热量的测定，发现了奇怪的行踪，但追踪下去，行踪却从地面上消失了。

“地点在吉斯穆特一世陛下的铜像附近。据推测恐怕是有地下通道与外部相连，但属下无法决定是否可以不敬地检查皇帝的铜像。如果能得到您的许可，可以立即进行调查……”

摩顿一言不发地伫立着。事到如今他才想到，新无忧宫的地下简直是一个巨大的迷宫。一股挫败感逐渐蚕食这位老练军人厚实的胸膛。他原本决心要将任务执行到最完美的地步，自去年以来也从未有过闪失。然而，现在这一切都成了过去时。

伍尔利·克斯拉曾经数次在战场上身历险境，但每次都能勇敢地渡过难关，一直晋升到上将军衔。但他听到皇帝被挟持的报告，也不禁大为震惊。他一边穿军服，一边接二连三地发布封锁宇宙港、在市区通往郊外的干线设岗查问以及出动宪兵队等命令。可是，究竟是什么人如此胆大包天，犯下此等弥天大罪？他的脑细胞快速地运转，忽然，两个人名浮现在脑海中——亚佛瑞特·冯·兰斯贝尔克伯爵和雷欧波特·休马哈。难道是他们？然而就在几天前，罗严克拉姆公爵才下令解除对他们的监视。为什么会骤然发生这样的事？

克斯拉的表情忽然变了。原来的惊愕与焦虑顿时化为一片空白，转瞬又变成窥见深渊的神色。经过一番意识层面的挣扎，他戴上了另外一种面具，庄严地穿着黑银相间的军服，挪动自己的躯体向官舍外走去。

Chapter 3

箭已离弦

1

七月七日凌晨三点三十分，银河帝国宰相莱因哈特·冯·罗严克拉姆公爵接到宪兵总监克斯拉上将的紧急报告，纵使是深夜，他也只能立刻起床。在TV电话的画面上看到惶恐的克斯拉，莱因哈特一面对他点点头，一面想：他们还是行动了！与其说是情况有变，不如说他欢迎这种变化。这应该是对兰斯贝尔克伯爵等人解除监视后的效果。

莱因哈特刚抵达元帅府，希尔德也随即赶到。她身为首席秘书官，必须随时跟随在主君身边，值班的军官也得随时与她保持联络。同样，首席副官修特莱少将、晋升为上尉的次席副官流肯以及亲卫队长奇斯里上校等随侍在侧的人，不久也纷纷到齐。

指挥莱因哈特亲卫队的奇斯里上校是位二十八岁的年轻军官，有铜丝般的刚硬头发和黄玉色泽的眼珠。由于奇特的眼珠颜色和穿着军靴行走时无声无息的步伐，心怀好意者将他比喻为豹，心怀恶意者则把他叫作猫。莱因哈特当然不是因为他的长相有趣，才将他任命为身边的护卫，而是欣赏他出类拔萃的勇敢与沉着，而且这两种特质极为平衡。此外，也是考虑到他在地面战与要塞战中立下了不少战功。

不久，克斯拉上将偕同摩顿中将一起来到莱因哈特面前。在宰相随侍人员的注视下，两个人跪倒在地，为皇宫遭不法之徒侵入、皇帝被劫请罪。

“克斯拉，与其来跟我请罪，不如赶快履行你的责任，不得让陛下被劫离帝都！”

主君这么一说，克斯拉立即退出，前去指挥宪兵队的行动。不知是否有人注意到，克斯拉一直避免直视年轻主君的脸。接下来只剩摩顿，他跪在地上，为深重的罪过垂下头。

莱因哈特冰蓝色的眼眸不动声色地俯视着摩顿的后脑。其中的原因恐怕与大部分人预料的完全相反，其实他根本没有发怒的资格。他自己明白原因，但旁人哪能洞察他的内心？箭已离弦，岂可阻止。

他面无表情地说道：

“摩顿中将，明天——不，已经是今天了——正午以前会通知对你的处分。在此之前，在办公室禁足，整理好身边的事务。不要留下任何遗憾……”

摩顿把头垂得更低了。他已理解年轻主君的暗示，脸上甚至浮现出感谢的神情，之后平静地退下了。莱因哈特目送着他，感觉到脸颊被一股强烈的视线凝视着。他的秘书官希尔德——希尔格尔·冯·玛林道夫伯爵小姐那刚劲强烈、无所畏惧的青绿色眼眸，正凝视着年轻的帝国宰相。

令其余人等退下后，莱因哈特对美丽的秘书官说道：

“伯爵小姐，你似乎有话想说。”

“我前几天跟您说过，费沙一旦将工作人员送进来，目的应该就是挟持，而且对象也是特定的——”

“哦，我记得。”

莱因哈特的回答不动声色，试图表现出内心的冷静。

“您为了姐姐，特地加强山庄的警备，这理所当然。然而与此同时，您却放松了皇帝身边的警备，眼睁睁地看着他落到侵入者手中。我只能说这实在不可思议。”

希尔德特意不让声音太严厉或尖锐，但已毫不留情地刺到了莱因哈特的痛处。年轻的帝国宰相当然不会觉得舒服。

“那么，伯爵小姐的结论是什么？”

“我认为是罗严克拉姆公爵您与费沙联手，故意让皇帝被挟持的。我说得对吗？”

问的一方显然不容许任何谎言，回答的那一方也无意隐瞒。

“不错。”

听了莱因哈特的回答，希尔德怅然摇头。俊美的帝国宰相感觉余意未了，便接着说道：

“但说得准确些，我并没有和他们——费沙联手，不过是利用了他们而已。我并未对他们做出任何承诺。”

“您是想将费沙玩弄于股掌之上？”

“是他们想来玩弄我。”

莱因哈特恨恨地说道，语气中流露出明显的轻蔑和厌恶。接着，他把自己与费沙专员博尔德克的对话悉数告诉希尔德。希尔德轻蹙着那如画的秀眉，静静地聆听。待莱因哈特说完，她一句话就点中了年轻宰相的意图。

“那么，您打算对自由行星同盟发动大规模的军事行动？”

“对。但这是早已决定的事，只是时机多少提前了一些，而且还有个体面的名义。”

“那么，牺牲掉摩顿中将也是这伟大战略中的一环喽？”

“我不会亏待他留下的家人。”

莱因哈特逃避似的说道。他深知这不能成为免罪符，于是手掌一挥，终止了这次谈话。

一个小时后，次席副官流肯上尉带来摩顿中将自杀身亡的消息。莱因哈特无言地点点头，命令情不自禁对中将表露出同情的流肯处理善后事宜，并特别吩咐要保护摩顿的名誉和他的遗族。这不是可笑的伪善吗？莱因哈特不得不这样想。但终究聊胜于无。如果这应该受到惩罚，那么迟早都有报应，虽然不知道会由谁来执行……

不久后，他召来希尔德，命令道：

“召集所有一级上将与上将军衔的提督。”

“遵命。”

希尔德短促地微笑了一下。这是否可以看作和解的信号呢？

莱因哈特并不明白。

2

此时，银河帝国的一级上将有巴尔·冯·奥贝斯坦、渥佛根·米达麦亚、奥斯卡·冯·罗严塔尔三位，上将则有奥古斯特·沙姆艾尔·瓦列、弗利兹·由谢夫·毕典菲尔特、克涅利斯·鲁兹、奈特哈尔·缪拉、伍尔利·克斯拉、亚德鲁贝尔·冯·法伦海特、艾尔尼斯·梅克林格、卡尔·罗伯特·舒坦梅兹、菲尔姆特·雷内肯普、亚伦斯特·冯·艾杰纳十位。其中，缪拉在伊谢尔伦回廊要塞战中身负重伤，至今卧床不起，而克斯拉在秘密指挥搜查工作，所以奉命前来参加会议的仅有十一人。

现在正值黎明前的一刻，拂晓即将用无形的双手驱走黑暗。所有人当然都是在沉沉睡梦中被唤醒的，但看上去没有一个人还沉浸于睡魔的诱惑，不愧是高级将领。比起去年莱因哈特阵容齐备的元帅府，如今虽然失去了齐格弗里德·吉尔菲艾斯和卡尔·古斯塔夫·坎普，但并不欠缺那股方兴未艾的清新蓬勃之气。

帝国宰相冰蓝色的眼眸扫过会议室中每一位提督的脸孔。

“今晚，新无忧宫内发生了一点事情。”

莱因哈特的措辞未免过于含蓄了。

“一个七岁的男孩不知被什么人挟持了。”

并没有风，室内的空气却流动起来——身经百战的勇将们一齐倒吸了一口冷气，又一齐吐出。若是有人听不懂那个被掳走的男孩是谁，那根本不会列于莱因哈特帐前。并不惊愕的大概只有奥贝斯坦一人，其他提督或许只是将他的沉着看成一贯的无情而已。

“克斯拉正在搜索，但尚未捉拿到嫌犯。我想听听诸位的意见，以便应对今后事态的发展。不必有任何顾虑，言者无罪。”

“嫌犯应该是门阀贵族派余党，目的在于纠集残余势力，企图东山再起。这是非常明显的。”

米达麦亚环视其他同僚。赞同的声音此起彼伏。

“即便如此，他们竟然能挟持皇帝陛下，可见其组织力和行动力不可轻视。主谋者会是谁呢？”

瓦列一说，罗严塔尔的金银妖瞳中闪过一道讥讽的光芒。

“这些迟早会弄清楚。如果嫌犯被捉拿归案，克斯拉必会使之招供；如果他们逃脱，迟早也会得意扬扬地暴露行迹。因为若是不告诉大众皇帝在自己手中，就难以达到挟持皇帝的目的。”

“言之有理。果真如此的话，必会招致我方的报复，那些家伙应该能料到这一点。”

鲁兹提出了疑问。毕典菲尔特立即应声答道：

“他们肯定在细致研究后才会采取行动，或许是想拿皇帝做挡箭牌，来抵挡我们的攻击，尽管这不过是徒劳。”

“不错，至少在眼下，他们或许有把握躲过我方的追究。”

“他们自信的根据是什么？只要他们在帝国境内，就无法永远避开我军的搜寻和攻击。”

“他们或许已经在边境建立了一处不为人知的根据地……”

“那岂不成了第二个自由行星同盟？”

此刻，一个非常冷静的声音插进来——

“不是第二个，现在，应该把自由行星同盟考虑进来！”

声音的主人就是巴尔·冯·奥贝斯坦。

“门阀贵族的余党和共和主义者貌似水油不溶，但若是为了达到妨害罗严克拉姆公爵确立霸权的目的，就难以断定他们没有私下串通的可能。如果嫌犯逃到自由行星同盟，那的确不容易攻击。”

“自由行星同盟?！”

提督们的视线集中到空中的某一点，剑拔弩张的气氛顿时弥漫开来。

众所周知，罗严克拉姆体制的两大敌人是门阀贵族势力的余党与自由行星同盟，两者暗中串联完全出乎众人意料。难道反动的守旧势力与民主共和势力缔结了原本不可能产生的盟约？

“正如罗严塔尔所言，不久之后，陛下的所在自会明了。现在不必急着做出结论。但如果那些僭称自由行星同盟的叛徒果真参与了这个不法企图，我一定要让他们付出代价。因一念之差破坏大局，他们必将追悔莫及！”

莱因哈特充满戾气的一番话，让注视着年轻主君的提督们做出一致的反应，重新端正了姿势。

“皇帝不在期间，以生病为由来掩饰。此外，国玺尚在宰相府的保管下，国政暂时没有妨碍。我对诸位只有两项要求：第一，不得泄露皇帝遭挟持之事；第二，各位麾下部队保证能随时出击，应付可能产生的紧急情况。余者到时再作指示。夜里召集诸位，辛苦了，就此解散。”

提督们全体起立，目送莱因哈特步出室外，之后准备暂时先回家，进行日常工作。

罗严塔尔正要离去，米达麦亚拍拍他的肩膀说：

“怎么样，要不要到我家去吃顿早餐？”

“疾风之狼”米达麦亚简洁地邀请道。我太太是厨艺高手——他总是把这句话挂在嘴上，所以现在这个时候不用多说什么。

“哦，是吗？那我就不客气喽。”

“直爽就是痛快！”

“偶尔为之，偶尔为之。”

两个人并肩走在通道上，沿途几次向敬礼的士兵回礼。

“罗严克拉姆公爵对这样一件大事竟然处变不惊，令人佩服。”

米达麦亚的语调中充满了赞叹。

罗严塔尔虽然随声附和着，但在他思考的路径中，有一道门却卡住了。将皇帝从权臣手中弄走，真是充满幻想的浪漫主义。倘若它背后没有任何深意，实在无法令人信服。随着这场挟持闹剧的上演，必然有人从中获利。

事实上，皇帝遭到挟持之后，最大的获利者不就是罗严克拉姆公爵吗？

如果杀了七岁的幼帝，这一残忍行为必会招致非难；但如果幼帝被挟持，罗严克拉姆公爵就能轻松除去障碍，又不必玷污双手。而且，只要自由行星同盟与此事有一丝牵连，那么以此为借口，罗严克拉姆公爵不就可以对同盟堂而皇之发动大规模军事行动了吗？这一出奇妙的挟持闹剧，恐怕只是一场席卷整个人类社会的大震荡——政治和军事上的大变动的前奏！金银妖瞳的提督感觉体内的血液在激烈地沸腾。或许这将成为一个良机，为他的未来增加一个未知的选项。

“不久后，恐怕会有一次空前的军事行动。”

米达麦亚喃喃自语。他究竟是经过与罗严塔尔相同的思考程序，还是凭直觉得出这个结论的？罗严塔尔一时间无法判断。但总而言之，能够在战乱时代凭实力得到高位的他们，确实有异于常人的敏锐嗅觉。

无论如何，两位被誉为“帝国军双璧”的年轻提督此时达成了共识：如果要进攻同盟，就必须突破伊谢尔伦回廊，那么势必与伊谢尔伦要塞的司令官杨威利正面作战！正是这个人，在今年五月让他们的战友卡尔·古斯塔夫·坎普化为了宇宙尘埃。如果不能将他打倒，就无法开辟通往同盟领域的道路。可是要与他正面作战，想获胜又谈何容易！罗严塔尔与米达麦亚都深知，应该对伟大的敌人表示足够的敬意。但无论他们多么聪敏，此时此刻都无法洞悉莱因哈特经由费沙回廊发动进攻的战略。

3

此时，在与银河帝国首都奥丁相隔数千光年黑暗空间的行星费沙，自治领主安德鲁安·鲁宾斯基正在听取辅佐官鲁伯特·盖塞林格的报告。

兰斯贝尔克伯爵亚佛瑞特与雷欧波特·休马哈已经从新无忧宫成功“救出”幼帝，最终逃出帝国军宪兵的搜索网，此时正藏身于费沙籍货船“罗西南德”的偷渡专用室。货船朝着费沙行驶，预计在两周内抵达。而在费沙方面，雷姆夏特伯爵和跟随他的亡命者即将搭上船舰，在进入自由行星同盟领域的宇宙点上向同盟申请流亡。当这个消息向全宇宙公布的时候，除了极少部分人，整个人类都将为之震惊。

听完报告，鲁宾斯基托着刚健的下巴，说道：

“即使皇帝被挟持，罗严克拉姆公爵也不见得会自己登上王位，最大的可能是另立傀儡。”

“我也这么认为。他如果要当皇帝，大概会在消灭自由行星同盟，或者至少在给它致命一击之后。目前，他的内政已日益充实，接下来想要的应当是军事上的巨大成功了。”

“确实如此。姑且不论罗严克拉姆公爵的意图如何，至少到目前为止是成功了。博尔德克做得确实不错。”

“关于这件事，据我所知，博尔德克专员在某些方面似乎未必称得上成功。”

鲁宾斯基转向亲生儿子——年轻的辅佐官，微微地眯起了眼睛。

“可是，罗严克拉姆公爵并未采取任何手段阻止这项挟持行动，难道这不应看作博尔德克的交涉颇有成效吗？”

“表面上看的确如此，但可以推断出是博尔德克专员故意调换主体和客体，捏造了有利于自己的报告。”

“你的意思是说，被玩弄于股掌之间的是博尔德克？”

“是的……”

这并不算恶意中伤，但鲁伯特·盖塞林格传达对博尔德克不利的情报时没有丝毫犹豫。应该极尽所能，让将来可能成为竞争者挡在前面的人从舞台中央消失。博尔德克无疑也将他鲁伯特视为新兴的竞争者，正处心积虑地算计他。鲁伯特·盖塞林格怎甘于保持绅士风范束手就擒？

博尔德克被罗严克拉姆公爵莱因哈特召见时充满自信，但回到专员办公室后，据说情绪极为恶劣。这很容易令人联想到，他与罗严克拉姆公爵的交涉结果必然与预期相去甚远。原因应该在于他低估了罗严克拉姆公爵的交涉能力，其实在这个阶段，他原本就没必要和罗严克拉姆公爵进行谈判。他的用意或许是想让挟持幼帝的行动更容易些，同时夸示费沙的实力，为自己制造有利的立场，结果却证明他大错特错。其实，应该在皇帝到达费沙后再通知罗严克拉姆公爵，便可以从头到尾依照自己希望的方式，让对方配合自己的安排行事。而博尔德克既无把握时机的才能，又过于卖弄雕虫小技，实在是自取其辱。

不过，博尔德克如果承诺将费沙回廊的通行权让给罗严克拉姆公爵，他鲁伯特也不能只是一味地为竞争对手的失误窃喜。虽说以罗严克拉姆公爵的军事实力，迟早会迫使费沙将回廊的通行权让出来，但是必须慎重地选择时机，还得让对方付出相应的代价，不该提早促销或廉价叫卖。

鲁伯特的想法是，在罗严克拉姆公爵遭受自由行星同盟军重挫之后，“费沙回廊通行权”这个香饵才能充分地展现魅力。要卖人情争取主动，也应该是在对方陷入窘境时施以援手。相反，如果在对方春风得意时刻意卖人情笑脸相迎，只能是自讨没趣。在这种情况下，对方只是冷笑着漠视倒还好，倘若看穿了企图，岂不是给将来种下祸根？

“博尔德克专员的失策，如果只限于他个人倒无妨，但若是与费沙整体的损失相关，那可能就有大问题了。特别是以罗严克拉姆公爵为对手时，未来的局势实在令人担忧。”

“眼前还不能判断是否真有失策。总之不要轻举妄动，因为皇帝还没有抵达费沙。”

“不过……”

鲁伯特还想继续反对，却停下了。如果被看穿他正为竞争者的失策窃喜，又是何苦！反正迟早都会知道博尔德克是否失策，目前没必要多纠缠。鲁伯特心中暗自讥笑，如果因为博尔德克专员的失策导致自治领主鲁宾斯基下台，那才是求之不得。毋庸置疑，费沙回廊果真让给帝国军的话，大多数信仰独立和中立的费沙公民必定大吃一惊，愤怒不已。届时“费沙的黑狐”将如何收场？要借用帝国军的武力镇压，还是凭借地球教的权威使人民镇定下来？或是凭着他本身的声望和手腕来稳定局势？不管怎样，这将使费沙一个世纪以来的历史发生地震，产生的巨大力量会让整个事件越来越有看头。

从自治领主府退出后，鲁伯特·盖塞林格前往距离首都约半日行程的伊斯麦尔地区，拜访亡命贵族雷姆夏特伯爵。兰斯贝尔克伯爵等人已成功将幼帝“救出”的消息，当然令伯爵欣喜若狂。

“大神奥丁照鉴！世上终究还有正义存在！”

鲁伯特极力忍耐，总算没有对伯爵的台词哈哈大笑。雷姆夏特吩咐管家准备八二年份的白葡萄酒。鲁伯特表示由衷的谢意，并一再叮嘱，在自由行星同盟承诺允许皇帝流亡前，务必在极度保密的状态下进行此事。亡命贵族点头认可后，转入了其他话题。

“我仓促拟定了一份流亡政府的内阁成员名单。只是应急之用，还有许多不甚完备之处。”

“您真是行事神速。”

虽说是应急之用，但这位亡命贵族想必在获悉“拯救”计划后，便开始构想这个以他自己为核心的政权了。即使缺乏实质内容，但只要能搭起架子来，便马上将自己置于高位，是所有政客的愿望。

“如果方便的话，伯爵可否让我拜读一下那份名单？”

明知对方希望展示一下，鲁伯特还是故意上当似的问道。雷姆夏特伯爵的脸颊由于酒精的刺激有些红晕。他故作神秘地说：“嗯，这本来属于机密文件，但以后诸事还要承蒙费沙的照顾，还是让你知道正统的帝国政府阵容比较好。”

“当然，我们费沙希望给予阁下全面的支持。在政略上，我们不得不对帝国的罗严克拉姆公爵虚与委蛇，但真意却是一目了然——我等真正的好意永远是对着阁下您的，这点请您明白。”

鲁伯特恭谨地接过写有“银河帝国正统政府内阁成员名单”字样的纸片，快速地扫了几眼列在上面的姓名。

国务尚书 雷姆夏特伯爵

军务尚书 梅尔卡兹一级上将

内务尚书 拉特布鲁夫男爵

财务尚书 谢兹拉子爵

司法尚书 赫伍得子爵

宫内尚书 郝晋格男爵

内阁书记官长 卡尔那普男爵

……

鲁伯特抬起头来，对兴奋的贵族露出谄媚的笑容：

“在这些人选上，您必定是大费苦心。”

“不管怎样，虽然亡命者众多，但只要是对陛下诚心效忠，又具有一定能力的人，都会被网罗进来。这些成员值得信赖，而且一旦被选上，必将对这份信赖心存感激。”

“有个问题想请教，阁下身为国务尚书，由您主持整个内阁是理所当然的事情，但为什么不正式冠用帝国宰相这一称号？”

雷姆夏特伯爵似乎有些高兴，又有些困惑。

“并非没有考虑过这一点，但还是觉得有些狂妄自大。我想等尊奉陛下回到帝都奥丁后，再改称帝国宰相也不迟。”

如果这真是他的本意，那似乎有什么奇妙的因素让他有所顾虑。鲁伯特想。

“说句僭越的话，请您一定正式使用帝国宰相的头衔。唯有如此，才能向罗严克拉姆公爵乃至全宇宙宣示帝国正统政府的正统性，我说得可对？”

“你说得是没错，不过……”

雷姆夏特含糊地说。鲁伯特忽然明白，伯爵原来是害怕如此一来，目前还留在帝国内的门阀贵族会遭受过度的刺激，继而倒向罗严克拉姆公爵阵营。伯爵或许是想避免这种情形发生。

“关于这一点，日后再商讨吧。此次救出陛下的有功之臣——兰斯贝尔克伯爵和休马哈上校，您打算给予怎样的待遇呢？”

“我当然不会忘记。我已经替兰斯贝尔克伯爵准备了军务部次官的职位。至于休马哈，目前先给个提督称号，让他们都来辅佐梅尔卡兹。再怎么说，他们都曾是在同一个战场上与金发小子作战的同伴。”

鲁伯特再次确认那位被拟定为军务尚书的人物的姓名——维利伯尔·由希姆·冯·梅尔卡兹。他是去年利普休达特战役中贵族联合军的实战总指挥官，拥有四十年军龄，以稳健扎实著称。这位老练的军人目前正在同盟一方以“客座提督”的称号，在伊谢尔伦要塞担任司令官杨威利的特别顾问。姑且不论他自己的意愿和性格，他似乎总是被某个与罗严克拉姆公爵敌对的人寄予希望。如果他早半个世纪出生，或许可以作为忠诚而有能力的帝国军人终其一生。

“梅尔卡兹提督被拟定为军务尚书，从能力方面来看，这是理所当然的。但是他本人的意愿和同盟的意向如何？”

“他个人的意愿应该不会有问题。而同盟只要肯承认流亡政权，就应该会把梅尔卡兹让给我们。”

“的确如此。那么，军务尚书管辖的军队该如何组织？”

此时提出这个问题毫无用处，鲁伯特也不是经过仔细盘算才开口的。这个问题呈现出来的不是理智，而是情绪。在这种典型的企图利用冠冕堂皇的名义，来掩饰与个人能力毫不相称的野心的恶劣贵族面前，鲁伯特性格中刻薄毒辣的因子终于暴露出来。如果换作安德鲁安·鲁宾斯基——那个让鲁伯特憎恶并想凌驾其上的生父，必定已三缄其口。

雷姆夏特伯爵敏感地察觉到鲁伯特的话中充满了下意识的嘲弄，感觉体内奔腾的热血急速地冷却下来，但他很聪明地从脸上隐去了这个变化。

“除了招募亡命者加以训练、进行组织之外，别无他法。问题在于经费……”

“经费的问题请不必担忧。只要您说出需要的额度，我们会为您准备的。”

“那就多谢了。”

鲁伯特并没有说这是无偿的，但也只字未提收据或费用的担保等。只要在“帝国正统政府”对费沙的负债达到某个巨大的额度之后，再提醒他这些事情就可以了。首先，连有如“正统政府”亲生父母的鲁伯特，也不认为这个所谓的“正统政府”可以保住能清偿债务的命脉。它仅仅为极少数人所期盼，如同降生在黑暗中的不幸私生子，恐怕只会将自己的不幸加诸周遭，步上即将死亡的命运。当然，万一这个私生子有强烈的生命力和好盛心则另当别论，比如说就像他鲁伯特·盖塞林格一样，但希望实在太渺茫。

鲁伯特·盖塞林格还有很多必须解决的事情。虽然有公开与非公开两面，但对年轻又有充足的智慧与体力的他来说，最宝贵的东西恐怕是时间。他请示了雷姆夏特伯爵，复制了一份流亡政权的内阁成员名单，然后就告辞了。此时的屋外，黑夜已完全驱逐白昼的余晖，干燥的空气中渗入了夜晚的寒气。他只要明日一早去自治领主府报到就可以了，所以打算在某个地方度过这短暂的夜晚。

鲁伯特出生于宇宙历七七五年、帝国历四六六年，比莱因哈特·冯·罗严克拉姆年长一岁，现年二十三岁。盖塞林格是母姓，他的母亲是点缀自治领主安德鲁安·鲁宾斯基人生的众多情人之一，或许该说仅仅是其中之一。鲁宾斯基并不是正统的美男子，甚至可以说长相奇异，却对女性有磁石般的吸引力。后世的传记作家想确认他在情场上的丰硕战果，恐怕要花很大的力气。

在公开场合，安德鲁安·鲁宾斯基是没有孩子的，不管是男是女。但自己确确实实是存在的，不是吗？鲁伯特讽刺地翘起嘴角。父亲身为地球教代理人，欺骗了费沙的民众，是人类的垃圾，而自己正是这个人渣的排泄物。

鲁伯特抵达了一座位于西普斯庞地区的宏伟宅邸。他摇下地上车的车窗，将右手放在门柱前面。确认掌纹之后，那扇青铜雕刻的门扉悄无声息地开启了。

宅邸的主人是一位女子，对外有许多头衔，不但是宝石店和俱乐部的经营者，还是好几艘货船的主人，过去还曾是歌手、舞者和女演员。只是这些头衔并没有多大意义。安德鲁安·鲁宾斯基的情人这个身份，当然不会清晰地记在名人录当中，却是她对政治家和大商人有绝大影响力的源泉。只是现在，鲁宾斯基的脚步已经走远了,所以称她为“旧情人”或许更贴切。她——多米妮克·珊·皮耶尔，在八年前还是一位十九岁的俱乐部歌手，当时尚未就任自治领主的鲁宾斯基对她一见钟情。鲁宾斯基为她跃动的舞步所惑，而且非常痴迷她音色丰润的歌声，据说还深深为她的聪明伶俐动心。她是位红褐色头发的美女，不过姿色胜过她的女人不计其数，所以许多人并未注意到她的美貌。

女主人在大厅迎接访客，用那富于变化的歌唱般的语调说道：“今天晚上要住这儿吗，鲁伯特？”

“我可没有代替我父亲的能力！”

“别说傻话了，不过发这种牢骚也蛮像你的风格……要来点酒吗？”

“嗯，先给我酒吧。趁着还有理性的时候，有件事情要先拜托你。”年轻人用性急的语调说道。

多米妮克把深红色的喜多乐威士忌酒瓶和冰块拿到了客厅。

“请说吧，什么事？”

“有一个叫德古斯比的地球教主教。”

“我知道他，脸色青白而怪异……”

“我想抓住那个家伙的弱点。”

“想拉拢他成为自己人吗？”女子问道。

“不，要让他成为我的手下。”

那极为不逊的表情和语调，仿佛是他自我鼓励的基石。他面对的战争绝非小事一桩，却并不想要与自己对等的同盟者，只想要单方面为自己牺牲和奉献的人。

“那家伙看起来好像禁欲主义的化身，不知到底是不是真的。如果是伪装的话，便有充分的机会抓住他的把柄。即使真的是禁欲主义，只要花些时间，应该也可以改变。”

“还有另外一样东西必须花，就是金钱。如果吝惜出钱，单单想要结果，实在很让人为难。”

“这你不必担心。需要多少钱，我自然会出。”

他又重复了一遍对雷姆夏特伯爵说过的话。

“辅佐官的薪水有那么高吗？啊，对了，你说过还有各种额外收入。但这一阵子又是地球教，又是亡命贵族的，真是热闹得很啊。”

“好比百鬼夜行，群魔乱舞。在这个国家，不管是谁都永远想利用别人，我可不想被人利用！”

鲁伯特那颇为端正的年轻面庞上，一时之间似乎笼罩着瘴气。他把深红色的酒倒进空玻璃杯中，没有加水也没有加冰块，一口灌入嘴里。他享受的并不是酒的香味，而是那股灼热的刺激感，他真切地感觉整个胃和食道仿佛燃烧起来。

最后活下来的人是我！鲁伯特想。

毋庸置疑，每个人都是这么想的……

4

在并不隶属于星际运输公司的独立商船中，费沙货船罗西南德的规格最庞大。皇帝艾尔威·由谢夫、兰斯贝尔克伯爵亚佛瑞特、雷欧波特·休马哈，以及奉博尔德克专员之命照料幼帝的年轻女仆一行四人，被视为贵客受到了隆重接待。

这艘船并不是头一次用来运载偷渡者。为了运载没有列在名单上的乘客，罗西南德甚至建造了一间设备完善的密室。门是声纹反应式的，为了使红外线的探测功能瘫痪，在内壁与外壁之间循环着与人体温度相同的温水。事实上，逃亡的偷渡者无疑是罗西南德最大的收入来源。船长波梅尔成功摆脱过次数多达两位数的帝国警方登船检查，有时是靠演技，有时则是靠贿赂。面临检查时，他判断何种方法最有效的技能几乎无人能出其右。驻帝国的费沙专员博尔德克为了让艾尔威·由谢夫二世逃出帝都奥丁，选择了这艘船。

波梅尔受到专员的亲自嘱咐，而且所有费用均用现金预付，所以不辞劳苦，想将这些贵宾安全快速地送抵费沙。不去探听贵客的真实身份是应有的礼节。尽管他觉得这种一位壮年男子、一位青年男子、一位二十岁左右的女子以及一名幼儿的组合非常奇特，也没有刨根问底，还指示事务长提供最高级的餐点和服务。如果此次运载亡命者的航行能善始善终，今后运载贵客的机会自然能增加。波梅尔在内心如此期待。

不过，船从解除封锁的奥丁宇宙港出发后不久，波梅尔的烦恼就开始了。

“那小孩真是个不可救药的兔崽子！”

负责送餐的船员回来时，带着悻悻然的表情向波梅尔报告。当问到左手腕上的烫伤是怎么回事时，船员解释道，那个小孩不喜欢菜肴的味道，竟然把盛着炖鸡肉的深底器皿连同里面的东西全扔了出去。那位女子正要阻止，小孩竟然猛力揪她的头发。女子哭了起来，那两个男人好不容易才将小孩制止住。听到这里，波梅尔不禁心惊。

“大概是父母对他的管教太差了，根本就没有是非观念。大贵族的兔崽子恐怕就是那副样子。总之，送餐这件差事还是交给其他人吧，我是不敢从命了。”

船员态度坚决地说完，就到医务室治疗烫伤去了。

下次用餐的时候，波梅尔命其他船员去送，结果船员带着脸颊上深深的抓伤回来，第三个船员回来时则带着瘀血的紫色鼻梁……这超过了一向富有商人精神的波梅尔忍耐的极限。他前去提出抗议：“我们这艘船不是用来运山猫的，无论如何请稍加管教。”那位气质高雅的青年诚恳地道歉，并给了不少小费，波梅尔只好作罢。但他发现那位女子的脸上和手上也有不少伤痕，不禁再次感到吃惊。

“说句冒昧的话，小孩还是要严加管教才好。没有教养的小孩和野兽有什么两样呢？”

波梅尔试着提出忠告，女子却只是微弱地笑了笑。原以为她可能是小孩的姐姐或姑母，如今看来，好像只是用人。

波梅尔醒悟到自己运载的很可能就是那位神圣不可侵犯的银河帝国皇帝，已是抵达费沙并卸下货物和四个偷渡客之后的事了。在朵拉库尔酒馆，他听到自由行星同盟宣告皇帝流亡的广播，低头看着握着酒杯的左手，喃喃自语：

“我不知道罗严克拉姆公爵究竟是野心家还是篡夺者，但那个兔崽子皇帝迟早会把自己的国家啃倒。这难道怪得了别人吗？”

后来实在无法委派其他船员，波梅尔只得亲自送餐，结果艾尔威·由谢夫二世重重地咬住他的左手不放。那道深深的半月形齿痕至今还完整地印在手上。

年幼的皇帝以前只是稍微表现出暴躁的脾气，但自我受到抑制的时候，唯有借着异常猛烈的暴力来发泄情绪了。

Chapter 4

银河帝国正统政府

1

银河帝国幼帝艾尔威·由谢夫二世被挟离帝都奥丁，费沙自治领的人们正热衷于各种计划和盘算的时候，自由行星同盟最前线的基地伊谢尔伦要塞却还在贪婪地享受迟来的春眠。

兼任伊谢尔伦要塞司令官与要塞驻留舰队司令官的杨威利，现年三十一岁，是同盟军中迄今为止最年轻的上将。他中等身材，严格说来微微偏瘦。微微卷曲的黑发稍长，不像军人的发型，前面的头发经常落在额头上，得不厌其烦地拨回去。如果把头发剪短，大概会好一些。但这年春天在无聊的审查会上，因为头发太长遭到讽刺后，杨干脆不再理发。他或许是没有察觉，或许是假装不知，总之如果有人居高临下地逼迫他“你要向右”时，哪怕明知不利，他也会偏偏向左。这似乎就是他的性格。他那黑色的双眸，有时看来柔和，有时看来好像在发呆。后世传记作家将之形容为“带着知性的温和，以及蕴藏着温和的知性”，但此刻似乎并没有给人这种印象。至于他的相貌，则经常被形容为“极为平凡的英俊”。他并不像战场上的竞争者莱因哈特·冯·罗严克拉姆那样，拥有稀世罕见的俊美。他看来比实际年龄年轻些，而且根本没有一点军人的样子，诸如此类的说法要比对他相貌的确切描写流传更广。

无论如何，杨威利并不是因为相貌才建立起今日的地位。他原本希望成为历史学家，却成了一名军人。二十一岁因成功组织艾尔·法西尔撤退晋升为少校，二十九岁在亚斯提星域会战中晋升为少将，在伊谢尔伦攻略战中晋升为中将，到了亚姆立札星域会战则晋升为上将，一年内连跃三级。论战功，同盟军中无人可及，但这也令人想到那些被他埋葬的敌军的墓碑。他是一位战争艺术家，但对其功绩和意义评价最低的却是他自己。他没有一天不希望早日辞去军人这种对文明和人道毫无贡献的贱业，然后悠闲自在地过退休生活，终其一生写出一本历史书。

在五月击退以秃鹰之城要塞进行瓦普飞行而来的帝国军后，杨患了重感冒，在床上躺了一个星期。下床后，还是每天都缺乏那么一点紧张感。

杨监护的人——现在已晋升为准尉的尤里安·敏兹，看到好像在傻乎乎地浪费时间的杨，仍然以为他头盖骨里还在进行孤独的高等智力活动，也许正在架构宏大的战略，也许正在深远的历史哲学中沉思……其实，这是尤里安总对杨在行动能力以外的智力活动评价过高所致。看起来双眼无神的杨，事实上真的是在发呆。

非战斗领域的工作，其实都是由精通事务工作的要塞事务总监亚列克斯·卡介伦少将，以及杨的副官菲列特利加·格林希尔上尉裁决，杨只要在文书上签个名就可以了。杨原本就是个只要没有必要就不勤勉的人，在近两个月内，更是除了喝茶和午睡的空当外，都绝不待在中央指令室。即使待在那里，也只是看看历史书，玩玩填字游戏，远远称不上“繁忙”。他头盖骨里那片知性的广袤田园，由于久未耕作而杂草丛生，虫子张着翅膀飞来飞去。这片田园的主人嫌弃土质不够肥沃，只是对两件事情有独钟——吃和睡。

但他偶尔也想从事些创造性的活动，于是提笔写起以“文明与酒”为题的论文模样的东西，但只写了开头的几行，就不再动笔了。所写的也只是再普通不过的文章。

“人类的文明与酒相伴产生，而文明的终止大概也会与酒一起到来。酒是知性与感性的源泉，堪称区分人类和野兽的唯一方法……”

尤里安看了这些文字，评论道：

“现在啊，连小酒馆的宣传文字，恐怕也比这个写得高明些。”

杨对残酷的批评感到失望，觉出自己知性周期的低落，便放弃了无谓的努力。此后，按照要塞防御指挥官华尔特·冯·先寇布的说法，杨竟也甘当“薪水小偷”了。

但说到先寇布，他也并非军人道德的楷模。现年三十四岁的他还是单身，从身为“蔷薇骑士团”指挥官的上尉时代开始，他就以征服女性的行家而闻名。在伊谢尔伦要塞，与他并称为

“双璧”的是第一空战队长—击坠王奥利比·波布兰少校。这两位分别是尤里安的射击和单座式战斗艇斯巴达尼恩操纵技术的教官。两人分别在这两个领域中拥有一流的技术，因此杨把尤里安委托给他们。但日后会不会有什么令人头疼的事情发生呢？谁也不敢保证。

关于先寇布和波布兰这两个人，有好几则逸闻流传，其中一则是这样的。

有一天早上，先寇布从女军官A少尉的房间走出来，碰巧在同一时刻，波布兰从隔壁女士官B上士的房间走出来，两人相视一笑各自离去。两天后的早上，两人又在同一个地点碰面了。只不过，这一次先寇布是从B上士的房间走出来，而波布兰是从A少尉的房间走出来……

并没有任何证据证明这则逸闻是事实，它是以一种间接的方式传开的，只是大部分听者都认为这是事实。

被问到传闻的真假时，波布兰回答说：“为什么只有男方的名字是真名，而女方却是匿名？岂不是很不公平？”

先寇布的回答则是：“我的品位才不像波布兰那样差呢。”

如果尤里安受了这两个人的影响就麻烦了。杨这么想也在所难免。尤里安本是个相貌英俊的少年，在首都海尼森上学期间，已经作为著名的飞行球选手备受同龄少女欢迎。在伊谢尔伦这个住着五百万平民的人工行星上，尤里安不但是司令官的养子，还是首次出战便击破敌军巡航舰的勇士，因此人气极高。

“总而言之，你不会的事情，尤里安都会。”

要塞事务总监亚列克斯·卡介伦（杨在军官学校时的学长）这样调侃学弟。卡介伦有两个女儿。有个颇有来历的传闻说，卡介伦希望尤里安能成为他大女儿莎洛特·菲利丝的新郎。但杨的说法则是：“莎洛特是个好孩子，问题在于她父亲……”

不论在军事还是在政略方面，杨都一再展现出卓越的洞察力，甚至有不少人把他当作千里眼。但现在这个时期，他却仅仅感觉到一点极为模糊的不安的预兆。他也不想知道帝国、费沙及同盟本国在政治、外交和战略上正怎样蠢蠢欲动，每天只关心红茶里掺进了多少白兰地，还不断打破立体西洋棋连败的纪录。

2

八月二十日，被后世称为“宇宙历七九八年共济协定”的文件正式公之于世。

所谓“共济协定”，换言之是为了抵制罗严克拉姆公爵的独裁体制，银河帝国旧体制派与自由行星同盟互相协助的协定。

自由行星同盟不但认可银河帝国皇帝艾尔威·由谢夫二世的亡命行动，而且公开承认以雷姆夏特伯爵由弗恩为内阁成员之首的流亡政权。此流亡政权被称为“银河帝国正统政府”，在将来推翻罗严克拉姆体制、回归祖国之后，将与自由行星同盟建立对等外交关系，并且缔结互不侵犯条约与通商条约，在帝国内部制定宪法、开设议会，促进政治和社会的民主化。自由行星同盟在努力使“银河帝国正统政府”拥有各项真实权力之际，必须提供最大限度的协助，为建设恒久的和平新局面，与之一同向前迈进。

同盟最高评议会议长特留尼西特与“银河帝国正统政府”首相，在八月上旬针对上述事项达成了协议。要将双方这个超乎想象的协约公之于世，必须格外谨慎。本来双方达成协议之路就绝对称不上一帆风顺。

七月，在雷姆夏特伯爵等人的陪同下，艾尔威·由谢夫二世进入自由行星同盟。德森上将接到特留尼西特的直接命令，亲自将他们一行藏匿在首都防卫司令部。德森的实战能力虽经常受到质疑，但执行这种保密任务的能力却是毋庸置疑的。双方的交涉长达三个星期，雷姆夏特伯爵尽管心有不甘，仍无奈地承诺将来要朝立宪政治努力。

八月二十日下午，伊谢尔伦要塞中，尤里安对黑发司令官说：

“听说特留尼西特议长即将发表演说，有紧急的重大消息发布……”

“紧急的事就重大吗？”

杨不悦地答道。他的态度非常明显：如果不听也可以，那他就不听。但首都又传来特别指示，要求全体将士观看超光速通信。杨只好对自己说这也是薪水分内的工作。可当中央指令室的大屏幕上映出议长的脸时，杨还是不由自主地微微向后仰了下身子。

“同盟全体公民，我，自由行星同盟最高评议会议长优布·特留尼西特，在此特别向各位宣布：全人类的历史出现了一个伟大的转机！今天能在此发布这个宣言，我非常欣喜，深感自豪！”

你自己去自豪吧！杨在心里狠狠骂道。大概又有什么对双方都不幸的事情发生了。这位同盟军中最年轻的上将对同盟元首毫无尊敬之意，甚至还有一股生理上的嫌恶。

“前些日子，一位流亡者为了寻求自身的安全，成了我自由国度的客人。我国过去从未拒绝过任何流亡者的申请，许多人因而得以脱离专制主义冷酷的手掌，来到这片自由的天地。不过，这一位的名字却特别响亮，那就是——艾尔威·由谢夫·冯·高登巴姆！”

他故意停顿了几秒钟，仿佛期待自己发表的言论会产生什么效果似的。

身为一位极具煽动性的政治家，特留尼西特此时陶醉得如同到了生命的高峰。自由行星同盟的一百三十亿公民真切地感受到巨雷落在身旁，只是没有伴随着光、热和声响。其中半数发出了轻轻的叹息，半数连叹息都没有发出，只是静静凝视着通信屏幕中央昂然挺胸的元首。

银河帝国的皇帝抛弃了应该统治的国家、应该支配的民众，亡命到这儿来了！帝国到底发生了什么？

“同盟的各位公民……”

特留尼西特议长的声音继续清晰地流泻出来。

“如今，帝国的莱因哈特·冯·罗严克拉姆倚仗强大的武力，扫灭了所有反对者，恣意行使独裁大权。他不但虐待年仅七岁的皇帝，还随心所欲地变更法律，任人唯亲，将整个国家变成私人财产。这并不仅仅是帝国内部的问题，他甚至将邪恶的野心扑向我国，企图把全宇宙置于他一人的专制之下，熄灭人类一直在守护的自由与民主主义之灯！像他这样的人，我们绝不能与之共存！我们必须在此舍弃过去的种种，与遭受罗严克拉姆逼迫的不幸的人们携起手来，保护自己，抵抗已逼向全人类的巨大威胁。唯有排除这一威胁，人类恒久的和平才能实现……”

从宇宙历六四〇年、帝国历三三一年的达贡星域会战以来，一个半世纪内，银河帝国与自由行星同盟一直以彼此的存亡为赌注交战至今。有一个问题令不少政治家殚精竭虑、冥思苦想：拥有不同政体的两大势力之间，即使无法共荣，是否存在互不干涉地共存的余地？但他们的尝试每每因双方强硬派或理论派的反对而夭折。一方将对方视为违逆帝威的叛徒，另一方则将对方当作黑暗的专制国家，互不承认对方的存在，借由武力贯彻自己的主张。为了将邪恶的敌人从宇宙中抹杀，几亿同胞的生命灰飞烟灭。

可是如今形势转变，为了达成共同的目的，双方竟要携手合作！人们无论感到多么惊愕，也是理所当然。

尤里安的视线迅速扫过聚集在中央指令室的一张张面孔，卡介伦和先寇布这些毒舌家竟也一反常态地沉默了。至于杨，则好像不知如何是好，茫然看着那位刚出现在画面上的银发人物。

“我，银河帝国正统政府的首相——由弗恩·冯·雷姆夏特，此次承蒙自由行星同盟政府基于人道的考虑，为我们提供使祖国走向正义的机会和根据地，着实不胜感激。谨代表下列同道，致上万分谢意。”

说了上述前言，雷姆夏特伯爵开始逐一宣读组成“正统政府”的内阁成员名单。国务尚书由他自己兼任，其他内阁成员则是一些亡命贵族。

“军务尚书，梅尔卡兹一级上将。”

公布这个名字的时候，众人愕然的视线集中到亡命客将身上，却看到他们注视的人惊愕程度丝毫不逊于自己。

“梅尔卡兹阁下，这是……”

梅尔卡兹的副官舒奈德上尉咕哝着，惊诧地环视周围的人们，代替无言的上司辩解道：

“请各位不要误会，阁下和下官对此事完全是初次耳闻。我们也想知道雷姆夏特伯爵为何会说出阁下的名字。”

“我明白。没有人认为梅尔卡兹提督会出卖自己。”

杨在劝慰舒奈德的同时，也阻止了用不信任的眼光看着梅尔卡兹的部下。

雷姆夏特伯爵应该没有取得梅尔卡兹的承诺。他大概认为既然提供了这样一个高位，对方必定没有异议，一口答应，所以根本没有进行交涉。

“如果我是雷姆夏特伯爵，也会把军务尚书这个位子留给梅尔卡兹提督，不会考虑其他人选。”

“我也有同感。”

先寇布不失时机地说出这句话。杨于是安心了，然而这安心稍纵即逝。雷姆夏特伯爵发表的“正统政府内阁成员名单”，当然是同盟政府同意后承认的，所以不日之内，梅尔卡兹势必得离开伊谢尔伦要塞，去担任筹建“正统政府军”的任务。看来杨要失去这位伟大的顾问了。

议长的演说，激起了奥利比·波布兰少校的满腔怒火。

“原来我们是将要扶助流浪的少年皇帝，与邪恶的化身——弄权的篡夺者作战的正义骑士啊！真是太了不起了，简直就是电视剧的主角！”

波布兰想大笑，却笑不出。他怒不可遏地将黑色贝雷帽用力掷在地板上。战友伊旺·高尼夫以相对冷静的态度将帽子拾起来，还给波布兰。年轻的击坠王根本不打算接过来，甚至越来越生气。

“究竟是为什么，我们竟得为保护高登巴姆王朝流血?！从曾祖父的时代到今天，连续打了一百多年，不就是为了打倒高登巴姆王朝，恢复全银河系的自由与民主吗？”

“但是，如果和平可以因此到来，改变策略也是不得已嘛。”

“如果和平真能来到也罢了。但是，就算和高登巴姆家族之间的和平来临了，和罗严克拉姆公爵之间又该如何？那个家伙绝不会觉得愉快。毫无疑问，他会狂怒地攻过来！”

“但是不管怎么说，都没有把皇帝赶回去的道理。说起来，那虽是皇帝，其实只是一个七岁的孩子。从人道上来说，不予援助实在没有道理。”

“人道？高登巴姆家族的那些家伙有权利说人道？鲁道夫和他的子孙杀了几百亿民众？回去重新翻翻历史教科书吧！”

“那是祖先的罪孽，不是小孩的过错。”

“你倒是一个辩论家，说得头头是道！”

“我并不是那么……”

“不用谦虚了，我在骂你！”

波布兰的声音像炸弹一样投了过去。看到对方不为所动，他一把抢过贝雷帽抓在手里，愤愤地走开了。

伊旺·高尼夫看着那离去的背影，耸肩苦笑。

3

“这么说，银河帝国与高登巴姆家族现在已经不是一体了。”

白兰地茶的热气濡湿了下巴，杨叹息道。会议室内满座的幕僚，除了红茶派的杨一个人被孤立之外，每个人面前都摆着咖啡，但现在谁都没有那个闲情逸致去品味香气。

尤里安在杨身后靠墙站着，忠实地斟着茶。

“一个只有七岁的小孩，怎么可能在自由意志下决定亡命？与其说得救或逃亡，还不如说是被那些自称忠臣的家伙挟持的。”

卡介伦做了上述发言，立刻有许多赞同的声音响起。

“可是，罗严克拉姆公爵的态度可想而知。如果他要我们送还皇帝……”

姆莱少将皱起了眉头。派特里契夫准将笨拙地耸了耸那宽大的肩膀。

“议长的漂亮演说您也听到了吧。一旦夸下那样的海口，即使心里想送还也不可能了。”

先寇布利索地将咖啡杯放回托盘，两手交叉，说道：

“如果要拉拢关系，早在一个世纪前就该携手了。在对手完全失去实质权力、亡命至此时才建立关系，这不是儿戏吗？”

“和分裂的敌人中的一方联手，如果按照马基雅维利主义的权谋，这种做法倒也无可厚非。但真要这么做的话，除了时机还需要实力。依目前的情况来看，不具备任何一个条件。”

杨伸了伸脊背，无力地把身体埋进椅子里。同盟如果真的要贯彻马基雅维利主义，利用帝国国内罗严克拉姆派和反罗严克拉姆派之间的斗争，最好的时机应该是去年的利普休达特战役。假如同盟军那时介入帝国内乱，利用鹬蚌相争之机，便能轻松坐收渔翁之利。

但罗严克拉姆公爵莱因哈特却以令人难以置信的敏锐，洞察到这个可能性，不仅防患于未然，还反过来煽动同盟内部的不满分子发动政变，使同盟军根本无暇介入。在罗严克拉姆公爵的权力已经稳定的今天，反对派丝毫没有收复失地的可能。先寇布简直是一语中的。

杨认为，若是同盟政府要利用马基雅维利主义，就必须将亡命而来的幼帝送回罗严克拉姆公爵手中，承认他在帝国内的霸权，并与之约定其后的和平共存。这样的行为或许会被指责为不人道，但是依杨所见，罗严克拉姆公爵应该不会亲手杀害幼年皇帝。那位年轻俊美的独裁者不至于如此残忍和愚劣。毋庸置疑，他一定会想出让幼帝活着并加以利用的方法。而同盟政府如今的所作所为，简直是替罗严克拉姆公爵除去一张鬼牌。

罗严克拉姆公爵并未因皇帝的逃亡遭受损失，非但如此，甚至获益匪浅：其一，这会使同盟内部的舆论出现分歧。其二，他可以用“夺回”乃至“救回”皇帝的名义，使对同盟的军事行动师出有名。其三，这件事还可以增加民众对皇帝的敌意，从而促进国内团结。故意使皇帝亡命同盟的话，罗严克拉姆公爵将大获丰收。

想到这里，杨不寒而栗。他一直对莱因哈特的智慧有极高的评价，年轻俊美的独裁者怎会这样轻而易举地让旧体制的余党将皇帝夺走！当杨说出自己的想法时，满座无声。先寇布提出反问时已过了许久。

“这么说，是罗严克拉姆公爵故意让皇帝逃跑喽？”

“非常有可能。”

杨严肃地说道，然后无视尤里安那近乎非难的眼神，把白兰地倒进已经空了的红茶杯。他把瓶子放回桌上，卡介伦接着抓起来往自己杯子里倒。然后先寇布接过酒瓶，又传给了姆莱。杨注视着传来传去的酒瓶，表情显得有点担忧。直到接触到尤里安的视线，他才猛然回过神，把注意力拉回罗严克拉姆公爵身上，表情也自然而然地紧张起来。

他的推测果真与罗严克拉姆公爵极尽巧妙的谋略重合的话，这幅极尽华丽的拼图无疑已趋于完成。但是，这是罗严克拉姆公爵一个人想出来的吗？被玩弄的傀儡无疑是同盟与帝国旧体制派两者。而编导这出傀儡戏时，两者是否还有协定呢？

最令人感到恐惧的，莫过于罗严克拉姆公爵莱因哈特与费沙联手。军事力量与经济力量、才能与野心是否会因共同的利益携手合作？对，费沙如果无利可图，肯定不会把手主动伸给莱因哈特。但究竟是怎样的利益，才促使他们与莱因哈特立下如此的协约？是要在统一的新帝国内独占经济权益吗？这是个可以接受的答案，罗严克拉姆公爵应该也能接受……但这是真正的答案吗？会不会是一个先让罗严克拉姆公爵接受，进而使之麻痹大意的陷阱？费沙想要的应当是更巨大的目标，他们故意显露出一副拜金主义者的嘴脸，不过是为了隐藏真正的目的……

陷入沉思的杨感到脑袋轻微作痛。这时，卡介伦与先寇布的对话传了过来。

“骑士症候群好像正在首都蔓延，说要从暴虐毒辣的篡夺者手中拯救年幼的皇帝，还要为正义而战等等。”

“让高登巴姆家族的专制权力复活，难道就是正义吗？套用一句比克古提督的话，‘需要编一本新字典了’。难道没有人反对吗？”

“也不是没有慎重的言论，但那些人一开口就被称作非人道派。仅仅因为一个七岁的小孩，大家的思考都停止了！”

卡介伦厌恶地瞪着再次底朝天的咖啡杯，之后将渴望的眼神投向那个够不到的白兰地酒瓶。

“要是一位十七八岁的美人，恐怕狂热程度还会高一点，因为一般的民众最喜欢王子啦、公主啦什么的。”

“从古时候起，童话里的王子或公主一定都是正义的，而大臣从来都是邪恶的。但要是从童话的角度来判断政治，那就错漏百出了。”

杨一边让他们的对话在听觉神经的迷宫中回荡，一边努力耕耘脑袋里那片许久未曾问津的知性的广袤田园，但拔除杂草就得费一番力气……

政治和外交的事情暂且放一边，单就军事来说，同盟正面临巨大的危险。罗严克拉姆公爵必定就皇帝被挟持之事兴师问罪，发动攻击。或许他会这样鼓舞平民出身的士兵：你们平民阶级的敌人就是高登巴姆王朝的皇帝和大贵族，打倒窝藏皇帝、企图使专制政治与社会不平等死灰复燃的自由行星同盟！他们自称共和主义者，可是事实显示，他们是高登巴姆王朝的共犯。为了守护你们的权益和正义，把同盟打倒！这样的煽动多么富有说服力呀。

旧体制派的余党“救出”皇帝的行为，大概是骑士的浪漫主义与政治野心充满错觉的恋爱结果。这种恋爱只能说是一无是处。

在这次事件中获益最大的，就是罗严克拉姆公爵莱因哈特。他过去曾经需要将皇帝的权威作为背景，但在消灭门阀贵族联合军、整肃宫廷竞争者立典拉德公爵之后，他已经掌握了帝国的独裁权力。七岁的皇帝只是挡在他与宝座之间的褪色的障碍罢了。以他现有的权力和武力，甚至连小指头都不必动就能排除这个障碍。但是，罗严克拉姆公爵不是野兽，要废除幼帝君临天下，必须有能应对今天也能应对未来的正义名分。假如艾尔威·由谢夫二世是个残杀人民的恶劣暴君，将他废除堪称正义。但是年仅七岁的幼帝不至于像过去几个皇帝那样，会随意抢夺臣下的妻子纳入后宫，或宣称要维持秩序，唆使军队虐杀手无寸铁的民众。同样，他也未曾杀死继承皇位的竞争者和他们包括幼儿在内的家人……

4

在高登巴姆王朝的历代皇帝当中，暴虐之名最昭著的，是宇宙历五五六年、帝国历二四七年即位的奥古斯都二世，又名“流血皇帝奥古斯都”。

据说，他在二十七岁成为宝座主人之前，早已享尽人生的快乐。由于大量酗酒、恣欲荒淫和贪恋美食，再加上经常使用鸦片抑制痛风，他的肉体逐渐崩溃，体内的脂肪和水分占了全身重量的百分之九十九。虚弱的骨骼和肌肉自然无法支撑巨大的体重，他只好将自己那融化猪油般的臃肿身躯放在机器轮椅的羽毛垫上移动。这样的丑态自然引起了父王里歇尔特三世的不悦。但奥古斯都好歹是长子，在才智上也不见得有多恶劣，父王终究没有下决心将他废掉。另外也是因为奥古斯都的三个弟弟，无论资质还是品行都未必胜过他们的兄长。就这样，奥古斯都即位的时候，既没有传来谩骂，也听不到赞誉之声，银河帝国的宫廷与政府木然地将历史上最恶名昭著的暴君迎上了皇帝宝座。

奥古斯都登基后，将无限权力玩弄于股掌之上，发布了第一道命令：亡父的宠姬全部留在后宫中。历代惯例都是发一笔钱给先帝的宠姬，让她们离开，再由新皇帝重组后宫。这道命令让重臣们大吃一惊，也让奥古斯都的亲生母亲伊蕾妮皇太后勃然大怒。面对母亲的责骂，年轻皇帝却斜着半边脸，涎笑着说：

“母后，我是想替您消除被那些女人夺走父王的懊恼呀！”

说着他抓起母亲的手，将察觉到儿子异常的眼神、感到恐惧的母亲强行拉进内室。不久，侍从们听见皇太后那变了调的惨叫。惨叫声余响未落，皇太后从内室踉跄着冲出来，跌倒在地板上开始呕吐胃液。侍从们将皇太后扶起来，鼻孔里蹿进了一股夹杂着金属味的血腥气。

当时皇太后看到的，是多达数百位的后宫宠姬惨遭残杀的尸体，甚至有人说那些尸体全被剥了皮。可见奥古斯都精神的崩溃比肉体还早了几步。在他精神的地平面上，理性的余光早已变成一道细细的线，在获得无限权力的那一瞬间，最后一道余光也消失了，黑暗完全支配了新皇帝的内心。

此后，这一大块裹着豪华的丝绸衣服的猪油，每次动一动肥肿过度的手指下一道命令，帝都奥丁的人口就会随之减少。三个皇弟被他当作企图篡夺皇位的谋反者处死，尸体被激光刀切碎，扔进饲养着有角犬的洞穴。皇太后被指控要为将他们三人生到这世上负责，最后被迫自杀。新帝即位后一星期，已经没有一个内阁成员还活着了。近卫旅长项巴克准将按照皇帝的“直觉”搜寻反叛者，甚至将连吃奶的婴儿在内的整个家族斩尽杀绝……无论对贵族还是平民，所有的处刑和罚没财产都在“公平地”进行着。

皇帝诛杀罪犯的时候，也规定要使用他人无法仿效的豪奢方式，所以不计其数的男女便成了他杀人哲学里的教材。

帝国的官方记录里一定没有留下关于奥古斯都二世的准确记录。原因之一是要将高登巴姆王朝的污点公诸于世，人们毕竟心存顾虑。但为了称颂后世的皇帝，也不得不记录了几笔暴君的恶行。据称遭奥古斯都二世虐杀的人多则两千万，少则六百万，记载上存在巨大的差距。但就连最小的数字也非比寻常。况且奥古斯都并不像鲁道夫大帝或吉斯穆特那样，后面两位虽然刚愎自用，但只在有必要的时候才杀人，奥古斯都则是将权力当作玩具乱用。

皇帝吃人肉、将人血掺进葡萄酒等传闻明显太夸张，但将钻石磨成的细针刺进囚犯的眼珠，刺穿眼底和头盖骨，使其脑部受伤发狂至死的方法，则以“奥古斯都的注射器”之名流传至今。事实也证明，确实有很多人是被这种方法杀死的。

就这样，有六年的时间，银河帝国在暴君的统治下呻吟。然而说来讽刺，在这段时间内，不管是大贵族、下级贵族还是平民，都在共同的恐惧中颤抖，原来的阶级对立情绪竟全都抛到宇宙之外了。沉淀下来的恐惧随着时间的流逝逐渐产生化学变化，最终变成了穷鼠噬猫的勇气。

行动发起者是先帝里歇尔特三世的弟弟安德斯大公的儿子，也就是奥古斯都的堂弟耶里希·冯·林达霍夫侯爵。他见皇帝的精神已经脱离理性之岸，正漂向疯狂的大海，觉悟到将至的危险，于是逃离了帝都奥丁，回到自己的领地。不久，几乎已将帝都内的近亲杀光的奥古斯都想到那逃走的狡猾堂弟，便命令他前来谒见。但是耶里希并没有拥抱断头台的打算，断然违抗了命令，同时号召邻近的帝国军屯驻部队起事。耶里希甚至事先在体内埋藏了毒胶囊，准备万一被皇帝囚禁时，可以提早结束自己的生命，免受残杀。

此次他发动兵变，本已做好败北的准备，却没想到有三个年轻提督前来投奔并立誓效忠。这三人已经放弃暴虐的君主，其中一人的妻儿更是惨遭皇帝的杀害。他们在托勒巴哈星域迎击皇帝的讨伐军，一举将缺乏战意的敌人打败。讨伐军的投降人数多达战死者的二十倍，几乎是全军降伏。

不过，在会战决出胜负之前，奥古斯都却已命丧九泉。原来，近卫旅长项巴克认为主君气数已尽，于是趁他向有角犬的洞穴抛投生肉时，从背后猛然推了他一把。这位暴虐的皇帝发出文字难以形容的怪叫声，跌落到洞穴底部。那由脂肪和水分组成的巨大肉块立即被有角犬的爪牙撕碎，迅速消失在这些野兽的胃中。

在“新皇帝万岁”的欢呼声中，耶里希凯旋帝都，连他自己都难以置信。他首先传唤项巴克，赞赏他杀了暴君，为国家和人民除害，并将其晋升为上将。紧接着，他又下令将满心欢喜的项巴克逮捕，追究他作为皇帝心腹残杀无数之罪，将其枪毙。

耶里希即位之后，固然没有实施多么独创与开明的统治，却一扫奥古斯都的恐怖阴影，把帝国四处燃烧的炼狱之火扑灭，并且安定了人心，功不可没。但和他的子孙马克西米利安·由谢夫一样，他使处于崩溃途中的专制帝国又得以延续。就更深远的意义而言，他或许是无意识地成了历史的罪人。

5

不管怎么说，幼帝艾尔威·由谢夫二世现在并没有犯下足以称为暴君、应当被废的罪行。

而且，幼帝如果真的死了，即使是自然死亡，人们也会认为有遭受毒杀的可能。所以，罗严克拉姆公爵为了避免沾上残杀幼儿的罪名，甚至得极力维护幼帝的生命和健康。这实在有几分讽刺意味。可以想见，不论罗严克拉姆公爵多么聪明敏锐，也会为如何处置皇帝烦恼不堪。但是因为这一事件，难题解决了，皇帝离去，留下了空空的宝座。宝座在失去主人后由新主人接手，旧主人能提出非难吗？

姑且不论旧体制派的主观意图如何，最终的结果却是他们特地替敌人卸下了沉重的负担。对于这样的结局，罗严克拉姆公爵或许会带着一如平常的华丽神情失笑出声。不管选择哪一种方式，都对他有利。如果皇帝是按照自由意志舍弃了皇位与臣民，径自逃亡的话，他可以谴责其不负责任的行为。如果皇帝被强行挟持，他可以声讨挟持者，采取行动“拯救”皇帝。无论如何，选择权尽在那位俊美的年轻人手中。接纳了皇帝与那些自封为忠臣者的自由行星同盟，只能惴惴不安地等着看对方要出哪一张牌，因为他们已经没有选牌的机会了。

但是，对罗严克拉姆公爵来说，这一切仅仅是偶然的幸运吗？杨陷入沉思。

此时此刻，实在无法得出一个令人心情愉快的答案。

罗严克拉姆公爵是个充满野心和锐气的年轻人，并非坐等幸运降临之人。他的意志应当以某种形式左右着事态的发展。毕竟，就是他过去唆使同盟内部的不满分子发动政变的。虽不能断言他参与了计划的最初阶段，但能推测出他很可能明知这一挟持计划，却故意忽视，从而最大限度地利用这个结果。首先，很难相信旧体制派的余党还有挟持皇帝逃出帝都奥丁的组织能力。他们是如何潜入帝都，又是如何安然逃离的？在此期间，又是怎样避开警卫的眼睛逃脱搜查的？必然有人从中相助，即使不是罗严克拉姆公爵，也有其他人！那么，这背后之人势必拥有庞大的组织、丰富的资金与人脉，而且心怀利益与目的，聪明又狡猾地进行谋划和行动……

照此推测，费沙……

难道又是费沙？

杨忍不住要咋舌。他希望名列正统历史学家末席，却未能如愿，本身是希望排除阴谋史观的。历史的潮流不应因为少数人的阴谋和策略改变方向，历史不该是这样。

然而无论如何，同盟政府都必须负责，不是对其起因，而是对其结果负责……

自由行星同盟与银河帝国的旧体制派联手了。显而易见，这些破落贵族的希望是重建高登巴姆王朝的正统权威，并以此为背景恣意行使权力、独占财富，使历史逆流。自由行星同盟竟然与这样的人联手，相信那画饼充饥的“未来的民主化”，和今日实际在进行政治与社会改革的罗严克拉姆公爵敌对！这样的选择实在是愚蠢至极！

杨觉出有不少偏见的微粒溶入了思考的大海，却意志可嘉地坚持自己的想法。自鲁道夫大帝以来，高登巴姆王朝历经五个世纪的岁月，应该有无数机会纠正政治和社会的不公，却一再错失良机。最后王朝之花终于因为充满腐臭的特权阶级呼出的毒气枯萎，甚至连根茎也枯竭而死。那特权阶级的余党还能期待什么？

有人似乎说过：盗贼的种类有三——依靠暴力的盗窃者、依靠智慧的盗窃者，以及依靠权力与法律的盗窃者。

依靠罗严克拉姆公爵、从大贵族体制的桎梏下解放出来的帝国二百五十亿民众，会饶恕与最邪恶的盗贼联手的同盟吗？当然不会。是啊，正如先前所想，己方将要与银河帝国的“国民军”作战了。那时，正义毋宁说已到了敌方那一边……

“那么，梅尔卡兹提督，您打算怎么办？”

一个并不响亮的声音将杨的意识唤回伊谢尔伦的会议室，他的目光扫过参谋的脸。说话的是姆莱参谋长。其他参谋也多多少少露出困惑的表情，只是程度上有些差异罢了。被拟定为“帝国正统政府”军务尚书的梅尔卡兹的去留，自然成了全体关注的焦点，但每个人都刻意回避正面提出疑问。唯独姆莱把这层顾虑和犹豫像纸一般刺破了。

“那位流亡政权的首相雷姆夏特伯爵，难道没想过梅尔卡兹提督可能会拒绝吗？我认为确实不便辜负他们的期望，不过……”

姆莱少将的声音中并没有嘲讽之意，却也缺少回旋的余地，让人感觉梅尔卡兹的退路似乎已被断绝。严肃认真的姆莱凭着正面攻击，翻越了这位流亡客将的防护墙。

梅尔卡兹用似乎睡意蒙眬的眼睛看着提问者，说：

“我与雷姆夏特伯爵的见解未必一致。我对皇帝陛下的忠诚并不输给他们，但就个人而言，我倒希望陛下能成为一介平民，过着波澜不惊的生活。”

这位老练提督的声音此时显得极为沉重。

“纵使建立流亡政权，也不可能推翻罗严克拉姆公爵的霸权。因为他将民众当成自己人，受到他们的支持。我难以理解的是……”

梅尔卡兹缓缓地摇头。那并非来自肉体的疲劳阴影用无形的手钳住他的身躯，好像要将他紧紧抱住似的。

“那些本应保护年幼陛下的人，反而似乎要将陛下置于政治和战争的旋涡中。要建立流亡政权，他们自己去建立就好了。把连基本判断能力都不具备的陛下扯进去，实在无理至极。”

杨仍然保持沉默，只是粗鲁地将贝雷帽摘下来，抓在手里摆弄。先寇布轻轻瞥了一眼杨的举动，开口说道：

“如果稍加思考，可以说需求和供给完全一致。”

“需求和供给……”

“是，罗严克拉姆公爵的权力基础在于民众，早已不需要借助皇帝的权威。而雷姆夏特伯爵没有任何实质的依靠，为了把握流亡政权的主导权，他必须连废物也加以利用。”

“我明白梅尔卡兹提督的见解。但我想请教一下，阁下自己将如何选择、如何行动呢？”

“姆莱少将……”

杨开口了。他并不希望让梅尔卡兹坐在被告的位子上。年轻的司令官固然对姆莱的洁癖性格与缜密思绪有高度评价，但若是时间和地点不当，这些特质也有可能成为伤人的针。

“人如果能按自己的意愿来行事，那该有多好。例如我自己，我也有一大堆话想对政府的首脑说。最令我生气的，就是他们将随意的决定强加于人。”

卡介伦、先寇布和菲列特利加·格林希尔点了点头。姑且不论杨的论调如何，他们想必已经明白他的用意。梅尔卡兹并不是依照一定的程序被正式邀请参加流亡政权的，而是以先斩后奏的方式，被单方面扯入这一事端，所以现在向他要最终的回答是非常残酷的。姆莱轻轻地低下了头，不再追问，或许他也明白了。

杨担心在得出结论前，事态出现混乱，命令大家暂时休息一下。先寇布对司令官露出促狭的笑脸，说：

“到了这个时候，如果您有一大堆话想说，那索性说出来让我们听听嘛。如果您大吼一声‘国王长着驴耳朵’，心情就会舒服一些。”

“在公开场合，现役军人不便进行政治批判，是吧？”

“不过海尼森那群傻瓜的所作所为，实在应该狠狠骂一番。”

“可以自由地想，却未必能自由地说啊。”

“是的，言论自由的领域确实比思想自由的还要狭窄。自由行星同盟的‘自由’二字，真不知来自哪里。”

这正是我一定要弄明白的。杨在内心认真地想，但是并没有说出口，只是耸了耸肩膀。要塞防御指挥官见状，轻轻地眯起眼睛，说道：“自由的国度嘛。我六岁的时候，被祖父母带着逃亡到这里，转眼已经过了二十八年。不过那针戳一般刺骨的寒风，还有入境管理官员将亡命者当作乞丐对待的鄙夷眼神，我还记得很清楚，恐怕到死都难忘。”

先寇布将自己的过去说给别人听实属罕见，杨的黑眼珠流露出感兴趣的神情。但先寇布却无意继续谈论关于自己的话题，他抚摸着有点尖削的下巴，用像是自暴自弃的语调说道：

“也就是说，我是一度失去祖国的人。如果由一度转为再度的话，也没什么好惊讶或叹息的。”

在另外一个房间，上司与部下之间同样进行着颇为艰难的对话。

梅尔卡兹看着副官舒奈德上尉，脸上的表情说不清是苦笑还是自嘲。

“人类的想象力实在不过尔尔。就在一年前，我哪能想到命运会替我做这样的安排。”

舒奈德怃然地说：“下官自以为是地认为对阁下有利，就劝您逃亡……”

梅尔卡兹的眼睛眯得更细了。

“哦，你感到高兴吗？对与罗严克拉姆公爵为敌的人来说，再没有比这个头衔更好的了，不过……”

如果说这话的人不是梅尔卡兹，舒奈德只能解释为带刺铁丝般的讽刺了。他难过地摇了摇头，说：

“说是正统政府的军务尚书，但只是个虚名。事实上，哪有一兵一卒供阁下指挥！”

“现在我也同样无一兵一卒可以指挥……”

“不过，杨提督的舰队有时也交由您来指挥，今后连这种机会也不能奢求了。空有虚名，再也没有丝毫的实质内容……”

舒奈德咂了咂嘴。

“雷姆夏特伯爵倒还罢了，至于其他人，除了拥有贵族爵位，根本一无是处。由这种乌合之众来对抗罗严克拉姆公爵，无异于以卵击石。”

“但是，有皇帝陛下在……”

梅尔卡兹的声音重重地沉入舒奈德胸中。上尉颇为惊讶地注视着这位以银河帝国皇帝臣下的身份度过了四十余年岁月的老将，从肩膀的轮廓来看，他似乎迅速地衰老了。舒奈德当然也有身为人臣的意识，但是比梅尔卡兹根深蒂固的思想又淡了许多。或许可以说，他的忠诚是有条件的。看着静立不动、不知该说什么好的副官，梅尔卡兹微微一笑。

“再怎么烦恼忧虑，都没什么用，反正还没收到正式的文书，再好好考虑一下吧……”

暴风雨不但显现出了预兆，甚至已开始派出尖兵，杨却没有采取相应的措施。更准确地说，杨根本无法采取措施。如果帝国大军真的杀到伊谢尔伦要塞前，这位用兵艺术家自可以发挥无与伦比的手腕。然而事情还停留在政治层面上，身为穿制服的军人，杨毫无可为之处。但事态的发展不会永远将杨置于客席，让他冷眼旁观。

“阁下，罗严克拉姆公爵莱因哈特出现在通信屏幕上，似乎要对全帝国和全同盟发表什么演说。”

得知流亡政府成立的消息后，过了一顿饭的工夫，通信官带来这个紧急报告。

中央指令室的主屏幕上浮现出莱因哈特的身影，那头金发像狮子的鬃毛般华贵。

黑银相间的华丽军服本是帝国军自古以来的传统，此时看去却像是在几个世纪前就为这位金发年轻人特别设计的一般，衬托着他那俊美的容颜。他冰蓝色的眼眸深处隐藏着暴风雪，正视他时，甚至会感觉身心战栗。如果将好恶之感置于一旁，亿万人都不得不承认这位年轻人的确非比寻常。

莱因哈特一开口，音乐般动听的声音流泻而出，给听者的鼓膜愉悦的刺激，但演说内容却极为残酷。年轻俊美的独裁者宣告皇帝遭受挟持的事实后，投下了一枚无形的炸弹。

“我在此宣告，利用卑劣的不法手段挟持幼帝，企图使历史逆流、强夺人民已被确立之权利的门阀贵族余党，将遭受与其罪孽相等的报复！而与之苟合私通，阴谋对宇宙和平秩序发动不法挑战的自由行星同盟的野心家们，也同样罪责难逃！错误的选择只能用正确的惩罚来矫正。罪人需要的既非交涉也非劝导，他们实在无法理解这些善意，唯有武力才能令他们启蒙。尔等必须铭记，今后无论付出多少流血代价，全部责任皆在于愚劣的挟持者与其共犯……”

拒绝交涉与劝导——理解其中的意义后，每个人都感到心脏好像要从胸腔里跳出来。帝国旧体制派的流亡政权和支持这个政权的同盟政府，都被列为要用武力来“矫正”的对象了。不知被“矫正”的一方是否预料到了对方会做出如此迅猛的反应？

莱因哈特的身影从屏幕上消失后，先寇布立即对杨说：

“也就是说，罗严克拉姆公爵公开宣战了，我甚至感觉这样多此一举……”

“形式上应该完备了吧。”

“伊谢尔伦又要变成最前线了，真麻烦。政府首脑以为只要握有这个要塞，就可以满不在乎地做出任何愚蠢的行径。这还真是个问题。”

一瞬间，杨的嘴唇动了动，欲言又止。他默默地凝视着已经变成灰白色平板的屏幕，仿佛要透过它看清别人无法看到的东西。

Chapter 5
一次出发

1

随着银河帝国皇帝艾尔威·由谢夫二世的“流亡”，以及帝国宰相莱因哈特·冯·罗严克拉姆公爵的“宣战公告”，自由行星同盟被卷入了乱流的正中央。以优布·特留尼西特为议长的最高评议会承认了流亡政府，当然预料到莱因哈特会做出相应的反应，但也不禁对其反应之猛烈感到震惊。评议会成员卡布朗回顾说，他们正考虑利用流亡政权作为外交交涉的条件，却被对手抢先打了两记耳光，而且还被告知，自己的选择已经没有任何妥协的余地了。

“金发小子想以武力为后盾威胁我们！”

卡布朗满腔激愤地说道。但政府轻率的政治选择招致了这样的后果。现在不管怎么指责莱因哈特，都难免被人民批评他们先前的判断太天真，因为正是他们自己给莱因哈特口实的。

对他们而言，唯一的一点幸运，大概就是还不知道这个愚蠢的选择是在莱因哈特和费沙这对奇怪的同谋犯共同导演之下做出的，但这小小的幸运中却孕育着巨大的不幸……

两位在野的政治家姜·列贝罗与荷旺·路易在一家餐厅共进晚餐。两人因审查会的关系和杨多少有些因缘。用餐时，他们谈话的焦点也同样集中在杨身上。

“杨威利是否有成为独裁者的资质？这倒是很有趣的问题。”

“在没有成为现实之前，还可以笑得出来，不过笑到一半脸发僵的场面，我这辈子不知道见过多少回了，荷旺。”

列贝罗是个在能力和道德方面都颇为优秀的政治家，但可惜缺乏那么一点幽默感。荷旺常为此感到惋惜。

“成为独裁者，就好比调鸡尾酒，需要很多成分和要素。哪怕自以为是也罢，他必须有屹立如山的信念和使命感，以及最大限度地表现自身正义的能力。此外，他必须极度主观，不是把敌对者当成自己的敌人，而是将其当作正义的敌人。这些你应该也明白吧，列贝罗？”

“明白。那么，杨威利又如何呢？”

“嗯，大概有点勉强吧。杨威利这个年轻人是一杯相当美味的鸡尾酒，但在我看来，他还缺少一些成为独裁者的要素。当然，这并不是才干或道德方面的问题，而是因为他欠缺两项要素：一是自负，二是对权力的迷恋。这或许是我个人的偏见，但是我的判断。”

白肉鱼汤端上来时，两位政治家停止了谈话。列贝罗拿起汤匙，看着侍者离去的背影，说道：

“但我认为他对自己的判断是有自信的。上次那场审查会中，他是个勇猛果敢的抨击者，还是个不屈不挠的辩论家。这可都是你告诉我的。”

荷旺摇摇头，那不仅是在反对列贝罗，同时也像是不欣赏鱼汤的味道。

“啊，那一次确实如此，不过是为了对抗那些愚劣的审查官，不是他主动挑衅。仅仅就那次审查会而言，他确实是个杰出的战术家，但称不上战略家。如果是战略家，为了日后计，不管那帮人有多愚劣，一定都会考虑将他们拉拢到自己一方。不过，我们这位好青年杨威利啊……”

荷旺一副难以下咽的表情，把汤送进嘴里。

“却在面对一头猪的时候，明明白白地告诉它：‘你是猪！’对大多数人来说，这无可厚非。该生气的时候就生气，人才能维持尊严，但往往有许多令人悲哀的例子。一个人拥有的尊严与政略上的成功，往往是等值交换……”

过了一会儿，荷旺用责怪的眼神瞪着那只空了的深底盘子，拿起杯子，将一口水含在嘴里。

“目前我的结论是，杨威利不会成为独裁者。至少他本人没有那个意愿。”

“但是事情的发展恐怕不会完全依照他的意愿。”

“没错，而且这并不仅限于杨威利。列贝罗，你也不例外吧？你好像只忧虑杨提督的事，但假如有一天，杨在并非出自本意的情况下登上了独裁者的位子，抛弃民主共和政体的话，你对自己的去留又作何打算？”

列贝罗没有立即回答，只是静静地皱着眉头。荷旺并未追问，因为他对日后之事也并非成算在胸。

腐败的民主政治和清廉的独裁政治，究竟应该如何取舍？这恐怕是人类社会最难回答的问题。银河帝国的人民也许该说是幸运的，因为他们正在从腐败的专制政治——那种根本无须争论、确凿无疑的恶劣状况当中，被一步步拯救出来……

这一时期，人类社会的各个角落无不充斥着错误的判断和心灰气馁。而奉献忠心和生命将幼帝迎接过来的“银河帝国正统政府”成员，困惑的程度目前看来已达到极致。

“什么嘛，那个兔崽子！实在太可恨了！傲慢、粗暴，简直比歇斯底里的猫还要难对付！”

愤怒、失望和厌恶的情绪在胃中沸腾，他们嘴里泛起强烈的酸涩。他们原本就对这个由莱因哈特和前帝国宰相立典拉德公爵拥立的幼帝知之甚少，但根本没想到竟然是这样一个丝毫不能激起臣下忠心的小孩。

如果幼帝继续这样不知自我克制地长大，等待他的大概是和奥古斯都二世一样的暴君恶名。“正统政府”的人们甚至产生了这样的想法。

奥古斯都这个名字对于高登巴姆王朝和帝国的历史来说，是最大的污点。如果继承皇位的是他的儿子，他的污点势必会被慎重地抹掉。但后世的历史学家非常幸运，他的后继者为了使起事正当化，觉得应该将暴君的所作所为公之于世，故而并未干涉与奥古斯都相关的言论。

但是，如果只因为艾尔威·由谢夫二世的容貌和性格与大人们想的不一致就责怪他，那实在过分。一个年仅七岁的小孩不该为自己性格的形成承担责任。遗传也好，环境也罢，他周围那些怠于教养他的成人才应当受到指责。可是他的双亲已不在世上，帝国宰相莱因哈特对幼帝自然不会像父母那般亲切，侍从们则发挥小吏秉性，只是尽一尽最低的形式上的义务。虽然爱并不能决定一切，但在这种完全欠缺情感的情况下，自然结不出什么好果子。

这个孩子只有七岁，颓废却已难以置信地侵蚀了他的精神，而且还在逐渐扩大加深，这自然会招致他人的嫌恶和退避。

对“正统政府”的要人来说，皇帝不必是英雄或名君，毋宁说一个平庸的傀儡才是他们想要的。可皇帝的个性太恶劣也令人苦恼。这个流亡政权没有可以统治的领土，也没有可以榨取的人民，更没有维持统治的暴力工具——军队，因而自由行星同盟的保护与费沙提供的援助就成了它存在的基础。尽管同盟和费沙显而易见是基于自身的利害关系才这样做，但是为了博取它们的好意甚至欢心，准备日后的反抗与重建，就必须赢得它们对幼帝的好感。

因为这个理由，“正统政府”的人们曾经希望七岁的皇帝是一个仿佛从童话中走出的“可爱天使”，现在他们明白这是绝对不可能的了。那就应该采取一些措施，至少不要让幼帝招人厌恶。

“尽量不要将皇帝陛下带到别人面前。”

他们做出了这样的决定，于是命令医生给幼帝服用精神镇定剂，并且将幼帝的世界局限在“行宫”寝室的床上。医生担心药品会给孩子脆弱的身体带来不良影响，但最后只得依照命令行事。

就这样，凡是要求与幼帝会面的同盟政治家、商界人士、评论家，以及希望投靠流亡政府的人们，都只能走到大门附近，望望那个被强制滞留在睡眠国度的小孩沉沉的睡姿。在来访的客人当中，的确有人见到那沉睡的脸触动了感伤情绪，但是也有人将这个七岁的孩子看成五个世纪以来黑暗专制政治的化身，用唯心的言辞加以攻讦。

事情已经演变到不可收拾的局面。不管是谁，都是用感情而非理性进行判断和选择，或是基于感伤而赞成，或是因为生理上的反感而指摘。承认皇帝流亡这件事，对民主主义的存续与和平的到来究竟有什么意义？这个议题已经被撇开不谈了。无论是赞成者还是反对者（前者占多数）都只是一味痛骂对方的愚蠢，却不打算花费时间和气力说服对方。

发现幼帝艾尔威·由谢夫二世不像部分人凭空想象的那样，拥有天使般的甜美长相，而是个毫不可爱，甚至教养极差的小孩之后，流亡政府成员中那股浪漫的骑士热情被兜头浇了一瓢冷水，终于镇静了一些，但他们仍然认为幼帝具有足够的政治价值。姑且不提那个不法的野心家罗严克拉姆公爵，他们预测在帝国军的将士当中，应该有许多人仍迟疑着是否将枪口朝向幼帝。在古代的地球，教徒之间骨肉相残的时候，一方军队将本教圣典高竖在阵地，敌人见到了圣典，便纷纷弃械溃走——这样的古老传说也被加以利用。但这个预测只是愿望和妄想的私生子，或许预测的人在潜意识里也明白。

尽管怀着不安与后悔，流亡者与接纳他们的同盟政府也已被追得毫无转圜余地。莱因哈特那闪电般的反应把他们从拳击台中央逼到了四周的围绳处。既然宣告“没有交涉的余地”，那只能用武力解决。加强与整备军事力量自然成了当务之急，同盟政府首先从人事方面的安排着手。为了消除对军部的顾虑，加强政府——更确切地说是加强政权的影响力，特留尼西特派的高级军官被安插到了军部首脑的位置上。

就这样，统合作战本部长库布斯里上将以疾病为由宣布引退，由过去曾任代理本部长的德森上将接替。虽说德森的忠诚勤勉得到了特留尼西特政权相应的回报，但军事首脑与现任政权结合（至少表面看来是如此）引发了不少反对的声浪。人事异动并未波及宇宙舰队司令长官比克古上将，却间接地将那只无形的手伸到了杨这边。有一天，杨的头顶上响起轰鸣的雷声。

“尤里安·敏兹准尉晋升少尉，并任命为驻费沙专员事务所武官，于十月十五日之前至当地赴任。”

当这道命令以超光速通信送达伊谢尔伦要塞的时候，一时间，杨的副官菲列特利加·格林希尔上尉无法正视长官的面孔。

2

杨知道自己的权限离全能相去甚远，也理解这在民主共和政体中是理所当然，但接到命令时，他还是不由自主地想起去年政变之际，先寇布半开玩笑地向他提议的事情——“干脆当独裁者好了”。当时要塞防御指挥官胆大包天地如此进言。是啊，如果自己一直太老实，这个世界好像真的会充满越来越多的自大傲慢的家伙。

副官菲列特利加·格林希尔上尉将卷宗抱在胸前，注视着他。在她面前，杨来来回回走了整整六十趟。年轻司令官一面踱来踱去，一面将贝雷帽摘下来搔着黑发，呼吸声像时时流动的泉水一般。他狠狠地瞪着某种看不见的东西，两手用力揉着贝雷帽。在潜意识里，他显然将贝雷帽当成了某人的咽喉。菲列特利加出声叫“阁下”的时候，杨一脸顽童被人从背后揪住了领子的表情。他看着这位美丽的副官，停止了对那顶可怜贝雷帽的扼杀，重重地叹了一口气。

“格林希尔上尉，把尤里安找来。”

“是的……嗯，阁下……”

“哦，我知道你想说什么……去吧，去把尤里安找来。”

杨的声音和用词都很不镇定。但菲列特利加明白这位年轻司令官的心情，照他的命令去做了。

尤里安是公认的聪明少年，但菲列特利加极力克制着语调和表情，所以他来到像是用窗帘遮住了表情一般的杨面前，从他手中接过命令书的时候，还不知道噩运正以极快的速度逼近。

他反复读了好几遍命令书，理解了那些冷冰冰的文字的意思，激愤之情顿时充满全身的血管。他的目光从杨的身上移向菲列特利加，再从菲列特利加移回杨，但实际上只看到了自己的汹涌怒火。一股想将命令书撕碎的冲动几乎要化为尖锐的牙齿，将理性之壁撕个粉碎。

“请您拒绝这种命令！”

尤里安叫喊起来。他也觉出了声音里的激动，但并不以此为耻。接到这种命令还能保持冷静的人，一定在感性上有重大缺陷。

“尤里安，如果你还是非军籍工作人员，那么任免或调动按照司令官的意思决定。但你现在已经是正式的军人，有义务服从国防委员会与统合作战本部的命令。现在，不要再让我来告诉你这些基本常识。”

“即使是无理的命令吗？”

“什么叫无理？”

杨反问的样子不管怎么看都像是存心的，所以尤里安避免直接回答。他话锋一转，说道：

“如果是这样，我就恢复原来非军籍工作人员的身份。这么一来，我就不必服从命令了，可以吗？”

“尤里安……尤里安。”

杨的声音里夹杂着叹息。他从未大声呵斥过尤里安，但是此时少年宁愿被他大声骂一顿，感觉要舒服得多。也许杨高估了尤里安的“老成”。

“事到如今，还能那么做吗？你不会判断不出来。关键在于你是自愿成为军人，而不是被强迫的。理所当然，你应该有服从命令的心理准备。”

杨此时的说教或许缺乏创意。如果这些话能产生说服力，那也并非因为话的内容，而是因为他的表情、语气及无法借由这些展现的情绪，使尤里安精神上有了感应。

但是，这样的感应不够完全。尤里安虽说努力试着恢复心理上的平衡，心灵的水平面却很难停止摇晃，脸色时红时白。

“我明白。我会奉命赴费沙就任驻费沙武官，但所奉的不是统合作战本部的命令，而是杨威利提督的命令。没有别的事的话，我先告退了，阁下。”

尤里安脸上毫无表情，连声音也像雪花石一般僵硬。他行了一个看起来完美无瑕的军礼，迈着明显不开心的步伐走出了房间。

“我理解尤里安的心情。”

过了片刻，菲列特利加说道，声音中仿佛含有责难的意味。杨有这样的感觉，应该不是出于个人的偏见。

“他一定觉得自己已经不被阁下需要了。”

现在难道不应该顾及少年的情感吗？在心里暗暗问了一句后，菲列特利加注视着司令官，淡褐色的明眸将这个疑问传递到了他的心中。

“什么？胡扯！”

杨一面生气，一面试着为自己辩解。

“不需要就不放在身边，需要就放在身边什么的，根本不是那么回事……就算不需要也放在身边……不是，所谓的需要，并不是有帮助或没帮助的问题……”

杨对语言表达能力丧失了自信，便沉默了，抬手搔了搔黑发，抱起双臂叹气。他做出这样的决定是有充分理由的。即便如此，他也不愿在没有努力取得尤里安的理解的情况下，就这样不闻不问地让他离开。

“还是必须和他谈一谈。”

杨自言自语道。稍微想一想才觉得，这些事情应该提前做好啊。杨不禁为自己的粗心大意而生气。

伊谢尔伦要塞里广大的植物园是供给氧气和让人们进行森林浴、使人体变得富有活力的场所，在要塞有极其重要的地位。园中有一张四周围绕着蓝花楹树的长椅，平常不知何故没有人用，只有杨有时在上面睡午觉。现在尤里安却坐在那儿，陷入了沉思——菲列特利加似乎不经意地将这个信息透露给了杨。

下午五点一到，杨完全没有要加班的样子，立即冲出了中央指令室。

尤里安静静地坐在植物园的长椅上，不知如何才能平息心中的不平之气。忽然，他意识到有人走过，于是抬起头，看到了一只手拿着罐装啤酒、一脸想和解的样子的杨。

“提督……”

“啊，嗯，我可以坐下来吧，这里？”

“您请。”

杨略为笨拙地坐下来，打开罐装啤酒的拉环，将一堆泡沫和液体灌进胃里之后，调整了一下呼吸，说道：

“尤里安。”

“是，提督。”

“将你调到费沙去，虽说是军部的命令，但依我自己的想法，也希望能有个可以信赖的人替我去观察一下费沙内部真正的情况。如果是这样的话，你还是不想去吗？”

“可是，目前情况如此发展，伊谢尔伦将再次变成前沿阵地。我是想，我留在这里还可以帮些忙，所以……”

“事实上也是这样，尤里安。”

杨将第二口啤酒灌入咽喉的最深处，注视着少年说道：

“没错，每个人都以为帝国军会从伊谢尔伦回廊入侵。但这既不是规则，也不是法则。”

“如果不是的话，他们会从哪里入侵呢？难道会从银河系的外侧绕一大圈吗？再不然，就只有经过费沙回廊了——”

“正是。”

杨轻描淡写地答道。尤里安大吃一惊，等待进一步的说明。

“对罗严克拉姆公爵来说，最有效的战略就是以一部分兵力包围伊谢尔伦，其他兵力突破费沙回廊，他有足够的兵力可以兵分两路。一旦如此，伊谢尔伦就像是路旁的小石头一样孤立，完全没有意义了。”

“但是……如果这样，帝国不就要与费沙为敌了吗？”

“问得好！但在这个时候，这不是问题。罗严克拉姆公爵如果真要通过费沙回廊，有两个前提条件：第一，他能够以实力排除费沙有形或无形的抵抗。第二，根本不需要将费沙的抵抗列入考虑。”

杨并没有再做更详细的解释，但尤里安已经准确理解了黑发司令官的暗示。

“也就是说……罗严克拉姆公爵与费沙暗中联手？”

“完全正确。”

杨将啤酒罐举到眼睛的高度，对少年的聪敏表示敬意。

但在此刻，尤里安并没有因为受到褒奖而高兴。罗严克拉姆公爵与费沙联手，意味着银河系当中最强的武力与最大的经济力量相互勾结。而且，他们的矛头所向不就是自由行星同盟吗？尤里安熟悉的长久以来的政治与军事状况——帝国与同盟对立，费沙则与两者保持同等距离这一模式，势必发生大幅度的变化。要接受这样的改变并不容易。

“尤里安，我们经常误以为现在的状况自古以来就是如此。但是你想想看，所谓的银河帝国五百年前并不存在，自由行星同盟的历史只有帝国的一半长，至于费沙，则仅仅历经了一个世纪的岁月。”

不是自宇宙开始就存在的东西，也没有道理会一直存续到宇宙的尽头，变化一定会产生。这个变化凭借罗严克拉姆公爵莱因哈特这样杰出的人物，首先席卷银河帝国，接下来继续延伸触须，直至将整个人类社会一网打尽。

“那么银河帝国，不，高登巴姆王朝会灭亡吗？”

“会灭亡，事实上它已经灭亡了。政治和军事的实权都在罗严克拉姆公爵手中，皇帝则丢下国家与子民逃亡了。现在只是名义上没变而已，事实上已经是罗严克拉姆王朝。”

“您说得对，的确是这样。即便如此，费沙与罗严克拉姆公爵联手的可能性高吗？”

“假设有 A、B、C 三种势力存在，A 与 B 是对立关系。在这种情况下，C 可能采取的策略是 A 被 B 压倒时救 A，B 被 A 压迫时救 B，使 A 与 B 之间的斗争旷日持久，待二者两败俱伤后再将它们一起消灭。但是，在 A 的势力显著增强，即使去帮 B 也无法与 A 抗争的情况下，C 或许就会干脆帮 A 将 B 击倒。”

“但是，这么一来，A 不就具有压倒性优势了吗？如果它在消灭 B 之后转而乘胜攻击 C，孤立的 C 岂不是只能步上灭亡之途？”

黑发的年轻提督佩服地注视着亚麻色头发的少年。

“是的，就像你所说的。我思考的瓶颈也在于此。费沙将自己的财富和战略位置提供给了罗严克拉姆公爵，结果可能是失去政治独立。在这方面，他们究竟是怎么盘算的……”

杨拿着啤酒罐，陷入了沉思。

“也许费沙的目的并不在于自身的存续……不，这个想法或许过于跳跃了，关键是根本没有任何证据。我想，或许费沙的目的在于独占统一之后的新银河帝国国内的经济权益，但没有找到可以说服自己的理由。”

尤里安微微歪了歪脑袋，亚麻色的头发呈现出舒缓的波浪。

“如果他们盘算的不是物质利益，那会是精神方面的吗？”

“精神？”

“比如说意识形态或者宗教……”

这回轮到杨睁大眼睛了。他下意识地将手中的啤酒罐不停地转来转去，同时咕哝道：

“宗教？对，有可能。表面上看，费沙确实是一个合理的现实主义者的集团，但或许在令人意外的地方受到了某种牵制。宗教吗？有可能。”

刚才，尤里安并非沿着缜密的理论树枝得到事实上的果实，只是信口之言。所以当杨表示赞赏的时候，他并未喜形于色，反而有些不好意思。他咳了一下，向年轻的司令官确认。

“我到费沙去，如果能稍微探到一点他们的政策和政略，再知道一些帝国军的行动信息，是不是会对阁下有所帮助？如果是的话，我很乐意去费沙。”

“谢谢。不过，我赞成你去费沙，除此之外还有别的理由。”

“什么理由？”

“啊，怎么说好呢？当我们看山的时候，如果仅仅从一侧来看，是无法捕捉到整体景象的……不，在这之前，有件事我想先问问你。”

杨重新盘好腿。

“照目前这样继续下去，恐怕我们势必要和罗严克拉姆公爵决一死战。可是尤里安，你认为罗严克拉姆公爵真的是邪恶的化身吗？”

这个问题让尤里安有点不知所措。

“我想不是……”

“没错，所谓邪恶的化身这种东西，在立体电视剧中才有。”

杨的声音中夹杂着苦笑。

“坏就坏在这一次自由行星同盟政府与帝国的旧体制派联手。至少从现实层面来看，这种举动并非加速了历史的潮流，而是使潮流逆转。后世的史书或许不会将我们归到善的阵营，只会将我们归到恶的阵营。”

“怎么可能……”

“这才是历史的观点啊。”

杨本来无意这样标新立异地思考，只是试着设想一下未来：罗严克拉姆公爵莱因哈特成为全银河系的霸主，为人类社会带来充满秩序与和平的未来。届时，旧帝国高登巴姆王朝当然会被说成邪恶的一方，自由行星同盟也会被视为阻挠实现统一与和平的敌人，染上邪恶的色彩。杨未必不会被历史教科书描述成“因为有此人存在，才造成许多无益的流血牺牲，延迟了统一的来临”。

“世上存在绝对的善与完全的恶”，这种想法恐怕会使人类的精神世界变得无限荒芜。认为自己是善而对立者为恶时，便无从产生和谐与体谅。这不过是将自身优越化，将打败并支配对方的欲望正当化而已。

杨并不是由天神缔造的神圣战士，而是在几个未必能断言为正确的选择之下，成了以军人为职业的人。如果他出生的时间、地点及环境稍有变化，所走的路便会与今日大相径庭。总之，他并不认为只要相信自己是正义的，后世也会认同。那种“只要主观动机正确，就不问结果”的思想，不会产生什么好结果，例子比比皆是。

人类没有那样强大，不足以承受“自己是邪恶的”这一认知。当人类对自己的正确深信不疑之时，便是最有可能变得最强大、最残酷、最没有慈悲心肠之际。鲁道夫大帝正是因为相信自己是正义的，才会在造成惊人的流血事件、将整个治世涂上一片血红之后，仍处之泰然。不，那或许是伪装。当包裹着他那花岗岩巨塔般身躯的自命正义的铠甲出现龟裂时，那个巨人又是用什么来自我保护的呢？

“尤里安，你知道关于大洪水的传说吧。那个时候，将诺亚一族外的所有人类消灭的并不是恶魔，而是天神。而且不限于这一点，一神教的神话传说，甚至可以说只证明了一个事实：企图凭借恐怖与暴力来支配全人类的，不是恶魔，而是天神。”

杨知道自己的例子未免极端。但一切事物的价值观、正与邪的判断基准都是相对的，应该着力强调这一点。人类能做出的最佳选择，不过是将出现在视野中的众多现象进行比较，置身于自认为“比较好”的那一方。相信存在完全的善的人，又将如何解释“为和平而战”这种说法中包含的巨大矛盾呢？

“所以，尤里安，你到了费沙，如果能亲眼见到他们的正义与我们的正义间的差异，对你应该没有坏处。和这点比较，国家的兴亡等等并没有什么重大的意义……”

“即使是自由行星同盟的兴亡？”

杨抓了抓那头黑发，笑了。

“大概是吧，不过希望在我领养老金的这段时间内，它还存在。但就历史意义来说，自由行星同盟是在与鲁道夫·冯·高登巴姆的政治思想对抗的情况下诞生的。”

“这一点我明白。”

“过去我们一直主张以立宪制与专制相对抗，以开明的民主主义与专制的权威主义相对抗，并且一直实践至今。但如果鲁道夫的那一套东西已经借着罗严克拉姆公爵之手被否定、被埋葬，同盟便不见得有继续存在下去的理由了。”

“……”

“喏，尤里安，不管人类有多么不现实，也不会真的相信自己可以长生不死。但为何一说到国家，便有那么多呆子坚信它会永恒不灭？你不认为这非常不可思议吗？”

尤里安无法回答，只是静静地用暗褐色的眼眸凝视着这位既是养父,也是战略与战术老师的青年。杨的思考经常超越时空，而且采用直率得近乎过激的方式，所以不仅仅是尤里安，连菲列特利加·格林希尔等人偶尔也会战栗。

“尤里安，所谓的国家只是一个单纯的工具。别忘记这一点，应该就能保持理智了。”

人类文明产生的最大恶疾，大概就是对国家的信赖，杨心想。其实，所谓国家不过是人类集团在维持生存时，为了更有效地达成彼此间的互补关系而使用的工具。人类被工具支配是再愚蠢不过的事情了——不，更准确地说，是大多数人被少数懂得如何操纵工具的人支配。杨认为尤里安没有必要受那帮家伙的支配。他甚至还考虑到，如果尤里安觉得住在费沙更好，那么即使舍弃同盟成为费沙人也未尝不可。他当然没有说出口。但姑且不论未来的发展如何，现在能与尤里安心灵相通，杨已经非常满足了。

“卡介伦学长只替我做了一件好事，就是将你带到我的世界里来。”

杨本来打算这么说的，但不知为什么，话一到嘴边，就像风一样消失得无影无踪了。杨只好静静地盘着腿，任由空啤酒罐和对所受的百般虐待发出无言抗议的贝雷帽躺在腿上，默默凝视着打着旋儿缓缓飘落的人造黄昏。

3

尤里安·敏兹即将离开伊谢尔伦要塞、离开杨前往费沙的消息传出后，杨的幕僚们着实大吃一惊。杨在军官学校的学长亚列克斯·卡介伦听到这个消息，吃午饭的时候在高级军官餐厅里拉住了学弟，既没有感叹也没有疑惑，只是对他说：

“你竟然真的对尤里安撒手不管了？你可真想得开！”

“没办法啊。那是国防委员会的命令。而且我和父亲分别、进入军官学校的时候也是十六岁。这也许是个适合独立的时机。”

“这倒是伟大的见解，但尤里安走后，你还能井然有序地生活吗？”

他的声音中或许带着点讽刺，但更多的是真心为杨担忧，可这反而让杨有些生气。

“格林希尔上尉也这么说。为什么每个人都觉得一旦尤里安不在，我就会变成没有生活能力的人？”

“这本来就是事实啊。”

卡介伦不给对方任何辩驳余地，还对正在寻找词儿反击的杨发出邀请，希望他和尤里安到家里共进晚餐。如果尤里安前往费沙赴任，短期内两家一起欢聚的机会就很少了。

卡介伦和先寇布觉得杨好笑，是因为他一本正经地对尤里安说教的时候，还刻意表现出循规蹈矩的样子。卡介伦等人的看法是，被说教的一方明显比说教的一方更有资格被称为懂得如何生活的人。

“一个不按常理行事的人，还想用常理来说教，根本就不对。”

“就是说嘛，孩子并不会依照父母所说的去行动，而是会模仿父母的言行举止。光用嘴来说是不行的。”

不过，如果杨听了他们的对话，或许会对他们自认为循规蹈矩感到惊异。卡介伦还好，至少维持着一个圆满的家庭，虽说杨确信这是他太太的功劳，而不是他的。至于先寇布，他的单身生活比杨还要多出三年，每晚的生活就像《一千零一夜》故事里的国王一般。这样的人有什么资格把别人看成毫无常识、不合常规呢？

杨只是无意和他们这些自称循规蹈矩的家伙互相攻击，做口舌之争。不管怎样，当务之急是奉统合作战本部的要求，选出派遣到费沙的武官辅佐人选。

杨在取得菲列特利加·格林希尔的认可之后，选中了路易·马逊准尉。他曾经担任杨的护卫，是一位勇敢的黑人。在忠诚与膂力两方面，先寇布少将为他出示了镶有金边的保证书，他应该能很好地辅佐和保护尤里安。事实上，驻费沙的武官几乎全是特留尼西特派的底层成员，杨感觉那个专员办公室好似“半个敌营”。在那里，马逊必须是尤里安唯一值得信任的自己人。

驻费沙的首席武官是位上校，下面有六名武官、八名武官辅佐，共同组成一个十五人的“武官团”。

首席武官的地位仅次于专员和首席书记官，是专员事务所中的第三号人物。六名武官全是军官，校官与尉官各占半数；八名武官辅佐则全是士官，因为人数不足，要求杨加以补充。这种做法让杨感觉在敷衍了事，颇为不悦。但既然尤里安的人事调动已成定局，他也没有道理白白放过为少年改善环境的机会。杨也意识到这样的举动似乎有些保护过度，但自己十六岁的时候也未曾因公务被派出国，这种程度的考虑还是容许的。

决定派遣马逊前往赴任后，接下来杨做了一件事，就是给宇宙舰队司令长官比克古写了一封亲笔信。尤里安并不是直接前往费沙，而是要先到首都海尼森的统合作战本部去领人事命令，再转赴当地就任，所以他可以将杨的亲笔信交给老提督。只是军队的主流派——特留尼西特派有可能妨碍两者的接触，但以尤里安的机灵才干，排除这些障碍应该不在话下。

杨在亲笔信中首先指出罗严克拉姆公爵莱因哈特可能与费沙共谋，或者是在事后共犯的关系下，导演了挟持皇帝这出闹剧。杨遗憾的是在证据方面并没有进一步的发现。暗杀皇帝另当别论，单就挟持皇帝这一行为而言，对罗严克拉姆公爵并没有不利之处。此外，挟持犯竟然能带着皇帝，从罗严克拉姆公爵那绝非松弛的治安体系中逃脱；而且在流亡政权成立后，罗严克拉姆公爵便立即发表“宣战公告”，其动作之迅速仿佛早已预知了一切。此举切断了同盟利用皇帝亡命与帝国进行外交交涉的可能性，是非常高明的政治决断。尽管如此，其反应未免过于迅速，这一点引起了杨的怀疑。如是种种，应该都可以成为杨论点的有力佐证。

罗严克拉姆公爵莱因哈特已经挑明“要用武力加以惩罚”，恐怕不日便将以空前强大的阵容与战略构想发动攻势。但杨并不认为他有如此举动，仅仅是因为皇帝被挟持，有了兴师问罪的名义。诸如用帝国军将士的尸体来装饰伊谢尔伦回廊这种愚劣至极的策略，他也不会采用。

他可以使大军佯装进攻伊谢尔伦要塞，实则突破毫无防备的费沙回廊，然后入侵同盟。如果这一行动是由那位神速的用兵家渥佛根·米达麦亚指挥，即使杨离开伊谢尔伦火速赶去，只怕还未赶到，海尼森就已经落入帝国军手中了。此外，如果对付伊谢尔伦的帝国军司令官是名将奥斯卡·冯·罗严塔尔，他自然不可能坐视杨离开伊谢尔伦。最坏的情况是杨离开伊谢尔伦之后，遭到这两位帝国顶尖名将的前后夹攻。即使躲过了他们的攻击，杨所知的最杰出最伟大的战争天才——罗严克拉姆公爵莱因哈特，也必气定神闲地等着他前去自投罗网。

想到这里，整个分析或许有些过头了，但对帝国军利用费沙回廊作为入侵途径的可能性，不管怎么担心都不为过。使用费沙回廊，既可以趁同盟军之虚突进，也可以利用费沙作为巨大的补给基地。杨忽然意识到一个事实，不禁不寒而栗。费沙有质量俱佳的用于交易和宇宙航行的星图，一旦他们将这些星图提供给帝国军，帝国军便可以排除地理方面的大部分障碍。

一百五十八年前，在达贡星域会战之际，同盟军总司令官林·帕欧与总参谋长尤斯夫·托波洛便是利用帝国军不谙地理详情的弱点，将其引入宛如迷宫的达贡星域，完美地指挥了一场气势恢弘的包围歼灭战。但是，如果侵略军拥有了强有力的领导者、一以贯之的明确战略构想，以及精密的星图，两者之间的胜败恐怕不得不逆转。

杨将过长的额发拨上去，心想：一个半世纪以前的名将和现在的他比较起来，真是幸福多了。林·帕欧也好，尤斯夫·托波洛也好，只要考虑战场上的事就好了。在他们那个时代，民主共和制充满蓬勃的生机，公民按照自己的意志和责任选出政府，并对政府怀有信赖和尊敬。政治尽善尽美地发挥着功能，位于边境的军人不需要为政治的前途担心。

军事并不能弥补政治的缺失，这是历史事实，从来没有一个政治水平低劣的国家能在军事上取得最终的成功。一个强大的征服者，首先必然是一个有作为的政治家。政治可以弥补军事上的失败，反之却不然。所谓的军事乃是政治的一部分，而且仅仅是其中最狰狞、最残酷、最拙劣的一部分。不承认这一事实、将军事力量视为灵丹妙药的人，也只有那些无能的政治家、傲慢的军人以及他们的精神奴隶。

林·帕欧总司令官以“请准备二十万打香槟”的方式向首都报告达贡星域会战大获全胜的消息时，当时的同盟最高评议会议长马奴耶尔·琼安·帕特利希欧正与国防委员长寇涅尔·杨布拉德在官邸中下立体西洋象棋。议长拆开秘书官呈上的通信电文，表情并没有特别的变化，只是对正屏息凝神等待的年轻的国防委员长说：

“小伙子们看来完成了一件工作。恐怕我们要给一百家酒馆打TV电话了……”

已逝的传奇时代何其光荣！杨举起了那无形的酒杯。曾经有人说过，将过去加以美化，就像仅仅看到一个女子渐行渐远的背影，便判断那是个美人一般。姑且不论这个比喻是否恰当，但可以肯定，任何人都无法复制过去。他被委托处理的这件事，眼下仅仅是现实的一部分。

4

尤里安为出发前的准备与身边事务的整理忙碌。在日常生活方面，他拥有远超杨的井然有序的处事能力，该做的事很快就处理完毕了。少年惦念着杨的日常生活。有一天晚上，他对杨家的酒精消费量提出了否定性的见解，提醒年轻主人要多加注意。

“酒是人类的朋友，难道应该舍弃朋友吗？”

这真是充满友情的回答。

“就算人类这么认为，酒本身又作何感想呢？”

“酒当然也希望能有人喝它。本来嘛，人类在五千年前就喝酒了，现在当然也喝。”

“就在我的眼前。”

“就算是五千年后，人类应该仍然在喝酒——如果五千年后人类还存在的话。”

“我的问题不在于五千年后，而是从下个月开始。”

就这样，尤里安将年轻司令官的反对意见完全封杀，但并未穷追不舍。一方面他不想太霸道，另一方面杨这些年来酒量虽然明显增加了许多，但酒品从未低落过。只要不妨害健康就好了。这么一想，尤里安转变了话题。

“另外，还有起床的时间。如果没有我叫醒您，七点能准时起床吗？”

“可以起来。”

杨一口断定。但这并不是因为他有自信或根据，说得极端一点，不过是条件反射般的虚张声势罢了。

“真的没问题吗？”

“喂，尤里安，如果别人听到这种问答，难道不会误认为杨威利这个人是毫无生活自理能力的废物吗？”

杨用质问的形式进行抗议，但尤里安只是无言地耸耸肩膀，好像在期待杨自己回忆与反省，而不是用声音作答。

“在你来到家里以前，我还不是一个人生活得好好的？不借助任何人的力量，仍然能好好维持一个家庭。”

“与霉菌和灰尘为友吧？”

尤里安哧哧地笑着说。杨想生气，但气不起来，只好换成苦笑。他回想起四年前那个早春的日子里，两人头一次见面的情景。

早晨的太阳似乎还在顾虑冬天的余威，空气的流动缺乏生气，显得迟钝滞重。

杨穿着睡衣坐在起居室的沙发上，正想着如何打发这个漫长的假日。

即使没有约会对象，也要好好地消耗假日，这是杨的一贯主张。他想往杯子里倒点红茶，却发现茶壶已经空了，于是不高兴地咂了咂嘴。这时，门铃大声响起来。

门铃大叫了三次，大门终于开了。站在门廊下的是个暗褐色眼眸、十二岁上下的少年。他双手拖着巨大的手提箱，整个人看起来仿佛是手提箱的附属品。亚麻色的头发被透明的汗水沾湿，贴在额头上。少年的目光从头发下面笔直地投射过来，凝视着杨家的年轻主人。

“请问您是杨威利上校吗？”

杨心想，有必要回答吗？其实，少年的问题不过是在进行确认。杨本想随口告诉他“在隔壁”，但到底还是点了点头，没那么做。

“很高兴和您见面，我叫尤里安·敏兹。从今天开始要在您家中受您的照顾，请多多指教。”

杨不禁自问，难道自己在十五六岁的时候，招惹了什么将来必须要负责任的男女关系？但尤里安接下来的一句话，让所有的疑惑都像是前一晚结的霜，立刻在春日阳光的沐浴下融化了。

“是卡介伦准将阁下介绍我过来的。”

当时，杨还是上校，卡介伦则是准将。根据所谓的《军人子女战时福利特别法》，战殁军人的遗孤由其他军人家庭收养抚育。这一做法刚推行不久。

“那个时候，提督您嘴里含着牙刷就走到门廊上来了。”

尤里安说。但杨并不记得自己当时是不是那么一副随便的样子。杨认为这大概是少年的想象。不过如果要别人来判断，他们信赖的天平一定会倾向尤里安。有时候，卡介伦会对杨说，如果想知道任何有关他的消息或资料，公事方面就找菲列特利加·格林希尔，而私事方面找尤里安就可以了。当然，杨自然会问为什么不跟他本人确认，卡介伦的回答非常肯定：

“无论是谁，一定都希望得到正确的信息吧？但是能指望一个会将镜子里的左右弄错的家伙画出正确的自画像吗？”

对于这样的判断和比喻，杨当然有很大的异议。但是既然会让朋友和部下有如此根深蒂固、牢不可破的观念，杨也不得不多少自我检讨一下。不过，这话出于卡介伦之口，或许他并非真的这样想，只是想揶揄一下学弟。

为出发准备忙碌的并不是只有尤里安，还有应“银河帝国正统政府”的请求，前往就任军务尚书一职的梅尔卡兹，以及副官舒奈德上尉。最后，梅尔卡兹还是没有其他选择，只得接受如此无奈的安排。梅尔卡兹一旦心意已决，杨也只能眼睁睁地目送他离开。至于舒奈德，自然不愿踏进没有梅尔卡兹的地方。

当尤里安正式拜访卡介伦向他道别的时候，也不知是不是真心的，这位把少年介绍给杨的“始作俑者”说道：

“你可不许花心，否则莎洛特会哭的。”

尤里安回以苦笑，心想，原来不得不苦笑的情况就是这样。

尤里安的空战技术老师奥利比·波布兰少校所说的话，刚好与卡介伦相映成趣。

“你应该在伊谢尔伦多待一年，还有许多事情没学呢。”

“是的，如果能多向您学习一些就好了。”

“没错，还有些比操纵单座战斗艇更有趣的事要传授给你。”

年轻的击坠王一面笑，一面说着让杨听了恐怕会坐立难安的话。

“我十七岁的时候，打下了第一架敌机，征服了第一个女人。在那之后，全部的战果加起来算一算，任何一方面的数目都上了三位数。”

真是了不起啊！尤里安向他表达朴素的敬意，此外不知道还能说什么。如果换作先寇布，或许会讽刺地说："你以前就一直是重量不重质。"但年仅十六岁的尤里安并不会马上做出这种反应。并不是因为杨的感化，尤里安在这方面是非常单纯的，有时在菲列特利加·格林希尔上尉面前，他会毫无理由地脸颊发热——他还处于这样的阶段。波布兰暂时失去了"这方面"的传承弟子。

波布兰的同僚伊旺·高尼夫少校在跟尤里安道别时先说了一句"好好保重"，过会儿又加了句"我记得好像有一位堂兄在费沙……"，之后停了一会儿，又来了一句"不过从来没见过面，费沙也是很大的……"。在尤里安伸手告别时，他握住了尤里安的手，再次说了一句"好好保重"。

参谋长姆莱少将是个思维缜密、办事细心的端正之人，但他与卡介伦等人不同，似乎有些官僚气。尤里安和他一直不是很亲近，但也不能不告而别。姆莱将显得有些拘谨的少年迎到自己房间，说了一些老套的激励的话之后，语气改变了。

"嗯，现在我可以跟你说说了。其实，我的任务就是做杨提督的陪衬。哦，不，不要露出这种表情，我并不是要自我贬低或者发泄不满……"

姆莱笑了起来。由此可见，或许尤里安刚才满脸都写着"如果对杨有什么不满就尽管说吧"。

"杨提督是位兼具指挥与参谋之才的旷世奇才。如果说他还需要参谋的话，那也只是因为他想知道别人是怎么想的，并作为作战的参考。"

是这样的，尤里安心想。但这一回他面无表情，以免一不小心再将心事泄漏出来。姆莱又笑了起来。

“所以，对我而言，当艾尔·法西尔的英雄期望我成为参谋时，我想，我能做出什么样的参谋呢？当时实在无法得出结论。找到答案，是在伊谢尔伦要塞陷落以后了。于是，我明白了自己的角色，便刻意主张常规论调，与梅尔卡兹提督也划清界限。这样做或许有些令人讨厌的地方，你能明白吗？”

“是的，我明白了。不过，您为什么要告诉我这些呢？”

尤里安从意外中回过神来，没法不感到疑惑。

“是啊，为什么呢？说来好像不太合情理，或许是因为你能让人信赖吧。我想，杨提督和其他人也都会对你说许多话。你应该好好珍惜这些，它们一定会成为你日后的财富。”

最后姆莱的说教显得有些陈腐，不过也是一片好意。尤里安向他道谢，似乎明白了这位优秀官僚型的参谋长成为杨的得力参谋的部分原因。杨选择他做参谋长必有相应的理由。但在姆莱亲口告诉尤里安之前，尤里安并没有正确地洞察，这也许就是他还比不上杨的地方。

接着，尤里安分别去向费雪少将、派特里契夫准将、亚典波罗少将等人道别。三个人以不同的方式表达了与少年离别的惋惜之情。费雪默默地拍了拍尤里安的肩膀。派特里契夫说了两三句勉励的话，同样拍了拍他的肩膀，不过好像有点太用力了。而亚典波罗则交给他一把生锈的铜钥匙，说是一个吉祥物。当尤里安问“曾经有过怎样的幸运呢”，伊谢尔伦最年轻的提督破颜一笑。

“哦，我在军官学校读一年级的时候，有一次回去超过了关门时间，正准备翻过围墙爬进去，被值班的高年级学长杨威利撞见。可是他假装没看到，我便逃过了一劫。”

那个差劲的高年级学长，此时却在担心尤里安的安危。先寇布取笑他说：

“不是已经加派马逊了？再没有别的护卫比他更值得信赖了。”

“可即使是马逊，也不可能二十四小时都陪着尤里安。”

“这您不用担心，尤里安的枪法和格斗术都在阁下之上。”

“你这么说——”

“觉得不舒服？”

“不，是觉得很为难。不知是该佩服他好呢，还是该认为在我之上也没什么大不了的，感到不安……”

“那么我就重新说一遍，事实是‘远’在阁下之上，绝对可以保护他自己了。这样您安心了吗？”

“也只好……安心了。”

杨的表情和语气都有些悻悻然，但他放弃了探究，从要塞防卫指挥官身旁走开了。

傍晚，杨在餐桌上送了尤里安一件礼物。

“把这个带去吧，或许在某些地方会有帮助。”

说话的同时，杨亲手交给他一张五大银行之一的北极星银行的提款卡。尤里安接过来，发现这个以自己的名义开设的新账户里，竟然存进了相当于杨半年薪水的金额。尤里安大吃一惊，急忙要把卡还回去，但黑发的年轻提督轻轻地抬起手挡住了。

“没关系，你带着吧。钱是绝不愁花不出去的。”

杨的生计当然不会困苦，在这个年龄段，他毫无疑问是个高薪者，但是他的经济观念并不像大脑那样发达。当尤里安成为军职人员时，杨要缴纳的税金一下子高了许多。他也表达过对薪资体制的怀疑和不满，却粗心地没有注意到，税金提高是因为他已经没有抚养亲属的负担了。以他这种程度的经济观念，家政还能不出现赤字，大概是由于他并没有挥金如土的习惯。不管服装也好，生活用品也罢，只要样子不俗气，即使是便宜的东西，杨也会非常满足。洗得褪色的棉衬衫，他仍然毫不在意地穿在身上。买太阳眼镜的时候，听店员介绍了将近三十分钟名牌限量款，他还是买了常见的大批量生产的产品。按他的说法，太阳眼镜只要有颜色就可以了。买旧书的时候，也并不一定非得买初版不可。至于酒，他也没有那么好的味觉，可以品尝出七六〇年与七六二年产的葡萄酒有何区别。也就是说，他是一个对物质享受并不执着的人。吃饭时，他倒常常到高级军官餐厅，却只是为了享受与人自由谈话的乐趣才去的……

杨这份细心周到的礼物，具体说来或许是借用了菲列特利加的智慧。杨在自己不擅长的方面，绝不以借用他人的智慧为耻，那种狭窄的心胸与他无缘。不过，杨的表现或许在根本上是承自父亲的哲学，那就是“在自己控制范围内的金钱，可以保障一定程度的自由”。

“谢谢您。我一定不会浪费的，提督。”

此时此刻，唯有收下这份礼物，才是回报对方好意的最佳方法。

“你当然不会浪费，在觉得有必要的时候，就尽管花吧。另外，帮我把这个交给比克古提督好吗？”

杨把亲笔信交给尤里安。

这封亲笔信日后被视为一份重要的资料，它证明杨威利并不仅仅是一个战术家，还是一个最广泛意义上的战略家。此时尤里安当然不可能预测到这一点，但也不需要特别叮咛，他便明白这是一封非常重要的书信。

“我一定会亲手交给他。”

“嗯，那就拜托你喽。”

杨笑了，但表情立即又严肃起来。

“知道吗？尤里安，这不是别人的人生，而是你自己的人生。自己首先要考虑该怎样活着，然后……”

杨努力思考接下来还有什么话要说，但语言的泉水此时仿佛干涸了。片刻之后，他说了一句毫无创意的话。

“不要感冒了，多多保重。”

“提督您也要多多保重。”

尤里安拼命压抑着汹涌澎湃的感情。

“如果可以的话，少喝一些酒吧。还有，不吃蔬菜是不行的。”

“哎呀，真是一个临到出门还啰里啰唆的家伙。”

杨眨了眨眼睛，抓住了尤里安的手。杨的手暖暖的、干干的，触摸起来感觉很好。很久以后，尤里安仍然能清晰地回想起那种感觉。

九月一日正午，尤里安·敏兹和梅尔卡兹客座提督、舒奈德上尉以及马逊准尉一起登上了巡航舰塔那特斯Ⅲ号，离开了伊谢尔伦要塞。

尽管当事人尤里安和梅尔卡兹，以及要塞的主人杨都不喜欢庆典，还是举行了一个堪称规模盛大的饯行仪式。以“两秒演说”而闻名的杨司令官，这一次打破惯例，发表了一场比平时长一百倍的演说。但以一般常识来看，这场演说用时还是非常短。演说中，杨一共重复了六遍“依照政府的强烈要求”，让参加者看到了他内心深处隐藏的些许孩子气。

即将远行的人要由女子赠送花束，而将花束献给尤里安·敏兹这位有史以来最年轻的驻费沙武官的荣誉，落在了年仅八岁的莎洛特·菲利丝·卡介伦小姐身上，于是人们拍手的声音更大了。

关于这件事，伊谢尔伦内部有一段传闻。据说对于“赠送花束”这个极为普通的仪式，杨司令官与卡介伦事务总监一开始倒是难得的意见一致，都反对说“花又不能吃”。最后饯别仪式还算过得去，是因为菲列特利加·格林希尔上尉听了男人们不负责任的点子，说了一句“在这种事上，形式是必要的，况且又不是什么重大形式”。有了这稳重而又坚决的结论，他们就无法再提反对意见了。

“那么我问你，战友们，在我们伊谢尔伦，谁是最贤明的人？”

这段传闻以一个相当促狭的问题画上句号，令人不禁会心一笑。不过提供这个话题的当事者，心情或许就不是那么愉快了。

卡介伦等人认定将这个笑话传播到全要塞的人，一定是先寇布少将或波布兰少校中的一个，或者两个都是，当然没有什么证据。所谓“逸闻”，真实性自然令人怀疑。不过在尤里安临行之际，杨和卡介伦——卡介伦倒是令人意外——都帮不上什么忙，唯有菲列特利加·格林希尔干净利落的做事方式给人留下深刻的印象。或许正因如此，才刺激了波布兰等人的创作欲望。

仪式结束之后，菲列特利加来到杨的办公室，只见黑发的年轻司令官粗鲁地将双脚跷在桌上，一只手拿着白兰地酒杯，凝视着窗外那广阔的星海，一副懊恼的表情。桌上赫然摆着一瓶已经少了三分之一的白兰地。

“提督……”

犹豫了一下，菲列特利加轻轻叫了一声。杨一回头，满脸都是少年恶作剧被逮到的表情。但今天菲列特利加不想说什么有指责味道的话。

“已经走了。”

“哦。”

杨对菲列特利加点点头，把空了的酒杯放在桌上，然后拿起酒瓶，却又原封不动地放回去。他顾虑的是在场的人，还是不在场的人呢？菲列特利加并不清楚。

“下次见面时，大概又会长高一些吧。”

杨的自言自语，是绝不会落空的预言。

Chapter 6
诸神的黄昏

1

“一亿人·一百万艘体制。”

自帝国军最高司令官莱因哈特·冯·罗严克拉姆公爵向自由行星同盟和“帝国正统政府”发出严苛猛烈的宣战公告以来，这句口号便在帝国军首脑层的周边私下流传开来。武力惩罚的声明宣布之后，没有军籍的平民青年纷纷离开工作岗位或学校，竞相奔向各地的军队征募事务所报名。其中兵役期满返乡后，又舍弃安稳生活希望重回军旅者比比皆是。

莱因哈特成功地将平民对高登巴姆王朝门阀贵族累积的憎恨，以及对自由行星同盟新生的仇恨之心结合起来。

“打倒门阀贵族的残党！绝不能允许他们死灰复燃！保护平民的权利！”

“打倒门阀贵族的共犯——僭称自由行星同盟的叛徒！”

后者的声浪兴起后，开始急速成长，一周后便掀起惊涛骇浪，气势堪与由来已久的前者匹敌。莱因哈特与这种声音的产生固然不无关系，但他并没有助长其声势，而且也毫无必要。在宣战公告中，莱因哈特并没有直接呼吁平民奋起抗敌。如果说他操纵了事实，其实是他将自由行星同盟被动地与门阀贵族联合一事，说成由他们积极主动地策划。最关键的是，莱因哈特隐瞒了自己就是皇帝挟持计划的共犯。

“国民们，行动起来！”

对于这类煽动行为，莱因哈特一概不予考虑，也没必要这么做。平民本身便有忧患意识，不会不担心一度到手的社会和经济的公平权利再次被剥夺，特权阶级再次抬头。

九月的第一个星期六，许久未曾露面的帝国军上将奈特哈尔·缪拉再次出现在高级军官俱乐部“海鹫”。这天早上，缪拉好不容易从医院的疗养生活中解脱出来，先赶往莱因哈特的元帅府致意，领取了早已为他备妥的现役复职命令，之后便到俱乐部与多位同事相聚。在帝国军上将以上的将军中，除了莱因哈特，缪拉年纪最轻，而且又是单身，并不需要急着赶回官舍。

“躺在医院的床上睡觉，我已经受够了！不好意思，让各位担心了……”

缪拉向从小牌桌旁起身相迎的米达麦亚和罗严塔尔露出笑容。“疾风之狼”向俱乐部的服务生——一个幼校的学生——点了咖啡，请缪拉入座。

“不过，你出院很仓促啊。莫非是被街头巷尾的‘一亿人·

一百万艘体制’的议论鼓动了？”

“为数很可观啊，但真有可能动员那么多吗？”

缪拉一面坐下一面说道。罗严塔尔的金银妖瞳微微闪露光芒。

“嗯，量的方面大概有可能，但能否有效运用则另当别论。关键是补给，要喂饱一亿人可没那么容易……”

“想一想很简单，做起来则不然。”

米达麦亚表示赞同。他们常常身处前线，饱尝补给延误甚至中断之苦，深知纸上谈兵误人误国的道理。现实往往是生产计划完成后，由于欠缺输送计划，使得堆积如山的粮食腐坏。面对这种现象，他们的愤怒和遗憾非言辞可以形容。碍于粮食不足，他们不得不多次放弃辛苦修筑的据点，无功而返。

闲谈不久，罗严塔尔起身向两位同事告别。目送着他那俊朗而修长的背影消失在门口，缪拉对“疾风之狼”笑道：

“罗严塔尔提督好像又有新情人喽。”

“可能吧。”

米达麦亚苦笑着答道，内心的滋味却远比表情要复杂得多。

从表面的行为来看，罗严塔尔无疑是猎艳高手，但他有个堪称奇妙的习惯，就是绝不同时与几个女人交往。他的风流史上没有一次恋情是长久的，但与一个女人交往后，他的金银妖瞳便绝不看别的女人一眼。或许是这个缘故，很多被他无情抛弃的女子深信自己曾经一度独占过他的心，常常出人意料地对他无怨无悔。这些都令其他男子忌妒不已。

“罗严塔尔换女人了。”

“这么说来，现在已经五月了啊。”

这类对话经常在同事间流传。“文人提督”梅克林格曾经在笔记的开头写下“去岁花不似今年”，其中不乏讥讽之意。当然，罗严塔尔并不把他人的讽刺和责难放在心上。米达麦亚知道朋友的好色是在差点被母亲挖出右眼的情况下，精神受到重创引发的，但也不便对他人提及。处事一向明快利落的“疾风之狼”，一碰到有人谈及此事，也只能含糊其词：

“罗严塔尔固然不该，但迷恋他的女人也有错啊。”

罗严塔尔有时也很有趣，比如他说：

“为什么女人常常在打雷或刮风时抱枕头呢？”

有一次，罗严塔尔一脸认真地这么问道。被他一问，米达麦亚几乎招架不住。

“大概因为她们害怕吧。”

他只能这样回答，但罗严塔尔不以为然。

“那抱我就好了，干嘛抱枕头！她们觉得抱枕头有用吗？”

寻求这个问题的答案并没有益处，但就像用兵一样，金银妖瞳的年轻提督执着于探求合理性。

“女人就是这样，问为什么全是白问，因为连她们自己也不知道为什么。”

米达麦亚截住对方的问题。他的话似乎很有气势，但若从交往的异性数量来看，他远远无法与罗严塔尔比肩。只是他有结婚成家的实绩，但此时罗严塔尔并不信服已婚者的权威。

“不要说大话，你认识的女人可不比我多。”

从这时起，气压开始下降。

“我认识艾芳瑟琳。艾芳瑟琳是个女人。”

“老婆不算在女人之列！”

“怎么能这么讲？”

放下盛着黑啤酒的大杯子，罗严塔尔压低嗓门说：

“成天艾芳瑟琳长艾芳瑟琳短的，被一个女人绑住，难道真有那么快乐？自己的世界变得窄小,有何乐趣可言？真搞不懂！”

这就是被誉为“帝国军双璧”的名将间的对话，不管怎么说也令人觉得有失威严。最后两人似乎是大打出手了。说是“似乎”，其实是两人的记忆出了问题，目击者也都三缄其口。第二天，当全身上下的伤口疼痛不堪时，两人只好勉强为各自找说辞了……

“罗严塔尔提督独占资源，害我们只有望着美女干瞪眼的份！”

缪拉用毫无恶意的语气说道，轻啜着幼校学生端来的咖啡。据说，中尉时代的缪拉曾有一次惨痛的失恋，但他对这个传闻只是一笑置之，冷静得不像他这个年龄该有的反应，所以无从辨别传闻是真是假。这位日后被称为“铁壁缪拉”的青年，也有与战场上的英名大异其趣的一面。

2

九月十九日，元帅府召开最高作战会议。出席者有十七位，名单如下：

帝国元帅莱因哈特·冯·罗严克拉姆、首席副官修特莱少将、次席副官流肯上尉、秘书官玛林道夫伯爵小姐。三名一级上将：奥贝斯坦、罗严塔尔、米达麦亚。十名上将：瓦列、缪拉、法伦海特、鲁兹、克斯拉、毕典菲尔特、梅克林格、舒坦梅兹、雷内肯普、艾杰纳。

克斯拉是首都的治安负责人，他因皇帝逃亡一事受到追究，被处以申诫、减俸及暂时禁足的处分。随着处分解除，现在他终于在公开场合露面了。

帝国军全宇宙舰队已进入一级战备状态，只待罗严克拉姆元帅一声令下，由十五万艘大小舰艇组成的庞大舰队就能在二十四小时内集结在行星奥丁上空。

莱因哈特优美修长的身姿出现在上座，接受提督们的敬礼。他那狮鬃般的金发闪耀着益发夺目的光彩。

“今日召诸君于此，是想就武力惩戒僭称自由行星同盟的叛徒一事，听听各位对具体方案的意见。”

开场白过后，莱因哈特语气淡然地发表重要宣言。

“我先谈谈基本方略。此次和以往直攻伊谢尔伦回廊的战略有所不同，将会以另一条回廊作为进攻要道。也就是说，经由费沙回廊进攻同盟领域。费沙将放弃政治和军事上的中立立场，归属我方阵营。”

一瞬之后，无声的骚动翻卷着会议室内的空气。看着这一幕，莱因哈特轻轻抬起一只手，做了个手势。

提督们将视线集中到门口，他们的个性在不同的表情中表露无遗。

随着素有猫或豹之称的帝国军最高司令官亲卫队队长姜塔·奇斯里上校进来，出现在提督们面前的人，竟然是费沙的专员——尼古拉斯·博尔德克。

“他将协助我们。当然，并非毫无条件。”

再次向大家介绍博尔德克之后，莱因哈特抑制住嘲讽之意，补充了一句。他已和这个不可掉以轻心的专员签订了密约。博尔德克将用一切可能的手段，使帝国军顺利通过费沙回廊；莱因哈特则依照博尔德克的请求，放逐现任自治领主鲁宾斯基，并将博尔德克扶上后继者的宝座。他虽然并未一一说明，但提督们大致可以推测出几分轮廓。

“难道说，他要出卖祖国？”

毕典菲尔特直截了当地说道，毫不掩饰对博尔德克的反感与警惕。专员感觉到他的敌意，露出受伤的表情。

“虽然您这样说，但我出卖的仅是费沙形式上的独立。那种东西对费沙存在的真正意义和利益毫无裨益。抛开无用的形式，费沙才能变成更为丰足的实体。”

“话倒说得挺漂亮嘛。那么，出卖亲人、背叛朋友也都可以找到理由喽！”

“好了，毕典菲尔特！”

金发的帝国宰相冷静地制止猛将毒辣的舌锋。

“若是没有他的帮助，我军将难以进入费沙回廊。对于他的帮助，我方应有所报偿，也当以礼相待。当然，今日邀集诸君，正是想听听各位的意见。罗严塔尔，你说。”

“依下官之见，不要无条件地相信才识丰富的费沙人。”

被指名的罗严塔尔礼节周全却语气冷淡地说了自己的主张。

“若是从费沙回廊进攻同盟领土，万一费沙人忽然改变主意，封锁回廊，我军将陷入敌阵，孤立无援，不能随意进行补给和通信，当然也不了解敌方的地理情况。这个风险未免太大了吧？”

他话音刚落，毕典菲尔特立刻反驳道：

“罗严塔尔一级上将的顾虑固然有道理，但是，若费沙胆敢使出这种卑鄙手段，我们用武力加以惩戒不就行了？”

“你是说在费沙回廊调转军队回头？”

“是，费沙武力太弱，我们足以将他们打个落花流水！”

“当我们掉头之际，同盟若从背后攻击，又该如何？这对我们大为不利。虽然不至于酿成大败，我们也不能造成无谓的牺牲。”

主张慎重行事的军人往往会被人评讥为胆小鬼，但帝国军中还不存在敢如此指责罗严塔尔的人。毕典菲尔特尽管不满，但还是静默下来，其他提督也无意成为论战一方的主角。

莱因哈特开口说道：

“罗严塔尔言之有理，但就基本构想而言，我已决定通过费沙回廊进攻同盟领域。若是仅仅设定伊谢尔伦回廊这条进攻路线，缩小战略的选择范围，不正重蹈了同盟军以官兵尸体铺就要塞道路的愚昧行径吗？通过或不通过费沙回廊，是人类自身的决定，不是宇宙开辟以来的法则。同盟军那班乌合之众要怎么想，由他们去，我们没有义务和他们奉行共同的原则。通过费沙回廊这个方法将大出敌军所料，单就这一点来看，已远胜其他策略一筹。”

他环视在座的人，清楚地表明自己的意思，接着说道：

“所以，首先就如一干人预期的一般，进军伊谢尔伦回廊。兵员将比今年春天坎普和缪拉动员的更多，但我要事先声明，这只是佯战！”

莱因哈特白皙的脸颊兴奋得发红。只要事情无关政略或阴谋，而是涉及战略和战术，这位年轻的天才便流露出振奋昂扬的神态。

“当同盟将注意力集中于伊谢尔伦之际，我军主力则一举通过费沙回廊，进入同盟领域。彼时杨威利身在伊谢尔伦，而同盟军的其他兵力与将帅根本不值一提！”

“诚如阁下所言，只是……”

“疾风之狼”微微歪了歪头。

“问题在于杨威利。我们必须考虑到，他有可能察觉我军主力的动向，从而随机应变，离开伊谢尔伦迎击我军主力。”

“届时，我军从背后攻击行进中的杨威利，让他成为民主国家的殉道者，不就行了？”

莱因哈特昂然说道，语气颇为果决。大多数提督面露赞同之色，唯有奥贝斯坦用义眼盯着别处，一言不发。罗严塔尔开口道：

“果真会顺利进行吗？”

在这位年轻俊美的独裁者面前如此明确地表示担忧，未免有些大胆。渥佛根·米达麦亚飞快地来回看着两人的脸，一反过去的豁达明朗，显得忧虑而紧张。但似乎没有人发现他神色有异。

“我会让它顺利进行。”

莱因哈特语气温和地回复罗严塔尔。不知他是否意识到，他俊秀的嘴角闪现出水晶光芒般的微笑。即使是素来对莱因哈特怀有敌意、否定其才能的人，恐怕也无法抗拒如此优美的微笑。

“但愿如此。”

金银妖瞳的年轻提督也以微笑回答。米达麦亚绷紧的神经松懈下来。卡尔·古斯塔夫·坎普在伊谢尔伦回廊战死后不久，罗严塔尔曾在言语间流露出对莱因哈特的不信任，令米达麦亚大为吃惊。后来，虽然罗严塔尔表示那些话是酒后戏言，米达麦亚也能够谅解他的辩白，心中却不禁回荡着一股莫名的不安。他不希望罗严塔尔心存怨忿，更不希望罗严塔尔的心事被人知晓。现在罗严塔尔总算没有不分时间和场合做出无礼举动，也算令人欣慰。

“不知作战名称是什么？”

问话的人是缪拉。莱因哈特俊美的脸上露出了会心的笑容，他将额前金丝般的发缕拨上去，用音乐般的声音答道：

“作战之名是‘诸神的黄昏’。”

“诸神的黄昏！”

提督们低语着，仿佛在品味这个名称的含义。一股难以言喻的战栗穿过听觉，直达他们精神的深处。连身经百战的猛将也产生了一种奇怪的感觉，眼前仿佛浮现出一幅幻象——他们看到恒星燃烧殆尽，与其休戚与共的行星文明也随之日暮途穷。

除此之外，提督们再也想不出有哪个名字更适合此次作战。不仅如此，他们甚至觉得由于这个名字，作战的成功已是指日可待。当然,这只是瞬间的错觉。在沙场上几经出生入死的男儿，深知横在前面的路途将艰险无比，神色转为严肃。但不可否认，身为乱世军人，他们的霸气和锐气已被挑动起来。

提督们相继扬声，请求年轻的主君让自己参加此次宏大的作战。因为最令军人兴奋的，莫过于以在战术上的胜利，为第一步的战略胜利增光添彩。而且，敌人是长达两个半世纪历史的自由行星同盟，谁能为它的末章画上句号，谁便能名垂千古。

3

提督和博尔德克退出之后，只剩下总参谋长奥贝斯坦一级上将。他要确认下次会议讨论的细节。

“对博尔德克这种人，不宜抱有过高的期望，宰相阁下。”

莱因哈特微扬秀挺的双眉。

“博尔德克至少比黑狐鲁宾斯基容易驾驭吧。”

“如阁下所言。但由此会产生另一个问题，博尔德克是否足以驾驭费沙？他虽不至于无能，但能力也仅止于辅佐，充其量不过是借黑狐之威横行一时的鼠辈。”

“你的意思是说，他没有立于万人之上的才干？”

“太有才干固然也很麻烦，但如果连足以压制反对派的威仪都不具备，就会拖我军的后腿。”

对总参谋长的悲观论调，莱因哈特付之一笑。

“那不妨期待一下吧。假设这家伙没有能力，为了巩固自己的地位和权力，势必会疯狂镇压反对派。如此一来，举世的憎恶和反感将集于他一人。等民怨即将爆发之际，我不费吹灰之力便可了断他，如同处理掉一件旧工具，岂不事半功倍？而且这么做也算是众望所归。”

“原来如此，阁下真是高瞻远瞩。”

装有义眼的总参谋长毫不掩饰地表露赞赏之情。

“失礼了，现在再无其他顾虑，就请依照您的意思行事吧。”

对于奥贝斯坦的敬佩之意，俊美的帝国元帅并没有兴趣，他并没有停止思索。

“或许在征服自由行星同盟之际，也可以用这一招。你认为呢，总参谋长？”

“正是。”

奥贝斯坦点点头。

“以新帝国的权威和武力为后盾，觊觎旧同盟领域总督之位者必大有人在，建议您尽早挑出人选。”

对于总参谋长的这番话，莱因哈特默不作答，只是轻轻地颔首示意。他的脑海中浮现出一个人的影像。

杨威利。

同盟军中智慧超群的年轻大将。年纪轻轻便建立卓然功勋的军人，功绩和才能往往容易招小人嫉恨。尽管他不在意目前遭受的不公平待遇，但若酬以新帝国总督之位，他还能对所谓的民主国家保持高度的忠诚，丝毫不为所动吗？这的确是最耐人寻味的问题。

自己的命运绝不能任人摆布，而且应该支配他人的命运。自从少年时代被夺走最钟爱的东西后，莱因哈特便一直这么认为。直到现在，这种想法也没有改变。

但是，如今莱因哈特已经无法无条件地认为这种事情是正当的了。他找出很多理由，证明自己应当打倒帝国的旧体制派和自由行星同盟，将所有权力握于手中。即将诞生的罗严克拉姆王朝不能仅仅自满于为宇宙带来统一与和平，应该比帝国旧体制时代更公正，比自由行星同盟更有效率。至少不能将大军交给只会炫耀血统与家世的贵族公子哥儿，也不能将权力交给只会以诡辩和利诱愚弄人民的政客。

而对于杨威利，则应该提供使他充分发挥才能的环境。只是不管集聚多少才智出众的人才，也无法弥补一年前失去红发挚友的缺憾，莱因哈特非常清楚这一点。

希尔德，也就是希尔格尔·冯·玛林道夫，对莱因哈特的战略虽然赞同，但对政略仍有无法释然之处。因而只剩下两人相对时，她问道：

“我们与自由行星同盟难道就没有和平共存之道吗？”

这不是疑问，甚至也不是确认，希尔德几乎是随口说出的。

对方的回答也不出所料。

“没有，是他们自己关闭了这条通道。”

莱因哈特应道。或许他也注意到否定的语气过于冷淡了，便解释似的补充道：

“如果他们真是一流的马基雅维利主义者，便不会认为皇帝的年龄有什么令人感伤的价值了。假如他们将皇帝和挟持犯一并遣返，今天在外交和军事方面，我都将无计可施。是他们签下了自己的死刑执行书。”

莱因哈特认为，权力被二流以下的马基雅维利主义者掌握之际，必是亡国之兆显现之时。在历史洪流里，有必然也有偶然，不论高登巴姆王朝也好，自由行星同盟也罢，他们过去的所作所为种下了今日气数将尽的恶果。就在此时，他——莱因哈特出现了。不过莱因哈特无法忍受“自己是历史的工具”的看法。他是按照自己的主观意志消灭高登巴姆王朝和自由行星同盟，使人类从五世纪前的怪物鲁道夫顽强的符咒中解放出来的。即便如此……

“伯爵小姐……”

“是，罗严克拉姆公爵。”

“你认为我手段毒辣吗？”

希尔德一时无言以对。那注视着伯爵小姐的冰蓝眼眸却是一派认真。

“如果我说不会，阁下会很高兴吗？”

希尔德犹豫了一下，答道。她知道这并不是莱因哈特想听到的答案。年轻公爵俊秀的脸上现出一抹苦笑。

“我非常感谢你，伯爵小姐。真的。那时即使我去山庄，姐姐也不会见我。你帮我说服了姐姐，姐姐才答应接受护卫。”

看着莱因哈特叙述感想，流露出少年般的率真，希尔德不禁觉得这和那个身为霸主的莱因哈特简直判若两人。哪一个才是真正的他呢？这个问题未免幼稚。但是，哪一个才是莱因哈特心中希望的自己呢？希尔德脑海中闪过这样的念头。

“不过，就算被姐姐厌恶，我也不能再走回头路了。如果我退出征服世界之路，又有谁能统一宇宙、恢复秩序呢？难道要把人类的未来，交给自以为是的自由行星同盟或执迷于旧体制的反动分子？”

这种语气似乎是想让人明了，自己的所作所为都出自正义的目的。莱因哈特察觉到了这一点，立刻感到一阵嫌恶。冰蓝色的眼眸射出锐利而强烈的光芒，再次恢复了统治二百五十亿民众的独裁者的神情。

“明天宣布皇帝废立！”

莱因哈特沉声说道。

于是七岁的皇帝艾尔威·由谢夫二世被剥夺帝位，由贝克尼兹子爵的女儿——诞生刚八个月的凯瑟琳继位为女皇。她是高登巴姆王朝历史上最年幼的一位皇帝，可能也是最后一位了。

莱因哈特可以想象，当旧体制派的残党获知他将一个婴儿扶上帝位时，那种因为愤怒和憎恶浑身发抖的情景。

“那个金发小子，竟敢冒渎权威和传统！”

此类攻讦将交相而至，甚至可能再次燃起报复的火苗。然而他们口口声声强调的所谓“权威”或“传统”，不过是五世纪前鲁道夫·冯·高登巴姆架构的空中楼阁罢了。

当支撑楼阁的两大支柱——权力与暴力消亡之时，楼阁自然也将土崩瓦解。对旧体制派抱持的错觉，莱因哈特一来感到可笑，二来又觉得可悲。

4

半年前，海德里希·朗古还身处政界的要职。他担任内务部社会秩序维持局的长官，专门拘捕政治犯和思想犯，监视并弹压言论活动，甚至干涉教育和艺术创作。作为从内部支撑帝政的权威专制主义的支柱，他恣意行使强大的权力、扩充权限，甚至极有可能晋升为内务尚书。

在罗严克拉姆新体制确立期间，朗古身为旧势力派一员，却能幸免于死，理由有二：其一，他在领导秘密警察方面确有才能，情报搜集能力出类拔萃，手中握有许多贵族的相关情报；其二，此人具有职业的意识和忠诚，自过去的主人（“饲主”——这是米达麦亚等人充满嫌恶的叫法），也就是那些大贵族没落之后，他便自然地展示出侍奉新主人的意图。

莱因哈特废除了社会秩序维持局，朗古固然大失所望，但他对自身能力信心十足，决意坚持到底，等待太阳再次出现，扫除阴霾。

他的耐力终究得到回报，而且比他预期的来得更早。那些把厌恶视为任务之一的宪兵将他从软禁他的官舍中释放出来，带到奥贝斯坦一级上将的办公室。

朗古实在太幸运了，因为在奥贝斯坦严密的调查下，仍然找不到他滥用职权、中饱私囊的证据。在旧体制时代的重要人物当中，他以特立独行闻名，私生活没有弱点，门阀贵族视他为怪人，他也因而蒙上一层神秘色彩，令人难以捉摸。因为他忠于职守、勤奋有加，不免被冠上“猎犬”的封号。

盯着他的奥贝斯坦是否在压抑内心那极为贫乏的幽默感，就不得而知了。这位叫海德里希·朗古的男子，从外表完全看不出能力与实绩。他年纪还不到四十，褐色的头发却已有八成消失在过去的岁月中，只剩少许勉强附在耳旁。深灰色的眼珠大而灵活，嘴唇又红又厚，嘴却很小。他个子不高，头倒是很大，全身胖乎乎的，连皮肤也是富有光泽的粉红色。

海德里希·朗古的外貌给人的印象，犹如刚吃饱母乳的健康婴儿。想象力健全的人几乎无法从外表联想到他的职务。秘密警察的领袖应该具有冷峻阴沉的外表，人们难以接受他的形象。

更令人觉得不搭调的是他的声音。如此模样的人，发出的声音应该如小孩般尖锐，有点想象力的人一般都这么认为，并做好了心理准备。事实上，朗古口中发出的是极其庄重沉稳的低音，听起来宛如古代的宗教领袖在信徒面前对着天上唯一的神祝祷。本来已经得到对方的告诫：若是听到幼儿般的声音，切勿发笑。现在面对这一事实，人们必将遭受巨大的打击与震撼。

朗古的容貌和声音已经成为讯问时的利器，可以使受审者方寸大乱，被拖入彀中。

然而，现在坐在朗古面前的，是这位装着感光电脑义眼、放射出无机视线的男子。他还有向帝国宰相罗严克拉姆公爵报告朗古是否值得赦免的权力。

“总参谋长阁下，依我之见，无论披上何种外衣，政治的本质只有一个。”

朗古表明自己的主张，奥贝斯坦从方才起便在评估他的话。

“哦？是什么？”

“由少数来统治多数。”

朗古的声音听来宛如在向上帝陈述真理和事实，只可惜没有管风琴伴奏。但此时此地，奥贝斯坦掌握着他的生杀予夺大权，只凭这一点，奥贝斯坦对朗古而言无异于上帝。因此，朗古在表白诚心时，态度无论多么真挚都不过分。

“民主共和制主张在自由意志下由多数人统治，关于这一点，我想听听你的看法。”

“若将全体当作一百席，超过五十一席，便能主张以多数来统治。但是，当多数派分裂为若干团体时，只要占有五十一席中的二十六席，便可以统治一百这个整体。也就是说，只要占有四分之一的少数，便有可能统治多数。当然，这只是一个模式化、简单化的例子。但主张以多数派统治的共和体制的原则何其空洞，以阁下之睿智，自当了然于心。”

奥贝斯坦无视朗古有意无意的恭维，他和主君莱因哈特一样，都不喜欢他人阿谀奉承，连讨厌他的人也无法不承认这一点。虽然被泼了一盆冷水，朗古却不在意，继续说道：

“既然政治的本质是由少数统治多数，那么依在下愚见，为使政治安定，在下这样的角色似乎不可缺少。”

“你是指秘密警察？”

“我指的是治安维持体系的管理者。”

他表情微妙地修正措辞。但奥贝斯坦再次漠视了这点自我主张。

“对当权者而言，秘密警察或许是非常方便的工具，但它本身是人们憎恨的对象。你担任社会秩序维持局的负责人，因此前一阵维持局解散时，有许多人要求处罚你。比如开明派的卡尔·布拉格等人。”

“布拉格先生这么做自有他的道理，但我只是一心对朝廷效忠，并非为了私欲行使权力。如果我因忠诚遭受处罚，也绝不会给罗严克拉姆公爵带来任何好处。”

在善意忠告的外衣之下，威胁的甲胄若隐若现。若是继续追问他过去的罪行，更确切地说，若是继续追究社会秩序维持局的过往种种，自己不也得三思吗？

“罗严克拉姆公爵似乎并不怎么喜欢你这种人……”

“罗严克拉姆公爵原本是军人，当然有以光明正大的战争来征服宇宙的堂堂气概。但有时一抹流言可以胜过一万艘的大舰队，未雨绸缪的防御足以匹敌强大的攻势。我期待罗严克拉姆公爵和总参谋长阁下能明察秋毫，从宽处置。”

“我倒是免了，但对于罗严克拉姆公爵，你打算用什么来报答他的宽宏大量？这才是重点。”

“报答是当然的！我会付出绝对忠诚，奉献所能，为公爵的霸业竭尽绵薄之力！”

“说得好。不过社会秩序维持局既已解散，就不便再次复活。否则难免被指责为开明政治开倒车，必须考虑换个名称。”

听到这番话，朗古红润的娃娃脸益发显出光泽。他得意扬扬地提高那有魅力的低音。

“在下已经有所考虑。”

弄错场合的“歌剧演员”发表了宣言。

“国内安全保障局——这个名称如何？听起来是否不同凡响？”

装有义眼的总参谋长只是点了点头，看来似乎并没有多大兴趣。

“旧酒装新瓶而已。”

“我会尽量让酒也变成新的！”

“好吧，那你就好好干。”

就这样，从旧体制的社会秩序维持局长官，到新体制的国内安全保障局长官，海德里希·朗古为自己涂上了不同的颜色。

“诸神的黄昏”即将发动攻势，帝国军的最高将领们已在暗中准备。但是与费沙合作之事仍使罗严塔尔感到忧虑，他再次提醒亲近的战友注意这一点。

“罗严塔尔阁下真是杞人忧天。”

米达麦亚露出笑容，取笑他。

但对方毕竟不是单纯的小姑娘，而是费沙的老狐狸，再怎么小心提防都不过分。米达麦亚曾经想到一个方法：以迅雷不及掩耳之势取得军事胜利，不给费沙设计陷阱的余地。但万一失败，就会成为罗严塔尔所说的“孤军奋战”。

“如此一来，便不得不在当地调度官兵的口粮，纵然作战成功，也免不了被贴上掠夺者的污名。”

米达麦亚越想越不痛快，未来的景象真是乏善可陈。

“若是作为征服者被人憎恨，那还无所谓；但若是作为‘掠夺者’遭人轻蔑，可不是令人愉快的事。”

“话说回来，当地也要有可供掠夺的物资才行。对方如果像我们前年那样采用焦土战术，可就惨了！还记得那时同盟军有多狼狈吧。”

无论用何等美丽的词句来宣传自己的正义，只要民众亲眼目睹军队掠夺的事实，便绝对不会再支持征服者。为达到目的进行一时的破坏或许还能得到宽容，但想让征服发展为长久的统治，在一开始就招致民众反感会大大不利。

“关于这一点，我们再怎么说也没用，一切都要看罗严克拉姆公爵的决定。”

奈特哈尔·缪拉客气地暗示他们不必再费心思。米达麦亚和罗严塔尔点点头，就此收住这场没有结论的讨论，将话题转到了实务上。但是，缪拉的话却诱发了罗严塔尔心中一直潜藏的念头。

“一切都要由罗严克拉姆公爵决定吗……”

金银妖瞳的年轻提督在心中喃喃低语。在内政方面，金发的年轻帝国宰相将正义遍布四方。至少相较于门阀贵族的旧体制，莱因哈特的统治要公正得多。将来他对敌国的百姓也会维持这份公正吗？

罗严塔尔是个有野心的人。那是一种属于乱世枭雄的野心，只要他登上一个阶梯，便无法遏止地向往下一个阶梯。大约从一年前开始，推翻上位者并取而代之的野心就如同深海鱼般在他内心深处徘徊游荡。然而，他并非执迷不悟。假如一直没有机会，事实也证明莱因哈特的力量和运气的确凌驾于他之上，他会断然放弃追求至高宝座的意图。但前提是莱因哈特必须证明自己才是唯一的足以称霸之人，如果没有及时证明……

5

帝国军大规模出动之日迫在眉睫，这项情报已通过各种途径传到费沙，但大多数人反应淡然，只是以局外人的口吻说一句“哎呀，又来了”。精明狡猾的费沙商人早已习惯一个多世纪以来三国鼎立的局面，他们深信昨天的时钟明天照样可以用，在愚蠢的互相杀戮之际，可以趁机再次囤积财富。怀揣这样的如意算盘，费沙商人预备在各个领域（包括投资、金融、流通、生产等）大显身手。至于竞技场外有人蓄势待发，游戏规则即将发生改变，则非他们能想象的事了。

在他们的观念中，和平繁荣的海洋——费沙回廊，绝不会葬送在银河帝国的大舰队手上，特立独行的费沙商人也不会成为无形牢笼的囚虏。的确，过去此类阴谋曾筹划过多次，但每次都化为泡影。不断排除阴谋，才造就了今日的费沙。这次自治领主政府也能摆平一切，这才是政府的意义所在。也只有如此，民众才值得从所得中向其缴纳税金。自己只要专注于分内的工作，劳动并且赚钱就好了，这是费沙一般公民的想法。

但如今的自治领主对公民是否还保有无私的忠诚，就很难说了。不，应该说自第一代领主雷欧波特·拉普以来，历代自治领主便一直被一个问题困扰：费沙公民和地球之间，他们应当向哪一方宣誓效忠？直到现在的安德鲁安·鲁宾斯基，才终于解决了这个烦恼。但鲁宾斯基的心是放在第三个方向的，就是他自己。

“单就硬件设施而言，伊谢尔伦易守难攻，况且那里还有一位同盟军中首屈一指的智将。那些平庸的政客大概可以放心了。”

鲁宾斯基正与辅佐官鲁伯特·盖塞林格谈论同盟的状况。

“这种安心之感却夺走了同盟首脑健全的判断能力，使他们做出了最糟糕的选择。过去的成功导致了现在的错误判断，同时也剥夺了他们的未来，这可以说是最好的前车之鉴！”

这个教训对谁最有益呢？鲁伯特·盖塞林格在冷笑中忖度。假使自治领主自以为可以置身事外，那么他将成为世人的笑柄。此时，那不被承认的私生子正在父亲脚下为其奋力掘坟。而且正忙着挖墓的，似乎不止是他一人。

“博尔德克专员的动静，似乎越来越令人感兴趣了。”

鲁伯特·盖塞林格的声音中充满有毒的针刺，此时并没有必要刻意隐藏恶意。在鲁伯特看来，博尔德克犹如一个小丑，正不堪负荷地挥动着镐锄在挖掘墓穴。他要设法让父亲看到这一幕，可能的话，就把他们两个一并踢进墓穴。

“博尔德克这家伙太早亮出王牌了，让罗严克拉姆公爵得到了反击的机会，真是贪功心切。”

“没想到他居然如此无能！”

他的言外之意是指责重用无能者的自治领主，但鲁宾斯基不为所动。

“那是因为罗严克拉姆公爵棋高一着。博尔德克办事认真勤勉，在此之前从未失败过，不过最后阶段一脚踩空，功亏一篑。”

“怎么处置他呢？”

青年以一副恶魔般的口吻问道，但对方并没有回答。鲁宾斯基、鲁伯特·盖塞林格、博尔德克三者的思想超越了空间，卷成旋涡，纠结难分。

其中谁是最丑恶的背信弃义者，实在很难下定论。他们三个人对“以理想的价格出卖另外两人”一事，在良心上都不会有一星半点罪恶感，这是千真万确的。但对于出卖费沙本身，他们就不是全无抗拒了。单从利益方面来说，费沙的财富、活力和战略位置是他们现在和未来发展的保障。唯有掌控了费沙，他们才可能与银河帝国宰相莱因哈特·冯·罗严克拉姆及地球教总大主教展开势均力敌的角逐，舍不得出卖费沙也是理所当然。

鲁宾斯基话锋一转。

“最近，有个叫尤里安·敏兹的少尉要来同盟专员的事务所赴任。”

“他好像是杨威利提督最疼爱的儿子，不晓得是怎么个疼爱法。”

鲁伯特冷笑成癖，与其父相比有过之而无不及。

“不管怎样，才十六岁的黄毛小子成不了气候。”

“十六岁时，罗严克拉姆公爵就已经建立战功，晋升为少校了。尤里安·敏兹的步伐只比他慢了一点而已。”

“还不是受养父荣荫庇护！”

“或许吧，但他的确立有战功。我可不想犯下将虎子误认为猫的愚蠢错误。”

鲁伯特·盖塞林格颔首赞同。反观自己，在十六岁时不也立下了雄心，要排挤亲生父亲，篡夺他的地位和权力吗？而且，他还不时激励自己，要以实力将父亲没有给他的一切都夺回来！古代的圣贤曾经说过：“才能发自一点，扩张而成扇面。”只要有了开端，便可以不断扩大成长。野心和欲望亦同此理。如此看来，在对方尚未成气候之际，鲁宾斯基便开始防微杜渐，这也在情理之中。可是，他的猜疑之心会不会也落在自己身上？

鲁伯特·盖塞林格冷漠的视线如利刃般射向父亲的侧脸，随后立即移开。鲁宾斯基是抛弃他的父亲，也是无耻的权力者。两者之中的任何一个都足以令人憎恶，更何况鲁宾斯基同时兼具了两种角色。

Chapter 7
驻费沙武官敏兹少尉

1

尤里安·敏兹正做着无限甜美的梦，梦中的他置身于淡淡的光影中，无数的花瓣跳着波尔卡舞……

他心想，起床后要冲个淋浴，刷完牙后就准备早点。他要泡西隆或阿鲁沙红茶，加上牛奶。准备两份各三片的黑麦吐司，吐司上要涂奶油，加上少量生菜和柠檬汁。接下来再加一点熏肉和苹果奶油派，真不错。还有新鲜的沙拉和简单的鸡蛋料理。昨天吃煎蛋，今天就做炒蛋加牛奶吧……

光影的泡沫接二连三地破裂，向尤里安吹来现实的气息。他睁开眼睛，发现已是晨光熹微，室内的家具渐渐清晰起来。枕边的钟指向六点三十分。习惯似乎已经渗透到少年的每一个细胞中，虽然他的身体现在还需要一个小时的睡眠。

“提督，七点喽，七点！请您起床，早餐都准备好了！”

“拜托，再睡五分钟。不，再睡四分三十秒也好。不，四分十五秒……”

“不能再赖床了！如果司令官因为睡懒觉迟到了，怎么当部下的楷模呢？”

“就算没有司令官，士兵们也会成长的……”

“敌人攻来了！如果由于您赖床，被敌人奇袭成功，后世的历史学家会笑您是个大笨蛋！”

“敌人还在睡呢，后世的历史学家也还没出生。晚安。好不容易在梦里是和平的……”

“提督！”

四年前，当提督还是上校的时候，他们之间就经常有这种“战斗”。大同小异的对话前前后后重复了不下一千次。关于起床这一点，杨威利可以说是一点长进也没有。

尤里安在床上坐起身，伸了一个大大的懒腰。他有一种奇妙的感觉：如果只有自己一个人的话，就没必要准备早餐了。他一面想着身为一名军官应该如何安排生活，一面跳下床来。

淋浴之后，尤里安年轻的皮肤和富有弹性的肌肉更加生气勃勃、匀称紧绷。洗完澡，他穿上制服，对着镜子小心谨慎地戴正黑色贝雷帽。等一切内务整理完毕，距离七点还有些时间。杨甚至说，军官起得早，会让士官和士兵为难。这话或许也有几分道理。目前这艘船还有四个小时才能到达费沙，而最后的餐点还没有安排妥当。

尤里安只在同盟首都海尼森待了三天。在这段时间里，他在政府和军部中枢之间疲于奔命。很明显，有人在恶意刁难。少年不得不醒悟到，自己已经被系在了这个封闭的权力社会的末梢上。当然，和杨面临的困境比较起来，这只是小巫见大巫。但是他知道，若是得到与年龄不相称的荣誉，旁人一定会将自己视为眼中钉，不会给他好气受的。

在国防委员会之下，除了设有统合作战本部、后方勤务本部、技术科学本部以外，尚有其他十一个部。它们分别是防卫、检阅、管理、情报、人事、装备、教育、设施、卫生、通信、战略部。各部部长若是现役军人，则由上将或中将等高级军官出任。杨的副官菲列特利加·格林希尔上尉的父亲——已故的德怀特·格林希尔上将就是前任检阅部长。要领取驻费沙武官的正式任命书，必须去见人事部长里巴莫尔中将。即使尤里安只是一名少尉，任免驻外武官的事也是由人事部长直接掌管的。

尤里安事先和人事部长约了时间，但之前的事务似乎永远也处理不完，他被迫等了两个小时之久。尤里安时而怀疑对方是故意要他等，时而又觉得这样无用地猜测未免太没有气度，所以心绪极为不宁。此前杨在审查会上心中该是何其疲惫，此时尤里安已经能够体会一二。僵硬的权力社会夺走了人们的精神活力，使他们单纯的忠心逐渐萎缩……他正想着这有点夸张的大道理，副官终于喊了他的名字，把少年请进中将的办公室。

尤里安待在室内的时间，还不足他在室外等待时间的五十分之一。中将只是在形式上打了一声招呼，然后将任命书和徽章交到他手中。尤里安向身材有些圆胖的中将敬了礼，然后就出去了，如此而已。

拜访宇宙舰队司令长官比克古上将的时候，尤里安感觉自己仿佛从下水道一跃置身于葱茏绿野一般。他把杨的亲笔信交给老提督之后，觉得如释重负，放心了许多。而且他和杨还有菲列特利加都很喜欢这位老提督。能见到老提督，他就够高兴的了。比克古也在办公，尤里安只得等了一个小时，但他这次却不在意。这感性中的主观之处，搞不好就是受杨的坏习惯影响。

老提督终于出现了，他爽朗地欢迎尤里安。

“哦，长高了。一年半不见，应该应该，你现在正是只要睡一晚，就能长高一厘米的年纪嘛。”

“司令长官身体也很好呀，真是令人高兴。”

“算了，我是越来越接近地狱之门啦。总有一天我会到那里，看见鲁道夫皇帝被扔在热腾腾的锅中煎熬的样子，到时候我会很高兴的。对了，人事部的里巴莫尔中将对你说了什么吗？”

“没有，他什么也没说，官腔之外的话一句也没有。”

“哦。”比克古笑了。里巴莫尔中将属于七成左右的政府主流派——特留尼西特派，他虽说想在议长心中留下个好印象，但终究不愿去讨一个十六岁少年的欢心，但如果对少年说了什么刻薄话，又未免太不成熟了。所以除了公务本身，他没有多说一句话，大概想借此保持自尊吧。

尤里安听了觉得纳闷。

“他想博取我的欢心？为什么博取我的欢心，就能使特留尼西特议长对他留下好印象？”

尤里安暗褐色的眸子流露出些微淘气的眼神。

“我是杨威利派的，可不是特留尼西特派的呀……”

“告诉你吧，你不知道的事情还多着哪！你这次的人事调派，是由国防委员长亲自下的命令。而国防委员长爱朗兹可以说是特留尼西特议长的第三只手，表面上，大家都觉得你可能很受议长的喜爱。”

“真讨厌！”

“那倒是，但也不必那么大声地说出来。这是我和杨提督的坏毛病，你可不要学啊。”

老提督高兴地笑着，那表情仿佛是看着自己朝气蓬勃的小孙子。接着，他把特留尼西特派在军方人事上的想法和计划讲给尤里安听。基本上，不只是特留尼西特派，也不仅限于自由行星同盟，世界上所有国家的历代主政者最在意的，一直是那些远离首都的地方部队。这些部队的司令官常因中央政府鞭长莫及而将军队私有化、军阀化，不愿受中央政府控制。这种情况往往成为主政者心中永远的噩梦。为了防止这种事情发生，中央政府常常使用最强有力的武器——人事权，经常性地调动部队的核心成员。当然，这种调动也要注意一点，就是以不破坏对外的作战能力和人才的均衡为前提。

“这么说，我这次调动也是他们计划中的一环喽？”

“嗯，可以这么说。”

比克古抚摸着下巴。

“那么，他们的主要目的是将梅尔卡兹提督从杨提督身边调走，是吧？”

尤里安的问题显示出他的敏感机灵并不仅限于战术层面。老提督露出佩服的表情，重重地点点头。

“不错，刚开始是这样。”

比克古又补充道，政府今后的打算，很可能是只要条件允许，就会把卡介伦和先寇布等杨身边的得力助手一个个调走。

“可是，这样做又算什么呢？把杨提督的实力削弱了，岂不只会使帝国军的力量更强大吗？”

对这种不明事理、只知道用派系斗争的思维处理问题的愚蠢弄权者，尤里安感到十分愤怒。权力宝座这种东西，本身就是精神上的病灶。当一个人安稳地居于权位之上，视野会变狭窄，思考趋于利己化，这些恐怕都是难以避免的病症。

比克古打开杨的亲笔信，一面读一面频频点头。关于帝国军通过费沙回廊这一可能性，同盟也曾经从纯军事理论的角度进行过讨论。可是由于长期的安定，人们的危机感被日益稀释，渐趋于无，对应的策略被遗忘于厚厚的尘埃之中。而早先所订的方案，是以同盟和帝国的战力和军需生产力势均力敌为前提的，但如今的情势之下，这些方案已经成了明日黄花。

比克古把杨的亲笔信的内容简要地告诉尤里安。

“杨提督的提案是这样的，如果我们要防范帝国通过费沙回廊入侵同盟领域，必须要借助费沙人民自身的抵抗。具体而言，第一，可借助费沙人有组织的罢工行动，达到使社会及经济体系衰弱的目的。第二，可将民间商船全数列于费沙回廊中，堵塞航路，阻止帝国军的进攻。”

“会成功吗？”

“不一定会成功——杨提督是这么写的。如果进展顺利的话，费沙的民众会成为同盟的盾牌，挡在帝国军面前，这也比在战场上互相杀戮好得多。”

“……”

“要使费沙人采取这样的行动，就必须唤醒他们那种独立不羁的精神，那种不屈服于别国军事力量的精神。话虽如此，若是等到帝国军真正进驻费沙之后，再想进行有组织、有效果的抵抗，就极为困难了。”

杨还亲笔写道：所以，我们有必要在费沙国内散播一些流言，内容是费沙自治领政府和帝国的罗严克拉姆公爵私下交易，要把费沙的国土、人民以及自治权都出卖给帝国。证据就是最近帝国军将进驻费沙，费沙回廊将被提供给帝国军，作为进攻同盟的通道。要防止这件事发生，就必须推翻现在的政权，建立一个严守中立立场的新政权……如果这样的流言流传开来，费沙境内必是舆论大哗，帝国军想进驻费沙就没那么容易了，硬要强行进驻，一定会激怒费沙人，导致他们挺身反抗。就算帝国军最后还是进驻成功，同盟也能争取到一些缓冲时间，同时也可能联合费沙境内的反帝国派。当然，这种马基雅维利主义的行为恐怕难以逃脱道义上的谴责……

比克古摇了摇白发苍苍的脑袋。

“杨提督对未来看得真透彻，可惜他无法采取相应的行动。

当然，这并不能怪他自己，因为他的权限不允许他如此随心所欲。”

“这是因为制度的关系吧？”

尤里安大概没有意识到这个问题极其大胆，老提督灰白色的眉毛猛然一耸。

“制度？”

他的声音中夹杂着叹息。

“要将这归咎于制度，我感到很难过。长期以来，我一直为自己是民主共和国的军人而自豪。是啊，自我在你这个年龄当上二等兵以来，一直是……”

半个世纪以来，与比克古的人生轨迹相伴而行的民主主义逐渐走向衰弱与变质。比克古亲眼目睹了这一过程。理想被裹着现实外衣的癌细胞侵蚀，遭到无情的践踏。

“我认为民主制共和国限制军人的权限是对的。军人不应该在战场以外行使权力。而且，如果军队不接受政府和社会的监督，肆意膨胀，成为国中之国的话，民主政治便无法健全了。”

老提督说道，好像是再次确认一番自己的价值观。

“民主主义制度本身并没有错。问题在于制度与支撑制度的精神之间发生了偏离。眼下，原则的存在尚能勉强抵御本质的堕落，但是不知道还能撑多久……”

尤里安默默地感受着老提督沉痛的心情。除此之外，他也做不了别的。他还是个未成年的孩子，没有什么力量，有时候甚至连保护自己都力有不逮。

尤里安向比克古告别之后,马上又前往“银河帝国正统政府”大楼。他想再去问候一下被迫出任流亡政权军务尚书的梅尔卡兹。这栋“正统政府”大楼曾经是流亡贵族们集聚的馆邸，如今热闹的景象更胜往年，但喧嚣之中不知为何透出一股空洞和冷清。尤里安并不知道梅尔卡兹在何处，却意外地在大门前碰见了他的副官舒奈德。

“一帮穿着燕尾服的食腐鬣狗在蠢蠢欲动！没有国民的政府，没有士兵的军队，竟然还想要地位和名号！内阁成员加起来有六七个就要谢天谢地了。尤里安，你若是加入正统政府的帝国军，至少可以当个少校。”

尤里安不禁怀疑，舒奈德讲话这么刻薄到底是天生的呢，还是在伊谢尔伦将近一年，近朱者赤近墨者黑的结果呢?

“梅尔卡兹提督想必很辛苦吧。”

舒奈德愤愤地讲给尤里安听，“正统政府”封梅尔卡兹为帝国元帅，但他是一位没有半个兵可指挥的元帅，所以不得不急着向同盟政府筹措资金及旧式军舰，以流亡者为对象募集士兵，编组军队。

“以那帮乌合之众，竟然要去对抗莱因哈特·冯·罗严克拉姆公爵这样的政治和战略天才！不知道是他们气魄宏大，还是因为脑袋是用蜜渍巧克力做成的。我想大概是后者吧，但被卷进去就很伤脑筋了。”

舒奈德知道一旦梅尔卡兹“晋升”为元帅，自己一定也会升为中校，可他当然不会为此感到一丁点喜悦。

“唉，若说还有一线希望的话，那就是罗严克拉姆公爵虽说是天才，但历史上天才败给凡人的例子并不少见。可从一开始就指望奇迹出现，恐怕是靠不住的。”

无论怎样思考，舒奈德都无可避免地坠入了悲观瀑布下的深潭。如果他对梅尔卡兹说这些，会导致他在流亡政权中的立场更加恶化，而他又找不到其他人倾诉，于是尤里安便成了牢骚的倾听者。但尤里安知道舒奈德对梅尔卡兹忠心耿耿，听了也不会不高兴。他不禁十分同情怀才不遇、身处困境的梅尔卡兹。想象一下如果杨陷入和梅尔卡兹同样的处境，他不由得感到内心深处一阵冰冷。当然，不管发生什么事，尤里安一定会站在杨这一边。

最后，尤里安请舒奈德代他向梅尔卡兹问好。他自己没能见到梅尔卡兹，就不得不匆匆地离开了首都海尼森。

2

随着宇宙船逐渐接近陆地，行星费沙呈现出微妙的色彩变化，让人们眼前一亮。他们背后的宇宙宛如一块漆黑的铅板，点点银光微粒在胡乱飞舞，而前方的行星却有如音乐般明暗闪烁，在光量的增减之中奏出一首色调丰富、音律动人的小夜曲。

尤里安·敏兹隔着窗户眺望前方的行星，不知不觉间，行星光线的变化中仿佛叠映出一双淡褐色的明眸，他想起了菲列特利加·格林希尔上尉。这位年长他八岁的女子，年纪正好处在杨和他之间。若不是尤里安深知菲列特利加倾慕的对象就是杨，那么此时对她的思念也许还会更强烈些。这种思念十分微妙，却异常清晰。少年的脑海中又浮现出出发前和菲列特利加的一段谈话，内容是从她与杨在艾尔·法西尔星域邂逅的旧事开始的。

“杨提督当时还是个中尉，贝雷帽戴得也不端正，感觉真像个初出茅庐的小伙子。”

对于这位刚出道的年轻军官，艾尔·法西尔的居民并没有尊敬和信赖的理由，但他们露骨地表现出的轻蔑却使菲列特利加感到义愤。她觉得即使自己身单力薄，也必须去帮助这位无助的年轻军官。

“我那时深切地感受到，他那样无助而孤独。睡觉时军服都不脱就倒在沙发上，早上起来不洗脸，一边自言自语一边咬着没有涂奶油的面包。这样的男人，如果我不喜欢他，恐怕也没有别人会喜欢他了……”

菲列特利加笑了，笑容中的含义并不是单一的。十年的岁月以及其间发生的种种事情，都在她心中投下了或浓或淡的阴影。

“我并不是喜欢英雄或名将。不过，或许我有先见之明，能慧眼识英雄吧。”

一定是这样。尤里安回答她，但并不确信这个回答是否会令菲列特利加高兴。不过，十年的岁月流过，杨在菲列特利加心目中的形象发生过变化吗?

“不，杨威利没有变，变的是他周围的环境，他本人一点也没有变。”

当杨还是中尉时，看起来就像一个初出茅庐的中尉。现在他被人称为提督，看起来就像一个初出茅庐的提督。日后，当他升为元帅时，一定也还像一个初出茅庐的元帅——尽管不知道这么形容是否贴切。不管拥有什么样的地位，虽说他有能力履行相应的责任，但总会给人一种印象，让人觉得眼下的地位使他很不习惯、不知所措。

杨威利从来没有积极地想成为军人，直到现在，他还希望自己能够成为一名历史学家。但是菲列特利加可以想见，如果杨站在大学讲坛上授课的话，大概也会表现出一副很迷惑的样子，有如一名军人不出现在战场上，却误站到了讲坛上。尤里安非常理解她的心情，令他难以理解的倒是杨的想法，杨似乎在踌躇着是否对菲列特利加的心思做出回应。他到底在想些什么？尤里安很想知道……

船上的铃声响了，告诉少年，船已越来越靠近行星费沙。

费沙标准时间的正午，尤里安·敏兹生平第一次踏上了这颗行星的土地。时值指定上任期限的最后一天。

3

尤里安早就耳闻自由行星同盟驻费沙事务所的首席武官维欧拉上校是个又高又胖的人，但今日一见，觉得并非如此。因为这个人虽说胖，却又让人觉得没什么肉，那青白的皮肤下隐藏的好像不是肌肉，也不是脂肪，而是满满的瓦斯气体。尤里安觉得他也许是很轻的，于是不厚道地想：真像一艘步行的飞行船啊。持有同样印象的人似乎不止尤里安一个，后来尤里安听说，上校有一个绰号——“地上的气球”。

“敏兹少尉，以后你必须多多学习！据说你曾立过一些功劳，不过那些不会在我们这里起任何作用。自以为了不起的话，最好先收敛收敛！”

这句话的言外之意是说，杨威利的荫庇在这里没有用。

“是！我会谨记在心。以后如有不到之处，请您多多指点。”

这些人的人品真是每况愈下啊。尤里安心里为对方感到难过。以前在伊谢尔伦的时候，虽然也听过和说过不少刻薄话，但和这种虚伪的外交礼仪几乎毫无关系。若将伊谢尔伦比作温室，虽然里面的野生花草未免太多了些，而外部环境又十分严峻，但它的的确确是个别样的世界。

“嗯，倒是挺会说话嘛，小小年纪就这么圆滑！”

虽然上校这些话不过是心胸狭窄的表现，但在言不由衷的尤里安听来，却让他感到特别刺耳。上校说话时的高八度声音，以及那双单眼皮的小眼睛，都使得话中所包含的恶意更加令人难以忍受。要努力去喜欢这么一个人，可真要消耗相当的精神和力气。

不管怎么说，由此可以得出一个千真万确的结论：费沙是个不折不扣的敌境。专员事务所的内部也好，外部也罢，都飘荡着浓厚的无色无味的敌意，密度已经到了一触即燃的地步。对尤里安而言，可以信赖的同伴只有路易·马逊准尉一人，他必须心中有数。

不过，事务所内部对尤里安的敌意，其实反映的是特留尼西特一派对杨威利的敌意。就尤里安个人而言，无疑会有人忌妒和反感他头上那个“有史以来最年轻武官”的夺目光环，但不管怎么说，他不过是个少尉，对周围的人和事不会构成太大的影响。尤里安自己也明白，在大家眼里，他不过是杨提督的附属品。反过来说，如果尤里安有什么失误之处，也一定会累及杨，故而他必须小心行事。

话虽如此，尤里安也不能像蜷缩起来的刺猬那样，安逸而自闭地躲进小楼成一统。身为驻费沙武官，他有自己的任务要执行。尽管此次成为驻费沙武官，是特留尼西特派运用派系间倾轧策略的结果，并非出于他的本意，但这并不能成为他可以对任务敷衍了事的正当理由。

尤里安本来就不太注重衣着，而且正式场合只要穿军服就可以。杨给尤里安买衣服时，对自己的眼光没有什么自信，所以总是把他带到店里，让深谙此道的店员为他挑选。杨给自己买东西总选较便宜的，但为尤里安选购则尽量多花钱买品质好的，这倒是令人感动。用亚列克斯·卡介伦的话说，杨威利和尤里安同样都是不注重衣着的人，但两人所穿的服装质料却差了很多。尤里安没必要靠外在来吸引众人的视线，自然不必在衣着上下功夫，而杨仅仅是因为嫌麻烦……

驻外武官的重要任务之一就是收集与分析情报，在街头巷尾观察市民生活也算工作内容。尤里安穿着奶油色的高领薄毛衣、牛仔裤，一副和地面上的人一样的装束，微微卷曲的亚麻色头发稍有些长。和杨一样，他看上去也不像个军人。同行的马逊穿了一件厚毛衣，但也无法完全掩饰他那身强健发达的肌肉，仿佛神话中保护流浪王子的巨龙一般。不过他长着一双亲切可爱的圆眼睛，使原本剑拔弩张的气质柔和了些。

办完例行的手续后，尤里安和马逊从拘束中解放出来，外出逛街去了。如果无所事事地在办公室里晃来晃去，只会妨碍上司和同僚，招致人家的厌烦。而且看情形，似乎也没有人约他们出去吃晚饭。如果等了半天，最后被人家当成多余的人，那可够没趣的。

尤里安和马逊准尉迈着悠闲的步伐走在充满活力的喧嚣街市上。此时，迎面走来一群和尤里安年纪相仿的少女，许多道视线拂过尤里安的脸，显然是在品评他的相貌。尤里安不由自主地望过去，少女们高声笑了起来，小跑着从他们两人旁边经过。背后传来她们对尤里安的评语，说人倒是长得挺俊俏的，就是有些害羞。尤里安轻轻地甩了甩亚麻色的头发。女孩子的事虽然跟密室中的权力政治截然不同，但都这么令人费解。如果波布兰在的话，应该会教给他些什么吧。

他们拐进了一条小巷，走进一家服装店。店员看见他们，立刻上前殷勤招呼。看见尤里安视线所及的衣服，他马上推荐说：

“这件衣服和您很相配。它可谓是衣装中的极品，配上您的品貌再好不过了。”

“太贵了。”

“您在开玩笑吧？这种衣服，这样的价码，对我们来说已经是跳楼价啦。”

“我记得上个月好像便宜二十马克。”

这当然是信口开河。

“您大概弄错了吧？请去看看电子报纸好了，上面物价指数的变动都写得一清二楚呢。”

尤里安含有深意地点点头，对热情的店员说道：

“那么，我就买一件好了。有小票吧？”

尤里安付了九十费沙马克，买下了这件没有必要的毛衣。虽说这只是收集情报所付出的小小代价，但他心里还是有点嘀咕：是否太浪费了？随后，在一间露天咖啡屋中，尤里安按照方才店员的说法浏览了几种电子报纸。

“目前物价很稳定，货品质量也好，而且很少发生事故。可见社会和经济运营系统尚未出现衰弱迹象。”

“我国在这方面就差多了。”

马逊发自内心地感叹。自由行星同盟的社会荒废程度日益加深，相比之下，费沙的经济却是如此强大坚实，甚至连市场的末梢部分都十分稳定。

“流血的人，让别人流血的人，饮血而肥的人……真是形形色色啊！”

尤里安的声音中闪动着嫌恶的光彩。杨曾经不止一次告诫过他，对于费沙，要不带偏见地去观察。可当尤里安想到一方因为战争蒙受惨祸，另一方却大发战争财，自身繁荣昌盛，两相对照之下，他无论如何也难以对后者怀有好感。在这一点上，不得不说尤里安也受到了军人思维模式的熏陶。

走出咖啡屋后，尤里安和马逊马上发现被跟踪了，但还是满不在乎地向市区的银河帝国驻费沙事务所走去。当然，他们并没有走进去，只是在外面眺望着这敌我共处的场景。帝国那边的人也经常有这样的举动，几乎已经成了一种惯例。

“敌我双方处于同一场所之中，这种情况真是奇妙。”

尤里安一面点头听着马逊这句缺乏独创性的话，一面望着掩映在树木深处的那栋白色建筑物——帝国专员事务所。恐怕对方也正在用红外线监视系统望着这边吧。也许对费沙人而言，他们的所作所为甚至不值一哂。

4

虽然说很多规矩都只是形式，但不遵从又未免奇怪，因此欢迎新任驻费沙武官的宴会还是于翌日在巴特亚饭店举行。宴会不设在专员事务所内，据说是为了防止出席者中有人在事务所内安装窃听装置。尤里安心想，假如举办宴会的饭店里早就被装了窃听器，又该如何是好？但不管怎么说，他是这次宴会的主角，不想出席也不行。

成为宴会的主角，就意味着不得不在整场宴会中从头站到尾，仿佛是一尊刻着“空腹”字样的雕像。联想杨以前的遭遇，尤里安对此早已心知肚明。再加上尤里安品貌出众，是众人评头论足的对象，他多少也要花些力气装出笑脸迎人。杨以前就曾经对他叹息道，一个人如果可以不做自己不想做的事，不知该有多好，但这样的人生就像金属镭一样罕见。

如果说尤里安是对方观察的对象，那么同时也给了尤里安观察对方的机会。对尤里安而言，作为杨的代理人，他有必要在费沙人中间散布“帝国军要进驻费沙”的流言。至于这些流言散布出去后，到底是如何侵蚀人心，其毒素又是怎样繁殖的，就只能等待日后见分晓了。如果流言能够发挥最大的效力，费沙的自治政府与人民之间将产生对立，自治政府迫于民众的压力，甚至不得不毁弃与帝国之间的秘密约定——假如那密约的确存在的话。如此一来,同盟所面临的“帝国军经费沙回廊入侵”的危机便能暂时得到化解。即便并不存在什么秘密约定，流言也会使费沙民众对帝国心存疑虑，自治政府考虑到民众的情绪，大概也只好信誓旦旦地保证，今后不会将费沙回廊的通行权让予帝国。无论如何，都绝不会产生对同盟不利的结果。

不过，杨在做这个计划的时候，有一种可能性使他颇为踌躇。那就是万一费沙人民一时激愤，以武力封锁回廊，可能引发他们和自治政府及进驻的帝国军之间的流血冲突。这种为了一国的利益而牺牲他国的做法，无疑到了马基雅维利主义的极致。最后，杨不再犹豫，下定了决心。因为他想到，当帝国军通过费沙回廊这件事不再是假设，而是成为现实时，费沙人民大概会不惜流血进行抵抗，这与是否存在流言并无关系。

杨在给比克古的亲笔信中写道：

“……如上所述，我认为费沙自治政府和帝国的罗严克拉姆公爵订有密约，费沙将回廊出卖给帝国。如果此项假设成立，一向以独立不羁为傲的费沙人无论采取何种方式，最后还是难免面临与帝国及自治政府对决的局面。即便我们进行了煽动，即便这成为他们行动的契机，也并不是我们无中生有。到头来事情要怎样发展，全在于他们自己。如果他们为了自身的自由和尊严不惜牺牲的话，那势必会有人流血抗争，否则帝国军将不必动武即可进驻费沙。问题在于，如果费沙人走漏了这个消息，帝国军就可能在他们行动之前动手，先发制人，那可就适得其反了。一旦帝国军方面有了动作，届时我们再想防御，恐怕为时已晚……”

大概就因为看到了这段话，比克古和亚列克斯·卡介伦才叹息说“有时候杨对未来之事看得过于透彻了”。连最坏的结果，他都能预料得一清二楚。

显而易见，身为一名谋略家，杨拥有相当的才能，但这还不是他资质的全部。由于他的性格和志向，他觉得使谋略成功并没有什么意义。对他而言最有意义的，显然不是以战争和谋略来追求国家利益。身为一名职业军人，而且是一位年轻有为、身居高位的军人，能有这种想法真是非比寻常。在当代或后世，想必会有人指责杨的信念缺乏诚实：“尽管杨不认为战争是正义的，却建立了最多的战功，杀死了最多的敌人。”当然，尤里安等人是不会那样批评他的，而杨自己面对这种指责，大概也只会露出苦涩的微笑，并不说话。这种反应恐怕又会遭到批评，说他明明应当证明自己的正确，却怠于履行义务……

尤里安穿着军官的白色礼服，站在宴会场的中央。稍长的亚麻色头发微微卷曲，脸庞端正俊俏，暗褐色的眼眸熠熠有神，身材修长英挺，这一切都吸引着出席者的目光。

有莱因哈特在场的地方，他一个人就能将四周所有人物压倒，使周遭的一切都变得黯淡无光，只有他具有华丽无比的色彩。尤里安没有他那样强烈的光芒，却像是一幅画中不可欠缺的构成部分，让人感觉与整个场景和谐地融合在一起。

费沙的绅士淑女们围在这位历史上最年轻的驻费沙武官身边交谈，每当有妙语闪现，欢乐的笑声便掠过整个会场。尤里安也如事先所料，体会到了故作欢笑是多么累人。

“少尉，您对费沙印象如何？”

“嗯——大街小巷都干干净净，令人佩服。另外，宠物很多，养得也肥肥胖胖的。”

“哇，您感兴趣的地方好特别啊。”

看到对方一副失望的样子，尤里安在暗地里耸了耸肩。其实他是想让对方了解他观察的细微之处。大街小巷如果打扫得很干净，表明社会的公共管理运营系统运作健全；而宠物多、营养好，则表示人民生活水平高，家家户户丰衣足食。尤里安只简单地说两句话，想表示自己能从日常生活当中观察到费沙国力强盛的一面，但听的一方却似乎不能理解。尤里安觉得自己好像在对牛弹琴。听到这番话的人换作是杨，一定会冲着尤里安眨眨一只眼，说“哦，不错嘛”。那样的话，尤里安倒要羞红脸了。

“少尉觉得费沙的女孩如何呢？”

对方转移了话题。他大概觉得自己经验老到，想使过于年轻、不习惯这种交际场合的尤里安轻松一些。

“长得都很漂亮，而且都很有活力。”

“嗯，你很内行嘛。”

的确，就算不是真心话，只要说得中规中矩，别人就挑不出什么毛病。

“费沙从漂亮姑娘到行星改造系统等货品应有尽有，只要出得起价钱，什么都买得到。不过像少尉您这样的人物，我看钱也不用花，只要笑一笑，就能买到女孩子的心了，真是令人羡慕啊！”

“我会努力试试看。”

尤里安尽量装出坏坏的样子，但似乎还是不怎么像。他不得不承认自己是在逞能。

“不过，谈到买卖的话……”

尤里安以一种若无其事的语气，慢慢把话导入主题。

“我听说费沙回廊和费沙自治权就要被卖给帝国军了，真是令人担心啊。”

“您说什么？”

对方故意反问道，这是一句老套的话了。尤里安也故意又看了对方一眼，重复道：

“费沙难道没有将回廊当作商品卖给帝国？”

“这个嘛，少尉，您的想象力也太丰富了吧。帝国……”

对方的笑声如波浪般起伏不定。

“您是说帝国军想经由费沙回廊入侵同盟吗？听起来很有意思，但是……”

他好像在责备年轻人的妄想，一副教导尤里安的表情。

“您的想象力真的太丰富了。费沙回廊是一片和平之海，往来船只不是客船就是货船，挂着军旗的舰艇不能通过。”

“这是谁规定的？”

尤里安咄咄逼人的声音，和那好看的脸庞一点也不相称。

对方也回了一句：“是谁啊？”然后想挤出一个笑脸，却失败了。此时四周的人已察觉到他们两人的话题似乎相当严肃，一齐望向尤里安。尤里安稍微提高了声音，说道：

“我认为规则既是由人所定，也必能假人之手加以破坏。以帝国的莱因哈特·冯·罗严克拉姆公爵的行事风格，他断不会墨守陈规。况且帝国皇帝弃国逃亡这种事，也并无前例可循。”

“……”

“那位罗严克拉姆公爵为了胜利和征服，一定毫不在意打破传统和不成文的规则，去达成目的。我想在座的诸位，没有人能够保证他不是这样的人吧？”

在场的人一阵骚动，似乎无人能对尤里安这番话提出反驳。

“不过，我想即便罗严克拉姆公爵有此野心，费沙的诸位也不可能眼睁睁地卖掉自己的尊严。”

尤里安说这番话时，外表看似镇定，其实内心十分紧张。自己的挑拨将会产生怎样的效果，他实在没有把握。毕竟他还是个毫无经验的生手，对此没有多大自信。

有位长相潇洒的年轻人站在距离尤里安约十步远处，正一面与人谈笑，一面用锐利的眼光盯着年轻的主宾。此人就是自治领主的辅佐官鲁伯特·盖塞林格。

他毫无善意地对尤里安做出了评价：这小子挺厉害！但并不认为尤里安仅凭自己的思考就能得出这样的结论，根源一定在杨威利身上。他向和自己谈笑的人轻轻点了点头，加入了围着尤里安说话的那群人当中。一分钟内，他就站在了尤里安正对面，占据了谈话的中心位置。

“不过，您说费沙卖身投靠帝国，真是个大胆的推测啊，敏兹少尉！”

“哦，对于费沙而言，独立，包括形式上的独立，并非最高的价值吧？”

“但它已接近最高价值了。你不要低估它啊，敏兹少尉！”

鲁伯特·盖塞林格刻意喊着尤里安的名字，语气使尤里安十分不快。嘲弄和优越感在空气中无声无息地对流着，尤里安感到额前浓密的头发仿佛都要浮起来了。

盖塞林格和尤里安年龄相差七岁，但他们之间的差异却要巨大得多。其差距并不是才智方面有何优劣之别，而是在于观察事物的角度不同。在盖塞林格眼里，尤里安只是一个在杨威利保护下的未见过世面的小子。

忽然，维欧拉上校从人群中急急地跑过来，以那不堪入耳的难听声音开了口，打破了这不愉快的僵局。

“敏兹少尉，你是应邀来参加欢迎酒会，不是来发表言论的。请搞清楚自己的立场！各位，对不起，他是个血气方刚的年轻人，请各位原谅他吧。”

有时候，庸俗之人的言论也会发挥一些效力。于是，会场中音乐声再度响起，与会者之间再次开始那些虚伪的客套。

5

鲁伯特·盖塞林格坐在驾驶座上，用尽整个胸腔的力量呼吸。他呼出的气息是温热的，但这只是血管中游弋着酒精的缘故，并不代表此时的心绪。

车内很暗，也没开灯，只有旁边十厘米见方的TV电话的画面发出些许光亮。画面上映着一个精力充沛的男人的脸，头上半根毛发也没有，正在留神听盖塞林格报告宴会的经过。

这人正是自治领主鲁宾斯基。

“……看来，杨威利恐怕已经洞察整个帝国军的战略构想。我们该如何应对？”

“就算他知道了，也无能为力。”

“无能为力吗？”

盖塞林格故意报以嘲讽的语调，却未能掩饰语气中那深深的猜疑之感。他当然不会把尤里安·敏兹少尉放在眼里，但杨威利的存在却不敢无视，毕竟他还不至于自信到迟钝狂妄的地步。

“总之，那小子在宴会中向出席者透露了一些不该说的话，这是千真万确的。大概会有那么几个人在酒醒后仍然记着这些话。他们这种兴致若是和政治企图联结起来，岂不是相当麻烦？”

“已经迟了！就算那些家伙起了疑心，也没有时间采取措施了。你用不着担心。”

片刻之后，鲁伯特·盖塞林格挂了电话。盯着那白浊的屏幕，他喃喃自语：就算我在担心，也不是为了你！

鲁伯特·盖塞林格在科贝尔街下车后，毫不踌躇地走进一栋古旧的大楼里。一阵奇怪的机械声响起，来回检查他的步伐达三次之多。通往地下的裸露的水泥楼梯陡峭而狭窄，不过他却驾轻就熟，走得十分稳健。等走到弯弯曲曲的长廊尽头，他打开了唯一的那一扇门，一道奇怪而不健康的橘色光线随即照在他身上。他俯视着一个蜷缩在沙发上的身影，仿佛在看一只濒死的动物，然后开口问道：

“你觉得怎么样，德古斯比主教？身体还好吗？”

回答他的是充满了诅咒的痛苦喘息。盖塞林格扬起一边的嘴角冷笑。在空气污浊的室内，飘荡着乌黑的快乐与欲望的瘴气。

“酒、麻药，还有女人，你恣意地享用着世上的快乐，丝毫不顾忌自己是个立誓禁欲的宗教家！地球的总大主教阁下对你的滥行，不知会不会从宽处置啊。”

“是你对我下药的！”

年轻的主教喘着气反驳他。他眼中的毛细血管破裂了，蓝色的眼球看上去仿佛在鲜红的海洋中游动。

“难道不是你用卑劣的手段对我下药，将我推进堕落的深渊吗？你这个亵渎神明的恶徒！总有一天，你的恶行会得到报应！”

“我可真想得到报应！是遭雷劈呢，还是被陨石砸？”

“你难道不害怕正义吗？”

“正义？”

年轻的辅佐官冷笑一声。

“鲁道夫皇帝并非因为正义才成为宇宙的霸主，安德鲁安·鲁宾斯基也不是因为拥有完美人格才登上自治领主的宝座。只有拥有最强大力量的人，才能成为最后的胜利者。统治依靠的不是正义，而是力量。”

鲁伯特·盖塞林格无情地反驳他。

“世上原本就不存在所谓的绝对正义，以此为根据进行批判是毫无意义的。被鲁道夫大帝屠杀的那好几亿人，明明毫无力量，却还要愚蠢地去主张什么正义，遭此报应也是理所当然。你也一样，只要有了力量，又何必惧怕总大主教的震怒呢？所以说……”

他向前探了探身子。

“我对宗教的权威之类并不在乎，你独占也无妨。若是能成为各自领域的世界第一人，我们还有必要相互忌妒吗？”

“我不懂你的意思。”

“不懂？我要把地球和地球教团体拱手送给你。”

“……”

“我把鲁宾斯基踢下宝座，你则将总大主教取而代之。现在已经不是那些家伙的时代了。地球八百年来的怨恨，让恶魔吃掉算了。以后就是我和你……”

德古斯比忽然笑了起来。鲁伯特闭上嘴，皱起眉头看着他。

“你这个不知天高地厚的白痴！”

德古斯比狠狠地咒骂着，瞳孔中充满了愤怒，仿佛失去理智与平衡的沸腾的熔炉。两片薄唇上下掀动着，咽喉深处喷出充满怒气和嘲弄的疯狂音律。年轻主教包裹在黑衣中的身体不停地颤抖，一边大笑一边破口大骂：

“凭你那点野心和小聪明，就想对抗总大主教阁下？简直是天大的笑话，太不入流的笑话！一条狗就该做狗的梦，不要妄想去对抗大象！这是为了你好！”

“你的嘲笑该适可而止了吧，主教大人！”

鲁伯特·盖塞林格的台词平淡无奇，但本身就说明他此时的精神已异于寻常。如果他内心真的平静，此时应该会挑选比较有个性的用词。他并不习惯被人嘲笑，也无意去习惯。嘲笑应当是胜利者的特权。

“你酗酒、吸毒、玩女人的丑态都被我录下来了。你若不和我合作，这些录像带我自然要加以利用喽。虽然这种手段太老套，但还是很有效的。正因为有效，才会经常被人使用；经常使用，才会变得老套。哈！你还是早点下决心吧。”

一股充满了腐臭的沉默在他们周围盘旋。

“狗杂种……”

主教最后还是忍不住骂了一句，但声音已经失去了狂热，变得软弱无力。

尤里安·敏兹此时正躺在床上辗转难眠。光是这个晚上，他就不知道翻过几次身了。以前他很少有这种失眠的经历。他还觉得嘴巴里残留着宴会的苦涩残渣，一度起身漱口。当时的一幕幕影像浮现在脑海中，他不禁感到分明可以用更好的方式来做，看来自己还是不成熟啊。在寂静无人的黑暗中，尤里安悄悄羞红了脸。

战争形形色色。尤里安懂得这个道理，而且非常清楚。可是如今他更加明了，像今天的这种战争——在费沙宴会场上和鲁伯特·盖塞林格辅佐官之间发生的战争，不是自己所喜欢的。如果终归要打仗，他还是愿意在广袤的宇宙空间中，在繁星的光彩之下比赛智谋和勇气，与莱因哈特·冯·罗严克拉姆那样的伟大对手一决高下。当然，这未免有些奢望了。事到如今，尤里安无意将莱因哈特胜过自己的地方一一列举出来。连杨提督都称罗严克拉姆公爵莱因哈特为无与伦比的天才，从不吝惜对他的赞叹，而自己的才能尚远远不能望杨提督之项背。但就像舒奈德说过的，平凡之人有时也可能胜过天才……

错综复杂的思绪缠绕着尤里安，把睡魔赶得远远的。

尤里安忽然好想喝酒。有这种想法，连他自己都吃了一惊。原来这种时候人的确需要酒啊！尤里安隐隐觉得自己似乎理解了什么。这个念头倒像是今晚的最大收获。

然而，在尤里安的房门外，世界正在无声无息地鸣动。

→ Chapter 8 ←
安魂曲的邀宴

1

十一月一到，有件鲜为人知的事情发生了，它使原本已在进行的行动更加如火如荼地展开。连日来，帝国军不断进行各种实战演习与模拟作战，同时也积极准备物资、重新编组部队、整修舰艇、检阅兵器等，好像正在为一次从未有过的远征做准备。十一月四日，一次由三万艘舰艇参加的大型演习举行，阅兵总司令为罗严塔尔一级上将。这是一次史无前例的大规模演习，操演中甚至有一百余名士兵丧生，其惨烈情况可见一斑。

非军事方面的工作也在同时进行。费沙驻帝国的专员博尔德克在莱因哈特的命令之下，将帝国军即将进军伊谢尔伦的相关假情报陆续传到费沙。

博尔德克则要求莱因哈特于计划成功后，让他登上费沙自治领主的宝座。博尔德克满心以为这项要求会得到同意，但没想到莱因哈特迟迟没有允诺。其实莱因哈特并不是一个吝啬的人，他觉得将来征服同盟后，费沙就成为联系同盟和帝国这两块领土的重要通道。若将其交给别人掌管，自己仅仅间接统治，绝非心中所愿。他打算找一个信得过的人来当费沙总督，让费沙仍是自己的直辖区。至于博尔德克，给他一个高薪的虚位就可以了。

不过，上述想法虽然合乎统治之道，却不能达到让费沙人都憎厌博尔德克的目的。结果，正如奥贝斯坦曾经说过的，莱因哈特承诺给予博尔德克下一任自治领主的位子，以期他在维持费沙治安的过程中尽早失败。当然，博尔德克必须在维持费沙的治安，以及他和帝国军之间的合作体制方面负全部责任。

就这样，博尔德克开始了向祖国费沙传递假情报的工作。这些假情报中当然也得掺杂一些来自民间的消息，这样才有利于被人接受。其实，博尔德克目前的心境是半年以前的他无法想象的。当时他对鲁宾斯基是多么忠诚，如今却已经和鲁宾斯基成为不同世界里的人了。从以前和莱因哈特的敌对立场，到如今完全倒戈的一百八十度大转变，博尔德克为了让自己不那么心虚，不断告诉自己鲁宾斯基有诸多缺点，他的权力当然迟早有一天会被取代。此时，博尔德克根本没有考虑过接替自己辅佐官职务的那个鲁伯特·盖塞林格，以为他不过是一颗假借自治领主余威的小卫星罢了。其实有这种想法的绝对不止博尔德克一人，大概只有盖塞林格才觉得这太小看自己了。

十一月八日，莱因哈特终于将“诸神的黄昏”作战计划的人事安排敲定。

作战的第一步行动是将第一集团军移往伊谢尔伦，将所有人的注意力集中于此，之后再以迅雷不及掩耳之势，一举占领费沙回廊。要达到这一目的，指挥官必须能迅速调动军队，率先占领费沙。这样的人才非渥佛根·米达麦亚一级上将莫属。

作战计划第二集团军的指挥官为伤愈复出的奈特哈尔·缪拉上将。莱因哈特将善于应付困局的缪拉安排在“疾风之狼”之后，自有他人事上的妙用。缪拉原本想参与进攻伊谢尔伦要塞的战斗，以期一雪前耻，如今这个希望可能得就此打住了。

接下来，第三集团军的指挥官为帝国军最高司令官莱因哈特·冯·罗严克拉姆元帅本人。他的直属部队中包括亚特林肯、布拉斯契、卡尔那普、克留尼曼及特奈杰等五名中将。另外，总参谋长奥贝斯坦一级上将、首席副官修特莱少将、次席副官流肯上尉、首席秘书官希尔德·冯·玛林道夫伯爵小姐、亲卫队长奇斯里上校等，也都群集于伯伦希尔旗舰。伯伦希尔上搭载女性是史无前例的。

第四集团军由舒坦梅兹上将指挥。舒坦梅兹以前一直担任边防工作，立下许多汗马功劳，可是因为并非出自名门贵族，仅位及中将。利普休达特战役后，他向莱因哈特献上了边境控制权并宣誓效忠，得以晋升为期待已久的上将。

最后一个集团军由瓦列上将指挥。瓦列上将曾于利普休达特战役中辅助红发的齐格弗里德·吉尔菲艾斯，骁勇善战，是一位智勇双全的良将。此次将联结费沙回廊和帝国本土的重大任务交给他，相信必能不负所托。

此次军事行动动员的兵力总计一千两百万人，舰艇八万七千五百艘。其中负责费沙和同盟等占领地警备工作的陆战人员就有四百万人。

另一方面，被称为“伊谢尔伦方面军”的进攻部队也是阵容强大。虽然在本质上这支部队只是掩人耳目的假象，但为了声东击西，也必须安排不少兵力、人力和物资。而且，如果情况有变，这支部队还可弄假成真，突破伊谢尔伦回廊，趁乱进攻同盟，然后和入侵费沙的友军会合，切断同盟领域。这是战略上一个相当重要的任务。执行此项任务的指挥官必须具备强大的统御力、用兵能力，以及能冷静判断的头脑，这一人选非奥斯卡·冯·罗严塔尔一级上将莫属。

副司令官为鲁兹和雷内肯普两名上将。鲁兹和瓦列一样，曾经担任吉尔菲艾斯的副司令官。雷内肯普则和舒坦梅兹一样，在历经利普休达特战役后成为莱因哈特的参谋，晋升为上将。他也曾经是莱因哈特少年时代的长官，是个老资格的军人，但外表看起来稍嫌寒酸了些。

法伦海特和毕典菲尔特两位上将奉命统领预备部队待机。他们两人都有很强的攻击力，定能胜任决战时预备部队的指挥官。尤其是毕典菲尔特的舰队素有“黑色枪骑兵”之称，以勇猛闻名。

克斯拉上将担任帝都的防卫司令官，奉命留守奥丁，和他一起留守帝都待命的是梅克林格上将。梅克林格同时还担任军务部和元帅府的总管大臣，所有后方物资的补给与后援部队的编组等军务，均由他全权负责。

在上述这些人事任命中，有关伊谢尔伦方面军的任命皆被大张旗鼓地公布出来，到大军自帝都出发为止，已经有许多人得知了这个消息。这一行为也可以解释为战略的一部分。

“根据各方消息预测，帝国军即将任命罗严塔尔一级上将为总司令官，对伊谢尔伦回廊采取军事行动！”

对于帝国军如此明目张胆的挑衅，同盟的情报网用低调得过分的措辞，将这一消息传回了首都。

消息震撼了同盟首都海尼森。但人们仍然相信此次军事行动会获得最后的调停。就像冬天一过，春天的脚步一定会跟着来临一样，他们毫不怀疑和平终有一天会到来。是啊，干吗要怀疑呢？伊谢尔伦是一座易守难攻的要塞，要塞里更有一位年轻的常胜将军驻守，帝国军哪能轻易入侵同盟领域？

那么，他们过去又是怎样从派系倾轧的角度出发，对杨实施种种刁难的呢？此时，政府高官们似乎已将这些记忆扔进了忘却的深渊。

在聚集政府与军部最高官员的国防协调会议中，宇宙舰队司令长官比克古上将三次提出发言要求，均被故意忽视，之后终于被叫到了名字。老提督指出，对伊谢尔伦的攻势只是伪装作战，敌人主力将指向费沙回廊。

比克古此言一出，在座的高官都吃了一惊。但没有人同意他的看法，反而有人不断地冷笑，并且出言讥讽。

“比克古司令官的见解真是不同凡响！不过，费沙怎么可能放弃政治上的中立立场，舍弃百余年来的传统加入帝国一方？最重要的是，如果帝国真的因此变得更强大，那费沙的存续将遭到巨大的威胁。他们断不会不考虑这些问题。”

“费沙在我们同盟领域中投入了莫大的资本，也拥有相当大的权益，如果同盟被帝国吞并，那费沙在同盟的一切投资将血本无归，你想他们会吃这种亏吗？”

老提督的话遭到各方攻击，但他还是坚持说：

“费沙的确在同盟投下了不少资本，但他们是针对同盟的各行星、矿山、土地、企业等投资，并非同盟政府本身。对费沙人而言，只要能够保障他们所投资本的安全，即便同盟的国家机构崩溃，也只不过像破了一层天花板，根本无关痛痒。”

比克古再次提出反驳意见。一瞬间，大家沉默无言。他趁势继续说道：“难道费沙真的也对同盟政府投下资本了吗？”

“提督，请您说话时小心一点，不要信口开河！”

国防委员长爱朗兹制止了老提督辛辣的舌锋，强硬的口吻中暗含阴毒。因为比克古方才所言，其实是暗示同盟政府的高级官员可能接受过费沙的贿赂或回扣。面对这一问题，敢摸着自己的良心发誓说绝不曾收受过贿赂的官员，到底能有几人？同盟的建国之父亚雷·海尼森一定不曾想到，他的后继者竟然学到了费沙精神中最腐败的一面，将自己的权利和责任都出卖给了金钱。而且一个世纪以来，这种贪官污吏层出不穷，加之新闻界和政界勾结，被公之于世受到指责的，也只有派系间斗争的牺牲品。

最后，比克古的话被指为无稽之谈。会议仍然决定要下令强化伊谢尔伦的警戒，只要伊谢尔伦要塞提出请求，政府会立刻准备所需的军用物资。出席会议的人里，除了有一个人感到不满，其他人可说是在称心如意的情况下散会的。

2

最近，在同盟军驻伊谢尔伦舰队所属战舰尤里西斯号上，舰长尼尔森中校的心情变得非常恶劣，但他没有向任何人透露心情不好的原因。因此部下们纷纷行使在任何社会体制中都有的权利——当上司不在场时，大家可以公开谈论，并发挥想象力来猜测舰长心情不佳的原因。有人猜可能是因为没升官啦，和老婆吵架输了啦，和波布兰少校玩牌被耍老千啦，和先寇布打赌输啦，等等，各种猜测五花八门。但其中获得大奖的创作，则是菲尔兹中尉所编的故事：

“事实上，舰长喜欢尤里安·敏兹。可是大家都知道，尤里安现在成了驻外武官，人已经去了费沙。舰长失去了这样一位单恋的对象，当然失望得不得了。可怜的舰长，我们应该多多安慰他。”

听到这样的理由，大家都捧腹大笑，为之绝倒。每个人都知道，尼尔森中校是个大老粗，绝对不会喜欢少年，上述所说完全是笑话罢了。使尼尔森心情不佳的真正原因，是他现在虽已年过四十，却忽然长出了姗姗来迟的智齿。当然，部下们没有一个人猜对。

杨今年在伊谢尔伦回廊各处设置的监视卫星群，在坎普舰队来袭的那一次几乎毁坏殆尽。但由于预算不足，这些设备一直未能修复，因而侦察方面的功能大打折扣。杨为了这件事情，曾经再三要求国防委员会追加预算，但追加预算必须先由管理部来监察，而此项监察一直没有进行，故而在法令上无法通过预算。

其实，这并不是国防委员会故意要刁难杨威利，只能单纯地解释为国家机构在政治和事务处理上的低效。但正因如此，事态才愈发显得严重。

无论如何，侦察行动不能因为追加预算案未通过而中止，舰艇中心的巡逻工作仍要照常进行。于是，在十一月二十日这天，也就是尤里西斯号出巡的第二天，发生了这么一件事。

当时，尼尔森舰长正不高兴地抚摸着右颊和下巴，监控员忽然高声报告发现了敌踪，舰长却毫不吃惊。他本来就不是胆小的人，加上此时全身的注意力已经集中在那颗智齿上，根本没有多余的力气来感觉恐惧和惊愕。

“无法测定！舰艇数难以想象！”

监控员对这种事态已经有不少经验，但此次的战栗之感却尤为强烈。

“怎么办？要和他们打吗？”

“笨蛋！”舰长骂道。伊谢尔伦驻留舰队永远是不败的，之所以不败，是因为他们面对没有胜算的敌军时绝不开打。杨舰队不需要明知会输还去送命的蠢材。

“赶快逃走！不要拖拖拉拉的！”

就这样，同盟军抛弃了狂躁的军事浪漫主义，一溜烟地逃走了。帝国军罗严塔尔舰队的侦察系统捕捉到了他们的踪迹。

当部下请示是否追击时，金银妖瞳的年轻提督下令放他们逃走。

必须让同盟军逃回伊谢尔伦要塞，去报告帝国军来袭的消息。而且，罗严塔尔和他的战友米达麦亚有个共同的特点——追击小小的敌人并不会让他们感到身为军人的快乐。他的对手是杨威利，那位同盟军中最有智慧的名将。唯有在面对伟大的对手时，才会唤起他的斗志。

以上就是“诸神的黄昏”作战的第一次对阵，也是为自由行星同盟所奏响的安魂曲的第一章。

听取明智逃回的尤里西斯战舰的报告后，杨威利将所有的参谋召集到要塞的会议室中。

卡介伦大概回想起了上半年遭遇敌军的惨状，脸色沉重地抚摸着自己的胃部，说道：

“今年春天，坎普提督来袭时也率领了庞大的兵力，这次我看更是有过之而无不及。”

菲列特利加金褐色的秀发轻轻晃了晃。

“这恐怕仍是罗严克拉姆公爵大规模战略中的一个环节。”

杨点了点头。在由皇帝艾尔威·由谢夫的逃亡拉开帷幕的盛大战略剧中，这只是一小部分的情节。如果莱因哈特是个只会模仿以前同盟军无用行为的人，那杨对他就毫无惧意了。

姆莱参谋长抱起双臂，说道：

“我看尤里西斯以后还是别进行巡逻工作了。只要它一出巡，就会把敌人引来。”

杨瞄了参谋长一眼。姆莱说这句话，到底是在开玩笑，还是当真？听起来像是在开玩笑，可看他的表情又好像很认真。

“哦，其实这样也有好处，以后尤里西斯号出巡，我们就加强警备，这样反而更有效率。”

杨这个回答当作开玩笑不够有趣，当作正经话又欠缺说服力。然后，他下令防御指挥官先寇布和要塞事务总监卡介伦遵照规定进行战备。

其实，现在最令杨头疼的不是前方的敌人，而是后方的同胞。后方的首都和自己目前所在之处相隔四千光年之远，如果战争发生在伊谢尔伦回廊，那首都的高官们大可不必担心，因为他们相信伊谢尔伦要塞固若金汤，杨威利的作战能力也可堪信赖。但是如果战火发生在费沙回廊，一旦费沙回廊被占领，通向同盟领域的那道无形的大门就等于被踢开了。于是帝国军蜂拥而入，高官们的美梦被惊醒，情形必定惊恐万状！届时，如果他们无视伊谢尔伦要塞的现状，命杨赶赴首都救援，那又该怎么办？

杨非常清楚，一旦接到命令就不能抗命。正如他对尤里安所说的，军人接到命令之后，便不能以自己的意志来选择。但杨最坏的想象似乎成了现实，帝国军的指挥官是与米达麦亚并称双璧的罗严塔尔——那位金银妖瞳的著名提督。既然如此，即使杨有意前去救援首都,恐怕也难以轻易办到。最坏的情况下，伊谢尔伦要塞可能被夺去——那本来就是帝国的所有物。搞不好他们还会乘胜追击，从背后袭击杨的军队。在挽救首都危机的同时，还要保住伊谢尔伦，那真可以说是一项奇迹了。杨威利到底要表现到什么程度，才会令那些政府高官满意呢？让他们期望过高也真够麻烦的。而且有太多事情让杨感觉，自己所受的待遇和他们的期望太不相称了。

在杨的要塞防御计划中，有一个是这样的:在敌军逼近之前，将舰队调出要塞,埋伏于回廊中。当敌军进攻要塞时从背后突袭，使敌军陷入舰队和要塞的夹击之中，这一策略相当有效。但这次帝国军的行动十分迅速，而且秩序井然，没有给杨留下使用奇策的余地。世上究竟有多少尚未实施即告结束的计划和构想呢？一项事实，要在一千种可能性的残骸中才能得以留存。

杨威利将敌人来袭的消息传回首都海尼森，并且分析说，敌人此次攻击行动可能并非独立，应是莱因哈特·冯·罗严克拉姆公爵整个宏大战略构想的一个环节，将会与进攻费沙回廊的行动相联系，所以请首都也要对费沙方面严加防范。

这样的报告，首都想必是不会重视的，但总得这么做一下。而且对在国防会议中孤军奋战的比克古司令官而言，也是精神上的支援。

3

罗严塔尔麾下的舰队终于在伊谢尔伦要塞前摆开了阵势，不用说，他们当然位于要塞主炮“雷神之锤”的射程外。

杨不得不承认，这一阵势的确气魄宏大。屏幕上映现出来的光点群秩序井然，以浩荡之势压向伊谢尔伦。

看来即便是佯战，人家也绝不敷衍了事。毫无疑问，若是己方有隙可乘，敌人将运用庞大兵力，一举控制伊谢尔伦回廊，然后再与从费沙方面入侵的友军相呼应，分两路攻入同盟领域。若真如此，杨将左支右绌，难以应付。罗严克拉姆大概在等着看杨的下一步棋怎么走吧。如果能将计就计就好了……

罗严塔尔那异色的双眸一直注视着屏幕中的银色球体。人数足以匹敌一个大都市人口的部下紧张地等待提督下令射击。片刻之后，司令官的右手猛然在空中一挥。

“射击！”

超过三十万座炮门同时投掷出光之枪。实施过镜面处理的超硬度钢、结晶纤维及超硬陶瓷四重复合装甲构成的要塞外壁，由于四处反射的粒子光束而发出白热的光芒。沐浴在炮火中的要塞宛如虚空中灿烂闪耀的巨大宝石，光辉压过了背后的星群，向相隔数光年的彼岸无言地诉说着自己的存在。

“它竟然纹丝不动！”

参谋长贝根格伦中将凝视着屏幕，不由自主地发出感叹。

“它当然不会动。不过，如此大手笔的攻势，也是此次的任务之一。就让大家开开眼界吧！”

未来无法确定，所以另当别论，但罗严塔尔绝对无法忍受在当前的任务中失败，招来“无能者”的污名。一个无法完成任务之人，还打算举旗反叛一位霸主，又有谁肯投靠他为他效力呢？一个人的威望是由实际的政绩或战绩累积而来的。虽然他的任务只是对敌人佯攻，但若能成功地完成，即可取得战绩。如果他甚至能将同盟军最有智慧的名将打败，夺回伊谢尔伦要塞，那威望和名声必然接踵而至。

“联络鲁兹提督，让他按照原定计划，采用半包围阵势将敌人围困。”

罗严塔尔和已故的吉尔菲艾斯一样，十分信任鲁兹。鲁兹虽然看起来欠缺生气勃勃的感觉，但办事手腕稳健扎实，能够恰如其分地完成任务。在奇霍伊萨星域会战时，他就曾圆满完成任务，为吉尔菲艾斯的大胆用兵与戏剧性的胜利做出了相当大的贡献。

一时间，伊谢尔伦要塞中央指令室的巨大屏幕上充满了飞舞的光之旋涡。

杨威利在指挥战斗时，总是习惯坐在指挥桌上，一条腿支着，手肘撑在膝盖上，托着腮凝望屏幕。杨并不认为姿势可以左右人的精神状态，但采取这种姿势时不至于过度紧张，更重要的是部下们看了也会安心一些。如果他现在坐在位子上，两眼布满血丝，说话亢奋，或许部下们不败的信念就会因此动摇。所以，身为一名指挥官也不是那么容易的，有时候不演演戏也不行。对杨来说，这也是挺伤脑筋的事。

此时，在要塞的主要港口内待命的亚典波罗少将报告说：

“舰队随时可以出动……”

与其说是在报告，倒不如说是在请求出兵。但杨还是命他继续待命。因为敌人已经掌握了先机，只有以不变应万变，多花点时间来观察了。

就在杨威利思考如何应对的同时，一部分帝国军巧妙地避开要塞主炮的射程，逐渐对要塞展开了半包围阵势。若是放任不管，帝国军恐怕会从某个意想不到的角度对伊谢尔伦要塞的死角发动进攻。

杨终于下令出击了。他不得不待在要塞内掌握全局，所以委派费雪和亚典波罗担任前线指挥。接到命令后，费雪神情镇定，亚典波罗则一副跃跃欲试的样子，两人从主港出发。此时在战术层面，杨的举动可说正中罗严塔尔的下怀。金银妖瞳的提督正等待着杨舰队出击，立即以秒为单位迅速做出了反击。

真是一个绝妙的时间点。杨从指挥桌上抬起身子，同时，要塞主炮射程边界的两军舰艇也陷入了混战状态。双方如象棋的棋子一般错乱交杂，刚想射击敌人，可是其背后与侧面却又出现了友舰，最后只能用小口径的火炮互相射击。不少舰艇甚至连这一点都做不到，光是顾着避免冲突和擦撞就花掉了全部心力。

在这种状态下，要塞的主炮当然不能发射了。这样虽然能伤及敌人，却也会伤及更多的己方军队，根本是同归于尽。

“真的要束手无策、任人宰割吗？”

杨感叹道。对方的战术如此洗练，他不禁懊恼得咬牙切齿。杨重新坐回指挥桌上，思索着如何最大限度地利用眼下的局势。罗严塔尔眼下必然确信自己已经处于绝对优势，应该会有一些破绽可寻。

另一方面，罗严塔尔一派悠然地看着战况朝有利于己方的情势发展。同盟军若想救援己方部队，就不能依赖主炮，只能从要塞中加派增援。如果同盟军增派援军，罗严塔尔只要相应地增派己方舰艇即可。

将敌人拖入久而不决的消耗战中，使其付出惨重代价，是罗严塔尔最满意的战况。不过，对方可是那位被称为“奇迹的杨”“魔术师杨”的人物啊，他会有什么压轴妙计呢？罗严塔尔兴味盎然地期待着。

4

自要塞出击的杨舰队，在费雪的控制和亚典波罗的战斗指挥下，总算免于被击溃的命运。在混战旋涡的外部边缘，双方舰艇的炮火你来我往，黑暗的虚空中不时有火球迸射。

光之暴雨中的帝国军战舰玄涅贝克，在复合装甲和能量中和磁场的负荷超过界限之际化成一团光球，膨胀后成为短暂而微小的恒星，无声无息地四散开去。余光的脉冲尚未消失，一旁又出现了新的火球，在热与光的变幻中沸腾，还原成无数原子。

同盟军方面也并非没有损伤。战舰奥克西纳被三艘敏捷的驱逐舰团团围住，在对方巧妙的合击战中无力应付，最后被核榴霰弹击中了飞弹发射孔。舰体从内部撕裂，在爆裂的声光中痛苦挣扎后灰飞烟灭。战舰流卜利亚纳则被两道光束从正面击中，两道裂伤合而为一，舰艇被分成了左右两半，飘往不同的方向。在充斥着死亡与破坏的旋涡之中，两军一边互相喷射着火舌，一边翻滚挣扎。

一片混乱中，杨舰队又增派了兵力出击。在罗严塔尔的旗舰托利斯坦的舰桥中，监控员用电脑查到了新舰的舰型和舰名，不禁瞪大了眼睛。

“是休伯利安旗舰！”

监控员用连自己都不太相信的声音喊道。

金银妖瞳的年轻提督大为意外，但表面上当然不动声色。他万万没有想到，敌方部队竟然由总司令官亲自带兵出马！难道这位智将竟意外地也是一名打头阵的猛将？

杨和罗严塔尔都是三十一岁。虽然这不过是个巧合，但是像他们这样同在战场上驱驰，又同样年纪轻轻就立下辉煌战功、拥有崇高官阶的人物，也会不禁意识到这一点。

“全体舰队前进！以最高战速！”

罗严塔尔下了命令。这次战斗或许是决定成败的关键！活捉杨威利或将之杀死，是帝国军全体将士渴望的巨大功勋。想到这一点，年轻的罗严塔尔一瞬间产生了过盛的战意，这也是理所当然。

旗舰托利斯坦一马当先，位于帝国军的最前面，向休伯利安旗舰急冲过去。就在即将进入舰炮射程的时候，只听监控员惨叫一声，原来舰体被巨大的钝物撞击，一艘敌舰竟然从斜下方猛然撞过来！

那是一艘强攻登陆舰。它利用强烈的电磁石作用，附在托利斯坦的舰腹上，然后用大钻孔机凿穿舰体，喷入酸化剂。仅仅两分钟后，一个直径达两米的大洞便将两艘舰艇的内壁连起来，许多身着装甲服的陆战队员从此处一个接一个跃入托利斯坦舰内。

这一招是杨的妙计。他考虑要对付像罗严塔尔这样一流甚至是超一流的杰出将领，若不用点二流的诡计乘虚而入，又怎么能制伏得了他？于是他只好用自己的旗舰作为诱饵，让敌人误以为自己就在舰上，将罗严塔尔诱至前方，再以强攻登陆舰突击的方式让陆战队员侵入，俘虏罗严塔尔或将之歼灭。具体的策略是由先寇布提出的，指挥官当然就是先寇布本人。

“敌兵入侵！敌兵入侵！采取非常迎击机制！”

当尖锐的警戒声在舰内响起时，中央通道上已经展开了惨烈的枪击战和肉搏战。“蔷薇骑士团”手持经过复合镜面处理的盾牌抵挡激光光束，不管不顾地勇往直前，遇到敌兵就用碳晶战斧砍杀，给地板、墙壁和天花板涂上血腥的镶嵌画。帝国军的勇敢也不逊于入侵者，被战斧击伤肩膀的士兵们仍然像抗拒死神一般，紧抓着激光枪不放，执拗地连连将敌兵射倒，直到力气用尽倒在血泊之中。

“不要管这些虾兵蟹将！我们的目标是敌军司令官，快找到舰桥！”

先寇布指挥着部下。战斧所到之处，已经有数名敌兵倒在他的脚下，再也不会活过来了。

“不要让他们活着走出舰外！让他们知道这种愚蠢行为的代价是什么！”

罗严塔尔的参谋贝根格伦中将下了这道命令。贝根格伦曾是齐格弗里德·吉尔菲艾斯麾下的一名勇将，在吉尔菲艾斯亡故后，担任了罗严塔尔的参谋长。他极有才干，但行动时会率性而为。此时他眼见事态危急，立即挺身而出，亲自指挥肉搏战。

在参谋长的指挥之下，帝国军的士兵自通道两侧对入侵者采取夹击之势。就在这一刹那，先寇布忽然往前进逼，手起斧落，击倒两个敌兵。第三个敌兵被战友的血雾喷到，仍然毫不畏惧地冲了上来，先寇布用斧柄一击，对方应声倒下。他的行动太快，以至于只有两名同盟士兵跟在身后，其他人还陷在混战的旋涡中无法脱身。

也许该说是天助吧，总之，此时偶然因素起了作用。先寇布见到前方有一群士兵冲过来，于是猛地推开身旁的一扇门，跳进房间里。在惊愕和叫喊声中，他看到一名军官和两名士兵拔出枪站在那里。

光束交错射出，短促的惨叫声响过，双方共有四个人躺在了地上。依然站在室内的只剩下两个人，一个是先寇布，另一个则是帝国军的军官。在这个十米见方的房间中，这位军官似乎本想穿上装甲服出去对付入侵的敌兵，但还来不及穿就遇上了敌人。

看到全副武装的入侵者，他并未显出狼狈的样子，也没有大声呼救，只是微微地皱着眉头。先寇布见眼前这人如此具有气魄和胆识，再加上那身黑银相间的华丽的帝国军军官制服，尤其是他佩戴的只有将官才能使用的金黄色徽章，更加确定此人的身份。

“你是罗严塔尔提督吗？”

听到对方用帝国标准语问他，年轻提督用那双标志性的金银妖瞳看着这位无礼的闯入者，点了点头。

“不错，你是同盟的鹰犬吗？”

反问声低沉有力，毫无惧意。显然他并不想拖延时间，如此利落的态度令先寇布颇为赞赏。先寇布举起了战斧，他知道多说无益，这种人是不会接受招降的。

“我是华尔特·冯·先寇布，在你死之前，先记好我的名字吧！”

话音未落，战斧已经破风击出，扑面袭来！

罗严塔尔不会笨到呆站在那儿领受这记猛烈攻击。他修长匀整的身子在意识的控制下，跳开了两米的距离。战斧与罗严塔尔的脑袋仅差分毫，与地板平行横扫而过。但是，罗严塔尔刚拔出手枪，应该飞舞而去的战斧却无视惯性，以同样的速度从反方向再次袭来。罗严塔尔身子一蹲，黑棕色的头发被碳晶战斧的利刃斩下数根，在空中飘扬。他就势在地板上打了个滚，在站起来的同时扣下扳机。闪光如军刀一般向对方的头盔射去，但对方及时用战斧将面前的光束挡了下来，斧柄因为无法承受能量的负荷断成了两截。

斧柄断裂之际，先寇布将手中的那一截甩出去，打落了罗严塔尔手上的枪。两人此时手无寸铁、怒目而视。就在一刹那间，两人又同时行动起来。先寇布从腰间拔出一把长长的战刀，而罗严塔尔目光一扫，立刻跳到一位同盟军士兵的尸体旁，扯下了一把染血的战刀。

军靴重重地踩踏着地面，战刀的闪光纵横交错，超级陶瓷刀身猛烈地互相撞击，迸射的火花灼烧着他们的眼睛。刺、劈、削、绞、挡，两人尽得肉搏战战术之精华，用尽全力，试图用战刀贯穿对方的肉体，但猛烈攻击与完美防御之间的均衡却没那么容易打破。

此时，杂乱的脚步声响起，众人涌入了这个房间。原来是“蔷薇骑士团”前来找寻他们的指挥官，帝国军则紧随其后追了过来。

在凯斯帕·林兹上校的侧面扫射下，数名帝国军士兵被击中，身体喷出血雾，踉跄着倒在地上。增援的士兵从战友的尸体后方冲上来，对准入侵者开火。

室内再次陷入混战，满是怒吼、鲜血和光影。双方胜败未分，罗严塔尔和先寇布就被各自的士兵团团护住了。

大约三分钟后，同盟军被赶出室外。赶来救援的贝根格伦中将直到此时才得见司令官本人。

“阁下，您没事吧？”

罗严塔尔默默地点点头，理了理蓬乱的头发，金银妖瞳中闪动着自嘲的光芒。竟然上演了这样一场荒唐的险剧！身为舰队总司令，却被逼得和人单挑。虽说是迎战敌人，但以后恐怕再也无法嘲笑去年他对付过的那个奥夫雷沙一级上将了。

“那些家伙就是所谓的蔷薇骑士吗？”

“应该没错。”

“马上中止战斗，部队撤退。我们这次竟让敌人的陆战队侵入旗舰，简直岂有此理！我太急功，上了敌人的当。”

“真是对不起！”

“这不是你的错，是我太急于立功了，该让自己的头脑冷静冷静。”

如果杨威利听到罗严塔尔这几句话，一定会认为他不仅是有才能的将领，也是气量非凡的一流人物。

另一方面，乘强攻登陆舰回到要塞的先寇布一手抱着钢盔，连装甲服也没换就直接前去向杨报告战况。装甲服上还残留着斑斑点点的血迹，再加上那副英勇无畏的表情，使他看上去就像是传说中的圆桌骑士。

“可惜只差了一步，让一条大鱼给溜走了。但入侵旗舰成功也不能算是全无战绩，是不是？”

“真是可惜了。”

“搞不好对方也是这么想呢。对方精通战术，再三避过我的攻击。”

“差一点就改变历史了啊。”

杨笑了起来，先寇布也会心地笑着。此时他们两个都想开开玩笑。

5

罗严塔尔发挥了非凡的手腕，将处于混战状态的军队撤离，再使其恢复原本井然有序的面貌。这一切都是在和杨舰队的战斗中完成的。当然，杨想趁敌人后退之机实施追击战，却发现敌军毫无破绽，因此立刻放弃，下令舰队收兵回要塞。于是，这场舰队战算是以平分秋色告一段落。

杨盘腿坐在桌上，表情不太愉快地啜饮着红茶。他之所以不高兴，并不是因为眼前的战局，而是红茶的味道不甚合意。杯中的茶叶是上等的，但注入热水的时间却不太好，喝起来舌头的触感不佳。他现在开始后悔，当初不应该同意国防委员会的命令，放尤里安到费沙去。虽然尤里安不是天生为了帮他泡茶的，但与其说尤里安能攻善战，倒不如说他比较适合去泡一壶好茶。这是杨自私的想法，因为他喜欢红茶甚于一切。

“厉害的敌人真是多得很哪。”

卡介伦喝了一口咖啡，也是带着一副对咖啡不太满意的表情谈论着。杨威利跳下指挥桌，一只脚轻轻地踏在地板上。

“如果对方一直执拗地攻击就好了。不愧是帝国军双璧之一，实在与众不同！”

杨从来都不吝惜对敌人的赞美。先寇布在一旁毫无顾忌地问道："现在的情况是要塞对舰队，倘若是舰队对舰队的时候，您有把握打败罗严塔尔吗？"

"我不知道。上一次坎普被我们打败了，他指挥的灵活性尚不及罗严塔尔，但我们已经胜得那么勉强，这次看来得碰运气了……"

"请不要说这种令人失望的话。以前我也说过，我认为您连莱因哈特·冯·罗严克拉姆都能打败。现在却连打败他的部下都没有信心，那怎么得了！"

"虽然你有思想上的自由，可是主观的信心未必会带来客观的结果啊。"

杨这句话一半是说给自己听的。那次面对帝国军的勇将卡尔·古斯塔夫·坎普时，他曾经想过，如果败给莱因哈特还可以，败给他的部下就令人难以忍受了。这似乎有些自高自大，因为正如卡介伦所说的，厉害的敌人多得很呢。

经过这场战役，帝国军再行动时，便谨慎地和伊谢尔伦要塞保持着一定的距离。

杨心里盘算着，一旦帝国军进入要塞主炮的射程内，他就可以下令炮击敌人，或以奇袭的方式进行近距离战斗。可是敌人却没有动静。于是，杨派遣了少数舰队去炮轰敌舰，诱使敌军迎战，试图将敌人引进要塞主炮的射程。

可是罗严塔尔威令如山，整个帝国军的行动纹丝不乱，接近和后退的时间点都精妙得如同艺术一般。包围圈刚刚收紧，马上又松缓下来，如此反复再三，要塞的监控员们都感到焦躁不安。

先寇布开始真心后悔没有杀死罗严塔尔了。

十二月九日，帝国军忽然展开全面攻击。他们不再在要塞主炮射程之外游弋，而是将舰艇以五百艘为一组，然后以“一击脱离”战法，一组接一组地对要塞进行近距离攻击。

这是一种自杀式的攻击，一旦被要塞主炮“雷神之锤”击中，这五百艘舰艇一定无法承受九百二十四兆瓦的热能，在一瞬间蒸发掉。即使舰队的速度再快，行动再灵活，也不能完全避免这种命运，只有对付要塞主炮以外的炮塔和枪座，才能采用这种“一击脱离”战法。以上这些道理，罗严塔尔都知道，但他还是不顾一切地展开攻势，这种战斗真是前所未有地惨烈。

要塞的炮塔被多道能量光束直接击中，盐柱般的白色光芒闪耀之后，许多炮塔消失了。残留下来的炮塔兀自对着天空连连发射能量之箭。而急速降下的小型军舰一旦被人工重力的魔掌攫住，便无力挣脱，盘旋着撞上要塞的外壁，爆炸四散开去。一波攻势退去之后，下一波便接着袭来，能量柱的暴雨不间断地撞击着要塞的外壁。

半小时后，帝国军方面已经损失了两千余艘舰艇，而伊谢尔伦要塞也有两百多处遭到破坏。罗严塔尔的战斗指挥技巧实在精妙绝伦，帝国军舰队以难以置信的巧妙行动接近要塞主炮的死角后，彻底集中火力猛轰，使要塞外壁产生龟裂。而外壁一旦有了裂痕，裂口便像被手术刀切割那样越来越大。

虽然这些都不是什么致命伤，但足以给防御一方的心理造成沉重打击，杨必须在战术层面考虑对策。

杨早就料到这场战争即将发生，却没有积极应战，结果使得罗严塔尔占了先机，主导了整个战局的发展。虽然杨还应付得了罗严塔尔的攻势，也能巧妙地防止战局恶化、减少人员的伤亡，但这种表现不能算是一位创造性的艺术家所为，只能说是一个被动处理工作的专业人士罢了。正如菲列特利加暗暗担心的那样，杨此时显然一副无精打采的样子。尽管他并没有犯什么错误，但也仅此而已。

“我第一次打这么无聊的仗！”

奥利比·波布兰少校身穿战斗服，在飞行员餐厅中一面吃饭，一面不满地抱怨。因为当他们要出击时，敌人就不肯接近；而当敌人来攻时，他们却又没有上阵的机会。这种凭着坚固的外壁和敌人炮战的战争，无法令波布兰这种性格的人产生兴趣。

“对方到底在搞什么名堂？难道他们是在耍我们不成？”

伊旺·高尼夫望着波布兰，觉得自己的猜测可能是对的。波布兰粗鲁地咬了一口面包和熏肉，用啤酒送进胃里，才回答说：“与认真地拼命打仗的敌人相比，我更喜欢边打边玩的家伙！”

“我现在不是在讨论你的嗜好，而是在讨论帝国军的用意！”

“我知道啊。你关心的问题，司令官早就想过了吧。那个呆子在谈恋爱方面拿零分，但论起战略来，倒是没有人比他更优秀。”

“跟你倒是相反。”

高尼夫讽刺地回了这句话，心想不知道他会不会生气。这位自诩为谈情高手的年轻击坠王却不在意地笑着说：

“我还不敢这么自大，只是在数量上比较多罢了。在这种情况下，所谓的‘博爱主义’可是要扣分的。”

的确如波布兰所言，杨威利早就洞悉帝国军的用意了。他虽然知道，却无力阻止，这让他心事重重，心绪仿佛被沉重的海水濡湿了一般。上一次政变之际，他曾经洞察莱因哈特的计谋和战略构想，这次也是一样。可即便如此又能怎样？比起预言者来，实际行动者的意义要大得多，这难道不是不言而喻的道理吗？

如果尤里安在，大概会劝他“不要这么意气消沉”。杨的确感到“意气消沉”，想大声叫喊“自由行星同盟到底会变成什么样啊”……此时，如果那个亚麻色头发的少年在身边该有多好！他真的很后悔放走尤里安。而令他烦恼的是，这种后悔到底对不对，他也无法判断。

6

十二月九日罗严塔尔对伊谢尔伦的攻击行动，最终还是以失败告终。虽然伊谢尔伦也有损伤，但仍巍然不动，罗严塔尔再次从要塞前撤走了舰队。不过这只是表象，也是帝国军早就计划好的。他们的目的在于让同盟和费沙知道，他们对伊谢尔伦进行了大规模的攻击，只不过攻击失败了。

就这样，一出规模宏大的讽刺剧上演了。演员的演技是为了使同盟政府和人民以及费沙的人民产生错觉，使他们做出错误判断，而剧本的创作则是为了加速历史的演变。

于是，帝国军伊谢尔伦回廊进攻部队总司令官奥斯卡·冯·罗严塔尔一级上将向帝都报告，因为伊谢尔伦要塞的防御力和抵抗力相当强，所以请求帝国军最高司令官莱因哈特·冯·罗严克拉姆公爵派遣军队增援。莱因哈特对罗严塔尔苦战无果表示遗憾，同时向帝国军的高级幕僚们表达了想一举攻下伊谢尔伦之意，接着命令在帝都周边星域待命的渥佛根·米达麦亚一级上将和奈特哈尔·缪拉等三位上将出击。

“请全速前往伊谢尔伦回廊，执行你们的任务！如有必要，届时我将亲自从帝都出发，进行增援。”

“遵命，愿竭尽微薄之力！”

提督们都知道，莱因哈特的命令中，那个专有名词是故意说错的。他们要去的回廊，根本就不是伊谢尔伦。

莱因哈特在军用宇宙港亲自为米达麦亚等人送行。战舰人狼号在满天星光下穿过大气层。莱因哈特和秘书官希尔德——希尔格尔·冯·玛林道夫，一起目送着舰队离去。

“终于开始了。”

正式升为中校待遇、身着黑银色军服的希尔德说道。莱因哈特的神色中带着少年般的热情，点了点头。

“嗯，这是一个结束的开始，伯爵小姐。”

希尔德看着莱因哈特耀眼的身影，脑海中忽然浮现出躺在病床上的表弟海因里希·冯·邱梅尔男爵的模样。这位患有先天性代谢异常症的十八岁年轻贵族，和莱因哈特一样对宇宙怀有极大的野心，但他却不能像莱因哈特一样去实现自己的梦想。岂止如此，他甚至保不住自己的性命。希尔德一面想着应该在出发前去探望一下海因里希，一面再次看了看莱因哈特，然后顺着他的视线眺望遥远的夜空。

他们望着的彼岸，正是那片宽广无垠、即将被征服的星海。

Chapter 9
占领费沙

1

帝国军一级上将渥佛根·米达麦亚的舰队离开了帝都奥丁，正向伊谢尔伦回廊进击——应该是这样，起码大部分将士都是如此认为。不过随着舰队的行动，心生疑问的人也越来越多了。在几次瓦普跳跃飞行后，舰队不正朝着和伊谢尔伦相反的方向而去吗？这种耳语以导航部门的负责人为中心渐渐传开。但如果不进军伊谢尔伦，又该征讨何地呢？几经揣测与讨论，一个模糊的概念在将士们脑海中浮现出来。除了伊谢尔伦，帝国军还有另外一个可能攻击的目标，那就是PHEZZAN——费沙！可这实在太令人震惊、太难以置信了！

所有的猜测和疑惑，都在十二月十三日得到了答案。

这一天，军方将原本仅让将官们知道的"诸神的黄昏"作战计划全盘告知士兵。米达麦亚一级上将在旗舰人狼上，通过通信屏幕向全舰队官兵发出通告：

“我们即将前往的不是伊谢尔伦回廊，而是费沙回廊！”

两百万名士兵听到这位“疾风之狼”的话，都齐声惊呼。他们先是难以置信地凝视着屏幕上的将领，愕然的感觉过后，随之而起的是一阵欢呼声，大家兴奋地交换着意见。接着，米达麦亚又继续发言：

“我们的最终目的当然不只是占领费沙。我们出兵费沙的用意是要以费沙为后方基地，通过费沙回廊进军僭称自由行星同盟的叛逆区，将叛徒们打倒，结束数世纪以来人类社会的分裂和抗争。我们并非要以战争来征服世界，而是要翻开历史的新篇章。”

稍停片刻，他继续说道：

“当然，要达成目的并不容易。同盟疆域辽阔，拥有强大的兵力和优秀的将领。但如果我们能占领费沙回廊，整个局势将大为改观，届时我们便能处于绝对的优势地位了！我期待各位的奋战表现！”

就这样，米达麦亚的舰队在昂扬的士气中，浩浩荡荡地开往费沙。

一艘费沙籍的矿石专用货船“多利”号，六年来头一次满载着和船名相称的贵重货物，正在驶往祖国的途中。船上共有十四名船员，由于航行完全由电脑操作，所以在这趟回程中，他们正高兴地玩扑克牌和下棋，气氛被酒精和美梦所笼罩。其中还有人打算回到故乡以后，领了自己那一份钱，就和恋人结婚。

不过，这种安逸和平的气氛却被突如其来的意外给破坏了。

通过船上主屏幕映现出的画面，他们发现了浩大的人工光点群。光点连绵不绝，仿佛延伸到了无边的远方。

船员们面面相觑，没有人知道到底发生了什么事。三分钟后，船上的监控员报告：

“那是帝国军的舰队！约有一万艘，不，有两万艘！帝国军怎么会出现在这一片区域？这里明明是非武装区啊！”

船员们都怀疑地互相询问。最后，一位平常沉默寡言的宇航员下了结论：

“帝国军一定是打算入侵费沙回廊。原本我们都认为他们会进军伊谢尔伦，看来受骗了。”

听了他的话，有人叫道：“不要乱开玩笑！”可是在愠怒之下，却暗暗涌动着不安和恐惧的气息。

“这么说，帝国军是打算以武力占领费沙喽？”

有人悲愤地问。他希望能听到否定的答案，可是他的期待落了空。

“除此之外，他们还有别的目的吗？”

“不要再发呆了，这是件大事，必须马上通知费沙……”

但就在此时，十余艘驱逐舰和快速巡逻艇将舰首对准了“多利”号，一边疾驶而来，一边发出了停船命令。此时“多利”号上的船员已处于绝境，尽管他们都是行事大胆的费沙人，但碰到这种完全意想不到的情况，一时间也都束手无策。

“我们目前离驱逐舰的舰炮射程尚有一段距离，未必就逃不掉。不如快逃！”

“没有用的，他们马上会追上来！”

宇航员一口否决了过于乐观的看法。

“而且，就算这回我们逃掉了，总归还是要在费沙和帝国军再会。既然如此，不如现在表现得老实些，给他们留下一个好印象。”

“可是，事情怎么会变成这样？我还一直认为费沙和帝国会一直共存下去……”

“时代到底还是在不停地改变啊。”

这些人不得不难过地承认，他们只是被排除于历史剧之外的看客。虽然他们勤奋地工作，慢慢累积财富，从来不做对不起良心的事，并回馈社会，想度过充实的一生，到头来仍然没有办法不受历史的影响。时代的变迁与国家的兴衰深深地左右着他们的命运。

就这样，“多利”号被剥夺了航行自由，好在安全还能得到保障，在帝国军的包围下开往费沙。以“疾风之狼”的行军速度而言，“多利”号若想逃走，立刻就会遭到炮击而毁灭。他们试图苦中作乐，设想有两万艘帝国军战舰正在担任自己的护卫，可是一想到现实便无法快活起来。大约过了半天，另一艘费沙的货船“花心”号也撞入了帝国军的侦察网中，帝国军同样也发出命令：

“马上停船！否则将遭到攻击！”

这艘“花心”号上的船员显然比“多利”号上的船员勇敢得多，

或者说要笨得多。他们竟然无视帝国军发出的警告，加速逃走。

米达麦亚在四度发出警告，对方仍置若罔闻之后，终于下达了攻击的命令。

三十秒钟后，一道纯白的光条撕裂了亘古黑暗的虚空，“花心”号被轰得粉碎。

看到这样惨烈的景象，“多利”号上的船员们默默地垂下了肩膀。虽然知道自己选择的正确和“花心”号决定逃走的愚蠢，但他们还是祈祷它能成功地逃走。

十二月二十四日，米达麦亚舰队抵达了行星费沙的卫星轨道。截至这一天，帝国军共捕获了约六十艘在费沙回廊航行的费沙商船，不得不破坏掉的大约一半。但从“疾风之狼”只爱与强敌作战的本性来看，这几天的征途是无法满足他的，好戏还在后头。相比之下，他的战友奥斯卡·冯·罗严塔尔虽然是在进行佯战，却可以和杨威利对敌，也不知是谁比较幸运。但不管怎么说，在帝国军的历史上，自费沙自治领成立之后首次入侵费沙回廊的人，毕竟还是他——渥佛根·米达麦亚。

在旗舰人狼号的舰桥里，米达麦亚通过巨型屏幕指挥舰队登陆作战。费沙的管制当局则不断发出警告：

“请听从管制！违反法规是要遭受处罚的！请听从管制！”

这些忠于职守的呼喊并未受到重视。由拜耶尔蓝中将率领的舰队已穿越卫星轨道，开始降入大气层。在太阳光的照射之下，舰群闪耀着白色的光辉，井然有序地排列成螺旋状围绕着行星，看起来犹如一串美丽的珍珠项链，有着异样的美感。

“快联络自治领主府！帝国军闯入大气层，是侵略！”

费沙管制当局陷入恐慌。这块历经一个多世纪都未遭侵犯的圣地，如今竟然要被占领。他们惊惶失措，东奔西窜。惯于安逸而失去了忧患意识的人和组织，脆弱不堪之处此时暴露无遗。歇斯底里的惊叫声和杂乱的脚步声交错响起。一位管制室官员将耳机扔在桌上，搔着头纳闷道：

“即便如此，为什么在出现这种局面之前，我们什么都不知道呢？”

后来，又有许多费沙人发出了同样的疑问、同样的呻吟。可是这一行为如同试图抓住那已破灭的幻想一般，深刻却空洞无力。

此时，在费沙的土地上，连夜幕早已降临的半球也未能免于恐慌。先是孩子们指着天空发出疑惑的叫声,大人们抬头望去，一时间也目瞪口呆!

尤里安也看到了这幅景象。当无数光点斜穿过深蓝的夜空时，尤里安正身着便服走在街上。他感到背后有人在跟踪，不知是费沙人，还是帝国专员事务所的人，抑或是自己的同僚，但这已经不是他关心的事了。

尤里安明白，事变终于发生了！帝国军占领费沙后，一定会以此为后方基地进攻同盟领域。杨提督的预测果然没错。自己本是来阻止这一事态发生的，遗憾的是没有起到作用。

人们亢奋的惊叫声冲击着尤里安的耳膜，他转身向专员事务所跑去，一路上被好几个人狠狠地撞上。

2

“帝国军入侵费沙！中央宇宙港已被占领！”

这个消息传到市内时，费沙的自治领主安德鲁安·鲁宾斯基并不在自治领主府内，也不在官邸中，而是在私人宅邸内。二楼宽广的客厅中，天花板非常高，墙壁上挂着几幅油画，家具古色古香，有洛可可式的风味。另一边墙壁上嵌着一面宽达两米的大镜子，给人一种豪华却无个性可言的感觉。

面对莱因哈特迅雷不及掩耳的入侵行动，处于绝对劣势的鲁宾斯基仍悠然自得地坐在沙发上啜饮着葡萄酒，一点也不像失败者的样子。坐在他对面沙发上的男子说话了，那是辅佐官鲁伯特·盖塞林格。

“您听说了吗，自治领主阁下？”

“听说了。”

“费沙的末日好像真的已经迫在眉睫了。”

大家连做梦也没想到会有这么一天吧，鲁伯特心想。事实上鲁伯特曾经预测过，在不久的将来会发生这一事件。可连他也万万没有想到帝国军将士的身影会在今年，也就是宇宙历七九八年提前出现在费沙的土地上。

“不久后，博尔德克大概会凭仗帝国军的武力，起而取代你的地位，夺取对他而言过重的权力吧。”

看着自己映现在酒杯中的面容，鲁伯特·盖塞林格冷冷一笑。

“你的时代已经结束了。你在位仅七年，是历代最短命的自治领主。”

“你真的确定我的时代已经结束？”

“只有在这一点上，我的看法和博尔德克相同。一个演员如果占据舞台的时间太久，会令人讨厌。大家都希望他快点下台。”

若是换了别人，听了盖塞林格这种论调，一定会有仿佛被短剑刺中的感觉，可安德鲁安·鲁宾斯基却不以为然。“费沙的黑狐”将酒杯放回茶几上，一边用手掌摩挲着那勇武的下巴，一边放大话：

“你的看法也和罗严克拉姆公爵相同。我比博尔德克更难驾驭，对于这一点，我应该感到光荣吧。”

“你要怎么自吹自擂，我没兴趣知道。”

鲁伯特·盖塞林格的声音和言辞忽然变得极为粗鲁，表情也一扫原先伪装出的郑重，内心沸腾的怨毒漫溢出来，使他那可称为端正的脸孔显现出一副歹毒的样子。如果对方是个性软弱的人，可能连看都不敢看他一眼。人类所有的负面感情尽皆集中在他身上，互相催化，使得他的表情更加丑恶。接着，鲁伯特无声地笑了笑，将手伸进口袋里，故意缓缓地掏出了一样东西——一把手枪握在鲁伯特·盖塞林格的手中，枪口静静地对准鲁宾斯基。自治领主则不动声色地看着这一幕。

“是真的，我真的没兴趣知道。我还不至于疯狂到对一个死人感兴趣的地步。”

“果然如此，机会一来你就露出爪牙！”

鲁宾斯基竟然像颇为佩服似的下了评语。

“嗯，虽说你未尝没有见机行事的机敏之处，但不觉得自己太爱耍小聪明了吗？”

“我认为只要有改正计划的机会，就不必介意更改当初的决定，自治领主阁下。不是说只有不断修正，才能取得成功吗？”

“即便如此，也没必要污了你自己的手啊，鲁伯特！”

年轻的辅佐官听到鲁宾斯基竟然这样直呼他的名字，脸上顿时泛起一片潮红，仿佛愤怒和不快刺激了脸部血管。他费力地调整着呼吸，似乎一时间找不出有分量的话反击虚伪的父亲。

“总有一天我会打倒博尔德克这个低能儿！不过，我若想当上费沙自治领主，你的存在对我实在是一大威胁。你就是那种人，只要还有一口气在，不陷害别人便不舒服。杀了你，不但会让我感到心安，对整个社会而言，也算是造福民众的大功一件。”

他本来也考虑过抓住鲁宾斯基献给帝国军，可是目前博尔德克已经是罗严克拉姆公爵的囊中之物，想必已不需要自己了。搞不好还会被当作叛逆者，和鲁宾斯基一起被除掉。他认为自己才是费沙的一颗再生之星，一定能使费沙人再次聚集起来。既然如此，比他更具声望的鲁宾斯基便是威胁。但得出这个结论之时，强化杀机的无疑是他对父亲的怨恨。总而言之，他无法忍受将亲生父亲的生杀大权拱手让给他人。

“但是啊，鲁伯特……”

“闭嘴！不要随便叫我的名字！”

青年提高了声音，语气起伏不定。鲁宾斯基若无其事地跷起了腿，面无表情地盯着本是至亲骨肉的对手。

“我是你的父亲，难道不能直呼你的名字吗？”

“父亲？”

大概是感到透不过气来，鲁伯特·盖塞林格重重地咳嗽了一声，吐出了堵在喉咙中的无形的硬块。

“父亲！所谓父亲是……”

激动的感情淹没了他的话语，年轻的辅佐官意欲扣动正对着鲁宾斯基的手枪扳机。

墙上的镜子发出了尖锐的悲鸣。镜面破裂，碎片反射着灯光四处飞舞。惊愕扭曲了鲁伯特·盖塞林格的脸孔，他回身转向镜子时，点点闪光中涌出三道新的光芒，射入了盖塞林格的身体。

这位年轻的辅佐官手上仍握着枪，短促而激烈地舞动了一下。转瞬之后，所有的动作都停下来。又过了一瞬，鲁伯特·盖塞林格像被一个无形的巨人用力推了一把，重重地跌倒在地板上。

“你也未免太小看我了吧，鲁伯特？”

鲁宾斯基从沙发上站起来，俯视着自己的儿子。声音虽然无情，但似乎隐隐流露出一丝沉痛。

“我早就知道你想杀我，这也是你今晚来这里的目的吧？所以我早有了准备。”

“你怎么知道……”

“所以说，你太天真了。你真的相信多米妮克是你的伙伴吗？”

“那个贱女人！”

鲁伯特用尽了全部力气，艰难地咒骂着。忽然，在他那逐渐丧失光与色彩的视野中，出现了几个人影。他们是从镜子中走出来的，但他们并非来自童话中的镜之国，最佳的证据就是手中握着荷电粒子来复枪。在这单面可视镜的背后，自治领主设有秘密警卫。鲁伯特选择了父亲的掌心作为决战场。

“你的缺点和我的实在太像了。如果你能将自己的霸气和欲望收敛一些，日后我未必不会把地位和权力传给你。你做事样样都清楚明白，唯独不知道该等待适当的时机啊。”

年轻人的瞳孔中闪现出微弱的怨毒之光。

“我一点也不想让你给我任何东西……”

濒死的青年嘴角喷出血红的泡沫，声音也含糊不清。他的伤口异常灼热，而与此相反，冰冷的感觉却像夜行兽一般从四肢末端爬向身体中心。当这种冰冷的感觉到达心脏的时候，他的未来便消失不见了。

“我曾下过决心，要从你身上夺走……夺走一切，不会留给你任何东西，包括我自己……”

充满憎恶的低语断绝了，鲁伯特·盖塞林格不再动弹。还有许多谋略、许多计划尚未完成，鲁宾斯基的儿子就比他提早一步退出了人生舞台。

“自治领主阁下，接下来该怎么做？”

一名护卫官小心翼翼地向默默伫立的鲁宾斯基问道。他们并不知道自己所杀的人到底是什么身份。在单面可视镜的背后听不到这两人对话的内容。但他们隐隐约约地感觉到，这两人之间似乎存在某种不寻常的关系，这使他们感到不安。

鲁宾斯基将视线转向发问者。这名护卫官一时间备感压力，魁梧的身躯不自觉地向后退了半步。但鲁宾斯基那冷漠的眼光瞬间就消失了，随即又恢复了一贯的自信与可堪信赖的表情。他信心满满、若无其事地说：

“自由行星同盟的特留尼西特议长在发生军事政变时，一直安然地躲到政变结束。看来我们也得找个隐秘的地方了。”

3

米达麦亚的临时司令部设于费沙中央宇宙港大楼内。虽说日后肯定要接收许多宾馆和大楼，但眼下打算先在这里将就一下。

“驻在此处的帝国专员事务所有事与我们联络。”

副官克里希少校向米达麦亚报告。

“事务所说，他们害怕遭到反对帝国军进驻的暴徒袭击，所以希望我们派遣护卫部队前去保护他们。”

“我们刚一到达，他们就来提要求啊。好吧，给他们派一个陆战大队过去。如果他们害怕得路也走不动的话，是不可能来迎接我们的。”

米达麦亚苦笑着发出了登陆费沙以来的第一道命令。接着，他将所有参谋都召集起来，重新确认将要控制的目标。自治领主府、同盟专员事务所、航路局、公共广播中心、中央通信局、六处宇宙港、物资流通管制中心、治安警察本部、地上交通管制中心以及氢动力中心——这几处是第一阶段设定的目标。若能将这些地方置于控制之下，就等于控制了费沙这一有机体的大脑和心脏，届时帝国军就能呼风唤雨、予取予求了。

“其中最重要的是自治领主府、同盟专员事务所及航路局这三处。我们必须控制各处电脑，才能掌握一切需要的情报。这是第一步！大家明白吗？”

面对司令官锐利的目光，参谋们神色紧张地点头回应。当然，他们深知其中的利害。

过去不知有多少远征军因为对同盟的地理情况知之甚少，遭到败北或被迫撤军。如果此次能够控制航路局和同盟专员事务所的电脑系统，就不至于在未知的广大星域被迫与占尽地利的敌军交战了。若是以费沙为后方基地，便有可能在情报和补给上与同盟军平分秋色。对于想一举统一全宇宙的莱因哈特而言，这是他成就霸业不可欠缺的条件。

另外，这也是一种很重要的心理战术。同盟军若发现自己国家的地理、军事及经济等重大机密情报都落入敌人手中，立刻会军心涣散。

由于同盟军一向只把注意力集中在伊谢尔伦回廊，帝国这次进攻费沙的行动，在战略上可说是绝对的赢家。如果再加上情报战的胜利，那么同盟方面就算有杨威利这样的用兵艺术家出马，也很难挽回败局。

接着，米达麦亚又发布三项禁令：禁止杀害平民、禁止对女性施暴、禁止抢劫行为。违者经即席审判后一律枪决！

“渥佛根 · 米达麦亚说一不二。若有人敢损害帝国军的荣誉，我决不轻饶。各位请铭记在心！”

下属们当然都会谨记在心。米达麦亚十分体恤部下，为人慷慨大方，是个受欢迎的上司，但对违反法令者却绝不宽容，严厉的处罚令人不寒而栗。记得以前还是旧体制时，米达麦亚曾亲手射杀抢劫杀人的部下。由于他是平民出身，当时有人忌妒他的权位，借题发挥，在军事法庭中对他提起控告。多亏莱因哈特将控告驳回，还升了他的官，亲自将他迎入元帅府。米达麦亚有感于莱因哈特的知遇之恩，于是加入他的阵营，为他效力。

米达麦亚的指令顺利地实行着，行星费沙的重要地点一个个落入帝国军的手中。首先是航路局被占领，内部的电脑系统和庞大的航路资料库也完全被帝国军接收。

接着，自治领主府也被占领，领主却不在这栋建筑物里。别动队搜查了领主的私人寓所，但也扑了一个空，仅仅在二楼的客厅中发现了一名被枪杀的年轻男子的尸身和被破坏的单面可视镜。经查，这名男子为自治领主的辅佐官鲁伯特·盖塞林格。至于他为何被杀又陈尸于此，只有等日后再慢慢查明真相了。

古雷沙上校率领六百名陆战队队员，分乘一百二十辆机动装甲车，全速通过主街，前往自由行星同盟驻费沙专员事务所进行占领行动。这条街平常在这个时候应该是熙熙攘攘，可是此时几乎所有的商店都紧闭门户，只有愤怒和恐惧的视线从小路上射来。

一到事务所，上校就命令将整个建筑物包围起来，自己则站在大门前。

就在这时，建筑物中忽然射出一枪。

一道荷电粒子光束射向士兵们站立的地面，四周泛起了白色烟雾和陶瓷路面的碎片。

“不要白费力气了……”

古雷沙冷笑着，手轻轻一挥，就有一台机动装甲车将大口径热炮的炮口对准建筑物，两道粗大的橙色低温火焰随即发射出去。硬质玻璃发出尖锐的声响，支离破碎，火焰和烟雾在空气中弥漫开来。

大概是威慑收到了效果，对方没有再开枪反抗，专员事务所的建筑物内一片寂静，让人不禁怀疑里面到底还有没有人在，怎么会静得如此可怕？古雷沙身为一名军人，担心会有埋伏。现在房内发生了火灾，残留热量测量装置也失去了用处。

士兵们小心翼翼地接近建筑物，终于冲了进去。还不到一分钟，一名士兵又跑了出来，向上校报告说：

“上校，里面一个人也没有……连一只小猫也没有。”

为什么会使用这样的措辞呢？士兵自己也不明所以。上校问，那刚才又是谁向我们射击？于是，士兵将长官引到了二楼的窗边。

上校依照士兵手指的方向看过去，不禁吃了一惊，原来是一架自动发射装置。一把荷电粒子来复枪就固定在窗上，扳机由定时器控制。好狡猾的家伙！上校一面骂道，一面命令救火，自己则与技术士官一道向电脑室奔去。

技术士官检查了电脑，立刻回头看着上校，脸上血色全无。看到这一幕，上校顿时明白最重要的任务看来是无法完成了。他咬牙切齿的咒骂声无力地飘荡在空中，不久就消失了。

米达麦亚虽是一位纯粹的军人，在经济方面并没有很深的造诣，但他明白如果经济的运行受到钳制，对人民的日常生活必定有百害而无一利。因此，他并没有关闭银行，也让商店营业，使民众暂时松了一口气。民众纵然对帝国军怀有敌意，但他们也要生活下去，还是希望有适于生活的较好的经济环境。

米达麦亚同时以司令官的身份下达命令，昭告费沙境内的商人，不得无故涨价或囤积商品，违者严惩。命令下达一个小时后，许多商店纷纷把刚才调涨的价签又换回原来的标价。费沙商人的伎俩似乎也被米达麦亚的快攻摧毁了。

二十八日那天，第二批帝国军在奈特哈尔·缪拉的率领下开抵费沙，米达麦亚的部下欢呼着迎接友军。费沙的民众看到又有一百余万帝国军将士加入了占领行动，意志坚强者还能心怀不满，意志脆弱者则彻底死心。米达麦亚亲自出迎，和缪拉紧紧地握手。

此时费沙全境的宇宙港都已处在帝国军的控制下，商旅运输也全部停止。没有人能随便地公然离开费沙，失踪的自治领主鲁宾斯基和同盟事务所的官员们应该是藏匿在行星的某个角落。

在米达麦亚的领导下，他手下将士的表现可圈可点，但偶尔也会出现一两匹害群之马。就在缪拉到达前，发生了一起士兵对妇女施暴的事件，并且还将一位受害者的蓝星钻婚戒抢走了。米达麦亚大为震怒，立即下令搜捕犯人。“疾风之狼”不但亲自向被害人谢罪，归还戒指，同时还以占领军司令官的身份，宣布将三名犯案士兵处死。

死刑是在山德列广场公开举行的，虽然公开处刑相当残忍，米达麦亚却不得不如此。若不能切实执行死刑，势必导致占领区民众对军规的不信任；若是秘密执行死刑，则可能让人怀疑，帝国军是否已经暗地里放他们逃走了。总之，帝国军必须尽量缓和民众的反感，排除可能诱发抵抗的危险因素。

这三名士兵所属部队的长官虽然战战兢兢地请求司令官从轻发落，但司令官毫不松动。

“我已经说过了，我一向是说一不二的人。难道你们没听到我的命令吗？”

公开处死三名士兵之后，米达麦亚才到中央宇宙港去迎接同僚。顶头上司亲自出迎，让缪拉感到十分惶恐，他不断地赞美米达麦亚治理有方。米达麦亚回答说：

“嗯，就目前而言是这样吧。”

费沙目前处于虚脱的状态，因而无声无息，但想必不知何时又会出现让局面沸腾的人。如果他们组织起来，或许多少会带来一些小麻烦，但罗严克拉姆公爵应该会做出适当处置……

“不管怎么说，我如果不打仗的话，肩膀还真会发酸呢。”

纯粹的军人如此总结道。

4

一位身穿毛衣和牛仔裤、装束轻便的少年，正快步走在没有帝国军士兵出没的小巷里。他稍长的亚麻色头发有些卷曲，面容俊秀，同龄的少女一定会忍不住回头多看他几眼。少年的眼眸是暗褐色，身材匀称挺拔，他就是尤里安·敏兹。

尤里安闪进一栋隐秘的矮楼中，推门走进一个房间，里面有三个男人正在等他。其中两位是和他一起从事务所逃出来的马逊准尉和汉斯专员，另外一位他却不认识。莫非是马逊在打探街头情势时找到的独立商人？

四天前，亲眼目睹帝国军入侵的尤里安，和马逊一起拦了一辆地上车打算奔回事务所，可是车子却因为街上挤满了混乱的群众而无法动弹。

“没办法，准尉，我们下车吧。”

“要用腿走吗？”

“不，跑！”

马逊露出一副“你可真有力气”的表情，跟着尤里安向前跑去。他很喜欢这个少年，而且是杨提督亲自托付给他，要他好好照顾的人，因此只要是为了尤里安，要他做什么都在所不辞，何况跑跑根本算不得什么。

两人一回到专员事务所，尤里安立即发现所有人都已聚集在大厅里，大家四处乱窜，一副手足无措的样子。尤里安走到汉斯专员面前，向他敬了一礼。

“专员阁下，我想事务所中的电脑资料应该全部销毁！”

“销毁？”

这位专员的反应简直是慢到痴呆的地步。

“如果不销毁的话，所有情报都会落入帝国军手中，被他们利用啊！”

汉斯专员感到很惶恐，眼神恍惚不定。他似乎在期待有人替他负责任，进行决断和选择，可是这样的人物显然不存在。

“请您快决定！帝国军马上就要过来，已经没有时间了。”

尤里安看了看全体同僚，只见他们都面无表情，沉默不语，难道没有人赞成他的意见吗？连首席驻费沙武官维欧拉上校也不例外，只见他不高兴地盯着别处看。

“我怎能让你这小鬼来支使！”

汉斯忽然用高亢的声音回答。他自己也被这声音吓了一跳，环视了一下周围，用指尖拭去了额上的汗水。

“我固然不能受你的支使，可你的建议似乎还有点价值。或许电脑中的资料是该销毁——你会承担责任吧？”

尤里安心里暗想：要是同盟灭亡了，这个人又打算向谁去追究责任呢？

“还有一个办法，就是可以把电脑中的所有资料完好无缺地献给帝国军。我们也许会因为提供了重大情报受到宽大处置呢。”

尤里安故意话中带刺地说，而汉斯竟露出了默认的表情。他心中不禁吃了一惊。

“明白了。我承担责任，请让我去销毁电脑中的资料吧。”

虽然话已说出口，尤里安心中多少也存着犹豫。但事已至此，不这样做也不行了。在马逊的协助下，他将所有的电脑资料完全销毁。三十分钟后，他们又回到原地，这会儿却发现呈现在眼前的光景已和方才完全不同。大厅里一个人也没有，只有汉斯专员表情木然地坐在沙发上。看来，包括首席驻费沙武官维欧拉上校在内的人都已抛弃这位无能的长官，各自想办法逃生了。尤里安原本就认为这些人毫无纲纪，无法称职地工作，但没想到他们竟如此缺乏责任感。他们明明知道，如果同盟政府得知他们在危乱中擅离职守，一定会加以处罚，可还是……难道说他们已经对同盟的未来不抱希望了？想到这里，尤里安心中感到一阵冰冷。

“你，你，拜托，请带我逃到安全的地方去！”

汉斯一看见尤里安，马上向他哀求。

虽说带着他碍手碍脚，可是尤里安也不能见死不救，扔下他一个人。他请汉斯换上轻便的服装，准备好现金和手枪。接着他用荷电粒子来复枪制作了一个自动发射装置，安装在二楼的窗边，然后带着已换好衣服、正在楼下紧张地等着的专员离开了事务所。就在此时，他们听到了机动装甲车逐渐接近的车轮声……

“接下来该怎么办呢？我们还有什么指望？如果已经走投无路，那可惨了！”

汉斯刚从敌人手中逃出来，现在还走在黑暗的小巷中，就恢复了以往傲慢的神态。他生来就不曾吃过苦，也没有遇过大风大浪，此时似乎打算硬要一位小他三十岁的少年来保护他。尤里安很羡慕那些自行逃走的同僚，没有汉斯在身边，的确是省事不少。但听到汉斯这么说，他不得不回答：

“找找看有没有独立商人。”

“找到了又怎么样？”

“可以请他帮我们安排船只，逃出费沙。”

汉斯听了这番话，歪着脑袋说：

“嗯……不过，你真的认为会这么顺利吗？”

这也是尤里安急欲知道的事。他毕竟不能袖手旁观事态的发展。他想回到杨的身边，必须回到自己本来该待的地方去。尤里安憎厌地看了看汉斯，如果在身边的不是这个不值得尊敬的人，而是杨威利，那该多好啊……

接下来这四天，尤里安一直躲在小巷中一处隐秘的房子里，想着该如何逃出费沙。值得庆幸的是，费沙这个地方有一点好处，只要出得起高昂的价钱，几乎可以买到一切东西。尤里安目前虽然处于不稳定的局势中，至少生命还是安全的。当然，保住生命并不是他的最终目标。

马逊向尤里安介绍眼前的陌生人。这个男人头发稀疏，身上的肌肉也松松垮垮的，给人的印象是一个为生活所累、疲于奔波的中年人。不过，他的双眼却意外地年轻有神。

“我叫马利涅斯克，是独立商船贝流斯卡号的代理船长。”

男人向尤里安自报姓名，并表示可以帮得上忙。他说自己本来只是个事务员，要开船恐怕没什么自信，但雇专家来开就好了，他可以提供一艘宇宙船。

“其实，你和我也不是完全没有缘分。我们之间有两个和我们有很大关系的人物。”

“两个？”

“就是我的船长波利斯·高尼夫，以及少尉的监护人杨提督。据说他们俩从小就是很好的朋友。”

尤里安的眼睛一亮。但他听说杨幼时的密友——也就是贝流斯卡号的船长，目前在同盟的首都海尼森，不免感到些许遗憾。

“我还认识其他开船技术相当好的宇航员，只要你信得过我，我可以帮你找人。对于费沙人而言，契约是十分神圣的东西。”

马利涅斯克向他保证，然后加上了一句“不过，这是需要花钱的”。

“想找一个又勇敢技术又好的人，自然要给他相当的报酬。我想这还是合乎情理的。”

“我也这么想，我们一定会重重酬谢。请你快点帮我们找一个技术好的人吧。”

尤里安无视汉斯的不满，从专员那尚称丰厚的钱包中取出十张五百面额的费沙马克纸钞，交给马利涅斯克作为定金。马利涅斯克拿了钱离去后，马逊准尉用一种深沉的眼光看着年轻的上司。

“不知道他靠不靠得住？”

“我想应该靠得住……”

其实尤里安也没把握，可是又有什么办法呢？他现在也是身不由己，才将自己的生命和运气押在别人身上。至于高尼夫这个人，除了是杨儿时的密友，是否就是伊谢尔伦要塞的击坠王伊旺·高尼夫所说的“费沙的堂兄”呢？尤里安虽然这么想，但没看到高尼夫本人，也没办法确定。

“少尉，虽然在这种情况下我们只能相信他，还是要有心理准备才好，因为我们也可能被他出卖，惹上杀身之祸。你以为呢？”

听了马逊的话，尤里安那线条优美的眉毛微妙地动了动。他有时候会想，为什么总有人要将一些与他的年龄和能力不相称的责任和义务，强行推给他呢？难道想成为一名军人，受到这样的对待就只能算是自作自受吗？但无论如何，为了回到杨的身边，尤里安不得不用尽一切手段，无论付出何种代价都不在乎。

一辆装有大口径炮的机动装甲车在费沙的大街上傲然前行，核聚变涡轮发出轻快的动力音，震动着周围的空气。

一群商人聚在朵拉库尔酒馆的三楼，从窗口看到这一幕，不禁憎恶地咂着嘴。由于宇宙港目前处于半封锁的状态，这群独立商人根本没办法做生意，只好聚在这家酒馆中一起喝闷酒。

“费沙不是一向都握有情报吗，为什么连帝国军要来侵略都不知道？真是荒唐！”

“奥丁的专员事务所的家伙们都在干什么？尽是送来些毫无

用处的情报，什么气象啦、庆典活动啦，所以说，那些吃公家饭的根本靠不住！”

“这也难怪。我不知道别的国家是怎么个情况，反正在费沙，没本事的人才会去当公务员，期望通过他们拿到有用的情报，根本就是错误的！”

大家你一言我一语，虽说骂得很难听，内容却有欠精彩。他们心里也都有数，光是坐在这里骂，是没有办法改变现状的，也不可能将已经发生的事情推翻重来。每个人的内心都被不安的乌云笼罩着，大家已经明白，他们一直使用的日历再也用不了多久了，结束的日子正逐渐逼近。

“可是，接下来究竟会变成什么样？”

“会变成什么样？历史就要改变了！高登巴姆王朝、费沙自治领，还有自由行星同盟都将被消灭。然后，那个金发小子就要成为整个宇宙的皇帝了！”

“那个小子接管了高登巴姆王朝的领土，难道还嫌不够吗！真是贪得无厌，可恶极了！”

“不可恶难道会成功吗？看看费沙这个国家的大人物吧，他们在这方面可是一点也不逊色啊。”

插科打诨的话惹得大家哄笑起来，可是对话和哄笑中回荡着自暴自弃的声响。

“搞清楚，我们是自由的人民。和自由行星同盟那些只是挂名的家伙不同，我们才是真正的自由人民。我们并不需要悲天悯人的皇帝。”

听到这番论调，有个受人尊敬的老商人忍不住也开了口。

“我这辈子也活不了多久了，但就是不愿意看见帝国军的军靴踏上这块土地。”

老商人长叹了一口气。四周的年轻人都沉默着，没有人去安慰他。

“一百多年来，我们的历史一直是这样走过来的，我还以为会继续这样走下去。但是想一想，这种想法又有什么根据呢？迄今已有五个世纪之久的高登巴姆王朝，如今也沦落到那种悲惨的下场，我却还没想到费沙也快灭亡了，我真傻啊！”

老人一提到“灭亡”两个字，四周的气氛更加沉重了。大家沉默了片刻，忽然有个声音打破了这无声的场面。

“是的，很遗憾，费沙也许会暂时灭亡，但它一定会重新兴起！我们这些独立商人可以起而建立一个自由之民的城市啊，不是吗？刚才也有人说过，我们根本不需要皇帝的存在！”

说出这番豪言壮语的就是卡列·维洛克。他与其说是商人，倒不如说是有名的宇航员。

大家拍手叫好。就在此时，人们忽然感到有人进来，他们惊慌地回头一看，看到一个新来者伫立在门边，那人也拍起手来。

“说得真好，维洛克。”

维洛克的紧张之感立刻烟消云散，对老朋友笑了。

“这不是贝流斯卡号的马利涅斯克吗？难得见你一面！到这儿来有何贵干？”

“为正事而来啊。难道你喜欢在这儿演讲胜过开宇宙船吗？”

“好！我去！”

“真受不了你。你连工作内容都不问就答应了？”

面对维洛克如此爽快的反应，前来找他商量的马利涅斯克只能苦笑。

“反正坐在这里也是徒然使人烦闷，就算是恶魔请我去，我也会答应的。你这个家伙大概要比恶魔好一点吧。”

维洛克豪迈地笑了。

5

十二月三十日，费沙标准时间十六时五十分，莱因哈特·冯·罗严克拉姆终于在幕僚的陪同下踏上费沙的领土。

米达麦亚一级上将和缪拉上将率领四万名警备兵，亲自迎接年轻的帝国军最高司令官。

此时正是费沙昼短夜长的季节，黄昏沉落，浩渺的蓝色天空渐渐变成带状的瑰丽蔷薇色，暮霭之中的金发年轻人宛如诗篇般动人。无论多么厌恶他的人，大概都不得不承认他的风采的确光华四射、无与伦比。此时，站在宇宙港上看见莱因哈特英姿的士兵们，在他们战死或日后老死之前，都在向妻子和儿孙夸耀自己曾亲眼目睹这位金发年轻人伫立在黄昏余晖中的飒飒风姿。士兵之间涌出如歌声般整齐高昂的欢呼，欢呼声变得越来越热烈，越来越充满力量。

“皇帝万岁！帝国万岁！”

年轻的元帅听到士兵们的欢呼声，似乎有点不解。米达麦亚立刻向他解释：

“他们在欢呼您为皇帝，吾皇……”

“言之过早。”

莱因哈特仅仅说了这一句，可身边的幕僚都明白了他真正的意思——金发的年轻人并没有阻止大家称他为皇帝。他向士兵们挥手致意，一度安静下来的欢呼声顿时又高亢地响在暮色渐浓的天空中。

“皇帝万岁！帝国万岁！”

事实上，莱因哈特正式登上皇帝宝座、举行加冕大典是第二年的事。但首次公然接受士兵称他为“吾皇”及“皇帝莱因哈特”，则是在他踏上行星费沙领土的这一天。

一踏入作为临时元帅府的高级宾馆，莱因哈特马上发布公告，宣布费沙人民原本享有的所有公民权利，绝不会因为帝国军进驻遭到任何损害。他还表示，自己希望帝国本土能与费沙自治领紧密地结合在一起，这句话倒并非虚言。不过，进驻费沙只是莱因哈特想征服自由行星同盟的野心的第一阶段，而且费沙的一切公民权利也必须在他的主导权下方可行使。对此，他并未透露只言片语。

接着，米达麦亚因为有三项任务未能完成，向莱因哈特请罪：未能抓获自治领主鲁宾斯基；同盟专员汉斯下落不明；同盟驻费沙事务所内的电脑资料全数被毁，无法取得情报。一瞬间，莱因哈特皱了皱眉头，但表情立刻又恢复了平静。

“事情永远不可能完美无缺。若是连你都做不到，其他人就更不可能了，你不必谢罪。”

其实，像汉斯专员这种角色到底下落如何，莱因哈特根本不在意。此时的尤里安·敏兹还不成气候，莱因哈特也并不把他放在眼里。至于同盟驻费沙事务所内的电脑资料被毁一事，虽然令人遗憾，但费沙航路局的电脑资料已经全部落入帝国军手中，所以也算不上致命的失败。只有鲁宾斯基目前下落不明这一点，莱因哈特有些在意。

“玛林道夫伯爵小姐,你认为‘费沙的黑狐’会有什么打算？”

“我认为他承认了目前的失败，所以躲了起来。另一方面，他大概也看出博尔德克专员是无论如何也控制不了费沙的。在博尔德克遭到惨败之际，他便有机会东山再起，不管那是出于罗严克拉姆公爵的意思，还是来自费沙人民的期望……”

“可能如此。”

莱因哈特赞同希尔德的分析。鲁宾斯基以挟持皇帝和出让费沙回廊的通行权为饵，打算假以时日，达到操纵莱因哈特的目的，却被一手漂亮的反击逆转了情势。

莱因哈特目前虽然堪称大获全胜,心中却总有些不安。此时，那疑惑的幼芽极为微小，但只要给它时间和养分，便可能茁壮成长，开放出不安之花。博尔德克也好，鲁宾斯基也罢，都在隐瞒着什么。目前莱因哈特要做的事太多了，实在没有时间去顾及他们，但以后还是有必要查清楚。

和幕僚们共进晚餐后，莱因哈特在亲卫队的陪同下来到航路局。负责警备工作的克拉夫准将把莱因哈特引入电脑室。他命令亲卫队长奇斯里上校在室外守候，自己一个人走进了室内。

无人的电脑室中，空气中飘荡着电子类无机质的异味。莱因哈特默默地在机器间走过，在一面显示屏前站定，抬头仰望着这面闪耀着白色光辉的巨大屏幕。

“对，我要的就是这个！”

莱因哈特低语道，仿佛是见到了梦幻中的情景一般。接着，他把手伸向操作台，毫不犹豫地开始操作计算机。

从莱因哈特的手势来看，与其说他是在有意识地操作电脑，倒不如说他像一个在灵感的驱动下即兴弹奏名曲的钢琴家，只是他弹出的不是音乐。画面上终于出现了星图——由两千亿颗恒星构成的银河系。星图慢慢地扩大，接着，自由行星同盟的版图出现在他面前。恒星系的名称显示了出来，联结这些恒星的航线也清晰可见。同盟的首都海尼森行星、他曾经在彼处葬送两倍敌军的亚斯提星系、一百五十八年前帝国军全军覆没的达贡星域……此外还有众多的恒星系、众多的行星、众多的古战场。所有这一切，似乎都在期待他前去一一征服。

一时间，莱因哈特如雕像般一动也不动地伫立在屏幕前。良久，他托起挂在胸前的银坠子，打开盖子，凝视着藏在坠子里的一小绺红发。

“走吧，吉尔菲艾斯，去掌握我们共有的宇宙。”

莱因哈特对着虽然已逝去，却仍然仿佛如影随形的红发挚友说道，然后拨了拨华丽夺目的金发，昂然扬起双眉，以一种无人可以模仿的优雅步调走出电脑室。

宇宙历七九八年、帝国历四八九年，就这样在一片混沌不明中流逝而过。在这段时间内，有多少人能明白自己应该何去何从，又有多少人知道自己在这段历史中所占的地位？全宇宙的四百亿人之中，有此觉悟的又能有几人？

此时，“莱因哈特皇帝万岁”的呼声已经响彻全宇宙。有人认为这是吉兆，也有人认为这是凶兆。但无论哪一种人，时间都公平地从他们身边湍湍流过。

接下来，便是宇宙历七九九年、帝国历四九〇年的到来……

图书在版编目（C I P）数据

银河英雄传说 ：全10册 . 4，银河英雄传说 /（日）田中芳树著 ；蔡美娟，陈惠莉，郭淑娟译 . —— 海口 ：南海出版公司，2022.1
ISBN 978-7-5442-9441-6

Ⅰ . ①银… Ⅱ . ①田… ②蔡… ③陈… ④郭… Ⅲ . ①幻想小说－日本－现代 Ⅳ . ① I313.45

中国版本图书馆 CIP 数据核字（2021）第 233390 号

Vol.5／风云篇

银河英雄传说

〔日〕田中芳树 著　陈惠莉 译

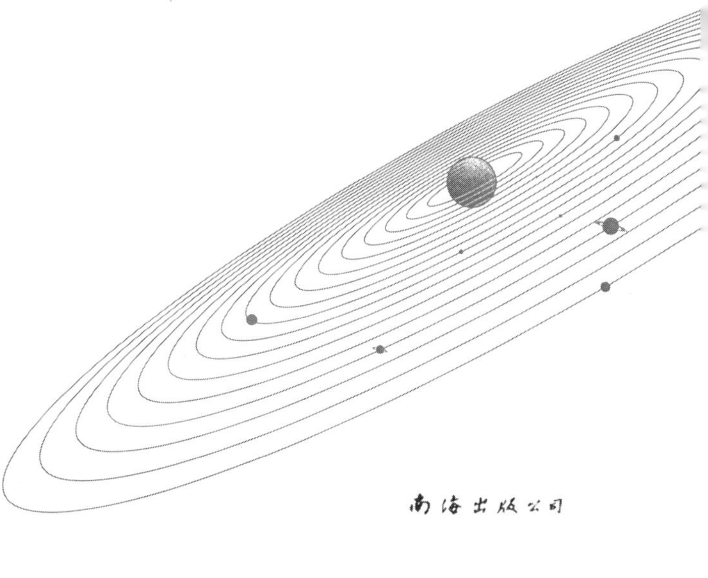

南海出版公司

新经典文化股份有限公司
www.readinglife.com
出　品

目录

Chapter 1
寒流来袭

1

数十秒钟之后，即将进入宇宙历七九九年、帝国历四九〇年。莱因哈特·冯·罗严克拉姆公爵仰望夜空，他第一次看到无数个星座正在深蓝色的夜幕中闪烁。迈入新的年度之后，这位年轻的征服者即将迎来第二十三个人生寒暑，那冰蓝色的瞳孔向夜空投去冰箭般的犀利眼神。那是一种无言的宣告。他透过硬质玻璃穹顶向宇宙宣告：视线所及的星星只能作为他征服和支配的对象而存在。当莱因哈特晃动着满头金发，回过身来重新面对聚集在大厅里的帝国众将帅时，嵌着音响系统的四面墙壁上传来洪亮的钟声，宣告着旧的一年的日历已完成使命。莱因哈特走近自己的桌子，高高举起倒满香槟酒的水晶杯，将帅们也跟着举杯，酒杯反射出流曳的光影，填满了人们的视野。

“干杯！”

“干杯！为新的一年——”

“干杯！为所创下的功勋——”

在充满霸气的干杯声中，一个极具穿透力的声音强烈地震撼着在座众人的耳膜。

“干杯！为自由行星同盟最后的一年——”

在众人注视下，声音的主人一边看着莱因哈特，一边高高地举起酒杯。他的声音和表情介于昂然和傲然之间。莱因哈特俊美的嘴角漾起一抹微笑，举杯回应。顿时，四周响起一阵欢呼和鼓掌声。发言者则因为大大地露了一次脸兴奋得脸色潮红。

他就是依沙克·费尔南·冯·特奈杰中将。他和他的主君同年，在满是少壮派的莱因哈特军中显得特别年轻。还在幼校时，他就是仅次于第一名莱因哈特的优等生集团中的一分子，进了军官学校后，声名更是大噪。但是，他却在中途退学投身前线，不管是担任实战指挥官还是作战参谋，都立下无数功勋，成为一位优秀的年轻军官。在帝国历四八八年的利普休达特战役中，那些在幼校中和莱因哈特一起上学的贵族子弟多投入门阀贵族军队，最后自取灭亡；他却选择了“金发小子”这一边，显示了正确的判断力。他在已故的卡尔·古斯塔夫·坎普手下建立了不少功勋，之后离开了坎普，成为莱因哈特的直属部下。正因如此，在日后坎普与自由行星同盟军的杨威利对阵败亡之际，他得以免遭败军成员的厄运。光是这一点就足以让他和周围的人深信，他有一位超越常人智慧的守护者。因此，他确信自己是被选中的精英，为回报其恩宠，更是有意识地凡事都比别人快一步。他下了决心，今后一定要超越众人，必须要超越，不论在战场之内还是战场之外，都要尽可能地引人注目。

他这种霸气倒不会令同年的主君莱因哈特不快，但是一看到这种类型的人，莱因哈特总会联想到那个绝不刻意引人注意的故人。在他看来，如果是齐格弗里德·吉尔菲艾斯，那个宁肯牺牲自己也要救他生命的红发挚友，一定不会同意用这种方式来引人注意。莱因哈特知道不应这样比较，但是意志和理念无法控制的心灵悸动却使他不得不这样想……

盛大的宴会与其说让人感到华丽，毋宁说让人感到力量，这或许是出席的人甚至连简易礼服都不穿，而穿着可以直接上战场打仗的军服之故。莱因哈特不愿在占领地的新年宴会上着装华丽也是原因之一。当然，在列席的将帅中，有人在宴会结束后就要赶赴沙场。指挥远征先锋部队的渥佛根·米达麦亚一级上将和统率第二集团的奈特哈尔·缪拉上将就属于此列。

帝国军中最年轻的上将奈特哈尔·缪拉今年二十九岁，他有一头砂色的头发和一双砂色的眼睛。如果从正面仔细观察那高挑的身材，就会发现他的左肩稍微低了些。这种与年龄不符的体貌特征，正是他身经百战、负伤无数的最佳证明。如果不去考虑这些，他看起来充其量只是个参谋型的、有着温雅外表的军人，但进攻时的精悍与防守时的顽强却都获得极高的评价。

旁边的是米达麦亚，他和现在负责指挥进攻伊谢尔伦要塞的奥斯卡·冯·罗严塔尔一级上将一起被称为帝国军的“双璧”，外号“疾风之狼”。尽管他的个子显得有些瘦小，但是身形匀称而紧凑，让人联想起体操选手。他比莱因哈特大八岁，比缪拉长两岁，但是以一般的社会标准来看，仍然算是黄口孺子。

“年轻人最重要的是有精神！”

然而，米达麦亚常常说些刻薄的话。在这次通过费沙回廊的作战中，他是所有参战提督中功勋最卓著的，苦战经验也最多。年轻一点的提督的豪言壮语，他总认为是过度幼稚的表现。

“我也还年轻，却没那种精神。”

缪拉回应的声调中充满了讽刺的意味，这似乎不符合他一贯的性格。在比他们年轻的军人当中，有时会出现一些焦虑的情绪。野心家总是喜欢变化多于安定，渴望战乱胜过和平。他们知道这会加快发迹的速度，促成官位的升迁。米达麦亚和缪拉这样活生生的例子就在他们眼前。

在罗严克拉姆公爵莱因哈特的霸业即将迅速完成的现阶段，年轻的他们建立功勋的机会也在急速减少。至少在他们由于野心膨胀而变得狭窄的视野中，通往荣耀的门扉似乎即将关闭。在这种心理的驱使下，同僚和前辈不再是生死与共的战友，反倒是带有竞争色彩的对手。尤其是缪拉，他并没有像米达麦亚和罗严塔尔那样确立崇高的声誉，所以最容易成为人们“赶超”的对象。

“算了，先不要管这些事……同盟军的宇宙舰队司令长官大概要亲自出马了吧？”

“亚历山大·比克古提督？也许吧……”

“他可是个老练的人。你跟我，再加上罗严塔尔、毕典菲尔特……把我们四个人的军龄合起来都还比不上那个老头儿呢！他就是一座会呼吸的军事博物馆。”

米达麦亚从不吝于赞赏一个值得尊敬的敌将。缪拉从认识这个年长自己两岁的同事起，就有意学习对方的优点。当然，他也知道自己在表现力方面不及对方。

“你们谈得够起劲儿啊！”

两位提督循声转过脸去，随即诚惶诚恐地行了一礼。年轻的主君正一手拿着水晶酒杯站在那里。

三言两语之后，莱因哈特向“疾风之狼”问道：

“对你这个稀世的用兵巧妙之人，我无可挑剔，不过，同盟军可能会以困兽之斗迎接我军，你打算如何应对？我想先听听你的意见……”

在年轻的帝国军最高司令官无畏的眼光中，逐渐喝干的酒杯映出淡淡的七彩之色。

“我认为，如果同盟有充足的兵力，不考虑人力或物力上的损伤的话，一定会在费沙回廊靠近他们一侧的出口摆下纵深阵，从正面向我军挑战。我军要加以对抗，就只有从中央突破这一种方法了。但这样一来，我们必定有很大的损伤，更重要的是会浪费不少时间。这一点必须先做好心理准备。当然，扼住我军后方的费沙的动向就会成为一块心病，搞不好我军还会因为缺乏集中而陷于劣势。”

米达麦亚分析准确，表述明快清晰，加之有充分的说服力，足以让听者颔首。

“但是，要使用此法，同盟的兵力理应不足。如果一战失败就没有退路了，他们广大的领土包括首都会直接暴露于我军炮火之下。如此一来，最初一战就变成了他们的最终一役，除了投降，他们没有选择的余地。即使想寻求正面决战也不可能。”

稍停片刻，米达麦亚继续说下去：

“因此，他们可能会诱使我军深入他们的领地，在我军完全深入之时，断绝我们的补给线、干扰我们的通信，使各部队孤立，然后再各个击破。也就是说，三年前的亚姆立札会战将再次重演，只是双方的攻守关系稍稍变化了一下。因此，如果我们无限地拉长战线，就会陷入敌人的算计。但依下官之见，我军的胜机也正在这里。”

米达麦亚闭上嘴，凝视着莱因哈特。年轻的主君脸上浮现了透着敏锐和优美的笑容，对部下的能力表示满意。

“你的计划是要用双头蛇？”

“是……”

米达麦亚对主君的洞察力表示佩服。

“缪拉提督的意见呢？”

莱因哈特微微改变了一下冰蓝色眼眸注视的方向，问道。帝国军中最年轻的上将轻轻行了个礼。

“下官也赞同米达麦亚提督的想法。不过，同盟军的作战行动或许无法有条不紊。”

“因为‘一看到敌人就应当场作战，否则就是卑怯之徒’，持这种观点的短视低能者比比皆是。”

莱因哈特无情地讥笑着假想的敌将。

“如果是这样，那就最好不过了。只要把他们拖住，逼他们打一场没有战略目的的消耗战，即使我们不愿意，胜利女神也会拥抱我们。”

“这样一来就太没意思了。”

莱因哈特喃喃自语。他脸上的表情倘若换到别人脸上，一定会显得极为不逊。但他是曾经在亚斯提星域歼灭两倍于己的敌人，在亚姆立札星域中让自由行星同盟空前强大的两千万大军陷于溃败的战争天才，所以才有资格说这样的话。憎恶无能的敌人就如同憎恶无能的友军一样，甚至更甚，这就是莱因哈特。

“真希望敌人的行动有条不紊……”

扔下这句话，莱因哈特就离开米达麦亚等人，朝别的谈笑的圈子走去。

莱因哈特的秘书官——玛林道夫伯爵的千金——希尔德正用冰镇苹果汁冷却葡萄酒引起的醉意。这时，喝光了酒前来放置空杯的特奈杰中将兴奋地对美貌而智慧的伯爵小姐说：

“小姐，后世的历史学家一定很羡慕我们。他们一定会说，‘我也一直希望能参加这个宴会，成为历史的见证人……’”

昂然的自负洋溢在这位青年脸上，特奈杰中将寻求赞同似的凝视着希尔德。希尔德嘴上在附和着，内心却不以为然。她并不认为特奈杰无能，但他的言行举止太唯莱因哈特马首是瞻了，不禁让人有些微的恐惧之感，唯有无可奈何地苦笑。莱因哈特诚然是个天才，但天才未必适合成为学习和模仿的对象。若真要学习，缪拉和瓦列的坚实与强韧才值得效法，不过特奈杰的眼神似乎全被莱因哈特那独一无二的华丽光彩吸引了。

新的一年很快过去了两个小时。渥佛根·米达麦亚一级上将把酒杯放在桌子上，迈着矫健的步伐走到年轻的主君面前。

“阁下，下官先行告退……”

米达麦亚敬了一个礼。莱因哈特则轻轻地举起一只手作答。

“祝你胜利，我们在海尼森再会了。”

面对莱因哈特那无畏的微笑，“疾风之狼”也以同样的表情回应。之后，米达麦亚又敬了一个礼，那裹着黑银两色制服的身躯在吊灯灿烂的光彩下走向外面。德洛伊杰、布罗、拜耶尔蓝、辛查等他麾下的将领也跟在这位素有勇将之誉的上司后面相继退下。接着，奈特哈尔·缪拉也站到年轻的主君面前，行完了出征之礼，便率领着部下离开了大厅。

出席者走了三成，现场活泼的谈笑声顿时沉静下来，仿佛吹动树梢的风戛然而止似的。莱因哈特也结束了和几位重要提督礼节性的交谈，坐在大厅一角的椅子上，跷起那修长的腿。

一瞬间，一阵朔风般的情感横扫过莱因哈特的心灵平原。在即将发起这场豪壮的征服战役之前，那颗一直斗志昂扬的心却忽然泄气了，视野中的景致也逐渐失去了色彩。

他感到了不安。

这种心灵的悸动恐怕不能说与人知，也不是别人能懂得的。莱因哈特想到的是——当占领了费沙，征服了自由行星同盟，成为全宇宙的霸者之后，自己能耐得住没有敌人的日子吗？

莱因哈特出生时，帝国和同盟之间的战火已经延续了一百三十年，长达一百一十四万个小时。只有战争才让莱因哈特有真实感。对他来说，和平只是一片夹在战争这种厚吐司中间的薄薄的火腿片。然而在打倒所有的敌人、统一宇宙、开启一个新的王朝后，莱因哈特也失去了能让自己充分发挥智慧和勇气一决雌雄的对手。

这个为作战、胜利及征服而生，并为之活到现在的金发年轻人，似乎要准备忍耐自己一手缔造的和平的重担与无聊了。

可是——莱因哈特忽然苦笑了一下，他发现自己想得太早了。这一役未必就已胜券在握，或许悲怆的哀歌也会为他演奏。那些连战连捷，却在最后一仗中吃败仗，从绚烂的舞台上跌落下来的野心家不知有多少呢。今天明明尚未结束，那些人却自以为已经平安无事，把目光投向明天，结果招致惨败，所以绝不能重蹈覆辙。从那一天、那一刻起，他的生命就不属于自己了……

凌晨四点，宴终人散。为了完成征服之战，各人分别回自己的宿舍作准备。这个时候，渥佛根·米达麦亚一级上将的舰队已陆陆续续从费沙的中央宇宙港出发，直指尚未放亮的高空。“疾风之狼”今年的第一个任务，就是为后续大军保住费沙回廊同盟一方的出口。

2

一方希望征服对方，但是另一方却不愿被征服。

真心地为宇宙历七九九年到来干杯的自由行星同盟高级军官，虽不至于完全没有，但是也寥寥无几。大半的人都被卷入恐慌来临前的忙碌旋涡中，连新年度到来的那一瞬间都无暇确认。帝国军以武力占领费沙的报道一度因管制没有宣扬开来，现在则像被网住的猛兽撕开了神秘的面纱，朝人们猛扑而来，以可怕的洪流的姿态占据了同盟的情报系统。当政府首脑在夹在厚实墙壁间的会场中铁青着脸，开始商议解除报道管制时间的时候，在离他们的圆桌不到一公里的街角，从费沙搭宇宙船回来的人们已在声嘶力竭地渲染危机的到来。

还没找到有效的防御手段，堤防就溃决了，歇斯底里和恐慌的浊流吞噬了同盟领土。勉勉强强可以挽救同盟政府威信的，是报道管制期间没有一个高官企图只让自己和家人逃亡的事实。可是一般人都知道，如果有明确的安全去处，那些官员就未必如此了。同盟政府已经因为当政者的无能失去了民众的信赖，即使想从道德方面挽回，似乎也不大可能了。

于是，民众把感情的宣泄口指向了政府当局。当然，除此之外他们也无处发泄。

“想想办法呀！”

他们高呼着让政府拿出对策，随即又加上诸如“无能”“薪水小偷”之类的辱骂。

当时的同盟政府正处在“华丽的诡辩家”优布·特留尼西特最高评议会议长的领导下。作为一个少壮派的政治家，他有优雅的容姿和一帆风顺的经历，在选民尤其是女选民中颇有人缘。同时他又有军需产业作为背景，政治资金傲视群雄。即使遭遇了救国军事会议那种应该丢分的武装政变，他也没有伤到一丝一毫。民众一直期待他有足以与辩才相配的指挥能力。而只凭辩才无法解决的局面到来时，他却直接或间接地从“亲爱的人民”面前消失，只通过政府发言人表达一些“痛感责任之重”之类的话，连他在什么地方都不敢公开，这更加剧了民众的疑惑。他们怀疑，像优布·特留尼西特这种人是否就是自古典文明时代就存在的光靠一张利嘴煽动人的政治家，事实上根本没有能力处理紧急事态。

但是，对特留尼西特厌恶至极的伊谢尔伦要塞司令官杨威利上将，却有和民众不同的见解。他对特留尼西特的印象是“不管在什么情况下，都能毫发无伤的人”。这是杨个人的观察。这一评价或许有些偏差，但是，目前特留尼西特辜负了民众对他短暂的期待，招致民众的失望是不争的事实。尽管如此，将特留尼西特奉为政界的希望之星，一直通过赞赏他来拉拢民众的商业新闻界却抛出“人们必须认识到这绝不是议长一个人的责任，而是全体人民的责任”的论调，为最高权力者开脱罪行、推卸责任，借此掩饰其行踪。批评的箭头反而指向了“对政府欠缺协助意愿，一味主张享有权利”的市民……

国防委员长华尔特·爱朗兹在和平时代只是优布·特留尼西特的小喽啰，也未必是深受议长信任的同僚。特留尼西特让他坐上国防委员长的位置，是那些担心出现独裁者的同盟前辈一律禁止评议会议长兼任各委员会委员长，并立法严格管制之故。然而，事实就如人们背后议论的一般，“爱朗兹委员长等于特留尼西特委员长的代理人”，他只不过是特留尼西特和事务部门及军部之间的联络人罢了。他从未发表过个人见解和政策，人们只把他视为从紧密联系在特留尼西特和军需企业之间的利益与权力的输送带上掠取好处的三流政客，他也对此评价甘之如饴。

可是自从帝国军侵入费沙之后，这个看似屹立不倒的评价似乎要大幅修正了。

当优布·特留尼西特做出为后世人不齿的失职行径，一头钻进他个人的乐园后，斥责狼狈不堪的同事、领导议会会议、不断采取政治方面的紧急措施防止同盟政府自乱阵脚的便是他——华尔特·爱朗兹。他年过五十五才第一次坐上议会成员之位，在面对难关时，却仿佛年轻了十多岁，腰杆挺直了，皮肤也泛出光泽，连步伐都变得强有力——虽然失去的头发不可能再长出来。

“战斗的指挥权只能交给那些穿制服的专家，我们要做的决断是投降还是抗战。我们要决定国家的前进方向，并向大众指明，而且必须让军部与我们合作。如果我们一味地自乱阵脚，回避该负的责任，就会演变成由最前线的军人阶层来推动事态的发展，经过大量无益的流血后，招致社会秩序的土崩瓦解。这同时也意味着民主政治的自杀。我们绝对要避免这种情况发生。”

由于没有一个人愿意投降，国防委员长转移了话题。

“那么，我们是决定抗战，和侵略者一直作战到同盟的所有领土都化为焦土、所有的国民都灭绝为止？还是以求和或和平为目的，尽量获取一个有利的政治环境？而这是不是要选择武力作为后盾？我认为这都应该先行确认……”

其他议会成员都带着困惑的表情沉默着，然而，让他们困惑的或许不是事态的棘手，而是国防委员长沉着明晰的表述，打破了人们对他根深蒂固的看法。国防委员长不久前还是词典上“米虫”这个词条活生生的实例，现在却以极为正确的洞察和认知把握着事态，向同僚们提示寻找最佳解决方法的捷径，而且还是以格调极高的辩才为武器。

和平时代的爱朗兹只不过是一只潜藏在权力机构肮脏底部的寄生虫，而在面临危机时，他体内本应灭绝的民主主义政治家的精神，却从利权政客的灰烬中坚强地挺身而起。而他的名声也因为半年来的觉醒深植人心，甚至让后世的人们差点遗忘了他那长达半世纪之久的怠惰。

年过七十的同盟军宇宙舰队司令长官亚历山大·比克古上将是一位厉害的挖苦专家，同时也是个言辞辛辣的人，不过这无损于他公正的人格。老提督察觉了国防委员长有意在短时间内把一个政治家的能量，甚至把一个“人”的能量燃烧殆尽，便不遗余力地从旁协助。就在几天前，他还厌恶地批评国防委员长的软弱和肤浅，而现在充满干劲的爱朗兹委员长却亲自拜访宇宙舰队司令部，直率地对以前的态度进行自我批评。一开始比克古还是半信半疑，但当国防委员长要求军部合作，“力争讲和的条件”时，他不得不承认委员长已经觉醒了。

结束了谈话，老提督目送着委员长离去的背影，喃喃自语。

“国防委员长的守护天使好像忽然勤劳起来了，这总比什么都不做好多了。”

比克古的高级副官法伊佛尔少校却未必同意上司的看法。他反而有满腹的不平，认为爱朗兹早就该觉醒了。

“或许这是不该说的话，可是我常常想，如果前年救国军事会议的非法武装政变成功，结果或许还好些。这样一来，也许国防体制就能强化，并且有效运行起来。”

“然后，帝国的专制主义和同盟的军事独裁政权就为争夺宇宙霸权进行激战？你不觉得这样更无药可救吗？”

老提督的语气与其说是讽刺，毋宁说酸味更强一些。黑色的贝雷帽使他的白发显得更白了。

“如果我有什么值得自夸之处，就是我是一名民主共和政体下的军人。我绝不能容忍以对抗帝国的非民主政治体制为借口，让同盟的体制非民主化。与其让同盟成为独裁之国继续生存，不如以堂堂民主国家之名灭亡。”

看见少校显得局促不安，老提督恶作剧似的笑了笑。

“我好像说得太过分了。但如果建国的理念和市民的生命不能受到保护，国家就没有生存下去的理由了。而我呢，会为了保护我的建国理念，也就是为了民主政治和公民的生命而战。”

亚历山大·比克古去拜访唯一的武官上司——统合作战本部长德森上将，安慰并激励这位脸色苍白、食欲尽失，像个小官吏般的本部长，使本部的秩序和机能恢复正常。而且，只要时间允许，他就着手做精密防卫战的准备工作。

同盟军首脑部门召集了所有兵力，除了派特提督指挥的第一舰队，还有由去年紧急编成的几支小舰队、星际间巡逻队、各星系警备队中的重装部队等组成的军队，舰艇数量可达三万五千艘。其中甚至包括了刚建造完成尚未试航的新舰艇，以及恰恰相反，原本预定要解体的老舰艇。这些舰艇起码还有联络工作和佯动作战的作用，所以也算进来了。比克古把不属于第一舰队的有两万艘舰艇的混合舰队分为两部分，编成第十四、第十五两支舰队，并向统合作战本部呈报，由莱欧尼尔·莫顿担任第十四舰队的司令官，朗夫·卡尔先为第十五舰队的司令官。两位少将因而晋升为中将，代价就是他们必须带领既无秩序也不够成熟的士兵，带着残缺不齐的装备去和强大的帝国军作战。

为制订迎击帝国军的作战方案，比克古和三名舰队司令官及宇宙舰队总参谋长举行了会议。一开始就事有不吉。总参谋长欧斯曼中将因急性脑出血病倒，从会议室直接被送到军队医院去了。不幸的总参谋长在病床上被变动了职务。只有三十几岁、以前负责处理事务的副参谋长邱吾权升职接替了总参谋长，赶往会议室。三个星期前，他才从同盟军军官学校战略研究所的教授职务转任过来。在英才济济的教授中，他算是年轻的一辈，然而论起风采和容貌，他却像个乐观的面包店第二代老板。两年前，当“救国军事会议”发动非法武装政变时，在占领首都的武装政变部队的监视下，他仍旧悠然地来去自如，甚至和被软禁的比克古见了面。因为穿着便服的他把破烂的纸袋夹在腋下，一边趣味盎然地看着四周一边走路，看起来就像一个笨拙的乡下土包子。

邱吾权来到重要的会议室，一边喃喃地向大家打招呼，一边对前辈们行礼。但是他军服胸前的口袋中却隐约露出才吃了一半的火腿三明治，连一向以豪爽闻名的卡尔先中将也为之瞠目。注意到他惊愕的目光，新任总参谋长像有意解开悬念似的，悠悠地露出了笑容。

“啊，请别在意。不管过了多久，只要用蒸汽加热一下，面包还是很可口的。”

卡尔先觉得他的话题实在离谱，但此时此地并不想多追究，把目光又转回议长席的比克古身上。

结论很快就出来了——从费沙回廊的出口正面向侵略军挑战是很不利的，唯有静待敌人的行动线和补给线绷到极限，再从侧后方打乱其指挥、通信、补给系统，然后逼其撤退。这种作战方式诚如帝国军首脑部门的预测，但是就基本战略而言，除此之外别无他法。在短时间内，同盟军没有余力在费沙回廊的出口部署庞大的兵力。

“把驻守伊谢尔伦要塞的杨威利提督叫回来如何？”

新任总参谋长邱吾权如此提议，任那吃了一半的火腿三明治露在口袋外面。其他出席者都为提议之重大和他那听来似乎无关紧要的语气而震惊。比克古扬起两道白眉，让邱吾权详细说明提案的内容。

“杨提督的智慧和他舰队的兵力对我军而言极其宝贵，但是在这种情况下，把他留在伊谢尔伦，无异于把烤好的面包放在冰箱中冷冻起来。”

由于用了这样的比喻，这位新任总参谋长被戏称为“面包店第二代老板”，但是他本人一点也不在乎，继续说道：

“伊谢尔伦要塞在回廊两端存在不同的军事势力时，才有无限的战略价值。但如果两端被同一势力控制，伊谢尔伦就如同被封进袋子里一般。从敌人的角度来看，即使不用特意流血牺牲强攻，只要他们控制了回廊的两端，即能不战而使要塞瘫痪。既然敌人已经通过费沙回廊，只为保住一个伊谢尔伦回廊耗费兵力就没什么意义了。”

“您所言甚是，可是杨提督现在正在伊谢尔伦和帝国军的别动队对峙，似乎无法轻易脱身。”

派特板着脸指出这一点，然而邱吾权毫不在意。

“既然是杨提督，他应该会有什么应对之策。如果没有他在，就军事方面而言，我们是极为不利的。”

这个意见虽然太直白了些，却没有人反对。杨威利的名字对同盟军而言等于“胜利”的代名词。曾经是杨上司的派特等人，在亚斯提会战时也因为杨使自身和部队获救。

“就算进入讲和的阶段，帝国军也一定会以归还伊谢尔伦为条件刁难。如此一来，坚守伊谢尔伦只是提升了杨个人的威望，他的智慧和兵力对同盟全体就一点用处都没有了。如果我军有足够的兵力和时间，那另当别论，但现在的情况可不是这样，所以我们必须最大限度地让他发挥作用。”

“你是说……命令他弃守伊谢尔伦？”

“不，司令长官阁下，不需要下具体的命令。只要下训令给杨，告诉他责任由宇宙舰队司令部承担，他只要采取认为最好的策略就行了。或许杨不会拘泥于守卫伊谢尔伦的事情。”

提出这个大胆的提案后，邱吾权不慌不忙地从口袋中拿出刚才吃了一半的火腿三明治，一脸天真的表情，继续吃起被打断的午餐来。

3

在行星海尼森，受到最大冲击的人或许是不到半年前还在为“银河帝国正统政府”诞生而夸耀的那帮流亡之徒。

他们簇拥着从帝都奥丁逃出来的幼帝艾尔威·由谢夫，想借着自由行星同盟的武力打倒莱因哈特·冯·罗严克拉姆的军事独裁体制。和同盟签订的协约使他们不得不转行立宪体制，但是在这种形式下，他们却恢复了旧贵族的支配权和特权。尤其是这些人被迫过着亡命生活，必须要加倍夺回曾经失去的东西。他们的盘算自有根据在。但还未描绘完这美好的轮廓，画布就被撕破了。这些爱做梦的画家只好穿着怅然不已和狼狈不堪这一双鞋子，跳着慌乱的舞蹈奔向灭亡之路。

“对那些把颜料溶进糖水中，妄图画出自我欺骗的甜美图画的无能者而言，穷途末路是理所当然的事。”

被“正统政府”授予中校军衔的贝伦哈特·冯·舒奈德冷漠地思索。聪明的他对流亡贵族单凭乐观的预测建造的空中楼阁不曾抱有一丝一毫的幻想，所以事情演变至此，他并没有感到失望或绝望。然而，他也无法置身事外，事不关已地看着这出滑稽剧上演。他忠诚追随的对象——维利伯尔·由希姆·冯·梅尔卡兹亡命至此，先前虽享有客座提督的待遇，现在却被迫担任“正统政府”的军务尚书，负责重新编组军队。担任梅尔卡兹副官的舒奈德工作繁忙，在四处奔忙期间，也常常想到将来。

如果帝国军从费沙回廊进攻而来，同盟军的胜算少之又少。就算杨威利拥有无人可及的智慧，也只能与帝国军平分秋色。这种情形恐怕会产生对舒奈德最不利的结果。

因为战况僵持不下，无望获得更大优势的同盟一定希望休战与讲和。而帝国讲和的条件，首先便是对“正统政府”的要员们进行处罚。讲和只是缓兵之计，但为了获得必要的时间重建军队，同盟一定会讲和。而在利国主义的趋使下，最后一定是把“正统政府”拿来当作供奉的待宰羔羊，七岁的幼帝艾尔威·由谢夫只能骑在羊背上被送往刑场。

一想起不幸的幼帝，舒奈德就感到一阵心痛。这个七岁的幼儿被忽视了自身的意愿，沦为成人的决策与野心的工具，实在值得同情。然而，现在舒奈德没有闲暇考虑幼帝的将来。他要投注全部心力保护梅尔卡兹免受眼前的政治风暴伤害。更何况梅尔卡兹又是那种以只念个人安危为耻的人，舒奈德必须小心谨慎，以免自己的心思为梅尔卡兹知悉。舒奈德的表情显得更严肃尖锐了。有一天，这位年轻军官望着镜中自己的身影，忽然想起在帝都奥丁的时候，自己曾被贵族的千金小姐誉为"乐观英俊的男人"。而现在，他就像一个破产的老人在怀念昔日的欢乐与荣华般怅然。

舒奈德还有对自我的期许和对将来的展望，不过，大部分人则遑论明天了，就连今天该做什么都无所适从。连"正统政府"的首相雷姆夏特伯爵，也因为出乎意料的事态发展大惊失色，旁人都难以想象他那变了色的脸要经过几天才能恢复正常。而那些被雷姆夏特伯爵拉进乐观的花园贪婪地午睡，却没有主见的亡命贵族，除了作为舒奈德冷笑着观察的对象之外，任何存在的价值都没有了。

兰斯贝尔克伯爵亚佛瑞特曾把幼帝艾尔威·由谢夫带离帝都奥丁，他现任"正统政府"军务次官，对幼帝和高登巴姆王室有坚定不移的忠心。但是在心智和头脑方面都极具文采的他也找不到守护王室的具体方案，只余暗自伤心叹息。曾和他一起潜入帝都的休马哈上校对已失去历史存在意义的高登巴姆王室并不感伤，却挂念留在费沙的旧部的安危，心情也难以平静。他们的共同点是极为软弱，如果再把那恐惧和不安的成分从中剔除，他们的精神就只能坠落到虚无的深渊中了。

新的年度到来后，“正统政府”的内阁会议很快召开了。然而，内阁成员中却不见财务尚书谢兹拉子爵和司法尚书赫伍得子爵两人。而在剩下的五位出席者中，宫内尚书郝晋格男爵又像是守护美酒之泉的怪龙一般吐着满嘴酒气。他一只手抓着威士忌小酒瓶，默默地让它在嘴与会议圆桌之间往返。军务尚书梅尔卡兹“元帅”则保持着凝重的沉默。因此，关于流亡政权未来命运的讨论，只在首相兼国务尚书雷姆夏特伯爵、内务尚书拉特布鲁夫男爵、内阁书记官长卡尔那普男爵三人之间进行。这种讨论仿佛是在孵化无精卵，尽管认真，但没有丝毫用处。终于，宫内尚书发出一阵歇斯底里的笑声打断了讨论。在其他人愤怒和充满指责的注视下，郝晋格夸张地伸出那张变了颜色的脸。

“容我说句真话，各位清高圣洁的爱国者，高傲的忠臣诸君，你们担心的并不是高登巴姆王室的命运，而是一时糊涂背叛了金发小子罗严克拉姆公爵的自己的安危吧？你们担心金发小子以胜利者的姿态踏上这个行星时，到底如何才能免除对你们的惩罚吧？”

“郝晋格男爵，你难道想因为一次酒醉玷污过去的名声？”

“我可没有好名声可以玷污啊，首相阁下。我跟您不同。”

恶毒的笑声中夹杂着酒精的臭气。

“所以你们深怕张扬出去而不敢说的事情，我却可以大声说出来——譬如，为了获得罗严克拉姆公爵的欢心，你们不妨亲手奉上年幼的皇帝……”

他刻意在此时闭上了嘴，兴致勃勃地观察着被他用无形的刀子刺进心脏的同僚们的反应。连梅尔卡兹也在这一瞬间失去了平静，他惊慌地望着宫内尚书。圆桌发出干巴巴的声音，内务尚书拉特布鲁夫踢倒椅子站了起来。

“你这个无耻的醉汉！你把帝国贵族的自尊丢到哪儿去了？忘了以前所受的种种恩宠和荣誉，只想到自己的安全，你这种……”

一时间，拉特布鲁夫找不到适当的话，上气不接下气地瞪着郝晋格，又环视着众人。他原想寻求赞同者，但连首相兼国务尚书雷姆夏特伯爵都无意打破凝重的沉默。因为他很清楚，拉特布鲁夫狂怒的对象并不是酩酊大醉的郝晋格，而是隐藏在他自己的良心和羞耻心下，正昂着头虎视眈眈、打着丑陋算盘的怪物。

他们心头的负担也不小，除了梅尔卡兹之外，参加流亡政权的人都是经过一番盘算的，而当原本的盘算失败之后，下一个盘算就会立刻盘踞心头，这是必然的事。因此，为了自身的安全，把幼帝献给罗严克拉姆公爵莱因哈特的想法就非常有诱惑力，但也足以引发他们对自我的厌恶。如果要依靠酒精强大的助力才能打破这个禁忌，毋宁说是一种悲哀。

让流亡政权首领的心理更复杂的，是他们忠诚的对象——幼帝艾尔威·由谢夫是个完全激发不出人们的支持和同情的小孩子，这是事实。这个还不曾学会自我抑制，只知道以暴力发泄情绪、没有任何精神依靠的七岁孩童，在这些面对变幻不定的局面、心绪摇摆混乱的成人眼中，常常像是一个怪物。可以说，忠诚心其实只是映在镜中的一种自我陶醉，希望扮演那面“镜子”的主君映照出美好的映像来，大概是从政者的愿望。但是，艾尔威·由谢夫这面镜子不管从哪个角度看，都有太多凹凸不平之处。这当然只是成人单方面的意见，被强行推上宝座，结果又从宝座上被拉下来的七岁幼童不该有任何责任。这些大人表面上对他崇拜和敬爱，实际上，他们当中没有一个人愿意负起培育幼帝人格的责任。

或许艾尔威·由谢夫已经没有以皇帝的身份存在的价值了。在一万多光年外的帝都奥丁，宝座已经易主。由谢夫离开后，在由黄金和翡翠雕砌而成的宝座上坐着的，是一个牙齿都没长齐的女童——“女帝”凯瑟琳·凯特翰一世。她是银河帝国历史上最年幼的皇帝，可能也将成为五世纪之前鲁道夫大帝开创的高登巴姆王朝的最后一位君主。艾尔威·由谢夫在帝国的正式记录中已是“废帝”了。

当银河帝国罗严克拉姆独裁体制和自由行星同盟之间的政治与军事之河由激流变为一落千丈的瀑布时，流亡贵族的内心就不能不动摇了。他们心头盘算着这个事实，但是如郝晋格信口开河所说的，把“废帝”献给仇敌罗严克拉姆公爵以图自保一说，却让他们心中产生了抵抗情绪。虽说势已衰微，但他们还是有羞耻心与自尊心的。再说，就算排除了心理上的障碍，把“废帝”献给敌人，也难以确定罗严克拉姆公爵是否会赦免他们。搞不好公爵还会对他们的背信行为和卑劣操守加以斥责，大加惩罚。

那么，不如索性从一而终地尊奉艾尔威·由谢夫为主君，尽力逃离侵略者的魔掌，期待总有一天高登巴姆王室将会复活。

只是在这一天来临前，要一直过着逃亡和流浪的生活吗？这种令人想起中世纪骑士的想法的确可以刺激人们本能的浪漫情结，但从现实来说，实在不容易做到。没有自由行星同盟的政治保护，没有费沙自治领的资金和组织的支持，在自身完全没有军事力量的状态下，想在不久前尚是敌人地域的同盟内维持这种逃亡生活，实在是不太可能。贵族们再怎么欠缺预测能力，也不会空想到这种地步。

结果，这些贵族终究无法在能力所及的范围内找到出路。明知没有效果，雷姆夏特伯爵仍然要求郝晋格自我反省，然后终止了内阁会议。最大的原因是他自己已经疲惫不堪了。

没有任何成效的会议于第二天再度召开。然而，坐在议长席上的雷姆夏特伯爵看到的是五个空荡荡的位子，以及独自默默坐在那里的军务尚书梅尔卡兹。雷姆夏特伯爵意识到，自己已是一艘连老鼠都不愿久待的老朽船只了。

4

在急剧变化的情况下，一旦处于被动的立场，人们甚至连确定自身的命运都感到困难。即使人们有不甘置身于被害者立场的骨气，但大局的运行是凌越于个人力量与思虑之上的，在这种情况下独自挣扎，就像在船的甲板上往反方向狂奔一样，就算跑得精疲力竭，也无法到达陆地。

在许多充满无力感的人当中，有一个叫波利斯·高尼夫的青年，他在费沙驻自由行星同盟首都海尼森的高级专员事务所里担任书记官。他原本并不想走上仕途，是费沙的最高行政官——自治领主安德鲁安·鲁宾斯基命令他的。在费沙人中，波利斯·高尼夫也是极为不羁的独立商人。他的父亲和祖父就是靠着一艘商船在宇宙中驰骋，不受政治与军事的干涉，完全照自己的意愿和才能走完了人生。这是波利斯终身的希望，也是他的自豪之处，所以他在这一代被迫走上仕途，实在伤了自尊心。

他没有一天不想递出辞职信，恢复无官无位的平民身份。但是机会尚未到来，故乡费沙就被帝国军占领了，自治领主鲁宾斯基也失去了消息。对波利斯而言，现在正是放弃地位、隐藏行踪的大好机会，可他反而不动了。很明显，尽管这是不合理的感性所致，他也不愿眼睁睁地抛弃就要沉下去的遇难船只。

他在故乡还留有一艘叫“贝流斯卡”的商船和大约二十位船员。他担心他们的安危，但是和费沙方面的通信及航行都在同盟军的管制下，事实上等于被禁止，所以他也无可奈何。如果他想再见到自己的爱船和部下，就需要事态发生更激烈的变化，譬如帝国军从费沙撤退，或者帝国军攻入、同盟军败北，解除航路管制。在波利斯看来，后者的可能性明显高出许多，所以他一面向原本不相信的神祇祈祷这种事及早到来，一面只能坐在已经没事可做的办公室里发呆。

宇宙历七九九年、帝国历四九〇年，银河帝国军的行动里程在历史上写下了空前的纪录。在前一年年尾开始入侵费沙的帝国军，把费沙当成后方基地，要把人类居住的所有宇宙纳入手中。现在，费沙表面上看来似乎施政得当，秩序安定，但如果帝国军的占领长期化，需要征收当地物资的话，自立自主意念强烈的费沙人不会甘心处于这种违背本意的境地。

然而，目前渥佛根·米达麦亚的责任与关注却不在后方，而在前线。他让手下勇将拜耶尔蓝做先头部队，前去打探在费沙回廊出口的同盟军动向。第三天，报告回来了。

“费沙回廊出口不见敌人踪影。”

拜耶尔蓝中将传回这个报告后，米达麦亚回头看着参谋长迪凯尔中将，脸上带着微妙的表情。

“看来，我们可以直达大厅了。问题是我们能不能顺利到达餐厅？况且即使到了餐桌边，送上来的也可能是毒酒。”

宇宙历七九九年一月八日，同盟不请自来的客人——帝国军的第一集团军通过了费沙回廊，朝前所未见的恒星与行星之海开进。

Chapter 2
杨提督的方舟舰队

1

新的一年同样造访了自由行星同盟军一方的最前线——伊谢尔伦要塞。只是不管军人还是居留民众，面临着由奥斯卡·冯·罗严塔尔一级上将指挥的银河帝国大舰队的围攻，即使举杯庆祝新年的到来，也没有那种欢欣鼓舞的心情。

然而，他们尚未完全跌入绝望的深渊，因为他们对兼任要塞司令官与驻留舰队司令官的“奇迹的杨”——杨威利上将寄予厚望。这位在新的年度迎来三十二岁的黑发黑眼的年轻司令官，从军官学校毕业以来，无论是在内乱还是外战中，都建立了傲人的功勋，连敌对的银河帝国军提督也尊他为同盟军的最高智将。但是，他的外表就像是初出茅庐的年轻学者，那一头杂乱粗长的黑发更让他怎么看都不像个重视秩序与阶级的军人。

“世上净是些怎么做也做不好的事。反正做不好，那还不如就喝酒睡觉。”

杨威利一边小声哼着极不庄重的歌，一边迎接这被危险和困难包围的新年。但首都那道穿透帝国军重重通信阻碍送抵面前的命令拆封后，杨威利遥望着屏幕上炮火的光芒，放松了表情。

所有责任由宇宙舰队司令部担负。希望阁下采取您认可的任何行动。

宇宙舰队司令长官　亚历山大·比克古

杨反复看了几次命令，每看一次，脸上的肌肉细胞就如沐春风般轻歌曼舞。看来命令甚合他意。

“要上司，就该要这种心心相通的上司才对。”

说完，他却又蹙起眉头。他忽然意识到，既然环境都整备好了，那自己必须找更多的事做。如果这是一道“死守伊谢尔伦”之类单纯而愚昧的命令，杨只要和对方的指挥官奥斯卡·冯·罗严塔尔在战术层面一较高下就可以了。但是现在，既然他用兵时被授予了便宜之权，就必须回报比克古司令官的知遇之恩。也就是说，他不能只顾着眼前的战场，要将整个大战局引向对自由行星同盟有利的方向。第一次见他的人一定不敢相信，不过他确实是紧排在德森上将和比克古上将之后的同盟军方第三号人物。

“真是些狡猾的老爷子呀……塞给我的工作远超过给我的薪水。”

杨把刚才的赞赏丢到脑后，口中似有若无地咕哝。一旁的菲列特利加·格林希尔上尉却听成“一艘敌人的战舰值多少退休金”，由于这句话太没水准，菲列特利加只说给尤里安·敏兹听。

后世的历史学家几乎无人知道这个事实。他们只知道当时杨从司令官专用席上站起来，命令副官召开会议，然后对着集合在会议室里的军官们，用比点午餐还干脆的语气发布命令——

“放弃伊谢尔伦要塞！”

对于“惊愕之事”，伊谢尔伦要塞的军官们应该已练就足够的耐性了。要塞事务总监亚列克斯·卡介伦少将、参谋长姆莱少将、舰队副司令官费雪少将、要塞防御指挥官华尔特·冯·先寇布少将、副参谋长派特里契夫准将、分舰队指挥官达斯提·亚典波罗少将等人，都是杨威利司令官智谋与功勋的见证人。年轻的司令官素来喜欢颠覆兵法中通常的战法，这是众所皆知的事。然而，他们把咖啡杯放回杯盘时，却仍因控制不住惊吓，弄出了低低的碰撞声。

“您说……什么，阁下？”

姆莱少将素来把用兵学上的一般常识视为严寒时期御寒的皮衣，此时刻意压低了声音问道。卡介伦少将和先寇布少将很快交换了一下视线。拜姆莱常打头阵的惯例所赐，卡介伦和先寇布才有时间调整心态，面对杨的奇谋。

“放弃伊谢尔伦要塞。”

杨正确地重复着同样的语句和声调。当参谋们在咀嚼言下之意的时候，他靠近咖啡杯，让杯中升起的热气轻挠着下巴。他原本是红茶党，面前应该放着茶杯才对。但是自从泡红茶的高手尤里安·敏兹离开身边，杨似乎觉得没必要再对占多数的咖啡党采取强硬的姿态了。尽管如此，他最多也是忍耐着做出妥协。

“下官对阁下的意向没有异议，但是能不能请您说明一下？”

为求得信赖和疑心之间的平衡，姆莱少将如此要求。杨点了点头，开始说明。

伊谢尔伦要塞位于回廊的中心，但是，它的战略意义却在于回廊两端不同的军事势力。如果回廊的两端被同一势力占领，伊谢尔伦就像被封入袋中的小石子一样，被迫陷于孤立了。要塞本身就不用说了，驻留该地的舰队也会不战而败。这也是莱因哈特·冯·罗严克拉姆公爵成为战争天才的缘由所在，他在战略层面上消灭了易守难攻的伊谢尔伦在战术层面上的存在意义。如此一来，同盟军再固执地守住伊谢尔伦，不仅极不必要，而且极为愚蠢。至少要把驻留舰队的战力拿来用在对抗帝国军的侵略上。

“难道我们就不能在伊谢尔伦抗战，再以战力来和帝国进行和平交涉吗？”

“到那时，帝国那边一定会提出归还伊谢尔伦要塞作为讲和的条件，而同盟则不得不接受这个条件。最后伊谢尔伦还是丢了。如果是这样，和现在就给他们并没有差别。”

杨的语气似乎极为大方，然而他该不会无条件双手奉上吧？参谋们心中都在揣测。

“可到手的东西又要眼睁睁地交给别人，这不是很遗憾吗？”

副参谋长派特里契夫准将下意识地前后摇晃着宽阔厚实的身体，环视着在座的人。

“花了那么大的费用和人力建设的要塞，却被敌人抢走了，帝国军一定觉得更遗憾。”

杨若无其事地回答。三年前把伊谢尔伦要塞从帝国军手中夺了过来，使当时尚未处于莱因哈特·冯·罗严克拉姆独裁下的帝国将帅悔恨不已的，就是他杨威利。他原本就不该以博爱主义者的论调评论这件事。华尔特·冯·先寇布少将嘲讽似的笑起来，因为当时就是他在杨的作战中担任重要的角色，把气爆枪对准了帝国军的要塞司令官修特豪简上将。

“可是，司令官，当我们放弃伊谢尔伦的时候，帝国军不可能袖手旁观，我们该如何面对他们的攻击？”

“是啊，我们去拜托帝国军的罗严塔尔提督吧。就说既然我们双手奉上要塞了，请网开一面，放妇孺老幼一条生路如何？”

这是个恶意的笑话，参谋中没有一个人笑得出来。本来，不管效果多好、立意多巧妙的笑话，都难以穿透他们那由紧张和危机感织成的甲胄。战况目前并非处于紧急状态，但帝国军的大舰队已在要塞前展开攻击阵势，在司令官罗严塔尔一级上将巧妙周密的指挥下，不断地重复着攻击与停歇，使处于防御的一方不得不随时绷紧神经。先寇布的奇袭之刃曾一度迫近罗严塔尔的身躯，但是那次之后，被誉为名将的金银妖瞳的年轻提督却不再让对方有第二次机会了。先寇布对罗严塔尔的肉搏战技术和勇敢赞赏有加，让大鱼溜掉的遗憾也让他扼腕叹息。

姆莱少将似乎还不想就此罢休。

“可是，就算如此，也会对民众造成心理上的影响吧？如果情势演变成杨提督被帝国军所逼，放弃伊谢尔伦要塞，同盟公民所受的冲击可相当大呀！或许我们会被指责为不战而败，也可能因此失去战斗意志。如此一来，日后如果再战，大家就会没什么自信了。基于这些，请阁下三思。”

杨承认姆莱的话有一定的道理。然而说实话，杨觉得自己不需要为这种事情负起责任。目前他只能率领交给自己的一个舰队，同阵容庞大的帝国军作战，而且现在必须铆足全力，掌握事态，指挥作战行动。

先寇布这时首次开口了。

“我也赞同参谋长的意见。最好等那些政府首脑变了脸色，大吼大叫着‘扔掉伊谢尔伦来救我们哪’再行动也不迟。到时候，那些忘恩负义的家伙就知道阁下您有多重要了！”

“那样一来就太迟了，会失去对帝国军的取胜良机。”

先寇布以微妙的角度蠕动着眉毛。

“哦？良机？这么说来，阁下认为我们能取胜？”

如果不是在伊谢尔伦要塞，这样的发言是不会被允许的。杨一向对部属的言论极为宽容，有时甚至达到被当时的上司和后世的历史学家批评为“放纵得太过火”的程度。

“先寇布少将想说什么我了解。我们在战略上处于极为不利的立场，而战术层面的胜利又往往抵不过战略层面的失败，这是军事上的常识。不过，这次我们的确有一个逆转情势的机会。”

“那是……”

杨的回答连聪明如先寇布者也难以理解。“奇迹的杨”对着参谋们露出若无其事的笑容。

“罗严克拉姆公爵还是单身，这就是我们的目标。”

2

散会后，杨叫住了副官。

“格林希尔上尉，你赶快安排一些必要措施，好让平民逃脱。我有一份预测事态发展的单子，你只要照上面说的做就行了……应该行的。”

“是，下官静待阁下指示。”

菲列特利加·格林希尔用充满信赖的语气干脆地回答。

“您有什么大胆的作战计划吧，阁下？”

“嗯，希望事情是照着我们的期望推进……”

杨没有夸口的习惯，尤其是对“必胜”“丰硕战果”之类充满虚妄意味的话特别厌恶。他从来不靠这些经过缀饰的话取胜。

另一方面，菲列特利加有充分的理由信赖上司。她十四岁和母亲住在艾尔·法西尔星域的时候，曾遭受帝国军的攻击。当时更害怕的却是母亲。由于恐惧，母亲动不动就抓住她的衣领，还是少女的菲列特利加忙着鼓励和安慰胆战心惊的母亲，根本没有时间像那些同龄的朋友一样表现出歇斯底里的样子。当时，负责让市民逃离战火的作战负责人，就是刚晋升为中尉的杨威利。菲列特利加给那个看上去不太可靠、只知道搔头的二十一岁中尉做三明治、泡咖啡。当人们战战兢兢地问中尉成功的可能性有多大时，中尉总是嗯嗯啊啊或者说“会有办法的”，不正面回答，让逃难的人们更是感到不安和不信任。

“毕竟中尉是拼了命在努力呀，什么事都没做的人没有资格说三道四！”

怒气冲冲为他辩护的菲列特利加或许是杨当时唯一的盟友。但是，当杨奇迹般地指挥人们成功逃离了战火，被恭奉为英雄之后，事情就不是这样了。

“在他默默无闻的时候，我就相信他的才能了。”

人们开始大言不惭地四处宣扬，菲列特利加则冷眼看着这些墙头草。回到首都，和父亲德怀特见面之后，她一面忙着照顾母亲的病体，一面积极准备参加军官学校的考试。她父亲却一直认为女儿从军的志愿是受自己的影响……

过去的菲列特利加只能在细微之处帮助杨。而现在，她的能力和地位得到了明显的提升，如果没有她，杨处理事务的能力就会减半。自身意义的提高让菲列特利加感到欣喜万分，但这仅仅是她个人的想法，所以兼具美貌和能力的副官从不对外透露半点口风。

杨把华尔特·冯·先寇布叫回来，因为这个以率直豪放、伶牙俐齿闻名的防御指挥官似乎还有些话没说完。先寇布一边摸着微尖的下巴，一边没轻没重地看着杨，开口说道：

“怎么说呢，我只是这样想，政府首脑知道海尼森已不安全时，他们会怎么做？结果得到的解答是——他们会不会弃市民于不顾，只带着家人逃离海尼森，来到这易守难攻的伊谢尔伦？”

杨没有回答，是因为不想回答还是答不出来，连他自己也不清楚。杨对现在自由行星同盟中滥用政治权力的高官们感到愤怒，但那不是因为他否定同盟政治体制中的民主主义，正相反，他是为那些败坏民主主义精神的权力者的愚蠢行径而愤怒。然而，以他目前的立场来看，他必须抑制自己评论这方面的问题。

“负有保护市民的义务，却忘了自己的责任，只考虑自身安全的家伙会有报应的。当他们逃过来时就将他们一网打尽，交给罗严克拉姆公爵也行，责以背叛市民之罪也成。然后，你就可以名副其实地立于众人之上了。建立一个什么‘伊谢尔伦共和国’，也未尝不是个好主意。”

先寇布的话究竟有多少出自真心很难判断，但有一点很明显，他正在唆使杨掌握权力。如果杨点点头，或许他就会立刻指挥手下的“蔷薇骑士团”去逮捕那些同盟高官。杨开了口，不过，当然是避免正面回答。

“对我而言，政治权力犹如污水处理场一般。没有它，社会将陷入混乱。然而窝在那里的人身上必定有挥不去的腐臭味，我对他们是避之唯恐不及呀。”

“总有些人是避都避不过的。相反，趋之若鹜的人也不少。事到如今，再指责这些似乎有点莫名其妙，因为您也不是主动愿意当军人的。”

“我并不认为军人的延长线上一定有独裁者存在。但如果真是这样，我还真想早一天从这种痛苦的行业抽身。”

“如果说支持独裁者的是民众，那么反抗独裁、寻求解放和自由的应该也是民众。我亡命至此将近三十年了，却仍然有解不开的疑问：如果多数民众渴望独裁而不是民主主义，该如何整合这种反调？”

杨耸耸肩膀，同时还摇着头，先寇布从如此微妙的动作中发现了年轻司令官的机灵之处。看来那不是他有意识的动作。

“这个疑问，大概任何人都无法解答。不过……”

杨一边想一边回答。

“人类发现火距今已一百万年，而近代民主主义的存在还不到两千年。想找出结论还太早了些。”

众所周知，杨从前的志愿是成为历史学家，但先寇布觉得他现在的说辞反而有点地质学家的味道。

“先别说这个……”

杨转移了话题。

“目前先处理好急务再说。我们连晚餐都还没准备好，讨论明天的早餐又有什么用。”

“但是，如果因为食材是由对方负担的，就要还给对方，那是不是太慷慨了？”

“我们只在必要时借用必要的东西。一旦不需要了，就只有还给人家了。”

“如果以后还需要呢？”

“那就再借。此刻就先寄放在帝国那边了，虽然没有利息是件很可惜的事。”

“要塞和妻子却不是能借来借去玩的。”

先寇布近乎猥亵的比喻，让年轻的黑发司令官不由得苦笑。

“如果我们求对方借给我们，对方当然会拒绝。”

“那就只有用欺骗的手段了。”

“对手是罗严塔尔，帝国军双璧之一，值得我们去骗。”

听来像是背后说人家坏话，然而在先寇布眼中，杨的表情不像是大敌当前、策划谋略的智将，反而更像一个想对风评不佳的教师恶作剧的学生。

3

银河帝国一级上将、伊谢尔伦方面军总司令官奥斯卡·冯·罗严塔尔，在旗舰托利斯坦的舰桥里迎来了新年。主屏幕上，八十万公里的宇宙太空之外，伊谢尔伦要塞那银色的球体仿佛死人的眼球一般。

罗严塔尔是个有深棕色头发的美男子，然而给人强烈印象的却是他那一双颜色不同的眼睛，右眼黑色、左眼蓝色。正是这对所谓的“金银妖瞳”，在很大程度上左右了他的人生。无论是他差点被母亲挖出一只眼睛，还是母亲自杀、父亲沉溺于酒精成了半个废人等经历，都是从他那金银妖瞳诞下的无形之卵中孵化出来的畸形儿。

躲在宽大宅邸二楼的父亲放弃了单身时代的勤勉和正直，和酒神同寝共食，但偶尔也会踏着楼梯蹒跚地下到一楼来。他不顾管家和奶妈的制止，在幼小的儿子面前，瞪着混浊泛红的眼睛怒骂——如果没生下你就好了，谁都不希望你来到这世间！

“如果没生下你就好了。”

这是奥斯卡·冯·罗严塔尔幼年时熟悉的摇篮曲。很长一段时间，连他自己也是这样想的——不应该来到这世间。而这个想法变成“既然出生了，就尽量做些不平凡的事”，已经不知是何时的事了……

现在，听令于罗严塔尔的舰队司令官有两人——克涅利斯·鲁兹上将和菲尔姆特·雷内肯普上将。和前者相比，后者对比自己年轻的总司令官采取的不合作态度在这一阵越发明显。最大的原因在于罗严塔尔并没有倾所有兵力，一举攻下伊谢尔伦要塞的打算。雷内肯普则始终不惜口舌地游说他进行总攻。

罗严塔尔并不认为雷内肯普无能。无能的人绝不会成为莱因哈特·冯·罗严克拉姆的部下。雷内肯普有充分的战术与指挥能力。然而，他的视野多限定在眼前的战场，总是把在个人负责的战区里获得战术胜利视为最高价值，却不能看清整个战局。

“只是个善于战斗的人。”

这是罗严塔尔对他的评价。但是，罗严塔尔对自身也没有过高的评价。他认为胜败优劣都是相对的，不仅与当事者有关，也会因为周围的条件和环境而改变。

“凭武力蛮攻是无益的。”

罗严塔尔对雷内肯普这样说。

“如果用武力强取豪夺就能成功的话，伊谢尔伦要塞的主人至少应该改变五六次了。然而目前唯一取得成功的，就只有现在坐在伊谢尔伦里的骗子一个人。”

正因如此，罗严塔尔对和自己对峙的黑发敌将有崇高的敬意。

而雷内肯普的主张也有根据。米达麦亚那边占领费沙的捷报已传到这里。如果他们继续在伊谢尔伦回廊和杨威利进行毫无结果的对阵，功勋就会被费沙方面的友军独占。至少要把伊谢尔伦要塞夺回来才不会太失面子。因此，他们应该以占绝对优势的三个舰队的兵力不断强攻，让敌人身心俱疲，最后只好双手献上要塞。这就是雷内肯普提出的战法。

“这个建议很有意思，但不是有句话说‘跳得最激烈的舞者也是最疲惫的舞者’？”

大概从罗严塔尔的语气中感受到了毒刺，雷内肯普明显带着受伤的表情盯着总司令官。他不同意总司令官“杨也可能自动放弃伊谢尔伦”的见解。

“我不同意罗严塔尔提督您的意见。如果放弃要塞，他可能被责以利敌之罪。一个军人不是原本就该死守城池吗？”

“现在死守已经没有意义了。帝国军快从费沙回廊攻入同盟领土了。在军事行动的对象只有伊谢尔伦回廊的时代，要塞才有存在的意义。但是，现在时代已经变了。死守要塞对战况并没有帮助。”

不但如此，如果驻留在要塞的舰队无法动弹，同盟军的战力会大幅削减。对胜算原本就不大的同盟军而言，这支机动部队——不能参加实战的兵力——极有可能成为一大致命伤。要活用这些兵力，就只有脱离伊谢尔伦，确保行动的自由。

“杨大概也会这样想，杨威利的常识和你的常识似乎有些差距。”

“就算同盟灭亡了，只要伊谢尔伦不落入我军手中，杨的军人颜面不就保全了吗？”

“嗯，如果杨是你的话，大概就会这么想！”

就算再怎么掩饰，也藏不住侮蔑之意，罗严塔尔干脆直截了当地冷言相对。所以说，好战之人是无可救药的。这种人从不试着思索目前的战斗在整体的战争中占了怎样的位置，有怎样的意义。

莱因哈特以通过费沙回廊的方法，使在战术层面上易守难攻的伊谢尔伦要塞在战略层面上失去了意义。说莱因哈特不仅仅是一个单纯的军人，理由也正在于此。但是，雷内肯普满脑子装着“胜利就是战斗的结果”的观念，目前根本无法理解这种革命性的变化。

没错，“金发小子”是有足以支配宇宙的道理……罗严塔尔嘲讽地点头默认。战场上的勇者多不胜数，但是能够设计战争本身的战略构想家，却是何其稀少啊！

“雷内肯普提督，可能的话，我也想大举进攻要塞，但是总司令官不答应。我们依令行事是应该的吧？”

克涅利斯·鲁兹看同僚的怒气逐渐上升，赶忙出来打圆场。罗严塔尔从金银妖瞳中隐去不快，对两位提督轻轻行了个礼。

“我说得似乎也太过分了，无礼的地方我道歉。不过熟透的果实终归会掉下来，我想目前还不宜勉强行事……”

“那么，我们就不对伊谢尔伦采取攻击，只是继续包围？”

“不，鲁兹提督，这样也不行，会让敌人赢得准备的时间。不管他们在想什么，就是不能让他们专心地做准备工作。”

“您的意思是……采取骚扰战术？”

“话不要说得太露骨了。总之是不惜一切做好部署。”

罗严塔尔既不能让鲁兹这种人的战斗意念深藏心底，又要顾虑到政治上的需要。虽然他一开始就掌握了部下的思想状态，但如果仅仅满足于此，他就只配担任一个舰队的指挥官了。

罗严塔尔开始发起真正的攻势，这着实让杨威利犯了难。

杨必须一边应付罗严塔尔的猛攻，一边进行逃离的准备。虽然一切实务都委托卡介伦负责，但要安抚被夺走生活家园的人民那不可遏制的愤怒和不满，他仍然得亲自出马。只要他出面，什么事都能压下来。

“一下子……忙得透不过气。超额工作可违背了我的原则！”

要塞第一空战队长奥利比·波布兰少校是个被敌对阵营的战斗驾驶员咒骂与崇敬的人。在他手中化为宇宙尘埃的帝国军驾驶员大概足以组成一个中队了。那还只是被他直接打中的数量，被他指挥的空战队的狼牙咬碎的牺牲者应该有十倍之多。他将三架单座式战斗艇斯巴达尼恩编为一组对付一架敌机的战法，是被派去指挥那些尚未成熟的士兵时被迫想出的办法，可以说是苦肉计。不过在凸显个人战技的空战世界中，采取集团战法也是一种划时代的创举。他以击坠王、空战技术流派的创始人以及风流者之名流传后世，至于把哪一项视为最高荣誉，大概只有他自己知道了。

多次出击后，获得短暂休息时间的波布兰在军官餐厅中大叫：

“如果能回海尼森，我一定要号召成立飞行员劳动工会，终其一生为军人争取避免过多的劳动时间。你们等着瞧吧！管理阶层的家伙们！”

“你不是正在为女人终其一生吗？”

第二空战队长高尼夫少校带着无趣的表情，说出这种不怎么有趣的话。他在功绩和空中战技方面足可与击坠王媲美，然而和风流成性的波布兰不同，他刚硬的个性宛如玄武岩。波布兰在酒和女人之间打滚的时候，他却以如字典般厚重的填字游戏书为消遣，这样的例子不胜枚举。但是，这两个性格完全相反的人却是步调极为合拍的好搭档，连他们自己都难以置信。

4

第二天的战斗比前一天的更激烈。帝国军不断朝要塞攻击，防御指挥官先寇布少将疲于应付。他要把射击人员送进炮塔，派工兵队去抢修受损之处，还要以炮火迎击敌方雨点般繁密的炮火。不眠不休一直负责报告、联络及指示的通信员中，一人劳累过度倒地，一人声带麻痹失声，只好换人上阵。至于卡介伦少将，也为了撤离民众的准备工作接近不眠不休的状态。不过蜂拥到他那里的民众代表团已经全部转移目标，到杨那边去了，才让他少了这项没有效率的工作。

“各位市民请放心！”

表面上，杨摆出一副毫不在乎的样子，然而为了掩饰内心的困惑，他只能这样做。他的战略是要让伊谢尔伦驻留舰队保持近于毫发无伤的状态，以确保自由行动。所以面对罗严塔尔这种擅长用兵者，如果将战局拖入纯粹以战斗为目的的消耗战，杨将不得不付出血的代价，这样的事态与他的希望背道而驰。而现在，眼前又有这一群歇斯底里的民众。

“不要担心，没有问题，我们一定将你们平平安安送到安全星域。”

杨对满心不安和不满的代表们保证，其实连他都想找个人给自己做成功的担保。说他是个无神论者，倒不如说他是个不信神佛的人，所以他一点也不想把自己和别人的命运交给那未曾谋面的神。自古以来，正义只存在于人们愤怒可及之地，同样，成功也只存在于人类的能力范围之内。尽管如此，杨要一个人挑起五百万军民生命安全的担子，实在是太重了。

像罗严塔尔那样聪明的人，应该可以使事态的本质更单纯化。他知道杨能选择的路只有两条，要么留在伊谢尔伦，要么离开。而他在这个时候强化攻势，带来的结果也只有两个，要么会阻碍杨离开，要么会削弱杨和伊谢尔伦要塞的战力，总之都对罗严塔尔有益无害。对眼前这个充分利用有利条件不断进攻的敌将，杨除了感叹之外，也觉得可恨。

杨舰队的中级指挥官们为了控制自身和部下的不满，也付出了极大的努力。因为杨威利司令官迟迟不下令出击，好不容易下了一道出击命令，也是严禁离开要塞主炮的射程。

指挥出击的达斯提·亚典波罗少将承受激烈的炮火之后，和敌方展开了格斗战，巧妙地凭借要塞发出的炮击，把帝国军赶到主炮射程之外。然而，从帝国军的角度来看，退却有一半是预先计划好的。亚典波罗好不容易制止了那些上了对方的当、想冲上前去的同伴，却仍被愤愤不平的中级指挥官们推举出来，要求他回去后请求杨再度下令出击。

杨威利瞥了一眼军官学校的晚辈，回答道：“不行！”

“又不是小孩子要零用钱花，一句‘不行’是不能了事的，否则会影响我军的士气！请允许我们再战！”

“总而言之两个字，不行！”

杨以一个拒绝向人借钱的守财奴般的冷峻语气拒绝了他。亚典波罗知道再交涉也没用，只得愤愤不平地退下。

事实上，杨的心境就像守财奴一样。要让舰队毫发无伤、维持战力，他只能殚精竭虑。既然追求的目标是避免损伤战力，他的思考方式就必须像个守财奴。这让他觉得自己很无耻。

“奇迹的杨”的名号也着实让他困惑，其中孕育的不仅仅有人们的信赖，还有被人们过度信任的危险。士兵和民众都相信，杨提督总会想出办法解决问题，但被信任的人却不能依赖任何人。杨既不是全能也不是万能，从本质上说，他甚至一点也不勤勉。同盟军最前线的指挥官中没有人像他那样会享受休假，他的战略和战术最大的重点也在于“尽可能轻松地取胜”。按照杨的说法，人类使文明发达，是享乐心态的结果，那些自认为劳心费神的做法正确的人不过是野蛮人。话虽如此，但这种主张有时听起来只能是一种辩解。

一度退却的亚典波罗，不久后又重新部署了阵容前来请战。

“我有个想法。责任由我来担，请您允许我们再战一次。”

杨并不喜欢这种要求，即使对方是年轻有为、立下赫赫战功的军人也一样。杨讨厌一切有军国主义价值观、思考方式及言行举止的表现，这也是后世称杨为“矛盾的人”的原因所在。

一旁的副官菲列特利加·格林希尔上尉注意到杨的表情，于是微微清了清嗓子。亚典波罗也注意到自己的说法引起了司令官的不快，立刻改变了说话方式。

“下官想出了一个相当轻松就可以打败敌人的方法。请司令官允许下官一试。”

杨凝视着亚典波罗，再看看菲列特利加，然后苦笑着摇摇头，催促对方更详细地说明。尽可能地削弱帝国军的战力，从长期来看也未尝不可。

提出两三条修正意见后，杨认可了亚典波罗的作战计划。年轻的分舰队司令官意气风发地走出了杨的办公室。杨叹了一口气，对金褐色头发的美丽副官表达了不满。

“不要太卖弄你的智慧了，上尉。就算没有你搅局，我的麻烦也够多了。”

“是，下官多事，很抱歉。”

菲列特利加的表情很明显是强忍住不笑，在这种情况下，杨也不能再多说什么了。如果听到杨对菲列特利加抱怨，相信卡介伦少将等人一定会指责他“真是倒打一耙”。事实上，“麻烦事”中的事务性工作多半是由菲列特利加来处理的。

大约四百艘运输船由伊谢尔伦要塞出发，开始前进，五倍之多的战舰则一边护卫这些运输船，一边朝自由行星同盟领地前行——

接到侦察敌情的主任军官送来的这份报告，罗严塔尔微微蹙起眉头，沉思了一会儿，然后回头看着旁边的参谋。

“你觉得如何，贝根格伦？”

被金银妖瞳的年轻司令官这么一问，参谋长慎重地回答道：

“从表面看来，他们似乎想撤离重要人员与非战斗人员。从目前的状况来分析，这是完全可以想到的行动……”

“你的口气似乎有所保留？为什么？”

“因为对方是杨威利，可能会设下巧妙的陷阱。”

罗严塔尔笑了笑。

“杨威利也真够厉害的，连你这个身经百战的勇者也对他有所顾忌？”

“阁下！”

“别动怒，连我也怕他的诡计。我可不想继修特豪简之后，成为第二个被夺走伊谢尔伦的人。”

罗严塔尔不是那种为了守住名誉必须虚张声势的人。实绩、能力和自信这三根支柱，组成了他冷静而正确的判断力。可能存在陷阱！警惕的想法在脑海里闪烁，提醒着他。但是他又想到，敌人是不是企图利用这种心态，阻止他追击？这是不是敌人真正的诡计？虽然他是一流的将帅，但是要洞悉同样是一流将帅的对方的作战意图，并不是容易的事。

又有新的报告送来。雷内肯普正驱驰着他的舰队追击离开要塞的敌人。紧接着，雷内肯普自己也送来了报告。罗严塔尔露出了一抹恶意的微笑。

“好，就交给那家伙吧。”

“可是，这样一来大鱼也就被雷内肯普提督钓走了。您要将功劳让给他吗？”

贝根格伦的话中有八成是忠告，两成是对司令官过度的自信感到恐惧，这种情绪就像一杯味道微妙的鸡尾酒。罗严塔尔沉默了几秒钟，仿佛在确认个中滋味似的。

“如果会被雷内肯普打败，那么杨威利的智慧之泉也就干枯了。然而这究竟会对谁不利？我不知道，但并不认为他的水脉已断。我们就等着看雷内肯普的用兵之法，期待他有好的表现吧。”

贝根格伦默默地行了个礼，目送着转身离去的罗严塔尔修长的背影。贝根格伦以前是齐格弗里德·吉尔菲艾斯的部下，后来转到罗严塔尔麾下。此时，他陷入了沉思，似乎在思索他追随的两位提督的为人有多大的不同。

雷内肯普确实是个干练的指挥官。他并不直线追击逃走的敌人，而是有意识地将战力一分为二，画着圆滑的曲线出现在敌人前方阻断退路，并袭击敌军背后，形成两面夹击。巧妙的包围网看上去已经完成，注视着屏幕的罗严塔尔也不禁为之感叹，虽然只有那么一瞬间。

但是，这确实只是一瞬间的事。同盟军在巧妙的算计下，猜到了雷内肯普舰队行动的曲线，把帝国军引诱至伊谢尔伦要塞的对空炮塔群前面。如果是曾遭遇这种作战方式、遭到痛击的奈特哈尔·缪拉，绝对不会再次陷入圈套。但雷内肯普可真是得到了一次严重的教训。遭到猛烈的光束重击后，雷内肯普舰队顿时化为火球，爆炸消失。惨状很快就传到罗严塔尔耳中。

“不能见死不救，立即以炮火掩护！”

这一次轮到帝国军瞄准伊谢尔伦要塞，发射了数万枚光束炮弹。巨大的能量无声地撞击着要塞的外壁，却无法贯穿壁面，四散开来，亮丽的七彩烟雾将直径六十公里的巨大人工球体包围。能量的风暴在外壁上高速飞奔，炮塔和枪座在光和热量中粉碎，碎片变成灼热的冰雹击打着外壁。攻击雷内肯普的同盟军火力锐减，原先像被穿肠破肚的蛇一样痛苦挣扎的雷内肯普舰队终于能借这个机会恢复秩序、喘一口气了。

然而同盟军这首辛辣至极的交响曲——亚典波罗作曲、杨编曲——尚未奏完全部的乐章。

雷内肯普舰队中，欲绕行到逃亡的敌人前方去的一支分队尚未受到损伤，所以他们叫嚣着，疯狂地想复仇，想一举攻入敌人舰队。当他们打开炮门，以能量之矛恣意攻击时，同盟军很快显现出溃乱的征兆。形式上的反攻开始紊乱后，同盟军便如被潮水冲刷的沙子般往后退。

“哼，这些同盟军的家伙，看来是受到了司令官的熏陶，似乎不觉得逃跑是件可耻的事。”

雷内肯普本来很少低估敌人。然而此时，他的视线却有一半投向了身为总司令官的罗严塔尔。不管怎么说，他也想挽回前半场的失分，避免被罗严塔尔讥笑。

奥斯卡·冯·罗严塔尔在用兵和指挥能力上都不容置疑，部下也极为信赖他，但是他性好渔色，又有冷笑的怪癖，所以有时也会招来同僚们的反感。但这种情结并不怎么根深蒂固，因为总参谋长巴尔·冯·奥贝斯坦更讨人厌，而且罗严塔尔的功勋远在同僚之上，所以平时人们对他的反感并不太明显。除此之外，当齐格弗里德·吉尔菲艾斯的死把莱因哈特打入丧失自我的深渊中时，罗严塔尔也是防止提督们动摇，解除莱因哈特军团崩溃的危机，从而确立独裁体制的有功者之一。正因如此，他一直是后来者追逐的目标。去年和杨作战大败而死的坎普也有因竞争意识过强而急功近利的情形。现在的雷内肯普当然也一样。

他下了严厉的命令，逼近动作迟缓的运输船队，然后放出了“停船！否则攻击”的信号。

一瞬间，突然炸裂的闪光一下子漂白了帝国军将士的视野，注视着屏幕的人甚至以为自己的眼球都炸裂了。

看似毫无防备地被遗弃的五百艘运输船同时爆炸了，闪光急速膨胀成一团，吞噬了帝国军。

舰艇的惯性控制完全失效，虽然急剧减速，仍然闯进了能量浊流中。紧急刹车成功的舰艇却差点被后面反应没有如此神速的舰艇追撞，失灵的冲突回避系统让它们乱成一团，一面碰撞一面沉向光与热的深渊。巨大的爆炸中，小规模的爆炸连续发生，将所有的生命体和非生命体一同破坏殆尽。

“竟玩弄这种小伎俩！”

雷内肯普大怒，嘴角冒出许多泡沫。被一个小小的伎俩打击成这样，他的确是缺乏魄力。他的旗舰好不容易脱离了能量的喷火口，然而，跟在后面的舰艇却不多了。

机不可失，亚典波罗立刻下令反攻。杨这个军官学校的学弟在战术方面的表现的确非凡。他的命令非常有效地解放了部下狂热的战争能量。

在鲁兹提督匆忙赶到之前，同盟军尽情地突破帝国军防线，横扫千军，予以迎头痛击。在杨和罗严塔尔的一连串对阵当中，胜负从未如此分明过。

帝国军失去了两千余艘舰艇，战死人数超过二十万人，一路败退。

5

面对颜面尽失、垂头丧气归来的雷内肯普，罗严塔尔脸上虽然分明写着“看到了吧”，却没说出口，甚至还好言安慰，让他退下休息。罗严塔尔想，其实事情并没有那么糟。在战术层面上，他们的确略逊一筹，但同盟军玩弄这种谋略，大概是为了在真正逃离时削弱帝国军的追击意志吧？否则就没什么意义了。如果对方是那种单单因为战术层面的胜利就欢欣鼓舞之流，自己就不必煞费苦心寻求应对之策了。

听罗严塔尔这么说，参谋长贝根格伦率直地回应道：

“那么，我们要做追击的准备吗？”

“追击？”

那双金银妖瞳放射出嘲讽的光芒。

“为什么要追击？我们只要目送着他们逃亡，就可以不费吹灰之力拿回伊谢尔伦要塞了。你觉得这样还不是全胜吗，贝根格伦？”

如果冒失地追击，很可能成为对方巧妙反击的饵食。就算置其于不顾，杨也会被逼入不得不和帝国军大部队作战的困境。在这种情况下，他们想去哪里就让他们去哪里，岂不妙哉？

“可是，如果让杨威利自由行动，日后他不就成为我帝国军的心腹大患了吗？”

罗严塔尔微微地撇了撇嘴。

“对抗病症是我们全体的责任，我认为不光是我们舰队有感染的危险。”

“可是，阁下——”

“你知道吗？贝根格伦，有这么一句谚语——兔死狗烹，所以要避免猎犬抓光野兔……”

参谋长贝根格伦望着司令官，绿色的瞳孔中闪着理解和畏惧的光，声音极其低沉。

“阁下，这话可不能乱说啊，会招来不利的误解。不，误解倒还没什么，但这却可能成为谗言的起因，请您自重。身为帝国军屈指可数的名将，如果走错一步，对各方面的影响不可谓不大。”

“的确，你的忠告是正确的。我应当谨慎。”

罗严塔尔率直地说道，对参谋长的忠告表示谢意。他知道这种人是很难得的。

“很高兴您接受我的建议。追击就先放一放，但是进驻伊谢尔伦要塞的准备工作该提前做了。”

“没错，你就赶快着手吧！”

罗严塔尔已认定，不需要采取流血的方式就能夺回伊谢尔伦了。

以前杨威利曾对被监护人尤里安·敏兹说过：

“战略与战术上的极致，便是让敌人高高兴兴地钻进圈套。”

他还说：“撒下种子之后，去甜甜地睡一觉，起来一看，种子已经长成一棵高耸入云的巨木，这是最理想不过的事了。”

杨正在实践曾经对尤里安说过的两种策略。事实上，从伊谢尔伦要塞逃出（以波布兰少校的说法便是“夜遁”）还不算是奇谋，想活用驻留舰队的兵力，只有此法可用。既然不能将所有的东西据为已有，就只有放弃次要的东西。如果要活用舰队兵力，还要顾虑到民众的安全，就得放弃伊谢尔伦要塞这个军事方面的硬件，如同在春天脱掉厚重的外套一样。唯一的问题是，这么做很令人感伤。

卡介伦少将负责五百万军民逃亡的实务工作，并没有将重点放在文艺的独创性方面，他只把作战代号设为“方舟计划”，让杨十分气馁。他怀疑，难道没有一个能让人稍微产生联想的名字吗？但如果让卡介伦来辩白，他会说，与其让那些没有实质利益的事情扰乱思绪，不如重视一下杨和亚典波罗作战时破坏那五百艘运输船（虽然它们已经“老朽”）造成的浪费。

运输船和医疗船容纳的人数的确有限，因此，不少平民只得搭乘战舰，这又产生了人数分配问题。

战舰尤里西斯负责运送六百名婴儿和母亲，医生和护士也一同搭乘。这是因为尤里西斯是一艘被强大的守护天使护卫的战舰，它几经战阵还能平安存活下来，最适合运送需要安全与保护的婴儿。但是尤里西斯的船员们近来很有意见，不能完全接受首脑部门的说法。连舰长尼尔森中校一想到舰桥里挂着数百打尿布的景象，都不免意气消沉。为鼓舞士气，负责飞行技术的军官费兹中尉试着说服部下“女人在生产后是最美的，而本舰将有三个中队数量的这种女性搭乘”，但是，震天响的哭声大合唱却比美丽的圣母像更容易刺激船员们的想象力，中尉的激励似乎也是白费力气。

为了把五百万军民（正确来说应该是五百零六万八千二百

二十四名）完全收容到各艘舰艇上，卡介伦和部下们只得不断和数字拼杀。卡介伦下令只与数字打交道，否则一旦与人情沾上边，事情就难以收拾了。就连他的家人（夫人和两个女儿）都不想离开伊谢尔伦。压路机压碎了无数个小小的悲喜剧之卵，作业也因此快速进行着。

林克斯技术上校指挥的工兵部队在氢动力炉、中央控制室等要塞各处安装了超低频炸弹。校官以上军衔的军官们都知道此事，但知道菲列特利加·格林希尔上尉在杨的绝密命令下进行着另一项任务的人却只限于极少数。那是杨为了以后再夺回要塞布下的暗棋。接受命令之初，菲列特利加压抑住满心的惊讶和喜悦，向长官再次确认任务。

“您的意思是必须让敌人发现爆炸物，但是又不能太容易发现？否则，真的陷阱就会被识破……”

“没错，上尉。也就是说，我一开始先准备好容易燃烧的人偶，把帝国军的注意力从真陷阱旁边转移开来。”

陷阱本身单纯得让人觉得愚蠢，但杨对它的期待也正在这一点上。杨再三对菲列特利加说明：

“当然，只有当要塞及其运作系统没有损伤的时候，这个陷阱才有价值。所以我希望他们在发现真相之前先注意到人偶，然后在另一方面有所疏忽。我不想让他们觉得在如此大规模的准备之后，什么陷阱都没有。”

菲列特利加反复咀嚼着命令的内容，万分佩服陷阱的简单和它成功时的巨大效果。

“再也没有比这个更高级的谋略了。这真是坏主意，被骗的一方肯定会气炸。”

杨轻轻地打断了菲列特利加的赞扬，回答道：

“只是陷阱未必发挥效用，我们或许不再需要伊谢尔伦了。”

这一瞬间，菲列特利加淡褐色的眼睛凝视着年轻司令官的侧脸，但是杨的表情中似乎没有得到超验者的启示，并使其预言得以实现的感觉。

“一定会管用的。伊谢尔伦要塞是我们的……是杨舰队全体人员的家。有一天我们一定会回来的。届时，阁下布下的棋子一定会奏效。”

杨用一只手抚摸着脸。当不知道该做出什么表情时，他总会这样。放下手，年轻的黑发司令官用腼腆少年般的态度说道：

“啊，上尉，无论如何，今后还得多仰仗你了。”

这就是菲列特利加所熟悉的杨。

6

数量庞大的舰船开始撤离伊谢尔伦要塞的报告，同时从几个地方传进罗严塔尔的手中。其中有半数不单只做报告，还期待上司发出追击命令。双瞳异色的司令官严禁没有接到命令便擅自开启战端。就在不久前，他刚撤销了一名由于太心急擅自开始攻击的少将的职务——他要让所有人知道他的态度。

“追击是没用的。”罗严塔尔断言，“同盟那些家伙又拉不走伊谢尔伦要塞。占领要塞才是首要目的。”

很快，雷内肯普就开门见山地前来询问可否追击，司令官的回答当然是否定的。

“追击只会遭受反击。就让他走吧。我不喜欢加害避难的人民，在历史上留下恶名。”

大概是前几天的战败对雷内肯普的争斗之心多少有些牵制作用，他顺从地退下了。太好了，今后应该好控制他了吧？罗严塔尔满足地喃喃自语。

“贝根格伦，等完全占领要塞后就追踪杨威利。但是追上后不需要战斗，至少目前不要。”他对参谋长说，“只要跟在他们后面就行了，杨的舰队会为我们领路。不过那也是以后的事，目前最重要的是开进他们故意空出来的伊谢尔伦。”

让谁打头阵，却是一个问题。克涅利斯·鲁兹前来提出，虽然杨威利放弃要塞是事实，但应该注意他们临别时是不是放了赠品。或许他们会在要塞动力部装设爆炸物，想一举杀掉进驻要塞的帝国军。现在全军全速前进接近要塞太危险，不妨先派遣爆破专家前去调查，等确认安全后再进驻。

“鲁兹提督的意见有道理。”

罗严塔尔遂让全体舰队暂时从要塞前后退，派护卫护送由修姆德技术上校率领的专门小组先踏上要塞。

修姆德上校接受了这令人喜出望外的光荣使命，又惊又喜地踏上了原为敌人阵地的要塞。经过详细的检查，发现了超低频炸弹，证明了鲁兹的预测正确。他们也成功地将所有炸弹拆除了。

“真是千钧一发。炸弹被藏得极隐秘，如果再晚五分钟发现，伊谢尔伦要塞就会发生大爆炸。当然，我军也会被波及，造成巨大损伤。”

奥斯卡·冯·罗严塔尔聆听着难以抑制兴奋的修姆德上校的报告，一边用他那金银妖瞳特有的深邃眼神看着上校，一边像旋转的纺纱机一样思考着。或许该先把伊谢尔伦要塞撇在一边，从旁经过，从后面袭击杨舰队。但是这么一来，很可能因为要塞的爆炸造成混乱，结果反遭对方反击，吃足苦头。目前这种程度的成功应该值得满足。话虽如此，难道杨威利的临别赠品就只有这些？金银妖瞳的提督心中总有疑惑：难道没有更狠的手段吗？

“他可是个不好惹的人哪。他到底意图何在……”

罗严塔尔一时忘了自身，这样评价着杨。

成功“夜遁”的杨威利，虽然人在休伯利安舰桥里，却没有办法从主屏幕中银光闪闪的伊谢尔伦要塞上移开担忧的视线。万一（虽然他觉得不该有这种事）帝国军没有注意到超低频炸弹，杨不仅会让要塞在一夕之间毁灭，还会无益地造成大量的死亡。确认爆炸时间已过，伊谢尔伦仍然完好无缺，他才放下了心口的一块大石。

“哎呀呀，他们好像是注意到了。”

杨一边抚着胸口，一边离开屏幕前，从舰桥回自己的私人房间睡觉。离开前，他朝着映在屏幕上的银白色球体行了一礼，这是对自己利用的对手表现的一片谢意。

“再会了，伊谢尔伦。在我回来之前，你可不能见异思迁哪。你是不折不扣的太空女王，没有一个女人像你这样完美。”

奥利比·波布兰少校用极具个人色彩的表达方式和要塞话别。在他身旁的先寇布少将则默默举着威士忌酒瓶猛灌。姆莱凛然地行了个礼，菲列特利加和卡介伦少将也如法炮制。每个人都怀着各自的思绪，向居住了两年多的宇宙要塞道别。他们当中有几个人日后又踏上了伊谢尔伦的人工土地。

被帝国军再度占据的伊谢尔伦要塞中，发生了一段小小的插曲。一个负责会计工作的老军官把同盟军遗留下来的一部分补给物资偷偷扣下来，没有登载在正式的记录中，企图据为己有，结果被发现了。宪兵追溯调查，他以往同样的卑劣手段也被挖了出来。极为厌恶这种小人的罗严塔尔也有意正正军法，在即刻召开的军事法庭上宣判其死刑，并亲自执行枪决。这名军官被拖上刑场前，一直歇斯底里地乞求原谅，但当他发现大势已去，便开始正颜厉色地弹劾起领导者来。

“世界真不公平。你们在战争中不管杀几万人，破坏多少城市，只要打胜仗就可以有提督、元帅的称号，还有勋赏。而我只盗领了一点点的物资就罪大恶极，这算是什么世道……”

“到这个时候还发牢骚？闭嘴！”

“没有道理！世人都说罗严克拉姆公爵是英雄，是天才。归根究底，他不也是夺人之国的恶徒？相比之下，我的罪行根本微不足道。”

“那么，你也去夺人之国试试看吧。”

罗严塔尔连眉毛也没抬，扣动扳机击穿军官的脑袋。站在刑场上的幕僚众皆默然。

罗严塔尔返回不久前由杨威利使用的司令官办公室，技术军官送来了报告书。在软件系统再度由帝国军控制前，报告一定会堆得像座山。战术电脑的资料已全被删除，帝国军必须把所有的资料重新输进去，这种报告一点都不令人意外。对罗严塔尔而言，夺回要塞后的事务处理工作绝非异常重要之事，他关心的是今后的战略。

将来的事现在没有办法预料。就算杨威利要弄诡计想再夺回伊谢尔伦要塞，只要不把他奥斯卡·冯·罗严塔尔当成丑角来耍，他是不会在意的。首先，杨威利今后未必还有机会再夺回要塞。他应该知道与其挖空心思垂涎力所不及的事，倒不如在力所能及的范围内自由地行动。

“和帝都联络！就说我们已夺回伊谢尔伦要塞！”

应该说是勇敢地接收了敌人让出来的要塞——罗严塔尔一边这么想着，一边给通信官下令。就这样，时隔两年半，伊谢尔伦要塞重新回到帝国军手中。

➝ Chapter 3 ➝

追求自由的宇宙

1

这一年——宇宙历七九九年，尤里安·敏兹十七岁了。他也是在焦虑中送走过去一年的人之一。

根据所谓的“战时托孤法”，他在十二岁时成了杨威利的被监护人。当时原任上校的杨如今已晋升为上将，尤里安也多半在周围人的影响下，由随军工作人员成为军人，获得少尉的军衔。他付出的代价便是离开杨身边，以驻费沙武官的身份前往费沙自治领上任。从伊谢尔伦要塞到同盟首都海尼森再到费沙的旅程，将近一万光年之遥。

挥别那么多亲爱的人，千辛万苦赶来上任的费沙，对他来说只是不到半年的栖身之地。这里似乎没有什么能留住尤里安的心。

“到费沙找个美人回来吧！”波布兰少校等人这样调侃他，但是，他没有时间谈恋爱。如果他有波布兰十分之一的热情，或许就会设法抽出空闲谈一次了……

“走马观花，莫非就此空手而回？”

尤里安夸张地念着很久以前一位失意英雄的台词。

迎来十七岁的尤里安，身高已经有一米七六，眼看就要和监护人杨一样高了。只是身高赶上而已，尤里安想。亚麻色头发的少年清楚自己在其他方面连杨的影子都追不上。有待学习的事情何其多，本不该在这个时候离开杨提督。在能单独活用所学的战略、战术及历史之前，实在不该离开杨提督。

在帝国军占领下的行星费沙，某个深巷中的藏身之处，尤里安用一只手拨起落在额前的略带卷曲的亚麻色头发。他端正却还留有稚嫩味道的脸庞符合大多数女性的审美，但他根本不把这种事放在心上。他引以为荣之处是学习过杨威利的用兵学、先寇布的射击及肉搏战技、波布兰的空战技术，并获得了不错的成绩。

“还不能逃走吗？”

尤里安问来拜访的马利涅斯克。为尤里安介绍宇宙船和驾驶员、助其脱身的马利涅斯克是贝流斯卡号独立商船的事务长，也是正在同盟首都海尼森大叹壮志难酬的波利斯·高尼夫的心腹。他虽然才三十几岁，却已头发稀疏、肌肉松弛，只有两眼充满年轻蓬勃的活力。

“再忍耐一下，请不要急躁……哎呀，昨天好像也是这么说的。”

马利涅斯克的笑容中并没有讽刺和厌烦的成分，但觉出自己焦虑不安的尤里安红了脸。马利涅斯克以前也再三说过，目前帝国军不允许民间船只在费沙回廊通行。如果硬要逃离费沙，也一定会被帝国军抓住。但帝国军为了避免费沙民心逆转，在军事行动告一段落时就会允许民间的船只通行。一旦开放通行，占领部队不可能一艘艘检查为数众多的民间船只，到时要逃出去就容易得多了。他曾这样告诉过尤里安。

尤里安知道对方的预测和判断有很大的说服力，尽管如此，也不得不抑制栖息在心中的飞鸟振翅待飞的欲望，这让他极为痛苦。近似归巢的本能不断鞭策着少年。尤里安的脚似乎不是生来要踩费沙的地表的。

“那么，到底要等到什么时候？”

汉斯事务官将无形的不满化为有形的抱怨，说出了口。他虽是某大企业的所有人，但因为欠缺商业才能和器量被骨干们排挤，于是获得了一个同盟政府的名誉职位，被体面地流放到国外。如果同盟政府真的重视外交，就不可能把这种水平的人送到费沙来。可以说，他只是衰弱的民主主义一个小小的象征。

“等到什么时候？等到可以安全出发的时候呀！这是明摆着的道理嘛！”

马利涅斯克对尤里安有很高的敬意，但是对汉斯，他可是趾高气昂。

“我们已经付了宇宙船的费用。”

而且费用还是他出的——不过汉斯没有说出来，或许是他的品行不允许他如此吧。

“只是付了费用，不要这样盛气凌人。搭载的客人是尤里安·敏兹先生，你只是附带的！”

“付钱的可是我呀！”

汉斯事务官立刻把品行之类的字眼从心底赶走，愤怒地大叫，但并不能赢得马利涅斯克半点感激。

“付我钱的是敏兹少尉！或许你借了钱给少尉，不过那是你和少尉的事，和我可没有关系！”

发现马利涅斯克仿佛把汉斯当游戏道具戏耍的并不是当事人，而是在一旁听着这一问一答的路易·马逊准尉。看到火药味越来越浓，这位体型巨大、让人联想起公牛的黑人若无其事地释放出了中和剂。

“马利涅斯克先生，你进来的时候，我还以为你带来了什么好礼物呢。莫非我猜错了？”

他的苦心立刻有了好报。马利涅斯克中断了和事务官毫无意义的谈话，转向黑巨人。

“您的眼睛可真厉害，准尉。事实上我是送东西来的，可是你们竟没有一个人问我此次来的目的何在。”

贝流斯卡号事务长从衣服内袋伸出手来，手上有三张几可乱真的通行证。

2

尤里安·敏兹提着面包店的大纸袋在街上走着。为了实地了解当地街市的情况，他每天都出门一次，四处走走。他并不会引起站在街角的帝国军士兵的猜疑。和杨一样，尤里安看起来一点都不像军人，反倒因为太吸引同龄少女的注意种下了恶果。意外地吸引的视线和兴趣或许会让尤里安暴露真实身份。

尤里安忽然停下脚步，是心头的冲击迫使他停了下来，充满紧张和探求之心的视线从那深褐色的眼珠投向四周，但没看到任何令人吃惊的事情。尤里安绷紧一度放松的神经。他知道了，让他不安的原因在于听觉。市民们交谈的内容中，某个固有名词火辣辣地敲打着尤里安的意识——罗严克拉姆公爵。

莱因哈特·冯·罗严克拉姆公爵！

这个固有名词和其他语句一起传进尤里安耳中。银河帝国宰相、银河帝国军最高司令官、帝国元帅莱因哈特·冯·罗严克拉姆公爵不久后将要经过这条街。人们这样窃窃私语。

尤里安发现自己的右手在腰际摸索。一个极端悔恨的念头闪过脑际。为了避免帝国军的盘问，他把光束枪留在家里了。如果带在身边，他就可以将那个对自由行星同盟而言无异于活生生的灾厄的金发年轻人置于死地。真是一大失策！如果能让时光倒流，就算让马逊准尉担心，他也一定要把光束枪带在身上……

尤里安闭上眼睛，做了一个深呼吸，把激情的块垒吐出体外。他终于从无益的空想深渊中抽身而出。就算祷告，光束枪也不会出现在手掌中，而且杨提督也教过他“恐怖主义和神秘主义不能将历史推向建设性的方向”。尤里安从小就希望当军人，却从来没有希望做一个恐怖分子。要打倒莱因哈特·冯·罗严克拉姆公爵——那个金发的独裁者，不能靠恐怖行动，而要在堂堂正正的战斗中击溃他。现在他手中没有枪，或许这才是最好的状态。

尤里安思索着，自己被上天赋予了一个非恐怖主义的机会。

他还没有亲眼看过莱因哈特·冯·罗严克拉姆的英姿，只从立体影像与通信影像中知道他有超凡的美貌。连杨提督也是一样。而现在那个独裁者就要活生生地经过眼前。此刻，尤里安被一股比刚才还强烈的欲求驱使着，挤向人群中。

车道和人行道的分界线上已经筑成一道会呼吸的墙壁。肌肉结实、身穿警服的警备兵们排成一道忠诚的行列，阻挡着缓缓前后涌动的人海。然而，和被保护者的地位及权力相比，这种警备方式也未免太寒酸了。尤里安好不容易挤到最前排，他一边随手撩起落在额前的头发，一边等着年轻独裁者到来。

地上车队滑进了车道。走在最前面的是一辆机动装甲车，跟在后面的都是非战斗用的高级车，但如果单独走在街上的话，恐怕也不怎么起眼。尤里安听说过罗严克拉姆公爵不喜欢过度奢华，看来像是事实。光凭这一点，他就对尚未见面的年轻独裁者有了好感。

高级官员们乘坐的地上车经过群众面前。尤里安凝神注视，看到的却是一头半白的头发和一张没什么血色、有棱有角的脸。两眼放出的光芒有一种无机的质感，表情极为冷峻。尤里安根据印象走进记忆中的图书馆，在“帝国宇宙舰队总参谋长奥贝斯坦一级上将”的资料架前停下脚步。他并没有多余的时间细细地回味这段记忆，因为下一辆地上车已经来到眼前了。一眼认出后座上那头华丽的金发后，尤里安的心脏猛烈地鼓动起来。

这就是罗严克拉姆公爵吗?

尤里安开启了所有的视觉记忆功能，把年轻独裁者俊美的脸庞刻印在大脑里和视网膜上。然而，他立刻明白了一件事——要忘记莱因哈特·冯·罗严克拉姆的脸实在太难了。这张脸不仅在五官的构造上非比寻常，内藏的精神活力更是超凡绝伦。尤里安听到自己口中流泻出来的叹息声，同时稍稍转换了一下视线。

乍一看，坐在莱因哈特旁边的人看来像是和尤里安差不多年纪的美少年。但从“他”那剪得短短的暗淡金发与凛而不媚的表情看来，尤里安知道那是一位年轻的女子。或许是罗严克拉姆公爵的秘书官，但尤里安怎么会记住她的名字呢？当然，那就是希尔德——希尔格尔·冯·玛林道夫伯爵小姐。

坐在地上车内的莱因哈特忽然把视线投向群众，他那水平扫过的视线掠过亚麻色头发少年的脸。

这个时候，莱因哈特与尤里安的视线确实在“一瞬”的数分之一这极短暂的时间中交错了。可是，这件事只对尤里安有意义。对另一位当事者来说，对方只不过是构成人海的一朵小浪花。莱因哈特既不是超人，也不是被命运主宰者选定的使徒，杨威利和尤里安也是一样。尽管莱因哈特的资质在各种意义上都远远凌驾于常人之上，可是也在人类能及的限度之内，他既不是超人，也不是非人。在军事才能方面、政治野心方面、白皙的美貌方面，以及强烈的自我表现方面，过去一定也有人在其中某一项上超越他，只是和他一样同时具备这些素质的人少之又少，而且他想支配的恒星与行星，在历史上又是个空前的数字……不管怎么说，他不能完全预知未来的事，几年后，他也不会想起今天的事。

莱因哈特的地上车离开后，民众纷纷散去，尤里安也回过头准备走了。只要他活着，大概就不会忘记今天的事吧。忽然有人轻轻地拍了拍他的手。尤里安吓了一跳，贝流斯卡号事务长的笑脸映入眼帘。

“马利涅斯克先生……”

“让你吓了一跳，真抱歉。怎么样？看到罗严克拉姆公爵本人，有何感想？”

“觉得自己比别人差太多了。”

尤里安率直地脱口而出。他不得不承认莱因哈特的神情与容姿都超凡脱俗。现在尤里安已经从视觉角度了解到，为什么杨提督会如此称赞这个金发的独裁者了。

听了少年这简短而丰富的感想，马利涅斯克轻轻地挑了一下眉毛。

“不错，他现在是个贵公子，但他可不是天生就是公爵或宰相哟。罗严克拉姆这个伟大的姓氏也是获颁伯爵之位后才有的，而在那之前，他虽说也是个贵族，却是有名无实的穷人哪。总之他的父亲是卖了女儿，才使后半生有了保障。”

“卖女儿？”

“据说是被当时的皇帝纳进后宫。形式上如何姑且不论，实质上就等于是出卖。”

对帝国的下级贵族而言，女儿往往是贵重的商品，是打开通往财富和权力大厅门扉的黄金之钥。利用这个商品的不只是莱因哈特和姐姐安妮罗杰的父亲一人。但身为皇帝宠妃的弟弟，如果是个无能之人，或许还可以使人们的反感消弭于无形，但是莱因哈特那无人可比的才能却堵住了人们嫉恨的排气孔，最后终于爆发。当然，对那些持有既不正确也不值得嘉赏的陈旧价值观的人，莱因哈特丝毫不会曲意奉迎，讨他们的欢心。在莱因哈特眼中，他们只是被征服和支配的对象。连父亲也不例外。他不能原谅把姐姐卖给老丑的权力者来获得生活保障的父亲，一直到那浪费掉所剩不多的生命的父亲暴毙，仍然拒绝与其和解。他参加父亲的葬礼，只是不愿让姐姐更悲伤……

尤里安多少了解一点莱因哈特的过去，但是现在听到这些事，却觉得无从恨起这个理当憎恨的同盟之敌，这让他有些困惑。个性刚烈单纯、挚爱着姐姐的少年身影，取代了野心家的形象。

“所以在这种情况下，人们便说罗严克拉姆公爵的成功是靠姐姐的荫庇。事实上，如果不是这样，他的人生会在更恶劣的环境下起步。”

“可是，他在我这个年龄的时候，不是已经立了大功，成为一流的军人了吗？”

“少尉不也建立了功勋吗？如果让我再说的话，后来的‘奇迹的杨’在你这个年纪，应该也只是个平凡的军官学校的学生。相比之下，你可算快了一两步。”

尤里安那深褐色的瞳孔罩上一层深思的云雾。

“马利涅斯克先生，你净挑杨提督和罗严克拉姆公爵好的方面来说，似乎有意唆使我做什么，如果真是这样，那可没用。对方是层次比较低的对手的话，我或许会中你的圈套。但如果和杨提督及罗严克拉姆公爵比较，我可是什么自负都没有了。效果只会相反，会让我更泄气。”

尤里安大概想控制一下语气，但似乎不尽如人意。

“呀，我的话听来像在唆使吗？”

马利涅斯克脸上并没有胆怯的表情，只是爱怜地抚弄着自己那稀薄的头发。

“如果是这样，那我就太不仗义了。我只是想说，没有天生的英雄或名将。啊，或许这种说法就有点过分。”

“不，或许是我说得太过火了。”

“那么，我们两清了。呀，时间过得真快，我本来是要去见见其他客人的。”

“客人？”

“老实说，光载你一个客人是很不划算的，所以我尽量多找一些客人。对你而言，这样也有利于分散危险性。”

这一点尤里安也理解。对象越多，监视和检查的密度就越低。尽管如此，他还是觉得费沙人似乎很喜欢这种论调，甚至还想，如果他们的论调真的那么可信，世界上就没有人有损失了。但费沙人似乎对自己的论调深信不疑，并不仅仅让它们停留在字面上。

尤里安问马利涅斯克是什么样的客人，这只是用来当润滑剂的话题，其实他并没有多大兴趣。如同尤里安的来历引起其他客人的关心会造成困扰一样，如果对方的来历也不便为尤里安知悉，对方应该会有所隐瞒。

“是地球教的神父。”

马利涅斯克的回答很坦然。

“不，应该说是更伟大的主教。总之就是那种不工作，光靠一张嘴吃遍天下的人。”

马利涅斯克并没有刻意隐瞒对那种身份的人抱持的偏见。

“但我们也不能不重视这种圣职者。只要有一个圣职者站在你身边，就会有至少一百倍的信徒站在你这一边，情报也就四通八达了。不过……”

皇帝、贵族及圣职者这些家伙，必须靠劳动者的豢养才能生存下去，而豢养他们的人却常常崇拜着这些人，这实在是令人难以理解的矛盾。马利涅斯克对此极为不平。他的说法在为人勤勉、注重实利的费沙人看来并不奇怪。

“可他是个重要的客人吧？”

“嗯，似乎是个很有来头的人。”

这话并不是马利涅斯克直接听来的。就像有不祥传说的宝石或者潮湿而贫瘠的土地几经转手被商家卖掉的故事一样，这些话也是几经转折才传到马利涅斯克耳中的。以前这个客人是以上宾之姿出入自治领主官邸的年轻僧侣，足以获得保守大商人的尊敬。如果自治领主安德鲁安·鲁宾斯基还在，一定会来讨他的欢心。但帝国军进驻费沙后，鲁宾斯基似乎就躲到地底下去了，没有出现在市民面前，此人的盘算和忠诚也失去了依赖的对象。

马利涅斯克本来没什么投机之心，从某方面来说，他甚至还要把想法不切实际的船长波利斯·高尼夫拉回现实中来。当然，如果可能的话，还是应该稳健行事……但既然已决定冒险把尤里安·敏兹送到自由行星同盟的领土上，再增加一些危险也无所谓了。贝流斯卡号的事务长这样想。费沙有句谚语让他这种想法更为坚定：如果毒药已经超过致死量，吃再多也是一样的。

“怎么样？少尉，要不要辛苦一下腿脚，跟我去见见那个一起搭船的客人长什么样子啊？”

马利涅斯克提出邀约，观察着尤里安的表情，然后换上让步的笑脸，轻轻地张开双手。

“好吧，我老实说吧。我也是第一次见那个什么神父、主教的，有些害怕。如果对方是个半疯的人，我可敌不过呀。少尉跟我一起去，也能给我壮壮胆。”

尤里安觉得马利涅斯克并不那么可憎，何况在小地方施惠也没什么损失。如果他想设陷阱，以前就有许多机会。

尤里安答应了。他腋下夹着面包店的纸袋，跟在马利涅斯克后面踏进了一栋似乎被主人抛弃已久、即将倾圮的大楼。沉淀的空气变成了气化的泥泞。两人在鼠群为威吓入侵者合唱的背景音乐中上了二楼，打开一扇门。

“德古斯比主教阁下吗？地球教的……”

马利涅斯克朝着微暗的室内，用郑重的语气开口问道。他没有称呼对方为神父，因为他从未见过被赋予地位较高的称呼却感到不快的人。

毛毯慢慢地摇动，一双迷蒙的眼睛凝视着来访者。

3

罗严塔尔一级上将攻陷伊谢尔伦要塞的报告早就恭候着刚走进临时元帅府的莱因哈特了。在办公室候驾的两名副官修特莱少将和流肯上尉迎进年轻的金发独裁者，恭恭敬敬地敬礼后，递上报告书。

“恭喜阁下。这样一来，阁下就可以完全控制两个回廊了。”

修特莱恭敬地说道，但总让人觉得像在朗读。接着，流肯上尉也说了一些祝贺之辞，但他的语调又像在春天的野外跳跃一般。希尔德对两人迥异的说话方式很感兴趣。

“希望今后也如此顺利。”

莱因哈特接受了部下的致意。这是吉报，不该让人情绪低落，但膨胀的气球只要一根针就可以毁掉。以前夺得伊谢尔伦时，自由行星同盟的主政者们大概确信他们会永远支配要塞了。莱因哈特并没有尽情沉醉在胜利美酒中的习惯。

“看来杨威利似乎安然无恙。”

莱因哈特坐在桌前，一边用柔软而有弹性的手指翻着报告书，一边喃喃地说。罗严塔尔的报告中一点都没有美化自身功绩，他客观而完整地再现了事实的经过。

修特莱凝视着年轻的主君。

“阁下，听说杨威利是自己决定放弃要塞全面撤退的，这种行为难道不会招致同盟政府的愤怒，受到处置吗？”

莱因哈特从报告书中抬起头。在很多情况下，他都欢迎部下询问。只要不是太愚蠢的问题，都会给他的智慧与思考适度的刺激。

“如果处罚了他，又有谁能指挥杨舰队？那些只会躲在安全的地方审批文件的人就算当上司令官，士兵也不会心悦诚服。如果领导者不重视这个问题……”

同盟政府的高官们都是些比灭亡的帝国门阀贵族更无能的白痴。莱因哈特冷冷地笑着。

“阁下英明，但只要确保伊谢尔伦回廊不落入我们手中，他们不就能将我军的攻势阻于费沙回廊一方吗？为什么他们不采用这个安全的策略？”

“一点都不安全。如果他们这么做，除了伊谢尔伦之外，同盟的所有领地都会失陷。”

莱因哈特断然说道。

“而且使同盟获得胜利的唯一方法，便是让杨的兵力自由行动。”

“唯一的方法？”

“不懂吗？那就是在战场上打败我。”

莱因哈特的表情和声音都极为淡然，在这一瞬间反应过来的只有希尔德。她真切地看到，那令人联想起被弃于冰原中的宝石的冰蓝色瞳孔，放射出极光般的光芒。

修特莱少将和流肯上尉退下后，莱因哈特叫来勤务兵，吩咐准备自己和希尔德两人的咖啡。这个从幼校学生中选出来的少年，在此次作战期间成为莱因哈特的勤务兵。咖啡和奶精送进来，扑鼻的香味蹿进了鼻孔。

“您既然看穿了杨提督的伎俩，仍然要亲自参战吗？”

面对希尔德的质疑，莱因哈特用理所当然的语气说：

“玛林道夫小姐，我立志要成为一个霸者。为了实现这个梦想，我立下一个规定，就是一定要亲自站在前线。以前被我打败的那些无能贵族跟我的不同就在这里。这也是士兵们支持我的理由。”

莱因哈特放低视线，仿佛在对比陶器的纯白和咖啡的黑褐。希尔德望着他金色的额发，娓娓陈述自己的意见。

“请容我多话，阁下。请您避开无益的战斗，回到帝都奥丁。如果把费沙回廊交给米达麦亚提督，把伊谢尔伦回廊交给罗严塔尔提督的话，一定会有很好的战果。阁下留在后方，静待他们带来的果实就可以了。”

莱因哈特没有生气，不过他对希尔德的建议也没什么反应。正如希尔德自己意识到的，这个建议的内容实在太平凡了。

“玛林道夫小姐，我要作战。”

莱因哈特这句话，希尔德没有反驳的余地，因为这不像出自一个渴望权力的野心家，倒像一个急欲抓住被遗忘的梦想的少年的心声。现在，希尔德再次确认了一点——对莱因哈特来说，战斗不只是一种手段。她也有种错觉，自己仿佛变成了一个严格而不讲道理的女教师，想从少年手中抢走他仅有的小宝箱。这当然是错觉，从道理上来说，她的说法才是正确的。身为支配者，应该让部下有更多的机会立下功劳，而不是自己一味地去抢功。可是，要把战争从莱因哈特身上夺走，就像把一只生气勃勃的高傲的猛禽硬生生变成一只笼中鸟。它从瞳孔中射出来的锐利眼光、从翅膀上散发出来的光彩和力量必定消失无踪。

莱因哈特的人生是靠着和众多敌人作战编织成的。在他最初的十年人生中，唯一的同伴是年长他五岁的姐姐安妮罗杰。这个无与伦比的同伴——成为莱因哈特光明源泉的安妮罗杰，在即将成为老迈权力者囚虏的半年前，为他找到了第二个真诚的同伴。

和莱因哈特同年、身高超出年龄许多的红发少年齐格弗里德·吉尔菲艾斯，从此便常常与莱因哈特为伴，为他打败敌人。当两人奋力打败数倍于他们的坏孩子，意气风发地回家时，安妮罗杰虽然没有赞赏他们，却总是会为这两个小勇士泡热腾腾的巧克力。装在廉价茶杯里的便宜的巧克力，以难以言喻的温热之感温暖了少年们的心。不管是怎样的辛苦，在这一瞬间似乎都有了回报。和当时那种喜悦与满足比较起来，他回报给姐姐的只有一点点。

莱因哈特并没有迟钝到认为给予姐姐崇高的地位，就会使姐姐高兴。但是让外人知道姐姐对他有多重要，并且能以外在的形式表现出来的，除了给予姐姐地位，难道还有其他方法吗？公爵夫人或者大公夫人的称号，以及随着称号获得的庄园、宅邸和年俸，不管是多大的赏赐，都无法完全表达出莱因哈特对姐姐的浓烈感情。

然而，在莱因哈特为姐姐准备的东西中，独独没有“新配偶”这一项。莱因哈特意识到或没有意识到的几个心理因素，让他不承认有所谓“姐姐的配偶”存在。看到他这样，希尔德不禁生出恐惧：只要有那个无人可比的姐姐存在，莱因哈特不就无法像常人一样恋爱了吗？当然，或许是她杞人忧天，或许只是让莱因哈特爱恋的女子尚未出现在他的视野中……

“按预定计划，明天离开费沙。”

莱因哈特从昂贵的白瓷咖啡杯上移开视线，然后宣布。希尔德把转瞬间神游宇宙的心拉回现实世界。她答了一声“是”，同时察觉自己的音量似乎有点高了。

“伯爵小姐，如果我要掌握全宇宙，我会空手去拿，而不是隔着一层手套。”

希尔德全身心地赞同莱因哈特的话，但是心中却罩上了一层薄雾。似乎是厚得让人不觉外界时光流逝的窗帘露出了一条缝，黎明前的微弱光芒在一瞬间照亮了侧脸，但那或许只是错觉和幻影编织的粗略而无色的画面。希尔德觉得莱因哈特的话不仅暗示着他的生存方式，也暗示着他的死亡方式。然而，即使无人注视，现在的莱因哈特也像一团旺盛燃烧、永不熄灭的生命之火，由体内散发到肢体末端的活力永不衰竭地燃烧着。

4

莱因哈特·冯·罗严克拉姆公爵离开占领地费沙、踏上新的征服之途那一天，毕典菲尔特与法伦海特两位提督刚好率领舰队从帝国到达费沙。他们预定在五天后尾随莱因哈特踏上征途，因此士兵们便在异乡获得了最后的假日。

让费沙民众产生难以言表的感慨之情的，是他们看到在法伦海特与毕典菲尔特之后，从帝国军战舰中出现了一个人。此人叫尼古拉斯·博尔德克。他历任自治领主安德鲁安·鲁宾斯基的副官与驻帝国事务官，至少没有被讥讽为无能之辈。最近，他先是没有事先报告帝国军侵略的消息，以致股价暴跌。到了他从即将从宇宙港出发的罗严克拉姆公爵那里获得“费沙代理总督”头衔的时候，费沙民众才不得不接受这个事实：其实他并非不知帝国军的侵略行动，而是有意隐瞒。这个原本被称为“自治领主心腹”的人，原来是靠出卖费沙的自由与独立换取“代理总督”地位的卖国贼。

“国家和亲人都可以卖，只是价钱要尽量高一点。”

这是费沙市民们最喜欢用的恶意嘲讽。不过忽然变成被卖那一方的时候，他们当然也高兴不到哪里去。然而也有人认为，由费沙人担任费沙的政治首长，要比被帝国军直接支配好得多。更积极的人则主张时代自有其变化，既然出现了统一支配全人类社会的大帝国，费沙应该在新体制下寻求发展的道路，拘泥于原来的“仅限于形式上的政治地位”是愚蠢的行为。

这些都是很有说服力的见解，但是人类很难改变感情的好恶。在民众眼中，那个坐在“代理总督府”中开始处理行政事务的博尔德克的形象实在难以单纯化。更何况费沙人信奉的理念之一便是“靠自己的脚站起来走路”，所以要他们真心支持稳稳地坐在帝国军推动的婴儿车中的博尔德克实在很困难。

于是，人们经常在酒馆或家中窃窃私语。

“但是……鲁宾斯基那个‘费沙的黑狐’跑到哪里去了？他是不是正在某个地方袖手旁观帝国军的占领行动，还有博尔德克的一步登天？”

不管是哪个时代、哪种政治体制，权力者总是有民众无法知道的藏身处。形式上，他们似乎与躲在阁楼中建造梦幻之城的孩子一样，出发点却完全不同。权力者的藏遁是出于对丧失权位的恐惧，以及一种保身的利己主义。

因此，安德鲁安·鲁宾斯基的秘密藏身处并不是他自己建造的，不过是活用了先人的遗产。这个方法够聪明，或者说够狡猾。其位置在只有极少数的自治政府的人知道的、高级官员专用的地下掩体的更下一层。它的供水、排气、排水、排热等维持生存必不可缺的系统，是分散于能源消费型的公共设施群中的，并且与之联动，所以被探查出来的可能性小之又小。

自治领主安德鲁安·鲁宾斯基和不到十位贴身要员躲在这座无名的地下宫殿里，表面上似乎安于这种软禁般的生活。为了消除住在里面的人的压抑感，掩体内的布局刻意铺设得一如奢华的王朝宫殿。出于同样的理由，天花板也特意挑高，整个空间留出许多空余的部分。在饮食方面，更是丰富得号称一年内不会有同样的菜上桌。鲁宾斯基的情人多米妮克·珊·皮耶尔是掩体内唯一的女性，常常和自治领主过二人世界。然而这对情侣之间平淡无奇的对话，并没有给那些忠实而单纯的近侍留下想象的空间。譬如，某天由鲁宾斯基开头的对话，内容是这样的：

“是你让那个为了从费沙逃出而费尽心机的地球教主教德古斯比找到了救星，你可真不简单哪。”

“你到底想说什么？”

“你也许是个很好的歌手和舞者，要说演技嘛，以前我就说过，你不是那块料。”

鲁宾斯基的语气让人联想起哀叹弟子不肖的工匠。多米妮克把威士忌酒杯放在情人面前，桌面发出响亮的声音。

“或许吧！不过鲁伯特·盖塞林格，那个你最爱的儿子，在被你杀掉前，还一直相信我是他那边的人哪！”

“他不是一个洞察力敏锐的观众。因为他不是纯粹在观赏演员的演技，只是把从自身抽离出来的幻想投映在演员身上，来自我陶醉罢了。”

当多米妮克大胆地说出那个原本想杀死亲生父亲，却反而被父亲杀掉的青年的名字时，杀子的父亲脸上并没有任何反应，甚至连手上酒杯中的威士忌也没有晃动一下。他的冷静或者说假装冷静的态度，不由得让多米妮克的神经都为之战栗。她放弃装作不知情的努力，转而反击鲁宾斯基。

“我想我得去投保了。现在必须要考虑一下我托付命运的究竟是什么样的人。”

一直信任她的鲁伯特·盖塞林格，指示知悉鲁宾斯基和地球教秘密关系的证人德古斯比逃脱。关于这件事，多米妮克一直保持缄默。但如果在其他的事情上，她必定会发挥饶舌的本能。

“老实说吧，请不要以为我很愿意参与杀你儿子的行动。之后想来，再也没有更恶心的事了！”

“打一开始，我就不觉得你会高高兴兴地参与。”

鲁宾斯基用那不知何故总缺少一些感性的眼睛，凝视着照明设备反射在冰块上的光芒，随即把视线移到情人身上。

“你没有选择鲁伯特而是选了我，只是纯粹站在利益角度。而现在证明你的盘算是正确的，所以也用不着说那些马后炮一般的话，那无异于用海绵去吸洒落的牛奶。”

“那洒落的牛奶和你这产奶的牛在这点上真是一模一样。以为天下只有自己是智者，真是俗不可耐！”

“是呀，那家伙不好的地方实在太像我了。如果他多学点克制锐气的方法，就不用这么早死了……”

“教育儿子是父亲的义务。”

“一般而言是这样的，但并不意味着凡事都要仿效父亲。总之，如果没有才能的话，立志当个学者或艺术家都好，多少忙我都会帮的。”

多米妮克露出探询的目光，然而她实在看不出鲁宾斯基葫芦里卖的什么药。

“结果你还是以自我生存为优先。如果是这样，你应该了解我的立场呀！”

“我当然了解。不只是我，人类总是能理解比自己低等的生物。”

鲁宾斯基用比嘲笑更重几分的语气回答，又往还没有喝干的杯子中倒入威士忌。

“我有意和幕后的地球教斩断关系。你做的事基本上和我的目的一致，所以我就默认了。”

地球教的力量大半来自其隐秘性。当隐秘的铠甲被击破，阳光照射进来时，那存在于阴暗的房子中达八世纪之久的恶灵也只好走上毁灭之途了。

鲁宾斯基将今后可资利用的人、应该活用的事件，一个个在脑海里串联起来。为了完成复杂的设计图，今后还得过一段避人耳目的日子。这段时间应该是让嫩芽茁壮成长的温床。

5

独立商船贝流斯卡号在一月二十四日载着八十位不合法的乘客离开费沙。由于莱因哈特已动身，加上费沙民政重新走上正轨，民间航路好不容易又获准开启，贝流斯卡号加入了第一批的航行队伍。不过开启的航路只限于费沙和帝国之间，同盟方面还处于封锁状态。当然，他们是隐瞒了目的地离开的。如果被帝国军抓到，难免会沦为俘虏，这是船上每个人都必须做的思想准备。

出发前，马利涅斯克为了追求更高的安全性，玩了几个小诡计。其中之一便是向代理总督府报告说“有船队企图航行至同盟领地”。

“谁也想不到报告者就是主谋呀！”

马利涅斯克对尤里安说。可是尤里安认为实在不必故意朝蛇窝里投火。身为副官的马逊准尉劝他将事情全权委托给自认为是行家的马利涅斯克。因为要抓住人心，就要尊重对方的实绩和自尊。尤里安一半是为了给马逊面子，听了他的建议。有很多事情是力所不及的，他也没办法事必躬亲。杨威利不也说过嘛——即使想尽善尽美，不行的事情终归还是不行；无论如何担心，既然力所不能及，就不要伸手，把一切交给愿意去做的人才是明智之举。可是，杨的说法似乎有很重的辩解意味。

驾驶员卡列·维洛克从第一次见到尤里安开始，就对他颇具好感。倒不如说，他好像在见面前就决定要对尤里安采取友善态度似的。他觉得尤里安要躲过帝国军的监视潜回同盟领土，所需要的勇气与那稚气未脱的面孔实在不相符。因此，他在赞赏之余还有些感叹，所以决定尽一切力量，使这趟逃亡之旅顺利完成。尤里安觉得他是个值得信赖的人，却也有近似煽动者的性格。“如果集结同盟残存的军事力量与费沙的财力，要打倒帝国军并不是不可能的，具体的组织方法便是如此如此。”——他不对尤里安说明航行技术，反而一本正经地提出反罗严克拉姆统一战线之类的提案。面对他这些论调，尤里安只有苦笑。听起来，同盟的败北与灭亡似乎是既定之数了，这令尤里安感到意外。他一直确信只要杨威利在，便不会袖手旁观同盟军深陷战败的深渊。不，这不是确信，而是信仰。如果让杨评论一下这件事，他一定会感到困惑。但总之，目前对尤里安而言，杨威利和民主主义、自由行星同盟仍然是密不可分的三位一体。

在几乎都是被掌控“偶然”的女神选中的同行乘客中，尤里安最关心那个号称地球教主教的德古斯比。此人在短短的时间内，从拥有疯狂信仰的清教徒摇身一变为渎神的浪荡之人，尤里安当然不能完全理解其心境的激变。他关心这个人，首当其冲的理由便是和马利涅斯克事务长一起去拜访德古斯比的藏身处，和他面对面时所留下的印象。当时，尤里安只觉得视觉仿佛发了霉，这种恶劣的感觉令他难忘。第二个理由是地球教具有的政治背景。但是，这些疑点并不需要在搭船前就解决。

于是，尤里安便以独立商船贝流斯卡号乘客的身份离开了费沙。这是帝国军和同盟军在兰提马利欧星域发生正面激烈冲突半个月前的事。又过了半个月，尤里安搭上另一艘船到达同盟首都海尼森。这些事在几本史书上都有记载。

Chapter 4
双头蛇

1

银河帝国军米达麦亚舰队并没有战斗，只是一味前进，从费沙到波列多星域，前进里程达两千八百光年。在波列多星域，他们为了等后面的友军跟上来，部署成球形阵，以运输船队为中心，四周配置了战舰，防备从各个方向来袭的敌人。

波列多是古代斯拉夫神话中一位有五张脸的战神。这个星系除了有一个正值壮年期的恒星，还有四个质量巨大的气状行星，所以就被取了这个名字。这是米达麦亚从费沙自治政府航路局的资料中获得的知识。

到波列多星域为止，同盟军的通信、补给及战斗的军事据点，虽然与伊谢尔伦相比有明显的不足，数目也多达六十处以上。但其中有一大半都因首都方面传下的命令被放弃。米达麦亚舰队悄无声息地经过静待飓风过境的各星域，势如掠过干燥大草原的熊熊烈火。

可是此时，在同盟军中却存在一个米达麦亚不知道的小插曲。那是关于休帕拉星系 JL77 通信基地的事。JL77 一直是核心机能据点，在其他基地忽然被放弃的情况下，甚至在对方的攻击即将发起之前，他们依旧在收集与传递帝国军进攻的情报，因此士兵们处于无法逃离该基地的状态。

JL77 只有两百名战斗人员，火力也很弱，一点机动力也没有，甚至连一艘战斗用的舰艇都没有。帝国军只要用小指头的指尖轻轻一碰，这些人就会像大象脚底下的蚂蚁一样，绝无活路。JL77 被赋予了太多的义务与责任，因而置身逆境，统合作战本部并不是完全没有罪恶感，所以想在能力许可的范围内派遣大规模增援部队，包括五万名战斗人员、三百艘战舰前往支援。但基地代理司令官布列查理上校接到增援兵力的报告后，并没有大跳欢喜之舞。“多谢本部的好意……”他一面保持着军人该有的礼仪，一面拒绝了增援。恐怕除了他本人，所有人都为此大吃一惊。

“总之，您是说我们势将壮烈牺牲？反正都是壮烈殉国，所以不必让那五万名友军陪我们葬身于此？”

布列查理对着一脸悲壮地询问原因的部下摇摇头。

“不是，我是为了让我们活下去才拒绝增援的。目前我们的存在根本不能算是一股战力。帝国军在费沙获得了资料，一定也知道这件事。如果五万名战斗人员和三百艘战舰动作起来，以现在敌我之间这么近的距离，一定会被敌人知悉。这样一来，就会勾起原本有意放过我们的敌人的战斗欲望。如果想活命，就不可轻举妄动。”

布列查理言中了。

米达麦亚认为没必要刻意去攻击和消灭一个连一艘战舰都没有的JL77基地，悠然地通过了基地前方。当然，米达麦亚并不是个老好人，只要JL77基地一有骚动的迹象，他便会给予致命一击，让整个基地沉没于火舌之下。

日后，布列查理对妻子追述道：

“老实说，当时敌人会不会放过我们，我实在没有把握。可是，如果敌人攻来，不要说两千人，就是五万人也一样全灭。还好我选择了活命机会比较大的一方。不过，那种选择我可绝不想再做第二次了。”

一月三十日，莱因哈特麾下的帝国远征军全军在波列多星域集合完毕。一半陆战人员留在费沙，毕典菲尔特与法伦海特的舰队作为后续部队。集结于同盟领土内的兵力，共计有战舰十一万两千七百艘，负责补给、运送、医疗等的支援舰艇四万一千九百艘，官兵数量达到一千六百六十万这个庞大的数字。莱因哈特也是第一次统率这样庞大的兵力亲临前线。在亚姆立札会战中和超过两千万的同盟军对决时，他的兵力也只在敌人的半数以下。

莱因哈特和众提督聚集在帝国军总旗舰伯伦希尔的舰桥里，米达麦亚起身开始报告。

“同盟军可能认为这个星域是我军的集结点，我想他们早就做好了迎战或攻击的准备。”

米达麦亚一边把得自费沙的丰富情报展现在数面屏幕上，一边详细说明。占领费沙，战略上的意义之一是获得了许多有关同盟领地的地理情报。他们更加期待收获战争之田长出的全面胜利的果实。

“从波列多星域到兰提马利欧星域间并没有居住人类的行星，为了避免连累一般民众，同盟军大概只能选择这块宙域作为战场。这是下官的推测。”

“疾风之狼”一结束报告，莱因哈特便优雅地起身。

见过他身着军装的人，可能都会任思绪驰骋在数百年前的光阴中。他们或许会想，那些以前接受帝国军委托的服装设计师，一定是预测到遥远的未来会出现一个和黑银服饰如此契合的年轻人，才设计出这一套衣服……

“你说得有理。同盟军虽然忍耐至今，但为了抑制人心的不安，他们将不得不在近日发动攻势。我军就回以相同的礼数吧，用双头蛇阵形……”

意气风发的莱因哈特刚宣布完，抑制不住的兴奋骚动顿时变成一股热风，在众提督之间散布开来。

所谓“双头蛇”，就是把自古以来地球上经常使用的大军配置方法应用在宇宙空间中的一种阵法。

假设在宇宙空间中存在一条巨大的蛇，这条巨蛇长长的躯体两端各有一个头。如果有人想打这条蛇，去袭击一端的头，另一端的头就会反过来咬住敌人。如果中央的躯体部分受到袭击，两端的蛇头就会同时咬住敌人。

当利用这种战阵赢得胜利时，指挥官表现出的不凡的指挥能力，便会以最华丽跃动的光芒灼烧人们的视神经。

然而，要活用这个战阵，首先必须握有比敌人更多的兵力。面对敌人的攻击，既然要采取被动的立场，不管敌人的所有兵力集中在阵形的哪个部分，该部分都必须在一定的时间内抵挡住攻击，以待友军的支援。如果敌方拥有足以同时击溃己方全部战线的兵力，己方就会在各处被切断，从而给予敌方各个击破的好机会。

此外，在兵力的运用上，柔软与应变更是不可欠缺，所以保障通信和行动就具有重要的意义。如果通信网有了破绽，友军即使遭到攻击，其他人恐怕也只能在远方袖手旁观。

因此，帝国军的通信网配备了三重反干扰系统，又考虑到万一通信网被破坏的情况，准备了两千艘具有短距离跳跃飞行能力的联络太空梭。目前，担任总指挥官的莱因哈特在指挥能力上毫无问题，只考虑在可行范围内提升命令的传达速度与应对的机动灵活就行了。决定了相关事宜的处理方法后，议题转移到了帝国军全军如何重新布阵上。

“第一阵，也就是蛇的一头应该由米达麦亚指挥，除此之外别无他法。”

提督们是这么想的。可是，接下来他们先是怀疑自己的听觉，接着便是面面相觑。

“元帅，您是说由您亲自指挥第一阵？”

奈特哈尔·缪拉在座位上稍稍挺直了腰杆。

“太危险了。同盟军的力量虽然已经衰弱，可就因为这样，他们反而有可能放手一搏。请阁下在后方督战即可。”

“这种战阵没有所谓的后方，缪拉。有的只是两个头。”

莱因哈特冷静地指出，缪拉沉默下来。年轻貌美的独裁者用白皙柔软的手指梳理着金发。

“米达麦亚，你负责指挥躯体的部分。如果同盟军企图将我军切断，当然会以躯体为第一个目标。事实上你等于是在打前锋，这一点不言自明。”

“可是……”

“我来这里是为了打胜仗，米达麦亚。要获胜就得作战，既然要作战，我就不想待在安全的地方。”

其他提督的作战安排都决定后，莱因哈特宣布暂时休会，背对起立敬礼的众提督走了出去。

“看来，他首先是一个斗士啊。”

米达麦亚再次深刻地感受到了这一点。

“他总想在战争的胜利当中找出意义。如果是个天生的独裁者，他就不应该拘泥于收获的方法……”

莱因哈特往自己的房间走去，在走廊的一隅停下了优雅的步伐，因为一个带有忧虑但又充满决心的声音从一旁传来。莱因哈特用锐利的视线搜寻声音来处，结果在墙边看到一个大概只有十三四岁的褐色头发的少年兵，他兴奋的脸颊和紧绷的身体线条展现出纯真的个性。看他的穿着，莱因哈特知道他是幼校的学生。

“有事？”

“阁下，请原谅我的无礼。可是，有些话我一定要说。请您务必要打胜仗，而且要统一整个宇宙……”

单纯而热烈的崇拜与憧憬，使少年的声音热烈地颤抖着。

莱因哈特仿佛在这面镜子中看到了过去的自己，冰蓝色的眼珠放出柔和的光芒。从他那指挥着庞大宇宙舰队的口中发出的声音变得温和起来。

“告诉我，你叫什么名字？”

“是，艾密尔·冯·齐列。”

“好名字。你是说要我打胜仗？”

“是……是的！”

“是吗？那么，即使我连将来该由你们打倒的敌人都一个不留，那也没关系吗？”

少年一瞬间不知如何应对。年轻的独裁者对他露出笑容，秀丽的微笑使少年终生难忘，甚至在死神逼近时也是如此。

“艾密尔，为了你，我一定会打胜仗的。所以你要活着回去把消息传给家人。告诉他们，让莱因哈特·冯·罗严克拉姆在兰提马利欧之战获胜的人就是你。”

2

应该为侵略者准备一场欢迎宴会的同盟军无法像帝国军一样，把统一性与系统性极高的战略放在菜单上。他们选择兰提马利欧星域为决战场所，不如说是消元法的结论。

“据我们预测，帝国军在波列多星域集结全军，并重新整编后，将以首都海尼森为目标发起攻击。”

JL77 基地在帝国军的电波干扰下送出的最后的情报，在二月一日放在了统合作战本部与宇宙舰队司令部联合会议的桌上。

焦躁和睡眠不足，使深夜集合在本部地下会议室的高级军官们面如死灰。

“如果他们直接前进，应该是经过兰提马利欧、杰姆席德、凯利姆星域，朝海尼森而来。”

“帝国军会直接攻来吗？有没有采取迂回路线的可能性？”

“事到如今，帝国军更没有避免直接前进的理由吧？他们应该选择最短的距离朝海尼森猛攻。”

“从杰姆席德开始，我们的星域都是有人行星。称不上是边境地区的兰提马利欧，已经是阻止敌人的最后防线了。”

“在时间上也是这样。”

他们所说的时间，不是从纯军事方面来说的，更多的是出于政治上的要求。

同盟政府会不会只防卫首都海尼森，弃其他星域和住民于不顾？这种疑虑而恐惧的声音沿着无形的水道由各个星域流入海尼森。为了使最少的兵力产生最大最有效的价值，把有限的兵力集结于海尼森，与远道而来的敌人决战。这种战法才堪称兵力悬殊时的大义名分之战。

但是，自从地球上诞生城市以来，人们就存在一种疑惑：权力者不是总以大义名分为幌子，独占本应用来保护民众的武力护卫自己吗？如果这种疑惑不断增长、恐惧不断升高，现实中被置于帝国军威胁下的边境各星系的行星政府，就可能向没有打算保卫领土和民众的同盟政府发出脱离同盟或宣告中立的宣言。只要有一声悲鸣，就会成为引爆群众反抗心理的导火索。最坏的情况下，甚至可能出现这种情形——从费沙回廊的出口到巴拉特星系附近，人口稀薄但地域广大的区域林立着名为中立、实为帝国附属品的国家。同盟政府只能借着作战和胜利来维系他们对同盟的忠诚心。同盟政府当然不想承认这种事态，但面对政府能力不足以保障星系安全的指责，他们连一句话都不能反驳，这是现实。三年前，政府和军部强硬派勾结，对帝国领土进行冒失的侵略，结果把大半战力都葬送在亚姆立札，那次愚行至今仍令他们后悔不已。

结果，由于种种情形，统合作战本部迟迟无法制订出系统的部署。他们在战略上陷于不利，兵力也不足，如同置身于架在恐惧和虚无之间的小桥上，战战兢兢地左支右绌，丑态毕露。最后，大势就被宇宙舰队司令部掌管的战术层面决定了。

统合作战本部长德森上将因为态度上的表现，暴露了他和政府部分要员勾结才成为军部最高负责人的事。表面上，他虽然不怎么狼狈，但事态的发展已让他失去积极性和自主性，只要国防委员长没有下命令，或者部下没有进言，他就什么都做不了。他只会裁决一下呈送上来的文件，处理一些日常事务，把自己关进偏执与自闭的栅栏，对迫在眼前的危机理都不理。

就这样，同盟军被置于“一战必须取胜”的情况下。现在谁也不问“如果输了怎么办”的问题。

奇妙的是除了德森，在极短的时间内，有了“正面决战”目标的同盟军部整体呈现出活络的气氛。或许战术层面目标越小越容易让职业军人有踏实的感觉；也许是除了杨威利，这些人在两年后的今天才有了和帝国军正面作战的机会，刺激了他们的好战之心。在众人的一片兴奋声中，邱吾权发表了意见。

“真希望战斗开始的时间能晚一点。”

邱吾权提出这样的意见，是因为坚信杨威利已经放弃了伊谢尔伦，一方面保护着人民，一方面朝着首都海尼森前来。他很早就认定，杨威利指挥的兵力是一项贵重的资源。

杨于一月十八日放弃伊谢尔伦。由于搭载了许多平民，速度的确快不了。不过，如果在半路上让人民到某个星域去避难，然后再朝着兰提马利欧方面疾行，应该有些应对办法。邱吾权这么想，盘算着不愿舍弃的可能性。

计算的结果是二月十五日那天，杨的舰队可以到达兰提马利欧星域。如果想办法将开战的时间拖延到那个时候，同盟军就有强大的兵力和帝国军对峙了。

但是还有一种情况，即帝国军很可能在杨到达之前就杀到巴拉特星系了，更何况帝国军大规模的别动队正从杨舰队背后不断接近。所以当杨参加兰提马利欧方面的会战时，很可能会出现重要的巴拉特星系已然落入帝国军别动队手中这种更具讽刺性的结果。一想到这里，这个计划就不得不搁置。

目前已有取代同盟政府趋势的国防委员会，在爱朗兹委员长精力充沛（半年前绝对令人想不到）的指导之下，开始整备宇宙舰队的作战环境，把海尼森的城市居民送到山岳和森林地带去避难，并制订接纳从伊谢尔伦来的难民的机制。同时向各星系发出通告，受帝国军攻击的行星可以发布“无防备宣言”避免战火。

二月四日，同盟宇宙舰队从首都海尼森所在的巴拉特星系出发。在司令长官亚历山大·比克古的直接指挥下，以第一舰队为中心的三万两千九百艘战舰、五百二十万六千人投入了战场。

这一年已迈入七十三岁高龄的老提督，在出发前接到来自政府的人事命令，晋升为元帅。

“这个命令是叫我不必活着回来吧？等于提前颁布追赠荣誉的命令……”

“不，您不要老是自暴自弃。”

晋升为上将的总参谋长邱吾权一边冷淡地批评，一边弹去粘在胸前的面包屑。这个人从某方面来讲，和杨威利有些微妙的不同，但是看起来也不像军人。在军官学校当教官时，他曾经在穿着便服预备出门巡查时被轮值的学生带到餐厅的后门去，因为学生误把他当成来拿订单的面包店的人。这是个有名的传闻，不过轮值学生的名字没有传开，所以事情是真是假颇引人怀疑。但跟这种传闻极为搭调的人，如果在和平时代，是不可能有上将军衔的。

越是接近被锁定为决战战场的兰提马利欧星域，紧张感越是加速提升。尤其是搜寻敌人的侦察部门的军官和士兵们，因为感觉责任重大，压力大增，监控员们苍白的脸上总挂着冷漠的表情，抚摸胃部或揉脖子的动作明显增加了。

“看起来好可怜哪！”

比克古的新任副官说道。

这个副官常常被同事和部下当成笑话的来源，但不能把责任都推到他身上。不论在容貌还是言行举止上，他都是个正常的男人，也具有完美地完成工作的能力。责任在他那久远的祖先身上，他从祖先那儿继承了一小块土地和一个奇妙的姓氏。他姓“史路兹卡利达”。

只要他一报上姓名，对方一定会在口中反复咀嚼这个有异样声响的姓，然后兴致勃勃地问该怎么拼。此外，先被告知拼法“SOULZZCUARITTER”的人，总是会蹙着眉头再念一下，然后问如何发音。再加上他的名字“施恩”，情况就更奇妙了。当他中学毕业时，第一名的荣誉反而对他造成了伤害。“毕业生总代表——施恩·史路兹卡利达”的话音未落，神圣的毕业典礼会场便爆出一阵笑声。连应该规劝众人的校长也把义务和良知暂时塞进口袋中，爆笑不已。

进入军官学校就读时，最令他担心的依然是作为新生代表再蒙受一次羞辱。然而事实证明他是杞人忧天，他和许多新生一样，只是远远地望着一个叫霍克的新生代表的背影。从此，他就开始了同盟军人的生涯。可是就像他诅咒他的祖先们一样，他也被后世的战史学家们咒骂。因为不管多么偷懒的战史学家，都不能无视兰提马利欧星域会战中，那个同盟军总司令官副官的姓名……

年轻的史路兹卡利达少校在舰队出发前一天被任命为比克古元帅的副官，因为原先的副官法伊佛尔少校因心脏病发作而意识不清，被送去了军队医院。这位姓名奇怪的年轻军官在军务方面经常辅佐法伊佛尔，便毫不客气又不得已地挑起了重担，被安排到了老提督身边。结果，同盟军继总参谋长之后，又在没有内部竞争的情况下替换了部队的中枢要员。

老提督很干脆地解决了副官奇怪而复杂的姓名难题。他从十五个字母所拼成的姓中，提出开头的四个字母来称呼他。于是，他的通称“史路少校”诞生了。喜出望外的他后来便以这个通称作为正式的姓。虽然原来的姓是承自祖先的，却往往成为“你的父亲候选人有三个，哪一个才是真的，实在搞不清楚，所以只好把三个人的姓合起来”之类恶作剧的根源，让他难以忍受。不过在这场战争期间，他仍然是施恩·史路兹卡利达少校。

这位副官行色匆匆地跑来向老提督报告时，时间是二月七日十二时四十分，所有的将官和士兵都吃完早餐之后。比克古和邱吾权总参谋长、旗舰里欧格兰特的舰长艾默森中校一起在高级军官餐厅吃饭。总参谋长的吃法极为拙劣，又极不注意礼节，所以餐巾比别人的脏十倍。以前，杨威利曾在宴席上偷偷地对尤里安·敏兹说：“我比他好多了吧？”结果尤里安责备他：“请不要满足于太低的水平。”

有关帝国军位置的情报，从前锋侦察艇的急报开始传进之后，时时刻刻都有新情报涌入。舰桥的十二个大小屏幕全面开启，为司令部提供战术应对所需的资料。

“帝国军的阵形不就是所谓的双头蛇吗？如果是这样，下官以为，谋取中央突破就正中敌人下怀了，危险性太大。”

比克古深深地点点头，同意年轻副官的意见。

“或许，不，应该是毫无疑问地如你所想。可是我们已经没有其他可采取的战术了。我们只有反用敌人的阵形，突破中央，予以各个击破。”

老提督一面说着，一面为敌我双方战力差别之大叹息。报告显示，帝国军战舰的数量最少也有十万艘。

“您说得对。不管怎样，罗严克拉姆公爵名不虚传。他经常抢得先机，使我们处于战略上的不利地位，然后再发起攻击……”

“所以杨威利才给他很高的评价。你知道吗，史路少校？我曾听杨威利说过——如果他出生在帝国，也会欢欢喜喜地投到公爵旗下。”

“这种说法不是太危险了吗？”

“不知为何，我也有同感哪。不过像我这么老朽昏庸，又没什么才能的人，对方也不见得会重用。”

老提督若无其事地说完，年轻副官满脸的困惑在一瞬间转为了愉悦。

二月八日十三时，帝国军和同盟军的距离接近到只有五点九光秒。如果从天顶方向俯瞰，应该能看到帝国军横着排成长长一列，两端稍微向内侧弯曲，同盟军的头部则向其中央部分纵深插入，显示的光点群令人不禁想到一支箭正射向巨蛇的画面。

但是，随着与对方的接近，比克古开始怀疑起最初坚信的中央突破战术来。帝国军的躯干部分有极雄厚的兵力层，如果中央突破的战术在短时间内不能成功，被敌人左右两翼包围的危险就太大了。倒不如先发制人，先行围剿左右两翼中的一侧，更易于各个击破。

比克古对战术重新考虑是在十三时四十分。接近到五点一光秒的两军开始炮战，则是在五分钟之后。

3

战端开启后三十分钟，战斗始终以炮战为主，交错冲突的能量光束及导弹织成的光网，在寂静中展开恶魔般的美丽身形。

最先有动作的是帝国军躯干部分的米达麦亚舰队。所有舰队同时前进的命令在超光速通信中飞流，舰队开始一边射击一边前进。这攻击还不是以正面的胜利为目的，只是为了示威和试探敌人的反应，所以米达麦亚故意选择了寻常的前进方式。然而，大军形成了无数光点，不断接近的阵势变成一只强有力的无形之手，紧扼住同盟军最前线指挥官的咽喉。老练的比克古命部下待机行动，可是一部分指挥官早已按捺不住。他们瞄准正在接近的帝国军，几乎还没有锁定目标就一齐发射，歇斯底里的气氛立刻感染了周围的同伴，引发了一阵狂乱的射击。

可是，在半狂乱的同盟军无序但高密度发射的能量光束与导弹下，帝国军的集团发生了龟裂。对两军而言，这都是出乎意料的事，无序的炮击使炮火过度集中的部分因负荷过重破裂了。于是，同盟军的先头部队将理智判断置于一边，意气用事似的争先突击，对着一度产生龟裂的部分又狠狠地撕咬起来，结果龟裂越来越大。帝国军开始后退，阵脚开始动摇。

米达麦亚凝视着旗舰的屏幕，低声地咋舌，一边用军靴后跟踢打着磨光的舰桥地板，一边回头对副官阿姆斯道夫说道：

“到底席位是为同盟军还是为我们而设的？我真想向地狱

问问。”

通过旗舰伯伦希尔的屏幕，莱因哈特仍旧岿然不动地静观战况。然而，次席副官流肯中尉却用率直的感叹声打破了沉默。

“真让人吃惊，米达麦亚提督遇到了阻击。看来敌人在实战层次上也拥有不少勇者啊！”

“同盟军的行为不是勇猛，而是狂躁。”

莱因哈特冷静地订正了副官的见解。

“米达麦亚是个斗牛士。表面上看来像是被猛牛所逼，事实上他是在积蓄力量，寻求胜机。不过……”

莱因哈特优雅地歪着头，带着苦笑喃喃自语。

“或许，他是真的被对方的攻击所震慑。我们也该有所行动了……”

莱因哈特的两个观察都应验了。米达麦亚虽然采取了将敌人狂躁的威力扩散开来的战法，但是他也被敌人过度猛烈的攻势震慑了。

猛虎因为那群没什么经验又没有判断能力的猎犬不要命般的撕咬而畏缩——此时米达麦亚就处于这种状态之下。不管是指挥官的能力还是士兵的素质与数量，帝国军都远在同盟军之上，但脱离常规的情势却往往让计划和算计无能为力，让原本的胜败态势瞬间颠倒，这种例子在战史上也不少。

的确，同盟军的攻势凶猛得超乎寻常。战舰炮门全开，四方扫射的光箭在无人的虚空中高速穿梭。有的战舰关掉了冲撞回避系统，用舰首将敌方的驱逐舰一切为二；有的巡航舰则将主炮对着眼前的敌人齐射，结果自己也卷入了爆炸形成的光团。

疯狂的攻击突破了理性的防御，破坏和杀戮的宴席如火如荼地摆开。比克古想阻止他们，使用了所有的传讯系统，最后好不容易掌握了主要战舰的通信线路。

“停止前进！后退之后再重新编队。你们还没杀够吗！”

被司令官一顿臭骂，醉心于流血的同盟军终于恢复了冷静，停止横行，紊乱的舰列重新建立起秩序，试着撤离战线。

但是，帝国军可不允许同盟军见好就收。拜耶尔蓝、布罗、德洛伊杰等米达麦亚麾下的勇将们腹中翻腾着复仇的岩浆，不约而同地开始反击。一刹那，帝国军超过十五万艘战舰形成的巨蛇扬起两侧的蛇头，朝着同盟军掩杀而来。兵力为同盟军五倍之多的帝国军震撼了无声的宇宙空间，化身为一只从午睡中醒来的食肉恐龙。

一转眼，同盟军从杀戮的加害者变为被害者。前方有米达麦亚军的炮列形成的闪光风暴，左方有莱因哈特直属部队吐出的数十万条火舌，右方则有缪拉、法伦海特、瓦列等人不断放射的能量之枪。

仿佛要将视线烧毁的爆炸光芒产生了连锁反应，成为集中攻击目标的同盟军活生生被火葬了。即使舰体的外壁耐得住冲击和高热，里面的人却耐不住高温。人们倒在墙角和地板上，在舰内急速上升的高温中被迫与死亡拥抱。

立即死去的人还算幸福一些。那些受了致命伤却还留着几分钟生命的人，在死神打开慈悲之门前，全身因为内脏被煮沸的痛苦不断痉挛，在自己吐出的血泥中痛苦地翻滚。不久后，血化成白烟蒸发掉，灼热的地板上，生者与死者的肉体被烤焦了，纯白的光将所有的惨状漂成白色。舰体四散开来成为一团火球。惊人的物质、生命及能量的浪费在广大的战场上不断上演。

这一天，从十六时到十九时，两军的战斗极其惨烈。由八百四十艘战舰组成的同盟军迪德涅分舰队在短短的三个小时内锐减至一百三十艘。瓦列的舰队以伸展在宇宙虚空中的舰翼一端狠狠地重击了迪德涅分舰队。

瓦列再度前进，绕到同盟军的左侧，一面不断地发射炮火，一面企图杀入同盟军中，试着斩断同盟军的舰列。他的盘算因莫顿提督的猛烈反击而告失败，但是瓦列仍然贴近了同盟军的左侧，不断进行密集的攻击，使同盟军付出了巨大代价。

法伦海特在瓦列舰队外侧迂回绕行，想大胆地绕到同盟军背后去，却因此与兰提马利欧恒星过于接近，恒星发出的磁力和热力使电子机械动弹不得，法伦海特只好放弃原计划。同盟军在比克古沉着的指挥下，从暂时的困境中脱逃出来，维持住了战线。

"看来要获胜也不是那么容易。这老头实在太顽固了，梅尔卡兹也一样。"

莱因哈特喃喃自语，传唤首席副官修特莱，让他传令下去，既然战况呈现胶着状态，那就避免不必要的流血，让全军暂且后退，先休息一下，用些餐点。战斗开始以来，士兵们一直用离子饮料搭配富含钙和各种维生素的饼干充饥。如果有人说用有没有食欲可以区分新兵和老兵，那也无可厚非。老兵中至少有人还有多余的心力指责饮食不佳，初上阵的年轻人则因为极度的疲劳，只是把固体食物放进口中就会有呕吐感，再把离子饮料含在嘴里就更够呛了。尽管如此，他们好歹还活到了现在——有许多新兵已经永远失去成为老兵的机会了。

第二天，二月九日，两军在兵力上产生了莫大的差异。帝国军推进了所有的战线，排除同盟军的抵抗，缩小了半包围圈。帝国军的舰列受到炮击产生的破洞一瞬间就可以修补好，同盟军露出的破绽却永远合不拢了。

被逼得节节败退的同盟军放弃了攻击，改换成完全的被动防御。从天而降的能量之剑撕扯着同盟军，流出的不是血，是能量；飞散的不是肉，是装甲板。尽管如此，同盟军仍然继续坚持作战。从被破坏后漂流在宇宙中的战舰背后，又有其他战舰射出炮火。同盟军的单座战斗艇斯巴达尼恩将帝国军的舰艇引诱至己方炮火网中的作战手法，尤其让帝国军咋舌。当帝国军追逐着看似狼狈不已的敌人时，同盟军就从后方或下方给对方舰艇的关键部位致命一击。

整体而言，帝国军的优势无法动摇，而且这种优势每一分每一秒都在增强。但是同盟军尚未失去指挥的统一与行动的秩序，若要全面将其击溃，就必须再重重一击。一旦老练的用兵家比克古决定贯彻“不打败仗”的宗旨，米达麦亚等人可能也束手无策。

“看来不出狠招不行了。”

莱因哈特抱着手臂，冰蓝色的眼睛凝视着屏幕，终于吩咐通信士官。

“联络毕典菲尔特！该你出马了！我要你把敌军总司令官的

贝雷帽挂在黑色枪骑兵的枪尖上，给我送到这里来……”

4

号称具有无与伦比破坏力的黑色枪骑兵舰队，最后终于在二月九日十一时接到最高司令官的命令，开始行动。毕典菲尔特上将前一天一直没有接到出击命令，只得旁观战友们的作战。他吹了一声欢欣的口哨，站在通信屏幕前高高地举起手，再用力挥下。

“黑色枪骑兵——出动！”

听到拜耶尔蓝中将的报告，米达麦亚用一只手潇洒地拢起那一头蜂蜜色的头发。

“也就是说，最后的局面已经临近了。毕典菲尔特那家伙一定满口胡扯着‘压轴的歌手总在最后出场’之类的话。”

“我们的舰队该怎么办？”

“转为全面攻击，可不能让黑色枪骑兵独占猎物最好的肉。”

“下官也这么想。”

拜耶尔蓝露出笑容，向舰队传达了司令官的命令，激励大家不要输给黑色枪骑兵。

接到毕典菲尔特出动的报告，缪拉、瓦列、法伦海特等人的舰队都雀跃不已，深深感受到帝国军“胜利在望”。

毕典菲尔特军的前进目标中有一条大量浪费和释放能量的大河。太阳风定向流动与行星的运行力量微妙地起着作用，通过战场引发了一片能量的火海。静寂而又汹涌翻腾的能量波涛中，丧失航行能力的舰艇残骸，以及化为无机物的人类肉体漂浮着，朝太阳引力能到达的遥远而黑暗的尽头流去。或许经过一段超过人类寿命的时间周期，这些残骸与尸体又会回到这里来。

毕典菲尔特本可迂回通过这条危险的大河，不过素有猛将之称的他却命令所有舰队直线前进。

漆成黑色的舰队冲进了凶猛的能量流。流速比预测的还快，使原本计划秩序井然前行的毕典菲尔特受到阻挠。舰列开始紊乱和漂流，航向常常被改为他们的九点钟方向。

“计算帝国军的进击速度和能量流速度。他们被冲走了，应该可以推算出到达这边的宇宙点。”

同盟军的邱吾权总参谋长对旗舰的监控员下了指令。为了寻求起死回生的几率，监控员和电脑进行无声的交流，不久便有了解答。总参谋长又下了指令，命令同盟军对毕典菲尔特军的“渡河”宇宙点集中炮击。

十一时二十分，同盟军炮门齐开。

黑色枪骑兵舰队好不容易才越过能量急流跳到“对岸”，这次又陷入了从正面杀至的光束与飞弹的暴雨中。核聚变爆炸连续产生，从中折为两半的战舰被卷进刚刚攀爬而出的能量之河，往下游流去。

然而，黑色枪骑兵的官兵们并不是不抵抗的非暴力主义者，他们耐住对方猛攻，拔出自己的能量之剑朝同盟军砍杀过去，展开一阵猛烈的斩击行动。光束与光束交错冲突，炫目的光彩旋涡涌起又跌落。磁力炮发射的超硬钢弹贯穿了复合装甲，乱射的光子弹击打着舰体。急速袭来的能量光束直接击中氢动力炉，炸飞了炮塔，热风和放射线形成的旋风把操作员抛向死亡的深渊。

以黑色枪骑兵为首的帝国军，毫不留情地对着已经筋疲力尽、溃不成军的同盟军掩杀过来，猛烈攻击，开始了斩草除根的屠戮。核聚变爆炸的闪光最初看来像是火球群，然而立刻又重叠在一起，形成一面明晃晃的巨大墙壁。同盟军的舰艇在墙壁中爆炸四散，火焰冲天，或满载着战斗人员，或把战斗人员抛向宇宙中，然后沉入光芒的旋涡。残光因为后续的爆炸光芒消失得无影无踪。

“损害严重！本舰无法航行！”

“人力、物力损失显著，战线无以维持，请求撤退！”

“请求支援！紧急求援！”

惨叫声占领了同盟军的通信网络。逆境已经不可挽回。不久，连惨叫声也越来越少，不禁令人怀疑他们是不是全部死亡了。

“无路可走了吗？日薄西山，一功未成万骨枯……”

亚历山大·比克古元帅并没有感慨万千，只是凝视着屏幕。他指挥的舰队、统率的官兵，都在眼前成为破坏和杀戮的对象，还原成原子。每绽放一朵光芒之花，就会产生大量的死者、孤儿及未亡人。他的手边没有可以救援他们的一兵一舰。总旗舰里欧格兰特周围，只有大约三十艘巡航舰和驱逐舰，失去血色般排列在那里。战舰和宇宙母舰已经全部投入战斗。

“给我一点时间。”

老提督若无其事地对身旁的人说完，便离开了舰桥。当他一头钻进房间，从书桌抽屉里拿出光束枪和笔记用具时，原本应该上了电子锁的门却打开了，总参谋长出现在眼前。

“不能自杀！司令官阁下！梅尔卡兹提督不也在战败后活下来了吗？”

老提督看到邱吾权手中拿着装有开锁装置的小盒子，慢慢摇了摇头。动作中有经年累月蓄积下来的疲累阴影。

“宇宙舰队都消失了，司令官独自偷生也没用。你不这样想吗？”

“宇宙舰队还没有消失。杨威利舰队还在！只要还有一艘舰艇在，司令官就应该活下去负起责任。”

邱吾权关上小盒子，面无表情地说道。

“你是说，面对此次的战败，除了以死谢罪之外，还有负起责任的办法？”

老提督的视线停在桌上的光束枪上。既然不能有奇迹出现，又得面对眼前数量有己方五倍之多的敌人，目前能做的事就只有一件了——年老的躯体透出这样的讯息。然而，总参谋长却无视老人无言的宣告。

“自杀只对自己尽了责任。我要说的是，您应该对敌人负责。没错，对敌人也要负起责任。”

这句话很明显让比克古有些意外，老提督的视线这才离开了书桌，注视着无礼的闯入者。

“现在我要说的话是极不人道的主张。如果您不想听，就请拿起那把枪对我射击！”

邱吾权以这段话作为开场白，开始说明——如果自由行星同盟果真在这片血与火之中瓦解，那就不用说了，但或许不至于走到这个地步。同盟的国家组织或许会被允许残存下去。以杨威利具备的战力与智慧，把战争拖入休战或讲和的形式时，帝国军的条件之一一定是要求裁决战犯。到时候，如果军部的最高层都因战死或自杀不在人世，底下的人势必要取而代之，以牺牲者的身份站上被告席……

听到这里，老提督的两眼浮现出理解的眼神。甚至可以说，他那衰老的脸上洋溢着一片灿烂的表情。

“我明白了。为了堵住敌人的枪口，我一定得留下这具老朽的躯体，对吧？”

总参谋长恭恭敬敬地行了一个礼。

“阁下和我，以及德森元帅，我们三个武官必须要作为军事审判的被告，这样才能少牺牲一些无辜的人。为了同盟的将来，必须要让杨威利他们活下去。”

当他们就战败后的责任和行动进行磋商时，战斗似乎也正朝终点走去。

可是这时，在兴奋异常、正欲发动无序的全面猛攻的帝国军背后，一些异常的事态正在悄悄发生。

5

最先发现这一异常的是隶属于缪拉舰队的巡航舰欧巴豪简

的监控员。这艘战舰在激战中有半数以上的炮塔损坏，舰长受了重伤意识不清，因此便在副舰长的指挥下撤离最前线，来到他们认为安全的地点，和工作船对接，进行舰体的修复作业。然而就在此时，他们确认，正在战斗的宙域的反方向有大量舰艇在移动。

“是谁的舰队？”

副舰长发出了疑问。如果责备他警觉性不够，那未免太苛刻了，因为对帝国军而言，胜利几乎已接近现在完成时了。可是，当他们发出形式上的盘问通信波之后，得到的回答却是数十道能量之箭。由于距离遥远，而且也欠缺准头，并没有实质上的伤害，但已足以给巡航舰造成恐慌。尖叫声透过通信波在帝国军之间炸裂开来。这么一来，状况改变了。

“同盟军的支援兵力？”

这一冲击鞭打着帝国军的神经。难道同盟军的战力比预期中的还充足，一军从正面和帝国军作战，另一军则绕远路阻断帝国军的退路？

英勇无畏不落人后的帝国军将领们也因为这种猜测而战栗。他们已深入敌军领地达两千八百光年。征服和胜利的昂扬感早已让士兵们如白蚁般的思乡之情沉睡在精神支柱中。一旦这些白蚁复苏了，成功建造起来的胜利城堡将不免面临崩塌的命运。

“停止追击！重新编列阵形，迎战背后的敌人！”

紧急命令通过所有能动员的通信工具，奔窜在帝国军的指挥系统中。但是要拉下胜利的幕布，就如同要减缓败走时的速度一样难。帝国军的舰列紊乱了，知道这一情形的同盟军获得了边逃边反击的绝佳机会。他们将炮门全开，朝着改变方向、混乱不堪的帝国军发射所有的能量光束及火箭。

“往费沙的路被阻绝！我们回不了帝国了！”

莱因哈特的叱喝压住了士兵们恐惧的尖叫声。

“镇静！到这个时候，就算同盟军有了增援部队，我们顶多是将其各个击破！不要惊慌失措，自乱阵脚！维持住秩序后退！”

冷静和锐气兼备的声音带来惊人的效果。

“万一往费沙方面的路被阻断，我们就直捣巴拉特星系。不过是把同盟的死刑提前罢了。然后再经过伊谢尔伦回廊，胜利返回帝国。这样还不够吗！”

莱因哈特那毅然的声音仿佛瞬间吹散了恐慌的烟雾。士兵们仰望着他们的太阳——那永不失败的征服者华丽的身影，很快恢复了信心。只要这个有如雄狮鬃毛般金发的年轻人在，他们就不知失败为何物。

“让您见笑，下官真是无颜以对。在胜利的时刻还陷入如此混乱的情况，可能是太习惯于胜利，应付逆境的能力就下降了……”

收拾混乱的局面后，出现在通信屏幕上的米达麦亚惶恐地道歉。莱因哈特并没有责备。

“不怪你。敌人居然还有余力使这种小诡计，这也出乎我意料之外。或许这只是佯攻，不过，一切小心为上。”

“是。但这难道是杨威利玩弄的诡计吗？”

莱因哈特轻轻地撇了撇秀丽的嘴唇，连这种动作都凸显了他的优美。

“能这么有效地耍这种小诡计的，除了那个骗子没有其他人。”

“是。不管怎么说，下官先整理好部队的秩序再说。”

此刻，被莱因哈特与罗严塔尔称为“骗子”的黑发司令官，正在旗舰休伯利安的舰桥里凝视着化为巨大能量垃圾场的战场。

依目前的状况来看，就算真正和帝国军作战也没什么胜算。以他个人而言，向没有任何胜算的作战挑战是件有趣的事，但作为一个率领部下的指挥官，做这种事却是最恶劣的行为。杨的目的是借着大规模的佯攻使帝国军混乱，阻止同盟军继续溃灭。莱因哈特正确地洞悉了杨的意图。

杨舰队从伊谢尔伦出发，不断赶路，中途和卡介伦指挥的民众运送船队分手，一点也没浪费在巴拉特星系停留、重新接受命令的时间，以超乎莱因哈特预料的速度到达了此地。

“尽管如此，还是慢了半天。所谓老糊涂，大概就是指这种情形吧？”

杨陷入自我厌恶的池沼中。他不是没有预测到罗严克拉姆公爵莱因哈特从费沙回廊攻来的可能，但等制订对策时，还是晚了一步。

要打击长途奔袭的帝国军，只能让他们相信同盟军有强大的秘密部队，而这些部队又断绝了帝国军返回费沙的退路，使官兵的心理产生动摇，诱使其分散兵力。对方既然是战争天才罗严克拉姆公爵，一定会发现事情的真相。不过，就算只是争取到一点点时间，也不无益处。至于为什么不事先告知比克古司令官和邱吾权总参谋长，杨认为如果先让他们知道了，或许心理上就会认为杨威利还有其他的作战方法，反而懈怠了应该做的事……

忽然，杨歪着头，喃喃地说着“好险、好险”，他惊觉在自我厌恶的池沼底部开了一个很深的洞穴。深信这么做就可以改变事态，这不是过度自信吗？这次就证明了这一点。也可能出现最恶劣的情况，比如说比克古全军覆没之后，他才满不在乎地现身，结果成为帝国军各个击破的对象，丑态毕露。而且，在挽救同盟军于溃灭边缘、让帝国军后退之后，他们必须快速调大军回巴拉特星系，防止罗严塔尔军杀到防御空虚的首都去。

“全体舰队立刻改变航向，直指首都！”

杨知道士兵们十分劳累，可是仍然下了命令。他不能因为让莱因哈特受了一次小小的惊吓就得意忘形。

不久，遭敌方狠狠打击的同盟军残存部队集结在杨舰队周围，通信也恢复到畅通无阻的状态，杨立刻询问比克古提督的安危。确认通信屏幕上出现了白发老人的身影，杨才放下心头巨石。

“我苟延残喘地活下来了。让部下惨死，我真是没出息。”

“您不要这么说。您必须活着，指挥我们作战复仇！”

然后，杨把后卫任务交给费雪提督负责，自己朝着首都海尼森急驰而去。费雪一边为帝国军的追击采取迎击阵形，一边开始后退，却发现一艘帝国军驱逐舰正在接近。费雪舰队大为紧张，发出了“停止！否则我方将攻击”的信号，然而对方的反应却出乎他们意料之外。

“请不要攻击，我们不是帝国军。”

一个非常年轻的少年的声音通过通信系统宣告。

“我是自由行星同盟驻费沙武官尤里安·敏兹少尉。这艘军舰是从帝国军那儿抢来的，搭乘者都是反对帝国的人士。我们请求前往同盟首都海尼森。”

通信官们半信半疑，数秒钟后急忙将事情报告给费雪提督。

“真令人惊讶。是尤里安·敏兹？他还平安活着！”

费雪发出感叹的声音。但是迎接那艘驱逐舰时，他仍然表现出老练指挥官的慎重。他考虑到了诡计的可能性，或许尤里安是被迫与敌人合作。在费雪舰队把火炮准星锁定驱逐舰的状态下，皮亚兹上尉与六十名部下全副武装地登上该舰，确认了真的是尤里安发出的通信。这个好消息立即通过超光速通信系统飞向首都。

奥利比·波布兰知悉此事，喃喃说道：

“夺取敌人的驱逐舰？想不到这家伙的手脚可真快呀！”

“看来天敌这东西似乎真的存在。”

莱因哈特用冷漠的目光看着屏幕上已恢复秩序的帝国军，自言自语。超乎单纯的怒气的东西，像极光般浮上他白皙的脸庞。

莱因哈特不禁回想起以前的事。以前在亚斯提星域被两倍于己的敌人包围却反击成功时，还有在亚姆立札星域击溃两千万同盟军时，都是这个杨威利在他即将大获全胜之时插上一脚。亚姆立札会战后，莱因哈特在众人面前斥责毕典菲尔特提督，因为他错过了攻击的绝佳时机，直接送给杨一个成就美名的机会。他本想给毕典菲尔特更严厉的惩罚，但是红发挚友齐格弗里德·吉尔菲艾斯平息了他的怒气。吉尔菲艾斯直言不讳地告诉莱因哈特，其实他的怒气是对自身而发的，毕典菲尔特只不过是受到牵连，他要求莱因哈特自我反省。

“吉尔菲艾斯，如果你还在的话，绝不会容许杨威利如此横行……”

莱因哈特对死去的友人倾诉。年轻貌美的征服者告诉自己，如果故友还在，他在人才的调度上就不会如此捉襟见肘了。然而，这个声音只吹拂过莱因哈特空虚的心头，对他的精神并没有产生任何帮助。对吉尔菲艾斯的思念一日淡于一日，莱因哈特知道他已经失去了过往岁月中最清晰、最温暖的日子。这种恐惧超越了他所有的理性和计算。

脱离战场的帝国军移动了二点四光年，转往干达尔星系，开始进行降落第二行星乌鲁瓦希的作战。这个行星上有十万左右居民，以及未开发的土地和仅够维持生存的水资源。以前曾有开发行星的企业取得了广袤的土地，试着进行垄断性开发，但是失败了，从此这里就被长期搁置。莱因哈特却计划在这个地方建立半永久性的军事据点。将来同盟的领土落入手中后，这个行星作为镇压武装叛乱与海盗的根据地，势必成为一个重要的据点。

✦ Chapter 5 ✦

黎明前的黑暗

1

宇宙历七九九年二月的每一天，自由行星同盟首都海尼森留下的记录都非常杂乱。人们的记忆一片混乱，而在混乱状态下产生的资料也明显缺乏系统性。

“不愿正视眼前的困境、一味逃避现实的市民充塞于闹市，急性酒精中毒患者与打架闹事受伤的人大量增加，整个城市笼罩在一片歇斯底里的气氛中。”

“连平常最喧闹的街道，在这几天也像横倒在水边即将死亡的巨大的老象一样安静。市民在沉默中静听着飘荡过来的幻灭的号角声。”

“绝望使市民窒息。空气如凝固般沉重。”

“政治与军事上的逆境未必对市民的日常生活造成影响。音乐和嬉闹不仅承受住了死亡的阴影，甚至异常地活跃起来。”

结果，地域差别与个人差异也在扩大，事态的悬而不决，造成了社会混乱和无序化程度的加剧。

市民们啜饮的乐观美酒中掺入了太多阴郁的佐料。因为战力最强的宇宙舰队在侵略者面前吃了大败仗，首都海尼森对敌人来说已是唾手可得，其他星系更等于是毫无防备地置身于敌阵中。

不过，在悲观的谷底流着自我怜悯之泪的人们心中射进了一道光芒——“奇迹的杨”和他的舰队还在，这给了人们足以与五个敌军舰队匹敌的信赖感。杨的养子尤里安·敏兹夺取帝国军驱逐舰从费沙回来的消息，更鼓动了人们单纯质朴又无须负责的英雄崇拜情结。

“真不愧是杨元帅的养子。不知他是用了什么奇招，真是个前途不可限量的人才。”

杨踏上海尼森的土地两小时后，便接到了晋升为元帅的人事命令。他并非毫不畏惧放弃伊谢尔伦要塞引发的责难，所以这件事着实令他意外。不过，他和邱吾权总参谋长有同样的感想——那些人似乎以自暴自弃的方式，活用了玩弄人事权力的最后机会。

这或许是杨的偏见，但不管怎么说，他以三十二岁的年纪成为同盟历史上最年轻的元帅。以前的纪录是三十六岁的布鲁斯·阿休比提督，不过那也是在他战死后才追赠的，所以杨又刷新了一项人事记录。但是他心中毫无天真的欢喜之情。

“我并没有清高无欲到拒绝的境界，所以我接受。但事已至此，也没有什么值得高兴的。不过希望比克古提督能和我分享这份荣誉。”

接受元帅任命的杨坐着国防委员会调派来的地上车前往委

员会大厦。不到一年前，他搭乘委员会公用车时还是接受审查的被告，待遇形同囚犯，这一次却贵为上宾。同行的还有华尔特·冯·先寇布“中将”和菲列特利加·格林希尔“少校”。包括留守在外的亚列克斯·卡介伦“中将”在内，国防委员会似乎有意一口气解决杨舰队人事晋升远远落后于实际功勋的问题。

三人进入国防委员会大厦，在充满期待的目光下被引入委员长室。他们都听说了同盟政府的改变，面对爱朗兹委员长的变化——面对巨大的危机，身心明显活跃起来的新姿态，他们不可能不感动。但是不知为何，他们都有一种带有嘲讽的恐惧：这种情况能持续到什么时候呢？

三人就座后，爱朗兹神情自若地凝视着杨。

“提督，我爱我们的祖国——以我自己的方式。”

杨也了解这件事，但他并不会因此无条件地尊敬爱朗兹。从杨的表情中，很明显可以看到肌肉微妙的抽动。先寇布也微微现出并非善意的笑容。

杨从不认为爱国心对人类的精神和历史有至高无上的价值。同盟人有同盟人的爱国心，帝国人有帝国人的爱国心。结果，爱国心常常使人们以挥舞的旗帜不同为理由，将杀戮正当化。有时候，爱国心是一种带有强制性的心情，通常不能和理性共存。尤其是权力者将其当成个人的武器来使用时，其毒害之深实在超乎人们的想象。爱朗兹如果再像特留尼西特的党羽一样大谈爱国心的话，杨连一秒钟都不会待下去。

“元帅，你也爱这个国家吧？那么，我们应该可以进一步合作了。”

这是杨最厌恶的论调，不过为了预防事态陷入更深的纠葛，他也只好温和地点点头。以前只不过是个软弱政客的爱朗兹，好不容易让自己的爱国公仆意识觉醒了，杨也没必要刻意往旺盛燃烧的火苗上猛浇冷水。

“为了保卫民主主义的成果，我会尽我的微薄之力。”

即便如此，杨也绝口不提“国家”这个字眼，勉勉强强在形式和诚意之间取得平衡。委员长点点头。

“我，不，应该说我以政府的名义感谢元帅的努力。有什么我能效劳的，请直说无妨。”

“目前，我们还是先来考虑战败的善后工作吧！如果能打赢，自然可以暂时安心。之后无论是采取和平外交还是重整军备，都是政治家的职责，不是军人能多嘴的。”

“如果我说希望你向我保证一定打赢，会很愚蠢吗？”

“如果保证了就能获胜，那么，做再多保证我也愿意……”

杨虽然一再提醒自己，尽量避免让自己的语调被误解为信口开河，可他还是信口开河了。保守地说，他的话也可以视为与信口开河相差无几。不过这是杨的真心话。他不是靠着一张嘴创造世界的先知，没办法仅靠自身的意愿为尚未定型的未来作保证。

“这样啊，我说了不该说的话，请你不要介意。因为不管采取什么形式，我都没有拘束元帅的意思……”

对方既然已采取了这种低姿态，杨觉得多多少少也应当给对方一些希望。

“如果想用战术层面的胜利去弥补战略层面的劣势，方法只有一个——”

说到这里，杨暂停了话题，这并不是有意制造戏剧性的效果，而是因为他已经有很长一段时间没有润润喉咙了。放在杨面前的冰红茶已经见底，他又不好意思再续杯。这时，一杯尚未沾口的茶滑到他面前来——是菲列特利加默默地推给他的。杨毫不犹豫地接受了她的好意。

“我所说的方法，就是在战场上打倒莱因哈特·冯·罗严克拉姆公爵。”

杨放下杯子，说道。国防委员长的脸上顿时充满迷惑，或许他认为这本来是理所当然的事。在他的表情由迷惑转为失望之前，杨一口气直指话题的核心。

“莱因哈特·冯·罗严克拉姆公爵还是单身，我的目标就在这里。”

爱朗兹委员长这一次真的像无路可走似的望着元帅。连让他的勤劳意识觉醒的守护天使，也没有给他足够的智慧去洞悉杨这段出人意表的话的真意。当然，杨是打算用理论来说明的。

“罗严克拉姆公爵死后如果留有妻子，尤其是如果有可以继承位置的男孩的话，部下们可能会拥立其子嗣延续罗严克拉姆王朝。但是他并没有孩子，如果他死了，罗严克拉姆体制就结束了。部下们的忠心与团结会失去向心力，在半空中分解。他们会为了弄清为谁而战回帝国去，或许还会为了继承者的宝座而激烈对立。”

爱朗兹的双眼——那对以前只会投向派系斗争、猎取官职和争权夺利的眼睛，现在充满了理解与赞赏的光芒，熠熠生辉。

他备感兴奋，不断地点头。

“没错，元帅所言极是！正是因为有罗严克拉姆公爵这颗恒星存在，其他的行星才会闪闪发光。如果他死了，帝国军就会在空中瓦解，同盟就得救了。”

在爱朗兹的生涯中，他大概还不曾如此迫切、如此虔诚地祈祷某个人死去。

杨继续说明：“如果我们想办法分散他们，不断地进行各个击破，充满锐气与霸气的罗严克拉姆公爵一定会为了讨伐我们亲自出马。我们必须制造这个机会，这也是唯一的胜机。”

“言之有理，如果部下一个个被打倒，他确实不得不出面。”

“这是战略与战术之外的心理学问题。”

杨煞有介事地抱着手臂。莱因哈特·冯·罗严克拉姆公爵不深居于皇宫大内，而是亲自上阵面对困难和危险，甚至立于最前线，这是毫无疑问的。如果那个一头金发的年轻人纯粹是个战士，他必会一心求战。而如果他仅仅是个醉心弄权的执政者，必定一意渴求胜利。莱因哈特把战而胜之视作最有价值的事，他能成为霸者中的霸者，这大概就是原因之一。总而言之，他会现身——杨有这种自信。然而此前的事，他却没有完全的信心。只有将莱因哈特逼到这种地步，才能确保平分秋色。杨必须和那个光芒四射的战争天才正面作战。而且在和他正面冲突前，还必须连胜其麾下的数名勇将。从战术层面来说，这次战役必定异常艰苦。光是想到金银妖瞳的罗严塔尔与“疾风之狼”米达麦亚这两个人，杨就觉得心神俱疲。

“唉，就尽可能避开他们两人吧。一直拘泥于这两个人会使整体效率降低的。”杨这样想。

在他的精神领域中，受虐与自恋的元素都不占优势，所以他不会中所谓“和强敌作战有助于成长”等把战争和学生运动混为一谈的观念的毒。总而言之，杨非胜不可，而且要胜得有效率。说清楚一点，他要赢得越轻松越好。如果和米达麦亚及罗严塔尔作战，就算最后胜了，也会消耗大量的精力和时间。

冰冷的灯光在杨的脚下投下一片薄薄的影子。杨一边不悦地看着自己移动的身影，一边缓缓步出室外，脑子里回荡着满是疑问的声音。他对偏狭疯狂的爱国心没什么兴趣，也不会只因彼此的旗帜不同憎恨对方，他真希望自己能够远离这种愚蠢。因此，他并不想为这些因素和莱因哈特·冯·罗严克拉姆作战。但即便是这样，杨的立场能够正当化吗？人可能在不失去理性的情况下，把自己和别人投进战争这种愚行的火山口吗？更何况他还有更深一层的疑问，那就是……

忽然，一个人影出现在三人面前。陷入沉思的杨惊觉此事，是因为先寇布拔出光束枪阻挡在司令官之前的举动。一位守候在国防委员会的记者用尖锐的声音报上名字后，便提出似乎早已准备好的问题。

“杨提督，请您在这里和同盟的所有公民做个约定，约定您必将从那些像恶魔一样沾满鲜血的侵略者手里拯救出国家与公民。请您在即将来临的善恶最终决战中，让正义获得胜利。请您一定获胜，以不负公民的期望。请您和我们约定——或者您根本办不到？”

杨原本给感情的门扉上了忍耐之锁，但此时那把锁差点就要迸散开来。他正想朝着对方吐出熔岩般灼热而毒辣的话语，一个比他冷静的声音插进来，拯救了他。

“元帅阁下已经很累了，而且事关军事机密，不便透露。如果你希望我军获胜，就请了解这一点。请回吧。”

菲列特利加淡褐色的瞳孔有一股让这个无礼的客人畏缩的威严。先寇布推开了记者。于是，杨得以保住温和的绅士形象，这并不是因为他自身的才能……

2

尤里安·敏兹晋升为中尉。在这件事上，至少没有人是高唱反调的。尤里安保护上司——驻费沙事务官汉斯从敌阵逃出，而且夺取了帝国军的驱逐舰。如果每个功绩值得晋升一个军衔，他晋升为上尉也不是不可思议的事，但好像是以授予“自由战士勋章”的形式代替了。

总而言之，过于年轻的英雄的诞生使一部分新闻媒体狂热不已。某电子报上写着“杨元帅自敏兹中尉幼年时起，就知道他有过人的才能，所以才收他为养子”，这种说法无异于炒作的样本。不过年轻的英雄对那些赞赏的人倒不怎么热情。

“我相信我的，不，我使用的战术，今后在与侵略者作战时也很有效。所以，如果在决战之前详细透露其中的内容，就等于利敌行为。请各位原谅。”

这和菲列特利加·格林希尔使用的论调有异曲同工之妙，对阻止不负责任又穷追不舍的采访者有很好的效果。好不容易从采访人员的包围下脱身，尤里安希望再见见在伊谢尔伦分手的故人们。但他知道卡介伦中将为了处理难民的善后工作，早已忙得人仰马翻，而要见杨，大概就得回银桥街的官舍去了。尤里安乘上道路传送带，正思考着，忽然被一位女子叫住了。他转头搜寻声音的来源，当看见格林希尔那头金褐色的头发时，心中不禁一颤。他朝菲列特利加所乘的传送带靠过去，虽然因此造成了许多通行者的不便……

“你回来了，尤里安。现在你也是个大名鼎鼎的英雄了。”

“谢谢。提督会很高兴我回来，但我想他大概不太喜欢我被奉为英雄的事吧。”

“或许你认为他在忌妒你，尤里安？”

姑且不论菲列特利加那形状极美的嘴唇，她那淡褐色的瞳孔也似笑非笑。尤里安忽然答不上话来，他望着这位比他年长的女子的眼睛，心肺机能顿时紊乱起来。

“怎么会？我可从没这么想过。”

“那就好。如果你这么想，我早就狠狠揍你一顿了。我的身高和身手可一直是成正比的！小时候就以身手敏捷闻名呢。”

菲列特利加在极短的时间内就成功地吓住了同盟军的年轻英雄，她笑眯眯地看着整张脸写满难以置信的尤里安。

“而且我进军队后才戴上乖巧的面具，以文静的外表来掩饰自己的本性……我可是付出了相当大的努力才做到呢。”

“看不出来，真的。”

“谢谢啦！”

菲列特利加拢起金褐色的头发，告诉尤里安，杨预定投宿在国防委员会大厦附近的卡普利空旅馆。于是二月十三日，尤里安在一处大煞风景的军用旅馆中和杨再会了。打开门时，迎面传来杨那令他怀念不已的声音。

“呀！尤里安，你看看。这就像我的心和现在的世风人情。”

顺着杨指的方向，尤里安看见房间的桌上，香肠、蛋、烤鱼、土豆泥、肉丸等许多种毫无个性的食物堆在餐盘上，一点美感都没有。他不由得数落道：

“吃这种粗食的元帅阁下，在历史上大概空前绝后了吧？”

“我有同感。既然晋升为元帅，退休金也该增加了，我们到外面去吃一顿庆祝重逢吧。”

“愿意奉陪。不过，一定得看退休金而定吗？”

“当然啰。如果同盟政府不能继续存活下去，辛辛苦苦换来的退休金向谁要？所以呀，我是为了老年生活的安定才和帝国军打仗的。有始有终才有看头。”

“不管怎么说，先要恭喜您晋升元帅。”

“你的中尉比我这个什么元帅要好得多呀。”

杨略微改变了语气，拿起随处可见的沙发上的短上衣，漆黑而温和的瞳孔凝视着亚麻色头发的少年。

“你能平安回来真好。做得真的很好。个子也长高了，已经完完全全是个大人了。”

“不，我还是羽翼未丰的雏鸟。”

尤里安切实地感受到那来自内心的感动，恳切地回答。

“没有您教我，我觉得很不踏实。”

“我并没有教你什么啊。”

杨穿上短上衣走出房间。尤里安急忙跟在他后面，朝极度节约照明的走廊飞奔而去。

“我倒是想请教你呢。你是用什么魔法搭上帝国军驱逐舰的？虽然是军事机密，应该可以告诉我吧？”

杨可能早就看过立体电视的报道了，他的口气极为愉快。他对部分厚脸皮的新闻人员很不耐烦，尤里安的处理方式看来就颇有大将之风。不过，少年还是红了脸。

杨和尤里安去的地方是他们都很怀念的“三月兔亭”。他们的莅临使店内都客满了。杨对老侍者献上生意兴隆一如既往之类的贺词，老侍者笑逐颜开。

“托您的福，虽然遇上乱世，但任何社会体制中都不能没有餐馆和旅馆。手艺高明的人不管在哪个社会中都不会失业，说句难听的话，我也不怕战争或亡国。”

“同感，同感！”

原本不想让尤里安成为军人的杨热心地点头，又认真地点了以烤牛肉为主菜的极其正统的餐点。本来想点些比较特别的东西，但自从星际间交通恶化以来，好几种菜式都难以找到合适的食材了。

“那么，敏兹中尉，我们一边吃饭一边谈你勇敢的事迹吧。”

“请别开玩笑了。我只不过是盗用了提督您夺取伊谢尔伦要塞时所用的方法罢了。”

“唔，盗用？应该事先争取我的同意吧？退休金加上专利权使用费……”

听来一点都不像笑话嘛。尤里安一边想，一边述说经过。

企图逃出费沙的尤里安最担心的，当然是帝国军的动向。因为不知什么时候他们就会改变态度，露出军事统治的凶猛本质，开始管制民间船。

“关于这点，应该没问题。”

马利涅斯克充满自信地保证。帝国军目前无意把费沙所有的民间航路都置于统制下，理由有二。第一，从政治角度来说，他们不愿也不需要去刺激军队占领下的费沙的民心，所以放弃直接统治，任命原为自治领主辅佐官的博尔德克为总督，采取民事管理方式。因此，他们应该会避免因管制过严导致商人的反感。

“嗯，有道理。那么另一个理由呢？”

在尤里安的追问下，马利涅斯克眯起一只眼睛。

“从实际执行上来说也是不可能的。”

尽管帝国军拥有大量兵力，和费沙的人口及经济活动的规模相比，却极为微不足道。想将费沙完全置于军事管制下是不可能的，如果勉强行事，反而会使流通停滞，招致费沙人的反感。

于是，尤里安一行离开了费沙。当宇宙船离开行星时，尤里安一点都不慌乱。这不是在和平时代从事和平职业，所以不能期望百分之百安全，只能凭马利涅斯克、驾驶员维洛克、马逊准尉以及尤里安自己的才能和运气来行动。所有的行动不是都经过充分的计算吗?

但是，马利涅斯克这样万事周密的人也疏忽了一点，就是他的同胞里面有背叛者。博尔德克“代理总督”觉得必须先对帝国军表现忠心，所以让部下搭上帝国军负责航路警备和巡逻的船舰，协助帝国军检查。以他的立场来看，如果能发现消失踪影的自治领主鲁宾斯基的行踪，不但可以取悦帝国军，自己的地位也将更加稳固，所以自然如此热心。而且从历史上看，这种监视和检举民众的不光彩工作，由被占领国的协助者来做远比占领军的官兵做有效得多。在尤里安他们离开费沙前，已有三十艘船共超过两百名非法乘客被发现并拘捕。后来尤里安从帝国军驱逐舰的资料中得知，被捕的人中就包括同盟驻费沙首席武官维欧拉上校。

“这件事，我们估计得似乎太乐观了。”

看了从其他船上传来的机密情报后，马利涅斯克说道。不过此时距出发已过了一个礼拜，不能回头了。帝国军的警备体制倒是没什么，可一旦加上费沙的协助者，伪造的通行证就等于多余的累赘。但还没等他想出对策，监控员就通知他有帝国军驱逐舰接近。马利涅斯克难过地看着尤里安。

“是我无能，真是抱歉，我们只有半途而废了。”

“请等一下，我们还有脱身的机会。”

杨兵不血刃就成功占领伊谢尔伦要塞时，尤里安才十四岁，虽然不是正规的军人，他却从杨的成功中学到了两个经验：其一，不能从外部攻克敌人时，就从内部来压制敌人；其二，先抓住敌阵中最重要的人物，将其当成人质。尤里安充分开动思考能力，在五分钟内建立起作战计划。接下来的三分钟，他只对部分同船乘客做了说明。“反正，我们尽力试试看吧！”尤里安最后有意识地模仿着杨悠然的样子补充道。与其说这个办法奏效了，不如说是别无他法。于是，他的提案获得了大家的同意。

帝国军驱逐舰哈梅伦四号命令眼前那艘可疑的民用船停船之后，接获报告，企图劫持民用船的偷渡者在一阵格斗之后已被制服。贝流斯卡号事务长马利涅斯克恳求帝国军尽早引渡危险分子。他们航行在这个方向上，也是被劫持者逼迫。劫持者是同盟军的军官和士官，好不容易才找到机会下手逮住他们，希望帝国军伸出援手将其逮捕。哈梅伦四号的舰长小心谨慎地通过通信屏幕确认了此事，吩咐他们把危险分子带进驱逐舰。

“企图劫持的同盟军官是哪个家伙？”

当亚麻色的头发散乱、脸上一片脏污、衣服被撕扯开的尤里安被拉出来时，舰长假惺惺地扬了扬眉毛。

“哟，真让人吃惊，这不是个黄口小儿吗？看来同盟军的人才已快见底了。”

舰长冷笑道。然而他的冷笑却没能持续到最后一个乐章。本该被电磁石手铐铐住的少年，手忽然弹开，从下方向他的下巴重重击去。一瞬间，舰长先是飞到半空中，然后倒下来，被少年压在地上。此时，护卫舰长的三个士兵也被黑人马逊圆柱般的手臂打到了墙上。第四个士兵闪过了这道黑色旋风，正想拔枪射击，却被旁边射过来的光束击中右腿肚，发出了痛苦的叫声，在地上翻滚。那一枪是刚才一直拿枪对着尤里安的驾驶员维洛克射出的。

于是，驱逐舰哈梅伦四号便轻而易举地被这群勇者控制了。

然而，这些成功的勇士没有时间为自己的壮举庆贺。为了避免引起其他帝国军官兵的注意，他们必须再制订策略。尤里安一行转搭驱逐舰，使贝流斯卡号呈无人状态。马利涅斯克哀叹不已，不过到了最后关头，也只有牺牲贝流斯卡号了。

为避开帝国军耳目，在故意对用自动操纵装置航行的贝流斯卡号发出三次警告信号后，尤里安一边在内心不断地致歉，一边发射炮弹摧毁了贝流斯卡号。于是，他们骗过了帝国军的眼睛。在完全进入同盟领空时，尤里安将驱逐舰上原有的乘员赶上救难小艇，把他们流放了。其中也包括那个费沙协助者。这个人当初从通信屏幕的影像中认出了马利涅斯克的脸。维洛克等人对这个帝国军的走狗有很深的杀意，但尤里安不愿杀一个没有武器的人。他给了他们粮食和水，并锁定机械装置，使其在四十八小时后方可和帝国军联络，这已能初步显示尤里安的缜密。之后，他们只等着和同盟军相遇了。

但是，事情并未全然落幕，马利涅斯克坚持认为该驱逐舰的所有权归贝流斯卡号的乘员，甚至不惜花费心力与同盟军对簿公堂……

3

在尤里安述说经过时，餐点仍然在照常上桌。不知什么时候，餐后甜点草莓派和红茶已摆在两人面前。

“唔，是该给马利涅斯克一些补偿吧？他帮了那么大的忙。”

大概是觉得自己并没有补偿的责任，杨大方地说道。但说起大方来，其实杨早就出色地完成了一件更大胆的事情。现在轮到尤里安发问了。

“您把伊谢尔伦要塞还给敌人了吧？我认为您一定另有打算，能不能告诉我？”

“没什么，只是设下了陷阱，很简单。”

杨并不是刻意表现自己的谦虚。他把借着装设爆炸物瞒过帝国军的耳目，期望数年后真正的陷阱发挥作用说给尤里安听。尤里安耸耸肩。

“真是个大骗子！如果成功，帝国军一定气坏了。您真坏呀！”

“谢谢，这是最好的赞美。”

杨若无其事地说道，不过表情稍微郑重了些。

“知道这件事的只有先寇布和格林希尔，加上你共三个人。最好是用不上，但是或许有必要，你要先给我记住。”

尤里安当然欣喜地承诺。然而被问及旅途中的收获时，他想起了重要的事情。

“我认识了两个值得注意的人。其中一位是直接认识的，另一位则是间接的。这个人现在应该在海尼森，是提督您的旧识。”

“哦？是美女吗？”

杨的反应稍欠正经。

“是男人，叫波利斯·高尼夫。您记得吗？”

“波利斯·高尼夫……”

杨拿着餐刀的手停在半空，慌慌张张挖掘着记忆的矿山，可是他手中的矿石却没有一块刻有这个名字。最后他在坑道内侧找到这个人，是因为尤里安具体地告诉他，此人是他儿时的知己。

“啊？是那个波利斯啊，我知道了。”

“俗话说，老化的第一个现象就是想不起一些专有名词。”

“老化？我才三十一岁呀！”

杨刻意隐瞒了一岁，用叉子猛叉草莓派。

“因为你报的是波利斯·高尼夫的全名，所以记不起来。如果你说是喜欢恶作剧的波利斯·启德，我立刻就能想起来。”

“他有那么淘气吗？”

“他让父母哭笑不得，让朋友哭笑不得，让别人哭笑不得，是个最能给别人添乱的淘气包。我当时也是深受其害啊。”

“是吗？”

尤里安的声音并没有他的话语直率。

“据马利涅斯克说，波利斯·高尼夫的恶作剧是因为有优秀的共犯，才能屡屡得手。”

“希望能再见到高尼夫。对了，第二个值得注意的人物是谁？”

杨刻意扯开话题，显得不怎么自然，但尤里安并不想追问下去。

“另一个人是叫德古斯比的地球教主教。但他说自己已经不是圣职者，而是个叛教者……”

“是什么原因让他如此自卑？”

尤里安把从德古斯比那儿听来的话转述给杨听。杨这才知道费沙的自治领主鲁宾斯基与辅佐官盖塞林格的父子之争。

果然，演员们在后台进行着荒唐的暗斗。儿子想弑父，却反被父亲杀掉的情形，不就是一出活脱脱的中世纪宫廷悲剧吗？然而，这个主教又为何这么清楚费沙支配者的内情？地球教和同盟的领导阶层似乎有非比寻常的关系，不过他们和费沙的关系似乎更深。地球教爬向四周的地下根已经拓展得那么宽了吗？杨不得不朝这个方向想。

“是的。德古斯比死前留下话说：‘所有事情的根源都在地球与地球教，如果想了解过去和现在的内幕，就去地球探寻。’”

德古斯比断气，是从贝流斯卡号换乘帝国军驱逐舰哈梅伦四号之后的事。尤里安认为他有一半的可能是自杀。皮肤的颜色明显显示出内脏的衰弱，一看就知道是酒精及滥用药物引起的。或许他受着剧痛的折磨。不过在尤里安看来，他却像是甘愿把这些痛苦视为背叛教会的责罚。将主教葬入太空后，尤里安心中不无感伤。

“地球是一切的根源……”

杨把茶杯放在两只手掌中转着，喃喃自语。他似乎正小心谨慎地看着那片从精神的地平线上升起的积雨云。

“他还说：人类不能忘记对地球的恩义和债务……”

尤里安认为这似乎才是德古斯比最想说的话。杨好像还在观察和分析那片积雨云的样子，不过他还是对尤里安的话表示同意。

“那是正确的，但正确的认识不一定产生正确的行动。尤里安，我们的文明是七千多年前从一个叫地球的小行星一隅开始的。”

“是东方吗？”

“是的。也有人说，在那之前就有过高度文明，不过从历史的连续性来看，应该说那个文明是现在宇宙文明的母亲。”

一身挫折的历史学家一面说着，一面慌忙开始运转战略家的思绪。他无法仅仅将主教临死前留下的话当成妄想下的产物。

“可是，在地球这个行星的表面，政治、经济及文化的中心在不停移动。人类既然已经进军宇宙了，让中心从地球移开也是不得已的。”

根据杨的推测，地球教信徒们为了把人类的支配权夺回地球手中，在进行超越宗教范围的活动。那个死去的信徒想尽己所能地来传达这件事。尤里安心中一定发现了能解开部分秘密的某些线索。

“尤里安，和那些在底格里斯河及幼发拉底河畔建起城市的人们相比，我们精神上并不比他们丰富。可是姑且不论好坏，我们的知识增加了、足迹拓展了，现在没办法回到摇篮里去了。如果地球教想用阴谋夺回支配权，也只能是一种极为恶劣的反动行为。”

可是想归想，目前杨还没有防御的对策。

“那么，地球教的事就放着不管了？”

“不，也不能放着不管。”

杨快速地翻了翻脑海里的人名录，在其中某一页上画了道红线。

“就让巴格达胥去调查吧，这个人对这种事应该比战斗更在行。”

于是，大约有两年时间在伊谢尔伦要塞无所事事的情报部人员，终于被分配了这个有意义的任务。

“首先让他和留在海尼森的费沙事务所的人接触，然后再凭他的才能抓住毒蛇尾巴。”

“巴格达胥上校……”

尤里安念叨了一句，既不是询问，也不是确认，只是谨慎地表达了不赞同。巴格达胥是杨的参谋之一，但他加入集团的方式却大有隐情。两年前，号称“救国军事会议”的军部强硬派为树立军事独裁政权发动非法武装政变时，巴格达胥为了暗杀杨潜入杨舰队。但是他的意图被轻易识破了，巴格达胥遂背弃了同僚投效杨。

“没有什么其他的人选了。”

杨既然这么说，尤里安也就退缩了。话题随即又转开，杨提出了打倒莱因哈特·冯·罗严克拉姆的作战构想。他把没有说给爱朗兹委员长听的话告诉了尤里安。

“我怀疑，就算事情成功了，也不知会对历史有怎样的意义。用武力打倒莱因哈特·冯·罗严克拉姆公爵，使帝国军分裂，目前来看对自由行星同盟而言是有利的，但是对全人类又如何？”

独裁者消失，从长期看，这对人类不是有正面价值吗？尤里安想。但是杨寻求的不只是这种单纯的见解。

杨拢拢他那头杂乱的黑发。

“对帝国的民众来说，那无疑不是好事。失去强有力的改革领导者后，政治上就会分裂。更严重的话，应该说一定会有内乱产生，民众就成了牺牲品。那样太残酷了！尽管为了寻求同盟眼前的安泰，我们不得不这么做。”

“可是，我们不能连这一点都管吧？帝国的事只能由帝国来解决。”

杨怃然地说道：

“尤里安，希望你不要对敌国民众的生死抱着漠然的态度。”

“对不起。”

“不，不用道歉。但如果你戴着‘国家’这副太阳镜来看事情，视野就会变窄，眼光就变得短浅。我希望你不要只拘泥于敌我双方的立场来思考问题。”

“是，我会的。”

“今后有很多麻烦事要做。但有句话不是说，黑暗的加深便是黎明的序幕嘛。”

“这是国父亚雷·海尼森的名言，是他从牛郎星系坐天然干冰宇宙船离开，即将踏上一万光年的长征时勉励同行者的话。”

“大家是这么说的，是真是假就不得而知了。只要是革命家或政治运动领导者，这种台词由谁说出口都无所谓。不过，如果是国父海尼森的话，总比默默无闻的人来得震撼。被神格化、偶像化之类的事，应该不是亚雷·海尼森所希望的。”

杨摇了摇头，他对国家至上的思考方式极为厌恶和反感，但对国父海尼森还是敬重有加。为了守住民主主义体制，他做了部分妥协，但是，一想起这次胜利的果实将波及帝国民众，他心灵的那双翅膀就显得益发沉重。

4

宇宙历七九九年、帝国历四九〇年二月底，杨威利的舰队开始行动。后世称其为“军事行动上的艺术”，其战术的成功广为人知，在战略思想方面也有划时代的表现。再者，其整体行动便是一次规模巨大的佯攻作战，而最终目的却在他处，这让后世的军事史研究家们兴致勃勃，不断探讨。

权限不是独裁性的，民主国家的军人也会受到种种制约，所以从前杨总是让莱因哈特·冯·罗严克拉姆抢在前头。这一次，从纯军事角度来说，杨好不容易比莱因哈特先下手。

相对而言，另一方的当事者莱因哈特·冯·罗严克拉姆，在本次战争的前半部分似乎略欠精彩演出，战史学家们对个中理由颇有兴趣。人们不禁怀疑，难道他那种无与伦比的天才也有欠缺精彩表演的时候吗？

莱因哈特在建设乌鲁瓦希行星军事据点的同时，召集了军部的最高骨干，进行中期战略的立案及定案。此时，奥斯卡·冯·罗严塔尔一级上将与菲尔姆特·雷内肯普上将也率领舰队到达。帝国军的总兵力达到两千万人。只有鲁兹上将留在伊谢尔伦要塞，确保回廊的支配权。帝国军把总旗舰伯伦希尔驶入行星乌鲁瓦希的卫星轨道，然后召开作战会议。远征军的最高骨干几乎全部到齐，米达麦亚和罗严塔尔握手庆贺再会。

借着经过费沙回廊，使伊谢尔伦要塞无力化的长期战略目标已经达成，伊谢尔伦要塞也成功夺回，他们获得了全面胜利。但是同盟军中最强的杨舰队还保有行动上的自由，所以帝国军仍无法骄傲地宣称已经获得胜利。

中期的战略方案，关键在于依现状应该选择两个方案中的哪一个。第一个方案是举全军之力，直接攻击敌国首都海尼森。

第二个方案则是先攻克并控制其他各个星域，以孤立首都，同时确保将来从帝国本土而来的补给路线。两个方案都等着莱因哈特作决定。

通常在会议前，莱因哈特就已成竹在胸，但是这个时候，他的大脑中依然是一张白纸。他似乎不太感兴趣，任由提督们讨论的声音撞击着耳膜。

“事已至此，不需要犹豫了。我们应该一举进攻敌国首都，摘下征服的果实。我们正是为此才进行了一万数千光年的长征，不是吗？”

当然也有人持反对意见。

“就因为事已至此，才应该避免短兵相接。制压首都未必就能使同盟本身瓦解，反而可能会引起局部地区的反抗，这么一来就棘手了。倒不如先控制周边星域，让首都的权力者们在物力和心力两方面应接不暇，最后不得不主动乞和。”

不知为何，热烈的议论刺激不了莱因哈特的精神，会议就在没有结论的情况下暂时落幕了。年轻的独裁者只觉得头很重，晚餐也食不知味。

第二天早上，莱因哈特无法起床。他发烧至三十八度。闻讯赶来的医生好不容易才让那近于恐惧的不安像春天的冰霜一样融解了，诊断结果是因为过度劳累发烧。叫来医生的亲卫队长奇斯里上校也和他一样，好不容易放下了一颗心。

想起来，有超过十年的时间一直在四处奔走——莱因哈特将有一头金发的脑袋靠在枕头上，如此想道。他并不是可怜自己才这样想。事实上，他一直手握战争和政治两根绳索，毫不松懈地往高处爬。和对手杨威利相比，莱因哈特在勤勉方面远胜过他，所以常常把需要下判断的政战两方面的工作放在随手可及的地方。

或许偶尔该休息一下吧。当身体不好的时候，精神上的活力也会受到损伤。就算勉强撑住，仍然照常思考和决断，也不可能获得健康时的成果，即使焦躁也没有用。

“今天——可能的话，明天也请好好休息。这是最普通但也最好的治疗方法。”

莱因哈特接受医生的忠告，好好地睡了一觉。接近正午的时候他醒来了，想喝水，便按了枕头旁的对讲机按钮。

发烧沉睡这种情形对莱因哈特来说，已经足足七年不曾有过。小时候他常常发烧，每次都是姐姐安妮罗杰看护他。有时实在是没什么热度，可是，他为了享受姐姐把手放在额头上的那种陶瓷般的冰凉，常赖在床上不起来。

“只有一点点烧，如果你想睡就睡吧。反正待会儿你就耐不住自己爬下床来了，莱因哈特……”

姐姐说得没错。中午前他还享受着干净的床单的触感，可是，当姐姐喂他喝过蔬菜汤后，浑身那充满劲道的肌肉便想舒展舒展了。这个时候，他就得烦恼该怎么辩解才能下得了床……

一个幼校的学生把水晶壶和杯子放在平底盘上送进来，莱因哈特对他那褐色的头发和暗绿色的眼珠还有印象。他用视线询问，这个叫艾密尔·冯·齐列的少年恭敬地奉上一杯水，深深地敬了个礼。

“玛林道夫小姐吩咐我来照顾阁下。”

“你懂医护知识？”

莱因哈特有意逗他，少年却一本正经地说：

“我父亲以前是医生，我幼校毕业后也想进军医学校念书。”

莱因哈特注意到少年使用了过去时。

“那么，令尊现在做什么工作呢？”

“三年前战死了。他是巡航舰的舰医，在亚姆立札会战时和船舰一起被吹走了……”

少年的口气显得极为平淡。

“不过，阁下已为我报了仇。您在亚姆立札会战中击灭了叛乱军……连同家母的份，我一并表示感谢。”

莱因哈特一口气喝完了满满一杯冷水，用柔和的声音说道：

“赶快拿到军医的资格，因为我要你成为我的主治医生。”

感激的情绪使少年的眼珠闪烁着耀眼的光芒。艾密尔双颊涨红，对着自己憧憬的对象——年轻美貌的独裁者发誓要努力用功。大概再没有其他的情绪可以像“憧憬”一般，成为一股驱策年轻人的强烈原动力了。

医生在奇斯里上校的陪同下走进室内，针对疲劳和发烧的关系重复了那一段毫无独创性的意见，然后用喷雾式注射器为莱因哈特注射退烧剂和营养剂。医生似乎也有意想当着站在一旁、瞪着黄玉色眼珠的奇斯里上校的面，表现出对主人的忠诚。当然，如果医生有任何轻举妄动，奇斯里会立刻射杀他。

莱因哈特又睡了，断断续续地做着梦。最初是姐姐安妮罗杰，她还是被纳入皇帝后宫前的样子，走进他的梦境中。她穿着朴素但干净的衣服，正在为莱因哈特烤洋葱派。香味消失后，只见在银幕中的星空背景下，红发的齐格弗里德·吉尔菲艾斯露出了笑容。莱因哈特满怀思念，不禁发起牢骚来。

“如果你还活着，我就不用这么辛苦了。让你担任远征军的指挥，我就可以在帝都专心内政……”

还在尽情吐露心声的时候，莱因哈特从睡眠的国度中清醒过来。他一面眨眨眼帘稳定视线，一面毫无意义地喃喃自语。薄薄的窗帘对面有人影在晃动，并出声应答。莱因哈特想起床边一直有个叫艾密尔的少年服侍着。“我没事。”金发的年轻独裁者回答道，他发现自己额头和脖颈上都是汗水，便让少年为他擦拭。少年谨慎地执行完命令后，犹豫了一下，然后说了些希望亲临战线、建立功勋之类的话。

“别担心，艾密尔。如果能力相当，就由运气来左右胜败。我除了有自己的运气之外，还有从朋友那儿得来的好运。这个朋友不仅给了我好运，还把他的生命和未来都交给我了。”

某种无形的因素，让莱因哈特在这一瞬间闭上了眼睛。

“我有两人份的运气，所以不会输给杨威利的，你放心。”

莱因哈特担负的责任不只是针对一个人，他为之负责的是两千万名远征的将士和两百五十亿帝国人民。可在这个时候，对莱因哈特来说，最重要的是让眼前这位少年感到安心。金发的年轻人自己也不知为何会有这种想法。

Chapter 6
连战

1

所谓“距离的暴虐”，是指靠武力来支配已扩及银河系宇宙三分之一的人类社会，是一件多么困难的事。说这句话的人，据说是在皇帝马克西米利安·由谢夫二世身旁担任司法尚书、以秉性刚直闻名的缪查。马克西米利安·由谢夫二世采纳了忠告，放弃了侵略自由行星同盟的计划。在他执政的二十年间，并没有对外远征。

与此相对，高唱“距离的防线”这一论调的人，则是被选为自由行星同盟的第一任元首，却以老迈失明为由坚辞不就的古恩·基姆·霍尔。他虽是国父海尼森的密友，但是建国后始终没有担任公职，只担任海尼森纪念财团的名誉会长。当政府首脑请教他今后国防政策的方向时，他回答道：

“帝国本土与共和国的距离就是最大的壁垒。就算出现了具有足够的野心和才能的人，只有当他盛极一时，估计才会开始攻破这道防线，但起码一个世纪之内，我们不用担心这个问题！”

古恩是在宇宙历五三八年去世的，是莱因哈特出生前二百三十八年。

“总而言之，距离是制约军事上输送、补给、通信、指挥系统等一切作业的因素，这些方面的困难大概和距离的增加成正比。”

这是军事上的常识，帝国军和同盟军都曾不止一次因为轻视这一点，体验充满痛苦和屈辱的溃败。

到了宇宙历七九九年、帝国历四九〇年，莱因哈特·冯·罗严克拉姆已“具有足够的野心和才能，盛极一时”，似乎就要开始打碎“距离的暴虐”，突破这道防线了。可是一想到超过两千万大军的补给以及与帝国本土间的联络问题，他也无法为区区一场会战的胜利欣喜若狂。帝国军具有绝对有利的优势是事实，但战史上也不乏强大的远征军被弱小的防御军击败的例子。

“距离的暴虐”对人力资源也有很大影响。不知有多少征服者由于属下耐不住思乡与厌战情绪，导致产生反抗和军心动摇，最终野心受挫。士兵们用拒绝的眼神回答叫嚷着“直捣世界尽头”的征服者。他们说：“要去你自己一个人去好了。我们要回家乡去，死在家人身旁。”更何况古代就有因水土不服产生疾病，侵害健康的例子，现在这种情形下也难保不会出现。头顶上的星座相异，长期下来就会蚕食士兵的心理。距离帝都奥丁一万五千光年的距离，对莱因哈特来说绝对不成问题，但是士兵们的头脑能到达的距离可比他短得多。此外，只要以奥丁为根据地，无论是远征同盟还是成功之后的统治，都摆脱不了

“距离的暴虐”的纠缠。

“干脆将费沙立为新帝国的首都！”

近来，莱因哈特一直这样想。征服同盟之后，他支配的领土便一举扩大至两倍。要有效率，同时又要维持高度统一的支配，现在的帝都奥丁距离新领土实在太远了。而费沙刚好位于旧领土与新领土的交叉点，可以作为物资和情报的据点，成为统治的中枢。如果在费沙回廊两端筑起像伊谢尔伦要塞一样的军事据点，从军事上来看，应该也能做到易守难攻。奥丁原本是鲁道夫大帝建立的高登巴姆王朝的根据地，莱因哈特没有理由毫无异议地继承下来。新的王朝应该有新的首都才对，废除旧王朝的虚饰面目，重建一个真正的首都……

但是目前，莱因哈特必须把热情投注在行星乌鲁瓦希的基地建设上，而不是去想未来的首都。

杨威利的第一击，是针对经过伊谢尔伦到行星乌鲁瓦希的输送船。出动这支运输船队是将乌鲁瓦希基地永久化的第一步。八百艘巡航舰和护卫舰护送着二百四十个巨大球形集装箱，其中装载着两千万人一年所需的粮食、燃料、植物工厂与兵工厂设备、各种资材以及液态氢等物资。

球形集装箱是把镍陨石的内部钻成隧道状，装满冰块，将两端密封后，再利用恒星反射镜加热制成的。当热渗透到中心部分的那一瞬间，大量的冰块瞬间蒸发，爆炸似的膨胀起来，就形成了具有薄镍外皮的巨大中空球体。然后安装推进组，装载上货物，球形集装箱就完成了。当然，这种集装箱没有自卫设备，所以需要护航的舰队。

指挥官是年轻的宋巴尔特少将，他是自己申请负责此项任务的。不管执行多么平淡无味的任务，他总是极力标榜自己的存在。

年轻的军人通常有重视战斗、轻视补给的倾向。虽说年轻，宋巴尔特仍然比主君年长，然而莱因哈特还是考虑到这一点，给了宋巴尔特指示——同盟的兵力尚未完全溃败，所以要特别小心，经常和大部队保持联络，一旦发觉危险，就立刻寻求救援。宋巴尔特挺着胸膛保证：

“如果任务失败，属下愿意将这条不值钱的性命交由阁下处理，作为阁下端正全军纲纪的榜样。请您放心。”

听到这番话，蹙起眉头的人不是莱因哈特，而是米达麦亚和罗严塔尔等“老将”。米达麦亚曾请求执行这项任务，但是莱因哈特摇摇那头金色的头发拒绝了。补给再怎么重要，也不需要让罗严塔尔、米达麦亚等级别的将帅亲自出马，否则纯粹是人力资源的浪费。莱因哈特说：“既然都夸下海口了，就负起责任吧。”遂把宋巴尔特派遣出去。

宋巴尔特自信满满、意气风发地出发了，但他却完全辜负了莱因哈特的期望。他并非没有才能，可惜无法让自己保持持续的紧张状态。此外，他的自我评价也欠正确，又包揽了一项不适合自己的任务。不管怎么说，他都不能成为绞紧所有神经、露出敏锐利牙伺机而动的杨舰队的敌手。

从运输船队时断时续的联络中，莱因哈特预测到有危机发生，命令特奈杰中将的舰队去迎接。当援军赶到时，集装箱和所有的物资都已被破坏，只剩三十艘护卫舰如丧家犬般无依无靠地在战场上徘徊。加害者早已逃之夭夭，连影子都不见了。

宋巴尔特少将虽免于战死，但也不过多活了几天。莱因哈特不能原谅他厚着脸皮回来。

“截断补给线是敌人理所当然的战法。姑且不论我还耳提面命，也不管你如何大言不惭，你大意折损贵重物资之罪就不容辩解。你自行了断吧。”

宋巴尔特少将奉命服毒自尽。提督们莫不神色肃然。米达麦亚等人没有为他辩护，因为此时此刻为他请命的话，等于是扰乱军纪，公私不明。虽然残忍无情，但也是不得已。

杀一儆百确实有心理上的效果，莱因哈特召开了最高级将领会议。

“这件事以前没有确立正确方针，我也有责任。如果只是短期侵略与掠夺，那当然不在话下。但既然是永久性的征服，就必须谨慎计划。我们要彻底地排除敌人有组织的抵抗。”

杨舰队并没有回海尼森，而是离开巴拉特星系寻找其他的集结地和补给地去了。莱因哈特以其军事天才，看穿了杨舰队以每经一战就改变集结地和补给地的基本战略为行动的根本，要捕捉和歼灭敌人必是困难重重。总而言之，必须找出杨所在之地。一旦发现，就集中大量兵力击溃他。

“舒坦梅兹提督。”

莱因哈特指名道。

舒坦梅兹率领麾下的舰队，立刻离开乌鲁瓦希行星。

2

歼灭帝国军的补给舰队，对杨舰队而言无疑是一大成功。然而这个成功只不过是更大规模、更艰苦的作战的踏脚石。要把莱因哈特·冯·罗严克拉姆逼出来面对面决战，就要不断作战，而且每战必胜，同时一次次战斗的难度必然也逐步提升。越是打胜仗，越厉害的敌人就会接踵而至，这就像借钱生利息一样。一想到这畸形的状态，杨不禁觉得自己越来越像个傻瓜。

“越来越像‘唠叨的尤斯夫’二世。”

尤里安一副理所当然的样子，陪侍在杨的身旁。他虽然接受了晋升为中尉的人事命令，但变更职务的命令还没有抵达，所以他目前的正式职位还是驻费沙武官，不是杨的部下，杨也是在离开海尼森后才注意到这一点。至于尤里安，当然是早就知道，只是故意保持沉默。还是菲列特利加·格林希尔少校巧妙地处理了事态。她以“尤里安·敏兹中尉有义务将在费沙拿到的情报提供给杨提督，作为决定战术的依据”为由，保证了尤里安的地位。尤里安对她衷心感谢。杨在嘴巴里嘟囔了好一阵子，不过没有大声提出异议，最后也就不了了之。

比帝国军的预估还早，舒坦梅兹于三月一日就发现了杨舰队。这当然是因为杨有意向他们夸示自己的存在，不过这倒与舒坦梅兹没有多大关系。问题是发现的宙域。该处在莱加尔、特利布拉两星系中间，距离哪一条航路都相当遥远。当然，其理由都记载在从费沙收集的情报中。

“确认该处存在黑洞，史瓦西半径为九公里，质量为六京吨的一百亿倍，推算危险区域的半径最大限为三千两百光秒、九点六亿公里。”

“最好不要接近十亿公里以内？”

通信员的答案则是杨舰队正在十亿公里的距离上游弋，而且随着帝国军的接近，渐渐变成凸形阵，前端朝这边来了。

“也就是说，那些家伙要背靠黑洞布阵，他们打算做什么？”

舒坦梅兹歪着头不解地问道。参谋长奈西巴哈中将以个人的观点试着解开司令官的疑问。

“后背紧贴着危险地带时，对手的攻击方法也会受到限制，因为不能迂回绕到他们背后去。他们的目的就在这里。”

舒坦梅兹点头称是。这虽说是奈西巴哈的主观看法，却有充分的客观说服力。舒坦梅兹命令舰队编成凹形阵。从自然与人为两方面的因素来看，两军似乎不得不正面冲突了。

双方进入射程是在同一天的二十一时。杨舰队先一齐朝向敌人射出光束，帝国军也予以还击，黑暗的宇宙空间出现绚烂的光彩瀑布。不久，帝国军提速前进，同盟军则开始后退。帝国军看似缓慢，但的确在持续前进，同盟军颇为不平，但又显出力不从心的模样被迫后退。舒坦梅兹压抑住急躁的心，将凹形阵的两翼伸展开来，安静而坚实地采取半包围的阵势。

战况急转直下是在三月二日五时三十分，此前看似被置于帝国军半包围圈中的同盟军忽然开始急速前进，使用激烈的炮火和机动力，几乎一瞬间就突破了舒坦梅兹舰队的中央部分。紧接着，实现突破的同盟军在敌人后方左右展开，开始将帝国军推向黑洞。

这可以说是一次完美而成功的“中央突破，背面展开”战法。舒坦梅兹从凹形阵变为半包围战法带来了相反的效果。他倒不如不采用经过计算的阵形，只要利用地利和武力，从正面并列前进就行了。如果是莽撞行事的指挥官，一定会这么做。然而，舒坦梅兹是一流的指挥官，所以他采用了更有胜算的阵形，结果反而成了致命伤。他并没有看出杨的阵形不是守势，而是为突击攻势所摆下的诱敌阵形。

现在，杨舰队已经把帝国军挤压成半球形，以彻底的一点集中式炮击，将舒坦梅兹舰队逼向黑洞的重力圈。帝国军几近溃散，被推向密度高达六百兆倍的异常重力场深渊——黑洞的边缘。杨舰队的炮击猛烈异常，企图逃出重围的帝国军舰艇一艘接一艘爆炸开来，化为尘埃。

杨舰队的旗舰休伯利安的操作员忽然高声大叫，引起了司令官的注意。

“背后有敌人，恐有腹背受敌之虞。”

接受报告一方的情绪并没有报告一方的十分之一高亢。杨脱下黑色贝雷帽，搔搔那杂乱的黑发。

“背后？距离多少？说时间距离就可以。”

操作员在操控桌上和数字激烈地格斗一阵，最后确定为三小时左右。杨点了点头，又戴上贝雷帽，压住那乱糟糟的头发。

“那么我们就用两小时攻破敌人，用一小时来逃跑。”

“奇迹的杨”以看完电影就吃饭一般的极平淡的口吻说道，命令全体舰队继续强化攻势。

舒坦梅兹舰队如同从断崖上被追落的野牛，不断跌进重力场的深渊。以舰艇的重力控制能力，根本对抗不了黑洞。

“救命呀！我们被拉进去了……”

悲鸣在帝国军通信线路中不断回荡，不久便化为碎片消失了。黑洞那无以抵抗的巨大重力场把舒坦梅兹舰队扯了进去。中心部位的舰艇呈自由下落的状态，径直被吸进黑洞。周边的战舰则被猛烈的潮汐力捻成纸人偶一般，一边被撕扯着，一边随着巨大的重力波动，与自己的意念相悖地朝宇宙突进。当舰艇没入“黑洞的地平线”时，便只不过是“曾经是战舰”的金属和非金属碎块了。有的舰艇打开所有推进力抵抗黑洞引力，舰内的人因为高重力导致内脏出血，骨头崩散断裂而死。动力炉爆炸开来，成为一团火球，向着死亡的黑暗隧道飞去。这是一群面对死亡的萤火虫所跳的怪异舞蹈。由于重力场连光也能吸入，屏幕上只是一片深不见底的黑暗。胜利者的视觉也被眼前异样的非现实景观俘虏，沉默地凝视着一团团不断消失的火球。

舒坦梅兹舰队有一半永远沉没在“黑洞的地平线”之下，剩下的半数中更有一大半被炮击损毁。躲过重力场和敌人袭击，得以回到己方阵容的不过全军的两成。这两成舰艇一边抵抗着杨舰队的炮火攻击，一边紧沿着史瓦西半径的临界线突进。借着双曲线轨道，它们获得了胜过战舰本身推动力的速度，成功地逃脱了。司令官虽然勉强脱身，然而苍白的脸色与死人无异。

杨利用黑洞进行了一次成功的夹击，并撤回了先前的命令。他放弃逃走的计划，决定和新的敌人交战。原因之一是即使逃跑，对方也很可能从背后追上来攻击。另外一个理由则是综合情报之后，他得知援军的司令官可能是菲尔姆特·雷内肯普上将。莱因哈特不放心让舒坦梅兹一人担起这个任务，遂急急派遣援军前来。原本的计划时间充裕，但事实上只要三四个小时之差，杨就可能被这两倍于己的敌人所败。雷内肯普的行动不能说不快。

“雷内先生吗？”

杨随便地省略了别人的姓，自己念念有词。他用一只手托着下巴思考了几秒钟，不久打起了响指，但只有他自己听得到。杨所下的命令，如果不是杨舰队的人，相信是很难了解和信服的。

“在敌人进入射程距离前连射主炮，然后朝莱加尔星系方面转移。但是动作要慢，而且要整齐。”

杨舰队中大概也没有人能完全了解这道命令的意思，但是也没有任何人反抗。根本无法命中的三连射划破无垠的黑暗之后，杨舰队仿佛被前进的帝国军追赶似的开始逃走。一开始，帝国军像是被引诱了，加速前进。但是忽然传来雷内肯普司令官的命令，帝国军在不满和怀疑之声中开始后退。

一瞬间，凝视着屏幕的杨向全体舰队下达了掉头反攻的指令。

时机真是拿捏得恰到好处。雷内肯普舰队的后退让敌人达到了攻势的高潮。强烈的闪光同时横扫过黑暗与帝国军的舰艇，爆炸的光芒灼烧着屏幕和人们的视网膜。爆炸的光壁在极短的时间内逼近帝国舰队的旗舰，雷内肯普战意全失，继续后退。到了十三时左右，呈半溃走状态的帝国军好不容易恢复了秩序，但杨舰队这次却是真的逃了。

“敌人为何要中断攻击后退？他们直接追上来，不就可以打胜仗了吗？”

在杨舰队的旗舰休伯利安的舰桥里，尤里安·敏兹问黑发的年轻元帅。并非只有他一个人觉得不可思议。

“雷内这个人……”杨说明道——他以前在伊谢尔伦要塞的攻防战中曾为舰队所诱遭到痛击。由于那次教训，现在杨舰队一留给他破绽，他就会考虑到设陷阱的可能性，不敢轻举妄动。如果同盟军故意摆出逃跑的姿态，他一定会后退。杨就是巧妙地利用了他这种心理。如果雷内肯普是个一心复仇的单纯指挥官，杨唯恐己方不利，必会全力逃跑。

“这么一来，又产生了几十万个憎恨我的未亡人和孤儿了。如果要担起所有责任，恐怕我是无能为力呀。是不是下一次地狱就能一笔勾销呢？”

一天内连破对方两支舰队的丰功伟业，却只让杨的脸蒙上了一层寒霜。

“如果提督下地狱，我也一起去。至少不太寂寞。”

尤里安假装开玩笑，然而确实是肺腑之言。

“别说傻话了。”

杨缓了缓表情，苦笑道：

“我还巴望你到天国去，用钓鱼线把我从地狱钓上来呢。多积些善行吧。”

虽然嘴上回答“我会尽力的”，可是尤里安的心早已飞去咀嚼杨的战法了。他学到了一点：不管在战略还是战术上，心理学方面的要素有时是很重要的。就因为舒坦梅兹和雷内肯普都不是无能的将帅，才会跌进杨设下的心理陷阱。尤里安在心中的笔记上记下——强到一定地步的敌人，可能反而比较容易应付。

“……隶属杨舰队的人就算有成打的性命，恐怕也不够用，因为我们竟然要在一天内连战两支舰队。”

在休伯利安的战斗艇驾驶员休息室内，刚晋升为中校的“击坠王”奥利比·波布兰嘟囔着。

同伴伊旺·高尼夫尖锐地批评他。

“你每一打生命中的每一条命都需要一打女人，太厉害了。”

“这种说法就不对了。应该说我每条命对一打女人来说，都是不可或缺的。”

“什么？没有你，那些女人就会发现其他男人的优点了！”

高尼夫让对方无言以对后，打了一个重重的哈欠。

3

舒坦梅兹、雷内肯普两支舰队被杨威利利用时间差各个击破，这对莱因哈特的自尊心无疑是重重的一击。他所器重而且也颇受好评的两位提督竟然被人耍了一次。他的激动比运输船队遭破坏时有过之而无不及。

“这可给你们上了一课。这下该知道世界上还有你们无从琢磨的对手了吧？为什么我要赐给你们现在的地位！好好想想，从头再来！”

莱因哈特用冰蓝色的眼眸盯着屈膝跪地的两名提督，严厉地斥责他们，同时禁止他们在舰队重新编组完毕前上战场。这样的责罚使一旁的将帅们替两个当事人松了一口气。

事实上，莱因哈特本有意撤换雷内肯普，让他转任伊谢尔伦要塞司令官，然后传鲁兹前来顶替，但是遭到秘书官希尔德，即希尔格尔·冯·玛林道夫的反对。理由有三：第一，如果撤换雷内肯普，留下舒坦梅兹，那么被更换的人会觉得有失公平；第二，肃清了宋巴尔特少将，已经达到杀一儆百的效果，此时如果继续严惩部下，会使人心畏缩；第三，伊谢尔伦要塞司令官之职会被视为左迁者的落脚处，遭到轻视。莱因哈特认同希尔德的说法，对舒坦梅兹和雷内肯普的责罚仅止于斥责。而且把两人从前线上撤下来，战力也会大受影响，所以只好采纳希尔德的意见。

莱因哈特冰蓝色的眼眸映出了体内奔腾的怒火，放射出锐利的光芒。他需要一整天的时间来平息这股澎湃的怒涛。

行星乌鲁瓦希上的高级军官宿舍已经竣工，虽然内部设备和生活用品都缺少情调，罗严塔尔和米达麦亚却得以在数月不曾有过的非人工大地上把酒共话。他们各自说完了战场上的大小事情，便把话题转向了那个目前威胁他们的狡猾敌将。

“他的战术真的只能以巧妙来形容。可是我不认为杨威利在赢得战术上的胜利后，就可以获得战略上的胜利。你觉得如何？”

罗严塔尔若无其事地发表自己的感想，凝视着友人的脸庞。

他那两只颜色相异的眼睛中却充满狐疑。

“怎么？你似乎有什么不同的看法啊？”

“唔……”

米达麦亚交抱着双手。

“说说看呀，只对我一个人。”

他们交谈的语气和满身泥腻油污在前线苦斗的下级军官并无两样。结果米达麦亚犹豫一阵之后还是开了口，或许就跟这种气氛有关。

“罗严克拉姆公爵曾经说过，如果同盟军想一口气扭转战略上的不利情势，就必须在战场上将他本人打倒，除此之外别无他法。”

“哦……”

金银妖瞳中洋溢的光彩有微妙的动摇，其中透露出某种让眼前的朋友不得不感到恐惧的东西。

“这么说，表面上看来，杨威利是执着于战术层面上的胜利，而事实上，这一切都是为引出罗严克拉姆公爵并与他正面对决所作的准备？”

“这样的推论才切合常理。”

“没错。”

米达麦亚凝视着点头的罗严塔尔，将酒倒进朋友和自己的杯中。

“罗严克拉姆公爵如果被打倒了，我们就失去了领导者，也失去了忠诚的对象。这么一来，我们就不知为谁而战了。这是敌人求之不得的事情。”

“因为我们还没决定由谁来担任继任者。”

“不管谁是继任者，都无法像罗严克拉姆公爵这样获得绝对的支持。”

米达麦亚的语气和朋友的眼光一样不单纯。他知道，罗严塔尔除了有丰富的理性之外，还有非理性的情感。那不仅仅给人性好渔色的印象，它一旦和乱世称雄的野心相连起来，就有很大的危险。目前知道这件事的人只有自己——米达麦亚想，希望罗严塔尔能自重自爱些，不该浪费自身的才能，在平地上乱挖无用的深渊。

不知道是否了解密友的心情，罗严塔尔怜惜地看着空空的酒瓶。

“已经没了吗？真希望能再喝一瓶。”

“很遗憾，自从运输部队被歼灭之后，补给军官的情绪和大方的程度就大大地打了折扣，连对待高级将领时都不例外。”

“姑且不管葡萄酒和啤酒，一旦肉类和面包的配给也开始短缺，士兵们的士气就会受到影响。自古以来可没有饥饿的军队获胜的例子呀。”

“那么，我们必须在挨饿之前进行决战吗？”

最终的结果，好像意味着莱因哈特被迫要和杨威利正面决战了。虽然目前的局面极为有利，同盟首都也近在咫尺，但帝国军勇将心中的某个角落里，却响起了焦躁与不安的二重奏。

不一会儿，帝国军又出现了第三个牺牲者——奥古斯特·沙姆艾尔·瓦列上将又因杨舰队尝到败绩。

瓦列对帝国军等待下一批补给、白白浪费时日的做法有异议，于是自己制订了独立作战的行动方案，上呈莱因哈特。以下就是他说服年轻主君的话。

“根据我们在费沙获得的情报显示，同盟军在国内有八十四个补给基地与物资囤积处。既然我军的补给部队为其所破，那么我们就以牙还牙，袭击他们的补给基地，尽可能地夺取他们的物资。”

莱因哈特允准他们提出的行动方案，并不是被小小欲念迷惑，而是因为还没有做出最后的选择与决断，目前他需要一点时间。而且再怎么说，补给物资也是越多越好，提高士气的机会也不容有失。

另一方面，从杨的角度来看，帝国军的根据地既然在干达尔星，只要监视该处就可以掌握帝国军的动向。相对的，杨舰队离开了海尼森，不知消失到哪里去了，所以帝国军无法将监视的目标集中于一点。这对帝国军那些绝非无能的将帅来说也很不利。

于是，瓦列舰队出发袭击同盟军在达希利星系的补给基地，在半路上与满不在乎地从达希利星系出发的杨舰队正面遭遇。当然，杨舰队是刻意在敌人的前进途中大张旗鼓地登场的。如果帝国军没发现他们，反倒会令杨大失所望。

非武装的运输船应该位于舰队的中心部分，以躲避敌人袭击，这是军事上的常识。然而，这个舰队却将球形的运输集装箱放在前头，战舰则像服侍女王的随从一样跟在后面。这种阵形根本无法应付从前方来的攻击。这种欠缺原则性的大意做法，便是不期而遇的证据。瓦列这样判断。

当帝国军采取一丝不乱的凹形阵杀过来时，同盟军立刻停止了前进，接着便现出丑态。自己的集装箱反而成了交战的阻碍。就算把阵形向侧面伸展开来，如果和凹形阵对抗，又显得火力层太薄弱了。左移右移的结果是，帝国军一开始发炮，他们就干脆逃之夭夭。这当然是杨舰队的伪装欺敌，但由于表演得太真实了，参谋长姆莱中将还嘲讽说：

“我们的舰队最擅长的就是逃跑的演技……”

瓦列舰队似乎有意为同僚舒坦梅兹和雷内肯普洗刷屈辱，一心一意想追杀同盟军。然而，司令官制止了无序的攻击，下令完成当初的目标——收集物资。瓦列不是那种以争战为首要目的的人。拖引集装箱的运输船早就逃走了，超过八百只集装箱连同丰富的物资都毫发无伤地落入帝国军手中。同盟军那些丑鸭子可算为帝国军产下金蛋了。

然而，当帝国军将大群的集装箱集中在舰队的中心部位，像古代的北欧海盗一样高奏凯歌、准备离去时，同盟军却掉过头来紧追不舍。

“一面守护集装箱，一面后退！”

瓦列下达命令后，把自己的旗舰放在最后面，在阵头进行反击的指挥。整齐的阵形和炮火使同盟军退缩了，一度逼近的同盟军又像吃不消似的开始后退。然而，他们仍然保持着一定距离，战战兢兢地跟在后面。

“他们似乎依依不舍呢。贵重的物资被抢了，也难怪……”

瓦列凝视着旗舰的屏幕，喃喃说道。

然而，就在这个时候，被帝国军置于中心部位保护起来的球形集装箱忽然闪出几道光束，向帝国军袭来。由于是从密闭的球形内侧发炮，帝国军无法闪避，结果一艘驱逐舰被破坏，一艘巡航舰和两艘驱逐舰受损。这一情形让帝国军大吃一惊。

“集装箱里面竟躲着敌方的战斗人员。难道他们看穿了我们需要物资，设下了陷阱？”

瓦列不断咋舌，放弃运送集装箱。他下令驱逐那些钻到他们胃里的寄生虫。集装箱被四面八方而来的能量光束笼罩，在瞬间的痉挛后爆炸了，而且不是普通的爆炸。

白热的光块撞击着帝国军将士的视线。爆炸产生了连锁反应，巨大的宝石群出现在帝国军的中心部位，每一颗宝石都以数万名士兵的生命作为代价。

集装箱装载的只是自动射击系统和大量的液体氦。能量光束往集装箱集中，就等于帝国军用自己的手激发了巨大的爆炸。光与热的激流从内侧撕裂了帝国军。每艘舰艇的驾驶人员为了避开彼此的冲撞，面无血色地拼命与机械格斗。然而，他们的努力换来的却是急速前进、炮门全开的同盟军的猛攻。

瓦列舰队的阵形和士气都陷入混乱状态，在杨舰队的猛烈炮火下遭受了彻底的痛击。数十万道能量光鞭抽打着帝国军，帝国军痛苦地惨叫着翻滚，炸裂的光芒就是从伤口喷泻而出的血沫。帝国军的舰艇一艘接一艘地和乘员们一起化为火球，恐怖的流血场面令人为之动容。

“人类总是有些优点的。”

在杨舰队的旗舰休伯利安的舰桥内，先寇布中将一边注视着屏幕，一边评论着司令官的作战。尤里安·敏兹也一声不响地看着光明与黑暗的交替。杨推测帝国军可能会把集装箱放在舰队中心，然后用层层的舰艇包围住，所以他甚至算计到就算只用自动射击系统，也会有足够的命中率，使瓦列落入陷阱。

眼看着敌人任自己宰割，部下们爆发出狂热的欢喜声浪，杨却不敢太乐观。

“罗严克拉姆公爵的怒气和矜持应该达到极限了吧？他们也没有足够的物资支撑持久战。很快他将会发动全军一举攻来。或许他会以前所未有的猛烈意志和壮大的作战方法……”

一番话把四周将士的视线都集中到了他身上，杨这才注意到自己无意中把应该放在心里的话说出来了。人在孤独中，很难一直保持心壁上没有裂痕。

4

帝国军所受的打击与冲击更深了一层。勉强整顿好残兵败将后，生还的瓦列跪在年轻的帝国元帅面前请罪。然而，莱因哈特只冷冷地丢下一句“算了！”，就一脚踢开座椅，消失在众人面前。留在原处的提督们垂着肩膀，彼此的瞳孔中映着失意的表情。

“连瓦列这么会用兵的人都被打倒了……”

提督们的声音近似呻吟。

“不，就因为擅于用兵，所以才会被打败。雷内肯普和舒坦梅兹也是基于同样的道理。”

不是他们不服输。如果瓦列是个好战之徒，他就会追杀放下集装箱转身遁逃的敌人了，今天也就不会中杨的诡计。从这一点看来，很明显，是瓦列的理性束缚了他自己的脚步。然而，尽管瓦列失败了，却不是完全没有收获。他在全面溃散之前，使舰队的秩序恢复完整，同时侦察杨舰队战斗后的行动，结果发现从达希利星系方向出现的杨舰队通过战场，往洛佛丁星域方向消失了。

杨威利每经过一次战役，就变换舰队的集结地和补给地，一面移动一面作战。

以前，莱因哈特凭借天才的智慧发觉的事实，如今明显地摆在其他提督面前，帝国军的勇将们在这一瞬间鸦雀无声。从这件事来看，杨没有特定的根据地，这也是他积极的战略思想。

“真糟糕，也就是说，整个同盟领土都成了那家伙的基地？”

法伦海特水蓝色的瞳孔中夹杂着厌恶与感叹之情，喃喃道。可以说，这是由正规军所实施的游击战，帝国军则必须追击着没有主要根据地的敌人作战。一想到其中的困难，他们先前踏遍的一万多光年的路途似乎就不算远了。

回想起来，杨威利连伊谢尔伦要塞都可以很干脆地放手不要。虽然推测到杨不会执着于某个固定根据地，但没想到他会把游击战贯彻得如此彻底，真令人恐惧。

米达麦亚用军靴的后跟踢着地板。

“一个舰队……”

低沉的声音中蕴含着复杂的感情，有赞赏与屈辱，有感叹和愤怒，这是一碗炙热翻滚的情感之汤。

“只凭一个舰队就把我们搞得天翻地覆！那个家伙竟能在他

喜欢的时候，在他喜欢的地方出现……”

帝国军早就知道同盟军有八十四个补给基地，但哪个才是杨的下一个根据地呢？太难预测了。这时，握有的情报反而成了令人迷惑的原因。

“两年前，当我们在利普休达特战役中和门阀贵族的败家子们作战时，我还以为再也没有像他们一样差劲的无能之辈了。现在看来，这是个愚蠢的错误。看看我们的丑态，杨威利再怎么有智谋，也只不过是一个舰队，我们却对他束手无策。”

米达麦亚叹息着说。法伦海特闪着水蓝色的眼珠提议道：

“我们干脆去把他们的八十四个补给基地悉数占领或摧毁。这么一来，杨舰队就饿得动弹不得了。”

“纸上谈兵！”

罗严塔尔冷静地出言制止。

“如果我们发动全军，我军在干达尔星系的根据地就会成为一座空城。就算我们制住了八十四个地方，也只是犯分散兵力的错误而已。被杨打败的教训不就是被各个击破吗？”

“那么，罗严塔尔提督的意思是让大家袖手旁观那些家伙蠢动？”

法伦海特尖锐地问道。金银妖瞳提督沉稳地避开了对方的舌锋。

“话不是这么说，即使我们去追杀，他们也只会逃跑。我只是指出这一点。目前不宜轻举妄动，否则只会给他们机会。”

“但是，库存的物资可不容许我们悠然地冬眠。”

“所以我们要诱出杨威利。设下陷阱将他诱骗出来，再包围和消灭他。目前也只有这种方法，问题是要用什么样的饵来钓他。”

“总而言之，只要打垮杨威利的舰队，‘同盟’就只能变成字典上的一个历史名词罢了。不打倒他，我们没有办法获得最终的胜利。”

缪拉砂色的眼珠中充满沉痛的光芒。

这个时候，帝国军将领注目的焦点都从同盟的首都或政府转移到杨威利身上，这已经成为无法动摇的固定观念。比起同盟政府来，杨威利的武力才是现实的威胁。当军队在没有政府的情况下自立化，征服者们的权力和权威便无以维持了。

“同盟军的行动应该有一定的模式。”

说这句话的，是年轻且满腔热血、野心勃勃的特奈杰中将。只要解析出模式，就可以知道杨下次会在哪个根据地现身。

“你难道是白痴吗？”

毕典菲尔特用了略嫌直率的说法。

“照这个情形看来，解开他的行动模式之谜不知道要花上多少年。难道我们要等到所有的补给基地都让杨威利给吃垮吗？”

“黑色枪骑兵”的指挥官并不理会因愤怒和不平而脸红的特奈杰，把目光重新转向米达麦亚等人。

“如果杨像个发情的公猫一样四处骚动的话，我们就别管他，直攻敌人的首都就行了。”

毕典菲尔特放言道。虽然说法略显低俗，意见却不见得那么不可取。

“然后我们再把大部分军队撤回本国，这么一来，毫发无伤的杨威利就会从某个补给基地出来抢回首都，重建同盟。而为了要打倒他，我们必须再次远征。”

米达麦亚的语气已有所克制，但似乎反而刺激了毕典菲尔特。

“你怕杨威利就像小羊怕狼一样，难道不怕后世人耻笑？”

毕典菲尔特的说辞毒辣至极，然而米达麦亚却不激动。

“我所担忧的并不是杨威利个人，而是我国和前线的距离。如果你不能了解这一点，跟你谈也没有意义。”

毕典菲尔特沉默了，他理解了对方的话。目前，帝国本土和费沙之间的通信虽然大致能维持畅通，但是补给方面谁都不敢保证。而莱因哈特的阵营中，绝没有认为缺乏补给仍可长期作战的愚蠢狂徒。

诸将的结论还没出来，莱因哈特便颁布了命令。

“召集所有的提督！我已决定作战计划！”

领命的总参谋长奥贝斯坦很想知道作战计划的内容，但是年轻的金发主君没有详细说明，只是简短地补充道：

“不出一个月，杨威利的舰队就会从宇宙消失。各位可拭目以待。”

奥贝斯坦退下了。在他的记忆中，主君从未如此毫无根据地口出狂言。

5

提督们聚集的大厅欠缺完美的装饰。如果运输队没有被杨击溃，或许在建筑和内部装潢上会多花一些心思。目前谈得上优美的，恐怕只有伫立在台上的年轻独裁者的容姿了。但从那优美的嘴唇中说出来的话却极其辛辣。

“我问你们！我们越过宇宙深渊，进行这次一万数千光年的征服之旅，究竟是为了什么？难道是为了让杨威利一个人成就英名吗？身为军人，各位的自尊难道是长翅膀飞走了吗？”

这段话在几位提督听来如同惊雷，他们裹在黑银两色华丽军服里的身体僵硬了。尤其是“让杨威利一个人成就英名”的瓦列、舒坦梅兹、雷内肯普三位提督，仿佛被一只无形的手压住后脑勺似的垂下眼帘，不敢抬头。但瓦列却毅然抬起头，直视着年轻的主君。

“下官破坏了阁下常胜的声誉，罪大难当，深感惶恐。但是，不，应该说正因为这样，下官才斗胆直言。请阁下允许下官以新的胜利弥补失职之过。”

“我会拭目以待。不过，我也该自己出面解决问题了。”

莱因哈特将眼神投向另一位提督。

“罗严塔尔！”

“在！”

“你率领舰队赶赴利欧贝鲁提星域，拿下该处的敌人补给基地，同时控制周边航路！”

罗严塔尔吞下了原本到嘴边的答复，望着莱因哈特。年轻独裁者低声笑道：

“你不懂吗？这是做样子。其他的人也各自率领舰队离开我身边。看到我孤立了，杨威利就会从洞窟中蹿到原野上，到时候我们就张开大网捕捉他。”

提督们交换着视线。

“如此一来，阁下是打算以自己做饵，只以直属的舰队对付杨威利的攻击？”

奈特哈尔·缪拉以代表众人的姿态问道。他从年轻主君的目光中得到了答案，不由得提高了声音：

“那太危险了。哪怕是下官一个人也好，请允许下官留在您身边当前卫。”

莱因哈特微微一笑。

“你过虑了，难道你认为我以同样的兵力就打不过杨威利，缪拉？”

“不，我不是那个意思……”

词穷的缪拉答不出话来。米达麦亚接着向前踏出一步。

“这一点我们并不担心，杨威利虽堪称名将，也不过是一介舰队司令官，所以阁下大可不必亲自出马与其较量，一决胜负。您要保重。”

这种声音也同样被年轻的独裁者拒绝了。

“你的辩才果然是一绝，值得一听。不过根据情报，杨威利最近晋升为元帅了。既然我也是帝国的元帅，便与他资格相当，这也不算过分。”

“全宇宙没有人能和阁下相提并论。”

特奈杰狂热地叫道。然而，他并没有更具体的提案，所以莱因哈特也只是冷冷地点头而已。奥贝斯坦的义眼和罗严塔尔异色的双眼中分别闪过一丝冷冷的笑意，他们瞥了特奈杰一眼，就差没把“马屁精”这个词说出来。

米达麦亚清了清嗓子。

“下官明白。既然阁下决定了，也用不着下官等人多嘴了。但是如果阁下能将部分想法告知，下官也能略为安心。”

“这点我早就想到了，那么，我来消除你们的不安吧！”

莱因哈特把冰蓝色的眼睛转向静候在角落的少年艾密尔，命令他拿酒过来。他的语气与其说是命令，不如说是请求更贴切些，提督们不禁一惊。此时，终于有人发现莱因哈特身旁的桌子上放了厚厚的一摞纸。

全身紧绷的艾密尔拿来红酒和酒杯，在杯中倒满了酒，恭恭敬敬地递给莱因哈特。他没有洒出半滴酒来，这或许让那些提督们松了一口气。

莱因哈特的手——那双似乎由雕刻家投注了最大的热情和精力才雕出来的手——柔和地翻转过来，鲜红色的液体便成了一道湿润的光束，从酒杯中倾泻在纸上。

提督们的视线都集中在如同浸泡于血液中的纸上。他们的视线如此炙热，不禁令人怀疑如果焦点完全吻合，纸张是不是会着火？莱因哈特用手指夹起一张纸，再一张，接着又一张。当他一张一张持续不断地拿起纸的时候，米达麦亚和罗严塔尔的眼中开始焕发出理解的光彩。最后，当没有被酒渗透的纸出现在众人眼前时，年轻的独裁者环视着大家。

“大家都看到了吧？纸片虽薄，如果把几十张重叠起来，就可以将酒完全吸干。我打算以这种战法对付杨威利的锋锐。他的兵力绝对没有办法突破我所有的防御阵地。”

莱因哈特的说法极为抽象，不过这些身经百战的勇将还是清楚了他的意图。他们知道年轻的主君创造了堪称艺术的用兵之法，并将付诸行动。

“然后，当他停止攻击时，你等就率领折回的舰队将他包围，歼灭其兵力，把他带到我面前来，不论生死。我要让自由行星同盟的主政者看看他的下场，暂让他们与我们缔结城下之盟。”

并没有人挑头，但是提督们都默默地一起对年轻主君敬礼。他们又一次领教了他的战争天才。

希尔德——希尔格尔·冯·玛林道夫伯爵小姐——再次求见莱因哈特，是在晚餐之后。虽然知道莱因哈特会嫌自己太啰唆，可她还是劝莱因哈特不要和杨正面对决。灯光照亮了她一头暗淡的金色短发，希尔德开始劝说。

“不要去管杨舰队，先攻陷行星海尼森，让同盟政府投降，然后要他们命令杨威利停止无益的抵抗，这样一来就可以不战而达到征服的目的。”

“这样，我在纯军事上就成了杨威利的手下败将了。”

“……”

“不，不行，玛林道夫小姐，我不能输给任何人。人们对我的尊重和信仰都来自于我的不败。我并不是靠圣者之德获得士兵与民众支持的。”

莱因哈特秀丽的脸庞上闪过一抹自嘲的阴影，希尔德不禁为之一惊。她忽然想到，这个年轻人锐利的理性，会不会反倒变成他不幸的原因呢……

"那么，就遵照您的意思吧。不过，我也要陪着您一起上旗舰。"

"不，玛林道夫小姐，你并不是战场上的勇者。而且这不会为你的名誉带来一点损伤。你就留在干达尔等着好消息吧。这次的战斗不会比前些日子的轻松，恐怕没有观战的闲暇了。"

希尔德刚要抗议，莱因哈特又接着说：

"万一你有什么差错，我没有办法对你父亲玛林道夫伯爵交代。"

希尔德不能再说什么了。一位叫阿洛斯·冯·利利安克隆的中尉负责指挥由二十名部属组成的希尔德的护卫队。

前来为莱因哈特整理床铺的少年艾密尔指责敌将杨威利，他认为杨威利四处窜逃、不堂堂正正战斗是卑劣的行为。金发的独裁者一面微笑，一面摇了摇俊美的头颅。

"艾密尔呀，你错了。名将的称谓，只能赐给那些知道后退时机和逃命方法的人。光知道突击和战斗的猛兽，只能成为猎人的靶子。"

"可是，公爵阁下，您至今也没有逃跑过一次，不是吗？"

"如果有必要，我当然会逃，以前只是因为没有必要。"

莱因哈特用启发式的平静口吻说道：

"艾密尔，不要学我。谁都模仿不了我，模仿反受其害。但如果你以杨威利那种人为榜样，至少不会成为一个愚将……不，你说过要当医生的。我说了些杂乱无章的话。"

为什么会准许这个少年进入心中的走廊呢？确切地说，是自己主动让他走进心坎的。莱因哈特以自己的方式寻找着答案，但是他也不知道这样做正确与否。或许这是一种补偿行为吧，不过莱因哈特并不想承认。

“我不可能学会其他的生活方式。不，说不定已经学会了。但是，我还在儿童时代的时候，就已经决定了要走这条路。为了夺回被夺走的东西，才开始踏出这一步的。不过……”

莱因哈特沉默了。“不过”之后想说些什么呢？艾密尔想象不出。莱因哈特将视线从遥远的地方重新拉回少年身上。

“睡觉吧，小孩子需要做梦的时间。”

这是以前姐姐安妮罗杰对莱因哈特说的话。他和来家中住宿的齐格弗里德·吉尔菲艾斯挤在小小的床上东拉西扯聊个没完时，门后就会传来姐姐的叮咛：“睡觉吧，小孩子需要的做梦时间比大人多得多哟。”

艾密尔行礼出去后，莱因哈特的心急速地朝现实中的敌人收拢。他伫立在硬质玻璃窗边，一边极目眺望夜空，一边喃喃自语：

“这是你所希望的。既然完全满足了你的愿望，那就请来到我面前吧，奇迹的杨……”

莱因哈特·冯·罗严克拉姆把冰蓝色的眼眸转向闪烁的星群，那是一双希望借战争获得至高宝座之人的眼睛。他把裹在黑银布料中的手伸向前方，手掌贴在硬质玻璃上。金发年轻人在玻璃上感觉到自己脉动的反射，脸上浮起微微的笑容。充实的昂扬之感充满他的身体，似乎所有的细胞都要跃动起来。

一瞬间，他感到幸福。失去最好的朋友已将近一年半了，而现在，他又要得到一个最大的敌人了。

莱因哈特需要敌人。不管他本身如何耀眼，如果没有反射他光芒的对象存在，他也很难光芒四射。

四月四日，渥佛根·米达麦亚率领麾下的舰队朝艾琉瑟拉星域出发。第二天，四月五日，罗严塔尔的舰队朝与艾琉瑟拉星域相邻的利欧贝鲁提星域进攻。

金银妖瞳的年轻提督伫立在旗舰托利斯坦的舰桥里，凝望着遥远的行星。

“全军掉头，包围并歼灭杨威利？”

这些话有百分之九十是喃喃自语。

“真是巧妙的战略。但是还没有掉过头来的时候，事情会如何演变呢？”

Chapter 7

巴米利恩

1

所谓的“巴米利恩会战”究竟是从什么时候开始的，要确认这一点并不容易。如果以先前帝国军三个舰队的败亡为第一幕，那么此次会战于宇宙历七九九年、帝国历四九〇年二月就拉开序幕了。而莱因哈特以自由行星同盟的全宙域为陷阱，欲将杨舰队围困在巨大蜘蛛网中的壮大战略是在四月四日发动的，也正是米达麦亚朝艾琉瑟拉星域进发的时间。获知消息的杨下令朝帝国军的总根据地干达尔星域出击，则是在四月六日。到了十日，被杨召来当顾问的“银河帝国正统政府军务尚书”维利伯尔·由希姆·冯·梅尔卡兹已经来到杨身边。

当梅尔卡兹为了赶赴新职务前来辞行时，原流亡政权的首相雷姆夏特伯爵带着涂了满脸荧光涂料般的表情，责问这位宿将弃上司于不顾的卑鄙行为。但是，梅尔卡兹并不是那种对误会和曲解过敏的人。

“即使我待在这里，对伯爵阁下和皇帝陛下也没有任何帮助。倒不如帮助一下杨提督，为打倒罗严克拉姆公爵寻求最后的可能。请阁下允许我这样的行为……”

雷姆夏特伯爵沉默了。自己对幼帝一字不提，这种羞耻心也隐隐约约盘踞在他的心头。

梅尔卡兹离开宰相府，舒奈德敬礼迎接上司。五个身着略显古旧的帝国军服的男人跟在他后面。舒奈德带着微微的苦笑，回头看着五个人。

“这是帝国正统政府军的全部人员，他们要求永远跟随阁下左右。”

梅尔卡兹审视着“正统政府军”士兵的脸。他们不论是年龄还是体格都欠统一。最年轻的一个看起来不过二十岁上下，穿着一件不合尺寸、看上去极其瘦小、明显是承自其父的旧衣服。最年长的一个似乎与梅尔卡兹同龄。他们唯一的共同点就是表情，每一张脸都带着融合了忠诚、勇气和自我满足的微妙情感。梅尔卡兹本想说服他们，可是又放弃了。因为他明白，除了顺应他们的意思和欲求之外，别无他法。于是，这支仅有七名成员的军队加入了杨舰队。

事实上，带着这种“非正规兵”的不仅是梅尔卡兹，和莱因哈特交过手并不得不败退下来的莫顿和卡尔先两位提督也重新编组锐减的兵力，与杨舰队合并了。他们虽然向国防委员会与统合作战本部申请过此事，但还没有等到回音就擅自实施合并。从某些方面来说，证明了军部的秩序已是有名无实。

由于以上种种，有人评论说“最后决战时刻的同盟军具有明显的义勇军特征”。义勇军虽然极富战斗意志与勇气，但从装备和指挥系统方面来看却是“乌合之众”。在武装抵抗运动中，他们完全可以成为超出本身实力的重要战力，但是和大舰队正面决战时，就难以想象他们能有效地发挥实力了。以前“救国军事会议”发动内战时，杨也曾为大群空有满腔热血的义勇军所苦。这次杨要的是莫顿和卡尔先的指挥能力，所以他也不想在鸡蛋里挑骨头……

除此之外，杨又发现身边还有非正规兵，那就是跟着尤里安·敏兹的体格壮硕的黑人路易·马逊少尉。

菲列特利加·格林希尔送来帝国军的最新动向时， 杨一面远远地望着那个黑巨人，一面询问：

“那到底是什么？”

“你说什么？那是路易·马逊少尉啊。”

“我知道。我是说，为什么连他也上了我的战舰？”

“当然是因为尤里安在这里呀，他可是好护卫。”

菲列特利加几句简单的反击，让难以分清公私方面的杨无话可说了。于是，马逊也保住了一席之地。

杨在自己的房间读着菲列特利加送来的资料，觉得高挂在心灵地平线上的太阳正在下沉，不觉叹了口气。资料显示，罗严克拉姆公爵莱因哈特的直属舰队也将随着其他将领的舰队离开干达尔星域。杨打算制压干达尔的意图不得不做出修正。

“可怕的人哪！”

杨在心中喃喃说着，他感到自言自语化成冷冽而恐怖的水珠，浸透了全身的细胞。

莱因哈特·冯·罗严克拉姆公爵的构想能力之强大、计算之精密，实在令人咋舌。一个凡人想做到其中任何一项都很困难，而这个金发的年轻人却把这两方面都做到了极致。

莱因哈特将麾下的提督们远远地支开，看似孤立了他自己的舰队，实则想把同盟军诱入巨大的陷阱中，这一切都在杨的预测内。但是莱因哈特离开干达尔星域还是出乎他的意料。杨原本打算抓住莱因哈特麾下提督离开主力部队的时机，在他们尚未回过头来围剿之时，来个短期决战获得胜利。可没想到莱因哈特竟将主力部队也调动起来。行动路线虽然呈现出巧妙的曲线，然而根据电脑的推算，当其行动的速度和角度达到提督们离开主力部队的最远点，即反转攻势的临界点时，莱因哈特自身就会突入巴拉特星系，将同盟首都海尼森置于眼前。想防备他闯入巴拉特星系，防止把首都周边区域变为战场，杨就必须将计划提前，更早地与莱因哈特交战。当然，米达麦亚与罗严塔尔就会比杨当初预定的要接近战场，会更快回过头来围攻。前有莱因哈特，后有罗严塔尔及米达麦亚，杨还没有自我美化到相信可以同时承受他们的攻击并获胜的地步。杨的胜算是把帝国军完全分割开来，把最高司令莱因哈特作为各个击破的首要对象，然后才有五成胜算。

“有五成吗？”

事情演变至此，才进入战术层面，但杨的立场已经很难说依然有利了。杨是非胜不可，而莱因哈特只要在麾下的提督们赶到战场前维持住战线就行了。以莱因哈特的性格来说，“胜”比“不败”更重要，但是他的积极性与机动性背后有深不见底的智慧，和莽撞的冲动截然不同。尽管如此，杨还是必须要战胜这个劲敌。

“必须要胜吗？”

杨微微苦笑。“必须”这种思考方法并不是他喜欢的。尽管不是所有的事情都能如愿，他还是希望能走一条自主和自发的路。事实上，人生的每一个足迹都覆盖着后悔的尘土……

“总之，这真是一根难啃的硬骨头。难道就没有人能够代替我吗？”

当然，不可能有那样的人。杨总是被交付一些除了他没有人能做的食材，然后被迫站在厨房中变魔术。

门口传来一阵迟疑的敲门声，杨打开遥控门一看，亚麻色头发的少年带着紧张的表情站在外面。若是同龄的少女，一定会为这种凛然的气质悸动。

“我可以进来吗，元帅？”

“我的门总是为你开着的，进来吧。”

比监护人早四年拿到中尉军衔的少年行了一礼，走入室内。他有些不耐烦地把散落在端正脸颊上的亚麻色刘海拢上去。坐定后，杨询问他的来意，尤里安探出身子。

“您对罗严克拉姆公爵分散全军一事有何看法？”

“这个问题……”

“那我就说说我的想法，很明显这是个陷阱。公然让各提督出动到各地，分明是引诱我们——我把根据地清空了，你来攻击吧！如果去了，一定会落入他们的圈套。”

“会是什么样的圈套？”

尽管杨的表情和声音都罩上了一层雾，尤里安的视线中依然有能穿透这层迷雾的热情和敏锐。他把视线集中在杨的脸上，一口气把话说了出来。

“我们的舰队一接近敌人的根据地，他们的所有舰队就会抓住时机一举回攻，把我们赶进一个大网中围歼，这就是他们的圈套。”

杨脱下有白色五棱星的黑色贝雷帽，然后抬起头来。他不知道这种时候该不该称赞少年洞察的准确性。

“您当然也知道吧？因为连我都想到了，更何况是您。可是，您还是硬要往圈套中跳。”

杨没有说话，默默地挠着他那头黑发，尤里安愈发探出身去。杨知道躲不过少年的满腔热诚，只好面对事实。

“哟，一般人都说年轻人容易冲动，年长者总是扮演着阻止他们冲动的角色，现在看来，情形是颠倒过来了。你认为我会输给罗严克拉姆公爵吗？”

“您如果想用这种说法让我闭上嘴，那就太懦弱了。”

瞬间的沉默之后，杨承认错误，低下了头。

“是我不对。你说得没错，这种说法是太懦弱了。”

“不，是我太狂妄了，对不起。”

杨松开叉着的腿，重新坐定。

“听着，尤里安，我以‘不打没有胜算的仗’为座右铭。这次也绝不是要违背这个座右铭。”

“您有胜算？”

“老实说，不多。”

杨戴上黑色贝雷帽，把杂乱的头发压在底下。既然决定接受对方的挑战，就要尽可能地掌握事实和真相，虽然事情的真相是无法完全掌握的……

“但是，这是唯一的机会。罗严克拉姆公爵是看穿了我的意图，故意来诱我上钩的。如果只考虑纯粹的实力，他大可无视我的存在，直捣首都海尼森就行了。这样做恐怕更有效率。然而他并不这么做，也就是说，他接受了我无礼的挑战。”

“您是有感于他的意气，才决定堂堂正正地和他正面对决？”

杨带着想开诚布公的表情深思。

“不，我才不会那么浪漫！我现在想的只有一点——利用罗严克拉姆公爵的浪漫与自尊打败他。事实上，我也希望能赢得轻松些，这个方案便是这次对决中最轻松的选择。”

尤里安想说些什么，但还是闭上了好看的嘴唇。他的本意并不是让杨感到困惑和动摇。但是，难道没有更轻松的方法吗？尤里安不禁怀疑。然而不知为何，他又犹豫着没有说出口，只是这样说：

“总而言之，不能太勉强自己。”

杨点点头，很高兴地说道：

“没问题，勉强行事不合我的胃口。多谢你的关心。”

2

终于到了离开根据地的前一天，也就是四月十一日，杨还是给了麾下所有士兵和军官半天的休假。这是出战前的惯例，杨一直坚守着这个惯例。

“司令官有令，今日二十四时之前自由行动。请大家尽量处理好私事，以免留下遗憾。”

姆莱中将传达了司令官的命令，部队内随即涌起一阵虽有生气，但总缺点实质意义的欢呼声。根据地鲁德米拉只是由军事基地与岩石组成的小行星，并没有娱乐设施，时间的自由并不意味着行动的自由。奥利比·波布兰看着同事高尼夫，耸了耸肩。

“如果在海尼森或伊谢尔伦就另当别论了，在这种地方，即使让自由行动又有什么用？算了，我只好去找个一夜情的对象了，你呢？”

“在房间里睡觉。”

“这么无聊的事你也说得出口！”

“无聊吗？”

“如果是玩笑，这很无聊；如果是事实，那就更无聊了。”

“你比较喜欢开玩笑吧？”

波布兰迎着高尼夫毫不在乎的眼光，轻轻挺了挺胸。

“只靠玩笑，我无法活下去。可是离开了玩笑，我连活都不想活了。”

“你的存在就是一个玩笑……”

“最近你挖苦人的功夫似乎大有进步嘛，高尼夫先生。”

“不，不，只是出自一个不受女人欢迎的男人的忌妒心罢了。你可别介意呀，波布兰先生。”

两个击坠王互相给了对方一句嘲笑，然后朝各自的方向走去。

菲列特利加·格林希尔少校根本不需要思索如何度过“到晚上十二时为止的自由时间”，因为杨威利要她到他的房间去。菲列特利加微微地补了一下原本就淡淡的妆，进了房间。杨一副不知该选择何种表情的样子，面对着硬质玻璃桌。一见菲列特利加进来，他就板着脸要她坐下。

杨威利在宇宙战场上只动动手指，就可以指挥上万艘舰艇。可是，这个原本希望做历史学家的青年，不可能在人生这部戏剧的每一个场景中都是好角色。在某些场合，他只是会让舌头打结的拙劣演员。尽管如此，他仍然辛苦地转动着舌头的引擎呼唤对方。最初，他叫“上尉”，再更正为“少校”，接着过了让光旅行完三百万公里的时间，他又换成了“格林希尔小姐”。每一次他都让美丽的副官回应一声，接着就没有了下文。那不是出于恶意，而是因为怯懦。他好不容易鼓动了和十倍的敌人作战时的精神弹簧，叫了第四次。

“菲列特利加。”

这一次，淡褐色眼眸的年轻女子没有立刻回答。这真是一件划时代的事，因为杨威利从来没有叫过她的名字。她睁大了淡褐色的眼睛，好不容易才答了一声“是”，也因为这个字，才使她恢复了说话的能力。

“我觉得仿佛好不容易找回了十一年的时间。”

菲列特利加柔柔地微笑。

“元帅是在艾尔·法西尔星域救了我的命以后，才开始叫我名字的。您还记得吗？”

害羞的杨威利像个电动人偶似的点点头。

为了把被帝国军包围的艾尔·法西尔星域众多的居民送走，当时二十一岁的杨中尉一面不甚自信地抓着头，一面开启了此后人生中不断累加的“奇迹的杨”传奇的第一页。菲列特利加为他送来了午餐。

“谢谢你，格林希尔小姐。”

年轻的中尉对着十四岁的少女认真地说道。少女不由得笑出来，让这位看来完全不像军人，倒像一位未来的学者的年轻军官叫她菲列特利加。逃离艾尔·法西尔对杨和菲列特利加而言，都是一个出发点。终点还在他们的视线之外。此时，杨的目标在折返点上，却很难摆脱停滞不前的状态。

“菲列特利加，等这场战役结束了……”

杨从前说话一直很有条理，现在却无法有效地整合情感和想法，接下来的话乱七八糟，毫无头绪。

“我比你大七岁，而且，怎么说，这个，作为一个普通人，我有欠缺的地方……此外，我还浑身都是毛病。回顾以往种种，我很怀疑自己是不是有资格这样请求，看起来好像是利用地位压迫人。而且在战斗迫在眉睫的时候，在这种场合提出这种事，实在不应该……”

菲列特利加调整了一下呼吸。她并没有为对方表面上的混乱而迷惑，已经把握住了杨的心情。她觉得一颗心加速跳了起来。

“但是，说了后悔总比不说后悔好……啊，真伤脑筋，从刚才起一直只说我自己的事。总之……总之，我希望你能和我结婚。”

一口气突破关卡的杨，仿佛要吐空肺里的空气似的，松了一口气。甩开优柔寡断需要不少体力。菲列特利加觉得自己的心仿佛长了翅膀似的鼓动。关于这个问题的答案，在她心里已经盘旋了多久的时间啊！

“我想，如果把我们两人的退休金加起来，就算将来年纪大了，应该也不愁吃穿。而且……”

菲列特利加不断搜寻着字句，可是优秀的记忆力却在这个时候背叛了她。原本应该丰富无比的词汇不知都跑到哪里旅行去了。

“我的父亲和母亲差了八岁。这件事情我早就该说了，如果我说了……”

菲列特利加笑了，她早就决定要用微笑来面对这一刻。她觉得如果不这样，脸上就会是完全不同的另一种表情，会让杨备感狼狈。可是当她看着杨，发现他并没有感受到她的喜悦。同盟历史上最年轻的元帅——这个穿上军服也不像军人的青年，从贝雷帽露出的头发下面不安地看着她。

“呃，你觉得怎样？”

杨露出了难以形容的神情。勉强形容一下，那就像接受教官口试的军官学校学生的表情。事实上，在真正接受口试时，杨也不曾有过如此紧张的表情。他脱下了贝雷帽，一副欲言又止的样子，困惑地说：

“我还没有听到你的答复，怎么样？”

“啊？！”

菲列特利加睁大了淡褐色的眼睛，发现自己的失神，不禁红了脸。答应还是不答应，对她来说已是再明白不过，所以她的思考、言语和动作早已轻轻越过那个关口，而她还没注意到障碍的存在。菲列特利加连忙用缰绳控制住那颗跃动不已的心，好不容易才说出话。

“我答应你，阁下。”

菲列特利加又重复了一遍，忽然产生了一种极不合理的怀疑——她的声音是不是只有自己听得到，而杨却没听到呢？

“我答应你。嗯，我很高兴……”

杨生硬地点点头。现在又轮到他辛苦地选择词汇了。

“谢谢。怎么说呢……说什么好呢……该怎么说呢……”

最终，杨什么都没说出来。

尤里安走进亚列克斯·卡介伦中将的房间，步伐显得有种异样的沉重感。有些不解的卡介伦在明白原委之后笑了笑，调了一杯淡淡的掺水酒递给少年。

“哦？那个姓杨的家伙终于提起那么一点点勇气了？”

尤里安点点头，一口气灌下那杯酒，却被轻轻地呛了一下。冰块互相碰撞，发出清凉的声响。卡介伦微微一笑，也在自己的杯子中倒满酒。

“基本上，这算是一件喜事。我们来干一杯吧。”

尤里安看着杯子，红了脸，不只是因为酒精的缘故，他为自己还没干杯就喝了酒的失礼行为道歉。卡介伦在杯子中放了冰块，把调得比刚才那一杯还浓一些的酒推到少年面前。干完杯，尤里安便问道：

“您说，这基本上算是一件喜事，是什么意思？”

“对杨来说是喜事，因为他总算有了新娘的人选，而且还是上上之选。对格林希尔少校来说，虽然是一件极令人好奇的事，不过能和自己喜欢的人结婚，实在是好事。不管怎么说，葬礼可以一个人举行，婚礼却非得两个人不可。”

“那为什么说‘基本上’呢？您保留了什么？”

卡介伦没有立刻回答，而是先为自己调了第三杯酒，把杯子拿在手上，却没有喝，然后回答：

“理由就是，你刚才在我们干杯前就喝了一杯。”

“……”

“你喜欢格林希尔小姐，对吧？”

尤里安一下子激动起来，把空酒杯重重地往桌子上一放，冰块便猛烈地舞动起来。

“我祝福他们两人！真的，我很喜欢他们两人，这也是理所当然的结果……”

“我知道。”

卡介伦温和地制止了少年。

“要再来一杯吗？”

“嗯，淡点儿的。”

中将为他调了一杯恰恰好的酒。

“我知道是我多事，不过，不仅仅是恋爱，人的心理构造是不能用数学来解答的，也不能用方程式来代替。以你的情形来说，你只到达爱慕的阶段，所以不妨把它当成一段美丽的回忆来消化。但是如果再进一层，对某个人的爱情就会使你失去对另一个人的关怀和尊敬。这不是善恶的问题，而是在无可奈何的情况下演变而成的。老实说，事情变成这样，还真令人困惑。你头脑好，性格也好，但是最好不要扯上这种事，玩火是很容易自焚的。”

“嗯，我知道。”

“唔，知道就好，即使只是停在脑袋里面。”

卡介伦似乎看透了尤里安的心，他继而把话题一转。

“可是，他们两个人结婚了，还会互称对方提督和少校吗？”

“应该不会吧。”

尤里安应付地回答。卡介伦便故意板起面孔。

“不，我太太在刚结婚的时候也还叫我上尉呢。每次被她一叫，我就不由得想敬礼。”

尤里安笑了，可是，卡介伦知道有八成以上是基于礼貌。

“不管如何，这可是大家都活下来之后的事了。如果他们结婚了，尤里安，你怎么办？啊，可以到我家去。”

酒精和此外的某种因素让尤里安的气息显得极为炙热。他把喝光的酒杯放回桌上，不断地轻咳。

“我不想妨碍他们的新婚生活。嗯，那句话是怎么说的？被马踢死的家伙。我可不喜欢当那种人。”

听来像是开玩笑，但是尤里安的确在想，如果杨和菲列特利加结婚，自己就应该离开他们一阵子。

在尤里安的胸中，一个未曾见过的行星的影像虽然还不清楚，却慢慢地显出形状来。那是位于帝国领域边境一个小恒星系的小行星，太阳系的第三行星——地球。对人类来说，那是以前居住的唯一的世界。尤里安从濒死的德古斯比主教口中听到这个名词时，就决心非去看一次不可。

当然，尤里安无法预知那里有些什么。如果那儿隐藏了一把哪怕可以划破一部分历史面纱的利刃，他必须弄到手。但不能说这是一杯只含有理性预测的黑咖啡，毕竟其中混入了许多愿望的奶精。

然而，尤里安仍觉得地球有前去一看的价值。他理性预测的能力远不如杨，但是如果加上行动和亲眼所见，应该可以弥补这方面的不足。他觉得自己应该用与杨不同的方法来探求现在和未来。如果这次战役结束后还能幸存下来，就在看到杨和菲列特利加结婚后，前往地球旅行吧。

“希望你们幸福……”

尤里安喃喃说着，把飘荡在心头的某种遐思放进抽屉里，上了锁。

这时候，凝视着少年的卡介伦，眼中似乎也洋溢着兴趣与共鸣的光芒。

3

杨舰队离开根据地，一路朝巴米利恩星系航行。

“不知什么时候，这个舰队成了一个大家族，杨要指挥和控制也很麻烦。”

卡介伦对尤里安说道。然而，他自己也是“非正规兵”。由于失去了伊谢尔伦要塞，原任的事务总监的席位应该也不存在了，但是下一个职务还没有任命，他就以监护人的身份搭上了旗舰休伯利安。

在这种情形下，距离的缩短和紧张的增加明显呈现出对应关系。当他们到达巴米利恩星系最外缘，从屏幕上凝视着那如早春嫩果般的恒星时，同盟军的将领们都真切地听到了体内血管收缩的声音。

“真是不可靠的太阳啊！”

亚典波罗中将连恒星都骂了进去，可能是过于敏感的神经令他格外不快。就算恒星依然明亮而强烈地照耀着世界，或许也会因为别的因素遭受指责。

“如果不在这里阻止罗严克拉姆公爵，就再也没有机会了。”

这不仅是共识，而且是已确定的事实，因此事到如今，所有的参谋连提都不愿再提了。他们秉持着这无言的协定，把视线集中在司令官身上。杨正和梅尔卡兹愉快地交谈着，至少看来是如此。看到这种情形，大家心里的负担也稍微减轻了些。只要司令官在，他们就能期待奇迹。

有白色五棱星的黑贝雷帽、黑色夹克、半筒军靴、象牙白的围巾和窄裤——晋升元帅后，杨的军装并没有什么变化，只是肩章上星星的数量多了一枚。虽然它象征的意义一般说来是很重大的，但从当事人的言行举止中却看不出变化。他仍然是个看起来不像军人的青年。

以顾问身份站在杨旁边的梅尔卡兹穿着帝国军黑银两色的制服，这种款式的制服已在他身上穿了四十年之久，仿佛与他融为一体了。这个上了年纪的男人与其说具有军人性格，毋宁说更具有军人风格，即使是在菲列特利加·格林希尔那极带偏见的眼光下，他也像极了杨的上司。

双方的前哨战以无言的侦察竞争形式安静地展开了。同盟军把巴米利恩星系宽达一千两百五十亿立方光秒的宇宙空间细分为一万个宙域，以两千组先遣侦察队覆盖这些区域，建立起一个分析从各地集中而来的情报的系统。负责指挥的是姆莱参谋长，在管理这种精密作业方面，他的能力远远超越黑发的司令官。杨所做的是考虑和筹划的工作，而一旦到了实施阶段，他就不胜其烦。根据他本人的辩解，十一年前在重重困难中从艾尔·法西尔逃离之际，他处理事务的勤勉就被磨掉了……

侦察战后的三十个小时，只有让紧张水位微增的沉默在持续，最后，帝国军的行踪终于被发现了。发现的人是却斯上尉指挥的 F02 侦察团的一个下级军官。

“上尉，那是……”

部下的音量虽然稍加压抑，语气却完全走样了，这足以让上尉紧张。出现在他视线中的，是一大片正慢慢蚕食着黑暗宇宙空间、渐渐扩大的光点群。接着，光点群又化成了一片波涛，吞噬了背后微弱的星光，无声无息地朝同盟军逼来。

上尉按下了超光速通信的按钮，但是声音与指头却带着微妙的颤抖。

“这里是 F02 先遣侦察队……发现敌人主力部队。相位在由〇〇八四六宙域朝向一二二七宙域的地方，距离我方四十点六光秒……非常接近！”

另一方面，帝国军的侦察网也发现了徘徊在前方的一小支军队。最先接到先遣侦察卫星的影像与侦察小队报告的，是原为齐格弗里德·吉尔菲艾斯的部下，曾参加过奇霍萨伊会战的洛尔夫·奥图·布拉斯契中将。

部下请示中将是否要追击扑灭这一小撮老鼠，他摇摇头。

“消灭侦察队充其量只是小功，不要贪这种功劳。倒不如探寻他们回去的方向，或许可以查出敌人主力的相位。”

布拉斯契的指示是正确的。当同盟军F02先遣侦察队把敌人的位置告诉伙伴时，同时也产生了反作用。他们退回去时虽然不会遵循直线路径，但轨迹的大致曲线很容易就能用战术电脑解析出来。

接到布拉斯契的报告时，莱因哈特正在总旗舰伯伦希尔舰桥里凝视着映于头顶屏幕中的星海，白皙的脸上洒满星雨，显得有些苍白，看来仿佛是沉于水底的白瓷像。四周的人不敢出声，很自然地屏住气息，各自埋首于工作。巴尔·冯·奥贝斯坦一级上将打破了这神殿般的沉默，把敌舰接近的消息报告给年轻的帝国元帅。

“可能会在巴米利恩星域一带和敌人接触。”

对于前进时奥贝斯坦所作的推论，莱因哈特完全赞同。自古以来，战场的地点多是在敌我双方的默认下选出来的，这一次选在巴米利恩星域也是一样。不知为什么，莱因哈特一点都不怀疑杨威利也会将此处定为决战场。

“果然是这里……”

面无表情的金发年轻人喃喃自语了一句，然后叫来高级副官修特莱，命令全军休息。莱因哈特微笑着对着惊愕不已的副官说道：

“战斗不会马上开始的，现在稍微松弛一下紧张的情绪反而好些。自由行动三个小时，喝酒也无妨。”

副官退出后，莱因哈特坐在指挥官席上，合上那双睫毛浓密的眼睛，任一颗心浮游于宇宙当中。

同盟军这边也不约而同地下令全军休息。但是，最高级的将领们则在会议室内喝着咖啡交谈。杨啜了口咖啡。他几乎不懂咖啡有什么好坏，对品尝也不热衷。

“罗严克拉姆公爵是个前所未有、无与伦比的天才，现在这一点已经无须说明了。如果我们以同样的兵力与他正面交战，胜算肯定不大。”

“或许。”

先寇布非常直率。“逃跑”或者“打败仗”之类的字眼在杨舰队中并不是什么禁忌。

“可是你也不赖。今年你已经连续捉弄了帝国军三名擅用兵法的大将了，不是吗？”

“那是运气好。虽然不仅仅是这个原因，总之还是运气好。”

这是杨的真心话。在这次会议前，他虽然已各个击破三个舰队，但姑且不论莱因哈特·冯·罗严克拉姆，就算只和奥斯卡·冯·罗严塔尔或渥佛根·米达麦亚正面交战，他也没有把握能像预期一样高奏凯歌。虽然不能说没有胜算，也不太可能在短时间内获胜。尤其是当时还在前哨战阶段，杨认定莱因哈特不会将自己或者“帝国军双璧”投入战场，才有心放手一搏。他是成功了，但并不认为命运女神因此就特别眷顾自己。他甚至觉得那三连胜已经用尽了幸运的金币。

梅尔卡兹用温和的目光看着年龄足以做他儿子的年轻司令官，什么也没说。

“敌阵的宽度很小，所以深度和厚度一定到了某种程度。打算采取中央突破的方式吗？”

派特里契夫副参谋长交抱的手臂足足有杨的两倍粗。他本来不该做文书工作，前线指挥的工作比较适合他。但是从第十三舰队被称为杨舰队开始，杨就一直把这个充满活力的大男人放在司令部。“如果放养着他，会令人担心。”这是奥利比·波布兰暗地里说的坏话。但是从杨的立场来看，派特里契夫了解杨的作战，每当他用歌剧歌手般浑厚的低音回答“原来如此”时，可以给士兵们带来莫大的安定感，这些都是杨计算过的。

与其说这是一场实质意义上的谈话，毋宁说它重在安抚参谋们的情绪。谈话结束后，众人都退了出去，只有华尔特·冯·先寇布留下来。杨看着他，把视线一度移开，然后又移回他身上，开口问道：

“你认为我们会赢吗，中将？”

“如果您真有获胜的信念……”

先寇布的音调微微超过了开玩笑的范围。杨自然不会漏掉。

“我是打心底想胜呀！”

“这可不行。如果您没有自信，又怎能让别人相信您呢？”

杨沉默了。现在他实在难以抵挡先寇布辛辣的舌锋。

“如果您是一个单纯只以胜利为目的的职业军人，或者是一个自不量力、一心想掌握权力的凡俗野心家，我的煽动还会有点价值。再者，如果您是一个深信自己的正义使命，具有不可动摇的信念和责任感的人，多少也能受些唆使。但您却是个即使在战况最激烈的时候，也不完全相信自己是站在正义一方的怪人。”

杨没有回答。先寇布便用手弹着空了的咖啡杯，继续说道：

“没有任何信念却每战必胜，以唯心主义者的观点来看，这是难以允许存在的事实。你真是个让人伤脑筋的人哪。”

“我一向认为最坏的民主政治也胜过最好的专制政治，所以才会为了优布·特留尼西特与莱因哈特·冯·罗严克拉姆作战。我觉得这就是个很好的信念。”

嘴上虽这么说，杨心中却不得不承认先寇布的指责是对的。他并不完全相信自己的话。

在古代的地球上，当民主国家雅典和专制国家斯巴达抗争之时，小国梅洛斯谨守中立，不倾向任何一个阵营。雅典对梅洛斯拒绝臣服备感愤怒，遂视梅洛斯为民主政治的敌人而挥军入侵，残杀当地民众，将其领土并为已有，并称自己的行为是民主政治的胜利，举杯庆祝。这种丑陋的自相矛盾为后世的人类历史立下了恶劣的先例，大义名分成了侵略者掩盖羞耻心的最后一块遮羞布。如果侵略和虐杀是出自疯狂的专制君主的野心倒还有救，最令人绝望的是民众被自己选出来的领导人加害的情形。民众有时还会虔诚地为侮辱自己的人送上热烈的掌声。

鲁道夫·冯·高登巴姆的确是踩着人民的肩膀登上宝座的，这是“最坏的民主政治”的终点。杨不能完全相信自己的话，但他还是认为最坏的专制崩溃后，会产生最好的民主政治。但是，最坏的民主政治却从没有在垮台之后产生最好的专制，这是一件奇妙的事……

休息结束后，一级临战机制立刻启动。一度松懈下来的精神活动朝着燃点急速收拢。所有的侦察系统都在显示前方有众多敌人，所有的官兵心中同时响起了警报。

“敌人距离，八十四光秒。”

监控员的声音通过麦克风响遍全舰，像是用冰冷的手勒紧了士兵们的肺和心脏。人们的呼吸和心跳都同时加速，也有人立刻体温上升。

“渐渐接近了。”

“当然。如果渐渐远离的话怎么打？”

在炮塔与枪座中交谈的士兵们，低语中带着微妙的紧张与不安。一旦他们按捺不住焦躁起来，就会喷出火焰，把自己和旁人都烧成灰烬。

杨一如往常地坐在指挥桌上，支着一边的膝盖，凝视着正面的屏幕。忽然，他把视线投向参谋们，视线依次在梅尔卡兹、姆莱、先寇布、尤里安·敏兹、马逊、菲列特利加·格林希尔及派特里契夫的身上掠过。虽说只是一瞬间，可是也没有停下来。当他的视线又回到屏幕上之后，就再也不动了。菲列特利加心里感到极大的安慰和微微的恐惧，盯着脱下黑色贝雷帽挠着杂乱头发的年轻元帅。他是她的，可是，又不只是她的。与自由行星同盟超过一百亿的人对他的期望相比，她求之于他的是那么微不足道。不，或许该说是背道而驰。但是她的确希望和他共有未来。

杨重新戴上了贝雷帽。菲列特利加也收回心来，把精神集中在屏幕上。因为一切都得等战后保住了性命再说。

“敌军正突破黄色区域……”

监控员的声音不禁让人产生一种唾液分泌不足的感觉。随后，声音忽然提高了。

“完全进入射程！”

顿时，炮手的手指全都放在了发射钮上，他们屏住呼吸，只等着总司令官下达射击命令。杨一边调整自己的呼吸，一边轻轻举起一只手，然后以十倍的速度猛地挥下。

“射击！”

数十万道光龙在黑暗中激进。在它们的利牙咬向猎物之前，帝国军的光龙也被放出了围栏，飞过虚空直袭敌人。利牙和利牙在半途中冲撞，化成炫目的光芒炸裂开来。

最狭义层面上的“巴米利恩星域会战”开始了。

时间是宇宙历七九九年、帝国历四九〇年四月二十四日十四时二十分。

4

炸裂的光芒使宇宙充满无声的哀鸣。新的光剑切碎了白热的光流旋涡，四散分解的舰体变成乱舞的影子，在灼尽人类视网膜的景象上又添上一记重彩。开战不到三十分钟，双方已经迅速进入激战阶段。

不过，应该说“巴米利恩星域会战”纯粹是以极平凡的形式拉开序幕的。莱因哈特·冯·罗严克拉姆也好，杨威利也好，彼此都怀疑对方会不会出什么奇招，都打算视具体情况再行动，所以双方都不得不以常规的手法踏出第一步。

莱因哈特面对杨的攻势，想出了史无前例的“机动性纵深防御”战法。杨当然也有他的想法，却得等对方动手后才能发动。所以惨烈的炮战与华丽的光芒绝非出自任何一方的本意。然而，战争一旦开打，就如同不受骑师缰绳管制的疯狂野马般恣意奔腾了。莱因哈特一行动，杨一面在心中不停地咋舌，一面又必须使用大部分神经去修正轨道。

局部的战况变化显得急速而无序，莱因哈特与杨都无法全盘应对。就算下了指令，在指令尚未到达之前，情况又有了变化，结果指令就变得毫无意义了。当帝国军的最前线请示该如何行动的报告传来时，莱因哈特冰蓝色的瞳孔闪着怒气。

“按照各自的部署应战！否则要你们这些中级指挥官做什么？什么事都得由我决定吗？”

另一方面，同盟军的状况也不见得比帝国军好。当最前线的指挥官要求具体指示时，杨叹了口气回答道：

“这种事你去找敌人商量吧！我哪有什么选择？！”

在双方的最高指挥官深感困扰时，战斗仍然急速地白热化。光束和光束、飞弹和飞弹燃着敌意在宇宙中相互冲撞，彼此较量着破坏力与防御力。如果破坏力占了上风，能量中和磁场与装甲就会被突破，让致命的光与热的乱流席卷舰艇内部。如果防御力胜出，就会让庞大的能量徒然地扩散开来，偶尔让附近某些弱小猎物遭受余波，发生爆炸。两军一面在彼此放射出的能量波涛中翻滚，一面仍然不停地射出光束与飞弹。舰艇仿佛被人类的偏执狂念附体一样，在自己的腹部被核聚变飞弹击中，于一瞬间爆裂开来的同时，仍然在射出光束撕开敌舰。

帝国军的炮火放出彩虹般的光芒袭击过来，杨的旗舰休伯利安的四周出现了许多大大小小的火球。巡航舰那尔毕克的舰体中央被击中，一面喷着泛青的光泡，一面折为两段，随即又散为一块块光团，照亮了宇宙的一隅。

休伯利安的舰长亚塞道拉·沙其安中校精悍的浅黑脸庞上，闪过一抹恐惧的表情。

“司令官阁下，旗舰太接近前线了，恐有成为炮火集中的目标之虞，请允许后退。”

杨把视线投向舰长，黑眼珠中洋溢着落落大方的信赖。

“舰艇级别的指挥就交给舰长了，中校可以放手去做。”

可是还不到十分钟，杨又彻底推翻了前言。

“为什么后退了这么多？这样不好指挥呀！”

那是因为帝国军的一部分和其他部队失去了联系，开始突出了。只要发现一线空隙，构成杨精神堡垒的支柱之一——作为用兵家的精神支柱——就顿时力量倍增。杨探出身子，向菲列特利加下达了指示。

最终，杨的命令却只能落得无果而终的结局。突出的第一波帝国军正要对着敌人打开炮门，第二波就从背后杀来了。冲撞回避系统急速运转，帝国军的舰艇为了避开接近的庞大质量，无序地四处乱舞。驾驶员们一边咒骂着神明和恶魔，一边紧紧绞着操纵盘，拼命控制方向。

这场混乱虽然极为短暂，对杨来说却已经足够。同盟军的各艘舰艇朝着突如其来上演一出混乱舞蹈的敌人一齐发射主炮，四处产生的光点立刻成长为光球，接着连成一片。

帝国军的舰列开了个大洞，那是一个由能量与虚无形成的畸形混合体。巨大的能量旋涡充满了拒绝生命的意味。

这种情形从远距离之外的旗舰伯伦希尔上也看得一清二楚，这不禁挑起了金发年轻人的怒气。

“特奈杰究竟在搞什么？”

莱因哈特的声音让通信官畏缩。他们一面忙着与备受干扰的电波和磁波奋战，一面试图与特奈杰取得联系。监控员也汗流浃背地忙着识别乱作一团的敌我双方，最后终于确认特奈杰脱离了原来的部署擅自闯出阵列，经过一阵无序的舰队运动后，已被敌人打垮。

“了不起的勇者。”

奥贝斯坦的两只义眼发出了亮光。

“嗓门虽不小，眼睛却只看得到眼前。这是个应该避忌的人物。”

“这场战役结束后，如果他还活着，我就听从你的忠告。”

莱因哈特吐出一句。

“可是，目前为了活命，我们必须借重他的战力！和特奈杰取得联络！”

联络用的太空梭载着放有莱因哈特命令的通信密函，从旗舰伯伦希尔的船腹出发了。莱因哈特为这个绕远路的联络方法感到气结。但在别无他法可想的情况下，也只好勉强为之。

如果不能让那个浑身充满战意与野心的特奈杰回到原来部署的位置，莱因哈特的计划就会在战术方面被耽误。就算抓住他的衣领也要把他拎回来，重建阵形秩序。就这样一点一点地投入消耗战，很可能会中杨威利的诡计。

莱因哈特害怕的事果然发生了。杨在千辛万苦之中巧妙地变换了阵形，把特奈杰以外的帝国军前方部队诱入了凹形阵的炮火焦点内，时机之精妙令一旁的梅尔卡兹也睁大了佩服的眼睛。帝国军就像被吸管吸出一样，阵形崩毁，舰艇争先恐后地窜到同盟军的炮列面前。

“射击！”

炮击的密度和准确令人惊惧。如疯狂野牛般奔窜而来的帝国军仿佛撞上一道隐形城墙，停了下来。光和热泛起波澜四处奔涌，让那些充满勇气和昂扬之感的士兵在一瞬间化为残骸。爆炸的火花上下左右连锁反应，制造出一颗颗人类能雕琢出的最为绚烂光亮的宝石。然而，每一颗宝石的内部却是与优美和华丽丝毫沾不上边的生死轮回。

有的人肉体在瞬间蒸发，有的却被高热活生生地炙烧，一边毫无意义地惨叫着，一边滑下通向死亡的斜坡。被闪光烧毁视网膜而失去视力的士兵，被仓皇逃命的同伴推倒，脸上刺进裸露的配电线路，在闪烁的火光当中毙命。

他们打仗的目的不在于残酷，但是眼前的情形让任何人都只能这样理解：正义和信念才是这个世界上最嗜血的东西。最高指挥者为了实现他们所谓的正义，必须让无数士兵被活生生地烧死，或者使他们断手断脚，直到指挥者的信念被喂饱为止。如果国家的统治者放弃信念和正义的话，士兵们就可以不用眼睁睁地看着从伤口迸出来的内脏，在恐惧和痛苦中死去了。但是，只要权力者置身于远离战场的安全场所，就一定会继续坚持“正义和信念远比人命重要”的主张。如果说莱因哈特可以在自己和那些平庸卑劣的权力者之间画出一条界线的话，那大概是因为他常常站在最前线。

“妈妈，妈妈……”

被爆风吹飞双脚的年轻士兵用仅剩的两只手在地上爬行，在血泊中沙哑地嘶喊。其他身负重伤、满身血渍的士兵踉踉跄跄地踏过这个士兵的身体。肋骨碎裂的声音传来，年轻士兵的两眼随即失去了光彩。

残酷和悲惨并非只是一方的专卖品，受到帝国军猛烈反击的同盟军也在痛苦中呻吟翻滚。

从电磁炮中射出来的铀弹贯穿了战舰的装甲，发出超高热能量爆炸。全身被火焰之手拥抱的士兵发出奇怪的惨叫声，滚倒在地上。地板也灼热至极，飞散的血花顿时化作阵阵白烟蒸发。长官下令集体弃舰，浑身溅满血渍的生还者拨开火焰和浓烟的利爪，以力所能及的最快速度奔向密闭式舱门。从伤口流出的血液在和地板接触的一瞬间产生新的蒸气，透过靴底直至脚底。爆炸再次发生，热风的巨掌击倒了士兵们。带着尖角的金属和陶瓷碎片在半空中高速穿梭，将士兵的脑袋连头盔一起切割下来。失去首级的尸体喷着血柱，倒在好不容易正要爬起来的同伴身上。新的惨叫声接踵而至——接触到地板的手掌在一瞬间被烧焦了，用力一拽，皮肤就被粘在了地板上，裸露的血肉看上去就像用烫伤和血块制造的紫色手套。密闭门关上了，遮断了地狱的景象，然而，在生还者眼前仍然开启着另一道杀戮的地狱之门。

时间在高声要求与过程成正比的牺牲。杀戮和破坏愈发激烈，数量也不断上升，帝国军和同盟军陷入了难以自救的沸腾的泥泞深渊……

Chapter 8

死斗

1

双方参加“巴米利恩会战”的初始兵力，帝国军有舰艇一万八千八百六十艘，官兵二百二十九万五千四百人；同盟军则有舰艇一万六千四百二十艘，官兵一百九十万七千六百人。双方在数字上不相上下，但是对采取纵深阵形的帝国军而言，同盟军就像游击兵，而且补给线比较短，因而双方优劣几乎相等。勉强说起来，或许同盟军“并非不利”。

但是帝国军可以指望米达麦亚、罗严塔尔、缪拉、毕典菲尔特等人的强大援军，与此相比，同盟军的金库中已连一枚铜币都不剩了。如果在这里打败仗，连首都海尼森都没有配备一兵一卒，因此，自由行星同盟的命运完全取决于能否打倒莱因哈特·冯·罗严克拉姆一个人。

事态的严重足以压碎同盟军指挥官的心。即使有人因为责任重大而发狂，旁人也不该讥笑他柔弱。杨没落到如此地步，是因为很早以前他就知道人类的能力是有限的，于是端正了自身的态度。如果他杨威利赢不了莱因哈特·冯·罗严克拉姆，至少表明同盟军中恐怕没有人斗得过莱因哈特。

然而，这也得在没看到士兵在恐惧和痛苦中死去的情形下才能成立。杨并不是现在才意识到自己杀人如麻的，但破坏与流血的惨烈影像却让这个一向以历史学家为志向的年轻人心寒。杨不得不怀疑，以前做过这种事、现在也还在做这种事的自己，还有追求家庭幸福的资格吗？这就是以前他不能让菲列特利加·格林希尔如愿的最大原因。目前看来，他似乎好不容易克服了心理障碍，但好像也不太可能完全调整这种心态。当然，就算杨放弃家庭的幸福，死去的人也不会活过来，但……

本来“巴米利恩会战”战争过程的宏大与精密就已前所未见，而且在两位年轻元帅——二人甚至以用兵家身份在后世赢得了神话般的名声——正面冲突这一点上，也值得大书特书。然而，在战斗的第一阶段，却出现了令人不敢相信竟是出自这两人指挥的混乱场面，并开始演变为双方都不愿僵持下去的消耗战。他们都知道，再这样下去一定会走向破局，于是不约而同地收起战局，才成功地让这看似永无休止的相互残杀暂时落幕。这种洞察与处理或许证明了他们的不凡，虽然表达方式消极了些……

“唉，我们打了一场拙劣的仗呀！”

杨一边看着资料一边叹气。用兵学本质意义上的冷酷，在于如何更有效地消灭敌人的有生力量，但是这一次，他却向不良的一方脱了轨，消耗了不少宝贵的战力。他感到遗憾也是情非得已。

“如果有更多兵力就好了。再给我一万艘，不，五千艘，不不，三千艘就行了。这么一来……”

这种牢骚极度欠缺建设性，对改善现状完全没有帮助。杨心中清楚这一点，叹息不已，抓完了头发，又重新振作起精神，为重新作战做下一步准备。

司令官以外的人都各有任务。军医和护士动员所有的医疗系统，为负伤者治疗。如果要在人道与效率之间选择的话，他们只能选择后者。从某种意义上来说，这种做法实在是残酷。他们先用麻醉瓦斯让痛觉神经休眠，再切除患部，植入人工脏器及皮肤。那些无法治愈的手脚就用激光手术刀切除，再装上内藏氢电池的义手或义脚。这些措施在电子照射不能使身体细胞活性化时才开始进行，半数以上都没有经过患者的同意。恢复意识的重伤者找不到自己的手脚，都发出发狂般的尖叫抗议。然而他们高喊“还我的手脚来”也无用了，切下来的肢体都已焚烧处理。从卫生角度来说，它们已经不能保存了。就这样，一部分身体机械化的人被批量生产出来，数量几乎与阵亡者持平。

二十七日一早，战局出现了最初的变化。杨结束杂乱无章的杀戮，以最快的速度重编军队以后，下了速战的命令。

面对正面冲突的敌人，杨是很少如此主动的。多数情况下，他都是应敌人的行动而行动，更有甚者，他总是尽量避开正面作战，代之以奇袭。另一方面，莱因哈特接获“同盟军快攻”的报告，合乎常识地下令迎击，但以他惯有的物力论来看，此举也是罕有。

“这就是一开始‘巴米利恩会战’陷入混乱的原因。莱因哈特·冯·罗严克拉姆的用兵重在先发制人，而杨威利的用兵重在柔性防御，这是他们各自的特长。然而在此次会战中，他们却扼杀了自己的特长，想利用对方的技法来赢得最后的胜利。”

后世的战史学家中就有人如此自信地批评。但不管是主动还是被动，既然战况演变至此，莱因哈特和杨也只能在竞技场的栅栏内竭尽全力。除此之外，他们各有不得不如此行事的理由。

杨舰队以经过精心计算的圆锥阵形朝帝国军猛攻。从打开的炮门射出的有形无形的能量，仿佛破坏之神的巨锤般直击帝国军。帝国军的反击也异常激烈，却无法阻止杨舰队前进。令人眼花缭乱的爆炸光芒照亮了更多的帝国军舰艇。

遭受直击的驱逐舰仿佛被各种扰乱视神经的彩色闪光包围，接着便化为无数金属和非金属的细片四散纷飞。激射的能量光束迸溅光和热的飞沫，形成一股无序的乱流摇撼着舰艇。数十万支火箭卷起一阵暴风撞击着舰体，巨大的空气团和士兵从舰艇撕裂的伤口被吸进黑暗的太空。

纯粹的白、橙、鲜红、蓝、绿、紫。没有一道炸裂的光芒不在刺激人们的眼睛，如果再加上声响，发狂者的数量必然会急速增加。

杨舰队局部集中火力的战法在过去从未失效，这一次也不例外。源源不断的光芒旋涡给帝国军造成了重大损伤，同时也产生了等量的恐怖与狼狈气氛。帝国军在瞬间似乎要后退了，但忽然又放弃，转而向水平方向移动。但是，这一点仍被杨料中。

原想避开炮火迂回前进的帝国军抽中了下下签。他们仿佛从山峡流向平原的大河似的扩散开来，被集结在面前的同盟军逮个正着，成了火炮的靶子。

这样有效的炮击，在杨的军事生涯中也是一座值得大书特书的纪念碑。炮手们连瞄都不用瞄，就轻松地制造出一个个爆炸的火球，爆乱的能量在太空中描绘出一幅幅血与火的油彩画。一个火球的爆炸就宣告着数百倍的人类死亡。

帝国军遭到压倒性的打击，舰列崩散，阵形扩散开来。杨当然不会放过如此良机，一道简洁但充满力度的命令下达全军。

“突进！”

杨舰队的圆锥阵形全力向前冲刺，如铁剑贯穿青铜盾般突破了帝国军的横列阵。

监控员发出狂喜之声。

“完全突破！突破！”

旗舰休伯利安的舰桥里欢声雷动，然而，杨却没有感受到参谋们的喜悦。

“太薄了……”

杨只是说了这句话，宛如买肉的客人对卖肉人刀法不满的台词。尤里安明白了杨想说的话。帝国军的防御阵形不应该这么容易就被突破。

“立刻就会有下一波敌阵。”

司令官的预测不到半小时就变成了现实。十二点钟方向出现了新的敌人，从横列阵中不断射出炮火。

杨舰队一面以高速继续前进，一面以他们最擅长的一点集中式炮击在对方的横列阵中凿穿几个洞，再从破洞跃入敌阵当中，以零距离射击横扫帝国军。打头阵的是马利诺准将的部队。

马利诺准将曾作为沙其安中校的前任者，担任过战舰休伯利安的舰长。舰长的能力与舰队指挥官的能力未必一致，他却同时具备两方面的才能。他的部队如锥子一般扎透了帝国军的横列阵，突破了对方的防线。但是，就在大家的欢呼声尚未平息之时，前方又出现了光点群，并向左右展开——又是对方一次横列阵式的欢迎仪式。

“又来了。他们到底织了几层防御网啊？又不是古代女人的衬裙！”

马利诺准将咕哝着，不高兴地环视着参谋们。当然，没有人回答他。欣喜的气球一旦泄了气，紧接着笼罩上来的便是不安和疲劳的烟霭。

尽管如此，同盟军仍然不减进击的速度，打开炮门射向第三层阵列。经过一阵激烈但为时不长的战斗，又打垮了敌人。第三度的欢呼响起，一直持续到第四层的横列阵出现。

2

四月二十九日，杨威利的快攻已经突破了帝国军第八层的迎击舰队。但是同盟军的面前又出现了第九层的阵列，相连的数千光点摆开了迎击的阵式。

“竟有如此的厚度与深度……”

杨不由得发出惊叹。事前他已预测到帝国军为了迎击他，势必会摆出前所未见的纵深阵，却没想到对方竟然将阵式摆得如此之厚重。谚语说“事实往往凌驾于个人的预测之上”，这就是活生生的实例。

梅尔卡兹双臂环抱。

“好像在剥派的皮一样。剥去一层，下一层的防卫阵又出现了。”

“根本没有极限！”

姆莱参谋长摇摇头。华尔特·冯·先寇布中将歪着嘴嘲讽道：“事到如今，想停也停不下来了。是继续去剥第九层皮，还是……”

杨把视线投到身旁的梅尔卡兹脸上，得到了自己想要的解答之后点点头。事到如今，即使停止前进也没什么好处。明明知道前头的水更深、泥更厚，同盟军却仍然必须走向湖心。尽管如此，罗严克拉姆公爵莱因哈特扯着看不见的细绳把同盟军拉进湖心的技巧，却让人佩服，同时又令人毛骨悚然。第一，身处于如此深厚的纵深阵内部，罗严克拉姆公爵是如何掌握战况的？第二，一队接一队出现于同盟军面前的帝国军，在轮番上阵前又隐身于何处？

“阁下……”

谨慎的声音发自尤里安口中。

“什么事？”

“阁下，我似乎明白了罗严克拉姆公爵究竟想干什么。”

杨轻轻蹙起眉头看着亚麻色头发的少年。他不喜欢别人批评自己对尤里安有所偏袒，所以常常会对他严格些。

“表述一定要正确。罗严克拉姆公爵在想什么和在做什么，两者之间可是至少有一光年的距离！”

“是。可是我认为目前这种情形连一光日的距离都没有。”

参谋们的视线都集中在尤里安身上。杨停了一下，然后催促少年发表意见。

“罗严克拉姆公爵的目的在于消耗我军。不只是在物力方面，在心理上也是。因此故意在我军突破一层阵形后，又立刻出现另一层，这便是证据。”

“没错。”

梅尔卡兹喃喃说着。杨则默默地盯着少年。尤里安不是信口胡扯，他的一字一句是经过深思熟虑后才说出口的。

“他们不是从前方来的。如果来自前方，应该会被传感器发现，罗严克拉姆公爵也就不易掌握战况了。想来我军和罗严克拉姆公爵之间，本来就没有任何东西。我认为敌人的兵力反倒是类似薄卡片一样左右配置的。”

尤里安喘了一口气，下了结论。

“也就是说，他们是从左右两边滑过来，然后才出现在我军前方的。如果说有什么办法可行的话，就是直接进攻罗严克拉姆公爵的大本营。”

尤里安的表述在干脆利落与正确上真是无人可比。少年一说完，梅尔卡兹先点了点头。

“说得没错，就是这样。你真是动了一番脑筋。”

杨叹了一口气。如果采用这种阵形，罗严克拉姆公爵就可以一面直视战况，一面使等候在左右的部队横向移动，阻挡在同盟军面前。尽管如此，菲列特利加·格林希尔还是在想，杨的叹息究竟是针对罗严克拉姆公爵莱因哈特呢，还是针对尤里安？

这个时候，监控员有报告进来了：帝国军的单座式战斗艇王尔古雷已经逼近眼前。

“让波布兰、高尼夫两战队迎击！”

杨下了命令。为了思考下一波的短期战术，他从指挥桌下到座椅上，把黑色贝雷帽盖在脸上。

于是，一百六十架斯巴达尼恩和一百八十架王尔古雷一面以高速在巨舰之间来回穿梭，一面演出一场肉搏格斗战。

尽管背地里批评奥利比·波布兰的人很多，却没有人称呼他为懦夫。至少看过他在出击前表现出恐惧和不安的人，还没有降生在这个世界上。

“威士忌、朗姆、伏特加、苹果白兰地各中队集合了！不要被敌人喝下去，倒是该把他们给喝了！”

波布兰向取了酒名的麾下各中队打了例行的招呼，之后一声令下，让他们向八方散开。

众所周知，波布兰的部队进行的是三机一体的连锁战斗，但是队长则单独一人面对敌机，从埋葬敌机中寻求自我之美。表面上看来近似有勇无谋，事实上，他总是以精密计算过的速度与攻势突入敌机群，光束一闪便是一架，两闪便是两架，瞬间就让敌机化成光之火花。他高超的技法令敌兵胆寒。然而受勇气和野心的驱使，两名驾驶员操纵的两架王尔古雷瞄准了巨大的猎物，勇猛地跃出来，咬住旁若无人的敌人的后背，发射火箭。

“想跟我对抗？早了半个世纪吧！”

波布兰一面冷笑，一面任由背后的追踪者缠着他的战机，朝着敌人的战舰在宇宙中奔驰。他无视敌方光子弹的弹道光芒扫过斯巴达尼恩的机体，在战舰前忽然急速上升。当和战舰之间的距离甚至可以用厘米计算时，他一面观察着舰体，一面攀爬到舰体上，再一回转。

然而，尾随波布兰而来的两架王尔古雷却避之不及。其中一架从正面撞上战舰的躯体，化成一团橙色的火球四散迸裂。另一架试着急速爬升，机体的腹部却接触到战舰，产生摩擦，爆起火花，龟裂的机体遂被吸向宇宙的深渊。

“这一架不能算进击落数目，和高尼夫的击坠竞争大概要输了。”

然而，留给波布兰悠然自得的余裕时间并不长久，他的部下们陷入了从未有过的苦战。在霍斯特·修拉中校——在帝国军王尔古雷部队中，他拥有击落八十架的纪录——的指挥下，帝国军同样以三机一体的战法对抗同盟军，同时又和己方的舰炮紧密配合，不断捕捉并歼灭同盟军的斯巴达尼恩。斯巴达尼恩被赶进帝国军舰炮的射程内，一一在炮火下蒸发。

波布兰集结部下时，不禁为锐减的数目惊愕。苹果白兰地中队的负责人莫兰比尔上尉的报告中充满了痛苦。

“苹果白兰地中队还活着的只剩下官等两人，其他人都战死了……其他都……”

他的声音忽然变弱，波布兰心中有不祥的预兆。

“怎么了，喂？”

返回的声音和刚才的不一样，一样的只有那被打垮的疲累感。

“下官是沙姆契夫斯基准尉，苹果白兰地中队现在只剩下官一人还活着……”

波布兰重重地吸了一口气，然后吐出，右拳狠狠地打在无罪的操纵盘上。

有名的波布兰战队近半数永远消失了，这让同盟军不寒而栗。然而，更多的攻击还躲在门扉深处等着他们。回到母舰的波布兰还没脱下飞行服，就在军官餐厅里灌起威士忌来。高尼夫战队的副队长科尔德威尔上尉拖着极度疲惫的步伐走过来。

“喂，你们的队长怎样了？我想看看他那比我更糟的脸色。”

听完波布兰低沉的声音，科尔德威尔上尉站定，脸上一副困惑与犹豫的表情，最后用沉重的声音回答：

“现在下官正代行高尼夫战队的队长职务，波布兰中校。”

击坠王把不悦写在脸上，又灌了一杯酒下肚。

“我现在不想听拐弯抹角的说明。你们的队长究竟怎样了？”

上尉放弃了，这下他给了波布兰不会再误解的答案。

“战死了。”

波布兰用近似杀人的眼神看着上尉。几种感情混在一起，反而压住了他的怒号。

“被几架打落？”

“啊？”

“我问你是被几架打落的？伊旺·高尼夫不可能在单打独斗的情况下被打败。帝国军是用几架战斗艇围攻高尼夫的？”

上尉垂下了眼帘，露出被告认罪般的表情。

“高尼夫队长并不是因格斗战战死的，是被巡航舰的舰炮击中的。”

“哦。”

波布兰忽然站起来，科尔德威尔不由得后退了半步。

“要对付高尼夫那样的家伙，得动用帝国军的巡航舰？那么要打中我，至少要半打的战舰才行！”

波布兰笑了笑，然而他的笑容却让上尉感到热气上升。波布兰强劲的手腕一翻，科尔德威尔反射性地接住了迎面飞来的东西。他目送着以毫无醉意的步调走出军官餐厅的击坠王的背影，视线落在自己手上。空了的威士忌酒瓶紧紧握在他的手中。

突破帝国军的第九阵后，杨威利通知参谋们变更作战计划。他用一双困倦的眼睛环视着参谋们。这不是他的演技，实际上，连续作战的疲劳让他真的昏昏欲睡。

“罗严克拉姆公爵的战术是想利用极端的纵深阵消耗我军，就如敏兹中尉所说的一样。如果继续前进，那就是愚蠢至极。如果停止前进，就会让对方争取到不少时间，同样也会中他的计。因此，我们唯一的胜利机会，便是突破敌人又深又厚的布阵。”

一段不怎么有趣的开场白之后，杨向参谋们透露了他脑力活动的成果，指示了新的作战计划。

于是，到了四月三十日，战局有了第二次戏剧性的变化。

3

在这个阶段，莱因哈特没有表现出任何主动性，只是专心承接杨的攻势，削弱杨的渗透力。他和杨正面作战，只是把广袤的自由行星同盟所有的领地当成一个包围歼灭战的陷阱。当诸将从被派去的宙域回过头来杀奔巴米利恩星域时，这场战役的高潮才真正开始。这场华丽而壮观的高潮戏上演前的准备工作比较乏味，然而也是莫可奈何。

莱因哈特为了承接杨的攻势，准备了多达二十四层的迎击阵。如先前对诸将说明的那样，他要以一沓沓薄纸吸干酒汁似的方式削弱杨的战力。莱因哈特这种令杨感叹不已的卓绝战法还有更强劲的一面，就是一度被突破的防御阵的战力随即向左右扩散，绕到后方的队伍中，进而形成新的防御阵的一部分。如此一来，杨就算一胜再胜，也得永远面对那近似机关的无限防御阵。此前，这个战法完美地发挥了机能。但是到了四月三十日，让莱因哈特姣好的眉形蹙在一起的事情发生了。

同盟军停止前进。不仅如此，他们还后退了八十万公里，躲进了难以探查行踪的小行星群的阴影中，好像在策划些什么。不久，报告进来，大量舰队避开了帝国军的正面，朝着从同盟军看来为右翼、帝国军看来为左翼的方向移动。

莱因哈特冰蓝色的眼眸中浮起一层薄薄的阴影。他难以想象杨威利会随便分散兵力。他的目的还是要使帝国军的兵力散开吗？但问题是出动的敌军是不是主力？

义眼总参谋长巴尔·冯·奥贝斯坦对陷入沉思的主君说道：

“从对方故意让我们发现动向来看，这或许是个诱饵，但也很可能是出人意料的主力部队。不管怎么说，我们分散兵力是愚蠢的行为。”

莱因哈特点了点头。然而，他的动作与其说是赞同，不如说有所保留的色彩更浓些。他对奥贝斯坦战术方面的才能并没有过多的期待。义眼总参谋长是优秀的战略家与政略家，但是在实战方面，他却远没有莱因哈特那样华丽的才华。

莱因哈特发现自己的手正抚弄着胸前的垂饰。如果那收藏在垂饰中的红发的主人还活着，一定会给莱因哈特一个更好的建议。失去了他，战争计划从策定到实施都必须靠莱因哈特一人承担。他失去的东西是多么重要！失去不能失去的东西，又是多么愚蠢啊！

“请决断，阁下。”

在奥贝斯坦的提醒下，莱因哈特才把心拉回现实中。然而要下决定，多少得花上一点时间。

“全军转向左翼方向！敌人的作战方法看来像诱饵，实则是移动实际的兵力。截击正面，给他们一个迎头痛击！”

此时，莱因哈特并没有完全的自信。或许不该改变原计划中完美的迎击法——这种想法在他脑海里游弋。如果齐格弗里德·吉尔菲艾斯在身边如此进言，他一定会毫无异议地采纳。可是，天生的霸气必然使他对目前采用的消极策略产生反感，或许这就是年轻的表现。“不假借部下的武力打倒杨威利”的诱惑是重要的原因。此外，他还自认为已经了解杨的战术。不管怎么说，他习惯了先发制人的战法，哪怕是将战场限于一处，也不能容忍被对方抢先。尽管还没有完全摆脱心中的迷茫，莱因哈特依然转而采用积极的策略。

除了直属于莱因哈特本营的少数部队，帝国军再度整编阵容，朝着正往左翼迂回的敌人急速前进。从一边倒的防御转为进攻，年轻的提督们显得情绪高涨。

然而，开始把敌人拉进射程内的帝国军不禁愕然。原以为是同盟军主力的，竟是两千艘左右的佯攻部队。会让帝国军以为是近一万艘，是因为这些部队载着许多陨石，瞒过了雷达。当这些佯攻部队牵制住帝国军的主力时，同盟军主力便从小行星群中的隐蔽处一跃而出，猛然扑向莱因哈特的本营。

同盟军以最高的速度突进。一旦错过这个机会，他们就输定了。达斯提·亚典波罗等人一边咚咚地跺着地板，一边呵斥部下，他们就像巨大的箭头般穿过了空荡的宇宙空间。

当帝国军发现时，同盟军已横越过他们的背后，逼近了莱因哈特的本营。突进的速度只怕连“疾风之狼”渥佛根·米达麦亚也要为之咋舌。

特奈杰、布拉斯契、亚特林肯、卡尔那普、克留尼曼诸将急忙停止朝佯攻部队前进，正想掉头，不料遭到佯攻部队的炮击，遭受了不小的损失。尤其是同盟军把充满惯性的巨大陨石击向帝国军舰列时，一次就能破坏好几艘战舰。然而，帝国军却无法在意这些。虽然遭受着佯攻部队从背后发来的炮火攻击，他们还是毅然朝着同盟军的舰列发动猛攻。

如果成功，帝国军一定会让同盟军遭受猛烈的侧击。然而，杨威利的用兵巧妙到了极点。当帝国军的先头集团一边乱射着光束与飞弹，一边朝同盟军的右面攻上去时，同盟军立刻散开舰列，朝左方分散逃逸——看起来是这样。同盟军的舰列朝左转了一个大弯，仿佛因为对方的第二波攻击从中央断裂了。特奈杰和布拉斯契确信是这样，为了一口气洗刷中了圈套的屈辱，便往前推进。

变化急剧地发生了。在确信已将同盟军成功分割的一瞬间，帝国军的提督们发现自己竟处于同盟军的完全包围之下，这个事实几乎令他们惊呆了。看起来像是同盟军舰列被成功分割的弯曲部分，事实上是针对从右侧攻来的帝国军凹形阵的凹陷部分。如果正面对峙，帝国军只会犯下眼睁睁看着自己陷入凹形阵中央的愚蠢错误。自己正在袭向敌人侧面的错觉，使他们成了杨威利堪称神技的用兵法下的牺牲者。

现在，阻断帝国军后路的诱敌部队的炮火也加入了，同盟军从前后左右袭向帝国军。

无数的光束穿刺着帝国军的舰列，光刀切碎了舰艇。被重重包围、失去行动自由的帝国军，在令人目眩的爆炸光芒中，不断地向着通往死亡和破灭的斜坡翻落。

“亚特林肯舰队正在溃灭！”

充满危机和恐惧的报告为旗舰伯伦希尔带来深海般的沉默。噩耗接二连三抵达。

“布拉斯契舰队也处于崩溃边缘！”

报告噩耗的监控员声音即将失去控制。莱因哈特知道，正在崩溃的不单是舰队和战线，还有他的不败神话，以及随之而来的权力与光荣。

“上当了……”

莱因哈特喃喃自语，白皙秀丽的脸上现出一抹自嘲的阴影。如果计划中那个壮大的包围网完成的话，他就不至于败北。但是在此之前，杨威利的手掌将会将他捏碎。尚未完成的包围网就只会形成难看的零星兵力，成为敌人各个击破的绝佳对象。

“一胜再胜，到最后却一败涂地？吉尔菲艾斯，难道我只能走到这一步？”

白皙的手握着垂饰，在深不见底的孤独中，莱因哈特无言地问道。红发友人没有回答，而使他不能回答的便是莱因哈特本人。

帝国军目前似乎只是勉强硬撑着崩溃之前的身躯，就像被落雷猛击的大橡树一般。

莱因哈特的高级副官修特莱少将走到年轻主君面前。被称为最具诚实与理性的他在面对破局时，仍然一脸决然的表情，说道：

“阁下，太空梭已经准备妥当，请您下决心离去……”

莱因哈特望着副官，眼中泛着冷冷的幽光。冰蓝色的眼珠在这个时候美得甚至让注视的人为之屏息。

“别做超出本分的事。我从来没有学过在没必要的时候逃亡的战法。一个懦夫竟成为最后的胜利者，有这样的例子吗？”

“容下官冒犯。就算逃离这个战场，也不意味着败北。不如集合各提督的战舰，再行复仇。”

金发年轻人断然摇头。这个时候，他已经忘了前几天自己教导少年艾密尔时所说的话了。

“如果在这里被杨威利杀了，就表示我也不过如此。什么宇宙的霸者！那些败亡在我手下的人一定会在天上或地狱嘲笑我。你们难道要我成为别人的笑柄？”

“阁下，请不要糟蹋您宝贵的生命。请您务必逃离这里，以图来日。”

黄玉色眼珠的亲卫队长奇斯里上校哀求似的说道。但莱因哈特白皙的脸庞依然保持着瓷器般的静谧，拒绝了恳求。修特莱将视线投向奇斯里的脸，暗示他“就算暂时忤逆主君的意志，也要把他带离旗舰”。奇斯里点点头。

一瞬间，排列在伯伦希尔之前护卫旗舰的三艘战舰成了集中炮火下的牺牲者，爆炸了。一艘战舰被击中动力部，变成绚烂的火球消失；另一艘从中央折成两半；第三艘则从伤口处喷着碎片与能量的残流，朝射程外摇晃着飞去。

爆炸的闪光透过屏幕重击着伯伦希尔旗舰内的官兵。散射出的巨大能量像疯狂的野马般踢撞着伯伦希尔，帝国军的总旗舰剧烈地摇晃。舰桥里的人几乎都倒在地上，只有金发的年轻独裁者以令人难以置信的平衡感及柔韧性，保持着不倒的姿态。

奇妙的事情就在这时发生了，同盟军的猛攻瞬间中断了。莱因哈特一面扶起身旁的艾密尔，一面把锐利的视线投向屏幕。光芒的旋涡消失了，画面正逐渐恢复宇宙的黑暗实景，虽然只有那么一点点。

监控员忽然惊叫起来。

“缪拉舰队。缪拉舰队来援助了——我们得救了！”

最后那句话代表了舰桥里所有官兵的心声。一阵疯狂的欢呼声随即扩散开来。

4

为了完成大包围网分散各地的帝国军诸将中，最先回头攻击的是奈特哈尔·缪拉，这件事多少有些原因。按计划，他奉命去接收离巴米利恩较近的流卡斯星域的物流基地，完成任务后立刻返回。他们当然以为在流卡斯会遇到有实力的武装抵抗，于是把镇压需要的天数也算进去了。然而，当缪拉到达流卡斯星域时，该处基地却传来了毫不抵抗的宣告。

基地负责人欧布里·科库兰毫无抵抗地将基地和物资交给了帝国军。当然，也有许多部下主张不要将目前对同盟极为重要的物资全部交给帝国军。他们威胁要将八千万吨谷物、两千四百万吨食用肉、六千五百万吨家畜饲料、两百六十万克拉工业钻石、三千八百四十万吨液态氢以及其他大量的稀有金属、燃料及石油制品等用放射能污染，让帝国军无法使用。但科库兰拒绝了，他的理由是这样的。

“如果是军用物资就不说了，但是集中在这里的物资都是民用物资。不管支配者或政治体制如何改变，我们都不能破坏人民的生活。或许有人叫我卖国贼，不过，我也甘于承受。”

一时间，部下中的激进派便想监禁科库兰，拒绝把物资交给帝国军，可是被其他的部下镇压了。这么一来，流卡斯星域的物流基地便在和平的情况下由帝国军接收。最初，缪拉将科库兰的行为视为利己的卖国之举，因而厌恶他。之后从部下口中听说了科库兰的想法，遂有感而发，想将科库兰收至麾下，让他担任统辖物资和金钱的管理要职。

然而，科库兰谢绝了邀请。他自认为是个胆小鬼，极在意世人的批评。如果有人指责他是为地位才把物资交给敌人，他会受不了。科库兰要求缪拉确实要把物资用在民间，同时请求缪拉，只要允许他和部下回首都海尼森就行了，随后悠然离去。然而，科库兰的诚意并没有获得相应的回报。当他回到首都海尼森后，便被以前的部下告发，以通敌罪被捕，关在接近极地的嫌犯收容所等待审判。在政治与军事呈现一片混乱时，他的存在似乎沉进了忘却的深渊。只有一个人对他念念不忘。两年后，巴拉特星系动乱结束时，奈特哈尔·缪拉特别派遣部下寻访科库兰的下落，救出了在收容所中营养失调、许久未与外界接触的他。之后，科库兰便在缪拉手下担任主管军需事务的会计官职位——这是另外的故事了。

奈特哈尔·缪拉回头来援，为巴米利恩会战带来了第三次变化。

如果没有五月二日那天缪拉的参战与猛烈的侧击，或许那一天结束之前，同盟军就抓住莱因哈特·冯·罗严克拉姆了——这当然是无法抗拒假设历史诱惑的后世史学家的推测。从前一日到这一天，杨威利的战术指挥几乎完美无缺。尽管优势只持续了那么一阵，他的才智仍被人认为凌驾于莱因哈特之上。然而，事情到了这里，他又不得不遭受挫折。

因缪拉舰队参战而产生新活力的帝国军一举转守为攻。他们似乎决定将一切能量消耗在这里，于是大开炮门，光束与飞弹对着同盟军倾泻而下。

同盟军的舰列中不断绽放出一簇又一簇火花，火花消失后，便留下一个个荒凉的黑洞。尽管处于劣势，同盟军还是全力反击，击碎帝国军的舰艇。

同盟军的达斯提·亚典波罗中将仿佛要向体力极限挑战，不眠不休，在前线持续指挥作战。

“对方只加入了一支舰队，我们就要逃跑，我们的司令官可输得不磊落啊。我还想看看‘奇迹的杨’的本领哪！”

亚典波罗摸着那没有时间修整、长满髭须的下巴评论道。

他的评论并不完全正确。缪拉的舰队由于行动过快，有人落后了，跟着司令官一起抵达战场的只有六成多一些，约八千艘，或许该说不到一支舰队。可是对杨来说，这至少是件幸运的事。

缪拉的出现与其说是杨的失算，不如说是计算之外的要素。他认为在帝国军的所有提督中，只有行动速度无人可比的渥佛根·米达麦亚才能最快掉头赶赴战场，而按照计算，在此之前他已经把莱因哈特打倒了。而现在，计算的收支似乎还算平衡。如果按照这种情况来推算，胜利已经在手中了。然而，然而……似乎还需要用到其他的计划。

“我是不是落入权威主义的窠臼了，竟然会无视缪拉的存在……”

杨把贝雷帽盖在脸上，带着苦笑自言自语。他无意轻视帝国军最年轻的上将，但似乎还是尝到了这份苦果。

最先从正面遭受缪拉攻击的是莫顿提督的舰队。

那真是猛烈至极的攻击。战斗开始时尚有三千六百九十艘战舰的莫顿舰队，在一小时后只剩一千五百六十艘。一个小时内的损失率高达百分之五十七点七，这个数字令战史学家瞠目结舌，却完全是事实。

当然，帝国军付出的代价也不小。同盟军的包围网尚未崩溃，炮火仍然密集，突进的帝国军舰队撞击着固体与非固体物质，喷涌着爆炸光及能量流。但是趁着从外往内蜂拥而入的态势，缪拉在这个时候胜过了杨。

“莫顿提督，战死！”

当监控员用沉重的调子传来这个噩耗时，杨一瞬间闭上了双眼，年轻的脸上清楚地浮现出失望与疲劳的神情。尤里安和菲列特利加相对而视。

残存的莫顿舰队失去了指挥官，他们一边承受着猛烈的炮火，一边勉强维持着舰列，和杨的本队实现了合并。让莫顿战死的缪拉介入了杨和莱因哈特之间，在敌人的猛攻下，摆出一副舍身救主的架势。

“真是个良将啊！正确地判断、正确地战斗、正确地营救主君……”

即使对方是敌人，也感佩其力量，这并不是杨一个人的毛病，莱因哈特也有这种心性。有时候，军人会表现出对敌人的尊敬和仰慕、对伙伴的轻蔑及憎恶，这种倒错的情感并不罕见。

然而，事实上根本没有多余的时间去感叹。缪拉的攻势越来越猛烈，同盟军的舰列各处遭到突破，已经没有余力去填补被挖空的地方了，帝国军开始侵入同盟军的包围网。

跃进同盟军舰列中的帝国军一举打开战意的喷火口。闪光和弹道光芒的暴雨不断倾落在同盟军阵营中，超高热的火焰炙烧着他们。光束纵横奔窜，一瞬间照亮了通往死亡世界的黑暗之路，为牺牲者奏起无声的安魂曲。

“缪拉做得很好！”

免于逃命的莱因哈特在伯伦希尔的舰桥里喃喃，用艾密尔递给他的热毛巾擦了擦秀丽的脸庞。金发的年轻人现在才喘了一口气。

5

这一次，立于存亡边缘的似乎又轮到同盟军了。如果缪拉能集合起原本所有的战力，或许就能把杨舰队置于完全的包围之下，但放弃这种念头反而造成了更佳的效果。同盟军被击溃、撕扯开来，在核聚变爆炸的火焰与流失的能量烟幕下渐渐减少。

然而，就整个局面来看，帝国军并没有占优势。同盟军的包围圈并未崩溃，帝国军依然处于被围困的境地，前者在绝对的优势中不断消耗着时间与能量。亚特林肯与布拉斯契两支部队现在几乎只能算是军队的残骸；长时间陷入苦战的特奈杰、卡尔那普、克留尼曼的各支部队，连与缪拉里应外合突破包围网的战力都没剩下，特奈杰光是防御就应接不暇了，克留尼曼也受了重伤，把指挥权交给了参谋长。

在同盟军的包围下，持续死战达二十四小时以上的卡尔那普舰队也因损伤过重支撑不住，他好不容易跟莱因哈特本营之间取得联络，要求派遣增援部队。通信官将消息传达给莱因哈特，年轻的独裁者摇了摇金色的头发。

“我没有多余的兵力。就战死在那里吧！想说的话到天上再说。”

并不是莱因哈特冷酷。事实上，他的本营中确实没有多余的一兵一舰。然而，他的回答却显得太苛刻了。

另一方面，听到这个回答的人，反应也只能以激烈来形容。

“叫我死？好，我就去死！如果我先死了，在天上就轮到我当老大了。你等着瞧吧，看我不把你当成杂工使，莱因哈特·冯·罗严克拉姆这小子！”

卡尔那普从指挥席站起来，对着锐减的舰队下令。最高战速的攻势开始了。如果攻击集中于一点，或许包围网就会被突破，杨舰队就会崩溃。卡尔那普的选择是理所当然的，然而这么一来，却给杨制造了宝贵的机会。他在一瞬间计算和决定的战术早已无法用“巧妙”来描述，只能以“骇人”来形容。

“炮击！尽量准确有效地射击！”

他还要加上后面的解释，是因为同盟军的能量光束与飞弹已开始不足。同时，杨故意让承受着帝国军内外夹攻的包围网开了一角。

帝国军见状惊喜不已。包围网中的帝国军想朝外逃脱，网外的帝国军急忙冲进去营救同伴。双方同时涌到宇宙空间的某一点，出现了过度密集的状态。于是，杨舰队发挥了他们的特技，以一点集中的方式朝该处射击。

卡尔那普和旗舰一起消失了。咆哮着飞窜的炮火瞄准了舰艇，一次就炸翻好几艘，在虚空中建起一座光彩耀目的巨大墓场。

就这样，战况发生了第四次变化。

奈特哈尔·缪拉砂色的瞳孔中，映着最前线的旗舰被火球与色彩的龙卷风包围的情形。同盟军最后集结的猛烈而强大的破坏力着实令人惊异，旗舰多达六个地方被损伤，核聚变炉都有爆炸的危险，乘员们必须撤离。

“阁下，请赶快离开这里。这艘舰艇的命运快终结了。”

舰长库斯曼中校苍白的脸上挂满了汗珠。缪拉微微地歪着头想了一会儿，然后答应了。但是，他并非只希望逃命。

“把司令部转到其他战舰上去。距离最近的战舰是哪一艘？”

得到的回答是战舰诺休泰德，缪拉点点头。

“你也一起搭乘太空梭。”

缪拉下令阻止了舰长自杀。不败的莱因哈特严以律己，不得不以光荣之锁绑住自己的脚。但曾大败于杨的缪拉却从失败中学到了弹性的应对之策。他搭上太空梭，离开濒临死亡的旗舰。

然而，当缪拉转换旗舰时，同盟军已经朝着诺休泰德集中火力猛攻了。诺休泰德的舰体中央部分中弹，立刻陷入瘫痪，在缪拉一行离开后五分钟便化为火球消失了。

“到底是运气太好呢，还是运气太差？”

苦笑不已的缪拉又把司令部移转到战舰欧凡布鲁夫，两小时后，又转乘战舰赫尔汀。这不是笑话，而是证明了缪拉在激战中顽强不屈、下定决心不离战场的奋战意志。

于是，奈特哈尔·缪拉因为在这一次会战中三度转换旗舰留名后世。可是他勇猛而奋不顾身的作战态度也不能阻挡杨威利的攻击。靠一个人的力量，凭借着无比的果敢与杰出的判断力领导战斗，渡过一次又一次的危机，企图抓住胜利的尾巴——后来杨的传记作家们不断强调这一点。杨排除了缪拉参战带来的危险要素，在新的计算下构思战术，并将计划付诸实践。

五月五日，战况发生了第五次剧变。这次剧变的原因出在距离战场三点六光年外的同盟首都海尼森。

这一天，二十二时四十分，一道超光速通信抵达杨所在的战场。同盟最高评议会议长优布·特留尼西特下令：无条件停战。

当命令传到时，同盟军的炮列已经把莱因哈特·冯·罗严克拉姆的旗舰伯伦希尔纳入射程……

→ Chapter 9 ←

骤变

1

无条件停战——

当命令经过无数个脸色苍白的天使之后，从冲击的巨大混乱中，产生了爆炸般的愤怒。此时是同盟军正欲伸手掐住帝国军咽喉的关键时刻。在敌人就要断气的那一瞬间，他们竟然被自己人一手拉到了墙角。

“到底想干什么！海尼森那些家伙！”

这不是疑问，而是化作语言的激愤。

“政府首脑部门疯了吗？我们快打胜仗了。不，已经打胜了！为什么现在非得停战不可？”

咆哮着把黑色贝雷帽掼在地上的，正是距离莱因哈特旗舰伯伦希尔近在咫尺的亚典波罗。

在杨的旗舰休伯利安上，华尔特·冯·先寇布尖声对杨说：

“司令官！我有话要说！”

杨转过头来，轻轻向他耸了耸肩。

“我知道你想说什么，所以什么都不用说了。”

“如果您明白，就请再确认一次！”

先寇布两眼燃着熊熊烈火，指着主屏幕。

“请您别理会政府的命令，下令全面攻击。如此一来，您就可以掌握三样东西——莱因哈特·冯·罗严克拉姆公爵的性命、宇宙，以及未来的历史！请您下定决心吧！只有照这条路走下去，才能让历史走上正轨。”

他一闭上嘴，蕴含着风暴的沉默就扼紧了整个休伯利安的舰桥。人们听着彼此的呼吸，为自己高亢的心跳声战栗。先寇布所说的是不能说出口的话。幼年时被祖父母拉着手从帝国逃出来，靠着自己的能力和功勋升到同盟军中将——这个身材高大的三十五岁男人在众人的环视下，从树枝上摘下了禁忌的果实。

然而，这颗禁忌的果实又是何等甘美啊！它满含着胜利、霸权、光荣的甜美果汁和芳香。不仅是杨，周围的人也可以一尝个中美味。

杨不说话，但是他的沉默与其他人有细微的不同。菲列特利加·格林希尔觉得他的沉默中并没有孕育暴风雨，倒像是孕育着和煦的初春暖阳。可没有人敢保证那不是她出于对杨过度的好感而产生的错觉。但是，杨那轻轻推开而不是粗暴砸烂这沉默的栅栏的话，却使菲列特利加更确信这一点。

“嗯，倒也不失为一种对策。可是对我来说，这件衣服好像不太适合我的身材。传令全军后退，格林希尔少校。”

渥佛根·米达麦亚控制了艾琉瑟拉星域的同盟军补给通信基地，正要开始调头，但在五月二日接待了一位稀客。一艘未经确认的航行体出现在米达麦亚舰队的搜索网中，他们发出例行的信号——“停船，否则攻击”，而对方的回答却是“我是友军，请求会见司令官”。

“玛林道夫小姐为什么到这里来？”

在“疾风之狼”的注视下踏上战舰人狼的希尔德——希尔格尔·冯·玛林道夫伯爵小姐——用筋疲力尽的微笑向米达麦亚打招呼。金色的短发，再加上与男性无异的服装，更强调了她在他人眼中的仿若美少年的印象。

此前，希尔德偷偷地离开干达尔星系，前往巴米利恩星域外围。她半说服半强迫地向负责留守的高级军官借用了一艘快速巡航舰。远观了开战后的战斗与杨开始的大规模攻击，她便以最快的速度到达艾琉瑟拉星域。即使想救莱因哈特，她也没有一兵一卒，因此只能求助于可以信赖的伙伴。她不使用远距离超光速通信，是因为身处敌国领土，有被监听的危险。

米达麦亚把美丽的帝国宰相首席秘书官请进司令官室，一面吩咐幼校勤务兵送上咖啡，一面听取她的来意。

“唔……这么说来，即使现在赶到巴米利恩星域也来不及了，是这个意思吧？”

“嗯，就算是‘疾风之狼’的快脚，也来不及援救罗严克拉姆公爵了。”

米达麦亚收起短暂的苦笑，提出了理所当然的问题。

“那么，您说该怎么做？想必伯爵小姐已有腹案了吧。”

希尔德点点头，开始说明。

今天是五月二日，就算现在兼程赶往巴米利恩星域，抵达该地也是四天后的事，也就是五月六日了。而且不能只派去一艘船舰，必须率领大舰队。但根据推测，杨威利这次的攻势不同寻常，莱因哈特极有可能失败。即使五月六日到达战场，杨如果已经获得胜利，再攻击他也没有意义了。然而，从这里到位于巴拉特星系的同盟首都海尼森，却比前往巴米利恩近得多。大致算起来，应该可以早四十八小时到达。所以如果能急速调头，直捣完全没有防备的海尼森，降伏同盟政府，迫使他们命令停止战斗的话，就可以将莱因哈特从失败的深渊里拯救出来……

这个时候，希尔德还不知道奈特哈尔·缪拉比预期早三天到达巴米利恩战场。

“事实上，我一度向罗严克拉姆公爵提出过这个提案，但是被拒绝了。他坚持‘战而胜之’才有意义。这种价值观很正确，但是如果失败的话，一切都归于零了。”

“你认为罗严克拉姆公爵会失败吗？”

米达麦亚试着提出一个略带恶意的问题。莱因哈特也试着问过缪拉这个问题，让缪拉无以言对。希尔德毫无惧色地直视银河帝国军的最高勇将。

“是的，根据这次事态的发展，罗严克拉姆公爵将尝到他一生中最初也是最后一次败北。”

米达麦亚不得不承认，这个二十二岁的年轻女子至少在勇气和行动方面都有不凡的表现。尽管是开玩笑，不过还真有人将她比作女神雅典娜。

“这点已经清楚了，可是伯爵小姐，现在还有一个问题。”

米达麦亚端起咖啡，只闻了闻香气，随即又放回盘中。

“杨威利会不会遵从政府的停战命令？以他的立场来说，胜利的果实就在眼前了，他为什么非得放弃成果停战不可？如果无视停战命令，他能得到的东西不是多得多吗？”

希尔德承认米达麦亚的疑问是正确的。有谁会放弃已经掌握了百分之九十九胜算的战争而停战呢？如果他不理会命令继续作战的话，首先就可以获得军事上的胜利。就算在这期间政府崩溃了，他也可以打出救国英雄的旗帜，轻而易举地独揽政治权力于一身。应该没有人会错过这个机会，可是……

“这一点我也想过，结论是停战命令还是会对杨威利有效。如果他有野心依仗武力与军事方面的才能掌握权力，以前就有好几次机会。可是他却一再放弃这些机会，甘愿去做个守卫边境的军人。”

“……”

“直觉告诉我，杨威利心中有比权力更珍贵的东西。我不是靠理念，而是靠直觉去感知的。他这种气质值得赞赏。但现在我们只有利用这一点了，虽然有点卑鄙……”

“可是，或许他忽然会对权力产生欲望，无视政府的停战命令。因为这一次机会具有的魅力，是过去的例子中所没有的。”

“嗯，话是没错。这么说来，您觉得我的提案无用，不值得采纳？”

“不……”米达麦亚摇了摇头，“我懂了。玛林道夫小姐，我们就照你的计划吧，反正也没有其他办法了。”

希尔德不禁对他决断之快速、掌握事态之精准深表赞赏。

“谢谢。我由衷地感谢您的决定。”

“可是，光是我一个人也不行。我想找其他同僚一起去。聪明如你，应该懂得我的意思吧，伯爵小姐？”

希尔德点点头。她了解米达麦亚身为军人的洁癖。如果米达麦亚没有前往战场营救主君莱因哈特，而是单枪匹马攻占行星海尼森，可能会被人指责是为了自己在军事和政治上的野心，眼睁睁看着主君遇害或者蓄意无视主君安危。这是米达麦亚无法忍受的。正因为了解“疾风之狼”的为人，希尔德才选择他作为说服对象。她的判断似乎也得到了正确的回应。

了解了米达麦亚的意思，希尔德当然该提出该问的问题。然而，这种提问实际上根本没有必要。

“那么，您打算找谁分享功勋？”

“找一个在临近星系、容易联络也值得信赖的人——奥斯卡·冯·罗严塔尔。伯爵小姐，你有异议吗？”

“不，我认为他是理所当然的人选。”

希尔德没有说谎，但也没有把顾虑的事全说出来。她为什么选择说服米达麦亚而非罗严塔尔？或许她自己也不清楚。她并不怎么相信直觉。如果警官的直觉是正确的，就不会有因无妄之罪而哭泣的人；如果军人的直觉是正确的，就不会有战败的人。可是这一次选择，她却是基于直觉，因为她没有基于理性的理由。

2

米达麦亚告诉主要部属要改变方向，直冲敌国首都海尼森，并将与罗严塔尔舰队共同作战。部下们一时间似乎都不知所措。

米达麦亚麾下的卡尔·爱德华·拜耶尔蓝低声请教司令官：

“罗严塔尔提督怎么想？搞不好会演变成帝国军互相残杀。”

“你的文学想象力出人意料地丰富哇。”

米达麦亚用揶揄的口气说道。但是在此之前，他有一段短暂又明显的沉默，所以这句话没有什么效果。虽然没有充足的情报，拜耶尔蓝这个青年却偶尔表现出异常的嗅觉，他不是光靠力气做事的人。米达麦亚欣赏并了解这一点，但在他还没有将感情与理性梳理清楚的时候，拜耶尔蓝的质疑有些令人困扰。

“罗严塔尔是我的朋友，而且我也不是那种可以和一个不明事理的坏男人相交十年以上的温和人士。你怎么想象是你的自由，但要小心可能招致误解的言行。”

“是，对不起，我说了冒失的话。”拜耶尔蓝深深地低下头。但是在返回旗舰的太空梭中，他叫来部下，下令采取一级战备体制。惊讶不已的部下问起理由，拜耶尔蓝烦躁地回答道：

“时时防备敌人的奇袭，不是军人该做的事吗？这里是敌国的土地，可不是故乡小学的内院！不能瞒着老师偷偷午睡！”

这仿佛是他少年时代的告白。拜耶尔蓝停止了通信。

原本他也认为自己想得太多，他也知道自己敬爱的上司米达麦亚和罗严塔尔是密友，但为什么又会想到自相残杀之事？一个令人激动的想法攫住了他——他竟敢把那种想象中的事说出来，却并没有被斥责！还是把想象的翅膀先收起来吧……拜耶尔蓝虽然这么想，但不知何故，并没有取消先前颁布的命令。

当米达麦亚用超光速通信将希尔德的提案传过来时，罗严塔尔没有立刻回答。兼备敏锐与胆识的他一时间竟也不知如何答复。

“如果不回头的话，将会怎样？”

离开干达尔时，他曾这么想过。但如果他一个人不回头的话，功劳会被其他提督抢去，主君对他的评价也会降低，他没有想过这会成为事实。然而，事态已经急速进展到煽动他的地步了。

紧接着，贝根格伦参谋长前来报告，在他们附近的米达麦亚舰队中，拜耶尔蓝中将指挥的舰队正在采取目前根本不需要的严格警戒体制。

罗严塔尔一时没说话，两只不同颜色的眼睛中却闪烁着锐利的光芒。他知道拜耶尔蓝是米达麦亚麾下提督中最年轻、最果敢的指挥官，但是不明白拜耶尔蓝为什么采取这样的举动。他刚才想问问米达麦亚，然而现在已经有答案了。如果罗严塔尔不仅拒绝希尔德的提案，同时还表现出妨碍的意图，米达麦亚将不惜一战？他观察了米达麦亚的表情，但是朋友完全没有提及这一点。如果是米达麦亚自己下的指示，以他的个性来说不应该只字不提。这么说来，想必是拜耶尔蓝那毛头小子自作主张……

罗严塔尔映在通信屏幕中的金银妖瞳，乍一看极为平静，希尔德却看见了那深不见底的深渊中蕴含的暴风。她知道这一次自己的直觉至少是对了，同时也察觉到了那急速产生的不安。或许这么一来，反而让这个具有不凡野心及才能的人知道有了大好机会？如果知道现在赶去也来不及营救主君，恐怕连没有野心的人都会产生可怕的念头……发觉自己做了愚昧至极的傻事，希尔德不禁忐忑不安。

罗严塔尔似乎看穿了她的恐慌与不安。他出声笑了笑，使劲地向她点了点头。

“我懂了。既然你都说了，我就照玛林道夫小姐的提案去做吧。我会立刻指示所有部队朝首都海尼森进攻。为进行进一步的详细讨论，我会去你那边，当然是在舰队整合之后。”

如果叫米达麦亚过去，或许拜耶尔蓝会有“难道是想把他押作人质吗”之类的过激反应。罗严塔尔也考虑到这一点了。

没必要勉强。罗严塔尔常常将那颗急欲从理性之手中逃脱的心套上缰绳。玛林道夫小姐聪明又机智，但是不见得每件事都要照她的计划来执行。

3

号称“帝国军双璧”的两员大将米达麦亚与罗严塔尔率领近三万艘舰艇，于五月四日进入巴拉特星系。第二天即五月五日，他们到达了首都海尼森的卫星轨道。抬头仰望夜空的市民，看见星辰的光辉被银色的光点遮掩，随即陷入恐慌。首都海尼森的市民可以用肉眼看见帝国军，这在历史上还是第一次。

在一片混乱中，米达麦亚的宣告从介入行星通信的帝国军舰上传出来。

“我是银河帝国一级上将渥佛根·米达麦亚。你们的首都海尼森上空已全部被我军控制。我要求自由行星同盟政府全面接受和谈，立刻停止一切军事活动，解除武装。否则，我军将对首都海尼森进行无差别打击。给你们三个小时考虑，不过在此之前，先给你们看点余兴节目。”

这句话重在恐吓，所以米达麦亚的措辞和口气都显得极其严厉。不久，一艘帝国军舰瞄准了六千公里外的行星的一点，发射出什么东西。

闪光与爆炸声粉碎了大气。将士兵和市民的视线漂白的光芒急速变薄，在不停敲打耳膜的巨响中，橙色的光聚成球形，统合作战本部大楼的黑影倏地碎裂，碎片高高扬起。一个被爆炸引起的骤风掀起半边身子、紧紧趴在地上的士兵声音颤抖地说：“他们动手了，是超低频飞弹。”

超低频飞弹直接射击，足以将统合作战本部的地上部分完全破坏。

看着映在屏幕上的凄惨景象，“疾风之狼”对希尔德说：

“这样就够了。即使一般市民的房舍燃起熊熊大火，所谓的权力者连眉毛都不会动一下。然而一旦与政府有关的建筑被破坏，他们大概就血色尽失了。”

“您是想尽可能不危害市民吧。”

“怎么说呢，我也是市民出身呀……”

希尔德看向露出苦笑的米达麦亚的目光满含好感。

“提督，现在能不能通告一下？就说以帝国宰相罗严克拉姆公爵之名宣誓，自由行星同盟投降的话，将不问罪最高负责人。我想或许该给他们一个决定的方向。”

“按理来说，这些话真让人泄气。不过照你说的做可能会有效果，我这就传下去。”

米达麦亚似乎已完全信赖希尔德的进言了。

巨大的屏幕映出地面上的一切景象。自由行星同盟的国防调整会议在远比一般市民住宅安全的地下深处召开了。政府和军部的高官们顶着一张张没有血色的脸，像是用冻土雕的雕像一样。刚刚被帝国军摧毁了安身之地的统合作战本部长德森“元帅”，空洞的双眼盯着屏幕。

从不合时节的冬眠中醒来召集这个会议的最高评议会议长优布·特留尼西特打破了沉默。

“下结论吧……”

特留尼西特的声音当然显得没有精神，却很奇妙地欠缺危机感和悲壮感，再加上他面无表情，就像戴着面具的人偶在机械的操纵下发出声音。

“我们接受帝国军的要求。既然将遭受无差别攻击，我们也别无选择。”

爱朗兹国防委员长正待说话，特留尼西特的两眼放出锐利的光芒。

“我已经被罢免了吗？应该没有。那么，决定终结战争的资格应该在我手中。我只是在用这种资格来尽责任！”

“住口！”

国防委员长的声音颤抖着。与其说是因为愤怒，毋宁说由于悲怆。

“你没有权力滥用民主政治制度，使其精神和历史堕落。你想一个人腐蚀国父亚雷·海尼森一手建立、已历经两个世纪的民主国家的历史吗？”

特留尼西特嘴角上翘，他的脸更像戴了面具。

“你说得可真动听啊，爱朗兹。你大概忘了，不过我可记得一清二楚。那一夜你拿着一套昂贵的银餐具到我家来，让我一定要捧你做我的内阁成员。”

如此卑鄙下流的威胁，连这些听惯了类似说法的在场高官也鲜有耳闻。

“而且，你从那个叫什么的企业弄到多少贿赂和回扣？分配选举资金时，你又从中攒了多少用以周转买别墅？公费旅行的时候，有多少次你是带着太太以外的女人去的，我全知道。”

国防委员长宽阔的额头上冒出了无数汗珠，当然，并不是因为炎热。

“我是个三流的政客，能爬到现在这个地位也是拜你所赐，你对我有恩。正因如此，我才不能眼睁睁地看着你在历史上留下亡国执政者的臭名。请你再考虑一下，或许我们会死在这里。但如果杨提督打死了罗严克拉姆公爵，同盟就获救了。要求一个人去蒙受不幸是件缺德的事。但这是事实，罗严克拉姆公爵一死，帝国军就将撤回他们的领土。在他们争夺下一代的霸权时，杨威利提督便能趁机重新建立国防体制了。我们的下一任执政者会帮助他……”

“唔，杨威利？”

如果声音可以成为毒药，特留尼西特的声音就最合适。

“你也不动脑子想想，如果杨威利那个笨蛋不破坏以前守护这个行星的‘处女神的项链’，我们就可以不受帝国军的侵略了。事情会演变至此，也都是因为杨威利。什么是名将？难道是那种看不到将来的无能者吗？”

宇宙舰队司令官比克古元帅这个时候终于发言了。

“不错，如果有‘处女神的项链’，或许唯独这个行星会保住，但是其他的星系将会如何呢？只要这颗行星和你们的权力安然无恙，无论其他的星系遭受多大的战祸，你们也会安心地让战争持续下去吗？”

年逾七十的老将声音并不激动，但是已经如一堵花岗岩坚壁一般，挡在了特留尼西特之前。

“总而言之，同盟的气数已尽。政治家玩弄权术，军人就像在亚姆立札所表现出来的一样，热衷于投机的冒险。大家口中喊着民主主义，却懒得去维持它。不，连市民都把政治交给一部分政客，自己懒得参与。专制政治垮台是君主和重臣之罪，但是民主政治崩溃的话，就是全民的责任。人民有太多机会可以合法地把你从权力的宝座上赶下来，可是大家都放弃了权利和责任，把自己卖给了腐败无能的政治家……”

“你演说完了？”

优布·特留尼西特微笑着。如果杨威利看见他那副嘴脸，一定会想起以前留下的恐怖和厌恶的印象。

“没错，演说的时间已经过去，现在是行动的时候了。特留尼西特议长，就算拼了老骨头，我也要阻止你！”

老元帅下定决心般站起来。出席这个会议的人不准携带武器，老将军两手空空。但是他一点也不胆怯，眼看就要扑向比他年轻三十多岁的议长。

四周哗然。开始是制止，接着便是惊惶失措。此时，地下会议场的大门被打开，几个人影跳了进来。那不是警备的士兵，但是，数十个手持荷电粒子来复枪的男人表情中却流露出比士兵还机械化、还缺乏个性的顺从。其中一半人围成一道人墙，守护着特留尼西特，剩下的一半人则用枪口对着出席会议的人。

“地球教信徒！”

老提督停下脚步，他的呻吟把原本因惊愕而麻痹的人都变成了活化石。他们的视线冻结在这些男人的胸口上，那里清清楚楚地绣着标语“地球是我的故乡，我手重掌地球”——这毋庸置疑是地球教信徒的象征。

“把他们监禁起来！”

议长严肃地下达命令。

“自由行星同盟政府接受银河帝国的和谈要求。同盟将以立刻停止一切军事行动为证明。”

当这则通告从地面传达上来时，希尔德、罗严塔尔及米达麦亚正在位于海尼森的卫星轨道上、已成为共同司令部的人狼战舰会议室中喝着咖啡，注视着屏幕。

米达麦亚恭敬地低下那蜂蜜色的脑袋。

“玛林道夫小姐，你的智谋真是胜过一个舰队。今后还望你为罗严克拉姆公爵发挥智谋。”

“哪里的话，有赖两位提督的协助，事情才能成功。也请两位作为罗严克拉姆公爵的双翼，辅佐公爵继续前进！”

这些话倒不如说是对金银妖瞳提督的请求。

“老实说，我没想到事情会这么顺利，真是了不起。”

罗严塔尔虽然摆出了笑容，却感觉内心深处蒙上了一层阴影。他曾想过同盟政府不投降的可能。在民主政治的大本营和堡垒中，那些对抗压制的正义实施者难道连一点赌上性命保卫理想的骨气都没有吗？但是对同盟的权力者而言，只要他们不再拥有权力，民主政治的存亡就与他们毫无关系。总之，对罗严塔尔来说，事情已经暂时告一段落。

“刚才我还在想，如果同盟的权力者不爱惜自己的生命，拒绝我们的要求的话，该怎么办？我这么说或许有些奇怪，不过那些人真是最可耻的权力者。”

米达麦亚耸耸肩。希尔德也点了点头。虽然计划成功了，他们却总有种无奈又无法释然的感觉。

“一亿人花了一个世纪的时间，辛辛苦苦建立起来的一切，可以一夕之间毁在一个人手中。”

“所谓国之将亡，就是指这种情形。”

米达麦亚吐出并非由他独创的感慨，回头望着旁边的同僚。罗严塔尔的金银妖瞳映在尚未入口的咖啡上，他抬起头说道：

“借用特奈杰中将的说法，我们亲眼目睹了分割和支配宇宙的三大势力——高登巴姆王朝银河帝国、自由行星同盟和费沙的灭亡。后世的历史学家一定很羡慕我们吧……”

希尔德和米达麦亚也有同样的感慨。他们口中虽然深表赞同，但是在每个人的心湖上，那无法消失的小小波纹却在不断扩大……

4

在远离同盟首都海尼森的巴米利恩星域中，士兵们内心的混乱已到达顶点。他们虽然听从杨的命令把舰队后撤，停止了战斗，但在眼看取得胜利之时，自己一方竟不得不主动提出停战要求，士兵们对这种荒谬的命令生出一种超乎理性的愤怒和绝望。

“首都到底怎么了？被帝国军围攻……”

“投降了！全面投降了！那些缔结城下之盟的家伙，一定在举着双手叫救命吧。”

“那么，自由行星同盟会怎样？”

“你说会怎样！只能成为帝国领土的一部分了！自治区之类的形式或许会得到认可……但也只是形式上，时间大概也不会太长！”

“将来呢？”

“还用问！去问罗严克拉姆公爵吧！去问那个金发小子呀！他今后就要成为我们的主人了！”

有人狂怒，也有人悲叹。有的士兵对着朋友泪水涟涟地诉说：“我们应该是属于正义的一方，为什么正义非得对黑暗专制屈膝乞和不可？只能认为这个世界神经错乱了。”

同意这种单纯过头的疑问的人为数甚少，但谴责政府的声音却为数众多。

“这是政府的通敌行为！”

痛斥的声音一旦响起，立刻就化为燎原的野火，扩及整个舰队。

“没错！政府背叛了我们，背叛了国民的信赖和期待！”

“他们是一群卖国贼，我们没必要听那些人的命令！”

其中也有人痛骂了己方的通信军官，为什么要接收那种残酷的命令？如果在这两三个小时内对停战命令佯装不知，现在早就可以活捉或干掉罗严克拉姆公爵了。结果通信人员却老老实实传达了，真是不知变通的弱智！

在一片否定的声潮中，也有人战战兢兢地萌发出一株肯定的幼芽。

“可是……我们的家人都在海尼森。如果拒绝投降，受到无差别攻击的话……正因为政府的投降，家人才获救呀！”

说话的人不能说得更多了，因为周围的战友已变了脸色站起来。他现在终于知道，说出一介平民的心声需要很多勇气。

“我们去找杨提督请愿，请求他完成真正的正义，让他不要遵循无理的停战命令……”

“对！就这么办！”

在一片骚动中，尤里安急匆匆地走进瞭望室。他想和先寇布中将谈谈。

先寇布拿着袖珍威士忌酒瓶站在窗边，映着寂静黑暗与繁星的双眼中闪着痛苦和失意的光芒。尤里安停下脚步，带着同为失意者的沉痛眼神沉默了好一阵子。

“先寇布中将……”

先寇布回过头，轻轻举起袖珍威士忌酒瓶，朝少年打招呼。

“呀，既然你特地来见我，那就可以有所期待了。你是不是和我有一样的想法，觉得杨提督应该不理会停战命令？”

尤里安走上前，带着谨慎但拒绝让步的表情回答：

“我了解您的心情，可是这样做会在历史上留下不好的先例。如果允许司令官根据自己的判断无视政府的命令，民主政治最重要的东西，也就是国民代表控制军事力量的机制就消失了。您认为杨提督可以创下这种先例吗？”

先寇布嘲讽地歪了歪嘴角。

“那么我问你，如果政府下令残杀丝毫没有抵抗能力的民众，军人是不是就该遵守命令？”

尤里安猛力摇了摇那亚麻色的脑袋。

“这种事当然是不允许的。我认为在面临非人道的践踏时，必须暂时撇开军人的身份，站在一个普通人的立场来看待尊严问题。到那个时候，即使是政府有命令，也不得违背这项前提。”

“……”

“可是正因如此，除了那种情形，民主国家的军人在行动时必须遵循政府的命令。否则，就算你是基于人道行事，也会被指为恣意妄为。”

先寇布徒然地把玩着袖珍威士忌酒瓶。

“孩子……不，尤里安·敏兹中尉，你说得一点都没错，我也懂这些道理。虽然懂，有些话我还是不得不说。”

“嗯，我很理解。”

这是尤里安的真心话。因为他对先寇布的反驳，也是他对自身情感的理性反驳。

“杨提督对政治最没有野心，或许他也没有政治才能。但是，杨提督绝不会像优布·特留尼西特那样把国家当作自己的东西，把政治当成一种装饰，去背叛公民的期望。与历史上的大政治家相比，杨提督的能力或许不值一提，但在这个时候，要做比较，优布·特留尼西特一个人就够了。”

“是的，我也是这么想的。”

尤里安松开了领口的围巾，他觉得呼吸有些困难。说服自己远比说服他人要困难得多。

“可是特留尼西特议长是大多数公民选出来的元首。即使这是一个错误，然而不管要花多少时间，都必须由公民自己来修正。职业军人不能以武力来纠正公民的错误。如果这样做，就和两年前救国军事会议的非法武装政变一样，军队成了领导并支配国民的组织。”

先寇布把威士忌瓶口往嘴边送去，半途又放了下来。

“或许银河帝国会要求以杨提督的生命作为和平的代价。如果政府答应他们的要求，命令杨提督去死，到时候该怎么办？难道我们就唯唯诺诺地听命吗？”

少年的脸涌上红潮，断言道：

“我们不会让这种事发生的，绝不！”

“可是，我们必须服从政府的命令。”

“那是提督的问题，这是我的问题。我可不想遵从屈服于罗严克拉姆政府的命令，我只听杨提督一个人的命令。既然提督接受停战命令，那么我也不得不听。可是，其他的事就另当别论了。”

先寇布盖上威士忌酒瓶的盖子，带着感慨万分的表情凝视着十七岁的中尉。

“尤里安，或许我这么说有些失礼，你现在长大了。我也该学学你，该接受的事就要接受。但有些事是无论如何也不能让步的，这也是你说的。”

弥漫在旗舰休伯利安会议室的空气，沉重得几乎快凝固了。客将梅尔卡兹的副官舒奈德昂然伫立在这无形的暗流中。他那犀利的眼光射向杨威利。

“停战是不得已的，因为这是政府的决定。但如果你们自由行星同盟军为明哲保身，把梅尔卡兹提督当成牺牲品的话，我可不会乖乖接受你们这种利己主义。”

“舒奈德！”

“不，梅尔卡兹提督，舒奈德中校所言甚是。”

杨只说了这么一句。他对同盟政府并没有任何批评。政府以拯救民众免受无差别攻击为大义名分，所以杨也不能说什么。即使他早已看穿了政府的真正用心……

“请梅尔卡兹提督离开战舰。”

他接下来的这句话，搅乱了室内弥漫的不快的暗流，参谋们也被惊愕和疑问给激活了。

“我不能预知未来，但就像舒奈德中校所说的，同盟政府将你交给帝国军以献媚，这种事情极有可能。我是同盟人，必须遵从政府的愚行，你却没有这种义务。如果你不离开这艘即将沉没的船，会令我很为难。”

杨的表情有些犹疑，让人深深觉得那似乎是玩笑话。

“请带些战舰去。当然，连燃料、粮食及人员都带走。”

暗流再度被剧烈地搅乱了。

“一旦处于战败者的地位，同盟军当然无法保有和以前一样的武力。我想，与其让帝国军破坏，不如藏起来。更何况究竟是因战斗还是因自爆破坏，他们也很难确认。”

“谢谢你，杨提督。可是你认为我会只身逃命，留下你一个人去扛责任？”

梅尔卡兹说完，杨的脸上浮起某种表情。尤里安和菲列特利加知道这是一种会心的微笑。

“我知道你会这么说。不过，梅尔卡兹提督，我可不是让你们到别的地方去逍遥，因为我有个更无礼的想法：为了将来，希望你把同盟军的一部分，而且是最精髓的一部分保存下来。借用古代罗宾汉传说中的话，我希望你能率领‘活动的谢伍德森林’。”

数秒钟后，室内的空气并没有借助空调就完全改变了。大家了解了杨的意思，交换着兴奋激昂的视线。总而言之，他们仍有东山再起的希望。在一片嘈杂声中，杨抚摸着脸。他觉得自己似乎又说了什么装模作样的话，但只要大家能领会意思就可以了。

一个高亢的声音响起。

“我赞同！”

大家把视线投向说话者——奥利比·波布兰。同盟军屈指可数的击坠王似乎一点都不在意自己的发言有多大的意义。

“所谓自由行星同盟的自由，就是独立自主。对沦为帝国附属领地的同盟，我毫无眷恋，就像没有自尊心的女人就没有魅力一样。我请求跟随梅尔卡兹提督同行。”

大多数听者都觉得这个比喻完全吻合击坠王的风格，也觉得朝略微光明的地平线跨出了一大步。只要有人先踏出一步，跟在后面走总比带头轻松。至少这不再是一条孤独的路。

“如果先寇布阁下许可，下官也想……”

“蔷薇骑士团”团长凯斯帕·林兹上校也振奋地站起来。

“我本是亡命者之子，现在更不愿居于帝国之下。请让我跟随梅尔卡兹提督，但是……”

林兹凝视着黑发元帅。

“来日，一定要杨提督再做我们的总指挥。只要您在，‘蔷薇骑士团’就发誓效忠于您。”

“这是军阀化的第一步，宣誓效忠的对象不是国家也不是政府，而是个人。真伤脑筋。”

亚列克斯·卡介伦用不带嘲讽的口气说完，引来一阵哄堂大笑。当问起他个人的去留时，卡介伦回答道：

“我要留下来，更确切地说是必须留下来，将官大量失踪会引起帝国军的疑惑。我和杨司令官留下来等候处置。”

先寇布、费雪、亚典波罗、姆莱、派特里契夫、马利诺，以及卡尔先等将官全体决定与卡介伦共同挑战将来的命运。梅尔卡兹终于打破了漫长的沉默，向杨敬了一个礼。

“当我亡命而来时，已经将我的未来都交给你了，既然你要我这么做，我会欣然按照你的希望去努力。”

“谢谢，有劳您了。”

参谋们解散之后，菲列特利加和杨留了下来，是杨用眼神示意她这么做的。

“对不起，菲列特利加。”

剩下他们两人时，年轻的黑发元帅笨拙地说。

“如果是别人做这种事，我一定也会认定他是白痴。可是，最终我却只能以这种方式生存，尽管深知这会给我喜欢的那些同伴带来麻烦……”

菲列特利加伸出白皙的手，为杨整理从衣领露出来的凌乱的围巾，淡褐色的瞳孔中映出对方黑色的眼珠。她微笑着说道：

“我不知道你做得对不对，可是我知道，我无可救药地喜欢你所做的事。”

菲列特利加没有再说什么，因为已经没有必要了。她很清楚自己喜欢什么样的人。

帝国军中也有人没有对骤然停战感到惊愕，但并不是莱因哈特。接到总参谋长奥贝斯坦的报告时，这个金发的年轻独裁者反而像自尊心受到伤害似的，全身颤抖。

“怎么回事？”

莱因哈特发出尖锐——不，更准确地说是粗暴——的声音。眼前显现出的理性不允许的事实，纵然是身裹华丽晚礼服的捷报，也让他觉得备受侮辱，并且感到愤怒。

“同盟军停止前进了。不仅如此，还提出停战的要求。”

奥贝斯坦的表情和声音都穿上了甲胄，准备承接预想中主君的愤怒。

“太无稽了，为什么忽然变成这样。再进一步，不，只要再进半步，他们不就……有什么正当的理由让他们放弃眼前的胜利？”

等主君情感的波涛平息之后，奥贝斯坦开始说明事情的原委。他并没有提及自己从同盟军那边获得这个消息时，是否做到了保持冷静。

“你是说……我的胜利……是别人……拱手让出来的？”

莱因哈特了解了事情的经过，缓缓地将裹在黑银两色军服中的优美肢体沉进指挥席，喃喃道：

“可笑！我拿到了原本不该属于我，而是由别人双手奉上的胜利？简直像乞讨……”

莱因哈特笑了，这是他从没有过的笑容。其中没有华丽和生机勃勃的感觉，是一种雕刻出来的笑容。

Chapter 10
“皇帝万岁！”

1

宇宙历七九九年、帝国历四九〇年五月五日二十二时四十分，前后历经十二天的巴米利恩星域会战结束了。帝国军参战的舰艇有两万六千九百四十艘，总兵力为三百二十二万三千一百名；被完全破坏的舰艇有一万四千八百二十艘，遭受损伤的舰艇有八千六百六十艘，损伤率达百分之八十七点二；战死者有一百五十九万四千四百名，负伤者有七十五万三千七百名，死伤率达百分之七十三。同盟军参战的舰艇有一万六千四百二十艘，总兵力为一百九十万七千六百名；被完全破坏的舰艇有七千一百四十艘，遭受损害的舰艇有六千两百六十艘，损伤率达百分之八十一点六；战死者有八十九万八千两百名，负伤者有五十万六千九百名，伤亡率达百分之七十三点七。

关于这场会战的胜利者到底是帝国军还是同盟军，战史学家有见解分歧，无法统一。双方的死伤率都超过七成，这种情形已超出军事上的常识了。以百分之零点几的细微数字来决定胜败实在没有意义。那么，这场会战难道是“平手”？

主张同盟军胜利的人阐述了以下理由：

“在巴米利恩会战中，同盟军总司令官杨威利的战术指挥一直凌驾于帝国军司令官莱因哈特·冯·罗严克拉姆之上。在开始阶段，两者平分秋色，罗严克拉姆公爵的纵深阵看来似乎奏效了。但是阵法一旦失利，战事的主导权就始终握在杨手中。如果不是屈从于敌人胁迫的政府强制下令停战，历史应该会明白地记载着杨是最终的胜利者。”

另一方面，主张帝国军胜利的人提出这样的反驳：

“在巴米利恩的战斗，只是在征服自由行星同盟与统一全宇宙的目的之下，莱因哈特·冯·罗严克拉姆构想并展开的宏大战略中的一个小战局。将敌人的主力牵制在战场上，以别动兵力直冲敌人的首都，使其降伏，这种手段是自古以来的优秀战法，完全不必感到羞耻。帝国军达到了战争的目的，而同盟军的阻拦失败了。到底是谁获胜，只要排除无谓的军事浪漫主义正视结果，答案不言自明。”

此外，还有想夸示自己公正的人。

“在战场上，同盟军是胜利者；在战场外，帝国军赢了。”

“在战略上，帝国军是胜利者；在战术上，同盟军赢了。”

各式各样的观点被提出来，但是无论持哪种观点，都必须意识到有具有同等说服力的反论存在。这次会战使后世产生了无数的著作，也为许多战史学家挣得每日的口粮。

而当事者的心境又如何呢？很明显，双方的最高指挥官都不认为自己是胜利者。莱因哈特无法轻易地从“我没有胜，胜利是偷来的”这种自我厌恶中解脱。另一方面，从杨重视战略胜利远胜于战术胜利的军事思想来看，他一点都不确信自己胜利。或许世人对他们的评价是过高了些，但两人对对方成功一面的评价比任何人都高，甚至让他们自己体会到了自卑的意味。

帝国军最高司令官莱因哈特·冯·罗严克拉姆公爵与同盟军伊谢尔伦要塞驻留舰队司令官杨威利元帅正式会面，是在停战生效后刚好二十四小时，也就是五月六日二十三时。

在此期间，双方又各自做了什么事呢？那便是人类超越食欲和性欲的最大欲望——睡觉。在历经十二天的殊死战斗当中，虽然也有战斗转缓的状态，有轮班休息和睡坦克床的时间，但根本不能让碎裂的神经获得全面的休息。现在好不容易从“暂时的睡眠通向永远安眠”的恐惧中解脱，帝国的英雄和同盟的智将都在睡眠导入剂的帮助下享受了深沉的睡眠。

在此期间，“黑色枪骑兵”舰队司令官毕典菲尔特以及法伦海特、瓦列、舒坦梅兹、雷内肯普等没赶上战斗的帝国军将领都赶来了。接获已经停战的报告，他们一方面感到羞愧，一方面又为没有满足战斗欲而烦恼，但是仍然做了必要的处理。

五月六日十九时，杨威利在自己的床上不情愿地被睡眠之神释放出来。此时，他已经被四万艘毫发无伤的帝国军舰艇包围。杨一边感慨地看着四周那重叠交织的光点群，一边冲澡、洗脸、整理仪容。

“被四万艘敌舰包围着喝红茶，实在是很别致。”

杨悠闲地用红茶冒上来的热气蒸着脸。尤里安冲泡的西隆红茶有一种久违的甘香。餐桌边只到了他和尤里安、菲列特利加、卡介伦、先寇布五人。要是没有帝国军忽然用炮火杀戮的不安，餐桌上甚至有一种家庭聚会的气氛。尽管如此，杨的大胆——甚至该说是迟钝——实在令人叹服。另外四个人一直凝视着司令官的脸庞。

这个时候，梅尔卡兹指挥的六十艘舰艇已经离开战场，逃过帝国军的眼睛和手心消失了。六十艘船舰中有西瓦、卡山卓、尤里西斯等战舰八艘，宇宙母舰四艘，巡航舰九艘，驱逐舰十五艘，武装运输舰二十二艘，工作舰两艘。事实上这些舰艇毫发无损，但由于篡改了资料，这些舰艇都“已经在战场上完全损毁了”。搭乘的作战人员和战斗艇操作员总计一万一千八百二十名，以林兹上校、舒奈德中校、波布兰中校等人为骨干，当然他们在记录中都是战死者。

2

帝国军总旗舰伯伦希尔内充满了庄重优美的绝妙调和感，当然，这种布置是在不损害军舰机能的前提下进行的。杨就像乡巴佬进城一般，率直地把感叹的眼光投向四周。

“那就是杨威利？”

四周此起彼落的声浪闯进杨的耳中。是不是很失望呢？杨不禁为他们惋惜，仿佛他们议论的对象并不是自己。他不是像莱因哈特那样风华绝代的俊美贵公子，也不像以前战死在他手里的卡尔·古斯塔夫·坎普一般有魁伟的体形，更不是冷酷锐利的类型，当然也不是穷酸的小农之相。或许在有的人看来，他多少有一点帅气——譬如菲列特利加·格林希尔。总体上看，他就像一个眼看着就可以爬上副教授宝座，却由于政治才干比学识差得远，只能停留在讲师职位的年轻学者。乍看之下他大约二十七八岁，本来是中等身材，不胖不瘦，但是由于连日来的战斗掉了些肉，显得有些瘦削。杂乱的头发从贝雷军帽下方露出来，怎么看都不像军人。总之，他的外表绝不如他缔造的战绩那般能给人强烈的印象。

一位砂色头发、砂色眼珠的高大年轻军官迎面前来，对着杨行了礼。

“下官是奈特哈尔·缪拉。得以一见同盟军的最高智将杨阁下，实乃下官之荣幸。”

“哪里……彼此彼此……”

杨一面回礼，一面说了句毫无新意的客套话。当然除此之外，他也没有什么好回答的。

面对着杨，缪拉似乎生出某种“必须放弃败北感和敌对心”的感觉。沉默了一会儿，或许是调整好心情了，原本就对杨的功勋充满敬意的他，砂色的瞳孔深处闪现出不再怀有芥蒂的微笑。

“如果阁下和我们生在银河系的同一边，我一定要在您麾下学习用兵之术。事与愿违，真是遗憾。”

杨也露出了自然而温和的表情。

“不敢当。我也很希望你能生在我们这一边。如果这样，我现在就能躺在家中舒舒服服地睡觉了。”

这不是客套，而是杨的真心话。如果同盟军中有缪拉这种有才能又勇敢的舰队指挥官，杨的辛苦应该可以减轻一大半。

缪拉笑了笑说："真是天不从人愿哪。"

在缪拉的带领下，杨来到了莱因哈特的房间。门前站着一个黄玉色眼珠的年轻军官，默默地敬礼后，他打开了门让客人进去。这个人就是亲卫队长奇斯里上校。

于是，单手拿着脱下的黑色贝雷帽的杨威利，便和莱因哈特·冯·罗严克拉姆直接会面了。

强大独裁者的房间并没有极尽奢华的感觉，或许是因为主人过分华丽的特质掩盖了一切。当金发的年轻人从对面的沙发上站起来时，杨甚至奇妙地感觉自己竟听不到音乐声了。杨在伸手可及的距离下看见了这个独占历史和美神宠爱的年轻人。以黑色为基调、各处配上银色的帝国军军服，从来没有这么美轮美奂地映现在他眼中。

杨从瞬间失去自我的状况下回到现实，一举手敬礼，前额缺少修整的丰沛黑发便散落下来，遮住了眼睛。他慌忙将头发拢上去，尽量恭敬地重新行了一个礼，莱因哈特也优美地回了礼。随后他越过杨的肩膀，对奇斯里点头示意。门在杨的背后关上了，现在，房间里只剩下他们两人。莱因哈特秀丽的嘴唇露出微笑。

"很久以来，我就一直想见你一面。这个愿望终于实现了。"

"不胜荣幸。"

又一个缺乏创意的回答，他并不想和这个金发的年轻人在辩才上一较长短。他应莱因哈特的邀请坐到沙发上，重新戴上贝雷帽。他的头发常常让人觉得有些杂乱。幼校学生模样的少年打开门，送来了银质咖啡杯。不久，香醇的热气便在大理石桌上飘散开来。少年对主君投去憧憬的目光，对客人则投来好奇的视线，然后退下去。莱因哈特用流畅的动作拿起杯子。

“我和你有各种因缘。三年前的亚斯提星域会战，你还记得吗？”

“我接到阁下的通信，上面说愿康健至再战之日。托你的福，虽然厄运频繁，仍得以苟活至今。”

“我却没有接到你的回信。”

莱因哈特笑了。杨也受他的影响，浮出了笑容。

“失礼之极，非常抱歉。”

“我并不是要跟你讨回这个债……”

莱因哈特收起笑容，安静地把杯子放回碟内。

“怎么样？要不要来我这边？听说你已被授予元帅的称号，我也可以给你帝国元帅的称号。这个称号在我们这边，应该更有实质性的意义。”

事后，杨曾自问，如果不是事先大胆假设过这种情形，并且准备好答案的话，自己究竟能不能耐得住这个劝诱呢？

“这是我担待不起的光荣，恕难接受。”

“为什么？”

莱因哈特没有显示出多少惊讶，但这样问是理所当然的。

“我恐怕帮不上阁下的忙……”

“是谦虚，还是你想说我欠缺主君的魅力？”

“我并无此意。”

杨微微加强了语气，他在想该怎么说明才不会伤害金发的年轻人。令人惊讶的是，他并不是怕触怒独裁者，而是拒绝这种亲切的邀请令他有罪恶感。

“如果我生在帝国，就算阁下不来邀请，我也一定会投效阁下麾下。但是，我是喝着和帝国人不同的水长大的。我听说喝了不习惯的水会伤害身体。”

似乎连自己都觉得这个比喻太蠢了，杨为了争取时间，端起咖啡往嘴边送。连对红茶情有独衷的杨也知道，这杯黑色的液体中有最好的咖啡豆和最好的煮制技巧。莱因哈特似乎并没有因为被拒绝感到愤怒，他也拿起咖啡杯。

“我认为那些水未必适合你。和你伟大的功勋相较，你得到的回报太少，而受的掣肘不是太多了吗？”

只要能拿到退休金就好了——杨当然不能这么说，所以他只得板起脸来，厚颜地回答：“我自己已经得到了足够的回报，而且我喜欢这种水的味道。”

“你的忠心只是针对民主主义，是吧？”

“嗯，唔……”

杨淡淡地回答。莱因哈特放下杯子，开始认真地讨论。

“民主主义有这么好吗？银河联邦的民主共和政治不是也产生了鲁道夫·冯·高登巴姆这样丑陋的畸形儿？”

“……”

“而且，把你挚爱的——我是这么想的——自由行星同盟卖到我手上的败类，就是由多数的同盟国民按照自己的意志选出来的元首。所谓的民主共和政治就是人民依照自由意志，来贬低自身制度与精神的政体？”

对方放言至此，杨不得不加以反驳。

“对不起，阁下的说法让我觉得像是因为火灾而否定了火的存在价值。”

“哦。”

莱因哈特撇了撇嘴，似乎连这种动作也不能破坏金发年轻人的优美。

“或许吧。那么，专制政治不也一样吗？我们不能因为偶尔出了一个暴君，就否定其拥有强大领导力的政治功劳呀！”

杨若有所思地望着对方。

“我可以否定。”

“如何否定？”

“因为损害人民的权力常常出于人民自身。换句话说，当人民把政权交付给鲁道夫·冯·高登巴姆，或者更微不足道的优布·特留尼西特这类人时，责任确实在人民自身，他们责无旁贷。而所谓专制政治之罪，最重要的就是人民可以把政治的害处归咎他人。与这种罪恶相比，一百位名君的善政自然就显得渺小多了。更何况像阁下您这样有智慧的君主是很难得的，考虑到这一点，功过自然明显了……”

莱因哈特似乎被打了个出其不意。

“我觉得你的主张大胆又新颖，不过又有极端之嫌，我一时也难以苟同。难道你是想借此来说服我？”

“不是……”

杨困惑地回答。事实上，他也的确很困惑。他完全无意说服或问倒莱因哈特。他习惯性地脱下贝雷帽，挠了挠过长的杂乱黑发，显得有些慌张。要对抗莱因哈特的优美举止固然很难，但眼前最重要的是沉着。

“我只是针对您的主张提出反驳。因为我在想，相对于一种正义，是不是相反的角度一定会存在另一种等质等量的正义？所以，只是提出来说说……”

“正义并不是绝对的，但也不是一句话可以说清的。这就是你的信念吗？”

讨厌“信念”这个说辞的杨补充道：

“这只是我的想法，宇宙中或许存在可以解答独一无二的真理的联立方程式，但那不是我触手可及的。”

“这么说来，我的手比你的更短。”

莱因哈特略带嘲讽地微笑。

“我不认为真理是必要的。自由地支配自己想要的东西，只要有这种力量就行了。反过来说，这也是一种可以不用听命于讨厌的家伙的力量。你不曾考虑过这个问题吗？你没有讨厌的人吗？”

“我讨厌的是只顾藏在安全的地方，然后赞美战争、强调爱国心，把别人推到战场上去，自己却在后方过着安乐生活的人。和这种人共同生活在一面旗帜下，是一种难以忍受的痛苦。”

杨的口气已经超乎嘲讽，达到了辛辣的程度。莱因哈特趣味盎然地注视着对方。意识到他的视线，杨赶忙净了净嗓子。

“您不一样，您常站在阵前。恕我失言，这让我实在是感慨不已。”

“果然，只有这一点你认同我了。我很高兴。”

莱因哈特扬起音乐般悦耳的笑声。然而，杨却感觉他的表情忽然显得明朗了许多。

“我有一个朋友，当我们一起发誓要掌握宇宙的时候，同时也这样宣誓过——绝不学卑劣的大贵族的行径，一定要站在阵前作战，赢得胜利……”

莱因哈特虽然没说出名字，但杨却可以推测出来。那个朋友大概就是帮他从暗杀者手中捡回一条命，却牺牲了自身的齐格弗里德·吉尔菲艾斯。

“那时候，我随时随地都打算为这个朋友牺牲。”

莱因哈特一边用白皙的手指将落在额前的华丽金发往上拢，一边说道。或许他正把杨看作钢琴上的键盘，演奏着他的安魂曲。

“然而，事实上牺牲的总是他。我一直这样习惯性地、过分地依赖他，结果，他连生命都为我丢掉了……”

冰蓝色的瞳孔反射着灯光，他下了断言。

“如果那个朋友现在还活着，我面对的应该不是活着的你，而是你的尸首。”

杨没有回答，他知道金发的年轻人不需要他的回答。

莱因哈特轻轻地叹一口气，转移了话题。他似乎想把心拉回到现实世界来。

“刚才我从占领你们首都的我军指挥官那儿接到报告，大概是你的上司——宇宙舰队司令长官发布宣言。内容是说，军部的责任都由他承担，希望不要再问罪他人。”

杨不禁动容了。

“这种说法的确像是出自比克古司令官之口。不过，我恳求阁下，请您拒绝他这种要求。让长官一人担起责任的话，就显得我们太没价值了。”

“杨提督，我不是一个复仇者。即使是对帝国的贵族们，我也没有这样做过，但是，我认为与你们是势均力敌的对手。逮捕军事最高负责人——统合作战本部长下狱是不得已的事。但战火熄灭之后再为没有意义的事情流血，不是我喜欢的做法。”

这时，莱因哈特的表情中有一种高洁的自傲，杨完全相信他的话，自然地敬了一个礼。

“对了，如果我给你自由之身，今后你有什么打算？”

对于这个问题，杨一点都不需要犹豫。

“退役。”

瞬间，莱因哈特用那冰蓝色的眼睛凝视着年长他九岁的黑发提督。不知为什么，他竟体谅地点点头。

会面结束了。

在返回自己的旗舰休伯利安的太空梭上，杨不禁陷入了沉思。莱因哈特对民主共和政体的指责太尖锐了。

“依然自由意志，贬低自身的制度及精神的政体……”

地表上最硬的碳结晶——钻石的形成需要巨大的地质压力。同样，要孕育人类精神中最重要的东西——对抗权力及暴力，希求自由和解放的精神，不是也离不开强者的压抑这个条件吗？适合“自由”的环境难道只会使自由堕落？

杨不明白。世界上有太多事情不是他个人的智慧能断定的。

出现解答的日子，究竟会不会到来呢？

3

踏上同盟首都海尼森土地的莱因哈特，接受了罗严塔尔、米达麦亚两提督及首席秘书官希尔格尔·冯·玛林道夫的欢迎。尽管时值初夏，天上却飘着冰冷的毛毛雨，年轻人亮丽的金发沾满了水珠。

“皇帝莱因哈特万岁！”

五月十二日这一天，被动员护卫年轻独裁者的士兵本来有二十万人，但是放假的士兵为了看他们忠诚和崇拜的对象一眼，也纷纷跑出宿舍，狂热的欢呼声仿佛要撕开烟雨的薄幕。

“皇帝万岁！帝国万岁！”

那些自称为爱国者的人曾大喊“打倒帝国”。但现在，曾被反战主义者施暴的街角里，都充满了支持征服者的声浪。士兵们看见从地上车的窗户中挥手致意的金发年轻人的身影，欢呼声更加高亢，狂热气氛更浓，感动得痛哭流涕的人大概足以编成一个师团。为了他们崇拜的这位年轻人，已经有众多的人死去，今后也必然有更多的人为他而死，但现在他们完全不在乎这些了。

由于受到士兵们的欢迎，莱因哈特抵达一天前还是同盟最高评议会大楼的会场时，比预定的时间稍晚了一些。

关于此次远征该以什么样的形式结束，莱因哈特不仅汇集了军人的见解，也参考了随行的行政专家的意见。不能单纯地因为胜利了就不做变动，为了维持霸权，必须想出更有效率的方法。

“不能过度膨胀，我军的行动已经达到临界点。首先应该把力量全部投注到彻底掌握与费沙相连的这片区域上，待事情确定后，再完成支配同盟的工作。”

“目前，我们随时随地可以自费沙和伊谢尔伦两回廊进攻同盟领土。只要能确保这个军事方面的支配权，就不必拘泥于形式上的统治权了。”

“而且，士兵们都希望在打了胜仗后赶快回国。长期的占领会加深他们的思乡情绪，还会引起他们对罗严克拉姆公爵的不满。”

“用强权支配一百三十亿对帝政充满敌意的人民并没有效率。何况同盟的财政和经济已经濒临崩溃，如果要将这些问题一并承揽下来，对这两年才因改革健全起来的帝国财政也是一项新的负担，恐怕不太理想。”

奥贝斯坦整理了这些意见，向莱因哈特报告。

“大多数的意见显示，现在使同盟在形式上完全灭亡，将其直接置于帝国的支配下，还为时尚早。我个人也赞同这个说法。”

装有义眼的总参谋长陈述了自己的意见。

“但是，我认为应该采取使同盟的财政进一步恶化的方案。因为军事支出急速锐减后，财政自然会健全一些，所以没必要使他们成为第二个费沙。”

“当然。”

莱因哈特把报告书丢在桌上。这张桌子是同盟历代最高评议会议长使用的，是拟定对抗帝国政略和战略的历史证物……

五月二十五日，《巴拉特和约》签订。莱因哈特决定将完全吞并自由行星同盟领土一事延后，在民众的武装抵抗尚未成形之际，速回帝国本土。不过，这当然是在获得了足够的收获之后。就算莱因哈特再怎么拘泥于完全征服的形式，看过和约的条文，大概也很难不满足了。

一、银河帝国同意自由行星同盟继续保有名称与主权。

二、同盟把干达尔星系及位于两回廊出口周边的两个星系割让给帝国。

三、同盟同意帝国的军舰与民间船只在同盟领土内自由航行。

四、同盟每年支付帝国一万五千亿帝国马克作为安全保障税。

五、同盟可以拥有象征主权的军备，但必须放弃保有战舰与宇宙母舰的权利。同时，同盟在建设及修改军事设备之前，必须和帝国订立协议。

六、同盟制定国内法，禁止以妨碍与帝国友好及协调为目的的活动。

七、帝国在同盟首都海尼森设置高等事务官署，享有驻留警备军队的权利。

八、高等事务官代理帝国主权者（皇帝）和同盟政府谈判、制订协议，并具有旁听同盟政府各项会议的资格……

第八条以下的这些条文让双方确认了同盟已隶属帝国领土

的事实。同盟元首优布·特留尼西特在帝国军士兵的重重包围下完成了签名盖章的工作，然后宣称自己担起战败的责任，引咎辞职。议长辞职，而国防委员长爱朗兹心力交瘁，成了半个废人，躺在病床上。苍白着脸的议会成员们邀请特留尼西特的政敌——前财政委员长姜·列贝罗代理元首之职。

列贝罗虽为事态的严重苦恼，不过最后还是答应了众人的请求。然而在这些条文公开后，列贝罗的朋友荷旺·路易如此评价道：

“就像脖子上套了绳索，只有脚尖还触到地上。列贝罗的日子也不好过了。”

其他高级官员没有他这么冷静，又不善于表达，都涌出了悲愤的泪水。两个半世纪前，亚雷·海尼森历尽艰难，完成充满苦难的一万光年长征是为了什么？难道是为了看今天同盟所受到的屈辱，而且是由国民的代表所下的毒导致的屈辱？

于是，便如人们想象的一般，民众的愤怒与憎恶从莱因哈特身上转向了接受屈辱和约的特留尼西特。

莱因哈特是在和约签订后的第二天，也就是五月二十六日，从首席秘书官希尔德口中知道了特留尼西特要求会面的事情。他听到堪称“会呼吸的耻辱”的前议长的名字，白皙的脸上燃烧起厌恶的火焰。

“叫他滚！”

“但是……”

莱因哈特用倔强少年般的眼光瞪着希尔德。

“我是宇宙中具有最大权力的人，难道非得见这个我讨厌的人不可吗？”

“阁下……”

“如果可能的话，我还想把他这种废物扔到复仇心旺盛的激进派人群中！我……”

“我了解您的心情，可是我们已经以罗严克拉姆公爵之名宣称不问罪最高负责人。也许这违背了您的心意，可是，如果违背了这一点，就会招来‘帝国不守誓，和约也不可信’的背信之名啊！”

莱因哈特激动得咋舌，一掌击在桌子上，汹涌的波涛在感情的水面翻腾。他把视线投向希尔德。

“那个家伙要求什么？”

“生命和财产的保障，以及在帝国本土的居留权。他还说如果能谋得一官半职，愿为阁下竭心尽力。”

独裁者端丽的嘴边浮起了厌恶的笑容。

“看来他是没脸和他出卖的国民一起生活了。只要在帝国领地内就可以受到我的庇护吗？好！我答应。既然答应了，就没有必要见他。叫他回去！”

希尔德知道莱因哈特不可能再作让步。正想退出，莱因哈特叫住了她，犹豫了一下，终于下决心似的说道：

“玛林道夫小姐，我是个心胸狭窄的男人。我知道你救了我的命，可是现在我却无法向你道谢——给我一点时间。”

希尔德不置可否。倒是金发年轻人不怎么巧妙的致谢方式，让她胸口不由得一阵翻腾。在冷酷无情的谋略家的面具下，他仍然有一张被温柔的姐姐安妮罗杰培育出的少年的面庞。

“哪里的话，我做得太过分了。阁下怎么斥责我都是理所当然的事，您这么说，反而让我羞愧得无地自容。但是，既然您这么宽容，那就恕我多事，我有个请求——请您重重地酬谢米达麦亚与罗严塔尔提督。”

“嗯，我会的。”

莱因哈特轻轻地举起一只手，于是希尔德行了一个礼便退出去了。从房间退出去时，希尔德一面晃着短短的金发，一面回过头。莱因哈特支着脸颊陷入沉思的身影，映入她那急速缩小的视野中。

在甄选派遣到同盟首都海尼森任职的高等事务官时，莱因哈特考虑以罗严塔尔为候选者。高等事务官不单单是外交代表，同时必须监视同盟的国政，尽可能地保护帝国的最大利益，甚至必须面对各种反抗与抵抗，镇压武力叛乱。莱因哈特认为罗严塔尔的才干足以处理这些事务，但是总参谋长奥贝斯坦却持反对意见。他的理由是米达麦亚、罗严塔尔两员大将必须在本国统辖帝国军的实战部队。然而，在某个机会之下，奥贝斯坦把反对的真正理由说给了部下菲尔纳上校听。

“罗严塔尔是一只猛禽，把他放在远处太危险了。这个男人应该放在看得到的地方，还得用铁链锁着。”

但是也有人认为，这是后世人突发奇想。不管如何，莱因哈特还是把罗严塔尔从候选人中去掉了，将就任人选改为雷内肯普。罗严克拉姆独裁体制的基本原则是将军人的政治支配制度化，所以从来没有考虑过让文官任此要职。但是理所当然，在雷内肯普麾下配属了许多文官——外交、财务及行政专家。

然而，奥贝斯坦也反对雷内肯普这个人选，理由当然和反对罗严塔尔不同。他的理由是雷内肯普太军人化，思路往往太僵直，何况又曾极不光彩地败在杨威利手下，因此对同盟的态度恐怕有欠弹性。听奥贝斯坦说完，莱因哈特笑了笑，回答道：

“雷内肯普失败的话就舍掉他。如果同盟也有责任，当然也要问罪。如此而已，没什么好烦恼的。”

奥贝斯坦行了一个礼，认同了主君的看法。这和占领费沙时的处置是相似的，但听到这一段话，奥贝斯坦对年轻主君的度量与才能不禁肃然起敬。

此外，莱因哈特任命舒坦梅兹为已成为帝国直辖领土的干达尔星系的基地司令官。本来高等事务官和驻留司令官应以一人兼任为佳，但那应该是日后完全征服同盟时的课题。

旧贵族派的流亡政权“银河帝国正统政府”是帝国军敌视的对象，他们自然伸出了弹压之手。军务尚书梅尔卡兹已经在巴米利恩战死——记录提交后，他的死也让帝国军的高官们肃然起敬。

“银河帝国正统政府”的首相雷姆夏特伯爵由弗恩，在私宅被罗严塔尔麾下的士兵包围后服毒自杀。金银妖瞳提督对雷姆夏特伯爵表示敬意，给了他自杀的时间。短暂的流亡政权从此消失了。

然而他们拥立的幼帝却踪影全无。搜查后，帝国军发现“正统政府”的军务次官，也就是把幼帝从帝国首都奥丁诱拐出来的劫匪兰斯贝尔克伯爵亚佛瑞特，和八岁的男孩一起消失了。

罗严塔尔和米达麦亚心急如焚，一面扩大搜查网，一面向莱因哈特报告。然而年轻的独裁者并没有斥责他们的过错。

“爱到哪里就到哪里去。该灭亡的时候不灭亡，这样的东西无论是国家还是个人，都只能悲惨地腐朽。”

莱因哈特的声音除了冷漠，还包含着怜悯的微粒。

“如果梦想高登巴姆家族再兴的话，那还是永远躲在床下，不要看现实状况了。对这些人，我们又何必太认真？”

事实上，莱因哈特根本没时间和非现实的浪漫主义者的梦想打交道。他必须着手进行即位与加冕的准备，同时考虑在不久的将来完全吞并同盟领土，还要完成对他而言正变成既定事实的迁都费沙的计划。此外，新帝国建立后的人事也成了极重要的课题。新帝国是由皇帝亲政，所以不需要宰相。但内阁成员却是必需的，军队组织也必须改制。莱因哈特虽然接受了奥贝斯坦的忠告，一度下令搜查，但不久就把这件事扔进遗忘之井，盖上了盖子。

他们也没有给同盟的人们留下留恋过去、轻视未来的奢望。亚历山大·比克古辞去了公职，拖着一副衰老失意的身躯回到老妻身旁颐养心伤去了。

杨威利退役，长达十二年的不情愿的军人生活终于画上休止符——看起来是如此。取而代之的是安稳的退休生活，他预定在近期和一同退役的菲列特利加·格林希尔结婚。他希望的生活模式似乎已经建立，但是为了获得这小小的幸福，却牺牲了多少生命啊，这种想法永远不会从他脑中消失。可是就算他遭遇不幸，也不能让那些战死者起死回生，所以，他虽然对帝国监视的耳目多少有些不快，但仍然和菲列特利加取得联络，设计着将来的生活蓝图，打算过普通人的生活。不过，他在组建家庭的构想力方面等于零，只能无条件地拥护菲列特利加谨慎的方案。

尤里安则偷偷进行着潜入位于帝国领土深处的地球的准备工作。从地球教的德古斯比主教那边听来的一点情报，加上背后支持特留尼西特议长、使其成功压制政变的地球教信徒确实存在，即使“到地球就可以了解一切”这句话有夸大之嫌，但尤里安仍然认为有充分调查的价值。

除此之外，就像尤里安以前对卡介伦所说的，他无意去打扰杨和菲列特利加的新婚生活。他知道夫妇二人也不把他当成干扰，但或许正因为知道这一点，尤里安才觉得至少应该在他们面前消失一年半载。在费沙的短暂生活多多少少使他成熟了一些，他希望借着这次旅程让自己再成熟些，然后再和他喜欢的这两个人见面。

黑肤圆眼的巨人路易·马逊少尉当然也开始做随尤里安前往地球的准备。按他的话说是“不能违背命运的安排”，但也没有人认为他是被迫走上不喜欢的命运之路。尽管还未被受理，但是尤里安和马逊已向军部提出辞呈，受不受理已是事不关己了。总之，自从马逊返回海尼森后，就一直跟杨和尤里安同行，一起住在银桥街的官舍中，甚至监视他们的帝国军士兵也打一开始就认定他是杨家的人。

杨耸着肩接受了马逊存在的事实。毫无疑问，他把保护尤里安的重大任务托付给了黑巨人。此外，杨对消失踪影的梅尔卡兹一行今后的去向也负有责任，他不可能当一个纯粹的隐居者。如果帝国军知道了这个事实，在重新建立起来的秩序中，杨的日子会变得更艰难。

当年的“顽童波利斯”，也就是波利斯·高尼夫和来自费沙的马利涅斯克事务长会面了。但他听到爱船贝流斯卡号的遭遇后，再也无法继续沉浸在乐天的气氛中。

当时，滞留在同盟的费沙人都聚集在失去法律依据的事务官办事处，彼此交换着不安的情绪与贫乏的情报。波利斯·高尼夫却从那里先赶到了杨威利的官舍。帝国军的士兵已经在门前警卫，杨处于被软禁的状态。高尼夫号称自己是杨独一无二的密友，再加上杨从门口走出来求情，他才得以成为杨家的客人。高尼夫和阔别六七年的老朋友会面，品着尤里安的红茶，同时也知悉了堂弟伊旺战死的消息。

“承蒙你大力帮助尤里安，多谢。贝流斯卡号，不，应该是从前的贝流斯卡号……你船上的朋友们也给了他许多方便……”

“是马利涅斯克的功劳，不用对我道谢，问题是我的船哪！同盟政府形同虚设，难道要我向帝国军投诉？”

“关于这一点，我来想想办法。”

杨毫不在意地许下承诺，意味深长地对老朋友笑了笑。

“现在，你是不是先听一听我的要求……”

随着杨回到首都的将领中，先寇布和亚典波罗强行提出辞呈退役了。卡介伦不但被驳回辞呈，还不得不接受代理后勤部长之职。费雪、姆莱、派特里契夫、卡尔先等人则在家中过着待命的日子。就这样，时间的影子在每个人头顶上一点一点地移动，却没人知道冬天会有多长或者多短。

4

太阳向着地平线倾斜，褪色的光芒在大气中微粒子的乱反射下，让整个世界沉浸在一片橙色的光波中。曾经约定给人类带来丰硕果实的大地仿佛也为化为不毛之身感到羞耻似的，向黑夜的羽翼寻求着庇佑。

这块镌刻着衰老与疲惫的土地，以前曾是“地球”这个行星的中心部位，是全宇宙的中枢。当然，那是在很久很久以前，是三十代前的事情了。

一个全身裹着黑衣的壮年男人踩着稳当但缓慢的步伐，走进一处古老的石头建筑中。他站到某扇门前，侍卫行礼，打开了门。室内充满了幽暗而混浊的光。比起先前那个男子，一个同时间斗争了更久的老人坐在羊皮上。

“总大主教阁下……”

男人恭恭敬敬地呼唤老人，对毫无反应的对方说道：

“莱因哈特·冯·罗严克拉姆征服了自由行星同盟。”

听到这个消息，黑衣老人这才抬起头，用他那干巴巴的手招呼男人。门在男人背后关上了。

“那……之后呢？”

发出来的声音同样毫无生气。

“他没有逗留在征服地，据说让一个叫雷内肯普的人率领大军驻在当地负责监视，自己则回帝国本土了，离开时似乎带走了那个特留尼西特……”

“那个人也充分发挥效用了。那么就这样让他待在帝国，做篮子里腐败的苹果吗？”

“不，我们一年多前就在帝国那边安排了海因里希·冯·邱梅尔男爵。我希望现在能再宽限一点时间。”

“听说他确实生了重病，你确定有用吗？”

“如果再维持半年，我们的目的就可以达成了。医生也派去了。男爵原本就忌妒罗严克拉姆的才能与健康，操纵起来并不困难。”

“好吧，就交给你了。费沙那边怎么样了？”

“哦，关于费沙方面，不能确定的要素太多了。”

男人的声音这才失去了自信，黄色的眼睛中泛着疑惑的光芒。总大主教又问道：“还没和鲁宾斯基联络上吗？”

“暂时联络上了，但是那个人的心深不见底……”

尽管知道没有人听，总大主教的部下仍然压低了声音，把身子往前探。他想对老人谈谈自己的疑惑。

“不单单是精神服从方面可疑，或许他有不顺从的野心，请阁下留神……”

“这件事我知道。”

老人显得很不在乎。

“只要是在我们手掌上跳舞，就不用介意他是以什么形式来跳。倒是那个不肖的德古斯比后来怎么了？”

“德古斯比确定已经死亡，但问题是他死前是不是泄露了秘密……”

祈望历史逆转的窃窃私语仍然继续着。他们的头顶上，无数缭乱的星光开始点缀夜空。

凯旋帝国的莱因哈特为了实质和形式上的需要，行动开始活跃，各种需要处理的事情都等着他的判断和决定。

他最先着手处理的事务，是出于私人的义务感和微微带着怯懦的满足感。对于姐姐安妮罗杰这个现在已拥有格里华德伯爵夫人称号的女子，他加赐了大公夫人的称号。对于故友齐格弗里德·吉尔菲艾斯，他赐予“大公”的称号，并用他的名字冠名制定勋赏。他最先做完这两件事时，奥贝斯坦不禁皱起了眉。

“这个处置会伤害谁吗？”

莱因哈特这么一说，他便无话可说了。

这两件事敲定之后，莱因哈特才为那些有才能的构想家和实务家改换精神之衣，制定人事、组织及各种制度。在军事方面，罗严塔尔、米达麦亚、奥贝斯坦均晋升为帝国元帅，奥贝斯坦兼任军务尚书。十名上将晋升为一级上将，最年轻的缪拉因在巴米利恩拯救莱因哈特于危急之时，居功最伟，在十名一级上将中名列首席。文官方面的人事也已排定，希尔德的父亲玛林道夫伯爵弗兰兹被推上国务尚书之位，欧根·李希特为财务尚书，卡尔·布拉格则为新设的民政尚书。

六月二十日，近一年前因身为出生八个月的女皇之父，从子爵三级跳到公爵的贝克尼兹家的主人尤尔肯·欧佛，一面饱受不安与怀疑的折磨，一面走进帝国宰相府。这个不到三十五岁、几乎把热情和财产全部投注到象牙工艺品的收集上、对政治与军事毫无兴趣的年轻贵族，从比他冷漠一万倍的奥贝斯坦手中拿到一张纸，那是女皇的退位宣言。接下来的一张纸上，女皇声明把帝位让给罗严克拉姆公爵莱因哈特。接着，第三张纸又交到汗流浃背的年轻贵族手中，上面已有莱因哈特的签名，主旨是说莱因哈特将保障贝克尼兹家的爵位与财产，今后他每年会得到一百五十万帝国马克的退休金，直至女皇寿终。贝克尼兹公爵为了稳定心情，流出了许多汗水，甚至濡湿了昂贵的衣服。他用手帕擦着脸，拿过对方递出来的笔，以一岁八个月大的女皇的监护人身份，在两张文书上签了名。

自开国皇帝鲁道夫大帝以来，支配人类达四百九十年之久、把三十八人送上皇帝宝座的高登巴姆王朝寿终正寝了。

六月二十二日是新皇帝莱因哈特即位和加冕的日子。从这一天起，他就不再是莱因哈特·冯·罗严克拉姆公爵，而是莱因哈特皇帝陛下了。曾经从他身边夺走姐姐安妮罗杰的高登巴姆家族失去了一切，一身褴褛的悲惨身影隐入过去的尘埃中。

新无忧宫广阔的黑珍珠室挤满了数千名宣誓效忠新王朝的文武高官。然而，在人海中却没有莱因哈特最想要的两个人——没有和他一样拥有金黄色头发的面孔，也没有拥有像火焰般燃烧的红发的面孔。

“皇帝万岁”的欢呼声响彻整个大厅之时，莱因哈特拿起放在紫色绢布上的黄金帝冠，十分自然地戴到自己头上，动作之优雅无人可比。黄金帝冠和金黄色的头发融为一体，似乎在无言地昭告世人，这个青年在几世纪前就是正统的所有者。

罗严克拉姆王朝从此拉开了大幕。

图书在版编目（C I P）数据

银河英雄传说 ：全 10 册 . 5，银河英雄传说 ／（日）
田中芳树著 ；蔡美娟，陈惠莉，郭淑娟译 . -- 海口 ：
南海出版公司，2022.1
ISBN 978-7-5442-9441-6

Ⅰ . ①银… Ⅱ . ①田… ②蔡… ③陈… ④郭… Ⅲ .
①幻想小说－日本－现代 Ⅳ . ① I313.45

中国版本图书馆 CIP 数据核字（2021）第 233392 号

Vol.6／飞翔篇

银河英雄传说

〔日〕田中芳树 著 陈惠莉 译

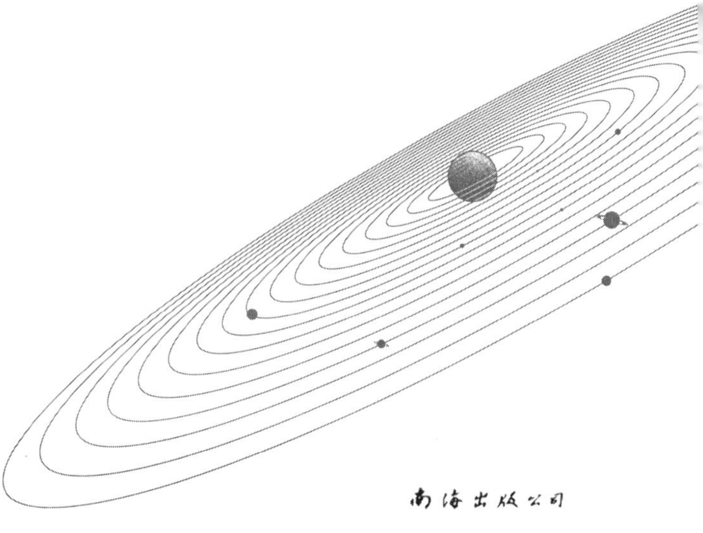

南海出版公司

新经典文化股份有限公司
www.readinglife.com
出　品

目录

Prologue

地球衰亡记录

“过去，人类仅仅居住在一个叫地球的天体上。而现在，人类生活在地球和其他一些行星天体上。未来，人类社会将建立在许多天体之上，而地球仅仅是其中之一。这并不是预言，而是将时态设定为将来时的既成事实……”

公元二一八〇年，时任地球统一政府第五代宇宙部部长的卡罗斯·席尔法，在冥王星探查团出发前夕发表了这样的讲话。席尔法虽然是个有能力的实务家，但并不是擅长哲学思考并具有独创能力的人。正如他所说的那样，这段演讲不过是阐述了一段众人皆知的常识。

但是在这个常识成为事实之前，人类却必须先喝干多达数亿升的同胞的鲜血。人类的政治中枢真正从地球移往其他天体，则是远在席尔法演说大约七个世纪后的事情了。

公元二一二九年，地球统一政府诞生的时候，历经长达九十年战乱而疲惫不堪的人们，满心确信人类最恶劣的创造——主权国家已经从地面一扫而空，以亿为单位的生命也将被永远解放出来，再也不是权力者欲望祭坛上的供品了。在名为“十三日战争”的报复性攻击中动用的核武器，使当事者北方联合国家和三大陆合众国这两大都市群陷入辐射能量的覆盖之下，这便是滥用武力的报应。可怜的是，那些毫无野心和责任的弱小国家，却被无辜地卷入食肉兽之间的罪恶战争，担心其丰富的资源被敌国占有。恰恰就是这种担心，使两大强国竟用核武器对弱小国家进行打击。因此对那些艰难生存下来的国家来说，两大强国的灭亡是稍稍值得宽慰的事。人们由此产生了共识：要防止大国的暴虐，就必须建立一个强有力的统一政体。

以长远的眼光来看，这或许只是将多个权力统合为集中的单一权力，但人们已经疲于以多疑的眼光观察事物了。

有人说：“如果没有战争，就只会发生内乱。”

这或许是正确的说法，但对于这种不会带来任何希望和喜悦的意见，人们却捂起了耳朵。因为当时世界人口已锐减至十亿左右，粮食的生产力遭到严重的破坏，事实上也没有任何一股势力有能力发动内乱。

统一政府的首都设于澳洲大陆东北部，面临太平洋的布里斯班。建都于此，主要是由于该地位于南半球，战乱期间并未受到太多战争的摧残，并且拥有广袤的土地资源，已成为地球上最大的经济圈之一。此外，该地远离两大交战国也是重要的原因。

统一政府诞生后的人类历史与先前的历史相比，最大的不同在于宗教的支配力量明显降低了。地球统一政府的诞生结束了动乱，而旧有的宗教势力对平息动乱没有任何贡献，相反，他们在动乱初期甚至成为助长各敌对势力交恶的主因。各个宗教的私有武装力量假借神的名义，争相虐杀所谓异教徒的妇女儿童。更有甚者，在北方联合国家崩溃之后，许多割据北美洲大陆的弱小宗教国家，将过去被称为“理性与共和政治大本营”的产业大国夷为遍地金属、树脂与水泥的荒原，还到处散布迷信与排他性的病原菌，使残存下来的人们在肉体和精神上都陷入迷乱。

最终，天神没有降临，救世主也未曾出现。人们靠着自己的力量，好不容易将世界从灭亡的深渊边缘拯救回来。

重建在急速进行。人们狂热地投身于大大小小的事业，建设都市、绿化荒野，逐渐将脚步迈进宇宙的边境。

“具有边境的文明是不会衰弱的。”人们一般认为这种说法是正确的。在地球政府成立前，人类的足迹最远不过到达火星，但是到了公元二一六六年，人类就成功超越小行星带，在木星一个名叫伊奥的卫星上建立了一处开发基地。那一时期，统一政府里最富有活力的部门便是宇宙部了，这是个由航线、资源、设施、通信、管理、教育、学术、勘查、船舶等局组成的庞大组织，总部设置于月球。其规模随着时间的增加而扩大，在二十三世纪中期，总人口便已超过首都布里斯班。“布里斯班是地球的首都，但月球都市却是全太阳系的首都”的说法也纷纷传出。

在不久后的一段时间里，人类真正的生活圈仍局限于太阳系内部。人类的第一艘恒星星际勘察船虽于二二五三年出发航向半人马座α，但历经二十年仍未回航，令人失望气馁。其实当时总人口只有四十亿，在太阳系内部也足以保证生活空间。

公元二三六〇年，超光速航行终于实现，以安特涅尔·亚诺修博士为首的宇宙部技术班底成为全人类的英雄。初期的瓦普跳跃飞行距离非常短，而且对人体特别是对女性的生育能力有明显的不良影响。但是到了二三九一年，这项航行技术便彻底应用于实际，勘察的领域也随之扩大。到了二四〇二年，在卡那普斯星系发现了可居住行星——恒星星际间移民的时代从此拉开序幕。

但是恒星星际间的航行却是“单一权力”体制产生龟裂的第一步。公元二四〇四年，正当第一批恒星移民团乐观的欢呼声响彻云霄，驶离伊奥的恒星星际航行基地之际，统一政府的首脑们正齐聚地球的首都布里斯班，对“将授予远离地球的殖民地何种程度的自治权”议题进行冗长的讨论。

一个最初设立时被称为“宇宙部航路局航行安全处”的小机关从此升格为“宇宙保安署”，变成一支以副部长为首领的“宇宙警备队”，但“宇宙军”最终成立还是八十年后的事。依照统一政府的解释，这支队伍与统一政府成立前那支从天顶对弱小诸国横加胁迫的北方联合国家航空宇宙军有截然不同的性质，是确保市民航行安全、防范犯罪与事故、保障人权和经济机构运行的治安系统。到了恒星星际航行时代，人们几乎已忘记这个事实：所有的军队口头上都在高唱和平防卫，实际上却在疯狂地进行侵略和扩张。

“军队其实是国家内部最强大的暴力组织。”这个命题对任何明了近代历史的人而言，都是恐怖的常识。而且对一个全人类的统一国家来说，其外围并没有超乎其上的武力集团，保留最小限度的武力已经足够，但宇宙军的组织却毫无限度地持续扩大。

到了公元二五二七年，庞大的军队组织内部颓废糜烂的状况，在统一议会的紧缩军备暨军备管理会上受到极具讽刺性的揭发。

“所谓高级军人，难道就是武装贵族的别名吗？让我们以第四方面军总监部所属的德吉希兰得宇宙母舰的舰长——阿诺尔多·F·巴契上校为例来看。我们来参观一下他优雅的生活状况：他的房间由办公室、起居室、卧室、浴室组合而成，总面积达两百四十平方米。附带提一下，他房间的下层就是士兵用的起居室，相同的面积中却要挤进九十名士兵。另外，就工作方便而言，舰长配备副官是当然的，但除此之外，还有秘书（女性士官）一名、勤务兵六名、专用厨师两名，以及特别护士一名来服侍他。不用说，他们的薪水当然是由国民负担的税金来支付，但更令人感到悲哀的事实是，我们居然要让一个需要特别护士看护的病人指挥全舰……”

但是这样的揭发却成了责难的目标。军部在议会和言论界都争取到了足够的舆论支持。

恒星星际航行将为人类带来无限发展的美梦，却因为当时技术和距离上的障碍逐渐凋零。二四八〇年，人类的生活圈达到了以地球为中心，半径为六十光年的球体区域。到了二五三〇年，其半径扩展到八十四光年；二五八〇年，半径为九十一光年；二六三〇年，半径却只达到九十四光年，明显呈现出停滞状态。统一政府的活力在逐渐丧失，唯独军队与官僚组织仍然像恐龙一般继续膨胀。

经济上的不平衡还在加剧。此时地球早已放弃了工农矿业的生产，转而利用资本与金融来支配数目过百的殖民星球上的产业，贪婪地吸取着利益与资源。就政治而言，殖民星球的自治权与其身为地球的一部分应享有的权利只在形式上被认可，事实上它们并没有取得与地球对等的地位。虽然设置了“泛人类评议会”这样的机构，但是七成的代议员均由地球选出，而相关法规的修正必须有七成的赞成，因此修正法规成了永远的梦想。有一次，司必卡星系的代议员要求纠正地球财富偏多的状况，得到的回答却是：

“殖民星球的人民贫困，责任在于他们自身的无能。至于说吾等地球市民有罪，只是一种缺乏自立与上进心的奴隶精神的体现。”

统一政府的执政党是国民共和党，总书记裘希亚·留布里克的这番回答让殖民星球的人民群情激愤。此外，在地球资本的压榨下，一些殖民星球被迫进行单一作物的栽培，却又被杀价杀得血本无归，最后几乎陷入饥荒。但地球方面的反应异常冷淡。

“当时，地球一直缺乏资源，地球人还极端缺乏想象力。特别是后者，更是引起事态恶化的主要原因，这是毋庸置疑的。”

历史学家伊布恩·夏玛曾经这样说。

尽管缺乏想象力，地球上的住民们却傲慢地贯彻着强者理论。强者之所以能成为强者，就在于拥有武力与财富。地球搜刮殖民星球上的财富，然后用来强化军事力量。殖民星球的人们被迫养活那些监视和镇压自己的士兵。

殖民星球的人们达到了忍耐的极限，终于在公元二六八二年团结起来，一致对地球提出要求：第一，缩减过度膨胀的军费。第二，依人口比例决定泛人类评议会中代议员的席次分配。第三，地球资本停止一切对殖民星球内政的干预。对提出要求的一方来说，这只是理所当然的小小希望。但是对被要求的一方而言，则无疑是难以容忍的亵渎与冒犯。如果是卑躬屈膝地恳求姑且不论，竟然敢用“要求”的字眼？那些不自量力、未蒙开化的边疆野蛮人，竟然敢用对等的口吻对身为宗主国兼超级强国的地球提出要求？

于是地球停止支付泛人类评议会的分摊金，同时也预感到太平时代即将结束，应该采取一些相应的对策了。历史学家伊布恩·夏玛叹息道：

“在这个时期，地球在精神方面的衰退已经很深了。即使有违公正原则，也要确保既得权力。借由压制反对者来确保既得权力，在这种精神当中，哪会留有进步和向上的余地呢？”

就现实状况而言，对当时的地球人来说，所谓的进步和向上或许真的已经没有意义了。出于对殖民星球的不满，地球企图以阴谋与武力进行镇压。与此同时，反地球派的先锋也被选出，那就是一向为人恶评的天狼星系政府。奇怪的风声开始流传了——

天狼星之所以动不动就批评地球，并不是为了谋求和平，而是为了满足它取代地球成为人类社会霸主的野心。对天狼星来说，唯一值得戒惧的就是地球，它的策略是削弱地球势力，使地球与殖民星球之间的友好关系产生裂痕。各个殖民星球不应该毫无理由地对地球加以指责，因为这么做带来的不是地球的灭亡，而是将各个殖民星球都推向天狼星，使它们丧失现在拥有的自由与未来。事实上，只有天狼星才是地球与各个殖民星球共同的敌人，是人类的威胁。在不为人知的情况下，天狼星暗中一步一步地储备国力、扩充军备，并且逐渐罗织间谍网，因此必须加强对天狼星的注意……

当有人要求核实这些传言的时候，天狼星的首脑们只是付诸一笑。其他殖民星球的首脑也只是笑笑，那却是缺乏自信和健康的笑容。

就这样，对地球来说，天狼星成了公认的敌国。这是一个可以操纵的敌人，只要地球炫耀一下实力，天狼星除了卑躬屈膝地乞怜外别无选择。天狼星的角色就像是一个可怜的反派人物。但地球对天狼星的实力及威胁夸大宣传，却产生了令人始料未及的后果。

许多人逐渐相信天狼星的确有超过地球的实力和意图，有这种想法的不仅仅是各个自治国，甚至还包括天狼星自己……

最初，地球方面带着一种充满恶意的喜悦，欣赏着这个被夸大、被涂上海市蜃楼色彩的天狼星的虚像，希望各个殖民星球对天狼星的力量产生畏惧，自动靠到地球这一边来，然后这幕插曲也就此收场。不管在什么情况下，一定会有人冷眼旁观这一幕，例如一位叫马雷恩兹欧的记者就曾经写下一段充满讽刺意味的报道。

……昨天晚上，附近的道路到处都是积水，因为地下埋设的下水管道破裂了。这可能是由天狼星系潜入的破坏人员干下的勾当。另外，使F地区骚乱一时的连续纵火事件的嫌疑犯，在今天早上被告发了。此人也可能是被天狼星潜入的间谍洗脑后，才犯下了如此的恶行。使夏娃吃下禁果、虐杀美洲大陆的原住民、在百慕大海域使客船沉没等，这一切一定都是天狼星恐怖破坏行动的一部分。天狼星啊……你将作为一个万能的撒旦，屹立于历史之中。

这篇署名报道立即招致治安当局的愤怒和憎恶，却不能以言论不当为由公然处罚，只好胁迫经营者将他调到边境地区去。

在这些行动中，地球这个将天狼星作为假想敌的政略产生了令人啼笑皆非的结果。有几个殖民星球对地球极度反感，开始转向亲近天狼星这一方。想反对地球的专横，除了依赖天狼星外别无他途——造成这种想法的，事实上就是地球自己。

对于地球来说，事态正在急遽恶化。各个殖民星球像产生了多米诺骨牌效应似的，接二连三开始寻求与天狼星合作。地球政府仿佛万虫噬身一般，对此深恶痛绝，天狼星却一步步登上反地球阵营的盟主宝座。到了公元二六八九年，或许是由于天狼星的军事力量急剧增强，令地球感受到强烈的威胁，地球终于决定给这个令人如芒在背的天狼星严厉的教训。

天狼星集结各个殖民星球的警备队进行共同训练，并允诺将提供重型军火武器等。这些动作便成了地球先发制人的借口。闪电战在战术上大获全胜。天狼星的主星第六行星隆多利那被地球军压制，以天狼星为首的各个殖民星球的军队还未飞入宇宙，就已化成地上的残骸。

尽管获得了胜利，可地球军的纲纪却堕落到让堕落天使都为之窃笑的地步。在战地司令部的操纵下，数据虚而不实。收缴物资被以多报少，上报数字与实际数量的差额全落入了高级军官硕大的口袋。另一方面，敌军战死的人数则被极度夸大，实际战死人数为六十万，结果却被虚夸成一百五十万。为了让数字看起来更逼真，竟然大量残杀非战斗人员，然后将死尸分解，使之看上去像是许多死者的残躯——这般暴行竟然在战后若无其事地进行着。而己方战死的人数则被以少报多，甚至有军官侵吞发给死者的抚恤金。

翌年，在布里斯班市的军事法庭上，丑陋的闹剧达到高潮。这场审判是根据一名冒着生命危险取材，勇敢地潜入战地的记者的指控进行的，目的是证明地球军残杀非战斗人员的罪行。但是在审判中，站在证人席上的却只有地球军的军人，属于被害者的平民一方连一名证人都没有传唤。到场的军人当然否认自己的罪行，甚至还表示非常遗憾：自己为了维护祖国和同胞的名誉勇敢地上战场，却被一名伪装正义的无知记者出风头的行为诋毁。说着说着，他们还流下了眼泪。最后，军事法庭宣判所有被告者无罪开释，检举方则被判以毁谤罪，从此军部将拒绝接受他的采访。作了上述的宣判之后，军事法庭宣布闭庭。无罪开释的军人们兴高采烈地骑在战友的脖子上，沿着首都的主要街道大声合唱军歌。可笑的是，他们所唱的军歌名字竟是“在正义的旗帜下”“和平的守护”“荣誉就是我的生命”“勇者的凯旋”等。

经历这次事件后，地球军食髓知味，甚至认为不管犯下多么残暴的滔天大罪，只要将事实歪曲，就可以免于刑责。既然不必承担责任就能了事，那么不偷不抢岂不是白白损失？更何况残杀非战斗人员、对女性施暴、破坏都市、掠夺物资等，不但比与充满斗志和敌意的敌军作战容易得多，而且更有实际利益可图。在这种想法之下，军人已不再是军人，整个军部就像强盗团伙，用奸诈的眼光探寻下一个理想的战场。

就这样，“拉古朗市事件”发生了。

在此前的一次战斗当中，战败的殖民星球联合军里有部分残兵败将带着武器逃进了拉古朗市，这是事实。但是对地球军来说，更重要的事实是这个城市是隆多利那星上丰富天然资源的生产和集散中心，“地上和地下的财富全都集中在拉古朗市”。地球军便出动了大批地面部队，以十五个机械化野战师的兵力，在城市周围筑起一道士兵与武器的墙壁，还动用四个空中攻击师和六个都市型战斗师，完成了突入市区的准备。原定的突击日期是五月九日，但连续延迟了两次。一次是因为拉古朗市的市长玛萨立克拖着虚弱的病体前来交涉，希望能取消攻击行动；另一次则是由于司令部作战局副局长库雷朗波中将以战地部队的作战提案不周全为由，再三驳回，努力阻止暴行发生。但这些努力最后均付诸流水，终于，在五月十四日晚上，十个师的兵力从陆空两面突入拉古朗市中心。

事实上，这次突击与原先的计划并不一致。遭受大批兵力包围的拉古朗市当中，一部分头脑简单的势力团体出于恐惧，认为只要将流亡到拉古朗市的残兵败将交给地球军，便可以免遭攻击，于是组成了自警团，开始搜捕流亡的士兵。而被搜捕的一方当然也有自己的立场，更何况他们手里还持有武器，哪愿束手就缚？两方冲突之下，市内的各个角落爆发枪战。晚间八时二十分，包围的军队远远地看见市内西区的液化氧气管发生爆炸，燃起了熊熊大火，便将这个意外事件当成绝妙良机，展开攻击行动。

“染血之夜”就此开始。

攻击行动开始的时候，负责包围的士兵接到的命令可谓激进至极。

“凡持有武器者、抵抗者，格杀勿论！此外，疑似持有武器者、可能抵抗者，以及有逃亡或隐匿之虞者，也一律照此原则处置。”

事后，军部虽然宣称是为了让士兵自卫和维持秩序，不得不如此下令，却无法掩饰煽动士兵恣意杀人的意图。

攻入市区的地球军不但恣意进行被公开允许的杀戮和破坏，更是热衷于没有公开允许、暗地里却被默许的暴行和掠夺。市立美术馆收藏的绘画和宝石工艺品被抢劫一空，宝贵的古书等文化遗产竟被无知士兵视同粪土，付之一炬。

市内的北区是钻石原石研磨工厂、黄金以及白金等加工厂的集中地，自然成了那些利欲熏心的地球军攻击和掠夺的目标。从空中蜂拥而至的第二空中攻击师和由陆地突入的第五都市型战斗师为了抢夺财物，竟然就地发生冲突，上演了丑恶的内讧火并场面。双方约有一百五十人被打死，但在后来的调查中竟发现有六十几具尸体的腹部有被人切开的痕迹，据推测可能是为了抢夺死者吞进腹中的钻石原石。而一般平民中，类似的遇害者人数更高达百倍以上，其中不乏被人用军刀砍碎下巴拔走金牙的老人。更有甚者，有些女性尸体上贵重的耳环连耳朵一起被割走，戒指连手指一起被剁下。

在“染血之夜”的十个小时中，被地球军杀害的拉古朗市市民超过了九十万人，破坏和掠夺产生的损失更高达一百五十亿共同货币单位。战地司令部捏造理由，将士兵抢夺而来的相当一部分金钱财物横抢过来，最后在对地球总司令部的报告中说，在一场激战之后，终于将敌军歼灭，并且成功地控制了整个城市。

库雷朗波未能阻止友军的野蛮行为，拿起愤怒与悲伤的笔，在日记上写下了这段话：

“人类社会中最恶劣的存在，大概就是缺乏羞耻心和自制心的军队了，而我现在正在这种地方工作。”

另外，在首都总司令部，那些手拿威士忌酒杯，一边看着通信屏幕一边谈笑的军事将领们，听到老将哈兹理特提督那令他们心生厌恶的声音，原有的醉意还是消失了许多。

哈兹理特提督说：“各位官爷好像很愉快，看到别人的城市燃烧起来，似乎很高兴。说不定十年之后，我们的首都也会落得相同的下场，各位是不是也考虑一下这个可能性呢？”

但是批评军队过错的人永远是少数派。两个提出反对意见的人在众人的白眼之下被孤立，不久后便辞职了。

“有人说，拉古朗市发生了虐杀和掠夺事件，这根本是诬蔑。放出这种风声的人，很明显是企图中伤地球军的名誉，捏造历史。这是阴谋，他们应该被打上叛徒的烙印。”

军部首席发言人韦伯少将发表了这项声明，但过了三天，他又推翻原本的说法。

“虐杀和掠夺事件确实是有的，但规模非常小，死者顶多只有两万人。加害者并不是地球军，而是潜伏在该市的反地球过激派的游击队。他们企图嫁祸给地球军，借以扩大反地球运动的声浪。这种令人憎恶的丑陋行为必定招致报应。”

至于为何在短短几天之内，发表的声明完全改变，以及究竟是经过怎样的推理与搜查才得出这种结论，这些则只字未提。因为军部认为重要的是行动，而不是巧辩，军队的任务在于惩罚那些危害人民生命安全、破坏秩序的凶恶武装势力。为了彻底达成任务，必须再对拉古朗市进行一次扫荡作战。

由“大扫荡”与“大捏造”组合而成、简称“两大”的行动，设定了三个目标：再次掠夺上次未掠夺来的物资、消灭所有的目击者，以及彻底镇压反地球势力。从任何角度来看，地球军的行为都的确像库雷朗波所说的那样，不但丧失了自制心，还由于自身的压力而发疯了。但除此之外，地球军或许还有第四个目标，就是希望借此让反地球阵营产生恐惧心理，消除反抗念头。但自古以来，这种做法从未有过成功的例子，反而只能唤起民众的憎恶，令他们同仇敌忾。由于“两大”行动，又有三十五万人命丧黄泉。

但不管那只残酷镇压的手是如何紧实，总会有几颗细微的沙粒从那看不见的指缝间溜走。而一些令地球政府后悔、让各个行星欢欣鼓舞的人或事，就在这些细微的沙粒当中诞生了。

当时，二十五岁的立体电视记者卡雷·帕姆格伦在接受军队盘查的时候，因为拒绝接受对持有物品的检查，被士兵用激光来复枪的枪托乱打一顿，身负重伤失去知觉。后来，他在那堆积如山的尸体中恢复了意识，一边眼看着同胞的尸体被浇上液体火箭燃料焚烧，一边趁着尸体焚烧时产生的烟雾成功地逃了出去。

二十三岁的威斯罗·凯涅司·塔恩担任金属镭矿山的会计兼工会主席。他从公寓的窗户俯视军队行进的时候，遭到一名醉酒士兵狙击，光束贯穿了身旁的母亲的额头。提出控诉的时候，他不但被置之不理，反而还被诬陷弑母的罪名。最后他逃进矿山，在摆脱追兵后消失得无影无踪。

二十岁的裘利欧·法兰克尔在医科大学的附属机构读草药学。他用一本两千页的草药图鉴，打碎了那个强暴他女友的地球军士兵的头颅，然后钻进了下水道，无奈地成了一名逃亡者。他终于成功地脱逃后，却获知女友自杀身亡的消息。

十九岁的查欧·尤伊鲁恩在音乐学校里学习作曲，对政治和革命没有一点兴趣，却在保安部队的无差别射击当中，失去了代替父母将自己养大的哥哥和嫂嫂。他抱着年仅三岁的侄子，从燃烧的拉古朗市逃了出来。

这四个幸存者，此后成了非常有名的人物。除了他们之外，遥望着自己的城市在大火中化成灰烬、立誓要对地球军复仇的人更是不计其数。但是大部分人在半途就不支倒地，无名而终。

“熊熊燃烧之后，拉古朗市制造出了如下东西：已经炭化的壮观废墟、一百二十五万名死者、二百五十万名伤残者、四十万名被俘囚犯，以及四名复仇者。”

这样的说法并不见得恰当——这四个年轻人在十四年后，将地球政府从权力与荣华的安乐椅上踢了下来，但动机并不完全是复仇。只是在他们的理想和理念的深处，熊熊燃烧的拉古朗市的影子或许仍不时无声地浮现出来。

这四个人最初齐聚一堂的地方，是位于中立地带的普罗奇西玛星系第五行星普罗西尔比那，时间是公元二六九一年二月八日。虽说在这之前，他们也曾在反地球派的根据地见过面，但当时并不知道彼此的姓名。而这一次，他们正式地互相介绍了自己。

这四个被后世称为“人尽其才的最佳典范”的人，彼此间的职务分配是自然形成的。帕姆格伦凭着理念和擅长的舆论引导，致力于整合反地球阵营和启迪民智的工作，并以他的精神领导力和组织能力成为反地球统一战线的象征。塔恩在财政方面有特殊的敏锐触觉，还有丰富的行政处理能力，成功地为反地球统一战线建立了经济基础，还实施了雄心勃勃的经济建设计划，使低开发星域的生产力“不只是提升，更是跃进”，并让所有生产出的物资有效地在物流机构中流通。法兰克尔则在反地球统一战线的实战组织“黑旗军”中担任总司令官，将本是一群乌合之众的革命派集结起来，重新编排组织，并加以统率和指挥。当时的地球政府军不仅拥有三名杰出的提督，而且在数量上也有绝对优势。所以在两军交战初期，法兰克尔一败再败。但是在决定性的“维加星域会战”当中，他终于成功地分割了地球军的舰队，摧毁了地球军不败的神话。在此后连续八十四回合的作战中，他战无不胜。查欧·尤伊鲁恩负责情报、谋略及破坏工作。他在日常生活中是个连在面包店找零钱都会被蒙骗、性情极为腼腆的年轻人，但是为了使地球政府的权力体制崩溃，他大胆策划的辛辣谋略足以让最卑劣的恶魔也心虚怯懦。为了在反地球统一战线中握有绝对的主导权，查欧先设法让优柔寡断的旧指挥部蒙上“地球间谍”的罪名，然后进行驱逐；之后更在敌我双方的阵营中设下无数黑洞，让成倍的人身陷其中。

地球军的三位提督——可林斯、夏特尔夫及威涅第，每个都是经验与理论兼备的不凡用兵家，但是在维加星域会战当中，却因为彼此间缺乏协调与联络，被法兰克尔各个击破，终于落得一一败北的下场。在这场会战之后，查欧趁势而起，把三人拖入了不和谐的音符中。他精心筹划了一个计谋，其周详严谨足以让梅菲斯特颁给他一张奖状。他首先唆使威涅第军变，借他的手杀害了可林斯；然后将这个事实告诉夏特尔夫，让其捕杀了威涅第；之后又将所有的责任嫁祸于夏特尔夫，煽动威涅第的旧部下发起暴动，袭击并射杀夏特尔夫。全身被成打的枪弹击穿的夏特尔夫一半身子浸在血泊中，挣扎了三十秒之久，最后留下“混账东西……”几个字就断了气。

就这样，公元二七〇三年，地球陷入了完全孤立的状态，被断绝了所有粮食、工业原料与能源的供给。就在地球决定决一死战，发动近乎不计后果的军事冒险行动时，却只有一些既没有力量也没有协调性，甚至连二流都算不上的提督来带领这支拥有先进武器装备的地球军。在法兰克尔巧妙的战术下，地球军再度惨遭败北。特别是在第二次维加会战当中，地球军更是丑态毕露，以六万艘舰艇大败给八千艘黑旗军。翌年，地球军连太阳系都守不住了，仅以小行星带作为最后的防御阵线，维持着几乎毫无意义的抵抗。到了这个时候，地球军不但放弃了守护地球人民的任务，甚至还征收一般平民的粮食转为军用。

进攻到木星时，在黑旗军内部，总司令法兰克尔和政治委员查欧产生了意见分歧。法兰克尔坚持发动全面攻击，查欧则主张采用持久战。无论如何，地球军除了投降和衰竭至死外已别无选择。如果到了最后还不投降，那么“地球表面将被饿死的尸体覆盖”。

最后采取了折中的方案，但这给地球带来了更残酷的结果。黑旗军完全切断了地球的补给，在与地球军僵持两个月后，开始全面进攻。

拉古朗市的惨剧以一百倍的规模重演了。

这场破坏与杀戮最后的收场，是地球政府与军部的高级官员约六万多人被以战犯的罪名集体处死。之后，天狼星——或者该说是拉古朗集团的统治权看起来似乎确立了。地球的权力和权威已经在这场浩劫当中化为灰烬，取而代之的应该只有四人——那四个将原本只是一群乌合之众的反地球势力统合起来的人。但是“天狼星的时代”却如同昙花一现般短暂。

“天狼星战役”结束后的第二年，也就是公元二七〇六年，革命与解放的象征帕姆格伦猝死，年仅四十一岁。为了出席解放战争纪念馆的开工典礼，他不顾自己原本就有些感冒，仍拖着病体冒雨去参加，后来罹患急性肺炎，自此一病不起，再也没有离开过病榻。

“我如果现在就死去，那么新诞生的体制就等于失去了黏合剂。只要再有五年就好了，如果死神能等我一下……”

帕姆格伦对着信赖的医生说了这些话。果然，他死后还不到三个月，战胜国天狼星的内部，首相塔恩与国防总长法兰克尔之间的对立就公开化了。

导致法兰克尔愤怒的理由，是塔恩非但没有将原先在经济方面支撑地球旧体制的庞大企业集团，即所谓的“姊妹联盟”解散，反而还将其收编到新的经济体系当中，企图加以利用。

法兰克尔在战场上是个彻头彻尾的现实主义者，无论在构想还是实践方面都非常灵活，但是在政治和经济方面却完全拘泥于原则。他认为，只有将姊妹联盟的资本支配力量彻底消灭，革命才算是完成。对于他这种说法，塔恩一口回绝。对他来说，姊妹联盟的经济力量是不能失去的。

从他们两人失和到对立，查欧·尤伊鲁恩一直采取旁观的态度，仿佛在遥远的海面上遥望深海鱼群的争斗。对他来说，只要看到地球政府的权力体制完全崩溃，自己的任务似乎就完成了。于是他退出了政治最前线。新体制确立后，虽然有副首相和内务长官的位子等着他，但是他坚决拒绝了唾手可得的权力和地位，返回正在重建的故乡拉古朗市，创立了一所小小的音乐学校，自己一手包揽了从理事长、校长到事务长的全部工作，以教孩子们唱唱歌、弹弹风琴为满足。依照他本人的说法，“自己已经从一种叫革命的热病，以及一种叫政治的恶性传染病中完全解脱了”，现在只是回归本来的面貌。

孩子们和他非常亲近，他们绝对无法想象就在两三年前，为了达到颠覆地球政府权力的目的，这位“和蔼可亲的校长”会利用冷酷辛辣的手段，去欺骗、陷害或者暗杀一个立场不同的对手，甚至是迫使其自杀。这位还蛮年轻的校长先生，口袋里永远塞满了送给小朋友的巧克力和糖果，让一些担心孩子蛀牙的妈妈老是抱怨。

而在查欧早已置于脑海之外的地方，塔恩和法兰克尔的抗争已经达到针锋相对的顶点。最初，法兰克尔企图以合法的手段取得最高权力，但看到塔恩植根于政界和经济界的势力难以撼动，遂改用非法的手段，也就是军事政变。然而以几秒之差抢先抵达胜利终点的却是塔恩。有一名因违反法兰克尔的命令而遭免职的士兵向塔恩报告了军事政变的计划。某天早上，法兰克尔在私宅的卧室内正想伸手按下 TV 电话的按钮，命令部下发动兵变的时候，被一群破门而入的警察当场击毙。

同时，为了让其成为塔恩体制下忠实的看门狗，“黑旗军”也遭受了苛烈的肃清、镇压以及改编。过去法兰克尔麾下人称“十提督”的军事将领当中，有一名已经因病死亡，另有六名被判处死刑，一名死于狱中，存活下来的只剩两名。

这场权力斗争的胜利者塔恩与被他打倒的法兰克尔一样，都确信自己的做法是正义的表现。他认为，既然地球政府的权力已经瓦解，今后需要的便是收拾混乱残局和重新建立秩序。

为了人类社会的发展与市民生活的安定，必须肃清教条革命家法兰克尔。而且，新社会必须经由他的构想与手腕才能构筑起来，他从来没有怀疑过这一点。

在塔恩看来，现在仅剩的最后一个障碍就是查欧·尤伊鲁恩。查欧现在虽然在音乐学校中以教小孩子唱歌为满足，但万一他对权力的欲望又重新萌芽，或许会像对付地球军时一样，谁能保证他不把那一套极为冷酷的策谋拿出来打倒自己？

在法兰克尔死后仅仅一个星期，就有八名司法部安全局武装搜查官被派遣到拉古朗市。出具给查欧的逮捕状上写的，是追究过去因与拉古朗集团争夺主导权而遭整肃的革命家死亡的责任。查欧一言不发地将逮捕状从头到尾看完，对坐在一起的侄子——已经长大成人，一面完成学业一面帮助叔叔做事的年轻人说：

“所谓的谋略对我来说是一种艺术，但对塔恩来说却是一种交易。我败给他也是理所当然的，我也无法埋怨任何人。”

查欧对劝他逃脱的侄子说了这几句话，接着在前些天买的风琴的货款支付单上签下自己的名字，交给了侄子。二十分钟后，在隔壁房间待命的搜查官进入校长室，发现了吞服安眠药昏睡不醒的查欧。又过了二十分钟，“革命元勋”的暴亡被确认，但有一名学童目睹了“有个好可怕的男人从校长先生的屋子里走出来，两只手摊着湿湿的手帕，看起来好像很恶心”。父母从回到家的孩子口中听到这一幕，吓得脸色苍白，但为了孩子和自身的安全，只得闭口不言。

曾经在普罗西尔比那行星上发誓要抵制地球的专横、解放殖民地的拉古朗集团，在翌年就完全解体，因为第四个人也宣告退场了。担任天狼星系首相兼泛人类评议委员会主席的当权者威斯罗·凯涅司·塔恩，在搭乘地上车去参加战胜地球纪念庆典时，接到会场已经被安装炸弹的情报，又折返首相官邸，结果在中途被极低频火箭弹击中身亡。

这是查欧的侄子从安全局的监视下逃亡一个月后发生的事，因此他被视为此事件的主犯。但这只是推论，真伪并未得到证实，因为他最后并没有被逮捕。至于他是在从事暗杀后从容逃脱，还是为同伙所杀，则不得而知了，总之他没有再次出现在人们的视线中。

而安全局的搜查也不够彻底。当塔恩的肉体被炸得四散纷飞的一刹那，在他一人的铁腕控制下形成的新秩序也随之灰飞烟灭。因为经历的统治时间太短，脆弱的制度和组织还无法发挥影响力，官僚对塔恩个人也没有任何向心力。由于法兰克尔的横死与之后的肃清，萎缩的黑旗军以往被压抑的能量爆发了，并且又分裂成几个集团。流血的抗争从此开始。

虽然曾有不少人指出，如果帕姆格伦的生命日历上能再多上十年，宇宙历或许可以早九十年开始，但现在无法证实这个说法是否正确了。总之，“脱离地球的宇宙新秩序”从在建立的途中崩溃到再度重建，不但耗费了将近一个世纪的漫长岁月，还投入了无数人的辛勤耕耘。而以亚德巴朗星系第二行星德奥里亚为首都成立银河联邦，则是公元二八〇一年的事了。

此后长达八个世纪的人类历史——发展与停滞、战乱与和平、暴政与抵抗、服从与自立、进步与反动……日复一日，人类的视线已经完全脱离地球。当丧失权力与武力的时候，整个行星既失去了存在的意义，也失去了被瞩目的价值，只能变成一个渺小的漂流的颗粒，沉浮在遗忘的大海中。

然而，在被遗忘的星球上，仍有少数对过去念念不忘的人。

Chapter 1

邱梅尔事件

1

年轻人登上至尊的皇位时，距离他第一次见到那个神圣宝座仅仅十二年。当时，他不过是一个在帝国军幼校就读的名为莱因哈特·冯·缪杰的学童。在大厅的墙边，他甚至还看不清那个坐在宝座上的皇帝的面孔。当时的距离大约是九十米，为了将这个距离缩短为零，年轻人要耗费四千多个日日夜夜。

对这个金发年轻人心怀反感的人批评道：

“那个金发小子的人生，每一秒就要吸干一吨人血。”

年轻人始终默默无言地承受着这样残酷的批评。这些人的说法虽然比较夸张，但绝不是空穴来风。因为每当他——莱因哈特在战火中昂首阔步，己方就会有许多宝贵的生命牺牲，而葬身于战火灰烬的敌军人数更高达百倍以上。

群臣高高地举起手臂，大声高呼：

“莱因哈特皇帝万岁！”

“新银河帝国万岁！”

宇宙历七九九年、帝国历四九〇年，即新帝国历元年的六月二十二日。就在一分钟前，莱因哈特那金黄色的头发上戴上了黄金铸造的皇冠，他成为罗严克拉姆王朝的第一位皇帝。

一位二十三岁的专制君主！这样的地位与权力，不是因为世袭，而是凭借实力得来的。鲁道夫大帝在五个世纪前执掌银河联邦，开创高登巴姆王朝后，他的子孙就毫无正当理由地一直独占皇位，现在他们终于被驱逐了。高登巴姆王朝因篡夺开始，也因篡夺结束，前后共历经三十八代、四百九十年。在莱因哈特之前无人完成的历史变动终于实现了。

莱因哈特从皇帝的宝座上站起，举手回应群臣的欢呼。一连串的动作伴随着无声的旋律，塑造出一种难以形容的自然和优美。这位年轻人的俊美与他在政治军事两方面的才能，当代无人可以媲美。特别是他那一双环视群臣的冰蓝眼眸，更叫人难以忘怀。那是一对经过超高温的火焰冶炼，又被立即冷冻的蓝宝石，一旦焰火燎起，便可将万物燃烧殆尽。连想象力不怎么丰富的人也认同这一点。

现在，最先映在年轻皇帝眼眸里的，是位于最前列的帝国军高级将领。这些青年人与壮年人身着以黑为主色、各处镶上银边的军服，与皇帝并没有太大的年龄差距。他们都是对年轻主君的霸业有不凡贡献的高级武官。

帝国元帅巴尔·冯·奥贝斯坦，三十八岁。他有一头与实际年龄看起来不相称的半白头发，两只由感光电脑组合而成的义眼时而发出难以名状的光芒。他被称作冷酷锐利的谋略家，也有人说他栖身于莱因哈特霸业中属于阴影的那一部分。但不管别人对他评价如何或怎样误解他，他都不寻求辩解。在同僚与部下中，或许没有人喜欢他，但也不会有人侮蔑他。他的功绩与才能是毋庸置疑的。对于主君，他不但不阿谀逢迎，甚至还敢于提出极为尖锐辛辣的意见。他从无私利私欲，冲着这一点，人们反而多少对他抱有一种敬畏之情。只是可能的话，人们还是希望对他敬而远之。在这个新王朝中，他被任命为军务尚书，以军方代表的身份成为内阁成员之一。

帝国元帅渥佛根·米达麦亚，三十一岁，有一头蜂蜜色的乱发和充满活力的灰色眼珠。怎么看都算是短小型的身材，像体操选手一般匀称紧绷、富有弹性，给人精明能干的印象。他以“疾风之狼”的外号名震全军，用兵速度之快无人可比，是公认的银河帝国军最高勇将。在三年前的亚姆立札星域会战之前，他就已投身莱因哈特麾下，之后在利普休达特战役、费沙攻略战、兰提马利欧星域会战、巴拉特星系攻略战等无数战役当中，立下足以夸耀的功勋。若论个人创下的战功，在已经去世的人中只有齐格弗里德·吉尔菲艾斯，在活着的人中只有奥斯卡·冯·罗严塔尔才能与他媲美。

奥斯卡·冯·罗严塔尔，三十二岁，有深棕色的头发、端正俊美的脸庞以及高大的身材。他全身上下最让人印象深刻的，莫过于那黑色右眼与蓝色左眼组合而成、人称“金银妖瞳”的双眼。他和米达麦亚并称“帝国军双璧”，不论在攻击还是防御方面都有绝佳的手腕，而且知道如何不战而胜。就这一点而言，他绝非单纯的军人。他曾将一度被自由行星同盟夺走的伊谢尔伦要塞重新夺回，还曾与米达麦亚一同攻占同盟首都海尼森，总之战功辉煌。他和米达麦亚是有十年交情的亲密朋友，但不同的是，“疾风之狼”是个顾家的好丈夫，而他是有名的花花公子。在新王朝中，他被任命为统帅本部总长，平日代理皇帝统辖全军，皇帝亲征时则担任首席参谋。

以上三人并称为“帝国军三长官”，可说是全体武官的代表。此外还有多位名将列于军前，如人称“铁壁缪拉”，被敌将自由行星同盟的杨威利元帅赞誉为“良将”，年仅二十九岁的奈特哈尔·缪拉一级上将；身为军人，同时也是著名散文诗人和水彩画家，现年三十六岁的艾尔尼斯·梅克林格一级上将；身兼宪兵总监和首都防卫司令官，现年三十八岁的伍尔利·克斯拉一级上将；三十二岁的奥古斯特·沙姆艾尔·瓦列一级上将；著名的“黑色枪骑兵”舰队司令官，现年三十二岁的弗利兹·由谢夫·毕典菲尔特一级上将等人。

在这些驰骋于星海、穿梭于战火之间的男人当中，夹着一名非常年轻的女子，她就是在新王朝中被任命为国务尚书的玛林道夫伯爵弗兰兹的爱女希尔格尔，人们一般称呼她希尔德。对身经百战的勇士们来说，“玛林道夫小姐和她的父亲”这个说法才是正确的。年仅二十二岁的她，色调暗沉的金发剪得短短的，穿着几乎与男人一模一样的服装，看起来像个洋溢着蓬勃朝气的俊美少年。但是她脸上极为轻浅的淡妆与衬在领口的橙色围巾，又证明了她是女儿身。她担任莱因哈特的首席秘书官，在军队中相当于上校的待遇。她未曾亲自指挥过一兵一卒，但如果让米达麦亚等元帅来说，“她的智谋胜过一个舰队的武力”。她不但正确地预见了利普休达特战役中最后的胜败，而且在今年，为了拯救在巴米利恩星系与杨威利陷入苦战的莱因哈特，她提出了攻占同盟首都海尼森的提案并获得成功。

与这些功勋不凡的将领比较起来，众多文官并不如此耀眼。但现在费沙自治领已经完全处在帝国的支配之下，自由行星同盟也屈服称臣，从莱因哈特登基这一天起，该是轮到他们上场的时候了。在年轻皇帝与新王朝的领导下，旧有的弊病应该被废除，重新确立社会秩序将成为今后的任务，而创造源泉的正是他们。在不久的将来，他们势将成为众人巴结的对象。

国务尚书玛林道夫伯爵见到皇帝的登基庆典顺利地进行，宴会当中的各项安排也非常缜密，稍稍感到满足。他并不喜欢旧王朝——高登巴姆王朝时代那些将浪费和虚礼制度化的庆典仪式，原本也不期望国务尚书这个职位，但既然已被任命，国家级的仪式和庆典便成了他管辖的范围。如果有可能，他希望尽力办得简朴而充实。

他对新皇帝颇具好感的原因有许多，而新帝私生活十分俭朴，除非有必要，否则所有仪式绝不过于盛大的做法就是其中之一，虽然有些人不怀好意地说："这只不过是做做样子罢了。"但是旧王朝大部分皇帝甚至连做做样子的想法都没有。

"父亲大人，您累了吧？"

听到这句轻轻的问候，玛林道夫回过头来。唯一会叫他父亲的人就站在身后，将酒杯递给她的父亲。

"希尔德，是你啊！哦，还不累。如果照这样顺利进行下去的话，看来今天晚上可以好好睡一觉了。"

玛林道夫伯爵对女儿说了声谢谢，接过那只酒杯，和希尔德另一只手握着的酒杯轻轻相碰。他将眼睛眯成一条细细的缝，欣赏着清澄的酒色，然后让那红色的液体在舌头上慢慢地滚动。

“好酒，是四一〇年份的呢。”

“大概吧，怎么样？”女儿这一句短短的回答就把父亲还没开始发表的品酒论给打断了。从酒的鉴定开始，到宝石与赛马的相关知识、花卉与服装方面的素养，还有贵族小姐必须具备的教养等，希尔德一概没有兴趣。她本人的说法是，不管鉴定酒还是宝石都有专家，相关的问题可以交给他们，自己只需要一双足以辨清一位可信赖的专家的眼睛就够了。从还是个不到十岁的小女孩的时候开始，她便一直这样说，所以被众人认为“不可爱”。希尔德由此和贵族小姐们疏远开来。当父亲的虽然担心，但这个小女孩却一副兴趣索然的样子，十分肯定地说“不可爱也没关系啊”，一天到晚不是读书就是到郊外走动。今天她能担任皇帝首席秘书官一职，或许就来自这些积累。

“对了，对了，海因里希说他身体虚弱，没办法出席今天的典礼，但是他希望陛下能够莅临私宅。怎么样，你可以请求陛下吗？”

海因里希比希尔德小三岁，现在是邱梅尔男爵家的主人。希尔德听到表弟的名字，一缕凉风吹过了她充满活力的眼眸。病弱的表弟只有一次曾经提起过莱因哈特的名字，他羡慕的不是莱因哈特的才能，而是他的健康，这样的说辞让人觉得有些欠妥。

当时，希尔德不知道该不该责备表弟，很少犹豫的她竟迷惘了。她一直将海因里希当亲弟弟看待，当然了解他的心情。

但是如果说得残忍一点，就算他身体健康，也不可能有与莱因哈特相匹敌的成就与功业。只是海因里希远在达到才能的界限以前，就到达了肉体上的极限。他的精神还没有完全燃烧的机会，肉体就已经被拖垮，并且开始腐朽。他诅咒自己的病弱与他人的健康也是很自然的。

“是啊，如果海因里希这么坚持，那我去求求看，虽然或许有些勉强。”

希尔德回答道。她和父亲心里都觉得海因里希剩的日子大概不多了。虽然他有些任性，他们也希望能满足他的愿望。

这件事便成了新皇帝莱因哈特即位之初，震惊众人的“邱梅尔事件”的开端。

2

莱因哈特即位是在六月二十二日，而他在玛林道夫父女的恳请下，前往邱梅尔男爵海因里希的宅邸拜访，则是在七月六日。在这段时间内，年轻的新皇帝未曾有过一天的休憩，一直勤奋地埋首于政务。莱因哈特与他在军事上的敌手杨威利孰优孰劣，一直被世人热议。但是说到勤劳的精神，莱因哈特无疑远在杨威利之上。这位有着耀眼金发的年轻皇帝实在无意将身心的活力倾注在悠闲的事物上，也乐于遵守为自己制定的规则。他的施政虽然是专制，但和高登巴姆王朝的专制比较起来，清廉、有效率和公正的程度远超其上。以前民众为了供应贵族奢侈浪费的生活，必须负担更多的租税，但是现在，他们从过去的苦日子中解放出来了。

莱因哈特统御下的内阁成员共计十人：

国务尚书 玛林道夫伯爵

军务尚书 奥贝斯坦元帅

财务尚书 李希特

内务尚书 欧斯麦亚

司法尚书 布鲁克德尔夫

民政尚书 布拉格

工部尚书 席尔瓦贝尔西

学艺尚书 杰菲尔特博士

宫内尚书 贝伦亥姆男爵

内阁秘书长 麦恩荷夫

这个内阁中并没有设置宰相的职务，而是由皇帝兼任最高行政长官，也就是所谓的皇帝亲政体制。与旧帝国相比，不同的是废除了礼部尚书——专司大贵族之间利害关系的调整、家族门第的审查、认可结婚或继承的职位，改设民政部与工部。

工部管辖的行政范围极广，例如恒星之间的运输与通信，资源开发，民用宇宙船和开发材料的生产，都市、矿业工厂、输送基地、开发基地的建设等。庞大帝国经济方面的硬件建设与社会资本的整合等重要任务都交给这个新设的部门执行。这个部门的长官必须在政治规划能力、行政处理能力、组织管理能力三方面都有极高的水平。三十三岁的布尔诺·冯·席尔瓦贝尔西曾经充满自信地说："我认为自己在这三者中具备两者。"而他现在又被授予一项非正式但十分重要的职务——"帝国首都建设长官"。皇帝莱因哈特有个极度机密的构想，他计划将首都迁移到行星费沙上。席尔瓦贝尔西就是执行这个构想的负责人。待将来完全吞并自由行星同盟的领土，帝国的版图倍增之后，这个迁都的计划就会付诸执行。届时费沙将成为新时代的中枢，君临全宇宙。

与穿梭于星海、指挥大军展现武力、降服强敌的伟业相比，整顿内政显然是一项朴素而平凡的工作。如果征战是莱因哈特的权利，那么内政就是他应尽的义务。虽然很难有创造性的快乐，但年轻俊美的皇帝从未疏忽过这伴随地位与权力而来的义务。

后世的历史学家中有人指称，莱因哈特作为政治家表现出来的勤勉，不过是出自一个篡位者的负疚。其实这是误解。莱因哈特对身为篡位者的事实，在道义上从未觉得有任何愧疚，而且终其一生一直如此。他所夺取的高登巴姆王朝的权力与荣华并不是自太古时代就存在的，也没有人可以保障它永远存在。他虽然不像军事上的对手杨威利那样热衷于考察历史，但也知道所有诞生在人类社会中的王朝，不管是经由征服也好，经由篡夺也好，都是破坏原有秩序的母胎后才诞生的畸形儿。没错，他确实是篡夺了高登巴姆王朝，但高登巴姆王朝难道不是由始祖鲁道夫大帝强夺了银河联邦的国家组织，吸干数亿人民的血，竭尽全力才创造出来的历史畸形儿吗？有谁曾想象过，恒星之间会出现一个全凭皇帝的个人意志与强大军事力量来支撑的专制国家！步上无尽的自我神化之路的鲁道夫大帝最后还是难逃一死，而他创造出来的杰作——高登巴姆王朝气数也尽了，仅此而已。

莱因哈特其实也不是对自己的所作所为毫无罪恶感，只是他找不到正当的理由对高登巴姆王朝感到负疚。真正令他感到痛切的悔恨与自我谴责的，是其他许许多多的人，有活着的，有死去的……

季节由初夏迈入盛夏，这一天——七月一日，国务尚书玛林道夫伯爵弗兰兹请求谒见年轻的皇帝。

玛林道夫伯爵弗兰兹从不认为自己是巨大的恒星间帝国政府内阁首席成员的最佳人选。从过去的旧王朝时代开始，他的精神口袋中就不曾装有任何政治野心。他认为只要将玛林道夫家族与先人托付的邱梅尔家族这两家的资产管理好，避开政争与战乱，让两家过上衣食无忧的生活即可，从来没有积极地靠近过权力与地位。

但在莱因哈特看来，新王朝是由皇帝亲政的，内阁只不过是皇帝的辅佐机关，在这个前提下，内阁首席成员没必要非得是个具有卓越才能的人。他不需要太张扬自我，只须协调全体内阁成员的工作，适度地掌理国家的典章制度，创造出一个让其他官员容易发挥能力的环境就够了。而且，玛林道夫伯爵是个众所周知的正人君子。他被委托掌管邱梅尔家族的资产，只要有一点邪恶之心，就可以将所有的资产吞并，这种前例在旧礼部的资料室里不胜枚举。但无论如何，当海因里希年满十七岁，资产的管理权重新交回邱梅尔家族手中的时候，总额是分文未减的。而同一时期，玛林道夫家族的资产反而因投资的天然重水矿山发生事故导致减少。由此可见，伯爵的光明正大是毋庸置疑的。在处理世俗事务时，他也不是个无能的人。他不但了解女儿的才能，还让她得以发挥所长。以上种种，都是他能拥有今日地位的理由。

玛林道夫伯爵参奏的内容，似乎让莱因哈特稍稍有些吃惊。国务尚书深深地一鞠躬，对着年轻的皇帝问道："敢问陛下是否有结婚的意愿？"

"结婚？"

"是的，结婚传承后嗣，确立帝位继承的秩序，也是身为君主的责任。"

这是欠缺创造性的话题，但正当性的确不容置疑。莱因哈特在回答前沉默了几秒钟。

"没这个打算……至少在目前这个时候没有。必须要做的事情太多了。"

言辞虽然和缓，但表现的拒绝却比言辞坚定一万倍。玛林道夫鞠躬后，便不再多说了。他只是想唤起年轻君主对人类社会中结婚这一成规的注意，只要确认君主的意愿便已足够。如果再强调，恐怕会使性情激烈的皇帝发怒。善良的伯爵暗自思考。

于是玛林道夫伯爵将话题一转，说到他那个体弱多病、来日无多的外甥邱梅尔男爵。作为他毕生最大的荣幸，男爵希望皇帝莅临他的宅邸。莱因哈特不经意地以无比优美的姿态将一头金发轻轻歪了歪，欣然点头表示同意。

玛林道夫伯爵满怀欣喜地退出，却立即面临下一道考验。两小时后召开例行内阁会议。就在此前，他受到了军务尚书奥贝斯坦元帅的质问：

“听说你提议皇帝陛下结婚，不知是基于什么样的想法？”

温厚的国务尚书并未立即回答。面前这位有两只义眼的军务尚书尽管不会心怀不轨，却不折不扣地是个冷酷又不通情理的人。玛林道夫伯爵了解这一点，或者说他自以为了解。他便用心地在那虽然欠缺机灵却也经过整合的脑细胞中，慎重地挑选应对的言辞，并调整了表情。

“陛下才二十三岁，说来还非常年轻，我想也没必要急着结婚。但不管从哪个角度而言，为了皇统的继承，陛下结婚也是理所当然的。所以我想，先提名几位皇妃候选人，应该无可厚非吧。”

玛林道夫伯爵感觉军务尚书的义眼中闪烁着异样的光芒。

“您说得没错。那么，皇妃的第一候选人就是国务尚书您的千金吧？”

奥贝斯坦的口气中就算没有毒针，也像植入了冰针，让人听了浑身不自在。玛林道夫伯爵只觉得周遭寒气逼人，仿佛时节倒转，来到了早春。军务尚书的话即使是开玩笑，也让人觉得难以消受，如果他真有这个意思，就更让人承受不住了。在一番匆忙的思考之后，伯爵决定用开玩笑的方式来应付。

“哦，不，这孩子散漫自专、特立独行，不是一位可以静静地端坐在宫廷深处的贵夫人。我常常担心，这个孩子虽然知道一点东西，可唯独不知她自己身为女子。”

奥贝斯坦听到这番话并没有笑，只是喃喃地说：

“国务尚书确实是有见识的人。”

他锐利的语锋就此收住。玛林道夫伯爵也好不容易松了口气。

回家后，父亲将事情的经过说了出来，希尔德便解释说：

“军务尚书是想警告我们父女俩别想蒙骗陛下，企图垄断国政。姑且不论他这样的担心是不是出自真心，总而言之，这应该就是他的想法。”

“真是莫名其妙！”

伯爵怃然道。其实伯爵并不想与奥贝斯坦这样的人在对皇帝的政治影响力方面一争高下。假如将皇帝莱因哈特幻想成自己的女婿，伯爵不免会感到神经性的肠胃衰弱，这并不单单是因为诚惶诚恐。

依玛林道夫伯爵的想法，皇帝莱因哈特虽然是个伟大的天才，但是所谓的天才，并不是说精神能量就比一般人丰富。当然会多一些，但只是偏重于某些特定的领域，好比将一只装有水的杯子倾斜过来，一边的水会变得更深，但是另一边就变浅了。就像过去一则有名的逸闻里所说的，古代伟大的天文学家在抬头仰望夜空、研究星体运行的时候，却会不慎掉到井里。这种“浅”在日常生活中随处可见，特别是在性爱方面，他们好像更异于常人。

“如果将色情狂与同性恋者从历史与艺术的世界逐出，人类的文明便不成立。”

这是《银河帝国前史》的作者阿尔布雷希特·冯·布鲁克纳子爵曾经说过的话。但令思想极为合乎人伦常理的伯爵担心的，是莱因哈特对性爱的关心是不是太少了。如果真是这样，那也很麻烦。他希望女儿的丈夫是个平凡而善良、没有什么东西需要隐瞒的男子。不过，这些是女儿打算结婚时的后话……

“不管怎么样，希尔德，我们虽然承蒙陛下的厚意，但也不能有任何公私不分的举动。毕竟所有误解都起源于人与人之间的关系。”

玛林道夫伯爵知道自己并不能给这个聪明又充满活力的女儿多么了不起的建议，但还是不禁流露出一位父亲质朴的感情。

“是，我明白。”

为了让慈祥的父亲安心，希尔德如此回答。但确实有些事情，连这个聪明的女儿也无法了解，因为莱因哈特对她的感情与她对莱因哈特的感情，几乎达到了无法分析的极致。虽然说彼此之间确实没有任何憎恶或厌恶，但是在“不讨厌”与“喜欢”之间，应该还有一段相当大的距离。在好感当中，也应该有许多种类与阶段。或许尝试着以理性的态度来解释非理性的事情，就是她的缺点，也是莱因哈特的缺点。

这些姑且不论，但希尔德立即领会了莱因哈特同意莅临与他毫无因缘可言的邱梅尔家的心理。

对于皇帝——身为最高权力者，同时也最有权威的人来说，最愚蠢的事情就是连莅临臣下的宅邸时，都要考虑政治方面的影响。历代许多皇帝甚至为了在彼此对立的多位重臣中到底要先莅临谁的宅邸，而伤透平常不怎么使用的脑筋。这许许多多的先例，对莱因哈特来说或许太可笑了。

海因里希·冯·邱梅尔男爵既不是莱因哈特的功臣，也不是宠臣。或许这就是年轻皇帝中意的地方。这位金发霸主对高登巴姆王朝的旧习和礼法极度反感，才有兴趣将“首先莅临”的荣幸赐予一位连一面之缘都没有的旧贵族。

3

七月六日，皇帝莱因哈特以及十六名随行人员造访了邱梅尔男爵的宅邸。成员中有邱梅尔家主人的表姐，同时也是皇帝首席秘书官的希尔格尔·冯·玛林道夫伯爵小姐，皇帝首席副官修特莱中将，次席副官流肯上尉，皇帝亲卫队长奇斯里准将，以及四名侍从、八名亲卫队队员。

众多臣下认为，一个全宇宙的统治者应该有更严密的警卫和更气派的行列，至少要有一百名以上的随员才理所当然。从高登巴姆王朝时代开始，在宫廷服侍超过四十年的老官吏就举出先例，如此建言，但皇帝只是轻描淡写地说：

“我不想因袭高登巴姆王朝时代的先例。”

依莱因哈特的看法，十六名随行人员已经太多了。他喜欢敏捷地行动，而且也不知单独行动过多少次。这就是多年以后有历史学家主张“皇帝莱因哈特应该使用替身”的原因。

就事实而言，虽然不能确定当事者姓名，但确实有臣下建议主君使用替身。但在被称为“艺术家提督”的梅克林格一级上将的记录当中，当时莱因哈特近乎生气地大声质问：

“警惕留神的话就可以不死吗？如果生病的话，替身也可以从我这里把病菌接替过去吗？以后别说这种没有意义的话！”

相同的事情也出现在宪兵总监克斯拉写下的文稿当中。据此推测，提出建言的可能是这两者中的一位，也可能两者都是。

“对于皇帝来说，企图守卫自己的安全等事情，好像只会留下令人冷笑的话柄。这到底是因为自信、过度自信，还是因为哲学上的达观呢，真是旁人的理解力所不及之处……”

梅克林格还有一段记载。他原本将信仰与尊敬划分得极为清楚。他赞扬莱因哈特，对其竭尽忠诚，但是在另一方面，他对这个冠绝当代的年轻皇帝的个性，也始终投注着饶有兴味的观察性的目光。他很清楚，一个能够征服并支配数万光年宇宙的人物，也会对装在极少部分的脑细胞中的东西感到棘手。

邱梅尔男爵的宅邸是一栋非常平凡的宅子。这个家族中从未出现过杰出的掌权者、具有特异兴趣的才子，或者是超乎常规的放荡浪子，所以从鲁道夫大帝在位开始，整个家族的地位和资产几乎都没有什么变动。在长达五个世纪之久的历史中，这座宅邸也曾数度加筑和改建，但没有人对前卫建筑感兴趣，所以只是依照旧有的样式原原本本地整修。

当然，说它平凡，是从支撑旧王朝的门阀贵族的生活水平来看的，其实用树篱围墙和壕沟围起来的面积几乎是三百户平民家庭面积的总和，可以说极为雄伟。虽然缺乏个性，但是几何形状的庭园和巧妙装饰着自然景物的人工林适度地搭配，也形成了极为舒适的生活环境。

只是对这家主人有所了解的人，如果用先入为主的观念来观察，或许会觉得这栋宅子有些缺乏生气。现在当家的主人海因里希——第二十代男爵，并没有从事任何工作，不管是建设性的还是破坏性的。今年十九岁的他，因出生时母亲难产，从胎中被拉出来的时候，就和一种叫先天性代谢异常的疾病形影不离了。他好歹长到十九岁，但与其说是成长，倒不如说是缓慢地接近死亡更恰当一点。如果生在平民人家，他生命的日历大概在最初那一年就结束了。虽然臭名昭著的《劣等基因排除法》早已形同虚设，但维持他的生命必须要有一笔庞大的医药费。所以说，有时经济条件其实更冷酷无情地代理着法律的功能。

现在的他如果健康一点，应该也是个集年轻女性的赞叹于一身的俊美贵公子。但事实上，使他端正的相貌惹人注意的，却是他过于衰弱的筋骨，以及过于单薄的血色。他进餐并不是要享受食物的美味，而只是补充每日消耗的生命能源，因此营养学方面的考虑总是比味觉方面的优先。他周遭的一切环境只是为了一个目的——将他那淡如清粥一样的生命延续下去。

只是所做的努力再多，已经稀薄的清粥终究还是会化为白白的汤水。从他出生的时候开始，每个月每个星期都在重复的那句话——“日子已经不多了”，如今看来真的要成为现实了。玛林道夫伯爵和希尔德也都明白这一点，所以才祈求皇帝满足海因里希的愿望。

当皇帝一行穿过邱梅尔宅邸的大门时，十九岁的主人海因里希·冯·邱梅尔男爵竟然亲自出来迎接，让这一行人都吃了一惊。他当然是坐着电动轮椅出来的。海因里希的头发和服装都整理得整整齐齐，虽然显得面无血色，但与希尔德四目交会的一瞬间，却将嘴角即将消失的微笑又挤出来。他面对着莱因哈特，低下了头。

“承蒙皇帝陛下移驾寒舍，臣下不胜惶恐。得今日之皇恩，邱梅尔家的荣誉今后将莫大地光荣显耀。”

莱因哈特并不喜欢这种修辞过剩的说话方式，但此时只是从容大方地点点头，回答说：“我很高兴你这么喜悦，这比那些奢靡过度的欢迎方式强多了。”莱因哈特就是这样的人，只要他有意，不管什么样的繁文缛节都可以应付自如。况且这样的场合，既有给人体面的意味，也没有对他的自尊心造成伤害。海因里希用微弱的声音致辞之后，便急促地咳嗽不止。希尔德对皇帝轻轻地行了个礼，怜惜地对表弟说：

“你还是不要过于勉强吧，海因里希。”

希尔德这么一说，莱因哈特也点点头，展现出一种自然而优美的姿态。

“还是听玛林道夫小姐的话吧，千万不可勉强，以你的身体为重。”

年轻皇帝说着寻常的安慰言辞，同时感觉到一种不安在血管里奇妙地奔腾。他觉得这是健康的人对病人产生的内疚，但不仅仅是这些。根据莱因哈特的经验，这种感觉和看到战舰屏幕上呈现的黑暗宇宙空间被人工光点点亮时的感觉非常相似，战栗的波动在每个瞬间都越来越接近爆发那一刻。

莱因哈特微不可见地轻轻摇了摇头。在这个时候，注重感觉更甚于理智是没有意义的。因为对方是一个垂死的病人，已经与野心或权欲无缘了。

“恭请陛下移驾中庭。臣下准备了简陋的午餐，粗茶淡饭，请勿见笑。”

海因里希坐着电动轮椅，引领着一行人。铺有石子的园间小路穿梭在针叶杉林之间。在帝国的首都，即使到了七月，也不会有热带或季风带那样高湿度的暑热出现。所以多少走一点路，让汗水从微微湿润的皮肤上蒸发掉，反而让人觉得身心舒爽。

穿过杉林后，来到整栋建筑的后面。用方形石板铺的地面，每条边扩展到二十米长，两株参天的古老榆树连成一片清凉宜人的绿荫，大理石桌子上准备好了餐点。就在仆人们纷纷退下，随侍皇帝的一行人入座后，风景出人意料地忽然改变了。

准确地说，应该是风景中的人物忽然有一个大转变。一直显得虚弱无力、极为谦恭的年轻主人，此时忽然背脊一伸，两片嘴唇咧成半月形，露出不祥而可憎的笑脸。

“这中庭很不错吧，希尔德姐姐。”

“是……啊。”

“希尔德姐姐以前曾经来过这儿，可有件事你并不知道……这座中庭的底下是一个地下室。而且，那里面充满了杰服粒子，正打算迎接陛下前往地下那个世界呢！”

一瞬间，所有的风景都被漂白了。一听到这种危险性极高的爆炸性化学物质的名字，奇斯里准将那黄玉色的瞳孔里顿时闪出紧张的色彩，手立即向腰上的手枪伸去，其他人也一齐做出相同的动作。

“请稍安毋躁，皇帝陛下——这位全宇宙的支配者、全人类的统治者，出生在徒具贵族之名的贫穷家庭，竟可以蹿升到皇帝之尊的当代伟人，以及各位忠良的臣下诸君，如果不想让我按下引爆开关的话，就请稍安毋躁。”

年轻男爵的口吻虽然急切，但缺乏力度，甚至有人一时间没有听出他话中蕴含的嘲讽之意。但是所有的人都察觉了眼前的险境，因为他们正站在炸药的正上方。仿佛在掸去沉默的矜持与沉重的黏液似的，一个女人的声音响起来：

“海因里希，你——”

“希尔德姐姐，将你卷进这件事并非我的本意。如果可能，我真不希望你跟着皇帝一起来。但是到了现在这个关头，即使放你一个人逃跑，你也不会答应吧。舅父大人一定会很伤心，不过真是没有办法啊。”

海因里希的声音因为痛苦的咳嗽数次中断，奇斯里准将手下的亲卫队员不止一次想趁隙而入，但年轻男爵的手掌就像具有意识的生物，紧紧地握住引爆开关不放，亲卫队队员也不敢轻举妄动。他们不能将皇帝的性命当成筹码，在一个命中率极低的轮盘赌局当中下注。现在，他们只能一边听着眼前这个只要用强健的小指一碰就会送命的病人呻吟，一边呆呆地站在焦躁与无力架成的栅栏中。

“男爵好像要演说些什么，就让他说吧。就算只有极短的时间，也务必争取。”

修特莱低声说道，年轻的奇斯里和流肯表情僵硬地悄悄点头。半死的年轻人犯下了暗杀皇帝这种滔天大罪，如果他的感情失去控制，那由地下喷上来的劫火，就会瞬间让罗严克拉姆王朝年轻的创始者和他身边的近臣全部葬身火窟。就算众人的生命被掌握在海因里希的掌中，也势必要将他的手掌扳开。

“皇帝陛下，你感觉如何？”

莱因哈特此前一言未发，静静坐着不动。此时，他轻轻地扬起那形状美好的眉毛，回应海因里希的冷笑。

“如果在这里被你所杀，表示我的命数也就到此为止了，我没有任何遗憾。”

年轻的皇帝忽然发出一阵感叹。他端丽的嘴唇轻轻一歪，显出一副自我嘲讽的样子。

“从即位到现在不过十四天，这么短命的王朝大概是绝无仅有的，虽然这非我所愿，但或许仅凭这一点就会留名青史。这并不是很光彩，不过现在担心后世的评价也无济于事了。至于你为什么要杀我，事到如今，知道也没有意义了。”

病人的瞳孔里浮现出憎恶的目光，那几乎毫无血色的嘴唇也开始神经质地颤抖。看到这些，希尔德不禁十分沮丧。此时，她已经洞察表弟心中的想法：海因里希想让莱因哈特向他求饶。这个宇宙统治者如果跪在地上请求他饶命，那么长久以来一直支配着海因里希、令他感到屈辱的无力感，可能就会因此得到纾解。在那种令人目眩的满足感当中，他或许会放弃按下引爆的开关。

但是，就像海因里希无法从那脆弱的肉体中获得自由，莱因哈特也无法从他的名声与矜持中获得解放，两者之间其实没有明显的差别。他与自由行星同盟的杨威利对峙时曾经说过——希望拥有无须听从自己憎恶之人命令的力量。现在如果吝惜性命，对这个胁迫者乞怜，莱因哈特就等于否定了以前走过的路。他如何能在那些牺牲生命守护他的士兵面前，以及在贫困当中仍爱惜他的民众面前抬起头来？

“海因里希，求求你，趁现在还来得及，把开关给我！”

希尔德向表弟寻求让步。姑且不论能否成功，她知道现在务必争取时间。

“哼，希尔德姐姐，想不到你也有感到为难的时候。无论什么时候，我看到的你永远是那么英姿飒爽，充满了耀眼的生气。可惜，现在的你竟也面容黯淡，我忍不住要感到失望啊。”

海因里希讽刺地笑了。希尔德这时真正感觉到，支撑表弟纤弱身心的精神源泉其实是一股出自内心的邪恶意图，他已经无药可救了。她无法正视表弟毫无血色的脸上散发出狂热光芒的眼睛，转开了目光，暗暗地叹气。而这时，由于有黄玉色瞳孔，以及走路时悄无声息而被人戏称为“猫”或“豹”的奇斯里准将，正不动声色地从原先的位置移开。

“不许动！”

海因里希仿佛早已计算好时间似的，发出一声喊叫。声音不大，也并不强有力，但激动之情却显露无遗，足以让奇斯里准将即将爆发的行动停止。

“稍安毋躁，再过几分钟。我只要几分钟，让我的手好好掌握一下这整个宇宙。”

奇斯里用求救的眼光看着希尔德，但她仍然没有做出回应。

“就为了这几分钟，我才能活到现在。不，不是，应该说我才能到现在还没有死。再等一下就好了，让我再活一会儿！”

听到这几句话，莱因哈特那冰蓝色的眼眸里流露出一种奇妙的感情，既不是同情也不是愤怒。不过也只有一瞬。

希尔德注意到莱因哈特的手指一直在抚弄挂在胸前的银坠饰。那个坠饰里面究竟装着什么呢？希尔德心想。虽说在眼前的情况下思考这个问题好像不太合适，不过那里面一定有非常贵重的东西。

4

伍尔利·克斯拉一级上将身兼宪兵总监和首都防卫司令官之职，这两个职务负责的都是非常重要的差事，如果不是在王朝的初创时期，一人身兼两职是不可能的。克斯拉身兼两职，也充分证明他身心的活力足以胜任如此繁重的任务。

七月六日上午，他正在司令部办公室中接见几位客人。其中最不曾让他抱有期待，却带来最重大情报的便是第四位客人。那是一位叫优布·特留尼西特的壮年绅士。就在一个月前，他还是自由行星同盟的元首，但是为了自身的安危，出卖了同盟的独立自主，对帝国俯首称臣，并移居帝国境内。他带来的情报简直骇人听闻——

“现在有人正阴谋暗杀皇帝陛下。”

听到这句话，宪兵总监极力维持冷静沉着的态度，但他的双眼却背叛了主人的意志，显露出锐利的光芒。当年他还在宇宙间指挥舰队作战的时候，不管发生什么事，他的眼睛连眨都不会眨一下。但是这次特留尼西特所说的事，却不在这些“大大小小的事”的范围内。

“你怎么知道？”

“阁下知道有个叫‘地球教’的宗教团体吧。我担任旧职的时候，和他们有些关系，所以知道他们策划的这项阴谋。他们威胁我说，如果将这个计划泄露给他人，我就没命了，但是基于我对皇帝陛下的一片忠诚——”

“我明白。”

克斯拉的回答其实说不上有礼貌，因为他和其他同僚一样，对这个投降的人没有什么好感。特留尼西特的言行举止，不知为何好像总是发出一股剧毒的臭气，时时激起人们对他的反感。

“那么，暗杀者的名字呢？”

宪兵总监问道。这位自由行星同盟的前任元首郑重地回答了。只不过他在回答前还没有忘记再三强调，说自己从未赞同过地球教的宗旨，过去暂时和他们为伍是迫于时势所趋，而不是基于自身意愿。一听到需要的情报，克斯拉立刻传唤部下，命令道：

“将特留尼西特先生带到第二会客室。在这件事查清之前，请他暂时待在里面，不准任何人靠近。”

名义上说是保护他的安全，倒不如说是要软禁他。

行动一开始，克斯拉就未曾再看这个告密者一眼。对他来说，重要的是盘中的饭菜，用餐后留下来的餐盘是毫无用途的。

克斯拉第一步就是打TV电话到邱梅尔家的宅邸，呼叫修特莱中将和奇斯里准将，但是电话一直没有接通。为何接不通，理由当然是非常明显的。

宪兵总监咬牙切齿，但丝毫没有浪费时间。他立即和离邱梅尔宅邸最近的武装宪兵队负责人取得联系。该处的负责人是帕伍曼准将，原本是装甲掷弹兵队的军官，是一位实战经验丰富的壮年男子。克斯拉虽是宪兵总监，但对战场勇者的信赖远胜于对土生土长的宪兵。而且就实际问题而言，目前需要的不是搜查官也不是盘问者，而是一位战斗指挥官。

接获上级这项重大命令，帕伍曼虽然紧张，但并不惊慌，立即将命令付诸行动，一声令下，两千四百名武装宪兵在他的指挥下迅速赶往邱梅尔的宅邸。这是一项不折不扣的军事行动。如果动用装甲车之类的装备，发出的声音势必会让暗杀者有所察觉，那就糟了。所以距离邱梅尔宅邸一公里左右的路程，宪兵们是一手持激光步枪，另一手提着军靴，脚上只穿着袜子赶去的。日后回想起这件事，有人甚至不禁失笑。但在当时，所有参与者的心情都非常严肃，包围行动在无声无息的情况下完成了。

克斯拉付诸行动的策略不仅仅是这些。

在拉夫特准将的指挥下，另外一支有一千六百名士兵的武装宪兵队突袭了地球教位于卡歇尔街十九号的教团支部，将在场的信徒一网打尽。信徒当然不是绝对的和平主义信奉者，当武装宪兵冲进建筑物的时候，欢迎他们的是闪烁的枪炮火光。

拉夫特准将一声令下，还击行动开始，枪口发出的七彩光束隔着一道墙壁四散纷飞。枪战虽然激烈，但并未持续太久。宪兵们在十分钟后突破防线，冲进支部所在的建筑，一面射杀抵抗的信徒，一面登上顶楼，终于在正午十二时过后不久将这栋六层建筑控制。经统计，遭到射杀的信徒共有九十六名，受伤后死亡的信徒有十四名，自杀者二十八名，被逮捕的五十二人全部负伤，无人逃亡。而宪兵队则付出了十八人死亡、四十二人负伤的代价。支部领导者高德恩大主教原本企图服毒自杀，但在即将喝下毒药的一刻，他被冲进屋的宪兵用激光枪枪托打昏，然后用电磁手铐铐起来，未能殉教。

在那沾满血腥、一片零乱的支部中，宪兵们顶着一团杀气四处走动，搜集着叛徒们犯罪的证据。他们从焚化炉燃烧的灰烬中扯出烧剩的文书残片，剥下死者的衣服，翻开被血粘住的口袋，甚至踢翻神坛，搜查底部台座。一名负伤的信徒责骂他们亵渎神明的行为，结果被情绪激昂的宪兵狠狠踢中已受伤的头部，当场身亡。

拉夫特的部队在首都一角举行流血祭典的同时，帕伍曼准将那支将邱梅尔男爵的宅邸团团围住的部队已经穿上军靴，等待突击命令。对接受命令的一方而言，只要依令行事即可，但发布命令的一方背负的责任却极为重大。可以说，皇帝陛下的性命完全被挂在了帕伍曼准将的舌端。

就在外头动作频仍之际，生命遭受威胁的这群人察觉到周遭的气氛有异样。在无声无息的情况下，经由空气传来的讯息透过皮肤，刺激着他们的神经网。他们彼此交换着眼神，达成了共识。从未身历战场的海因里希是不能理解也无法感受这些的。

海因里希的知觉现在正集中在两件东西上：一个是握在他手中的杰服粒子引爆开关；另一个则是皇帝莱因哈特从刚才开始就不停抚弄的，像是护身符一般的银坠饰。

莱因哈特的手一直在无意识地搓动。如果意识到的话，他就应该避免这种会引起暗杀者注意的行为。海因里希那病态的眼光果然注意到了莱因哈特这个举动，甚至情不自禁地对那个坠饰产生了浓厚的兴趣。

希尔德注意到了这个极度危险的连锁反应，却束手无策。如果她出声，只怕会催促海因里希将病态的好奇心转换成具体行动。

但是，就算没有采取任何行动，她害怕的局面还是来临了。

海因里希的嘴巴微微开合了两三次，终于问道：

"陛下，皇帝陛下，您的坠饰相当贵重吧，是不是可以让我看一下呢——如果可能的话，能不能让我摸一下呢？"

就在海因里希说出这句话的同时，莱因哈特的手指在他佩戴的坠饰上僵住了。他把视线停在海因里希的脸上。希尔德战栗了，她知道，表弟带泥的脏脚已经踏进了皇帝那不可侵犯的圣域。

"不行。"

"我就想看。"

"这东西与你无关。"

"让我……看看，陛下。"

"陛下！"

最后这声呼叫是修特莱与奇斯里同时喊出来的。他们在向皇帝寻求妥协。既然己方的援军近在咫尺，哪怕只有几秒钟的时间，也是万分必要的。这个时候，再也没有任何东西比争取时间更贵重了。如果只是一味孩子气地反抗，进而激怒暗杀者，那实在是愚蠢透顶。

但是莱因哈特似乎并不认同。眼前的他不再是近臣们一向熟知的那位头脑极为冷静、目光锐利且充满野心的霸者，反而像个满脸急躁、固执不堪的少年。说得极端一点，他就像是一个幼儿，将大人们看来只是破烂的玩具箱当作极为珍贵的宝物，为了不将它交出来，甚至不惜誓死抵抗。

在希尔德眼里，现在的海因里希看来就像一个暴君。表弟大概永远都不会被原谅吧，希尔德心想。

“陛下，您不会忘了谁才是这个场合的支配者吧？交给我，这是最后的命令。”

“不。”

莱因哈特表现出的顽固几乎让人难以置信，根本无法叫人相信他与那位出生在徒具贵族之名的贫寒之家，后来却成为历史上最大帝国君主的英雄是同一个人。海因里希非理性的情感好像换了一种形式，转移到了莱因哈特身上。最后，海因里希再也按捺不住了。但他失去平衡的情绪爆发的方式却和众人的预测不同，他那像浸泡在福尔马林中的标本一样毫无生气的手臂，忽然像跃起的蛇一样伸出，向挂在皇帝胸前的坠饰猛抓过去。莱因哈特的反应竟快若闪电。他用他那连画家都会渴望的、形状优美的手狠狠地向海因里希的脸颊打去，在场之人的心肺机能顿时停止了。但看到引爆开关从男爵手中掉落到石板上的一刹那，宇宙静止了。奇斯里立即飞扑向海因里希，将他连椅子一起扳倒，然后压在他身上。动作之快，连真正的猫也要自叹弗如。

“不要动粗……”

当希尔德惊叫的时候，奇斯里已经松开了海因里希纤细的手腕。因为在他强有力的手中，男爵细弱的骨骼发出了碎裂的声音，使黄玉色瞳孔的勇士有些退缩。奇斯里往后退了一步，仿佛因自己使用了不当的暴力而羞愧似的，把这个大逆不道的犯人交给一头金色短发的美丽表姐和正在急速逼近的死神。这一幕并不需要奇斯里出场。

“海因里希，你实在是太糊涂了……”

希尔德抱起表弟病弱的身体，低声悲泣。一向聪明且富于表现力的她，此时也只能勉强吐出这几个字。海因里希笑了，但是此刻的笑容不再像前一刻一样充满恶意，即将来临的死亡让他的脸逐渐变得苍白，他的笑容几乎像婴儿般无邪。

“我只是想做一点事情再死去，不管是怎样的坏事或愚蠢的事都好。我只是想做点什么事，然后才死去……只是这样而已。”

海因里希一个字一个字，出奇清晰地对美少年般的表姐说。他并未祈求赦免他的罪，希尔德也没有这种要求。

“邱梅尔男爵家族，就要在我这一代结束了。并不是由于我病弱的身体，而是由于我的愚蠢。就算我身上的疾病会立即被人遗忘，但一定会有人记得我的愚蠢。”

郑重地说完心事，海因里希生命的火山口也喷吐出最后的熔岩。长久以来被少许能源残酷驱使的心脏，终于获得了永远的解脱。血管不再是生命的河流，而是化成了一缕细长的池水。

希尔德抱着死去的表弟，将视线转向莱因哈特。夏日的微风轻轻吹拂着那头极为华丽耀眼的金发，年轻皇帝只是默默无语地伫立着，冰蓝色的眼眸中并没有涌现出内心的波涛，一只手仍然在抚弄胸前那个银质的坠饰。

修特莱弯下身子，将引爆开关从石板上捡起来，嘴里喃喃自语。奇斯里大声告诉包围在宅邸外面的军队皇帝平安无事的消息。沉静的空气正逐渐骚动起来。

这时，一名男子忽然闯进一行人的视野，看起来像是被开始突入的宪兵队追进宅邸似的。他一只手持着手枪，一看到莱因哈特的身影，立即发出充满敌意的咆哮声，将枪口对准年轻皇帝。但是流肯早已经瞄准了狙击点，随着一道闪光，男子的手枪被击落了。他的求生本能好像忽然被唤醒，要转过身来。

流肯再度扣动扳机，另一道光线射中了男子背部正中的位置。男子像朝着终点冲刺的短跑选手一样展开双臂，身体才转过半圈，头部就撞进了枝叶茂密的金雀花丛。

流肯带着三名亲卫队队员，从男子身后约半步的距离跑向金雀花丛，小心地将死者的尸体拖出来。然后，他的视线停留在死者右边衣袖的内侧。

流肯发现的是地球教信徒的刺绣记号。他嚅动着嘴唇，念出了那行文字：“地球是我故乡，我手重掌地球。”

“是地球教的信徒？”

喃喃自语从流肯的头顶传来，说话的是修特莱中将。他当然也知道这个在帝国与同盟境内大肆扩展实力的宗教团体的名称。但是知道地球教的名称，却不知地球为何物的人一定不少。

“你知道地球吗？”

上司修特莱一问，流肯上尉回答说：“以前在历史课上曾经见到过，好像是人类的发祥地。不过，那已经是太久太久以前的事，连我们的祖先也不清楚吧……”

一般人对这个曾经是人类生活全部的星球的关心也不过如此。虽然说那确实是存在于宇宙当中的实体，但其存在意义却早已遗失在遥远的过去。就算地球现在从宇宙中消失，绝大部分人类大概也不会感到困惑或悲伤。因为那只是个已被遗忘的，或者说正在被众人遗忘的毫不起眼的边境小行星罢了。

但是现在，“地球”这个专有名词，将会带着不祥甚至是阴森的音韵回响在人们耳畔，因为那正是暗杀皇帝这项重大阴谋的发源地。

5

回到居所新无忧宫的时候，皇帝莱因哈特看起来又完全恢复了自我，化身为伟大统治者了。但是对那个出乎众人意料、险些令局面急转直下的银坠饰，他连一个字都没有说，这让修特莱中将和奇斯里准将多少有些“事情还没有完全结束”的感觉。而希尔德终究是大逆不道的罪犯的亲属，已返回私宅禁足思过。

“皇帝陛下……”

莱因哈特缓步走在大厅里，担任首都防卫司令官兼宪兵总监的克斯拉一级上将立刻迎上来。

莱因哈特停住脚步，克斯拉照例为皇帝平安无事道贺，同时也为未能事先察知不法的阴谋谢罪。

“不必了，你做得很好。你不是已经镇压了这次阴谋的据点——地球教的支部了吗？不用再谢什么罪。”

“臣实感惶恐。此外，陛下，大逆不道的犯人邱梅尔男爵已死，其死后的处置应该如何执行？”

莱因哈特轻轻地摇摇头，华丽耀眼的金发呈现出美丽的波浪。

“克斯拉，若是你受人狙击，逮捕犯人之后，你难道还要处罚犯人持有的凶器吗？”

沉吟了不到两三秒钟，宪兵总监立刻领会了年轻皇帝的意思。皇帝分明是说不追究邱梅尔男爵个人的罪名。当然，其亲族希尔德和玛林道夫伯爵也不用问罪。该受到声讨和制裁的，应该是躲在背后进行操纵的疯狂信徒。

“臣立刻讯问地球教信徒，查明事实真相，予以处罚。”

年轻皇帝以无言的点头回应宪兵总监的话，然后转过身背对着他，隔着强化玻璃窗眺望着那片久违的庭园。一种难以言喻的苦涩在他的胸口低低地汹涌。追逐权力的战斗的确有令人满足的充实感，但守住到手权力的战斗却毫无喜悦可言。他独自一人对着银色的坠饰诉说起来：“和你一起与强大的敌人作战，是我的快乐。但是在我已成为最强大主宰的今天，我有时甚至想击垮自己。如果这世上到处是更强大的敌人，那该多好啊。如果你还在世，我就更容易了解自己真正想要的是什么了吧。是不是，吉尔菲艾斯……”

皇帝的意思通过克斯拉总监传达到宪兵队。五十二名生还的地球教信徒被强行带到满怀忠诚心与复仇心的宪兵面前，所受的刑罚之残酷，甚至让他们羡慕起那些已经死去的教友。

从化学或医学角度来说，完全不会伤害受审者身心的自白剂还没有发明出来，因此宪兵队毫不犹豫地使用了更强大的药剂。这是大逆不道的罪名，取得口供远比考虑嫌犯的健康重要。而且还有另一个理由，这些地球教信徒仿佛要殉教的顽固态度激起了宪兵们的反感。在这世上，对与某种宗教无缘的人来说，恐怕再也没有比痴迷于该宗教的信徒更令人反感与嫌恶的了。

犹豫着不敢使用药物的医生，在宪兵们的怒声斥责下，也不由得退缩了。

“担心他会精神失常？这个时候还担心什么？这家伙从一开始就不正常了，赶快用药让他恢复正常！”

就这样，在宪兵队总部地下五层的讯问室中，不管是在肉体还是精神上，罪犯们都在大量流血。如果以一克血换得一个字来计算的话，宪兵队最后拿到手的情报和罪犯们流的血与汗简直无法相提并论。其实设置于行星奥丁的地球教支部只是阴谋的执行机构，不是下达指令或进行策划的机构。

最高负责人高德恩大主教咬舌自尽未遂，又被注射了大量的自白剂，但还是没有要开口的样子，让医生都为之惊叹。第二次被注射后，他精神的堤防终于出现了缺口，情报一点一滴地开始泄露。即便如此，也只能根据他说的话中比较重要的部分，来推测他们为什么会在这个时候被命令暗杀皇帝。

“如果假以时日，金发小子的权力基盘就会更加强化。他身为一个霸主，只有现在才会摒弃虚饰，注重简朴，尽力消除与臣下和人民之间的隔阂。再过些时候，他必定会彰显权威与荣光，而且护卫会更森严。如果不趁现在动手，以后或许再也没有机会了……大致就是这样。”

所谓“金发小子”，是皇帝莱因哈特的敌对者们斥责他时使用的字眼。光是使用这样的字眼，这个高德恩大主教就可以被判处“大不敬”的罪名了。但这位大主教最终未能在法庭上接受审判。被注射自白剂的次数达到第六次的时候，不知为何，他对着讯问室的天花板和墙壁乱吼乱叫，几秒钟后从嘴巴和鼻孔喷出鲜血，就此毙命。

审问的残酷程度姑且不论，在这些费尽千辛万苦才挖掘出来的事实当中，的确没有令人质疑的余地。地球教确实图谋大逆。既然明白了这一点，那只有一条路可走：使用严厉的手段，让他们知道自己犯下的罪有多么严重。

“但是地球教信徒的目的究竟在何处？究竟为何要弑杀陛下？这个疑点还是没有水落石出。”

心中存有这个疑点的并不只有克斯拉，事实上，这是知道这次事件的重臣共同的疑问。他们的确非常聪明，正因如此，他们反而无法从有限的事实中发现这些宗教狂热者的梦幻所向之处。

到目前为止，皇帝莱因哈特对宗教的态度与其说是宽容，不如说是冷漠。但只要有宗教团体做出否定他的举动，不管这个举动是最终目的也好，是一种手段也好，他就不能置若罔闻。对敌意或侮蔑，他从来没有一次不以同等或超乎其上的报复来回应，从未出现过侥幸者。放眼世间的任何角落，也找不出唯独宽恕这次事件的理由。

回头看看莱因哈特的部下。文官们对地球教的愤怒和憎恶或许比武官还要激烈。因为随着支配费沙自治领和降伏自由行星同盟，对外征讨已经告一段落，文官取代军人的时代即将来临。但如果此时新皇帝被恐怖主义打倒，那么整个宇宙将再度卷入分裂与混沌的旋涡，那时他们岂不是要失去效忠的对象与秩序的守护者？

就这样，在召开七月十日的御前会议之前，地球的命运，或者说至少是地球教的命运，就已经失去了连接未来的桥梁。

Chapter 2
一个退役者的肖像

1

正当皇帝莱因哈特身边演奏着小规模的流血插曲时，在已沦为银河帝国保护领的自由行星同盟首都——行星海尼森，“奇迹的杨”，也就是杨威利，正在过着他向往的退休生活。

即使被后世赞誉为皇帝莱因哈特的军事对手，杨终其一生也从不曾期望自己是个军人，一次都没有期望过。他进入军官学校，是为了能不缴学费就攻读历史。穿上军服后，他也没有停止寻找退役的机会。十一年前，他在艾尔·法西尔大撤退中立下了始料不及的功勋，从此以后战功和擢升就不断地交互束缚他。因此按照他个人的说法，是熬到三十二岁才好不容易退役。

当然，杨的地位与相应的退休金是以不计其数的友军，以及远超其上的敌人的鲜血换来的。杨每次想到这一点，在良心谴责的作用下，他那属于精神层面的皮肤就会被刺痛。但回头想一想，自己这十二年来的夙愿终于如愿以偿，放轻松点的话，双颊甚至还会因此泛起笑意呢。

“什么工作都不做就白白领钱，还真叫人忸怩不安。但反过来想，如果不必再杀人就可以领薪水，岂不是就等于恢复原来的自我了。这么一来，应该说这是可喜可贺的事情啊。”

这些近乎厚脸皮的笔记，杨都留了下来，却是一部分把杨视为圣人的历史学家故意要忽略的地方。

二十八岁担任准将，二十九岁晋升上将，三十二岁跃升为元帅——如果是在和平时代，杨这些经历大概只存在于夸大妄想症患者的空想里。所以杨被称为同盟军中的第一智将，甚至还曾被冠以“史上最高”这个过分夸张的辞藻。最近三年同盟在军事上获得的成功，几乎全是从这位黑发魔术师那顶黑贝雷帽状的高筒礼帽中飞出来的。当然，同盟已屈服于帝国，这对杨不见得多么有利，但事到如今，忧虑也无济于事。

退役后不久，杨就结婚成家了，时间是这一年六月十日。新娘是二十五岁的菲列特利加·格林希尔，是杨服役时的副官，拥有少校军衔，有一头金褐色的秀发和淡褐色的眼眸，是个不折不扣的美女。当年从艾尔·法西尔撤离的时候，她还只是个十四岁的少女，从见到这位看来很无助的年轻黑发少尉那一刻起，心中便一直埋藏着对他的爱慕，现在这份爱慕之心终于如愿以偿。杨知道她的想法，但是一直到今年年中，才终于回应了她。

整个结婚仪式极为简单，因为杨最讨厌盛大仪式之类的东西。但还有较为严肃的理由，那就是盛大的婚礼仪式很可能让帝国军怀疑，这些同盟军的旧干部们是不是假借婚宴，集合起来商议图谋不轨的计划。这是极为不妙的。

此外，如果采用盛大仪式的话，势必得邀请些国内外的知名人士，那么就会有杨不喜欢的人来发表冗长的演说，搞不好连现在凌驾于同盟政府之上的银河帝国事务官也得邀请，这都是杨厌恶并极力避免的事情。

所以到了最后，所有参加婚礼的人中，即使是杨的旧部下，仍算得上现役军人的只有一个，就是杨的学长亚列克斯·卡介伦中将，其余一律是退役者。

婚礼当天，新娘子的美丽当然是毋庸置疑的，但是说到新郎官，尽管也特地穿着正装，可是怎么看都让人感觉他是个没什么前途的年轻学者。卡介伦甚至还极为“恶毒”地讽刺说，夫妇二人看起来就像“公主与随从”。其实在婚礼之前，他就因为这个新郎官抱怨正式服装太拘谨刻板，严厉地斥责了他。

“这就是你自己的不对了。如果你在服役时结婚，只要一身军服不就了事了，就像我一样。”

最后，他看到杨极不情愿地穿上正装，又揶揄道：

“你呀，看你穿成这副样子，还是军服更适合你一点。”

事实上，就算穿上军服，杨也是个怎么看都不像军人的青年。

过去曾在杨麾下担任由流亡者组成的部队“蔷薇骑士团”的长官，后来又在伊谢尔伦要塞担任防御指挥官，并和杨一前一后宣告下台的华尔特·冯·先寇布中将，用夹杂着讽刺与感慨的语气说道：

“好不容易才脱离军队这个监牢，却又自愿关到婚姻这个牢笼里去，你还真是个好事者啊。”

听到这句话，卡介伦回答说：

“有些在十年单身生活里无法领悟的事情，只要过一星期的婚姻生活，马上就可以领悟了，就让我们期待一位优秀哲学家的诞生吧。”

甚至连杨在军官学校里的学弟——同样已退役的达斯提·亚典波罗，也和他们一个鼻孔出气，冷嘲热讽地挖苦道：

“不过照我的看法，杨学长这一生中最大的战果就是娶到这位新娘子，只有这件事才真正与‘奇迹’这个字眼相称。因为照常理看，大嫂应该不会下嫁给学长这种人。”

听到这伙人的批评，杨的被监护人——十七岁的尤里安·敏兹轻轻地甩了甩亚麻色的头发，说：

“提督竟然能率领这样一批人连战连捷，这些人简直都是叛徒！”

“我的人格就是这样被陶冶出来的呀。”

说到“真正的人格”时，在场观礼的人全都起哄，要求杨给新娘子一个热情之吻。杨虽然没有喝醉，却踩着摇摇晃晃的步伐从少年身边走过去。尤里安目送着他，原本春风满面的脸上瞬间闪过一丝苦涩。理由有两个：一个是他对比自己年长的菲列特利加曾怀有默默的憧憬；另一个是今晚他就得离开海尼森，踏上自己的孤独旅程了。后者虽然是他自己的选择，但是与喜爱的人分离，独自踏上长达一万多光年的旅途，也难怪感伤早早走进了他年轻的心扉。

结婚典礼一结束，那些专事挖苦讽刺的人纷纷告退了，尤里安也在和杨以及菲列特利加道别后消失了身影。现在已结为夫妇的两人，则动身前往市区北边约二百公里以外的科尔达列努山地的湖沼地带。在租来的山庄中度假十天后，他们返回佛列蒙特街租来的公寓，开始了新婚生活。以前住的银桥街属于军官宿舍，退役后当然得迁出另找新住处。

就这样，杨好像翻开了理想人生的第一页，但现实生活是没有梦境那么甜美的。

曾为元帅的杨和曾为少校的菲列特利加，两人的退休金加起来虽然不及王侯贵族的生活，但应该足以保障充分的行动自由和充裕的物质生活了。然而付退休金的前提是政府必须有足够的财源。在杨无力顾及的许多层面，情况早已开始恶化。

以姜·列贝罗为首的同盟新政权必须改善因那场已结束的战争陷于崩溃，又因和约所订的那笔要付给帝国的安全保障税而几乎难以重建的财政问题。要做的事情堆积如山，但是打算先从表面问题着手的政府官员们达成共识：身在权力机构及周边的人应首先调整姿态，向市民展示重建财政的决心。

于是，担任公职的人全部减薪。削减幅度平均为百分之十二点五，列贝罗本人则为百分之二十五。这一切对杨来说不过是窗外的风风雨雨，但是当减薪的手术刀也挥到军人的退休金上时，这股湿冷的风雨也从破裂的窗户吹到了杨身上。

前元帅的退休金削减百分之二十二点五，而已退职的少校则削减百分之十五，地位越高的人削减比例就越高。就原则而言，这种做法总比反过来显得正确，所以杨没有任何怨言。姑且不论这种态度是否正确，事实上，对杨这个既没有谋生技能，也欠缺勤劳精神的一家之主而言，他感觉原先向往的不用上战场也可以领钱的理想境界好像被半兽人践踏了。杨并不是贪图钱财的人，也从未在金钱上有太多困扰，他一直严肃认真地了解金钱代表的价值，却不曾汲汲于追求金钱，拼命地工作以增加所得。后世的历史学家在史书中提到杨威利时，记载道“杨元帅对赚钱这回事完全没有兴趣”。就某方面而言，这的确是事实。

即使如此，他们俩的退休金加起来还是可以维持起码的生活水平，不必动用极其微薄的存款。杨的退役生活变得让他喘不过气，最主要的问题并不在于金钱方面。

这个令杨感到喘不过气的征兆，在科尔达列努山地短短十天的山庄生活中就出现了。他在湖边垂钓鳟鱼时，为了抵御山地夜间的寒气向暖炉里添柴时，到牧场直营的商店购买刚挤出来的鲜奶时，总是感觉有双眼睛在一旁冷冷地盯着他，一股厌恶的感觉袭击了杨的全身。

杨已经被监视了。

2

在这一年，也就是宇宙历七九九年、旧帝国历四九〇年、新帝国历元年五月缔结的《巴拉特和约》第七条规定，帝国需派遣高等事务官进驻同盟首都。其任务虽是代表银河帝国皇帝与同盟政府交涉和谈判，但和约中所谓的“对和约的履行状况进行监察”，事实上也就是赋予其内政干涉权，将其称为总督也不为过。

菲尔姆特·雷内肯普被指派担任这项要职。几年后，“艺术家提督”梅克林格做了以下评论。

“就当时的任命而言，这项人事安排并不是最糟的，只是最后却有了个最糟的结果。在这项人事安排下，没有人能从中获得幸福。”

菲尔姆特·雷内肯普这个人，从外表上看像是个无精打采的中年男子，嘴上整齐端正的胡子反而使他的容貌显得不协调。但事实上，他却是个在大大小小的战斗中建立了无数功勋的踏实用兵家，在军队组织的管理和运营上也没有缺失。当莱因哈特还是少校时，他还曾经是莱因哈特的长官，并未给这“傲慢自大的金发小子”特别的礼遇，但也非常公正地对待莱因哈特，不许人在背后对他指指点点。因此，他的名字出现在了日后罗严克拉姆王朝创始人拟定的人才备用名单中。

菲尔姆特·雷内肯普兼具忠诚、责任感、勤勉、公正、富有纪律性等美德，所以获得了部下相应的尊敬与信赖。如果《帝国将帅列传》给他设一章的话，赞赏的记述无疑会占更多的篇幅。但一定也会有这样的记述——当他的任务超出纯粹的军事层面、触及其他领域时，由于缺乏奥斯卡·冯·罗严塔尔的灵活和渥佛根·米达麦亚的宽容，他具备的美德往往会将他和别人一起逼得走投无路。此外，从他身上还可以看出，优秀军人的资质和伟大的人性未必能直接画等号。

菲尔姆特·雷内肯普接收位于海尼森市中心的高级饭店“香格里拉”后，设置了事务官事务局，统辖由四个连的装甲掷弹兵和十二个连的轻装备陆战兵组成的警备部队。虽然舒坦梅兹提督的大舰队在干达尔星系随时待命，但以这样单薄的兵力驻留在前不久还是敌人阵地的同盟领地，对胆小者来说也非易事。

“同盟的家伙如果想加害我，就尽管试试看好了。我虽然不是不死之躯，但是我的死也意味着同盟的灭亡。”

他耸耸肩，放出如此狂言。

雷内肯普的理想是建立一支“良好的军队”。在没有任何不法或反抗行为发生的情况下，长官疼爱部属，部属尊敬长官，同僚相互信赖、互助合作，朝共同的目标迈进。秩序、和谐与纪律是他价值观中最重要的东西。就某方面的意义而言，他其实是一个极端的军国主义者。对高登巴姆王朝的创始人鲁道夫大帝来说，雷内肯普甚至可以称为他在大时代洪流的下游造就的忠实弟子。但他没有像鲁道夫·冯·高登巴姆那样过度自我膨胀，相反，他倒是认为应该有一位值得尊崇的主君存在。只是雷内肯普并非将主君当作一面客观审视自己的镜子。

在雷内肯普的命令下，杨被看成一个潜在的危险人物，一个必须接受帝国军监视的人物。

更让杨不胜其烦的是，他每次外出，都被要求报告预定前往的地点和回家的时间。理由是不管是现役还是退役的高级军官，都必须要像公务人员一般，让政府能掌握其平日所在地点。

而且，这道典狱长般的指示原本并不是帝国军提出的，而是同盟政府向帝国军提出的提案。杨理解同盟政府为了不给帝国军留下干涉的借口，必须小心谨慎，付出加倍努力的苦心，但他真正的心声其实是“难道就不能灵活一些吗”。

“我真想问问他们那些人，惹我这样一个爱好和平又没有什么害处的人，究竟有什么乐趣，真是的！”

杨对着新婚妻子不断发牢骚。然而如果世上有这么一个人，人类社会中发生的一切都在他所知的范围内，或许他会将杨判定为“罪有应得之人”。因为杨并不像青天白日般无瑕。他曾经援助尤里安·敏兹的地球之行，企图帮助从帝国流亡而来的梅尔卡兹提督等人脱逃，大大小小若干件事虽然还称不上是反帝国，至少也是不利于帝国的举动。所以他将自己看成无罪的囚犯，脸皮也够厚的。

菲列特利加并没有明确地谈及这点，只是轻描淡写地说，不管怎么样，一旦引起帝国军的猜疑，让同盟政府为难的话，对杨来说绝非上策。

“所以说，就请你好好当个懒虫。”

妻子这么一说，杨看似高兴地点点头，因为和平、安稳又懒散地过日子，原本就是他的理想。有这么一个冠冕堂皇的名义，他可以随心所欲地睡懒觉。如果不困，就无所事事、游手好闲地一天天混下去。

一天，负责监视杨的拉杰尔上校向上司报告：

“杨元帅的日子非常平淡，看不出有任何反叛帝国的意图。”

“哼，他的身份可真是令人羡慕啊，有美貌的新娘子相伴，不用工作就有吃有喝，真可以说是理想的人生，不是吗？”

雷内肯普的声音中充满了反感与讽刺的佐料。他一直对勤劳精神和国家责任感有高度评价，自然无法对一个曾经在军部里担任要职，却将战败的责任弃置于遗忘的高阁，悠游自在地过着退休生活的人产生好感。以他的常识和价值观来看，杨威利这位青年简直难以理解。

过去杨曾两度让雷内肯普尝到败北的苦酒。如果杨具有帝国式的美德，或许雷内肯普那败北的记忆会升华成对一位优秀敌将的尊敬。但对两人来说都很不幸，他们的精神世界是迥然不同的。如果他们活在这世上，彼此无缘碰面还好。不巧的是他们虽然处于相反的两极，甚至可谓道不同不相为谋，但在执行任务时，雷内肯普却不得不回过头与对方面对面。

不久后，雷内肯普确信那是杨的一种伪装。杨威利不可能甘于过着碌碌无为的退休生活，直到老朽。现在他一定在内心谋划使同盟复活和颠覆帝国的长远阴谋，为了掩人耳目，才假装过着这样平凡的生活……

雷内肯普对杨的见解，充满了典型的忠君爱国型军人的偏见与误解。更糟的是，这种想法虽然反常，雷内肯普却盲目地强行突破了偏见的沼泽与误解的森林，摸到了真实的城门。

但他的部下并不像他一样抱有强烈的信念，或者说无法像他那样偏执。如果说莱因哈特选择雷内肯普是一项错误的人事安排，那么雷内肯普也错误地选择了拉杰尔。这位上校在对杨进行监视的时候，曾一本正经地对被监视人说：

“这对元帅阁下来说，想必是极不自由也不愉快的事，但这是上级发布的命令，卑职不得不服从。请您无论如何多加原谅。”

杨轻轻地摇摇手，对他说：

“啊，你不用在意，上校。因为不管什么人，都得对他所领的薪水表现出相应的忠诚。我还不是一样，束缚着人的并不是一张纸，其实是一条大铁链呀。”

足足过了三秒钟，拉杰尔上校的脸颊上才绽放出浅浅的微笑。这是因为杨的玩笑不高明，还是拉杰尔的幽默感还没有完全开发出来呢？恐怕两者兼而有之。

由于这件事，杨接受了拉杰尔的监视。就算是在同盟军这种号称注重民主的军队中，长官的命令有时也极不合理，帝国军就更不用说了。但杨还是无法不对拉杰尔的长官耿耿于怀，也曾经对妻子批评其为人。

“雷内肯普这个人似乎是个十足的‘规定的信徒’。只要是违反规定的，即使是善事，他也不认同。反之，只要是合乎规定的，就算是恶事，他也会加以肯定！”

如果说真心话，杨的意思是任何事情如果都按规定强制执行，就算是正确的，他也难以接受。他没有露骨地表达自己的真实想法，而且知道应当在何种时机与场所下大喊“国王长着驴耳朵”，才能平安无事地领退休金过日子。不过在一个权力者或者其忠实猎犬看来，他无论如何都不像一只驯服的小羊。况且杨也曾毫无理由地在审查会上被批斗过，甚至再三做出让学长卡介伦等人不禁为他捏把冷汗的事。但只要银河帝国这个强大的敌人存在一天，杨具有的军事才能就是不可或缺的，所以同盟政府并不会彻底铲除这个“态度傲慢的毛头小子”，顶多是在审查中略施管教。随着当时的记忆生出的不快，让他可以理解雷内肯普现在的做法。

“也就是说，你讨厌雷内肯普这个人，是吗？”

对妻子言简意赅的质问，丈夫答道：

“不是讨厌，只是看不顺眼。”

对杨来说，这样的说法已经足够。

杨并不喜欢玩弄阴谋。正确地说，他并不喜欢见到自己为了陷害他人处心积虑钻研阴谋的模样。但是雷内肯普一旦超越了限度，干涉到杨个人的生活，他或许就不得不使用“阴谋”这项武器来击退对方。毕竟杨的精神还没有到达绝对和平主义的境界，如果有人打他一拳，他也会回敬对方一拳。

尽管如此，杨也感到左右为难：即使让雷内肯普这种挑剔型的人垮台，后继者也未必比他更宽容。自己决不能导演一出赶走野狗却引狼入室的愚蠢戏剧。譬如说，如果换成一个像奥贝斯坦元帅一样冷酷锐利的人物，其势必会将职务上的权限运用到极致，使杨的精神窒息而死。

“所以说，雷内肯普这个混蛋……”

话一出口，杨似乎觉得自己有些粗俗，所以换了一种较为绅士的说法，改口道：“如果能让雷内肯普先生退场的话固然好，问题是他的继任者。如果是个没有责任感，贪图物欲，喜欢在皇帝看不到的地方偷奸耍滑的佞臣型人物，对于我们来说其实是最好利用的。不过到现在为止，皇帝莱因哈特还没有用过一个这样的人。”

“如果皇帝莱因哈特堕落的话，大概就会任用这样的人吧。”

“是啊，你抓住了事态的本质。就是这样。”

杨一脸哭丧，连连叹气，又说：

“我们欢迎敌人的堕落，不仅如此，甚至必须去促使他们堕落。这话听起来是不是很可耻？当然，政治也好，军事也好，统统属于恶魔的管辖范围，这一点很清楚。但神明见到如此情形，会感到高兴吗？”

就在杨不住地叹息时，在事务官事务局里，雷内肯普一级上将正在对拉杰尔下达新的命令。

“不可放松监视行动，那个家伙迟早会干出什么勾当。一切可能危害帝国以及皇帝陛下的事，都必须在成为事实前铲除。”

“……”

“怎么不回答？”

“是，卑职将遵照您的命令，今后继续对杨元帅严加监视。”

他的回答像是毫无天分的演员念出的台词。

这样的态度自然不能令长官满意。雷内肯普颤动着嘴上的胡子，提高了嗓门：

“上校，我想问你一下，我们需要的是被遵从呢，还是被欢迎？你说说看。”

拉杰尔知道长官期待的回答，但是一瞬间，一股反抗的意志从心底油然而生。他放低视线，再次用不冷不热的口气答道：

“当然是被遵从了，阁下。”

“没错。”

雷内肯普重重地点点头，对着部下说教起来：

“我们是胜利者，是支配者，有责任建设新的秩序。尽管短时间内会受到战败者的疏远与冷淡，但是为了完成更重大的任务，一定要有决不让步的决心与信念。”

后来，梅克林格留下如下一段记录：

“皇帝要为这项错误的人事安排负责吗？我不这么认为。皇帝没有察觉到雷内肯普狭隘的心胸，是因为他并没有对杨威利怀有提防警戒之心。这种面对打败过自己的对手产生的心结，就好像心理上高耸着一座巨大的山峰。拥有强大羽翼的鸿鹄固然可以飞越这座山峰，但是对没有如此条件的鸟类来说，这种飞越是艰苦的。想来雷内肯普应该多加锻炼自己的羽翼。皇帝任命他为事务官，并非只让他完成看守杨威利一个人的任务。事实上，皇帝也并非全能。难道因为天体望远镜不兼有显微镜的功能，就该批评它吗？我并不这么想……”

3

事实上，处于帝国军监视下的不止杨威利一人，许多高级军官也或多或少有类似遭遇。毕竟自由行星同盟好不容易才免于被帝国军彻底征服，从这一点来说，现在他们的处境就像是暂时未被处刑的死囚。

雷内肯普高等事务官被赋予旁听同盟政府召开的会议的权力。虽然他不能下达命令或是陈述自己的意见，但同盟政府毕竟无法不顾他竖起来的耳朵，肆无忌惮地自由讨论。

身为同盟元首，同时也是首席行政官的最高评议会议长姜·列贝罗接过优布·特留尼西特扔下的政权，接替了他的位置。权力的甜美果实早已被前人恣意采摘，掉落满地。他知道重建的路上会有无数苦难，但还是辛勤地耕作着这片已经荒芜的果园。

“不得给帝国任何借口。”

姜·列贝罗做出这样一个决定。即使只剩虚有其表的名义，仍得尽力维持拥有两个半世纪历史的自由行星同盟的独立，以期终有一天完全恢复独立。如果用野蛮的理论来讲，罗严克拉姆王朝统治下的银河帝国完全能以压倒性的军事力量将自由行星同盟吞并。他们现在没有这么做，并不表示将来不会有这种意图。他们只是在等待更加有利的时机。

《巴拉特和约》像条无形的铁链，绑住了自由行星同盟的四肢。根据和约第四条的规定，同盟须每年向帝国缴纳一万五千亿帝国马克的安全保障税，整个军事费用的负担等于是换了一种形式，继续成为同盟财政上的沉重包袱。此外根据第六条的规定，同盟有制定国内法的权力，但法中须禁止一切可能妨碍与帝国友好关系的活动。所以列贝罗在会议中提出《反和平活动防止法》的同时，不得不宣告有限期地停止保障言论和结社自由的《同盟宪章》第七条。

“言论和结社的自由如果不被认可，不就等于民主政治的自我否定吗？”

同盟中的尊重原则派大声抗议。列贝罗当然也了解这种情况，但是以他的立场来说，他不得不考虑事急从权。世上不是还有一种断腕保命的做法吗？列贝罗一面不断说服自己，一面担心杨威利这位同盟最伟大的军事英雄。如果他被原则派的人抬出来，在帝国和同盟之间扬起叛旗的话……列贝罗一想到这样的可能，就不禁全身战栗。

事实上，列贝罗也明白杨威利应该不是借由武力获取权力的人。在过去这三年里，他已经几次目睹证实这一点的事例。但过去的事例并不能全面地保障未来。杨的新婚妻子菲列特利加的父亲，也就是人称军部理性派的前任上将德怀特·格林希尔，以前不也曾过度忧虑政治和外交的萎靡，被军部的强硬派抬出来发动政变吗?

当时镇压政变、挽救民主政治的人就是杨威利，当时他如果有心成为独裁者，那么同盟早已在他的统治之下了。但镇压政变并解放被占领的首都后，他却立刻回到最前线，甘当一名守卫边境的司令官。列贝罗真心赞赏杨的这种行为，但是人这种动物毕竟会变化。一个刚过三十岁的青年，如果耐不住单调的退休生活，导致他那与才能相称的野心被唤醒的话……

因此，杨威利受到了支付他退休金的政府的监视。虽然没有特地告知被监视的当事人，但杨察觉这件事也不需要太多时间。他并不是受虐狂，不会因私人生活被监视或窥看感到高兴，但也没有要大声抗议的意思。一方面，他理解政府目前艰苦的立场，多多少少也有些同情；另一方面，也可以借此阻绝那些令人厌烦的访客。

总之，不管别人有怎样的想法，杨当前只想优哉地度过人生旅途中的带薪休假。虽然日后看来，这个如意算盘真是错得太离谱了……

杨威利像个懒惰老公一样吃吃睡睡，随手写写连发表的希望都没有的历史理论原稿，其余的时间就是一味地发呆，而他的新婚妻子菲列特利加却没道理像他一样过这种不事生产的生活。她如果也学习丈夫那样的生活方式，刚刚组成的家庭不久就要变成杂草丛生的废园了。她希望这个家至少还能维持类似绿洲的功能。

对于菲列特利加·G（格林希尔）·杨来说，这个新婚家庭同时也是一个学习做家庭主妇的场所。在少女时代，她曾经一度代替病弱的母亲维持家庭。现在想来，当时父亲为了减轻女儿的负担，对她备加照顾，所以在她年满十六岁的时候便让她离家上了军官学校。在军官学校里，她学过在非常时期寻找食物的方法和野菜的食用方法等，但学校从来没有教过家常饭菜的烹调。她一直想找个机会学一学，但或许是实践太少的原因吧，她自从进入军官学校、被称为“电脑的表妹”以来，虽然有常人无可比拟的记忆力，却从来没有在家庭生活方面显现出一个优等生的样子。

人类五千年历史的年表、杨的战历与所获功勋的详细情况，都正确地输入了她的记忆网络，但以目前的情况来看，不管如何深厚的学识，或是怎样高超的哲学，都无法帮助她冲泡丈夫喜欢的红茶和安排菜单，好让讨厌夏天的丈夫增进一点食欲。

虽然杨从未抱怨过菲列特利加做的饭菜，但这是因为他衷心喜欢她的手艺呢，还是他其实不觉得怎么美味，但体谅她的心情才什么都没说，又或者是他根本不关心？这完全是一个谜。

没过多久，所有的拿手菜就从头到尾上演过一遍了。菲列特利加战战兢兢地问丈夫，对她的手艺或家庭的经营管理有没有不满的地方。

“哪会有不满啊，特别是你之前做的那个……那个什么东西，的确很好吃。”

这个虽有热忱但明显缺乏说服力的回答，并不能安慰菲列特利加的心。

“我、我以前根本就不会做菜……”

“没有这回事，真的。对、对了，就是在逃离艾尔·法西尔星域的时候，你帮我做的那个三明治真的很好吃。”

这个说辞真的是事实呢，还是只是口头上的安慰？其实连说话的人也不清楚。都已经是十一年前的事了，他的味蕾早已失去了记忆。不管怎么说，他抚慰妻子的这点心情足以令人感动。

“我比较拿手的只有三明治。不，其实也不只是三明治，还有薄煎饼、牛肉汉堡之类的……”

“都是两片面包夹食物的做法。”

杨表示非常欣赏。但是菲列特利加觉得，不管丈夫是如何落落大方或者如何迟钝，如果自己只能准备像“早上夹蛋三明治、中午火腿三明治、晚上沙丁鱼酱三明治”这种三餐，那么她这个家庭主妇就应该被换掉了。

军官学校四年的住宿生活和五年的军队生涯，对她成长为一个家庭经营者几乎没有帮助。

踏上旅途之前，尤里安·敏兹曾经教过菲列特利加冲泡好喝红茶的技巧，从热水的温度到冲泡的时间等，都向她透露过一些高明的技法。当时尤里安看着菲列特利加的动作，曾说“动作不错”，不过她却觉得似乎是奉承。在某种意义上，她和杨截然不同，还有许多目标需要努力。

4

人称同盟军文书工作第一把交椅的名人——一直在事务工作方面辅佐学弟杨的亚列克斯·卡介伦，也因为受到帝国军的监视陷入极不愉快的情绪。反正一想到电话被窃听，他就没有心情和杨在TV电话里交谈了。

有一天，他坐在打毛线的夫人旁边喝咖啡，隔着窗子看到外面五名监视的士兵，忍不住咂嘴。

“哼，日复一日，也真是辛苦啊。”

“不过也托了他们的福，不用担心小偷了。用公费请他们替我们看家，不是一件很美妙的事情吗？泡个茶之类的招待一下他们吧。”

“随你的便。”丈夫若有所悟地应道。于是卡介伦夫人泡了五杯咖啡，然后吩咐大女儿莎洛特·菲利丝出去把“最傲慢的人”叫进来。不久后，一名脸上还留有雀斑痕迹的年轻士官在九岁女孩的带领下，带着满脸不信任的表情，抱着胳膊走进来。当主人请他在餐厅里喝咖啡的时候，士官狼狈地急忙换了一副表情，不情愿地谢绝了。“现在正在执行勤务，没办法接受这样的款待。”这种回答理所当然，但卡介伦也陷入“不能浪费五杯咖啡”的窘境。不过在这以后，监视士兵的视线至少对那个孩子柔和了许多。

过了几天，卡介伦夫人做了一个很大的草莓派，吩咐两个女儿送到年轻夫妇家里。于是莎洛特·菲利丝提着装草莓派的盒子，领着妹妹，对监视他们的帝国士兵和蔼的笑容回了个微笑，出门向杨夫妻的新居走去。当然，出门时没有受到任何阻拦。

“午安，杨叔叔、菲列特利加姐姐。”

虽是小孩子天真无邪的称呼，但称谓的差别着实叫杨伤心。新婚妻子高兴地把这两位小使者迎进门，然后像尤里安以前做的那样，把加了蜂蜜的牛奶拿出来慰劳两个小女孩。接着，她像是要安慰沮丧的丈夫，赶忙拿起刀子切派，结果发现派里夹有一张折起来的耐水纸，纸中记载了几条不能让帝国军知道的联络事项。

就这样，杨元帅与卡介伦中将成功地用一种让监视士兵绝对想不到的方法取得了联络。但是同一种方法如果重复的次数太多，监视士兵的神经网络里，疑惑的曲线就会随着比例急速上升。而且菲列特利加必须做些蛋糕或派之类的点心来回礼，这对她来说也极费功夫，用不了多久，她的拿手绝活就会用尽。菲列特利加思来想去，决定以学做菜为名往来于卡介伦家中。这并不全是撒谎，事实上不只是做菜，在家庭生活的各个方面，她都很希望有一位值得信赖的师傅。

时机成熟时，杨家这对年轻夫妇便带着小礼物前往卡介伦家拜访。

他们两人无视监视的宪兵，自顾自走在街上，发现路上来来往往的行人纷纷把视线集中在某处，眼神中流露出一种不能称之为好意的神情。

让市民们感到沉闷紧张的源头就在街头拐角处，两名全副武装的帝国军士官正用无聊的表情面对着来来往往的人们。尽管夏日炎炎，他们的脸上却没有一丝汗水，这或许是训练与实战锻炼出来的成果，但这种刚毅却给人一种机械的、超人的印象。

两名帝国军的视线捕捉到了杨和菲列特利加的身影，这两个人经过的时候，他们忽然有点不太相信自己的眼睛。虽然从立体电视上知道了这位伟大敌军将领的长相，但他们觉得一位元帅级的人物不应只穿着洗白的棉衬衫，连一个随从都没带就随随便便走在街上。很明显，他们无法判断这究竟是不是杨元帅本人，于是一抹人类的感情才流露在脸上。

卡介伦从显示器上看到这对新婚夫妇站在门前，于是对着夫人喊：

“喂，杨夫人来了。”

“哎哟，就她一个人吗？”

“不是啊，还带着她老公。不过怎么说呢，总觉得一个司令官、一个副官这种组合不太适合成为夫妇，两个人大概都蛮辛苦的吧？”

“那有什么关系呢？”夫人泰然地评论道，“以这对夫妇的情形，小市民家庭的舞台对他们来说太狭小了。涉足地面是个错误，但不久后，他们大概就会远远地飞到应该去的地方吧。”

“我原来没打算和一个女预言家结婚啊。”

“哎哟，我不是在预言，我就是知道。”

卡介伦一面看着夫人走向厨房的背影，一面咕哝了几句，走向门口迎接客人。两个女儿一蹦一跳地跟在爸爸后面。

当门打开的时候，杨夫妇正在卡介伦家的门口，与监视的帝国军士兵一问一答——来这里拜访的目的是什么？携带的东西是不是可以看一下？打算什么时候回去？杨耐着性子一一回答这些傲慢自大的质询。做父亲的轻轻推了一下女儿的背，于是两个小女孩跑向杨夫妇身边。士兵们这才向杨敬礼，然后退下。杨将带来的礼物随手交给莎洛特·菲利丝，然后说："把这个拿给妈妈，是巴伐利亚奶油布丁哦。"

杨进入客厅后，换作卡介伦为难他了。

"哟，不速之客。"

"怎么样啊，卡介伦夫人的先生大人？"

"偶尔也带瓶法国白兰地来啊，怎么，又只带了些女人家喜欢的玩意儿？真是的。"

"这你就不懂了，如果要谄媚的话，也要对真正握有大权的人才有用。做菜请客的人可是大嫂，你说对不对？"

"哼，真是眼光狭窄的家伙。出钱买菜的人可是我，不管表面看来怎么样，真正握有大权的人还是——"

"还是大嫂吧！"

当现役中将和退役元帅进行格调不高的谈话时，卡介伦夫人一面对菲列特利加和两个女儿发号施令，一面麻利地把质量俱佳的饭菜摆在桌子上。杨在一旁看着这一幕，心里怀疑：在卡介伦夫人眼里，她是不是将菲列特利加看成和两个女儿一样的人呢？

"我想学做更多的菜。首先学做肉类，然后学做鱼，接着再学蛋类的菜。恐怕会给您添麻烦，不过还是要请您教教我。"

对于菲列特利加这番热切的恳求，卡介伦夫人点点头，但脸上有些迟疑，说：

“你真是用心良苦啊，菲列特利加。不过呢，你也用不着太张扬，分门别类地去学。除了做菜，在一个平等的位置上管教老公也很重要。如果你太宠他的话，他可要爬上天了。”

这对年轻夫妇回去后，卡介伦夫人对菲列特利加的勇敢（而不是能力）赞不绝口。

“我也觉得她真的很有勇气。”

卡介伦一面用一只手抚摸下巴，一面半是认真地说道：

“不过呢，尤里安那个小子如果不早点回来，只怕他在回到阔别许久的家时，欢迎他的会是一对营养失调的年轻夫妇的尸体……”

“说什么话呀，真是不吉利。”

“开玩笑啊。”

“开玩笑也要有分寸。你根本就是缺乏幽默感，如果不注意的话，很容易超过玩笑的尺度。太过分会惹人讨厌的。”

卡介伦以不到四十岁的年龄担任后方勤务本部的代理部长，并且凭借军事官员的卓越才能为人称颂，这时他却像彻底战败似的，把小女儿抱到膝盖上，然后紧贴着女儿那多半盖在褐色头发下的小耳朵，悄悄地说：

“爸爸可不是输了。在这个时候退出辩论，给老婆面子，是维持家庭和平的根本之道。你们不久也会明白的。”

接着他忽然想起先前妻子说过的预言。如果杨真的会飞向宇宙，那么他也得考虑自己的去留问题了。察觉到父亲脸上的温和忽然减少了许多，女儿有些不可思议地抬头望着他。

5

雷内肯普对杨威利的偏见，也给了后世的历史学家一些影响。他们受到了杨究竟是“民主政治的拥护者”还是“旷世的智慧将领”这一幻影的迷惑。因此在解释杨的行动时，他们与其说是站在研究者的立场，毋宁说是站在崇拜者的立场。他们断定杨所有的行动都是经过周密计算才进行的，就连他退役后乍看极为平凡的生活，也是为了打倒帝国争取时间的深谋远虑。但就杨而言，这样被高估实在很为难，毕竟年纪轻轻不工作，靠着退休金整天优哉游哉地生活，谁都不会赞美这种日子。

不过说到事实，杨的“深谋远虑”确实也存在。对他本人来说，这或许只是单纯地打发时间，但经当时的两三个证人传到后世的，大约有以下几项：

第一，这个计划的目的在于重新建立民主共和政体。如果能从银河帝国的实质支配中脱离，完全恢复自由行星同盟独立自主的地位，是最好的结果。如果不行，那么无论规模大小，都应该谋求一个民主共和政体的成立。国家是将国民福祉与民主共和理念付诸实现的具体化手段，应切记除此之外，国家的存立绝对没有其他目的。自古以来，将国家视为神圣存在的人，一定是国民中的寄生虫，没必要为了拯救他们发动一场新的流血事件。

第二，重新建立民主共和政体，必须在四个领域内进行，分别为 A. 理念，B. 政治，C. 经济，D. 军事。

A 是整个计划的前提，也就是民主共和政体的重建与公民政治权利的恢复究竟能汇集多少精神能量的问题。如果公民无法认同重建民主共和政体的意义，无论怎样的计划或阴谋都没有意义。要强烈地唤起民众这种认同，大概需要以下两个条件之一——a. 专制政府的暴虐压制；b. 象征民主共和政治的领袖人物的牺牲。这两种情况中的任何一种，都会成为在感情和生理方面加强这种理念的要素，但如果出现的情况是由民主共和阵营一手导演的，就终将沦为一种阴谋。这一切需要时间与踏实的努力（但“努力”这种字眼并不是杨喜欢的）。

B 的成果全依赖于 A 达成的结果。同盟现在仍保有内政自治权，就有可能在行政单位末端组建反帝国的组织。特别是在税收与治安这两个部门中，把第一线的人组织起来更为必要。此外，应在帝国内部以及在帝国支配下的费沙自治领发展支援者，就算这样的支援者并不是主动的也无妨。若能在靠近敌人权力中枢的地方也拉拢一批支援者，那就再好不过了。虽然这样做有些卑鄙，但是为了激起敌方之间的忌妒与仇视，收买与胁迫都可进行，甚至也可以考虑一下告密或中伤。

至于 C 的实现，需要费沙特别是其独立商人的援手，这种协助的程度还要超过 B。同盟每年必须向帝国缴纳一万五千亿帝国马克的安全保障税，自然无法期待财政在近期有所好转。向费沙商人借高息贷款来筹措资金固然也是一种办法，但与其这么做，是不是可以将矿山开发权或航路优先权提供给这些独立商人，并保证这种权利在将来的存续与扩大，以谋求他们的援手呢？重要的是要让他们理解，协助民主共和派比协助帝国更有利益。在 B 方面，如果能让帝国采取产业国有化或物资专卖化的政策，寻求费沙独立商人的支持会更容易。古代的大帝国屡屡面临民众的叛乱，原因之一便在于帝国将人类生存必需的食盐列为专卖，官吏贪图不当利益。不管怎样，要寻求费沙商人的支持，一定要给予他们相应的利益才行。但是民主共和政体的重建毕竟不等于分别重建同盟与费沙，所以也不需要太忧虑。

关于D，是在A到C的所有项目完成后才开始进行的。战术层面的构想在现阶段没有必要。所谓的军事重建，是指重新组建反帝国活动中负责实际作战的组织。这个组织里必须有一支核心部队，这已经安排妥当，但还需要再增强战力。另外，指挥官的人选也很重要，杨尊敬的梅尔卡兹提督在人品与能力方面都堪当大任，可惜他是来自帝国的流亡者。就这一点而言，如果让他成为民主共和政体的军队指挥官，或许无法充分得到信赖。那么，比克古提督呢？这还得经过深思熟虑才行。

第三，这大概是永远适用的法则——减少自己的敌人，增加敌人的敌人（对方的敌人不见得一定是我方）。一切都是相对而言的。在整体力量上必须要超出对方，特别要留意情报的质与量……这些都是杨计划当中的基本部分，至于其他更庞大的计划，杨没有记载于文书中。他并未轻视雷内肯普高等事务官在维持治安方面的能力，自然不会留下让新王朝判定自己谋反的证据。

由序曲到末乐章，整个“叛乱交响曲”的全部音符都已整齐地收录在他的脑细胞中。这些内容仅有极少数的人知道。被问到军事方面的指挥者中为什么没有杨的名字时，他的回答是这样的：

“到了那种地步，我难道还要工作吗？我用头脑思考，至于身体力行的活儿，就委托其他人吧。”

杨的构想并不是基于所谓“中兴家业”理念，因为自由行星同盟这个权力机构并没有让人流血赌命使它复兴的原因或价值。他认为国家这种东西充其量不过是道具。他一直不断告诉别人这个观念，在文章中也多次提到——只是都在私人领域内进行。

另外，他从未对敌手莱因哈特·冯·罗严克拉姆这个人有过一丝一毫的憎恶。不仅如此，世上甚至没有人会像他那样，对莱因哈特有如此高的评价。在杨看来，作为军人，莱因哈特是个无与伦比的军事天才；作为专制君主，他的见识也极高，而且极少有私欲，施政公正廉洁。就目前看来，他真的是无可挑剔。杨有时甚至会想，如果他的统治能长久持续下去，甚至该说是多数人类的幸福。

但是，当新皇帝莱因哈特借着强大的政治能力为宇宙带来和平与繁荣，并加以维持的时候，人们会习惯于将政治事务完全委托给他人。这么一来，人们将不再是公民而是臣民。杨很难忍受这一点。

杨认为专制君主的德政对人类的政治意识来说，或许是种最甘美的麻醉药。不用参与，不用发言，甚至也不用思考，政治就可以正常地运作，人们也可以享受和平繁荣。如果这样的话，还有谁想去参与麻烦的政治？能这样固然很好，但是为什么人们没有把想象力延伸到这一点上？如果人民将政治看成麻烦事，专制君主必然也是如此。当他也对政治感到厌烦，于是用被赋予的无限权力来满足个人私欲时，结果会如何？权力应该受到限制、批判和监视，因此就本质而言，民主政治应该比专制政治合理得多。

说是这么说，其实杨也不见得已打定主意。假设变革能往好的方向发展，人民也都能享受和平与繁荣的果实，从现实的角度看来，似乎也能这样持续下去，又何必一定要拘泥于某种政治形态？杨有时也不禁这么想。自己也曾在投票选举日的前一天晚上醉得不省人事，等到第二天醒来，已经是黄昏时刻，来不及投票，最后被以弃权论。他想起如此不光彩的经历也会面红耳赤，认为自己没资格说这些冠冕堂皇的大道理。

其实，当一个人想做些什么的时候，似乎就应该停止思考。在大多数情况下，人是一种被“信念”支撑的动物。如果坚信只有自己才是正确的，所有反对自己的人都是邪恶的，才能成就大事，杨似乎是没有办法成就大事业的。

在后世的历史学家当中，也有部分人认为信念可以使一切行为免罪。杨的发言时常侮辱“信念”这一神圣字眼，他们不仅严厉批评，甚至加以谴责。例如杨下面的几句话：

“其实所谓的信念，不过是人们为使自己的过失或愚蠢行为正当化而进行的一种化妆。妆化得越厚，下面的容貌就越丑陋。

“为了信念杀人，其实比为了金钱杀人更恶劣。为什么？因为金钱在大众间具有共同的价值，但信念仅限于本人使用时才有价值。”

如果让杨接着说下去，他大概会说，再也没有什么东西比信念更有害了。就以鲁道夫大帝为例，他的信念不就是消灭民主共和政治，杀害数以亿计的人民的性命吗？一个人如果使用像“信念”这类的字眼，使用的次数每多一回，杨对这个人的评价就会降低一成。

其实从想破坏新兴秩序这一点来看，杨或许就足以称为历史的罪人了。在后世人眼中，大概唯有莱因哈特才是历史的继承人。杨一面对着妻子这样说着，一面一口喝干了第一杯“添加红茶的白兰地”。

“说到底，期待他人堕落的做法，不管怎么看都是卑鄙下流的。其实，这就是乘人之危！”

“不过，现在除了等待也别无他法了。不是吗？”

新婚妻子菲列特利加一面回答，一面若无其事地伸出手，想把白兰地酒瓶拿到自己这边来，不料却以一瞬之差慢了一步。

“时机尚未成熟啊，少校。”

杨装模作样地说完，把白兰地注入自己的茶杯。看到妻子的表情，杨倒了预定量的七成便停住了。他一面盖上瓶盖，一面像辩解似的说：

“人想要某种东西，就是因为身体对这种东西有需求，所以诚实地顺应身体的需要，想吃就吃，想喝就喝，这样对身体才是最好的。”

杨的视野比大部分人都宽广，视线所及的距离也很远，但怎么也不可能掌握全宇宙所有的事物。当他在诸多限制中想着如何经营和谐的新婚生活的时候，在离他的家庭一万光年之远的银河帝国首都行星奥丁上，皇帝莱因哈特在亲临的会议中，已经做出了对地球派遣讨伐军的决策。

→ Chapter 3 ←

访问者

1

人在一生中难免会遇到一些变化，当这些变化发生在力所不及之处，却又左右着自己的生涯时，人们为了说服自己，总将“命运”这个古老的词从记忆的坟墓里挖掘出来。尤里安·敏兹才过了十七次生日，还来不及将命运一一从坟场里挖出来，因此总是让它在床下待命。

这五年以来，杨威利一直是尤里安的法定监护人，按照杨的说法，“命运就像老巫婆一样，长着一张促狭的脸”。对于不情愿地变成军人，而且一当就是十二年的杨来说，这大概是一个真实的写照吧。

五年前，由于所谓《战时托孤法》的规定，战殁军人遗留的孤儿须由其他军人家庭收养，于是尤里安被指派到杨威利“上校”家中。当他拖着比身体还庞大的行李箱，与这位不像军人更不像英雄、黑发黑眼睛的青年面对面的时候，尤里安仿佛已窥见命运的轮廓，只觉得那是一张面色红润的善良老妇人的脸。但以后的命运到底会有怎样的变化，他还想象不到。

这次的地球之行，又会发生什么事情呢？这块自己有生以来第一次看到的人类发祥地，像是笼罩在复杂而奇妙的色彩当中的块状物，此时正浮现在宇宙船“亲不孝”号舰桥的主屏幕上。在尤里安迄今为止见过的众多行星当中，地球连美丽星球的一半都算不上。或许是因为先入为主的观念，整个星球看起来就是一个缺乏秩序、呈现混浊色调的球体，四周似乎笼罩着颓废和荒凉的气氛。

从海尼森出发到现在已经过了一个多月，尤里安此刻来到了帝国领域中极为偏远的边境星域。

出发的时候，按照规定可以取道费沙与伊谢尔伦两大回廊中的前者。后者是不久前帝国军与同盟军数次发生流血争夺战的宙域，更是时隔两年半后重回帝国军控制之下、以伊谢尔伦要塞为中心的军事要地，当然不会开放给民间宇宙船通行。这次航行从一开始就没有选择的余地。

一想到伊谢尔伦要塞，尤里安情感的水面就不禁漾起微微的涟漪。伊谢尔伦可说是“易守难攻”这个形容词活生生的例子，但他的监护者杨威利却于宇宙历七九六年兵不血刃就将其攻陷。在亚姆立札会战同盟军大败之后，杨一直担任要塞兼要塞驻留舰队的司令官，在最前线守护国家的安全。尤里安也随他前往伊谢尔伦，在这个直径六十公里、拥有五百万军人及平民的巨大人工天体上度过了长达两年的岁月，并在这段时间内成为一名正式军人。这里也是尤里安最初体验战斗的地方，他在这里和许多人成为知己，也在这里和许多人永远分离。

到现在为止，他人生的沙漏里绽放着明亮光彩的许多沙粒，都是从伊谢尔伦捡拾而来的。在他仅有的十七年人生岁月中，这个为他带来最有意义也最丰富的记忆和经验的地方，如今已落入帝国军之手，着实令他遗憾。当伊谢尔伦要塞在帝国军宏大的战略构想下已难以左右局势发展的时候，杨威利毫不犹豫地放弃了要塞，选择了确保舰队行动自由这条路。尤里安明白杨的战略是正确的，就算不正确，他也会支持杨的这项抉择。只是这项抉择的大胆也真叫他大吃一惊。虽然并不是第一次，但杨的行动对尤里安来说总是充满创意。

“亲不孝”号的船长波利斯·高尼夫站在尤里安身旁，对着他眨眼睛。

“怎么样，看起来像个毫无生气的行星吧？”

高尼夫不仅仅是负责将尤里安送到这儿来的宇宙船船长，更是享有盛誉的费沙独立商人，也是杨威利自幼熟识的朋友，还是同盟军中已战死的击坠王伊旺·高尼夫的堂兄。这艘宇宙船则是经由杨的关系，在卡介伦的安排下才归他所有，原本是供同盟军运输使用的。他原本想为这艘船取和过去的爱船“贝流斯卡”相同的名字，但这个名字有许多不良记录，恐怕有将帝国军的注意力引向负面的危险，因而作罢。除此之外，这艘船的船型也是非法的，所以得尽量在表面加以伪装。

这时有人从另一边拍了拍高尼夫的肩膀，尤里安回过头来，看到了途中加入这趟旅行的奥利比·波布兰中校。这位年轻的击坠王用那绿色的眼眸冲着尤里安笑，然后将视线投向主屏幕。

“那行星就是所谓的人类之母吗？”

这其实只是一句人云亦云的话，所以波布兰话中的怀古之情并不怎么浓重。地球失去支配人类社会的中枢地位，到现在已有将近三十代，而年轻击坠王的祖先飞离这个行星地表，则要再往前追溯十代。感伤的泉源早在遥远的过去就干涸了。

波布兰原本就不是因为对地球有兴趣才中途加入尤里安一行的，他其实对这个地处荒凉边境的行星非常冷漠。

“一个垂死的母亲，我才没兴趣呢。”

波布兰吐出的话毫无慈悲之感。

高尼夫刚才一直同驾驶员维洛克商量着什么，这时再次走了过来。

“就在喜马拉雅降落吧。那里比较靠近地球教的总部，而且到目前为止也都是在那里降落。”

“喜马拉雅？”

“地球上最大的地壳褶皱运动地带，所以也成了一般宇宙船的航行目标。”

高尼夫继续解说着。在昔日地球的全盛时期，喜马拉雅是能源供给中心。利用高山上融化的雪水进行的水力发电、太阳能发电及地热发电，可将光和热供给一百亿民众，而且为了不破坏自然的美景，所有的设施都经过精心设计。此外最重要的是，该处的地底深处还凿了避难防空壕，供地球政府的首脑在紧急情况下使用。

过去，当反地球联合军的大舰队突入太阳系，把带有强烈复仇心的猛烈攻击施加到这个“傲慢行星”表面的时候，这座山脉和其他军事设施以及大都市都成为攻击的焦点。在九百年前的某一天，这座巨大的山岭喷出熊熊火焰，增加了自身的高度。泥土、岩石混合着冰河形成一道流动的墙壁，将地面上所有的人工建筑物夷为平地。这座山脉一直是地球人的荣耀与骄傲，在某些时期还是地球人信仰的对象。但是对长久以来遭受虐待与冷遇的殖民地民众而言，地球人傲慢的精神象征也成了憎恶的对象之一。

在一连串猛烈攻击后，地球政府的代表要求会见联合军总司令，提出了和平的要求。但他并没有祈求慈悲的意思，而是以全人类正统盟主那极为高不可攀的姿态，高谈“守护地球的名誉是全人类共有的义务”。对地球人来说，这是最后一次保有体面的姿态。

联合军总司令官法兰克尔冷漠地答复道：

“一个从孩子手里抢夺劳动成果供自己挥霍，孩子稍有抗议便痛打一顿的母亲，现在还想要求什么权利？现在留给你们的权利只有两种：一是自取灭亡，二是被我消灭。喜欢哪一种，你们自己选！”

据说那位年仅三十多岁的司令官曾有一段恋人被地球军士兵凌辱，最后自杀身亡的悲痛回忆。他燃烧的眼神、炽热的视线压倒了这位地球政府的代表，使其哑口无言。过去几个世纪以来，地球在殖民星球人民的心中种下了憎恶的种子，并通过本身的恶劣行为，促使那种子快速成长。不但无法取得妥协，甚至连宽恕都难以求到——这一惨状此刻已经浮现在了他们心中。

代表在悄然返回的途中自杀了。与其说他是为交涉任务失败负责，不如说他是无法正视不久后地球上将要展开的杀戮与破坏的狂宴。

这场流血的狂宴持续了三天。直到联合军的政治指导部传来严令，这位司令官才在轰隆作响的雷鸣中，一边让雨打在自己身上，一边接受命令，让士兵停止了这场杀戮。他年轻的脸颊上，雨水和激动的泪水仿佛瀑布一般尽情地流泻……

一想到这小小的行星上曾经流过如此之多的血，有如此深重的被诅咒的罪恶，尤里安那柔软的身体便不由自主地被一股紧张的电流贯穿。因为这个时候他要面对的不是未来，而是过去。

2

尤里安·敏兹前往地球的行程并不是直线式的。因为从一开始，这项离开行星海尼森前往地球的行动就不被认可。

虽然尤里安已提出辞呈，但直到前些日子为止，他还是同盟军军官的身份，再加上他是杨威利的被监护者，用帝国军与同盟政府那对杨有所猜疑并加以监视的眼光看来，尤里安的立场当然可疑。就算尤里安和护卫路易·马逊少尉平安无事地逃脱，帝国军和同盟政府也可能以此为借口，来弹压杨和菲列特利加夫妇。

杨为了让他顺利地抵达地球，做了各式各样的计划与安排。首先，他与卡介伦及波利斯·高尼夫协力找到了船只，使尤里安和马逊正式成为该船的搭乘人员。杨为他提供的环境，帝国军和同盟政府至少在表面上都无法提出异议，虽然杨嘴里一直在咕哝："就算是真正的父亲，大概也很少为要出远门的儿子做到这种程度吧。"

至于脱离海尼森重力圈之后的事情，杨就鞭长莫及了。地球之旅能否成行，得靠尤里安的头脑与波利斯·高尼夫的机智。而且这一趟旅程的目的并非只是前往，还要找到地球教的秘密总部，然后平安无事地归来，这才算成功。

航行的第一天还没结束，旅程中的第一个障碍便来势汹汹地挡在他们的航路上。

"停船！否则将采取攻击行动！"

接收到这个信号的时候，在"亲不孝"号上，大概没有一个人的神经纤维不在跳动。现在，帝国军拥有的武力绝对是占优势的。这种武力一旦与人类本能中最丑陋的一面结合，便极有可能被滥用。先破坏毫无抵抗力的民间船只，然后声称是正当防卫——帝国军完全做得出这种事。

高尼夫船长问是否要逃走，尤里安摇了摇那亚麻色的头发。因为在往后的旅程当中，不知还要面对多少次检查盘问。如果每一次的反应都显得太敏感，恐怕会暴露自己前往地球的目的。

于是，他们满怀着不安接受了停船的命令。来到船上执行临检任务的年轻少尉问船内是否有妙龄女郎，得到"没有"的回答后，脸上显露出仿佛赶紧打发完课外作业的表情。

"船上没有搭载武器、毒品，或是当商品来贩卖的人口吧？"

"这是当然。我们都是善良的商人，懂得命运和法律都是值得畏惧的。请您随意检查。"

人们一直说谄媚逢迎是费沙人的第二天性，尤里安今天终于目睹了能证明这句俗谚的实例。甚至连波利斯·高尼夫都是这样。

帝国军驱逐舰的舰长命令对方停船，其实并不是基于严重的怀疑或警戒。帝国军现在可以深入自由行星同盟的任何领域，拥有可在任何时候对同盟船籍的宇宙船实施临检的权力。他这么做，无非想确认一下这个事实，满足一下小小的权力欲。根据今年缔结的《巴拉特和约》，他们从已成为帝国直属领地的干达尔星系出发，被编入了舒坦梅兹一级上将的指挥下。舒坦梅兹在当时帝国军的提督中并不是特别突出的人，但军纪甚严，对同盟也相当关照和尊重。除非有绝对的必要，否则他不许部下对一般民众做出残忍的举动。从这几点来看，这个临时检查仅止于一般的形式。假如不是这样，尤里安·敏兹的旅程恐怕刚出发不久就会被迫返航。

尤里安再次与所怀念的人见面，是到达波里斯星域之后的事。在几乎被破坏一大半、已被放弃的浮游补给基地“塔扬汗”中，潜伏着梅尔卡兹一行的舰队。在此处见面是早已预定好的计划，但“亲不孝”号还是在小心翼翼地对过通信电波暗号之后，才进入塔扬汗基地。尤里安走出船舱，第一个遇见的人就让他意外地喊了出来。

“波布兰中校！”

“哎呀，小伙子，怎么样，女朋友大概有一打了吧？”

那亮褐色的头发和跳跃的阳光一般的绿色眼眸是如此令人

怀念。奥利比·波布兰，二十八岁的击坠王，和战死的伊旺·高尼夫同为空中作战的佼佼者。在单座式战斗艇斯巴达尼恩的操纵技术方面，他是尤里安的教官。在同盟向帝国求和、沦为附属国的时候，他毅然离开同盟，与梅尔卡兹提督一行共同开始行动。

“以后也许会有几打，不过现在身旁的位子还是空的呀。”

“真是个没志气的家伙。对了，咱们的元帅大人最后还是和菲列特利加小姐举行了婚礼，是吧？”

“是啊，稍稍庆祝了一下。”

波布兰用口哨吹出了大概有三个音节的祝福曲。

“咱们元帅大人创造了许许多多的奇迹，其中最神奇的莫过于用爱神之箭射落了菲列特利加小姐的芳心。当然，应该说是这位好奇而多事的小姐自己冲到了箭靶前面才对。”

“伊谢尔伦上那些漂亮小伙儿，究竟在做什么呢？”

正打算这么说的时候，尤里安看到了梅尔卡兹提督和舒奈德副官的身影，立即向波布兰行了一个礼，飞快地向这位亡命的客将走去。

双方互相行礼后，梅尔卡兹以沉重而温暖的笑容面对这位远道而来的少年。他是一位年过六十、风格敦厚稳重的军人。在伊谢尔伦要塞时，他虽然担任杨的顾问，但是从他的威严来看，任谁都以为他是杨的长官。

“欢迎你来，敏兹中尉。杨元帅好吗？”

此时尤里安身穿便服，波布兰头戴黑色贝雷帽，身穿同盟军军服，而梅尔卡兹等人则身穿黑底配银色的帝国军军服。这一幕看起来与其说是没有秩序，毋宁说是“共存”的印象更强烈一些。不过这大概出自尤里安偏袒自己人的心理。

从欠缺景致但很干净的士官餐厅端来了咖啡。寒暄大致结束后，舒奈德换了一个比较正式的姿势。

“现在，我们拥有六十艘舰艇。六十艘这个数字，虽然也可以称为一个集团，但说到战力，几乎没有任何现实意义。”

舒奈德的表情十分严肃。

“杨提督在那样的状态下，仍然能蒙蔽帝国军的耳目，为我们凑出这个最大限度的数字，我们实在是非常感谢。数量就是力量。就现状而言，我们拥有的武力只能勉强和一个以一百艘舰艇为单位的巡航舰队作战。杨提督这次派你前来，是不是有什么想法？”

舒奈德来回注视着梅尔卡兹和尤里安，闭上了嘴。

“杨提督有几句话要我代为转达，就让我口头转述吧。”

尤里安装着清了清嗓子，挺直背脊，以非常慎重的姿态说道：“根据《巴拉特和约》第五条，同盟军必须将其保有的战舰以及宇宙母舰全部废弃。作为处置的一环，七月十六日将在雷萨维库星系对一千八百二十艘舰艇进行爆破。”

尤里安将时间与地点又重复了一次。

“……因此，期待梅尔卡兹独立舰队能妥善行事。完毕。”

“哦，妥善行事？我明白了。”

梅尔卡兹的嘴角浮现出一丝微笑。舒奈德则兴味盎然地注视着他，因为他觉得自己敬爱的长官流亡之后，对幽默的反应似乎比以前敏感了一些。

“那么，怎么样呢？杨提督对今后事态的变化，是不是有些预测？”

“杨提督并没有把心中的看法全都告诉我，但我想他应该不会就那样做一个隐者，终其一生。”

尽管尤里安内心认为提督或许想这样终其一生，但还是做了如下的回答：

“杨提督好像认为现在还是等待的时期。他曾经说过，要在原野上放火的话，没有必要特别选在雨季。因为不管怎么样，旱季一定会来的。”

帝国的高等事务官雷内肯普如果知道这件事，一定会夸耀说，他的疑虑终究还是正中鹄的，杨果然是一个危险人物。

梅尔卡兹同意地点点头。旁边的舒奈德好像忽然想到什么似的，说道：“尤里安，帝国派遣来的事务官真的是雷内肯普吗？”

“是的，舒奈德中校，您知道他的为人吗？”

“梅尔卡兹阁下比我还要清楚这个人。您说呢，阁下？”

梅尔卡兹一只手摸着下巴，选择了谨慎的说法。

“优秀，嗯，应该说是个优秀的军人。对上级忠诚，对部下公平。不过他如果离开军队，就算只离开一步，或许就根本欣赏不了外界的风景。”

是说他视野狭小吧，尤里安明白。不过这么一来，他感觉环绕在杨夫妇身上的不安的阴影更加浓厚了。一个军队至上的人物，是不会对杨产生好感的。

“尤里安，杨提督说过等待的时间大概需要多久吗？”

“是的，他说大概需要五六年吧。”

“五六年？差不多，大概需要那么长一段时间吧。经过这样一段时间，罗严克拉姆王朝或许才会出现漏洞。”

梅尔卡兹重重地点了点头。

“在这段时间内，不会有什么异变发生吧？”

尤里安无意间提出的这个问题，竟使得梅尔卡兹陷入沉思。这位过去曾是银河帝国高级将领的人，根据过往的几次经验，对尤里安在战略与战术方面的敏锐判断力有极高的评价。

“与其说这是预测，不如说是一个希望，我真希望什么事情都不要发生，因为到现在为止，发生的事情太多了。而以我们目前的情况来看，还有许多事情要准备。如果骤然对帝国举起反叛的旗帜，那么一天的轻举妄动，恐怕将导致两天的退步……”

梅尔卡兹不善言辞，正因如此，他这番话逐字逐字地在尤里安的记忆深处划下了深刻的痕迹。

“没必要做什么笔记。”杨曾经对尤里安说过，“如果会忘记，就说明这件事对你来说并不重要。这个世界上只有两种事情，一种是尽管讨厌但仍得记住的事情，另一种就是忘了也无所谓的事情。所以做笔记什么的都没有必要。”

当然，对杨来说，忘记笔记本这个东西的存在甚至都不是稀奇事。他就是这样一个人。

基地并没有招待客人的设施，所以在出发前十个小时的空闲时间内，尤里安便接受邀请，在波布兰的房间里小睡片刻。然而一进屋，只见波布兰整个房间像刚遭过小偷似的凌乱不堪。

屋子的主人则一边吹着口哨，一边忙碌地整理着自己的行李。

“你在做什么呀？”尤里安问道。年轻的击坠王则向他挤挤眼。

“我也要到地球去啊！”

“中校——您？”

“用不着担心。我已经得到梅尔卡兹提督的许可了。”

绿色的眼眸中闪耀着刚毅的光芒。

“只是，地球上应该有女人吧？”

“当然有。”

“唉，我说的可不是生物学意义上的女人，而是具有成熟气质、了解男人价值的好女人。”

“哦，那我就不敢保证了。”

尤里安非常慎重地说道。

“嗯，算了，也没什么关系。其实我现在的心境啊，只要有生物学意义上的女人就行了。怎么说，这里就是太缺少女人的气息，当初加入的时候竟没有想到这点，真是大错特错。”

“我可以体谅中校您的苦衷。”

“喂，你真是太不可爱了，说的话越来越让人讨厌。记得你刚到伊谢尔伦要塞的时候，看起来像瓷娃娃般可爱呢。”

“可是，中校您到地球以后，留下来的飞行员怎么办呢？”

尤里安若无其事地将话题转了一个角度。

“就交给克特威尔上尉了。那家伙也该独立担任指挥官了，如果老是依赖我，他怎么能长大？”

道理是没错，尤里安心想，但问题在于说话人本身的信誉，只说说有什么用？但尤里安也不是个迟钝的少年，会笨到无法了解波布兰满口笑话的背后，其实隐藏着担心自己安危的好意。

“地球上如果没有美女的话，你可不要埋怨我。”

“你也祈祷吧，但愿地球上有成群对男人感到饥渴的美女。”

说完，波布兰换了一种若有所思的表情，搂着尤里安的肩膀，带他到斯巴达尼恩战斗艇的搭载区。

“克罗歇尔下士！”

随着波布兰的喊声，一名全副武装的飞行员快步走过来。对方身材矮小，因为是逆光，看不清头盔下的面孔。

“这家伙虽然不太可能成为奥利比·波布兰第二，但或许可以成为伊旺·高尼夫第二。喂，把头盔拿掉打个招呼吧。这就是我常常提起的敏兹中尉。”

当对方把头盔摘下来的时候，一片丰厚的淡红茶色头发飞进了尤里安的视野。一对充满盎然生气的蓝紫色眼眸正看着他。

“我是卡特萝捷·冯·克罗歇尔下士，经常从波布兰中校这儿听到敏兹中尉的事情。”

“请多指教。”

尤里安这句回答，是波布兰用手肘碰了他一下才说出来的。看来他似乎发了一阵子呆，最起码也超过了一瞬的时间。令波布兰如此赞赏的战斗艇飞行员竟然是个十五六岁的女孩，真是太让人意外了。卡特萝捷的视线扫过惊呆的尤里安，转向击坠王这边。

“我还有些事要和整备兵谈，可否先行告退呢？”

波布兰点了点头，少女飞行员便英姿飒爽地行了一个礼，回过头去。动作中充满了韵律，让人觉得很惬意。

“很漂亮吧。不过先把话说在前头，我可没有对她采取任何行动哦。十五岁的年龄还在我的守备范围之外。”

“我又没问你这种事！”

“酒和女人啊，要达到香醇完美的境界，需要一段不短的酝酿期。卡琳呢，大概需要再过个两年吧。”

“卡琳？”

“卡特萝捷的昵称，怎么样，意气风发的少年同伴们，想不想在一起说说话？”

尤里安摇了摇那亚麻色的头发，苦笑着说道：

“她根本就不把我当一回事，不是吗？最重要的是，我根本没有时间去想这种事。”

“那么你就让她把你当一回事，时间也是人找出来的嘛。你呀，天生一副好面孔，可不要把资源给浪费了。像杨提督那样呆呆坐着就有美女自动送上门的例子，一百万人里也找不到一个。”

“是，我会留意的。对了，从名字上来看，那女孩好像是帝国那边过来的流亡者，是不是？”

“我想是吧，那孩子几乎绝口不提和她家族有关的事情，一定是有什么隐情。想知道就自己去问吧。这是第一课，不肖的学生。”

波布兰笑着拍了拍尤里安的肩膀。尤里安有点纳闷，记忆的长廊里挂着几百幅、几千幅人物画像，是不是有一幅属于那个女孩呢？他想再确认一下——与那个女孩虽是初次见面，但不知为何，她的面容让自己有似曾相识的感觉。

“亲不孝”号出港的时候，梅尔卡兹提督、舒奈德副官，以及有名的“蔷薇骑士团”团长林兹上校等人在指挥室里目送他们离去。这虽然是一次小小的别离，但谁都无法保证今后能不能再次相聚。

“七月以前，一定要拟订好夺取战舰的计划。”

“是，属下明白。”

梅尔卡兹好像正在凝视蕴藏在胸中的某样东西。

“舒奈德，我的任务在于维持和保全目前我方拥有的战斗力，以备日后所需。日后太阳升起的时候，将不是为了我，而是为了一个更年轻有为、不受昔日阴影牵绊的人。”

“是杨威利提督，对吗？”

舒奈德问道，梅尔卡兹没有回答。事实上，舒奈德也并未期望对方的回答。他们两人早有一个共识，就是不随便谈论未来，这个共识在暗中将他们紧紧地联系在一起。

于是他们再度注视着屏幕。此时独立商船“亲不孝”号已经在一片沉默中被蜂拥而来的星海淹没，无法辨识了。尽管如此，众人仍静静地伫立在屏幕前。

3

“亲不孝”号的船长波利斯·高尼夫即将年满三十。法律赋予他的身份是费沙自治领派驻自由行星同盟事务官办公室的书记官，不过费沙的自治权被帝国的武力强夺，他的身份也因而悬浮在半空中。如果是必须寄生于组织和制度当中的人，他的生活大概会因此陷入不安。

但高尼夫却从未感到怯懦和困惑。他一直认为首先得有他的存在，法律这种东西的影子才能有所依附。

“一个小时后进入大气层。”

对着为数甚少、用一只手的手指就可以数完的几名乘客，他发出了这项通知。

“着陆后，我的工作就算完成一大半了。嗯，在地球的这段时间内，希望各位不要和危险或噩运这类东西太亲近，因为运送尸体的工作太晦气了。”

高尼夫发出令人讨厌的笑声。

“在这里，各位都将成为前来朝拜的地球教信徒。这可能会让各位有些不乐意，但如果不是地球教信徒的话，来到地球难道不是很不自然吗？”

“明白了。”尤里安答道。波布兰则说了句“早就知道了”，对高尼夫嗤之以鼻。在航行期间，他和船长两人就常以对峙的姿态斜眼瞪着对方，在饭前饭后也不时以辛辣的言辞互相嘲讽。波布兰更是故意说些惹人厌的话，像是和高尼夫这个姓八字不合似的。

“现在地球上大约有多少人口？”

“根据费沙通商局的资料，大概略多于一千万吧，还不到鼎盛时期的百分之零点一。”

“全都是地球教信徒吗？”

“这个嘛……就不在我们所知的范围内了。原本……”

事实上无论规模大小，一个宗教一旦掌握了政治权力，采取政教合一体制，它就不可能容许任何宗教自由的存在了。这里应该形成了一种非地球教信徒很难存活下去的社会体制。这就是高尼夫的见解。

“其实宗教这种东西，对权力者来说是一种很便利的工具。只要让民众相信他们身受的苦难并不是由政治制度或权力上的弊病引起，而是他们的信仰不够虔诚所致，民众便不会有发动革命的想法了。”

高尼夫好像要把心中的嫌恶一股脑儿清理干净似的，露骨地说道。他也曾运送地球教信徒到圣地来，用所得的收入避免了变卖爱船的命运。不过，确实也有让他无法产生好感的顾客。他觉得一些基层的信徒很淳朴，但是对那些将宗教当作支配和敛财手段的教团干部，却连一点赞赏的意思都没有。

“听说地球教的头头是一个被称为总大主教的老人，你见过他吗？”

“我还不够格呀，只有大人物才能一窥那深奥庭院的究竟。就算有机会，我也不想去见他。说来有点自吹自擂，但到现在为止，还没有一次听老人说教后感觉愉快的经历。”

波布兰此时插嘴了。

“那个叫什么总大主教的老人，一定有漂亮的女儿或孙女之类的吧？”

“或许吧。”

“一定有的，还会与敌方年轻英勇的战士双双坠入爱河吧。”这回轮到波利斯·高尼夫嗤之以鼻了，“波布兰中校真可以成为立体电视儿童剧场的编剧了。不过最近的小孩可是成熟世故得很，这种模式感动不了他们。”

“只有模式才是永远的真理，你不懂吗？”

“但严谨的宗教教主如果结过婚，还有女儿，那么这个教团组织还能独立存在吗？”

尤里安的护卫路易·马逊一面笑着，一面说出他的看法。波布兰在一旁皱起了眉头，高尼夫则一脸高兴地点头表示赞同。

“就算是这样……”波布兰仍然皱着眉头，抱着胳膊说道，“依我看，自称地球教的这伙人真正喜爱的，并不是这颗叫作地球的行星。”

地球过去曾独占权力与军事力量，依仗着这些优势支配居住在其他行星上的人民，并且独占他们劳动成果的历史——地球教信徒真正执着的肯定是这些。

“这些家伙只不过把地球当作幌子，企图恢复祖先拥有的特权。如果他们真心爱地球，又怎么会让地球卷入战争与权力的斗争？”

尤里安心想，波布兰的话应该是正确的。他不想否定宗教这种东西，但是一个企图获得权力的宗教组织却绝对应该被否定。因为它不只是支配了人类的外在行为，连内在思想也要控制，应该是一种最恶劣的全体主义。这样一来，价值观的多样化和个人喜好的差异都被排除，人类被允许的知性活动只剩下接受那个绝对唯一的存在。而事实上，那自称是神的代理人的人物却挥舞着毫无限制的权力到处肆虐，杀害所谓“不信神”的异端分子。无论如何，自己绝对不能坐视这种时代到来。

七月十日，尤里安·敏兹踏上了地球的土地。令谁都始料未及的是，就在同一天，银河帝国政府召开御前会议，决定对地球进行武力制裁。

Chapter 4
过去、现在、未来

1

在帝国首都奥丁发生皇帝莱因哈特遭人暗杀未遂事件时，有“帝国军双璧”美称的奥斯卡·冯·罗严塔尔与渥佛根·米达麦亚元帅都不在首都。担任统帅本部总长的罗严塔尔，当时正在视察八个配置于国内的要塞；担任宇宙舰队司令长官的米达麦亚，则正在优兹姆星系检阅新舰建造工程和新兵演练。

接到紧急通知，两位元帅立即班师回帝都。震惊当然不用说了，但皇帝的性命几乎成为姑息阴谋下的牺牲品，这让他们感到愤怒——产生这种愤怒的心情一半相同，另一半却各自迥异。御前会议是等他们两人回来才召开的，这充分显示出至尊的皇帝对他们的敬意。

当时，军务部建议对帝国整个军事管制区的编制进行重新划分。根据这项提议，包含地球在内的太阳系将被划分在第九军区的管辖范围内。但是所谓的第九军区到目前为止只存在于纸面上，实际上既没有司令部，也没有司令官派驻。出现这种情况，是因为银河帝国的传统是将绝大部分的军事力量集中在中央，所有向外征讨或是镇压叛乱的舰队，都要先组成浩浩荡荡的征伐部队，由帝都奥丁出发。莱因哈特发布重新划分编制的命令，就是要摆脱这种过于极端的权威主义。

军事管制区重新划分编制的工作完成后，要如何指挥运用军队，就是统帅本部总长的任务了。统帅本部总长同时要肩负国内军部司令官的职务，所以罗严塔尔的任务非常重大。不过到目前为止，事态仍是在早先安排好的计划指导下发展。

军务尚书与统帅本部总长水乳交融般融洽，一向就不是帝国的传统。两者之间一向都是谨守着一般的礼仪，互相不看对方的脸色，只说该说的，只听该听的。有时个人情感超出理性的支配，相互的讽刺和指责甚至会发展为掰手腕般的较量。但一般而言，军务尚书的席次是在统帅本部总长之上的。

军务尚书奥贝斯坦元帅与统帅本部总长罗严塔尔元帅并没有产生特别的摩擦。罗严塔尔是一名智勇双全的将领，有极高的声誉，在正式场合中一直以富有理性闻名。奥贝斯坦则被人称为“干冰之剑”，冷酷锐利，甚至令人怀疑他是不是没有“感情”这种人类特质。这明显是一种偏见，但当事人并没有努力消除这种偏见也是事实。在喜欢与厌恶的观念上，两人确实是互相嫌恶，但是他们并未因此否定对方的力量。

对另外一个人，也就是素有“疾风之狼”之称的宇宙舰队司令长官米达麦亚来说，罗严塔尔是一起经历战场生死和人生抉择的同伴，他们多次同生共死，成为彼此的救命恩人。即使地位提升，也从未破坏两人之间深厚的情谊。而对于奥贝斯坦，米达麦亚也从未以“奥贝斯坦那个冷血混账”或是“冷酷绝情的奥贝斯坦”等下流的谩骂加以侮辱，顶多只是以特有的，就像他用兵神速一样无法被他人模仿的声调说“那个奥贝斯坦”。

七月十日召开的御前会议，出席者除了上述三人，还有内务尚书欧斯麦亚、内务部国内安全保障局局长朗古、宪兵总监克斯拉一级上将、内阁秘书长麦恩荷夫，以及缪拉、梅克林格、瓦列、法伦海特、毕典菲尔特、艾杰纳等一级上将，皇帝高级副官修特莱与流肯列席，包括皇帝在内共计十六人。国务尚书玛林道夫伯爵和皇帝首席秘书官希尔德还在闭门思过，所以内阁秘书长便以代理人的身份代表文官出席。

自己信赖的两个人缺席御前会议，对莱因哈特来说绝非愉快的事。纵使他是个绝对的统治者，有时也要忍耐不快的情绪。特别是希尔德不在身边，更让他觉得焦躁难耐。除了希尔德，莱因哈特还有好几名秘书官，但他们不是空有忠诚却缺乏办事能力，就是只为了求得功名，阿谀奉承尽显媚态。莱因哈特发射的电波少了一个优良的接收器，常常只能徒劳地运转。

对地球派兵这个提议，获得了所有出席者的赞同，与会者只是或积极或消极地表达了一些个人意见。国内安全保障局局长朗古就表示，希望再给自己的部门一些时间。他的理由是地球教真正的底细还有不明之处，最好再进行更仔细的调查和侦察，以期将来派兵征伐万无一失等。皇帝对这番话一笑置之。

“说话不要拐弯抹角。地球教叛乱的意图已经很明显了，现在还需要去调查或秘密侦察？”

“这，陛下所言甚是，但——”

“到目前为止，你对地球教的调查应该没有差错吧？”

“是，如陛下所言。”

朗古重复着毫无新意的回答。

“所以结论就是，那些家伙除了他们信仰的神之外，一概不承认其他权威存在。不止如此，他们甚至还用暴力强迫他人接受他们的权威。如果连和新秩序共存都不行，那么让他们为信仰殉死，应该是最大的慈悲吧！”

朗古满脸涨红地行了一个礼。皇帝的决断已经超乎他惯有的官僚式判断了。

皇帝莱因哈特每转动一下身子，那让人联想起狮子鬃毛的金色头发就掀起一片华丽的波浪。也有人描述说，当皇帝的头发晃动时，就像是黄金粉末向四方撒开似的。在御前会议进行的过程中，少年侍者艾密尔·冯·齐列一直恭恭敬敬地坐在皇帝背后靠墙的椅子上，服侍着皇帝，他似乎看得更真切。这位十四岁的少年居住在宫廷里，在皇帝身边服侍，而且皇帝还给他提供了良好的环境，让他继续学习，以期成为一名军医。这称不上是特权，只是一种小小的但令人欣慰的优待，还不足以被当作问题。艾密尔也充分体会到这一点，所以绝不会做出任何愚蠢的举动，以免让他热烈崇拜的主君对他的评价有所减损。

“诚如陛下之言，我们与地球教信徒共存是不可能的。”

一头橘红头发的毕典菲尔特一级上将对皇帝表示赞同。

“臣认为在此之际，应给予叛徒相当的惩罚，以彰显新王朝的威势与意志。”

“彰显威势？”

“是的，臣谨请陛下，将此重任委于臣下。”

皇帝闻言，晃动着那耀眼的金发，轻轻地笑着说：

“这次出兵只不过是镇压边境上的一颗小行星，如果动用黑色枪骑兵，帝国军岂不被人耻笑。这次你就好好待着吧，毕典菲尔特。”

不情愿的猛将被迫沉默下来。莱因哈特将视线投向了另一位提督。

“瓦列。”

“是。”

“朕命你负责此次任务，率麾下的舰队前往太阳系，镇压地球教总部。”

“是。”

“教团首领乃至教团组织的长老全部予以逮捕，遣送到帝都，其余骨干如拒捕，格杀勿论。注意，不可祸及非信徒。当然，非信徒也不可能待在地球上。”

如果此时波利斯·高尼夫也列席御前会议旁听，大概会对皇帝的见解拍手赞同。

瓦列站起身，恭恭敬敬地对皇帝行礼。

“蒙陛下委此重责大任，实感惶恐。臣定全歼地球教暴徒，逮捕其首领，使其得知皇帝陛下之尊严与法律秩序为何物。”

金发的皇帝点了点头，然后轻轻地举起一只手，宣布散会。就这样，向地球派兵的计划进入了实施阶段。

这世上没有一个组织的内部不产生矛盾与对立，连刚刚诞生的罗严克拉姆王朝内部也有些小小的冲突与破绽。由于“邱梅尔事件”的发生，连带着在国内治安主导权上引发了一些问题。

宪兵队与国内安全保障局这两个部门之间，与其说充满了竞争意识，不如说充满了瘴气般险恶的对立气氛。宪兵总监克斯拉与国内安全保障局局长朗古两人的等级差距原本就大，前者是军部的核心人物，而后者却是没有功绩可以夸耀的新来者。不过朗古是个对前王朝秘密警察制度有深刻了解的专家，也是军务尚书奥贝斯坦元帅的心腹之一。而国内安全保障局又属于内务部，所以整个事态就有点复杂了。对国内治安的负责人，也就是内务尚书欧斯麦亚来说，如果有人侵犯了自己的职权，或是扰乱了官场中已确立的秩序，他是绝不会默默接受的。

就这样，内务尚书欧斯麦亚和宪兵总监克斯拉默默地保持着联系，而两人与军务尚书奥贝斯坦和国内安全保障局局长朗古之间，又保持着一种非公开的对立，而且这种对立在逐渐加深。

艾密尔送来咖啡并退下后，军务尚书奥贝斯坦随即请求谒见皇帝。这并没有什么特别之处，但他的进言却让皇帝吃了一惊。奥贝斯坦是这么说的——虽说并不紧急，但是请陛下您认真考虑结婚一事。一瞬间，毫无准备的莱因哈特脸上现出少年的神情，秀丽的脸庞充满了苦笑。

“你说的事情和玛林道夫伯爵说的一样啊。朕没有配偶就如此奇怪吗？你似乎比朕年长十五岁还多吧，不是也没有成家吗？”

“奥贝斯坦纵使无后，世人也不会有任何的惋惜。但是，罗严克拉姆王朝不一样。只要王朝能为世人带来公正与安定，那么为了保障王朝的存续，人民就会祈求王朝的血统，祝福陛下成婚与皇嗣诞生。”

以提出附加条件的方式对皇帝说明，恐怕是奥贝斯坦的价值所在了。

“不过，当皇后的父兄，也就是所谓的外戚任意夸示荣耀、滥用权力时，往往会为国家带来莫大的祸害。在古代历史中，也有帝王在立皇后的同时，将其一族全部诛杀，断绝将来祸根的先例。这一点尚请陛下多多留意。”

莱因哈特的双眼闪烁着冰蓝色的光芒。如果是军务尚书以外的臣下，一定会认为自己要遭巨雷轰顶了。

“听起来，你好像是反对为某个特定的人加戴皇后之冠啊？现在连皇后的候选人都还没决定，而且无论就时间而言，还是臣子本分而言，你不觉得此言不当吗？”

“臣自知有僭越之处。”

“皇后如果成了政治上仅次于皇帝的第二号人物，会很不妥？你大概是这样认为的吧？”

如果罗严塔尔或米达麦亚也在场，一定会紧张得绷紧每一条神经，因为他们知道这会引起莱因哈特心中剧烈的疼痛。但是奥贝斯坦一动不动。

“陛下明察，臣不敢。”

“不过，结婚之后就会生子。大概不能说皇太子是要忌讳的第二号人物吧？”

“这是当然，因为必须在制度上保障王朝的存续。”

莱因哈特发出尖锐的咋舌声，接着摸了一下年轻的脸庞。联想的翅膀展开，整个话题转了一百八十度的弯。

“玛林道夫伯爵父女现在还在禁闭思过吗？”

“他们身为大逆不道的犯人的亲属，这也是没办法的。在高登巴姆王朝的时候，一贯的做法是诛连满门或者流放。”

莱因哈特用一只手指玩弄着胸前的坠饰。

“也就是说，地球教不只是要取朕的性命，还要将朕身边极为重要的国务尚书和首席秘书官一并夺走？”

无论是在私人的情感上，还是在公职人员的权威上，莱因哈特似乎都遭受了严重的挫伤。

“这样就够了，没必要再继续禁闭思过。传唤玛林道夫伯爵父女明天开始出勤复职。”

“是。”

“还有一件事，禁止对玛林道夫伯爵父女追究这次无聊事件的责任。有敢触犯此禁令者，视同违背朕的命令，进行相应的处罚，务须谨记。”

专制君主的旨意屹立于万人的情感与国家法律之上。奥贝斯坦深深埋下头，接受了年轻皇帝绝对的旨意。莱因哈特用冰蓝色的眼眸注视着臣下，不带任何声音和感情，将高挑的身子转过去。

奥贝斯坦回到军务部办公室后，接到了来自派驻同盟的高等事务官府的报告。这个报告并未通过事务官雷内肯普，而是由事务官府中属于军务部的人直接送来的。

“事务官加强了对杨威利元帅的监视，看来似乎认为杨元帅与同盟内反政府派的动向有紧密联系。详情随后……”

面对着军务部调查局局长菲尔纳准将的报告，军务尚书奥贝斯坦元帅微微眯起了由感光电脑组成的义眼。

“一群乌合之众为了团结，必须要有一位英雄，同盟的偏激派和理论派将杨威利视为偶像是理所当然的。”

他一边说着，一边触摸着与年龄不相称的半白的头发。

“雷内肯普，嗯……”

“就这样袖手旁观吗？纵使杨元帅现在没有造反的企图，但如果在他周围放满了绘画颜料，他迟早会被染上颜色。”

虽然在一般人的看法里，奥贝斯坦是个极为冷酷严肃的人，但菲尔纳在他面前却丝毫不会畏缩。就这点而言，菲尔纳可谓是难得的人才。军务尚书冷漠地瞥了部下一眼。他其实对菲尔纳并没有特别的恶意。

“现在这个时候，最好不要插手这件事。雷内肯普这个人最讨厌别人侵犯他的职权。”

“是的，不过尚书阁下，杨威利可谓是同盟的国民英雄，雷内肯普事务官如果对他任意处置，同盟民众对帝国的反感恐怕会被引到同一个方向——集结起来爆发抗争。燃烧的火势一旦增长，要消灭就不是那么容易了。”

菲尔纳准将的声音里隐约有点等着看好戏的味道。奥贝斯坦看他的眼神比刚才冷酷了些。

“对不起，我失言了。如果您能忘了这件事，我不胜感激。”

菲尔纳向上司认错后，奥贝斯坦默默地挥了挥瘦削的手，示意属下出去。

菲尔纳行了一个礼，从上司面前退下，不由得揣测起军务尚书的想法来。

或许军务尚书是想利用杨。就好像在一盘铁沙中埋下一块磁铁吸取铁沙一样，他或许想把同盟的反帝国强硬派与民主主义理论派都集中到杨的周围。集中之后又会怎样呢？是要以此为借口把杨处决掉，断绝帝国日后的忧患？还是先刻意让围在杨身边的强硬派膨胀势力，然后挑起该派系与同盟妥协派之间的抗争，最后再把这个抗争扩大为内乱，让双方同时灭亡？——如此，帝国便可兵不血刃就掌握同盟全土？

“不过，事态的发展真会如军务尚书所料吗？”

战场上的杨威利，是个甚至将皇帝莱因哈特这样的战争天才都逼进绝境的智将。如今杨既没有舰队也没有士兵，会甘于成为奥贝斯坦元帅砧板上任人宰割的鱼肉吗？古来就有穷鼠噬猫的寓言，如果真到了这个地步，雷内肯普的立场岂不像遭穷鼠反噬的猫一样可怜？

“不管怎么样，这场戏是值得一看的。军务尚书的谋略会不会实现呢？凭借这些，眼前的和平是能缔造出一个新时代，还是只是一场动乱中短暂的休息时间？看来又处于历史的岔路口了。”

菲尔纳的嘴角浮现出带有讽刺意味的微笑。他过去是旧帝国门阀贵族军的一名参谋，曾经参与暗杀莱因哈特的计划。但那不是出于对莱因哈特的憎恶，而是单纯地忠于自身立场的结果。此后，他获得莱因哈特的赦免，并成为其部下，主要在奥贝斯坦的手下参与作战方案的拟订与元帅府的经营，立下不少功绩。他虽然不是有不法意图的野心家，却是个喜欢观看乱世的看客。原因之一是他有一种奇妙的自信，相信无论在什么情况下，都能凭借自身的才干与行动力存活下来。

奥贝斯坦将他特有的无机的眼光投向空无一人的办公室。

君主的不足之处，必须要由做臣下的来弥补，更何况罗严克拉姆王朝与皇帝莱因哈特是奥贝斯坦以一生为赌注的作品。这个作品创作的速度之快与主题之华丽是无与伦比的，但对他来说，在稳固性上有些许缺陷。

在玛林道夫家的客厅里，伯爵和他的女儿此时正坐在沙发上，注视着缓缓流逝的时间的舞步。

“我不觉得海因里希可怜。”

希尔德对父亲说：

“在那短短几分钟里，他就像一个主角一样站在舞台上。我觉得他是刻意选择在森林中那个铺石板的中庭里，倾注所有的生命力，向世人展现自己的演技……”

“演技？”

父亲的声音里虽然有几分理性，却没有一点活力。

“我认为海因里希不是真心要弑杀皇帝陛下。姑且不论地球教唆使他这么做的企图，其实，他只是想真正获得生命里最后的几分钟，才甘愿承受刺客这种耻辱的罪名。不过，这只是从表面来看得出的结论。”

希尔德这么想，起初是希望缓和一下父亲心中的悲伤。她明白没有儿子的父亲，对海因里希这个身体孱弱的外甥十分疼爱在意。不过，她此刻却认为这个想法是不是也抓住了几分真实。海因里希·冯·邱梅尔男爵拒绝以悄然死去这种默默无闻的方式结束生命，而是选择了另一条路。他将生命存折中仅剩的一点余额全部取出，让它燃烧，伴随着耀眼的火光结束生命，纵使这火花是极为短暂的。希尔德无法断言这是不是一种伟大的行为，但要净化海因里希对莱因哈特怀有的这种带着羡慕与忌妒的强烈情感，除此之外还有什么方法呢？

希尔德拿过放在桌上的摇铃，打算吩咐管家汉斯为父亲和自己送咖啡来。可是还没等她摇铃，汉斯那气色极佳的脸庞和宽厚结实的身体已经出现在面前了。

“小姐，”管家高声喊道，“皇宫里面直接打TV电话来了，画面上的人说他是修特莱，说是有好消息要传达。请小姐到TV电话室去一下……”

希尔德将摇铃原封不动地放回桌上，像少年似的迅速站起来。这个好消息早就在预料之中，年轻的金发皇帝是不会将玛林道夫伯爵父女永远逐出宫廷外的。但也必须预料到复职后，宫廷内恐怕会到处布满刺人的荆棘。特别是军务尚书奥贝斯坦元帅和他那些军务部的官僚走狗。为了不给他们落下口实，希尔德必须保护父亲和自己。

“怎么可以输给他们？”

希尔德一面穿行在走廊里，一面咕哝，声音传到前头的汉斯耳中。管家回过头来，将不解的视线投向希尔德。

“小姐，有什么事吗？”

“没有，我在自言自语。”

希尔德猛然想起，那些和自己性别相同的所谓“可爱的女孩”，在这种时候大概会更可爱地自言自语吧。

于是她用拳头轻轻地敲打了一下那头短短的暗调的金发，这像是少年，或者说更像是男孩子的动作。她并不是作为一个“可爱的女孩”被宫廷需要的。如果思考这样的事情，她就不像是希尔德了。

2

玛林道夫伯爵弗兰兹和希尔德父女得到解禁，最高兴的人就是渥佛根·米达麦亚元帅了。

“那个奥贝斯坦的胡说八道简直没道理，什么全族问罪，这种野蛮行为早在前一个王朝就结束了。”

他甚至把希尔德当成了皇后的候选人，于是对着妻子艾芳瑟琳也这么说：“如果他们俩生下孩子的话，一定是个绝顶聪明的皇太子。你不觉得这是件让人高兴的事情吗？”

“应该是吧，不过这还得看他们俩的想法才能决定呢。”

艾芳瑟琳若无其事地制止了丈夫天马行空的想象。二十六岁的她或许是因为还没有孩子的关系，新婚时的纯真可爱丝毫没有减少。她转身的动作还是像从前一样，如燕子般轻盈，做家务时的姿态也像音乐般轻快，让米达麦亚感到无限愉悦。

“我接受你的求婚，并不是因为你是一个有前途有能力的军官，而是因为你这个人。”

“那个时候如果早知道这样，我会穿得更体面一些再向你求婚。再也没有什么事情让我像当时一样害怕了……”

就在他们愉悦地相互诉说时，家用电脑提醒访客到来的音乐响了起来。艾芳瑟琳踩着丈夫欣赏的轻快脚步走出客厅，然后隔着门告诉丈夫：

“罗严塔尔提督来了。”

奥斯卡·冯·罗严塔尔造访米达麦亚家并不是绝无仅有，但比起米达麦亚去罗严塔尔家的次数就少得多了。对这世上所谓的家庭或妻子，罗严塔尔一直是戴着有色眼镜看待的。不过一旦踏入挚友家中，他也能遵守相应的礼节。但像是为了当众声明自己的举动并未超出一般的礼节，他送给夫人的礼物一律都是花束。

艾芳瑟琳·米达麦亚将当晚收到的黄色水仙花插进花瓶里，然后将亲手做的腊肠和软芝士端到客厅招待丈夫的客人。这时，“帝国军双璧”已经把酒摆在面前畅谈起来了。

米达麦亚夫人无意插入男人们的谈话，将碟子摆好后，立刻退了下去。不过她耳边还是留下了“特留尼西特”这个名字。

罗严塔尔满脸鄙视地说道：

“优布·特留尼西特大概只会以绝代商人这种臭名流传后世。”

“商人？”

“是啊，那家伙先把自由行星同盟和民主主义卖给帝国，这一回又把地球教卖掉。每一次他把商品拿到市场上来，历史就会跟着产生一番变动，真让人觉得他是个足以与费沙人一较长短的生意人。”

“说得也是，就卖东西这一点来讲，他确实是个优秀的商人，但买东西就不行了。他买到的是人们的鄙视与警惕，有谁会尊敬他呢？他是将自己的人格切成一段一段来出售呀。”

统帅本部总长有点苦涩地笑了。

“你说得没错，不过，米达麦亚，那种人活着的时候并不需要他人的尊敬和关心。而且像那种无耻之辈，根扎得特别深，茎特别肥大。所谓的寄生植物，指的不就是这样的东西吗？”

“没错，像寄生植物一样……”

两位名将说到这里，不禁陷入沉默的谷底。

曾经身为自由行星同盟军驻伊谢尔伦要塞司令官的杨威利提督，就因为觉察到特留尼西特这种两栖动物般的政治生命力，生出了超越理性范围的恐惧与嫌恶。罗严塔尔与米达麦亚的体会没有那么深刻，不过就根本而言，这种感受却是相通的。

“他是个卑劣之徒，而且还不是个一般的卑劣之徒。一定要好好监视才行。”

这是两位元帅得出的结论。在这个时期，对罗严克拉姆王朝的发展有不少贡献，却没有获得相应尊敬和好感的人，除了特留尼西特就别无他人了。就算是奥贝斯坦元帅，虽然不能说受到人们的欢迎，至少也是一般人敬畏的对象。而特留尼西特的名声可谓低落到了极点。过去他在自由行星同盟显赫一时，可如今这一切都已烟消云散。

先前，当帝国军控制了同盟首都海尼森，与特留尼西特初次会面的时候，奥斯卡·冯·罗严塔尔的态度可说是冷漠至极，渥佛根·米达麦亚的眼中则透出露骨的反感。在这种情况下，希尔德不得不代替两位提督与特留尼西特进行交涉。不过，面对这个借着出卖祖国与人民换取个人苟安，却仍泰然自若、寡廉鲜耻的政治家，要希尔德用善意的眼光看待他也是极不可能的。

艾芳瑟琳后来又端上了盛有鸡肉冻的碟子，同时通知米达麦亚，他的部下拜耶尔蓝也前来拜访。这位年轻的猛将一如往常，英姿飒爽地出现在门口，笑嘻嘻地说：

“阁下，我有点事情来到附近，所以就前来打扰了。另外，我最近还听到一则奇妙的谣传……”

拜耶尔蓝正要踏进屋子的一只脚，在距离地面约五厘米的地方停住了。他根本没有料到罗严塔尔也来了，于是慌忙行了一个形式上的军礼。

“是什么样的谣传呢？”

“其实这纯粹是一个谣传，没有什么事实根据，无法断定究竟是真是假。”

罗严塔尔给年轻的拜耶尔蓝带来了压力。米达麦亚意识到这点，苦笑着催促他继续说下去。

“没关系啦，说说看。”

“是。这是从同盟军的俘虏当中流传出来的话——”

“俘虏？”

“有人说梅尔卡兹提督还活着。”

拜耶尔蓝说完后，一阵无言的沉默踩着台阶绕了室内一圈。米达麦亚和罗严塔尔好不容易将固定在拜耶尔蓝身上的视线扯下来，看着对方的眼睛。从对方的脸上，他们看到了相同的表情与感慨。米达麦亚向部下确认：

“那个梅尔卡兹？你是说维利伯尔·由希姆·冯·梅尔卡兹还活着？”

“那个”这个指示词，自然与加在奥贝斯坦身上时有不同的意味。拜耶尔蓝表面上虽然没有这样的举动，不过从语调中可以感觉他正缩着头，说：“这只是个谣传。”

“梅尔卡兹应该早在巴米利恩会战时就战死了。是什么人胆敢放出这种挖掘死人坟墓一样的流言？”

“所以，刚才卑职只是转述了一下这个谣传……”

这名年轻的猛将将困惑的声音压得极低，后悔的波涛此时在他的周围汹涌。

“这也不是没有可能。”

罗严塔尔好像要把自己从固定的观念中解放出来，在嘴里念叨着：“当时确实没有确认过遗体。如果说他当时蒙蔽了我们的眼睛，此刻正活在这世上的某个地方，也不是不可思议的事……”

米达麦亚也呻吟了一声。

在巴米利恩会战结束后，如果梅尔卡兹还活着，那么银河帝国势必要将他处死。梅尔卡兹曾经以门阀贵族联合军总司令官的身份和莱因哈特对峙，在那之后便过着流亡生涯，一直拒绝成为年轻金发霸主的属下。他要在这个时世中求存，实在是很困难的。

“不过，这纯粹只是个谣传。”

一方这么说，另一方则点头表示赞同。

“是呀，纯粹只是个谣传。只凭这样的谣传就轻举妄动、捏造罪名的愚蠢之举，就交给国内安全保障局去干吧。”

“那么，属下就此告退……”

事实上，拜耶尔蓝原本只是想以这个谣传作为借口，和他敬爱的长官畅饮一番。不过若是罗严塔尔在场，只怕要令他畏惧发抖。察觉到这一点，米达麦亚也没有挽留。在他离开后，米达麦亚往两只酒杯里注满了酒，换了一个话题。

“对了，听说你好像又换了女人，是吗？”

统帅本部总长拿着酒杯，撇了撇嘴唇。

“我真想说这是谣传，不过，的确是事实。”

“反正又是女人主动追求你的，是吧？”

这样的例子太多了，这也是米达麦亚并没有强烈地责难渔猎女色的友人的原因。

“你猜错了。这一次是我尽了全力。”

金银妖瞳中闪过恶毒的光芒。

“我是用权力和暴力才将她据为己有的。我也变得越来越面目可憎了。如果不悔改，只怕要让奥贝斯坦和朗古这种人暗中窃笑。”

“不要说这种话，这不像你。”

米达麦亚的声音中有些许苦涩。

“嗯……”

罗严塔尔注视着这位一直走光明正道的友人，似乎觉得对方有些耀眼。于是他点点头表示接受友人的忠告，将酒倒满。

米达麦亚于是问道：

“那么，真正的情况是怎样的？”

“事实上，那个女人想杀我。”

“什么……”

“我回家正要进门的时候，忽然从门里刺出一把刀，她好像耐心地在那里等了好几个小时。如果是平常，我是很欢迎这样一个美女在家里等我的。”

酒精的波光在他两只不同颜色的眼眸里摇荡。

“那个女人说出了自己的名字，叫爱尔芙莉德·冯·克劳希。然后又补充了一句，说她的母亲是立典拉德公爵的侄女。”

听到这句话，在胆量上绝不输人的“疾风之狼”好像整个呼吸机能都紊乱了。

“是立典拉德公爵一族的？”

金银妖瞳的年轻提督点了点头。

“听到她的话，我心里也明白了。我被她憎恨也是理所当然的。对那个女人来说，我是杀死她舅公的仇人。”

两年前，宇宙历七九七年、旧帝国历四八八年，那时银河帝国正处于利普休达特战役的动乱时期，政治与军事的领导阶层分裂成两个不同的阵营。以布朗胥百克公爵为盟主、立典亥姆侯爵为副盟主的贵族联合阵营要打倒的目标，就是以帝国宰相立典拉德公爵和帝国军最高司令官莱因哈特·冯·罗严克拉姆侯爵为轴心的体制。这个轴心体制并不是出于老朽的权力主义者与年轻野心家的友谊，而是在各怀鬼胎的基础上结合产生的。从整个情势来看，只要排除了门阀贵族，轴心体制便可以独占军政大权，所以他们斗志极为高昂。

最后的胜利落入莱因哈特手中。贵族联合军的实战总指挥官虽是梅尔卡兹提督，但是最后仍遭败绩。究其原因，与其说是在才能上输给了敌人，毋宁说是己方的不合所致。但对莱因哈特来说，悲剧却是在获得胜利之后才开始的。当暗杀者的枪口瞄准他的时候，身旁那位红发挚友齐格弗里德·吉尔菲艾斯为了救他的命而牺牲。失去这位形同半个自己的挚友，金发年轻人一时间像是被抽走了灵魂。当时，立典拉德公爵如果知道这种情况，一定会趁机一举肃清年轻的盟友，将所有的权力独占于一身。但最后还是莱因哈特的部下先发制人，将立典拉德公爵及余党全部铲除，确保了主君的权力。

米达麦亚摇了摇头。

“说到她的仇人，我和你应该也没有不同啊。”

“不，不一样。当时你赶到宰相府夺取国玺，而我在做什么呢？我袭击了立典拉德公爵的私宅，拘禁了那个老人，所以我是更直接的仇人。”

罗严塔尔回想起两年前的那个夜晚。当他率领着全副武装的士兵破门而入的时候，那个掌握着权力的老人正在豪华的床铺上专心读书。书掉落到地上。士兵带走那个已认识到失败的老人后，罗严塔尔用军靴的鞋尖勾住那本书翻过来，看了看封面上的文字，不觉失笑出声。原来那本书叫《理想的政治》……

“顺便说一下，对那个老人及其家族成员的处刑是由我指挥的，这种行为当然更会被人憎恨！”

“那个女人知道全部的经过吗？”

“本来是不知道的，但现在全知道了。”

“不会是……”

“没错，是我告诉她的。”

米达麦亚用全身的力量重重地叹了一口气，一只手抓了抓自己那蜂蜜色的头发。

“这不是毫无益处吗？为什么连这些事情都说出来？难道你比任何人都憎恨你自己吗？”

“我也这么想。但如果能明白这是毫无益处的，我就还算正常。在那之后，我一直是不正常的。”

罗严塔尔让酒的小小瀑布流进咽喉，咕哝道：

“不正常，我自己很明白……”

3

爱尔芙莉德坐在沙发上，将身子扭转过来。栎木的门扉轻轻地开启，罗严塔尔宅邸的主人回到家里，修长的身影投射在地面上。这个夺走她贞操的男子正用那不同颜色的眼眸，欣赏着奶油色头发的女人裹在衣服里的娇嫩胴体。

“真是令人佩服哪，居然没有逃走。”

“我又没做什么坏事，为什么要逃走呢？”

“你可是企图杀害帝国军统帅本部总长的罪人，就算当场被处死，也是理所当然的。不过我却连锁链都没用，想来我也真是个宽宏大量的男人。”

“我可不像你一样是杀人惯犯。”

这样的讽刺根本伤害不了这位身经百战的勇者。金银妖瞳的年轻提督冷笑几声，反手将门关起来，缓缓走到她面前。整个动作可谓强力与温柔的完美结合，凶猛和典雅几乎被调和得淋漓尽致，这位女子的视线完全被他的动作吸引。女人回过神来的时候，她的右手腕已经在这个男人强韧的手掌中了。

“好美的手。”

被酒精濡湿的声音赞叹道：

“听说我的母亲也有一双美丽的手，像是用最高级的象牙雕刻而成的艺术品，那双手从不曾为别人而动。然而，那双手第一次抱起她的亲生儿子，竟是想用刀子刺进她儿子的一只眼睛的时候。当然，那也是她最后一次拥抱亲生儿子。”

一瞬间，爱尔芙莉德注视着罗严塔尔的金银妖瞳，屏住了呼吸。

“那真是太可惜了，你的母亲竟然失败了。一个预知到自己儿子迟早会犯下滔天大罪的母亲，舍弃了私情想要为社会除害。可惜这位伟大的母亲，竟有这样一个不肖的儿子。”

“很好，再推敲一下，就可以直接刻在墓碑上当碑文了。”

罗严塔尔放开了女子的手，将落到额前的深褐色头发拢上去。男人抓住自己手腕的触感，好像一个温热的环，还留在女子的手腕上。罗严塔尔将修长的身子倚靠在十字花纹的墙壁上，好像在思考什么。

“我真的无法理解，失去一直延续到你父亲那一代的特权，真的会这样愤恨不平吗？那并不是你父亲或祖父的劳动成果，可是他们却每天过着悠闲的日子，不是吗？”

爱尔芙莉德本想大声辩解，却又咽了下去。

“在那样的生活中有正义吗？难道你还没有意识到，所谓的贵族其实就是被制度化的盗贼？用暴力夺来的叫邪恶，那么用权力夺取的就不算？”

罗严塔尔将靠在墙壁上的身子直起来，脸上带着失落的表情。

“我还以为你是个明白一点的女人呢，真是太扫兴了。快走吧，去找个适合你的男人，找个整天怀念着倚仗权力与法律来保障甜美日子的时代的废物吧。不过在那之前，我要先说几句话。”

这位金银妖瞳的年轻提督用拳头在墙壁上捶了一下，一字一句确认着说道：

“这世上最丑陋最卑劣的事情，就是既没有实力也没有才能，却靠着继承，将政治权力掌握在自己手中。相形之下，篡夺要比这种行为强一万倍。至少篡夺者为了得到权力付出了努力，而且他也知道权力本来就不属于自己。”

爱尔芙莉德听到这一番话，并没有从沙发上站起来，不过整个人却像是化成了一道强烈的风暴。

“我完全明白了。”

孕育着热雷的声音吹向罗严塔尔。

“我完全明白，你根本从骨子里就是一个叛逆者！如果你认为自己那么有实力有才能的话，那你就试试看好了。骄傲自满的结果，大概就是不久后，你会连现在服侍的主君都想背叛。”

爱尔芙莉德喘着气说完后，罗严塔尔脸上的表情变了。他两只眼睛中充满了兴趣的泡沫，凝视着这个曾经试图杀害自己的女子。沉默了几秒钟，他开口说道：

“皇帝虽然比我小九岁，不过他是靠着自己的力量得到整个宇宙的。我虽然也痛恨高登巴姆的皇室，还有那些大贵族，却没有推翻整个王朝的气概，这就是我只可望其项背的原因。”

面对无言反驳的女子，罗严塔尔转过身，大步走出客厅。爱尔芙莉德默默目送着那宽阔的背影逐渐离去，猛地把脸背过来。因为那一瞬间，她发现自己居然在期盼那个本该憎恨的男人能回过头来看她一眼。她的视线定格在墙上那幅并不想欣赏的油画上，静止了大约十秒钟。当她收回视线的时候，这座宅邸的主人已经不在视线所及的范围内了。在那个时候，罗严塔尔是不是曾经回过头看她，爱尔芙莉德并没有求证的机会。

4

军部的重要人物正为派遣舰队去地球的出兵计划忙得不亦乐乎时，帝国政府的其他部门当然不可能都在睡觉。

整个学艺部在尚书杰菲尔特博士的亲自指挥下，开始了《高登巴姆王朝全史》的编纂工作。这当然是高登巴姆家族败亡以后才可能实现的事，让以“国家机密”之名被禁止公开的大量资料，让那些人们只能以非公开信息或谣传的形式才能知道的事实，呈现在光天化日之下。

同盟军的退役元帅杨威利本来立志成为历史学家，但在十六岁的时候，却因为父亲过世，受制于经济上的窘境，只得在现实的地面上过着颠沛流离的人生。他如果看到帝国学艺部那些每天在未公开的资料宝山里过日子的研究人员，只怕会羡慕得让全身的水分都化成口水流出来。

皇帝莱因哈特并没有指示学艺部刻意将高登巴姆王朝犯下的罪孽挖出来，这是没有必要的事。任何一个王朝、任何一个权力体制，一定都是公开宣传自己的善行，隐瞒自己罪恶的一面。所谓未公开的资料，绝大部分都是罪恶与不法行为的证据。纵使他什么也不说，那些研究者也一定会从这丰富的矿藏当中，把高登巴姆王朝所有的恶行和丑闻挖掘出来。下这道多余的指令，只会伤及一个君主的雅量。

不过高登巴姆王朝的始祖鲁道夫·冯·高登巴姆在五个世纪以前，可没有和莱因哈特一样的想法。他是绝对主观的正义的代表，他那坚定得令人惊骇的信念，就好像与他一起诞生到这个世界上的双胞胎兄弟一样。他最初是个军人，后来作为政治家获得了成功。无论是在肉体上还是在精神上，他都有挥霍不尽的过人精力。他就像一个执着于初级方程式的中学数学教师。凡是抱持不同思想与价值观的人，他会先给一记铁拳，最后再给予死亡。死在他个人所谓正义之下的历史学家不计其数。

莱因哈特并不想做出这样的事。

王朝的始祖鲁道夫大帝是个不折不扣的巨人，凭着无与伦比的威严君临全人类。第二代皇帝吉斯穆特一世虽称不上开明，但也是个有能力的专制君主，一方面对共和主义者的叛乱进行严厉镇压，另一方面则给予“良民”比较公平的施政，巧妙运用糖果和皮鞭，稳固外祖父建立的帝国的基础。第三代皇帝利夏尔一世是个爱好美人、狩猎和音乐胜过政治的皇帝，不过也从未踏出最高权力者应该遵循的范围。他在与气势凌人的皇后，还有大约六十位之多的宠妾之间绷紧的钢丝上踉踉跄跄地来往，终于没有摔下来，终其一生并无大过。

第四代皇帝欧佛瑞一世比他的父亲要严肃许多，是个重视健康和禁欲的平淡之人，令古往今来的人都感到索然无味。就这一点来说，他恐怕是亘古未闻的人物了。从他所有的行为来看，机械而精确地消化每一天的日程表，好像是他活着的唯一目标。无论是音乐、美术还是文艺，他一概没有兴趣。而他自发读过的书，据说只有始祖鲁道夫大帝的回忆录和家庭医学。被称作“灰色之人”的他同时也是个阴暗忧郁的保守主义者，把所有的改革和变化都看作病菌一般可怕。他一味遵循前例，就像在紧紧抱住他所崇拜的鲁道夫大帝的大腿。有关他的为数不多的逸闻当中，有一则是这样的。

有一天，皇帝依照医生和营养师的指示，吃完了包括蔬菜、乳制品和海菜的午餐，然后依照日程表的规定，正打算到庭园散步十五分钟的时候，忽然来了紧急报告，说军事基地发生了大规模爆炸事故，死亡的官兵在一万名以上。

谁知这位皇帝陛下竟无动于衷地说：

“今天的日程表里没有听取这种报告的安排。”

对他来说，日程表是神圣不可侵犯的东西，但他却没有为自己制定日程表的创造力与想象力，所以担当此任的政务秘书官耶库哈尔特子爵的责任和权限如沙漏中的沙一样越堆越高，越来越庞大。不知不觉间，子爵又兼任了枢密顾问官和皇宫事务总长，甚至连御前会议书记官的职位也被他抢去了。就算没有锐利眼光的人也能看出，“灰色的皇帝”只是伴随着耶库哈尔特子爵吹奏的笛声起舞的廉价机器人罢了。皇帝死去的时候，不知是不是对他的生涯表示敬意，所有的人都无动于衷。

银河帝国第五代皇帝卡司帕在还是皇太子的幼年时代，曾经表现出超常的智慧，但是随着年龄的增长，聪慧的色彩却越来越淡薄。或许是为了抗拒耶库哈尔特的专制，他才故意隐藏了自己的才能。有部分朝廷重臣私下批评说：“先帝像是一篇灰色的散文，而如今的皇帝陛下则像是一篇灰色的韵文。”因为比起父亲来，他更像他的祖父，爱好艺术与美，但走钢丝的本事就差多了。

太后和朝中重臣却皱起了眉头，因为这位皇太子对异性毫无兴趣。受宠爱的是皇室专属合唱团里的卡司托拉特。所谓“卡司托拉特”，是指为了永久保持男童的高音而被阉割过的少年歌手，自古以来就存在于宫廷或宗教组织合唱团中。

卡司帕在二十六岁的时候戴上了至尊的皇冠，也正是从那时开始，他便爱上了一名十四岁的美少年歌手夫罗利安，连母后提起的亲事都充耳不闻。

鲁道夫大帝生前认为同性恋者将流毒于世，对其赶尽杀绝。如今他的子孙里却出现了同性恋者，这或许是一种报应。

这时国政的实权仍然掌握在耶库哈尔特的手中，他此时已经是伯爵，威势之显赫无人可比，追随他的人甚至还半开玩笑地称呼他“准皇帝陛下”。整个国库已经成为他的私有财产。年轻时的精悍已不复存在，取而代之的是那连灰尘都沾不住的油滑肥满的身体，在酒池肉林里笨重地四处移动。作为主持国政者，他的责任感和能力都已磨灭殆尽，但权力病患者的感觉却丝毫没有减少。他想把自己的女儿放到新帝皇后的宝座上，女儿也很像她的父亲，但不是像她父亲年轻时的样子，而是现在的模样。

耶库哈尔特也曾经强迫皇帝和夫罗利安分开，不过这位在其他方面都很顺从的皇帝，这一回却不肯接受他的劝说和威胁。耶库哈尔特千方百计想让女儿当上皇后，好把生下来的儿子扶上下一任皇帝的宝座。他最终起了要杀害碍事的夫罗利安的念头，于是带领着士兵闯进皇宫。但他在走进“野玫瑰厅”的一刹那，就被里斯纳男爵指挥的一队士兵开枪射杀了。男爵一直对耶库哈尔特的专横极度憎恨，得到皇帝的授意后，发动了这次“诛杀奸臣”的行动。到此为止，一切看起来似乎都非常顺利。但在这场混乱平息后，皇帝却留下了退位诏书，带着宝石和夫罗利安出走，之后下落不明。此时他即位刚满一年。

皇帝的宝座空悬一百四十天后，欧佛瑞一世的弟弟尤里乌斯大公继位。朝廷重臣真正期待的并不是即位者，而是大公的儿子弗兰兹·欧特的实力与名声。

登上至尊宝座的尤里乌斯皇帝当时已七十六岁，但健康状况非常良好。他在即位后的第五天就将二十位美女纳入后宫，一个月后又追加了二十位。

国政由人到中年的皇太子弗兰兹·欧特打理，耶库哈尔特时代的很多弊病得以改变，纲纪得到肃清，平民也多少获得减税，朝廷的重臣也为当初的正确选择而高兴。唯一令人意外的是大家都以为将不久于人世的尤里乌斯一世年过八十，甚至年过九十依然健在，一直安稳地坐在皇位上。

皇帝老而不死，究竟会引发什么事态？高龄的皇帝尤里乌斯一世健壮地活到九十五岁时，“人类历史上最年长的皇太子”弗兰兹·欧特大公殿下却以七十五岁的年龄病逝了。而大公的儿子也已早逝，便由二十四岁的孙子卡尔接替为“皇太曾孙”。

事实上，卡尔如果等个几年，应该可以在青年时代就戴上至尊皇冠，可他却把这位老而不死的皇帝视为一种难以想象的存在。从卡尔懂事以来，尤里乌斯就是个老人，现在依然是个老人，估计将来仍然是个老人。这个“永远的老人”似乎正像吸血鬼似的，吸取着后世一个又一个继位者的生命力。皇帝宝座就像他发光的棺柩，而他将在那里一直老而不朽地活下去。

卡尔其实不是个特别迷信的少年，但他仰望皇帝时，瞳孔上却镶上了具有迷信色彩、充满恐惧与嫌恶的透镜。正因如此，在些许野心与更多的自我防御意识的培育下，卡尔加害老皇帝的意念茁壮地成长起来。银河帝国史上第一次弑杀皇帝的行动开始了。

旧帝国历一四四年四月六日，九十六岁的皇帝尤里乌斯一世正与后宫五名年轻貌美的宠妾一起共进晚餐。这五名后宫美人的年龄加起来，甚至还不及皇帝一个人经历的人生岁月。皇帝的食欲之大让发育期的少年都要惊叹万分，他将鹿肉料理一扫而空，又举起冰凉的白酒一饮而尽。就在冰凉的酒流进喉咙的时候，他的呼吸忽然急促起来，将吃进的食物全部呕吐出来。满地翻滚了一阵子，这位高龄的皇帝便咬着白绢餐巾气绝身亡。

老皇帝暴毙的讯息传来，着实让朝廷重臣惊异不已。但他们的惊异并不是因为满心疑惑，而是因为心头的一块石头终于落了地。老实说，这些朝廷重臣没有一个不对这老不死的皇帝极度厌烦。一场盛大但没有任何哀悼之意的葬礼在卡尔大公的指挥下举行。丧期一结束，朝廷重臣便开始期待新皇帝就任后，能有个政治清明的新时代。然而人民并不敢抱有期望，因为他们仍然没有被赋予任何政治权力，过多的劳动已经占去太多时间，再加上一点点娱乐，就足以使他们筋疲力尽了。尽管如此，五月一日皇帝加冕的那一天，他们依然和众多重臣一样大吃一惊。因为庄严地戴上皇冠的并不是卡尔大公，而是已故的欧特大公次子的儿子，卡尔的堂兄吉斯穆特·冯·弗洛聂侯爵。

新皇帝吉斯穆特二世即位的内幕当然没有公布。三百多年后，那些未公开的资料终于向研究者们诉说了当时的情形。当初老皇帝暴毙时，同席的五名宫女被卡尔大公下令殉葬。理由是她们身为服侍老皇帝的宫女，在老皇帝病危的时候只知一味惊惶失措，怠忽了对皇帝的照顾，必须以死谢罪。

这五名宫女被监禁在后宫的一个房间内，被迫服毒。其中一名宫女在临死前将事情的真相用口红写在手镯的内侧，托人带给她在近卫旅担任军官的哥哥。她的哥哥看到了用口红写下的文字，才明白卡尔大公在酒杯里下了毒——老皇帝暴毙，原来是因为使用了卡尔大公献上的涂有毒药的酒杯。这种毒药是一种化合物，经胃壁吸收后，会快速破坏红血球摄取氧的能力，而他的妹妹正是被卡尔买通的共犯。为了替自己的妹妹报仇，这位军官选择了最有效的方法，他将这个证据呈给了在卡尔之后拥有第一继承权的皇位继承人吉斯穆特。吉斯穆特得到这个可以名正言顺将卡尔逐下皇位的理由，真是喜出望外。经过一番宫廷内乱，他终于成功地迫使卡尔将皇位的继承权交出来。但他并未公开老皇帝被皇太曾孙毒杀的内幕。就这样，政变在秘密状态下进行了。

卡尔被拘禁在宫廷内，经过一段日子，又被移送到帝都郊外的一处精神病院。在那厚厚的墙壁之内，他仍然受到一定的礼遇。他也颇为长寿，超过曾祖父活到了九十七岁。当他死去的时候，吉斯穆特二世与欧佛瑞二世的时代都已经过去，取而代之的是欧特·海因茨一世的时代。宫廷内已经没有人记得这个在七十几年前篡夺帝位失败的老人的名字。卡尔死于帝国历二一七年，而帝国与自由行星同盟爆发“达贡星域会战”是在帝国历三三一年。在这段时间内，高登巴姆王朝共计有八位皇帝，在他们继承皇位与掌管国政期间，又发生了各式各样的善恶美丑的故事……

莱因哈特浏览着这份由学艺部整理出的尚未正式公开的报告，时而冷笑，时而掩卷沉思。他虽不像杨威利那样对历史有浓厚的兴趣，但是作为一个放眼于未来的人，是不能不知道过去的。

尽管如此，未来的命数并非都可以从过去的史迹中找到实例，莱因哈特也不会去追随谁的脚步。

因为他就是所有人追随的目标。

Chapter 5
混乱、错乱、惑乱

1

宇宙历七九九年、新帝国历元年的后半年，整个宇宙的情势发生了剧烈的改变。是否有人能正确地预料到这些呢？随着这一年五月《巴拉特和约》的签订，以及六月莱因哈特·冯·罗严克拉姆的正式加冕，长达两个半世纪的战乱大致平息了，而宇宙也进入了新秩序的统治之下。尽管如此，若有人将眼前的秩序视为永久不变的和平，也未免太乐观了。“新王朝目前正致力于体制的整饬，而同盟在这个时候还无法迅速恢复复仇的实力。无论如何，这几年应该能为世人带来短暂的和平，哪怕只是在表面上……”这种见解倒不是俗论，而是常识。不管是皇帝莱因哈特还是杨威利，都无法脱离常识的地面，遨游在自己的构想乃至梦想的星空中。

帝国军务尚书奥贝斯坦元帅一直被视为这出历史剧的演出者之一。但他在回答菲尔纳准将的疑问时，却说自己只是用心地看着整个情况急剧演变，然后加以利用。

“不过，相不相信我说的话，是你的自由。”

特别值得一提的是，宇宙历七九九年后半年产生的混乱状况明显是人为的，但相关的人却都认为“自己不是主导者”。那些以最大的积极性采取行动的人，尽管承认自己的确是舞台上的演员，却否认自己是导演或编剧。

毫无条件地相信神明或命运的人，大概会叹着气说声“这是神的旨意”或者“命运的捉弄”，然后逃进停止思考的温室里万事皆休。不过，像杨威利这样公开说出“如果从明天开始，退休金忽然增加十倍，那么就算叫我去信神也可以”这种该遭天谴的话的无神论者，就会为了在人类理性和思维的范围内找出解答，平添不必要的辛劳。每当他提到与神相关的言论，新婚妻子总是要重新审视他的脸。丈夫将神明与通货膨胀视为同一件事，让她多少有些不安。

杨的结论是：“最后这场混乱的历史剧，是由死去的编剧与活着的演员共同创作的作品。”不过若问他真正的编剧到底是谁，杨或许会穷于应答。尽管如此，他却可以明确地指出那个“相信自己是剧作家的演员”的姓名。那个人就是一级上将菲尔姆特·雷内肯普——帝国派驻同盟的高等事务官。

委任雷内肯普这个职务的是皇帝莱因哈特，但他并不是阅读过整个剧本的内容后才决定角色分配的，自然也意外地留下了一个令人愤怒与悔恨的结局。

雷内肯普现年三十六岁，仅仅比杨年长四岁，但从外表看起来，两人却好像有将近二十岁的差距。杨是那种从外表上看不出在战场上历经过辛劳的军人，什么“可抗拒风雪的刚毅”

或“千锤百炼出来的精悍”等随军记者喜欢的形容词，这辈子大概都和他无缘。过去因他一败涂地的舒坦梅兹，在见到就像年轻学徒的杨时，曾经怅然地喃喃自语：

“我真的败给了那样的人吗？”

当然，舒坦梅兹明白从外表来判断一个人是非常愚蠢的。不过他想，或许自己的想法与失败的原因有共通之处。

雷内肯普一直无法摒除他那狭小拘泥的心胸，“艺术家提督”梅克林格也指出过这点。但如果说应由雷内肯普一人担负起所有责任，华尔特·冯·先寇布这种善于挖苦的人恐怕会说：“那家伙有那么了不起吗？”

一些微小而不负责任的谣传便是事情的开端。

“梅尔卡兹提督还活着。”

这种谣言就是纷乱的起源。这种话后面，往往接着“听说”这样的字眼，而追问到谣传的源头或是根据的时候，回答总是含糊不清，甚至比酒后乱性者的记忆还要暧昧不明。罗严塔尔和米达麦亚对此置之一笑，因为这种谣传就是属于这一类的。

梅克林格在私人记录中写道：

“虽然没过多久就证实了这个谣言是事实，但第二个事实到现在还没有真相大白——到底是谁刻意散布这个谣言的，目的到底为何？”

这大概是群众心中永远存在的一种希望，即“但愿英雄永远不死”吧。梅克林格这么断言，但他仍然想用一个词来表达自己的看法：命中注定。

“谣言创造出事实。或者应该说，是不特定多数人在一种普遍性的无意识下，干涉了整个时代的潮流。”

梅克林格发挥了自制力，只把这些想法变成了文章。

无论如何，从这一年的六月起，一直像稀薄的星际物质群一般在人与人之间流传的谣言，在七月十六日之后一下子加剧了。那一天，按照计划要在雷萨维库星域进行爆破和解体的同盟军舰艇，竟有超过五百艘不知被何人强夺了。

执行这个计划的负责人是马斯喀尼少将。其实，如果只是舰艇被抢走，他宁愿闭口不提搪塞过去，但在舰艇被抢的同时，竟然有四千名士兵和抢夺舰艇的犯人一起销声匿迹，当然不可能把责任转嫁给单纯的梦想或幻想。

在统合作战本部的审查会接受审讯的时候，他极力为自己辩解，全身几乎被汗水湿透。

“当时我方众人正根据《巴拉特和约》的条款，打算对那些已放弃所有权的战舰和宇宙母舰进行爆破，不料忽然出现大约五百艘来路不明的舰艇……”

这个数字当然太夸张了，但竟然有士兵宣称有“五千艘之多”，所以马斯喀尼的话被当成了较为客观的证词。而根据这较为“客观”的证词，当时那些舰队是经过通信联络后，以支援爆破作业的姿态大摇大摆地出现的。因为战争已经结束，会遭敌军欺骗的警惕之心消失了，而且对方舰艇的外形也与同盟军的一样，所以便安心地迎接他们过来。哪知那些“卑鄙且令人提防不及”的枪口竟在面前一字排开，强夺了原本要爆破的舰艇。当时爆破舰队的旗舰被抢劫集团当作人质（也就是马斯喀尼提督被押作人质），其他的舰艇在旁一筹莫展。而且，这个“强盗集团”自称是反抗帝国专制的义勇兵集团，并且呼吁有共同志向、无后顾之忧的人加入他们的行列。当时竟有四千名左右的“墙头草”共同行动，跟着他们一起消失了。

这次事件发生后，人们也颇有兴趣地猜测到底是谁在指挥那个“强盗集团”。“八成是梅尔卡兹提督”，这样的说法虽然没有根据，却是大多数人的共识。

如果真的是梅尔卡兹提督，既然当时他以杨威利军事参谋的身份参加了“巴米利恩会战”，那么他的失踪，也一定出于杨的授意……

整个谣传只有这个部分不管在事实还是推理上都是正确的。当然，杨也一定听过这个谣传，但没有妄下评论。

2

或许杨威利并没有预料到，这个对他来说非常危险的谣传竟然会这样广为流传。

不过，让他说的话，他大概会说“即使事先预想到，也不能避免事态这样发展”。他当然不会将梅尔卡兹当作牺牲的羔羊交给帝国处置，而放梅尔卡兹逃走后，杨也不可能从此和他断绝关系。杨事先没有预想到，整个事态会因为一个没有根据的谣传产生波动，这或许有些太天真了。但无论如何，杨毕竟不是全知全能的。

卡介伦夫人就曾经对杨的妻子菲列特利加说过：

"虽然杨年纪轻轻就被授以高位，但不过是战争使然。如果在和平时代，他大概会是个担任闲职的职员。唉，或许这样杨还比较满足，你说是不是？"

事实上菲列特利加也有这样的想法。根据她对杨的了解，杨从不曾将自己看成权力集团中的一员，而权力集团的人大概也不曾把杨当作他们中的一分子。杨能有今日这样崇高的地位，并不是因为他的政治力量或对权力的欲望，而是因为他在战争指挥上独特的艺术手腕，以及借此累积起来的功勋。

所谓的权力集团，就是那些共同拥有自以为是的领导者意识，执着于特权分配，并且具有排他性的选民集团。所以就算这个权力集团的门为杨敞开，他也不会乐于钻进去。

这么一来，杨就成了一个异端。不管是在军官学校里也好，在军队里也好，在国家权力机构的中枢也好，他总是坐在角落里，对在舞台中央装模作样的正统派各种冠冕堂皇的言论一概置若罔闻，只是静静读着自己喜欢的书。当这个异端建立了正统派中无人匹敌的耀眼功勋时，正统派的人尽管暗暗咬牙，可还是不得不奖赏他，并给予厚待。

自己究竟搅起了正统权力集团多少愤怒与憎恶？杨也多少知道一些，不过如果因此感到忧虑，那也未免太愚蠢了，所以他一直这么视若无睹地走过来。

最后，正统派的人根据本能而不是智力，终于明白杨绝不可能成为他们的一分子。因为一个身为军人的人，却否定战争的意义，否定国家的尊严，认为"军队存在的理由不是为了守卫人民，而是为了守卫寄生于国家中的权力集团的特权"，没道理会成为他们的同伙。但他们这伙人为了自身的安全，却不得不倚赖这个异端的才干与手腕。这些权力集团的中坚分子有一次曾利用非法的地下审查会对杨施加政治私刑，然而就在他们对杨大肆批斗的时候，传来了帝国军大举入侵伊谢尔伦要塞的消息。在极为狼狈的情况下，他们不得不直接从审查会的会场派遣杨出发上战场，因为只有这个最忌讳最讨厌的人才能守护他们。

他们授予杨“元帅”的地位，让杨成为同盟军史上最年轻的元帅，颁发给杨的勋章几乎可以用四位数来计算。但这个桀骜不驯、乳臭未干的小子居然一点都不领情，丝毫感谢或激动的意思都没有。他们对杨如此厚待，说来杨应该极为谦卑地搓着手、低着头，卑躬屈膝地请求加入他们的行列才是，哪知道这小子竟然将神圣的勋章搁在木箱的箱底，还放在地下室里。甚至在他们讨论特权分配这种重要内容的宴席上，他竟然也缺席，自己一个人跑到湖边去钓鱼。在权力者眼中，这个世界上最重要的莫过于支配他人，让他人臣服于自己，把税金这种他人的劳动成果公然据为己有，以及如何拥有足够的权力来制定法律，保护自己的利益。但这些最重要的东西，在杨的眼里就像是路边的一颗小石头，他看也不看一眼，就毫不在乎地把它踢开——真是个罪该万死的异端。

对杨来说，权力根本就不是什么贵重的东西，所以之前虽然有无数次机会，杨却从未想过用武力强夺权力。这种表现对汲汲于权力的人来说是莫大的侮辱，等于是对他们的价值观、生活方式，以及他们的存在发出不屑的冷笑。

这些权力在握的人对杨真是憎恶到了极点，他们没办法不憎恶他，因为肯定杨的生活方式，就等于否定他们自身。

他们一直都在找寻一个机会，把杨从国民英雄的宝座上拖下来，将他打进万劫不复的深渊。当初存在银河帝国的威胁，没办法这么做。现在，尽管银河帝国还是存在，但存在的意义已改变了。过去曾敌对的国家，现在化为了他们头顶上的支配者。同僚当中那颗曾经最耀眼的星——优布·特留尼西特，不就已经投身帝国，过着安乐的生活吗？尽管不知有几千几百万的官兵为他那篇极为煽动的演说而战死，但拥有权力的最大快乐，就是可以将国民的性命这种廉价的商品恣意地浪费，所以就算再多的人去送命也无所谓。那些因为特留尼西特一番甜言蜜语就去送死的人，只能怪他们太弱智。特留尼西特将同盟的独立和民主主义卖给了帝国，换得自身的安全。如果他们这些人把从前曾让帝国吃过无数次苦头的杨威利出卖，应该也能获得自身的安全吧。反正同盟早就完蛋了。“国家永远不灭”这种傻话，只要那些愚蠢的国民相信就可以了，而他们这些知道事实真相的人，不应眼睁睁地看着这次“可以抱着财产搭上另一条船”的机会从身边溜走。

就这样，几个寡廉鲜耻的“商人”为了把这个叫杨威利的商品卖给帝国，开始了行动。几封告密信被送到帝国高等事务官菲尔姆特·雷内肯普一级上将手中，内容大同小异。

“杨威利为了日后对帝国发起叛乱，谎称梅尔卡兹提督已经战死，并且助他逃亡。当然，一旦时机成熟，杨也会起兵和他遥相呼应。”

“杨集结了同盟国内反对帝国的强硬派与激进派，正打算对帝国举起反叛的旗帜。”

“杨是帝国的敌人，是和平与秩序的破坏者。他企图支配同盟，成为独裁者，然后进一步侵略帝国，将整个宇宙踩在他的军靴下……”

负责监视杨威利的拉杰尔上校，在原为高级饭店的事务官府大楼看到了这些由雷内肯普给他的告密信。看着看着，拉杰尔的表情由惊愕转变为愤怒，事务官则冷冷地看着他。

“如果这些告密信所写的内容属实，那么我不得不说，上校你的监视网未免太松散了。”

“不过，阁下……”

拉杰尔上校鼓起全身的勇气，开始为那位曾是己方敌人的将领抗辩。

“这些告密信都不值得相信。如果杨提督真有企图要成为独裁者，又何必选择像现在这样困难的时机？早在以前，他就有过好几次机会了。”

“……”

“连那些告密的人，都应该多次在危急关头得到过杨提督的拯救。现在政治情况虽然发生了很大的变化，可是如果因此翻脸出卖自己的恩人，也真是丑陋到了极点。如果杨提督真像他们所说的那样，成了一个独占权力的独裁者，他们大概又会改变立场，立刻拜倒在杨提督的脚下。这样恬不知耻的恶语中伤，阁下您会相信吗？”

雷内肯普看似平静的外表下，心中的不悦正如风平浪静时的暗涛，不断地涌现出来。他无言地点点头，让上校退出办公室。

不过，拉杰尔毕竟无法了解上司的心理。

事实上，雷内肯普并不是相信那些告密信的内容，应该说他是“想去相信”。他无视拉杰尔的谏言，对同盟政府提出劝告，要以“涉嫌触犯《反和平活动防止法》”为由逮捕退役的杨威利元帅。这是在七月二十日发生的事。同时，他还对事务官府所属的装甲掷弹师团下达武装待命的命令。第二阶段的混乱由此揭开序幕。

此时，杨的脖子上等于已经被套上无形的枷锁。同盟权力集团和雷内肯普的心理变化，杨无法预测或警觉。但只要杨还在这世上呼吸着空气，就会让他们心生忌惮。而要避免这种情况，就得对这些权力分子点头哈腰，博取他们的欢心，并在战场上输给雷内肯普，除此之外别无他法。但是以杨的个性而言，要他对权力者点头哈腰是绝对不可能的。至于说输给雷内肯普，除非能让时光倒流，回溯到当初两军交手的那一刻，否则也难以做到。

帝国高等事务官的首席副官叫伍德·迪塔·芬梅尔。这个人十分缺乏独创性，对法律却非常熟悉，而且处理行政事务的效率极高。这固然是因为他有优秀的整顿秩序与处理行政事务的能力，除此之外勤勉也是原因。所以雷内肯普认为他的确是令人满意的辅佐人才。如果是一个有充分独立思考能力与艺术感性的人，对于在军事占领地从事行政工作来说，不但没有必要，反而会有害。

话又说回来，这世上有所谓“形式”这种东西。在形式上，自由行星同盟分明还是一个独立的国家，雷内肯普也不是殖民地的总督。他的权限仅限于《巴拉特和约》中明确记载的范围。为了在规定范围内发挥最大权限，芬梅尔的辅佐是不可缺少的。

而事实上，芬梅尔也不时在雷内肯普看不到的地方完成一些更重要的任务，即直接向军务尚书奥贝斯坦报告雷内肯普的一切言行，以及执行勤务时的种种状况。

在二十日那天的晚上，雷内肯普又把芬梅尔叫到办公室共同商量。

“杨元帅并不是帝国的臣民，所以对他的处罚必须根据同盟的国内法。”

“我明白，要根据《反和平活动防止法》。”

“不，这太牵强了。他唆使梅尔卡兹提督逃亡，是在《巴拉特和约》和《反和平活动防止法》颁布之前，我们不能用追溯法律条文的方式来追究他的责任。依卑职浅见，应该可以适用同盟的国防基本法。”

芬梅尔刚上任的时候，就对同盟国内为数众多的法律及政令做过一番全面的调查，研究合法中伤或是铲除帝国公敌的手段。他对上司披露的，是针对智慧型犯罪者的做法。

“杨元帅唆使梅尔卡兹提督逃亡的时候，一定提供了军用舰艇给他使用，因此可以用滥用职权、擅自处理国家资产的罪名起诉。就算依照一般刑法，也适用渎职侵占罪，这项罪名比触犯《反和平活动防止法》更不光彩。”

“确实是这样……”

雷内肯普刚要笑出来，那过度浓密的胡子下的嘴角又紧绷起来。他四处找寻借口处决杨威利，是因为他自始至终将杨视为新王朝和新皇帝的最大公敌，而不是意图了却过去惨遭败北的私人恩怨。招致“误解”并非他的本意。

杨威利的名声如此响亮，是因为他在战场上的不败纪录，还因为他的年轻和清廉。一旦蒙上了渎职侵占这种不光彩的罪名，践踏了第三个理由，杨立刻会声名扫地。

正当雷内肯普紧绷着嘴唇陷入思考的时候，秘书长进来了，对他行礼之后报告说：

“事务官阁下，有您的超光速通信讯息，是直接从军务尚书那儿发过来的。”

“军务尚书？哦，奥贝斯坦吗？”

雷内肯普故作姿态地说道，然后拖着不悦的步伐，将脚步移向特别通信室。

透过中继传送的方式从一万多光年的距离外传送过来的画面，轮廓看起来有些模糊。但雷内肯普一点也不觉得遗憾。因为不管是奥贝斯坦那张几乎没有血色的脸，还是他那不时放出异样光芒的义眼，本来就没有美感可言，激不起让人想看清楚的兴趣。

军务尚书似乎不想将时间浪费在礼仪客套上，立刻单刀直入，切入话题中心。

“根据我听到的消息，你好像对同盟政府提出了处决杨威利的要求，你难道是想报复他曾让你吃的败仗吗？”

雷内肯普的脸色因为愤怒和屈辱变得铁青，因为对方最初的一击便击中了他的内心深处。他甚至无法从容地反问对方，到底是从谁那里得到这种谣言的。

“这与个人私事完全无关。本官对同盟政府提出处决杨威利的建议，完全是为了给帝国及皇帝陛下除去后患。认为本官想了却过去败给杨的私人恩怨才这么做，是下流卑劣的想法。”

“那么我们想法一致。刚才我说的话，你不必放在心上。”

奥贝斯坦的声音里并没有冷笑的意味，听起来完全是公事公办的性质，不过雷内肯普的负面感受却没有稍稍减轻。画面上，军务尚书的嘴缓慢地一开一合。

“我教你一个可以将杨威利与梅尔卡兹这两个人同时解决的方法。如果能凭你的手腕斩除帝国未来的祸根，那么你的功绩大概就要凌驾在罗严塔尔和米达麦亚这两位元帅之上了。”

听到这番话，雷内肯普颇感不快。不仅是因为奥贝斯坦直接煽动他的竞争意识，更因为他不得不承认这么做的效果。

“请指教。”

内心激烈地交战之后，雷内肯普向对方屈膝了。但军务尚书没有流露出一点获胜的骄傲。

“并不需要复杂的手段，只要在让同盟政府明白你并没有相应权力的情况下，要求他们将杨提督交出来，再公开宣布要把杨提督带到帝国本土去。如此一来，梅尔卡兹那一伙人为了拯救恩人杨威利，一定会从藏身之处现身。届时你去攻击他们的藏身处就行了。”

“事情真的会这样发展吗？”

“试试看就知道了。如果梅尔卡兹没有出现，杨提督就只能被遣送到帝国本土。而对他的生杀予夺，就看我们这边是什么想法了。”

“……”

“要激怒同盟内的反帝国强硬派，必须要在没有任何理由的情况下将杨逮捕。只有这样做才能激怒反帝国派的人，让他们发起暴动。这种方法看起来是有些蛮干，但偶尔试试也未尝不可。”

雷内肯普陷入沉思，脸色显得非常阴郁。当军务尚书说“也未尝不可”的时候，他并没有狂喜。

“我想请教一下军务尚书，关于这件事，皇帝莱因哈特陛下是否知情？”

这时，奥贝斯坦那本来就没有血色的脸上显露的表情，经过影像化的处理，显得更加微妙。

“如果你介意，就直接去问皇帝陛下好了，就说你想把杨威利除掉，请问陛下的看法如何？”

雷内肯普再次感到不悦，因为他根本不可能对皇帝莱因哈特说这种话。再者，令雷内肯普很难理解的是，年轻的皇帝似乎还对杨威利颇有好感。没准反倒是自己会招来皇帝的不悦。

不过事情已经演变到这步田地，雷内肯普已经没有理由放弃这场竞赛。就像一个人身在水中，如果放弃继续游下去，就会沉到水底。他就像个市井的道德家，只看事情光明的一面。反正不管怎么样，都要对同盟进行彻底的征服，而且应尽量提早完成统一全宇宙、建立新秩序的千秋大业。杨是个危险人物，除了将他除去别无选择。如果雷内肯普能因此立下大功，获取相应的地位也并非不可思议。说不定他可以坐上帝国元帅，甚至是帝国军三长官之一的席位呢。这个地位未必就应该由罗严塔尔或米达麦亚终身占有……

切断通信后，奥贝斯坦呆呆地望着那一片灰浊的画面，喃喃自语："狗要喂狗食，猫就要喂猫食。"

随侍在一旁的菲尔纳准将轻轻咳了几声，然后说：

"但是，雷内肯普事务官并不一定会成功。一旦他失败，同盟政府全体或许都会和杨提督站在同一阵线上，团结一致反抗帝国。如果真的演变到那种地步，该怎么办？"

菲尔纳准将这句话是强压住担心说出来的，不过奥贝斯坦并没有动怒。

"如果雷内肯普失败，那就算了，没什么关系。让另一个人去接替他完成任务就行了。开路者与铺路者不见得是同一个人，是不是？"

没错，如果皇帝代理人被加害，很明显就是一种违反和约的行为。这么一来，帝国就得到了对同盟再度出兵，将之彻底征服的借口。菲尔纳将军务尚书的话做了这样的诠释。军务尚书不仅要利用杨提督，甚至把己方的雷内肯普也当作替罪羔羊，他难道在谋划彻底征服同盟？

"但是，军务尚书阁下，您不觉得要彻底征服同盟，现在时机还太早吗？"

"即使是现在，这样的想法也没有改变。但如果只是袖手旁观，从我们的目标来看，就算是退步了。不采取首善之策，至少也要采取一定的积极策略，是不是？”

“诚如阁下所言……”

“雷内肯普这个人就算活着，也不可能晋升到元帅，但他若殉职就可能升为元帅。要报效国家，倒并非只有活着一途。”

菲尔纳听了军务尚书这番话，已经不再吃惊。奥贝斯坦对雷内肯普的评价或许完全正确。奥贝斯坦至今为止所说的话，从理论上讲还是正确的占绝大多数。但人这种动物，并不只是为了将方程式或公式付诸实施而活着，所以他无法不感到反感和厌恶。或许自己什么时候也会被置于与雷内肯普相同的处境，军务尚书应该也想过这点。不过于情于理，菲尔纳都没有理由对上司提出劝告。

3

同盟最高评议会议长姜·列贝罗接到雷内肯普的“劝告”，陷入了极其为难的立场。就算可以不管帝国方面的故意挑衅，但对于成为两国问题人物的杨，他怎么也无法释怀。

“杨是不是自恃为受到全体国民敬仰的英雄，就忽略了应尽的本分，藐视了国家的整体安危呢？”

列贝罗的心里有这样的疑虑。如果让杨听到这些，他一定会烦不胜烦，连自我辩白的兴趣都失去了。但如果只探讨事情的表象而不深入核心，列贝罗产生这样的疑惑也十分自然。就一般的社会常识而论，杨年纪轻轻便愿意舍弃殊荣之位。那只要他愿意，不费吹灰之力就能到手的最高权力，他竟然毫不眷恋地一脚踢开，甘于过着靠退休金度日的生活。在世人眼里，这样的人如果不是精神不正常，那又是什么？如果说他是悄悄地藏在社会的角落，暗自谋划着什么，还比较有说服力。

或许杨把自身形象看得太微不足道了。就算他懒懒散散地在睡午觉，只怕那些得了英雄崇拜症的人也会对他产生夸大的误解，比如说他们会认为杨其实是“正在为国家和全人类构想千年大计的一代智将”。所以依照杨的个性，他有时也会吹点牛：“这个世界上的确有些慧眼之士。他们非常了解我，我其实并不是懒散地在睡午觉，而是为了人类的未来在苦心钻研。”那些不知杨在开玩笑的人就会深受感动，把杨的虚像放大到更为夸张的地步。而如果尤里安·敏兹等人听到杨这番话，就会说：“提督，您的未来我都给您预测到了。今天晚上七点的时候，您大概会就着清炖猪肉大喝白兰地吧？”就这样搪塞过去。

列贝罗现在被迫面临的抉择有二：其一是保护杨一个人，招惹帝国的愤怒，然后使同盟陷入存续或灭亡的危机；其二恰恰相反，是牺牲掉杨一个人，挽救同盟的未来。至少列贝罗认为他面临的抉择只有这两个。如果他是厚颜无耻的人，就应该向皇帝或帝国政府申诉雷内肯普的横暴，争取更多的缓冲时间。可惜列贝罗把事务官的意思原原本本地当成了皇帝的意思。他在一番痛苦抉择之后终于得出结论——找一个人来分担他的苦恼，于是把已经下野的友人荷旺·路易找来，倾诉心中苦闷。

“要逮捕杨提督？你是说真的吗？”

也许荷旺·路易真正想问的是：“你的脑子还正常吗？”

“请理解我的立场，不，其实你应该早就明白了。我们不能给帝国任何借口啊。就算是国民英雄，一旦有可能危害国家的安全，也不得不将他处决。”

“不过，这不太合乎情理吧。就算杨元帅帮助梅尔卡兹逃亡是事实，就时间而言，那时候《巴拉特和约》与《反和平活动防止法》都还没有订立。追溯法律的适用效力，在同盟宪章里是被严格禁止的！”

“不，如果杨唆使梅尔卡兹强夺战舰，那当然就是在和约订立以后的事情了。绝不是追溯法律适用效力。”

“你要考虑到现在没有证据。即使杨自身没意见，杨元帅的部下也不可能接受这样的说辞，弄不好他们还会用武力将杨元帅劫回去，不，他们一定会这么做。如果整个情况再度演变成两年前同盟军彼此攻击的局面，那又该怎么办？”

“如果真的演变成那种局面，只能连他们一起惩罚。因为他们并不是杨元帅个人的部下，他们要守卫的不是杨一个人，必须保卫整个国家的命运。”

“他们难道会接受吗？”

荷旺·路易重复着刚才的话，向列贝罗表明他无法接受。

“列贝罗，我个人认为真正令人不安的，是不知帝国军真正的意图是什么。恐怕他们是期待借着激怒杨提督的部下，进一步让同盟陷入内乱状态。如此一来，便给了他们介入同盟内乱的绝好借口。不管怎么说，总不至于他们怎么讲，我们就跟着怎么做吧？”

列贝罗点了点头，但并不认为还有其他挽救国家的好方法。

如果将命运这种微妙的存在拟人化，现在的状况就是只有手脚在不听使唤地胡乱动弹，中枢神经却因为无法收拾混乱局面而困惑到极点。此时的列贝罗正处于这种状态。无论如何，事态在急速升级。

翌日，也就是二十一日，国立中央自治大学校长恩里克·马蒂诺·博尔热斯·德·阿兰特斯－奥里贝拉前来拜访议长列贝罗。国立中央自治大学基本是培育政府官僚的学校，过去二十年来，同盟政府重要的智囊团与幕僚几乎都是毕业于这个学校。奥里贝拉和议长进行了一次长达三小时的密谈。当密谈结束，两人结伴从议长办公室出来的时候，几个轮值的警卫士兵目睹了他们的表情。列贝罗紧闭着嘴，一脸懊丧，而奥里贝拉下半边脸则盛满了浅浅的虚伪笑容。因为方才在室内，产生了一个比列贝罗原先的决定还要过激的提案。

又隔了一天，也就是二十二日，杨威利家又迎来了一个和平的清晨。菲列特利加的不断努力终于有了回报，奶酪煎蛋卷的味道总算让夫妻俩都觉得满意，红茶的冲泡方法也获得了相当的肯定。虽然时值夏日，海尼森的气候却并不像季风带那样，潮湿暑热到令人难以忍受。一阵阵的微风飘过林木间，混合着叶绿素与日光的香气，涤荡着人的肌肤。杨把桌子和椅子都搬到阳台上，全身都徜徉在由夏日谱曲的阳光和风的华尔兹里，想把蕴藏在心中的一部分知性活动写成文章。他有一股预感抑或错觉：一篇千古佳作正呼之欲出。

“百分之九十的战争，都源于一些让后世之人呆若木鸡的愚蠢理由；其余的百分之十，则源于一些连当时之人都会震惊的理由……”

写到这儿，门口的方向传来粗野的声响，令人心旷神怡的华尔兹音符被吹散。杨皱起眉头，往门口一看，映在他黑色眼眸里的是菲列特利加紧张的身影，另外还有跟在她身后的半打左右身穿深色西装的男人。这些皮肤表层包裹着法律与秩序铠甲的人，毫无诚意地对杨寒暄了几句之后，其中一个看起来像是头头的人用尖锐的目光盯着杨，然后宣告：

“杨元帅阁下，我以中央检察厅的名义，以涉嫌违犯《反和平活动防止法》的理由将您拘留。请您现在就和我们一起走，在此之前您要联系律师吗？”

“真不巧，我没有什么熟识的律师。”

杨用惋惜的声音说着，再次要求这些人出示身份证。菲列特利加替丈夫更仔细地确认，结果发现这些证件是真的，另外又当场打TV电话到中央检察厅，确定这些使者没有说谎。这让菲列特利加心中的不安不断扩大。根据过去的许多经验，她非常清楚国家或政府并不一定都是清醒的。杨知道即使拒绝和这些人走也是徒劳无益，所以安慰妻子说：

“你不要担心，虽然还无法预测究竟犯了什么罪，但总不会不经审判就处以死刑吧。这是民主国家，至少政治家都这么说。”

其实这些安慰菲列特利加的话，有一半是说给这些不请自来的使者们听的。杨给了菲列特利加一个离别的吻，结婚以后，他接吻的技巧还是看不出有什么进步。于是，同盟军史上最年轻的元帅就这样穿着一套发白的猎装和T恤，不得不踏上与美丽新婚妻子的离别之路。

目送着丈夫被那群讨厌的人带走，菲列特利加转身跑回家里，将围裙脱下扔在客厅沙发上，然后打开放家用电脑那张桌子的抽屉，拿出手枪，又抓了半打左右的能量弹夹，冲到楼上的卧室。

十分钟后，当她下楼的时候，服役时的军服又再度裹紧了她匀称的身躯。同盟军的制服在参加实战时是没有男女之别的，女式制服是黑色贝雷帽、夹克、短靴、象牙白的围巾以及女式西裤，一般女军人在后方执行勤务时也有穿裙子的。不管怎样，现在的菲列特利加不管在精神上、肉体上还是服装上，都已全副武装。

她站在楼梯边一面与人等高的镜子前，调整了一下那顶戴在金褐色头发上的贝雷帽的角度，又确认了一下挂在腰上的手枪的位置。她和丈夫不一样，从军官学校毕业时是所有科目的优等生，连射击也不例外。即使出任杨的副官，专心从事司令部文书工作时，她也一直是枪不离手，而且也从未穿过裙子。因为不管可能性如何低，一旦有敌人侵入司令部，她必须要有随时手持武器应战的准备。

当所有准备都完成后，菲列特利加对着站在镜子对面的某个人大声喊道：

“如果以为我们永远乖乖地任人宰割，那可就大错特错了，一直痛殴别人的人，总有一天也会手疼的。等着瞧！”

菲列特利加就这样发表了宣战公告。

4

虽然没有被铐上手铐，杨还是被强行带到了中央检察厅。中央检察厅由几栋低层的大楼构成，杨被押解进去的地方称为“地下牢”，是专门对具有较高社会地位的嫌疑犯进行长时间拘留和讯问的场所，拘留室的大小和设备并不比宇宙战舰的高级军官房间逊色。比起两年前审查会时杨被扔进去的那个房间，可以说好多了。不过就算再好，杨也不会因此得到安慰。

检察官是一位容貌端正、略显老态的男子，如果要称他是一位绅士的话，眉宇之间的凶气略嫌太重。对他来说，这个世界上只有两种人，一种是已经犯了罪的人，另一种就是想要犯罪的人。检察官形式上和杨打过招呼之后，用一种厨师看食材的眼光，上上下下地打量着这位年轻的黑发元帅。

“其实呢，提督，最近我们听到了一些奇妙的谣传。”

“哦？”

杨的反应好像让这个检察官很意外。当然，他期待的是杨反问他们，究竟听到了什么样的谣传。

“您知道是什么样的谣传吗？”

“不知道。”

检察官眯起的双眼中射出充满恶意的针，杨却一副视若无睹的样子。杨过去曾经被一些地位更高的家伙包围，被施以单方面的审问，就算是那个时候，他也未曾退缩过。或许是对杨的名声和地位有所顾忌，检察官好不容易压抑住怒吼的冲动。

“就是本应在巴米利恩会战中战死的梅尔卡兹提督，事实上还活着的谣传。”

“这我倒是第一次听到。”

“哦？第一次听到？这个世界对阁下来说，好像总是充满了新鲜的惊奇哪！”

“托您的福，我每天都过得很快乐！”

检察官脸上的肌肉微微地颤动了一下，他很不习惯被人嘲弄。因为从过去到现在，他的对手一直都处于远比他弱小的立场。

“那么如下的传闻，您大概也是第一次听到吧。捏造梅尔卡兹提督战死的消息，并唆使他逃亡的人，正是杨提督阁下您啊！”

“哦，莫非我是因为这种毫无证据的谣传被逮捕的吗？”

杨似乎在谴责，提高了说话的音调，不过也是半是正经地发问。因为对方出示了逮捕证，他才十分配合地跟着走。可是如果逮捕证本身就没有依据，是不法行为，那么政府做出这项决议时背后隐藏的动机就太可怕了。而且检察官也默默无言，好像在强调着这种可怕的意味。

在杨被逮捕的同时，一条通告传达下来。

“逮捕杨提督一事可能导致他的旧部触犯法律，诉诸武力来救出元帅。因此从现在起，杨舰队的旧干部，不论是现役还是退役者，应一律严密监视，以防患于未然。”

这条通告等于是一把双刃剑。由于监视人的出现，像华尔特·冯·先寇布或达斯提·亚典波罗这些已经退役、成为一般平民的人，反而洞察了一些本来不可能得到的消息。其实像先寇布一类的人，触角远比政府了解的还要长，还要敏锐，所以他才能以比杨更周全的阴谋家的姿态，一直从事地下活动。

那天晚上八点，亚典波罗接到先寇布的联络，来到“三月兔亭”餐厅。途中，他曾经好几次回头看看背后，对尾随的监视人员表达厌恶。来到餐厅后，一名脸上留有浓密胡须的侍者带领他来到角落的位子。酒菜都准备好了，一派绅士风格的先寇布正冲着他笑。

“亚典波罗中将，看来您的随从也不少哪。”

“是啊，退役后反而被当成重要人物看待，真是太荣幸了。”

距离他们的桌子约有十米的墙边，可以看到两组监视人马已经凑在一起，变成一群了。

同盟政府不可能有那么多余力监视全体退役军事干部，就算交给帝国军去办，也同样不可能。所以他们恐怕是把偏见和警戒的透镜都对准了杨舰队的参谋人员，亚典波罗想。

“杨提督被逮捕是真的吗，先寇布中将？”

“这是格林希尔少校……不对，是杨夫人给我的消息。不会有错！”

“应该没有理由啊，到底会有什么样的借口……”

亚典波罗说到一半，忍不住狠狠咋舌。因为不管用什么样的借口，都由那些掌握权力的人决定，怎样的借口都有可能。政府自信已经独占“正义”一词的解释权，只要他们不高兴，怎么修改词典都可以，不是吗？

“不过，在这个时候处决杨提督的话，不难想象许久以来一直弥漫的反帝国声浪会因此借题发挥，大肆爆发，那些家伙应该能想到这点吧……”

“依我看，帝国军等待的不正是这些吗？”

听了先寇布的回答，亚典波罗吸了一口气，发出了好像还没吹出就已结束的口哨声。

“他们企图以这个理由将反帝国派一网打尽，是吗？”

“没错，杨提督就是诱饵。”

“真是阴狠狡猾！”

亚典波罗发出一声尖锐的感叹。尽管早就知道帝国不彻底支配同盟是不会满足的，但一想到敌人竟然使用这种阴险手段来陷害他们的司令官，他就感觉皮肤上好像有千万只蚂蚁在爬。

“同盟政府难道就乖乖地上当？”

“这个嘛……这虽然是个狡猾的陷阱，但同盟政府里还不至于没有能看穿它的人才。或许他们明明知道这陷阱的毒辣程度，只是觉得除了服从之外，别无他法。”

亚典波罗明白了先寇布的言外之意。

“原来如此。如果同盟政府拒绝处决杨提督，就算是违反《巴拉特和约》的行为？”

这么一来，帝国就可以获得对同盟再度开战的绝好借口。处于同盟政府的立场，他们无论如何都要避免这一点。依照那些人的理论来推想，他们应该会说：“与其让一亿人死于非命，不如让一百人死于非命。”

这时亚典波罗忽然皱紧眉头，轻叫了一声。

“啊，我明白了。同盟政府唯一的选择，就是不给帝国军任何介入或干涉的借口，所以处决杨提督一事，就由自己动手……”

没错，聪明的家伙！先寇布对这个比自己小五岁的同僚发出赞叹之声。他接到菲列特利加·G·杨的联络（反正都会被监听吧）之后，一直尝试着理解这部同盟政府赶着编出来的处理事态的剧本。现在大脑中的填字游戏已经完成。

“这里有所谓的‘反帝国激进派’存在，他们不了解同盟政府为免遭帝国彻底征服所作的努力与面临的苦恼，只知一味宣扬民主政治的原理。这伙人如今将国民英雄杨提督推到前台，企图颠覆现在的同盟政府，不自量力地向帝国发起挑战。”

先寇布低声地解说着：

“但是，身为民主主义先锋的杨提督拒绝使用暴力颠覆政府，这些激进分子因而产生愤怒情绪，遂将杨提督当作背叛者杀害。赶去的政府军虽然没能成功救出杨提督，但全歼了激进派。杨提督为守卫祖国的民主主义而献身……怎么样，这样的剧本确实煞费苦心，是不是？”

对亚典波罗说完，先寇布极为辛辣地笑了笑。亚典波罗用指尖轻轻按住额头，冷汗一滴一滴滑落到手指上。

“不过，同盟政府是否有度量把这个剧本演完，倒值得怀疑……”

先寇布把轻蔑的视线投向不在眼前的某人身上。

“什么专制政治啦、民主政治啦，就算披的外衣不同，权力者的本质还不是一样。挑起战争的责任都绝口不提，而结束战争的功绩，他们却大吹大擂。先把自己以外的人牺牲掉，然后再流鳄鱼的眼泪给别人看。这是那些肮脏家伙最擅长的演技。”

亚典波罗点点头，将装有威士忌的酒杯送到嘴边，然后好像想到什么似的，手停在半空中，压低声音说道：

“那么，担负着‘激进派军事领导者’罪名的我们，该采取什么样的行动？”

先寇布好像对这个年轻同僚的聪明敏锐非常满意。

“哦，您也是这么想的吗？我们在那些家伙编写的剧本里担任这样的角色？”

“这一点我还是能看出来的。那些家伙连杨提督都像消耗品一般利用了，我们这些部下，他们当然也想好好地利用一番了。”

先寇布点点头笑了，用嘲讽的视线扫了一眼那些在不远处热心观察他们的便衣监视人员。

“那些家伙一定在猜疑我们正商谈如何造反吧？不，不是猜疑，是期待。那么，我们这些做演员的人，就有义务去满足观众的期待，是不是？”

离开餐厅后，亚典波罗乘上先寇布的地上车，上了夜间高速公路，往他在郊外的家驶去。两人的身体里都已加入些许酒精，所以是用自动驾驶模式来控制地上车的。在车内，被问到心头是不是还有什么事值得牵挂时，亚典波罗立即回答说：

“我是单身，也没有什么后顾之忧，无事一身轻哪。您呢？”

“我有一个女儿。”

说的人虽然一副若无其事的样子，但对亚典波罗来说，这或许是今晚最大的惊奇。

“您有一个女儿？”

“大概……有十五岁了。”

亚典波罗本来想说“可您不是还没有结婚吗”，又立刻觉得太愚蠢。他有些厌恶自己的大惊小怪。先寇布虽然不像奥利比·波布兰那样“每一个行星上都有情妇”，但要论同女人的关系，多彩多姿的程度也足够用完一个画家的颜料箱了。

“知道叫什么名字吗？”

“她随母亲姓，叫卡特萝捷·冯·克罗歇尔，别人似乎都叫她卡琳。”

“从名字上看，她母亲也和您一样，是从帝国来的流亡者？”

“大概是吧。”

难道连这也记不得吗？亚典波罗用略带责备的口气问道。先寇布竟然很无情地说，哪可能每一个都记得呢？

“那大概是十九或者二十岁的时候，想起那时候荒唐的行为……”

“就要冒冷汗？”

“不，不是，我很想回到那个时候。那时，女人的确是一种新鲜的存在。”

“你是怎么知道自己有一个女儿的？”

亚典波罗知道这个话题一旦展开就难以停止，所以转移开来。

“巴米利恩会战开始的前一刻，她写了一封信通知我……她母亲已经死了，寄信人的住址并没有写上去。看来对我这样一个不负责任的父亲，她觉得让我知道这些也就够了。”

“你不想和她见面吗？”

“见了又怎么样？难道要告诉她，孩子，你的母亲很漂亮？”

先寇布的脸上第一次现出苦笑。这时，从侧面闪出的一道亮光照在他脸上。

“我们是警察，前面那部地上车，立刻停下！”

一道光线闪过，声音随之传来。两人的视线立即扫过车内的计速器，确定自己没有违规，又看到后方监视器暗沉的画面上，出现了好几道光线。亚典波罗吹了一声不愉快的口哨，转向年长的那个人征询意见。

“对方命令我们停下来，怎么办？”

“我这个人喜欢发布命令，可是很讨厌别人命令我。”

“真是好性格！”

于是两人无视警察要求停车的命令，仍飞快地驶去。警车响起气势非凡的警笛，咆哮着朝地上车逼近。在警车的背后，几辆不属于警方的车也同时逼过来。全副武装的士兵的身影浮现在有机强化玻璃窗上。

5

通知有人来访的时候，杨正让人把那没有心思动的晚餐原封不动地撤下去。

大概是菲列特利加。不过浮现出这个想法的一瞬间，杨立刻就放弃了。就算菲列特利加提出会面申请，有关当局也会拒绝，这不用想也知道。那么大概是个男人，杨在心里猜测。就算猜中了，他也不会有任何喜悦。

同盟评议会议长姜·列贝罗戴着沉痛的面具，出现在这位遭到逮捕的年轻黑发元帅面前。门打开时，可以看到他身后跟着近一打的警卫。

“在这样一个场合和你见面，真的太令人遗憾了，杨元帅。”

虽然列贝罗的声音与他的表情完全相符，却难以让杨感动。

“真是惶恐之至，不过我并没有邀请您啊。”

“确实是没有，嗯，我可以坐下来吗？”

“请便……”

列贝罗坐在对面的沙发上，比杨的姿态还要端正，然后回答起杨无言的质疑。

“帝国高等事务官府一方认为，你触犯了《反和平活动防止法》，甚至危及国家的安危。”

“他们真的这么想？议长也这么认为吗？”

“我不知道，希望能由你来否定这样的想法。”

“只要我否定，您就会相信吗？”

杨一面回答，一面感觉这番对话是不会有结果的。列贝罗的表情愈发深沉。

“以个人来说，我一直都是相信你的。但事态的处理不可能仅凭个人感情或道德标准。整个国家的存亡与安危，并不是你我之间一对一的关系可以左右的……”

杨叹了一口气。

“请等一下，议长，从以前到现在，所有的舆论都认为您是个有良知的政治家，几次实际行动也都证明了这个说法。在这样的您看来，为了国家的整体利益牺牲个人的人权，是否是理所当然的？”

此时，列贝罗看起来像是一个呼吸机能有障碍的患者。

“我并不觉得这是理所当然的，但你难道不认为在人类的所有行为当中，最崇高的就是自我牺牲？到现在为止，你也确实为国家做了不少牺牲，如果你能将过去的牺牲贯彻到最后，后世对你的评价会更高！”

听了这些话，杨又想说“等一下、等一下”了。列贝罗确实有他的苦恼和立场，但杨多少也应该有发表看法的权利。杨并不足以作为公务员的典范，但他立下的功绩总在支领的薪水之上，这是不容置疑的事实。该缴纳的税金，他也一直按规矩缴纳。如果战死者的遗族指着他骂“杀人凶手”或向他扔石头，他倒是不得不忍受，但一个对杨下命令的人又有什么立场来说教他？说得卑鄙一点，杨即使指着他们说“都是为你们这些败类在打仗”也不为过。

不过杨并没有这样肆无忌惮，他只是轻轻叹了一口气，调整了一下坐姿。

“那么，到底要我怎么做才好？”

杨这句话当然没有虚心讨教的意思，而是想知道对方内心真正的想法。因为列贝罗的话太抽象，大大地刺激了杨脑中的警戒信号。

“你年纪轻轻就拥有了名声和地位，和强敌作战从无败绩，屡次挽救国家于水火，使民主主义能够留存至今，不至于遭到歼灭。后世的人一定会对你大加赞颂。”

杨注视着对方的脸。对方这些过分流于形式的话不太寻常，他没办法当作耳边风。莫非列贝罗“正在念某人的墓志铭”？或者他现在并不是在对杨说话，而是在对当代与后世的人做自我辩护？

杨的思维急速运转着。事实上，在他知性的果园中，有很多树已经结果了，其中也结出了一颗和先寇布有相同结论的果子。他真不愿意相信这样的事，但事态的演变已经超出了他能左右的阶段。自己太天真了，杨不得不承认这一点。虽然周围的情况不安定，但这种情况不也持续了五六年吗？自己一直默然地不当一回事，然而事态的发展就像穿上了冰鞋，正全速朝自己冲过来，而人类那羞耻心的制动器却没有发挥刹车功能。

“遵守法律的规定对公民来说是理所当然。但当国家违背自身制定的法律，企图侵害个人权利的时候，如果公民还去盲从，就是一项罪恶了。因为当国家有犯罪或是谬误行为产生的时候，身为民主国家的公民，有权利和义务对这样的行为提出异议、批判及抵抗。”

过去杨曾对尤里安说过这样的话。他并不是对所有的斗争都抱否定的态度。当受到不公正的对待或权力者的不法侵害时，不加抵抗的人根本就是奴隶，不是公民。连自己的正当权利受到侵害都不能站起来抵抗，当然更不可能为捍卫他人的权利挺身而出。

如果同盟政府以“擅自处置同盟军的舰艇和兵器”为由将杨诉诸裁决，他或许还会甘心接受。他也有自己的观点。法律是存在的，如果触犯了法律，被拘提到法庭上也是罪有应得。心有不甘却又无可奈何——这就是杨现在的处境。

现在他似乎即将被谋杀，这和蒙受不白之冤一样可憎。按照正当的程序来制定法律，然后依法来处决罪人，这是政府的权力。但谋杀行为就不是正当权力涵盖的范围了。这种行为正好证明了其动机的丑恶。

更让他感到无情的，是企图对他施予这种不当处置的，竟然是他过去为之贡献的祖国政府！如果政府确实被逼到了如此境地，或许还有值得同情的余地。刚想到这里，杨慌忙摇摇头，这是荒谬的想法。比起施行谋杀的一方来，被谋杀的一方当然更值得同情。

再退一千步、一万步，就算政府有谋杀他的权利，杨也没有默默任其宰割的义务。杨并不是那种怀有强烈自我陶醉情结的人，不会像列贝罗的“墓志铭”所说的一样，把自我牺牲当作实现自我价值的最高尚行为，因为他根本不是受虐狂，绝不会接受那样的做法。透过这个不请自来的悲剧演员，杨在他背后看到了菲列特利加那双淡褐色的眼眸。她不可能任由杨被强行带走，让他在这种不正常的情况下毫无意义地死去，她绝不会袖手旁观。为了救出这个没有志气的丈夫，她一定会竭尽所有的勇气与智慧。在她赶来之前，必须多争取一些时间。杨专心地思考着，甚至连列贝罗站起来要走也几乎没察觉。

在列贝罗上台后坐上统合作战本部长之位的洛克维尔上将，这一天直到深夜还没有回家，在办公室里等着部下传回某份报告。统合作战本部的大楼先前遭帝国军米达麦亚舰队的导弹攻击，地上部分已被夷为平地，现在只剩地下的几间办公室，勉强维持着日常公务的运转。

晚上十一点四十分，特遣队指挥官贾瓦夫的通信传了回来：拘禁先寇布、亚典波罗两名中将的任务失败。上将忍不住露骨地表现出失望的神情，责问贾瓦夫上校：

“先寇布中将是肉搏战的佼佼者，亚典波罗在这方面也绝非庸才，但再怎么说他们不过才两个人，如果没记错的话，我派给你的是两个中队的兵力！”

“对方不是两个人。”

贾瓦夫上校以粗暴而阴郁的口气，纠正上司的话。

“蔷薇骑士团的士兵忽然出现，袭击我们，把他们给放跑了。现在第八高速公路上到处都是熊熊燃烧的车辆和尸体，正如您看到的那样……”

上校改变了一下上半身的姿势。只见深蓝色画布般的背景上，火焰像是橘红色的颜料，正在缓慢地移动，有人影正东跑西窜地穿梭其中。洛克维尔的心好像来了一次三级跳，简直要冲出胸腔。

“你是说蔷薇骑士团全体掩护他们逃走？”

贾瓦夫上校用手掌揉着颧骨附近淡紫色的瘀青，好像在对他的上司说，他已经尽力了。

“虽然巴米利恩会战后就没有再补充人员，不过仍有一千多名士兵属于该部队，而且是非比寻常的一千名士兵啊。”

洛克维尔上将听到这里，不禁打了一个哆嗦。没必要继续听上校的解释了，因为他早已听说蔷薇骑士团的战斗力堪与一个普通的师相匹敌。这说法虽然有些夸张，但绝不是虚构出来的。

“阁下，点起这场火的工作已经完成了，不过灭火的准备是不是万全了呢？”

贾瓦夫上校半是挖苦地提出这样的问题。但他听到上司的回答后，就不得不领悟到，这场大火的蔓延已是无可避免的了。洛克维尔上将就像嚼了一打左右的苦虫子一样，愁眉苦脸地呻吟道：

“我不知道，你去问政府吧。”

Chapter 6

圣地

1

这个海拔四千米的高原充满了过剩的阳光和缺乏滋润的干燥稀薄的大气。尤里安·敏兹坐在一片与其说是被水侵蚀，毋宁说是被岁月侵蚀的大地上，注视着缓缓涌来又退去的波浪。从水平面望过去，他的视线难以到达对岸。缺乏温柔的风仿佛在嘲弄尤里安那亚麻色的头发似的，胡乱翻弄他的发梢。

这个叫纳木措的湖，位于这片浩瀚大陆偏南的内陆，距离最近的南方海岸大约一千公里，面积将近两千平方公里。来此交易的商人或朝拜的人，一般都是把宇宙船降落在这个湖面上，适应一段时间的高海拔后，再以搭乘地上车或徒步的方式朝地球教总部的所在地，也就是那座高八千米、名为干城章嘉峰的高山前进。身穿黑衣的人们在这片大地上缓慢地蠕动着，看起来好像一个个黑色的小点。这样的景象，尤里安看了有三天之久。

尤里安望着那片像具有磁力般将人的视线吸引过去的蓝紫

色天空，情不自禁地想起在波里斯星域的补给基地塔扬汗上，波布兰介绍给自己认识的那位少女的眼睛。只是那双眼睛深处蕴藏的生气，却像是高压状态下的气体，似乎会将对方的视线反弹回去。她的名字好像叫卡特萝捷，昵称叫卡琳，姓什么来着？总之，她那张脸一定在过去的人生旅程中曾与自己擦肩而过。她相当漂亮，而且留给自己的印象还不止这些。这样一个女孩给人留下的记忆自然不会随风而逝……

这时，有个人在他身边坐下来。尤里安移开视线，看到了奥利比·波布兰布满笑容的脸。

“你不头疼吗？”

“不要紧，我比中校年轻，所以适应力也强一些。”

“哈，还有力气耍嘴皮子，但耍完后恐怕就要蔫了。”

波布兰将长长的两条腿往前一伸，然后眯起双眼，仰望着头顶那片蓝紫色的天穹。他只关心那片“天空”外侧的事情，降落到这个“普通得不能再普通的行星”地表上才三天，他似乎就患了思乡病，对大气圈之外的一方感到无限思念。虽然有些自夸，不过这位年轻的击坠王很早以前就说，自己注定不是活在地面上的人。此时此刻，尤里安心中并没有所谓的乡愁，但早晚会与波布兰有同感吧，少年这么想。

七月十三日，尤里安和四名同行的人搭乘事先备妥的地上车，朝南方三百五十公里以外的干城章嘉峰出发了。同行的人有奥利比·波布兰中校、波利斯·高尼夫船长、路易·马逊少尉，以及一位姓名极为冗长的乘务员拿破仑·安托万·德·欧特尔。“亲不孝”号的留守就交给了宇宙船事务长马利涅斯克与驾驶员维洛克，以便在有异常事态发生、必须从地球上逃离的时候，随时可以出发。

在留守人员的目送下，他们离开了湖畔。翻越一座从大地隆起的土丘之后，整个世界的色调仿佛都被锁定在了黑白照片中，水的颜色从视线里消失了。

大地的颜色是单调的。地平线的灰白中夹杂着一些棕色，向三个方向延伸，一直到南方的高山带。想必造物者当初在创造这片土地的时候，调色盘里的颜料差不多用光了，才使它显得如此荒凉。

大气和阳光对皮肤一点也不温柔。放眼望去，山棱线的轮廓就像用画笔勾勒出来一般明显。或许在这样的土地上，只有严格地区分彼此，拒绝与否认其他的个体，才能维持自我的存在吧。

从出发到抵达干城章嘉峰，整整花了十二个小时。途中支开帐篷睡了一宿。不过在这样的高地上，不能对体力太有自信。他们特意千里迢迢地经过了一万光年的旅途才到地球上来，如果最后却患了高原病倒下，大概会沦为众人的笑柄。

地上车后面堆满了宇宙食物和药品，以及少许作为布施之用的银块。凭借过去几次运送朝拜者的经验，波利斯·高尼夫知道这种布施物比商品具有的货币价值还有效。用他的话来说，没有人不喜欢平白接受财物。

一路上，遇到在回程路上的朝拜信徒时，他们便若无其事地打招呼。其间，高尼夫透露了一些有关地球的知识。

“反地球联合军自称黑旗军，在他们那场无差别攻击后，地球上还有大约十亿居民。但人口却在一眨眼间就急遽减少了。”

大部分人都舍弃了这个已经变成不毛之地的母星，移居到了其他星球。不过据说地面上剩下的人最初是为了生存，接着围绕信仰问题，继续着流血事件。波利斯·高尼夫也不清楚具体的细节。但无可争辩的事实是，已失去人类社会支配地位的地球居民为了满足支配欲和争斗欲，最后只得和身边的同胞互相残杀。这样的事实，令听者不得不为之心酸。

“地球现在的衰微，这场毫无意义的斗争应该就是主因。”

“啊，公元纪年结束已八百年，这个社会却孤立而闭锁，不衰退才是不可思议。”

这其实并非不可思议。真正不可思议的，是这个应该已衰退到极点的地球，为何竟然利用极端异常的方法，把势力再度渗透到人类社会中？

“地球教的本部如果有资料库之类的就好了。”

“就算有，也不一定能侵入啊。”

“如果警戒森严的话，我们试图侵入时，一定会遇到相应的反抗。或许可以借此抓住什么机会。”

尤里安不得不认为，自己这样的想法与其说是大胆，不如说是毫无章法。如果不能收集更多情报，更正确地判断，然后更有效率地采取行动，这个想法其实是行不通的。杨提督应该早就领悟到这一点了。他允许自己执行这种草率鲁莽的计划，大概是设身处地考虑过，认为自己在目前力所能及的范围内，应该能做出一些有意义的事情……

隔天下午，尤里安等人抵达了地球教本部。本部所在的干城章嘉峰曾经高耸入云，却由于导弹的袭击，从山顶削掉了一千多米的高度，看起来像是在建造途中被永远放弃的金字塔。高原与山峰之间被深邃的山谷切割开来。尤里安等人放弃了地上车，他们必须赶在黄昏前下到山崖底部。

在那道厚达六十厘米、由若干块钢铁与铅板嵌合成的巨大门扇之后，是个被裸露的混凝土包围起来的大厅，一群外罩黑衣、里面穿着各式各样衣服的信徒正静坐在里面等着人引领，大约有五百人。尤里安一边目测人数，一边也像其他人一样安静地坐下来。他身旁的白发老妇人用毛毡铺在地上坐着，看起来好像已经等待多时。那老妇人满脸善良的笑容，拿出了提篮里的黑麦面包。尤里安忽然间不知该不该拿，最后他还是向老妇人道谢，伸手拿了一片，请教老妇人是打哪里来的。

老妇人说了一个尤里安不知道的行星的名字。

“年轻人，你从哪儿来呢？”

“从费沙来的。”

“哦，那就更远了，真令人佩服，年纪轻轻就这么了不起，一定是双亲教育有方。”

“谢谢您……”

地球教骨干利用这样善良朴素的人的信仰策划阴谋，企图恢复权力。尤里安实在无法对他们产生好感。

尤里安再度环视周围，此时大厅深处的一扇小门打开了，五六个大概是最基层的或者还在修行的圣职人员，穿着和信徒一样质地粗糙的黑衣从里面走出来，开始绕着人群来回走动。他们手拿防水布做成的布袋，接受信徒的布施，嘴里念颂着像是祝福的词句，然后将说明书分发给信徒们。尤里安一面尽量遮住自己的脸，一面也学着其他信徒的样子。

“这里就是地下的防空避难所。过去地球政府军的骨干们就潜伏在这个要塞里指挥与各殖民星球的战斗。说来这里是很有名的……”

进入大厅的时候，波利斯·高尼夫用轻蔑的口吻说道。军官们躲在这个有厚厚的岩壁、强大的枪炮火力和空气净化装置的坚固要塞里，观看地面上一幕又一幕的悲剧。不要说是粮食，甚至连酒和女人，这里也不缺乏，他们是打算在这个地下天堂永远歌颂只属于自己的太平。被这种极其卑劣的做法激怒的黑旗军司令官知道硬攻无用，便将一部分贯穿喜马拉雅山脉地下、用于灌溉的巨大水渠爆破，让几亿吨水流进这个地下要塞。当时躲在里面的男女大约有两万四千多人，而免于溺死的还不足一百个……

尤里安检查了一下发到手里的说明书，心想要塞的全貌大概不会记载在这里。不管是过去还是现在，还没有一个宗教团体会向信徒公布一切内幕，无论是宗教本部的建筑还是财政状态。但记载下来的部分应该不是虚构的。

说明书中记载了大礼拜堂、灵骨塔、主教集会所、大主教集会所、总大主教谒见室、忏悔室、冥想室、审讯室等大大小小不计其数的房间。其中当然也有专供朝拜信徒使用的宿舍和餐厅，但就是找不到资料室。

“喂，有没有尼姑的休息室啊？”

“嗯，好像没有，中校。”

“那么难道是男女杂居在一起吗？”

“能有这样的见解，可真让人羡慕。”

尤里安半是认真地回答，然后单手提起旅行包站了起来。这时来朝拜的信徒们已经在圣职人员的催促下，顺从地排着队像流水般慢慢进入门内。进门的时候，有人递过来一个小牌子，上面所写的数字好像是每个人住宿房间的号码。

尤里安、波布兰、高尼夫、马逊和欧特尔五人很快确认了彼此的房间号码。除了马逊和欧特尔是同一个房间，其他人的各不相同。这是偶然呢，还是刻意的安排？尤里安沉思起来。就在这时，一阵感激和兴奋的低语声回荡在这个由荧光照明的通道里，所有的信徒纷纷退到墙边，双膝跪在地上。理由很快就清楚了，原来前方出现了阴森的黑衣人行列，信徒口中涌出“总大主教大人”的私语声。

尤里安学着其他人的样子跪拜在地，用心观察那个位于行列中央的人物。

那个人身上同样裹着黑衣，不，更准确地说是通过黑衣，才让他的存在进入人们的眼底。他竟是一个如此缺乏存在感的老人，尤里安甚至怀疑这会不会是立体影像。他走路时几乎没有脚步声，皮肤像是融进荧光灯的光线似的，令人感受不到他的存在。看起来，他的视线根本不像停留在现实中。这个老人的体内到底有什么样的东西？尤里安非常想知道，而且也非知道不可。

站在波布兰身边的一名老信徒感动得眼泪濡湿了脸庞，只听他低声喃喃自语：

“目睹总大主教大人的尊容，一辈子不见得有一次机会。这次真让人喜出望外……”

“如果可以的话，我这一生都不想参拜。”

波布兰则在一旁悻悻地说。在他看来，那个黑衣老人不过是一团由皱纹和瘦弱筋骨拼凑在一起的块状物。他身体中的水分也像是干枯了，如果把他火葬，大概很容易就能烧起来吧。这个比杨威利还不信神的击坠王心里想着更过分的事……

这位大主教很年轻，才三十岁左右。他被特别提拔，并不是因为他精晓教义或信仰特别虔诚，而是因为他这个凡夫俗子的个人能力。地球上如果有官僚社会的话，他应该是其中的顶尖人物，但地球没有这样的社会体制，所以他进入了地球教团，并且在一两年内就登上了高位。他生性聪明圆滑，没有人对他有微词。不过在这些狂热信徒当中，他认为只有自己的才能才是众人信仰的对象。

“行星奥丁的支部溃灭了吗……”

“非常可惜，确实是这样的，德·维利大主教。”

人生阅历比上司还多出一倍的老主教，没脸见人似的垂下了头。

“邱梅尔男爵死亡，支部所有成员全部殉教。”

“邱梅尔男爵？这个没有用的家伙到底是为何而生、为何而死……”

大主教的脸笼罩在一片失望的阴霾中。他的办公室是间天花板极低的大房间，有人传说九世纪前那些溺毙者的灵魂会出现在这个房间里。不过灵异现象对他而言（当然这绝不能公开谈论），真是可笑到了极点。

“虽然这次失败是邱梅尔男爵的过失，但是否也因为我们过于性急呢……”

老主教这几句话有批判上层战术错误的意味，至少大主教是这样解读的。于是他注视这个远比自己年长的部下的眼光当中，充满了凶恶狠毒的因子。但他已经习惯不将真正的想法放在嘴上的表达方式了。

“帝国军的攻击已经迫在眉睫，光是悔恨过去的失败也无济于事。要暗杀皇帝，就必须要将眼前的危害除去。”

“你说得对……必须守住我们的圣地，以免落入邪恶的异教徒手中……”

“不要担心，总大主教大人已经采取对策了。”

大主教将嘴唇弯成半月形，笑着说：

“我们连皇帝身边都有办法靠近了，难道靠近不了区区一介提督吗？”

2

在奥古斯特·沙姆艾尔·瓦列一级上将的指挥下，一支由五千四百四十艘舰艇组成的地球讨伐军于七月二十四日出现在太阳系外缘。接到皇帝的命令后，他夜以继日地编组这支由高速战舰组成的部队，终于成功地克服了在航行中进行整编的高难度课题。

奥古斯特·沙姆艾尔·瓦列是创立罗严克拉姆王朝的功臣。他经历过的战役中当然也有几次败绩，不过还是胜利占了绝大多数。他用兵巧妙果敢，为人刚毅，所以深得士兵信任。

对他来说，最为屈辱的一场失败就是这一年的三月，在自由行星同盟的领地达希利星系附近中了杨威利的诡计，被迫沦为单方面挨打。当时那种强烈的悔恨烧灼着他全身的血管，不过他给予敌人评价时表现出的宽容，比同僚雷内肯普可好得多。他对当时杨采用的智谋发出夹杂着苦笑的叹息，但并没有丝毫怨恨，只是决心"绝不被耍第二次"。

皇帝莱因哈特下令攻打地球教本部，瓦列感到十分高兴，他没有想到这么快就有恢复名誉的机会。皇帝是特地驳回了毕典菲尔特的请愿，才派给他这样的任务，他无论如何也要报答皇帝的知遇之恩。

事实上，如果地球教单纯是一个宗教狂热者的集团，或许可以采取和八世纪以前银河联邦的做法相同的方法，只要将他们集中起来关在边境的一个行星上就可以。但他们有的是政治野心、组织力和财力，不能置之不理。

更何况他们还是个企图弑杀皇帝的组织。这样一个假借宗教之名进行恐怖行动的集团，是不需要任何宽恕的。

瓦列和杨威利、奥斯卡·冯·罗严塔尔一样，都是三十二岁，他身材高大，头发像是经过脱色处理的铜线。五年前结了婚，婚后一年生有一子，妻子因难产去世，于是将儿子交给父母照看。同僚劝他再婚的建议，大约有两手两脚的指头加起来那么多，不过他始终没有那个心思。

旗舰舰桥的主屏幕上出现了九百年前那个位于边境上、被人类抛弃的行星。参谋长莱博尔中将、情报主任参谋克莱巴准将等人围绕在司令官周围，在三维显示器前商讨着进攻的策略。

“其总部位于喜马拉雅山脉的地下，对吗？”

“地下本部的上方，有超过一百兆吨的土块和岩壁保护着，就算用超低频导弹攻击，击中一发两发，基本上也安然无事。”

“如果连山脉一起铲除，则显得太没有技巧了。皇帝还特地嘱咐不可让无辜的民众成为牺牲品。”

“那么是不是要从陆路以装甲掷弹兵攻击？但比较花时间。”

听到参谋长的话，瓦列微微歪着头，说道：

“地下本部有几个出入口？如果事先没有确认好，我们的攻击会变成追着那些家伙跑，我们攻到哪里，他们就逃到哪里。即使我们破坏了本部，杀掉那些最基层的狂热信徒，也会让最重要的首脑逃掉，如此一来就不符合皇帝陛下的要求了。”

“那么——”

“先不要急。”

瓦列制止了性急的参谋。

“地球是不会跑掉的，我们也不会让那些家伙逃到地球以外的地方。在进入行星轨道之前，得想出个比较好的对策。把密藏的那瓶四一〇年份的白葡萄酒拿出来，慰劳大家一下。”

指示参谋人员暂时解散后，瓦列伫立在靠墙的地方，抱着胳膊，在指挥席之外注视着屏幕。这是他从担任军官时起养成的称不上癖好的癖好。这时有一名下士用像游泳一般的步伐向他靠近，不过他没有察觉。

“提督！”

参谋示警的声音，听起来几近哀鸣。

瓦列本能地将高大的身材扭转过来，一瞬间，一道闪光斜穿过他急遽转向的视野。当眼前的光变成战斗刀的形状向他刺来时，瓦列下意识地往后一退，后背贴到了墙上。

瓦列立刻举起左手腕，护住喉咙。军服手腕处的布料发出异样的声音，然后裂开了，一股灼热的感觉在皮肤和肌肉上急遽地扩散。灼热感消退变成疼痛，只是一瞬间的事。

瓦列看到了暗杀者的眼眸—— 一双杀意就要化为火焰喷涌而出的暗红色眼眸。他捂住手臂上喷涌出的血柱，同一瞬间，用右手扣动手枪的扳机，迸射出来的光条打中了暗杀者右肩和右胸的接合处。

暗杀者拿战斗刀的手仍然高举着，身体往后一仰，发出痛苦的惨叫。

这时，旁边因害怕伤到司令官一直不敢开枪的幕僚们顿时一跃而起，将暗杀者扑倒在地。

“不要杀他！留下活口，我要问出幕后主使！”

尽管失血和痛苦让瓦列整张脸看起来苍白得吓人，他仍然靠着自己的力量站起来，发出命令。但是，他的意识里忽然出现一道白光，在大脑中炸裂开来。这名地球讨伐军的司令官终于体力不支，沿着墙壁摔落到地上。

军医急忙赶过来，确认刀子上涂有生物碱性毒素。如果不切除左臂，可能会有生命危险。

手术立即展开，瓦列在捡回一条命的同时，却失去了左臂。

手术完成后，仍有少量毒素留存，使他不停地发烧，幕僚们都不禁感到后怕。

如果是一般人，在这样的重伤和高烧的煎熬下，恐怕早就和死神握手去了。瓦列忍了过来，不过他完全恢复意识，已经是六十个小时后的事情了。

瓦列喝了军医推荐的营养剂，对失去的左臂一句话也没说，只是让人把他带到了那名袭击他的下士的病房。暗杀者肩上缠着绷带，被士兵左右架着，看起来似乎比他还衰弱。

“没有进行拷问。这家伙一直拒绝进食……”

瓦列对解释的部下点点头，然后正视着这名暗杀者。

“怎么样，是谁指使你来暗杀我的？你打算说了吗？”

暗杀者那双已经被灰色尘雾掩盖的眼眸，这时又喷出暗红色的火焰。

“没有任何人指使我。地球是我们的母亲，任何人只要侵犯神圣的地球，就会受到统治全宇宙的超级意志的惩罚。”

瓦列疲倦的脸上此时浮现出一丝笑容。

“我想知道的不是你的哲学，而是什么人指使你来暗杀我。他叫什么名字？我知道他肯定与地球教有关，他在这艘舰艇上吗？”

紧张的情绪顿时蔓延到了病房内的每一个人身上。暗杀者发出怪异的叫声，开始狂暴地试图挣脱。瓦列无奈地摇摇头，举起仅剩的右手，示意部下将这名暗杀者带回单人牢房。参谋长担心地注视着司令官。

“要不要再次进行讯问，阁下？”

"算了，反正他不会说的。所谓的狂热信徒不就是这种人吗？对了，义肢什么时候能做好？"

军医回答说在这两天内。瓦列点点头，低头看着垂在毛毯上的左袖，袖子里空无一物。他立刻岔开还没有透出伤感的视线。

"对了，说到义肢，这艘舰艇上好像也有一个装着义肢的军官，对吧？"

司令官不经意地提起这个问题，参谋人员纷纷交换着视线，不知该如何回答。只有以记忆力见长的克莱巴准将回答：

"在搭乘旗舰的参谋当中有一名，就是肯拉特·林查中校。"

"对对对，就是肯拉特·林查。奇霍伊萨会战刚结束的时候，齐格弗里德·吉尔菲艾斯曾经向我介绍过……好，就叫他来吧。"

就这样，帝国军中校肯拉特·林查接到瓦列一级上将的命令，在主力部队之前先行降落到地球上，前往地球教本部进行侦察，并为友军开辟一条进攻路线。

3

在地面上——其实应该说是在地下，尤里安已经无所事事地度过了一段时间。自从七月十四日潜入地球教的地下总部以来，尤里安已经过了十天的信徒生活，在这段时间中并没有任何收获。

这个地下总部到处都设有监视器和摄影机，根本不能轻易采取行动，通往下层的楼梯或升降梯也一定有好几名监视人员在看守。自己又和其他一道而来的同伴住在不同的寝室，联络也非常不方便。尤里安心想，如此一来，只得尽力去争取他人的信任了。所以他努力地参加所谓“自发奉献”的劳动服务，在礼拜、祈祷和布道的空闲时间，和其他信徒一起清扫大厅、整理粮食仓库，让身体去记忆地下本部的地图。其实这些天来，他自己都不免感到这种做法真是太愚蠢了，更何况是根本没有目的的波布兰和波利斯·高尼夫，他们更觉得无比痛苦吧。

二十六日的晚上（其实在地下没有昼夜之分），尤里安终于有了一个机会，在自助式餐厅里，可以坐在波布兰对面的座位上与他低声交谈。

“怎么样，有没有发现中意的美女？”

“算了算了，全都是些古董，半个世纪前还算得上是女人。”

波布兰满脸难以下咽的表情，啜着那难喝的豆子汤。在餐厅里，错开混杂的时间段，周围的人也会比较少。两人时隔许久，一面提高警觉，一面谈了许多。

“撇开这个不谈，你是不是找到资料室或者数据库之类的地方了？”

“还没有。我想应该是在更下层的地方，近期内一定要找到。”

“你可不要意气用事，要沉住气。”

“我知道。”

“另外还有一点，我一直都没有提过。就算找到了资料室，里面也不见得有你想要的东西。或许这些家伙根本只是夸大妄想者组成的狂热信徒集团。”

波布兰说完后，视线忽然变得极为锐利，与平常谈论女人时相比好像变了个人似的，隔着尤里安的肩膀向他身后看去。尤里安也回过头去。但还没等他完全转过头，一个尖锐的声音早已响起来，刺激着人们的耳膜。

映入他视野的，是一张连餐具一起被掀翻的桌子，和一位一直站在那里挥舞两只手臂的男信徒的身影。在桌子底下，另外一位信徒正在挣扎。周围的老人和女信徒发出惨叫，纷纷向旁边逃开。在男信徒黑色的头巾下，那双已经失去控制的眼睛闪烁着怪异的光芒，他用大得惊人的臂力举起桌子，向信徒们砸去。于是又响起了震耳欲聋的破坏声和众人的惊叫声。

可能是有人去通报了，五六个持高压电枪的基层神职人员这时从门外飞奔进来，将那位发狂的男信徒团团包围。一条细细的电线从枪口射出，尖端扎进了那位男信徒的身体，低输出功率的高压电流把他的身体弹飞到空中。伴随着一声短促凄厉的惨叫，男子重重地摔在地上，不动了。

看到这幕景象，波布兰半藏在黑头巾下面的脸为之变色，似乎感觉到了什么不祥之兆。

“畜生！原来是这么回事，我竟然一直都没有发现中计了……”

波布兰低低地呻吟了一声，忽然抓住尤里安的手腕往餐厅外走去。这时，听到骚动的群众纷纷跑向餐厅，波布兰抓着尤里安的手腕，逆着人群往外面快步走。尤里安好不容易才开口问为什么，波布兰却用严肃的视线望着他。

“马上进厕所！把刚才吃进去的东西全部吐出来！”

“难道里面下了毒？”

迟疑了一下，击坠王回答道：

“算是毒药的堂兄弟吧。刚才在餐厅里面不是有一个男人发狂吗？那就是身体对塞奥奇辛麻醉药产生的抗药反应。”

尤里安没说出话来。惊愕的铜钹在脑海里嗡嗡直响，不过，微弱的理智之歌还是告诉了他事实。原来这十二天中，他们在教团里吃进去的食物全被掺进了麻醉药，而且竟是质地极为恶劣、曾使帝国和同盟暗中合作进行缉缴的合成麻醉药塞奥奇辛……

“地球教信徒为什么会像奴隶般顺从，这应该就是原因之一。”

话题超越了个人的层次，他们已经无法漠视不断迫近的不安。波布兰很不高兴地耸了耸肩，说道：

“从前曾有革命家说过，宗教是精神麻醉药。要是他们看到这种事，不知道有什么话说。”

于是两个人进了厕所，将手指伸进嘴巴里抠着咽喉，把刚吃进去的东西全部吐了出来。在漱口的时候，尤里安也被提醒小心不要把水喝进去，因为水管里面的水可能也掺进了麻醉药。

“今天和明天都不能吃东西。不过万一麻醉药成瘾症状出现，大概也不会有食欲了。”

“必须赶紧通知其他三人……”

“我知道，我会想办法尽早让他们知道。”

两个人达成了共识。如果让监视器发现他们的行动，或许会招来地球教团的不信任和猜疑，不过到了这个地步，也只好赌一赌。如果继续食用教团提供的食物，除了让自己变成麻醉药成瘾者，沦为地球教饲养的家畜以外，就别无选择了。

“中校，您懂的事情还真不少呢。”

在尤里安的赞美下，波布兰只是微笑了一下。

“我啊，可不是一天到晚只为女人的事烦心的人，对那些为青春苦恼的家伙来说，我可是个会走路的博物馆。”

当晚好歹算是平安无事地度过了。那些用裸露的岩壁构筑起来的大房间大概是官兵的宿舍，里面都是三层的床，有五十张之多。破烂的帘子是唯一能够保障私人空间的东西。尤里安躺在床上，忍受着肚子里真实的饥饿感，对不久将要发作的麻醉药成瘾症状感到不安。在两种感觉的交互作用下，他不知不觉地睡着了。

第二天早上开始，尤里安感觉身体状况和情绪都开始恶化。他感到恶寒从体内不断升起，皮肤表面被冒出的冷汗濡湿，一种极为不适的感觉愈加强烈。这天他没有参加“自发奉献”的劳动，因为在没有进食的情况下，实在没力气去劳动。

完全的毒瘾症状在这天夜里出现了。

终于出现了！这样的预感在精神的地平线上急遽地扩散开来。一种翻腾的声音从身体深处响起，震颤的感觉侵袭了全身，恶寒沿着脊椎直逼而上，心脏的律动一时间全混乱了。这时，尤里安还能冷静地观察自己，但从孩提时代起一直未曾经历过的剧烈咳嗽发作时，他终于没办法如此从容了。

从别的床上传来了斥责声，但咳嗽并不是人的意志力可以控制的。尤里安只好把头埋在毛毯里，尽最大的努力不让咳嗽声传到外面。那股想咳嗽的感觉好不容易暂时消退了。当尤里安努力地调整着呼吸的时候，从上面的床上传来老信徒亲切的声音。

“年轻人，你不要紧吧，要不要我带你到医务室？”

“不用了，我不要紧的，谢谢您。”

尤里安好不容易才勉强发出声音。冒出的冷汗几乎湿透了他的脖子和胸部，衬衫也湿湿地粘在皮肤上。

“不要太勉强。”

“不要紧的，我真的不要紧……”

事实上，尤里安并不是因为客气才婉拒老信徒的好意，如果随随便便接受医生的诊断，一旦被发现是麻醉药成瘾的症状，只怕会被注射更强力的药物，被迫成为一个完完全全的中毒者。因为教团的相关人士全是同谋。

在剧烈的咳嗽之后，取而代之的是呕吐感，从胃部到嘴巴好像有什么东西在剧烈地跳动，但吐出来的东西其实只有胃液。尤里安立刻用床单按住嘴巴，让床单吸干了那苦涩的液体。痛苦的呕吐终于告一段落，刚才的咳嗽又再度侵袭而来。这一次甚至比刚才还要剧烈，尤里安竟然咳得整个胸部发疼。

而其他四个人——波布兰、高尼夫、马逊及欧特尔，此时也一定忍受着这种痛苦的煎熬，不会只有尤里安一个人是特例。无论如何，这种疯狂地抓住全身、蹂躏整个肉体的痛苦让人无法忍受。感觉就像是在重感冒最严重的时期，还要被迫参加最残酷的耐力训练。皮肤外面的衬衫已被冷汗沾湿，下面的肌肉细胞开始任性地往各个方向狂乱地奔窜，所有内脏与神经同时歇斯底里地嘶喊着抗议。尤里安的自我意识在这场狂乱的暴风雨中不断被蹂躏。这种痛苦与不快从身体的中心向四方散射，在皮肤内侧一阵胡乱反射后，又激烈地敲打着身体的中心，似乎是一阵流星在黑帐篷当中飞来飞去，炸碎之后又变成了超新星，疯狂地击打着尤里安的意识……

“你怎么了？喂。”

当这种假装柔和的声音流进耳中的时候，尤里安从毛毯中探出苍白的脸庞。不知道痛苦已经持续了多久，他体内的狂涛此时竟然在缓慢却真实地让出占据的位子，身体的状况逐渐恢复平稳。两个男人正用礼貌而同情的目光注视着尤里安。

“其他信徒通知我们，说你好像非常痛苦。我们都有相同的信仰，分享着彼此的喜怒哀乐，你不用觉得抱歉，到医务室来吧。”

两个男人所穿的黑衣，两只袖子上缝有白色的方块，那是医疗小队的记号。

要拒绝！尤里安本能地产生这个反应，但随即又想，不是正该利用对方这个举动吗？于是他乖乖地点点头，顺从地站起来。痛苦与不快已经完全消退。为了让步伐显得非常虚弱，反而多少需要一些演技。

4

来到医务室的时候，尤里安知道阿里巴巴的山洞终于在面前打开了门扉。医务室里面已经有两个比自己还要早到的客人，一个是绿色眼眸、外形潇洒的青年，另外一个是像黑色公牛般健壮的巨人。这两个人看起来好像非常憔悴，但他们将视线集中在尤里安身上时，却可以感觉到其中的锐气。尤里安在这一瞬间发现自己正逐渐恢复自信与活力。命运在他面前展示的轮廓，仍然像一个老妇人柔和的侧脸。

“今天身体不舒服的信徒怎么好像特别多？”

在这个黑衣集团中例外地裹着白衣的中年医生，用含混不清的声音说道。这医生看起来根本不像是毕生奉献给医学的人，但这或许是先入为主的观念所致……

“身体不舒服以前，有什么不对劲的地方吗？”

这名医生一面盘点着银盘上大约有一打的注射器，一面问道。波布兰使劲踢了一下地板，发出低气压一般的声音。

“有。”

“哦，什么情况呢？”

“那就是有人让我们吃下拌有塞奥奇辛的番茄酱，你们这些混账小贩！”

这个被揭穿假面具的医生顿时原形毕露，抓起一把激光手术刀便扑过来，但他无论如何也比不上波布兰的灵敏。年轻的击坠王强韧的手腕一闪，一只注射针筒刺便进了那个医生的右眼珠，他发出了好像要吐出什么固体物质的凄厉惨叫。门开了，方才那两个医疗小队的男人冲进来。

就在他们要举起电压枪的时候，尤里安的右脚更快一步，使出全身力气踢中了黑衣人的腹部，这个男人连声音都没发出就倒了下去。另一个男人也在马逊强大的腕力之下，被迫以每秒十米的速度跟墙壁接吻去了。

波布兰从桌子抽屉中拿出白色粉末，倒在杯子里溶解后，用一支最大的针筒把液体吸进去，然后来到那个摔倒在地、手捂着右眼、因为痛苦和愤怒气喘吁吁的医生面前。他一只膝盖跪在地上，指示马逊按住医生的一只手，用橡皮管绑住，然后用非常柔和的声音说：

“想必你明白吧？只要将这一点塞奥奇辛麻醉药注射进血管，你一分钟之内就会休克而死。”

“不，不要！”

“我也不想这样做，可是人生并不是事事正如所愿啊。长大成人后，就要区分哪些是想做的事，哪些是不得不做的事。那么，就让你享受一下吧。”

“不！”

医生大叫起来。

“只要你不杀我，我什么都说。请你停下来！”

波布兰脸上浮现出邪恶的微笑，回头看着尤里安。尤里安也单膝跪在击坠王旁边，对着医生问：

“我们想知道地球教的事情，你要一五一十地说出来。首先，地球教的财政基础是什么？”

医生左边的眼珠转向尤里安的方向，里面充满了恐惧与狼狈。尤里安用若无其事的口吻提问，这使医生的意志产生了最大程度的动摇。

“这种事情……我不知道，没道理会知道……”

“如果你不知道，那么告诉我们知道的办法。再不行的话，告诉我们有谁知道。”

“我不过是区区一个医生……”

波布兰嗤之以鼻，笑着说：

“是吗？也就是说你没有丝毫用处喽。那么就让你变成区区一具尸体吧。”

仅仅是一句话，医生就发出了惨叫声。就在这个时候，骇人的警报声像要压过他的惨叫声似的，充满了整个空间。紧张的电流顿时贯穿了他们三人的身体。接着，警报声中又夹杂了枪声和爆炸声。

这时门再次打开，一个主教级的神职人员踉跄着冲进来。他一看到室内的光景，立即扯开喉咙大叫：

“异教徒入侵了！把侵犯地球神圣的人全部杀掉……”

话还没说完，马逊那巨大的拳头已经挥向主教的下巴。主教的身体在空中飞了大约三米，猛力撞向墙壁。但对面的墙壁好像拒绝与他拥抱，主教便一声不响地滑落到地上。

“身为神职人员，竟然想出卖无辜的人，到神面前去忏悔你的缺德吧！”

波布兰一面胡言乱语，一面动手将主教的上衣剥下来，打算作乔装之用。

“男人的衣服真不好脱，最主要的是脱下来也没什么用处。我这么千辛万苦、千里迢迢来到地球，难道就是为了来做这种事情吗？杨元帅这个时候正和美人过着甜蜜的新婚生活呢，真是不公平！”

波布兰无视被脱衣者的无奈，冷嘲热讽地卖弄唇舌。不经意间，他隔着半开的门往外看了一下，吹出了没有声音的口哨，然后抱着黑衣服往后退了两三步，很厌烦地摇着头说：

“喏，尤里安，这世上的事情啊，一开始总没有一帆风顺的……”

“如果我们继续观望呢？”

“只怕情况会更不妙。”

波布兰的手，指向一群在交错的枪炮声中挟重型武器开路的帝国士兵。

➝ Chapter 7 ➝

战斗开启

1

燃烧的火焰使高速公路的一角变成一幅橘红的油画。消防队员和急救人员在散乱的尸体与车体的残骸中来回穿梭，警笛声加深了人们心中的不安。夜晚裹挟着紧张气氛，正向同盟的首都海尼森蔓延而来。

在远离街区的小山丘上，一支武装士兵队伍伫立在那里，用肉眼和夜视镜眺望着远处充满死亡和火焰的景象。

三名身穿同盟军制服的退役军官伫立在这个武装集团的中心，他们分别是退役中将华尔特·冯·先寇布、退役中将达斯提·亚典波罗，以及退役少校菲列特利加·G·杨。现在这个时候，他们的身份仿佛已经变成对同盟政府发动叛乱的部队指挥官。回想过去，当菲列特利加与杨结婚，另外两个人主动递出辞呈下野的时候，要如何在杨威利和同盟政府之间取舍，他们心中或许早已决定了。

如果依照“战略就是制造状况的技术，而战术就是利用状况的技术”的定义来看，先寇布和亚典波罗在这个晚上所采取的，可谓是一流战术家的行动。

“第一，扩大骚动。”

同盟政府企图在没有任何物证的情况下秘密杀害杨。他们过分害怕帝国军的介入，已陷入过于恐慌的状态，甚至产生了一种错觉，认为只有杨提督不存在，国家的安全才能得到保障。如果将骚动的程度扩大，让帝国军采取某种程度的干涉，便可以实现救出杨的目的。

“第二，控制扩大的骚动。”

如果这场混乱无限制地扩大，帝国军采取的行动也会相应地大规模化。如此一来，招来的可就不是雷内肯普事务官这只狐狸，而是皇帝莱因哈特那只老虎了。这场混乱必须在雷内肯普能处理的范围内结束，也就是将雷内肯普当作一面挡箭牌。当务之急是争取时间，救出杨之后便带他逃出海尼森，与梅尔卡兹等人会合。

然后呢？然后就不是该由他们，而是该由杨威利思考和构想的事情了。为了这个目的，必须将他救出来。

“问题是杨提督会听我们的吗……”

“就算我们逼他，他可能也不会答应。但如果由夫人来劝说的话，自然就不一样了。最主要的是，如果他拒绝，就这样在狱中死去，谁都不会得救。”

先寇布这么说，亚典波罗则耸耸肩膀。

“杨提督也真是可怜，好不容易脱离了军队，本来可以一手拥着新娘一手拿着退休金，在花园里过着左右逢源的生活呀。”

先寇布对菲列特利加眨眼睛。

“不过花园已经被盗贼糟蹋了，独占美丽的花朵也未必是件好事。”

“哎呀，真是谢谢你们。不过我倒想被独占哪。”

菲列特利加若无其事地回答。这时，两位中将发现她脚边放着一只手提箱。

“少校，这个手提箱是……”

亚典波罗问道。菲列特利加大方地露出笑脸，回答：

“是他的军服。我想军服还是比其他礼服更适合他……”

“也就是说，不管穿什么别的衣服，都不适合他。”

先寇布心里这么想着，不过并没有说出口。

“看来我也该放弃单身主义了。”

亚典波罗对着夜空咕哝。

“那也行啊。不过在此之前，赶紧先做事吧。”

先寇布吹出尖锐的口哨声，武装士兵开始行动。同盟政府害怕被帝国军知晓事态，所以头脑再怎么糊涂，也很难下决心让军队真正出动。只有乘着这样的空隙，“叛乱部队”才有胜算。

自由行星同盟评议会议长姜·列贝罗最初接获报告，是在打算从评议会大楼办公室离开的时候。通信屏幕上出现了洛克维尔上将僵硬的面孔。看到议长听到蔷薇骑士团反叛的消息，呆在那里，洛克维尔结束了报告。

“属下愿意接受任务失败的指责，不过从一开始，属下就反对采取这种卑劣的策略。”

“这个时候，你还说这种话！”

列贝罗好不容易抑制住差点就要爆发的怒吼。就是这个军事官僚当初对自己保证拘捕行动在技术层面上没有问题，现在又说什么行动不当。在回避责任之前，总得先把“叛乱部队”镇压下来。

“属下当然会镇压。不过一旦事态扩大，被帝国军知悉的话，就很难不给他们干涉的借口了。有关这点，还请您多多费心。”

洛克维尔大概觉得不需要再对议长表示尊敬，就这样毫无表情地从画面上消失了。

经过片刻的思考，列贝罗找到当初教授他采用这个“卑劣策略”的国立中央自治大学校长奥里贝拉。当时奥里贝拉已经回到住宅，从列贝罗口中，他知道了先寇布等人不但从逮捕网里逃走，更倾全力反击的事情。当对方责难他“你的策略失败了”的时候，高级白兰地带来的醉意顿时一扫而空。

“已经到了这种地步，说这些还有什么用……”

这次轮到这位御用学者发出不平之鸣了。他一直都根据权力者的意向来解释法律条文，使特权正当化、合法化，从而跟着沾点光，而且不负任何社会责任。他只负责提案和企划，决断和实施全部是他人的责任。他只要褒奖自己的企划能力，然后贬低他人的执行能力就行了。

“议长，我不记得曾经强迫您采用我的提案，这一切都是您自主判断的结果。此外，我必须请您替我加派护卫，以免让这一切危及我自己。”

列贝罗这时已经醒悟，不管是军部还是智囊团都不值得信赖。他走出评议会大楼，坐上了地上车。他看来就像是一艘即将沉没的破船——不，应该说同盟政府是一艘船，而他是一位无能的船长。

虽然对列贝罗来说，这一切充满了苦涩，不过这个晚上，他还要和帝国高等事务官雷内肯普同席观赏歌剧。如果缺席的话，对方就会怀疑是不是发生了什么变故。为了浪费掉这两个多小时的时间，他不得不赶往国立歌剧院。

以前，议长座驾的前后都只有一辆警卫车护卫，而这个晚上，列贝罗座驾前后却各有两辆警卫官的地上车跟随。警卫的强化与统治能力的衰退是成比例的，等到了明年，或许还会变成各四辆、各八辆。坐在车内的列贝罗满怀着不安和焦虑，心中的后悔正一秒一秒地逐渐扩大。他抱着胳膊，瞪着司机的后脑。与他同席的秘书官尽量避开上司的面孔，将视线固定在车窗外的景象上。忽然，他叫了起来，而列贝罗看向窗外的视线也冻结了。因为从相反方向行驶过来的几辆地上车，竟无视法规，忽然径自转了一个 U 形的弯。对方似乎切断了地上交通管制中心的控制，转换成手动驾驶。

驾驶员高声咒骂，秘书官高声惊呼。在这些胡乱驾驶的地上车中，有一部向着议长的车逼近，一名手上持有奇怪的圆形武器——手提加农炮的军人，从顶窗探出上半身。

那名肩上扛着手提加农炮的军官对上列贝罗的视线，露出了无声的笑容。列贝罗顿时感到有冰块顺着背部滑落下去。虽然他已经做好思想准备——只要坐在权力之位上一天，就会成为恐怖主义者下手的对象，加农炮的炮口却将这些无形的决心压倒，唤起了他心中的恐惧。

火箭飞驰，轰隆的炮声击碎了整个夜晚的宁静。便衣警卫的地上车瞬间成了金黄的火球，在路上连续转了好几圈。这样的火球同时产生了四个，在列贝罗座驾的前后打转，转得人头晕眼花。

“不要停，继续前进！”

议长以近乎疯狂的声音高叫，但是驾驶员最后仍无视权威的命令，选择了向武力屈服。窗外的景色也随着速度的改变而静止。此时议长的车已经被来历不明的车包围，只得停在路边的角落。列贝罗下了车，用自己的脚走下来是他最后的矜持。评议会议长伫立在原地，两肩因为沉重的挫败感而垂下。这时一名军官向他走过来，也就是方才用加农炮打飞警卫车辆的高大男子。当然，他的肩膀上现在不再扛着东西了。

“您是最高评议会议长列贝罗阁下吧？”

“你是谁？想做什么？”

“华尔特·冯·先寇布，现在要将您押作我们的人质。”

列贝罗拼命地调整着心肺的功能。

“你英勇的名字倒是很耳熟。”

“那真是太令我惶恐了。”

先寇布不冷不热地回答。

“为什么你会参与这样的暴行？”

“说话的时候可要小心，‘暴行’这个字眼应该用在你们身上才对。姑且不论我们的事情，你敢挺起胸膛，说对杨威利的拘捕是光明正大的吗？”

“这很难说，国家的存亡并不能在个人权利的层次上谈论。”

“能倾全力来守护一个人的人权，这才称得上是民主国家。况且杨威利为你们这些人做出了多少贡献，你好好想想！”

“难道你觉得我一点也不心痛吗？我承认这是很不人道的事情，但是为了谋求国家的生存，我必须忍受良心的谴责。”

“没错，在良心所及的范围内，你似乎还是个良心未泯的政治家。”

辛辣的笑容使先寇布原本端正的面容显得有点扭曲。

“不过，每到最后，你们这些权力者总是站在将别人割舍的那边。要一个人将自己的手足切去，的确是痛苦的。但在那些被切除的手足看来，无论流下什么样的眼泪，你们都只是过度地自我陶醉。自己为国家舍弃了私情来完成道义，是多么可怜，绝对称得上是情操伟大的堂堂男子汉，你就是这样想的吧？这算什么？是‘忍痛割爱’吗？哼！只要轮不到自己牺牲，不知道你还要流下多少高兴的眼泪！”

列贝罗的舌头已经没办法再编织出使自身行为正当化的言辞，因为对方已经明确地指出，甘愿承受污名之类，只是权力者的一厢情愿。

“先寇布中将，接下来你打算怎么做？”

“怎么做？当然是做合乎常理的事情。”

退役中将淡然地说。

“杨威利这个人并不适合悲剧英雄的角色。作为一个观众，我不过要求修改一下剧本，然后视情况需要尽一点力。”

先寇布又笑着补充说，现在已经是“情况需要”了。从他的笑容中，列贝罗丝毫感受不到妥协和让步。他比任何一次都深刻地体会到，自己只是被他人玩弄于股掌之上的道具。

2

由于优布·特留尼西特放弃了地位，姜·列贝罗坐上了自由行星同盟最高评议会议长的位置。在此之前，众人对列贝罗展现出来的政治手腕和人格都有相当高的评价。宇宙历七九九年这一年，他正好满五十岁，曾经两度出任议会成员，特别是在拟订财政、经济政策与行政处理方面，都表现出了非凡的能力。他一向反对莽撞的对外征讨，反对军队的扩大化，主张在外交方面与帝国改善关系。他的政敌优布·特留尼西特屡次被骂为“巧言令色之徒”，但列贝罗在人格方面从未遭受过攻击。

这样一个政治家刚一接替议长职务，就屈服在帝国高等事务官雷内肯普的压力下，甚至在帝国提出要求前就抢先将杨逮捕，并企图将其杀害。种种行径，自然成了众人大肆批评的对象。也因为这些事端，他被人视为“在平时确实是个人才，不过在危难的时候，身上的镀金就脱落了”。

不过，这样的批评很容易让人们产生一种偏见，即“平时有能力的人”没有“非常时期的有益人才”有价值。与列贝罗处于相对位置的人才，杨威利就是一例。如果这两个人提早半世纪降临人世，列贝罗可能会是个廉洁能干、对自由行星同盟极有贡献的从政者，而杨可能是个连二流都算不上的历史学家，也许会在学校举行家长会的时候遭到家长的批评，“那个老师一天到晚叫学生自习，都不认真上课”。但这样的生活方式或许才是杨真心想要的。

无论如何，作为人质，列贝罗确实很重要，对现在的先寇布和亚典波罗来说更是如此。

先寇布在军用地上车中将通信频道切入了军部专用的TV电话网络。在这部便携TV电话白浊的画面上，彩色与黑白的影像急速而有序地变化着，最后映出了一名浓眉方下巴、神情愕然的中年男子。电话的网络已经成功地接入了统合作战本部长洛克维尔上将的办公室。

“我们是不法而凶恶的叛乱部队。现在，我们秉持着诚意和礼节，向统合作战本部长洛克维尔上将宣读胁迫的通告，请您听好。”

先寇布具备的特长之一，就是可以用一本正经的口气和态度，让他看不顺眼的人气得脑充血。此时，洛克维尔感觉血管和神经被对方的傲慢气得吱吱作响。他已年过半百，此前健康状况一直非常良好，唯一令他不安的是血压有点偏高。

“原来是蔷薇骑士团的前长官先寇布，不要在那里乱嚼舌根，你们这些造反的家伙！”

“真是抱歉，我个人并不擅长腹语，所以不得不嚼舌根。那么接下来，我要开始宣读胁迫的内容了，好吗？”

先寇布一面刻意地征求对方的许可，一面又不等对方回答，就开始琅琅地宣读：

“吾等已将尊敬的同盟元首姜·列贝罗阁下，请进了设备良好的牢狱中。若吾等之要求不能实现，只好请列贝罗阁下前往天国避难，再自暴自弃地以同盟军之名闯入帝国境内，邀请帝国国民和吾等展开一场华丽的街头战。”

一场帝国装甲掷弹兵与蔷薇骑士团展开的街头战!

这样的想象使洛克维尔全身战栗。这不仅仅是因为军人共有的“流血浪漫主义”通病，更是因为恐惧不安已支配他的思绪。

“你们为了自己获救，难道要将无辜的人民卷入战火之中?”

“应该说你们才是为了自己获救，企图杀害无辜的人。”

“我不明白你在说什么，不要进行这种没有根据的恶意中伤。”

“那么我们继续宣读胁迫的通告吧。如果您不想为列贝罗议长办理国葬仪式，就请将杨提督毫发无伤地释放。对了，对了，请顺便赠上好酒一百打。”

“这不是本官凭个人意见能决定的。”

“那么就请您快点决定。如果同盟政府没有处理的能力，我们直接去与帝国高等事务官府交涉也可以。”

“千万不要贸然行事，我会尽快回复。你所有的交涉必须要以同盟政府和军部为对象，这是我的命令，不，是我的希望。”

这位习惯以高姿态发布命令的本部长，在情急下修正了说话的口气。先寇布用嘲讽的目光瞥了他一眼，便切断了TV电话。洛克维尔一直瞪着画面的视线转到了副官身上。副官一脸绝望的表情，因为他未能成功地查出对方一直在移动的电波发射源。洛克维尔大声地啐着，把谩骂的石头投向白浊的画面。

“卖国贼！民族败类！我当然不能相信你们这些从帝国来的亡命徒。梅尔卡兹也好，先寇布也好……”

当然，重用这些人的杨威利也是一样。空有才能但缺乏忠诚心和国家意识的败类不值得信赖，为了战斗而活的人也是不需要的。只有那些没有疑问、没有反驳，即使命令他死也会高高兴兴地去死的精神家畜，才是国家和军队需要的人才，因为重要的不是守护民主主义，而是守护民主国家。

洛克维尔想到这里，眼睛忽然亮了起来。一个可以化解眼前的危机，尽管有些不妥却正确的对策，此时正用难以抗拒的甜美诱惑着他。要救出已是俘虏的列贝罗议长很困难，但如果忽视俘虏的存在，应该就可以借同盟军之手将这些叛乱军队摆平了，不是吗？对，重要的是守护国家。为了这样的目的，无论被牺牲者是谁或有多少人，都不是问题……

在洛克维尔的精神温度急剧浮动的时候，帝国的高等事务官雷内肯普正穿着刻板拘谨的军服，坐在极尽奢华的国立歌剧院贵宾席上，情绪不断下沉。

他对艺术这种玩意儿的爱好，甚至不及同僚梅克林格的万分之一，不过他也懂得所谓的社交礼节，所以比受邀时刻提前五秒钟到达了歌剧院。只是到达的时候，招待自己的主人竟然迟到了，这当然让他感到愤怒。

“议长为什么还不来？难道是不屑于和穿着军服的野蛮人同席吗？”

“不，议长应该已经离开评议会大楼，往这里赶来了……”

列贝罗的文官长卑屈地揉搓着两只手。他是那种有官僚劣根性的人，只会根据上下方的轴承来掌握所有的人际关系。在这样的轴承当中，列贝罗在他之上，雷内肯普更在列贝罗之上。对在他之上的人，再怎么弯腰低头，都不会损伤他的尊严。

雷内肯普很不高兴地重新拿起观赏歌剧用的望远镜，就在这个时候，一个TV电话打到贵宾室里来。于是除了高等事务官，其他人都像仆人似的，恭恭敬敬地退到走廊上。雷内肯普开始听取事务官府首席武官萨姆中将的报告。这时，高等事务官才知道列贝罗议长可能被杨的部下绑架的消息。

听到这样的消息，雷内肯普原本藏在胡须下的两片嘴唇往上翘起，画出一个圆弧。再没有更好、更求之不得的借口了。一个可以公然指责同盟政府缺乏处理能力、将杨处决、一步一步蚕食同盟内政自治权的机会，飞到他的口袋里来了。

雷内肯普立刻从贵宾席那过于柔软的椅子上站起来，没有必要再掩饰自己低落的艺术修养了。他傲然地无视那些惊惶失措的同盟政府人员和剧场工作人员，大步走出歌剧院，因为由他主演的流血歌剧将更豪华亮丽。

3

“那个时候，在彼此对立的阵营当中，究竟哪一方能更好地掌握事态，双方都不明白。但是海尼森全土已经沸腾起来，在那一片浓重的蒸汽当中，什么都看不见的人们四处乱窜，一次又一次重复着毫无意义的冲突。”

日后，达斯提·亚典波罗像历史证人似的这样说道。但当时他确实正与同僚先寇布联合起来，忙着在那片错乱的火焰中添加油料。假装自己是第三者来评论当时的情势，或许该称为厚颜无耻吧。

被浇上油的那一方可谓气愤到了极点。银河帝国高等事务官府也好，自由行星同盟政府也好，此前都张开了阴谋的蛛网。但是他们无法从整体上掌握眼前混乱的事态，便打算先找出对方的弱点来利用。首先，同盟政府对帝国军集结起来蠢蠢欲动的做法提出抗议。因为议长不在，国务委员长夏依便成了同盟政府的发言人。

“这应该是同盟内部能解决的问题，请帝国军不要过度干涉。”

对此，帝国军的答复是不容抗拒的。

“我方不得不承认同盟政府没有维持治安的能力，因此必须用我方的力量来维护事务官府的安全与帝国的正当权益。若有妨碍我方者，无论其所属，一律以帝国公敌对待，请知悉。”

“如果事态超出了我等能处理的范围，我等将主动向贵国提出要求，请贵国暂时等待。”

“如果是这样，我希望与同盟政府的最高责任者——评议会议长直接交涉。议长阁下在什么地方？”

对方用夹杂着嘲弄的口吻问到这个问题，同盟政府就没有办法回答了。

《巴拉特和约》规定，同盟须对任何破坏与帝国友好关系的人予以镇压。这也是《反和平活动防止法》制定的原因。但和约中并没有任何条文规定，凡触犯《反和平活动防止法》的人必须交由帝国处理。所以只要帝国军与高等事务官府的相关人员没有受到伤害，帝国便找不到能趁机干涉的正当理由。身为战败者的同盟，如今必须反过来利用他们被强制接受的和约，尽最大努力，在不失礼的情况下阻止帝国军的干涉。雷内肯普也不能完全无视和约，悍然发起行动。

无论如何，实际情形是双方的视野已越来越狭隘，眼光所及的距离也变得越来越短。不知何时，他们之间达成了一项奇妙的共识：不管是哪个阵营，只要能将杨威利这个人掌握在自己手里，就是胜利者。

如果让杨来评论这件事情，他或许会说："看来我也是风云人物呀！"如果混乱状况扩大的话，对同盟政府的治安维持能力和帝国高等事务官应对危机的能力都是考验。也许在事态超出海尼森地表以前，选择一个适当的时机让这场戏落幕，以握手言和的形式冠冕堂皇地解决问题，才是最佳选择。但同盟的政府首长列贝罗也好，帝国的高等事务官雷内肯普也好，都不是能采取这种无耻战术的人，所以只得认真而拼命地朝目的地游去，落得最后摔到瀑布底下的悲惨结局。

想着想着，杨竟然忘记了自身的处境，忍不住同情起来，竟想对双方说一声：真是辛苦你们了。同时，杨也洞察到故意促使这场混乱持续扩大的因素，就是他的部下们。

"不要再煽风点火了，先寇布这些家伙。煽动专家，可不要做得太过火了。"

杨在中央检察厅的拘禁室内搔着头的时候，钢铁铸成的门打开了，进来一位仿佛全身皮肤都被印刷上“军人”二字的军官。这是一名上尉，板寸发型，目光锐利，嘴角抿得紧紧的，年纪看起来比杨要轻一点。

“时间到了，杨提督。”

军官的声音和表情与其说是沉痛，不如说是阴森更恰当一些。杨感觉心脏跳起了笨拙的舞步。最悲惨的预感开始穿上华丽的盛装，一步步接近现实，要将杨带往一个过于寒冷的国度。

“我肚子还不饿。”

“不是吃饭。从今以后，您再也不需要担心吃饭或营养的问题了。”

看到军官掏出手枪，杨不禁叹了一口气。自己的预测竟如此准确，他却没有丝毫喜悦。

“在这最后一刻，您有什么愿望吗，阁下？”

“是啊，我希望能喝到宇宙历八七〇年份的白酒，之后才死去。”

上尉对杨这句话的意思足足思考了五秒钟之久。他好不容易才理解的时候，脸上出现了愤怒的表情，因为今年才七九九年。

“这种无理要求，恕难照办。”

杨本来想说“我早就知道了”，不过还是忍住了，转而向他提出最根本的问题。

“我为什么非死不可？”

上尉调整了一下姿势，以一种劝诫的口吻，严肃地开始教诲这个不甘心就这样死去的死刑犯。

“只要你活着一天，就会成为同盟的阿喀琉斯之踵，所以要请您为祖国捐躯。唯有这样，才符合您英雄的名誉。”

“脚后跟对于人的身体来说，是非常重要的部分，这个比喻不好。”

“杨提督，不要再啰唆了。请您勇敢地迎接光荣的末日吧，如此才不辱您英勇的名誉。不肖的卑职愿助您一臂之力。”

说话的人沉浸在极度的自我陶醉当中，甚至连声音都有些颤抖，但不愿死去的一方连一点喜悦或感激都没有。杨带着无奈却并不恐惧的情绪注视着枪口，或许只得解释为认命了。上尉认真地做了一次深呼吸，伸直右臂，瞄准杨的两眉之间，然后扣下扳机。

然而射出的光线却穿过了虚无的空间，将对面的墙壁炸裂开来，光线产生的微粒子向四处迸散。由于这意外的失败而惊愕的军官，用视线将室内的空间纵横割裂开来，搜寻着本应已殒命的猎物。他的视线随即停在地面上的某一点。原来在上尉开枪射杀前的一瞬间，杨连着椅子滚落在地上，避过了手枪射出的光线。

杨的行动在他来说可算是干得漂亮——事后，了解他的人都这么说。但他也只是逃进了死胡同，一旦连椅子一起跌落到地上，动作就更不可能敏捷了。看着暗杀者脸上显露出来的残忍表情，杨明白了，自己充其量只是将死亡的场所垂直下移到了比刚才大约低一米的地方。

“真是不忍心看哪，阁下，这难道就是被称作‘奇迹的杨’

的那个人吗？”

杨俯视着死亡的深渊，感觉自己真的生气了。他正想回敬对方几句的时候，一个光明的景象掠过视野的一角：军官背后用钢铁做成的门开了，接下来的一瞬间，一道光线从军官厚实的胸膛直穿出来。军官仰面朝天，对着天花板发出了凄惨的叫声。他那魁梧——仅仅是魁梧的身体转了半圈，脸撞向地面，然后一动也不动了。被人从生的彼岸牵起手来的杨，眼前看到的是金褐色的头发、泪水蒙蒙的淡褐色眼眸，以及那不断呼唤他的嘴唇。杨张开手臂，抱住救命恩人窈窕的身体。

“谢谢你给我送来了生命。”

杨好不容易才挤出这句话。菲列特利加只是拼命点头，也不知是不是真正理解了丈夫话里的含意。爆发出来的感情此刻全部化作源源不绝的泪水，冲走了微薄的自制力。她像十一年前那个小女孩一样，只知道不停地哭。

“哎呀，哎呀，好端端的一个美人泡汤了。喏，不要再哭了……”

杨这个时候简直比被一万艘敌舰从背后袭击还要不知所措，就在他试着安慰妻子的时候，两个不解风情的闯入者以一副收拾残局的姿态出现了。

蔷薇骑士团的前任团长以近乎优雅的大胆姿态向长官行了一个礼。双手还揽着菲列特利加的杨也毫不害臊地回了一个军礼。

“加班执勤，让你们辛苦了。”

“不客气，就算自己能长命百岁，如果人生无趣的话，那也没有什么意义。这就是救出阁下的原因。”

先寇布的作战行动可以说安排得极为巧妙。他首先将议长已经被押作人质的消息告知军部，给对方答复的时间，暗地里却利用这段时间以武力将杨救出。也就是说，洛克维尔被要了。他原本想借拖延答复来争取时间，却反而为先寇布的行动提供了方便。当然，先寇布也没有料到洛克维尔竟将这种事态当作良机，借机将杨“处理掉”。原先他还认为时间非常充裕，打算从容不迫地把杨救出来，幸好在千钧一发之际及时赶到了。

“嗯，暂时还是请你拿着手枪吧，说不定还会派上用场。”

先寇布打了个手势，蔷薇骑士团代理团长莱纳·布鲁姆哈尔特中校将枪递给杨。

就法律而言，蔷薇骑士团现在的指挥官就是这位布鲁姆哈尔特中校。第十三任团长先寇布已经晋升到将官级别，当然不可能再担任一个团的指挥官。而第十四任团长凯斯帕·林兹上校则率领半数的成员投靠了梅尔卡兹的舰队，在官方的正式记录上是依“战斗中下落不明”来处理的。布鲁姆哈尔特回到首都后，确实接受了出任代理团长的命令。但既然同盟屈服于帝国之下，这由帝国亡命者的子弟编组而成的蔷薇骑士团被允许存在的可能性并不高。如果是被解散还好，否则这些成员或许将成为报复性处罚的对象。这股不安的情绪决定了他们战斗旗帜的颜色。正如杨对梅尔卡兹等人负责一样，先寇布为他们担起了责任。在这一天，他们以最大限度的行动，为自身和布鲁姆哈尔特中校的未来做了选择，回头路已经不存在了。

门外有些警备兵正在蠢蠢欲动。

“我们是蔷薇骑士团。”

布鲁姆哈尔特用麦克风张扬地报出自己的名号。

“如果明知我们的身份仍要坚持战斗的话，就先写下遗书再过来。我们会让它即刻派上用场。也可以由我们用各位的鲜血代笔。”

这其实只是虚张声势。不过以先寇布与蔷薇骑士过去立下的战功，用来吓唬中央检察厅的警卫兵已经足够。他们的斗志急速地熄灭，毕竟要谈论勇敢或者大胆的话，得先有性命才行。过去同盟政府为了威吓敌国，曾经将先寇布等人的勇猛略加夸大地宣传。如今被这夜风的声音吓住的，竟然是曾和自己站在同一阵线上的人。

一部大型地上车在沉静无声的夜晚驶过，杨在这部车的后座换上了熟悉的军服，短暂的领退休金的生活结束了，杨又回复到过去在伊谢尔伦要塞担任指挥官的姿态。菲列特利加兴奋地看着丈夫的“英姿”。

“是什么样的动机促使你们今天晚上这样自告奋勇呢，先寇布中将？”

杨一面让妻子为他调整头上黑色贝雷帽的角度，一面问今晚事件的“主犯”。

“像你这样一直遵从命令、受法律束缚的人，一旦从这个桎梏里逃出来，会有怎样的想法、今后将采取怎样的行动，我非常有兴趣，这样说您还满意吗？”

杨没有回答，只是把一个袖珍短波发射装置拿在手上把玩。

这是他被中央检察厅的人从家里押走时，戴在妻子为他穿上的猎装衬衫上的。就是靠着这个东西，妻子才能知道他的所在地，然后拯救了他的性命。杨把这个小救命恩人放在口袋里收好，像在沉思什么似的，再次提出问题。

“你以前就一直在挑唆我，说什么权力应该掌握在我手里。如果我真的掌握了权力，之后整个人格却变了怎么办？”

“要是这样就变了，你也不过尔尔。历史是在不断重演的，你无非是为整部历史年鉴添加一个人物，让后世的中学生更加头痛。啊，与其在这里谈论味道如何，何不试着吃吃看？”

杨抱着胳膊低声地呻吟。

甚至连杨在军官学校的学弟达斯提·亚典波罗都一本正经地点头。

“先寇布中将说得没错。杨提督，你至少对这些为了救出你，不惜去战斗牺牲的战友负有一份责任。你已经不亏欠同盟政府了，是不是？现在是你自掏腰包下赌注的时候了。”

“听起来好像是在威胁我嘛。”

杨对他们发着牢骚，不过或许有一半是认真的。从被人拯救性命的那一刻起，他已经不再属于自己了。

“你们太乐观了。以帝国和同盟为对手，然后还能存活下来，这根本说不过去。或许明天这个时候，我们已经坐在殡仪车上了。”

“这样也好吧。人总不可能不老不死，如果真的要死，也要死得明白。与其作为帝国奴隶的奴隶而死，不如作为反叛者杨提督的幕僚而死，至少我的子孙还会高兴一些。”

这时，提出抗议的不是杨的嘴巴，而是他的胃。杨这时才发觉已经大半天没有吃东西了。菲列特利加心有灵犀地拿出了一个提篮。

“我给你做了三明治，请用吧。”

“啊，谢谢。”

“还有红茶。”

“有白兰地吗？”

“当然！”

亚典波罗摸着下巴咕哝：

“天啊，这家伙是来野餐的吗？”

先寇布夹杂着苦笑，回答说：

“你错了，如果是野餐，比这可要严肃多了。”

当杨威利的身影出现在视野中央时，姜·列贝罗立刻反射般地将移开的视线收回来，固定在杨的脸上。身为同盟元首，他必须维护自己的威严，伸张正义。看到他这般昂首挺胸的姿态，杨不禁叹气。以公务人员的身份来说，这样的人确实值得尊敬，不过以私人观点来看的话，这样的人就很难交往了。

杨等人现在的所在地是“蔷薇骑士团”为了日后之需，秘密成立的地下隐蔽处，是距离帝国高等事务官府所在地“香格里拉”饭店大约只有一公里的大楼中的一个房间，真可谓大胆之至。屋主在大楼即将落成前破产了，所以这栋大楼被弃置，空无一人。裸露的水泥内壁上装有隔音板。以这样的房间来招待一国元首，在格调和设备方面还有很多不够完善的地方。

最初的一发子弹是从人质口中发射出来的。

“杨元帅，你应该知道自己所做的事都是犯罪行为，是仗恃武力触犯法律、损害国家尊严、破坏社会秩序吧？”

“我犯了什么法？”

“像这样把我非法监禁在这里，还要强辩说自己无罪吗？”

“哦，说得也是。”

一抹苦笑掠过了杨的脸，这时他看起来像个被教授指出论文缺陷的副教授。亚典波罗放声笑了起来，当然是在讽刺列贝罗。列贝罗立刻就明白了，整张脸因为屈辱越发苍白，他提高声音说：

“如果不想再罪加一等，就立刻将我释放。”

杨摘下了头上的黑色贝雷帽，搔了搔头发，用一种话剧老师观看学生表演般的眼神注视着他。列贝罗在这种眼神的注视下，不由得感到心虚怯懦，刚刚挺起的肩膀垂了下来。

“你们有什么要求吗？有的话就说说看。”

“了解真相！”

“……”

“开玩笑，我没有那种无益的要求。我们的要求就是自身的安全而已，当然也不是永久的，有附加期限。”

“你们已经是政府公敌了，这种违反正义的交易，我没有办法答应。”

“也就是说，只要自由行星同盟政府存在一天，我和我的朋友便永无安宁之日，是吗？”

列贝罗并没有立刻回答，或许是感受到了杨的语气中有危险存在。

“真是这样的话，我们只好变成利己主义的信奉者了。如果有必要，或许会把我所属的国家廉价地出卖给帝国军。”

“这种事情难道可以允许吗?！你曾经是一名元帅，也曾担任国家的重要职务，你的良心难道不会感到羞耻？”

“这种理论真是太了不起了，你的意思是说，国家出卖个人是可以的，反过来就是不允许的？”

先寇布在一旁冷笑着说，但列贝罗并不理会。杨轻轻咳了一声，说：“那么是不是请您考虑一下我的提议？”

“提议？”

“我们要以雷内肯普事务官作为人质，离开行星海尼森。希望同盟政府到那时装作被胁迫的样子，不要追捕我们。帝国那边，由我负起造成混乱的全部责任。同盟只要低着头说希望帝国能讨伐和逮捕杨威利就好，这样你们对帝国也可以有个交代。”

列贝罗沉默着，好像在考虑杨的提案。在心中那一片迷宫里，为了找寻安全的出口，他的盘算正急急忙忙地四处奔走。

“还有一个条件。请您不要对那些还留在同盟政府的人施以惩罚。曾经在我麾下的人……卡介伦、费雪、姆莱、派特里契夫等许多人，他们对这次事件完全不知情，如果您能以同盟政府与民主主义的尊严来承诺，绝对不牵累他们的话，我便就此退出海尼森。至于议长您，当然也会释放。而且我们绝对不带给民众任何困扰，您觉得如何呢？”

不说政府而说民众，这或许也是替杨的心情做了一次辩解。

列贝罗重重地吐了一口气，看来好像找到了出口。

“杨提督……我不想向你谢罪。我在最艰辛的时期，被托付了最大的责任。只要能让自由行星同盟继续存续下去，把它交给下一辈的人，不管是什么样的卑劣手段，我都会使用。至于这样做会遭受怎样的批评，我早已做好思想准备了。”

“也就是说，您赞成把雷内肯普当人质的提案了，是吗？”

杨对他的话并没有什么反应。

“……那好。先寇布中将，实战指挥的任务就委托给你了。”

“好！”

先寇布高兴地点点头。列贝罗瞥了他两眼，像在暗中咒骂好战分子似的。接下来，他询问自己何时可以恢复自由。杨回答道：

“不幸的雷内肯普阁下失去自由的时候。”

这些人中刚才一直靠在墙边，注视着这些大人物交谈的一员——巴格达胥上校这时走近先寇布的身边，低声耳语：

“我们提出的方法固然很妙，但还是不要太轻信他们。我并不是指列贝罗议长个人，而是指他周围的权力分子集团，那些家伙就是为翻脸不认人而存在的。”

“照你这么说，那些家伙难道会拒绝杨提督的提案？”

“他们当然不会。既然这次事件没有办法隐瞒到底，他们一定会把所有的责任推到杨提督身上。但究竟会不会这么做，还得看情况怎么改变。如果他们认为有利，就算将雷内肯普和我们一起杀掉，也不是什么难事吧？”

巴格达胥是谍报和破坏工作的专家，过去曾在和杨敌对的阵营里，所以在投身为杨的参谋之后，一直遭人白眼。但这次事件中，他在收集分析情报和袭击列贝罗的计划方面做出很大的贡献，终于站稳脚跟，赢得了他人的信赖，但或许也失去了翻身的时机……

“我担心杨提督对同盟的民主政治还有所留恋。如果他认为只要同盟安泰，就算自己被处罚也没关系，就麻烦了。”

“还不至于吧。到了这种地步，就算他后悔，又回去自首，也不可能有退休金领了，到头来还得死心。他是不得不自立啊！”

“那么阁下也死心了吗？”

“死心可是我唯一的专长。从两年前被先寇布阁下看穿我的计划时起，就应该是这样了。”

先寇布抿嘴一笑，没有回答。巴格达胥看了看手表，说：

“天快亮了。”

巴拉特的太阳透过夏日厚厚的云层，将第一道光线投射到地面。漫长的夜晚正急速地撤退，但混乱仍然被遗弃给了人类社会，丝毫没有让漆黑的阴影移动一下的意思。海尼森各个街头的交通都被截断，同盟军和警察在混乱的指挥系统下东跑西窜。

“那么，我们这就去进行黎明前的突击吧！”

先寇布拿起装甲战斗服的头盔。

“香格里拉饭店吗？”

布鲁姆哈尔特中校从记忆的街头剥下几块铺路的石子，上面记载着重要情报。他满怀胜算地笑了笑，然后集合了所有中队长一级的军官，下达战术上的指示。

在帝国军士兵全副武装的包围下，此时的香格里拉饭店变成了一块被海水围困的巨大岩石。从帝国军摆出的阵势看来，似乎只要雷内肯普一声令下，帝国军士兵就可以控制同盟首都海尼森所有重要街道，宣告开始戒严。既然同盟元首成了“叛军集团”的俘虏，任何关于尊重主权与独立的鬼话都只有被扔进垃圾桶的价值了。

对雷内肯普来说，现在他只要将这个设想变为既成事实就可以了。就不去管同盟了，只要自己能在帝国本土知情前彻底压制同盟首都，那么“同盟”这个名词便只能在修订版的字典里找得到了。

为了不让帝国军知悉事态，同盟政府几近拼命，这种努力一直持续到半夜。

同样，在半夜过后，屯驻在海尼森的帝国军为了不让海尼森之外的帝国军得到这边的情报，也是煞费苦心。

在饭店第十五层楼布阵的雷内肯普，正打算以海尼森行星的地面部队，也就是在他指挥下的总共十六个连队的兵力，平复这里发生的事态。要是以这样的兵力还不能把目前的火灾扑灭，那么高涨的火焰势必会经由宇宙的深渊，映到屯驻在干达尔星系的舒坦梅兹提督眼里。

这样一来，镇压海尼森的功劳都将归舒坦梅兹所有，而雷内肯普必将因为在处理事态上的无能遭到弹劾。如果雷内肯普不能亲自镇压杨一伙人，使同盟政府隶属于帝国之下，并且建功立业获得新的地位和权力，昨晚以来发生的混乱就一点价值都没有了。

叛乱集团的人员，虽然是以勇猛的蔷薇骑士为核心，充其量也不过一千人左右。愚蠢的同盟政府没有先掌握他们的动向，就贸然要把杨秘密处理掉，结果反而被这些反叛者将了一军，真可说是偷鸡不成蚀把米，令人啼笑皆非。但雷内肯普其实也没有完全掌握他们的动态，当然也不知道自己已被列贝罗出卖给杨这一伙人了。

早上五点四十分，雷内肯普忽然感觉脚底的地毯好像连着地面一起震动了一下，接着传来沉闷的爆炸声。如果没有展现在窗外的都市晨景，他恐怕要产生“自己的座舰被敌炮击中”的错觉了。就在他以为这或许是地震的时候，一名脸色苍白的军官跑进办公室，向他报告大楼第十四层已经被来路不明的武装军队占领。一瞬间，雷内肯普周遭的景色似乎都失去了色彩。他只能惊愕地站着，一动不动。

原来饭店的地下有一条供通信线路专用的地下通道，先寇布等人先穿过这条通道，再经由纵向贯穿整栋饭店的电梯修理道，以魔术师的姿态忽然出现在第十四层楼上。他们破坏了两处电梯和三处楼梯，在帝国军的全力防堵之下，东边的楼梯才幸免于难，他们在那里和帝国军展开了对峙。一名佩戴着上校徽章的军官喊道：

“放弃无谓的抵抗，否则就准备到血海里练习游泳吧！”

“这可就为难了，我们又没有带泳装。”

受到对方嘲弄，那名军官的血压急剧上升。

“不要耍嘴皮子，快投降！如果拒绝，我们立刻展开攻击！”

“那么就把你们最强的一面拿出来看看！”

“给我住口！简直是大言不惭，你们这些下水道的鼠辈！”

“你们才是呢。开战之前，自己先好好反省一下吧！听别人说话的时候，要全部听完再出声哪。”

这名帝国上校张开的嘴巴，好像被人用一只无形的手给塞住了，发不出声音来。在他发出惊呼之前，部下好不容易送来的报告让他心中的疑惑升级为事实。

“不行，不能使用枪炮等火器。杰服粒子的浓度已经达到红色警戒区。”

上校被敌人的狡诈气得咬牙切齿。他当即做出决断，将五个中队的装甲掷弹兵全部叫到饭店内部——必须使用肉搏战术打倒这些入侵者，救出孤立无援的高等事务官。

当一大批穿着银灰色战斗服的帝国军士兵在楼梯底下集结的时候，先寇布仍然毫无惧色地透过头盔注视着下面的情况。他表现出来的无惧无畏已经超过所谓勇敢胆大的范围了。或许他出生的时候将人类天生的恐惧落在娘胎里面，忘记带出来了吧。连一向尊敬他的布鲁姆哈尔特都不禁这么想。而在那些不断靠近的帝国军士兵眼里，只能将先寇布的勇猛解释为不屑一顾的傲慢，他们忍不住全身灼热。突击命令下达了，帝国军将楼梯踩得雷鸣般作响，迅速冲上来。打先锋的士兵手握镶有闪闪发亮的碳结晶体锋刃的战斧，对着先寇布猛扑上来。

这种凄惨的互相残杀，在一些中了浪漫主义毒素的人口中，有个“血色瀑布”的名称。这场残杀当中，最初的血柱就是从这名不幸士兵的肉体上飞溅开来的。先寇布将身体一沉，让对方的战斧挥空，接下来的一瞬间，他让自己的战斧斜着滑出去，一下便切断了士兵头盔与战斗服的接缝处——那道接缝处的正下方就是颈动脉，于是那名士兵飞溅着鲜血翻落下去。楼梯底下顿时传来疯狂的怒吼声和嫌恶声。

布鲁姆哈尔特大喊起来。

“中将，您在阵前指挥太危险了，请退回去吧。”

“不用瞎操心，我打算活到一百五十岁，还有一百一十五年哪，怎么能死在这里？”

“而且还没有女人呢，是不是？”

布鲁姆哈尔特知道先寇布在战场以外也有赫赫战功，说了一句难以肯定是不是玩笑的话。不过先寇布根本无暇反驳。另外一队士兵已经伴着骇人的脚步声跃上楼梯。

先寇布和布鲁姆哈尔特顿时置身于怒吼与惨叫、金属声与冲击声、鲜血与残肢交织而成的旋风当中。他们的战斧每画出一道弧形，那些受到致命伤的帝国军士兵便飞到空中，裹着鲜血淋漓的上衣，一个接一个滚到楼梯下。

先寇布当然不会做出同时与好几个敌人交战的愚蠢之举。他的四肢、五官和手上的战斧，在中枢神经的完美控制下，每次只在单方向设定一个敌人，然后经由一番残酷而短暂的斩击，将对方推入无法继续战斗的深渊。

他敏捷地扭转身体，巧妙地躲过扑过来的帝国军士兵的一击，然后战斧一闪，便击中对方的颈部。当身负致命伤的敌人滚落到地上时，加害者早已移动了好几步，开始和新的敌人交战。

一把战斧挥起一阵旋风，就有另外一把战斧将旋风斩断。猛撞到一起的斧刃火光四溅，碳结晶体的碎片在空中飞舞，像喷泉一样的鲜血飞溅到地面上和墙壁上，描绘出一幅幅红色拼图。只有死亡才能中止的痛苦被不停地大量制造出来。一开始，先寇布还巧妙地避开四散喷洒的血，不久，为了进行完美的防御，他也不得不放弃讲究美学了。他身上令人联想到中世纪骑士甲胄的银灰色装甲服，此时已经溅满了各种血型的鲜血。不久之后，已无法再蒙受损伤的帝国军虽然咬牙切齿，仍不得不像雪崩似的退下阶梯。这时，先寇布拍了拍布鲁姆哈尔特的肩膀，说道：

“虏获雷内肯普的功劳就让给你了。赶紧带十个人下去！”

“不过，阁下——”

“快去，沙漏里面的沙粒这时候比钻石还贵重。”

“是。”

布鲁姆哈尔特率领大约十位士兵消失后，先寇布带领着剩下二十名士兵，用自己高大的身躯挡住楼梯口，挑衅地在帝国军士兵面前挥了挥那用人血磨出来的战斧。

“怎么啦，没有人敢站在我华尔特·冯·先寇布面前了吗？”

先寇布故意大言不惭地放出这几句话。他必须将帝国军扔到怒气与复仇心的池水中，拖延他们游向理性之岸，好为自己争取时间。

一名年轻的士兵分明富有勇气，却明显缺乏经验，他耐不住先寇布的挑衅，奋不顾身地冲上楼梯。士兵挥动战斧的动作中充满了力量，但在先寇布眼里，不过是白费力气罢了。

战斧与战斧猛烈地撞击，发出尖锐的声响。胜败在一瞬间就已决定，战斧从一方的手中飞出去，落在地上，像车轮似的不停打转。这位士兵被先寇布的战斧抵住脖子，感觉对方脸上浮现出魔鬼一般的笑容。

“年轻人，有没有恋人啊？”

“……”

“有没有呢？”

“有，有……”

“哦？那就别急着死！”

这位士兵被战斧的斧柄刺穿胸口，在战场上空留下短暂的叫声，滚落到楼梯下面。楼梯下再度传来愤怒的呻吟声。但想将这股愤怒转化为战意的话，得先跨过眼前由人血填充的壕沟，而这道壕沟太深也太宽了。

就在先寇布等人挖掘壕沟的同时，布鲁姆哈尔特等人闯进了雷内肯普的办公室。门一打开，一道稍浅一些的人血壕沟又开始开凿。

帝国军勇敢却无益的抵抗几秒钟便奏完最后一个乐章。八具尸体接二连三地滚落到地上，高等事务官成了孤家寡人。

致命的光线从雷内肯普的右手中的手枪里迸射出来。这种光线并不是一闪而过，而是不停地快速发射，命中率非常高，因为他过去也是一名战士。

一名蔷薇骑士团的成员逼得太近来不及闪避，被这连续发射的致命光线击穿头盔正中央，当即倒下。他的牺牲并不是没有意义的，迅速包抄到右侧的布鲁姆哈尔特趁机一挥战斧，将事务官的手枪打落在地，接着用斧柄往他的下巴猛力杵去。

“杀了我吧！”

雷内肯普下巴受到重击，站立不稳，双手顶在桌面上支撑着身体，流着鲜血的嘴里仍虚张声势地喊道。

“我们不杀你，你现在是俘虏了。”

“如果我是一名下级士兵，或许还有可能，但我堂堂一级上将之躯，你觉得我会甘心成为一名不光彩的俘虏吗？”

“请你心甘情愿一点。我对你的美学或尊严没有兴趣，感兴趣的是你的生命，你活着的身体对我们来说是必需的。”

布鲁姆哈尔特放出这几句话。除了无礼之外，好像还有其他东西刺激了雷内肯普的思考力，高等事务官于是低吟道：

“哼，你们是打算用我做人质，去交换杨提督？”

雷内肯普的洞察并不完全正确，但布鲁姆哈尔特也没有刻意纠正。

“我想你要感激我们，竟然能把你看成和杨威利提督具有相等价值的人。”

这句话让雷内肯普受的伤害究竟有多大，说话者绝对无法想象。并不是因为恐惧，而是因为受到的屈辱，雷内肯普嘴上的胡子几乎要变白了。

“不要以为我会吝惜自己的生命，向你们妥协。”

“我们没有这么想，因为要妥协的人不是你，而是你的下属和同僚。”

“你们应该就是所谓的蔷薇骑士吧？那么原本不是帝国的子民吗？你们这么做，难道不觉得愧对祖国的恩情？”

布鲁姆哈尔特凝视着对方，并不因为他这番话而感动。

“我的祖父是个共和主义思想家，结果被帝国内务部抓去拷问，最后被杀害。如果他真的是个共和主义者，这应该称得上是光荣之死！但事实上，我的祖父也不过是个爱发牢骚的人罢了。”

布鲁姆哈尔特歪着一边的嘴角，笑道。

“这就是帝国赐给我们的难得的恩情啊。这种大恩我无以为报，只好立志用复仇来回报了。唉，不要再啰唆了，现在的时间比绿宝石更珍贵，请阁下跟我们一起走吧。”

布鲁姆哈尔特中校用有剽窃之嫌的口吻催促道。

这种比喻其实也是正确的。因为原本在他脚下那一层楼演奏的肉搏战狂想曲，此时已经可以在水平位置上听到了。先寇布等人已经放弃了第十四层跑上来，一路上还在不断斩杀敌兵。

三分钟后，全身沾满血汗、充满复仇心的帝国军士兵冲进雷内肯普的办公室，不过里面已经空无一人。他们想拯救的人和想斩杀的人，此时都消失了踪影。如果先寇布等人走和来时相同的路线，也许就没有办法那么从容，但他们还是成功地逃离了。此后，大楼电梯的修理孔发生了爆炸，唯一的追踪路线在帝国军眼前消失了。

4

雷内肯普在空无一人的房间内环视四周，先是望着天花板，然后是地面、墙壁。此时此地，绝望像一个全身裹着黑衣的巫婆，阴惨惨地唱着破灭之歌。他坐的地方是叛乱部队在隐蔽处的房间。裸露的混凝土墙壁和地面，以及被钉上去的隔音板，和香格里拉饭店那间豪华办公室比起来，差距简直无法想象。

“完了。”沦为俘虏之身的帝国高等事务官想。被带到这里后，他明白了一切。他不仅彻底败给了杨威利一伙，还被同盟政府的代表列贝罗出卖了。

如今还有什么脸晋见皇帝？皇帝不但赦免了自己败给杨威利的过错，还赐予了高等事务官这样显赫的职务。皇帝的宽大和信任，无论如何都要回报。为了新王朝的千年大计，自己必须除去所有的障碍，为帝国将来完全征服同盟领地开拓出一条道路。不过现实又是如何呢？被带到此地的途中，他一直在寻找空隙，算计着扭转劣势的可能。但他不仅看到杨，甚至还看到列贝罗出现在面前的时候，顿时明白了自己只不过是个小丑。或许是因为愧疚，议长在杨威利身后把半张脸扭了过去。在那一瞬间，雷内肯普却连责备他的力气都没有了。如今想逃避敌方和己方的嘲讽，只剩下一个办法……

雷内肯普本就狭小的视野，如今变得越来越狭隘。他那已经失去理智，只会盯着扭曲的名利的眼睛，往上瞪着天花板……

一名来送午饭的士兵发现雷内肯普悬在半空中的身影，已经是二十分钟以后的事了。他屏住呼吸，紧盯着穿着军服在空中轻轻晃动的身体，将陶制的盘子小心地放在房间的角落，随即喊出声音，让其他人知道这一紧急变故。那具上吊的尸体被匆忙赶来的布鲁姆哈尔特等人放到了地上。

有卫生兵资格的士兵跨在这个比自己的军衔高十级以上的躯体上，根据教科书和经验，用遍了所有的人工呼吸法。

“不行，没有办法苏醒。”

“让开，我来。”

布鲁姆哈尔特将卫生兵的作业完美地重复了一次，同样的结果也再次重现。雷内肯普无视他们的努力，仍然关紧了通往复活的门扉。中校带着和死者相同的脸色站起来的时候，门打开了，接到通报的先寇布出现在门口。此前他依照约定，将列贝罗带出监禁的地方，捆住手脚弃置在某个公园的一角。不料才刚刚回来，就遇到这样的事情，他一贯傲慢无畏的刀刃上出现了缺口，表情极为严肃。如果迟一点履行约定就好了，不过就算后悔，此时此刻也追不回列贝罗了。

“不能让雷内肯普已死的消息泄露出去，否则同盟政府那帮家伙一定会把他的死当作良机，对我们发动全面攻击。我们要用所有的方法让他继续‘活下去’。”

如果没有了人质，就再也没有理由让同盟军在是否对“叛乱集团”发动攻击上犹豫不决了。况且雷内肯普一死，所有的真相都将随着他一起被埋葬到地下。同盟政府只要将所有的事实和谣传付之一炬就行。

听到雷内肯普的死讯，杨陷入沉思。不久，他好像终于咽下了苦药似的，带着满脸苦涩的表情下了决断。

“在正式的场合，还得请雷内肯普提督暂时为我们活着，这虽然是对死者极度的冒渎，不过也没有其他办法了。”

杨心里想着，就算只有这么一次，阎王也肯定会为自己保留一个特别席位吧。菲列特利加则向杨提出，如果替死者化一点妆的话，或许能让人以为他只是不省人事。这个提案听起来还不错。

“不过，这种恶心的工作让谁做呢？”

“我替他化妆，因为这是我提出来的，而且女人也比较适合做这种工作。”

房间里的一群男人面面相觑。胆量方面姑且不论，至少在化妆技术上，他们就明显技不如人了。他们口齿含糊地不知说了些什么，便将这项不愉快的工作交给唯一的女性，走出房间。

“给死人化妆是第一次，应该也是最后一次吧。如果他稍微像个美男子的话，化了妆应该会好看一些。”

菲列特利加嘟囔着。如果不对死者开些无礼的玩笑，自己恐怕也没办法忍受这项阴惨的活计。不过这终究是自己提议的，也只得由自己来完成。菲列特利加打开了化妆箱，正要动手，这时杨打开门，带着很过意不去的表情看着她。

“菲列特利加……这个……让你来做这样的事……”

“如果是抱歉之类的话，那我可不想听。”

菲列特利加并没有停下替死者化妆的手，但还是抢先制止了丈夫想说的话。

“我既不后悔，也没有对你生气。虽然结婚才两个月，但我过得很快乐。从今以后，只要有你在，我这一生应该都不会无趣了。无论如何，请让我期待吧，老公。”

“充满乐趣的夫妻生活吗？”

杨脱下了头上的黑色贝雷帽，挠了挠乱糟糟的头发。眼前这位已成为他妻子的年轻貌美的女子，经常让他感到惊讶。对做丈夫的人来说，夫妻生活应该也不会无聊吧。

“不过，这里好像不是个有情调的好地方。”

杨嘴里咕哝着轻率的话。这和菲列特利加前一刻的心情一样吧？新婚夫妻身边的那具尸体，为他们二人的欢乐投下了一片浓重的阴影。

菲尔姆特·雷内肯普——银河帝国的高等事务官、一级上将，这个和杨威利处在同一个行星的地表上，心却与他相距数百万光年的男子，以这种悲惨的方式结束了一生。以他原有的价值观来说，这是让他难以忍受的方式。姑且不论雷内肯普本人，想到他的遗族，杨就忍不住替他们感到难过。把他当作复仇对象的人或许又要增加几个了。

杨轻轻地摇摇头。为了不妨碍妻子完成这件不愉快的任务，他特地把门带上，然后思考起来。被迫走向无奈的死亡，和被迫过着无奈的生活，到底哪一个比较靠近幸福支配的领域呢……

Chapter 8
休假结束

1

这一年——新帝国历元年、宇宙历七九九年的七月三十日，帝国首都奥丁接到了两个报告：一个吉讯，一个凶讯。

吉讯是地球讨伐军司令官奥古斯特·瓦列一级上将传来的。

“卑职前往地球，完成皇帝陛下交付之敕令，镇压地球教恐怖集团本部，逮捕教主与骨干。日前经过战斗，已歼灭地球教本部。但教主与骨干自行引爆地下本部，葬身土堆中，最后未能予以逮捕。陛下敕令未能完美达成，谨此深表谢罪之意。”

瓦列舰队派遣肯拉特·林查中校所辖的两个大队先行前往地球教本部，然后接获中校的联络，得知几处地面上的入口，便一举突入大气圈，开始发动总攻。中校所得到的情报，大多是一个以“亚麻色头发的少年”为代表的费沙独立商人团伙提供的。

帝国军发动攻击的时候，面对全副武装的士兵，身穿黑衣的地球教信徒们所持的武器，竟然是刀子或轻型枪炮。面对这样一群亡命之徒，帝国军不禁哑然。但是他们也并非绝对的和平主义者，所以当即开战。以帝国军士兵强大的火力，对付这些仅持有原始武器的狂热信徒，简直比割草还要容易。他们踩着死者的尸体，一步又一步进入地球教本部深处。

这种单方面杀戮在一开始，或许还能使这些已经习惯鲜血和火焰的士兵一时沉浸于陶醉的气氛，但不久后，他们精神的肠胃就达到了饱和的界限。士兵们一边将那些身心受到迷信和塞奥奇辛麻醉药腐蚀的信徒赶入死神的口袋，一边呕吐并发出歇斯底里的笑声，最后竟泣不成声。

当战斗蔓延到地下第八层时，帝国军知道已深入这座地下迷宫的最底层。

到了这里，信徒们的抵抗已经到了极度激烈的地步，以视死如归的枪火来回应帝国军“弃械投降”的劝告。三次劝告换来的是三次枪弹射击，帝国军不得不放弃逮捕以教主——那位年老的总大主教为首的首脑集团的打算，决意斩尽杀绝。

在火力、人数和战技上都占有绝对优势的帝国军陷入了苦战（或者应说是恶战）。地球教在地理上占有优势，信徒又视死如归，他们不但从通道引进地下水，把同伴和敌兵一起淹死，还将神经瓦斯弹扔进同伴当中，让他们为所信仰的宗教殉教，与敌兵一齐死去。

“那些家伙，混账！”

帝国军中有军官叫起来，他们不禁对那些连自身的死亡都置若罔闻的地球教信徒产生深深的恐惧和厌恶。那种行为甚至不叫互相残杀，而是在帝国军的炮火之下，地球教信徒

“正在自杀”。他们最后甚至把根据地的最深处炸掉，自己也葬身其中。

“这些狂热信徒全都被消灭了吗？”

“算是吧……”

帝国军士兵脸上完全没有获胜的喜悦，只是低声私语着。每个人都是脸色铁青，留在他们脸上的只有疲倦。

别说那个被称作总大主教的老人了，连大部分信徒的尸体都没有找到，他们好像全被埋在了几百万吨的土堆之下，但他们的欲望和怨恨却不见得也一起埋葬在里面。这个方圆十公里的地球教根据地四周地形陷落，所谓的“圣山”也因此歪斜了一角，将无比凄惨的形状暴露在稀薄的大气中。

尤里安第一次见到这位叫瓦列的提督时，他的脸色看起来非常苍白。尤里安已经听说他受了重伤，但看到他沉着的表情与临危不乱的言行，内心不禁十分欣赏。尤里安最崇拜的当然是杨威利那种“一点都不像英雄”的气质，不过此时也感受到了这种与杨完全不同的、以钢铁打造出来的刚毅魅力。

“林查中校说，在进攻地球教本部的时候，得到了你不少协助。”

“是的，为了报复这些将我们强行抓走的地球教信徒，我们很乐意提供力所能及的协助。”

他断定这位叫瓦列的提督是一位值得尊敬的人物，所以对自己隐瞒真实身份的做法有些不安。

“我想答谢你的功劳，你们有没有什么愿望？”

“只要我们一行人能平安无事地回到费沙，别无所求。”

“如果你们的生意受了损失，也可以补偿你们一些。不要客气，尽管提出来。”

如果推辞就太无欲无求了，不太像费沙人，甚至会招致对方的怀疑，所以尤里安就恭恭敬敬——正确地说是厚着脸皮接受了司令官的好意，说定日后计算完亏损额再提出来，就当是给波利斯·高尼夫的谢礼吧。至于他自己的报酬，只要一张光碟就够了。

光碟上面有这样的记载：失去统治人类社会霸权的地球，以自身的欲望和怨恨为动力之源，在这九百年间执着地编织着这一段不为人知、如戈布兰挂毯般交织着怨恨的历史。只有将这段历史完整地交到杨提督手上，尤里安这次千里迢迢的地球之旅才算是稍有收获。他表现出一副要为帝国军做向导的姿态——事实上也确实替他们做了向导，不过也正是靠他们排除了人和物方面的障碍，才终于找到了资料室。击退那些挥舞着小刀的信徒和在资料室检索并复制资料竟意外地花了五分钟。为了不让帝国军得到资料，他把残余的记录全部销毁，但后来那间资料室也被一起土葬，费劲地除去那些资料反而多余了。

尤里安从瓦列面前退出，伫立在断崖的边缘上，低头望着那一片已经陷落的地表。这时，波利斯·高尼夫来到他身边。

“信徒的遗体也都埋在下面了。”

“对教团来说，再没有什么东西比信徒的性命更廉价了，就像国民之于权力者、士兵之于用兵者一样。这或许值得愤怒，却不值得惊讶。”

尤里安觉得波利斯·高尼夫这番恶毒的话中，有令他难以同意的地方。或许是因为一个重要的船员在这场战乱中不幸丧命，波利斯显得非常不高兴。

“你是不是想说杨提督是不一样的？”

船长耸了耸肩膀，好像看穿了尤里安的心思。

“如果把杨当成一个普通人去喜欢，我同意，我也喜欢他。把他当作一名用兵家来尊敬，这也是理所当然。不过用兵家这种职业本身就是该遭天谴的。杨应该早已领会这一点，所以你也不必不高兴。当然，你也早就了解这一点，还请容许我对军人的批判。”

奥利比·波布兰在不远的地方一直看着他们。

“尤里安这个家伙也真有些不可思议。”

击坠王有些纳闷地自言自语。虽然他也不例外，但大概是因为他比尤里安年长吧，似乎将看护他的责任揽在了自己身上。

这应该就是以德服人吧——马逊以一种陈腐但具有说服力的说法回应。他身上有好几个地方用胶袋（一种极薄的、用塑胶膜将水包在里面的医疗用品）和绷带包着，使他看起来就像一只巨大的斑马。他的臂力和战斗能力，地球教团里无人能比。不过由于身体的表面积过大，发生爆炸的时候，皮肤也无可避免地被各式各样的碎片击中了。

“以德服人？哼，这家伙还在修炼当中呢。”

波布兰耸了耸肩膀。在地面上战斗的时候，他的动作极为敏捷，所以全身上下都没有受到伤害，可说是全身而退。虽然地面作战并不是他喜欢的，但他的表现连马逊也不得不佩服。

“没有谈过一二十次恋爱，也能算是一个完整的人吗？”

他们的声音并没有传到尤里安那边，这位少年只是站在断崖边，任那亚麻色的头发在地球的风中飘动。

尤里安是出于一定的目的才想到地球来的，他从来都没有想过回到地球，将来大概也不会。他该回去的地方、该生活的地方、该死去的地方，没有一处在这个叫“地球”的行星上。

有这种想法的，应该不止尤里安一个人。对大部分的人类来说，地球是属于过去的。可以把它当博物馆来尊重，但如果允许它再度恢复为权力政治或军事中枢，不会为人类带来任何好处。正如杨威利所说：“人类的手脚已经长得太长，不可能再回到摇篮里去了。”虽然地球上有人类的过去，却没有人类的未来。不管是美还是丑，是聪明还是愚昧，总之，人类的未来应该在其他地方继续拓展。

八月一日，瓦列舰队的第一批士兵离开地球，踏上班师帝都奥丁的归途。“亲不孝”号也跟在后面展露小小的英姿。反正都会踏上归途，何不借此机会到敌国的大本营——帝都奥丁看一看呢？尤里安与波布兰达成了一致。

2

紧跟着瓦列的这份报告，从自由行星同盟的首都海尼森传来凶讯，而且是非常不祥的凶讯。

雷内肯普事务官遭绑架及相关的诸多事件，震惊了帝国所有重臣。甚至连那些出生在乱世当中、越过无数死亡界限、征服过许多恒星世界的勇将，也无法平心静气地接受这个意外。

随着这份正式报告，雷内肯普提督麾下的拉杰尔上校也用超光速通信将一份急报传给了老友奈特哈尔·缪拉。

奈特哈尔·缪拉用砂色的眼睛饶有兴趣地注视着并不鲜明的画面。

“那么你认为雷内肯普提督身为高等事务官，有欠公正？”

“对于一位国家重臣，而且还是对我有大恩的上司，这样说是太无礼了些，但雷内肯普提督的做法根本是添乱。”

据拉杰尔所说，雷内肯普在没有任何物证的情况下，就轻信了几封告密信，强迫同盟政府逮捕杨。如果这是事实，那么于公于私都明显已超过限度。

“你能在正式场合作证吗？”

“可以，不管是军事法庭还是审判会。”

缪拉看着如此断言的拉杰尔，点了点头，然后带着这份急报，参加了最高军事会议。

在通往会议室的走廊中，他遇见了渥佛根·米达麦亚。缪拉和他肩并肩走着，将拉杰尔的证言告诉了他。

“嘀，还有这样的内幕？”

米达麦亚咋舌道，为雷内肯普狭隘的心胸而叹息。

雷内肯普这么做，当然是出自对皇帝莱因哈特的忠诚。不过在米达麦亚等人看来，他却是操之过急，而且心胸过于狭小。就像拉杰尔上校所说的，这样做只会平白引起混乱。

“疾风之狼”渥佛根·米达麦亚是一名军人，他的夙愿是势均力敌地和强敌作战。至于以检察官或拷问者的身份来凌虐弱小的人，他从根本上就反对这样的做法。

出席该会议的人都是一级上将以上的高级官员，只有一个例外。皇帝莱因哈特因为轻微发烧没有勉强出席会议，因此让他们自由讨论之后，再将结果禀奏上来。

缪拉一反常态地第一个要求发言，向出席者披露了拉杰尔上校的证言。

“由于事情攸关帝国的名誉，特别是在公正性方面，我希望不要局限于帝国或是同盟的立场，提出一个让万人信服的结论。依照下官个人的意见，首先要查明是哪些人企图利用这种不负责任的告密使事态恶化，并找出这些人的所在之处。”

宇宙舰队司令官米达麦亚对缪拉的意见表示赞同。

“拉杰尔上校的话应该是正确的。首先，只有处决那些寡廉鲜耻的告密者，才能维护皇帝陛下的威信。如果杨威利的行动是对告密者的非法行为进行正当防卫，我们也应该体谅。”

“这样的说法，对雷内肯普提督似乎有些残酷。”

奥贝斯坦应声说道，自身的策谋和盘算却不露痕迹。

“他也是为了国家的安全，才试图将杨威利除去，以免其成为日后的祸根。难道不能将此举解释为一种不得已的谋略吗？”

“难道我们要靠阴谋来立国？”

受到刺激的米达麦亚使尽全身的愤怒反驳。

“靠信义才能立国。如果没有这种意识，我们拿什么去向人民和士兵解释新王朝存在的意义。杨威利虽然是我方的敌人，但他确实也称得上一位名将。对这样一个人，不但没有以礼相待，反而想凭告密和阴谋将他除掉，要如何向后世辩解这样的做法？”

“您这话真是了不起，米达麦亚元帅。真令人想不到这是两年前参与过肃清立典拉德公爵阴谋的人。难道现在感到良心不安了吗？”

米达麦亚的眼睛喷出难以抑制的怒气。当时提出肃清立典拉德公爵阴谋的罪魁祸首，竟然装作不知情胡说八道！他正打算这么回答的时候，坐在他旁边的人轻轻地举起一只手，阻止了同僚。

这人就是统帅本部总长奥斯卡·冯·罗严塔尔。他的金银妖瞳放出犀利的光芒，而军务尚书的义眼也射出异样的光芒，两道光芒仿佛在空中展开了正面冲突。

“当初对立典拉德公爵的肃清是一种你死我活的争斗。如果迟一步，变成屠宰场里任人宰割的羔羊的就是我们了。我们只不过是先下手，没必要觉得羞耻。不过这一次的事件又怎样呢？难道不是以莫须有的罪名，对一个正过着平民生活的退役军人加以陷害吗？我们为什么要去袒护那些寡廉鲜耻的同盟政客为求自保犯下的罪行？军务尚书是基于什么哲学，来肯定这些丑行的？”

罗严塔尔不仅仅是舌锋锐利，也说出了在场各位将领身为军人的心情，所以赞同的低语声此起彼落。

这时，“艺术家提督”梅克林格发言了。

“如果杨威利与同盟政府之间的关系难以修复，或许他会反过来和帝国缔结关系。我个人的意见是，应该先呼吁他不要有任何军事行动，另一方面尽早派遣调查官前往查明真相。如果把这个任务下达给我，前往海尼森进行调查的话，也是可以的……”

“各位好像有些误解。”

军务尚书奥贝斯坦面对众人，丝毫没有动摇的神色。

“我认为，大家持有疑议的杨威利的罪行，与有无告密并无关系。实际情况是他偕同部下绑架了皇帝的代理人雷内肯普并逃亡。如果不去过问这个事实，也不予以处罚，帝国和皇帝陛下的威信岂不是荡然无存。请仔细想一想。”

这时米达麦亚再度开口了。

“我非常不愿意对同僚落井下石，但难道不是因为雷内肯普轻信告密，至少是在没有任何证据的情况下，想处决一个无辜的人，所以咎由自取吗？维护威信的方法不在于隐藏真相，而在于查清事实，有错即改，不对吗？”

这个时候有人反驳了，是内务部国内安全保障局的局长朗古。

“任用雷内肯普一级上将出任高等事务官的是皇帝陛下。司令长官阁下批判了雷内肯普，势必伤及神圣不可侵犯的皇帝的声望。还请您多多思量。”

“住嘴，你这个下流东西！”

这像是用皮鞭在鞭打对方的怒斥声不是出自米达麦亚，而是从罗严塔尔的口中迸出的。

“你想不用自己的见识而假借皇帝陛下的御名，来封住司令官的正当言论吗？你这只狐假虎威的臭狐狸！不过一介内务部局长，有什么资格在这个只有一级上将以上的人才能出席的会议中大放厥词，甚至还插进元帅之间的讨论，你未免太狂妄猖獗了！现在立刻滚出去！或者你是不喜欢用自己的脚走出去？”

这时，朗古整个人化成了一座荧光色的雕像。梅克林格见到这幅景象，在心里评论道：如果要为这座雕像想一个主题的话，应该称之为“屈辱”——虽然有些不够优雅。这座“屈辱的雕像”一面微微发抖，一面求救似的看着奥贝斯坦，但是对方并没有给出他期待的回应。

“会议结束之前，你先出去吧。”

连军务尚书都这么说。朗古便对着冰冷的列席者机械地点了点头，从头到脚都变得苍白，灰溜溜地走出了会议室。在他的背后，好像有人用冷笑拍了拍他的身子，他那苍白的心认定是罗严塔尔。虽然对他做出这一举动的主要是克斯拉和毕典菲尔特，不过在他的精神视野里面，已经将这两人排除在外了。

到会议结束为止都在另外一个房间内待命的朗古，大约等了一个小时之久，才见到奥贝斯坦的身影。一看到奥贝斯坦，他就把平常拥有的冷静全扔到一边，控诉着自己的遭遇。他的脸被冷汗湿透，捏着手帕的手不停地上下挥动。

“我，我从来没有被这样羞辱过。不，只有我自己还不打紧，军务尚书您不是也同样被羞辱了吗？”

“你那种论调，不只是罗严塔尔元帅，我也同样不喜欢。”

奥贝斯坦的反应极为冷淡，他不想落入朗古阴险的煽风点火的陷阱当中。

“你出席这个会议，没有事先得到他人的认可，这的确是我的疏忽。内务尚书和宪兵总监好像也不愿让你太接近我。”

“如果在意的话，这就不像阁下您了。”

“惹人嫌的话也就算了，如果被扯了后腿，那可麻烦了。”

朗古翻过手帕，再次擦着汗水，两眼眯成细细的缝。

“属下……也会多加小心。不过对于罗严塔尔元帅那种非常敏感的言行举止，为了日后着想，是不是应该有所打算呢？”

这时，奥贝斯坦脸上的表情完全消失了。没有听到明确的话，朗古根本没办法窥知奥贝斯坦的内心。

“罗严塔尔是建国功臣，皇帝对他的信赖更是雷内肯普没法比的。在没有任何证据的情况下去诬陷他人，是愚蠢的行为，你也该从雷内肯普这个反面教材中学到不少东西。”

朗古的两眼充满了油亮的光，撇起的嘴露出一部分牙齿来。

“我明白了。我会尽力找出证据的，找出不可辩驳的证据……”

自前朝以来，他一直在两种工作上发挥着优秀的手腕，一种是处罚有罪的人，另一种就是让无辜的人背负罪名。只是过去他一直将这些当作自己的职务，动机并不是私欲或是复仇，或者说根本就没有动机。

不过，现在朗古为了受到重创的个人名誉，要挖出这位金银妖瞳提督的弱点，让他跌入万劫不复的深渊。这个既不正确也不具意义的执念深深抓住了朗古。

3

稍微有些发烧的皇帝莱因哈特正躺在寝宫的床上。贴身侍者艾密尔在一旁照料，医生也随侍在侧。

自己的体质难道这样虚弱吗？莱因哈特心想。不过按艾密尔的话来说，如此致力于战争和政务，如果连一点烧都不发的话，那才奇怪。皇帝那位未来的主治医生甚至还说，如果是自己，早就因病倒下去了。

“不过，朕最近经常感觉疲倦啊。”

“因为太劳累了。”

莱因哈特轻轻地笑着，看了少年一眼。

“哦，那么你是说要朕偷一下懒？”

这种程度的玩笑就让这位少年面红耳赤，所以皇帝不知不觉像在逗弄小鸟似的逗着他玩。不过这只小鸟会说人话，还经常说出一些聪明的话来。

“陛下，请您原谅我的无礼。先父曾经对我说过，猛烈的火焰烧得比较快。请您务必放松一点。”

莱因哈特并没有立刻回答。他知道自己害怕的不是烧得快，而是根本没起火，只是干冒烟。这位少年大概还没有办法理解……

“不妨早一点迎娶皇后，建立一个家庭吧。”

少年一定是曾听人说过，然后现学现卖吧。

“光护卫朕一个人就够吃力的了，如果再加上皇后和皇子，警卫人员的负担岂不是更重了？”

一般人都认为，莱因哈特别的都好，唯有幽默感不怎么丰富。这个时候他说的话，如果说是玩笑，那实在不怎么高明。说句真心话，甚至很肤浅，连少年艾密尔也没办法理解。

这时，侍从长出现在莱因哈特眼前，向皇帝禀报军务尚书奥贝斯坦前来谒见。说是在军部最高干部会议中好不容易达成了结论，特前来请皇帝裁示。莱因哈特因为轻微发烧，身体还有些虚弱，便在邻近的一间谈话室中接见他。

奥贝斯坦将会议的大致情况向皇帝做了简短的说明。令人意外的是，他竟强烈地批评了雷内肯普的轻举妄动，并主张对整个事件的真相进行追查。不过他也得出一个结论：同盟很明显缺乏维持秩序的能力，所以帝国必须要有随时出兵的准备。至于罗严塔尔将朗古逐出会议室一事，他只字未提。

“任用雷内肯普是朕的错误，他竟然连一百天的任期都无法度过，看来有些人需要朕拿链子牵着，才会发挥出潜能吧……”

莱因哈特一面在脑海里回味几个生者和死者的面孔，一面咕哝着，奥贝斯坦完全无视主君的感伤。

“不过，我们却因此得到了一个彻底征服同盟的名分。”

“多嘴！”

一股烈气化成怒吼，从俊美皇帝的嘴里吐出来。他忽然发怒了。奥贝斯坦行了一个礼，但看起来并不是因为内心的畏缩，反而像是刻意避免刺激一个病人。莱因哈特将呼吸调整过来，命令暂时由舒坦梅兹提督代理高等事务官职务，与杨威利交涉释放雷内肯普的相关事宜。

“听听雷内肯普自己的证言也是有必要的。至于处理杨威利一事，以后再作决定吧。另外，得充分注意同盟政府的动向，如果有企图妨碍帝国行动者，就由舒坦梅兹采取必要的措施。”

说完后，他即命军务尚书退下。

事实上，莱因哈特的心理也不单纯。虽然他对雷内肯普的丑态感到极其愤怒，但把这个单纯的军人不能胜任的要职交付给他的，却是莱因哈特自己。他最初的构想是由罗严塔尔担任此职务，但遭到奥贝斯坦的反对，最后他还是接受了奥贝斯坦的建议。不过最终的责任，还得由莱因哈特来负。

“难道我内心也在期待这件事的发生？期待雷内肯普的失败……”

或许就是这样，莱因哈特想。得知雷内肯普凄惨的失败导致混乱的时候，他感觉全身的细胞仿佛都跳跃起来。自己登上皇位虽然没多久，却已经觉得这种庄重的安定让人几近呼吸困难。所谓的皇位，不过是一个黄金的牢笼，而他那壮硕的羽翼显得太巨大，无法收纳其中。

身为建设者的莱因哈特有丰富的才能。自从两年前歼灭贵族联合军、肃清立典拉德公爵、掌握独裁权力以来，他已经在政治、经济、社会各方面实施了无数改革。过去一直独占特权和财富的贵族阶级失去了五个世纪以来本不应有的荣华富贵，平民则因为税赋制度和审判的公正化欢欣鼓舞。医院、学校及福利设施已经取代了贵族的宅邸和城馆，成为都市景观的一部分。

在他还是个少年的时候，这些改革就已经在胸中酝酿成型。不过它们的实现虽然让莱因哈特感到喜悦，却无法让他有任何激动。施行善政是他的义务与责任，但不是权利。他从未疏忽过伴随地位提升产生的义务和责任，也一直在努力，让自己在获得权力后成为一个好的掌权者。不过，调和与安定却好像与莱因哈特的精神本质有些出入。

莱因哈特甚至也认为，自己真的不再需要任何权力了，需要的是其他的东西。不过，他知道那是并不容易得到，而且绝对无法重现的东西，他的情绪无论如何也难以再次高昂起来。只有在凝视着前方战火的时候，他才能感受到活着的充实。更贴切地说，只有在作战的时候，他才能深信自己的确是充实地活着。

或许自己将以一个好战皇帝的身份被后世评论。这样的想法像来得太早的初雪，飘落在莱因哈特的心中，但与生俱来的本性却不能轻易改变。自己并不是喜欢流血，而是喜欢在战斗时，那种与对方的堂堂意志和智慧之间的对决……

莱因哈特召来重新回到宫廷里的首席秘书官希尔德，也就是希尔格尔·冯·玛林道夫伯爵小姐，令她记下口述的布告。

希尔德一面记下口述，一面想：他的人生需要敌人吗？她不禁有些心疼，也有些担心，甚至希望陛下这种丰沛而锐利的生命能量能一直朝着正确的方向延伸下去，不光是为了帝国，更是为了他自己。

“或许该说，眼前的他太早到达顶点了。不，如果他生在五世纪前，能以鲁道夫大帝那样完全受到否定的巨人为敌手，或许是最好的……”

希尔德甚至这么想过。对杨威利这样的对手具有的力量，她自己除了赞叹之外，实在无法产生憎恶的念头。

莱因哈特拿起希尔德撰写的口述文章，重新看了一次，忽然露出充满恶作剧的微笑。

“伯爵小姐，经过闭门思过那一段时间，你的字体好像变硬了一些呀。”

这好像也是他刻意的玩笑话。

八月八日，皇帝莱因哈特发布了一项布告。

“由于奥丁与同盟领土之间的距离过于遥远，大本营迁往费沙。代理朕统辖奥丁的任务，委由国务尚书玛林道夫伯爵负责。”

除此之外，莱因哈特还命令十名内阁成员中的军务和工部两名尚书随同他将办公机构迁往费沙。一级上将以上的最高层武官中，留在奥丁的有宪兵总监兼首都防卫司令官克斯拉，新任命的“后方指挥官”、掌握将近旧帝国领土全域检阅与指挥权的梅克林格，以及完成讨伐地球任务、正在归途中的瓦列。如此一来，等于将帝国的中枢及大半的军事力量转移到了费沙。布告上还加了“此项措施并非临时”的诠释。这个时候，以米达麦亚、罗严塔尔元帅为首的提督们才知道，皇帝有意将首都迁往费沙。

这项迁移行动预定在年底前完成，皇帝本人于九月十七日离开帝都。米达麦亚元帅于八月三十日率先前往，以罗严塔尔元帅为首的其余提督们则与皇帝同行。

从皇帝御前退下后，米达麦亚对并肩同行的友人说道：

“原来如此，是费沙啊，他的想法果然和我们不在一个层次上。那个地方确实有利于将所有的新领土统合起来管辖。”

罗严塔尔无言地点点头，他此时想的只是个人的事情。他是单身，只要军队的阵容整顿好，随时能配合军队从奥丁动身出发。不过，那个女人爱尔芙莉德·冯·克劳希怎么办？那个不知从什么时候起已经在他的宅邸中住下来的性情刚烈的女人会怎样呢？她会跟着所憎恶的罗严塔尔一起前往费沙，还是将宝石偷窃一空，然后隐匿行踪？她喜欢怎么样就怎么样吧，看她的想法和本事了。

“不过，陛下的错误在于任用了奥贝斯坦，而不是雷内肯普。那个家伙或许打算成为一名忠臣，不过如果一直这样下去，与他不相为谋的人就会一个接一个被排除。总有一天，王朝的基石会出现裂缝。”

米达麦亚不屑地说。罗严塔尔则转动着异色的双眼看着友人。

“是啊，我也这么想。不过我在意的是，皇帝陛下和奥贝斯坦之间最近好像有裂痕出现。如果到了我们与他不相为谋的那一天，不知会怎样……”

连自己也有这样的担心，真是太奇妙了，罗严塔尔不禁苦笑。他不是一直希望登上一个不屈居于任何人之下的地位吗？但这个希望应该还是有可行之道的。如果他一直毫不怀疑地给予高度评价的莱因哈特沦为奥贝斯坦之流的傀儡，将是多么扫兴的事啊……

4

正式的资料中，并没有留下尤里安在地球思念杨的时候，杨曾有所感应而连续打喷嚏的记载。

杨释放姜·列贝罗后，便以死去的菲尔姆特·雷内肯普为人质，和菲列特利加、先寇布、亚典波罗，以及被解除软禁赶来的旧部一同搭乘瑞达Ⅱ号巡航舰，离开了行星海尼森。时间是七月二十五日的晚上。亚典波罗担任舰长，他利用已经死去的雷内肯普为幌子，成功地向同盟政府掠夺了大批粮食和武器。不过这以后的事情，就交由杨的头脑来构想了。此时他一副宇宙海盗的姿态，高兴地吹着口哨。

夫人菲列特利加·G·杨脱去了花围裙，换上军服，戴上黑色贝雷帽，在丈夫的旁边做着辅佐工作。

从海尼森动身之前，杨曾经想和比克古提督打声招呼，最后却放弃了。

这位前任宇宙舰队总司令官虽然已退休在家，颐养多病的身体，但同样招致了同盟政府的猜疑。就算是私人性质的联络，只要双方曾经通过讯息，将足以构成老提督“立场不坚”的罪名。所以杨只能将这个念头按捺下来，祈求和老提督有再见的一天。

另一方面，杨和亚列克斯·卡介伦中将取得了联络。因为卡介伦从一开始就表明了立场，如果没有联络他，反而容易被猜疑他和杨事先就有密约。此前一直在后方勤务本部、等于被流放到情报不通的孤岛上的卡介伦，在知道整个经过后，立即和妻子联络，扯下了军衔放在桌上，然后便来到杨身边。他说“如果没有我，杨那个家伙一定没有办法做下去”。洛克维尔得知后方勤务代理本部长要离去，立即出言挽留。但卡介伦只是扭头看了他一眼，然后“哼”了一声，大步离去。

至于前参谋长姆莱、副司令官费雪和副参谋长派特里契夫等人，因为在边境上从事军务工作，并不在海尼森，所以杨无法和他们取得联络。

夏天，维利伯尔·由希姆·冯·梅尔卡兹手中已经有了四百六十四艘战舰和八十艘宇宙母舰。尽管舰队的结构缺乏平衡，但整体战力有了飞跃性的进展。

同时，在人力资源方面，也有一批人数虽少但实战经验丰富的士兵加入战斗行列。他们当然都是不屑于成为银河帝国从属的人，其中军衔最高的是一位著名的优秀舰队战术指导员——哈姆蒂·亚修少校。被引荐到梅尔卡兹所乘战舰西瓦的舰桥里时，他对全面认可梅尔卡兹的指挥权持保留意见，而且毫不胆怯地陈述了自己的看法。

“在对帝国举起反抗旗帜这一点上，我没有异议。不过我们的舰队要以什么表明自己的立场？是民主共和政治呢，还是不同于罗严克拉姆王朝的王朝帝政，甚或是军国主义？”

被问到这个问题时，舒奈德回过头看着梅尔卡兹，这位流亡的客将示意亚修继续说下去。

“我知道这话说出来是极失礼的，但梅尔卡兹阁下过去曾经是帝国军的泰斗，而且在流亡到我国后，又曾经担任‘银河帝国正统政府’的军务尚书。‘正统政府’的目的应该是恢复高登巴姆家族失去的世袭权力。如果是出于这样的目的，卑职实难从命。”

他背后那些新兵不安地发出了吵嚷声，这表明亚修并不仅仅是他们的上司，还是个具有威望的人物。梅尔卡兹缓缓地点点头。

“这一点我要声明，我军的目的绝不在于使高登巴姆王朝复活。”

“提督的话自然是一言九鼎，我们深信不疑。但我接下来要说的也将相当失礼——如果要集合信奉民主共和主义的将士，那么梅尔卡兹提督的名号稍微有些缺乏吸引力。”

“那么，要什么人来担任反帝国义勇军的指挥官，您才能接受？”

舒奈德这样反问，亚修将精悍微黑的脸轻轻地侧到一边。

“作为一名民主共和政体中的军人，比克古提督在实绩和威望方面都不落人后，但他年事已高，很难在未来担任领袖。席特列和罗波斯两位历任的统合作战本部长也是过时的人了，所以希望由比较年轻、具有人望和威信的人来担任。”

“你是指杨威利提督吗？”

“我不想特地指出姓名，因为或许会给他招来麻烦。总之，这并不是今天或明天就可以实现的。当前，卑职还是会遵循梅尔卡兹提督的指挥。这点请您放心。”

因为和舰艇总数比起来，乘员总数显得过少，亚修便被委以协助舰队运行的工作。他点头表示接受，在士兵的引领下离去了。舒奈德看着他离去的背影咕哝：

“这家伙的道道还真多呀，不过看起来可以信任。”

梅尔卡兹此时难得地苦笑着，说：

“他说得没错，我确实没有资格做一名民主共和政体的领袖。不管怎么说，两三年前我还是专制国家的军人，还在与共和国的军队作战。如果现在就以民主共和政治作为旗帜，必会被后世批评为没有操守的人。”

“阁下，这可能是您过虑了。阁下一直都处在被环境所迫的状况下，竭尽所能地寻找最妥善的应对之策，这是谁都知道的。”

“后世的评论姑且不论，就事实而言，除了杨提督，再没有合适的人能聚集民主共和派的将士了。或许正因如此，同盟政府才对他有所顾忌，尽管他是同盟的自己人……”

这个时候，他们还不曾料到自己的行动早已成了一些不负责任的谣传的源头，而杨威利与一干人已经离开了海尼森。

这时，梅尔卡兹忽然转变了话题。

“陛下仍行踪不明，是吗？”

梅尔卡兹所说的“陛下”，并不是指年轻的金发霸主莱因哈特·冯·罗严克拉姆，而是指高登巴姆家族第三十七代皇帝，亦即五岁即位、七岁便被迫流亡的艾尔威·由谢夫。舒奈德将脸埋下，低着头说：

“是的，抱歉之至。尽管这话有些不好听，但请听属下的解释。在目前的状况下，调查非常不如意……”

这一点梅尔卡兹也明白。他们现在还在为躲开帝国军耳目不断地潜逃，当然不能公然着手调查或寻找。已经无力化的同盟军姑且不论，舒坦梅兹麾下帝国军的搜敌能力可是不容轻视的。

尽管如此，梅尔卡兹还是执意要搜索前代王朝的幼帝。他知道幼帝在失踪之前，精神状态已经产生龟裂。幼帝的精神失衡随时会爆发，使他身边的人面临流血的危险。随着这一滴滴血的出现，人心也就一点一点地远离高登巴姆王家。就算他超越常规的粗暴是与生俱来的，但没有将其矫正却是周遭环境的罪过，当然，他身边的大人们也应该负起责任。

高登巴姆王家的再兴已没有希望了，最主要是民心已经没有这样的期望。梅尔卡兹只希望艾尔威·由谢夫能身心健全地长大成人，无论在怎样的政治体制下，都可以作为一介平民过着安稳的生活。不过，这个希望或许比复兴王朝这种痴人说梦还要难以实现。但无论如何，梅尔卡兹还是想实现这个愿望。另外，他还有一个愿望，就是给予杨威利一个活动的舞台，以及在舞台上需要的基本兵力。他早就把这两件事当成一生中最后的工作了。

在瑞达Ⅱ号巡航舰的舰桥里，杨舰队的三位中将——卡介伦、先寇布以及亚典波罗，正以与杨结婚典礼当天同样恶毒的舌锋，修理他们的司令官。

“真希望杨威利这位著名演员能将实力发挥到最高境界。不过他似乎总没有身为著名演员的感觉，害得那些把他赶到舞台上的人真是辛苦哪！”

“这就像老师在为成绩很差的学生苦恼，先寇布中将。”

“其实啊，我想过当老师，因为我不喜欢被人家查考……”

“你是喜欢查考人家吧？”

卡介伦笑着说道。本来，后方勤务本部长这样一个光荣的职务已唾手可得，他却“哼”了一声，把这个职务踢得远远的。失去这个具有优秀行政处理能力的人，同盟军或许比失去杨威利更后悔。

“不过，先寇布中将，在那样缺乏情报和剧烈变化的情况下，你还能看穿政府毒辣的诡计，真是不容易呀。”

在卡介伦这番称赞下，先寇布却似乎显得有些难为情。

“这个嘛，或许政府并没有想得那么远，可能只是我的妄想罢了。”

“喂，事到如今你怎么……”

“没错，亚典波罗中将，事到如今，追究事情的真实性也无济于事。而且不管是那时还是现在，我一直都相信同盟政府确实怀有那样的恶意和阴谋。我并没有要欺骗您的意思。”

“只不过是煽动罢了。”

亚典波罗讽刺地回了这句话，又像忽然想起什么心事似的，一脸将回忆的胶片重新倒回去的表情。

“你对这些已成事实的事后悔了吗？”

“没有的事，卡介伦中将。”

三个人中年纪最轻的男人摇着头。

“我不过是个还不满三十的黄毛小子，却能被称呼为阁下，这都是拜身在杨提督麾下所赐，或者说是为此而倒霉。如果他不负起责任的话……”

“但是……”

卡介伦脱下了黑色贝雷帽，仰起脸说：

“虽然被夸大为叛乱部队，但在我看来，我们不过是群离家出走的孩子组成的集团罢了。”

另外两人似乎不打算反驳。

成为一名元帅也好，被称作叛乱部队的指挥官也好，单纯是离家出走的孩子也好，杨威利终究还是杨威利。此时的他正两脚搭在司令官席的桌子上，脸上盖着黑色贝雷帽，一动也不动，这副样子已经有两个多小时了。

菲列特利加·G·杨则在距离丈夫仅有五米之远的座位上，展现着与杨形成对比的勤勉。她正在对巡航舰瑞达Ⅱ号、梅尔卡兹舰队以及杨“叛乱部队”的相关资料进行分类整理，好让杨根据准确的兵力来订立作战方案。

把丈夫救出来以后，对于未来的事情，菲列特利加想都没想过。不管杨打算走哪一条路，她只会像杨的分身一样，跟随着丈夫走下去。而说到杨，他对逃出海尼森以后的事情还没有明确的构想。他周围的状况始终在激烈变化着，根本不可能产生什么具体构想。

“那对夫妻虽然有正当的防卫意识，但好像并没有考虑未来。如果不让他们变得更有野心的话……”达斯提·亚典波罗对杨夫妇的这句评论确实也掌握了事实的一角。不过对杨来说，亚典波罗是将他拖到这场激变当中的罪魁祸首之一，不该被其如此评论。

还在海尼森时，杨不是没有想过将同盟政府与驻守的帝国军扣为人质进行抵抗，但这样做的话，无疑会将海尼森的十亿居民卷进战乱。所以最后的结果是，杨被同盟政府恩将仇报，不得已只有“离家出走”。

现在这个时候，放在保存遗体用的密闭容器内的雷内肯普好歹保障着他们的安全。如果将雷内肯普的死讯公开，并且将尸体送回帝国，或许会招来新的危险。

自古以来，有多少名将尽管能从战场上平安无事地归来，却被迫钻进祖国筑起的肃清或放逐的大墙中。盖世之功反而会招来无数的忌妒与反感。人往阶梯上爬的时候，每爬一层，脚下的空间就更狭小一些；而从阶梯上摔下去的时候，所受的伤就会更重更深。

古代的某个帝国，曾有一名以叛逆罪名被逮捕的元帅，问皇帝自己到底犯了什么样的罪。皇帝将视线岔开，回答道：

“朝廷的臣子们都说你企图造反。”

“那不是事实，也没有证据。”

“就算不是事实，你也一定想要造反吧？”

“我从来没有想过。”

“哦，不过你却有造反的能力——这就是你犯的罪。”

握有一把好剑的人，害怕的是那把剑的刃有一天会挥向相反的方向。最终，这把剑不得不被当作怀有某种企图的第三势力。

就算建立起第三势力，光凭军事力量也绝对无法维持。像杨基本构想中那样，如果没有与政治力量及经济力量结合，叛逆的蜡烛立刻就会燃尽。根据地要建立在哪里？要如何应付不仅来自帝国军，甚至是来自同盟军的攻击？什么时候才可以公布雷内肯普的死讯？还有补给、组织、对外交涉……

这一切都需要时间，不是老去和腐朽需要的时间，而是成熟和发酵需要的时间。但这是杨所没有的。对杨来说，绝对不可或缺的不是权力，不是智慧，而是时间。

在这短短的时间内，杨担负了过多的任务。其一就是与梅尔卡兹会合，将统一了指挥系统的共和军整编。其二是迎接从地球归来的尤里安，得到关于地球教的情报……这些目的达成之后，未来又该何去何从？为了逃避不公正的死亡，通过挟持姜·列贝罗做人质和菲尔姆特·雷内肯普的自杀才得来的自由，要如何行使呢？

模糊的构想此时正以半透明的姿态出现在杨的意识里。全宇宙的霸权就交付给皇帝莱因哈特。相对的，即使在边境，也要使共和主义者在某个行星上获得自治权。有朝一日，当罗严克拉姆王朝中出现必然的腐蚀和崩坏时，全人类民主共和思想的幼苗就可以萌芽了。因为民主共和思想的发育和品质的提升需要的时间，远比它本身所需的时间要长得多。

既然人类已经被主权国家这种麻醉药污染，不牺牲个人权利的社会体制或许就无法存在。但不容易牺牲个人的社会体制，似乎是值得向往的。在杨这一代，不可能什么事情都顺理成章。就算他所做的尚不及经历一万光年长征的亚雷·海尼森的一步，至少也可以做到播种的事情。

尽管如此，杨依然再一次意识到，自己绝对不是万能的。如果他有这种预知未来的超能力，今年春天就不会放弃伊谢尔伦要塞了。这个在战术上固若金汤的要塞可以直接当作民主共和政治的根据地。不过那个时候为了拯救自由行星同盟，他除了离开伊谢尔伦保证行动自由之外，别无选择。

如今后悔也无济于事。最主要的是在那之后的巴米利恩会战中，原本可以无视政府的命令，给莱因哈特·冯·罗严克拉姆最后一击的人不就是自己吗？结果，杨只能在自身器量的范围里行动。他希望自己也拥有曾经处于帝国重压之下，仍能保住自治权的费沙人的聪明睿智与机巧。

“至于费沙……”

此时杨并不知道皇帝莱因哈特已经在考虑迁都费沙，然后把费沙当作宇宙的中心。而费沙与地球教密切勾结，一直以地球教替身的姿态从事各种活动，杨更不可能知道。不过，在他的长期构想中，这却是一个不能欠缺的要素。

“如果能通过波利斯·高尼夫取得独立商人们的支持，那最好不过了……”

但这也是尤里安回来以后的事了。杨停止在思索的迷宫中散步，把黑色贝雷帽从脸上拿开，喊道：

“菲列特列加，给我来杯红茶。”

然后他又把贝雷帽扣在脸上。而他在贝雷帽底下咕哝的话，任何人都没有听到。

“两个月，只有两个月！如果按原先的计划，剩下的五年本可以不工作就能过日子，可是……”

姜·列贝罗被“叛乱部队”释放后，当然不得不面临与愤怒的帝国相关人员的交涉。交涉之前，他给了国防委员会一个指示。

“立刻为比克古提督办理恢复现役的手续。如果必要的话，或许需要老提督的手腕来讨伐杨一众。”

列贝罗也担心，自己是不是走上了一个“反派角色”的道路，但他认为在帝国的压迫下，无论如何也要守住同盟的独立与主权，即使只是在形式上。这种强烈的义务感远远超过他对自身的担心。后世历史学家大多也认同，他这号人物与那些基于卑劣的意图陷害杨威利的特权集团有本质区别。不过，最后的结局是列贝罗相信自己所属的国家，而杨不相信。此间的差距却使一般人认为两者“如果能妥协的话，将会很理想”的关系，以最恶劣的形式撕裂开来。列贝罗绝对想不到，仅仅是因为杨威利，他的存在才能为后世知悉。

昵称为卡琳的卡特萝捷·冯·克罗歇尔此时正伫立在战舰尤里西斯的瞭望室内，蓝紫色的眼眸闪着星星一样的光。她刚结束训练，脸颊上还是红彤彤的，心脏的鼓动也比平常快一些。她一脚伸得直直的，另一只脚则稍微弯曲，整个背部靠在墙壁上，或者说是“轻轻挨着墙壁”更恰当些。她的母亲说这种姿势“和你爸爸像极了”，卡琳却不赞同。这种姿势谁都会有，如果自己是个男孩也算了，可自己还是个女孩。被人说像父亲，而所谓的父亲其实不过是曾经短暂地做过母亲情人的男人，卡琳一点都不觉得高兴。

卡琳捏扁手中那个装有蛋白质碱性饮料的纸杯，多少显出厌恶的表情。当她想从脑海中挥去父亲的脸时，另外一张面孔却出现在意识里。那个亚麻色头发、比她年长两岁的少年，她才见过一次，这时竟也出现在了脑海中，令她始料未及。

“哼，那么软弱的家伙。”

卡琳以一种自己都无法确信的语调咕哝着，再度将注意力转向眼前的星海。在这些星星的彼端，一艘载着她父亲的巡航舰此时正朝她驶来。当然，她无从知晓。

宇宙历七九九年，这让人类社会产生剧烈震荡的一年，现在大约还剩下三分之一的时间。再也没有哪一年像这一年一样，让人感觉历史给予人类的时间是如此吝啬。这一年确实发生了一些事情，但究竟是不是众人所盼望的，便不得而知了。人类本应已疲于战争，然而比起战争，人类或许更不习惯和平。

宇宙历七九九年八月十三日，靠近伊谢尔伦的一个恒星系自治体从屈服于帝国之下的同盟中脱离出来，发表了独立宣言。

它就是艾尔·法西尔。

图书在版编目（C I P）数据

银河英雄传说 ：全 10 册．6，银河英雄传说 /（日）田中芳树著 ；蔡美娟，陈惠莉，郭淑娟译．-- 海口 ：南海出版公司，2022.1
ISBN 978-7-5442-9441-6

Ⅰ．①银… Ⅱ．①田… ②蔡… ③陈… ④郭… Ⅲ．①幻想小说－日本－现代 Ⅳ．① I313.45

中国版本图书馆 CIP 数据核字（2021）第 233393 号

Vol.9／回天篇

银河英雄传说

〔日〕田中芳树 著 郭淑娟 译

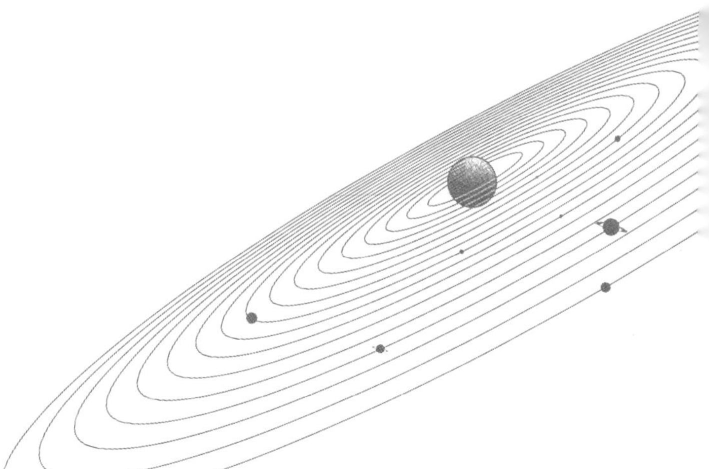

南海出版公司

新经典文化股份有限公司
www.readinglife.com
出　品

目录

➔ Chapter 1 ➔

在边境上

1

森林公园的一角有条长凳，尤里安·敏兹知道那一向是杨威利喜欢的地方。自从师父骤逝后，他不知不觉每天都要到这条长凳上坐一坐，消磨一些时光。尤里安和杨一样，从来没有想过和死者通灵之类的事情，不过为了让自己的精神得到某种支持，这也算是种必要的仪式。

尤里安没有对任何人提过，但他每天都要到长凳上坐一坐的习惯，没过多久就成了众所皆知的事情。有一天，一位长着黑色卷发的少年在犹豫了很长时间后，走到尤里安的面前，说：

“请问您就是尤里安·敏兹中尉吧？”

亚麻色头发的年轻人默默地点点头。少年黑色的眼眸立即闪亮起来，脸上出现一片红晕，呼吸也变得急促。憧憬在他的全身显露无遗。

“我，以前就知道您。啊，不，我以前就听说过有关中尉您的事情。能够与您见面，真是非常荣幸。虽然您只比我年长一点，却很了不起，我非常尊敬您。”

“你多大了？”

“十三岁。”

沙漏中的沙正在向上逆流，时光在尤里安的眼前倒转。随着回忆的胶片转动，往日情景一幕又一幕地呈现出来。尤里安的身体在一点一点地缩小，一双黑色的眼眸从上方望着他。那不是这名少年的眼眸，而是一双沉静柔和、温暖而充满智慧的眼眸。

“您知道吗，杨上校？您一定不知道吧？”

“什么事，尤里安？”

“我，真的非常尊敬上校。没错，您看，您果然不知道吧。”

啊，站在这里的不就是几年前的自己吗？尤里安心想。当年的自己，一定也是用这样的眼眸注视着杨威利——那位已经成为故人、堪称宇宙第一的魔术师。自己是多么向往和敬爱他，总希望能够像他一样，至少也要成为他影子的一部分，追随在他的身旁。然而这样的自己，现在却成了另外一位少年憧憬的对象。

“我没有你想象的那么伟大，只不过是能幸运地跟随在杨提督身边，让自己一直置身于一个胜利者旁边罢了。也就是说，我只是运气好。”

“但您才十八岁，就已经成了伊谢尔伦军的司令官，不是吗？这可不是光凭运气好就能胜任的工作。我非常尊敬中尉，不，司令官您，真的！”

“谢谢你，我会努力的。”

尤里安伸出手，经验告诉他，这就是少年的希望。这位少年因为所崇拜的英雄能和自己握手，感动得整张脸都涨红了。少年离去后，尤里安重新坐回长凳上，闭上了眼睛。

这么做，就可以将先人的遗志继承下去吧。自己已经继承了杨威利的遗志。就算无法继承杨全部的志向，但哪怕只有一点点，也算为他分担。由年长的人传承给年少的人，由先人传承给后继者，志向的火炬会一直这样传递下去吗？珍惜这个火炬的人，绝对不会让它熄灭，而且有责任将它交到下一任继承者手中。

这是发生在宇宙历八〇〇年八月，伊谢尔伦共和政府成立三天后的事。

此时尤里安·敏兹十八岁。不管是从他的实际年龄、经验，还是他被赋予的责任来说，他都无法再做个少年了。

“一个由孤儿和寡妇组成的联合政权。”部分历史学家如此嘲笑伊谢尔伦共和政府。但至少从伊谢尔伦共和政府成立之初的情形来看，这样的嘲笑确实有理由。

一生未曾失败的杨威利死后，他的妻子菲列特利加成了共和政府的主席，而受他监护六年之久的法定被监护人尤里安则成了军队司令官。这是经众人商议决定的，但与其说这是最好的选择，不如说是唯一的选择。因此，他们无可避免地要受到一些局外之人的批评和责难。

当事者都知道他们这个决定确实有惹人非议之处。但是一个团体如果没有核心，就只剩瓦解一途。而能成为这个团体核心的，只有杨威利遗留下来的形象。不管是亚列克斯·卡介伦的行政处理能力，还是华尔特·冯·先寇布的勇猛，甚或是达斯提·亚典波罗的组织能力与行动能力、奥利比·波布兰的空战能力、维利伯尔·由希姆·冯·梅尔卡兹的随机应变，这一切虽然都是巩固核心的要素，却无法成为真正的核心。令人赞赏的是，他们自己也深深明白这一点。

“对于以杨威利为首的一众人而言，真正的奇迹不在于他们总是能以少胜多，而在于杨死后，他们内部并没有产生任何权力斗争。这才是真正的价值所在。”

后世的历史学家中，有人持这样的看法，事实也的确如此。杨死后，尽管有一批人脱离了伊谢尔伦，但没有人企图赶走菲列特利加或尤里安并取而代之。由于这种事情绝无仅有，无法参照以往的事例来解释，又有人从中找到了嘲讽而不是赞赏的话柄。

“有谁会喜欢在那样荒凉的边境上称王呢？最终只是杨威利的幕僚们把荆棘的王冠硬戴到寡妇和孤儿的头上而已。他们只是一群被放逐到边境上的流亡者罢了……”

面对这些充满恶意的攻讦，尤里安也无从反驳。确实是这样的，自己这些人确实都在边境上。这里既不是银河帝国的边境，也不是自由行星同盟的边境，而是人类社会的边境。这里是全宇宙中不效忠于皇帝莱因哈特·冯·罗严克拉姆的人唯一的集中地，是一群不跟随绝大多数人的异端者集中的圣地。像这样的地方，只能存在于边境上。因此尤里安觉得，边境这个名词足以让人感到自豪。所谓的边境，是距离揭开时代序幕的地平线最近的地方。

离开森林公园后，尤里安朝办公室走去，刚下电梯便遇见了熟人——一位有淡红茶色头发、身穿战斗机驾驶员制服的少女。

“啊，克罗歇尔下士。”

“你好，敏兹中尉。”

相遇的两个人，仍然很拘谨地互相打招呼。仍然？或许两人会永远这样吧。卡琳，也就是卡特萝捷·冯·克罗歇尔下士对尤里安的态度，甚至算不上友好的同盟关系或协议关系，或许用如履薄冰的“中立”来形容更为恰当。

不过，在这极少数的同僚之间能不互相争吵仇视，也应该算是一件好事了。无论如何，尤里安留在了伊谢尔伦，卡琳也留在了这儿。他们各自的心中，都认为有些东西是珍贵的，都想去实现某种理想，于是心灵的一部分便有所交汇。以目前的情况来说，这样也足够了。

两人闲聊了几句，卡琳把话题转到了故人身上。

“杨提督这个人，说实在的，一点都看不出有什么伟大的地方。不过，他却支撑了半个宇宙——无论在政治上、军事上，还是在思想上。”

尤里安沉默不语。对他来说，甚至连表示肯定的动作都是不需要的。

“这真令人难以相信。我竟然和他相处过，虽然相处的时间很短，却有一种自己就是历史见证人的感觉，真是不可思议。”

“你曾经和杨提督说过话吗？”

“只有几次而已，都是些无聊的话。但很奇妙，和他说完后就忘了的那些话，现在竟然可以很清楚地回想起来。”

卡琳把一根手指轻轻地按在唇上。

“说真的，杨提督活着的时候，我根本没想过他是这么伟大的人。可是他逝世后，我才渐渐明白。我们现在可以直接感受到提督的气息，而将来，时间过得越久，他的气息也会变得越强，终有一天会将历史吹拂得改变方向……”

说完，卡琳轻轻地举起一只手，从尤里安的身旁离开了。从表情上看，她似乎后悔自己说多了，不过步伐中却充满了活力和韵律，让人看着就觉得舒服。目送她离开后，尤里安不自觉地调整了一下头上黑色贝雷帽的角度，然后朝着要去的方向走去。

三个世纪以前，当亚雷·海尼森在一万光年的长征途中逝世的时候，留下来的人们固然叹息、悲伤，但是他们仍然继续向那片未知的土地迈进，并没有就此中止旅程。同样，现在留在伊谢尔伦的人们也要暂时将泪腺的阀门关闭起来，继续向现在和未来前进。

尽管亚雷·海尼森逝去了，杨威利也一去不归，但历史不会停息，人还是要继续活下去。权力继续更换着支配者，理想也要一直传承下去。只要人类没有灭亡，先人的行为就会变成记录留下来，不断流传给后人。

曾几何时，杨对尤里安说过：

“所谓历史，就是全体人类共有的记忆，尤里安。虽然回想起来，有些事情或许会令人觉得不愉快，但人们却不能漠视或遗忘。”

尤里安叹了一口气。回想杨临终时的事太痛苦了，但如果把这些遗忘，他更难以忍受。

2

后世的人们被问到“杨威利在自由行星同盟军中最后的职位是什么”时，几乎都会用理所当然的口气回答是“同盟军最高司令官”，或者“同盟军总司令官”。也有人更详细地回答“统合作战本部长兼宇宙舰队司令长官，称号是最高司令官”。这些答案其实都是错误的。从宇宙历七九六年年底到七九九年退役为止，杨的职位一直都是“伊谢尔伦要塞司令官兼要塞驻留舰队司令官”。

宇宙历七九九年四月，当巴米利恩会战开始的时候，杨指挥的其实等同于同盟军全部的兵力。至少具有恒星间航行能力的舰艇和乘员几乎都集结在杨的麾下，纳入他的指挥。这一切都是在宇宙舰队司令长官亚历山大·比克古元帅的认可下完成的。

所以，不管就法理而言，还是就军部指挥系统而言，没有任何人能批评杨的行为不当。但要令世上所有的人满意是不可能的，所以，还是有人批评“杨是个胆小的人物，只要没有法律依据或命令，他什么事情都不敢做”。

不过，杨无法一一回应这种个人层面上的责难或中伤，因为姑且不论杨自我反省时的倾向如何，他总是认为行动和创造要优先于批判。

既然杨有这种想法，那么尤里安首先也得这样做。过去杨有所行动的时候，总会问自己“这样做是不是正确的，没有其他做法了吗”。而现在，尤里安同样也会对自己提出问题，只是他的问题和他师父的稍微有些不同。

“如果是杨提督的话会怎么做？杨提督如果活着，会不会赞同我的想法……”

一个在恒星灭亡以后，仍然继续存活的行星群。

杨威利逝世后的伊谢尔伦共和政府，正是这样的情况。许多人在绝望之余，感到庆典已经曲终人散，纷纷离开伊谢尔伦，其实也是理所当然的。

“好歹有六十多万人留了下来。好奇的种子是源源不断的。”

亚典波罗一面让咖啡漫上来的热气润着下巴，一面深有感触地说道。为了确立尤里安的领导地位，他一直四处奔走。就在这一天，他还因为有个民间的权威人士说“如果杨提督还活着，倒还可以留下来，但……”，就“郑重”地将这个人撵了出去。

“那种没有觉悟的家伙，没必要请他留在这里。如果是立体电视里那种无聊的电视剧，或许还可以因为观众哭喊不止，让死去的主角重新活过来。可是我们生活的世界不能那样随心所欲，失去的生命绝不可能再回来。正因如此，生命才会成为一种无可替代的东西。我们就生活在这样一个世界上！”

“著名演说！这真是一场著名演说呀！”

和他同座的奥利比·波布兰拍着手大声说：

“亚典波罗中将如果投对胎，真可以成为那个优布·特留尼西特的后继者。可惜呀可惜，可惜你穿的是军服。”

“谢谢你，如果我有朝一日当上了元首，一定颁给你一个特留尼西特纪念奖。”

尤里安在一旁笑了起来。看到这幕景象，他觉得安心多了。

尤里安想起了杨威利刚刚去世的时候，他第一次见到奥利比·波布兰的情景。

那时，波布兰正和超过一打的酒瓶一起缩在屋子里。尤里安和亚典波罗一进去，酒精和臭气便像浓雾般向他们逼过来。

原本构成奥利比·波布兰人格的三种要素——大胆、爽朗和潇洒，全都蒸发殆尽，支撑精神的骨骼似乎也完全裸露出来。这个自认而众人也公认的爱美男人，竟然没洗脸、没刮胡子，更别提把女人邀请到床上了。此时他就像一只蜘蛛，在屋子里挂满了用酒精、绝望和愤怒织成的蜘蛛网，他就蜷伏在这张网的中心。即使见到两个人闯入房间，这只披着人类躯壳的愤怒的蜘蛛也没有从桌旁站起来的意思。

“哼，酒精的毒好像终于蔓延到脑部了，我不想看到的幻觉竟然也出现在眼前了。瞧那副无精打采的样子，看了就讨厌……”

“波布兰中校，请不要再喝酒了，会伤身子啊！”

“……”

“中校，我有事要拜托你。”

“闭嘴！你这毛头小子。”

波布兰的声音虽然又大又尖锐，却充满了干涩。

“我凭什么要听杨威利以外的家伙的命令？我有权选择对我发号施令的人！这不就是所谓的民主主义吗？”

他伸手想抓大玻璃杯，可是手却抖动起来，于是玻璃器皿和威士忌便在桌面上猛力地亲吻。波布兰瞪着满是醉意的绿色眼眸注视着眼前的情景，又要打开最后一瓶。这时尤里安用两只手按住了波布兰的手，他想说些什么，却一时找不到合适的语言。就这样僵持了大约三秒半，亚典波罗才第一次开口说话。

“波布兰中校，我先向你正式通告一下吧。杨威利元帅逝世后，由尤里安接任为我们的指挥官。”

听到这句话，击坠王的眼中射出一道绿光，穿透了尤里安和亚典波罗。

“所以，我先把丑话说在前头。波布兰中校，今后不得再对尤里安的指挥权抱有异议，或是有损伤司令部威信的言行举止。就算尤里安允许，我也绝对不允许。”

“……”

“不服吗？如果不服就从伊谢尔伦滚出去，凡是不能帮助尤里安的家伙，没必要请他留在这里。”

“不……没有不服。”

经过瞬间的沉默，波布兰回答了这句话。接着他两手扶着桌边，摇摇晃晃地用力支起腿，终于成功地站起来。

“对不起，尤里安。比起我们，你心里更不好受吧。”

此时奥利比·波布兰或许想这么说，但他并不是会将这种话说出口的人。他默默地消失在浴室里，大约二十分钟后，才重新出现在尤里安他们面前。尽管脸色仍然不好，但是他的仪容已经整理妥当了。看到尤里安，他恭恭敬敬地行了一个礼。

“你好，司令官。从现在开始，我会彻底洗心革面，今后也请你不要嫌弃……”

那天以后，波布兰再也没有在他人面前失去理性，也未曾怠忽过空战队长的职守。

“要接受才干考验的，不止尤里安一个人，我们全体都在接受着历史的拷问。在失去杨威利之后，我们能不能仍然保持原有的希望、统一和计划性，这是所有人都必须接受的历史的拷问。”

亚典波罗将留在伊谢尔伦的年轻一代抱持的想法整合之后，恰如其分地表达了上述感慨。在永远失去杨威利这个巨大的支柱以后，包括尤里安在内的这些人必须重新自问：自己究竟是为什么而战？即使亚典波罗所说的“侠气与醉狂”的豪言壮语出自真心，但招致的后果是不能漠视的。

尤里安曾对亚典波罗说过一个想法。

“什么？要让帝国制定宪法？”

冷不丁听他这么一说，亚典波罗顿时叫了出来。但是仔细一想，这也不失为众多选择中有力的一项。无论如何，“宪法”应该可以成为由君主专制迈向主权在民的一个里程碑，且不管它的内容是如何不民主。

“正是。我们并不是非要采取急进的做法。如果能借助立宪制度慢慢征服银河帝国的话，也未尝不可。”

事情远没有嘴上说的那么简单，尤里安也在心里苦笑。但他并没有非要固守伊谢尔伦要塞，与占优势的银河帝国大军作战，最后宁为玉碎不为瓦全的想法。这是受杨威利思想影响的结果，同时也是杨舰队全体成员的精神风貌。唯有将健全的民主共和政治这个思想遗产成功地传到后世，“侠气与醉狂”才算是真正画下句点。

如果能让银河帝国的体制由专制国家转为立宪国家，或许就可以更快、更有效地促使全人类社会成为单一国家。鲁道夫·冯·高登巴姆夺取了单一的民主共和政体，使它变质为单一的专制国家，难道反过来就不能成立？

当尤里安循着这样的思绪前进时，脑中的思考路线却好像被一处小小的荆棘给绊住了。他迟疑了数秒，还未能确认那是什么。此时，亚典波罗转换了话题。

“对了，尤里安，哦——不对，敏兹司令官，以现在的时间点而言，皇帝大举侵略伊谢尔伦的可能性还是很低吗？”

“现阶段我认为是这样。费沙回廊现在成了全宇宙的新中枢，皇帝正致力于宇宙体系的重整工作吧？”

“不过，皇帝生性好战，他迟早会厌倦和平，到时可能就会以完成宇宙统一为借口重启战端，不是吗？”

“我想应该不至于。如果杨提督还健在，或许会刺激皇帝的战斗意志，但是……”

如果对手是尤里安·敏兹，皇帝就不会有什么战斗意志了，尤里安心想。这并不是自我嘲讽，而是对自身的客观认识。杨在领导艾尔·法西尔的逃脱行动之前一直默默无名，现在的尤里安也一样。他的名字没有权威，也没有任何影响力。如果硬要说有差异，也只是尤里安可以借用师父的名号，而杨不行。尤里安早已认识到，自己永远没有办法赶上杨。或许正因为有这样的认识，他踏向未来的脚步才常常表现出坚实与稳定。

此时菲列特利加 · G · 杨正在房间里休息。她淡褐色的眼眸注视着放在床边桌上的照片——她逝去的丈夫的照片。

相框里面的杨威利，正绽放着略带羞赧的微笑，看着菲列特利加。她回想起第一次见面的时候，杨威利还是个看上去与功勋彪炳无缘的初出茅庐的年轻军官。而她与杨最后分别的时候，杨威利仍像个刚崭露头角的年轻军官。从第一次见面到最后分离的十二年里，她心头累积了不知多少往事，然而留在脑海里的记忆与思念之深，却远远超越了这些事实。

他当时是艾尔 · 法西尔驻留舰队中被遗留下来的中尉，面带难承重负的表情，默默地将三明治送到口中。后来顺利地从帝国军掌中逃脱，平安无事地回到海尼森行星宇宙港时，菲列特利加一面用眼角余光看着相互拥抱的父母，一面四处搜寻那位“被遗留的中尉”，最后终于在人群中发现了他。但是一日之间被捧为英雄的他正带着满脸困扰的表情，伫立在媒体的包围中，她甚至没有办法靠近他。不久后，想起女儿的父母就在呼唤她了。当时她十四岁，那一次对菲列特利加来说，是“开始的结束”……

如今的事态或许会让杨威利有些无可奈何，自己的妻子坐上了革命政权的首席，养子成了革命军的司令官，而自己则成了民主共和政治的守护神，连死去以后，都有义务在精神上保护他们，拥护他们革命的正当性。

“连去世后都还要叫你工作，你一定想这么说，是不是？但如果你还健在的话，我们就不会被赋予这么沉重的任务了呀。”

菲列特利加心里明白，连这样的逻辑论调，也是从杨那里学来的。

“全都是因为你的缘故，杨威利，全都是因为你。我成为军人是因为你，帝国军修建的军事据点伊谢尔伦竟然成为民主主义的最后一座堡垒，也是因为你。而大家会永远留在这个地方，继续追逐庆典的梦，全都是因为你。你知道吗？如果你自觉这都是你的责任，那么就快点活过来吧！”

当然，死者是不可能重回人世的，活下来的人也不可能再像过去一样。逝去的光阴绝对不会倒流。

正因如此，光阴比成吨的宝石还要珍贵，生命也不应该随随便便地失去——杨生前就经常这么说。对于一些主张灵魂不灭、生死轮回而轻视肉体死亡的宗教，杨经常以独特的表达方式批评道：如果死亡真如他们所说的那般美好，他们怎么不走进死亡试试看？又没人拦着他们，为什么单单这些人永远眷恋着人世？

想到这里，菲列特利加又独自低语起来。

“请你活过来吧，就算违背自然法则，但是就这么一次的话，上天会宽恕你的。如果这一次你真能活过来，在我死之前，决不再让你死去！”

想到这里，菲列特利加仿佛清楚地看到，杨对着他喜欢的那顶黑色贝雷帽嘟嘟囔囔地说：就算你这么说，我也真的没办法啊。

“想到自己杀害的人之多，我便感到害怕。只死这么一次的话，恐怕也没有办法补偿了。这个世界真是充满了不公平哪！”

这几句也是杨威利曾经说过的话。但不管怎么说，人类终究会成为利己主义者。菲列特利加并不希望杨去弥补罪过，就算吸取死者的生命，她也希望杨继续活下去，做一个长命百岁的退休金小偷。

“我真的失去你了。不过，和从一开始就没有你相比，现在的我幸福多了。你或许杀了几千几百万的人，但你至少让我得到了幸福。”

杨临终时所说的话，菲列特利加没能听到。这却是她唯一不觉得遗憾的地方。她明白杨要说的一定是“对不起”或“谢谢”，或许就是“对不起”吧。也没有让任何人相信的必要，因为只有她能明白。

3

由于不满分子和意志不坚者都已让姆莱中将带走，留在伊谢尔伦要塞的人应该会像磐石一样坚定不移了。但是，这一切还算不上是完美无缺，特别是当酒精进入人体的时候，原本处在打盹状态的不安，就会像蛇一样偷偷扬起镰刀形的脖子四处张望。有一天，一名喝得半醉的军官在中央指挥室门外抓住尤里安，开始对他胡搅蛮缠。这一幕恰巧让卡琳看见了，而且还听到了一句让人不能置若罔闻的话。

“这下子你可神气了吧，连杨提督的生命都没法保住，算什么司令官！”

以前卡琳反驳尤里安的时候，唯独没有说过这样的话，她明白这种言辞是绝不能出口的。杨逝世后，尤里安忍受的痛苦比任何人都深，他一直在谴责自己，别人没有理由盛气凌人地去斥责他。如果要追究为何没能保住杨提督的性命，那么作为伊谢尔伦要塞的一员，卡琳也应该负起一部分责任。像“没能守护杨提督的性命，却……”这种鲁莽尖锐的责难，只能证明谴责的一方比被谴责的一方还器量狭小。

“最重要的是，杨提督也不会责怪尤里安·敏兹，反而还会为没能等到尤里安向他致歉呢。”

这么想来，卡琳越发觉得杨是个不可思议的人。前些天对尤里安说的那番话，确实出自她的真心。当杨还在世的时候，她的确一点都没有感觉到他是多么伟大的人。但是随着时间一点一点过去，日子一天天流逝，卡琳越来越明白，原来所有的人，包括尤里安、波布兰中校，还有曾经短暂地是母亲情人的那个男人，都只有在杨威利掌心中的时候，才能踏着绝妙的节奏表演舞步。

按照自己的理解，卡琳认为杨提督不但是“伊谢尔伦式精神”的出发港，还是它的母校。虽然所有的人迟早都要毕业，但仍然想让过去的欢乐再多停留一会儿。

不过，此时她并没有沉浸在思索的深渊中，而是选择浮出水面。因为她替脸上满是苦笑、默默忍受那个男人责骂的尤里安着急了。她甩了甩淡红茶色的头发，踩着充满韵律感的步伐走近那两个人。迎面而来的视线一直注视着她，但她丝毫没有畏缩犹豫。

“敏兹中尉，你为什么沉默不语？”

卡琳反倒责问起尤里安。

“你现在可是受到了不正当的责难。如果是我，早就给这个家伙二十四个耳光了。为了那些信赖你、支持你的人，你应该保护自己正当的权利吧？”

这时，尤里安和那个纠缠他的人带着不同的表情，注视着这位少女飞行员。

“或许有些多管闲事，我明白，可是……”

这时，卡琳的声音被一个比她高一倍的声音盖掉了。那个醉汉又开始了一度中断的责难。

“不过，杨提督也真是的，居然遭到地球教徒暗杀，难道还有比这更难堪的死法吗？如果是和皇帝莱因哈特作战壮烈牺牲，还像是捍卫了英雄的一生，怎么能死得这么窝囊？”

一瞬间，尤里安的脸色完全变了。每当听到杨被人批评，他的感情频道就会立刻自动切换。

“你再说一次？你说被暗杀的人还不如战死的人，是吗？”

尤里安这句话，与其说是声音，毋宁说是怒气的结晶。男人的脸色也变了，尤里安的话激起了他内心的恐惧。

“喂，喂，尤里安，不，司令官大人，虽然部下行为恶劣，您也不能揍人呀！”

这时，一只手放到了尤里安的肩膀上。这虽然是个不经意的动作，却像是传来一道波动，抑制了尤里安的怒气。他的视线从对方的手掌移到手腕，再从手腕移到肩膀，最后被那阳光跃动般的绿色眼眸给吸引了过去。

“波布兰中校……”

那个人正要开口，击坠王对他笑了笑，但不是善意的笑容。

“我说，这个时候，好歹用你贫瘠的想象力去稍微想想行不行？你口无遮拦地斥责一个年纪比你轻得多，却要担负更重责任的人，在周围的人眼里会很好看吗？”

“……”

“啊，算了，你快走吧！如果尤里安真的生气，你早就变成一团肉球了。我可是为了你的健康着想，才这么多管闲事。”

那个男人咕哝着走开了。波布兰回过头来，用绿色的眼眸注视着站在那里的尤里安和卡琳，豁达地笑了。

“嗯，看来你们这两个年轻人好像很闲哪，我陪你们到那边喝杯咖啡吧。”

后来，当这件事传开的时候，华尔特·冯·先寇布对亚列克斯·卡介伦说：“尤里安知道自己还不够成熟，不过还是接下了司令官的职务，主要是因为他想以自己的方式来承担没能守护杨提督的责任。换言之，他是想继承杨提督的理念并使之实现。连这些事情都无法了解的人，没必要继续留在伊谢尔伦，而且也没有意义。应该让他们全部离开这儿！”

卡介伦听了对方这番似乎正确的言论，提出了另一种正确的观点。

“我也希望让这些人离开这里，但是排除所有异己分子，也违反了民主政治的原则，不是吗？”

“难道所谓的民主政治，就是将当权者的自我限制通过法令条文化的体制吗？”

先寇布的嘴边浮现出一丝苦笑。

“什么当权者，就是那个尤里安罢了。杨威利是个看起来一点都不像英雄的人，如今他的得意门生也要效仿他吗？”

先寇布停下来，卡介伦也沉默了。空调系统吹出来的风，在两人之间缓缓地环绕。

此刻他们已经从永远失去杨的冲击中，完成了精神上的重建。但是，就算春天来临，依旧还留有冬天的记忆。他们无畏而耿直的精神世界里，也留下了曾经受到冰河侵蚀的痕迹。

自宇宙历七九六年年底杨威利就任伊谢尔伦要塞司令官以来，一直到他去世为止，总共过去了大约三年半。虽然曾经因为暂时放弃要塞有所中断，但这段岁月是那样充满活力与团结，处处洋溢着光和热，甚至到现在都令人难以置信。年轻的一代或许都相信那样的日子将永远持续下去，而年长者（话虽如此，卡介伦和先寇布等人其实还不到四十岁）也没有想到，“庆典的季节”会这样快地结束。

像是厌恶沉默似的，卡介伦开口了。

“尤里安对前人没有忌妒之心，这是后继者很难得的资质。希望他能一直这样成长下去。”

先寇布一面点头表示赞同，一面重新将黑色贝雷帽戴回头上。

“借用一下杨威利说话的语气，应该是这样吧。历史会如何诉说呢？尤里安·敏兹是杨威利的弟子？杨威利是尤里安·敏兹的老师？总之，还不知道会是哪一种说法。”

“现在只能确定一点，就是我们都是一群死到临头还不死心的人。先寇布中将，您的意见呢？”

“可惜我提不出反对意见。”

先寇布笑了笑，扬起一只手打了个招呼，便离开了卡介伦的办公室。在人数方面处于劣势的军队必须是精锐，否则就没有意义。而要把这些残留者训练成精锐，责任全在先寇布身上。卡介伦也再度开始了自己的工作，他的责任是负责喂饱这些少数派。

4

尽管帝国军应该不会在近期发动攻击，众人却不能疏于防备，要随时准备以军事力量应付对方的攻击。尤里安自不必说，梅尔卡兹、亚典波罗、波布兰等人也都埋首于编制、补给、人事、设施管理等，每天过着极为忙碌的生活。

特别是年轻一代也变得勤勉起来，这固然是他们的使命感所致。另外还有一个无法否认的事实——他们想借着忙碌，让自己远离杨去世的那一段记忆。

“杨提督生前的时候忙着准备庆典，现在他不在了，得费点力气收拾遗留下来的课题。”

这是达斯提·亚典波罗的回忆。一天，他将正在检查港湾设施的尤里安叫去司令官室。他的表情非常僵硬，一点都不像平时。

“您怎么了？难道还有能让亚典波罗中将感到吃惊的事？”

亚典波罗默默地向屏幕努了努嘴，尤里安的视线也往屏幕的方向望去，旋即便被上面的画面吸引，无法离开。他的理性打心底想否定视觉传送的信息。屏幕上显示的，真的是帝国的人事安排吗？

在那屏幕上面出现的是一张非常眼熟的笑脸—— 一张曾经迷惑了几亿同盟公民、当权者以及支持者的笑脸。

“优布·特留尼西特……”

尤里安的嘴里，吐出了自由行星同盟前任元首的姓名。他只能发出低语般的声音，肺部的机能仿佛急速降低，连呼吸都感到困难。新领土总督府高等参事官优布·特留尼西特——这句话像沉睡中的噩梦竟然变成了事实一样令人震惊。

“皇帝的人事安排的确出人意料，不过这个人才真叫人吃惊。不知道他内心究竟有什么想法，就算只在表面上，亏他竟然还能笑得出来。特留尼西特这个混账，比我们想的还像怪物啊！”

亚典波罗的感叹刺激了尤里安的记忆细胞。杨威利生前非常讨厌特留尼西特那种愚弄众人的政客面目，但与此同时，也认为他在其他方面的阴险手段极为可怕，甚至有些让人恐惧。

菲列特利加一直在旁边沉默地凝视着画面，尤里安试着问她的看法。

“知道这样的消息，杨夫人您还能保持平静吗？”

“实在是很难平静下来。但不静下心来好好想想不行，这道人事安排究竟代表着什么意义？”

的确如菲列特利加所说。如果这是一道不被任何人期望的人事安排，是不可能发布的。要么是任命的人，要么是被任命的人，总有一方对此怀有期望。让特留尼西特担任新领土总督府高等参事官，这令人厌恶的人事安排究竟是谁做出的，此人又怀有什么目的？如果这只是特留尼西特厚颜无耻的权力欲望，尤里安就觉得安心多了。但是看问题不能仅看表面，人们只能看到开出来的花朵，真正的问题却在于它的根部，在于种植的土壤。但到目前为止，尤里安还不具备足以看穿其底细的眼力。最主要的是收集到的情报太少了。根据不充分的情报，引导出有利于自己的结论，这是杨一直在提防的愚蠢行为。尤里安希望自己能成为杨的后继者，哪怕只是在态度上也要做到这一点。

杨去世后，尤里安对未来的愿望有了微妙的修正。虽然还没有对任何人透露，但他打算在一切全部结束后，就从政战两方面退隐，以一名历史学家的身份为这个时代做见证。

但是在此之前，尤里安必须先完成两件事。其一，与历史上最伟大的征服者也就是莱因哈特皇帝对抗，将民主共和政治的种子埋植在历史的土壤中。这不仅是尤里安的理想，也是杨威利的遗志。

另外一件事，就是要为杨报仇。尤里安责备自己没能拯救杨威利，但另一方面，他也绝不会放过那些谋划并实施谋杀计划的歹徒。

如果杨是因为战斗或阴谋死于莱因哈特皇帝手中，尤里安只能选择仇恨莱因哈特并将他打倒。敌我双方的军事力量相距悬殊，如果无法经由战斗取得胜利，就只能仰赖应该避讳的恐怖行动了。尽管这样的选择会违背杨生前的意志，尤里安也势必无法放弃这条路。

杨被地球教徒谋杀的事实，使尤里安从那种无益的对莱因哈特的憎恨中解放出来，对后世历史的发展也有不小的影响。

5

优布·特留尼西特接受皇帝“新领土总督府高等参事官”的人事命令，前往海尼森行星就任，是在新帝国历二年八月十日。

正如知情人所知的那样，一直到去年，特留尼西特还是“新领土”主权的代表。但是自由行星同盟的名字却已经从现实的地平线上消失。两位以武力千辛万苦想使这个国家免于瓦解的元帅——亚历山大·比克古和杨威利都已作古。只有特留尼西特毫发无伤地活了下来，出现在总督奥斯卡·冯·罗严塔尔元帅的面前。

“这种使祖国枯萎而死的寄生植物，究竟还有什么颜面到这里来？”

尽管这么想，罗严塔尔并没有将内心的想法说出来。但他的金银妖瞳闪烁着冷淡的光芒，用视线的利刃把特留尼西特的脸横切为两半。

罗严塔尔和特留尼西特并不是初次见面。去年帝国军急袭海尼森行星，强制同盟政府签下“城下之盟”的时候，便是由三位帝国军最高官员——渥佛根·米达麦亚、希尔格尔·冯·玛林道夫以及罗严塔尔接受特留尼西特投降的。他们三人的性格和思考方式各不相同，但都觉得特留尼西特的行为十分丑陋，不要说赞赏，就连认同都很困难。这一回，特留尼西特厚颜无耻地顶着帝国高官的头衔回到祖国，罗严塔尔心底那块嫌恶的画布上，仿佛被一支粗粗的画笔又加上了一道。

特留尼西特的致辞极为冗长，但是罗严塔尔的精神连一点都没有感应到。他的致辞是这样结束的：

“罗严塔尔元帅不但是银河帝国第一重臣，而且还是声望最高的名将，当然没有必要用到像我这般智慧贫瘠的人。但倘若能为阁下略效绵薄之力，实为光荣之至。”

原有的成见和偏见，使罗严塔尔原本锐利的头脑有些模糊不清。这位金银妖瞳的总督几乎要在特留尼西特这番巧言令色中犹豫不决了，但他立即察觉到危险的阴影。至少，罗严塔尔是这么想的。

此时，厌恶引发了生理上的反应，并进一步转变成杀意，不过罗严塔尔还能控制这种情绪。更准确地说，或许是强烈的情感碰触到理性的界限，从而引发了自制力。

这位金银妖瞳的名将过去曾对内务部国内安全保障局局长朗古大声叱喝，招致此人的憎恶。当时他并没有将朗古看成威胁，主要原因是他感到最亲密的朋友米达麦亚元帅受到了侮辱，所以将单纯的怒气一股脑儿发泄了出来。为了亲密的朋友，就算有再大的危险，罗严塔尔也会冒险冲上去，米达麦亚也一样。

但这一次的情形并不相同，罗严塔尔感觉应该武装一下自我。面对继续阿谀奉承的特留尼西特，他换了一种纯粹是形式上的礼仪去应对，在短时间内就让对方退了下去。不久，他将军事监察长官贝根格伦上将传唤到面前，指示道：

“监视特留尼西特，我想那家伙一定又在策划什么阴谋。”

贝根格伦稍稍皱起眉毛。他当然不想违背上司的指示，只是觉得没必要对特留尼西特这种人太在意。

“这点我也知道，不过你试着改变一下角度想想看，杨威利尚且死于非命，那个特留尼西特何以能健康地活着？”

贝根格伦接受了上司这种辛辣的见解，但他那看起来极为认真的脸上却浮现出担心的表情。

“元帅，总督阁下，属下知道这或许是无用之言，但希望能事先唤起阁下的注意。”

“说说看。自从成为我的辅佐人员以来，我不记得你曾让我听过无用之言。”

军事监察长官对上司的信赖鞠躬表示感谢，随即热心地进言。“特留尼西特再怎么样，也没有办法和阁下相提并论。阁下是罗严克拉姆王朝重臣，支撑帝国的中流砥柱。无论如何，恳请阁下务必多多保重自己。”

罗严塔尔的眼里充满了黑色与蓝色的笑意，但其中大半并非发自真心。

“就是因为想保重自己，所以才要你去监视特留尼西特呀。不过，你的忠告，我还是很高兴地接受。”

“原本极为聪敏的皇帝，为何会信任特留尼西特这种人，这是卑职唯一觉得不可思议的地方。但皇帝这种做法中，或许有卑职这样的凡人再怎么想也不明白的思量……”

也许不见得是这样，罗严塔尔心想。对皇帝莱因哈特来说，仅仅意识到有特留尼西特这号人物存在，他的精神沃野就有被污水弄脏的感觉。如果可能，最好将这号人物从世上除名。但是无论如何，总不能以厌恶为理由就将人杀掉。对罗严塔尔来说，情形也是如此。

此时罗严塔尔的脑海中浮现出来的不是皇帝，而是军务尚书巴尔·冯·奥贝斯坦那张犀利的苍白面孔。那个为了帝国与皇帝，一直企图将所有障碍物除去的人，现在是不是正在计划着要让罗严塔尔把特留尼西特除去，然后再以此为借口将罗严塔尔处决呢?

“再怎么说，特留尼西特这家伙也是拿着皇帝敕令来就任的，就算他有罪，我也不能自己做主就把他处决掉。眼下绝对不可怠忽监视，我想应该不需要太久。总之，先这么做就是了。”

说完这些，罗严塔尔就让心腹军事监察长官退下了，整个办公室只剩下他一个人。这位以相貌俊美闻名的年轻元帅，搔了搔暗褐色的头发，默默地陷入了沉思。

后世许多历史学家在评价此时的奥斯卡·冯·罗严塔尔时，称他为“宇宙第二的实力者”。帝国中央的兵权此时一分为二，分别由奥贝斯坦和米达麦亚两位元帅掌握。罗严塔尔的军事独裁权力虽然仅限定在“新领土”，但是在多位帝国重臣中却是最强大的。和他比起来，奥贝斯坦并没有掌握实战部队，米达麦亚则因为靠近权力中央，凡事都得请示皇帝的命令。如此强大的权限与实力，应该要以哪个目标为志向？现在这个阶段，连罗严塔尔自己也不明白。

Chapter 2
夏末的蔷薇

1

“历史上最强大的征服者”莱因哈特·冯·罗严克拉姆已经选定行星费沙为新王朝的首都，却一直住在饭店。

新帝国历二年八月，莱因哈特二十四岁。自他继承罗严克拉姆伯爵家的名号以来，已过了四年又七个月；从他戴上至尊之冠的时候算起，到现在也过了一年多。在这段时间内，莱因哈特几乎每天都埋首于征战和经略，直到现在为止，他仍是一位“尚未安定下来的当权者”。

莱因哈特居住的饭店，是从前他还没有戴上至尊之冠的时候，作为“诸神的黄昏”作战总司令部的建筑。它正式成为帝国大本营的所在地后，内部曾经有过几次改装整修，但并不是大规模的装修，因此从外观上看，仍然只是一栋称不上一流的饭店。

莱因哈特非常讨厌多余的警备，喜欢置身于简单朴素的环境。尽管如此，臣下们还是想尽办法，在皇帝那冰蓝色的眼眸看不到的地方设置了警卫，时时刻刻保证这位金发霸主的安全。一年前，皇帝刚登基不久时，曾经险些被邱梅尔男爵家的年轻主人暗杀。一想到这件事，无论气温如何，亲卫队长姜塔·奇斯里准将都不由得感觉汗腺充满了冷汗。

此外，今年六月，堪称银河帝国最值得敬畏的强敌杨威利在即将与皇帝会面的前夕，竟成了恐怖行动的牺牲者。这个巨大的冲击甚至让帝国的机要部门都为之动摇。全帝国最大的公敌杨骤逝的消息传出后，当然也有人高兴得几乎跳起来，但是以皇帝莱因哈特为首，包括米达麦亚元帅、缪拉一级上将等多位军部的高级将领，都对敌手的逝世表达了哀悼之意。奇斯里也愈发深切地感觉到，必须更加留意皇帝身边的安全。

皇帝的办公室在三楼的西翼部分，起居室在十四楼的一间套房。皇帝平常往来于这两个地方的时候大多使用电梯，但偶尔也会兴之所至走楼梯上下，所以奇斯里便派亲卫队队员在楼梯和楼梯平台上守护。

皇帝未来居住的城堡被暂时命名为“狮子之泉”，原本由工部尚书席尔瓦贝尔西负责建设，但是他后来遭到暗杀，整个工程便在设计和选址阶段中断了。当然，莱因哈特并没有强烈的愿望要兴建一座居城。他与高登巴姆王朝开国始祖鲁道夫大帝全然不同，用一座巨大的建筑物来象征皇帝的权力与权威这类事，他根本就不关心。

其实，新任的工部尚书古尔克就曾经试着要求皇帝改变作风。

“如果皇帝陛下过着如此俭朴的生活，臣下自然也不能过富裕的日子。恭请陛下再予以考虑。”

“说得也是，朕倒没想到这一点。知道了，让朕想一想吧。”

除了政治与战争，莱因哈特经常疏忽其他事情，此时他却顺从地接受了臣下的忠告。他“考虑”后，决定将大本营迁移到前费沙自治政府招待宾客用的迎宾馆，并指示在九月一日以前完成。而国务尚书玛林道夫伯爵、军务尚书奥贝斯坦元帅、宇宙舰队司令长官米达麦亚元帅等多位帝国重臣，也得分别在费沙建立宅邸。于是费沙的几栋宅邸或被购买，或被征借，改换了主人。玛林道夫伯爵与女儿希尔德——也就是希尔格尔，一起住进了费沙前代理总督博尔德克的旧宅。米达麦亚最初被分配的官舍，原本是费沙一个屈指可数的大商人退隐以后所住的大宅邸，共有三十个房间。但这栋宅邸的华美与雄伟与米达麦亚的个性不合，他便征借了距离新大本营步行约十分钟的一栋平凡的二层小楼。

八月二十二日，银河帝国最高勇将渥佛根·米达麦亚元帅没有带任何副官或随从，来到费沙第二宇宙港，等待迎接从远方来的人。这位蜂蜜色头发的年轻军官，一看到那位有奶油色头发和紫罗兰色眼眸的女子，立即张开双手向她奔过去。

“艾芳！”

“渥佛！你还好吗？”

米达麦亚夫妇上一次相见，离现在已经大约有一年了。银河帝国军现存的三位元帅中的一位，正拥着妻子久久地亲吻。

“不太好呀，已经好久没有吃到艾芳做的菜了，味觉的水准低了好多。”

“可是，拍马屁的水准上升了好多呢。”

两人肩并肩走出了宇宙港的闸门。从表面看来，他们只是一对校官或尉官级的年轻夫妇罢了。

路上的几个行人有的回头，有的驻足，纷纷投来惊愕的眼光。渥佛根·米达麦亚是一位支配着大部分宇宙——以人体来比喻的话，除了几根毛发之外，等于支配了整个人——的帝国重臣，艾芳瑟琳则是帝国重臣的夫人，从他们的外表却一点也看不出来。如果是在高登巴姆王朝时代，一个元帅光是侍卫就足以组成一支分队了，而且一定会用刺耳的喇叭声和警棍驱散民众，乘着高级车四处环游。但米达麦亚夫妇却乘着司空见惯的无人驾驶出租车离去。随后，米达麦亚夫人前去拜见并问候皇帝。

莱因哈特皇帝现年二十四岁，米达麦亚结婚时也是这个年龄，但皇帝现在却连一则桃色传闻都没有，更别说结婚了。重臣和皇帝身边的亲信不禁有些伤脑筋。

如果莱因哈特和奥斯卡·冯·罗严塔尔一样是个好色的人，或许也会让重臣们担忧。米达麦亚的看法是，如果可能的话，皇帝最好能按中庸或平凡的世俗观念，和普通人一样拥有家庭和子嗣。当然，选择终生独身也好，清修戒欲也好，都是莱因哈特个人的自由。可一旦他身为专制国家的君主，就一定得完成自己的责任和义务，即统治和血统的存续。说到前者，莱因哈特的所作所为没有可批评的余地；但是关于后者，他毫无疑问是个落榜生。有个不知真假的传闻，说皇宫内部曾经非常周到地不断将美女送到皇帝的寝宫，却被郑重地一一拒于门外。

莱因哈特在大本营的会客厅接见了米达麦亚夫妇。前一天晚上，莱因哈特又发烧了。但是随着朝阳的出现，体温又恢复了正常，所以他一早就埋首于政务。

“米达麦亚夫人千里迢迢地到这里来，真是辛苦你了。你的丈夫是朕值得信赖的战友。能有你丈夫这样的人在朕的麾下，真是朕的福气。”

“惶恐之至，陛下。能在陛下的麾下，才是外子一生中最大的福气。”

皇帝的贴身侍者艾密尔·齐列将加了奶油的咖啡送到三个人面前，顿时香气四溢，也为一开始有些生涩的谈话增加了亲和力。莱因哈特本不是聊天高手，却很高兴地享受与米达麦亚夫妇的谈话，从他们两人开始恋爱到结婚的种种经过，都听得津津有味。

“那个时候，米达麦亚元帅带去的是什么花呢？”

“哎呀，说到这个，真的好惭愧……”

米达麦亚苦笑着说。现在他已经明白黄色蔷薇的象征意义，那种花根本不是用来求婚的。

这一番谈笑并没有占用太长时间，米达麦亚夫妇便从大本营告退了，皇帝亲自送客到门口。元帅夫妇走出大门后，肩并肩走到了他们的新居。结束这一次破例的拜访后，米达麦亚低声说：

“如果陛下有那种意思的话，他的周围也有花园哪，真是太可惜了！”

“你是指玛林道夫伯爵的千金吗？”

“也不仅限于她一个人，但如果我有那个权限，还是想向皇帝进言迎娶她为皇妃。”

希尔德，也就是希尔格尔·冯·玛林道夫伯爵小姐，是个富有见识和智慧的女子，能有她在身边，应该也是皇帝期望的事。而且她非常美丽，和莱因哈特站在一起毫不逊色——还有其他女子如此具备成为皇妃的条件吗？

但是，据米达麦亚平日的观察，皇帝对伯爵小姐的智慧给予了正面的评价和敬意，但对她的美貌好像不怎么感兴趣。不过莱因哈特连自身的俊美都视为天生的属性，甚至表现出毫不关心的样子。对他来说，自尊与自负的源泉是智勇与操守，而不是外貌。如果他是个陶醉于自己俊美外表的年轻人，那么无论是米达麦亚、罗严塔尔，还是其他的勇将和士兵，都不会愿意将自己的命运和人类的未来委托给他。但是，他缺乏平常意义上的感情，的确是一个值得思考的问题……

米达麦亚摇了摇头。他只希望自己是个单纯的军人，如果连政治甚至是皇帝的私生活都要烦恼的话，那可真是没完没了了。

于是他移开视线，年轻的脸庞上绽放出愉悦的笑意，将一栋屋舍指给妻子看。那就是他们的新家，此时正静悄悄地伫立在午后的阳光中。

此时正值夏末。由杨威利冲击性的骤逝揭开序幕的这年夏天，就像是某个看不见的东西，悄悄地经过人们的胸口，并不理会他们是当权者还是平民，留下“一个时代就此曲终谢幕”

的感觉，在一抹寂寥中消逝了。

2

“……莱因哈特·冯·罗严克拉姆可谓是一个革命的专制者，或者是专制的革命家，他几乎废除了高登巴姆王朝所有的恶劣惯例与不良传统，但唯独有一个传统是无法改变的，那就是皇帝始终是刺客下手的目标。”

后世历史学家记述的这一事件，发生在这一年八月二十九日。

这一天，雨一直下到午后很晚才停，云往地平线撤去，天空迅速恢复晴朗。大气经过清洗后，一颗颗微粒散射着夕阳的余晖，将人们的视线染成一片清澄透明的红色。

出席新建的阵亡将士墓地的竣工典礼，是莱因哈特在这一天最后一个正式活动。仪式结束后，他接受了几个阵亡将士遗族的行礼，然后从三万名士兵排成的队列之间优雅地走了出去。

“皇帝万岁！”

“帝国万岁！”

充满狂热与韵律的呼声像波浪似的，在他的左右形成一道音墙。在高登巴姆王朝的时代，“皇帝万岁”的呼声只不过是由贵族主导的惯例，现在却是士兵狂热和忠诚的表现。

“陛下看起来身体很健康啊，真是太好了。”

安心的情绪像一把火炬，在姜塔·奇斯里准将黄玉色的眼眸中燃烧起来。这位忠实勇敢的亲卫队队长在皇帝的健康问题上无能为力，因此感到非常无奈。而本不该如此无能的御医团，竟然对皇帝最近经常出现的发烧症状束手无策，真是太让人气愤了。他们穷究医学，支领高薪，却一点用处都没有。

不过，一旦离开病床，莱因哈特还是和往常一样，有凝结了青春的香气和生机般的俊美，体力与步伐也给人完美的印象。从外表看来，他一点都没有病弱的模样。

此时皇帝的随行人员有国务尚书玛林道夫伯爵、军务尚书奥贝斯坦元帅、首都防卫司令官兼宪兵总监克斯拉一级上将、费沙方面军司令官鲁兹一级上将、大本营幕僚总监希尔格尔·冯·玛林道夫中将、皇帝首席副官修特莱中将、皇帝次席副官流肯少校，以及贴身侍者艾密尔·冯·齐列等，共计二十四人。如果有人仔细观察，大概还可以发现随行的人当中有两名御医。他们虽然也穿上了军服，但是看起来总有一种不协调的感觉。

米达麦亚元帅、缪拉一级上将、毕典菲尔特一级上将、瓦列一级上将以及艾杰纳一级上将，这五位军队最高将领为了完成在费沙回廊两端建设拱卫新帝都的军事据点的计划，预定离开费沙两个礼拜，前往当地视察。所以此时在莱因哈特身边随行的，只有留在费沙的帝国军部中枢人员。正因如此，警备的责任更是重大。事实上，不仅限于这次，亲卫队的军官们经常因为巨大的精神压力与胃痛结下不解之缘。但副队长尤肯斯上校虽然饭量小，却不曾有过胃痛的经历，因此获得了“铁胃”的外号。

最先察觉异样的，便是这个“铁胃”。他能察觉情况有变，根据他后来的说法是——其他人都在看皇帝陛下，而他在注意那些凝视皇帝的人。

当上校悄悄报告“情况可疑”的时候，奇斯里黄玉色的眼睛也注视着一个人。那是个身穿军服乔装成士兵，年约三十五岁的男子。但是他的行动举止却没有表现出作为集团一员该有的秩序。奇斯里快速地明确下达了指示。

暗杀者在行动的哲学上，处于与“铁胃”完全相反的那一端。他将满含憎恶和杀意的视线全部投注在莱因哈特身上，根本不看其他人一眼。

在离皇帝只有三米时，暗杀未遂的嫌犯被逮捕了。从他身上发现了陶瓷氰化氢喷筒，以及涂了尼古丁毒剂的竹刀。逮捕的戏码不费吹灰之力就完美结束了。但是这一出暗杀未遂的好戏的高潮部分，则是在嫌犯被逮捕以后才上演的。犯人的双手被铐上双重电磁石手铐，被士兵一左一右挟住。他因为电压枪失去了抵抗能力，却对着冷淡地注视这一幕的莱因哈特发出激烈的叫骂声。

“金发小子！”

在莱因哈特登上帝位以前，这句叫骂声他就已耳熟能详。当然，这句话在罗严克拉姆王朝会构成大不敬的重罪。不过这个犯人既然已经犯下弑君未遂的大罪，这一句大不敬的叫骂，只不过是在大水池里再添一滴水罢了。

正当他张开嘴巴要再次叫骂的时候，奇斯里一挥手，甩了他一个大耳光。这一击毫不留情，犯人不禁一个趔趄，几乎让人感觉他的颈椎就要被扭断了。

“你这个不法之徒！你也是企图破坏秩序的所谓地球教的狂

热信徒吗？”

“我不是什么地球教信徒！”

那男人呻吟着，鲜血和憎恶从他破裂的嘴唇流出来。暗杀者注视着年轻俊美的皇帝，好像想烧死他似的。

“你难道忘了威斯塔朗特？仅仅三年前发生的那幕惨剧，你已经忘了吗？”

从男人口中说出的这个名词，就像一支骤然离弦的无形的箭，从莱因哈特的耳朵贯穿到心脏。

“威斯塔朗特……”

在莱因哈特低语的一瞬间，原本灿烂闪烁的生气从皇帝俊美的脸庞上消失了。相反，这位暗杀者却恢复了生气，开始对皇帝大肆谴责。

“你算什么皇帝、明君？你的权力不就是建立在流血和欺瞒之上吗？我的妻子儿女在威斯塔朗特，因为布朗胥百克公爵，还有你，被活活烧死了。”

奇斯里的手已经高举到头顶上了，却在空中停下来。他注视着皇帝，好像在等着决断或命令，但是这位金发的霸主面对如此激烈的谴责，竟只是茫然地站着。

“哼，你杀了我吧！就像你和布朗胥百克公爵共同谋杀两百万无辜民众那样杀了我吧！那些对你没有任何威胁的孩子、婴儿，却在一场热核武器的浩劫中活生生地被烧死，你也那样烧死我吧！”

面对这个男人发自生命的怒吼，莱因哈特没有一点要回答的样子。他刚刚退烧的脸颊苍白起来，仿佛那冰蓝色的眼眸扩散了似的。艾密尔靠到皇帝的身边，支撑住他修长的身体。

“活着的人，或许会被你华丽的外表迷惑，忘记了威斯塔朗特发生的事情。但死者是不会忘记的。他们会永远记得自己为什么被活活烧死！”

艾密尔的手感觉到皇帝的身体正微微地颤抖。正在这时，另一个声音传到了少年的耳朵里。声音异常冷静，足以将对方的怒吼冰冻起来。

发出声音的人是军务尚书巴尔·冯·奥贝斯坦元帅。他似乎要保护皇帝免受这场谴责的暴风伤害，叉开两条腿站在暗杀者的面前说明真相。

“你憎恨皇帝，根本恨错了人。向皇帝进言，请皇帝不要干涉对威斯塔朗特发动热核攻击的人就是我。所以你下手的对象不该是皇帝，应该是我。要杀我的话，阻碍你的人少，说不定你现在已经成功了！”

军务尚书的声音十分刚毅，而且极其冷漠。

“你！”

男人喘息着，挣扎着，哑口无言。在这道无形的冰墙之前，他原有的愤怒与憎恶失去了发泄的方向，看起来已经化成一道乱流。

“威斯塔朗特的屠杀事件使布朗胥百克公爵人望尽失、人心背离，门阀贵族联合军也从内部瓦解，所以内乱的终结至少提早了三个月。”

军务尚书的语气，仿佛要为已经冻结的空气再添加一些冷气似的。他著名的义眼此时正发出淡淡的光芒，照射着四周。

“如果内乱再延长三个月，后来死亡的人绝对不下一千万。而这假设的死亡人数还必须有个先决条件，就是先揭发以布朗胥百克公爵为代表的贵族联合军的真面目。”

“你们这些掌权者永远都是这样，永远都说你们是为了拯救多数人，所以才不得已牺牲少数人，其实这不过是把你们的行为正当化的借口。有哪一次，你们或你们的亲兄弟也在那被牺牲的少数人当中？”

满怀愤怒的男人用鞋跟使劲儿踩踏地面。

“杀人魔王莱因哈特！金发小子！你宝座底下就是一片血海，你的皇位就浮在这一片血海上面。每一分、每一秒，你都要记得！布朗胥百克已经用失败和死亡赎罪了，而你呢？你虽然还活着，但是总有一天也得为你的所作所为赎罪。宇宙里还有许多手臂比我长的人，在不久的将来你一定会发现，现在让我杀死还幸福一些！”

“把他带到宪兵司令部去！我待会儿亲自审问。现在立刻带走！”

克斯拉一级上将做出指示，截断了这道仿佛会无限延续下去的谴责狂流。这个弑君未遂者在足可构成三个分队的宪兵包围下，被强行拖走。之后，在一片越来越暗的薄暮中，只留下皇帝一行伫立着。艾密尔感觉皇帝白皙的手放在了自己头上，但令少年惋惜的是，这只是个无意识的动作，皇帝的眼眸并没有看着少年。

“克斯拉，那个人的行为，依据法律会如何裁决？”

“罪名是弑杀皇帝，虽然未遂，但是仍会处以死刑。”

“这是高登巴姆王朝的法律吧？”

“诚如陛下所言，但是，罗严克拉姆王朝的法律还没有这方面的规范，只得依据旧法……”

克斯拉看到年轻英明的君主表情中有种陌生的微粒，所以没再说下去。但军务尚书那过于沉着的声音却取而代之，继续说了下去。

“如果陛下想挽救他的名誉，反倒应该将他处以死刑。请您立刻下令枪毙。”

“不行，不许执行死刑！”

“即使陛下想要救他，只怕他也会拒绝。这么一来，皇帝的权威将受到双重伤害。”

这番话冷酷且不容反驳。莱因哈特反常地露出困惑的神情，注视着克斯拉，但宪兵总监也没有给出他想要的答案。

“陛下，关于这件事，臣下意见与军务尚书一致。或许罪名可以不称为死刑，而赐予他名誉上的自杀权，不知陛下认为如何？”

“不行。”

奢华的金色头发随着头部的动作一起摇晃起来。但是此时他洒落的不是惯有的华丽，而是忧愁的花粉。

“绝对不能再杀害威斯塔朗特的任何一个人。听着，不得杀他。如何处置，朕随后决定……”

语尾的意思并不明了，充分证明了这位年轻征服者心中无法做出决断。他转过身子，朝专用车走去。克斯拉目送着他的背影，心中不禁吃了一惊。怎么可能？这么绚烂夺目的皇帝，怎么可能会丧气地垂着肩膀……

3

一个赤红色的半球从威斯塔朗特行星的地平线上升起，然后急遽膨胀，变化成怪异的蘑菇云团。这个云团散发出的热风，随即化成秒速七十米的火的风暴，烧尽了地表。两百万名男女老少在这一瞬间被活活烧死了。这件事发生在旧帝国历四八八年，也就是三年前。下令发动这场屠杀行动的是布朗胥百克公爵，但为了达到政略目的而袖手旁观的却是莱因哈特。由于这个决定，莱因哈特与独一无二的好友齐格弗里德·吉尔菲艾斯一直共有的精神地平线产生了深深的裂痕。吉尔菲艾斯知道事实真相的时候，不禁为金发友人感到悲哀。

"门阀贵族们做了不该做的事，但是莱因哈特大人却没有做应该做的事。为什么您要做这种贬低自己的事情？"

在"大本营"十四层的套房，莱因哈特白皙的手抓起一瓶四一〇年份的红葡萄酒，倒进透明的水晶杯里。支配手的仿佛是他的情感而不是理智。酒从杯子里溢出来，将白绢桌布染成不祥的颜色。酒精已经支配了他一半的神志，他冰蓝色的眼眸呆呆地注视着桌面。尽管他现在神情恍惚，但仍难掩脸庞的俊美。只是和他过去叱咤风云、率领大军穿梭在星海之间的英姿比起来，他原有的魅力已经受到相当大的折损。

葡萄酒的颜色令人联想到鲜血，这是一个很平常的联想。但对莱因哈特来说，这和一件令他伤心的往事联结在一起。此时，他仿佛又看到了那被鲜血濡湿的火红头发。尽管红发青年因为对威斯塔朗特事件持不同的意见，招来了莱因哈特的疏远，但仍不顾危险，以自己的性命守护了挚友。当他濒临死亡的时候，却连一句不平或抗议的话都没有说，他只说了这么一句：

“莱因哈特大人，请您一定要掌握整个宇宙。”

这是用高贵的鲜血写下的誓约。莱因哈特一直在遵守着这个誓约，他先是消灭了高登巴姆王朝，然后消灭了费沙自治领，最后又消灭了自由行星同盟，使自己成为历史上最伟大的霸主。他已经成功地达成了这个誓约。但是——但是，莱因哈特现在被迫要面对他过去的罪孽。极尽荣光的最后、最高权力的背后，他获得的竟然是无法随光阴泯灭的罪人枷锁，是那些被活活烧死的幼儿的哀号。原以为已经忘记了，但是正如那个暗杀者宣告的那样，死者绝对不会忘记施加在他们身上的暴虐。

一个人发出的动静将酒精形成的雾气驱散了。莱因哈特抬起了阴郁的眼眸，在室内各处游移片刻后，固定在某一处。他看到了暗色调的金发。金发的主人伯爵小姐是拜托了站在门外呜咽的艾密尔·齐列后进来的。莱因哈特发出低低的笑声。

“玛林道夫伯爵小姐，是你……”

丧失了绚烂华丽的色彩的声音，滑过结冰的空气表面。

“那人说得没错，朕是杀人魔王，还是个卑鄙怯懦的人！”

“陛下……”

“如果朕去制止的话，就可以阻止那场屠杀，可是朕却没有那样做。愚蠢恶劣的布朗胥百克公爵犯下了罪孽，而朕却趁火打劫，自己独占了利益。朕明白，朕是一个彻底的卑劣之人，不配拥有皇帝的地位，也不值得士兵们为朕欢呼。”

希尔德没有回答，她感到的无力与苦涩并不亚于莱因哈特。她只是静静地掏出手帕，擦拭着被染成血色的桌巾，还有皇帝的手和袖子。莱因哈特也停止了自我谴责，闭上端丽的嘴唇，但是希尔德仍然能听见皇帝精神上的伤口在作响。

虽然自己是自愿进来的，但是要安慰皇帝的伤感，也不是那么容易。尤其像“充其量只是死了两百万人”这种论调，是绝对不行的。因为这种论调是鲁道夫·冯·高登巴姆式的力学理论，莱因哈特的人生正是以否定这种思想为出发点。一旦将自己的罪责正当化，他就会滚下自我神格化的陡坡，沦为鲁道夫第二。

莱因哈特如此，已成故人的杨威利也是如此。希尔德既非全能也非万能，她没有把握应该用什么药来治疗皇帝精神上的创伤。但是被酒精濡湿的手、袖子和桌巾都已经擦拭过了，现在她得继续下一个动作。于是她一面犹豫着，一面开口说：

“陛下，就算您曾经犯错，我认为您也得到惩罚了。而且此后您确实在政治和社会方面做了相当大的改革。您有罪过，但也得到了惩罚，最后留下了改革成果。请您绝对不要贬谪自己，因为确实有不少民众因为您的改革获救。”

希尔德所说的惩罚，是指齐格弗里德·吉尔菲艾斯的死。莱因哈特也清楚这一点。尽管他的眼眸仍然显得阴郁，但酒精形成的瘴气已经迅速褪去了。他的视野中随即出现了伯爵小姐折好手帕，鞠躬后正打算退出房间的身影。年轻的金发皇帝从椅子上欠起身，发出了自己完全没有想到的声音。

“伯爵小姐。”

“是，陛下。”

“请不要走，留在这里。”

希尔德没有立刻回答。她怀疑自己的听觉是不是出了问题，这疑惑像潮水似的逐渐涨满了她的胸口。当超越心脏位置的时候，她知道了——她知道年轻的皇帝和自己踏进了某个固定的角落。

“今天晚上朕没有办法一个人独处。拜托你，不要留下朕一个人。”

“是的……陛下，遵照您的指示。”

希尔德无法判断这样的回答究竟对不对。她只知道对自己来说，这样的回答不是选择，而是必然。但是对莱因哈特来说，事情又不一样了。希尔德知道自己只不过是漂荡在波浪间的一根稻草，但是她下定决心，为了眼前这个人，尽量让自己在今天晚上成为一根好稻草。

4

八月三十日。

玛林道夫伯爵家的管家汉斯·修德瓦再也掩藏不住从昨晚开始便徘徊在心头的不安、怀疑与困惑了。他一直引以为傲的“希尔德小姐”，昨晚竟然彻夜未归。早上六点，一部地上车停在门前，那位剪了一头短短的暗色调金发的女孩从车上走下来，汉斯立刻慌慌张张地迎上去。

“希尔德小姐，您昨晚到底怎么了？”

“我回来了，汉斯，你起得真早啊。”

忠实的管家对伯爵小姐的反应再次感到怀疑和不安。从希尔德还是婴儿的时候开始，汉斯就一直照顾她，每每为她的聪明和活泼感到赞叹，甚至倍加推崇。玛林道夫家的小姐和其他深闺中的千金小姐是不一样的，她从不胡乱购买丝绸衣裳，借弹钢琴之机顺便和钢琴老师玩恋爱游戏，或者整天收集宫廷内外的丑闻，然后像用图钉钉住一般牢牢记在脑子里。

汉斯唯一觉得可惜的，就是希尔德不是男儿身。如果小姐是男孩的话，今天恐怕早就当上国务尚书或元帅了。

当今这些大贵族的子弟中，论聪明，论秉性坚韧，甚至没有人能及得上小姐。或许正因如此，“希尔德小姐”不仅当上了普通男子绝不可能就任的大本营幕僚总监，“伯爵大人”也顺便当上了国务尚书。玛林道夫家过去在贵族界和社交界一直默默无闻，在高登巴姆王朝的时候，充其量只是个徒有贵族之名的朴实家族。但这样一个家族，今日却成了支配宇宙权力体制的中枢，这一切都是希尔德小姐的功劳。但这么了不起的小姐，为何彻夜不归，还一副发愣的样子呢？这是汉斯的记忆里从未有过的。

汉斯的观察事实上并不正确，因为发愣的样子是希尔德故意装出来的。不知怎的，她只觉得羞涩，无法正视忠实管家的脸孔。她刻意地放轻脚步走向二楼的卧室，沐浴一番后，换好衣服，七点三十分便下楼走向餐厅。

此时弗兰兹·冯·玛林道夫伯爵已经在早餐桌旁就座了。如果自己刻意避开的话，可能会使父亲更加担心，但是一旦入座，就不得不面对他了。希尔德便发挥自己最好的演技，向父亲打过招呼后，开始把食物送进毫无食欲的胃里。

忽然，父亲对希尔德说：

“昨晚，是和陛下在一起吗，希尔德？”

轻缓又温和的声音，在希尔德的脑子里不断回响。汤匙从她的右手落下，汤盘里的汤溅到下巴的高度。希尔德凝视着眼前的情景。

“玛林道夫伯爵除了诚实之外，没有任何长处。今日的地位，全仗着沾他女儿的光。”

许多人如此嘲笑父亲，但是希尔德很久以前就知道这种嘲讽是何其错误了。玛林道夫伯爵的诚实，是以外表虽不华丽但内涵深厚的智慧和洞察力为底衬的。贵族社会的规则极为苛刻，他却从未限制希尔德的才能。光从这一点，就应该能看出伯爵的真正价值。

“父亲，我……”

父亲看着女儿，面容透露着些许寂寥，但也浮现出慈祥与理解的神情。

“嗯，我明白，我想我大概明白。所以你不说也没关系，我只是想确认一下。”

“对不起，父亲。”

希尔德说这句话，并不是因为做了什么坏事，只是面对她敬爱的父亲时，除了“对不起”再也没办法说别的。她的表达能力，此时犹如一条大江忽然干涸了。

这时，一阵脚步声在餐厅外响起，打破了父女之间的沉默。汉斯摇晃着巨大的身躯，急急忙忙地跑进来。

“伯爵大人！老爷！门口有客人……”

汉斯喘着气，胸腔急速地起伏着，好不容易才喘过气来，向主人报告客人的身份。

“我打开门一看，皇、皇帝陛下，皇帝陛下竟然就站在门外，他说无论如何要和伯爵大人以及小姐见一面……”

伯爵将视线移到女儿身上。这位人称“智谋可抵整个舰队武力”的美貌的幕僚总监，紧紧抓住桌布的一角，眼睛死死地看着汤盘，身体一动也不动。

“希尔德……”

“父亲，我站不起来。”

“可是陛下可能有什么话想和你说。”

“对不起，拜托你，父亲。”

希尔德此时说的话，完全没有一点智慧和气魄。

伯爵一面喃喃地说着什么，一面从桌旁站起来，往大厅的方向走去。

人类历史上最伟大的征服者，此时正定定地站在大厅里，胸前抱着一把偌大的花束，是红色、白色和淡红色的大朵蔷薇，或许是这个夏天里最后的蔷薇了。他认出迎面走来的人是伯爵家的主人时，仿佛将淡红色的蔷薇映在了白皙秀丽的脸庞上。

“陛下……”

“啊……啊，玛林道夫伯爵。”

“陛下特地前来，臣甚感惶恐。敢问陛下大驾光临，有何指示？”

“不，过意不去的人是我才对，一大早就前来叨扰，真是抱歉。”

这种表达方式能被容许的话，便可以看出这位有夺目金发的历史上最伟大的霸主是多么紧张和激动。皇帝用仿佛弥漫着烟雾的冰蓝色眼眸看着伯爵，然后把花束硬塞给他。

“我想把这花送给伯爵小姐……”

“陛下如此费心，臣真是不胜惶恐。”

蔷薇浓郁甚至是强烈的香气，在伯爵接过花束之后，便笼罩住他的上半身。伯爵忽然觉得有些窒息。

“我曾经问过米达麦亚元帅。他说他向夫人求婚的时候，就是带着美丽的花束去的……”

“哦，原来是这样。”

在这模糊不清的回答中，玛林道夫伯爵已经洞察年轻皇帝来访的目的了。但伯爵心想，皇帝不至于向米达麦亚元帅请教如何当一个求婚者吧。

“所以，朕也想这么做，不，应该说不能不这么做。总之，朕还是让人选好花带过来了。伯爵小姐喜欢花吗？”

“我想应该不讨厌。”

莱因哈特点点头。看来他内心已经设定了一个终点，但此时仿佛正在通往终点的途中徘徊。终于，他说出了决定性的话。

“玛林道夫伯爵，朕想迎娶您家小姐做朕的皇妃。不知您可否答应朕的请求？”

玛林道夫充分体会到了皇帝——准确地说，是这位不谙世故的金发年轻人——内心的诚挚。这样一个年轻人当然不会成为被轻蔑的对象，但是因为一个“曾有过什么”的夜晚，天一亮就跑来求婚，无论如何都让人感到有些太草率。

玛林道夫伯爵觉得，此前暗地里的想法似乎得到了旁证。莱因哈特·冯·罗严克拉姆是位“天才少年”，在军事和政治两个领域，以极短的时间便开拓出无与伦比的基业，但是对男女之间的事情就非常不谙世故了。

才能严重偏颇的“天才少年”继续红着脸说：

“如果，朕对伯爵小姐做了那、那样的事，却没有负起责任的话，就和高登巴姆王朝那些淫荡的皇帝没什么两样了。朕、朕，不想和那些家伙成为同类。”

做臣下的或许不该有这种反应，但伯爵还是忍不住同时叹气和苦笑。负责的方式也有若干种，但是莱因哈特的方式，很明显是洁癖的观念高于一切。

“陛下，您不必觉得有任何责任。我的女儿应该是基于自身的意志才与陛下在一起的。我这个女儿绝不会以一个夜晚为武器，来束缚住陛下的一生。”

“不过……”

“今天请到此为止，请陛下就此移驾回朝。小女的情绪也尚未平复，恐对陛下有失礼的言行。无论如何，如今已承蒙陛下赐予过高的地位，待她情绪平稳后，一定会让她前往大本营谒见陛下。”

“……”

“臣下惶恐之至，恳请陛下将此事交付臣下，先行移驾吧。”

这并不是天才皇帝与庸才臣子的对话，而是未成熟的年轻人与圆熟的成年人的交谈。

“朕明白了，那就拜托你——不，就拜托伯爵您了。今天一大早就来叨扰，而且提出令您难以立刻答复的要求，真是对不起。那么朕就改天再来吧。失礼之处，请您多多见谅。”

莱因哈特说完打算回头的时候，却又停了下来，犹豫着对伯爵家的主人说了一句话：

“请代为向伯爵小姐问好……”

这句话一点都不机灵，难道没有其他想说的吗？玛林道夫伯爵揣测着年轻主君的心情，但眼中看到的却是莱因哈特转身离去的身影。亲卫队队长奇斯里准将打开门让主君走到外面，自己旋即跟在后面出去了。

玛林道夫伯爵将偌大的花束交给汉斯，回到了餐厅，浑身仍然被蔷薇的香气环绕着。面对希尔德想发问又想全部交给父亲处理的样子，做父亲的直率地回答：“大概和你想的一样吧，希尔德，陛下说想迎娶你做他的皇妃。”

做女儿的大吃一惊。虽然只发出小小的惊呼声，父亲还是听见了。

“我……这种事情，真的是太荒谬了。和陛下结婚，这是不可能的呀！”

“话虽这么说，希尔德，但最终总会有个人坐上皇妃的位置。”

玛林道夫伯爵嘴上虽这么说，却一点都没有煽动女儿身为女性的野心的意思，毋宁说，他的想法是相反的。对身为主君的莱因哈特，他绝对是崇敬的，但是如果要莱因哈特做女儿的丈夫，他的评价就完全不同了。

“公元十七世纪，据说有一位被称为北方流星王的小国国王，十五岁的时候即位，多次击破邻国的大军，是一位著名的军事天才。不过直到三十岁去世为止，不管是对异性也好，同性也好，他始终与肉欲无缘。”

“……”

“一个人如果具有所谓的异常才能，那么必然在其他某些方面有相对的缺陷。我见到莱因哈特陛下后就这么想。不过呢，如果只把他看作一个君主，只要他不是完全和常人相异，也就可以了。”

希尔德张开端正的嘴唇，有些唐突地说：

“陛下并不爱我，这一点我了解。陛下之所以求婚，完全是出于他的义务感与责任感呀，父亲！”

“或许吧。不过，你自己怎样想呢，希尔德？”

“我？”

伯爵明白，女儿聪明伶俐的刀锋上已经出现了缺口。

“这么说好了，你爱不爱陛下呢，包括他那些孩子气的义务感和责任感？”

终于问到这个问题了，女儿心想。终于把这个问题问出口了，父亲也在想。事实上，这是一种最好不问的问题，一旦问出来，势必会成为日后后悔的根源。最终，由于那位妻子儿女无辜被杀的男人的愤怒和悲伤，位于帝国中枢的三名男女被逼进了必须做出抉择的境地。

希尔德摇了摇那头暗色调的金发，试图从那一片迷蒙的云雾中走出来，但是并没有成功。

“我自己也不明白。我尊敬他，但至于是不是爱他，有没有男女之间的情爱，却没有自信。”

玛林道夫伯爵深深地叹了一口气。

“哎呀，哎呀，看起来这不只限于莱因哈特陛下呀。我这个足以让我自豪的女儿，有时候最好也能少一些理性思考，多一些感性直觉。当然并不总是这样，偶尔调整一下就够了。”

用点时间好好想一想吧。玛林道夫伯爵给从昨晚以来就陷入混乱的女儿留下一句话，然后步出餐厅向书房走去。书房的一角有把安乐椅，伯爵坐下来，视线投向没有热气的暖炉。

“不过，这两个人，昨晚过得还顺利吧……”

念叨了一句，玛林道夫伯爵不觉苦笑起来。这种既严肃又滑稽、令两个对立的命题同时成立的问题，这半辈子从来没有出现在他的记忆里。

如果仅限于政治和军事领域，整个宇宙大概再也找不出一对男女，像他们一样拥有如此卓绝的才干了。但是远比他们平庸的男女，却一定在私生活方面要成熟得多。

事实上，玛林道夫伯爵指出的，只是莱因哈特对他的女儿来说可能会有什么样的缺陷，但是在与欲望无缘这一点上，希尔德也是相同的。她对政治研究和军事分析的兴趣远比谈恋爱强烈得多。社会上既有肉欲过剩的人，也有正相反的人。处在相同一极的莱因哈特与希尔德虽不见得能相聚甚欢，但至少也能平淡结合吧，尽管或许还有许多外在因素。

过去这三年当中，玛林道夫伯爵家的命运一直在动荡的旋涡中打转。如今挣脱这个旋涡，全是因为希尔德的才智。这是事实，同时也是伯爵亲身的体认。

希尔德，你的成就超越了我这个父亲，只是——我知道说了也没用。如果你能和一个平凡一些、目光短浅一些、野心小一些的男人恋爱的话，我这一生或许可以过得更适合身份、更简单一些……

作为国务尚书，玛林道夫伯爵上班的时间就快到了。他回到自己的卧室，在随从的服侍下，一面整理服装一面想：自己留在国务尚书这个位子上的时间，大概也不多了吧？

5

莱因哈特从玛林道夫伯爵的宅邸回到大本营，虽然进了办公室，却无法立即静下心来处理政务。

莱因哈特觉得可耻。身为全人类的皇帝、历史上最伟大的征服者，自己竟暴露出如此柔弱的一面。希尔德固然有无与伦比的聪明头脑与强韧的精神，但是再怎么说，她的年纪比莱因哈特轻，又是一位女子。这倒不是说莱因哈特歧视女性，而是他从来没有想到，在这世上的女性当中，除了一个人之外，自己竟然还会依赖其他人。

正如玛林道夫伯爵弗兰兹洞察到的，同时也如渥佛根·米达麦亚元帅担心的那样，莱因哈特确实有些有缺陷的地方。

“莱因哈特皇帝虽然拥有美貌和权力，但在自我约束方面却极为严格而禁欲。”

不可否认，后世这种评语其实是一种误解，或是过度推崇的结果。莱因哈特并不怎么算是禁欲之人，他不是没有生理方面的欲望，但极为淡薄。尽管他有无与伦比的美貌与权力，但在昨夜之前，却未曾有过男女之间的性关系，这或许是常人或凡人绝对无法理解的吧。

在一般的好色之徒，或者相信“英雄本好色”这句俗话的人看来，莱因哈特可能只是个异常的人。人们可以理解比自己欲望更强的人，但是要理解欲望比自己弱的人就非常难了。

不过，他的清心寡欲姑且不论，他一直约束着自己不要滥用权力，特别是在私生活方面，这也是不容否认的事实。

他继承罗严克拉姆伯爵家之后，就有众多女性想接近他。而在升为帝国军最高司令官，接着又当上帝国宰相，俨然成为实质上的独裁者之后，残存下来的贵族们更是争先恐后地把妹妹或女儿送到他身边。也有人家里没有女儿，便将其他人家里美貌的少女收为养女，然后献给莱因哈特。尽管身边名花环绕，但莱因哈特却始终没有采摘的想法。甚至有人把自己的妻子献上，但这种卑鄙恶劣的行径只会招致莱因哈特的愤怒和轻蔑。

从那时到现在，莱因哈特一直没有从失去最亲密的朋友齐格弗里德·吉尔菲艾斯的冲击与后悔中完全解放出来。或许吉尔菲艾斯的死对莱因哈特的心理造成了阴影，使他对自身的性欲产生了罪恶感，完全将它遏制住了。

吉尔菲艾斯甚至还没有结婚就去世了。为了拯救莱因哈特的生命，他竟然不惜牺牲自己的性命，当时他不过才二十一岁。

……而我却牺牲了吉尔菲艾斯，独自存活下来，这一次竟然还想要结婚。别人能原谅我吗？就算活着的人会原谅我，死去的人难道也会原谅吗？

莱因哈特觉得自己似乎正在犯下一种难以言喻的罪恶，这种感觉深深地攫住了他。但如果不对玛林道夫伯爵小姐负起昨晚的责任，莱因哈特就与过去那些他憎恶、轻蔑、打倒的对象，也就是高登巴姆王朝那些淫荡的皇帝变成同一类人了。玛林道夫伯爵听到莱因哈特这种想法的时候，不觉改变了对他原有的评价，但是年轻俊美的皇帝却没有察觉到，他这种精神作用或许只能称为迂腐、不切实际。因为不管怎么说，这个时候他意识到的，只是如何挽回身为公众人物的诚意。

莱因哈特撩起前额华丽的金发，让晚夏的微风吹拂着他的额头。沉浸在忧愁里的眼眸，像水晶杯中斟满了如水的月光一样，透出淡淡的光芒，美得毫无争议，却蕴含着不安定的纤弱。

至今为止，莱因哈特从未以这种形式深深地认识到自己的不成熟。在政治或军事方面，他一直都表现得极为贤明，度量宽宏，总能将主观与客观的差距修正到完美的地步，但是在男女之间的事情上就相反了。

莱因哈特的心，只有在面对强敌的时候才能显得昂扬。这个事实只有少数几个人清楚。准确地说，他们甚至比莱因哈特自己还清楚这一点。莱因哈特必须要有敌人，而且敌人越强大，他情感的灼热与理性的冷静越能达到极限，越能从体内散发出光辉，为他的美貌更添华丽。但是，现在他却没有了强大的敌人……

十点过后，宪兵总监克斯拉一级上将带着严肃、惋惜和肃然的表情，前来向皇帝报告。那位出身于威斯塔朗特、企图弑杀皇帝的男子，昨晚在牢里自杀身亡了。

“是你们强迫他的吗？”

莱因哈特的声音因为克斯拉带来的第二轮冲击而颤抖。克斯拉简洁地否定了皇帝的怀疑。事实上，弑君未遂犯自杀，克斯拉不曾动过一根手指去胁迫，只是他也没有努力防止对方自杀。克斯拉明白，纵使皇帝暂时释放了犯人，犯人除了自杀也没有其他选择。莱因哈特也在默默无言中察觉了这种内情，所以无法斥责克斯拉，因为真正的过错在于缺乏决断的自己。莱因哈特命克斯拉秘密但郑重地埋葬犯人，随即命他退出。皇帝无法对那个企图杀死他的男人怀有憎恶之心，因为在权力面前，那是一个弱者。

这个时候如果玛林道夫伯爵小姐在，多少可以跟我一起商量吧，莱因哈特心想。不过就像她的父亲玛林道夫伯爵言明的那样，自己暂时大概不能期望希尔德上班了。何况如果见到希尔德，究竟该做出什么样的表情呢？莱因哈特自己都无法判断。当玛林道夫伯爵谢绝莱因哈特与他的女儿见面时，皇帝心中某个没有意识到的角落，竟然出现了一点点类似放松的心理。

“莱因哈特皇帝重视希尔格尔·冯·玛林道夫伯爵小姐，并不是因为性爱方面的满足，而是因为不管在公私方面，她都能成为贤明的商谈对象，而且可以给出有用的进言。皇帝并不受性别歧视这种愚蠢偏见的约束，他不曾因为她是一位女子，就轻视她的才能……”

后世的历史学家有人如此描述，但似乎过度称颂了莱因哈特作为公众人物的功绩与才能，有意无视他私生活上的不成熟。

“把伟人或英雄的传记教给小孩子是最愚劣的事，这就好比让善良的人们去学习异常的人一样。”

这是莱因哈特的敌手杨威利生前对尤里安·敏兹说的话，莱因哈特当然不知道。如果他知道，或许会一反平常的作风，稍稍带着苦涩的表情点头同意。尽管并没有为别人带来麻烦，但他也不是没有注意到自己与多数人的不同之处。

无论如何，莱因哈特的私生活在这一年确实经历了极大的变动。而君主的私生活会给国家与历史带来某些正面或者负面的影响，这就是所谓的专制政治。这些姑且不论，莱因哈特和他的帝国正面临着深刻而巨大的危险。“多灾多难的新帝国历第二年”，还有三分之一的时间在前方等待。

Chapter 3
鸣动

1

这一年的九月一日，行星海尼森发生了一起事件，史称“九月一日事件”或者“古恩·基姆·霍尔广场事件”。

尽管莱因哈特皇帝在私生活方面暴露出未成熟之处，但丝毫不影响他施政的公正和清廉。现在他仍然没有改变，正由一位伟大的征服者迈向一位伟大的统治者。身为公众人物，莱因哈特的确在政治建设上充分发挥了才华。

在与新帝国的新首都费沙相距五千光年的行星海尼森，莱因哈特皇帝的全权代理奥斯卡·冯·罗严塔尔总督开始施政。

“新领土总督府”不可能是一个永久的机关。它迟早要和旧帝国领土一样，在内务部的管辖之下建立地方政府，使政治与军事两权分立。到那个时候，人类社会的统一与统合才算完成。

“新领土总督府的权力与权限，在帝国的行政体系当中显得过于庞大，几乎有些失去均衡。将奥斯卡·冯·罗严塔尔安置在这个位置上，将使他潜在的野心凸显出来，这无异于在和平的土壤里种下争乱的种子，不能不说是皇帝的重大失败。”

后世的历史学家中有人断言。但奥斯卡·冯·罗严塔尔的确是一位有能力的强大的行政官，当时没有任何人对此抱有怀疑。首先，他已经掌握了有五百二十二万六千四百人的“新领土治安军”的指挥权。有了这样的武力为后盾，他绝对可以有恃无恐地施行铁腕政治，但他的施政却一直相当柔软，富有弹性。

有一个例子可以证明罗严塔尔的政治触觉的确非凡。他以极为彻底的形式，将自由行星同盟统治下一直积存的几个不公平现象全部纠正。清除旧权力体制下神圣领域的腐败，是新体制宣传自我正义的绝佳题材。约有六百名过去经常受到反政府势力和新闻界大力批评，却一直没有受到法律制裁的特权政治家和军需产业经营者，被罗严塔尔一网打尽。

如果以极端的观点来看，这些处置仅仅是以儆效尤。但罗严塔尔很清楚，此时他要采取的手段不是慢工出细活，而是快刀斩乱麻。因此那些嫌疑犯过去在民主共和体制下，以司法搜查为前提，采取的销毁物证、运用法律武装或收买证人等手段，此时全都失去了作用。总督府凭借强权取缔不法行为，根本不在意什么民主程序，只要有总督亲自签署的一纸令状，便可强行展开搜查和拘捕，而且收获颇丰。那些嘲弄民主共和政治的罪犯犯下的罪行，却因为专制政治的手法受到制裁，真是一个讽刺的结果。

罗严塔尔刻意将民主共和政治不可避免的缺点——“决定缓慢”暴露在民众眼前，并精心布局，让民众从实际效果上认可帝国的统治。一切措施至此几乎完全成功了。

然后，在九月一日那一天。

自由行星同盟的政府和军队虽然都已经解体，但是相关人员和复员兵却在这一天集结起来，举行自主性的联合追悼会。罗严塔尔仅仅给予了集会的许可，自己并没有出席，也没有任何致辞。他一向讨厌假惺惺地装模作样。就连特留尼西特也没有出席。超过二十万名参加者几乎都是默默无名的人，连致辞也是由一名下级士兵发表的。

如果事态能完全按照会场的负责人——总督府民事长官艾尔斯亥玛的原定计划进展，那么这个集会应该是以和平的祭典闭幕的。但是有些人却不这么希望。

仅仅是二十万名民众这个数字，就足以形成一股对抗秩序和整顿的敌对势力了。罗严塔尔过去可以完美无瑕地指挥统御百万将士，但控制民众是完全不同的事情。军事监察长官贝根格伦上将在总督的授意下，派出两万名武装士兵，配置在会场周围进行戒备。事实上，总督和军事监察长官都认为这样处置太小题大做，但到现场去的士兵们却不见得也这样想。

“感觉群众的敌意每一秒钟都在升高。我们最初的阵形是散开的，可是逐渐开始集中到一个地方。”

后来不止一位士兵有这样的证言。追悼仪式就在他们莫名的不安中进行着，但不久后，呼声从四处响起。

“杨提督万岁！”

“民主主义万岁！自由永恒！”

这种呼声太过热情，如果让生前的杨听见的话，他大概也会瞠目结舌，对尤里安·敏兹耸耸肩膀。但是在狂热的民众当中，能像杨这样坚持理性的人毕竟是极少数。二十万人的狂热融合起来，逐渐形成巨大的情感波涛，歌声也随即到处响起，那是自由行星同盟的国歌。

“……朋友啊，总有一天让我们打倒压迫者，在解放的行星上高高竖起自由之旗……”

自由行星同盟的国歌，原本是为了反抗高登巴姆王朝的专制政治而作词谱曲的。再没有其他歌曲可以把人们亢奋的精神提升到如此狂热的境界了。

“从专制政治黑暗的另一边，让我们亲手召进自由的黎明……”

民众越来越狂热和陶醉，外侧的帝国军士兵不知所措地交换着视线。也有令他们狂热和陶醉的欢呼声，那就是“皇帝万岁”。虽然他们意识不到自己的狂热和眼泪，但是当群体的力量毫无理性地流向某个固定的方向时，那种汹涌奔腾的状态对身在其外的人来说，却是令人感到可怕和紧张的情景。

“杨提督万岁！”

“民主主义万岁！打倒压迫者！”

原本小小的呼声不断地呈几何级数增大，在大气的穹隆下引起回响。帝国军的士兵们一面呼喊着“肃静”，一面却在畏缩；一面彼此交换着视线，一面不知不觉地后退。

根据记载，第一块石头是在十四时零六分投掷出来的。十四时零七分的时候，石头已像流星群似的倾泻在帝国军将士的头上。

“滚出去！帝国军的走狗！”

“你们这些侵略者，滚回你们的老家去！”

自从帝国军直接对同盟进行统治以来，民众还未曾如此公然地表露过敌意。他们应该早已放弃反抗，接受强者的支配了。但在表面的薄冰底下，却有一道热流在涌动。现在这道热流融化了薄冰，企图让站在冰上的帝国军跌进水中淹死。

“镇压！”

当军官发布命令，士兵跟着执行的时候，状态已经混乱到难以收拾的地步。尽管士兵们经过武装和训练，但五六个市民（帝国军称之为暴徒）同时压过来的时候，他们还是无法应付。就算用枪托殴倒其中一人，又有另一个人从后面用手指戳进士兵的双眼。

十四时二十分，开始允许使用无力化瓦斯和警棍，但这不过是之后对事态的追认。

总督府好不容易才克制住使用枪支，但这个禁令也在十四时二十四分被打破了。枪口的火光一闪，杀死了两名民众，却引爆了上百人的愤怒。

“暴徒夺取士兵的枪支，士兵的性命面临危险，故不得不允许士兵开枪，此为正当的防卫处置。”

帝国军的正式记录是这样叙述的。这对当时的部分情形而言的确是事实，但是全局之中，却还有另外的事实存在。帝国军士兵受到狂热民众的直接冲击，被一种歇斯底里的危机感攫住，便向手无寸铁的民众开枪。

惨叫声响起，变成一道风暴逆向穿过排山倒海的怒吼，招来了反射性的恐惧，以及被这种恐惧激发的愤怒。

暴动扩大了。

十五时十九分，会场上留下了四千八百四十具民众的尸体，整起事件在形式上结束了。受轻重伤的人超过五万名，其中大部分被逮捕拘禁，而帝国军方面也付出了死亡一百一十八人的惨重代价。

“我这些部下可真是了不起，竟然敢对手无寸铁的民众开枪，没有勇气和侠义之心的人，还真是做不出来！”

罗严塔尔的尖酸讽刺对部下来说或许太严格了。但迄今为止花在统治上的努力，此时都成了泡影，他还是忍不住要怒骂一声的。

“可是，究竟是谁在背后煽动民众，才导致这种结果的？”

蓄意引发古恩·基姆·霍尔广场暴动的人，或许并不是企图颠覆帝国，而是要让罗严塔尔总督的权威跌落。罗严塔尔犀利的头脑立刻想到了这个可能。这虽然是极不愉快的认知，但也不能将目光故意岔开。罗严塔尔从不认为自己是不会树敌的人。

但是，无论煽动的结果如何，如果民众没有不满和愤怒，是不会发生暴动或骚乱的。不管莱因哈特再怎么伟大，罗严塔尔再怎么有能力，他们在旧同盟公民的眼中仍旧是侵略者，这是千真万确的事实。民众在古恩·基姆·霍尔广场上抛给帝国的那些怒骂声，虽然失礼，却不虚伪。

“什么侵略者的德政，终究不过是一种伪善。但这一事态到底要怎么收拾……”

事后处理的繁杂令罗严塔尔不胜其烦。正在这时，来了一则报告，说是在被逮捕的群众中有西德尼·席特列元帅。

“西德尼·席特列元帅？”

罗严塔尔微微皱起眉头。这个刻在他记忆之墙上的名字反映出的形象，是一位刚步入老年的黑人，大约三四年前还任职于自由行星同盟军的首脑阶层。此人历任宇宙舰队司令长官和统合作战本部长，四年前因为亚姆立札会战失败引咎辞职。其实席特列当时是反对同盟军草率远征的，但他身居军部武官首座，无法规避责任。

在罗严塔尔的指示下，席特列元帅被带进总督的办公室。

这位身高将近两米的黑人提督浑身脏污，衣服破烂，脸上沾着干涸的血迹，但他的态度和魁梧的身躯一样昂然，直面金银妖瞳散发出的光芒。

“席特列元帅，这个集会是因为你的主导，才招致这种悲剧结果的吧？”

魁梧的黑人提督在罗严塔尔的质询下毫无畏惧之色。

“我只不过是一名单纯的参与者。如果说参与就有罪，那么我甘受罪名。”

“你能想到这一点很好。那么我再请教你，促使今日这种悲剧场面产生的责任人是谁，你知道吗？”

“不知道。就算我知道，也没理由要告诉你。”

真是缺乏独创性的回答，罗严塔尔心想，但并不觉得失望。对方的回答如果相反，才会真正使他感到苦涩的失望。

“那么，就我们的立场而言，也没有理由释放你……”

“如果你们释放我的话，我才会亲自主导下一次运动，抗议你们的非法统治。唯一令我遗憾的，就是自己已经被众人流放了。”

“我对你的勇气表示敬意。但我身为皇帝的代理人，自然得遵守皇帝制定的法律，维护秩序，所以我必须再次拘捕你。”

“你是应该这么做，因为这是你的正义与道德，我对你个人不会有任何怨恨。”

这位从前的同盟军总司令官转过宽大的身子，被人带了下去。此时他没有给人昂然的感觉，只有不可亵渎的印象。罗严塔尔一直目送着他。视线被门挡住的时候，总督问他的心腹手下：“贝根格伦，你认为区区一个人的死能让数亿人觉醒吗？”

无须确认，总督话中所谓的区区一个人，指的就是那位黑发的魔术师杨威利。

“或许真的可以。不过，我们最好还是避免直接面对这种事情。”

罗严塔尔将视线固定在门板上，点头同意军事监察长官的回答。

“没错。如果他们真的发动起义，我们势必要用武力加以镇压。不过身为一个军人，能和伟大的敌将作战是荣誉，而镇压民众却只是鼠辈的工作。真是太令人泄气了！”

贝根格伦不禁从侧面凝视起上司的脸孔来。从这个角度，只能看到这位著名的金银妖瞳提督深沉的黑色右眼。

在罗严塔尔的精神领域中，或许潜藏着某种与主君莱因哈特皇帝有微妙差异的因素，使他抗拒在和平与荣华中生活。在九月一日事件发生前，罗严塔尔巧妙的统治的确成功了，但是他看起来一点都不满足。

“杨威利元帅，你在战斗途中倒下去了，这或许是一种幸福。和平时代中的军人只是让人用锁链拴起来的看门狗，在怠惰与无为的日子当中，白白让自己腐败下去，不是吗？”

这样的想法，甚至也曾掠过他的胸中。

其实，在他的敌手杨威利的回忆录里，有这样一段话：

“唯有能忍耐和平之无为的人，才能成为最终的胜利者。”

姑且不论这种论调是否正确，罗严塔尔也察觉到自己根本无法忍受这和平的无为。恐怕罗严塔尔的死对头，也就是军务尚书奥贝斯坦元帅早已敏锐地洞察到这一点了。

“罗严塔尔元帅是一只猛禽，不是一个可以安住在笼子中，乖乖地唱着和平之歌度过一生的人。”

据说军务尚书曾经有这样的评语。但关于“猛禽”之后的那些话，还有其他说法。

这个与罗严塔尔有关的评语，不知通过何种渠道传到了他的耳中。但在现在这个时间，人们并不清楚他对这个评语究竟有怎样的反应。

2

在帝国军的诸位将帅当中，奥斯卡·冯·罗严塔尔元帅是个人生活最为豪华的，而他也是最配得上这种豪华生活的人。他在艺术方面的讲究或许稍逊于艾尔尼斯·梅克林格，却没有人像他那样有一股浑然天生的贵气。比如弗利兹·由谢夫·毕典菲尔特，给人的印象是个终生过着兵营生活的年轻军官，很难联想到他和罗严塔尔竟是同僚。当然，毕典菲尔特并不想过一夜暴富的贵族生活，这自然又成为另一种美德。

“追求贵族品位的罗严塔尔元帅。”

有部分人给了罗严塔尔这样的评价，不过显得有些缺乏公正。因为这位男子的生活方式并不是出于他追求的品位，而是来自他天生的气质。

当研究莱因哈特·冯·罗严克拉姆生平的人发现他的个人生活与他的外表、野心、才能和功绩比较起来，其实极为朴素乏味时，都不免感到惊讶。他们甚至说，反倒是奥斯卡·冯·罗严塔尔的生活，才真正具有王侯的格调。

罗严塔尔能维持豪华的生活水平，固然是因为继承了亡父的遗产，但他没有止步于做一个有钱人家的平庸继承人，没有依靠亡父遗产，而是进入军官学校。成为军人后，不管环境多么残酷，他都能悠然睡卧其间，仿佛是睡在华盖遮蔽的床铺上。而且不管食物多么粗糙、事务多么繁重，他都能甘之如饴。因此，尽管他平时过着豪华的生活，也没有招致士兵的反感。

有一则关于他的传说。据说他在军官学校上学的时候，曾经读过古代地球上某个帝国兴亡的历史，其中提到有位重臣对皇帝揭起反叛的旗帜。皇帝问他，你是对朕有什么不满才反叛的吗？他回答皇帝，没有任何不满，我只是自己想当皇帝。读到这里的时候，这位金银妖瞳的年轻人自言自语地说“再也没有更正当的反叛理由了”。不过传说终归是传说，新帝国历二年以前，这则传说并未流传过。就算是事实，当时罗严塔尔的自言自语也不知是传到了谁的耳朵里，所以也不是那么可信。

莱因哈特虽然明显欠缺欲望，但并未强制臣下禁欲。当然，战场上是严格禁止强暴妇女的，如果有人破坏这条规定，将被毫不留情地重罚。这种重视军规的做法是为了不破坏民众对军队的信赖。但是莱因哈特几乎不干涉臣下的私生活，这一点或许足以证明他身为君主的宽阔胸襟。

罗严塔尔在私生活方面是个备受非议的男人，谴责他的人始终存在，尽管他们并不像内务部次官海德里希·朗古那样心地恶劣。因为还是有许多人希望或者认为，新王朝的重臣应该品行端正。

有一天，拜访皇帝办公室的米达麦亚忽然出其不意地被皇帝问道："米达麦亚元帅，朕问你，罗严塔尔元帅情人的头发是什么颜色？"

年轻的主君忽然提出这个奇怪的问题，帝国军的第一勇将一时不知所措。他一面将记忆往回翻，一面含糊地回答说：

"我想好像是黑发吧，陛下。"

"错了，是明亮的红色。看来他还是一如既往地独占全帝国的花束哪！"

莱因哈特发出恶作剧般的笑声，从宇宙舰队司令长官的表情变化中得到了乐趣。刚才，他听完罗严塔尔关于重新配置费沙回廊战区战力的报告之后，侍者艾密尔·齐列发现一根头发从正要退出的统帅本部总长肩膀上飘落下来。

米达麦亚甚至比他的密友还要惶恐，但莱因哈特只是把这件事当作一时的笑料，并没有要斥责统帅本部总长私生活的意思。一则因为莱因哈特对他人的男女之事完全不关心，二则因为他虽然身在众人之上，但仍以自己的方式尊重臣下的个性。

“阴郁消极的毕典菲尔特、不沾女人的罗严塔尔、饶舌的艾杰纳、花心的米达麦亚、鲁莽粗野的梅克林格、盛气凌人的缪拉，这些都不是他们的个性。每个人都有每个人的个性。如果罗严塔尔犯了法或欺骗对方的话另当别论，否则总不能因为双方的男女关系，只强迫其中一方坐上被告席吧。”

莱因哈特说这些话的时候，确实有统御群臣的一代明君的度量。如果是在一个漠视臣下的个性、凡事计较的君主之下，毕典菲尔特这些人都不可能高升。莱因哈特在继承罗严克拉姆家的名号时，也曾经因为失望、怒气与他人的斥责，用严厉的惩罚来处置部下的失败，但他至亲的密友齐格弗里德·吉尔菲艾斯去世以后，他对自己狭小的度量感到深切的悔悟。就是这种悔悟才让他有今日的自戒。而且在现实中，如果所有的失败都要严厉惩罚的话，被视为名将集团的银河帝国军恐怕早已变成空壳了。因为包括莱因哈特在内，几乎所有将帅都吃过杨威利的败仗。

但在战术层面上输给“魔术师”杨威利，对莱因哈特来说绝不仅仅代表负面战果。这些败仗既锻炼了他身为君主的度量，又锻炼了他身为用兵家的精明，为他提升这两方面的层次提供了考验的机会。尽管杨连续获得奇迹般的战术胜利，但是莱因哈特从最初一战开始，便对同盟军采取战略作战，杨最后还是没能推翻莱因哈特的绝对战略优势。如果指挥官统率的兵力在一个舰队以下，那先姑且不论，但如果身为全军大元帅，战略则远比战术重要，而战争的胜利也远比战斗的胜利重要。这一点，莱因哈特早已用天才的头脑认识到了，后来也经由理论与经验证实过。

如果自由行星同盟军中没有杨威利，莱因哈特的胜利就显得过于容易，他也就无法从中学到什么了。这种认知虽然模糊，但的确存在，所以杨的逝世带给莱因哈特的失落绝不是似有若无的。

“吉尔菲艾斯去世时，我还以为没有什么东西可以再失去了……”

这位年轻霸主的低声自语，连他自己也几乎没有察觉到，却与他的生命力息息相关。

莱因哈特对罗严塔尔的器量和将才，虽不像对杨威利那样推崇，却也有极高的评价。

“如果以智勇的均衡为评价标准，那么综观敌方与我方，这个时候再也没有人比得上奥斯卡·冯·罗严塔尔了。”

艾尔尼斯·梅克林格对同僚做了如此评价。和罗严塔尔的智勇兼备比起来，杨威利显得偏向于智，而渥佛根·米达麦亚本质上则偏向于勇。身为战略家，莱因哈特皇帝虽然已达到人类的极限，但是就战术家而言，他却显得偏好攻击。巴米利恩会战战术上的败退，原因之一就是他的防御不够彻底。而到现阶段为止，罗严塔尔却能免受此类弊害之扰。

3

九月一日事件之后，“新领土”各处不断发生小规模的暴动和人为事故。有一天，军事监察长官贝根格伦向长官报告：

“暴动中半数是别有意图并且有组织的，其余半数则是偶发性乃至仿效性的行为。”

“民事长官对这些治安混乱怎么说？”

“他只提出了一个请求：只要能确保交通和通信系统，局部地区的暴动就不足为惧。”

“艾尔斯亥玛虽然是文官，却很沉稳。军方也应该满足他这些小小的请求。细节方面就交给你了，由你去安排。”

“遵命。对了，总督阁下……”

“嗯？”

“我们收到这封寄给总督府的投书，请总督阁下一读。”

总督从贝根格伦手里接过那封信，匆匆看了一遍。

“哦，这个嘛……”

罗严塔尔那对金银妖瞳，此时闪耀着讽刺的光彩。

一个小时后，优布·特留尼西特被叫到总督的办公室。尽管迎着总督并非善意的视线，但他并没有神色惶恐。罗严塔尔从来就没有对他表示过好感。

罗严塔尔一语不发，把一封信扔到大理石桌上，用冷漠的眼神注视着特留尼西特阅读那封信时的表情，然后才对这个难得沉默的旧同盟元首说道：

“你不认为这是一封很有趣的投书吗，高等参事官？”

“不过很遗憾，有趣和事实不见得是同一回事，总督阁下。”

“如果一百个‘有趣’集合起来，大概就可以构成一个事实了。特别是有力量的人这么希望的话，那根本不需要证据。在你们憎恶，不，应该说从前憎恶的专制政治下便是如此！”

这真是痛烈的讽刺。

投书的内容是对特留尼西特的告发。信中叙述自九月一日事件之后，“新领土”上发生的各种恶性犯罪事件都是特留尼西特为了恢复个人权势精心策划的，而且早晚有加害总督的企图。

“反过来说，在你们信仰的民主共和制度当中，有个原则就是实现民众所期望的事情。”

“所谓的民众，其实只是顺着气流飞升的风筝，表面上飞得高，其实并没有实力，仅此而已。”

“你不应该这么轻蔑民众吧。过去把你捧上同盟元首的位置并且支持你的，不就是他们吗？你把他们说得这么差，会被人批评为忘恩负义的。”

事实上，罗严塔尔对特留尼西特和过去将他捧上权力高位的民众，都从心底感到蔑视。但对自由行星同盟的国父亚雷·海尼森，还有与他一起长征、共同经历一万光年苦难的共和主义信奉者，他是绝对赞赏的。但是他们的子孙却在长达二百五十年的光阴中，将他们创下的伟业一点一点地啃噬，最后终于投降在专制政治的城门下，更有一部分人息鼓倒戈，只为了确保己身的安乐。

特留尼西特就是这一部分人当中的一个，哪里还能恬不知耻地批判民众？罗严塔尔这么想着，却又觉得有种异样的不快在心中蠢动，因为他发觉特留尼西特嘴里那些轻蔑民众的话，竟有种奇妙的现实感。或许这个人过去一直是用这种轻蔑的态度对待支持他的民众吧……

和有“玉座革命家”之称的莱因哈特比起来，罗严塔尔在政治的构想力上确实略逊一筹。作为政治家，他是个实践型的人物，不会遗漏任何被赋予的课题。与创造力相比，他的处理能力更加优秀。

既是长官又是君主的莱因哈特在公共事务上的表现，罗严塔尔是绝对敬服的。但是莱因哈特私生活方面的缺点和脆弱，他也没有视若无睹。

莱因哈特在私生活上有许多缺点，而且不成熟，但他作为政要人物的才干、气量和功绩却不容否定。罗严塔尔并不会以这种方式来指责皇帝，因为他的器量还不至于如此狭小，处世态度也不会如此不公。

“不过，总觉得他是个不甘永远屈居人下的人。”

这是艾尔尼斯·梅克林格与罗严塔尔第一次见面后的评语。但唯一一个站在罗严塔尔之上的人就是莱因哈特，罗严塔尔也愿意接受这种从属的立场。

在乱世当中，野心勃勃的君主与能力极强的臣下的关系，多数像在白刃上骑独轮车一样危险。莱因哈特与罗严塔尔的关系或许最后也会成为这大多数中的一例，不过当然也有例外的情形。

后世的人们经常说，如果齐格弗里德·吉尔菲艾斯在旧帝国历四八八年之后还活着，而且仍然坐在“帝国第二把交椅”的位置上，莱因哈特与罗严塔尔的紧张关系可能只会以潜在的形式存在，并悄悄结束。至少罗严塔尔与军务尚书奥贝斯坦的对立不会这么尖锐。但是不管怎样，这些说法终究只是假设。只有一点无可否认：吉尔菲艾斯在年纪还很轻的时候便去世了，他生前不管是在公共事务方面，还是在私生活方面，从不曾遭受过别人的责难。因此，如果他还活着，他和帝国的未来会有非常丰富的发展前景。

暂时将特留尼西特打发回去后，罗严塔尔再次传唤军事监察长官贝根格伦，给予他几个指示，大多是关于固守在伊谢尔伦要塞上的那批“杨威利军”余党的。他再次告诫一部分军队不要贪功妄动，因为在没有任何命令的情况下，有部分舰艇企图侵入伊谢尔伦回廊。

另一方面，罗严塔尔当然也不可能像个老好人，任由人员、物资和情报自由流入伊谢尔伦回廊。“封锁并孤立杨威利的余党”是帝国军理所当然的基本战略。伊谢尔伦回廊难以轻易攻克，封锁它却没有那么困难。所以首先要切断要塞的情报来源和对外交流，从心理上把共和主义者逼入绝境。

因此，对被封锁在伊谢尔伦要塞上的尤里安·敏兹等“伊谢尔伦共和政府”的领导者而言，如何设法收集到高质量的情报，就成了他们继续生存下去的必要课题。

4

肩负重任的尤里安·敏兹，每天都在繁忙中消化所承担的工作。

尤里安每天一点一滴地整理资料，期望将来有一天能写下《杨威利传》。杨没有留下任何完整的著作就去世了，一生还不到三十五个年头，而且都在忙碌与多变之中度过。如果他没有死于非命，而是享有与巨大功绩成正比的生命的话，或许可以把庞大的智慧结晶通过文字的方式一一展现。但是这么丰富的可能性，却因为他的去世永远地断绝了。

不过他还是留下了大量回忆录，虽然都是些片断。有关于战略方面的，战术方面的，历史方面的，同时代的人物、政治和社会方面的，还有关于红茶和酒的。尤里安对这些无序的思维和言行碎片进行整理，重新排列，然后再加上自己的注释。为了让杨威利富有个性的形象流传到后世，尤里安每天回到寝室后，仍然埋首于桌上。利用繁重事务的空隙从事这样的工作，对尤里安来说并不孤独，因为在整理的过程中，他可以和死去的人交谈。

碎片构成了尤里安过去六年来的记忆与光阴，每一句话都会伴随着丰富的背景，在他的脑海里扩展开来。所有的景象当中，每一幕都有杨威利的存在。他的身材忽高忽矮，因为这些景象都是通过尤里安的视点形成的。尤里安的身高在六年内增加了三十五厘米，而景象并没有依照时代的先后顺序出现。

“有些东西确实是无法由语言来传达的，不过只有语言枯竭的人才能这么说。”

“所以，语言这个东西，就像是人们心海上漂浮的冰山。浮出海面的部分其实是微乎其微的，但由于它的存在，我们仍可以通过知觉或感觉，感知到那海面下的绝大部分。”

“言辞必须要谨慎使用，尤里安。因为与单纯的沉默相比，这样可以把更多的事情更正确地传达出来……”

杨威利也曾经这样说过：

“正确的判断，只能建立在正确的情报与分析之上。”

三年前，因为所谓的“救国军事会议”政变，导致同盟军分裂，杨被迫与强大的第十一舰队作战。双方的战力几乎同等，杨如果败退的话，就意味着反政变派的崩溃，所以他拼命搜索敌方部队的位置。后来终于确认第十一舰队战力分散的事实，以及对方战力各自的所在地时，杨兴奋地把报告书抛向空中，然后和着笨拙的歌声，把尤里安当作舞伴，跳起了笨拙的舞。由此可见，正确的情报是何其珍贵。

因此，尤里安为了在自己的思考和辅佐人员建议的范围内尽量多收集一些情报，也采取了各种策略。伊谢尔伦回廊的两端应该迟早会出现政治与军事性的变动。目前，莱因哈特皇帝将伊谢尔伦回廊排除在外，正专注地构筑宇宙的新秩序。等到他那华丽的权威甲胄上产生龟裂的时候，一定会有变动产生。

既然得出这样的战略预测，尤里安就得思考对策。毕竟他不是后世的历史学家，而是现时的行动者。

只是未来情势的变化，不见得能让眼前最理想的对策原封不动地持续到那个时候。

就像顶多五年以前，有谁能预料到现今的宇宙情势？宇宙历七九五年，高登巴姆王朝和自由行星同盟还在持续永无休止的争斗，而费沙的蠢蠢欲动填补着两者争斗之间的缝隙，让人觉得这种情势只会缓慢地、沉闷而单调地流向未来。

悠悠的大河有时也会变成瀑布。或许自己这一群人此时正在逼近历史的瀑布。如果真是这样，变动或许会比预计的时间还要提早到来。杨提督在世的话，自己只要安心地乘上他的船就好了。自己一方面这样爱戴他，另一方面则憎恶那些杀害他的人，难道是因为自己心胸狭窄吗？

想到这里，杨威利便开始在尤里安记忆的角落里低声私语。

“不，尤里安，我想不是。没有能力去憎恨的人，也就没有能力去爱。我认为是这样。”

没错。尤里安是多么热爱、多么珍惜杨威利，还有环绕在他身边的人，以及他们缔造出来的小宇宙啊！因此，凡是将这些污损和击碎的人，尤里安都会感到无可抑制的憎恶。另外，多半也是受到杨的影响，尤里安认为民主共和政治的理念非常重要，因此才憎恶与这个理念相对的专制政治。一个人想去爱所有的事物，是绝对不可能的。

但杨这番话并不能夸大地解释。杨的根本用意并不是鼓励人们去憎恶，而是指出“爱可以解决一切”这种想法中存在的矛盾。对于这一点，绝不能有误解。

尤里安这种自省，很明显是受导师杨威利的影响才产生的。但如果这种心理往负面发展，进取的活力恐怕会受到损害，而且很可能会从守旧退到消极保守。

在尤里安的“看护人”当中，亚列克斯·卡介伦等人似乎都对这一点有些担心。

“才能方面，就不用担心了。”

波布兰笑着说。亚典波罗则应声道：

“不过倒是可能被坏女人拐走，毁了他自己。”

两个人轮流嘲弄年长者的杞人忧天。

但要塞上的年轻人不可能都像他们俩一样完成精神上的重建，施恩·史路少校就是典型。杨威利遭受暗杀之际，为守护长官而奋战的他，在伊谢尔伦医院的病床上与尤里安再度见面的时候，竟黯然哽咽。

“还是苟活下来了，只有我一个人……”

施恩·史路的表情和声音不能像从前那样明朗直爽了。比克古和杨两位司令官都先他而死，这种悲痛使他怎样也无法恢复到从前。

“如果你没有活下来，那才真的让我们伤心。正因为少校还健在，我们才可以多少安慰一下自己啊。”

尤里安并没有让自己陷入悲伤。因为不管是无可奈何也好，做做样子也好，只要自己是伊谢尔伦共和政府军的代表，就必须完成被赋予的责任和义务，无论如何也不能将人们引向悲观的方面。尽管尤里安认为自己只不过是后生晚辈，还是想尽力安慰悲伤的史路少校。

但他对史路所说的话也不全是撒谎。他们虽然只救出了史路一个人，但对尤里安、先寇布、林兹、马逊等人想拯救杨却没能成功的懊悔，多少有一些弥补作用。这一点是无法否定的。

经过年少的尤里安一番安慰，史路少校摆脱了悔恨的心境。他离开病床后，立刻投身于亚典波罗麾下。

伊谢尔伦共和政府的将领们，此时仍然在讨论优布·特留尼西特这个话题。

优布·特留尼西特甘愿接受莱因哈特皇帝指使，已让卡介伦和先寇布怀疑和猜忌。至于亚典波罗，甚至还有些认真地考虑，是否要送一封书信给莱因哈特，给他“不要相信这个家伙”的忠告。

“反正特留尼西特这个混账东西铁定又在耍什么诡计，我希望皇帝至少不要被这种小人物害了。”

亚典波罗对尤里安这么说，苦笑了一下。

“其实，我们也是小人物。总之，不管特留尼西特这个老狐狸又打算搞什么鬼，奥贝斯坦元帅那个传说中的对手，负担要更重了。”

5

“黄金时代。”

尤里安最近觉得好像理解这个词的意思了。但是他并没有向别人提起，倒不是害怕被人笑话，而是觉得现在应该不必再用言语确认。不过，人们在那个时代过去之后，才明白它的宝贵，这难道是造物者为人们的悟性和感性设下的残酷陷阱吗?

不过，黄金时代绝非一去不返。而尤里安等人的义务，就是努力创造一个至少比较接近的时代。

他和卡琳见面的次数由每个月一次变为每个礼拜一次。不过，现阶段他们只是在餐厅或者办公室聊聊。如果让他们共同的老师波布兰知道，大概又会取笑一番。

“今天工作结束后，还是整理杨提督的言行录吗？”

“是啊，没错……”

“真是太沉闷了。”

卡琳用不容反驳的语气说。正确说来，她是用这种像是不容反驳的口吻，以一贯的方式在为尤里安担心。尤里安明白这一点，更正确地说，应该是他自以为明白。卡琳的感情很丰富，也一向不善于控制和表达这种情感。

就在前不久，卡琳在司令部前的通道上碰见了她血统上的父亲先寇布。先寇布问她：

“你还好吗，克罗歇尔下士？”

“碰巧现在变得很不好。”

事实上，卡琳这种态度可以说很有进步了，因为她好歹算是回答了，不像以前只要看到先寇布的影子，就一下子躲得不见踪影。

“哎呀，真是太可惜了，情绪不好时就已经很漂亮了，如果情绪好的话，大概会更有魅力吧。”

像这种平常会说的话，先寇布此时是不会说的。他只是平淡地说了句：“可不要太勉强自己了，因为你见到我，明明很高兴嘛。”

说出这句话，先寇布就走开了。卡琳没有说第二句，只是目送着他的背影。

说出来可能会让卡琳觉得不舒服，但尤里安还是不禁觉得，这两个人的角色似乎有些错位。卡琳好像也体会到了这个事实，最近已经不再严厉地批判先寇布，反倒对自己为何无法用平静或宽大的态度对待他有些生气。

“菲列特利加说的大概是真的……”

尤里安听到卡琳低声自言自语。

有一天，和先寇布讨论完要塞防御的事情后，尤里安提到了卡琳。他并没有指责先寇布的意思，只是想知道先寇布的想法。

“克罗歇尔下士对我有什么看法？这是她的问题，不是我的问题。”

这就是做父亲的说的话。

“如果你问我对她有什么看法，才是我的问题呀！”

“那您有什么看法呢？”

“我可从不曾讨厌任何美女，何况还是个生气蓬勃的美人。”

“那么，卡琳和她的母亲很相像吗？”

“喂，年轻人，无缘无故的，你是不是有什么企图？”

先寇布笑得有点不正常。

“总之女儿比母亲更让人印象深刻就是了，这一点错不了。”

先寇布收住脸上的笑容，意外地用严肃的口吻说道，然后轻轻拍了拍尤里安的肩膀。

菲列特利加·G·杨同样每天埋首于繁忙的事务。父亲去世的时候，她也是如此，或许是想借着将义务和责任发挥到极限，把哀痛暂且收藏到内心的抽屉中。这种精神作用真的有用吗？菲列特利加说过“如果我会喝酒，或许会好一点”。听到这样的话，尤里安真不知该如何回答。

“现在想起来，如果洁西卡·爱德华女士还在世，我们或许可以成为好朋友。”

菲列特利加这么一说，尤里安这才想到，那位女士同样也是在恋人去世后投身政界的，两个人的遭遇真的很相似。想到这里，尤里安忍不住打了一个寒战。他简直不敢想象，如果有一天，菲列特利加也遭遇洁西卡·爱德华那样的事情，会是怎样的情况。想到这一点，他不寒而栗，赶忙把这些无聊的想象逐出脑外。于是他问菲列特利加给了卡琳什么忠告。

“我只是告诉她，先寇布中将绝对不是个卑劣胆怯的人。事实也是如此呀。”

“看来您的话对她很有影响。克罗歇尔下士对杨夫人非常敬爱，她还说以后要像杨夫人一样。”

“哎呀，哎呀，要是像我一样不会做菜就糟糕了，为了她的将来，还是多学学卡介伦夫人比较好。”

见到菲列特利加的笑脸，尤里安仿佛感觉到初春的微风吹进了内心。那微风温暖柔和，但是其中仍有挥之不去的寒冬气氛，这是尤里安无能为力的。

有一天，他接到了卡介伦夫人打来的电话。

“我请了菲列特利加，还有先寇布中将的女儿来家里吃饭，尤里安你也一起来吧，人多一些，热闹点比较好。”

“谢谢您，但要不要紧呢？如果不招待中将的话……”

“做父亲的有他自己的夜生活，最重要的是，他不是个适合家庭团圆的人。”

夫人回答道。先请了卡琳，如果再特意让她和先寇布中将上演一出见面戏码，可能会有反作用。

伊谢尔伦要塞最有实力的人，或许就是这位夫人，尤里安想。他非常感激地接受了邀约。杨去世以后，菲列特利加和尤里安都渐渐不再做饭，不想再为自己一个人吃饭大费周章了。

卡介伦一家四口招待三位客人在家里吃饭。气氛极为热闹的时候，伊谢尔伦最有实力的人的丈夫却有点愁眉苦脸。

“喂，尤里安，让这群嘈杂的女人们去玩个游戏什么的，我们男人来好好喝杯酒吧！”

两个人瞥了那群娘子军一眼，便把她们留在起居室，自己逃到书房兼谈话室里去了。不久，卡介伦夫人把装有火腿、奶酪、冰和油浸沙丁鱼的托盘给这两个逃亡者送过来。

“男士们请慢用，主人竟然临阵逃亡，这说得过去吗？”

“不是，今天伊谢尔伦的名花齐聚一堂，真是美得让我头晕目眩哪。而且耀眼得让我睁不开眼睛，所以只好逃到这个小窟窿里了。”

听到这番拍马屁的话，夫人有些不以为然，轻蔑地说：

“这种奉承话由先寇布中将或者波布兰中校说出来，还让人觉得相称，你说起来真是不伦不类。”

“偶尔说说也觉得新鲜嘛。对不对，尤里安？”

被人寻求赞同时，亚麻色头发的年轻人只是微笑了一下，避免卷入其中。

菲列特利加、卡琳和卡介伦家的两个小淑女，此时兴高采烈地玩起“疯狂马迷”的游戏来了。就是把两个马形状的小棋子放进振动器里一起振动，然后把它们倒在垫子上，看看马是以什么样的姿势着地，评分以后比较谁的分数最高。比如，两匹马如果姿势一致，同样仰头向上的话，就可以得到二十分；

如果一匹马用四只脚站着，而另一匹横躺着的话，那么就只得五分。这是比赛的评分标准。玩着玩着，她们的笑声似乎飞快地迸散开来，变成一个个泡泡，飘进书房。

“真是的，那么无聊的游戏，也能玩得这么兴高采烈。”

卡介伦家的主人微皱着眉头说道，拿起酒瓶往尤里安的杯子里又倒了一杯。

“不过，笑声总比哭声好得多。”

这一点尤里安深有同感。无论如何，现在总算笑得出来了，虽然说经常有走回头路的危险，不过人们已经逐渐摆脱寒冬的记忆，进入春天，然后就该是夏日了。

6

“能开出剧毒的阴谋之花那膨胀的地下茎。”

被后世如此称呼的组织，当时真的存在吗？

没错，确实是存在的。但它还处于无法公然夸耀自身和实绩的立场。除非这个组织已经成为宇宙中最强大，或接近最强大的势力，否则不能光明正大地现身于地上。

地球教的大主教德·维利正潜伏在某个行星地底下，亲自策划和指挥许多既不正确也不光彩的阴谋。在实施阴谋的空暇中，他有时也向下级的主教或神父们说明一些想法。

“你们不明白为什么暗杀的对象不是莱因哈特皇帝，而是杨威利？”

德·维利大主教的声音充满傲然的光芒。自从暗杀杨威利成功后，他的权威和权势俨然已经等同于首席大主教。

“我们要让莱因哈特皇帝成为绝对的支配者，然后让他成为暴君，将人民的憎恶和怨恨全部集中在他一人身上。到了那个时候，能够与暴君专制相对抗的理念，就只有地球教的信仰，而不是那看了就令人讨厌的民主共和政治。”

从宗教专制的角度看来，民主共和政治的精神的确讨厌，因为它是以“让多数价值观并立共存”为前提的体制。

而且，要篡夺一个权力体制的时候，权力集中的体制应该比权力分散的更容易夺取。在前一种体制下，人们几乎没有什么权利意识，并已习惯被统治。因为鲁道夫·冯·高登巴姆扳倒银河联邦时展现出来的钢铁手腕，并不是地球教所寻求的。

“臣下的叛逆会招来专制君主的猜疑，猜疑之后便产生整肃行动，整肃行动会让臣下感到不安，不安又招来叛逆。王朝的历史就是在这种反复中结束的。而我们要做的，就是把这个铁的定律运用到罗严克拉姆王朝。”

德·维利的姿态俨然是自成一家的历史研究者。他从中研习得到的并非哲学，而是阴谋的实践学。不过他能累积知识，并且加以分析，然后引导出具有统计性的结果，头脑也称得上犀利。

“公元前后，我们地球上的罗马帝国也处在一个衰弱的时代，它就是以某个一神教作为国教，来支配后世的历史与文明。这是我们应该留意的典故，同时也是我们今后的目标！”

年长的主教当中，或许也有人对德·维利傲慢的言行觉得反感，但没有人会放在嘴边，倒是逢迎谄媚的人比较多。

“所以您才要让罗严塔尔元帅反叛皇帝，是吗？”

“罗严塔尔在新王朝中是排名数一数二的重臣，虽然年轻，却是位宿将。如果他造反的话，皇帝莱因哈特的心无论如何也没法平静下来。下一个反叛的会是谁？他不禁会对忠实的臣下疑虑起来。我们届时只要让他的疑心病越来越重就行了。”

但是，仍然有几条让人悲观的材料摆在满怀自信的德·维利面前。

“奥斯卡·冯·罗严塔尔的确是位名将，不过，他的部下真的会完全服从他，对莱因哈特皇帝举起叛旗吗？”

“这正是令人担心之处，就算五百万将士全都誓死效忠罗严塔尔，这样的兵力还不到全帝国大军的二成，难道能打倒那个金发小子吗？”

德·维利低声笑着——不用担心，早已采取对策了。

“杨威利已经死了，罗严塔尔也要死了，接下来就轮到那个自称皇帝的金发小子了。他们死得精光之后，就是我方的正义开花结果之日，我们就把他们当作肥料来灌溉吧！”

之后，政教合一的庞大帝国就要统一人类社会了。从前人类只栖息在地球这个行星表面上的时候，也有一段相当长的时间维持类似的政治体制。如今这种政治体制要在整个宇宙中复活了，而且是自己使它复活的。雌伏与隐忍的日子不久后就要结束，扬眉吐气的日子将取而代之。

德·维利再一次笑了，那是一种黑色的笑容，一种企图利用阴谋使历史倒转的笑容。

Chapter 4

萌芽

1

身为银河帝国国务尚书的千金，同时也是大本营幕僚总监的希尔德，也就是希尔格尔·冯·玛林道夫，于九月七日重新回到大本营。

“由于个人的缘故，给皇帝陛下带来许多困扰，恳请陛下恕罪。今后将极尽所能，不使类似的事情再度发生。”

希尔德对她的上司致意。说起她的上司，其实在整个宇宙中也只有一人，那就是银河帝国的皇帝。莱因哈特有些生硬地点点头，接受了伯爵小姐的致意。他似乎想说些什么，最后却还是什么都没说、什么也说不出来，就让希尔德退下了。

莱因哈特在私务方面不够成熟的包容力，这时又暴露出来了，不过希尔德反而松了一口气。

如果莱因哈特真把心中的话说出来，那么怎样回答才好呢？希尔德自己也无法摆脱困惑。如果莱因哈特向自己表示歉意的话，又该如何应对？

“那是一场梦，陛下，请您忘了它吧。我也不会在意的。”

或许还是这么回答才好：

“我是陛下的臣民，自当遵从陛下的任何命令。”

两种说法，希尔德觉得哪种都不是最适当的回答，因为这根本不是对方该不该向自己道歉的问题。

一旦回到自己的岗位上，就不能放任公务不管，所以希尔德也不用对皇帝的求婚做出明确的回答了。

或许自己应该辞去幕僚总监这个职位，但缺勤这么多天后，刚出勤就马上提出辞呈，恐怕只会招致人们各种臆测。其实仔细想想，年轻单身的皇帝和一位同样年轻的单身女幕僚共处这么久，竟然还没有任何绯闻，才真有些不可思议。或许是因为莱因哈特总给人与性无关的印象，希尔德也始终保持着公务对公务的关系，没有表现出恃宠而骄的样子。不过，如今事实已经产生了，今后会变成怎样？该如何应对？希尔德这样聪明的女子想了一个礼拜，仍然没有得出这些问题的答案。

另一方面，年轻俊美的皇帝同样束手无策。他不仅从来没有在公务方面体验过这种心境，私务方面这样的记忆也是绝无仅有。

自己向玛林道夫伯爵的千金求婚了。如果能立刻得到回答，就算是被拒绝，也可以把心情好好整理一番。然而莱因哈特并没有得到回答，所以他的意识此时仍漂浮在心海的水面上。但他也知道，这不是期望对方能立刻回答的问题。

有些人可能会嘲笑莱因哈特在处理私人生活时的不成熟，但作为公务人员，他却从不曾怠忽过身为皇帝的义务与责任，而且一直在政务方面展现出正确的判断与裁度，这一点无可否认。当然，莱因哈特如此专注于政务，是为了逃避他私人生活中的苦恼，这种讽刺性的观察倒也可以成立。但莱因哈特并没有将个人的苦恼反映在政务处理上，这也值得赞赏吧？莱因哈特这一生中，到此时为止，只有一次曾经将公务人员的责任义务抛弃不顾，那就是刚刚失去齐格弗里德·吉尔菲艾斯的时候。

不过再庞大的政务也有处理完毕的时候。这种时候，年轻的皇帝就变得不知道做什么才好，有时恍惚发呆似的啜饮着咖啡，有时翻翻厚重的书本，却不见得把兴趣放在书里，不然就找贴身侍者艾密尔或者次席副官流肯一起下立体西洋象棋，再不然就是找他们一起到马场去骑马。从各方面来看，他的人生一直和风流无关，所以战争和政务这些每天的例行公事结束后，他就不知道该如何打发时间了，当然也从不曾忙于男女间的情事。

“皇帝不知如何消磨空闲的时间姑且不论，倒是经常会发烧，该不是什么大病的前兆吧……”

重臣们不禁觉得不安。

发烧算不上什么重病或疑难杂症，却如小小的云块遮掩了太阳的光芒。而迄今为止，莱因哈特生命力的光辉是不容许被任何云层遮掩的，不管云层是多么薄。太阳是宇宙间独一无二的存在，所以臣下不能不心生忧虑。

“威斯塔朗特的那件事，对皇帝的龙体恐怕有很大的冲击……”

亲卫队队长奇斯里准将对这种谣传置若罔闻。国务尚书玛林道夫伯爵的千金在皇帝的私人房间过了一夜，以及皇帝捧着花束一早就前往玛林道夫伯爵的宅邸拜访，奇斯里全都知道，但从来没有透露过半句。虽然比不上“沉默提督”亚伦斯特·冯·艾杰纳一级上将，不过口风紧同样也是奇斯里的优点。

就算莱因哈特每个晚上都和不同的女子过夜，奇斯里同样会三缄其口，绝对不让他人知道。就这一点而言，奇斯里口风紧的优点，反倒像是从不曾发挥功能的瑰宝，如今终于发挥了它真正的价值。依奇斯里的看法，身为皇帝，就算有几个爱妾或情人也并无不妥。

莱因哈特的确也有不知变通的笨拙的一面，甚至接近冥顽不化的程度。不管对方答应也好，拒绝也好，他向玛林道夫伯爵千金提出求婚是千真万确的事实。所以在等待她回答的这段时间里，如果和其他女子交际的话，等于是一种不诚实的行为，这是莱因哈特根深蒂固的想法。但或许也可以说，他其实一直觉得男女之间的交往极为麻烦，如今等于得到了一个理由，可以把这种想法正当化。

“……有些人驳斥说皇帝极为俊美，所以一定非常多情，或者应该非常多情。不知道这些人如何解释为何会有好色的丑男存在？”

艾尔尼斯·梅克林格有些讽刺地批评。但如果光看莱因哈特表面的容貌与权势，是难以想象出他私生活的贫瘠的。

不管怎么说，莱因哈特一点都没有采摘其他花朵的念头。

由于玛林道夫伯爵忍不住发出那掺杂着同情的苦笑，不久后，莱因哈特便经常在政务结束后外出，前去鉴赏他以前不怎么关心的戏剧、音乐、绘画等。如果只有他一个人独处，情绪一定会变得非常沉重。

真正对皇帝这些举止感到畏缩的，恐怕是那些被吩咐一起前往观赏的高官或侍者。曾经有一次，莱因哈特要求弗利兹·由谢夫·毕典菲尔特一级上将随自己前去观赏古典芭蕾，这个人选是错得最离谱的例子。不过，一直把这件事当笑料的克涅利斯·鲁兹一级上将等人接到皇帝的命令，被要求一起出席诗歌朗诵会时，他们也头痛了。奥古斯特·沙姆艾尔·瓦列一级上将在还没有轮到自己“值班”的时候，甚至认真地考虑过，是不是和驻守在本土的“艺术家提督”艾尔尼斯·梅克林格一级上将换一下工作。

“皇帝自身其实就是卓越的艺术品，所以不需要刻意对艺术抱持兴趣。统治者只要为艺术出钱就可以了，不需要出眼睛，也不需要出嘴巴，否则只怕会产生一些逢迎统治者喜好、故作权威的冒牌艺术家。”

这是渥佛根·米达麦亚元帅的评语。但他也是以宇宙舰队的军务为由谢绝了皇帝的邀请，才能这样置身事外地评论。

“元帅有如此的见识，就请您代替我们与皇帝同行吧。今天晚上的节目是那种我听了也不懂的前卫音乐，却得在皇帝面前洗耳恭听。”

奈特哈尔·缪拉一级上将叹息道：

“还不如有场战争或者内乱好呢。”

这当然不是什么明确的预言。不过日后，缪拉却只能怅然地回顾此时的话了。

2

正当莱因哈特一面忙于政务，一面为私人生活的航路图不齐备而烦恼，他的幕僚也为这意想不到的“艺术之秋”而困扰之际，在阴谋的土壤深处，地下茎正开始萌芽。

地下茎的一端横穿过整个宇宙，也伸展到了行星费沙的地底下。当然，它并不是直线伸展过来的，因为它的根并非只有一条，为了争取唯一的太阳，这些根互相纠缠在一起生长。这株奇怪的植物正近乎贪婪地吸取着养分。

银河帝国内务部次官兼国内安全保障局局长海德里希·朗古，还有费沙的前任自治领主安德鲁安·鲁宾斯基——奥斯卡·冯·罗严塔尔一见到这两个人，就会产生想当场射杀他们的欲望。而现在，这两个人正在进行某种会谈，当然是非公开的。会谈的场所是鲁宾斯基拥有的几个密室中的一个，这也是决定过几个人的死亡的场所。灯光透过水晶玻璃映照过来，让以绿色为基调的室内散发出像是某个森林角落的光芒。这两个潜伏在人工森林里的阴谋家，面貌和年龄迥然不同，却有一个共同点，就是轻蔑与自己共谋的对方，而鲁宾斯基对这一点的认识比朗古更深刻。

朗古正用手帕擦拭着额头上的汗水。他一贯喜欢在对方的注视下，把自己的真实表情隐藏起来。鲁宾斯基也把心中的冷笑隐藏在皮肤下，继续说明着阴谋的进行方式。

“如果无法让皇帝亲临新领土，让罗严塔尔元帅造反就会变得相当困难。这一点，次官阁下应该也很清楚。我们必须要给他一个巨大的饵，大到足以掩盖他的理智。也就是说，必须替他制造一个好机会。”

“或许是这样吧，不过为罗严塔尔制造如此有利的条件，这种做法行得通吗？万一，如果说万一那家伙弑杀皇帝成功的话，这可怎么办才好？”

以朗古本身的立场，他不能不担心。因为这不祥的空想未来绝对不能实现。一旦罗严塔尔弑杀莱因哈特成功，整个宇宙的大权都将在他掌握之下，朗古一定会比谁都早地成为肃清的对象。虽然朗古是个看不清自我的人，这种事情他还能想明白，这真是既悲惨又滑稽的事实。

“这点您不用担心，弑杀皇帝只不过是一种表演，只是做做样子而已。我们会让罗严塔尔一开始就失败，并让夺回一命的皇帝下定决心讨伐他。这一切都在我们精密的算计之下。”

“真是这样吗？”

“不然我们写份誓约书吧。”

“……”

如果把朗古对罗严塔尔的憎恶比作刀子，把他对权势的欲望比作叉子，那么此时他正要贪婪地吞下银河帝国这顿丰盛的大餐。在武力占优势的时代，自己没有武力却又要达成这个目的，就只有借助皇帝莱因哈特的权势了。

莱因哈特一旦对忠实的将帅们产生疑虑，并采取肃清将领的恐怖政治手段，朗古就会成为皇帝整肃时的特别检察官，或者是处刑负责人。这么一来，他就可以卖弄皇帝赋予他的权势了。为了实现这个目的，罗严塔尔的造反对于朗古来说，就是必要而宝贵的契机。

如果能让罗严塔尔造反，莱因哈特会在镇压叛乱之后，对米达麦亚等人也失去原有的信赖。米达麦亚是罗严塔尔的密友，罗严塔尔消失后，他就是现存者中最了不起的用兵家。如果能让米达麦亚落入陷阱，然后用两虎相斗的方式，把朗古的恩人——也就是奥贝斯坦一起除掉，朗古通往权势的障碍就不存在了。希尔格尔·冯·玛林道夫终究只是个无力的小女子，她的父亲也只是徒有诚实的无能者。至于缪拉以下的高级军官，如果离开战场，也不过是穿着军服的木偶罢了……

朗古并没有察觉两件事：一是这样的构想，或许该说是妄想，是受到费沙旧自治领主安德鲁安·鲁宾斯基的诱导才逐渐扩大的；二是在鲁宾斯基眼里，他不过是一个低劣又不起眼、用后即可丢掉的便利道具。聪明的鲁宾斯基并没有让他察觉到这两点。

如果说有人觉察到了这些事情，那也不会是朗古，而是另外一个人，那就是巴尔·冯·奥贝斯坦元帅，而且只可能是他。

呈现在他那感光电脑组成的义眼里的事物，一定比朗古的眼睛能看到的要多得多，但他不可能一一解说清楚。朗古不但是鲁宾斯基玩弄阴谋的道具，同时也是奥贝斯坦的政治道具，不过他却反过来把他们两个都看成自己的道具。奥贝斯坦虽然是他非公开的上司，也是录用他的恩人，不过能给予朗古的最大恩惠，恐怕就是牺牲自身，让朗古飞黄腾达吧。

在这个时候，鲁宾斯基和朗古都希望罗严塔尔拥兵造反。

只不过朗古希望这必须是一场以“能被扑灭”为前提的、规模有限的火灾，而鲁宾斯基希望的却是一场燎原大火，因为他们的动机和目的截然不同。鲁宾斯基对这个差异认识得很清楚，朗古则全然不知。虽然他也有所怀疑，却无法正确认知。朗古一直不如奥贝斯坦，而基于某个类似的理由，他也同样及不上鲁宾斯基。鲁宾斯基可以把自身映在镜子里嘲笑自己，朗古却无法做到。

整个阴谋最后的结局是，朗古作为罗严克拉姆王朝的佞臣，恶名一直流传到后世。尽管他也有几个优点，比如在家庭中他是个善良的丈夫，也是个和蔼的好父亲，不过作为公务人员的他，却怎么也逃不掉别人的责难。

在“野心的时代”，确实有这样的事情。莱因哈特皇帝虽然出生在空有贵族之名的贫穷家庭，但十几岁的时候就晋升为旧王朝的将官，不到二十五岁便头戴至尊王冠了。

过去五个世纪以来，所有支配人类的人，不管明君也好，昏君也好，直系也好，旁系也好，全都仅限于鲁道夫·冯·高登巴姆的子孙。而用实际行动打破这种血统专制的，历史上只有两人，一个是亚雷·海尼森，另一个就是莱因哈特·冯·罗严克拉姆。虽然他们的手法和信仰的主义迥然不同，但有一点相同，那就是人们无法把他们的名字从历史上抹去。

一个有创造性的行动者往往会产生无数模仿者。比如莱因哈特，他那种依靠单一支配者来统治宇宙的构想，就延续了鲁道夫大帝的企图。当然，他并不是要模仿鲁道夫大帝，而是立志要超越后者，而且还不到二十五岁时，他的野心就基本实现了。

莱因哈特创造的伟业令无数人敬畏，朗古当然也是其中一个，但他并不认为年轻俊美的皇帝是从不犯错和神圣不可侵犯的。如果皇帝不会犯错，就不会让齐格弗里德·吉尔菲艾斯惨死，也不可能败给杨威利。

朗古要让年轻的皇帝成为自己的傀儡。为了这个目的，他必须把那群忠实能干的臣下从莱因哈特手中夺过来，让莱因哈特孤立在猜疑和不信任中，因为皇帝的不幸直接关联到朗古的幸福。

3

这一年的八月底，有个奇怪的谣传开始在新帝都费沙的地表徘徊。一进入九月，这个原本像地下暗流的谣传，开始像泉水般喷涌而出，流进了银河帝国公务人员耳中。不祥的流言像是无数的水泡，不断地将迸裂的音符送进人们耳朵里。

“新领土总督罗严塔尔元帅有意造反！”

“罗严塔尔元帅深知自己的军事力量无法和皇帝匹敌，所以他打算假借视察新领土之名，邀请皇帝亲临海尼森行星，然后在皇帝巡行的途中将其暗杀……”

“暗杀皇帝之后，罗严塔尔元帅就会拥戴行踪不明的幼帝艾尔威·由谢夫二世，发表复辟高登巴姆王朝的宣言，然后自己担任摄政王，独揽政治与军事大权。然后不需多久，就会为自己戴上至尊之冠……”

“不，罗严塔尔元帅的目的不是暗杀皇帝，而是要把皇帝软禁起来，逼迫皇帝签署退位诏书，让自己合法地坐上至尊的宝座……”

“察知阴谋的皇帝害怕遭到罗严塔尔元帅的暗杀，躲在帝都不敢出来……”

“听说罗严塔尔元帅已经呈上了请皇帝亲临行星海尼森的邀请函，但皇帝不可能接受……”

“说不定，皇帝会反过来把罗严塔尔元帅召到费沙，好好诘问一番！”

有关奥斯卡·冯·罗严塔尔元帅有反叛企图的谣传，在这一年春天将近结束时也曾流传过，但由于皇帝和元帅在公开场合的对话，让过去那个谣传终归只是个谣传。不过，这次能否也像从前一样，迎来一个幸福的结局？没有人能自信地预测。

皇帝的侍从长温歇尔·冯·哈杰尔巴克男爵，是皇帝的姐姐格里华德大公夫人的朋友夏豪杰子爵夫人的义弟。他以养子的身份继承了男爵封号，虽然没有特别的才华，不过为人温和诚实，没有政治野心。担任侍从长这个职务，这样一个人便已足够，不需要什么大器或才能。因为他不用辅佐皇帝的政务，只要留意不让皇帝的生活有任何不便就可以了。但莱因哈特那样朴实的生活，只要有艾密尔·齐列在他的身边照顾，也就足够了。

那个在费沙流传的谣言会传到皇帝的耳中，是因为这个侍从长的缘故，但并不是因为他喜欢乱嚼舌根。罗严塔尔邀请莱因哈特亲临行星海尼森的邀请函送来后，放在了莱因哈特新居书房的桌子上，侍从长发现后，便将邀请函交给了皇帝陛下。当时莱因哈特察觉到侍从长脸上有不安的表情，盘问后才知道了这个谣传。至少侍从长晚年的回忆录是这么记载的。

第二天，正式说来是九月十日，把军部最高层集中在大本营的时候，年轻俊美的皇帝从一开始就流露出不悦的神色，眉宇之间布满了无形的阴云。他告知众人罗严塔尔送来邀请函的消息，并且宣布自己将接受邀请，前往行星海尼森。军务尚书奥贝斯坦元帅接触到皇帝的视线，立即往前半步。

“最近，宫廷内外流传着一个奇怪的传言，想必皇帝陛下也略有所闻。在这个传言的真伪被证实以前，陛下可否暂时留在费沙？”

“混账！”

莱因哈特端丽的唇间迸发出巨大的怒气，冰蓝色的眼眸宛如封住火焰的蓝宝石一般闪闪发光。

“罗严塔尔不可能暗杀朕，朕不会怀疑他，也不会害怕。你们竟然为这些世间的闲言碎语迷惑，难道想挑拨朕与重臣的关系吗？”

军务尚书的义眼闪闪发光。

“那么，请至少带领一个舰队前往。”

“皇帝前往重臣统领的地区，如果带着过于庞大的兵力，只会招来疑虑与恐惧。最重要的是，皇帝在自己的领土上，为何要有大量舰队跟随？这种废话不用再说了！”

调整好自己的呼吸，莱因哈特把视线移到一位臣子身上。

“缪拉一级上将。”

“是，陛下。”

“朕命你担任朕的首席随员，准备出发事宜。”

“臣遵旨……”

奈特哈尔·缪拉轻轻晃动着砂色的头发，接受了皇帝的敕令。奥贝斯坦和米达麦亚都沉默无言。就在其他将帅一片沉默之时，一位提督开口说话了，是克涅利斯·鲁兹一级上将。

“陛下，请允许臣加入随员的行列。臣的妹夫在新领土总督府中担任民事长官，而臣与妹妹已许久不曾相见，盼望能借此次机会成全私心。”

借着这种侧面攻击，鲁兹成功地攻陷了皇帝莱因哈特这座难攻的城堡。另外还有一个原因，鲁兹原本担任费沙方面军司令官，但由于首都正式迁移，军部组织随之改编，这个职务便被悬在半空中。所以一直到新的职务确定前，他等于处在空闲的状态，只担任大本营和军务部的参事官，这也是他的请求被批准的内情。

“真可惜，皇帝怎么不带着我一起去？”

从皇帝面前退下后，毕典菲尔特叹息道。鲁兹则闪耀着淡紫色的眼眸，笑着说：

“如果要和罗严塔尔元帅打架或摔跤，陛下或许会带着你一起去。但话又说回来，这一次如果不是和平之旅，事情可就麻烦了。”

还有一件事让鲁兹和同僚们感到不可思议，就是经常跟随在皇帝身边的希尔德，即玛林道夫伯爵小姐，这一次竟然被留了下来。

“玛林道夫伯爵小姐最近身体不适，进行跳跃飞行恐怕会增加体力上的负担。”

皇帝亲口说明，其他的人也就信以为真了。这么说来，那位聪明的伯爵小姐今天没有被召来开会，而且最近缺勤，也是因为这个缘故吧。

事实上，莱因哈特明显有私人的理由。因为自那个晚上之后，已经过了十多天，而且希尔德也回到了大本营，但她一直没对莱因哈特的求婚有任何回答。这恐怕是希尔德一生中第一次无法果断地处理事情。与她结婚，莱因哈特究竟会不会幸福呢？到现在为止，希尔德一直束手无策地站在这个问题面前。

莱因哈特把她传唤到办公室后，特意摆出一副事务性的表情和声音。

“伯爵小姐，朕这个月月底要出发去新领土。”

“谨听陛下的指示。”

“这一次，朕要你留在费沙。”

“是。”

“另外，在朕回到费沙之前，希望你能对前些天的事情有一个明确的回答。”

年轻的皇帝避开希尔德的眼眸，将视线投注在她暗色调的金色短发上，说道：

“当然，朕指的前些天的事情，就是朕对伯爵小姐的求婚。”

莱因哈特还特意说明，这只能说是他的不成熟，但也可以从中看出他的诚挚。这毋宁说是让希尔德得救了，因为莱因哈特如果是个更性急或者本位主义的人，大可以在出发前逼迫对方给出明确的回答。他毕竟是个专制君主，完全可以无视希尔德的意愿为所欲为。不过希尔德内心的天平此时已往某个方向倾斜了。

希尔德重回大本营后，行政处理能力一点也没有下降，在创造性思考方面的表现却略欠精彩，这大概是因为理智的集中和持续无法两全。

希尔德察觉到了这一点，所以这次不能与莱因哈特同行，她也无可奈何。她当然听到过与罗严塔尔有关的谣传，但觉得这不过是年初的谣言再度流传罢了。或许这种想法正可以证明希尔德的理智和思考一时都失调了。还有一个理由，她对随行的缪拉等人绝对信赖。

此外，希尔德也有自己想做的事情。

“前去见见皇姐格里华德大公夫人吧。”

这就是她想做的事。自从那个晚上以后，希尔德一直在想着这件事，但似乎一直没有机会去拜访她。莱因哈特不在的这段时间内，或许能有机会。希尔德希望让这位皇姐也像她的父亲一样，明白此间所有的事情，因为她是从小就疼爱着莱因哈特、完全明白他的坚强与脆弱之处的皇姐呀。

莱因哈特迄今为止的人生历程虽然极为壮丽，却称不上多彩多姿，反倒该说十分单纯。他有明确的价值观，而且目的非常鲜明，只要全心全意往那个目的地迈进就可以了。

拥有强大的敌人，为了打倒敌人竭尽所能，这种人生只能是单纯的。以莱因哈特为例，他要打倒高登巴姆王朝这个目标，虽然显得有些过于庞大，却反而让他在展现于面前的广袤荒野中，开辟出了一条最短的路。

在这一方面，杨威利所走的是一条更为复杂、更为曲折的思想路程。民主共和政治是最好的体制，这个想法在他心里从未动摇过。不过他一直以直接和间接的方式，体验着这个体制以最差的形态运作时的情况。

杨的人生、思考方式和价值观，总是像相悖的螺旋一样旋转着，表面上看起来奇特，其实却一直由安定的人格和宽广的包容力制衡着这种特质。不过这些都成为过去了。

莱因哈特对威斯塔朗特的屠杀事件悔恨万分，与同为专制统治者的“钢铁巨人”鲁道夫·冯·高登巴姆相比，他的神经纤维或许要纤细得多。

不过，希尔德并不希望莱因哈特具备鲁道夫式的强悍气质。

莱因哈特无法洞察希尔德的心理，他把该说的话说完后，动作生硬地扬起一只手，就打算先走了。但在他的动作产生的气流正好引起微风的一瞬间，希尔德出声说：

“陛下……”

“嗯？”

“请陛下路上多加小心。”

年轻的皇帝好像有些不知所措，凝视着美丽的幕僚总监。他体会到伯爵小姐话中的含义时，脸上浮现出即将展露微笑的表情，对她点了一下头，转身离去。

就算把杨当作例外，但是别人呢？比如希尔德，她有父亲这个理解者和支持者，但莱因哈特身边有这样一个人吗？过去是有的，不过此时在他声音所及的范围内，似乎没有。至少这个人并没有出现在他的视线中。

即使面对米达麦亚或缪拉这样的忠臣，莱因哈特也无法把他们当作商讨私人生活的对象。他已经把不成熟和脆弱的一面在玛林道夫父女面前暴露出来，但那只是个结果。不管米达麦亚也好，缪拉也好，莱因哈特从没想过与他们商谈私人生活。他毕竟不是让别人知道自己的缺点之后，仍能泰然处之的人。

4

米达麦亚必须亲自参与许多重要的军务，无法像鲁兹那样主动提出随同皇帝前往新领土。于是他将缪拉召到宇宙舰队司令部的办公室，从整体大局到细节问题都做了反复研究。他对这位比自己小两岁的同僚有足够的信赖。

“我想我能理解你的担心。今年六月，杨威利在前来与皇帝会面的途中遭到了暗杀，你害怕那样的悲剧会再次重演，是吗？”

“如您明察。”

缪拉点点头，砂色的眼眸中浮现出轻微的忧虑。因为一旦暗杀成功，那些恐怖分子便可能食髓知味，想再干一次，这就是人类的心理。

“如果可能，属下也希望皇帝留在费沙，但到了这个时候，皇帝的行程如果忽然中止，反而会把人们的想象引向更坏的方向……”

“没错。不过，他们这样做也真是太巧妙了。”

米达麦亚不禁恨恨地咋舌。

罗严塔尔企图叛乱，皇帝害怕叛乱不敢离开新帝都。一旦这种谣传四处散播，那么以莱因哈特的个性，他绝对不可能窝在安全的地方，否则就好像证明了谣传的真实性。这是个无论如何都要把皇帝引到新领土的陷阱，一个虽然单纯却极其毒辣和有效的陷阱。一想到这些，米达麦亚就不寒而栗。

大约半年前，罗严塔尔因为与一位和立典拉德公爵有关联的女子的关系受到指责。从那时开始，这个阴谋就周密地布置好了吧？如果真是这样，那么一直在背后用指尖操纵引线的人，难道是那个令人讨厌的小人海德里希·朗古？

米达麦亚无法判断。姑且不论朗古的策谋能力如何，米达麦亚对朗古的实践能力与组织能力评价一直很低，所以朗古可能是受某个更狡猾的人物影响，并由这个人物掌握着主导权。米达麦亚的疑虑，在不久的未来便被证明是正确的。

“但阴谋者不可能拥有多么强大的战力，所以只要带五十到一百艘舰艇前往，就有足够的制约力了，对罗严塔尔也不至于有太大的刺激。”

“的确是这样，但问题在于陛下的想法。”

“由我来提出请求。如果随行舰队只有这么一点数量，皇帝应该会允许的。”

银河帝国这两位年轻的名将不禁交换着轻微的苦笑。皇帝的霸气与自尊有时的确让臣下感到苦恼，但用臣下的眼光来看，这也是值得他们尊敬的方面。

“对了，军务尚书对这次事件发表过什么意见？”

米达麦亚那对富有活力的灰色眼眸，此时正蕴藏着讽刺的光芒。只要一提到军务尚书巴尔·冯·奥贝斯坦元帅，他肉体的机能就会直接和精神作用联结在一起。奥贝斯坦当然不会将罗严塔尔呈给皇帝的邀请函理解为善意之举，这再明白不过了。

“罗严塔尔如果真要背叛，一定会举兵从正面堂堂正正地来一场决战，绝不会像某人一样，只会玩弄一些姑息养奸的阴险策谋，从背后刺陛下一刀。”

米达麦亚真想这么说，但真说出来，就不能当作玩笑了事了。人的地位升得再高，舌头的活动范围也不见得会变得更宽阔。

“据我所知，自那以后他没有再发表过任何意见，随行名单上也没有他的名字。”

“哦，那倒还好……”

军务尚书如果随行，米达麦亚当然要反对，但并不是因为他讨厌军务尚书。他深深地明白，奥贝斯坦与罗严塔尔这两人之间错综复杂、像磁铁一般互相排斥的关系，其实远比呈现在表面上的更加尖锐和深刻。奥贝斯坦如果随行，极有可能会对罗严塔尔的感性产生负面的刺激作用。

在这种情况下，如果奥贝斯坦是明哲保身的人，一开始便不可能去罗严塔尔的根据地。不过，有一点连米达麦亚都不得不承认：奥贝斯坦并不以追求自我利益与安全为满足。如果他有重要的目的，那么就算牺牲自己，也会令人意外地付诸行动。这是米达麦亚必须防备的。当然，这不是为了奥贝斯坦的性命安全，而是为了罗严塔尔。

此时此刻正在宇宙间进行的阴谋，米达麦亚当然不可能都察觉到。因为他原本就不希望自己的一生与阴谋和策略有任何关系，但这个愿望终究与事实无缘。

如果说在这个时间点上，有人能察觉这个以地球教的首脑为核心，把魔爪伸向全宇宙的阴谋，那么他大概超出了人类的范畴。所以，在人类的世界里，没有人能责难米达麦亚的局限性。

米达麦亚仍然能看透事态本质上的危险性，这是基于他身为一国重臣所具备的见识，而不是基于阴谋家的才能。如果罗严塔尔的叛逆真的变成事实，将其镇压平息后，接踵而来的将是君主与臣下之间的猜疑。一方会想，连罗严塔尔都会造反，接下来造反的会是谁？另一方则会想，连罗严塔尔都遭到整肃，接下来又会轮到谁？这么一来，整肃与叛逆只会陷入无穷无尽的恶性循环。

“算了，不管军务尚书是怎么想的，我有我自己的做法。先把宇宙舰队的主力集结在夏坦布鲁格周边的宙域吧。”

所谓夏坦布鲁格，是“影之城”的意思，这是一个已确定要建设在费沙回廊的新领土方向，也就是旧同盟方向出入口的宇宙要塞的名称。其重要性无法和伊谢尔伦要塞相提并论，却能扼住回廊一侧的出入口，在防卫新帝都的同时，还可以作为出击、补给、通信的据点，发挥相当大的作用。

顺便一提，一个即将在费沙回廊通往帝国本土方面的出入口处建设的要塞，被命名为“多莱·古罗斯阿多米拉尔斯布鲁格”，意思是“三元帅之城”，用来纪念罗严克拉姆王朝六位元帅当中已经死去的吉尔菲艾斯、法伦海特、舒坦梅兹三位元帅。

"如果再有一个人死去的话，就改名叫四元帅之城吧。"

毕典菲尔特这个一点都不高明的玩笑，惹得同僚们只能苦笑。但不管怎么说，这两个新要塞对以费沙回廊为联结点的新王朝和新帝国的存续与发展，有极重大的意义。莱因哈特建造一个强大帝国的构想，正在经由这种实地的建设一步步实现。米达麦亚元帅在军务第一线统辖指挥这些工程，也是他无法随同皇帝前往新领土的原因。

米达麦亚非常适应新时代的新任务，圆满地完成了自己被赋予的课题。他是帝国军第一勇将，却不单是位勇将，其实有绝佳的灵活性与气度。他自己并没有意识到这些，不过奥斯卡·冯·罗严塔尔等人却对他评价极高。莱因哈特当然也明白这一点，才一直把重任托付给这位"疾风之狼"。

但万一莱因哈特与臣下陷入整肃与叛逆的恶性循环，米达麦亚就不禁要怀疑，自己和同僚究竟为什么要赌上性命打倒高登巴姆王朝、消灭自由行星同盟，在全宇宙勾勒出一道血的轨迹？罗严克拉姆王朝为宇宙带来了和平与统一，并且以更进步更公平的统治支配了至少半个宇宙。这样辉煌的功绩只要稍有差错，便可能被涂成暗红色的恐怖政治，被后人用厌恶和冷笑批判。

绝不能让情况演变成这样。为了做到这一点，除了希望莱因哈特皇帝有宽大的度量外，同时也期望罗严塔尔能自重。

"缪拉一级上将，陛下的安危就交给你了。希望你能和鲁兹同心协力，将陛下平安无事地送回费沙。"

"属下会尽微薄之力。但是最终什么都不会发生，不是吗？"

缪拉沉着冷静地微笑，大概是为了让这位年长两岁的敬爱的同僚安心。米达麦亚一面衷心祈祷缪拉的话实现，一面伸出了手。

5

“无论是什么毒辣阴谋的结果，叛乱的种子既然会发芽，就说明必然有适宜的土壤。莱因哈特皇帝与罗严塔尔元帅之间，到底还是有一道能让阴谋家利用的裂痕。”

后世的上述评价，虽然有些过于偏向唯物论的嫌疑，但某些部分应该是正确的。

战乱平息后皇帝亲临新领土的计划，原本早已纳入莱因哈特和帝国政府的日程表中。正因为那是新领土，所以一有机会(或者要积极地制造机会)，就要把皇帝的威信和恩惠彻底诏告给“臣民”。

所以罗严塔尔呈送邀请函，皇帝应该毫无疑问地接受下来。

另一方面，罗严塔尔这边的真实情况其实更复杂。就在他即将送出邀请函的时候，从他留在费沙的眼线那里传来了奇怪的谣传。

“皇帝陛下虽然身在费沙，却经常有原因不明的发烧。借着皇帝卧病的机会，军务尚书奥贝斯坦元帅和内务部次官朗古的专横愈演愈烈。军务尚书俨然是一副宰相的姿态，而朗古次官俨然已经是内务尚书，有心者莫不紧皱眉头、三缄其口。特别是朗古次官基于私人的恩怨，屡屡在皇帝面前毁谤罗严塔尔元帅，并连连进言请皇帝把元帅召回费沙，然后将其肃清。另外他还声称，罗严塔尔元帅正在策划邀请皇帝前往新领土、实施暗杀的阴谋……”

朗古将这个情报散播出来，可能有某种阴险的意图。罗严塔尔固然能敏锐地观察政略，却没有发觉朗古是为了故意让自己知道，才对事实进行了夸张与捏造。罗严塔尔是个军人，深知叛乱对一个统治者来说绝对是负面因素。引发一场从一开始就明知会被平定的叛乱的想法是十分可笑的。罗严塔尔本来对用兵极为自信，不会放过任何企图破坏皇帝与自己的信赖关系的举动。他也对朗古抱有成见，认为朗古对皇帝根本没有发自内心的尊敬，而且随时都抱着加害自己的企图。这个成见是正确的，但罗严塔尔最终却因为成见中了朗古的计策。

“陛下不可能被朗古这种奸佞小人的话欺骗。今年春天的时候，那个家伙还企图把我推进粗陋的陷阱，最后不也输得很惨？”

罗严塔尔如此安慰自己，但多少还是有些不安。于是他把心腹——军事监察长官贝根格伦上将叫到面前，询问对方对最近在新首都流传的谣言有何判断。

“皇帝陛下当然不会被朗古奸佞的言辞蒙蔽，但属下担心另外一个人物的动向。因为朗古这种人只不过是耍口技的傀儡罢了！”

贝根格伦特意避免指名道姓，但罗严塔尔对他所指何人却是再明白不过。此时他的脑海里浮现出军务尚书巴尔·冯·奥贝斯坦那对闪耀着异样光芒的义眼。奥贝斯坦在内心对皇帝可能是极度轻蔑的。这种担忧和不快的感觉，罗严塔尔不是第一次有了。

“如果皇帝陛下真的沦为奥贝斯坦和朗古那种人的木偶，可真是太让人失望了。”

果真如此的话，那位年轻霸主的人生不就是典型的虎头蛇尾？罗严塔尔想。而且出于自身的霸气，他甚至还想，不如索性由自己取代奥贝斯坦那些人来拥戴皇帝吧。

这一次皇帝即将在少许护卫的随行下，来到罗严塔尔掌管的领土。如果在皇帝来访新领土的时候，直接请他留下来不再回去，然后宣布将大本营和宫廷迁到海尼森，那么奥贝斯坦等人没有与皇帝同行，到时候就一点办法都没有了吧。这难道不是一个可以将全宇宙掌握在手掌间的绝佳机会？

当然，莱因哈特不会轻易承认罗严塔尔的优势，一定企图从他的手中逃脱，然后夺回地位与权力。如果真演变成这样的局面，又何尝不是一件有趣的事。双方真要以战争来分出胜负的话，朗古自不必说，连奥贝斯坦都只是战争舞台上演技欠佳的三流演员。虽说奥贝斯坦长于权谋，却也必须仰仗皇帝的权威才行，根本不配与拥有五百万兵力、号称用兵伟才的罗严塔尔为敌。

在高登巴姆王朝时代，有能力的臣下遭到整肃之事根本没什么稀奇。甚至还有将领刚从战场上凯旋，就立刻被莫名其妙地剥夺兵权，然后直接押上刑场的例子。如果莱因哈特因卧病在床导致判断力低下，旧王朝的恶例或许会在罗严塔尔身上重演。

更何况罗严塔尔的叛逆色彩并不完全是无色透明的。他确实有宛如枭雄的一面，所以自就任总督以来，便在研究按照新领土的生产能力，究竟能对帝国本土使用何种程度的政战策略。当然，这些研究都是把奥贝斯坦当假想敌来进行的。

也正是因为这一面，后世对罗严塔尔持批判态度的历史学者，便有了如下的言论。

“奥斯卡·冯·罗严塔尔作为莱因哈特皇帝的忠臣，缺乏彻底性；作为一个叛逆者，又欠缺决断力。最终，他算不上是一名叛逆者，只是个永远的不满分子罢了。”

“他如果能稍微确认一下自己在历史中扮演的角色、所处的位置，便能明白该把心力贡献在建立和平与秩序上。但那些以前帮助他成功与荣达的理性和智慧，却在他爬到臣子最高地位的一瞬间，一下子消失得无影无踪。”

“他最后阶段的变节，给人一种印象——他过去贡献给莱因哈特·冯·罗严克拉姆的忠诚，全部都是欺瞒的行为。这不怪别人，完全怪他自己……”

虽然有这么多批判，倒也没有人歪曲事实，硬是指责罗严塔尔是个无能的人。不如说正是他那出色的才能与力量，将他引入了歧途还比较中肯。

如果调查一下同时代的证人有何见解，一直与罗严塔尔处在对立阵营的尤里安·敏兹对他是如此评价的：

“……奥斯卡·冯·罗严塔尔可谓是一位有雄才大略的伟大人才，不管是担任大军的指挥官也好，广大领土的总督也好，抑或是宰相也好，以他的才干来说绝对没有不足之处。只是在这个时代，只有一个地位不适合他，就是刚刚建立的新帝国的皇帝之位。仔细想想，其实帝位传了三代后，大概就没有才干与气度像罗严塔尔一样优秀的人了。他可以毫无疑问地继承前任政权的政策，发挥所长，修正所短，肃正纲纪，改造国家组织，镇压武力叛乱，保卫帝权和人民，借强大的领导力维持坚定统一的集权政治。他一定可以成为比高登巴姆王朝大部分皇帝都要伟大的君主……可是，在他统治下的帝国首都可能还会继续在行星奥丁上。然而和他同一个时代，却有一位凭借无与伦比的天才，把统治宇宙的中枢转移到行星费沙的年轻人。这么看来，罗严塔尔是个出生在创业时代的守业人才。而与创业人才——皇帝莱因哈特·冯·罗严克拉姆生在同一个时代，这大概是奥斯卡·冯·罗严塔尔的不幸。又或者……”

尤里安·敏兹的叙述到这里就刻意停止了，后面仿佛是以无言的方式诉说着，罗严塔尔的叛乱对生在同一时代的他来说，也是在比事实更真实的领域中发生的。

如果尤里安·敏兹的分析正确，那么这与罗严塔尔的主观认识似乎有明显的差距。罗严塔尔一直认为或觉得，自己从头到尾是个适合栖息在乱世中的人，或者说，他希望自己成为乱世英雄的愿望，比祈求安定的志向更强烈。

无论如何，罗严塔尔绝对不想处在奥贝斯坦或朗古的风头之下。那样的话，他当然对自己的未来无法乐观。

罗严塔尔明明知道有些令人不快的谣传在费沙四处流传，却还是把邀请函呈送给皇帝，其中一个原因就是他想知道皇帝的反应。如果皇帝不离开费沙，便说明皇帝相信了那些谣传，对他有所怀疑。如果真是这种情形，借用罗严塔尔的一句话，就是“皇帝已经沦为奥贝斯坦和朗古的傀儡”。虽然让人觉得不愉快，但至少事态已经明了。但是皇帝如果答应罗严塔尔的邀请、亲临新领土，就可以证明他对罗严塔尔的信赖了吗？很遗憾，事情也并非如此。或许是想让罗严塔尔先松懈下来，然后再忽然逮捕和处决他。以莱因哈特皇帝的为人，并不会玩弄这种计谋，不过奥贝斯坦和朗古这班人玩弄这种计谋却没什么难的。

不管怎么说，九月二十二日，莱因哈特皇帝离开新帝都费沙，踏上了亲临新领土的路途。总督罗严塔尔必须要准备迎接。

Chapter 5

乌鲁瓦希事件

1

宇宙历八〇〇年、新帝国历二年九月下旬。

这一年的夏天对银河帝国的人民来说，是个平稳而爽朗的季节，现在已经接近尾声。旷日持久的战争终于要迎来结束，那些父子、兄弟、丈夫与恋人终于从远征中归来。据说一到达故乡行星的宇宙港，就和前来迎接的恋人直接赶到结婚典礼会场的年轻士兵有数万人之多。

但人们有所不知，在大地的另一端，乌云正悄然涌起。

乌云的产生并不是民众的责任，可是一旦云层散开变成暴雨，他们却无可避免地要被淋透。民众没有参与起因的权利，却有被迫承担结果的义务，这就是与民主共和政治不同的、由封闭和差别构成的专制政治的罪恶——这是杨威利生前曾对尤里安·敏兹说过的话。不久后，尤里安就深切地体会到，杨所说的是多么真实的预言。

当尤里安等人被封锁在伊谢尔伦要塞的时候，为他们带来珍贵情报的，就是民间众多的通信网，以及波利斯·高尼夫组织的“封锁突破集团”里的人。

现年三十一岁的波利斯·高尼夫并不是伊谢尔伦共和政府的正式成员，也没有担任过公职。他一生下来就是费沙自治领的公民，不过费沙特殊的政治地位被银河帝国的武力瓦解后，就不再有任何法律条文保障波利斯·高尼夫这种人的权利了。

这位大胆的独立商人没有为自己“不属于任何组织”而不安，还以这种身份为乐。他拼着性命突破帝国军的层层封锁，搜集情报，秘密运送物资，种种行为并不是受命于某个人，而是基于自由的意志，他从中获得了无上的快感。他觉得，作为某人的上司或臣下取得一个法律上的地位，还不如成为与某人对等的朋友有意义。正如达斯提·亚典波罗热衷革命战争一样，波利斯·高尼夫也一直执着于“自由的独立商人”的身份——一切都不是义务，一切都随心所欲。他曾经说过“心理的利益比物质利益更为重要”之类的话，所以也有人认为他的资质与其说像商人，不如说像个冒险家。如果让奥利比·波布兰来说，他一定会一针见血地评论“那家伙只是喜欢惊险刺激而已”。

“以前我大概也说过，我和高尼夫这个姓氏的人天生就八字不合。这个姓氏的家族，怎么说呢，一定天生有种不能和明智之人共存的遗传特质。”

波布兰一面说着这种恶毒的话，一面向波利斯·高尼夫打听据说在行星海尼森上的伊旺·高尼夫家人的安危。这位绿色眼眸的击坠王对自己的家人反倒没有表现出关心，至少表面是如此。

到了后世，奥利比·波布兰和达斯提·亚典波罗一起，被人们视为伊谢尔伦共和政府中具有“热烈庆典气氛”的代表人物。除了那一段他曾经流露出伤感的短暂时间，这个评语应该是正确的。但与杨时代不同，在尤里安时代，波布兰营造的热闹气氛总给人一种刻意为之的感觉——达斯提·亚典波罗在记载中如此写道。不过，人们都不是能轻易让别人看透的浅底容器，达斯提·亚典波罗觉察到这一点，想必是因为他的言行和心情与波布兰有共通之处。

波布兰在青少年中极有声望，而且备受欢迎，这是同时代的人共同的证言。少年士兵和已成家的将士的孩子们，总是喜欢围绕在这位爽朗又潇洒无畏的青年身边听他说话，甚至连他戴帽子的方式、走路的样子，都有许多青少年喜欢模仿。但他和异性的关系，却是众多父母不希望自己的儿子去模仿的。另外，说到姑娘，波布兰只会把“女人”而不是“女孩”当作对象，反而意外地获得了别人的信任。

“……所以说呢，各位青少年朋友，大家听着，以后就称呼我深谋远虑、品行端正的波布兰好了。”

“不是叫采花大盗波布兰吗？”

“咦？你们也知道这种无聊话，是不是从亚典波罗中将那儿听来的？”

“不是，是从卡介伦中将那儿。”

“这种来自老一辈人的误解，是年轻的改革者注定要背负的宿命。让我们一起站起来，把他们统统赶进过去的追忆吧！”

波布兰同时肩负着把空战技术教给这些半大孩子的责任，所以他的声望以及对青少年的统率力和说服力，的确是十分难得的特质。当亚典波罗交抱着双臂，看着波布兰带领着一小队少男少女往战斗机驾驶员培训所走去的时候，他喃喃地说：

“这家伙如果出生在和平时代，大概会出人意料地做个幼儿园老师吧。让他做个孩子王还真合适。”

亚典波罗这话一半带着挖苦，一半发自真心。身旁的尤里安不由得露出笑容。

“波布兰中校都能摇身一变，从采花大盗变成幼儿园老师，亚典波罗中将何不也放弃独身主义？”

“是独身主义不放弃我啊。毕竟我和独身主义交往这么多年了，也舍不得丢弃呀。”

其实如果亚典波罗有这个意思，他一定早就有与地位和个人魅力相称的家庭或恋人了。不过他此时的心境，大概像一艘暂时还不需要港口的船。

亚典波罗抱着文件走进办公室后，尤里安也走进隔壁自己的办公室里。他的桌子上放着几封投书。尤里安采取投书这种办法让人发泄不满或表达意见。其中既有些有价值的内容，也有一些针对他个人的恶言恶语。

“一个不能公然对指导者表示恶意的社会，便称不上是一个开放的社会。”

因此，尤里安从来不曾封堵别人对他的批判或责难。他只有在杨被人恶意中伤的时候，才会产生忘我的反应。关于这点，可以从卡特萝捷·冯·克罗歇尔等人的证言中得知。

杨威利在世的时候，在他身旁的尤里安看起来仿佛是比黑发魔术师更有丰富军事感觉的天才型人物。但是在杨逝世后，这个印象便改变了。虽然说这是观察者自身的感性有了变化，尤里安并没有改变，但似乎和这位有亚麻色头发与纤细容貌的年轻人总是捧着杨威利语录这本圣经，俨然是个孜孜不倦的布道者也有关。

尽管如此，尤里安既不阴郁，也不强硬。他没有莱因哈特皇帝那样华丽和充满热力的自信，却以一种极为自然的方式，做着杨的后继者。

在这段时期，他作为一个公务人员，基本态度就是“等待”。

“帝国的人民在过去将近二十代的岁月中习惯了被统治、被支配。所谓的政治，对他们来说就是被迫去做些什么，或者让人去做些什么，所以当然会支持这个比过去要好上许多的罗严克拉姆统治体制。但是当罗严克拉姆王朝在岁月的风化作用中走上自然崩溃的下坡路时，就是民主共和制开始变得有意义的时候了吧？”

所以尤里安认为，现在需要做的是等待。以伊谢尔伦共和政府目前的状况，要成为可以促使情况发生变化的核心，而且是一个积极的核心，力量还是过于薄弱。尤里安甚至认为，在行动前，或许得储备好几代的力量。

不过在另一方面，尤里安凭着自身的感性与理性，知道情况正在急剧变化。除了以长期的观点来经营共和政府之外，也要提出一些可以应对短期变化的方案。这也是尤里安等人能在宇宙历八〇〇年后半年之后，创造出一个良好结果的原因。

“……尤里安从不曾说过一句属于自己的话，他所有发言和见识的源头都在杨威利语录里面。他没有创造，一切都是剽窃的。只因为他比杨活得更久，就不当地独占了所有的光荣。”

达斯提·亚典波罗对这种针对尤里安个人的近乎残忍的毁谤，提出了反对意见。

“尤里安·敏兹不是作曲家，而是一个演奏家；不是作家，而是一个翻译家。尤里安的愿望也正是想让自己成为最优秀的演奏家，或者最优秀的翻译家。他从不曾隐瞒过任何一句话的出处，所以没有道理指责他剽窃——世界上不可能有不经演奏就让人感动的名曲。”

尤里安终生不曾为自己辩护过。当然也有些历史学家，从尤里安始终忍耐自我辩护的冲动和欲望，坚持扮演杨威利后继者和介绍者的角色中，发现了他的不凡之处。无论如何，杨威利的生涯、事迹和思想能近乎完整地记录下来并流传到后世，尤里安·敏兹绝对功不可没，没有任何人能否认这一点，尽管有人对记录的正确与客观提出了疑问。

可是，尤里安和他的同僚们并不需要等待那么久。

十月中旬，“封锁突破者”，也就是波利斯·高尼夫为伊谢尔伦带来一个极具冲击性的重大情报。这是继五月底高尼夫告知有人企图杀害杨威利的暗杀计划以来，带来的又一个无形的爆炸物。

“银河帝国新领土总督罗严塔尔元帅反叛莱因哈特皇帝……”

2

“皇帝陛下及随从一行将顺路前往干达尔星系的乌鲁瓦希行

星，到‘大亲征’战死者的墓碑前凭吊英魂，之后再前往海尼森。”

这是莱因哈特这次巡幸的预定行程。具体内容是临时决定的，莱因哈特不喜欢死板的行程表，所以除了在十一月上旬回到帝都是预定好的之外，其余的行程都是灵活的。

主要的随员有缪拉一级上将、鲁兹一级上将、修特莱中将、奇斯里准将、流肯少校以及少年艾密尔·齐列，没有文官随行，这可以说是一个特征，同时也是缺点。其余的成员则是医生、总旗舰伯伦希尔以及护卫小舰队的搭乘者。

莱因哈特原本就有被后世人批评为“是皇帝军人，不是军人皇帝”的一面，从他担任旧王朝提督的时候开始，比起在宫廷里被美女环绕，他更喜欢在宇宙战舰上或军事设施中与将士们在一起。或许士兵们也认为，比起穿着丝绸衣裳、装饰着宝石的公主，他们身穿黑银相间军服的皇帝才更华丽耀眼。

皇帝一行到达乌鲁瓦希行星是在十月七日，比预定的行程还要早一天。

乌鲁瓦希行星在人类居住的条件上，和费沙有些类似。那里气候寒冷，水资源极度宝贵。但水的供应只要能满足屯驻此地的将士的需求就行了，因此，以大约八十平方公里的人工湖为中心，面积约六百平方公里的人工绿洲可以说是这个行星的全部生活圈。过去这里由卡尔·罗伯特·舒坦梅兹元帅率军屯驻，现在则由隶属新领土总督府的五十万名治安军驻守。一旦总督府所在地行星海尼森发生变故，在帝国新首都费沙的救援到达之前，这里便需要扮演军事行动中枢的角色。这也是把治安军总兵力的一成放在这半沙漠行星上的原因。

皇帝一行首先受到乌鲁瓦希基地司令官阿尔夫雷特·亚罗伊斯·维库勒中将的欢迎，然后与高级军官共同进餐，等来到与司令部相邻的迎宾馆时，已经是二十一时十分了。虽然名为迎宾馆，但出于罗严克拉姆王朝的特性，这里并没有华美的外表。大厅里挂的油画也仅仅是驻留部队绘画比赛中获胜的士兵作品。太繁复的话就令人讨厌了。

缪拉等人从图书室兼谈话室退出时，已是二十二时四十分了。不过睡眠仙子还没有开始向人耳语，莱因哈特便从书架上取下《自由行星同盟建国史》的第一卷，在沙发上阅读起来。贴身侍者艾密尔·齐列将一杯柠檬水放在桌上，然后躬身退下。二十三时三十分，房间的门忽然打开了，艾密尔紧张的脸出现在皇帝面前。

“怎么了，艾密尔？”

年轻的皇帝笑着问少年。

米达麦亚曾经嘲弄地说：“艾密尔崇拜皇帝，甚至崇拜皇帝踩在脚下的地面。”这虽然是句玩笑话，却基本指出了事实。

“陛下，鲁兹提督和缪拉提督说有非常紧急的事情，可以让他们进来吗？”

少年看出，皇帝其实很欢迎有人打破这段无所事事的时间。于是克涅利斯·鲁兹高大的身躯出现在门口。

“臣惶恐之至，恳请陛下立即准备离开这里。警备兵的动态有些不稳定。”

鲁兹的双眼闪耀着淡紫色的光彩，那是这位沉着坚实的用兵家在紧张或兴奋时的特征。借用同僚毕典菲尔特的话，鲁兹是“玩扑克牌时要戴太阳镜的男人”。但这种玩笑并不适合现在的气氛。莱因哈特把冰蓝色的眼睛转向鲁兹，合上书本站了起来。艾密尔随即把上衣递给皇帝。

在门外，忠实的奈特哈尔·缪拉正伫立在那里守护年轻的君主，为了向皇帝敬礼，只得用左手拿着枪。

“辛苦了，缪拉，不过到底发生了什么事情？”

莱因哈特拢起落在额头上的金发，问道。缪拉把从刚才起士兵就在基地内外匆忙走动，以及TV电话与外界联系不上的情况告诉皇帝，请求皇帝立刻返回总旗舰伯伦希尔。

二十三时三十七分，莱因哈特与缪拉、艾密尔坐进地上车的后排。奇斯里坐在驾驶座上，鲁兹则坐进副驾驶的位置。另外两辆地上车由其他亲卫队队员乘坐，坐不下的人只得留下来。地上车开始奔驰后，莱因哈特立刻张开端丽的嘴唇，问道：

“修特莱呢？流肯怎么样了？”

缪拉带着沉痛的表情，回答莱因哈特这个性急的问题。

“臣下不知道，陛下。不仅如此，连我们现在的处境也不明白。”

“却知道处于危险中，是吗？”

莱因哈特有些讽刺地低语。此时，一道探照灯的光用刺眼的白色光线切割着他秀丽的脸庞。同时，地上车周围遭到好几道能量光束的射击，顿时冒起白烟。凭借着奇斯里的驾驶技术和地上车自身的回避系统，车身才免于被直接击中。但莱因哈特不得不承认缪拉等人判断正确，手持枪械的武装士兵此时正浮现在车头灯前方与车内的红外线屏幕上，还有好几道车头灯散发着光箭和警报声，从背后紧追上来。

“看来有一个团哪。”

“要加害银河帝国的皇帝和两名一级上将，竟然只动用区区一个团，真是太小看我们了！”

克涅利斯·鲁兹像是有些无可奈何地低语。他两眼的淡紫色光彩已经消失了。危险得到证实，紧张反而随之消除，一线军人特有的平静和刚毅正在逐渐恢复。

忽然，五名武装士兵出现在车头灯的光圈中。

地上车正要减速时，他们发现士兵们把荷电粒子来复枪的枪口对准了车身，便在这一瞬间立即加速。车身受到一阵柔软的冲击，被撞飞的士兵在车窗外快速飞落。

“失礼了，陛下。”

缪拉把自己的身体压在皇帝和艾密尔身上，一道光束射线仅以半瞬之差从右边的车窗贯穿到左边。缪拉砂色的头发，有几根和军服背部的表面一起碳化了。

“缪拉！没事吧？”

“臣惶恐，陛下，微臣背上的皮很厚，请陛下无须担心。”

缪拉一面说着拙劣的玩笑话，一面半直起身子，然后拔出枪，把视线投向窗外。

“不过从眼前情况看，像整个基地的人都要取陛下的性命。”

“那么，你的意思是罗严塔尔背叛了朕，是吗？”

莱因哈特的声音中充满了像要结冰的气氛。激动的表现并不是只有热风或雷鸣，暴风雪同样是其中之一。缪拉却毫无畏缩地回答皇帝的责问。

“微臣无意诬陷同僚，却有保护陛下免遭危险的义务。如果微臣涉嫌毁谤之罪，日后当主动请罪，请陛下此时先以自身安全为重。”

仿佛在述说认真言辞的视线，也同样出现在少年艾密尔脸上。年轻的皇帝望着这位贴身侍者，脸上露出了微笑。

“不用过多地担心，艾密尔，朕决定让自己死在一个更体面的地方。皇帝陵墓在什么乌鲁瓦希之类的，不好听。”

地上车忽然大幅度转弯，避开一辆冲上来的车子，莱因哈特金色的头发像波浪似的拍打着车窗。缪拉从右边的车窗用枪还击。皇帝则一面调整姿势，一面开口说：

“假设罗严塔尔真的已经反叛，他的计划必然是滴水不漏的，现在朕和你们也不会是自由之身了，不是吗？”

鲁兹和缪拉都沉默不语，因为莱因哈特像是在和自己的理性与感性对话。就算是在对他们二人说话，感觉也很怪异，并不适合回应。

鲁兹仍然左手拿着枪，用另外一只手调整副驾驶位置上的通信系统。不久后，终于成功联络上了总旗舰伯伦希尔。虽然受到杂音的干扰，还是可以确认舰长塞德利兹的声音。原来此时伯伦希尔也受到来自地面的攻击，正在应战。

3

军用宇宙港已被“叛乱部队”控制。获悉这一点，莱因哈特乘坐的地上车立即一个急转弯，改换前进的角度，往湖的方向驶去。而原本跟随在后的两辆地上车，不知什么时候早已失散，不见踪影。

橘红色的光线一直朝地上车行进的方向波动。看来，要加害莱因哈特一行的行动已经不能说是小规模的了。

“伯伦希尔已经暂时离开宇宙港，将在湖面上降落。”鲁兹解释道。

好不容易抵达人工湖后，整个湖面被水柱和飞沫覆盖，环绕在湖边的森林正用火焰和浓烟侵略着夜空。宇宙战舰闪耀着纯白光芒的优美身影滑过看不见的水面。这艘不可侵犯的船——美丽的伯伦希尔，前来迎接它唯一的主人。

到达靠近湖岸的地方，皇帝一行抛下地上车，朝已经着水的伯伦希尔飞奔过去。这时，有人影从侧面树林的暗处跳出来。就在缪拉等人把枪口对准人影的那一瞬间——

“陛下，陛下似乎平安无事，多谢奥丁大神的保佑。”

因为这个声音，所有的人才终于明白，那个脸上涂着黑炭的男人原来是皇帝的次席副官流肯少校。如果再迟一秒，皇帝的忠臣不但会射杀另一位忠臣，而且连苦笑的时间都没有。

流肯和修特莱同时接到一则谎报，说是“皇帝已经脱险”，但不久后就发现是假消息。他们立刻开始四处寻找皇帝，抱着微弱的希望，先赶到了人工湖这边。

“修特莱中将等人在前方恭候陛下。”

“那么，立刻让伯伦希尔出发！”

“不，请等一下。”

用尖锐的声音阻止后，鲁兹的两眼又恢复了淡紫色的光彩。

“如果此次叛乱行为并非突发，只怕敌人已经在卫星轨道上等着我们了。”

鲁兹的提醒让一行人同时屏住了呼吸。时间和空间忽然变得非常狭小，而且极度凝重，最后还是皇帝的声音打破了沉默。

“鲁兹，你说的敌人是指什么人？”

莱因哈特的声音因为不悦而尖锐。

“还是指罗严塔尔吧？因为还没有确凿证据，你也无法说出真正的名字，是吗……”

“臣仅借缪拉提督方才的说法，新领土总督罗严塔尔元帅有责任保护皇帝陛下在新领土的安全。但依照如今的事实，如果说他不该受到批评，非常遗憾，臣下难以认同。”

鲁兹本来不会有这种思考方式，这位耿直的军人无疑也受到了“罗严塔尔元帅企图造反”的谣传的影响。他原本和罗严塔尔并无摩擦，但正因如此，更得认清身为公务人员的界限。

“总之，请先登上伯伦希尔，陛下。就算要继续停留在地上，至少在舰内会安全许多。至于对策，是否等进入舰内再议？”

缪拉调解道。他正确的建议把皇帝和鲁兹从僵持中拯救出来。一行人在黑暗与橘红色交错的森林中前进，而环绕在卫星周围的大气层，也像是一阵阵冷热气息交错的瀑布，正自上而下倾泻。火焰招来了风，而风送来浓烟，乱舞的火星对着众人的耳朵高唱胁迫的歌。

忽然响起盘问声，几道像是从黑暗的森林中剪下来的黑影跳到他们的前后。原来是隶属治安军的士兵。另外五人在皇帝周围筑成一道人墙，但莱因哈特闪闪发亮的金发，仍然成为士兵们视线的焦点。

“陛下……”

正面的士兵喘息起来。无可隐藏的敬畏不仅从他的声音，更从他全身上下流露出来。他虽然把枪口对准皇帝，力量却从扣扳机的手指上急速地流失。

“看来你多少还有一点正气哪！没错！朕就是你们的皇帝。”

莱因哈特上前一步。缪拉见状想要阻止，却被皇帝伸出一只手制止了。莱因哈特昂然地在士兵枪口前方挺起胸膛。这时，所有的光亮和黑暗，都成了衬托这位年轻人俊美与权威的附属品。

“你们开枪吧。莱因哈特·冯·罗严克拉姆只有一个，枪杀他的人，历史上也只会留下一个。谁会成为这个人呢？”

“陛下！”

缪拉正要挺身护在皇帝前面，莱因哈特却再一次冷静却有力地将这位忠实提督的身躯推了回去。

从过去到现在，莱因哈特从不需要像高登巴姆王朝那些大贵族出身的指挥官一样，作威作福地让士兵服从自己。他无与伦比的功勋与天才，使他当之无愧地独占士兵们的信仰与忠诚。至于他随风飘扬的金发、宛若天神般俊美的容颜，更是众人热烈崇拜的对象。

“如果莱因哈特皇帝相貌丑陋，士兵们对他的崇拜一定会大打折扣。”

这是某些人心怀恶意的见解。不过又有人提出如下的反驳。

“虽然莱因哈特皇帝相貌俊美，但这根本不能成为敌对势力败给他的理由。士兵们对于他的崇拜，在质和量上都与他的实力相称。”

无论如何，这个时候、这个场合，士兵们的确是被莱因哈特的权威压倒了。原本对准他胸口的枪，已经因为畏惧开始上下颤抖，看样子是无法达到他们原来的目的了。

又一道热风卷着旋涡，把橘红色的光投照在这群对峙的人身上。就在一道黑影取代这橘红色光芒的瞬间，响起一声大喝：

“你们到底在干什么！皇帝的首级可是值十亿帝国马克啊！”

煽动性的叫声，刺激了几个人的欲望和动作。几个枪口看起来停止了颤抖。这时候，一名士兵在那些与皇帝敌对的同伴身后先发制人。

“皇帝万岁！”

在大喊的同时，士兵开枪射杀了那些一秒钟前还与自己在同一战线的同伴。

错乱的枪火停下的时候，地上已经倒下七具尸体。剩下站着的七个人，就是莱因哈特一行全体，以及那位高呼“皇帝万岁”的士兵。保护皇帝的缪拉右手腕被击穿，奇斯里的右颊和流肯的左手手指受了轻伤，但是没有人死亡，这或许是不幸中的万幸。

那名士兵放下枪，跪伏在地上，请求皇帝饶恕他的滔天大罪。莱因哈特问道：“你叫什么名字？”

“是，陛下，卑职是麦恩荷夫下士。卑职遭人唆使，将枪口朝向陛下，罪该万死，恳请陛下恕罪……”

“可以。从现在开始，你就是中士了，请你将我们带到伯伦希尔上吧，麦恩荷夫中士。”

麦恩荷夫一脸心醉神迷的表情，像个梦游症患者似的，为皇帝等人带路。他走的是一条通往湖边的捷径，据说那里连地上车都无法通过。

众人在大火与浓烟的追赶下，在森林里奔跑了一分钟左右。这时，一道光束射线突然从前方射来，击中了这位刚刚晋升的中士，在他的脸中央穿了一个洞。还没等这位不幸的士兵倒下去，鲁兹立刻拔枪还击，那个击中麦恩荷夫的男人同样被光束贯穿了脸部正中，惨叫一声横倒在地上。

鲁兹对右腕缠着被血濡湿的手帕的缪拉低声说：

“幸亏只有这一个人，但一定还有其他人赶过来，我留下阻止他们，你保护皇帝安全乘上伯伦希尔。”

“不要说这种蠢话，鲁兹提督。”

“喂喂，我好歹也比你年长五岁，怎么会愚蠢？我只是在尽一个年长者应尽的责任。”

“对不起。”

缪拉直爽地为自己的无礼道歉。

“不过，我同样也有责任，而且你还有未婚妻。我没有什么负担，才应该留下来！”

“你的右手腕受伤了，把你留下来有什么用？”

“可是……”

“你只要把应负的责任完成就行，别的话不要再说了。如果再这样，我就把你的左手腕也打伤来回敬你。”

缪拉不再坚持，一来因为时间宝贵，二来他不得不承认鲁兹的说法是正确的。敌人一定还会源源不断地杀过来，得留下某个人断后，为皇帝一行争取哪怕极少的时间。方才乘坐地上车逃走的时候，与皇帝的亲卫队失散，这让缪拉痛切地懊悔，但是多说也无济于事。原本还想问问麦恩荷夫究竟是受什么人的唆使，却同样失去了机会，令缪拉遗憾不已。

奇斯里等人也要求留下来，鲁兹拒绝了，却接过了他们的能量弹匣。

莱因哈特知道鲁兹不会再改变主意，用白皙的手紧紧抓住鲁兹的手。但如果继续在这里依依不舍，就等于白白糟蹋鲁兹的忠诚。皇帝终归有皇帝不能踏错的脚步。

“鲁兹。”

“是，陛下。”

“朕不希望在你死后才将你擢升为元帅。再怎么迟都没有关系，你一定要随后赶来。”

“卑职原本就打算活着从陛下手中接过元帅杖。承蒙陛下恩赐，卑职得以与您共同经历建国的辛劳，今后还想请陛下无论如何也要赏赐些荣华安乐呢。”

鲁兹并不是在逞强，他面带微笑回答着皇帝的话，然后将视线投向缪拉。“铁壁缪拉”点点头，因为莱因哈特站在鲁兹前面，一步也不愿离开，他只得恭谨地抓住皇帝的手腕。

“走吧！陛下！”

莱因哈特那金色的头发，在火焰的映照下显得格外华丽耀眼。

“鲁兹，枪无法射击的时候就投降吧！罗严塔尔应该明白对待勇者之道！”

鲁兹向皇帝鞠了一躬，既没有答应也没有拒绝。他目送着皇帝等人的背影离开。莱因哈特最后一次回过头来，鲁兹对着他白皙的脸庞再一次致意。之后他并没有加快脚步，而是把半个身子躲在了路旁的大树后面。

鲁兹耐心的极限并没有受到考验，差不多十秒钟后，便有大约一个小队的追击者出现了。鲁兹一个人阻止了他们的前进，一场枪战开始了。

追踪者看起来有些胆怯，他们固然知道鲁兹是声名极高的名将，但怎么也想不到他还是一位奇准无比的神枪手。

短短两分钟的时间，鲁兹就凭着他一个人的枪打倒了八个人，而且其中一半是当场死亡。在逐步逼近的敌人和猛烈的炮火面前，鲁兹的沉着仍然像没有缺口的刀锋，他把身子半藏在大树干后面，有时还有闲暇把飘落过来的火星拂开，展现一夫当关、万夫莫开的雄风。当对方高呼着要他投降的时候，他回答道：

“这是个千载难逢的机会，不管你们是死也好，是活也好，就让你们开开眼界，好好看看罗严克拉姆王朝的一级上将是怎样的死法。”

鲁兹用一贯的平静口吻放声说道，而他的精神也仿佛同样平静。他伸直手臂，然后扣动扳机。

鲁兹的意志化成能量，从枪口迸射出来。袭击者们仿佛忘记了己方的人数，像在与对方一对一决斗似的拼命射击，接着竟像是要逃开那奇准无比的射击似的，纷纷冲进森林里，露出被火焰追得狼狈而逃的丑态。

鲁兹一面往枪膛里装填第三个，同时也是最后一个能量弹匣，一面还为其他人担心：为什么伯伦希尔还没离开湖面？

火焰猛烈地晃动起来。在那片红与黑、火焰与黑暗竞相吞噬的上空，银白色的耀眼光芒压过了一切。鲁兹仰起脸。他那箭一样锋利的视线里面，出现了凡是银河帝国的军人都不会看错的宇宙战舰优美的身影。在地面上几十道光束射线的紧追不舍中，它像一只振翅高飞的纯白巨鸟。这个男人带着无比的赞叹，从地上仰望着巨鸟的身影。

就在忘我的一瞬间，克涅利斯·鲁兹看见一道细细的白光扎进了自己左锁骨下方，他真实地感觉到那道光线从左肩胛骨的侧面贯穿到背部。疼痛的感觉从一个点迸裂开来，迅速扩散，蔓延到全身。鲁兹只踉跄了半步，微微地皱着眉头，然后再度扣动扳机，把两名敌人击倒在燃烧的火焰中。他用左手按住胸部的军服，感到有一股令人不舒服的黏稠。变成黑色的血像几条被染黑的小蛇，从指缝间爬窜出来。

鲁兹保持着这种姿势，再次扣动手中忽然变重的扳机，又有一名敌人在火焰的背景前跳起死亡的舞蹈。但是一道斜着射过来还击的光束，却在此时贯穿了鲁兹头部右侧，鲜血从他耳朵里涌出来。火焰迅速在皇帝忠臣的视线里消失，留下的只是一片黑暗。

“皇帝陛下，从您手中接过元帅杖的约定，看来是无法实现了。臣下愿在天上接受您的责备。不过，但愿那是在很久、很久以后的未来……”

不屈的勇将终于没能再站起来，倒向那燃烧的大树根。看到这种情形，袭击者们知道他受了致命伤，但仍不敢靠近。直到大树燃烧的枝叶落到鲁兹头上，他们才确认令人畏惧的神枪手真的死了。

4

乌鲁瓦希行星上发生的变故，当然立刻传到了身在行星海尼森的奥斯卡·冯·罗严塔尔耳中。他获知这个消息后，竟一时茫然不知所措，但是不久就恢复了，并没有让他人看见。

“无论如何，以最快的速度找到皇帝一行的行踪，保护皇帝的安全。另外，格利尔帕泽上将即刻赶赴乌鲁瓦希，恢复当地的治安，并查明事情真相。”

罗严塔尔无法再发布其他的命令。如果他能保证皇帝的安危，那么事情还有回旋的余地，还能向皇帝解释。一旦皇帝返回费沙，罗严塔尔只怕要成为叛逆的罪人，只有接受皇帝的处决了。姑且不论是否会被皇帝处决，无论如何，自己要为压根儿不曾做过的事情受到罪人的待遇，这绝不是罗严塔尔的自尊能容忍的。况且一定是有可恶的人物在皇帝与他之间作梗。

来自乌鲁瓦希的报告不但在数量方面非常匮乏，而且前后并不一致，但是不久后，至少有一个凶讯确定了：皇帝的随员——克涅利斯·鲁兹一级上将已经死亡。

“鲁兹死了？”

罗严塔尔的声音首度出现裂痕。就在这个时候，他清楚地听到背后那扇门被人紧紧关闭起来的声音。退路堵死了，而且通往未来的路也被封闭了。将造成的误解忘却，然后和解的可能性已经失去，罗严塔尔不禁绝望地这么想。

“总督阁下，您怎么了？”

军事监察长官贝根格伦上将转过血色尽失的脸看着长官。他是一位勇者，如果现在当场命令他去死的话，他大概连动都不会动一下，但此时他却花费了好大的力气，才勉强克制住自己的恐慌。

“就像你听到的那样，贝根格伦，看来我将要成为罗严克拉姆王朝的第一个叛逆者了。”

“不，总督阁下，这确实是一起无前例可循的不幸事件，但如果向皇帝陛下说明您毫不知情的话……”

“没有用！”

罗严塔尔愤愤地吐出这句话。从他的声音里，可以听出他连自己的命运都豁出去的态度。他是无辜的，但是他的无辜之躯为何非得死得如此卑屈，又毫无辩解的余地？真是太窝囊了！这种不甘心的想法像涨潮似的充满了胸腔。难道自己过去在皇帝麾下出生入死，就是为了今天这个下场？

“向皇帝低头没关系，对做臣子的人来说，这也是理所应当的，但是……”

罗严塔尔没有说完，就闭上了双唇，但贝根格伦可以猜得到上司没说出口的话。这位金银妖瞳的提督分明想说“绝不能向奥贝斯坦或朗古那种人卑躬屈膝”。贝根格伦同样反感军务尚书奥贝斯坦元帅，所以不必再特意陈述自己的意见了。沉默的曲子演奏了大约三个小节，罗严塔尔低声说道：

“成为一个叛逆者倒也无妨，但是被别人装扮成一个叛逆者，这我可不干！”

罗严塔尔黑色的右眼漾着几乎是沉痛的眼神，但蓝色的左眼闪烁着接近激烈的霸气。他对意料之外的事态，从不表现出一般人那种惊惶失措的可怜相，所以常常招致他人的误解。这一点和他反感的奥贝斯坦有些相似。但如果有人指出来，他或许会觉得无可奈何。

“对了，贝根格伦，你打算怎么办？”

“是指……”

“如果你打算对皇帝竭尽忠诚，那么现在就把我杀了，否则，我就会变成皇帝的灾厄。不，现在我已经沦落到这种境地了……”

罗严塔尔的自我嘲讽显得有些偏颇。军事监察长官略带畏惧地注视着长官的嘴角。

“我打算走的路只有一条，那就是放下武器，与阁下一起前去谒见皇帝，禀明阁下与阴谋叛乱无关的事实。”

“贝根格伦，我已经被皇帝质疑过一次是否有叛逆的企图。如今是第二次，已经太多了。不仅我这么想，皇帝也会这么想吧？”

“嫌疑不是事实，所以就算是两次、三次，皇帝的误解都会澄清。现在还不到放弃的时候。”

罗严塔尔的理性可以谅解部下这番正确的言辞，但是无法压抑的火焰仍然在胸中若隐若现，映照在他两只不同颜色的眼眸中。

“贝根格伦，要谒见皇帝，单枪匹马去就可以，但是你能断定在途中或者在谒见前，我不会被军务尚书或内务部次官谋杀吗？”

“……”

“我的名字被记在军务尚书的整肃黑名单中，这种被后世人怜悯耻笑的死法，我绝对无法忍受。”

“如果要这样，宁可——”罗严塔尔说到一半，用力咬着嘴唇，强忍住即将倾泻而出的激情。

“……总而言之，如果我真是遭人诬陷，那么一定是身在费沙的内务部次官朗古，那个穿着人皮的害虫谋划的结果。”

罗严塔尔转移话题说道。这不是谎言。他深信自己的判断，事实也确实是如此。

“就算事实不是这样也无妨。我要这么想，就让我这么想吧。如果对方是杨威利那种用兵艺术家，倒也认了。但如果我竟被那种人渣戴上手铐，然后恬不知耻地了此余生，也未免太悲哀了……”

罗严塔尔猛然又想到——

战争结束以后，自己和其他的同僚，难道就要变成被套上黄金项圈的狗，并排在宫廷中，一面在宝石堆砌的狗栏里贪享酒色，游手好闲，一面了却残生？难道应该甘于这种境遇，在和平与安逸中一点一点地腐朽下去？

如果是杨威利，应该可以在和平时代过着和平的生活。他大概也希望过这样的日子，却没有实现心愿就去世了。但是在另一方面，存活在这世上的人却又将和平视为碌碌无为，无法忍受。从对人类充满恶意这一点来看，造物者或许是公平的。

“你是为了让我们夫妇不幸才出生的。”

这是罗严塔尔的父亲曾对幼小的儿子说过的话，的确也是无法反驳的事实。正因为有他的存在，父母才遭遇不幸，尽管他并没有这个意思。

“或许我也能拥有一个家庭，过着和平安乐的生活。”

事实并非如此。曾经对他付出真情、真心爱他的女子，已经足以编成一个中队了，而且几乎每个人都有不俗的美貌。要论哪个人够格作为妻子或者母亲的话，至少也有一个小队的人及格。

没有达到标准的，是男人这一方。不管是作为丈夫还是父亲，罗严塔尔都远在及格线之下，而且从不想努力填补这个缺陷。

“罗严塔尔家族到我这一代就绝后了，幸好没有其他兄弟姐妹，也不用为后世留下麻烦的种子了。”

有一次喝醉的时候，罗严塔尔曾经对最亲密的朋友渥佛根·米达麦亚信口说道。翌日他又到米达麦亚的家中，还带了一束花，低声说“送给尊夫人”。大概是他事后想起米达麦亚夫妇到现在还没有孩子，自己却又说那种莫名其妙的话，所以感到后悔。但明知自己有错，他却无法老老实实地向人道歉。米达麦亚明白老朋友这种心理，便假装认真地把花束接过来，亲手交给妻子。

米达麦亚夫妇结婚许久还没有孩子，而没有结婚也不希望生子的自己，竟然有孩子出世了，这足以让罗严塔尔相信造物主的恶意。自己这双颜色不同的眼睛，冷淡地看着自己的生，或许也会同样冷淡地看着自己的死吧！罗严塔尔想亲眼看看自己死去的那一瞬间。他甚至想起历史上一段残酷的插曲——一位古代名将亲手挖出自己的眼球，好亲眼看着故国灭亡。

“少年时代会让人觉得幸福，是因为他们还不用知道自己真实的本色。”

罗严塔尔曾经对渥佛根·米达麦亚这样说过。

“帝国军双璧”曾经一起到一所幼校演讲，被少年们充满热情和赞佩的眼光包围。他们两人都是对演讲之类感到害羞的类型，所以便早早结束了演说，坐在校园一角的大榆树下，与学生们一起联欢。

米达麦亚那双灰色的眼眸瞅了同僚一眼，不过一句话都没有说，因为那时他正忙着一一回应那群脸颊潮红、要求握手的少年。告一段落后，他才对同僚说：

“这应该说是醉酒，还是清醒呢？到底是哪一种情况？”

“啊，无论如何，如果能醉着死去，应该是一种幸福。”

这是罗严塔尔的真心话。不过“醉”这个字眼里面，或许包含着许多内容，比如爱着某一个人或者竭尽忠诚之类。但这些更进一步的想法，罗严塔尔并没有和别人说过。

“所谓的贵族，就是一群不可救药的人，一定会从人类社会中消失的！”

这样的想法从少年时代开始，就在罗严塔尔的精神世界中根深蒂固了。他知道母亲是如何在贵族社会中的暖湿地带，过着自我摧残、精神颓废的生活。他不想知道的事情，却还是无可避免地知道了。

但是，过去五个世纪以来培养出的臣民意识——高登巴姆王朝是神圣不灭的，这种先天的洗脑为罗严塔尔的脚踝套上了无形的铁镣。就算他可以将大地一脚踢开，却没有办法让自己飞翔起来。

知道莱因哈特立志打倒高登巴姆王朝、篡夺帝位的时候，罗严塔尔感受到的冲击不可谓不大。过去他一直无法超越的心理障碍，却由一名比他小九岁的年轻人乘着黄金的羽翼又高又远地飞越了。

“伟人和平庸之辈，志向的差距竟如此之大？”

一分的自我嘲讽，九分的赞赏，让罗严塔尔改变了人生的航向。他把密友米达麦亚和自身的命运赌在金发年轻人这边，结果成功了。但是这种成功今后能否永续并不可知，此前就有太多的不确定因素。更何况皇帝一行在乌鲁瓦希行星遭到袭击，鲁兹提督又不幸身亡，要怎么做才能恢复已失去的东西？

唯一的希望，就是罗严塔尔亲自来保护下落不明的皇帝一行，否则只怕要永远失去机会，无法向皇帝解释乌鲁瓦希行星上的袭击并非出自本意了。不，或许还有机会，但那将是他作为阶下囚请愿的时候，无法用与皇帝对等的立场来说明原委。

“米达麦亚，我多么想再与你对饮一次呀！可是我已经亲手把这个资格摧毁了……”

罗严塔尔在内心低声呐喊，伴随着悲伤而来的剧痛，像针一样刺疼他的心——我的朋友啊！蜂蜜色头发的“疾风之狼”！你一定会赌上自己的性命，为我向皇帝辩护。但是恶意超越了你的善意，正在挑拨皇帝与我的关系。我为了自己的尊严，不得不战。

既然要作战，我就要竭尽能力和智慧。为了取得胜利，我要尽最大的努力。否则，就是对皇帝失礼……

想到莱因哈特皇帝，罗严塔尔的痛苦消失了，反倒有一种异常的昂扬之感，顺着脊椎蹿流而上。战栗随之而生，罗严塔尔终于克制住体内的热气，强行切换关心的方向。

“特留尼西特怎么样了？”

这个质问让贝根格伦感到惊愕。因为只要一提到这个名字，金银妖瞳的总督一定无法克制心中那股不快之感。为什么在这个时候，他会提到这不合时宜的名字？

“您找那人有事吗，阁下？”

贝根格伦刻意地反问。

“那个家伙有那个家伙的用处，但不是什么好用途。正因为是令人讨厌的事情，才要先弄完。把那个家伙给我叫来！”

“这得通过民事长官传话才行，要通知他吗？”

“不，没这个必要。”

这位金银妖瞳的大胆的男子有些畏缩。总督府的民事长官尤利乌斯·艾尔斯亥玛是死于乌鲁瓦希行星的克涅利斯·鲁兹一级上将的妹夫。面对内兄的死和罗严塔尔必须为此负起的责任，他应该无法平静。鲁兹过去也曾在罗严塔尔麾下担任副将，参与过伊谢尔伦攻略战，是个值得信赖的人。他应该是为了保护皇帝才英勇战死的，毕生与污名无缘，十分了不起。

与鲁兹相比，那个仿佛将污名化为液体涂抹在全身的人物，三十分钟后出现在了总督办公室。罗严塔尔每次一见到这个优布·特留尼西特，都不禁对培育他、使他成功的政治制度发出冷笑。

“民主共和政治的迂腐总是让民众感到心焦。如果能在处理事务的速度上满足民众的话，那么也不见得要拘泥于民主共和制上……”

罗严塔尔对民主共和政治的偏见与侮蔑，正在行政末端的层面得到证实。政府机构与公共机关原先明显恶化的服务水平，现在已经逐渐提升。

“地下高速铁路可以按时刻表行驶了。区公所窗口的办事员，过去一直是一副傲慢的样子，现在也变得亲切起来。”

这种从小处着眼的报告接连送进总督府。抬眼看看就会明白，所谓的公仆虽然害怕当权者的处罚，却不会为民主主义的主人，也就是公民牺牲奉献……

特留尼西特仍以一种无可非议的绅士态度向总督致意。罗严塔尔也仅仅从形式上完美地答礼。

“我有些事想让你去做，希望你能帮忙。”

“请尽管吩咐。”

“对了，以前我一直有件事想要问你，你是不是这么说过——你过去一直做出各种遭人非难的努力，都是为了促进民主共和政治的健全发展，给后世敲响警钟，还有……”

“不愧是罗严塔尔元帅，承蒙您洞察我的本意，真是不胜感激呀。”

“什么？”

“这全是开玩笑，我没兴趣装成一副殉教者的样子。我过去的所作所为，很遗憾，都是为了我个人的福祉。”

此时站在罗严塔尔眼前的人，是个“戴着领带的愚众政客”。除此之外还能是什么？但是最近，罗严塔尔不得不认为，这个人除了天生就具有缺德政客的坏坯子之外，骨子里还有其他成分。罗严塔尔曾经对贝根格伦说过，就算杨威利死了，特留尼西特也一定会活着。那么，当罗严塔尔死了以后，这个男人一定也会继续活下去，然后像他过去腐蚀民主共和政治、吸吮民主共和制的骨髓似的，让专制政治也枯死，再贪婪地吞噬专制政治的尸体吧。如果没有人把这个祸害处理掉的话，这是完全有可能的。

罗严塔尔转过头，向军事监察长官发布命令。这时，他已经不再介意表面上的礼仪，像是指着什么脏东西似的，用下巴指着特留尼西特说：

“给我找个地方把这只肮脏的阴沟老鼠监禁起来。他不过是一只会说人话的老鼠，没必要听他瞎搅和。但如果让他饿死，事后的回味大概不太好，所以不要忘了喂饲料。”

特留尼西特被士兵架走了。他没有一点恐惧的神情，就算是虚张声势，多少也值得一丝赞佩。

罗严塔尔微微低着头，很不愉快地沉思着，接着又忽然抬起头。

“贝根格伦！”

“在！”

“马上派遣使者到伊谢尔伦要塞，转达以下这些话：如果他们能阻止帝国军通过伊谢尔伦回廊，就把旧同盟全域的支配权让给他们。”

军事监察长官目瞪口呆的表情像波浪似的，在原本沉着坚毅的脸上荡开。看到他的样子，罗严塔尔笑着说道：

“你不用惊讶。我想要的是帝国的支配权，至于旧同盟的领域，就让给那些民主共和主义的余党吧！”

罗严塔尔的表情充满了堪称“枭雄”的霸气。这个时候，他已经不再回顾背后那道门，而是往前方迈进了。

“不管怎么说，没有人愿意招惹军事上的不利，先下手为强。如果他们希望，我们还可以把出卖民主政治的叛徒——优布·特留尼西特活生生的身体或者是首级附赠给他们，这一点不要忘记。”

贝根格伦好像有什么话想说，却又像改变主意似的把嘴闭上，对长官敬了一个礼，走出总督办公室。罗严塔尔用一只手搔了搔近乎黑色的深棕色头发，再度恢复了沉思的姿态。

5

以上的事情，波利斯·高尼夫并未全部传送到伊谢尔伦。他带来的情报只到“罗严塔尔叛乱，皇帝行踪不明”的阶段，但已经很珍贵了。而且从高尼夫船长更容易突破封锁这一点上，也可以证明新领土治安军的混乱状态。

接获他的报告，伊谢尔伦的高层开始热切期望情况产生变化，希望事态有更进一步的发展。

尤里安曾经对亚列克斯·卡介伦明确地说过，只有在伊谢尔伦回廊的两端存在不同的政治和军事势力的时候，伊谢尔伦要塞才能产生战略价值，只是这种变化可能要在半个世纪后的未来才会出现。

别说什么半个世纪，从杨威利意外去世到现在，还不到半年的时间。时间的刻度似乎缩小到一百分之一以下了，情况的变化是何等急剧！不过回头想想，从莱因哈特皇帝以罗严克拉姆伯爵的身份登上历史舞台以来，也还不到五年时间。现在的历史或许已不再是一条悠悠的大河，而正在变成一道足以将万物吞噬的瀑布。

尤里安挠了挠亚麻色的头发，掠过胸中的感慨并没有多么爽朗活泼。他总觉得自己直接或间接认识的许多人，仿佛都在这个历史加快脚步的时代中匆匆忙忙地活着，然后匆匆忙忙地死去。莱因哈特皇帝也好，罗严塔尔元帅也好，大概都免不了要走向这条路。他们尽管是自己的敌人，却都是充满了光彩的、世间难得的人才。

“怎么办呢，尤里安，是不是要借着这次混乱，给我们自己一个改善处境的机会？”

华尔特·冯·先寇布向杨提督的后继者征求意见。

“我想，一定要这么做，可是……”

可是如果判断错误，整个伊谢尔伦的航行方针恐怕就要大乱，还会关系到民主共和政治的命运。莱因哈特皇帝和罗严塔尔元帅的争斗，终究只是专制体制内的权力斗争，伊谢尔伦共和政府当然想利用这个间隙坐收渔人之利。但尤里安仍有个无法忽视的疑问。

“罗严塔尔虽然是古今少有的名将，但他果真能胜过莱因哈特皇帝吗，梅尔卡兹提督？”

此前一直两手交抱在胸前的维利伯尔·由希姆·冯·梅尔卡兹，开口回答这位十分年轻的司令官。

“想来，罗严塔尔是个懂得随着地位的攀升、舞台的宽广，随时扩充实力的人。在利普休达特战役以前，我从不认为会在经验的差距方面输给他。当然，他还是不及莱因哈特皇帝。但如果能避开正面作战，等待皇帝的补给到达极限，他可能还会有活路。”

“避开正面作战……”

尤里安喃喃道。他试着以尊敬的老将给自己的提示为基础，构筑思考的金字塔。他注意到有一块应该堆上去的大石头，于是用提问的方式自言自语。

“可是，暂且不论罗严塔尔元帅的才干如何，他的部下是否同意对莱因哈特皇帝举起叛旗？”

尤里安这个问题，同样也是导演这出阴谋剧的地球教不能忽视的。莱因哈特既不是昏君，也不是暴君，士兵们更是把他当作军神一样崇拜。罗严塔尔元帅尽管拥有超过五百万兵力，但是其中有几成愿意把对他个人的忠诚，放在比对皇帝的信仰还要优先的位置上？

如果杨提督还活着……一想到这里，尤里安连忙在心底深处摇摇头。长年培养出来的依赖是何等顽固啊。

“得自己想一想啊，尤里安，用自己的脑袋。”

尤里安仿佛又听见杨对自己说话的声音。杨过去总是用指尖轻轻戳一下少年亚麻色的头，然后这么说。

尤里安陷入了深思。卡介伦、先寇布、亚典波罗、波布兰，以及梅尔卡兹等幕僚静静地凝视着他的表情和姿势，菲列特利加也是。甚至连不在这个现场的生者与死者，也一定在追循他思考的轨迹。

宇宙历八〇〇年、新帝国历二年十月，“罗严塔尔元帅叛乱”的消息像一道强烈的闪电，撕裂了整个宇宙。杨威利的死并没有为宇宙带来永久的和平，反倒更像是把人们赶进了一片昏暗的深渊之中。

Chapter 6

叛逆是英雄的特权

1

事态的混乱与消息的杂乱，呈螺旋状相互纠缠在一起，将不祥的波纹扩大到整个宇宙。皇帝下落不明的消息当然并未公开，但已经让整个帝国上层战栗。首都与新领土总督府交换着郑重甚至是激烈的通信，但只是把无力、疑惑与焦虑当成柴薪似的堆积起来，只等待起火燃烧。

十月二十九日，银河帝国军总旗舰伯伦希尔终于被从影之城附近出航的瓦列一级上将麾下的舰队发现，并保护起来。

这个好消息立刻传送到新首都费沙。如果事态明朗，或许又有其他严重的问题让人们苦恼了。但缪拉觉得眼前至少完成了克涅利斯·鲁兹托付给自己的责任。当然，缪拉不知道莱因哈特被己方的舰队救回来，其实是那些自认为能把人们的命运操纵于股掌间的傲慢阴谋家早已安排好的计划。

阴谋和智慧之间没有任何关系，和品行也互不相容。缪拉无法察觉这种对人性有负面影响的阴谋，反倒提高了后世对他的评价。但是，在缪拉心中，失去克涅利斯·鲁兹这位值得信赖的年长同僚，远比后世的评价让他伤心。

在伯伦希尔舰内，通过监听得知鲁兹的死讯，莱因哈特紧闭双眼，两手交叉顶住额头，许久动也不动。就在为此担心的修特莱中将要上前说话的时候，莱因哈特改变了姿势，他的声音让人联想到安魂曲的旋律。

“把鲁兹叙勋为帝国元帅。或许他不愿意接受，但对一个破坏约定的人来说，这是惩罚……”

罗严塔尔元帅叛变!

接获这个报告，银河帝国军著名的将领们这才知道，原来过去在众多战场间出生入死、消灭强大敌军、建立武勋如探囊取物的自己，仍然没能从惊愕这个魔物手中获得解放。

虽然如此，却也有些奇怪的看法。当今之世，一个人只要同时具有霸气、才干与气度，即使是下级贵族，也可以戴上至尊之冠。只要有机会，在支配全宇宙的诱惑下，不知还会有多少人甘愿铤而走险。罗严塔尔的地位和自负的确与他的野心相配，他绝不是缺乏自知之明。

当然，也有人不相信，准确地说是不愿相信。罗严塔尔的密友渥佛根·米达麦亚元帅最初接到这个报告的时候，激动得叫了起来。

“我一直以为这样的蠢话已经像今年的霜一样，在初春就消失了，看起来却不是！难道你们也是乐意见到夏天下雪的那群人吗？”

报告的人一动也不动。

“那时还只是个谣传，可这次是事实了。就算罗严塔尔元帅和这个阴谋无关，可是他没有负起保护皇帝安全的责任，这一点怎么解释？”

作为宇宙舰队司令长官，米达麦亚指挥在影之城周边寻找皇帝的行动。其间，情报像浊流似的涌到他那里。其中既有报告皇帝死亡的噩耗，又有罗严塔尔登基的消息。但唯一能确定的事实只有鲁兹的死亡。不管是虚是实，一直到瓦列向自己报告皇帝还活着为止，没有一则消息让米达麦亚觉得轻松。

十一月一日，莱因哈特皇帝与随员在瓦列舰队的保护下进入费沙回廊，米达麦亚亲自前往迎接。“疾风之狼”乘上帝国军总旗舰伯伦希尔，一面为皇帝的平安感到欣喜，一面感谢缪拉等人的辛劳。

“朕有话和司令长官说，其他人暂且退下。”

听到莱因哈特这句话，缪拉等人难掩脸上略微复杂的表情，静静地退了下去。

“米达麦亚！”

“在。”

“朕留下你的理由，你大概理解了吧？罗严塔尔是当代名将，能够战胜他的人，在帝国全军中只有两个，一个是朕，一个是你。”

“……”

“所以，朕留下了你。你明白朕的意思吗？”

不需要再重复了。米达麦亚低下他蜂蜜色的头，冰冷的汗水在他的额头上形成一条条细流。

“朕完全明白，这对你来说非常残酷，因为你和罗严塔尔是相交十多年的密友。所以，只限于这一次，朕给你拒绝命令的权利。这对你或许反而是侮辱……”

米达麦亚再次明白了莱因哈特的意思。如果他拒绝接受敕令的话，皇帝就打算亲自率领军队讨伐叛逆者。

“请等一等，陛下。”

帝国军最高勇将的声音在颤抖。这位年轻提督在遭到高登巴姆王朝最大的门阀贵族布朗胥百克公爵胁迫的时候，仍能堂堂地指责对方的罪行，但现在他或许连心脏都变得苍白了。莱因哈特在椅子上坐下来，左腿搭在右膝上，目不转睛地看着米达麦亚，冰蓝色的新星在他的眼里闪烁。

“臣下愿意交出过去所有的武勋，但求陛下回心转意。不知陛下能否允准？”

“回心转意？什么回心转意？”

莱因哈特提高声调，激动的情绪给白皙的脸颊添上一抹绯红。

“米达麦亚，你是不是误解了什么？应该回心转意的人不是朕，而是罗严塔尔吧！是他背叛了朕，而不是朕辜负了他，难道不是吗？”

愤怒与震惊的火焰，让莱因哈特全身闪耀着金色的火花。

“恕臣下赘言，罗严塔尔绝不会背叛陛下。他的忠诚和功绩，非臣等能相提并论。恳请陛下无论如何赐予他一个辩解的机会。”

“什么机会？从朕在鲁兹的牺牲下离开乌鲁瓦希开始，一直到被瓦列所救，这中间历经了多少时日？如果罗严塔尔有心证实他的清白，他少说也有一百次机会了。”

在乌鲁瓦希的时候，莱因哈特也想否定罗严塔尔是不幸事件主谋的想法，但忠实的鲁兹的死和随后逃避袭击的行动，深深地伤害了他的自尊。贵为皇帝之尊，竟然在自己的领土上被重臣追杀，甚至还因为害怕成为阶下囚，不得不惊慌逃走。

“请恕臣下冒昧，陛下，今年二月罗严塔尔受到中伤的时候，您不也是相信他，而且丝毫不为所动？”

“但是朕遭到袭击，鲁兹丧失性命，难道也是某些人的中伤吗？”

莱因哈特白皙的手往桌上的玻璃杯甩去，墙壁发出刺耳的声响，水晶玻璃的碎片与酒的飞沫顿时洒了一地。米达麦亚心理的地平线上布满了绝望的黑云。毕竟皇帝是无视种种传言，几乎没带武装前往罗严塔尔处视察的，但是他的宽容却遭到仇视的回报。因为相信一个重臣，却导致另一个重臣死亡，这个结果让莱因哈特怎么也无法平静下来。况且对死者的哀惜与自责朝着生者反扑的时候，经常会变本加厉。

但是莱因哈特没有理由责备米达麦亚。只要想到他与罗严塔尔之间的友谊，便不难体会他的苦恼。莱因哈特不是不明白这一点，只是年轻的皇帝也有精神上的痛苦，无法不倾泻出体外。而米达麦亚对那个将自己赶进今日苦境的友人，似乎并没有愤怒，这更让莱因哈特感到难以忍受的怒气与不快。

“难道朕愿意讨伐罗严塔尔？或许他确实有想辩解的地方。虽然及不上你与他之间友情的深固，但朕与他同样有友谊。如果他想辩解的话，为什么不来到朕的面前说明原委？在朕狼狈地逃亡躲藏的期间，他在做什么？他连一封谢罪的书信都没有送来，也没有对身亡的鲁兹说过一句哀悼的话，这让朕如何相信他的诚意？”

米达麦亚无言以对。莱因哈特的指责是正确的，罗严塔尔的行为的确有太多让人批评的地方。此时，米达麦亚的脑海里浮现出密友咎由自取、一步一步走进迷宫深处的身影，但是为了皇帝，也为了罗严塔尔，不能把这一幕告诉主君。

所以，他口中说出了另外的事情。

“陛下，臣实在难以启齿。但是，罗严塔尔没有前来参见陛下，一定是害怕途中被某些人所害。”

“某些人，你指的是什么人？”

“说来恐有毁谤之嫌，我是指军务尚书奥贝斯坦元帅和内务部次官朗古。”

“他们难道会漠视朕的旨意加害罗严塔尔？”

“陛下，臣谨请求陛下，撤换方才臣所指的两人的现职，向罗严塔尔表示和解之意。”

“……”

“陛下如果能应允臣下此事，臣将不惜以性命为交换说服罗严塔尔，使之跪在陛下御前。请陛下屈尊宽恕他一时的迷惘。臣自知这种做法本末倒置，但除此之外别无他法。”

“难道朕非得做如此的让步不可吗？你要朕不去讨伐反叛的臣下，反倒撤换重臣才能要求他回来，这个帝国的主君到底是谁？是朕还是罗严塔尔？”

莱因哈特将激动的情绪毫无保留地倾泻而出。对米达麦亚来说，再没有让他如此痛苦的质问了。

“陛下，臣与军务尚书固然不和，但并不是为此才要求陛下将他撤换的。就算陛下暂时撤换军务尚书，仍有再度恢复他地位与名誉的机会，但如果错失了这个时机，罗严塔尔就将永远失去回到陛下御前的机会了。”

“且不说你的理论如何，你以为军务尚书会接受吗？”

“并不是让军务尚书一人背负屈辱，臣也同样辞去宇宙舰队司令长官的职务。这么一来，军务尚书的不快应该可以减轻一些。”

“蠢话！如果你去职，那要谁来负责指挥宇宙舰队？我军中枢现有三位元帅，难道要朕全部失去？”

“宇宙舰队交付给缪拉一级上将，将不会有任何不妥。至于军务尚书，恕臣下僭越，克斯拉或者梅克林格应该也可以胜任，陛下无须担忧。”

“你是说你还不到三十五岁，就想过退役生活？朕真是难以想象，我军最高的勇将竟然学起那个杨威利的人生观来。”

莱因哈特不禁为自己的玩笑笑了起来，但阳光还没有照射到大地，云层就遮住了他的笑容。莱因哈特的不悦反而增加了，他再次目不转睛地注视着米达麦亚。

“朕会记住你的意见。这个话题就先说到这里，不过朕的命令如何呢？还没有听见你的回答。愿意还是不愿意？不愿意的话，朕只有亲自率军……”

帝国军最高的勇将把头深深地低下，蜂蜜色的头发盖住他的脸，把表情从皇帝的视线中藏匿起来。沉默之乐演奏了几十个瞬间，灌满了两人的耳膜。

“……臣谨遵陛下圣旨。”

他并没有将“臣不得已，只好接受”的话说出口。

2

司令长官从影之城周边宙域回到宇宙舰队司令部，没有一个参谋敢正视他的脸。全身被苍白的磁场环绕的米达麦亚消失在了办公室。三十分钟后，他把最年轻的幕僚卡尔·爱德华·拜耶尔蓝上将叫来，用裹着公务盔甲的表情和声音命令道：

“联络瓦列和毕典菲尔特。这次出征，由他们两人负责巩固两翼。”

“是，那么缪拉一级上将呢？”

“缪拉负伤还没有痊愈，陛下的身边也需要他。而且，如果我战败了，还有他作为最后的盾牌保护陛下，所以这一次让他留下来。”

拜耶尔蓝皱了皱眉。

“那么，不会轮到缪拉一级上将上阵的，因为阁下不可能战败。”

年轻部下充满信赖与尊敬的话，让米达麦亚的表情有些动摇。

“……我，这一次希望能败给罗严塔尔这家伙。”

“阁下！”

“不，这家伙可是非常骄傲自满，就算我倾尽全力，也不见得能胜过他。”

米达麦亚苦笑着说。拜耶尔蓝敬爱的长官脸上，那充满酸涩的表情与他非常不相称。“疾风之狼”总是显得那么年轻、爽快、豪放，而且总是注视着正前方，对上司不谄媚奉迎，对属下极为和蔼，给人明朗的感觉。不管是在拜耶尔蓝还是幼校的学生看来，他都称得上理想的军人。那些被指派为他的勤务兵的幼校学生，眼中总是透出闪闪发亮的光芒，集所有同学的羡慕于一身。甚至还有些少年特意将米达麦亚夫人送给他们的点心带到学校里炫耀。但是，这一片本该晴朗的天空此时却翻滚着黑云，笼罩在雷雨前的气氛中。

“属下不这么认为。”

“你怎么想是你的自由，我反正是远远比不上罗严塔尔。”

“阁下，这……”

“我比不上。我只不过是一名纯粹的军人，罗严塔尔却不是。那家伙……”

米达麦亚把下面的话吞到了肚子里。拜耶尔蓝对长官的心事深深地感到同情，尽管他在犹豫，还是忍不住要问出来。

“就算阁下的话不是谦逊，您同样也会和罗严塔尔元帅决战吧？为了不让皇帝亲自……”

拜耶尔蓝一语中的。米达麦亚打量他的视线虽然锐利，却稍微缺乏力度。不过他没有赞赏年轻部下的洞察力，也没有斥责他多嘴。

“我不能让陛下玷污了手。”

米达麦亚只说了这一句，然后就闭口不言了。虽然费了一点时间，拜耶尔蓝还是理解了长官要说的话。

如果莱因哈特亲征罗严塔尔，皇帝的手将被叛逆者的血玷污。莱因哈特一直是以“将士们的皇帝”的完美形象出现在士兵面前的，这次若是亲征，只怕会给士兵对偶像的信仰蒙上一片乌云。而和“皇帝过去无法战胜杨威利”的印象比较起来，这个污点将在皇帝与士兵之间造成更深的裂痕吧？米达麦亚无论如何都要撇开自己的情感，阻止这道裂痕出现。

“就算罗严塔尔和我同时死去，银河帝国仍然可以存续下去。但是，一旦陛下有个闪失，我们好不容易才争来的和平与统一就要毁于一旦。就算没有办法获胜，我也不能失败。”

此时，米达麦亚的口吻反倒平淡起来，让拜耶尔蓝感到不安。

“阁下，如果这样的话就麻烦了。假如阁下与罗严塔尔元帅都逝去，今后再也没有人能阻止那个奥贝斯坦元帅的专横了。”

拜耶尔蓝心想无论如何都要设法激励长官，于是抬出了军务尚书的名字，不过米达麦亚好像没有受到多大刺激。

“没什么，如果罗严塔尔和我同时消失，军务尚书也可以安心了，或许会就此归隐呢。”

“阁下，您这玩笑未免……”

“算了，我们暂时结束这种假设性的讨论，立刻联络毕典菲尔特和瓦列。”

拜耶尔蓝一面对长官投去担忧的眼神，一面敬了个礼离开办公室，留下米达麦亚一个人在心中低语。

“暂且不管奥贝斯坦，另外还有一个家伙是绝对不能饶恕的。在我上阵前，一定要先为皇帝陛下驱除这只害虫。”

内务部次官兼国内安全保障局局长海德里希·朗古不是军务部的一员，却老是跑到军务尚书奥贝斯坦元帅面前献殷勤，这已不是三两天的事了。

这一天，朗古又来到这里，向军务尚书报告可憎的罗严塔尔终于沦为叛贼的消息。奥贝斯坦当然早已知道了。就在朗古欢欣地卖弄唇舌的时候，他若无其事地回应道：

“因为这次新领土发生的不幸事件，我或许要以特使的身份前往罗严塔尔那儿。”

“这、这，您真是太辛苦了，而且说不定还有危险……”

“你不必对我表示同情，因为你也要跟我一起去！”

说话的一方态度极为冷静，但听的一方却好像被恐慌的情绪打了一巴掌，不由得踉跄起来。头发半白的军务尚书无视内务部次官的丑态，径自啜饮着咖啡。

“你准备一下，好随时出发。至于我，早已准备好了。”

“我、我只要出现在罗严塔尔元帅面前，一定会被当场杀死的，不知道为什么，元帅总是一副憎恨我的样子。”

“我倒不认为你比我更让人家讨厌。”

奥贝斯坦的声音中听不出丝毫讽刺或冷嘲的意味，义眼的军务尚书只是以一副学究般的沉着态度指出事实。

朗古于是顾左右而言他，暂时拖延着不回答，然后飞快地冲出军务尚书的办公室。菲尔纳准将正好与他擦肩而过，走了进来，对他投来一记冷笑，可是朗古并没有工夫确认。

这可不是开玩笑，朗古想。奥贝斯坦如果被罗严塔尔所害，与朗古一点关系都没有，甚至还是将来想飞黄腾达的他的希望。如果奥贝斯坦能和罗严塔尔同时死去，这将是一幅完美的理想之图。但现在却要自己加入这幅构图，简直是岂有此理。

这时候，朗古的自我意识就像酱鹅肝似的油光闪闪、极度肥大。他甚至没有想到，在他人眼里，自己是个远比奥贝斯坦低劣的人。

朗古刻意地迂回到建筑物背面的楼梯，多少想避开一点他人的耳目。但他开始下楼梯的时候，忽然全身僵硬起来了。一位身穿黑银相间的帝国军军服的青年，正从楼梯的下面望着他，灰色的眼眸里充满与好意相反的光芒。

“米、米达麦亚元帅……”

“哦，现在正当红的内务部次官阁下竟然知道在下的名字，真是荣幸之至。”

米达麦亚的声音里，一反平常地充满恶意的毒素。在对方灰色眼眸的扫射下，朗古无意识地倒退了两步。与帝国军最高勇将一对一地会面，这还是第一次，他甚至没办法躲到某个人外衣的衣角里。

“如、如果您找军务尚书有事，请上五楼的办公室……”

“不，我是找你有事呀，内务部次官。”

敌意转化成恶意，从米达麦亚的声音里渗透出来。

“或者我应该称呼您一声国内安全保障局局长才好，是不是？不过生前的地位，对往后的你已经无用了。”

朗古听见了自己吞下化为固体的唾液的巨大声响，视野中的色彩变得淡漠，只有米达麦亚蜂蜜色的头发鲜明地浮现出来。

米达麦亚开始走上楼梯，脚上的军靴发出巨大的声响。他虽然右手按在枪把上，脚步却是不疾不徐。人还没有走到，全身发出的锐气却像是无形的铁钉，钉进朗古的脚背，把他钉在原地动弹不得。

“听着！站在那里不要动，等我走过来。”

朗古的精神无视米达麦亚的命令，可是他的肉体无法做到。或许他正想着赶快逃走，思考的速度却似乎比蜗牛还要慢。他两眼睁大，嘴巴缩小，两种器官同时张开着。在已经半凝结的空气中，朗古想挣扎也难。周围并不是没有人，但都让米达麦亚的气势压倒了，只知道呆呆地站在那里。

不，只有一个人还能动。就在米达麦亚要登上最后一级台阶的时候，一只手忽然放在了“疾风之狼”的肩膀上。

“请住手，米达麦亚元帅。朗古次官也是皇帝陛下的臣子！”

伫立在元帅充满杀气的视线前方的人，是宪兵总监兼首都防卫司令官伍尔利·克斯拉一级上将。

“米达麦亚元帅，您立下的武勋虽然无与伦比，但是若在军务部私战或者私斗的话，卑职只能出于自身的职权加以制止，这一点请您谅解。”

“私斗？”

米达麦亚的表情和声音中都充满了苛烈的意味，灰色的眼眸更是迸射出愤怒的洪流。

“宪兵总监所言真是叫人意外，但如果你认为这是私斗也无所谓。这个朗古是一只人面蛀虫，如果再这么放任他，我无论如何也无法安心地出征。趁现在不妨说清楚，我——”

“朗古的乱行自有法律来制裁。否则，罗严克拉姆王朝赖以建立的基础将会崩溃。您身为重臣中的重臣、宿将中的宿将，不可能不明白这一点。”

“真是高见，宪兵总监，但对这只在这里发抖的蛀虫来说，法律总是无力的，不是吗？只要能让这家伙得到该得的报应，我就算受到惩罚也无所谓。”

“你冷静一点，元帅，这一点也不像聪敏的你。如果你有什么万一，究竟要让谁来负责守护黄金狮子旗的荣耀呢？人称疾风之狼的你，难道要因为私情罔顾保护国家的重责大任？”

克斯拉的声音既不大也不高昂，却直接冲击着米达麦亚的肺腑。他蜂蜜色的头发显得有些杂乱，激动的汗水从发梢流到额头，再流到脸颊。克斯拉沉痛地凝视着他，然后以较为和缓的语气说服着：

“皇帝是一位明君，如果朗古次官有罪的话，陛下一定会以帝权和国法来惩治他。无论如何，请元帅信任下官，安心地完成您的任务吧。”

“我明白了，就交给你了。”

元帅的声音极低，而且缺乏生气。

“抱歉让你看到这么难看的一幕，引起骚乱的罪过，我改日再弥补。”

米达麦亚踩着虚脱的脚步走远了。克斯拉默然目送他的背影，然后转头看着还僵在那里的朗古，一种想对他吐口水的表情在脸上一闪而过。

3

新帝国历二年的十月与十一月。

地球教的阴谋几乎得到了艺术性的成功。但从另一方面来看，却有种一幅幼儿胡乱涂鸦的图画被给予极高艺术评价的感觉。在后来教团骨干的报告当中，曾说到“如果罗严塔尔元帅那边失败，接下来就以米达麦亚元帅乃至奥贝斯坦元帅为目标来推进计划”。这或许正可以证明，这个阴谋恐怕是因为结果的成功，才被过度评价吧？

在被称为“罗严塔尔元帅叛乱事件”、“海尼森行星动乱”、“新领土战役”或者“〇〇二年兵乱”的巨大动乱当中，个人的资质其实发挥了绝大部分的影响力。

罗严塔尔其实知道自己是比不上莱因哈特的。莱因哈特篡夺高登巴姆王朝的做法是独创的，罗严塔尔篡夺罗严克拉姆王朝则是模仿。知道这一点，却仍然走上高举叛旗的道路，固然是因为被地球教的阴谋追赶至绝境，但之后也并非没有挽救破裂局面的可能。如果他听从贝根格伦的劝说，以卸除武装的姿态前往新首都费沙向皇帝说明原委，米达麦亚不至于眼睁睁看着他走上绝路，一场动乱也会尚未开始就结束。或许他必须为克涅利斯·鲁兹的死负起最终的责任，但顶多只是被撤换总督职务，或者暂时编入预备役就了事——这当然是后世历史学家的猜测。

不过，其实在宇宙某个角落里，还发生了一件罗严塔尔并不知道的事。

格利尔帕泽上将在十月控制了乌鲁瓦希行星，成功地恢复了治安。不过他采用的是相当武断的处理手法。那些没有立即服从“放弃武器、复归原队”命令的将士中，因战斗与枪毙死亡的人数多达两千名以上。

之后，格利尔帕泽虽然试图查明使皇帝濒临险境的整起事件，但并不容易得出结论。

因为基地司令官维库勒中将后来行踪不明，而且也没有寻获尸体，无法取得明确的证言。通过军医的病历，发现他最近有吸毒成瘾的症状，但像他这样兼具能力与阅历、被委以重任的高级军官，为何会沦为吸毒者？这条调查的线索后来也断了。

士兵们的证言也极度混乱，甚至还有人指出：

“因为鲁兹和缪拉两位提督被地球教洗脑，企图加害陛下，我们接获上司的命令，奉命要救出皇帝才出动的。”

此外在死者当中，发现有十多人身上藏有地球教的教典和徽章，存活者中也有人持有同样的东西，所以整个事件怎么看都像是地球教的阴谋。但是，格利尔帕泽却不想在节骨眼上公布这个结论。

当格利尔帕泽在乌鲁瓦希行星上解开——或者看来正在解开这些带刺铁线的时候，周围的状况正在一点一点地恶化。帝国政府与新领土总督之间也正筑起一道充满恶意的厚厚高墙。因此，当他没有逃回费沙，反而回到行星海尼森，并宣称服从罗严塔尔的时候，总督反倒非常意外，还特意追问：

“你是真心的吗？要站在我这一边？”

“是真心的。只是……”

“只是？”

“我也有我的野心，希望阁下能够答应，当阁下成就霸业的时候，给予我军务尚书和帝国元帅的地位。”

“一言为定。”

罗严塔尔的金银妖瞳中灌满了冷笑的微粒子，点头说道：

“我还以为你想要更高的地位呢，如果一个军务尚书就让你满足的话，那我答应你的愿望！期待你能为了自身的愿望尽力！”

罗严塔尔和格利尔帕泽都是乱世的军人，所以在野心这个共同的精神基础上，对相同价值的追求应该一致。或许正因为格利尔帕泽这时刻意要了些小手段，表明自己追求地位的野心，罗严塔尔反而才信任他。总之，二人基于彼此的利害关系结成了同盟。但这个时候，就算罗严塔尔对格利尔帕泽有所怀疑，若没有证据就贸然将他除掉的话，只怕会引起其他部下的动摇。其实，罗严塔尔并没有其他选择。

另一方面，克纳普斯坦上将则被关在官舍里，处于半软禁状态。得知同僚格利尔帕泽来访，他不免惊讶而愤怒地诘问：

“你为什么回来？难道是想袒护罗严塔尔举兵叛乱，在新王朝的历史上留下叛徒的污名？”

“……”

“哼！不仅这样，听说你还向罗严塔尔宣誓忠诚，甚至要求地位是吗？你到底想怎么样？”

“冷静一点，克纳普斯坦，难道你以为我是真心拥护罗严塔尔高举叛旗？”

这个地理学者兼军人仿佛是在揶揄同僚的单纯。克纳普斯坦带着四成的不快，扫兴地问道：

“难道不是？那我倒想听听你真正的用意是什么。不过我和你不一样，是个没有学问的人，太复杂的理论我可听不懂。”

克纳普斯坦刻意讽刺地说，但似乎没有引起多辛辣的效果。

“你想想看，克纳普斯坦，我们才二十几岁，却能获得帝国军上将的地位，究竟是什么缘故？”

“因为皇帝的隆恩和我们自身建立的功勋。”

“那么，功勋是怎么建立起来的？只有和敌人作战才能建立功勋，对不对？可是现在自由行星同盟已经灭亡，杨威利也死了，从此以后宇宙间就不再有战争。如果就此袖手旁观，在这个和平的时代里，我们就不可能建立功勋，当然也不能继续飞黄腾达了，是不是？”

“或、或许是……”

“所以，我们一定要继续建立辉煌的功勋，就算耍点小手段也在所不惜。怎么样，还不明白吗？”

格利尔帕泽用笑脸迎向同僚。从这种虚伪的笑脸中看到对方骨子里的野心，克纳普斯坦不禁因为一股下意识的战栗而畏缩。

“也、也就是说，你装出暂时投靠罗严塔尔的样子，最后还是要出卖他？”

“出卖？注意一下你的用词，克纳普斯坦。我们毕竟是莱因哈特皇帝陛下的臣民，只不过碰巧被编在罗严塔尔元帅麾下罢了。究竟应该首先忠于谁，这再明白不过了吧？”

克纳普斯坦咕哝起来。格利尔帕泽的说法是没有错，但既然如此，为什么不一开始就旗帜鲜明，高声指出罗严塔尔的罪过，回归皇帝麾下呢？否则不就变成现在反叛皇帝，将来又出卖罗严塔尔的双重背叛了？格利尔帕泽想利用罗严塔尔的背叛，作为自己飞黄腾达的手段，可是事情果真会如他想象的那样顺利吗？尽管这么想，克纳普斯坦最终还是赞同了同僚的主张，目前他似乎也没有别的选择。

另一方面，新领土总督府的民事长官尤利乌斯·艾尔斯亥玛拒绝对总督宣誓效忠。他已经因为恐惧脸色发白，冷汗也濡湿了衣领，但仍然用颤抖的声音声明不支持背叛皇帝的行为。尽管他被罗严塔尔的威严和那金银妖瞳的视线压倒，最后还是没有屈服。

“而且，说到私人的立场，总督阁下对我内兄克涅利斯·鲁兹的死负有责任。在这件事获得法律和道义上的解决之前，我无法接受以阁下为盟友的事实。”

罗严塔尔只是稍微扭曲嘴角，沉默不语。不久后，他终于挤出来的声音中，透着近乎沉痛的沉着。

“虽然你以公务员的身份发表的意见陈腐平凡，但以私人身份发表的主张却有勇气与正义。如果你不愿协助我，这件事就到此为止。只要你不走出官舍，对我采取任何敌对行为，我可以确保你和家属的安全。”

罗严塔尔当场写了一张简函，交予艾尔斯亥玛带在身上，让他毫发无伤地回到家中。那封简函的抬头是渥佛根·米达麦亚的名字，罗严塔尔在信中写明艾尔斯亥玛拒绝加入叛乱的事情，声明其对皇帝的忠诚绝无可怀疑的余地，要求米达麦亚多多关照，以免艾尔斯亥玛将来遭受皇帝的斥责或处决。

罗严塔尔对艾尔斯亥玛的宽容，证明他的精神中的确有高洁的要素，另外也有为了生存和发展预先采取对策的用意。

“不管最后是败给皇帝也好，被皇帝消灭也好，至少要全力做好善后之事。”

罗严塔尔的黑色右眼在无声地咕哝，但他那只蓝色的左眼马上提出了反对。

“既然要作战，就要期望胜利。一开始就想着失败怎么行？难道你希望的是败北和灭亡吗？”

没有回答。金银妖瞳的主人从墙上悬挂的镜子里看到了自己的身影。理所当然，映在镜子上的眼睛，右边是黑色的，而左边是蓝色的。

“真是不可救药呀，连我自己……”

罗严塔尔低叫起来，还好没有人听见。至少这一点值得庆幸。

4

宣战公告当然没有发布。在没有明确出发点的状态下，帝国本土与新领土之间，敌意与紧张的水位越涨越高。奥贝斯坦元帅在军务部，米达麦亚元帅在宇宙舰队司令部，两人的心理与表情尽管各不相同，但都在进行出动前的准备。

而在大本营，有两个人再度相见了。莱因哈特从影之城周边宙域暂且回到费沙，走进大本营办公室的时候，发现有个人影正伫立在质地厚重的胡桃木办公桌旁。年轻的皇帝未加思索，自然地喊了出来：

“玛林道夫伯爵小姐……”

“恭迎陛下回都。陛下安然无恙，臣感到无限欣喜。”

希尔德，也就是希尔格尔·冯·玛林道夫伯爵小姐说话的口吻丝毫不见紊乱，然而声音却充满柔和的情感。莱因哈特觉出了这一点，或许代表了他的感悟力有所提高。但他只简单地说了声“嗯，让你担心了”，这无疑又反映了他表达能力的停滞。

“鲁兹阵亡了。”

莱因哈特一面说着毫无情趣的话，一面对希尔德指指沙发，示意她坐下，然后自己也挨着她坐下来。

“到今天，已经有多少人为了朕而牺牲呢？三年前，朕以为再也没有什么人的死会让朕痛切惋惜了，可是今年一年，就有法伦海特、舒坦梅兹、鲁兹三个人相继死去。上天用这样的方法来惩罚朕的愚昧，难道不觉得太重了？”

“各位元帅不是命运之神用来惩罚陛下的道具，而且死去的元帅也不是带着对陛下的怨尤升天的。请陛下不要如此自责。”

“这些我明白。可是……”

莱因哈特低语了一句，忽然像是察觉到自己的粗心大意似的，唐突地问：“伯爵小姐，你还好吗？”

“是的，陛下，托陛下洪福。”

这样的回答听起来或许有些奇妙，但莱因哈特像获救似的点点头。

在年龄上，希尔德比莱因哈特小一岁，但有时在态度上却不得不扮演一个“恭谨的长者”。莱因哈特的精神领域中没有所谓高贵与卑劣的差距，却有两种心灵上的角色，一种像个十足犀利的实务家，另外一种则是充满梦想、只能注视正面事物，而且容易受伤的单纯少年。这两种角色时而融合，时而分离，一直并存于莱因哈特心中。这是事实，所以当后者的特质明显突出的时候，希尔德在应对上就得特别小心。

如果说莱因哈特的诞生和存在是历史上的奇迹，那么希尔德同样如此。莱因哈特出生在空有贵族之名的贫穷家庭，而希尔德则生在与门阀主流扯不上关系的伯爵家族。就这一点来看，不如说希尔德才是闭锁的温室世界中的异端。

三年前的利普休达特战役中，门阀贵族联合军与立典拉德－罗严克拉姆轴心正如火如荼地展开争斗。为了避免让玛林道夫伯爵家卷入其中，希尔德做出了政治上的选择，加入莱因哈特的阵营。这个选择是优秀的政见与战略融合后得出的结果。莱因哈特的知性受到了巨大的冲击，所以为她准备了帝国宰相秘书官的位子。

希尔德并非用姿色来迷惑这位年轻的霸者。她的确是位美貌的伯爵千金，但美貌与姿色并非同一种资质。而且莱因哈特原本就对女色极为冷淡，或者说根本就没有感觉。即使希尔德企图用姿色来赢取莱因哈特的欢心，也毫无成功的可能。希尔德其实也没有这样的念头，能与莱因哈特拥有同一个频率的精神频道，并不是她一个人的功劳。如果莱因哈特仅仅从外表来衡量她的智慧和人格，很可能会斥责她是个“故作聪明的傲慢女子”，然后把她从自己的精神世界里排除掉。真是如此的话，恐怕莱因哈特早已在巴米利恩会战时失去了未来，而全人类的历史也早已发生了变化……

“罗严塔尔送来一封致帝国政府的通信，伯爵小姐知道吗？”

“是的。”

莱因哈特提到的，是在他返回时由罗严塔尔送到费沙的一封通信，收信人的名称是帝国政府，而不是皇帝，从这一点便足以看出发信人内心有极不单纯的一面。莱因哈特已经觉得不悦，但让他更加不悦的一定是通信的内容，其中说“军务尚书奥贝斯坦与内务部次官朗古两人垄断国政，漠视皇帝，径自进行肃清行动。我罗严塔尔元帅无法坐视，如情势需要，将以实力排除此二人之专横”。另外希尔德认为，这封通信中更让莱因哈特受刺激的，一定是“趁皇帝卧病衰弱之机……”这句话，令人感觉他仿佛在向皇帝挑衅。

“朕什么时候允许过奥贝斯坦或朗古这一班人垄断政治？如果真像罗严塔尔所说的，哪有让他当上新领土总督的道理？为了让他的叛逆名正言顺，就非得把朕贬低到这种程度吗？”

莱因哈特最厌恶服从他人、受他人支配。因自尊受到伤害而产生的愤怒不但十分强烈，而且理所当然。况且罗严塔尔在通信中妄称皇帝“因病衰弱”，无异于把一道强风吹进年轻皇帝炽烈的火焰中。

另一方面，罗严塔尔也有如此主张的理由。既然皇帝在政治上没有什么失策之处，那么“清君侧”就成了一个叛逆者理所当然的说法。朝廷重臣对奥贝斯坦的反感固然掺杂着些许敬畏，但对朗古就不是这么回事了。所以罗严塔尔提出除去他们二人的要求，以获得朝廷重臣某种程度上的共鸣，这无论在政略上还是在战略上都是必然的。而且，罗严塔尔对奥贝斯坦和朗古的反感早已存在。但希尔德并不认为在处置了他们二人之后，罗严塔尔就会罢兵，因为说到底，罗严塔尔希望的正是奥贝斯坦拥有的，甚至是在奥贝斯坦之上的地位。

不过话说回来，存在像朗古这种佞臣或是酷吏型的人物，或许是专制国家无可避免的缺点。在历史上，就算是被称颂为贤主或明君的人物，也常常允许佞臣酷吏擅权。这种佞臣酷吏对君主来说，并不是什么值得警惕的人物，所以往往在君主的漠视和放任之中，逐渐成长为其他臣下的威胁。朝廷重臣对朗古这种人的反感，可能会让他们同情或者认同罗严塔尔的叛逆。希尔德必须要让莱因哈特理解这一点。

莱因哈特的眼底，仿佛有两颗冰蓝色的太阳正在沸腾。希尔德悄悄地注视着他，然后张开丝毫不比他逊色的美丽嘴唇。

“请陛下恕臣直言。姑且不论军务尚书奥贝斯坦元帅风评如何，但内务部次官朗古不管是对于国家还是对于陛下您，都是罪大于功。他的所作所为与为人已经招致许多人的反感，这一点陛下是否也有所闻？”

年轻俊美的皇帝好像已经略微平息了怒气，用指尖揉着俊挺的下巴，陷入沉思。

“……这一点不用伯爵小姐来告诉朕，朕当然知道朗古那种人是十足的小人。只是，一只老鼠固然会糟蹋仓库的粮食，但是为害毕竟有限。如果连这种鼠辈的栖息都不能允许，那么银河帝国也未免太狭隘了，不是吗？”

这些话未必是莱因哈特内心真正的想法。他虽然廉洁，却也有身为君主的复杂想法。自古以来，“君主为了调和清浊，应有包容小人的度量”是有力的君主论，莱因哈特深知这个道理。在朗古既没有触犯刑法，也没有大不敬的情况下，没有理由革他的职。不管怎么说，莱因哈特始终没有把朗古这种人物放在眼里。金发的霸主欣赏冬蔷薇，却不会把视线转向花上面的害虫。朗古也知道一旦招致皇帝不悦，一定会被一刀处决，在莱因哈特面前永远是卑躬屈膝、毕恭毕敬，在职务上也非常勤奋，以迎合皇帝的心意，因为他在本质上就是个佞臣。而军务尚书奥贝斯坦就算要违拗皇帝的心意，仍会以近乎冷酷无情的方式直接提出主张。这是两个人不同的地方。

其实希尔德此时真正的想法，是想建议皇帝连奥贝斯坦也一起更换。但她知道奥贝斯坦与朗古的差异，不能利用与莱因哈特之间特别的关系，要求将奥贝斯坦一起治罪。

“无论是现职的贤能官员还是在野的人才，能够取代朗古次官的大有人在。如果将他更换，罗严塔尔元帅举兵的借口首先就少了一个，而且提督们也会欣然接受吧。”

金黄的头发让室内的空气产生了细微的波澜。

“但是，朗古并没有罪行，怎么能因为他受人讨厌就将他治罪呢？”

“不，陛下，他罪证确凿。这份报告书能否请陛下过目？”

希尔德向皇帝呈递了一份报告书，那是宪兵总监克斯拉一级上将受已成故人的鲁兹提督的委托完成的。主要内容是前费沙代理总督尼古拉斯·博尔德克被指称参与炸死工部尚书席尔瓦贝尔西的阴谋，因而被逮捕下狱，最后横死狱中一事，其实是朗古设计的冤案。

“这份报告书是在伯爵小姐的指示下完成的吗？”

“不，这是过世的鲁兹元帅生前见朗古次官横行猖獗，唯恐将有害于国家，委托克斯拉一级上将进行调查后完成的。”

“鲁兹……是吗？”

被阴翳笼罩的冰蓝色视线落在报告书上，年轻的皇帝开始阅读。

读着读着，莱因哈特的脸颊像是夕阳映照在初雪上，呈现出一片红霞。阅读整份报告书并不需要太长时间，莱因哈特看完最后一个字，不禁长长叹了一口气。一阵短暂而深邃的沉默之后，他自言自语起来。

“鲁兹原来一直都没有抛弃朕，不但如此，他还豁出自己的性命救了朕。”

莱因哈特白皙的手指从下巴移动到眉宇间，微微颤动着，无言地昭示着内心的震动。

“朕太愚蠢了，为了维护小人的权利，竟然让贤能的忠臣陷入不满和不安之中。”

白玉般的牙齿用力地咬着端丽的嘴唇，这一切全映在了希尔德的眼里。

“对罗严塔尔来说，或许已经太迟了。但就算从现在开始，也要采取适当的处置，不辜负鲁兹的忠诚。这样好吗，伯爵小姐？”

希尔德从沙发上站起来，向皇帝鞠了一躬。此时她并非不希望莱因哈特给自己一个亲吻或者拥抱，但是莱因哈特表明的信赖，比亲吻或拥抱更让她欣喜。

5

走出莱因哈特的办公室后，希尔德忽然感到一阵强烈的呕吐感从腹部急遽地蹿升上来，压迫着她的胸口。她先是按住自己的胸口，接着一面掩住嘴巴，一面飞快地冲向盥洗室。来往的几名士兵向她敬礼，不禁用奇异的眼神望着她。

希尔德对着白色的陶瓷洗脸盆一阵呕吐之后，打开水龙头将呕吐物冲走，然后含了口水将嘴巴漱干净。待身体恢复正常后，精神却开始动摇了。

“不会吧，只有一个晚上……但再也想不到其他的可能了。”

想起从上个月以来的生理变化，希尔德呆住了。从那一晚到现在，已经过去了两个月。如果说刚才的呕吐是第一次妊娠反应，从时间看也不算太早。希尔德也想过是不是因为食物中毒才引起的呕吐，但是自己在见到活着回来的莱因哈特之前，一直都处在不安与期待中，这天早上只喝了一点牛奶。就算不是这样，希尔德凭着自身的理性，还是一一否定了其他逃避性的想法。

希尔德此时真是不知所措。自己成为母亲，莱因哈特成为父亲，这些都远在想象力的地平线之外。她只下了一个决心，那就是自己怀孕的事，此时绝不能告诉莱因哈特。希尔德走出盥洗室的时候，已经调整好身体的状态，并控制着呼吸、表情和步伐，走向皇帝幕僚总监的办公室。

重逢的另一面是离别。艾芳瑟琳·米达麦亚虽然不想把这次离别看成永远的分离，但是在不得已的情况下分处两地一年后，仅仅团聚了两个月的时间，又必须要与丈夫分开了。

“短时间内是回不来了。”

丈夫发出这种歉疚的声音，在米达麦亚家并不是稀罕事。艾芳瑟琳·米达麦亚的丈夫是一位军人，而且是指挥大军之人，像这种几百光年甚至几千光年的征途，对他们来说已经不是罕见之事了。

但是这一次情况特别，一句“安心地去吧”似乎无法表达她的想法。在这个刚刚适应的新居的起居室里，她对丈夫说：

“亲爱的，渥佛，我敬爱罗严塔尔元帅，因为他是你亲密的朋友。不过，一旦他变成了你的敌人，我也可以毫无条件地憎恶他。”

如果再说下去，只怕澎湃的感情会妨碍她的表达。

渥佛根·米达麦亚感觉妻子温暖纤细的手轻轻抚过自己的脸颊。灰色的眼眸和紫罗兰的眼眸中映出彼此的脸庞，其中一方更是极力忍住眼眶中的泪水。

“你一定要平安归来，渥佛，到时候我一定每天做你最喜欢的火锅来慰劳你。”

“吃得太胖可伤脑筋呀，一个星期一次就好了。”

一点都没有肥胖的征兆、全身紧凑利落的年轻元帅开着拙劣的玩笑，想博爱妻一笑，却没有成功。他把妻子的手从自己的脸颊上拿下来，然后深情地吻着妻子，技术明显比已故的杨威利好多了。

“你不用担心，艾芳。”

想到妻子或许会有足够的理由憎恨罗严塔尔，米达麦亚用力抱住妻子从少女时代起一点都没有走形的身躯。

“还不知道是不是一定会打起来。陛下已经逮捕了内务部次官朗古，罗严塔尔的气或许因此就消了。”

爱情当中，有时候虚伪似乎是不可或缺的，但接下来的愿望却绝对真实。

“所以呢，如果你为我祈祷的话，希望你祈祷这次能不战而终。一定要这样告诉天神，艾芳。”

新帝国历二年十一月十四日，影之城周边的宙域被渥佛根·米达麦亚元帅指挥的帝国军宇宙舰队的舰艇填满。此次共出动四万二千七百七十艘战舰、四百六十万八千九百名官兵，还有在元帅指挥下的毕典菲尔特与瓦列两名一级上将。

Chapter 7
因剑而生

1

银河帝国宇宙舰队司令长官渥佛根·米达麦亚元帅此时正在旗舰“人狼”上，召集瓦列与毕典菲尔特两位一级上将商讨作战计划。虽说是讨论，但基本的作战计划早已拟订好。既然要出兵讨伐罗严塔尔，就只能抢在敌方（这是多么令人不悦的字眼啊！）展开作战态势以前，主动发起快攻，给敌人致命的一击，使其瓦解。只要获得首战的胜利，最终的趋势就可能决定下来。因为罗严塔尔的军队不管在物质上还是在心理上，都没有后盾支撑。

作战商讨没多久就结束了。咖啡送进来的时候，毕典菲尔特提出了一个深刻却毫无顾忌的疑问。

“不过，罗严塔尔究竟对皇帝有什么不满，竟然这么乱来，不，竟会出此下策呢？”

瓦列用眼神和低语责备着毕典菲尔特的鲁莽。如果明白司令长官与新领土总督之间的友谊，就不难想象米达麦亚内心的苦涩。毕典菲尔特的话虽不能说是苛刻无情，也太欠考虑了。

“不，瓦列提督，不要顾虑我，罗严塔尔元帅和我的友谊终究只是个人的私情，不能与公务之重相提并论。”

米达麦亚轻描淡写地化解了同僚对他的顾虑，但是他说的每一个字每一句话底下，究竟掩盖了多么澎湃汹涌的情感，不了解他的人只怕难以想象。听到这些话，瓦列也非常伤感，甚至无法从正面看着这位帝国军最高勇将的脸。

“就是说嘛，瓦列提督，司令长官在执行公务的时候，我们还在心里揣测私情，这不是太失礼了吗？”

毕典菲尔特的说辞着实让瓦列感到惊愕，这位橘色头发的猛将似乎在以自己的方式为米达麦亚担忧。米达麦亚仿佛也感受到了，脸上呈现出即将苦笑的表情。他在内心自问自答：

“在整个宇宙中，能让罗严塔尔弯下膝盖的人，恐怕只有吾皇莱因哈特一人。如果要让他在皇帝之前先向军务尚书跪拜，他一定无法忍受。就算是我也不愿意……”

据说奥贝斯坦元帅曾经将罗严塔尔比喻为“无法驯养的猛禽”，米达麦亚此时不得不承认这种评语是正确的。那只本已对宇宙中唯一的天鹅宣誓忠诚的鹫，到头来还是要乘着暴风飞离天鹅身旁吧。

瓦列与毕典菲尔特从“人狼”告辞之后，米达麦亚目送着他们两人，独自伫立在展望窗边沉思良久。身为优美天鹅的臣下，他必须要去讨伐那只身为挚友的鹫。米达麦亚从来没有想象过自己与罗严塔尔的友谊，竟然要画下这样的一个句点。他一面让蜂蜜色的头发沐浴在星光中，一面想，包括他个人在内的银河帝国历史，到眼前这一瞬间为止，究竟有过多少次错误的选择啊。

如果那位聪明的齐格弗里德·吉尔菲艾斯还活着，或许能把莱因哈特皇帝与罗严塔尔之间纠缠不清的钢索给解开吧？又或者即便有他的存在，今日的事态仍是无可避免的结果？

米达麦亚等人出发后，莱因哈特皇帝也从费沙出发，乘总旗舰伯伦希尔来到影之城周边宙域。跟随在皇帝身边的幕僚人员是艾杰纳和缪拉两位一级上将。“铁壁缪拉”即奈特哈尔·缪拉伤还没有痊愈，右臂仍吊在肩膀上就上阵了。莱因哈特本想授予他“齐格弗里德·吉尔菲艾斯武勋章”，并让他晋升为元帅，不过这位砂色头发和砂色眼眸的年轻提督却坚决推辞。他回应皇帝的好意说，自己并没有立下功勋，所以绝不能接受元帅杖，待日后建立起相称的功勋后，再高兴地接受陛下赏赐的荣誉。莱因哈特听到这番话，无言地点点头。的确，缪拉和鲁兹不同，他今后还有机会立功。

“那么除此之外，你是否可以告诉朕，还有什么方式能报答你为朕负的伤？”

“既然陛下这么说了，那么臣有个请求，不知陛下是否可以考虑？”

“哦……”

此时如薄纱一样笼罩在莱因哈特白皙秀丽的脸上的表情，是凄怆而非辛辣。但那也只是掠过大海一角的暴风，丝毫无损年轻霸主的俊美。莱因哈特那近乎灿烂的金发晃动着，就像是这场风暴的余波。

“朕明白你想要求的是什么。”

莱因哈特的声音充满不快，不过仍然有着韵律感。

“你想说饶罗严塔尔一命，是吗？”

“陛下明察，臣万分惶恐。”

皇帝不悦地稍微转动了一下身躯，两眼迸裂出冰蓝色的火花。

“缪拉，你是朕的宿将，也是朕的恩人。因此，朕很想答应你的请求，但是唯独这件事不可。”

“陛下……”

“问题不在于朕，而在于罗严塔尔。你该问的人是他，不是朕。当然，你该问的不是过去之事，而是今后之事。”

“陛下的意思是……”

“你难道不该去问罗严塔尔，在他举起叛旗、打完战争之后，他还愿不愿意向朕低头，请求朕饶恕他的性命？”

缪拉惶恐而失望，他不禁觉得这种时候，如果希尔格尔·冯·玛林道夫伯爵小姐在场的话就好了。如果她在，一定会为缪拉帮腔，从情理两面来说服皇帝。可是，那位美丽聪明的幕僚总监这次因为生病无法离开费沙，真是太可惜了。

当然，缪拉并不知道，莱因哈特也不知道，怀孕的希尔德是为了避免跳跃飞行可能会给胎儿带来的不良影响，才没有离开费沙……

莱因哈特对渥佛根·米达麦亚的心情，可以从对其能力和人格的深厚信赖来说明。但他对罗严塔尔的感觉就复杂得多，而且跟其他情感像螺旋一样纠缠在一起。这种复杂的心理在罗严塔尔的内心或许更深刻，但是对一向肯定罗严塔尔的才能，并且一直重用他的莱因哈特来说，那种被出卖的感觉尤为强烈。在乌鲁瓦希行星上的时候，鲁兹认为罗严塔尔应该为行星的暴动负责，莱因哈特反倒要否定他的说法。但是鲁兹为保护皇帝丧命时，他的看法便被莱因哈特接受了。这种因鲁兹丧命产生的自责转到罗严塔尔身上的时候，莱因哈特胸中不禁产生了一种微妙的化学变化。

“不过，难道讨伐了罗严塔尔，我的心就能得到平静？”

莱因哈特向自己提出这个问题，他给出的答案是“不能”。那么可否不出兵讨伐，就这样算了？莱因哈特再次自问，答案同样是“不能”。前者的答案来自于感性，后者则是理性思考的结果。如果此时无条件赦免罗严塔尔，君主对臣下的支配权和国家的上下秩序就无法确立了。今后再有人叛乱或者违反法律的话，也将失去秉公处理的根据。

“只要这家伙向朕低头不就好了？如果这样，朕就无须去讨伐他了，所以罗严塔尔才应该为眼前的事态负绝大部分责任。”

为了维护皇帝的权威与国家的秩序，莱因哈特不得不出兵讨伐罗严塔尔。到此为止，一切思考都还在理性与正当的领域中。但如果越过一步的话，“难道他如此厌恶向我低头？”——莱因哈特的心就会在感情的深渊中沸腾起来。

已成故人的杨威利总是若无其事、从容不迫地与莱因哈特保持对等的立场，但是莱因哈特从未感到过不快，反而觉得非常自然。杨的性格或许发挥了作用，但主要还是因为杨不接受莱因哈特的俸禄。但是罗严塔尔就不一样了，他是莱因哈特的臣下。反过来说，或许他对这么多年来向莱因哈特低头感到厌恶了吧。难道他是为了实践从前那句话，就是三年前那句话？如果是这样，那么过错果真在自己身上？不！即使如此，自己也没有义务让罗严塔尔的叛乱成功。总而言之，唯有优越的力量才是成就霸者的条件，被圆满转让的霸权只能是一种可笑的东西……

在此期间，艾尔尼斯·梅克林格一级上将指挥的一万一千九百艘战舰，已经从旧帝国本土方向朝伊谢尔伦进军，意图迫使罗严塔尔进行两面作战。为了达成这个目的，必须对伊谢尔伦要塞提出通过回廊的要求。所以梅克林格此时除了担任舰队指挥官，还肩负皇帝委托的交涉权，行使外交使节的职权。

在几乎已是空城的旧帝国本土，为了维持治安，接掌鲁兹舰队指挥权的克留尼曼上将驻留下来。他在巴米利恩会战中身负重伤，濒临死亡，在经过一段长时间的疗养后，终于回归现役。鲁兹另外一位忠诚的辅佐官赫尔兹巴乌亚中将则毛遂自荐，转往了米达麦亚元帅的司令部。他的意图十分明显，所以没有任何人询问他转任的理由。

各种各样的意图与行动在宇宙间奔走，或者说在宇宙间游弋。战略方面必然会呈现出饶有趣味的状况。后世的历史学家们想必也乐于分析考察当时的情势。

“如果那个魔术师杨威利还活着，他会如何利用这种状况？”

莱因哈特不自觉地把内心的思绪说了出来，不待两名一级上将回答，随即又循着自己的思考轨迹继续探索下去。

“对了，就是这样，通过选择方式，就可以看出杨威利的后继者究竟有多大才干……”

事实岂止如此。如果伊谢尔伦要塞的民主共和势力与罗严塔尔缔结盟约、彼此相依的话，他们就能勉强进行两面作战。罗严塔尔可以正面迎击从费沙长驱而至的帝国军，伊谢尔伦的兵力则可以步出回廊，进攻帝国本土。届时皇帝恐怕不得不重回费沙，然后再折返帝国本土与入侵者交战。万一旧帝都奥丁沦陷到敌人手里，新王朝的权威会蒙受不小的损伤。

“臣做出如此不祥的预测，万分抱歉。只是，如果真演变到这种情势的话，我帝国应该如何应对呢，陛下？”

缪拉问道。此时他的脑海里或许正浮现出杨的后继者尤里安·敏兹的身影。

“那时候……”

莱因哈特体内散发出来的光与热，仿佛正穿透他冰蓝色的眼眸，迸射出几乎令人难以正视的炽烈火花。

“那时候，就把伊谢尔伦军的举动视为对朕的敌对行为，并以此为由进攻伊谢尔伦要塞，用讨伐罗严塔尔的矛头直接将其歼灭就是。用不着在意一时的战术劣势。”

缪拉与艾杰纳互相对视。皇帝的霸气依然没有失色。皇帝根本未曾想过自己会败给罗严塔尔。他的视野极为宽广，视线则极远极长，整个宇宙都在他的俯瞰之下。

“杨威利的继任者如果只是单纯想利用眼前混乱局势的小谋士，大概就会加入罗严塔尔一伙吧？不管怎么说，全看他们怎么选择了。”

2

十一月十六日，银河帝国以皇帝的名义褫夺了奥斯卡·冯·罗严塔尔的元帅称号和总督职务。如此一来，罗严塔尔便丧失了对麾下总计五百万大军的指挥权，在法律上也成了不折不扣的叛乱者。

如果内务部次官兼国内安全保障局局长海德里希·朗古还是自由之身，大概会高兴地鼓掌叫好，但他现在因为尼古拉斯·博尔德克的冤案遭到宪兵队拘禁，正在接受讯问。此时罗严塔尔并不知道这件事，就算他知道，也一定不会相信命运是公正的吧？他从没将自己与朗古那种卑鄙小人放在同等地位考虑过。

听到自己被褫夺元帅称号，罗严塔尔脸上不禁漾起苦笑的涟漪。自进入军官学校以来，自己身上还是第一次没有一官半职。身份不受任何权力的保障，这种立场令罗严塔尔感觉有些奇妙。在苦笑还没有褪去的时候，一则来自“敌将”渥佛根·米达麦亚的超光速通信，被传送到战舰托利斯坦上。

这是局面演变至此后，米达麦亚第一次得到和罗严塔尔直接交谈的机会。接到通信官的报告，罗严塔尔瞬间陷入沉思，片刻后即命令通信官将超光速通信转接到他的办公室。

在办公室的屏幕上，画面上的灰白色消失，转而呈现出友人朝气蓬勃的脸庞。

“罗严塔尔，在你百忙之中前来打扰，抱歉了。”

仔细一想，这的确是奇怪的开场白。

“说什么呢？好了，米达麦亚，我们两个是什么交情！”

罗严塔尔的口吻中丝毫没有讽刺或憎恶的成分。在这位友人面前，他可以完全将内心的盔甲卸下来说话。失去这样真挚的友情，过错全在于自己。如果能使友情恢复，无论以何种形式，无论时间多么短暂，他都将满心欢喜。

“罗严塔尔，随我一起去谒见陛下吧，如何？我一点都不想和你交战，趁现在还来得及。”

“米达麦亚，我也不想与你交战。”

“罗严塔尔，既然这样……”

“不过，我得勉强与你一战。你想问为什么，是吗？因为如果不与你作战，将你打倒，那么皇帝大概就不会和我作战吧！”

这一句若无其事的话，让米达麦亚无言以对。沉静的激情之光在罗严塔尔的黑色右眼与蓝色左眼中闪耀，用各自的颜色点亮了眼球。

“在过去很长一段时间里，我不明白自己为什么活在这个世界上，这就是没有智慧的悲哀。不过，现在我终于领悟了。我不就是为了与皇帝交战，并从中获得满足而活着吗？”

米达麦亚想反驳罗严塔尔，咽喉却好像被一道门堵住了。经过让人感觉无限久远的瞬间，门终于被撬开了，米达麦亚仍然试图用常识性的论点来说服他。

“重新考虑一下吧，罗严塔尔。如果你把这件事交给我，我就算拼了自己的命，也会保护你应有的正当权利。皇帝已经把朗古拘禁起来了，事态也一点一点往好的方向进展。接下来轮到你用自己的诚意来加快事态好转了，不是吗？相信我的承诺吧！”

“疾风之狼的承诺，真是一言万金哪！”

感谢的意味回荡在罗严塔尔的声音中，但他随即像是要切断这种可能性似的摇摇头。

“不！不行，米达麦亚，我这个人是不能和你相提并论的。你走的一直是正道，这是我无法做到的，我能做的是……”

说到这里，罗严塔尔闭上了嘴。他的内心被一股冲动驱使，想告诉他敬爱的友人一件事。那是三年前利普休达特战役结束，齐格弗里德·吉尔菲艾斯意外惨死之后的事。当罗严塔尔向莱因哈特报告已拘捕立典拉德公爵的消息时，莱因哈特·冯·罗严克拉姆侯爵是如何说的呢？莱因哈特那像是水晶雕刻般俊美的面容上，荡漾着毫无生气的微笑，对他说：“如果你认为我有隙可乘的话，那么随时可以向我挑战，一个没有实力的霸主被打倒本来就是天经地义的。”从那时起他就知道，强大的敌人才是这个人真正的渴望。

不久后，罗严塔尔刻意现出富有野心的表情，转移话题。

“我们先不说别的，米达麦亚，你觉得如何？要不要和我一起联手？”

“由你来说的话，这个玩笑一点都不好笑。”

“这不是什么玩笑。我做皇帝，而你做我的副手。不不不，反过来也没有关系，两个人一起来分割支配整个宇宙也不坏啊！就连那个特留尼西特，过去也是这样做的。”

通信屏幕中，米达麦亚灰色的眼眸中落下一层沉痛的阴霾。他富有朝气的脸庞堪称英俊，但是活力与锐气反而给人一种酷似顽劣少年的印象。此时，这张脸上密布着灰色的云。

“你醉了，罗严塔尔。”

“我没喝酒。”

“你醉了。不是因为酒，而是因为一场沾染血腥的梦。”

对方这么一说，轮到罗严塔尔无言以对了。米达麦亚深深地叹了一口气。透过通信屏幕，罗严塔尔感受到了他的气息。米达麦亚接着质问：

“梦总有一天要醒过来，醒来之后又该如何？你说你想与皇帝交战，借此得到满足，但是战胜之后你要怎么办？没有了皇帝，你又要如何填补内心的饥渴？”

罗严塔尔闭上眼睛，然后又睁开。

“这或许是梦，但不管怎么样，反正是我自己的梦，不是你的。看来我们不可能达成一致了，所以这种无益的长谈就到此为止吧！”

“等等，罗严塔尔，再一会儿就好，你听我说……”

“再见，米达麦亚。我要说的话或许很奇怪，不过是真心的。皇帝就拜托你了。”

通信到此便切断了，米达麦亚只得将没说完的话咽回肚子里。他一口吐尽无声的忧虑与叹息，然后将沸腾的感情全部集中到声带，对着屏幕大吼一声：

“罗严塔尔，你这个大混蛋！”

这不是一位帝国元帅发出的叫声，而是一个刚从军官学校毕业不久的年轻军官的呐喊。米达麦亚甚至憎恶地瞪着那片又恢复灰白色的屏幕，仿佛它是阻挡在他与友人之间的无情障碍。

通信切断前的那一瞬间罗严塔尔的表情，米达麦亚这一生都永远无法忘怀。那是他将和自己的性命一起带回费沙的记忆。

走出私人办公室，米达麦亚坐上舰桥的指挥席。担任随从的幼校学生送来咖啡，米达麦亚机械地道了谢，陷入了属于他自己、属于一个用兵家的思考中。

“罗严塔尔的弱点，在于他没有可以信赖的副司令官。在作战方案的制订上没什么问题，但能不能付诸实行，就值得怀疑了。”

米达麦亚正确地看穿了这个既是朋友，同时也是敌将之人在军事上的弱点。这并不是罗严塔尔人格上的缺陷，而是他强迫部下背叛皇帝与帝国时，有使部下的忠诚失去方向的危险。

或许，从罗严塔尔的性格来看，他可能会自己负责分散兵力的总指挥，将主力部队与佯动部队对调，让米达麦亚等人落入张开的陷阱。但无论采取什么样的战法，都必须要有个人做他的分身。这个人会是谁？米达麦亚的脑海里，浮现出平日辅佐罗严塔尔的参谋的名字和面容。会是贝根格伦吗？或者是巴特豪瑟、迪特斯多夫、索南费尔斯、修拉……还是新领土总督府设立的时候，被配置在总督府的格利尔帕泽和克纳普斯坦中的一人？

米达麦亚一面想着，一面烦恼，同时却以旁人无法跟随的飞快速度，攻向“新领土”的核心地区。

罗严塔尔的旗舰托利斯坦的舰桥墙壁上，到现在仍然挂着那面奢华的“黄金狮子旗”，吸引着人们的目光。

罗严塔尔无意把皇帝赐予的“黄金狮子旗”从墙壁上撤下来，反倒认为唯有自己才是这面旗的真正守护者。这种心理让他觉得自己实在是不可救药。另外，他的叛逆之举看来声势壮大，却欠缺彻底的决心，这也是其中一个原因。

统帅的心理也反映在士兵身上。各处都能看到手持武器的士兵热烈地讨论着自身的正当性与作战的理由。

“我们现在只是追随着罗严塔尔元帅而已，还能做什么呢？”

“但我们要和皇帝作战吗？和那个皇帝！”

士兵们此时所用的代词“那个”，正表现出他们对皇帝神话般的敬畏之感。那位在战场上获得无数胜利、率领大军征服星海、支配着空前的偌大版图、长相俊美的年轻皇帝，在士兵们眼里简直是军神的化身。

“如果和皇帝陛下作战，我们不就成了叛贼？”

“不对，我们不是和陛下作战，是要打倒那些围绕在皇帝身旁、无视陛下的奸臣和佞臣。”

“是指那个军务尚书吗？我也不喜欢这个人，但他应该不是个专门谋求私利和私欲的人啊！”

“你们知道吗？我倒是听说陛下最近经常生病，国政都是由这个军务尚书在把持。”

“不管怎么样，我们当前要作战的对象不是皇帝陛下，也不是军务尚书，而是疾风之狼！”

说到这里，士兵们顿时鸦雀无声。大家面面相觑，一股近乎兴奋的心情火热地升起来。

"那个人可真是厉害……"

低语声传了出来。

"帝国军双璧互相对峙，孰胜孰败呢？"

帝国军将士中大概没有人不对这个问题感兴趣。但是，想到这个问题将要变成现实，自己也将参与其中一方，热烈的兴奋不禁急速变成冷战。

在战争即将爆发的前一刻，罗严塔尔率领的军队中几乎没有出现逃兵。从这一点来看，或许可以说他是一位深得军心的名将。但不管怎么说，他终究只是"皇帝的名将"，如果他自立门户，这些士兵还会不会真心追随他，就另当别论了。所以罗严塔尔必须对士兵说明"我们不是背叛皇帝，而是要讨伐奸臣"，并且要进一步确立战场上的胜利，使士兵们的斗志高昂起来。

3

新帝国历二年十一月，整个宇宙仿佛只是为了奥斯卡·冯·罗严塔尔与渥佛根·米达麦亚这两位稀世罕见的伟大将才而存在。杨威利的死，似乎并不意味着名将们竭尽一切智慧与才能，并将其倾注在战争中的时代已经结束。

罗严塔尔最初制订并想付诸实施的作战大纲如下：

一、当米达麦亚率领的舰队攻来时，以新领土各处配置的兵力设置多层防线，给予敌方最大限度的损害，使其前进速度受阻。

二、诱导敌方主力深入行星海尼森，切断其后方支援；或者通过装作诱敌深入，迫使敌人后退。

三、在敌人后退之际，立刻重新集结各地的兵力，截断敌方退路，并与从海尼森快速出动的主力相呼应，两头夹击，击败敌人。

这就是罗严塔尔基本的作战计划。

罗严塔尔的战略构想与战术技巧，都被后世公认为宏大而缜密。但是，这个作战计划想获得全面的成功，必须具备两个先决条件。其一，在作战完全结束以前，不能有任何敌方兵力从伊谢尔伦攻入，以免被迫进行两面作战。其二，必须要有一个能够担任指挥官的人才来调配新领土各地配置的兵力，并且负责重新集结所有的兵力。

为了使第一个条件成立，罗严塔尔派遣使者出使伊谢尔伦要塞。这个使者不能是一般的人选，罗严塔尔所有的优点与缺点，都必须在这个人选身上明显地体现出来。

至于第二个条件，罗严塔尔把任务交给了不管是在为人还是在能力上都深得他信赖的贝根格伦上将。贝根格伦默默地进行着准备。然而，这个计划在准备阶段就结束了。

这个壮丽的作战计划还没有发动就流产，是由于米达麦亚不辱“疾风之狼”的名号，以其他用兵家望尘莫及的速度发动了快攻，导致罗严塔尔没有充分的时间构筑作战。

世上再没有人比罗严塔尔了解米达麦亚用兵神速的价值了。他固然已预料到这一点，却仍出现了最恶劣的结果。尽管如此，罗严塔尔也有绝妙的手腕。他让正要分散的兵力在千钧一发之际折返回来，然后重新布下集中阵势。所以，他才能在目前的战场上以凌驾于米达麦亚之上的兵力，成功发动攻势。

“帝国军双璧”的对决，水准之高令一般庸将难以想象。双方的前锋部队尚未正式交锋，激烈的火花就已经迸裂开来。

“何其神速的移动与展开！”

金银妖瞳里充满了赞叹之意，但接着又闪出用兵家的残酷。

“只可惜阵容稍嫌单薄。但这也没有办法，米达麦亚脚步之快，可不是一般人跟得上的。”

罗严塔尔当机立断，决定采取各个击破的战术。

这位金银妖瞳的名将，此时为将在战场上遇上一位能和自己匹敌的伟大用兵家，感到一股痛快美妙的兴奋。他对米达麦亚的友爱与敬畏并未受到丝毫影响，但昂扬的情绪确实是存在的。这一点足以证明，用兵家这种人是多么不可救药。

就连米达麦亚这样的人物，也同样存在这种特性。米达麦亚的内心也有个声音在向他低语：能和罗严塔尔这样的名将对决，不正是军人的心愿吗？只是他的内心除了友人互相杀伐的苦涩之外，还有不同的苦恼。

罗严塔尔麾下的兵士全部是莱因哈特皇帝的臣民。米达麦亚真希望能有什么不杀害他们就解决事态的方法。因为一旦开启杀伐，本应属于同一阵线的兄弟或战友就将被迫互相残杀。米达麦亚想起某位军官，他的长子随父亲在自己麾下，次子却在罗严塔尔那一方。类似的例子还会有多少？

“既然情况已演变到这种地步，罗严塔尔必定会将麾下所有的兵力投入主战场吧？”

米达麦亚如此预测的理由有两个：一个是积极的理由，就是罗严塔尔会以远远胜过己方的大军，一举击溃己方，获取战术上的胜利，并进一步为战略胜利打好基础。另一个则是消极的理由，如果罗严塔尔将一部分兵力留在海尼森，一旦发生叛乱（对帝国来说是归顺）的话，他就将失去根据地。他会率领全军迎战敌方舰队，反过来看，正暴露出他无法完全信赖麾下将士的心理弱点。

十一月二十四日，罗严塔尔与米达麦亚双方舰队在兰提马利欧星域对阵。这个星域正是过去自由行星同盟军的亚历山大·比克古元帅迎击莱因哈特皇帝的地方。这倒不是奇怪之处，这个星域是众人公认的战略要冲，理所当然会受到瞩目。

九时五十分，当双方的距离接近到五点四光秒时，通信线路经过半瞬的空白，随即充满了残酷的喊声：

“攻击！”

“攻击！”

同一种语言，下达了同一个命令。

数万道光束淹没了星星的光辉，被包围在能量中和磁场中的舰艇像巨大的萤火虫般闪闪发亮。无法负荷强大能量的舰艇一面在光影交错的巨幅画布上泼洒死亡和破坏的鲜亮色彩，一面爆炸着四散飞去。仿佛战争女神挥舞着被扯断的项链，光球与火焰纷纷零落。第二波还击接踵而至。舰体被能量光束割裂开来，能量的吐息将生命体与非生命体抛向真空。无声的哀号贯穿了整个宇宙，高热和火焰化为寿衣将他们包裹。不管统率军队的指挥官多么高洁，他们的目的都是确保己方的兵力优势，而杀人便是能达成最大效果的手段。军人的责任和义务，就是杀人和死亡。

光束与飞弹在无边的黑夜一角开辟出一片片不幸的白昼。当中的一艘艘舰艇被打得千疮百孔，动力部分被打飞，士兵们被活活烧烤，发出一阵阵惨叫和哀号。他们在舰艇的地面上翻滚，流出鲜血和内脏，痛苦地死去。

这场激战被称为“第二次兰提马利欧会战”，也有人称之为“双璧争霸战”。最初参战的兵力，是罗严塔尔的五百二十万大军对米达麦亚的二百五十九万，数量上是前者占有绝对优势，所以二人的基本应战姿态是罗严塔尔攻，米达麦亚守。但米达麦亚对直属的机动战力进行了最大的活用，不断阻挠罗严塔尔军的渗透，胜负无法轻易就见分晓。此时，米达麦亚明知己方兵力处于劣势，但仍然开启战端，目的在于使罗严塔尔舍弃持久战策略，采取各个击破的战术。因为战略上速战速决，战术上在己方兵力全部到齐前保持守势，延缓最终局面的到来，就是米达麦亚采取的基本应战姿态。

双方战力到达均衡的时间点，比原先的预期来得还早。

十一月二十五日八时三十分，弗利兹·由谢夫·毕典菲尔特一级上将到达战场。尽管在持续的急行军中有部分战力脱队了，但是超过一万艘舰艇的新战力的到达，还是给战局带来了不小的影响。

“前进！拼搏！勇敢！奋战！”

这是“黑色枪骑兵”的座右铭。这支部队最忌讳的就是卑怯、消极和犹豫。

“冲锋！帮米达麦亚争取一些吃早餐的时间吧！”

毕典菲尔特的旗舰“王虎”挺立在部下前头，率先跃进战场。据说，此时毕典菲尔特正一边嚼着涂满芥末的法兰克福香肠当早餐，一边站在舰桥的主屏幕前。如果这是刻意为之的话，或许难逃“太过火”的批评。

“黑色枪骑兵来了？”

在旗舰托利斯坦的舰桥里，罗严塔尔不禁发出尖锐的咋舌声。事实上，当这支黑色枪骑兵还属于己方时，并不觉得它这么具有威胁性。但是当它以敌人的姿态出现的时候，却让人觉得一股炸裂般的压迫感紧逼上来。那互相重叠的光点，一个个张牙舞爪地扑了过来。

爆炸光连续不断，汹涌的能量如惊涛骇浪，以“王虎”为首的黑色枪骑兵仍未减速，锐气不减地朝罗严塔尔的舰队直逼过来。罗严塔尔军的左翼直接承受了对方那几近傲慢的攻势，心理上开始动摇，阵形开始出现微妙的崩溃现象。像是在呼应黑色枪骑兵，米达麦亚主力舰队的所有主炮连续齐射三次，一面集中高密度的火力，一面保持着无隙可乘的队形开始前进。此时是九时十五分。

4

毕典菲尔特率领的“黑色枪骑兵”在这一年四月到五月的“回廊决战”中折损了一半的兵力，不过在后来的整编中将法伦海特的旧舰队合并进来。从数字上看，舰队现有的实力比在罗严克拉姆王朝成立伊始还多一成。

不管是原来的“黑色枪骑兵”也好，法伦海特的旧舰队也好，过去都有身经百战的勇将担任指挥官，一直是赫赫有名、勇猛善战的部队。只是五十与五十的战斗力合并起来，却不见得就能得出一百这个数值。尤其是一支勇猛而有个性的部队，其实很难与其他部队融合。

当原来的黑色枪骑兵部队跟随司令官的号令，杀进战场，跃进敌阵，把眼前的家伙全都当作敌人挥刀杀戮时，原法伦海特部队却迟了一步。罗严塔尔一部分舰队便趁着这么小的一点缝隙，混进他们的舰列中，让无序的混战像波纹似的向外扩散开来。

这是一场帝国军对抗帝国军的战役，所以当同型号的舰艇混在一起时，便产生了敌我莫辨的困难。第二次兰提马利欧会战的一个特征，便在于这敌我难分的混乱。

“千万不要出丑哇！帝国军互相对抗的战役，早在利普休达特战役中就经历过了，不是吗？现在还慌什么慌？”

只有毕典菲尔特的舰队如此怒吼着，在万人面前展示着他们无法被敌方和己方误认的漆黑身影。原法伦海特舰队当然也漆上了同样的色彩，但心理上却很难抹去“简直是让人收容合并”的感觉。说得过分一点，他们当中甚至还有人相信，法伦海特战死的原因之一便是毕典菲尔特在“回廊战役”中太蛮干。虽然这些事情都已过去，有些人还是无法释怀。法伦海特一直深得军心，在三年前的利普休达特战役中，一些士兵还曾追随着这位水蓝色眼眸的勇将，与罗严塔尔等人代表的莱因哈特一众作战。然而过去那些士兵如今却被编入毕典菲尔特麾下，为皇帝莱因哈特与罗严塔尔交战。回顾过往，一定有人感叹命运弄人的手法未免太讽刺、太残酷。

继黑色枪骑兵之后，瓦列舰队也于二十五日十九时加入了战场。至此，双方的战力几乎已经对等。坚忍到现在的米达麦亚几乎可以确定己方的优势。但是，他将整个战场的两军配置图放在辅助屏幕上的时候，却发现敌方一小股部队的移动有些怪异。

“那支部队是……”

听到司令官的低语，参谋克里希中校回答道：

“是罗严塔尔元帅的直属部队吧？”

“这个我明白，难道是什么奇兵？”

米达麦亚担心的是，那支很可能是敌人中最精锐的部分的部队，此时进行这种奇怪的移动究竟有什么企图？那支小舰队的移动路线并不是呈直线，了解他们的目的得花一点时间。但是不久后，米达麦亚就发出“原来如此，坏了”的咋舌声。原来己方位置最突出的拜耶尔蓝舰队，已经在敌方一部分故意后退的舰队诱导下，朝前方直进而去，而那支小舰队几乎已截断他的后方。

虽然米达麦亚战前就警告过拜耶尔蓝，千万不要中了罗严塔尔的计，但是他年纪轻，作风又极为剽悍，终于没能控制住进攻的速度。

罗严塔尔此时以“可怕的冷静”注视着拜耶尔蓝的窘状。他回头看着副官瑞肯道夫，无声地笑着说：

“我们来教教这个乳臭未干的小子，究竟什么才叫真正的用兵，瑞肯道夫。”

其实，罗严塔尔也处在被人称为乳臭未干的年龄，可是他与拜耶尔蓝风格与魄力的差距，却不仅仅是五年。

罗严塔尔军把拜耶尔蓝的舰队引诱到火力密集的中心点，立即用光束和飞弹发动近距离扫射。拜耶尔蓝一面反击，一面后退，可是这两种行动每次一交替，前锋就马上受到攻击。被米达麦亚救出时，整个舰队已损失惨重。副司令官雷玛中将战死，还失去了另外三名提督。

“被彻底教训了一顿，非常对不起。”

出现在通信屏幕上的拜耶尔蓝慨叹道。米达麦亚则毫无笑容地回答：“现在还在让人教训呢，所以用完成时未免太早。我倒想在后面加个转折词。”

“疾风之狼”说完这和梅克林格更相称的比喻，开始深思。

“就算罗严塔尔完美无缺，但他的部下却并非如此。从那里应该可以打开一条路吧。”

米达麦亚当然不知道格利尔帕泽对罗严塔尔的背叛，以及克纳普斯坦受其诱导的事，但他很难相信他们愿意与罗严塔尔生死与共，便想将己方的战力集中在敌方较薄弱的这一环。这个构想虽然普通，但是猛攻的战力与速度却非比寻常。克纳普斯坦舰队几乎在一瞬间就面临敌人压倒性的攻势。

抵挡不住米达麦亚的猛攻，克纳普斯坦的舰列变得零乱，开始后退。司令官拼命重建指挥系统，但是米达麦亚并不给对方时间，克纳普斯坦舰队的防线便像沙城倒塌似的崩溃分裂。

“格利尔帕泽这个家伙，究竟什么时候倒戈？”

对克纳普斯坦来说，这成了一把无形的锁，牵制了他的判断与行动。他原本并不是无能的人。他被莱因哈特录用，并且在菲尔姆特·雷内肯普手下锻炼成一位战术家，是公认在五年或十年后，可以将统率帝国军的重任扛在肩上的人才。

但是，内心的犹豫使他无法完全将能力发挥出来。他原本是个清教徒式严肃认真的人，就算对皇帝的忠诚只是借口，内心也不能对背叛或出卖的行为释怀。而且敌将实在太伟大了。听到舰艇监控员发出惨叫的时候，他才发现旗舰已经被连成一片的火球团团围住。死亡用红色的火花胡乱拍打着能量中和磁场，一只无形的巨掌开始使劲撬开磁场的裂缝。

“愚蠢！怎么会有这种愚蠢的事？”

克纳普斯坦对神和人大声呼喊，无奈时空中充满了不公平。他既不是一位积极的叛乱者，也不是一位积极的背叛者，却必须在这场毫无意义的战争中比任何人还早地失去性命。这究竟是为什么？

接下来的一瞬间，一道火柱撕裂了旗舰，克纳普斯坦的肉体和精神随着旗舰在那团巨大的白热光芒中四散纷飞，还原成最基本的原子。走向死亡的人发出的抗议，被构成时间的无限微小的粒子吸进了黑暗的深渊。

时间是十一月二十九日六时零九分。

克纳普斯坦可以说是这场内战中死得最不值得的人。知道内幕的人只有一个，就是那个诱使他做出双重背叛的格利尔帕泽。也就是说，从犯比主犯更早地遭到了报应。

十分钟后，金银妖瞳的总指挥接获克纳普斯坦阵亡的报告。

“是吗？克纳普斯坦真是不幸啊！”

罗严塔尔这句话自然不是因为他已了解真相。同情是最符合常理和礼仪的行为。但就算他知道了真相，大概也只能说出同样的台词。

知悉一切内幕的格利尔帕泽面无表情地默默接受了同僚的死讯。他究竟是在内心为克纳普斯坦不得窍门而咋舌，还是为自己在不久后可以独占那不可告人的功勋而扬扬自得？其他人无从得知。

或许，这一瞬间才是他倒戈的最好机会，可是他错过了决断的时机，因为米达麦亚苛烈的攻势没有给他时间。一旦他停止抵抗、转向倒戈，他很可能在那一瞬间就被光束射中粉身碎骨。

克纳普斯坦舰队失去了指挥官，指挥系统被击垮，只能在慌乱中进行毫无效果的绝望反击。

尽管情况逐渐在恶化，可此时罗严塔尔仍发挥了身为战术家的巧妙手段，成功地使米达麦亚军的阵形出现失衡。他故意将火力分布为疏密不均的混杂状态，然后利用己方的火力，在米达麦亚的主力与“黑色枪骑兵”之间形成断层。

当光束疯狂扫射在“黑色枪骑兵”身上的时候，这支舰队暴露出不善防守的弱点，一时几乎要在慌乱的状态中溃退。

“不准后退！我说不准后退！”

毕典菲尔特一面乱挠着橘色的头发，一面在“王虎”的舰桥里直跺脚。

“有想后退的家伙也没关系，给我用王虎的主炮把他打飞。

与其当一个苟且偷生的胆小鬼，不如让他们感受一下什么叫真正的军人！”

当然，这样的命令不可能付诸实行。拜副参谋长欧根少将的机智所赐，当司令官的命令传遍整个通信网络时，愕然的各舰终于止住无序的溃退，停滞下来。而“王虎”不仅没有停在火球与闪光的旋涡中，还低速前进起来，连那些无生命的光束和飞弹也像害怕“王虎”的凶猛剽悍似的，纷纷避开这艘勇猛的舰艇。

“毕典菲尔特这家伙，还真没有什么暴行是他做不出来的。看来恶名有时也有用途啊！”

罗严塔尔笑着说，不过话中也含有冷笑之外的成分。因为不管动机或目的如何，“黑色枪骑兵”的确从溃退前一刻的险境中，重新恢复了战意与阵形。也就是说，他们的铁腕已经粉碎了罗严塔尔巧妙的攻势。

这么一来，原“黑色枪骑兵”与旧法伦海特舰队原本接近反目的状态，却产生了正面的连锁反应。

“我们不要辱没法伦海特元帅的英名！决不能让那群鲁莽的黑色枪骑兵在面前大摆架子！”

法伦海特麾下有名的勇将荷夫麦斯达中将在同僚面前率先开始了反攻。

大概再没有像这种与战术理论无关的士气一样，让军事专家跌破眼镜的东西了。帝国军对已故的杨威利既敬畏又赞叹，固然是因为他那顶生出无数奇迹的魔法礼帽，另一方面也是因为他部下的士气，甚至在他死后也保持着最高的水准。

尽管缺乏协调与联系，但“黑色枪骑兵”不但超越了恐怖，甚至根本无视恐怖的存在，凭着一股狂热粉碎了迎面而来的死亡与破坏。罗严塔尔此时已不再像个冷静沉着的用兵家，只是目瞪口呆地注视着战况的发展，几乎要失笑出声。最终，他只好避免从正面接触这群狂热者，全线后退。尽管如此，罗严塔尔的大军仍然维持着有条不紊的阵形，丝毫没有露出破绽。如果让毕典菲尔特来形容的话，大概会说这真是“一点都不可爱的用兵之法”。

5

十一月三十日，双方的战斗仍然毫无间断，进入了胶着状态。

双方的总指挥官实力不相上下，都能迅速洞察对方的战术，并有效应对，所以双方虽然都蒙受了不少损失，却并未受到致命伤害。一场场血战接二连三地上演。

罗严塔尔不禁觉得大事不妙。如果双方战力以相同规模消耗下去，他的大军将被拖进无底的沼泽中淹没。米达麦亚的舰队同样会被歼灭，可他背后还有毫发无伤的皇帝直属军在等着！

“疾风之狼”当然不可能是慢性子，但他知道，当对手是罗严塔尔时，焦虑或性急都是极度危险的。他要求自己加倍忍耐，继续忍受足以令一般怯懦的指挥官昏迷的身心消耗。而他的密友，同时也是他伟大敌手的罗严塔尔，也同样承受着这种身心煎熬。

“杨威利所受的煎熬是多么残酷，现在我总算明白了。那是一种真正的伟大。”

罗严塔尔苦笑着低声对自己说。和恢复能力近乎无限的敌人作战带来的疲劳，就像是用锉刀打磨神经般痛苦。狂妄地说什么“以少胜多”的冒牌用兵家是多么愚劣啊！再忠实勇敢的士兵也有身心的极限，要弥补这一点，唯有在人数充足的情况下让士兵们轮流上阵，分别去休息和作战。这正是大军占优势的原因。

罗严塔尔这一次对士兵们的士气并未抱有幻想，因为他对自己也没有任何幻想。结果，他完全表现出了身为用兵家的冷静。

十二月一日十六时，一直处在战火中心的毕典菲尔特暂时后退，重新整编舰列，罗严塔尔军便得到了一个前线战力比敌方优越的时机。他便将正面战线缩小，一面以高密度的火力阻止米达麦亚军前进，一面率领作为核心机动力的直属部队，企图包抄到敌人左侧。如果此举成功，罗严塔尔军便可对米达麦亚军形成半包围，米达麦亚军就会在左右两道火墙的夹击下被一举荡平。

不过，这戏剧性的攻势却因为奥古斯特·沙姆艾尔·瓦列一级上将的及时策应，在包抄即将成功时被阻止了。双方的炮火极为激烈，宙域中的能量呈超负荷状态，巨大的能量如狂风暴浪般席卷了双方的舰艇。

瓦列的旗舰“火龙”也被两发炮弹直接命中，单座式战斗艇王尔古雷的第二机库和舰桥下部破损。舰桥的墙壁和部分地板被打飞，当场造成八名监控员和卫兵死亡，二十人不同程度地负伤。司令官瓦列的左臂也被打飞了一半，军服的左袖被撕成碎片，义肢的骨骼露出金属光泽。

“已经失去一次的东西，即使再失去一次，也不会有多少不方便的地方。”

瓦列苦笑着对担心上司的参谋长比尔梅林中将说道。他卸掉义肢扔在地上，用靴尖一脚踢走。这位一向稳重的司令官注视着参谋长，竟然也难得地开起了玩笑。

“好了，这下子把噩运扔掉了，我们害怕的就只有怯懦这两个字了。”

经过连续三个小时的死斗，罗严塔尔放弃了继续进攻的念头。因为米达麦亚已在防御线各处制造了一些小小的突破口，然后把这些突破口连成横线，企图一举展开正面进攻。如果这一战术成功——其实已接近成功了——罗严塔尔军将被烈火与钢铁的怒涛挤扁，更何况位于这一危险地带的人是格利尔帕泽。

格利尔帕泽也有失算，失算之处与无奈战死的同僚的并不相同。他原本打算在会战中寻找最佳时机，将矛头转过来刺向罗严塔尔的后背，可是这个时机却一直没有到来。原因之一是他的部下并不全都明白司令官的想法，许多舰艇仍果敢地与米达麦亚军互射炮火。

格利尔帕泽从极近处看着米达麦亚令人畏惧的战术，忍不住全身战栗，由衷感叹。他盘算着是不是借此机会将米达麦亚军的攻势吸引过来，诱发罗严塔尔军全面崩溃。但是他再度犹豫了，因为米达麦亚的攻势会带来超乎想象的压力。俗话说，在堤防上挖洞的人反而会被洪水淹死，他害怕自己也落得这样的下场。因此，格利尔帕泽只能先选择保护自己，拼死阻挡米达麦亚的攻势。这出让人笑不出来的血腥喜剧，一直演到罗严塔尔率领直属部队过来扭转局势为止。其间，格利尔帕泽企图把投降的意愿传达给米达麦亚，不过在通信线路即将接通的一刹那，罗严塔尔出现在他的背后，他只好放弃了这个念头。

罗严塔尔集中精密火力，击溃了米达麦亚军的一个突破口，并对另一个实施反攻，从该处横向突击，对排成一长列纵队的米达麦亚军的一支舰队发动侧面进攻。攻击时间虽短，但激烈程度几乎要让双方打断牙齿，米达麦亚不得不后退了六十万公里。

流血的筵席，至此仍然没有一点要结束的气氛。

6

米达麦亚与罗严塔尔即将在兰提马利欧星域展开这场死斗的时候，一位使者来到了伊谢尔伦要塞。这位使者是罗严塔尔基于战略上的考虑派遣来的，目的是希望伊谢尔伦要塞在帝国军企图通过回廊的时候出兵阻止。这位使者并不是罗严塔尔的部下，而是居住在行星海尼森上的一位退役军人，与尤里安等人是旧相识。

“姆莱中将，好久不见了，真没想到我们会以这种形式再见面。您的气色看起来很好呀！真是太好了！”

尤里安真诚地打着招呼，握住前参谋长的手。奥利比·波布兰见到姆莱，只留下一句“哎呀，惨了”，然后像野生动物发现了天敌似的逃之夭夭。而达斯提·亚典波罗一面说着“我们从没想过你会再回来，所以才用绅士礼仪送走你的”，一面有些难为情地主动跟姆莱握手。卡介伦和先寇布微笑着敬礼，菲列特利加则真心地向这位丈夫生前的忠实参谋点头致意。

罗严塔尔选择了从前曾是旧敌的姆莱出使伊谢尔伦，真是个巧妙又不失辛辣的人事安排。姆莱经过一番深思熟虑，不得不接受。但在接受这个任务的背后，究竟有什么样的动机，他却没有一点想透露的样子。所以尤里安想，姑且不论罗严塔尔的真正意思是什么，只要姆莱能为他们带来旧同盟领域最近发生的变故的相关情报，这一趟就不是没有意义。

罗严塔尔的提议，的确展现出他作为枭雄的不凡气概。归还旧同盟全域并不是很容易就能开出来的条件。而且这让人觉得，就算失败了也不会有什么大损失。

但是，尤里安是杨威利的弟子，面临选择时除了考虑能有多少胜算之外，还必须考虑一个更重要的问题：自己的选择在历史上将会有怎样的意义。虽然这终究是一种模仿行为，不过对尤里安来说，却是一把在迷路又没有地图时，可以为自己照亮方向的火炬。

“我要与杨夫人及梅尔卡兹提督等人商谈一下，会尽快给您答复。请您放松一下，随便坐坐。”

“说得也是，那就麻烦你们尽快了。一旦坐久了，只怕我忍不住想对年轻人的事情插嘴呀，虽然这里已经没有我的位子了。”

姆莱说完后，举起一只手，朝着分配给他的客室走去了。尤里安原本想说“中将您不回来吗”，可是又将这句话吞回了肚子里，因为姆莱笑着谢绝了使用他过去的宿舍。

这一整天，尤里安一直在思考罗严塔尔的提案。

如果罗严塔尔要通过强调政治正统性来对抗皇帝莱因哈特和新王朝，就只能使新帝国历时代前的两大政治体制复活。难道说，他要拥戴下落不明的前皇帝艾尔威·由谢夫二世，宣告高登巴姆王朝复辟？或是复兴旧自由行星同盟，成为共和政治的旗手？后者的可能性，光是想想就觉得愚蠢可笑。进一步想，如果罗严塔尔把莱因哈特皇帝挟持为傀儡，来掌握政治实权，尤里安等人无论如何也没理由介入这种专制权力内部的纷争。

不管怎么说，尽管莱因哈特皇帝的政治体制是专制，但就成果而言，他的治世却属于中庸之道。尤里安等人必须要承认这一点。莱因哈特皇帝的统治已经有了良好的改革成果，这是事实，绝不能因为体制不同，就把成果扔在地上践踏。而且，就算罗严塔尔成功地打倒莱因哈特皇帝，其他重臣也未必会对他屈膝下跪、唯命是从。如此一来，只是重新开启了一个无秩序、无原则的长期纷争时代。

罗严塔尔元帅在政治与军事上的实务能力并不比莱因哈特皇帝逊色，但在历史上，他却只能成为皇帝的反叛者。

为了让历史尽量朝好的方向进展，让莱因哈特皇帝的治世继续下去才是比较好的选择吧？至少在他还维持着贤明公正统治的这段时间内应该如此。尤里安的想法于是确定下来。

问题在于另外一个条件。罗严塔尔打算将优布·特留尼西特的性命交给伊谢尔伦来处置。这个条件带给尤里安等人的不是政治上的动摇，而是心理上的辛辣诱惑。

听到这个条件时，尤里安内心的确产生了强烈的动摇。奥利比·波布兰更是兴奋地吹着口哨，怂恿尤里安说："光看在这个条件的分上，我们就可以接受他的建议了。"

"特留尼西特的脑袋就不用送过来了，让给你。我只要一条手臂就行。"

尤里安也不是没想过要些手段。事实上，完全可以先提出把特留尼西特交给他们的要求，让罗严塔尔松懈下来，最后却让帝国军通过回廊。如此一来，不但可以卖个恩情给帝国军，也能了却与特留尼西特之间的私怨。

但是，这种做法显得太无情。不管尤里安等人对特留尼西特多么憎恨与厌恶，如果拿他的性命做政治交易的筹码，他们就没有资格谴责特留尼西特从前对民主主义的种种背叛了。

罗严塔尔向伊谢尔伦开出这样的条件固然不人道，但从他的政略和战略上来看却是理所当然。只是如果尤里安等人接受，终究是一种可耻的行为。

尤里安忽然想起另外一个重要问题，便试着询问姆莱：罗严塔尔对这次内战抱着怎样的态度，旧同盟的民众是否也会被卷入其中。

"不，他的态度是这次纯粹是帝国的内战，和民众完全没有关系。这或许有些傲慢，不过他确实是这么做的。"

"原来是这样。"

尤里安似乎从中看出了罗严塔尔的自尊。如果将旧同盟民众卷进争斗，发起一场彻底的焦土战争，原本可以大大延长抵抗的时间，他却刻意避开这种做法，决定采取正面决战。或许有人会嘲笑这种行为，但他却不以为意。

但是，赞叹与选择是两回事。尤里安将自己的决断告诉了姆莱，说己方不能接受罗严塔尔的提议。

“拒绝是吗？我明白了。”

“姆莱中将，劳驾您跑这一趟，真是抱歉。”

“没什么，我只是把条件转达给各位罢了，又没有让这次交涉成功的责任。”

姆莱偷偷地笑了一下，然后又恢复了郑重的表情。

“尤里安，其实我必须向你道歉，我原本以为你会因为眼前的利益做出错误的判断。所以一直在想，就算落得一句多管闲事，我也要阻止你。”

“您这样想也是很自然的。”

“不过，我的担心已经没有用了，你果然是杨提督最得意的弟子。”

对尤里安来说，姆莱这句话是最高的赞美。

这件事就这样确定下来，但幕僚中仍有人觉得可惜，例如华尔特·冯·先寇布中将等人，并没有因为有顾虑在私下议论，反倒公然提议说：

“尤里安，让我和姆莱中将一起到海尼森去吧。”

“您是想遍访昔日的情人吗？”

“这当然是主要目的，但我另外还想做一件事，就是左手提着罗严塔尔元帅的首级……”

先寇布的笑容像高贵的食人虎似的，有危险的风采与魄力。

“并且，右脚底下踩着优布·特留尼西特的头，右手持着战斧，用这种姿势拍张照片当纪念，然后再卖给新闻界。”

“这个计划请让我一起参加。”

波布兰探出身子来。

“罗严塔尔元帅就让给先寇布中将。至于我，只好将就用另外那一个了。”

“我就知道你会这么说，你这个只想着轻松的家伙！”

“也不是，只是我跟罗严塔尔元帅之间并没有什么恩怨，而且不想让帝国的贵妇人都痛恨我呀。”

尤里安叹着气说：“两位就不要再耍贫嘴了。海尼森目前还处在帝国军的支配下，无法生还的可能性恐怕很大。”

“难道我们会贪生怕死？”

奥利比·波布兰毫无笑意地重新戴上黑色贝雷帽。虽然有些人把波布兰唤作“轻薄好色之人”，尤里安最近却对他有了新的看法：他其实是从这种角色的扮演中，享受着充满讽刺的乐趣吧。

“真是勇敢的台词。想不到某位一见到姆莱中将的脸就急忙逃走的仁兄，竟会说出这样的话。”

达斯提·亚典波罗嘲弄道。波布兰好像又回了一句什么，但尤里安的听觉并没有抓住那句话。他一个人走向展望室，想好好地想一想。不过一走到那边，却发现那里也有许多人。正要折返时，卡琳，也就是卡特萝捷·冯·克罗歇尔叫住了他。他们隔着透视墙看着星星，话题还是回到了尤里安面临的军事决断上，竟全然没有朝他们共同的老师得意的领域发展。

“波布兰中校说，只要一看到尤里安的脸，就知道这一次没有我们上阵的机会了，是这样吗？”

“这一次？是啊，只有这一次……”

尤里安的眼眸里绽放出思虑重重的深褐色光芒。其实他内心真的很想放手一战。代表银河帝国的名将，如今背叛皇帝举起了反旗，帝国军内部的动摇定是非同小可。隐藏在尤里安内心的军事冒险家，正低声向他诉说一个甜美的梦：如果能利用这次机会，那么……这个诱惑太强烈了。只是四年前，自由行星同盟会在亚姆立札大败，也是因为受到这种诱惑的吸引。

如果尤里安此时和罗严塔尔缔结盟约，与莱因哈特皇帝一战，历史将会步入不同的方向吧？但是甜美的梦往往带来苦涩的果实，最后只怕会引得莱因哈特的大军走上攻击伊谢尔伦这条路。

“虽然可惜，不过我认为你的判断是正确的，我们不能卷入皇帝与罗严塔尔元帅的内战。你对自己的判断要有信心。”

“谢谢，让你担心了。”

“你在说什么，我才不是担心呢，只是着急。如果你不好好加油的话，不但会让杨夫妇蒙羞，还会影响到我们的命运。”

“我明白。”

“什么明白不明白嘛，我又不是说你没有好好加油。”

尤里安正不知如何回答的时候，卡琳已经转过身，踩着极富韵律的步伐走了。这时，尤里安真希望能像卡琳的父亲那样潇洒地对待她，就算只有百分之一的手腕也好。但这样的想法并没有持续很久，因为另一个必须要做的决断，此时又到了他手上。

回到指令室的时候，刚才还在与通信官谈话的菲列特利加·G·杨微笑着对尤里安说：

“看来今天的稀客还真不少呢。帝国军有位梅克林格一级上将刚才要求交涉，要不要听听他说了什么，尤里安？”

“……嗯，当然。”

整理好自己惊讶的思绪后，尤里安点点头。帝国军前来交涉的内容早在意料之中，那一定是和罗严塔尔完全对立的要求。向菲列特利加点头时，他早已将决断的门扉推开一半了。

尤里安的决断，在十二月三日被具体地呈现在了战场上。

“一支大部队正从伊谢尔伦方向攻向行星海尼森。”

罗严塔尔的副官艾密尔·瑞肯道夫少校向司令官报告了这件大事。

“是帝国军吗？”

“是，指挥官是梅克林格一级上将，伊谢尔伦的共和主义者允许他们通过了回廊。”

罗严塔尔把视线从瑞肯道夫印着紧张与不安的脸上移向宇宙，评论道：“伊谢尔伦的小子，看来也有正经的战略眼光啊！或许是因为有位好参谋在身边？大概是梅尔卡兹这位老人家给他的智慧吧。”

这个猜测落空了。“伊谢尔伦的小子”是自己一个人判断、选择并做出决定的，至少没有借助任何活着的人的力量。

不过，罗严塔尔还是明白了尤里安这个决定的意义。他一方面卖人情给帝国军，作为日后交涉时的政治筹码；另一方面，让梅克林格通过回廊，就等于让帝国本土在回廊方向的出入口呈现毫无战力的空白状态。如此一来，只要伊谢尔伦军愿意，他们就可以入侵并搅乱帝国本土，甚至可以采取更进一步的行动。就算他们没有这个意图，也势必可以获得行动上的自由。

无论如何，再继续眼前的战斗已经没有意义了。一旦海尼森为梅克林格所夺，罗严塔尔将被孤立在虚空中，而且势必会在不久的将来被迫进行两面作战。

罗严塔尔命令自己的军队后退。

这真是一件难事。此时，米达麦亚已经把左右两翼的瓦列和毕典菲尔特完全置于控制下，交互打击罗严塔尔的两翼，逼迫其进行流血战，一步一步地压过来。罗严塔尔利用直属部队的炮火假装突击，迫使敌人停止了前进，并让其他部队利用这个间隙依序脱离战场，趁机主动完成急速撤退。就这样，连像样的牺牲都没有付出，他就完成了后退。

“真不愧是一代名将，一面作战，一面后退，还能维持毫不紊乱的阵形。这么完美的例子，连战术教科书里都没有记载。”

瓦列注视着屏幕上逐渐远去的光点如此赞叹。米达麦亚则沉默不语，因为对他来说，这是不需要再用言语说出的认知。他眉心凝聚着犀利却沉重的决意，今年内一定要了结这场战乱。如果过了这一年，新领土各处恐怕都会燃起烽火。信仰民主共和主义的人们一旦认为新王朝并不足惧，很可能会发起暴动。那时伊谢尔伦要塞的人又会采取何种行动？所以要趁着危险和混乱还没有大量成熟孵化，及早将卵全部击碎。

不过，米达麦亚所谓的了结，指的便是打垮这位密友。帝国军所有将帅都深知罗严塔尔不会向人求饶。米达麦亚从同僚脸上看到近似乱流的感情起伏，下达了一道指令：

“全军以最大战速前进。在罗严塔尔回到海尼森之前，加以逮捕。”

他的声音和表情，封堵了同僚们的异议。

Chapter 8
因剑而亡

1

“不幸的内战，现在即将带给我们唯一一个小小的幸福，那就是它的终结。虽然这种终结不会给人带来无比的喜悦，但总比没有强得多……”

艾尔尼斯·梅克林格一级上将通过伊谢尔伦回廊抵达新领土宙域时，在日记里如此记载。过去只有少数人能在不交火的情况下，从旧帝国本土经由伊谢尔伦回廊前往旧同盟领土，如今梅克林格也有资格名列其中了。

伊谢尔伦共和政府同意帝国军通过回廊，让这位富于智慧和理性的战略家型指挥官不免感到意外。当他把这个消息报告给远在费沙的莱因哈特皇帝时，有醒目金发的年轻霸主也沉思了许久。倒不是莱因哈特或梅克林格低估了尤里安，事实上，他们对尤里安的存在和力量一无所知，根本无从抱有成见。

“既然他们答应我们的要求，你就率军通过吧。真该感谢杨威利为我们留下了一个通情达理的后继者。对方或许还有其他考虑，不过那些事等将来再说吧。”

皇帝这么说了，梅克林格当然就遵照指示行事，不过参谋中自然也有人表示担心。

“万一伊谢尔伦要塞发射雷神之锤，我们整个舰队岂不全完了？这一点请务必留神。”

在修得极为整齐的胡须下，“艺术家提督”的嘴角微微绽出一丝苦笑。

“留神就可以让雷神之锤失去效用？如果这样的话，我一定会非常留神。但我认为，现在我们已经没有这个权利了……”

尽管己方这些人感到不安，但伊谢尔伦要塞内的共和主义者应该也一样吧？就算他们逞一时之快，让梅克林格舰队成了雷神之锤的供奉品，结果也只会招来帝国军的全面报复罢了。或许他们反而在担心梅克林格会不会趁要塞松懈之际攻击。

“老实说，在我的心中，愿望的成分比自信要多一点。这个时候，如果要塞上的杨威利还健在，这个比例就会反过来了。不，准确地说，是可以完全信赖对方。我从内心希望杨威利年轻的后继者不会被冲动驱使，让野心战胜理性。”

尤里安并没有感应到梅克林格的愿望，但他克制住了自我。这位亚麻色头发的年轻人深知，既然答应了帝国军的要求，就绝不能再节外生枝，以免损害双方的信赖关系。

“帝国军若有任何背信行为，我们只要反击即可。舰炮的射击还不至于损伤伊谢尔伦的外壁。但是到那个时候，我们就可以对全宇宙公布他们的可耻行为了。”

尤里安在要塞的中央指令室凝视着主屏幕。此时，帝国军梅克林格舰队正以整齐的行列通过“雷神之锤”的射程。他们刻意将航路设定在距离要塞极近的地方，大概是要用行动证明他们对尤里安等人的信赖。

身旁的达斯提·亚典波罗轻轻啜着纸杯里的咖啡，凑近尤里安耳边低声说：

“看来帝国军不会攻过来了。既然如此，我们何不用雷神之锤轻轻摸一下他们的头？”

“不用太浪费，只要稍微放一下烟火就行了，但让烟火看起来更壮观一点也行啊。”

奥利比·波布兰绿色的眼眸中虽然带着爽朗，但仍改不了好战的本性。他理解尤里安这次为何按兵不动，但倘若有什么危险的突发事端，他大概也不会失望。

伫立在旁边的梅尔卡兹和退了半步的舒奈德始终沉默不语，或许他们也在心中说着什么。

“通行中的帝国军来电。”

负责通信的监控员前来报告。送到尤里安手中的通信内容是这样的：“银河帝国军一级上将艾尔尼斯·梅克林格致伊谢尔伦共和政府与军队代表人：在此谨向各位表现出的善意致谢，期待今后双方的关系能够正常化。此外，我方全军想向各位的伟大指导者杨威利元帅的神圣陵寝行礼致敬，愿贵方能够接受。”

“敌我双方全是些感伤主义者。伊谢尔伦是神圣之墓，是吗？”

华尔特·冯·先寇布的视线扫过尤里安的侧脸。

“那么，司令官阁下是想从感伤主义者的共性中寻找将来的发展前景吧？”

“正是这样，但我并不认为那将是一条平坦的路。”

尤里安不是在预测，而是在期待。这是杨威利曾经劝诫过的事，但此时尤里安对历史潮流的方向与速度的掌握，确实是来自直觉，而不是理性。他似乎正确地预测到了归结点。

“说起来，宇宙就像是一个剧场。”

这是杨威利曾经说过的话。各种大大小小的悲剧和喜剧在这个时空的舞台中上演，开幕，闭幕，然后更换主角。尤里安预感到，自己被允许参演的这出戏——以壮丽的梦想和许许多多的流血来装饰的、鲜红与金黄的历史剧，已经接近尾声。只是尤里安身为杨的弟子，这种并不是根据理性和认知能力得出的预感让他有些羞耻，所以并不想多说。

帝国的客人离开伊谢尔伦回廊不久后，尤里安预测的这出历史剧中的一幕，在相隔五千光年的虚空中发生了剧烈的逆转。

2

十二月七日，罗严塔尔军后退时，米达麦亚军紧追不舍，罗严塔尔军的尾部此时已经进入对方的射程。在这种态势下，理应展开一场整齐的追击与反击战，可是一场突如其来的混乱却攫住了正要反击的罗严塔尔军。

“格利尔帕泽舰队向我军开火！”

监控员的惨叫声贯穿了罗严塔尔的听觉神经。

接着，他的视觉神经又遭到闪光的攻击。尽管调整过入光量，整个屏幕仍充满了脉动的白浊光芒。通信线路连续呼叫着战舰与各作战单位的名称，告知通信中断的消息。充满恶意与祸心的巨大能量，在旗舰托利斯坦周围炸裂开来。

“这个小子，原来从一开始就在等待这个机会啊！”

这个苦涩的认知甚至控制了罗严塔尔的声带。他的战略与战术，始终只针对莱因哈特皇帝和米达麦亚，根本没有留意到这种小人物的阴谋。格利尔帕泽的背叛行为随即遭到激烈的报复。

“卑鄙小人！难道我们会袖手旁观让你独占功劳？我们送你一同上路，到天上去向战死的人道歉吧！”

士兵们怒吼着，其中反击最狂热的部队正是克纳普斯坦的旧部，这情形只能说是讽刺。他们正在哀悼自己战死的司令官，将这种情感全部发泄到格利尔帕泽身上。

格利尔帕泽的舰队也并非上下一心。有些不幸的舰艇对突如其来的命令感到惊讶，正犹豫着该不该攻击，竟立刻遭到反击，平白无故地被炸碎在宇宙中。就这样，事态反倒急速奔向崩溃的深渊。士兵的悟性与本能起了冲突，上演了一出残酷的大内讧。

格利尔帕泽的背叛，为这幅原本以华丽色彩描绘的内战历史画染上了一大片黑渍。此前，不管是在能力上还是道义上，他都极少受到他人的责难，甚至作为学者，他也是个被人期许的集大成者。连渥佛根·米达麦亚也曾教诲麾下的拜耶尔蓝：光是打仗，不足以成为一名真正的军人，要多学学格利尔帕泽，放宽自己的视野。

但是，后世的历史提到拜耶尔蓝的时候，都称他是“米达麦亚的后继者，一位有能力、诚实清廉的军人”；而说到格利尔帕泽的时候，则将他的罪名定为“应遭人唾弃的背叛者”。由于他最后一段还不到人生百分之一的生涯中的行动，他的一生和功绩全都遭到否定，他也因此加入了那幅不幸者的群像。

米达麦亚一时没弄清眼前展开的这场混乱是怎么回事。但是监听到混乱中冒出的那句“叛徒”，他全都明白了。“疾风之狼”富有朝气的脸庞顿时因为激愤而涨红。他完全没有料想到，在他与密友竭尽所有智慧与能力交战的战场中，竟然会出现如此丑恶的局面。

在一片色彩纷杂的混乱中，炮火全部对准了罗严塔尔的旗舰托利斯坦。一枚磁力炮此时由一点钟方向朝托利斯坦发射过来。

托利斯坦躲了过去，可是另一枚炮弹却从它急忙回避的方向射来。炮弹在与旗舰相对速度增加的状态下，穿透了托利斯坦的外壁，冲进旗舰内部，然后爆炸。

罗严塔尔的视野起初剧烈地上下振动，接着又大幅度地左右摇晃。一道强烈的闪光仿佛漂白了舰内所有物体，然后燃起一场橘红色的熊熊大火。在轰隆巨响和暴风之中，指挥席倒下来，正好压在罗严塔尔的一条腿上。纷乱的爆炸声敲打着鼓膜。

就在视觉与听觉混成一片的时候，罗严塔尔黑与蓝的眼眸发现一个既不是光也不是影的东西正朝着自己袭来。如果指挥席没有压住他的一条腿，要避开它应该没有困难。可是他优秀的反射神经却多少违背了主人的意志。冲击化成一条细细的直线，贯穿了他的左胸。

细长的陶瓷碎片扎进了左边的锁骨下面，产生的灼热的疼痛一直蹿流到后背。在一片烟雾与混乱中，幸运躲过这一劫的副官瑞肯道夫少校看到司令官被陶瓷之枪刺穿的身影，不禁惊呼一声。

“阁下！”

“不要喧哗，受伤的是我，不是你！”

罗严塔尔在这个时候，仍不忘用手理好那零乱的头发。

“副官的任务中，应该没有代替长官尖叫这一项吧！”

金银妖瞳的名将带着比忍受痛苦更复杂的表情，把贯穿锁骨的四十多厘米长的陶瓷碎片拔出来。鲜血立刻像细流般泉涌而出，瞬间染湿了军服，而他的双手也像是被绯红的布片裹了起来。

“唔，看来不管眼睛和皮肤的颜色怎么不一样，血的颜色都是一样的啊。”

说着，他把陶瓷碎片扔掉。此时，喷出来的血已经流到靴尖，滴到了地板上。而后背被刺穿的小伤口，在背肌收缩前的短短时间内也形成一道绯红的瀑布。罗严塔尔受伤的位置和死去的克涅利斯·鲁兹相同，说起来只是纯粹的偶然，但相信命运的人或许会从中看出某种意义。

令人惊叹的是，尽管流了大量的血，罗严塔尔将指挥席的座位推开后，仍然能面不改色地站起来。至少从他的表情和动作中，看不出他有任何痛苦，真可谓有股近乎傲慢不逊的刚毅。军医应少校的呼声赶了过来，急忙为罗严塔尔进行治疗。一旁的瑞肯道夫少校脸上的肌肉因为愤怒不由自主地颤动。

“阁下，我要让格利尔帕泽那个叛徒知道，卑劣的人是如何被打进地狱的劫火的。”

“放他走！”

“可是……”

“现在让他苟活下去，对他来说反而是不幸。皇帝和米达麦亚难道会饶恕那种人吗——喂，怎么样？”

后面这个疑问，是针对那位正忙着治疗的军医的。军医的双手已经沾满了司令官的鲜血，拼命用手背擦拭着额头上的汗。

“联结心脏和肺部的一部分血管受损。现在先用冷冻疗法止血，把伤口接合起来，但还是必须立刻进行正式的手术。”

“手术这玩意儿，我可不喜欢。”

“阁下，这可不是喜欢或讨厌的问题。这攸关阁下的性命啊！”

“不！这是个超乎喜欢或讨厌的问题。军医，穿着睡袍死在医院的病床上，这样的死法不适合我。难道你不这么认为？”

苍白又桀骜不驯的笑容，阻止了军医的异议。罗严塔尔的脑海里，浮现出过去一些死者的名单。齐格弗里德·吉尔菲艾斯、坎普、雷内肯普、法伦海特、舒坦梅兹、鲁兹，还有敌方的比克古与杨威利，每个人的死法都配得上他们生前的名声。而自己呢？奥斯卡·冯·罗严塔尔将以什么样的方式加入他们的行列？过去他从未如此深刻地思考过这个问题，但现在或许有人开始为他打扫通往天上的路了。

用冷冻疗法止血后，医生将绷带和胶袋覆盖在伤口上包扎好，然后注射了抗生素。

“辛苦了，其他伤患的治疗就拜托你了。”

让军医退下后，罗严塔尔把指挥席重新扶起来，然后坐下。事实上，受伤的人并不止他一个，整个舰桥仿佛已经成了血肉的展示场。一个只有十几岁的士兵一面哭叫着妈妈，一面寻找被击飞的手臂；而在另一个角落，一名士兵流着疼痛与恐惧的眼泪，用双手把露出的内脏从腹部的伤口塞回去。

一名担任随从的幼校学生被命令擦拭弄脏的桌子。他金褐色的头发已经蓬乱，虽然接受了上级的吩咐，可还是忍不住抬起即将哭出来的脸。

“阁下，这样对您的伤口可不好呀，请不要太勉强自己了。”

“你不用担心，倒不如给我拿身替换的军服和衬衫吧。自己的血腥味如果再闻五分钟，简直都要反胃了！”

托利斯坦舰内的火已经扑灭了，可是旗舰的战斗和防御能力明显低落了许多，不得不脱离战场。时间是十二月八日零时四十分。罗严塔尔军已经接近溃乱的边缘，可是凭着总指挥官沉着的统御，还是有部分舰艇整齐地跟随旗舰撤离战场。

“罗严塔尔元帅当时只靠定时注射镇痛剂与造血剂，竟然能端坐在指挥席上继续指挥全军。更换军服时，还将军服的领子系紧，连表情都没有改变。尽管身体上承受着难以想象的苦痛，可是他的判断与指示仍然十分精确。我得以亲眼目睹一个真正的刚毅之人是如何发挥自己的刚毅，不禁为接受罗严塔尔元帅的指挥深感自豪。虽然只有短短的时间，可是我完全忘记了正与伟大的莱因哈特皇帝敌对的可怕事实。”

连后来说出上述证言的副官瑞肯道夫少校，也没有否认罗严塔尔的脸逐渐失去血色的事实。后来罗严塔尔因为暂时性脑部缺血陷入昏迷状态，部下们正要把他从指挥席上抬到病房时，他又恢复了意识，把部下痛斥一番后，再次坐回原来的位置。在部下看来，他似乎是在向死神挑战，他们不禁加深了内心的敬畏，但也忽然明白了，既然这样的毅力是建立在肉体的牺牲之上，司令官的余生恐怕不长了。

格利尔帕泽的背叛行为，至此已暴露出五重丑态：第一，加入罗严塔尔对莱因哈特皇帝的叛逆行动，虽然只是在表面上。第二，出卖罗严塔尔，尽管曾一度与他立下誓约。第三，背叛的时机极差。第四，背叛的行动没有成功，反被罗严塔尔击破。第五，在毫无贡献的情况下，却向极为憎恶他这种行为的人要求投降。格利尔帕泽选择了瓦列作为提出投降的对象，显然是考虑到米达麦亚是罗严塔尔最亲密的朋友，但更加深了人们对他“狡诈”的恶评。

米达麦亚并没有见这个无耻的投降者，因为见到格利尔帕泽的时候会说出什么样的话来，他没有把握。

3

从军官学校毕业十三年来，罗严塔尔参加过大大小小超过二百次战役，以及多达三十次的私人决斗。身为一名战士的他，远比身为用兵家的他更富有攻击性，并喜欢让自己暴露在危险中。或许是因为他那极具贵公子气息的端正容貌上，一对金银妖瞳给人极为强烈的印象，人们才特意想从他的为人中看出他性格的两面。无论如何，在过去那些或公或私的战斗当中，罗严塔尔始终不曾身负重伤。他也与人互殴过，能将拳头打在他脸上的只有一个人，就是渥佛根·米达麦亚。

这次的负伤，让罗严塔尔觉得这一生的晚钟已经开始敲响。一想到自己竟然被格利尔帕泽这种人从背后袭击，他自嘲的念头或许比对年轻背叛者的憎恶更强烈。

米达麦亚军虽然不知道罗严塔尔已身负重伤，也获悉了旗舰托利斯坦被炮弹击中的情况。所以托利斯坦脱离战场，意味着事态的发展方向已经决定。

投降的人不是只有格利尔帕泽。许多受伤或疲于战斗的舰艇停止了动力，放弃对抗之意。如果对象是大贵族联合军或者自由行星同盟军，他们或许还会顽强地战斗下去，可是这次的对手却是昔日共同拥护“黄金狮子旗”的战友。

“吾等并非背叛罗严塔尔元帅，而是希望归顺皇帝，回归帝国军人的正道……”

对于投降军官的说法，毕典菲尔特一级上将驳斥道：

“不要强词夺理，他们只是吝惜自己的性命罢了！”

但是，与一心一意使自己的行为正当化的高级军官不同，下级士兵们显得更为单纯率直。一名因受伤被医疗船收容、只有十几岁的年轻士兵在接受询问的时候回答道：

“我们豁上自己的性命与疾风之狼、黑色枪骑兵作战，也算尽了对罗严塔尔元帅的义务。出院以后，我想在皇帝麾下从事军务工作。不过，像我们这种小兵也会受到军事审判吗？”

接获这个报告的时候，部下们眼中的米达麦亚与其说是愤怒，毋宁说是受到了巨大的冲击。

“……是吗？他说尽了义务？”

米达麦亚相信，罗严塔尔军的瓦解其实是从这个时候开始的，因为士兵的发言恰如其分地道出了他们参与这场毫无意义的内战的心理。对士兵们来说，心理上的战争已经结束了。只有罗严塔尔才能把士兵们统率在叛旗之下，走到这一步。相对的，这也是他达到极限的标志。士兵们的主君是皇帝莱因哈特，不是罗严塔尔。他们没有义务在罗严塔尔败北后，还要与他共同走向灭亡的命运。

“结束了……”

米达麦亚低声自语，仿佛是自己战败似的垂头丧气。

米达麦亚的预测是正确的。曾经多达五百五十万人的“新领土治安军”，不断有士兵投降或脱离部队，正在快速解体。

米达麦亚军的进击，反倒因为这些投降士兵的舰艇受到妨碍。于是米达麦亚授命布罗上将整顿这些投降士兵。降兵中负伤的人相当多。另一方面，有些舰艇尽管已经半毁，却仍然顽强地抵抗，所以收拾残局竟意外地花费了不少工夫。米达麦亚质问一名受伤被俘的军官：

“你们的司令官罗严塔尔怎么了？”

“他现在正逃往巴拉特星系的行星海尼森，阁下。”

米达麦亚皱起了眉头，或许是“逃往”这个字眼刺激了他的神经。不过他说出口的却是另外一件事。

“他可能准备在巴拉特星系东山再起，立刻做好追击准备。”

罗严塔尔或许已经死了，这样的推测并不是现在才产生的。

面临第二次兰提马利欧会战的时候，不，应该说更早以前，罗严塔尔就将败北和死亡看成同一件事。一旦战败，他绝对不可能再活下去。这不仅仅是米达麦亚的想法，更是曾经与罗严塔尔作战的将帅们一致的沉痛体认。

“总之，我们的人生传记不管翻到哪一页，都是用血记录下来的文字。现在就算用再厚的人道主义来粉饰，还是无法消除血的痕迹。”

连猛将毕典菲尔特，也不禁怅然若失地对战友瓦列这么说。

“不过，在这一生中，有些事情最好不要经历，比如和战友互相残杀之类。如果皇帝命令你来讨伐我，你会遵照命令吗？”

“会。”

瓦列几乎立刻明确回答了这个问题，毕典菲尔特有些扫兴。

“像这种问题，你起码该表现出一点烦恼再回答吧。”

“问题不好，要反省的应该是出题的人。”

瓦列无意纠缠于这种假设。甚至连帝国军双璧之一——罗严塔尔这种名将中的名将，都无法摆脱这样悲惨的命运。莱因哈特皇帝对将帅们的信赖究竟会如何变化？关于这个问题的想象不禁让人感到不安。毕典菲尔特现在虽然说是“如果”，可是又有谁能说，有朝一日这个假设不会变成事实？

十二月十一日，艾尔尼斯·梅克林格一级上将率领舰队通过伊谢尔伦回廊后，与渥佛根·米达麦亚元帅的本队会合。地点是堪称因缘之地的乌鲁瓦希行星所属的干达尔星系外缘。

梅克林格没有直接参加战斗，但正因为他通过伊谢尔伦回廊后，摆出一副欲切断罗严塔尔后背的态势，才诱使其后退，为己方赢得战略胜利做出了贡献。

米达麦亚、毕典菲尔特及瓦列并没有在乌鲁瓦希行星的帝国军基地着陆，而是直接率军往海尼森方向继续追击。梅克林格则屯驻在乌鲁瓦希，负责重建与维持秩序。在导致克涅利斯·鲁兹元帅惨死的皇帝遇袭事件后，格利尔帕泽的驻留也在短短的时间内便结束了，如今又迎来罗严塔尔军败走的事态，乌鲁瓦希变成了一艘在动荡不安的大海中漂浮的小铁船。梅克林格的才干与声望，以及他麾下舰队的武力，为乌鲁瓦希带来了足够的安定因素。在一场匆忙却十分切实的商议中，梅克林格向米达麦亚表达了想尽快对前些日子皇帝遇袭事件进行调查的意愿。

“想来，企图在乌鲁瓦希加害皇帝陛下的主谋者，应该不是罗严塔尔元帅。”

正确说来，罗严塔尔已经被褫夺元帅称号了，可是这些与他处在敌对立场的将帅们无意直呼他罗严塔尔。唯一的例外是米达麦亚，不过这是他以前养成的习惯，并不是特意迎合皇帝的处置。

“为什么这么想，梅克林格提督？”

“第一，与他的为人不符。第二，与他的能力不符。”

“嗯……”

米达麦亚皱起了眉头，一片类似困惑的阴影笼罩在他朝气蓬勃的脸上。

梅克林格的看法确实是正确的。如果罗严塔尔想凌驾于皇帝之上、企图举起叛旗的话，应该会从正面堂堂正正起兵，与皇帝一决雌雄，否则反叛的动机根本就不成立。就算他想不择手段地掌握权力，完全可以在皇帝到达海尼森后将他囚禁或杀害，根本不必在皇帝出巡途中，在乌鲁瓦希这样的地方对皇帝发动这种没有把握的袭击，而且又怎么会在伯伦希尔战舰飞离乌鲁瓦希的时候，袖手旁观地任它离开？罗严塔尔如果真有意反叛，一定会在卫星轨道上配置舰队，绝不可能让皇帝一行脱逃。

从一开始，米达麦亚就感到这次“反叛”有些怪异，或许正是由于这些矛盾和异常之处。只是处于此刻的立场，他必须重视结果而非原因，所以只得委托留驻在乌鲁瓦希的梅克林格一查究竟，然后迅速率军前往海尼森。

梅克林格将直属部队部署在乌鲁瓦希各地，一面完全掌控基地，一面让宾雪中将协助自己进行调查。宾雪中将从外表上看来像个朴实的农民，是梅克林格最为信赖的参谋。

“如果罗严塔尔元帅没有袭击皇帝，为什么不大声说出自己是冤枉的？”

“你也知道，罗严塔尔是个自尊心极强的人。要他解释自己是被某些人的阴谋推上了牺牲者的祭坛，他是绝对说不出口的。”

罗严塔尔或许是为了让自己相信，他完全是在自身的意愿与野心的驱使下，才对莱因哈特皇帝举起叛旗的吧？这是梅克林格的一种想法。罗严塔尔应该是那种比起高喊冤枉、祈求皇帝慈悲，宁可选择挺身一战的人。

“要让两个人的野心共存于同一个时代，银河系好像真的太狭小了……”

梅克林格一面慨叹着，一面仍有些难以理解：罗严塔尔为何放任袭击皇帝的犯人不管，不去追究犯人的罪名和刑责？

“就算真的是这样，罗严塔尔元帅为什么没有惩处乌鲁瓦希行星上不幸事件的主谋呢？这一点我想不通，你有什么看法？”

“会不会是事态发展太快，没有充分的时间进行周密调查？”

梅克林格也这么想，但还是有些无法释怀，所以便向一些被俘虏的罗严塔尔军军官提出这个疑点，并盘问了乌鲁瓦希基地的士兵。结果他发现，格利尔帕泽当时接受罗严塔尔的命令，前来乌鲁瓦希镇压这一事件并进行调查。可他不但没有报告实情，反而将一些可以证明该事件乃地球教余党阴谋的证据隐藏起来，然后向长官报告说主犯不明。聪敏的梅克林格明白这些详情后，便将格利尔帕泽所有的思考与行动连成一条线了。

应传唤出现在梅克林格面前的格利尔帕泽，脸上带着不安、不满与期待三种表情。不安和不满，是因为他出卖罗严塔尔的功绩没有受到诸位前辈的赞赏，期待则是因为相信梅克林格一定会认可他在军人身份之外具备的资质。

不过，梅克林格却严厉谴责他是利用地球教徒的阴谋唆使罗严塔尔叛乱，企图以此谋求利益的罪人。

“格利尔帕泽，不管是作为军人，还是作为学者，你都是个让人期许的人才。就算你不出卖他人，不卖弄策略，迟早也可以获得更高的地位与权力。可惜你却因为沉迷于自己的野心，最后毁了自己的名节。”

梅克林格这些暗示着死亡的言辞，使格利尔帕泽的体温急速下降，冷汗濡湿了衬衫。

“你犯下了双重罪名，先是背叛皇帝的隆恩，接着又辜负罗严塔尔元帅的信赖。如果你将真实情形正确报告给罗严塔尔元帅，那么这场叛乱或许还没开始就结束了。而你竟然为了一己之私，让上司背负反叛的罪名。”

遭到谴责的年轻提督试图为自己辩护，说自己的所作所为完全是为了皇帝。罗严塔尔叛乱是事实，对于他的败北，自己不也做出了贡献吗?

“你以为皇帝希望靠背叛来取得胜利？”

梅克林格的声音里反倒充满了沉痛。

“就是因为有这种想法，你才会出卖罗严塔尔元帅。区区鼠辈的智慧，怎么能猜度狮子的心胸？原来你终究也是个无法成为狮子之友的人！”

格利尔帕泽还想继续为自己辩护，可张开的嘴巴只是哆嗦抽搐，无法再说出一个字。他低着头，垂着肩膀，仿佛意识到自己的过去和未来都一起失去了。卫兵一左一右将格利尔帕泽架走，梅克林格充满疲惫地叹气。他对格利尔帕泽的才能和前途极为惋惜。他知道罗严塔尔叛乱是地球教余党的阴谋，以及格利尔帕泽趁火打劫的野心造成的无可挽回的结果，可究竟该如何将真相告知皇帝和米达麦亚元帅？梅克林格徘徊在决断的路上。

4

回到海尼森的时候，罗严塔尔军的数量已经锐减到原有总数的一成多一点，只剩下舰艇四千五百八十艘、将士六十五万八千九百名。没有回来的人一半是战死了，一半是被俘虏或投降了，另有极少数下落不明。

这是一次彻底的惨败。不过返回部队仍能保持井然有序，再次证明了罗严塔尔强大的统率力。当然，这已经是落日最后的余光，只能在悬崖峭壁的边缘留下一点点光亮。

被炮弹击伤的旗舰托利斯坦在回程中跳跃飞行的时候震动激烈，罗严塔尔左胸的伤口破裂，再度造成大量出血，一时又陷入昏迷。经过紧急输血，他重新恢复了意识，仍然有条不紊地统率着败军。贝根格伦等人劝他移到医疗船，或者其他没有受损的舰艇，但是罗严塔尔拒绝了。

“缪拉舍弃旗舰会受到赞赏，是因为他在激战旋涡中继续指挥。如今我战败溃逃，若连旗舰也舍弃的话，那么我奥斯卡·冯·罗严塔尔的名字，将变成胆小鬼的代名词。”

罗严塔尔笑了笑，最后还是没有把指挥席迁移到别的舰艇上。

如果是普通人的话，此时早已昏睡在滑往死亡深渊的斜坡上了。但奥斯卡·冯·罗严塔尔仍有清晰的意识，而且直到临终，都没有失去一贯沉着的理性与强韧的自制。关于这一点，所有的直接证言都是一致的。

“罗严塔尔元帅直到死去那一瞬间，始终都是罗严塔尔元帅。”

当他从地上车下来，走进总督府大门的时候，衬衫、军服和仪容都和平常一样整齐，除了脸色极差之外，没有任何迹象让人联想到他即将与死亡拥抱。

罗严塔尔的高级幕僚当中，此时只有贝根格伦和索南费尔斯还跟随在司令官身边。巴特豪瑟和修拉已经战死，迪特斯多夫在负伤后弃械投降。依然有超过四千名将士携带武器集结在总督府，愿意誓死效忠，竭尽他们的义务和责任，直到总督死去为止。

“哦？真没想到，这个世上的笨蛋还真多哪！”

“其中最笨的一个就是你啊。”镜子中的另一个罗严塔尔此时正对着他冷笑。尽管在冷笑，但绝不能让忠实的部下为自己的愚蠢行为牺牲，支撑着这个男子的两根精神支柱之一——深邃的理性告诉他。他拖着濒死的身躯在总督府的办公桌后面坐定，随即传唤被软禁的民事长官艾尔斯亥玛。鲁兹的妹夫走进办公室，看见总督的脸色，感到十分惊愕，一时间只知呆呆地站着。罗严塔尔苍白着脸，笑着对他说：

“我失败了。本来是没有颜面见你的，不过我还是厚着脸皮活着回来了。”

“那是您的运气不好。”

“不，就算再有一次机会，还是会得到相同的结果。看来这就是我才干和能力的极限了。”

如果皇帝莱因哈特不存在……罗严塔尔比谁都明白，这是一个毫无意义的假设。

“民事长官，我想拜托你一件事，可否听一听呢？”

“您请说。”

“我希望你能到总督府全权掌管所有的政务和庶务。我擅自开启的事端，却推给你来善后，很过意不去。但不管到了谁手里，都不能随便敷衍身为统治者的责任，是吧？”

艾尔斯亥玛恭谨地接受了罗严塔尔的请求。他退出办公室后，罗严塔尔又命副官瑞肯道夫少校传唤下一个人。

“把特留尼西特叫来！虽然与那个人见面让人极不舒服，但正好可以练习一下如何忍耐死亡的不悦！”

瑞肯道夫似乎对这个意外的指示有异议，但或许觉得不该和濒临死亡的长官唱反调，所以立刻遵照命令，把特留尼西特带了过来。

此时，召见和被召见的双方呈现出极为明显的对比。召见的人已经濒临死亡，黑与蓝的眼睛中的光芒在苍白的脸上闪烁。即使到了这个时候，他的眼光仍然不失锐利，只是不像平常那样强有力了。

而被召见的人依然仪表堂堂、生命力盎然，脸上血色丰润，洋溢着少壮派政治动物的野心。他比罗严塔尔至少年长十岁，可是两者与死亡的距离显然是相反的。

“真高兴看到你这么健康，高等参事官。”

“托总督阁下的福。”

在充满恶意的寒暄之后，是一阵短暂的沉默。这个时候，和罗严塔尔的声音比较起来，特留尼西特的音量显得中气十足，音调也更抑扬顿挫。

“我的丑态你都看见了。我陷入专制主义的陷阱，发动了这场无谓的叛乱，不会受到任何人的赞赏便要死去。你信奉的什么民主主义，大概和这种悲喜剧无缘吧。”

罗严塔尔的论点显得极不分明。特留尼西特似乎认为这是无意识的行为，是对方在即将死亡前的昏迷状态下所说的话。于是他的嘴边闪现出浅浅的笑意。

“民主主义也不是什么了不起的东西，看看我就知道，元帅。像我这种人都能掌握权力，操纵其他人的生杀予夺大权。这如果不是民主共和政治的缺陷，又应该叫什么呢？”

特留尼西特的舌头加快了回转的速度，自我陶醉散发出的臭气开始压过科隆香水的香气。

“也真是奇怪，听起来你好像很憎恨民主主义。不过，能如愿获得权力，正是你将民主主义制度利用到极限的结果。所以说起来，民主主义是你的恩人，你不应该这样贬低它，不是吗？”

“如果专制主义能给我权力，那么同样会变成我的恩人。我当然会以比崇尚民主主义更为真挚的赞美，来信奉专制主义。”

“这么说来，你也有心在罗严克拉姆王朝当个宰相，掌握权力，是吗？”

“只要皇帝也这么希望。”

“然后就像过去使自由行星同盟枯死一样，也让罗严克拉姆王朝枯死？”

这家伙真是个怪物，罗严塔尔在痛苦的脉动中想。这是个和军务尚书奥贝斯坦种类不同的利己主义怪物。他啃噬了民主主义，仅仅是因为他偶然归属在那个阵营。一旦他身在专制主义阵营，也会以相似的手法将专制主义啃噬掉吧？这个男人的精神就像一只以利己主义为核心的变形虫，蠕动着不固定的外貌，贪婪地吸取其他人的生命。

“为了这个目的，你也宁可被地球教利用？”

“您错了，是我利用了地球教。我什么都会利用，不管它是宗教、制度，还是皇帝。对了，您背叛的那个皇帝固然有些才能，但距离一个完整的成人还太远，还只是个不成熟的毛头小子。这个金发小子一副高傲自大的样子，想必罗严塔尔阁下也觉得可笑吧？”

在这一番滔滔不绝的辩词中，优布·特留尼西特已经用舌头签署了自己的死刑宣告书。令人觉得奇妙的是，他似乎从来没有想过自己会被罗严塔尔所杀。他认为罗严塔尔没有理由杀他，更何况杀了他，罗严塔尔也不会得到好处。

当罗严塔尔以近乎优雅的手势——其实是倾注了全身的力气，拿起一把手枪，瞄准特留尼西特胸膛的时候，这位自由行星同盟前任元首的脸上依然堆满了笑，甚至在子弹贯穿他胸膛正中央时，他还是在笑。当剧烈的疼痛支配了他所有的神经，喷出的血液让定制的高级西服变色的时候，他的表情才有了变化。但呈现在他脸上的并不是恐惧或苦痛，而像是在谴责这个加害他的人，怎么能不依照他的判断和盘算，做出这种非理性的行动。不过他一张口，从嘴巴溢出来的不是千万个美丽的词藻，而是由肺部逆流上来的一百毫升血液。

“你愚弄民主共和政治也好，腐蚀国家也好，欺骗民众也好，这些事和我一点关系都没有，可是……”

罗严塔尔那两只异色的眼睛，用残酷的目光鞭打着特留尼西特的脸，让自由行星同盟的前任元首踉跄起来。

“可是，我不容许你用肮脏的舌头把秽物涂抹在皇帝的尊严上。我没有‘服侍’那位被你侮辱的人，也没有‘背叛’他。”

当罗严塔尔闭上嘴巴的时候，优布·特留尼西特已经失去了站立的力气，跌倒在地上，两只眼睛望向天空，充满了失望与失意。这个企图以一己之力操纵两种不同体制的世间异数，尽管内心还有无尽的欲望，却被这位濒临死亡的金银妖瞳的男子夺去了未来。一位不必再拘泥于任何正当理由或法律的人物，出于私人感情击倒了这个异数。这个可以在莱因哈特皇帝或已故的杨威利面前，完美地守护自己的性命与地位的天才，因为一位失败的叛逆者的“暴行”，只好从时空舞台上退场。想破坏特留尼西特那种九命怪猫般的生命力，只有这样的行动才能奏效。

此时跌倒在地的，已经不再是优布·特留尼西特了。倒不是因为他死了，而是因为他无法再卖弄唇舌了。一旦无法活动舌头、嘴唇与声带，那么他就不是特留尼西特，只是一堆失去了人格的细胞集合体。罗严塔尔松开了手枪，不，应该是手枪从他的手中掉下，重重地落在了地上。

“真是浑身都令人觉得不愉快的家伙。到最后还不得不杀掉一个手无寸铁的人……真是不光彩的行为。”

奥斯卡·冯·罗严塔尔在临死前，为应该在他死后才会展开的历史做了一点修正。众人知道这些，已经是在他离世后了。因为要揭穿特留尼西特那些被迫中断的野心与构想，还需要不少时间。

5

让人将特留尼西特的遗体收拾掉后，累积在身上的疲劳仿佛一只无形的手，拼命地将罗严塔尔推向死亡的深渊。当属下进来报告，说有不速之客来访的时候，罗严塔尔都没有力气做出不可思议的表情了。

“希望这个人不要打扰我呀。”

罗严塔尔的声音中反倒有些苦笑的意味，甚至让人感觉他内心有种“债务已清偿完毕”的安然。

“我不是一下子死亡，而是在渐渐死去。我正在好好享受这个过程，不要来妨碍我最后的乐趣。”

失去血色的皮肤上挂满了冰冷的汗珠。受伤以来这一个多星期的时间，这种自己正在逐渐死去的感觉真是非常奇妙。从身体中央扩散到全身各个角落的痛觉，成了他感觉中不可或缺的一部分。当它消失的时候，罗严塔尔的内部就会变成一片虚空，完全崩溃吧。

杀掉特留尼西特，给罗严塔尔的身心造成了庞大的负担。此时他就像一位奋力杀死毒龙的骑士，身心俱疲，只想进入和死亡直接相连的睡眠。不过一个和钟乳石上落下来的水滴同样冰凉的女声，阻止了他入睡。

“好久不见，你终于还是成了一个大逆不道的罪人。”

罗严塔尔扬起视线，努力凝聚视野的焦点，一个女人的轮廓清晰地映在眼前。不过等视觉进入理性的领域，仍需要五秒钟的时间。

"原来是立典拉德的遗族啊。"

好不容易推开笨重石头砌成的记忆之门，罗严塔尔低声说道。或许是因为她总夸耀地强调自己的"身份"，她的出身才比爱尔芙莉德·冯·克劳希这个名字还令他印象深刻吧。

"你被自己的野心绊倒和击溃了，我特地来看你如何悲惨地死去。"

记忆中的声音流进了耳朵。可是，这披着甲胄的声音中却有奇妙的振动，听起来有些不稳。

"那么真是辛苦你了……"

这个认真却缺乏热情的回应，或许有些出乎爱尔芙莉德的预料。

"只要再等一会儿，你的愿望就可以实现了。反正我也想满足一下女人的期望。"

想说些恶毒的话，似乎也得有力气才行。这个女人脸上或许露出了憎恶的凶光。他想观察得更仔细一些，却力不从心了。从人生的出发点培育起来的否定女性的情感，好像也随着生命在逐渐蒸发。

"是谁带你到这儿来的？"

"是个热心人。"

"名字？"

"这和你没关系。"

"是啊，确实和我没关系……"

罗严塔尔还想说些什么，但一个侵入听觉的声音却制止了他。还没有搞清楚那究竟是什么声音，罗严塔尔便愣住了，觉得奇怪。怎么会呢？在这样的时候，这样的场所，怎么会听到婴儿的哭声？

他将仅存的一点生命力全部集中在视力上，这才注意到爱尔芙莉德原来不是一个人来的，她手上还抱着一个出生大约半年多的婴儿。

婴儿有粉红的肌肤、褐色的头发，此时正把眼睛睁到最大，静静地看着这个不期而成为父亲的男子。婴儿左边的眼珠是大气圈最上层天空的颜色，右边的眼珠也是——同样的颜色。

罗严塔尔听见了自己浓重的呼吸声。这样的呼吸表露了怎样的感情呢？他不明白，也不想弄明白。只听他开口问道：

“是我的孩子吗……”

这是个早该预料到的问题，但女人却有些不知所措。经过片刻的迟疑，她连另外一个没有问到的事实也一并回答了。

“是你的儿子。”

“你来这儿，是为了让我见见这个孩子吗？”

女人并没有回答。罗严塔尔也弄不清自己是不是真的出声了。在他的视野中，荡漾在婴儿眼里的天空颜色逐渐扩展开，好像要把父亲全部的人生包含进去似的。在罗严塔尔的内心深处，好像有谁在对着婴儿说话。

你的祖父和父亲看起来似乎不同，其实都是一样的。两个人都在追求生命中绝对无法得到的东西，并在这样的追求中耗尽了一生。父亲的人生似乎比祖父的浩大，但本质并没有改变。而你会活出什么样的人生呢？罗严塔尔家的第三代，会继续在不毛的荒野上洒水灌溉，还是……还是过着比祖父和父亲更明智、更充实的人生？

“今后你有什么打算……”

痛苦像水位一样上升，将罗严塔尔从幻想中拉回现实世界。从另一方面来说，死亡是难得的状态，因为不再需要为自己的未来担忧了。可是活着的人却迟早要和未来拥抱。

爱尔芙莉德还是没有回答。如果罗严塔尔还有原本的锐利和明敏，或许能发现此时她脸上有他从未看到过的表情。不过这个男人即将失去自我，而女人也即将失去这个男人了。发现这将是她从未经历过的一种失去时，不知这个女人是否能承受。罗严塔尔用尽最后一点生命力，试图把他的思想用语言表达出来。

“古代好像有个了不起的家伙，似乎说过这么一句了不起的话。他说一个人临死的时候，如果能有个可以托付孩子的朋友，是人生至高无上的幸福……”

一滴冷汗滴落在桌面上，像是又一滴生命力流出了体外。

“去见渥佛根·米达麦亚，把这个孩子的将来托付给他就可以了。那将是这孩子一生最好的保障。”

比起这个女人和自己，那对夫妇更有资格做孩子的父母。然而他们没有小孩，自己却和这个女人生下了孩子。掌管生命诞生的神一定很无能，或者天生喜欢对人冷笑。

黑色的帘幕遮蔽了视野，现实的情景和意识也一点一点地褪去。

“如果你想杀我，现在就动手吧！否则就永远失去机会了。没有武器的话，就用我的枪……”

当渐隐的视线再度恢复明亮时，大约过了五百秒。死神似乎不接受罗严塔尔前往他的国度，不过这位金银妖瞳的男子凭着他的理性和感性，知道死神的拒绝只是暂时的现象。桌子上放着一条女用手帕，已经被他的汗水湿透了。自嘲的想法又化为冷汗的瀑布，从他的脖子流到衣领上：这就是所谓的凋落。看来我连被杀的价值都没有了……

当罗严塔尔轻轻抓住手帕的时候，担任随从的少年胆怯地走进办公室。他金褐色的头发十分零乱，满脸困惑的表情，臂弯里抱着刚才的婴儿。

“那位女士走了，她说要我把这个婴儿交给米达麦亚元帅……怎么办好呢，阁下？”

少年的表情和声音让罗严塔尔的脸上露出微笑。哎呀，哎呀！母亲自己走了，却把孩子留了下来。两代都是如此。你未免和父亲太相像了吧！

“抱歉，在米达麦亚到来之前，麻烦你先抱着那孩子。啊，还有，那边的柜子里有威士忌，帮我拿两个杯子来，好吗？”

罗严塔尔挤出来的声音极为微弱，仿佛在可听领域的最低频率。少年当然不可能注意到，此时罗严塔尔对着自己发出了生涯中最后的冷笑。因为他凭着仅剩的一点意识，发觉自己在濒临死亡时，也逐渐失去了原有的棱角。“连那个人也在临死的时候变成了一个善人。”像奥斯卡·冯·罗严塔尔这种男人，也会在道德家的唏嘘下死去吗？虽然有些愚蠢，不过这或许是好事呀！每个人有每个人的生，每个人有每个人的死。但至少我敬爱的极少数人，会拥有更美丽的死亡……

少年一只手抱着婴儿，用另外一只手取出两个杯子放在总督桌上，把溶入了落日余晖色彩的液体注入杯中。少年的肺与心脏快要迸出胸腔，不过他还是完成了长官的命令，随后退到墙角的沙发上。

罗严塔尔两只手臂支在桌上，把脸朝向杯子，不，是朝向那个应该坐在杯子对面的友人，无声地说：

“未免太慢了啊，米达麦亚……”

美酒的香气，开始缓慢地淹没正失去明亮色彩的视觉。

“我原本想活到你来，可是已经来不及了，不是吗？疾风之狼，你有辱这个名号呀……”

被褫夺元帅名号的男人，那有着近乎黑色的深褐色头发的头颅向前方倾去。看到这幕情形，沙发上的少年屏住呼吸站起来。尽管一时不知如何处置睡在臂弯中的婴儿，他还是将那小小的躯体放在沙发上，赶忙跑向桌子旁边，把耳朵贴近那翕动的嘴边。

这个少年在慌忙中拼命地在笔记上写下轻轻搔动着鼓膜的几个字。然后他呆呆地拿着笔，凝视着那苍白端正的脸。死亡已经无声地扇动着翅膀，笼罩住这个男人的全身。

“……元帅，罗严塔尔阁下……”

少年低声地呼唤，可是没有回答。

十二月十六日十六时五十一分，三十三岁的奥斯卡·冯·罗严塔尔死去了，与一直和他处在敌对阵营的杨威利生于同一年，死于同一年。

Chapter 9

无休止的安魂曲

1

“帝国军双璧”奥斯卡·冯·罗严塔尔与渥佛根·米达麦亚，在第二次兰提马利欧会战的对决中究竟孰胜孰败？虽然历史年表中记载着“新帝国历二年十二月，第二次兰提马利欧会战，罗严塔尔战败而亡”，当事者却有不同的见解。

“表面上看起来或许旗鼓相当，但我身边有瓦列和毕典菲尔特，罗严塔尔身边什么人也没有。所以到底谁才配得上胜利者的名号，根本无须议论。”

米达麦亚是这样说的。每当有人称他是“第二次兰提马利欧会战的胜利者”，他总是予以纠正。但在战争结束后，他依然活着，这是客观事实，而且罗严塔尔也确实比他早退兵。

当米达麦亚、毕典菲尔特、瓦列及拜耶尔蓝一起在海尼森行星的宇宙港着陆时，前来迎接的是文官和武官的代表——民事长官艾尔斯亥玛和副军事监察长官里袠中将。从他们口中，米达麦亚得知他最亲密的朋友已经死了。他的表情丝毫未改，接受了这个噩耗。但接下来得知优布·特留尼西特的死讯时，还没听到死因，他就叹着气说：

“啊，原来罗严塔尔已经替皇帝在新领土做过大扫除了……”

在总督府等待他们的是贝根格伦上将、索南费尔斯中将及瑞肯道夫少校等人。一开始，尚未解除武装的士兵还把枪口对着米达麦亚等人。

“你们这是干什么！竟将枪口指向总督的挚友、皇帝代理人，你们懂不懂礼节啊？”

头上包裹着带血绷带的索南费尔斯大喝一声，士兵们这才行举枪礼，让他们通过。这大约是罗严塔尔死后两个小时的事。办公室里，有一位死者与两个活着的人在等待他们。

“罗严塔尔元帅一直在等着米达麦亚元帅，可最后还是……”

少年说明事情的经过，忍不住哭了起来，他手臂中抱着的婴儿像在呼应他似的大声哭了。一行人中最年轻的拜耶尔蓝笨拙地哄着，把他们带到隔壁房间。

米达麦亚无言地脱下自己的军用披肩，盖在死去的密友的肩膀上。

奥斯卡·冯·罗严塔尔临死的时候留下了临终遗言，不过多少有些前后不一致的地方。

根据当时担任罗严塔尔随从的幼校学生海因里希·朗贝兹的记录，遗言是：“吾皇、米达麦亚、胜利[①]、死……”

这就是罗严塔尔临终留下的遗言。不过众人对“胜利”这

---

①此处原文以片假名标注读音为“ZICK”，和齐格弗里德的开头发音类似，在德文中有“胜利”和“万岁”之意。

个词的含义有争议：一说认为他只是在说“胜利”这两个字；一说认为他说的是“皇帝万岁，纵然我死去……”；还有一种说法认为他说的是“齐格弗里德·吉尔菲艾斯死后……”，可是说到一半就断气了。十四岁的朗贝兹说：“当时只记录了可以听懂的话，含义不明的声音就没有记录下来，无法负责向他人解释。”之后他一生中再也没有提到过这个话题。

就这样，奥斯卡·冯·罗严塔尔在这场由时空和人类组成的戏剧中退场了。但也产生了一个问题，就是他遗留下来的这些人该如何处置。

希望能尽力帮助罗严塔尔生前这些幕僚，不仅是米达麦亚的愿望，也是帝国军将帅共同的心情。原因之一是格利尔帕泽给众人的负面印象过于强烈，将帅们的嫌恶与憎恨全部集中在他身上，对于向罗严塔尔尽忠的人，反倒是同情占了上风。

“我将请求皇帝宽大处置，不必慌乱。”

米达麦亚如此宣布，而将士们也都听从了他的指示。不过有个人例外。原本在罗严塔尔麾下担任军事监察长官的汉斯·爱德华·贝根格伦上将自杀了。

“吉尔菲艾斯元帅死了，罗严塔尔元帅也死了。我只有到天上向他们两位致意，活在这世上已经没有乐趣了。”

贝根格伦对被死死挡在门外、正用TV电话拼命说服他的布罗上将说道：

“请帮我转告陛下。如此相继失去忠臣名将，想必陛下也很寂寞吧。接下来是不是轮到米达麦亚元帅了？如果以惩罚的方式回报臣下的功劳，就能为王朝带来繁荣的话，就请皇帝今后继续这么做吧！”

从来没有人对莱因哈特发出过如此痛切的谴责。切断TV电话后，贝根格伦扯下军服上的军衔章扔在地上，用枪口顶住自己右侧的太阳穴，随后扣动了扳机。

宇宙历八〇〇年、新帝国历二年十二月十六日，“罗严塔尔元帅叛逆事件”（或称“新领土战役”）结束。渥佛根·米达麦亚使这次内战“在年底以前有个了结”的预言实现了。

关于战后的处理，米达麦亚已经得到皇帝的批准。他遂于当天从行星海尼森出发回到费沙，向皇帝报告内乱已结束。海尼森暂时由瓦列驻守，其他相关者的葬礼也委托他办理。乌鲁瓦希则由梅克林格暂时驻守，他同时负责维持新领土的治安。毕典菲尔特与米达麦亚同行。

罗严塔尔的“叛逆”并没有联合旧同盟的残存势力，并且在年内就被迅速平息，故而没有给反帝国势力蠢动或起义的时间。为了安定人心，不能将过于庞大的兵力长期驻守在这里，否则会造成反效果。大军必须尽快撤出，以便尽早恢复常态，重建秩序，让人们忘却这悲惨的事件。

但是，除了这个完全正当的名义之外，米达麦亚其实还有私人的理由。离开总督府后，他乘着地上车直接前往宇宙港，和瓦列道过别，便命令“人狼”即刻出发，似乎想尽快离开这个吸尽友人鲜血的不祥之地，哪怕早一秒钟也好。那个抱着婴儿的少年海因里希·朗贝兹也随同出发。

当旗舰“人狼”上下的人员都忙着为出港准备的时候，米达麦亚在舰桥内一处光线朦胧的地方，背对幕僚们伫立着。大家都不敢出声，在和他保持着些许距离的地方，从背后注视着帝国军现在仅存的一璧——这位已经成了无价之宝的年轻元帅的背影。身穿黑底银饰的华丽军服的他，肩头在微微地颤动，蜂蜜色的头向前低下。呜咽的声音微弱地，真的是很微弱地顺着空调的风，飘过幕僚们耳边。

在年轻而忠实的卡尔·爱德华·拜耶尔蓝上将胸中，感性正在向理性低声诉说：

“看见了吗？我这一生大概永远也忘不了这一幕。疾风之狼竟然哭了……”

2

奥斯卡·冯·罗严塔尔的死讯传到莱因哈特皇帝耳中时，预料内战已结束的金发霸主正在由影之城返回费沙途中。

莱因哈特是在帝国军总旗舰伯伦希尔上的私人房间里接到这个死讯的。优布·特留尼西特的死也同时被报告给他。这个消息虽然很意外，不过和意料中的罗严塔尔之死比起来，还不足以让莱因哈特感到失落。莱因哈特与特留尼西特的精神轨迹，在从来没有交集的情况下就分道扬镳了，而且也没有给他带来什么后果。这情形和杨威利截然不同，和罗严塔尔当然也不一样。罗严塔尔的精神轨迹曾与莱因哈特交集，两人也曾共同行经那通往宇宙深渊和人类社会边缘的充满鲜血与火焰的旅程。

“唯有我亲自上阵，才能让罗严塔尔感到满足吗？”

在这段述怀之中，有连莱因哈特自己都未曾察觉到的欺瞒。真正想作战的不是别人，而是他自己，不是吗？罗严塔尔的用兵，不是也有让莱因哈特率兵亲征将其击破的价值吗？当米达麦亚接受出征的命令时，那只潜伏在莱因哈特内心的好战的有翼狮子，难道没有偷偷地失望吗？啃噬完敌人后，这只有翼狮子变得连自己人的血都想吸食了吧？罗严塔尔的霸气，正是因为感应到这只狮子的咆哮才起火的，不是吗？

一切都在推测之中。人心不像初级数学那样，无法用方程式得出正确的解答。

“陛下，您感觉如何？”

贴身侍者艾密尔·齐列端着放有热牛奶的托盘走进皇帝的房间。莱因哈特在床上半坐起来，仿佛想让少年安心似的点点头。

“还好。对了，你的烧伤好些了吗？”

乌鲁瓦希事件发生的时候，艾密尔·齐列的左手在燃烧的森林中受了轻微的灼伤。

“小勇士光荣受伤了呀！”

皇帝一面说着，一面亲自为少年的烧伤抹药。这是已故的齐格弗里德·吉尔菲艾斯元帅还是少年时才有的荣誉。

“已经好多了，陛下。”

“哦。”莱因哈特再一次点点头，滚烫的脸颊上雕刻出微笑，就像是美之女神用小指尖按在他的脸颊上。

被后世俗称为“皇帝病”的发烧，仍然间歇性地侵袭着莱因哈特。这似乎是一种胶原病，表面上虽然只是发烧，其实年轻的生命力已经开始在内部逐渐损耗。但在外表上，莱因哈特俊美的容貌并没有丝毫折损。白皙的皮肤反而显得更白了，加上体内的热度，就像是初雪中映照在阳光下的蔷薇花瓣一样。如果硬要说的话，这也给人一种缺乏生机的印象，奇妙的是却让人感觉不到憔悴的成分。

接到讣告当天，莱因哈特立刻恢复了罗严塔尔一度被褫夺的元帅称号。因为就算任命罗严塔尔出任总督的决定是错误的，但授予他元帅称号并没有错。像贝根格伦那样身在罗严塔尔麾下，始终没有背叛他，而且最后战死或自杀的人，也没有被剥夺原有的军衔。相反，对格利尔帕泽那种双重背叛的行为，莱因哈特无法忍受心中的厌恶，在剥夺他的上将军衔后即命他自杀。而在第二次兰提马利欧会战中无奈战死的克纳普斯坦却免于被褫夺军衔。这种差异其实是命运弄人的辛辣结果，但活着的人并不知道其中的内幕。

如果说这些处置还有遭人责难的余地，就是它并没有依据法规或理性，而是感情的产物。但大多数相关之人的情感都得到了满足，也没有产生什么特别的问题。

就这样，除了讨伐军还没有回师，罗严塔尔叛乱一事几乎已经解决。

此前，莱因哈特曾想赐予和克涅利斯·鲁兹有婚约的女子每年十万帝国马克的年金，却遭到了她的婉拒。理由是她已经做了十年护士，足以维持自己的生活。况且她和鲁兹并没有正式成婚，不宜接受年金，惶恐之余，谨向皇帝拜谢隆恩。她就这样平静地拒绝了。

专制君主这类人在自己的好意遭人拒绝时，都不禁会感到不悦，甚至连莱因哈特也有这种倾向。将他的不悦劝解开的，是留在费沙的玛林道夫伯爵小姐希尔德。她向皇帝指出，鲁兹的未婚妻是一位十分难得的有自立精神的女子，这一点或许正是吸引鲁兹的地方。她向皇帝建议，可以设立一个纪念鲁兹的基金，由政府每年提供十万帝国马克，作为随军护士的培养经费和奖金，并将鲁兹未婚妻的名字列入基金运营委员名单。

希尔德对政治的敏感丝毫没有减弱，这让莱因哈特十分高兴。

“许久不见了，玛林道夫伯爵小姐还好吧？你一不在身边，大本营的事务就停滞了，真令人头痛。”

这固然不是虚言，但莱因哈特说的也不见得全是实话，因为他的确藏匿了一些事实。莱因哈特已经感觉到她对自己来说是个必不可少的女子，不过在这个时间点上，与其说莱因哈特将她当作自己身边唯一的女性，不如说是把她当作一位难得的聪慧的进言者。

此时，希尔德已经怀有近四个月的身孕了，医生诊断预产期是在明年六月十日前后。她的父亲玛林道夫伯爵也知道了这件事。

“哦，我要当外公了，是吗？”

玛林道夫伯爵有些不知所措地微笑着，还有些腼腆。两天后，他忽然向女儿宣告：

“希尔德，我打算明年年初辞去国务尚书的职务。”

“为什么呢，父亲？”

到现在为止，玛林道夫父女之间，令人惊讶的一直是女儿扮演的角色。但自从八月底那个晚上以来，玛林道夫伯爵已经认清了女儿的不足之处。为了帮她弥补这个不足，才有了这个出乎女儿意料的结果。

“父亲担当国务尚书的大任，一直工作得很出色，也没有引起皇帝半点不悦，怎么会有这个决定？”

一旦和自己有关，希尔德这个聪明的女儿也有些考虑不周了。

“是这样的，希尔德。就算你拒绝和陛下结婚，可是一旦生下孩子，你最终还是会成为皇子的母亲，而我就是他的外祖父。这种角色的人坐在宰相级的位置上，从来没有过好结果。”

希尔德同意父亲的考虑是正确的，却又担心是否有适当的人选来接替父亲的职务。此时，父亲又再一次让女儿感到了意外。

“若是我的话，就推举米达麦亚元帅。”

“咦？但他是纯粹的军人，不是政治家呀。”

“我能做的，米达麦亚元帅没有道理不能做。这样说是开玩笑的。不过希尔德，我认为国务尚书这个内阁首席成员的位置，比军务尚书更适合他。你的看法呢？”

或许正如父亲平静地提出的那样，希尔德想。国务尚书这个职位需要的不是谋划阴谋或策略的能力。像米达麦亚元帅那样富有见识、有信义，并且处世公正的人是很稀有的。只是皇帝会同意这样的人事安排吗？这才是问题所在。

3

内务尚书欧斯麦亚经常难以断定自己是幸运还是不幸。

当他辗转于边境地区，负责行星的开拓与地方警察制度的整备时，经常叹息自己的才干没有得到应有的评价。后来被伟大的皇帝提拔为内务尚书，一场欢喜之后，却又被次官海德里希·朗古觊觎地位，时时担心有朝一日被迫下台，真是不安至极。还好朗古被自己那阴谋的拐杖打碎了膝盖，现在终于下狱了。欧斯麦亚最近总算得到了心理上的安宁。

海德里希·朗古连日来在宪兵队总部接受讯问，宪兵总监克斯拉还经常亲自审问，可是一直都无法得到满意的供述。朗古那张娃娃脸上充满近乎傲慢的表情，甚至还厚脸皮地扬言：等我将来恢复地位的时候，一定要让你们认识认识我的厉害！

“你还记得你过去是怎么对付嫌疑犯的吗？如果还有记忆，那你应该知道最好不要再强辩了。不然，我们也可以把你过去的独门讯问方式，用在你身上试试看。”

被这样威胁的时候，朗古的脸色倒是稍微有了变化，但还是没有一点积极招供的意思。只要一想到招供后，等待自己的将是一场极刑，封住他嘴巴的那扇门只怕会越来越厚。

十二月下旬，罗严塔尔元帅的死讯也流传到监狱中。朗古一听到这个消息，眼睛立刻瞪得大大的，足足狂笑了一个钟头。宪兵们一面感到愤怒，一面又感到有些阴森可怕。

在这之后，朗古的供述便开始像洪流似的倾泻出来。但他的话不像是招供，倒像自我辩护与转嫁责任的奇怪化合物。他口中宣泄出来的洪水，全部注入了“我是牺牲者”这个湖泊。根据他的证言，自己是个连一毫克私心都没有的忠臣。会招来他人的误解，完全是因为被卷入了费沙前自治领主安德鲁安·鲁宾斯基毒辣的阴谋。当然，鲁宾斯基如果听见这些话，或许会装聋作哑地说：“我才是被卷进他的阴谋里了呢。”

因此朗古认为，鲁宾斯基那家伙应该比自己先受到处罚。他接着又扯到军务尚书巴尔·冯·奥贝斯坦元帅。朗古说，如果没有他的默许，自己根本什么事都做不成，所以应该追究军务尚书的责任。这简直是在唆使检察官。

克斯拉表面上无视和军务尚书相关的发言，但也曾根据朗古的招供，派宪兵队突袭过鲁宾斯基的秘密住所。

不过，费沙前自治领主安德鲁安·鲁宾斯基的踪影早已从那儿消失。大概是在朗古遭到拘禁后，他立刻察觉到有危险，所以逃之夭夭了。朗古的沉默，最终却为鲁宾斯基争取了逃亡的时间。

紧接着，朗古的妻子前来请愿，要求释放她的丈夫。和宪兵总监克斯拉见面的时候，她一面哭，一面解释她的丈夫是个多么善待妻子和孩子的好人。

“朗古夫人，你的丈夫遭到告发，并非因为他不是一个好丈夫、好父亲，也不是因为他私人方面有什么过错，请你不要误解。”

克斯拉这样回答她，并同意让她和狱中的丈夫见面。会面之后，目送着边哭边回家的朗古夫人，克斯拉不禁思考起每个人的两面性——公务员和个人，两张不同的脸。作为一个家庭成员，朗古的生活一定远比莱因哈特或罗严塔尔充实得多。

现在，银河帝国军现存的元帅有两名，一级上将有六名。莱因哈特即位后，雷内肯普、法伦海特、舒坦梅兹、鲁兹及罗严塔尔相继去世，建国的宿将们明显感到浓厚的寂寥。

目前仅存的两名元帅之一——军务尚书巴尔·冯·奥贝斯坦，在罗严塔尔叛乱的时候并没有发挥手腕的机会。他原本也依照自己的方式，拟订了几个平定叛乱的方案，最终还是被后世对他持否定态度的历史学家讥讽为“手不沾血地埋葬了对立者”。不过，他生前就不介意他人的评价，死后恐怕也一样吧。

“米达麦亚元帅宁可亲手讨伐自己的密友，你明白这其中的意思吗？”

奥贝斯坦对参谋安顿·菲尔纳准将提出这个问题，是在米达麦亚回来的前一天，也就是接近年底的时候。在这位冷酷、严格又无私的尚书掌管下，军务部的事务从未延迟过一瞬。关于这一点，菲尔纳后来成了重要的证人。

“这个嘛，卑职才浅，无法得知。敢问尚书阁下又是如何看的？”

“如果皇帝亲自讨伐罗严塔尔，米达麦亚恐怕会对皇帝产生反感。一旦君臣之间产生裂痕，进而扩大，或许会导致无可挽救的结果。”

“啊……”

菲尔纳一面模棱两可地回应，一面注视着淡然的军务尚书仿佛用刨刀削成的侧脸。

“如果自己身为指挥官前去讨伐罗严塔尔的话，朋友之仇便留在自己身上了，也就没有理由怨恨皇帝，这是他的想法。他就是这样一个人。”

“您这个想法，是否有什么证据呢？”

奥贝斯坦微微摇了摇那半白的头发。

“这是我个人随意的解释，不知符不符合真实情况。只是……”

军务尚书好像有些苦笑的样子，菲尔纳觉得难以置信。

“只是，我的话好像也变多了。”

从此以后，人们再也没有听见军务尚书的薄唇中泄露出和罗严塔尔的叛乱有关的字眼。

4

新帝国历二年十二月三十日，新的一年即将开始之前，宇宙舰队司令长官渥佛根·米达麦亚元帅回到了帝国新首都费沙。虽然是凯旋，却是凝重苦涩的归来。有蜂蜜色头发与灰色眼眸的年轻元帅，表情完全不像辉煌的胜利者。

“就算只有米达麦亚元帅平安归来，那也是天大的喜事。谨向您的凯旋表示祝贺。”

前来迎接的奈特哈尔·缪拉用砂色的眼眸望着战友。致意之后，伸出终于痊愈的右手，米达麦亚无言地握住。而在后面几步远的地方出现的毕典菲尔特，肩头上也满是怅然若失的寒冬气息。

两个人随后前往大本营，向皇帝莱因哈特做战事报告。报告完毕离开后，莱因哈特又把米达麦亚叫回来。年轻的皇帝离开办公室的桌子，窗外微弱的阳光照亮了他金黄的头发。他对着正恭敬行礼的元帅露出迷蒙的笑容，说出一件出人意料的往事。

“米达麦亚，你还记得五年前吗？朕和吉尔菲艾斯一起住在林贝尔克·谢特拉杰的时候，你曾和罗严塔尔一起来过。”

“是的，陛下，臣记得很清楚。”

米达麦亚觉得自己的呼吸好像快停止了。莱因哈特用白皙的手指将前额的垂发拢回去。

“那个时候，在那个屋子里交谈的四个人当中，现在还活着的，就只剩下你和朕了。”

“……陛下。”

“你不能死。如果连你也不在了，就没有人能以身作则，教导帝国全军究竟什么才叫真正的用兵了。朕也会失去宝贵的战友。这是命令，你绝对不能死！”

这或许只是莱因哈特自私的要求。不过，在这个时候，米达麦亚确实与这位有耀眼金发的历史上最伟大的霸主，不，应该说与这位和自己一起打头阵、共同推翻高登巴姆王朝、征服自由行星同盟的年少战友，拥有共同的感情。

五年前，旧帝国历四八六年的五月十日，正是从晚春进入初夏的时节。一个风云即将变色的晴朗日子，米达麦亚和罗严塔尔一起造访了莱因哈特和吉尔菲艾斯两人租住的屋子，商量如何排除那些伸向格里华德伯爵夫人，即安妮罗杰身旁的宫廷阴谋的魔掌。当时围在桌子旁的四个年轻人，在那之后征服了全宇宙，而现在却有半数已经归天。活下来的人肩负着继续活下去的义务，为了将死者的记忆永久保存下去，也为了将他们的肖像传到后世……

米达麦亚一面从皇帝面前退下，一面忍耐着脸上的热度。他相信此时正凝视着窗外、一动不动的皇帝，也一定和自己一样。

退出大本营的米达麦亚，在回家前拜访了玛林道夫伯爵，抱着罗严塔尔遗孤的海因里希也随同前往。米达麦亚和希尔德见了面，向她说明事情的经过后，便提起自己造访的目的。

“如您所知，我们夫妇没有孩子，所以我想把他当作自己的孩子抚养。如果伯爵小姐能帮忙说服陛下的话，那真是太感谢了……”

“抚养罗严塔尔元帅的孩子……”

“是的。从法律上来讲，这是大逆罪犯的孩子，父亲的罪或许会牵连到孩子，不过我愿代他承担，您觉得怎么样？”

“有关这点，我想您不用担心，元帅。因为这孩子并不是法律上的婚生子，所以父亲的罪不会牵连到他。况且罗严塔尔元帅的孩子如果由米达麦亚元帅来抚养，一定会培养出一位了不起的名将。”

希尔德干脆地回答后，对着少年和婴儿笑起来。

“我没有任何异议，而且很愿意为您在皇帝面前进言。但只有一点，我有些不放心……”

“啊，哪一点呢？”

看到米达麦亚脸上的肌肉像微速摄影似的收缩，希尔德欣慰地笑了。

“是您夫人的想法呀，米达麦亚元帅。您的夫人是不是和您有相同的想法呢？”

被这么一问，帝国军的至宝顿时面红耳赤。

“真是粗心大意，我还没有跟内人提起这件事。不过，内人应该会答应吧。”

“我想，您的夫人一定会很高兴地答应的。”

“我也这么想，所以竟忘了问内人的意思。”

他无意向人津津乐道自己和妻子之间的感情。接着，“疾风之狼”又将担任勤务兵的少年这几年失去了双亲，如果可能的话，也准备和妻子商量一下，将其收养的意思告诉了希尔德。谈话告一段落后，米达麦亚起身准备告辞，这时希尔德把他叫住了。

“米达麦亚元帅。”

“什么事，伯爵小姐？”

“您是帝国军的至宝。陛下的身旁已经变得越来越寂寥，请元帅今后仍像往常一样守护着皇帝陛下，拜托您！”

米达麦亚回以毅然和热情的感谢。

“我没有什么才能，远远比不上已故的齐格弗里德·吉尔菲艾斯，也比不上奥斯卡·冯·罗严塔尔，只是侥幸地存活下来，实在承担不起如此过誉的称呼。但请让我和您约定，我会连他们的份一起效忠于皇帝。我在此立下誓约，无论皇帝意欲如何，我的忠诚绝对不变！”

年轻的元帅深深地低下那蜂蜜色的头，然后转过裹在黑银军服里的略显短小的身躯，从这个不久后将成为银河帝国皇妃的女子面前走远了。

艾芳瑟琳·米达麦亚对丈夫的凯旋无比喜悦，不过随之却有些惊讶。丈夫还没有吻她，便有些犹豫地说：

“艾芳，其实有个礼物，我把他拿回来，不，带回来了……”

他对着妻子露出如此紧张的情绪，还是抱着黄蔷薇花束向妻子求婚以来的第一次吧。只是他手里这次抱着的，却是个出生不到八个月的婴儿。从丈夫令人担忧的手中把婴儿接过来之后，妻子一面温柔地哄着孩子，一面用发亮的紫罗兰色眼眸望着丈夫，说：

“这是从哪片白菜田里捡到的呢，渥佛？”

“不是，这个，怎么说……”

“我知道，你是从那片叫罗严塔尔的菜田里捡的，是吧？”

面对无言以对的丈夫，妻子说明了原委。原来，在他回来之前，玛林道夫伯爵小姐就已经来过TV电话，说明了事情的经过。

“你当然应该把这个孩子带回来，我很高兴当这孩子的妈妈。不过唯独有一件事，请你一定要让我决定，就是孩子的名字。好不好，亲爱的？”

“啊，好啊，当然好了。不过你想取什么名字呢？”

“叫菲利克斯，满意吗？”

“菲利克斯……”

帝国军最高勇将知道这是古语中意味着“幸福”的名字。当然，他的妻子也一定早就知道，并早已把这个名字放在胸口温暖了好几年吧？为了还没有出生的孩子，为了不知何时才会出生的孩子，为了最后或许根本不会出生的孩子……

“菲利克斯？好名字，就这么决定了。这个孩子从今天起就叫菲利克斯·米达麦亚了。”

当他长大成人，有了自己的判断力和价值观的时候，再让他冠上亲生父亲的名字也可以。而且要让他知道，他的亲生父亲是个自尊心极强的人，在全宇宙中只向一个人屈膝……

想到这里，米达麦亚忽然想起一件事情。他赶忙推开起居室的门。门厅里，抱着一整套婴儿用品的幼校学生站在那里，轻轻打了一个喷嚏，好像很冷似的朝元帅投来一个微笑。

5

几乎和渥佛根·米达麦亚在同一时刻，还有一个人也知道自己当爸爸了。这个人叫莱因哈特·冯·罗严克拉姆，是身为银河帝国最高当权者的二十四岁年轻人。

当玛林道夫伯爵小姐以私人身份来到皇帝的起居室（大本营的皇帝起居室是在九月上旬迁移的）造访时，莱因哈特示意希尔德在起居室兼图书室的圆桌旁坐下，并且让贴身侍者艾密尔送来加了奶的咖啡。他透过窗户眺望着那一片仿佛镶嵌了冰晶石的寒冬碧空，然后说：

“今天蛮冷的，伯爵小姐，你没有感冒吧？”

对这位有华丽金发、外表无与伦比的年轻人来说，这已经是最温柔的表达方式了。深知这一点的希尔德微笑了一下，然后若无其事地，让一句决定性的话从僵硬的嘴唇间滑落出来。

“要是感冒可不得了，陛下，会伤害肚子里的孩子。”

莱因哈特的瞳孔扩大了，映着窗外天空的瞳孔里浮现出希尔德的身影。他白瓷般的脸颊涨得通红，血液载着无数思想在体内循环，直到在脑海里迸裂开来为止，竟耗费了数十个瞬间。终于调整好自己的呼吸与心跳后，他张开端丽的粉红色嘴唇，让丰富的感情化成有韵律的声音流泻出来。

“朕再一次请求你，你愿不愿意和朕结婚呢，玛林道夫伯爵小姐？”

莱因哈特并没有问“孩子是谁的”这类愚蠢的问题，或许能证明他的精神构造并非不可救药。

“朕终于明白了，你对朕来说是很重要的人。这几个月以来，朕越来越认识到这一点。你的进言从来没有错误，应该说是朕配不上你……”

莱因哈特的容貌是经过艺术洗练的造型美的极致，不过他此时的求婚却距离洗练有几光年之遥。而且他最终只是说出了自己的心情，并没有揣测希尔德的心情。但这全然无损这位年轻人的诚实，希尔德能理解，他就是这样的一个人。他是战争的天才、政治上的伟人，却不是恋爱或情欲的高手。他华丽的创造力与表现力，是在战场上绽放光芒的，不是用来丰富闺房情趣的。这样的一个人选择了自己，而自己也希望能被他选中。

希尔德完全了解莱因哈特的缺点，而且一如她贤明的父亲洞察到的一般，把这些缺点也当成难得的特质。

“是的，陛下，我答应您。如果我可以的话……”

希尔德最初曾打算直接前往奥丁见莱因哈特的姐姐，也就是格里华德大公夫人安妮罗杰。但是知道自己怀孕之后，就不能再进行恒星间的飞行了，因为希尔德一点都不想伤害莱因哈特在她腹中的分身。最终，在十一月中旬，她让人将超光速通信延长到奥丁的佛洛依丁山地，给安妮罗杰的山庄设置了直接通信线路。

“玛林道夫伯爵小姐，不，希尔德，谢谢你能喜欢我弟弟。”

安妮罗杰知道事情的经过后，对希尔德这样说道。话语中充满了温暖的、颤抖的感情，仿佛会发出声音的春日阳光，和煦地照耀着希尔德。

“有你这样的人在弟弟身旁，弟弟一定会幸福的。无论如何，莱因哈特就拜托你了。”

莱因哈特就拜托你了——这是安妮罗杰第二次对人说这句话，而希尔德就是那第二个人。第一个当然是已故的齐格弗里德·吉尔菲艾斯。

“莱因哈特没有父亲。”

希尔德明白，安妮罗杰此时的话，其实是一种比喻性的说法。所谓的“父亲”，是指人格形成期的父性要素。对一个男孩或一个少年来说，作为对抗、反驳及克服对象的父亲，是将男孩与母性要素拆开，为他带来精神自立的存在。可是，莱因哈特的亲生父亲显然太卑微了。

对莱因哈特来说，具体的母性要素当然就是姐姐安妮罗杰。而将少年期的他与母性要素分开的，却不是本该有的父性要素，而是皇帝佛瑞德李希四世，是高登巴姆王朝的专制权力。那是一种以全人类的规模来强调父性的负面性的东西。

莱因哈特人格上的特异由此孕育而来。尽管他本人并没有察觉，但打倒高登巴姆王朝，其实和他人格形成期中对父性的超越属于同一种行为。而打倒高登巴姆王朝后，与强敌作战并将其打败，就成了莱因哈特生命的意义。所以安妮罗杰对莱因哈特只知战斗不知恋爱的心理感到担忧，为了让莱因哈特不再只追随着姐姐的影子，她才刻意和弟弟保持距离，只是她无法挑明这一点。而且她与已故的齐格弗里德·吉尔菲艾斯之间，也纠缠着太过微妙的心理联系，莱因哈特说不定已经被姐姐与他离别时的言辞伤害了。所以安妮罗杰对希尔德的谢意，其实是对这件事本身和对莱因哈特本质上的影响双方面的体现。

后世有些历史学家认定，安妮罗杰对莱因哈特缺乏感情，并以此谴责她。有趣的是，这些历史学家几乎清一色都是女性。因此，男性历史学家有时也对女性同行发出严厉的批评。

“……归根究底，我们只能断定，她们（女性历史学家）只是单纯从放弃母性的观点来评判格里华德大公夫人的行为。如果大公夫人一直不离开年过二十的弟弟身边，无休止地宠爱弟弟，插嘴国政，继续妨碍弟弟的精神自立，她们大概才会感到满足吧？当然，在她们眼中，大公夫人十五岁时即被专制君主强行夺走贞操，并在之后长达十年的时间里一直受到束缚之类的事，根本称不上是什么牺牲吧。”

尽管如此，也不能完全断定男历史学家的评价就是正确的，最后只能比较可能性的高低。但无论孰是孰非，所有人都无法否定安妮罗杰对莱因哈特的影响。如果此时安妮罗杰说句“不同意你和玛林道夫伯爵小姐的婚姻”，莱因哈特尽管苦恼，但还是会优先尊重姐姐的意思吧。可是安妮罗杰并没有这么做，反而鼓励希尔德，为弟弟的将来能托付给这样一个聪明的年轻女子而高兴，并且祝福他们。她的判断确实有助于将历史引向有建设性的方向，这是众人无法否认的事实。

6

在生与死、光明与幽暗混在一起的银河系的某个角落，一群孕育着长达八百年之久的憎恶与偏执的人秘密地潜伏着。他们以宗教性的团结和邪恶的阴谋为武器，用各种方式干涉历史。所有的一切都是为了恢复地球母亲的荣光。在目的眼看快要达成的现在，新一代指导者也即将降生。

那就是地球教的大主教德·维利。

他年纪尚轻的面容本该因旺盛的野心绽放出光彩，此时却笼罩着一片近乎凄惨的阴影。

当杨威利与奥斯卡·冯·罗严塔尔相继加入死者行列的时候，他的阴谋看起来全都获得了成功。宇宙的未来似乎就要落在居于幽暗宝座上的他手中，由他任意宰割了。但是紧接着，优布·特留尼西特这匹重要战马被宰的消息传来，他顿时感觉教团干部们投射在他身上的目光开始弥漫不信任的阴霾。更有一个对德·维利在教团内扩张地位与权限不满的大主教，大声将不安说了出来。

“我们失去的还不只是特留尼西特。皇帝就快要结婚了，而且对象是玛林道夫伯爵小姐，据说她已经怀孕了……”

每说一个字眼，主教嘴角边都迸裂着恶毒的泡沫。德·维利将视线岔开，忍受着这股不愉快的压力。声音的主人越发提高了音量，滔滔不绝地说起来。他原本赞成暗杀莱因哈特皇帝的计划，当然会热心地追究德·维利变更计划的责任。

“如果皇帝的子嗣出生，罗严克拉姆体制不就将以此为核心，继续维持下去了吗？那么罗严塔尔元帅的死，不，甚至是杨威利的死，最后只能变成为那金发小子除去灾厄的根源了，不是吗？”

上气不接下气地说完这番话，声音的主人沉默了。一个低沉的笑声打破了这片充满瘴气的寂静。

“各位到底在慌什么呀？皇帝的子嗣根本还没有出生嘛。何况出生了又能怎么样，有了子嗣，也不见得一定会给皇帝带来力量啊。”

德·维利当着众人的面笑着。借着笑容表现出来的自信固然有些夸张，但也确实存在于他的内心。宇宙是何其宽广，就算再装进几亿乃至几万亿个阴谋，也不会显得拥挤。

杨威利的后继者尤里安·敏兹这一年没有参战，所以作为指导者，得到了人们正面的评价。接下来的一年，他的声誉将会因为战斗继续升高吧。

尤里安不明白。但他原本的志愿就是成为一名军人，所以坚信有些战争是无可避免的。讽刺的是，自从杨去世后，尤里安的志愿也产生了微妙的变化。他现在更希望自己能走上和军人不同的另一条人生道路，这样的心情在内心蓄水池里的水位越来越高。

前些天，接获银河帝国名将奥斯卡·冯·罗严塔尔的讣闻时，尤里安似乎又在脑海一角听见了杨威利平静的声音。

“在我的指挥下，有几百万名将士死去了。他们谁都不想死，都想过着和平富裕的人生，连我也是这样。如果可以不让任何一个珍贵的生命死去就解决问题，战争或许就不见得那么可恶了……”

尤里安深深地吐出一口气。虽然他从不曾与罗严塔尔身处同一个阵营，虽然这位金银妖瞳的名将一直是他和杨的敌手，可是尤里安仍觉得罗严塔尔的死就像是一颗巨星陨落了。在短得令人惊愕的时间内，一个时代是不是又将过去了？等某些人死亡或诞生之后，这个时代是否就将结束？时光的旋涡充斥在体内，一阵阵胸闷侵袭而来，于是尤里安从森林公园的长凳上站起来，以稍快的步调走着。此时，他还不知道优布·特留尼西特的死讯。

走出公园后，尤里安周围充满了喧闹，那是和平的喧哗。伊谢尔伦要塞全体人员正忙着准备欢送宇宙历八〇〇年、迎接八〇一年的庆典。这一年是杨元帅逝世之年，原本有人主张暂停举办庆典，但是菲列特利加·G·杨却驳回了这个意见。

“他生前从不曾讨厌同伴之间的欢闹庆典。为了他，反倒还要请大家弄得更热闹一些呢，拜托各位了。”

达斯提·亚典波罗和奥利比·波布兰一面相互戏弄一面走来。发现年纪轻轻的革命军司令官的身影，他们豪爽地打招呼。

“喂，尤里安，明年会帮我们制造上阵的机会吧？”

“我们期待着哟，司令官大人。”

“与其问我，不如请你们去问问皇帝吧。他的答案更确切一些。”

在尤里安的脑海里，日历正快速地往回翻，四年前的情景又浮现在他眼前。那是第一次在伊谢尔伦要塞欢度新年庆典时的情景。那时和现在都在尤里安身旁的，有菲列特利加、卡介伦一家、先寇布、波布兰和亚典波罗。而现在这一次，除了他们之外，还有梅尔卡兹、舒奈德、施恩·史路、波利斯·高尼夫、马逊以及卡琳，就是卡特萝捷·冯·克罗歇尔。

那个时候，杨威利还在，姆莱还在，派特里契夫还在，费雪还在，伊旺·高尼夫也还在。可是如今，除了回到海尼森的姆莱，尤里安有生之年再也见不到其他人了。不过，尤里安必须继承他们的思想，并让他们的意志开花结果。

“自由、自主、自律、自尊”是民主共和政治的小小嫩芽，为了让这个嫩芽在宇宙中生根，尤里安必须为即将来临的春天作准备。

“尤里安，庆典开始了！如果好了就一起去吧！菲列特利加还有卡介伦一家都在等着哪！”

是卡琳的声音。尤里安注意到其中有个值得纪念的改变，那就是她第一次只叫他的名字。他点点头，稍微有些刻意地回答：“走吧，卡琳。”

在稍远的地方，少女的父亲目送着这两个年轻人肩并肩走去的身影，不禁浮现出“哎哟，哎哟”的表情。他脸上笼罩着一片淡淡的酒精的云雾，为哀悼那个没经他的手便战败而死的敌人奥斯卡·冯·罗严塔尔，他已经喝了好几杯。一位不知名的年轻女子正依偎在他宽阔的肩膀上。

宇宙历八〇一年、新帝国历三年，罗严克拉姆王朝开始了第三个年头。这一年的一月，莱因哈特皇帝就要正式迎娶希尔格尔·冯·玛林道夫伯爵小姐为皇妃了。有人期待着这场婚礼，也有人并不期待。前一年刚刚在宇宙间建立起来的新秩序，究竟会永久持续下去，还是作为浮现在历史洪流上的泡沫而消失呢？决定性的一年来临了。

图书在版编目（CIP）数据

银河英雄传说：全10册．9，银河英雄传说／（日）田中芳树著；蔡美娟，陈惠莉，郭淑娟译．-- 海口：南海出版公司，2022.1
ISBN 978-7-5442-9441-6

Ⅰ．①银… Ⅱ．①田… ②蔡… ③陈… ④郭… Ⅲ．①幻想小说－日本－现代 Ⅳ．①I313.45

中国版本图书馆CIP数据核字（2021）第233394号

Vol.8／乱离篇

银河英雄传说

〔日〕田中芳树 著 蔡美娟 译

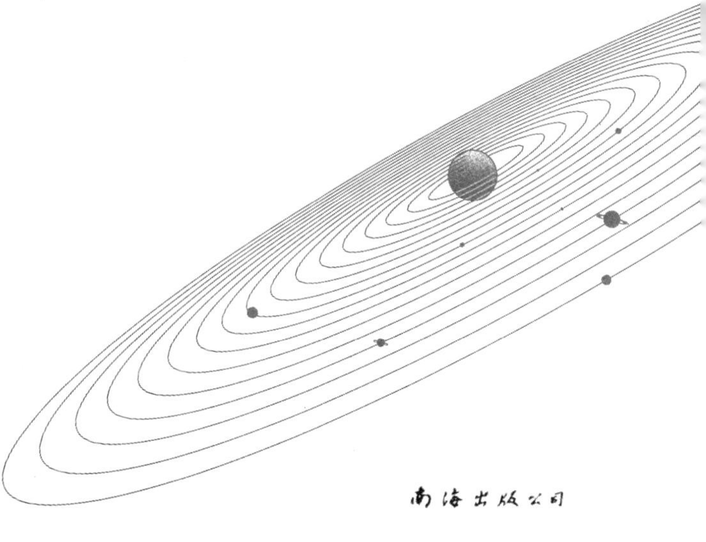

南海出版公司

新经典文化股份有限公司
www.readinglife.com
出　品

目录

Chapter 1

风过回廊

1

在犹如被击碎的水晶般的点点星光下，金发年轻人从地上车下来的那一刻，“皇帝万岁”的欢呼热烈地响彻海尼森的夜空。就像年轻人一辈子也看不厌星光一般，他的士兵们对这位引以为豪的年轻皇帝也是百看不厌。皇帝莱因哈特·冯·罗严克拉姆辉煌的金发闪耀着，举起一只手向守护宇宙港的帝国士兵回礼。欢呼声再次雷动，回荡在他金黄的发梢。那头金发正是以往与他对立的门阀贵族称他为“金发小子”，而今天士兵们称他为“金发有翼狮子”的原因所在。

宇宙历八〇〇年、新帝国历二年四月二日夜晚，二十四岁的皇帝动身离开自由行星同盟的旧首都——海尼森，这是他为了征服伊谢尔伦回廊跨出的一大步。他已篡夺银河帝国，吞并费沙自治领，消灭自由行星同盟，大部分宇宙已纳入他那白瓷般的掌中。从地理上来看，自他那柔软的指间漏出的，不过是比宇宙中一颗最小的沙粒更小的部分。就人文而言，它却是支配另一半宇宙长达两个半世纪的政治势力最后的根据地。只要它存在，莱因哈特一统全宇宙的壮丽拼图就无法完成。

舰长塞德利兹准将毕恭毕敬地行礼后，莱因哈特步入帝国军总旗舰伯伦希尔。皇帝大本营的幕僚们以统帅本部总长奥斯卡·冯·罗严塔尔元帅为首，加上并非幕僚的近侍艾密尔·冯·齐列在内约有二十人，在其后尾随进入。

“玛林道夫小姐。”

随着皇帝的呼叫，进来一位年轻女子。她就是国务尚书玛林道夫伯爵的女儿——担任皇帝首席秘书官的希尔格尔，昵称希尔德。比皇帝小一岁的她留着一头暗金色短发，看来就像一位聪明活泼的美少年。

“陛下，有何吩咐？”

“朕忘了跟你确认，交代你去处理的事，办妥了吗？”

足智多谋、人称可抵一个舰队武力的伯爵小姐，对于莱因哈特抽象的询问，不假思索地回答道：

“请陛下放心，我已将您的吩咐传达给负责人。我想您不会再看到那令您不悦之物了。”

皇帝优雅地点点头，显得十分满意。在动身离开行星海尼森前，莱因哈特下达了唯一一个破坏非军事性建筑物的命令，目标是被称为自由行星同盟之父的亚雷·海尼森的巨大铜像。

至于亚雷·海尼森的纪念馆和墓地，莱因哈特则不予干涉，因为他下这道命令的用意并不在于夸示武力。破坏铜像不仅是出于他的审美，也是他对被竖立铜像之人的羞耻心的反讽。莱因哈特的一生与建造巨大雕像夸示权力与权威的精神病毒无缘。

因此，他特意下了敕令，将自己的意思通令全帝国——只要罗严克拉姆王朝继续存在下去，在任何一位皇帝死后十年内，都绝对禁止建造该皇帝的雕像，而且以后建造的皇帝雕像大小也不得超过真人尺寸。

“如果海尼森真是个值得同盟人民敬仰的人，那么他也会同意我的处置。巨大的雕像绝非一个正直之人能承受得起的。”

年轻的征服者对希尔德说，并对她点点头。一瞬间，他的思路就从地上转往宇宙了。

就在此时，弗利兹·由谢夫·毕典菲尔特和亚德鲁贝尔·冯·法伦海特两位提督已先皇帝一步离开行星海尼森，率领各自的舰队前往伊谢尔伦回廊。他们两个人都是积极进攻型的战将。尤其是毕典菲尔特统御着“黑色枪骑兵”舰队，一直享有猛将盛名。

这趟自去年持续至今的远征，一直由毕典菲尔特担任先锋指挥官。他确立的实际功勋自不必说，仅仅是威名所具有的破坏力就非比寻常。

对于他的骁勇善战，据说其他帝国军幕僚曾如此议论过：

“毕典菲尔特在最前线吗？”

“你有没有搞错！只要有那家伙在的地方，就是最前线。”

用帝国宇宙舰队司令长官渥佛根·米达麦亚元帅的话来说，这段小插曲很有可能是毕典菲尔特自己杜撰的。但用这些话来形容毕典菲尔特倒是相当贴切，谁都无法提出异议。

与皇帝莱因哈特同时从行星海尼森出发的，有帝国宇宙舰队司令长官渥佛根·米达麦亚元帅，以及奈特哈尔·缪拉和亚伦斯特·冯·艾杰纳两位提督。按照计划，他们要在前往回廊的途中与舒坦梅兹提督会合。

另外，奥古斯特·沙姆艾尔·瓦列提督也自帝国名义上的首都奥丁出发，经由费沙回廊远道赶来。即使不算拨出来守卫费沙回廊的克涅利斯·鲁兹提督的战力，此次动员人数之众也相当惊人。

而警戒行星海尼森的任务，则交由格利尔帕泽提督负责。他是前一年以高等事务官身份被派至海尼森的菲尔姆特·雷内肯普的旧部。出发前皇帝曾提醒他说，在拔擢人才时，务必以公正宽大为宗旨。结果格利尔帕泽令人佩服地回答说："在罗严塔尔元帅到任前，海尼森就暂且交给下官吧。"

奥斯卡·冯·罗严塔尔元帅现任帝国军统帅本部总长一职，在征服伊谢尔伦回廊后，他将冠上新领土总督的名号，统辖昔日自由行星同盟的全部领域。今年他三十三岁，比皇帝年长九岁。他将担任皇帝的代理人，统治近一半新帝国领域的广大宙域。迄今为止，罗严塔尔几乎完全满足了皇帝在征战和经略方面近乎贪婪的要求。待全宇宙的统一大业完成后，他将面临来自完全不同领域的考验——是否足以凭借自身才干，担任广大占领区的行政官。不过，至今还没有人怀疑过他的才干。

另一方面，梅克林格提督率麾下舰队在伊谢尔伦回廊的另一端摆开阵势，已经遏制住杨威利等人的后方。一张包围回廊前后的巨网即将完成。

莱因哈特组成如此庞大的阵容，并动员身经百战的各位名将，只是为了讨伐一个人。

此人就是前自由行星同盟伊谢尔伦要塞司令官兼要塞驻留舰队司令官——杨威利元帅。在同盟末期，对莱因哈特及其麾下的提督们来说，同盟军就等于杨威利。在他们精神层面的内外，都飘着带有浓浓酸味的赞赏。有多少位名将、多少次败北，都因杨威利一人！

说得更讽刺一些，实际上就是偌大的帝国为了击败一个人，动员了所有武力。从国家的角度来说，他们是为实现帝国的统一大业，同时也是为了避免让杨威利成为反帝国势力的核心。

在堪称“移动大本营”的战舰伯伦希尔上，皇帝的办公室中，莱因哈特本来正忙着探讨今后具体的作战计划，却忽然把冰蓝色的眼眸转向秘书官希尔德，扬声说：

“如何？玛林道夫小姐，你现在还是反对朕亲自出征？”

聪敏的伯爵小姐反对皇帝亲征杨威利之事众所皆知。莱因哈特注视着美丽的首席秘书官，笑容间隐隐带着恶作剧般的表情。话虽如此，他询问希尔德并不是想让她屈服于自己，而是希望她提出反论。

“老实说，下官还是反对。”

希尔德看出了莱因哈特的用意，便如此答道。听到这句话，眉清目秀的年轻征服者感到身体的节奏一阵轻快，证明了他的精神活力仍然汹涌澎湃，正寻找着伸展的天空。

“没想到伯爵小姐竟是这么顽固啊！”

莱因哈特无视自己的个性，开朗地笑起来。希尔德也不知为什么，脸上微微飘过一阵红晕。

“原来陛下早就把我的脾气摸得一清二楚了。”

这可有点不公平了，不是吗？希尔德心想。她至今仍然反对亲征，因为她了解莱因哈特想要亲征的真正动机，并不是政治或军事上的理由，完全是出于他个人的尊严和竞争意识。这种意识中也包含他对竞争敌手的尊敬与期待。假设杨威利放弃抵抗、不战而屈，向皇帝跪地求饶，莱因哈特会有什么感想呢？虽然这是他自前一年以来热切期盼的事，但成为现实的话，他心中不免会感到失望吧。现在，皇帝把杨威利奉为战斗对象，并且以最高礼节——倾尽无人可敌的智略和压倒性的兵力——来面对杨。

对于帝国军这一举动，杨威利将作何反应？他会坚守易守难攻的伊谢尔伦要塞，还是挥军前进至回廊出口的艾尔·法西尔，挑起舰队大战？实在令人难以预料。

2

现在，帝国军的战线已形成一条超越一万光年的长而粗的光龙，以C字形穿过人类支配的整个宇宙。光龙的头部在伊谢尔伦回廊的旧同盟领土方位，尾部则在伊谢尔伦回廊的旧帝国本土方位。若是伊谢尔伦要塞陷落，被纳入帝国版图，那么光龙将首尾衔接，以O字形环拥宇宙。

如此绵长的行动线，原本是军事学上的一大忌讳，但若是敌我在战略上优劣差别过大，这就不是弱点了。置身伊谢尔伦要塞的杨威利不敢采取大胆的行动，即使帝国军队伍长长地伸展开来，他也无法自侧面发动攻击。如果说帝国军是一条光之巨龙，伊谢尔伦要塞无异于一枚小小鸟卵。从战略上来说，两者之差真有天壤之别，杨威利必须借助战术上的胜利，才有可能扭转战略上的明显劣势。目前，他的处境和巴米利恩会战时一样步步艰险。然而，莱因哈特内心那头勇猛自负的有翼狮子，绝不会满足于只在战略方面将杨威利赶至穷途末路。

“无论杨威利有多少奇谋，走到这一步，他在军事上只有两个选择。一是前进应战，一是撤退防守，如此而已。但他会作何选择？他会采取什么方法来对付朕？这倒颇值得玩味。”

霸气所至，莱因哈特起而行之。行动上的自由是战略优势的保障。他决定一直穷追不舍，迫使杨发动反击，这也是因为他拥有稳稳控制百分之九十九的宇宙的绝对优势。

只是莱因哈特还没有完全掌握推动历史和人类所需的王牌，他那伟大的劲敌也处于相同的情况下。

出乎莱因哈特意料之外的噩耗，在四月十九日将地震波从费沙远远传送而来。费沙的代理总督官邸发生恐怖爆炸行动，工部尚书席尔瓦贝尔西身亡，军务尚书奥贝斯坦元帅、费沙代理总督博尔德克及费沙方面军司令官鲁兹一级上将受伤，其他伤亡人员共四十一名。消息经超光速通信传来后，正要踏上远征之途的“金发有翼狮子”冰蓝色的眼眸射出熊熊烈焰，一时为之沉默。

只有前进，莱因哈特才能找到生存价值。而企图以无形的污秽锁链来束缚其前进的恐怖行动详情如下：

四月十二日，来自帝国本土的奥古斯特·沙姆艾尔·瓦列一级上将，与从旧同盟领地来的克涅利斯·鲁兹一级上将再度在费沙会合。他们曾是齐格弗里德·吉尔菲艾斯的左膀右臂，在利普休达特战役中一同获得胜利。这时，前者正精神昂扬、步伐坚实地赶往伊谢尔伦方向的主战场，后者却只能带着败北的创伤，奉令留驻此地。

鲁兹的新头衔是“费沙方面军司令官”，负责警戒新帝国最大的交通、物流及通信要道。这项职务自然不能等闲视之。但眼看与杨威利的最后决战即将爆发，他却被迫从最前线撤回，这对军人而言实为莫大的憾事。他失去了洗刷被杨威利以诡计再次夺回伊谢尔伦要塞之耻的机会，只好让主君和同僚去为自己报仇。

瓦列不禁对这位同僚深表同情。因为中了杨威利的诡计，鲁兹过去立下功勋的荣耀全部化为乌有。他也经历过这种令人无法忍受的失败。然而，如果直率地表示同情，只会徒然加深鲁兹的伤痛。瓦列明知博尔德克是为了向自己和鲁兹献媚，但还是答应参加他为二人举办的欢送兼欢迎会，他认为这也是一个安抚鲁兹的机会。晚宴在十九时三十分开始，瓦列左手的义肢不太灵活，调整好义肢赶到会场时，已是十九时五十五分了。

高性能军用炸药爆炸的时间，恰好是他到达之前的十九时五十分。瓦列得以避开恐怖行动，幸免于难，反倒是托义肢的福。甚至可以说，这或许是前一年讨伐地球教本部时，向他挥舞毒刃的狂热信徒的功德。先不说这些，他在惨剧发生五分钟后赶到现场，冷静地给处于混乱和狼狈中的人们下达指令，成功地控制住即将造成恐慌的事态。人们对这位毫发无伤的提督感到无比信赖。

席尔瓦贝尔西立刻被送往医院。由于大量出血且头骨内有金属片嵌入，他无法恢复意识，心脏于二十三时四十分停止跳动。

罗严克拉姆王朝中最高级别的技术官员在这场恐怖行动中殒命了。席尔瓦贝尔西曾有两个野心：其一，健全新王朝的社会资本与产业基础，创造征服之后的经济建设新时代；其二，让自己成为指挥经济建设新时代的技术官员的核心人物，并伺机登上帝国宰相的宝座。“这两个愿望并不是遥不可及的！”他信誓旦旦地放言。的确，他实现愿望的可能性很大，但如今他的野心只能随他一起从世间永远消失了。

暗杀事件发生后，瓦列延后了离开费沙的日期。他向莱因哈特报告了事件经过，同时为席尔瓦贝尔西举行临时葬礼，并坐镇指挥搜查嫌疑人，进行各项善后处理工作。

“没用的暗杀者！反正要暗杀，干脆一起把奥贝斯坦干掉，这样或许还会有人赞赏呢。”

瓦列当然没有把这些话说出来，但他对鲁兹和另外两名伤者在态度上有明显差异，是不容否认的事实。对于奥贝斯坦，他只是尽对上司应有的礼貌，前来探视一番，加上有医生的指示，所以立刻就退出了病房。对于博尔德克，他仅派副官代为问候，自己则亲自前往鲁兹的病房。或许预示着鲁兹命运的曲线多多少少有所上升，他并没有伤及内脏，两个礼拜后就可以出院了。虽然躺在医院的病床上，他的精神反而更有活力。当瓦列前来探望他时，他对瓦列说：

“我怎么能比奥贝斯坦先死呢？我要在他的葬礼上念上一段虚伪的悼词，顺便在心中对他吐舌头。我就是为了等待这件事，才至今都没有战死。”

军务尚书也太招人厌恶了——瓦列把自己的心声搁到一边，苦笑起来。他当然非常了解鲁兹的心情。三年前，对齐格弗里德·吉尔菲艾斯之死的惋惜之情，在他心中形成一支反感的箭，直刺奥贝斯坦的背脊。

最终，在事件发生一周后，瓦列启程离开了费沙。根据莱因哈特的命令，该地警戒和搜查犯人的任务都交给了鲁兹的助手荷兹拜亚。待奥贝斯坦和鲁兹完全康复后，这些任务当然会再交给他们。

“犯人可能是地球教的残余，或是潜伏于地下的前自治领主鲁宾斯基一伙人。没想到，他们竟敢在这个重要的时机惊扰皇帝陛下！”

荷兹拜亚不禁咋舌，正是因为在“这个重要的时机”，犯人才会不择手段地在帝国军后方从事破坏活动。但他们并未得逞，除了已死亡的工部尚书席尔瓦贝尔西，犯人要刺杀的对象主要是帝国军的三名最高官员，但这三人中，奥贝斯坦和鲁兹只受了轻伤，瓦列更是毫发无损。

皇帝莱因哈特接获凶讯，在哀悼失去重用的人才之余，并没有因此放慢前往伊谢尔伦方面的行军速度。他只下了一道命令给秘书官希尔德，即希尔格尔·冯·玛林道夫，下令服丧一日，并派工部次官古尔克暂时代行工部尚书的职务。

“等攻陷伊谢尔伦要塞以后，再为席尔瓦贝尔西举行国丧，目前一切便宜处置。”

莱因哈特这样对希尔德说明，但这并非事实的全部。奥贝斯坦和鲁兹只是受了轻伤；尽管比预定日期慢了几天出发，但瓦列终究已离开费沙；莱因哈特也没有因为这次恐怖行动中断征途——凡此种种，将使犯人焦躁不安，并企图再度行凶。莱因哈特已充分洞悉这一点，他甚至还期待着此事发生。他只需要求奥贝斯坦和鲁兹有处理此事的手腕和冷静就行了。如果在费沙发生的恐怖行动变成动乱，可以命令瓦列舰队掉头平定。若事态仍不可收拾，才需要莱因哈特本人作打算。反正在此之前，莱因哈特完全没有令旗舰伯伦希尔掉头的想法。

首席秘书官希尔德也不赞成莱因哈特在此时改变方针。她只陈述了一点意见，希望皇帝能厚恤席尔瓦贝尔西的遗族。莱因哈特或许稍稍误会了她的意思，又或许是假装误解，想搞清楚她在战略上的见识。

“玛林道夫小姐，你是不是有什么话要告诉朕？”

经此一问，她倒真有一件事想唤起莱因哈特的注意。

“陛下，如果杨威利从伊谢尔伦要塞出击，进攻帝国本土，您该怎么办？万一梅克林格提督的防线被突破，从伊谢尔伦到帝国首都奥丁之间失去屏障，杨威利届时将如入无人之境了。”

“你说得不错！这倒不失为上策。杨威利或许也想玩弄这种花招，不过前提是他必须握有充足的兵力。名将的才干受其他条件牵制，实在是件憾事哪。”

莱因哈特秀丽的双唇绘出一条讥讽的曲线，他话中影射的人是谁，没有人知道。环绕在杨威利四周的严苛环境，到底是谁的所作所为造成的？

“朕倒很想给他五个舰队，看看他还能变出什么把戏。想来挺有趣的。”

“陛下……”

“伯爵小姐，朕如果要休息的话，首先必须算清和杨威利之间的旧账才行。只有使他屈服，完成宇宙的统一，对朕来说，一切才算有了开始！”

谏言被巧妙地封住了。希尔德沉默着，只能静静地聆听皇帝的声音。

“即使如此，朕仍然感到有点遗憾。真想和那位魔术师站在对等的战略条件上，来一次正面交锋……”

希尔德这才提出反驳：

“这样的话，陛下您大可放弃这次交战，退回费沙，甚至班师回朝，返回帝都奥丁。待杨威利养精蓄锐、声势壮大之后，再与他一决雌雄即可。您又何必一定要与穷途一隅的杨威利决一死战？”

这次，换成莱因哈特默不作答了。他像是承受不住希尔德直谏的刺痛似的，不住地抚弄着胸前的坠饰。

3

渥佛根·米达麦亚元帅充满活力的灰色眼眸中，微微泛着复杂而波动的光彩。他本来就喜好敏捷迅速的行动，在不安的阴影中深思熟虑，恰与他的个性相反。当初他向妻子艾芳瑟琳求婚时，曾经烦恼得焦头烂额，但现在他心中那股不安的感觉，却又与那件事有所不同。

对于费沙的不幸事件，米达麦亚的感情极其复杂。

“奥贝斯坦没死啊？好不容易才有一次机会证明他是人类，他却把握不住。鲁兹只受轻伤，算是不幸中的大幸了。”

他的挚友奥斯卡·冯·罗严塔尔语气更是尖酸毒辣。

“单就可能性来说，即使那个‘会走路的毒药’奥贝斯坦有胆量策谋一桩惊天动地的事件，我也不觉得奇怪，而且肯定还会有后续。”

米达麦亚忽然闭口不再作声，因为这些话无疑是充满恶意的中伤之词。

米达麦亚对奥贝斯坦的厌恶是天生的禀性使然。他知道这位头发半白、装着义眼的军务尚书自有其道理，而且身负重大职责，但仍无法摒除个人的好恶认同奥贝斯坦的论调。

罗严塔尔排斥奥贝斯坦的理由和米达麦亚的又略有不同。这两个人像是在抢同一块珠宝，他们都将理想寄托在皇帝莱因哈特身上，期待有朝一日美梦成真。然而，两人的理想色彩大相径庭，所以冲突与对立自是难免。

以米达麦亚的聪颖机敏，自然不难看穿这点，但令他感到黯然的是，即使他能够正确洞察此事，也无法有什么作为。他认为即使对罗严塔尔表明自己的想法，罗严塔尔也不见得会直爽地认同。而对奥贝斯坦，他根本就不想讲。他认定奥贝斯坦与自己处于对立的角度，所以只会拒绝妥协，不愿改变心意。如果真是这样，奥贝斯坦自然容易遭受他人误解或敌视了。至于罗严塔尔，米达麦亚深信这位好友的聪敏绝对在自己之上，但罗严塔尔却将它封存起来，随波逐流。米达麦亚最近开始担心，那潮流是否将成为瀑布，坠落到无底深渊……

“战争看似漫长，又好像很短，但不管是长是短，这次总要有个了结。”

“但愿是我们盼望的结果。”

罗严塔尔的旗舰托利斯坦上正在召开作战会议，众人最后却扯到这个话题上。他们并非已厌倦战争，相反，正由于没有厌倦战争，他们才不由自主地联想到战争全面结束后的情景。这种感觉和主君的想法有微妙的不同。

“对了，那件事怎么样啦？”

听到对方有些迟疑的询问，罗严塔尔那闻名遐迩的金银妖瞳注视着好友。一半是恶作剧、一半是敷衍的声音冲击着米达麦亚的耳膜。

“咳，我不知道啊，也不想知道。阁下难道对那个女人有兴趣吗？”

“我有兴趣的是你的态度。”

两人同时沉默下来。使他们陷入沉思的就是怀着罗严塔尔孩子的女人——爱尔芙莉德·冯·克劳希。这种话题就算继续讨论下去，也似乎永远都不会有结果。罗严塔尔不想要孩子，米达麦亚和妻子却没有生下孩子。世事总以各种形式让当事人痛感它的不公。

四月二十日，率领帝国前锋部队步步进逼伊谢尔伦回廊的毕典菲尔特一级上将，在旗舰“王虎”上召开会议。敌军已近在咫尺，但为等候离开海尼森即将前来此地的皇帝莱因哈特，他必须停止前进，也必须彻底统一全舰队的意志。

这时，其中一位参谋自作聪明地提出一项建议。

“向杨威利发出和平宣言吧。如果他将伊谢尔伦要塞乖乖地献给皇帝，并发誓臣服银河帝国，则可保全他们一众的性命。不止如此，我们还可以答应他们几个条件，比如认可艾尔·法西尔或其他地方的自治权，允许其内部继续施行共和主义等。”

毕典菲尔特双眉深锁，沉默不语。副司令官哈尔巴休泰德上将和参谋长格雷布纳上将等人则互相使眼色，进行着无声的交谈。

“反正我们没有必要遵守这些条件，只要等那个被美梦蛀蚀的杨威利恬不知耻地离开要塞，到达议和会场后，立刻将他逮捕不就行了！不流一滴血就可以将全宇宙纳入陛下手中，这个计谋如何？”

“你想听听我的回答吗？”

“当然，愿闻其详。”

毕典菲尔特瞬间肝火上升，勃然大怒，震耳咆哮直冲云霄。

“以后别再给我口出狂言！要是皇帝赞同这个丑陋奸计的话，早在去年巴米利恩会战后和杨威利见面时就将他处死，轻而易举结束一切了！皇帝一心盼望的是与那个可恨的魔术师正面交战，并非不择手段地让他屈服！”

橙色头发的猛将咄咄逼人地怒视着部下。

“被陛下骂为无能，我还能忍受，但如果被讥为卑鄙，那么我冒死效命陛下到今天就毫无意义了！这个道理你还不懂吗！”

这位参谋像被毕典菲尔特的骂声狠狠地揍了一顿似的，如丧家之犬般狼狈地退出。哈尔巴休泰德和格雷布纳看看尚未恢复平静的毕典菲尔特，交换了一下视线，同意彼此的意见——我们的司令官也会如此啊。

最终，会议没有提出任何有建设性的意见，众人不欢而散。毕典菲尔特并没有完全的裁决权，虽然有违他的个性，但在皇帝再次下达命令前，他也只能安安分分地做好巩固最前线的工作。

当同僚法伦海特传来定时通信时，毕典菲尔特半开玩笑地向他哭诉最前线的无聊，让他给拿个主意，看看自己究竟该干点什么。话题就从这里开始。毕典菲尔特问道，若敌军抢先发动攻击，在皇帝抵达前，是否可以进入战斗状态？

法伦海特没有立刻回答。本质上，他和毕典菲尔特一样，都是攻击型的用兵者。但他比毕典菲尔特年长，即使皇帝不说什么，他也知道自己肩负的责任。他必须控制毕典菲尔特的锐气，避免其在皇帝到达前闯下大祸。这位水蓝色眼眸的勇将认为，这也是克制自身的一种方法。

隔了片刻，法伦海特才谈到自己的提案，他认为不妨向杨威利劝降。反正杨威利不可能答应，而在皇帝到达之前，恐怕又没有机会交战，所以也没有必要枯坐着浪费时间。不如借机探查敌军内情，来拖延纯军事方面的反应。

事实上，法伦海特并没有非常热心地提出建议。他的心思早被向即将成为战场的宙域派遣侦察舰给占据了。一个半世纪以前使帝国军蒙上败北污名的达贡星域非常接近他们的航路，这个不可磨灭的名词大大提高了他们对战场侦察工作的注意力。所以，当毕典菲尔特着手于这项提案时，法伦海特反倒大吃一惊。他更无法想象这项提案会带来何等意想不到的后果。

Chapter 2

春天的风暴

1

借达斯提·亚典波罗的话来说，“喧嚣嘈杂的春季庆典”即将来临。在庆典前夕，伊谢尔伦要塞到处洋溢着喜庆的气氛。

截至四月二十日，聚集于杨威利麾下的反帝国阵营兵力，共计舰艇两万八千八百四十艘、官兵两百五十四万七千四百名。单以数量而言，这是杨指挥军队以来兵力最强大的一次。但是在这个数字当中，有将近三成的舰艇必须修整，两成以上的兵员为同盟政府末期征召或志愿入伍的新兵，无法让他们在没有受过训练的状态下出战。更重要的是，自从与艾尔·法西尔革命政府合并后，因为战力急速膨胀，军队组织也必须重新编组。所以恢复了要塞事务总监一职，同时还兼任后方勤务部长的亚列克斯·卡介伦忙得不可开交。如果有人将他的脑神经切开看看，一定会被排山倒海而来的数字和图表无情地淹没。

当帝国军一级上将弗利兹·由谢夫·毕典菲尔特传来通告文件时，杨威利和尤里安·敏兹正在用早餐。早餐除了烤面包和红茶之外，还有乡野风味的菜肉蛋卷、青豆浓汤和奶酪。吃的人没什么反应，反倒是一旁守候的厨子眨着淡褐色的眼眸，很满足似的望着他们。看得出来，这些餐点是下过功夫、做过努力的成果。尤里安郑重地承认，这位比自己年长的弟子的确有进步了。杨则为了妻子和自己向掌管美食的女神祈祷，希望这不是偶然的产物。

向杨报告文件内容的人，就是目前担任革命军司令官助理的未来的纪实文学家达斯提·亚典波罗。他出现在TV电话画面上报告此事时，手上还拿着胡乱夹着蛋、火腿和莴笋的三明治。正如帝国方面的人所预料，接获这份通告的人也没有拿它当一份重要的文件。

“怎么样，您想确认一下内容吗？”

“嗯……看看也好，把画面传送到这边。”

毕典菲尔特传达的内容尽管保持着基本的礼节，但含义却极尽嘲讽之能事。

“对由前自由行星同盟首屈一指的将帅，变身为现在共和主义残余势力唯一将帅的杨威利，帝国军特此通告：您的抵抗破坏了和平与统一，不但无助于道德的建立，在战术层面上更是难以施展，在战略方面也不可能成功。聪明如您，不该不明白这层道理。本官秉诚忠告，您若想保住生命与些微声名，就速速撤下叛旗，乞求皇帝开恩！本官非常乐意为您居间调解，期盼接获您理性的回音……”

菲列特利加评论道：“毕典菲尔特倒是挺有挑衅艺术的天分嘛。他应该生在同盟，当个政治家就好了。”

“那就可以期待他和优布·特留尼西特来一场唇枪舌剑了，不是吗？”

杨本想这样说，但一想到这种说法有声援毕典菲尔特之嫌，遂改口道：“身为唯一将帅——你认为怎样，亚典波罗中将？”

“毫无文学性可言！”

“不，我不是说这个……”

杨端起第二杯红茶喝了一口。这是菲列特利加泡的，和尤里安泡的可说不相上下，口感相当不错。也许是错觉吧，不过能有这种错觉，倒也是一种幸福。

“我是在问你，对他们送这封通告来的目的有何看法？”

“没什么大不了的。若是皇帝亲自发出的通告还有话说，至于那个毕典菲尔特提督，就别理他了。像他那种人，率领黑色枪骑兵舰队全军前来为亚姆立札会战复仇，才是他的作风。”

杨对亚典波罗的观察和判断颇有同感。只是毕典菲尔特采取的战术全都是根据莱因哈特的智谋和心态决定的。如果他没有接受皇帝的指示擅自行动，杨必须赶紧想出临时的应变措施，同时也得重新修正长期的计划。这是毕典菲尔特独断专行发出的通告，还是皇帝莱因哈特亲下的指示呢？是认真的，还是走走形式？是佯攻，还是期待我方内讧？

“要不要回复，阁下？”

杨的妻子兼副官菲列特利加·G·杨问道。当外人在场的时候，这位有金褐色头发和一双淡褐色眼眸的女子就会对丈夫使用敬称。这已是一种自然的习惯了。

“这个嘛，你认为怎样，尤里安？”

杨年轻的被监护人用手指拨弄着亚麻色刘海。他比杨年轻十五岁，今年将满十八岁，以“利落匀称的身躯和四肢，纤细而清新的容貌，宛若年轻的独角兽”的形容流传后世。

“我认为置之不理也不为过，但是从礼仪上来说，好歹对方也是毕典菲尔特提督，不妨就回他一封信吧，您觉得如何？”

“是啊，或许该这么做。”

杨点点头，但身旁的三人看不出他是否已做出最后决定。

“以不及昔日一个舰队的兵力，与拥有九成宇宙的敌手对抗，当恐惧和紧张达到极致时，发疯都不足为奇。但谁也没有发疯，这是为什么……”

“因为全体人员一开始就已经疯了！”

奥利比·波布兰中校对着宇宙朗读虚构的文章，亚典波罗隔着肩膀投去厌恶的眼光。在高级军官专用图书室中，亚典波罗正在写他名为《革命战争的回想》的笔记。

“写这种太容易猜出结果的文章，还没等到读者扫兴，出版社就早早地厌烦了。得写些更新鲜刺激的东西才行。”

“少废话！你这个自称击坠王的家伙。在自吹自擂之前，请先想想自己究竟怎么样。有这些闲心，早就该想出个对抗帝国军‘皇帝万岁’的口号来了！”

亚典波罗大感不悦，因为他想起前几天自己前往年轻军官聚集的地方时，波布兰竟对他说“三十岁以上者谢绝参加”。他是旧同盟军中最年轻的提督之一，这年刚满三十一岁。

“我从不做先寇布中将那样的坏事，为什么还是非得变成三十岁不可？”

亚典波罗在去年步入三十岁之际，带着一半黯然和一半愤慨，对大自然的不公发出不平之鸣。

被指为“活生生的不公平”的华尔特·冯·先寇布，抓抓略为凸出的下巴，从容地答道：

“我可不想什么坏事都没做，就毫无意义地到了三十岁哪。”

现在，面对亚典波罗的反击，波布兰爽快地点头应和。

“我想好了！民主万岁！”

“只这一句，实在不够华丽。”

“事实上，也不是没有另一句。”

“洗耳恭听。”

“去死吧！皇帝！”

这句话听起来受用多了。和前面那句比起来，这句话最富有共和主义的表现力——未来的纪实文学家用奇怪的用语评论道，脸上却不经意地流露出不快之色。

“结果我们还是得借用‘皇帝’一词来编出欢呼的口号，这可一点也不好玩。我们可以说是语言的寄生虫啊！”

与亚典波罗和波布兰之间的轻松话题相反，一场阴森可怖的会谈正在艾尔·法西尔独立革命政府内部秘密进行。面对帝国全面进攻的压力，罗姆斯基主席一面与伊谢尔伦革命预备军司令部保持联系，一面被逼寻找对策。一位政府运作委员向他献上一计：

杨威利再怎么神通广大，在有绝对优势的大军面前都必败无疑。当杨失败之后，艾尔·法西尔也在劫难逃。值此之际，我们势必要在革命政权和杨及部属间做出选择。因此，不如将杨等人和伊谢尔伦要塞交给帝国军，以此要求帝国承认我方革命政权的自治权。我们就谎称帝国军已提出承认自治权的提案，将杨从伊谢尔伦要塞骗出来。只要把杨抓起来，伊谢尔伦便会瘫痪。如此一来，我们再慢慢和帝国军交涉就行了……

这和在帝国军阵营内部被毕典菲尔特一脚踢开的策略是相同的。具有讽刺意味的是，杨威利的政治构想被这些低层次的玩弄权术者抓到了弱点。他们都清楚杨威利的最终目标是与帝国和平共存，因此只要提出这种方案，杨威利必无拒绝之理。

罗姆斯基医生呆呆地看着这位委员，过了几十秒，才终于爬上理性的彼岸。他猛然摇头表示拒绝。

“不行！不能这样做！请杨提督前来，借他的声望和武力号召民众的原本就是我们啊！我们出卖了他，民主共和政体的神圣精神会遭到玷污。暗杀列贝罗议长的那伙军人在皇帝面前下场如何，你们想想看！我绝不同意这种无耻的计谋！”

罗姆斯基的决定并非基于政治因素的考虑，只是出自个人的道德感。但正因如此，众人加诸自由行星同盟评议会议长姜·列贝罗的恶评才没有指向他。很明显，罗姆斯基非常缺乏处理现实问题的能力。也许在潜意识中，他明白在历史的某些时期，理想会比现实重要。

无论如何，罗姆斯基的决定使杨再次避免了被文人政府出卖给帝国的危机。

2

杨并非全知全能，所以无法察知所有不利于己的恶意和阴谋。首先，横亘在他眼前的名为莱因哈特·冯·罗严克拉姆的巨大恒星放射的光芒耀眼夺目，让人完全注意不到其他小行星的蠢动。

决战迫在眉睫，在战端开启前，杨再次确认了自身的立场。自己究竟为何而战？为什么非要向莱因哈特索取成立自治领的约定不可？

因为事关民主主义的基本理念、制度及运作方法，必须有人将这种知识传给后世，不管他所做的事有多微不足道，这个原则也将永远不变。

专制政治虽居于一时的胜利，但随着时间的流逝和世代的交替，统治阶层的自律性将渐渐松散疲软。没有人会批评，没有人会处罚，欠缺自省这种理性能力的人将加速自我膨胀，独断专行而不知悬崖勒马。惩罚专制支配者的人不存在了，因为不受任何人惩罚的人才会成为专制支配者。

于是像鲁道夫大帝、“低能的吉斯穆特”、“流血的奥古斯都”等人物，便得以滚动绝对权力的巨轮碾压人民，染红历史的道路。

对这种社会体制存疑的人终会出现。届时，只要有与专制政治不同的社会体制形态存在，就可以减少存疑者的痛苦和试验失败的时间了，不是吗？

然而，这只不过是渺小的希望种子罢了，并不能像自由行星同盟政府曾经高唱的“消灭专制主义！民主主义永存！”那样，成为一种壮丽的宣言。杨并不相信任何一种政治体制拥有所谓的“永远”。

只要人心存在两面性，民主政治和专制政治也将在时空轨道上并存。即使是在民主政治盛极一时、达到顶点的时代，期望专制政治的依然大有人在。在这些人当中，有人怀有支配他人的欲念，更多的人却希望被他人支配、服从他人，因为这样可以活得较为轻松。只需要等别人来告诉他，什么是可以做的，什么是不可以做的，然后服从指导和命令，就可以在触手可及的范围内得到自身的安定和幸福。有人就是会满足于这样的生活吧！然而，只能在栅栏内拥有自由和生存的家畜，有朝一日终会死于饲主的刀下，成为餐桌上的牺牲品。

专制政治权力的罪恶更为凶暴，理由之一就是没有在法律和制度上确立人民批评专制政治的权利，以及矫正专制政治的资格。杨威利经常毫不留情地批评国家元首优布·特留尼西特及其党羽，但他从未因此遭受过法律制裁。虽然他也为此遭遇过不少刁难，但当权者却得一一找出另外的借口才行。这完全是拜民主共和政治的原则——言论自由所赐。政治上的原则是应该尊重的，因为它是阻止掌权者随心所欲的最大武器，也是保护弱者的坚实盔甲。为了将这种原则流传到后世，杨不得不舍弃个人意念，与专制主义奋战到底。

确认过上述立场，杨接着思考实际的对策。要如何才能击败那个战争天才莱因哈特？

如果在回廊外排开舰队，势必会被大量的帝国军包围。即便企图引诱帝国军进入回廊，一旦用兵神速的米达麦亚元帅迅速闯入，阻断回廊的入口，那么很可能所有的战术都还来不及施展，就会被大批兵力包围，只能落得全军被歼的后果。

“难道只能引帝国军进入回廊？”

话虽如此，谁也不敢保证能一战而胜。

即使要引莱因哈特进入回廊，也有两种完全相反的方法。一是故意败北，使皇帝因胜利的骄傲而自满；二是倾全力取得胜利，让皇帝因败北的耻辱而大怒。

“两者都行不通啊！”

杨自忖道。如果莱因哈特那么容易因小小的胜利而骄傲，或因一时的失败而震怒，杨今天也不用如此辛苦了。从身为旧高登巴姆王朝的将帅之日开始，莱因哈特就一直是先创造战略方面的条件，再在战术方面充分发挥天分。在亚斯提会战时采取的各个击破战法，对莱因哈特而言不过是雕虫小技。真正证明他伟大才能的，是在后来的多次战役中，他在大量兵力的运用、补给的完备、人事的安排、地利的确保及开战时机的选择等各方面的表现。自由行星同盟末期的战争，完全是在莱因哈特设定的战略状况下进行的。可以说，在战场上第一道炮火打响之前，胜负就已成定局。

伊谢尔伦要塞如今并不具备战略意义。在杨看来，回廊两端在帝国军的支配下，如同被封锁在袋子中，孤立无援。不过或许只是他想得太多，帝国军的行动线和补给线拖得这么长，正是因为伊谢尔伦没有落入帝国军手中。这点是轻视不得的。

相反，要塞在战术上的意义却非同小可。以纯粹的武力来说，伊谢尔伦要塞的确有易守难攻的价值，要塞主炮“雷神之锤”更是具有无与伦比的破坏力。

更进一步而言，它还具有政治方面的意义。不败的杨威利以易守难攻的伊谢尔伦要塞为根据地，坚持抵抗新生的罗严克拉姆王朝，这个事实已向整个宇宙正式宣告民主共和政治将继续存在，并成了支持民主共和政治者的精神支柱。即使这并非出于本意，杨也无法否认自己已具有偶像的价值。

但是，无论它具有何种意义，一旦讲和，伊谢尔伦势必将并入帝国版图。当情况危急时，杨钟爱的这座要塞也只能成为政治交易的一个筹码。

尽管如此，如果想展示一下双方军事力量上的差距，在战术上一较长短的话，简直是痴人说梦。这是事实，但仍有办法使帝国巨大的军事铁壁产生裂隙。

军神之子——那位金发的霸者，极欲和杨一决雌雄。杨也深知此事。如果想抓住胜利的先机，就只有抓住莱因哈特心理上的空隙了。

杨的构想有点近乎妄想：利用战术上的胜利，把莱因哈特拖入和谈，迫使他承认施行民主共和政治的行星的存在，并承认其拥有自治权。这颗行星可以在艾尔·法西尔星域，也可以在更为偏远的未开发之地。当整个宇宙除了该行星外都陷入专制的寒冬时，必须有个温室可供培育弱小的民主政治幼苗，直到幼苗成长起来，足以承受严寒酷暑。

因此，杨认为必须战胜莱因哈特。或者，输给莱因哈特会不会反而更有利？在杨败北之后，莱因哈特也许会善待追随杨的官兵，以最高的礼遇遣散他们，让他们各自去寻找未来。

或许这样真的比较好。毕竟杨的能力有限，没有杨的话，部属们或许能拥有更广阔的未来。

尤里安将红茶送到勤务室。杨两脚搁在桌上，开口说道：

“莱因哈特皇帝似乎有意和我交手呢。如果违背了他的期望，他可能永远都不会放过我。”

杨半开玩笑地说着，心中却不免暗忖，这个分析是正确的吧。正因为答案是肯定的，杨才无法避免和莱因哈特交战。尤里安泡的红茶依然那么完美，杨满意地吐了口气，说：

“事实上，如果这种想法是我自己过度膨胀，倒还无所谓。不过，莱因哈特高估我了，我只是浪得虚名罢了……”

巴米利恩会战后，莱因哈特曾经向他伸出召唤之手。莱因哈特允诺杨，只要归顺帝国，定会重用他。但杨拒绝了。和已故的比克古提督一样，杨也无法和专制统治者握手言和，无论统治者的手有多么漂亮、温暖。正如莱因哈特有莱因哈特的个性一样，杨也有杨的个性，他无法在那个性之下得到自我的解脱。

“这就是所谓的宿命吗？”尤里安轻轻地应道。

杨威利眉头深锁。尤里安满脸通红，他意识到使用的词毫不符合自己的思考方式。但不管尤里安的话有多肤浅，只要是真正发自内心的想法，杨都会认真而温和地给予回应。

“命运还说得过去，宿命的话就实在惹人厌了。宿命有两种意义，对人而言都是侮辱。其一，它会使人停止思考和分析；其二，它会使人类的自由意志变成毫无价值的废物。从来就没有什么宿命的对决，尤里安，人无论身处何种状况，最后还是要由当事者自己抉择。”

杨这些话有一半以上是说给自己听的。

杨不愿将自己的选择以一句“宿命”草草搪塞过去。他从不认为自己是绝对正确的，总是觉得一定有更好的方法、更正确的途径。从身为军官学校的学生起，甚至到后来统领千军万马时，他都坚持着这种想法。尽管信赖他的人和批评他的人都有很多，却从没有人能站在他的角度替他设想，所以杨只能在自身才能和器量的范围内思考和烦恼。如果一句“宿命”就能解决一切，那么凡事就轻松多了。即使杨错了，他也希望这份错是出于自己的责任。

尤里安凝视着敬爱的提督的身影。和六年前第一次见到杨时比起来，尤里安足足长高了三十五厘米。现在，他只要把头发拉长半厘米，就有一百八十厘米高，已经超过杨了。但尤里安并不因此而自傲，他总觉得自己只是个子长高了，精神和智慧并没有随之长进。

后世的历史学家对尤里安·敏兹的看法大致相同：“虽谈不上伟大，但不失为一位诚实而有能力的领导人，在历史上留下了不小的功业。他深知自己该扮演的角色，既不过度自负也不独断专行，承接前人的脚步，充分发挥自身的才能。”

当然，也有人提出另一种苛刻的批评。

“尤里安·敏兹根本是杨威利的翻版，此外一无是处。他在民主共和政体与战略战术方面的想法，无一不是继承自杨的遗产，根本无创见可言。杨虽独断妄为，但堪称政治与军事两方面的哲学家。至于尤里安·敏兹，充其量只是上述两方面的技师……”

这种评论忽略了一个事实：尤里安是有意要做杨威利思想的忠实执行者。他这种生存方式被某些人批评为荒谬。但如果尤里安有意超越杨却失败的话，后人又将如何评断他呢？他一定会被恶狠狠地骂为“自不量力”。不过尤里安非常了解自己，为此大感不快的也大有人在。杨曾对尤里安说过一句话：

“有一半以上的人支持你，你就很了不起了。”

3

高级军官俱乐部中，杨舰队里的两个“问题成年人”端着威士忌酒杯，互相交谈着什么。华尔特·冯·先寇布泰然自若地说：

“那并不是私生子。我不知道她的存在，并没有刻意隐瞒。这是光明正大的，谁也不能在背后对我指指点点啊！”

“卡琳听了，一定会从背后踢你一脚！”

让人在背后指指点点就能了事吗？奥利比·波布兰的绿色眸子闪过恶毒的光芒。两人将先寇布的女儿卡琳，也就是卡特萝捷·冯·克罗歇尔，和奶酪、咸饼干一起当成下酒的佳肴。即使内心非常认真，也不显露出拼命的样子，这是他们共同的毛病。

邻桌的达斯提·亚典波罗端起酒杯。先寇布和波布兰曾邀他同坐，但他以“不想感染不纯病菌”为由不肯靠近他们。尤里安想，他可能还在为前几天的“三十岁以上者谢绝参加”生气。

方才一直装作孤傲的亚典波罗似乎有点无聊了，便吆喝在走廊散步的尤里安来做伴。尤里安好不容易喝完一杯酒，亚典波罗已经喝完第三杯了。他脸不红气不喘地说，决战将至，却不见杨舰队的将领面露惊恐之色，应归功于杨的为人处世之道。

“司令官人格上的影响力，不，应该说是污染力实在惊人。在杨舰队诞生之前，同僚们一定都是那种一板一眼拘泥于形式的‘标准军人’，就像梅尔卡兹提督一样。”

“总有例外吧？”

“你是指先寇布中将吗？”

“我想，不仅仅是他……”

“那就是奥利比·波布兰了。那家伙也是生性古怪。”

亚典波罗露出恶作剧般的笑容，尤里安只得苦笑。亚典波罗和杨之间的交情，自军官学校时代算起也有十五年了，他受到的“污染程度”自然非先寇布等人能比。

“教你一句好话吧，尤里安。”

“什么？”

“这个世界上最有力的台词！不管是正论还是雄辩，都敌不过这句话！”

“如果是免费教授的话……”

“嘿！这倒也不失为一句好的说辞，但还是……敌不过我这句。我这句话就是，‘那又怎么样’。”

或许是酒精在作祟吧，尤里安的反应有点迟钝了。亚典波罗自顾自地笑起来，然后说，前几天帝国军的毕典菲尔特提督传来通告时，回函是以他的名义寄出的。

“回函太草率的话，往后就麻烦了。”

“尤里安，从正面真刀真枪地对决，战胜帝国军的几率有多大？”

“胜算是零。”

“回答得真干脆呀。这么说来，采取任何行动也不会使目前的胜算再降低，所以我们做什么都无妨。”

“这似乎连三段论都算不上吧。”

“那又怎么样？”

自称青年革命家的亚典波罗脸上露出无畏的——更准确地说，是顽童般的戏谑表情，再次将酒杯注满。

“以侠气和醉狂来做事吧。反正现在要认真也认真不过帝国军。狗用牙咬，猫用爪子抓，各有各的打法。”

尤里安点点头，用指尖拨弄着空酒杯。他会接受亚典波罗的邀请，多少也有点自身的原因。因为就在刚才，尤里安和卡特萝捷·冯·克罗歇尔发生了口角。他没提这件事，是怕遭到嘲讽。

“有人说越吵感情越好，没什么大不了的。”

这绝不是开玩笑。当时，卡琳一面将视线落在单座式战斗艇斯巴达尼恩的操作说明书上，一面运送整备用具。看到这情形，尤里安心中不禁大叹巧妙。不料，卡琳却差点迎面撞到墙上，说明书和用具散落一地。于是尤里安帮她捡起地上的东西，两人你一句我一句，不知不觉地偏离了社交性的谈话。不过，首先开火的应该说是卡琳。

“中尉你可不像我这么笨拙，据说不论在哪一方面，你的成绩都很出色嘛。”

即使是洞察力和感受性比尤里安差一千倍的人，也不难理解卡琳的话中之意。如何回应卡琳尖酸的话锋呢？实在难以决定，又不能默不作声，尤里安便在脑海中搜寻自己的语言档案。

“那只是因为在我周围有多才多艺的人，便跟他们学了点东西，如此而已。”

“是啊，你碰到的可都是些好老师！”

难道卡琳在忌妒我？尤里安觉得有点不安。他从小就在卡琳的父亲、波布兰中校及其他人的呵护下长大，这在她的眼中或许是过分地独占特权。不管怎么说，卡琳自出生到今天的十六年间，也只和父亲交谈过一次。而且连这唯一的一次谈话，也不是在充满慈爱的氛围中进行的。尤里安也非常希望能为他们父女俩调解，但连波布兰中校都无法顺利做到的事，他更没有能做到的道理。尤里安犹豫了一下，最后从脑海中的语言档案里挑了一句最无聊的话：

“先寇布中将是个好人。”

话还没说完，尤里安就开始后悔了。卡琳用夹杂着轻蔑和讥讽，并充满反感色彩的视线逼视着尤里安。

“是吗？用男人的眼光来看，或许他还令人眼红呢。想做什么就做什么，只要是女人，他谁都喜欢！”

尤里安顿时觉得心里憋得难受，后悔之意全消，满腔怒气袭上心头。

“这是你一厢情愿的说法罢了！难道你母亲是那种只要看到男人就说好的女人？”

少女蓝紫色的眼眸里闪耀的几乎全是怒气。

“这句话还轮不到你——不，不需要您来说吧！中尉！”

她故意补充道。这并非基于礼貌，而是恰恰相反。

“是你逼我这么说的！”

自己真是说了一句既不明智，也无法让人宽恕的话。尤里安不禁觉得十分苦涩。这种时候，他最羡慕先寇布和波布兰了，因为他们的精神层面是那么成熟自然。如果说自己看起来算是聪明一些、灵活一些的话，是因为对方更有器量，他们是在刻意地配合，使自己能跟得上而已。杨、卡介伦、先寇布、波布兰、亚典波罗……和他们比起来，自己显得何其幼稚和小气，竟然连一个比自己年轻的女孩都应付不了。

结果，卡琳留下一个胜似狠狠掴对方几巴掌的白眼，晃晃那一头淡红茶色的头发，以介于走和跑之间的速度转身离去。尤里安仿佛迎接天使降临一样，既慌乱又狼狈地目送着她的身影。感情和理智还兀自交杂一起，尚未理清头绪，他就被亚典波罗抓来当酒伴了。

不止如此，当尤里安不在场的时候，这件事甚至成了某些人的下午茶点心。亚列克斯·卡介伦在百忙中好不容易抽空回家休息，一面被两个女儿缠着不放，一面将无意中看见尤里安和卡琳发生口角的事告诉夫人。不过，他很保留地没有说出“这样的话，我们的莎洛特·菲利丝就比较有希望喽”。

“看来尤里安这小子比我想象中还呆。如果他够机灵的话，应该懂得如何抓住女孩子的心啊。”

“哎呀，尤里安本来就是个笨孩子嘛。”

卡介伦夫人一面将自己做的奶酪蛋糕切开，一面若无其事地纠正丈夫的看法。

“这孩子很用功，学什么会什么，却一直生活在自己的世界里，对别的快乐理都不理，这可不是聪明人的生存之道哟。大概是被杨先生影响的关系，才会变成这样吧？”

“总归是监护人的责任喽？”

“把尤里安送到这位监护人那儿的仁兄，是不是也负有责任呢？”

“那时候你也没有反对啊。”

“当然。我当时认为这样做很好，现在也这么认为。你后悔当初做了这件善事吗？”

这位人人称赞的能干军官把奶酪蛋糕囫囵塞进嘴里，便匆匆钻回堆积如山的文件中。

4

尽管没有人将眼前的决战太当回事，但紧张的气氛似乎已渐渐高涨。杨舰队的军官们交头接耳，略有些兴奋。

“如果真要和黑色枪骑兵来个正面交战，咱们应该先注销户籍才对！干脆先把结婚和离婚各来一次吧！”

“你打算一个人结婚离婚吗？真是了不起！”

“你想在背后打个洞用来呼吸吗？”

“哈！不管怎样，我们都是螳臂当车。不过如果命中要害，即使对方是巨象，大概也会踉跄倒地吧！值得咱们放手一搏！”

在理论武装方面，杨的部下并不比司令官辛苦。当然，其中的代表人物是达斯提·亚典波罗。

正如他宣称的那样，他的确为帝国军毕典菲尔特提督的通告撰写了回函。第一份文稿写得太下流，被他撕掉了；第二份文稿他又觉得措辞太强硬，因而作废；到了第三份文稿，他终于向杨提交，请求发文。

“你认为这就是高贵而稳健的作品吗？”

杨一副正替学生作文打分数的老师模样，不住地摇头。这是在战舰尤里西斯上召开的参谋会议中发生的事。

“致屡战屡败、军衔却不降反升的奇迹人物——毕典菲尔特提督：阁下的缺点在于勇气和思虑并不均衡，想纠正这个毛病的话，就来攻击我军吧！我们会给阁下一个最后的成长机会，让阁下在失败中汲取教训……”

杨耸耸肩，将文件传给邻座，然后拿下贝雷帽拨弄头发。

“这样写会激怒毕典菲尔特提督的。”

“我正有此意！让他原来就过剩的血气全部直冲脑门！”

“老是失败的男人”——毕典菲尔特的确有这种负面形象，但这个评价并不公平。他因为在用兵上欠缺弹性导致失败，也只有亚姆立札会战中那一次，在其他战役比如与自由行星同盟军或门阀贵族联合军的多次交战中，他总是获得胜利。而他那阳刚个性的破坏力，连同一阵营的罗严塔尔和米达麦亚都无法否认。但亚典波罗目前的任务并不是分析事实，而是夸大毕典菲尔特的负面形象。

“我明白亚典波罗中将的意思，但文章内容不够简洁，阁下如果不拿个人的品性作为下笔依据的话，应该会更好一点。”

华尔特·冯·先寇布提出了这则负面评语。亚典波罗扬扬双眉。

“简洁的文章，对方未必能完全理解，我只是想给毕典菲尔特提督推销的商品增加一些附加值，再把它送回去罢了。我想这样做一定效果不错。”

“你是要怒发冲冠的毕典菲尔特开始蛮干吗？但皇帝一定也下了要他自制的命令。他是不会轻举妄动的。”

或许恰恰相反，这封信反而会激怒帝国军，使之发动全面攻击，在杨一方尚未做好万全准备时，就把他们拖入正式的战争。更何况法伦海特、毕典菲尔特等人都身经百战，他们的能力和实力足以粉碎某些小诡计。先寇布的这番见解固然一针见血，不过也有人认为，要是真的爆发舰队战，身为陆战指挥官的先寇布并没有出场机会，所以他总是毒辣地批评别人的作战方案。

“毒辣吗？别开玩笑了！如果这样都算毒辣，那不就是说他平常说话太甜了？”

波布兰放声说道。

这时，有一个人令人意外地举手要求发言，支持亚典波罗的提案。这个人就是旧帝国军一级上将——维利伯尔·由希姆·冯·梅尔卡兹。

“帝国军的先锋部队似乎是黑色枪骑兵舰队和法伦海特舰队。”杨告知众人。

“哦，法伦海特？”

梅尔卡兹喃喃念道，年近半百的脸上露出几分感慨的神色。

“他与我有种奇妙的因缘啊！如今身处宇宙两端，人各一方，可是就在三四年前，我还和他并肩作战，对抗……共同的敌军。”

梅尔卡兹的副官贝伦哈特·冯·舒奈德将略显担忧的目光投向敬爱的长官。梅尔卡兹与其说是中途倒戈，不如说是自帝国流亡至同盟。他今天会在这里，固然是他自己在利普休达特战役结束前夕所做的抉择，但当时劝他选这条路的却是舒奈德。自己这么做到底对不对？直到今天，舒奈德仍时时怀疑。

或许该说是达观吧，梅尔卡兹从没有向人提起他在帝国本土还有一位分离已久的妻子。他默默地担任杨舰队的参谋长和军事监查长官，身上穿的却是帝国时代的制服。关于这一点，连一向吹毛求疵的姆莱中将也没有提出异议。

“我不认为帝国军军服适合已故的比克古元帅，同理……”

杨其后省略的这番意见，全体人员都接受了。

现在，梅尔卡兹开口说话了，语气缓慢而沉着。

“如果只有法伦海特和毕典菲尔特两支舰队发动攻击，若能使他们成为各个击破的目标，那么多少可以缩减战力上的差距，也许值得一试。”

先寇布一脸疑惑地望着梅尔卡兹，或许他在想，敦厚严肃的梅尔卡兹莫非也感染了杨舰队的恶习？当然，在这种风气中，先寇布始终都非常珍爱自己的羽毛。这并非只是他应该做的，而是使恶习风靡一时的全体人员都应该省思的事。公认唯一没有受到感染的梅尔卡兹接着淡淡地说：

“送出这封通告的同时，我军忽然出兵，他们应当不至于回避和后退。从他们以往的个性来判断，势必会发兵应战。先把他们教训一顿，日后与莱因哈特皇帝的主力对峙时，或许那趾高气扬的皇帝在心理上已经略输一筹了。”

“赞成！赞成！”

亚典波罗在一旁热情地喃喃自语。杨两手拨弄着摘下来的黑色贝雷帽，静静地不发一语。

“此计虽好，不过，对方可是黑色枪骑兵啊，只怕布饵的手会被整个儿吞噬掉。”

姆莱中将提出一贯的慎重理论。不断唤起伙伴们对失败的警惕，是他在杨舰队的意义之一。但撇开杨不说，尤里安等人没想到连先寇布和亚典波罗也认同他这种价值。

“连我自己都觉得这手段有些毒辣……”

杨喃喃自语。菲列特利加和尤里安赫然发现他黑色眼眸的深处，智谋的火舌正在灿然跃升。杨转过身子，重新面对这位上了年纪的军事顾问。

“梅尔卡兹提督，我想借用您的名义，可以吗？”

若有人知道此时他脑中浮现的计谋，一定会说这是个让杨“大骗子”的恶名更加彰显的毒计。

5

那声音并不大，也不是什么可怕的呻吟声。杨的听觉能敏锐地捕捉那个声音，是因为他不禁想起白天的时候，尤里安的表情和动作显得有点无精打采。这个印象点亮了他记忆中的某个部分，像残光一般忽明忽灭。当然，也可能是军舰内高级军官的私人房间都太窄小，而且墙壁太薄的缘故。

自宇宙历七九四年以来，杨一直是尤里安·敏兹的监护人，这是那个看不见尾巴的恶魔亚列克斯·卡介伦促成的。第一次见面时，尤里安的身高还不及杨的肩膀，是个有亚麻色头发、双眼充满聪慧的小男孩。他小小的身体里拥有杨没有的许多美德，例如勤劳和对整理事务的热情。

杨走下床，在睡衣外披上长袍。妻子菲列特利加睡着了，也可能并未睡着，只是假装入睡，默认了丈夫起身。

看见披着长袍的杨打开门，挠着头说“晚上好”的情形，尤里安知道自己夹杂着叹息的声音被他听到了。

“对不起，打扰您了。不知为什么，今天发生了那么多事情，让我想到自己还是这么不成熟，忍不住就发出声音，想发泄一下。”

这样做也是不成熟的表现，尤里安面红耳赤地思索。杨摸摸下巴，用充满兴趣的沉稳目光注视着年轻人。

“错了，你不是不成熟，应该说只是半熟吧。”

这个人称魔术师和智将的男人，似乎在半开玩笑地安慰他。尤里安正不知如何回答时，杨从墙上的餐具橱里拿出白兰地酒瓶和杯子，轻轻地摇了摇。

“怎么样，来一杯吧。”

“谢谢。不过，这样好吗？您从卧室偷溜出来……”

杨没有直接回答，只是小心翼翼地将琥珀色的酒倒入两只杯子中。

“卡介伦中将一定会大叹‘我永远也无法享受到与儿子一同饮酒的乐趣’，这就是长期欺负善良学弟的报应！真是活该！”

杨唠叨着与善良相去甚远的台词，和尤里安举杯相碰。尤里安感受着浓烈的酒香，把酒倒进嘴里，结果呛了一下。

“想当大人，得先搞清楚自己的酒量。”

杨装模作样地说道。被酒呛到的尤里安无言以对。

当晚，两人坐在床上谈至天明。尤里安终生未曾忘怀这件事。关于恋爱，杨并没有讲述什么大道理，因为这是每个人必须亲身去领会的，尽管有人终其一生也无法彻悟。换作卡介伦，大概会说关于男女间的感情问题，杨也能向人说教？这比他孤军抵抗莱因哈特皇帝的大军还狂妄。

事实上，杨所做的事和他正打算做的事，都是狂妄的。

如果莱因哈特是个倒行逆施的征服者，与强取豪夺、嗜血成性者没有分别的话，要对抗他并不难。但是现在，事实已经证明莱因哈特是历史上最出色的专制君王。作为征服者，他宽大为怀，贤明之至。他对敌人毫不留情，却从不加害普通民众。而且在帝国军的占领下，社会秩序正逐步建立起来。

这是到目前为止，杨和伙伴们面临的最大矛盾。换句话说，当大多数民众肯定专制政治、接受专制政治时，高唱“主权在民”的杨和他的伙伴便会被多数民众反对。因为这时他们被置于否定民众幸福和抉择的立场。

“我们不要主权，不要参政权！因为现在皇帝施行德政，我们只要全权委托他就好了！政治制度只是实现人民福祉的手段，所以只要人民可以得到幸福，把严肃刻板的外衣抛弃又有何不可？”

当有人这样说时，我能提出反驳吗？这就是杨的烦恼，也是他的不安。以防止未来的危险为由，使眼前的流血事件正当化的人，过去比比皆是。

“为了防止将来可能出现暴君，我们必须用武力打倒现在的明君，让提倡权力分立与限制权力的民主共和政治永远存在！”

这个反论实在可笑，不是吗？

“为了守护民主政治制度，我们必须打倒明君！”

这样一来，岂不使民主政治成为德政的敌人了？

君主施行德政时蛰伏不动、君主施行暴政时揭竿而起，杨一直想保住这样的民主政治幼苗。但是，这种姿态很可能被人民当作毫无意义的东西抛弃，而且可能性现在越来越大。杨想起旧同盟时代一些粗制滥造的立体电视剧，对尤里安说：“如果这个世界上有所谓绝对的善和绝对的恶，人类或许就可以活得比较轻松单纯了。”

6

这一年四月中旬，在自由行星同盟旧都海尼森，发生了一桩小小的事件。在历史的巨轮下，这件事连一粒细沙也算不上。事情发生在市中心以南约两百公里处的赫其亚丘陵上的大型精神病院。一天晚上，此处发生火灾，大约十名患者当场死亡。无法准确地计算出人数，是因为经确认，活着的人和找到的遗体数量相加后，与原有的人数存在误差。特别病房大楼八〇九室的患者安德鲁·霍克生死不明，似乎从医院有关人员面前消失了。

安德鲁·霍克这个名字就像死水一般，沉淀在人们的记忆之井中。四年前，也就是宇宙历七九六年，同盟军在亚姆立札会战大吃败仗，几乎断送了半壁江山，当时负责拟定作战方案的人就是他。由于间歇性歇斯底里症发作，他被编入预备役，却又在翌年，也就是七九七年企图暗杀同盟军统合作战本部长库布斯里上将，从此便被关进精神病院的高墙大院内，封锁了人生的一切。

自由行星同盟的军事力量竟然像酵母粉做成的墙壁，倏地瓦解开来，这并非一个人的力量导致的。但是，谁都不能否认霍克必须承担一部分战败的责任。他在二十六岁时便已居准将之位，晋升速度甚至快于杨威利。于是速度就和肇事率大致成正比了。

精神病院发生火灾一事并没有被掩饰，但霍克失踪一案却被混淆在“死者及失踪者共十一名”的官方统计数字中。此时正是在帝国军的占领下，行政责任中出现缺漏的时期。同盟的下级官僚深恐被帝国军痛斥为处事无能而武断，便报称什么事也没有，什么问题也没有，因为这样就没事了——或者说应该没事了。自雷内肯普高等事务官的时代开始，他们就习惯了这种敷衍塞责。

一艘太空船正朝虚空飞去。其中一个房间内，一群男女蜷缩在一起，位于中心的是一个三十出头、脸形尖瘦的男子。如果尤里安·敏兹或奥利比·波布兰看到这幕情景，必定要将视觉记忆库再重新整理一次。那名男子便是地球教的代理总书记官暨大主教——德·维利。

地球教本部在帝国军瓦列提督的扫荡下溃灭之际，德·维利理应已埋进数百亿吨的沙土和岩石里，只能在遥远的未来化为一尊化石等人挖掘。但是，他没有死。教团中枢和周边的人生存了下来，当然，他们对敌对者的憎恨也生存了下来。

德·维利身边的一位部下，两眼绽放着火光。

“眼前我们虽接连失败，可是这一次我们得到了神的恩宠，一切都很顺利。”

其他部下点头附和。

“绝对不能让皇帝与杨威利讲和！要让他们彼此杀到只剩最后一兵一卒。这次只许成功不许失败！”

德·维利大主教伸出一只手在空中挥舞，一半是为了控制部下的血气，另一半则是在煽动他们的情绪。他不是万能的，但大致可以猜到这时杨威利的政治构想会走向何处。当然，那绝不是地球教想要的同归于尽这条圆满之道。杨一众若能逃过最悲惨的命运，他们就会动手，将其推入痛苦的深渊。所幸三年前使用过的旧工具还在，只要用甜蜜的耳语将上面的铁锈和尘土洗掉就可以了。

“霍克准将！阁下才是民主共和政治真正的救世主！杨威利与专制统治者莱因哈特·冯·罗严克拉姆妥协、讲和，认同他的霸权，甘愿臣服其下，以保住自己的地位和特权！除掉杨威利！他是出卖民主共和政治的丑恶背叛者！霍克准将！不！阁下本该是一名年轻的元帅，指挥同盟全军、亲临将宇宙一分为二的决战的人应该是你！我已准备好一切！除掉杨威利，拯救民主共和政治，夺回阁下曾经拥有的正统地位吧！”

狂热分子并不需要事实，只要为他涂上他喜欢的幻想色彩便可以。将霍克玩弄于股掌之间更非难事，只要让他相信他想相信的一切就行。

安德鲁·霍克一心想成为拥护民主共和政治的英雄，这是他脆弱的精神世界中恒久不灭的愿望。对抢走他所谓正统地位的杨威利，他憎恨至极！这一点与地球教骨干对宇宙历开始以来的非地球势力抱持的仇视态度，在本质上是一样的。策动阴谋的人非常清楚这件事。

德·维利向眼前可见和不可见的一切发出恶毒的讯息。在听觉区域的下方，那些恶毒的讯息波动着，终于变成了有形的笑声。

“好！有些事不必特别记在心里，但有件事我还是要说在前面。自古以来，被暗杀的人即使没有身亡，也能名传千古；而执行暗杀的人，却只有在暗杀成功后才能留名于历史。”

要不是说话者的语气显得得意扬扬，这段话一定能让人铭记于心，因为它准确地指出了事实真相。

“这个刺杀杨威利的男子——安德鲁·霍克或许会遗臭万年。但是，留下恶名远比被历史遗忘值得。对那般没有实力又想追求荣耀的愚者而言，这也算是功德一件了。”

德·维利挥手示意身着黑衣的部下退出，略显厌恶地回味自己方才所说的话。想到自己的未来仍是模糊难测，一道无形的铁钩不禁牢牢钩住了包裹在野心外的混乱头绪。

他微微摇摇头，将充满世俗而非对于狂热信仰的思考转向一个人。这是一个既可以为他铺路，又能在他路上设伏的男子。此人童山濯濯，眼光细密尖锐，身躯结实魁梧，曾经是费沙的执政者。

对于那个背叛地球教之人——安德鲁安·鲁宾斯基，连一个氧原子都不能让他得到！德·维利的憎恶和危机感，向着那位在精神上与他有血缘关系的人不断蔓延开来。

Chapter 3
常胜与不败

1

莱因哈特·冯·罗严克拉姆与杨威利之间叙事诗般的战争，使宇宙历八〇〇年这容易记忆的一年，成为人类历史上最具悲剧性的纪年之一。人类自从使用宇宙历以来，仍然和以前一样经历了无数次战争。一次又一次战争发生在遵守法律秩序者和破坏法律秩序者之间、独裁者和解放者之间、特权阶级和非特权阶级之间、专制主义的军队和共和主义的军队之间……但是，从没有一场战争会像宇宙历八〇〇年的战争一样，在外在条件上极端不平等，却又在内在因素上相对均衡。

就外在条件而言，这是一场几近支配整个宇宙的空前强大的帝国，与一支流亡的个人兵团的战争，是恐龙与小鸟的正面抗争。从这一点看来，胜败的归属并不具有讨论的价值。但是从内在因素来说，这无异是一场“精神上的双胞胎”之间的战斗。像莱因哈特·冯·罗严克拉姆一般兼具长远广阔的眼界、丰富的构思，以及对战场前后方的优越组织能力的战略家，除了杨威利再无一人。而像杨这般具备深彻的洞察力、正确的判断力及随机应变的能力，同时又深得军心的战术家，也只有莱因哈特一人。这是常胜者与不败者之间的对决。

不仅如此，两人之间还有共通的地方，那就是他们都厌恶自鲁道夫大帝以来统治人类长达五世纪的高登巴姆王朝。他们都对门阀贵族支配体制深恶痛绝，并致力于消弭财富的垄断和法律的不平等。他们都期望废除高登巴姆式的社会制度，改革束缚人类、损害人性尊严的邪恶秩序。政治的目的不外乎消除不公正，尊重个人选择的自由。在这一点上，两人的立场也完全一致。当时大概再没有像他们这般彼此尊敬、彼此重视的对立者了。尽管如此，他们仍然必须用血来贯彻各自的主张。

他们之所以水火不容、非战不可，是因为他们之间唯一相左的观点——实现社会公正的权力应该集中还是分散？就为了这唯一的不同点，当时人类社会最伟大的两位军事天才相互冲突，数百万官兵在伊谢尔伦回廊内外绘出鲜血的轨迹。这真的是一场无可避免的悲剧吗？

——J. J. 比萨多《英雄式的历史》

宇宙历八〇〇年、新帝国历二年五月一日，莱因哈特皇帝身居阵前，开始挥军进攻伊谢尔伦回廊。有史以来，银河帝国军队第一次从旧同盟领土方面向伊谢尔伦要塞发动攻击。

此时，艾尔·法西尔独立政府的首脑逃往伊谢尔伦回廊内避难，并宣称艾尔·法西尔并未设防，这无异证明了杨威利一众有意引诱帝国军进攻回廊内部。按希尔德——希尔格尔·冯·玛林道夫伯爵小姐的说法，杨此时将确立战术的优势视为优先。

“杨威利也有意一战吗？”

年轻皇帝自言自语。希尔德用充满赞赏和不安的眼光注视着他白皙脸颊上鲜丽的血色。

莱因哈特此次军事行动的声势并不浩大，但“出无名之师”“穷兵黩武”等批评开始公然出现在帝国政府内部。国务尚书弗兰兹·冯·玛林道夫尽管有所克制，但还是给皇帝提出了意见。

“为了讨伐杨威利，不但动员帝国全军，陛下更亲临阵前，这正如以大炮轰击老鼠。臣虽不了解军事，但认为只要在回廊两端部署军队，封锁他们，使其长期孤立，他们迟早会投降。所以依臣之见，不必寻求速战速决。请陛下明断，回驾帝都吧！”

这个道理莱因哈特早已心知肚明，希尔德、米达麦亚和罗严塔尔也曾向他进谏此事。他明白个中道理，但还是发兵进攻。帝国方面的战略优势虽已确立，然而他真正的目的恰如他自己巧妙形容的——“杨也有意一战”，他只想和杨威利交手。他知道杨威利占有这场战争的地利之便，那也是杨唯一的有利条件。

担任大本营情报主任参谋的费赛尼亚中将，以前曾担任卡尔·古斯塔夫·坎普提督的参谋长，他根据手边所有能得到的资料回答皇帝的询问。当然，他的资料并不丰富。

“现在，杨威利军除了部分前哨外，其余兵力皆潜伏在伊谢尔伦回廊内，回廊的入口已处于通信断绝的状态。”

事实上，宇宙中并没有正式称为“杨威利军”的正规军队，其正式名称应为“艾尔·法西尔独立政府革命预备军”，但这个称呼既不顺口又欠缺魅力，所以命名后的第二天就被大部分人忘得一干二净。根据达斯提·亚典波罗的记载，除了杨威利，所有的当事人都以向来惯称的“杨舰队”称呼它，帝国军方面的记录则统一使用“杨威利军”的通称。不管成为名称由来的人物是如何抱怨，这仍是他人对杨的评价。借用渥佛根·米达麦亚的评论来说：“艾尔·法西尔独立政府云云，不过是装饰杨威利这只公鸡的鸡冠罢了。”

莱因哈特对艾尔·法西尔独立政府的首脑逃往伊谢尔伦回廊避难，并宣称艾尔·法西尔不进行武力防卫一事不屑一顾。他只是对独立政府的胆怯投去一抹冷笑，然后把全部精神都放在应对黑发魔术师即将施行的种种伎俩和战术上了。

“难道没有办法让杨不战而降？”

希尔德再三提议。莱因哈特置之不理，不单是他那好战的个性使然，更因为他明白希尔德的目的是将他的注意力转到其他事物上。

倘若仅仅是思考层面的实验，那么非军事上的案例早已多得不胜枚举。连原本在精神层面与此无缘的渥佛根·米达麦亚，也能想出许多谋略方案。总之，如果没有杨威利这个人，皇帝与他旗下的勇将们不费吹灰之力就可以完成统一霸业，这是众所公认的事。

将杨引到签署和约的地方，再将他杀掉如何？或者向杨以外的“叛乱部队”承诺不予追究，令其逮捕杨。或者相反，让杨的部下相信杨企图出卖他们，以求自保……各种方案层出不穷。

但是，这些谋略绝对不会实行。如同黑色枪骑兵舰队司令官毕典菲尔特一级上将斥责幕僚时所说的，罗严克拉姆新王朝的军队是以光明正大的舰队战为作战方式的。目前，己方与敌方相比，在数量上处于十比一的优势，又加上有战争天才莱因哈特皇帝亲自率兵出征，以及以“帝国军双璧”罗严塔尔和米达麦亚为首的名将指挥作战，还怕什么呢？

当然，帝国军也并非全无不足之处。他们的征战路线和补给线是人类历史上最长的，而且大半都在占领地区，随时都可能发生游击战、恐怖行动、罢工风潮等妨碍战争之事。就在前几天，皇帝的重臣工部尚书布尔诺·冯·席尔瓦贝尔西不就被人炸死在行星费沙了吗？也难怪国务尚书玛林道夫伯爵忙得分身乏术。帝国的中枢划分为帝都奥丁、行星费沙和前线的大本营三处，就国政的效率而言，与理想状态相差甚远。矫正这种不合实际需求的现象之后，或许就该开始驱除内部的害虫了。

因此，后世才有一部分历史学家得意扬扬地发表评论。

“侵入敌国内部，寻求速战速决，取得完全胜利。这个华丽的梦想，不知使多少古往今来的用兵家与征服者落得埋骨他乡的凄凉下场。连莱因哈特·冯·罗严克拉姆这样的战争天才，也无法抗拒如此甘美的诱惑。”

这不是诱惑，而是自己的生存意义。在旗舰伯伦希尔的私人房间里，莱因哈特确定了自己的信念。

贴身侍从艾密尔·齐列静静地走近，开始收拾白瓷咖啡杯。最近，他一直勤于模仿亲卫队队长奇斯里准将那毫无声息的走路方式，以免惊扰皇帝陛下。但是学会之后，他又开始为何时才该出声呼唤陛下烦恼了。

坐在扶手椅上的莱因哈特跷着修长的腿，沉浸在自己的思考中，没有注意到少年自然优美的动作。

从那时开始，已经有十年了吧？

莱因哈特冰蓝色的眼眸微微一闪。

沙漏的沙子往反方向逆流而去。十年前，宇宙历七九〇年、旧帝国历四八一年，莱因哈特还是一个十四岁的幼校学生，皇帝佛瑞德李希四世将他的姐姐纳为皇妃。他进入学校后，年年独占学年成绩第一名的位置。尽管如此，或许该说正因如此，他遭到了孤立，处于白眼的包围中。他只有一个朋友，而且是无比忠实又无可取代的莫逆之交。这位红发的好友总是形影不离地跟随着他。有一次，莱因哈特以疑问的方式将内心深处的野心向这位好友透露出来。

“吉尔菲艾斯，你认为鲁道夫做得到的事，我就做不到吗？”

打开记忆之窗，失去的情景与不该失去的种种，都随着光与风涌进莱因哈特的意识。为何那时即使是在隆冬时分，放眼望去，四处也都充满生机勃勃的色彩？为何那时快洗烂的旧衣服，穿起来比绫罗绸缎还舒服？而胸中的野心，为何渐渐产生蛊惑般的音律？如果未来意味着无限的可能，达成野心即代表拥有幸福，自己为何就不能毫不犹豫地放手一搏？是无知使然，还是自己预感的准确程度被过多的自信和傲慢掩盖了？莱因哈特并不能确定。但唯一可以确定的是，那时他实在没必要去想这种事情。

皇帝这短暂的沉静，被由高级副官修特莱转交的费赛尼亚的一份报告打断了。情报主任参谋的表情和声音因紧张而泛青。

“陛下，有扰圣安，抱歉至极。根据方才传来的情报，担任前卫的毕典菲尔特与法伦海特两位将军，已经与敌军陷入惨烈的战斗状态！”

2

这份开战报告实在不合莱因哈特之意。因为等到麾下所有兵力部署完毕后，再与敌军一较用兵长短，才是这位年轻皇帝衷心的期望。和前一年的巴米利恩会战截然不同，这一次莱因哈特很难明确地掌握战场的位置。为了迫使杨威利速战速决，帝国军只能在伊谢尔伦回廊前面摆开阵势。

“为何不等朕到达后再开战？毕典菲尔特与法伦海特两人简直是妄自尊大、争强好胜，竟无视朕的用兵计策！”

莱因哈特白皙的脸颊泛红了，勃然怒气震撼了总旗舰伯伦希尔的舰桥。参谋人员神情肃然。莱因哈特一面用手拨开垂落额际的金发，一面强自镇静下来。他心中推算，一定是对手杨威利使的诡计，故意把法伦海特和毕典菲尔特拖入战斗，企图分散帝国的战力。

他的推算是正确的。不久之后，事情始末判明如下：

战端是由部署于伊谢尔伦回廊帝国方面出入口的帝国军开启的。这里的战力为战舰一万五千九百艘，指挥官是担任后方总司令官的艾尔尼斯·梅克林格一级上将。

梅克林格接获经费沙送来的莱因哈特皇帝的指示，抢在毕典菲尔特和法伦海特之前，自反方向攻入伊谢尔伦回廊。他原本计划从背后牵制杨威利，再伺机与敌军交战。如果能在友军赶到前使战况陷入胶着状态，就可以前后夹击，一举歼灭杨威利。然而，根据先遣侦察员的报告，得悉受到进攻，杨竟倾全部兵力迎击梅克林格，舰艇数量超过两万艘。

“超过两万艘？”

梅克林格为之震惊。他拥有卓越的战略见识，并不因偶然的战术要素或个人的意气用事而行事，能根据状况配置和投入必要的战力，稳扎稳打，确保获得胜利。他根据自己的思考和计算，认为杨威利既然能往这里投下超过两万艘战舰，便可以推测杨总共拥有超过五万艘战舰。不留预备兵力，将全部兵力投入主战场以外的地方，这在用兵学上是大忌。自前年以来，为了使帝国军无法准确掌握不断流入伊谢尔伦要塞的同盟军残兵数量，杨在数字统计上花费了不少功夫，这也是使帝国军产生错误判断的原因。

“不可进入战斗状态！立刻掉头，撤离回廊！”

梅克林格的指示并非因为胆怯，从他的立场来说，这样做是理所当然的。他旗下的兵力有一万五千九百艘舰艇，和杨威利军相比居于劣势。更何况他一旦失败，帝国本土就丧失了完整的机动战力。当然，如果将在边境和要地担任警戒的战力集合起来，总兵力可达十万艘。但是这些部队欠缺统一指挥的领导人物，附近的敌方部队若出动阻击，他们只会成为敌军各个击破的对象。那时，远在星海彼端的帝国首都奥丁就会陷入孤立……

原来帝国军的军事优势竟如此脆弱！常年以来深受危机感刺激的梅克林格，基于个性、用兵思想及责任感，除了避免与敌军陷入激战，退兵至伊谢尔伦回廊的帝国出口重新部署外，别无他途。杨达到目的之后，便急速回兵，转而与毕典菲尔特对峙。而毕典菲尔特等人无法立刻得知梅克林格撤退之事，还一直认为杨的背后仍有己方军队。

“那时，如果梅克林格没有不战而退，哪怕抵挡杨威利的攻势两天，后来的状况就将全然改观！我们就可以前后夹击杨，将他封锁在伊谢尔伦要塞周边的狭小宙域中。而且，如果黑色枪骑兵直逼要塞，杨情急之下必会折返。届时梅克林格只要从背后发动攻击，就可以立下大功了！”

日后，猛将毕典菲尔特咬牙切齿地说道。就结果而言，这种说法是正确的。但梅克林格也提出了正当的看法，只是“艺术家提督”并没有大声倡言。

“像杨这样熟知战争情报与通信重要性的统帅，可说别无他人。我军唯恐给予伊谢尔伦要塞探听和策谋的机会，不得不绕道费沙维持通信网络，自然会产生时差。杨料到这件事，于是利用我军通信网络的时差，借助谋略与武力，避开了被我军夹击的危机。杨威利真正伟大的地方，不在于他预测得有多准确，而在于他让帝国军的行动或选择完全处于他预测的范围内。也就是说，银河帝国身经百战的名将总是在他预先设计好的舞台上舞蹈。”

他如此感怀，却是在杨威利再也不能为敌军名将搭建舞台之后了。

继达斯提·亚典波罗的无礼回函之后，四月二十七日，由其他人发出的另一份通信又送到了暴跳如雷的毕典菲尔特手上。毕典菲尔特并没有擅自处理此事，他再三考虑，决定与同僚法伦海特一同商议。

流亡同盟的梅尔卡兹提督后悔以前的选择，声称将投降莱因哈特皇帝，在敌营担任内应。听到这件事，法伦海特一句话便否定了情报的可信度。

“不值一谈！这一定是陷阱。梅尔卡兹提督虽是我军的敌人，但他绝不会在这种节骨眼上变节！”

“是不是陷阱，用不着你来告诉我。我只是想知道这个陷阱的目的究竟是什么？”

毕典菲尔特认为一定是想使帝国军掉以轻心，再乘机发动偷袭。法伦海特也不得不承认这个说法有几分道理，因为除此以外想不到其他可能。但令法伦海特感到不解的是，这种肤浅的诡计会是杨或梅尔卡兹想出来的吗？对此，毕典菲尔特提出一个看法。

“该不会是‘死间’吧？”

梅尔卡兹亲自来帝国军的阵营，趁帝国军松懈防备之心的时候，杨的主力出其不意发动突袭。当然，梅尔卡兹将被帝国军杀害。充当诱饵的人物难逃一死，所以这计策叫“死间”。虽然是一个无情的计谋，但提出此计的可能就是梅尔卡兹本人。

“梅尔卡兹可能是想死得其所，所以才想出这招，主动牺牲自己。在下一次通信后，危机大概就会出现了。”

法伦海特觉得毕典菲尔特的意见与其说是预测，毋宁说是期待，却没有理由反对加强舰队的防御和应变能力。他们令麾下的舰队进入二级战备状态，准备随时迎击杨舰队的突袭。

不久，第二次通信传来。毕典菲尔特得到法伦海特的认同，回复表示“愿以待客之礼迎接梅尔卡兹提督”。然而，这时出现了一个问题，毕典菲尔特等人该把事情的经过向皇帝报告——在犹豫之后，他们也决定要呈报此事。只是敌军的反应竟比他们预料的更早，因此失去了报告的时机，只得以武力先行应战。何况倘若梅克林格从背后进逼伊谢尔伦，正是夹击的良机，绝不能错失这个机会。就这样，他们还是跃上了杨设计的舞台。

宇宙历八〇〇年四月二十九日，“回廊之战”无声无息的开幕铃声向着全宇宙响起。铃声直入数千万参战者的心脏，加速了他们心跳的频率。

3

杨威利军在暗中接近时被发现，遭到先发制人的炮火攻击，那种狼狈的情景实在惨不忍睹。至少映在毕典菲尔特眼中的情形是这样的。当然，他并不知道杨的参谋姆莱中将曾黯然地评价：“我方舰队最拿手的就是逃跑的演技……”

这并不容易，却是达斯提·亚典波罗的专长。如果躲不过黑色枪骑兵的獠牙，必然会被咬碎。出于统御部下的需要，他尽管背上冷汗直流，表面上仍要装作泰然自若。

但亚典波罗还是继续发挥着玩命的演技，一面将战线勉强维持在穷追不舍的帝国军主炮射程之外，一面假装溃散而逃。一旦帝国军追击的脚步放缓，他们再掉头做出反击的样子。被激起战意的毕典菲尔特以老练战术家的做法，故意放慢追击的速度，在亚典波罗刚掉过头的那一瞬间，再猛然发动攻势。

这番舰队运用堪称一绝，连做好十二分准备的亚典波罗也差点陷入包围。亚典波罗已经顾不上演技了，拼了命才逃回回廊内。在旗舰亚斯古里的舰桥里盯着屏幕的法伦海特咋舌道：

“毕典菲尔特这个混账，是不是一开始就打算这么做了？他应该遵从皇帝的指示才对。”

法伦海特误会毕典菲尔特了，但是看看黑色枪骑兵冲进回廊的情景，毕典菲尔特的指挥显得井然有序，难怪会被视为有预谋的行为。

金属和非金属的惊涛骇浪层层掀起。看到黑色枪骑兵冲进回廊时显现在屏幕上的光点群，杨已知道他将赢得这场战斗的胜利。到目前为止，一切都在他的掌握中。

杨威利环视着舰桥里的幕僚人员——身为妻子兼副官的菲列特利加，以及先寇布、姆莱、派特里契夫、史路等。卡介伦受命留守要塞；梅尔卡兹和费雪留在其他舰艇上，执行其他任务；在今年年初受命担任司令部巡回参谋一职的尤里安·敏兹也在这里。这就是所谓的“杨氏家族”目前仅有的小小阵容。

“帝国军拥有一位稀世的皇帝与许多名将，对他们来说，伊谢尔伦回廊太窄了，而这种狭窄却是我们的生路。我们要好好利用一下。”

杨的声音与其说充满自信，不如说只是在淡然地说明事实，并将胜利已唾手可得的想法植根于部下心中。杨威利被称作魔术师，是因为他一直给人信赖感，直至他死去。部下们曾借用古人的一段逸事，就他们对于司令官的信赖开了个玩笑。

“你认为杨提督最佳的作战是哪一次？”

“那还用说，就是下一次！”

十时四十五分，“帝国军急速逼近”的报告传来，全体舰队进入一级战备状态。十一时三十分，亚典波罗提督的先遣部队到达，直接进入杨本队的左翼，对付来攻的敌军。

“辛苦了！”

“请将谢意换成实际一些的东西吧！”

这段对话是在通信屏幕上匆匆进行的。

自最初的伊谢尔伦争夺战以来，指挥大舰队的杨就是这个样子——半是屈膝半是盘腿地坐在指挥桌上，这个时候也不例外。幕僚们只要能时不时瞥见他的身影，就能安定心神。

监控员的声音忽然紧张地响彻舰桥：

“敌军突破黄色区域，进入红色区域！距主炮射程零点四光秒！”

“准备炮击！”

杨举起一只手，但这还不是下达射击命令的意思。他摘下黑色贝雷帽，搔搔杂乱的头发。“简直如同毛发倒立的猫一样。”这是离开舰桥，登上单座式战斗艇斯巴达尼恩的奥利比·波布兰的评语。

“敌人已进入射程范围！”

杨重新戴上黑色贝雷帽，再次举起右手。尤里安深吸一口气，当空气吸到肺部深处，就要吐出的瞬间，杨的右手挥下。

“射击！”

“射击！”

光与能量交织成的巨大波涛，在宇宙一角掀起无声的风暴。

屏幕上，爆炸的光芒缤纷绽放。集中火力是杨舰队最擅长的优点，熟练程度堪与脱逃的精湛演技匹敌。

闯进回廊的黑色枪骑兵碰到光与热织成的巨墙，急速停止。毕典菲尔特发出愤怒的咆哮，炮门开始吐出报复的火焰。

宇宙历八〇〇年、新帝国历二年，自由行星同盟完全崩溃后，在伊谢尔伦回廊周边展开的战争再也不是善与恶的对决，而是一场和平与自由的战争，或者说是一场对权力的欲望和对制度的偏执之间的冲突。“正义”这架不完满的天平，将随着支持莱因哈特和杨威利的人的偏向摇摆难定。

战争的当事人从一开始便不可能站在中间立场。死亡与死亡的意义全取决于这次战争。

帝国军的黑色枪骑兵和法伦海特舰队各自形成纺锤阵形，对抗呈凹形阵的杨舰队。法伦海特首先向后方的皇帝报告战斗开始，同时为了不让黑色枪骑兵孤军奋战，也急速攻来。

只要是面对面的炮战，杨舰队的阵形就比帝国军有利，可使用的炮火数量也凌驾于帝国之上。帝国军想重编阵形，但在彼此舰队产生的干扰下，又处于敌军炮火的正面，几乎不可能做到。

“黑色枪骑兵这些鲁莽的野猪！用自己的牙去自掘坟墓吧，关我们什么事！”

副官山德斯中校充满愤怒与被害者意识，发着牢骚。法伦海特将他训斥了一顿，但自己也不禁感到无奈。毕典菲尔特也相当不满。他认为法伦海特待在后方承担第二波攻击的任务就好了，但偏偏也跟来，硬要与自己并行布阵，使两军在狭窄的回廊内彼此牵制。

毕典菲尔特的副参谋长欧根少将双眉微微皱起。这个“黑色枪骑兵”舰队当中号称最为谨慎的男人犹豫了数秒，向司令官提出意见。毕典菲尔特顶着一头蓬乱的橙色头发，两手交抱胸前，伫立在主屏幕前面。

“司令官阁下，这似乎从一开始就是诱使我军进入回廊的陷阱。为了不引起皇帝的震怒，宁可牺牲部分兵力，也要向后撤退才是。”

“皇帝的震怒”一词似乎对毕典菲尔特产生了巨大的震动。其实，毕典菲尔特早已明白欧根的意见，但如果保持这个阵形后退，一定会遭到杨舰队半包围状的追击。他担心的正是这点，所以选择下达奋力前进、力图突破中央这个出自一贯风格的命令。

黑色枪骑兵开始移动。这是在正面突击上破坏力堪称宇宙第一的舰队。现在除了最大限度地运用这支舰队的破坏力，毅然地突破中央，似乎没有办法杀开一条生路了。

在毕典菲尔特的指挥下，各主炮一齐向杨舰队连射三次后，黑色枪骑兵忽然急速挺进。

杨舰队似乎有些招架不住，开始后退。但后退的只是中央部分，左右两翼反而前进了。刹那间，杨舰队的阵形忽然呈V字形伸展开来，变成纵深阵。时间分秒不差，弹性恰到好处，这完美无缺的舰队移动是费雪中将挖空心思构思出来的成果。

杨舰队的纵深防御线就像字面呈现的景象一般，形成一面火墙，粉碎了黑色枪骑兵的突击。漆黑的舰群变成炫目的火球，霎时与漆黑的宇宙融为一体。

帝国军也在还击。在激烈的炮火中，己方舰艇相继被击毁，但他们仍保持住阵形继续前进。他们希望强行逼近，形成接近战，甚至使双方陷入混战，这样就可以发挥压倒性的破坏力，彻底击碎杨舰队。战况一旦脱离杨的掌控，杨舰队就会变得不堪一击。

4

“好好回想一下去年巴米利恩会战的情景吧！你们帝国军在大败、惨败、彻底失败后，本该化为宇宙尘埃的一部分，是我们悲天悯人，饶你们不死。现在你们竟然忘恩负义，再次发动侵略，你们的皇帝真是徒有漂亮脸蛋的窝囊废！”

将黑色枪骑兵成功引进回廊后，亚典波罗立刻加入杨舰队左翼，转为攻势。完成漂亮演出的他向帝国军发出过激的怒吼。

“皇帝万岁！”

“去死吧！皇帝！”

在通信线路中，两军好战的叫骂声此起彼伏。

黑色枪骑兵的波状攻击相当猛烈，虽然每次突击都遭受杨舰队整齐有序的扫射，产生大量的火球，但他们只是稍稍退后，不久便重整阵形向前突进。杨舰队也无可避免地遭到惨烈的攻击，近距离爆炸产生的光芒让旗舰尤里西斯的屏幕化为绚烂多彩的花园，能量的乱流也每每打乱阵形。

杨舰队的一艘巡航舰闪着白热光芒爆炸开来，当黑色的战舰突破那道残光逐渐逼过来时，杨的幕僚们的心脏剧烈地跳动起来。尤里西斯左右两边射出能量光束的利刃，在密集的炮火中，敌舰变成一团热量，化为灰烬。

“毕典菲尔特这个蠢蛋！他以为蛮冲硬闯就可以成功吗？”

施恩·史路少校喃喃道。但杨并未如此认定。

就纯军事角度而言，帝国军的恢复能力几乎是无限的，杨威利军却几近于零。因此在最坏的情况下，帝国军若将敌方拖入消耗战，迫使敌方蒙受与己方同等的损失，那么最后完全毁灭的将是敌方，己方便可以生存下来。这虽然称不上战术，但极端地说，在战略上动员大批军力的意义正在于此。

“将我方的两支舰队集中起来，共有三万艘，即使与敌军同归于尽，不是还能剩下一万艘吗？”

毕典菲尔特发出的豪语看似粗俗，却一针见血地指出战略的本质。但和敌军比较起来，己方的损失远比敌军惨烈，这一点连橙发的猛将也无可否认。在十几次波状攻击均遭粉碎后，他不得不采纳参谋长格雷布纳上将和副参谋长欧根少将的意见，暂时撤退。法伦海特舰队取而代之，成了攻势的主力。

“大军是不需要什么用兵手段的，只有强攻！笔直前进！攻击！”

法伦海特的判断和指令是正确的。此时若不倾力发动快攻，就会败给杨设计的艺术乃至魔术般的用兵之术。应该发动连续攻击，使敌人无暇应对。

于是，法伦海特舰队开始了连黑色枪骑兵都为之逊色的强悍攻势。杨舰队的炮火猛烈地将热量与火焰倾泻在这批不速之客身上，但官兵们的疲劳态势却对杨舰队大大不利。经过数次炮战后，法伦海特发现了这一点，便倾力进攻由亚典波罗指挥的杨舰队左翼一角。他打算突破左翼后迂回到右侧，直攻杨主力的侧面。

他成功了！一时间，法伦海特截断了杨舰队，从侧面对杨的主力发起攻势。

法伦海特的侧攻固然迅猛，但杨舰队的反击也极其猛烈。

如利锥般突入敌军一角的法伦海特舰队，受到来自左右两侧的高密度扫射，霎时化为一连串火球，宛如由死亡与破坏交织成的绚丽项链。

遥望同僚陷入苦战的毕典菲尔特，此时已将阵形重新编列完毕。他毫不怀疑杨舰队所显露的疲态，马上下令突击。迎击的炮火零星散开，如同字面所形容的一样，黑色枪骑兵将杨舰队的一部分打得落花流水。

毕典菲尔特和法伦海特汇合，看似成功地让战力再度集结。

然而，这正是狡猾至极的陷阱！原来，帝国军的两位将帅将兵力集结到了随后杀至的火线中心。

即使预测到这一点，他们也别无选择了。他们无法坐视己方战友陷于孤立无援的状态。帝国军各艘舰艇的屏幕上燃起炮火猛烈的炽焰，不到三十分钟，他们已由优势转为劣势。杨舰队比之帝国军两大舰队，在数量上居于劣势，却能利用回廊外缘的危险宙域将敌军包围起来。这时，杨舰队右翼已将法伦海特舰队逼近危险宙域边缘，而这一翼的指挥官正是维利伯尔·由希姆·冯·梅尔卡兹提督。

“是梅尔卡兹提督——”

听到旧友的名字，法伦海特水蓝色的眼眸闪过一道电光，凝视着淹没屏幕的光点群。这位横跨两代王朝、勇名历久不衰的三十五岁男子，棱角毕现的脸上浮现出毫无敌意的表情。

“好，这正是我的夙愿。”

法伦海特喃喃道。他虽然被夹在敌军的炮火和危险宙域间，仍发挥了非凡的军事手腕，再次整编旗下的舰队，瞄准包围网的一点，集中火力撕开一道裂口。几乎在同一时间，毕典菲尔特也突破杨舰队的一角，放弃继续与敌军作战的念头，杀向回廊出口。但他再次落入杨舰队最后的陷阱中。为对付敌军的行动，杨自己解开包围网，重新在敌军左右两侧构筑起纵深阵。

杨利用回廊特性成功筑起的纵深阵，厉害之处在于只要敌人无法通过中央火力集中的细长宙域，便后退无门。不管愿不愿意，法伦海特和毕典菲尔特除了突破火与热交织成的暴风圈，逃向回廊外围以外别无选择。而一旦决定了退路，即使想在中途变为攻势，也只能列成横队来对抗杨舰队形成的火墙。倘若不愿犯在敌前回头之忌，就只能忍受纵队被敌方火力从几处截断的痛苦了。

“杨威利的智谋实在可怕啊！明知如此，还是陷入了这家伙的诡计，难道我功勋的矿脉已经挖尽了吗？”

自嘲的阴霾静静地流露在法伦海特的脸颊上。

杨舰队旗舰尤里西斯的舱门处，斯巴达尼恩开始发射。

“金酒，利口，雪莉，苦艾！各个中队！准备发射！”

奥利比·波布兰中校的声音中，连即将步行去郊游、催促众人出发时的紧张感都没有。被问及逃离死境的秘诀是什么，他的回答是：“轻视世间一切事物。”这个男人的本领或许正在这里。

他的部下也个个大胆豪迈，或说是桀骜不驯，精神的波长一如上司。他们都是从自由行星同盟时代开始就身经百战、出生入死的老兵。

当然，也有极少部分的人例外。

波布兰注视着机内屏幕一隅首次参加作战的卡琳——卡特萝捷·冯·克罗歇尔下士的脸，微微一笑，绿色的眸子闪耀着阳光般的光彩。

“害怕吗，卡琳？”

“不，中校！没什么好害怕的！”

“装腔作势倒也无妨。刚开始衣服太大没关系，等到长大了，自然就合身了。勇气也是这样的。”

“是！中校！”

“……担任人生辅导官的波布兰说了不负责任的话。反正是别人的人生嘛。”

这回卡琳连形式上的回答都说不出来了。年轻的击坠王笑出声来。

“好啦！去吧，卡琳！只要做到我教你的百分之六十二点四，你就可以活着回来了！”

这个刚刚学到的百分之六十二点四，卡琳觉得才出击没多久就全用光了。上下的失调感、半规管的混乱、当前位置不明带来的不安，在不到一分钟的短暂时间里，卡琳全都体验到了。

“卡特萝捷·冯·克罗歇尔！坚强一点！这种别扭的样子，被那小子看到会笑你哟！”

那小子？那小子是指谁？卡琳霎时觉得自己的思考受到牵阻，大感不快。

斯巴达尼恩在宇宙战场中翱翔，飞行的速度令她觉得痛快，但飞行的轨道却谈不上稳定。眼看战舰的外壁急逼而至，她连忙急速上升。转了一个弯，她才发现自己竟分辨不出回避的船舰究竟是友军还是敌军。所有的神经都在告诉她这个事实：初次上阵就是认清自己经验多少的最佳时刻。卡琳敲着自己的头盔，确认计量器和现在的位置，放声读出数值。忽然，一条机翼擦肩而过，她顿时不寒而栗，慌忙按下中子光束机枪的按钮。等注意到对方竟是友军，心头不禁又是一颤。

铀238炮弹的光束在虚空中形成死亡的刺绣。永恒的黑夜被红、黄、白的彩色刀刃切割成无数细片，每一片漆黑都在贪婪地吸取无数人的生命。

“轻视世间一切事物！”

这句让满口仁义道德的世俗中人听了会翻白眼的台词，卡琳却奉为最灵验的咒语。像华尔特·冯·先寇布这种教育的大敌都没有遭受天谴，还好端端地活在世上。社会的框架总有一部分是由糖枫树的枝干组成的。

一艘半毁状态的巡航舰放出一团能量乱流，将卡琳的爱机推向上方。视野和心脏回转了许多次之后，卡琳才好不容易重新确认了自己的方位。这时，一架帝国军的王尔古雷跳进她的视线。机体紧随在光束之后，直逼卡琳的头顶。

“轻视、世间、一切、事物！”

卡琳随着音节变换爱机的机首角度。尽管敌机率先掉头，但光束却白白缝合了虚空。卡琳将中子光束机枪瞄准敌机，淡红茶色的发丝在头盔内飘动。

“去死吧！皇帝！”

“卡特萝捷·冯·克罗歇尔下士，击毁一架敌机，平安归舰！”

接获这个报告时，卡琳血缘上的父亲——华尔特·冯·先寇布中将站在战舰尤里西斯的舰桥里，打开小瓶的威士忌举到面前，抿嘴而笑。

“为这个野丫头干杯吧。”

这是身为父亲流露的真情，还是仅仅是借口？从他目中无人的表情中根本看不出来。

5

四月三十日二十三时十五分，法伦海特一级上将的旗舰亚斯古里终于陷入杨舰队火力编织的巨网。他担任溃败而逃的己方的后卫，为防止全面溃散，一直在为撤退做掩护，因此不得不面对这个事实——同伴数量不断减少，而敌军火力的密度在逐渐提高。

在能量中和系统的能力超过极限的瞬间，灼热的光矛贯穿了亚斯古里的舰腹。舰艇引发爆炸，舰内火蛇翻滚，法伦海特从指挥席上被弹出，撞向壁面，接着摔到地上。痛楚像螺旋般刺入体内，血和空气从受伤的肺部深处通过口腔喷溅在地板上。

法伦海特从地板上坐起身，急速接近的死亡的脚步声在他耳内响起。满脸是血的法伦海特一笑，水蓝色的眼眸在灯光的映照下反射出金属般的光芒。

“我生长于和莱因哈特陛下境况相近的贫穷贵族家庭，为糊口当了军人。虽然多次遇到无能的上司和盟主，但到最后，竟能跟随这位最伟大的皇帝，真可说是幸运的一生！如果顺序反过来，那就惨不忍睹了……”

痛楚再次袭来，化为鲜血从嘴角涌出。在越来越暗的视野中，他看见担任随从的幼校生仍然在一旁守护着他。法伦海特直视着学生泪尘交错的脸，勃然斥道：

“干什么！还不赶快逃走？”

“阁下……”

“赶快逃走吧！要是被人家说亚德鲁贝尔·冯·法伦海特战

死的时候还要带上一个小孩子做伴，那我上天堂以后就很不光彩了！”

火、烟和尸臭味呛得人难受，但幼校生仍奋不顾身地恪守学校的精神。

“那么请给我一样东西当作遗物吧！就算拼上性命，我也会把它送到皇帝陛下那儿去。”

奄奄一息的帝国军猛将吃惊地望着少年。他想苦笑一下，可是现在连这点力气也没有了。

“我知道了，就给你一个遗物……”

连声带的自由也在急速地消失。

“那就是你的生命。活着回去见皇帝吧！不要死啊！好吗……”

法伦海特恐怕连自己的声音都听不见了。司令官死后，二十三时二十五分，旗舰也告毁灭。只有极少数幸存者寄身太空梭，从血路中逃了出去。

五月二日，战败的残兵与莱因哈特皇帝本队会合。毕典菲尔特的黑色枪骑兵方面，一万五千九百艘舰艇损失六千二百二十艘，一百九十万八千名兵员有六十九万五千七百名丧生；法伦海特舰队方面，一万五千二百艘舰艇损失八千四百九十艘，一百八十五万七千六百名兵员有一百零九万五千四百名丧生。更为惨重的是，罗严克拉姆王朝军队的一级上将中首次有人战死沙场。

“法伦海特战死……”

冰蓝色的眼睛沉浸在哀愁中。竟然在决战前夕丧失了一名军中最高将领。这位男子在利普休达特战役中虽是莱因哈特敌对势力的一员，但金发霸者却认为他是大将之才，赦免他的罪过，并特别礼遇他。这无法不令人惋惜，但莱因哈特并没有说出来，只是对生还的另一位一级上将投去水晶剑般的目光。亚姆立札会战以来首尝败绩的猛将纵然倦容毕露，但仍强打精神挺直腰杆，等待皇帝的斥责。

“毕典菲尔特！”

“在。”

“真像你会有的失败啊。明知道眼前有陷阱，却故意往下跳，试图将它咬破，最终还是没有成功吧？算是一功未成万骨枯了。”

毕典菲尔特使出全身的气力调整自己的声音。

“枉然断送战友的性命，还损失了陛下诸多士兵，臣的不才之身遭受多少惩罚，也不会有任何怨恨。”

莱因哈特摇摇头，耀眼夺目的金发掀起波浪，如同凝固的阳光。

“朕并非在责备你！至少这要比‘不像你’的失败好得多！今后应以你特有的行动来收复失地。法伦海特元帅一定也希望如此。朕打算以全新的心理准备来面对杨威利，你也借力予朕吧。”

人们知道，故去的一级上将已成了罗严克拉姆王朝授勋的第四位元帅。毕典菲尔特橙色的头发下，低垂的脸久久无法抬起，他为主君的宽大而感动。但在年轻霸主身旁服侍的罗严塔尔元帅却不这么认为，不论是在意识还是潜意识中，他都明白皇帝的霸气只专注于打倒杨威利之事上。

“不是胜利就是死，是吗，我的皇帝？”

罗严塔尔元帅半是自言自语地说道。皇帝的首席秘书官希尔德微微转动身体，望着皇帝和统帅本部总长。

“错，并非‘不是胜利就是死’！而是胜利，或是更完全的胜利。”

莱因哈特发出具有透明感的笑声。有时他也不得不承认自己是口出狂言，但只是想再次确认自己存在的理由罢了。为了赢取胜利亲赴战场，这是他无上的幸福。现在，这种真实的感觉充满他的全身。

皇帝就这样笑了好一阵子，贴身侍从艾密尔·齐列觉得，这比任何事都令人喜悦。

Chapter 4
万花筒

1

银河帝国军大本营以皇帝的名义，发布了亚德鲁贝尔·冯·法伦海特一级上将战死及追封为元帅的公告。

不久之后，这个消息也被刚回到伊谢尔伦要塞的杨舰队知悉。梅尔卡兹提督得知这个消息，为昔日的战友服丧一天。这位前高登巴姆王朝的宿将因此缺席了五月一日的作战会议。代他出席的是胸前佩戴丧章的舒奈德。这个代理人一入坐，立刻招来了杨舰队里最严肃、集所有拘谨刻板之特性于一身的姆莱中将带刺的白眼。不过姆莱倒也没有开口斥责，反倒是华尔特·冯·先寇布说了些和军事无关的无聊感想，像什么“穿着丧服的女人更美，这的确是事实”。这句话也招来了姆莱不仅充满荆棘，而且带着毒针的视线。

在这个会议上，杨非常疲劳，看起来仿佛一心一意只想要杯白兰地和盛满了热水的浴缸，但这种情景并不怎么稀奇。因为杨每次在构想一些他人觉得绝不可能的奇谋时，偶尔还会显露一位充满知性与活力的创造艺术家的风格，但是当他的奇谋付诸实行而且得到成果后，他总像只老猎犬一样慵懒。

“每次战争一结束，他就会想起自己对战争的厌恶，有些不开心。”

这是尤里安·敏兹的追述，但这并不是故意用讽刺的眼光进行的观察，反倒是为杨的怠惰所做的辩护。至于菲列特利加，则不仅认为没必要为丈夫辩护，甚至还把他的怠惰列为一种美德。不过，他们两人企图为杨威利这个人物赢得严正评价的努力，最后似乎还是徒劳无功。

“我军虽然首战暂时获得胜利，但究竟会不会给帝国军的基本战略带来影响？”

每次直到姆莱开始发言，整个会议才开始有个会议的样子。这可以说是杨舰队的习惯。

这些年轻的参谋集大胆无畏、傲慢无比与桀骜不驯三种特质于一身，但姆莱明显让他们感到畏惧。“蔷薇骑士团”团长凯斯帕·林兹上校少年时代曾经立志做一个画家，他曾用画笔为杨舰队的参谋们画过很多素描画。不过在描画姆莱的时候，他并没有画出脸部，而是在军用贝雷帽与军服中间填上了“秩序”这两个字。但是一旦没有了姆莱的眼睛和嘴巴，“流亡的私人部队”是不是还能维持军队的组织性，就令人担心了。

“不，应该不会有什么影响。这一次和亚姆立札或巴米利恩的时候不一样。我居心不正地蛰伏在洞穴当中，就算是皇帝，也无法随心所欲地选定战场吧？”

所谓居心不正，倒不是杨自谦，而是不争的事实。只要是解决和战术相关的问题，杨就算不上老实人，也不是个理想主义者。在获得胜利之前，杨可说是无比毒辣、毫不留情。

此时，达斯提·亚典波罗正在回廊入口处，指挥着五百多个连锁式爆炸水雷的铺设工作。借奥利比·波布兰的话说：“只要是和打架相关的准备，这个人绝对会不辞劳苦地去完成。”

“那应该是为了在帝国军入侵时争取时间而铺设的。”

这是一般人对在入口处铺设水雷的用意所做的推测，杨也没有否认。连日来的疲劳仍留在杨舰队每一个人身上，所以为短时间内恢复身心设计的密舱床此时正全天候运转。兴奋、紧张与不安的情绪仍像跳着踢踏舞似的，在士兵们的精神网络中徘徊，不断有人在一天内多次进出密舱床。毕竟在“狂欢的杨氏家族”当中，具备先寇布、亚典波罗及波布兰这种精神水准的人似乎并没有那么多。尤里安也一样，虽不觉得疲劳，但是心脏和肺的机能常常欠缺安定。

另一方面，帝国军的情形又如何呢？

在首战中，法伦海特一级上将战死与黑色枪骑兵败北的消息，对帝国军来说当然是一个冲击，但不至于构成精神上的致命伤。法伦海特固然身为一代名将，黑色枪骑兵也名不虚传，但无论如何，他们都不是皇帝莱因哈特。那位值得万人称颂的皇帝，不是还舒展着他自豪的无瑕巨翼，散发出金色光辉吗？

士兵们的士气仍然非常高昂，但帝国军的高级将领并不仅仅依赖士气指导作战。“帝国军双璧”连日来不断磋商作战计划。

“如果要确立战略层面的优势，庞大的兵力是不可或缺的重要因素。不过从战术层面而言，就不全是这样了。尤其在某些战场地形下，庞大的兵力反而会成为失败的原因。”

像这种军事学上的常识，米达麦亚和罗严塔尔当然都能充分理解。如果拥有大军就可以获胜，那在达贡星域会战的时候，高登巴姆王朝早就能使自由行星同盟军完全覆灭了；而在亚姆立札会战的时候，同盟军也应该是当时的胜利者。庞大兵力想发挥作用的话，第一补给必须充分，第二情报必须正确传达，第三不能产生游离的兵员。面对眼前伊谢尔伦回廊特殊的地形，罗严塔尔和米达麦亚必须特别留意第三点。

“大亲征”的最后一幕，应该是由“回廊战役”的壮丽光辉作为点缀的，但是这场战役却不见得会被后世人评价为莱因哈特表现最优异的会战。后世的战史学家中，有人认为皇帝莱因哈特用兵的特色在于“华丽的洗练”，但这个特色在这场战役中却销声匿迹，莱因哈特只不过是“单纯地夸耀战力”而已。这样的评论令人不知究竟是批判还是惋惜。总之，莱因哈特的优势战力此时仍然丝毫没有动摇，但他需要一个可以发挥战力的环境。

杨舰队在伊谢尔伦回廊入口铺设水雷的情报，让帝国军的统帅层不禁眉头大皱，他们无法立刻判明杨威利的真正意图。本来，杨只要把帝国军引进回廊，应该就能在战术上抢占先机。他大概是打算在帝国军入侵时，争取一些迎击的时间吧。

“指向性杰服粒子是为什么而存在的？如同亚姆立札会战时一样，用这种粒子在水雷区开条道不就行了？杨的企图根本不足为虑。”

这种意见一传到统帅本部总长罗严塔尔元帅耳中，就立刻被他踢到一边了。现在的情势和亚姆立札会战时根本不同。战场是更狭小的伊谢尔伦回廊，一旦入口被水雷区上了栓，行动自由明显就会受到约束。

“假如我们用杰服粒子在那个栓上打一个洞，严阵以待的杨舰队就会把炮火全部集中在那里。如果我们在从洞里出来的那一瞬受到狙击，根本没有反击的方法，只怕要被打得落花流水。”

但无论如何，想歼灭蛰伏在回廊里的杨舰队，只有侵入回廊一条路。

“也不能完全驳回这个提案。”

罗严塔尔喃喃自语。他独自思索了半天，然后将自己的作战计划上奏给皇帝。

莱因哈特接到罗严塔尔提出的作战计划，晃动着辉煌的金发，表示同意。

“作战计划很好。一旦进入回廊，以我军七八倍于敌人的兵力，足以让杨威利及其一众全部覆灭。”

“臣一定遵照陛下圣意，将之付诸实战。如陛下察知有任何不足之处，臣下当予以修正。”

“不，没有关系。如果这个方案失效，朕会重新构思对付杨的方法。总之，辛苦你了。”

奥斯卡·冯·罗严塔尔和他的主君以及敌手杨威利一样，都是心中蕴藏着矛盾的人。尽管从各种旁证看来，有足够的理由怀疑他并不希望莱因哈特皇帝获得最后的胜利，但是他构想的作战方案从当时的状况或条件来看，恐怕是最好的。渥佛根·米达麦亚基于对主君和密友的考虑，仔细地研究了这个作战方案，仍然找不出需要修正的地方。

“能让疾风之狼评为合格，真是太光荣了。看来我也可以在宇宙舰队里当个小参谋什么的了。”

被罗严塔尔这么一说，米达麦亚那对充满活力的灰色眼眸中闪着仿佛能穿透纸背的目光。

“不，不成，你不能当我的参谋。我和皇帝不一样，会忌妒部下的才能哟。”

罗严塔尔这不甚高明的玩笑，被对方以同样不高明的玩笑来回应。他黑色的右眼、蓝色的左眼和端丽的唇上，隐约刻画出迥异的微妙笑容。

“疾风之狼，您真是太谦虚了，如果要论这全宇宙的用兵家，可以胜过我的就只有我朝皇帝、杨威利、梅尔卡兹，还有您而已。而其中两位并不需要我与之战斗，这真是太幸福了。”

罗严塔尔的声音听起来像是温度不同的多层海流的回声。米达麦亚经过半秒钟的沉默，用指尖抓了一下自己的耳朵。

“按照你的论调，如今世上屈指可数的用兵家，有半数以上在我方阵营。如果大家为了共同的目的同心协力，胜利自然而然就属于我们了。”

疾风之狼忽然露出烦躁的表情。

“够了，罗严塔尔，我不明白为什么你和我要进行这种拐弯抹角的对话。就在不久前，我们还不必这样做，不是吗？”

罗严塔尔坦率地点点头，对着老朋友笑道：

“你说得没错。这么一个难得的夜晚，总要有好酒相伴哪。如何？虽然比不上四一〇年份的，不过这也是四四六年份的白葡萄酒哦。”

2

宇宙历八〇〇年、新帝国历二年五月三日六时三十分，银河帝国军在皇帝莱因哈特的亲自指挥下，开始进攻伊谢尔伦回廊。虽然在首战中损失了超过一百万官兵，不过战力仍有舰艇十四万六千六百艘、官兵一千六百二十万人。此外，在后方还拥有预备兵力，就是在回廊与旧同盟首都海尼森之间布阵的奥古斯特·沙姆艾尔·瓦列率领的舰队，光是他麾下的船舰就多达一万五千两百艘。与这样的兵力相比，杨威利方面的军力勉强可达两万艘。就数量上而言，两者根本无法比较。

皇帝莱因哈特在总旗舰伯伦希尔的舰桥里，透过屏幕注视着先锋部队一面处理水雷，一面往前推进的情形。

“沉默提督”亚伦斯特·冯·艾杰纳一级上将奉皇帝之命，担任第二集团突击部队的指挥。

“奉此圣命，乃身为军人至高荣誉。臣自当为陛下的丰功伟业尽绵薄之力。若无法成事，甘愿以性命向陛下谢罪。吾皇万岁！”

艾杰纳并没有说出这些话，只是恭恭敬敬地向皇帝默默鞠了一躬，就从皇帝面前退下了。

其他的提督也在得到莱因哈特的命令后，纷纷开始部署。

首战中饱尝败北之苦的毕典菲尔特也暂时接过原法伦海特舰队的指挥权，拥有了将近两万艘战舰的兵力。莱因哈特期待麾下的猛将能发挥强烈的复仇心，这一点，当事人和同僚们都非常明白。

最年轻的一级上将奈特哈尔·缪拉则担任后卫。

在这场宇宙历七九九年开始、八〇〇年结束，一般通称为“大亲征”的远征当中，奈特哈尔·缪拉几乎从头到尾都奉莱因哈特之命，担任最后卫的指挥。这也意味着帝国军在此次的漫漫征战路途中，无法完全消除对后方战局的不安。毕竟后方是昔日敌国的广大领域，一旦发生有组织的叛乱，就算是身经百战的瓦列也可能面临无法应对的危险。真到了这样的时刻，缪拉便要立即由战场折返，与瓦列共同协力，确保这回归帝国本土的长远归途。另一方面，缪拉还有一个作用，就是防止万一有敌方从背后袭击帝国军，虽然这个“万一”几乎是不可能的。

洛尔夫·奥图·布拉斯契上将受命担任先锋扫除水雷，并突入回廊最深处。经过半天多的艰苦作业，他终于将任务完成。

布拉斯契上将过去曾在齐格弗里德·吉尔菲艾斯麾下效力。吉尔菲艾斯过世以后，他便直属于莱因哈特。无论在前线也好，后方也好，他的处理能力可谓一流，而且凡事准备周到，面临战斗时反应极为果断，所以年纪轻轻就爬升到今日的地位。另一方面，也有人评价他为“忘了自己的准备胡乱突进”。或许可以说他的勇敢是天生的，而严密周详则是后天努力的结果。

五月三日二十一时，布拉斯契对准杨舰队射出最初的炮火。准确地说，十五秒钟后，反击的炮火就撕开黑暗的虚空杀过来。

炮火的光点和线条每个瞬间都在增加。不久后，宽大的光幕掀起波浪，占据了整个屏幕。

从这一瞬间起，整个回廊化为充满破坏与杀戮、令人头晕目眩的万花筒。

布拉斯契舰队立即暴露在对方集中的火力前。而且他们后方就是水雷区，后退是完全不可能的。

这种困难是战前早就估计到的，这也是作战的一环。布拉斯契接获皇帝的指示，立即将麾下的六千四百艘舰艇分散成以一百艘为单位的小集团，避免遭受敌方集中火力的打击。但是在分散的过程中，他还是遭受了不小的损失。帝国军的先锋部队前后均夹在火光之壁中，眼看就要被逼进死巷。

五月四日二时二十分，帝国军统帅本部总长罗严塔尔元帅下达展开第二阶段作战的指示。

指向性杰服粒子开始释放。五道肉眼看不见的云柱贯穿了水雷区，爆炸起火，顿时化成五头巨大的火龙，跃入黑暗的虚空。这的确是一幅壮丽的景观，却内藏恐怖的狰狞之相。火龙消散后，五条隧道状的通道被凿穿，仿佛掐死火龙的巨神留下的五个指印。

高速巡航舰随后经由五条通道向前突进。他们一跃进回廊，马上遭到同盟军的炮火攻击，纷纷化成火球。但要在同一时间内压制住五处攻势并不可能，更重要的是帝国军一方只是佯攻。趁着敌方将所有注意力都集中在五条隧道上，帝国军的主力已经从布拉斯契辛苦开辟的通道入侵回廊内部了。

经过两个小时的激战，帝国军终于确保回廊内的一处宙点作为桥头堡。

五月四日十二时，皇帝莱因哈特的旗舰伯伦希尔纯白的身影一出现在回廊内，杨舰队的通信网络就立刻充满了紧张和兴奋。

“皇帝驾临了，准备好花束了吗？”

连亚典波罗的贫嘴功夫都稍逊风采了。他调整好呼吸与心跳，往指挥桌上用力一拍，大声喊道：

“攻击！”

在炮战方面，亚典波罗最精通杨威利式的一点集中炮击法。数万条光线化为暴雨，集中在几百个宙点上，展现了计算与实践的完美结合。

呈密集队形的帝国军无法躲避来自正面的炮火攻击，难以入耳的爆破声冲击着舰艇和人们。光热宛如瀑布，倾泻到四面八方的空间内。

仿佛无数小恒星爆炸释放出来的能量旋涡，又产生了连锁反应，狭窄的回廊中顿时掀起汹涌澎湃的浊流。这浊流更打乱了帝国军与杨舰队原有的秩序，能量光束的发射也受到了干扰，命中率变得极低，整个前线一时混乱到极点。首先恢复秩序的还是已经习惯在这个回廊中战斗的杨舰队。至于米达麦亚，尽管受困于狭窄的回廊地形和杨舰队的炮火，不过好歹还是恢复了正统的阵形。而且阵形刚一恢复，他就逼近对方，倾泻出猛烈的炮火。

“左翼后退，中坚与右翼前进！”

米达麦亚的用意是想借着左翼的后退，将敌方的前锋拖进来，中坚与右翼朝逆时针方向回转半圈，直击敌方的左侧。如果不是“疾风之狼”，大概也无法使出这种生气勃勃的用兵之法。

这方法如果成功，杨势必陷入困境。但此时米达麦亚的指示虽然快速，部队的行动却跟不上。再加上通信体系无法完全发挥应有功能，空间也不足以让庞大的兵力自由行动，帝国军的舰列瞬间出现紊乱。杨立即把握住机会，下达齐射的指示。

爆炸光的波涛占据了伯伦希尔的屏幕。守护着纯白女王的数百艘舰艇同时起火，在脉动的火光中破碎飞散。尽管如此，坚厚的帝国军阵容仍然没有将伯伦希尔的身影暴露在敌人的视野当中。

米达麦亚发出尖锐的咋舌声，回头看着副官阿姆斯道夫少校，说道：“看来被擢升为什么元帅或宇宙舰队总司令这段时间内，我指挥战斗的感觉也变得迟钝了，竟然会下达让我军跟不上的作战指令。”

于是他请求皇帝，由总旗舰伯伦希尔换乘自己的旗舰“人狼”，亲身冲入最前线的战火旋涡。

时间是五月四日二十时十五分。

3

“疾风之狼到最前线来了！”

帝国军的通信线路中到处充满了欢呼声。除了皇帝，大概再也没有帝国军将帅这样受士兵欢迎了，连罗严塔尔也略有不及。米达麦亚冷静沉着地置身炮火当中，重新架构作战方案，然后命令部下实行。

“拜耶尔蓝，上！”

敬爱的长官发出的命令，让年轻的勇将充满昂扬的斗志。此时他麾下的舰艇约有六千艘，在帝国军中并不算大部队，但在灵活敏锐方面无疑是一支杰出的队伍。帝国军被迫一律采取纵向阵形，因此米达麦亚想以拜耶尔蓝的队伍形成一翼，产生半包围的阵势。

迎击这支部队的是达斯提·亚典波罗的舰队。杨已经洞悉米达麦亚的作战意图，必须加以阻止。

拜耶尔蓝的战斗指挥能力几乎与亚典波罗不相上下。但是双方的兵力却无法抗衡，亚典波罗的兵力还不到眼前敌手的八成。假若双方的激战发展为混战，亚典波罗迟早会被逼进劣势。

因此，亚典波罗便打算将拜耶尔蓝引入自己和杨的本队之间，以便前后夹击。所以，最初的遭遇战仅进行了五分钟，他便开始后退，企图诱出敌人。

拜耶尔蓝看出这分明是个陷阱，但如果就此撤退，整个大局便不会有突破性的变化。他坚信米达麦亚一定会替自己想办法，索性假装上钩，突击猛进。不仅如此，拜耶尔蓝甚至以更积极的行动速度，用几近浪费的程度发射光束和飞弹，猛烈进击。

这时杨的战术行动熟练得近乎异常，一面用炮火牵制米达麦亚，一面让前锋部队朝十点钟方向高速移动。待拜耶尔蓝察觉的时候，半包围的态势已经确立。拜耶尔蓝只好仓皇后退，好歹让受害程度减至最小。

“这个魔术师在戏弄拜耶尔蓝？演错角色了吧？”

米达麦亚不由得微微苦笑。

如果没有杨威利的统率和用兵，“艾尔·法西尔革命军”只不过是一群乌合之众。但是反过来，一旦有了杨的指挥，他麾下的军队就是宇宙中最强的精锐部队，左可攻、右可守、前方突进、后方徐退，两万艘舰艇的军队可以抗敌十万艘。但是这样的作战最后一定会导致消耗和疲劳。就算精神上不疲劳，身体也无法再受意志控制。

只有到了那个时候，胜机才可能降临，这是米达麦亚内心的想法。但是在胜机来临之前，帝国军却不见得能维持住应有的秩序。不仅如此，他们甚至被迫一点点消耗体力。莱因哈特、罗严塔尔、米达麦亚都明白这种做法非常愚蠢，但是一旦被拖进回廊，就没有其他选择了。帝国军除了不间断地投入兵力，强迫杨舰队不停地作战，加大其疲劳和损伤之外，大概就没有什么办法了。

另一方面，米达麦亚指挥作战的敏捷和正确，也已接近神乎其神的程度。他和密友罗严塔尔一样，对此次皇帝亲征的战略持批判态度。不过一旦莱因哈特授意，他便将自己的立场限定为战术层面上的指挥官，将所有智慧全部集中在眼前的战场，确立优势地位。他让手头分别以机动性和以火力为主的战斗集团以千艘为单位，随时补充崩溃的战线。另外令运输船和医疗船全面出动，让己方的军备补给站高效地结合在一起。

所以，杨舰队虽然得以保持优势，但是帝国军并未溃走，仍继续顽强地维持舰队秩序。这不禁让杨感叹：

“不愧是疾风之狼。他的用兵毫不炫耀奇巧，绝不是一般平庸的将领能做到的。”

这样的赞叹对此时的米达麦亚来说，或许一点意义也没有。因为帝国军尽管在兵力上远胜于敌方，却受限于狭隘的战场，失去了行动自由，后方的兵力无法参与战斗，只能在己方的妨碍下隔岸观火。

“变成一群散兵了，真是难看哪！”

米达麦亚如此想着，一面感到焦虑，一面为自己的用兵不符合用兵学的基本原理而感到羞耻。

五月六日，杨采用梅尔卡兹的策略，对帝国军展开攻击。杨、梅尔卡兹以及亚典波罗三人，轮番对帝国军幅度较窄的左翼予以痛击。而在帝国军将主力注入左翼的时候，马利诺率领分舰队冲进了帝国军的核心。与其说这是一种奇谋，毋宁说这是正统派的用兵法。正因如此，成功率相当高，甚至眼看就要成功了。

“太好了，上！”

马利诺准将用脚跺着地板，大声喊道：

“用最华丽的葬礼来埋葬华丽的皇帝。”

说着说着，马利诺激动起来，呼吸加速，以闪电沿着避雷针落下般的态势与速度，对莱因哈特的旗舰伯伦希尔发动攻击。

舒坦梅兹一级上将注意到了主君的危机。他的部队也排成细长的舰列，虽不见得对战斗有利，不过他原本的兵力就较多。为了阻止猛进的马利诺，他从左前方开始反击。

受到敌军数量和态势上的压制，马利诺的分舰队朝右方雪崩般溃散。交战不到三十分钟，他已失去麾下四成的兵力，舰队的秩序也已溃散，只差全军溃走了。挽救其危机的是杨的本队。

舒坦梅兹舰队的监控员发出惊叫声。

“敌方主力以密集阵形突入！”

舒坦梅兹立即指示迎击，但杨直属部队的炮火的精准程度无与伦比。舒坦梅兹舰队顿时化成连绵数万公里的火球与爆炸的光群。

此时，杨本队与梅尔卡兹的分队无言地连在一起，形成两翼，交互痛击舒坦梅兹的舰列。在这样的痛击下，舒坦梅兹的舰队以令人惊异的速度解体。

五月六日十一时五十分，舒坦梅兹的旗舰佛尔肯同时被三发磁力炮弹击中。

爆炸后随即产生火灾，舰内笼罩在一片恐慌中。火神之剑在舰桥里一闪而过，幕僚们被扫落到热潮的底部，设备和计量仪器全部被热浪刮飞。痛苦的惨叫声迅速化成死亡的呻吟，舒坦梅兹的副官西贝尔中校透过一片血海、火池和弥漫的烟雾，寻找司令官的踪影。舒坦梅兹就在他身边，仰面朝天倒在那里。西贝尔吐出一口血块，张开染成鲜红的嘴。

“阁下，阁下，您的左脚完全碎了。”

“你的报告总是很正确。托你的福，一直以来都是靠你帮忙……”

舒坦梅兹脸上毫无笑容，回答道，只是置身事外般注视着自己丧失感觉的左半身。

“看来是没救了，你的伤怎么样？”

他的问题并没有得到回答。西贝尔中校趴在自己流出的鲜血形成的血泊中一动不动了，他的血也因为地板下的高热，正快速地蒸发。舒坦梅兹又继续叫着波连参谋长的名字，但同样没有听到回答。此时，瘫痪的感觉扩大到他的右半身，出血紧随而至，黑夜已经降临到他的视线范围内，耳中也筑起了一道无形的墙。

“格蕾茜！”

提督嘟囔了一句，咽下了最后一口气。

舒坦梅兹一级上将的旗舰佛尔肯被笼罩在一片七色的光彩中。这影像映入罗严塔尔两只不同颜色的眼睛中，令他一瞬间停止了呼吸。莱因哈特扭头看着统帅本部总长。年轻皇帝的半边脸被屏幕的光芒映照，看上去仿佛一座用白瓷和黑曜石做成的雕像。

“舒坦梅兹逃出来了吗？”

“正在确认，皇帝陛下。”

罗严塔尔回答了皇帝的问话。但他竟没有注意到，自己已失神了四分之一个瞬间。

到舒坦梅兹司令部唯一的生还者马克古拉夫少将报告“司令官战死”的消息为止，时间又过去了三分钟。年轻俊美的皇帝得知继法伦海特之后，他又失去了一位得力将帅。他伸出一只手，按住前额的金发和白皙的额头，覆着长长睫毛的眼睛紧闭起来。下一个瞬间，他那冰蓝色的眼眸直视着一个人。

“玛林道夫小姐。”

“是，陛下。”

“朕命你接任大本营幕僚总监，希望你能代替舒坦梅兹辅佐朕。”

希尔德一反平日的聪颖，显得有些为难。

“但是，陛下，我……”

莱因哈特举起那仿佛以岩盐为素材雕刻而成的白皙的手，制止了伯爵小姐的异议。

“啊，朕明白，你确实从未亲自指挥过一兵一卒，但指挥士兵的是前线的提督们，而指挥他们的是朕，你要做的只是为朕提出建言。谁会对皇帝的人事命令有异议吗？”

希尔德恭敬地行礼。她并没有刻意说出那个极可能会有异议的人的名字。

4

这个时候，帝国军的阵列已经出现破绽，连米达麦亚这样用兵神速的人也难以完全修复。舒坦梅兹麾下的舰队并非弱兵，但因为司令部已经完全毁灭，无法采取统一的行动，英勇抵抗的效果等于零。此外，他们的舰队毫无秩序地左右散开，反而让己方的指挥系统产生了混乱。

总旗舰伯伦希尔的舰桥里，皇帝莱因哈特秀眉微蹙，但仍非常平静地注视着迫在眉睫的敌方炮火。罗严塔尔站在旁边，注视着皇帝的姿态。

难道自己会和这位金发的霸主一起葬身于此吗？

这倒也好，罗严塔尔对着内心深处朦胧的镜子诡异地笑着。当然，为防止大本营出现危机，他事先就已经考虑到了。

亚雷桑迪·巴特豪瑟少将是罗严塔尔麾下一位出名的勇将。他并没有显著的才干，也没有统率庞大兵力的能力，却能够服从命令，忠实且不辞劳苦地完成战场上的任务，因而得到罗严塔尔的信赖。每当欲以少数兵力的动向来改变局面时，罗严塔尔就经常动用此人。

这位巴特豪瑟指挥的两千四百艘舰艇，在杨舰队右侧呈平行状发动炮火攻击，成功地将杨舰队进击的速度减缓下来。虽然仅有些微时间，但已经争取到足以让旗舰伯伦希尔退避的机会。莱因哈特基于自身的尊严，此时不愿后退。但罗严塔尔指出如此可将敌方主力引入，予以夹击，因此他最后被说服了。但是帝国军各部队的联动速度背离了罗严塔尔的期待，伯伦希尔后退产生的空间在帝国军的舰队补入之前，就让杨舰队突入抢占了。

罗严塔尔从监控员的惊呼中知道了杨舰队猛然进逼。他虽然感到意外，但也立刻准备用炮列还击。

在这一瞬间，杨舰队朝天底方向突进，钻过帝国军的防御阵线，立即用光束和飞弹从下方射击莱因哈特的本队，从至近的距离突入舰列。

帝国军诸将战栗了。杨此时的用兵，让人觉得用“猛将”

来形容他比用“智将”更贴切。杨的炮火极为猛烈，击碎了帝国军的抵抗，朝莱因哈特永远的乘舰伯伦希尔逼近。

莱因哈特也战栗了，但他的战栗并不是因为恐惧，而是因为极度的激动。

“就是这样，非得是这样才行啊！”

他白瓷般的皮肤因充满生气而涨红，呼吸也兴奋地高涨起来。

光线与能量的巨大波涛席卷了宇宙的一角，莱因哈特的生命力仿佛化为实体，在这片波涛的正中央闪耀着光芒。

“罗严塔尔！俯角三十度，朝两点钟方向集中火力。敌方舰列一有空隙，马上压迫上去，实施突破。”

莱因哈特只说了这几句话，但是对金银妖瞳的提督来说，主君的意图已经非常明显了。尽管面对着敌方的炮火与高速移动，莱因哈特并没有陷入恐慌，反倒已看透敌方维持舰列的关键点，并对该处实施集中反击。如果能够突破该处，杨舰队战线的均衡会被打破。将效果发挥到最大，杨舰队就会全面崩溃，如同在切割钻石时用钢凿给予最初的一击。就算只能得到最小的效果，杨也必须要先止住攻势，重新编排舰列。这么重要的一点，在广大的战场上是少之又少的，而莱因哈特竟能在一瞬间看透。罗严塔尔不得不承认，皇帝的天才值得赞叹。

莱因哈特撩起亮丽的金发，笑了。他的笑脸就像打翻了珠宝盒那样光彩夺目。

“我早就料到杨威利会猛攻，在巴米利恩会战的时候也是这样，因为如果不和朕直接对决，他就难以将朕打倒。朕……”

莱因哈特忽然沉默了，他无意识地用左手捂着嘴，用像是由初雪凝固成的白色牙齿轻轻地啃着无名指。希尔德惊异地看到莱因哈特的表情变得充满怒气。接获己方已经阻止杨威利的猛烈攻击并迫使其后退的报告，他的表情也几乎没有改变。

杨威利的旗舰尤里西斯，几天以来一直在死战中颠簸。

“看来你一辈子的勤勉都要在这里耗尽了，杨提督。”

先寇布说道。这位地面战和肉搏战的著名指挥官以骁勇闻名，在舰队战中没有上场的机会，便一手拿着小瓶威士忌，扮起旁观者的角色。如果让亚典波罗那些人看到，他们简直会羡慕死吧。这场战役一结束，亚典波罗就在旗舰玛沙索特的舰桥地板铺上毛毯睡了，直到返抵伊谢尔伦要塞都没有醒过来，由此可见这场战役的艰苦。

奋勇执行了十四次出击任务的奥利比·波布兰也一样，结束最后出击的回航途中，他在爱机的座席上睡了六个小时，在寝室的床上又睡了十四个小时。后来亚典波罗评论说：“真难以相信他竟一个人睡着了。”

无论如何，杨舰队目前维持的优势就像单脚踏在薄冰上一样危险，尤其是兵力的绝对数量实在不够。虽然已令舒坦梅兹阵亡，使其舰队暂时瘫痪，但其他将领比如奈特哈尔·缪拉、毕典菲尔特、艾杰纳等人都还毫发无伤地在后方待命，他们的潜在力量是值得畏惧的。他们没有到战场上，固然是因为战场本身过于狭隘，但皇帝莱因哈特一旦采用杨最害怕的那种战法，届时该如何应对呢？

在那之前，杨一方除了主动以攻势压倒帝国军，难道还有别的办法吗?

就这样，五月七日二十三时，杨打算再次发动全面攻势。

不过，这一次奈特哈尔·缪拉终于出现了。为了保护皇帝，他挡在杨舰队的炮火前。

最初，杨威利听到敌方有一支指挥官身份不明的舰队守护在皇帝之前，同时正在抵挡已方攻势，轻轻地叹了一口气。

“啊，一定是铁壁缪拉，在人如其名地守护着他们的主君。就凭有这样的部下，莱因哈特皇帝的名号就足以流传后世。”

去年，在巴米利恩星域会战当中，由于缪拉前来援救，杨没能打倒莱因哈特。此时这一记忆又复苏了。

此时的缪拉一待麾下的兵力完全齐备，立即一鼓作气切入杨和莱因哈特之间。杨也仅能在缪拉舰队还没有完成阵形之际给予一击，然后立刻后退，重新编排舰列。

能把缪拉这般良将纳于麾下，杨不得不为莱因哈特的豪华阵容赞叹。不仅是缪拉，其他像与杨作战并战死沙场的法伦海特，还有舒坦梅兹，都不是出于对专制政治的信赖舍弃生命，而是出于对莱因哈特·冯·罗严克拉姆个人的忠心，才舍弃了尽享天年的机会。对他们来说，这是报答莱因哈特知遇之恩的途径。

“也就是说，人们追随的是个人，而不是理念或制度。”

这名身为战斗艺术家的男子，尽管身处残酷的战斗旋涡，但某些脑细胞仍然从事着不能称为紧急的思维活动。

为什么而战?杨经常思索这个问题，但越是在理论上探求，得出的结论就越肯定——战争是无意义的。

把“为什么”这个最重要的问题核心模糊化，用感情取而代之，就是所谓的煽动。自古以来，基于对宗教的憎恶开启的战争，之所以会招来最激烈、最不容赦的战祸，都是因为其战意是起于情感，而不是基于理念。对敌人的厌恶乃至憎恶，以及对己方指导者的忠诚，都是情感支配下的产物。无须论及他人，就杨本身而言，他对民主政治的忠诚从另一面来看，也就是对专制政治的憎恶。

杨最担心尤里安·敏兹的一点，便是这个六年来一直在他保护和影响下的年轻人最终是不是为他而战。这样是不行的，杨想。如果尤里安是基于对杨个人的忠心，来憎恶敌人甚至好战的话就糟了。无论如何，杨希望尤里安抱持的信念自始至终都是对民主主义思想和制度的忠诚。

不过，一想到是不是期望尤里安在自己死后仍然能继续为反对帝制而战，杨却犹豫起来。杨原本就不希望尤里安成为军人。虽然顺应了尤里安自身的期望，让他成为一名军人，也时常给他高度评价，杨还是经常觉得后悔。

就像这样，杨本身就是一个矛盾的集合体。不过他自身最大的矛盾应该是在这样激烈的战况当中，却还能进行这些根本无助于获胜的思考，并且同时维持不败。他面前的敌手是战争天才莱因哈特·冯·罗严克拉姆，尽管这是一位集军神之魂与智神之脑于一身的伟大霸主，也无法在战斗中打败这支不起眼的“流亡的私人部队”。

5

到了五月八日，两军的混战仍在持续。缪拉加入战斗行列，也只能暂时逼退杨的攻击，并未使战局发生戏剧性的变化。这点和巴米利恩会战的时候不一样，因为缪拉这次参战早在杨的意料中，他早就想好了应对之法。

“前后、左右、上下，不管从哪个角度看，全都是我方军舰的踪影。可我方还是处于劣势，这究竟是为什么？”

米达麦亚元帅的参谋布罗上将发出了饱含焦虑和失望的声音。如他所说，尽管帝国军在兵力的数字上依然占绝对优势，实质上却完全受到杨舰队的牵制。

和正好一年前的巴米利恩会战比起来，这次的“回廊决战”不管在时间还是空间上规模都小了许多，但顽强的战斗和转移却在不断持续。在数字上明显处于劣势的杨舰队，除了活用回廊的地形，借着水雷区和集中的火力来切断敌人阵形，利用时间差各个击破外，根本没有胜算可言。不过就算是缪拉，一旦无法自在地移动所配置的兵力，也只能忍受绵延不断的局部战斗。

在激战中，当“米达麦亚元帅战死”的消息传到帝国军总旗舰伯伦希尔的时候，整个舰桥立即笼罩在灰色的战栗中。随侍一旁的艾密尔觉得，皇帝莱因哈特金色的头发仿佛瞬间化成了银白色。统帅本部总长罗严塔尔元帅的脸也仿佛被他左眼的蓝色给渲染了，整张脸铁青。他用一只手扶住皇帝使用的指挥桌，支撑修长的身躯。他的手腕颤动着，细微的颤动从桌子传到莱因哈特身上。

“卑职幸有些许运道，得以保命至今。敌方的炮火未能击破英灵殿之门……”

米达麦亚传来的通信文否定了刚才的虚报，整个大本营又恢复了生气。米达麦亚的旗舰“人狼”虽已受损，但仍然在帝国军的最前锋。

莱因哈特决意使用最终，也最惊人的战术，就是在这个时候。

就这样，“回廊决战”的第二幕在五月十日揭开。决战始自莱因哈特皇帝九日召开的御前会议。这个时候，并列于皇帝面前的帝国军最高将领只有罗严塔尔、米达麦亚两位元帅，缪拉、毕典菲尔特、艾杰纳三位一级上将，以及直属于大本营的高级军官。与昔日相比，缪拉不禁感觉一丝寂寥在胸中扫过。即使和侵入伊谢尔伦回廊前相比，也有法伦海特和舒坦梅兹两位一级上将战死了。自由行星同盟被消灭后，杨威利及其一众充其量不过是同盟政治的余烬，可帝国军却被迫与他们进行如此辛苦的缠斗，这或许是连皇帝都始料未及的。若从双方的实力差距与战斗目的来考虑，不得不承认迄今为止帝国军确实处于劣势。

莱因哈特首先宣布已故的舒坦梅兹一级上将晋升为元帅，接着便宣布希尔格尔·冯·玛林道夫伯爵小姐以中将待遇担任大本营幕僚总监。消息发布后，如莱因哈特先前言明的那样，的确没有人对皇帝的人事安排有异议。只不过有人觉得欣喜，有人无动于衷，也确是事实。罗严塔尔元帅的金银妖瞳看起来就没有什么热忱，不过这或许是希尔德太敏感的缘故。

“在此前的战役中，朕从未因采取被动守势获得一次胜利。一忘记这点，军神就开始惩罚朕的怠惰。这就是我军至今还没有获胜的原因。”

莱因哈特的脸颊呈现出热烈的红晕，仿佛内部有太阳一般。那种鲜明的色调令希尔德感到微微的不安，那样的红晕并不只是因为精神的激动。但莱因哈特无视希尔德担心他身体状况的视线，只是一味抒发心中那化为声调的热切情感。

“杨威利用回廊狭隘的地形，迫使我军采取纵深阵形，以此对付我军占优势的兵力。朕原本想要智取，但显然是个错误。唯有从正面以实力粉碎他的抵抗，使之无法再战，才是朕和朕的军队应采行的正道。”

五月十一日六时四十五分，杨遭受帝国军新一轮的波状攻击，感觉一股恶寒由心中蹿起。他最担心的就是敌方采取这种战法。

帝国军舰队的行动非常单纯，仍以纵队突进，集中炮火攻击，接着一面在敌前掉头，一面仍用炮火攻击，然后后退。第一队后退的时候第二队插上，同样集中炮火攻击，在敌前掉头时仍不停止炮击，然后后退，第三队再接上。这样的进攻呈连锁状反复进行，一直持续到防御一方疲劳至极，补给物资消耗完毕。

这种战法如果一直持续下去，在恢复上明显处于劣势的杨舰队的战力很快就会被消耗削弱，终将坠入宇宙的深渊。

此时梅尔卡兹提议，暂时后退至伊谢尔伦要塞，以要塞主炮“雷神之锤”来对抗帝国军的波状攻击。亚典波罗表示赞同。杨也打算这么做，可是，重新编排后的帝国军第一阵线——缪拉军却利用毫不间断的波状攻击，让杨舰队连一点喘息的时间都没有，并且在杨舰队企图后退的时候立即急速前进，采取并行追击的方式，使整个战局陷入混战状态，意在让对方没有机会使用“雷神之锤”。

杨看透了对方的意图，正因如此，他才无法移动半步。面对毫不间断的波状攻击，杨只能用炮火应战，当己方舰列出现破绽的时候就去填补，当己方被半包围的时候就用司令部统御的机动兵力去营救。他为战术层次上的应对忙得不可开交。让杨忙得晕头转向，不给他时间要弄诡计，同时让他身心俱疲，这正是帝国军的目的之一。

经过三十个小时的连续攻击，缪拉的舰队终于后退了。缪拉自己也相当疲劳，在敌前回头到后退的这段时间内，他的军队因杨舰队的炮火攻击产生不少损失。但是杨舰队其实也没有余暇进行追击，因为艾杰纳率领的第二阵线的大军已经来袭。他率领的军队数量几乎可以和杨舰队所有的兵力相匹敌，而且以逸待劳。其先锋部队好像要将各舰艇的能量槽一倾而空似的，发动疯狂射击。一时之间，杨舰队不得不后退。艾杰纳军突进的舰艇便乘着间隙，沿着回廊边缘，从杨舰队的侧面杀过来。

在艾杰纳猛烈的侧面攻击下，杨本队和亚典波罗的部队好像要被切断了。艾杰纳确实用行动证明他是个巧妙的用兵者。

“再这样下去，我们就要被孤立在敌军中央了！司令官有何打算？”

参谋拉欧上校的声音显得有些尖锐。亚典波罗对着他露出了笑容。

“别担心，帝国军是自掘死路。我们把退路封起来，来个围殴。”

拉欧上校现出怀疑的神情。他原本不是这么悲观的人，但自从担任杨和亚典波罗的参谋以来，却好像培育出了这样的心态。

不过，后来事实证明他的确是杞人忧天。极具讽刺意味的是，艾杰纳舰队在就要成功切断杨和亚典波罗的一瞬间，竟然落入了被敌军两面夹击的境地。

曾经担任杨过去的旗舰休伯利安舰长的马利诺准将，集中发射光束和飞弹咬住艾杰纳的左侧，一时间撕开一个深及对方中枢的伤口。

艾杰纳的旗舰维札尔顿时被三方的火球和闪光包围，各艘护卫舰也接二连三地爆炸起火。眼看着陷入危机，可是艾杰纳连眉头都不皱一下，仍然沉着稳健地指挥舰列，一面抵御马利诺的猛攻，一面坚实地弥补伤口，并以断续的炮火牵制敌方，终于成功地脱离了危险宙域。

尽管如此，他所受的损害却是不能忽视的。当参谋们提议后退的时候，艾杰纳的嘴唇稍动了一下，大概是在咒骂神和魔鬼，但这咒骂并没有化为声波传到任何人的耳朵里。无论如何，审时度势地后退也是帝国军的基本战术，所以艾杰纳不再坚持己见。但是在掉头和后退的时候，他还是故意在舰队里留了个破绽，展露在敌人面前。

杨当然不可能上这种当。他必须要在下一波波状攻击来临之前，完成武器、弹药、粮食、能量及医药用品的补给，将受伤的人员送到后方，还要赶紧在遭受破坏的各条战线上补足兵力。杨对着卡介伦“差不多已到达底限”的警告点点头，一面进行这些作业，一面击退拜耶尔蓝和布罗等人展开的第三次攻击。更甚于此，从五月十四日二十二时起，他一改防御战法，转而开始主动出击，率部队攻向帝国军。因此，原本应该在第四次攻击中出动的黑色枪骑兵和旧法伦海特舰队组成的联合部队，被杨舰队先发制人地攻击，一时陷入混乱。

毕典菲尔特的旗舰“王虎”一展名实相符的威势与锐气，锐不可当地朝敌人突进，这是十五日四时四十分的事。突进的当然不止一艘舰艇，同行的还有数量虽少却最为精锐的舰队，企图直捣杨舰队的中枢。部队精良自不必说，还能正确地掌握杨舰队的中枢部位所在之处，进行集中攻击，这证明毕典菲尔特绝非庸才。

正因如此，杨命左翼部队终止突进。为了应对帝国军的反攻，必须暂时缩短战线才行。对杨而言，这是意外的计算失误。因为曾在前哨战中遭受杨痛击的毕典菲尔特，不但没有从战斗行列中退出，也没有因为败北而战意萎缩，反而凭着更旺盛的士气和更强烈的突进力，企图恢复失去的名誉。杨利用光束与飞弹形成的防御阵线阻挡住对方的攻势，争取时间巧妙地变换阵形。他没有正面迎击毕典菲尔特，而是将对方的攻势稍稍引向左方，先诱其进入圈套，然后令梅尔卡兹攻击对方的侧面。

黑色枪骑兵被彻底夹击。不过在这个时候，被夹击的一方却比实施夹击的一方还要强大得多。数量虽然减少了，却反而有助于加强统一指挥。

在你来我往的炮火交锋之后，双方立即陷入激战。有的战舰连乘员一并四散在虚空中，有的战舰则同时被多道光束切碎，还有的战舰一面喷出能量洪流，一面摇摇晃晃地飘移到战场之外的宙域，在那里爆炸。

杨消耗着物资与能量，发射着已近谷底的火力，遏制黑色枪骑兵的攻势，并对旧法伦海特舰队进行侧击，压制敌方的指挥系统。如此一来，毕典菲尔特的攻势也到达了临界点，再维持下去颇有困难。

黑色枪骑兵终于后退了，时间是五月十五日十九时二十分。

但是杨舰队也在人力资源方面遭受了无可弥补的损失。舰队运作的总负责人亚顿·费雪中将战死。黑色枪骑兵的舰队司令官毕典菲尔特一级上将为没能打倒杨威利遗憾得咬牙切齿，但他的一击却也夺去了杨舰队的一只脚。杨已经无法继续长时间地抵抗帝国军的猛攻了。

如果此时帝国军再进行一次全面攻击，杨势必要撤回伊谢尔伦要塞。但是帝国军也并非全能，他们无法得知己方给了杨舰队近乎致命的损害。

此外，帝国军最高将领中也有个不为众人所知的秘密，即"皇帝龙体欠安"的事实。自莱因哈特即位以来就经常侵袭他的发烧，在五月十六日这一天再次侵袭了他。统帅本部总长罗严塔尔元帅和米达麦亚及希尔德商议后，决定暂时把全军撤到回廊外。当然，皇帝生病的事此时是不能泄露到大本营之外的。

其实对于杨威利及其一众，罗严塔尔在战略上的见地远比莱因哈特冷静和现实。依他所见，皇帝放弃壮大坚实、长久积蓄的战略优势，固执地想在战术层面获得胜利的做法，虽不能说是无益，却会造成更多本可避免的流血牺牲。

虽然没有说出口，但罗严塔尔已经确认了一件不得不为之愕然的事，就是这位身为全宇宙征服者的皇帝，从巨大的才能与行动中所得出的结论，竟然是以个人的征战欲望为先。他不想断定“皇帝为人好战”，因为那不应称为好战，而是这位一头金发的战士继续存活下去不可或缺的营养素。最近皇帝一再发烧，更令他怀疑是不是因为皇帝原本健康年轻的肉体无法负荷灵魂那无限的欲求。

无论如何，新帝国历二年五月十七日，帝国军在损失两百万名将士和两万四千四百艘舰艇之后，终于被迫离开伊谢尔伦回廊。

“吾等可以征服宇宙，却无法征服一个人。”

米达麦亚经历连日死战，身心疲惫至极，灰色的眼眸中透出担忧的神色，喃喃自语。将大量兵力投入狭隘的回廊中，交火长达十四日，却还是没能战胜在战力上居于劣势的敌人。杨舰队的两大支柱——伊谢尔伦要塞与杨威利如今都还安然无恙。

得知帝国军后退的信息，杨并没有追击。因为罗严塔尔和米达麦亚的统兵是无隙可乘的，又有缪拉以不放弃反击的姿态护卫在全军之后。事实上，杨舰队连日来的疲劳与消耗也达到了极限。费雪之死带来的冲击更是无比深重。得知这个噩耗的时候，连一向大咧咧的亚典波罗都一反平日作风，对担任参谋的拉欧上校沉重地叹了一口气。

“惨了，咱们的活航路图这下子变成死航路图了。以后再也不能轻松地到森林去散步了。”

尽管费雪为人朴实、毫不显眼，但无人不知杨舰队的命运一直掌握在他手中。杨从未在战术层面遭遇失败，支持着他创造这一奇迹的重要因素，除了杨的构思和奇谋，就是杨舰队那永无间隙可乘的运作了。费雪在舰队运作方面表现出来的高超技巧，以及杨慧眼识英才、将舰队全权委托给他的器量，两者珠联璧合，才是杨舰队至今维持不败的主因。

杨将太阳眼镜架在鼻梁上，两掌交叉顶在额头中央，许久不动。他似乎在为死去的部下致哀，又仿佛在为日后舰队运作时的困难及随之而来的难以求胜而忧心。费雪是一直号称不败不死的杨舰队中第一个战死的人，是不是意味着这些人一直使用的幸运之灯已经耗尽燃料了呢？杨心中不禁掠过一抹不祥的冷风。

五月十八日，退出战场正要回归伊谢尔伦要塞的杨舰队，再次受到新的冲击。

“皇帝莱因哈特传来通信，他……他……”

尤里西斯战舰的通信军官一开始就抛弃了工作中本该有的沉着。杨身旁的尤里安·敏兹接过通信板，把视线投注在上面。但是看到通信的内容，他也得先整理情绪，回归理性。经过一阵大脑空白的状态，他才一脸激动地转述给杨。

“莱因哈特皇帝传来通信，要求停战和会谈。”

参谋们惊异地面面相觑，视线像是乱流一般相互冲突，不久后又纷纷集中在一点上。杨威利盘着腿坐在指挥桌上，用黑色贝雷帽扇着脸，然后又用另一只手搔起那黑色的头发来。

Chapter 5
魔术师，一去不回

1

莱因哈特皇帝提出的会面要求，杨威利并没有立刻回复。并不是因为他要仔细地思索，而是连日征战的疲劳已让他的身心受到相当大的损耗，就算有再大再强的惊愕或感动，也没有办法驱走睡魔的召唤。

“我的脑细胞已经变成稀饭了，现在不是思考的时候。总之，先让我休息一下吧！”

杨已经累成这样了，其他参谋也只想睡觉和休息，除了厚颜无耻地展露出一副坐山观虎斗姿态的先寇布。

“我好想要一张床，没有女人的也可以。”

奥利比·波布兰这么一说，等于将占他生命一半比重的人生给否决了。而达斯提·亚典波罗像在梦呓似的打着招呼：“谁把我吵醒，一律依反叛罪枪毙！”然后就连滚带爬地回寝室了。

就连一向严谨的梅尔卡兹也嘟囔着：“我现在的心情，不求无限的未来，但求一夜的安眠。”下达了最基本的指示后，他径直回到了私人卧室。

“如果现在有敌人来攻怎么办？管他呢，反正死了跟睡着了也差不多……”

梅尔卡兹的副官舒奈德也在扔下这句落差极大的唠叨后，往寝室走去。或许是力气耗尽的缘故，一进电梯，他竟然靠在电梯的内壁上睡着了。

“哎呀，哎呀，要把这些家伙全部叫醒的话，大概要找一百万个公主来亲吻他们吧？”

负责留守的亚列克斯·卡介伦耸着肩膀说道。此时，只有一个人踩着沉稳的步伐从战舰尤里西斯下来，站在卡介伦眼前——此人正是华尔特·冯·先寇布，他对卡介伦眨了眨眼睛。

“如果需要我效劳的话，卡介伦中将，小生一人可以为您从睡梦之园里一一唤回所有士兵，不过，仅限于女兵。”

卡介伦并没有理会这个美好的建议，于是先寇布便优哉游哉地走向无人的酒吧，一个人独占了那里。

就这样，整个伊谢尔伦笼罩在一片妖精撒下的睡眠粉末之中，一切都无声无息。杨、菲列特利加、尤里安、卡琳以及其他幕僚全都跳进睡梦之井，钻到现实的水面下。正如舒奈德临睡前用最后一点理智担心的那样，如果帝国军此时前来进攻，伊谢尔伦要塞原先“固若金汤”的评语就要被否定了吧。

此时的帝国军当然也筋疲力尽。负责后卫的奈特哈尔·缪拉真的是不眠不休，直到完全撤离战场为止。他们对杨威利及其一众的战斗能力有正常甚或是超乎其上的评价，不敢疏于防范任何可能发生的突击或埋伏。确定已方安全撤离之后，缪拉也一头栽到床上去了，但没有任何人提出责难。

好不容易喂饱了睡魔，整个杨舰队的人员好像变成了一群陷入饥荒的儿童，占领了要塞内部的所有餐厅。不管将领还是士兵，全是一副难民的嘴脸。唯独奥利比·波布兰在起床后立刻将胡子刮干净，还洒了古龙水，然后才出现在众人面前。但他将时间都浪费在了多余的整理服装仪容上，所以进入军官餐厅后，才发现里面的人已经爆满，他只得站在走廊上匆忙地喝奶油浓汤。这幅情景如果让华尔特·冯·先寇布瞧见，只怕要讥笑为“真是个活生生的徒劳无益的例子”。

就这样，到了五月二十日十三时三十分，杨舰队的参谋们总算将身心状态调整好，可以讨论皇帝莱因哈特传过来的通信了。

在会议室中，三杯红茶和十五杯咖啡散发出来的香气微粒相互碰撞。讨论开始了，但杨的内心其实早已下了决定。将皇帝莱因哈特拖到会议桌上，是杨从一开始就拟好的战略归结点。

“一开始先把皇帝引到伊谢尔伦回廊，然后再把他拖到会议桌上。为了让事态顺利地发展，我真想让皇帝的两脚穿上银色的溜冰鞋啊。”

司令官亲自为杨舰队基本的政略和战略做了这样一番说明，他的参谋们不知是该认真点头好呢，还是该当成笑话付诸一笑。杨自身也好，参谋们也好，没有人抱着为守护民主政治的精髓非要战斗到最后一兵一卒不可的思想。他们必须活下去，从罗严克拉姆王朝那里取得政治上的妥协，这才是他们必须胜利的原因。尽管他人看来会觉得惊讶，但这才是他们作战的理由。

最初，不知是说正经的还是开玩笑，达斯提·亚典波罗说：

“壮烈牺牲这条路已经让比克古老爷子捷足先登了，即使我们奋起直追，也不会有人来褒奖，所以若不好好地活着，好好享受一下，可就是损失了。”

这样的意见其实正体现了杨舰队成员习惯于将自己伪装成坏人的毛病。无论如何，杨舰队的将领没有人抱持“绝不与专制主义妥协”的思想。连敌我之间的实力差距都分不清，就仰天长啸，冲向自我毁灭，杨舰队中没有这种“憨直之辈”。

因此，莱因哈特皇帝提出的要求，不如说正是杨舰队欢迎的。但是就他们的作战环境和现在的时间点而言，他们并不能天真地相信对方这个要求，所以讨论的前提是这会不会是一个陷阱？就算帝国放弃使用军事力量解决问题，但是他们做出的选择不见得一定要迎合杨舰队希望的方向。

“他们会不会以会面或讲和为借口，企图把杨提督引诱到伊谢尔伦要塞之外杀掉呢？”

姆莱中将提出的这个意见成了会议讨论的出发点。他特意陈述常识性的推断，借此引出反论或疑点，有点像做某种化学实验的感觉。

听到这句话，杨把头上的黑色贝雷帽脱下来，放在手中玩弄着。先寇布拿起咖啡啜了一小口，好像味道不合口味似的，立刻又把咖啡杯放回托盘里，然后说道：

“我认为这个可能性不高，理由是皇帝的为人。很难想象那个自傲的金发小子会因为没法在他拿手的舰队战中获胜，就用谋杀的手段。”

那位历史上最伟大的征服者到了先寇布锐利的舌锋中，竟也变成“小子”了。不过他这种说法虽有些拐弯抹角，却对“莱因哈特的精神特质当中并没有卑劣的成分”有肯定的评价。接着，奥利比·波布兰提出了相反的看法。但如果发言人不是先寇布的话，不知波布兰还会不会加入讨论。

“纵然皇帝本人是这样，但是他的幕僚中也许有人抱着不太一样的价值观。经过这么多的流血牺牲，仍然没有办法获胜，皇帝这个战争天才的颜面自然难保，说不定有些忠诚心过剩但判断力不足的家伙会想出什么花招。”

在讨论之中，尤里安一直无言地注视着杨。他看出杨内心已有意接受莱因哈特提出的会面协商要求。对他来说，现在唯一的问题就是自己能不能和杨同行。

可是，他还有另外一个疑问：一向好战的莱因哈特为什么忽然要求会面？并非全能的尤里安此时难以洞察原因。

“……绚烂夺目的皇帝莱因哈特·冯·罗严克拉姆，是个只知道胜利却不知道和平的人。”

这是后世的历史学家扔给这位军事天才的批判中最苛刻的评语。这未必称得上公正客观的批评，却切中了莱因哈特壮丽人生中的一个侧面。至少无法用相反的论点来否认这一点。

莱因哈特发烧卧病在床后，竟然对杨威利提出会面的要求，这令一直在他身边辅佐的希尔德，也就是希尔格尔·冯·玛林道夫伯爵小姐感到意外。事态这样演变虽然是她的期望，却不是她能预料到的。当这场“回廊战役”展开的时候，为了避免无益的流血牺牲，希尔德曾不止一次对莱因哈特提出谏言。

“杨威利并非想要全部宇宙，臣下斗胆进言，如果必须做出让步，那么这一责任及权利是在陛下您这边的。”

皇帝一面将洒落在额前的瀑布般的金发拢上去，一面望着这位美丽的秘书官。

“玛林道夫小姐，听你这么一讲，好像是说将杨威利穷追猛打，最后把他逼成无处可逃的老鼠，是朕的责任喽。”

“是，臣下是这么认为的。”

此时，莱因哈特脸上的表情与其说是不高兴，毋宁说是被刺伤了，他拒绝了希尔德的谏言。这个年轻人连皱眉的动作都显得极为优美。

“这世上敢对宇宙的支配者这样直言不讳的人，在所有活着的人当中，只有你一个！伯爵小姐，你的勇气和率直固然值得赞赏，但如果你认为朕总是会高兴地接受，那就错了。”

希尔德没有再坚持进谏，因为她太了解莱因哈特精神上需要的营养素是什么了。她经常担心如果失去了这些营养素，莱因哈特是不是也就失去了生存的意义。然而，一旦他真像热切希望的一般，用武力打倒了杨威利，完全支配宇宙之后，他那冰蓝色的眼眸要将视线投注于何处，他那白皙的手又将希求什么？尽管希尔德十分聪慧，但仍然难以预测。

无论如何，在莱因哈特发烧的情况下，做出隐瞒皇帝欠安、让皇帝亲征的军队先撤退的决定后，希尔德也暂时松了一口气。不管怎样，莱因哈特的发烧是过度劳累引起的，并非医学上的疑难杂症所致，现在只是把最后的战事延后罢了。

或许不该这样想，但希尔德希望这个对皇帝与帝国来说难以了结的局面能和平解决。她会为之高兴的。避免战斗长期化本就是她的初衷。

尽管如此，还是有一点让希尔德觉得难以释怀。到目前为止，包括她在内的幕僚曾再三进言，莱因哈特却始终不能用一贯的度量回应，仍然固执地想从正面发起军事冲突，把杨按倒在自己膝下。如果他现在没有发烧，或许还会坚持原有的想法，让流血牺牲继续下去，直到把杨埋葬为止吧。连续进行给对方重创的攻击，把对方消耗殆尽后再予以歼灭，这种战法本身是没有错误的，但为何莱因哈特会放弃原先坚持的铁血主义？难道是发烧使他的气势软弱下来了……

莱因哈特从床上半坐起来，用视线和表情回答了希尔德的疑问。

“因为吉尔菲艾斯提出了谏言。”

满头金发的年轻皇帝很认真地说道。希尔德一直凝视着皇帝，许久之后才察觉自己的失礼。莱因哈特白皙的脸颊因为发烧呈现出朦胧的红晕，仿佛是拂晓的女神亲吻他留下的印迹。

“吉尔菲艾斯说，请不要再继续与杨威利争斗下去了。这家伙虽然去世了，不过还是对我提出了建议……”

莱因哈特好像没有察觉到，他在故友以外的人面前竟使用了“我”。希尔德默默地听着，她明白皇帝并不是在寻求自己的回答。

莱因哈特所说的话，事实上是可以用科学来解释的。在他意识的水面下，混杂在一起的思维和感情像许多道相互纠结的水流，冲击交汇后浮现了出来。其中，有他对永远失去的挚友所怀的哀惜和思念，以及不断增加的对自身过失的悔恨；也有他对杨威利这个伟大敌手怀有的敬爱；还有他对法伦海特和舒坦梅兹这两位战死的一级上将及数百万战死者产生的自责；更有随着战斗的推移，他内心一反常态地产生的沉重的焦灼。同时，那也是他身为一个战略家所作的思考——除了战斗以外，是否还有其他有效的手段可以解决事态呢？

在这些混沌不清的意识中，最为清澄的部分凝结在齐格弗里德·吉尔菲艾斯的人格中。莱因哈特在无意识中，为了驳倒自身的固执、改变自己的态度，将最好的方法拟人化了……

如果进行分析，结论便是如此。但希尔德明白，在人的世界当中，有些事情还是不要分析的好。像“因为齐格弗里德·吉尔菲艾斯来到我梦中，劝我停止战斗”这种中世纪的解释就够了，而且也足够有理。因为齐格弗里德·吉尔艾菲斯如果还活着，必定会作为皇帝的盟友和帝国的重臣，向皇帝做出这样的劝告。

“我明白，齐格，你这个人总是这样，只不过比我早两个月出生，可总是喜欢倚老卖老地劝我停手不要打架。现在我可比你年长了，因为你的年龄已经不会增加了。不过，我明白了，我会试着去和杨威利谈，但只是试试看，我没有办法向你保证一定不会和他决裂。”

最终，连希尔德、米达麦亚及罗严塔尔都没法做到的事，死者的灵魂却做到了。领悟到这一点，希尔德好像忽然间窥视到，围绕在无与伦比的皇帝身边的重臣中，有几个人的影响力动摇了。

看到皇帝陛下和玛林道夫小姐的谈话已经结束，贴身侍者艾密尔·齐列为病人送来加了蜂蜜的热牛奶。但是牛奶的芳香并没有让希尔德的情绪完全好转。

皇帝莱因哈特并不是对国政漠不关心或不负责任，事实上，他是极有良知的执政者，不管从态度还是从执政的成果来看，都值得好评。但是本质上，他首先是一个军人，身为执政者的形象其实是他的意识和努力下的产物。而在其他方面，他却是由潜意识和天分所构成的。因此在他支配的体制或他的帝国中，军略经常比政略优先。所以此时他的精神境界里，确实有某些部分在否定这次与杨威利的会谈。

“朕不争气地发烧也是原因之一，但是将士都疲劳了，也要等待补给。与杨威利会谈并不意味着妥协，而是为做好再战的准备争取时间。”

皇帝下达会谈的决定时，有人松了一口气，也有人觉得很遗憾。像在不知不觉中立下巨大功勋的猛将毕典菲尔特等人，就难以压抑战斗的意志。

“即使陛下与杨交涉，迟早也会决裂，到时立即再度开战就是了。”

毕典菲尔特的声音不是很大，却是公开场合下的声明。法伦海特与舒坦梅兹的旧部下更是难以抑制为长官复仇之心和激愤之情，所以米达麦亚便亲自着手，对法伦海特与舒坦梅兹两支舰队进行重编。“疾风之狼”那灰色的眼眸一瞥，便可以将比他还高二十厘米的巨汉们震慑住。

米达麦亚今年三十二岁，军衔已经晋升到元帅，拥有宇宙舰队司令长官的地位，是帝国全军的最高长官。尽管有令士兵头晕目眩的显赫官阶，他的外貌却比实际年龄年轻许多，动作也轻快敏捷，对待士兵的态度绝不拘谨刻板。

米达麦亚不单是战术家，同时也具备战略家的见识。他很清楚，如果让旧同盟残余兵力集结在伊谢尔伦要塞和艾尔·法西尔星域，对他们自身不利的因素也就增多了。说到帝国方面，帝国军最初就知道敌人集结的地点，虽然攻击很困难，要封锁该地却很容易，没必要付出大量牺牲赢取军事上的胜利。

再者，眼前这些势力是靠着以杨为中心的强势人格结合起来的，如果杨不存在了，这一切或许就烟消云散了。此时，米达麦亚的确也有这样的想法。说得更极端一点，把杨封锁在回廊里，耐着性子一直等到他死亡，也不失为最后的手段。

但在这一点上，帝国军或者说罗严克拉姆王朝也是相同的。只要莱因哈特一毙命，不管在政治方面也好，在军事方面也好，同样没有人可以取而代之成为领导者。正因如此，莱因哈特发烧卧床时，连一向豪爽的米达麦亚也觉得有一股寒风吹进了神经网。他甚至不能发布“皇帝陛下龙体欠安，故亲征部队暂时撤退”的消息。高薪聘请的御医团认为过度劳累是皇帝发烧的原因，如果内在的精神能源与外在的责任义务还是继续将过度沉重的负担加诸皇帝年轻的肉体，那么难以预料将来会发生什么事态。

难道罗严克拉姆王朝仅此一代就要结束吗？果真如此的话，

往后岂不又要陷入战乱的时代？想到这里，米达麦亚不由得衷心祈求皇帝健康，并早日成婚。这位帝国军最高的勇将，丝毫没想过要在战乱时代集所有权力于一身。

另一方面，他最亲密的战友奥斯卡·冯·罗严塔尔在莱因哈特卧病在床的时候，代理皇帝统辖全体远征军，展现了完美的手腕。在此期间，他几乎没有发表过任何个人意见，只是对米达麦亚说，皇帝该不会因病去世吧。此外的时间，他仿佛都在以战友艾杰纳为师，终日静默寡言，早餐经常只喝点白酒、吃点奶酪就打发了。虽然他并没有什么意图，但确实为密友增添了担忧。

在这个当口，发生了一个小插曲。远在费沙的军务尚书巴尔·冯·奥贝斯坦元帅向皇帝提出一个建议。这个建议后来被皇帝驳回，仅仅告诉了两位元帅和希尔德。他所提的计谋和过去曾遭毕典菲尔特斥退的参谋的提案酷似，不过有一点比那个提案更辛辣——即使去请杨，他或许也不会来，所以不妨派遣某位重臣以使者的名义出使伊谢尔伦要塞，作为人质。听到这里，米达麦亚和罗严塔尔都哑口无言，一时间连批判的话都说不出来。

麻痹大意的杨来到帝国的地盘，就把他杀掉。如此一来，便可以斩断后顾之忧。成为人质的重臣，理所当然会成为杨部属激愤之下的报复对象。这么一来，帝国再以报复的名义，对失去领导人杨的那一伙人进行军事镇压，如此，全宇宙便可一统于罗严克拉姆王朝之下。这一切只要牺牲一个人就可以做到，但问题是哪个重臣会在明白真相的情况下，出使要塞做人质呢？

“如果没有其他候补者的话，就让臣来承担这个任务。”

到目前为止，奥贝斯坦得到的评价除了冷酷无情以外，还有一部分是令人敬畏。这或许是因为他在策划谋略时极为激烈苛刻，甚至不惜将自己作为牺牲者，在陈述时还显得毫无惧色。米达麦亚和罗严塔尔都承认这一点，却无法对军务尚书表示赞赏之意。“疾风之狼”甚至一反平常，用略显挖苦的口吻说：

“被迫和那个奥贝斯坦一起自杀，这种死法大概连杨都不愿意。最重要的是，即使那家伙以使者的身份到杨那边去，杨难道就会相信他吗？”

金银妖瞳的统帅本部总长隔了许久才附和着密友的话，讽刺地说：“不，倒不如让那家伙照他的心愿去做好了。只是奥贝斯坦让杨一众人给杀掉之后，我们应该也没有义务替他复仇。”

“没错，反倒是没了这个奥贝斯坦，比没了杨更能让宇宙维持和平，更能让罗严克拉姆王朝安泰。真是万事大吉啊！”

说归说，两人心中都没有积极地想让事情演变成真的想法。但万一事情真演变成这样，他们两人也不会有任何遗憾。同时，他们也为这个不合时宜的献策没能抓住皇帝的心，让皇帝的名誉得以保全而高兴。

他们两人虽然都是统领大军之帅，而且在军事史上占有崇高的地位，却不是全知的预言家。他们并不知道，事实上有一个与奥贝斯坦的构想酷似却更低级的阴谋，正像某种菌丝般悄悄地侵入宇宙中。米达麦亚等人此时还在展开各项准备，好让尊敬的敌手有场愉快的来访。

但最后的事实证明，他们的各种准备都毫无用处，他们最终还是没能和杨见面。

2

五月二十五日十二时，杨威利离开了伊谢尔伦要塞，准备与莱因哈特皇帝进行第二次会面。杨搭乘的舰艇是巡航舰瑞达Ⅱ号，这艘舰艇也是两年前杨被同盟政府召去参加审查会时的乘舰。当时杨平安无事地归来了，所以参谋们建议杨再次乘坐该舰，讨个好彩头，杨也接受了。

乘舰的问题很简单地解决了，不过到目的地的路程虽短，但路途却出乎意料地不平坦。舒奈德重新提出了之前的问题——纵然可以相信莱因哈特皇帝身为军人的信誉，但是他的那些幕僚呢？帝国军并非全由像米达麦亚元帅那样有信义的人组成，难保不会有人假借为皇帝效忠的名义或为战死的将士复仇的理由，企图策动谋杀。

听了这番话之后，尤里安·敏兹稍微犹豫了一下，提出了建议：

“那么，请恕我放肆僭越，可否让我以使者的身份先行前往，与皇帝莱因哈特会面？我可以先听听对方的条件或提案的细节，之后再让提督亲自到会谈地点去，岂不更好？”

戴着黑色贝雷帽的杨摇了摇头。

“不行。不能这样呀，尤里安。”

皇帝以对等的立场提出会谈的要求，如果这样做就是失礼。

皇帝的自尊受到伤害的话，说不定会放弃和谈的想法。这么一来，可能会永远失去和平的机会。以杨舰队现在的战力，如果再度与帝国军正面冲突，几乎毫无胜算。军队的疲劳尚未完全恢复，战死者的位置几乎难以补充，靠伊谢尔伦的生产力解决补给物资更是需要时间。另外，舰艇的整备也是当务之急。

杨特别强调，费雪的死导致了舰队行动力的低下。

失去费雪中将后，舰队的重新编排运用将由马利诺准将负责。他虽然是个有能力的指挥官，但在实绩和将士的信赖方面无法与费雪中将相比。在下一次大规模战斗的时候，舰队行动能否像从前一样完美，杨并没有自信。这也是杨没有拒绝与莱因哈特进行二度会面的原因。

“如果只是挑起战火，我们是没有办法获胜的。舰队没有完美的应战能力，一切都免谈。我们现在拒绝对方会谈的要求，那么短时间内势必再度引燃战火，这无异于一种自杀行为。”

杨这么一说，参谋们也无法再反驳了，他们深知费雪战死带来的巨大打击。而且杨这么做是为了和平，是可以谅解的。最终，衡量了接受会谈的利益与拒绝会谈的损失后，他们还是不得不选择前者。

“啊，这样也好。让皇帝亲自提出会谈的请求，也意味着我们获得了实质上的胜利。尽管这次会谈不见得成功，我们仍可以借着会谈多争取一些时间。费沙或者旧同盟领土再发生一些针对帝国军的游击活动的话，我们的立场就更加有利了。总之，不要过于期待。”

卡介伦大胆而乐观地做了这样的总结。全体参谋也都点头表示同意，虽然每个人的动作有快有慢。

接下来，讨论的重点就转到随员的问题上。

这时候有人自荐，也有人推荐他人。在众人口中，莱因哈特虽然被贬谪为“专制军国主义之子”，但他华丽的风采是不能否认的，就像一头征服全宇宙的黄金有翼狮子。每个人都希望有机会亲眼目睹他的风采。

杨的夫人菲列特利加毫无疑问地该列为随员之一，但是她患了流行性感冒，正在发烧。既是她的家务教师，又是家庭医学权威的卡介伦夫人也要她静养，所以她无论如何也帮不上忙了。

卡介伦必须专注于重新整备战力，所以第一个从随行人员的名单中被删除了；先寇布要致力于强化要塞防御，同样也被剔除；亚典波罗必须掌管留守舰队；梅尔卡兹立场尴尬，无法称呼莱因哈特为“陛下”；波布兰就算跟去，也没有机会进行空战；而姆莱要负责监督所有的人。于是，幕僚人员就这样一个个被迫落选。

最后，高级军官随员只有三名，分别是副参谋长派特里契夫少将、“蔷薇骑士团”的布鲁姆哈尔特中校，以及曾经担任亚历山大·比克古提督副官的史路少校。

另外，艾尔·法西尔独立革命政府的罗姆斯基主席也将随同前往，不过因为随员超过十名，杨也就缩减了人数。当然，这是官方的见解。奥利比·波布兰等人直到后来还认为，因为自己是专门制造麻烦的人，才被谢绝同行。

“布鲁姆哈尔特负责担任护卫，史路则是以代表比克古老爷子的身份被选上的，而派特里契夫少将只是做陪衬的，除此之外还有用吗？”

最让众人感到意外的是尤里安·敏兹被安排留守。说来尤里安是杨身边最亲近的人，杨居然没有让他同行，是杨的灵感在工作时间之外发挥作用了吗？还是像杨口中所说的，要尤里安辅佐卡介伦繁重的工作？或者像先寇布所挖苦的那样，杨怕自己被对方看成尤里安的随员？抑或只是杨一时的心血来潮？没人知道确切的答案。

“尤里安，留守的事情就拜托你了。”

杨这么一说，年轻人点点头，不过脸上却满是失望的表情。这并不是因为他乖巧，而是因为他的心情一时还没有整理好。

“我很想对您说‘交给我就好了’，但不能随您前往，心里觉得很遗憾。我难道不能对您有所帮助吗？比派特里契夫少将还……”

希望杨选中自己而不是派特里契夫，这或许是尤里安狂妄自大的想法。事实上，尤里安也不是完全没有这种想法，所以他接触到杨的视线时，不禁涨红了脸。但杨只是温和地笑着，在年轻人的脸颊上轻轻地弹了一下。

“笨蛋，我一直依赖着你。从六年前你拖着比身体还要庞大的行李箱到我家来开始，我就一直在依赖你呀。”

“谢谢您，不过……”

“如果我不能去的话，当然要请你代替我去。不过现在因为我在，所以就由我自己去，仅此而已。”

“我明白了，无论如何，我等着您的好消息。请您多保重。”

“嗯，对了，尤里安。”

“是，什么事？”

杨若有所思地压低了嗓门，于是尤里安把耳朵靠过去。

“说正经的，卡介伦的女儿和先寇布的女儿，你究竟喜欢哪一个？你有个决定，我也好有个心理准备呀。”

“提督！”

尤里安感觉自己的脸颊热了起来，热得令他都觉得意外。看到他的表情，杨反而有趣地吹起了笨拙的口哨。像现在这种时候，他倒挺适合做先寇布和波布兰的上司。

逗弄完年轻人，杨来到妻子的病房探望。卡介伦夫人的两个女儿正巧在菲列特利加身边照顾。莎洛特·菲利丝正在为病人削苹果，她拿水果刀的手法大概和菲列特利加不相上下。

“菲列特利加，我去会会那个宇宙第一的美男子，大概两个星期就回来。”

“你要小心哦。啊，等一下，你的头发乱了。”

“这种小事没关系。”

“不行，因为你即将去见宇宙第二的美男子呀。”

菲列特利加拿起床头柜上的梳子，麻利地帮杨梳着头发。卡介伦夫人若无其事地将脸转向别处。

杨还是像平常一样，在妻子热烘烘的脸颊上留下一个笨拙的吻。和卡介伦夫人及她的两个女儿打过招呼后，他便走出了病房。

尤里安正提着杨的手提箱在走廊等着。门一关上，莎洛特·菲利丝就好像深受感动，并且深感有趣似的用手敲着母亲的膝盖。

“妈妈，爸爸也曾对妈妈这样做吗？”

卡介伦夫人用眼角的余光扫了一下菲列特利加，从容大方地回答：“当然！”

“可是现在为什么不这样做了呢？”

“莎洛特·菲利丝，你一年级学过的功课，到四年级就不想再学了对不对？这也是一样啊。”

就这样，尤里安与杨分离了。他胸中仍然有淡淡的不安，但并不认为皇帝莱因哈特会采取什么卑劣的手段，于是信赖感便掩盖了不安。但是日后，尤里安却多么懊恼和悔恨！他一直注视着莱因哈特这个太阳，却忽略了还有其他星星存在。

曾经是费沙独立商人的波利斯·高尼夫好不容易到达能与伊谢尔伦要塞通信的宙域时，已经是杨离开要塞后的第三天了。先前他接受杨的委托，在旧同盟领域和费沙方面四处奔走，收集情报和军事费用。他为了躲过帝国的搜索网，关闭了自己的通信，让货船秘密航行，结果在三十个小时前刚好与瑞达Ⅱ号错过。可以和伊谢尔伦要塞通信后，波利斯·高尼夫开口说的第一句话就是：

“我要见杨！杨还活着吗？”

“你这家伙开玩笑的水准从来都这么低级，这一次更是沉到海沟里去了。偏巧死神度假旅行去了，我们元帅可是逍遥自在地活着呢！”

出现在通信屏幕上的波布兰用厌恶的口气骂着对方。不过他的表情却在一瞬间全变了，速度快得要用极小的沙漏才能量得出来。从波利斯·高尼夫那儿乘着不祥的羽翼飞来的情报，让伊谢尔伦要塞的将领脑海里立刻闪烁起赤红的警灯，“神之号角”的警报声将他们的脑袋震得轰隆作响——亚姆立札的失败者安德鲁·霍克逃离了精神病院，并企图暗杀杨。

亚典波罗愤怒地将黑色贝雷帽甩在地上，激动地大吼：

“安德鲁·霍克那个白痴！四年前在亚姆立札星域杀了两千万人，难道还不够吗？怎么不干脆把他自己也给杀了。他死了，也算对文明与环境有所帮助！”

“对那个家伙来说，这可是他一生中的大事业！”

先寇布的声音像煮过头的咖啡一样阴沉。

“那家伙一心一意想超越杨威利，如果不能在实绩上求得胜利，就把竞争对手给杀掉。他竟然已经发展到这种心态了。”

尤里安只感到一股恶寒像出了故障的电梯，正沿着脊椎上上下下。安德鲁·霍克自由了，他是靠自己的力量逃脱的吗？一定有什么人帮助他逃脱。这一切绝非一个疯子病情发作，背后一定有什么极其恶毒辛辣的阴谋，而霍克只是一个正在走钢索，而且一开始就被设计好要从钢索上掉下去的表演者……

“立刻把杨提督追回来。此事十万火急，人数过多恐会招致帝国怀疑，派少数人去即可。”

先寇布当机立断，挑选了以尤里安为首的数人。

就这样，在高尼夫的情报造成的混乱尚未收拾好的情况下，以尤里西斯号为首的六艘舰艇就从伊谢尔伦出发，前去追赶杨。混乱的局面则交给卡介伦收拾。最令他感到困难的是不要让病床上的杨夫人知道这件事。尽管他是自由行星同盟军历史上屈指可数的优秀官员，这也给他造成了不小的难题。

3

有时，一直像半流体般停滞不动的事态会忽然急遽地流动。方向虽然相同，流动的方式却不见得有序。

“每个人都期待和平，期待自己主导之下的和平。所有人为了这个共同的目的，都要求属于己方的胜利。”

后世的历史学家如此说道。按常理来说，这样的说法是正确的。但是从杨的立场来讲，他并没有固执于己方的主导权，所以杨与莱因哈特的会谈应该可以得出一些具有建设性的成果。更贴切地说，如果会谈没有达成相互理解乃至妥协的话，那就只剩下一条通往毁灭的坎坷道路，而在这条路上，支持着他们走向终点的精神食粮就是对彼此的憎恶。

如果杨现在死于暗杀者之手，那么对民主共和政治来说，连那条唯一的坎坷道路都被封闭起来了。民主共和政治应该是安德鲁·霍克过去信奉的思想和制度，难道他会因为自己已经散发腐朽气味的竞争意识，把这些思想和制度全部毁灭掉？怎样才能阻止他这无益的企图？尤里安·敏兹拼命想找出方法。

同盟过激派的残党已经瞄准了杨威利的性命。如果把这个事实告知帝国军，要求帝国军出面保护杨的话行得通吗？这是尤里安在离开伊谢尔伦踏上焦虑的旅途之后，绞尽脑汁想出来的方法。

但是，就在判断转变为决断的一瞬间，尤里安犹豫了。把杨的生命托付给帝国军并不可耻。提出停战和会谈的原本就是帝国军，所以到杨和莱因哈特皇帝的会面结束为止，帝国军都有义务保障杨的安全。一开始就要求帝国方面派部队前来迎接和护卫并无不妥。

但此时，尤里安的脑海里不禁又充满了某种恐怖的想象。

“如果有少部分帝国军利用这一点，假借保护的名义加害杨提督的话……”

从帝国军的立场来说，杨威利是帝国统一宇宙的障碍，不管经由战斗还是阴谋都应该把他除掉。如果抱有这种想法的人假借保护的名义去接近杨并杀害他，然后再把罪名转嫁给安德鲁·霍克，那该怎么办？说到底，一个从精神病院逃脱出来的病人要如何暗杀杨？只怕他背后有一股更强的力量在暗中控制这个傀儡。说不定操纵这个木偶的人就是帝国军策划阴谋的源头——军务尚书奥贝斯坦……

其实这是偏见，或者说是类似过度评价的想法。奥贝斯坦为了打倒皇帝所有的敌手以及王朝的障碍，确实一直在构想并提出不少策谋，这些都是事实。但是宇宙历八〇〇年六月一日杨威利遇难一事，确实与他无关。

当时，奥贝斯坦并没有离开费沙，他正埋头于所构想的计划。这是他繁忙地处理军务尚书负责的事务时，利用空隙时间进行的。奥贝斯坦当然没有宣扬这件事，但只要他保持沉默，别人就会以为他正在构思对付杨威利这个帝国公敌的策谋。其实他被人这么想也很自然。不仅如此，就算他否认，别人是否信任他都是个疑问。由于他多年来的行为与表现，别人对他的印象和评价都已定型。

其实，尤里安不必害怕或忌讳奥贝斯坦，但结果却是如此，此时他当然会笼罩在奥贝斯坦的幻影中。而且，尽管猜错了阴谋的主角，但是加诸杨身上的阴谋几乎都被尤里安料中了。

无论如何，尤里安不想要求帝国军提供协助，先寇布也肯定了他的判断。总之，眼下看来他们已经没有其他的选择了，而且必须保持行动的绝密性。

就这样，从五月二十八日到三十一日之间，伊谢尔伦回廊通往旧同盟方面的出口附近表面上极度安静，事实上却极度混乱。

在某个不为人知的地方，一群策划并下令实施这个暗杀阴谋的人正蠢蠢欲动。尽管这是一次既阴暗又无益的行动，当事者却要付出许多苦心和努力。他们先把安德鲁·霍克藏匿起来，将他紊乱的精神思路导向某个固定方向。为了让他觉得自己的行为是正当的，他们准备了许多美丽的词汇，然后小心翼翼地从他的耳朵深深注入内心。之后，再给他一艘武装商船，将他送到伊谢尔伦。教团本部已经溃灭了，但残存组织还是想发挥出自身所有的力量。而且在行动过程中，他们必须多加注意，尤其要避免让帝国军的中枢阶层知道这个阴谋，否则所有的努力都要白费。在这一点上，尤里安等人的判断并不正确。当然，也没有人可以责难他们，除非有人能大声断言“人类必须是全能的，我自己就是这样”。

“大主教阁下……”

“什么事？”

“属下斗胆一问，把暗杀杨威利这件大事交给安德鲁·霍克那种异教徒去执行，妥当吗？”

一天，一名老主教向德·维利大主教提出了质疑。大主教盯着老者褊狭而顽固的表情，露出了舒缓的微笑。他隐藏住内心的真实想法，回答道：

“这不用担心。我心里也明白霍克不是可以委以大任的角色，但这次一定要达成我们教团的目的才行。”

光是这样充满自信的庄重口吻，就足以让对方诚服，但德·维利又说了下去。

“安德鲁·霍克在我们的计划中，本来就是扮演引火的稻草人，所有功劳都将归诸我们教团的忠良信徒。哪有道理让霍克那样一个无能的异教徒攫取刺杀宇宙最高智将的名誉？”

只有我才配得上这个名誉哪——年轻大主教并不是用声音，而是用眼角的光芒告诉老主教。

老主教恭敬谨慎地低着半白的头，所以并没有注意到大主教那充满世俗而非圣性的眼光，感激涕零地退了出去。

对于德·维利来说，地球教的信仰只不过是一种手段，而教团组织无非是使手段具体化的工具。他这种非信仰的、暗地里盘算的思考与行动，透漏出其人格已经超越了地球教狭小的范围，而是具有普遍性。如果他生在靠近当今银河帝国首都奥丁的地方，可能就会投身官界甚至军队谋取荣华富贵；若是生在自由行星同盟，可能就会按照个人的才能、力量与志向，在政界、实业界或者学术界选择一条合适的道路。至于会不会成功，则另当别论。

无奈他出生的地方是位于帝国边境一隅的一颗小行星，空具广大领土，却只有狭小的政治精神。而且这颗行星既不存在于现在，也不存在于未来，只存在于过去的领域。为了恢复自己遭他人贬谪的地位，只得采取阴毒的手段。把自己的将来寄托在这种手段当中，又有何罪恶可言呢？德·维利心想。

“哼，霍克，如果你在从军官学校毕业时就死去，这一生大概就不会有这么多耻辱了。”

德·维利不屑地唾弃道。

事实上，暗杀的策划者这样侮蔑实施者的例子不胜枚举。而德·维利侮蔑安德鲁·霍克的原因，或许是因为霍克生在优越的环境中，却没有加以善用。相对的，德·维利能寻求发展的只有地球教一途。在地球教内部，为了强化自身地位，他还得把自己用来装食物的盘子加大才行。他要创立一个支配全人类的政教合一的宗教国家。他要做一个手握政教两权、专制且神圣不可侵犯的教皇。如果用血当颜料可以描绘出这幅壮大的壁画，德·维利想不出任何理由对即将发生的流血事件感到犹豫。

4

杨威利对自己可能遭受暗杀一事，又有怎样的想法呢？

不到一年前，他差点被自己所属的政府除掉。他能在事前察知这种可能性，并不是从水晶球中窥到了未来，而是因为和菲列特利加去新婚旅行的时候，感到一双不该存在的眼睛在一旁监视着他们，后来又受到不当的拘禁。他是在分析这些现象之后才得知此事的。

杨既非全知也非全能，如果事情超出他收集到的情报和分析能力所及的范围，他的预知能力便一点也没法发挥作用。杨并不讨厌思考游戏，所以也试着从各种角度来分析自己遭受暗杀的可能性，但这也是有极限的。如果能正确地看穿地球教残余企图利用安德鲁·霍克来暗杀他，杨大概就属于人类以外的其他种族了。说到底，他要直接面对的是更根本的问题。

“如果直视太阳的话，就不可能看到其他微弱的星辰。而杨的一切思考，一直只集中在莱因哈特皇帝一人身上。”

后世这一批评虽然夸大了莱因哈特的伟大，但批评的方向是正确的。杨当时必须将莱因哈特的为人和动向列在第一位考虑，当然不会顾虑到地球教。

另外，地球教也有一种只在教团内部流传的想法：一旦莱因哈特与杨威利相互“勾结”，前者指使后者来讨伐地球教，地球教该怎么办？这是让地球教恐惧之处。另外一个原因，就是德·维利大主教为了展现实力、巩固地位，才策划了暗杀杨的阴谋。这些事情杨都不可能知道。在理清地球教和费沙之间的关系以前，杨曾经一度将注意力投向地球教，但根本不可能从中推断出地球教对他的杀意。

而且在这样的时机下，即使有人策动恐怖行动，下手的目标也应该是皇帝莱因哈特·冯·罗严克拉姆，这是一般人的认知。所谓的罗严克拉姆王朝，从根本上来说是以莱因哈特个人为圆心画出来的同心圆。既然莱因哈特既没有妻子也没有儿子，那么只要他死了，王朝就随之瓦解，而宇宙的统一也将无法完成。如果莱因哈特皇帝被敌对者暗杀，绝对是有理由也有意义的。这世界上终究还是有对高登巴姆王朝怀着忠诚的人。

相反，如果暗杀杨的话，情况又会如何？只怕是替莱因哈特皇帝除去了最大的敌手，使莱因哈特支配的体制更稳固更强大吧。

另外，尽管过程中多少会有些危险，但是就杨的立场而言，他不可能以此为由拒绝与莱因哈特皇帝进行会谈。

莱因哈特曾经对秘书官希尔德，也就是不久后晋升为大本营幕僚总监的玛林道夫伯爵小姐，明确地说过下面的话：

“朕现在的确打算主动对杨威利伸出手，但如果遭到拒绝，朕是不可能再次寻求握手机会的。”

无论就莱因哈特的性情，还是就一个皇帝的尊严而言，这种反应都是理所当然的。正因为洞察到这一点，杨威利才不能让这唯一的机会从手边溜过。对战压倒性的大军仍能展开不相上下的战斗，并且使帝国军折损两位名将，这充分证明了杨的战术能力及杨一众的骁勇善战。但在战斗暂且结束后再看，帝国军的战略优势仍是岿然不动。

这种战略上的优势对莱因哈特而言却不是愉快之事。这是非常奇妙的情绪，但“凭借优势战力从正面将对手击溃”的正确战略，的确让身为战术家——准确说应该是身为军事冒险家的莱因哈特不快。

战略家通常将“以多胜少”当作基本的思路，但战术家却总是从“以少胜多”中获得快感。他们总想在战场上发挥奇谋，戏剧性地颠覆敌方原有的战略优势，从中寻求最高的美学。

“在所有人都认为必败的紧要关头，却令人难以置信地转败为胜，这是自古以来把无数战术家拖向灭亡的魔咒。”

这是从人类社会开始采用公元纪年时就流传下来的警句。即使到了莱因哈特的时代，这句话仍有不变的真实性。

但是莱因哈特从不曾沉溺在这个甜美却危险的诱惑当中。他总是编排大军，慎重选择调动部队的时机与场所，拔擢优秀的指挥官，留意补给与情报的传递。他从未让包括他自己在内的前线将士挨过饿。这足以证明他并不是毫无责任感的军事冒险家。

但是在宇宙历八〇〇年、新帝国历二年年初的这场“回廊战役”中，莱因哈特对己方军队的作战和自身指挥统率的成果似乎有极为强烈的不满。事实上，他的代理人罗严塔尔元帅和米达麦亚元帅也无法忍受。因为皇帝尽管发挥理性确立了战略优势，但在实战指挥中，他却几乎不想发挥这份优势。在战役的后半段，他总算以优势兵力给了杨舰队正面痛击，让敌人产生了明显的损耗。损耗的比例另当别论，但说到实际数字，帝国军甚至还超过了杨舰队。而且就在这人海战术眼看要成功的时候，皇帝却把整支军队撤回了。

“难道皇帝喜欢的不是战斗，而是流血牺牲？”

少数身在第一线的指挥官感到徒劳无功，不禁嗟叹起来。他们当然不可能知道皇帝此时正发着高烧，躺在病床上。

米达麦亚听到了这句话，当场一记耳光把这个多嘴的指挥官打倒在地。这种行为让他看起来非常粗暴，但是他不得不这么做。因为他放过这不平之鸣，不仅会伤及皇帝的权威，还可能让这位军官被以大不敬的罪名论处。米达麦亚用一记耳光当场处理掉了这件事，他如此果断的处置实在值得赞赏。

但是米达麦亚却感受到了比部下的不满更深切的危机。聪敏的他已经在皇帝的人格中发现了钻石裂痕般的瑕疵，那就是皇帝身为战略家的理性与身为战术家的感性的背离。到目前为止，这两者一直统一在强韧的精神下，可是它们之间的结合力似乎正在减弱。

“难道陛下的病情不仅削弱了他的身体，还削弱了他的精神？”

或者说皇帝的发烧和卧病并非精神能量衰弱的原因，而是结果？米达麦亚不禁不安起来。难道医生们说皇帝的病情是由操劳过度引起的，也没有找到其他的病因，大家就不能提出异议了吗？

那么，皇帝欠安的真正原因究竟是什么？一想到这一点，米达麦亚也只能做出模糊的推测。更准确地说，每次一想到这里，思考就自动停止了。在追究皇帝真正的病因时，连帝国军最高的勇将也觉得胆战心惊。和这令人心寒的推测比较起来，莱因哈特发烧等表面症状就不是该介意的事了。

基于以上种种，米达麦亚这样聪敏的人也无暇去想杨威利将遭到第三者暗杀的可能。罗严塔尔也一样。这就是帝国军方面的内情。

5

五月三十一日二十三时五十分，巡航舰瑞达Ⅱ号上。

舰上的军官和罗姆斯基等政府代表进餐完毕，正在军官俱乐部里消磨餐后到就寝前这段空闲的时间。

杨一向喜欢立体西洋象棋游戏，无奈技术太差，这两年不管跟谁下，总是窘态毕露，毫无胜绩。这一天，他和布鲁姆哈尔特中校比赛，竟然一次险胜、一次大获全胜，于是乐不可支。布鲁姆哈尔特很遗憾地说道："难道我真的这么差劲吗？"杨一面侧眼看着他，一面啜着自己泡的红茶。这种"比咖啡还美味"的香气不禁让杨想起了尤里安的可贵。这几天一直没有办法和尤里安取得联系，杨感到有些无趣，也有些不安。

当然，在这段时间内，尤里安和杨舰队的幕僚们正在拼命与杨联络，但回廊有好几个地方发生了电磁风暴，再加上人为的干扰，始终无法取得联系。

"啊，心情真好，不过今天晚上就到此为止吧，睡觉了。"

杨随即站起来，接受过部下的行礼，返回了自己的房间。部下们把杨就寝的消息通知罗姆斯基的秘书官后，开始打起扑克来。

当杨淋浴完毕跳上床的时候，时间已经是六月一日零时二十五分了。杨平时有点低血压的倾向，虽不至于经常惊厥，却常常难以入睡，所以常在床边准备些志怪小说或笔记本之类的东西。特别是这几天，不知何故他的睡眠特别浅，或许是因为紧张的微粒侵入了精神网络，所以此时他的旁边也备有安眠剂。

这次和莱因哈特皇帝会谈，杨并没有准备什么策略。同行的罗姆斯基不是个擅长外交手腕的人，所以杨此行的责任并不轻，但他从来没想过要和莱因哈特皇帝在战场以外的场合比试谋略。

服下安眠剂之后，杨还是浏览了十页之多的志怪小说。

零时四十五分，杨打了个哈欠，伸手准备熄掉床头灯的时候，对讲机的呼叫声骤然大响，杨伸到一半的手停在半空中。布鲁姆哈尔特中校蕴藏着紧张的声音敲打着杨的鼓膜。

一出奇怪的戏剧在瑞达Ⅱ号周边拉开了序幕。

瑞达Ⅱ号最初收到的通信是——前同盟军准将安德鲁·霍克已经从精神病院逃脱，他偏执的憎恶达到疯狂的境界，企图暗杀杨威利，现已在附近的宙域发现他抢夺的武装商船。接下来的报告说，帝国军已派遣两艘驱逐舰前来迎接杨一行。因此，舰长路易可夫少校立即采取了警戒状态。一时二十分，一艘武装商船出现在屏幕上。一时二十二分，武装商船对准瑞达Ⅱ号开炮。正当瑞达Ⅱ号准备应战的时候，两艘帝国军驱逐舰出现在那艘武装商船背后，集中炮火进行攻击，将武装商船连同里面的搭乘者全部歼灭。

驱逐舰要求通信，于是双方打开通信网络。出现在屏幕上的影像并不清晰，一名身着帝国军军服的军官模样的男子告知杨等人，他们通过监听通信，获悉有恐怖分子企图加害杨提督的性命。

“恐怖分子已经处理完毕，敬请安心。接下来，将由我等带阁下去会见皇帝陛下。无论如何，请接受我方直接向阁下问候的请求……”

“我们的代表是罗姆斯基议长，我们服从议长的决定。”

罗姆斯基的决断非常具有绅士风度。他很高兴地接受了对方的要求，允许双方接舷。

“安德鲁·霍克。”

派特里契夫叹了口气，好像只让那巨大的肺里的空气排出一半似的。布鲁姆哈尔特简短地吐出一句“那个阴郁自大、令人讨厌的混账”。但派特里契夫的声音中多少带着些同情。

“枉费他是个才子，可惜现实没有朝他希望的方向发展。如果用方程式或公式可以解决问题，那他一定可以两三下就把问题解决掉，可是在没有教科书的世界，他好像就活不下去了。”

杨沉默了，他一点都没有参与评论的意思。他无须对霍克的自取灭亡负责，也不认为这是个值得回味的话题。不过值得怀疑的是，被社会当作一个疯子抛弃的霍克，如何能够取得军舰、召集同伙，甚至进行恐怖行动呢？他也很想知道背后的隐情。只是，他刚服过安眠剂就被人叫醒，所以此时欠缺专注力，没办法继续细致地思考。

帝国军驱逐舰与瑞达Ⅱ号之间的接舷作业正在进行。舱口与舱口互相延伸，然后对接起来，舱内气压也保持着稳定，好让双方的乘员移到对方舰上。这一幕景象正映在军官俱乐部的屏幕上。

“有必要特地接舷吗？”

史路少校纳闷地歪着头，而杨轻轻地耸耸肩膀。这是罗姆斯基医生决定的。罗姆斯基是政府代表，杨却抢先接受了莱因哈特皇帝进行会面的要求，这使杨多少有些不安——由于自己一时的疏忽，漠视了民主主义体制的程序。所以杨此时的想法是万事以罗姆斯基的权威或颜面为先。罗姆斯基尽管不是伟大的革命政治家，却还算是一个与阴谋或忌妒无缘的善良之人，这是杨对他的评价。不过却有些讽刺的证言流传到后世。

“杨威利对罗姆斯基绝不是百分之百地满意，但也无法忍受权力被一个人格比他还差的人掌握，所以才支持罗姆斯基。而且罗姆斯基的缺点大体上还在可以一笑置之的范围内。”

一时五十分，巡航舰瑞达Ⅱ号与其中一艘帝国军驱逐舰实现对接，帝国军的军官通过紧密连接的通道出现在瑞达Ⅱ号上。他们环视了一圈前来迎接的人群，脸上出现失望的神情，因为杨并没有出现在这个场合。罗姆斯基身边的人认为外交场合应先由他们出面，于是让杨等军人待在室内等待传唤。杨也不想在这种琐事上和罗姆斯基身边的人争风头。而且可恨的安眠剂偏巧在这个时候发挥了作用，杨竟然困倦了。如果只让罗姆斯基去应付这种麻烦的会面就好了，他真想这样做。

但是，穿着帝国军军服的男子并没有这样想。他们认为杨已经发现危机，所以在什么地方躲起来了。罗姆斯基医生一脸感谢的笑容，迎向“救命恩人”，却忽然被人用手枪顶住了脸。这出奇怪的戏剧便开始了第二幕。

“杨威利在哪里？”

受到对方这种胁迫性的质问，罗姆斯基的反应不是害怕，而是惊异。

“我不知道你们到底想做什么，不过这样把枪顶在我身上，是非常失礼的行为。你们得先把枪收起来。”

后世有人对罗姆斯基此时的态度进行了批评。

“这简直就是对牛弹琴，怎么可能讲得通？这个时候主席应该做的不是说教，而是拿把椅子向他们砸过去。”

士兵的手枪忽然对着医生的胸部开了火。结果目标有些偏离，火线削过他的下巴，贯穿了咽喉上端，颈骨和神经纤维束被破坏。医生无言地倒在地上，但脸上仍然带着那种略显惊异的表情。

罗姆斯基身边的人立即发出惨叫，四处窜逃。接着又有几道光束追在他们身后，但是一枪也没有击中。这或许是因为暗杀者心中正在盘算，这些逃走的人可以带领他们找到杨威利的藏身处。

一时五十五分，施恩·史路少校和莱纳·布鲁姆哈尔特中校已经从罗姆斯基身边那群恐慌的人的表情和动作（而不是语言）中知道事态危急。两人立刻拿起枪，开始用家具堵住军官俱乐部的门口，构筑防御工事，但立刻传来杂乱的脚步声，十多道光束已经射进室内。

激烈的枪击战就此开始。

射击罗姆斯基的那个男人被施恩·史路射穿鼻梁下的部位，当场死亡。他为何要参与这种不光彩的恐怖活动，是因为信仰还是物质上的利益？这成了永远的疑问。

敌方射出的光束和布鲁姆哈尔特等人射出的比起来，在熟练程度上差很多，但是射击的密度却弥补了准确度的不足。一开始，部下们还一个劲儿地要求司令官将头和身体尽量伏下，但他们领悟到处境的危险时，不得不立即转变方针。

“请赶快离开，提督！”

布鲁姆哈尔特中校和史路少校同时喊了起来，但是暗杀者的怒吼、手枪发射的声响，还有人体和椅子跌落在地的声音交织在一起，把他们的叫声搅乱了。布鲁姆哈尔特一面用熟练的射击技术击毙了三个人，一面再次对杨大吼：

“请赶快离开，提督！”

话虽如此，可是往哪里逃呢？

杨摇了一下头。此时他从头上的黑色贝雷帽到脚底下的靴子都非常整齐，对这个平常不以整洁利落为美德的男子而言，真是太难得了。

派特里契夫伸出比杨的还要粗两倍的手腕，抓住了杨的肩膀。他攫住发呆的司令官，半扛似的把他拖到后门，立即把门关上，然后叉开两条腿挡在门前。

这时，半打荷电粒子光束刺穿了派特里契夫巨大的身躯。这位自同盟军第十三舰队创设以来，一直在杨威利的司令部辅佐司令官和参谋长的爽朗巨汉，十分平静地注视着军服上被射穿的六个洞，还有里面流出来的血。随后他将视线移到这群加害者身上，从容不迫地教训他们：

“算了吧，不疼的！”

这像把疼痛遗忘在床上的声音令入侵者感到畏怯。两秒钟后他们才反应过来，声嘶力竭的叫声和光束胡乱扫向派特里契夫的巨大身躯。那副庞大的身躯上被凿穿了无数的洞，派特里契夫慢慢地滑落到地上。

派特里契夫恐怕是故意用巨大的身躯堵住门口，这些暗杀者费了好大的劲儿才把他庞大的身体移开。布鲁姆哈尔特和史路集中火力往这个方向射击。这时，只剩下他们两个还在抵抗这群闯入的暗杀者，但两人的射击效率令人惊讶。暗杀者充满憎恶的射击便首先集中在史路身上。

一道光束贯穿了史路左边锁骨的下方，但并没有命中心脏和肺部。他失去意识倒在地上，反倒是因为被击中时脚步踉跄，头部的侧面撞上墙壁所致。

暗杀者无疑想报复这位击倒五个同伙的年轻军官，但是他们似乎更忠于根本目的。几名暗杀者从施恩·史路和他流出的血旁边粗暴地冲了过去。

6

二时四分，当第五艘舰艇出现在舞台上的时候，巡航舰瑞达Ⅱ号上已经死伤累累，几乎完全被狡猾的入侵者控制了。因此，发现有战舰占据整个屏幕画面的，竟是这些入侵者中的一人。

“不明舰艇在快速接近！”

尽管这一行人对暗杀者来说来路不明，却远比这些暗杀者清白。这正是连日急行的尤里安·敏兹等人搭乘的尤里西斯号。“杨提督一定在通信混乱或中断的宇宙区”，这个正确的洞察得到了回报。

驱逐舰中的一艘慌忙调整舰首方向，但是尤里西斯的炮门早已瞄准它。输出和射程上的些微差距将生死与胜败区分开来。三道闪光的射线贯穿了驱逐舰，暗杀者的舰艇瞬间化成钝重的白色火球四散开来，舱内的成员也一同被还原成分子。

虽然摧毁了其中一艘驱逐舰，却不能炮击与瑞达Ⅱ号接舷的那艘。于是尤里西斯号靠近这两艘像相互憎恶的双胞胎一样连在一起的舰艇，然后与瑞达Ⅱ号接舷，喷上酸化液，强行开出一条通道。

最初开始的是枪击。光束纵横交错，残余光线在人们的视网膜上画出一条条蓝色的线。

从人数来说，暗杀者一方还是占有优势，他们的领导者将组织里半数以上的人力全部投注在这次阴谋中。但是从尤里西斯号冲进瑞达Ⅱ号舰艇内的，是在华尔特·冯·先寇布指挥下身经百战的士兵，他们的愤怒与熟练完全超越了暗杀者的信仰。紧接在枪击战之后的肉搏战，可以说是一场狼与肉食兔的斗争。这些凶暴无比的暗杀者，这些在地球的战役中让帝国军畏缩的疯狂信徒，不久后也接连倒在血泊中。胜利者浑身带着鲜血和憎恶，厉声逼问一个倒在地上的失败者。

“杨提督在哪里?！”

“……”

“说！”

“早就……早就不在这世上的任何地方了！”

听到这名士兵恶狠狠的回答，先寇布用军靴一脚踢碎了他的门牙。如果想装绅士风度的话，他的怒气实在太多也太猛烈了。

“尤里安，马上去救提督！我把这些家伙收拾掉就过去！”

尤里安没等先寇布吩咐，就已经朝另外一个方向赶过去了。他虽然身穿装甲服，却敏捷得令人难以置信，马逊等五六名武装士兵紧随在他后头。

在不安中，尤里安仍然拼命抓着那一条和奇迹相连的细线。尽管通信一直中断，他还是成功地找到了杨乘坐的舰艇。自己都来到这里了，所以还是有希望的。努力一定会有回报！尤里西斯号一向是艘幸运的战舰，而自己不正是乘着它过来的吗？

尤里安找寻的人，此时正困惑地走在舰内不知是何区域的地方。他时而双手抱住前胸停在那里，时而又迈出步伐。虽然从一群暗杀者当中逃了出来，他却没有惊慌失措地四处乱走，这倒是与一般人不太一样。他现在大概正思考着哪里才比较安全。

幸好没有让菲列特利加和尤里安也一起来，杨心想。奇妙的是，这个男人完全没有想到，自己是在那些为他献身的护卫的保护之下，才活到了现在。“不想连累他人”的想法倒是先从他的脑海里跑了出来。他是被部下从“战场”中解救出来的人，现在这个时候，竟如此这般地在这里走来走去。当然，如果有人问他：“你想死吗？”他一定会回答：

“不怎么想死哪！”

在回答中加上“不怎么”这三个字，或许就是他之所以是他的原因。如果他死去，就太对不起妻子菲列特利加了。她担任自己的副官三年，当自己的妻子一年，一直在为自己尽心尽力。只要自己继续活下去，就能让她高兴，所以杨还是想尽量健康地和她生活在一起。

二时三十分，这个时候，杨和尤里安之间的直线距离仅隔四十米，但是在这之间却耸立着三层墙壁，还有一道机械类的屏障。可惜杨和尤里安并没有透视的能力，阻碍了他们相见。

“杨提督！”

尤里安一面奔跑，一面战斗；一面战斗，一面寻找他最重要的人。

“杨提督！我是尤里安，您在哪里？”

此时跟随在他后面的，除了马逊，就只剩下两名士兵了。另外两名已经在肉搏战的旋涡中失去了生命。此次他们面临的敌人根本不会逃跑，只要一碰面就必然死缠烂打，直到被击毙为止。所以在寻找杨的路程中，他不知浪费了多少宝贵的时间。

二时四十分，杨在原地站住了。他听到极近的地方有人在呼喊他。

“杨威利提督？”

这声音不是询问，甚至也不是确认，只是向对方表明他开枪的意图。接着，说话者好像被自己的声音鞭打了似的，忽然开了枪。

一种异样的感觉从杨的左腿贯穿而过，仿佛把他的腿变成了一根棍子。杨踉跄了一下，背部撞到了墙壁上。这种异样的感觉具体化之后，最初是沉重，接着变成灼热，最后化成疼痛扩大到他的全身。鲜血喷涌而出，像被人用真空泵给吸出来似的。

“大动脉血管被打中了……”杨此时异常冷静地下了这个判断。如果不是疼痛的感觉侵蚀着意识领域，杨甚至会感觉眼前这幕情景就像在看立体电视的画面。反倒是击中他的那个人发出了恐怖而狂乱的叫声，手中的枪掉落在地上，然后以一种狂舞的巫师般的动作从杨的视线里消失了。杨一面听着对方用变调的声音叫着“杀死了，杀死了”渐渐远去，一面解下领巾缠在伤口上。这个伤口已经变成了血的喷泉，杨的两只手被染得鲜红。不过和过去因他而流的血比起来，还是微乎其微……

此刻，疼痛的感觉成了杨的意识连接现实的唯一一条细细的通道。如果自己死去的话……想到这里，妻子、被自己保护的人，还有部下们的面容，一一浮现在杨的脑海中。紧接着，杨不禁对自己的现状开始生气。自己竟在他们无法伸出援手的地方，陷入如此的境遇，真是太不争气了，他不禁厌恶起自己来。他单手扶着墙壁，在通道中迈开步子，仿佛这样就可以将横亘在他与亲人之间的距离的墙壁打破。

多么奇怪啊！杨的意识领域中，极少部分的意识发出了这样的苦笑。流了这么多的血，体重应该会减轻，怎么身体还是这么沉重呢？真的好沉重啊！无数只充满恶意的透明的手，不仅缠绕在杨的腿上，甚至缠住他的整个下半身，想将他拖倒在地。

象牙白的长裤每一瞬都会被无形的染匠染得红黑一片。缠绕在伤口上的领巾，此时已经失去了止血的作用，只是变成了一条布制的、让血液顺着流出来的通道。

哎呀！杨心里咯噔一下。怎么视线的位置好像水往下流似的降低了呢？不知不觉间，杨的膝盖已经跪在了地上。杨想站起来，却失败了。他的背轻轻地碰到墙壁上，然后就这样顺着墙角坐了下来，一动也不动了。这种姿势不太好看哪！杨心里想着，不过却连换个姿势的力气都没有了。在他周围的那一摊血仍然不停地扩大。哎呀，“奇迹的杨”变成“浴血的杨”了。杨的脑子里还在想着，不过伴随思考而来的却是极度的疲累。

手指不能动了，声带的机能也在逐渐丧失。“对不起了，菲列特利加。对不起了，尤里安。对不起了，各位……”这个声音除了他以外，再也没有任何人能听到了。不，或许只是他自己这么想。

杨闭上了双眼，这是他在这世上的最后一个动作。他的意识从模糊到漆黑，然后从漆黑落入没有色彩的深井。在越来越微弱的意识一角，一个熟悉的声音正呼唤着他的名字。

宇宙历八〇〇年六月一日，二时五十五分。

杨威利的时钟在三十三岁的时候停止了。

Chapter 6
盛典之后

1

六月一日三时五分。

一种从未经历过的冲击化成无形的绳索，缠住了尤里安·敏兹的双脚。

忽然停下来的尤里安，一面将那把沾满血腥的战斧轻轻地放在地上，一面调整着自己杂乱的呼吸和混乱的视线，环视着四周。他不由得感到一阵冲击。但是，为什么会有这种感觉，尤里安一时也弄不清楚。一种极为不祥的感觉伴随着呕吐感涌上了咽喉。

面前是通道，没有人影。左边也隐约有条小路，路上好像……好像有个人影……那人影不是站着，也不是备战姿态，好像是背靠墙壁坐着。不远的路口处有一处闪着微弱的光亮，那是一把手枪，似乎是帝国军制式的。人影的一条腿伸得直直的，另一条腿则支起来，微微地歪在那里。看不清他的长相，因为他戴着一顶贝雷帽，帽中散落出来的头发盖住了他的脸。地上大片的黑红色，无言地诉说着他的出血量。

“杨提督……”

这声音在期待否定的答案。尤里安的部分脑细胞发出了悲鸣。

“提督……”

尤里安的膝盖忽然下意识地抖起来，他的肉体好像比精神更早地认清了事情的真相，并产生了反应。尤里安踏进了左侧的通道。他不想往前走，不想面对眼前的现实，可还是举步迈向通道，背负着不愿背负的义务感前进了三四步。忽然，他失去平衡，单膝跪在了地板上，用一只手撑住身体。这里已经是血泊的边缘。尤里安从略高的位置注视着死者的脸——一张仿佛是等人等累了，最后竟昏睡过去的脸。

尤里安双手颤抖地脱下头盔，亚麻色的乱发紧紧地贴在被冷汗和热汗濡湿的前额。他的心和声音也像头发一样陷入了混乱。

“请您原谅我，原谅我吧！是我没用，在这紧要关头竟然没帮上提督……”

尚有余温的血濡湿了尤里安的膝盖，他却没有感觉。四年前自己对杨是怎么说的？他曾自信满满地宣称“我一定会保护您”，是吧？而现实却是如此。原来自己是个无能的吹牛者！不但没能保护提督，就连他咽下最后一口气的时刻，都没能陪在他身边……

在神经网络里涌动的强烈的愤怒，把尤里安的五官带回了现实的恶臭中。尤里安回过头，发现五六个穿着帝国军制服的男子正向他的背后慢慢接近。

尤里安全身的血管与神经顿时充满了鲜红的电流，所需时间还不到一瞬的百分之一。

身穿帝国军军服的男人们面对的，是一个化为人形、充满敌意与憎恨的能量体。此时的尤里安，是宇宙中最狰狞危险的存在。

暴起、跳跃、出击在同一时间完成。战斧一闪，一名士兵的头已被砍成两半，鲜血与悲鸣洒到了天上，士兵横倒在地。一转身，另一个牺牲者的锁骨和肋骨已被第二斧击碎。上一个人的身体还在地上横飞，第三个人的鼻梁已经碎裂，鼻血狂喷。

憎恶和狼狈的叫声在尤里安的周围响起。敌人的战斧连尤里安的影子都捕捉不到。如果先寇布目睹这一幕，一定会赞赏他的剽悍，也会批评他不够冷静。尤里安任由沸腾的激情旋转着战斧，地板又铺上了一层新的人血地毯。

“中尉！敏兹中尉！”

一双比尤里安的腿还要粗的手臂，从后面抱住了年轻复仇者的身体。路易·马逊的臂力远在尤里安之上，但要抑制一座怒气冲天的活火山，他还要使出浑身的力气。

“冷静一下！中尉！”

“走开！”

尤里安的头发剧烈地甩动着，发梢上不属于他的血，刚好打在马逊黝黑的脸上。

“走开！”

尤里安两只脚离地，在空中乱踢，鞋尖沾满的血迹也四处飞溅，像碎裂的红宝石般到处乱舞。

“走开！我要把你们全杀了！你们这些人都该杀！”

“已经没有一个活的了！”

马逊气喘吁吁。

“比起这些，杨提督的遗体怎么办呢？就让他这样坐在地上，不是很可怜吗？”

风暴瞬间平息了。尤里安停止了挣扎，看着马逊，眼神中重新拾回了一丝理智的光芒。战斧从无力的手中滑落到被血浸湿的地板上，用铿锵的声音向残酷使用它的主人抗议。

马逊终于松开手臂，放下了年轻的复仇者。尤里安像个出生后刚开始学走路的婴儿一般，踉跄着再次朝杨威利走去，跪在他面前。这时，尤里安听到远处有一个微弱的声音对着死者说：“提督，我们回伊谢尔伦吧。那里是我们的家，是我们大家的故乡。回家吧……”

不会有人回答，而年轻人似乎还在期待。看着失神的尤里安，黑色巨人默默地行动起来。马逊小心翼翼地用双手将杨威利那已失去生命的躯体抱起来。这动作仿佛变成了一根无形的绳子，尤里安也跟着站了起来。然后他才意识到自己正在和马逊并肩而行。

杨提督已经不在了。

杨威利——这位举世无双的战争艺术家，一直痛恨战争的黑发青年，去了一个再也没有战火的地方。

尤里安的意识不断追溯着记忆的长廊。两千六百多个日子，化为无数碎片在他的脑海里乱舞。有多少个脑细胞，就有多少件往事。本来这些回忆还可以继续积累下去，继续增长下去，却以这样的形式中断了！

这时，悲痛和失意才化作液体，突破了泪腺的闸门喷涌而出。马逊不知所措地望着像孩子一样恸哭的尤里安，也在念叨着什么，似乎在说“这时候哭一哭也好”。尤里安既没有看他也没有问他，手掌中越积越多、直至溢出的温热，已经成了他知觉的全部。

“人活着就是在看别人死亡。”杨威利生前曾这样说过。“战争和恐怖主义只会使一些无辜的好人白白丧命，所以必须要否定它们。”这也是他曾经说过的话。他的话总是那么正确无误。但是不管他留下多少名言，在他本人死去以后，就什么用都没有了。

语言——对，尤里安既没有见到杨威利最后一面，也没能听到他说的最后一句话。连他临终前想转告夫人的话都没有听到。尤里安后悔和自责的心情又化作眼泪，夺眶而出。

这个时候，先寇布在军官俱乐部中发现了他的部下，也是他的弟子布鲁姆哈尔特中校的身影。

中校倒在地上，四周横七竖八地躺着几具身着帝国军军服的男尸，这是布鲁姆哈尔特只身奋战的证明。先寇布的靴子不止一次地因为地上的血打滑。他在中校身边跪了下来，摘下中校的头盔，摇了摇布鲁姆哈尔特血迹斑斑的身体。濒死的年轻军官微微睁开眼睛，用尽全身的力气念叨着：

“杨提督，还好吗？”

一时，先寇布答不出话来。

“他傻得很，要是懂得逃跑就好了……”

“尤里安去救他了，没事的！他马上就会来这儿。”

“……太好了。他要是活不成，那、我们、以后的日子……也没什么意义……”

声音中断了，短促地喘息了两次之后，“蔷薇骑士团”代理团长莱纳·布鲁姆哈尔特也离开了人世，只比他所守护的司令官晚十五分钟。

先寇布面无表情地站起来，眼神中闪过一丝沉痛。他仰天长叹一声，再将视线拉回水平方向，几个接近的人影进入了眼帘。先寇布认清那些人是友非敌后，放心地高喊：

“尤里安！没事吧！我已经调查过了，他们不是帝国军的人……”

华尔特·冯·先寇布说到一半就停住了，呆立在急遽增长的不祥阴霾中，嘴巴变得像沙漠般干涩。这位“蔷薇骑士团”创建以来最勇猛的指挥官，像吐出黏土块一样挤出破碎的声音：

“喂……别这样，这里不是戏剧学校的练功房，我可不想上舞台练习悲剧……”

他闭上嘴，把刚才还带着杀气的视线投向尤里安，痛苦地喘息。这是他接受现实的仪式。他没说一句话，也没让尤里安说一句，只是默默举起手，向横躺在马逊怀中的司令官敬礼。尤里安看到，虽然只有两次敬礼，但每一次，先寇布的手都在微微颤抖。

敬礼完毕后，先寇布拿了一块布给尤里安看。那正是一年前莱因哈特皇帝的部下们在邱梅尔男爵宅邸发现的东西。布上绣的一排字跃入了尤里安的眼帘："地球是我故乡，我手重掌地球。"

"……地球教！"

眩晕袭击了尤里安。在此之前一直对着帝国军发泄的憎恨无法立刻转换方向。感情透支之余，他对自己的愚蠢和事实的真相感到又惊又怒。

"不过，为什么地球教的人非暗杀杨提督不可？难道是因为我曾潜入地球，调查他们的基地吗？如果是这样……"

"这个以后再讨论。目前我们只要明白真正的凶手是谁就够了！我早晚让他们死无葬身之地……"

先寇布丢下这句狠话，然后对部下们说：

"把那两三个活口送回尤里西斯，我要好好地拷问他们一番。反正在回伊谢尔伦的路上多的是时间可用。"

史路少校虽然因为重伤昏迷不醒，但确实还活着，这是巨大的噩耗中唯一的一丝光明。尤里安很喜欢史路少校，等他恢复神志之后，再让他好好讲讲事情的经过吧。不过，这对史路少校来说一定又是痛苦的回忆。

"撤回吗？"

马逊问道。先寇布和尤里安同时点了点头。

此时，瑞达Ⅱ号内外仍然混战不休。就战斗能力和秩序来说，先寇布的部下们远远处于优势，但对手全是些不怕死的人。正如攻打地球教基地的帝国军官兵们所感叹的那样，先寇布的部下们与其说是恐惧，不如说是遭受了可怕的呕吐感的袭击。尽管他们令敌人大量流血，但还是在一步步地后退。

三时三十分，先寇布下达了全员撤退的命令。

“别把时间浪费在这些食尸鬼身上，被帝国军发现可就麻烦了。还是护住幸存者撤离吧！”

命令被迅速执行了，所有的幸存者都被转移到尤里西斯号上。杨、派特里契夫及布鲁姆哈尔特的遗体也都安置妥当。但同时，罗姆斯基医生等革命政府文官的遗体却没有被好好安放，这是此次行动的一个缺点，也成为日后招致批评的口实。

2

杨威利在三十三岁的壮年意外死去，许多人都为他感到惋惜。其中有在他麾下战斗的人，更多的则是直接与他作战的敌人。不过，后世也有些历史学家对他有严厉的批评。

这些批评中，最尖酸、最具否定性的内容如下：

“杨威利究竟是个什么样的人呢？口口声声否定战争，却因为战争而平步青云，享有荣华富贵。甚至在自己的国家灭亡之后，还亲自导演了一场新的战争行动，企图再度分裂人类社会，结果中途失败，给后世留下了混乱和战祸的种子。如果这世界上没有他的存在，从宇宙历八世纪末到九世纪初的这段混战中，被死亡攫走的无辜者人数就可以大大减少。我们不该对杨威利有太高的评价，因为他既不是受到挫折的理想主义者，也不是失败的革命家，只不过是个拘泥于大义名分的战争贩子罢了！揭去他那层强烈的军事浪漫主义色彩后，这个人物的业绩表里又能留下什么？没有！什么也没有！不管在他生前还是死后，他都没有给人们带来任何福祉。”

也有较为温和的批评：

“如果皇帝莱因哈特真的和杨威利实现二度会面，在历史上将会留下什么呢？是超级大国和小国的和平共存，还是一场最终且最彻底的大会战？不管怎样，最后他们没有见面，这使生者和死者的所有希望全都破灭了。杨威利在他最不该死的时候死去。当然，他的死并非出于本意，而是一桩谋杀，所以以此来责怪杨威利未免本末倒置。最大的罪名应该归结于那些以非建设性的狂热和偏执，断绝了历史可能性的反动恐怖主义者。杨威利曾说过‘恐怖主义不会改变历史’，但这种行为仿佛是对杨的一种嘲笑，至少他个人的生命因为恐怖主义被改变了。”

此外，还有这样一些评价：

“道德上的善和政治上的善是不一样的，从宇宙历七九七年到八〇〇年，杨威利的选择和行动可以属于前者，但绝非后者。时代和局势都要求有个比平时更强势的领导者出现，不管在实力还是人望方面，堪当此任的人物都非杨莫属，可是杨却一直拒绝。最终，他或许是得到了个人的满足，但由于他偏执地做一个‘乖孩子’，结果使自由行星同盟这个民主国家不得不失去顶梁柱，导致了崩溃的命运。话虽如此，以杨的历史哲学来说，大概是同盟已失去了作为一个国家存在的意义，以军人独裁的面貌来维持这个国家毫无意义吧！而且，他也希望把历史上的主角地位让给别人。”

而这个取代他的“主角”，难道就是他的被监护人尤里安·敏兹吗？

“尤里安若在是莱因哈特皇帝的麾下，终有一天会当上帝国元帅！”

杨威利曾经如此赞扬过尤里安的可塑性，不过从他的思想和立场而言，这样的称赞却是双重的草率。话虽如此，从这句话中至少可以明确两点：第一，杨肯定了两者的力量；第二，他认定尤里安的资质无法凌驾于莱因哈特之上。当然，如果杨还有关于后者的补充，那么他会认为自己也绝不会凌驾于莱因哈特之上。

杨威利以前曾耸着肩膀对尤里安说：

“我好像在做一堆蠢事。”

被莱因哈特吸引的人并非只有杨一个，但对莱因哈特在历史上的地位和意义认识最深的，恐怕就只有杨一个人了。而且，他对自己和莱因哈特处于敌对立场的现实，似乎也有些许失望。

杨打心底痛恨祖国那些权力者和他们周边的人，当然不会和这些人有深交，也不喜欢他们来访，往往会装病或假装外出来避免和他们见面。这并不是因为他有什么主义或思想，只是像偏食的孩子讨厌青菜一样的心理。

在战场上，杨威利是个富有智略和奇谋的青年，堪称超凡脱俗，但是在人际关系方面却一点智慧都没有。实在推不掉讨厌的客人时，他就装病，到最后什么病都装遍了，一筹莫展之际，连尤里安都为他装过病。在救急之后，杨为了表达谢意，还曾往尤里安的衣服口袋里塞了十第纳尔的纸币，也曾在他床头放一盒巧克力。在对待下属方面，他尽管不怎么擅长，却比较用心，也很温和宽容。可是一碰到位高权重者，尤其是位于权力核心的那些人，杨就与他们有隔阂。

杨喜欢在伊谢尔伦的生活，是因为这个边境的军事据点没有顶头上司，接见访客和一些例行公事都没有待在首都时多，感觉比较轻松。其实，作为一个要塞都市实质上的独裁者，杨想过中世纪王侯贵族般的生活也无不可。但根据多数人的证言，他的生活水平与豪华的水准相去甚远。他与那种高级军人常使用的权力无缘。至于原因，与其说是他的意志，毋宁说是他的性格使然。这无疑是难能可贵的。

连一些对杨威利不抱好感的历史学家，也不得不承认他是个没什么欲望的人。而另一方面，对他怀有好意的历史学家也不得不提及，他有不爱多交朋友和不懂争取机会的消极性格。

杨是在“艾尔·法西尔大撤退”中一举成名的，但当时他只是个二十一岁的毛头小子，他的撤退计划甚至一度遭到民间权威人士的怀疑。杨不能将心中刚成形的计谋告诉他们，只是一个劲儿地说着自文明发祥以来最省事的一句台词“没关系”，并没有积极说服他们。他觉得最麻烦的，就是让持不同想法和价值观的人了解自己。在这一点上，杨完全欠缺一名政治家应有的资质。

“对于不喜欢的人，我没有必要去讨好他。对于不想了解我的人，我也没有让他了解我的必要。”

这是杨威利的心声。但他也并非完全不需要知遇和理解，一意孤独到底，证据之一就是他发现了被监护人尤里安·敏兹天赋中杰出的接受性。他喜欢这个少年的聪明机警，教给他种种战略和战术方面的技巧。结果，杨虽不想让这个被监护人成为军人，但还是为他培育出了一名高水准军人应有的资质。杨的才能和愿望的背离，都反映在尤里安这面镜子中。

后世的历史学家为杨的一生写下一句短评：“多彩多姿，充满矛盾和胜利的短暂人生。”结束了这样的人生后，杨的遗体在部下的护卫下，回到了他漂浮在虚空中的城堡。

3

尤里西斯战舰和跟随而至的五艘友舰汇合，形成送葬的行列，一起驶向通往伊谢尔伦的归路。六月三日十一时三十分，终于到达了目的地。

在回程途中，尤里安和先寇布处理了几个必须处理的问题。

首先是审问被俘的三名地球教徒。在审判中，审问一方一时欠缺了重视人道和合作的精神，这是事实。但审问还是无果而终，让失去司令官和同僚的“蔷薇骑士”情绪激昂。

“先寇布中将，请把地球教的这些家伙交给我们处理，反正这些家伙无论如何都不会说出实情的，我看就成全他们，用华丽的方式让他们殉教吧！”

凯斯帕·林兹上校的建议还穿着抽象的外衣。他的部下们的建议更为露骨：

“把他们丢进核聚变炉活活烧死！”

“不，把他们碎尸万段，冲到下水道里去好了！”

先寇布环视了一下这群急于复仇的部下，冷冷地说：

“急什么，伊谢尔伦也有核聚变炉，而且是个大家伙。”

如此凶狠的答复，“蔷薇骑士”们还从未听到过。

这些部属们离开后，先寇布和尤里安失望地——准确说是沉重地交换了一下视线。

“提督的随行者是派特里契夫和布鲁姆哈尔特吧？如果像帝国军那些家伙信奉的那样，真有‘瓦尔哈拉’[①]存在，杨提督在那里就有下棋的好伙伴了。”

“因为他们两个的棋艺比杨提督还拙劣哪。”

尤里安的心乱得如同被风吹散一样。毫无意义的交谈不禁让人联想起在混凝土地上撒种子——即使做了也毫无结果。但如果不说些什么，恐怕连毛细血管都会灌进混凝土，全身就此石化。

“我从帝国亡命过来，并不是为了品尝这种滋味。难道这就是抛弃祖国的报应？”

“……”

“若是这样，抛弃国家还不如将国家灭亡好呢，这样或许就没有后顾之忧了。算了，过去的事姑且不论，今后才是问题。”

“今后……”

“是啊。杨威利已经死了！你听见了没有？杨提督死了！已经死了！而且是被莱因哈特皇帝以外的人杀死的！他一直到最后还让我们这么意外，你不感到敬佩吗！”

在先寇布的拳头下，无辜的桌子发出了悲鸣。尤里安也不比先寇布好多少，他觉得全身都变得苍白了。他有一个奇妙

①北欧神话中的英灵殿，传说大神奥丁命女武神将战死的英灵带到此地。

的发现。全身气血上涌的时候，血液究竟集中在体内什么地方呢？从灵魂深处流出来的鲜血，到底积存在什么地方呢？

“……但是，我们现在还活着。既然活了下来，就应该考虑今后的事情。以后要怎么去和皇帝交战？”

“以后吗？”

他无意识地回了这一句，声音连自己都听不出来了。那是一种没有理性、毫无知觉的声音。

“我怎么知道以后怎么办，杨提督都不在了……”

什么事情都是由杨威利为这些人考虑，但凡战争的意义、战争的方法、战后的事情等，都是杨威利决定的。尤里安等人只跟着行动就行了。难道从今以后，这些事都要由自己这些人来做了吗？

“那么，不如干脆投降吧？跪在皇帝面前宣誓效忠。像我们这种私人部队，一旦失去了主将，瞬间解体也是很自然的。”

尤里安一时哑然。隔了大约两秒钟，先寇布干笑两声，说：

“你若不喜欢，那我们这个弱小团体就必须团结起来，可是，如果要团结，就必须有一个代表人物。谁能取代杨提督的地位呢？”

“那倒是……”

尤里安在想，推选出一个领导人到底可行吗？就像恒星系的大部分质量都集中在恒星本身一样，杨舰队这个星座，也只是有杨存在时才能在宇宙中大放光彩。除此之外，还有谁能接替他的地位呢？话虽如此，若真的找不出这样一个人物，杨舰队就完了。

“还有一个问题……”

“什么问题……”

“这件事搞不好比其他事更重要。杨夫人那边，由谁来告诉她这个噩耗呢？”

世上还有如此不祥、令人不快又不可或缺的疑问吗？先寇布现出仿佛含着柴油一样的表情，总算尽到了一个年长者微薄的义务。

而对尤里安来说，这个迎面而来的巨大难题压得他几乎要窒息了。是啊，该由谁来告诉菲列特利加·G·杨呢？说她的丈夫被宗教狂热分子暗杀了？说他不是堂堂地死于和莱因哈特交战的旗舰舰桥中，而是在巡航舰的某个角落里被人杀死，在无人目睹的情况下断气了？思来想去，走投无路的尤里安脑中闪出了一条逃生之路。

“请卡介伦夫人帮忙吧，若是她的话……”

“嗯，我也不是没想过。应该比较合适。这种时候，男人就得装孬种。”

这位大胆而辛辣的亡命贵族这次并没有批评尤里安的推托。和先寇布相识以来，尤里安还是第一次看见他这样。他看似无限的活力和锐气全都消失了，像干涸期的河流一样，河水全部蒸发，河床完全暴露出来。

大家全都是这个样子，伊谢尔伦人人如此。尤里安不禁惊恐万分，他无法想象在恒星忽然消失之后，围绕它的行星和卫星结果会如何。巨大的恐惧瞬间盖过了悲哀，尤里安呆呆地站在原地。

4

六月三日十一时三十分，送葬队伍驶进伊谢尔伦港。

卡介伦、亚典波罗和梅尔卡兹三位将官已经通过绝密通信获悉司令官的死讯，出来迎接葬列。他们犹如古老荧光灯照耀下的一群石膏像。这些曾率领百万大军驰骋宇宙的无畏之人，如今只能把伤痕累累的灵魂裹在军服中，等待着年轻的使者。听到尤里安的问候，卡介伦从喉咙中挤出苍白的声音：

“唉，尤里安，照顺序来说，杨该比你早死十五年才对。但是啊，杨比我还小六岁，现在却由我来送他，这顺序实在是颠倒了呀。”

被称为自由行星同盟军最高军事官僚的卡介伦，竟然只能说出这种话，可见他所受的打击之深。

奥利比·波布兰的身影并没有出现在尤里安的视野中。他秘密收到杨的讣告后，扔下一句“我没有事找死掉的杨威利”，然后就带着一打威士忌，把自己关在卧室里不出来了。

“菲列特利加……”

“她还不知道，我们还没告诉她。我想，还是你去说吧。”

“我也不行。我想拜托卡介伦中将的夫人……”

但是，从丈夫那里得知尤里安的请求后，卡介伦夫人却拒绝了。她苍白着脸，带着沉稳却明确的表情拒绝道：

“尤里安，这是你的责任，也是义务。你是杨威利家族中的一员，除了你，还有谁能出面呢？如果你不肯说，到时会比说了还后悔。”

尤里安不得不承认卡介伦夫人是对的，他觉得有些羞愧。杨威利的死讯只能由自己亲自告诉杨夫人，谁也无法代替他去做，也不能委托给别人。明知如此，他仍然环视着诸位将官。卡介伦慌忙摇摇头，先寇布则轻轻地摇了摇头。梅尔卡兹半闭着眼睛不说话。亚典波罗动了动褪色的嘴唇，也没有说话。从他的唇形当中，尤里安看出了那句无力的话“拜托了，喂”。尤里安想叹一口气，但呼吸机能早就紊乱了。

从下决心去敲门，到听到菲列特利加的回答，尤里安觉得自己的视觉和听觉都失了常。

“什么时候回来的，尤里安？好快啊！”

杨夫人的笑容和声音都变得模糊了。他对杨夫人寒暄了几句，三言两语全都是无意义的内容。忽然间，一句清晰的话从尤里安的听觉神经直达心脏。

“他死了吗……”

尤里安战栗起来。菲列特利加褐色的眼眸仿佛要刺穿他的身体，检视他记忆的画廊似的。年轻人动员着声带的全部机能，终于挤出微弱的声音。

“您怎么会这样想呢？”

“看你吞吞吐吐的样子，还能有其他的事吗？是不是？他还是死了……”

尤里安张开嘴巴，不听使唤的话夺口而出：

“是！没错。杨提督亡故了！被那些阻止他会见皇帝的地球教残余暗杀了——我想救他，却来不及了！对不起！好不容易才运回他的遗体！”

“……尤里安，如果你是个骗子就好了。这样我就不用相信你的报告了。”

菲列特利加的声音像解读刻在黏土板上的古代文字一样干涩。

“我早就有这种模糊的不安了。卡介伦中将不露面，夫人也十分异常……”

声音中断了，一条巨大的海龙似乎正从意识和感性的海沟浮上海面。尤里安觉察到这种迹象，全身紧张起来。菲列特利加的视线落到地板上。在她放声痛哭之前，我该不该回避呢？尤里安心想。

菲列特利加抬起头，脸上没有泪痕，但生气和现实感似乎都已被悲伤的海绵吸干了。

“他啊，不应该是这样死去的人哪。他应该有他自己的死法！”

……在战乱已过去一代以上的和平年代里，有一位老人还活着。据说他曾是位颇具威名的军人，但亲眼目睹的证人很少，也从未听过他吹嘘自己的武勋。在年轻的家人寄予的七分亲情和三分疏忽下，他就这样过着靠退休金度日的生活。日光室中放着一把大摇椅，只要没有人喊他吃饭，他就一直静静地坐在那里读书，像化成了椅子的一部分似的。日复一日，时间仿佛静止了一般……

有一天，在外面嬉戏的孙女从日光室的入口把球扔进来，球滚到老人脚旁。以前，老人总会缓缓地弯下腰，捡起球给她，但这次却像没有听见孙女的声音，动都不动一下。孙女跑上前去捡起球来，从下方望着祖父的脸，刚要抱怨，却有些莫名的感觉。

“爷爷……”

没有回答，阳光映照在老人沉睡般的脸上。孙女抱着球，跑到客厅大声说道：

“爸爸！妈妈！爷爷好奇怪啊！”

在渐行渐远的声音中，老人仍然坐在摇椅上。永恒的静谧开始像海潮一般，慢慢淹过老人的脸……

菲列特利加认为这种死法才适合杨威利。不，这不是确信，宛然是现实中发生过的情景。

杨总是站在最前线与强大的敌人交战，常常险些被阴谋的獠牙撕碎。菲列特利加也曾在千钧一发之际，从虎口中挽回丈夫的生命。尽管如此，她不知为何一直认为，丈夫是那种总能在死神面前化险为夷的人。

“不过，或许这种死法才适合他。如果真的有‘瓦尔哈拉’存在，他见到比克古元帅时，也一定会抬不起头。元帅将身后事委托给他，而他竟在半年不到的时间里，就追随而去了……”

菲列特利加的舌头和双唇不再动了，丧失血气的皮肤下，海龙正在蠢蠢欲动。她忍住悲痛，低声说道：

“尤里安，拜托你，让我先一个人静一下。等我心情平静一点后，再去看他……”

尤里安顺从地离去了。

5

伊谢尔伦要塞里，阳光阴暗下来。盛大热闹的庆典结束了，一种谁都无法想象的钟声响彻云霄。

现在，在伊谢尔伦要塞中，连最底层的士兵都沉浸在悲哀的深井里。但是毫无疑问，随着时间的流逝，动摇和困惑形成的混乱气流就会袭卷这里吧。而眼前，没有一位军官能够放纵于这悲伤的狂流中。他们必须对外宣布杨去世的消息，举行葬礼，并设法弥补组织上出现的巨大空隙。与地位相伴而来的责任是何其残酷。

如同返回伊谢尔伦的途中，先寇布曾经指出的那样，关于杨的后继者之事，他们也在提醒着尤里安。亚典波罗高声说道：

“人类并非为主义或思想而战，而是为了体现这种主义或思想的人而战；不是为革命而战，而是为了革命家而战！我们当然要为杨提督的遗志而战，尽管如此，我们之中还是必须要有一个人来代理提督的职务。”

停止战争——亚典波罗并没有做出这个选择。当然，尤里安也没有。

“无论如何，我们需要一位领导者。”

“也需要政治上的领导者吧，罗姆斯基医生已经死了。”

亚典波罗难道忘了这一点吗？尤里安想。但是声称以侠义和醉狂革命的年轻军官并没有显露出惊慌。他用理所当然的口吻说，已经决定政治上的领导者了。

“那……这个人是谁？”

“菲列特利加·G·杨夫人啊！”

惊愕之情以各种形式表达出来。而这时，尤里安眼前浮现出的是菲列特利加深褐色的眼眸。

“当然，我还没有向杨夫人提这件事。等她略微恢复平静以后，我将会在这一两天提出请求。”

亚典波罗的声音在继续：

“谁会成为杨提督的政治接棒人，将来暂且不管，但目前就只有她了。这虽然对已故的罗姆斯基医生有些不公，但无论是知名度方面，还是能与共和主义势力产生共鸣方面，杨夫人都远远胜过这已故之人。虽然杨夫人在政治上的见识和手腕比不上过去的伟人，可是眼下她只要不比罗姆斯基差就好了，不是吗？”

尤里安没有立刻回答。亚典波罗的意见固然一针见血，但在这种情形下，菲列特利加能接受这样的重任吗？她会不会认为这是将自己的权力建立在丈夫的遗体上，而加以拒绝呢？

尤里安一时难以决定，看向亚列克斯·卡介伦。军政与补给专家迎着年轻人的视线，开口说：

“亚典波罗偶尔也会说对。就政治上的观点而言，这个决定是正确的。事实上，为使民主共和政治的正统继承人得到大众的认同，我们除了推选杨夫人担任政治代表之外，实在没有第二人选了。当然，当事人拒绝的话，又另当别论……”

“我认为她一定会拒绝的。她一直都担任辅佐的角色，要顶替上司的地位，可能……”

“尤里安，你听着，所谓政治上的形式或法制，自第二代开始才有约束力。第一代是处于制定形式或法制的立场。”卡介伦探出身子说。

杨威利生前的地位相当于民主共和势力的政治代表，如果在他死后，杨夫人继承他的地位，那就成了一种世袭的形式，亦即将地位私有化了。但是，杨生前一向拒绝这个地位，结果他的态度反而给了妻子菲列特利加政治上的正当性。杨给妻子留下的政治遗产，都不是可以被形式或法制左右的东西。

“您说得没错，这样做是有些道理……”

尤里安略显顽固地提出己见。他虽然在理性上肯定了卡介伦的说明，但在感情上却丝毫不为所动。菲列特利加刚失去了杨，不该为他人挑起如此艰巨的重担，这也是尤里安顾虑的因素之一。

尤里安退出之后，干部们面面相觑。

“咳，看来尤里安似乎也无法轻易接受取代杨，接任军事领导者地位的事啊。”

卡介伦疲倦至极地喃喃道。先寇布则一语不发地抚摸着下巴。他们原本打算由尤里安接替杨故去后留下的位子。

让年方十几岁的尤里安坐上这个位子，反对的声浪自是难免。不过，连莱因哈特·冯·罗严克拉姆在称霸宇宙前也只是一介“金发小子”。而杨威利在成为艾尔·法西尔的英雄前，更是一个只知道读书的年轻军官。没有人生来就是英雄，尤里安目前只是缺乏经验罢了。

“他在杨威利的监护下长大，又是杨用兵学方面的弟子，这个事实不容忽视。它比实力更有价值，不是吗？”

“你是指领袖人物的魅力吗？”

“用什么字眼形容都无所谓。重要的是，目前谁最能反射出杨威利这颗恒星的余光。”

这个人选非尤里安·敏兹莫属。关于这一点，他们意见一致。当然，辅佐人是必要而且重要的。他们并没有打算将沉重的责任完全扔给尤里安一个人。只是在大家共担责任的情况下，必须要有一个人出来担当“脸面”的角色。

对于尤里安的未来，已故的杨曾寄予厚望。倘若再给他加上十年的岁月，他的将来就该从想象领域走入现实了吧。但在现阶段，只能最大限度地提高这种可能性。

“不过，问题在于其他将士会不会和我们有一样的想法？也许尤里安指令一出，属下会阳奉阴违。”

“看来我们必须要进行一番意识改革了。”

首先，军官们要以身作则，尊重尤里安的指导，听从他的指示和命令，并承认他的地位和决定比他人更优越，否则士兵们将难以服从尤里安。总之，尤里安作为军事指导者的才干和气度必须接受试炼。而一旦越过这一关，即使年纪再小，他也可以一跃成为一颗自己放射光芒的恒星。

“不过这么做的话，难免有人会脱离部队。因为大半的人都是冲着杨威利是总指挥才跟随而来的。”

对于卡介伦的顾虑，先寇布用嘲讽性的批评回应道：

“你的想法没错，首先会脱离的大概是艾尔·法西尔独立政府那些达官显贵吧。因为这些人都是假借杨威利的军事才干和名声，求得安身立命之地的墙头草啊。”

卡介伦的嘴唇微微弯曲。

“管不了这么多啦！要脱离的人就让他脱离吧。数目并不代表力量！即使只有少数人留下，也要先确立中枢再说……”

这样做反倒是正确的。强扭的瓜不甜。即使勉强将不满的人留在阵营内，也只等于留下一座活火山，迟早是要爆发的。这不仅会让领导者感到惶惶不安，而且万一必须以血肃清他们，只会使伤口更深更大。从当前形势来看，也只能缩小兵力规模了。

被逼无奈却又心怀愧疚，这就是尤里安所处的立场。当他被卡介伦和先寇布叫来，被告知要他取代杨威利做革命军的司令官时，年轻人与其说是惊讶，毋宁说是惊讶到了极点。他来回看着两位长者，在心脏悸动了二十拍之后，才发起反击的态势。

“如果舰队必须要有指挥官，亚典波罗中将不就可以吗？他二十七岁就被尊称为阁下了，比杨提督还快呢！功绩和声望也都十分卓越！”

“不行！”

“为什么？”

“他已说过，只想待在幕后。”

“怎么会这样……”

“我们也一样。想开一点，站出来吧，尤里安！你够不着的地方，我们会给你垫脚的。”

“失败的时候，咱们就同归于尽。”

先寇布这句不吉利的话，让卡介伦皱起了眉头。

“让我考虑考虑。”丢下这句了无新意的回答后，尤里安逃开了。杨舰队的司令官！对于年轻人而言，这是个神圣不可侵犯的位置。他的确梦想过有一天能当上司令官的参谋长，但是司令官的位置却远在他的想象和光速的领域之外。经过短暂而深刻的困惑，尤里安决定找菲列特利加谈谈。是卡介伦夫人建议他这样做的，她认为应该给菲列特利加一些考虑别人的事的机会。

“接受吧。”

菲列特利加平静地说道。尤里安大感意外。

“没想到连菲列特利加夫人也说这种话。您想想看，我怎么能做到杨提督那样呢！”

“那当然。”

菲列特利加再一次平静地肯定了年轻人的异议。看着惊讶地望着她的年轻人，她又重复了一遍：

“那当然，尤里安。杨威利所做的事，谁都无法做到啊。”

“是啊，我根本不可能！才能差得太远了！”

“不，是个性的差别，尤里安。你只要做自己会做的事就行了，并没有必要去模仿杨威利。历史上只有一个杨威利，同样，也只有一个尤里安·敏兹。”

不久后，如此说教的菲列特利加也被推上了一个她并不希望登上的地位。卡介伦来访，在表达完并不怎么合格的一番哀悼之意后，便提出请她担任政治代表的要求。

“如果没有别的方法，那我就做政治上的代表吧，虽然我一无是处。”

这就是菲列特利加的回答。

“不过，必须征得大多数人的支持和帮助。我就任之后，且不提命令，届时必然会向大家下达指示，希望大家务必遵从。关于这点，我想先请各位答应。”

卡介伦猛地点头，几乎连整个身子都动了起来。

对菲列特利加肯做政治代表的事，最感到意外的人是尤里安。

在只有两人相处的时候，菲列特利加对尤里安说：

“我认识他已有十二年了，前八年只是他的崇拜者，接着三年是他的副官，后来的一年是他的妻子。往后的好几年或几十年，都将是他的未亡人。既然日子还是要过，何不在他建立起来的地基上再积累一些东西呢？只要不是灰尘就行，哪怕仅仅只有一毫米，而且……”

菲列特利加没有再说下去。在尤里安看来，她并不是陷入沉思，而是似乎在倾听某个忠告她、鼓励她的声音。

“而且，如果活着的人因此就气馁，那么他主张的‘恐怖行动不能改变历史’的说法，岂不是要毁在我们手上了。因此，虽然知道自己并不相称，我还是打算履行这个义务。要是有人说杨威利怠忽职守的话，我将会挺身做证。他从未怠忽过只有他才负得起的责任，一次也没有。”

“……太了不起了，菲列特利加夫人。我也不能推卸责任。虽然只是装饰品，但我愿意担任所谓的军事领导者。”

菲列特利加使劲儿摇了摇金褐色的头发。

“了不起？我没什么了不起的。说实在的，我觉得民主主义什么的消失了也好，整个宇宙还原成原子也无所谓，只要他能在我身旁半睡半醒地看书就好了……”

该说些什么好呢？尤里安一时无法判断。他终于明白判断不是智慧的产物，而是器量的产物。尤里安叫来卡介伦夫人，把菲列特利加交给她照顾，同时在内心咒骂自己的幼稚。

6

先寇布的观察乃至预言完美地应验了。巨大的伊谢尔伦要塞的各个角落，人们震惊无比，也哀伤无比。到处都有士兵和民众围成一圈窃窃私语。乐观论进入冬眠期，寒冷肃杀的冬野上，悲观论横扫一切。

“失去了杨威利的杨威利军队，只不过是一批流亡的私人部队罢了，总有一天会发生内乱，自取灭亡的。区别只在于有没有伴随着流血，或者时间早晚……”

杨去世的消息公布后，难免会有这种论调产生。尤其是卡介伦宣布由尤里安接任军事领导者的地位后，更是一片哗然。卡介伦在公布此事前早已有心理准备。疑问、排斥，甚至冷嘲热讽喷涌而出，形成一股方向一致的乱流。

“为什么？难道只因为尤里安·敏兹是杨威利的养子，就必须让他担任军事领导者？比他地位高、功勋多的干部多得是，为什么要让尤里安这种……”

达斯提·亚典波罗毒辣的回应，给这堵常识论的巨墙挖出一个大窟窿。

"你们说为什么要把兵权让给尤里安这个'亚麻头发小子'？因为对我们而言，重要的不是过去的日记，而是未来的日历！"

"可是，他也太年轻、太幼稚了。最重要的是，他根本不能和莱因哈特皇帝相提并论！"

"那又怎么样？"

尽管亚典波罗拼命抵抗反对声浪，但不满、不安、动摇和无力感，仍然披着无形的盔甲掠袭了整个要塞，不停地在人们的神经上洒下毒液。

六月五日早上，姆莱中将走进尤里安的房间，向他表明一件事。

"尤里安，这是我在杨舰队执行的最后一个任务了。请你答应我！"

"怎么了，姆莱中将？"

明知自己洞察力和想象力的界限，尤里安仍然问道。姆莱毫不造作地答道：

"我要带领不平分子和心意动摇的人离开伊谢尔伦要塞。"

一滴冷雨落进尤里安的心田。自己被遗弃了吗？自己是个不值得合作的人吗？

"您已下定决心了吗，姆莱中将？有您在，杨舰队才能发挥军队的机能啊……"

四年来在杨威利的奇迹和魔术的荫庇之下，一直坚实地履行责任的参谋长重重地摇头。

"不！没有我会更好。我不走的话，对你一点帮助也没有，请允许我引退吧！”

姆莱的脸上深深烙着岁月的印痕，头上已有斑斑白发。面对着他，尤里安竟不知该说什么。

“而且，费雪和派特里契夫也不在了。我累了，也很寂寞。承蒙杨提督的提拔，我才能爬上高于自身才能和实绩的地位。真的很感谢他。”

淡然的声调透露出他目前的心境。

“倘若我现在有公开脱离之意，心志摇摆的同僚就会聚集在我身边，他们会说像姆莱这样的人都要走了，我们还留恋什么？于是就可以把自己的想法正当化了。我的目的是什么，想必您也明白。”

在某种程度上，尤里安可以理解姆莱的心情。的确，以自己目前的气度是不可能留住这个人的。所以他认为应该好好感谢姆莱为杨付出的一切，并高兴地把姆莱送走。

“请照您的意愿去做吧。辛苦您了，真的非常感谢您所做的一切。”

望着中将离去的身影，尤里安再次低下头来。这位冷静细致、重视常识和秩序、恪守礼仪和规划的人，为什么身影竟会如此单薄？他本该挺成一条直线的背脊，何时竟然蜷缩起来了？想到这些，尤里安的头自然地垂了下来。

姆莱中将走出尤里安的房间，碰见了亚典波罗，遂告知年轻同僚自己的离去之意。

“没有我，阁下等人会更好吧。你们可以尽情伸展自己的羽翼……”

“我不否认。不过，饮酒的乐趣，有一半是因为打破禁酒令才有的啊。”

话中夹杂着一些玩笑之外的东西，亚典波罗伸出右手。

“世人一定会说你坏话的，因为你扮演了一个亏本的角色。”

“哪里的话，只要忍一忍就过去了。比起和你们同行的辛劳，实在微不足道。”

两人握手道别。

这一天，艾尔·法西尔独立革命政府的委员中，将近半打的人面色凝重地叫尤里安前来。他们面对着过于年轻的军事代表人，郑重其事地宣布：

“姆莱中将要离开了，我们也决定解散政府，但这个决定与他没有关系。我们先通知你一声，本来并没有这个义务，不过……”

“哦。”

尤里安的反应略欠温和，独立政府的委员不快地转动身体。

“你不要想歪了，艾尔·法西尔独立运动本来大半都是罗姆斯基医生一个人搞出来的，我们只是碍于他所造的时势，才不得不卷进这场没有胜算的革命运动。”

看到他们把包袱全都甩给故人，一个个急于想溜的样子，尤里安感到厌恶至极。

“罗姆斯基医生是独裁者吗？你们难道没有反对他的自由？”

这群独立政府相关人士的羞耻心似乎睡着了，但年轻人的声音正在把它摇醒。为了避免出丑，委员们努力挤出声音：

“无论如何，杨提督和罗姆斯基医生都已遭不测，反帝国的革命运动失去了军事和政治上的领导者，再继续交战和抗争又有什么意义？”

“……”

“现在，与其拘泥于政治体制，不如着眼于大局，为全人类的和平与统一贡献力量。憎恨或敌意不会有任何结果。你们也没有必要太执着于死者的理想，一心要做殉教者。”

尤里安极力地克制着自己。

“我不会阻止你们出走，请各位放心地走吧。各位也没有必要因此就否定此前所做的一切。在此先说一声：各位辛苦了！我告退了。”

委员们妄自尊大地下令准许后，尤里安离开了。现在，他终于明白了姆莱的心意，原来姆莱是在为自己清理这些家伙。姆莱中将是有意将这些害怕传言与妨碍、没有勇气主动离开的懦夫集中起来，一并为尤里安带走的，即使他知道这样做会使自己背负罪名。尤里安衷心感谢姆莱，也深深为杨任命他为参谋长的远见卓识折服。

在这一波波的人心浮动中，也有人丝毫不为所动。曾是银河帝国一级上将的维利伯尔·由希姆·冯·梅尔卡兹在为杨守丧的同时，默默地致力于战略与战术方案的研究。

“我时常想，在利普休达特战役中败给莱因哈特·冯·罗严克拉姆时就死掉，是不是反倒更好……”

他曾对副官贝伦哈特·冯·舒奈德如此感叹过。

“但是，我现在不这样想了。六十岁之前，我一直活在对失败的恐惧中。到现在我才明白，我可以不用这种方式生活。对于那些使我彻悟的人，我必须报答他们的恩惠。”

舒奈德点点头。三年前，他把自己敬爱的上司引上了这条人生之旅。他也曾反复思索这个选择究竟是对是错，但现在看来，似乎并没有错。他将继续走完自己选择的路，而且毫不退缩。

六月六日，伊谢尔伦要塞以革命军代理司令官尤里安·敏兹之名，公布了杨威利的死讯，并举行了正式的葬礼。

同时，艾尔·法西尔独立政府宣布解散，结束了短暂的历史。

Chapter 7
失意的凯旋

1

一名男子的死亡，在带给他的同伴绝望的同时，也给他的敌人带来了失望。

新帝国历二年六月六日十九时十分，帝国军捕捉到伊谢尔伦要塞向全宇宙发布的通信波。杨威利的讣告传到帝国军总旗舰伯伦希尔上，并传入莱因哈特耳中，是在十九时二十五分。报告者是目前担任大本营幕僚总监的希尔格尔·冯·玛林道夫伯爵小姐。

像少年一般留着短发的美丽秘书官难以控制脸上的表情。她的聪明和使之井然有序的意识，此时仿佛浮在春水上的薄冰一样飘摇不定。

“报告陛下，刚才，伊谢尔伦要塞向全宇宙发布了一则讣告。”

那坚定却缺乏锐气的声音听起来不像是希尔德的。皇帝将充满疑虑的视线投向虚空。

“杨威利已经去世。”

理解了美丽秘书官话中的意思，失意像惊雷一样击中了莱因哈特的头顶。他白皙的双手紧紧地抓住床柱，像是在勉强支撑住优美修长的身躯，似乎要让无生命的物体也能体会到他心中的激情似的。冰蓝色的眼眸里此时反倒充满了近乎愤怒的光芒，直视着伯爵小姐。

“伯爵小姐……伯爵小姐！”

华丽的金发迎着风。

“朕曾从你这儿听到过多次噩耗，然而这一次最令人难以接受。是谁给了你让朕如此失望的权利？”

莱因哈特仿若凝固的初雪般的皮肤下面，血管已经化成宣泄灼热情感的通道，其中沸腾着一股仿佛被侮辱的情绪。那个他一直与之战斗，今后还想与之斗智斗略，甚至希望通过会谈进一步了解其个性的对手，现在忽然消失了。难道一定要忍受如此不近情理的事实？奔腾的愤怒猛然化成吼叫，冲出了他的身体。

“所有的人，无论敌人还是伙伴，都离朕而去了！为什么不能陪朕继续活下去？！”

希尔德还是第一次见到莱因哈特如此露骨，甚至过激地表现出失落的感情。她甚至忘记了自己所受的不平的责难，一言不发地注视着年轻的皇帝。她的视线中映出的，是正被无限的失落折磨的金发霸主，以及他那仿佛束手无措的表情。

尽管在莱因哈特的人生中，敌人并不是一开始就存在的，但是敌人的存在的确为他的人生指明了方向。高登巴姆王朝以及寄生其中的门阀贵族是他的敌人，自由行星同盟及其下属的将帅也是他的敌人。与他们战斗并获胜的经历，把莱因哈特的人生点缀得何等光彩夺目！如今，他们当中那个最耀眼的人却从莱因哈特的人生中永远消失了。这也意味着莱因哈特失去了更加辉煌的可能性。他表现出来的愤怒或许与恐惧仅有一线之隔。杨威利的死与齐格弗里德·吉尔菲艾斯的死，对莱因哈特来说有一半的意义是相同的——他失去了生命中不该失去的人。

“朕是需要敌人的。”

尽管如此，杨威利与他还未分出胜负就逝去了。战胜杨的机会已经永远从莱因哈特身边被夺走，而缔造时代的责任却被强行推给了他一个人。只有他一个人，忽然被迫换乘到另一个次元的航路上。

此时的莱因哈特如果不是在病床上，一定会在室内来回踱步。失望转化成愤怒的能量，从内侧燃烧着他白皙的脸颊。

“朕未曾给朕以外的人打倒那个人的权利。那个人不论是在巴米利恩还是在伊谢尔伦回廊，都没让朕获胜，反而还令朕几位宝贵的战将丧命，可是结果呢？他竟死在朕以外的人手中！”

若用第三者的眼光来看，皇帝的愤怒似乎非常不近情理，但是在希尔德看来，皇帝有这种表现是完全正常的。

不久，仿佛火势减弱一般，莱因哈特的怒气渐渐平息，但是失望的阴影反倒更深了。

“玛林道夫小姐，朕想派使者以朕的名义到伊谢尔伦去吊唁，你认为谁比较适当？”

“陛下，让我去吧。”

“不，如果伯爵小姐不在身边，朕会感到不便。”

希尔德不禁再次审视这位年轻的金发霸者。她的内心有些羞涩。唉，真是荒唐，自己刚才究竟在想些什么？

“伯爵小姐可是朕的幕僚总监哪。”

在希尔德皮肤下流动的血液，此时产生了微量的变化。但是莱因哈特并没有察觉，他只是自顾自地追寻个人的思路。希尔德也明白，他就是这样一个人。

“对了，让缪拉去吧。想来那一年巴米利恩会战后，他曾与杨有过一面之缘。”

于是皇帝的旨意通过希尔德传给了奈特哈尔·缪拉一级上将，他非常恭谨地接受了出使的任务。

缪拉在担任卡尔·古斯塔夫·坎普提督的副官时，曾经与杨威利有过一场生死交战，不过那已经是两年前的事了。在那场战役中，他战败了，无法拯救主将坎普，因此发誓要在战场上向杨复仇。但此时此刻，这股恨意已经升华为对这位伟大敌手的敬意。

不过，虽然在乱世之中，但除了坎普，缪拉又失去了多少战友！从齐格弗里德·吉尔菲艾斯开始，雷内肯普、法伦海特、舒坦梅兹等多位名将相继凋零，缪拉不由得感到一股难以言喻的寂寥。回过头来想，或许死者的名单就到此为止了。但是想归想，覆盖在他精神领空上的那一片冬雾，却一点也没有露出曙光的征兆。

除了缪拉，杨威利的讣告对其他幕僚也是一个巨大的冲击。他们沉默不语，相互交换着视线，费了好大一番工夫才明白了凶讯的意思。

“杨威利真的死了吗？该不会是故意装死，实际上还在某个地方活着吧？”

也有不少人在心中怀着这种疑惑。不过这只是单纯的疑惑，他们找不出杨要弄这样一种手段的理由。虽然在战场上，杨是个出名的会玩弄奇谋诡计的人，但是像这样诈称已死的手法却不是他会使的。

“到目前为止，他或许的确没有耍过这种手段，不过他总归是个大骗子，谁知道他到底在打什么主意。”

总而言之，不管是称颂者也好，否定者也好，谁都没有料到他们会以这样一种形式丧失最伟大的敌人。帝国军的将帅们始终认为，杨如果要死，也只能死于与他们的争斗当中。这些帝国军将帅的领袖莱因哈特更是确信无疑。

“有权叫杨威利毙命的，在这宇宙中只有一个人，那就是吾皇。就算是奥丁大神也不得侵犯这项权利。”

奥斯卡·冯·罗严塔尔曾对参谋贝根格伦说道。这话虽然有一小半是在讽刺莱因哈特对杨的执着，但或许大半是真心的表露。

“那家伙才不会就这样死了呢。算了吧，一定是在使什么坏心眼的诡计。那家伙一定是藏到某个地方去了。”

或许正是那些没有根据就妄下论断的人，才在意识水面的深处真心期望杨还活着。因为自从自由行星同盟灭亡之后，强大的银河帝国军几乎一直在跟杨一个人交战。不幸的罗姆斯基医生和他创立的艾尔·法西尔独立政府等，在帝国军心中甚至连评论的价值都没有。

总之，帝国军的将帅们并没有因为“敌人的消失”而感到欣喜。甚至一向公认对杨敌意最强烈的毕典菲尔特一级上将，此时此刻也笼罩在一片失望和气馁的云雾中，独自一人在旗舰王虎的舰桥里转来转去。他的参谋人员也时时注意着，不给他们的司令官把失意转换为怒气的机会。

毕典菲尔特在“回廊战役”的一场勇战中，让杨威利一方的舰队指挥负责人费雪中将战死，因此说他是间接导致杨最后命运的人物也不为过。但是他当然不知道这些，反而无法抹去心中那股被杨“打赢了就逃”的感觉。

当杨的死讯传开之后，帝国军陷入一种失落感中，只等着皇帝莱因哈特下达命令。

2

在六月上旬这个时候，尤里安·敏兹还只是伴随在杨威利这颗伟大的太阳旁边的一颗小星星，帝国军众将帅的人名录上还没有他的名字。说起和这位亚麻色头发的年轻人有过一面之交的帝国军将帅，只有在远征地球时与这位少年因缘际会的奥古斯特·沙姆艾尔·瓦列一级上将了，而且当时尤里安还隐瞒了自己的真实姓名和身份。

这个自称是杨代理人的尤里安·敏兹究竟是何方人物？渥佛根·米达麦亚发出了情理之中的疑问，可是他的情报参谋人员竟无法立刻回答。经过一个小时之久的资料检索后，米达麦亚才得到一个回答，尤里安在法律上是杨的被监护人，十八岁。

“原来是这样啊，那孩子也真是可怜，今后的日子大概会更艰辛哪。”

米达麦亚并没有任何讽刺或者厌恶的意思，只是想到这位继承了伟大先人事业的年轻人将会面对的困难，油然生出一股同情之意。后继者如果要勉强自己像前人一样能干而自信的话，他面临的挫折可以想见会有多大，所遭遇的失败也将使他更难卷土重来。

“不管是谁成为后继者，都无法做到像杨一样，更别说要超越他了，甚至连杨的旧部下都不见得会跟随他。民主共和政治最后一座碉堡尽管面对敌人时固若金汤，但最后还是要从内部崩溃了。”

这种预测快速在帝国军内部扩散开来。期望伊谢尔伦要塞中的民主共和势力衰亡的心理，其实也就是期望自己归国的心情。无论如何，抛开这个用战友们的鲜血装饰的令人讨厌的伊谢尔伦，回到有妻子和亲人在等待的故乡，已经为时不远了。和平是多么值得赞美呀！

惊愕与虚脱的感觉每个瞬间都在转换成期待与乐观。士兵们跟随着皇帝离开故乡已经有十个月之久，在舒坦梅兹麾下的人更是有一年多没有见到妻子、父母或亲人的面容了。除去敌军这个障碍物后，思乡之情正飞快地涌动。

缪拉肩负使者的任务出发后，一天，罗严塔尔来到友人米达麦亚的住处，享受许久未有的饮酒和聊天。

“如果说是那个手腕辛辣的军务尚书阁下，从费沙远远伸出我们看不到的手，用一把刀子刺进杨威利的心脏，我也不会感到意外。但就算是他，也无法控制宇宙中所有的阴谋！”

“岂能容许有这种可能！”

米达麦亚斩钉截铁地说，一口气把所有的不快和杯中的黑啤酒都喝进肚子里。

自从两人在最前线结为至交后，十一年来，像这样喝酒不知已有多少回。两人一起肩并肩漫步在夜晚的街头，就算偶尔起争执，也都和“败北”两个字无缘。现在两人都晋升到元帅，成为帝国的重臣，想像过去那样无拘无束地饮酒已经不太容易了。渥佛根·米达麦亚如今是宇宙舰队司令长官，统驭着十万艘舰艇。而以统帅本部总长身份陪伴在莱因哈特身边的奥斯卡·冯·罗严塔尔元帅，不久后就将出任“新领土”总督，统治旧同盟全域。只是这道人事命令正式生效，必须是在打倒目前的敌手杨威利、统一整个宇宙之后。

因此，情况虽然有些微妙，不过在六月上旬，帝国方面却根本不存在负责统辖旧同盟全域的行政负责人。目前，旧同盟的首都海尼森暂时由“年轻地理学者”格利尔帕泽上将占领并管理。但是其他的星域、其他的行星究竟要由何人来负责呢？

这一切都没有定案，全都在这位尚未娶妻生子的年轻皇帝的思考中。尽管政战两方面的策略近期就会有定案，但米达麦亚等人觉得，皇帝到现在还没有子嗣才是不安的根源。罗严塔尔心中同样怀着某种不安定的因素，只不过这种因素与其他人不同。

“我的皇帝，您赐予我过高的地位和权力，期望的究竟是什么呢？您希望我只是单纯地做您霸权中一个忠实而有益的齿轮吗？”

如果皇帝的期望只是这样，那么罗严塔尔就可以满足于此了。既是银河第二王朝重臣，又是宿将，还是有才干又忠诚的高级官员，这样一种活法或死法也不错。这或许与他的生性多少有些不合，但人未必都是依照本性终其一生的。

在镜中看到自己的金银妖瞳时，罗严塔尔觉得存在于心中的矛盾暴露在了眼神当中。如果他能选择这条道路，或许就可以这样与无与伦比的君主和挚友度过一生，像教科书上所写的一样。这种想法对罗严塔尔很有吸引力，但是他也意识到，正因为它是得不到的，所以才显得有魅力。这当然是一种苦涩的认识。

不知从何时开始，他们的对话已经转移到了军事上——如何应对失去杨的伊谢尔伦要塞。

“你是怎么想的？”

“从政战两方面的策略上看来，除了采取攻势别无选择。首先在免除杨威利军全员罪责的条件下，劝告他们投降。如果他们不接受，就以帝国军全部的武力发动攻击。你的看法呢？”

“我和你有同感。杨威利一死，奥丁大神定会将全宇宙交给皇帝来掌管。如果不取过来，反而是违背天意。”

调集全军突入回廊，一举将失去主将的伊谢尔伦回廊变成鲜血和火焰中的瓦砾！

“……不过，皇帝绝不会讨伐处于治丧期间的敌军。”

米达麦亚咕哝着。罗严塔尔用一黑一蓝的眼睛看着对方的脸，张开嘴好像想说什么，但旋即又闭紧了嘴唇。“疾风之狼”也沉默了片刻，不过，他是在选择说话的方式。

“那只不过是一种单纯的感伤吧，你想这么说是吗？我刚才也有这样的想法……”

“这么说，你的心境产生变化了？”

“事情是随着人的想法而变化的，罗严塔尔，原本你我不是一直都反对进攻伊谢尔伦要塞吗？皇帝之所以排除我等的意见，也只是因为有杨威利这样一个伟大的对手。如今他已经死了，皇帝回归最初的战略也是理所当然。”

罗严塔尔黑与蓝的眼睛中射出的视线落在玻璃杯上，锐利紧绷的表情和他那酒气浓重的呼吸似乎不太协调。

“你应该明白，米达麦亚，昨天正确的战略，到了今天并不一定还正确。在杨威利活着的时候应该采取的战略，并不见得在他死后仍具有最大的价值……不过，如果皇帝和你的意见一致，我的看法或许错了。”

黑啤酒的泡沫在两人之间不断冒出，然后破灭。

“从今往后，帝国军的本质也会有变化，恐怕会由对外征讨转变成以维持治安为目的，如果就此万事皆息也好，但是……”

“这样也好，众多士兵可以活着回到故乡。宇宙的统一大致完成，应该可以暂时平静一阵子了。”

“而你也可以回到钟爱的妻子身边了，米达麦亚。”

“是啊，那最好不过了。”

帝国军的第一勇将毫不炫耀地应道，豪放地把黑啤酒吞入咽喉深处。罗严塔尔用两种颜色的眼眸注视着眼前这位性格迥异，但是长久以来一直与自己出生入死的亲密朋友。他黑色的右眼十分深沉，蓝色的左眼却闪烁着锐利的光芒，似乎显示出这位男子在精神上的两面性。当充满活力的灰色眼眸与对方的双色瞳孔相对时，米达麦亚有些犹豫地问：

“对了，有件事我一直放不下。上次有个女人自称怀了你的孩子，那件事后来怎么样了？”

金银妖瞳名将脸上的表情顿时消失了，他回答说：

“五月二日生了，听说是个男孩。”

“哦，是吗？”米达麦亚有些暧昧地应道。在这样的情况下，是该说一声“恭喜”还是“真遗憾”呢？他很难开口。

“确实是我的孩子没错。父子两代都不应该被生下来，但还是生下来了。如果平安长大，估计又是一个讨人嫌的人吧。或许他有红色和黄色的瞳孔哪。”

“罗严塔尔，我知道你无法坦荡地对待那个女人，但……”

“被生下来的孩子并没有罪，是吗？”

“唉，这个嘛，我自己并没有孩子，我不清楚。”

这样的反击发挥了比预期还要明显的效果。这个不期而成为人父的男子一瞬间好像有些畏缩，抹去了脸上自嘲的表情。这时好像有天使恶作剧般在他们两人之间跳起了舞。

“还是没有孩子比较好，至少不用担心有朝一日遭到他的背叛。不过，算了吧，我们没理由为了一个素未谋面的婴儿起争执。”

于是两个人有些僵硬地握手道别。当然，他们无法知道，这一次握手竟然是“帝国军双璧”最后一次握手。而这天一起喝的酒，也是他们两人最后一次对饮。这是新帝国历二年六月八日的事。

3

和友人道别之后，米达麦亚在旗舰“人狼”的舰桥里，注视着己方舰队显示在屏幕上的影像。身旁的人是卡尔·爱德华·拜耶尔蓝上将，他那原本充满锐气的脸上此刻满是仓皇和迷失。

“难道就这样结束了吗，阁下？”

“这个嘛……”

“不知怎的，总觉得大半个宇宙好像变得空虚飘渺了。虽然杨威利是吾皇与帝国可憎的敌人，但他确实也是个伟大的用兵家。就像为了有白天，才需要有夜晚一样。对于我军来说，杨威利这个人确实是不可缺少的，不是吗？”

米达麦亚瞬间心跳加快，一种不安的情绪充满了整个胸腔。他重重地摇了摇那头蓬乱的蜂蜜色头发。他难以确定如此不安的原因究竟是什么，于是说起别的事情来。

“回到费沙之后，葬礼将接二连三地举行。法伦海特、舒坦梅兹，然后是席尔瓦贝尔西工部尚书……”

拜耶尔蓝叹着气，说：

“这是个什么年头啊！真是的。这一年对罗严克拉姆王朝来说，真是坎坷的一年！”

“还剩下半年。”

“元帅，您不要吓唬我了。属下真希望一年里所有的不幸都在这前半年发生了。”

部下过于认真的表情让米达麦亚不禁苦笑。如果不幸或霉运真有定量的话，那么无论个人还是国家都容易制订未来的计划了。而他的妻子艾芳瑟琳也不需要在丈夫每次出征的时候，怀着信赖和不安，向奥丁大神祈祷平安了。忽然，米达麦亚好像想到什么似的，看着部下问：

“拜耶尔蓝，你有没有恋人呢？”

“没有。”

“一个也没有吗？”

“啊，不，对属下来说，军队就是我的恋人。”

“……”

“啊，不，不是，属下是想有一天，也能找到一个像米达麦亚元帅夫人那么美好的女人。”

“拜耶尔蓝……”

“是！”

“我想教你的是用兵术。不过呢，你听好，寻找女人的方法和开玩笑的方法，你得自己去学。偶尔自学一下也不错。”

米达麦亚轻轻拍拍属下的肩膀，离开了舰桥。

“皇帝结束亲征归朝”一旨是在六月七日下发给帝国全军的，这时刚好是缪拉一级上将出使伊谢尔伦要塞吊唁后不久。米达麦亚的预测果然实现了，莱因哈特并不是趁敌军在治丧期间发动讨伐的人。如果是在利普休达特战役期间，而对手是布朗胥百克公爵等门阀贵族，莱因哈特就不会采取这种态度了吧。

“这究竟是骑士精神的极致呢，还是皇帝的霸气已经不如从前了呢？”

罗严塔尔与米达麦亚心中怀着共同的疑问，但还是埋首于各自的任务。米达麦亚着手整顿全体舰队的行列，而罗严塔尔也开始整顿大本营的秩序，先将受伤和生病的士兵送往后方。

法伦海特和舒坦梅兹两位一级上将战死后，已被追封为帝国元帅，此外他们还被授予冠有皇帝挚友之名的“齐格弗里德·吉尔菲艾斯武勋章”。葬礼就不用说了，连所立的墓碑也同样是由国库支出的。对帝国军人来说，这称得上是最高的荣誉。只不过一如莱因哈特，同时也一如罗严克拉姆王朝一贯的作风，两位帝国元帅的墓碑上仅刻有两人的姓名、军衔，以及生卒年月日。后来，在莱因哈特的墓碑上，也只是简单地刻着他的生卒和即位的年月日，以及“皇帝莱因哈特·冯·罗严克拉姆”的字样。

帝国军一面等着奈特哈尔·缪拉从伊谢尔伦要塞回来，一面开始撤退。尽管没有遭到偷袭的危险，但整个军队若是杂乱无章，对他们这些军事家来说简直是一种耻辱。就这样，全体帝国军从伊谢尔伦回廊撤退时，仍然保持有条不紊的阵容。

“杨威利已经死了。他可谓是民主共和政治最大的拥护者，同时也是近五个世纪以来除一人之外最厉害、最伟大的军人。他死后，民主共和势力就瓦解了吗？过去我也抱有同样的想法，现在看来未必如此。姑且不论杨本人的希望如何，他虽然死了，但他俨然成了民主共和政治中一种不可侵犯的存在。一定会有人继承他的遗志，誓死奋战到底，而伊谢尔伦也将成为他们的圣地吧。如果其统率者有一定的器量，或许还会将无果的战争持续下去。但只凭一个伊谢尔伦是无法与帝国军对抗的，所以企图利用他们的第三方反倒会成为问题……不过，当前还是可以平安回去和你见面的，感谢皇帝和我的部下吧，是他们让我们拥有这样的幸福……”

米达麦亚在写给妻子艾芳瑟琳的信中，已经写出了他对未来的预言，不过他并没有意识到这一点。

4

纵使莱因哈特人在病床上，也并未停下身为皇帝该从事的事务。军务方面暂时委交米达麦亚和罗严塔尔两位元帅来管理。至于政务方面，包括新领土与统治机关的设立，法律和税收制度的改善，使广大的新旧领土有效结合所需的各项通信、交通体系的整备等，作为一个专制统治者，这些都是他每日躬亲的课题。

白天，皇帝一退烧，就无视御医团的牢骚和制止，从床上爬起来，将随军的文官们传唤到病房，裁决众多的文书，提出种种问题，如果得不到答案便加以斥责，还会提出新的课题，不断地从事着充满精力和创造性的活动。

会有这样的状况产生，除了莱因哈特积极而旺盛的个性，还有一个原因，就是他信赖的工部尚书席尔瓦贝尔西已死于恐怖行动。在军务方面有罗严塔尔和米达麦亚为他解忧，但是在政务方面却没有发现这样的人。失去了构想力和务实能力俱佳的席尔瓦贝尔西，莱因哈特的痛惜之情一直在增加。

身为内阁首席成员的国务尚书弗兰兹·冯·玛林道夫伯爵，无论对皇帝还是他本身的职务都非常忠实，他的公正和廉洁是绝对可以信赖的，在国政和人事方面的判断力也非常准确，却不是积极创新型的政治家。

但从一开始，莱因哈特就没有对玛林道夫伯爵有这样的要求，只要他比较全面地执行皇帝的命令并履行自己的职务就够了。虽然莱因哈特是这样想的，不过他刚从军事负担中解放出来，又被加上了政治负担，因此非常需要一个能分担政务的人。席尔瓦贝尔西还健在的话，或许可以成为这样的人选。另外，齐格弗里德·吉尔菲艾斯如果还活着，也可以与莱因哈特在政治方面相互配合。然而，这两个人如今都不在了。

其实以希尔德的才智，莱因哈特大可让她来分担一些政治负担。但莱因哈特既然已命她出任大本营幕僚总监，加强了她在军事方面的权限，就得相对减少她在政治方面的发言权。罗严克拉姆王朝是个专制国家，但是仍应谨守文官与武官的区别。尽管也有不少例外，但是从一开始就包容这样的例外情形并不妥当。

希尔德也清楚自己的地位和权限，所以当皇帝向她提出国政方面的问题时，她总是尽量采取回避的态度。当她回避应答时，莱因哈特就讽刺地说：

“哦，这样啊，朕一天不任命伯爵小姐为宰相，你就一天不为朕提一点建议呀。”

他偶尔以为难希尔德取乐。杨威利的死对莱因哈特来说，等于丧失了一个与他对等的智者。在给他带来知性刺激的方面，希尔德所占的比重自然越来越大。

莱因哈特一生中从来没有使用过“革命”这样的字眼，但他在短短的时间内断然施行的各项政治和社会改革，就算被称为“来自上层的革命”也没有什么不妥。然而，这一切从头到尾都在“皇帝专制”的范围内。他和已去世的杨威利不同，例如，他并未把对优布·特留尼西特个人的轻蔑和对民主共和政治的评价严格地区分开来。

莱因哈特并未积极废止旧门阀贵族的称号，但也没有创立新的贵族阶级。就连立下最高战功的渥佛根·米达麦亚，也没有被授予公爵或伯爵这样的爵位。按照当事人“疾风之狼”的说法，“渥佛根·冯·米达麦亚这样的名字太冗长了，听起来不响亮”。而且莱因哈特还认为，“所谓的贵族制度，就像老人迟早都要进坟墓一样，以后只能留在历史博物馆里”。

莱因哈特并没有明确地说出对贵族制度的看法，所以只能根据推测一窥他心中的想法。或许莱因哈特所希望的，是皇帝和人民不要被这种名为贵族的礼服隔离开来，他或许向往将皇帝和人民直接联结起来的“自由帝政”。或者在他的脑海中还有更新、更具独创性的构想，只是没有人知道而已。

另外，在病床上的那段时间，莱因哈特安排了几项内政上的措施：提高了退役将士，特别是伤病军人的退休金，强化了对战殁者遗留子女的教育制度，另外还创设了由政府支付补偿金的犯罪受害者救助制度。这几项措施都是由民政尚书卡尔·布拉格起草，然后经莱因哈特亲手修改完成的。从过去的旧王朝开始，布拉格便是一位众所皆知的开明派人物，他对莱因哈特的专制倾向和好战性格有强烈的批评。不过作为第一代民政尚书，他推行的各项政策对实现堪称罗严克拉姆王朝特质的“专制下的社会公正”有莫大的贡献。

虽然近年来出征不断、用兵连连，但是罗严克拉姆王朝的国库用来充实民众的福祉仍是绰绰有余。而这一点恰好可以证明，过去五个世纪以来，前王朝的特权阶级搜刮独占的财富是多么庞大。

在莱因哈特远离帝都奥丁的长征途中，帝国本土许多被没收财产和领地、陷入穷困的贵族都已濒临饿死的边缘。尽管按照国务尚书玛林道夫伯爵的安排，那些被没收资产的贵族得到了补偿，但是由于补偿额度有限，已经习惯奢侈浪费的贵族们一下子便挥霍殆尽。这么一来，伯爵也无计可施了。

“如果死一个贵族就能让一万个平民获救，那么这就是朕所谓的正义。不想饿死就去工作！众多的平民在这五百年间不就是这么过来的吗？”

莱因哈特放言道。对于凋零的门阀贵族的穷途末路，他的泪腺完全干涸了。

皇帝的贴身侍者艾密尔·齐列敬了一个礼走进室内。看到床边的桌子，他露出非常泄气的表情。

原来，托盘上的早餐还原封不动地摆在那里。其中有豆汤、淋上了酸乳酪的水果沙拉、掺进蜂蜜加热过的牛奶以及半熟的蛋。看到皇帝食欲不振，艾密尔忍不住感到一阵心痛。

“陛下，您一直都没有进餐吗？”

“朕不想吃。”

“可是，陛下，您不进餐的话，体力是不会增强的。为了让身体尽早康复，请您多少用一些好吗？”

“艾密尔，你这是在命令身为全人类皇帝的朕？难道朕必须服从一个贴身侍者的要求，去吃那些不想吃的东西？”

还没说完，莱因哈特就后悔了，因为他看到少年的眼眶已经溢满了泪水。莱因哈特做了一件耻辱的事情，将他的怒气任意发泄到一个无辜少年身上。他觉得自己简直要成为暴君了。

尽管发烧消耗了体力，莱因哈特那白皙秀丽的脸庞仍像用毫无瑕疵的白玉珠塑造的一样完美，而这样一张脸此时却充满了羞愧的神情。他伸出手，抚摸着艾密尔的头发。

“对不起，艾密尔，朕有时也不知如何处理自己急躁的情绪。原谅朕吧，朕会尽力吃一些。”

艾密尔退出室外后，莱因哈特拿起银质的汤匙，勉强啜了两口汤。如果不是副官修特莱求见的话，他或许还会啜一两口。

修特莱求见，是想请示关于舒坦梅兹战殁后留下来的不算庞大的遗产的事。舒坦梅兹没有依法正式表明态度，但留下了一封类似遗言的信，其中提到要将所有的财产留给一位女子。出于尊重死者的意愿，他前来征求皇帝的许可。

“不要紧，就按照遗言去做吧。但舒坦梅兹不是单身吗？”

“是没有举行过法律上的结婚仪式，不过他确实有一位情人，是一位叫格蕾茜·冯·艾亚佛特的女子。据说两人已经交往五年之久了。”

“那为什么不结婚呢？”

“他说过，在陛下完成统一全宇宙的大业之前，身为臣下的他不能拥有家庭。”

“这是什么话……”

莱因哈特的声音中，有点被人攻其不备的味道。

“米达麦亚还有艾杰纳都是朕的忠臣，不都好好地经营着自己的家庭吗？舒坦梅兹也应该早点结婚才是，至少朕还可以送他一点东西做纪念。”

“虽然陛下这么说，不过，如果陛下一直单身一人，臣下仿效也是很自然的事。陛下认为呢？”

“那就是说，你的意思也是要朕早点结婚？”

莱因哈特端丽的嘴唇扭曲了，如同妖精在拉扯冬蔷薇的花瓣一般。

“如果朕死去的话——”

“陛下！”

“别那么紧张，朕不是那个鲁道夫。不管是皇帝也好，无名百姓也好，同样都会老死的。像这种事情，朕清楚得很。”

修特莱无言以对。金发霸主冰蓝色的眼眸中跃动着讽刺的光芒，继续说道：

“如果朕死后没有留下血亲的话，那么不管是朕的臣下，还是其他什么人，只要有实力，都可以继承皇位或王位，朕一直有这样的想法。朕虽然征服了全宇宙，但是如果朕的子孙既无实力也无名望，那就没有继承皇位的理由。”

修特莱决然地直视着这位年轻的皇帝，说：

“臣下自知有僭越之处，但仍要再度进言。请陛下早日成婚，以维护皇统存续之安泰。此乃帝国全体臣民之夙愿。”

“然后把‘低能的吉斯穆特’‘流血的奥古斯都’那样的子孙留给后世吗？这真是一种丰功伟业呀！”

“如果留下像‘开明的马克西米利安·由谢夫’或者‘亡命的曼夫雷’那样的子孙，不是也很好吗？罗严克拉姆王朝的德政只有在永存的情况下，才能发挥它真正的价值。只要用法律来保障就行了。如果争霸者交替出现的话，流血就不用说了，政策的持续性也无法保障。无论如何，请陛下三思。”

“好，朕明白了。你的忠言感人肺腑，朕会放在心上的。”

说这句话时，皇帝并不是完全心不在焉，但莱因哈特让修特莱退下之后，确实有一种“被解放”的感觉。

可以与费沙通信的时候，渥佛根·米达麦亚传唤了治安当局，询问有关罗严塔尔的孩子的事情。

“那个叫爱尔芙莉德·冯·克劳希的女人，上个月月底就抱着生下的婴儿去向不明了，一直到现在都没有出现。”

注意到通信屏幕上大名鼎鼎的年轻元帅一脸激愤的神情，治安当局的负责人狼狈起来。负责人的上司连忙接着辩解：

“事实上，也是因为这一阵子警力不是很充分。前些日子发生工部尚书被炸死的事件后，警方主力都投入那上面了，所以……”

说完后，负责人的上司便将自我辩解裹进惶恐的外衣，低下了头。

“可是到了最后，不是连爆炸事件的犯人都没有逮到吗？难道国内安全保障局的搜查能力就是这个水平？如果是克斯拉统率的宪兵队，大概早就把事情解决了！”

米达麦亚将新的失望化作愤怒一口气吐出来，切断了通信。到目前为止，他对这位将他的密友一时赶进绝路的爱尔芙莉德·冯·克劳希无法产生任何好感，不过一想到她抱着婴儿不知在何方流浪，又不免感到悲哀。况且刚生下来的婴儿又有什么责任呢？

“婴儿……”

一想到结婚八年以来，自己和夫人都没有生下一儿半女，这位帝国军第一勇将的心中也不免有些苦涩。

Chapter 8
迁都令

1

宇宙历八〇〇年、新帝国历二年七月一日，罗严克拉姆王朝的第一位皇帝莱因哈特·冯·罗严克拉姆在费沙的宇宙港降落。途中并没有经过旧同盟的首都海尼森，而是直飞费沙，不到一个月便能横跨旧同盟领地。

在这之前的六月二十日，奥斯卡·冯·罗严塔尔元帅卸下统帅本部总长的职务，以新领土总督的身份踏上了海尼森的土地。五百二十万名将士和他一起留在旧同盟的领地上，帝国政府另外还派遣了一万名文官到这里，全部隶属于总督。

“艺术家提督”艾尔尼斯·梅克林格对这个强大的新总督府的诞生，有以下的叙述：

“奥斯卡·冯·罗严塔尔元帅作为一位军人极为伟大，作为一位行政官也表现出优秀的能力。这个新生的总督府无论是在权限还是规模上，都是过去菲尔姆特·雷内肯普领导的高等事务官府无法比拟的，它实际上支配着一半的人类社会。或许皇帝莱因哈特在最初设想这个机构的时候，是打算由他最亲近的人齐格弗里德·吉尔菲艾斯来担任总督职务。但自从吉尔菲艾斯成了天堂的子民，堪当此任的就只有奥贝斯坦、罗严塔尔和米达麦亚这三个人了。罗严塔尔最终被选派担任这个职务，应该和后来统帅本部改组，其总长的位置形同虚设有些关系。为什么在这三个人当中，偏偏选中了罗严塔尔？这是日后才会产生的疑问……”

宇宙历八〇〇年、新帝国历二年七月七日下午，帝国军的将帅们齐聚在行星费沙的高级饭店“巴尔特安德鲁斯”的沙龙里。除了留在海尼森的新领土总督罗严塔尔元帅及其幕僚人员，米达麦亚元帅、缪拉一级上将、毕典菲尔特一级上将、瓦列一级上将、艾杰纳一级上将、鲁兹一级上将，以及其他十名拥有上将军衔的人员都列席于此。这天上午，由军务尚书奥贝斯坦担任治丧委员长，为法伦海特、舒坦梅兹两位元帅以及首任工部尚书席尔瓦贝尔西举行了国葬，皇帝亲临现场。

负责这次国葬仪式的奥贝斯坦在整个过程中并没有可引起非议的地方。尽管如此，还是有人表现出反感。毕典菲尔特就讽刺地撇着嘴咕哝：以后所有的葬礼就由那个家伙一手包下来好了，他倒是挺适合做这种工作的，也不会给任何人带来麻烦。

皇帝一行总算是回到了费沙，当务之急是如何重新整编全帝国军。由于法伦海特、舒坦梅兹两位提督战死沙场，最高将领的阵营不得不进行巨大调整。舰队司令的位置当然不能空缺，同时各个舰队的规模也要重新调整，以保持均衡。

这些事务的处理全是在军务尚书巴尔·冯·奥贝斯坦元帅统

辖下进行的，提督们对此是否衷心欢迎，实在是有些微妙。在罗严克拉姆王朝创立初期，或许军务部和实战部队之间的背离，特别是心理上的相互背离就是帝国军的特征。双方相互承认对方部门的能力和效率，但彼此心理上的距离却称不上近。他们对军务尚书奥贝斯坦个人的反感尤其不容忽视，虽然这样的反感还未到达临界点。

艾尔尼斯·梅克林格一级上将当时并不在场，但他对出席者之间的气氛做了非常准确的记述：

“……回顾宇宙历八〇〇年、新帝国历二年前半年，不禁要为这半年失去的人才之多与失去的历史选择之大而黯然。说起个人的感怀，失去亚德鲁贝尔·冯·法伦海特和卡尔·罗伯特·舒坦梅兹确实是一个巨大的冲击。他们的勇敢和能力无可挑剔，区分忠诚和卑屈的态度尤其值得大书特书。法伦海特在利普休达特战役中一番奋战，失败后虽然成了俘虏，但态度却是如此堂堂正正。而舒坦梅兹在担任旗舰伯伦希尔的首任舰长时，就曾对上司莱因哈特·冯·罗严克拉姆进行批评，直言让其不要侵犯舰长职权。失去他们之后，众多战友只能默默接受我军的寂寥……

“除了他们两位，还有卡尔·古斯塔夫·坎普、菲尔姆特·雷内肯普这样一流的将帅，都是死在同一个敌人的手里。只有那一个人，他就是杨威利。但是在得知他的死讯时，帝国军将帅们的悲哀却更深了。他们为这位如果活着还可能令他们丧命的敌将，高高地举起了悼念的酒杯。”

而他们的代表，应该要算奈特哈尔·缪拉了。他以皇帝代理人的名义前往伊谢尔伦要塞致哀，回来后就没有说太多的话。

他只是对皇帝以外的人说了句“杨的未亡人可是一位美人哦”，然后便仿佛难以排解心中扩散开来的空虚，默默地端起酒杯。

艾杰纳一直被人评论为除了吃饭喝水以外，一概不动口的人。但用克涅利斯·鲁兹的话来说，“和夫人接吻的时候总该动口吧”。其实鲁兹也不是喜欢凑热闹的人，最近却显得比较开朗。

就在昨天，鲁兹还转着那略带淡紫色的蓝色眼珠，若无其事地对着副官宣布：

“啊，对了，荷兹拜亚，我决定明年结婚了。”

大约惊愕了五秒半，荷兹拜亚好不容易挤出了一些例行的祝辞。而鲁兹那淡紫色的目光并没有一点要收回的样子。

“今年之内是不可能了，因为还要服丧。对了，你知道我要和谁结婚吗？”

我怎么知道？荷兹拜亚心想。不过他还是回答：“是不是阁下住院的时候负责照顾您的黑发护士？”

“没错，你怎么知道？”

荷兹拜亚只是随便猜猜，没料到真的会猜中，反而吓了一跳。鲁兹曾救过荷兹拜亚和他哥哥的命，荷兹拜亚一直对这位上司充满敬爱。正因如此，他也希望上司能谈一场诗一般的恋爱。身为帝国军一级上将，找这样一个护士岂不太随便了？话虽如此，他却知道了敬爱的上司并非只有稳重的一面，所以也感到喜悦。

不知不觉间，巴尔特安德鲁斯饭店沙龙里的谈笑转到了恐怖行动的话题上。

“费沙的黑狐还能做什么？权力没有了，权威也丢了，现在只不过是一只躲躲藏藏的黑鼹鼠罢了，不是吗？”

“他可以耍阴谋，也可以策划恐怖行动啊。虽然我们对恐怖主义并不在乎，不过受恐怖行动之害的难道只有席尔瓦贝尔西吗？就连那个杨威利，不是也没有躲过暗杀者的子弹？”

听到这些，表情最苦涩的是奥古斯特·沙姆艾尔·瓦列一级上将。因为他去年奉皇帝的命令，前往地球攻击地球教的本部。本以为已将他们全部消灭，但如今那些蠢动的余党竟然杀害了杨威利。虽然皇帝没有对他说一句责备的话，但反而让他心中更加羞愧。今后所有关于地球教残余的处理，自己必须义不容辞地负起责任——瓦列暗暗地下了决心。

国内安全保障局局长朗古是个非常擅长将负面影响带给他人和社会的人。他被莱因哈特皇帝的高级幕僚憎恶，虽不能说是理所当然，却也极为自然。照渥佛根·米达麦亚的说法，朗古是“粘在奥贝斯坦鞋子上的污秽”。甚至连一向温和的奈特哈尔·缪拉也说他是个“无法让人产生好感，尽管长着一副娃娃脸，也掩饰不住阴险的小人”。至于奥斯卡·冯·罗严塔尔，则根本懒得用言辞评论他，只是以冷笑置之。

他们会容许朗古这种人存在，只是基于一个非常消极的理由：无论在哪种政治体制中，都有像朗古这样从事令人不快的阴暗任务的部门或人员。就算是自由行星同盟，不也有过一个叫“宪章拥护局”的机关，专门负责取缔反共和主义的思想吗？

另外，从朗古的立场来讲，他也有他的考虑。到目前为止，他监视和镇压的对象仅限于三者，即旧门阀贵族和官僚、偏激的共和主义者、同盟的情报人员，并未危害到一般的平民百姓。事实上，像他这样的人要在罗严克拉姆王朝中生存下去，得付出不少努力，同时还得忍耐众人的冷遇。

不过，就在众将帅结束征途，刚刚返回费沙的时候，国内安全保障局却早已完成了一项事业，足以让这些一直轻视他们的人感到震惊。

那就是逮捕了炸死工部尚书席尔瓦贝尔西，并使军务尚书奥贝斯坦元帅、鲁兹一级上将、费沙代理总督博尔德克等人受伤的歹徒。这么一来，局长朗古可真是立下了不小的功劳。

尽管朗古是个有力的部下，内务尚书欧斯麦亚却一直厌恶他。因为此人仗着自己是军务尚书奥贝斯坦的心腹，不但藐视身为上司的他，甚至还觊觎内务尚书的宝座。虽然没有证据可以证明他的野心，这却是非常明显的事实。尽管欧斯麦亚非常想漠视这件事，但罗严克拉姆王朝的立国之本是赏罚分明，如果漠视部下的功劳，欧斯麦亚反而会招惹皇帝不悦。

尽管欧斯麦亚一百个不愿意，仍将朗古的功绩呈报给了国务尚书玛林道夫伯爵，再由他呈给皇帝。最后，朗古被赏赐了相应的奖赏。

就这样，朗古除了担任国内安全保障局局长的职务，同时晋升为内务部次官，另外还被赏赐十万帝国马克的奖金，不过他随后便将这些奖金全部捐献给了费沙的福利局。认识他的人几乎都认为这是令人憎恶的伪善。但事实上，当他还是低级官吏的时候，就从自己的俸饷中拿出一部分，一直以匿名的方式捐献给青少年教育事业或福利机构，不过这都是在他死后才发现的。就算这是一种伪善，但因此人的行为而获救的人确实也存在。这个男人不被任何人喜欢，对历史的进步也没有任何贡献，但他的人生却给了后世人一个机会，让他们可以研究他那与卑鄙小人的人格并存的、属于高贵人性的一面。

当帝国军大本营因为杨威利的突然死去陷入惊愕的时候，内务部国内安全保障局从一位自称叫多米妮克·珊·皮耶尔的女人那里接获了一则通信。

在海德里希·朗古脑中，有一张记载着已逮捕处决和今后应逮捕处决的犯人的名单，多米妮克·珊·皮耶尔这个名字就列在安德鲁安·鲁宾斯基这几个大字旁边。她是费沙最后一位自治领主，也是一直潜伏在地下的“黑狐”安德鲁安·鲁宾斯基的情妇，同时还是其种种阴谋的从犯。朗古本该立刻搜捕并拘禁她，但他读完那则通信后，就将纸张烧毁，把纸灰冲进下水道，接着便单独外出，不知道去了哪里。

就这样，鲁宾斯基和朗古达成了一项丑陋的秘密协议。而揭发爆炸犯，也是这项协议的产物。

七月九日这一天，两人在鲁宾斯基的藏身处进行了会谈。

“失礼了，次官阁下。”

这一声阁下的尊称，挠得朗古一部分自尊心舒服极了，但并没有让他完全得到满足。这并不是因为朗古是个度量宽大、不拘泥于尊称的人，而是他相信在这些好意和礼遇的背后，对方一定藏着盘算和恶意。他的娃娃脸上充满了自大的表情。

“这些假惺惺的客套话就省省吧。说吧，今天到底有什么事，要特地把我海德里希·朗古——罗严克拉姆王朝忠实的臣僚叫到这里来？”

如果他真是一位忠实的臣僚，就不会背着君主私下和一个逃亡者达成协议，鲁宾斯基心想。不过他并没有将内心的想法化为言语指责对方，暂时还得让这个恶人再多尝点甜头。只要是通过演技能办到的，不管如何卑屈的言行举止，鲁宾斯基都做得出来。他的脸上洋溢着老虎般吓人的微笑，为客人献上最上等的威士忌。他说，并不奢求今日之内就办到，但无论如何要借次官阁下的影响力，修复自己与新王朝的关系。

朗古心中的恶意全都浮现在嘲笑的波动中，然后吐到对方的脸上。

“您可不要忘了自己的立场呀。只要我向皇帝说一句话，从今往后您的肩膀就不需要再负荷沉重的头颅了。难道您还有资格向我提出要求吗？”

面对这种恐吓的言辞，鲁宾斯基连睫毛都不眨一下。

“您这句话可真是太残酷了，局长，哦不，次官阁下。我什么罪也没有，就被夺走了费沙的统治权，其实我才是受害者呀！”

鲁宾斯基绝对不会把内心的意外形之于色，他就是这样一个人。

“所以你就对皇帝怀恨在心喽，这简直像野鼠憎恨狮子一般，根本是不自量力。”

“您说到哪里去了，莱因哈特皇帝是从古至今无人可比的英雄。只要皇帝愿意，我随时乐意将费沙的统治权之类献上。无奈皇帝任由霸气所指，勇往直前，无视我这种躺在路边的小石头。我只是觉得这样有些可惜。”

“那是当然，皇帝哪里需要你什么好意，因为整个宇宙都在陛下的掌握中！”

鲁宾斯基看出朗古有意将皇帝的权威和自身的力量混为一谈，奥贝斯坦就没有这种狐假虎威的倾向。虽然两人同样受到帝国军众将帅的避忌，但是这个费沙前任自治领主却分明看出，二者在精神格调上有极大的差别。

“次官阁下的指正，真是令我汗颜至极。但阁下多少也对我的真诚有些了解吧。我向阁下告发的那些人，都是参与炸死工部尚书席尔瓦贝尔西之事的人呀，不是吗？”

“我们早就注意到那些人了，只是一直苦于没有物证。莱因哈特皇帝的英明时代和旧王朝那种黑暗时代是不同的，如果没有物证，绝不能将人定罪。”

这位人称“捏造物证高手”的男子明显是在自我辩护，同时也在奉承掌权者。鲁宾斯基脸上闪过比纸还要薄的微笑，然后以不经意的姿态把一张小小的立体照片弄倒在紫檀木桌子上。朗古的视线透过酒精的蒸气投向那张照片，之后就固定在上面了。酒杯被放回桌面的时候，发出了很大的声响，威士忌在杯中震荡起来。

“哦，次官阁下认得这位女子吗？”

毒针从朗古的视线中飞射出来，鲁宾斯基装出惶恐的样子。出现在立体照片上的女人正是爱尔芙莉德·冯·克劳希，即不久前为罗严塔尔生下孩子的旧贵族之女。

“在我看来，这位女子是因为不幸导致了精神上的异常。真可惜呀，好好的一个美女。”

“……你怎么知道？”

“理由之一是，她一直认定自己是立典拉德公爵家族的人。立典拉德公爵是高登巴姆王朝的重臣，而且曾企图暗杀皇帝莱因哈特陛下。如果她真是立典拉德公爵家族的人，没有道理会在费沙吧？”

“仅此而已？”

朗古的态度非常傲慢，仿佛唯有如此才能保持优势。鲁宾斯基对这个小人物的虚张声势不以为然。

“另外还有一个理由，这个女人身边带着一个刚出生不久的婴儿。据说这个婴儿竟是当代王朝的重臣、名将中的名将罗严塔尔元帅的子嗣。”

不悦和憎恶无声无息地在朗古的体内爆发，没有气味的剧毒散发到室内各处。虽然感受到了对方的情感波动，鲁宾斯基仍面无表情，其实他正兴味盎然地注视着埋藏在朗古皮肤下的活火山的鸣动。当然，鲁宾斯基清楚一切。朗古曾利用爱尔芙莉德的告发，企图给罗严塔尔栽上一个大逆的罪名，结果失败了。这终于让朗古明白了皇帝对身为不败名将和建国功臣的罗严塔尔的信任之笃，他的负面情感也因此累积起来。

“好了，我明白了，再继续追究下去也没有意义。”

朗古的声音就像一曲阴暗的、以盘算和妥协两种音符为旋律谱出的二重唱。

“真能给那个罗严塔尔栽上大逆的罪名，叫他一败涂地吗？”

鲁宾斯基恭敬地点点头。

“您真是明察。如果阁下希望，就让我倾尽全力满足您的愿望吧。”

此时，朗古已经无暇保持傲慢的态度了。

“如果你办成了，我保证替你和皇帝斡旋。不过你听着，必须是在事情成功后。我不会天真到去相信你们费沙人的空头支票。”

“那当然，阁下不愧被称为军务尚书的左右手，我怎么敢以小花招来博取您的信赖？那么，首先就请您听听我的提案吧。”

朗古于是擦干被威士忌濡湿的手，探出身子。他这时的眼神就像一个罹患热病的病人。

2

不久后，发生了一件大事，令所有生活在费沙星球的人都跌进了惊愕的水池。

费沙代理总督尼古拉斯·博尔德克遭到逮捕并被拘禁。根据内务部次官朗古发表的声明，博尔德克是阴谋炸死工部尚书席尔瓦贝尔西事件的共犯。虽然事件发生的时候，博尔德克本人也受了伤，但这正是他将搜查矛头指向别人的奸计。他被工部尚书夺走了实质上的费沙行政官的地位，便对其怀恨在心。这是内务部公布的调查结果。不久后，博尔德克在狱中服毒自杀身亡，这一事件也就此结束。

克涅利斯·鲁兹一级上将当然也为这一事件的发展震惊。

“如果说在那个时候受伤是件奇怪的事，那么奥贝斯坦元帅和我不都成嫌疑犯了？”

鲁兹苦笑了一下，不过表情瞬间就冻结了。他当然不是嫌疑人，但也没有证明自己不是嫌疑人的证据。所以如果朗古有意，不也可以将自己当成嫌疑人对待吗？

鲁兹不得不对这件事感到怀疑。朗古是不是从一开始就打算将博尔德克杀掉，才故意捏造证据，给他扣上不实的罪名呢？但同样没有方法证明鲁兹的怀疑是正确的。况且，诬陷博尔德克会带给朗古什么好处？鲁兹当然无法得知鲁宾斯基和朗古之间达成的秘密协议。

尽管如此，鲁兹也没有忽视这件事，这源自一种令他不悦的恐惧。如果连身为军部泰斗和国家功臣的鲁兹，朗古都能随心所欲加以玩弄的话，那么其他人又会如何？

“如果继续这样下去，我们这个帝国就要成为让一名酷吏横行霸道的场所了吧？或许有点小题大作，不过要除去毒草，就应该在它还是幼芽的时候下手。”

鲁兹当然是一位驰骋沙场的名将，但他并不擅长情报战和谋略战。所以他便将朗古的危险性告诉了一个不但有手腕，而且值得信赖的同僚。

就这样，在帝国历二年七月上旬，身兼首都防卫司令官和宪兵总监的伍尔利·克斯拉一级上将，从同僚那里接获了一则充满危机感的通信。从政治史的观点来看，这未必不能解释成军部对治安官僚的支配权采取的反击。当然，鲁兹根本没有想到这些。

正当朗古极为活跃的时候，一个女人一面冷眼旁观，一面问安德鲁安·鲁宾斯基：

“你相信那个叫什么朗古的男人吗？”

“这不像是你问的问题呀，多米妮克。”

鲁宾斯基或许一点都不想将浪费在朗古身上的热情收回来，他充满精力的脸上没有一点笑容。

“那家伙只不过是个小人物。只要让他看看能将影像映得比实物大的镜子，他就高兴了。我只是把他想要的镜子拿给他。”

与鲁宾斯基的表情不同，这个女人脸上挂着笑容，但源源不断的恶意却从她的两眼和唇角溢出来。

“你到底是怎么了，你不是借那个小人物的手杀了博尔德克吗？虽然说博尔德克过去是你的部下，现在却成了代理总督大人，在皇帝面前扮起了忠臣的角色，这自然让你心里不是滋味。不过用这样的手法杀害一个无辜的人，你还有心情喝酒？”

鲁宾斯基把酒杯放回桌上，闪闪放光的眼睛深处匆忙变幻着神色，脸上的表情却显得非常平静。

“你……真的没有察觉到吗？还是你故意装作没有察觉？”

“什么事情？”

“……算了，我告诉你好了。”

如果对方早已察觉，就算不解释也没有意义；而如果对方真的没察觉，说明一下也没什么妨碍。鲁宾斯基仿佛抱着这样的想法，嘟囔道："博尔德克不过是个道具，我的目的就是要让朗古去杀害无辜的人。他这是在拿绳子绞住自己的脖子呀。"

"如果朗古想要挣脱你的缰绳，你就将他谋杀博尔德克的事情告诉皇帝或军务尚书？"

鲁宾斯基给她的回答，是将杯中的威士忌一饮而尽。多米妮克·珊·皮耶尔瞥了他一眼，走出房间。影子与冷笑在一瞬之后跟上了她。

走过走廊和楼梯，多米妮克来到里头一个僻静的房间。她象征性地敲了敲门，接着便自行打开了门扉，透进屋内的光线被框成一个长方形。屋内的年轻女子抬起头看了一眼，和多米妮克四目相对的瞬间，她将视线移开，紧紧抱住怀中的婴儿。

"怎么样，还好吗？"

这位女子并没有回答。不是因为害怕，似乎是因为自尊。她抱着婴儿再次看向多米妮克的时候，眼眸中隐约闪烁出心中顽固的身份意识。

"奥斯卡·冯·罗严塔尔元帅不久就要被栽上叛逆的罪名了。鲁宾斯基也好，朗古也好，这种人虽然没办法在战场上率领大军击破敌方，却有办法在背后刺那些驰骋沙场的男人一刀。"

沉默在房间里面飞旋一周之后，微弱的声音从女子口中溜了出来，好像在说"那正是我希望的呢"。

"不过，他总归是孩子的父亲吧？"

"……"

“这孩子叫什么名字呢？”

多米妮克的问题还是被对方以并非善意的沉默回绝了。不过鲁宾斯基的情妇也没有动怒。

“这个世上的人呀，真是形形色色。既有想生孩子却生不出来的夫妇，也有就要被自己的孩子杀死的父母。偶尔呢，还有被孩子的母亲杀害的父亲。”

婴儿发出了不大的声音，扭动着手脚。

“嗯，如果你有什么要求，尽管说好了。就算你想让这个孩子去憎恨他的父亲，如果时候还没到孩子就先死了，岂不是连本带利都没有了吗？”

当她转身要离去的时候，婴儿的母亲这才第一次发出声音，跟她要些牛奶、贴身衣物以及其他一些物品。多米妮克非常大方地点点头，说：“好啊，除了那些东西，我再给你带个护士来吧。”

走出母子的屋子后，多米妮克又瞅了一眼鲁宾斯基的房间。映入她视线中的，是鲁宾斯基坐在沙发上用手抱住脑袋的身影。

“怎么了，又发作了吗？”

“头痛啊，好像有只恐龙在我的头盖骨里用尾巴猛力敲打一样。把那里的药拿给我。”

多米妮克一面照着鲁宾斯基的指示去做，一面以一种观察者的眼光注视着她的情夫。她看到鲁宾斯基用那肥厚的手一边按着额头，一边服药，便轻轻捶着他裹在西装外衣里的宽阔背部。

“发作的间隔越来越短了吧？”

正确而冷酷的判断，从这位女子的嘴里吐了出来。

“振作一点，就算施展一切阴谋诡计之后，整个宇宙都到了你手中，可是你体内的宇宙坏了的话，就变成大笑话了。要不要让医生看看？”

“医生是帮不上忙的。”

“是吗？啊，反正身体是你自己的，我是没有关系。不过，说看医生没有用，我倒也赞成，因为你的病属于魔法师的营业范畴。”

“什么意思？”

“咦，我以为你早就知道了呢。你的病一半是来自地球教总大主教的诅咒，一半是鲁伯特·盖塞林格——你儿子作祟的结果，当然没有办法在医生的手中治好。”

就算神经因为这一击受了伤，鲁宾斯基也没有让痛苦表现在脸上。或许是药剂暂时发挥药效的关系，他原本像被荆棘的枷锁勒紧身心的紧张情绪得到了舒缓，大大地吐了一口气。

“作祟一事就别提了，倒是诅咒这件事或许猜中了。那个总大主教应该有能力做到这些。”

“胡说些什么呢？没头没脑。如果那个总大主教什么的真有法力，把莱因哈特皇帝咒死不就行了？他既年轻又充满青春气息……”

话说到一半的时候，多米妮克停了下来。莱因哈特皇帝最近常常发烧、卧病在床的传言，她也略有耳闻。人类克服癌症的威胁已有十五个世纪之久，但是附在人类精神层面末端，像是爬虫尾巴的东西，却往往将人们拖往迷信的沼泽。多米妮克有些厌烦地摇了下头，随即将鲁宾斯基独自留在屋内出去了。她要为爱尔芙莉德母子准备育婴用品。她也一样，构成她人格的粒子群中，并不是只有一种单色的电子。

3

宇宙历八〇〇年、新帝国历二年七月二十九日，一道敕令颁布：银河帝国的首都将正式迁移至费沙。随着此道敕令的颁布，国务尚书等所有内阁成员也必须在这一年年底前全部搬迁到费沙。另外，身兼首都防卫司令官以及宪兵总监的伍尔利·克斯拉一级上将也将把整个司令部迁移到费沙。而奥丁的防守将由帝国军后方总司令官艾尔尼斯·梅克林格一级上将负责。

由于这个敕令的颁布，上至国务尚书，下至下级官吏，还包括他们的家人，总计有超过一百万的人员必须要进行几千光年的迁移。这么一来，希尔德在时隔一年后终于又可以和父亲见面了。另外，米达麦亚元帅的妻子艾芳瑟琳也将前往丈夫任职的地点，开始她有生以来第一次长途旅行。

这些与迁都相关的大小事宜正在进行的时候，大本营幕僚总监希尔格尔·冯·玛林道夫伯爵小姐不得不惦记起一个人，就是皇帝莱因哈特的姐姐安妮罗杰·冯·格里华德大公夫人。

这位美丽的姐姐在莱因哈特人格形成的过程中发挥了重大的影响，后世的历史学家对这种影响的评价，与其说是一门学说，倒不如说是一种常识。安妮罗杰在行星奥丁佛洛依丁山地的山庄隐居已近三年。在这段时间中，这对堪称宇宙最美的姐弟连一次面都没有见过。当莱因哈特失去他不应该失去的东西时，过去那段充满春日光辉和夏风旋律的美好时光就和现在断绝了联系，成了无法触及的往事。

“是不是要请格里华德大公夫人移驾到新首都来呢？”

希尔德自知提出这样的问题，有僭越幕僚总监身份之嫌。莱因哈特的眉头稍微皱了一下。每当希望看来无法实现，或是他未经整理的心情受到冲击的时候，他就会露出这种表情。

“玛林道夫小姐，这件事和军务没有关系。比起宫中那些微不足道的杂事，倒不如把你的聪明才智放在和宇宙霸业相关的事情上。”

这样的说辞，似乎让莱因哈特觉得自己在严厉拒绝别人的干涉。于是他好像要让人听听他的心情似的，自言自语般说起来：

“吉尔菲艾斯的墓在奥丁，虽然朕依照自己的考虑迁走了政厅和大本营，但也不能因为这样，就随意移动故人长眠的场所啊。”

利用这种间接的表达方式，莱因哈特将无意请姐姐到费沙的意思告诉了美丽的幕僚总监。希尔德无言以对——自己为什么硬是提出这样一个让人心情变糟的问题呢？她也常常没有办法用理性解释自己的心情，这让她怅然若失。

“朕还是会回到奥丁去的。不过，回去的时机还没有掌握在我的手中。因为在回去之前，还有很多事情必须要解决。”

那是什么呢？希尔德心想。不过她没有问。

此时莱因哈特正伫立在回忆的深渊旁，凝视着过去的水面。

时针逆向回转，白昼的光和夜晚的暗急速交替之后，夜晚的黑暗成为胜者，将莱因哈特的回想视觉化了。

“……姐姐，好黑哦，好黑哦！”

不记得是四岁还是五岁，有一次半夜里睁开眼睛时，莱因哈特感到沉沉的黑暗靠了过来，几乎要将他幼小的身体完全吞噬。他拼命地呼喊求救，不断按着枕头旁边的电灯开关，却一直不见有亮光来驱除黑暗。后来才明白，原来是父亲没有缴纳电费，电被停了。好一个“皇室的屏藩”，这就是值得感动的贵族的生活水平。

一听到弟弟的叫声，安妮罗杰便从隔壁房间飞快地奔过来。仔细想想，在一片黑暗当中，真不知那时穿着睡衣的姐姐是如何敏捷地赶过来的。但每当他有需要的时候，不管何时，姐姐都一定会赶到他身边。

“莱因哈特，莱因哈特，已经没事了。对不起，把你一个人留在这里。”

“姐姐，好黑哦。”

“虽然很黑，不过还是可以很清楚地看见你的金发，在漂亮地闪闪发光呢。”

“你金黄色的头发照亮了黑暗，你自己就是光的泉源哟，莱因哈特。这样的话，你就什么都不怕了呀。不管是什么样的黑暗，都没有办法伤害你。让你自己变成光吧，莱因哈特……”

莱因哈特无精打采地用白皙的手将落在前额的金色刘海拢上来。每次只要他有需要就会叫姐姐，而姐姐也总是应他的需要来到他身边。当姐姐不再来到他身边的时候，是否就是姐姐第一次向他求助的时候呢？然而莱因哈特却没有力量回应姐姐的求救，不是吗？他知道自己欠姐姐的实在是太多了。

在繁忙的日子里，一份既让人意外又令人不悦的情报传到了莱因哈特手中。

优布·特留尼西特向皇帝请求官职。

他曾经担任过自由行星同盟国防委员长和最高评议会议长的职务，对祖国的败亡要负绝大部分责任。当时他宣称要躲避旧同盟过激派的报复，所以移居到帝都奥丁。不过他才四十五岁，作为一位政治家正值少壮之年。他不知疲倦地利用自身的行动力和财力，目的与其说是做官，不如说是猎官。

莱因哈特好像看到了不洁的东西，表情充满不悦。经过几秒钟的沉默，他恶作剧般露出了雪白的牙齿，好像想到什么似的点点头。

“特留尼西特那么想求得官职吗？那就照他的希望给他一个！罗严塔尔正好也需要一个精通旧同盟领地事务的行政官来辅佐他吧？”

希尔德最初是惊讶，接着便是发愣。

“陛下，不至于……”

“新领土总督府高等参事官，这个职位不是很适合那个人吗？让旧同盟的市民把石块都投到他身上的话，罗严塔尔也就获救了，不是吗？”

“或许不见得一定要进行这样的人事安排，可以让他到边境的行星上从事开拓事务之类，陛下以为如何？”

莱因哈特笑了笑，轻轻摆摆手。

为了自身安全来到帝都避难的特留尼西特，第二天就接受了这道显然不合情理的人事任命。

“他接受了？”

虽然这是自己颁布的任命，莱因哈特却感到沉重的不快。他明显错估了特留尼西特的羞耻心。莱因哈特原本认为特留尼西特不可能接受这个职位。一旦他拒绝，便能以此为由将特留尼西特永远摒除在公职之外。

“那家伙要带着什么脸皮回到被他出卖的国家？看来他的神经简直比大战舰上的主炮还要粗！”

“这是陛下您决定的事情。”

希尔德的口吻中略微带有讽刺的意味，莱因哈特不快地咋舌。原本他以为特留尼西特会拒绝这个官职，那么所有的事情就解决了。如果对方拒绝，纵使有点恶作剧的味道，却能证明莱因哈特对他的印象没有错。而一旦对方答应了，整件事情就不过是一桩孩子气般的闹剧。自从让菲尔姆特·雷内肯普出任驻海尼森高等事务官以来，这是莱因哈特第一次对自己的人事安排感到不满。

当然，这个人事安排在军部也受到了批评。

“什么？特留尼西特要出任新领土总督府的从属官员？这么一来，罗严塔尔岂不是被硬塞了一个万万没想到的部下？”

米达麦亚起初苦笑，是因为察觉到了皇帝最初的意图。不过苦笑随即消失了，他不禁有些怀疑。不管特留尼西特怎样厚脸皮，既然接受了这样的职务，或许背后就有什么内幕。

这时，给米达麦亚做参谋的并不是年轻而直线条的拜耶尔蓝，而是年长又思虑长远、经验丰富的布罗上将。他和罗严塔尔的参谋长贝根格伦是老朋友，所以必须关心这件事。

这一切是不是特留尼西特和奥贝斯坦两个人联合起来，为了陷害罗严塔尔所策划的阴谋？布罗虽然也有些疑惑，可是这个问题太重大了，并不能一笑置之。

“每次一有什么事，就怀疑是奥贝斯坦策动的，我也知道这是偏见，但是……”

米达麦亚一面挠着蜂蜜色的头发，一面叹气般说道。现年三十二岁的他，看起来比实际年龄还要年轻。他本来是把自己局限在纯粹的军人范畴内的，不过事情一旦牵涉最亲密的朋友，他就没办法保持平静了。布罗的意思是以私人信函的形式唤起贝根格伦对这件事的注意，米达麦亚目前也只能做到这个程度了。

七月三十一日，军务尚书奥贝斯坦在办公室收到了一则通信，将通信送到他手上的是安顿·菲尔纳准将。

军务尚书奥贝斯坦元帅只是用眼睛扫了一下那则通信。这个男人平时不管处理多么重大的案子，向来都是面无表情，这次也不例外。他读过后，就把它烧掉了。

后来菲尔纳准将为了处理其他事务，再次进入奥贝斯坦的办公室。在接获指示后，他忽然从前几天的记忆中拾起一个话题。

“对了，军务尚书，听说那个优布·特留尼西特又以总督府高等参事官的身份，衣锦还乡地回到被他抛弃的祖国……”

“意外吗？”

“没想到陛下竟将那个方案付诸实行了，特留尼西特真的要被派往旧同盟领地了。他敢接受这个官职，脸皮之厚令人难以想象。难不成有人在背后操纵他？”

奥贝斯坦没有直接回答。

“费沙最近就要正式成为银河帝国的首都了，成为名副其实的宇宙中心。”

“是啊，那么……”

“就连一般的市井百姓，在搬家的时候也会事先进行扫除。难道你不认为不仅是费沙，整个帝国的领土都必须要为皇帝打扫一番吗？”

这样一番话，对奥贝斯坦来说已经算颇为饶舌了。他本来就不是会把事情说明到让部下理解的人。

“对啊，该把潜伏在地底下的黑狐，或是其他的妖怪全部熏出巢穴了。如果为此使用特留尼西特……”

菲尔纳真心感到佩服。他知道上司军务尚书是个没有私心的人，也认为上司为守护国家和皇帝的利益尽忠职守的工作态度值得尊敬。在这一点上，奥贝斯坦真是个无可挑剔的公务人员。

不过，奥贝斯坦所有的想法一直都是沿用一种模式——排除有害之物，谋求帝权安泰。不久后，肃清的北风就要横扫帝国中枢了吧？

“如果因为被虫子蛀蚀就要将柱子砍倒的话，那么房子也会因此崩塌。不管大小，所有的危险人物都被肃清后，还有什么会留下来呢？说不定最后连军务尚书自己都要被压在柱子下面了。”

菲尔纳心中如此想着，但并不打算向军务尚书进言。或许军务尚书早已知道菲尔纳的这些想法，却还是径自推进了计划。

Chapter 9
八月新政府

1

六月十二日那天，帝都还没有正式迁往费沙。帝国军一级上将奈特哈尔·缪拉以皇帝代理人的名义，前往伊谢尔伦要塞致哀。当时他仅乘旗舰帕西法尔前往，随行的只有欧拉少将和拉杰尔上校等人。

缪拉的致哀当然让伊谢尔伦要塞的人都深感意外。“死间”的疑虑不是完全没有，但莱因哈特皇帝还不至于为了玩弄策略，把缪拉这种重量级的军部人物牺牲掉。毕竟从皇帝的性格来看，他是不可能玩弄这种阴险手段的，尤里安心想。

华尔特·冯·先寇布也赞同尤里安的意见。不过他的表达方式就显得委婉多了。

“那是因为莱因哈特皇帝喜欢装酷，连杨提督在世的时候都这样，何况提督现在已经过世了。他当然懒得和我们这种小人物耍手段。”

另外，菲列特利加说：

“他生前对缪拉提督赞赏有加，如果听到缪拉来了，一定会很高兴吧。真想让他们见一见面啊。”

事情就这样决定下来，缪拉被邀请进入要塞。

奈特哈尔·缪拉一级上将这年正好三十岁。这位有砂色头发和砂色眼眸的年轻军官，以几近恭敬的郑重态度会见了伊谢尔伦的代表们。他不善言辞，不过无论是他简短的致哀辞，还是瞻仰安置在陶制棺木中的遗体的态度，都让人充分感受到他的诚挚。他对菲列特利加说道：

“能见到您真的很荣幸。您的丈夫，对我军来说是最强大而且最优秀的敌人。”

三年前，齐格弗里德·吉尔菲艾斯以交换俘虏的使者身份来到伊谢尔伦时，尤里安曾经与他见过一面，留下了深刻的印象。他不是自我表现欲强烈的人，却给尤里安的人生烙下了一段难忘的记忆。所以那年收到吉尔菲艾斯的讣告时，尤里安真的有种星星从地平线上陨落的感觉。

在地球时，尤里安隐瞒了真实的姓名和身份，与奥古斯特·沙姆艾尔·瓦列见过面，他给尤里安的印象也是如此。与帝国军最高级将帅的会面，从未给尤里安留下不愉快的印象。他现在才知道，莱因哈特皇帝能够擢用这样的将帅，确实有作为一位君主的雅量。

缪拉滞留在伊谢尔伦的时间并不长，这是为了避免招致“前来刺探内情”的误解。就在出发前极短的时间里，缪拉和尤里安在俯视港口的一室共饮咖啡，进行了交谈。

“敏兹先生。”缪拉对比自己小十二岁的尤里安，也是用敬称来称呼。尤里安虽刚及弱冠之年，但他是杨威利的代理人，缪拉才这么遵守礼节。不过，缪拉本来就对晚辈和属下一直保持着温和有礼的态度。组成粗暴和勇气的元素并不相同。这位青年在巴米利恩会战时曾三次换乘旗舰，由于他奋勇作战，才阻止了杨威利的宏图。

“敏兹先生，虽然皇帝并没有授予我任何政治上的权限，不过，如果各位愿对皇帝表达和平或是恭顺的态度，我可以将各位的意思转达给皇帝。您认为如何呢？”

如果对方是以一种胜利者的优越感来说这些话，尤里安一定会强烈反驳。但正因为对方并不是这样的态度，尤里安也没有立刻回答。经过几瞬的思考之后，他回答道：

“缪拉提督，请原谅我做这样的假设。如果你们大家敬爱的莱因哈特皇帝过世，各位所尊崇的旗帜会有所改变吗？”

“铁壁缪拉”从这个问题中有所领悟。

“诚如敏兹先生所言。我说了些没来由的话，请您原谅。”

看着比自己年长的缪拉如此诚恳地低下头，尤里安着实感到惶恐。现在他内心正尝试着另一个假设，如果自己生在银河帝国，或许也想成为像缪拉这样的军人吧。过去杨威利曾经对他谈起过和吉尔菲艾斯的会面，“不管是怎样了不起的人，如果所属的阵营不同，就免不了要互相残杀”。尤里安一面让这段回忆浮现在脑海里，一面对即将踏上归途的缪拉致意。

“接下来，大概要在战场上和您会面了。在那之前，祝您健壮依旧。”

“我们彼此祝福吧。”

缪拉砂色的眼眸充满了柔和的微笑，让人很难将他想象成敌人。不过他的眼眸中接着却闪过怀疑的眼神。要塞的港口里，许多运输船已经完成出发的准备，带着行李的男男女女正排着队准备上船。他们的服装杂乱多样，尤其是邋遢地穿着旧同盟军军服的身影格外显眼。

“那是怎么回事？哦，如果方便，可以请您告诉我吗？”

“那些是看破了伊谢尔伦的将来，想脱离这里的人们。缪拉提督，我知道对您提出这样的请求不合情理，但如果帝国军能保证这些人平安回到海尼森，我就太感激了。”

事实上，吃惊的不止缪拉一人。华尔特·冯·先寇布就曾经对尤里安开放仓库，允许脱离的人搬走物资的做法提出异议。他说，就算那些物资可以再生产，也没有道理把装着金币的袋子硬塞到盗贼的手中。而年轻人的回答是这样的：

“反正把暂时用不上的东西空放着也没用，还是让他们拿走使用比较好啊。我们又不能给他们支付薪水或退休金。”

“老好人。”

先寇布夹杂着苦笑说。缪拉虽然是敌人，但好像也为尤里安的宽容有些忧虑。

“我答应给予安全保证。我本来不应该说这种话，但在那些脱离者当中，倘若有人成了我方的协助者，您岂不是有麻烦？”

“是的，会有麻烦。不过我们只能甘心地接受。他们也算是被情势所迫，才不得不这样做，我们也没有权利说三道四。”

杨的弟子要向师父学习吗？缪拉砂色的眼眸中充满了这样的眼神。不过他只留下了善意的微笑，然后离开了伊谢尔伦。

尤里安目送缪拉离开后，和卡介伦说：

“将来会怎样姑且不论，就眼前来说，可以看出莱因哈特皇帝似乎要在个人感伤的范围内处理伊谢尔伦问题。杨提督一辞世，他就无意再施行以前那种层次的政战策略了，可以这么说吧？”

尤里安一面说着，一面啜饮着自己冲泡的红茶。

“确实如此。没有了杨威利，伊谢尔伦这个要塞对他而言，只是边境上的一块小石头。”

“但是，事实并不是这样的。”

尤里安循着自己思索的轨迹说：

“皇帝要迁都费沙。这么一来，费沙回廊将成为联结新统一帝国的大动脉。边境宇宙地区的开发将从费沙回廊的方位扩展开来，而人类社会的扩大也将以费沙为中心向四方推进吧。就算没有伊谢尔伦，人类的社会和历史同样还是会进步。我想皇帝是想达成这样一种状态。”

“皇帝当然会这样想，不过真正让我觉得惊讶的，是你竟然能看破这一点。你的战略判断力真了不起。”

尤里安对卡介伦的赞赏点了点头，但并不是肯定他的话，而是基于一种反射动作。尤里安现在正拼命想再现杨生前思考过的战略地图。尽管最终还是只能靠他的才干进行判断，但尤里安能依赖的也只有这个了。

“皇帝亲征伊谢尔伦本来就是情感的产物，他对伊谢尔伦回廊这么固执，并不是因为这个回廊中有一个要塞，而是因为有杨提督。”

“嗯，也许是这样。所以杨过世的同时，皇帝也重新回归一个冷酷战略家的本分了。那么，你看以后的情势会怎么演变？”

“这不是预测，而是期待。”

“哎呀，连说话的样子都像杨了。”

卡介伦如此调侃之后，尤里安才第一次露出笑容。这是迄今为止尤里安露出的无数笑容中最成熟的一次，卡介伦想。不过这里面或许有偏袒的成分。

“杨提督过去经常说，只有在伊谢尔伦回廊的两端存在不同的政治和军事势力的时候，伊谢尔伦要塞才能产生战略价值。”

“嗯，这些话我以前也听过。”

“现在伊谢尔伦能够保持安泰，理由非常讽刺，就是因为它已经失去了战略价值。当它的价值重新恢复的时候，也就是帝国产生分裂的时候，伊谢尔伦的转机就会降临了。”

“嗯……”

“总之，我不认为事态会产生急速变化。国父亚雷·海尼森的一万光年长征花了五十年才完成，伊谢尔伦大概也是如此吧。我们必须做好心理准备才行。”

“五十年以后，我就将近九十岁了，如果那时还活着……”

卡介伦抚摸着自己的下巴苦笑。他现年三十九岁，还正值少壮之年，不过却是除了梅尔卡兹以外，所有留下的将领当中最年长的。

“不过，你，还有杨夫人，也都毅然接下了这些出力不讨好的职务。杨夫人大概会被人说是为了让自己的政治地位具有权威性，利用丈夫的名声。而你呢，如果失败了，当然会遭一顿痛骂。如果成功也没什么大不了，人们一定会说这不过是受到杨的余荫的庇佑，或是横夺了杨的构想之类吧。”

“被说成怎么样都没有关系，只要能成功。”

只有这句话是尤里安想说的。

就这样，所有想脱离伊谢尔伦要塞的人都在七月离开了。从这个时候起，留下来的人们才开始创建新的组织。

留下来的人共计九十四万四千零八十七名，其中男性有六十一万两千九百零六名，而女性只有三十三万一千一百八十一名，而且女性大半都是男性的家眷，单身的很少。虽然人口构成中的男女比例不均衡是无法避免的事情，不过迟早会成为问题。

“这会成为问题，将近一半的男人都是‘失业’状态，我也一点都不想去协助那些没出息的家伙。”

奥利比·波布兰用带着残余酒香的声音悠然地宣称。听到这句话，尤里安知道他已经从精神失调的状态中恢复了，内心很高兴。

“不管怎么说，最后是一定要留下军队这个组织的。不过这么一来，就没有办法倾全力进行新国家的建设了。”

那该怎么办呢？此时，尤里安必须重新思考。

2

杨威利离世、莱因哈特皇帝发布迁都令，在这些大动荡中，战乱看来已经暂告一段落，安定的季节要来临了。那些暗杀杨威利的实际执行者，也可以说是替这个季节拉开序幕的人。尽管他们立下了这个“功绩”，却没有一个人能安享这新来临的季节。

当时用来暗杀杨的两艘帝国军驱逐舰已在六月上旬被发现。其中一艘只剩下残骸，漂浮在瑞达Ⅱ号附近的宙域。另外一艘则在暗杀杨威利之后，在逃亡途中被布罗上将麾下的巡航舰群拦截。当时这艘驱逐舰无视停船的命令，企图逃走，但从一开始就不可能成功。几十道光束集中发射到舰艇上，舰上所有的成员都在那一瞬间化成了火球。

就这样，暗杀杨威利的犯人全都“殉教”了。直接狙击杨的人，连姓名都未曾公诸于世，就这样无名而终。

至于暗杀杨威利的犯人乔装成帝国军将士一事，当然立即展开了调查。不过后来大约有十名军官和下级军官自杀，调查工作虽不至于无法进行，却已变得极为困难。很明显，他们也因成为殉教者得到了自我陶醉和满足。

奥斯卡·冯·罗严塔尔元帅就任新领土总督，军衔和各部尚书同级。在军务和政务上，他统辖的范围遍及自由行星同盟到去年为止的整个区域。麾下的军队有舰艇三万五千八百艘，将士多达五百二十二万六千四百名。这支军队的总名称叫“新领土治安军”，不过在非正式的场合，也因总司令官的名字而被叫作“罗严塔尔军”。

他选择用来行使职权的总部，就是过去同盟政府经常举行酒宴或是集会的优佛利亚高级饭店。他在此设立了总督府。

五百万将士，这已经是足以凌驾自由行星同盟末期总兵力的大军了。仅由一名军人指挥的话，或许是太过庞大的物理力量。一面要统率这支常常充满思乡情绪的大军，一面又要支配这片直到昨日为止还是敌国的广大领域，罗严塔尔的责任是非常重大的。如果是普通人的话，恐怕要被这个责任给压死吧。

然而罗严塔尔毫不在乎地上任了。在极短的时间内，他就证明了自己的处理能力在战场以外的地方也完全有效。到这一年七月底，旧自由行星同盟的民众虽称不上积极，却似乎也接受了总督的统治。消费水平和治安水准也没有跌破同盟末期的水平。尽管有五百万帝国军人身为治外法权的对象，不过现在军纪严正，并没有士兵犯下恶性犯罪案件。反而是失控的旧同盟军脱队者犯罪问题较为严重。

罗严塔尔将自己的职权划分为军事（包括治安）和政治两个范畴，并分别设置了助理。在军事（包括治安）方面，由连续几年辅佐他的贝根格伦上将担任军事监查长官的职务，事实上等于代理总督的地位。

不过，格利尔帕泽和克纳普斯坦等人对这项人事安排略有微词。因为他们也都是上将级的人物，但在形式上却必须隶属于与他们同级的贝根格伦。他们原本在雷内肯普麾下，在雷内肯普死去后，就暂时直属于莱因哈特，这让他们多少对贝根格伦怀有优越感。

另外，过去曾在舒坦梅兹一级上将麾下担任干达尔驻留司令部总书记官的里袞中将，由于自身的实务能力和对旧同盟国内事务的了解，被任命为贝根格伦的副手。他与其说是军人，还不如说是一位后方的军事官僚，所以并没有参加“回廊战役”，躲过了与司令官一起战死的命运。不过这是一个次一级的职位，所以他与诸位上将的不满无缘。

有一天，罗严塔尔把格利尔帕泽与克纳普斯坦两位上将召进总督府的办公室，用夹杂着讽刺的口吻训谕：

“你们两个对军事监查长官的人事命令好像很不能释怀。其实，贝根格伦比你们年长，担任上将的资历也比你们久。如果不用他，而由你们当中的一位出任，另外一人难道就能满意吗？”

两人一言不发地退出去了。此后，他们至少不再公开表露心中的不满了。

另外在政治方面，由于莱因哈特皇帝的推荐，罗严塔尔任用曾短期担任内务部次官和民政部次官的技术官僚尤利乌斯·艾尔斯亥玛来担任助理，任职民事长官。这一位恰巧是克涅利斯·鲁兹一级上将的妹夫。

还有一位高等参事官，那就是优布·特留尼西特。艾尔斯亥玛虽然是个非常有能力的官吏，但是对旧同盟国内的情况不是很了解，所以这方面还需要一个能提供建议的人。不过对这样一个只为谋求一己的安泰，将国家与人民全部抛弃的人，也没有什么可以期待的。

“皇帝有时也会有这种奇妙的人事安排。在杨威利意外死亡之后，随即又让原来的同盟元首以帝国官僚的身份回国。难道这是讽刺民主共和政治的表示吗？”

贝根格伦十分不解，罗严塔尔却多少能了解皇帝的心情。现在只有通过羞辱这个厚颜无耻的男人，才能让人获得一些快乐吧。特留尼西特能够成为一国的元首，并且身兼最高行政官，当然有相当的才干。不过他那种行动原则与莱因哈特的审美意识相比，可说是相距甚远。

“嗯，算了。只利用特留尼西特的能力和知识即可，没有必要去接受那家伙的人格。”

罗严塔尔所说的“用而不信”，在正式的记录上流传下来。这位金银妖瞳的新总督早在心里做好打算，只要特留尼西特言行不轨，就以自己的权限一举将他处决。但为了制造处决他的借口，反过来就要接纳这个令人不悦的人，这也是另一方面的因素。

另外一个问题，就是脱离伊谢尔伦要塞的将士们希望回归海尼森。

听到这个要求，罗严塔尔一黑一蓝的眼眸闪烁着思虑的神色。里裘中将前些日子在与他们的交战中失去了上司，悲愤之感记忆犹新，自然无法对他们怀有好意。

“应该如何处理他们？就算他们脱离了要塞，但终究是曾经非法占领要塞、反抗皇帝之辈，难道可以无条件地赦免他们的罪行？”

这个意见确实也有道理，不过从罗严塔尔的立场来说，他无法武断地下结论。

“如果把超过一百万的男女全都拘禁起来，恐怕有点不现实。而且旧同盟的人心也要考虑。如果让他们的不安扩大，岂不是件蠢事？”

罗严塔尔经过一番思考，做了以下指示：凡是“脱离者”

搭乘的运输船，允许在海尼森第二军用宇宙港着陆。“脱离者”当中，一般的平民和非战斗人员一律给予自由，并且在今年内授予帝国臣民的公民权。下级军官和士兵则在登记姓名后，即可各自回家。

至于军队的军官以及曾在艾尔·法西尔自治政府担任公职的人，则必须要登记姓名、地址，留下指纹，并且在帝国政府下达正式的处置措施之前，每月一次到总督府报到，更换新的登录卡。

采取这些处置后，罗严塔尔又陷入沉思，原来他在高级军官名单中发现了姆莱中将的名字。

这位曾作为杨威利的参谋长，在军务处理及司令部运作方面以手腕坚实而闻名的男子，竟然也脱离了伊谢尔伦，而且还主动统率脱队者。这一次脱离要塞的人有这么多，也是受他影响的缘故吧。

“大概是杨死后，他不看好伊谢尔伦的前景。人心虽然不是永久的，不过因为这样就变节的话，虽然是别人的事，也让人觉得很不舒服。”

“你这么认为？回想一下利普休达特战役刚刚结束时发生的事情吧，贝根格伦。皇帝为什么会眼睁睁地让刺客闯到御前？你不认为这是个该留意的故事吗？”

听金银妖瞳的上司这么一说，贝根格伦无言以对。三年前，当门阀贵族联合军的盟主布朗胥百克公爵败亡的时候，其心腹安森巴哈准将把主君的遗体拖到了莱因哈特的面前。当时众人以为这是他的背叛行为，但他真正的企图却是暗杀莱因哈特。危急之时，齐格弗里德·吉尔菲艾斯用身体护住了莱因哈特，为挚友的未来牺牲了自己。

“那么，是不是要收押姆莱这号人物？”

“不，还没有必要这么做，只要对他加以监视就行了。”

总之，罗严塔尔并没有要重罚这些脱离伊谢尔伦要塞的人的意思。他现在盘算的，反倒是大加颂扬已故之人杨威利。这样一来，旧同盟民众对这些背离杨的人的批判情绪就会高涨吧。

在这些流入海尼森的“脱离者”中，有一名自称是善良平民、本籍费沙的男子，年龄大约三十岁，是个富有活力、一脸辛辣表情的青年。

原来他就是在费沙名声颇高的独立商人，也是已故的杨威利的友人波利斯·高尼夫。跟随他左右的是事务长马利涅斯克和驾驶员维洛克。这些成员如果在国内安全保障局里被敲打一番，大概会落下两三公斤的灰尘。

“曾经是自由商人国度的费沙，现在已经沦落为皇帝陛下的直辖地、帝政的大本营了，不是可以长久过活的地方。”

现在高尼夫正踩在行星海尼森上，但是关于海尼森的事，他反而没有提及。马利涅斯克思虑深远地回应道：

“不过，把政治和军事的中枢放在费沙，联系起整个经济和交通，足见皇帝也不是单纯的军人。”

“所以他一点都不可爱。天生一副好面容就够了嘛，他应该觉得满足，然后把才能或是才干分给别人就好了。”

高尼夫一边臭骂，一边把充满敌意的眼光投向总督府主办的“杨元帅追悼仪式”的海报。

“这个新总督也不是个软角色，也想借此多捞点政治成果……”

他忽然闭上了嘴巴。他的视线被经过海报前面的四五个穿着灰色服装的男人吸引了。事务长怀疑的视线，交互在注视者和被注视者的身上游移。

“怎么了，船长？”

“什么怎么了，去年你不是还和我一起到地球那个鸟不生蛋的行星去了吗？我刚刚看到的那张脸，曾在阴森的地下神殿里见过，好像是主教还是大主教什么的。”

维洛克的黑眼珠顿时亮了起来。

“如果真是这样，那么下令暗杀杨威利的，很可能就是那伙人。”

“嗯，非常有可能。在暗杀现场的只是些活的凶器。用那些活的凶器逞凶的家伙们，现在一定正在哪里举杯庆祝呢。”

高尼夫把怒气都集中在鞋底，重重地踹了地面一脚。

那三个被带到伊谢尔伦的地球教徒，最终还是没有招供。更准确地说，他们这些教团下层的人一开始就不可能被告知最重要的机密。他们认为杨威利是宗教的敌人，所以要根据神圣的旨意将他消灭掉，并十分盼望为此殉教。尽管巴格达胥上校用尽一切毒辣的逼供手段，最后仍未奏效。围绕着如何处置他们的话题，伊谢尔伦的将领间多少有些争论。

在目睹杨死亡的时候，尤里安瞬间爆发出激动的情绪，将暗杀者们打倒在鲜血的泥泞当中。但要宣判死刑的时候，他却欠缺决断。没等处置决定下来，几天后，这三个地球教徒便相继自杀了。其中两个是咬舌自尽，另外一个则是在单独拘禁的牢房内撞墙而死……

“尤里安这孩子的才能是足够了，但处事时要学点刁横才行。光凭理想和理智是不可能胜过那个皇帝的。”

“船长一贯的主张又来了。不过，那孩子虽然年轻，却做得很好呀。他毅然决定要继承杨提督的遗业，不是很勇敢吗？”

“如果他总是把杨拿来做榜样的话怎么办？杨已经死了。杨那个家伙也真是的，如果是和皇帝决战的时候被打死，就另当别论了。谁知道他的死法竟是如此意外。”

“罪不在他，在那些地球教徒。”

“我早就明白，所以才一直跟踪他们。”

走进里面的街道，他们三个人又继续跟踪了二十分钟。不久，那群身穿灰色服装的人被吸入一栋宅邸的后门里去了。隔了足够长的时间后，波利斯·高尼夫靠近了那堵高耸的石墙。他用视线扫过门前的门牌，低声地笑出来。原来那上面写着“优布·特留尼西特”。这栋曾经是旧同盟最高评议会议长私人宅邸的豪宅，如今正在一片寂静中，等待着最近已经更换头衔的主人归来。

“看来，这家伙在海尼森同样可以上演有趣的戏剧哪，我们就暂且在这里等着看好戏吧。”

3

尤里安在接下这个位置后才明白，自己这样做是多么狂妄自大，多么不自量力啊。经验当然不用说了，在才能和器量方面，自己也远远不如杨。他能做的就是质问自己“如果是杨提督的话，会怎么做呢”，然后用尽一切记忆力和理解力，将杨生前的行为重新播放一次而已。可是，杨确实是在匆促又令人无法预料的情况下，从尤里安的眼前离去了。

“一个好人，一个伟人，却被无意义地杀死了。这就是战争，是恐怖主义。战争和恐怖主义的罪恶最终归结于此啊，尤里安。”

早就明白了。不，自以为明白了，但还是难以面对现实。杨威利被一些愚昧的反动主义者的恐怖行动毫无意义地杀死了，这实在令人无法接受。但是，如果想把杨的死变成有意义的死，事实上就是认同恐怖行动的效用，是生者政治性地利用了死者的尊严。但尤里安知道，和自己在一起的这些人都需要杨。为了守护杨留下的民主共和政治的幼芽，连死者的协助也不可缺少。

必须倚赖个人名望的民主共和政治——杨生前最苦恼的矛盾，并没有因为他的死亡而减轻。不管是杨的妻子菲列特利加也好，还是杨在军事和政治思想上的后继者尤里安也好，都只能借着扩大杨生前的虚像，才可能把杨的理念在现实的地平面上具体化。在莱因哈特皇帝和他的帝国即将完成宇宙专制统一的此时，民主共和政治的理念才作为“拥护民主主义的英雄杨威利”的理念，开始向专制政治的激流挑战，并继续存在下去。

杨生前最渴望，却最终没能实现的“人格化的民主主义个体”，终于被杨的后续者们找到了，那就是“死去的杨威利”。

后世的一位历史学家有以下的记载。

“……同样是支撑同盟末期的名将之死，亚历山大·比克古的死和杨威利的死代表着不同的意义。后继者们认为，比克古的死，代表着自由行星同盟这个国家象征的民主共和政治的结束；而杨的死，则代表着不受同盟这个国家框架束缚的民主共和政治精神的再生——至少这个可能性极大。如果不这么想，他们或许就无法忍受自己所处的状况。杨威利对他们来说，不仅是不败的，甚至还是不死的存在……”

尤里安在悲伤和对暗杀者的憎恶中，注意到了一件事。

“但是……是的，杨提督是在不败之中去世的。从今以后，再也没有人可以将他击败了，就连莱因哈特皇帝也一样……”

这样想就能有一点安慰吗？尤里安想起了菲列特利加说过的话，感觉胸腔里有个很小但很尖锐的荆棘。真希望杨活着，就算他连战连败也没有关系。

杨威利已经只存在于记录和回想当中了。但话又说回来，尽管他死了，但回想是丰硕的，记录是永恒的。从艾尔·法西尔开始，亚斯提、伊谢尔伦、亚姆立札以及巴米利恩等连续不败的纪录，再也没有人可以抹杀。如果有的话，恐怕也只能是罗严克拉姆王朝的后继者已经控制了全宇宙，对始祖进行神化，并抹杀侵犯始祖神圣的史实的时候吧。不过，连高登巴姆王朝也没有完全对后世隐瞒始祖鲁道夫的恶业。因为剑虽然可以胜过笔，却只是暂时的胜利罢了。

过去，尤里安曾经试着劝杨：

“提督，您不妨把到目前为止经历过的战争全部整理出来，然后写成一本战术理论书。”

但是杨坚决地摇摇头，说：

“不行啊，战略当中有法则，而且也有正确的姿态，但是战术的展开却往往超乎理论之上。”

然后他就展开了自己的理论。

“战略是因为正确才会获胜，而战术是因为胜利才显得正确。所以，一个头脑正常的军人绝不会利用战术上的胜利，来挽回战略上的劣势。不，正确地说，他们是不会把这些要素列入计算来发起战争的。”

“所以您才该把这些想法写下来，不是吗？”

“太麻烦了，不过如果是你要写来称赞我，我会很高兴的。不管怎么样，你一定要将我写成一个充满知性与魅力，而且冷静的男人！”

只要说到和自己有关的话题，他一定都会把结论归到玩笑的方面，杨就是这样一个人。

另外，在“共和革命战略”方面，杨也曾经发表过观点。那是在再度占领伊谢尔伦后的某一天。

“我们终究还是选择了占领伊谢尔伦要塞这一条路，其实我们并不是没有其他选择。”

另一个选择便是，在革命军移动之处，就把共和主义的政治组织留下来。其实也不见得要固守在单一的根据地上，可以将整个大宇宙当作移动基地，然后在“人民之海”里四处游动。

“或许这样做反而更好。固执于伊谢尔伦这个幻影的，或许是我自己，而不是帝国军的家伙们。”

杨心里并没有后悔这种强烈的想法，但确实也有些可惜。尤里安一面奉上自从成为杨家的成员以来，不知为杨泡的第几千杯红茶，一面提了一个理所当然的问题。

“为什么那是不可能的？”

尤里安想知道杨将战略构想归零而采取次要构想的理由。因为如果可能，杨必然会选择最佳途径。

“因为没有资金啊。”

杨当即回答，然后苦笑了一下。

“这就是只能让人苦笑的现实。只要我们停留在伊谢尔伦要塞，那么粮食和武器弹药总可以自给自足。不过……”

不过，如果要离开伊谢尔伦行动，定期的补给就是不可或缺的。在巴米利恩会战的时候，还可以利用同盟军的补给基地，但这一次不可能。各种物资的提供必须要以金钱为酬劳，他们却没有资金。掠夺是绝对不允许的，所以他们只能固守在这个可以自给自足的根据地上。最初，如果兵力充足的话，其实也可以采用突击干达尔的帝国军基地，在得到物资后便调转方向的方法，不过这是杨在占据伊谢尔伦之后才想出来的。

“战术从属于战略，战略从属于政治，而政治则从属于经济，这是原则。”

现在，尤里安等人的基本战略必须是长期性的。皇帝莱因哈特、罗严克拉姆王朝与银河帝国现在是一同存在的。首先必须要牢牢掌握莱因哈特在政战策略上采取的方向。

不过，在莱因哈特皇帝在世的这段时间内，情势如果没有好转的话，共和政体将会把他的后继者作为对立乃至交涉的对象。莱因哈特或许会结婚并留下子嗣，或许会尚未确立后继者就死去。面对这两种情况，自然会有不同的应对方式。就算只局限在后一种情况下，那么究竟是在一场混乱之后重新产生一个统一宇宙的领导者呢，还是会维持长期的混乱与分裂？情况不同，局势也会随之产生变化。如果是电脑的话，只要回答一句“数据不足，无法预测”，就可以放弃责任了。但人类不能这样。为了收集更多的情报，尤里安已经被迫采取应对之策了，诸如拜托波利斯·高尼夫前往海尼森等。

有一天，菲列特利加正在办公室喝茶，尤里安抱了一堆像小山般的报告书和裁决书走进来。他注意到杨的未亡人脸色不好，有些担心地问：

“您累了吧，杨夫人？”

“有一点，不过我已经明白了，依照自己的构想来推进事业，与在被赋予的权限范围内处理事务，完全是两回事……”

啜了一口红茶后，菲列特利加重重地叹了一口气。

“从今以后，一定得靠自己创造出自己的行动原理才行啊。我是这样，尤里安，你也是。”

“是啊，真是这样。”

巨大的真实感搭乘在一艘追忆往事的小舟上。杨生前，在他睡睡午觉、喝喝红茶、刷新立体西洋象棋连败纪录的间隙当中，究竟进行着多么庞大的知性作业呢？尤里安对这一点几乎要感到惊异。

关于杨生前的一切言行和思考，尤里安的脑海中有庞大的记忆，这些记忆已经不可能在量的方面有所增加了。年轻人必须将这些加以整理，进行系统化，当成他今后担负被赋予的责任时可以奉行的信条。

年轻的生命力与所感受到的疲劳，正在他的身心两方面争夺支配权。某一天，他机械地在餐厅独自吃完饭，忽然有个纸杯放到眼前。

“给你这个，喝吧。”

尤里安一愣。他简直不敢相信眼前的一幕。伫立在他视线中的竟是卡琳，也就是卡特萝捷·冯·克罗歇尔。纸杯里面盛满了介于黑色和褐色之间的液体，不同于咖啡和红茶的香气刺激着他的嗅觉。

“……谢谢。”

这一杯颜色难以形容的液体，它的味道更是难以想象。少女一直板着面孔注视着尤里安表情的变化。此时，她皮肤表面的薄冰好像融化了。

“这不是什么饮料，是药呀，当然不好喝。这是克罗歇尔家传的解乏药。原料和制法是秘密，有安神的作用。”

卡琳蓝紫色眼眸中绽放出来的光芒来回移动。伊谢尔伦现在的人口和三年前的“鼎盛期”比起来，仅有当时的五分之一，所以人影遮断视线的情况也减少了。

“机灵的人全都离开了，整个伊谢尔伦似乎都变得空旷起来。”

“可是你并没有离开呀。”

“真不凑巧，因为我呀，不喜欢搬家。而且我很敬爱菲列特利加·G·杨夫人，所以想留在这里帮助她。”

这表白让人听了十分舒服，比克罗歇尔家传的药更有效，尤里安的疲劳顿时像阳光下的霜一样快速消退了。

“不过，这是当然的吧。看到菲列特利加的身影，却不去帮助她的话，那还能算个女人吗？”

“男人也是一样啊。”

说完之后，尤里安心想这句话真是多余。不过卡琳并没有反驳的意思，反而选择了漠视的态度。她把手指顶在姣好的下巴上，说道：“菲列特利加有一年，而我的母亲只有三天，与她们的另一半在一起生活。”

卡琳好像无意谈论母亲的另一半，遂将话题放在菲列特利加身上。

“我曾经问过菲列特利加一个很失礼的问题，就是杨提督有什么地方吸引她。那时菲列特利加的表情别提有多得意了，她回答——等有一天，当你遇见一个满心想把被赋予的责任完成的男人时，你就明白了。”

卡琳的视线好像在鉴定美术品的真伪似的，倾注在尤里安身上。被鉴定的对象轻轻地耸耸肩膀，说：

“如果不用尽责任就行的话，我倒真想这样。可是，也没有一个人来替我。”

如果说是因为自己还没长大，或许是尤里安给自己过高的评价了。就算以完全成熟的才能来做他目前的工作，或许也只能做到这种程度。

“你好像觉得自己还不成熟，或许事实也是这样，但不成熟并不可耻。像我就会把不成熟拿出来卖弄，还过得很快活。”

卡琳轻轻地摇了摇淡红茶色的头发。她那蓝紫色的眼眸，就像从彩虹上截取下来的一部分，闪烁着美丽的光芒。

“不愧是先寇布中将的女儿啊。”

尤里安心里有一种奇妙的感受，不过没有说出口。是否可以将她表现出来的亲切当作是恒久的呢？不，原本连亲切都说不上。或许她眼前的态度只是妥协，抑或只是心血来潮？

“菲列特利加真的很伟大。但或许正因如此，男人就得意忘形了。我并不是指杨提督，但那种利用女人的宽容不负责任的男人是最差劲的。”

这些责问的矛头当然不是针对尤里安，但尤里安还是替当事人缩了缩脖子。如果是当事人的话，大概会嗤之以鼻，然后大言不惭地说些“如果想对男人说这说那，至少要先把一打的男人玩弄于股掌以后再说”之类的话。

在两人的背后有一盆观叶树的大盆栽，大盆栽后面有两个闲人，他们面前的咖啡杯已经空了，正通过换气系统的风捡拾着吹送过来的对话片段。奥利比·波布兰脸上挂着用一个“坏”字难以完全形容的微笑，远远地望着尤里安和卡琳的身影。

“哎呀，哎呀，这边的父女关系还没有修复，人家那边就已经和好了呀。什么都不做就会有漂亮女孩贴过来，尤里安的命运一定是从杨提督那边传下来的。”

“你还说呢，人家可只有一个女人。”

“只是忌妒是不行的，亚典波罗提督。关于女人哪，1 下面就是 0，没有什么小数点。”

“谁忌妒了？这世界上和你持不同价值观的人有的是。”

“是只把侠气和醉狂指向革命的人们吧？”

两个人顿时像年轻的食肉动物似的，露出笑容，不约而同地把视线转向尤里安那边，想再过过眼瘾。只是对方早已离开了，两个爱制造麻烦的人只好让视线流向虚空。

“嗯，怎么说呢？年轻人能不闹别扭地在精神方面茁壮成长，到底也是一件好事啊。”

亚典波罗也还处在被称为毛头小子的年龄，却一本正经地喃喃自语。波布兰也做出一副严肃的样子，赞同道：

“青春岁月中，如果只有革命的话，就显得太孤寂了。青春真是太好了。”

严肃与笑话就像是两条铁轨上的轮子，带领着伊谢尔伦快车，一天天快速奔向前方。

“关于我们自己的正式名称，如果定为共和国的话，与帝国政府之间的关系就没有修复和妥协的余地了。而且，国家、政府、军队这三者的关系也会变得过于复杂。有没有什么适当的名称适合我们这个小组织？”

菲列特利加这么一说，连先寇布、亚典波罗及波布兰这些平常反对太严肃的男人们，也都认真地思考起来。这大概是她担任主席以来最大的一件事。

不久后，波布兰那绿色的眼眸闪亮起来。

“伊谢尔伦公社，这个名称不错吧，简洁明了。”

一听到这句话，亚典波罗立刻叫道：“驳回！”

“为什么？希望你不要用贫乏的喜好来判定事情。”

“在革命史上，凡是命名为公社的革命组织全都在中途失败了。我可不想让伊谢尔伦成为民主共和政治的坟墓。”

亚典波罗意外地严肃起来，连波布兰也没敢再打岔。

于是众人都陷在思索的沉默中。不过，这沉默并没有持续太久。凯斯帕·林兹上校用冷淡的口吻接着发言了。

“只有名称标新立异并没有实质意义，而且杨提督一向讨厌这种事情。反正也不是永久的名字，就叫‘伊谢尔伦共和政府’，各位以为如何？”

虽然没有大多数人赞同这个提案，却也没有人反对，结果就采用了这个平凡无奇的名称。至于这个平凡无奇的名称能否在历史上永远留下迷人的光彩，就要视其今后的发展如何了。

只是从那个时候开始，为了容易区分它和艾尔·法西尔独立政府，这个组织就有了“八月新政府”乃至“八月政府”这些别称。

在主席菲列特利加之下，至少也要设置一些辅佐她的机构。决定这些事情也必须进行协商。后来就以自由行星同盟初期的组织作为参考，又召开了三次协商会议。

最后，共设立了办公厅、外交、情报、军事、财政、经济、工部、法制、内政九个部门。在这个小小的组织中，如果设立过多部门的话，也只是徒增麻烦。

所谓工部这个部门，不管在名称上也好，还是在管理内容方面也好，都是模仿帝国的工部而设定。借用好的东西时没必要忌讳，这是他们一致达成的共识。要塞内非军事的硬件设施能源，都由这个部门来管理。

部门诞生之后，就要设置责任人。目前，军事负责人就由军政和补给方面的权威卡介伦来担任，其他的人事任职暂时保留。尽管如此，尤里安并不太悲观。

跟随国父海尼森一起长征的人当中，连一个帝国的重臣、富豪或是知名人士都没有。这些在反专制的思想下，长期以来一直忍受虐待与压抑的默默无名的人们，熬过了长达半个世纪的苦难之旅，终于完成了建国大业。不仅是菲列特利加和尤里安，没有任何人从一开始就是大名鼎鼎的存在，就是拥有光辉业绩和荣耀的伟人。

“只把亚雷·海尼森和杨威利的肖像并排挂在总会场、中央委员会、主席办公室以及革命军司令部这四个地方，其他的公共场所则一律禁止，以免造成个人崇拜……”

菲列特利加的提案让尤里安脸颊上微微绽放笑容。他想起了当初杨和菲列特利加结婚时，杨板着面孔的样子。

“和国父并列在一起，杨提督可是会害羞呢。他会说身份不配的。”

“他希望的是在天上或来世的时候，都能好好地睡着。不过至少得让他看到他遗留的作品最后会有怎样的结果。”

就这样，宇宙历八〇〇年、新帝国历二年的八月八日来临了，这是杨离世后的第六十九天。

这一天，共和政府将正式发表成立宣言。菲列特利加·G·杨向陶制棺木中丈夫的遗体致哀之后，在尤里安·敏兹的伴随下，前往宣言仪式的会场。

“亲爱的，请在天上看着我好吗？”

菲列特利加一面在心里呼唤着先行离她而去的丈夫、两次改变她人生的男人，一面走上讲坛。几万名男女挤满了广大的楼层，将视线和热气全部集中在她身上。透过麦克风，她的声音将从宇宙的一个角落，向全人类宣告这棵幼苗的存在。

“我，菲列特利加·G·杨，代表所有支持民主共和主义之人的意愿，在此庄严宣告伊谢尔伦共和政府成立。自亚雷·海尼森以来，自由、平等和民主就是人类崇高的追求。为了实现这个宏伟的目标，人类进行了不屈不挠的战斗。今后，这种战斗仍将继续下去……”

她的声音并不大，也不高昂。因为菲列特利加呼吁的对象，严格说来只有一个人。她深深地知道自己只是个代理人。

“在这个不利而不幸的时刻，我要向保护民主共和主义幼苗的各位女士和先生致以深深的谢意，谢谢大家。并且希望在一切完全结束之后，我还能向各位说一声：辛苦了，谢谢您……”

在她的声音中断后，一瞬间，数万人形成的静寂充满了整个会场。接着，在尤里安·敏兹、达斯提·亚典波罗、奥利比·波布兰等人的带领下，众人开始高呼。

“伊谢尔伦共和政府万岁！”

“去死吧，莱因哈特皇帝！”

欢呼声与贝雷帽四处飞舞，无数只手臂伸向空中。

宇宙历八〇〇年、新帝国历二年八月八日，伊谢尔伦共和政府诞生了。帝国和它的人口比例为四百亿比九十四万，后者仅为全人类人口的四万两千五百分之一，但它仍然高高地举起了民主共和主义的旗帜。

罗严克拉姆王朝统治下的银河帝国仍然没有实现全宇宙的统一。杨威利的骤逝，对于罗严克拉姆王朝的统一而言，究竟会起到促进还是阻碍的作用？在活着的人当中，没有人能够预测。

图书在版编目（CIP）数据

银河英雄传说：全10册. 8，银河英雄传说 /（日）田中芳树著；蔡美娟，陈惠莉，郭淑娟译. -- 海口：南海出版公司，2022.1

ISBN 978-7-5442-9441-6

Ⅰ. ①银… Ⅱ. ①田… ②蔡… ③陈… ④郭… Ⅲ. ①幻想小说－日本－现代 Ⅳ. ①I313.45

中国版本图书馆CIP数据核字（2021）第231632号

Vol.7／怒涛篇

银河英雄传说

〔日〕田中芳树 著　陈惠莉 译

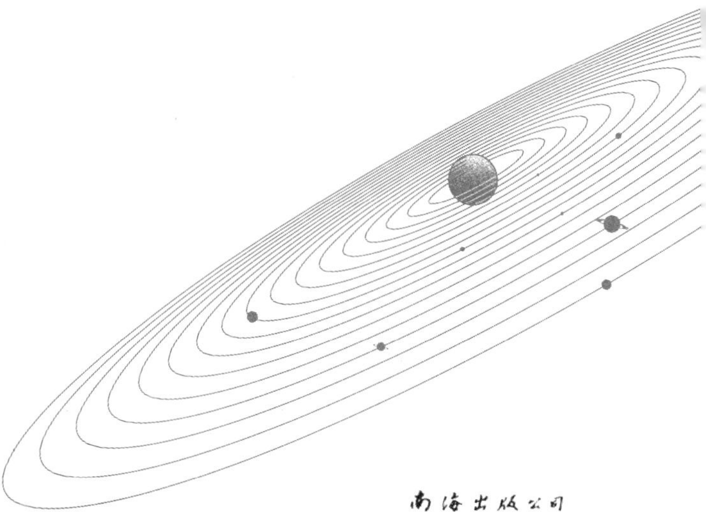

南海出版公司

新经典文化股份有限公司
www.readinglife.com
出　品

目录

“莱因哈特·冯·罗严克拉姆伯爵阁下！你爬得也太高了。从连一般平民都难以忍受的贫贱生活爬到这个地位，一定受了不少苦吧？”

“哪里，您这么客气，实在让在下不胜惶恐。侯爵阁下必然是能够理解我的，因为我人生的出发点就是阁下的终点了。”

这是旧帝国历四八七年一月一日，威尔罕姆·冯·立典亥姆三世侯爵和莱因哈特·冯·罗严克拉姆伯爵在新无忧宫黑珍珠室举行的新年庆祝会上的交谈。两天后，罗严克拉姆伯爵率领远征军朝伊谢尔伦要塞进发。

Chapter 1

黄金狮子旗下

1

银河帝国统帅本部总长奥斯卡·冯·罗严塔尔元帅为了参加御前会议，跨着大步迈进指定的会议室时，已经有两名同伴先到了，他们是军务尚书巴尔·冯·奥贝斯坦和宇宙舰队司令长官渥佛根·米达麦亚两位元帅。“帝国军三长官”难得地共聚一堂。

这三个人仅从外表来看，就构成了不同肤色的非凡三重奏。一个是头发半白、装着义眼、身材瘦削又面无血色的军务尚书；一个是有深棕色头发、黑色右眼和蓝色左眼，素有“金银妖瞳”之称的美男子统帅本部总长；最后一个则是有蜂蜜色头发、灰眼珠，个子较矮小的宇宙舰队司令长官。后两人不只是单纯的同僚，还是长久以来生死与共的好朋友。这三人都正值少壮之年。

宇宙历七九九年，新帝国历元年十月九日。

行星费沙刚开始成为银河帝国皇帝莱因哈特·冯·罗严克拉姆大本营所在地的历史。这一年九月，二十三岁的年轻皇帝放弃了有五世纪历史的帝国首都行星奥丁，把宝座移到去年还歌颂着治外法权之春的费沙。此时距他戴上皇冠还不到一百天。

抵达费沙后，皇帝莱因哈特把大本营设置于他加冕前在“诸神的黄昏”战役中充当临时元帅府的旅馆。不管是当时还是现在，这家旅馆在设施和格调上都没有太高的水平，它唯一的商业价值大概是和宇宙港及城市中心地带的联络很方便，这也是莱因哈特选定此地的理由。不过另一个原因，却是这位年轻貌美的征服者有和容貌及才能相当的实用主义精神。甚至连旅馆内他的私人房间中，都只有适合普通单身汉居住的摆设。

罗严塔尔进入的房间，也是谈不上豪华的普通会议室，家具的价格或许昂贵，却没有值得称道之处。只有一面墙上装饰的不久前才制定的罗严克拉姆王朝的军旗，在这毫无个性可言的旅馆一室中放出夺目的光芒。

以前，高登巴姆王朝的军旗是黑底配上金黄色的双头鹫。现在这面旗已经被废弃，取而代之的是罗严克拉姆王朝有金黄绲边和鲜红底色的军旗，置于中央的则是金黄色的狮子像。

这面极尽华丽的军旗被称为“黄金狮子旗”。从创意方面来说，它并没有什么独创性，之所以能让当世和后世之人有如此深刻的印象，是因为它象征着拥有这面军旗的金发年轻人，以及跟随他的诸位将官。

这个房间里的三位元帅就是所有将官的代表人物。他们的地位、功绩、知名度都紧随皇帝之后。奥贝斯坦身在总司令部和后方，其他两人则在前线参与无数战役，同时赢得同样多的胜利。尤其是被称为“帝国军双璧”的米达麦亚和罗严塔尔，和英年早逝的齐格弗里德·吉尔菲艾斯同为帝国军的常胜将军。正因如此，“疾风之狼”和“金银妖瞳”才分别以三十一岁和三十二岁的年龄登上了军人生涯的最高峰。他们的身后不乏跟随者，却没有人能超越他们。

罗严塔尔朝着先到的两个人行注目礼，坐了下来。这是正式场合，他断不能无视一向不和的军务尚书，只顾和密友米达麦亚谈笑风生。意气用事更适合其他的机会和场所。

“陛下什么时候到？”

罗严塔尔问道。不过，这只是形式上的发问。待他的密友回答“大概快了吧”之后，他又把话头指向军务尚书：“陛下叫我们来是为了什么？”

“或许是为了雷内肯普的事吧。”

这确实是重要的事。

“对了，舒坦梅兹提督发来了一份报告。”

“内容如何？”

奥贝斯坦用义眼看着发问的罗严塔尔和身子微微前倾的米达麦亚，回答道：

“雷内肯普已经命丧黄泉了，遗体这几天就会送回来。”

军务尚书提到了驻扎在自由同盟领土正中央的干达尔星系乌鲁瓦希行星上的一级上将的名字。今年七月，驻同盟的高等事务官菲尔姆特·雷内肯普一级上将被同盟军的“不法分子”强行绑走，舒坦梅兹不断和这个“犯罪集团”及同盟政府进行交涉。

“啊，果然……”

这并不是意料之外的事。接获雷内肯普被绑架的消息后，大家都认为他生还的机会几近于零。这是在动乱时代选择动乱人生的人们特有的嗅觉，也是一种常识。

“那么，雷内肯普的死因是……”

“自缢。”

军务尚书的回答极为简洁，声音也极其低沉干涩，但是对听的人来说，却有一股难以言喻的渗透力。两位沙场上的名将无言地以三色的眼睛对视着。有充满活力的灰眼珠的米达麦亚歪着头说道：

“那么，雷内肯普的死不能归咎于杨威利？”

米达麦亚与其说是在询问，不如说是提出了更深层次的问题。对于今后军事上的决定和行动，他必须了解皇帝莱因哈特和军务尚书的意思。

“如果是处于顺境，雷内肯普断无自杀的理由。很明显，事情演变成这样，杨威利要负一部分责任。更何况他也不作辩解，现在还在逃亡，问罪于他是无可厚非的。”

“杨威利”这个名字对同盟军和帝国军而言，都有不可轻视的意义。他在同盟军的提督中享有不败盛名，在同盟屈膝于莱因哈特之后便退役，过着退休生活。雷内肯普以前在战场上曾两次败在杨的手下，他不仅难以忘记这种屈辱，而且也无法释怀。或许他是在监视杨的一举一动，却仍然找不出任何疑点的情况下想逮捕杨，却遭到了难以反抗的袭击。

事情尚未表面化，所有细枝末节都只能靠推测。但是，败北的重担干扰了雷内肯普的判断力也是不争的事实。他被赋予了超过自身能力的职责，这似乎成了皇帝莱因哈特在人事上极其罕见的失败例子。

米达麦亚交抱着双臂。

“雷内肯普是个对部属极其公正的男子汉。”

“很遗憾，杨威利不是他的部属。”

雷内肯普的缺点在于缺乏对敌人的宽容，思想僵硬，这是不容否认的事实。罗严塔尔和米达麦亚都不无哀悼同伴的心情，但事实上，他们对敌手杨威利的评价原本就高于对那个不幸同伴的，如果发生了和现在相反的情况，他们或许会觉得很失望。关于这一点，两人都有共识。不过，还有一个人——军务尚书奥贝斯坦，他的心情令人难以捉摸。

以前莱因哈特曾感佩于杨的力量，有意要杨加入帝国军的阵营，或许直到现在也没有完全死心。知道主君这种心意，米达麦亚和罗严塔尔都深表赞同，但奥贝斯坦却极为有礼又态度强硬地持反对意见。当时奥贝斯坦认为，如果非要杨加入帝国军的阵容，就一定要他遵守某些条件。

“当时你提出的究竟是什么样的条件，我实在很有兴趣。”

“你想听吗，罗严塔尔元帅？”

“不，不听我也知道是什么。”

“哦……”

“你的意思是让杨任旧同盟领地的总督，支配他的祖国，并让他去讨伐以前的同僚？”

奥贝斯坦只是一味地拨弄着两手的手指，脸上的肌肉和声带似乎连动都不想动。

罗严塔尔用金银妖瞳的锐利眼光，凝视着奥贝斯坦的侧脸，微微翘起嘴唇的一角。

“亏你想得出来！试炼人心比让人才集中在陛下的身旁还重要吗？”

“集中人才固然重要，但是认清这个人值不值得信赖，不就是我们的责任？”

“难道每一个在陛下身边的人都得接受你的审问吗？很好！那么，请问又该由谁来确认审问者是公正且忠于陛下的呢？”

面对如此苛刻猛烈的讽刺，义眼军务尚书至少在表面上是漠然以对的。

“让你们来执行如何？”

什么意思？罗严塔尔不是用声音，而是用他那两只颜色不同的眼睛质问道。

“姑且不论制度，帝国的兵权其实是在你们两位手上。如果你们发现我有任何不轨行为，一定有办法将我绳之以法吧？”

“军务尚书似乎有所误解。”

罗严塔尔的声音中，露骨的反感已经达到饱和状态。米达麦亚勉强咽下自己即将爆发的怒气，担心地看着亲密的朋友。凭着十年来的交往，米达麦亚知道罗严塔尔不是一个易怒的人，但是常常在言语上有过激的反应。

“误解？”

“我是指关于兵权的归属。在我们罗严克拉姆王朝中，兵权是由皇帝莱因哈特陛下全权掌握的，我或米达麦亚司令长官都只是陛下的代理人。军务尚书的说法，似乎有意唆使我们将兵权纳为己有……”

这种说法倒像是奥贝斯坦惯有的辛辣言论。军务尚书的义眼中常常闪着冷漠的光芒，一旦抓住辩论对手的弱点，就说出让对方满脸通红、无言以对的狠话。尽管现在处于防御的立场，奥贝斯坦仍然冷静异常。

“这真令我感到意外。如果以你的论调来看，那么我对陛下而言是不是公正，似乎打一开始就无须你劳心。我的公正只要陛下来判断就可以了。”

“这是诡辩！”

“你们还不停止吗？”

米达麦亚用左手手背敲了一下桌子，大喝一声。军务尚书和统帅本部总长于是结束了规模虽小却极为激烈的唇枪舌剑。低沉的呼吸声很难判断是发自何人，但是一瞬之后，罗严塔尔重新把身体深深埋进沙发中，奥贝斯坦则站起来，消失在洗手间里。

米达麦亚用一只手拢了拢不太整齐的蜂蜜色头发，故意揶揄了几句。

“原本以为和军务尚书斗嘴是我的工作，没想到这一次竟然由你出头了。”

密友一说，罗严塔尔只能苦笑。

“别讽刺我了，米达麦亚，我也知道刚才的举动太孩子气。”

事实上，他知道自己无奈地被战斗的情绪控制着，这是被奥贝斯坦的冷漠刺激后一时失去理性所致。

米达麦亚似乎想说些什么，却又有些犹豫，这并不像他的作风。这时，奥贝斯坦脸上如同披着一层灰幕，回到室内。空气中似乎回荡着一股微小的电流，但这种不愉快的沉默并没有持续太长时间。在空调微风的吹拂下，他们的皇帝金发飘逸，修长的身躯裹在黑银两色的军服中，翩然而来。

2

“皇帝用他的生命和生涯来表现自己。他是一个诗人，一个不需要语言的诗人。”

这是有“艺术家提督”之称的梅克林格一级上将对年轻主君的评语，大概也是跟随在这个年轻霸者身旁的勇将一致的想法。连那些不去深思时间的大河将流向何处的人，也不怀疑这一点——跟随这个年轻人，自己也会名留青史。

“高登巴姆王朝盗取了宇宙，而罗严克拉姆王朝征服了宇宙。”

部分历史学家的评语虽然不一定公正，但和即位前的政略与即位后的弹压大相径庭、反历史轨迹而行的鲁道夫·冯·高登巴姆相比，莱因哈特的霸业的确充满了激发人们浪漫心态的光彩。

自从十五岁上战场以来，莱因哈特大概把七成的时间都奉献在军神的祭坛上。他在战场及相关领域无可匹敌的成功，都是靠智略与勇气缔造出来的。以前批评他为“骄傲的金发小子”的人，不禁对胜利女神明显的偏爱咒骂连连。然而，莱因哈特只是命令女神交还与他力量相符的战果，从不曾依赖女神的垂怜。

莱因哈特已经证明他是屹立于历史上的名将，但他是否是位明君，尚待时间考验。

他在担任旧银河帝国宰相时进行的各种政治与社会方面的改革很值得赞赏。历经五个世纪之久、沉淀于历史底部的腐败和颓废几乎被他一扫而空，特权阶级也因此被放逐到时间的坟墓中。大概没有其他的统治者能像他一样，在短短两年内达成那样庞大的业绩。

但对明君而言，最大的课题其实是如何维系明君的声名不堕。以明君之姿出现，还能不以昏君或暴君之姿收场者，实在是少之又少。一个君主在接受历史的审判之前，必须先承受住自己精神上的衰弱。立宪君主可以把一部分责任交给宪法或议会，但是一个专制君主能够依靠的，只有他的才能、度量及良心。作为一个统治者，如果打一开始就欠缺责任感，或许还比较容易收场，倒是那种想当个明君却屡遭挫折的人，往往会成为最坏的暴君。

莱因哈特不是高登巴姆王朝的第三十九代皇帝，而是罗严克拉姆王朝的第一代皇帝。在继任者还没有诞生之际，他应该也算是唯一的皇帝。现在，“新帝国”不是依赖传统和制度，而是靠着至尊者个人的力量和人格耸立于历史的激流中。在一般人看来，军务尚书奥贝斯坦着眼之处，便是这一基础太过脆弱，必须利用制度与血统使王朝永固。

皇帝莱因哈特已经知道雷内肯普的死讯，但他听完军务尚书重新整理过的口头报告时，仍然短暂地沉默了。说起来，当情绪低落下来时，这位眉清目秀的年轻人看来并不像病人或死人，倒像用水晶雕刻而成的雕像一样，显得有些缺乏生机。不久后，雕像发出了声音，让他看起来恢复了不少生气。

“雷内肯普并不是有着完美人格的人，但他也不是罪大恶极，不该被逼着走上如此绝路。朕深表遗憾。”

“那么陛下，应该归罪于什么人呢？”

罗严塔尔冷静但尖锐地问道。他无意批评莱因哈特。身为统帅本部总长，罗严塔尔必须了解皇帝想把罪过委至何人身上，好准备动员帝国军。是要追击逃亡中的杨威利呢？还是以不但昏庸无能，甚至使事态恶化的同盟政府疏于履行《巴拉特和约》为由，对其发动攻击？或是反过来要同盟政府去打击杨？不管是哪一种判断，都已经超出纯军事的范围了。

同时，罗严塔尔心中有一种期许，希望年轻的主君能给他一个不凡的答复。对聪明敏锐如他而言，这也是一种难以解释的心态。当高登巴姆王朝的权力结构看起来还是屹立不倒、坚不可犯的时候，罗严塔尔就和密友主动投效到莱因哈特麾下。他们把自己的未来全都交给了这个只有二十岁，又没有门阀贵族背景的年轻人。这个正确选择现在似乎有了回报，罗严塔尔以三十二岁的年纪就登上了帝国元帅、帝国军统帅本部总长的宝座。当然，他也具有足以与地位相符的才能及功绩。他在战场上立下了无数武勋，对罗严克拉姆独裁体制与王朝霸权的建立有极大功劳。

在此期间，他在战场以外的场所也建立了巨大的功勋。两年前，时值利普休达特战役的末期，身为莱因哈特“半个自己”的齐格弗里德·吉尔菲艾斯为了保护挚友免遭暗杀者谋害而牺牲。莱因哈特因为这场巨大的冲击以及随之而来的悲哀，几乎陷入人格崩溃的绝境。罗严克拉姆一派在取得绝对胜利之后，却面临最大的危机。当时，他们采用了奥贝斯坦辛辣的策谋，展开打倒敌人立典拉德公爵的行动。这一行动的主导者便是罗严塔尔和米达麦亚。如果只有奥贝斯坦提出这种做法，恐怕是无法推动其他提督的。由于在这次行动中的决断力和指挥力，“帝国军双璧”如同一对宝石，确立了自己光辉耀眼的地位。

这些行动与功勋都令莱因哈特·冯·罗严克拉姆巨星般的光芒更为耀眼。关于这一点，罗严塔尔并没有任何不平。他心灵深处失衡的部分，只有在巨星的光芒出现阴霾的时候，才会激烈地动摇。这或许是因为罗严塔尔希望自身忠诚的对象是个完美的人。

不管是出于他的自负还是客观的评论，罗严塔尔的才能和气度都远远超过高登巴姆王朝历代的皇帝。而要统御这样的他，必须要具备凌驾于他之上的才能、宽大的器量及深沉的性格。

他的密友渥佛根·米达麦亚一向以单纯明晰、一以贯之的生存方式要求自己。罗严塔尔对其正确的选择敬重有加，但是，他也知道自己是不可能追随其后的。

莱因哈特应该也洞察了统帅本部总长那简短的质问中，隐藏着被压抑的汹涌心潮。年轻的皇帝不耐烦地拢起覆在白皙前额上的头发，顿时，室内闪烁着金黄色的光芒。

这当然是无意识的动作。在他的生涯中，他从来没有以自己的美貌作为武器。不管他的美貌是如何出众，他在这方面也没有任何贡献，功劳应该归于他憎恶的父亲，还有与亲爱的姐姐相比之下，在他的印象中显得极淡薄的母亲的血统。因此，美貌并非他想夸耀的重点。尽管抱持这样的态度，他那令雕像也不禁黯然失色的美貌与华丽的动作，却让旁人不得不发出赞叹之声。

“与其惋惜去年的葡萄酒不好喝，不如好好地研究今年种的葡萄的品种，或许更有效率。”

这个回答似乎有避开主题之嫌，但罗严塔尔并没有不快。莱因哈特的才华和智略从来不会让他感到不快。

“朕倒是想趁这个机会，利用杨威利和同盟政府之间的间隙，把那个异才纳到朕的麾下来。军务尚书认为如何？”

“应该可以。”

年轻皇帝长长的睫毛间闪烁出意外的神色。奥贝斯坦用他的两只义眼凝视着皇帝，慢慢地说道：

“但是，得让杨威利切断自由同盟的命脉，这是条件。”

莱因哈特微微扬了扬那像是用古典派画家的笔细致地描绘出来的眉毛。米达麦亚和罗严塔尔不禁咋舌，无言对视。没想到军务尚书竟公然提出刚被统帅本部总长批判的方案。

“杨威利如果臣服于陛下，就必须抛弃他以前所属的国家，否定他以前战斗的理由。抹杀任何会让他日后三心二意的要素，这也是为他自己好！”

“……”

“但是，下官不认为他会做出这样的事情来……”

莱因哈特坐在沙发上，跷起那双修长的腿。他把手肘靠在扶手上，能穿透人心般的锐利眼神投向军务尚书。

“杨威利不可能服从朕，这就是你想说的话？”

“是的……”

军务尚书冷然地避开了可能会被误解为“主君的才能不足”的答复。他的大胆或者该说是迟钝，连极讨厌他的两位元帅也不得不为之侧目。

“再说，就算杨威利愿意臣服于陛下，陛下拿什么样的地位和职责来回报他呢？如果安排的地位过低，可能会引起他的不满；如果过高，也可能引起其他人的不安。”

他虽然没有把话说明白，但听得出，他的意思是一旦杨成了皇帝的臣下，就必定会成为米达麦亚和罗严塔尔的竞争对手。杨有可能凌驾于他们之上，统合旧同盟的势力，稳坐第二把交椅。

第二把交椅是必须要排除的。因为罗严克拉姆王朝的开创者莱因哈特不是在一代，甚至可以说是在半代之内急速发展起来的，主君和臣下的关系尚未制度化，传统也没有确立。足以取代第一位的第二把交椅是不能存在的。不管是罗严塔尔也好，米达麦亚也罢，对自己身为莱因哈特·冯·罗严克拉姆个人的臣下、罗严克拉姆王朝的朝臣一事，意识大概也很薄弱。更何况抱着彼此并不是君臣而是盟友关系的想法，君臣的秩序就更难以维持了。只有组织化、传统化的忠诚心，才是使罗严克拉姆王朝永续的要素。所以，目前莱因哈特与朝臣的关系不是“皇帝和朋友”，而是“皇帝和臣下”，这应该是唯一的关系。

“……朕知道了，杨威利的事情就先搁置吧。”

莱因哈特并没有说他已经完全死心，或许是让自己不要再紧紧追问吧。奥贝斯坦也沉默了。

“尽管如此，连一个杨威利都容纳不下的民主政治，不是显得太褊狭了吗？”

莱因哈特心里想着，不觉说出了口。渥佛根·米达麦亚有了反应。

“话是没错。但是陛下，问题不在制度本身，而是在运用制度的人。陛下的英才也不见容于高登巴姆王朝呀。请陛下想想不久前的例子。”

“没错，的确是这样。”

莱因哈特苦笑着，端丽的脸上已经失去了那股热情。罗严塔尔看了他一眼，问道：

“那么，陛下，应该怎么做呢？要趁着雷内肯普死亡之际，一口气并吞同盟所有的领土，还是要暂缓脚步？”

“帝国军全力出动，快刀斩乱麻也可以。但是，那些共和主义者们正热情地狂舞着，我们不妨就先站在高处看他们张牙舞爪，直到他们疲累为止。”

莱因哈特似乎有意控制自己的霸气似的，如此说道。三位元帅都有些意外。难道光是把大本营移到费沙，就能满足皇帝的雄心吗？皇帝那只白皙的手，此刻正把玩着垂挂在胸前的坠饰。

年轻貌美的皇帝闪着金色光辉的头发上方，呈现出同样色泽的狮子无声地咆哮着。三位元帅同时朝着新军旗和皇帝行了一个礼。每个人眼中怀着不同的感怀与思绪。这时，对着正要退出的三位元帅答礼的莱因哈特，表情中微微闪现出焦躁和不安的阴霾。

罗严塔尔元帅的副官艾密尔·瑞肯道夫少校等候在室外，有几件统帅本部的事务有待上司裁决。结束了御前会议，金银妖瞳的年轻元帅退出室外，和蜂蜜色头发的密友轻轻地打过招呼后，便往走廊上走去。罗严塔尔接过部下呈上来的文件，快速地看过，然后下达指令。他那明确但略带机械性的语气让副官觉得有些异样。副官看着上司，然而，罗严塔尔心灵的悸动哪是一个外人能看透的？

……皇帝，请不要给我反抗的空隙！我一直把你选为历史的舵手，拥立你，以你的军旗为荣耀。请不要让我后悔自己的选择。你应该随时随地走在我的前头，而且必须永远散发出傲人的光芒。消极或安定岂是你的光源？

无人可以匹敌的霸气与行动力，才是你真正的价值所在啊……

3

皇帝的首席秘书官希尔德，即希尔格尔·冯·玛林道夫理所当然地跟着莱因哈特来到费沙。她的父亲——国务尚书弗兰兹·冯·玛林道夫伯爵则留在原来的帝都奥丁处理国事。皇帝和内阁首席成员距离数千光年之遥，再怎么运用超光速通信，也实在难以将国事处理得如预期般顺利。但这只是暂时的权宜体制，不久后，国务尚书应该也会跟随皇帝来到费沙。情势无法逆转，奥丁已经不可能再成为帝国的中枢了。

希尔德一方面辅佐莱因哈特处理政务，另一方面也为他分析急速大幅转变的情势。雷内肯普的妄为和同盟政府的昏庸迫使杨威利自立，构成现状的军政要素当然也更加复杂了。任何一小撮集团势力都让人无法安心。因为不管是罗严克拉姆王朝还是自由行星同盟，都是由一滴水渐渐汇聚成大河的。

A. 新银河帝国，即罗严克拉姆王朝

B. 自由行星同盟的现有政权

C. 杨威利的独立势力

D. 费沙的旧势力

E. 旧帝国，即高登巴姆王朝的残余

F. 宣布独立的艾尔·法西尔

稍微想了想，希尔德又添加了第七项。

G. 地球教的残余

或许是自己疑心过重吧。希尔德若有所思地把视线投向桌上的小镜子，试着眯起一只眼睛。一扮出这个表情，留着短发、像个美貌男孩的伯爵千金看起来就更像个少年了。

希尔德耸了耸一边的肩膀，将两只手高高举起做深呼吸。她充满活力的脑细胞偶尔也需要休息。

说起来，古往今来的政治形势都很单纯明快。半世纪前，帝国和同盟的刑警还曾经合作破获过麻醉药贩卖案件。尽管当时没有尝试第二次，但只要双方的首脑部门同意，这种合作也不是不可能。然而现在，人类世界分裂出来的每一个细胞似乎都挥舞着对自己有利的字典，尝试告诉他人什么是真正的正义。

希尔德所属的阵营握有的字典应该比别人的厚。但是，莱因哈特在过去就不曾屈服于大贵族手中的金边字典。而在与他为敌的阵营中，又有谁能无视以前那个莱因哈特呢？

希尔德重新看了看从A到F的各个势力，发现每一个势力或多或少都有一些弱点。D和G失去了根据地，没有正式的武力。B和E则欠缺人才。F软弱无力一如婴儿。A和C则完全取决于统率者个人的力量，如果失去统率者，组织本身可能会面临解体的命运。希尔德只要一想到今年五月的巴米利恩会战中，没有后继者的莱因哈特如果真的被杨打倒，会造成怎样的后果，就不寒而栗。

最值得警惕的是B、C、D和F的结合，也就是以杨威利的威望为核心，集结同盟军和费沙的反帝国分子。军事力量和经济力量一旦结合产生化学反应，或许就会引发诸如一点毒烟击倒一条巨龙之类的事态。即使是杨自己，也不会认为只凭着单薄的军事力量就能打倒莱因哈特。如果杨真的这样想，他就不会是那么可怕的人物，而只是个沉醉于英雄式自我陶醉的精神病人罢了。

“假设杨威利能打倒皇帝，他对日后会有什么展望吗？”

这个疑问盘踞在希尔德胸中。她虽然不能透视宇宙的一切，但以她极其正确的分析能力，足以洞察杨的行为不是根据计划而行的，而是以紧急避难为主。看他在巴米利恩会战中的表现也能明白这一点。民选政府发出的命令，对他而言就如同神明的托付。

希尔德对杨威利也有很大兴趣。在希尔德眼中，杨的才能和性情差距太大了。他虽然具有极高的处理现实问题的能力，但他本人却似乎很厌烦这种事情。希尔德可以想象得出，杨失望地望着年纪轻轻就成为整个国家中最重要人物的自己，是何等景象。

巴米利恩会战结束之后，为了和莱因哈特会面，杨被请到莱因哈特的爱舰伯伦希尔上。希尔德从亲卫队队长奇斯里准将等人那儿听说，杨看起来根本不像一个把无数功勋写满履历书的人。与其说他像一位元帅或司令官，倒不如说更像个精神孱弱的年轻学者。但是，他虽然只身来到敌舰，却丝毫没有畏惧的样子。或许这微妙之处就是杨真正的价值所在。

如果杨威利这个有些许特异性格的人不在了，同盟军的武力和费沙的经济力也就失去了联合的媒介。果真如此的话，帝国军就势必要各个击破蠢蠢欲动的大小势力，会在无形中增加不少麻烦。

连极其英明的皇帝莱因哈特，在这几个星期处理问题时，也难有干脆的决断。

“不知道陛下到底怎么想？”

希尔德对年轻皇帝的才能没有丝毫怀疑，令她担心的是皇帝的精神。莱因哈特的精神之线是由强韧的超硬度钢和纤细的银线搓捻而成的。在战场上，经常是由前者发挥机能，让莱因哈特不败的神话延续下去，在处理行政时也是如此。但是，意欲完成历史上无人可比的霸业的年轻人，其精神基调却是由银线编织成的。莱因哈特内藏的火焰虽然熊熊地燃烧着，但激烈的火焰不是更容易烧尽吗？这种恐惧在聪明的伯爵小姐脑中投下了一大片阴影。

4

皇帝莱因哈特转移大本营到费沙，对新帝国的技术官员而言是一种颇具魅力的兴奋剂。少壮派官员席尔瓦贝尔西身兼工部尚书与帝国首都建设长官之职，住在大本营附近的旧大楼里，不分昼夜地执行着任务。只有一个星期的病假是例外。

工部的副长官是一位叫古尔克的中年官僚政治家，他被公认为足以承担职务。但在席尔瓦贝尔西请病假期间，古尔克虽然勤奋不懈，却还是延误了工作。他看见销假回来上班的工部尚书立即投入工作，开始处理事务时，顿时丧失了自信，向皇帝提出辞呈。年轻貌美的皇帝很意外地对等着被呵斥为“无能者”的副长官露出了笑容。

“副长官的职责就是辅佐尚书的工作。如果你的才干凌驾于席尔瓦贝尔西之上，当尚书的就是你而不是他了。你很谦恭，又了解自己，这就够了。”

由于皇帝的意向如此，古尔克得以继续担任工部副长官的职务。莱因哈特虽然没有说出口，但确实没有让工部巨大的机构和权限永续下去的意思。他打算有朝一日，等国家机构和社会体制稳定后，就把公营企业部门委交给民间，以缩小组织。在创业和扩充时期，的确需要像席尔瓦贝尔西那样的异才，但在要缩小组织的安定时期，反而需要像古尔克这样坚忍踏实的人。在皇帝的眼中，古尔克像一种计量器，只要削减掉他手上过多的权限，就剩下适当的规模和权限了。

莱因哈特在人事的任免上，虽然还是有像任用驻同盟高等事务官雷内肯普一级上将一样失策的时候，但因他的宽大和见识而成功的例子远比失败的例子多。连皇帝也认同为异才的席尔瓦贝尔西计划从自己庞大的能量中腾出一部分，把行星费沙变成全宇宙的中心。

他作为罗严克拉姆王朝，不，作为人类宇宙史上第一位工部尚书，已经名留后世了，但他依然想用金黄和猩红把自己的名字装饰得光彩夺目。只要行星费沙存在于宇宙当中，他的名字就不会被遗忘。

另一方面，费沙人的心情总是难以平静。以前曾属于他们祖先的行星，先是被帝国占领，现在更是被生吞活剥。有人甚至想粗俗地开玩笑说“下一步就剩被排泄的份了”，却没有说出来。这证明了费沙人深刻的失败感。原本他们竭尽全力利用费沙处于帝国与同盟两大势力中间的地理条件，努力用财富和权谋支配宇宙，但是现在，一切已成泡影。

“文明人的智慧输给了野蛮人的臂力。”

也有人这样说，但只是被迫承认败北后的自我怜悯，因为事前他们并未洞察对方有诉诸武力的迹象。

“左看右看，都是帝国那些令人不愉快的面孔。”

“尽管如此，一年不到，情况好像在急遽地变化啊！”

在费沙人交换着感慨的视线当中，帝国军黑银搭配的制服却日日在增加，整个大气似乎有一半是为了提供给他们呼吸的。

大半的费沙人并没有对皇帝莱因哈特抱有好感的理由，但尽管不情愿，他们还是对其构想力、决断力及行动力大加赞赏。这种感觉或多或少掺有某种不纯的因素。如果咒骂莱因哈特是个无能的人，那被一个无能者打败的自己岂不是掉进了污名的深渊？原本应该具有绝对优势的经济力量，在武力面前毫无作为，原本由其独占的情报也没有带来任何益处，就被帝国军之手攫取。富于智谋的费沙人一向住在保守世界观的温室中，直到温室被金发的年轻人敲破，他们才知道玻璃的脆弱。

不管怎么说，皇帝莱因哈特正在创造历史，这是毋庸置疑的。同时，身为费沙人，他们不能不关心在这个正在建造的豪华历史舞台上，自己到底在扮演什么样的角色。

也有人在积极地展望并付诸行动。原本费沙人的长处就是在被赋予的政治环境中获取最大的利益。原来的费沙也不是人人平等的天国，有中小商人在挥舞着既得权益的富商横暴的压榨下哭泣，也有人因生意失败家破人亡。对这些人来说，莱因哈特的征服带来的时代激变是打响复活战的唯一机会。他们努力寻求征服者的欢心，为了军需品的筹集、士兵宿舍的建设四处奔走，提供经济及交通、地理、民众情绪等相关情报。年轻一代对长老们的反感和对年轻征服者的支持更是与日俱增，而帝国政府也有意对费沙的年轻人以礼相待。双方开始穿上冰鞋，朝着共存的道路飞奔。

5

进一步摇撼众人脚步的巨大变动，发生在十一月一日。

这一天，菲尔姆特·雷内肯普一级上将的秘密葬礼正式举行。军务尚书奥贝斯坦元帅担任治丧委员长，皇帝莱因哈特和政府及军部的高级官员都列席了。但和亡者的地位相比，葬礼却显得过于简陋。关于这位高级官员的死是否要公开一事，帝国政府方面尚未接到皇帝的裁决，而且亡者的死因也和前年去世的坎普提督不一样，是极不光彩的自缢，所以列席的提督们很难为他的死激发昂扬的战意。

有砂色头发和砂色眼睛的奈特哈尔·缪拉对邻座的米达麦亚低声说道："这么说来，雷内肯普提督没有办法晋升为元帅了？"

"因为他不是战死的。"

"即使是殉职也不行吗？"

米达麦亚无言地点点头。正如缪拉所说的，雷内肯普确实是殉职，但是其中的罪过却多于功绩。或许由于他擅离岗位，帝国政府根据《巴拉特和约》建立和整备新秩序的过程又要多费些时间了。即使这只是暂时的假象，却使正在浮上水面的和平时代因为雷内肯普的拖累，再度沉没于罪过的深渊。他难逃其咎。

在葬礼前，一位隶属雷内肯普舰队的少将恳求米达麦亚：

“下官在雷内肯普一级上将手下服役五年。或许他多少做了无法通融的事，但他的确是我的好上司。请您请求皇帝下令进行复仇之战！”

米达麦亚也很理解少将的请求。但如果让他说实话，雷内肯普仅止于少将或中将的地位，对他和别人而言可能都比较幸运。人各有才，而且在才能的多寡与形式上相差了十万八千里，譬如一位优秀的舰队指挥官不一定是个优秀的事务官。看错这一点，或许是皇帝的失误，但旁人也不能否认这是雷内肯普贬低自身价值的结果。当然，他辜负了皇帝的期待，破坏新王朝的权威，罪过也不小。

因此，雷内肯普不值得晋升为元帅。皇帝莱因哈特不给他元帅的封号，于情似乎过于严苛，但于理是正确的。如果皇帝碍于情面给雷内肯普“元帅”的封号，就等于造成双重的错误。第一次错误是不能用第二次错误来纠正的。

授予臣下高位并不一定是好事。如果说贤帝马克西米利安·由谢夫二世的继任者考寇涅尼亚斯一世有些许缺点而不足以称为明君的话，那么罪不在才能或功绩，而在他给臣下滥颁元帅封号，甚至连小舰队的指挥官都手执元帅权杖。在征服自由行星同盟失败之后，或许是有所觉悟，他至死都没有再给过臣下元帅封号……

米达麦亚想转移话题，灰色的眼睛看着眼前的同僚。

“对了，怎么样？乘你那艘新旗舰的感觉如何？”

“棒极了！”

缪拉避开四周可能投射过来的异样眼光，回答道，脸上微微泛着喜悦的光芒。

罗严克拉姆王朝建立后，兵工厂最先造好的战舰是帕西法尔，而蒙皇帝下赐此舰的便是奈特哈尔·缪拉一级上将。他在巴米利恩会战中解救主君莱因哈特于危急之时，在激战的旋涡中三度换乘战舰，充分表现了勇敢善战的特性，也因此以“铁壁缪拉”之名广为敌我双方熟悉。就连因为他无法大获全胜的敌手杨威利，都赞扬他是一代良将，缪拉遂继“帝国军双璧”之后名扬于世。然而，他并未因此而骄矜，在同僚间依然保持着最年轻者应有的诚实态度。

想进一步回答米达麦亚的缪拉，砂色的瞳孔中映出了一个新的人影。皇帝莱因哈特的次席副官正弯腰挨近两人身边。

迪奥多·冯·流肯已晋升为少校。前些日子，在邱梅尔男爵府邸中发生暗杀皇帝未遂事件时，他成功地射杀了罪犯集团中的一员，因而受赏。和皇帝同龄的他，在说话方式上和主君有些不同，仍有未脱的稚气，看来就像军官学校中生疏局促的低年级学生。

“请元帅和各位一级上将到十六楼的花岗岩室集合。皇帝陛下想听听各位的意见。”

关于谈话的内容，流肯不可能知道，所以米达麦亚也没有问。他的脑海里浮现出前些日子在御前会议中，皇帝难以做出决断和选择的身影。

花岗岩室不像个会议室，倒像个宽广的沙龙，提督们的咖啡已经准备好了。

“难道皇帝要亲征？”

弗利兹·由谢夫·毕典菲尔特一级上将自言自语。然而同僚们都知道，他不是在发问，而是在心中如此期待。毕典菲尔特是最强烈地表现出新王朝武断性格的人，他自己也承认这一点。他那淡褐色的眼睛兴味索然地环视着室内的装饰。

“陛下希望有敌人存在。他是一个为作战而生的人，但战争又结束得太早了……”

奈特哈尔·缪拉这样想。他自己也是个军人，还不到厌战的年龄。如果说他对充满荣光的年轻皇帝除了尊敬之外，还有些怜悯的话，或许会显得不敬。然而，他也亲眼看到了吉尔菲艾斯提督死亡时，莱因哈特悲痛的模样。

“陛下迁都到费沙固然好，可是对于军制改革，我总有些不安。在军事力量上，还是采用中央集权为宜。如果给每一个军管区兵权，一旦中央的统制力衰退，不就容易形成割据吗？”

留守在奥丁、身居后方总司令官要职的梅克林格一级上将曾这样对缪拉说过。皇帝莱因哈特虽然年轻，充满了生命力与可能性，但是天才或英雄都难免一死。一个人活在世上时价值越大，死后留下的空隙也就越大。这是梅克林格的担心，但缪拉还不至于如此悲观。从年龄上来看，梅克林格和缪拉都会比皇帝先走一步，以后的课题就交给后世的人去烦恼吧。

他把咖啡杯拿在手上时，耳边传来“帝国军双璧”的小声交谈。

“那么，同盟政府或军部对这次的事件采取怎样的应对措施？”

“一片混乱而已。”

同盟军部目前的混乱无序尤为明显。关于雷内肯普事务官横死与退役的杨元帅失踪，同盟政府都还没有发表正式的声明。他们把前者的责任归咎于帝国政府的秘密主义，至于后者，则强辩不可能知道一个平民的动静。结果整个事态变得越发混乱。

“事已至此，只能看作同盟政府已经失去统治能力。一旦盖子松了，煮沸的汤就会喷出来，接着肯定是一场混乱。”

毕典菲尔特把咖啡杯一下子放回桌上，加入了他们的谈话。

“那么，不是应该由我们去松掉盖子吗？同盟政府的混乱就是大神奥丁要我们吞并同盟领土的契机呀！”

“就算我们要出兵，也没有准备补给。”

米达麦亚冷静地指出缺失。

“三年前的亚姆立札会战就是前车之鉴。这一次挨饿的可会是我们！”

“只要控制了同盟的补给基地，不就行了？”

“根据哪一条法律？”

“哪一条法律？”

毕典菲尔特用鼻子哼笑，橘红色的长发在空中摇晃。即使做出这样的无礼行为，这个猛将身上也看不出一点邪气，米达麦亚也无从憎恶他。毕典菲尔特轻轻地推开了咖啡杯。

“法律的根据有那么重要吗？”

“只要同盟政府有镇压反政府武装势力的意向和能力，我们就不能对杨威利下手，因为在《巴拉特和约》中清楚地记载着‘不干涉其内政’的条文。”

“原来如此，或许他们是有这个意向，但是很明显，他们欠缺这方面的能力。杨威利现在在哪里？雷内肯普又去了哪里？我个人觉得这些疑问正是他们的软肋。”

毕典菲尔特的说辞极其恳切，米达麦亚只能苦笑着沉默不语。事实上，他也想过类似的问题。如果是在平时，制止毕典菲尔特的急进论应该是梅克林格等人的任务……

“总之，我们帝国和同盟政府，究竟哪一个才是不合理地对待杨威利的主体，或许这才是问题所在。”

米达麦亚朝抱着手臂沉默不语的奥贝斯坦投去几近嘲讽的视线。他一直怀疑雷内肯普的妄为虽不至于全因奥贝斯坦的唆使而起，但极有可能与他脱不开干系。

撇开这件事不谈，帝国军面临的选择也不简单。如果确认杨威利是新银河帝国的公敌，帝国军就可以采取行动除掉他。然而这样一来，也会让许多无序的反帝国运动以杨为中心统一起来。

“即使只是一群乌合之众，只要由杨威利那样的智者统率，就可以发挥超出实力甚多的力量。但相对的，如果与我们敌对的势力保持这样的分裂状态，我们只能一个个地予以击破。这可是很麻烦的事呀。”

“那么，干脆让杨威利去统合反皇帝的势力。然后，只要处置了杨，就可以一举断绝火山脉了。岩浆再怎么流，冷却后也没有力量。”

毕典菲尔特的意见听来似乎过于粗糙，从战略上来说却也没错。直接攻击统一组织的中枢，比各个击破分立的小组织要有效率。只是如此一来，以杨为中心的统一势力也有可能超越帝国方面的制御能力，产生势力大增的危险。新生的罗严克拉姆王朝在军事方面具有绝对优势，亲率大军的年轻皇帝又是战争天才，但军事力量并不是支撑历史和空间的唯一要素，何况吞并费沙和降服同盟而新增的领土，使军队的结构变得疏松。如果这一部分发生破裂，能不能再修复呢？

“杨威利当然要除掉……”奈特哈尔·缪拉歪着头说，“但引发这一系列骚动的传言，其真伪究竟如何……我听说梅尔卡兹提督还活着……”

提督们面面相觑。正如缪拉所言，雷内肯普曾强行要求同盟政府逮捕杨，而让同盟政府恐慌的契机，就是在军方声明中已经战死于巴米利恩的梅尔卡兹的生死传闻。

“这么看来，他应该还活着吧……”

法伦海特一级上将水蓝色的瞳孔中闪着光芒。梅尔卡兹提督和他是旧识。以前他曾和梅尔卡兹在莱因哈特的指挥下，与同盟军在亚斯提星域作战。而在利普休达特战役中，法伦海特正是被迫担任贵族联合军总指挥官的梅尔卡兹最信赖的同僚之一。在利普休达特战役结束后，梅尔卡兹在副官的劝谏下流亡至同盟，而成为俘虏的法伦海特并没有被定罪，反而成了莱因哈特的部属。

“现在，我跟他属于两个不同的阵营了。仅仅两三年间，就发生了如此大的变化！”

法伦海特不是那种容易感伤的人，然而前瞻未来，回顾过去，他又难以平息心中汹涌的波涛。

这个转变会以什么样的形式结束？在看见结局前，自己是不能死的。法伦海特在心中喃喃说着。

这个时候，在花岗岩室中，莱因哈特的幕僚只有三名元帅、四名一级上将。和利普休达特战役胜利之后比较，吉尔菲艾斯、坎普、雷内肯普三人已经归天，梅克林格、克斯拉、舒坦梅兹、鲁兹四人则留在任职地，瓦列因负伤正在疗养。生者总有再见的一天，可是，这些身经百战的勇将注意到莱因哈特身边的幕僚人数已减少了大半，每个人心头都瞬间罩上了一层寂寥的阴影。

“越来越寂寞了。”

毕典菲尔特轻轻地摇了摇头。

坐在他旁边的是亚伦斯特·冯·艾杰纳一级上将，现年三十三岁，稍显瘦削。古铜色的头发梳理得很整齐，后脑却有一小撮头发朝天翘起。

艾杰纳无言地点了点头。他是一个极为寡言的男人，有人说他甚至在皇帝莱因哈特面前也只有“是”和“不是”这两句话。传闻当然多少有夸大之嫌，但鉴于他的副官和士兵总是习惯根据他的表情及动作，而不是话语来行事，这个传闻还是接近于事实的。譬如，当他弹响三次手指时，士兵便得以几近音速的速度飞奔过来，递过半杯放有半颗方糖的咖啡。缪拉就曾看到过两次这种场面。

据说他在军官学校念书时，除了吃饭的时间，从来没有人看过他开口，即使被挠痒时，也只是无声地嗤笑。更有传闻说他在高级军官俱乐部“海鹫”喝咖啡时，有一次不慎把杯子掉落地上，也只喃喃地说了一声“糟糕”。当时，同席的米达麦亚和鲁兹两位提督不禁盯着他看，事后还彼此询问：“那个人说话了吗？”

然而，这一类的传言再多，也没有人怀疑过艾杰纳身为指挥官的能力。或许是守护天使没有善尽职责，在大规模会战中，他很少有机会在华丽的场合中出现。但是，在搅乱敌人的后方、阻止敌人的增援部队前进、防卫己方的补给线、佯攻作战及陆上支援等朴素却重要的任务上，他总是默然而切实地达成目标。对于从来没有让年轻主君失望，忠心地随侍在侧的艾杰纳，莱因哈特授予他一级上将的地位，并给予他与那些战功赫赫的勇将相同的待遇。连对莱因哈特任命武官时的决断常有异议的军务尚书奥贝斯坦元帅，也积极地劝皇帝这样做。或许不管接受怎样的命令，艾杰纳都不会有厌恶或不平的表情。他一心一意只为己方奉献，也获得了一向考核严格的奥贝斯坦的高度评价。

艾杰纳和太太有个刚出生不久的孩子，这个沉默的男人是如何追到现在的太太的呢？米达麦亚等人一直觉得很不可思议。

莱因哈特麾下的最高将领中，已婚者反倒只占少数。元帅当中只有米达麦亚结了婚，一级上将中只有瓦列和艾杰纳已婚，而瓦列又已和妻子死别，所以目前像普通人一样有家室的只有两位。连缪拉和毕典菲尔特都因为奔波于战场之间，错过了结婚的机会。只有这个“沉默提督”艾杰纳有了太太。米达麦亚虽然有爱妻，但遗憾的是还没有孩子。至于他那个亲密的好友，虽然年纪轻轻就爬升到元帅的高位，但那让道德家们不禁要皱起眉头的好色习性，不管在奥丁还是费沙都表现得淋漓尽致。

离开奥丁时，米达麦亚曾试着劝好友赶快结婚。

“结婚？”

罗严塔尔不禁低声笑道。他除了以无奈的笑容感谢挚友的关心之外，再也找不出可以平衡自身感情的方法。笑过之后，他那令无数女人着迷的金银妖瞳闪着难以名状的光芒。

“我既没有组织家庭的意思，也没有那种资格。你应该比谁都清楚这点的，不是吗？”

“唔，我不知道。”

米达麦亚放冷箭般回应。金银妖瞳名将的脸上，瞬间闪过一抹不像他该有的不安。

“喂，不要让人心里发毛啊！”

“你有担心的理由吗？”

两人相视一下，苦笑着和解了。

“对了，听说以前那个女人跟着你到费沙来了？她真的那么喜欢你吗？”

“这个嘛……我想，她是想亲眼看着我毁灭，才会待在我身边的。这不是件非常有趣的事吗？”

住在他宿舍里的爱尔芙莉德·冯·克劳希，真实身份是被罗严塔尔处死的立典拉德公爵侄女的女儿。

米达麦亚的心头缠上了好几道担忧的锁链。奥贝斯坦会怎么想呢？或者，他正怎么想呢？

“我也不明白为什么要这么说。总之，罗严塔尔，那个女人不好。”

“那你说该怎么做呢？”

“给她一些钱，把她赶走，只有这样了。”

“这不像是你会说出来的话嘛。”

罗严塔尔有些意外似的，重新打量了一下眼前的挚友。

“不管用什么方式，总之，必须要找出一条解决之道。你正一步一步走向迷宫的深处。在我看来只能是这样。”

“你真是这样看的？”

“不对吗？”

“不，事实上，我也不得不这样想……”

锐利的蓝色左眼和深邃的黑色右眼此时罩上了一层同样的阴霾。然后，罗严塔尔露出笑容，拍拍朋友的肩膀。

“不要担心，米达麦亚。说来我还算是个军人，毁也要毁在剑上，不会毁在女人手里的……”

当米达麦亚从回忆的小径中惊醒过来，金银妖瞳元帅则伸直脊背，站了起来。

“疾风之狼”也慌忙跟着站起来——皇帝莱因哈特进来了。

6

莱因哈特感到不快。自从雷内肯普被杨威利一众绑架之后，他一直显得非常迷惑。而这个有金黄色头发的年轻人并不习惯“迷惑”这种事。

在雷内肯普的横死已大白于天下的今天，他究竟是该向自由行星同盟追究责任、讨回公道呢？还是该暂时不动声色，等待敌人的混乱和自灭，把一切交给时间去裁夺呢？

帝国军的三位长官难以理解皇帝前些日子的想法也无可厚

非，因为连皇帝也无法了解自己为何如此消极。使他这样犹疑的原因是，他曾一再自我告诫，不可采用高压的形式来行使几近无限的权力。缔结《巴拉特和约》后才四五个月，又将对手下败将使用武力，这件事让他有些犹豫。

为他吹走犹豫阴霾的，是毕典菲尔特的一番热情的演说。当毕典菲尔特被皇帝问及意见时，他便把先前对米达麦亚的辩词说给年轻的主君听。不过一开始，他的说法似乎不怎么打动人心。皇帝认为毕典菲尔特当然会提出主战论。然而，下面这段话却决定了整个事态。

“陛下之所以被誉为常胜军，是因为您一直在带动历史。难道这一次您要袖手旁观，让历史来推动您吗？”

这段话对金发的年轻人造成的效果极为惊人，仿佛将一股生气吹进了雕像的躯体。

“毕典菲尔特所言甚是。”

皇帝从沙发上站起来，冰蓝色的瞳孔中闪烁着炽烈的光彩。恒星的光晕在他的眼中闪耀。他并不是被毕典菲尔特说动了，而是因为他又发现了自身要追求的东西。

“朕考虑得太多了。至高的大义名分就是宇宙的统一。在这个名分之下，区区正当性是不值得考虑的。”

在一片静寂中，空气像是结晶了，只有皇帝的声音形成律动的音波。

“毕典菲尔特提督！”

“在！”

“朕命令你带领黑色枪骑兵舰队，以最快的速度赶往同盟领地，和在行星乌鲁瓦希的舒坦梅兹提督会合，在朕的主力部队抵达之前，维持当地治安。”

“遵命！”

橘色的头发下，年轻猛将脸色潮红。他的期待得到了最大的回应。接着，莱因哈特那双冰蓝色的眼睛看向跟随在一旁的首席秘书官。

“玛林道夫小姐，在近日将雷内肯普的死讯公之于世，发出向同盟政府追究责任的出兵宣言。务必在这个星期内完成演说的草稿。”

“是，陛下！”

希尔德也被莱因哈特的霸气压制，连忠告或反驳的余地都没有。在她的眼中，皇帝看来极为耀眼，让人睁不开眼睛。

“不过，陛下，在居城完工以前，没有适合演说的场所呀。”

毕典菲尔特说完，莱因哈特停下脚步回过头来，华丽的金黄色头发扬起一阵风。然后，从年轻霸主端丽的嘴唇中，说出了后世历史学家在写他的传记时一定会写下的台词。

“朕不需要居城。朕所到之处就是银河帝国的王城。目前，战舰伯伦希尔就是朕的宝座所在。”

几近战栗的昂扬之感鞭策着提督们的中枢神经。只有这种霸气才是他们称颂的皇帝的本质。皇帝不是宫殿里的居民，他属于战场。

然而，撇开莱因哈特的霸气不说，巨大的星际帝国需要政治、军事及情报的中枢地，而他把费沙视为最佳地点的构想并没有改变。以工部尚书席尔瓦贝尔西为指挥官的帝国首都建设本部更为活跃，皇帝新居城（暂名为“狮子之泉”）的设计也如火如荼地展开。然而正如众所周知的那样，这座宫殿终莱因哈特在位之世，也未能开始建设。

莱因哈特优美的身影消失在门的另一侧。提督们敬礼恭送皇帝离开，各自散会，同时感觉体内血液的温度不断上升。

十一月十日，在“黑色枪骑兵”舰队的旗舰“王虎”的舰桥里，弗利兹·由谢夫·毕典菲尔特一级上将交抱着双臂看着屏幕。在他的视线中，行星费沙已经化为星群中最大的一个光点。虽然是匆忙出发，但他被要求的也只是迅速前进。

舰队副司令官哈尔巴休泰德上将、参谋长格雷布纳上将、高级副官迪尔克森准将等幕僚都一脸精悍的表情，并列在司令官的四周。率领“黑色枪骑兵”的橘发猛将把视线移到他们的脸上，大胆无畏地放言道：

“来，为了举杯庆祝胜利，我们直抵同盟首都吧！”

舰桥的内壁上，“黄金狮子旗”放射出奢华的色彩。新王朝的军队就在新军旗的率领下，开始了他们最初的贪欲的远征。这是莱因哈特·冯·罗严克拉姆金色的头发戴上皇冠一百四十一天之后的事。

Chapter 2
背弃一切旗帜

1

当罗严克拉姆王朝的支配者及军队在耀眼的“黄金狮子旗”的带领下，开始粉碎历史和宇宙的行动时，却有一支没有任何旗帜的宇宙舰队在永远的黑夜里流浪。

后世多半称他们为“杨威利独立舰队”，被这样称呼的人却简单地自称为“非正规部队”，他的部下则自称为“杨非正规部队”。总之，由于必须有一个称呼作为专属记号，这个不情愿地从温室逃往寒风袭人的现实世界的“追求退休金生活者”，只好让队员们为军队征集个名字。虽然表面上是为了促进队员们的团结意识和自觉性，其实却是因为取名太烦人了。

这招的确有效，也有人觉得这个名称再好不过，但这绝对是“我们的军队”这种自觉产生的偏见。杨从数量多得足以编成一个旅团的应征名称中，选出了一个最奇特的作品。

一位曾一时离开本队的著名将领很遗憾地说，如果决定名称时他在的话，他一定会命名为“俊男奥利比·波布兰和陪衬的男人们”，可是没有一个人赞成他的意见。总而言之，杨威利并不想为自己的集团取一个太过矫饰的名称。

“流亡的私人军队集团”。

杨知道和他敌对的一方一定为他们取了这个辛辣的名称。如果无视他们沦落至此的经过，只着眼于现在，这个评价也有正确的一面。即使有杨威利担任司令官，维利伯尔·由希姆·冯·梅尔卡兹辅佐，华尔特·冯·先寇布、亚列克斯·卡介伦、达斯提·亚典波罗充当参谋随侍在侧，他们和国家的正统性依旧无缘。这五名将官甚至有能力组织和指挥多达五百万人的军队，但事实上，他们只有六百多艘舰艇、一万六千名士兵。

他们既没有政治背景，也没有补给基地，在废置已久的塔扬汗基地与梅尔卡兹一行再会的欢欣告一段落之后，非正规部队的领导者们就得为今后的出路大伤脑筋了。

只有达斯提·亚典波罗一边梳着如同纠结在一起的毛线般的铁灰色头发，一边开始了实际行动。他的样子与其说像一军的提督，不如说像个行动派的学生革命家。杨原本就对这个军官学校学弟的战术指挥能力有很高的评价，而一旦卸下军队的枷锁，亚典波罗却又表现出令人大感意外的行动力和组织力。他重新编组军队，拟订战术和兵员训练计划等，勤奋积极的行事方式让所有人大吃一惊。杨的无所事事，更凸显了亚典波罗充沛的精力。

“怎么样，元帅？我们去把伊谢尔伦夺回来，把到艾尔·法西尔星域的回廊周边当成解放区，应付帝国的攻势吧！”

达斯提·亚典波罗的提案就像是不折不扣的“学生革命家”

的主张，或许是他用了“解放区”这个说法之故。杨虽然很想讽刺地告诉他“说得可真轻松”，但仔细一想，这个学弟的提案也不无战略价值。

“即使占领了伊谢尔伦要塞，也只是孤立在回廊中。不过，如果能确保以艾尔·法西尔为桥头堡，和典亚马特、亚斯提等周边星域连接起来，成立一个解放回廊的话，或许不管今后的状况如何变化，我们都比较容易应对。可是，目前时机似乎还没成熟。”

杨是这么想的。比起战略，如果更多地考虑一下政略方面，似乎应该多储存一些将来可用在政治上的交易材料。

以承认莱因哈特·冯·罗严克拉姆与新银河帝国的霸权，归还伊谢尔伦要塞为代价，使艾尔·法西尔以“帝国自由都市”的名目半独立，来守护民主共和政治的微弱灯火，这一方案似乎可行。但是要皇帝莱因哈特认同这个约定，就需要付出相应的代价。

这个时候，杨完全没有考虑到莱因哈特破坏约定的可能性。那个像是用灌注了艺术之神气息的黄金画具画出来的美貌年轻人，或许会征服、侵略、肃清及复仇，但是应该不会破坏曾经的承诺。虽然仅仅见过一面，但杨已经从对方身上感受到了这一点。

“这么说来，皇帝莱因哈特好好活着，对整个局势来说比较有利。”

仅仅半年前在巴米利恩星域将莱因哈特追至险些败北的是杨，现在这么想的也是杨。他原本对莱因哈特个人就没抱什么敌意。

杨威利这个人是由无数矛盾构成的有机体。他轻蔑军队，却又爬升到元帅的军衔；他忌避战争，却又不断获得胜利；他对国家的存在意义感到怀疑，却又对国家贡献良多；他忽视勤勉的美德，却又缔造了无人可比的实绩。因此，也有人指责他缺少理念。然而，杨在心中一贯秉持的想法是，自己只不过是历史这个舞台剧中的替身演员，只要有一位个性更伟大的人物登场，自己就会让出主角的宝座，退到观众席去——或许这就是他最大的愿望。

“宇宙是一个剧场，而历史是一部没有作者的戏剧。”

杨在他还没有完成的历史论著中这样写道。这只是重温极为古老的箴言，并不是什么具有独创性的产物。但是从中可以了解他的观点。

如果和自由行星同盟的国父亚雷·海尼森生在同一时代，或许杨的生涯会比较单纯。杨会对具有崇高思想和人格的海尼森有毋庸置疑的忠诚，并只在军事上担任辅佐的角色，处处跟在指导者一步之后，全力扶持他。

也有历史学家指出，杨有不想做第一人、宁愿屈居第二的心理倾向。譬如杨对老前辈亚历山大·比克古提督倍加尊崇，并不单单出于敬爱产生的感情，也是他想居于第二位的深层心理所致。

有些人认为对同盟军而言，最有利的阵容是以比克古为司令长官、杨为总参谋长，却始终不能如愿，大概也是出于相同的原因。

当然，杨本人对这些评价并没有明确的反应。然而，他在并不长久的人生中，始终没有找到足以令他在政治上忠诚的对象，也是事实。而这究竟是幸运还是不幸，或许连当事人自己都没办法弄清楚。

2

和部下一起从政府的蓄意谋杀行动中逃脱，并和梅尔卡兹一行再会之后，杨得知艾尔·法西尔星系政府发表了从同盟政府中独立出来的宣言。亚典波罗的“解放战略”当然是根据这个消息确立的。

“请马上赶往艾尔·法西尔。那边的人有无限的热情，却在政战两方面都没有任何策略。他们一定很欢迎您去当最高指导者。”

华尔特·冯·先寇布也劝说杨。但与其说是“劝说”，杨觉得他更像手持红布在煽动自己。

尽管事情到了这个地步，杨还是一直拒绝居于反帝国运动最高指导者的地位。

“最高指导者必须是文人，没有由军人支配的民主共和制度。我不能做什么指导者。”

“太顽固了！”

先寇布向来不懂什么叫客气，用了毫不饶人的说话方式。

“你已经不是军人了。你只是一个政府既没有给薪水，又没有支付退休金的无官无位的平民，还有什么好客气的？”

“不是客气。”

杨的说法听来几乎是单纯的抗辩，然而，他不想立刻赶往艾尔·法西尔，理由不止一个。他想说的是：事情并没有那么简单。

“你有没有想过你和莱因哈特皇帝的差别在哪里，元帅？”

“才能。”

“不，不是才能上的差别，是霸气上的差别。”

被先寇布一针见血地指出痛处，杨把一只手放在头顶的贝雷帽上，怅然地陷入了沉默。他无法反驳先寇布的论点。

“莱因哈特皇帝是那种如果命运想从身旁溜过，他就会用力抓住命运的衣领，让其听从指挥的人。不管是对是错，那就是他的价值所在。然而，换作你的话……”

出乎杨的预料，先寇布无意继续指责，只是那绅士般端正的脸上浮现出难以言喻的表情。

“你好像有什么话想说，元帅？在目前这个阶段，你所希望的是什么？”

微微犹豫之后，杨小声说道：

“只有一件事，希望列贝罗议长能巧妙地掩饰我的失踪。”

从同盟首都海尼森逃出后，杨一直在思考之路中摸索，而且是边走边想。

如果给他五年的时间，或许杨就可以像使用刀叉一样，利用建设性的构想能力和破坏性的谋略手段驰骋于整个宇宙，建立接近他理想的民主共和国。然而实际上，撒落在他手掌上的沙漏里的沙粒只有六十天的分量。雷内肯普的独断专行和列贝罗的过度反应，等于是用顽固的水泥把沙漏的出口给堵住了，迫使杨从小小的冬眠巢穴里逃了出来。

他向往的退休金生活只过了短短的两个月，甜美的演奏便结束了。过去的十二年间，杨所领的薪水中都扣除了退休金的预备金，然而现在他只拿到了两个月的。这笔生意很明显是吃了大亏。最终，不管于公于私，不管是在理想还是现实中，杨都有极大的不满。

在艾尔·法西尔虽有些无谋却毅然揭起自立旗帜的时候，杨也曾一度把急速赶往该处纳入考虑范围。他还不至于被亚典波罗或先寇布怂恿。如果前往艾尔·法西尔，他就有了大义名分和根据地，艾尔·法西尔也可以获得有力的军事专家。

然而，杨也预测到了莱因哈特·冯·罗严克拉姆这股壮丽的暴风即将登场。在这场暴风袭卷的方向见分晓之前，他不想在自己和同盟政府之间制造无可弥补的裂痕。

如果现在他就投靠艾尔·法西尔，被恐慌驱使的同盟政府有可能完全和帝国联手。或许也会出现呼应艾尔·法西尔独立的星系政府，但以杨目前的战力而言，他根本救不了他们，也许只能在远处看着他们被帝国军巨大的躯体碾碎。

皇帝莱因哈特一定会有所行动，杨绝不怀疑这一点。在今年内，他一定会亲率大军，把自由行星同盟领地的每一颗星星倒进他的黄金酒杯，像古代神话中的巨神那样一饮而尽。在某种意义上，杨把莱因哈特的为人掌握得清清楚楚，甚至超过了他对自身的了解。那个像是将水晶固化塑成的美貌年轻人，绝不允许宇宙的命运脱离他的掌控。在覆着华盖的床上坐享其成，并不适合那个年轻人——先寇布如此评价莱因哈特，杨完全表示赞同。

想到这里，再反观自身，杨不禁要无可奈何地苦笑。和先寇布的观点不同，杨认为他正走在原本不属于自己的道路上。

后世之人对杨当时的行动有很严苛的批判。

“杨威利叛离自由行星同盟的时候，在战略上并没有任何成功的把握。他只不过是在生命面临危机时，采取极为冲动和单纯的自我防卫行动罢了。如果这就是被称为智将的他采取的行动，那真是太让人失望了……”

“如果杨威利是一个想称霸宇宙的野心家，在巴米利恩星域会战时，他应该就会无视政府的停战命令，将莱因哈特·冯·罗严克拉姆打倒在炮火中。另一方面，如果他想作为忠于自由行星同盟的军人终其一生，就应该遵循政府的意思，连不近情理的受死也甘之如饴，不是吗？总而言之，杨威利并不是个完美无缺的人……”

杨也知道自己并不完美，所以面对这些单方面的指责，他没有办法反驳。当然，他也不会像个乖孩子一样毫无条件地接受。

若要说起不完美这件事，那么，“奇迹的杨”的新婚妻子菲列特利加·G·杨，也彻彻底底地知道了自己是个很不完美的主妇。当她试了几次都失败，把爱尔兰炖羊肉变成黑色的焦炭时，同在旗舰上的卡介伦的女儿莎洛特·菲利丝安慰她说：

“没关系，菲列特利加姐姐，只要不断地练习，就一定可以做得很好。”

“……谢谢你，莎洛特。”

但是，莎洛特·菲利丝的父亲担任杨独立舰队的补给和经营管理职务，从他的角度来说，是没办法无限制地提供充足的食材的。菲列特利加每失败一次，就等于浪费了一份士兵的食粮。无论亚列克斯·卡介伦再怎么擅长事务工作，也不能做无米之炊。他多次用委婉的方式劝说菲列特利加，她应该还有比学做菜更重要的事情。

菲列特利加于是不再固执于主妇的立场，选择了能活用自己长处的副官之职，暂时专心于办公桌上的工作。至于她的丈夫和前辈们是否因为她这个决定松了一口气，甚至用纸杯盛了威士忌干杯庆祝，倒没有留下任何记录。总而言之，杨并不怎么指望这个比他小七岁的年轻妻子成为家务能手。

另一方面，菲列特利加担任副官的能力却远远超过他人。她对上司心意的理解力、记忆力、判断力及事务处理能力都值得众人赞赏。从她个人的经历来看，担任杨副官的时间比做杨的妻子还久。杨似乎也很喜欢对菲列特利加述说他个人在战略上的想法。

“如果皇帝莱因哈特大举亲征，同盟政府有一半的可能会匆匆忙忙派遣使者来我这里。对了，他们或许会给我兼任统合作战本部长和宇宙舰队司令长官的军事全权呢。”

“你会接受吗？”

“这个嘛，如果我双手捧着礼物时，他们忽然朝我捅上一刀，实在很难防范哪。”

在杨看来，人使诈也是不得已的。如果在接受各种荣誉，欢喜又满不在乎地出面时被暗杀的话，或许会让祖先蒙羞，让后世人嘲笑。同盟政府也可能将杨当成牺牲品，求取国家的安泰。上次他就险些被谋杀。

杨忧郁地想起同盟最高评议会议长姜·列贝罗严谨的表情。列贝罗曾企图谋杀杨，但他并不是为了个人的野心，也不是出于任何恶意——虽然这很让人伤脑筋。他只是为了让国父亚雷·海尼森创建的、有两个半世纪历史的自由行星同盟继续存活下去。为了让国家存活，他宁愿在历史上留下谋杀"奇迹的杨"主犯的恶名。即使只是一种类似自恋的精神在起作用，一旦他将这种主观性的信念坚持下去，还真是不容易对付。

最让人伤脑筋的，是列贝罗代表的政府与军部的意思未必是统一的，恐怕决定其行动的最大因素就是"冲动"。杨再怎么洞悉世事，也难以猜测出事态的发展方向。但是，他仍然做了最坏的预测，甚至没有将预测的内容告诉妻子。如果这个预测没错，他也知道自己该采取什么行动，但是为了使行动正当化，目前他不能到艾尔·法西尔去。

杨一行从海尼森逃脱后的第三个星期，达斯提·亚典波罗带着令人大感兴趣的情报来到了司令室。虽说是情报，却与军事及政治无关，反倒类似市井的杂谈闲话。他制止了想离席的菲列特利加，又刻意降低了声音。

"您知道先寇布中将的私生女也在这艘舰上吗？"

亚典波罗直视着杨夫妇的脸，露出促狭的表情。要让"奇迹的杨”发呆并不容易。他的话题既不宏大，也不具有建设性，更不能登大雅之堂，但是，确实让杨吓了一大跳。

本质上，亚典波罗是个喜欢战乱的活泼远胜于和平的无聊的青年，但他还能分辨出什么秘密是可以泄露的，什么秘密是攸关性命的。他甚至没有把事实告诉当事人先寇布。

他在确认“非正规部队”所有人员的名单时，发现了卡特萝捷·冯·克罗歇尔这个名字，这令他停下思绪，去探索记忆中的片断。想起先寇布以前跟他说过行踪不明的女儿这件事，着实花了不少时间。

“于是，我为了一睹先寇布中将千金的芳容，刚才到飞行员休息室去看了看。”

“怎么样？”

杨的声音中充满了好奇心。

“年龄大概有十五六岁，可是个大美人呢，而且看起来很有爬升的可能。不过，可能个性有些倔强。”

“你打算放弃独身主义了吗，亚典波罗提督？”

被菲列特利加这么一问，亚典波罗一瞬间陷入了沉思。在杨夫妇看来，他有一多半是在认真思考。不过最终，他还是摇了摇像纠缠在一起的毛线般的铁灰色头发。

“啊，算了吧。要称呼先寇布中将为岳父，似乎不是个很愉快的梦想啊。”

杨似有同感地点了点头，亚典波罗微微地笑了笑。

“不过，从年龄上来看，我觉得她和尤里安可能比较般配。”

“不行哟，尤里安有莎洛特·菲利丝了。”

杨和亚典波罗都不知道杨的被监护者尤里安，已经在今年六月和卡特萝捷见过面了，两个人还在不着边际地说着。

“……可是，如果卡介伦的女儿和先寇布的女儿同时争抢尤里安，那可有好戏看了。那些愚笨的父亲们该怎么竞争呢？”

看着丈夫毫不负责的兴风作浪的态度，菲列特利加有些惊讶，她毫不留情地在平静的水面上投下了一颗石子。

“是呀。但不论是哪一方获胜，杨家都会有一门很好的亲戚。”

听到这句话，杨深深地陷入沉思中。菲列特利加和亚典波罗不得不强忍住笑意。

“说起来，尤里安那小子到地球去也有好几个月了……应该没事吧？”

“那是当然的，他一定会平安。”

杨用略带强调的语气说道。

这一年，杨三十二岁。而成为杨的被监护者已经有五年之久的尤里安·敏兹，也以十七岁的年纪晋升到中尉了。他比保护者当年爬升的速度快了四年。虽然有实绩，但以他的年龄来说，前途还是充满变数。

“或许他二十岁就可以做到校官，二十五岁就会晋升为提督了。比你还快！”

卡介伦如此预测。

“有这么快吗？你可不要煽动他，会让他昏头的。”

听卡介伦一说，杨也装模作样地回答。然而，他的表情却和声音背道而驰。

杨原本无意让尤里安当军人，但是，他接受了尤里安自己的意愿，于公于私都给少年军人式的教育。杨亲自教他战略和战术，肉搏战由先寇布担任教官，空战技术则由奥利比·波布兰负责指导。至于办公桌方面的事务，就由菲列特利加和卡介伦一手调教。杨打算先确认少年的资质到底适合朝哪个方向发展，再重点培养。另一方面，他也想借着一流教师的阵容，让尤里安感受到压力，放弃当军人的志愿，但是，这样说又未免太露骨了。

然而，尤里安天赋异禀，不管在哪一方面，他都能充分发挥能力。教师们都感到很满意，但同时又有一种恐惧。

奥利比·波布兰曾对亚麻色头发的少年说：

“尤里安，你什么事都可以做得很好，但要注意！战略战术方面不要输给杨威利，肉搏战要赢过华尔特·冯·先寇布，空战技术要胜过奥利比·波布兰。否则，你会成为‘样样通，样样松’这句话活生生的例子。”

他这些话大概是在为杨的心情辩解，但在这段煞有介事的训示之后，他又附加了几句波布兰式的话。

“所以啊，尤里安，你至少得在性爱方面努力超越我呀。”

但是据亚列克斯·卡介伦的说法，波布兰的说教和杨的担心都没什么说服力。如果尤里安的战略战术凌驾波布兰、白刃战胜过杨、空战技术超越先寇布的话，这三个人就根本没有资格向少年自夸什么。

但不管怎么说，他们对尤里安都有善意的关怀，都希望他平安，并成就大业。

杨不采取行动的原因之一，是在等待尤里安带着重要的情报从地球回来。虽然杨不必为事态的发展负主要责任，但不能守住让尤里安可以归来的家，沦落到从海尼森出逃的地步，他有负疚之感。

3

杨威利和他的部下逃脱后，自由行星同盟的首都海尼森就像一只困在干涸沼地中的食草类恐龙，在凄惨而痛苦地翻滚。当杨逃离之际，他的部下和同盟政府、菲尔姆特·雷内肯普事务官麾下的帝国军三者间有过一阵交火，这是广为人知的事。那一天之后，海尼森的大气和土地就无声无息地渐渐龟裂了。

即使到了这个时候，自由行星同盟最高评议会议长姜·列贝罗为了守住急速解体的国家轮廓与向心力，仍然不断地四处活动，但几乎没收到什么实效。

列贝罗没有让市民知悉雷内肯普事务官的横死和杨元帅不得已的脱逃。他相信为了同盟政府的名誉和安全，必须这么做。在首都展开的巷战以“不值得评论的事故”为由处理掉了，但这种做法只是增加了市民的不安和不信任感。

后世的历史学家说道：

“姜·列贝罗对国家的忠诚心和责任感是不容置疑的。但是，这个世界上本来就有无谓的努力和无益的奉献。同盟最高评议会议长姜·列贝罗所做的事就是这样……

“姜·列贝罗的不幸，从优布·特留尼西特不光彩地逃亡之后，他坐上元首的宝座时就开始了。如果他是个在野人士，或许就不会和企图谋杀杨威利的可耻事件扯上关系，也许可以坐上杨一意推行的文人革命政权的宝座。但是，一切可能性都离他而去……”

原本列贝罗就不是肥胖的人，连日来的苦恼和过度的疲累更让他形销骨立。他看上去瘦骨嶙峋、了无生气，皮肤也失去了光泽，只有两眼中布满了血丝。

看不过去的书记官和秘书官都劝他好好休息一下，但列贝罗一句话都不说，仍然拖着疲惫的身体扎根在办公室，连私人的朋友关系都斩断了，形单影只地埋首于公务。

“看来是撑不了多久啦。”

下属不禁大胆而一针见血地预测。话中虽然省去了主语，但所指的不是一个人名，就是一个国名。

上一届的最高评议会议长优布·特留尼西特被反对者称为“巧言令色之徒”，但在操纵支持者与浮动阶层的情绪上，他却是一等一的高手。他的容貌和辩才极其出众，这也是他颠倒众生的原因。

从国防委员长晋升为议长时，他在就职典礼上邀请了四个十几岁的少年和少女。其中一个是和家人从帝国亡命而来的少年。他的双亲在逃离帝国时被杀，此后他发奋苦读，以第一名考进了军官学校。他的名字叫克里斯多夫·迪凯尔。另一个是虽然考上了大学，却志愿从军当护士，在战场上救了三个士兵的少女。第三个是成为“救济伤病军人募款活动”领导的年轻女孩。第四个则是从沉迷毒品的世界中及时抽身，在父亲的农场中工作，在奶牛培育竞赛和辩论大会中勇夺冠军的少年。

特留尼西特把这四个人作为“年轻的共和国民”介绍给人们，在讲台上和他们一一握手，颁给他们由他所创立的“青少年荣誉奖”。而他在颁奖后的演说更是极尽缺乏羞耻心与客观性之能事。那一段话简直是美辞华章的洪水、滔滔不绝地自卖自夸的瀑布。沉浸在飞沫中的人们，在那一瞬间都被他永无休止的陶醉波涛卷入万丈深渊。在场的人仿佛都成了为守护民主主义与自由，和帝国进行圣战的斗士，幻想的能量在他们的血管里沸腾。

当特留尼西特和四个少男少女肩并着肩，高声合唱同盟国歌中的“啊！我们是自由之民”的时候，场内的兴奋和感动之情像火山一样爆发了。与会者站起来，形成一波波的人浪，把同盟和特留尼西特议长笼罩在欢呼的暴雨中。

参加典礼的人中，当然也有特留尼西特的反对者，他们对演说带来的效应极端厌恶。然而，他们又不能不跟着拍手，因为和元首特留尼西特敌对就等于和整个国家作对，必须避开“被视为国家的敌人”的危险。

“这四个人看来确实都很不同凡响。可是这四个人所做的事，跟特留尼西特的政策和见识又有什么关系呢？”

看着超光速通信上的影像，伊谢尔伦要塞当时的司令官杨威利提督不禁这样问。然而他在距首都四千光年以外的地方，这个疑问并没有传到权力者耳中。杨一直认为同盟最大的敌人不是莱因哈特·冯·罗严克拉姆，而是自己的元首。

“每次一听到那家伙如同莎士比亚戏剧般的演说，我的心头就要长荨麻疹了。”

“真遗憾，如果是身体长荨麻疹，就可以申请带薪休假了。”

经常是杨威利谈话的好对象的尤里安·敏兹，一边小心地在西隆红茶中加蜂蜜，一边这样回答。

据说那个优布·特留尼西特让自己的安全和私有财产获得了保障，在银河帝国的首都奥丁过着悠然自得的生活。人们一方面指责他的变节，一方面又不得不私下里承认，撇开善恶不谈，特留尼西特的确是支撑政府不灭的支柱。即使所作所为都是虚伪的，但特留尼西特会掌握和鼓舞人心。相比之下，列贝罗那种近似孵无精卵的行为只让人们感到失望。

知道杨威利逃脱的少数人和不知情的大多数人，都不得不意识到自由行星同盟这栋木房的地基已经开始腐烂，散出臭气了。只有一个列贝罗还捏着鼻子，继续在倾斜的房子中拼命工作。

他的责任感和使命感并没有用在正确的方向上。在旁人眼中，他似乎想靠一个人的肩膀，扛起半打肩膀也扛不起来的责任，靠自己的力量去解决所有的事情。朋友荷旺·路易在被他以忙碌为由拒绝会面之后，耸耸肩不再来拜访了。友人不得不认为，他是想把原本就没有余裕的精神消耗殆尽，并且将无形避难所的门封闭起来。

在此期间，帝国一直保持沉默，但这只是等待爆发时机的休眠火山罢了，一旦它开始活动，沸腾的熔岩就会将整个宇宙吞食殆尽。至于会以什么形式、在什么时候开始喷发，则不是人们能想象到的。每个人的心都已被一片浓重的烟尘覆盖。

杨威利一行消失在星海的深处不见踪影，像深海中的鱼一般潜航。当然，同盟军搜索的触手也伸向了四面八方。但雷内肯普事务官横死和杨元帅出走，以及导致杨消失于无重力世界的帝国事务官府的命令和同盟政府的谋议，都被视为极度机密，所以搜索指令也无法彻底执行。

巡航中的同盟军舰艇曾经发现过杨的“非正规部队”，但是，当同盟军中众所周知的杨元帅在通信屏幕上现身，说明“身负政府的特别命令，正从事极度机密的任务”时，同盟军甚至感动得边敬礼边目送他们离去。这是对军方的权威主义和政府的秘密主义将计就计。但不少高级官员都有共识：“如果他们知道事情的真相，不但不会逮捕杨，搞不好还会要求加入杨等人的行列。”不管是前线的官兵还是后方的民众，人心都在杨威利一方，即使不用自嘲，这也是不争的事实。

荷旺·路易无法给予朋友忠告，每天坐在书房窗口，凝视着历史的湍流。

自由同盟的破灭已经是无可避免了。既然终归要破灭，就应该拒绝雷内肯普事务官逮捕杨威利的要求，使民主主义国家存在的意义明朗化才对。没有法律的依据，不能逮捕任何人。个人的正当权利和尊严应该高于暂时性的国家权益。只有这样，同盟的存在意义才能被载入史册吧?

然而，一切都太迟了。

友人列贝罗委身于“没有人格”的权术招致失败，也是荷旺·路易最痛恨的事。本来列贝罗是个真挚又近乎严谨、一意追求理想的人。原来那个坚持自身主张，甚至以身相殉也在所不惜的朋友，几乎要从荷旺·路易的视线中消失了。他无法看透这汹涌波涛之下的世界。

4

自由行星同盟宇宙舰队在司令官亚历山大·比克古元帅退役后，就没有最高指挥官了。总参谋长邱吾权上将以现职之身暂代司令官之职，人们却给了他一个“面包店第二代老板转任废铁店老板”的评语。事实上，这个人就任后所做的事，只是根据《巴拉特和约》废弃同盟的战舰和宇宙母舰。正确地说，他只是在文件中执行了这件事，至于统计的数字是不是值得信任，连他自己都尽量不去评论。

“去掉‘代理’这两个字之日，就是杨威利复归我方阵营之时。除了他，没有人可以做司令官。”

对于想正式任命自己为司令官的列贝罗，邱吾权这样谢绝了他的好意。

“强行绑走雷内肯普事务官，使帝国和同盟完全决裂的人就是杨。现在他更不可能回来了。”

“话是这样没错，但如果杨威利被复仇心蒙蔽，投靠到皇帝莱因哈特的阵营去，我们该怎么办？我们没必要封闭重修旧好的大门，倒是应该整备好让他随时归来的环境。”

邱吾权没有再多说什么，但他的意思是同盟政府应该采取各种策略，好让杨归来的时候，统率指挥更多的有效战力。

“如果您要我和杨威利作战，我会照办。但我可没有什么胜算。最重要的是，您认为士兵们想和那个常胜提督作战吗？或许结局是士兵们都拿着武器投靠到他那边去了。”

这段话的内容几近胁迫，但邱吾权的表情和语气都极为悠闲，所以列贝罗也没有注意到。他的精神已呈现负荷过度的状态，将他人的言行举止投影到意识内的机能开始退化了。

这个人就要燃烧殆尽了——邱吾权下了结论。对这个不幸的元首来说，或许这样还比较幸福些。事实上，目前还会直言不讳地给列贝罗忠告的，就只有这个人了。但是，他并没有把自己的观察结果说出来。

“政府应该把事实的真相告诉国民！”

新闻媒体愈加高亢激烈的声音包围了政府。如果批评帝国，得有遭到报复的心理准备，但要是批评同盟政府，大家的笔锋就锐利起来了。

帝国高等事务官府也想公布该事件，借以暴露同盟政府欠缺统治能力这一点，但如果雷内肯普事务官被绑架的事实公之于众，帝国政府的权威也一定会受到严重的损害。除此之外，这也会给同盟民众的反帝国情感提供宣泄口，极有可能使杨威利成为抵抗帝国的英雄的象征。诸如此类的原因使他们保持了沉默。不过，这只限于在得到帝国政府的指示之前。雷内肯普的原副官芬梅尔就像某种夜行动物一样，蹲踞于高等事务官府的暗处，忙着磨他的利爪和尖牙。

“我要问的问题只有两个。第一，雷内肯普高等事务官在哪里？第二，退役的杨威利元帅在哪里？我只想知道这两件事。政府为什么不给我答复？”

某个媒体记者紧逼着政府要答案，但是，这两个问题政府是答不出来的。“当事者的沉默是流言之母”这句俗话，如此一来就被证实了。

“杨元帅被雷内肯普事务官绑架，幽禁在帝国直辖行星乌鲁瓦希的收容所中。”

“不，杨提督被同盟政府藏在某座高原的山庄里。附近的牧场主人曾见到杨提督夫妇。杨元帅把手搭在夫人的肩膀上，低着头在庭院里散步。”

“根据正确的情报，杨元帅和雷内肯普事务官向对方开枪，都受了重伤，现在住在军医院里。”

“全都是胡说八道！杨元帅已经不在人世了，被皇帝的部下暗杀了。”

这些流言几乎连事实的表面都没有接触到，但最广为流传的，就是将杨的名声和才能进行了最大夸张的传闻。比如有人说，杨元帅为民主共和制的永续制订了千年大计，选择了有因缘的艾尔·法西尔为根据地，一连串的事态都在杨元帅的掌握中。不久后，元帅就会在艾尔·法西尔现出那不败的勇者之姿，坐上革命政权首脑的宝座，发表向全宇宙进军的宣言……

“我们并不孤独。他一定会和我们遥相呼应，把真正的民主共和政治推行到全宇宙。我们由衷地欢迎民主政治最伟大的拥护者杨元帅来访。”

没有后继者、深感孤立的艾尔·法西尔独立政府的发言人这样说，这当然引起了反对派的反驳。

“艾尔·法西尔自治政府的言行破坏了同盟的整体利益，是严重威胁共和政体存立的背信行为。抛弃独善其身的做法，回归国父亚雷·海尼森的理想之路，才是最正确的。”

列贝罗虽然这样说，但是杨威利的生死与所在至今没有消息，所以他的说辞也欠缺一股魄力。

邱吾权提示的可能性，也就是杨和皇帝莱因哈特联手的可能性，也在列贝罗极度狭窄化的视野中亮起了红灯。

“如果我们把杨逼得太紧，使无路可逃的杨与皇帝莱因哈特联手，成为他的麾下，这样好吗？”

正如邱吾权指出的那样。此外再也没有别的解释了。

“即使不是他自身所愿，但在没有其他生存方式的时候，他也可能被迫做这唯一的选择。不能逼他逼得太过火。”

“可是我认为，就算我们再怎么逼他，喝民主共和政治的水长大的杨也不可能去投靠专制政体。”

“请不要忘了，阁下，鲁道夫·冯·高登巴姆也是以民主共和国家指导者的姿态上台，却以中世纪般的专制国家支配者的身份终结。”

“那么，我们是不是得在此之前把杨威利处置掉？”

“您是说把蛇杀死在尚未孵出的蛋中？可以。但和杨元帅作战也需要将兵，这可是一大难题！”

杨是帝国军最大的敌手。亚斯提、亚姆立札、伊谢尔伦回廊、巴米利恩等各次会战就是证明。对同盟军的士兵们来说，讨伐杨只会让他们觉得便宜了帝国。

“我不认为和杨作战，就代表同盟沦为帝国的走狗。”

“议长，我说的是士兵们的心情，不是您的见解。”

邱吾权上将义正词严地说出这句近乎无礼的话，就从懊恼不已的元首面前告退了。他还有其他的事情要做，不能在这种既沉闷又无用的对话上浪费时间。

让列贝罗从无限懊恼的旋转木马上跌下来的，便是那位有奢华金发的年轻人。这一年的十一月十日，银河帝国皇帝莱因哈特·冯·罗严克拉姆在新军旗的辉映下，出现在全宇宙的超光速通信画面上。

“告谕同盟民众，重新考虑你们的政府是否值得支持的时机到了！”

皇帝莱因哈特以这段开场白开始演说，着实让同盟政府和民众为之一惊。

帝国高等事务官菲尔姆特·雷内肯普一级上将自杀、同盟军退役元帅杨威利逃离首都，以上皆因事务官强行要求逮捕杨元帅，以及同盟政府的自保策略……这些人们想知道又得不到的情报，都在这时排山倒海般涌出。

“……我承认自己的不够英明与帝国政府的见识短浅。这些事情都该受到指责。有为的人才不知所踪、宇宙的平稳局势遭到破坏，本人对此深感遗憾。但是同时……”

人们因为这个冲击呆在当场，在他们的视线中，金发的霸主看起来就像一尊复仇之神的黄金雕像。冰蓝色的眼睛绽放着炽烈的火光，炙烧着人们的视网膜。

“但是同时，我也不能对同盟政府的无能和不切实际视若无睹。雷内肯普高等事务官逮捕杨元帅的要求确属不当。同盟政府理应将此事告知我，保护对同盟功劳最大的杨元帅的正当权利。然而，同盟政府为了奉承强者，竟连自己的法律都加以践踏。而且在事情失败后，为了避免帝国军的报复，还对高等事务官下手！”

被数千光年外的皇帝弹劾的列贝罗，在秘书官的包围下，在最高评议会大楼的地下室里蜷缩着苍白的身躯。

“为了一时的利益，连国家的有功之人都可以卖掉，然后又回过头来出卖我的代理人。共和政体的尊严和存在的意义在哪里？这种非正义的行为，正说明这种政体的存续有待商榷。《巴拉特和约》的精神已经被亵渎了。要修正这条已脱轨的轨道，只有靠实力。”

这是背弃和约和再度宣战的警示。所有有人居住的行星的大气中，都笼罩着一片令人战栗的沉默。皇帝那稍稍变了语气的声音又穿透沉默，传进了人们的耳膜。

“从整个事态来说，杨元帅也不是完全没有责任，但他是受害者，只是为了保护自己的权利。如果杨元帅到我这里来，我将对他及其一众予以厚待。”

由于莱因哈特投下的核弹头一般的言论，同盟政府的威信受到了致命打击，大概连幼儿都知道是怎么回事了。

“如此一来，就知道会产生什么结果了，而且似乎没有第二种选择。即使产生最坏的结果，也比没有结果强。”

同盟政府的高级官员中，也有人带着如释重负的表情喃喃自语。说这些话的人，或许是希望在大获全胜的一方规划的设计图中坚实地生存下去。能拿到纯白画布高高兴兴地挥毫的人，本来就不多。

听从某人命令、隶属于某人的生活是比较快乐的。这就是人们接受专制政治和全体主义的精神土壤。因此五百年前，银河联邦的市民才会以多数的自由意志选择了鲁道夫·冯·高登巴姆的支配。

总而言之，有些人就是逃不过即将被重责的命运。现在已为众人所弃的最高评议会议长姜·列贝罗，还有率领着在精神和装备上都已呈空洞化的军队，却要迎接帝国再次侵略的军部首脑，就是这样的人。

5

以年老生病为由要求退役，再三拒绝复役要求的亚历山大·比克古元帅，是在皇帝莱因哈特再度宣战、使整个宇宙动荡不安后的第三天来到宇宙舰队司令部的。

在老元帅退役时任副官的施恩·史路少校，以几乎让头上的黑色贝雷帽飞落的速度跑向司令部的大门，去搀扶敬爱的老将。他理所当然地把比克古引到司令官室去。由于长官代理人邱吾权不在，施恩·史路想让老长官坐在椅子上。如果代理长官在的话，或许他还会把邱吾权赶走，让老长官有座位可坐。比克古笑着挥了挥手，把老迈的身体沉进客席的沙发。

“您穿着军服到这里来，是不是要复职和帝国军作战？阁下，您是不是还要回来指挥我们？”

少校的问题几乎已经表达了他的愿望，但比克古只是微微点头。

“我和杨提督不一样，我领了同盟政府五十年的薪水，现在更不能装作事不关己一样视若无睹。”

热血的年轻军官只觉得眼球四周的温度和湿度急速上升。他对老长官又敬了一个礼，发出了颤抖的声音。

“阁下，我也跟您一起。”

“你今年多少岁？”

“二十七岁……”

“哦，很遗憾。三十岁以下的未成年者这一次不能同行。这是成人的宴会。”

“怎么能这样说呢，阁下……”

了解了老提督的真意，史路少校无言以对。比克古无意带着有大好前途的他同行。忽然，老提督露出了与自身年龄不符的顽童般的笑容。

“这样好不好，史路少校？我有重要的任务交给你，你不要等闲视之。”

比克古老提督对着全身犹如被紧张的无形之锁绑住的史路少校，清清楚楚地逐字说明：

“你到杨威利提督那儿去，然后告诉他，不要为司令官复仇，有只有他能做的事等着他去做。”

“阁下……”

“啊，或许传达这些话是多余的。我不相信会第二次输给比我年轻五十岁的黄口孺子。我会战斗到底，不过万一有个三长两短……”

比克古的行动稍微有些不灵活，与他的年龄相比，他的肌肉本来显得比较年轻，现在也松弛了，衰老的影子已在比克古的外表投下灰色的阴霾。但是，他的眼神和声音都还有足以胜过壮年人的活力。他敢这样发出豪语，并不是出自对年轻人的不服气，而是源自他孜孜以求的信念。少校出于理性之外的因素，明白自己只能遵从老提督的命令。

司令官室的门开了，“面包店第二代老板”现身。或许已经接到报告，他丝毫没有惊讶的表情，而是一脸温和地朝着老元帅敬礼。

“欢迎您回来，阁下。”

史路少校事后评论说，他从没听过这么贴切的问候。

“您好像说不带三十岁以下的人吧？我已经三十八岁了，应该有资格同行……”

比克古元帅闭上刚要张开的嘴巴，摇了摇满头的白发。他知道这和史路少校的情形不一样，多说也无益。

“你也是令人伤脑筋的人，虽然杨提督很需要人才。”

“前辈的面孔太多的话，年轻人会很不自在的。杨提督只要有卡介伦一个人就够了。”

老元帅点点头，越过墙壁，把视线投向远方。

“莱因哈特皇帝……没有把你我当成战争罪人来处置。就个人而言，他甚至有恩于我，而我却要违抗他。年轻人没必要对这个散漫的国家死心塌地，而我已经活够了。”

老元帅抚摸着瘦削的两颊，对站在一旁的史路少校笑了笑。

“啊，对了，史路少校，我家地下室里有一个黄色的木箱，里面有两瓶上好的白兰地。你带一瓶去给杨提督做礼物。”

莱因哈特发出的华丽怒吼直达真空宇宙的另一端。杨威利在“非正规部队”的临时旗舰——号称不沉的战舰尤里西斯的一个房间内，听到了这段宣言。

年轻貌美的皇帝和在他背后展开的鲜红军旗图案，在杨的脑海里重叠着扩大开来。就是那面黄金狮子旗！除了那个年轻人，没有人适合与这面旗同时出现、同时存在。

“厚待杨元帅”这句从皇帝口中说出的话，在杨的心里投下了旁人无法比拟的阴影。但在表面上，他还开着“没有契约金吗”这种不高明的玩笑，结果被幕僚们白眼相向，只好闭嘴。但正因为他们是“非正规部队”的幕僚，才把他的玩笑当玩笑来包容。如果从同盟政府的立场来看，他们或许也会对自己的行为感到内疚，但一定会把杨的发言视为他投靠帝国的证据。

事情发展到这个地步，杨也不是没有陷入过左右为难的困境。如果把同盟政府不当地逮捕他、谋杀他未遂，迫使他逃离海尼森的经过公开，就暴露了同盟政府侵犯法律尊严的事实，引起人们对民主共和政治的不信任。如果杨问“我是为了什么而战”，那不仅否定了他自己的过去，也严重地伤害了无数为共和制度奋战之人的尊严。

杨知道自己很傻，但是，他对同盟政府还抱有一丝期待。他仍然希望政府承认错误，当面向他谢罪，请求他回去。

若是在原来的情况下，这种事情应该是值得期待的。民主政治不就是从否定国家与权力机构的无谬性出发的吗？承认自己的错误、有自省及改正的意念，不就是民主政治的优点所在吗？

然而，同盟政府只是无谓地沉默着，自始至终都彻底地允许帝国先发制人。因为无论如何，帝国公布的是“事实”，所以同盟只能以凌驾于这个“事实”、看来颇具真实性的“虚构”来反驳。而这种东西并不存在，所以同盟政府只好保持沉默。

杨回归同盟政府的路已被切断。他在事情发展到这一步之前，不呼应艾尔·法西尔的自立宣言，以空耗物资的形式持续潜航的心血都白费了。皇帝“要礼遇杨”的宣告并不是谎言。在巴米利恩会战之后，莱因哈特也曾劝他加入帝国军。莱因哈特借着诉说自己的真正心意，来最大限度地提高政治效果，完全斩断了同盟政府和杨之间的关系。这就是金发年轻人的不凡之处，杨不得不为之惊叹。

杨虽然否定专制政治，尤其是“戴着慈悲面具却没有效率”的善政，但是，他并不憎恨莱因哈特·冯·罗严克拉姆这个人。这是他理性上的偏狭呢，还是感性上的无原则？他自己也很难判断。不管怎么说，杨现在不得不趁着帝国和同盟之间的对立与抗争去构筑第三势力，其他的选择权都被剥夺了。

第三势力？杨不由得耸耸肩。这种称呼也得在身为第二势力的自由同盟还存在时才有意义。可是，同盟的瓦解已经迫在眉睫。

“回伊谢尔伦吗……”

杨的喃喃自语传到菲列特利加耳中，她心头不禁涌起一股近似乡愁的涟漪。虽然只离开了一年，她却对那个无机的银色人工球体有无限怀念。那个地方才是杨“非正规部队”——杨舰队的故乡。

“然后再控制艾尔·法西尔，确保通往回廊的出入口。就按照亚典波罗的计划行事？”

艾尔·法西尔充其量只是边境的一个星域，但是作为杨威利一行人的补给基地应该足矣。再加上尤里安从地球回来的时候，也应该准备一个迎接他的家。除了联结伊谢尔伦和艾尔·法西尔的“解放回廊”之外，没有更好的地方了。

杨的黑色眼珠中开始充满活力，潜藏在他身体内部的“历史学家以外的要素”开始蠢动。封闭在他脑中的冰堆崩塌了，思绪像融化的冰一般源源流出。

“莱因哈特皇帝大概会命令鲁兹提督从伊谢尔伦要塞出击吧？‘诸神的黄昏’作战将要再现。机会来了……”

菲列特利加用全身倾听着杨那充满热力的独白。

Chapter 3
“诸神的黄昏”再现

1

莱因哈特把至尊之冠戴在头上，又把大本营移到行星费沙，然后二度对自由行星同盟大举远征，其间相隔不到五个月。外人不禁为其行动之迅速瞠目结舌，但是，金发年轻人却觉得自己在这段时间内耽于安定胜过寻求进步，没有带动历史，反而被历史的洪流所载，想来让他面红耳赤。

在旁人眼中，是毕典菲尔特一级上将激烈的辩论打动了皇帝，但是对莱因哈特来说，毕典菲尔特只是刚好站在他午睡时拉开的窗帘前而已。当然，莱因哈特原本的战略思想和毕典菲尔特的主张是一致的，所以他对“黑色枪骑兵”的指挥官有很高的评价。

也有历史学家指出，即位数月后的新皇帝莱因哈特活动频率降低了。事实上，莱因哈特一次又一次出现了身体欠安、食欲不振、发烧发热等情况。不能否认，和即位前的他比较起来，此时的他依稀可见消极倾向。但是，即使活动频率降低是事实，莱因哈特的霸气与才干仍堪称丰富的矿脉。他派遣瓦列提督去讨伐地球教根据地，把大本营从五个世纪以来的银河帝国中枢行星奥丁迁至费沙。在此期间，他连日开展制度和组织的整备、人才的起用、法律的改废等工作。身为统治者的莱因哈特绝不是个没有作为的主君。

然而，莱因哈特比任何人更深切地感受到，自己在这一百四十一天中进入了几近无为的休止期。以前，他那独一无二的挚友——已故的齐格弗里德·吉尔菲艾斯曾经这么评价他："莱因哈特大人的脚不是用来在地上走的，而是生来在天空飞翔的。"而建设和整备的工作大概就属于在大地上漫步吧。他绝对没有轻视这种工作的意思，然而，当他指挥大舰队在宇宙空间和敌军厮杀时，他的生命充满了深深的满足感和灼热的昂扬感，这是不可否认的事实。

和他的敌手杨威利有些不同，莱因哈特白皙的外表下隐藏着许多矛盾。他不断地作战，不断地获胜。打了胜仗，敌人相对就会减少；敌人减少，战斗自然就减少。结果，他自己的生命力或许因此被削弱了。

与他本身气质不符的问题经常在宫廷内外产生。前些日子，工部的一名官僚就惹了一桩口舌之祸。此人任职于帝国首都建设本部，在职务方面可说是鞠躬尽瘁，但是有一次喝了酒和同僚聊天时，因为太强调费沙的重要性，说了不敬之辞。

"要使人类社会能够有机结合起来，就应该将费沙视为联结点。即使罗严克拉姆王朝消失了，费沙仍然会作为宇宙的要地保留下来。"

这段话最后那句触犯了皇帝的神圣，发言者足以被处不敬之极刑了——告密者的说法是这样的。年轻的皇帝带着厌恶的表情，把事情的处置权交给希尔德。希尔德确认了事情的前因后果，以轻率之罪对发言者处以谴责处分，又以故意夸大同僚的过失以致造成不安、伤害皇帝的臣子、损害皇帝的宽容及公正精神等罪名，对告密者予以降级的严厉处罚。

过了几天，莱因哈特忽然想起这件事，询问处置的结果，希尔德据实以告。年轻的皇帝很满意似的，摇了摇那金黄的头发。

“玛林道夫伯爵小姐很能辨别事情与道理的好坏。这次的事情，对那些以为朕喜欢告密的人应该是一次很好的教训。今后有很多事可以托付给伯爵小姐去做了。”

希尔德谦让了一下，随后禀告皇帝，最近在宫廷和政府当中急速形成了一种不太好的风气。对皇帝表示尊敬是理所当然的事情，但人们却有以此牟取私利的倾向。

“具体来说是怎样的，玛林道夫小姐？”

“譬如，同僚们彼此打招呼或者干杯时，没有高呼‘皇帝万岁’的人就会被指责，上司甚至会将这件事记在考核表上。”

“荒唐！”

“陛下说得没错。因此，属下想请陛下就此事向所有臣子下一道敕令。这样一来，便可以先发制人，给这种欲借着打击别人飞黄腾达的歪风一击。”

莱因哈特用白皙的手指轻轻地拨弄着垂在额上的金色发梢。

“伯爵小姐连这种事情都注意到了，真是辛苦你了。不好的芽还是得尽早拔除才是。朕知道了，今天内就发布公告。”

“谢谢陛下听取属下的建议。”

如果不在战场上打倒强敌建立功勋，也不在国政上处理悬案立功，光靠着向绝对的权力者谄媚就可以飞黄腾达，罗严克拉姆王朝大概很快就要走上颓废之路了。莱因哈特明白希尔德害怕的是什么，他原本就讨厌谄媚之辈。

以前负责向莱因哈特直言进谏的是齐格弗里德·吉尔菲艾斯。现在虽然有刚直的米达麦亚和诚实的缪拉，但他们不可能毫不客气地对皇帝进谏。而自己却是站在不留私情的立场上来考虑的——对希尔德来说，这种想法虽然有些狂妄，但有些事如果没有人提起，连莱因哈特也不会注意。

向自由同盟再度宣战的那一天，莱因哈特从超光速通信室回到自己的办公室，开始与希尔德讨论几个战略问题。他知道米达麦亚曾赞扬希尔德的智谋胜过一个舰队的武力。

“玛林道夫小姐对这次出兵有什么妙计？”

“如果陛下希望的话，不用两个星期的时间，也不需要开启什么战火，就可以把同盟元首弄到这里来了。”

莱因哈特冰蓝色的眼睛中充满了好奇的光芒。

“用什么方法可以从树枝上摘下果实，伯爵小姐？”

“只要一纸通信文。”

莱因哈特毫不做作地歪着头想了想，很快笑了。

“朕知道了，你是说让他们双方相残吧？玛林道夫伯爵小姐，是不是这样？”

“是……”

“说起来，这属于奥贝斯坦元帅的工作领域。看来智者有时会有相同的见解。”

希尔德为掩饰表情，眨了眨眼睛，观察着莱因哈特。她无法判断莱因哈特是不是因为预料到她的反应，才有这样的说法。还没等她判断出来，莱因哈特又提出了问题。

“那么，这个计谋的优点在哪里？”

“避免让战火蔓延到同盟首都海尼森，避免把非战斗人员卷入战局；把同盟崩溃的责任归到争战双方身上，避免让民众有怨恨帝国的情绪。”

“缺点呢？”

“在短期内会让杨威利一众增加力量。他是唯一可以信赖的人，所以陛下的敌人应该都会聚集在他的四周。此外——”

“此外？”

“如果这个计策成功，陛下的心情可能较为失落，因为从正面粉碎同盟军才是陛下的愿望吧？”

莱因哈特发出了清脆的笑声，水晶玻璃共鸣的声音引起了室内空气的振动。

“玛林道夫伯爵小姐仿佛一面反射人心的明镜哪！”

这个感想来自他小时候从姐姐安妮罗杰那儿听来的童话，他当然没有把这件事说出来。

“但是，就算我们不玩弄诡计，在同盟崩溃之前，人心一定会动摇。到时肯定会有人来推销我们不想要的商品。”

“或许有吧。”

莱因哈特极不愉快地肯定了希尔德的预测，然后摇了摇桌上的铃。近侍艾密尔·齐列一出现，他就吩咐准备咖啡。

一来到崇拜的年轻皇帝面前，艾密尔全身就像自动玩偶一样僵硬。这更加深了莱因哈特对这个充满忠诚心的少年的好感。如果艾密尔仗着皇帝对他的好感做出傲慢无礼的行为，一定会引起莱因哈特的不快。

听到吩咐后，艾密尔又退了出去。一直看着他的希尔德不禁泛起了微笑。

“真是个好孩子。”

“有他在，朕的身边就没有可担心的事了。他会是个好医生。即使医术不怎么完美，患者也一定会高高兴兴地把生命托付给他……”

莱因哈特严苛辛辣的一面，在这个时候完全潜藏于白皙的皮肤下，另一面的特质浮现出来。“因为我没有弟弟”，莱因哈特曾经表露出内心的一角。他一向站在“一位女子的弟弟”的角度，而尝试着去改变一下角度，似乎让他有种难以言喻的喜悦。

一边等着咖啡的到来，希尔德忽然想起自己的立场。然而，她的思绪立刻停止了，这并不像她惯有的思考方式。她是一位年轻而伟大的征服者忠实又能干的秘书，此外没有其他要求。

军务尚书奥贝斯坦元帅奉命担任费沙防卫司令部的长官，留守基地。皇帝不在期间，军事和民政分别由军务尚书和工部尚书分担，这是理所当然的人事配置。但是，米达麦亚和罗严塔尔都有一种“那家伙不在，反而落个清静”的感受，也是不争的事实。

奥贝斯坦面无表情地接受了命令，开始在军务部所在大楼的一间办公室内处理事务。然而，这个被公认为冷漠无情的上司暗藏机锋的话，却让部下菲尔纳准将有些毛骨悚然。

“军务尚书是不是反对再度出兵？”

“不，这样就行了。”

奥贝斯坦不认为性急地再次出兵是万全之策，但是这样一来，也让同盟政府没有准备万全的防卫战略的时间，双方的条件是相同的。最重要的是应该处于主导的立场，不要给敌人主导权。雷内肯普在他的事务官任期内虽然没有建树，倒是靠着自己的不幸身亡，完成了使自由行星同盟面临绝境的任务。

“而且皇帝的本领就在于坚决果断、雷厉风行。说起来，静观其变并不符合皇帝的特质。”

“您说得对。”

菲尔纳肯定了奥贝斯坦的论调。但是他看着奥贝斯坦的视线中，却散布着疑惑的微粒。

2

毕典菲尔特一级上将通过费沙回廊侵入同盟宙域，为了和舒坦梅兹一级上将的军队会合而快速前进。然而此时，他们发现大约有十艘同盟军舰艇在挑战似的迫近。

以“黑色枪骑兵”具有的破坏力来说，他们可以在瞬间将这弱小的敌人化为宇宙尘埃。然而，上至毕典菲尔特一级上将，下至最低层的士兵们，都有和强敌勇猛作战方不负盛名的尊严。

基于时间余裕不多，“黑色枪骑兵”打算宽容地放过他们，然而敌人却一直纠缠不休。大约过了一个小时，原本就不怎么有耐性的毕典菲尔特终于失去耐性了。

“这些家伙太缠人了。真令人讨厌！”

将其一举粉碎，作为出征的血祭吧——接获司令官的命令，约一百艘舰艇就像吐着舌头的猛兽般逼近待宰的猎物。

出乎意料之外，那支小舰队表明他们并不是要战斗，而是前来交涉。出现故障的通信系统在产生最坏的情况之前恢复了功能。知道同盟政府的特使要求进行关于撤兵的交涉，毕典菲尔特轻轻地歪了歪嘴，思索着，最后他轻轻地打了个响指。

“本人没有交涉的权限，去和我们后面的米达麦亚元帅面谈。我保障你们的航行安全。”

命令一艘驱逐舰进行引导和护卫后，毕典菲尔特率领着“黑色枪骑兵”，朝着同盟领地的黑暗空间全速前进。

不被放在眼里的同盟政府特使，或许认为和米达麦亚交涉比和毕典菲尔特交涉更有用，于是在帝国舰队的前导下又续航了三天。他们接近米达麦亚直接指挥的舰队，要求会面。

“毕典菲尔特这家伙！竟然把难应付的客人推给我，他想趁这个时候前进，拉开与我们的距离吗？”

看穿真相的米达麦亚知道自己既然身为宇宙舰队司令官，就不能不理会自称为政府特使的人。他咂了咂嘴，拢了拢蜂蜜色的头发，命人把特使带到旗舰“人狼”号的司令官室来。

同盟政府特使威廉·欧迪兹是从立体电视播报员转往政界，担任国防委员会委员的少壮派人物，甚至拥有让辩才留名后世的野心。连派遣他前来的列贝罗也不抱什么期望，他却自信满满地认为“光靠一根舌头就可以制止帝国大军”，热情膨胀得仿佛食用牛蛙一样。他对被随从与幕僚簇拥着的米达麦亚恭敬地行了一礼，挺起胸膛，朗朗说出他的诉求。

“在《巴拉特和约》中应该有保障自由行星同盟主权和领域的约定。现在银河帝国却违背和约的条文及精神，一味使用非法的暴力，想蹂躏我们的领土。如果帝国不希望引起人们当下的反感和未来的批判，就应该立刻撤回军队，通过外交方式来强调自己的理论。”

使者说完话后，米达麦亚只是厌烦地摸摸蜂蜜色的头发，一语不发。特使正待再度开口，一个强烈的回应不是从正面，而是从左侧反弹过来。

“住口！还想说什么？”

从座位上立起魁梧的身材并发出怒吼的人，是拜耶尔蓝上将。

“违背和约，杀害皇帝的全权代理雷内肯普事务官的是谁？不就是你们同盟政府吗？我们的皇帝就是看你们没有遵守和约的意思，做事又缺乏能力，才决定率军亲征的。如果你们还有良知，就应该跪在陛下面前请罪，避免不必要的流血，明白吗？”

面对这种严厉的指责，特使表面上一点都不害怕，反而提出了反驳。

“雷内肯普事务官是自缢的，而迫使他这样做的，是杨威利一众。”

“那么，你们为什么任杨威利一众逍遥法外？”

“因为你们帝国军没有给我们同盟政府时间。”

这个回答使拜耶尔蓝深蓝色的瞳孔中浮起冷笑的光芒，仿佛流星之光穿过夜空。

“时间？如果有时间，只会使杨威利一众更加壮大，使你们同盟政府更加瘦弱。即使给你们十倍于杨的兵力，我也不认为你们胜得过他。”

“您说得或许没错。”

特使的话极其郑重，声音却含着与他的态度大相径庭的毒素。

“连拥有百倍于杨的兵力的莱因哈特陛下，对他也束手无策，我们这种不才之人当然更无法与杨匹敌了。”

室内的沉默就像铅块一般沉重。连豪迈如拜耶尔蓝之流，在这一瞬间似乎也丧失了呼吸的机能。特使狠狠地讥讽了巴米利恩会战时，莱因哈特在纯战斗领域确实大败于杨一事。沉默在此时迅速到达了临界点，一旦冲破这一点，充满杀意的气流就会四处奔窜。

“畜生，竟敢侮辱陛下！”

布罗和德洛伊杰几乎同时发出怒吼。至于拜耶尔蓝，则猛然跃过桌子想痛殴特使。他的一只手已经让气爆枪发光了。

一直交抱着双手的米达麦亚，在这个时候发出了尖锐的呵斥。

“住手！你们还是军人吗？想杀掉只身进入敌营又手无寸铁的敌人，然后去向谁邀功吗？”

拜耶尔蓝的激动情绪迅速平息。年轻的勇将红着脸对着司令官行了一礼，回到自己的座位上。米达麦亚对着镇定下来的特使说道：“我有个问题，如果这里的提督中有一位被派遣到同盟首都去当特使，并且当着你们的面侮辱你们的元首，请问现在同盟军的将领中，有没有人就算死也要让对方赎这个罪？”

“……”

雄辩的使者这次无话可说了。米达麦亚的表情让他觉得口头上的争辩是无用的。

“没有……很遗憾。”

“那么，杨威利的部下如何？他们赌上自己的生命去解救上司……”

“……”

“我们的皇帝忧虑的不是伟大的同盟政府，而是杨威利一众。相信你也很清楚。”

米达麦亚站起来。他的个子出人意料地矮小，让特使大吃一惊。特使一直深信“帝国军双璧”有与威名相称的高大身材。

“特使来此的确很辛苦，但我们似乎已经没什么好说的了。如果你还有话要说，就请直接去跟陛下面谈。”

“那好，不过，米达麦亚元帅，在我等请求皇帝撤兵之前，希望你能暂时克制军事行动。”

“不行。你要去见陛下那是你的自由，但是我军的行动不会因此受到掣肘。如果由陛下下令撤兵，我们当然会听令行事，但事情是否会如此，那就看你的辩才了，与我们无关。我们在接获新命令之前还是得遵循原有的命令。也就是说，我们会继续对同盟进攻，并排除一切抵抗因素。如果你想阻止我们进攻，那就不要再迟疑，赶快去见我们的皇帝吧！在这里逞你的口舌之快是毫无意义的。”

仿佛要弥补刚才的沉默，米达麦亚说了一段难得一见的冗长台词，字字句句都变成一颗颗无形的子弹，直击特使的心脏。光靠投机取巧的雄辩，不可能动摇帝国军最高的勇将。

特使显得很颓丧。他的勇气和热情似乎都用尽了。他的使命已失败。不能说服米达麦亚，那就更不可能说服其主君莱因哈特。

在离开同盟首都海尼森时，特使的体内充满了热情、勇气及自信的混合气体，然而，现在却呈现出真空状态。尽管如此，他仍然虚张声势，昂首挺胸地离开了战舰“人狼”号。但一回到自己的舰艇上，他就像泄了气的气球，整个人都瘫了下来。几个小时里，他都躲在自己的房间中。好不容易踏出房门，他就以几近自暴自弃的语气宣布要去和皇帝莱因哈特面谈。

“那个虎头蛇尾的长舌族怎么样了？”

过了几天，米达麦亚问布罗。听说此人已经为了直接与皇帝面谈前往费沙，米达麦亚点了一下头，在自己的脑海中盖下了一个“可忘却”的印章。

如果要从结论来反溯，这个时候，米达麦亚或许应该留下那个装成雄辩家的人。但是，他不认为那个不能说服他的说客能改变皇帝莱因哈特的心意，也不认为希望向皇帝直接倾诉的人会对大局有所妨碍。以前，在利普休达特战役后，有刺客企图暗杀莱因哈特，最终导致齐格弗里德·吉尔菲艾斯被夺去生命。但是，米达麦亚觉得这次应该不会有这样的危险。不过他还是用通信把应注意之事传到了皇帝的大本营。

当毕典菲尔特一级上将在军事力量呈空白状态的同盟领域中，朝同盟首都海尼森前进时，在帝国直辖领土干达尔星域的舒坦梅兹一级上将则在完全的临战状态下等待友军到来。

如果以他得自皇帝赏赐的兵力来看，要一举进攻海尼森也是轻而易举的，但是有几个条件要求他必须慎重行动。首先，杨威利一众的行踪不明，即使其来攻的可能性微乎其微，但只要有可能，帝国军的根据地干达尔星域就不能唱空城计。虽然在《巴拉特和约》签订之后，干达尔星域已经积极整备军备，但要像伊谢尔伦一样成为永久的要塞还为时尚早。为了守住这个据点和储备的军需物资，留驻舰队主力是不可或缺的。

此外，同盟首都海尼森还驻有已故高等事务官雷内肯普属下的文武官员一万多人，他们的安全也要有所保障。当然，帝国已经向同盟发出了警告，同盟应该不会愚蠢地杀害这极为贵重的人质。事实上，舒坦梅兹为了向同盟政府追究责任，曾一度想攻入行星海尼森。当时，副司令官克鲁森施滕上将变了脸色，大加反对。

“只带少数几个随从就深入海尼森，无异于自杀。难道您忘了雷内肯普事务官不幸的前例吗？”

舒坦梅兹毫不在乎地回答：

“到那个时候，就把我和行星海尼森一起毁掉。长年来的混乱大概就可以一了百了吧。”

于是，舒坦梅兹把副司令官克鲁森施滕上将留下来守卫，带着参谋长伯罕中将、次席参谋长马格拉夫少将、司令部总书记里切尔少将、副官西贝尔中校、护卫队长伦普中校等幕僚，欲赶赴同盟首都行星海尼森。但是会谈并没有实现，舒坦梅兹从干达尔星域外缘折回行星乌鲁瓦希。这位以前曾任莱因哈特旗舰伯伦希尔第一代舰长，后来主要在边境建立武勋的提督，只好像一把拉满的弓一样紧绷着神经过日子。

“帝国军再度大举进攻！”

这个消息当然让同盟首都海尼森战栗不已。“一年内竟然两次看到帝国军的舰队”，有人这样自嘲；也有人呼吁即使整个行星化为焦土，也要继续抗战；更有人主张抵抗也无济于事，干脆无条件投降算了。还有大量居民从都市前往山间避难。《巴拉特和约》签订之前那一次帝国军的急袭，没有足够的时间让人们产生恐慌，然而这一次，破灭的水波缓缓地浸湿人们的精神阶梯，类似死囚的感觉紧紧攫住人们的神经。人们的无力感逐渐收敛，到了呈饱和状态的时候，暴动发生了。在被封闭的宇宙港前，治安警察和市民起了冲突，造成数千人死亡。

邱吾权取代了老迈的比克古，加速整备，迎击帝国军。往常让最高评议会议长姜·列贝罗发牢骚的对象们，也都不得不认真地去做事，消失无踪了。连秘书官都避着议长。有一次，列贝罗阴森地问：“比克古元帅拒绝和杨威利打仗，如果对手是皇帝莱因哈特的话，他就打吗？”

“这应该不是什么不可思议的事吧？”邱吾权极为温和地反

驳道，“请您想一想。这么多年来，比克古元帅和您交情不可谓不深。但是，他为什么不和您碰面？难道您不认为，这是因为他太了解坐上元首之座前的您吗？”

“你的意思是说我变了？”

“比克古元帅并没有改变，这一点您应该承认吧？”

列贝罗把缺乏生气的目光投向邱吾权，但是很明显，他的视线越过了邱吾权，凝视着只有他自己才能看到的东西。列贝罗的嘴巴微微地张开又闭合，一道低沉而干枯的声音从他口中发出。邱吾权只得将听觉神经的功能发挥到极限。原来列贝罗在揭发逃亡的杨威利的罪状。

“很抱歉，阁下，杨威利大可以杀害您，也可以把您强行带到宇宙深渊去。他不这么做，是因为……”

邱吾权没把话说完，他知道对方并没有听他说话。宇宙舰队总参谋长叹了一口气，站了起来。他的表情就像在为经营不善的面包店的未来烦恼。当邱吾权离开列贝罗的办公室时，他原本想对警卫室长说些什么，结果还是放弃了。他必须承认，议长已经在精神上自杀了。

邱吾权回到宇宙舰队司令部，在门口被告知有客人来访。他先是去了一趟自己的办公室，随即打开指定的接待室的门。

三个来访的客人一看到被称为“面包店第二代老板”的总参谋长，就从沙发上站起来，以郑重其事的动作和表情行了礼。

这三个人是前驻伊谢尔伦要塞舰队副司令官费雪中将、参谋长姆莱中将、副参谋长派特里契夫少将。

当初《巴拉特和约》订立，再加上杨退役，使通称的“杨舰队”落得解体的命运，他们也分别被调派到各个边境军区。就在半年多前，他们还隶属于自由同盟最强大的武力集团的指挥部，但是在转战各地、获得许多胜利也付出许多辛苦之后，他们却被当作妨碍者，从首都被赶出去了。在政治上，这不算是错误的处置。中央政府害怕最强的部队自立化、军阀化，从而促使其解体，是理所当然的事，更何况他们已经没有利用价值了。

尽管他们三人都没有感到不安，但也无法保持平静。在边境上，他们和同事被隔离，所有关于首都的情势，只有政府发布的消息和不实的传闻像蓄水池里的死水一样，流进他们情报的水路。他们只能确定昔日的上司——自“第十三舰队”创立以来便与他们同生死共患难的杨威利，要么已逃亡，要么已被肃清。不管落得哪种下场，杨都从理想的生活中被放逐了。

“让你们千里迢迢跑来真是辛苦了，请坐。”

在让座的同时，邱吾权自己也坐在了沙发上。通过他们轻松就座的姿势，总参谋长在心中确认了访客们的为人。

姆莱虽然缺乏独创能力，却有细致严谨的头脑和优秀的行政处理能力，素有“杨舰队中少有的常识丰富者”的风评。至于费雪，则是指挥舰队的能手，杨拟定的作战计划屡屡克敌制胜，应该归功于费雪完美的舰队指挥。派特里契夫看起来怎么也不像参谋型的军人，只有巨大的体型给人留下深刻的印象。事实上，他从来未曾延误过杨舰队司令部的运营，对任务和上司的忠诚是不容置疑的。邱吾权心想，能录用并统御这些人才又不乱步调的杨威利，确实是个不平凡的青年。

“特地把我们从任职地叫回来，有什么事吗，总参谋长？”

姆莱一脸严谨地发出严谨的声音。其他两个人似乎把话语权交给了他似的，保持沉默，一语不发。

邱吾权简短但不失正确地向他们说明了杨和部下逃离海尼森的事。他看了看面面相觑的三个访客，把带来的文件递给他们。

“所以这里有个很重要的任务。我希望你们找到杨提督，把这份文件交给他。”

“那是……”

“是让渡契约书。”

三人闻言都露出怀疑的表情，低头看了看那份文件。他们再抬起头来的时候，惊愕和不可思议的表情更加浓厚。邱吾权吃力地跷起二郎腿坐下来。

“就如你们在这几份文件上看到的，我把我方宇宙舰队中的五千五百六十艘战舰让渡给杨威利。我希望你们把文件和所有的‘商品’一并带走。法律上的手续都已经办好了，你们不用担心。”

姆莱轻咳了一声。

“可是，有必要特意做这样的文件吗？下官觉得光是在形式上，就太多余了。”

“你还不懂吗？”

邱吾权一脸天真地重新审视眼前的三人。派特里契夫随意地歪着头，费雪眨着眼睛，姆莱则连眼都不眨。

“那当然是个玩笑了。”

邱吾权一边小心地调整着头上贝雷帽的角度，一边说道。姆莱调整了一下姿势，使坐姿更庄重些。他简直不相信除了半年前的那个上司，还有这种令人困惑的人。他心中或许是这么想的，可表面上还是不动声色。尽管如此，他仍然以对上司而言过于严厉的语气说道：

“如果是玩笑，那也就罢了。但是，如果必须整合战力对抗帝国军，光靠这些舰艇和物资，就能对付帝国军的侵略吗？”

“再怎么整合，也没法对抗。”

太简单明了的回答，让姆莱中将无话可说。银发的费雪仍然保持着沉默，派特里契夫取代前参谋长开口了。

“话是这么说没错，但总不会连仗都不打，就把首都拱手让予他人吧，阁下？”

“没错，不可能这样做。比克古长官和我打算拼了命也要一搏。”

“可是，那不就是自杀吗？比克古长官阁下和总参谋长阁下干脆也跟下官一起走吧！”

姆莱中将移了移视线，盯着壮硕的少将。

“别怪我莽撞。首先，我们还没有决定要去呢。”

“我打算这么做。”

费雪终于打破了沉默，用那银色的眼睛注视着总参谋长。邱吾权又跷起了二郎腿。

“你愿意去了，费雪提督？”

“愿意，阁下。姆莱中将，现在已经没有拐弯抹角的时间了。我们不该再浪费时间了，应该找出最好的办法。”

“……”

姆莱中将失望地抬头看着天花板，或许他已默认费雪的看法是正确的。不一会儿他便行了一个礼，接受了命令。

前杨舰队的三个骨干带着“让渡契约书”离开司令部，邱吾权立刻向比克古报告事情的经过。老提督慰劳了他的辛苦后，忽然把视线投向遥远的另一边。

“在兰提马利欧会战失败的时候，我就应该是已死之身了。由于你的劝说，我又苟活了半年，结果，也只是把大限的日子稍微向后移了移。”

“从现在的状况来看，或许当时做得太过分了。请原谅。”

“不，承蒙你的劝说，才和妻子多聚了半年……你的妻子怎么办？”

“请不用担心，下官已经托姆莱中将把她送到杨那里去了……我这样做实在太利己主义了，一意惦记着家人。”

老提督闭上眼睛说了一句“那太好了”。他把老妻留在了家里。妻子拒绝离开自新婚以来一直居住的家。或许她是想待在那个家里，让自己和比克古家一起完结吧……

“杨威利纵然有许多缺点，却有一个任何人都不能挑剔的优点。那就是他一直深信民主国家的军队存在的意义，是以保护人民生命为前提的。而且，他也一直奉行不渝。”

“没错，你说得一点都没错。”

比克古衰老的脸上，浮现出夕阳余晖般的微笑。

“在艾尔·法西尔时是这样，放弃伊谢尔伦要塞时也是这样。他绝不让任何一个平民成为牺牲品。”

历史或许会将杨记载为一个与莱因哈特·冯·罗严克拉姆匹敌，甚或超越其上的战争艺术家。然而除此之外，还有更多事情必须让后世知道。但这并不该由比克古或邱吾权负责。每个人背负的责任都不一样。

“我知道你想说什么。如果杨失败了，那也不是莱因哈特·冯·罗严克拉姆的天才所致。”

应该说是杨执着于自己理想的缘故。在巴米利恩会战的时候，杨应该置政府的命令于不顾的。虽然话并不能这么说，但为了他自己，杨应该这样做……

3

将同盟特使欧迪兹踢走后，米达麦亚把这次作战中的第一发炮弹射向了同盟军。行星路西安那的同盟军兵工厂不在帝国军的前进路线上，所以被毕典菲尔特放过了。但从战略上来看，这个兵工厂不能忽视。如果放着不管，它的地理位置和生产力必会成为日后的心腹大患。

米达麦亚的行动并未辱没“疾风之狼”的美名。十二月二日，行星路西安那的兵工厂被帝国军完全破坏，长官邦斯格尔技术中将和兵工厂设施同生共死。但刚造好的驱逐舰和巡航舰有半数成功地逃离了，在戴休准将的指挥下避开了帝国军的追击搜索，一边聚集兵员和物资，一边快速前进，五十天后好不容易到达了艾尔·法西尔，投靠了杨威利的非正规部队。

在米达麦亚身后，帝国军的舰列形成巨大的光带，席卷着同盟领地。和同盟军现有的战力相比，帝国军过大的数量导致其补给能力已达极限。在米达麦亚之后，原有的雷内肯普舰队分两路展开。

雷内肯普一级上将生前转任高等事务官时，他统率的舰队被分成两股，分别编列到阿尔弗雷德·格利尔帕泽和布鲁诺·冯·克纳普斯坦两上将的麾下。这两个人都是二十几岁的年轻人，充满锐气和活力，他们坚决要为原来的上司雷内肯普复仇。

但他们在个性上还是有差异的。克纳普斯坦是雷内肯普忠实而优秀的门生，擅长使用极正统的用兵术，同时又稍稍具有清教徒般的正经个性。另一方面，格利尔帕泽作为一个军人，除了拥有与年龄不符的声名，还是个知名探险家，他的名字列在帝国地理博物学协会的会员名单上。要获得该协会的入会许可，必须有会员的推荐和论文审查。他是以《为证明亚曼道夫贝尔星系第二行星的造山活动和大陆移动的相互关系，对极地性植物分布的考察》这篇题目极长的论文获得了资格。

他在接到入会通知时，正要参加卡尔·古斯塔夫·坎普提督的葬礼。他身上穿着葬礼的衣裳，仍然忍不住冲进洗手间，独自在里面爆出一阵喜悦的欢呼，然后又带着严肃的表情参加了葬礼。由于这种经历和志向，他好像对素有“艺术家提督”之称的梅克林格一级上将比对雷内肯普更有敬意，但这种情怀并没有妨碍他复仇的热情。或许是彼此的竞争意识提高了热情的温度。

在他们后方还有克罗德瓦尔上将、瓦肯塞尔上将、克里希中将、麦弗哈中将等人的舰队，除此之外，艾杰纳一级上将也以重将之姿出现在行列中。

艾杰纳嗜酒，在战场上也是威士忌不离身，但离开费沙之后，他和酒就无缘了，这其中多少有些缘由。将官级的艾杰纳当然有幼校的学生当勤务兵，但由于“极端地沉默、严格又严肃”的风评一直如影随形，听了副官的提示后，学生从一开始就显得僵硬而不知变通。

“如果提督打一次响指，你就要送上咖啡，绝对不要超过四分钟。如果打两次响指就是要威士忌，千万不能弄错。”

幼校生拼命记下指示，以他的记忆力来说，这应该是很容易的事。但或许心理的压迫感使少年的记忆微妙地变了形。离开费沙后，有一次艾杰纳打了两次响指，三分五十秒后，两杯咖啡送到了他面前。

“极端地沉默、严格又严肃”的提督轻轻瞄了一眼身旁那个全身僵硬的少年，二话不说地喝下了两杯咖啡。幼校生松了一口气。于是，在这趟远征中，亚伦斯特·冯·艾杰纳就只有在一杯咖啡和两杯咖啡中选择的权利了。

在艾杰纳后面，有水蓝色眼珠的亚德鲁贝尔·冯·法伦海特一级上将的舰队，拖曳着长长的光点尾随着。他负有的重要任务，是联结前方展开的各个舰队与后方的莱因哈特直属舰队，可谓肩负着整体作战能否有效运作的重任。

位列其后的便是皇帝莱因哈特的直属舰队。辅佐莱因哈特的首席参谋是统帅本部总长奥斯卡·冯·罗严塔尔元帅，其下负责舰队指挥的是贝根格伦上将。皇帝的高级副官阿尔兹·冯·修特莱中将、次席副官迪奥贝尔·冯·流肯少校、首席秘书官希尔格尔·冯·玛林道夫也都在旗舰上。

殿后的是有“铁壁”之称的奈特哈尔·缪拉一级上将的舰队。他不只是负责后卫的工作，一旦费沙方面有异变产生，他必须调头作为帝国军的先锋去压制敌人，同时还要确保后方的补给路线。

帝国军堪称布阵深厚的再次远征，形成一波波能量与物质的怒涛，向同盟领土席卷而来。但是在宇宙的一个小角落里，一次与帝国军作战方式大不相同的、微小却重要的作战正要上演。

杨威利展开了夺回伊谢尔伦要塞的作战。

Chapter 4

解放、革命、谋略

1

宇宙历七九九年放弃伊谢尔伦要塞，在第二年又毅然将该要塞重新夺回之举，被后世评价为一种利用堪称“艺术战术”的手腕，使杨威利“宙域控制”的战略思想得以实现的行动。这次行动并不执着于以舰队决战获得战术上的胜利，而是为了达成军事目的确保所需的时间和区域。

“杨威利真正伟大之处，在于他虽然是舰队决战的高手，却很清楚何时该运用这个长处，不会热衷于表现自己。”

有历史学家这样称赞杨威利。但是杨的对手莱因哈特·冯·罗严克拉姆在这方面也有同样的优点，他们两人在舰队决战的战略实施层面上，并不拘泥于某个战局中的技术表现。他们注重的是与敌人相较之下，己方拥有更强大的战力、完美地进行补给、大量收集并正确分析情报、任用值得信赖的前线指挥官、确保有利的地理位置、慎选开战的时机等。如果这些因素都具备了，一两次战术上的败北也就不值得评论了。最高司令官的任务只有一个，就是对所有的军队叮嘱一句——“不可大意”。

在第二次“诸神的黄昏”作战中，莱因哈特·冯·罗严克拉姆处于有十足把握的立场。

即使如此，他仍然站在最前线，这就是他被称为“金发狮子”的原因。这一举动绝不是依恃能力，而是由性格决定的。

另一方面，杨威利必须在战略条件极为不利的情况下打开局面。令他下定决心的是亚列克斯·卡介伦的一番话。在旗舰尤里西斯的一个房间中，杨军官学校的学长沉重地开了口：

“喂！没钱了哦。今后要怎么做，赶快下个决定吧！”

在杨舰队中，能了解国家规模的财政和经济问题的就属卡介伦了。杨也把经济纳入幻影般的长期再建设决策中，这证明他不是一个军事力量至上主义者。但是，他也不得不承认思考的主要方面仍在军事层面上。不管目前的事态称为革命也好，战争也罢，要使整个行动顺利进行下去，资金是不可或缺的，而目前杨的手上并没有阿拉丁的神灯。

当卡介伦提出通过杨的朋友波利斯·高尼夫的人脉，向费沙的商人们筹借资金的提案时，杨感到极为恐惧。借的钱就一定要还，而他现在根本没有还钱的策略。最重要的是，给流亡的杨“非正规部队”提供资金是一种投机，甚至是一种愚蠢的赌博，费沙人不可能答应。

“什么啊，一旦借给我们，钱就是我们的了。”

卡介伦说完，杨挠着黑发陷入沉思。卡介伦接着又说：

“费沙人对利益是趋之若鹜的。如果我们显示出打倒皇帝莱因哈特的可能性，他们一定会为将来投资。”

“……”

“一旦他们投资过一次，为了不使这些金额白白浪费掉，他们就必须继续投资。而最先投资的资金，就成了使双方关系更紧密的要素。”

“这个我懂，可是光说可能性，骗得了商业才能出众的费沙人吗？”

“美人计成功与否，要看女人的魅力如何。”

“女人的魅力？”

杨歪着头想了想，把黑色贝雷帽往头上一扔，笑了出来。他明白了卡介伦想说的话。

费沙人原本的习性就是独立不羁的。他们虽然被迫屈服于莱因哈特·冯·罗严克拉姆大胆壮丽的战略与支撑行动的武力，但对这些自古以来崇尚自由经济活动的商人来说，这当然是极为违心之事。如果可能，他们也想打倒皇帝莱因哈特的政权。但是，他们却欠缺武力。

因此，费沙人一定一方面对帝国阳奉阴违，一方面又迫切地寻求可以补偿自身不足的势力。他们可以和杨一众人共存互助，但也不是肯在没有胜算的弱者身上投资的慈善家。要麻痹他们的自保本能，就得下猛药。

因此，如果杨在战术上获取更大的胜利，向费沙人夸示除了皇帝莱因哈特之外，还有其他人也有可能掌握未来，费沙人权衡利弊的天平就会大幅度倾向于杨这一边。

“使费沙人迷惑的国色天香的美女。”

这就是伊谢尔伦要塞。

重夺伊谢尔伦，显示出反帝国势力的实力，捆住投资家钱包的绳子自然就松开了。

“就算为了这个缘故，也要攻下伊谢尔伦吗……”

于是，重夺伊谢尔伦要塞成为杨集团最重要的课题。这不仅是基于军事上的目的，也是为了政治上的效果，以及经济上的存续。总之，为了完成一个综合以上条件的历史奇迹，杨必须夺回伊谢尔伦要塞，然后保住伊谢尔伦回廊的出口艾尔·法西尔，利用费沙的组织力和情报力量为再度作战做好准备。

但是，如果允许费沙人以赞助者的身份干涉行动，造成革命运动因为费沙人的投机天性而被操纵，这一举动就失去了意义。事情万一到这个地步，就棘手了。

另一方面，从莱因哈特的立场来看，在偏远地带的伊谢尔伦要塞只不过是一颗小小的石子。莱因哈特轻视伊谢尔伦要塞，并不仅仅是因为他豪迈的个性。对控制了费沙回廊、已将大本营迁往费沙的皇帝来说，伊谢尔伦回廊的战略价值自然已经减少。他虽然把军务尚书奥贝斯坦元帅留在费沙，并配备了强大的军队，但是在伊谢尔伦方面，他让鲁兹的兵力四处移动，使回廊呈现空白状态。就结果而言，杨的洞察是正确的。

后世当然有历史学家批评莱因哈特轻视伊谢尔伦回廊的行为是骄傲的表现，但是生在同一时代的杨威利，见解却略有不同。

“燕雀安知鸿鹄之志。一枚金币根本不值得亿万富翁去捡，却足以决定穷人的生死。”

莱因哈特以银河帝国专制君主的身份，已经支配了一多半已知宇宙，同时还想征服剩余的宇宙。而杨指挥着一群连根据地都没有、四处流亡的“离家出走的孩子”，企图使民主共和政体存续下去。一有机会，他还想把一直向罗严克拉姆王朝献媚的历史女神拉到自己的阵营来。不管从哪方面来说，杨似乎都想完成一件外人看来实为不知天高地厚的大事。为了实现这个梦想，他还大胆地去摸索意气风发的富翁的口袋。

就这样，宇宙历七九九年十二月九日，“杨非正规部队”在艾尔·法西尔星系露面了。

事实上，和艾尔·法西尔的独立革命政府合流并不是杨的积极意图。站在杨的立场来看，充满热情、意气昂扬的艾尔·法西尔的行为倒像是狂飙的飙车族。但是，统合反帝国共和主义者的第一步，就是让政治的先驱者和军事的实力者联手共创未来。

2

艾尔·法西尔自治政府的主席法兰切斯克·罗姆斯基是一位四十岁的男子，本行是医生。自古以来，医生、教师、法学家及学生就是革命家的重要来源，因此他也是遵循传统的一员。

罗姆斯基在十一年前，也就是在艾尔·法西尔大撤退之际，是杨威利中尉的民间协助者之一，但是杨早把他的名字与容貌都沉入忘却的深渊，从水面都无法窥见了。在菲列特利加告诉他以前，杨甚至连现在的夫人曾受教于他的事情都忘记了，这种小事更不可能在他的记忆范围之内。

菲列特利加拥有远比丈夫井井有条的记忆力，她忘不了罗姆斯基。她曾经不止一次请他为瘦弱的母亲诊疗，甚至招待他吃三明治、喝咖啡。罗姆斯基也清楚地记得这个淡褐色眼珠的金发少女。医生出身的革命政治家满脸笑容地握紧了杨夫人的手。杨威利内心惧怕的则是记者们环列在罗姆斯基四周的相机炮列。艾尔·法西尔第二天的电子报纸果然如预料中一样，全是杨的特写和大标题。

“杨威利归来！艾尔·法西尔的奇迹再度显现！”

“就是这样，就因为这样才令人讨厌。”

杨抱着头无奈地说道。事情演变到目前的状态，他已经不得不扮演这个因他的行动和功绩被确立的虚假形象——从民主国家的英雄到民主革命的英雄。而他不败智将的名声，想必也会因此被更多地渲染。

以艾尔·法西尔革命政权的立场来看，杨一众的参战不仅意味着军事力量的飞跃与强化，也意味着自由行星同盟的最高将领承认，只有艾尔·法西尔是以民主共和政治为目标的正统政权。他们在欣喜之余，也想将这个良机活用到最大程度。

不管是从民主共和政治的理念来看，还是从革命的情报战略来看，罗姆斯基和新闻界紧密结合都是很自然的。杨绝不能把内心的厌恶公然表现出来。开诚布公是民主共和政治的支柱。如果喜欢秘密和非公开，就该参与专制政治，所以杨必须压抑个人的情感，对着相机和摄影机露出笑脸。

然而，在盛大的欢迎典礼中，杨只花了短短的两秒钟就结束了致辞。“我是杨威利，请各位多多指教。”这似乎让期待杨有一番动人心弦演说的一万名参加者很失望，但只要杨将来有任何实绩，就可以补偿这个遗憾。

罗姆斯基对坐在身旁的杨低声说道：

“杨提督，我觉得我们必须为新的政府取个新名称才行。”

“啊，那是当然的。”

“所以我想在明天正式发布，您觉得‘自由行星同盟正统政府’这个名称如何？”

“……”

杨在精神上动摇了几步。他心想这是个笑话，但更明白对方是认真的。罗姆斯基略带不安地又看了一眼没有立即回话的杨。

“您觉得不好吗？”

“不是，但不必拘泥于国家的正统性吧。我个人的想法是，应该强调这个政府是从零出发的……”

杨极有保留地提出自己的看法。他也不愿被认为是倚仗武力，将自己的主张强加于人。

“没错。第一，正统政府这个名称的缘起不好。最近不是有所谓的‘银河帝国正统政府’这个恶例吗？”

达斯提·亚典波罗察觉了杨的心境，伸出了援手。他这个说法似乎和罗姆斯基医生的心理波长产生了共鸣。革命家点头说道：“确实不吉利，再想其他名称吧。”言下之意似乎有些遗憾。

“请不要这么失望，杨提督。将来一定会出现更高的山峰。”

“我知道。”

杨低声回答亚典波罗，但并不是敷衍了事。即使艾尔·法西尔革命政权多少有缺点——不，即使有再多的缺点，他也不能摘下这株弱小无力的民主的嫩芽。如果再这样袖手旁观，整个宇宙一定会被更杰出、更具华丽个性的莱因哈特·冯·罗严克拉姆掌握。此时，莱因哈特的能力和良心并不是问题的关键。由以个人资质建立的单一政体支配整个宇宙，实在不是恰当的事。

一小群人挥舞着狭隘愚劣的大义名分旗帜互相伤害，远比遭受唯一而绝对的神那唯一而绝对的大义名分压迫要好。如果将所有的颜色都聚集在一起，只会化为单一的黑色，而无序的多样色彩总比单一的无色彩要好——人类社会没有被单一政体统合的必然性。

从某种意义上来说，杨这种思考方式中，不能说完全没有反对民主共和政体的元素存在。因为过半数的民主共和主义者都希望宇宙依自己的思想方式来统合，希望专制政府消失。

尽管如此，事情的发展还是极具讽刺性的。当高登巴姆银河帝国伴着无声的哀鸣倒下那衰老的躯体时，与该帝国持续抗衡长达两个半世纪之久的自由行星同盟，也被白蚁蛀蚀而空洞化了。

“难道自由行星同盟的历史意义并不在于反专制，只在于反高登巴姆王朝？”

杨以前也有这样的想法，而事情的演变看来似乎也像这样。现在他更是几近确定，这对杨来说是很无情的。他不能接受这个事实——自冒险进行一万光年远征的国父亚雷·海尼森以来，长达两个世纪的时光中，无数人蓄积了希望与热情、理想与野心、喜怒与哀乐，但这些历史竟然只能叠在一具叫鲁道夫·冯·高登巴姆的死尸上头。

但从这层意义来看，那个美貌的霸者莱因哈特·冯·罗严克拉姆或许也是这样。他的目标是铲除高登巴姆王朝，目前虽然实现了，但也只是把鲁道夫的亡灵赶回坟墓底下而已。罗姆斯基不断地用热切的口吻说着新国名、国旗和国歌等。杨一边适当地点点头，一边让思索的翅膀在过去的黑暗和未来的迷茫中驰骋……

于是，“非正规部队”就成了“革命预备军”。奥利比·波布兰中校事后评论说，冬天穿冬天的衣服，夏天穿夏天的衣服，不管穿什么，内容都没有改变。

司令官为杨威利元帅，参谋长为维利伯尔·由希姆·冯·梅尔卡兹一级上将，后方勤务部长为亚列克斯·卡介伦中将，罗姆斯基为政府主席兼任军事委员长。杨稍稍觉得安心，顶头上司只有一个人让他觉得心情特别开朗。

然而，到达艾尔·法西尔后，又有一个更令他欣喜的消息传来，那就是他将和尤里安·敏兹及奥利比·波布兰等人再次会合。

3

十二月十一日，前往宇宙港参加军民两用管制系统重组会议的亚典波罗看到了杨的被监护者。事情的经过是这样的：在广大的门厅处涌动的人潮中，有个穿着十分突兀的豹皮外套、气质不凡的褐发美女。就在亚典波罗的视线投向那个女人的时候，视野中浮现出了记忆中的亚麻色头发。

“尤里安，喂！那不是尤里安吗？”

亚麻色头发的少年回过头来，确认了声音的出处，头发下面朝气蓬勃的眼睛顿时充满了生气，闪烁出光彩。他以有节奏的步伐飞快地走上前，精神奕奕地敬了一个礼。

“好久不见了，亚典波罗中将。”

他搭乘的货船“亲不孝”号刚到宇宙港，波利斯·高尼夫船长还在办公室办理手续。

“对了，除了你之外，其他的随从人员都到哪里去了？”

“真坏呀，中将，怎么这样说呢。”

马逊两手两肩都扛着货物，体积足足有尤里安的两倍大，就站在后面等着。再看奥利比·波布兰，他正在数步之遥的地方和三位二十岁上下的小姐谈笑风生。他们交谈的片段像羽毛一样轻轻飘了过来。

“波布兰中校！”

“哎哟，不要在我正高兴的时候来打扰嘛！再加一把劲儿，今天晚上就可以在双人床上睡个好觉，做个好梦了。”

被尤里安一叫，波布兰一边发出不平之声，一边慢慢走过来，随随便便地对亚典波罗行了一个礼。亚典波罗本不是会被这种无礼举动伤害的人，但还是忍不住出口讥讽。

“一到目的地就很勤快嘛！几分钟就勾搭上新的女人了？”

波布兰一点害羞的样子都没有。

“人类的总数有四百亿，其中有半数是女人。这半数中又有一半受限于年龄，然后又有半数的女人在容貌方面不合格。尽管如此，还是有五十亿女人可以成为恋爱的对象。时间不够，所以连一秒钟都不能浪费。”

“女人的才智和性格，你都不在乎吗？”

“性格好的女人就交给亚典波罗提督了，性格不好的那一半由我来接收好了。”

“中校，你也意识到了？你的那点托词，听起来只能是骗人的把戏啊。”

“啊，你能不能留点口德！我们在地球那个阴森森的行星上受苦的时候，你们在海尼森可是为所欲为呀！”

“我们也是很辛苦的。”

亚典波罗像小孩子一样高声辩解，发现一旁的尤里安似乎强忍住笑，便故意咳嗽了一声，改变了话题。

“不管怎么样，你们来得还真是时候。我们两天前才到达这里。”

尤里安最初当然是以同盟首都海尼森为目标，但从费沙回廊进入同盟领域的时候，听说了皇帝莱因哈特再次宣战的消息，也知道杨已逃离海尼森，便不得不改变方向。经过种种推测，尤里安料想无论中间过程如何，杨早晚会企图夺回伊谢尔伦要塞，并以某种形式和艾尔·法西尔的独立革命政府接触。

“途中虽然有种种事情发生，不过总算平安到达了。总之，能和各位再见面，实在是太好了。”

尤里安说得极为简洁，其实半路上真的发生了许多波折。他们跟着完成讨伐地球教任务的帝国将领奥古斯特·沙姆艾尔·瓦列前往帝国首都奥丁，参观了正在装修、即将改为历史博物馆的新无忧宫，波布兰仍然不改其习地和一个前来游学的黑发女孩拍了纪念照。原则上，他们扮演着一群颇富好奇心的费沙独立商人，但还是得接受宪兵队形式上的盘问。从地球教本部私下带出的光盘失窃，他们花了三天的时间寻找。波布兰原想和帝国军军官年轻的妻子共度热情的一夜，不料却被其夫发现。在瓦列提督善意的安排下，他们好不容易离开了奥丁。但在从费沙进入同盟领域之前，他们却必须清除足以用“打”来计算的小意外。最后，他们差一点就被黑色枪骑兵的侦察艇发现，多亏波利斯·高尼夫掌舵有方，才好不容易来到了艾尔·法西尔。

亚典波罗、波布兰、尤里安、马逊四人搭乘地上车，前往杨司令部所在的大楼。由于马逊体积庞大，加上大量的行李，一伙人坐在车里根本没办法保持端正的姿势。波布兰硬是往坐在驾驶座的亚典波罗身上挤。

“和同盟政府断绝关系可真是需要痛下决心哪！这就和赖床时爬起来一样辛苦吧。”

亚典波罗或许是觉得自己不能不插上一句，他面朝前方，回答波布兰：

“好了！波布兰中校，不要误解。我们可是凭着一股侠气和醉狂进行这场革命战争的。”

“光看你们这些可憎的脸孔，就算不想知道，也会知道事情原委的。结果，杨舰队只是名字改了，根本就是换汤不换药。”

到了司令部，四个人好不容易从几近窒息的状态中解放出来。黑巨人抱着小山般的行李先往地下室的衣帽间走去，另外三个人从走廊走向电梯。这时，波布兰停下了脚步。一个有淡红茶色的丰盈头发、戴着黑色贝雷帽的女兵，以足可与尤里安匹敌的律动步调走上前来呼唤他，行了一个礼。匆忙的表情变化和敬礼在四人之间交错。尤里安和亚典波罗先进了电梯，门随即关上。有些许复杂意味的气氛弥漫在十二立方米的密闭机舱中。

“尤里安，你认识那个女孩子吗？”

“嗯，在塔扬汗基地的时候，波布兰中校曾为我们介绍过。可是亚典波罗提督，您又是怎么认识她的呢？”

“唔，说起来，她是熟人的女儿。”

年轻提督把黑色贝雷帽盖在脸上。他们司令官的老毛病似乎传染给他了。

“您对卡特萝捷·冯·克罗歇尔下士很了解吗？”

在尤里安若无其事的追问之下，亚典波罗自己泄了口风。

“嗯，就跟你说了吧，她是先寇布中将的女儿。”

炸弹似乎没有产生预期中的爆炸效果。尤里安眨了三次眼睛，歪头凝视着亚典波罗。语言和它背后的含义好不容易在他的思维中对上号，少年随即哧哧地笑起来。

“很抱歉，可是，我实在难以相信先寇布中将会有女儿。”

更何况竟然是卡琳，那个叫卡特萝捷·冯·克罗歇尔的女孩？尤里安只能摇头。

“是啊，连我也不能相信哪！可是你想想看，先寇布中将在你这个年纪，就在那方面屡建奇功了。一个算什么，就算有成打的私生子也没什么不可思议的。”

“……”

尤里安沉默了，他在记忆的走廊中搜寻着一幅幅肖像。姑且不论卡琳那淡红茶色的头发和充满初夏光辉的蓝紫色瞳孔，她全身散发出来的那种淡淡的熟悉感，难道就是因为她是先寇布的女儿？波布兰似乎也说过卡琳的出生有一段隐情……

“先寇布中将知道这件事吗？”

答案是否定的，尤里安又陷入了沉思。亚典波罗说：

“怎么样，尤里安？想不想发扬精神促使他们父女相认？”

“不行，因为那个女孩子大概很讨厌我。”

“你做了什么让她讨厌的事？”

“没什么，只是我总有这种感觉。”

亚典波罗俯视着少年的脸，但找不出任何表情，可以让他确信发生过什么事。

“哎，不管怎么说，目前应该把全部心力投注在伊谢尔伦要塞的攻略上，而不是站在高处看先寇布的家庭纷争。”

电梯的门开了，眼前豁然开朗。亚典波罗将两手交握在脑后，抬了抬下巴。

“来吧！尤里安，我们那个懒惰的元帅大人就在这里心不甘情不愿地工作哪！”

连懒惰的元帅阁下，也有变得如风般勤勉地工作的瞬间。这一天，杨仍然坐在桌子前，活动着那思考的火山。他的周围散乱地堆放着用于计算和记录的纸。

“您可真是勤奋！要是您这一代没法解决问题，尤里安那一代可就要辛苦了！”

革命预备军司令官的副官菲列特利加·G·杨少校淡褐色的眼珠中闪着狡黠的光芒。她的丈夫颓丧地叹了一口气，喝了一口妻子送来的红茶。

“努力之后显现出的进步，还是很显著嘛。”

他装模作样地评论道。

“真是莫大的光荣啊，阁下。”

微笑的菲列特利加瞳孔中映出了丈夫手上拿着杯子站起来的身影。她也回过头来。一瞬间，她看到杨的表情从惊讶变为喜悦。

尤里安·敏兹就站在那里，比离开时长得更高，已经不再是少年，俨然是个年轻人的模样了。他温和端正的脸上绽放着怀念的情感，迎着来自杨和菲列特利加的欢迎的视线。

“欢迎你回来。”

杨先开口说道。菲列特利加接着表达了欢迎之意。

“看起来很有精神嘛，尤里安。”

“是……我回来了。”

尤里安声音中也含着激烈的律动。

“好久不见了。阁下，这是与地球教有关的资料记录。如果能对提督有一点帮助，那就是我无上的光荣。”

尤里安说完，递上光盘。他原本想表现出成熟的态度，结果反而显得更为天真。他心中的不安虽然微乎其微，却不能说没有。他怀疑杨家是不是还有他的容身之处。杨家新的历史已经敲响开幕的钟声，自己是否是个迟了一步的异类呢？

然而，这些只不过是杞人忧天。他确认自己是杨氏家族这个大拼图中的一片，早已被镶嵌在一个属于他的地方了。对尤里安而言，杨家的温暖与杨舰队的阔达最令他怀念，是他人生记忆中有最高价值的、将时空与环境具体化的东西。永远忘不了这些，是尤里安最大的幸福，然而后来也成为最令他伤心的往日情怀。

与亚典波罗和波布兰一阵欢谈后，杨仍然一如往昔地向他们说明作战方式。为了进行作战的整备工作和重新评估，杨从前经常询问尤里安的意见。对尤里安而言，再没有比这更好的学习战略战术的机会了。

“看来我们快要回伊谢尔伦了。”

“如果顺利的话，尤里安。”

“一定可以成功。不过，莱因哈特皇帝可是很喜欢大规模的夹击包围作战。”

“我也喜欢哪。”

杨的声音听来似乎掺杂着苦笑。作为战略家，如果有比莱因哈特更多的兵力，他大概也会兵分两路夹击敌人吧？如果能把莱因哈特牵制在伊谢尔伦，然后利用其他军队阻断他的退路……

即使不能这样，如果能以一支军力防御伊谢尔伦要塞，再利用另一支军力从回廊侵入帝国本土，长驱直入帝国首都奥丁并攻击……以前在“诸神的黄昏”作战中，伊谢尔伦回廊有罗严塔尔、雷内肯普、鲁兹的强大军队等着，但是这一次如果能在鲁兹出击之后夺回伊谢尔伦，对杨舰队而言，回廊就成为一片自由之海了。皇帝莱因哈特想回帝国本土，只能绕远路经过费沙回廊，到时若是费沙的复国派蜂拥而起，年轻的征服者便没有归路了。然后，杨就可以和金发的皇帝进行第一次决斗。

杨把一只手放在黑色贝雷帽上，苦笑着摇摇头。很遗憾，要实现这个空想，首先时间就不够，和费沙的复国派也没有取得联系。事实上，这些都是今后必须面对的问题。要把伊谢尔伦要塞重新收回手中，建立由亚典波罗命名的这个连接至艾尔·法西尔的“解放回廊”，就必须对费沙的人说“拿出资金来，不会有什么损失”。同时，他们得拿出可以暂时提供安全的支票，才能获取费沙最大限度的协助。只要有半步走错，就会变成欺诈。

当然，这一次作战本身就如同欺诈。

杨针对鲁兹舰队从伊谢尔伦要塞出击的时机和条件，做了几近完美的计算。他不认为同盟军能对莱因哈特的再次进攻进行有组织的抵抗，因此，这些计算必须以分秒为单位，以期做到完美。如果他知道比克古元帅和邱吾权上将统合了残存兵力应战莱因哈特，应该会采用不同的方程式。

“或许那个时候，杨威利将在个人生涯中，第一次面临完全没有胜算的战争吧？”

许多历史学家提出了假设，但也有人对杨提出极为严厉的批评。

“如果比克古元帅出击的情报传到杨那边，他大概会被迫做出极为痛苦的选择。他能眼睁睁地看着自己敬爱的老前辈被杀吗？他能投入没有任何胜算的战争中吗？他能放弃理智吗？他能牺牲感情吗？就因为他不知道这件事，才能专心一意地去完成再夺取伊谢尔伦要塞的艺术课题。杨威利实在是个很幸福的艺术家。”

这种评论充满了检察官式的欲加之罪的恶意，但也有一半的说法点出了事实。杨一直认为比克古已经退役在家养老养病，绝不会再出山，所以在逃离海尼森的时候，他也避免将比克古再卷入是非。巴米利恩会战后，莱因哈特曾当面向杨明言，不会对比克古进行处置。杨深信对方已经遵照约定这么做了，将来应该也不会违反约定。

当然，杨的预测完全与事实背道而驰。

杨目前一意热衷于再次夺取伊谢尔伦的证据之一，便是把检视尤里安从地球带回的光盘的工作延后了。杨的想法是现在以夺取伊谢尔伦要塞为要务，其他的都是稳固战略脚步后的次要问题。手上已有太多的课题，如果再加上重大事件，连聪明如杨的人，脑细胞也会爆出负荷过重的火花。杨这样做，绝不表示他轻视地球教的情报。但是他从尤里安和奥利比·波布兰那儿已经获得大致的报告。而且与过去的成果相比，那些报告者更热衷于目前的事业。因为不能参加逃离海尼森的行动，不管是尤里安还是波布兰，都以极具个性的方式表达着遗憾，他们无法接受从回到“我们怀念的家”作战中被排除的事实。

不管怎么说，杨那受到后世许多军事学家赞赏的作战计划——讨厌杨的人认为那根本不是战术，而是骗术，不足为后人借鉴——就在这个时候确立了。

当然，杨原本打算亲自指挥舰队来“接收”伊谢尔伦要塞，但是，他不留在艾尔·法西尔会让该地的独立政府不悦。他们的理由是，如果他不在的时候，帝国或同盟发动军事攻击，或者发生反革命武装暴动该怎么办？杨说梅尔卡兹提督会留守，结果对方露出了难以隐藏的不安和猜疑之色。杨见状大怒，要不是菲列特利加拉住他的袖子，他可能会一语不发地离开会议室。

梅尔卡兹是来自帝国的流亡者，独立政府的官员认为他的忠诚和信义仅仅是针对杨个人的，这一点最令杨难以忍受。对杨威利个人的过度信赖与对拥立杨的集团的高度警戒，是这个时期艾尔·法西尔独立政府的文官们显现出来的心态。追根究底，他们是害怕政权被杨一众“篡夺”，变成军事政权。

结果杨总司令官、卡介伦、亚典波罗、布鲁姆哈尔特中校以及菲列特利加都留在艾尔·法西尔，在后方统辖指挥整体作战。前进部队的总指挥由梅尔卡兹提督负责，要塞攻略的战斗指挥则交给先寇布。除此之外，林兹上校、舒奈德、波布兰、巴格达胥及尤里安都参加了实战。杨原本希望把尤里安留在自己身边，不让他上前线，但又不能不顾及当事人的要求，或许这和先前他与波利斯·高尼夫会面时的交谈多少有些关系。

后世之人对杨坐镇后方指挥前线诸将的“军师”形象印象深刻，但事实上，他采用这种方式，却是从这次夺回要塞的作战开始的。在此之前，杨在策定的每一次作战中，都站在最前线直接指挥，一人身兼战略构想家与战术实施家双职。他尊敬敌手莱因哈特·冯·罗严克拉姆的理由之一，就是年轻的金发独裁者经常站在头阵和敌军作战。杨认为越是在上位的人越该去面对最大的危险，他也身体力行。

然而，今后情况有了些许改变。杨现在被赋予一个重大任务。他现在正值青年期，将来还有数十年的时间可以指导军务，但培育继他之后的领导者也是当务之急。从这层意义来看，老练的梅尔卡兹也一样，与其去指挥作战，不如转为辅佐后来人更实际些。除此之外，杨也必须让亚典波罗累积在后方综观整体战局的经验。

4

准备重夺伊谢尔伦的间隙里，在决定组织人事前，杨叫来了波利斯·高尼夫，拜托他和反帝国派的费沙商人交涉，请他们暗地里援助艾尔·法西尔的财政。

“但是，现在艾尔·法西尔政府不管开出什么支票，都有被退票的可能。或许我这么说很奇怪，但要让费沙人按照你的愿望跳舞，就必须开出比较有魅力的条件。”

波利斯·高尼夫煞有介事地说。不过，他基本还是接受了杨的委托。然而这个人有个毛病，总是会莫名其妙地投出变化球，让对方接个措手不及才甘心。

“或者可以用胁迫的手段。要是帝国支配了整个宇宙，费沙就完了。如果事情到了那个地步，就算心不甘情不愿，他们大概也不得不支持你杨威利了。”

“这样说怎么样？帝国政府鉴于费沙人追求利润造成的弊害，打算将所有的产业国营化，并公平地分配财富，打破生产的独占状态。”

“如果这变成事实可不得了。但究竟是不是事实呢？”

“或许会成为事实，皇帝讨厌独占财富。帝国的大贵族们现在获得了什么报应？”

“你大概也不喜欢独占吧……”

一瞬间，高尼夫似乎露出了苦笑。

“哎，反正要吵架，有个强大的对手才有意思。但我还是多少有些疑问。”

波利斯·高尼夫把红茶杯拿在手上，并没有送往嘴边。

“我想趁这个时候问你一句：你是真的想打倒莱因哈特皇帝吗？”

此时，波利斯·高尼夫脸上连一丝冷笑都没有，是一副认真乃至严肃的表情。

“现在莱因哈特皇帝在施政方面没有弊端，武力与气势又足以统合全宇宙。你能保证打倒他后，时代会变得更好吗，杨？”

“不能。”

事实上，杨一直在思索一个既不打倒莱因哈特，又能守住民主政治的办法，可是，他还没想出可以公之于众的策略。

“你还真老实。姑且不说这个，还有一件事。不管你再怎么努力，衰败的民主共和制度也不一定会健康地复活。就算把费沙卷进来，也许反而会把这最后的依靠都毁了。或许最后什么努力都白费了，难道这样也好？”

“或许吧。”

杨含了一口已经冰冷的红茶。

“但是，总不能因为稻穗迟早会枯干，就连种子都不撒吧，否则连苗也长不出来了。我们也不会因为吃了东西还是会肚子饿，就不吃饭了吧？是不是，波利斯？”

波利斯·高尼夫轻轻地咂舌。

“这个比喻真是无聊，不过，倒是没错。”

“从旧银河联邦被鲁道夫·冯·高登巴姆篡夺而灭亡，到出现亚雷·海尼森为止，整整经历了两个世纪。民主共和政治一旦被连根拔起，要复活恐怕不是那么简单的事。反正都要花费几代人的心血，最好能多少减轻下一代人的负担。”

“你所谓的下一代，譬如尤里安？”

“尤里安的确是其中一个。”

“尤里安的素质很高。这几个月和他一起旅行，我有很深刻的体会。”

高尼夫嘲讽地斜睨着露出喜悦表情的杨。

“可是杨，尤里安再怎么会用甜美的声音唱歌，现在也只是局限在你的手掌这个小舞台上。这一点你早该知道吧？”

杨看来并不想回答。波利斯·高尼夫把连嘴唇也没碰到的红茶杯放回盘中，交抱着双手。

“太忠于老师的弟子是无法超过老师的。如果这种情形再持续下去，尤里安就只能成为你的小复制品罢了。但光是这样也不得了……”

高尼夫这种近似评论家的论调，让杨心中稍感不快。即使杨很了解朋友的性格，但有时候还是会影响感情，因为高尼夫确实戳到了杨的痛处。

“尤里安的素质远在我之上。你不用担心。”

“那么我问你，你是跟什么样的老师学习的？不止是你，莱因哈特皇帝也是无师自通的。即使尤里安素质远在你之上，也很有可能因为培养方式而赶不上你。其实有件事令我非常担心。”

波利斯·高尼夫的上半身模模糊糊地映在茶水上，他用指尖抓着下巴。

尤里安并没有先行解读在地球拿到的光盘。他只想到原封不动地送到杨手中，把判断和分析的工作委任给杨。从忠诚心的表现来看，这是无可挑剔的行为，但是他应该先行看过再交出来。如此一来，就算光盘丢了，他也可以成为活生生的资料，在情报量上凌驾于上位者，自己的存在价值就提高了。

“尤里安应该有一点反叛之心才对，因为反叛的意图就是独立自主的根源。”

“说得好，你跟他这么说过吗？”

“我能说吗？这么难为情的事。”

波利斯·高尼夫答应会尽力而为。他离开后，杨非常不雅地把两脚搭到桌面上，把黑色贝雷帽盖在脸上。虽然不全是因为波利斯·高尼夫的关系，不过他就是觉得非常疲倦。说起来，和费沙商人秘密联手不应由他来推动，应该由艾尔·法西尔的政府去做才对。

杨此时的政治态度在后世引发了众多议论。譬如后来就有以下的文章出现。

“杨威利无法从特定的个人身上获取政治忠诚，于是不得不求之于制度，求之于民主共和政治制度。而制度终究是一种形式。他熟知在非常时期必须有非常的手段与能力，但终究不想自己坐上革命政权的宝座。因为他一直拘泥于由文人支配的民主共和政治制度。事实上，艾尔·法西尔的革命政权，是因为杨威利一众的军事力量与人力资源才得以成立的，所以就算杨站上顶端，也不会有人责难……

“最不幸的事实是，此时能够居于杨之上的，恰恰只有无法成为杨的政治忠诚对象的莱因哈特·冯·罗严克拉姆。不管在才干还是器量方面，杨对身为独裁者（或者说身为专政者）的莱因哈特·冯·罗严克拉姆都有极高的评价。从个人角度，他也极欣赏莱因哈特。可是，就因为拥有卓绝的资质，莱因哈特才成了民主共和制度最大的敌人。莱因哈特的资质在民主共和制严格的限制下无法充分发挥，他那无可比拟的天才只适合在专制政治中发扬光大……

“杨很清楚这件事，所以他不能跨出民主共和制度的范围。当他以‘非常时期’为借口，超越制度的范围，以政治军事两方面的独裁者自居时，宇宙就只能成为专制者莱因哈特·冯·罗严克拉姆和独裁者杨威利对立的场所了。如果他们的对立会引起流血，倒不如把一切都献给莱因哈特更好。这是杨的想法：赌上流血，运用策略，所要守住的就是民主共和政治制度……

“批评杨这种思考方式为一种僵硬的形式论，当然是成立的。重要的不是制度而是精神，杨太拘泥于外在形式，放弃了守护内容的责任。但是，杨身为一个历史学家，应该知道许多毒辣的独裁者彻底发扬了这种论断。他知道大半的独裁者都是在众人的期盼下出现的，支撑他们的不是制度，而是对个人的政治忠诚。杨更知道部下们的忠诚与其说是针对民主共和制度，不如说往往是针对他个人的。正因如此，他更不能爬上顶端。他很清楚最强大的武力和最高的人望进行无序的结合，对民主共和制度而言是危险的病根。他比谁都害怕处于权力核心的自己。谁有权批评他这种心态是懦弱呢……”

这篇极尽全力想维持公正的文章出自尤里安之手。虽然是一篇入情入理的文章，但如果让波利斯·高尼夫看的话，或许又会评价文中缺少“反叛性”。如果让杨本人来看，他一定是搔着头顾左右而言他吧。不管怎么说，看上去游手好闲的杨威利，在这个时期的确肩负着许多烦恼。

Chapter 5

流浪儿回家

1

梅尔卡兹提督指挥的伊谢尔伦要塞攻略部队，在伊谢尔伦回廊的一隅迎来了宇宙历八〇〇年的新年。不管眼前的任务多么困难，令他们多么狼狈，他们依旧要拔开香槟酒的酒栓，这是他们一贯的作风。就如奥利比·波布兰所说：

“伊谢尔伦要塞是逃不了的，但是新年的干杯只有这个时候了。”

华尔特·冯·先寇布很罕见地同意了他的说法，两个人交替着在尤里安的酒杯中倒入香槟酒。结果杯子被路易·马逊半路接过，波布兰不禁悲叹道“简直像是给大象喝的东西一样”。尤里安摇摇头，似乎想把多余的酒精逼出体外，然而他看到先寇布时，留在艾尔·法西尔的达斯提·亚典波罗说的话便下意识地浮现出来。亚典波罗虽然辩解说他无意期待，也不愿听到先寇布发生家庭争端，但在伊谢尔伦攻略部队出动之前，他故意去告诉先寇布。

“先寇布中将，您知道吗？队里有个叫卡特萝捷·冯·克罗歇尔的十几岁的女下士哦。”

但与他暗中的期待不符，亡命贵族连一点点像鸟儿轻摇羽毛般的震动都没有。

“是美女吗？”

“为什么……这样问？”

“如果是美女，那就是我的女儿。如果不是，那就只是同名同姓的陌生人。”

“是……美女。”

听完亚典波罗似乎放弃了的回答，先寇布点点头，然后把卡特萝捷·冯·克罗歇尔从伊谢尔伦攻略战的志愿者名单中剔除了……

在尤里安的眼前，卡琳（也就是卡特萝捷）的父亲发挥了酒豪的特质，在醉汉中端正地站着，显得极不协调。奥利比·波布兰一面大声呵斥马逊鲸吞似的喝法，一面又单手拿着空香槟瓶大步走过来，那闪耀的阳光般的绿色眼珠看向尤里安的侧脸，手上的瓶子比声音还早一步扔出去。尤里安吓了一跳，慌忙接住飞来的瓶子。此时波布兰走到尤里安身边，望着同一个方向。他的攻击迅速而有效。

“看他的表情，他大概知道了，尤里安。”

“你说什么，中校？”

“我是说卡琳的父亲，那个叫先寇布的不良男子。”

不管是从声音还是表情来看，尤里安都无法否定年轻击坠王的说法。波布兰绿色的眼珠泛着笑意。

“如果和平时期到来了，虽然很无聊，不过我倒想开一间以善良的青少年为对象的人生咨询室。或许是我人品出众吧？年轻人都很信任我呢。”

或许卡琳对波布兰提出想谈谈的要求了吧？尤里安觉得有一种还未整理过的思绪在胸中游移，他不知道自己为什么显得有些慌乱。

“那么，您有什么感想？”

“我想优劣已经决定了。就算我像先寇布一样到处播种，也不会犯下让种子结成果实的错误。你说是吧？”

尤里安不知如何回答，只得拢拢自己亚麻色的头发。

“好像有不少问题呢。”

“要让我来说的话，问题不在于卡琳的不幸，而是卡琳一直深信自己很不幸。”

“是吗？”

“所以，她还不愿说出来，同时又避免与父亲碰面，这不是个好现象。要是我，就跟他碰面，让他给我十五年的零用钱。”

年轻的击坠王带着百分之五十一的认真，把酒气吐向半空中。

2

杨已经向攻略部队的指挥者们说明了再次夺取伊谢尔伦要塞的方法。除了已经知道内容的尤里安，其他人都不怎么感动。先寇布抒发了他的感受：“真是个大骗局啊。”波布兰随即热心应和。

但是，这可是个赌上生命的骗局。因为他们要以原本就单薄的兵力与不凡的敌将、庞大的兵力及巨大的要塞为敌。

在进入实战之前，巴格达胥上校负责指挥一连串情报战，他好不容易才有机会运用自己的本行和才能。波布兰说此人也是骗子集团的一分子。

于是，新的一年刚开始时，因为各种干扰呈现混乱状态的伊谢尔伦要塞的通信线路中，开始流入奇怪的指令。准确来说，每个指令都很正常也很妥当，但是如果一起列出来，就显得前后矛盾。

最初的指令是一月二日送进来的。

“传达帝国大本营发给伊谢尔伦要塞，及驻留舰队司令官鲁兹一级上将的命令。令你即日起从伊谢尔伦要塞出发，扼住同盟首都海尼森的后方。”

接受了指令，鲁兹一边做出击的准备，一边又不禁怀疑，这会不会是杨威利的策略？第二天，他接到了一个完全不同的指令。

“你的任务就是固守伊谢尔伦要塞，千万不可出击。杨威利常常使用奇计。此外，要塞内潜伏有同盟与费沙的同党。你出击后，他们有可能占据要塞，封锁回廊。再次命令你，不可轻举妄动。”

鲁兹绝不是一个无能之人。但是这两个命令，该相信哪一个呢？他陷入了长久的迷惘。他终究看不出这两个完全相反的命令都是由杨发出的。

鲁兹的心理天平尚未取得平衡，第三道命令又送进来了。

“此道命令与先前之令有所关联，费沙利用你某些部下行为不检之机，企图从内部破坏要塞。情况紧急，速查！”

为了慎重起见，鲁兹不得不着手调查。超过一百万的官兵中总会有些脱轨的人和行为出现。几乎多达一个分队的行为不检者被宪兵队逮捕，同时有多达两个分队数量的丑闻被公开。其中也确实有和费沙商人勾结，私吞军需物资、中饱私囊的人。

“难道固守才是陛下的真意？皇帝果然明察秋毫，差一点就上了杨威利的当。我不能轻举妄动。”

鲁兹抚了抚胸口，解除了舰队准备出击的状态。此时，第四道命令到达了。这当然也是杨发来的。

“鲁兹提督为何不出击？只留一小部分兵力在要塞，举所有战力攻向海尼森。”

“哼，又在耍小伎俩，我岂能上你的当！”

鲁兹忠实地遵守“皇帝真正的命令”，待在要塞动也不动。进一步要求出击的第五道命令是在一月七日送进来的。

鲁兹当然也不管那第五道命令。然而，那才是来自莱因哈特的第一道命令。

鲁兹像冬眠的熊一样窝在伊谢尔伦一动不动，莱因哈特当然大怒。他的战略构想是让鲁兹扼住同盟首都海尼森的后方，如果鲁兹不动，构想就无法完成，只能靠单纯的武力前进。

莱因哈特在前往同盟首都海尼森的行程中接到了“鲁兹军队没有动静”的消息。正在总旗舰伯伦希尔的高级军官沙龙里的年轻皇帝，两眼闪着冰蓝的电光。

“鲁兹为何没有动静？难道不把朕的命令当一回事？”

一怒之下，他把水晶杯摔到地上，酒杯的每一块碎片都映出年轻征服者的怒气，闪烁着彩虹般的光彩。首席副官修特莱少将轻轻地瞥了一眼洒落在靴尖的红玉色水滴，发表了他的意见。

“陛下，这或许是杨威利运用诡计造成的结果。一定有什么理由让鲁兹提督裹足不前。”

“杨威利的计谋？把鲁兹钉死在伊谢尔伦，杨威利可以得到什么好处？”

莱因哈特的声音因为愤怒显得炽热。他毕竟不是一个真正的超凡者，既然他是个凡人，就不可能洞悉别人心中的所有计划和策略。正因如此，他心头才不禁飘过一层薄薄的不安之云，这种感觉更令他愤怒。

“很抱歉，陛下，下官贫乏的智慧无法猜透这一点。”

修特莱沉默下来。希尔德，也就是希尔格尔·冯·玛林道夫伯爵小姐这才开口说：

“陛下，鲁兹提督待在伊谢尔伦要塞不动，确实对杨威利元帅无益。下官觉得事情既已如此，那先把它搁在一旁也无妨。如果结果对我军有利，就没必要追究鲁兹提督一时的过错了。”

莱因哈特没有立刻回答，只是优雅地蹙起那对秀美的眉毛。他承认希尔德的主张有其道理，但自己发出的命令被忽视的不快却无以表达。

这个时候，不只是修特莱，连莱因哈特也陷入杨设下的巧妙心理陷阱中了。鲁兹驻留在伊谢尔伦的战力，对莱因哈特而言并不是不可或缺的。一开始就不动鲁兹也并无不可。但是，莱因哈特认为要牵制杨威利的蠢动，应当把鲁兹的战力置于游击的状态下为佳。希尔德的看法固然很正确，但她也无法洞察杨的计谋。莱因哈特生出了不像他一贯作风的迷惑，在半途再次催促鲁兹出击，而鲁兹方面再次无视了命令。

然后，又有新的假情报传进鲁兹这边，带着极为高压的意味，几乎让通信员变了脸色。

"如果继续怠慢朕的命令不出击，那也无所谓。就照你的意愿行事。等悉数消灭同盟军之后，朕再严厉追究你的罪状。"

鲁兹虽然没有形之于色，也有些动摇了。他很清楚专制君主的愤怒是令人胆战心惊的。他应该出击吗？但在这些前后矛盾的命令中，哪一个是真的，哪一个是假的，实在很难判断。

鲁兹中了杨的圈套，是因为他一直企图以指令的相合与矛盾来区别真伪。他觉得真指令和假指令会朝着完全相反的方向一字排开。如果真的指令命令他出击，假的指令就禁止他出击。如果真的指令一而再再而三地禁止他出击，假的指令就会不断地命令他出击。不能因为鲁兹有这种想法，就说他头脑单纯。如果有人能看穿巴格达胥根据杨的计划乱发出去的无序指令，或许就不是伟人，而是怪人了。

杨的目的就是要造成混乱。如果光是要鲁兹出击，杨就不用耍这些诡计了。只有让鲁兹看透杨正在耍诡计，成功率才会提高。

鲁兹是个坚实的正统派用兵家，在知识和经验上都不欠缺，只是他不擅长战场之外的谋略和情报战。他的气质和思考方式比较适合舰队战。

然而，他最终看透了。

“杨威利是打算把我诱出要塞，然后利用这个空隙强夺空城。当初他攻陷伊谢尔伦时不是也用的这个方法吗？”

一有了这个想法，鲁兹的思路就被单一颜色的光芒支配了。

虽然是巧妙的计策，但是同样的计策居然要用两次，看来杨威利的智略之泉似乎也干涸了。鲁兹的碧眼中浮出了淡紫色的光彩，那是他兴奋时的特征。

传令出击时，鲁兹的部下维拉中将并没有乐观的反应。

“可是，在这种情报混乱的状态下，我们根本没办法分辨指令的真假。就算一时让莱因哈特陛下不快，依下官之见，我们还是应该坚守要塞，不可轻举妄动。只要确保伊谢尔伦，和陛下的军队相呼应，我们随时都可以踏遍同盟领地。”

“你的主张有道理。”

鲁兹没有表现出怒气，微微地点了点头。

“我认为出击命令是杨威利发出的假指令。他的用意在于诱出我们的舰队，再趁机强夺这个根据地。这不是杨威利一向所使用的诡计吗？”

中将瞠目而视。

“那么，阁下的意思是说，您明知这个情况，仍然坚持让伊谢尔伦陷于空城，去攻击海尼森？”

“没错，维拉中将，我要率领所有的舰队出击。我要让杨威利认为我们上当了。但是，上当的其实是他们。”

鲁兹用热切的语气对部下说明他的策略。如果鲁兹率领所有的舰队出击，躲在回廊某个地方的杨舰队或许就会趁机接近要塞。鲁兹就瞅准时机将舰队掉头，在舰队和要塞主炮“雷神之锤”的火焰之壁间夹击杨舰队。到时候，杨舰队的生杀大权就握在鲁兹手里了。

“智者总会沉迷于智慧中。杨威利的日子所剩不多了。”

雷内肯普等同僚之仇即将得报——这种想法使鲁兹的声音显得极为激动。中将行了一个礼，表示对长官的敬意。

3

一月十二日，鲁兹率领着麾下所有舰队离开伊谢尔伦要塞。舰艇数量多达一万五千艘以上，形成了规模庞大的光点群。他们的行踪立刻被杨舰队捕捉到了，但鲁兹本来的用意就在于夸示行动，被发现是理所当然的。

“鲁兹舰队离开伊谢尔伦要塞了。”

一月十三日，巴格达胥的报告博得了众人的欢呼和口哨。“杨威利的奇迹”又将实现了，而让奇迹实现的就是他们的战斗。提前庆祝的声浪响彻云霄，人们像喝水般地豪饮威士忌。

稳重沉着、被称为“杨舰队唯一的绅士”的梅尔卡兹，在这个充满活力而又放荡不羁的集团中，也无法保持帝国军时代的孤高姿态了。他虽然只是在形式上做个样子，也随着众人拿着小瓶威士忌高声欢呼。在鼓掌和欢呼声告一段落时，他提出了重要的事。

“我们认为鲁兹中了我们的诡计，想必鲁兹也认为我们中了他们的诡计。他是个屈指可数的将才，指挥的舰艇也有我们的十倍之多。如果我们不能在他掉头杀到前控制要塞，就永远失去胜利的机会了。现在立刻实施攻略战。先寇布中将，前线的指挥就拜托你了。”

“放心交给我吧！”

先寇布丝毫没有紧张的表情，对梅尔卡兹行了一个礼。他不愧是一位在宇宙历八〇〇年迎来三十六岁的优雅壮年绅士。尤里安凝视着先寇布，想起了杨关于要塞攻略的说明。

“鲁兹是一代名将。他知道伊谢尔伦的重要性，所以即使皇帝下了出击的命令，他也可能三思而按兵不动。就算他照皇帝的命令离开伊谢尔伦出击，也不知道他什么时候会注意到我们的作战而掉头。所以一开始就要让他注意到我们的作战计划。如此一来，如果他仍然躲在要塞没有动静，我们也没什么办法，但可以借着情报的流动让他以为我们中了他的计策。而要让我们误入陷阱，他就必须离开要塞，到一定的距离之外。这时，我们的战略就容易成功了。或许你认为这个手法太微不足道，但是要让鲁兹看穿它，必须用点小伎俩……”

鲁兹果然毫无偏差地落入了杨的陷阱。这位正统派用兵家原本不擅于玩弄小伎俩，应该稳坐在易守难攻的要塞中，指挥大军从正面给杨一众惨重教训，可他这时却在八十万公里外，从旗舰的屏幕上凝视着杨舰队迫近要塞的行动。

“那些流亡的盗贼们上当了。”

鲁兹绝对不是有浮躁表现的人，但这个时候，他也无法抑制那沸腾的欢喜之情。因为他让号称“活生生的奇策诡计宝库”的杨威利中了计策，杨即将跪倒在帝国军的膝下。

然而，他的雀跃却没能维持多久。那个应该一击消灭狡猾敌军的要塞主炮“雷神之锤”，竟然一直没有发射出白色的能量柱。司令官的视线固定在屏幕上，在他背后，参谋们交换着不安和难以置信的眼神。

“雷神之锤为什么不发射？”

鲁兹大叫，豪迈的帝国军提督额头上渗出焦虑的汗水。衡量过时机的精密作战计划开始像沙壁一样崩塌。

在八十万公里虚空之外的伊谢尔伦要塞，焦虑正迅速成长为不安。通信员们的哀号和怒骂充斥在通信网络中，就像笨拙的钢琴手无助地在钢琴上胡乱敲打琴键。

“无法操纵”“没有反应”“不能控制”的喊叫声此起彼伏。无数通信波从紧逼而来的杨舰队上放出，电脑在接受“为了健康和美容，饭后要喝一杯红茶”之类根本不算正常的指令后，所有的防御系统都瘫痪了。

被鲁兹委以防御要塞大任的维拉中将，只觉得有一种近似牙痛的感觉淹没了神经。刚才的胜利感完全从体内消失，取而代之的是梦魇般的沉重与苦闷。

“停止电脑控制，改用手动！无论如何，必须要让‘雷神之锤’发射！”

维拉下令的声音仿佛哽在声带中一般，好不容易才从嘴里发出来。

“不行！司令官，无法发射！”

化为声音的绝望从通信员口中迸出。维拉中将觉得两侧的肺被醒悟和恐惧占据，他感到呼吸困难，整个人凝固在指令席中。

使要塞防御系统瘫痪的密码，就是杨威利的奇术之源。他在一年前逃离要塞时撒下了这颗种子。那是一个怎样愚弄敌人的密码啊！为了选择在这几年间不至于被帝国公用通信使用的语句，杨一定花了不少苦心。然而，就连当事人也不能强辩，说那是一个极为高雅的密码。

要解除封印，显然应该有某个密码。但实际的问题是，要发现这个答案根本不可能。

帝国军在夺回伊谢尔伦的时候发现了很多低频炸弹，当时他们认为那是逃走的同盟军意图爆破要塞的举动。可现在想来，那竟然是把帝国军的眼光引离真正的陷阱的佯攻。

通信员发出了凄惨的呼号。

“敌人闯入！”

“关上门闸！不要让他们进来！”

命令是发出了，然而回答却在预料之中。听到“门关不起来”的叫声，维拉从指挥椅上站起来，下令准备进行肉搏战。警报声震撼着要塞内的空气。

到目前为止，情况的发展似乎对杨舰队比较有利。然而，就像下令急速调头的鲁兹勉励部属时所说的一样，双方其实是站在同等的位置上。

鲁兹舰队掉头杀回伊谢尔伦要塞，按照推算大概要五个小时多一点。如果杨舰队无法在五个小时内利用肉搏战夺取要塞的防御系统，并使“雷神之锤”启动，就没有胜算了。要塞守备部队的兵力远比杨舰队多得多。即使要塞的防御系统被封锁，他们也能采用肉搏战的方式御敌。

帝国军若能撑到同僚来援，便可以化险为夷，但杨舰队却必须在此之前取得胜利。胜利女神还没有对任何一方送出祝福之吻。

“以前还不都是这样！只有拼了！”

然而，就像奥利比·波布兰毫不做作的表白一样，这样的困难对杨舰队来说不是什么大不了的事。“救国军事会议”非法武装政变时，还有接踵而来的伊谢尔伦回廊攻略战及巴米利恩星域会战时都一样，杨舰队经常在孤立无援的情况下和强大的敌人作战。与这些前例相比，这一次他们算不上陷入特别困窘的境地。

4

迎接突入要塞港湾设施内的杨舰队的，是猛烈的攻击。本来港湾的门闸都设有调好准星的荷电粒子炮，可以恣意地将入侵者杀戮殆尽，但现在连接到战术电脑的防御系统都像冬眠了一样。姑且不论装备，连战斗方法也不得不退回到石器时代。堪称气体炸药的杰服粒子被放出来，所有的火器都不能用了。

奥利比·波布兰打开乘舰的舱门，猛然跃出，保持着前倾的姿势在地上滚了一圈。帝国军的十字弓射出的超硬度钢箭穿过了刚才击坠王头部所在的位置，命中舰体，发出极不悦耳的声响弹跳回来。波布兰吹了一声口哨，一群手持明晃晃战斧和战刀的帝国军士兵蜂拥杀至。

于是，“蛮人之间的血战”开始了。在要塞之外，居于机械文明尖端的战舰朝着母港直线飞驰，然而在厚重的要塞铁壁内侧，时间已经逆行至使用火药前的时代，用肉体和刀刃、钝器相互撞击的战争血腥地展开。

金属和非金属激烈冲撞，飞散的血腥味超出了港湾设施的空气净化能力。银灰色的装甲服在瞬息之间被染上颜色。奥利比·波布兰和路易·马逊分别护卫在尤里安的两侧，所以尤里安只能从正面与敌人作战。他打落了两支从十字弓发射出的箭，用钢盔挡住了另一支。尽管他报复性的斩击相当猛烈，但似乎只用战斗斧勉强划破了对方的装甲服。

“真是不愉快呀！”

波布兰在一旁挥舞着战斧，声音传进了尤里安耳中。

“有什么不愉快，中校？”

“有什么不愉快？不管在地球还是这里，都不得不习惯这种脚踏实地的战斗。还有比这更令人不快的吗？”

说罢，他没有抵挡敌人猛烈的斩击，而是奋力顶回，以致命的一击斩向敌人，并向后一跳。其间，他躲过了飞射而来的利箭，快速地移动，同时和下一个敌人交战。尽管他无法像先寇布一样大量斩杀敌人，灵活快速的动作却使他成为帝国军憎恶的对象。一个帝国军士兵突破了敌我的分界，想绕到波布兰的背后，但跳过来的凯斯帕·林兹手上的战斧一闪，那个士兵便倒卧于血泊中。

“蔷薇骑士！”

战栗无声无息地在帝国军士兵之间奔窜。不管是在敌人还是同僚之间，凡是穿军服的人都知道他们的威名。帝国军动摇了，后退了数步。面对强大的“蔷薇骑士”，有什么人能责备他们太懦弱呢？但光是这样，已足够让杨舰队的斗士们越发振奋。战斗中，名声和虚名都应该被利用到极限。在先寇布无声的指示之下，一方后退腾出来的空间随即被另一方的前进填满。帝国军的阵列虽然不至于崩溃，却仿佛钟表的时针走动一样，缓慢但切实地往后退着。

二十三时二十分，指挥着一队人马的波布兰、尤里安、马逊等人突破AS28区段，占据了第四预备管制室。

帝国军看来还没有多少动摇的迹象出现。中央控制室并未被占据，他们的防御也没有崩溃。但杨舰队的真正目的在于夺取第四预备管制室。杨预料到突破中央控制室会非常困难，所以将战术电脑事先联在了这个远离从港湾设施到中央指令室的路径的房间。波布兰丢下被血迹染红的战刀，奔到操作桌前输入了指示。

“雷神之锤，封印解除！”

波布兰把视线投向尤里安，尤里安流畅地在键盘上滑动着手指，把一连串密码输入网络中。

“一杯俄罗斯茶，不加果酱或橘皮酱，加蜂蜜。”

波布兰那被血汗弄脏的脸上不禁笑逐颜开。这种密码和刚才的军事状况完全无关。

二十三时二十五分，正在黑暗的宇宙中突进的旗舰舰桥里，鲁兹一级上将发出了败北的呻吟。

“不行！后退！”

他忽然有一种无法挽回的颓败感。他知道要塞的机能控制权已经落在敌人手中了。在闪着银色光芒的巨大球体的某一点上，涌现出令人难以直视的白色光点。

“所有舰队，全速撤退！立即撤离雷神之锤的射程！”

屏幕中，“雷神之锤”的炮口充塞的白光渐渐增加了亮度，扩散开来。鲁兹感觉冷汗和热汗同时在背脊上流过，他下令疏散所有的舰队。虽然要塞被夺，他们已经立于惨败之地，但是他有责任让损失降到最低。

白光淹没了人们的视线。帝国军预料到会有什么情况发生，各舰的屏幕都控制了入光量，但死亡之光的强大怒涛仍然灼烧着帝国军官兵的视网膜。与之相反，他们的心却冰冻到了极点。

九亿两千四百万兆瓦的能量完全放射出来，不到五秒钟，鲁兹舰队就永久损失了所有兵力的一成，另外还有一成受到严重损伤。被直接击中的战舰和乘员们都同时气化了，位于外侧的战舰爆炸开来，更靠外的舰艇则在内部发生火灾，乘员们在极度的惊慌中忙着灭火。

“战舰路易特波尔德，通信中断！”

“战舰托利特哈姆，没有回答……”

喘息、叫喊和私语声构成了杂乱的交响曲，鲁兹连指尖都泛着青，呆立原地。

“雷神之锤”不仅粉碎了鲁兹舰队的士气，也彻底摧毁了伊谢尔伦要塞内部帝国军的精神支柱。熬过了四个小时之久的消耗战和流血，帝国军的精神盔甲已经产生龟裂，只要再趁势一击，他们就会完全丧失抵抗意愿。

先寇布等人几乎兵不血刃就占据了各个楼层。只要他们前进一米，帝国军就会后退两米。时间不知不觉飞逝，一月十四日零时四十五分，帝国军司令官维拉中将终于宣布放弃要塞。

“我要求我的部属能安全离开。如果不能获得首肯，那么我军将相搏至最后一兵一卒，并连同要塞一起自爆。”

尤里安原想不经过讨论就同意对方的要求，但是从交涉技巧上来说，不能立刻答应对方——巴格达胥上校这么一说，尤里安遂约定十五分钟后给对方回答。

可以说，这时战斗大致上已经结束了。既然知道十五分钟后整个战局就会落幕，那就没有必要再互相杀伐和伤害了。于是双方收起武器，隔着一条血河互相凝视。

尤里安在七分钟后送出了接受对方条件的回答。他无法正视那些躺在血泊中呻吟的重伤者，或许再过八分钟，他们就活不了了。尤里安不管巴格达胥脸上那副“真是太便宜他们了”的表情，他觉得可以在其他的机会中考验自己的耐性。

零时五十九分，用气爆枪击穿头部自尽的维拉中将的遗体在他的办公室中被发现。他坐在椅子上，身体趴在桌上，却把床单叠放在桌子表面，以免自己的血弄脏了桌子，这种光景不禁让人回想起死者的性格。这种生性耿直的人在任务失败时，或许只能选择这一条路吧？尤里安脱下了黑色贝雷帽，默默地对着死者行了一个礼。杨一再教导他要尊重敌人。

鲁兹的眼睛一直不愿离开映在屏幕上的伊谢尔伦要塞。

“阁下，请您休息休息吧。”

明知是白说，副官库典森少校还是这样劝道。

果然如他所料，鲁兹没有回答。他只是交抱着双臂，伫立在屏幕前，承受着沉重的失败感。

数目有占领军数十倍之多的战败者行列，从要塞各处向港口延伸。渗着血的绷带固然引人注目，然而，精神上受到伤害的人似乎远比身体受伤者多得多，无法接受败北事实的帝国军组成的充满无力感的人潮缓缓移动着。

“真是神机妙算啊。”

梅尔卡兹从远处望着失败者的行列，低声喃喃自语。声音传到了贝伦哈特·舒奈德的耳朵里。先寇布等人的勇敢善战固然值得嘉许，但是超越时间与空间完美地控制整个局面的杨威利，其智谋又该如何形容呢？舒奈德可以理解梅尔卡兹那种不得不借用既有形容词来表达感受的心情。他原本就认为杨不仅仅擅于在战场上用兵，但提到这次重新夺取伊谢尔伦之战的手法，舒奈德觉得杨用心之巧实在令人叹为观止。虽然杨主张以少数和多数作战是用兵学上的旁门左道，但又把这种旁门左道发挥到完美的境界。如果给他更多的时间和兵力，他究竟能做到什么样的程度呢？

宇宙历八〇〇年一月，杨威利和他的部下们复归伊谢尔伦要塞。距离上次不得已放弃该要塞，已有一年。

5

“伊谢尔伦要塞已在我军手中。”

这个消息由梅尔卡兹传了回来，同时还告知己方将领中没有战死者，整个艾尔·法西尔星球顿时绽开了欢喜的火花。在中央竞技场举办的庆典中挤满了十万人和十万个欢欣的笑容。

“这是我们革命政权的首次胜利，杨元帅又创造了一个奇迹。然而，这只不过是一小步，只是连接着未来的无限胶片中的一个画面……”

杨坐在贵宾席上，听着独立政府要人这一番与优布·特留尼西特相比之下极不洗练的演说，心中极为失望。这次作战虽说是出于必要，但他觉得自己似乎耍了什么小诡计，根本得意不起来。

他虽然十分讨厌这样的场面，但如果不加以宣传，就产生不了政治上的效果。哪怕是为了让费沙人投资，为了召集旧同盟的人力资源，都必须对胜利和胜利者大肆宣传。出于政治上的需要，杨出席了胜利纪念会，但是随后就避开人群，把自己关进宿舍里了。然而，他这种态度又招来了后世的批判。

“夺回伊谢尔伦要塞原本就是一场为了达成政治宣传效果的作战，一旦成功，当然要做最大限度的宣传。然而，因为讨厌这种仪式就把自己关在宿舍里，不是证明了杨威利器量狭小和觉悟不够彻底吗？”

实际上，杨威利虽然树立了他人难望其项背的武勋，并带动了历史，但是他动不动就招来恶意的批评，其中大部分责任大概都要归于他本身。总而言之，他“觉悟不够彻底”是事实。

杨一脚踏进久别重逢的伊谢尔伦要塞的中央指挥室，觉得有一股舒适的和风吹拂过面庞。一月二十二日，杨从艾尔·法西尔抵达伊谢尔伦，终于回到了让他梦魂萦绕的地方。如果让华尔特·冯·先寇布评价，一定会说“没有政治家在场，所以感觉特别舒服”。

杨威利不得不承认，自己似乎是个不适合待在地上的人。这一年，他迎来了自己的三十三岁，但是这三十三年人生的一多半时间，他都不是在各行星的地表，而是在宇宙船或人工天体的内部度过的。事实上，他的生命和生活也都是在这些地方孕育编织而成的。

已故的菲尔姆特·雷内肯普一定很遗憾。作为一个已经征服半个宇宙的王朝的重臣，他很有自信，原本应该战死于无重力空间，最后却不得不悲惨地丧命于地面。杨自己也有一个大言不惭的心愿，如果可以，他希望能在宇宙空间里迎接人生的终结……

于是，从艾尔·法西尔星域到伊谢尔伦要塞的“解放回廊”形成了。然而这是靠地理上的有利条件和人格上的凝聚力联结起来的，如果要让其根系深入历史的土壤，使其枝繁叶茂，那还得经历许多风雨的淬炼才行。当事者比旁观者更清楚这一点。但是当事者们都有个共通的弊病，那就是事态越严重，他们的表现越有活力。不管怎么说，原因之一是他们太信任那位不败的司令官了。正如尤里安在日后追述的：

“我们完全信赖杨威利，认为他的不败是理所当然的事，我们甚至认为他永远不会死。”

可是不久后，他们终于知道事情绝不是这样，但此时他们还只知道纵情于酒精中。

然而，一道凶讯紧跟在成功夺取伊谢尔伦要塞的捷报后传了进来。杨威利不得不接受这个悲惨的消息，喜悦在一瞬间冻结了——

亚历山大·比克古元帅战死！

Chapter 6

马尔·亚迪特星域会战

1

莱因哈特亲自率军攻打同盟领地，和杨威利重夺伊谢尔伦几乎是同时进行的。因此，杨才能在鲁兹的错误判断和行动中趁机下手。但是对莱因哈特和帝国军大本营来说，鲁兹的缺席尽管种下了不满的种子，但还不足以形成致命伤。帝国军在各地击溃同盟军——或许应该说是同盟军的残渣，破坏其军事设施，以傲然的姿态堂堂进击。

毕典菲尔特一级上将的“黑色枪骑兵”舰队担任先锋。他们在半路上歼灭了几拨微弱的抵抗，急速往前推进，但由于同盟军比霍特准将的游击活动，“黑色枪骑兵”的补给线被切断了一阵子。于是他们一方面等待补给恢复，一方面追击比霍特，破坏其根据地，多少浪费了一些时间。比霍特几乎是只身逃跑的，毕典菲尔特虽然感到十分惋惜，但也从俘虏那边获得了一个情报。

“维利伯尔·由希姆·冯·梅尔卡兹提督好像还健在，目前在杨威利身边。”

这个消息在接获报告的提督之间激起了水泡一般的低语，人们表现出的与其说是惊愕，不如说是恍然大悟。这么说来，已故的菲尔姆特·雷内肯普因为偏见获得了正确的答案。杨威利投靠艾尔·法西尔的独立革命政府一事也得到了确认。

“如果有将官而没有兵卒，那无异于有恒星而没有行星，光和热只是徒劳地照着黑暗。”

这种乐观的论调，竟意外地获得帝国军干部的有力支持。大家一致认为，同盟的军力和杨威利的才干一旦分离，即使后者获得边境上某个无力行星的支持也不值得恐惧。至少目前，帝国在军事和政治两方面的绝对优势是不可能被推翻的。

“杨威利在用兵方面确实有他人难以企及的才能和实绩，可这并不能证明他是一个成功的政治家。他或许可以利用自己的名声来整合反帝国的势力，但问题在于能否将整合后的势力维持下去。”

这不是一件容易的事，这是莱因哈特的参谋们的见解。理由有许多个：艾尔·法西尔现实和潜在的工农业生产力能否给大军提供足够的补给？其他各个行星是否甘于屈居艾尔·法西尔的领导之下？而杨本身的资质究竟又如何？

在巴米利恩会战时，尽管莱因哈特的旗舰伯伦希尔就在射程之内，杨威利眼看着最后的胜利就在眼前，却仍然遵从同盟政府的命令，无条件停火。如果杨无视那个命令，摆脱政府的掣肘，或许他自己就可以成为宇宙的霸者。

这种决定在道义上值得赞赏，但同时也暴露了杨作为政治家的局限性。如果他现在也一如既往地尊重民主共和政治的形式，今后也难有超越该范畴的行动出现。就算今后他改变了个人的价值观，幸运女神也不会再眷顾已经失去最佳机会的人了吧？作为一个政略家，他虽然有能力上的资质，却欠缺性格上的资质。杨威利对抗同盟政府并逃离首都海尼森，纯粹是紧急情况下的举措，不是几经推敲后的政治结果。如果要立于第一人之位，他过于拘束；若要甘居第二位，他的能力和名声又太显赫，恐会招致领导者的忌妒和疑虑……

就算听到这些毒辣的评语，杨恐怕也无法反驳。帝国大本营的参谋（主要是希尔格尔·冯·玛林道夫伯爵小姐）的分析即使不完全是事实，至少也与事实相去不远。可以说理性的活动复原了事实。杨虽然想居于第二人之位，却没有遇到一个值得他效力的第一人。他的忍耐力和包容力，以军人的身份来说已达极限。而从精神层面来说，他成为政治家的可能性却只存在于水平线的另一边，几乎为零。希尔德并不完全了解杨的性格和为人，但是根据巴米利恩会战中的几个迹象，她大概能拿捏这个界限。

话又说回来，希尔德虽然聪慧又明理，也不可能掌握杨在战术层面的心态。杨那几近无限的智略，值得每一个人敬畏。因此，希尔德不得不劝说皇帝避免和杨正面决战。

“不管是同盟政府还是已叛离政府的各支部队，都在说有杨威利的地方就有胜利。反过来说，就是没有杨的地方就没有胜利，对吧？如果我们在没有杨的地方不断运用战略，使他疲于奔命而放弃抵抗的话，会如何呢？”

这段谏言似乎没有得到年轻而富有霸气的皇帝的赞同。

“玛林道夫伯爵小姐，你似乎在千方百计阻挠朕和杨威利作战？”

莱因哈特凝视着希尔德。伯爵小姐知道，他那冰蓝色眼睛中的锐利风暴正不断增强。

“看来，聪明过人的伯爵小姐也有产生错觉的时候。如果朕不败给杨威利的话，难道朕就能长生不老吗？”

希尔德脸上和精神上不禁同时泛起红潮。她微微地抬起下巴，带着抗议的语气说：“您似乎在取笑下官，陛下。”

“抱歉！”

莱因哈特笑了笑。但那只是一种礼貌的反应，接下来的一连串发言证明他并不想修正自己的意思。

“伯爵小姐，去年在巴米利恩星域和杨威利作战，朕败得很彻底。”

“陛下……”

“朕是输了。”

莱因哈特不允许对方反驳，明确而严厉地断言。

“在战略层面上，朕中了他的挑衅之术。在战术层面上，再差半步，朕就被他的炮火轰个正着。朕能逃过死神那一次的召唤，是因为伯爵小姐策动罗严塔尔和米达麦亚直捣敌国首都之故，功劳在于你，伯爵小姐。朕什么功劳都没有。”

皇帝白皙的脸上泛起了激动的红潮，加强了语气和呼吸的频率。

“您太客气了，陛下，臣下的功绩应该归于提拔臣下的主君，陛下并没有失败。”

莱因哈特点点头，眼眸却仍然映出了内心的狂风。希尔德在瞬间的犹豫之后，决定面对强风站起来。

“请不要试着去针对杨威利个人进行复仇之战。陛下在不久后即将把整个宇宙纳入手中，这是杨威利无法阻止的，因为陛下必将获得最后的胜利。谁能说这胜利是偷来的呢？”

“杨威利是不会说，但他的部下们必然会说。”

这种说法与其说像是出自一个少年之口，不如说像带着孩子气。莱因哈特把那白皙柔软的手指按在秀丽的嘴唇上，却让人觉得他是好不容易才忍住咬指甲的行为。这个举世无双、由军神和美神倾尽才情塑造出来的年轻人，似乎惧怕别人说他失败，更甚于惧怕失败本身。希尔德觉得有些惊讶，同时也感到一阵不祥的微风吹过了神经网络。

希尔德并不认为莱因哈特热切盼望着破灭的来临。但是，莱因哈特会不会宁愿选择在生命最旺盛的时期被优秀的敌手打倒，也不愿在失去敌人之后安逸的漫长岁月中老去呢……希尔德的担心只是停留在疑问的阶段，因为若要将这个疑问转换为肯定，她必须承受最大的精神负担。她甚至觉得，光是疑问就让她喘不过气来了。

希尔德轻轻地摇了摇头，照明的灯光反射在她那暗金色的头发上。特意选择朝黑暗的一方追溯思考的迷宫，并不是她一贯的做法。虽然已经是三年前的事了，她仍然记得在利普休达特战役时，父亲和自己毅然决然地投效莱因哈特的阵营，不是为了追求破灭的美感，而是因为看得出莱因哈特的高瞻远瞩和坚实羽翼。

五百年前，钢铁巨人鲁道夫·冯·高登巴姆以军人的身份和宇宙海盗作战，是出于对破坏秩序者的憎恶和个人的政治抱负。他的权力和子孙的特权建立在牺牲弱者的基础上，这正是他的正义归结之处。而莱因哈特从否定鲁道夫的这种正义而崛起。

莱因哈特的出发点又在哪里呢？在于他曾发过誓，要对用不正当手段强夺美丽温柔的姐姐安妮罗杰的权力者进行报复。他厌恶那种在大贵族支配下已有五世纪之久的体制，想对其进行改革。于私，这是正当的怒气；于公，这是正当的愿望。这些因素原是这个年轻人生命的源泉，当然，他的生命力或许仍在不断寻求更华丽、更炽烈的表现方式。最近，希尔德偶尔会这样想。这个想法每次都让她害怕，他的灿烂火焰是不是很快就会燃尽呢？

2

对莱因哈特和帝国军而言，宇宙历七九九年、新帝国历元年在其精神核心尚未燃烧时就结束了，新的一年已然到来。至于新年的庆祝活动，只是在总旗舰伯伦希尔上举行典礼的大厅内，围着皇帝举行了一个简单的庆祝宴会，把酒分给所有的将士。当皇帝通过通信屏幕告诉将士，在完全占领同盟首都海尼森后再举行大规模的庆功宴时，“莱因哈特皇帝万岁”的欢呼声回响在所有的舰艇中。士兵们对皇帝的信仰、对各位将官的敬意丝毫没有降低，士气极为稳定和高涨。跑在前头的毕典菲尔特和本队之间的通信频频受到干扰，经常疏于联络，再加上鲁兹不知出于什么原因迟迟不离开伊谢尔伦要塞，对现在的情势而言，这两件事无疑是不完美之处。但是，舒坦梅兹等三军并没有被各个击破，帝国军实在没必要产生动摇。

“或许对方会进行一次有组织的反击，即将赴死的将士必会做出最后的抵抗。消灭他们之后，占领同盟首都海尼森，宣布同盟寿终正寝！”

莱因哈特和他的参谋们都有这样的认识和想法。而到了一月八日，超过一千艘舰艇却出现在米达麦亚舰队前方，并始终保持巧妙的距离移动着，似乎有意引诱对方攻击。

看来他们似乎想在毕典菲尔特的后方，斩断帝国军雄厚的纵深阵。皇帝莱因哈特和参谋们本想在一瞬间就消灭敌人，后来又认为那必是同盟军拿出最佳的尖兵，进行最后的全力反抗，便决定避免正面交战。统帅本部总长罗严塔尔通知后卫缪拉确保费沙方面的补给路线，这种应对显示了他卓越的见识。同时，米达麦亚命令全军停止前进，派出五百艘驱逐舰和十倍于此的侦察艇去收集情报。此时，和先锋毕典菲尔特的联络几乎已断绝，强烈的干扰足以在无形中证明同盟军的反攻已临近。莱因哈特将艾杰纳和缪拉属下的各军集结起来，因为即使军容再强盛，前后拉得过长的阵列从统一指挥的角度来说也不恰当。军中的紧张气氛升高了。

“那些家伙难道是握有什么胜算才出击，还是已将胜败置之度外，只想以死相殉民主共和制？”

这个疑问盘踞在帝国诸将心中。中级以下的军官可以坚持

“只要全力以赴就好”的论调，最高将领却不能用“应该”和“打算”的态度来制订用兵策略。

“只是把数量集中起来罢了，战斗结束时他们又能剩下多少？”

在一月十日于伯伦希尔旗舰上召开的最高参谋会议中，克纳普斯坦冷笑着抨击道。根据综合报告推断，同盟军大概集结了约两万艘舰艇的战力。这个数字的确出乎帝国军的意料，但是战舰和宇宙母舰数量应该不多，所以火力必居劣势。

“这么一来，一战即可叫他们葬身宇宙。犹豫不决丧失胜机的愚昧，并不符合我军志在统一宇宙的霸气。”年轻气盛的拜耶尔蓝涨红着脸说道。

格利尔帕泽也探出身子，热烈地加入了辩论。

“如果我们再浪费时间，或许就会给正处于穷途末路的杨威利一众东山再起的机会。前年兰提马利欧会战之际，就是因为他的蠢动，我们丧失了完全歼灭同盟军的机会。陛下，请立即下令让我们作战。”

罗严塔尔和米达麦亚保持沉默，因为他们不觉得现在还需要唆使皇帝打仗，问题是在何处、以什么方式来作战。

即使同盟军有两万艘舰艇，但和帝国军相比仍然是弱兵，火力也逊色许多，所以他们一定会使用相应的诈术。司令官好像是亚历山大·比克古元帅，他是去年参加过兰提马利欧星域会战的善战老练的用兵家。帝国军万万不能大意。

比克古在帝国军前方布阵的报告是在十三日传来的，而此时，莱因哈特还没有接到伊谢尔伦已经落入杨威利手中的消息。

恒星的名称叫马尔·亚迪特，距离兰提马利欧星域只有六点五光年。去年比克古曾在此迎击帝国军，却在大规模的敌军面前不得不败下阵来。和兰提马利欧相比，这一星域的战略价值较低，但是从战术上来说，它对帝国军却是一个难题。其行星数目根本无法计算。小行星群形成巨大的行星带，其中最大的行星直径也只有一百二十公里。恒星则极不稳定，表面不断爆炸，通信因此受到很大干扰。恒星风暴混杂着热力和能量，卷着微小陨石的乱流无序地运行。兵力越大，在这一地带的指挥运作也就越困难。这是帝国军得到的情报。这种地理上的资料几乎都是从费沙航路局得来的，光是取得这些资料，就可谓莱因哈特在军事上无与伦比的功绩了。

“那个老人竟敢选择这种难以作战的区域。”

连罗严塔尔和米达麦亚都不禁咋舌。当然，其中更多地包含了感叹的要素。这里大概就是这个和帝国专制主义持续奋战了半世纪的老将最后的战场了吧。他们看透了老人的智略和骨气，心中不禁佩服。

“年纪那么大还那样有骨气，实在值得赞赏。”

缪拉喃喃说道。赞赏中虽然包含军事浪漫主义和感伤的成分，但他们的心情绝对没有夸张与虚假。同时，他们也深刻感受到了那位老人借牺牲自己的生命，来鼓舞民主共和主义者的精神。

这种直觉令他们不寒而栗。当然，它与昂扬感及充实感是不可分的，是军人精神中无可救药的一面。

一道回廊像是要将小行星带扭曲一样贯穿而过，同盟军就潜藏在这长九十二万公里、直径四万公里的隧道状空间中，等待帝国军来袭。这个事实已昭然若揭。同盟军已经用行动表明了挑战的态势。

一月十四日，帝国军开始大举进攻马尔·亚迪特星域。银河帝国罗严克拉姆王朝第一代皇帝莱因哈特眼中闪烁着冰蓝色的火焰。他的斗志甚至已经溢满了毛细血管的末端。被后世称为“其人嗜战”的因子，充满了那被黑色和银色的华丽军服包裹的、线条优美的修长身躯。当这具身躯伫立于总旗舰伯伦希尔的舰桥时，帝国军的将士就不禁把战争和胜利视为一体了。

“帝国军双璧”之一米达麦亚在旗舰“人狼”上负责指挥左翼。在莱因哈特身边的则是统帅本部总长奥斯卡·冯·罗严塔尔。

驱使舰队，编成阵形，攻击敌人，达成最大的战果，然后脱离战场。在这些行动的速度上，没有人能比得上渥佛根·米达麦亚。这是他被冠上“疾风之狼”名号的原因。

“动作神速，而且遵循理法。”

这是奥斯卡·冯·罗严塔尔赞赏同僚用兵之巧的评语，而他也被同僚如此称赞。

“攻守都近乎完美。尤其擅长一边审视整个战局，一边推进战斗的发展，在这一点上，我赶不上罗严塔尔你的脚步。”

帝国军的右翼是“沉默提督”艾杰纳一级上将，后卫是缪拉一级上将。他们都是拥有仅次于“双璧”的武勋和才干的名将，尤其是缪拉，更是让敌手杨威利称为“良将”。

“我们就给同盟军的宿将一个适得其所的葬身之地吧！现在已不是白发苍苍的老人活跃的时代了。”

听到年轻提督们的豪言壮语，罗严塔尔叮嘱道：

“说得容易呀，你们可不要被那个所谓的白发老将给耍了。”

荣任前卫的是已故的雷内肯普的麾下——素有勇将之称的克纳普斯坦和格利尔帕泽两员大将。莱因哈特想把这两个人培育成罗严塔尔和米达麦亚的后继者。当然，那两个人正是因为他人无可比拟，才值得称为“双璧”，但他们作为军队的重心从前线转移到中枢时，即使后继者只属于二流，也总得有人代替他们才行。

除此之外，法伦海特一级上将在星系外缘配置机动队作为预备兵力。虽然为应对同盟军的战术，应付从背后或侧面而来的敌袭，必须移动一定的距离和范围，但最重要的还是绕行到回廊的后方，斩断同盟军的退路，或者侵入回廊内部，和前方的友军相呼应来夹击同盟军。以法伦海特的个性来说，这种主动作战是他最喜欢的作战方式，他甚至希望一开始就下令攻入回廊。但是莱因哈特认为在狭窄的回廊内部无法活用大规模兵力，同盟军设下陷阱的可能性也比较大，所以一开始还是采用正攻法为佳。眼下这个时候，同盟军占有较大的地利。

从各个方面来看，这都是一场超乎常识的战争，但在这时，总得有人发表一些常识性的意见。皇帝的首席副官修特莱中将在同僚的默许下负起此任。

“请恕下官斗胆直言，陛下并不需要亲自从正面和敌人决胜负。只要以一军压制住敌人，然后以本队直逼海尼森就可以。尽管比克古老元帅用兵老练又颇具人望，可他终究只会把命运赌在战场上。依下官之见，大可无视其存在。”

莱因哈特早就预料到属下会有这种谏言，所以并没有愤怒或惊讶的表情。年轻的皇帝眼中闪动着冰蓝色的极光，环视着四周的参谋。很明显，他下面的话是说给包括修特莱的所有参谋听的。

“你的谏言没有错。但是，如果不接受身经百战的老提督以死相邀的挑战，似乎太失礼了。并不是没有其他理由，但对朕和朕的军队而言，这一个就够了。”

莱因哈特没有再多说明，修特莱以下的参谋们也都三缄其口了。原本他们就不认为皇帝会战败。只要是皇帝决定的事，再谏言也是白费唇舌。

罗严塔尔和米达麦亚虽然都已身为元帅，但是两个人在战前一起饮酒的习惯却没有改变。一月十五日，米达麦亚在总旗舰伯伦希尔的作战会议结束后，来到了罗严塔尔的房间。葡萄酒则由房间的主人提供。

“关于这场战争，你觉得怎么样？”

金银妖瞳的元帅没有立刻回答米达麦亚的话。在色泽浓烈的液体上，他那颜色不同的眼睛无法清楚地映现出来。当和血液同样颜色的酒充满血管时，他才开口回答道：

“如果说这一战有意义的话，并不在理性层面，而是在感性层面。年老的狮子和年轻的狮子都希望打赢这场仗。名誉或许只是起点缀的作用，说到底，拔出的剑不见血是不会回鞘的。”

“我到今天才知道，原来你也有诗人的灵魂啊。”

罗严塔尔并未理会朋友那不知是不是开玩笑的话。

“我知道，你也应该了解。历史这种东西就跟人一样，当它从睡梦中醒来的时候，会觉得口干舌燥。高登巴姆王朝已经灭亡了。自由行星同盟虽然苟延残喘到了今天，但是明天一样会灭亡。历史是需要饮下大量鲜血的。”

米达麦亚蹙起眉头，一抹不安的乌云笼罩上他的脸，这不是一向被称为帝国军最高勇将的他常有的表情。他好不容易提出了反驳，声音却欠缺力度。

“但是，我觉得它应该喝够了……”

“哦？你是这么想的吗，米达麦亚？”

罗严塔尔无法平衡自己的感情和理性，便将这轻微的混乱情绪丢给了朋友。米达麦亚用手指用力弹着空了的酒杯。

“如果通过莱因哈特陛下的手，把分裂的宇宙统一起来，和平就会降临。正如你所说，如果明天同盟灭亡了，后天早晨就会绽放和平的光明。否则，我们此前所做的事、我们曾流的血就白费了。”

“没错。”

罗严塔尔点头称是，脸上布满了微醺之下无法察觉的迷茫。那是他心灵的迷宫透过皮肤表达出来的情绪。

“但是，我在想，就算历史已经喝够了血，那也只是在量上。那么在质的方面又如何呢？牺牲越高贵，残忍之神就越喜悦……”

“罗严塔尔！”

朋友的声音是那样严厉，理性和现实的风声尖啸着穿过罗严塔尔的神经，往他的心头吹进清新的空气。他举起双手，挥散了从体内逼出的酒精和看不见的思绪的乌云，在恢复原有的清晰思绪之前，他保持了一段时间的沉默。

“我好像扮演了一个不合适的角色哪。我既不是诗人也不是哲学家，只不过是粗枝大叶的一介武夫，竟然说了这些话。这种角色似乎应该由梅克林格去扮演更合适。”

“真庆幸你恢复了意识。目前我们想知道的，不是那个从未谋面的历史之神，而是眼前之敌的思绪。”

罗严塔尔抓了抓耳朵。

“不管怎么说，这场战争是一个仪式。就算是为自由行星同盟的送葬队伍饯行吧。如果没有这个形式，不管生者还是死者，都无法接受灭亡的事实。”

他们把最后的葡萄酒倒入两只酒杯中，然后默默地凝视着屏幕。在远处和近处，无数的舰艇重叠在一起，光点连缀成一串串光波。到了明天，其中很大一部分就会永远消失，被埋进构成宇宙的黑暗中。

不久之后，米达麦亚离开了伯伦希尔，回到了自己的旗舰“人狼”上。

自由行星同盟宇宙舰队司令长官亚历山大·比克古元帅，在旗舰的办公室中为作战进行最后的检查。姑且不论他自己的想法，尽量提高胜算是指挥官的责任。

在这场“自由行星同盟最后的战役”中，同盟军能动用的兵力到底有多少，精确数字难以确定。统合作战本部已经丧失了军部统帅的功能，许多资料及记录都被丢弃，只能靠推断和记忆去填补空白。即使如此，仍然查出舰艇有两万至两万两千艘，将士多达两百三十万至两百五十万人，远超众人的想象。

“宇宙历八〇〇年初的马尔·亚迪特之战，与其说是自由行星同盟最后一战，不如说是皇帝莱因哈特和比克古元帅的私人会战。”

也有人这么极端地评论。但是，至少比克古是打着同盟的旗帜而战，而那些一度背弃失去统治能力的同盟政府，又投靠到老将身边的将士们，并不是把沦落在首都海尼森的军部重要人物看作同盟的象征，而是把比克古视为同盟的象征。这不是一个可以用善恶来讨论的话题，而是事实。《巴拉特和约》缔结后仅半年，同盟就陷入了悲惨的局面，从长期的战略方案来看，这明显对同盟军有极大的不利。但是战舰的废弃工作还没有进行到一半，这却为同盟军带来了益处，可以说极具讽刺意味。

“面包店第二代老板”邱吾权上将在整备兵力时，不禁陷入两难之境。在整备足够兵力积极应对莱因哈特的同时，他还要顾及日后给杨威利留下兵力。就如“帝国军双璧”察知的一样，他一方面把自己定位成同盟军葬礼上的主祭司，另一方面他又是民主共和革命军生产的助产士。因此，他才把有才能又可信赖的原杨舰队旧部送到艾尔·法西尔去。

这个时候，姆莱、费雪、派特里契夫等人率领的舰队还没有和杨碰面。他们为了避免和同盟军摩擦以及和帝国军接触，一开始就不得不迂回绕行边境的星域前往伊谢尔伦。平常一个月绰绰有余的行程，这一次却要摸索着在许多未曾走过的边境航路中前进，所以速度大打折扣。在法拉法拉星域时，由于恒星爆炸导致通信中断，使舰队分散开来。等好不容易再次完成编队，指挥舰队的能手费雪却因为过度劳累发起了高烧，心志产生动摇的官兵中又有人企图脱队。一时之间，舰队濒临解体的危机。这时姆莱赶忙掌握主力，派特里契夫和施恩·史路率领精锐部队镇压造反者，反叛于千钧一发之际失败了。

派特里契夫本来一直信奉杨威利的“穷寇莫追”主义，但这一次不同，如果让造反者逃离，就可能导致己方的目的地与位置曝光。他们对舰队战没有十足的把握，连姆莱都为保密显得有些神经质。把造反者监禁后，他们仍然一再为发生的事故和反抗烦恼。根据施恩·史路的回忆，经过了“足以与一万光年长征的一片鳞片相匹敌”的辛劳，他们终于进入伊谢尔伦回廊，和杨威利再度碰面，这是宇宙历八〇〇年一月下旬的事。当时，杨释放了四百多名被监禁的造反者，给予他们离开海尼森之后的薪水。一半的造反者乘着杨给的太空梭离去，另一半的人则改变了主意留在伊谢尔伦要塞，和杨威利并肩作战……

亚历山大·比克古元帅原本应在宇宙历八〇〇年迎接七十四岁生日，但他一点都不期待在插满生日蛋糕的蜡烛上试试自己的肺活量。

参谋长邱吾权带着欠缺紧张感的表情走进室内。

“应该休息了吧，阁下？”

“嗯，是有这个打算。不过，既然要打，我还是想打一场明明白白的仗。”

“没关系的，没有什么能让莱因哈特皇帝吃惊。”

“希望如此。但愿除了我自己之外，不要出现太多的死者。现在这还没有成为事实，不过真是一件罪孽深重的事啊。”

“来世您就做个医生吧，这样应该可以补偿前世之过了。”

比克古用极为意外的眼神看着参谋长。他从没想到邱吾权会使用“来世”这种字眼。然而，他没有把这个想法说出口，只是一边用手指按摩疲惫的眼睑，一边像是自言自语地感叹道：

“想来我应该是个幸福的人哪，因为在整个人生的最后阶段，能和莱因哈特·冯·罗严克拉姆及杨威利这两位无与伦比的伟大用兵家相遇，而且不用看到这两人中的任何一个被击败的景象。”

除此之外，也不用看到自由行星同盟完全灭亡的情景——这不是邱吾权用听觉捕捉到的声音，而是以洞察力捕捉到的老元帅无言的感慨。

3

是年一月十六日，在经过无数的前哨相接之后，帝国军和同盟军终于发生了正面冲突。

帝国军采用标准的凸形阵，但是前锋并没有那么突出，只是采取厚重的阵形，一面以深度压制敌人一面前进。帝国军和位于回廊正面的同盟军形成对峙。十时三十分，双方开炮互击。

“射击！”

“发射！”

双方下达指令的时间，相差几乎不到一秒。

数万道光柱贯穿了无尽的黑暗，能量的白牙撕裂舰艇，光芒炸裂，把双方的战斗屏幕化成了绚烂的花园。每一朵光花都意味着数百条生命的逝去。

第一阵的交战结束后，同盟军的舰列一边继续秩序井然地炮击，一边开始快速后退。帝国军前卫格利尔帕泽和克纳普斯坦猛烈地向前推进，和企图退至狭窄回廊内的同盟军后卫展开激战，给同盟军造成很大损伤。十时五十分，格利尔帕泽成功突入回廊。

然而，十一时二十分，帝国军的左侧被一股恒星风暴袭击，舰列开始失去秩序。米达麦亚大声斥责手忙脚乱的部属，拼命地重新构筑阵形，然而突入回廊的格利尔帕泽军的密集阵形却受到同盟军的猛烈攻击，又无法回避，舰列挤在狭窄的宙域内，引起一连串的爆炸火光。

“搞什么鬼啊？这样只会消耗战力。立刻后退，把敌人引出来！”

莱因哈特的斥责声虽然无法到达那么遥远的地方，但格利尔帕泽也注意到把庞大的兵力聚集在狭窄回廊内的危险，开始后退。同盟军集中的炮火极为猛烈，格利尔帕泽的前卫纷纷绽出青白色的爆炸光芒。帝国军事先已料到必定有某种程度的损伤，但释放出来的能量和破碎的舰体，却乘着恒星风从正面扑向帝国军的舰列，在帝国军的伤口上又撒了一把盐。这位帝国地理博物学协会的年轻会员军服内冷汗与热汗齐流，他勉强阻止了舰列继续崩溃，一边承受着炮火的攻击，一边从回廊中退出来。

比克古禁止部下追击。很明显，只有在狭窄的回廊中战斗，同盟军才能占据优势，如果进入广大的安全宙域作战，一定会被帝国军压倒性的大军包围。格利尔帕泽一从回廊脱身，就立刻让阵形散开，准备应付敌方的追击，然而同盟军并没有追上来。他忍着损失近三成兵力的遗恨，重新整编残存的兵力，再次在回廊的出口布阵。这是十二时十分的事。这时，从旗舰伯伦希尔舰桥的屏幕观看回廊战斗的莱因哈特，已经对法伦海特一级上将下达了指令。

“以你的兵力，把那只病虎从巢里赶出来！”

身经百战的法伦海特不需要更具体的战术指令了。他闪着水蓝色的眼睛对麾下的舰队下了命令，以最快速度突破危险宙域，绕到回廊的背后，企图给同盟军致命一击。如果背面被攻破，同盟军会被迫往前推进。如此一来，就会全体暴露在帝国军密集的火力前。

十三时整，克纳普斯坦取代格利尔帕泽开始进攻回廊。这是不让敌人识破己方迂回作战时常用的战法。当然，他的任务不只是吸引敌人的注意力，还要消耗敌人的战力，同时更要和迂回的己方战友相呼应。这或许可以让克纳普斯坦累积用兵者的宝贵经验——如果他能在历经激战后幸存下来的话。

“那么，结果会怎样？”

罗严塔尔在心中嘟囔，这也难怪。克纳普斯坦如果在回廊中受到准确而集中的炮击，立刻会陷于不利之地。他没有占得地利，与敌方在经验上的差别又大。既要避免被对方一举击溃，同时又要维持住舰队的秩序，的确不是简单的事。

司令官米达麦亚元帅一面将视线固定在战斗屏幕上，一面将声音传给出现在副屏幕上的部属们。

“我不想杀那个老人哪，拜耶尔蓝，他虽然是敌人，却也是个值得敬爱的老伯。”

“属下也有同感，可是就算我们招降，他大概也不会答应。属下也一样，即使败给敌人，也不想改变自己服膺的旗帜。”

米达麦亚点了点头，但仍然微微蹙了蹙眉头，提醒拜耶尔蓝。

“你只要放在心里想就好，不要随便乱说。”

现在也算是重要人物的法伦海特和修特莱，曾臣服于莱因哈特以前的敌人，他们自有生存理念，不应该受到指责。以他们的情形来说，他们最初服膺的旗帜就错了，认同敌人的能力和人格之后的人生，才算是他们真正的人生。不管怎么说，同盟军的善战实在值得赞赏。本来，不论是兵力还是一线指挥官的能力，所有的战略要素都对帝国军有利，然而比克古巧妙地削弱了帝国军的战力，充分地运用了地利，弥补了兵力上的差距。

“同盟军这些家伙！想让我们快活一下吗？”

莱因哈特像吟咏一节抒情诗一样赞赏着战局。他虽然有获得完美胜利的自信，但敌人用兵之术的精妙也令他大为高兴。

罗严塔尔不禁苦笑，但也只是一瞬间的事。看见号称英勇的帝国军和残弱的敌人苦斗的情景，他感到一丝讽刺般的喜悦。然而，身为皇帝首席参谋的他却不得不负起指挥增援部队、控制整个战局时机的责任。增援部队虽然已确定为艾杰纳舰队，但是在这种毫无秩序可言的混战中，切实掌握投入增援部队的时机却不容易。

4

十五时四十分，成功绕到同盟军背后的法伦海特舰队开始了炮击。他们对着回廊内部集中开火，然而，同盟军的反击却出人意料地激烈。法伦海特曾一度试图强行闯入回廊，但是在十六时十五分，他还是制止了企图攻入回廊入口的部下，开始后退。这是极不凡的战术，他料想同盟军可能会大举杀出回廊，然后帝国军就在其出现时，利用零距离射击，趁机将其全部消灭。

到目前为止，一切都如法伦海特所料，从回廊扑出的同盟军都倒在他的炮火之下。但是到了十六时二十分，分散潜伏在小行星带各处的同盟军聚成一道巨大的光箭，射向法伦海特舰队左侧。指挥这一行动的是前年在兰提马利欧会战中骁勇善战的卡尔先提督。因此，法伦海特不得不开始后退。

在帝国军总旗舰伯伦希尔的舰桥里，奥斯卡·冯·罗严塔尔微微地眯起了他那对著名的金银妖瞳，用兵高手的思虑以光速在宇宙中奔驰。有两下子！看来，同盟军的战术实在不能轻视。他们竟然预料到帝国军会绕到回廊后方，事先埋伏兵力。接下来，同盟军当然也想绕到帝国军的背后去吧……

“罗严塔尔。”

“在。”

“你觉得怎样？让克纳普斯坦趁敌人后退的时候，顺势冲入回廊的内部……”

“进去是没问题，问题是出得来吗？”

“理由呢？”

“如果是我，就会在回廊内布下机雷，阻止入侵者前进。”

“同感。现在看来，我们也可以使用这个计策呀。”

罗严塔尔敏锐地感到，莱因哈特的声音和表情与其说是充满危机感，倒不如说是生气勃勃，焕发着光彩。

“还有一个可能性，在这个星域的所有敌军会趁机搅乱战局争取时间，让他们的别动队迂回到我军后方。但下官不认为同盟军现在还有那么庞大的别动队兵力存在。更何况是迂回绕路……”

帝国军的后卫部队由人称“铁壁”的奈特哈尔·缪拉一级上将指挥。他即使和拥有同样兵力，不，甚至比他多五成兵力的对手作战，长期维持战线也毫无问题。莱因哈特微微挑了挑优美的眉毛。

“但是，杨威利的事，你如何看？”

果然，看来这个天才无法无视那个魔术师的存在。罗严塔尔为心头的悸动感到吃惊。他似乎对杨有些忌妒，这个敌人好像总是占据着皇帝的意识。

“万一别动队的指挥官是杨威利，应该不会直接攻击我军，而是从背后截断我们的去路。”

“说得有理。”

莱因哈特点了点头，丰盈的头发泛起金黄色的波浪。杨威利这颗凡界的行星是帝国军谋划策略、施行战术时一定会计算在内的要素。但是自从他逃离海尼森之后，他的兵力似乎极弱，舒坦梅兹也没有传来任何急报，这一次似乎可以不必考虑他。

“如果杨威利截断前往费沙的归路，我军就前进，将正面的敌人一举歼灭，直击行星海尼森，从伊谢尔伦回廊回帝国本土就是，无足挂虑。”

这是莱因哈特华丽霸气的表现，但同时也意味着，他此时还不知道伊谢尔伦已经失陷。

二十时三十分，战局陷入更惨烈的状态。这个时候，同盟军卡尔先舰队以顺时针方向杀到帝国军的背后，奈特哈尔·缪拉把整个舰队布成凹形阵，准备勇敢地迎击。而在卡尔先的背后，则有法伦海特像猛禽一样展开双翅逼近。在法伦海特的后面，又有比克古的同盟军本队尾随而来。如此，形成了双重乃至三重的追击战。

如果克纳普斯坦咬住比克古的后背，那么整个状况就尽在帝国军的掌控之中了。但是，克纳普斯坦因散布在回廊中的机雷群的时差爆炸战法遭受损伤，到目前为止，尚未从回廊中脱离。

因此，确保后方区域安全的比克古没有做出追击法伦海特的愚行，而是改变方向，直接钻进缪拉的坚固阵地，打算一举攻入莱因哈特的大本营。

“守护皇帝的安全！”

警觉到危险，缪拉一边抵挡视死如归的卡尔先舰队全军的猛击，一边拨出三成的兵力迎击比克古舰队。比克古的前进速度降低了，但是卡尔先舰队的一部分突破了兵力已减少的缪拉军的一角，扑向莱因哈特大本营的后方。这时，罗严塔尔冷静地下达了防御指令，能量光束的怒涛从极近的距离扫射同盟军，使其一一蒸发。

卡尔先被缪拉、法伦海特两劲敌前后夹击，在一阵阵灼热能量与爆炸物的利剑重创下溃败。具有讽刺意味的是，卡尔先逃过被全歼的命运，是因为帝国军担心伤到近距离的己方同伴，克制了攻势。

二十一时十八分，艾杰纳一级上将的庞大兵力绕了一个大圈，出现在比克古的背后，对其发起光束与飞弹的密集攻击。同盟军舰艇在脉动的光芒中接二连三地还原成分子。

艾杰纳的攻击收到极大的效果，同盟军就像被后方来的大蛇吞噬的羊一样，渐渐消失。

二十二时整。恒星风又起了急遽的变化，自然和人工的创造物，以及能量乱流在艾杰纳的左前方卷起旋涡，艾杰纳整齐的舰列因此崩散。当司令官试图重新整编舰列时，比克古以强力的圆锥阵掠过了缪拉、法伦海特、卡尔先三者的交战阵地，直冲莱因哈特的大本营。

“这个老头儿，还真能拼！”

米达麦亚一边感叹着，一边把锋芒指向比克古军的侧面，利用主炮三连射把舰列打出一个大洞之后，再把己方的舰艇送入，开始向四方突破。

战舰伯伦希尔的舰长齐格贝尔特·塞德利兹是掌管所谓

“移动的大本营”的最高责任者，所以在级别上也有准将军衔。担任一舰之长而位列将官之级的，整个帝国就只有他一人。第一代舰长卡尔·罗伯特·舒坦梅兹带着提督的称号转任边境星域后，又有劳伊舒纳和尼迈拉继任，但是任期极短。赛德利兹指挥莱因哈特旗舰的时间最长。他现年三十一岁，从那掺杂着几根白发的砖红色头发到军靴的鞋尖，可以看出是个地地道道的宇宙海员。他一向夸称“赛德利兹家的当家人，已经六代没有人死在地上”，颇获乘员的信赖。唯一令部下们难以忍受的是，这个本来严谨的年轻军官一旦喝醉酒，就一定会唱一首歌。人类社会有几百万首歌，可是他偏偏爱唱“宇宙是我的坟墓，船舰是我的棺材”这种阴森的歌。

尽管如此，作为帝国军的至宝伯伦希尔的舰长，“赛德利兹家的第七代”仍然算得上拥有近乎完美的能力。他参加的一切远征、一切战斗都让莱因哈特感到满意。和他的功绩相比，他作为一个歌手的缺点也显得微不足道了。

伯伦希尔的四周充满了火球和光柱，仿佛巨神把宝石箱打翻在黑色的天鹅绒上。由于赛德利兹巧妙的操纵，伯伦希尔就像端坐在散乱的宝石当中一般。兵力的差距如此之大，但如今双方却陷入如此的混战与苦战，这对莱因哈特来说是极不愉快的经历。不过战事也即将奏出终曲了，莱因哈特看出同盟军的攻势已经到达尽头，尽管他们拼死挣扎，也只能吐着能量的飞沫无法再前进。二十二时五十分，当过度拉长的同盟军战线急转直下，正要缩小的一瞬间，莱因哈特那仿佛生来就是为了指挥大军的双唇发出了命令。随着赛德利兹舰长的信号，战舰伯伦希尔把闪着银白光芒的炮口指向同盟军的舰列。几乎在同时，监控员发出了奇怪的声音，他在赛德利兹舰长的睨视下红着脸报告——黑色枪骑兵舰队刚刚到达战场。

5

“黑色枪骑兵小子，看来你是慌慌张张地赶来的。”

莱因哈特笑着说道。和主力部队失去联络、孤军前进的毕典菲尔特终于赶上战斗了。他成功地接收到了来自舒坦梅兹的通信，反过头来尾随在离开海尼森的同盟军后面。法伦海特确认背后突如其来出现大群光点，瞬间大惊失色，一度惊讶地怀疑是敌人的别动队。而毕典菲尔特则无视同僚们的惊异，径直从他们身旁窜过，开始狠狠地对已疲态毕露的同盟军舰列展开攻击。

“不可莽撞。敌将老奸巨猾，或许还会有我们料想不到的诡计。”

皇帝的首席参谋罗严塔尔元帅带着微微的嘲讽，用通信波提醒同僚，话中似乎隐含着“在这个时候到达战场，是不是想夸示个人的功劳啊”的意思。然而莱因哈特一边拢着金色的头发，一边稍带苦笑地为猛将辩护。

“算了算了，如果毕典菲尔特有持重的气度，反而会扼杀了黑色枪骑兵之长。”

罗严塔尔点点头。皇帝是正确的，他不由得面带苦笑承认这一点，猛进、莽撞才是黑色枪骑兵的特色。

毕典菲尔特也自有道理。他担任舰队指挥官的历史中，只有在旧帝国历四八七年的亚姆立札星域会战中，因为杨威利的零距离射击吃过一次完全的败仗。对杨和杨舰队而言，那是堪称特技的“炮火集中一点式战法”头一次大胜。但是经历过那次屈辱后，三年来“黑色枪骑兵”不管在什么战场，给予敌人的打击总是超过己方所受的损伤。对门阀贵族联合军和自由行星同盟军而言，漆成黑色的勇猛舰艇群是恐怖的敌手。

而现在毕典菲尔特的锐气直指同盟军，以炮火暴风横扫敌人。光点吞噬着光点，黑暗之神的领土在战场上不断扩展。一对一战斗时，同盟军就敌不过黑色枪骑兵，何况在能量已快用尽的此时，更是只能毫无招架之力地任其破坏了。

二十三时十分，卡尔先提督战死的消息被报告给比克古。这个时候，同盟军已经损失了八成的兵力。破坏与杀戮呈现出一边倒的局势，勇敢不落人后的各艘舰艇也看清了胜负已定，开始寻找逃生的途径。然而同盟军司令部尚未崩溃，以旗舰为中心的大约一百艘舰艇仍然继续顽抗，为同伴辟开一条狭窄的退路。

“真是顽固！这才是那个老头儿的精神。”

希尔德从莱因哈特的喃喃自语中体察到他的心境，劝皇帝招降对方。但是，年轻的霸主摇动那一头金黄色的波浪，回答道：

“没用，这样做只会让老人笑朕懦弱。而且，身为胜利者的朕为何要去逢迎失败者？”

皇帝的声音中没有不高兴的成分，但其中似乎渗透着受伤少年无以名状的矜持。希尔德再次要求皇帝宽宥。她的说辞是，对败北者伸出宽恕的手代表胜利者的器量，而不接受这个好意的战败者才是心胸狭隘。莱因哈特同意了她的看法，但是他决定不亲自招降，而由部属代理。

二十三时三十分。

“通告敌将！”

帝国宇宙舰队司令长官米达麦亚元帅的声音，通过通信传了出去。

“通告敌将！你们已经完全被我军包围，没有任何退路了。再继续抵抗也没有意义。快停止行动，归降我方。皇帝莱因哈特陛下将以宽大的待遇回报你们的骁勇。重复一次，立刻归降！”

由于原先没有期望，监控员报告同盟军那边有反应时，米达麦亚甚至觉得有些意外，不过他还是把通信线路转接到总旗舰伯伦希尔上。出现在屏幕上的老提督因为过度劳累，脸上显出铅灰色，然而两眼中仍然充满平静但不失生气的神采。对年轻俊美的征服者敬礼时，他的手也丝毫没有颤抖的迹象。

“莱因哈特陛下，我对你的才能和器量有极高的评价。如果我有子孙的话，我希望他们之中有像你这样的人才。但是他们不会做你的臣下。”

比克古把视线往旁边一转，他头上包扎的渗出血迹的绷带有些凌乱。另一边，他的参谋长拿来一瓶威士忌和两个纸杯。

老元帅微笑着，把视线转回屏幕上。

“杨威利也一样，他可以成为你的朋友，但不能成为你的臣下。虽然这是他人的事情，但我几乎可以打包票。”

莱因哈特一言不发，看着比克古伸手握住纸杯。

“至于理由，让我不客气地说一句，民主主义是一种结交对等朋友的思想，而不是建立主从关系的思想。”

老元帅对着莱因哈特做出了干杯的动作。

“我希望交到好朋友，也希望做别人的好朋友。但是我并不想有好的君主和臣下。因此你跟我无法服膺于同一面旗帜之下。很感谢你的好意，但是，这具老迈的躯体已经对你没什么用处了。”

纸杯在老人嘴边倾斜了。

“为民主主义干杯！”

参谋长也举起纸杯。面对破灭和死亡，他们都能淡然处之，但是老人的脸上浮起微微的羞涩。他似乎想说，自己怎么说了些不着边际的歪理。

尽管好意被拒绝，莱因哈特却一点都不生气。另一种超越怒气的情感安静而丰盈地浸润着他的精神大地，即使只有那么一点点。总之，轰轰烈烈的死就是轰轰烈烈的生的结束，两者谁都不能单独存在。他的朋友，同时也是他的救命恩人——齐格弗里德·吉尔菲艾斯不也是这样吗？莱因哈特把垂挂在胸前的银饰紧握在手中。

统帅本部总长奥斯卡·冯·罗严塔尔元帅用他黑色和蓝色的眼睛凝视着皇帝美丽的侧脸。莱因哈特似乎有所感应，他抬起脸正视着屏幕。在点头的同时，皇帝的两眼射出冰冷的光芒，直指同盟军的旗舰。罗严塔尔举起一只手，然后迅速挥下。

火球在屏幕中央炸裂，超过一打的光束集中射向同一艘舰艇。拥有两个多世纪历史的自由行星同盟宇宙舰队，在这一瞬间，随着最后的司令官与总参谋长一起消失了。

“别人会明白什么呢……”

炸裂的光芒照射着那半神半人般的美貌，莱因哈特喃喃自语。即使是低声的自言自语，声调中仍带着微妙的震颤。在他的人生旅途中，他并不是打一开始就只是在寻求臣下。他最想要的不是整个宇宙，而是能和他共有梦想，在追求梦想的路上同行的朋友——半个自己。这个愿望曾经一度实现过，但是在它消散后，莱因哈特不得不一个人背负着梦想，孤独地走在漫长的人生旅途中。老人的言辞并不像其坚毅的态度一样，给莱因哈特深刻的感受。他伸出了宽恕的手，而老人以正当的权利拒绝了。事情只是这样。

同日二十三时四十五分，银河帝国宇宙舰队司令长官渥佛根·米达麦亚元帅把来自莱因哈特皇帝的命令传达给所有舰队，大致内容是当舰队通过和离开战场时，所有的将士都要对敌将起立、致敬。

命令是否切实执行并不需要确认。莱因哈特似乎暂时忘不了威武不屈、从容赴死的敌方老元帅的模样。老人一边和旁边的参谋长干杯，一边在光和热中消逝。

“罗严塔尔元帅……”

“是，陛下。”

“朕和敌将如此面对面地决战，最近大概还会有一次。”

至于那个常被提起的专有名词，就没有必要再提了。

“是的……”

罗严塔尔应和着，用稍欠单纯的视线目送着往私人房间走去的莱因哈特。

到底要把杨威利纳为麾下，还是完全当成一个对手跟他作战并歼灭呢？皇帝莱因哈特的心思，实在难说正朝着结论直线延伸。去年在巴米利恩会战结束后，虽然杨干脆地谢绝了皇帝的邀请，但莱因哈特的人才收集欲却仍让他想把同盟军最高智将陈列在人才收集柜中的一角。这或许也算是胜利者对失败者的一种谄媚。

不是这样的……莱因哈特想。他要让杨威利跪在面前，宣誓对他效忠。但他曾经也想过，如果有这样的结果，或许是一件很扫兴的事。但在征服整个银河系时，不能征服某个特定的人同样是很遗憾的。

侍从艾密尔·齐列把加入奶油的咖啡送进莱因哈特的房间。胜利的兴奋还留在少年的双眼中。

“承蒙陛下让属下服侍在您的身边，才得以来到这么远的地方，经历各种不同的事情。回家后可以好好宣扬一番了。”

“听你的话，莫非你想家了？如果你愿意，朕就让你休假回去探亲！”

被崇拜的主君这么一揶揄，皇帝未来的主治医生不仅是脸上，全身都感到一阵发烧。

“没有没有。陛下要出征到什么地方，属下就跟到什么地方，即使是到其他的星河。”

在瞬间的沉默后，美貌的皇帝发出了像是用钻石锤敲碎水晶钟般的清脆笑声。他抚摸着少年的头，把他的头发揉得乱七八糟。

“你的志气可比朕大呀！朕只要银河系就够了，其他的星河，就由你去征服吧。”

于是，马尔·亚迪特星域会战结束了。对自由行星同盟军而言，这是最后的舰队战，也是最后一次败北。

三个小时后，莱因哈特皇帝接到伊谢尔伦要塞失陷的消息。就如杨威利在到达伊谢尔伦要塞后接到比克古元帅的讣闻一样，历史像激流，更像瀑布一般吞噬着所有登场人物。

→ Chapter 7 ←

冬蔷薇园的敕令

1

无数的欢喜变成了无数的失望，胜利的酒杯化为苦涩的容器被掷落到地上。皇帝的军靴把全身的重量化为激愤，破裂的酒杯碎片进一步解体，散落在地，闪着微弱的光芒。

隔着数百光年的虚空，好不容易排除了妨碍，出现在超光速通信画面上的舒坦梅兹一级上将恐惧地低着头。然而，一想起他背后垂头丧气的鲁兹，人们就不禁起了同情心。去年，舒坦梅兹作为杨威利奇谋下的牺牲者，不得不坐上失败者之位，所以他非常了解鲁兹的懊恨。

由于战局出现了新的变化，莱因哈特的激情得到了某种程度的宣泄。他得以压抑住怒气，听完连声音都变得苍白的鲁兹一边诉说败北的经过、一边谢罪的报告。

“被耍了吗？又是那个家伙！”

莱因哈特面对着通信屏幕。在他背后，米达麦亚感叹着，罗严塔尔则带着痛苦的表情表示遗憾。不单是因为伊谢尔伦被夺取，而是比克古元帅和杨在紧密的联系下分担了任务，在前者牺牲自身阻止皇帝大军的行动时，后者趁机夺取了伊谢尔伦。败给杨的不只是鲁兹一个人，事实上，杨把苦酒平均分给了帝国军的所有军队品尝——他们的疑虑就在这里。

当然，这是从结果倒推回来的夸大的评价，但和他们两人一样，莱因哈特也抱着同样的疑虑，因为在一瞬间，灰暗的失败感占据了他大半的视野。但是首席秘书官希尔德认为大家过虑了。

“这只是他们独立的个人表演带来的结果。如果是协同作战，应该由比克古元帅负责攻略伊谢尔伦的任务，杨威利负责和陛下面对面决战。攻略伊谢尔伦只要事先定下策略，不用杨亲自出马也可以顺利进行。但是，要和陛下正面对决，则非杨不可。现在比克古元帅战死了，对杨而言，这应该是难以承受的损失。牺牲比克古确保自己胜利并不像杨作为，如果事情被宣扬出去，一定会造成人望尽失的后果。杨应该不会想出这么愚蠢的计谋……”

“有道理，或许是如此……”

莱因哈特接受了希尔德的见解，但伊谢尔伦失陷带来的不快依旧盘踞于心头。莱因哈特命令鲁兹暂时禁闭反省。在他的愤怒尚未平息前，对鲁兹的处置暂时延后。

年轻美貌的皇帝回头看着仿佛被沉默天使拥抱的统帅本部总长奥斯卡·冯·罗严塔尔，一边用白皙的手指梳弄头发，一边开口说道：“罗严塔尔元帅，很遗憾，你的丰功伟绩还不满一年就夭折了！”

“是很遗憾。”

回复如此简短，是因为金银妖瞳名将的心态还没有调整好，无从回答。目前，鲁兹遭到了杨威利的戏耍固然是事实，但不管是皇帝莱因哈特还是罗严塔尔，都不能说完全没有一点责任。因为结果显示，莱因哈特轻视了伊谢尔伦要塞在战略上的价值，而一年前立下夺回要塞大功的罗严塔尔也没有看出杨的“奸计”。

“虽然想过他是不是有什么企图，但没想到他会这么周到地预想到数年后的事……”

鲁兹是罗严塔尔夺回要塞时的副将。他有非凡的作战指挥能力，又有稳重的性格，但仍然无法对抗杨威利的奇谋远略。

被赶出伊谢尔伦要塞时，鲁兹还拥有将近一万艘战舰的战力，如果他有意，便可以强袭艾尔·法西尔，将其烧个精光。然而他却不肯果断地劫掠那个几近无防备状态的行星，以报伊谢尔伦失陷的仇恨，只是在败北的情况下努力维持住名誉，退回干达尔星系的同僚舒坦梅兹处。如果他知道杨威利人在艾尔·法西尔，或许就会改变心意，但是鲁兹一直深信那个黑发的魔术师一定像以前所有战役一样，站在攻略战的最前线。不只是鲁兹，连莱因哈特和罗严塔尔都这么想。

莱因哈特现在对鲁兹无话可说。这只是在前些年相继被杨威利奇谋击败的帝国军一级指挥官的名单中新加上一位罢了。莱因哈特为了调整情绪躲进房间。所有的将领都相视无语，自然地散会了。

“银河帝国的名将一个个都成就了杨威利的战绩吗？”

罗严塔尔在走廊上走着，发出融合了嘲讽和慨叹的声音。米达麦亚怅然地用一只手拢着蜂蜜色的头发。

“这可真是——我们不怕十万光年的征服之旅，却无法不惧怕杨威利头盖骨内的玩意儿。如果那个人有和我们一样多或者更多的兵力，命运女神可能就会对他献上谄媚的笑容了。”

如果这些话出自米达麦亚以外的人之口，或许会被讥讽为懦弱。在尊敬敌人这方面，他可是一点都不输给主君。金银妖瞳名将回了一声“假设是没意义的”，然而，另一个假设立刻占据了他的心头。

“如果齐格弗里德·吉尔菲艾斯还活着，或许伊谢尔伦就不会被敌人再次夺走了。”

如果齐格弗里德·吉尔菲艾斯还在，他就能以莱因哈特皇帝的半身之姿发挥指挥大军的才能，把杨威利逼到黑暗宇宙的一隅。至少，名为杨威利的军事风暴一定会减低速度与压力。或者，如果他还活着，就可以取代对菲尔姆特·雷内肯普而言太沉重的高等事务官职务，凭着无人可比的公正与明智行事，便不致造成同盟政府的恐慌自弃，反而会让其对帝国有衷心的信赖和忠诚。再者，如果他还活着，就可以稳坐军务尚书之位，让皇帝莱因哈特亲征时无后顾之忧，诸提督对军务尚书的不信任和不满也就消弭于无形了。

“没错。如果吉尔菲艾斯还活着，那个奥贝斯坦或许就不会得意扬扬地专断处置军务了。”

米达麦亚觉得这似乎才是最该强调的一点。

不管怎么说，为了不使杨威利的军事魔术影响到政治状况，应尽早攻下同盟首都海尼森。不仅两位元帅有这种认知，莱因哈特也有这样的想法。他随即想命令全军立刻再进击，但是被希尔德摇头制止了。

“陛下，此事不急。您只要威风凛凛地接近同盟首都，带来的压力就足以使同盟政府崩溃了。”

莱因哈特仿佛在一瞬间忘记了伊谢尔伦失陷的不快，望着像个美貌少年般的伯爵小姐，脸上浮起了似有若无的微笑。

“你认为同盟政府是蛋壳吗，伯爵小姐？”

“是的，想必在蛋壳内部会掀起一阵风暴。或许他们会因为内部纷争自取灭亡，根本不需要陛下您亲自动手。”

“唔……”

莱因哈特的微笑尚未绽开就收敛了。他带着有些不得要领的表情陷入了沉思，随即又像是彻底领会似的点了点头，下令部队继续前进。他决定照希尔德所讲的，不慌不忙、威风凛凛地前进。

舒坦梅兹具有足够的战力，可以独自扫除同盟首都海尼森的余烬，但是他终究没有这样做，只是彻底地进行牵制和监视，同时做好基地的整备工作。理由很清楚，年轻的金发皇帝希望以征服者的姿态踏上海尼森的土地，而不是以一个客人的身份。舒坦梅兹这样深信，结果也证明他的判断是正确的。他必须做皇帝的引路人，时时将获取自海尼森的情报传给莱因哈特。

进入二月后，一个令人惊异的情报传来。

自由行星同盟宣布投降，同盟最高评议会议长姜·列贝罗身亡。

2

这一年的二月二日，自由行星同盟最后的元首姜·列贝罗在办公室中究竟做了什么工作，并没有任何历史记录。但可以确认的一点是，姑且不论成效或结果如何，他直到生涯的最后一章，仍然没有忘记自己的责任。

皇帝在这个时候宣告雷内肯普的死亡及原因，对同盟而言无疑是一道致命伤。

站在一直拼命隐藏事实的同盟政府的立场来说，这无异于被共犯从背后捅了一刀。但在极力隐藏的事实背后，原本又没有任何阴谋在进行。如果列贝罗是个凶狠的谋略家，或许可以彻头彻尾地虚构此事，把杨归为卑劣的逃亡者，将一切责任推给杨承担。

可是他没有办法做到这一点。他器量稍嫌狭小，但毕竟是个走在正道上的人。雷内肯普死后，他用尽贫乏的谋略，一意埋首于范围狭小的责任中。直到这个时候，他感到一股阴郁惨淡的气氛袭来，猛然抬头环顾四周，才发现一群原本不该在此处的人拿着武器围住了他。他淡然地对着其中唯一的旧友打了个招呼，这个人便是同盟军统合作战本部长洛克维尔上将。

“本部长，你来这里有什么事吗？我不记得传唤过你们啊！”

“不管你记不记得，议长，主要问题是我们有什么要求。”

洛克维尔上将也曾懊恼迷惘过，但现在，他似乎将自己的羞耻心丢弃在一旁了。列贝罗的感情已经磨损得迟钝，但在这一瞬间，他忽然明白了自己身处何种状况。

“你们想杀我？”

“……”

没有回答就代表肯定的答复。列贝罗长叹一口气，抱着胳膊，环视着眼前这群把去往天上的车票硬塞给自己的军官。

“我可以听听原因吗？”

“我们信不过你。”

“怎么说？”

“帝国军如果向你要杨威利的脑袋，你一定会立刻给他们。如果他们要我的脑袋，你大概也一样毫不考虑地答应。我们这么做只是为了自卫，并无意夺取你的权力。”

“自卫是不需要的。帝国军不会要你们的脑袋，因为你们不是杨威利。”

冷静的指摘变成不快的喷雾，打湿了军官们的脸。

“教我们这么做的就是阁下您。你不是想牺牲杨元帅保全自己的性命吗？现在你走到这个地步，说来也是自作自受。就因为你的短视近利，才落得如此下场，你不要怪任何人。”

列贝罗的两眼中充满了生气，仿佛知性和意念的能量灌入了他那原本衰弱不堪的身躯。他挺直背脊，以一副无所畏惧的表情面对着军官们。

“没错，或许这是我自作自受！但是，把我的死正当化和把你们的行为正当化应该是两码事，而我的良心和你们的良心被赋予的义务自然也不同。不过，算了！杀了我去换取你们的安全保障吧！”

有谁会怜惜列贝罗不求回报的责任感和良心，在他面临死亡时，给他尽可能多的恩赐？这个时候，手上没有任何武器的最高评议会议长瘦高的身躯确实压倒了暗杀者们。洛克维尔上将感到四周的人影中升起了动摇的烟霭。他觉得这种感觉也从自己身上蹿起，不断上升，剥夺了全身的能量，最后似乎只剩下后悔和失败感。他做了不小的努力后，张开了嘴，随即又合上。当他收回扩散的意识时，看见列贝罗被好几道光束贯穿的身体从椅子滑落到地上。

接到报告的莱因哈特没有说什么，不管怎么说，这可以算是和平解放。莱因哈特下令直奔海尼森。他受到了已经在卫星轨道上摆开舰队的舒坦梅兹的迎接。十万艘帝国军舰艇保护着总旗舰伯伦希尔，目送其下降。

宇宙历八〇〇年、新帝国历二年二月九日，莱因哈特·冯·罗严克拉姆成为历史上第一个踏上行星海尼森的银河帝国皇帝。

到达宇宙港的莱因哈特在舒坦梅兹麾下四个武装师的护卫下，前往安置着同盟元首姜·列贝罗遗体的国家墓地，完成了对遗体的哀悼。整个过程很短，皇帝也没有说什么类似感想的话。不过，他命令舒坦梅兹担任列贝罗丧葬委员会的委员长。

“姜·列贝罗的不幸不在于他在最坏的时候当上元首，而在于他当上元首这件事。列贝罗可以相信别人捏造的理论，譬如民主国家体制的不可侵犯，但是，他本身却没有虚构理论的资质，也就是缺少俗语所说的‘神授性’。”有人这样评论列贝罗。

姑且不论历史上的评价，莱因哈特倒是完全遵守了一个胜利者对昔日敌人该有的礼节。反过来说，遵守了礼节就不会有什么问题产生。某些场合中是不需要掺入多余的感情的。

莱因哈特离开墓地后，在和希尔德同乘的地上车中，给了罗严塔尔和米达麦亚几个简短的指示。

罗严克拉姆的黄金狮子旗飘扬在旧同盟国旗的旗杆上。这一天，海尼森的官厅和公共机关区域虽是晴天，但强烈的冷风吹拂着人们的皮肤，人们在寒气和不安中缩着脖子，看着年轻征服者的行进队伍。武装的士兵队列将胜利者和失败者隔开来，但是市民的视线偶尔会捕捉到车中近乎神仙般俊美的征服者。在视觉的刺激下，众人尤其是女人们的寒意和不安在一瞬间都被抛到九霄云外去了。当然，这大多是表层的感动，远远不及随着莱因哈特远征转战各地的士兵那种崇拜心态。如果英雄的定义是为了一人的欲望乃至他主观的理想，使众人甘心为他赴死的人，那么莱因哈特就是一个不折不扣的英雄。天上已经住满为他殉死的战士，而这个居住区似乎还要再扩张下去。

地上车停了下来。群众当中似乎发生了什么骚动。一辆帝国军的装甲车靠上来，身穿黑银两色军服的魁梧的高级军官下车，跪倒在莱因哈特的地上车旁。那是遵莱因哈特之令，和舒坦梅兹共同负责街市警备的毕典菲尔特一级上将——“黑色枪骑兵”的司令官。

“黑色枪骑兵的字典里没有‘退却’这两个字。”

这句豪言强化了信仰，他们的信仰也带来了实际的绩效。在旧王朝，毕典菲尔特虽不是贵族出身，却荣登将官之阶。他被莱因哈特看中，也是因为这一信仰与成绩。他具有足以让年轻霸主称道的实力。

强将手下无弱兵，黑色枪骑兵就是铁的事实。只要站在前头的司令官一前进，他的部下就会形成一道钢铁般的浊流紧跟其后，发挥无与伦比的破坏力。

弗利兹·由谢夫·毕典菲尔特和杨威利、奥斯卡·冯·罗严塔尔同年，宇宙历八〇〇年、新帝国历二年，他们都迎来了生涯的第三十三个寒暑。别人总觉得以“猛将”一词就可以概括毕典菲尔特的整体形象，他不但不否认，甚至还以此自夸。他的勇猛和直线式的刚性用兵，以及凭借这些建立起来的武勋，的确可以用“猛将”一词来评价。然而，在兰提马利欧星域会战后，他的部队中被司令官评为具有最高功绩，并据此上报给莱因哈特的，却不是像割草般杀敌无数的勇者，而是在激战的旋涡中进进出出，治疗、抢救及护送伤兵的医务船组员。

莱因哈特大为惊异，也十分坦率地表示感动，不仅给毕典菲尔特麾下的医务船组员重赏，也对全军的医务船组员大加犒赏。

“毕典菲尔特那个家伙，是不是想讨好陛下？”

“不过，能重新看待医务船的功绩也不是什么坏事。”

“没错，就算他想获得青睐，能想到这一点，也是有可取之处。”

当时，罗严塔尔和米达麦亚夹杂着苦笑，认同了同僚这令人意外的一面。

而这个毕典菲尔特现在正以戒惧的态度，跪在停止的地上车旁边。希尔德看看莱因哈特的眼睛，打开地上车的门，橘色头发的猛将愈发紧张不已地行了个礼。

“臣惶恐，打扰陛下，望陛下恕罪。请陛下宽恕臣的失败。”

年轻貌美的皇帝根本不关心臣下敬语的用法。他只想知道到底发生了什么事。

“民众中的共和主义者无法无天，竟想取陛下宝贵的生命……”

民众不都是共和主义者吗？莱因哈特这样想着，不过没有说出口。

“那个人怎么了？逮捕了吗？”

“刚包围起来，他就当场举枪自杀了。弑君未遂的大罪，即使死了也不能免罪。臣将尽快查明其身份，做该做的处分。”

莱因哈特那像是刻意描画出来的美丽眉毛，不快地皱了起来。

“不要做无益的事，把遗体交给他的家人。切记，不可加害他的家人。”

“啊……”

“你不满意吗？你的忠诚心固然可贵，但是如果太过，就把朕变成鲁道夫了。”

此言一出，橘色头发的猛将就明白君主的意思了，他以最恭敬的姿态低下了头。不仅是莱因哈特，连他的臣子们也都极为避讳鲁道夫这个名字。

车门关上后，莱因哈特坐在恢复行进的地上车里，闭上眼睛，把自己藏进思绪的森林之中。希尔德久久地凝视着他那长长的睫毛在白皙皮肤上投下的影子。

3

对于昔日的敌人，莱因哈特当然不是毫无原则地宽大。他那一天的最后一件公务便是接见暗杀姜·列贝罗的那些人。其他提督都被指派去接管市内的治安工作和设施，皇帝身旁的军部最高首脑只剩亚德鲁贝尔·冯·法伦海特一级上将。

接见暗杀者的莱因哈特从一开始就无意隐藏轻蔑的态度。他傲然地跷着修长的腿，睨视着洛克维尔上将等十一名叛乱军官，以远低于冰点的冷酷声音对那些僵硬地跪在地上的人说：

“为了接见你们，朕特意拨出时间，而时间对朕而言是再宝贵不过的。朕只想问你们一个问题：做出那种事时，你们的羞耻心到底在哪里？”

洛克维尔勉强抬起混杂着动摇和不安之色的脸，看向年轻的霸主，但是要对抗那双冰蓝色的眼眸，并不是那么容易。

“陛下的意思，是说我们是一群不知羞耻的人吗？”

“如果在你们听来还有其他意思，那大概是朕的说法有欠高明。”

“在陛下身旁的法伦海特提督，以前也曾是贵族联合军的一员大将，现在也改变了志向投效陛下。那么，臣觉得陛下也可以给我们宽大的处置。”

莱因哈特用冷笑拨响了冰的竖琴。

“听到没有，法伦海特？这些人自称和你是同类呢。”

“实在是光荣之至。”

在两个王朝都享有勇将之名的提督，水蓝色的瞳孔中浮现出愤怒的雾气，逼视着眼前的投降者。他身为大贵族联合军的一员时，善尽职责地做一个指挥官，即便对盟主布朗胥百克公爵的无能和狭小器量感到失望，也不曾想过把公爵出卖给敌人。现在竟被这些暗杀列贝罗的人视为同类，他自然无法忍受。看到他的表情，莱因哈特向他点了点头。

“好吧，法伦海特，朕的想法也跟你一样。在战场之外接触流血事件并不是你的本意，但是，现在朕授命给你。你就负责料理这些肮脏的两脚动物吧，至少应该保持宇宙的一角有块干净的空间。”

“是！”

皇帝的话才说了一半，那些投降者已经变了脸色站起来。法伦海特举起一只手，四周的武装侍卫便在十一个男人的周围筑起一道人墙。

“给我们法律的保护……”

投降者的悲鸣在法伦海特的呵斥下被反弹回去。

“前王朝的情形如何我不知道，不过，罗严克拉姆王朝并没有保护背叛者的法律。不用做无益的请求！”

“伯爵小姐料想得没错，这些吃腐肉的家伙果真以小人之心度他人之腹啊。”

那些暗杀者被法伦海特和部下带走，他们令人不快的悲鸣、抗辩与请求的三重奏在空气中回荡，然后渐渐逝去。看到他们离去，莱因哈特丢下这样一句话，然后把白皙的手指抵在洁白的牙齿上。希尔德强忍着恶心，微微地咳了一下，充满感触和自省地喃喃：

“我觉得人类大概都会做出远比自身能想到的更卑劣的事。如果在和平的顺境中，或许就不会有这种自我的再发现了……”

莱因哈特瞳孔的深处摇曳着冰蓝色的阴霾，被刚毅的外表紧紧包裹着的纤弱灵魂，有一小部分接触到了外界的气息。如果把“卑劣”这句话换成“愚昧”，他应该也是一个被囚禁于炼狱的罪人。他比谁都清楚这个事实。

“如果把那些家伙比作下水道中的污泥，在马尔·亚迪特阵亡的那个老人就是洁净的新雪。”

他晃着金黄的头发这样说，或许是出于他自己也无法意识到的逃避行为。尽管如此，他却没有说谎。

“不死鸟只有在灰烬中才能重生。如果没有烧尽，就不能再生。那个老人很明白这件事。处置那些家伙，以慰老人的在天之灵吧。”

莱因哈特以优雅的动作回过头来，看着身旁的部属们。

“帮朕拿一杯白葡萄酒来，艾密尔。”

少年侍从行了一个礼，以几近跑步的速度从皇帝面前退下。不久，他拿来一个盛满近乎透明的液体的水晶杯，恭恭敬敬地呈给主君。

但是，莱因哈特并不是因为想喝才要酒的。从艾密尔的手中接过水晶酒杯后，年轻的金发皇帝将修长优美的身体正对窗户，温柔地翻过手腕，白葡萄酒的幕帘便缓缓地从窗玻璃的表面流下，浸湿被黄昏之手笼罩了一半的庭园景观——这是莱因哈特献给死者的花束。

第二天，皇帝发布了公告。

“即使是以前曾和帝国为敌作战的人，同盟军战死者的遗族及伤病士兵，帝国政府都将予以宽厚的待遇。现在早已不是以个人的憎恶来推动历史的时候。对待遇不满者、目前生活穷困者，都可以尽量提出申请。”

接到这份布告，同盟政府的官僚们受到的冲击可不小。并不是他们被对方的军事力量击败了，而是民主共和政治被一个人的器量给打败了，这种极度的恐惧动摇着他们的心志。如果是被对方毫不留情地报复，他们还可能对专制者产生反抗之心，但是这种意外的宽大待遇却像融化冰块的阳光一样，足以粉碎人们的反抗意志。

政府和军部的高层领导者中相继有人转向。尽管莱因哈特对暗杀列贝罗的犯人的严厉处置让转向者产生了戒惧之心，但是如果在职务上励精图治，协助帝国政府的话，应该不会刺激皇帝的洁癖吧？

没有放弃对民主共和政治的忠诚的人，以中坚阶层之下的无名军人和官员为多。这些人大部分都企图以偷奸耍滑的方式来抵抗征服者，但是也有人公然地表达自己的意愿。海尼森首都行政机关的参事官比吉亚斯·亚德拉在帝国军要他向皇帝递交忠诚誓约书时，当场拒绝。

“皇帝是谁？在自由行星同盟中，只有由公民选出来的元首，没有什么皇帝。我没有理由接受一个虚构者的命令。”

财政委员会事务局国库科长克洛德·蒙提在被命令提交所有国有资产一览表时，同样拒不照办。

“阅览国有资产一览表的权利只属于有选举权和被选举权，

同时负有纳税义务的同盟公民。此外，政府公务员只根据同盟的法律和良心来行使职务。事实上，我是个没有胆子的人，也很爱惜性命。可是，既然身为公仆，我必须尽到这一点微薄的义务。”

此外，最高评议会书记局的二等书记官克雷姆·艾帕德·诺鲁贝加在二月十一日的正式记录上这样记载：“本日十时三十分，自称银河帝国皇帝的莱因哈特·冯·罗严克拉姆在没有法律资格的情况下申请参观议场。”尽管帝国方面要求他删除这段文字，他也拒绝了。

这些人都成了阶下囚，但不久后便被知道事情真相的皇帝释放了。

“这都是了不起的人。因为像这样的人都只担任中层以下的官职，同盟才会灭亡。不可加害这些人。目前先录用那些服从的人，让他们负责政务吧。”

尽管有少数勇敢的抵抗者，却不致在帝国军占领同盟的行政措施上造成阻碍，所以莱因哈特才发挥了个人的感动或怜悯。

不久，几份证言和证据显示，是已故高等事务官雷内肯普的首席副官伍德·迪塔·芬梅尔教唆洛克维尔上将等不满分子暗杀了列贝罗。知悉这件事，莱因哈特不禁皱起了眉头。他命令缪拉把芬梅尔叫来，责问他为什么要做这种不光彩的事。芬梅尔的回答则是“为了怕皇帝烦恼”。莱因哈特一听，立即做出一个严厉的决定。

“你的用心的确值得称道，可是，如果你真的用心良苦，就该制止雷内肯普的轻率举动。现在你难道还想用这种小伎俩来获取朕的欢心？”

当天，莱因哈特就撤换了芬梅尔，将他遣回帝都奥丁。

4

二月二十日，“冬蔷薇园的敕令”公布了。敕令是在位于海尼森政府机关一角的国立美术馆区域内的冬蔷薇园公布的，所以才取了这样一个名字，正式的名称则平淡无奇，叫“新帝国历二年二月二十日敕令”。这个名称虽不至于让人产生误解，却无法触动人们的感性，反倒是通称长久地流传下来。

缪拉守候在皇帝后方，注视着正在行进的历史，同时又负责警备工作。他永远记得浮现在灰绿色背景中的金黄和鲜红。渥佛根·米达麦亚、奥斯卡·冯·罗严塔尔两位元帅分立左右两侧。莱因哈特从希尔格尔·冯·玛林道夫手中接过敕令书，站在帝国军和同盟政府高官前，看起来就像把所有星座的光辉都凝聚于一人身上，仿佛冬蔷薇中的王者之花被拟人化了一般。暮色急速而浓烈地罩下，在人们的身体和影子化为一体的时候，只有莱因哈特金黄的头发光彩照人地凸显出来，似乎最后一道阳光都落到了他头上。

“朕，银河帝国皇帝，莱因哈特·冯·罗严克拉姆在此宣告，自由行星同盟已经失去这个名称代表的实质，这个国家业已灭亡。从此刻开始，正式统治人类社会的政体只有唯一一个银河帝国。同时朕也公开承认，在过去的历史中，被以‘不光彩的叛军’之名抹杀的自由行星同盟是存在过的……”

罗严塔尔不露痕迹，嘲讽似的动了动嘴角。皇帝的宣告是何其辛辣啊！同盟在名实俱亡之后，才获得了帝国最高权力者的承认。而它充其量只是过去的存在……这只是装饰尸体的虚假花束罢了。

发布完敕令，莱因哈特的视线游移在庭园上方。这个从前历代同盟元首散步、聚集支持者举办游园会的庭园，虽然远不及新无忧宫那般广阔到令人咋舌，但还是个很值得观赏的地方。

鲜红、纯白、淡红、淡黄的冬蔷薇，在隆冬中仍然在地上筑起一道美丽的彩虹。这座庭园附设一栋二层的客房，莱因哈特想把那里当成他在海尼森逗留期间的别墅。人们都知道他乘坐的旗舰极其优美、率领的军队极为雄壮，但是他在私生活方面却十分俭朴，甚至对豪华的宅邸有厌恶感。他对庭园有几分兴趣，但仍然比较喜欢接近自然的景致，对几何学式的人造美没什么好感。在自由行星同盟的文物当中，这座冬蔷薇园是他喜欢的少数几座建筑之一。把它说成行宫未免太夸张，但总之，他决定把这里当成今后的官舍。

罗严塔尔元帅的副官艾密尔·冯·瑞肯道夫少校在上司耳边说了几句话。统帅本部总长点了点头，请皇帝回到目前作为官舍的旅馆去。由于正值隆冬，无法举办游园会，于是当天晚上，一千多名高级军官聚在一起，举办庆祝会。当皇帝迈开脚步时，紧紧围在冬蔷薇园四周的五万多名士兵，在没有人发号施令的情况下发出了欢呼声。

“皇帝万岁！”

“吾皇万岁！”

“莱因哈特皇帝万岁！”

将士们的狂热虽然显得有些混乱，却形成了强有力的和声，覆盖了帝国的所有军队。身经百战的勇将们伫立在皇帝四周，在这个时候，他们也深刻地感受到自己正置身于将永远被传颂，以黄金之錾雕镌于历史上的伟大一刻。他们得意扬扬地凝视着“冬蔷薇之王”。

终于走到这里了！莱因哈特在心中喃喃自语。旧同盟的首都，现在只不过是位于他广大领地末端的属地。以前他踏上这块土地时，名义上还只是高登巴姆王朝的廷臣。然而现在，他是皇帝。尽管还不至于到神圣不可侵犯的地步，但他实实在在是宇宙中最强大的存在。

但是，如果他那另一半看不见的羽翼没有因为他的过失而折损，他应该还可以比现在更强大。莱因哈特像是要拂去这伤痛似的，扬起一只手，士兵们像仰视着笼罩大地的太阳那般任情感奔腾，继续赞颂他们的皇帝。

翌日，即二十一日，在作为临时大本营的旅馆的房间里，莱因哈特召开最高幕僚大会，告诉大家他想亲自率领军队，再次夺回伊谢尔伦要塞——“鲁兹失去的东西，得由朕自己拿回来”。

罗严塔尔坦率地承认，年轻君主的霸气的确令人折服，可是对杨威利的计谋也不能掉以轻心。或许杨已经制定策略，等着被激怒的莱因哈特亲自率军出击。他认为不应该去冒这种险。

罗严塔尔不得不承认自己的想法是很微妙的。皇帝的败北和失策正是他抬头的契机，从他的野心来说，他只要静观莱因哈特的破灭就行了。然而这个时候，他却衷心地提出了谏言。

后世的历史学家对罗严塔尔这个人的评价并不单纯，也是理所当然的。因为连他都对自己的心志感到迷惑。

“我的皇帝啊，如果您有什么万一，我们的新王朝将会解体，时代也将失去舵手。请暂回费沙再从长计议。杨威利就请交给属下和米达麦亚两人去讨伐。”

“罗严塔尔说得对。既然陛下的亲征也基本达到目的了，前线的劳苦就请委交给我们，请您休息吧。”

米达麦亚热心地支持朋友的进言。最近莱因哈特常常因为过度劳累发烧，让他很担心。

“朕无意横夺你们的武勋，但是朕想亲自和杨威利了结恩怨。那个人一定也这么想。”

这时，皇帝首席秘书官希尔德，也就是希尔格尔·冯·玛林道夫伯爵小姐请求发言。

“陛下，两位元帅说得没错，请您先回费沙去。因为唯有陛下亲自坐镇，费沙才能安定，才能巩固基础，成为全宇宙的中心。”

这个时候，莱因哈特的霸气似乎被激向了负面方向，他那冰蓝色的眼睛中充满针一般的光芒。

“玛林道夫伯爵小姐，慎重过度就会变成优柔寡断。如果朕在失去伊谢尔伦的情况下就回去，反帝国势力会认为杨威利不战而胜，结果就把杨威利当作偶像，集结到他身旁了，不是吗？”

“陛下，请您想想看。如果杨威利在战术方面有万全准备，他就不可能仅仅坚守伊谢尔伦。这等于把回廊的两端交给我们帝国军支配，在战略上不可能产生任何效果。”

莱因哈特不屑地笑了。

“你说得太远了，这不像是伯爵小姐说的话。杨威利已经占据了艾尔·法西尔，这不就意味着他已控制回廊的出口吗？”

希尔德一点都没有胆怯之意。

“话是这样说没错。但在这种情况下，要满足战略层面上的条件，就得过度要求战术层面上的支持。杨威利的战力光是用来防御伊谢尔伦要塞就已经不足。以这种微弱的兵力，若是连艾尔·法西尔的安定都要确保，纵使他有卓绝的智谋，也只能说是困难之极。总之，杨威利目前难以同时满足战略上的构想和战术上的条件。只要他没有办法整合这个矛盾，我们就有无数讨伐他的机会。”

“杨说不定会将这一矛盾整合！”

虽然嘴巴上这样反驳，但或许是无法否认希尔德的论点，皇帝的语气已经不那么强硬了。

结果，莱因哈特放弃了亲征伊谢尔伦的行动。至少暂时是这样决定的。他做出这个决定，希尔德的说服自不必说，还有一个理由就是费沙方面送来的报告书。

Chapter 8

前途遥远

1

“福无双至，祸不单行。”

这是亚列克斯·卡介伦不怎么有独创性的感触。但是在这一年年初，自从回归伊谢尔伦要塞，实现了“离家的流浪儿回家”的壮举之后，杨舰队就常常有许多结伴而来的拜访者。

说起好消息，就是由姆莱、费雪、派特里契夫率领的舰队已经到达。由于他们的加入，战力和人力方面的资源都有明显强化。但是另一方面，一听到姆莱的名字，奥利比·波布兰等人一面私下谈论着“那个爱唠叨的老爷子……”，一面用口哨吹奏起《送葬进行曲》的一小节，也是事实。而亚典波罗的评价“野餐变成研修旅行了”，也确有其事。

帝国军的毕典菲尔特一级上将回头朝马尔·亚迪特星域前进时，曾对主张一口气攻向同盟首都海尼森的部下们说：

“我们视军人为一种天职。我们和杨威利一伙不一样，他们什么别的事都不做，就只会玩战争游戏和革命游戏。我们不能做没原则的事。”

一下子就能反驳毕典菲尔特的说辞，认为这只是空穴来风的人，在杨舰队中大概找不到。因为达斯提·亚典波罗等人甚至也承认“侠气与醉狂”是他们的动力来源。而且无可救药的是，他们把这种精神视为一种骄傲。

虽然没有证据显示，杨是有意识地聚集了这样的部下，但结果却不得不让人相信“物以类聚”，“近朱者赤，近墨者黑”的说法。从宇宙历七九六年以来，勇冠宇宙的杨舰队的风气就这样被培育而成。

“我觉得如果要对抗帝国军‘皇帝万岁’的欢呼，大概就只有‘民主主义万岁’了，你认为怎么样？”

“现在这还不能打动民心，我们这边也得以司令官的名字做口号来跟他们分胜负。但到现在为止，我还叫不出五个够华丽的人名。”

亚典波罗和波布兰在繁忙的军务当中交换着随性的意见。

然而，接到亚历山大·比克古元帅的死讯时，连他们这种无畏而充满活力的人，都不禁在一瞬间跌入沉默的深渊。

要通知杨这个消息的时候，菲列特利加在黑暗与静寂中沉陷了数百秒，好不容易才站起来看着镜子。确认自己恢复平静之后，她重新调整了呼吸、画了淡妆，走进丈夫的办公室，站在拿着红茶、目不转睛地看着文件的杨面前。等对方那疑惑的视线移动之后，她尽量让自己的声调听起来平静。

“比克古元帅……战死了。”

杨啜了一口飘着浓郁白兰地酒香的红茶，眨了两次眼睛，把视线从身为副官的妻子身上移开，凝视着墙上挂的无名画家的抽象画。

“阁下……”

“我听到了。”

在菲列特利加那超强的记忆库中，杨从来没有发出过如此微弱的声音。

“这个报告没有修正的余地了吗？”

“从各方面截获的通信波，都报告了同样的事实。”

“哦。”

喃喃自语的杨欠缺了一股生气，年轻的学者仿佛化成了一座石像。白兰地的香气在菲列特利加的嗅觉中轻轻地飘荡，她屏住气息。杨的手掌握扁了纸杯，滚烫的红茶浸湿了他的手，冒出热气。菲列特利加从丈夫的手中拿走纸杯，用手帕擦拭着他那只烫伤的手。她从抽屉中拿出了急救箱。

“通知所有的舰队，菲列特利加，杨非正规部队从现在开始服丧七十二小时。”

杨一面像没事一样让菲列特利加为他疗伤，一面下了这样的指示。他的情感受到了致命的伤害，仿佛只有理性在掌管声带。忽然，他的思路倏地一转，声音也激动起来。

“什么智将！我是一个无可救药的低能儿啊！就因为司令长官的人格清高，所以深信不会有这样的可能性。可是我竟然无法预测到这一点。”

“亲爱的——”

“从海尼森逃出来时，就算是绑架，我也应该把司令官一起带出来的，是不是？菲列特利加，如果我这么做了……”

菲列特利加拼命地安慰丈夫。如果谈到比克古元帅的人格，老将军根本不可能答应从海尼森逃走。比克古的死，杨没有必要负起责任。如果他觉得自己对这件事有责任，反而等于轻视比克古的意愿和选择。

“我知道了，菲列特利加，你说得没错。我太激动了。”

杨勉强开口说道。可是要从巨大的打击中恢复过来，实在不容易。

连高登巴姆王朝那样犯下无数专制支配罪恶的体制，在灭亡的时候也有人为之殉国，更何况是自国父亚雷·海尼森以来，便走在理想与人道之路上的自由行星同盟。如果没有一个高级官员为之殉国便灭亡，民主国家的存续不就没有价值了吗？杨虽然否定在国家灭亡时还得供上人命的思想，却不愿指责比克古元帅的选择。

在那个老人还活着的时候，杨就对他佩服得五体投地，现在也一样，将来更不可能有任何改变。

比克古的年龄并不足以构成可以安慰生者的因素。虽然他已迈入老年，但距离医学上的平均寿命至少还有十五年。令人足感安慰的是，没有人能否认他的一生极其充实。所有部下都和杨有共同的想法。

先寇布为老人的一生及冥福干杯；施恩·史路则把他干枯了十五年之久的泪腺机能全部开放了；梅尔卡兹肃然地竖起军服的衣领；姆莱则对着遥远的海尼森敬礼，其中一半是献给相当于为比克古殉死的邱吾权；亚典波罗继和姆莱对饮后，又和先寇布对饮悼念故人。

尤里安一方面感到伤心，另一方面又担心杨的悲痛，这更让他陷入失去色彩的世界。

连奥利比·波布兰也收起了向来水源畅通的阔达之泉，减少了开口的次数。波布兰曾自称是“无节操与轻率的混血儿”，同时又被达斯提·亚典波罗等人批评为“如果有麻烦一定会插一脚，如果没有麻烦，就自己撒下祸乱的种子”，但如今他让寒冬的冷风吹拂着生来就不会悲伤的五官，在一时丧失生气的要塞内默默地踱着步子。

对大伙儿不当的意气消沉表现出担心的，则是亚历克斯·卡介伦。自己的消沉告一段落之后，他对着夫人摇了摇头。“这些以快活和厚颜无耻著称的人，可不能再这样闷闷不乐了啊。”

夫人此时正点燃伊谢尔伦被帝国军占据的一年间都没有使用过的烤炉。

“人家又不像你一样，神经是用钢缆做成的。比克古元帅是个好人，大家的反应是很正常的。”

“我可是出于好意才这样说的，因为这些人根本不适合这种阴沉的气氛。”

卡介伦把自己排除在外，这样评论着。再怎么说，他也是杨舰队毋庸置疑的一员。他深信自己是其中唯一正常的人。

“你只要担心补给和会计的事情就好了。如果他们遇到这么点问题就再也站不起来，那么从一开始就不会反抗同盟政府和帝国，掀起革命战争了。因为他们明明照着权力者的话去做，就可以轻松过日子，却宁愿自找苦吃，把事情弄得像过节一样热闹。”

“你说得没错，真是一群笨蛋！”

“一个都不例外。我做不成后方勤务本部长夫人，又是拜谁所赐啊？”

“哼”了一声，便踢飞了后方勤务本部长交椅的男人显得极为狼狈。

“你不是没有反对我的做法吗？在我递出辞呈回家的时候，你已经把行李都塞进箱子里了……”

夫人仍然面不改色。

“当然。如果你是那种为了守住自己的地位就丢下朋友不管的人，我早就跟你离婚了。作为一个女人，还得硬着头皮对孩子说，自己的丈夫是个不讲友情的人，实在是很丢脸的事。”

卡介伦的话还在嘴巴里咕哝，夫人已经熟练地把刚做好的奶油鸡肉派从烤炉边端到桌子上了。

“那，亲爱的，你去把杨夫妇请过来吧。活着的人总得把死去的人那一份也吃掉。”

跟卡介伦一样，及早发现杨舰队这个广场不能欠缺过节气氛的，大概就是奥利比·波布兰了。接到坏消息的当天，他和大家一样陷入愁云惨雾，但两天后就扔掉了心理上的丧服，决定全力着手舰队的心理再建设。为了营造气氛，他把大量的威士忌倒进咖啡杯里——在服丧期间是不能公然喝酒的。

“尽管如此，我们的元帅还是那样情绪低落啊。”

贝伦哈特·舒奈德责备他的做法有欠妥当。他不是无情的人，但是几乎没有和比克古见过面，所以恢复情绪时并不需要波布兰的帮助。

“你好像把你们的司令官当成珍禽异兽一样……”

波布兰并没有直接回答。

“比克古元帅以前对同盟军来说，是一位不可多得的老爷子，虽然用过去时来称呼他叫人遗憾。悼念他是很自然的，也是理所当然，但还是得想个真正告慰他在天之灵的好办法。”

“什么意思？”

“和帝国军作战，将其击败。”

“我觉得在摸清战术之前，还是不要轻易下结论好——”

“战术就交给我们的元帅去想好了，因为他只有这个特长。”

舒奈德觉得，波布兰这种贫嘴薄舌中充满了由夸示、敬爱、揶揄等各种精神作用组成的和弦。

“可是，舒奈德中校，说来你也不怎么聪明嘛。如果你留在帝国军中，或许还可以在皇帝莱因哈特身边混个一官半职呢。”

舒奈德只是冷冷地笑了笑，他并不想回答波布兰充满挑衅的问题。如果他有兄弟，或许会说服自己的兄弟待在年轻主君的身旁发挥才干，他则打算随着身为败将的梅尔卡兹到任何地方去。皇帝莱因哈特有许多忠实的臣子，梅尔卡兹至少也该有一个像他这样忠诚的部属……

2

宇宙历七九九年五月，《巴拉特和约》订立后，历史的激流并没有因此静止。同年八月，杨威利抗拒同盟政府的迫害，逃离了首都。同月，地球教的总根据地被帝国军的瓦列提督击溃。历史的洪流仍然不断往前推进。

但是一进入宇宙历八〇〇年，暗流似乎有一口气奔向地表、吞没万物的态势。在这之前的四个月里，虽有无数思想和行为上的小暴动连续出现，但是仍让人有一种奇妙的静止感，原因或许在于此前和此后喷涌而出的光和热太剧烈。只能看到事情表面的人或许会认为，莱因哈特·冯·罗严克拉姆只是离开行星费沙，到达了同盟首都海尼森，无所事事地浪费了许多日子；杨威利也只是在逃离海尼森之后，再度将伊谢尔伦要塞夺了回来，此后就没有什么新的建树了。

有这种想法的人或许认为皇帝一旦发号施令，一千万大军可以不必编组舰队、准备补给，立即就能行动。这种人不了解在战场上施行战术之前，也要花时间谋划战略，创造最合适的环境。莱因哈特的帝国军和杨威利的革命军规模大小虽有差异，但确立补给体制都不是容易的事。以帝国军而言，保住从费沙而来的漫长补给线和大量物资都十分艰辛。无论在名誉上还是政略上，掠夺物资都是严厉禁止的。至于杨威利方面的问题，是艾尔·法西尔的生产力与伊谢尔伦储备的物资目前虽然能进行充分的补给，但是要迎战帝国军，就必须强化战力，而如果增加兵力，补给能力就会超出界限。一想到要面对这严重对立的矛盾，亚列克斯·卡介伦想不头疼，实在是难于上青天。

杨威利无法让战略上的构想与战术上的条件两全其美——莱因哈特的首席秘书官希尔格尔·冯·玛林道夫伯爵小姐看清了

这一点。但事实上，杨这个时候还受着政治课题的重压。而且，他不是此次革命运动的最高指导者，只是把自己定位为革命政府实战部门中的专家。

这种情形在华尔特·冯·先寇布等人看来，简直是令人咋舌的绕远路。

“现在是非常时期，应该用非常策略！”

这便是先寇布的意思。在这三年里，他经常煽动杨去掌握权力。

“虽然杨会告诉别人，信念是一种有害无益的东西，但是他自己却比任何人都顽固。所谓的言行不一，就是在说他这种人吧。”

尤里安·敏兹曾经这样说。他对先寇布三年来毫不死心的执着也有一份佩服。

所以那时应该将莱因哈特·冯·罗严克拉姆打倒——接到比克古的讣闻时，华尔特·冯·先寇布想，但他并不想把这个想法说出来。或许他和别人对事情的评价有差距，但也并非分不清何时何地该卖弄毒辣唇舌，何时何地该三缄其口。

他唯一说出口的，就是他对尤里安透露过的、已经丧失了实现机会的构想。

“如果比克古老爷子还健在，就可以将他老人家推上新政权的宝座，下面则由你的监护者来打理军政。这种可能我也不是没有想过，但现在都太迟了……”

对尤里安而言，这也是一个既新鲜又具有魅力的想法。但是他不认为已故的老元帅会同意站上权力的顶点。

而提出这个构想的先寇布，在不久后也开始面对自身的问题。

卡琳，也就是卡特萝捷·冯·克罗歇尔下士，毅然决然地提出了和父亲会面的申请。事已至此，无论如何，半年来她拒绝接触生父的不自然状态似乎要画下句号了。

出现在先寇布办公室的卡琳穿着两三层无形的甲胄，似乎处于临战态势。拘谨的敬礼、僵硬的表情、一本正经的态度说明了她的紧张。先寇布在内心打量着，觉得这些行动都不适合这个十六岁的少女。

“我曾志愿参加夺取伊谢尔伦要塞的作战，但是担任实战指挥官的阁下却将我从名单中剔除了。我百思不得其解，所以希望阁下能给我一个理由。”

很明显，卡琳是事先准备好台词再照本宣科的。先寇布嘴角绽出嘲讽般的微笑。因为他想，就算要收入场费，同事亚典波罗也一定想亲眼看看这个场面。他一点都不在意被少女这样盘问。

“我希望作战取得完美胜利。所以不止是你，凡是没有肉搏战经验的，我都没有让他们参加。事情就是这样，有什么奇怪的吗？”

卡琳不知道该怎么回答了。从各方面来看，她的视野还太窄，还没有足够的思考能力去考虑这一点——除她之外，其他没有肉搏战经验的人都受到了怎样的待遇。

“嘿，这是原则。不过事实上，我可不愿看见漂亮的女孩子挥舞着战斧的情景。”

先寇布补充说明时的态度，正是卡琳最不想见到的。

轻薄虚伪的风流男人！

“您在追求我母亲时，也是这个口吻吗？”

被这急遽上升的声调吓了一大跳的是卡琳自己，她的父亲连眉头都没皱一下。先寇布重新审视了一下站在桌前的女儿。

“这就是你要求会面的真正目的吗？”

咂嘴声使卡琳越发处于濒临动摇的状态。

“真是扫兴。如果你想责问我作为父亲是否尽到了责任，应该一开始就提出来，根本不需要跟我扯什么作战指挥的事。”

卡琳羞红了脸，热度从心中涌遍全身，脸上的皮肤细胞仿佛要燃烧起来。

“您说得没错，我真是失礼。那我就再问一次，您爱过我的母亲——罗莎莱茵·伊丽莎白·冯·克罗歇尔吗？”

“连一个自己不爱的女人都要拥抱，人生岂不太苦短了？”

“就只是这样吗？”

“被一个自己不爱的男人拥抱，人生也太苦短了吧。”

卡琳一下子挺直背脊。她的关节竟没有发出声音，真是不可思议。

“阁下，谢谢您赐给我生命。可是您对我没有养育之恩，我也找不到敬爱您的理由。我听从您的忠告，清清楚楚地把话说完了。”

先寇布和卡琳四目相对，不久，父亲移开了视线。他的表情虽然用公职人员的幕帘掩饰了，但是从那微微的缝隙中，却依稀可见苦笑和迷惑的光芒。他把视线移开，并不是因为胆怯，而是觉得没有必要因为这段会话给彼此造成困扰——这只是卡琳感性上的推断。卡琳遵照形式上的要求，敬了一个标准的礼，然后转过身，按捺住狂奔而去和回头窥看的双重冲动，离开了父亲的办公室。

3

华尔特·冯·先寇布和奥利比·波布兰是杨舰队中“家庭道德与健康风气之敌”的两大巨头。如果要问谁更恶劣，他们两个一定都会毫不犹豫地推荐对方。宇宙历七九九年，这两个英雄时隔半年后再次碰面了。

“呀，我敬爱的长官，知道您还健在，真让下官兴奋莫名啊！”

波布兰一见面就这样打招呼。而先寇布也不甘示弱地回道：

“回来得真是时候。如果没有波布兰中校，我的兴趣就提不起来了。”

击坠王根本不想成为先寇布的陪衬，从容地隔着桌子凝视对方。他的眼光露骨地说着：“我就算要撒种，也不会做出让种子开花结果的蠢事来。”

“因此，尽管这么说很失礼，但我还是比较理解您家小姐的境遇。”

波布兰刻意强调“您家小姐”的发音，当然是有极大的嘲讽之意。但先寇布的脸皮就像伊谢尔伦要塞的外壁一样，厚实地保护着他的内心世界。波布兰于是继续旁敲侧击。

“卡琳是个好女孩，不像她的父亲，虽然她还没有成为一个好女人。”

“是啊，我也觉得她是个好女儿。无论如何，她还没有花掉我一个第纳尔的养育费呢。”

“说不定她会把往后的精神赔偿费一并算进去，还是不要高兴得太早。”

给了对方一顿辛辣的嘲讽，波布兰重新调整了表情和语气。

“先寇布中将，老实说，那个孩子根本不知如何处理自己的感情，而且也不知如何确切地表达感情。我觉得身为长者，应该给她指引一条出路。或许我这样说有多管闲事之嫌……”

先寇布用难以言喻的眼神凝视着比自己小七岁的战友。过了一会儿，他才把笑意填充进声音中。

“呀，真是值得回忆和纪念的一年啊！就我所知，这是你第一次说出这么有良知的话。”

“那是因为女儿不应该背负父亲的罪。”

如果换成别人，这句话或许就命中要害了。可是先寇布不但淡然地点头表示同意，还厚颜地加上一句。

“说得完全正确。如果要让我再补充说明，我希望她不要因为是我的女儿而有撒娇的想法。”

“何其严厉的父爱呀，真令人胆寒。”

年轻的击坠王不得不承认自己稍微转为防御姿态了。连奥利比·波布兰这样言辞犀利的人在先寇布面前都占不到优势，更何况稚嫩如卡琳者，她全面溃败是理所当然的事。

先寇布对起身离去的波布兰扔下最后一句话。

“对于这件事，你似乎出了不少力，真是有劳你了。不过，只有一件事要请你改正。”

“什么事？”

“听说你四处宣传，说我是不良中年人，可我还不到中年！”

半个小时后，波布兰潇洒地出现在卡琳面前。在军港的瞭望区无聊地凝视着舰艇群的卡琳看到年轻军官，赶忙行了一个礼。在场的几名士兵站起来离开现场，或许是因为客气，不过也一定是基于某种成见。卡琳没有注意到这一点，波布兰则无意去求证。

“怎么样，跟父亲见了面有何感想？是不是对他的表现很失望啊？”

“不，倒不至于。因为早就知道他是这种人，现在也不觉得有什么失望。”

“说得没错。不过，我还是想告诉你，卡琳。”

年轻击坠王的绿色瞳孔中闪着深邃的光芒。

“就我所知，军人家庭的孩子中，堪称安定幸福的，大概就只有卡介伦家的莎洛特·菲利丝了。其他人或多或少都是在不怎么好的环境下成长的。”

波布兰无意识地摸着黑色贝雷帽。

“尤里安·敏兹也一样，如果他的双亲还健在，他就不用在杨威利那种患有社会不适应症的人家中成长了。他并不见得比你幸福到哪里去。”

“中校。”

“嗯？”

“为什么在这个时候提起尤里安·敏兹中尉？”

“难道你认为以华尔特·冯·先寇布为例子更好吗？”

“……”

“他自小便从帝国流亡至此，境遇不能说是很安逸，他也……”

说着说着，波布兰猛然间住了口。他似乎发现为先寇布辩护是极不合理的。

“啊，不管怎么说，卡琳，把不幸当成一种商品来看待，并不符合我们舰队的风气，也不适合你。就连你不喜欢的人，也不可能永远活着……”

话说到一半，波布兰好像忽然想起了离世的战友。

“伊旺·高尼夫这家伙竟然背叛了我。我一直认为他是那种杀也杀不死的人哪！”

卡琳不由得重新审视波布兰的表情，但是年轻击坠王的脸上却拉下了百叶窗，以卡琳的洞察力，根本无法看穿他真正的情绪。波布兰一边仔细地重新调整黑色贝雷帽的角度，一边站起来。

“如果没什么差错的话，先寇布那个不良中年人会比你早走二十年，与墓碑和解是一件很没有意义的事。”

说出“中年”这两个字时，波布兰的口气尽管有些恭维，却实在欠缺淳朴。

波布兰在军官俱乐部拟定丧期后的训练计划，尤里安进来和他在同一张桌子旁坐下了。他对波布兰的咖啡杯中蹿升起来的酒精烟雾不予批评，不过他知道波布兰和先寇布父女谈过话的事。

“真是有劳您做家庭访问了。”

尤里安笑着说，波布兰轻轻戳了一下他亚麻色的头发。尤里安似乎也从精神失调中恢复过来了，不过在击坠王眼里，他大概还在做最大的努力。

“你越来越像伊旺·高尼夫一样可恨，马上就要进化到先寇布中将的等级了。真令人伤脑筋。”

“真是对不起。”

“啊，算了，看你还算老实，还有救。”

“对了，关于先寇布家的和解一事，有没有什么处方？”

“典型模式就是女儿的生命陷入危机，做父亲的舍身相救，结果使女儿心结大开……”

“还真是典型模式呢。”

“立体电视剧的编剧们几百年来一直毫不知耻地套用这样的模式。总归一句话，人类的心理从石器时代开始就没什么改变。”

“就算生在石器时代，中校也一样是个有名的风流人士吧？”

波布兰对这个问题有怎样的答复，尤里安已经不在意了，因为他的精神机能包括听觉神经已经转向了其他的方向。

尤里安想起了那淡红茶色的头发、蓝紫色的眼珠、充满了挑战的活力和勃勃朝气的表情。这种思绪并不会让这个年轻人觉得不愉快。以前还没有一个同龄或比他小的少女能让他有这种情绪上的反应。

但是尤里安还无意在自己这张心灵的草图上抹上任何色彩。在半年前，他还怀着多多少少受到伤害的心情，目送着菲列特利加和杨结婚。如果自己现在就搭乘另一艘感情之船，那未免失之轻薄了。另外，卡琳是否对他有好感，他也没有自信。

4

三天的丧期结束后，姑且不论内心的感触，杨威利毕竟伸直了背脊，抬起头走了出来。若要引述卡介伦的话，或许杨是好不容易产生了身为领导者的自觉。

事实上，杨总不能一直悼念夕阳之美，不打算有任何作为。光线更强烈的新太阳正从对面升起，人们不能袖手旁观，等待酷暑的到来。比克古元帅这道坚固的堤防已经崩溃了，皇帝莱因哈特的霸气正变成一股灼热的怒涛，袭卷整片同盟领土，摧毁老旧的体制。

丧期结束的同时，杨左手上的绷带也拆了下来。电子治疗使受到伤害的皮肤细胞活化，从某种象征意义来说，杨的脑细胞也从黑暗的寝室中挣脱出来了。

看着恢复理性活力的杨，菲列特利加的心雀跃不已。她觉得是比克古元帅抓着杨的衣领，把他从昏迷的地下室中硬拖了出来。

制订战略、编组部队、联络艾尔·法西尔……事务虽然繁忙，杨也没有牺牲喝红茶的时间。这就是杨之所以为杨的原因。

“菲列特利加，我注意到一件事。”

某一天，杨把飘着西隆叶香气的红茶抵在下巴上，对妻子说：“列贝罗议长会不会是被曲意逢迎帝国军的军部叛徒暗杀的？”

菲列特利加没有说话。她眼中映着正在把玩黑色贝雷帽的丈夫。

“他们不至于做到这种地步吧？”

菲列特利加并不是提出反论，而是为了让丈夫说得更详细一点。杨停下了把玩贝雷帽的手。

“因为列贝罗议长亲身示范了。当然，列贝罗自有他的正当性，他也不是那种只求取自身安泰的人，但一定会有人模仿他的行为。”

莱因哈特皇帝对失败者和降伏者一向予以宽大处置，但是，如果有人误认为他没有原则，而弃羞耻心和自尊心于不顾，想准备礼物求荣的话，他必定不会同意。

过了几天，巴格达胥上校传来了有关首都情况的报告。他为了监听通信波，还特地从艾尔·法西尔出动了情报收集舰前往首都方向。

“自由行星同盟元首姜·列贝罗被部分军人暗杀。叛乱部队向帝国军提出投降的请求，帝国军得以在毫无阻力的情形下进驻海尼森。”

接到这个消息后，杨又对妻子和尤里安预言：

“那他们等于签下自己的处刑书了。莱因哈特皇帝绝对不会饶恕他们的丑行。”

两三天后，“暗杀列贝罗的所有人员都被枪决”的情报传了进来，但是杨已经不再表示关心。或许是因为国父亚雷·海尼森的理想衰亡的事实，在杨逃出首都时就已经很明显了。在比克古元帅的讣闻带来的冲击下，杨也理清了面对同盟这个国家灭亡时的心情。还有许多更重要的课题等着他的裁夺。

“整个宇宙都承认莱因哈特皇帝和罗严克拉姆王朝的统治权。在这种情况下，我们更要保住一个星系的内政自主权，使民主共和政体存续下去，准备将来的复兴。”

在杨说明其基本构想时，艾尔·法西尔独立政府的首脑罗姆斯基医生却显得不怎么有兴致。

“难道要与皇帝的专制权力妥协吗？这可不像从身为民主主义斗士的杨元帅口中说出的话。”

“让多样性的政治价值观共存，才是民主主义的精髓，不是吗？”

一个军人居然要对政治家解释民主主义，这种愚蠢让杨的内心都要为之叹息。从伊谢尔伦到艾尔·法西尔的超光速通信网完全在杨舰队的控制下，他们才可以进行这样的通话，但并不能保证一定会取得某种成果。

作为独立政府的首脑，罗姆斯基医生的确在精力充沛地工作。他是个不折不扣的有良心并充满责任感的革命政治家，但事实上，杨也必须承认华尔特·冯·先寇布的毒辣评语“球打得再远，只要是界外球，都一样没有分数”是有道理的。一听到“海尼森完全被控制，同盟最后的元首横死”，他两只脚上就生出了不安的翅膀，急忙把杨请过来，研究帝国军进攻艾尔·法西尔的可能性。

“我想您早该预料到这种结局了。”

杨的语气中稍稍掺杂着令人窒息的调味料。只因为现在莱因哈特皇帝即将发动全面攻势，心志就产生动摇，这样的组织竟然还自称独立政府，还叫嚷着要再次进行革命！所以杨在某一方面容忍莱因哈特的主权。他想在没有危险的情况下实现理想。

总而言之，他们也有意让杨把莱因哈特打倒在战场上，以民主国家统一宇宙的梦想为食材，交给杨去烹调，而他们则手拿刀叉，坐在铺着刺绣桌布的餐桌前等待。所谓的民主主义，不该是一家名为政治的高级旅馆的宾客，而是必须先靠自己的力量建起小木屋，靠自己的力量开始生火。

“回想起来，如果杨元帅在巴米利恩会战中将皇帝莱因哈特打倒，就万事大吉了。反正同盟政府是灭亡了。如果当时这么做，至少我们现在就可以避免面对目前这样大的危机。真是可惜啊！”

杨忍住怒气，没有回答。即使罗姆斯基医生的发言是在玩笑的表面化了一层浓浓的妆，杨也明白卸掉浓妆后的一张素脸究竟是什么模样。看到杨的表情，罗姆斯基说了一句不必要的“开玩笑啦”，反而使杨更不愉快。罗姆斯基事后对朋友说道：“杨元帅比我想象中更没有幽默感。”而杨的心境则是“真是让人受不了”，但现在他也无法对罗姆斯基进行再教育了。

“杨威利放弃了同盟政府的列贝罗后，新的选择便是艾尔·法西尔独立政府的罗姆斯基。结果我们不得不承认杨没有择主之明。”

后世部分学者这种评价或许有欠公正。杨是被列贝罗排除的，不是自己主动放弃了列贝罗。他之所以选择艾尔·法西尔独立政府，也是基于它可以同时满足政治思想与战略构想两方面最低限度的考虑，并没有宣誓效忠罗姆斯基个人。如果杨有意过安逸享乐的一生，他早就成为万人之上、能赏识人才的莱因哈特·冯·罗严克拉姆的臣下了。这种选择不仅可以令杨尽情享受安逸的生活，对彻底处在专制政治支配下的整个宇宙的和平也会有极大贡献。杨终其一生，都未能从这种深度的矛盾与自我怀疑中解脱。

5

杨把尤里安·敏兹和奥利比·波布兰从地球带回来的光盘放进了记忆库的最底层，掩埋了好一阵子。好不容易将伊谢尔伦要塞成功地夺回来，比克古元帅和列贝罗议长的死讯又相继传来，结果他一再错失检视的机会。再加上地球教本部已经被帝国军的瓦列提督歼灭，收集与地球教相关的情报也就不那么紧急了。

极端地说，杨也不能否认，尤里安和波布兰能平安回来已经很令他满足。尽管如此，从脑海边际涌向大脑中心的抗议声还是传来了，因此杨拨出一部分时间检视了光盘的记录。菲列特利加、先寇布、尤里安、波布兰、波利斯·高尼夫、马逊、姆莱七人列席。他们只看到其中的一小部分，就惊愕地面面相觑。因为光盘中记录的是费沙自治领和地球教长达一世纪之久的关系。

“也就是说，费沙表面上是费沙，暗地里其实就是地球教，是吧？”

“这么说来，我们和费沙的商人合作，不就等于和地球教的信徒们大跳贴面舞了吗？”

波布兰用虽然称不上狠毒，但明显含有针刺的视线扫向波利斯·高尼夫的脸，无言地要求他解释。

“别开玩笑，我可不知道这种事！如果我跟地球教有那么好的关系，就可以把巡礼者送到地球上去了。”

波利斯·高尼夫说得也有道理。他在地球教本部时，曾帮助尤里安和那些疯狂的信徒作战。费沙骨子里和地球教有深厚关系这一说法，立足点未免也太薄弱了。

杨也不认为波利斯·高尼夫私底下和地球教沆瀣一气。但是，费沙一代代的最高领导者们又如何？现在行踪不明的“费沙的黑狐”，也就是安德鲁安·鲁宾斯基一干人又怎么样了？他们以前到底有过什么企图，今后又会动什么歪脑筋？

先寇布抚摸着微尖的下巴。

“九个世纪之久的执着啊！真令人惊讶，也真叫人毛骨悚然。地球教的那些家伙真的被消灭了吗？总大主教一干人真的都死了吗？”

听到这个问题，连大胆的奥利比·波布兰也皱起眉头不说话了，连他都没有亲眼看到总大主教的尸体。如果要弄清这件事，就必须再访地球，挖开数百亿吨的土石。

“我知道了，让我去费沙吧。反正我得和那些独立商人联络，也想趁机查查鲁宾斯基那只黑狐的事。”

“你该不会一回到费沙，就躲在那边不回来了吧，高尼夫船长？”

波布兰的语气经过了刻意的压抑，但是因为话题太尖锐，并不能稍稍缓和高尼夫的不快。经过一阵低气压的言语冲突，杨答应让波利斯·高尼夫回到费沙，随即解散会议。杨感到极为郁闷。如果费沙和地球教之间有不寻常的关系，杨舰队轻率地和他们联手，或许会落得这样的下场——投机者与宗教狂热者的丑陋联合体将民主主义的内涵侵蚀殆尽。照这情势来看，他们不可能只因经济上的需求就和费沙搭同一条船。杨的基本战略也不得不做出重大的修正。

杨的房间里只剩下杨夫妇和尤里安，他们三人还沉浸在光盘的记录和激烈辩论的余味中。不久，杨重新坐回沙发上。

“尤里安。”

“在！”

“阴谋和恐怖主义终究不能使历史洪流逆行，却足以使历史停滞。不管是地球教还是安德鲁安·鲁宾斯基，我们都不能让他们的奸计得逞。”

尤里安点点头。

“更何况地球教的目的只是行星利己主义罢了。因为他们并不是想恢复地球的权利，而是想借着使过去的历史正当化，让自己品尝特权香甜的蜜汁。”

地球教真的灭亡了吗？如果留有余党，他们又在谋划着什么？这些杨都很想知道。

但是，杨不得不承认根本没有时间去管这个。第一，莱因哈特皇帝才是眼前莫大的威胁。而且这种威胁并不是地球教之类的反动行为，而是和民主主义迥异的体制正在进行成功的时代变革，这才是真正的威胁。所谓的专制，就是在进行变革时效率最高的一种体制。对民主主义的温和与缓慢感到厌烦的民众不是常这样说吗？

“把强大的权限给伟大的政治家，让其推进改革吧。”

这虽然是一种反论，但不正是渴求专制者的民众的心声？

而现在不就可以得到一个最好的专制者吗？一个让人们仰望和崇拜的人中之神——莱因哈特·冯·罗严克拉姆。和更璀璨的黄金般的雕像相比，民主主义之类只是一尊褪色的青铜雕像……

不，不对。杨赶忙摇了摇头。他杂乱的黑头发也不断摇晃。

“尤里安，我们是军人，而民主主义往往是在枪口下产生的。军事力量虽然促使民主政治诞生，却不能夸大它的功劳。这没有什么不公正，因为民主主义的精髓就在于当权者的自制力。利用法律和机构把强者的自制制度化，这才是民主主义。如果军队没有自制，任何人都不需要自制了。”

杨的黑眼睛渐渐发出了光芒。他只想让尤里安明白。

“为从根本上否定自身的政治体制而战，这种矛盾构造，是民主主义的军队必须接受的事实。军队能求诸于政府的大概只有退休金和休假，也就是作为一般劳动者的权利。除此之外不能再有任何奢求。”

听到退休金，尤里安反射性地笑了笑，但杨并不是想借着幽默感来表达他的意思。尤里安立即收住笑容，现出一副过于严肃的表情，把长久以来一直在思考的问题提了出来。

“可是，我希望提督能有多顾及私情私欲的行动。”

“尤里安！”

“受到您的责骂是理所当然的，但这是我的真心话。”

真是具有讽刺性啊，尤里安心想。对庞大的才能而言，专制政治竟然比民主主义更能使其发挥能力，实施行动时也更自由。如果莱因哈特和杨的境遇倒过来的话，或许莱因哈特对民主政治而言是个有害的野心家，会让鲁道夫大帝的恶行再现。而杨也说不定就为自己戴上金色的皇冠了。

“尤里安，这完全是一种无意义的假设。”

“我知道，可是——”

“我并非完全排除了私情。在巴米利恩会战时，我并不想杀死莱因哈特·冯·罗严克拉姆。尤里安，这是我的真心话。”

不用他提醒，尤里安也明白这一点。

“尽管他的人格并非完美，却是这四五个世纪当中最耀眼的。如果由我亲手摧毁他，这种感觉会令我害怕，我下不了手。或许当时我只是以政府的命令为借口来逃避这个事实罢了。对政府或我自己来说，这个行为或许表现出忠实的一面，但是对那些战死的士兵们来说，却是一种难以原谅的背信行为。他们没有理由为权力者的自保和我个人的感伤丧命。”

杨笑了。他的笑让旁观者觉得，他只能选择用笑来表达感情。一看到杨这种表情，尤里安总是深切地感受到语言的无力。他也只有沉默。

“我一向都是这样，在许多方面都没有进步。哦，我们没有那么多时间，现在该谈些比较积极的话题了。”

说起那些话题之前，似乎需要一些润滑剂。于是，尤里安时隔许久展示了他的手艺，让红茶浓郁的香气飘散在整个房间中。

菲列特利加把手伸向操作台，白皙的手指在上面飞舞一阵后，画面上出现了一幅星图。她不断把画面扩大，描绘出了联结伊谢尔伦和艾尔·法西尔的“解放回廊”。

“我们目前有伊谢尔伦和艾尔·法西尔这两个据点。站在帝国军的立场来说，如果敌人拥有一个以上的据点，用兵计策当然是各个击破。我想，帝国军的别动部队可能会和皇帝的本队同时从帝国领地出发，直逼伊谢尔伦回廊而来……”

“那么，他们什么时候会来？”

“啊，估计在不远的未来吧。皇帝也知道浪费时间的负面影响远比正面的多。”

杨认为，那个金发年轻人最不能忍受的就是让他以外的人来创造历史。空耗光阴只会给别人策划阴谋的机会。在自由行星同盟已经名实俱亡的现在，他大概会挟炮火和舰艇的洪流，一举扫灭杨一众。他那远胜于昔日鲁道夫·冯·高登巴姆的霸气，将如狂涛般席卷整个宇宙。

相对地，杨就必须为了那不知什么时候才能退去的怒涛和狂潮，以现有的微薄力量负起防守之职。那怒涛究竟什么时候才会退去呢？或许杨的存在终究只是历史记录中的一笔……

尽管坚定了担当“民主主义骑士”的决心，但杨最后还是把自己和敌方的立场相对化了。一方是走向和平与统一的最短路途，另一方则是以走向民主政治为目标的坎坷路程。当双方真的展开流血大战时，如果有唯一而绝对的神存在，他会站在哪一边呢？

Chapter 9
庆典之前

1

宇宙历八〇〇年、新帝国历二年二月，从行星费沙传到海尼森帝国军大本营的报告书，事后作为“令一千万人顿足的消息”而广为人知。但如果在此之前，报告书的内容就为人所知，一定会被视为低级的笑话。接到这个报告的希尔德，即希尔格尔·冯·玛林道夫伯爵小姐愣了数秒钟，犹豫着要不要把报告书呈给皇帝。当然，这也是极为正常的事。

“罗严塔尔元帅有不轨的迹象。”

如果这个报告书只由军务尚书奥贝斯坦元帅和内务部国内安全保障局局长朗古联署，希尔德或许不会受到这么大的冲击，偏偏报告书是来自司法尚书布鲁克德尔夫的。自称来自同盟政府的使者欧迪兹见不到皇帝、改行至费沙后，便大声疾呼，四处散播谣言，说罗严塔尔元帅有反叛之意。内务部国内安全保障局局长朗古未经深思，就一头栽进去了。

或许欧迪兹是把国家的命运赌在三寸不烂之舌上，以必死的悲壮心境企图使帝国发生内乱；或许他是想以略为极端的形式，使自己那曾被米达麦亚一脚踹得无影无踪的辩论家的自信复苏；又或许他是自暴自弃，想使社会动乱。他是不是在期待由辩才和虚构带来的效果？他是不是有类似夸大妄想症的精神倾向？此时谁都无法判断。不管怎么说，他表现出来的创造力与热情都不同凡响。皇帝的英明睿智或罗严塔尔及米达麦亚的勇略，难道会因为这种蓄意破坏的阴谋受到损害吗？人不是万能的，一个人的思考常受到个人特质的限制。像欧迪兹那样的小人，连跟他直接接触过的米达麦亚都忘了他的名字，更何况是曾让他吃闭门羹的莱因哈特，以及在莱因哈特身旁的罗严塔尔，他们更不可能让这个人在记忆中占有一席之地。

银河帝国的司法尚书布鲁克德尔夫是一名刚过不惑之年的少壮派法律精英，有精密的头脑和严正的政治姿态。正因如此，莱因哈特才把他从一介小小的检察官拔擢上来。对皇帝和职务极为忠实的他既然已成为新王朝的第一任司法尚书，也就有相应的野心和抱负。他在断奶期饱食伦理与秩序的意识，并以法律知识为酒，以司法事务为食，蜕变为成人。在私底下，他对奥斯卡·冯·罗严塔尔的渔猎女色确实不抱好感。但是他加入弹劾罗严塔尔的行列，并不是出于个人感情上的喜恶。他觉得自己有义务绝不宽容，甚至可以说是严厉地肃正政府高官的纲纪，还希望借此确立司法部对军部的优势。罗严克拉姆王朝在军人皇帝的支配下，原本便有强烈的军部独裁倾向。在建国初期，这种做法尚可忍耐，但如果法律、官员及军部各方面无法取得均衡，就不可能发展出健全的国家。而弹劾一下身为军部重臣的罗严塔尔元帅，挫一挫军人们的锐气，应该也不是无益的。

事实上，要公然指责罗严塔尔渔猎女色也不容易。因为无一例外，都是女人主动接近他，而单恋的一方总是被对方抛弃。也有谣言说罗严塔尔元帅表面上似乎极为好色，其实内心却有厌恶女人的倾向。在没有证据的情况下，只有和他生死与共的密友渥佛根·米达麦亚知晓事实。但米达麦亚不可能将这件事说出来，所以这种说法仅仅是毫不可信的传闻。

不管怎么说，布鲁克德尔夫不相信外面的传言。他相信的是可以与事实相印证的现象，唯有其中才有证据。或许他的想法是与其回到被弃的帝都奥丁，不如在明日即将成为宇宙中枢的费沙确保一席之地。

在军务尚书奥贝斯坦的同意和国内安全保障局局长朗古的协助下，布鲁克德尔夫在费沙设立了临时办公室，开始对罗严塔尔进行身家调查。他们很容易，甚至是容易得令人失望地发现了爱尔芙莉德·冯·克劳希这个女人。

“罗严塔尔元帅在私宅中藏有立典拉德公爵的族人。很明显，他背叛了陛下之恩，说他有叛逆的行为也不为过。”

朗古无法掩饰自己的兴奋之情，瞪着微血管几乎破裂的眼睛去煽动司法尚书。布鲁克德尔夫也有些不快，但他有法学家的良知，于是决定从爱尔芙莉德身上直接取证。由于找到这个女人太容易，不禁让人怀疑所有的事情是否都是由反感罗严塔尔的人一手策划的。但是，爱尔芙莉德竟然完全没有拒绝，她答应前去应讯，更使朗古狂喜不已。

“那个女人说她已怀有罗严塔尔元帅的孩子。当她把消息告诉元帅时，元帅还祝福她，并告诉她为了这孩子，他会朝更高的目标前进。这是那个女人的证词。”

至少在内心深处，朗古欢欣地跳着华尔兹。他首先把弹劾罗严塔尔的权限从司法尚书那儿抢了回来。罗严塔尔元帅虽然违背了陛下的意思，但并没有违犯成文法律的行为，不能由司法部来处理——这是他提出的理由。知道自己只是被利用来签署报告书，布鲁克德尔夫极为震怒，但最后也不得不承认自己愚昧地被“法律至上”的枷锁束缚了手脚，只好果断退出。

梅克林格作了以下的记录。

“巴尔·冯·奥贝斯坦这个人经常玩弄辛辣无情的策略肃清他人，又从不辩解和说明，所以被那些喜欢干脆行事的武将唾弃也不是没有道理。但他并不是为了图谋私利才玩弄计谋，主观地看来，他至少对国家和主君献上了无私的忠诚。身为军务尚书，他的管理能力和对职务的负责程度都值得称许。最大的问题或许在于他把全身心都投入了对主君的忠诚，因此对所有臣子都疑虑重重。米达麦亚元帅曾批评道：‘奥贝斯坦那个家伙深信除了他自己，所有的重臣都是反叛者的预备军。’这个评述倒真是一语中的。这种猜疑心使奥贝斯坦没有可信赖的同僚，所以他只好任用朗古这样的人做事。事实上，奥贝斯坦对朗古的人格并没有很高的评价，或许只是把他当成一件道具。如果他把朗古当成对等的人来看待，理所当然也会对其抱持猜疑的心态；因为只把他当成道具，就不对他产生猜疑了。然而，这个道具纵使没有猛兽般的獠牙，也没有猛禽般的利喙，却长着扎人的毒刺。”

于是，二月二十七日，奥斯卡·冯·罗严塔尔在宿舍里迎来了面容欠缺活力和精神的奈特哈尔·缪拉一级上将。金银妖瞳的元帅刚刚用完早餐，他邀年少的同事一起喝一杯餐后咖啡。缪拉虽然是个颇具理性的青年，却不是有演技的演员，光是看到他砂色眼眸中游移的乌云，罗严塔尔就洞悉了缪拉带来的不是什么好消息。他喝完咖啡，用黑色和蓝色的视线催促缪拉，缪拉只好紧张地穿上礼节的外套，要求罗严塔尔到大本营去一趟。

同日九时，在临时宇宙港旁边充当宇宙舰队司令部的旅馆上班的渥佛根·米达麦亚接到罗严塔尔被拘禁的消息，所有睡意的残屑都在一瞬间被逐出体外。他二话不说，转身就要从办公室跑出去。

就在这一瞬间，年轻的拜耶尔蓝提督挡在了门前。

“您要到哪里去，阁下？”

“这还用说？我要去见罗严塔尔。”

“不行，阁下。事已至此，和罗严塔尔元帅见面只会招来无谓的猜忌。”

拜耶尔蓝拼命地阻止。米达麦亚的两眼闪着愤怒的闪电。

“不要给我这些聪明的忠告！我没有一丝一毫见不得人的地方。彼此都是陛下的臣子，又是多年的朋友，去见一见有什么不对？我怕谁？让到一边去，拜耶尔蓝！”

然而，除了拜耶尔蓝之外，还有其他的阻止者。

“元帅，拜耶尔蓝提督说得没错。即使阁下光明正大，如果旁观者的视点已经扭曲，映出来的影像自然就不正常了。只要罗严塔尔元帅不光彩的嫌疑洗清了，阁下什么时候去见他，都不会有人说闲话。请您自重！”

说这些话的是布罗。

布罗比米达麦亚年长，他的看法不得不让米达麦亚用心思考。“疾风之狼”灰色眼珠中的电光减弱了，在沉默中呆立了一会儿，随即坐到桌子上。他的动作是那么笨重，和往日的敏捷相去甚远，连发出的声音也缺少了生气和弹性。

“我从陛下那儿获得了帝国元帅的称号，甚至还拥有帝国宇宙舰队司令长官这个崇高的地位。但是，不管我有多崇高的地位，却连去见朋友的权利都没有，这岂不连一介平民都不如吗？”

他的参谋们都不说话，凝视着敬爱的上司。

“那个时候，陛下还是罗严克拉姆侯爵，他确实下令把立典拉德一族的男人们处以死刑，女人们发配流放，但是也没说被流放的女人们永远不能迁移到别的地方去啊！罗严塔尔绝对不是有意违背陛下的。”

这实在是极不聪明的诡辩，若是为自己申辩，米达麦亚一定不会使用这种方式。

“不管怎么说，罗严塔尔元帅是军部重臣，是国家元勋，莱因哈特陛下绝不会相信不负责任的谣言，并为此处罚他。”

米达麦亚只是对布罗的话机械性地点了点头。然而，在一片孤寂中，他只能凝视着不安的雨滴开始洒落在心灵的地面上。

2

罗严塔尔的参谋汉斯·爱德华·贝根格伦棱角分明的脸上，泛着忧虑的色彩。面对大敌也不失冷静坚毅的他，在上司面临意外危机时，也有一种沉重的无力感。

去年，他们自同盟军手中夺回伊谢尔伦要塞时，罗严塔尔曾对贝根格伦透露出一些对皇帝的不单纯的心理状态。现在，在充当临时大本营的国立美术馆的房间内，看着端坐在椅子上的上司的背影，以及他深褐色的头发，贝根格伦觉得苦不堪言。

负责“审问”罗严塔尔的是奈特哈尔·缪拉，但是这个审问者对受审者是礼遇有加的，同时他也准许贝根格伦列席。这些或许都是为了避免给人秘密审判的印象，以免让罗严塔尔的部下产生动摇。

面对缪拉的质问，罗严塔尔响亮的答辩甚至在墙壁上产生了回音。

“我奥斯卡·冯·罗严塔尔若真如传言所说，借着武力和权势残害民众的话，对我来说是最大的耻辱。但如果被批评有意反叛、觊觎帝位，对身处乱世的军人来说，这或许是一种称赞。”

这近乎傲慢的言辞，让贝根格伦的呼吸机能在一瞬间停止了。缪拉则无声地在桌子上敲打着手指。

“可是，自从皇帝莱因哈特陛下在先朝中设立元帅府以来，我没有一天不竭尽全力协助陛下完成霸业。对于这一点，我心中不曾愧对任何人。”

或许贝根格伦被成见侵蚀了意识，他总觉得罗严塔尔的答辩中充满了极为微妙的阴霾。

“令人觉得可笑的是那些毁谤我的人的真正用心。内务部国内安全保障局局长朗古是什么人？去年在只准一级上将以上的武官参加的会议中，他连资格都没有，却也出席了。不但如此，还发了言，完全是个不检点的人。他一定是不满当时被我命令退出会场，为了公报私仇，竟卑鄙地告发我。希望缪拉上将能留意其中的隐情。”

问答告一段落后，缪拉问道：

“我知道阁下的主张和立场了。您觉得怎么样，要直接面见陛下，为自己辩护吗，元帅？”

“我不同意用‘辩护’这个字眼……”

罗严塔尔的嘴角翘到一个微妙的角度。

“但是，如果面见陛下，能让陛下了解我的用心，或许就不会让那些诬告者有兴风作浪的机会了。缪拉一级上将，也许要劳驾您了，可否请您代为安排一下？”

“如果元帅有这样的想法，当然没有什么问题。我立刻把您的意思呈报陛下。”

莱因哈特接获来自缪拉的通报，决定亲自审问金银妖瞳的元帅，这是早餐之后的事。场所是冬蔷薇园对面，面向线杉林的国立美术馆大厅。帝国军进驻前举办的油画展作品还陈列在该处。被允许列席的米达麦亚和他以下的军部最高将领，均坐在自己摆好的折叠式椅子上，这也显示了新王朝不拘泥于形式美的一面。在列于一旁的陪审者中间，会呼吸的艺术品般的金发皇帝忧郁地张开秀丽的嘴唇。

“罗严塔尔元帅。”

“是……”

“有人告发你将立典拉德公爵一族的女人藏匿家中，此事属实吗？”

罗严塔尔直立于大厅正中央，那双金银妖瞳——深沉的黑色右眼和闪着锐利光芒的蓝色左眼——毫不畏惧地直视着年轻的皇帝。他眼中丝毫没有后悔和辩白的神情。

“是事实，陛下。”

一瞬间，大厅中激起一股波涛。激起波涛的不是罗严塔尔，而是他密友的声音。他从椅子上站起来。

“陛下，那个女人恨罗严塔尔，他的生命还受到了那个女人的威胁。臣下知道自己这种行为很无礼，但是恳请陛下考虑事情的因果关系，赦免罗严塔尔的轻率之举。”

这时，米达麦亚注意到有人拉了拉他军服的下摆，他稍微移动了视线。坐在他旁边的“沉默提督”艾杰纳一级上将紧闭着嘴巴，面无表情地抬头看着他。米达麦亚知道他想说什么，可还是继续向皇帝申诉。

“陛下，我的皇帝，臣下认为遭到弹劾的应该是军务尚书奥贝斯坦元帅和内务部国内安全保障局局长朗古。在杨威利一众占据伊谢尔伦要塞，公然和帝国为敌的时刻，他们竟然诽谤陛下麾下大将罗严塔尔元帅，意图破坏军队的统一和团结，这不等于是一种利敌行为吗？”

他的热情至少在表面上似乎融化了皇帝冰冷的心。莱因哈特微微张开了秀丽的嘴唇。

“米达麦亚，够了！你的嘴巴是用来指挥大军的，不适合用来指责他人。”

帝国军最高的勇将顿时涨红了年轻的脸，他调整了自己的呼吸，笨拙地坐下来。打断皇帝和受审者的问答本来就是一种不敬之罪。他并非有意恃宠而骄，而是做好了要挨皇帝当头怒喝及严惩的思想准备才出声的。但是在莱因哈特眼里，“疾风之狼”的刚直并没有让他不快。

“我的皇帝。”

罗严塔尔呼唤着主君。事后，大家一致认为把“我的皇帝”这句话的语调讲得最动人的就是罗严塔尔。莱因哈特皇帝的美貌和才智一样无人可比，但罗严塔尔也是一位堂堂美男子，他在皇帝面前昂首挺胸的英姿，远超过美术馆内陈列的雕刻作品的美和威严。

“我的皇帝！明明知道爱尔芙莉德·冯·克劳希和立典拉德公爵一族的关系，却还把她留在臣下的私宅中，这的确是臣下的不察。臣下为自己的轻率深感懊悔。可是就因为这件事，被指为有背叛陛下之意，这绝非臣下的本意，臣下发誓绝无此意。”

“那么，当那个女人告诉你她怀孕的事情时，你为什么又祝福她，并且说为了孩子，你会爬上更高的地位？”

“这完全是谎话，臣下根本不知道那个女人怀孕的事。如果知道的话……”

在金银妖瞳的海洋中，自嘲的冰山微微露出了一角。

“我早就让她堕胎了。这一点毋庸置疑。”

“你凭什么如此断言？”

“因为臣下没有作为人父的资格，陛下。”

罗严塔尔的声音中虽有阴郁，却异常响亮。这一番话使大厅中的人更沉默了。米达麦亚为这个朋友汗湿了军服下的衣衫。

关于这一点，莱因哈特不想再追问。他当然也知道罗严塔尔在私生活方面招来许多恶评，但专制君主也无意干涉臣下在生活上的需求，更何况莱因哈特原本对别人的绯闻就没什么兴趣。年轻皇帝从仿佛嵌入冰山一角的雪白牙齿之间，冒出了一句话。乍一听，这句话似乎与罗严塔尔的回答没什么关系。

“在罗严克拉姆的家名尚未确立之时，你就曾宣誓效忠于朕……”

那是五年前，当时莱因哈特还只是十九岁的缪杰上将。就在发生克洛普休特克侯爵暗杀皇帝未遂事件，被派遣出去的讨伐军回到帝都奥丁的那个晚上，在雷鸣撕扯着黑夜和风雨交织成的厚重幕布时，罗严塔尔只身造访了莱因哈特和齐格弗里德·吉尔菲艾斯的住处，说明了好友米达麦亚的性命落在门阀贵族手中一事。在请求二人协助的同时，罗严塔尔宣誓今后将效忠于莱因哈特。此刻，这一幕同时浮现在皇帝和统帅本部总长的脑海中。

“你还记得那天晚上的事情吗，罗严塔尔元帅？”

“没有忘记，陛下。一天都不敢忘记。”

“很好……”

忧愁的阴霾虽然没有从莱因哈特脸上消失，但一道阳光似乎从阴霾中显露出来。

“今日内朕会决定如何处分。你就在官舍里等候——在此之前，你的职务暂由缪拉上将代理。”

安心的气氛在众人之间散开，大厅当中好不容易有了活跃的生气。罗严塔尔深深地敬了一个礼，和陪审的诸将退出去。莱因哈特回到了原为馆长室的办公室，针对罗严塔尔的处分询问近侍诸人的意见。

高级副官修特莱用深思熟虑的眼光看着年轻美貌的主君。

“众所皆知，罗严塔尔元帅是陛下的功臣，也是国家的元勋。如果轻信谣言，擅自处分功臣，恐会动摇人心，人们对自身的地位也会产生不安。陛下，请务必明察之后再做公正的处置。”

“哦？朕看起来像要处置罗严塔尔的样子吗？”

莱因哈特一边如此回答修特莱，一边把视线转向希尔德。然而富有智略和见识的伯爵小姐此时却一反常态，避开了直接的回答。如果站在同一阵线来看，罗严塔尔的确无人可比地可靠，但是希尔德总觉得他身上有些地方令人不安。

去年，在巴米利恩会战的时候，希尔德曾要求米达麦亚直接进击同盟首都海尼森。当时的感受，她直到现在也没有忘记。

3

在缺少主人的统帅本部总长办公室中，罗严塔尔的参谋们正在商量对策。瑞肯道夫少校探出了身子。

“阁下，倘有僭越之处，请多包涵。我们是不是应该把那个姓克劳希的女人从军务尚书那儿要过来，让她和罗严塔尔元帅对质？这么一来，那个女人有意陷害罗严塔尔元帅的事实不就昭然若揭了？”

贝根格伦听完，不禁对同僚投去失望的眼神。

“事情没有那么简单，瑞肯道夫少校。你应该也知道军务尚书的为人吧？既然那个女人落入了他的手中，要让她做什么样的供述，不都完全操纵在军务尚书手里吗？”

上将的意见是对的，少校沉默了。贝根格伦抱起胳膊。

“很遗憾，到目前为止，尚不能断言罗严塔尔元帅是安全的。现在陛下似乎还惦念着他们旧日的情谊，有意宽大处理，但是今后天平会倾向哪一边呢……”

他仿佛想制止自身过分的乐观，喃喃自语。此时一位军官通知有访客到来。

访客是宇宙舰队司令长官米达麦亚的参谋佛尔卡·亚克塞尔·冯·布罗上将。

布罗和贝根格伦以前都是齐格弗里德·吉尔菲艾斯的下属，两人的勇名不分伯仲。无论在亚姆立札会战还是在利普休达特战役中，他们总是并肩作战。吉尔菲艾斯意外死亡后，他的旗舰巴伐罗萨失去了有光荣战绩的舵手，被置于帝都的宇宙港，而他的部属则分散配置到各地。尽管他们现在所属的部门不同，但曾经一起越过死亡线的记忆却不曾风化。

布罗和贝根格伦在另一个房间中单独会面。布罗鼓励老朋友，皇帝或许会有宽大的处置，米达麦亚元帅也约定尽全力帮忙。

“真是谢谢了。但是啊，布罗……”

贝根格伦压低了声音，表情中弥漫着隐含电光的积雨云。

“我曾经因为军务尚书的多嘴，失去了上司吉尔菲艾斯提督。他虽然年轻，却是一位不折不扣的名将。如果仅仅在这两三年间，我就因为同一个奥贝斯坦元帅两度丧失上司，我的人生真是悲惨又滑稽啊！”

“喂，贝根格伦……”

贝根格伦在老朋友面前重重地叹了一口气。

“我明白，布罗，我的任务是安慰罗严塔尔元帅，避免他情绪激动，我会尽力去做的。可是如果元帅受到了比他所犯的罪更大的责罚，我决不会袖手旁观！”

虽然知道室内没有别人在场，布罗仍然小心翼翼地环视四周。

罗严塔尔元帅在家中私藏立典拉德公爵一族女人的轻率之举是最初的诱因。然而，在杨威利一众再度夺走伊谢尔伦要塞，帝国全军需要团结互助的此时，竟然还有不肖之辈想利用统帅本部长私生活上的缺点，陷其于大逆不道之罪！布罗很了解老朋友憎恶这些人的心情。

齐格弗里德·吉尔菲艾斯意外死亡后，贝根格伦对奥贝斯坦反感与不满的火苗从不曾完全熄灭。那个时候——旧帝国历四八八年九月，意图暗杀莱因哈特的炮火原本用不着由吉尔菲艾斯的肉体抵挡，他完全可以用枪口去阻止意外。在那天以前，只有他一个人被允许携带武器待在莱因哈特身边，而他的射击技术也是众所不及的。

向莱因哈特进言，建议废止吉尔菲艾斯持有武器的不公平特权者便是奥贝斯坦。听从这个建言的莱因哈特也有罪过，但是和事后懊悔不已的他相比，冷漠的奥贝斯坦到今天仍被吉尔菲艾斯的旧部憎恨……

身在行星费沙的军务尚书奥贝斯坦元帅，无法隔着辽阔的星海感受到贝根格伦上将一干人的敌意。就算他感受得到，也不会因此改变态度和方针。

朗古一手把罗严塔尔有“叛意”的谣言培育壮大，致使皇帝亲自审问罗严塔尔。奥贝斯坦默默地审视着朗古怀着扭曲的喜悦，在毫不负责的谣言之上猛加水和肥料。他既不鼓励也不制止，似乎只是看着不肖的弟子任意发挥演技。或许他认为，如果罗严塔尔因此失势的话固然好，若不失势，事情也就这样算了。光是默认朗古的行为，就足以让以米达麦亚元帅为首的将领无法对奥贝斯坦产生好感。

奥贝斯坦的部属菲尔纳是这样想的：或许军务尚书是想让诸将把反感、敌意及憎恶集中于他身上，他好作为皇帝的挡箭牌。做这种事情时，他自己是绝对不会露出半点口风的，所以这或许是菲尔纳个人的解释。至于当事人奥贝斯坦是不是有这个意思，就很难判断了。尽管如此，原本不属于军务部的朗古，却以奥贝斯坦心腹的姿态待在费沙，这让菲尔纳感到不快。但是，他在外表上一点都不显现出来。他也不是一个单纯的人。

接到朗古关于罗严塔尔元帅终于接受皇帝亲审的报告时，奥贝斯坦义眼中的寒光射向了朗古。朗古压抑着内心的喜悦低着头，与其说是对着军务尚书那张严厉的面孔，不如说是对着桌子说话。报告结束，奥贝斯坦才发出声音。

“朗古。”

“在……”

“不要让我失望。你的任务在于监视国内的敌人，使我们的王朝保持安泰。如果你挟私怨诬告建国元勋，反而削弱了王朝基础的话，那可是极为不忠的行为。你要记住这一点。”

“属下谨记在心。尚书阁下，请您安心。”

奥贝斯坦没有透视力。头埋得很低的朗古脸上挂着微量的汗水，还笼罩着一层奇妙而不和谐的蒸汽。他的脸就像是在无人守望的空间中，由一片片无机的拼图构成的图案。

“朗古是不是从一开始就抱着危险的企图在推动这件事？没有任何证据可以如此判断。现在想来，在新帝国历二年年初，情况还没有明朗化，但是他的野心已经显出轮廓——也就是让军务尚书奥贝斯坦元帅和统帅本部总长罗严塔尔相斗，自己再坐收渔翁之利，爬上帝国最高的重臣之位……如今想来，这就像一出不值得评论的幻想闹剧。众所周知，朗古并不像罗严塔尔那样，是个屡立战功的不败名将；也不像奥贝斯坦那样，是个靠着谋略和军政能力，扫除国家和主君公敌的有力幕僚。他只不过是个阴谋家，是个不光彩的秘密警察长。然而历史上无数的实例都证明，既没有能力也没有见识的阴谋家，往往会把更有能力或更伟大的人物掀翻到沼泽底。而且他们不单是针对对手，甚至可能把整个时代的希望都沉入海底……”

日后留下这些记录的梅克林格一级上将，此时正按照莱因哈特的命令，以后方总司令官的身份率领麾下所有兵力朝伊谢尔伦方向移动。不管在攻防哪方面，帝国军都必须牵制夺取伊谢尔伦要塞的杨威利一众的行动。如果杨攻入帝国领域的话，梅克林格就要采取防御之势；相反，如果杨朝旧同盟领地方向移动，梅克林格就要负责扼住杨的后方。这个任务可谓重大无比。

表面上看来，莱因哈特似乎是感情用事地发动大军，其实他早就将整个宇宙的军事情势尽收于冰蓝色的眼中了。而这些情况也正为置身于伊谢尔伦要塞的杨威利所洞悉。

4

在离开帝都奥丁的前一天，梅克林格和克斯拉、瓦列两位同僚一起吃晚饭。

这个时候，后方总司令部参谋长，也就是梅克林格的副官列佛尔特中将已经换乘卫星轨道上的舰艇，等待着司令官。

面对同盟残部乃至杨威利一众，帝国在武力方面确实占有绝对优势，但在梅克林格看来，帝国军在军力配置上还是有些问题。莱因哈特皇帝和最高级的幕僚们几乎在从费沙到同盟领土间的广大宙域内布满军队，照目前来看已是胜券在握。另一方面，在比同盟领地还广大的帝国本土中，看似已被年轻霸主抛弃的帝都奥丁由克斯拉一级上将防卫，梅克林格则在伊谢尔伦回廊四周布阵。或许瓦列也会在近日受命，进行讨伐地球以来的首次出击任务。原帝国领土内的军力密度就只能渐形稀薄了。

“我有些不安，梅克林格提督。皇帝把大本营迁到费沙固然好，但是，他到底想把奥丁置于何种地位？那儿有对陛下而言最重要的人啊！”

喝餐后咖啡前，克斯拉提出了问题。

“你想说的是陛下的姐姐吧，克斯拉提督？”

克斯拉是宪兵总监兼首都防卫司令官，并不是舰队指挥官，本来没有“提督”的称号，但是他的同僚都不拘泥于形式，他也很喜欢别人这样称呼他。

“是的，就是格里华德大公夫人。”

“皇帝和大公夫人姐弟自从那次后，一直没有再碰面吧？”

奥古斯特·沙姆艾尔·瓦列一级上将迟疑地问道。他所谓的“那次”，是指旧帝国历四八八年九月的齐格弗里德·吉尔菲艾斯死亡事件。由于这起悲剧，当时的格里华德伯爵夫人安妮罗杰搬到了佛洛依丁山庄。

这三位名将把他们共同的担心移到台面上来了。

皇帝没有子嗣，在整个宇宙中，和他有血缘关系的人只有格里华德大公夫人安妮罗杰。这位贵妇人虽然独占了身为皇帝的亲弟弟的爱和整个宫廷的敬意，却一个人悄悄地生活在佛洛依丁山庄，从来不以血缘为依恃干涉国政。皇帝时常催请姐姐一起到旧皇宫新无忧宫去住，但都被安妮罗杰谢绝了。莱因哈特在无可奈何之下，只好派遣最低限度的卫兵远远地守护着姐姐。

或许这是一种极为不祥又极为不敬的想象，但是，如果皇帝在没有皇妃、皇子的情况下就去世的话，能够把新生的罗严克拉姆王朝从解体与崩溃中解救出来的人，或许只剩这位姐姐了。如果就这样把整个宇宙的中枢转移到费沙，奥丁会沦为一个边境行星。如此一来，警备的兵力自然会减少。而要确保格里华德大公夫人的身家安全，最好的办法是把她转移到费沙来。克斯拉也能转移到更接近帝座的地方，这是他求之不得的。

“可是，顺序好像倒过来了，应该是先让皇帝纳妃才对呀。如此一来，王朝的存续就没有问题了。”

梅克林格不禁苦笑，其他的两人也以苦笑相应。事实上，这正是最大的问题，他们年轻的主君尽管有绝世美貌，目前却与女色无缘。只要他有此意，尽可让后宫淹没在令人眼花缭乱的花丛里。可是不管下属怎么着急，这种问题也只能由莱因哈特本人决定。

“对了，我想起来了。说到问题，卡尔·布拉格……”

克斯拉提起的人是民政尚书。从旧帝国时代起，此人就作为开明派的重要人物广为人知。他虽然身为贵族，却抛弃了“冯”的称号，和现在的财务尚书欧根·李希特一起，都是帮助莱因哈特进行政治改革的重要人物。

“民政尚书布拉格对皇帝是不是有微词？”

“他曾经流露过不满，听说不久前还对属下抱怨连年的出兵和战役用光了国库、死亡人数大幅度增加等。他好像当时多喝了一点酒。”

“国库应该还很充足嘛。”

“他的意思是，如果能停止战争，致力于内政，国库应该会更充足。立论虽正确，我却认为布拉格不够谨慎的发言有利于反皇帝的一方，这才是问题。”

瓦列用左手的义肢不甚灵活地支着下巴，沉思着。梅克林格则把咖啡杯当成钢琴键似的，用手指敲打。

“如果让我发挥想象的翅膀，我会猜测是不是有心术不正的人在背后把布拉格当成代理人？现在就议论如何处置他，可能有些过分……”

“不管怎么说，布拉格民政尚书是陛下钦命的内阁成员，怎么能由我等任意处置？他的背后究竟是谁——对了，比如说，是不是地球教的家伙在他身后蠢蠢欲动？”

地球教信徒就像是蛇的同类。克斯拉耸了耸宽阔的肩膀，表现出厌恶。

“仔细想来，地球教的狂热信徒中一定还有幸存者，如果他们想报复，我和瓦列提督自然是他们的大敌，一定会被列在暗杀名单上。”

“那么，我们是不是要一起死？”

原本想试着开个玩笑，却没有成功。瓦列的表情越发严肃起来。在以武力攻击地球教团的大本营时，他被地球教的刺客袭击，永远失去了左手。他遭遇如此奇祸，却仍完成了任务，人们对他的刚毅冷静有极高的评价。但他失去的手臂并不会因为这些评价再长出来。

古朴的时钟指向十点。这座宅邸的主人梅克林格是散文诗人、钢琴家、水彩画家，同时还是古董收藏家。他是一位嘴上留着小胡子的典型绅士。在利普休达特战役时，一占领敌人的阵地，他就立刻跑向美术馆和博物馆抢救美术品，令其免受战火波及。这种行为还被克斯拉嘲笑过。

“你做收藏家也很有派头了嘛。不久以后，你是不是应该开始收集皇帝和杨威利的战历了？”

梅克林格认真地陷入了沉思。

“在杨威利玩弄魔术之前，伊谢尔伦要塞应该是固若金汤的。然而，他却像玩飞行球一样轻易让要塞更换了主人。如果说这是一种艺术，那真是最高级的艺术了。”

“可是，我不认为还有人能模仿他这种艺术。”

“着了他的道，实在令人受不了。尽管处于敌对的立场，他还是个值得赞赏的人，竟然能以那么一点兵力对抗帝国全军，让我们疲于奔命。”

瓦列的声音中有真实的沉重感。去年由于杨的奇计吃了大败仗的就是他。当然，他的言外之意中也有“绝不再被耍”的决心。

不久后，克斯拉最先踏上了归途。因为他必须听取部下关于他负责监视的对象之一——优布·特留尼西特的报告。

对于同盟前任元首优布·特留尼西特，克斯拉的态度是“郑重的漠视”。他从好几个消息来源得知，杨威利对特留尼西特一向敬而远之，他和那个未曾谋面的敌将甚至有一种“心有戚戚焉”的同感。以杨威利的立场来说，他不得不尊重以多数派支配为基本理念的民主政治，但是克斯拉却不一样，他与令杨进退两难的矛盾没有瓜葛，也比杨更刚直，所以对特留尼西特这种巧言令色又擅于变节的人根本没有好感。在他看来，特留尼西特只是个不光彩的政治窃贼，利用民主共和政体的漏洞窃取了权力，又利用国家的衰亡窃得了自身的安泰。他带着家人和资产前往帝国领地后，同盟领地内只剩下被他利用殆尽的政治机构和怅然若失的支持者。

莱因哈特皇帝也不喜欢特留尼西特，所以不许他为官。但特留尼西特似乎无法自甘平淡，他靠着丰富的资金和毫无原则的行动力，孜孜不倦地向着进入官场努力。

克斯拉坐在朝着司令部前进的地上车后座上，越发觉得不快。他身为首都防卫司令官兼宪兵总监，远离同僚，一个人留在奥丁，是基于皇帝的命令和自身的实务能力，并不是出于自愿。如果他没有处理危机和组织管理的能力，或许就会毫无怨尤地留在地上，仰望着星空终其一生。克斯拉并不是忌妒同僚们的武勋，却不禁羡慕他们所处的场所。那些统率着数万艘舰艇，在星辰荟萃的黑暗星海中尽情遨游的勇士们啊！原本他伍尔利·克斯拉也是为了这样的人生目标，才选择了从军之途。

然而在现实生活中，他却距离那些应被征服的星群数万光年之遥，不得不守着没有主人的宫殿，接待像特留尼西特那样的人。如果在他没有进入战场的情况下达成了和平统一，他固然为主君的丰功伟业感到高兴，但另一方面也会有轻微的不满。

当克斯拉到达司令部的时候，瓦列也踏上了归途。一个月后，这三个人应该各自身处相距数千光年之遥的地方了。

5

三月一日，傍晚的寒风将春日畏缩的形象一扫而光，冷气用厚厚的透明斗篷罩住行星海尼森的每个角落。晚上十点，皇帝的近侍艾密尔·齐列在皇帝告诉他已经没事，可以去睡觉之后，便回到隔着一条走廊的寝室。他换上了睡衣，把罩上一层乳白色的窗户开了个小缝，令人颤抖的冷气伴着冬蔷薇的香气扑进鼻孔，少年轻轻打了一个喷嚏。在寂静的夜里，这声音听起来似乎格外清晰，在广大的庭园里警戒的士兵投来怀疑的视线。艾密尔关上窗户，作为睡觉前的仪式，他打了一个大大的哈欠，然后想钻进被窝里。就在这一瞬间，被切割成窗户形状的白光照亮了房间的中央。那光芒随即变成橙色，一阵巨大的声响朝艾密尔扑来。少年顿时明白似乎是什么东西爆炸了，他慌忙从床上跳起来。

爆炸声不断侵扰着艾密尔·齐列的耳朵。他不由得捂住耳朵，一边忍耐着巨大的爆炸回响，一边要往皇帝的房间跑去，结果发现穿着长袍的莱因哈特已经站在了房门前。在亲卫队队员围成的坚固人墙中，皇帝金色的头发被橙色光芒映照得闪闪发光。

“发生什么事了，奇斯里？”

“现在正在调查。不管怎么说，陛下，请尽快随属下避往安全场所！”

向来有灵猫捷豹之称的亲卫队队长闪着黄玉色的眼珠说。皇帝点了点头。

“艾密尔，帮朕更衣。帝国皇帝穿着长袍逃跑，岂不为同盟人提供了笑柄。”

奇斯里真想说一句“来不及了”，但对艾密尔来说，皇帝口中说出来的话就是所谓的命令。他毫不犹豫地跟在莱因哈特后面进了房间，帮年轻的征服者换上黑银相间的军服。皇帝无视窗外由光影和爆炸声组成的狂想曲，换好了自己的衣服，看着艾密尔穿着睡衣的样子不禁失笑，把自己的长袍披在忠实的少年身上。

皇帝在步伐悄无声息的奇斯里的带领下走到冬蔷薇园。众将已经在率领士兵集合了。在黑色和橙色条纹的交互辉映之下，诸将都担心皇帝受到狙击，力劝他藏身。然而莱因哈特置之不理，仍然高昂着美丽的头颅。披着宽大长袍的艾密尔用崇拜的眼神仰视着莱因哈特的英姿。

火灾在黎明的第一道曙光越过地平线时平息了。调查火灾原因的工作第二天早上立刻展开，当然是和救助伤者同时进行。起火原因很快就查出来了，那是旧同盟军处理民间用于开发矿山的杰服粒子引爆装置时，在未切断能源的情况下错误操作，某处小工厂彻夜作业产生的火花引发的。

这场最终变成火灾的大火，是同盟政府崩溃和帝国的政治权力确立之际产生的责任体制的私生儿。但几乎每个人都认为这是蓄意纵火。这样的看法自然比较适合当时的状况。帝国军认为是旧同盟军的余党意图利用混乱发动恐怖袭击，故意纵火，但事实上并没有任何组织趁机作乱。各地虽有趁混乱之际发生的暴动，却都在初期被控制下来。这固然是因为米达麦亚和缪拉的沉着指挥，但最主要的，还是由于罗严塔尔周密地制定了紧急事态处理标准，帝国军得以有效率地出动，控制了要地，不使其受到影响。

“不管如何，一定要有纵火犯。不检举罪犯，就不能安抚人心。”

烧毁的面积超过一千八百万平方米，死者与失踪者达五千五百名之多，其中不熟悉地理环境的帝国军士兵占了半数。除此之外，许多历史建筑都成了灰烬。但对帝国军来说，这原本无关痛痒。正因如此，甚至有人说是帝国军欲借着这把火将旧弊端一扫而光。宪兵副总监布连塔诺上将从几个“候补犯人”中，选中了以前在同盟国内被视为好战主义团体横行无阻的“忧国骑士团”的残存组织。

帝国军也不是没有考虑到忧国骑士团因遭到镇压而成为反帝国英雄象征的可能性，然而搜查的结果显示，从宇宙历七九六年到七九九年之间，忧国骑士团和地球教之间有资金及人员方面的关系。此事一旦查明，帝国军也就不再有所顾忌。虽然没有任何证据，但许多人深信火灾一定是因他们而起。再者，自从去年夏天暗杀皇帝未遂事件发生以来，帝国政府和军部就订立了一条不成文的法律——凡是与地球教有关的人和事，即使在没有证据的情况下也可以镇压。

一时之间，和忧国骑士团及地球教有关系的人，共有两万四千六百名成为被检举对象，但实际被检举的不到两万人，因为有五千二百人因抵抗被枪杀，另外有一千人逃走。帝国军从他们的藏身处没收了许多武器。极具讽刺意味的是，这反而给了帝国军正当的镇压理由。

于是，布连塔诺得以保全身为治安负责人的面子，但化成灰烬的都市的重建工作却成了重要的课题。

三月十九日，帝国军的最高官员齐聚冬蔷薇园的临时大本营。这一天，皇帝要公布罗严塔尔元帅的处分结果。由于罗严塔尔在减少几天前的火灾带来的混乱上有功，大家都猜测处分或许会降到最低。然而，皇帝的宣告却在一瞬间给所有出席者的内心撒上了一层冰霜。

“罗严塔尔元帅，朕决定解除你统帅本部总长的职务。”

无声的喧哗急速升到人们听觉可及的程度。然而在接下来的宣告中，莱因哈特的声音又驱散了冬蔷薇园里所有人的不安。

“朕要重新任命你。你将以帝国新领土总督的身份驻守行星海尼森，负责掌管旧同盟全域的所有政治及军事事宜。新领土总督的地位与待遇将与各部尚书相当，你只对皇帝负责。”

恭恭敬敬低垂着头的罗严塔尔，英俊的脸上泛起了血色。这哪里是处分！只存在于想象的地平线对岸的莫大光荣，现在正跪拜在他面前。他稍稍改变了金银妖瞳的角度，朋友的身影映在了黑色和蓝色的瞳孔中。米达麦亚如同自己获得荣升一样喜形于色。

罗严塔尔获得了他就任统帅本部总长之前指挥的舰队，同时又将克纳普斯坦和格利尔帕泽两位上将的舰队收入麾下。如此一来，他将统率三万五千八百艘舰艇、五百二十二万六千四百名官兵。在银河帝国中，这是仅在皇帝莱因哈特所率官兵之下的最强大的武力集团。除此之外，皇帝亲自宣告总督的地位和内阁成员相匹敌，这就意味着在制度上，罗严塔尔的地位和军务尚书奥贝斯坦是同级。当然，在实战力方面，他的力量则远远凌驾于军务尚书之上。

莱因哈特的决定不只针对罗严塔尔一人，他同时也公布了随之而来的组织和人事上的变更。

“统帅本部由朕自己统辖。朕会设立幕僚总监来辅佐，这个职务就由舒坦梅兹一级上将担任。因为要成立新领土总督府，你驻屯干达尔星系的任务也视同终止。”

事实上，莱因哈特最初是为希尔德准备这个席位的，但是伯爵小姐以她没有指挥过一兵一卒，恐会招来诸将不满为由婉拒了。

“但是，以上人事变更，要在使占据伊谢尔伦要塞的杨威利一众屈服之后才会生效。”

莱因哈特那涂满金箔一样铿锵有力的声音，在分列两旁的文武百官之间撒下了一张无形的、近似战栗的紧张之网。

“朕要在各股势力、各地的叛乱分子蠢动前讨伐杨威利一众。如果再给他更多时间，不但会让他强化战力，人们也会说朕和朕引以为荣的军队畏于一个人的奇谋，怠于统一宇宙的责任。朕在此宣告，在没有让杨威利跪在朕面前表示屈服前，朕决不回费沙，更不用说回奥丁……”

莱因哈特的声音形成一首没有配乐的交响曲，应和着诸将官的霸气。不知道是由谁先发起的，一阵阵热烈的欢呼声冲破了冬蔷薇园的香气和冷冽的空气。

“莱因哈特皇帝万岁！”

莱因哈特又把鲁兹一级上将从最前线调回，任命他为费沙警备总司令；把瓦列一级上将从奥丁召来，让他参加前线作战。然后便返回官舍的沙龙。

莱因哈特环视着冬蔷薇园，在不太宽敞但感觉舒适的沙龙中坐下来后，艾密尔送来了咖啡。希尔德在莱因哈特把咖啡杯放回盘中时，提出了一个令人意想不到的问题。

“陛下，那个女人怎么办？”

一瞬间，莱因哈特似乎无法刺激自己的记忆，去寻找“那个女人”指的是谁。希尔德只好再补充说明。

“属下指的是在罗严塔尔元帅私人府邸里的那个立典拉德公爵一族的女人。”

“啊……”

莱因哈特闻言点了点头，脸上闪过一抹漠不关心和困惑。事实上，这个叫爱尔芙莉德·冯·克劳希的女人，已经不在莱因哈特关心的范围内了，但他还是应付了一句。

“听说已经怀孕了，那把孩子拿掉就没有问题了。”

“但据说已怀孕七个月了。这个时候要中止怀孕，对母亲来说太危险。”

“那么，伯爵小姐，你觉得怎么做才好？”

“请恕属下直言，属下也不知这样做是不是最好的方法，不过，是否可以把那个女人从罗严塔尔元帅的私宅中转移到某个福利机构去，等孩子生下来之后，再送给人领养。”

“不能现在就把她从费沙送回原先的流放地吗？”

希尔德反对这个做法。她觉得应该考虑到宇宙船的震荡会对这个时期的胎儿造成不良影响。如果发生流产或死产之类的事，可能又会撒下另一颗悲哀和憎恨的种子。但罗严塔尔大概有不同的看法。

“朕知道了，就交给伯爵小姐去处理吧。”

莱因哈特爽快地把事情交给了希尔德处理。他的心已经开始漫步于贯穿星海的长征之路，不想把眼光浪费在一个微不足道的女人身上。希尔德很了解他的心情。莱因哈特并不是无情，只是把丰富的感情都奉献给了宇宙这个独一无二的存在。如果他是冷酷的，就会下令处死爱尔芙莉德，斩断将来可能形成祸害的根源。当然，也有人把这种做法视为一种“安抚”。

“等讨伐了杨威利，完全统一宇宙之后，陛下就可以回奥丁和大公夫人见面了。”

话还没说完，希尔德就后悔了。皇帝的声音罩上了一层厚厚的冰霜。

“不该说的话就不要说太多，伯爵小姐，这事与你无关。”

“是，对不起。”

希尔德坦诚地道了歉。想来，莱因哈特的话也实在有些随便，他曾经派希尔德以个人使者的身份到姐姐的佛洛依丁山庄去，实在不能一句话就否定伯爵小姐和这件事有关。

但是这种近乎少年般的不成熟心态，还是在希尔德可以容忍的范围之内。

6

在行星费沙的地下深处，有一间与外界严密隔绝的房间。

躲在这里长达一年的人们，现在正悄悄地移往距离市区约五百公里的欧肯那根山地，藏身于一座在针叶林深处无人知道的雄伟建筑物里。这被帝国军登记在非友好人士名单上的五十余人，都处在一个男人的支配下。

在装有暖炉的沙龙里，一个叫安德鲁安·鲁宾斯基的男人大白天就放下了两层窗帘。他曾是费沙还称为自治领并拥有内政自主权时的自治领主。莱因哈特占据费沙时，他被从权力宝座上赶了下来，在落入帝国军手中前藏入了地下。如果现在甘为帝国军的傀儡、稳坐总督地位的博尔德克知道这件事，一定会急不可耐地把原来的主人送上断头台吧。所以现在，鲁宾斯基不得不耐住性子，当一个黑色森林中的隐者。

在他对面的沙发上，一个拿着酒杯的女人开口说道：

“皇帝莱因哈特和罗严塔尔之间的嫌隙似乎已经修复了。不仅没有肃清他，反而还任命他当旧同盟领土的总督！你的工作好像起了反效果。”

“看起来的确是修复了。然而，皇帝赐给罗严塔尔的地位和战力对一个臣下来说太大了。至少军务尚书奥贝斯坦等人会这样想吧？嫌隙只是被隐藏起来而已，绝不会消失的。”

“你也太狡猾了。”

朝鲁宾斯基罩下冷嘲热讽之网的女人，是他的情妇——歌手出身的多米妮克·珊·皮耶尔。鲁宾斯基把这股嘲弄的波动吸进魁梧的身体，继续说道：

“现在，皇帝的弱点便是他那个美丽的姐姐了。如果格里华德大公夫人有什么差错，皇帝一定会陷入狂乱。英雄和明君会在瞬间消失，剩下的只是个冲动的黄口孺子。”

“你觉得这样他就很好对付了吗？”

“至少比没发狂的他好对付。”

鲁宾斯基的表情与其说是沉着，不如说是冷漠。他一边回应，一边把威士忌酒杯送到嘴边。

“可是，事情果真能成功吗？”

“就算没有成功也无所谓。即使没有成功，只要有这种暴行的企图，就可以产生足够的效果。那个金发孺子会领悟到他的人生中不是只有前进和上升。他的权势在不断扩大的同时，也不断沦为空洞。现在，他正站在膨胀的气球上。”

这个时候的鲁宾斯基，看起来就像从威士忌酒杯中喝下液化的阴谋，用胃壁吸收，再进一步转化为自身能量的非人类生物。

“如果姐姐被刺客盯住，莱因哈特皇帝必然先放弃新领土，回去见姐姐。这个时候，和皇帝产生过嫌隙的罗严塔尔就会难以忍受堕落天使的诱惑了。”

“反正都是你在煽动嘛！”

多米妮克重复着刚才的语气。对鲁宾斯基冷嘲热讽似乎已成为她的特性。

“在谈必要性之前，你总是喜欢在火上浇油，哪怕只是一点火星。搞不好海尼森的大火也是你一手策划的。”

“你这么高估我，真让我高兴，不过，那次的事件却是偶然。四处纵火玩得太过分的话，在灭火前，自己就会被烧死。但既然发生过一次火灾了，能利用的话，我真想更有效地利用一下。”

“你真是利用废物的天才。”

银河帝国的幼帝艾尔威·由谢夫二世、兰斯贝尔克伯爵亚佛瑞特、原帝国军上校休马哈……还有其他无数个专有名词，都被收进鲁宾斯基的道具箱里了，连费沙背后的支配者——地球教骨干的名字也是一样。

“可是，地球教真的被消灭了吗？”

“这个嘛……”

鲁宾斯基没有立即回答。多米妮克认为必有什么特殊的意义，然而鲁宾斯基的反应却完全出乎她的意料。

“费沙的黑狐”用冷冷的声音说出一句几乎要震破情妇耳膜的话。

“怎么样？多米妮克，要不要帮我生个孩子？”

一瞬间的沉默，伴随着发霉奶酪般的臭气。

“就为了让你杀掉？对不起了。”

即使这句话化为一把看不见的刀子刺穿了鲁宾斯基的胸口，他的脸上仍然没有任何表情。以前，鲁宾斯基把企图篡夺他地位的鲁伯特·盖塞林格置于死地，而那个青年就是他的私生子。多米妮克则是这一杀子事件的帮凶。

情妇在身后留下一股名为“辛辣”的香水味，返回了自己的房间。费沙前自治领主用干涩的眼神目送着情妇的背影。

“不是这样的，多米妮克，是为了让他杀了我呀。”

他的声音低得无法传到多米妮克耳中。

7

莱因哈特·冯·罗严克拉姆坐在冬蔷薇园草坪的一角，凝视着即将被傲慢的春天击退的冬蔷薇。法伦海特和毕典菲尔特已经率领着旗下的舰队朝伊谢尔伦要塞方向前进。米达麦亚、罗严塔尔、缪拉、艾杰纳等上将也都精心地做着大军远征前的准备。他们的目标是经由费沙回廊纵贯旧同盟领地，突破伊谢尔伦回廊后回到帝国本土。不管是在构想还是在实施上，这次的作战都可以说是除了莱因哈特以外无人能做到的无比壮丽的行动。

“或许……朕是受到诅咒才出生的。”

皇帝低沉的声音敲打着冬蔷薇枯萎的花瓣。服侍在一旁的艾密尔·齐列不禁露出惊惧之色。

“朕喜欢作战远胜于和平，只有流血才能为朕的人生染上色彩。或许还有其他做法，可是……”

“可是，那不是因为陛下希望统一宇宙吗？”艾密尔比当事人更热心地强调道，“如果能够统一，自然就有和平。如果陛下感到厌倦了，不是还有其他的星河可以去？”

没错，统一就会带来和平。但是将来又会怎样呢？莱因哈特散发的生命光辉，必须要有与之匹敌的对手存在，才能显出其华丽。还是索性就如这个少年想的一样，前往别的星河挑战？

莱因哈特伸出了那只有画家靠着想象力才能画出来的、极为优美的手，抚摸着少年的头发。

“你是个体贴的孩子，常常为朕着想。朕也很想给那些为朕着想的人幸福……”

很明显，莱因哈特这些话是对自己说的，所以艾密尔没有回答，只是专注地凝视着充满了忧郁气息的皇帝美丽的侧脸。莱因哈特不再像往常一样，坚信自己可以给那些回应他的爱和热情的人们幸福了。他甚至怀疑起来，对他所爱的人来说，他是否已经变成了一尊凶神呢？但是，他并没有忘记自己以前立下的誓约，也没有疏忽完成这些誓约的义务。

进入三月，躲过帝国军的巡哨，从海尼森方面潜入“解放回廊”的旧同盟军舰艇和民间船的数量不断增加。当四月的脚步接近时，他们带来的情报显示，水位已明显上升到危险的刻度。

皇帝莱因哈特宣誓要扫灭杨一众，命令毕典菲尔特和法伦海特两位一级上将做先遣军。行星海尼森已经成为帝国军最大的军事基地。作战的时机快速成熟。

察觉到莱因哈特雄心勃勃的意图，杨威利也脱去了怠惰的冬衣，翻遍所有的智慧口袋，全力拟订迎击的作战计划。如果他还想以有利的形式实现他的构想，就不能放弃军事抵抗手段。他的部下也都充分发挥了“侠气和醉狂”的精神，随着司令官的作战计划做部署。巨大的伊谢尔伦要塞似乎也因为内部充满众人的能量达到饱和状态。事后，尤里安·敏兹每个细胞甚至都可以回想起这次一赌生死的“庆典狂欢”。

菲列特利加拭去目不转睛地盯着作战图的杨额头上浮现的汗珠。卡介伦正在和数字作战。先寇布像要参加射击比赛的骑士一样修补着装甲服。波布兰忙着为重新编组的斯巴达尼恩各中队挑选酒名做代号。姆莱一本正经地整理着文件。费雪默默地检查着舰队。而带领着舒奈德的梅尔卡兹只要待在那里，就可以稳定官兵们的情绪。亚典波罗一边编组舰队的运动模式，一边不停地记下名为《革命战争的回想》的笔记。至于第一次上阵的卡琳，也就是卡特萝捷·冯·克罗歇尔，则满脸振奋……

就算知道会有怎样的别离，以及怎样残酷的流血战争等着他们，对杨舰队而言，伊谢尔伦要塞都是庆典的广场。他们愿意最快乐、最喧闹地去享受这个只有他们可以完成的庆典……

宇宙历八〇〇年、新帝国历二年三月，莱因哈特·冯·罗严克拉姆和杨威利即将在从伊谢尔伦要塞到艾尔·法西尔星域的“解放回廊”地带，展开自巴米利恩会战以来第一次面对面交火。他们都没有预料到，这次战役将为两人带来有生以来最大的冲击。

图书在版编目（C I P）数据

银河英雄传说 ：全10册．7，银河英雄传说 ／（日）田中芳树著 ；蔡美娟，陈惠莉，郭淑娟译．-- 海口 ：南海出版公司，2022.1
ISBN 978-7-5442-9441-6

Ⅰ．①银… Ⅱ．①田… ②蔡… ③陈… ④郭… Ⅲ．①幻想小说－日本－现代 Ⅳ．① I313.45

中国版本图书馆 CIP 数据核字（2021）第 231634 号

Vol.10／落日篇

银河英雄传说

〔日〕田中芳树 著 郭淑娟 译

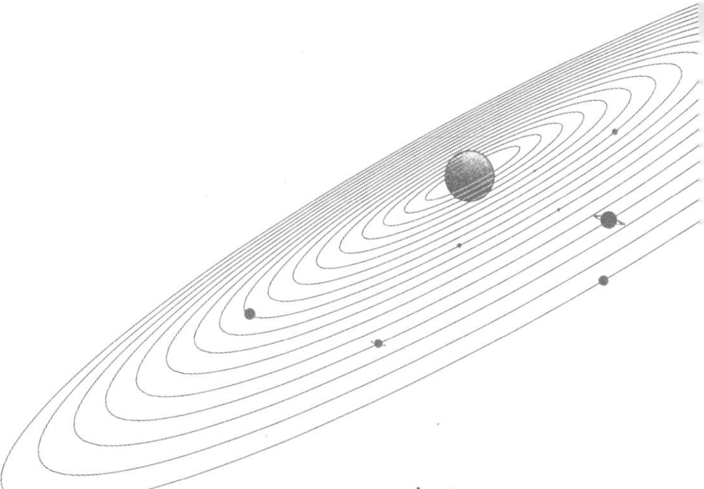

南海出版公司

新经典文化股份有限公司
www.readinglife.com
出　品

目录

Chapter 1
皇妃诞生

1

冬夜，群星的光芒形成的青玉瀑布倾泻在庭园中。新帝国历三年、宇宙历八〇一年刚刚过去一个小时，莱因哈特·冯·罗严克拉姆便向集中在大本营中庭的文武百官宣布他将迎娶皇妃。听到这个消息的瞬间，高官们用沉默的视线包围了年轻貌美的皇帝，随即又爆出一阵祝福的欢呼声。当莱因哈特牵起虽身为女子，却担任大本营幕僚总监要职的希尔格尔·冯·玛林道夫，也就是希尔德的手时，百官中有人热烈地欢呼起来。

“皇妃万岁！”

欢呼声让人兴奋无比。过了半瞬，其他人也加入欢呼的行列。

“皇妃希尔格尔万岁！”

欢欣的气氛驱走了惊讶。虽然以前就出现过关于皇帝和伯爵小姐的传言，但这些传言也都没有什么恶意。

“为皇帝伉俪干杯！”

酒杯碰撞，笑声四溢。当大家得知希尔德将于六月初生产的消息时，满溢在夜间庭园的欢欣气氛更是达到了高潮。香槟酒不断打开，新的欢呼搅乱了冬天的寒气。

“为皇太子殿下干杯！”

“不，应该是为美丽的公主殿下干杯！”

“总之，都是喜事，都是喜事。”

正因为去年是个多事的年头，所以众人祈求今年平安如意的愿望就更加强烈。而皇帝的婚姻大事比什么喜事都重要，大家仿佛都把这件喜事当成了和平与繁荣的象征。如果皇太子诞生，罗严克拉姆王朝就将不仅止于一代。不管孩子是像父亲还是母亲，诞生的一定是个聪明美丽的皇子或公主。人们的欢呼声此起彼落，仿佛永远不知停歇。

新年伊始，莱因哈特的健康状况看起来似乎也很好。他原本就不喜欢医生，所以自去年十月以来，在宫廷任职的御医们都不知该如何打发时间，无法施展医术。他们私下里也讨论过皇帝的间歇性发烧及卧床，并给了皇帝的症状一个暂定的名称“皇帝病”。跟感冒一样，与其说这是一种病，倒不如说是一种症状。而确定这种疾病的名称为“变异性剧症胶原病”，已是莱因哈特临死前的事了。

对医生们而言，这个时期反倒应该多注意怀孕的希尔德的健康和胎儿的发育。莱因哈特自己也曾做过这样的指示。虽然说胎儿的发育十分正常，预产期在六月一日，但由于是第一胎，分娩往往会比预产期迟，所以也有可能会延迟十日。总而言之，如果一切顺利，在今年年中，享有宇宙最高知名度和期待值的婴儿应该就会呱呱落地。

“以个人身份恋爱，以公职身份结婚。”

这是专制君主在结婚的时候经常使用的说法。但是，从莱因哈特的情形来看，他和希尔德的关系能不能称为恋爱，不管是在当时还是后世，都有人提出不怀好意的质疑。但不可否认，对莱因哈特或罗严克拉姆王朝而言，希尔德都是不可或缺的人物。

“开创罗严克拉姆王朝的是皇帝莱因哈特，但培育这个王朝的却是皇妃希尔德。”

针对这段评论，后世的历史学家之间甚至引发了“最先说这些话的是我”之类的低层次争论。不管怎样，没有人对莱因哈特和希尔德的婚姻有异议。或许希尔德的父亲玛林道夫伯爵弗兰兹为人温和，并不招人反感，也是原因之一。

新娘的父亲国务尚书弗兰兹·冯·玛林道夫伯爵，在一月三日向皇帝提出辞职的请求。莱因哈特皇帝只是微微地蹙了蹙眉头，没有立刻回答。他虽然洞悉未来岳父的真正用意，但在继任者空缺的情况下，国务尚书的位置不能空着。当皇帝向玛林道夫伯爵说明目前仍需他担任国务尚书之职时，新娘的父亲终于没得到感伤的机会。

希尔德结婚的准备工作由总管汉斯·修德瓦和他的妻子负责。他们那个原本小小的希尔德小姐要结婚了，而且是皇帝陛下的新娘，汉斯的心头本该无比温馨，但是他也跟主人一样，根本没有多余的时间去想这些，不得不四处奔走，为即将到来的婚礼做各项准备。婚礼虽然是值得大家庆贺的事，但从公布婚约到举行仪式还不到一个月，其间的忙碌实在不是一般人可以想象的。作为一位支配全宇宙的霸者的婚礼，筹备时间实在太短了。虽然汉斯这么想，可是希尔德已经怀孕了，这么仓促地举行婚礼也是没办法的事。不过，没想到皇帝竟也是个动作迅速的人哪！汉斯这样想着，但他随即甩了甩头，把这个大不敬的想法逐出脑外。

为了参加结婚大典，高级官员们齐聚新帝国首都费沙，帝国元帅渥佛根·米达麦亚也是其中之一。

米达麦亚家的成员现在已经有四名了：丈夫渥佛根、妻子艾芳瑟琳、养子菲利克斯以及被监护人海因里希·朗贝兹。就像后世著述《米达麦亚元帅评传》的历史学家记述的那样，“完全没有血缘关系的四个人”，却在一个屋檐下享受着完全没有隔阂的家庭生活。

尽管悼念挚友奥斯卡·冯·罗严塔尔之死的悲伤依旧在他的精神底层浓烈地徘徊，但宇宙舰队司令长官的重责大任接踵而来，现在更是要参加皇帝的婚礼。迎接他进家门的，是艾芳瑟琳的笑容、海因里希的敬礼以及菲利克斯充满活力的哭声。

“有个小孩还真热闹呀，艾杰纳家是不是也有这种感觉？”

米达麦亚试图想象被称为“沉默提督”的同僚的家庭生活，然而他实在想象不出，只得放弃这个尝试，用艾芳瑟琳为他冲泡的咖啡的热气蒸着下巴。然后，他出其不意地问妻子：

“艾芳，你觉得我适合当个政治家吗？”

面对这突如其来的询问，夫人紫罗兰色的瞳孔中浮起微微的诧异，不过她立刻抹去了疑虑。

“我不知道你是出于何种考虑才说这些，不过，渥佛，你是个光明正大的人。我觉得你就算不是个政治家，这也是一种很了不起的资质。”

艾芳瑟琳的称赞让他很高兴，但即使这是真话，光是具备光明正大的性格也不足以统治一个国家。渥佛根·米达麦亚知道这一点。他对自己在军事方面的才干有与事实相符的自信，然而对于政治，有没有自信根本是另外一回事。在这之前，他压根儿连想都没想过要从政。

至于“疾风之狼”为什么会问妻子这个问题，就要倒推到国务尚书玛林道夫伯爵表明辞意之事了。因为那位即将成为莱因哈特皇帝岳父的温和的帝国贵族，推荐米达麦亚做自己的继任者。

帝国军最高勇将在战场上从不知道什么叫恐惧和狼狈，但在知道这个消息时，也不禁怀疑手上的咖啡杯中是不是被放了迷幻药之类的东西。而且告诉他这个消息的拜耶尔蓝上将，还压低声音加上这么一句——如果阁下不接受，或许军务尚书奥贝斯坦元帅就会坐上这个位子。

军务尚书奥贝斯坦元帅和米达麦亚并不算政敌。米达麦亚虽然明显对军务尚书表现出厌恶，却从不想妨碍他的工作。奥贝斯坦的心理如何姑且不论，起码在表面上，他一直保持着一副超然的姿态。就在去年，当另一位元帅奥斯卡·冯·罗严塔尔还健在时，三人的权限和心理形成了一个有微妙均衡的三角形。然而自从罗严塔尔死后，这两个人的关系或许就立于以皇帝为支点的天平两端了。米达麦亚极力想避开政治，但他能不能永远做一个单纯的军人呢？从目前的情况看来，事情的演变似乎越来越令人不安。

2

正式决定册立希尔德，即希尔格尔·冯·玛林道夫为银河帝国皇妃后，宫内部和司法部之间就《帝室法》进行了各项讨论。问题的焦点就在于希尔德成为皇妃后，皇妃的地位是不是仅止于“皇帝的配偶”？

希尔德身为皇妃，拥有和皇帝同为帝国统治者的地位，这件事在莱因哈特向她求婚时就决定了。问题在于该不该将此事作为国法明文规定下来？《帝室法》该不该记载“皇妃不仅是皇帝的配偶，同时也是帝国的共同统治者，具有继承帝位的资格”？

这是个极为棘手的难题。希尔德是位甚至连莱因哈特都赞赏有加的聪慧明理的女子。就她个人来说，她完全具有分担皇帝统治责任的资格。但是将来会怎样？会不会出现没有任何见识和才能的女子当上皇妃，干涉国政，致使国家产生混乱的危险？该不该限制皇妃的发言权？这个问题引发了各式各样的议论，却总是没有结论。

然而从共和主义者的角度来看，这种讨论只能引人讪笑罢了。因为在他们看来，根据血统继承最高权力本就是一种不该存在的制度。姑且不论皇妃，如果皇帝本身就无能、怯弱或愚劣的话，国政必将混乱不堪。但既然身处专制政治之下，帝国的高级官员就不得不考虑对君主有极大影响力的女性的地位和权限问题。

和希尔德一样，或者说比希尔德更有影响力的格里华德大公夫人安妮罗杰，为了参加弟弟莱因哈特的结婚典礼，在一月二十五日到达行星费沙。克罗德瓦尔上将指挥的小舰队把她从行星奥丁护送到费沙，这段长达五千光年的漫长旅途，是安妮罗杰有生以来第一次恒星间旅行。此前，她从来没有离开过行星奥丁一步。

在包括肯拉特·冯·摩德尔在内的仅六名近侍的陪伴下，安妮罗杰平安地踏上了费沙。之后，宪兵总监克斯拉一级上将接下了警卫之责。他的部下帕伍曼少将将大公夫人一行送到了下榻处，开始了警戒任务。

在下榻处，一个出人意料的人正等着安妮罗杰——即将成为皇妃的希尔德为了表示敬意，已经造访了此地。

这是安妮罗杰和希尔德第二次直接会面。第一次是在旧帝国历四八九年、宇宙历七九八年六月，行星奥丁的佛洛依丁山中，希尔德拜访了安妮罗杰的山庄。这一次再会隔了两年半。

“大公夫人殿下，劳烦您长途跋涉，实在是惶恐至极。”

希尔德先致以问候，两人交换了几句礼仪上的寒暄，然后便去了谈话室。暖炉已经新添了柴火，金黄色和蔷薇色的光芒交相辉映，不断把温暖送进室内。希尔德想起在佛洛依丁山庄也有类似的景象和气氛。安妮罗杰微微地张开了秀丽的嘴唇，或许是因为她和希尔德有同样的回忆。

当两人面对面坐到沙发上时，侍女端来了咖啡。香气缭绕中，皇帝的姐姐开口说话了：

“六月你就要成为国母了，希尔德小姐。”

“是的，如果情况顺利的话。”

希尔德双颊染上了红晕。她腹部的隆起还不怎么明显，加上穿着宽松的衣服，更是巧妙地把肚子遮了起来。她优美的身材和有韵律感的轻快举止，从外表看来并没有什么变化。但是，同为女性的安妮罗杰或许看出，她原本像少年一样紧致的脸庞多出了几道柔和的线条。这大概是一位即将成为母亲的女子自然的变化吧？希尔德即将面对安妮罗杰一生都没有经历过的事情。

“我再次把弟弟托付给你。我只能拜托别人做事，却使得为弟弟献身的人遭遇不幸。可是，希尔德小姐一定会幸福的。”

她指的大概是已故的齐格弗里德·吉尔菲艾斯元帅。安妮罗杰保持着沉默，所以希尔德只能如此推测。

这个女人在十五岁时就由于强权者的要求，从家中被强行带走。之后十年，她一直受到前朝的皇帝佛瑞德李希四世的宠爱，这是历史所记载的。她是以什么样的心情去接受这种境遇的呢？聪明如希尔德也无法想象。不过有几个很明确的事实。如果安妮罗杰当时拒绝了皇帝的宠幸，她的娘家缪杰家或许已经从世间消失了。接受“格里华德伯爵夫人”称号的她，为了守护弟弟莱因哈特费尽了心思。如果没有这个女人，莱因哈特·冯·罗严克拉姆和罗严克拉姆王朝都不会存在。可以说，她就是产生今日历史的母亲。在弟弟担任前朝宰相、掌握独裁权的同时，她退隐了。或许她认为自己对弟弟已经不重要了。希尔德觉得似乎可以了解安妮罗杰的心情，也只能这样猜想。

忽然，希尔德觉得安妮罗杰的脸让她有些感触。但是要把这种模糊的印象用语言绘出轮廓，则需要几瞬的时间。希尔德发觉安妮罗杰的脸太苍白了。眼前的女人有和她弟弟相似的白皙皮肤，但此时为什么会让人有种死气沉沉之感？这是在佛洛依丁山庄时没有的。虽然不怎么明显，但总让人觉得她精神不够好。

或许安妮罗杰正被什么病症侵蚀着。这种猜测像一把小而锐利的刀划过希尔德心头。就在这种奇妙的感觉尚未消失之际，近侍进来报告说，莱因哈特皇帝为了和姐姐见面，已经从大本营过来了。接着，莱因哈特仿佛要把来报的近侍推开似的出现在门口，冰蓝色的眼睛中漾着沉静的色彩。

“好久不见了，姐姐。”

他的声音因为无限的怀念和其他更浓厚的因素而颤动。

这对原姓缪杰的姐弟阔别三年之后，终于见面了。年轻俊美的皇帝脸上染着红晕，看起来更加年轻。莱因哈特原本担心姐姐不会来参加他的婚礼。在莱因哈特举行加冕典礼时，安妮罗杰并没有参加。尽管她握有巨大的权势和人间至高的荣华，却宁愿默默地独自隐居在佛洛依丁山庄，丝毫不想干涉莱因哈特的治世。而现在，为了参加弟弟的新婚大典，她长途跋涉而来。

希尔德告退离席。她认为不该在这里打扰这对姐弟的会面。对希尔德来说，安妮罗杰是个远远超乎忌妒的对象。

大约二十分钟后，莱因哈特从谈话室走出来，走向在大厅等他的希尔德，说：

“玛林道夫伯爵小姐……”

“是，陛下。”

希尔德条件反射般地回答后，莱因哈特像是忽然注意到什么似的闭上嘴唇，双眼中闪过一丝苦笑。

“不对，再这样称呼太奇怪了。你就要跟朕结婚了，这样的话，你就不再是伯爵小姐了。”

“是的。”

真是奇怪的对话方式，但至少当事者中有一方是很认真的。另一个当事者虽然多少有些客观的判断力，也无意嘲笑对方。

“今后就叫你希尔德。你也不要再称朕为陛下了，就叫莱因哈特。”

“是，陛下。”

“莱因哈特。”

“是，莱因哈特……陛下。”

一边这样回答，希尔德心中一边孕育起了一种近似确信的感受。这一定和莱因哈特与安妮罗杰的交谈内容有关，或许是安妮罗杰这样劝莱因哈特的。不过，虽然这么说了，日后莱因哈特却称呼希尔德为“皇妃”，希尔德也称呼自己的丈夫为“陛下”。

3

一月二十九日，是莱因哈特和希尔德结婚的日子。

玛林道夫家的总管汉斯·修德瓦从前天夜里就一直祈求大神奥丁让天气放晴，但是这天，小雪还是不停地从蓝灰色的天空飘落下来，天气甚至可以说是寒冷。汉斯二十四小时不停咒骂大神的无情和无能，为他的小姐哀叹。

然而，新郎和新娘的华丽优美却足以盖过天气的阴沉。在笼罩着一片蓝灰色的冬日景致中，穿着大元帅礼服的莱因哈特和穿着像是用初雪结晶织成的白纱礼服的希尔德，完美得仿佛远远超出了众神的设计，他们的形象甚至足以让众神忌妒。

玛林道夫伯爵连连称赞。

“好漂亮啊，希尔德。如果你已经去世的母亲看到，一定会很高兴的。”

“谢谢您，父亲。”

女儿接受了父亲那没什么特别却充满了温暖气息的祝福，

在父亲的脸上吻了一下。新郎嘴角则露出了一个似乎不知该浮出什么表情的微笑。

“玛林道夫伯爵，今后朕应该称呼您父亲大人了。今后也请多关照。”

被全人类的皇帝这么一说，这次轮到玛林道夫伯爵不知该用什么表情来回应了。

“我是陛下的臣子。今后请陛下仍像以前一样称呼我玛林道夫伯爵吧。”

这不仅仅是谦逊之词，玛林道夫伯爵觉得被莱因哈特称为“父亲大人”令他很不习惯。

“当皇帝陛下的岳父是什么滋味啊，玛林道夫伯爵？”

内阁书记官长麦恩荷夫小声地打趣。他是莱因哈特的内阁成员中最年轻的，今年只有三十六岁，被誉为继前任工部尚书席尔瓦贝尔西之后的人才。他忠于职守，具有判断处理事务的能力，但是也有人批评他在独创力上不及前任。玛林道夫伯爵经常让这位少壮派政治家辅佐自己，如果没有米达麦亚元帅，或许他会推荐麦恩荷夫为继任者。或许当麦恩荷夫具有足够的指导力和影响力的时候，就会坐上内阁首席成员的位置。

玛林道夫伯爵对麦恩荷夫的耳语回以苦笑，然而他的笑容却急速地萎缩了，因为他的视线和军务尚书奥贝斯坦元帅交错而过。面对奥贝斯坦时，玛林道夫伯爵并不会居于弱势。但不知为何，他总觉得一股压迫感迎面而来。这个时候，伯爵甚至没想到要借女婿的威仪睨视对方。

莱因哈特和希尔德走在由列席者筑成的人墙间，登上高一层的平台。希尔德的白纱礼服经过巧妙的设计，掩饰了怀孕五个月的腹部，她肢体和动作的优雅一点都没有受到影响。证婚人正在台上等着新郎和新娘。依照旧王朝的习惯，这个证婚人的职务由宫内尚书担任。

与其说莱因哈特的改革还没有推展到这里，倒不如说要变革是很麻烦的事。

“我在此宣告：新帝国历三年一月二十九日，莱因哈特·冯·罗严克拉姆与希尔格尔结为夫妻。”

过度的紧张使宫内尚书贝伦亥姆男爵的声音和手不停地战栗，结婚证书在他手中上下抖动，仿佛那不仅仅是一张纸。列席者的视线含着微微的责难，集中在宫内尚书身上。

“镇定下来，贝伦亥姆男爵，又不是你结婚。”

对皇帝而言，这是最大限度的玩笑。宫内尚书极力想把微笑挂到脸上，结果只是让嘴唇和脸颊微微地颤动。

“皇帝万岁！皇妃万岁！”

这压过整个礼堂的声音，来自毕典菲尔特一级上将的肺和声带。“那根本不是欢呼声，倒像是怒吼。”日后克斯拉这样评价。但不管怎么说，在这最初的一吼之后，现场爆出了此起彼落的欢呼，场内充满了喧闹的气息。米达麦亚元帅对着旁边的妻子耳语：

“真是美丽的新娘啊！皇帝身旁果然只有玛林道夫伯爵小姐才能匹配！”

“亲爱的，已经不是玛林道夫伯爵小姐了，是皇妃希尔格尔呀。”

艾芳瑟琳一边哄着怀里的菲利克斯，一边笑着对丈夫说。米达麦亚对妻子点点头，菲利克斯向他的头伸出小手，想抓他有些凌乱的蜂蜜色头发。米达麦亚一家人四周坐满了帝国军的首脑，有希尔德辞职后继任大本营幕僚总监的梅克林格一级上将、宪兵总监克斯拉一级上将、艾杰纳一级上将、毕典菲尔特一级上将、缪拉一级上将，还有许多上将级和中将级的人。

毕典菲尔特拢了拢他橘色的头发，对一位同僚耳语道：

“说老实话，缪拉提督，皇帝在结婚典礼上当新郎时，不客气地说，看来也只不过是个美貌的青年。但是当他以大元帅的身份站在全军前锋时，就像一位伟大的神祇。你不觉得吗？”

缪拉深有同感。他砂色的眼睛中充满了赞同之意，用力点了点头，小声回答：

“在我看来，他即使当一个新郎，也充分表现出了神祇般不可轻侮的气势。”

坐在缪拉对面的艾杰纳在他们的身上扫了一眼，没有说话。

由于这次婚礼，有人似乎得到了意外的运气。那就是在去年担任内务部次官兼国内安全保障局局长，位居帝国治安机构顶点的海德里希·朗古。他作为罗严塔尔元帅叛逆事件和费沙代理总督博尔德克猝死狱中事件的主谋，接受了审判。在大家看来，他已是难逃极刑了。不过在皇帝结婚前后执行处决很不吉利，所以判决就被推迟到春天之后。

米达麦亚一边让菲利克斯的小指头触摸着他蜂蜜色的头发，一边想着海德里希·朗古太过微小的运气，心中不禁有难以言喻的不快。菲利克斯笑了出来。这笑脸和去年失去性命的挚友奥斯卡·冯·罗严塔尔的表情重叠了起来。米达麦亚不由得重新审视婴儿的脸，但婴儿的一双眼珠都是大气层最上层的天空的颜色，并不是黑色和蓝色的金银妖瞳……

既然莱因哈特已是有家室的人了，便不能再像以前一样，住在大本营一隅的单人房间里。以前米达麦亚元帅原本应该拿来作为官舍的有三十个房间的大宅邸，因为没有人借住而闲置，莱因哈特便把它作为临时的皇宫。这处宅邸被称为“柊馆”。等“狮子之泉”一完工，皇宫就立刻移往该处。然而众所周知，莱因哈特最终也没能踏进那座宫殿。

再看他们的蜜月旅行，希尔德已经怀了五个月的身孕，当然不可能在恒星间飞行，连在行星间飞行也有可能发生危险，所以他们的蜜月旅行仅止于在行星费沙的风景胜地逗留。大致说来，他们是在山明水秀的费尔莱丁溪谷山庄中暂住一个星期。和前朝的皇帝们相比，这种旅程朴实得令人愕然。在私生活上，莱因哈特对享受这种事几乎一点兴致都没有。

首先，从结婚典礼的会场来看，他选择的香格里拉饭店和一般费沙市民的选择并没有多大差异。在警备上虽然极为慎重，饭菜的质量也极高，但是如果忽略列席者的地位，就极为普通了。列席者有一半以上都穿着军服。虽然不是刻意的，却让罗严克拉姆王朝的军人政权风范在无形中表露无遗。

事情发生在典礼就要结束时的十五时四十分。

一位军官从军务部军事情报处跑向典礼会场，几经周折后，把军务尚书奥贝斯坦找了出来。军务尚书面无表情地离开座位，面无表情地听取军官的报告后，把手掌支在没什么肉的下巴上。沉思了约五秒半，他迈着果决的步伐走到莱因哈特面前。

“谨禀陛下，根据军务部的联络，旧同盟首都行星海尼森发生反国家暴动。”

莱因哈特冰蓝色的眼睛中闪过炽烈的电光。在一旁的希尔德不由得抱紧了胸前的花束，凝视着刚刚成为她丈夫的年轻人的表情。在稍远的距离外看见这一情形的提督们，稍后知道了这个消息，都不禁十分惊愕——不是针对暴动，而是针对军务尚书。

“你就不能等到典礼结束后再报告吗？”

毕典菲尔特大吼。米达麦亚点了点头。

“是呀，在这种良辰吉日，不应该做这种不解风情的事。”

真是变态！大家心里这样想，但终究没有说出口来。面对同僚们如同集中炮火般的指责，军务尚书面不改色，漠然回答：

“好事可以延期，但是坏事不行，更何况是和国家安定有重大关联的事。姑且不论陛下会如何裁断，但绝不能不让陛下知道。”

他说得没错。历史一再告诫人们，君主的堕落就是始于截断令人不快的情报，一味耽于愉悦。“朕不想听这种事。”这是一个亡国君主一定会挂在嘴边的话，所有的将领都知道这个道理。可是，今天是皇帝一生仅有一次的重要典礼。

“陛下，不需要为了平定这么一点小小的动乱就惊动您。那边还有瓦列提督在。万一他也无法处理，可以由下官们出征，请陛下安心。”

米达麦亚说完，莱因哈特便蹙起如画般优雅的眉毛。一旁的希尔德仍刻意保持沉默。如果她还是大本营的幕僚总监，就职务上说，她应该表示意见。但是就在刚才，她已经正式成为莱因哈特的妻子，所以必须避免在公众面前有太过分的言行举止。

一瞬间，莱因哈特转动着视线，凝视刚刚诞生的皇妃。

“好吧，暂且交给瓦列提督处理。可是众卿也要准备随时出征！”

4

新帝国历三年、宇宙历八〇一年年初发生的一连串所谓“海尼森动乱”，一开始并没有让人想到会引发如此严重的事态。

去年十二月，新领土总督奥斯卡·冯·罗严塔尔元帅因反叛而死后，驻留在这个地方指挥并统率军队的人是奥古斯特·沙姆艾尔·瓦列一级上将。他是在人格、手腕及威望等方面都极为稳妥的军人，算是罗严克拉姆王朝创立时期的名将。

罗严塔尔死后，政治和军事混乱被限制在了最小限度内，原因之一正是瓦列在事后处理中保持了刚柔缓急的均衡。

当莱因哈特和希尔德订婚，举行婚礼的日子一天天接近时，行星海尼森的一角却传出了流言，而且是奇怪至极的流言。

“皇帝死了。”

听到这个传闻，奥古斯特·沙姆艾尔·瓦列觉得自己的心和肺就像结成冰一样。而这个冰块融化，则是在确认传言中的皇帝不是指莱因哈特，而是指旧高登巴姆王朝的艾尔威·由谢夫二世之后。

传言的核心存在一个事实。

去年十一月，罗严塔尔叛逆事件快要告一段落时，在行星海尼森边境一个叫克拉姆福斯的城市中，有个行为可疑的年轻男子被逮捕了。逮捕他的是新领土总督府的宪兵。这个年轻男人当初被怀疑是共和主义者。然而，他其实是旧高登巴姆王朝的贵族，是被视为诱拐幼帝艾尔威·由谢夫二世的嫌疑犯而遭通缉的兰斯贝尔克伯爵亚佛瑞特。

亚佛瑞特把孩子木乃伊化的遗体用毛巾包裹起来。当被问及毛巾中是何人的遗体，亚佛瑞特深陷的双眼发出炽热的光芒，回答是高登巴姆王朝的皇帝陛下。治安当局当然大为震撼。亚佛瑞特手中有详尽的手记，当局从中调查得知，由谢夫二世在那一年三月因厌食症衰弱而死。当平叛工作告一段落，罗严塔尔的葬礼也结束后，一份报告被送进了瓦列的办公室，上面说亚佛瑞特已经被送进精神病院，因为医生判定他有疯狂的迹象。

于是，前王朝时代的“皇帝诱拐事件”在形式上已完全落幕。但是给相关者留下如此不快之感的事情实在少见。原本并没有人积极地想取这个少年皇帝的性命。他的敌人虽然将他幽禁起来，也从来没想过要杀他。兰斯贝尔克伯爵亚佛瑞特把他从罗严克拉姆的“魔掌”中解救出来，还盼望有一天能让他重新坐上银河帝国的皇帝宝座。但是，最后却是这样的结局。五岁时不情愿地被戴上至尊王冠的小男孩，在八岁时死去了。他的遗体被埋在海尼森的公墓里，高登巴姆王朝的正统就此断绝。

那个时候，人们就是这样想的。

连瓦列也希望这令人不快的事件赶快过去。而且，他实在没有多余的时间去管这个没有封号的前朝遗孤。新帝国历三年，行星海尼森的生活物资开始匮乏，这是个颇为严峻的问题。人们怀疑是不是有人在物流系统中动了手脚。到了一月底，行星海尼森发生了全面暴动，甚至连军需物资的囤积地都发生爆炸，事态一下子恶化了。

去年九月一日，行星海尼森举行悼慰阵亡者的集会，结果集会发展成暴动，造成了大量伤亡。这就是所谓的“九月一日事件”，或者称为“古恩·基姆·霍尔广场事件”。这是已灭亡的民主共和政治如同发病般的暴动。毕典菲尔特一级上将甚至苛刻地评论这是“尸体在痉挛”。

这么说来，一百五十天后发生的动乱就是“尸体的复活”了？当时，人们都无法得出结论。瓦列虽然同样无法骤下决断，可是也没有袖手旁观，他立刻采取行动镇压暴动，巧妙地完成了任务。

同时发生的几起暴动和骚乱中，有七成当天就被镇压。三天内被镇压的暴动则达九成以上。尽管如此，还是有几起骚乱没有彻底解决，像残余的灰烬般冒着烟。

在这个阶段，瓦列发放了一部分军需物资安定人心，同时向新帝都费沙报告事情的经过。在莱因哈特接到这个报告后，费沙也发生了令人不敢掉以轻心的事件。一月三十日深夜，有人删除了原本保存在费沙航路局的庞大的航路资料。

航路局显得极为狼狈，原本还想秘密处理这件事，但终究无法隐瞒。来自军舰和商船的质询无法处理，堆积如山，引起了大家的怀疑，最后他们只好硬着头皮公布了事实。

莱因哈特毕竟是个用兵家，立刻意识到事态的严重性。他激动异常，原想问罪航路局长官，幸好这个打击并未造成致命伤。去年年底，在军务尚书奥贝斯坦的指示下，航路局存有的资料都已被输入军务部的备用电脑。

备用电脑的存储容量并没有那么大，输入航路局的资料后呈饱和状态，因此不得不删除原有的部分资料。但也由于这个处置，帝国避免了无法弥补的损失。

航路局的资料得以保存，这是罗严克拉姆王朝成立后，奥贝斯坦元帅最高的功绩——后世的历史学家中有人这样评论。奥贝斯坦的功绩确实很伟大。或许只有深信可以在没有情报的情况下进行战争的人，才会否定这件事。莱因哈特不是这种没脑筋的人，所以他才能打倒强大的门阀贵族联合军，成为宇宙的霸者。

莱因哈特在蜜月旅行地下了指示，对奥贝斯坦的功绩大加赞赏，同时下令查明整个事件的真相。宪兵总监伍尔利·克斯拉一级上将负责这一工作。他还是单身，所以干脆住进了宪兵本部，全力指挥搜查工作。

会不会是费沙的残存势力有意妨碍物资流通？这是帝国治安当局人士共同的疑惑。克斯拉精力充沛地四处搜查，在接到皇帝指示后的第三天，他就逮捕了删除航路局电脑资料的嫌疑犯。人们认为犯人必定在航路局内部，克斯拉便谎称有人告密，引诱真正的犯人暴露形迹，在其企图逃亡时加以逮捕。他从嫌疑犯的秘密账户里发现了两百万帝国马克的存款，于是开始了最残酷的审问，连自白剂都准备好了。

嫌疑犯在被逮捕五个小时后招供了。他的供述让宪兵队的人瞠目结舌——给嫌疑犯大笔金钱，唆使其犯下罪行的人，竟然是安德鲁安·鲁宾斯基！

5

“罪魁祸首是安德鲁安·鲁宾斯基？”

费沙末代自治领主的名字，让帝国军将领感到一阵不快的战栗。自从帝国军借“诸神的黄昏”一战进驻费沙以来，鲁宾斯基就一直潜藏在地下，在罗严克拉姆王朝积极建设的秩序中制造破绽，蠢蠢欲动。而现在，他的行迹竟然露出了地面。

“那只费沙的黑狐，我要把他的皮活剥下来糊在鞋底上每天踩着。他有种就出现在我面前。”

毕典菲尔特激愤得简直要摩拳擦掌。然而，尽管他身为舰队指挥官时勇猛绝伦，面对经济和流通中的骚扰行为却一筹莫展。就像米达麦亚所指摘的那样，“就算火山喷发，冬天也不会变成夏天”，比起张扬的军事行动，还是缜密而有耐力的司法搜查更重要。

“干脆赦免朗古次官的罪行，让他专心去搜查和揭发这一事件怎样？朗古既然知道自己被鲁宾斯基利用，就一定怨恨着他。不论是为了功绩还是一雪前耻，他应该都会尽心去做。”

这种提案甚至都提出来了。但也有人表示强烈的反对。

“没有道理。为了查明一方的罪行而赦免另一方的罪行，这违背法律的公正性。”

宪兵总监克斯拉一级上将坚持道。他的意见是正确的，而且也能让大多数的人在情感上接受。所以从此之后，再也没人提出赦免朗古的主意了。在指挥搜查的过程中，克斯拉遇到了一个深刻又令人不快的疑问。

“鲁宾斯基和地球教是不是暗地里有勾结？他们是不是想合力对抗新王朝？”

事实上，最先抱有这种疑问的帝国军官并不是克斯拉，而是军务尚书巴尔·冯·奥贝斯坦元帅。罗严克拉姆王朝的第一位军务尚书尽管有优秀的才干和热诚的奉献精神，却仍然经常成为众人交相指责的对象，理由之一便是他是个彻底的秘密主义奉行者。的确，他看上去并不重视宣传活动，似乎也不会为了获得别人的理解和帮助而努力。但是他和以前的内务部次官海德里希·朗古等人又有所不同，他独占部分情报并不是为了谋求私利。他好像不相信任何人，对自身的评价也没那么高。总而言之，他一直到死都是沉默寡言，与人极不合作，也从不谈论私事。

在克斯拉进行搜查工作时，奥贝斯坦也只是在义眼中闪着无机的光芒，保持他一贯的沉默。从他的表情中，其他人无法获得任何信息。

旧同盟领地的混乱波及了意外的地方，有种呼声此时越来越高——举帝国军全力，彻底控制旧同盟领地，进而扫灭占据伊谢尔伦要塞的共和主义者。

如果伊谢尔伦要塞的共和主义者难以独立，海尼森大概就不会发生动乱。这种呼声的根据正在于此。

“向日葵总是向着太阳。我们不得不承认，目前旧同盟领地的共和主义者是向日葵，而伊谢尔伦就是太阳。如果把这个观点继续往前延伸，自然就会涌出攻击伊谢尔伦的声音。”

艾尔尼斯·梅克林格提督之所以这样记载，是因为确实有人这样开门见山地提议。这个人就是“黑色枪骑兵”舰队司令官，素有猛将之名的弗利兹·由谢夫·毕典菲尔特一级上将。

“我们应该攻击伊谢尔伦要塞！伊谢尔伦才是阻挠新帝国统一与和平的最大因素！归根结底，鲁宾斯基等人蠢蠢欲动，也是倚仗伊谢尔伦武力的缘故。”

毕典菲尔特的论调往往过于单纯，却揭示了事情的本质。在这个时候，他这番论断似乎也颇有奇妙的说服力。

“陛下对伊谢尔伦到底有什么样的打算？是彻底讨伐，还是与之和平共存？”

这个疑问早就盘踞在众将心中。姑且不论莱因哈特的理性、知性、野心以及战略上的见识如何，他们都察知莱因哈特对占据伊谢尔伦要塞的共和主义者有一种极不单纯的感情。这起因于以前曾经存在的伟大敌将杨威利，他残存的影像依然在伊谢尔伦的每个地方飘荡。

莱因哈特以史上空前的战略家之姿，几乎使伊谢尔伦回廊成为无足轻重的政治军事统一体。如果他的构想进展顺利，伊谢尔伦要塞就会被排除在统合全人类的社会系统外，沦落到文明史的边缘地带。所以封锁伊谢尔伦回廊两端，然后放任不管也是一个办法，但这么做却无法满足莱因哈特的要求。

最终，行事武断就成为罗严克拉姆王朝创始时期在心理和行动上的偏颇现象。不如干脆将占据伊谢尔伦的共和主义者一扫而光，以绝后患——以毕典菲尔特为代表的强硬派以军部为中心，在帝国中枢不断扩大势力。而在新领土（即旧同盟领地），几乎遍及整个区域的交通和流通的混乱，也像是要对抗毕典菲尔特等人的势力似的，一天比一天严重。瓦列一级上将虽然尽全力收拾事态，但看来光靠军事力量并不足以解决问题。

“这一点我明白，但是，对这些暴动视而不见，只会让人们轻视和侮辱新秩序，所以必须区别处理！”

这是毕典菲尔特的主张。

不过，既然有人赞成，也就有人反对。很多人对光靠武力镇压新领土暴动一事有异议。

“武力不是万能的。仰赖皇帝陛下的军威，领土的确是扩大了。但是，如果新领土上叛乱和纷争不断，领土的扩大不就等于内政的空洞化吗？”

民政尚书卡尔·布拉格的批评虽然辛辣，但绝非不当。布拉格不是不负责任又爱批评的人，而是对充实帝国的社会政策、开展民生工作有极大贡献的开明政治家。他批判莱因哈特皇帝时从来不假辞色，在这一点上，他仅次于军务尚书奥贝斯坦。

再加上士兵们看起来都开始厌倦战乱了。由于莱因哈特皇帝的改革、征服及统一，他们也该从历经一个世纪之久的战争中解放了。然而在灭亡自由行星同盟后，帝国又对占据伊谢尔伦的共和主义者发动武力，甚至还发生了罗严塔尔元帅叛变的事情。在此期间，又有许多将士阵亡。的确存在“够了，适可而止吧”的呼声。

“民政尚书的意见也有道理。如果要出兵，或许陛下也会亲征，但是如此一来，对皇帝的龙体可能不利。”

“根据传闻，那个杨威利结婚仅一年便抛下妻子去世了。而且他脱下军服也不过才两个月。这难道就是名将的命运？”

当然，不能说莱因哈特一定会跟他的敌手走上同一条路。但一想起那些英年早逝的昔日英雄，重臣们的心总会不由自主地被一种不祥的预感笼罩。莱因哈特即位以来常常出现原因不明的高烧，重臣们无法从记忆的抽屉里抹掉这一点。他们都有一种共同的默契：得更加留意皇帝的健康状况。

莱因哈特和新婚妻子留在费尔莱丁溪谷的山庄中。在这一年三月将迎来二十五岁的年轻专制君主，姑且不论体力，起码在精力上，他似乎不需要无谓的休息。也就是说，他还不想悠闲地进行休养。他关心的事总是离不开军事和政治，个人并没有值得一提的兴趣，这是他被归为霸者而不是王者的原因之一。

“即使在河边钓鱼的时候，陛下想钓的也不是鳟鱼，而是整个宇宙。”

这是近侍艾密尔·齐列的证言。既然是出自一个崇拜者口中的证言，理所当然该打个折扣，但归根究底，一头金发的霸主和风雅是没有缘分的。

“伯爵小姐，不，希尔德，作为一个主宰者，朕有必须要尽的义务。虽然不至于立刻亲征，却很有可能留下怀有身孕的你踏上征途。你能原谅我吗？”

一天晚上，在山庄的暖炉前，莱因哈特这样问他的新婚妻子。结婚后，他对希尔德说话的遣词用字仍然没什么改变，这和他以前对待唯一的心腹齐格弗里德·吉尔菲艾斯有明显的差异。

“请陛下不要挂在心上。”

皇妃的回答很简短，但丝毫没有犹豫。希尔德知道不可能把莱因哈特的心绑在地面上。如果现在的她和以前一样，只是个刚强而犀利的女人，或许不能参透这一点。但在冰蓝色眼眸的霸主身边工作了四年，希尔德对莱因哈特的了解一天深过一天。同时，她自己也在不断成长。

Chapter 2
动乱的诱因

1

已经征服宇宙的霸主，似乎是不允许休息的。那么那些面对霸主，犹如螳臂当车的叛逆者又如何？

对莱因哈特的统治，伊谢尔伦共和政府完全以对等的政治思想和独立的武力表明了反抗意图。他们的军事指挥者是个比莱因哈特年轻六岁的青年，即将在这一年，即宇宙历八〇一年迎来十九岁生日。这正是当初莱因哈特在旧帝国获得上将军衔的年纪。而曾经身为自由行星同盟军最前线指挥官、一直享有智将之名的杨威利，在十九岁时还是军官学校的普通学生。

尤里安·敏兹的经验和声望比不上十九岁时的莱因哈特，却胜过了杨威利。他十八岁时就成了中尉，这在同盟军中是个特例。然而，尤里安能就任革命军司令官一职，一般都认为是他身为杨威利的养子，而且忠实地继承了养父的军事思想与军事能力之故。后世的人都知道这种评价大致是正确的，但对同时代的人而言，其中却蕴含着极大的未知要素。有许多人因此在失望之余，离开了伊谢尔伦。

就如杨威利不是预言家一样，尤里安·敏兹也不能超越时空，俯瞰人间的一切。要下正确的判断，就必须收集丰富而多面的情报，并且排除感情因素进行分析。最忌讳抱着充满希望的猜测，停止思考，一切凭感情行事。

去年发生罗严塔尔元帅叛乱事件时，尤里安让帝国军梅克林格舰队通过回廊，初显了战略意识的端倪。这一次，当海尼森和旧同盟各处发生动乱时，他的判断和选择能力再度受到考验。面对一波又一波向他们求援的声浪，他该如何处理？

如果行星海尼森的动乱是为了使民主共和政治复活，伊谢尔伦共和政府断不能坐视不管。倘若伊谢尔伦政府袖手旁观，眼看着他们被毁灭，旧同盟的人民一定会对伊谢尔伦共和政府感到失望。

然而，就算发动战争，伊谢尔伦政府又有多少胜算？以伊谢尔伦现有的兵力面对强大的银河帝国军，有可能获得胜利吗？尤里安继承的杨的军事思想中，完全没有美化为大义自我牺牲的倾向。民主共和政治这一盏小小的明灯，只有继续亮下去才有意义。

对伊谢尔伦而言，与旧同盟的共和主义者联系是基本的战略和政治手段，如果这个愿望能够实现，无疑是一件可喜之事。但是政治上的希望和军事上的欲求往往背道而驰。这种例子，尤里安经历过许多次了。

“如果是杨提督，他会怎么做呢？”

在这半年多的时间里，尤里安拿这个问题自问了不下一万次。他的保护者兼良师虽然去年在三十三岁时英年早逝，但是在尤里安的眼中，那个人几乎没有做过一次错误的选择。或许他的记忆与事实有些出入，但是尤里安身为杨的崇拜者的历史，确实比身为杨的后继者的历史还要长。他在杨身边学到了许多东西，其中也包括如何公正地评价敌人。

银河帝国皇帝莱因哈特·冯·罗严克拉姆对尤里安而言，是个太过强大，同时又太过伟大的对手。在历史的洪流中，应如何评价他呢?

举例来说，尤里安等人看过刊登在帝国军宣传单上的一篇文章，那是一个小孩子写给他出征的父亲的。

“我的父亲为了打倒莱因哈特皇帝陛下的敌人，昨天出征了。父亲对我说：‘我将跟随陛下为宇宙的和平与统一而战，母亲和妹妹就拜托你了。’我也和父亲牢牢地约定了。”

罗严克拉姆王朝至少在创始时期，奉行的毫无疑问是军国主义体制。而对民众阶层来说，所谓军国主义往往是热情和共鸣的所在。银河帝国的民众狂热地支持将他们从高登巴姆王朝的腐败与不公中拯救出来的金发年轻人。

“罗严克拉姆王朝的军队强悍的原因之一，便是他们深信皇帝个人的敌人和国家的敌人、民众的敌人并无不同。对他们而言，莱因哈特·冯·罗严克拉姆无疑是一个解放者。”

和他处于敌对立场的尤里安·敏兹日后这样记述。

“因此在宇宙历八〇〇年前后，将银河帝国军称为莱因哈特·冯·罗严克拉姆的个人武装集团也不为过。他们对皇帝个人的忠诚远胜过对帝国的忠诚。把莱因哈特·冯·罗严克拉姆视为解放者的想法，看来似乎是一种错觉，但其实并非如此。和高登巴姆王朝对比之下，这是一个事实。如果帝国军的士兵可以投票选择最高指挥者，他们一定会一边倒地支持莱因哈特·冯·罗严克拉姆。尽管罗严克拉姆是个专制君主，同时又是好战的统治者，但确实获得了民众的支持。就这点而言，这是实现了民主政治的一面的特异现象……”

该怎么和这样的敌人作战呢？尤里安在中央指令室独自思考。这时，两个可靠的作战伙伴相继到来。有“永远的击坠王”之称的奥利比·波布兰中校正要对尤里安开口，稍后现身的达斯提·亚典波罗中将十分热情地拍拍波布兰的肩膀。

“你高兴些什么？真是恶心。”

“你呀，今年终于三十岁了吧？我们快成为同伴了。”

听到对方喜滋滋的声音，奥利比·波布兰那双闪烁着阳光般的绿色瞳孔中浮现出嘲讽的光芒，斜睨着同事。

“在生日到来之前，我还是二十几岁的年轻人呢。”

“生日是什么时候？”

“十五月三十六日。”

“真是睁眼说瞎话！胡说八道！”

尤里安忍不住笑了出来。光听他们的交谈，实在让人无法相信这两个人曾是正规军的中将和中校。像他们这样有才能、这样特别的军人，却在自称为“自由军队”的同盟军中也无法占据核心地位。只有在伊谢尔伦要塞，也只有在杨威利麾下，他们才能充分发挥才干和个性。能否接纳这样的部下并使他们一展所长，就是指挥官的器量问题了，也就是所谓的“将器”。自己是不是有这样的器量呢？

等亚典波罗和波布兰回过神来，尤里安已经不见了。

“那家伙跑哪里去了？如果要想事情，在这里不就可以了？”

“大概是不喜欢‘近朱者赤’吧？”

“嘀，连‘朱’自己都这么说了，大概是这样吧！”

毫无自觉的另一个“朱”忿忿地说。

卡特萝捷·冯·克罗歇尔，也就是卡琳，在结束了当天的模拟训练后，拿着碱性饮料罐往森林公园走去。半路上，她遇见了几个同龄的年轻女兵，随即你一句我一句地交谈起来。她们待会儿要去跟几个年轻的下级军官碰面，一起去跳舞。伊谢尔伦的人口结构中，男性占绝大多数，所以年轻女孩有充分的权利去品评男人，选择最喜欢的对象。尽管如此，华尔特·冯·先寇布和奥利比·波布兰等身经百战的勇士们，却仍然有许多机会去爱更多的鲜花。

“卡琳，你不一起去吗？对你有意思的男人可多得很哪。你可以任意选择喜欢的类型。”

一个女兵邀请道。没等卡琳回答，另一个女兵早已笑开了。

“不行不行，邀她去也没用。因为卡琳喜欢的是有亚麻色头发、假装深沉、像幅画像的类型。”

“啊，对啊，都怪我多嘴。”

女兵们扬起一阵笑声，对卡琳“才不是那样呢”的抗议充耳不闻，像一群快乐的鸟儿般四散飞去。被留下来的卡琳重新戴好黑色贝雷帽，甩了甩淡红茶色的头发，带着一副勇敢迎向北风的鸟儿的表情，朝反方向走去。如她所料，那个“有亚麻色头发、假装深沉、像幅画像的类型”的年轻人，就坐在森林公园一隅那张“杨威利的长椅”上，似乎在思考什么。卡琳在他身旁站了两秒半之后，他才注意到。

“我可以坐下吗？”

“请坐。”

尤里安用手掌擦了擦长椅。卡琳十分干脆地坐下来，交叉双腿，用蓝紫色的眼睛看着稍嫌年轻的司令官。

“又在想什么事情？”

“责任太大了，没办法整理思绪。”

“尤里安，大家认同你当司令官的时候，就已经决定了。大家会完全听你的判断和决定。那些有异议的人不是都离开了吗？现在你的决断就是大家唯一的选择。”

卡琳的口气依旧强硬，态度依旧坚决。然而，她的一言一行却像初夏的和风一样，伴随着一股清爽。尤里安一点不开心的感觉都没有，而且一直都是这样。

一头是完成责任，一头是被重压压垮，这两个选择正平衡地处于天平的两端，只要加上一根毛发，天平就会倾向某一边。尤里安感觉一根淡红茶色的头发加在了“完成责任”那一端。他常常只把事情当作一种义务来考虑，而卡琳帮他换成了权利。或许她自己并没有意识到，却在无形中转换了尤里安的思考方式。

2

银河帝国的高层中，对伊谢尔伦的主战论调日渐抬头。与此相应，伊谢尔伦中主张与帝国决战的声势也越来越强劲。人们似乎觉得冬眠时期已经结束。一向属于慎重派的亚列克斯·卡介伦中将也指出，不断出现的经济和流通的混乱，对帝国而言很可能成为“千里之堤的一个蚁穴”。

“但是，莱因哈特皇帝至少比高登巴姆王朝时代更能施行善政，不是吗？”

“善政的基础就是不让人民挨饿呀，尤里安。”

卡介伦的立论干脆又正确，尤里安也提不出反论。这位所谓旧同盟军中最高级的军官继续说：

“因为一旦饿死了人，无论有多少政治自由都是枉然。如果这个问题波及帝国本土的话，帝国的经济官员一定会脸色铁青。”

卡介伦说得没错。如果这种情况不是偶发事件，而是长远的阴谋，就算是在战事上所向无敌的皇帝，也不能那么容易就把整个局面收拾好。

“是……旧费沙势力的阴谋吗？”

"很可能。"

卡介伦点头赞同。尤里安蹙起了俊美的眉毛，又陷入另一种思绪当中。

"可如果是费沙的阴谋，他们为什么要选择在这个时候做这种事？"

尤里安有满腹的疑问，同时也伴随着许多不安。费沙原本就没有足以和银河帝国相抗衡的武力，所以在经济上采取游击战才是理所当然的战术。

可如果真是这样，为什么费沙不在莱因哈特·冯·罗严克拉姆尚未登基，发动"诸神的黄昏"作战时，就采取这样的对抗措施？如果帝国军后方的物流、交通及通信体系陷入混乱，即使帝国军再怎么强悍，也无法进行长距离的远征。如此一来，费沙不就可以自保了吗？

还是说对费沙而言，费沙本身并不重要，他们是不是永远把地球教的利益当作第一要事？抑或说直到此时，行动的准备工作才终于就绪？

尤里安眼前浮起已经去世的师父的影像。那是个把白兰地缓缓倒入西隆红茶里、双颊泛着幸福光彩的黑发男子。

"尤里安，光靠阴谋是不能推动历史的。阴谋随时可以策动，但并不是随时都可以成功。"

把半边脸沉浸在红茶芳香中的杨威利说：

"莱因哈特皇帝一旦成为当事者，即使是在悲惨的流血事件中，他也可以放射出华丽的光彩。"

杨威利在叹息声中如此评价敌手，已经不止一次了。

“这是一种火焰的美。燃烧别人，也燃烧自己。我觉得这太危险了，虽然如此灿烂的火焰在历史上并不罕见。”

对尤里安来说，杨的感怀总像是黑暗中的灯火。这个年纪不到二十岁、经验还不足的年轻人，就算只能在形式上担任反帝国武力运动的旗手，也是因为他高举的烛台上刻有杨的名字。这个事实，尤里安比任何人都清楚。

自省和自制也是杨的特征，尤里安也极其自然地继承了这些特质。如果这些特质作用过强，尤里安就会有畏缩和退步的危险。这也是他周围的人担心的。

“作为共和政府的幕后人物，是不是有该向过于年轻的指导者进言的地方？”

奥利比·波布兰中校带着含有恶意的微笑煽动的对象，当然是达斯提·亚典波罗中将了。自称“好战而过激的急进派”的年轻提督，却在这个时候表现出了罕见的慎重。

“不过海尼森那些人还真是给我们惹了不小的麻烦。这时勉强出击的话，万一招致失败，民主共和主义一定会受到致命打击。”

“真叫人难以相信，这话竟出自爱打架更甚于爱女人的亚典波罗提督口中！”

“我不喜欢打不赢的仗。”

亚典波罗干脆地放言，他的确是个健全的过激派人士。

“是啊，就连你也不喜欢吃败仗啊，尤其是在洒了香水的战争中。”

“这个嘛，反正还没有输过。”

“最近吹牛的本事越来越差了，中校。”

“怎么，你不相信？”

“因为你是个不发烧也会胡说八道的人。”

“被你如此夸奖，真让人不好意思。”

亚典波罗正想反驳“没人夸奖你”，却忽然闭上嘴，装出了一张不输给波布兰的恶意的笑脸。

“啊呀，我倒真是羡慕至极。像我这样的人，不管发高烧到多少度，思考也偏离不了良知和羞耻的基座。”

“那是年纪的功劳。”

波布兰斩钉截铁地回了一句，亚典波罗顿时词穷。

在尤里安迟迟无法决断的情况下，又过了两天。在此期间，旧同盟的混乱不仅没有趋于平静，反而有加剧的倾向。

“从旧同盟领地发来的求救信息已经超过十条了。其中有一半是在哀求。简单说来，就是求我们不要坐视不管。”

伊谢尔伦要塞的情报主任巴格达胥上校半是嘲讽地报告。此人也因为种种奇妙的遭遇走到目前的境地。他本来是在宇宙历七九七年爆发的军部武装政变中，为了杀害杨威利才潜入伊谢尔伦要塞的。而在杨险遭同盟政府谋杀之际，他和先寇布、亚典波罗等人共同进退。即使在杨死后，他也继续留在伊谢尔伦担任情报收集和分析的要务，与原为费沙独立商人的波利斯·高尼夫同为伊谢尔伦不可或缺的人才。

亚典波罗不禁咋舌。

“提出过分的要求也令人伤脑筋。我们这边也有战略条件上的要求或需要优先考虑的问题呀。”

“可是，从这次的情况来看，一杯水却比一百条战略理论还有用。”

巴格达胥的报告让尤里安和幕僚们吃了一惊。一部分旧同盟领地的共和主义者散播对伊谢尔伦共和政府有所怀疑的流言，根据就在于去年罗严塔尔叛逆事件发生时，伊谢尔伦共和政府不但没有加入反帝国的行列，甚至允许帝国军梅克林格舰队通过回廊，似乎和帝国军出现过短暂的修好状态。这件事成了疑惑的源头。他们怀疑伊谢尔伦共和政府是不是只求伊谢尔伦的苟安和存续？是不是以不干涉或共存为口实，意图对旧同盟领地的反帝国运动见死不救？

“即使是这样，我们也没有该遭到怨恨的理由。”

奥利比·波布兰虽然把话挑明了，但对尤里安而言，这并不是推到一边就可以解决的问题。他必须一面想着自身的真正实力，一面进行考虑。

如果军事力量是为了达成政治目的而存在，现在就是该使用的时机吗？为了维系旧同盟共和主义者的信赖，为了鼓舞他们，伊谢尔伦必须对帝国军获得战术上的胜利吗？如果现在回避战斗，就算伊谢尔伦生存下来了，是否也会导致民主主义灭绝的后果？一旦和帝国军重开战端，伊谢尔伦方面还有机会和对方进行理性交涉吗？或者，如果直接向帝国寻求和谈，还有被接受的余地吗？

各种思绪在尤里安的脑海里交战。但是地下的暗流终究会在某个地方涌出地表。经过长时间的思考，尤里安终于下了决断。伊谢尔伦应该从某方面表明：自己是为守护民主共和政治而战的军队。

“就和帝国军来一仗吧！”

“是吗？这样也好。我们一直在等待变化，现在变化已经产生了。趁着这个机会把变化的幅度扩大，也是很好的战略。”

华尔特·冯·先寇布对年轻人的决断表示赞同。奥利比·波布兰也拍手笑道：“时机到了。水果也好，战争也好，女人也一样，总有成熟的时候。”

尤里安回以微笑。

“我一直在分析莱因哈特皇帝这个人的禀性，想到了一点。”

“他爱好战争？”

“就是这一点。这只是我自己的想法，并不一定是正确答案。但我决定凭这个想法和帝国一战。”

尤里安的两眼浮现出真挚的色彩。是在明知战争会带来牺牲的情况下，仍想达成目的？还是在此之前彻底死心，跟现实妥协甚至屈服，放弃以自己的力量改善状况？到底哪种情况才是人们认可的生存方式？

莱因哈特皇帝的价值标准至少是其中之一吧？尤里安是这样想的。如果将莱因哈特的价值观单纯化，他的主张就是——贵重的东西要拼命去守护，去夺取，结果就形成了令人类社会流血事件源源不绝的主因。然而莱因哈特皇帝二十五岁的人生不是从第一步开始，就由一连串的作战与获胜组成吗？如果莱因哈特对民主共和政治还表现出些许尊敬，一定也是因为他那伟大的敌手杨威利为了这个理想鞠躬尽瘁。留在要塞的尤里安等人稍有懈怠的话，最后只会落得被皇帝轻视，永远失去与他平等交涉的机会。得出这个结论，尤里安自然便下了决心。

接下来，便要考虑如何在战术层面上获得胜算。

“有一个办法，就是把瓦列舰队引诱到伊谢尔伦要塞来。”

这不是尤里安的独创，而是他从杨威利留下来的庞大备忘录中选择、整理而得到的作战方案。

“好，我们就来听听司令官阁下的作战方案。”

达斯提·亚典波罗重新坐回了椅子上，其他幕僚也依样坐下来。

3

发生在帝国新领土，亦即旧同盟领土上的混乱状况，似乎每个小时都有更严重的趋势，发放军需物资也只能收到暂时的效果。接替已故的罗严塔尔元帅总督府权限的政府一直忙着寻找对策，但物流停滞的状况却一点也没有改善。有些物流基地因为仓库的收容能力不足，使得大量物资腐败，而另一方面，却又有船队为寻求物资四处奔波。

伊谢尔伦要塞方面也有不安定的迹象。

银河帝国一级上将奥古斯特·沙姆艾尔·瓦列收到的情报，并没有给他带来多大的震撼。伊谢尔伦要塞原本就是“不安和危险因素的聚集地”，如果它持续和平的睡眠，反而失去了存在于历史中的价值。在罗严塔尔死后，瓦列率领舰队驻留旧同盟领地，本来就是为了防止伊谢尔伦有动作。

他并没有惊愕，但还是略有不快。光是要镇压发生在旧同盟的暴乱和骚动，就够让人身心俱疲了。除此之外，要应付几乎是帝国唯一公敌的伊谢尔伦共和政府，光有军事力量是不够的，后方的安全也必须考虑在内。

“以行星海尼森为首的新领土各地的暴动，是基于对政治和物资两方面的需求造成的。姑且不说前者，即使是后者，光靠武力也无法让其平静，除了使物资恢复正常流通外别无他法。恳请政府善加处理。”

瓦列的申请送到了新帝都费沙，莱因哈特皇帝批准后，命令工部想出对策。同时，他还应瓦列之请派出援军，把大军集结在影之城周边宙域。

当时，帝国财务部制订了花五年时间在新帝国所有领土实现货币统一的计划，但在这种混乱时刻，将这个计划付诸实施尚需时日。从统一全宇宙到现在不过才一年半，并不需要赶着将所有的事情都办好，但预定计划的变更却多少影响了莱因哈特的完美主义精神。

瓦列虽然不是那种公私混淆的人，但还是会挂念远远留在帝国本土的孩子。真希望能早一天统一宇宙，返回家乡啊！他难以消除这种心理。

瓦列无法了解毕典菲尔特的主战论，但是目前宇宙中所有的策动几乎都是围绕伊谢尔伦进行的，这一点毫无疑问。必须讨伐伊谢尔伦！

于是，瓦列在联结行星海尼森和伊谢尔伦要塞的航路中布下舰队，一方面牵制旧同盟领地的暴动，一方面强化对伊谢尔伦的监视和应变能力。瓦列成为驻海尼森帝国军负责人后，大约有两个月表面上过着平稳的日子，其实真正的兵乱正朝他扑来。瓦列麾下配置了一万五千六百艘舰艇。这样的兵力远远超过伊谢尔伦全军。

这一年迎来六十三岁的维利伯尔·由希姆·冯·梅尔卡兹提督，或许是伊谢尔伦中过得最正常的人了。据说，伊谢尔伦各部门的人甚至在看到这个刚进入老年的旧帝国军人时，都会据此调整手表的时间。

以亚典波罗和波布兰为代表的充满活力的“朱色颜料”，也对这个流亡的客将怀有极大的敬意，不但不敢嘲弄，甚至连轻浮一点的话也不敢说出口。这一方面是因为已经去世的杨威利一向以宾客之礼对待他，另一方面是他的年龄远在众人之上。一想到梅尔卡兹在亚典波罗出生前就已经在宇宙战场驰骋了十几年，多么趾高气扬的人也会正襟危坐。

就是这样的梅尔卡兹，在杨威利死后才接管了舰队的指挥工作。在利普休达特战役中，从名目上来说，他手下指挥着以十万艘战舰为单位的兵力，然而现在战舰的数目足足少了两位数。面对这种变化，或许有人感叹境况的衰落，但梅尔卡兹似乎一点也不在意，只是默默地应司令官尤里安·敏兹的要求建立作战计划、精简舰队运作、指挥部队出动。尽管如此，他也不是完全没有感慨。

“简直如巨象履薄冰。”

维利伯尔·由希姆·冯·梅尔卡兹这样想，不仅是因为这次的军事行动，伊谢尔伦共和政府所处的立场也让他深有感触。这支以菲列特利加·G·杨为代表的小小的政治势力，不单要守住自身，还得守住那棵容易受伤的民主共和政治的幼芽。

二月七日。

“伊谢尔伦军出动了。”

从侦察舰上传出的报告，通过超光速通信到达瓦列一级上将手中。瓦列并不觉得这值得大惊小怪。只是伊谢尔伦在罗严塔尔元帅叛变之际始终维持着善意的中立立场，却选在这个时间行动，到底意味着什么?

“其预计何时到达回廊出口？”

“他们不是朝着我们这个方向来的。”

“那么，是朝哪个方向？”

问了这个问题后，瓦列觉得有些蠢，不禁苦笑了一下。伊谢尔伦军能移动的方向已经限定了，不是前方就是后方，二者必居其一。

“他们朝着伊谢尔伦回廊帝国本土方向的出入口前进。对方好像有意攻打帝国本土。”

幕僚们闻言一阵骚动，一位叫卡姆胡巴的少将兴奋地大叫：

“阁下，看来伊谢尔伦的那些家伙在焦虑和混乱中已经自暴自弃了。我们应该立刻攻进回廊，让他们有家不能回！”

瓦列并没有立刻赞同部下的积极论调。他是位一流的用兵家，绝不会轻视敌人。伊谢尔伦军的司令官虽然年幼，却深受杨威利熏陶，他是不是在使什么计策？如果伊谢尔伦军离开要塞向帝国本土方向移动的话，瓦列就攻入回廊威胁敌军的背后。这是帝国军既定的战略构想，他绝不能袖手旁观。和伊谢尔伦共和政府的人一样，除了守护自身，他还要背负其他的责任。

二月八日，瓦列军开始移动。

先让敌人产生错觉，以为自己的希望似乎可以实现，然后再从心理上对敌方施压。等他们回过神来，才发现似乎没有第二种选择了。

这就是杨威利用兵学的真髓。生前被誉为兵法魔术师的杨能正确洞悉敌人的心理，并像绘画一样清楚地描绘出敌方思考的轨迹。可是，这却不是出于杨的本意。在战术上使用奇谋，是因为无法在战略上确定优势。杨不是独裁者，甚至不是同盟军的最高司令官，他只是伊谢尔伦方面的前线总指挥官，权限范围仅止于处理战术课题。

若干个假设在尤里安的脑海中投下沉痛的阴影。如果杨威利至少坐上统合作战本部长之位……如果没有亚姆立札的惨败，同盟军的战力和第一线的指挥官都还健在……或许在那之后，历史将会朝另一个方向发展。

“如果这样，事情一定可以进行得更轻松吧？”

尤里安心灵的听觉神经感受到了杨的声音。年轻人不禁一阵脸红。以前他总是无法充分理解杨感怀中的真意。他曾嘲笑杨，“提督真是个懒得工作的人”。现在回想起来，真是无知的笑话。

三个世纪以前，无名的共和主义者亚雷·海尼森和为数不多的同伴征服了这充满危险和苦难的回廊。而从“一万光年长征”中建立起来的自由行星同盟的历史，已于宇宙历八〇〇年宣告结束。然而，人们对亚雷·海尼森和其理想的记忆却无法消失，因为它把政治义务无条件地委任给了他人，强化了“让优秀人物治世”的社会体制。

4

宇宙历八〇一年二月，伊谢尔伦革命军面临着有了名字之后的第一次战斗。这无疑是一场狂妄的作战，或者是一次亲手将刚刚跟银河帝国修好的桥梁拆毁的愚行。尤里安尤为担心后一种结果。因为去年发生罗严塔尔元帅叛逆事件时，他无条件地表明了不参加反帝国武装暴动行列的意思，并让梅克林格舰队通过了回廊，可以说终于建立起了所谓善意中立的印象。然而这次，他又采取了先发制人的攻击。

尤里安的旗舰就是身经百战的尤里西斯，舰长也是同盟军解体时晋升为上校的尼尔森。大家都对这两者的老练和好运寄予极大的期望。因此，尤里安不觉想到了已故的亚顿·费雪，如果他能为自己指挥舰队该有多好啊。

在迎接最后一战时，费雪中将曾经和杨碰过头，临分手时，据说他曾很难得地开了个玩笑。他一脸温和的表情，用笨拙的语气说："我最近对舰队的指挥总算有了一点自信。等和平之后，我也写一本书摆摆架子。不能光让亚典波罗提督一个人赚版税。"

亚顿·费雪已经不在这个世上了。沉默寡言、忠实完美地把握自身意义和责任的舰队指挥高手已经走了。最大限度地挖掘其才能的司令官也化为了没有肉体的存在，只留在记录和人们的记忆中。失去了这两个人，伊谢尔伦却还得继续作战，而且能动员的战舰还不到一万艘。

认为这是一次鲁莽行动的，是在伊谢尔伦回廊帝国本土方面出入口警备的瓦肯塞尔上将。接到敌方动向的报告后，他对着部下说起了大话：

"伊谢尔伦那些丧家犬只会在远处吠叫，叫着叫着就产生了错觉，竟把自己当成了狼，居然轻举妄动起来。驯好一只狗必须要有皮鞭。给我好好调教一下，让他们长长记性，知道自己到底有多少实力。"

除了败在杨威利手里，从没尝过其他败绩的帝国军指挥官常常有口出狂言的恶习。莱因哈特皇帝说过"骄兵必败"，宇宙舰队司令长官米达麦亚元帅也再三强调过，但这些胜利者的活力已达到饱和，很难立即改变作风。

除此之外，就像去年格利尔帕泽上将为权欲所惑背叛罗严塔尔元帅一样，这些将官也有一种唯恐天下不乱的欲望。他们也获得了伊谢尔伦军并没有足够兵力的情报。

瓦肯塞尔的八千五百艘战舰开始行动，这个情形被伊谢尔伦方面知悉。同时，他“丧家犬”之类的发言也传到了伊谢尔伦。亚典波罗在旗舰尤里西斯上听到这些，不禁咋舌。

“说我们是伊谢尔伦的丧家犬？他到底把我们当成什么了？”

“宇宙之耻，和平与统一之敌，狂乱的叛逆者，脖子上系着绞索、在刀刃上跳舞的满身是血的小丑，不知明天将死的乐天主义的产物……”

波布兰一口气列举了一大堆名词。

“你竟然还能这样说自己的坏话。”

“什么话？我可没有自虐的兴趣。”

“你刚才说的是我们的坏话吧？”

“嗯，是你们的坏话。”

这个时候，施恩·史路少校像是瞅准时机似的，把待批准的文件递给长官亚典波罗。亚典波罗快速地看过，签完名递了回去。目送敬礼离去的施恩·史路少校的背影，亚典波罗喃喃地说：

“唔，不管怎么说，你这家伙就是那种知道明天会死，今天依然照样活的人。”

“没错，充其量就是保留明天以后可以随时去死的资格。彼此彼此。”

二月十二日四时二十分，帝国军和伊谢尔伦军在伊谢尔伦回廊帝国一侧的出入口附近对峙。与帝国军的八千五百艘战舰相比，伊谢尔伦军只有六千六百艘战舰。人造的光点群不断接近，在相距二点九光秒——约八十七万公里的距离处暂时停下来。紧张的气氛在两军中急速上升，于四时三十五分达到临界点。

“发射！”

“发射！”

指令在两军的通信线路中飞速奔流。尤里安有生以来第一次下达开战指令，但并没有多余的时间去感慨。一瞬间，战舰尤里西斯舰桥的主屏幕上绽放出爆炸的火花，化成死亡和破坏的花园。热力和光的波涛撞击着位于中央部队前方第十列的尤里西斯。

要如何把完全知道“雷神之锤”威力的帝国军引进射程内？这是伊谢尔伦军在战术方面必须克服的问题。强大的武器往往会成为使用者过度依赖的对象，使人们的战术判断力产生错误，有时还没来得及使用武器，就被赶进了败北的境地。五年前，魔术师杨威利就用鲜红的粗体文字做了最好的证明。

而现在，尤里安必须重新验证这个被证实过的命题。

尤里西斯的舰桥被屏幕放射出来的光芒染成了七彩。每道震荡炸裂的光芒都意味着数艘舰艇消失，数千条人命在高热和火焰中被埋葬。位于尤里西斯前方的友舰打开了炮门，蜂拥而至的能量波缓缓地摇晃着尤里西斯的舰体。

在战场上，尤里安当然比不上莱因哈特有经验，但他也习惯了战争，相信军事力量即便受到局限，仍能发挥出一定的效果。正因如此，他才向杨表明想成为军人的态度，并彻底付诸实践。然而去年以来，尤里安才意识到这些都是处在“杨的控制之下”。现在，一种和以前完全不一样的志愿正在他的胸中生根发芽。

五时四十分，一进一退的攻防战产生了微妙的变化。帝国军的攻势前进一段距离后保持不动，伊谢尔伦军则后退同样的距离，除了炮火之外不作任何反击，不久主动开始撤退。

于是帝国军的阵形溃散了。像被吸进真空中一样，帝国军蜂拥而上，结果被引进了伊谢尔伦回廊。这是开战后两个多小时，约六时三十分时的事。

从伊谢尔伦舰队中飞出来交战的空战部队，也回归了母舰。

由奥利比·波布兰中校指挥的单座式战斗艇斯巴达尼恩的队伍，在战斗机格斗史上留下了值得大书特书的一章。两百四十架斯巴达尼恩中，只有十六架没能回归母舰。与此相对，帝国军的单座式战斗艇王尔古雷却损失了一百零四架。这是战斗记录上明确记载的数据。

卡琳，即卡特萝捷·冯·克罗歇尔下士击落了两架王尔古雷，又帮助队友破坏了两架敌机。她在反射能力、判断能力和视觉辨识力上的敏锐仿佛是与生俱来的。这究竟是承自她父亲还是母亲的血统呢?

空战指挥官奥利比·波布兰击落了五架敌机。从飞行学校毕业以来，他的猎物已经超过两百五十架。这个战果并没有让他击坠王的名号蒙羞，在历经一个半世纪的银河帝国和自由行星同盟的战争中，他堪称个中翘楚。五架中有一架是在意图从左后方攻击克罗歇尔下士时被他击落的，但波布兰并不想特意宣扬这件事。

帝国军的瓦肯塞尔上将看到自己的军队毫无秩序地追着敌人冲入回廊，但并没有感受到逼近的危机。

他的意图是采取并行追击。如果敌方和己方的舰艇混在一起，伊谢尔伦要塞就无法发射主炮“雷神之锤”。以前伊谢尔伦要塞是帝国的贵重财产时，同盟军的西德尼·席特列提督就曾利用这个战法“撕掉伊谢尔伦的厚重化妆，哪怕只有一部分”。这个战法虽然在最后阶段失败了，但给后人的教训却不小。瓦肯塞尔也打算学学敌将的智慧。

然而，这些却都在尤里安的预料中。在二月十二日这天的战斗中，尤里安施展的计策不辱“杨威利的爱徒”之名。他正确地预测出了瓦列一级上将从回廊的旧同盟领地出入口到达伊谢尔伦要塞周边宙域的时机。每个小时都有报告传到他手中，尤里安根据情报指挥舰队后退。他一方面让瓦肯塞尔觉得有并行追击的可行性，一方面展开为期两天的退却，其中表现出的计算上的精密和精神上的持久，都让人想起他的师父。

当帝国军发现情况不妙时，他们已经完全被引入“雷神之锤”的射程。

这个发现立刻引发了恐惧，当恐惧情绪崩裂开来时，恐慌的气氛顿时弥漫了整个军队。瓦肯塞尔也醒悟到自己的作战方式不可能成功了，便拼命想撤退。就在这时，瓦列舰队出现在战区。接到这个报告的尤里安，无意识地抿了抿干涩的嘴唇。

瓦列的布阵就跟他的性格一样，厚重又毫无空隙。他从费沙得知瓦肯塞尔已经开战的消息，便突入回廊。帝国军的基本战略就是前后呼应，夹击伊谢尔伦军。

以前，杨威利曾用把伪装的补给部队配置在战斗部队前方的奇略，让瓦列尝到了败北的苦酒。正因为是杨，才有这种成功的可能。用正攻法并不容易击败那位有充足战力又身经百战的将才，更何况现在尤里安拥有的兵力更是少之又少。要弥补这方面的不足，快速移动兵力和“雷神之锤”都是不可或缺的要素。为了使用后者，尤里安就必须让帝国军相信前后夹击伊谢尔伦的成功率极高。为此，他在控制舰队运动上费尽了心思。杨有费雪，而尤里安一切都要靠自己。很讽刺，这次作战能成功，竟然是因为兵力比杨的时代少，而尤里安的思绪更加周密。

伊谢尔伦军无视仿佛暴露在暴风雨中，像羊群一样拼命奔逃的瓦肯塞尔舰队，把炮火射向与瓦列舰队之间的宙域。然而，他们终究还是耐不住敌人锐利的锋芒，开始后退。

如果战斗再持续一个小时，等瓦列完成包围，伊谢尔伦革命军一定会一败涂地。但尤里安当然无意让战斗持续下去。像引诱瓦肯塞尔舰队一样，他的着眼点也是要把瓦列舰队引进“雷神之锤”的射程。

瓦列洞悉了对方的意图，但为了支援瓦肯塞尔的撤退，他还是冒险进入了危险区域。

“如果能趁他们填装能量的空隙，逼近伊谢尔伦要塞……”

瓦列把一线希望寄托在这里，而且他的意图看来就要成功了。按照指令快速前进的先头部队以“疾风之狼”渥佛根·米达麦亚也不禁要咋舌的速度，企图钻进“雷神之锤”的死角。

就在这一瞬间，数百条光束刺穿了帝国军战列的左侧。

爆炸光沿着舰列起了连锁反应，仿佛一条巨大的光龙在宇宙中翻腾。战舰被撕裂了，巡航舰化为火球，驱逐舰则四散开来。

“敌人从九点钟方向袭来！”通信员凄惨地号叫。瓦列则站在旗舰“火龙”的舰桥里无力地呻吟。

这支部队是梅尔卡兹提督指挥的，就藏在瓦列舰队侦察系统的死角——距离伊谢尔伦要塞最近的宙域里。瓦肯塞尔舰队的侦察系统原本已经掌握这一情况，但是他们正拼命撤退，根本没有时间对瓦列舰队发出警告。再加上通信系统受到严重干扰，就算发出警告可能也于事无补。然而，与瓦列倾尽全力援助瓦肯塞尔舰队撤退到安全地带的举动相比，瓦肯塞尔对友军的安危似乎太不关心，这是不容否认的事实。

瓦列沉着地指挥，重新编组即将崩溃的舰列，一边承受激烈的攻击，一边努力防止全军瓦解。然而他也不得不放弃继续战斗，因为他的舰队正暴露在“雷神之锤”的利牙前。

瓦列下令以最快的速度脱离“雷神之锤”的射程。全军如此认真地执行所下达的指令恐怕也极为罕见。每一艘战舰都压抑着恐惧，拼命地转换方向，希望在最短的时间内逃走。

可是，“雷神之锤”已经填充好能量。二十时十五分，防御指挥官先寇布中将挥下高高举起的右手，划破了空气。

一瞬间，帝国军的将士仿佛看到死神脱下斗篷，挥起巨大的镰刀。接着，这种幻觉便被强烈的白色光块无声地击碎。在被漂白的屏幕中，帝国军的舰艇化为大群小黑点，然后立刻被光的洪流吞噬。在瞬间的蒸发后便是持续数秒的爆炸，光球朝虚空飞散。在外围地带，因能量的波状攻击而破损的舰艇充满恐惧地不断摇动。

第一次炮击之后，隔了两百秒，“雷神之锤”又发出了怒吼。无声的怒吼变成光柱贯穿了黑暗空间，击碎了数千艘舰艇。爆炸的火球撞上后方的友舰，从正中将其折成两截。断裂的舰体朝四方飞散，再次撞击其他的友舰，形成火球。死亡和破坏形成的炫目景象填满宇宙空间，并不断扩大。

“逃吧！赶快逃吧！”

尤里安坐在战舰尤里西斯的指挥座上，心中不停地滴着冷汗。他的神经并不是由铁丝编成的，面对大量的死亡，不可能一点悸动都没有。如果他能透视濒死之际的帝国军将士的惨状，一定会加深动摇和自我厌恶。那些因猛烈的闪光丧失视力的士兵在烈火熊熊的舰内挣扎，因再次的爆炸被撕裂肚腹，鲜血和内脏直流，一边呼叫着母亲，一边走向那充满痛苦的死亡之路。如果他看到这幅景象……

二十时四十五分，瓦列下令撤退。

在无奈的战局中，瓦列身为帝国军最高指挥官，判断力仍未失掉应有的水准。在确认已经没有胜算，瓦肯塞尔舰队也脱离战场后，瓦列立刻着手整顿陷入恐慌状态的部队，重新编组舰队，并且成功逃离了战场。

“从某种意义上来说，宇宙的法则是公正的，它把败北的事实给了能毅然接受失败的人。至少在这场战役中是这样。”

事后，尤里安这样记叙。他对敌将瓦列怀着敬意。对敌人怀有敬意，本身就是一种矛盾，或许也是一种伪善。拥有这种度量的人比缺乏这种素养的人更受赞扬，或许就是对军人人格评价基准的一种证明——人们评价军人人格的基准，本身即为一种矛盾和伪善的产物。

二十一时四十分，确认敌人已经完全撤退后，尤里安回到了伊谢尔伦要塞。

“我们可狠狠地踢了一下皇帝的胫骨！”

不知是谁叫了一声，爆炸般的欢呼声顿时此起彼伏，一堆印着白色五棱星的黑色贝雷帽在半空中飞舞。伊谢尔伦充满了庆典般的喧闹。杨威利死后，民主共和势力第一次在军事上获得胜利。帝国军死亡的人数据推测有四十万之多。这是一次在量的方面的小小胜利。即使有四十万人死亡，却仍只是一场小小的胜利。这个数目对整个情势并没有多大影响。

面对胜利女神的微笑，尤里安无法绽开天真的笑容。在战术上，他确实获得了胜利，或许在政治方面也会产生一定的效果。这次胜利可以让旧同盟的共和主义者知道伊谢尔伦的存在了。巴格达胥和波利斯·高尼夫正如火如荼地展开宣传工作。

然而，在战略上又如何呢？弱者的战术胜利就是强者报复的根源。“胫骨被踢了一脚”的莱因哈特皇帝绝不可能坦然接受败北的事实。他那冰蓝色的眼睛中一定充满了电光，会立即下令全军出击。尤里安等待着那一刻来临，就像杨以前等待的一样。然而，杨握在手中的不败传说能否也在尤里安身上重现？一次胜利之后，人们总会要求胜者不断取胜。这是人们对他永不停止的贪欲，一直到他死为止。

“尤里安，你在想什么？”

卡琳晃动着淡红茶色的头发，望着年轻人褐色的眼睛。尤里安觉得自己微微有些慌乱。他已不是第一次和先寇布的女儿见面了，但是每一次见面，总让他在感情上有更新鲜的刺激感。

“我是在想，这一次胜是胜了，但今后又该怎么走？想来还真累人哪！”

“这不是挺好吗？如果输了那就算了。既然已经赢了，我们就可以继续打了呀。下一次就直接踹皇帝的心脏一脚吧！”

不管卡琳有没有意识到，这个少女似乎已经成了尤里安精神上的活化剂。尤里安微笑着点点头，转动视线寻找某个人的踪影。卡琳心领神会，回答了年轻人无言的疑问。

“你在找菲列特利加夫人吧？她去把胜利的消息告诉杨提督

了，待会儿就会回来为你庆贺。”

卡琳的父亲先寇布此时正在别的地方和亚典波罗、波布兰等人把酒庆贺。

“先寇布中将，这次几乎没有你出头的机会，真是遗憾哪。”

“别猫哭耗子假慈悲了。表演赛由二流演员上场就行了，真正的著名演员要在皇帝面前进行御前表演。”

“御前表演？”

“当然，那就是夺回行星海尼森之战。这场仗已经为期不远了。”

看着先寇布大言不惭的表情，亚典波罗和波布兰一起喝了杯淡啤酒，异口同声地喃喃道：

“我一定也要参加那场演出！”

Chapter 3
宇宙的结构

1

“皇帝其人嗜战。”

对莱因哈特·冯·罗严克拉姆的这种评语，无论在当时还是后世，都被认为是一项正确的评价。莱因哈特的一言一行也常常给这个评语肯定的回应。因此也有些历史学家严厉地批评说：“如果在军国主义的表面镀上一层金，就形成了莱因哈特皇帝的雕像。”

然而，为公平起见，人们似乎也应该看清莱因哈特所处的历史背景。高登巴姆王朝是把不公正的掠夺组织化的体制，虽然有几位明君企图做出一些修正，但是沉沦已久的腐败和衰弱已经走到无法挽回的地步，尽头只有崩溃一途。

虽然众多的历史学家持有相同的意见，但如果在这个时期，没有像莱因哈特·冯·罗严克拉姆这样具有伟大个性的人物出现，银河帝国恐怕会分裂成几个以强势贵族为核心的小王国，不断发生民众起义，分裂将一发不可收拾，再统一之日将更遥远，而孤立的各个行星的文明也将退化。莱因哈特防止了这种情形发生，而长达五个世纪的旧体制蓄积的污泥，也只有靠武力才能一扫而空。

新帝国历三年二月，原本单身的莱因哈特成了希尔德的丈夫，成了希尔德腹内等待诞生的胎儿的父亲。他对此也有所意识，但在认识和实际感受之间，似乎还隔着一条笼罩着浓雾的大河。

对皇妃而言，莱因哈特并不是一个成功的丈夫。面对希尔德时，莱因哈特仍然把她当成可以信赖的幕僚总监，只是一味地谈论军政事宜。对他而言，谈这些事情跟谈论人生是一样的。

"这次竟然是伊谢尔伦的共和主义者先出手？真是出人意料。"

莱因哈特把心中的话说了出来。去年，当占据伊谢尔伦要塞的民主共和势力拒绝和罗严塔尔元帅共同作战时，他本以为今后一段时间内没机会和他们作战了。

身着宽大孕妇装的希尔德，脸上浮现出像是要抚慰皇帝霸气的微笑。

"陛下，不妨先派外交使节到那边去。我觉得目前并不需要急着解决这件事。"

"皇妃的忠告甚是。可是，如果床边潜藏着一只蚊子，想安眠是不可能的。战争是共和主义者的希望，我们不该帮助他们完成愿望吗？"

本该在大本营里说的话，莱因哈特却在柊馆的起居间里对着希尔德说了起来。他绝不是欠缺情趣，但这种表达方式又显得缺乏诗意。然而也不能把所有责任都推给莱因哈特，希尔德也不知道该如何扮演皇妃的角色。这真是一对世间少有的美貌、聪明而又不得要领的夫妻。

对银河帝国的最高层来说，瓦列的败北正意味着他们的出征。他们预料到皇帝将会亲征，包括米达麦亚、缪拉、毕典菲尔特、克斯拉、梅克林格、艾杰纳在内的六人遂集结在大本营的一个房间里。

“这种用兵方式……如果是出自革命军司令官之手，那还真不可轻视！”

看着记录在光盘上的战斗影像，毕典菲尔特不禁感叹，米达麦亚则轻轻地摇了摇头。

“或许有这个可能，但是在我看来，这种老练的侧面攻击应该是出自梅尔卡兹提督之手。”

“哦？梅尔卡兹？”

“小心点啊，毕典菲尔特。他可是连已故的杨威利都待如上宾的用兵家呀！”

“梅尔卡兹如果在皇帝身边，应该早已位居帝国重臣，得到他想要的地位和名誉了。他可是选错对象了。”

“或许吧。”

米达麦亚松开了交抱的双臂，拨弄了一下蜂蜜色的头发。

“如果所有的能者都在我军这一方，那么打起仗来就太没劲了。失去杨威利之后，连宇宙都变得寂寥了。如果梅尔卡兹还健在，我反而感到欣慰。你们没有这种感觉吗？”

“确实是有这种感觉，真是无可救药的心性。”

被任命为大本营幕僚总监的艾尔尼斯·梅克林格苦笑着说，缪拉和克斯拉也跟着笑起来。艾杰纳则连脸上的肌肉也不动一下，只是用指尖敲打着桌子。毕典菲尔特则半是理解半是嘲讽似的，喃喃地哼了一声。

“可是，尽管瓦列已经尽了最大的努力，帝国本土的留守部队却仍显得有些狼狈。总不能这样放着不管吧。”

身为帝国军实战部队第一人，“疾风之狼”绝不能坐视此事。元帅与一级上将、上将级别的指挥官之间，好歹也有等级上的差别。在年轻一辈的上将中，最受瞩目的格利尔帕泽辜负了同僚的期待和自身的抱负死去了。特奈杰也在巴米利恩会战失败后被调闲职，没什么耀眼的演出。拜耶尔蓝则有待累积经验、拓展视野、培养见识。在这些人成大器前，元帅与一级上将必须巩固第一线。另一方面，他们并未疲于战斗，这次战争反倒激起了他们的锐气。

同时，为了强化帝国本土的兵力，米达麦亚也想在伊谢尔伦回廊帝国本土一侧的入口处，建立“三元帅之城”级别的军事据点。他甚至还想亲自负责这项工作。

“历史上从来没有人像莱因哈特皇帝及其麾下的提督一样巡遍宇宙，他们真的是在星海间来回奔驰。渥佛根·米达麦亚元帅将以史上远征距离最长的军部司令官身份名垂千古。”

渥佛根·米达麦亚当然无从知道后世历史学家的评语。这一年将迎来三十三岁的他依然年轻剽悍，还没有专心于事务性工作的意向。宇宙舰队司令长官的地位足以让他发挥才干和志向了，所以他对玛林道夫伯爵想把国务尚书一职让给他之事，除了深表谢意之外，更是深感困惑。如果密友奥斯卡·冯·罗严塔尔还在世，米达麦亚一定会推荐他为皇帝最机要的辅佐人员。就因为他没有这种个人的私心，才会被玛林道夫伯爵推荐为继任者。

二月十八日，莱因哈特皇帝在大本营表明了亲征海尼森的意愿。

然而，这个亲征计划立刻搁置了，原因是皇帝的健康问题。二月十九日，莱因哈特出现了这一年的第一次高烧，热度前所未有，连御医们都一时脸色苍白，不知所措。二十二日，高烧退去，皇妃亲手喂他喝下加了蜂蜜的苹果汁。

2

“要不要请姐姐过来，陛下？”

二十二日黄昏，希尔德皇妃问躺在病床上的莱因哈特。莱因哈特轻轻地摇头。他白皙的脸颊上泛着红晕，那并不是健康的血色，而是发热后的症状。

“不，只要皇妃在身旁就可以了，不必特地让姐姐跑一趟。”

这句话固然让希尔德感到高兴，但正因为他这么说，所以希尔德无法遵照他的意思。

“我还是去请她过来好了，既然她已经在费沙了。”

希尔德边为他拭去额上渗出的汗水边说。年轻貌美的病人嘴角微微地动了动。

莱因哈特的姐姐安妮罗杰还停留在新首都费沙，这是因为顾虑到旧同盟领地的混乱，尤其是交通与通信方面的混乱可能会波及帝国。但是，这多半是个借口，任何人都看得出，莱因哈特希望姐姐能永远住在费沙。

知道莱因哈特发烧，安妮罗杰曾一度来柊馆拜访，但是她并没有去看弟弟，而是安慰和鼓励了一下希尔德便回去了。二十二日夜晚，皇妃的使者再度来拜访她。次日，安妮罗杰才来到病床前和莱因哈特见面。希尔德离开座位，给他们姐弟俩留下了三十分钟左右的时间独处。离开病房后，安妮罗杰来到希尔德专用的小沙龙里，和弟媳围坐在茶桌前，诚挚地对希尔德说：

“希尔格尔皇妃，皇帝是属于你的，是属于你一个人的。请不要离开他，也请你不要抛弃他。”

“安妮罗杰姐姐……”

“我很感谢你的挂虑，可是，弟弟已经不再是我的了。”

说着，安妮罗杰脸上露出像在风中摇曳的林间阳光般的微笑。

“或许你认为三年半前，是我丢下弟弟不管。”

安妮罗杰的表情和声音都显得极为平静。一般人一定不知道，平静的深渊其实远比激流深得多。

“怎么会，安妮罗杰姐姐……”

“不，你一定会这么想的。我当然知道弟弟需要安慰，可是，同时我也知道许多事情。”

当还是上将的巴尔·冯·奥贝斯坦把吉尔菲艾斯的死讯告诉她时，安妮罗杰的意识就被投进了幽暗的水底深处。十五岁那年，她尚不知爱情为何物，便被纳入皇帝佛瑞德李希的后宫。从此以后，她就守护着弟弟和挚友，任他们在高空飞翔，偶尔伸出援手拉他们一把，这已经成了她生命的支柱。而经过了十一年的岁月，一切都归结在这里。

光在风中摇曳，照耀着构成历史的人物。安妮罗杰一直守护着一天天长高，脸蛋越来越秀丽，气质越来越敏锐的弟弟，还有分担这种敏锐和冲动的红发少年。安妮罗杰感觉少年蓝色的眼神逐渐由憧憬变为深沉，再变为认真。少年不可能永远是少年。面对这个事实，犹豫和畏惧在她心里成长起来。

这种感觉，一直持续到她知道吉尔菲艾斯永远不会有老去的那一天。从此以后，仅有贵族之名，在与特权阶级的荣华无缘的社会一隅过着平淡生活的帝国骑士缪杰家，就成了众所周知的掌握人类历史的霸者的家。弟弟的才华堪称展现到了极致，而这是安妮罗杰所希望的吗？她的愿望能实现吗？

安妮罗杰握着希尔德的双手，把她了解的事告诉弟媳。

“希尔德，你明白吗？弟弟和我共有过去的岁月，可是他的未来是和你共同拥有的。不，是和你们共有的……”

希尔德知道安妮罗杰的意思，不禁羞红了脸。复数的第二人称是指年轻的母亲和她肚子里的孩子。此外，希尔德也不得不想起一个事实：皇帝美丽的姐姐不曾养育过，未来也不可能再养育自己的孩子了。

亲征一事虽然暂停，但新领土上的混乱和伊谢尔伦革命军却不能放着不管。二月二十五日，莱因哈特令军务尚书奥贝斯坦全权代表皇帝，前往行星海尼森处理破坏当地秩序的行为。

军务尚书奥贝斯坦元帅作为军队官僚或参谋的名声很高，但担任实战指挥官的经验和声望都不足，至少实战指挥官们都有这样的共识。当然，奥贝斯坦元帅的麾下也配有实战指挥官。到底谁会就任该职务呢？让诸将放心不下的人事安排于第二天，即二十六日公布了。

“为什么我必须在战场上接受奥贝斯坦的指挥？我愿为自己的失败负起责任，可不想连他失败的责任都担起来。他既然一直活在军务部的办公桌前，最好也死在办公桌前。”

用比平常还大的声音抗议自己不幸境遇的人，是弗利兹·由谢夫·毕典菲尔特一级上将。奈特哈尔·缪拉和他有相同的命运，却只是微微叹了口气，默默地接受任务。就这样，奥贝斯坦元帅率领着两位一级上将和一支三万艘规模的大舰队，前往海尼森。

“如果齐格弗里德·吉尔菲艾斯还活着，就不会有这么令人不愉快的人事任命了。为什么越是好人，就死得越早呢？”

气愤之余，毕典菲尔特不禁说了这段有一定深度的话。日后，这句话将会因为极具预言性而被人常常想起。

渥佛根·米达麦亚在行星费沙和影之城周边宙域穿梭往来，专心于军务。他听到“二月末人事任命”时，对麾下的拜耶尔蓝上将说：“奥贝斯坦要去新领土？是这样吗？既然是敕令，我也没有什么话好说了。”

米达麦亚最终还是没有说出“他最好不要再回来了”之类的话。对新领土的人民深表同情后，他又问部下是谁辅佐缺乏实战指挥经验的军务尚书。得知是毕典菲尔特和缪拉两名一级上将，“疾风之狼”抓了抓那杂乱的蜂蜜色头发，对着拜耶尔蓝耸耸肩，说：

“唔，那么到底谁才是最可怜的任务执行者啊？”

“这可就难说了。指挥毕典菲尔特提督的军务尚书也不会有多好过。”

年轻的拜耶尔蓝并不爱毁谤别人，然而他的话中也饱含着酸味。不管怎么说，帝国军由元帅和一级上将组成的八名最高将领中，留在新帝都费沙的就剩下米达麦亚、艾杰纳、梅克林格和克斯拉四人，其余半数在行星海尼森。姑且不谈军务尚书，对于缪拉、毕典菲尔特和瓦列，米达麦亚还是深深期望着能与他们再会。

3

宇宙历八〇一年、新帝国历三年二月，历史变成巨大的高速车轮碾过宇宙，仿佛要压碎那些不幸从车上掉落下来的人们。

根据擅长嘲讽式观察的历史学家的说法，各行星的自治能力从未像自由行星同盟的施政结束、新银河帝国的新领土总督府解体后的时期一样受到考验。然而，没有人能把这种认识强加在当时的人身上。人们只能在激流中拼命挣扎，逃过被溺死的命运。借用达斯提·亚典波罗的语气来说，就是“为了能在明天死去，今天必须活下来”。

在这样的情况下，海尼森市民的价值观当然会产生混乱。而他们完全陷入狂热，则是在那个月的下旬。

伊谢尔伦军打败帝国军的情报冲破了帝国军的管制网，传到海尼森市民耳中。消息顿时像油田失火一般扩散开来，欢呼声从各处爆发。

“自由、民主共和政治和杨威利万岁！”

如果已逝去的人听到这些话，一定会无奈地耸耸肩，可是海尼森的市民们却是真诚的。杨威利在他不长的三分之一世纪的生涯中确立的“不败名将”形象，在他死后由传说一跃变为神话，并急速地开始结晶。据推断，当时借“杨威利”之名成立的地下抵抗组织至少有四十个。鉴于这样的情况，从伊谢尔伦回廊撤退的瓦列提督为了避免和兴奋的民众冲突，甚至停留在干达尔星系，静待费沙派遣部队到来。

伊谢尔伦要塞已经从一时的胜利气氛中清醒过来。他们的境遇还没有甜蜜到可以永远沉溺于局部战斗的胜利。莱因哈特皇帝冰蓝色的眼眸中，一定已经燃烧着灼热的光芒，并将其投向伊谢尔伦了。

然而，伊谢尔伦一向的传统便是身处困境时，反倒能从鼻子中哼出快乐的歌。

某一天，卡琳，亦即卡特萝捷·冯·克罗歇尔下士，被菲列特利加·G·杨叫住了。

“卡琳，这一次真是恭喜你了。我不是指战果，是指生还这件事。”

“谢谢，菲列特利加夫人。”

卡琳一面还礼，一面观察着杨的未亡人的表情。这一年，菲列特利加二十七岁，刚好比卡琳大十岁。她二十二岁做了杨的副官，二十五岁和杨结婚，二十六岁和丈夫永别。从表面的事实来看，她是个不幸的未亡人。然而卡琳却知道，同情是对她的一种侮辱。卡琳支持菲列特利加，是希望能带给她幸福，而不是为了补偿她的不幸。

“不过，我在十七岁的时候只是个军官学校的低年级学生，还在一心一意地学习所有课程呢，没有跟你一样的实战经验。跟你比起来，那时我真是个不懂事的孩子啊……”

“我也还是个孩子啊，我自己很清楚。如果别人这么说，我会很生气，可是我自己却比谁都清楚。”

卡琳的脸颊染上了红晕。她想，如果自己也能像对待菲列特利加一样坦率地对待别人就好了。初到伊谢尔伦时，她从没想过这种事。心境上的变化究竟是因为成长还是妥协，她自己也不清楚。

另一方面，关于菲列特利加不把丈夫的遗体葬入宇宙，而一直收藏在冷冻密封舱的事，卡介伦夫人对丈夫说：

“菲列特利加似乎是想把她丈夫的遗体葬在海尼森。”

在家中的起居室，她一面把小女儿放在丈夫的膝盖上，一面说道。大女儿莎洛特·菲利丝正在书房兼谈话室中安静地看着书。

“海尼森？”

“她一定是想，伊谢尔伦是杨生活和睡觉的地方，却不是他死后长眠的地方。这也是人之常情。”

“这个嘛，她的心情我倒是了解。不过，要把杨埋葬在海尼森，谁也不知道什么时候才能实现啊。”

“是吗？”

“喂，奥尔丹丝，你就不要再作什么预言了！”

卡介伦的声音穿上了甲胄。根据过去的经验，他十分警惕夫人的预言能力。

“预言是什么，爸爸？”

“嗯，预言嘛……”

旧同盟军最高级的军事官僚正不知如何向女儿说明，妻子开口这样教女儿：

“譬如像这样——当你长大后，你就对男人说，我知道‘那件事’，他们一定会被你吓一大跳。这就是妈妈的预言。”

“我说，哎……”

卡介伦向夫人抗议，声音却欠缺魄力。夫人一面带着能干的家庭经营者的表情走向厨房，一面说道：

“今天的晚餐是奶酪火锅，外加大蒜面包和洋葱沙拉。酒有啤酒和葡萄酒，你要哪种？”

回答了一句“最好是葡萄酒”，卡介伦家的家长把女儿抱在膝上陷入了沉思。夫人的一番话让他有了些感触。

伊谢尔伦确实是一个易守难攻的要塞，但是，它是否适合维持孤立而长久的政治体制呢？人口的男女比例欠缺平衡是事实。最重要的是，既然伊谢尔伦位于联结帝国本土和旧同盟领土的回廊中心，必然会招来过度的期待和警惕。就如杨威利生前说过的一样，过于依赖伊谢尔伦，极有可能把共和政府和革命军的脖子锁在枷锁之中。尤里安要如何突破这个瓶颈呢？卡介伦一时还难以得出结论。一阵阵煮奶酪的香味弥漫在他的鼻尖。

军务尚书奥贝斯坦以镇压动乱负责人的身份，从费沙被派到海尼森。这项通过地下渠道从海尼森送来的情报，把一股寒风吹进了伊谢尔伦的送气管道。

“奥贝斯坦元帅是个相当冷酷的军队官僚，长于权谋。既然他来了，就不会单纯地用力气解决事情。他到底会使用什么手段，实在叫人费解。”

没有人反对先寇布的意见。

先寇布对奥贝斯坦的评语是“帝国制造，绝对零度的剃刀”。当然，他并没有和奥贝斯坦见过面。

“如此说来，我想起小时候在帝国，一天和母亲走在街上，迎面忽然走来一个有一双阴郁眼睛的小家伙，不由得让我咋舌。现在想起来，或许那个家伙就是奥贝斯坦，那时候用石头砸他就好了。”

先寇布一只手拿着威士忌酒杯。凯斯帕·林兹上校一边在手中的写生簿上画东西，一边回答：

“是啊，或许对方也有相同的感想。”

“为什么你会这样想？”

“因为当我还在母亲肚子里的时候，也是帝国人啊。”

原本希望做个画家的年轻军官给了一个不成答案的答案。

那么，长大后的奥贝斯坦，又会对伊谢尔伦一众投下一块怎样的石头呢？

单从战略上的需要来考虑，帝国军未必非要保住行星海尼森不可。他们完全可以把海尼森让给敌人后，再以占绝对优势的战力夺回来。海尼森并不像伊谢尔伦那样是个强大的军事据点，四周也没有什么危险的宙域。再加上伊谢尔伦革命军原本就没有足够的军事力量，可以同时保住伊谢尔伦要塞和海尼森。

如果奥贝斯坦元帅故意放弃海尼森，尤里安又该如何应对？这实在很难判断。海尼森的住民们一定会狂喜地呼唤伊谢尔伦革命军前来。如果伊谢尔伦应邀前去，或许就会在并非要害之地的宇宙中被占绝对优势的帝国军包围歼灭。但是如果拒绝，海尼森恐怕将永远处于帝国军的统治下。

尤里安忽然想起一件事，就是他冒着生命危险从地球带回来的、证明地球教和费沙关系的记录。

那是一部写满了想将人类历史倒退的想法的记录。看完之后，没有一个人的表情是高兴的。连先寇布、波布兰和亚典波罗都像要把刚刚喝下肚的毒酒吐出来似的，尽管他们本该有钢铁打造的神经和强化陶瓷做成的胃肠。

带回这样的情报，尤里安一点喜悦都没有，尽管那是他冒着生命危险奔赴地球，潜入地球教本部获得的。更重要的是，这个情报连杨威利的命都没有办法救回来，不是吗?

掌握这项情报，难道就意味着伊谢尔伦共和政府比银河帝国更有优势？如果从战略上来看，要实现情报这种意义，伊谢尔伦应该活用这个情报才对。可是尤里安没有这种自信。如果杨威利还健在，一定能把这片重要讯息镶嵌进壮丽而绵密的战略构想拼图。

“尽管如此，地球上却没有任何东西可以牵绊住我的心。那里有的只是过去，而不是未来，至少存在未来的地方不是地球……”

尤里安对自己说着，关上了心门。一种微微的困惑攫住了他。人类的未来真的是在费沙吗？当然，他指的并不是原来的费沙自治领，而是现为新银河帝国首都的费沙。总之，人类的未来是寄托在莱因哈特·冯·罗严克拉姆和他的王朝身上吗？尤里安并不是不明白，即使只从迁都费沙一事来看，莱因哈特就已经是历史的创造者了。可是如果仅凭一个冠绝古今的人，时代就能产生变革的话，那么人民又算什么？难道人民只是被英雄守护和拯救的一种无力又无为的存在吗？尤里安不喜欢这种想法，就像杨威利不喜欢它一样。

对于联结在费沙和地球教之间的阴谋之线，尤里安不知该如何处理。

“要把这件事告诉莱因哈特皇帝吗？要求他给我们一个行星当报偿。”

亚典波罗曾经这样开玩笑。尤里安把它纯粹理解成了一个玩笑，所以只是笑了笑。然而仔细想想，“一个行星”不是蕴含着某种暗示吗？当然，莱因哈特不可能以一个行星来交换一份这样的情报。但既然政治尤其是外交有可交易的一面，如果想让高傲的皇帝让步或通融，自己手中必须要有相当的筹码才行。那不就是靠军事力量获得一定程度的胜利？尤里安想。

尽管如此……尤里安让自己的思绪奔驰着。尽管如此，那个不仅没有被八百年的怨恨压垮，甚至还利用这种情结彰显野心和才干的安德鲁安·鲁宾斯基，现在又在哪里？他正躲在哪个行星的地下深处，对帝国和皇帝伸出阴谋之爪？那爪子上一定涂满了毒液……

不只是尤里安，在这一时期，帝国内务部和宪兵本部也不知道安德鲁安·鲁宾斯基的下落。

身为费沙末代自治领主的他，现在正躲在广大宇宙中的某个房间里。他穿着西服躺在沙发上，额头上浮现出豆大的汗珠，不是因为房间中的空调设备温度太高，而是因为他自身的健康出了问题。桌旁是他的情妇多米妮克·珊·皮耶尔。她拿着威士忌酒杯，看着鲁宾斯基。那是一种既不像观察也不像观赏的眼神。

“没想到你是那么容易感伤的女人。”

鲁宾斯基说的是多米妮克对那个叫爱尔芙莉德·冯·克劳希的女人表示出的好感。多米妮克为爱尔芙莉德和她的婴儿叫了医生；为了让爱尔芙莉德和让她怀孕生子的男人见面，多米妮克还用自己的商船把她送到了行星海尼森。

“那个女人现在在哪里？”

“某个地方吧。”

多米妮克冷淡地用手指弹着杯子的边缘，清澈的音波传到了鲁宾斯基耳中。多米妮克改变了话题。

“我知道你为什么焦躁，你对自己的健康已经没有自信了。可是，即使你现在让一部分物流和通信产生混乱，又有什么效果呢？”

她是在嘲讽鲁宾斯基删除费沙航路局资料，却终归失败一事。

“有时候即使没有王牌，也必须决出胜负，今年就是时候了。虽然我不知道你是怎么想的……”

“你真的是很衰弱了。原本不是说出这种陈腐台词的人，现在的表现力却这么贫乏。以前你可以说出更有力的话。”

在多米妮克辛辣的语气中，或许还含有怜悯。到现在，鲁宾斯基和她之间确实存在一种纠葛不断却又绵密难分的关系。

已经有多少年了？多米妮克追溯着记忆的丝线。当她遇见他时，两人都还年轻，野心比实力更大，没有回顾过去的余裕。鲁宾斯基只是费沙自治领主府的一个书记官，多米妮克只会唱歌和跳舞，但是两人都想爬上社会的最高层。

鲁宾斯基突如其来的话语，使她关上了回想的大门。

“你打算像出卖鲁伯特一样出卖我吗？”

多米妮克轻轻蹙起眉头看着情夫。她异常清醒的视线，在曾与自己身心合一的男人身上扫来扫去。结果，她只看清了那横跨在过去和现在之间，而且每个瞬间都在扩大的裂痕。

“鲁伯特是正面和敌人作战而死的，而你又怎样呢？你想和莱因哈特正面作战吗？”

多米妮克问道。当然，是对着站在裂痕对岸的男人的残影发问的。

“你死后，对于你究竟是如何面对莱因哈特的，是与之作战还是拔腿就溜，都是由他人决定的。而你对这些评价，却一点抗议的余力都没有。”

对面的人没有回答。

4

新帝国历三年三月二十日。

踏上行星海尼森地表的时候，银河帝国军务尚书巴尔·冯·奥贝斯坦元帅的脸上并没有浮现出感慨的表情。极不情愿地和军务尚书一同踏上海尼森的毕典菲尔特一级上将，则对着他的后背咒骂起来。

“我一点都不怕死。可如果是为奥贝斯坦垫背，那我决不干。如果我和他一起前往英灵殿，一定把他从女武神之车上推下去。”

因为声音太大了，参谋欧根少将责备了他一句，结果橘色头发的猛将顿时立起眼睛和眉毛。“毕典菲尔特家代代有家训，那就是夸奖别人的时候声音要大，说别人坏话时声音要更大。我只是遵守家训而已。”说完，毕典菲尔特连续打了两个喷嚏。海尼森的季节像是倒退了三个星期一样，仍笼罩在一片寒气中。

军务尚书漠然地听着黑色枪骑兵舰队司令官的诽谤进行曲。接受民事长官艾尔斯亥玛的迎接后，他走向以前罗严塔尔元帅使用的总督府。毕典菲尔特和缪拉则各自在中央宇宙港附近的旅馆设置了司令部，专心进行舰队和兵员的配置工作，没有和军务尚书同行。和奥贝斯坦同行的，只有军务部事务长菲尔纳准将和秘书休鲁兹中校、护卫队长威斯法尔中校等数人。毕典菲尔特和缪拉虽然都有正当的理由，但他们并没有排除万难与军务尚书同行到底的积极意念，也是不争的事实。另一方面，奥贝斯坦也没有刻意要求两位提督同行。他急着解决的问题，并不需要两位提督的作战指挥能力，反倒需要还在狱中的海德里希·朗古之流的才能。

第二天，即三月二十一日，海尼森就出现了急剧的变化。直属军务尚书的陆战部队出动，开始强行带走居住在海尼森的

“危险人物”。

曾经担任同盟政府人力资源委员长的荷旺·路易、原第一舰队司令官派特中将、曾任杨威利元帅司令部参谋长要职的姆莱中将，以及此外共超过五千人被一举收押。但凡曾在自由行星同盟担任重要公职的人，都成了阶下囚。这次事件被称为“奥贝斯坦大割草”。

听到这个消息，毕典菲尔特质问缪拉：

“军务尚书到底在想什么？我实在搞不懂，你懂吗？”

“不，我不明白。”

“依我的想法，倒不如让那些所谓的共和主义者畅所欲言。反正他们说的话连百分之一都实行不了。”

缪拉点点头，砂色的瞳孔中溢满了深思。

“如果把政治犯和思想犯关进牢里，收容一般刑事犯的能力就下降了。这样一来反而有破坏这个行星的治安之虞。”

缪拉和毕典菲尔特对军务尚书维持治安的高压手段颇不以为然；但是他们没有权力提出异议。再者，他们的任务在于攻略伊谢尔伦，所以只能埋头备战。这段时间内，在干达尔星系重编军队的瓦列一级上将也在获得许可后到达了海尼森。帝国军的军力达到了四万艘，补给体制也几乎准备妥当。在几天内，征讨伊谢尔伦的准备工作就完成了。

就这样，到三月底为止，军务尚书和三位舰队司令官虽然同在一个行星上，但都没有见面，大家各忙各的。四月一日上午，三位提督联袂拜访了军务尚书。

“我们有事要请教军务尚书。”

毕典菲尔特大声说出了来意。奥贝斯坦因为在处理文件，让他们等了四十分钟之久。

“说吧，毕典菲尔特提督。不过，请你简短地、理论性地说明。”

等了许久，竟然得到这样的答案，毕典菲尔特不禁勃然大怒，但他还是用尽全身的力气控制自己，咬牙切齿地挤出了声音。

“那么，我就单刀直入了。根据我军内外流传的谣言，军务尚书收押了大量的政治犯和思想犯，是要把他们当人质，强迫伊谢尔伦军开城投降。我不相信战力远超过对方的我军需要这种卑劣的手段，所以希望军务尚书亲口证实一下真伪，如何？”

奥贝斯坦很冷静。

“因为传言而受到批评，这实在是让我意外。”

“那么，传闻不实了？”

“我没有这样说。”

“这么说，你是真的要拿人质的生命当盾牌，来逼迫伊谢尔伦献城？”

瓦列呻吟起来。他的脸色和毕典菲尔特不一样，青一阵白一阵。保持沉默的缪拉也带着恶劣的表情凝视着奥贝斯坦。毕典菲尔特正要开口，军务尚书抢在了他前头。

“这个时候，军事浪漫主义者的血腥梦想是无益的。我相信，与其伤害一百万将士的生命，不如把不到一万的政治犯当作和平献城的条件。”

毕典菲尔特可不这么认为。

“不败的帝国军的名誉又怎么办？”

“名誉？”

“伊谢尔伦这种地方，仅靠我的舰队就足以攻下它。更何况还有缪拉和瓦列，一共有四万艘舰艇。就算不用那种方式，我们也可以凭借百分之百的武力逼迫他们开城！”

奥贝斯坦的冷漠几乎使毕典菲尔特怒发冲冠。仿佛要将冰霜气化般的视线，从他那著名的义眼中射向三位提督。

“没有实绩者的夸张言辞不能拿来作为战略基础。现在已不是光靠武力就可以解决问题的阶段了。”

“没有实绩？”

毕典菲尔特的脸像是映着头发的颜色一样通红。他无视同僚的制止，往前迈出一大步。

“我们可是跟在莱因哈特皇帝身边，来往于战场，为陛下把所有强敌都歼灭的军人！你凭什么说我们没有实绩？”

“我很清楚你们的实绩。你们三个人合起来，一共让杨威利一个人喝了多少次胜利的美酒呢？不只是我，连敌军也……”

奥贝斯坦没有机会把话说完。

“混蛋！”毕典菲尔特怒吼道。他重重地踏在地板上，扑向军务尚书。室内之人的听觉被叫喊声填满，视野里只有人影在晃动。一级上将压在元帅身上，揪着他的衣领。这前所未见的一幕在数秒内就宣告结束。缪拉和瓦列两人从背后抱住毕典菲尔特壮实的身躯，把他从奥贝斯坦身上拽开。军务尚书带着机械般的，不，准确地说是矿物般的平静心态站了起来，用一只手拂去沾在黑银制服上的极少的灰尘。

“缪拉提督。”

“在……”

“毕典菲尔特提督禁闭期间，黑色枪骑兵的指挥监督工作就由你全权负责。”

“可是，军务尚书……”

缪拉的声音中翻腾着逼近临界点的激动。

“下官是没问题，可黑色枪骑兵的官兵绝不会答应。因为对他们来说，司令官只有毕典菲尔特提督。”

“这不像缪拉提督该有的见识！黑色枪骑兵是帝国军队，不是毕典菲尔特提督的私人部队！”

穷于反驳的缪拉看看尚在气头上、不停地喘息的毕典菲尔特和抓着他手腕的瓦列，说道：

“军务尚书似乎很有自信，但以人质为盾牌要敌人献城的手段，是不是向陛下报告过了呢？陛下既然让我们率领舰队千里迢迢赶赴这里，很明显就是要跟敌人堂堂正正地当面决战。军务尚书为何无视陛下的意思？”

“陛下的自负，产生的只是让数百万将士在伊谢尔伦化成白骨的后果。”

“……”

“如果在前年杨威利逃离海尼森、占据伊谢尔伦时使用这个方法，就不用损失数百万条人命了。帝国不是皇帝的私有物，帝国军也不是皇帝的私人部队。为了皇帝个人的自负，让官兵们毫无意义地牺牲，这是根据哪一条法律？这样一来，跟高登巴姆王朝又有什么不同？”

奥贝斯坦闭上嘴后，室内笼罩在一片铅一般沉重的沉默中。一向以豪勇著称的提督们，也被军务尚书痛责皇帝的言语给震慑住了。没有人提出反驳，大家只是呆呆地站在那里。

事务长菲尔纳准将紧张地观察着这段扣人心弦的哑剧，在胸中自言自语：军务尚书的主张大概是正确的，但就是因为正确，才招来众人的憎恶。

奥贝斯坦的义眼中，映着站在眼前的三位提督的身影。

“我以皇帝代理人的身份指挥你们，这是敕令。如果有任何异议，你们去跟皇帝反映。”

这个立论完全正确，但如果有人要把它解释成狐假虎威，也没有办法。奥贝斯坦不想在无益的议论上花费时间。然而不可否认，刚才他还那么痛切地批评皇帝，现在却又借皇帝之名来强调自己的立场。这种行为不是很卑鄙吗？不止是毕典菲尔特这么想，瓦列也有同感，连缪拉也无法释怀。然而，军务尚书对他们的想法根本置之不理。

“事情结束了。菲尔纳准将，请这三位退下！”

就这样，行星海尼森的状况朝着尤里安等人意想不到的方向发展下去。

Chapter 4
流血通往和平

1

帝国军军务尚书和三名一级上将在海尼森发生的严重冲突被莱因哈特皇帝获悉，是在四月四日。巧合的是，这一天刚好是去年死去的杨威利元帅的第三十四个生日，当然，帝国并没有指定这天为法定假日。莱因哈特自己则在三月十四日迎接了二十五岁生日的到来。皇帝的生日是帝国重要的庆典日，军队官兵都获得了休假和慰劳金。考虑到皇帝的身体状况，没有举办游园会，但是皇帝的姐姐安妮罗杰大公夫人仍然送来了名家所绘的有菩提树、桂竹香和银杏的油彩画。这些植物都象征着夫妻之爱、爱情羁绊和长寿，由此可见安妮罗杰对弟弟和弟媳的祝福。

过完了生日，莱因哈特的健康看似也恢复了，此时却传来这个令人不愉快的报告。在柊馆的内室，希尔德从覆有华盖的床上起身，莱因哈特坐在床边。

“伯爵小姐，不，皇妃，关于这件事，你有什么看法？”

比起甜蜜的私语来，政战两方面的话题在这对男女的谈话中占了大多数。大本营和住所虽然是分开的，但只是地理上的分隔。事实上，连柊馆的寝室也变成大本营的一部分了。

“我想先听听陛下的想法。”

“是朕授予了奥贝斯坦权力，自然难脱责任。可是，朕却没想到他会使出那种手段。”

莱因哈特当然有怒气，但是军务尚书提出的问题之重，却稍稍冷却了年轻皇帝的愤怒。如果被人当面质问，自己是否为了满足个人的感情而让数百万人流血，连莱因哈特也不禁要心虚。军务尚书不愧是个不平凡的人物。

这难道又是莱因哈特用人不当的例子？希尔德想不明白。其实不用想也知道，莱因哈特不会不清楚奥贝斯坦和毕典菲尔特的个性原本就合不来。但依照他的想法，既然是国事，大家就该抑制私人情感。这是莱因哈特决定人事任命时的心态。

“可是，朕好像错了。奥贝斯坦在任何情况下都以公职的责任为先，但正是这种做事方式让他常常遭人憎恶。”

奥贝斯坦是一剂重药，在治愈患处的同时，也有很大的副作用。希尔德想起了这段评语。说这句话的是米达麦亚元帅，还是已故的罗严塔尔元帅？

“要把军务尚书召回费沙吗，陛下？”

“嗯，或许这样比较好。”

这种欠缺果断的反应不像是莱因哈特该有的。希尔德了解年轻霸主的心思，对新婚又怀孕的妻子的顾虑，让他犹豫了。

“陛下，您想亲自到海尼森去解决事态吗？”

希尔德的洞察真是一发中的，莱因哈特不禁红了脸颊。

“什么事都瞒不过皇妃啊。你说得没错。或许只有朕才能解决吧？可是，即使朕亲自出马，也并不意味着就能洗刷拿人质逼敌人献城的不光彩名声……”

如果说莱因哈特的生存方式和思考方式是军事浪漫主义的结晶，那么没有染上这种色彩的军部高级官员，大概只有军务尚书奥贝斯坦了吧？一个集团中需要存在思考方式不同的人，否则就有化为一言堂或集体盲信者的危险。奥贝斯坦的存在固然重要，但是以希尔德的观点来看，她宁愿像杨威利那样的人物来担任这个职务。而现在，她必须减轻莱因哈特的心理负担。

“如果不说献城而说交涉，事情会不会比较好处理一些呢，陛下？”

“交涉？”

“嗯，陛下去年不是也想跟杨威利交涉吗？这一次就让它实现如何？不要把伊谢尔伦共和政府和他们的首脑当成罪人，而迎以客礼，是不是可行？”

希尔德只是提出了一个妥协性的提案，却是莱因哈特很容易接受的意见。在交涉之前可以释放政治犯，倘若交涉不成，再重新开启战端就可以。由奥贝斯坦强行铺设的轨道，应该由皇帝去修正。

“皇妃，朕从来没有喜欢过奥贝斯坦。然而回顾以往，朕似乎常常采用他的进言，因为他的主张通常让人没有反驳余地。”

莱因哈特的感怀在希尔德的脑海里形成了一个影像—— 一块只雕刻着正确论调的永久冻土上的石板。大家知道它的正确，可就是没有人愿意接近它。或许经过几个世纪后，后世的人们才会客观地——从某方面来说，是不负责任地给他一些称赞吧。

“在朕违背王朝利益的时候，那个人或许会毫不犹豫地把朕废掉。”

“陛下！”

“开玩笑啦，皇妃，你认真的表情好美啊。”

希尔德可不认为这完全是开玩笑。莱因哈特不但不会开玩笑，连客套话也不擅长说，这是无法改变的事实。

对莱因哈特的健康，希尔德也不得不感到忧虑。连小小的生日游园会都因为他的健康问题停办了，更何况数千光年的恒星间航行？那一定会让莱因哈特的肉体无法承受。

以前，希尔德的堂弟海因里希·冯·邱梅尔男爵就对莱因哈特，准确地说，是对他象征的优雅美感和华丽的生命力怀有强烈的忌妒，造成了自我毁灭的后果。然而，如果邱梅尔男爵现在还活着，看见常常发高烧卧病在床的莱因哈特，又会怎么想呢？不，仅仅是肉体方面的问题还好，如果莱因哈特的精神也受到肉体衰弱的影响，减少了霸气和活力，一定会遭到死者的冷笑。

事情如果真到了这种地步，莱因哈特·冯·罗严克拉姆的人生一定会失去不少光芒。希尔德害怕出现这种情形。或许莱因哈特将不再像莱因哈特，她为此感到恐惧。相比之下，对皇帝要进行长途旅行的挂念根本不足挂齿。如果希尔德只是个幕僚总监，相信莱因哈特会马上率领舰队朝海尼森前去。而现在她是莱因哈特的妻子，她意识到是这件事对年轻的霸主产生了约束力。

“请您出发吧。除了陛下，没有人可以抑制住军务尚书，也没有人可以消除诸将的对立。只希望您早日归来。”

“对不起，皇妃。”

这句看似没有个性的话里，却隐藏着并不单纯的感情起伏和思绪。冰蓝色的眼睛中闪着光芒，隐约流露出莱因哈特此刻的真实心情。

“就由克斯拉负责留守好了。朕不在的时候，可以请皇妃的父亲来柊馆居住。”

“是，那我就请父亲来。”

“你父亲的继任者也得赶快决定才行，玛林道夫伯爵才五十几岁就想退休。如果朕过了人生的一半，是不是也会这样想？”

希尔德难以想象莱因哈特成为老人的样子。但是，她以前也难以想象他会当父亲，现在却眼看就要实现了。但众所周知，莱因哈特最后终究没有变成一位老人。

如果齐格弗里德·吉尔菲艾斯还健在，就可以代替皇帝莱因哈特坐上远征军总司令官的位子，或者继玛林道夫之后坐上国务尚书的位子，任何一个位置都可以毫无异议地由他填补……希尔德不由得再次为故人感到惋惜。

说起来，这是没有意义的思考，但因为怀有身孕不能和皇帝同行，希尔德不禁总这样想。那位诚实而贤明的红发青年即使已经故去，也让人期望着发挥与他的才干和器量相称的作用。

莱因哈特在皇妃的额上亲了一下，叫来了近侍艾密尔·齐列，要他做外出的准备工作，然后前往大本营。他把米达麦亚元帅等人召集来，想再次告诉大家亲征海尼森的决定。

希尔德坐在带有华盖的床头，不禁微微叹了一口气。

她是一个结婚才两个月的新婚妻子，又是一位孕妇，而她的丈夫则是宇宙中拥有最高权力和名声、容貌也无人匹敌的优秀男子。在古代的童话中，结局应该是“王子和公主从此过着幸福快乐的日子”。然而希尔德今后还要生下孩子，成为母亲，养育银河帝国的继任者，并管理这个小小的宫廷。

就算希尔德是个聪明的女人，但倘若没有足以和她的丈夫相配的美貌，莱因哈特是不是会被她吸引呢？这个疑问虽然存在，但并没有受到多大的重视。莱因哈特在遇见希尔德以前，曾经见过许多宫廷内外的佳人，却对她们没有一点兴趣和关心。

“她们外表虽然很美，头盖骨里面的部分却是用奶油做成的。我不打算和蛋糕谈恋爱。”

十几岁的时候，他就这样对密友兼心腹齐格弗里德·吉尔菲艾斯说过。他不曾被空有美貌的女子魅惑过。希尔德是以在政治和军事方面的卓绝见识，才让莱因哈特注意到她的存在的。姑且不论作为一个人如何，作为一个女子，这究竟是幸福还是不幸，实在让外人很难判断。但如果说构成幸福的要素是充实感，那么希尔德的内在是很幸福的。她和莱因哈特的精神水平相距不远，和他有很多共同的价值观，两人也可以理解和接受彼此相异的部分。

话再说回来，巴尔·冯·奥贝斯坦元帅是不是莱因哈特皇帝的忠臣呢？这是个深刻而奇怪的命题。

奥贝斯坦确实是适合担任军务尚书的难得人才，连厌恶他、对他避而远之的人也不得不承认这一点。换句话说，尽管他有杰出的才干，却几乎没有人喜欢他。他似乎也不想让别人喜欢自己。或许就因为这样，他至少获得了军务部官僚全面的尊敬和服从。军务部完全处于规律、勤勉及整洁的支配下，巨大的机构从不曾有狂乱和迟滞的现象，不间断地处理着帝国的军事行政事务。但根据社会保障局的统计，患胃痛的军务部职员也最多。

据传，这个奥贝斯坦把行星海尼森上的旧同盟公职人员都以政治犯的身份收押，想以他们的生命为筹码，逼迫伊谢尔伦共和政府和平献城。如果直接和伊谢尔伦发生军事冲突，即使获得最后的胜利，也会丧失数以百万计的性命。但实行奥贝斯坦的计划，至少帝国军不会有牺牲，许多家庭就可以不用失去丈夫或父亲。这应该是受大家欢迎的事情。

尽管奥贝斯坦想用毫不动摇的价值观为宇宙确立新秩序，可为什么听到这件事的人，想到的不是尊重人命而是强烈的卑劣感，不是美丽而是丑陋呢？

新秩序！

希尔德摇了摇头。正式结婚成为皇妃之后，她暗色调的金发比单身时代长了一些。美少年般的容貌上多了一种圆润和柔和，给人一种母性的感觉。可是，她的头脑中作为妻子的比例却多于作为母亲的，而作为参谋人员的又多于作为妻子的。

在宇宙中，被莱因哈特主宰命运的人到底有多少呢？希尔德或许也是其中之一。这和她根据自身的选择和判断走上人生之路并没有矛盾。从某方面来说，希尔德或许是莱因哈特吹散高登巴姆王朝的阴霾之后，在花园中开得最美的一朵花。

齐格弗里德·吉尔菲艾斯在生前未能与希尔德相见，但是，莱因哈特在霸业的出发点有吉尔菲艾斯，而在王业的终点有希尔德。他的霸主生涯可以说是由这两名杰出的辅佐者支撑起来的。而且不能否认，有这种杰出之人的辅佐，对莱因哈特来说是理所当然的。

2

在行星海尼森首都街区的一角，一头穿着黑色和银色华丽军服的健硕猛兽朝夜空发出愤怒的咆哮。被软禁在宿舍的弗利兹·由谢夫·毕典菲尔特一级上将，把“禁闭”这个阴郁的词揉成一团扔到了下水道，运用自己知道的所有词汇和丰富的肺活量，不断地咒骂着最厌恶的军务尚书。高墙外有三个小队的士兵持枪警戒。毕典菲尔特的污言秽语精彩绝伦，甚至要几个士兵才能数清楚。

当然，海尼森的市民也通过报道管制的漏洞得知了这件事。在某个旅馆的房间里，一个男人如此评论事态：

“真是奇妙啊。这种事情，大概连伟大的杨威利也料想不到吧？”

此人就是仍然把费沙独立商人的自尊心当成宝物的波利斯·高尼夫。他的部下马利涅斯克一边摸着由于劳苦日渐稀薄的头发，一边应道：

“不管怎么说，帝国军内部产生对立，对伊谢尔伦来说有利，不是吗？”

“这个嘛，有这么便宜的事吗？如果军务尚书退下来就好了，但似乎又不太可能。而且瓦列提督和缪拉提督都是一板一眼的人，他们一定会尽力防止事态扩大。”

波利斯·高尼夫的观察是正确的。如果这个时候缪拉和瓦列不在海尼森，帝国军的秩序一定会崩溃。

如果黑色枪骑兵暴动，和军务尚书的直属部队产生冲突，结局可想而知。黑色枪骑兵原本的任务不是陆战，但军务尚书的直属部队根本敌不过他们的勇猛和强悍，这跟数量没什么关系。黑色枪骑兵一定会尽全力救出他们的司令官。

然而这样一来，毕典菲尔特和他的幕僚们就会因为加害皇帝的代理人军务尚书，陷入无法挽救的境地。在去年罗严塔尔元帅叛逆事件中，就因为发生这种状况带来巨大的不幸。那种令人不快的伤痛的记忆，是缪拉和瓦列胸口无法磨灭的烙印。

必须想办法把毕典菲尔特和黑色枪骑兵从僵局中解救出来。

姑且不论温和的缪拉，沉稳质朴的瓦列以前和毕典菲尔特并没有深交，但是他也尽了全力去解救毕典菲尔特，防止帝国军内讧。如果瓦列和毕典菲尔特的立场倒过来，一定会出现这样的评语吧："毕典菲尔特提督并不是刻意想拯救瓦列提督，他只是不喜欢军务尚书。"这正是二人平日在人缘上的差别。但黑色枪骑兵的勇者对勇猛而狂热的司令官极为推崇，所以对军务尚书的憎恶和反感也在不断扩大。从旧法伦海特舰队转过来的将士，心情虽然有些复杂，但至少没有人想把奥贝斯坦元帅当成同伙。

黑色枪骑兵舰队的副司令官哈尔巴休泰德上将、参谋长格雷布纳上将等要求面见军务尚书，但都被冷冷地拒绝了。他们和被软禁的毕典菲尔特会面的要求也遭遇了同样的命运。

欧根少将请求缪拉和瓦列两位一级上将帮忙。缪拉和瓦列原本就有意帮忙，却苦于不知该采取怎样的行动。每次要求面见军务尚书的时候，事务长菲尔纳准将总是毕恭毕敬地重复着同一句"不行"。

"请不要发怒。跟皇帝及米达麦亚元帅联络后，他们一定会妥善处理的，你们要好好控制部下，不要让他们做出莽撞的行为。"

"下官当竭尽全力。但是，我等能力不及之处还需两位阁下鼎力相助，请务必大力帮忙。"

欧根少将退出后，瓦列对着缪拉苦笑：

"这些部下可真是比毕典菲尔特好多了。上司虽然鲁莽，看来却培育出了优秀的部下。"

然而，军衔一提高，司令官人格的影响力似乎也跟着增加了。在欧根离去之后，哈尔巴休泰德上将接着出现在瓦列面前，他是来发泄对军务尚书的余怒的。

“如果毕典菲尔特司令官遭受不当处置，下官实在无法说服士兵们接受事实。关于这一点，请上级体谅。”

“小心你的措辞，哈尔巴休泰德上将。你是在威胁我们吗？或者你是希望像去年一样，再次出现皇帝陛下的将士自相残杀的情况？”

瓦列的声音极为严厉，哈尔巴休泰德调整了姿势，为自己的失礼谢罪。如果瓦列也弃他们不管，毕典菲尔特和黑色枪骑兵就再也没有明天了。在奥贝斯坦那面冰壁前，瓦列似乎也束手无策，按他的说法是“连义手都无策”。尽管如此，他也不能甩手不管。

当提督们为解决此事操碎了心时，盘踞在帝国军内部的反感和敌视的火种被加热到极点，最后终于有几处“起火”了。

四月六日，奥贝斯坦直接指挥的宪兵队和黑色枪骑兵起了冲突。这就是所谓的“丹亭街骚乱事件”。

双方各执一词。据说是黑色枪骑兵的年轻军官们违背军务尚书的禁酒令，从丹亭街的酒馆出来时被宪兵发现了。宪兵原本可以睁一只眼闭一只眼放行，但是，他们却采取了强力的取缔措施。原因或许在于那些军官还带着女人，又把军务尚书的名字写在空酒瓶上，在地上踢来踢去。宪兵的诘问招来了反驳，冲突不到两分钟就演变成一场械斗。三十分钟内，双方从一个分队规模的斗殴演变成一个连队规模的混战。其间造成超过一百人受伤。最后双方都拿出了枪，街道上开始筑起街垒。

这场骚动立刻传到对两个阵营的对立极为敏感的瓦列和缪拉两位一级上将耳中，他们匆忙商讨对策。

“真愚蠢，竟然变成巷战了。这样一来，不仅要被帝国军的其他部队讪笑，也成了海尼森市民和共和主义者取笑的对象。”

缪拉开着地上车赶往奥贝斯坦元帅的办公室，瓦列则让部下开着装甲地上车奔向丹亭街，然后把装甲车停在十字路口中央。他右边是黑色枪骑兵，左边是军务尚书的部队，人人荷枪实弹。

奥古斯特·沙姆艾尔·瓦列一级上将坐在装甲车的炮塔上，把气爆枪放在膝盖上，锐利的眼光左右扫射。两个阵营一旦发生什么情况，他就会无言地压制下来。由于他的雄姿，双方部队都不敢开枪。

当瓦列暂时压制住一触即发的紧张气氛时，缪拉正要求面见军务尚书。开出只要十分钟的条件后，他终于见到了军务尚书，说明事情的概况，要求军务尚书尽力避免危机。

“至少也该解除毕典菲尔特提督的软禁吧？黑色枪骑兵挂虑司令官的安危，已经无法平静下来了。希望您先让他们稳定下来。”

“我从来都是根据敕令和法规来约束自己和别人的行动。如果黑色枪骑兵暴动的话，就等于犯上作乱。没必要对这种行为妥协或让步。”

“您说得没错，可是军务尚书，彼此合作防止产生暴动，也是皇帝的臣僚应尽的义务吧？毕典菲尔特提督失礼是事实，下官愿意说服他谢罪，能不能给下官一个机会？”

就像台风的中心风平浪静一样，给海尼森造成混乱的主要人物却待在平稳无事的环境中，而且一点感激之意都没有。毕典菲尔特问送食物的卫兵：

“喂，你们尊敬的军务尚书阁下还活着吗？”

“还健在。”

“是吗？真是奇怪了。昨天晚上我一直在诅咒，难道奥贝斯坦那条毒蛇不怕咒语？”

卫兵满脸困惑，把食物放好就退下了。毕典菲尔特把送来的东西吃了个精光，连咖啡都喝光了。日后有人问他怕不怕被毒杀，他回答：“和奥贝斯坦这家伙打了好几年的交道，我早就对毒药之类的东西免疫了。”

在他吃饱后约半个小时，客人来了，是比他小三岁的同僚奈特哈尔·缪拉一级上将。

“哟！来得正好，缪拉提督，有没有帮我带打奥贝斯坦的棍子？”

“很遗憾……”

缪拉只有苦笑。不仅是棍棒，连武器都不准携带入室，不如说允许他进来就是出人意料的宽容了。缪拉本该抱着感激之情，却不得不怀疑军务尚书的本意。他甚至想过，军务尚书会不会故意让他和毕典菲尔特见面，然后再以这个理由将他处以同谋之罪？奥贝斯坦为达成目的不择手段的观点，甚至把菌丝扎到了缪拉这样公正的人心中。在室内有被窃听的危险，但是，他觉得对方不至于是用这种小手段的人。

“喂，可能会被窃听！我现在是怎么样都无所谓了，但是你得小心点，免得日后成为他人手上的把柄。”

毕典菲尔特大声叫着，微微笑了笑。他究竟是豪迈还是缺心眼，是为同僚担心还是出于别的目的，实在是难以判断。收起笑容后，毕典菲尔特又开口说：

“我承认奥贝斯坦是没有私心的，要承认这点也无所谓。可是，他却把自己没有私心当成最大的武器。我咽不下这口气！”

缪拉承认毕典菲尔特的话有一定道理，可是这并不能使事态有任何进展。

“毕典菲尔特提督，你扭打军务尚书，这是事实。你能不能为此向他赔罪，以求脱身？”

缪拉把高墙外发生的风波做了大致的说明，然后这样劝他。然而毕典菲尔特只是交抱着双手，眼睛盯着别的地方。过了一会儿，他摸了摸下巴，说起了八竿子打不着的事。

“我是这么想的，缪拉提督。军务尚书把政治犯的生命当作盾牌，想把伊谢尔伦的首脑层叫到海尼森来。可是，你认为伊谢尔伦那些人能活着踏上海尼森的土地吗？”

“什么意思？”

“缪拉提督，你应该明白。我担心的并不是地球教徒。或许军务尚书自己就会装扮成他们的样子，在半路上把伊谢尔伦的首脑谋杀掉。”

“不至于吧。”缪拉虽然嘴上应着，内心却像吹过一道冷风似的，起了一阵寒战。但既然身为军务尚书，奥贝斯坦大可不必用谋杀的手段，光天化日之下，以大逆之罪就能堂堂正正地把伊谢尔伦的首脑人物都处以极刑。

“毕典菲尔特提督，我竟然不知道你这么担心伊谢尔伦首脑层的命运啊！”

缪拉略带玩笑意味地岔开话题，猛将耸了耸宽阔的肩膀。

“我并不是多么担心伊谢尔伦那些家伙的安危，只是不想让奥贝斯坦那条毒蛇在我眼前高歌罢了。最重要的是，如果不让我亲手粉碎伊谢尔伦，我绝不甘心。”

毕典菲尔特用军靴使劲儿踢着墙壁。一瞬之后，橘色头发的猛将微微蹙起了眉毛，但是他并没有把痛苦说出口来，只是若无其事地扭了扭脚。缪拉装作没看见，试着说服他。

“我不是不了解你的心情，可是，如果你和军务尚书继续对立的话，会惊扰圣躬的。皇帝经常卧病在床，皇妃又快要生产了，做臣子的应该小心处理自己的情绪吧？”

一提起莱因哈特，毕典菲尔特也不得不收敛一些。

经过一阵不快的沉默，橘色头发的猛将松开了胳膊。

“知道了，我也不能让你们这样为我烦恼。总之，只要当成对着皇帝的影子低头，就不生气了。我就是因为把奥贝斯坦当成一个人才生气的。你也有同感吧？”

缪拉不知如何回答。

3

险恶的气氛像露水一样紧贴在室内的墙壁和天花板上。到底是环境让人显得阴湿呢，还是正相反？实在难以判断。不过在这种情形下，哪种说法大概都颇具说服力。

这里是宇宙的一角，是反对莱因哈特·冯·罗严克拉姆欲建设的秩序之人的聚集地。他们并不像伊谢尔伦那些人一样公然反对，也没有指责帝国的专制政治。他们的理念和价值观老旧而狭隘，为多数人类所否定，更多的人则完全无视他们的存在。可是，这些却不能否定这极少数人的主观感受。

这里是地球教现在的根据地。包括下级主教在内的几十个信徒涌进了大主教德·维利的办公室，此人这几年来成功地实施了几项阴谋，看似掌握了实权。他们是为请愿而来，但几乎等于是来谈判。

“总大主教到底在哪里？我们想见总大主教。”

他们的声音和表情中含着深深的固执。这不是他们第一次要求和总大主教见面。每次来请愿，德·维利就以总大主教在冥想或睡觉等各式各样的理由，拒绝他们的要求。

“不安和疑惑正在忠实的信徒中间扩散。自从地球总部被帝国军破坏以来，总大主教阁下再也没在信徒面前现过身。”

这种怨言已经司空见惯，所以德·维利脸上的细胞没有受到一点刺激。信徒用战栗的声音对着面无表情的大主教说：

“只要让大家见一次，信徒们就可以安心了。为什么总是拒绝接见我们呢？以前他不是会接连几天对信徒讲述信念吗？”

信徒的不信任和疑惑，使德·维利的耳膜感到一阵冰冷。年轻能干的大主教恶狠狠地回应道：

“最近有人散播流言说总大主教已经逝世了，你们是不是也受了这种流言的蛊惑？”

“岂有此理！作为信徒，我们只是希望见见总大主教阁下。”

“哦？那还倒好……”

德·维利的双手巧妙地挥着无形的威严与胁迫的短剑，把请愿者逼到墙角。

“现在，莱因哈特皇帝已经结婚，玛林道夫伯爵家那个当上皇妃的小丫头也怀孕了。她或许六月就会生出继承帝位的男孩来，这关系着宇宙的命运。在这个重要的时刻，你们竟然结党前来扰乱总大主教的心神，用意何在？”

请愿者们并未因此而退缩。

“就因为是重要的时期，我们才想拜见总大主教，聆听他的指示和教诲。总大主教阁下并不是一部分高级圣职者的私有物，他应该是把教理和慈悲平分给信徒的高贵之人。不管是大主教还是普通的信徒，只要是信徒，就应该是平等的。”

这些狂热信徒中竟有人根据民主主义原理提出要求，德·维利不禁觉得好笑。当他把冷笑藏在皮肤下，正待开口说话时，请愿者的表情忽然展现出惊愕和感动的波纹，然后仿佛被一只无形的巨掌压住一般，屈膝跪了下来。看见这个景象，德·维利也跪了下来。他觉得脖颈上似乎抵着一把冰冷的刀刃。微暗中，请愿者们敬畏和服从的对象就站在那里—— 一个全身裹在黑色连帽衣衫里的影子般的人。

“总大主教阁下！”

“舍弃地球的人都将灭亡。没有生物在自绝根源后，还能继续生存下去。”

在低声的赞颂中，仿佛念着剧本的声音继续说道：

“德·维利是我的心腹，听他的指挥、帮助他成功是你们的责任。只有这样，地球恢复荣光的日子才会越来越近。”

信徒们一起跪拜。

此时，德·维利虽然也跪在地下低着头，然而心里却有一种异样感。那是一种融合了不协调感和孤独，再加入几毫升怒气和嘲弄后加热而成的东西。日后也证实了德·维利和地球教的信仰之间，并没有任何友好的关系。德·维利具有世俗的野心和筹划阴谋的能力，如果去掉对自身阴暗能力的过度信赖，他完全没有宗教狂热者的资质。他和优布·特留尼西特、安德鲁安·鲁宾斯基属于同一领域的种族。就像特留尼西特利用民主共和政治的机构，鲁宾斯基利用费沙的经济运营系统一样，德·维利利用地球教的教团组织实现自己的野心。正因如此，一般人反倒容易了解他的野心，至于好恶就另当别论了。最终，在达成目的之后，他又会怎样整合自己的野心和历史的意义呢？作为一个未完成的课题，这倒是给历史学家们留下了推理的素材。

4

关于在行星海尼森发生的“奥贝斯坦大割草”事件，伊谢尔伦得到的情报既快捷又丰富。帝国军并没有进行情报封锁，他们的意图是很明显的，就是故意让伊谢尔伦共和政府和革命军知道这个事实，令其产生动摇，或许也有意让伊谢尔伦内部因为献不献城的问题而分裂。

帝国军（正确说来应该是军务尚书）建立的方程式，到目前为止都运行正常。整个伊谢尔伦沸腾起来，以菲列特利加·G·杨和尤里安·敏兹为首的政府和军部代表坐在会议室中商讨对策。虽说是商讨对策，但在最初的三十分钟里，对奥贝斯坦元帅的精彩谩骂却占了记录篇幅的百分之百。

然而，穿过激愤之门后，出现在眼前的就是深深的苦恼之门了。奥贝斯坦所做的事并不是以一句“卑劣”就能全面否定的。

众所周知，银河帝国军务尚书巴尔·冯·奥贝斯坦元帅是一位有能力又作风严格的军官，也是一位冷酷无比的策谋家。对尤里安等旧同盟的人们来说，他绝对不是高大的正面人物。而现在此人却提出了一个深刻的问题：“堂堂正正地作战，让一百万人血流成河，和以最低限度的牺牲来达成和平统一，究竟哪种做法对历史更有贡献？”

面对这个问题，尤里安受到的冲击并不小。当然，出题者一方的价值观太明确了。尤里安是不是非抵抗不可呢?

“你过虑了，尤里安。”

华尔特·冯·先寇布的声音中混合着嘲讽和抚慰。

“在这种情形下，恶名昭彰的是银河帝国，尤其是实行这个策略的奥贝斯坦元帅和承认这个做法的莱因哈特皇帝，并不是你。”

“我知道，可是我无法接受。如果我们对那些被囚禁在海尼森的人视而不见……”

情况一定会恶化吧？尤里安想。于是，再度发表意见的先寇布声音中几乎都是嘲讽。

“可是，被专制君主以政治犯和思想犯的名义囚禁起来，这对共和主义者来说不是正中下怀吗？尤其是那些在自由行星同盟身居高位，以民主共和政治的大义对民众和士兵鼓吹圣战的人。”

一瞬间，尤里安也有和先寇布一样的想法。可是看到波利斯·高尼夫送来的囚犯名单，他实在没办法再保持平静了。

“可是，在政治犯的名单中有姆莱中将的名字啊！我们能见死不救吗？”

这句话震撼着会议室的空气。伊谢尔伦年轻的幕僚们受到一阵新的惊吓，重新看了看名单。

“什么？那个爱唠叨的人被抓起来了？帝国军那些家伙可真有勇气啊！”

“我还以为在整个宇宙中，没有人能胜过那个有点惹人烦的大叔。不愧是银河帝国的军务尚书，还是比伊谢尔伦的参谋长技高一筹。”

“不管是抓人的还是被抓的，我都不想接近。就把它当成在另一个世界发生的事好了。”

议论开始朝着奇妙的方向推进。

“如果帮了他，或许算是施恩于他呀。”

尤里安当然是在开玩笑，但是亚典波罗和波布兰脸上的表情，却带着介于百分之十六到百分之七十二之间的认真。

“那么，你打算怎么做，司令官？”

被先寇布一问，尤里安摇了摇亚麻色的头发。这不是在短时间内就可以解答的问题。如果从民主主义的基本精神来说，只是因为少数人生命受到威胁就对其视而不见，是行不通的。然而，难道为了救这些人，就得丧失宇宙中唯一残存的民主共和政治根据地吗？难道非得放弃战斗，对帝国军投降不可吗？

瞥了一眼沉思的年轻人，“蔷薇骑士团”第十三代团长喃喃自语。

“关于这件事，我们最大的同伴或许在费沙。”

先寇布没有说出那个固有名词，可是尤里安立刻明白了。先寇布指的是银河帝国皇帝莱因哈特·冯·罗严克拉姆。如果他真是一个无人可比的高傲皇帝，一定会对以人质相逼的手段感到不满。只有莱因哈特这种自尊才能守护伊谢尔伦和民主共和政治的理念。这样的话，或许打开一条直接和莱因哈特皇帝交涉的路会更有利。如果真要这样做，又该让谁做中间人呢？

根据波利斯·高尼夫等人的情报，和奥贝斯坦元帅同行的提督是缪拉和毕典菲尔特。尤里安和缪拉曾有过一面之缘。去年六月，当杨威利的讣闻传到银河帝国时，就是他以莱因哈特皇帝的悼念使者身份造访伊谢尔伦的。可否寄望于他的好意或善意？即使他值得信赖，但身为帝国的高级官员，他应该还是以国策为先。一厢情愿地委请缪拉当中间人，会不会置他于不利的境地？

尤里安的思绪纠缠成了螺旋状。就算最后必须通过缪拉和莱因哈特接触，皇帝是否真的是正确的终点？

在自由行星同盟瓦解时，当时尚未即位，仍是罗严克拉姆公爵的莱因哈特并没有以战犯的名义追究杨威利和比克古元帅。莱因哈特深知对待敌手的礼节。如果他仍然抱持这种态度，或许还有很大的期望。

可是，期望皇帝的自尊，与请求宽容和慈悲又有什么不同？这个疑问使尤里安迟迟下不了决定。他接受不了对奥贝斯坦屈膝，那么就可以对莱因哈特皇帝低头吗？这样做只有伤害微小的自尊之虞，但在解决问题时，似乎也只有短暂的效果。

只因为不想把功劳归给奥贝斯坦，才想把功劳归给皇帝。如此一来，即使能获得小小的胜利快感，但归根结底还是屈服于帝国了。如果忘了这一点，陷入奇妙的错觉，最后就极有可能出现欢欢喜喜地臣服于皇帝的结局。

或者，军务尚书奥贝斯坦元帅早已计算到了这一点，所以才制订了“大割草”之计？果真是这样的话，事态就不是自己能掌握的了。尤里安痛切地知道自己能力有限。如果是杨提督，他会怎么做？他会如何应对奥贝斯坦元帅辛辣的策略？

杨威利不是超人，当然有很多事情他也不能解决，尤里安知道这一点。但是对自身能力的不满似乎使他对杨有过高的评价。这种精神倾向阻碍了尤里安对自身力量的信赖，可能也限制了他发挥才能。刚满十九岁的尤里安无法完全控制自己。但是，他已经意识到了这些，并始终以师为鉴，这一点得到了非凡的评价。

人的生涯和因此累积起来的人类历史，永远把二律背反的螺旋伸向过去和未来。历史上是如何评价和定义和平的？这是一个无限延伸的永远的螺旋。

如果不用奥贝斯坦元帅那样的手段，就无法确立和平、统一和秩序吗？这种结论令尤里安难以忍受。如果真是这样，莱因哈特皇帝和杨威利又为何必须不断地流血作战？尤其是杨威利，他一面厌恶战争，不断自问流血能否把历史朝建设性的方向推进，一面却得不断玷污自己的双手。奥贝斯坦的做法是不是就能消除杨的苦恼和怀疑？不可能，不会有这种事的。尤里安无法认同。

如果用最卑劣的手段可以最有效地减少流血，人们为什么又要千辛万苦地寻求正道？奥贝斯坦的策谋就算成功了，人们——至少旧同盟的民众——也不会谅解他。

人们不会谅解，这正是问题所在。假如奥贝斯坦元帅的策谋成功了，而民主主义无法以独立的势力继续生存下去时，宇宙中又将剩下什么呢？和平和统一？表面上或许是这样，但是底层只会留下无限的憎恶和怨恨。这种情绪就像火山脉一样，在岩层的压力下呻吟，不知什么时候会爆发，用熔岩把大地烧尽。岩层的压力越大，火山爆发造成的惨祸也就越大。绝不能让这种结果产生，为此，就非得破除奥贝斯坦的计谋不可。

尤里安天真吗？或许吧。可是，他从没想过要忍受奥贝斯坦之流的辛辣。

这个时候，尤里安的思考方向或许已经朝危险的方向微微倾斜了。他应该考虑的也许不是伦理上的优劣，而是以怎样的政治手段对抗奥贝斯坦的策谋。

四月十日，消息传到了伊谢尔伦。

那是来自银河帝国军务尚书奥贝斯坦元帅的正式宣告，内容是：如果想要他释放被囚禁在海尼森的五千多名政治犯和思想犯，伊谢尔伦共和政府及革命军的代表人物就要到海尼森去一趟。

Chapter 5
迷惘的行星

1

“在伴随着昂扬之感的紧张中，偶尔还混杂着微量的恐惧和乐观。或许我们的精神状态就像等着第一次演出的舞台演员。我们知道这是一个严苛的舞台。一旦退场，就再也没有复活的余地，剧作家和导演就会隐藏身影，不再回答演员的疑问。然而，无可救药的精神状态仍然把我们诱向舞台。我们和悲观主义是建立不了友情的，这是事实。最终，我们是心甘情愿地加入民主共和政治的。因为觉得这个女人底子较好，所以坚信只要让她洗洗脸，再简单地化化妆，就会塑造出一个绝世美女。说到底，还是在这漫长的五十年岁月中，跟在她身边的男人没出息，总是把她的缺点暴露在众目睽睽之下……”

这是达斯提·亚典波罗所著《革命战争的回想》中的一段。

银河帝国军务尚书奥贝斯坦元帅发来的宣告，招来了伊谢尔伦幕僚的愤怒和嘲弄。可是，他们却无法坚决地拒绝。他们必须接受，至少要做出一副看似接受的样子。

当幕僚们劝菲列特利加·G·杨留下来时，她微笑着回答：

“谢谢你们的好意，可是，因为身为女性就可以免责，这并非我的本意。既然我是伊谢尔伦共和政府的主席，如果不前往海尼森，军务尚书是不会答应的。”

没有人提出反论。一方面，菲列特利加的主张是对的；另一方面，在座的人都知道，一旦她决定了，任何人都无法改变她的心意。

卡介伦提出了其他的问题。

“有杨威利的例子在，我们不得不小心。万一我们前往海尼森或费沙时，受到恐怖主义者袭击的话该怎么办，尤里安？”

“我想这次可以要求帝国军派出护卫舰队。在我们离开回廊时，先把这个要求传到海尼森去。”

亚典波罗皱起了眉头。

“向帝国军请求护卫？把我们的命运交给奥贝斯坦元帅？”

“帝国军全员又不是奥贝斯坦的产品。”

尤里安带着苦笑回答。一瞬间，亚典波罗眼前浮现出帝国军所有官兵脸上都嵌着奥贝斯坦照片的景象，不由得用一只手压住胃部。

“对了，缪拉提督或许可以信赖。也许会给他造成麻烦，但这个时候总比抓着一根稻草有用吧。”

先寇布正确地洞察了尤里安的构想，开了口，然后把威士忌倒进自己的杯子里。借着老练的手腕，把这种类似不敬的行为化于无形，并且不招惹任何人反感，是这位今年已三十七岁的旧帝国人的特长。

“这次只要将官级的人去就可以了，你们校官级的就乖乖地留在这里吧！”

对先寇布的话发出不满之声的，是奥利比·波布兰、凯斯帕·林兹、施恩·史路等少壮派的校官。

“不行！这是一个高呼‘皇帝，去死吧！’的大好时机，我们一定要分到入场券。”

“我等只是在才能和人望方面是将官级别。不，即使并非如此，我也不想在这个时候在将官和校官之间划出差异。”

前往海尼森，可以生还的几率只有百分之五十，或许会立刻被逮捕并处以极刑，这个结局可能正等待着他们，然而他们却拼了命要同行。先寇布愉快地欣赏着亚典波罗形容的“无可救药的精神状态”，再次开口：

“我并不是一心只想让自己达成愿望。在将官中，卡介伦中将也要留下来。”

如果没有卡介伦，留守部队的统率和管理就困难了。就算对帝国军和平献城，也要有负责整顿实施的人。再加上卡介伦有妻有女，这是大家都默认的事。

“只有单身者参加的快乐派对，不准有家眷的人插一脚。”

先寇布笑着把威士忌酒杯举到齐眉处，寻找反对卡介伦留守的人。当然没有人说话。

“那就尊重多数人的决定，这是最民主的方法，你就留下来吧。真是恭喜。”

卡介伦想抗议，可最后还是沉默了，他知道自己的存在意义。再者，他是座中年纪最长的一员，有义务做服从决议的模范。

没有必要做模范的年轻人中，一个人昂然做了如下发言：

“如果别人说我趋吉避凶，饥不择食地朝一个丑女人下手的话，奥利比·波布兰的一世英名就毁了。我一定要跟着去！”

尤里安觉得这真是一段波布兰式的发言。亚典波罗则认为有危险的或许就是波布兰本身。如果默默地跟着倒还好，话太多只能显出自己的不成熟。这是先寇布内心的评语。

此外，维利伯尔·由希姆·冯·梅尔卡兹提督接受了尤里安的恳求，留在伊谢尔伦负责舰队指挥工作。

把伊谢尔伦的指挥者们分成出发组和留守组，是安全保障上的必要措施。如果所有人都在一瞬间被消灭掉，民主共和政治之灯就完全熄灭了。达斯提·亚典波罗说明了这一点，让除了波布兰以外的留守组接受了事实。说起来，他和尤里安的交情也算是继杨和卡介伦之后最长的了。

尤里安对亚典波罗的回忆，是在他成为杨家成员后的第一个初夏，在行星海尼森的高原地带休假一个礼拜时的事。当时，初夏的微风吹拂着光粒子，尤里安把家庭旅馆的欧纳夫人准备的午餐放进篮子里，在绿色山丘一角散步。接近正午时，杨坐在大树下翻着书。在尤里安的记忆中，那是布鲁斯·阿休比元帅的著名辅佐官罗萨斯提督的回忆录。在沉浸在书本世界中的年轻监护人身旁，尤里安铺好台布，摆好三明治和烤鸡。这时，一个把上衣搭在左肩上的青年从山坡下爬上来。那是尤里安和达斯提·亚典波罗第一次见面。本来他应该和杨他们同行，但是因为有突发事件，就晚来了一天。打完了招呼，他向学长报告：

“在这次的人事任命中，我升为少校了。”

“那可真是好消息。”

“好消息？杨学长是上校，我是少校，这样的话，将来的同盟军就会变成一辆独轮车，不是向着天堂，而是朝着地狱的方向全速前进了。”

坐在尤里安身旁的亚典波罗一点也不客气，抓起烤鸡就往嘴里送。

“老实说，我一直以为拉普学长会比杨学长先出头。没想到我现在竟然跟拉普学长并列，真是奇妙啊。”

“如果罗伯不因生病疗养，现在应该是‘阁下’了。他还好吗？”

“爱德华小姐说只是需要时间疗养。”

“啊，那就好。”

现在尤里安已经知道这段极小的时差有什么意义了，虽然当时他实在无法想象和推测。

忽然，尤里安微微战栗起来，他环视着集中在会议室里的同僚。他不想日后回忆这些人，只想跟他们一起回忆。虽然杨威利、比克古以及许多别的人，都只能存在于回忆中了。

所有的人和事，终究都会伫立于过去的黑暗中。或许尤里安的皮肤就像感受着气温和风向的变化一样，在感受历史的流逝。此前，尤里安一直穿着一件名叫杨威利的外套，这件外套守护着他，使他远离激烈而残酷的变化。那是一件魔法外套，教导尤里安如何置身于历史或政治军事之中。可是那件外套已经永远失去了，尤里安必须让自己的身体去承受强风烈日的洗礼。不仅如此，现在他还背负着成为别人外套的义务。

2

在错综和迷惑齐心协力奔走于银河系的这个时期，究竟有没有人能够把握整体的事态，正确地判断现状，预见未来呢？

“如果杨威利还健在，或许他做得到。”

尤里安·敏兹和达斯提·亚典波罗回忆着。这是一个有足够说服力的议题，但终究只是个假设。事实上最接近“全知”，比别人知道得更多、能更正确地判断的人，或许就是银河帝国军务尚书巴尔·冯·奥贝斯坦元帅吧？但是这个人对公开信息完全不感兴趣，甚至连瓦列和缪拉这样的帝国军最高干部也被排除在军务尚书的情报中枢之外。

在罗严克拉姆王朝几乎统一整个宇宙后，堪称莱因哈特之敌的只有三方势力：伊谢尔伦共和政府、地球教余党，以及费沙的旧自治领主安德鲁安·鲁宾斯基一众。军务尚书似乎把完全扫灭这三者、使王朝安定当成了自己的责任。

在奥贝斯坦眼中，连历史上最大的霸主莱因哈特·冯·罗严克拉姆也难以称得上完全理想的君主。或许他更希望把年幼的君主教育成理想的君主吧。看透这一点的莱因哈特也曾半开玩笑地告诉皇妃希尔德，自己某天可能会被奥贝斯坦废掉。

姑且不论将来，目前莱因哈特还健在，他已经对军务尚书下了不可虐待“政治犯”的命令。

然而，在此之前又产生了一个困难的局面，便是四月十六日深夜发生的事情。

收容五千多位“政治犯”的拉格普尔监狱发生了大规模的暴动，由于枪击、爆炸、火灾、建筑物倒塌造成了重大伤亡。“政治犯”死亡一千零八十四名，轻重伤三千一百零九名，幸存三百一十七名，其他人则逃亡或行踪不明。警卫兵方面死亡一百五十八名，轻重伤九百零七名。而且这道血腥的料理中还加了几道甜点。

先是接到急报赶到现场指挥的军务部事务长菲尔纳准将遭警卫兵误射，左上臂被子弹贯穿，花了五十天才把伤治好。另一方面，海尼森市中心传出了“黑色枪骑兵暴动”的流言，在哈尔巴休泰德的指挥下，正要去镇压暴动的黑色枪骑兵陆战部队被宪兵阻挡了去路。在一阵“闪开！”“不闪！”的言语冲突之后，激昂的黑色枪骑兵便想用实力打开封锁线。

在军务部事务长菲尔纳正确的判断和指示下，这场对立在临爆发前被化解了。宪兵队和黑色枪骑兵陆战部队并行赶往拉格普尔监狱进行镇压。

这个时候，帝国军面临让犯人逃亡还是将其射杀的选择，从他们的立场来看，这也无可奈何。然而，这种时候混合部队的缺点就暴露出来了。为了避免战友的责难，他们只好采取更强硬的态度处理事态，结果造成了大量牺牲。菲尔纳准将负伤也可以说是副产品。如果他能够统辖指挥作战，一定可以更有效地恢复秩序。他虽然下令让医疗部队随时待命，但是由于负伤，命令无法迅速地传达下去，医疗部队待在监狱前三个小时，根本一动也没动。因此，至少有一百名大量出血的伤者没能挽救过来。

四月十七日的夜晚终于结束了。

混乱尚未结束，仿佛在呼应拉格普尔监狱的暴动，市区各地发生了纵火和爆炸事件，住宅区黑烟冲天，一时间到处是骚乱的景象。奥古斯特·沙姆艾尔·瓦列一级上将及时镇压，成功地阻止了恐慌蔓延到市民层面。

这个时候，瓦列一级上将不知被谁狙击，但幸而逃过一劫。狙击他的似乎是热反应追踪枪，由于瓦列的装甲地上车附近发生了小爆炸，燃烧的烈焰引起了更高的热反应，枪弹于是偏斜了。

各种小事件和传闻都被大量的流血吞没。十七日九时四十分，拉格普尔监狱完全被帝国军控制。骚动期间，弗利兹·由谢夫·毕典菲尔特一级上将尚未解禁，所以没有活动的机会。军务尚书奥贝斯坦元帅下令警戒街市的重要地点，防止骚乱扩大。然而他把实施交给了缪拉一级上将，自己安然地吃着早餐。

不幸丧生的人中，有很多在旧同盟政府和军部中拥有崇高的地位和名声。被收押的都是这种人，产生这样的结果也是理所当然。然而，第一舰队司令官派特中将、国立自治大学校长奥里贝拉博士等人的名字都永远从名人录上消失了。也有许多死者的遗体因为火灾或爆炸受到了严重损害。一个帝国军士兵亲眼目睹了野狗叼着一只扯下的手臂离去的情形。据说还有死者丢掉了昂贵的金牙，或许是被士兵抢走的。

去年的“古恩·基姆·霍尔广场事件”发生后被长期囚禁在拉格普尔监狱的西德尼·席特列元帅被狂奔的囚犯撞落在水沟中，左脚脚踝骨折。但他因为动弹不得，只好坐在水沟里，却捡回了一条命。

曾在杨威利元帅麾下任参谋长、享有盛名的姆莱中将避开了混乱和枪火，朝监狱的后门走去。他没有像其他人那样狼狈地四处奔跑，仍然像个看重秩序和步调的人物一样，但最后还是被撞倒在地，昏倒后被人发现，送到了医院。

经过对生者和死者的确认，发现他们的社会地位和平均年龄都比较高，发生暴动的可能性很小。所以经过一番讨论后，得出了“暴动系人为策划”的结论。那么，暴动需要的武器是如何被送进监狱的呢?

帝国军高级军官的脑海里，几乎无一例外地浮现出地球教的名字。

在这个时期，只要有不祥的事件或报告出现，帝国军的将帅们首先就会怀疑是不是地球教的阴谋，这已经成为他们思考上的一种习惯，尤其是在遇上重大事件时。他们的疑惑大多获得了证实，所以更认为没必要改变这种成见。单纯的刑事犯罪者或集团借用地球教的名义暗中活动的例子也屡见不鲜。然而，这种愚蠢的欺诈行为也付出了不小的代价。如果是单纯的刑事犯，或许还可以保全一命，但因为自称是地球教徒便被射杀或惨死狱中的人不在少数，虽然他们并没有做出让人怨恨的事……

在秩序一度恢复之后，奥贝斯坦元帅迅速掌握了事态。然而，奈特哈尔·缪拉却注意到了一个重要的问题：如果这次悲惨的暴动的消息被错误地传到伊谢尔伦，极可能招致“帝国军大量处决政治犯”的误解。皇帝好不容易才稍稍化解了奥贝斯坦元帅的策谋洒下的毒素，正待与共和主义者进行名正言顺的对话……

这么说来，这次暴动仍然是地球教的阴谋，意在阻止帝国和伊谢尔伦共和政府之间建立信赖关系？缪拉亲自到医院调查了与伊谢尔伦要塞有关者的名单，结果发现了姆莱中将的名字。然而，姆莱还躺在病床上，尚未恢复意识，没有办法让他负责和伊谢尔伦修好的工作。秩序恢复后，军务尚书的直属部队便接手了医院的管理和监视工作，缪拉的“越权行为”不得不中断。

这个时候，缪拉把旧同盟的要人欧布里·科库兰从另一个收容所放出来，不久得到皇帝许可，将其收为幕僚。不过，这种插曲跟目前的事态没有什么关系。

3

四月十七日，以菲列特利加·G·杨和尤里安·敏兹为代表的伊谢尔伦共和政府人员离开回廊，进入帝国军的巡哨宙域。

他们搭乘的是革命军旗舰——战舰尤里西斯，与三艘巡航舰和八艘驱逐舰组成了一个小舰队。梅尔卡兹提督指挥主力舰队潜藏在回廊内部，以防不测。这是伊谢尔伦共和政府和革命军理所当然的做法，他们预计帝国军会在回廊外侧配备一定的战力。然而，出乎他们的意料，展现在尤里西斯前方的是一片毫无防备的星海。

这是因为奥贝斯坦和毕典菲尔特对立，而且帝国军又被拉格普尔监狱的暴动牵绊，防卫体系产生了空隙。但是，尤里安一行无法知道帝国军的全部内情。亚典波罗和波布兰后悔没有把舰队主力带来，先寇布则担心有毒辣的陷阱存在。尤里安不想那么快就得出结论，他把前进的速度放慢，努力掌握情势。

结果，他们获悉了收容于拉格普尔监狱的政治犯多数或死或伤，行星海尼森也几乎处于戒严状态的情况。

一阵讨论之后，先寇布提议：

“我们先回伊谢尔伦吧，如果在这样的情况下去行星海尼森，无异于羊入虎口。”

似乎没有选择的余地了，尤里安下令所有的舰艇转向。指令立刻付诸实施。然而，一艘巡航舰的动力部却产生了异常，速度明显落后了。技术军官从其他舰上出动，在十八日结束了修理工作。然而，就在这个时候——

“俯角二十四度，八点钟方向发现敌人！”

一块辅助屏幕映出了从左后方逼近的帝国军战舰的影子，而且不止一艘，背后是一大群光点。虽然不是大舰队，但一百艘战舰的部队也算是相当大的战力了。一个充满敌意的警告信号立刻传送过来。

“停船！否则攻击！”

“多么熟悉的词句啊！”波布兰喃喃道。亚典波罗则看着他的侧脸，大声地说：

“不用担心！这艘舰艇是幸运的尤里西斯，所以它才能当旗舰啊！”

“可是，我们手头的好运是不是在以前的战斗中都用光了？”

“哟，先寇布中将，你什么时候成了一个相信命运的人？”

“什么？听你这么说，你好像对命运有话要说嘛。”

舰长尼尔森上校也加入了争论的行列。

“看看，噩运已经化装成军舰靠上来了呀！”

“那又怎么样?！”

亚典波罗盯着屏幕，说出了宇宙间最强的台词。尽管平时看起来十分随便，但他毕竟二十几岁就晋升将官，是旧同盟军中罕见的人物。由于同盟在腹背受敌的情况下，被敌人狠狠地插了一刀而丧命，这个男人成了自称的革命家。但如果同盟继续存活下去，他或许可以在三十几岁时就获得元帅称号吧。如此一来，这位和杨威利有稍微不同的色彩，或者该说是刚柔并济的元帅，就会被记载在“同盟军元帅列传”里了。众所周知，自由行星同盟最后的元帅是亚历山大·比克古和杨威利两人，这个老少组合在同盟军末期独占了超过百分之九十二的武勋和声望。

亚典波罗有避过突进的敌人锐锋、快速后退的非凡技术。他和黑色枪骑兵交锋时就实践过这种战术。十二艘对一百艘对他来说，差距是太大了一点，但利用巧妙的舰队运动，他在敌人面前持续后退长达两个小时。在确信敌人已完成半包围的一瞬间，他的舰队像飞舞的碎片一样快速逃进了回廊。这个技法就算未臻魔术师的境界，至少也当得起“幻术师”的称号了。

得到梅尔卡兹的支援后，尤里安等人在伊谢尔伦回廊内暂时安全了。然而，他并没有直接回归伊谢尔伦要塞，而是将尤里西斯停在回廊出入口，其他舰艇也以临战状态分布在四周。

此后事态究竟会如何骤变，实在难以预测。尤里安先让菲列特利加乘着巡航舰回伊谢尔伦，暂时放心后，才把全部精神集中在前方。

尤里安考虑了软硬两种对应方法。对于拉格普尔监狱的惨剧，他应该严厉地责问帝国军。自己收押人质，却将其杀伤——这种不人道的手段当然要重责。

而姆莱中将是否平安呢？尤里安最在意的是这件事。去年以来一直待在狱中的西德尼·席特列元帅，又遇上了什么样的命运之神？尤里安通过巴格达胥上校，想从潜入海尼森的波利斯·高尼夫船长那边获取一些有质有量的情报，但是几天后，他只是确认了这样一个事实——高尼夫家的人也不是全能的。

“要完成拼图，碎片实在不够。”

这是奥利比·波布兰的评论，但他既不是怨恨也不是同情的抽象表述并没有引起共鸣。尤里安也只是礼貌地笑了笑，然后就忙着整理自己的思绪了。

这个时候，尤里安在思索如何活用情报，作为打开僵局的武器。具体做法就是把旧费沙和地球教的关系告诉帝国军，然后看他们的反应。革命军就算紧抱着秘藏珍宝不出门，也未必有意义。听了尤里安的想法，巴格达胥上校蹙起眉头，交抱着双臂。

“可是，就算我们放出这个情报，皇帝会相信吗？不，即使皇帝相信了，那个军务尚书也不会轻易相信的。”

“不信就不信好了。我们只是把事实说出来，要怎么解释是对方的自由。”

尤里安的意见极为尖锐。然而这种程度的尖锐能否对抗奥贝斯坦元帅，他就不列入考虑范围了。因为这个构想原本就错过了时机，很可能会落空……

尤里安为了理清“和”与“战”两种态势，让太空梭在伊谢尔伦要塞和回廊出入口之间不断往返。当然，他也使用了通信设备，甚至还想亲临现场确认情况。

“这就叫劳碌命！”

担心他劳累过度的卡琳，用一贯的口气劝他休息。

尤里安的师父杨威利不管有多么庞大的任务和巨大的功绩，

也从来没给人留下过勤勉的印象。在尤里安看来，他总是带着淡然的表情啜着红茶。

“怎么老是想睡觉哪！看来我是苦夏啊，尤里安。”

“提督是‘苦四季’哟，不要把责任推给夏天。”

尤里安没有杨的名声，从某方面来说，他只能把勤勉当成招牌。这似乎是事情最终不成功时可以用来辩解的借口，让他感觉有些苦涩。即便如此，尤里安还是只能以自己的方式处理事务。

4

莱因哈特皇帝正率领着米达麦亚元帅、艾杰纳一级上将、梅克林格一级上将，行进在前往海尼森的路上。

舰艇有三万五千七百艘。前锋由米达麦亚指挥，后卫由艾杰纳指挥，中央部队则由莱因哈特亲自率领。幕僚总监梅克林格搭乘总旗舰伯伦希尔辅佐皇帝。顾虑到皇帝的健康，还有军医总监推荐的六名军医同行。莱因哈特对被视为患者表现出极大的反感，但这是皇妃和姐姐的希望，他也无法拒绝。当然，不管有几个医生，如果莱因哈特拒绝，他们也不能勉强他接受诊察。

所谓“血与火的四月十六日”事件传到莱因哈特耳中，是在四月十七日。皇帝的愤怒几乎前所未有。再怎么秀丽的面容，也终归是会喷火的。

“军务尚书到底在干什么?！把共和主义者关在墙内就没事了吗？姑且不论把他们当成人质是对是错，杀伤他们，不就失去人质的作用了？”

“是……”

奥贝斯坦用极为简洁的回答承认了自己的过失，对着映在清晰度极低的超光速通信画面上的皇帝深深行了一礼。就算是在清晰的画面上，莱因哈特也难以看出军务尚书的表情。

草草结束了不愉快的通信，莱因哈特陷入了无言的沉思。

不管敌人是门阀贵族的联合军，还是自由行星同盟，在统一宇宙前的每次战役中，莱因哈特的心都雀跃不已。但是在完成统一之后的战争中，他的身心却不得不面临着奇怪的消耗。尤其是在失去杨威利那个无与伦比的敌手后，莱因哈特的精神基调被一种难以言喻的寂寥占据，始终无法抹去这种感觉。

莱因哈特的能源，尤其是精神上的能源，并不是他一个人的私有物，他的敌手们也分担了很大的比例。就像以前杨威利说的那样，莱因哈特的生命化为火焰，烧掉了高登巴姆王朝，烧掉了自由行星同盟，最后也会烧掉他自己。

不久之后，莱因哈特回到了自己的寝室，幕僚们恭敬地目送着他的背影。

“……如果皇帝的衰弱是眼睛可以看得见的，我们当然会注意到。但是皇帝的华丽和美至少在表面上一点都没有褪色。以前他经常发烧卧病，和旧王朝时代比起来，我们不知不觉也习惯了皇帝的卧病。就算是发烧，皇帝的英明也没有受到影响。”

这是被称为艺术家提督的梅克林格一级上将的记述。但是日后检查自己的记述时，他才发现，有关皇帝卧病的记录有与日俱增的趋势。

搭乘伯伦希尔的大本营要员除了梅克林格，还有修特莱中将、奇斯里准将、流肯少校等人，也包括近侍艾密尔·齐列。他们都带着忧心，注意着皇帝的健康情况。修特莱中将曾表达过类似于杨威利的感想，虽然他的表述平淡无奇。

“陛下的霸气像是胃酸，如果没有可以溶解的东西，就会开始溶解胃壁。从去年开始，我一直有这样的感觉。”

听他述怀的是与皇帝同年的流肯少校，当然，他并没有把这件事说出来。只是从那以后，他每天都询问少年艾密尔，皇帝的食欲如何。

另一方面，在行星海尼森上，为了迎接皇帝，即将进行某项行动。

“在皇帝驾临之前，我们要把海尼森的灰尘全部清除干净。”

军务尚书给代替在医院治疗的菲尔纳准将履行职务的代理事务长库斯曼少将下达了这样的命令。他既然是直属于奥贝斯坦的军官，就不可能没有能力。然而和菲尔纳比起来，他面对奥贝斯坦时就显得比较被动了。也就是说，他只是唯唯诺诺地执行军务尚书命令的精密机器，欠缺判断与批判的能力。但在军务部，这样也足够了，菲尔纳的存在反倒是一种异类。

四月二十九日，军务尚书奥贝斯坦所谓的“海尼森除尘工作”正式公布。公告内容足以让万人哑然。以军务尚书之名宣布的公告，内容极为简洁：

“帝国军已于本日逮捕逃亡中的前费沙自治领主安德鲁安·鲁宾斯基，并将之拘禁。该人犯将被遣送回帝都费沙，审判后即可服刑。”

由于公布的事实只有这些，所以不仅是海尼森的市民，连帝国军的最高将领都大吃一惊。当瓦列一级上将询问鲁宾斯基的潜伏处是如何被察知时，军务尚书的部下库斯曼少将只是毕恭毕敬地拒绝回答。

缪拉一级上将从正在住院治疗的菲尔纳准将那儿得到了答案。奥贝斯坦从“诸神的黄昏”作战时起，就一直在探寻鲁宾斯基的所在，但直到今年才发现了一条意外的线索。根据记录于全宇宙医疗机关中的病历，在排除不实的患者名字，经过一番庞杂得令人发晕的调查后，终于掌握了鲁宾斯基的下落。

“鲁宾斯基似乎正为恶性脑瘤苦恼，最多大概只能再活一年。或许他是在焦躁之下，行迹才出了纰漏。”

菲尔纳在病床上抒发了感想。

五月二日，莱因哈特皇帝在行星海尼森降落。这是他有生之年第三次踏上此地，也是最后一次。缪拉和瓦列在宇宙港迎接了皇帝。晚春的柔和光芒和微风，更让莱因哈特的容姿充满了香气和光彩。

以前发布“冬蔷薇园的敕令”的美术馆已经被指定为大本营。在这里，军务尚书奥贝斯坦元帅和毕典菲尔特一级上将正带着不同的表情，等待着皇帝的到来。

毕典菲尔特素有“帝国军中会呼吸的破坏冲动”之称。只要激动起来，即使在皇帝面前，他或许也会毫不犹豫地扑向军务尚书。据说米达麦亚元帅担心发生不测，曾对艾杰纳一级上将说：“如果毕典菲尔特激动起来，我就勾住他的脚，然后你揍他的后脑勺。”但这样的流言只是士兵们不负责任的玩笑话罢了。毕典菲尔特的同僚们都知道，一到皇帝面前，这只猛虎顿时会变得像小猫一样温驯。

见到皇帝，毕典菲尔特缩着修长的身躯，为自己的行为请罪。他是针对自己和军务尚书产生嫌隙，让外面认为帝国军内部不和一事请罪。然而，他并没有善罢甘休，还用充满敌意的视线看着军务尚书，并弹劾对方“嘲笑帝国军的诸将败给杨威利”。

“不要生气，毕典菲尔特，朕在战术上也始终没有赢过杨威利啊。朕觉得这是件很遗憾的事，但并不觉得羞耻。毕典菲尔特，你觉得可耻吗？”

莱因哈特的表情和声音中充满了微笑的粒子，黑色枪骑兵的司令官更觉得恐惧了。另一方面，他也觉得很不可思议。说起来，他是帝国军中最常被莱因哈特责备的人，可以说已经习惯被责备了。以前，莱因哈特的怒气总像火龙一样朝毕典菲尔特袭来，简直要把他的心脏捏碎。而现在，毕典菲尔特觉得皇帝整个人都变了，这个变化对皇帝和帝国到底是凶还是吉，实在难以判断。

在莱因哈特尚未登上帝位，仍担任银河帝国最高司令官时，心腹齐格弗里德·吉尔菲艾斯一级上将曾因为某个高级军官的人事任命，苦口婆心地劝他慎重。莱因哈特觉得自己的感情受到了伤害，用冰蓝色的眼睛瞪着吉尔菲艾斯。

“你说我冷遇他？所谓冷遇，指的是有才能的人受到不平等的待遇。因为那家伙无能，我只是给他适合其才能的待遇罢了。我没有将他免职，他就应该很感谢我了。”

然而，吉尔菲艾斯死后，成为银河帝国实际独裁者的莱因哈特在更新军部人事时，却给了那个人没有什么实权但俸禄极高的地位。很明显，这只是对死者的一种补偿行为。等到宽容之花在莱因哈特的精神领域中萌芽的时候，已经到了他短暂人生的后期。而他那毫不宽容的严苛本质，在不久后就会经由流血事件获得证实。

毕典菲尔特忐忑地退回同僚的行列。被问及是否有意见见狱中的安德鲁安·鲁宾斯基，年轻的皇帝不耐烦地摇了摇华丽的金发，拒绝了。他对鲁宾斯基的关心和评价远低于杨威利。莱因哈特认为，就算鲁宾斯基是个枭雄，但也没有指挥过大军，在器量上远不如杨。

“再次通知伊谢尔伦的共和主义者，叫他们到海尼森来一趟，就说这是皇帝的邀请。缪拉，就以你的名义去做这件事。”

“遵命。可是，如果他们拒绝了，又当如何？”

“如何？到时候他们就要对流血和混乱负起责任了。”

莱因哈特提高了声音。

“奥贝斯坦。”

“在！”

“在朕会见伊谢尔伦的共和主义者时，一定有些毒虫想要阻挠。扫除这些害虫的工作就交给你了，明白吗？”

诸将都感受到皇帝话中带刺，但军务尚书仍然面不改色地行了一礼，接受了皇帝的命令。皇帝有些厌烦地挠了挠金色的头发，环视着诸将。

“就这样吧。今晚朕想跟众卿共进晚餐。十八时三十分集合！”

毕典菲尔特赶上目送着皇帝离去、正欲退出的米达麦亚元帅，有些冒昧地问道：“这样就落幕了吗……”

“嗯？”

“我们的皇帝就要和伊谢尔伦的共和主义者会面了。这样某种妥协的方案也就成功了，宇宙的和平就要到来。我真希望有这么好的结局……”

“你不这么认为吗？”

米达麦亚觉得，毕典菲尔特似乎比皇帝更难适应和平的到来。

“我在想，季节变换时一定会有暴风雨，而且是规模极大的风雨。你不这样想吗，元帅？”

“暴风雨……”

米达麦亚微微地歪着头。

据推测，共和主义者保有的兵力大概超过一万艘舰艇，虽然不容忽视，但跟帝国军的强势比起来实在是微乎其微。难以想象他们会兴起多大的暴风雨。那么，地球教是形成暴风雨的主因吗？

忽然，米达麦亚产生了一个疑问：毕典菲尔特这样说并不是出于预测，而是他的希望吧？而且，似乎不仅仅是他一个人有这种愿望。

五月上旬，以奈特哈尔·缪拉之名，帝国军开始和伊谢尔伦共和政府交涉。尤里安·敏兹则以伊谢尔伦方面的全权代表身份和他们周旋。

尤里安最低限度的要求，是让帝国军公布伊谢尔伦人质的安危，帝国军答应了。莱因哈特皇帝没有主动提出这一点，是因为他没有注意到，而不是刻意隐瞒。他本来就没有这样的想法。

看见生还者中有席特列元帅和姆莱中将的名字，尤里安总算放下了心。这时，又传来皇帝的公告，宣布五月二十日将释放拉格普尔监狱中所有的政治犯。因为这个公告，海尼森市民对军务尚书的愤怒和反感自然变成了对皇帝的善意评价。而且，如果伊谢尔伦共和政府拒绝皇帝的邀请，阻碍通往和平共存之路的责任就转到共和主义势力一边了。

也许奥贝斯坦在筹划整件事时，连这点都计算到了？尤里安不寒而栗。不管怎么说，皇帝已经让步至此，不可能让得更多了吧。或许应该再次前往海尼森，创造和皇帝对话及交涉的机会。即使陷入奥贝斯坦的谋略中，也没有其他的选择了。不，或许有，但这条路上，将有六万到七万的银河帝国军主力部队挡住去路。

“到海尼森去吧！不是以俘虏，而是以使节的身份去。从现在的情况来看，这是最可堪期待的立场了。”

尤里安下定决心。

看来不管是敌人还是自己人，愿望的作用正驱策着每一个人。在一片恶意和善意、野心和理想、悲观和乐观无序的流动混杂之中，行星费沙又发生了一件事——“柊馆大火事件”。

Chapter 6

柊馆大火

1

从莱因哈特的时代回溯一千年，既公元十八世纪，在地球一角的欧洲大陆上流行一种叫“天才学”的有趣而又奇怪的学问。根据这门学问的说法，被称为天才的人必须具备以下六项特质：

一、在特定领域乃至多个领域内拥有杰出的才能；

二、根据这些才能，创造出具有里程碑意义的功绩；

三、对他人的感性有魔术般的支配力；

四、表露出在他人看来有如奇迹般的思考力和创造力；

五、多数早熟，除本人外，家族中不曾出现过杰出的人物；

六、多数在近亲中有精神或社会能力方面有缺陷的人，此外，这种人大多对近亲有憎恶感。

比照这六点就可以发现，正是这些要素形成了莱因哈特·冯·罗严克拉姆壮丽的宫殿之门。莱因哈特具有无人可比的军事和政治才能，并不断使其燃烧，直至爆炸。他的才能和志向完全一致，并用自己的生命将之展现出来。

那么，在历史上和莱因哈特处于敌对关系的杨威利，究竟是不是天才？其实后世对杨威利的评价略显复杂，多半是因为他的才干和志向并不一致。

从许多证言和记录看来，很明显，身为军人的杨在本质上是个战略家。然而事实上，他在战术上有无与伦比的惊人战绩，反倒在战略层面始终无法推翻莱因哈特确立的优势。一直到同盟军瓦解为止，杨都是担任最前线的指挥官，并没有处于制订战略计划的核心地位。这是导致上述情形产生的主要外因，但部分原因也在于他无意克服这个外在因素。因此也有人批评杨消极、优柔寡断，对充分发挥自己的军事才干有所犹豫，这种价值观使他偏向了否定自身才干的方向。或许就是这种精神上的倾向否定了杨的“天才”。如此一来，杨到底是不是天才，就不是杨本身的问题，而是评价者的问题了。

或许莱因哈特·冯·罗严克拉姆和民主共和势力的军事对立，也是一种天才和近似天才者在个人层面的对决。这完完全全是个人层面上的。

尤里安·敏兹在整理杨威利留下来的备忘录时，发现了以下这段文字。

“……深层意义上，莱因哈特·冯·罗严克拉姆是民主共和主义的敌对者。这并不是因为他是残忍愚劣的统治者，而是因为他具备了完全相反的特质。和民主共和主义思想对立的，便是期望救世主的思想。人民没有能力改革社会、矫正不义、解决矛盾，所以才迫切等待着一个超绝的伟人出现。‘自己什么都不做，有朝一日就会有传说中的英雄现身，为自己击退恶龙。’这种依赖他人的精神，和亚雷·海尼森倡导的‘自由、自主、自律、自尊’是绝不相容的。然而在高登巴姆王朝末期，这种对他人的依赖却以几近完美的形式成为现实。莱因哈特·冯·罗严克拉姆就是现实化的救世主传说。他打倒了腐败的高登巴姆王朝，扫除了独占财富和特权的门阀贵族，实行了许多社会改革。而他是不是使用非民主的手段来达到这些目的，此时已不是问题的症结所在了，因为帝国的民众要的并不是民主的过程。结果，帝国民众在毫不费力的情况下获得了民主政治的结果……”

在此之后，杨又会展开什么样的论说，就成为永远的疑问了。他的猝死阻碍了他将自己的思想变为体系化的文字。

这一年，不仅是莱因哈特的事情多，成为他配偶的女子也一样。希尔德，即希尔格尔·冯·罗严克拉姆皇妃，预计于六月一日生产。在皇帝亲率帝国军主力前往新领土之后，她就在柊馆待产，预计五月底移到费沙医科大学附属医院的特别病房去。

对宫内部的相关人员而言，这似乎是个充实、繁忙和不安的初夏。伍尔利·克斯拉强烈地感受到了这一切。

宪兵总监伍尔利·克斯拉一级上将兼任新帝都费沙的防卫司令官，大本营和柊馆的警备司令部也在他的管辖下。如果从个人层面来说，克斯拉的任务等于必须守护好两个半人——莱因哈特的妻子和她肚子里的孩子，以及莱因哈特的姐姐。在柊馆的警备兵方面，他也特地挑选了有救护知识的人，同时每天都亲自到皇妃的住处一次，确认皇帝那少之又少的亲族的安全。有时，他也和玛林道夫伯爵下完立体西洋象棋后才回去。等他回到官邸时，往往已经接近深夜十二点。可以说，罗严克拉姆王朝的现在和未来，正处在他巧妙而努力的守护之下。

被任命为宪兵总监时，克斯拉对旧有的组织和意识进行了巨大的改造。尤为犀利的便是贴出鼓励平民检举宪兵非法行为的布告，制定条例。比如平民检举时不需物证，即使误认或虚报，也不加以处罚；若检举者遇害，就把负责该地的宪兵视为嫌疑犯等。虽然有人觉得这并非正常的决断，但高登巴姆王朝时代，宪兵队就制定了与这样的布告背道而驰的不成文条律，疯狂地镇压民众。不仅是真正的共和主义者和政治犯，连其他人也常常受到波及。

“为了检举政治犯，即使多少会牵连四周的人，也是无可奈何。”

宪兵们如此大言不惭，而一旦自己处于被害者的境地，他们就无法忍受这种待遇了。一部分人采取了消极的做法，但主谋者被一起关进边境的收容所，用非法手段获得的资产被没收，行为特别恶劣的十人甚至被处死。在杀鸡儆猴的效力下，宪兵们都仿佛成了顺从的狗。

此外，克斯拉还更新了宪兵队的人事安排。对自由行星同盟的战争暂告一段落后，他把从前线回来的士兵们都编入了宪兵队。这是一种极可能产生新旧两派矛盾的做法，但在克斯拉巧妙的人事调整和机构改革下，组织内沉淀的旧血都排除了。目前看来，改革已经获得成功。只是跟莱因哈特对帝国整体的影响一样，这个改革是在上层者个人的主导下进行的，这点谁都不能否认。

克斯拉在新帝国历三年就三十九岁了，然而他还是单身。当然，他一定也有过多次恋爱和绯闻，但在私生活方面，他的保密功夫堪称完美。反感他的旧宪兵想揭发他的丑闻，跟踪甚至窃听他，然而始终没有抓住蛛丝马迹。相反，这些造反集团遭到了克斯拉的惩罚和流放。不满和牢骚从地表消失后，克斯拉的地位完全确立。

这一天，五月十四日。季节似乎变得比日历还快，空气有些闷热，天空罩着薄薄的云，使大气停止了流动。“奇怪，怎么这么热？”许多市民挥汗不止。据说也有人预感到似乎有什么不祥或奇怪的事将要发生，事后，大部分人都这么说。

十一时十五分，一通隐去了画面的匿名TV电话打进宪兵本部，说在“邱梅尔事件”中遭受毁灭性打击的地球教势力，在两年的时间内又复活了，他们正把新的根茎伸向费沙的地下社会，将于五月趁皇帝和帝国军主力不在时制造暴动，企图占据费沙的重要据点。帝国军应该火速研究对策，尤其是交通、通信、能源供给各个系统，都可能遭受危险的攻击。说完这些，电话就挂断了。

光是听到地球教的名字，帝国的治安机关就兴奋莫名，像一头眼前有红布挥舞的斗牛。事实上，进入这一年后，交通和通信系统就不断产生故障，社会和经济方面的混乱还在冒烟。

应对措施还没有完全就绪，十一时三十分，罗夫汀地区的油库就发生了爆炸，黑烟和火焰笼罩了整个地区。死伤者不断增加，闻讯赶来的消防队和急欲避难的居民阻挡了对方的去路，现场陷入一片难以收拾的混乱状态。接着，市区与市外的部分通信系统遭到破坏，一部分自来水管受损，菲亚巴尔特地区的街道全淹在水中，水侵入地下电缆网，导致附近一带供电中断。混乱越发扩大。

就这样，到了下午，宪兵队和帝都防卫部队的战力被分散到市内十四个事发现场。

阴谋选在五月十四日实行，是有重要理由的。这天，具有强大的权限和手腕的伍尔利·克斯拉为了视察行星上各处的防卫设施，离开了帝都中心地区。此外，国务尚书玛林道夫伯爵也出门视察工部建设的人造湖和水资源管理系统了。

尽管如此，十五时，宪兵本部终于还是和克斯拉联络上了。一听到报告，克斯拉就大叫：“不要被骗了！那是佯攻！”

他曾是位身经百战的用兵家，深知对方目前战略的重点在哪里。他们的重点不是场所，而是人。

他知道希尔德皇妃和她肚子里的胎儿才是恐怖分子的目标。本来他已经把这个要点传达给宪兵队了，但由于强大的指导者一时不在，部下们顿失依恃，只能一件件处理事态。克斯拉停止了视察工作，坐着喷气式直升机急急赶回帝都，同时下令增加宪兵队的武力。虽然他采取了闪电般的处置，然而当他赶到柊馆时，事情已经发生了。

2

柊馆，临时的皇宫，其名称源自种植在门两侧的柊树，以及雕刻在大门上的柊树徽章。宫内部曾提议把这个徽章改成“黄金狮子”，但莱因哈特觉得只是暂时的居所，就没去管它。关于这件事，安妮罗杰曾笑着对希尔德说：今后你如果说要改建一个家，莱因哈特一定会回答“不用多此一举”。但如果在改建完成后再跟他说，他大概也只会说一声“哦”就没事了。莱因哈特对光年以下单位的事物是没什么兴趣的。

无论如何，宫内部只得暂时先整饬临时皇宫的内外，而庭园的建设也尚未完工。

当天，柊馆来了客人。莱因哈特的姐姐安妮罗杰·冯·格里华德大公夫人殿下来探望弟媳。

安妮罗杰自己虽然没有怀孕生产的经验，但她曾几次帮助其他女子生产。在进佛瑞德李希四世的后宫前有过，进宫后也有过。前后接触的产妇社会地位显著不同，但是她们的生理和心理构造却没有多大差异。对希尔德而言，莱因哈特不在身边固然遗憾，但从心理的支柱来说，有安妮罗杰在反而更好些。莱因哈特即使在身边也帮不上忙，因为他的才干在同一个宇宙的不同世界中，不容他人追随。

这个时候，希尔德躺在二楼书房的躺椅上，背靠着几个靠垫，直起上半身。安妮罗杰正想帮弟媳泡一杯牛奶咖啡，楼下忽然传来了嘈杂的人声和撞击声。

“发生了什么事？”

两个莱因哈特至亲的女人相对而视。姑且不论安妮罗杰，希尔德应该已经习惯了战火。但是，宇宙空间中的战斗如果不是在战舰内发生，就没有声响，所以她对声音的反应比对光的要迟钝一些。另外，怀孕八个多月的孕妇也不可能敏捷地行动。

核桃木的门忽然被打开了，这是不该有的无礼举动。那扇门不情愿地和壁面相拥，发出了不满之声，一个男人挡在门口。

他有一双一看就知道是宗教狂热者的眼睛，看着现实世界的眼神中，罩着一层非现实的膜。他带着手枪，身上穿着不合身的军服，衣服表面血迹斑斑。随着粗重的呼吸，男人像红色的虫子一样蠕动过来。

安妮罗杰无声地挺起身，横在男人的视线和弟媳之间，微微张开两手，将弟媳挡在身后。

“退下！这位是银河帝国的皇妃陛下！”

虽说是叱喝，声调却显得极为平静。此时希尔德切实地感觉到，这个清纯美丽的女人无疑是银河系霸主的姐姐。宗教狂热者的两眼闪出一丝畏缩的色彩。

可是，那只是一瞬间的事。男人的嘴巴大大地张开，发出毫无音乐感的叫声，正要扣下扳机。

就在这一瞬间，门口出现了一个流着血的宪兵，叫声响起。

光束交错，男人的下巴下面被击穿了，他喷着血翻转着倒在地上。宪兵一面问皇妃是否安好，一面跑进来。然而，另一条光束又从他头部的侧面贯穿而过。

安妮罗杰的嗅觉被满室的血腥味占据了。她一面用自己的身体护住即将生产的弟媳，一面鼓励着她。忽然，她发现自己的视野模糊了，入侵者似乎放了火。事后才明白，那些宗教狂热者企图用火来洗净罪恶，把皇帝的妻子象征性地处以火刑。

火和烟的混合部队开始从柊馆各处冲向即将落下夜幕的天空。克斯拉从前院仰望着建筑物，眼神中闪过焦虑的色彩。火灾使热感知系统的能力更加低下，冲进去的时机更难掌握了。

皇妃和皇帝的姐姐正困在屋内。第一队士兵虽然冲了进去，但是被楼上的火力所阻，只有两名逃了出来，其余的似乎全送了命。顾虑到皇帝夫妻的私生活，屋内并没有装监视系统，这一次却造成了反效果。柊馆原本是私人宅邸，所以只留下了平面图，一时无法正确知悉内部的情况。

“让我过去，让一让！”

一个人影像松鼠一样在士兵中轻巧敏捷地穿梭。她正要穿过克斯拉身边时，被宪兵总监一把抓住了领子。他抓到的是一个大约十七岁，有黑色头发和黑眼睛、脸形纤细的少女。

“退下！”

“可是，希尔德小姐，不，皇妃和大公夫人都还在二楼。请放开我！”

“你是近侍吗？”

“是啊，如果我没有去买巧克力冰激凌，就不会发生这种事了。”

怎么会呢？克斯拉一面想着，一面陷入了沉默。少女带着认真的表情看着他。

“求求你，上校先生，请你一定要平安救出皇妃和大公夫人。求求你！”

被对方至少少叫了五级军衔的宪兵总监压抑着苦笑，要少女判断皇妃和大公夫人在二楼哪个房间。自称皇妃近侍的少女歪着头想了一下，几秒钟后，她抓起“上校先生”的手，把他拉向后院，准确地指向开始冒白烟的二楼一角的房间。

“那边是书房南侧的窗户。窗下有一张躺椅，皇妃就在那里！一定在！”

克斯拉点了点头，叫部下拿来野战用的轻合金梯。确认过气爆枪的能量匣，他叫来三名军官下了指示，然后把梯子架在墙上，确定稳当后，便把手搭了上去——宪兵总监要亲自冲进去。

“霍克斯波克斯·费兹布斯！霍克斯波克斯·费兹布斯！”

少女一边念着奇怪的咒文，一边交握着手指。她发现克斯拉用奇怪的眼神看着她，刚想笑，随即想到场合不对，赶快又恢复了紧张的表情。

“这是祖父教我的咒文，意思是说，凶事啊，赶快消失吧！”

“有效吗？”

“重复次数越多越有效。”

“那么，你就继续吧。”

克斯拉把气爆枪衔在口中，爬上了梯子。尽管他身为高级军官，但希望站在最前线的欲望仍使他产生了这股冲动。他小心地把脸靠上窗户，看到室内有一个拿着枪的男人。没用半瞬，他就知道那不是宪兵。

“霍克斯波克斯，以下省略！”

出声的同时，克斯拉瞄准那个人，开了枪。虽然比不上已故的齐格弗里德·吉尔菲艾斯和克涅利斯·鲁兹，但克斯拉也是一流的射手。光束击碎玻璃，变成一把能量之剑射穿了恐怖分子的胸膛。恐怖分子朝后方飞出了数步的距离，背撞在墙壁上，然后摔落在地。

第二个男人跑进了克斯拉的视线。男人看着室内的惨状，扭曲着脸，从室外栏杆处瞄准屋内的两个女人。与此同时，克斯拉发射了第二枪。

第二个凶徒一声惨叫，身体越过栏杆滚落到楼梯平台上，摔倒在花岗岩的平台后，痉挛了一会儿便一动不动了。这时，又有三四名宪兵跑过他身旁，攀上楼梯。数道光束从楼梯上射下来，楼梯下也开始回击。在火焰和烟雾的竞相争斗中，闪光纵横奔窜，制造出新的死亡和痛苦。三个地球教徒离开无益的残杀之地，飞奔进书房，想完成暗杀的目的。

克斯拉用身体撞破窗玻璃，跳进室内，从右手中射出了光束。连续两道光闪过，一个地球教徒被击穿左胸和左肩的交界处，另一个则被击穿了脸，血的喷雾把绯红的染料从墙壁洒向地板。

第三个地球教徒第一次有机会比克斯拉早开枪。他当然是想射杀克斯拉的。然而光束却偏了，只击落了克斯拉的枪。男人改变枪口方向，想把希尔德连她肚子里的胎儿一起杀死。

在这一瞬间，安妮罗杰优美的身体像乘着风的蝶儿一样飞起来。她抓起放在暖炉上的雕刻台灯扔了过去。台灯飞过空中，狠狠地砸在恐怖分子脸上，鼻骨发出碎裂的声音。水晶玻璃和大理石的碎片刺入肉中，血和惨叫声四处飞散。于是他的枪口一跳，光束射向了天花板。安妮罗杰低下身子，用自己的身体护住希尔德。

克斯拉捡起了掉落在地上的气爆枪，开枪射击。男人的胸口迸出血花，夸张地前后摇摆，张着两手仰面倒下，后脑撞上了地板，发出巨响。声音消失后，四周陷入了短暂的静寂。围绕着楼梯进行的枪战似乎也告一段落了。

克斯拉用一只手理了理散乱的头发，屈下一条腿，跪在希尔德和安妮罗杰面前施了一礼。

“两位平安无事吧？”

安妮罗杰金黄色的头发散乱着，玻璃碎片割伤了她的手腕和手背，白皙的皮肤渗着血丝。她的两颊淌着透明的汗水，呼吸也显得很急促。然而，她蓝宝石般的眼睛中却浮现出骄傲的神情。她用自己的身体守住了弟弟的妻子和胎儿。

“克斯拉一级上将，你来得正好。请立刻叫御医和女官来。皇妃陛下就要生产了。”

安妮罗杰的声音在数秒之后才通过克斯拉的听觉神经，敲开了他的理性之门。皇帝信任的宪兵总监兼首都防卫司令官明白了事态，半直起自己的身体。在重力的无形之手的拉拽下，他跑近窗户，大声叫着宪兵。有个人从开着的门跑进来，是那个不久前才和克斯拉相识的黑发少女。

“皇妃！希尔德陛下！您没事吧？”

少女抱着希尔德。希尔德忍住剧烈的阵痛，装出笑脸，抚摸着少女的头发。少女因为放心和喜不自胜哭起来。

然而，现在可不是感动的时候。整个建筑物都处在可恶的火神的拥抱下。宪兵们拿着担架跑进来，把希尔德抬上担架，盖上毛毯，抬出了满是浓烟的屋子。克斯拉两手抱起安妮罗杰和黑发少女，将她们带出屋外。

急救用的白色地上车已在前院待命，希尔德的担架被送进车内，安妮罗杰和近侍少女，还有御医和护士一起上了车。急救车开动了，军用车前后守护，在克斯拉部下威兹雷本上校的指挥下朝医院急驶而去。克斯拉则留在现场指挥灭火和救出受伤者。

五月十四日十九时四十分，柊馆付之一炬。罗严克拉姆王朝的皇帝夫妻在这里的生活，不到四个月就结束了。

3

结束的另一面，必定是另一个开始。基本控制住市内十四个地方的破坏活动后，克斯拉赶到了医院。在分娩室外，他祈祷着皇妃平安生产。他连被煤烟弄脏的军服都没来得及换。

这个时候，接到报告的玛林道夫伯爵赶到了医院。他对克斯拉的尽职尽责表达谢意后，便在特别室里等待女儿生产。

“上校先生，请用。”

那个担任希尔德近侍的黑发少女找到他，送来一杯盛在白色陶瓷杯里的咖啡。

“谢谢你，小姐……”

“我叫玛丽嘉·冯·佛耶巴哈，是个很伟大的名字吧？”

少女笑了，就像破云而出的蓝天一样。

“上校先生的大名呢？”

“克斯拉，伍尔利·克斯拉。”

少女微微地蹙起了眉头，接着为自己的新发现感到惊愕，眼睛和嘴巴都张成了O字形。

“啊，那么，您是宪兵总监阁下，不是什么上校啰？！”

“曾经也是上校。”

“对不起，从年龄看来，我以为您大概是中校之类，还觉得叫一个更高点的职位或许比较好，反而失礼了。我的记忆力太差了。宪兵总监阁下常常到皇妃的住处去嘛，我本该记住的……”

“算了，因为我也记不得你呀，佛耶巴哈小姐。”

克斯拉微笑着，少女也回以可爱的笑容。

“谢谢您，阁下。嗯，请叫我玛丽嘉。”

少女的语尾加上了其他的声音，那是一种强有力的生命赞歌。当克斯拉和玛丽嘉站在一旁说话的时候，分娩室的门打开了。医生从兴奋的脸上拿下面罩，声音发颤地宣布：

“是个男孩，身体完全健康。皇妃陛下也平安无恙。帝国万岁！”

新帝国历三年、宇宙历八〇一年五月十四日二十二时五十分，全人类社会最负盛名的婴儿诞生了。这是一个将成为罗严克拉姆王朝第二代皇帝的男孩。身为莱因哈特·冯·罗严克拉姆之子，对这个婴儿来说究竟是福是祸，目前没有人可以预测。

希尔德的生产过程并没有多少痛苦，但是由于产前的惊愕和冲击，她原本井然有序的理性和记忆无可避免地产生了混乱。当她因目不暇接的转变而呆愕时，人生最重要的瞬间已经从她的身旁溜过。直到她定下心来环视四周，才发现自己躺在床上。那里已不是分娩室了，而是以适合视神经的绿色系装饰而成的豪华居室。这是一百多天前就为皇帝的妻子准备好的房间。

希尔德移动着视线。一个她熟识的气色很好的中年护士开口说道：

“皇妃陛下醒过来了。”

随着这个声音，另外一个人的身影也进入了希尔德的视线。那是一个有烟雾般金发的美人。只见她右手缠着白色的绷带，手上抱着婴儿。一瞬间，仿佛有圆形的光芒从她背后浮现。

“安妮罗杰姐姐……”

“是个很健康的男孩子呢，皇妃。不管像父亲还是像母亲，他一定都会成为一个聪明漂亮的孩子。”

在病房外，欢庆的气氛沸腾起来。皇妃生产了，而且生了一个男孩、一个帝位的继承者。这怎能不让大家为之疯狂！

“皇子殿下万岁！”

“皇妃陛下万岁！”

玛丽嘉·冯·佛耶巴哈跳到了比她高一头的一级上将身上。当宪兵总监兼首都防卫司令官抱起她苗条的身体时，扬声器里放出了热闹的庆祝歌曲，香槟酒不断被打开。喧闹中，玛丽嘉把脸颊贴上克斯拉的脸，结果煤灰也沾到她淡玫瑰色的脸颊上。她大声笑着，落到地上时，拉着宪兵总监的手轻快地跳起舞来。

“……就这样，在银河帝国罗严克拉姆王朝第二代皇帝诞生的夜晚，平素严谨刚直的首都防卫司令官穿着军服，和比他小二十多岁的少女跳起舞来。顺便一提，两年后，这个少女就成了克斯拉元帅夫人。”

后来出版的《克斯拉元帅评传》第五章中这样记述道。顺便说一下，在这本评传中，还记载着克斯拉的容貌并不像军人，倒像是个能干的少壮派律师。

4

如果这是一幕轻歌剧，幕布应该在充满活力的合唱和观众的掌声中落下。然而，伍尔利·克斯拉真正的工作才刚刚开始。

把皇妃、皇子和大公夫人委托给宫内部人员和御医团，安排好医院的警备工作后，他就朝着宪兵本部去了。玛丽嘉·冯·佛耶巴哈在医院大门和他挥手道别的身影消失后，克斯拉立刻换上了另一件精神上的衣服。从亲切可信的“上校先生”变成冷酷严厉的宪兵总监，他是在地上车的后座上完成这种转变的。

宪兵本部的医疗室内收容了六名恐怖分子，此外还有在佯攻作战中被拘捕收押的二十名。死者的数量是生者的六倍，费沙的地球教实力看似已溃灭，然而……

“地球教的头目在哪里？”

克斯拉最想知道这个问题。当然，这些狂热信徒是不会轻易招供的。

“使用自白剂，就算他们死了也没办法。”

伍尔利·克斯拉本是在宇宙空间昂首阔步的行动型军人，他珍视“提督”的称号，对统领宪兵队之类的任务甚至有些不屑。尽管如此，由于他处理事务能力过人，还是被任命为宪兵总监，并兼任首都防卫司令官，他把这两个任务都完成得很好。所以在莱因哈特皇帝在世期间，从奥丁到费沙，他始终没离开过政治中枢。他对这种安排并不情愿，但这种军人性格反而加深了人们对他的信赖。对克斯拉来说，这或许是略带讽刺的境遇。

无论从哪方面来看，他都无疑是个公正高洁的人。然而，他毕竟是罗严克拉姆王朝的军人，不是拥护犯罪者人权的人道主义者。如果他认为有必要，便不惜使用拷问之类的手段。但当对方是宗教狂热者时，肉体的痛苦常常会变成殉教者的自我陶醉，化为一种殉道的满足。依据多次检举地球教徒的经验，克斯拉掌握了这些特点。这样一来，只有使用自白剂了。在克斯拉看来，这是理所当然的。

在讯问中丧命的地球教徒多达八人，宪兵队的残酷日后也成了传闻的重点。但是从宪兵的角度来看，他们的辛苦得到了回报。对比和分析过几份被迫做出的供述后，宪兵队终于掌握了地球教徒在费沙的活动根据地。经过秘密搜查，发现还有许多地球教徒潜伏在该处，并准备了武器，企图袭击费沙医科大学附属医院。

在此期间，克斯拉在费沙中央宇宙港以及行星上所有的宇宙港布下了监视网，发现了三名企图逃亡的地球教徒，射杀两人，逮捕一人。同时也收获了一些副产品，包括毒品走私犯、倒卖军需物资犯、诈骗犯等，一共超过十名刑事犯被逮捕。

五月十七日，克斯拉亲自指挥十个中队的武装宪兵，包围了位于耶夫莱姆街四十号的地球教活动基地。二十二时，“耶夫莱姆街之战”开始了。这是一场一开始就注定胜负的战斗，但失败的一方拒绝投降，战斗景象也就显得格外凄惨。“这场战斗连一丁点美感都没有”，日后克斯拉这样回忆。十八日一时三十分，战斗结束。二百二十四名地球教徒除了三个意识不清的重伤者，其余全部死亡。服毒自杀者达二十九人之多。宪兵队也付出了死亡二十七人的代价。地球教徒从费沙的地表被一扫而光。

另外，这天天还没亮的时候，在行星费沙执行了前内务部次官兼国内安全保障局局长海德里希·朗古的死刑。朗古并没有哭着求饶。他从牢房出来时，已经神志不清。在延髓被激光光束击穿的那一瞬间，他也没有恢复意识。

或许对海德里希·朗古来说，这倒是一种幸福的死法。然而对朗古的遗族而言，失去丈夫或父亲的事实是没有办法改变的，他们沾满污名的“死囚家族”的人生才刚刚开始。罗严克拉姆王朝和高登巴姆王朝不一样，即便是政治犯，也不追究家人的罪责，然而记录和记忆却是一直存在的。深夜，从耶夫莱姆街过来的克斯拉默然看着朗古被运走的棺柩。朗古夫人那穿着丧服、无所依靠的背影，他在很长一段时间内都无法忘记。

十八日下午，结束不愉快的任务后，克斯拉回到了四天未归的官舍。他脱下衣服便滚到床上去，一直睡到傍晚。就在他好不容易睁开眼睛，正在洗澡时，费沙医科大学附属医院打来TV 电话——希尔德皇妃要见他。

赶到医院的宪兵总监被请入希尔德的病房。希尔德在护士的服侍下，在床上欠起身子，微笑着迎接丈夫能干的臣下。

“皇子能平安获救，全靠大公夫人殿下和克斯拉一级上将。我要好好谢谢你。”

“下官惶恐，是下官守护不周，让皇妃陛下和大公夫人殿下受惊了。下官理当受到惩罚。”

克斯拉的恐惧是双重的。穿着宽大睡衣的希尔德胸前抱着婴儿，他比莱因哈特更早地看到了皇子。

“还有一件事，克斯拉总监。”

“哦？”

“玛丽嘉·冯·佛耶巴哈是我一个很重要的朋友。她要我带一句话给和善的‘上校先生’：明天晚上一起吃晚餐如何？”

这位身经百战的名将、冷酷的宪兵指挥官，顿时像少年一样红了脸。

5

最先传送到行星海尼森的报告，是充满了欢乐色彩的吉报。

“皇子诞生！母子平安，现在正停留在费沙医科大学附属医院！”

“停留”这种表述很奇特，但母子均安的消息让驻留在海尼森的帝国军相关人员仿佛置身于欢喜的雪花之中。

接着又传来了柊馆大火、枪击战、格里华德大公夫人轻伤等消息。然而不久后，希尔德皇妃就亲自给莱因哈特发来消息，告诉他一切事情都已解决。

莱因哈特还没有切实体会到为人夫的感觉，现在又成为人父了。微微呆愣了一阵子之后，修特莱中将提醒莱因哈特，要为皇子取名字。这虽然不是突发事件，但对莱因哈特来说，又何尝不是一件令他困惑的事？事后，近侍艾密尔·齐列看到皇帝书桌四周扔满了纸团，不禁大吃一惊。

莱因哈特和骨肉至亲的缘分原本就很浅。

构成天才的六大要素之一是对亲人的憎恶。莱因哈特憎恨父亲，而母亲在成为他憎恶的对象之前，就永远离开他了。现在，他自己已为人父，成了背负家庭重任的人。

家人这个名词，反倒让莱因哈特感到困惑。母亲很早就去世了，没有在他的记忆和精神底层留下深刻的印象。在莱因哈特心中，所谓“母亲”的概念是相当抽象的，就像有些温热的蒸馏水一样。父亲则和母亲一起消失了。他的肉体虽然还存在，然而精神却已经退化。他不仅没有尽到照顾孩子的责任，甚至还把女儿卖给当权者，换得一点点金钱回报。莱因哈特根本没有双亲，准确地说，他根本不需要双亲，当然是在他有了生命之后……

对莱因哈特而言，家人只有那个像春天的阳光一样，倾注了所有的爱给他的姐姐。如果再加上一个，那就是住在隔壁的高个子红发少年。莱因哈特和红发少年从外面玩累了回来的时候，总会被姐姐赶进那间狭窄的浴室。当他们欢闹着洗完，从浴室一出来，就被浴巾紧紧包裹起来。古旧的桌子上飘散出热巧克力的香味，更让少年期盼……

“好俗的名字啊，什么齐格弗里德……”

莱因哈特对着遥远而温馨的记忆喃喃。他拿起了笔，在不知第几十张纸上写下一个名字。

亚历山大·齐格弗里德·冯·罗严克拉姆。

这是罗严克拉姆王朝第二代皇帝的名字。因为这个名字，婴儿被称为“亚力克大公”。

第二代皇帝诞生后，第一代皇帝当然没有因此卸下重任。莱因哈特是在二十岁生日前继承了罗严克拉姆伯爵家的称号，如果以此为标准，他的治世还要持续十九年。

自己会成为四十几岁的人，这让莱因哈特实在难以想象。但是，成为人父也是他难以想象的事，而现在已经实现了。所以，年龄增长到四十几岁，甚至超过六十岁也都会实现。不管莱因哈特是多么了不起的天才、多么无与伦比的英雄，既然是人，就没有长生不老的。

然而，在思考明天和后天的事情之前，莱因哈特今天就有几件事要做。许多大大小小的公私两方面的课题正等着他裁决。

他要再次把伊谢尔伦共和政府和革命军叫来谈判；把政治犯从拉格普尔监狱释放出来，让他们回家；要搜查拉格普尔暴动的主谋；此外要重新整饬新领土尚未完全从混乱中恢复的交通、通信及流通体系。同时，他还要处置以政治犯的罪名被捕的旧费沙自治领主安德鲁安·鲁宾斯基；给在帝国内部撒下不和种子的军务尚书奥贝斯坦和毕典菲尔特一级上将正式的警告处分；要处分败给伊谢尔伦革命军的瓦列一级上将，同时也要奖赏他使帝国军免于分裂的功劳；通过宫内部正式公布皇子的名字；给妻子希尔德和姐姐安妮罗杰写信；选定取代已经烧毁的柊馆的临时皇宫；奖赏首都防卫司令官兼宪兵总监克斯拉一级上将的功绩，还有……是不是还忘记了什么？皇帝是个相当忙碌的职位，至少罗严克拉姆王朝的皇帝是这样。

安妮罗杰前来守护亚历山大·齐格弗里德的诞生，保护这对母子免遭宗教狂热者的伤害，这是一件足以温暖莱因哈特内心的喜事。自从齐格弗里德·吉尔菲艾斯死后，经过一千多个日夜，他和姐姐的感情才恢复如初。如果进一步回溯时间之河，船应该停靠在十五年前的岸边。当然，春光会像水晶碎片一样洒落下来。

莱因哈特给还未谋面的孩子取了那个陪伴自己半生的挚友的名字，不是为了对故人赎罪，而是为了表达感谢之情和更深厚的情感。吉尔菲艾斯和莱因哈特共同拥有他生命中充满光和热的岁月。莱因哈特把齐格弗里德的名字给了那个长大后会成为罗严克拉姆王朝统治者的男孩，是理所当然的，也是自然的。

忽然，一个问号闪过莱因哈特的心头。他检视那段充满光和热的过去时，发现了一件事。他一边用指头梳理金色的额发，一边陷入沉思。

“莱因哈特大人”，吉尔菲艾斯是什么时候开始用敬称称呼密友的呢？不可能从刚认识就这样。是在进入幼校之后，只有他们两人在一起的时候，他才这样叫的。不知不觉间，彼此也都习以为常了。莱因哈特并没有身为吉尔菲艾斯“主君”的意识，直到吉尔菲艾斯死前也没有。吉尔菲艾斯是莱因哈特的分身，他活着时，莱因哈特的人生可以有两倍的质与量。

“归根结底，莱因哈特·冯·罗严克拉姆对齐格弗里德·吉尔菲艾斯的感情，只不过是把自己的人生映在镜中，并加以美化罢了。”

也有历史学家这样严苛地批评。或许出生在后世，对这个历史学家而言是一种幸福。如果莱因哈特听到这段评语，他的怒气一定远在宽容之上。

在提督们投宿的银翼宾馆中，有一间装了大型偏光玻璃的谈话室，从这个房间几乎可以毫无阻碍地看见海尼森中央宇宙港的全景。

庆祝皇子诞生的余韵还在室内回荡，然而整体上，还是安静的气氛占据了优势。一边喝着咖啡一边交谈的提督们，让人想起一群正在休息的猛禽——一群穿过历史上最长距离的金色海鹫。

“克斯拉好像把费沙地球教的地下组织都扫灭了。”

“是啊，今年好像是割草之年嘛。”

“连神出鬼没的鲁宾斯基也落网了，亚力克皇子殿下可以在安稳的环境下成长了。”

“可是让鲁宾斯基落网的却是那个奥贝斯坦啊。你对此是怎么想的，毕典菲尔特？”

被瓦列稍带揶揄地一问，毕典菲尔特换了换交叉的双腿，结果膝盖一下碰到了桌子，桌上的咖啡杯跳了起来。好在每个杯子都空了。

“恶魔被妖怪抓住的话，作为一个人，我当然是希望两败俱伤喽！没想到鲁宾斯基太不争气了，就算得了不治的脑肿瘤，也不能直接到殡仪馆报到呀，那未免太虎头蛇尾了。”

毕典菲尔特的说法尽管放肆，却让人觉得有奇妙的说服力，同僚们不禁会心一笑。

这个时候，除了奥贝斯坦元帅和克斯拉一级上将，银河帝国军的最高级官员都聚集在这个房间里，包括米达麦亚元帅、缪拉一级上将、毕典菲尔特一级上将、梅克林格一级上将、艾杰纳一级上将、瓦列一级上将等人。和莱因哈特在利普休达特战役中获胜后相比，最高级的官员减少了一半。失去的同僚和无法失去的记忆有多少，有多贵重！众人在灵魂深处都知道，他们渡过的星海同时也是血腥的海洋。一想到这些，他们瞬间生出肃然之感，同时也自然而然地确认，自己绝不会有任何悔恨。

站在窗边凝视风景的梅克林格听到开门声，回过头来。米达麦亚麾下的卡尔·爱德华·拜耶尔蓝上将匆匆进门，对着前辈诸将敬了一礼，然后低声向有“疾风之狼”之称的宇宙舰队司令长官报告。拜耶尔蓝的紧张传染给了米达麦亚，但米达麦亚却加上了一点喘息的时间，给了同僚们一个犀利的微笑。

“各位，看来休息时间已经结束。根据刚才的消息，伊谢尔伦军的所有部队已离开回廊，正朝海尼森方向前进。”

无声的骚动使空气产生了波动，几个穿着黑银两色军服的身躯从椅子上站起来。只有一个人——那个凝视着立体西洋棋盘一动也不动的人，会意似的点了点头，移动了骑士的棋子，自言自语地说道：

“将军！”

他的声音虽然低沉，却压过了周围的静寂。同僚们带着各不相同的惊异表情看着他。除了渥佛根·米达麦亚，另外四个人是第一次听到这位同僚的声音。

这是新帝国历三年五月十八日十六时的事。

Chapter 7
深红星路

1

战术层面上的偶然，不过是战略层面上必然的余光的碎片。

——杨威利

新帝国历三年、宇宙历八〇一年五月底，银河帝国军和伊谢尔伦革命军的全面冲突，光从表面的事件来排序整理的话，看来就像是运气不佳和小小的偶发事件引起的。

一艘小小的民间宇宙船从帝国军控制下的旧同盟领地朝伊谢尔伦回廊航行。这是一次追求自由和解放的逃亡，船上共坐了九百多位男女老幼，超过了载客量。这艘徒有华丽名字“新世纪”的老朽船只，因为动力部分发生故障向伊谢尔伦求救，结果通信波却把帝国军给引来了，尽管他们费了好大的心血才穿过帝国军的巡逻网。

“理想是从现实的尸体中吸取养分的食尸花。一个理想需要比一个军团的吸血鬼还要多的血，它需要的是双方的血——支持该理想和反对该理想的人的血。”

这种与其说是痛切，不如说是强烈的嘲讽更合适的现象，有时却构成了真理的一部分。此时伊谢尔伦共和政府的情形或许就是这样。“真麻烦，不要管了”，伊谢尔伦共和政府虽然有这样的想法，但无法对那些逃离帝国军掌控追求自由的人见死不救。当然，通过以往政战两方面的经验，他们也变得非常圆滑，一度怀疑这艘宇宙船是不是帝国军的破坏者。然而想到莱因哈特皇帝的为人，又觉得似乎不可能。伊谢尔伦军便赶紧派出舰队前往搭救。

双方就此展开了一场再典型不过的遭遇战。帝国军发现伊谢尔伦军出现，大吃一惊，连忙召集附近的同伴。不久，德洛伊杰上将的舰队就急速赶到，伊谢尔伦军也不得不动员大规模的舰队。数千艘舰艇展开了两小时的交战。德洛伊杰并没有笨到一定要在这个场合获得战术上的胜利，于是开始后退。然而伊谢尔伦军一掉头返回，他就摆出追击之势，并不断集结友军，结果伊谢尔伦军想撤回都不能了。尤里安获得了“新世纪”号上人们的感谢，并把他们送回伊谢尔伦。然而他不禁生出一种混合着后悔的恐惧——皇帝的作战欲望会不会就此被挑起？

然而，纵观莱因哈特·冯·罗严克拉姆短暂的生涯，就会发现他动员的兵力从来没有一次仅仅停留在示威层面上，必然要把兵力投入实战。因此，他被人评价为“皇帝其人嗜战”。他短暂的治世不仅被金黄色装饰，也被深红色装点得绚烂夺目。

另一方面，以尤里安·敏兹为首的伊谢尔伦革命军也把主力集结在回廊的出入口，随时应付意料之外的事态。和平交涉的契机因去年杨威利遭暗杀和今年的拉格普尔监狱流血事件等外来因素受到妨碍，使他们精神上的甲胄更加厚重了。其实这也是不得已，但结果双方都不得不开启战端。

尤里安无意拒绝皇帝的交涉要求，但也不打算卑屈地主动提出做帝国的附庸。有关莱因哈特的人格和价值观，尤里安过去经常从杨威利那儿听到评论：

“莱因哈特是个不惜为自己的理想和野心，甚至为了爱憎焚烧自我的人。正因如此，他对敌人甚至也这样要求。莱因哈特如此哀惜逝去的友人齐格弗里德·吉尔菲艾斯，就是这个原因。而我们轻蔑元首优布·特留尼西特，也是出于这种心态。”

如果民主共和政治是那样贵重的东西，为什么不豁出生命去守护它，而是眼睁睁看着它沦亡于专制政治统治下？又为什么会根据自己的意志和选择，把权力送给特留尼西特那样的人，还心安理得？这一定是莱因哈特无法理解的事情。或许莱因哈特非常希望从占据伊谢尔伦的少数人当中寻找理想对手的影子。

“不管怎么说，只要我们占据着伊谢尔伦，拥有庞大的兵力，姑且不论莱因哈特皇帝如何，帝国政府和军部的不安就永远无法消除。也许哪一天，伊谢尔伦就会成为我们自己的负担，而不是他们的。”

“那么，要放弃伊谢尔伦吗？”

“如果执迷于伊谢尔伦，最终反而会使我们在政治和战略上的选择余地变小。”

杨那时的发言始终极为抽象，但他无意将伊谢尔伦当成民主共和政治的永久根据地，这一点尤里安是完全理解的。然而，应如何把伊谢尔伦的存在活用在战术上？这是尤里安目前最重要的课题。

尤里安从杨那里学到，对莱因哈特傲人的才能和野心要保持敬意，同时也学到了勤于分析潜藏在莱因哈特才能里的危险要素。但在研究这个人物时，他经常会因为直视太阳，面临被灼伤眼球的危险。

在尤里西斯上，尤里安对先寇布、亚典波罗、波布兰等人说出了他的想法。即使莱因哈特握有和伊谢尔伦共和政府交涉的机会，他也一定要在此之前先进行一次战斗。因为能否为了理想流血，是莱因哈特测试对手的一种方式。

战斗也正是先寇布等军事人员的希望。亚典波罗一方面对尤里安的见解表示赞同，一方面又微微歪着头，提出了疑问。

“如果真是这样，后世的历史学家会不会把莱因哈特评价为一个嗜血的野心家？”

“不，大概会写成一个拥有的功绩和让敌人流的血相匹配的伟人吧。”

或许是疲倦的关系，尤里安的语气中透出了嘲讽。他回应的声音滑过人们的耳膜时，还残留着些许刺耳之感。

“因为后世那些历史学家是以效率这种价值基准来衡量流

血的。即使在宇宙统一之前还要死一亿人，他们还是会这么说。他们会说，只死了一亿人就完成了宇宙统一的霸业，真是了不起的丰功伟业啊！”

尤里安一口气发泄完，席间变得鸦雀无声。华尔特·冯·先寇布冷静地批评起发言者的过激来。

“这种说法真不像你的风格。难道你想变成一个冷笑家，在后世的毒舌录上留名？”

“对不起，我太激动了。”

尤里安脸红了，但也没有道歉。他只是忽然意识到，姑且不论杨威利，自己在才能、经验及实绩各方面都比不上莱因哈特，要分析对方的精神作用实在是太勉强了。尤里安目前的身份原本就不是历史学家，而是用兵家。他并不是站在衡量流血效果的立场，而是站在被衡量者的立场。

莱因哈特把一级上将以上的诸将和直属大本营的幕僚们召集到临时大本营。尽管采取了御前会议的形式，然而他现在无意询问幕僚是否要出兵。不如说，他的目的是要让诸将彻底明白他的战意和斗志。

“如果是他们发兵挑衅，我们当然没有回避的理由，原本朕就是为此而亲征的。朕即日就率领你们离开海尼森，前去讨伐。”

莱因哈特环视诸将，从奈特哈尔·缪拉的视线中发觉对方有什么话想说。在皇帝催促的表情下，有砂色头发和砂色眼珠的良将诚实地发表了意见。

“不是下官轻敌，这次战役还没到关系帝国存亡的地步。下官认为陛下无须亲自上阵。战事请交由下官等人，陛下就请留在行星上。”

莱因哈特用嘲讽的眼神回应缪拉的进言，冰蓝色的眼睛中跳跃着流星般的光芒。

“朕为什么要率军亲征？难道要以毫无原则的笑脸去面对共和主义者无礼的挑战？不。朕明白你的好意，可此时它是无用的。”

这次轮到米达麦亚要求发言了。

“请容我直言，陛下，皇妃陛下和大公夫人殿下都在费沙等着陛下回去。请您在后方监督我们作战就可以了。”

“哦？你也有妻子，朕想她一定也祈求着你的凯旋吧，难道朕就可以让你置身于危险当中吗？”

莱因哈特的话中虽隐含恶意，却又合情合理。米达麦亚顿时毫无反驳的余地，只有沉默。

就如莱因哈特言明的那样，帝国军没有理由回避战争。如果这次攻下伊谢尔伦，就可以把人类社会统一于“黄金狮子旗”下。海尼森和巴拉特星系的帝国军战力是伊谢尔伦军的五倍以上，装备和补给也有优势。如果伊谢尔伦军渴望战斗，对帝国军而言，这无疑是开辟一条和平统一捷径的良机。

要勉强找出帝国的不安因素的话，就是新领土各处的物流、交通及通信混乱尚未完全平息，不过在拘捕安德鲁安·鲁宾斯基后，情势已经有了明显的改善。米达麦亚也不得不承认，军务尚书果断的行动铲除了阴谋的根源。

瓦列一级上将由于麾下的战力已经减半，所以受命警戒行星海尼森。和军务尚书奥贝斯坦元帅一起留在海尼森并非瓦列所愿，然而这是皇帝的命令，他没办法拒绝。奥贝斯坦也对皇帝亲自上阵一事表示反对，但态度不是很强烈。他默默地行了一礼，接受了命令。

年轻的金发霸主命令近侍艾密尔·齐列拿来葡萄酒，又为每个人拿来酒杯。他亲手为诸将倒酒，也在自己的杯子里注入四二四年份的酒。

“杨威利是个没有胜算就不会作战的人，他值得朕尊敬。但是，他的后继者又是怎样一个人呢？”

这不是在对诸将发问，也不是自言自语。喃喃地说了这段话，他又微微地提高声音：

“米达麦亚！”

“在！”

“你比朕提前一天出发，设好和共和主义者一决雌雄的战场。全军的前锋也交给你了。艾杰纳为左翼，毕典菲尔特为右翼，缪拉断后。梅克林格以幕僚总监的身份跟随朕左右。那么，干杯！”

皇帝高举起酒杯，把鲜红色的液体一饮而尽，将酒杯摔在脚下的地板上。诸将也跟着这样做，地上铺满了晶莹灿烂的碎片。这景象让人想起他们从前踩在军靴下的群星。

2

莱因哈特浮游于无穷的宇宙空间中。

帝国军总旗舰伯伦希尔的舰桥呈半球形，上半部是一面显示屏，把银河系中散布的数亿颗光亮和黑暗的微粒子洒落在指挥椅上的莱因哈特身上。莱因哈特全身承受着这些微粒，当明暗的交错和他的心跳及呼吸同步跃动时，他觉得自己和宇宙化为一体了。这是最幸福的时刻。他的灵魂深处浸浴在星海中，所有的细胞都在随着全宇宙的法则律动。现在，他把舰艇停在距离海尼森十二天行程的一片名为希瓦的星域，但这个名词对他没有什么特殊的意义。他是宇宙的一部分，而宇宙是他的全部，没有人能将这固有的两者分开。

这个时候，莱因哈特觉得有些低烧，但他既没有告诉重臣，也没有对近侍说明。如果被他们知道，别说出战了，他一定会被当成病人，关在只能眺望冬蔷薇园的行星海尼森一角。莱因哈特的意识领域里容不下“自己是个病人”的想法，已经把它彻底赶到体外了。

“与其不战而悔，不如先战再悔。”

这是莱因哈特留给后世的一句警示之语。但是，在可靠的历史资料中却找不到这句话。只是它原汁原味地表现了莱因哈特身为军神的一面，所以深深地烙在了人们的印象中。

当莱因哈特把艾密尔·齐列送来的牛奶咖啡送到嘴边时，监控员紧张的声音充满了整个舰桥。

“发现敌踪！距离一〇六点四光秒，三千一百九十二万公里。推测最快一千八百八十秒后进入红色区域！”

无形的巨人渔翁把紧张的网撒在帝国军头上。尽管莱因哈特这些部下驰骋过无数战场，穿越过无数死亡线，但仍无法适应抚过胃、肺和心脏的战栗的冰冷之手。

不久后，敌方舰队被投影在屏幕上。光点群浮现在辽阔无边的黑暗深渊中。电脑解析着敌人的阵形，投影出全息图。经过数秒的观察，莱因哈特发现阵形还是符合战理的。

“虽然尚未成熟，不过仍有可取之处。”

莱因哈特赞赏道。在战争经历上，他比尤里安多了六年；在武勋的质和量上，更是后者无法匹敌的。今年六月，距离莱因哈特从幼校毕业第一次上阵正好过了十年。这是何其长又何其短的十年啊！失去和获得的东西成列地经过他的视网膜。他对着麦克风开了口：

“在作战之前，朕再对众卿说一次。姑且不论高登巴姆王朝如何，只要罗严克拉姆王朝在，皇帝就一定要站在银河帝国军队的最前线！”

皇帝的声音像蒸汽一样弥漫于整个舰桥。

“朕的儿子也一样，罗严克拉姆王朝的皇帝绝对不能躲在士兵的背后，在安全的宫廷里指挥作战。朕向你们发誓：在罗严克拉姆王朝，绝对不会有懦夫坐上至尊的宝座……”

一阵狂热的呼声打破了瞬间的寂静。

“莱因哈特皇帝万岁！亚力克大公万岁！”

帝国军的通信网络被昂扬的欢呼声占领。欢呼从伯伦希尔发出，传到了帝国军所有舰艇上。米达麦亚等诸将在旗舰上带着不同的表情点头。那个高傲的皇帝总是背对着伙伴，把胸膛暴露在敌人面前。

之后——

“发射！”

“发射！”

五月二十九日八时五十分，希瓦星域会战开始。

一开始是整齐的炮火互射。光之矛切开夜幕衰老的皮肤，各舰的能量中和磁场反弹着光束，现出数万只火鸟群舞般的光景。如此妖艳变幻的光景，除了点缀在死神的盛装上之外，这世间是不可能存在的。

十五分钟的炮战后，伊谢尔伦革命军的左翼部队开始后退。帝国军的右翼部队正要顺势突进，结果遭到司令官的严厉制止。

“不要中计！只要我军不被拉入雷神之锤的射程，他们就没有胜算。不要中了他们这么明显的诱敌之计。”

毕典菲尔特的指令或许听来不像以往的风格，但这项命令仍然传至黑色枪骑兵全队，他们放慢了前进的速度。伊谢尔伦军停止了后退，摆出反击的态势，帝国军反而主动后退起来。

经过一阵进与退的反复，十时十分，亚典波罗失望至极，只好放弃把黑色枪骑兵拉进交叉火力范围内的战法。他一手抓下有白色五棱星的黑色贝雷帽，对着参谋拉欧耸耸肩。

“毕典菲尔特那头野猪，什么时候竟在他的字典里写上了慎重和小心的字眼，现在还像个秀才般扭扭捏捏的，到底想怎么样！”

参加希瓦星域会战的战力，帝国军方面有舰艇五万一千七百艘、将士五百八十四万两千四百人，伊谢尔伦革命军有舰艇九千八百艘、将士五十六万七千两百人。帝国军在数量上占绝对优势，伊谢尔伦革命军则不得不将极少的舰艇进行最佳的运用。这是弱点，但也可能成为产生诡计的根源。

尤里安指示旗舰尤里西斯前进。虽然不像莱因哈特那样当众声明，但亚麻色头发的年轻司令官还是把站在头阵迎接危险的重任压到了自己肩上。这当然也是受杨的影响。然而此时，这种举动或许显得有些唐突。

前方的宙域中，巨大的火球绽出花朵。

突进的尤里西斯没有放慢速度，冲破了膨胀的能量乱流的正中央。舰体咯吱咯吱地响着，摇晃着，最后像是从能量暴风中被抛出来一般，朝着和突入时不同的角度飞去。而就在前方，不幸的帝国军巡航舰暴露出了舰体的右侧。

白热的能量光箭从尤里西斯的主炮发射出来，试图回头的帝国军巡航舰被撕扯开来。新的闪光贯穿了七彩的爆炸光芒。能量中和磁场像镶着宝石的薄衣似的包裹着尤里西斯，幸运的战舰耐住了强大的负荷，一边反击一边掉头，避开了敌方进一步的炮击。

在尤里西斯左方六公里外，友舰正受到帝国军的炮火攻击，在中弹后一边前进一边解体，数秒钟内便化为金属和能量粒子群，在闪光中消失无踪。破坏和杀戮的能量形成激流，在虚空中卷起旋涡，在黑暗的墙壁上凿出无数火花和火球之窟。

伊谢尔伦军缓缓前进，又像冲撞上帝国军坚固的铁壁一样被弹回来。前锋的米达麦亚、左翼的艾杰纳、右翼的毕典菲尔特的阵形都找不出破绽，伊谢尔伦军的渗透不断受阻。这不是消极的谋略。未发的能量早已填满，皇帝的命令一下，铁和火焰的怒涛就会把伊谢尔伦军包围起来，将其全部吞噬。只是莱因哈特还没有抓住发动总攻的机会。

“杨威利的后继者真是用兵巧妙，或者说，这是出自梅尔卡兹之手？”

莱因哈特自言自语地说着，白皙的脸颊浮现出红潮。这不仅仅是因为兴奋，微微发热的身体也在渴求水分。他感到一股恶寒。健康状况不容漠视的恶化，激起了莱因哈特的不快。他的锐气和霸气一点都没有衰竭的样子，但是意志似乎越来越难以集中。莱因哈特焦躁起来，白皙的手指按压在干涩的嘴唇上，凝视着屏幕。

“陛下。”

光和暗无序的交错数次映于视网膜之后，莱因哈特才意识到有人喊他。他移动视线，映入眼中的是大本营幕僚总监梅克林格一级上将和高级副官修特莱中将的脸，脸上漂荡着陌生的表情，是担心、不安，更是守护患者的健康人的神情。莱因哈特用微笑回应，然而笑容中却微微欠缺豁达和柔和，只差一点就变成冷笑了。

“怎么了？朕的脸上映着诅咒的影子吗？朕可是集以布朗胥百克公爵为首的几亿人的诅咒于一身哪！”

梅克林格用一个郑重的行礼，接受了皇帝拙劣的玩笑。

“对不起，因为陛下看起来仿佛在另一个宇宙陷入沉思一样……”

莱因哈特叹出一口热气。那不是发自心中的热气，而是肺和气管的发热引起的热的呼气。

“哦？不过，要在另一个宇宙陷入沉思，最好是在掌握了朕的宇宙之后。希望你们多加努力！”

皇帝闭上嘴，伯伦希尔舰桥似乎又恢复了大本营的工作气氛。

3

或许尤里安·敏兹比他自己想象的还要勇猛，或者说莽撞。当他判断出己方无法回归伊谢尔伦要塞，也无法避免和帝国军的主力发生冲突时，忽然改变了态度。他们原本就是以极少的兵力和强大的银河帝国军斗智斗勇，没有完备的环境。这个时候，只有采取一边作战一边寻找胜机的做法了。

或许尤里安在本质上不是一个战略家，而是个战术家。从这个意义上来看，他也许不是“小杨威利”，而是“小莱因哈特”。然而，那个对莱因哈特而言已经不再存在的师父，却仍在尤里安的心中，对他的理性和感性都产生着非比寻常的影响。尤里安的确有志成为军人，但并不想成为杨的后继者，只希望做杨的部下和助手。对尤里安而言，所谓的军队就是杨舰队，他对军队的见解虽然欠缺普遍性，但如果回顾他走过的人生旅程，就会发现这也是无可奈何。

伊谢尔伦军的舰艇数量比帝国军少，兵力更是差一大截。在这场会战中，伊谢尔伦军本来至少需要一百万人。如果没有这么多兵员，就不能从容运用各舰，从舰桥集中控制的能力也有限。

而尤里安却用过于大胆的战术弥补了这个致命的缺点。他把所有舰艇的一成作为无人舰，配置在左翼后方，让人看起来就像是预备兵力。如果帝国军看出这个破绽，把攻势集中在这个方位，伊谢尔伦军的战列必然会一举崩溃。

如果莱因哈特身体状况良好，或许就会看出尤里安这个诡计。不，或许他已经看破了。如果严苛地评价，尤里安的诡计只不过是杨威利二流的计谋罢了，杨常把无人舰当成魔术道具。再回溯战术史，可以发现西德尼·席特列元帅也曾尝试用这个战法攻打伊谢尔伦要塞。从某个意义来说，这可谓同盟军的传统战法。

这个无人舰队屡屡向伊谢尔伦方向或帝国军右侧发动佯攻，帝国军不得不分出部分注意力与战力来应对。仅是这样，无人舰队的存在就有了足够的价值。然而，身为战术家的尤里安却有更大的胃口。

如果有机会，尤里安还打算把这些无人舰队当成诱饵，对莱因哈特皇帝的旗舰伯伦希尔发动直接攻击。然而，他也不认为莱因哈特会中这样的诡计，或许根本就没有这种机会。但如果说伊谢尔伦军还有其他胜算，就只有把帝国军引进要塞主炮“雷神之锤”的射程范围了。尤里安觉得自己被目前的状况拖累，或许是因为战略上的判断错误。然而事情到了这种地步，他竟然还有这种想法，完全是完美主义在作祟，或许也是承自师父杨威利的影响中不好的一面。

莱因哈特则把基本的用兵定为正攻法。

“没有玩弄诡计的必要。连续不断地攻击，消耗敌人。”

只有聚集大量的兵力，保障补给，再正确地运用这些力量，才是通往胜利的道路。跟杨威利一样，莱因哈特也知道这个道理。他的霸气中存在理性，这是他一直没有恃才傲物的缘故。但是在这次会战中，因为自己无法专心而产生的微妙的不安，使他在用兵上更加慎重。莱因哈特一边解析敌人的阵形和行动路线，一边喃喃自语：

“能用这么少的舰艇完成这么厚重的布阵，恐怕是梅尔卡兹的手法。宿将的功力似乎还没有衰退啊。”

维利伯尔·由希姆·冯·梅尔卡兹用兵不喜取巧。“坚实而没有空隙，总是依理而行”，这是军事学教科书上对他用兵的评价。在他晚年，因为有莱因哈特·冯·罗严克拉姆和杨威利这两大恒星在宇宙中闪耀，梅尔卡兹的光芒在众人的印象中似乎黯淡了许多。但正因如此，他才成为后世普通军人的典范。想模仿莱因哈特和杨的人只是少数，况且即使想模仿这二者，也不可能成功。

炸裂的炮火产生连锁反应，形成光带。无机物和有机物的分子飞散到宇宙中，仿佛一只带着恶意的巨大生物一样，排山倒海而来。

伊谢尔伦军虽然一向善于和强敌对战，但因为人数太少，同样的战法能用到什么时候就不得而知了。

“只有五十二个人，怎么操作巡航舰？难道要把蜘蛛也当成乘员来用，才能腾得出手吗！”

“别发牢骚了！以前我曾用八十个人准备了三百个人的饭菜呢，就是某个提督再婚的那次宴会。结果新娘和新郎的儿子私奔了，宴会也就流产了，留下的饭菜像一座山。”

“啊，我听说了。这艘巡航舰上坐的不是蜘蛛，而是牛和猪的混血儿，是连头盖骨里面都塞满了胃袋的笨蛋！”

即使从善战沦为苦战，两脚已经站在了悬崖峭壁上，却仍忘不了玩笑和咒骂，这就是被称为“杨舰队”的一群人无可救药的习性。“一句玩笑就是一滴血”则是奥利比·波布兰的名言。

当尤里安·敏兹还是个少年时，他也认为自己属于这种性格。然而在杨威利死后，他幽默和刻薄的感觉便降低了，精神中认真的层面却逐渐显现出来。总而言之，杨这个影子的存在，对尤里安保持幽默感是必不可缺的。

另外，尤里安·敏兹此时的境遇，从某方面来说正处于莱因哈特的对立面。统治人类史上最大版图的霸主，必须考虑到身体情况对精神活动的影响。相比之下，抗拒其统治的革命军中那位太过年轻的指挥官，却必须排除精力过于充沛对肉体健康的干扰。

从屏幕上投射出来的光芒照耀着尤里安的脸。二十四个多小时以来，尤里安没合过一下眼。可怜的他神经处于亢奋的状态下，根本睡不着。

尤里安感到迷惑。帝国军的行动比他预想的还要笨重。炮火呈高密度，阵容也又深又厚，莱因哈特皇帝的用兵应该更富于活力啊。在如此笨重加厚重的帝国军阵列前，尤里安无法找到使用诡计扰乱对方的空隙。在人力上极居劣势的伊谢尔伦军，必须避免被拉入永无止境的消耗战。

“对方的预测正确吗？愿望可以实现吗？唯有让他们产生这种错觉，陷阱的成功率才会高。一定要记得在陷阱上放金币。”

以前杨威利这样说过。尤里安·敏兹一直相信杨是战史上最优秀的心理学家，如果把“最优秀”改成“屈指可数”，这样的评价就不会太夸张。莱因哈特皇帝麾下威震天下的提督们，虽然都是杨武勋录上有名的手下败将，但其实都是被杨设下的心理陷阱所骗，连莱因哈特也不例外。

银河帝国军的宇宙舰队司令长官渥佛根·米达麦亚元帅原本最擅长快速机动作战，但是在面对瞬间的胜机时，他也知道如何抑制攻击的冲动。这样，他更能在最具效果的时机发挥爆发性的破坏力。然而，他右侧的毕典菲尔特已经把亚典波罗口中“伪优等生”的能力发挥到了极限。五月三十日二十三时三十分，组成帝国军右翼的黑色枪骑兵猛然开始行动。

毕典菲尔特一声号令，黑色枪骑兵在黑暗的虚空中画出银白色的轨迹，仿佛展翅的猛禽般形成一道弧线，朝同盟军的左翼袭杀过去。

“敌人杀过来了！”

伊谢尔伦军的监控员声音颤抖。黑色枪骑兵的舰影每个瞬间都在扩大，产生的迫力和压力并不是那么容易就能对抗的。数万支能量光束和飞弹直袭而来，彩色和灰色的爆炸光四处绽开。亚典波罗一声令下，伊谢尔伦军也以光和热的弹雨迎击敌人。

闪光！火球！能量风暴！

黑色枪骑兵被高密度的炮火灼烧，舰列出现了漏洞。然而，伊谢尔伦军的损伤也不小。和帝国军不同，他们在数量的恢复上比帝国军逊色得多。

一阵极为激烈的炮战后，伊谢尔伦军的阵容越发薄弱稀疏，连勇敢无畏的亚典波罗也咋起舌来，不得不下令麾下所有的舰队后退。“如果再这样减少下去，恐怕就要溶进宇宙的深渊了。”他的心头不禁掠过一丝悲观。

4

“伊谢尔伦军看来要往回廊方向退却了，下官想要斩断其退路，将其一举包围击灭。恳请陛下裁夺！”

黑色枪骑兵舰队司令官毕典菲尔特一级上将提出这样的申请，时间是五月三十一日二时四十分。莱因哈特从假寐中醒来，在近侍艾密尔·齐列的帮助下穿好军服。他原想洗个澡，然而发着烧的身体应该避免这样的行为。

莱因哈特拖着发热的身体从寝室走向舰桥。他记起在幼校第一次进行无重力行动的训练时，有过相似的经历。那种醉酒般的感觉不断地扩张，侵蚀着他的意识。

舰桥出现在他的眼前，肃然敬礼的幕僚们的身影也出现在眼前，然而他的视野却摇晃起来，暗度也急速增加。莱因哈特觉得自己似乎发出了声音，可是他的听觉却没能确认。

“陛下！”

少年艾密尔·齐列的悲鸣，让隶属帝国军大本营的幕僚们感到一阵战栗。就在他们的视野当中，那个不可侵犯的年轻霸主倒在了地上。以前，那颗黄金般的头颅只在形式上对高登巴姆王朝的皇帝低下过。而现在，那头灿烂的金发却不得不和舰桥的地板相吻。皇帝两眼紧闭，脸色苍白如纸，透出来的血色用病态的红光点燃了脸颊内侧。奇斯里准将和流肯少校从两边扶起了皇帝。怒斥和命令交织在一起，军医和护士急忙赶过来。接近无限恐惧的紧张使室内的空气都带电了。失去意识的莱因哈特在奇斯里、流肯和艾密尔·齐列的服侍下躺上担架，经过刚才走过的通道，被送往相反的方向。

大本营幕僚总监梅克林格一级上将脸色有些苍白，但仍保持着沉着和冷静，对一名军医说道：

“军医先生！”

“是，是！”

“希望你们不要再以原因不明作为诊断结果了。要赶紧确定皇帝的病名，进行最好的治疗。明白吗？”

军医很庆幸皇帝的幕僚总监不是毕典菲尔特一级上将，而是绅士梅克林格，然而这种庆幸的念头在一瞬间就烟消云散了。梅克林格微微伸出了右手，抓住了军医的衣领。“艺术家提督”两眼中闪烁着温度极低的蓝色火焰。

“明白了吗，军医先生?！你的地位担负着相应的责任。如果你什么都做不了，那就跟一介药店的医生没什么不同了。希望你不要让我的期望落空！”

军医苍白着脸点点头。梅克林格松开了手，只用嘴唇的一角笑着。

“对不起，军医先生，我似乎太激动了。”

军医没有出声，只是一个劲儿地抚摸自己的喉咙。

“皇帝昏倒了！”

传到宇宙舰队司令长官渥佛根·米达麦亚元帅处的报告，充满了恐惧和动摇。“疾风之狼”只觉得冰之魔女仿佛把气息吹进了胃和心脏。他充满活力的灰色瞳孔中出现了冰冷的裂缝，但还是把动摇封在了体内。

“有什么好慌乱的，又不是皇帝驾崩了！如果在这个时候失去方寸，日后一定会被皇帝斥责！”

他厉声斥责着失去血色的幕僚们。在这个人心动摇的时刻，这位体形瘦小的元帅的威严压住了一群高大的幕僚。他们不由得端正了态度。他们的上司不仅是帝国军的勇将，更是全宇宙无与伦比的勇将。

“最重要的是，这个消息不能让敌军知道。封锁部分通信网络，只把大意告诉大本营就行了。”

伯伦希尔上有梅克林格一级上将，他应该会进行适当的处置，防止大本营动摇。眼前展开的会战或许要被迫放弃取胜的机会了，虽然不情愿，但这时却只能忍耐。

难道罗严克拉姆王朝的历史才满两年就要结束了吗？一个极为不祥的想法掠过脑细胞。被称为银河帝国军至宝的勇将，听到恐惧和绝望这对双胞胎在意识边缘发出凶狠的啼哭声。

“喂，罗严塔尔，怎么办才好？你把这么重的责任扔给我，自己却在天上手持美酒作壁上观，你也太自私了吧。”

米达麦亚半是认真地对着已故的密友发牢骚。以“疾风之狼”的胆识和处理能力，也不容易井然有序地收拾这种事态。如果军务尚书奥贝斯坦元帅在这里，他会怎么做？米达麦亚甚至忽然想到了这个问题，足见他心头的负荷有多重。

帝国军在这时陷入了作茧自缚的地步。为了不让敌方知道皇帝发烧和昏倒的事，必须封锁部分通信网，同时发出了封口令，结果部分必要的指挥系统就被切断了。

米达麦亚和梅克林格在无言中建立了联系。这是极有价值的工作，但不知道皇帝生病的人并没有受到任何恩惠。何时以及如何把事实告诉指挥帝国军左右两翼的艾杰纳和毕典菲尔特，就成了摆在梅克林格和修特莱面前的新课题。

最大的问题是毕典菲尔特。他对伊谢尔伦军采取了波状的猛烈攻击，在帝国军中位置最突出。然而五时十五分，他被梅尔卡兹提督构筑的炮阵攻击，前进受阻。

巧妙构筑而成的光和火的墙壁，阻挡了帝国军的长驱直入。虽然不可能长时间阻止，却给了亚典波罗麾下舰队重组的时间。不到六时，亚典波罗就完成了这项作业。

毕典菲尔特一边狠狠跺着旗舰“王虎”舰桥的地板，一边跟“活动大本营”战舰伯伦希尔联络，要求动员预备兵力再度攻击。

然而从大本营传回来的答复是：“避免勉强的攻击，后退！”

毕典菲尔特对着显现在通信屏幕上的梅克林格怒吼：

“不通事理的家伙！请皇帝出来！如果不听，我就搭太空梭到伯伦希尔去直接跟皇帝申诉！”

毕典菲尔特散乱着橘色的头发，挥舞着拳头。他是认真的，而艺术家提督也不禁在内心直咋舌。

“毕典菲尔特提督，我是皇帝陛下敕命的大本营幕僚总监。关于战场上的统筹、对你们下指令等事宜，也都是陛下交给我的职权。若有异议，就请你到陛下面前理论吧！不过，现在请你遵循后退的命令。”

这是梅克林格不得已的说辞，却更刺激了毕典菲尔特的怒气。他勃然大怒，粗暴而非艺术的反驳如连珠炮般迸出。

“你这个伪诗人，什么时候竟然和着奥贝斯坦的曲子弹起钢琴来了？”

身为著名钢琴家的大本营幕僚总监回答道：

“弹给野猪听的曲子，由豺狼来作也就够了。”

在大本营和右翼进行这种毫无意义的交谈时，帝国军左翼部队则和伊谢尔伦军持续着拉锯战。

艾杰纳无视幕僚们的进言，陷入了某种沉思。不久后，他轻轻举起了左手，把竖起来的大拇指前后摇动。参谋长格里先贝克上将解读出他无言的指令。于是，艾杰纳舰队为了从最前线的混战状态中脱离，开始快速后退。他们用三次炮火齐射甩开了紧追上来的伊谢尔伦军，以完美的舰队运动重新编组阵形，做好了不管皇帝下怎样的命令都可以立即执行的准备。然而，艾杰纳却陷入了一段出人意料的漫长等待。

5

五月三十一日九时二十分。

希瓦星域会战在奇妙的胶着状态中，仿佛呈现出时间停顿的态势。炮火炸裂，中弹的舰艇形成火球爆炸开来，不断地产生死伤者，却总让人有种不够畅快的感觉，仿佛生命力和破坏力在某个地方受到阻挠，无法完全燃烧一般。

银河帝国军的后卫部队仍在毫发无伤地待命，他们就是在困局中更显强韧、被誉为“坚忍不拔”的缪拉舰队。但他们也没接到皇帝下达的出战命令，所以连和敌人接触的机会都没有。缪拉只好在旗舰帕西法尔的舰桥里凝视着屏幕上一闪一灭的光点群。

“缪拉一级上将，我们到这个战场来不是为了吃盒饭的。我们一定要参加战斗，把那些民主主义者打倒在炮火下。”

那些嗜血的年轻幕僚公然表现出狂热的兴奋，向司令官进言。缪拉轻轻地举起手制止了他们。

“没有皇帝的命令，不能擅自移动舰队。再稍等一会儿，大本营应该会有指令下来。”

话是这么说，但缪拉也不得不感到怀疑，皇帝不下命令，实在是很奇怪。在他砂色的瞳孔中，困惑的阴影正展开双翅。以缪拉对皇帝的了解，他应该早就下达迂回到敌人背后，或者从侧面发动攻势的命令了。以双方这样大的兵力差，完全有这种可能啊。尽管这么想，可此时缪拉也只能像艾杰纳一样，除了等待还是等待。

帝国军的联系出现了堪称微妙的混乱和空隙，伊谢尔伦军才有了原本不该有的余裕。

当奈特哈尔·缪拉的幕僚们不情愿地吃着不知是第几个盒饭时，伊谢尔伦军的阵营中，一个有跳跃的阳光般绿色瞳孔的悠闲之人，驾着单座式战斗艇斯巴达尼恩回归战舰尤里西斯。他从驾驶座上跳下来，快速地对跑过来的整备兵下了指示，然后立刻拿起墙壁上的通话器联系舰桥。

“尤里安吗？有件事你要好好听着。”

“发生什么事了，波布兰中校？”

“刚才有道奇怪的通信跑进我的座机里。我想向你报告，听听你有什么样的判断……”

“事情大得足以让我的耳朵平静下来吗？”

尤里安开了个玩笑，但他年轻的脸庞立刻严肃起来。敌我双方的通信混乱给波布兰泄露了一个情报。“皇帝生病了”这句话足够让人大吃一惊了。

莱因哈特皇帝病倒了？那个光芒四射、充满霸气和活力的莱因哈特·冯·罗严克拉姆，难道要因病失去战史上最壮丽的军事成功吗？尤里安难以相信，也不愿相信。那种感情和杨威利被恐怖分子暗杀时，他对事件的不当性抱有的强烈感觉有些相似。他总认为莱因哈特不应该因病而死。

然而，现在似乎不该太早下结论。莱因哈特虽然病倒了，但不一定患了重病，也许只是普通的感冒。尤里安那位师父曾经说过：“如果我死了，一定是因为过度劳累而死的。尤里安，答应我，如果我死了，就在墓碑上这样写：‘这里长眠着一个被工作杀死的不幸劳动者。’”说完还继续睡他的午觉。但是，莱因哈特皇帝的勤勉有杨的十二倍以上，他的医学词典中一定没有“装病”这个词条。

尤里安把参谋集合到舰桥里。这个时候，梅尔卡兹和亚典波罗也都乘着太空梭到尤里西斯上来了。战线奇妙的胶着状态和通信的混乱使他们有了这样的行动。

公布波布兰的报告之后，在场的人都沉默下来。打破沉默的是华尔特·冯·先寇布，他提出了大胆的提案：把士兵送上帝国军总旗舰伯伦希尔，直接击毙莱因哈特皇帝。

“三年前的伊谢尔伦攻防战中，让奥斯卡·冯·罗严塔尔元帅活着回去实在是很遗憾。但如果能拿下银河帝国皇帝莱因哈特·冯·罗严克拉姆的首级，收支就有盈余了。”

先寇布说话的口吻，像在果园摘下苹果一样轻松。

如果皇帝卧病在床，尤里安一方就可以充分搅乱帝国军。一旦逼近伯伦希尔，帝国军恐怕皇帝受害，必定不敢轻易出手。这个提案与其说是一种战术，倒不如说更像赌博。但若是让这个大好时机流失，将来就找不到更好的机会了。

尤里安的心一边动摇着，一边渐渐收缩起来。

“梅尔卡兹提督的看法呢？”

被比自己年轻四十多岁的司令官一问，曾被称为帝国军宿将的老提督陷入了沉思。过了一会儿，他淡淡地分析现状的声音流过了每个人的耳边。

“即使维持目前的情况，我们似乎也可以保持不败。帝国军的行动出奇地迟钝，即使我们后退了，他们似乎也不来追击。可是，如果我们这样回伊谢尔伦，战力就会更少。下一场仗必定比现在更加吃力。”

梅尔卡兹说到这里就停住了。先寇布用力地点点头，拍了拍两手。

“决定了。我们就跳进那艘美丽的伯伦希尔，拿下皇帝的首级！”

“去死吧，皇帝！”

几个年轻的幕僚异口同声地唱和。

“那么，我也去。”

对于尤里安的要求，先寇布皱起了眉头。

“喂喂，这可是体力劳动啊！这是劳动者赚取加班费的机会，全军的总司令官不该捣乱。你就学学杨提督，坐在指挥座上，盖着贝雷帽睡你的觉吧。”

不过尤里安可不是开玩笑的。

“我也一起去，否则我就不赞成这件事。我的目的是和莱因哈特皇帝谈判，而不是杀害他。请你不要理解错了。”

经过几秒钟的沉思，先寇布苦笑着接受了年轻司令官的要求。

“OK，尤里安，如果你想先和皇帝面对面，就去吧！你是要恭恭敬敬地跟他说话呢，还是要把战斧挥向那金色的头颅，让它变成一个大红球呢？”

“我是希望在谈判后还能活着回来，可是，帝国军一定也有他们的意见。当我钻进帝国军充满贪欲的胃袋时……”

尤里安的视线紧盯着青年革命家。

“为防万一，我现在指定亚典波罗中将为继任的革命军司令官。当然，提督自然要留在尤里西斯上，拜托了。”

吃了一惊的亚典波罗想抗议，但赋予尤里安命令权的可以说就是他自己，他也只能接受。

一提到肉搏战，“蔷薇骑士团”就像爆发前的火山般充满了活力。尤里安和波布兰、马逊也加入进来。蔷薇骑士们在休息室里穿装甲服，其中一人大声叫道：

“再也没有比这更大的舞台了。我们就筑个尸山血海给后世看看吧，中将！”

华尔特·冯·先寇布一边用一只手整理着发型，一边微笑。他那像是凝结了勇敢的笑容，让部下们最信赖不过。

“不，尸体只要一具，只要莱因哈特·冯·罗严克拉姆的尸体就够了。那具世界上最美丽、最贵重的尸体……”

先寇布的视线一转，捕捉到一个少女的身影，一个把飞行头盔挟在腋下、穿着飞行装的十七岁女兵。她淡红茶色的头发和充满活力的蓝紫色瞳孔实在叫人印象深刻。在充满好奇和好意的重重口哨声中，卡特萝捷·冯·克罗歇尔站在了亚麻色头发的年轻人面前，直直地凝视着他褐色的瞳孔。

“尤里安，你要小心。你是个优等生，有时却又抓不住要领。大家可都不放心啊。”

“可是，你并没有阻止我呀。”

“我是不会阻止你的！一个因为女人阻止就放弃念头的男人，到了关键时刻，连自己的家人都守护不住。”

卡琳合上了僵硬的嘴唇，现出一副因表达能力不足而焦躁的表情。

“不要离开华尔特·冯·先寇布。我母亲说过，只要双脚踏在地上或地板上，就再也没有男人比他更可靠了。”

卡琳的视线和先寇布撞个正着。“蔷薇骑士团”的第十三任团长兴味盎然地看着继承了自己遗传因子的少女，堆起了笑容。

“受美人之托，是不能说不的。”

然后他拍拍尤里安的肩膀，又对少女笑了笑。

“对了，卡琳，我也有一件事拜托你。”

听起来若无其事，但这是先寇布第一次叫女儿的昵称。卡琳无法做到父亲百分之一的平静，表情和声音都十分僵硬，紧张地站在那里。

“什么事？”

“恋爱可以大谈特谈，但是生孩子一定要过了二十岁，因为我不想才三十几岁就当外公。”

四周穿装甲服的人哄堂大笑，尤里安和卡琳同时红了脸。

Chapter 8
美人嗜血

1

宇宙历八〇一年、新帝国历三年六月一日那一天，正好是杨威利意外死亡后整整一年。从“一整年中没有一天不是某某人的忌日”的观点来看，这纯粹是一种偶然，但是对在希瓦星域作战的两军首脑而言，这大概是引起他们感慨的主要原因。

刚过零时，大本营幕僚总监梅克林格一级上将根据情况，把米达麦亚元帅和缪拉一级上将叫到了帝国军总旗舰伯伦希尔上。和伊谢尔伦军的情形一样，由于战况奇妙的胶着状态，人员得以在战舰中往来，却无法使左右两翼的指挥官中止战场上的指挥工作。缪拉因担任后卫，还没有加入实战，而米达麦亚则是实战派的元帅。

“变异性剧症胶原病”这个病名，第一次明确地出现在帝国军最高官员眼前。米达麦亚、缪拉、梅克林格为病症的凶险哑口无言，只是彼此交换着视线。同僚们的心情都映到了脸上，那是一种近乎恐惧的不安。

“所谓的变异性，具体来说是怎么一回事，能不能做一下说明？”

米达麦亚无意间低声问道。他也明白，即使得到说明也没有意义，但还是想确认一下，哪怕仅仅是清楚病因和治疗办法也好。莱因哈特刚刚迎娶了皇妃，诞生了皇子，人生正处在鼎盛期，却被这样的怪病侵袭。一想到这些，米达麦亚的声音就不禁因痛切而发抖。

御医们的回答一点都不干脆。在一番费劲的问答之后，提督们得到的答案也只是说此病是胶原病的一种，却是种罕见的怪病，身体因为发烧不断地消耗，连病名也只是暂定的，当然更不用说治疗方法了。总之，这番话一点都不能减少提督们内心的不安。

“难道是不治之症吗……”

梅克林格低沉的声音再加上米达麦亚的目光，巨大的压力简直要使御医的心肺机能紊乱。

“不、不知道。如果不进行研究……”

“研究?！”

缪拉大吼道。一向为人温和的他也有发怒的时候。他砂色的眼中充满苛烈的目光，往前迈了一大步。御医不禁畏缩地后退了两步。

“住手，缪拉！”

“疾风之狼”按住了“铁壁缪拉”的一只手。

本来米达麦亚是比缪拉性急的，但是因为年少的同僚先激动起来，所以他只好扮演制止的角色。这时，皇帝的声音从屏风后的床上传过来。

“不要责怪医生们，朕也不是个模范患者。医生们或许也觉得很棘手吧。”

莱因哈特半直起身子，近侍艾密尔·齐列把睡袍披在皇帝肩上。提督们都围到屏风边，莱因哈特用冰蓝色的眼睛望着信赖的幕僚们。

“如果看医生就一定有用，那就不会有病死的人了。原本朕就不抱什么期望，不要责怪他们。”

这是一段比痛楚还残酷的话，但是说话的人并没有意识到。莱因哈特心中还有比责怪御医更重要的事情。数秒钟的静寂，像是把近似永远的沉重负担加在室内之人的神经上一样。

“那么，朕大概还能活多久？”

再也没有比这更深刻、更重要的质问了。皇帝刚劲的视线，让提督们甚至停止了呼吸，视线集中到了御医身上。御医低下头，但只是低下头，无法回答。

“连这个也不知道吗？”

这一次，皇帝的声音里充满了明显的愠怒，彻底不再理会被恐惧和敬畏压得直不起身的御医。一时间，他把帝国军目前置身的状况和幕僚们沉痛的视线都放在意识之外了。

莱因哈特并不怕死。但是，自己竟然不是战死而是病死的，在惊异的同时，他产生了一种近似失望的情感。莱因哈特从来不曾像鲁道夫·冯·高登巴姆一样，希望自己可以长生不老。他才二十五岁，才刚过医学平均寿命的四分之一，却已经几次面对死亡。大业初成就要腐朽掉，一想到这些，他就对自己感到厌恶。但是要他体会到现实的恐惧，却又有太多的障碍……

让无能为力的御医退出，暂时把兵权交给米达麦亚等人之后，莱因哈特决定先睡一觉。持续的紧张思考，让他的肉体感到极度疲乏。

不到五分钟，有报告传进舰桥。

“敌军动向很奇怪，好像想逃回伊谢尔伦，该怎么处置？”

米达麦亚叹了口气，轻轻骂了一声，搔着蜂蜜色的头发。他甚至都想骂一句“处置个屁”。

“想回去，就让他们回去吧。”

真是意外的幸运，我们也正在发愁呢……正想如此开口，米达麦亚却又重新陷入沉思。如果帝国军的行动太欠缺气魄，或许会引起伊谢尔伦军的疑惑。

“毕典菲尔特还嫌没打够呢。让他去追击吧！如果就这样结束，他一定会感到不过瘾。”

米达麦亚并不是有意疏离和轻视毕典菲尔特。每个人都有该尽的责任，有适合的职务。总而言之，眼前的敌人也不能放着不管，所以交给那个不知疲倦为何物的人去处理就行了。

从司令官那儿接到指示后，毕典菲尔特鼓舞着已经按捺不住的部下们，整顿舰列，向右沿弧线急速前进。其速度之快，阻断伊谢尔伦军归路之巧妙，绝非普通人所为。如果尤里安真的想撤回伊谢尔伦，或许就会被黑色枪骑兵歼灭。

“皇帝果真病危了吗？”

看见帝国军的反应，尤里安不得不这样想。帝国军的最高首脑们都是不凡的名将，但是他们的反应却都在尤里安的预料范围内，由此可以看出，他们和统率他们的皇帝一定处于不寻常的状态。

随着事态的明朗化，尤里安心中不禁蒙上了一层寂寥的阴影。就在一年前，他们失去了杨威利，如果今年莱因哈特也将消失于历史的地平线下，宇宙将会失去多少光彩啊！

不，或许这样反而更好。需要英雄和天才的动乱时节已经过去，协调、合作与秩序比强烈的个性更重要。杨威利曾说过，凡人的智慧集中起来会胜过天才。莱因哈特也说过，所谓和平，就是不把无能当成丑陋的幸福时代。

可是，在这个时代到来之前，尤里安必须要和皇帝见面。如果他真的生了重病，尤里安更要在他的生命力和理性尚未燃烧殆尽之际与他会谈。尤里安希望告诉莱因哈特，要建立起一个在高登巴姆王朝时代不被允许的共存和开明的体制，这是为了防止和平和统一变质为自闭、自以为是和停滞。不，就算早晚都会变质，也要让那个时间尽量往后推迟。为了这个目标，大家只要共同努力就好了。如果商谈的对象是莱因哈特，这件事就有成功的可能。而尤里安需要的只是契机。

共和军的动向看似在急速转变。一时刚过，只见他们停止了前进，甚至连迎击都中止了，往伊谢尔伦方面移动起来。其运作之巧妙，是梅尔卡兹和亚典波罗凝聚了各自创意的结果。在他们的引诱下，连帝国军的前锋部队都急速前进起来，帝国军顿时阵形大乱。战况每一分钟都在激变。一时四十分，黑色枪骑兵和无人舰队一阵交战后，因为无人舰队的自爆陷入混乱。

“糟糕，难道我的判断错误了？”

接到报告的米达麦亚灰色的眼睛中闪过懊悔的光芒。像他这样的名将，也因为皇帝的病情不乐观受到太大的冲击，结果疏于防备伊谢尔伦的诡计。眼看着帝国军中了敌人的佯攻之策，伯伦希尔四周的阵容越发显得薄弱。

冲击接踵而至，伯伦希尔急速掉头。几艘伊谢尔伦军的舰艇穿过混乱中的前锋部队逼上来，同时不断发射光束，守护着伯伦希尔洁白表面的能量中和磁场散发出灼热的光芒。跟随在白色女王身边的帝国军诸舰畏于射击。万一原本瞄准敌舰的光束和火箭射中了伯伦希尔，后果不堪设想，所以没有人敢轻易发射。

强制登陆舰伊斯特利亚趁机钻进空隙。尽管伯伦希尔射出来的铀238弹如暴雨般袭来，伊斯特利亚仍然撞向舰腹。在一阵强烈的震动之后，伯伦希尔和伊斯特利亚被强力的电磁石紧接在一起。强烈的酸化剂喷射而出，在两舰的外壁上凿出了一个大洞。

伯伦希尔自从被建造出来，成为莱因哈特的乘舰已经有六年。这是它美丽的肌肤第一次被敌人所伤，时间是一时五十五分。

2

比起物理冲击，帝国军受到的心理冲击更大。他们竟然让敌兵冲进了作为大本营的总旗舰。瞬间的自责和后悔，立刻化为怒气爆发出来——绝不让盲目的敌军有一人活着回去！

在长鸣的紧急警报当中，伯伦希尔上的士兵们准备进行肉搏战，套上了装甲服，拿起了碳晶战斧和荷电粒子光束来复枪。甚至有士兵还装备了手提加农炮跑进舰桥。

“笨蛋！你是在舰桥内！不能使用重兵器！”

伯伦希尔的舰长塞德利兹准将大吼着，命令兼任防御指挥官的副舰长马特赫法中校击退入侵者。

这时，帝国军的指挥系统出现了轻微的混乱，这是大本营和战舰伯伦希尔的双重组织构造使然。发生在伯伦希尔舰内的战斗，到底是该由大本营还是该由伯伦希尔司令部负责呢？在极短的时间内，局面一度慌乱起来。缪拉看着舰内监视器，发现入侵者中竟然有尤里安·敏兹的身影时，不禁轻轻地发出了惊叹声。伊谢尔伦革命军的年轻司令官竟亲自跑到伯伦希尔上来了。听过缪拉简短的说明，米达麦亚准备大步离开皇帝的房间。

“等一下！”

严厉的制止声来自皇帝端正的嘴唇。米达麦亚和缪拉愣在了那里。尽管卧病在床，皇帝的霸气仍震慑着眼前身经百战的骁将。

“不准你们两人介入！任由事情发展下去！”

“陛下，敌兵入侵的目的，很明显就是伤害陛下您啊！更何况缪拉提督已经认出伊谢尔伦军司令官的身影。事情不能这样放着不管！”

皇帝轻轻摇了摇金黄色的头发。

“既然是号称继承了杨威利精神遗产的人，就算在智慧方面不及前人，在勇气方面也应该不是个平凡的人。杨的后继者叫什么名字？”

“尤里安·敏兹，陛下。”缪拉回答。

“如果那个叫敏兹的人能冲破朕的士兵的抵抗，来到朕面前，我们至少该认同他的勇气。站在对等的立场接受他的要求也无不妥。”

“陛下，可是这么一来……”

“如果没有所谓专制君主的慈悲或臣下的帮助，他就到不了这里，便没有资格要求任何事了。一切等那个人出现在朕面前再说！”

莱因哈特疲倦地闭上了眼睛和嘴。白皙的脸颊显得极为苍白，看来就像星光照耀下的雪花石。端正秀丽一丝都不曾减退，只是缺乏一股生机。

米达麦亚和缪拉面面相觑，梅克林格微微地叹了一口气。皇帝的命令已经近乎任性了。如果希望会面，也不用先经过流血吧？

“元帅，怎么办？”

“啊，梅克林格提督，既然我们是皇帝的臣下，只好遵照陛下的意思了。”

“可是这样一来，只会在此后几十分钟内造成徒然的流血！”

“为了避免这样，我们只有祈祷和缪拉提督是旧识的共和主义者尽快到陛下面前来。虽然不太光彩，但还是先让他们见面吧，这样流血或许就会放到最后一幕。”

如果这样，流血至少还有一些意义。流血固然可悲，却是难以避免的。或许高登巴姆王朝成立五百年来蓄积的废物和脓水，只有依靠流血才能冲洗干净吧。

皇帝或许是想借着流血，来验证共和主义者追求的事物的真正价值？米达麦亚忽然这样想。如果是这样，皇帝的灵魂是多么炽烈啊！就连敌人的价值观，也绝不容许有一点混沌。

小小的爆炸声又响起来，警备兵们匆匆忙忙地赶过去。或许大量敌兵就要踢破病房的门冲进来了。到时候，自己必须挺身护卫皇帝。米达麦亚没有忘记去年密友的话。“皇帝就拜托你了！”这是奥斯卡·冯·罗严塔尔最后的嘱托。

毕典菲尔特被伊谢尔伦军辛辣的诡计狠狠戏耍了一顿，才从监控员的报告中得知了皇帝的乘舰面临危险。他连气都来不及喘一口，就立刻下令黑色枪骑兵前往搭救皇帝，这足以证明这个男人的斗志和忠心。

毕典菲尔特命令用炮火把那群围攻伯伦希尔的不懂礼貌的豺狼一扫而光，然而“王虎”的监控员摇了摇苍白的脸，说那是不行的。

“不能打！一打，连伯伦希尔也会遭殃！”

“这些东西，真是狡猾！”

毕典菲尔特咬牙切齿。他散乱着橘色的头发，两眼泛着血光，凝视着屏幕。如果是一般人，可能就会抱着头绝望地放弃了，然而毕典菲尔特不一样。他立刻下了一个惊人的决断。

“好，既然这样，我也要亲手把其他的敌军消灭掉！就算共和主义者夸耀着胜利从伯伦希尔出来，我也要让他们无家可归！”

毕典菲尔特是无法忍受无所作为的，他大声下了再出动的命令。黑色枪骑兵舰队插上怒气和憎恶之刀，朝着伊谢尔伦军袭来。

此时是二时十分。现在的问题已经不是战略和战术层面的了。“不让任何一个人活着回去”，这已经不是作战指令而是煽动。连从旧法伦海特舰队编进来的士兵也都照做了。莱因哈特皇帝是多么深得帝国军将士之心啊。如果杨威利还在世，一定会不禁点头赞叹。

左翼的艾杰纳舰队看到了黑色枪骑兵狂热的突进，可是他们并不想跟随。他们的沉默或许比毕典菲尔特更为辛辣。艾杰纳舰队从帝国军的六点钟方向朝九点钟方向展开扇形舰列，想等伊谢尔伦军被黑色枪骑兵追逐逃散时，集中炮火从侧面攻击。如果勉强加入战场，或许会形成一场混战，反而对伊谢尔伦军有利。

如此一来，毕典菲尔特的复仇战就不会受到掣肘。黑色枪骑兵朝着伊谢尔伦军突进，虽然在梅尔卡兹和亚典波罗的一点集中式炮火下遭受了重大损失，但还是全力突破了防线。这个时候，伊谢尔伦军连承受毕典菲尔特猛攻的力量都没有剩下。梅尔卡兹看出了危险，下令后退。但就在这一瞬间，他的旗舰休伯利安的舰腹出现了一个爆炸光球。

巨大的能量长矛贯穿了能量中和磁场，使舰体产生龟裂。当龟裂朝四面八方扩大的时候，热力和光柱向舰体内外喷射而出。

暴风卷进了舰内。

3

火、风和烟高速穿过休伯利安的通道，中途撕下了壁面，把官兵、门及机械设备席卷而起，狠狠地摔碎。小爆炸和火灾沿着配电路线不断发生，两次、三次、四次……休伯利安像是被致命的热病揪住一样持续痉挛。

维尔伯利·由希姆·冯·梅尔卡兹的半个身子被埋在落下的机械下面。他的肋骨断了三根，其中一根刺伤了脾脏和横膈膜。这是致命伤。

“阁下！梅尔卡兹提督！”

贝伦哈特·冯·舒奈德拼命在充斥着火、烟和尸体的混乱中爬向上司。此时他右边的肋骨也裂了，右脚踝的韧带受了伤，但是他一点也没有感觉到痛苦，只是拼命把敬爱的上司从机械下拉出来。

梅尔卡兹还活着。尽管他已经难逃一死，只是处在时间阶梯的平台上，但他还有意识。身经百战的老将努力在被血、尘埃和油污弄脏的地上调整自己的姿势，眼睛对着忠实的副官，用不为所动的声音问：

“尤里安他们进入伯伦希尔了吧？”

“好像已经成功了。但更重要的是，阁下，您要为脱离作准备……”

“成功了？那么，我就没有什么好挂念的了。”

“阁下！”

舒奈德大声叫起来。为了安抚青年的激动情绪，梅尔卡兹轻轻地举起一只手。被血遮盖了一半的衰老的脸上，洋溢着近似满足的表情。

“终于可以死在与莱因哈特皇帝的战斗中了。你不能把一个终于要满足地死去的人叫回来，以后不知道还有没有这种机会。”

舒奈德无言以对。他知道，他敬爱的上司自从在利普休达特战役败北之后，就一直在寻找所谓的死亡之所。虽然这样，他还是希望上司能保住生命。

“请原谅，阁下。或许我反而为阁下带来了麻烦。”

“什么？我的人生并不是这么悲哀啊。怎么说来着？对了，因为我已经以一股侠气和醉狂跟莱因哈特皇帝作战了。你也够辛苦了，今后，你就可以自由了……”

维尔伯利·由希姆·冯·梅尔卡兹，六十三岁，他的军历抵得过莱因哈特和杨军历之和的两倍，而这些都已成为过去。在副官的看护下，他咽下了最后一口气。高登巴姆王朝最后的宿将，以革命军一员的身份结束了一生。

接到梅尔卡兹提督战死的报告，达斯提·亚典波罗中将脱下了黑色贝雷帽，献上极短暂的默哀。梅尔卡兹和曾奉他为上宾的杨威利在同一天故去。希望这两个故人可以在另一个世界把酒畅谈战史和战术。

亚典波罗勉强调整好心情，重新戴上黑色贝雷帽，注视着屏幕。忽然，他发现了一个苦闷地凝视着伯伦希尔的年轻女兵，便开口说道：

“你很担心吧，克罗歇尔下士？”

省略了“担心的对象”，是因为有三个跟卡琳有深厚关系的人都毅然突入了伯伦希尔。那就是上司兼空战技术之师波布兰、遗传学意义上的父亲先寇布，以及算是半个恋人的尤里安·敏兹。这些人应该都是她最担心的人。卡琳对着亚典波罗挤出一个生硬的笑容，没有答话。年轻革命家也无意催促她答复。

突入伯伦希尔舰内的伊谢尔伦军突击队，保住了一处堪称桥头堡的地方。以“蔷薇骑士团”为中心的入侵者，一面以高效的光束不断击倒敌人，一面朝着莱因哈特皇帝的房间和舰桥前进，然而他们立刻遇上了敌人坚固的防御。

“来了！好像是亲卫队。”

“你应该说大驾光临，他们好歹也是皇帝陛下的亲卫队啊！”

“一群穿着新无忧宫盛装的人体模型！”

这句充满恶意的评语虽然获得了同僚们的支持，但莱因哈特现在并没有住在新无忧宫，这种稍嫌落伍的玩笑似乎有些缺憾。

“喂，新无忧宫的混蛋们！赶紧滚回宫殿做舞会的警卫吧！你们最擅长的技艺，大概就是用刺刀尖挑起贵妇人的裙子！”

回答是数十道光束组成的暴雨。光芒在壁面和地板上炸裂开来，被经过镜面处理的盾牌反射，眼前的世界充满了乱舞的宝石。蔷薇骑士当然也予以还击，但枪战在一百秒内就结束了。好不容易恢复视力的时候，他们眼前是手持带刀来复枪和战斧的帝国军不断逼近的身影。

一场激烈的肉搏战立刻展开。

尖叫和金属撞击的声音四处响起，鲜血从被切断的血管中喷洒出来，在壁面和地板上画出前卫派的绘画。

帝国军的士兵虽然不是人体模型，但似乎敌不过蔷薇骑士的勇猛。背弃了旧帝国的亡命者的子孙，有的旋转着战斧，有的挥舞着战刀，有的用套在装甲服里的手臂向敌人的要害处狠狠击去，有的高举起刺刀，把他们所有的杀戮绝技都展示出来。

战斧与战斧激烈碰撞，产生火花的瀑布，战刀的闪光则直接化成一道道血的飞沫的光泽。劈开、刺穿、痛打、踢翻、敲击，原始的战斗以防御一方的退却告一段落。入侵者开始踏着敌人的尸体和血前进，然而一度退后的帝国军立刻重整了阵容，觊觎着一举歼灭敌人的机会。先寇布对着并肩战斗的尤里安说：

“尤里安，这里由我们来防守，你去见皇帝。见到他后或是跟他交谈，或是充满敬意地取下他的首级，都由你自己判断。你的判断将会创造历史。”

尤里安无法一下子点头答应。如果牺牲先寇布等人，即使去见了皇帝，又有什么意义？尽管这似乎是一种伤感，他还是不能立刻赞成先寇布的提案。

“不要把事情的轻重缓急搞错了。你的职责是去见皇帝，和他进行对等的谈判。而我们的任务就是为你创造一个这样的环境。”

先寇布忽然抓住尤里安的肩膀，把脸凑了上去。两人几乎是钢盔碰着钢盔了。

“我对杨提督只有一句不满的话。去年，尽管布鲁姆哈尔特豁出了性命保护提督，他仍然没能逃过一死。奇迹的杨再怎么伟大，在这件事上实在也太差劲了些。”

透过两个钢盔，尤里安似乎感受到了先寇布背负的沉痛。

“波布兰、马逊，你们和尤里安一起去！三个人至少斗得过一个人！”

先寇布故作嘲讽地下了指示。凯斯帕·林兹上校也插进嘴来。

“是啊，因为这里是蔷薇骑士的占领地。若是让你们这些懦弱的人待在这里，反而会增加我们的麻烦。”

先寇布勾起嘴角的一端，笑了。

“就是这样，蔷薇骑士团是个排他的集团。希望外人到别的地方去寻找幸福！”

尤里安决定了，决不能辜负先寇布等人的好意。更重要的是，时间也不容他再犹豫下去。

“我知道了。待会儿再见！你们一定要活下去……”

“当然，我也有这种打算。因为我愿意当一个不懂事的父亲，在女儿的婚礼上大闹特闹。你快走吧！没有时间了！”

“嗯，那么，我先走了。”

行了一个礼，尤里安挥掉感伤，以一只年轻独角兽般的速度跑开，波布兰和马逊则无言地跟在他后面。先寇布只目送了他们一瞬，就把视线转开了。部下的钢盔上映出了人影。一挺光束来复枪正瞄准尤里安一行的背部。先寇布头也不回，径直拔出腰间的气爆枪。

那景象像是变魔术一般。先寇布把枪口从左腋下向背后伸出，背着脸射杀了敌兵。帝国军士兵发出了愤怒和惊叹的声音，而蔷薇骑士们则吹着口哨大加赞赏。

“真是高招啊，先寇布中将。”

“啊，我从小就想这么试一次。”

一道闪光掠过一脸笑容的先寇布的鼻尖，光剑刺穿了地面。先寇布后退了一步，握紧了战斧，为新的血腥战斗作准备。

4

先寇布的战斧划出一道银色的弧线，切断了人体和空气。鲜血四处喷射，悲鸣和怒号在天花板上回响。与其说先寇布是死神的使者，倒不如说他是把死亡具体化了。这正是军国主义者们视为理想的死法，一种以人血记录的、看来极为华丽的死亡。

对先寇布来说，在敌人战舰内挥着战斧作战，自两年前和帝国军奥斯卡·冯·罗严塔尔元帅单打独斗之后，还是第一次。

“哼，那时候如果打个三分钟，罗严塔尔提督的脑袋就是我的了。我就可以把他的金银妖瞳像宝石一样镶在盾上了。”

先寇布像青铜器时代的武士一样夸口，挥落附在战斧上的血迹。然而已经有大量的鲜血干涸了，凝固在上面，因此战斧无法像装甲服一样闪出银白色的光芒。先寇布知道那些红黑色的涂饰象征着罪恶，但是这并没有降低他的破坏力。他不断地劈开、打翻、砍倒敌兵，把多得无以计数的敌兵送往地狱，作为自己的带路先锋。

帝国军士兵绝不怯懦，但是面对先寇布的骁勇，他们也不禁畏缩了。他们用力踏着地板后退，用枪口对着他。然而先寇布却不容许他们把肉搏战转变为枪战。他以数倍于敌人的速度冲向前，左右挥起战斧。血沫四处飞散，帝国军的包围网溃散开来。先寇布转过修长的身体，再度举起战斧，又有新的阵亡者倒卧在血泊中。有谁想象得到，这么华丽、这么凄惨的光景竟会出现在伯伦希尔舰内?

“虽然是敌人，不过真是个值得赞赏的人。”

渥佛根·米达麦亚灰色的眼睛凝视着舰内屏幕中的雄姿，喃喃自语。

“可是，我方还真是令人泄气呀，干脆我来指挥迎击吧。”

如果米达麦亚真的这么做了，先寇布就可以获得和号称“帝国军双璧”的两位名将展开肉搏战的美誉了。然而，梅克林格和缪拉都摇了摇头。米达麦亚元帅应该随时待在皇帝身边。在一阵短暂的低声讨论之后，梅克林格以大本营代表身份前往舰桥，另外两位大将则留在房间里。

皇帝的声音从屏风后面传来。病人好像要起床，发出了声音。

“艾密尔，帮我换上军服！”

近侍艾密尔担忧的声音响起：

“不行，陛下，您发着烧，怎么可以起床呢？”

“银河帝国的皇帝在会见客人的时候，怎么可以衣装不整，虽然他们是些不速之客。”

艾密尔在屏风旁看着提督们的脸，用眼神示意元帅阻止陛下，然而元帅的答复却出乎他的意料。

“你就听从陛下的吩咐吧，艾密尔·齐列。”

平静的面具下隐藏着深沉的伤痛。提督们被迫认清了这一点：不应该束缚皇帝所剩不多的时间了。莱因哈特也明白了幕僚们的态度意味着什么。

曾经踏遍全宇宙的双脚，现在却连自己的体重都承受不住了。生命力和体力的减退已经无法掩饰。他的双肩曾经载负着巨大的恒星间帝国和数百亿生命，但现在，他的体力甚至连一身军服都难以负荷。

闯入伯伦希尔后三十分钟。

经过一番惨烈的战斗，“蔷薇骑士团”甚至已无法在人数上保持一个中队的规模了。原本在闯进伯伦希尔时，他们就已经不够编成一个大队。再加上帝国军的分割策略，每个人都被孤立起来，分散在各处。

然而，要产生一具蔷薇骑士的尸体，必须要赔上超过三具帝国军的尸体。尤其是面对上一任团长华尔特·冯·先寇布和现任团长凯斯帕·林兹两位大将时，没有人知道到底要消耗多少人力才能把他们打倒。不知有多少次，围在先寇布四周的敌兵四散奔逃，他们被一种恐惧和挫败感打败，只想离先寇布越远越好。

“罗伊休纳！德尔曼！哈尔巴尔！还有没有人无耻地活着啊？如果有，就回答我！塞布林！克拉夫特！克洛涅卡……”

先寇布一只手提着战斧，站在敌人的累累尸骨上呼叫几个部下。没有人回答，只有几道回音反射回来，先寇布用拳狠狠地捶打钢盔。

这个时候，一位倒在地板上的帝国军士兵撑起半个身子。这是个看起来二十岁上下的年轻士兵。他后脑遭到斧柄重击，失去了意识，现在总算清醒过来。他流着鼻血，抓起战斧瞄准了目标，用尽所有的力气，对着那个在他仰角六十度位置的宽广背部掷过去。

冲击带来的剧痛在先寇布的背部炸裂开来。战斧劈开了装甲服，割裂了皮肤和肉，击碎了他的左肩胛骨。

先寇布让战斧留在背上，转过身来。那个袭击他的士兵料想他会有复仇的一击，于是用两手护着自己的头。然而，先寇布只是俯视着他，并没有挥下自己手中的战斧。标准的帝国通用语从旧帝国贵族口中流泻出来。

“年轻人，愿不愿意告诉我你的名字？”

“知道了又怎样？你这个叛徒！”

“没什么！我只是想知道让华尔特·冯·先寇布负伤的人的名字！”

“我是……克鲁特·里格贝尔中士。”

“是吗？为了奖赏你这么诚实地报上名字，我给你看一项特技。”

说完，先寇布把右手伸到背后，从自己背上拔出战斧，掷了出去。顿时，一个拿着枪想给先寇布最后一击的敌兵用胸膛承接了这一斧，惨叫着倒下来。

然而，这个剧烈的动作似乎使他的伤口扩大了。一股新的灼痛呈螺旋状席卷了他的全身，鲜血不断涌出来，从内部染透了银灰色的装甲服。鲜血形成红色的瀑布，流到装甲服的表面，再流到军靴鞋跟。在敌人的眼里，这明显是致命伤。

或许是从心里轻视受伤者，一个帝国军士兵绕到先寇布背后，刺出了荷电粒子来复枪前端的刺刀。

先寇布的战斧一闪，雷电般击中士兵的头部。他全身浸在人血中，像魔王一样震慑了敌兵。帝国军喘着气后退了。虽然受了这么严重的伤，流了这么多血，穿着装甲服的男人却仍然没有败北的迹象。克鲁特·里格贝尔中士不发一声，趴在地上动弹不得。他一点都没有建功的喜悦，整个人被恐惧攫住，只能在心中呼唤母亲。

“那么，谁想成就美名？谁想成为华尔特·冯·先寇布一生中最后杀死的人？”

先寇布笑了。那是除了这个男人之外，没有人可以现出的笑容，是勇敢无畏的笑容，甚至看不出一丝痛苦的成分。装甲服像被一条鲜红的巨蛇缠住一般，血还在不断流出来。

他吐了一口气，同时也吐出了微量的血。他一点都不觉得已置身于不幸的境遇。就像杨威利一样，先寇布曾让别人流过太多的血，即使流尽他全身的血也无法补偿，他以此染红了自己的人生。现在还债的时候似乎到了。

先寇布以悠然的脚步走了起来。若是一个普通人，恐怕早就无法站立了，而他竟然无视大量的出血和痛苦，若无其事地走动。这让帝国军士兵连气都喘不上来，甚至连狙击他的勇气都没有了，只是呆呆地看着。

先寇布像尽义务似的，踏上了出现在眼前的台阶，每一级台阶上都留下了一小汪鲜血。当到达最上层的时候，他转过身体，坐了下来。

先寇布把战斧横在两膝上，俯视着台阶下的帝国军士兵。真是不错的景致啊，他想。仰视着某样东西而死，并不是这个男人的最爱。

“华尔特·冯·先寇布，三十七岁，临死前的遗言——我的墓碑不需要墓志铭，只要这么写就行了：只有美女的眼泪才能安抚我的灵魂。”

他的表情有些动摇，不是因为痛苦，而是因为不满。

“哼，好像有些欠缺文采。还是让亚典波罗那小子来代笔好了。”

帝国军士兵们逼到了台阶下。先寇布兴味索然地看着他们，然而控制他视觉的脑神经中枢却回溯着记忆的黑河，探寻起别的东西来。当找到了探求的东西时，先寇布闭上了眼睛，喃喃自语：

“对了，就是那个姑娘，罗莎莱茵·冯·克罗歇尔。她要我叫她罗莎……”

华尔特·冯·先寇布死去的准确时间并不清楚。二时五十分，当帝国军士兵战战兢兢地靠上前，去确认这个有高度危险性的男人生死的时候，先寇布就保持着坐在阶梯上的姿势，一动不动了。他已经挺着胸膛傲然穿过只允许死者经过的大门。

几乎在同一时刻，凯斯帕·林兹上校也停止了前进。

多达二十处的伤把林兹全身上下点缀得非常华丽。由于装甲服和他本身的战斗力，他没有受致命伤，但是似乎也到达了极限。他已经失去战斧，疲劳以比装甲服沉十倍的重量压在双肩上。林兹靠在埋着电缆的方柱上坐下来。

林兹看着自己的战刀。刀刃上满是缺口，刀柄上沾满了鲜血，就连他的双手也被红色染到手腕了。疲劳和挫折在他的背部不断地延伸，每一秒钟都在生长，增加重量。他满含感情地在那把出了太多力的刀上亲了一下，背靠在柱子上，事不关己似的，平静地等待装扮成敌兵的死神逼近。

5

尤里安、波布兰、马逊三人一边在伯伦希尔洁白美丽的地板上留下鲜血的足迹，一边不断前进。亚麻色头发的年轻人在中间，左边是击坠王，右边是黑色的巨人。

这三个人曾是两年前在地球教本部和狂热信徒比赛射击与肉搏战技艺的“三人组”。对敌人而言，这是一个危险的三重奏小乐团，因为连蔷薇骑士都不情愿地对他们的表现献上敬意。他们的音符是用人血记上去的，绝世的鸣响则是用最强音来书写的。

当他们通过无数道门，来到一个像大厅的地方时，一群连这个“三重奏”都敌不过的敌兵，怀着敌意蜂拥而至。三个人没说一句话就改变了方向，然后飞奔起来。

猛烈的枪火从背后袭来。三个人滚倒在地板上，贴着壁面避开了光束。在火力中断的一瞬间，他们又跃起来继续往前跑。

前方出现了五六个穿着装甲服的敌人，双方的距离急遽地拉近。就在战斧即将交锋时，后方又射来一大片光束。

“马逊！”

尤里安听到了自己的叫声。一幕不该出现的景象呈现在眼前，黑巨人的身体变得比尤里安还矮。马逊双膝跪地，他宽厚的背上布满了足可用打计算的枪伤，就像背着一块红色的板子。黑巨人用自己的巨大身躯为两个同伴挡住了光束。他看着尤里安，微微地咧开了嘴巴，然后重重地倒在地上。

尤里安朝着前方的敌人突进，用战斧在一个士兵的陶瓷盾牌上半部重重一击。在士兵略微放低盾牌的一瞬间，波布兰像穿上有翅膀的鞋子一样，敏捷地往前一跃，战斧沿着盾牌的上缘横扫而过，在敌人钢盔和装甲服的连接处狠狠一击。颈骨断裂的声音响起，士兵的身体横飞出去。

趁着这个空当，尤里安和波布兰跃了进来。失去马逊的愤怒和悲哀，让剩下的“二重奏”血脉偾张。这个时候，尤里安虽然完全清楚自己造成的流血代表的意义，却无法否认自己的激情已超越理性，饥渴的复仇心正迫切地寻求着猎物。

当尤里安和波布兰肩并肩突破流血之门时，前方又出现了人影。是个穿着黑银两色华丽军服的年轻高级军官，看起来年纪与奥利比·波布兰相当。他一只手上拿着气爆枪。

虽然波布兰并不认识他，但这一位便是莱因哈特皇帝的亲卫队队长姜塔·奇斯里准将。绿色的瞳孔和琥珀色的瞳孔交错着充满敌意的视线之剑。奇斯里慢慢地举起气爆枪。

“快走！尤里安！”

随着一声大叫，波布兰把尤里安一推。奇斯里的枪口跟着奔跑，准确地说是对着在地板上飞奔的尤里安移动。战刀从波布兰的手中飞出，袭向奇斯里的脸。奇斯里身子往后一仰，用气爆枪的枪身把战刀打落。当落在地上的刀弹跳着发出闪光的时候，奇斯里因为波布兰的冲撞滚倒在地，手上的气爆枪也掉了下来。于是，两个年轻的军官在地上扭打起来。不一会儿，波布兰翻到了上面。

“不要小看飞行球比赛的犯规王！你这个人体模型……”

下一瞬间，“人体模型”扳回了颓势，压住了入侵者。两个人一边激烈地打斗，一边在地上翻滚。

尤里安的记忆已经混乱。他离开了波布兰，和几个敌人交手之后，穿过几个通道和台阶。此时，一道门在他眼前打开了。他身子往前倾，踉踉跄跄闯进了门内，一面勉强保持住身体的平衡，一面环视这宽阔的房间。

当记忆和感觉重新恢复的时候，他先是意识到了自己的呼吸声和心跳。他觉得心脏似乎要炸开了，全身的骨头和肌肉的劳累都到了极限。钢盔不知飞到哪里去了，散乱的亚麻色头发裸露着，血从额头上的伤口流下来。

这里是皇帝的房间吗？里面的陈设没有一点机械感，反倒古典而周正。地板也不是金属或陶瓷材质，而是铺着和装甲服的靴子极不相称的地毯。

两个穿着黑银两色军服的高级军官伫立在那里，凝视着尤里安，其中一个尤里安还有印象。他就是近一年前曾到伊谢尔伦去吊唁的奈特哈尔·缪拉一级上将。另一个个子较小的是什么人？

“元帅……”

尤里安听到了缪拉呼叫同僚的声音。在罗严克拉姆王朝银河帝国军中，被称为元帅的只有三个人。眼前这一个并不是以义眼和半白的头发广为人知的奥贝斯坦元帅，罗严塔尔元帅已经去世了，那么，这个人就是米达麦亚元帅了——被称为“疾风之狼”的银河帝国军最高勇将。或许该跟他说幸会吧？尤里安这么想着，然后觉得莫名其妙，不禁笑了笑。

尤里安踉踉跄跄，用膝盖支着地板，紧紧抓住战斧支撑自己的身体。战斧和装甲服上都沾满了鲜血，嗅觉中的血腥味已经达到饱和状态。右眼里也进了血，一半视野被染红了。他被一股虚无的力量牵引着。

当米达麦亚和缪拉正要行动时，一个声音从宝座上传过来。

“让他过来！那个人还没有到达朕的脚下呢。”

那声音既不高也不大，却震得尤里安的耳朵嗡嗡作响。这是拥有主宰力量的声音，是称霸整个宇宙之人的声音。即使不考虑那富有音乐性的声响，在所有的人类中，拥有这种声音的人也只有一个。

一年前，杨威利再也走不动，是因为流血的缘故。而现在的尤里安如果也停下脚步，却不是因为流血，而是太疲倦了。尤里安极为固执。他决不能倒在莱因哈特皇帝面前。他拼命地伸直摇晃的膝盖，站了起来。民主共和主义者没有向专制君主屈膝的道理。刚走了一步，膝盖就开始瘫软；第二步，腰就要散下架来。重复了几次这样的动作，尤里安终于站在了莱因哈特面前。

“我站着对你致意，莱因哈特皇帝陛下。”

“我能不能知道你的名字？”

“我是尤里安·敏兹，陛下。”

在年轻人的视线中，金发的皇帝坐在高背的安乐椅上。他把右肘靠在扶手上，支着下巴，左脚放在右膝上，冰蓝色的眼睛直直地盯着入侵者的脸。

“那么，你是为了什么来到这里？”

“如果陛下也愿意的话，我们希望能和平共存。如果不行——”

“如果不行？”

对于莱因哈特的发问，尤里安以微笑回应。

“即使不行，至少也要让皇帝知道，我不是为了表示单方面的服从来到这里的。罗严克拉姆王朝……”

为了调整呼吸，尤里安停了下来。

“当罗严克拉姆王朝疲惫衰弱的时候，该用什么方法治疗？我是来教给陛下必要的疗法的，请您虚心地听。如此一来，您一定可以懂我的意思。还有杨威利对陛下的希望……”

尤里安听到自己的声音越来越远，视线中蒙上了一层帐幕。当帐幕变成两层、三层时，他的意识已经被一片空白侵占。他像一座无力的雕像般倒在地上。深重的沉默像烟雾般充满室内。

“大言不惭的家伙，竟来教训朕？”

莱因哈特的臂肘离开了扶手，他喃喃自语着，并没有发怒的样子。

“不过，能闯到朕的面前，又昏死过去的，他是第二个了，缪拉。”

“是的……”

“叫医生来。医生对朕没什么用处，不过对他应该很有用。米达麦亚，看在这家伙的大话的份上，就让他们停止战斗吧。能活到现在的人，应该有继续存活下去的资格。”

静止的群像匆匆忙忙地动了起来。缪拉去叫军医，米达麦亚则从大理石桌上拿起电话呼叫舰桥。

“我是宇宙舰队司令长官米达麦亚元帅。现在宣布皇帝陛下的命令，停止战斗！唯有和平才是陛下的圣意！”

如果这声音再迟一分钟，或许还有两个尤里安·敏兹的熟人要从这个世上消失了。奥利比·波布兰和凯斯帕·林兹看见死亡的国度在眼前关上了大门。他们在各自所处的地方，在已经站不起来的情况下，于一片血腥当中听到了从扩音器流泻出的声音。

“停止战斗！唯有和平才是陛下的圣意！”

Chapter 9

黯淡的黄金狮子旗

1

“和谈成立。帝国军和伊谢尔伦革命军停止战斗。”

当尤里安·敏兹传回这个消息的时候，伊谢尔伦要塞沉浸在欢喜女神撒下的缤纷花瓣中。因为伊谢尔伦舰队可谓是在几近孤立的形式下进行战斗的，全军覆没早就是大家预料中的结果了。

然而，光必伴随着影。在希瓦星域会战中，伊谢尔伦军战死了二十余万人。参战者的百分之四十都阵亡了，情况十分凄惨。尤其是“蔷薇骑士团”只有二百零四人生还，而且每个都受了伤，结局极为惨烈。五年前攻略伊谢尔伦要塞时，蔷薇骑士的数量还高达一千九百六十人。一想起这种景况，就不禁让人觉得在这个动乱的时代，他们能建立令世人震惊的英名也是理所当然。

当包括华尔特·冯·先寇布、维利伯尔·由希姆·冯·梅尔卡兹、路易·马逊等人的战死者名单传回来时，伊谢尔伦立刻一片肃然，约十万人的留守部队抱着十万种感慨哀悼着他们。先寇布的死讯对女性而言，尤其是悲叹的对象。由于没有统计调查，没人知道伤心的女人到底有多少。

没有了帝国军的妨害，伊谢尔伦要塞的超光速通信明确地接收到了尤里安的身影。菲列特利加·G·杨对着他的身影说：

“尤里安，你真狡猾。如果杨提督还在，一定会骂你的。”

尤里安完全明白菲列特利加要表达的意思。当菲列特利加身处伊谢尔伦要塞这个安全地带时，尤里安竟然和帝国军开启了战端。从某种意义上来说，尤里安感到安心，因为他没有把杨的未亡人带到战场上。就如同以前杨威利对自由行星同盟来说不可缺少一样，菲列特利加·G·杨也是共和政府不可或缺的人。而且对尤里安而言，她是一个应该守护的、不可侵犯的人。菲列特利加不带一丝嘲讽，对尤里安表示了谢意。

“那么，接下来你打算怎么做？让我听听你的计划。”

“我将率领残兵随帝国军前往行星海尼森，在那里会见皇帝。届时打算向皇帝提出我的提案。”

“什么提案？”

“各种提案。”

这时，尤里安把一部分构想透露给了菲列特利加。那就是和强大的银河帝国共存，使民主政治的精神和制度恢复的方法。具体地说，就是把伊谢尔伦要塞让给帝国军，可能的话，让他们把行星海尼森一带划为自治区，并承认其内政自主权。让帝国在将来制定宪法，设置议会，并对宪法进行修订，使整个帝国朝开明的方向改进。这或许需要长年累月不断努力，然而，除此之外别无他法。对他们这些耗尽了武力，泅过血海，好不容易才上岸和皇帝见面的人而言……

“如果事情顺利，他也就可以回海尼森了。”

这句话是菲列特利加对尤里安今后外交战略的承认。菲列特利加也不想执着于伊谢尔伦共和政府这个固有名词。如果以奥利比·波布兰的方式来表达的话，大概就是“伊谢尔伦是个好女人，可是并不适合做家庭主妇”。关键的地理位置和易守难攻的防御力，使伊谢尔伦要塞成为无可比拟的军事据点。然而，如果以和银河帝国共存为前提的话，包括“雷神之锤”在内，强大的要塞反而会造成负面效果吧？伊谢尔伦应该结束对民主共和政治所负的任务了。

结束和尤里安的通信之后，菲列特利加对一旁的亚列克斯·卡介伦说：“卡介伦中将，你也听到了，我们和伊谢尔伦要塞别离的日子就要到来了。能不能劳烦你处理那些必要的事务？”

“哦，就交给我来处理吧。杨夫人，我一定会处理得让帝国军没有吹毛求疵的机会。”

这个被称为旧自由行星同盟军中最高官僚的人，信心十足地接受了任务。菲列特利加和他说话之前，这个不像能干官吏的人正有些茫然。他看到死者的名单上，有以前的伊谢尔伦要塞防御司令官的名字，沉默了数秒钟，喃喃地说：先寇布……

那个人也死了啊。

当菲列特利加对着丈夫能干的学长兼幕僚行了一个礼，正要离去时，卡介伦像是忽然想到了什么，对着她的背影说道：

“啊，杨夫人。我太太托我带口信，请你今天晚上一起吃晚餐。或许会给你添麻烦，可我也不敢违背我太太的意思。晚上七点莎洛特·菲利丝会去接你。”

“谢谢，那我就接受你们的邀请了。”

卡介伦一家人的好意温暖着她的胸口。

菲列特利加进了房间——那间她的丈夫杨威利还健在时一直使用的双人房。当菲列特利加不是格林希尔小姐，也不是杨的未亡人，而是杨夫人的时候，这个房间是他们夫妻逗留时间最长的生活场所。如果伊谢尔伦要塞要交给帝国军的话，理所当然，这个房间也得让出来了。对她一个人的生活来说，这个房子是太大了。即使已逝去的人的体温可以给她一些温暖……

战舰休伯利安曾前后四年与杨生死与共，菲列特利加对它的舰桥有强烈的感情。那个经常不成体统地把腿搭在指挥桌上，编织无数的魔术和奇迹，希望成为历史学家的身影，已经焊接在菲列特利加的记忆当中。如果要抹去对这个男人的记忆，就只有破坏她的记忆本身了。

那艘休伯利安也在希瓦星域会战中永远消失了，成为另一位名将维利伯尔·由希姆·冯·梅尔卡兹的墓碑。菲列特利加觉得这样或许更好。休伯利安消失了，伊谢尔伦回到帝国军的手上，菲列特利加也没有怀孕，杨的血统不会留到后世了。然而，菲列特利加忘不了，尤里安也忘不了，忘不了杨威利就活在他们身边，忘不了他的表情、他的动作、他的生活。

坐在床沿，菲列特利加对着丈夫的照片喃喃地说：

“谢谢你，亲爱的，谢谢你丰富了我的人生。”

战舰尤里西斯幸存下来了，终于存活到了最后。只是在今天——六月三日，它的机能几乎已是一艘医疗船了。它收容了原本搭乘在其他舰艇上的成员，所有的房间都住满了伤病患者。高级军官的沙龙也不例外。

“我才不会糊里糊涂就死了呢。只要一想到到地狱去，便会看到华尔特·冯·先寇布那副嘴脸，身旁围着一堆魔女，我就不想去了。”

这是活下来的奥利比·波布兰中校的感想。他的头部和左小臂都缠着绷带，军服底下，胶袋代替了内衣。从头至尾负责舰队的指挥工作，没有负伤的达斯提·亚典波罗拿着盛满威士忌的纸杯，回答道：

“那么，你就尽量多活几天，在这边的世界称霸吧。没有先寇布那个不良中年人在，这里就是你的天下了。”

波布兰没有立即回答。他本想说对这个倾颓的天下已没有什么兴趣了，说出来的却是另一番台词。

“奥利比·波布兰，宇宙历七七一年十五月三十六日生，八〇一年六月一日溺死在美女们的泪湖中，享年二十九岁。我原本已经为自己写好墓志铭了，没想到却用不上，真是遗憾哪！”

亚典波罗若无其事地点点头，忽然又装出一副高兴的表情。

“啊，你的生日已经过了呀，已经三十岁了，是吧？”

“真是讨厌！就算我三十岁了，对中将又有什么好处？”

“如果没什么好处就不高兴，岂不连我也成了欲望强烈的费沙商人了？对了，我们的司令官到哪儿去了？”

“去安慰那个因为父亲死亡而伤心欲绝的女孩了！”

击坠王回答道，轻轻地举起了纸杯，像是对“伤心女孩”的父亲表示无言的敬意。几乎就在同时，亚典波罗也学着他举起杯来。

2

寻找卡琳，即卡特萝捷·冯·克罗歇尔，尤里安花了比预料中更长的时间。结束了和帝国军的交涉后，他找遍了尤里西斯舰内每一个地方，可是都找不到她。波布兰或许是故意的吧？他装出一副不知情的样子。当尤里安一路走一路找，来到斯巴达尼恩的机库时，听到了低低的歌声。那是一个美丽的声音，可是音调却有些不流畅。并不是唱歌的人音乐才能不足，而是感情太多吧。

可爱的人啊，你爱我吗
嗯，我爱你
直到生命结束的那一天

冬之女王摇起铃
花草树木枯萎
太阳沉睡
然而，当春天一来，鸟儿们回来了
然而，当春天一来，鸟儿们回来了
……

“卡琳！”

穿着军服的少女应声回过头来。两个人都不知道该做出什么样的表情。唱完了歌，卡琳大大地叹了一口气。

“妈妈很喜欢这首歌，她说是以前唱给华尔特·冯·先寇布听的。分手之后，她还常常一个人哼呢。”

“卡琳，先寇布中将……”

“我知道了。”

卡琳摇了摇头，动作激烈得仿佛要把淡红茶色头发上的黑色贝雷帽抖落。

“什么嘛！他总是一副被杀了五六次，也会马上复活的样子，怎么就死了呢？我还打算要向他复仇的……”

“复仇？”

“是啊，我原本打算把生下来的孩子送到他面前，告诉他，是你的外孙哟，外祖父。对那个不良中年人来说，这是最有效的复仇……”

少女把脸低了下来，黑色贝雷帽无声地落下。这个时候，尤里安没有做出错误的选择。他没有捡起贝雷帽，而是把少女的身子拉过来，抱在怀里。少女没有反抗。她紧紧依偎在少年胸前，一边重复着同样的话，一边哭泣。

“爸爸，爸爸，爸爸……”

尤里安什么话都没有说。他一边抚摸着光亮的淡红茶色头发，一边忽然想起了奥利比·波布兰曾说过的话。

“听着，尤里安，女孩子的眼泪就像融化了的冰糖一样甘甜美丽。”

过了一阵子，卡琳抬起脸，泪水未干的脸上带着羞涩和感谢。

“把你衣服弄湿了，对不起。”

“很快就会干的。”

卡琳爽快地接过尤里安递过来的手帕。忽然，她仿佛被什么冲动驱使着，用很认真的口吻问：

“你喜欢我吗？如果真的喜欢我，就不要光点头，明明白白地说出来。”

“喜欢啊！”

卡琳这才用手帕擦擦眼角的泪水，破涕为笑，看上去就像雨还没有完全停，阳光就从云间射下来一样。

“民主主义真好。”

“为什么？”

“因为，下士可以命令中尉啊。如果是专制政治，就不能这样了。”

尤里安笑了笑，点点头，再次紧紧地抱住了卡琳。将来他们会更成熟。到结婚时，对他们的家庭而言，六月一日一定是个永生难忘的日子吧。那是他们的父亲去世的日子，也是他们开启个人历史新一页的日子。

当尤里安回到高级军官专用的沙龙时，波布兰迎向他。

“嘴唇右边沾上口红了。”

尤里安慌忙用手擦了擦嘴唇，亚典波罗笑了起来。

“啊，原来仪式已经完成了？太好了！太好了！”

“您太坏了，中将。”

“可是你难道不知道，你的恋人并没有擦口红吗？”

“以后会留意的。”

听到尤里安这样回答，亚典波罗又笑了起来，做出了认输的表情。

“对了，和皇帝的正式会面确定了吗？”

“还没有，总得等皇帝的身体好一点再说。”

“话是没错，但是，皇帝的身体真的会好起来？不是得了绝症吗？”

亚典波罗压低了声音，表情也十分真挚。尤里安从理性和感性两方面都理解这一点。莱因哈特·冯·罗严克拉姆是个超越一般的憎恶和否定的人。光是想象一下失去他时的失落感，就够让人恐惧了，尽管他是敌人。或许正因为他是敌人，才让人有这种感觉。

“最好是趁早跟他谈谈，免得后悔。”

“嗯……”

“可是，人啊，不，应该说人类集团这种东西，本来是坐下来谈谈就可以解决的问题，为什么非要流几亿升的血不可呢！”

“您觉得很傻？”

“哎，我没有评论的资格，因为我也是为侠气和醉狂而流血的主谋之一啊。”

这样看来，人类有时或许真的很愚昧。然而，当失去这种愚昧时，人类就实现进化了吗？尤里安无意让亚典波罗认清这点，他倒是希望对方永远保持阳刚的叛逆精神和旺盛的血气。

“谢谢你啊，年轻人。然而夏天有夏天的歌，冬天有冬天的歌。如果老是穿着夏天的衣服，到了冬天就会感冒的。要按照季节来选择相配的衣服。”

伊谢尔伦军以各种表现和态度来吊唁死者。而另一方面，帝国军那边却有些不一样。代表军部的将帅们虽免于战死，但作为代价，他们获得的却是过于巨大的不幸。因为全军的大元帅莱因哈特皇帝已经被确诊患了不治之症。会战结束后，知道真相的艾杰纳沉默着，微微颤抖着手，用手帕擦着脸。

与此相对，猛将毕典菲尔特提督的反应就很激烈了。经过一段时间的茫然失落之后，他反而吼叫着把怒气发了出来。

“为什么？为什么奥贝斯坦那家伙不死，而是要皇帝去死？！这个宇宙还有正义和真理吗？难道大神奥丁是个只贪图贡品的窝囊废？”

“不要闹！毕典菲尔特！”

“我能不闹吗？”

“我不让你闹是有理由的。第一，陛下的确是生了病，可是不一定会去世。如果一级上将先浮躁了，士兵们一定会受到影响。”

米达麦亚的声音中混杂着沉痛和严厉，拥有令同僚镇定的力量。

“第二，想想皇妃和亚力克大公吧，他们远比你有资格悲痛。你最好明白这一点。”

“是啊。我无话可说，是我太轻率了。”

直率地承认自己的过失后，毕典菲尔特把激情封进了内心深处。他的直率正是让米达麦亚钦羡的地方。米达麦亚自己也想诅咒神的不公平。自从六月一日以来，他的胸口就一直隐藏着一股痛切的思绪。自希瓦星域会战以出人意料的形式结束之后，他虽然感到极度疲劳，却必须借助酒的力量才能入睡。他一边把酒往杯子里倒，一边对已逝去的知己们说话。

“吉尔菲艾斯、罗严塔尔，还有坎普、雷内肯普、法伦海特、舒坦梅兹、鲁兹……拜托你们，拜托你们先不要把皇帝带到天上去。这个世界正需要皇帝啊！”

米达麦亚有一天晚上突发奇想，那不是平常的他会想象的。如果充满锐气和活力的莱因哈特皇帝进了天国之门，他会不会在那边召集生前的朋友和部下征服整个天域呢？只有这样，才适合那只闪耀着金色光辉的有翼狮子。他是一个永远的征服者，是不知恐怖和停滞、向无限挑战的勇者。只有那样才是莱因哈特·冯·罗严克拉姆，不是吗？

“真是糊涂……”

尽管在苦笑，可米达麦亚的内心仍有一种想使这个梦想成真的欲求。有着人类历史上最大版图的最强霸主，竟然死于疾病，这是米达麦亚不能忍受的。纵然知道没有人长生不死，但是，他总觉得莱因哈特是被允许例外的。他痛切地感受到这追随莱因哈特的六年，是他人生中的极盛期，是由黄金和鲜红染成的光辉灿烂的日子。

3

六月十日，尤里安·敏兹随银河帝国军的大舰队降落在行星海尼森。这是杨结婚当天晚上他前往地球之后，第一次回到母星。

海尼森也变了，尤里安有这种感觉，或许因为他是用感伤的眼睛来看这个星球吧。至少在两年以前，这个行星是支配统治半个宇宙的国家的机构中枢，是人力和物力资源集中的人类社会要地，现在却沦为一颗边境行星。最重要的是，居住和来往于此的人们，表情中一点生机都没有，看起来就像毫无怨言地接受了现状，蹲踞在颓废的悬崖边，安于成为大帝国的边境，随时准备滑落进历史的深渊。

“自由，自主，自律，自尊”！亚雷·海尼森提倡的民主共和政治的价值观跑到哪里去了？怀着满腹的疑问，尤里安先到医院探望了姆莱中将。

姆莱中将还在医院接受治疗。他治疗在拉格普尔监狱事件中所受的伤时，并发了腹膜炎，一度陷入危急状态。现在好不容易才度过危机，病情安定下来，逐渐恢复健康，据说六月底就可以出院了。中将把尤里安迎进病房，高兴地握着他的手，想询问各种事情。

“哦？就要放弃伊谢尔伦要塞了？”

“我想大概是这样。不久后我就要和皇帝会谈，除了这个交换条件，实在没有其他的选择了。”

“一个时代要结束了。虽然微不足道，但是对你我而言，确实有个伊谢尔伦时代啊！那是我工作的最后一个地方，但希望是你们前往下一个时代的踏板。”

姆莱的语气仍然带着浓厚的说教气息，然而，尤里安却没有不高兴的感觉。正因为这个人的意识太井然有序，杨舰队才得以发挥能力和个性。对原“杨威利及其一众”这种鸡尾酒来说，这个人是不可欠缺的基酒。

有个像姆莱中将一样的人物，也是很好的事，尤里安想。姆莱是一个把自己当成职业人士而不是军人，为伊谢尔伦奉献一切心力的人。尤里安已经不想请求他恢复现役了。

同一天，对于“驻留”在海尼森的伊谢尔伦军的待遇问题，尤里安和帝国军的瓦列一级上将进行了交涉。瓦列兴味盎然地注视着尤里安，说：

“我好像在地球上见过你，是不是记错了？”

“没错，我曾经和提督您在地球上见过面。”

“是在地球教本部，我想起来了。”

瓦列点点头。两年前，尤里安以费沙独立商人的身份前往地球，和当时负责讨伐地球教的瓦列碰过面。

“对不起，那个时候骗了阁下。”

“没什么，不需要道歉。每个人的立场不同嘛。”

瓦列挥挥手，那是在讨伐地球途中失去的左手。

“可是，我们都失去了太多的老朋友啊。”

瓦列的话让尤里安感到一阵肃然。而在和奈特哈尔·缪拉谈话时，这种感觉更强烈了。

“敏兹先生，你和我到底谁更幸福呢？你们在杨威利死前，根本不知道会有这种事。而我们却被赐予了时间做心理准备，接受皇帝死亡的事实。你们的哀伤是从起点开始的，我们却先面对了终点，然后为了满足心灵的饥渴不得不向前出发。残存下来的人……”

缪拉刻意省掉了谓语，他的心情在尤里安的内心产生了共鸣。是啊，对残存下来的人而言，旅程仍然要继续下去，一直到和死者们再次相见的那一天。这段时间是不能飞跃的，得一步一步走到那天到来为止。

尤里安觉得能和奈特哈尔·缪拉等银河帝国军的名将进行心灵交流，是件可喜之事。然而，这个事实或许也会在后世遭到痛切的批评。有人说“这是践踏在数千万尸体之上的沾满鲜血的握手，是残忍的杀人者之间的无耻拥抱”。更有人会发出如下的声音：

“如果早知道这样，一开始好好谈不就得了？此前死的这么多人真是活该。他们只不过是指导者为了完成预定的工作，用过就丢的道具，不是吗？”

即使遭到这样的批评，尤里安他们也只能接受。尤其是战死者的遗族，无论他们如何责骂，尤里安等人也无可奈何。

尤里安没有其他选择。为了获得今天这个局面，非先战不可。如果在自由行星同盟投降后就直接服从银河帝国的主宰，杨威利首先就会被谋杀，民主共和政治也会消失得无影无踪。尤里安是这么想的，然而那是他的价值观，抱有不同价值观的人应该也有很多。

这里就有个拥有自己价值观的人物，在与尤里安会面之前，在旅馆的房间内忙着计算什么。他的部下见状，不禁奇怪地问：

“您在干什么啊，高尼夫船长？”

“复利计算。”

波利斯·高尼夫爽快地回答。部下马利涅斯克有些纳闷。

“复利计算是什么？”

“计算此前提供给伊谢尔伦那些人的情报的价格啊。”

“您要跟他们要钱?！”

“当然。而且关键是，如果我免费服务，伊谢尔伦那些人也不会安心。”

“大概吧。”

“至少我是不会安心的。我和达斯提·亚典波罗那些人不一样，可不会为侠气和醉狂赌上性命。”

“是这样吗？”

忠诚可靠的事务长想要反驳，但还是避免了更深入的议论。计算结束后，波利斯·高尼夫像是对自己的将来有了新展望，独自点起头来。

“我决定了，马利涅斯克。如果伊谢尔伦那些人能在这个残酷的游戏中获胜的话，我就从事情报生意，做一个紧跟新时代的商人。”

“啊，不管怎么说，贩卖优质的产品赚得信用，然后继续扩大事业，是件好事呀。”

马利涅斯克的回答倾向于大多数人的想法。

波利斯·高尼夫前往伊谢尔伦首脑层的投宿地。尤里安和亚典波罗为了给“生还”海尼森的士兵们办理回家的手续，去见帝国军的瓦列提督了。奥利比·波布兰和凯斯帕·林兹在旅馆的谈话室中无聊地下着立体象棋。一看到波利斯·高尼夫的脸，波布兰立刻挖苦了一句。

“哟，费沙的能干人士，你们的鲁宾斯基先生可好？”

“离死不远了。”

“什么……”

“是医院方面传出来的消息。他原本就因为脑肿瘤剩下不到一年的命，不过在皇帝回到海尼森前后，他就拒绝进食了。现在距离死去只是时间问题。”

“绝食？这可不像黑狐的作为！他不是那种就算抢夺他人的食物，也要延续自己生命的家伙吗？”

这是一般人的见解。至于这个见解是不是正确，在短时间内，他们是不会得到某种程度的解答的。但有一件事可以确定，波利斯·高尼夫最终没能得到要情报费的机会，只是在立体象棋中获得了两胜两负的战绩。

4

六月十三日二十时，在市内英格鲁德街的医院中，一位患者死去了。这位在宪兵队监视下的脑肿瘤患者叫安德鲁安·鲁宾斯基，享年四十七岁。尽管激光治疗也无法挽救他的生命，但他原本应该还有一些时间。然而，鲁宾斯基似乎看不出被拘禁在病榻上的生命还有什么美感可言。

鲁宾斯基亲手把维持生命的装置拔了下来。当负责的护士发现时，他已经陷入了昏迷状态。据说他那目中无人、冷静从容的表情虽然尖锐，却散发着一股奇异的魄力。

鲁宾斯基脑波停止的时间，准确说来是二十时四十分。死讯立刻被传到了帝国那边，性急的官僚们马上整理起与鲁宾斯基有关的记录和资料。皇帝病危之际，鲁宾斯基的死算不上什么令人感叹唏嘘的事，但接下来上场的，其实才是真正的主戏。

震动出现了。医院的地板在一瞬间开始上下移动，接着便是强烈地左右摇晃。陆续有人倒在地上，带有车轮的床滑动起来，架子倒了，药瓶掉落在地上碎裂开来。

这不是地震，而是有什么东西在地底下爆炸了。从旧同盟时代到现在，地质局一直从事和政治无关的活动的地震解析电脑证实了这点。报告立刻送到了帝国军首脑部门，他们采取了应对措施——不是应对灾害，而是针对大规模的破坏行为。这个体制是奥斯卡·冯·罗严塔尔元帅任统帅本部总长时建立的。

最开始的报告是“旧同盟的最高评议会大楼倒塌了”，周围的地面都陷落了，倾倒的建筑多得以打计算。帝国军治安部队也因为情况危险无法接近。灾厄之夜才刚刚开始。终于结束战役返回家园的帝国军，又必须四处奔走处理各种事态。

街市各处发生了大大小小的火灾。爆炸声四处回响，火焰喷向夜空，不断扩散的烟雾令夜的黑暗更加厚重。通过对现场状况的分析，进一步判明了这是人为灾害，而皇帝投宿的国立美术馆迎宾馆几乎处于火灾区域中央。

这不禁让帝国军将帅们想起去年三月一日晚发生在海尼森的爆炸和火灾。在四处奔走指挥灭火、救急、维持治安、控制交通之余，他们还进行了营救皇帝的行动。

火势向国立美术馆的临时大本营逼来。当毕典菲尔特赶到时，莱因哈特虽然已穿好了军服，却只让近侍艾密尔·齐列陪在身旁，自己坐在房间的躺椅上。他苍白俊秀的脸上带着微微不解的表情，拒绝了黑色枪骑兵司令官要他离开的请求。

“如果必须死在海尼森，就死在这里吧。朕不想像难民一样四处逃窜。”

这间可以眺望冬蔷薇园的居室，确实是行星海尼森上最得莱因哈特喜爱的地方。虽说如此，诸如“要死在这里”之类孩子般任性的说法，或许证明了莱因哈特的神志已因重病有些不清晰了。橘发猛将这时反倒愤然起来，对着年轻的主君吼道：

“您说什么话！皇妃和皇子正在费沙等着陛下平安回去！如果说保护陛下平安是臣下的职责，那就请恕臣下无礼了。”

毕典菲尔特声明后，对着黑色枪骑兵下了命令，六个强壮的士兵便把莱因哈特连躺椅一起抬起来，像搬运贵重的美术品一样，从沙龙送往冬蔷薇园。在这期间，欧根少将已准备了地上车，保证了逃离大火的生路。莱因哈特和艾密尔被送往安全地带。

关于这件事，“艺术家提督”梅克林格留有记述的文章：

“皇帝之所以能平安无事，全是毕典菲尔特的功劳。但是，就因为他对艺术，尤其是美术品一点都不感兴趣，才得以快速地处理事态。如果他挂念那些美术品会烧毁的话，事情就会因延误而产生重大后果吧？这实在很幸运……”

梅克林格虽然承认毕典菲尔特救出皇帝的功绩，但是对于他完全没有兴趣去抢救那些美术品，造成贵重的绘画和雕刻被烧毁，却无法不感到深切的遗憾。然而，这一天晚上，烧毁的不只是艺术品。

火势延续了三天，海尼森的街市一片火海。好不容易把火势控制住时，城市已有百分之三十被烧毁了。被烧死或行踪不明的人超过五千，受害者则高达此数目的五百倍之多，火势甚至一度逼近中央宇宙港。连豪迈的米达麦亚甚至也考虑过，是不是要把刚刚在海尼森着陆的舰艇飞到空中去避难。

军务尚书奥贝斯坦以连火焰也为之却步的冷静态度，履行着自己的职务。他让人井然有序地搬走了与军务部有关的文件，其间还出动宪兵队拘捕了一批可疑人物。而被拘捕的人当中就有安德鲁安·鲁宾斯基的情妇多米妮克·珊·皮耶尔，她成了解开整个事件谜底的关键。六月十三日的爆炸和火灾，原来和鲁宾斯基的死有关。

“哦，这起事件是安德鲁安·鲁宾斯基献给皇帝的血腥花束啊……”

宪兵队在战栗之余，开始周密地调查整个事件。

事后大家才明白，鲁宾斯基在自己的头盖骨中，植入了利用脑波来操纵的超低频炸弹控制装置。当他死亡，脑波停止时，深埋在旧自由行星同盟最高评议会大楼地底下的炸弹就会爆炸。鲁宾斯基的“自杀”引发的超低频炸弹爆炸，发生在莱因哈特皇帝滞留于行星海尼森期间，由此可以推测他企图把皇帝一起带走。这种行为不像鲁宾斯基这种人的垂死挣扎，但是，因脑肿瘤恶化而引起的理性减退，可能让鲁宾斯基没有采取擅长的精密谋略，而是采取了类似自杀恐怖分子的手段。鲁宾斯基的遗体和英格鲁德街的医院一起付之一炬，他连自己的葬礼都一并了结了。

“以这样的形式结束对银河帝国的挑战，鲁宾斯基一定极不甘愿。可是我一点都不同情他，因为他也不是那种愿意让人同情的人。”

多米妮克·珊·皮耶尔淡淡地说道。她不吵，不哭，也不为自己辩护的沉着态度，给宪兵们留下了强烈的印象。甚至有几个人给她留下了或公或私的记录。其中有一篇文章是这样的：

“……在场讯问的军务尚书，忽然问起了生下罗严塔尔元帅遗孤的女人的行迹。多米妮克·珊·皮耶尔才略微地，并且是第一次露出惊讶的表情，望着军务尚书，然而答案却是‘不知道’。当然，军务尚书也没有再追问。”

根据多米妮克·珊·皮耶尔提供的资料，帝国军明白了旧费沙自治政府、地球教与已故的优布·特留尼西特三者间的秘密协议。这终究只是三者根据各自的利益相互利用的计划，根本谈不上是真正的协调体制。尤其是从安德鲁安·鲁宾斯基的健康情况开始恶化的时候起，三者的结合便逐渐扭曲、变质和分离了。这个事实日后也被挖了出来，给后世的历史学家和政治学者留下许多极富趣味的研究课题。这起爆炸事件也被称为“鲁宾斯基的火祭”。

至于多米妮克·珊·皮耶尔，她被宪兵拘留了两个月，接下来被延期起诉，后来又被释放了，从此音讯杳然。

5

日后，尤里安一直无法忘记和银河帝国皇帝莱因哈特·冯·罗严克拉姆正式会面时的情形。其实他也没有必要刻意记住这件事。那是六月二十日下午，季节的脚步似乎比日历稍慢一些，天上有些薄云，穿着夏服可能会有点冷。尤里安穿着自由行星同盟军中尉的正式服装，去赴这个充满荣誉的约会。一方面是因为皇帝也会穿军服接见他，另一方面则是因为已逝的杨威利也曾穿着军服，和莱因哈特面对面谈过话。

莱因哈特在旅馆中庭等着比他小六岁的客人，榆树荫下放着白色的圆桌和椅子。尤里安在近侍艾密尔的引导下来到皇帝面前。他一面调整着自己的呼吸和心跳，一面行了一个礼，莱因哈特示意他坐下来。尤里安脱下黑色贝雷帽，点了点头，坐了下来。

“听说你只有十九岁？”

“是的，陛下。”

“十九岁时，朕还是高登巴姆王朝的上将呢，姓也还不是罗严克拉姆，觉得自己什么都能做，还想和朋友两个人去征服整个宇宙……”

“陛下已经实现这个愿望了。”

“……唔。”

莱因哈特点点头。但那未必是有意识的动作，倒像是借着点头的动作，把自己拉回现实。他改变了话题。

“第一次和你见面时，你说了大话，说要为罗严克拉姆王朝献上良策。现在就给你一个证明自己豪言壮语的机会。”

“不，陛下。当我第一次和陛下见面时，我只是看着陛下，打心底赞叹而已。”

莱因哈特面露不解之色，于是尤里安做了说明。他说，在两年前曾在费沙见过皇帝坐在地上车里的样子。然而，要唤起莱因哈特对此事的记忆实在太勉强，毕竟这件事只对尤里安有特殊意义。艾密尔送来的咖啡的香气形成了初夏的云霞，飘散在他们两人之间。

“那么你调配了怎样的药，好让银河帝国不受重病的侵袭？”

回答这个问题，才是尤里安来这里的目的。紧张的冷气反倒在尤里安的意识内欢快地奔腾起来。

“首先，陛下，请您制定宪法，接下来召开议会，这样基本形式就确定了。我指的是立宪政治这个酒器。”

“做了酒器就必须倒酒进去，哪种酒比较合适呢？”

“酒散发出香味是需要一些时间的。寻找适合立宪政治的人才，并使其顺利施行，也是需要时间的。”

说到这里，尤里安意识到皇帝并没有那么多时日了，于是闭上嘴巴。莱因哈特微微地皱了皱眉，用白皙的指尖弹着薄瓷咖啡杯。

“你的目的似乎有点偏了吧？你想在银河帝国这个酒器里注入立宪政治的酒？这样一来，民主思想就会占领银河帝国了吗？”

一瞬间，尤里安无话可答。莱因哈特低声笑了笑，然而尖锐犀利的笑声在中途就变了质。他似乎对尤里安强韧而富有弹性的政略有了兴趣，止住了笑，把话题一转。

“朕要回费沙，有几个人还在等朕回去。这大概就是这趟最终旅行的价值吧？”

尤里安无法回答。皇帝敢面对死亡，而且根本不重视它。如此坦然面对死亡的人，除此之外尤里安只见过一个。而那个人已经在去年离世了。

“你也到费沙来吧。”

“这样好吗，陛下？”

“这样会更好。与其跟朕谈，不如去跟下一个统治者畅谈你的抱负和见识。皇妃远比朕拥有政治家的见识。你把具体的事情对她说，也许会更好些。”

这是莱因哈特皇帝对自身的感情生活提及最多的一次吧？尤里安日后想道。当天，莱因哈特也露出了疲倦的样子，所以会见只持续了三十分钟就结束了，尤里安怀着没有达到目的的缺憾退了出去。

离开临时大本营时，尤里安回头仰望着装饰在大门上的“黄金狮子旗”。那是征服全宇宙的伟大霸主的旗帜。然而，在尤里安的眼里，那只勇猛的黄金狮子仿佛在鲜红的衬布中低下了头，哀悼主人的死去。

达斯提·亚典波罗和奥利比·波布兰在当天晚上有这样一段交谈。

“到最后还会有些变数吧？不会默默落幕的。”

“那不是你的预测，而是希望吧？”

“总之，我要跟尤里安到费沙去。这样就可以看到最后一幕了。”

“军务怎么办？”

“交给施恩·史路。那家伙虽然比我缺乏独创性，责任感却比我强一点六倍。叫拉欧帮他。击坠王将军要留在海尼森吗？”

“哪有这种事？我从小就不喜欢看门。”

波布兰不满地用指尖戳着缠在头上的绷带。看着他绿色的瞳孔中闪烁的富有活力的光芒，亚典波罗笑了笑。

“听说姆莱那个大叔想要隐居，我们可不能这样。在确认幕落下来、剧场的收支呈盈余之前，我们都要陪着尤里安。”

几乎在同时，尤里安正在接受贝伦哈特·冯·舒奈德临行前的告别。他说要留在行星海尼森，先把伤养好，然后考虑那些从帝国或者说正统政府成立以来，一直跟着梅尔卡兹提督的幸存者的安置问题。等处理好这些，再寻找机会回帝国本土。

“你要到梅尔卡兹提督的遗族那边去，是不是？”

“是的，梅尔卡兹提督的旅程已经走完了，我要把这件事告诉他的遗族。然后，我的旅程也可以画上休止符了。”

“日后还会再见面的。”舒奈德说着伸出了手，尤里安紧紧地握住。既然只是生离，总有一天还会再见面的。尤里安衷心希望舒奈德的旅程有满意的结局。

宇宙历八〇一年、新帝国历三年六月二十七日，银河帝国皇帝莱因哈特·冯·罗严克拉姆搭上已经修复的总旗舰伯伦希尔，返回帝都费沙。莱因哈特的最后一次恒星间飞行开始了。

Chapter 10
梦的尽头

1

莱因哈特皇帝一行离开后，负责行星海尼森治安的是布罗上将。伊谢尔伦军的管理则交由马利诺准将负责，由林兹、史路、拉欧辅佐，进行军事组织解体的准备。

一度陷入混乱的海尼森在进入七月后，治安也大致恢复了。安德鲁安·鲁宾斯基利用个人力量运营地下组织的事实，也因此获得了证明。

七月八日，一个因“鲁宾斯基的火祭”事件受伤入院的人被发现伪造身份证明书，遭到了帝国军宪兵队的讯问。结果这件事又在宇宙的水面激起了新的涟漪。

“你叫什么名字？”

“休马哈，雷欧波特·休马哈。”

听清这个有些随意的回答之后，宪兵们一阵骚动。因为这是以前和兰斯贝尔克伯爵亚佛瑞特一起“绑架”前王朝少年皇帝艾尔威·由谢夫二世的政治犯。休马哈的病房便成了真正的审讯场所，但被审讯者并没有拒绝供述，所以宪兵既没有使用暴力也没有使用自白剂。在讯问中，休马哈说出今年被视为艾尔威·由谢夫二世的那具尸体，其实是别人的。

“到底是怎么回事？”

“艾尔威·由谢夫二世行踪不明。去年三月，他便从兰斯贝尔克伯爵手中逃走了，现在究竟在哪里、在做什么，没有人知道。”

据他的供述，精神失常的兰斯贝尔克伯爵从尸体收容所盗取了一个同龄男孩的尸体，当作皇帝的尸身。关于幼帝之死的记录，其实都是他的妄想之作，但是内容极为详细写实，甚至让帝国的治安人员都信以为真。那或许是兰斯贝尔克伯爵亚佛瑞特一生中最极致的作品。后来，在帝国政府的正式记录中记述的“皇帝艾尔威·由谢夫二世不知所终”，就是根据休马哈的证言纂述的。

“还有一件事。”

审讯结束时，休马哈又说道：

“地球教余党并没有放弃夺取皇帝性命的计划。根据我从鲁宾斯基的线人那里得到的消息，最后的实施集团已经潜入费沙了。人数应该不到三十人，其他的组织都已经被击溃。如果把那些人处理掉的话，地球教应该就不能东山再起了。”

被问起今后有什么打算时，休马哈淡淡地回答：

“没什么特别的打算。我希望能回费沙，和以前的部下在亚西尼波伊亚溪谷经营农场。如果你们没有其他的事，希望可以让我到费沙去。我只有这么一个请求。”

休马哈的愿望并没有实现。两个月后，他因大赦被释放。但回到费沙后，他发现亚西尼波伊亚溪谷的集体农场已经解散了，旧部下都已离散。之后一段时间内，他凭借在旧王朝时代的才识和经验，在修特莱中将的推荐下成了帝国军的准将，但是在一场和宇宙海盗的战斗中下落不明。

休马哈提供的情报，被传到了正朝费沙航行的军务尚书奥贝斯坦那里。这位有“干冰之剑”外号的冷漠无比的元帅，毫无表情地看完了通信，然后一句话也不说，陷入了沉思。

在前往费沙的帝国军总旗舰伯伦希尔上，尤里安·敏兹经常有机会和莱因哈特面谈。莱因哈特很喜欢从尤里安那儿听关于杨威利的事情。他有时候热心地点着头，有时候笑出声来，但在尤里安的回忆中，情况却是“伟大的皇帝唯有幽默感不是那么丰富，他经常理性地思考这个笑话到底哪里好笑，几乎在五次当中就有两次”。当然，尤里安也记述了以他的帝国通用语水平，可能没办法令皇帝满意。

当然，在这段时间内，他们也认真地讨论了今后的政治取向问题。

关于把伊谢尔伦要塞让给帝国军，以及把包括行星海尼森在内的巴拉特星系划为自治领地，并给予内政自主权，尤里安和莱因哈特有完全相同的看法。看到行星海尼森人为灾祸频发，帝国内务部中有很多人认为这是个“难治之地”。军务部则对伊谢尔伦要塞和平献城感到高兴。这两部的有关人员一定都对这种决定表示欢迎。

然而，关于制定宪法和设立议会之事，莱因哈特却没有给尤里安任何承诺。他的说法是会考虑立宪政治的优点，却无法给出明确的约定。他不想撒谎。

“如果你跟朕把所有的事情都定下来，后世的人就没事可做了。这么一来，他们一定会恨我们太多管闲事。”

莱因哈特是带着玩笑的口吻这么说的。不过很明显，他并不想无限或无原则地认同民主主义的存续。尤里安明白，莱因哈特并没有失去一个为政者需要的冷静。

承认巴拉特星系的内政自治权，已经是莱因哈特极大的让步了。然而，海尼森必须先从“鲁宾斯基的火祭”的损害中重建。巴拉特星系在地理方面的条件和伊谢尔伦要塞比较起来，显然是易攻难守。这里原本是个以消费型社会为主的星系，粮食和必需品都得从其他星球输入，而其他星球又都在帝国的统治下。从军事层面来考虑，条件反倒是恶化了。莱因哈特对尤里安的宽大其实是一把双刃剑，他们双方都知道这一点。

日渐夺走莱因哈特年轻生命力的病症，一般被称为“皇帝病”，这是有理由的。能记住并正确地说出“变异性剧症胶原病”这个名称的人，应该不多吧？最初听到这个病名的时候，毕典菲尔特提督等人甚至对着御医大吼：“是不是故意烦人啊！”

高烧、内脏炎症及出血，伴随而来的痛楚、体力消耗、造血机能不足、贫血、意识混乱，这些都是症状，但是莱因哈特从前发高烧时，并没有意识混乱、陷入错乱的症状。除了在“鲁宾斯基的火祭”事件发生时拒绝离开病房外，他也没有出现过精神不稳定的情形。他的容貌看起来稍显瘦削，白皙的肌肤略显苍白，除此之外并没有任何病变的迹象。如果真有造物主存在，那么作为将年纪轻轻的莱因哈特带走的补偿，造物主直到最后都没有夺去他的美貌，这或许就是莱因哈特比别人享有更多恩宠的证明。尤里安每天都仔细地记下关于莱因哈特的记录。如果杨威利还活着，他一定很羡慕尤里安。正因为有这样的意识，尤里安才丝毫没有懈怠自己作为记录者的使命。

七月十八日，银河帝国军的总旗舰伯伦希尔到达行星费沙。莱因哈特把自己选为宇宙中枢的场所定为了临终之处。医疗人员早用医疗地上车来迎接他了，莱因哈特一到，就立刻奔向妻子的居处。

由于柊馆被地球教徒烧毁，希尔德皇妃和亚力克大公离开费沙医科大学附属医院后，就移居到以前高登巴姆王朝高等事务官的宅邸去了。这栋以地名命名、被称为“贝尔塞底临时皇宫”的建筑物，成了莱因哈特壮丽人生的终点站。一楼站满了文武百官，二楼挤着医护人员，三楼则有皇妃和皇子在等着他。

尤里安对临时皇宫的朴素大吃一惊。以平民的眼光来看，此地确实称得上宏伟豪华，但是作为一个支配全宇宙的霸主的居所，却显得过分寒酸，和高登巴姆王朝的新无忧宫比起来，连千分之一的规模都不到。当然，尤里安也只见过一次新无忧宫的外观。

尤里安和同行的人——达斯提·亚典波罗、奥利比·波布兰、卡特萝捷·冯·克罗歇尔投宿于距离临时皇宫徒步十分钟远的贝伦卡斯提尔旅馆，周边有一个中队规模的帝国陆战士兵“警备”。这当然不是愉快的事，但尤里安还是接受了。

“算了，我们就不要去追究了。”

连一向好战的亚典波罗也表现得宽宏大量。

尤里安想象着，如果将来银河帝国确定了立宪体制、设立议会的话，或许亚典波罗会以进步派领袖之姿昂然立于众人之前。这虽然是件很奇妙的事，但在尤里安的想象世界中，亚典波罗总是处于在野党的地位。他实在无法想象亚典波罗参加执政党，坐上权力宝座的情形。代表在野党的势力、弹劾当权者的腐败、批评行政不完备、为拥护少数派的权利展开辩论，这才是适合亚典波罗的形象，虽然他每年总会在议会大闹个两三次。

从某方面来说，莱因哈特皇帝给了民主共和政治一个严峻的考验。他一定想看看，经过战争的洗礼残存下来的价值观，会不会在和平的环境下被腐蚀呢？而亚典波罗为了让民主共和政治不至于腐败，应该会无悔地守护它一生吧？

另一方面，波布兰的未来，尤里安则完全想象不出来。那个有一对像跳跃的阳光般的绿色瞳孔的击坠王，到底对自己的将来有怎样的打算呢？

“当个宇宙海盗也不坏。我已经在杨威利手下用光了服从和忍耐，从今以后不打算再对任何人低头，也不会再到任何人家中去当差了，一直到死。”

波布兰经常掩饰他的真心，让人摸不透他到底在想什么。或许为自己撰写的墓志铭“六月一日死去”是他的真心话吧，尤里安想。在很久以前，还不使用宇宙历的公元纪年时，据说有个叫查欧·尤伊鲁恩的天狼星革命元勋在卸掉公职后，跑去教孩子们唱歌弹琴了。难道波布兰也有类似的后半生吗？

至于卡琳，即卡特萝捷·冯·克罗歇尔的未来呢？应该和尤里安的未来有很大的关系吧？一想到这里，尤里安就不知该如何描述了。这时，在另一个世界的杨威利和先寇布不知会有什么样的表情。

不管怎么说，能描绘未来是一件很好的事，因为每个人都可能无法行使这种权利。

因安德鲁安·鲁宾斯基的死和多米妮克·珊·皮耶尔的坦白而明朗化的事实中，最让尤里安战栗的是关于优布·特留尼西特的信息。在特留尼西特的构想中，他想在银河帝国内建立立宪体制。他这种构想在形式上和尤里安是完全一样的。特留尼西特和鲁宾斯基联手，要把人脉和财路一步步在帝国的政界扩展开来。

如果去年年底罗严塔尔元帅没有除掉优布·特留尼西特，银河帝国向立宪体制的改革，或许已经借特留尼西特的手推向现实了。而特留尼西特在经过十年的蛰伏后，或许会就任银河帝国的首相。那个时候他才不过五十岁，作为政治家来说还是很年轻的，前途将不可限量。或许特留尼西特会因为把民主共和政治和故国及国民卖给专制政治，成为一个不仅支配半个宇宙，而且支配整个人类世界的“立宪政治家”。

尤里安不禁全身打哆嗦。优布·特留尼西特或许是个利己的政治艺术天才，他手上色彩缤纷的未来蓝图，在他意外死亡时已经完成了一大半。他描绘的构图并没有因为法律或军事力量而破碎。那道没有正当理由，纯粹只是因为感情上的好恶射出的光束，把特留尼西特和他的未来永远赶出了现实的地平线。罗严塔尔元帅因为个人的情感，修正了人类社会的未来。

尤里安觉得“命运”这个词实在太好用了。这种事情只要加上“命运”的字眼就可以让别人接受。或许正因为这样，杨生前才总是尽量避免使用这个词。

2

七月二十五日，到达费沙后一个礼拜。

莱因哈特的病情急速加重，体温一直不下四十摄氏度，屡屡失去意识，陷入脱水状态。希尔德与安妮罗杰轮流看护着病人和婴儿。如果只有一个人的话，或许早就由于过度劳累和精神压力病倒了。

第二天，即二十六日，事态进一步恶化。十一时五十分，莱因哈特一度停止呼吸，只是二十秒后又恢复过来。十三时，他的意识也恢复了。

这一天，一股强大的低气压从北方南下，与北上的另一股低气压交汇，给帝国的中心带来了阴冷的湿气和冷风。虽然是白天，悬挂在低空的厚重云层却用深灰色填埋了人们的视野，甚至给人一种“浅夜”的印象。

到了下午，云层的下端开始化为雨水，抽打大地，气温进一步降低。费沙的市民们都在悄悄议论：这是怎么了，天气如此奇怪，皇帝不会连阳光都要带到那个世界去吧？

十六时二十分，此前一直忙于军事的帝国军将帅们到临时皇宫觐见。以军务尚书奥贝斯坦和宇宙舰队司令长官米达麦亚为首，外加六名一级上将，被请进了一楼东侧的谈话室。只是军务尚书自称有事，五分钟后就出去了，一时没有回来。

谈话室中剩下七个人。窗外闪着蓝白色的光，雷鸣震天。谈话室是以褐色系的配色统一设计的，但是雷光一旦消失，整个室内就像笼罩在毫无生气的无彩世界中。

这些人正站在历史重要的瞬间，他们并不是第一次有这种意识，但是像今天这样陷于沉重苦闷的精神泥沼中的感觉却从未品尝过。克斯拉低声地喃喃自语：

“征服全宇宙的霸主却被困在地上，关在病房内，真是凄惨之至。”

他们跟随莱因哈特四处征战，在星海中驰骋，讨伐了高登巴姆王朝的门阀贵族，消灭了自由行星同盟，把宇宙踩在自己的军靴底下。战无不胜的他们，在面对侵蚀皇帝年轻肉体的

“变异性剧症胶原病”这个病魔时，却无能为力。勇气、忠心及作战指挥能力都没有办法挽救他们敬爱的皇帝。屡次败于杨威利的奇略下时，失败感中总是伴随着赞叹。然而现在，失败感却化成了一只只可憎的害虫，蛀噬着他们的心神。

“御医们都在干什么？一堆浪费粮食的废物！如果再对陛下的痛苦袖手旁观，就不能放过他们！”

果然不出大家所料，毕典菲尔特最先爆发。而这个晚上，立刻就有人出面顶撞他了。一向稳重忠厚的瓦列已经忍耐到了极限，跟他对吼起来。

“你一个人喊什么！你总是这样沉不住气，难道没想过会造成大家的不便吗？我们可不是你的镇定剂！”

“你说什么？”

毕典菲尔特把无处发泄的激愤对着同僚发泄起来。瓦列正想反击，这时艾杰纳抓起桌上的矿泉水瓶，把手一翻，水滴从两位勇将浸湿的头发滴到军服肩上，两人愕然地看着那个一向沉默寡言的加害者。官职在他们之上的米达麦亚挤出了低低的声音：

“皇帝正忍受着身心两方面的痛苦，我们七个人难道就不能忍忍吗？不要让皇帝感叹他有些不懂事的臣子。”

这个时候，病房里，已恢复意识的莱因哈特正在对皇妃交代一些遗言。其中一项是授予六个一级上将帝国元帅的地位，但是必须在他逝后，在摄政的希尔德的名义下进行。

渥佛根·米达麦亚、奈特哈尔·缪拉、弗利兹·由谢夫·毕典菲尔特、艾尔尼斯·梅克林格、奥古斯特·沙姆艾尔·瓦列、亚伦斯特·冯·艾杰纳以及伍尔利·克斯拉，这七个人被后世称为“狮子之泉七元帅”。有人对他们下了评语：“存活下来的幸运带来了荣誉。”然而，在如此残酷的动乱时代，能纵横战场并最终存活下来，不正证明了他们的非凡之处吗？

已经是元帅的渥佛根·米达麦亚早就预定将接受“帝国首席元帅”的称号了，这是个与帝国军至宝十分相称的称号。但即使知道了这个消息，米达麦亚仍没有一点欣喜的感觉。

十八时三十分，一个女官来叫米达麦亚元帅。在场的每个将领都觉得自己的胃壁好像罩上了一层霜，他们从沙发上站起来，僵硬着身体，目送“疾风之狼”离开房间。然而米达麦亚被叫去的理由并不如他们所想。在病房内等着他的希尔德皇妃拜托他做一件事。

“实在很抱歉，虽然现在外面狂风暴雨，不过，米达麦亚元帅，请你回去把太太和孩子带到这里来好吗？”

“这合适吗？把我的妻子和孩子都带来……”

“这是皇帝的希望，请你动作要快。”

既然皇妃这么说了，米达麦亚断无拒绝的道理。他跳进地上车，在灰蒙蒙的暴雨和强风中朝自己的家急驶而去。

几乎在同一时刻，从皇宫来的使者也到了贝伦卡斯提尔旅馆，皇帝的高级副官修特莱中将乘着大型地上车前来。不用 TV 电话联络而是派遣使者，这是对宾客的礼遇。

“皇帝请各位到临时皇宫去。很抱歉，天气这么坏，不过还是请各位走一趟吧。”

尤里安和三个同行者面面相觑，勉强从急速缩紧的咽喉中挤出了一丝声音。

“很……危险了吗？”

“请各位尽快。”

得到这个间接答案后，尤里安等人快速地做了出门的准备。

“杨提督，我将以你的代理人的身份，去看着这个时代个性最伟大的人结束生命。如果提督你有来世的话，就请透过我的眼睛，去确认历史上最重要的瞬间吧……”尤里安在心头喃喃自语。如果不这样做，他就无法保持平静。波布兰和亚典波罗也收敛起爱开玩笑的性子，默然地整理着自己的服装。

尤里安顶着风雨，好不容易才来到临时皇宫。在大厅里，他看到一位美丽的金发贵妇在楼上的走廊里走着。从修特莱的口中，他知道了那就是安妮罗杰。

那个女人就是莱因哈特皇帝的姐姐安妮罗杰·冯·格里华德大公夫人殿下吗？尤里安的胸口掠过梦幻般的感慨。他并不完全了解莱因哈特的整个生涯，但是也听说过，就因为有这个姐姐，莱因哈特·冯·罗严克拉姆这颗巨星才会在银河星系闪耀万丈光芒。从某个意义上来说，是这个女人造就了今日的历史。如此想来，自然不能忽略她。

安妮罗杰当然没有注意到尤里安的视线。

进了病房，安妮罗杰跟希尔德打了招呼，在弟弟枕边的椅子上坐下。莱因哈特似乎有所感应，睁开了眼睛，看着姐姐。

“我做梦了，姐姐……”

莱因哈特冰蓝色的眼珠中闪着柔和的光芒，那是安妮罗杰从没见过的光芒。她确信了弟弟即将离去。莱因哈特一向为追求可以满足他那未获满足的心灵的东西而战。自从他十岁时领悟到战斗的意义之后，在获得权力前，甚至在获得权力后，他一直在战斗。是什么时候有了这样的改变呢？或许从一开始，这就是他的本质？现在才看出来，莱因哈特一直把战斗当成生存的目的。

“皇帝其人嗜战”或者“狮子皇帝莱因哈特”，这些都是体现他个人尊严的别称，也很适合这个在历史上投下彗星般光芒的年轻人。然而，最后火焰却烧到了他自己身上。莱因哈特表现出来的柔和，似乎是他的身心燃烧殆尽后残留下来的白色灰烬的余温。那是冷却之前的余温，是归于黑暗的余光。

“梦还没做够吗，莱因哈特？”

“不，已经够了。做够了任何人都没有做过的梦。”

莱因哈特的表情太柔和了。安妮罗杰听到了自己胸中的冰块开始碎裂的声音，清脆的声音扩散到了她所有的神经。当弟弟的刚烈和锐气缓和下来的时候，也就是他离去的时刻了。剑存在的意义只在于它是一把剑。对她的弟弟而言，满足和临终代表同一个意思——有人对他的生命做了这样的表述。

“姐姐，谢谢你为我做的每一件事。”

弟弟虽然这样说，可是安妮罗杰并不想听任何感谢的话。他竟然在年纪这么轻的时候就要舍弃这个世界，无视姐姐的存在，展开巨大的翅膀翱翔于星海中了。在齐格弗里德·吉尔菲艾斯死后，他是安妮罗杰唯一的希望，是联系着她和这个尘世的水晶细线。

“姐姐，这个坠饰……”

莱因哈特把白皙瘦削的手掌伸向姐姐。银色的坠饰移到了另一个手掌上，透明的光芒照耀着姐弟两人。

“我已经不需要这个了，就送给姐姐吧！同时……我也把吉尔菲艾斯还给你。我一直借用着他，真是对不起。”

还没等安妮罗杰回答，莱因哈特已经闭上了眼睛，再次陷入昏睡中。

暴风雨越来越猛烈，十九时，临时皇宫前的道路已经被水淹没了。在暴风中传来了急报。市外的液态氢罐被人炸了，从被遗弃在现场的尸体上找到了地球教徒的识别标志。因为面临皇帝的死亡而屏住气息的帝国军不禁为之震惊。

首都防卫司令官兼宪兵总监克斯拉在接到报告之后，斥责心志动摇的部下们。

“不要慌！引起火灾和爆炸事故是地球教徒常用的佯攻手段。他们唯一的目标就是皇帝一家人，只要把防卫重心放在临时皇宫就行了。”

在费沙的地球教组织已经溃灭了，克斯拉对这一点极有自信。他对其他的将帅轻轻行了个礼，便离开了谈话室，站在门厅，把该处当成了指挥中枢，指挥起宪兵的行动来。克斯拉是个勤勉的人，但连他这样刚毅的人，也无法忍耐等候皇帝逝去的时刻，无疑是想借执行职务来逃避那残酷的等待。米达麦亚还没有从家里回来，留在休息室的五个人——缪拉、毕典菲尔特、梅克林格、艾杰纳、瓦列，正品尝着因焦躁不安几乎使血管破裂的痛苦滋味。

十九时五十分，一度返回军务部的奥贝斯坦元帅又在临时皇宫中现身。尾声已近，而新的一幕又要揭开了。

3

米达麦亚和克斯拉之外的五位元帅，以及军务尚书奥贝斯坦元帅之间，飘荡着爆炸前的阴森气氛。军务尚书告诉大家，地球教徒最后的余党为了结束皇帝的生命，不久后将会攻击临时皇宫。大本营幕僚总监梅克林格一级上将提出了疑问：地球教徒何必做出这样的暴行？只要再等一段时间，不需要他们出手，事情就可以明朗化了。然而奥贝斯坦的答复，干脆得近乎无情。

“是我把他们引来的。”

“军务尚书?! ”

“我放出谣言说陛下的病情正在康复，等恢复健康之后，要把地球教信仰的对象地球摧毁掉。为了阻止皇帝这一行动，他们一定会轻举妄动。”

室内的空气冻结了。温度低到了极致，反而像燃烧一般。

“你是说你把皇帝当成诱饵了？即使我们再没有选择的余

地，这也不是为人臣子该做的事啊！”

梅克林格的谴责被冷然地驳回了。

“皇帝已无可避免地即将逝去。然而，罗严克拉姆王朝却要继续下去。为了王朝的将来，必须根除地球教的狂热信徒。为达到这个目的，我只是要求皇帝帮一下忙而已。”

毕典菲尔特无意识地握紧了右手，往前踏出了半步，他的两眼中冒着火花。在行星海尼森发生过的情况似乎又要重演了。就在这时——

“总而言之，现在以消灭地球教徒为首要任务。分散指挥系统或许反而中了狂热信徒的圈套。我们也接受克斯拉总监的指示行动吧！”

缪拉一面拼命地自我克制，一面说了这样的话，终于避免了一场冲突。

于是，从二十时到二十二时，在狂风暴雨中，临时皇宫与内外的敌人展开了斗争。整个行动几乎是在无声的状态下进行的，这完全是为了不打扰在三楼等待死神到来的皇帝的安宁。由于暴风雨的关系，机械警备系统都瘫痪了。克斯拉的部下在暴风和泥泞中四处摸爬，搜寻入侵者。二十时十五分，帝国军射杀了第一个入侵者。

在一楼西侧的房间里等待的尤里安一行，也不能置身事外。

“或许我们该感谢地球教徒？因为对地球教徒的共同憎恶，使银河帝国和民主主义找出了共存的道路……”

这当然是反话，并不是尤里安的本意。地球教徒尤其是其指挥者，是暗杀杨威利的仇敌。为了多少能帮上一点忙，把卡琳留在室内后，尤里安、亚典波罗、波布兰三人便到了走廊上。

“为了保护、皇帝，我们要、在费沙、和地球教徒、作战……”

波布兰奇妙地把音节分开了。

“有一种游戏就是把文章分成几段，然后把不同的段落组合起来吧？我忽然想起这个来。我们会在这个地方做这种事，这是五十天前想都想不到的。能够活着，而且不会太无聊，真好啊！”

尤里安很同意波布兰的话，但是他的注意力立刻转到了其他方向。亚典波罗看到了倒在走廊上的黑衣男子的身影。此人好像是被击中后逃到这里来的，全身沾满了雨水、泥泞和鲜血，手上有一把失去光泽的气爆枪。

“借他的气爆枪一用吧，没有武器，什么都不能做。”

当亚典波罗从死者手上拿起枪的时候，走廊的照明灯灭了。一瞬间，三个人出于条件反射，都把身子贴到了墙上。远处的走廊中闪过光束，脚步声响起。一个显然不是帝国军士兵的男人出现在刚刚习惯了黑暗的三人面前。光束从亚典波罗的手上迸射出来，贯穿了男人的胸口。他随即倒在地上。

与其说亚典波罗是个神射手，倒不如说是地球教徒自己跑到枪口前来。不管怎么说，一个入侵者倒下了，尤里安他们又拿到一把枪。或许是自动发电设备启动了，照明设备又亮起来。在风雨和雷鸣中，在临时皇宫的内外，帝国军士兵似乎正和地球教徒持续着惨烈的攻防战。

一次小爆炸震动着尤里安的耳膜。他并没有太在意，但这场爆炸却导致了一个重要的后果。原始的手工爆炸物在二楼一间可以俯视中庭的房间内爆炸，碎片从奥贝斯坦元帅的腹部刺向胸口，将他整个人几乎撕扯开来。

这是二十时二十五分的事。

一伙成功引发爆炸的地球教徒绕过建筑物西侧，想往外逃。他们的行踪在闪电的光芒下清楚地浮现出来。一道细细的闪光穿过黑夜和风雨水平飞出，一个信徒张开两手倒下。其他人溅起了泥泞，想改变逃跑的方向。

“想跑到哪里去，地球教徒？”

气爆枪朝着年轻的声音集中射去。阳台的柱子发出了悲鸣，大理石碎片四处飞散，玻璃碎了。

尤里安在阳台上把身体转了两三圈，在静止的一瞬间扣动了扳机。闪光连续两次从他手中迸射而出，两个地球教徒发出低沉的声音，倒了下来。地上溅起泥水和血沫，两人在地上翻滚，微微痉挛了一下就不动了。

第三个也是最后一个男人转过身想逃，然而亚典波罗就站在他面前。他再度想改变方向，然而这次他面对的是目光比尤里安还凶狠的波布兰。雨和黑夜形成了双层帘幕，把他们封锁在另一个小小的世界中。

“杀你之前，有件事一定要问清楚。”

尤里安从阳台走出来。雨滴立刻倾洒在他身上，全身和衣服表面都成了水的通道。

“总大主教呢？总大主教在哪里?！”

“总大主教？”

男人喃喃道。尤里安对他这个反应感到意外。原本以为是地球教徒出于敬畏的复颂，然而，男人却发出了嘲弄千万个人，包括他自己在内的笑声。

“总大主教就是他啊，就倒在那边！”

男人指着已经成为尸体的伙伴中的一个。波布兰非常无礼地用靴尖翻过趴在地上的尸体。一瞬间，他把尖锐的视线射向丑陋老人的脸，然后默默地蹲下来，揭起死者脸上的皮肤。那是一个制作精细的软质橡胶面具。在黑暗中，在微微的照明之下，面具之下浮现出一个瘦小男人的脸，出人意料地年轻。

“你说这家伙是总大主教？”

“那个男人深信自己就是总大主教，其实是个白痴，不过是一具背诵机器罢了。”

“什么意思？”

“真正的总大主教在地球上，被埋在巨大的岩盘底下。或许一百万年后，他会变成化石被挖出来。”

男人充满嘲讽的口吻似乎没完没了。事实上并没有那么长的时间，然而男人仿佛被一种宣泄的冲动驱使一般，不停地说着。地球教的总大主教之死被信徒们掩饰起来，那个白痴男人被推出来当替身；地球教的实战队员，包括他自己在内，只剩下今天晚上入侵这里的二十个人。他就像失去控制的水龙头，滔滔不绝地说着这些。

听对方讲这些话的时候，尤里安重新构筑着记忆，完成了复仇的拼图。他曾在地球教的本部看到过这个男人，也知道他的名字和地位。他是地球教的大主教德·维利。

再现的记忆，让他立刻采取了行动。

“为杨提督复仇！”

闪光随着尤里安的声音飞出去，在德·维利的胸口炸裂开来。地球教的年轻主教仿佛被一个看不到的巨人冲撞一般，往后方倒去。当喷射而出的血液化成红色的雨滴四散在地的时候，德·维利带着并非恐惧，而是含着怒气和失望的眼神盯着尤里安，仿佛因自己的雄辩被中断而感到真正的愤怒和失意。尽管尤里安无从知道，然而对方的表情就像把优布·特留尼西特死前的表情凶暴化了几分似的。大主教把血和诅咒混成一团，吐了出来。

“杀了我也没有用，打倒罗严克拉姆王朝的人一定会出现。而这一切都将结束……”

大主教丢下的这些台词，并没有带给尤里安一丝一毫的震动。大主教一定认为，他把知道的有关地球教徒的情报提供给帝国治安机关，就可以保住自己的生命。然而，尤里安没有义务让大主教狡猾的方程式成立。

“希望你不要误会。我对罗严克拉姆王朝的将来没有任何责任，我杀你是为了给杨威利报仇。我说的话你听到了没有？”

“……”

“还有……派特里契夫少将的仇，布鲁姆哈尔特中校的仇，其他许多人的仇。你一个人的命怎么赔得起？”

德·维利的身体接连被闪光贯穿。他像一条濒死的鱼般在地上弹跳了两次，第三次时就一动不动了。

“主角太紧张了吧？这样哪还有我们上场的机会啊？”

当亚典波罗带着苦笑嘟囔时，夹杂着帝国通用语的说话声正朝他们这边接近。他们三个扔下枪，从德·维利大主教那不受祝福的尸体旁退开了一步，等着宪兵们的处置。

另一方面，一个有比德·维利大主教更大的名声，而且受到更多责难的人物，也正朝着死亡前进。

军务尚书用责问的视线看着自己腹部被炸开的红黑色的伤口。他受了重伤的身体躺在楼下一个房间的沙发上，接受着军医的治疗。然而，当军医告诉他必须到医院接受紧急手术时，奥贝斯坦拒绝了。

“明明没救了，却还要装成有救，这不但是种伪善，而且是一种技术和劳力的浪费。”

冷漠的说辞让四周的人感到胆怯。他又加了一段：

“转告拉贝纳特，我的遗书在书桌的第三个抽屉里，要他一事不落地照章执行。还有，好好给那只狗喂鸡肉，它已经没有多少时间了，让它喜欢怎么样就怎么样吧。只要告诉他这些就够了。”

发现大家都对拉贝纳特这个名字现出狐疑的表情，军务尚书只好说明那是他忠实的管家。说明完毕后，他冷冷地闭上了双眼，遮断了人们的视线。三十秒后，他的死被确认。军务尚书奥贝斯坦元帅享年四十岁。

日后，根据残存下来的地球教徒的供述，他们误以为奥贝斯坦的房间就是皇帝的病房，所以才把炸弹扔进去。军务尚书代替皇帝被炸死了。这究竟是算计好的殉死呢，还是纯粹的计算错误？关于这一点，了解他的人分成了两派，而任何一方对自己的主张都没有完全的自信。大家都在等候皇帝临终，所以对军务尚书的突然死亡无法表现出多大的关心。对奥贝斯坦来说，这或许是他最大的期望吧。结果，一直到死，奥贝斯坦的存在都和莱因哈特的影子重叠在一起。

4

二十二时十五分，人们觉得暴风雨似乎停了，便把视线投到建筑物外面。风停了，雨也停了，深蓝色的天空显得异样澄澈，满天的星星闪耀着光芒。低气压的中心已经通过了临时皇宫上空。

尽管只是暂时的风停雨止，但因为气候改善和恐怖分子已被消灭，米达麦亚元帅夫人终于偕同丈夫来到了临时皇宫。由于地上车在洪水中前进不得，又不能让妻子和孩子在风雨中步行前进，疾风之狼此前只能懊恼地被困在车内。

“谢谢你专程赶来，米达麦亚夫人，请这边走。”

抱着菲利克斯的艾芳瑟琳被带到了皇帝的病房，包括国务尚书玛林道夫伯爵在内，内阁成员和提督们都站在一旁。天花板挑高的宽阔房间内充满了沉痛的微粒子。艾芳瑟琳抱着幼儿站在那里，在丈夫的引导下，她来到了皇帝床边。

“谢谢你赶来，米达麦亚夫人。我想让我的儿子亚历山大·齐格弗里德交个朋友，和你的儿子……”

在病床上半支起身子的金发之人说道。

“帝国由强者来支配是最好的。但是，我想为这个孩子留个对等的朋友。也许这是个不情之请，希望你能答应。”

婴儿在希尔德皇妃的手臂中扭动着。有金色头发和蓝宝石色眼珠的婴儿不哭也不闹，睁大了眼睛看着米达麦亚一家人。

“菲利克斯，对亚力克大公殿下，不，对亚力克皇帝陛下宣誓效忠。”

米达麦亚低声地命令儿子。

这个景象或许显得很奇妙，然而没有人笑得出来。一岁两个月的幼儿和出生才两个月的婴儿彼此交换着视线，实在是很不可思议。而且菲利克斯伸出了他小小的手，拉起了更小的亚历山大·齐格弗里德的手。

友谊有各种各样的形式，有各种各样的开始，各种各样的延续，各种各样的结束。而亚历山大·齐格弗里德·冯·罗严克拉姆和菲利克斯·米达麦亚之间，会有什么样的友谊呢？是像莱因哈特·冯·罗严克拉姆和齐格弗里德·吉尔菲艾斯那样的友谊呢，还是像奥斯卡·冯·罗严塔尔和渥佛根·米达麦亚那样的呢？米达麦亚不禁生出这样的疑问。菲利克斯握着比自己小一岁的皇子的手，无意松开。或许是很喜欢对方吧，他笑了起来。他的父亲唯恐他做出失礼的举动，想把他的手拉开。菲利克斯因为情绪受到影响哭了起来，皇子也模仿着他开始哭泣。

充满朝气的骚动持续了二十秒钟左右就停止了，莱因哈特用全身的力气微笑着。

“真是个好孩子啊。菲利克斯，今后就请你继续和皇子做朋友吧。”

这个时候，父母亲的话都是很没个性的，连莱因哈特也不例外。莱因哈特倒下支起的上半身，把头枕在枕头上，环视着四周的人，露出狐疑的眼光。

“怎么没看到军务尚书，那个人在哪里？”

皇帝的问题让在场的人都露出了困惑的表情。希尔德皇妃一边用毛巾为丈夫拭去额上的汗水，一边不慌不忙地回答：

“军务尚书因为不得已的事情先离开了，陛下。”

“啊，是吗？那个人所做的事一向都最有理由啊。”

这些话听不出是出于谅解还是嘲讽。莱因哈特抬起了手，把希尔德拿着毛巾的手握在自己手中。

“皇妃，你一定可以比我更贤明地统治宇宙。如果要改行立宪体制也无不可。不管如何，在所有活着的人当中，只要由最强大最贤明的人去统治宇宙就行。如果亚历山大·齐格弗里德没有这样的德量，就没有必要让罗严克拉姆王朝延续下去。如果一切都照你希望的去做，我也就没有什么可牵挂的了……”

由于高烧和呼吸困难的影响，莱因哈特花了不少时间才把这些话说完，然后疲倦已极般松了手，闭上了眼睛，陷入昏睡当中。二十三时十分，莱因哈特像渴求水分似的动了动唇，希尔德用蘸着水和白葡萄酒的海绵轻轻地沾着皇帝的嘴唇。他的嘴唇嚅动着，吸着水。不久后，莱因哈特微微睁开了眼睛，对着希尔德喃喃地说起来。或许他根本弄不清眼前是什么人了。

“如果拿到了宇宙……大家……”

声音停了，眼睛闭上了。希尔德还在等待。然而，眼睛再也没有睁开，嘴唇也不再动了。

宇宙历八〇一年、新帝国历三年七月二十六日，二十三时二十九分。

莱因哈特·冯·罗严克拉姆享年二十五岁。他的治世只有短短两年多一点的时间。

罗严克拉姆王朝第二代皇帝亚历山大·齐格弗里德小小的哭泣声，打破了似乎放弃传音功能的空气中的沉默。死者枕边的两位女子中，有一位站了起来。她就是现在银河帝国的摄政皇太后，立于宇宙顶点的希尔格尔·冯·罗严克拉姆。在玛林道夫伯爵、米达麦亚元帅等人肃然的静默中，她低沉的声音回荡在室内。

“皇帝不是因病逝去的。皇帝是耗尽寿命而亡，并不是被病魔打败的。希望各位能记住这件事。”

希尔德深深地低下了头。这个时候，她白皙的脸颊上第一次流下了泪水。在死者枕边的女子发出了低低的呜咽声。

……于是，贝尔塞底就成为圣墓了。

——艾尔尼斯·梅克林格

5

“星星落下来了，卡琳。”

尤里安·敏兹的声音中，透着仿佛窥视星星深渊般的战栗。卡琳，即卡特萝捷·冯·克罗歇尔默默地抓着他的手。她产生了一种错觉，觉得自己脚底下裂开了一道深渊，千亿颗星星似乎要将她吞噬一般。尤里安的头发和衣服上都还留有水气，然而对卡琳来说，那都不是问题。

皇帝的敕使奈特哈尔·缪拉站在他们面前。他对旧敌国的代表如此宣布：

“莱因哈特皇帝陛下刚刚驾崩，嗣子亚力克大公殿下在国葬后即位。”

奈特哈尔·缪拉口中发出了战栗的声音，还有已经难以抑制的悲哀。尤里安整个身体都可以感受到那种悲哀，因为就在一年前，他也体验过那种滋味。

“关于承认包括行星海尼森在内的巴拉特星系的内政自治权一事，我方以莱因哈特陛下和帝国政府的名誉保证，将会切实履行。另一方面，关于把伊谢尔伦要塞归还给帝国军一事……”

“请放心。我们代表伊谢尔伦共和政府和民主共和主义者，一定会切实遵守与皇帝生前的约定。”

尤里安直视着缪拉的砂色眼睛，调整了一下自己的声调。

“撇开思想和立场不谈，我以生于此时代的人的身份，对莱因哈特皇帝陛下的逝世致以无限哀悼。我想杨威利提督也会有同样的想法。”

“不胜感激。我会把您的意思转达给皇妃。”

缪拉深深地答了个礼，在邀请尤里安等人参加国葬之后，告辞离开。

关上客房的门，卡琳大大地叹了一口气，理了理她淡红茶色的头发。当初和莱因哈特皇帝的军队作战时，卡琳曾经大叫“去死吧！皇帝”，那是因为莱因哈特的生命力正闪耀着光辉，作为拥护民主主义的声音，这样喊格外有效。然而，这句话也永远不再需要了。忽然，像想起什么事似的，卡琳看着尤里安的侧脸。

“尤里安，总而言之，巴拉特星系就留在民主主义手中了吧？”

“是啊。”

“就只有那个了，仔细想来……”

“是的，就只有那个了。”

尤里安微微地笑了笑。

而为了实现“只有那个”的目标，就耗费了五百年的岁月和数千亿的生命。如果在银河联邦末期，民众没有对政治感到厌倦；如果他们注意到，给予一个人无限的权力是一件多么危险的事；如果人们能够从过去的历史中学到，国家权威优先于公民权利的政治体制会造成多少人的不幸，人类就可以用更少的牺牲和负担，更早实现比较中庸和调和的政治体制了。“政治与我们无关”这句话就是剥夺发言者权利的宣告。政治一定会对蔑视它的人进行报复。如果有一点点想象力，就应该能了解这些。

“尤里安，你会不会成为政治指导者，会不会成为海尼森临时政府的代表？”

“我的计划表上没有这一项。”

“那么，你的计划表是什么？”

“成为军人，和专制主义的帝国作战。如果任务结束了……”

“如果结束了？”

他无法直接回答卡琳的问题。

他想成为一个历史学家，记录杨威利的事迹，把这几年燃烧般的记忆留传给后世。这个想法确实是受到了杨威利的影响，但同时也是生在这个时代，和许多历史性的人物接触之后，他自我意识中的目标。尤里安觉得，多给后世的人留下判断和考察的机会，是生在这个时代的人的义务和责任。

奥利比·波布兰走向尤里安等人，他都不知道该以什么样的姿势走路了。

“尤里安，什么时候离开费沙？”

“这个嘛，大概……两个礼拜后吧。”

“那么，我们就要分手了。”

“波布兰中校！”

“我要留在费沙。什么都不用说，尤里安，我已经决定了。虽然不可能永远住在费沙，不过……”

尤里安什么也没有说，卡琳也一样。他们两人都明白，波布兰的身心都想离开组织，走上孤独但自由的道路。没有什么能阻止得了他，也不能阻止他。因为对波布兰来说，那或许是他与这个时代诀别的唯一方法。静默了一会儿，尤里安怀着最大的善意回答：

“我明白了。我们来开个盛大的道别宴会吧。”

于是，波布兰张开两手，拥抱着尤里安和卡琳的肩膀。绿色瞳孔中跳跃的阳光，照射着他们两人的现在和未来。

“听好，不要死得太早。几十年后，当我们都变成老人时再见吧，到时候再说那些先抛下我们死去的家伙的坏话。”

“好棒啊！”

尤里安衷心地回答。他想，自己是何其有幸，能和这些有独特魅力的同伴共有目前的人生。波布兰放开了两个人的肩膀，眨了眨一只眼睛，然后把两只手插在紧瘦的裤子口袋里走了。目送着他的背影，卡琳用力握紧了尤里安的左手。“我会永远陪在你身边……”这句话无声地从尤里安的身体传到了心里。

参加完皇帝的葬礼后就回海尼森，把伊谢尔伦要塞还给帝国军；再和菲列特利加·G·杨、卡介伦一家、巴格达胥上校等人会合，前往行星海尼森，安葬杨威利和其他的人，然后……

然后，一段漫长的创业和守业时代就会开始吧？对外要继续和强大的帝国政府谈判，对内要完善自主和自立的体制。冬天是那么漫长，而春天又未必会到来。

尽管如此，尤里安和他的伙伴们还是选择了民主主义。他们不会把所有权力都交给像莱因哈特那种几个世纪才出现一个的天才，而是由凡人集团一面不断地重复着错误，一面去寻找更好的方法，寻求更好的结果。那是一条由亚雷·海尼森选择、由杨威利接力的长征之途。

“我去和亚典波罗提督商量一些事，订些计划。”

尤里安提起了那个还留在他身边的重要朋友。

渥佛根·米达麦亚元帅把菲利克斯托在肩膀上，来到临时皇宫的庭院。暴风雨已经完全离去，只有不像夏天的寒气盘踞在这里，仿佛把星光都冻结了。天一亮就要公布皇帝驾崩的消息，然后开始准备国葬。军务尚书奥贝斯坦元帅的葬礼也要举行吧。日子将会很繁忙。然而还是忙一些好。如果不背负大量事务，就无法承受那些啃噬着胸口的失落和悲哀。

忽然，“疾风之狼”听到了在他耳边响起的叫声。

“爸爸……”

米达麦亚愕然了一阵子。他的儿子则焦急地抓着父亲蜂蜜色的头发，又叫了一声。

“爸爸！”

被称为帝国军至宝的勇将，在失去他伟大而敬爱的主君的夜里，却经历了一种惊喜。这是一件难以想象的事情，然而，米达麦亚露出了近似微笑的表情。他仿佛觉得是皇帝的心灵深植进了这个孩子的内心，使他说出了出生之后的第一句话。当然，这只不过是一种错觉。然而，米达麦亚却宁肯这样相信。他再次把儿子放在肩膀上，仰望着星空。

“看到了吗？菲利克斯，那些星星……”

那些星星每一颗都经历了数亿年、数十亿年的生命。早在人类诞生之前，就一直闪烁着光辉。在人类灭亡之后，它们仍会继续绽放着光芒吧？人的生命连星星一瞬间的光辉都不及，这是自古以来就再明白不过的事。然而，认识到星星的永恒和人世的一瞬的却是人，而不是星星。

总有一天你也会明白的。明白人类究竟是重视瞬间的燃烧，还是冻结的永恒。明白一瞬即灭的流星的轨迹，将会深刻于宇宙的深渊和人们的记忆当中。

总有一天，你也会仰望着星星，任思绪驰骋，并且希望征服它们，置身于星群中吧。当那天到来时，你是自己一个人出发去冒险呢，还是和父亲一起去？或者是与那个你在一岁时就宣誓效忠的亚历山大·齐格弗里德同行？

“亲爱的，渥佛。”

身后传来喊他的声音。艾芳瑟琳顶着满头的星光，走向她的丈夫。她的丈夫半侧着身对着她。

“菲利克斯说话了。他叫我爸爸。”

“啊，太好了，太好了……”

艾芳瑟琳带着惊异的表情靠近丈夫，把幼儿温暖的小身体抱了过来，丈夫用手搂着她的肩膀。他们把视线投向那令人眼花缭乱的星空，有数秒钟之久，他们只是无言地站在那里。

菲利克斯把手伸向夜空，做出要抓星星的动作。幼儿并不是有意识地做出这样的动作。那不正是面对贯穿人类所有历史、人类所不能及的东西时，将憧憬集于一身的表示吗？

“到屋里去吧，亲爱的。”

艾芳瑟琳温柔地建议，米达麦亚点点头，环抱着妻子的肩膀，开始在星空下漫步。临时皇宫内充满了对皇帝死亡的悲哀和忙于为皇帝举行葬礼的奇妙活力。渥佛根·米达麦亚朝那里走去。

……传说结束了，历史才刚刚开始。

图书在版编目（C I P）数据

银河英雄传说 ：全 10 册 . 10. 银河英雄传说 ／（日）田中芳树著 ；蔡美娟，陈惠莉，郭淑娟译 . —— 海口 ：南海出版公司，2022.1（2025.11 重印）
ISBN 978-7-5442-9441-6

Ⅰ . ①银… Ⅱ . ①田… ②蔡… ③陈… ④郭… Ⅲ . ①幻想小说－日本－现代 Ⅳ . ① I313.45

中国版本图书馆 CIP 数据核字（2021）第 233395 号

著作权合同登记号 图字：30－2013－240

银河英雄传说：全 10 册
〔日〕田中芳树 著
蔡美娟 陈惠莉 郭淑娟 译

出　版　南海出版公司　(0898)66568511
　　　　海口市海秀中路 51 号星华大厦五楼　邮编 570206
发　行　新经典发行有限公司
　　　　电话 (010)68423599　邮箱 editor@readinglife.com
经　销　新华书店

责任编辑　翟明明
特邀编辑　江起宇
装帧设计　李照祥
内文制作　田晓波

印　刷　山东京沪印刷科技有限公司
开　本　880 毫米 ×1230 毫米　1/32
印　张　85
字　数　1855 千
版　次　2022 年 1 月第 1 版
印　次　2025 年 11 月第 5 次印刷
书　号　ISBN 978-7-5442-9441-6
定　价　418.00 元（全 10 册）